◎ 胡世厚 主編

◎ 校理 胡世厚 衛紹生

三國戲曲集成

第三卷 清代雜劇傳奇卷（上）

復旦大學出版社

元代卷	胡世厚 校理
明代卷	楊　波 校理
清代雜劇傳奇卷（上下）	胡世厚 衛紹生 校理
清代花部卷	衛紹生 楊　波 胡世厚 校理
晚清昆曲京劇卷	胡世厚 校理
現代京劇卷（上中下）	胡世厚 校理
山西地方戲卷	王增斌 田同旭 啜希忱 校理
當代卷（上下）	胡世厚 校理

《三國戲曲集成》編委會

顧　問　劉世德

主　任　胡世厚

副主任　范光耀　關四平　鄭鐵生　衛紹生　張蕊青

委　員　（按姓氏筆畫排列）

　　　　　王增斌　毛小曼　田同旭　啜希忱　康守勤

　　　　　張競雄　楊　波　趙　青　劉永成

主　編　胡世厚

續離騷之四

憤司馬夢裏罵閻羅

[末扮烏老上]薄薄酒勝茶湯粗粗布勝無裳
醜妻惡妾勝空房五更待漏靴滿霜不如三
伏日高臥足北窗涼珠襦玉柙萬人祖送歸
北邙不如懸鶉百結獨坐負朝陽生前富貴
死後文章百年瞬息萬世怔忡夷齊盜跖俱云
羊不如眼前一醉是非憂樂兩相忘自家烏
老便是你道小老為甚麼道這一篇安分歌
只因日前暴亡一靈歸陰不能復轉誰料地

續琵琶上卷

第一齣 開場

〔西江月〕千古是非誰定人情顛倒堪嗟琵琶不是這琵琶到底有關風化 搥破一羣腰鼓重彈幾拍

胡笳茫茫白草捲黃沙酒酒昭君塚下 没意志中即續漢史 摒鹵莽司徒多一死

好修名老操假妝喬 包羞耻寡女存宗祀

來者董祀

◎書影　無名氏傳奇《錦繡圖》抄本◎
中國國家圖書館藏

◎書影　無名氏傳奇《平蠻圖》抄本◎
選自《綏中吳氏藏抄本稿本戲曲叢刊》

《錦繡圖》抄本：

第一齣　登壇點將

小生扮趙云上白

帥府銅鑼一兩敲轅門內外聚英豪男兒要
掛封侯印腰下常懸帶血刀某趙云今日
諸葛軍師登壇點將只得在此伺候 天拾諸
葛亮上白
前次春園桃賣火今日東籬菊綻金
誰似像州存大志求賢用盡歲寒心 貧道龐生
諸葛亮字孔明道號卧龍先生南陽鄧州人也
年長二十七歲寓居襄陽隴中有徐廣舉

《平蠻圖》抄本：

蠻圖一本上　第一齣承宣示報（西辛二將捧印劍拿隨馬援上，唱

[黑絳唇] 赫赫威霧生前忠亮欽承春萬古英名生鎮邊郢壇。
白) 心懷玉潔氣如霜耿耿忠肝答上蒼只因一念無偏向求享
羌胡萬載香小聖伏波將軍馬援生前正直死後為神威顯赫
殛在五溪洞後享受香炮護佑一方只因孔明提兵深入蠻境，
與孟獲交鋒蒙上帝垂憐生民塗炭煙障毒氣恐傷士卒命小
聖所屬地方暗中護佑今已聞山只得傳示山神土地一體尊
行。象神繼（應介就此入境全唱）

靜遠堂新編三國志傳奇目錄

第一出 開宗	第二出 桃園
第三出 問路	第四出 虎牢
第五出 龍韜	第六出 諫徐
第七出 豹韜	第八出 奪徐
第九出 失筯	第十出 二喬
第十一出 擒布	第十二出 職忠
第十三出 義說	第十四出 秉燭
第十五出 斬良	第十六出 辭曹
第十七出 五關	第十八出 古城
第十九出 依劉	第二十出 薦賢
第二十一出 逃宴	第二十二出 薦賢

◎書影 無名氏傳奇《平蠻圖》抄本◎
中國國家圖書館藏

◎書影 維庵居士《三國志傳奇》抄本◎
選自《傅惜華藏古典戲曲珍本叢刊》

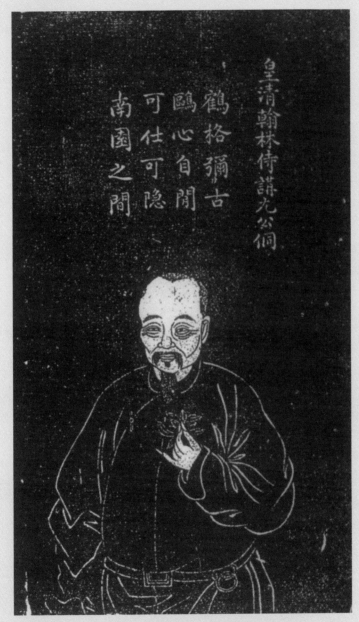

◎**石刻像** 清雜劇《弔琵琶》作者尤侗◎
選自廖奔、劉彥君《中國戲曲發展史》

◎戲畫　曹寅傳奇《續琵琶》扉頁插圖◎
選自《古本戲曲叢刊五集》

◎**戲畫**　清宮戲曲人物扮相諸葛亮◎
選自《清昇平署戲裝扮像譜》

◎戲圖 《清宮昇平署戲畫·陽平關》◎

◎戲圖 《清宮昇平署戲畫·空城計》◎

◎戲圖 《清宮昇平署戲畫·西川圖》◎

◎插圖　鄭瑜雜劇《鸚鵡洲》◎
選自上海辭書出版社《元明清戲曲故事集》

◎**插圖** 尤侗《弔琵琶》◎
選自上海辭書出版社《元明清戲曲故事集》

◎插圖 周樂清雜劇《定中原·禪讖》◎
選自清刻《補天石傳奇》之一

◎插圖 周樂清雜劇《定中原·歸廬》◎
選自清刻《補天石傳奇》之一

◎**清代年畫**《劉玄德南漳逢隱淪》◎
選自清刻《天津楊柳青木版年畫》

◎清代年畫 《當陽長坂坡》◎
選自清刻《天津楊柳青木版年畫》

◎清代年畫 《東吳招親》◎
選自清刻《天津楊柳青木版年畫》

◎陝西鳳翔年畫 《回荊州》◎
選自湖北美術出版社《中國最美·年畫》

◎清代年畫 《讓成都》◎
選自《天津楊柳青木版年畫》

◎民國年畫 《七擒孟獲》◎
選自《天津楊柳青木版年畫》

◎清代楊柳青年畫 《竹林七賢》◎
選自湖北美術出版社《中國最美・年畫》

◎清代年畫《長坂坡》◎
選自《朱仙鎮年畫》

◎現代年畫　戲曲《貂蟬拜月》◎
選自《綿竹年畫精品集》

◎現代年畫　戲曲人物黃忠、姜維◎
選自《綿竹年畫精品集》

◎現代無錫泥塑　五虎將之黃忠、關羽◎
選自湖北美術出版社《中國最美・泥塑》

◎現代無錫泥塑　五虎將之一張飛◎
選自湖北美術出版社《中國最美·泥塑》

◎現代無錫泥塑　五虎將之趙雲、馬超◎
選自湖北美術出版社《中國最美·泥塑》

◎清代陝西皮影 《三顧茅廬》◎
選自湖北美術出版社《中國最美·皮影》

◎河北趙景安剪紙 《截江奪斗》◎
選自湖北美術出版社《中國最美·剪紙》

◎河北王老賞剪紙 《劉皇叔與孫尚香》◎
選自湖北美術出版社《中國最美‧剪紙》

總　　序

　　魏、蜀、吳三國形成經鼎立至滅亡，即從漢靈帝中平元年(184)黄巾起義起，到吳亡於晉武帝太康元年(280)一統，共九十七年，是我國歷史上一個獨具特色的時代。這一時期，漢室傾頹，天下大亂，群雄争霸，割據稱强，戰争頻仍，生靈塗炭，然而時勢造英雄，湧現出一大批文韜武略功績卓著的英雄人物。他們南征北戰，鬥智鬥勇，演繹出了一場國家從統一到分裂再從分裂到統一的可歌可泣、有聲有色、威武雄壯的活劇。

一

　　記載這一段歷史比較完整的史書，有晉陳壽的《三國志》和南朝宋裴松之的注、南朝宋范曄的《後漢書》、北宋司馬光的《資治通鑑》以及南宋朱熹的《通鑑綱目》。西晉以來，豐富多彩的三國故事在民間流傳。魏晉六朝的筆記小説，如裴啓的《裴子語林》、南朝宋劉義慶的《世説新語》和南朝梁殷芸的《小説》都記載了不少有關以三國人和事爲對象的故事，特別是有關曹操、諸葛亮、劉備等人的故事。到了唐代，三國故事已很流行。唐初道宣的《四分律删繁補闕行事鈔》、唐開元時大覺的《四分律行事鈔批》和晚唐景霄的《四分律行事鈔簡正記》，都記述了忠貞智慧的孔明爲劉備重用和"死諸葛怖生仲達"的傳説故事。到了宋代，三國故事流傳更廣，而且出現了專門説三國故事的藝人。宋蘇軾的《東坡志林》、孟元老的《東京夢華録》都記有專門"説三分"的，但脚本没有流傳下來。今天只能看到宋人話本中提到的三國人物和事件。

　　中國戲曲從萌芽到成熟的各個時期，三國歷史故事都是重要的題材來源，作品數量衆多，影響巨大，搬上舞臺也較早。據舊題顔師古《大業拾遺記·水師圖經》記載，隋煬帝時，就已用木偶戲的形式扮演三國故事。唐人李商隱《驕兒詩》"或謔張飛胡，或笑鄧艾吃"的詩句，説明當時已使用某種藝術形式表演了三國故事，爲兒童所模仿。宋人高承《事物紀原》與張耒《明道雜志》都記載有傀儡戲、影戲表演情節連貫、人物形象鮮明的三國故事戲。隨着宋雜劇的出現，由藝人扮演三國人物的三國故事登上了戲曲舞臺。今見最早著録三國劇目的是陶宗儀《南村輟耕録》，記載金院本三國戲劇目有5種：《赤壁鏖兵》《刺董卓》《襄陽會》《大劉備》《駡吕布》；宋元南戲三國戲劇目中有10種：《貂蟬女》《甄皇后》《銅雀妓》《周小郎月夜戲小喬》《關大王古城會》《劉先主跳檀溪》《何郎敷粉》《濾江祭》《劉備》《斬蔡陽》。然而這些作品的劇本都没有流傳下來，今僅存宋元南戲3種劇本的幾支殘曲。儘管如此，從中也可以看出金、南宋時代的戲曲藝人，根據史書記載和民間傳説，已把三國故事搬上了戲曲舞臺。

　　元代，雜劇已經成熟，出現繁盛景象。元代戲曲作家特别是戲曲大家關漢卿、王實甫、高文秀、鄭光祖等對三國故事題材十分青睞，他們在宋、金三國戲文和院本的基礎上，以三國史籍和廣爲流傳的三國故事以及稍後的《三國志平話》爲題材，以自己的歷史觀、社會觀、戲曲觀、審美觀創作了大量的三國戲，曲折地反映了元代現實生活，具有鮮明的時代精神。據元鍾嗣成《録鬼簿》、明賈仲明《録鬼簿續編》、明朱權《太和正音譜》、清黄丕烈《也是園藏書古今雜劇目録》和近人傅惜華《元人雜劇全目》、邵曾祺《元明北雜劇總目考略》、莊一拂《古典戲曲存目彙考》、陳翔華《三國故事戲考略》等記載，元代（含元明之間）三國雜劇有62種，現存劇本有21種：關漢卿的《關大王單刀會》《關張雙赴西蜀夢》、高文秀的《劉玄德獨赴襄陽會》、鄭光祖的《虎牢關三戰吕布》《醉思鄉王粲登樓》、朱凱的《劉玄德醉走黄鶴樓》、無名氏的《錦雲堂暗定連環計》《諸葛亮博望燒屯》《關雲長千里獨行》《兩軍師隔江鬥智》《劉關張桃園三結義》《關雲長單刀劈四寇》《張翼德大破杏林莊》《張翼德單戰吕布》《張翼德三出小沛》《莽張飛大鬧石榴園》《走鳳雛龐統掠四郡》《曹操夜走陳倉路》《陽平關五馬破曹》《壽亭侯怒斬關平》《周公瑾得志娶小喬》。又存劇本殘曲7種：高文秀的《周瑜謁魯肅》、王仲文的《諸葛亮軍屯五丈原》、武漢臣的《虎牢關三戰吕布》、花李郎的《相府院曹公勘吉平》、無名氏的《千里獨行》《斬蔡陽》《諸葛亮挂印氣張飛》。今存劇目34種。在這62種今存劇目中，三國時期的重要歷史事件和重要人物劉備、關羽、張飛、趙雲、諸葛亮、孫權、周瑜、魯肅、曹操、袁紹、董卓、吕布、馬超、蔡琰、貂蟬、王粲、司馬懿、司馬昭等都被寫進了劇本，登上了戲曲舞臺。從這些劇目敷演的故事來看，元代的戲劇作家已把最精彩的三國故事搬上了戲曲舞臺，而且以蜀漢爲正統、尊劉貶曹抑孫、崇尚仁義忠孝智勇的思想傾向已很突出，故事情節已相當連貫和完整，人物形象亦相當鮮明，特別是一些主要人物性格特徵、造型已定格，成了範式，如劉備、關羽、張飛、諸葛亮、曹操、周瑜等。

明代三國戲，在繼承元雜劇、宋元南戲的三國戲的基礎上又有了新的發展，尤其是生活於元明之際羅貫中《三國志通俗演義》在明代中期刊刻問世後，不僅給廣大讀者提供了喜愛的讀物，而且爲戲曲作家提供了創作三國戲的素材。據《古典戲曲存目彙考》、陳翔華《明清三國故事戲考略》記載，明代雜劇寫三國故事的有18種，今存劇本有5種：朱有燉《關雲長義勇辭金》、汪道昆《陳思王洛水生悲》、陳與郊《文姬入塞》、徐渭《狂鼓吏漁陽三弄》、無名氏《慶冬至共享太平宴》；今存殘折1種：丘汝成《諸葛平蜀》；今存劇目12種：張國籌《茅廬》、諸葛昧水《女豪傑》、凌濛初《禰正平》、蔣安然《胡笳十八拍》、凌星卿《關岳交代》、鄧雲霄《竹林小紀》、無名氏《銅雀春深》《黃鶴樓》《碧蓮會》《竹林勝集》《斬貂蟬》《氣伏張飛》。明傳奇寫三國故事的32種，今存劇本7種：王濟《連環記》、鄒玉卿《青虹嘯》、無名氏《古城記》《草廬記》《七勝記》《東吳記》《三國志大全》；今存殘曲14種：無名氏《桃園記》（七齣）、《草廬記》、沈璟《十孝記》中的《徐庶見母》（一齣）、《古城記》、《連環記》、無名氏《青梅記》（一齣）、《赤壁記》、《單刀記》（一齣）、《三國記》、《四郡記》、《關雲長訓子》、《魯肅請計喬公》、《五關記》（一齣）、《興劉記》（一齣）；今存劇目14種：馬佶人《借東風》、金成初《荆州記》、長嘯山人《試劍記》、許自昌《報主記》、王異《保主記》、穆成章《雙星記》、黃粹吾《胡笳記》、彭南溟《玉玦記》、汪宗臣《續緣記》、劉藍生《雙忠孝》、孟稱舜《二橋記》、無名氏《猇亭記》《射鹿記》《試劍記》。

從現存的三國戲劇本內容和劇目可以看出，明代的三國戲又有了新的發展，不僅內容豐富，而且表現形式也有突破，出現了敷演複雜故事的多達幾十齣的傳奇，其故事情節更加曲折動人，結構更加緊湊出奇，人物形象更加生動鮮明，曲文典雅富有文采，念白通俗易懂。

二

到了清代，三國戲呈現出相當繁榮的局面，編演三國戲的不僅有雜劇、傳奇，還有花部各種地方劇種，衆多的劇目，幾乎把《三國演義》的主要人物和精彩情節都改編爲戲劇，搬上了舞臺。清代的三國戲，思想內容更加豐富，人物形象更加鮮明，藝術樣式更加多樣，觀衆更多。據《曲海總目提要》

《清代雜劇總目》《古典戲曲存目彙考》記載，清代雜劇三國戲有 22 種，其中存本 15 種：南山逸史的《中郎女》、來集之的《阮步兵鄰廝啼紅》、鄭瑜的《鸚鵡洲》、尤侗的《弔琵琶》、徐石麟的《大轉輪》、嵇永仁的《憤司馬夢裏罵閻羅》、邊汝元的《鞭督郵》、唐英的《笳騷》、楊潮觀的《諸葛亮夜祭瀘江》《窮阮籍醉罵財神》、周樂清的《定中原》（《丞相亮祚綿東漢》）、《真情種遠覓返魂香》（《波弋香》）、黃燮清的《凌波影》、無名氏的《祭瀘江》《耒陽判事》；存目 7 種：萬樹的《罵東風》、許多崙的《梅花三弄》、張維敬的《三分案》、張瘦桐的《中郎女》、無名氏的《反西涼》《文姬歸漢》《黃鶴樓》。清傳奇三國戲有 25 種，其中今存劇本有 13 種：范希哲的《補天記》、曹寅的《續琵琶》、夏綸的《南陽樂》、維安居士的《三國志》、無名氏的《錦繡圖》、《平蠻圖》（中國國家圖書館藏清鈔本）、《西川圖》、《賢星聚》、《雙和合》、《世外歡》、《平蠻圖》（綏中吳氏藏鈔本）、《樊榭記》、周祥鈺的《鼎峙春秋》；今存劇目有 12 種：劉晉充《小桃園》、李玉《銅雀臺》、劉百章《七步吟》、容美田《古城記》、雲槎外史《桃園記》、鳳凰臺上吹簫人《斬五將》、顧彩《後琵琶記》、石子斐《龍鳳衫》、無名氏《八陣圖》《青鋼嘯》《三虎賺》《古城記》。

有一些劇作家，不滿於現實，不滿於《三國演義》三分一統於晉的結局，他們為泄胸中之氣，翻歷史事實及小說所寫的結局，創作了一些補恨翻案戲。如周樂清的雜劇《丞相亮祚綿東漢》，范希哲的傳奇《補天記》，夏綸的傳奇《南陽樂》，漢為正統的思想與擁劉貶曹抑孫傾向明顯加強。《丞相亮祚綿東漢》讓諸葛亮滅魏、吳統一天下，《補天記》讓曹操下阿鼻地獄受苦，《南陽樂》讓諸葛亮殺司馬師、擒司馬懿、下許昌囚曹丕、戮曹操屍、收東吳、囚孫權，劉禪禪位給北地王劉諶、諸葛亮功成辭歸南陽。

還有一些劇本，取三國時人名，杜撰故事，反映社會生活，抒發胸中塊壘，曲折地反映針砭時弊的情懷。如嵇永仁的雜劇《憤司馬夢裏罵閻羅》與楊潮觀的雜劇《窮阮籍醉罵財神》。

縱觀清代雜劇、傳奇三國戲，繼承了元明雜劇、傳奇三國戲傳統，但又有自己的特點。這些劇本大多是清初至道光間文人創作的作品，雜劇多側重抒情，表達劇作家的思想理念；傳奇則長於敘述故事，特別是情節複雜、人物眾多、跨度時間長的內容，寫成多本百餘齣甚至二百四十齣劇本。然而，清代的雜劇、傳奇僅知《鼎峙春秋》在宮廷全部連演過兩次，宮廷與民間則選演過其中的一些單齣戲，《南陽樂》及少數劇目演出過，大多未見演出的記載，實際成為案頭戲曲文學。

上述元明清雜劇、傳奇三國戲的收錄情況，囊括了今知的全部劇本，是戲曲文學的珍貴文獻資料。

三

清初，我國戲曲除以崑腔、京腔演唱傳奇之外，又出現了許多新興的聲腔劇種，據乾隆六十年(1795)，李斗《揚州畫舫錄》載："兩淮鹽務，例蓄花雅兩部，以備大戲。雅部即崑山腔；花部爲京腔、秦腔、弋陽腔、梆子腔、羅羅腔、二簧調，統謂之亂彈。"花、雅兩部，後來演變爲對一類劇種的總稱，雅部專指崑曲，花部成爲新興的地方戲。花、雅經歷了長期的競爭，儘管宮廷官府崇尚保護崑曲，但難阻慷慨激昂、通俗易懂的花部贏得廣大民衆的喜愛，蓬勃興盛，崑曲則逐漸衰落。而傳統三國戲，亦爲花部諸腔青睞，尤其是花部諸腔以老生爲主，因而改編、創作了許多以老生、武生爲主的三國戲，使花部三國戲更爲豐富興盛。花部三國戲劇目衆多，且都是經過舞臺實踐、邊演邊改的演出本。據金登才《清代花部戲研究》"花部劇作"考查，乾隆年間三國戲有 5 種：《斬貂》《博望坡》《漢陽院》《龍鳳呈祥》《截江救主》；嘉慶年間三國戲有 21 種：《桃園結義》《四(汜)水關》《賜環》《戰宛城》《白門樓》《白逼宮》《斬顏良》《關公挑袍》《過五關》《薦諸葛》《三顧茅廬》《長坂坡》《三氣周瑜》《黃鶴樓》《單刀會》《祭江》《斬馬謖》《葫蘆峪》《五丈原》《鐵籠山》《哭祖廟》；道光年間三國戲有 59 種：《溫明園》《捉放曹》《虎牢關》《磐河戰》《借趙雲》《戰濮陽》《轅門射戟》《奪小沛》《鳳凰臺》《許田射獵》《聞雷失箸》《擊鼓駡曹》《卧牛山》《馬跳檀溪》《金鎖陣》《漢津口》《祭風臺》《舌戰群儒》《臨江會》《群英會》《借箭打蓋》《祭東風》《赤壁記》《華容道》《取南郡》《取桂陽》《取長沙》《戰合肥》《討荆州》《柴桑口》《斬馬騰》《反西凉》《戰渭南》《西川圖》《取雒城》《冀州城》《戰歷城》《葭萌關》《獻成都》《百壽圖》《瓦口關》《定軍山》《陽平關》《收龐德》《玉泉山》《戰山》《受禪臺》《興漢圖》《造白袍》《伐東吳》《白帝城》《英雄志》《渡瀘江》《鳳鳴關》《天水關》《駡王朗》《失街亭》《隴上麥》《葫蘆峪》，三朝共有三國戲 85 種，其中有一種《葫蘆峪》相重。這些劇本大多收錄在《故宮珍本叢刊》《昇平署檔案集成》《車王府藏曲本》與《楚曲十種》中。我們從中得到 88 種，另有 5 種劇目內容相重未收，而《花部戲曲研究》考查的劇目，尚有 24 種，而未找到劇本。從搜集到的花部三國戲劇本看，劇本都是鈔本或轉錄本，大多無標點，文字差錯較多。劇本有長有短，長者有十本九十六齣，短者一齣。其思想傾向，仍然繼承了以前雜劇傳奇的宗漢尊劉、貶曹抑孫，頌忠義仁孝智勇，斥奸佞專橫殘暴不仁不義；在藝術上突出的是"音樂慷慨動人，文詞直樸易懂"，舞臺動作性強，人物性格鮮明。

　　清乾隆五十五年(1790)，四大徽班中的三慶班首先進京，爲慶祝乾隆八十大壽演出之後，留京演出，徽班的四喜班、和春班、春臺班亦相繼進京演出。徽班以唱二簧、崑腔爲主。19世紀初的嘉、道年間，湖北漢調藝人進京加入徽班，漢調以唱西皮爲主，於是出現了徽、漢合流。徽班爲了與崑曲、秦腔、京腔爭勝，在繼承徽、漢二調基礎上，廣泛吸取其他聲腔劇種之長，於道光二十年(1840)前後，逐步形成了藝術風格和表演方式相當完整的皮黃戲，即後來的京劇。同、光年間，京劇已經趨於成熟，呈現出繁榮局面。三慶班主程長庚請盧勝奎執筆，據《三國演義》和其他三國戲，編寫了連臺戲三十六本的京戲《三國志》，從劉備投荆襄起到取南郡止。遺憾的是劇本未能全部保留下來，留藏在藝人之手的尚有十九本。這些劇本，經多年舞臺實踐，邊演邊改，如今已成京劇經典作品。除此之外，四大徽班還各有自己名伶擅演的代表性三國劇目，收錄在《梨園集成》《醉白集》《繪圖京都三慶班真正京調全集》中。清末京劇改良先驅汪笑儂還改編創作了四部刺世貶時富有時代精神的三國戲：《獻西川》《受禪臺》《罵王朗》《哭祖廟》。

　　我們從上述京劇集中選錄京劇三國戲47種，這些劇本有一個非常突出的特點，是伶人編寫、演出的文本，代表了京劇形成繁榮時期的文學藝術水平，起着承前啓後的作用，既將傳統三國戲整飾加工，使其更加精彩，又針對現實創作了一些針砭時弊、喚醒民衆發奮、救亡強國的戲曲劇本。這些劇本不僅爲現代京劇和各種地方戲提供了文學劇本和創作經驗，而且有許多劇至今仍活躍在舞臺上。

　　崑曲到晚清，已呈衰落之勢，三國戲雖未出現有影響的新創劇作，但藝人們從元雜劇關漢卿的《關大王單刀會》和明傳奇王濟的《連環記》、無名氏的《古城記》等傳統劇目中，選擇一些精彩片段改編爲單齣戲，常演出於宮廷與民間戲曲舞臺。流傳下來的劇本，均係手鈔本，收錄在《故宫珍本叢刊》《昇平署檔案集成》《車王府藏曲本》等戲曲文獻中。我們從中收錄三國戲30種。雖然多是單齣折子戲，但匡扶漢室、擁劉貶曹的思想傾向突出，故事情節生動精彩，人物形象性格鮮明，言語文雅，唱腔動聽，不僅是流傳下來的藝術精品、珍貴的戲曲文獻，而且有些戲如《單刀會》《貂蟬拜月》《梳妝擲戟》《灞橋餞別》《古城相會》《徐母擊曹》等仍演出於當今舞臺。

四

　　從1919年五四運動起,到1949年中華人民共和國成立,這一時期,文學界多稱爲現代。這一時期的二三十年代,京劇名家輩出,流派紛呈,是京劇的鼎盛時期。就是在八年抗日戰爭期間,有些京劇名家爲抗日明志罷演,但京劇仍然活躍在國統區、淪陷區、敵後抗日根據地的解放區。抗日戰爭勝利之後,京劇舞臺又活躍起來。因此可以説,這一時期,京劇興盛繁榮,流布於大江南北、長城内外,被譽爲"國劇"。在舊中國日漸淪於半封建、半殖民地的境况下,長於急管繁弦、慷慨激越的京劇,在民生凋敝、國勢艱危、日寇入侵之際,承擔起"歌民病""唤民醒"的重任,湧現出許多借古諷今、切中時弊的優秀劇目,生動、深切地折射出國家政局的演變與廣大民衆的心聲。而三國故事尤爲京劇作家和藝人青睞,他們在繼承前代三國戲的基礎上,改編、移植、創作了許多三國戲。據陶君起《京劇劇目初探》著録三國戲劇目有154種,曾白融《京劇劇目辭典》著録三國戲劇目511種(其中有一些是一劇多名)。流傳下來的三國戲劇本極其豐富。從這一時期前後出版的劇本集來看,1915年的《戲考》,收録三國戲劇本77種;1933年的《戲學指南》,收録三國戲劇本23種;1948年的《戲典》,收録三國戲劇本18種;1955年的《京劇叢刊》,收録三國戲劇本20種;1957年的《京劇彙編》,收録三國戲109種;1957年的上海市《傳統劇目彙編》京劇集,收録三國戲劇本42種;1962年的《關羽戲集·李洪春演出本》,收録關羽戲27種。此外,尚有民國年間出版的《京調大觀》《戲曲大全》《舊劇集成》等京劇劇本集,也收録一些三國戲劇本。有些劇本集,雖然是中華人民共和國成立以後出版的,但收録的却是民國年間的藝人演出本。現從衆多刊印的京劇劇本集中遴選出146種。這些劇本中有許多是清代名伶編演,傳給弟子、家人或戲班,爲現代京劇名家演出所用而收藏。並且京劇名家在演出過程中,根據本人及時代情况,又進行加工修飾,使情節更加合理,結構更加緊凑,人物性格更加鮮明,語言更加曉暢易懂,且不失文采。

　　這一時期劇本創作出現了一種可喜的新情况,劇作家與藝人合作編劇,而且是一位劇作家專爲某位名伶或幾位名伶編劇。他們量體裁衣,針對某個藝術家的特點,創作出適合該藝術家演出的劇本,這不僅提高了劇本的文學性,也增强了劇本的動作性。比如劇作家齊如山,專爲梅蘭芳寫戲,爲梅蘭芳改編、創作了 30 多個劇目，其中有三國戲《洛神》。作者依據《洛神賦》和明雜劇《陳思王洛水生悲》、清雜劇《凌波影》進行改編，塑造了超凡脫俗、冷艷情深的宓妃，鑄造了宓妃與曹植"若有情""似無情""欲笑還顰，最斷人腸"的境界。又如劇作家金仲蓀專爲程硯秋寫戲，針對程硯秋的特點量體裁衣，特別注重立意，反映現實。1931 年，金仲蓀針對蔣、馮、閻、桂軍閥開戰給民衆造成的災難，創作了《春閨夢》，描寫漢末公孫瓚與劉虞爲爭疆土開戰，強徵兵丁，迫使新婚的王恢從軍戰死。其妻張氏獨守空房，思念丈夫，憂思成夢。夢見丈夫回來，夫妻重溫舊情；又夢見戰場刀光劍影、尸橫遍野，丈夫戰死沙場。劇作家借此情揭露痛訴軍閥戰爭的殘酷與罪惡，深切同情遭受苦難的民衆。1933 年，金仲蓀針對"九一八"事變之後，國民政府實行不抵抗政策，東北三省很快淪入敵手的情況，根據地方戲《江油關》改編爲京劇《亡蜀鑒》，批判了蜀漢江油守將馬邈在強敵壓境之際，不思抵抗、投敵叛國的罪行；歌頌了馬妻李氏深明大義，苦苦勸夫抵抗，後得知丈夫出城投降、江油失守，悲傷欲絕、自盡而亡的民族氣節和愛國情懷，表達了對日本侵略者必須抵抗的決心，喚起民衆反對投降、寧死不做亡國奴的愛國思想，反映了當時民衆的心聲。

　　山西地方戲歷史悠久，源遠流長，從漢代到宋代，經過一千多年的孕育演變，戲曲日趨成形。北宋時晉南、晉東南的一些鄉村已出現了大戲臺專供演員演戲。元代雜劇盛行，山西的平陽（今臨汾）與大都（今北京）是並列的雜劇藝術中心，平陽的雜劇演出盛況無與倫比。

　　山西地方戲劇種，有 50 多種，居全國省市之首。然最著名的有四大梆子：蒲劇、中路梆子（晉劇）、北路梆子、上黨梆子。山西地方戲劇目甚多，傳本亦豐，三國戲亦然。據《山西地方戲彙編》收錄三國戲 147 種。另有一些劇本收藏在某劇團或藝人手中。今從《彙編》和劇團、藝人所藏中遴選三國戲 64 種，其中有晉劇、蒲劇、北路梆子、上黨梆子、鄖鄂、鐃鼓雜戲等。這些劇本的寫作年代不知，大多是清代、民國流傳下來的傳統的三國戲，也有新改新編和創作的三國戲，其思想傾向爲尊劉貶曹、張揚忠義，貶斥奸佞不道之行。而部分新改新編的劇本如晉劇《關公與貂蟬》《貂蟬軼事》，描寫細膩，注重心理刻畫，與傳統三國戲以叙述故事情節爲主、粗綫條表現人物有所不同。

　　中華人民共和國成立之後，我國戲曲文學在"百花齊放，推陳出新"方針和"發展現代戲，改編傳統戲，創作歷史劇"三並舉政策的指導下，前十七年出現了繁榮的喜人局面，可以說是我國戲曲發展的黃金時期。"文革"期間，我國戲曲遭受嚴重摧殘，新創作的現代戲、已經改編出新的傳統戲和新編歷史劇統統成爲"封、資、修"的東西，遭到批判和禁演。各地京劇和地方戲改編、新創的劇本極少，除八個樣板戲之外，幾乎無戲可演。粉碎"四人幫"之後，特別改革開放以來，我國戲曲又迎來陽光明媚的春天，戲曲文學呈現出百花爭艷的繁榮景象。這期間儘管受到影視藝術、通俗歌曲的影響，戲曲文學仍然改編創作出一批反映生活貼近時代的優秀劇目。

三國戲隨着時代的變化，戲曲的發展，也出現了令人欣喜的繁榮景象，改編整理許多傳統三國戲，新創作一批富有時代精神的三國戲。我們從1949年中華人民共和國成立到2014年六十五年間出版的戲曲文學書刊中，遴選出18個劇種改編或創作的39部三國戲。其中改編的19部、新創的20部。無論是改編傳統三國戲，還是新創三國戲，劇作家都以現代觀念、審美理想，觀照歷史，既尊重歷史事實，又虛構歷史細節和人物，力求在思想內容、人物形象方面出新、創新，使其貼近生活，貼近時代，寓教於樂，以古鑒今，給人以新的認識和啓迪。當代這39部戲，突破了以往以蜀漢爲主的題材，改變了尊劉貶曹抑孫的思想傾向，給曹操、周瑜以公正的評價，擦掉了曹操臉上的白粉，去掉了周瑜心胸狹窄、妒賢嫉能的性格缺陷，並且塑造了許多新的女性形象。

五

綜上所述，我們從歷代三國戲中，彙集587種，其中完整劇本471種，殘曲、存目116種，編爲《三國戲曲集成》，內分八卷：《元代卷》、《明代傳奇卷》、《清代雜劇傳奇卷》（上下卷）、《清代花部卷》、《晚清昆曲京劇卷》、《現代京劇卷》（上中下卷）、《山西地方戲卷》、《當代卷》（上下卷）。縱觀《三國戲曲集成》，亮點有三：

第一，開荒創新，填補空白。我國古代長篇小説有四大名著：《三國演義》《水滸傳》《西遊記》《紅樓夢》，編演、留存戲曲劇本最多的是三國戲。然而，《水滸戲曲集》《西遊記戲曲集》《紅樓夢戲曲集》都已先後出版，唯獨《三國戲曲集》没有問世。也許因爲歷代三國戲多，版本複雜，存本分散，搜集整理難度大，工程浩繁，因而學界無人問津。如今，《三國戲曲集成》的整理出版，作爲一項拓荒創新性的工作，填補了這一領域的空白。

第二，劇本衆多，彙集完備。元代以降的三國戲曲存本、存目衆多。存目分別著錄在許多古籍、書目著作中，有的未見著錄。存本分藏全國各地，版本十分複雜，有刻本、覆刻本、鈔本、轉鈔本，其中有許多是罕見的善本、孤本。有的孤本長期深藏某地書庫，幾乎没人見過。我們從北京、上海、南京、杭州、鄭州、太原等地的圖書館、博物館，查遍記述戲曲劇目及學界研究論著，搜集劇本的各種版本。因而，該集元明清雜劇、傳奇搜集齊全，清花部、京戲、現當代戲曲甚多難以盡録，即便如此，也是當今彙集三國戲最多、最全、最爲完備的一部文獻價值極高之書。

第三，版本較好，校勘精細。今存劇本，元雜劇有所整理，但其版本較多，校勘甚難。明清三國戲劇本刊本少，鈔本多，僅有個別劇本經過整理，絕大部分未經整理，因而，曲白異文多，錯別字多，簡寫字不規範，文字有脱落、字跡漫漶不清、錯簡缺頁，多未斷句標點。因而，我們選用較好的版本作底本，精細審慎，務求存真地進行校勘，凡屬異文、誤字、漫漶、空缺、墨丁、脱漏、衍文、倒錯、妄增、誤删等處，皆分別校正，記入校記。凡不明者，注明待考。該集可謂是一部版本較好、校勘精細、存真少誤、可讀可用的戲曲集，而且又具極高的學術價值。

我國人民群衆了解三國歷史、三國人物，並非是因爲讀過陳壽《三國志》和羅貫中《三國演義》，大多是從看三國戲而獲知的。因而，我們校勘整理《三國戲曲集成》，是一件功在當代、澤被後世的工作，將爲繼承傳統優秀文化遺產、爲廣大專家學者提供寶貴的研究文獻資料，爲全國衆多的戲曲劇團和戲曲作家提供資料創作、改編、移植、演出的劇本，爲廣大戲曲愛好者及廣大群衆提供一個完備的三國戲曲讀本，爲衆多文藝形式提供創作素材，爲繼承弘揚優秀傳統戲曲文化，促進當代戲曲振興，推動文化大發展大繁榮都有重要意義。

鑒於我們的學識水平、時間精力所限，收録劇本或有遺珠，校勘有不妥之處，懇請學界專家學者和廣大讀者批評指正。

凡　　例

一、本書所收劇本敷演三國故事的時間自東漢靈帝中平元年(184)黄巾起義起,至晉武帝太康元年(280)吴亡三國統一于晉止。凡敷演這段歷史故事的戲,統稱三國戲。本書廣泛搜集三國戲曲資料,訂其訛誤,補其缺佚,爲廣大讀者和研究者整理出一部完整的《三國戲曲集成》。

二、本書校勘,以保留原本面貌爲主要原則,訂正文字時,既校異同,又校是非。即從諸本中選用善本作爲底本,以其他版本作爲參校本,對於確屬訛誤衍脱需要校訂改正者,均出校記。若原本有塗改之處,且不知何人所校,未睹真迹,不辨朱墨,又須採其説入校者,均稱"原校"。殘本處理情況同上。劇本若僅存孤本,無他本參校,則用本校法、理校法進行校勘。

三、校勘過程中出現的訛、脱、衍、倒等情況,採取統一格式處理。凡認爲某字爲訛字,則于正文中直接訂正;凡認爲某字脱去,則在正文中增加此字;凡認爲某字爲衍字,則删去;凡出現文字前後倒置的現象,則直接在對應處乙正,上述情況均出校記加以説明;凡是不辨正誤者,則一律注明待考。

四、劇本作者,依前人考定,一一補題。原本劇本多用簡稱,今均依題目正名改用全稱。原本未標楔子、折數、唱詞宫調曲牌名者,一仍其舊,一般不出校記。有些劇本過長,未分折、齣,今依劇情分折、分齣,出校説明。唱、白、科介或曲牌等提示,置於括弧之内。

五、區別對待異體字、通假字和通用字。全書中異體字加以統一。通假字不校不改。反映元明時期特殊用字習慣的通用字,如"們"作"每","杖"作"仗","賠"作"倍"或"陪","跟"作"根",等等,一般不作改動;若爲避免發生歧義而有所改動,則一律出校記説明。

六、關於劇中角色的唱詞、賓白和科介的次序,一般按照"××唱""曲牌名""唱詞"(或"唱詞＋賓白")的格式處理。若賓白或科介未標明所屬角色者,則需補充清楚並出校記;若遇"××唱"置於"曲牌名"之後,則在校記中注明"依例前移"。

七、本書採用通行的新式標點符號,版式爲繁體橫排,曲、白分開排。曲牌用黑月牙【 】;唱詞用五號宋體,賓白用五號仿宋體;襯字一般不特別標出,與唱詞字體同,若原本已標出,則用五號仿宋體;上下場詩同唱詞,用五號宋體;唱、念、白、科介等説明性文字用五號仿宋,置於圓括弧之内。

八、曲文斷句,均以曲譜定格,間遇文義斷裂之處,酌情改從文讀。雜劇、傳奇、花部、昆曲唱詞與賓白自然分段;同一支曲,唱中有夾白不分段,換曲牌則另起一段。京劇、現代戲唱詞與賓白,則按《後六十種曲》中京劇《曹操與楊修》體例分段分行。

九、劇本按元、明、清、現、當代分卷,若一卷劇本多,則分上、下册。每卷先雜劇,後戲文、傳奇;先完本、殘本,後存目。元、明、清雜劇傳奇諸卷每卷均以作者年代先後爲序。清代花部、晚清昆曲京劇、現當代京劇及地方戲諸卷,以三國故事發生的時間先後排列。有的劇本時間跨度較長,或故事發生時間難以考定,則酌情處理。

十、每劇解題,略述劇種、作者姓名及其簡介、劇目著録情況、劇本內容、本事來源、版本情況、以何種版本作底本、參校何種版本、歷年校點情況等,力求簡明扼要。戲曲存目,則須寫明作者、年代、著録、劇情、本事、版本情況等。清代部分某些劇目聲腔不詳者,一律按花部處理。

十一、每劇均按劇名、作者、解題、正文爲序排列。作者不知姓名者,清代之前署"無名氏",現、當代署"佚名"。

十二、歷代三國人物故事畫、劇本書影,置於每卷正文之前,作爲扉畫,不作插圖,標明出處。

2015 年 7 月 31 日　校理者識

《清代雜劇傳奇卷》前言

胡世厚　衛紹生

一

清代,三國戲更加豐富繁榮,不僅有雜劇、傳奇,而且出現了許多地方戲,統稱之謂花部。三國戲劇種之多、數量之富、影響之大,是任何一個朝代的歷史故事戲難以比擬的。

著錄版本

清代雜劇、傳奇中的三國戲,據《重訂曲海總目》《今樂考證》《曲錄》《古典戲曲存目彙考》及陳翔華《三國戲考略》,可知清雜劇三國戲有南山逸史《中郎女》、來集之《阮步兵鄰廝啼紅》、鄭瑜《鸚鵡洲》、尤侗《弔琵琶》、徐石麟《大轉輪》、稽永仁《憤司馬夢裏罵閻羅》、邊汝元《鞭督郵》、唐英《笳騷》、楊潮觀《諸葛亮夜祭瀘江》與《窮阮籍醉罵財神》、周樂清《丞相亮祚綿東漢》《真情種遠覓返魂香》、黃燮清《凌波影》、無名氏《祭瀘江》《耒陽判事》、萬樹《罵東風》、許名崙《梅花三弄》、張雍敬《三分案》、張瘦桐《蔡文姬歸漢》、無名氏《反西涼》《文姬歸漢》《黃鶴樓》等共22種。其中前15種今存劇本,後7種劇本佚。傳奇三國戲有范希哲《補天記》、曹寅《續琵琶》、維庵居士《三國志》、夏綸《南陽樂》、無名氏《錦綉圖》、《平蠻圖》(國圖藏本)、《西川圖》、《賢星聚》、《雙和合》、《世外歡》、《平蠻圖》(吳曉鈴藏本)、允祿《鼎峙春秋》、李玉《銅雀臺》、劉晉充《小桃園》、顧彩《後琵琶記》、劉百章《七步吟》、無名氏《古城記》、容美田《古城記》、雲槎外史《桃園記》、鳳凰臺上憶吹簫人《斬五將》、無名氏《八陣圖》、石子斐《龍鳳衫》、無名氏《青鋼嘯》與《三虎賺》等共22種,前12種今存劇本,後10種劇本佚。

今存雜劇三國戲劇本15種,其中刻本11種,抄本4種。版本收錄情況是：南山逸史《中郎女》，收入清鄒式金編《雜劇三集》，該集還收有鄭瑜《鸚鵡洲》、尤侗《弔琵琶》；徐石麟《大轉輪》，收入據《坦庵詞曲六種》影印的《清人雜劇二集》；稽永仁《憤司馬夢裏罵閻羅》，收入鄭振鐸據康熙刊本編的《清人雜劇初集》；唐英《笳騷》，收入自撰的《燈月閒情十七種》（又稱《古柏堂傳奇》）；楊潮觀《諸葛亮夜祭瀘江》與《窮阮籍醉罵財神》，收入自撰《吟風閣雜劇》；周樂清《丞相亮祚綿東漢》（簡名《定中原》）、《真情種遠覓返魂香》（簡名《波弋香》）兩劇爲《補天石傳奇》八種之兩種，有道光間靜遠堂刻本；黃燮清《凌波影》，收入自撰《倚晴樓七種曲》；來集之《阮步兵鄴廁啼紅》，爲作者《秋風三疊》之一，抄本，今存《傅惜華藏古典戲曲珍本叢刊》；邊汝元《鞭督郵》，今有清抄《桂巖嘯客雜劇二種》本，收存在《綏中吳氏藏抄本稿本戲曲叢刊》；無名氏《祭瀘江》，抄本，收入清人編《輕清雅韻》，傅惜華收藏，收入《傅惜華古典戲曲珍本叢刊》；無名氏《耒陽判事》，抄本，收入《清宮昇平署檔案集成》。

今存傳奇三國戲劇本12種，抄本9種，刻本3種。范希哲《補天記》，版本今有康熙年間刊刻的《綉刻傳奇八種》本，另有李漁《笠翁閱定本》。夏綸《南陽樂》，有乾隆乙丑（1745）叠翠堂刊本，上下二卷40齣；後經刪改，於乾隆壬申（1752）由世光堂合刻爲《惺齋五種》和稍後合刻的《新曲六種》，該本上下二卷32本，另有黃氏家藏抄本，29齣，卷尾題"南陽樂，昆弋全本"，此本係據世光堂本抄改的演出本。《世外歡》，清吳震生撰。《笠翁批判舊戲目》著錄，未題作者。《今樂考證》著錄，置於無名氏傳奇目。《言言齋劫存戲曲目》著錄《世外歡》爲《太平樂府十三種》之一，題可堂先生撰。莊一拂《古典戲曲存目彙考》於清吳震生名下，著錄《世外歡》，乾隆間刊本。該刊本，包括十二種傳奇，後又創作了《地行仙》傳奇，有單行本，所以《太平樂府》的重刊本又加上了這一種。這種重刊本又稱《玉勾十三種》，卷首有乾隆壬申（1752）厲鶚序。其餘9種，均係孤本的抄本，非常珍貴，均未經整理，且有7種不知作者。曹寅《續琵琶》，有清抄本，藏中國國家圖書館，《古本戲曲叢刊》五集據此本影印。維庵居士《三國志》，有靜遠堂新編《三國志傳奇》清抄本，上下兩册，44齣，中有少量文字殘缺：22齣尾殘，23齣頭缺，44齣尾殘，該本爲傅惜華收藏，收入《傅惜華藏古典戲曲珍本叢刊》）。

無名氏《錦綉圖》，《傳奇彙考標目》《曲錄》著錄，題洪昇撰，不知據何。《曲海總目提要》卷三十二著錄有《錦綉圖》，云"一名《西川圖》。演劉先主及諸葛亮謀取西川事，'昔人以川中水山佳麗，物產豐富，侔於錦綉，故以爲名也'。有據正史者，亦有采演義者，又有自作波瀾者，與《古城》《草廬》諸記，皆先主時事，可參觀也"。但未題作者。今見清宮昇平署抄本，題《錦繡圖》四齣總本，未署作者，內容亦非演劉備取西川事；故宮博物院圖書館藏《錦繡圖》，亦未署作者，僅有四齣提綱，並無劇本。提綱與昇平署本提綱相同。章培恒《洪昇年譜》、劉輝《洪昇集》均未提及洪昇有此劇本，故今將此劇暫置於無名氏下，待考。無名氏《西川圖》，今見中國戲曲學院圖書館藏抄本，劇寫諸葛亮博望燒屯事，共五齣——《三鬨》《敗惇》《繳令》《負荆》《蘆花蕩》。前四齣與清宮昇平署抄本《錦繡圖》敷演故事基本相同，只是《西川圖》將《錦繡圖》第一齣《登壇點將》與第二齣《贖頭爭印》合爲第一齣《三鬨》，將《錦繡圖》第三齣《博望燒屯》改爲第二齣《敗惇》，將《錦繡圖》第四齣《負荆請罪》析爲第三齣《繳令》、第四齣《負荆》，並增加了一齣《蘆花蕩》。二劇曲文稍有不同。

　　無名氏《平蠻圖》有二種，莊一拂《古典戲曲存目彙考》云："《平蠻圖》，此戲未見著錄。抄本。凡16齣，北京圖書館所藏，另有一種，即自《鼎峙春秋》中析出者，演七擒孟獲事。吳曉鈴亦有藏本。"此說有誤：一、北京圖書館（今國家圖書館）所藏《平蠻圖》，並非16齣，而是兩册32齣；二、另有一種爲吳曉鈴所藏《平蠻圖》，亦非是從《鼎峙春秋》析出，演七擒孟獲事，而是8本128齣，前四本演七擒孟獲事，後四本演諸葛亮北伐事。由此可知，莊氏並未親見此二種《平蠻圖》。陳翔華《三國戲考略》云："《平蠻圖》，存32齣。無名氏撰。見國家圖書館藏清抄本。（當非全帙。）"陳氏在注中指出莊說"'凡16齣'，實誤"。同時又從莊說，"按另有自《鼎峙春秋》析出七擒孟獲故事"。由此可知，陳氏只見過北圖藏本，未見過吳氏藏本。今見《平蠻圖》二種，內容、人物不盡相同。一本爲中國國家圖書館藏本，上下兩册，32齣，但此本確如陳氏所說"非全帙"，不符合該劇頭齣"開場始末"所說內容，既無七擒孟獲事，又無北伐事。另一本《平蠻圖》，抄本，爲吳曉鈴藏，8本，128齣。既有七擒孟獲事，又有北伐事，與國圖本《平蠻圖》頭場"開場始末"所說內容基本相同。但二本人物、曲文不同，當是兩種劇本。乾隆本《鼎峙春秋》有10本240齣，內有七擒孟獲事；嘉慶本《鼎峙春秋》亦有10本，224齣，內無七擒孟獲事。莊氏可能據此而言，並說吳氏有藏本，然吳氏藏本只有一半寫七擒孟獲事，還有一半是演諸葛亮北伐至五出祁山事。那麼從《鼎峙春秋》析出的七擒孟獲事的《平蠻圖》是何本？還是另有一本？待考。

　　《賢星聚》，孤嶼學人撰。莊一拂《古典戲曲存目彙考》云："《賢星聚》，此戲未見著錄，舊抄本，十六折，題孤嶼學人山蹇填詞。"李修生主編的《古本戲曲劇目提要》云："該劇共32齣，敷演竹林七賢逸事。今北京圖書館所藏抄本殘存下卷（後16齣）。"鄧紹基主編《中國古代戲曲文學辭典》亦云："該劇北京圖書館藏抄本，僅存下卷。"今查，該戲確爲上下兩卷32齣，上卷16齣爲傅惜華收藏，封面署《賢星聚院本》二卷32折，存16折；下卷16折存中國國家圖書館。上下卷二冊均爲舊烏絲欄精華，半葉九行，行二十字，筆迹相同，署名、印章均同。從此可知，此二冊爲同一版本，不知何故分離？今將上、下二卷合璧，收入《三國戲曲集成》。顯然爲存世孤本。

《雙和合》，清無名氏撰。今存程氏玉霜簃藏舊抄本，存中國藝術研究院，《古本戲曲叢刊》三集據此影印。當爲存世孤本。

另有《樊樹記》，不知作者。今存舊抄本，一卷17齣，藏浙江省圖書館，卷首有道光九年（1829）臥虹子題詞。李修生主編《古本戲曲劇目提要》未提此劇，但該書附錄二、李真諭《清初劇目補錄》著錄此劇，當爲存世孤本。該劇寫三國時下邳人劉綱先平海盜建功立業，後與妻子樊雲翹入道成仙。該劇故事雖不見三國史傳，但故事發生在三國時期，故予收錄。

思　想　内　容

清代雜劇、傳奇三國戲，與元、明三國戲相比，題材拓寬了，反映社會生活更廣闊，内容更加豐富，思想傾向更加鮮明。根據思想内容，大致分爲四類：

一是扶漢擁蜀，貶曹抑孫。清代雜劇、傳奇三國戲繼承元明雜劇、傳奇三國戲傳統，以蜀漢爲中心，以劉備、關羽、張飛、諸葛亮爲主要人物，突出扶漢擁劉貶孫曹的思想傾向。現存27種雜劇、傳奇三國戲，有10種寫此内容，如《三國志》《鞭督郵》《耒陽判事》《錦繡圖》《西川圖》《諸葛亮夜祭瀘江》《祭瀘江》、國圖本《平蠻圖》、吴本《平蠻圖》和《雙和合》。特別突出的是傳奇《三國志》、吴本《平蠻圖》。

《三國志》從劉、關、張桃園結義寫起，至劉備入蜀稱帝止，共44齣。其中凡蜀漢建國之前有關劉、關、張的重大歷史事件和傳說故事，幾乎無一遺漏，正如該劇第一齣"開宗"[古風]所言："二十四帝稱全盛，盛極而衰天數定。去宦除閹召外兵，三尺兒童笑何進。董卓豺狼性食人，温明廢立劫群臣。曹瞞草就勤王檄，列鎮紛紛動戰塵。雄强吕布人驚怖，昭烈關張起徒步。虎牢三戰赤兔奔,從此威名天下播。陶謙老病讓徐州,橫得金鱗旋脫鈎。失路英雄誰托足,寓公相府作黎侯。鳥離樊籠襲車冑,德不勝殘仍北走。鴻雁分飛各一天,直到古城重聚首。依劉逃宴沐仙風,三顧春雷起卧龍。曹操南征八十萬,軍師舌戰説江東。借得東風燒赤壁,周郎驚伏回天力。乘龍貴主續新弦,洞房劍戟調琴瑟。左龍右鳳入西川,恢復西南半壁天。四十五年延正統,三分鼎足古今傳。"在這44齣戲中,大都是寫蜀漢的戲,頌揚劉備仁德,天朝宗派,功濟楚蜀,統成大業;贊揚關張及趙雲、黃忠、馬超英勇善戰,功勳卓著;歌頌諸葛亮智謀絕妙,忠貞事主,爲劉備成就帝業,鞠躬盡瘁。對曹操欺君罔上,下壓群僚,殘殺忠良,忌殺賢才,奸詐殘忍以及曹丕篡漢予以批判痛斥;對孫吳爲奪荆州而圖謀害劉備、關羽,都予以揭露批判,擁劉貶曹、孫的思想傾向一目了然。

  國圖本傳奇《平蠻圖》上卷16齣寫蜀漢建國以後之事,孟獲謀反,攻奪城池,諸葛亮聞報,親自率師南征。下卷16齣寫孟獲歸順,諸葛班師,途祭瀘水,勝利回朝,並不像該劇第一齣"開場始末"所説內容。中缺七擒七縱,下缺北伐中原,該本實際是一殘本。吳本《平蠻圖》8本128齣,所寫故事,從吕凱獻圖起,至諸葛亮五出祁山班師止,劇情與人物與國圖本《平蠻圖》不同,但所寫故事與國圖本第一齣"開場始末"所叙故事基本相同,思想傾向都是擁劉、歌頌諸葛亮的。有一點值得一説,本劇取材於《三國演義》,但未有馬謖隨軍南征,更無其獻"攻心爲上,攻城爲下;心戰爲上,兵戰爲下"之策。此策乃諸葛亮之策,這樣寫是爲了突出諸葛亮的智慧謀略。另外,劇寫諸葛亮南征途中,凡遇到困難,均得到伏波將軍顯靈相助,此亦彰顯蜀漢事業順天應人,是擁劉的表現。

  傳奇《雙和合》,寫孔融反對曹操進魏王加九錫,於朝賀時怒斥曹操,被曹操殺害。曹操命搜殺孔府,二子已逃。長子友和已聘定陶謙之女,謙死,其女至蜀依靠姑父糜竺,次子信和已聘定張昭之女。孔融早知曹操不能容己,修下二封書信,讓二子逃走,讓"長子帶信赴川,面授劉皇叔,以便早結絲羅,並在彼處效用。待有機會,相同共扶漢室。這一封,次男帶至東吳,向爾岳父處投遞。成親之後,當以國事爲念。休戀東吳,須扶漢室"。孔融漢室忠良形象畢現。當孫權攻合肥,兩軍相峙時,張昭勸孫權與曹操講和。孫權同意派張昭爲使。曹操准和,但要求交出孔信和,張昭應允,並答應年年納貢,從中透出貶孫吳的思想。左慈到許昌,擲杯戲弄曹操,揭其戰敗之短:濮陽攻吕布之時,宛城戰張綉之日,赤壁遇周瑜,華容逢關某,割鬚棄袍於潼關,奪船避箭於渭水,並斥其"欺凌漢帝,屢弒后妃,慘戮忠良,侵殘黎庶"。扶漢貶曹、孫傾向非常鮮明。

至於《鞭督郵》《耒陽判事》《錦綉圖》《西川圖》《諸葛亮夜祭瀘江》《祭瀘江》等6種,均寫劉蜀事,突出贊頌張飛與諸葛亮。

二是不滿結局,翻案補恨。清代劇作家,有很多人對元雜劇《單刀會》、小説《三國演義》所寫三國歷史事件與人物的結局不滿,利用自己的生花妙筆,編造出自己理想的故事情節,以翻悲劇結局彌補歷史的缺憾,快人心意。寫這類故事的戲有《南陽樂》《定中原》《補天記》《大轉輪》《世外歡》《中郎女》《筇騷》《續琵琶》《波弋香》等9種。各劇所寫翻案補恨的情況不同,但從其所寫具體内容,可以看出其翻案補恨的心情。

夏綸的傳奇《南陽樂》,對《三國演義》寫諸葛亮病逝五丈原,未能完成興漢一統大業,諸葛亮不采納魏延從子午谷出奇兵之策並謀殺魏延,對劉諶力主抵抗不予以采納、殺妻子而自刎的結局不滿意,按己意重新改寫。劇寫諸葛亮六出祁山病重,禳星借壽,感動了天帝。天帝特命天醫華佗往蜀營治病,使諸葛亮康復。諸葛亮采納魏延兵出子午谷之策,殺了司馬昭,擒了司馬懿,大軍直搗魏都許昌,曹丕、華歆落荒投吳,爲蜀軍俘獲。諸葛亮遂殺華歆,囚曹丕,並命魏延發疑冢,戮曹操屍。曹魏滅亡。劉諶遵諸葛亮令,在李嚴幫助下,在白帝城抵禦陸遜之兵,賴關羽陰魂助陣,大敗吳軍。陸遜自刎,蜀軍直入建業,孫權投降被擒。諸葛亮軍與劉諶部凱旋回成都,斬曹丕、司馬懿,孫權因其妹回歸蜀漢而免死。蜀漢奸臣黄皓罪惡敗露,被處死。後主劉禪讓位給有昭烈遺風的北地王劉諶。諸葛亮完成了滅魏吞吳一統於劉漢的大業,激流勇退,辭歸南陽,以享天年。夏綸這樣描寫三國的結局,實屬荒誕,但使《三國演義》那樣的歷史悲劇,變成了喜劇,讀者觀眾看了心裏會感到愉悦,拍手稱快,解開了人們心中鬱結的疙瘩。正如清梁廷枏在《曲論》中所説:"錢塘夏惺齋綸六種傳奇,其《南陽樂》一種,合三分爲一統,尤稱快筆。雖無中生有,一時遊戲之言,而按之直道之公,有心人未有不拊掌呼快者!"

與《南陽樂》類似的戲,還有周樂清的雜劇《丞相亮祚綿東漢》,又稱《定中原》,爲其《補天石傳奇》之一。作者對諸葛亮"出師未捷身先死",未能實現三分一統、功成退隱的願望,蜀漢亡、司馬氏統一天下不滿,改寫爲諸葛亮六出祁山,兵屯五丈原與曹魏司馬懿對峙。諸葛亮借禳星、設計,誘司馬懿出兵至葫蘆谷,戰敗並將司馬懿父子燒死。諸葛亮乘勝兵分三路攻魏,會師鄴都,滅了曹魏。東吳知魏亡畏懼,遣諸葛瑾爲使奉表稱臣。蜀漢從而統一天下。劉禪禪位給北地王劉諶,諸葛亮辭官歸隱南陽茅廬。這樣結局,雖不符歷史,但爲蜀漢翻案補恨,大快人心。

清周樂清雜劇《真情種遠覓返魂香》,簡名《波弋香》,爲《補天石傳奇》之八。劇寫曹魏時荀彧子荀粲娶驃騎將軍曹洪女曇香,成婚一年,情深意篤。不久,曇香得重病,荀粲心急火燎,到處尋醫,偏偏請個庸醫,曇香溘然而逝。荀粲心中悲苦,焚香疏告蒼天,疑陰間有作弊之事。鬼卒拾得文稿,呈送閻王。閻王奉冥王旨令,延請神醫華佗同勘庸醫殺人之罪,並遣鬼卒勾荀粲生魂前來看勘。閻王罰庸醫轉生爲糞蛆。閻王查出曇香陽壽未終,但須百日後纔能返魂,皮肉難免不腐爛。華佗讓荀粲去海外波弋國尋返魂香,以求曇香儘快復生。荀粲爲妻尋香,途中遭蛇虎之厄、狐兔之災,都被華佗派去暗中保護的土地神消除。荀粲歷經艱辛,不貪女色,終於求得波弋香,救活了曇香。夫妻設筵望空拜謝華佗。本事出於《三國志·魏書·荀彧傳》注引《晉陽秋》,荀彧子粲,字奉倩,好言道,尚玄遠。"粲常以婦人者,才智不足論,自宜以色爲主。驃騎將軍曹洪女有美色,粲於是聘焉,容服帷帳甚麗,專房歡宴。歷年後,婦病亡……粲痛悼不已,歲餘亦亡,時年二十九。"又,《世說新語·惑溺》亦云:"荀奉倩與婦至篤,冬月婦熱病,乃出中庭自取冷,還以身慰之。婦亡,奉倩後少時亦卒,是以獲譏於世。"然而本劇翻婦死悲劇史實,令其復活,夫婦偕老,以快人心。但是,本劇更突出的是荀粲對妻子的一片真情。

《中郎女》《笳騷》《續琵琶》三種戲,題材相同,人物、情節各異,但有一個共同點,是爲戲曲小說中的大漢奸臣曹操翻案。《中郎女》寫魏王曹操平定北方後思修國史,派王粲攜重金去番地贖蔡中郎之女文姬。如左賢王不允,隨同王粲去的大將可以武力搶奪。左賢王無奈,忍痛割愛。蔡文姬與兒女灑淚而別。文姬還朝,曹操使與其早有婚約的董祀重偕伉儷。文姬繼承父業,續寫成國史,受到皇上與曹操賜賞。該劇名爲歌頌才女蔡文姬,實爲曹操的武功文治張目。《笳騷》寫曹操不忍故友蔡中郎之女流落外鄉,遣使攜金璧彩緞,與可汗講和通好,贖取文姬歸漢。文姬聞訊悲喜交加,左賢王無奈,不忍見生別,乃遣二子爲文姬餞行。作者將《胡笳十八拍》糅入劇中,反復吟唱,描寫文姬去往兩難的心情,哀婉動人。該劇與《中郎女》不同,沒有用武力威脅,表現了"華夷重積善"的民族友好思想,亦爲曹操唱贊歌。《續琵琶》則與前兩劇不同,劇寫蔡邕被董卓強召出仕,後爲王允所殺,其門生收斂殘骨回鄉。蔡文姬被匈奴所擄,得配左賢王。文姬苟且偷生,閑來拈筆創詞，寫出《悲憤詩》，並創成《胡笳十八拍》。烏桓王偷襲匈奴，左賢王被殺。文姬帶領番兵移帳近漢寨，寫表上奏漢庭，請求救兵。曹操即命曹彰爲大將軍，董祀爲參軍，前往平定烏桓之亂，並宣取文姬歸漢。曹彰打敗烏桓王，救了匈奴，董祀已找到文姬，同回中原。董祀送文姬祭祖，王粲則奉旨宣文姬入朝，授以校書之職，續寫《漢書》，攢成文治。該劇主要是借文姬父女之事褒揚曹操的武功文治。從《三國演義》和元明三國戲看，亦屬翻案之作。

范希哲的傳奇《補天記》所寫，既爲《單刀會》中的魯肅翻案，又爲《三國演義》伏后被曹操殺害補恨。劇寫伏后被曹操殺害，冤魂到女媧廟告狀求助。東吳君臣欲害關羽而復取荆州，關羽單刀赴會。此劇改《單刀會》陰謀卑怯的魯肅形象，使其成爲在關羽慷慨陳詞的感動下，深明大義，撤回伏兵，結盟共攻曹操的漢室忠良形象，表示"只願得政返天王，我和你（指關羽）做一殿僚"。伏后之魂附周倉之身，指明讓關羽精忠報主。女媧氏知漢室復興無望，告知伏后前世爲吕后，曹操前世爲韓信，此番相迫乃報前世之仇；又通過天隙，讓伏后親睹曹操身受地獄之苦，平其怨氣，消其仇恨。

吴震生傳奇《世外歡》，寫漢末蔡瑁在京師洛陽與未發迹的曹操結交，却無意爲官，在俠士趙儼幫助下娶趙、陳二妻，經商致富。曹操平定荆州，聘蔡瑁出仕，瑁拒，曹操賜其莊田財帛，蔡瑁廣造華厦，與二妻共用歡樂。後魏帝立，封蔡瑁爲逍遥公，二妻爲一品夫人，又招晉王司馬昭親戚羊綉爲婿，享盡榮華。蔡瑁、曹操，《三國志》《三國演義》均有其人，但該劇故事情節爲作者虚構編造。蔡瑁在史傳與小説中均是劉表妻弟，掌荆襄兵權，劉表死，縱容劉琮降曹，獻出荆襄，爲曹操建功立業之功臣，然而在赤壁之戰被曹操誤殺。該劇寫曹操不忘舊情，聘其爲官，賜其莊田財富，讓其享盡榮華富貴，其子稱帝，又賜顯爵。顯然這是爲曹操誤殺忠良悔過補過，爲冤死的蔡瑁翻案補恨。同時揭示了應聘做官，仕途險惡；爲民經商，平安致富，享盡人間歡樂，有批判現實弊端之意。

三是借古喻今，針砭時弊。清代劇作家對現實不滿，借他人酒杯，澆個人胸中塊壘。寫這類題材的故事有《窮阮籍醉罵財神》《憤司馬夢裏罵閻羅》《阮步兵鄰廂啼紅》《賢星聚》等四種。

楊潮觀雜劇《窮阮籍醉罵財神》，寫阮籍過財神廟，大笑大哭，指斥錢神顛倒賢愚，善惡不分，使普天下的窮書生都貧卧空齋，使勢利小人家財萬貫。阮籍斥責社會不公和見錢忘義的小人在金錢面前，"躬身下拜，笑口相陪"，氣節喪盡，廉耻全無。錢神惱怒，令名繮、利鎖二魔勾取阮籍生魂來考問，結果名繮、利鎖都被阮籍挣脱。錢神只得以禮待之，令鬼卒將阮籍生魂送回。該劇顯然是對社會不公、黑白不分、官場腐敗、黎民罹苦的深刻揭露與無情批判。

稽永仁《憤司馬夢裏罵閻羅》寫烏老死而復生後，去看望司馬貌，告訴他他是因爲多燒紙錢，所以能從陰司返回，司馬貌大怒，大罵閻羅，憤世間不平事："夷齊讓國却反遭飢餓，盜蹠食有結果，顏命夭彭壽多，范丹窮苦石崇樂。岳少保忠良表，秦太師依舊没災禍，這都是你輪回錯欠停妥。"稽永仁典舉後世事雖不妥，但借司馬貌之口，控訴幾千年來歷史上好人多遭殃、奸人多善終的反常現象，表達了對現實社會不公平的不滿。

來集之的《阮步兵鄰麛啼紅》，作者借阮籍哀悼鄰居家逝去的青年女子之機，哭訴時世不公，導致自己不得志，"當今金刀既折，禾鬼又催，司馬氏常踞中原，鷹揚萬里。可奈慘殺名士，流毒英賢，豈是吾輩進取時節！只得行己在清濁間，待人作青白眼，長嘯天外，慟哭途窮"。表達了對社會現實弊端的不滿，具有時代意義。

傳奇《賢星聚》寫竹林七賢星散及其後人於竹林重聚之事。劇寫嵇康爲友遭誣被殺；劉伶終日醉酒，心灰意冷；阮籍拒徵，遊歸而死；向秀投司馬昭門下，却不獲大用，心中抑鬱，作了《思舊賦》後，不知去向；阮咸拒仕而逃；王戎位在三公，見世事多虞，遂罔利自污，後到竹林，感念群賢星散，也起了退隱之心；山濤官拜吏部尚書，廉潔自守，見識超群，多次請辭不准。後來，謀害嵇康的吕巽被發配戍邊、誣殺嵇康的鍾會在蜀謀反，被司馬昭擒獲，爲嵇康平反雪了冤。嵇康之子嵇紹起爲秘書丞，時常懷念父親，與山濤之子山簡來到竹林，在黃公酒壚，邊看黃公繪的《竹林雅集圖》，邊聽黃公講竹林七賢故事，起了七賢後人再聚之意，托黃公代爲聯絡，七賢後人齊集山府後園相聚。事爲皇帝知，得到朝廷旌表。該劇反映了三國魏朝政日非、吏治黑暗、黑白不辨、賢者不得志的社會現實。作者借此抒發對現實社會的不滿。

四是抒發情懷，表現愛恨。寫這類故事的有《凌波影》《弔琵琶》《鸚鵡洲》等三種。

黃燮清雜劇《凌波影》，取材於曹植《洛神賦》，寫曹植朝覲歸藩，途宿洛川驛。夢見洛川女神到來，說其在凡間與曹植有未了之緣，約來日在洛川相會。曹植夢醒，覺得仙姬似曾相識，次日如約前往洛川，遠遠望見一仙姬脉脉含情盈盈欲語，便朝她一拜，欲問其來蹤去影，仙姬答話撲朔迷離，不得其解。曹植想上前與之親近，又恐越禮，猶豫之間，仙姬隱去。待要追去，眼前出現面目狰狞的魔障。曹植自遇仙姬，心中依依難忘，後知仙姬乃洛川之神，名宓妃，乃仿宋玉賦神女、相如賦美人，寫就《洛神賦》，以抒發情懷。劇情簡單，文字優美，抒情性强。作者通過曹植對洛川仙姬的戀情，把人的情和欲，嚴加區分，肯定情而否定欲，表達了"有情而不越禮"的思想。

尤侗的雜劇《弔琵琶》前三折寫昭君别漢遠嫁，投江自殺，後魂還故宫見漢元帝。第四折，寫若干年後，蔡文姬被匈奴擄去，被左賢王納爲閼氏，"忍辱偷生，悲憤無聊，我想自古及今，惟有昭君和番，與我無二。所愧者只欠一死耳"。於是攜酒至青冢祭昭君墓，並爲昭君彈琵琶奏《胡笳十八拍》，傾訴自己不幸的遭遇和思念故鄉之情。請聽：

【梅花酒】我奏胡笳將心事傳。這不是别鵠離鸞，也不是唳鶴啼猿，又不是落葉哀蟬。按新聲只十八拍，則訴幽怨倒有千萬言。憶當年，逐戎旃；逐戎旃，出陽關；出陽關，到陰山；到陰山，嫁樓蘭；嫁樓蘭，惡姻緣；惡姻緣，淚潺湲；淚潺湲，望秦川；望秦川，幾時還？幾時還，想夫憐；想夫憐，恨綿綿；恨綿綿，問青天。

【收江南】問青天，何意胭脂顔色喪祁連？似這般娥眉宛轉委花鈿，倒不如魂歸冥漠魄歸泉！

這兩支曲文把文姬的不幸遭遇、悲憤幽怨、思歸之情傾訴出來，文詞優美，情深意切，感人至深。

鄭瑜的雜劇《鸚鵡洲》，寫禰衡死後，其靈魂與鸚鵡冢所埋的鸚鵡的靈魂對話，對不肯重用他的劉表、殺他的黃祖，毫不責怪，以爲過去的結局皆是自取；爲曹操言行辯護，歌頌其功德；對劉備、關羽、周瑜、孫權、孔融、楊修等人給予評議批判。這些話，應該反其意而看之。劇本開頭眉批説得明白："鄴中四雪，才情横溢，舌藻紛披，真可嗣響臨川（按指湯顯祖）。老瞞（按指曹操）翻案，狡獪作戲耳，莫向癡人前説夢。"這就明確地表明，不要被表面的文字所迷惑，這只是用遊戲的方式、戲謔的語言，批判曹操。其中飽含了作者對現實社會是非顛倒、忠奸不辨的不滿之情。

人　物　形　象

清雜劇、傳奇三國戲中的人物，有許多不同於元雜劇與《三國演義》，他們是在戲曲與小說框架的基礎上，根據作者自己創作意圖，重新塑造的人物。在衆多人物中，特別值得稱道，與戲曲、小說完全不同的有四位，這就是諸葛亮、劉諶、魏延、魯肅。

諸葛亮在《三國演義》裏，位居蜀漢丞相、軍事統帥，誓承遺志，北伐中原，謀取天下一統。他六出祁山時，病篤五丈原，但他仍然與命運抗爭，希望禳星借壽，以完成先帝托孤之重：滅魏、吳一統天下的大業。然而，他抵抗不了命運，也就是說改變不了歷史，"出師未捷身先死"，真正做到了"鞠躬盡瘁，死而後已"，成爲留下許多遺憾的悲劇人物。然而《南陽樂》的作者，却不讓諸葛亮死，讓他禳星感動天帝，天帝命大醫華佗到蜀軍救治，暗施仙丹，讓孔明口服病癒。孔明以爲是禳星之效，禳星雖帶有浪漫色彩，但畢竟帶有迷信成分，可是天帝不采用直接增壽的辦法，而是讓華佗親去蜀營治病，並給"仙丹"（實際是藥），救活孔明，這又使浪漫的天醫和現實的看病服藥相結合，增加了可信性，也是一種高明的表現手法。

孔明不死，這是劇情的根本轉折，可以讓他實現北伐中原一統天下的夙願。特別是讓孔明改變對魏延的偏見，虛懷若谷，采納《三國演義》中不用魏延出兵子午谷的險棋，結果使出兵子午谷的偏師魏延，和出兵斜谷的馬岱、姜維合兵，殺了司馬昭，擒了司馬懿，大軍直搗許昌，俘獲了落荒而逃的曹丕，滅了曹魏。繼而北地王拒吳，水陸並進，大軍直抵建業，迫使孫權出降。凱旋之日，孔明却辭歸南陽，以享天倫之樂，實現了他在《三國演義》中出山的諾言，功成身退。這種歷史的反差，却給人們心靈帶來了安慰，解開了鬱結千年的死結，真是大快人心事，解恨樂天年。既去掉了歷史事實中諸葛亮用兵非其所長的弱點，又彌補了《三國演義》中諸葛亮形象的缺點，把諸葛亮塑造成了一個嶄新的完美的藝術形象。

北地王劉諶，這個人物以往論者涉及較少。《三國演義》據史實作了較爲詳細的描述，小說在卷二十四《蜀後主輿櫬出降》中寫道："後主從譙周之言，正欲出降，屏風後轉出一人，厲聲而罵曰：'偷生腐儒，豈可妄議社稷大事，自古安有降天子哉？'後主視之，乃第五子北地王劉諶也。"後主與諶曰："'今大臣皆議可降，汝獨仗血氣之勇，欲令滿城流血耶？'諶曰：'昔先帝在日，譙周未嘗干預國政。今妄議大事，輒敢亂言，甚非理也。臣竊料成都之兵尚有數萬，姜維全師皆在劍閣，若知魏兵犯闕，必來救應，內外夾攻，可獲大功。豈可聽腐儒之言，輕廢先帝之基業乎？'後主叱之曰：'汝小兒豈識天時也！'諶叩哭曰：'若理窮力屈，禍敗必及，便當父子君臣背城一戰，同死社稷,以見先帝可也。奈何降乎!'後主不聽,令近臣拖下殿階。諶踴躍大哭曰:'吾祖公公非容易創立基業,今一旦棄之,吾寧死不辱也。'後主令推出宮門,遂令譙周作降書,賚玉璽來雒城請降。北地王劉諶聞知,十二月初一日,君臣出降,怒氣衝天,乃帶劍入宮。其妻崔夫人問曰:'大王今日顏色異常,何也?'諶曰:'魏兵將近,父王已納降款,明日君出降。吾欲先死以見祖公公,不屈膝於他人也!'崔氏曰:'賢哉!賢哉!得其死矣!妾請先死,王死未遲。'諶曰:'汝死何也?'崔夫人曰:'王死事父,妾死事夫,其義皆然。夫死妻亡,何必問焉!'言訖,觸柱而死。諶將三子殺之,並割妻頭,提於昭烈廟中,伏地而哭曰:'臣之肝膽,祖父盡知;羞見基業棄於他人,故先殺妻、子以絕挂念,後將一命報祖!祖如有靈,知孫之心!'大哭一場,眼中流血,自刎而死。蜀人聞知,無不哀痛。"以上描述,已將一個忠於蜀漢、孝於先祖、不甘屈辱苟活、剛烈凜然的藝術形象塑造出來,文字雖簡,但栩栩如生的鮮明形象,躍然紙上,可歌可泣,感人至深,同時給人留下痛切的遺恨。如若據城抗敵,外有姜維大軍接應,歷史似可重寫。

　　正因爲後主劉禪還有這樣一位可欽可敬的兒子,所以,夏綸便把復興漢室、繼承漢統的大任寄托在劉諶身上,在傳奇《南陽樂》中塑造了忠而至孝、勇而有謀、剛正無邪、敢於與奸佞鬥爭,最後除奸、滅魏、吳,繼承漢室皇位,統一天下的仁主明君,既爲自己補恨,更爲蜀漢統一天下補了大恨。

　　戲的第一齣,就寫劉諶夫婦關心國事,爲後主失聰寵信權宦黄皓而憂心如焚。劉諶在朝堂上斥責黃皓弄權,而昏庸的劉禪却拒不納諫,包庇袒護黃皓。致使後來黃皓接受司馬昭的賄賂,設毒計暗殺劉禪,陰謀未逞,嫁禍劉諶,使重兵圍困北地王府;進而誣陷諸葛亮兵重有二心,動搖劉禪對諸葛亮的信任、地位和伐魏的部署。後來後主命劉諶到祁山五丈原探問諸葛亮病症。

　　諸葛亮禳星,感動天帝,用華佗藥,病除康健。是時,諸葛亮得知魏曹丕派華歆使吳,説服孫權,出兵攻蜀,孫權派陸遜率師征蜀漢。蜀漢兩面受敵,十分危險。諸葛亮則讓探病的劉諶急回白帝城,迎擊吳軍。

　　劉諶在白帝城得到大將李嚴的同情、支持,並按諸葛亮伐吳的部署,劉諶從水路、李嚴從陸路率軍攻吳,進軍途中,得到關羽陰魂大刮陰風幫助,大軍直搗建業,迫使孫權出降。諸葛亮率部陷許昌,擒曹丕,滅曹魏,與劉諶凱旋回成都。劉禪自認"才庸德薄""碌碌庸愚",主動將帝位傳給劉諶,讓北地王"承祧嗣統,以撫萬方"。劉諶上表三辭,後主不允,則登基繼位。劉諶登基,繼承漢統,天下一統,人心大快。劉諶是夏綸在《南陽樂》中精心塑造的一個嶄新的藝術形象,在他身上寄托了仁君治理天下的理想。

魏延在《三國演義》和《南陽樂》中都是一位重要的人物,但藝術形象截然不同。

《三國演義》中的魏延,羅貫中基本上是按照歷史事實進行加工塑造的。但是,爲了突出他的反叛,作者在小說中增加了一些虛構的情節。比如卷十一《黃忠魏延獻長沙》中寫魏延救黃忠殺韓玄爲兩段,"引百姓,投拜雲長。雲長大喜,遂入城"。應該說,魏延爲百姓,殺韓玄,投奔劉備是明智之舉,獻城池是有功的,棄暗投明也是值得稱道的。劉備待降將魏延甚厚。當雲長引魏延來見,孔明喝令刀斧手推下斬之。玄德驚問孔明曰:"魏延乃有功無罪之人,軍師何故欲殺之?"孔明曰:"食其祿而謀其主,是不忠也;居其土而獻其地,是不義也。吾觀魏延腦後有反骨,久後必反,故先斬之,以絕禍根。"玄德曰:"若斬此人,非安漢之上計也。"力勸免之。孔明對降將采取雙重標準,他對黃忠、馬超、馬岱、姜維以及益州的衆多降臣降將,沒說過不忠不義,爲什麽單對砍殺舊主獻城的魏延一見就要殺呢?關鍵在於魏延腦後生有反骨。這本來是無稽之談,反骨何樣?魏延身穿戎裝,孔明何以得見?當然,這是小說的虛構,旨在說明諸葛亮智慧絕倫,有先見之明,爲以後謀殺魏延埋下伏筆。

魏延投奔劉備之後,在取益州、奪漢中等戰役中,英勇善戰,屢立戰功。小說在《曹孟德計殺楊修》一則中,特別虛構了"操招魏延歸降,延惡言大罵。操令龐德戰之","延拈弓搭箭,射中曹操。操翻身落馬"的情節,表現了魏延對蜀漢的忠誠和作戰的英勇。劉備進位漢中王,封魏延爲漢中太守。魏延不負劉備重托,固守漢中,抗擊曹魏,確保了蜀漢北大門的安全,爲諸葛亮南征平定南中解除了後顧之憂。

受托孤輔政的諸葛亮,對劉備器重的大將魏延,雖然疑慮,但因其勇猛尚可利用,仍委以重任,但是他總是想找機會謀除魏延。小說在《孔明火燒木柵欄》一則中,曾虛構了孔明企圖將引誘司馬懿入上方谷的魏延一同燒死。而孔明將此事推給楊儀,致使魏、楊結怨。魏延不是完人,有缺點錯誤,居功自傲,甚至有時説些對孔明不滿的話,但他跟隨孔明南征北戰,出生入死,屢立戰功,至此未見其有叛蜀投魏的異心。

小說特別虛構了魏延撞滅孔明禳星之燈的情節,使孔明增壽的希望破滅了。姜維大怒,拔劍欲殺魏延,孔明急止之曰:"是吾命已絕,非文長之過也。"孔明當面說"非文長之過",暗地裏却部署殺魏延之計。

孔明在病榻上,令魏延追殺魏兵,待魏延趕走魏兵回營後,置魏延於不顧,安排後事。魏延蒙在鼓裏,不知孔明已死及死後的安排。費禕奉楊儀之命探察魏延,告魏延孔明昨夜三更已辭世,命其斷後以擋司馬懿,"丞相一切事務,盡托與楊儀;用兵秘法口訣,皆授與姜維"。魏延對自己蒙受屈辱遭受冷落不受信用雖然大怒,但尚有理智,顧全大局,想着蜀漢事業。魏延說:"丞相雖亡,吾今見在。楊儀乃府下之人,焉能任此大事?只可扶柩入川,擇地遷葬。吾自率大軍,必要成功。"魏延所說,話雖傲慢,却是實情。六出祁山已付出很大代價,取得一些勝利,迫使司馬懿不敢出戰,實屬不易,這時退兵,前功盡棄。因此,魏延說"豈可因丞相一人,而廢國家大事耶?"何況伐魏的大將仍在。應該說,這是一個很好的意見。費禕不用好言勸阻,反而用孔明遺言壓魏延,說:"丞相遺令,教且暫退,不可洩漏,將軍何故自戰也?"魏延本來對孔明用兵就有看法,聽費禕這樣一說,愈加憤怒,說:"丞相當時若聽我計,取長安久矣!向者楊儀欲燒吾於葫蘆谷内,幸得天佑,降下大雨,因此火滅,方得全生,至今尚未雪恨。吾官現任前將軍、征西大將軍、南鄭侯,安肯與長史楊儀斷後耶?"這話說的是實情。魏延當時應是蜀漢第一位大將。

魏延這裏重提舊事,意在說明一出祁山孔明不用其計而失敗,孔明決策不一定正確;遺令"教且暫退"也不一定是上策,不一定聽從。孔明將兵權交給楊儀,讓魏延受制於楊儀並為其斷後,是有意激化楊、魏矛盾,激怒魏延,煽起魏延的復仇心理,讓他們火拼,為魏延反叛製造口實。

費禕早知孔明欲殺魏延,如今又聽命於楊儀,用假話欺騙煽動魏延,更加助長了魏延的不滿情緒和奪取楊儀兵權的欲望。魏延聽信費禕說服楊儀交兵權的話,然而他久去不來,心中疑惑,乃喚馬岱商議令其打探消息。馬回報說"後軍仍是姜維總督,前軍大半已退入谷中去了"。魏延大怒說"豎儒安敢戲吾耶!吾必殺之"。在這種被欺騙、被遺棄的情況下,魏延無可奈何,"即拔寨引兵盡望南行"。為了截殺楊儀,竟然不遵從孔明遺命,擅自行動,燒毀棧道,給蜀漢軍隊撤退帶來困難,這就鑄成大錯。

小說卷二十一《武侯遺計斬魏延》中,虛構了讓馬岱斬魏延的情節,其中突出的有兩點:一是魏延與何平戰,兩軍陣前,何平一席話,瓦解了魏延之兵,只有馬岱三百兵不動。魏延這裏已處於孤立無助、走投無路的境地,前有楊儀率的大軍,成都又無後主的支持,手下也無可用之兵。到這時,他已經窮途末路,完全絕望了,方與馬岱說:"吾平生有眼如盲,不識好人。舊日隨吾戰將皆棄吾而去，惟公在此。吾殺了楊儀，先雪此恨，後取西川，易如反掌，與公同享富貴，生死休離寸步。""馬岱大聲而言曰：'吾恨諸葛亮不肯大用，今遇明公，願盡心竭力以圖進取！'延大喜，遂與馬岱追殺何平。平引兵飛奔而走。魏延與馬岱商議曰：'我等投魏若何？'岱笑曰：'將軍之言，不智甚也。'延曰：'目下兵少糧缺，安能濟事乎？'岱曰：'大丈夫武藝過人，不自圖霸業，何故區區屈膝於他人下哉？吾觀將軍，智勇足備，兩川之士，誰敢敵乎？吾願同將軍先取漢中，若此處得之，民足可爲兵，糧足可爲食，西川唾手可得也。將軍又何疑焉？'延曰：'公言是也。'遂同馬岱引兵直取南鄭。"馬岱是諸葛亮安排在魏延身邊的內線臥底人，不僅監督魏延，而且策反魏延。到這時，小說纔寫出魏延投魏叛蜀的話，真正走上背反的道路，犯下了反叛的罪行，這罪是當誅的。

二是當魏延兵臨南鄭時，楊儀派姜維出戰。姜維在陣前大罵魏延反賊，而魏延橫刀勒馬而言曰："伯約，不干你事，只教楊儀來。"這時，楊儀打開錦囊，方知已埋伏有斬魏延之人，並且道出："丞相在日，知汝久後必反，教我提備，今果應之。"結果按錦囊計，魏延被馬岱斬於刀下。不論人們怎樣爲《三國演義》中的魏延開脫辯解，魏延最終還是背反了，有言有行，鐵證如山，所以，魏延被斬，是罪有應得；魏延死得不冤，因而也無冤可平。當然，魏延是在諸葛亮的精心策劃，馬岱策反被逼無奈走上反叛道路的。這就是小說中的魏延。

夏綸在《南陽樂》裏，不僅爲魏延補恨，而且爲魏延徹底平反昭雪了，讓其出奇兵，直搗許昌，爲滅魏立下了巨大功勳，成爲一個忠於蜀漢、有勇有謀的藝術形象。夏綸爲塑造魏延忠勇的形象，突出地寫了三點：

第一，孔明采用魏延的出兵子午谷攻魏之計。在《南陽樂》裏，孔明禳星病癒，魏延向孔明報告軍情，説魏已聯合孫吳夾擊蜀漢。孔明聞報，一方面令北地王劉諶去白帝城同李嚴拒吳；一方面召集諸將，商討伐魏之策。孔明在這裏一反小說所寫，而是集思廣益，聽取衆將意見，特別是采用魏延一出祁山提出的兵出子午谷的奇計，說明孔明已接受沉痛教訓，改正以往對魏延的偏見和個人專斷的做法，樂意聽取衆將意見。

第二，魏延滅魏立功。劇寫魏延奉丞相將令，領兵一萬，從子午谷山辟小路晝夜進兵，和馬岱夾攻，殺了司馬昭，擒了司馬懿。然後和馬岱乘勝攻破許昌，曹丕和華歆趁亂改裝逃走投吳，爲姜維擒獲。歆被殺，丕解成都。魏延奉孔明之令，挖掘了曹操七十二疑冢，果然得曹操屍，將他千刀萬剮，戮屍銼骨揚灰，只留首級回繳。殺司馬昭，擒司馬懿，陷許昌，使姜維得以截獲落荒而逃的曹丕，發疑冢戮曹操屍，魏延成了滅曹魏、一統天下的大功臣，這不僅爲孔明補恨，而且更是爲魏延補恨。

第三，魏延奉命前往南陽向孔明問安。傳奇先寫魏延、蔣琬及劉禪送丞相歸南陽餞別，後寫劉諶繼帝位之後，奉命"齎禮敕，前往師相南陽府第，恭問近安"。在《三國演義》裏孔明是不喜歡魏延的，對他深懷偏見，不信任，認爲他"久後必反"，因而設計謀殺了魏延。而在傳奇《南陽樂》裏寫孔明與魏延關係很好，特別安排讓魏延去南陽向孔明問安，是作者的匠心，説明魏延是孔明信任重用的，將帥關係是好的，是滅魏吞吴、一統天下的英雄、功臣。這樣雖違背歷史，但順遂民意，愉悦人心，讀者觀衆是可以接受的。

魯肅在關漢卿《關大王單刀會》中是一位使奸謀、卑屈怯懦的人物。爲討荆州，魯肅設計賺關羽過江赴宴，暗設伏兵，於席間謀討荆州，關羽若不允，則將其扣留。當魯肅在宴席上索討荆州時，展開了舌戰，關羽嚴詞相駁，針鋒相對，劍拔弩張。關羽急中生智，一手捉住魯肅，一手執劍相逼，直奔江邊而來，堂堂東吴都督乖乖送關羽登船，魯肅三計落空，卑怯之像畢露。而在清范希哲《補天記》中，一反前情，魯肅與關羽英雄相惜，是知心老友，力主聯劉抗曹、復興漢室的忠良。邀請關羽赴宴，並非魯肅本意，是甘寧、吕蒙二將所逼。劇本用了五齣篇幅，重塑魯肅形象。十四齣《赴會》，宴席上魯肅提還荆州事，關羽以"天下者，大漢之天下；荆州者，大漢之荆州"之理，讓魯肅不要有"非分要求，不守臣君大義"，更不要作"曹瞞之續"。魯肅説當日借荆州是他作保，由於他從中協調，未讓東吴興兵征討。繼而又説關羽獨自渡江，不怕我酒中伏鳩，江上邀兵？關羽説"此論雖危，某諒大夫決不及此"，進而以蜀和吴與魏相持利害之義，"大夫深静有爲，謀謨淵遠，決不作此小人之妄爲，有誤萬全之勝算。此則關某所以不恐來耳！"魯肅聞關羽所説吴蜀相依唇齒，滅曹共作王臣，又何分隴蜀荆吴之至論，"五内如崩，再敢自欺，難遮天日"。當即下令"撤甘、吕回軍，勿生後悔"。甘、吕軍雖撤，但怨魯肅"枉稱國老，計謀卑蕘，循昔苟安居，尸素將身保"。

在二十一齣《心疚》，魯肅上場表白心迹，"我魯肅不才，有辱江東素望，奈江東局小，實爲魯肅痛心。自周公瑾死後，主公命我代鎮危邊，日籌軍國。若依下官愚見，自當和好鄰封，並力殺賊，得一朝天心協順，曹操滅亡，國正民安，酬功報德，我這東吴將帥，未必不到封侯之地。乃爾計不出此，畢竟時時刻刻，寸寸銖銖，定要與劉備爲寇仇，又只以荆州爲得失。前日關公赴宴，議論頗雄，凡有知識之人，自當聞言點首。惟我這甘、呂二位，膠柱性成，固執天就，再不能破其一塊癡念也"。這樣只能"向隅慚愧，妍醜怎生同"。不僅如此，吳侯手敕"嗔我臨江會上輕縱雲長，所以嚴加詰責"。魯肅睦鄰拒曹的政策，見識高遠，難讓君臣理解，遂發出"天呵！不意江東之主帥偏襌，盡是一流人物也。孺子不足謀，一至於此"的怨言，氣得口吐鮮血。

甘、呂二將對魯肅放關羽回棹不滿，私自駕舟觀景巡江，結果被周倉擒獲。關羽看在魯肅面上，讓放其歸，"令他們洗心知改"，然而他們却有意歸降曹操。

在二十五齣《忠殞》中，魯肅有志難酬，憂慮成疾，臨死之前，傾吐肺腑之言："我魯肅一片忠貞，滿腔正氣，只願得操賊成擒，天王返政，朝廷之法律重新，臣子之肝腸不廢，（淚介）炎德仍光，亂臣授首，我念畢矣。"彌留之際，告誡甘、呂二將戰守之道：

【前腔·換頭】（外）戰守因時非無量，總只在氣勢精詳。當日公瑾主戰，戰賊也，戰曹也，戰曹正是戰賊，戰賊正該戰曹。君父之仇，不共戴天，悖逆兩參，彼勞我逸。加之以忠義之迹，不得不爭，利鈍之間，了然在握。即便一敗塗地，身死國亡，到底不失爲忠臣孝子，此公瑾當年，萬萬不可不戰也。想公瑾當時程創，顧不得利害存亡。（丑、副）今日何以不該戰呢？（外）今日非不要戰，但不當與劉備戰耳。（丑、副）各爲封疆，安有不戰而得者。（外）請問二位，戰敗劉備，得了荆州，還是與曹賊抗衡乎，還是爲曹賊驅使乎？若爲曹賊驅使，曹賊既爲漢賊，我反爲漢賊之賊，若與曹賊抗衡，曹賊要脅天子，收拾人心已久，我即幸而克之，那些向在曹賊手下之豪傑英雄，未必就肯響服。倘一旦又或割裂支分互爲消長，是去一賊而生千萬賊也，設或不克，這江東一隅，安能保守？假就能守，恐我殺了一個劉氏宗枝，得了幾尺劉家土地，得土地、殺天潢之聲名，與那挾天子令諸侯之聲名，較分伯仲，只怕我們罪過，反不如曹賊之可以遮飾耳。論消除分明指掌，並非我倒詞鋒相欺誑。（丑、副）若依大夫說來，今日江東該做何事？（外）江東尚在尊周繼亡，須與那劉玄德呵，如金似石兩匡襄。

（暈死介）（丑、副、雜哭叫介）

【太師垂繡帶】（外）我淚原枯，情猶愴，復歸來，終成露瀼。我有遺表一通，在於笥篋之內，望乞二位將軍，早達主公座下。（丑、副）還望大夫教我二人，如何處置國事？（外）只是睦鄰殺賊，凜尊正朔，應天順人，因時達變而已，再無他法。

從上引述可見，魯肅是一個眼光遠大、志宏難展、正直坦蕩、憂國憂民、心痛致死的大漢忠臣形象。這是作者重塑的一個嶄新人物，有悖於《單刀會》與《三國演義》。其中蘊含着深刻寓意。

縱觀清代雜劇、傳奇三國戲，繼承了元明雜劇、傳奇三國戲傳統，但又有自己的特點。這些劇本大多是清初至道光間文人創作的作品，雜劇多側重抒情，傳奇則長於叙述故事，特别是情節複雜、人物衆多、跨度時間長的内容，寫成多種百餘齣劇本。然而，清代的雜劇、傳奇三國戲僅知《南陽樂》等少數劇目演出過，大多未見演出記載，實際成爲案頭文學。而留傳下來的傳奇劇本大多又爲抄本、孤本，少爲人知人見。如今我們收集起來，加以校點整理，既保留了我國古代戲曲珍貴文獻，又爲戲曲研究與愛好者提供閲讀與研究資料。

二

通過改編小説和歷史故事，借用戲曲的形式來宣揚禮義廉恥、忠孝節烈等傳統道德規範，是清代宫廷大戲的基本套路。以對《三國演義》再演繹爲主要内容的《鼎峙春秋》，走的同樣是這樣一條路子。從形式上看，《鼎峙春秋》是以《三國演義》爲藍本，對三國故事進行再演繹，但實際上，《鼎峙春秋》是通過對《三國演義》的重新演繹，來宣揚傳統的思想倫理道德觀念，借以達到教化之目的，與《三國演義》借演繹三國歷史來傳達作者的歷史觀、價值觀和英雄觀有很大不同。

《鼎峙春秋》的版本與作者

現今所見《鼎峙春秋》多爲抄本。以作者所見，其版本主要有：首都圖書館藏清内府抄本、故宫博物院藏清代昇平署抄本和昆弋腔工尺譜本、綏中吴氏藏抄本和日本東京大學東洋文化研究所藏雙紅堂文庫零殘本等。其中綏中吴氏藏抄本僅有第十段、第十一段和第十三段，而非全本。另，臺北"故宫博物院"亦收藏有《鼎峙春秋》抄本，惜未見其書，不知屬於内府抄本還是昇平署抄本。

　　首都圖書館藏《鼎峙春秋》爲乾隆朝內府抄本，長達二百四十齣。該本是現存《鼎峙春秋》最早的本子，也是昇平署抄本的祖本。該劇分爲十本，每本又分爲上下。除第三本二十三齣、第八本二十五齣外，其餘各本皆爲二十四齣。每齣題目、曲譜、唱詞、賓白、科諢俱全。各齣題目與《三國演義》等古代章回體小說相似，大多爲七字句，且從第一本第一齣開始，奇偶齣目皆講究對仗。例外者僅有第八本（上）第三、第四兩齣，題目皆爲四字句；第十本第十四齣爲六字句，作"遭譴墮陰冰山"。中華書局1964年出版的《古本戲曲叢刊》第九集收錄的《鼎峙春秋》，就據此本影印。

　　故宮博物院藏《鼎峙春秋》有三種版本。一是清嘉慶本，總二百二十四齣，每齣題目爲四字句，如第一齣"宣揚德化"，第二齣"開道家門"，第三齣"備議投軍"，第四齣"黃巾作亂"，等等。與乾隆朝內府抄本相比，該本少了諸葛亮南征收服孟獲等內容。《故宮週刊》於1930年第一百零一期開始，把故宮博物院藏嘉慶本作爲孤本進行連載，至1934年第四百二十六期連載完畢。二是清代昇平署演出本提綱。該本爲演員演出題綱，分本分段，每本二十四齣，每齣題目皆爲四字，與嘉慶本約略相同。但該本僅有出場人物和簡略的道具說明，沒有曲譜、唱詞、賓白、科諢等，且各本不全，僅有頭本、二本、五本、六本、七本、九本和十本，三本、四本和八本缺，無法得窺《鼎峙春秋》原貌。此外，還有正角題綱、閑人和演職員題綱等，如二段十一齣"鞭打督郵"，劉備由祁進祿扮演，關羽由李三德扮演，張飛由張明德扮演，魏明由賈德祿扮演，庫吏由王成業扮演。角色題綱從頭段至二十八段，中間偶有殘缺。題綱第十本後有"二十年九月初二日准排"和"二十七年四月初四日准底"兩行說明。乾隆之後，在位二十七年以上的清帝有道光和光緒二人。由此可知，此故宮博物院藏本應爲道光年間演出本。三是崑弋本《鼎峙春秋》曲譜。該本每齣有曲譜和唱詞，間或有賓白科諢說明。該曲譜爲工尺譜，對研究傳統崑弋腔很有幫助。這兩種版本都收錄在《故宮珍本叢刊》之中。海南出版社2001年版的故宮珍本叢刊《各種題綱》，係據此影印。

　　綏中吳氏藏抄本《鼎峙春秋》，僅見十段、十一段和十三段，主要演繹關羽故事，起於關羽屯土山約三事，至計取樊城爲止。其內容大致相當於首都圖書館藏《鼎峙春秋》的第四本卷下和第五本的卷上與卷下。該本題目與故宮博物院抄本相同，亦作四字。十段共六齣，分別是一齣"計說權允"，二齣"秉燭待旦"，三齣"張飛落草"，四齣"小宴却物"，五齣"投紹借兵"，六齣"銅雀大宴"；十一段共四齣，分別是一齣"赤兔歸關"，二齣"怒斬顏良"，三齣"袪貪得城"，四齣"劉張相會"；十三段共八齣，分別是一齣"議兵會戰"，二齣"失陷汝南"，三齣"子龍大戰"，四齣"荆州見表"，五齣"馬跳檀溪"，六齣"新野遇庶"，七齣"曹仁起兵"，八齣"計取樊城"。該本爲昆弋腔演出本，其現存部分唱詞與故宫博物院藏昆弋本《鼎峙春秋》曲譜唱詞完全相同，因此可以判定該本與故宫博物院演出本出自同一系統。

此外，日本東京大學東洋文化研究所收藏的《鼎峙春秋》零殘本，係內府抄本，祖本應是首都圖書館藏《鼎峙春秋》。廣西大學出版社2013年出版的日本東京大學東洋文化研究所雙紅堂文庫藏《稀見中國抄本曲本彙刊》第一册收録有該版本。

《鼎峙春秋》屬於宫廷大戲，最初是在宫廷演出，主要是演給皇帝、大臣和后宫嬪妃侍從們看的。首都圖書館藏《鼎峙春秋》內府抄本既是文學劇本，又是演出本，唱念做打、曲辭賓白、科諢且末、場面佈景等一應俱全，內容比較豐富，但案頭化傾向比較明顯。昇平署演出本爲演出題綱，各齣人物、角色、演員以及唱詞、曲譜等，都通過題綱來表現，而唱念做打、曲辭賓白、科諢且末和場面佈景等，題綱中則很少顯示。因此可以推斷，昇平署演出本主要是給戲班演員和樂師看的演出本，雖然缺少唱念做打、曲辭賓白、科諢且末、場面佈景等，但演員和樂師一看就明白。清代宫廷大戲都是由固定的戲班演出，演員和樂師對演出內容和套路都很熟悉，有個題綱提示一下，對他們來說已經够了。不過，從研究的角度看，首都圖書館藏本更有價值。所以，通過《鼎峙春秋》探討三國故事如何從本是演義到重教化的變化，主要依據則是《古本戲曲叢刊》第九集所收首都圖書館藏《鼎峙春秋》。這一點也是需要首先説明的。

《鼎峙春秋》的作者，學界一直有不同説法。首都圖書館藏清內府本抄本不著撰人。莊一拂《古典戲曲存目彙考》"周祥鈺"條載："周祥鈺，字号、里居未詳，與鄒金生皆參與編纂《九宫大成南北詞宫譜》。"該條下有《鼎峙春秋》之目，其文云："《鼎峙春秋》，《曲録》著録，昇平署抄本。與鄒金生等同編。言蜀漢《三國志》故事，抄襲《草廬記》《錦繡圖》等傳奇而成。凡十本五卷。"①但事實上，故宫博物院藏昇平署抄本《鼎峙春秋》，不論演出本還是昆弋腔本，皆不著撰人，唯綏中吳氏藏《鼎峙春秋》抄本作"周祥鈺、鄒金生撰"。

---

① 莊一拂《古典戲曲存目彙考》卷十一，上海古籍出版社1982年，第1305頁。

此本屬故宮博物院演出本系統,曾經流傳於民間,故王國維以爲昇平署本《鼎峙春秋》作者爲周祥鈺和鄒金生同撰。目前學界不少人都持這種觀點,把《鼎峙春秋》的著作權歸之於周祥鈺。

但是,據清昭槤《嘯亭續錄》記載,此劇當是莊恪親王允祿所撰:

  乾隆初,純皇帝以海內昇平,命張文敏製諸院本進呈,以備樂部演習……又演目犍連尊者救母事,析爲十本,謂之《勸善金科》,於歲暮奏之,以其鬼魅雜出,以代古人儺祓之意。演唐玄奘西域取經事,謂之《昇平寶筏》,於上元前後奏之。其曲文皆文敏親製,詞藻奇麗,引用內典經卷,大爲超妙。其後又命莊恪親王譜蜀、漢《三國志》典故,謂之《鼎峙春秋》。又譜宋政和間梁山諸盜及宋金交兵,徽欽北狩諸事,謂之《忠義璇圖》。其詞皆出日華遊客之手,惟能敷衍成章,又抄襲元明《水滸義俠》、《西川圖》諸院本曲文,遠不逮文敏多矣。嘉慶癸酉,上以教匪事,特命罷演諸連臺。上元日惟以《月令承應》代之。其放除聲色至矣。①

《勸善金科》《昇平寶筏》《鼎峙春秋》和《忠義璇圖》是清乾隆朝的宮廷大戲,《勸善金科》和《昇平寶筏》是張照奉敕所撰,而《鼎峙春秋》和《忠義璇圖》則是莊恪親王允祿奉敕所撰。莊恪親王允祿是康熙第十六子,其初行次爲第二十六,康熙三十四年(1695)生。雍正元年(1723)三月,出繼爲莊靖王博果鐸後,襲封莊親王。十三年(1735)九月,受高宗命總理事務,掌工部事兼議政大臣。乾隆七年(1742)六月,受命總理樂部事。乾隆三十二年(1767)卒,時年七十三歲,諡恪。《鼎峙春秋》當作於莊恪親王允祿總理樂部事之後,也就是乾隆七年之後。其作者可能是莊恪親王允祿,也可能是樂部其他官員。在昭槤看來,莊恪親王允祿奉敕所撰《鼎峙春秋》和《忠義璇圖》的曲文,顯然不及張照奉敕所撰《勸善金科》和《昇平寶筏》。昭槤的評價雖然未必公允,但這段記載中透露的資訊却值得注意,即乾隆朝的四部宮廷大戲,分別是由張照和莊恪親王奉敕編纂的。而《鼎峙春秋》等連臺本的演出,到了嘉慶癸酉年(1813),嘉慶皇帝因白蓮教起義纔在宮中罷演連臺本戲,而以《月令承應》代之。

近代曲學大家吳梅在《莊親王總纂〈九宮大成南北詞譜〉叙》中,曾言及

---

① 昭槤《嘯亭續錄》卷一"大戲節戲",文淵閣四庫全書本。

周祥鈺參與編纂《九宮大成南北詞譜》事:"遜清乾隆七年,和碩莊親王奉敕編《律呂正義》後編,既卒業,更命周祥鈺、徐興華輩分纂《九宮大成南北詞譜》八十一卷,至十一年刊行之。其間宮調分合,不局守舊律;搜采劇曲,不專主舊詞。弦索簫管,朔南交利。自此書出而詞山曲海,彙成大觀。以視明代諸家,不啻爝火之與日月矣。"①按,乾隆七年,莊恪親王允祿總理樂部事,故吳梅所言和碩莊親王係誤,當是莊恪親王允祿。命周祥鈺、徐興華分纂《九宮大成南北詞譜》者亦當是莊恪親王允祿。據此可知,莊恪親王允祿總理樂部之時,周祥鈺應在樂部供職,故而有可能參與編纂《鼎峙春秋》。但道光年間昇平署演出本把《鼎峙春秋》的著作權歸於周祥鈺和鄒金生,尚缺實據。

以教化爲宗旨重新演繹《三國演義》

清代宮廷大戲之演出主要是爲了滿足帝王與大臣們的聲色之欲,並借助戲曲的形式宣揚封建倫理道德觀念,以達教化之目的。《鼎峙春秋》對《三國演義》進行再演繹,與其他清代宮廷大戲一樣,是以宣揚教化爲目的。這一目的,在第一本第二齣"三分鼎演義提綱"中,借開場人的開場白説得很明白:

(内白)借問臺上的,今日搬演誰家故事?(八開場人白)搬演的是《三國演義・鼎峙春秋》。(内白)這《三國演義》久經行世,怎麽又喚《鼎峙春秋》?(八開場人白)這本傳奇原編的是漢末故事,當初獻帝懦弱,權勢下移,宦官有蔽日之威,黃巾有燎原之勢。欲平内亂,因召外藩。孫不滿袁,申約忽然背約;卓還繼操,拒奸適以迎奸。天子不保其后妃,朝士盡遭其荼毒。猶幸中山有後,與關張共誓死生。並無尺土可依,向孫曹互爭雄長。雖身經百戰,艱窘備嘗,而名播四方,勳庸懋建。況趙雲、馬超諸將,勇略無雙;且伏龍、鳳雛二賢,神機不測。是以操有許褚、張遼之輔,莫挫英鋒;權有周瑜、魯肅之謀,卒無成議。一軍合德,四海歸心。則吳也魏也,何難一鼓而平!乃天也數也,僅畫三分之局。智如諸葛,不得轉其幾;聖若關公,未能一其統。然而仁義中正,實足彪炳于

---

① 王衛民編《吳梅戲曲論文集》,中國戲劇出版社,1983年,第474頁。

一時；文武聖神，自垂鴻號於千古。欲傳其事，必究其詳。

該劇雖然是以《三國演義》爲藍本，但畢竟是對《三國演義》進行再演繹，所以劇目稱《鼎峙春秋》而不稱《三國演義》。從全劇來看，主要人物是曹操、劉備、關羽和諸葛亮，整個劇情就是圍繞這幾個中心人物展開，其他如荀彧、荀攸、郭嘉、孫權、周瑜、魯肅、張昭等，則是因需要而隨時出場的陪襯而已。這一特點，在綏中吳氏藏抄本《鼎峙春秋》中表現得更明顯。該本的主角是關羽，從屯土山約三事開始寫起，一直寫到關羽計取樊城。關羽成了綏中吳氏藏抄本《鼎峙春秋》唯一的主角。至於三國故事，《鼎峙春秋》則主要圍繞蜀和魏展開，孫吳之事很少涉及。諸葛亮七擒孟獲，在整個劇本中占了很大的比重，從第九本第六齣"千軍擁一相征蠻"開始，其後除穿插進去的天庭和地獄等宣揚因果報應、懲惡揚善的內容外，全是圍繞諸葛亮七擒孟獲展開。孟獲歸順蜀漢之後，劇情則戛然而止，而《三國演義》演繹得有聲有色的六出祁山和九伐中原，則由於可能"犯忌"等原因而不見蹤影。所謂的"鼎峙"，實徒有其名。

以教化爲目的，宣揚封建倫理道德，歌頌大清王朝，是作者創作此劇的主要目的。這一目的，作者在開場白中就開宗明義：

> 當今聖主，軫念愚蒙，欲申懲勸。借場中傀儡，爲振聾啓瞶之方；傳古往音容，樹激揚濁清之準。廣羅紀載，弗使以訛傳訛；曲證源流，詎肯將錯就錯？善其善，惡其惡，存三代直道之公；是則是，非則非，定百世不刊之案。音流簫管，傳口角以如生；身上氍毹，繪形神而酷肖。今逢大賚，共樂昇平。廣幕徵歌，譜千秋之軼事；鈞天奏樂，洽萬國之歡心。要使普天下愚夫愚婦看了這本傳奇，莫不革薄從忠，尊君親上。臺下的莫當作妙舞清歌，輕輕觀聽過了。

從這段開場白不難看出，作者創作此劇的目的主要有三點。其一是"無如原本所傳，頗多失實之處"，要借《鼎峙春秋》糾正《三國演義》的失實之處，以正視聽，所謂"廣羅紀載，弗使以訛傳訛；曲證源流，詎肯將錯就錯"；其二是借人們熟知的三國故事"欲申懲勸"，所謂"借場中傀儡，爲振聾啓瞶之方；傳古往音容，樹激揚濁清之準"；其三則是"是是非非"，傳達和宣揚作者認爲的正確觀念，所謂"善其善，惡其惡，存三代直道之公；是則是，非則非，定百世不刊之案"。正是出於上述目的，作者借開場人之口，用一段【漢宮春】宣揚了本劇的宗旨："海宇承平，取漢家遺事，鼓吹休明。獻帝皇綱不振，宦寺持衡，崔苻嘯聚，裹黃巾舞弄刀兵。欲戡亂，賊還繼賊，始終貽患宮廷。賴有中山英嗣，在桃園結契，金石聯盟。各抱滿腔忠義，南北縱橫。草廬算定，魏蜀吳，鼎足支撐。把賢奸面目，一齊都付新聲。"作者通過戲曲的形式重新演繹三國故事，真正目的則是爲了歌頌大清帝國和乾隆皇帝，借用劇中佛祖的話說，是"自漢以後，代有令主，然德亦小成，國亦小康，未能永延福祚。當今明德維馨，群黎於變，誠一代開天之主，萬世無疆之業也"。誠如衆菩薩、羅漢所唱頌的那樣："皇圖天廣，同天更把天開，還說甚耆蒲稽顙天街。殊俗盡遵正朔，異族都來計偕。四海朝宗，敬將王會畫圖裁；人無遐邇，問底事心和意諧。這是聖明在上，老幼安懷，恩施普披，怎教不近悅遠來？"

《鼎峙春秋》是一部以三國故事爲藍本的歷史劇，更是一部宣揚封建教化的教化劇。爲達宣揚教化、歌頌大清王朝的目的，劇本充分利用戲曲舞臺演出的特點，借助三國人物和故事，通過天庭、地獄與人間的場景轉換，懲惡揚善，貶奸褒忠，表現作者的善惡觀念和是非標準，宣揚忠君事親的思想觀念。就此而論，作者的創作目的基本實現。但不可否認的是，過於直露地宣揚封建教化，一定程度上削弱了戲曲的藝術性，也減弱了戲曲藝術的感染力。

借用佛道二教宣揚封建教化

《鼎峙春秋》宣揚封建倫理道德觀念，主要是通過佛教和道教實現的。全劇借用世俗化的佛教和道教宣揚封建教化的總計有二十齣，除第一本第一、第二齣開宗明義表明這樣的目的外，還有第八本第十五、十六、二十一、二十二、二十三、二十四齣，第九本第三、第五、第二十四齣，第十本第一、第二、第三、第七、第十四、第二十一、二十二、二十三、二十四齣。三者合計達二十齣之多，占了全劇的十二分之一。如果僅就第八、第九、第十本而論，借用天庭、地獄等場景和菩薩、閻王、小鬼等世俗化佛教與道教宣揚封建教化者，占了四分之一。如此大的比例，在歷史題材的傳統劇目中是很少見的。

《鼎峙春秋》借用佛教和道教宣揚封建倫理道德，主要有三種形式，其一是點化，其二是褒揚，其三是懲戒。

所謂"點化"，就是"一句話驚醒夢中人"。在《鼎峙春秋》中，最典型者是普净點化關羽。關羽敗走麥城,被吳將馬忠所殺,魂靈飄飄然來到了玉泉山,與參禪悟道的普净禪師夢中相遇。普净點化道:"一切有爲法,如夢幻泡影,如露亦如電,應作如是觀。"他告訴關羽,"君侯前身,乃是佛門紅護也。降生塵世,不昧初心。然昔非今是,一切休論,後果前因,彼此不爽"。接着,他又指點關羽:"看人生渾如朝暮,滴溜溜是荷葉上一顆珠,只待動微風,吹處有還無。若能夠解得泡影燈光是此軀,那時節人我雖殊縱一途。"得普净禪師指點,關羽覺性頓開,但是仍然丢不下"忠義"二字,所謂"漢室凌夷,奸臣覬覦,某欲申大義於天下,奠乂邦家。不料中道被戕,此心未免耿耿"。普净又點化道:"事由天定,必非人力能回。君侯無煩悲惋,且善惡報應,將來自見分明,更不必以目前曹輩憤矣。君侯精忠炳日,大義燭天,即不滿意於紅塵,却已策名於紫府。這便是善有善報了。"經普净反復點化,關羽終於幡然醒悟,放下了人間紛争,轉而順應天命,安心做他的三界伏魔大帝去了。

　　第二是褒揚,就是借助佛教和道教的形式對忠臣烈士進行表彰。在《鼎峙春秋》中,受到褒揚的是那些爲劉漢或蜀漢盡忠效力的忠臣烈士,他們中間既有關羽這樣蓋世無雙的英雄,也有禰衡這樣恃才不羈的文士。不過,對忠臣烈士的褒奬不是在現實中完成的,而是通過道教和佛教纔得以實現的。如關羽,其前身是佛教紅護法,因降生塵世,忠義無雙,上帝敕封他爲三界伏魔大帝。金星所宣玉旨,借天界表明了對關羽的褒揚:"彰善庳惡,上帝之權衡;往古來今,明神之赫濯。既彰不世之勳,宜錫非常之典。資爾關某,河東毓秀,涿郡呈材,秉素志於春秋,焕彝倫於海嶽,合天地人以立極,兼智仁勇而用中。旗常既彰其勳伐,雲漢應耀其精靈。兹封爾爲三界伏魔大帝。嗚呼!鼎足三分,空抱餘忠於運數;馨香萬秋,常昭未有於生民。裕汝乃心,欽於時命。"至於漢末其他死事諸臣,"俱志在滅曹,心存翊漢,但期有利於國,不敢自愛其身",忠義昭昭,也受到了上天的褒奬,正所謂"兩間正氣,聿鍾特出之英;一代偉人,茂著非常之績。在秀靈所毓,自古爲然;而忠義所垂,於今爲烈。所奏潛獻之世死諸臣,金石盟心,冰霜勵志。國家板蕩,猶以事尚可爲;天步艱難,敢云臣力已竭。或清君側,或舉義旗,或合謀以扶宗社之危,或併力以討奸雄之罪。是其拗銅撅鐵,投炎火而不爍;至於腰玉懸金,視浮雲之無有。雖則委身抒難,無補朝廷,然而大義精忠,式昭雲日。准加寵錫,用闡幽光"。在這些被褒奬的人群中,董承、丁原、盧植、王允、种輯、何進、華佗、禰衡、楊奉、吉平等,因"抱忠竭志、爲國捐軀、大義昭然、堪爲世法",死後一個個超生天府,榮登仙班。

第三是懲戒。懲戒是宣揚教化的一種主要形式。劇本借助對曹操等奸佞的懲戒，宣揚封建倫理道德，以達教化世俗之目的。不少齣目借助佛教和冥界的威力，懲罰曹操等奸佞，宣揚了報應不爽的因果輪迴觀念，具有激濁揚清之功效。如第八本第廿一齣"獄帝奏申彰癉權"，東嶽大帝以爲曹操惡貫滿盈，當受冥誅，遂上靈霄寶殿，奏知上帝，以伸天憲。他向上帝奏道："今陽間曹操，並逆黨華歆、郗慮等，窮凶極惡，罪不容誅，合該拿赴陰司，大加懲治。"上帝准其奏，頒詔曰："稂莠不去，則害良苗；邪慝不懲，必回經德。所奏曹操等，性秉豺狼，迹同鬼蜮。肆爪牙之毒，輒敢奴隸其君；因羽翼之成，甚至荼毒其後。置鴆而皇嗣畢命，張網而貞士罹刑。命爾陰曹，褫其奸魄，備予非常之罰，以昭無上之誅。"《鼎峙春秋》把曹操形象作爲巨奸來處理，所以，不論東嶽大帝的奏章，還是上帝的玉旨，都直斥曹操一黨篡逆殘暴，窮凶極惡，罪不容誅。劇本通過這樣的形式，反復強調曹操一黨倒行逆施，篡逆殘暴，既是爲懲戒曹操一黨作鋪墊，同時也是爲了告誡人們，忠君愛國是傳統倫理道德，是必須遵守的紅綫，一旦違背它是要付出慘痛代價的。

　　該劇利用佛教和冥界，對那些欺君罔上、助紂爲虐、不忠不義、背棄人倫之人給予了最嚴厲的懲罰。如第十本第七齣"七殿嚴刑誅國賊"中，董卓、李傕、郭汜、賈詡等不顧名義，謀奪神器，既受顯誅，又伏冥刑：董卓包藏禍心，窺竊神器，問鐵床之罪；李傕、郭汜挾制君父，殺戮官民，受鋸解之罪。這時候，舞臺上出現鐵床、鋼鋸等道具，鬼卒將董卓抬上鐵床，對李傕、郭汜施用鋸刑，血糊里拉，十分恐怖。劇本就是通過這樣一種具有震懾性的恐怖場面，追求懲惡的效果，以收警醒世人之功。在第十本第十四齣"遭譴墮陰冰山"中，曹操、華歆、郗慮、賈詡等人，因其生時威勢煊赫，炙手可熱，死後則被打入寒冰地獄，遭受寒冰地獄的懲罰。不過，董卓、曹操等人遭受的懲罰並沒有就此結束，他們最終被打入十殿輪迴，在下一個輪迴中托生爲各種扁毛畜生蟲豸：董卓、曹操大逆大惡，董卓變龜，曹操變鱉，着伊孳性無倫，仍遭殛凶惡犯之劫；李傕變鼠，郭汜變羊，李儒變狼，賈詡變狼，張濟變豬，樊稠變熊，郭嘉變猿，程昱變狼，許褚變猿，張遼變蚯蚓，荀彧變豹，荀攸變虎，華歆變兔，郗慮變兔。這時，舞臺轉輪下轉出各種扁毛畜生蟲豸，罪人戴各色獸畜形皮，從中地井入，輪轉出，至中場，一個個都作哭泣狀。這眼淚既是經受地獄懲罰的痛苦之淚，也是他們懺悔生時作孽的悔恨之淚。在道教和佛教的話語體系中，背棄倫理道德、作惡多端的人終究要遭受報應，而在因果輪迴中托生爲畜生蟲豸，就是對大逆不道、作惡多端之人最爲嚴厲的懲罰。

《鼎峙春秋》通過懲罰曹操等人，目的在於震懾世人，警醒世人，讓世人繃緊心中的倫理道德之弦。

不論點化、褒揚還是懲戒，其目的都是爲了宣揚封建倫理道德，教化世人遵守封建倫理道德規範，不要做大逆不道、不忠不孝之事，以維護清朝統治。對於皈依佛教和迷信道教的人來説，《鼎峙春秋》這樣處理或許能夠收到一定的效果，但對於不相信因果業報和世道輪迴的人來説，在劇中如此多地穿插具有濃厚説教意味的佛教和道教内容，不僅不能收到應有效果，反而讓人味同嚼蠟，産生完全相反的效果。清代自乾隆朝開始，宮廷大戲就一直在上演，但宮廷大戲自乾隆朝以後反而開始走下坡路，則從另一方面證明清代宮廷大戲或許收到了娱人耳目的效果，而對社會發展及百姓倫理道德水準的提升則没有發揮多大作用。

根據教化需要對三國故事再改造

《鼎峙春秋》是一部典型的教化劇，它明言"借場中傀儡，爲振聾啓聵之方；傳古往音容，樹激揚濁清之准。廣羅紀載，弗使以訛傳訛；曲證源流，詎肯將錯就錯？善其善，惡其惡，存三代直道之公；是則是，非則非，定百世不刊之案"，讓天下百姓"革薄從忠，尊君親上"，以達懲勸之目的。爲此，作者不僅對《三國演義》進行改造，而且對三國故事和三國歷史進行再改造，以宣揚封建倫理道德觀念，使之更加符合封建教化之需要。

首先是對《三國演義》整體結構進行再改造。三國始於漢末大亂，諸侯紛争。在豪强四起之時，曹操挾天子以令諸侯，占據天時，統一北方；孫權據父兄基業，占據地利，割據江東；劉備出身布衣，却以正統相號召，獨得人和，最後在巴蜀建立了蜀漢政權，與曹魏、東吴成鼎足而三之勢。最後，三國歸晉，司馬炎建立了西晉政權。《三國演義》演繹這一階段歷史，從劉備與關羽、張飛桃園結義開始，先寫宦官弄權、黄巾之亂、漢帝播遷、諸侯紛争，再寫三國鼎立，相互攻伐，赤壁之戰、彝陵之戰以及充分展示諸葛亮才智的七擒孟獲、六出祁山等，都寫得有聲有色。最後是三分成一統，天下歸晉。總之，不論歷史進程還是《三國演義》，都是按照天下大勢合久必分、分久必合的演進邏輯進行的。再看《鼎峙春秋》，三國鼎立之前的情節發展，雖然與三國歷史及《三國演義》有很大不同，但主要事件和情節大抵相同。而三國鼎立之後，則完全不同。劇本在對諸葛亮七擒孟獲濃墨重彩加以表現之後，劇情便戛然而止,此後的三國歷史,如諸葛亮六出祁山,姜維九伐中原,高平陵之變,鍾會、鄧艾平蜀後被殺,司馬誕、毌丘儉等起兵造反,舉凡對曹魏或司馬氏不利的事件,則全部捨棄。這種僅取其有利者以宣揚"革薄從忠,尊君親上"觀念,而罔顧歷史真實的現象,不僅是對歷史事實的不忠,而且是對歷史進程的割裂。

其次是對故事情節進行再改造。雖然劇本開宗明義指出《三國演義》"原本所傳,頗多失實之處",想要"廣羅紀載,弗使以訛傳訛;曲證源流,詎肯將錯就錯",但《鼎峙春秋》爲宣揚封建倫理道德,在情節設計上不惜借重連孔夫子都不願意説的"怪力亂神",不時地穿插天庭旌封和地獄審判,濃墨重彩地表現天庭、地獄等對已入鬼録之人的褒獎或懲罰。如第八本和第十本,分别用了六齣和九齣的篇幅,通過"怪力亂神"等超現實的力量,來宣揚因果報應和封建倫理道德,以達懲惡揚善、勸誡教化之目的。第四、五、六齣正在敷衍諸葛亮征伐孟獲到了緊要關口之時,忽然在第七齣穿插進"七殿閻君誅國賊",由七殿閻君對董卓、曹操等進行地獄審判。第十四齣也屬於這類情況,在諸葛亮平南蠻面臨功敗垂成之時,又來一出地獄審判,讓八殿閻君審判曹操等人,使之經受堕入百尺冰山之苦。這樣的情節改造,不僅冲淡了劇情,對戲劇情節結構造成了很大的損害,而且給人劇情凌亂不堪、情節前後不搭之感,不能不説是敗筆。

最後是對故事細節進行再改造。爲宣揚封建教化,劇作者對三國故事的許多細節進行了再改造。如《鼎峙春秋》對三國故事"連環計"的改造,就很有代表性。其一是對紫金冠關目的改造。《三國演義》中,王允打造一頂紫金冠送給呂布,呂布到府致謝。《鼎峙春秋》則改造爲貂蟬製作了紫金冠,王允差人送給呂布,呂布登門致謝,貂蟬則因紫金冠之事,出來爲呂布敬酒。這樣的改造,就使得貂蟬與呂布的相見比較自然;其二是對貂蟬身份的再改造。《三國演義》中的貂蟬是王允府中的歌姬,因王允施用"連環計"而被收爲養女。《鼎峙春秋》中,貂蟬一出場就與王允父女相稱,而丫鬟們則稱貂蟬爲小姐,貂蟬儼然是王府小姐的身份;其三是對貂蟬與呂布定情的改造。在《三國志平話》和元雜劇《連環計》中,貂蟬原是呂布失散的妻子,而在《三國演義》中,則是王允做主把義女貂蟬許配給呂布。《鼎峙春秋》則把這一情節改造成呂布與貂蟬在王允府獨處,二人你情我愿,遂私定終身。通過這一改造,進一步彰顯了貂蟬在"連環計"中的自覺性和主動性。這樣的改造既彌補了連環計故事細節的不足,又增加了連環計故事的可信度。

《鼎峙春秋》對三國故事的改造，有其合理的成分，也有成功之處。但總體而言，許多改造不僅不成功，而且還非常失敗。如對整體結構的改造，僅僅是讓人們看到了漢末之亂和魏蜀吳三國的形成，而三國建立之後是如何鼎足而立相互攻伐，却没有得到表現，所謂"鼎峙春秋"，則是名不副實。至於對情節結構的改造，尤其是天庭和地獄的出現，更是荒唐至極，破壞了故事情節的完整性和統一性。而對故事細節的改造，雖然也是出於懲惡揚善、宣揚教化的目的，但畢竟使三國故事中一些不太合乎情理的事情，更接近了生活邏輯和事理邏輯，如對貂蟬身份的改造，就使得連環計的故事有了更大的可信性。試想一下，一個新收爲養女的歌姬，怎麽可能諳熟官場那一套，而把老奸巨猾的董卓玩弄於股掌之上呢？從《三國志平話》到《三國演義》，貂蟬的身份問題都没有處理好。《鼎峙春秋》把貂蟬的身份定位爲王允的女兒，就較好地解决了這一問題。出身司徒之家的女子，自幼耳濡目染官場那一套，纔有可能在需要的時候挺身而出，嫻熟地運用各種手腕，替父排憂解難，爲國剷除奸佞。從這個意義上説，《鼎峙春秋》對三國故事的改造也有其值得稱道的地方。

目　　錄

上册

雜　劇

今存劇本

中郎女	南山逸史　撰	3
阮步兵鄰廝啼紅	來集之　撰	15
鸚鵡洲	鄭　瑜　撰	20
弔琵琶	尤　侗　撰	29
大轉輪	徐石麟　撰	39
憤司馬夢裏罵閻羅	嵇永仁　撰	50
鞭督郵	邊汝元　撰	54
笳騷	唐　英　撰	60
諸葛亮夜祭瀘江	楊潮觀　撰	68
窮阮籍醉罵財神	楊潮觀　撰	75
丞相亮祚綿東漢	周樂清　撰	81
真情種遠覓返魂香	周樂清　撰	91
凌波影	黃燮清　撰	105
祭瀘江	無名氏　撰	114
耒陽判事	無名氏　撰	122

今存劇目

罵東風	萬　樹　撰	128
梅花三弄	許明崙　撰	128
三分案	張雍敬　撰	128
蔡文姬歸漢（中郎女）	張　塤　撰	129

反西凉	無名氏 撰	129
文姬歸漢	無名氏 撰	130
黃鶴樓	無名氏 撰	130

傳　　奇

今存劇本

補天記	范希哲 撰	133
續琵琶	曹　寅 撰	201
新編三國志傳奇	維庵居士 撰	249
南陽樂	夏　綸 撰	342
附錄　南陽樂	夏　綸 編	404
錦綉圖	無名氏 撰	449
平蠻圖	無名氏 撰	462
西川圖	無名氏 撰	493
賢星聚	孤嶼學人 撰	507
雙和合	無名氏 撰	561
世外歡	吳震生 撰	594
平蠻圖	無名氏 撰	616
樊榭記	無名氏 撰	739

今存劇目

銅雀臺	李　玉 撰	763
小桃園	劉晉充 撰	763
後琵琶記	顧　彩 撰	764
七步吟	劉百章 撰	764
古城記	無名氏 撰	764
古城記	容美田 撰	765
桃園記	雲槎外史 撰	765
斬五將	鳳凰臺上憶吹簫人 撰	765
八陣圖	無名氏 撰	766
龍鳳衫	石子斐 撰	766

青鋼嘯	無名氏　撰	766
三虎賺	無名氏　撰	767

下册

傳　奇

鼎峙春秋	允禄　撰	769

雜　劇

今存劇本

中 郎 女

南山逸史　撰

解　題

　　雜劇。清南山逸史撰。南山逸史，號嘯齋，姓名里居生平不詳。《雜劇三集》中收其所著《半臂寒》雜劇，眉批云"嘯齋曲有十種，僅梓其半，自是天生仙骨，即介白譚科備極神韻。蓋先生精通音律，親教紅兒，故其妙如此"。可知他著有雜劇10種，今存《半臂寒》《長公妹》《中郎女》《京兆眉》《翠細緣》5種，皆收入清《雜劇三種》。《重訂曲海總目》著録《中郎女》。劇寫魏王曹操統一北方，與吴、蜀成鼎足之勢，爭戰暫息。魏王思修國史，召群臣議，王粲言遠嫁番邦左賢王的蔡邕之女文姬可擔此任。魏王即命王粲賫金幣前往番邦贖取文姬回朝，並命其子曹彰率大兵隨行，倘若左賢王不允，可用武力奪取。蔡文姬身陷番邦，被左賢王納爲妃，生二子，但常悲傷，思返故里。左賢王告文姬有漢使來取其回朝，文姬暗喜佯悲。左賢王不忍夫妻母子分别，但迫於漢使漢將嚴威，不敢違抗上邦聖命，只得揮涙相别。文姬回朝，王粲奏知魏王，文姬與董祀早有婚約。魏王命王粲宣貧困書生董祀入朝與文姬成婚。蔡文姬擔任館職，秉筆纂修東漢國史。劉楨、楊修不服，譏諷文姬"不叫修史，叫做羞死"。文姬依理駁斥。史成上呈，獲得皇上、魏王嘉許封贈。本事出於《後漢書·列女傳》，故事情節有所增改。今存清初鄒式金編《雜劇三集》刻本，《續修四庫全書》據以影印。今以《續修四庫全書》影印本爲底本，進行校勘。

（末上）

（菩薩蠻）一聲敲破漁陽鼓，夜半洲邊哭鷓鴣。碧月走漁陽，丹楓濺血香。爐冷昆明劫，若個蘭亭帖。千古數鬚眉，中郎有女歸。

正名：重文學的老奸瞞輕財全友，讀父書的俊文姬女作男工。
　　　受孤恬的儒賢王拋妻割愛，落便宜的窮董祀婦貴夫榮。

第一齣　贖　姬　曲用南呂　音押蕭豪

（外蒼胡金襆頭蟒玉扮魏王、四親扮宮侍隨上）（外唱）[1]

【戀芳春】展手擎天，揮戈挽日，盡傾吐握勤勞。整頓山河百二，鬢髮蕭蕭。（外白）賦詩橫朔氣凌雲，仿佛孫吳智若神。我可負人人不負，高登銅雀小乾坤。孤家曹孟德，沛國譙人也。一破黃巾，再平董卓，滅袁紹於官渡，斬呂布於定陶，袁術誅夷，劉表掃蕩，紫髯兒匿影江南，大耳賊游魂巴蜀。扶天子以令諸侯，誰謂玩之股掌。修文事而嫻武備，不辭焠我心神。求賢每勞夢寐，堪夸如雨如雲。創業克盡艱難，偏愧爲湯爲武。目今海甸粗平，烽烟暫息。且喜得生民略起瘡痍，使孤家少生髀肉。只是一件向來國史尚未纂修。自孟堅以還，遂成絕響。孤家若不早擇耆宿名賢，撰成信史，不特把光武來二百年治亂賢奸，付之模糊影響，就是孤家一片翊漢安劉苦心，豈不被後來輕薄書生，東塗西抹壞了。興言及此，飢渴爲懷。今日政務閒暇，不免宣衆謀臣商議則個。內侍們傳旨，宣左班衆官進見。（雜白）領旨。（向內介）奉王爺令旨，宣左班衆公卿進殿朝見。（末、小生、淨、丑冠服執笏上，唱）草莽光依日月展，葵藿聊酬穹昊。爐烟嫋，宣室追陪，共夸班馬才高。（共入見介）（末白）臣侍中荀彧見。（小生白）臣關內侯王粲見。（淨白）臣尚書令劉楨見。（丑白）臣主簿楊修見。（共呼介）願吾王千歲千歲千千歲！（外白）衆卿平身。（衆謝恩各立介）（外白）孤家自舉義旗以來，願諸文武同心，衆將士勠力，內除巨逆，外掃群凶。今已小底平成，漸離水火。章程制度，因者因，創者創，已略略可觀。只是國史一節，乃朝廷大典，向來渺視編纂，兼之兵燹頻仍，書册不無遺佚，那金匱石室所藏，幾篇目錄也不過是依樣葫蘆，以耳爲目。且更有私心月旦，矯是作非。似這等草草塗鴉，何以作則一時，垂訓萬古。孤家欲延博學鴻儒，把二百年來這些大綱大紀，或拈出本末，一一信筆直書；或獨辟手眼，層層剝開生面。務使聖君賢相，一種苦心幽憤，炳若日星。那些賊子亂臣，幾許詭計陰謀，莫逃斧鉞。（作攢眉介）焦勞夙夜，用是爰集衆思。（作拱手介）協贊謀謨，何以克酬予望，聽我道來。（外唱）

【梁州新郎】【梁州序】稱年稱月，書征書討，大義春秋了了。董狐飛簡，中宵有鬼鳴號。怎得個目空千古，腹飽三湘，墨灑陽秋皎。書成雲漢也，盡

光昭。煞強似帝典王謨鞏聖朝。【賀新郎】（合）奸與佞，忠和孝。怎比得稗官野史供歌笑。關世法，係風教。（末唱）

【前腔】前籌未艾，後車偏早，鳧鶴短長難拗。（小生唱）登樓作賦，徒堪月弄風嘲。（淨唱）只合狂歌浮白嘯飲流霞，一醉中山老。（丑唱）猜謎射覆也，鬥輕佻。怎效得黼黻皇猷補袞勞。文與獻，才和學，料不是尋章摘句貽嘲誚。須搜辟，早徵召。

（外白）文若帷幄良材，原非史筆；仲宣吟風詠月，懶應修文；仲幹、德祖詩酒怡情，不克任。公非公是，難道濟濟人才，沒一纂修高手麼？急切間想不起來。（外嘆介）咳！倘我故友蔡伯喈不死，此事就不費我躊躇了。（外唱）

【前腔·換頭】對西風遐想心交，顧東壁永成絕調。（泣介）痛高賢零落，淚染緋袍。（眾白）大王請免愁煩。（外白）聞得中郎書籍，悉委仲宣，至今存否？（小生白）向日攜往荊州，因遭兵火，竟遺亡盡了。（外唱）咳，豈料千箱蝌蚪萬軸龍蛇，俱逐雲烟繞。箕裘誰續也，委蓬蒿。須通道電影空花一浪泡。（合唱）楚些泣，長沙弔，也只為斯文將喪添悲悼。千古淚，豈輕掉。

（小生白）中郎雖然無子，喜有女能讀父書。只可惜又稽遠塞了。（外白）文姬陷身絕域，孤家念不去心。（小生白）文姬絕代聰明，父書俱能記憶。況淵源授受，衣鉢自有嫡傳。若得一備纂修，史冊定光今古。（外白）妙妙！仲宣言及於此，大獲我心。孤家即日取他回朝便了。（外唱）

【前腔】玉門關盼斷天朝，黃花戍怳歸華表。怕只怕隴雲侵鬢，瘦損豐標。（末白）聞已入左賢王之手，豈肯輕易放還。（外唱）準備着金珠百斛，綵幣千車，易却如花貌。（淨、丑白）文姬出塞數年，聞已生二子，就多與金幣，左賢恐不容贖歸。（外唱）咳！我自有貔貅百萬也鎮天驕，拼得個掃穴犂庭返阿嬌。（內作金鼓聲介）（外白）何處兵馬之聲？（雜報介）鄢陵侯得勝回朝了。（外大笑介）哈，哈，哈！黃鬚兒來，我事濟矣。（副淨赤髯金冠披挂領眾上，唱）馬似虎，人如豹，功成奏凱歌聲噪。慶得勝盡歡樂。

（副淨拜外與眾官揖介）（外白）前得吾兒捷報，大是快心。今全師得勝回朝，可謂勞苦功高。好把誅滅公孫淵始末，細細說來。（副淨白）孩兒荷父王洪福，仗諸將虎威，一到遼左，那公孫淵被孩兒呵！（副淨唱）

【節節高】長弓與大刀戰偏鏖，天關搗破丸泥小。遊魂渺，漏網逃，陰陵道，亡囚擒付雲陽鬧。封疆盡沐恩波浩。（外合唱）旺氣中原屬吾曹，平成指日邦家造。

（副净出牌印介白）孩兒繳上牌印。（外白）牌印且慢繳。我有故人蔡中郎，其女文姬，向陷番邦，入於左賢王之手。今欲贖取歸朝，以修國史。（向小生介）特備金幣百輛，浼仲宣一行。（向副净介）我兒可仍領得勝精兵，一同前去。倘左賢崛強，或剿或擒，務必取此女回朝便了。（副净白）得令。（外白）仲宣可即修國書，速齋金幣，星夜啓行。（小生白）領旨。（衆白）大王如此用心，真天地覆載之仁。不獨中郎有知，銜結泉壤，就是臣等，合當拜謝。（拜介）（衆唱）

【前腔】洪恩今古超，薄雲霄，九京喜得陽春照。通和好擲絳綃，捐金寶。不庭用武兵威耀，龍韜少展磨崖搗。（外合唱）並濟剛柔屬爾曹，須教不辱天家詔。（外白）衆卿退班。（衆白）領旨。（合唱）

【餘音】一堂喜起都俞妙，羨君臣父子英豪。願祝禱玉軸金甌萬載遥。因嫁單于怨在邊（常建），平臺賓客有誰憐（王昌齡）。共言東閣招賢地（孫逖），欲逐將軍取左賢（王維）。

校記

［1］外蒼胡……外唱：這一提示，原本在曲調後，今依例置曲調前。下同。"唱"字，原本無此提示。本劇無"唱""白"提示。今均據情補。本卷下同。

第二齣　歸　漢

曲用越調　韻押齊微　後一曲北仙呂入雙調　韻押家麻

（旦胡服女侍隨上）（旦唱）

【霜天曉角】崩城墮淚，剩得身餘幾，慚愧趨庭詩禮。腔中事，有誰知。

（旦白）（憶秦娥）罡風惡，吹殘世界成沙漠。成沙漠，凍雲迷斗，清霜飄角。花門雪滿天寥廓，玉關雁斷人寂寞。人寂寞，青衫淚漬，紅顔命薄。妾身蔡氏，名琰，字文姬，乃漢中郎伯喈公之女。幼失母儀，終鮮兄弟。纖腰楚楚，休夸秋水精神；素影娟娟，不羨春山眉黛。慚非賈子，光分天祿之輝；縱少班兄，腹飽石渠之句。井臼還希舉案風，心師德耀；畫圖誰識長門面，厄比王嬙。（悲介）笄年失怙，身入虜庭，數載離鄉，魂遊泉壤。煢煢孤雁，誰知萬里繫紅絲；兩兩胡雛，豈作百年守青冢。（嘆介）咳！我豈不能沉湘冒刃，鐵石堅操，反甘心蠅玷泥污，冰霜失節。只爲秦滅幾冷，豈容斬一脉書香，指望楚璧重還也，博得九泉目瞑。（哭介）只是交無金史誰憐，弱息葬胡天。縱有

勇冠嫖姚，怎得帛書飛漢關。睹此陰風白草，毒霧黃雲，哀笛一聲，寒沙千里，好不淒慘人也！（旦唱）

【小桃紅】風高蘆井雁行低，正渺渺天無極也，看黯千山，蒼黃落日冷雲垂。四野遍笳吹，受用足酪漿氈，射生肥。貂裘暖[1]，空只向氉圍泣也，妒殺他俊鶻高飛。早摩過受降城，黃沙磧傍南歸。

（旦白）想當初夙承家教，飽讀父書，描餘剔蠹，十二時目徹邊笥；吟罷調螺，四百卷胸藏郝篋。思量做個巾幗男兒，衣冠女子。誰想降志辱身，一至於此。（旦唱）

【下山虎】書香奕葉，一線依稀。異國嗟瑣尾，鬼門望迷。（哭介）我那爹爹呵！馬鬣牛眠，草封苔砌，一滴椒漿誰奠伊。待思返故里，須索向來生作漢兒，妄想生還，也料難定期。天那！除非是一夢南柯化蝶回。

（淨扮左賢王白胡髯急上）曉侵戍堞烏先覺，春入關山雁獨知。阿呀，娘娘阿！不好了！不好了！方纔飛騎來報，說漢家發了許多兵馬，蓋地而來，口口聲聲要挾取你回朝哩！（旦驚介，白）那有此事？傳言恐未必真。（淨白）怎麼不真？他兵馬都到俺界上了。（旦暗喜伴悲介）（淨泣執旦手介，白）娘娘阿！俺和你兩人呵！（淨唱）

【山麻稭】魚共水，情何殢，只指望地久天長，交頸齊眉。（指介）咦，漢家漢家！你家自有三千粉黛，八百嬌娥，難道只少俺娘娘一人？又來勒取俺的。（作惱介）胡爲，怎教我折散了氤氳隊。（內作金鼓聲介）（淨、旦俱作驚怕介）（合唱）閃殺人旌旗蔽野，刀鎗耀日，金鼓轟雷。

（雜奔上）報報報，報上大王爺，天使到營了。（淨作忙介，小生捧詔，雜車金幣隨上）（小生白）面戴霜威辭鳳闕，口傳天語到雞林。（淨、旦俯伏介）（小生白）奉天承運，大漢皇帝詔曰：華夷率土，車書遠屆於梯航；日月經天，覆照豈遺乎俯蟄。茲爾故尚書蔡邕女蔡琰，弱息僅存血胤，少續若敖；韶齡遠失遐方，竊悲嫠婦。撫今追昔，夢寐難忘。慰死安生，金珠何愛？特遣使臣王粲，賫黃金百鎰，綵幣千端，儲捐寶藏連車，大賚左賢王，命達天山，一輛于歸。中郎女倘或迷戀依違，即着大將軍曹彰速整雄兵，用張天討。嗚呼！成仁勉義，固所望於普天；善武能文，實迥超乎亘古。欽哉！謝恩。（淨、旦山呼拜起介）（淨跳哭介，白）罷了，罷了！果然要俺娘娘去了！（抱旦哭介）咱家怎捨得你，怎捨得你！（對衆介）呸呸呸！俺要這金帛怎的？（搖手介）不要，不要！只是不放俺娘娘去。（小生白）大王在上，王粲奉萬歲爺面命呵！（小生唱）

【五韻美】爲亡臣無苗裔，殘碑荒冢誰澆祭。（拱手介）望賢王曲賜成人美。（指介）筐筐累累，也敵得傾城佳麗。你若是貪恩愛，戀唱隨，怕萬騎雲屯，震驚壁壘。

（小旦、丑披髮金冠扮二子哭上，白）穹廬秋老駝峰美，氈帳風高馬乳香。那一個要俺娘娘去哩？（抱旦介）我那親娘阿！（小旦、丑唱）

【蠻牌令】繞膝苦號饑，拍手望含飴。搥胸瞻母面，血淚滿斑衣。霎時節兒啼女悲，怎忍得死別生離。（淨、小旦、丑共向旦哭介）（淨唱）天家后，下國妃，各自有雌雄匹配，如何的挾勢捐妻。（副淨戎裝執器械領衆上）（副淨唱）

【五般宜】他那裏哭啼啼聲淒鼓鼙，俺這裏雄赳赳氣奮虹霓。他那裏螳臂抗天威，俺這裏斬將搴旗，佇還嫵媚。（衆軍士合唱）呼韓質委，閼氏窟徙。管一霎掃千里烟塵，向天河將甲洗。

（副淨喊介）不要裝憨作呆，啼啼哭哭。肯與不肯，兩言而決。（小生）左賢王自然依允。元帥且暫息虎威。（淨向小生介，白）天使聽者：上邦聖旨，孤家安敢不從，只是你看這兩個呱呱，對着娘親，這般啼哭，孤家就是鐵打心腸也都軟了。（小生白）大王在上，人世分離會合，都是一個定數。（小生唱）

【江頭送別】姻緣事，姻緣事，怎圖百歲。君王命，君王命，豈同兒戲。（副淨唱）青黛綠鞘昆刀利，行看太白懸旗。

（淨白）重蒙天使遠來，尚容款留幾日。（小生）欽限緊迫，時刻難緩。（淨）也須修道表章，以便天使回朝。（副淨）罷了，罷了。他日修貢文表上，帶着一句罷。（淨）娘娘阿！你果然要去了？（小旦、丑）娘啊，真個撇下孩兒去了？（共哭介）（旦略悲介）淨、旦、小旦、丑共拜別介，合唱）

【憶多嬌】淚淋漓，情慘悽。母子夫妻泣路歧，不到黃泉見面希。頃刻天涯，頃刻天涯，拋閃得爾東我西。

（衆催介）請娘娘作速上輦。（淨、小旦、丑作掩面介）（旦唱）

【餘文】須臾不測風波起，（旦作上車掩淚介）似渺渺遊魂天際。（衆合唱）寫不盡兩地分離悲共喜。（小生、副淨、衆擁旦下）（淨、小旦、丑望哭介）沙磧燕支濕未乾（李嶠），教人氣盡憶長安（王綸）。從今不舞和番曲（顧況），猶向旄頭夜夜看（衛象）。

（淨、小旦、丑哭下）（旦乘車，小生、副淨執鞭，衆復上）（合唱）

【北二犯江兒水】江山圖畫，踏遍了江山圖畫，西風催戰馬。看車排雁陣,騎卷龍沙。漢天王早告了單于假。邊月冷流霞,胡雲堆鬢鴉。吹罷胡笳,彈斷琵琶。俊文姬早做了文君寡。歲月堪嗟,真個是歲月堪嗟;風光如乍,且喜的風光如乍。緊絲繮一霎裏到中華。(共下)

校記

[1]貂裘:"裘"字,原本墨丁,今依文意補。

第三齣　完　　婚　曲用仙呂　韻押尤侯

(生儒服上,唱)

【卜算子】系接軒轅胄,策續天人手。到處明珠是暗投,吼得芙蓉瘦。

(生白)男子生為天下奇,浮雲親舊嘆如斯。遙想青雲丞相府,碧梧棲老鳳凰枝。小生董祀,字公胤,陳留人也。心慚漂麥,性懶吹竽。傾翻海蚌珠璣燦,墨飽賓龍;剪下天機雲錦香,筆欺綉虎。兔穎晨吟,耕盡硯田。紅粟鬼燈夜讀,用完榆莢青錢。三十過頭,徒忍淮陰之餓;一枝未穩,幾成吳市之囚。咳,滌器難求鳳操賢,縱使賦就上林,僅作高車赤漢子。樵薪尚少埋羞婦,任爾經談前席,空成金馬老鰥夫。向年同仲宣王兄,受業蔡中郎先生門下。蒙分硯席,兼訂姻盟。誰想老師中道云亡,小姐虜庭羈迹,小生飄流京雒,姻事遂付海天。近聞得魏王大輸金幣,遠贖文姬。咦,縱使情原白璧,豈容金屋貯西施。若欲盟締紅絲,怎念廖戻窮百里。咳!這都是一番妄想,何必介意。只是鶉衣露肘,破屋撐天,怎過得這淒涼日子!(生唱)

【桂枝香】龍門無竇,桃夭未偶。終不然幾句詩書,罰盡了孤貧之咒。想尋常好逑,尋常好逑。惟我董祀呵,儲空升斗,姻慚昴酉,盼悠悠。怎得個茜綬榮青眼,紅顏詠白頭。

(小生吉服、雜捧冠帶同上)(小生唱)

【賺】佩玉鳴騶,魏闕承恩訪舊遊。(作入介)來蓬牖,九重春色絳雲浮。(生作驚介)叩賢侯,為甚的冠裳幣帛陳瓊玖,莫不是偶過衡門作暫郵。(小生拱手介,白)仁兄恭喜了。姻緣湊,紫泥封裏金懸肘。(生搖手介)敢不是小弟麼?(小生唱)豈容差繆,尚容陳奏。

(共揖坐介)(小生白)魏王追憶中郎舊昔交情,特遣小弟遠使單于,贖歸小姐,議欲擇配君子。小弟因念吾兄,向有絲蘿之約,已奏知魏王。今詔吾兄與小姐成親。(生驚喜介,白)小弟一貧徹骨,四壁蕭然,慚無蘇季之金,怎娶梁鴻之婦？（小生白）吾兄近況，一一奏聞。魏王特授吾兄爲丞相椽，外給宅第一區，奴僕器皿稱是。又賜白金千兩，綵緞千端，一爲吾兄花燭之需，一作小姐妝奩之贈。如今魏王在便殿呵！（小生唱）

【皂羅袍】虛席風吹朝右，候乘龍佳婿，早詠睢鳩。（拱手介）吾兄呵，彈冠喜已列螭頭，調螺獲遂求鳳耦。（生起向小生揖介）鍾期擊節，桐音饟收；柯亭枯竹，笛聲韻悠。（小生白）這是魏王美意，小弟何功之有。（合唱）噓培頓使三星遘。

（小生白）魏王候久。吾兄就此前往，更換冠帶入朝便了。（生白）領命。（小生白）世上豈無千里馬，（生白）人間難得九方皋。（同下）（外紅蟒金樸，衆隨上）（外唱）

【番卜算】檻鳳寄瓊枝，覓個龍爲友。休夸紅杏日邊栽，猶是青青否。

（外白）孤家遠贖文姬，今召董生，共成夫婿。已令王粲去久，怎麽不來？（小生白）鯤化天池浪，鶯遷禁苑春。（入見外介）（小生白）奉旨特召董祀，已到朝門了。（外白）速宣上殿。（生冠帶執笏上白）奮身辭白屋，平步上青天。（入內朝見外介）（生白）念微臣辛舍歌魚，嚼盡一鐺藜藿；籬邊乞火，卧殘半帳梅花。蒙大王俯挈雲天，歡諧魚水，敢慳踵頂，仰答生成。（外）文姬胡地遠歸，可慰故人於泉下。卿家中郎快婿，應續倩女於河洲。百歲方新，永葉瑟琴之好；一官伊始，宜堅鐵石之操。用凜爾心，勿虛予望。（生謝恩起介）（外白）良時已屆，宣取蔡姬上殿，行禮成親。（衆白）領旨。（內鼓樂迎出旦冠帔兜頭上）（生、旦交拜，拜外介）（外白）就將花燭鼓樂，送新人歸第。（衆白）領旨。（外白）杯交玉液飛鸚鵡，（小生白）樂奏瑤簫引鳳凰。（外、小生下）（衆花燭鼓樂同生、旦行介）。（合唱）

【一封歌】【一封書】簫聲響鳳樓，傍緱山，駿玉虬；爐烟惹雉裘，下瑤天，跨紫騮。橋填碧海銀河水，斧斫蟾宮月窟秋。【排歌】紗籠耀，綵架稠，祥光瑞靄滿皇州；花迎笑，月照甌，良宵子夜勝丹丘。（作到第，衆下介）（生、旦卸冠帔各坐，女侍立介）

（生白）夫人，我和你幼歲朱陳，壯齡吳越。夫人立磨崖之化石，下官却巫峽之行雲。賴魏王妙手補天，鍊就半空五色；神功掇月，碾成千頃一輪。今日重偕优儷，永共衾裯，非容易也。下官向來呵！（生唱）

【長拍】炯炯青燈，炯炯青燈，蕭蕭白晝，總是凄凉時候。黃齏半口，爲糟糠淚咽饞喉。壯志冷吳鉤，破寒氈經幾度井梧飄又。望斷雁行傳尺素，空落得飛去飛來似浪鷗。驀今朝綉幃重整同心扣。早難道華胥國土也一枕仙

遊。(旦唱)

【短拍】月挂鄉愁,月挂鄉愁,風吹邊柳,楚腰肢瘦盡溫柔。泉壤已相謀,何意重生金碗又,出人間乖醜。(作悲介)苦只苦,石麟秋草伴狐狸,冷落荒丘。

(内作三鼓介)(女侍)夜已深了,請老爺夫人去睡罷!(作執燈介)(合唱)

【尾聲】花移影,壺催漏。擁入陽臺巫岫,切莫雞人報曉籌。和鳴雙鳳喜來儀(蘇頲),剪綵花間燕始飛(劉憲)。昔日羅衣俱化盡(故臺城伎),殘花猶發萬年枝(竇庠)。傳語夫人[1],青史重前王,平章佇候瀛洲長。

(旦白)曉得。煩先生先往覆旨,少頃進呈,一併謝恩。(小生白)領命。(旦白)多勞了。(小生)不敢。夔龍禮樂開經濟,班馬文章寄纂修。(同雜下)

校記

[1] 傳語夫人:此句之前,原本缺十七、十八兩頁文字,即第三齣之尾,第四齣之首。按第四齣題目、用曲、用韻均缺。今據下文劇情和曲文,第四齣當爲修史,曲用雙調,韻押江陽。供參考。

第四齣　修　　史　曲用雙調　韻押江陽

(旦白)俺蔡琰蒙魏王揮金異域,振旅殊方,怨魄生還,斷弦再續。齋予時沐恩波,夫婦共沾榮顯。春風桑梓,悦親戚以言懷;秋雨蓬蒿,莫靈魂而隕淚。今爲東漢國史淪亡,特加館職,秉筆纂修。日來已曾著述一二。早上催促進呈,不免再加筆削一番。(作開卷介)咳,我想光武中興,聖君賢相,費幾許心血,始致太平。歷傳明章和安,尚未幾葉,被這些諸外戚竊持魁柄,大將軍擅弄威權,閹宦橫行,朝廷側目,名流標榜,門户交爭。直至桓、靈,紐弛綱絶,瓦解冰消,計無復矣,可深太息。(作執筆寫介)(作寫一張,女侍傳與末、雜,抄寫一張介)(旦唱)

【北折桂令】羨中興白水重光,虧着那虎嘯雲臺,風逸桐江。誰想承平未幾,世數相遷。讓幾許怙寵椒房,專權虎將,恣惡貂璫。自古否泰相乘,小人應運,這也不足責了。只是那些自負正人君子的,不去砥柱中流,挽回造化,鎮日裏只管分别爾我,互相攻擊。甚至黄昏摇尾,白晝驕人。(拍案怒寫介)咳！忘却了誦詩書匡扶社稷，單只會貪爵祿黨銅門墻。直弄到國是乖張，盜賊猖狂。那些黨人呵，尚不顧人非鬼責，兀自介説短爭長。(末、雜抄寫介)(旦作看書隨意書寫介)(末、雜唱)

【南江兒水】落紙雲烟卷，揮毫風雨忙。吐珠璣，虹氣高千丈；瀉波濤，湘水傾千浪。織流黃天錦施千狀。(旦向女侍介)分付這些官兒，快些抄寫。(女侍傳語介)(末、雜白)曉得。(作急寫介)句挾雷霆震響，斧鉞春秋一字一回稽顙。

(旦)事至今日，沛澤蛇號，鼎湖龍去。山林斬木揭竿，藩鎮攻城掠地。驕將挾乘輿以鷹搴，賊相弄大寶而虎視。若非魏王英明睿智，聖武神文，虎帳談兵，龍旗下士，那一線漢祚，半壁炎天，不知幾人稱帝，幾人稱王矣！(作寫介)(旦唱)

【北雁兒落帶得勝令】【雁兒落】看多少狠黃巾，劍底亡。除却了奸常侍，刀尖喪。斷送了逆太師，車下誅，直弄得狡溫侯，階前葬。【得勝令】呀，覷着那二袁劉表草頭霜。撫東吳，鎮蜀邦，真個是奠安漢室臻文景，誰及你謙讓周文薄武湯。劻勷，壓倒了萬世卿和相；輝煌，堪配着千秋帝與王。

(作投筆介)史已纂完，收拾進呈去罷。(衆應介)(旦作檢點介)(净、丑冠帶作醉態上，白)醉袖舞嫌天地窄，詩情狂壓海山幹。(净白)自家劉仲幹是也。(丑白)自家楊德祖是也。仁兄，你詞林領袖，我文苑少年，纂修國史，乃我們分内之事。如今却用蔡文姬秉筆，可不羞殺史官體面麽！(净白)便是呢。他是個中華棄婦、胡地殘花，曉得怎的。不免同到館中，嘲誚一番。(丑白)有理有理。(同入介)(净白)董夫人修得好史哩！我且問你，這不叫做修史，叫做羞死。(旦白)這是魏王舉薦，休得饒舌。(丑白)你父親哭董賊之屍，人心何在？借呂宦之援，大義已虧。你永斷瑟琴，既已死抛衛仲道；再投衾枕，又復生撇左賢王。家門玷辱，名節殘污，已成天地廢人。修什麼史，修什麼史！(旦白)先人暴屍哭市，冒死酬國士之知；折檻誅璫，遠謫表觸邪之節。妾身淪迹胡庭，豈是追歡傾國？只以先世繼起無人，書香難斬，故爾忍耻包羞，不爲匹婦之諒。一生萬死，希垂烈女之名。此身未盡，下以續一脉箕裘；吾舌猶存，上以光千秋史册。公等自是眼界不寬，難道浮雲足玷。(净白)好一個利口婦人。(丑)哈哈哈！若説史册，自有我們會修，誰要你修來？(净、丑唱)

【南僥僥令】金門多俊彦，青史慣商量。自有我醉寫狂塗稱宗匠，何必怎非漢又非胡一女娘。

（旦白）咳！只爲你讀書漢子，不顧戴髮含牙，抱笏男兒，忘却官箴臣節，顛倒是非，掀翻曲直。故此魏王用俺傾瀉父書三十乘，仰配孔氏《春秋》；推敲信史萬千篇，遠續董狐簡册。（淨、丑搖頭吐舌介）好大來頭，好大來頭，說得來嚇死人。（旦指唱）

【北收江南】呀！若不是戴鬚眉把肝腸盡喪呵，爲甚的偏將巾幗易冠裳？俺如今把朝綱國是細推詳，豈尋常數行，豈尋常數行！羞殺恁衣冠行徑沐猴龐。

（淨、丑作笑介）倒會强辨。我也不與你鬥口，且由着你。（搖手介）哈哈哈！不勞筆下三千牘，別有胸中百萬兵。（醉態下）（旦白）那一老一少已去。分付官兒，好捧着史册，隨俺入朝進呈去罷。（末、雜捧史，旦同女侍行介）。（末、雜、女侍唱）

【南國林好】侍瀛仙，梧栖鳳凰；捧琅函，書成瓚瑲。咫尺望鸞坡達向。堪作訓，典謨方。須永寶，地天長。

（雜白）此是午門了。（作共入介）（内白）奏事官不得近前，就此執笏舞蹈。（旦舞拜俯伏介）（末、雜）白麻紅燭夜，清漏紫薇天。（作捧史入介）（内白）有何文表？就此披宣。（旦跪奏介）臣故中郎臣蔡邕女欽授署史館事蔡琰謹奏，念微臣呵！（唱）

【北沽美酒帶太平令】【沽美酒】愧筠操，德恁凉；慚椒頌，才非曠。蒙陛下呵，委任著帝紀裁書黼黻揚。是和非，硬主張；敗和成，難骯髒。【太平令】一年年從頭慢講，一椿椿從長非枉，一行行從公不爽。俺呵，只合去綉鴛曉窗，爲甚獻長楊未央。呀，若問那五車書，都在俺筆尖兒上。

（内白）聖旨下。（旦俯伏介）（小生賫詔、衆官女捧玉帛上，白）九重明聖無疆壽，萬里乾坤一劄書。（小生白）奉皇帝聖旨，魏王令旨，制曰：天球弘璧，固奕代之育珍；帝誥皇謨，實中天之盛典。兹爾署史官事臣蔡琰，月露心胸，冰霜節操，聿修漢史，克贊皇猷。二百年國是，定若山河；千萬世朝綱，照於日月。洞觀玉册，實愜予懷；寶貯蘭臺，用彰永世。特敕封蔡琰爲陳留郡君，歲給禄米千石，以旌厥功。故父蔡邕，追贈光禄大夫。母趙氏，贈邯鄲郡君。夫董祀，升屯田員外郎，仍與進階一級。有功之日，另行叙賞。又賜官嬪十人，隨賫瑶瑞玉帛，送歸私第。嗚呼！才華地負，豈易鍾於一門；史册天章，堪永垂乎萬禩。欽哉！謝恩。（旦山呼起介）（衆接詔介）（小生白）送夫人歸第。（衆應介）（小生白）遥聞銀鑰將收起，歸院金蓮濕紫泥。（下）（旦、衆作出介）（生吉服上，白）夢回金馬玉堂上，人在冰壺雪碗中。（揖旦介）下

官在此候久了。下官得藉夫人餘蔭,陞此美職,曷勝榮荷。(旦白)就此同歸宅第罷。(生白)曉得。(生、旦、衆共行介)(合唱)

【北鴛鴦煞】宮花壓帽朝霞漾,仙音聒耳簫韶亮。燈輝閃絳裳,婦垂紳,夫束帶,都一樣。唱道是才子們兀自雙雙,漢官兒恁般兩兩。受榮華夫隨婦唱。纔曉得女中郎,做一個文壇將。(共下)

阮步兵鄰廨啼紅

來集之　撰

解　題

雜劇。清來集之撰。來集之(1604—1682)，原名鎔，字元成，號元成子、倘湖，浙江蕭山人。明末大學士來宗道子。崇禎八年(1635)拔貢第一名，十二年中舉，次年中進士。任安慶府推官。南明時官兵科給事中，進太常少卿。曾往左良玉帳中阻其縱兵擄殺。馬士英擬招攬於門下，拒之。清兵南下，與紹興府官于潁率師禦之。事敗，隱居倘湖之濱，潛心著述。清康熙十七年(1678)薦應博學鴻詞科，辭不就。著有《南行載筆》《奏雅世業》《倘湖近詩》等多種詩文集及戲曲集，《秋風三叠》《兩紗》存世。《曲目新編》著錄此劇簡名《阮步兵》。《曲海總目提要》《今樂考證》亦著錄簡名。按來氏所撰三劇合名《秋風三叠》，《阮步兵》又名《英雄淚》，爲其二。叙述三國魏步兵校尉阮籍，嘗於酒肆醉臥當壚少女側。旋聞鄰女姿色遠勝酒肆當壚婦，但昨日已死，即往其家痛哭，囑鄰翁葬其女於胭脂山，待他日自己死後葬於相對的鏡臺峰，言畢長嘯而去。本事出於《世說新語·任誕》："阮公鄰家婦，有美色，當壚酤酒……阮醉，便眠其婦側。"下注又引王隱《晉書》曰："籍鄰家處子有才色，未嫁而卒。籍與無親，生不相識，往哭，盡哀而去。"《晉書·阮籍傳》亦載。版本今存《秋風三叠》，舊抄本，係清初倘湖小筑原刻本影抄。今依《傅惜華藏古典戲曲珍本叢刊》收載的署名元成子填詞二刻的《英雄淚》題名《阮步兵鄰廨啼紅》者作底本，進行校點。按：該本有"忽然過渡""癡絶""石破天驚""兩意組結，匪夷所思"四處夾評和總評"以彼驚才，寫此狂態。竹時横斜，烟雲萬里"。此評未錄。

（扮阮籍醉上）客愁不盡本如水，草色含情更無已。又覺春愁似草生，何人種在情田裏。自家阮籍，字嗣宗，陳留尉氏人也。才高傲世，性率輕人，目揣襟懷，真可上陪玉帝，下陪乞兒。笑衆人只不上不下的裩虱。若論氣概，直欲死作閻王，生爲柱國。嘆衆人似倐生倐死的蜉蝣。目今當金刀既折，禾鬼又催，司馬氏虎踞中原，鷹揚萬里。可奈慘殺名士，流毒英賢，豈是吾輩進取時節。只得行已在清濁間，待人作青白眼，長嘯天外，慟哭途窮，便顛詩俠酒，聊以攄放一片熱心，想戀綠迷紅，不過寄寓半生浪骨。早已看破，何曾認真。時無英雄，豎子偶爾成名。世有大人，先生本以自況，也曾大醉六十餘日，醉免典午姻聯。近聞美醖五千斛餘，充做步兵校尉。目下做校尉呵，倒好遨遊紫陌，放曠紅樓。今日却又大醉，行步不上。奚童那裏？（扮奚童上）閑看兒童，又見狡童，狂童之童，稱曰小童。相公喫得這樣醉，成恁麼模樣！（生）

【正宫・端正好】我恨不醉翻織女機，眠穩在姮娥殿，長伸脚踏破青天。爲恁的酒中仙，暫謫離蓬苑，也則爲一縷情難剪。

（童）相公，今日那裏來？（生）

【滾綉球】我穿紅過杏花園，映綠向垂楊院。則只歸歸聲怨，早星星叫向人前。才源呵滾滾泉，命厄呵重重壑。因此落魄蕭騷，盼不上鵬程萬。藕絲腸惹百牽千。若是秦宫花底容人活，倒有伽女經中放我參，花裏安禪。

（生）我前日在前村酒肆中，見一個年少婦人，生得俊俏天生。我纔睃了他幾眼，他便回了我幾眼，一時的三杯兩盞，酒上心來，便倒在他身畔，不覺直睡到晚。醒來時還道是日色天光，却原來是他的紅裙閃鑠。（生）

【倘秀才】我杯停琥珀眼斜穿，他簾□□□眸回盼。做大槐宫一餉安眠。粉花兒吹得魂香，剪刀兒送得春酣，不覺得明月栖簾。

（童）那酒肆中的女子有甚好處？我們近鄰兵家的女兒，真是鮮花嫩蕊，天仙一般。相公若是看一看，定要魂死。（生）有這樣女子？我就該去拜他。（童）遲了，他昨日身死，今日親戚都去作弔了。（生驚介）他爲甚身死？（童）他一時聞道春歸陌上，花老枝頭，不覺的凄咽而化。（生）可道是傷春而死。我就去弔他。香魂不遠，撫棺一慟，或者聽見也未可知。（作急行介，童作趕上扯介）相公。他的父兄，又不曾與相公相識，又不是甚麼親眷，他又是十五六歲不出門的處女，又不曾與相公有甚麼往來，青天白日，怎好去弔他？（生）古人道：凡民有喪，匐匍救之。况紅殘翠碎，人人所痛。怎教我大阮反割捨了他。如今已到門首，你進去通報者。（扮老公婆上）（集唐）孤燈挑盡不成眠，魚在深淵鶴在天。淚滴白蘋君不見，此身長寄禮香烟。（作哭介）我的女兒呀！（童進報介）阮相公進弔。（老）可是步兵校尉的阮相公麼？（童）

正是他。(老)這阮相公,與我家並沒有甚麼相處,我想這人原是個顛狂漢子,不如且回避了他,看他如何行禮?(下)(童)相公,主人都不在家,請相公裁處。(生)看竹何曾問主人,況是看花。不免徑入。呀!你看香銷南國,怨入芳年,好可憐煞人也!(作拜介,哭介)(童作哭介)(生)奚童,你哭他甚的來?(童)我見相公哭得哀切,故此奚童也淚下的,不知相公原是哭他甚的來?(生)

【滾繡球】想着他句好也題箋,香殘也添串。可喜的聰明温軟,那更意美情甜。(童)相公,你道這人死後還有怎麼留意兒麼?(生唱)雖則鸚鵡解人言,桃花似人面。紙上真真狠狠的叫來千百遍,又何曾笑破微顏。我子怕山頭魄化還成石,紫玉魂歸只似烟。望斷重泉。

(生)奚童,這美人是天特生的,你道他怎的又要死?(童)自古及今,西施也死了,王昭君也死了,爭得這一個美人,這是不曾蒙得相公這樣一場大哭。(生)你還是不曉得他死的緣故?(童)我曉得他是命斷祿絕。(生)

【倘秀才】他清净身别無留戀,火宅中怎容得神仙,把我大阮呵,也撇向紅塵那一邊。似化的委羽,似脱的靈蟬,屍解也歸天。

(童)相公,他死也死了,你哭他何用?(生)你不曉得,至寶奇珍,世間罕有。飄然一去,寧有後期。生既不沐其光,死也聊分其痛,我情耿耿,更覺昭君遠嫁,漢宮爲之不春耳!(生)

【滾繡球】琴兒上難續弦,波兒中難覓劍。金鸞玉燕,偶的一降人間。一靈兒杳然,肯女身兒再現。則恐除却巫山,天下雲都賤。綵雲飛琉璃不全,畫圖損削了王嬙面,便金鑄的西施不值錢,淚落闌干。

(童)方纔他的父母親戚在此,也不曾似相公這樣哀切。(生)他們都不是深情的人,教他怎生會哭。(生)

【倘秀才】他爺娘呵,只哭得一句前生業眷。便親戚呵,只哭得一句短命紅顏。爭似我寸斷柔腸峽上猿。情偏切,意獨懸,因此絮絮纏纏。

(童)相公與此女並不曾納得紅,牽得綵,又和他前無約,後無期,有何契緣,如此悲慟。(生)定要那納綵牽紅,前約後期,方成契緣?這定是俗子所爲。況且才子眼中,常挂着一位佳人[1]。佳人眼中,常挂着一位才子。我既才子,他又佳人,緣之一也。我爲一個酒字,罰做步兵校尉,他爲一個色字,罰做兵家女兒,同工異曲,同病相憐,緣之二也。從來才子佳人,也有隔着千秋,徒深憑弔,也有阻絕萬里,空勞夢魂,我與他生既同時,居又同里,緣之三也。(童)這段姻緣想是烏有先生作伐的。(生)

【滚绣球】是多情便可憐,是多才合做才人眷。況同廛比屋,定不是相逢偶然。我悲秋,他也挨不得夜如年;他傷春,我也逗不得愁如線。又何須冰樣絞綃,漏出猩猩茜,寸心田便是藍田。我只種三生石上同根玉,萬劫輪中並蒂蓮,到底相牽。

(生作悲淚介)(童)相公,怎麽哭得越有興了?(生)我想着千古美人,多半不得其死,不特這兵家女年少夭亡。(童)相公這一番哭,一發哭得遠。那得這一副長淚!(生)

【倘秀才】少甚的翠戕因艷,花折因鮮,無情有恨奈何天。黃河在地下流,銀河在天上懸,中橫着一股哭美人的情淚幾時乾。(生唱)

【滚绣球】泣竹的紅淚青斑,投江的綠碑黃絹。那胡沙塞雁,堪悲的冢草芊芊。垓下歌夜帳空纏,金谷水曉樓浸寒。怎生采桑見郎翻作沉江怨,華山畿飲恨黃泉。我子見吏人樓頭飛孔雀,韓憑墓上宿文鴛。有許多楚楚酸酸。

(童)相公,今日也定是酒醉了。難道別人好色是好活的,相公好色偏好死的?(生)

【朝天子】也非是酒酣,也非因色戀,恨無端吹落桃花片。春色迷天暗,怎教人莫向東風怨。(童)你莫非圖一個後世的風流話欛麽?(生)也不爲宋玉新詞相如舊傳,只要玉堆中牢記狂生阮。(童)別人作弔,也帶些紙燭。相公只是一味寡哭,這教做窮孝順。(生)要甚紙黃錢,超贈生天,單寄上啼紅點。

(童)相公,我們回去罷。只管牽纏,外邊人都道相公癡了。(生)我何曾癡?(童)相公還道不癡,這纔是相公的真癡處。(生)

【幺】也癡顛,也腼腆,萬□中揀出瓊枝艷[2],方不負英雄鑒。恨摇相知,又是初相見。他已後呵,山花冷妍,青蠅弔唁,八尺碑容易生苔蘚。(指燭介)銀燭前,怎容食言,還許下世世生生願。

(拜介)我如今哭興將闌,從此拜別了也。(生)

【一煞】你空把蜻蜓綉枕單,翡翠描衣衵,到如今只好同山頭蝴蝶做飛花片。春風環珮聲餘媚,夜月珠衫影罷妍,猶恨前緣欠。(童)方纔哭興濃時,説得如此契緣。如今哭興闌時,便説前緣欠哩!(生)欠了些墻頭粉面,馬上絲鞭。

(童)我聞得《禮》上説,凡弔者主人哭,客乃回哭。今主人不在,相公一場大慟,成何禮體。禮之一字,豈是爲我相公設的。如今也要請主人翁出來，我有一件心事發付他。（童）恁事兒發付他？（生）以後葬此女子呵！

【黃鐘尾】可向那若耶溪的左側，桃葉渡的右邊，靠着胭脂山作主峰，鏡臺山爲對案。休近了望夫石，把他幽意牽。休犯了妒婦津，把他情絲絆。死不作巫陽雲雨仙，生只登離恨逍遥殿。我若他年死，葬陶家之側呵！是必個時挽芳裾到酒甕前。

（童）相公，你何不作幾首挽詞弔他，也見你平時作念。不然哭過就丢了，也不見得多情。我如今：

正要滌净艷思，一意掃除綺語。寄謝多情落花，不作春風恨譜。

校記

［1］一位："位"字，原本作"味"。今據文意改。下同。
［2］萬□中揀出瓊枝艷："萬"後，原空缺，擬依文意補一"花"字。

鸚鵡洲

鄭瑜撰

解題

　　雜劇。清鄭瑜撰。鄭瑜，字若羲、玉粟、無瑜，號夕可，或署正誼、西神，江蘇無錫人。生活在明末清初，終年五十六歲。善作詩、詞、曲，著有《正誼堂詩稿》《西神叢話》。劇作有雜劇《汨羅江》《黄鶴樓》《滕王閣》《鸚鵡洲》《椽燭修書》五種，前四種今存。《今樂考證》著録《鸚鵡洲》，《重訂曲海總目》亦著録。劇寫漢末禰衡死後，吕洞賓贈他玉笛一支，其靈魂遊到鸚鵡洲，見有"漢禰衡先生祠"古廟，有碑文，左碑刻他所作《鸚鵡賦》，内有他的大冢，旁有鸚鵡小冢。於是吹笛，招來死去的鸚鵡靈魂，二魂永不相離。遂同去岳陽樓，會見吕洞賓。一路上，禰衡遊魂，通過答鸚鵡魂問，對不肯重用他的劉表、黄祖，毫不責怪，以爲過去結局皆是自取。爲曹操言行辯護，歌頌其功德，對關羽、周瑜、孫權等人給予評議，實皆反其意而用之。其開頭眉批説得明白："郢中四雪，才情横溢，舌藻紛被，真可嗣響臨川（按指湯顯祖）。老瞞（按指曹操）翻案，狡獪作戲耳，莫向癡人前説夢。"此劇僅一折。本事出於《後漢書·禰衡傳》：黄祖子射大會賓客，人有獻鸚鵡者，射請賦，"衡攬筆而作，文無加點，辭采甚麗"。故此劇設鸚鵡問，禰衡答之。劇中所涉三國人和事，多出於《三國演義》。傳本今有清順治刻《雜劇三集》本，《續修四庫全書》據以影印。另有誦芬室覆刻本（惜未見）。今依《續修四庫全書》影印本爲底本，進行校點。

　　（生扮禰衡上）堪笑世間人，辭歡就苦。再不肯啓雕籠，放却鸚鵡。自從在黄鶴樓，看開了五月梅花，此後便摔斷了漁陽檛，不打這鼓。我禰正平爲何説此四句？人生在世，與那些冤家眷屬，齷齪糾纏，一朝死了，走在半空中，他那裏尋得我着？譬如鸚鵡，還是在籠中快活？還是在籠外快活？就是我前日打鼓時節，骯髒牢騷，招非惹是，不如呂先生贈我一枝玉笛，可以描寫適怨清和。你道還是打鼓從容？還是吹笛從容？我如今好不自在也！無往無來，獨行獨坐，不識東西南北，那知春夏秋冬。有時央呂先生挈觀蓬島，伴他朝游碧海，暮宿蒼梧。有時陪巫山女赴夢高唐，幫他朝爲行雲，暮爲行雨。有時見賈太傅在長沙，痛哭流涕長太息，我便笑個不休。有時見屈三閭在澤畔，憂愁幽思作《離騷》，我也反他幾句。有時借宿宋玉宅，聽他唱《陽春白雪》，叫我一人當郢中客，和者數千人。有時過訪昭君村，問他些白草黃沙，叫我改竄次韻的蔡文姬，《胡笳十八拍》。有時到汨水邊，見景差、唐勒，替楚靈均招魂復魄。我勸他道，幾十年師弟，也不必還這樣悲傷。有時到君山上，見娥皇、女英，爲重華帝淚灑湘筠。我慰他道，百多歲夫妻，也不消尚這般恩愛。有時過蒙莊野，聽南華生在那裏説鶂談鵬，我便遠遠相看，只與他相視而笑。有時經陳蔡郊，遇狂接輿，在那裏泣麟悲鳳，我便悄悄走去，恐怕他趨而避之。其餘小小遊行，不必盡述。趁此清風明月之下，隨意乘風去也！

【點絳唇】撒手行空，黃泉碧落分清。夢控鵠驂鴻，不厭遊魂重。乘空到此，已近楚郊。我自歸天以來，神遊八極，久不至鸚鵡洲了。如今死生一致，恩怨皆空。則此地正是我脱離苦海之處，不免再去遊玩一番。（吹笛行介）

【混江龍】你看鸚鵡洲呵，依舊大江橫拱，萋萋芳草蕙蘭叢。遥望漢陽晴樹，幾簇粘空。呀！有一古廟，扁上寫漢禰先生祠！嘆千古一堂供幻影，有一大碑在左，看何年三絶竪穹窿。原來是孫伯符擒了黄祖，就此立廟。碑文是虞仲翔做的。虞公呵，你在當年願青蠅爲弔客，唐人李白弔我詩，有"蟻視一禰衡"之句，我被後人將黑蟻況孤蹤。右邊一牌刻我的《鸚鵡賦》，世人只道是千秋絶唱，我如今茹雪餐冰，烟火久斷，著作大不相同了。見了些荒祠敗宇，欹棟頹塴，瓦霜甓露，隙颺窗凍。殘香冷火，斷鼓零鐘。茨碑蘚碣，篆蚓雕蟲。蝸涎鼠糞，蚰網蛛封。兔葵燕麥，禿柏枯松。閑花野草，慘碧凄紅。神燈鬼燐，牧迹樵蹤。伊威熠燿，町疃蒙茸。朽龕壞像，裂服淋容。都縛在拘拘色相中。看將來瑣瑣成何用？到不如踢翻一脚重闡宗風。

（吹笛行進介）呀！裏邊還有去處，是一大冢，不知何人的？

【油葫蘆】松栢森森馬鬣封。有一石碑（看介）寫着漢處士禰衡墓，原來就是我。一堆黄土蓋英雄。咳！冢中枯骨，世人多有草木同腐的。你如今數千載，牛眠無恙，都是我惠你不朽。你該謝我呀！旁邊有一小冢，小碣上寫着鸚鵡冢。我曉得了，一定就是我作賦的鸚鵡死了，好事的瘞於我側。咳！鸚鵡呵！你也不能丘首歸南隴，你我相依，可便是伯鸞僑傍要離冢。咳！你爲能言遭籠，我爲能言罹禍，可知道皆言語人與鳥多禍恐[1]。你不知可有魂魄？我如今獨歸華表悲人世，誰識得舊丁公。

且再到祠外沿江空闊處行走一番。（吹笛行介）呀！江岸好一株大樹。（鸚鵡飛上又飛下，作入樹介）（內白）南無阿彌陀佛！南無阿彌陀佛！我是漢朝鸚鵡，因見禰先生作賦被害，我亦三日不食而死。當時人就葬在禰先生墓側，一靈不散。每於風月之下，隨意飛翔。那邊有人，且躱在這樹裏。南無阿彌陀佛，南無阿彌陀佛！（生）呀！那裏有人念佛？四望又不見人。（鵡）觀自在菩薩，行深般若波羅蜜多時，照見五蘊皆空。（生）又念起《心經》來了，一發奇怪。細聽其聲，在此樹上。你是何人？（鵡）你是何人？你説了，我便與你説。（生）我是禰正平，説與你也不認得。（鵡）我怎麽不認得你？只怕你不認得我。（生）你的是何人？如何反認得我。（鵡）禰先生，你試猜一猜？猜不着説與你未遲。（生猜介）

【天下樂】莫不是近處兒郎探雀叢？（鵡）不是。莫不是小沙彌逃禪蔭綠濃？（鵡）不是。莫不是鳥窠師借他巢鵲空？（鵡）也不是。莫不是老狐狸逞孽妖？莫不是喬鬼魅相嘲弄？（鵡）都不是。（生）我曉得了。這聲音不似人聲。方纔後邊又有鸚鵡冢，又説認得我，又會念佛，一定是那鸚鵡的魂了。來，我如今猜着了！（鵡）你快快猜來，莫不是當年鸚鵡？千載顯靈通。（鵡）真被你猜着了，別人也不要他猜。禰先生聰明絕世，一定猜得着的。故叫你猜，果然猜着了。我如今千秋獨立，萬里無家，此後只隨着你行止，永不相離了。（生）如此甚妙。（吹笛同行，此後鵡入內，只當上樹，內人代説白）

【那吒令】你説甚采采麗容，已蚤出了檻籠。我説甚文章鉅公，已脱離了蠆蜂。蒸熟粉團點紅，搓和了聰明懵懂。我與你一路同行，好似大士身邊白鵡哥子紫竹林中。（鵡飛入內）（生）他又飛上樹去了。（鵡內問）禰先生，你如今要到何處去？（生）聞得吕先生在岳陽樓，要去會他一會。（鵡）我正要見他一見！（飛出，吹笛同行介）

【鵲踏枝】纔行過鄂渚中，又轉到洞庭東。似已聞波浪溯轟，又蚤覺榱題盤拱。料得他收書東老，應款住説劍仙翁。（鵡入內）禰先生，你可怪那黄祖麽？（生）我爲何怪他？

【寄生草】這是我四柱中度已剗，五行內禄已窮。況那煮華亭肯惜平原痛，劈焦桐那顧中郎慟，逞狂獧忍把唐堯送。就是不遭黄祖，百年駒隙耳，雖暫時揝住了五更鐘，料浮生挣不遠三春夢。

（飛上，同生吹笛行，又入内，白）你可怪那劉表麼？（生）一發不怪他。

【村里迓鼓】他把我十分承奉，躡珠履畫堂中出衆。我做了東吳去的書，他執了我的手説道：處士正合吾意。從此愈加知重，仲宣輩也競相傳誦。他送我到黄祖處，因路近東吳，要我到孫氏避難，也有密書與伯符，叫他悄地相迎，金蟬脱殼，片帆相送。我以七尺昂藏，遭逃可耻，又恐怕淵藪難容。因此上殃苗暗種。

（鵡上，生吹笛同行，又入内，白）若這等説，禰先生你獨怪曹操了？（生）這不但不怪他，還該感他。（鵡内）這怎麽説？

【元和令】他得了孔北海薦賢書纔片紙，連忙的奏朝廷。辟賢車，頒異寵，耸書生萬里禦鵬風。清華咫尺中，黄金横帶馬如龍，堪施匡濟功。（鵡）即如此，何不就做了他的官，却去駡他？（生）有個緣故，我只得昧了心！

【上馬嬌】將桃杖兒敲，把惡語兒哄。我兩個乍相逢，暗中終覺心相痛。索性狠了心，又還他一陣鼓鼕鼕。

（鵡）這等説，我一發不明白了。再走一會再説罷。（飛出，生吹笛同行，又入内，白）禰先生，一發説完了，你究竟爲何如此？（生）我一則來見那些幕下之士。

【勝葫蘆】都是些暮冀朝荆覥事戎。那劉楨又忘了隆准舊華宗。那些從軍公讌詩，專用着諂語諛言多乞頌。因此上雖則相逢未嫁，忍把明珠擲碎，不忍廁微躬。

（鵡内白）這樣説起來，曹丞相没有什麽不是，倒是禰先生有些不是了？禰先生，你還有甚心事來？（生）我與孔北海、楊德祖三人爲忘年莫逆之交，那孔北海與曹公呵！

【幺】兩賢久在相阨中。況又與玄德暗相通，更兼魯國男兒聲價重。生平謔語戲言，不一而足。略舉那丁零肅慎，牛羊楛矢，妲己賜周公。

（鵡）這也不干禰先生事。（飛出，生吹笛同行，又入内，白）還有楊德祖怎麽説？（生）那德祖又與曹公素有芒刺的！

【後庭花】他不幸宅相出袁公，又一合酥式把聰明賣弄。況兼那雞肋宣機密，酬箋亂曉風。大小兒終難和哄。我若親逢這兩宗，即不能彎杜伯弓，又忍視角哀偏餒凍，因此上先幾辭爵寵。（鵡内白）這樣説起來，又是禰先生是，曹丞相有些不是了？（生）他也没有什麽不是。他蝮蛇螫未終，解腕須忍痛。千古駡曹公的，是寧我負天下人，不使天下人負我兩句話，不知這兩句話呵！惟有真正英雄，方肯在口角頭明宣誦。若遇聖賢人，只放在心坎中，牢牢的唓。

（飛出，生吹笛同行，又入內，白）他把你送到劉表處，是怎麼説？（生）他認我與關公一樣，降漢不降曹的，故送我到荆州，聽關公歸豫州。他説在劉猶在漢，在漢猶在曹。這便見他至公無我了。

【六幺序】他散英賢徧九州，合天潢匡一統。就是益州璋牧，也還了他一個張松。況景升與玄德呵！一個是俊傑芳蹤，一個是對樂雲封，都不忝了粉米華蟲。我與關公呵，一個是章逢頗牧，一個是介冑夔龍。曹公只説道，經營佈置，已没有纖毫縫。誰想劉表也不曉得曹公送我去的意，又把我轉送到黄祖，後來舍長立幼，自家也就死了。遺孤幼弱，必爲他人吞併。這是借寇兵了，只得下江陵收拾劉琮。此時玄德若與曹公同心協力，殲滅江東，漢朝一統。其功不在朱虚誅諸吕、梁王滅七國之下。反與孫權共爲赤壁之役，這叫做向穴嘷倒幫了他家弄。曹公呵，熱心一片都化做冰冷西風。

（鵡飛出，生吹笛同行，又入内，白）人説赤壁鏖兵，暢快得緊。禰先生你試述一番？（生）有甚暢快來，這都是周瑜不是。（鵡）又來了，這怎麼説？（生）那時曹公得了荆州，水軍八十萬，順流而下，要與孫權會獵於吴。也只爲孫堅原是討卓同盟，要提攜他兒子。孫權若聽了張子布老成之言，則漢朝社稷靈長，自家爵位，不在竇融、錢俶之下。

【幺】旌蔽長空，千里揚帆縱。不意周瑜少不更事，黄蓋吠非其主，一把兒茅蓬，檣艫兒通紅。不仁哉祝融，助虐兮東風。此時曹公只道父執提攜，必無反噬之慮。誰想碧眼頑童，潛螫狂蜂。猝然間走至華容。關公深知天下大計，漢朝少不得此人。況今日無了曹公，明日孫權周瑜必乘全勝之勢，就來殲滅劉家一枝兵馬了。因此上單刀匹馬啓網開籠，假説道報效私衷。拚得個軍機違誤，斬首歸營。若曹公果然是個國賊，關公豈爲一己之私，誤了大事。我那時一靈兒也在雲端相送。此後周瑜以戕害王師，焦爛多命，旋受天誅。黄蓋以墮水受寒，棒瘡凍潰，也就死了。孫權子孫，代代濁亂，到孫皓時又遇王濬樓船行動。免不得豎降幡，蕭條青蓋東昏共。後來劉備因劉璋好意請他去，共守益州，却忘恩負義，同姓自相攘奪，占了四川。不久爲陸遜折辱而死。及阿斗降魏[2]，惷惷蠢蠢，比孫皓更出醜了。（鵡）原來孫劉不是好相識，又都不識好人？（生）便是。先前玄德爲吕布所敗，投奔曹公。曹公大喜，得一幫手。一見關公同來，更加快意。飲酒中間，論一時人物，都不中用。只説道天下英雄，使君與操相趨奉。誰想玄德自揣只好乘危草竊，做不得忠臣，正有些惶愧，忽聽霹靂一聲，便當筵驚慌失筯，不心虛怎怕雷公！

（鵡飛出，生吹笛同行，又入內，白）人說曹公要銅雀春深鎖二喬，故孫權、周瑜不得不拒他。（生）這是杜牧之偶然做的詩，後人也譏誚他，說亡國破家不理會，却只理會兩個婦人，那有此事！況曹公與二喬之父喬公，生平莫逆。當年有後死者過墓不祭，車過腹痛之語，何忍爲此。且曹公與蔡中郎交好，中郎之女文姬，沒於胡中，曾以千金贖歸，配與董祀。他若是漁色無忌，二喬尚是賒的，文姬是現的，又且才色雙絕，何不自家留了，却配與他人。（鵡）原來如此，不說不知。人又說兩徧搶劉備的媽媽，故幫了孫權，可有這話？（生）這一發胡說了。第一次爲吕布所敗，自家帶了家眷來投。第二次關公奉甘糜二夫人來投，秉燭達旦的，那有此事！（鵡）原來如此。（生）不但如此。就是他破了冀州，急去召甄氏，正要借此招來袁熙、袁尚，以全平昔與本初同盟之義。後人不知，却說與曹丕相爭，一發可笑。至於陳壽《三國志》，有裴松之注，說關公爲未生子，求秦宜禄之妻，曹公疑其美自取之，以致關公銜恨。此一發無根。關公豈求有夫之婦？曹公豈却關公之求？總總虛無，皆不可信。

【寄生草】這都是那野稗官，全没據，更兼那謊小說，絕不通。他若要鎖銅臺，混占了過車腹痛的雙雛鳳。他若要污天潢，連搶了瓊瑤賽好的甘囉嗊。他若要采塘蒲，先做了流風回雪的驚鴻夢。他若要載羅敷，豪奪了封金却媛的宜男種。又何必賢王帳黃金遠去贖蛾眉，却不敎他望西陵死生自聽胡笳弄。

（鵡飛出，生吹笛同行，又入內，白）我那一夜飛到黃鶴樓，見做官戲的，妝你打鼓罵曹操，可有這事？（生）這是徐文長借他人酒杯，澆自己磊傀。我天上尚不肯去，何曾到地府？

【柳葉兒】他把我比自己的前程儱侗，借曹公罵前日的當軸冬烘。我若肯與那鄴中七子同供奉，那曹公怕不似那豪總制爽胡公，把戇文長十分的信任尊崇。

（鵡）原來如此。從來作史的都是癡人說夢，閱史的都是矮人觀場了。（生）千古事無不皆然。（鵡飛上，生吹笛同行，又入內，白）禰先生，你索性把曹丞相做人細說一番？

【青哥兒】我如今喚醒了癡人，癡人說夢，提起了矮人，矮人搬弄。他是個間生天上種，說不盡他蓋世豪雄，絕世明聰。治世純忠，亂世奇功。名世宗工，應世靈通。濟世艨艟，救世參苓。澤世神龍，儀世飛鴻。貫世長虹，警世豐隆。振世金鏞，威世彤弓。下世虛冲，包世涵容。礪世磨礱，華世瑝琮。肩世楠松，鎮世衡嵩。豈比那隨世橫縱，詐世謙恭。希世圓融，效世雷同。欺世玄空，逢世中庸。諧世彌縫，奉世奴傭。戀世醇醲，潰世疽癰。混世魔公，醜世淫風。虐世機鋒，囿世樊籠。没世愚佴，棄世盲聾。刺世辛蜂，射世沙蟲。呀世蚊蝱，穢世蠅蠓。他曾說天命在吾，吾當爲周文王矣！我從千古上細對針鋒，除非是那三分服事老姬公，堪伯仲。

（鶡飛上，生吹笛同行，又入內，白）他即然是忠臣，何不分付曹丕，不要篡漢？（生）咳！父子那裏相顧得。若曹公能禁曹丕，文王何不禁了武王。況他早知丕有不臣之心，原要立陳思王爲嗣的。若文王立了周公，曹公立了陳思，必無伐殷禪漢之事。只是名分上去不得，只得聽天命了。若伯邑考、蒼舒不死，則武王、曹丕亦不得肆行其志。這也是殷之自作孽，漢之天作孽了。況管蔡任城，皆殷漢之忠臣，姬曹之孝子。世間人不會讀書，都糊塗看過了。就是晉太傅乎，也曾不滿司馬家兒篡魏來。碭山匹夫，亦唾駡朱三滅唐三百年社稷，一父母常要生出幾般人來的。（鶡飛出，生吹笛同行，又入內，白）禰先生再細說說看？

【廣寄生】須知道爲子的，父不能强以孝。爲臣的，君不能强以忠。況那穎蒼舒，不過偶刻畫了稱癩象的船沿縫，又暫搭救了擔害怕的穿鞍從。那藻陳思，雖則是極出了限七步的燃萁諷，又幾乎錯應了滅五銖的磨錢夢。那勇黃鬚空獨扛了賽烏獲的龍文重，又蚤誤喫了有記色的安期貢。叫那狠五官，又安能遍卻了鬧紛紛螻蟻般的登庸頌。只守定了一些些芝蔴大的中郎俸。況天運循環，鼎無常主。若一姓能永傳呵，則那頹盤古何不兩隻脚，踏住了一片闢天基，樂爽鳩真個一雙手，搵乾了萬古牛山慟。

（鶡）說得暢快，說得暢快。走一回再說罷。（飛上，生吹笛同行，又入內，白）那打鼓駡曹操，不是禰先生了？那鎖二喬、搶劉媽都是假的了？殺伏后一節，難道也是稗官小說造謊的？也是杜牧之浪吟的？也是徐文長亂道的？（生）這是有的。（鶡）即有的，難道也是該的？（生）這是他不得已了。（鶡）皇帝爺一般，皇后娘一般，難道不得已，娘也就殺了罷！（生）也有個緣故。這伏后原不是正后，是庶妾奪嫡的。在東京時都是他們一班親族，濁亂朝綱，假傳聖旨，裏應外合，以此群臣不服。把一個皇帝弄得流離播遷，夫婦幾死道路。曹公在刀箭叢中，救護他二人到許昌，安坐宫中，依舊錦衣玉食。在他二人身上，莫大之功，莫大之恩了。那伏后不得仍前放肆，要與父親伏完,謀殺曹公。若單殺了他,獻帝無事,也憑他殺了,曹公今日死,明日獻帝自然喪亡。漢社不保,是壞他萬里長城一般。不得已,只得從權,方保得天下不亡,天子無事。

【葫蘆草混】萬里長城衛許中,孽狐精窟穴盡空。建安天子享時雍。(鵡)古來也有這樣事麼?(生)這就與武王殺妲己一般。若武王只殺妲己,依舊服事紂王,如曹公殺了伏后,依舊服事獻帝。則武王忠節功勳,便與曹公一般,反勝文王。一味文明柔順,既得專征伐,不能清君側之惡,坐視紂惡日甚,湯社丘墟。我今與你縱談千古,譬如夏龍逢之輩,能殺了妹喜,自然保得桀王,何必自家死諫,救不得南巢之放。又譬如周之晉伯申侯,能殺了褒姒,自然保得幽王,何至爲犬戎所殺,遂至東遷之弱。又譬如晉之諸臣,狐里丕荀輩,能殺了驪姬,何至獻公惑溺,晉國幾亡。這都是手段不如曹公,故使兩天子、一諸侯皆遭狼狽了。譬如那小白龍旂,單懸了剖心斲脛的牝晨用。又譬如那兵諫龍逢,永奉了太陽同喪的南巢共。譬如那烽火諸侯,掃净了屦弧箕服的龍漦動。譬如那枯菀群賢,協除了夜啼毒餕的驪戎鬨。(鵡)這樣說起來,伏后是該殺的了,董貴人一發不消說了,那兩個皇子,是獻帝親骨血,爲何也不饒他?(生)這個自然留不得,住手不得。獻帝自有太子。伏后爲自家有子,故謀殺了曹公,就要幹奪嫡的事了。禍根是這兩個孽種起的,一發斬草除根,方保獻帝父子安寧。譬如那晉人殺了驪姬,自然要除那奚齊、卓子,方可保申生、重耳,輔助獻公,連夷吾、子圉,也不到後來出醜。譬如夏臣殺了妹喜,連他的子除了,方保得淳維幫扶夏桀,後來何至逃入匈奴。譬如周臣殺了褒姒,自然要除了伯服,方可保申后無白華之憂,宜臼無小弁之怨,豐鎬萬年無恙了。又譬如武王單殺了妲己,若妲己有子,也留不得,方可保武庚匡諫紂王,何至後來有三監之叛,遺恨鴟鴞乎!霎時間妖雛腥種悉無蹤,越顯得薇垣少海皆贈重。(鵡)他給供内宮衣食只有一塊歪剌,一匹爨麻。這怎麽說?(生)這是李傕的事,徐文長也移在他身上,可知枉口作舌,前程不吉。(鵡)獻帝要傳詔,都沒人與他傳,這怎麽說?(生)他若會治國平天下,傳那如綸如綍的王言,不到得身無投奔,曹公收拾在身邊了。傳甚麽詔書?一定是些童蒙的話頭,曹公替他藏拙。況太甲不君,伊尹放之,後來改過,方奉冕歸亳。今獻帝不能怨艾的了,故終身奉之深宮耳!這正是半部兒周王牧野,全本兒伊尹桐宮。

(鵡飛上,生吹笛同行,又入内,白)你説來一塊道理,我心上只是有些怪他,但是説你不過。(生)正所謂鸚鵡能言,不離禽獸。古今大事,豈汝輩所知？（鵡）呀！連我也罵起來了！你罵了曹操，罵了劉表，罵了黃祖，如今輪到我了，可知道人都放不過你？（生怒介）連你也要殺我起來了？（鵡）禰先生舊性發作了，去討面鼓來，再打一陣。（生大笑介）走路罷，不要鬥閒氣。（鵡飛出，生吹笛同行，鵡飛，生唱介）

　　【煞尾】落月去巾低，晨色迎衣動，看江上數峰青擁。試問湘靈，當年寶瑟，為何的人去匆匆。洞庭波大葉初紅，見前面危樓已高聳。乘嫋嫋秋風，破微微曉霧。我與你到岳陽樓呵，再不須提起那浪評章，取笑呂仙翁。

　　此去岳陽樓不遠了，天色尚早，呂先生一定還醉臥在那。我且在湘君廟閒話片時，上午去罷。恐怕湘妃見了你，要問我討去養，不好却他。你權在這斑竹林歇了，待我別了湘君，招你同去罷。（鵡先飛入竹林下介）

　　（生）不是我禰正平公心遠識，誰肯與曹丞相辨冤反辟。（鵡內白）只許你罵楊子雲劇秦美新，何不也去與王巨君稱功頌德？

校記

［1］皆言語："皆"字，底本作"階"，今據文意改。

［2］及阿斗降魏："魏"，底本作"晉"，非是。據史載，阿斗降魏為魏景元四年（263）。魏亡於晉，是魏咸熙二年（265）。

弔琵琶

尤侗撰

解　題

雜劇。清尤侗撰。尤侗（1618—1704），字同人、展成，號悔庵、艮齋，晚年號西堂老人。祖籍無錫，後遷居長洲（今蘇州）。順治五年（1648）拔貢，曾任永平府（今河北盧龍）推官。康熙十八年（1679）召試博學鴻詞，授翰林院檢討，入史館參與纂修《明史》，撰寫列傳 300 餘篇，藝文志 5 卷。後告老還鄉，閒居著書。康熙三十八年（1699）康熙帝南巡，尤侗獻詩，晉爲侍講。平生博學多才，詩文詞曲皆名重一時，著作 20 種，編爲《西堂全集》共 65 卷，其中有傳奇《鈞天樂》和雜劇 5 種，合稱《西堂曲腋》。雜劇 5 種又合稱《西堂樂府》。

《今樂考證》著錄《弔琵琶》。《重訂曲海總目》亦著錄。該劇四折一楔子，楔子在第一、第二折之間。作於清順治十八年（1661），尤侗自撰《年譜》於此年記此事云："六月，夢王昭君，作《弔琵琶》北劇。"劇寫漢元帝時，宮女王昭君因拒畫師毛延壽索賄，面容被其醜化，幽居永巷離宮，煩悶無聊，彈琵琶以遣懷。元帝聞琵琶聲，召見昭君，睹其美貌，問明實情，傳旨斬毛延壽，封昭君爲妃。毛延壽叛逃匈奴，獻昭君真容畫像，唆使匈奴單于派使者至漢宮，指名索要昭君。是時，匈奴強兵壓境，文官無謀，武將不戰，爲保社稷，元帝無奈，割愛和親。昭君臨行，於馬上彈琵琶與送行的元帝告別。昭君前往匈奴途中，於番漢交界的交河投水自盡。昭君幽魂回到漢宮，夢中與思念昭君的元帝相會，訴說衷情，懇請元帝恩養父母。元帝醒來，回憶夢境，不勝悵惘。若干年後，蔡琰被匈奴擄去，被左賢王納爲閼氏。蔡琰攜酒肴至青冢奠祭昭君，並爲昭君彈琵琶奏《胡笳十八拍》，傾訴不幸遭遇與思歸之情。本事出自《漢書·元帝紀》及《西京雜記》等。元馬致遠《漢宮秋》、明陳與郊《昭君出塞》、清初薛旦《昭君夢》，均寫此題材，但故事情節有所不同。版本今存清順治間刻《雜劇三集》本、清康熙間刻《西堂樂府》本及《清人雜劇初集》影印本。今以《雜劇三集》本爲底本，參閱《西堂樂府》本校勘。

正目：呼韓邪求婚畫障　漢元帝嫁女胡沙
王昭君夢回宮闕　蔡文姬泣弔琵琶

第　一　折

（正旦扮昭君，宮女抱琵琶上）早信丹青巧，重貨洛陽師。千金買蟬鬢，百萬寫蛾眉。妾身王嬙，小字昭君，成都秭歸人也。年方一十七歲，父親王穰，獻入漢宮。宮女既多，不得常見。詔使圖形召幸。誰想畫工毛延壽，問妾索取金銀，不曾與他，將妾容點破，退居永巷。不覺三年，則這寂寂離宮，迢迢長夜，好悶損人也阿！

【仙吕·八聲甘州】真成薄命，寂寞離宮，又賦《長門》。月明花落，空留鶯語黃昏。玉階翠輦無行迹，金屋羅衫有淚痕。（内做樂科）呀！一派樂聲，想又是西宮夜飲也。隱隱鼓吹聞，何處君恩？妾在家時，頗曉音律，彈得幾曲琵琶，當此夜坐無聊，試掆一曲，以遣悶懷則個。（做彈科）這琵琶呵！

【混江龍】三尺五寸，三才片合五行陳。香檀橫列，文梓縱分。渾不似臺上吹簫飛簡壁，渾不似江頭鼓瑟降湘君。渾不似當壚卓女鳳凰操，渾不似渡河麗玉箜篌引。一會家紅弦掩抑，素手繽紛。

【油葫蘆】慢撚輕攏續續匀，大弦急，小弦温。梁州獲索更翻新，一聲呵，金戈鐵馬沙場震。一聲呵，暗風細雨紗窗潤。一聲呵，流鶯滑乳燕輕。一聲呵，孤鴻哀，別鶴恨，聲聲嫋嫋留餘韻。分明恩怨曲中論。

（正末扮駕引内官宮女提燈上）五雲身護帝王家，凝碧池邊醉九霞。何處禁宮玉漏永？海棠花裏奏琵琶。寡人漢元帝是也。自從刷選宮娥，按圖巡幸，教人應接不暇。只怕有遺漏下的，埋怨煞官家薄幸也。今夜微行永巷，聽得琵琶之聲，甚是哀怨。小黃門，你問取何人？傳來見朕。（内官傳科）兀那彈琵琶的那位娘娘，速來接駕。（旦趨前拜科）臣妾願陛下萬歲。（駕）賜卿平身。卿可近前，待朕覷者。（做覷科）是好一個美人也！（旦）[1]

【天下樂】今夕何緣得奉君？纔呼萬歲也平身。帶淚痕喜孜孜忙開笑靨迎，拂象床待君王，掃蛾眉朝至尊。早難道隨例雖朝不是恩。（駕）卿是誰家女子？（旦）妾姓王，名嬙，字昭君，成都秭歸人氏。一十七歲，納入後宫，今三年矣。

【金盞兒】妾名是昭君，妾家在花村。香溪初浴凝脂嫩，曉風吹入漢宫春。整日價金鋪寒翠袖，銀鑰鎖紅裙。陛下呵，是憐才漢武帝，則妾呵，不是傾國李夫人。

（駕）卿風流出衆，光彩射人，三十六宫，當推第一。何故久不進御？（旦）妾初選時，畫工毛延壽，索取金銀，因家貧未與，將妾眼下，點成大破，以此收入冷宫。（駕）小黃門！取影圖來看。（內官取圖上，駕看科）果然如此。（旦）

【一半兒】丹青錯畫卷中身，始信嬋娟解誤人。白璧微瑕一點痕。陛下試覰波，假和真，一半兒風流，一半兒蠢。

（駕）小黃門傳旨，將毛延壽斬首報來。昭君册封爲妃子者。（旦拜科）謝了聖恩也。

【後庭花】誰承望御床前，拜受了鳳字文。還索向影圖中補畫了蛾眉暈，斑竹上拂拭了湘妃淚，浣溪邊勾抹了西子顰。（駕）妃子，今後休離了朕左右也。（旦）宫裏會溫存，天顏常近，寵愛三千在一身。印綢繆，風月新。媾歡娛，雲雨親。解釋春風無限恨。

（駕）妃子，你把琵琶試彈一曲，與寡人聽咱。（旦）下里之音，恐污聖耳。（做彈科）

【青哥兒】剛彈了離鸞離鸞小引，忽變做求凰求凰新本。往日個獨夜根根空寫悶，今夜裏月色如銀，南內無人。寶鼎香熏，翠幄生春，玉轉朱唇，鐵撥紅筋，抵多少平陽歌舞錦袍恩。這就是四弦媒，千金准。

（駕）彈得好也！妃子，今夜薦朕枕席，早則喜也。（旦）

【賺尾】喜結並投緣，且脱孤眠運，穩護着蜂黃蝶粉。守宫一夜猩紅褪，鮫綃投帕點點君恩。別銷魂，香在羅裙。但望陛下呵！秋風莫遣齊紈擯。誓金釵並分，約銀鐲長進。則你楚襄王先試一峰雲。（俱下）

校記

［1］旦：此提示字，原本在曲牌後，今依例置曲牌前。下同。

楔　　子

（冲末扮單于領番衆上）月明星稀霜滿野，氈車夜宿陰山下。虜酒千鍾不醉人,胡兒十歲能騎馬。咱乃天所立呼韓邪大單于是也。論俺先世,本夏后氏之苗裔。生居北方,逐水草而轉移,因射獵爲生業。太公畏我西去,平王懼我東遷,晉國請我講和,趙家從我遺俗。俺祖公公冒頓控弦三十萬,困高帝於白登。因使劉敬和親,將公主嫁我。老上軍臣,代爲漢婿。漢天子我丈人家也。今皇帝新立,俺曾遣人進貢,求公主爲閼氏。未知肯依否?當此秋高馬肥,不免喚把都兒每,打圍一番,多少是好。(衆應得令,做射獵科)

【仙吕·端正好】曳剌的把拂廬鋪,肉屏跨。打着夔珂忍鐵立兒獵。唱道治夔離,窟勃辣駭毛和血。鷹兒掣,犬兒拽,笛兒叫,鼓兒疊。哈哈哈,俺向那苔兒捺缽也鎖陀八。(做坐地飲科)(净扮毛延壽上)三十六策,走爲上策。如好好色,行乎夷狄。某乃毛延壽。誰想漢王寵幸昭君,拿我加刑。俺一道烟溜了。喜得昭君圖,留下一本副稿,不曾點破,背來獻與匈奴。三日三夜,走到此間。遠望圍場,想是單于出獵。不免匍伏草間則個。(做跪科)(末)你是何人?(净)臣乃漢中大夫毛延壽,曾畫宫女王昭君,絕色無雙。前大單于遣使求公主,臣請以昭君行,漢王不從。臣諫曰:不可重女色,失和好。漢王大怒,將臣問罪。臣背此美人圖,來獻大單于。望即興師索取,昭君必至矣!(末)取圖來看。(净獻圖末看科)世間有此美貌女子,若得昭君爲閼氏,豈不快哉!即今就差當戶,往漢家打話去。一壁廂引弓粟馬,隨俺入塞。毛延壽可爲鄉導。左右,賞他打蠟酥者。(净飲謝恩科)(末衆)

【幺】那顏兒,塞痕者。畫的薩那罕,似肉菩薩。天生比妓忽伶煞。倒喇滑,孛知斜,酥孛速,軟脂奢。哈哈哈!俺待向踏裹彩,耍一會毛克剌。(並舞下)

第 二 折

(駕引衆官上)秦時明月漢時關,萬里和戎去不還。但使龍城飛將在,不教美女度陰山。寡人漢元帝。自得昭君爲妃,朝歡暮樂。不料毛延壽畏罪逃胡,呼韓邪按圖索女。文臣無謀,武將不戰。可憐漢天子無計可施,將一位嬌娥雙手送去。今日親排鑾駕,餞別長亭。萬種離愁,十分慚愧。遠見妃子宫車,早來到也!(旦乘車上)

【越調·鬥鵪鶉】昨日個複道承恩,西宫火照。鸞管新調,蛾眉淡掃。楊柳風多,芙蓉帳小。今日裏辭了漢朝,過了霸橋。早盼着回樂高峰,永別了咸陽古道。

（駕見打悲科）妃子！不是寡人割捨得你，只因匈奴强大，漢室衰微，借你千金之軀，可保百年社稷。休得埋怨寡人薄幸也！（旦）陛下，你堂堂天子不能庇一婦人，今日作兒女子涕泣何益？

【紫花兒序】可嘆你無愁天子，小膽官家，薄幸兒曹。枉涕泣女吳齊景，漫咨嗟娶舜唐堯。（駕）妃子，你豈不知嫁女和親，是先朝舊例！（旦）先朝金屋曾經貯阿嬌。到如今長門難保。只拚取玉珥珠環，權告免鐵馬金刀。（衆）臣等文武百官，叩送娘娘，願娘娘千歲！（旦）生受你每了。

【天淨沙】可笑你圍白登急死蕭曹，走狼居嚇壞嫖姚。但學得魏絳和戎嫁楚腰。（衆）臣等有應制送娘娘和番詩，恭進御覽。（旦）禁聲！虧殺你詩篇應詔，賀君王枕席平遼。（衆）娘娘此去，保安漢家天下，功勞不小。（旦）

【金蕉葉】你靠着鸞釵鳳翹，抵多少龍驤豹韜。不念我立北方漢宮玉搔，生扭做醉西施吳宮水沼。

（駕送酒科）妃子！請飲這一杯酒者。勸君更盡一杯酒，西出陽關無故人。（旦）

【調笑令】多謝你夜光杯，酌葡萄。這時節不是簾外春寒賜錦袍。難道醉臥沙場君莫笑，敢要我倚新妝臉暈紅潮，做個飛燕輕盈上馬嬌。則怕酒醒時，記不起何處今宵？

（衆）稟萬歲爺，此處是玉門關了，請回鑾駕。（駕）妃子，可憐見寡人不能勾再送了！望妃子程途保重。正是：勞勞亭上春難度，夜夜城南人不回。（下）（旦）你看漢家君臣，竟去不顧了！我昭君出得關來，好淒慘人也呵！

【小桃紅】記得未央前殿月輪高，輦路生秋草。回首長安在天末，紫宸遙，便離宮冷落也難重到。只望見苜蓿烽燒，葫蘆水淼，玉門關外老班昭。

（衆）娘娘已入胡地，請更胡服。（旦更衣，悲科）

【秃廝兒】俺本是丫鬟金雀，忽變了辮髮金貂。那裏有寶髻玲瓏雙步搖，扮一個菩薩小蠻髻妝喬。

（衆）娘娘換了胡妝，更覺斌媚，從來沒有這幅美人圖也！（旦）

【聖樂王】香已拋，粉已銷，燕支山色又新調。似這搬首也毛，身也毛，可比得石榴裙衩錦葡萄。便是毛延壽呵，怎倩畫圖描。

（衆）山路崎嶇，請娘娘下車上馬。（旦上馬科）

【麻郎兒】俺不爲武靈强趙，却像皁帽歸遼。喬坐了夫人城錦繖麾幢，硬打着娘子軍木蘭旗號。

【幺】側抱鞍橋顛倒，嘶叱撥玉勒金鑣。舞蒙茸狐裘綉襖，踢嫋娜蠻靴錦鞦。

（衆）娘娘善御琵琶，請彈一曲以解愁懷。（旦）這琵琶呵！當年行樂宮中曲，今日離愁馬上聲。（做彈科）。

【絡絲娘】這不是華清宮橫玉高叫，又不是昭陽殿雲和斜抱。似角聲一夜霜天曉，吹入單于小。

【東原樂】推兼引，抹復挑，昭君重譜烏孫操。（做弦斷科）（衆）呀！弦斷了。（旦）弦斷還堪續鳳膠，只怕腸斷了鳳膠難續愁腸小。待我吟詩一首，以寄悲怨。（吟科）秋木萋萋，其葉萎黃。有鳥處山，集於苞桑。養育毛羽，形容生光。即得升雲，上遊曲房。離宮絕曠，身體摧藏。志念抑沉，不得頡頏。雖得委食，心有徊徨。我獨伊何，來往變常。翩翩之燕，遠集西羌。高山峨峨，河水泱泱。父兮母兮，道里悠長。嗚呼哀哉，憂心惻傷。侍兒每取筆硯來，待我再修一封書，寄與主上。（做寫科）

【么】妾薄命背聖朝，風沙自解紅顏老。夢見君王覺後遥。可憐弟幼親年耄，望推恩銜環結草。書已寫完，付與從官收下者。（衆接科）（末引隊上）邊地鶯花少，年來未覺新。美人天上落，龍塞始知春。咱呼韓邪單于，聞得昭君娘娘已到，前來迎接者。（見笑舞科）呵呵！好一位娘娘。臉兒吹彈得破，身兒打扮得乍，咱單于好受用也。（旦）

【綿搭絮】覷着他黃皮碧眼，禿髮婆焦。雕題鑿齒鼻凹尻高。只好夜傍陰山學射雕，那許紫袖昭容賦早朝。我昭君呵，可憐鳳友鸞交，怎便入狐叢、進虎牢。

（末）娘娘你到我國，封爲寧胡閼氏。喫的美酒羊羔，妝的珊瑚瑪瑙，好不風流灑落哩！（旦）

【么】直恁的氣咆哮，臭腥臊。弓箭在腰，橐駝坐着。漫夸説首飾珊瑚環瑪瑙，又道銷金帳美酒羊羔。這樣風流灑落，則怕漢宮人消不起小閼氏、皇后號。

（末）前面是咱家地面了，請娘娘趲行！（旦）

【拙魯速】朱鳶城，路迢迢，白狼河，浪滔滔。風兒條條，雨兒瀟瀟。浙瀝瀝沙兒似雪落，冷清清月兒似霜飄。雁聲兒哀叫，笳聲兒悲嘯，斷送人兒在這遭。

（衆）請娘娘渡交河。（旦）何名交河？（衆）此乃番漢交界之地，故名交河。（旦）

【么】這一條向南朝，那一條向北朝。古詩云：胡馬依北風，越鳥巢南枝。北風南鳥,此地分交。帝京雲杳,朔漠烟高。孤舟橫泊,班馬長號。這不是交河,分明是白馬胥濤,汨羅江上潮。我如今不渡交河了。

(衆)娘娘爲何?(旦)

【尾】渡河而死公無弔,女子卿受不得冰天雪窖。這魂魄呵,一靈兒隨着漢天子伴黃昏,這骸骨呵!半堆兒交付胡可汗埋青草。(投水下)(衆)可惜可惜!娘娘投水死了。(末)這都是毛延壽那厮可惡,斷送美人,又失兩家和好。把都兒每,將毛延壽綁去砍了[1]。(殺毛科下)

校記

[1] 綁去:"綁"字,底本作"挪"。今據文意改。

第 三 折

(駕上)陽臺去作不歸雲,惆悵金泥簇蝶裙。夢裏分明見關塞,不知何處弔昭君。寡人漢元帝。一自昭君去後,忽忽不樂。回視六宫,粉色如土。前日使人回來,又說昭君投水而死。此後春風秋雨,鳥啼花落,無非助朕悲悼妃子之由也!當此深宫長夜,不免挂起真容,展玩一番。(做挂科)哎!霜綃雖似當時態,争奈嬌波不顧人。

【仙吕·賞花時】則道馬上蛾眉去紫臺,誰料塞外香肌沉碧海。剛留下一座美人牌,待俺叫一聲兒,昭君昭君!爲甚頻呼不保。一會身子困乏,寡人且睡些兒。妃子呵!要相逢除非今夜夢中來。(做睡科)

(魂旦上)嫩色曾沾雨露恩,獨留青冢向黃昏。故鄉今夜思千里,環珮空歸月下魂。妾乃昭君鬼魂是也。只因不肯入番,投水而死葬在此地,墳草獨青,胡人號爲青冢。一靈不散,隨風往來,趁此月白風清,不免偷入蕭關,重回上苑,與漢天子相見一面。想起來可不痛煞人也!

【商調·集賢賓】則下得望鄉臺,鬼火青熒夜。早見那一點點,斗横斜。莽蕭蕭風低曠野,静慘慘月上平沙。那答是一帶山蔥嶺金微,這答是一派水蒲類松花。猛回頭漢宫何處也,斷烟中故國天涯。那裏是龍樓鼓吹地,鳳闕帝王家。(行科)

【逍遥樂】當日在昭陽殿下,受用的金屋銅臺,香車寶馬。幾曾慣羅襪弓靴,獨自行踏。禁不得萬里龍庭道路賒,繞荒磧高高下下。(内作胡哨聲)忽聽得一聲觱篥,三叠漁陽,幾弄胡笳。(魂旦虚下)(雜扮單于隊子打圍上,

旋下）（魂旦上）

【金菊香】這的是單于出獵夜喧嘩，野燒天山草穀打。險些兒將人趕上者，喘汗如麻。一寸膽怯生生幾嚇煞。迤邐行來，早到玉門關也。

【梧葉兒】剛趁着銜蘆雁，恰隨了繞樹鴉。這影兒屍屍閃閃，費周遮。望長城天外挂，聽流水隴頭咽，（內打更科）數樵鼓戍樓搧。又排着一行人，金戈鐵馬。（雜扮守關卒子鳴鑼擊柝上）（繞場下）（魂旦）

【挂金索】俺不似紫氣周聃，閑把青牛跨。俺不似狗盜田文，賺取金雞詐。俺不似年少終生，棄却軍繻罷。俺則是倩女離魂，遠向燕然嫁。

【上馬嬌】今日呵！那裏有送歸寧百兩車，止不過隨意晚還家。説話之間，不覺到宮門首了。聽景陽樓上鐘初下，只不知駕幸何處也？他多分是醉賞後庭花。呀！原來獨睡在此。

【勝葫蘆】俺子見碧殿沉沉鎖翠華，獨夜掩窗紗。爲甚的佳麗三千閑御榻？似這般香消燭炧，酒闌歌罷，不冷落了漢官家。陛下陛下，臣妾王嬙見駕。

（駕驚起作悲科）妃子，則被你痛煞寡人也！（魂旦）

【柳葉兒】剛道得一聲見駕，倒惹起萬種嗟呀。別時攜手難拋捨，捱過了幾秋月幾春花。問伊家可也背地裏思念奴家？（駕）寡人那一日不想念妃子來！（魂旦）

【醋葫蘆】想當初春生翡翠衾，到如今霜冷鴛鴦瓦。這六宮中幾曲內人斜。偏則膝龍沙生埋，薄命妾尚兀自稱孤道寡。可憐你小朝廷救不得一渾家。

（駕）妃子，寡人覷你龐兒，果與真容無二也！（魂旦看畫，作悲科）

【幺】謾道是風流紅粉妝，只剩這破綻丹青畫。俺如今添上一筆兒，還添上血痕一縷染春紗。對着俺悄魂靈立地化。（內作風起魂旦按住畫科）陛下，你瞧波！步虛聲天風吹下，則指尖兒不會撥琵琶。賤妾還有一言，囑付陛下。（駕）寡人願聞。（魂旦）

【幺】想殺俺前生爹，痛殺俺即世嬤。一家兒老小累皇爺。（駕）寡人理會的。（魂旦立科）空自望秭歸血淚灑，飛不到雙親膝下。（駕）妃子放心，寡人明日降與恩蔭者。（魂旦）妾不敢求別的恩蔭來，只望你漢天子略照管丈人家。謝了聖恩，妾去了也。

【浪裏來煞】提不起生死情，訴不了離別話。臨行時只説句珍重慰官家。（駕）妃子，怎捨得便去，再消停一會兒！（魂旦）便官家有心留戀咱，怕腦背後將軍怒發。陛下，你聽波，那呼韓邪一聲聲罵俺鬼隨邪！（單于領兵追趕魂旦下，駕驚醒科）呀！我那妃子那裏去了？呀！原來是一場大夢。

【清江引】是耶非，夢中人去也。燈影搖明滅，星河欲曙天，更漏初長夜。（做收畫科）且把這真容收拾起來。妃子，你去的想不遠也！聽步珊珊聲兒，還在紙上些。（下）

第 四 折

（旦兒扮蔡琰引胡婦上）（昭君怨）昔日雲鬟珠箔，吹向西風沙漠。回首月中看，雁聲寒，何處青青墓草？馬上琵琶曲杳，一統斷腸碑哭龍堆。妾身蔡琰字文姬，中郎之女，仲道之妻。不幸父沒夫亡，中遭喪亂，爲胡騎所獲，在左賢王部中，立爲閼氏，偷生忍辱，悲憤無聊。我想自古及今，惟有昭君和番，與我爲二。所愧者只欠一死耳！聞他青冢近在幕南，趁此良宵，不免私攜酒肴親往祭告一番則個。（婦跪白）告娘娘，祭禮齊備。（旦兒行科）

【雙調·新水令】俺本是名門畫閣小嬋娟，倚香奩玉釵金釧。一朝離漢闕，萬里適胡天。帳氊裘氈，剗地新妝變。

【駐馬聽】焦尾朱弦，短側長清，焚野爇。色絲黃絹，小山大雅，浣腥羶。鄉思望斷木蘭船，邊愁夢入芙蓉苑。今日呵，聊自遣，新聲譜出昭君怨。

（婦）告娘娘，已到青冢了。請娘娘行初奠禮。（旦兒奠灑拜科）昭君，今日蔡文姬特來祭你。你可飲一杯者。想昭君當日呵！

【沉醉東風】乍承恩回心別院，漫行樂素面朝天。初開鉤弋拳，再顧莊姜盼。驚摧殘雞塞狼烟。天呵！他又不是霍嫖姚、班定遠，沒來由把一個女裙釵邊庭應選。

（婦）請娘娘行亞奠禮。（旦兒奠科）昭君，我想漢家三十六宮，多少嬪妃，偏有你薄命也！

【雁兒落】有一個平陽舞錦纏，有一個長信歌紈扇。有一個花絲吸麗娟，有一個裙帶留飛燕。

【得勝令】偏教你骨葬綠江邊，魂斷黑山巔。白草黃沙地，梨花寒食天。吞氊，比持節蘇卿遠。沉淵，似懷沙屈子冤。

（婦）請娘娘行終奠禮。（旦兒奠科）昭君，你投水而亡，生爲漢妃，死爲漢鬼。後人乃云：先嫁呼韓邪單于，後爲株累單于婦，父子聚麀，豈不點污清白乎！

【沽美酒】枉叫做左丘明司馬遷,辱抹了衛姬引楚妃嘆。他不肯進穿廬黥墨面,又何曾叙抵羊牽黄犬。怎將漢宫人,扭入匈奴傳?

【太平令】少不得水清石見,現放着三尺荒阡。試覷這土花桐繭,還像那舞衫歌扇。想你黄泉儼然,怎不把斷魂活現?

(婦)三奠已畢,請娘娘燒化紙錢。(旦兒燒紙哭科)

【七弟兄】誰似你長眠。少年,墓門前,結同心難把烟花剪。兀誰挂青松蝴蝶紙銅錢。今日遇着蔡文姬呵,點駝酥纔向孤墳奠。

(婦)娘娘!請免愁煩。(旦兒)我在此間聞胡人卷蘆葉爲吹笳,聲甚哀怨。因寫入琴中,爲十八拍。向來不遇知音,今爲昭君鼓之。你須索聽者。(做彈科)

【梅花酒】我奏胡笳將心事傳。這不是別鵠離鸞,也不是唳鶴啼猿,又不是落葉哀蟬。按新聲只十八拍,則訴幽怨倒有千萬言。憶當年,逐戎旃;逐戎旃,出陽關;出陽關,到陰山;到陰山,嫁樓蘭;嫁樓蘭,惡姻緣;惡姻緣,淚潺湲;淚潺湲,望秦川;望秦川,幾時還?幾時還,想夫憐;想夫憐,恨綿綿;恨綿綿,問青天。

【收江南】問青天,何意胭脂顏色喪祁連?似這般蛾眉宛轉委花鈿,倒不如魂歸冥漠魄歸泉!(做擲琴科)(婦)娘娘將琴摔壞了也。(旦兒)我待,我待摔這琴弦,有一日殉琵琶埋向古墳邊。

(内作風起,昭君抱琵琶騎馬,隊子繞場下)(婦)呀呀!娘娘!你看旋風起處,有一美人,抱着琵琶騎着馬,向墳頭打轉,好像昭君娘娘模樣,怕也怕也!(旦兒)

【鴛鴦煞】俺則聽蕭蕭石馬悲風戰。又則見啾啾山鬼陰雲旋。一似落月深山,夜哭啼鵑。自古道兔死狐悲,芝焚蕙嘆,暢好是同病相憐。我今番漫把椒漿薦,怕不到一滴重泉。則下回來,那得有心人,再向文姬唁。(下)

君王曾唱漢宫秋,未若佳人自訴愁。一曲琵琶數行淚,西風哀雁正當頭。邊關漂泊總堪哀,多少琵琶馬上來。賸有胡笳悲蔡琰,更無人弔李陵臺。

大 轉 輪

徐石麟 撰

解 題

雜劇。徐石麟撰。徐石麟,明末清初戲劇作家,字又陵,號坦庵,或云名善,字長公。原籍湖北,後居揚州。繼承家學,精研名理,善畫花卉,尤精詞曲。順治三年(1645)清兵攻陷揚州時,他冒死入城,取出所著書稿。著述40餘種,今傳世者有《坦庵詩餘甕吟》《坦庵樂府叅香集》《詩餘定譜》《古今青白眼》《蝸亭雜訂》等。劇作有雜劇《買花錢》《大轉輪》《浮西施》《摭花笑》4種,收入《坦庵詞曲六種》;另有傳奇4種,今存《珊瑚鞭》1種。《重訂曲海總目》著錄《大轉輪》。劇寫窮困潦倒的書生司馬貌寫詩罵天,玉帝令太白星主下界捉拿審問。氣大心高的司馬貌將塵世不公平之事面陳玉帝。玉帝惱怒,令閻羅秦廣王將狂徒帶到陰司問罪。玉帝接受太白星君諫議,命司馬貌將陰司漢朝四百年疑獄斷明,若在六個時辰内斷明,可免其罪,若少遲純,即刻治罪。司馬貌認爲斷明疑獄,有何難哉,我讀史時,已自明白,遂領命冕服坐殿閲卷審案。貌對漢世韓信告劉邦、呂雉,彭越、英布告劉邦,戚氏告呂雉,項羽告項伯、雍齒,韓信、陳豨告屬下舍人,項羽告呂馬童等六人,韓信告蕭何、陳平等七宗疑案一一斷明,令韓信轉世爲曹操,獨據中原;彭越轉世爲孫權,撫御江東;英布轉世爲劉備,據有西南半壁;劉季轉世爲獻帝,懦弱無能;呂雉轉世爲伏后,爲曹操篜死;蕭何轉世爲楊修,被曹操誅殺;陳平轉世爲吉平,被曹操拷死;陳豨轉世爲陳宫,舍人轉世爲呂伯奢,曹操同陳宫殺其全家;項羽轉世關羽,扶助劉備;項伯、雍齒轉世爲顔良、文醜,爲關羽斬殺;呂馬童等六人轉世爲楊喜蔡陽等六將,爲關羽斬殺;戚氏轉世爲男身華歆,破壁取伏后;樊噲轉世爲張飛,張子房轉世爲諸葛孔明,陳平轉世爲黄忠,周勃轉世爲趙子龍,同輔劉備;蒯通轉世爲郭嘉,周昌轉世爲張遼,灌嬰轉世爲許褚,紀信轉世爲典韋,張耳轉世爲夏侯淵,同輔曹操;酈食其轉世爲周瑜,范增轉世爲魯肅,宋義轉世爲呂蒙,陸賈轉世爲陸遜,夏侯嬰轉世爲黄蓋,同輔孫權；虞美人轉世爲男身周倉，依依故主，以成其志。司馬貌六個時辰内斷畢七案，釋去胸中憤懣，將卷申奏天庭。玉帝大喜，降詔云爾司馬貌，斷明大獄，才實可嘉，悉着依擬施行。但以臣叛君，不可爲訓。即將司馬貌轉世，改名司馬懿，並收三國，一統稱尊，以申才高久鬱之氣。該劇題目正名作"一首詩直送上九天門，十閻君斷不明七件事。六時辰陡雪了百年冤，兩《漢書》翻出本《三國志》"。《古今小説》有《鬧陰司司馬貌斷獄》，後又有《半日閻羅全傳》《三國因》等。存本今有清順治間原刻《坦庵詞曲六種》本及《清人雜劇二集》影印本；姚燮編《今樂府選》稿本所收本。今以《清人雜劇二集》影印順治刊《坦庵詞曲六種》本爲底本，進行校勘。該本署邗上徐又陵編，同社諸子評訂，無標點。刊本書眉有些評語，皆不錄。《今樂府選》稿本未見，不能參校。

第 一 折

（生上）

（蝶戀花）二十餘年心冗冗，爲着些兒苦被天公哄。食盡書中千萬總，蠹魚誰是神仙種。搔首問天天不懂，酌酒澆腸，熱淚如泉湧。八萬四千毛髮孔，一聲長嘯皆寒悚。小生複姓司馬，名貌，洛陽人也。才通玄笈，學擅青箱。二酉山頭，時奮五丁之力；三壬腹裏，能兼諸子之長。十分抱負，九分詩筆。下嘗敬鬼膽，七尺身軀三尺劍，匣中隱耀龍光。可奈大賈當朝，小人竊位。闤門而開日中之市，一人只愛金多，持衡而受暮夜之貽。三公不嫌銅臭，趙母張父還添個孔方爲兄，聖裔賢孫倒不如青蚨有子。咳！我如今兩足盡刖，璞玉混腐鼠之名，一般既封，明珠等枯魚之目。釜生游鮒，尚歌彈鋏無魚；地鮮立錐，空嘆脱囊有穎。漫説道青錢萬選，錦字千金，窮時懸九陌而無知，飢來博一餐而莫許。可笑筆成精、墨作祟，經年是下手功夫。妻啼饑，子號寒，幾時是出頭日子。正是：眼邊紅雨何時霽，足下青雲甚日生。咳！我司馬貌，終日奔波亂走，再無發迹之期，如何是好？（生）

【仙吕·點絳唇】遊遍天涯，十年獨跨青鬃馬。何處吾家？遍地裏秋風刮。若論我胸中抱負，真是前無古人，後無學者。可惜生不逢辰，教我窮廬空老！（生）

【混江龍】我身軀不大，却三墳五典盡通達。論韜略孫吴讓座，比風騷屈宋排衙。人道是滄海常遺珠,有淚誰似俺,藍田蚤種玉無瑕。俺也曾論京房,《易》奇而法。俺也曾訪韓嬰,《詩》正而葩。俺也曾問膠東,《春秋》謹嚴。俺也曾砭賈逵,《左氏》浮夸。俺也曾白虎觀,間徵博雅。俺也曾草玄亭獨逞才華,俺也曾設絳幛譏評百氏,俺也曾燃青藜訂證諸家。爲甚麼貨王家,討不得君王價。赤緊的由人棄擲,莽自嗟呀。

(旦持燈上)破壁春愁鳩喚雨,寒窗夜見鼠窺燈。相公,你家徒四壁,竈突無烟,終日守着這幾本破書,中甚麼用?(生)

【油葫蘆】你是個不達人情女道家,把男兒活怨煞。怎知我經天緯地好才華。(旦)這書飢不可食,寒不可衣,要他做甚?(生唱)這書中自有千金價。(旦)這筆跟了你,又没有買賣帳上,也是枉了。(生唱)我筆尖兒待把珊瑚架。(旦)這等說,你終日讀書,那朝中人也該舉薦你做官了!(生唱)舉朝中人盡狂。(旦)天也該可憐你!(生唱)半空中天更瞎。(旦)阿彌陀佛!我每這等窮苦還要罵天!(生唱)休道俺小書生輕口把天公罵,他可也發付我十分差。

(旦)天在人頭上,無幽不察,有什麼差?(生)

【天下樂】您道是頭上青天没甚差,呀呀你聽咱,若是我這身軀不應立帝家,與蘇秦二頃田種東陵幾個瓜,又要這聰明做甚麼!

(旦)難道天與你聰明不好?(生)咳!娘子,你那裏曉得?若是得時顯達的,上而以經濟匡時,下而以文章傳世,這聰明便有用了。若是終生陷塞,生在這魑魅魍魎世上,眼睁睁看他不過,反不如癡愚的倒好。我不幸有了這聰明,惹得不耐煩了。(生)

【那吒令】見豪華那些,亂紛紛眼花;遇妖嬈那家,艷津津口夸;對炎凉那答,悶酥酥體麻。只爲這聰明呵,鈎愁腸海樣深,惹怨氣天來大。没來由多少波查。

(旦)你看如今有才的都是駟馬高車,金章紫綬,封妻蔭子,玉食錦衣,何等富貴?偏你今年說科,明年說試,到底只是個窮神。怕還是你聰明不如,學問未到?(生)

【鵲踏枝】您則會鬢堆鴉,臉妝霞。那知道錦綉心腸,珠玉英華?(旦)既如此,怎又不如人?(生)他個醉東方傾翻了玉斝,則俺這渴相如不賜杯茶。

(旦)你道上天無知,發付你差了。你見自古及今,差了哪個?(生)我引幾個古人你聽。(生)

【寄生草】且莫説男兒漢,説幾個女俊娃。好班姬受不得囹圄怕,美王嬙改不過丹青畫,孝文姬説不出忠良話。你道是蒼天分付没争差,怎紅顔到處難安插。

(旦)紅顔薄命,自古云然。男子中,却不曾見!(生)這個一發多不勝數。(生)

【幺篇】猛想起充腸肚,説來時費齒牙。太史公喫不得刀鍼法,酒家傭挣不起文章架,我個老書生卜不出功名卦。且休論前代别人家,則漢朝數出三司馬。

(旦)你只管攀今弔古,我也不省得。夜深了,相公可睡。(生)娘子,請自安便,我還要看書。(旦)相公,没錢買燈油,少坐些罷。你看光通破壁匡衡舍,教我淚滴寒梭季子機。(下)(生嘆介)我正在此納悶,又撞着娘子來,口舌噪一番,好生不快。不免將胸中不平之事,寫作一詩,聊舒憤恨。(寫介)謂天至神,福善禍淫。爾胡不鑒,長此佞人。謂天至高,明德是昭。爾胡不鑒,君子嗷嗷。罪維竊鈎,竊國者侯。睬彼成敗,天實爲仇。堯舜殄嗣,瞍鯀明禋。職是之故,天實爲愆。嗟爾蒼天,昏德多穢。我爲天卿,當易之位。詩已寫完,不免就燈燒去,鬼神有知,當雪余恨。(焚詩介,鬼上跳接下)(生)一時間困倦了,不免隱几少卧。(生)

【煞尾】燈爆紙窗前,被冷窮廬下。(生睡鬼上作聲介)(生)呀!門外何處響?門兒外料没個高車駟馬!(鬼擲瓦介)(生)何處鴛鴦驚墜瓦,送寒風唤醒棲鴉。分明似鬼怪作聲,可笑,可笑!閙喳喳若是富貴兒家,敢怕道天曹陡降罰。我個窮酸措大,有幾般兒不怕。若見了閻羅天子呵!搽則把登聞畫鼓幾千檛。

(睡穩介)(外扮太白星官引丑、付扮千里眼、順風耳上)小聖乃太白星主也。只因下界儒生司馬貌作詩駡天,上帝着我領了千里眼、順風耳二將,各處打照,要捉拿他去,問個明白。來此是洛陽城了。二將你可見否?(丑、付)正在此破屋之下,兀那一道怨氣上衝天庭。(外)與我拿下。(丑、付捉生諢介,生唱窮酸三句,衆押下)

第 二 折

(小生扮玉皇,旦、貼扮金童、玉女持幢幡上)(集唐)萬壽南山對未央,禁城春色曉蒼蒼。九重閶闔開宫殿,一朵紅雲捧玉皇。寡人堅平天主是也。

身長一里，衣重六銖。位正中央，掌三十三天之樞鈕；望隆西土，受八十八聖之皈依。南斗北辰，司人間之生死；東日西月，明歲序之推遷。吉凶順逆，影響之報宜然；得喪興哀，氣數之乘不偶。正是：但使一心行正道，自然天地不相虧。適來下界狂生，作詩嫚罵，天法難容。已着太白星官，查來究問。怎麼還不見來？（末扮文昌星君上）小聖文昌星主是也。有事上奏天庭，不免俯伏。（伏介）（旦貼）陛下是何神道？有事奏來。（末）臣文昌星官，啓陛下，臣職司文墨，籙掌功名。今天下士子，不遵正法，俱以賄賂取官。文章一道，賤如泥土。今臣無所司事，誠恐曠職取罪，惟願繳上敕印，退職閒居。（小生）星官，你不知道，文章盛衰，俱由運數。卿可安心守職，待世道昌明，自然斯文復作。（淨扮閻羅王上）小聖地府第一殿秦廣王是也[1]。有事上奏天庭，不免俯伏。（伏介）（旦貼）陛下是何神聖？有事奏來。（淨）臣冥司秦廣王，啓陛下，今地府有疑獄數宗，自漢初及今四百餘年，未有定論。臣等不敢擅便，惟望聖裁！（接疏上，小生看介）呀！這幾宗卷案，沉閣已久，也該發落了。二卿平身。咳！天下不平事甚多，人都怨着上天。豈知上天亦囿於氣數。（小生）

【南呂・一枝花】我星辰列斗垣，日月當空照。風雷施號令，雨露布恩膏。昊昊天高，受猥士狂夫笑，聽孤臣寡婦號。有才的作賦吟騷，弄法的申文上表。

（末、淨）請問人間善惡之報，還是衆生自受，還是上天發付的？（小生）

【梁州第七】順風帆三天神聖，假提壺十地功曹。看來是因緣自有因緣報。（淨）也有作惡就受禍者。（小生）那是風催敗柳。（末）也有作善就享福的。（小生）那是露浥夭桃。（淨）還有作善未見受福的。（小生）那是含香豆蔻。（末）也有作惡未見受禍的。（小生）那是剝葉芭蕉。（淨）又有一等，不願富貴，只好清閒的。（小生）那是唾衣冠山水英豪，裂旂常詩酒功勞。（末）還有嬌妻美妾，轉自不快的。（小生）那是金枷鎖籠鳥呼號。（淨）還有家資富足，焦勞不已的。（小生）那是玉籠頭耕牛没草。（末）還有貴爲宰輔，役役不樂的。（小生）那是錦貂鞍驛馬空勞。（淨）若說禍福皆人自招，天地似爲虛位。（小生）因其所作，輕重平施，配合因緣，巧相邂會，□又在我。天高聽高，却虧心暗室都知道。他做弄得巧，我安排得妙，也只是五百年來算一遭，劫數難逃。

（淨、末）人生萬事，莫非天定，人在世間，當復何處生活？（小生唱）

【隔尾】倒不如白雲山裏埋丹竈[2]，倒不如紅樹溪頭挂酒瓢。拍手高歌舉頭嘯。訪桃源幾遭，卧松風一覺，且落得静掩柴門是非少。

（外、丑、付解生上）（外）臣太白星官覆命。作詩狂生拘到。（小生）你是何處狂夫？不知命數，輒敢怨謗上天[3]，當得何罪？（生）

【馬玉郎】呀！却原來天宮也做的人間調，兩班兒喬侍御，一輩兒假英豪。逞威風全不尚斯文道，將一個秀士家，問一個罪人名，加一個狂夫號。

（小生）你有甚不平？敢如此妄言。（生）不平麼？儘有。（生）

【感皇恩】數公卿市井兒曹，滿朝堂盡是鴟鴞。明晃晃戴紅纓，白森森懸玉帶，黃慘慘挂金貂。俺也可肩隨周召，伯仲蕭曹。怎當得身潦落，情闇慘，鬢蕭騷。

（小生）小書生，讀得幾卷書，如此大口？（生）

【采茶歌】我文林裏着風標，詞壇上有功勞。您道俺書生大口忒妝喬。我其實讀書千萬卷，到如今只有屈原騷。

（小生）有才不遇，便當安貧樂道。奈何器量褊淺，一味怨天尤人。（生）從來有才受窮的也有，未必似俺如此其極。（生）

【牧羊關】點家口無黃犬，抖行裝没黑貂。子和妻，抱纍啼號。空流了四壁蝸涎，止喂得千箱蠹飽。掩青苔顔子巷，酌白水許由瓢。没挣闞黔婁被苦，伶仃范叔袍。

（小生）你便有些小才學，性行如此，也便不足重了。（生）

【煞】我其實談輕論史胎中俏，作賦題詩骨裏騷。也是你天公生我性兒驕，耐不住氣大心高，看不過人情世道。因此上寫一幅陳情疏稿，則待把没告訴的衷腸問絳霄，誰承望激惱天曹。

（小生）書生狂妄，當寡人面前，尚敢如此大言，列卿當何法以處之？（净）臣啓陛下，此生無狀，觸忤天顔，待臣領去陰司，問他個逆天大罪，加些碾燒舂磨之刑。（末）斯文一脉，這也太過了。待臣領去，考他幾篇文字，若是如今世上一般假名士，只消出幾個難題，關防嚴緊了，只怕他的苦楚，還强似受地獄之刑。（外）依臣所見，也不必問罪，也不必考文，只將適纔冥司所奏，漢朝四百年疑獄，着他斷明。若果係有才，可免其罪，不則再爲究治，亦未爲遲。（小生）此奏最當。即着太白星官領往地府，假以冕服，限他六個時辰，斷明大獄。若少遲鈍，即刻解來治罪。（外應，小生、衆下，外、生弔場）（生）

【黄鍾尾】説得他一天星斗都顛倒，則是我滿腹文章耀九霄。（外）至尊面前，言辭還宜婉轉。（生）攛一個失這遭得那遭，怎肯做有上稍没下稍。

（外）若依秦廣王所奏，事不諧矣。（生）好一個追命閻羅忒放刁。（外）文昌要考你可怕麼？（生）虧煞那化解文昌秉公道。（外）若依天律，罪在不赦。（生）不曾見賜福天官降赦條。（向外拱手介）多蒙大人鼎力，蚤則有解厄星君寫恩詔。（外）此去須努力。（生）我待把四百年英魂定下招，我待把五百載因緣配的好，（外）欽限六個時辰哩！（生）我待把十三天文卷一時繳，我待把十八地沉冤一霎消。不柱了升天入地這逍遙，暢好是一肚子牢騷都散了。

校記

［１］秦廣王："王"字下，底本衍一"王"字，今據文意刪。
［２］丹竈："丹"字，底本作"舟"，今據文意改。
［３］輒敢："輒"字，底本作"轍"，今據文意改。

第 三 折

（扮鬼跳舞上，判上捉鬼隨意諢介）（判）下官乃第一殿掌案判官便是。俺殿主因疑獄未決，申奏天庭，不料玉皇大帝，遣一個陽間秀才司馬貌，來斷此獄，敕令冕服坐殿。俺殿主分付我等，準備文卷，一面押衆鬼魂伺候。呀！道猶未了，新主升殿。（生冕服上，判鬼接介）（生）

【般涉調・耍孩兒】巧風吹鐵樹響颼颼，英雄氣十消八九。嘆人生誰肯向死前休，逞精靈弄盡風流。少甚麽春風紅袖嬌模樣，都做了夜燒青燐冷骨頭。到此際難消受，看不盡幺麽伎倆，提不起大小骷髏。

上帝命俺攝第一殿事，斷明疑獄。我想有甚難事，沉閣這四百年也。叫判官查文卷來看。（判取文遞介）韓信告劉邦、呂雉一宗，彭越、英布告劉邦一宗，戚氏告呂雉一宗，項羽告項伯、雍齒一宗，韓信、陳豨告屬下舍人一宗，項羽告呂馬童等六人一宗，韓信告蕭何、陳平一宗。（生笑介）這些事，我讀史時，已自明白，有何難處？叫第一起聽審。（鬼押韓侯、漢高祖、呂后上）（生）淮陰公，謂何許告君后？（韓）漢室江山，臣功强半。兔死烏盡，乃誣以叛逆，夷我三族。千載而下，誰不傷心，望大王明察。（生）劉季怎麽說？（劉）謀叛之事，現有他舍人告書爲證，如何是誣！（韓）開國功臣，國家股肱，乃聽信有罪舍人仇口，不加明察，輕用誅夷大典，大王以爲何如？（生笑介）我知道了。功蓋天下者不賞，威略震主者身危。淮陰公正犯此了。劉季呂氏焉能辭罪？只是一件，淮陰公，你一生害事，只在望報二字。曾記你登壇時,即勸劉公以城邑封功臣,彼鑒商、周藩國之弊,承暴秦郡縣之餘,割土封王寔所首忌。故平定之後,必欲剪除爾曹,方爲安枕。你所遇漂母曾說,哀王孫而進食,豈望報乎!此言正鍼汝病。你却不能領會,自及於難,便不如子房公之於圯上老人了。(韓)大王高論,臣心折服。(生)

【六煞】你才高委是高,却知休不肯休,空負了王孫一飯藏機縠。他倒有圯橋父老傳書意,你不學下邳兒郎辟穀遊。成迤逗,做了個功高不賞,恩集成仇。

(韓)還有蕭何、陳平並屬下舍人二宗,在大王案下,統求判斷!(生)這都不必問了,我自有處,請回聽候,一同發落。(韓下)(生)叫第二起。(鬼押彭越、英布上)(生)二公有何話說?(彭、英)天下未定之時,臣輩左袒則漢興,右袒則楚勝。漢王以高爵厚祿相招,惟恐我輩之不就。及至事成,乃無罪誅夷,加以俎醢。報績紀功,固如是乎?(生)此事我已知道。二公與韓信同其功,故應與韓信同其罪。當日徵兵會垓下,俱不肯往。及彼用子房之計,許以割地,兵輒四集,此二公得意之時,乃漢王切齒之日也。(生)

【五煞】你氣如虹遍九州,擁千鐘食萬牛,英雄本色是天生就。怎知道東方割據非他意,便說道南面稱孤是爾謀。問豪傑千年後,更幾個貪鱗冒網愛餌吞鈎。

請回聽候,一同發落。(彭、英下)(生)叫第三起。(鬼解戚夫人上)(生)你爲何告了呂雉?(戚)人彘之慘,千古未聞。乞大王鑒察。(生)劉季欲立汝子,便起呂氏妬根。此劉季殺汝也。自我看來,豈獨你一人,兩趙王無故受害,亦皆劉季自貽伊戚。(生)

【四煞】他掃秦灰縶楚囚,遍江山總姓劉。太平福不肯閑消受,先將他一朝將帥投湯鼎,又把這幾個兒孫賜鐲鏤。諸呂事誰之咎?只因他貽謀不善呵,埋伏下空中巫蠱,挑撥起暗室戈矛。

我有處了,外廂聽候發落。叫第四起。(戚下)(鬼押項羽、項伯、雍齒上)(小生)項王堂堂霸主,爲何仇此二臣?(項)二人昔我親信,臨難叛主,致我殺身喪國,情實難容。(生)二人賣國,罪無所逃。但你殺身喪國之由,豈真係此二醜?漢王以百戰百敗而興,你以百戰百勝而亡,何也?只緣他能堅忍,你只剛脆,故一敗塗地,不能復起。若論你才略志量,豈遂出漢王下乎!(生)

【三煞】你逞威風霸楚州,論人才第一流。鴻門不殺沛公,都道你失著。此稚子見也。我道正此是英雄器量。豈機謀便落他人後。只可惜你青鋒百煉迎頭折,不似他赤火千熬繞指柔。可恨後世論人只以成敗,端的是書生臭。一肚皮英雄成敗滿舌頭，楚漢春秋。

（項）還有呂馬童等六人，分屍報功一宗，在大王案下，並求判斷。（生）這也不必問了，我有自處。請起。判官！去請韓、彭、英三位並戚氏上殿，其餘鬼魂，俱着階下聽候發落。（判請四人上，分付鬼魂應介）（生判介）漢家天下，俱賴三公之力。今將他疆土，分與你三人承守。淮陰公到曹嵩家投胎，改名曹操，獨據中原。九江公到孫堅家投胎，改名孫權，撫御江東。大梁公到中山靖王家投胎，改名劉備，據有西南半壁。至於劉季、呂雉仍着速轉皇宮，劉季復爲獻帝，懦弱無能；呂雉復爲伏后，後爲曹操箠死，以報長樂鐘室之冤。蕭何始而薦舉，既而謀害，着他轉世，改名楊修，始以厚祿報其恩，後以誅戮復其怨。陳平陰謀助惡，着他轉世，改名吉平，因藥進鴆，爲曹拷死。屬下舍人，誣告韓公、陳豨，皆致滅族，着陳豨轉世爲陳宮，舍人轉世爲呂伯奢。曹操同陳宮殺其全家。項王英氣不滅，可到解梁關家投胎，改姓不改名，扶助劉備。項伯、雍齒背君賣國，轉世爲顏良、文醜，陣上爲關公所斬。呂馬童等六人貪功碎屍，着轉世爲楊喜蔡陽等六將，爲曹公把守五關，皆爲關公所殺。戚氏無辜受禍，速轉男身，改名華歆，從事曹操，擁兵入禁，破壁取后，以報前怨。（衆拜謝介）多謝大王，俯雪沉冤。但某等孤身，難以立國，還求將相爲輔。（生）待我各撥幾個智勇之士，助你成功。樊噲剛直不磨，轉爲張飛。張子房神機運籌，轉爲諸葛孔明。陳平轉爲黃忠，周勃轉爲趙子龍，同輔劉備。蒯通原屬意韓公，轉爲郭嘉，周昌轉爲張遼，灌嬰轉爲許褚，紀信轉爲典韋，張耳轉爲夏侯淵，同輔曹操。酈食其轉爲周瑜，范增轉爲魯肅，宋義轉爲呂蒙，陸賈轉爲陸遜，夏侯嬰轉爲黃蓋，同輔孫權。虞美人臨危自盡，節烈可風，亦轉男身，改名周倉，依依故主，以成其志。判斷已畢。（衆又謝下介）（生）

【二煞】數英雄一握籌，點侯王注筆頭。也是俺掌陰司符籙些時候。打破他壺中日月三千劫，安排定鼎足乾坤十二州。快活也，從今後把胸中憤懣，一筆都勾。就將此卷案，申奏天庭去也。（生）

【煞尾】古今傀儡場，一絲兒提在手。聽天門傳旨依卿奏，管教那説古話兒郎笑破口。

第 四 折

（外上）適來司馬貌，斷明疑獄，申奏天庭，龍顏大喜，悉令依擬施行，已將衆鬼魂,各給本等服色,下界投胎。一面着殿前金瓜將士,執引魂幡,將司馬貌送歸陽世。呀!你看司馬公蚤則來也。(扮二將持幡引生上)(生)

【雙調・新水令】鈍書生無分拜君王,却怎生筆尖兒十分莽撞。批文空地府,抗疏忤天堂。小可的施張三界,事盡停當。

(相見介外)先生恭喜,奏疏一一依擬了。(生)都賴大人保舉之力。(外)先生請行,小聖隨後即賫恩詔到了。(別下,生)咳!些小事,上天這般糊塗,怪不得□出恁般世界也。(生)

【折桂令】小乾坤恁的行藏,也不肯將日月渰磨,放出光鋩。黃淹了地下英靈,黑漫了人間法紀,白占了天上綱常。怪不得傲莊周把浮漚亂講,笑彌勒將布袋胡裝。俺今日呵!撥正陰陽,刷淨風霜,天眼重開,世事康強。

(扮劉玄德、關、張、諸葛上,迎接介)(生)是何神道?(衆)某等劉玄德、關雲長、張翼德、諸葛孔明是也。奉玉帝敕旨往陽世受生,適遇大駕,特來□迎。(生)有勞諸公了。(生)

【雁兒落】你莽功勞赴戰場,渾博得隔世裏王侯像。赤松子蚤遊到卧龍崗,白帝子硬扭做飛熊將。

(衆)前程路遠,就此告別了。(生)請行。(衆下)(生)

【德勝令】呀!你看他一個個氣昂藏,乘駿馬玉鞭揚。一時間等不得前程路,怎喫了四百年忽突湯。若不遇我司馬貌呵,滄茫司天臺,總一簿葫蘆帳。郎當轉輪車,何時大法幢。

(扮孫仲謀、周、魯、陸上)(迎接介)(生)是何神道?(衆)某等孫仲謀、周瑜、魯肅、陸遜是也。奉玉帝敕旨陽間受生,適遇大駕,特此奉迎。(生)有勞了。(生)

【收江南】呀!這一回撞天門主了大試,場中幾個門生天子到門墻,將九州割泒做三莊。怕甚麼歲荒。請回罷。(衆應別下)(生)九江公好興也呵,拂天風猛一陣御袍香。

(扮曹孟德、郭、張、許上、迎接介)(生)是何神道?(衆)某等曹孟德、張遼、郭嘉、許褚是也。奉玉帝敕旨下界受生,聞大駕經過,特來迎接。(生)有勞了。(生)

【沽美酒】看上你個曹大郎,打扮的好模樣。曹公曹公,此去須好生做也,你知道循環天道不尋常。再休使機心魍魎,渾瞞過日頭光。請回罷(衆別下)。(生)

【太平令】不爭我向陰司銷帳,倒與他陽世開荒。□蕩却烟塵千丈,托現出陽春一掌。我呵，安頓了吳王魏王和西川蜀王。呀！好一似擺英雄在棋盤兒上。

（二將）已到尊庭，請自方便，小將回覆天旨去也。（送生矾前睡介）（旦上）寒儒空榻衝天筆，巧婦難成沒米炊。呀！相公！天明了。還是這般靠桌而睡。（生驚醒大笑介）呀！娘子。（生）

【清江引】我在閻羅殿中將印掌，算多少隔年帳。（旦）不過是夢，有何奇處。（生）奇哩！驅王侯作徒兒，鞭將相如廝養。（旦）相公，你只是這等妄言，拍折了福。（生）少頃就有天使到了，我有好處哩！（旦）相公，你失志落魄，便這胡思亂想，只莫把心想偏了。（內鼓吹介）（生）你聽這仙樂盈空，異香飄緲，天使到了。（旦望合掌介）（生）方信到散天花說來不是謊。

（外捧詔上，扮二趙王、燕太子丹、荊軻、田光、高漸離、樊於期同上）玉旨下，跪聽宣讀。（生、旦跪介）（外）玉帝詔曰：馨聞乃眷，知天命之靡常，德至斯孚，感民彝之攸敘。爾司馬貌，斷明大獄，才實可嘉。悉着依擬施行。但以臣叛君，不可為訓。即將司馬貌轉世，改名司馬懿，並收三國，一統稱尊，以申才高久鬱之氣。其妻吳氏，齎鹽甘守，仍命轉世，配為夫婦，正位中宮。二趙王無辜被害，情實可矜，賜汝為子，一名司馬師，一名司馬昭。燕太子丹，英略蓋世，事雖未成，志不可磨，賜汝為孫，改名司馬炎。其荊軻、田光、高漸離、樊於期皆一時義烈之士，志猶未申，俱賜為佐命元臣。荊軻改名羊祜，田光改名張華，高漸離改名杜預，樊於期改名王濬。即着同往受生，共享富貴。欽哉！謝恩。（生、旦謝起，換帝后冠服，趙王等參見拜介）（衆）

【離亭宴煞】硬頭顱死向天街撞，窮骨頭生改做王侯相。這底勾當，從來只是書生莽。前後事，新花樣，識破何須妄想。且將這四百年好英雄編一本彈詞兒和你講。

一首詩直送上九天門，十閻君斷不明七件事。六時辰陡雪了百年冤，兩《漢書》翻出本《三國志》。

憤司馬夢裏罵閻羅

嵇永仁　撰

解　題

　　雜劇。清嵇永仁撰。嵇永仁(1637—1676)，字匡侯，又字留山，號抱犢山農，江蘇常熟人，寄寓無錫。工詩文，善音律。清初曾多次應試不中，以教館和行醫爲生。康熙十二年(1673)入福建總督范承謨幕。康熙十三年(1674)耿精忠反，拘范承謨、嵇永仁，囚禁三年，嵇永仁自縊而死。著有《百苦吟集》、《抱犢山房集》6卷、醫書《東田醫補》12卷、傳奇《揚州夢》《珊瑚鞭》《雙報應》、雜劇《續離騷》。《雙報應》《續離騷》作於獄中。《憤司馬夢裏罵閻羅》，乃是《續離騷》之四，僅一折。本劇《今樂考證》著錄。《重訂曲海總目》《曲錄》亦著錄。劇寫烏老暴亡，一靈歸陰，用平昔燒化紙錢打點鬼判，復得還陽。四川秀才司馬貌，屢試不第，窮途落魄，感嘆命運不濟，世上苦樂不均。烏老造訪，司馬貌問知烏老魂遊地府用紙錢買托回陽是真事，怒罵陰曹斷事糊塗，辦案不公。閻羅天子聞報，命小鬼前去勾拿。貌欲吐胸中不平之氣，大笑隨往。貌見閻羅天子述說幾樁歷代不平之事，指出"這都是你輪回錯，欠停妥，只恐怕辜負了地府君王座"。閻羅天子聞言不怒，予以辨解，説烏老回陽，是他壽命不當終，紙錢授受事屬渺茫，陰曹辦事，賄賂一毫也通用不着。甚至説"那元凶巨惡能漏網於陽間，不能漏網於地獄"。貌看閻羅天子謙恭禮士，知道紙錢賄賂事乃後世傳訛，乃求閻羅天子轉奏玉皇，修改律條，"令善人現世受報，化凶爲吉，遇難成祥"。閻羅天子允諾上奏，然後請司馬貌明斷陰幾樁難決的大案。司馬貌受命，表示一定要"沉冤洗，疑團破"。司馬貌陰司斷獄之傳説，流行已久。該劇本事出於元刊《三國志平話》，以及《古今小説》中的《鬧陰司司馬貌斷獄》。清初徐石麟雜劇《大轉輪》亦演此事。徐作着重斷獄，嵇作則獨着重於"謾罵"一節。版本今存康熙刊本，鄭振鐸據康熙刊本編入《清人雜劇初集》。該本無標點。今以《清人雜劇初集》本爲底本，進行校點整理。

（末扮烏老上）薄薄酒勝茶湯，粗粗布勝無裳。醜妻惡妾勝空房，五更待漏靴滿霜。不如三伏日高臥足北窗涼。珠襦玉柙，萬人祖送歸北邙。不如懸鶉百結，獨坐負朝陽。生前富貴，死後文章，百年瞬息萬世忙，夷齊盜跖俱亡羊。不如眼前一醉，是非憂樂兩相忘。自家烏老便是。你道小老，爲甚麼道這一篇《安分歌》？只因日前暴亡，一靈歸陰，不能復轉。誰料地府查俺尚有還魂指望，但鬼判需索些使用，虧俺平昔燒化金銀紙錢，堆積滿庫，以此布散打點，又得回陽。纔悟得萬事虛花，一場大夢。從今愈加守分，不敢妄想纖毫，日來多謝司馬相公，曉得小老重生，蒙其枉顧，不免前去回看，便中齎帶酒肴與他，消閒則個。（生扮儒家上，唱）

　　【點絳唇】造物云何偏虧於我，投胎錯，苦惱奔波。那處覓君平課。（詩餘）來時春暮，去時秋暮，急回頭却交冬暮。恁光陰有幾？把前程早誤。佛書無數，道書無數，經史又還無數。問何時讀完？不虛生一度。小生司馬貌，西川人氏。本道個飽學秀才，到做了窮途落魄，磨成修月之斧，桂殿無緣；打就釣鰲之鉤，龍門空返。荆釵裙布，羨他們舞女歌兒；陋巷虀鹽，怪到處重茵列几。雖則窮通有命，其如苦樂不均，雪上加霜，受無窮之蹭蹬。盆中覆日，遭異樣之摧殘。戀此餘生，敢嗟遲暮。正是：人生四十不得意，明朝散髮歸扁舟。（末偕童子持酒榼上，云）刻啄不厭貧，壺觴共傾倒。回首空茫茫，寧得幾時好？（相見介）司馬相公，小老苔看來遲，休得見罪。（生）烏老聞你魂遊地府，虧得金銀紙錢，買托回陽，此事真否？（末）千真萬真的。若不虧金銀紙錢之力，今日也不能勾與相公對飲。（生怒介）怪事，怪事！俺只道陽間人愛錢抄，原來陰司地府也是恁般混濁。可知世上窮通壽夭，生死貧富，都沒有一定的天理。小生一向還信天命，默默無言。今日便不能忍耐，要怪閻羅天子的大不是了。正是：一陌紙錢便還魂，公私隨處可通神。富家有力能超劫，貧者無緣出獄門。（指鬼門關介）閻羅天子，你若無靈則已，你若有靈，也該知道陽間司馬貌，在此罵你欠公道哩！

　　【混江龍】閻浮一座，却不道糊塗斷事打磨陀。説甚麽明如寶鏡，笑比黄河，漏網奸回滿世界，無辜豪俊陷風波。空垂玉律，枉設金科，莫須有也，不顧其他。今來古往公平少，萬死千生混帳多。太阿倒置，下界遭魔。

　　（末）閻王乃地府至尊，相公無故罵他，豈不造下罪過。小老纔得了命，不要又替你作個干證，就此先告別罷。不如意事常八九，（生笑介）可與言人無二三。（末下）（生）烏老已去，不免假寐片時。（入帳作睡介）（雜扮衆鬼鬧上，云）我等奉閻羅天子之命，道是日遊神傳報，陽間狂生司馬貌訕罵陰曹，特地前來勾攝。（鎖生出帳）（生作拭目驚介）我司馬貌，清清白白書生，誰敢來拿我？（認介）呀！原來是這般小鬼作怪。（趕打）（衆鬼東藏西躱）（生唱）

【折桂令】俺待要撼天關星辰聯座，搖地軸江海增波。侍香案玉皇仙吏，犯斗牛織女銀河。你等見我是一個書生，便鬼也來欺負了。俺未能勾獻文詞金聲擲地，取青紫拾芥登科。就是那洲邊鸚鵡不經俺脚登翻，那怕他樓頭黄鶴也被俺拳捶破。一任你人頭鬼面，空自布地網天羅。

（衆鬼譚介）我等拿千鎖萬，憑你有八面威風，到俺手内魂也嚇掉了[1]，却不曾見這狠秀才。（背云）你想連閻羅王都要駡的，何况我等小鬼。還是與他講道理，自肯跟我們去。（向生介）司馬秀才，我等不是山神野鬼，你莫錯認了，乃是奉閻羅天子之命，道你訕罵陰曹，故來拘拿前去。（生）既閻羅天子要見俺，俺也正要見他，一吐胸中之不平。正是：仰天大笑出門去，我輩豈是蓬蒿人。（虛下）（浄扮閻王，鬼判隨上）善哉，善哉！人間私語，天聞若雷，暗室虧心，神目如電。鬼使們！司馬貌曾帶到否？（衆鬼帶生上）帶到了。（浄拍案怒介）狂生，狂生！你睁開眼，看俺殿上榜聯，却不道是是非非地，明明白白天。俺陰曹有甚虧負於你，却在烏老前題詩訕罵，不怕俺拔舌地獄麽。（生唱）

【雁兒落】則見恁聲息雷霆劈面呵，便有那鐵汁銅丸罪難坐我。你道是榜聯上是非明白不差訛，怎生的世界上亂翻翻都擔着錯。

（浄）俺地府陰曹一椿椿一件件判斷定了，然後輪回有甚差錯來？（生）你道俺書生記不得麽？

【挂玉鈎】夷齊讓國，却反遭飢餓，盗跖食肝有結果。顔命夭，彭壽多，范丹窮苦，石崇樂。岳少保忠良喪，秦太師依舊没災禍。這都是你輪回錯，欠停妥，只恐怕辜負了地府君王座。

（浄色和介）元來秀才胸中，有這幾椿不平，怪不得牢騷激烈，是鬼使們唐突了。（下座相見介）快取座來，與秀才扳話者。（生）告坐了。（浄）秀才，那烏老回陽一案，他壽命本不當終，紙錢授受事屬渺茫，不要太認真了。俺這裏是夤緣，賄賂一毫也通用不着。（生唱）

【滚綉球】俺書生罪過狂吟哦，直恁謙恭下禮上客也不差多。纔知道鐵面巍峩，冥律條科，紙鏹些麽後世傳訛。黄泉路金銀無用，黑地獄勢焰消磨。到這裏案無塵牘無擾葛藤扯破，甚相干擊磬摇鈴伐鼓吹螺。想超生證果，算將來還是我窮措大没罪業不怕閻羅。

（浄）秀才須知陰陽一理，報應分明。那元凶巨惡能漏網於陽間，不能漏網於地獄。善人君子便喫虧於世上,終不喫虧於天堂。總要平心而觀,不可執一而論。(生)小生敬聞命矣,但地獄之設,以待陽間漏網之惡人,此種立法極善。至若天堂之設,以待世上喫虧之善人,尚非確典。想一念之善,兆和風而集祥雲;一事之善,格鬼神而回造化。眼前有響有應,人心也知慕知趣。如聽其遭險蒙難,不保軀命,恁般喫虧,僅以虛無身後之天堂,了其善果,不獨難服善人之心,兼且愚人眼目,只道爲善無益,反懈其相觀好修之念。此一條還求天子轉奏玉皇,更改一更改,令善人現世受報,化凶爲吉,轉難成祥,俾向上者知所效法,改過者亦能自新,乃萬世無弊之道也。(淨)善哉,善哉!即當具奏天庭,以不負秀才之教。(生)多謝天子費心。(唱)

【梅花酒】謝得你通言路,挽天和,救善類,沛恩波,表奏靈宵破網羅,不枉了名賢俊傑遭摧挫,孝子忠臣受折磨。便有那天堂身後過,爭似這生受用白雲窩。

(淨)秀才,難得你到此,俺陰曹內尚有幾件大案未完,玉帝屢行催結,奈事關重大,難以剖斷,伏望秀才暫停文駕,片言折獄,以結未完,一併將此段功勞,奏聞上帝。那時再送歸人間,享受榮華,遂其福報。(生)小生當効半臂之勞,只恐有辱尊命,惶恐人也。(淨)不必太謙。(喚介)左右,快取冠帶過來,與秀才換過,以便臨軒審錄。(生冠帶介,唱)

【尾】今日裏紫綬金章響玉珂,煞強似在人間挣不脱這卧雲簑。鬼使們你須要洗肝腸肅班夥,候我去攝寶位覽文書殿上森羅。任他有積案如山怎轉那,不消得頃刻延俄。管教把沉冤洗,疑團破。這便是有一日官來就儘着一日做,休道是京兆威風走馬過。俺那直窮到底的性兒,待要秉燭燃犀照鬼魔。

儼然地府號仙官,翻嘆人間知遇難。不是一番閑破口,英雄終作等閑看。

校記

[1] 嚇掉:"掉"字,底本作"弔"。今據文意改。

鞭督郵

邊汝元 撰

解題

雜劇。清邊汝元撰。邊汝元(1653—1715),字善長,號漁山,別署桂巖嘯客,河北任丘人。曾任順天府儒學訓導。著有《桂巖草堂詩文集》,雜劇《羊裘釣》《鞭督郵》《傲妻兒》三種。雜劇《羊裘釣》不見流傳。本劇未見著錄。今有清抄《桂巖嘯客雜劇二種》本,題《鞭督郵》,署"桂巖嘯客編",首有康熙五十年(1711)作者自序。劇寫劉備鎮壓黃巾軍有功,授職安喜縣縣尉。適督郵巡查安喜,百般刁難勒索賄賂,而劉備不肯逢迎。督郵將衙中書吏拿去拷問,逼其捏造事實,誣告劉備貪贓枉法。書吏不肯答應被弔打。縣裏父老百姓聞知,去驛館見督郵説情,保舉爲官清正的劉備,遭門役拒絶。張飛見狀大怒,將督郵縛於拴馬柱,以柳條鞭打。劉備聞訊,急忙前來勸阻。張飛建議劉備他往。劉備采納,關羽整理行裝,挂印辭官而去。本事出於《三國志平話》卷上《張飛鞭督郵》和《三國志通俗演義》卷一《安喜張飛鞭督郵》。《三國志·蜀書·先主傳》載:先主"討黃巾賊有功,除安喜尉。督郵以公事到縣,先主求謁,不通,直入縛督郵,杖二百,解綬系其頸着馬柳,棄官亡命"。版本今存清抄《桂巖嘯客雜劇二種》本、《綏中吳氏藏抄本稿本戲曲叢刊》本、民國華北廣播協會紅格鋼筆抄本。劇前作者自爲叙云:"辛卯八月鄉試,余以髦而且貧,愧處庸下。噫,諸公方角勝一戰,而余顧作壁上觀乎!高誦魏武老驥伏櫪之歌,悒悒者久之。偶取義(翼)德鞭督郵事演成雜劇二折。劇成,鼓掌稱快,頗屬狂妄。然此夜一輪清光何處無句,有何奇而如滿?不覺夜半撞鐘以自鳴。其得意耶,亦猶是矣。辛卯中秋夜,桂巖嘯客題。"劇末作者有一七絶:"荒齋獨坐悶悠悠,雜劇偏成打督郵。脱稿適當八月半,拼將一醉過中秋。"劇末另有自記和鏡河釣叟評語。自記云:"按【混江龍】一曲無板句之多少,各劇亦無定數。惟起結有法,中間對將去耳。故亦敢拘拘於譜内,名揚天下一則也。"評語云:"文長《狂鼓史》一劇千古絕調,此其嗣音。"今依《綏中吳氏藏抄本稿本戲曲叢刊》本《鞭督郵》抄本爲底本,進行校勘整理。其他二種版本未見。

第 一 齣

（生角帶青圓領雜隨上）派演天潢邁等夷,雲龍風虎尚難期。時危那得烽烟熄,小吏荒城有所思。下官姓劉名備字玄德[1],安喜縣縣尉,係景帝閣下元孫。武帝時,涿鹿亭侯劉貞坐酎（音宙）金,失侯。因此遺一枝在涿縣樓桑村中[2]。家道貧窮,以販履織蓆爲業。黃巾賊起,幸遇雲長、翼德[3],結爲兄弟,蕩寇有功,蒙朝廷除授今職。（嘆介）可嘆功高賞薄,且喜事簡民淳。每日與二弟、三弟講論韜略,用消薄書之餘閒,熟習弓刀,恐負饔飧之一飽。今日聞得督郵按臨本縣,只得出郊迎接。左右,牽馬過來。（雜應介,生）正是:鸞鳳樓早枳,燕雀噪高枝。（下）（副淨半滿髯紅圓領引衆上,白）笑罵由他笑罵,好官我自爲之。自家督郵是也。仗常侍之威靈,剝兆民之骨髓。使權使勢那管一路哭聲,民膏民脂且暢三生笑口。今日應巡查安喜縣地方,又是一場富貴也。叫左右發牌騎馬,儀從須要整齊,各宜小心者。（衆鳴鑼喝道介）（副淨唱）

【二犯江兒水】旌旗前導,齊整整旌旗前導,看前呼與後繞。但願居官得賄,財旺官高。指日裏超升早。（白）前面黑簇簇的是甚麽去處？到縣還有多久路？（衆）過了前面小橋是富村,過去富村是積金莊。前去十餘里,就是安喜縣了。（副淨笑介）好呀！（唱）振彎轉林皋,揚鞭過板橋。村塢豐饒,名號蹺蹺。這城中士夫每應多寶。（生上,白）安喜縣縣尉迎接。（衆禀介）（副淨）館驛相見。（内嚷介）（副淨）甚麽人喧嚷？（衆）安喜縣百姓,稱頌劉縣尉德政,保舉升遷的。（副淨）且退後了,自有公論。（唱）恩深政超,共道到恩深政超。官卑職小,不宜居;官卑職小,也須要孔方兄說個好。（到介）（副淨上坐,生參見介）定州中山府安喜縣縣尉,劉備參見。（副淨）怎麽没有知縣？（生）本縣缺少縣官,縣尉代署縣事。（副淨）際遇得好有興頭,你是甚麽出身？因何受了這官職？（生）劉備乃中山靖王之後,自涿郡剿戮黃巾,大小三十餘戰,頗有微功,因得除授今職。（副淨怒介）你詐稱皇親,欺壓我麽！

（副净唱）

【前腔】天潢遠紹，你道是天潢遠紹。這來頭認得好。你妄攀龍種上引根苗，把督郵相驚倒。（白）你說剿戮黄巾，大小三十餘戰，一發不可信了。（唱）那張角智謀超，況張梁、張寶驍。是甚麽絶世英豪，出類弓刀，替朝廷把黄巾胥征剿。（白）方今天子要沙汰冒功濫爵官員，只得借重爾輩了。我一入境來，見衆百姓公遞保舉呈子，頌你許多好處。你可也破錢費抄忒用心機了。（唱）罪深怎逃，也自知罪深怎逃。没頭没腦，堪憐你没頭没腦。呸！你何不向正神祇，將紙錢燒。官府不法，皆由胥吏作弊。左右，明日將安喜縣用事書吏鎖拿，前來聽勘。劉備你可知道了，出去罷。（生）這怎麽處！不免回到署中，再作道理。（下）（副净）掩門。白日青天忽震雷，寶山既入怎空回。劉備切莫蒙蒙懂懂矢心拙，須要白白黄黄盡力攙。（下）

校記

［1］玄德："玄"，底本作"元"，今改，下同。

［2］樓桑："樓"，底本作"僂"，今從《三國志》等改。

［3］翼德："翼"字，底本作"義"。今改。《三國志・蜀書・張飛傳》作益德。

第 二 齣

（净扮張翼德羅帽青帕紮頭箭衣上）

（滿江紅）涿郡男兒，屠沽業，幾年興作。聯骨肉，桃園結義，死生相托。小醜跳梁真可笑，長矛躍馬何曾却。隨長兄，作尉在孤城，悲蕭索。胸中事，縈籌度。愁無賴，須杯酌。不讀詩書粗鹵甚，從來未敢輕然諾。待他年，特地展生平，鞭先着。自家姓張名飛字翼德，涿郡人也。專事粗豪，不習文雅，雖有田園可樂，頗以刀劍自娛。幸遇大哥劉玄德、二哥關雲長在桃園中結爲兄弟，不願同生但願同死。（拍胸大笑介）俺張飛滿肚疑腸，一腔熱血，可用得着也。與大哥勠力同心，討平妖賊。那些有貴緣的，有銀錢的，一個個都得了高官美缺，歡天喜地去了。獨俺大哥，一味忠實本分，守候到今，始得來安喜縣做一個縣尉，真是可惱。這也不在話下。今日早起無事，且叫人買幾壺酒進來，喫幾杯到街上散步一回，有何不可。（下）（末扮書辦雜帶上）你見了老爺，隨你如何回答。出來了，我們的常例，是少不得的。（向内禀介）禀老爺,安喜縣縣尉的書吏拿到了。(副淨內云)拿到了麽?吩咐開門。(上)狐假虎威狐被縛,下官引得上官貪。你就是縣尉的正身書辦麽?可將縣尉科斂民財,種種事實,從實招供明白,免你一死。(末)本官清廉愛民,並無科斂的事。(副淨)你這狗頭,不打不招。且與我綁起來。(衆應綁介)(外白鬚丑白鬚駝背老旦貼同扮鄉民上)清客好,百姓銜恩思結草。祝君長不老,清客真個好。清客苦,上司索錢同哮虎。憐君何以補,清客真個苦。我等俱是安喜縣的百姓。我老爺愛民如子,一清如水。今督郵到縣,索求銀子不遂,拷打書辦,勒令誣供官府貪污,以便究處。有這樣冤枉没天理的事,我們齊到館驛督郵那邊,辨明保舉。(丑)正是,我十分氣忿不過,要恃我這老體面與他講個情理,不然拼這條老性命結識了他。也説不得了。走走。(衆進介)(門役攔介)咦,那裏走!(衆)我等是本縣衆百姓,要進去保舉劉縣尉的。(門役)老爺已吩咐過了,你這些人,俱是劉縣尉賄買來的。叫打退了,不容進去。(衆)我等定要進去保舉,如果有情弊,再打退也不遲。(丑)了不得,了不得,天翻地覆了。劉老爺不要百姓一文錢,那得銀子與你。(拍胸介)我這樣人,豈是可以賄買得的。衆人搶進去,不要管他。(門役)那裏有這樣村野牛,不知衙門體統。(打介)(衆嚷介)(淨醉上)大醉出門無幾步,驛前何事苦喧嘩。你這些人,爲何在此喧嘩?(丑見驚介)皂王菩薩來了。(外)胡説。這是老爺的兄弟張三爺。(丑)就是莽張飛麽!他是可以救得急的。你們快與他説。我是氣壞了,且在一傍喘息喘息。(外)稟上三爺,督郵到縣,問我家老爺要銀子。老爺無以應督郵,竟將衙門中書吏拿來拷問,教他捏誣老爺貪污,要揭參老爺。我等百姓,特來保舉。門上不肯放進去,故此相嚷。(淨大叫介)有這樣事,可惱,可惱。督郵呵,俺大哥那裏有銀子與你。老張有一條丈八矛送了你罷。衆百姓有勞了,且各自回家,我自有處。(丑點頭介)好漢去得,督郵今番遇着對頭了。(衆下)(淨闖進門役驚避介)(副淨作威介)你是甚麽人?喫得大醉闖入大堂。(淨唱)

【點絳唇】你看這井底蝦蟇,居然尊大。(副淨白)左右,一起動手拿,拿住捆打這厮。(衆高聲應欲拿不敢介)(淨唱)齊聲咤,驚恐咱家,可笑這小鬼們,要嚇得閻羅怕。

(副淨)你這厮姓甚名誰?如此大膽?(淨)我麽,姓張名飛字翼德。(淨唱)

【混江龍】姓名非假,范陽城裏是吾家。近來呵刀鎗蕩寇,當日呵屠沽生涯。（副净白）是了。這張飛是劉備的結義兄弟黨惡害民的。（净白）督郵你反説了。（唱）你貪民財，只圖稱子而子孫而孫，喜孜孜，一家温飽傷天理。那管他衣無衣食無食愁戚戚，百姓嗟呀！（解末）（綁介）快走，放了這屠門前縛豬囚狗。（打散左右介）散了這羅刹内鷹爪狼牙，止知謀腰間白鐺，全不顧頭上烏紗。（打去副净紗帽，副净怒介）你莫在這皋比（音皮）座上力張威，且向那柳陰深處從長話。（扭副净走介）可惜耽閣了你，一朝作勢，半晌排衙。

來此已是縣前。此是拴馬樁，要屈尊你了。（綁介）（净唱）

【油葫蘆】馬枯樁，與你權下榻。你可也休驚嚇煞。（白）你那識見膽氣呵！（唱）真是些些芥子與芝麻，那裏知昭昭王法多來大，那裏知恢恢天網疏無罅。今日裏災難臨，可怎逃這頓打。（怒介）狠長矛丈八，料你也難禁架。猛看見柳條遮。

開鋪子小郎兒叫一個出來。（丑上）三爺呼唤，那邊使用？（净）上樹去，將柳條折下幾枝來。（净唱）

【天下樂】你赤脚忙將柳樹爬。（丑白）要柳條何用？（净唱）休問咱，（指介）要權教他，你看這惡頭顢鞭笞也不差。（丑白）小的就上去，折下柳條來。（净白）你看這街上兩傍人呵！（唱）怒眈眈齊豎眉，鬧轟轟都錯牙。唯恐俺莽張飛，雨聲微，空雷響大。

（白）小郎這幾條柳枝那裏勾用，再折幾枝下來。（丑）是。（又折介）（净打介）（副净始叫張飛怒介，繼叫張翼德，又叫張三爺求饒介）（净唱）

【那吒令】打教你眼花，打教你腿麻。逞威風忒辣，這災禍自加。（換柳條介）你從今怕麼？你從今悔麼？（内衆高聲白介）打得好。三爺作事，大是暢快人心。（净唱）許多人齊喝聲，只爲你虧心大。（白）老張生平呵，（唱）多則是見不平陡起波查。

（雜隨生急上）阿兄自受卑官累，翼德何須發怒嗔。（副净）劉玄德來了，救我一救。（生）三弟，這如何使得。他是我的上官。你怎麽打得他！（净）這如何使不得。他是你的上官，我怎麽打不得他。這廝可惡，索性結果了他罷。（生）胡説。（解放副净介）驚恐了。（副净唯唯腿疼介）（丑）待我扶他。（净）大哥，你有滅寇大功，只博得一個縣尉。這縣尉豈是可以了得劉玄德終生的麼？不如棄了此官，兄弟三人別作計較。（生）你這話倒説得有理。你既打了督郵，我只得舍此而去。（净）叫取印綬來，就挂在這廝頸上。（雜取印綬净挂介）俺大哥呵！（净唱）

【鵲踏枝】他豈肯癖烟霞、臥蒹葭,獨只爲鳳嘯鸞鳴,羞同那雀噪鶯嘩。(指印綬介)交還你宦海風波這管轄,一任你局中人車馬胡拿。

【賺尾煞】俺匆匆的整行裝,你慢慢的歸去罷。(白)久後人在此柳樹下,(唱)誰不道張翼德曾將督郵拷打。也當得你遺愛甘棠千載下,惡相知實堪夸。(白)去罷。(副淨白)疼痛猶可忍,羞耻實難當。(丑扶行介)(淨唱)笑哈哈那裏是帶鎖與披枷,這印綬累累忒也光降他。(副淨、丑下)(生白)從今後再不可如此粗鹵,酒也要少喫。(淨)真粗鹵盡瀟灑,強似那假斯文胡兜搭。(白)鬧了這半日,怎得幾碗酒喫纔好。(唱)好笑俺忽然間口渴,不思茶。

(雜上)禀爺,二爺已收拾行李馬匹,在郊外等候起行。(生)二弟所見略同,甚好。(雜)左近百姓有聞知者,都扶老攜幼,備了酒盒,在城外路傍伺候,與老爺送行。(生)知道了。(淨)二哥等候大哥,我與你去也。(齊下)

荒齋獨坐悶悠悠,雜劇編成打督郵。脫稿適當八月半,拚將一醉過中秋。

笳騷

唐英撰

解題

雜劇。清唐英撰。唐英(1683—1755)，字俊公，號叔子，晚號蝸寄居士。祖籍遼寧瀋陽，隸漢軍正白旗。十六歲供奉内廷。雍正元年(1723)授内務府員外郎，兼佐領。雍正六年(1728)奉使監督景德鎮御窯，先後十餘年，並兼淮關、九江關、粵海關稅務。著有詩文集《陶人心語》《陶人心語續選》和收有雜劇17種的《古柏堂傳奇》。《清史稿》有傳。《今樂考證》著録，題《笳騷》。劇寫蔡文姬慘遭戰亂，被擄到北地，又被左賢王納入中宫，忍恥包羞，捱過十二載。儘管左賢王對她十分恩愛眷顧，又有了兩個兒子，但是她仍然日夜思念家鄉，盼望歸國之日。塞北牧馬人吹笳的聲音，觸耳消魂，更添惆悵。文姬取過焦尾琴和筆硯花箋，采此笳聲，拍譜宫商，即事寫懷。黄阿狗報告，南朝曹操不忍蔡中郎之女流落外鄉，遣使備辦金璧彩緞，與可汗講和通好，贖取文姬回漢。文姬聞訊，悲喜交加。左賢王無奈同意文姬回國，因與文姬恩愛多年，不忍回見分别，乃遣兩個兒子爲文姬餞行。文姬見到兒子，悲痛萬分，難以割捨。二子送母親到榆關，母子灑淚而别。唐英將《胡笳十八拍》糅入劇中，反復吟唱。該劇作於清乾隆壬戌(1742)上元節，後二日，即正月十七日夜，付阿雪唱之。凡一折。作者在《笳騷題辭》中説："時壬戌上元後二夜，予僑寓於古江州之溢浦邸署，時癡雲蠻雨，月暗更殘。新辭授之阿雪，輕吹合洞簫，歌聲烏咽，四壁凄清。"本事出於《後漢書・董祀妻傳》。這一題材的戲曲作品，元、明、清都有。版本今有乾隆間古柏堂刻本及其過録本、周育德點校《古柏堂戲曲集》本。今以《續修四庫全書》影印的古柏堂刻本《燈月閑情十七種》爲底本，參閲周育德點校本，進行校勘整理。

《笳騷》題辭

　　文姬事載諸漢史,弔中郎予魏武也。姬歸國後,感傷離追懷悲憤,作詩二章。其《胡笳十八拍》相傳非其自著,乃後之好事者爲之。考無可據,存而不論可耳。然玩其辭調,亦斷非晉、唐以下所能爲矣。

　　予悲姬之遭際,喜其能帶肖當年之形神心事,非凡手也。憶予十年前曾寫《歸夏圖》,兼綴七律二章。客有以"買古人愁"見嘲者。予曰:"嘻!子不聞悲歌慷慨古燕趙之風耶?予真燕趙聞人也。斯愁之買,舍我其誰?"爰更擬其當年之形神心事,熔鑄其十八拍之節調遺音,不枝不蔓,敷衍引伸。笳吹騷動,騷譜笳傳。使文姬有知,未必不笑啼首肯於筆尖腕下也。時壬戌上元後二夜,予僑寓於古江州之湓浦郡署。時癡雲蠻雨,月暗更殘。新辭授之阿雪,輕吹合以洞簫。歌聲嗚咽,四壁淒清。予則掀髯而聽,聽然而笑,拍案大叫,賡予舊句曰:"偕老那期歸董紀(《後漢書》作"董祀"),可人畢竟是曹瞞!"歌竟雨歇,江風大作,濤聲澎湃,響震几筵,若助予之悲歌慷慨者。

附《歸夏圖》舊作二首

　　關山不閉痛離鸞,自分生還故國難。偕老那期歸董紀,可人畢竟是曹瞞。家園重問村烟斷,裙髻初消朔雪寒。轉苦賢王憑塞雁,卷蘆吹月向長安。

　　莫怨興平擾攘時,漢家寧得似蛾眉。脫身幸是中郎女,遠夢難拋靺鞨兒。當世已同人面改,終天聊補父書遺。可知青冢魂應妒,到死空敵斬畫師。

蝸寄居士漫題於琵琶亭側之雙碧樓①

笳　　騷

（旦扮文姬,雜扮二婢隨上）（此引起,至【風雲會】第三曲,俱用洞簫弦索低和）

　　【正宮引子·破齊陣】【破陣子頭】一縷柔腸千結,十年泣戴胡天。【齊

---

① 此題辭爲十七種本唐英手迹。唐英劇作均題"古柏堂藏板"。唯此題辭書口署雙碧樓。

天樂】雁字猜書，雪山偎玉，憔悴桃花人面。【破陣子尾】猶是當頭陳留月，隔個邊關別樣圓。咳！告天天不憐！

【浣溪沙】草白沙黃雪障天，誰言此地漢相連？怪奴身在夢魂間。楊柳不逢春怨別，杏花何處想朱顏？早知模樣不堪憐。

（白）奴家蔡琰，小字文姬，中郎之女也。父死董卓之變，嗣悲伯道之兒，止生奴一人，慘遭戎馬，中原被擄，遠來北地。又被可汗納入中宮，不覺忍恥包羞，已捱過一十二年了。咳！雖生二子，難死一心，不知今生今世還有歸國之日否？今當塞北秋高凋殘時候，好不淒涼人也！（內吹觱篥介）（旦問二婢白）侍兒，你聽這是什麼響？（二婢白）啓娘娘，這是牧人驚馬，在那裏吹笳管。（旦白）呀！這笳聲好不作美也。教我這千愁萬恨，觸耳銷魂，如何排遣？哦，有了！侍兒，可將我的焦尾琴取來，待我采此笳聲，譜入琴拍，以消悶懷則個。（二婢白）曉得。無賴悲笳吹野月，寄情焦尾托愁心。娘娘，焦尾琴在此。（旦白）安放桌上，再取筆硯花箋過來，待我拍譜宮商，即事寫懷則個。（二婢白）曉得。（二婢安放琴、箋、筆、硯介）（旦寫譜，彈琴，歌）（笳歌）（一拍至五拍）天地不仁兮亂離，逢胡馬北來兮人民空。掠我遠行兮入胡城，怪彼嗜欲兮俗不同。雁南征兮雲山重，雁北歸兮信難通。一拍至五拍兮恨無窮，恨無窮！

（二婢白）娘娘原是以琴消悶，爲何反作此悲怨之音？敢問心中有何愁苦，以至於此？（旦白）咳！侍兒，你那裏曉得我的心事來喲！（旦唱）

【仙呂入雙調·風雲會四朝元】【四朝元頭】天摧炎漢，傷心萬戶烟。把中原騷動，社稷糜爛。我生當此年，痛朱顏綠鬢，痛朱顏綠鬢！【會河陽】雁此去國投荒，惡辱腥膻。（二婢白）娘娘，這是天地定數，何須埋怨？（旦唱）【四朝元】天地不仁，亂離生變。【駐雲飛】悲憤將誰怨？嗏，搔首問青天。【一江風】無子中郎，一女遭奇慘。試問你誰司造化權？把蒼生故坑陷。【四朝元尾】只落得笳聲寫恨，悲悲切切，夢迷魂斷，夢迷魂斷！

（丑扮達婆送茶上，白）龍團雀舌江南茗，馬乳牛酥塞北茶。奴婢見娘娘靜坐彈琴，必然口渴，特獻奶茶與娘娘潤喉。（旦白）正好，送上來。（旦喫茶介）（丑白）娘娘來此十有餘年，況又生了兩個阿哥，也算熟慣的了。奴婢常見娘娘雙眉不展，面帶愁容，卻是爲何？難道還有什麼不足處麼？（旦白）咳！非爾所知，且自回避。（丑白）是。魂礴結成澆不散，風生兩腋不須夸。（下）（旦寫譜畢，彈琴，歌）（笳歌）（六拍至十拍）冰霜凜凜兮身苦寒，原野蕭蕭兮驚烽烟。天有眼兮不我看,神有靈兮何日還？錯我匹儔兮負盛年,殛我荒州兮是何愆？六拍至十拍兮淚血乾,淚血乾！（二婢白）噯呀！依奴婢聽此琴曲,益發哀怨異常,過於慘痛。奴婢往常見王爺待娘娘,也算十分恩愛眷顧的了,娘娘反如此悲怨,却是爲何？（旦白）侍兒！

【前腔】【四朝元頭】你道情深恩眷,怕朱顏骨相單。似這等雪天冰地,怎不教柳僵花顫！三生誰訂緣？嘆柔魂弱質,嘆柔魂弱質,縱做個冢草長青,何補南天？倒不如斸下焦桐,結果得我家清玩。（二婢白）娘娘雖然流落在此,做了一國主母,可謂安富尊榮的了。況我們王爺膂力威風,不亞如斷橋退敵的張飛,蓋世拔山的項羽,難道還配娘娘不上麼？（旦唱）【駐雲飛】咳！冰炭薰蕕伴。嗏！各夢一床眠。（二婢白）娘娘,豈不聞古人有"舉案齊眉"的,纔算得賢德夫妻,風流佳話？（旦唱）【一江風】[1]雖不比德耀風流,兀的不羞煞梁鴻案！（旦皺眉內指介）你那大王呵,教我如何強笑顏？如何春生面？（旦白）侍兒,我的離思隱痛,你那裏曉得！（唱）【四朝元尾】苦煞這心南身北,迢迢遞遞,故鄉難見,故鄉難見。（二婢送烟,旦喫介）（丑扮阿狗上,白）阿狗阿狗糊塗煞,鄉談也似達子話。滿口藍青說不官,咿哩嗚嚕又瓦拉。如今鄉談也說不清,到底不會達子話。區區黃阿狗的便是。原是蘇州人,被擄到此。大王道我是蠻子地方的人,又識得幾個扁擔大的一字,就派我掌管娘娘的琴書筆硯。娘娘念同鄉漢地之人,也十分看顧我。今聞得南朝曹丞相,差人來贖取娘娘歸國,大王已經依允。乃娘娘大喜之事,不免前去報喜,再看風色,哀求娘娘也帶我南還,豈不是衣錦榮歸,極好白相的事？有理,有理！（進見旦介,白）娘娘,阿狗磕頭報喜。（旦）有何喜報？快些講來。（丑白）娘娘,今早小的在大王帳前,打聽得漢朝有個曹鬍子。（旦白）什麼樣人？（丑白）說是個丞相。（旦白）晤,原來是曹丞相。他便怎麼？（丑白）他念先中郎老爺無子,只生娘娘一位,不忍流落外邦,今特差官到此,備辦了許多金璧彩緞,與大王講和通好,要贖取娘娘歸國。大王因兩國和好,不好違拗,已經允了。那曹丞相又諄諄切切寄一封書信與小的,上寫着：愚兄曹鬍子多多拜上阿狗兄弟,你年紀也不小了,也該回家來百相百相,不可在外只管遊蕩,貪戀着那塞外好喫的果兒了。（旦喜介,白）贖取我歸國的話,可是當真？（丑白）當真。（旦白）果然？（丑白）果然。（旦作喜介,白）呀！謝天謝地！也有今日,我好喜也！（丑白）大王爺說,與娘娘多年恩愛,不忍見面分離。少刻差二位阿哥前來,與娘娘分別餞行哩！（旦哭介）（二婢白）娘娘思鄉已久，寢食不忘，今歸信既真，合當歡喜，爲何反又啼哭起來？（旦白）我的心事如麻，難以云說，待我援琴譜拍，爾等聽者。（二婢白）奴婢們敬聽。（旦寫譜畢，彈琴，歌介）（笳歌）（十一拍至十四拍）忍死望歸兮漢京，念彼二子兮親生。悲由天性兮人同，兩國交歡兮罷兵。忽來漢使兮璧迎，難拋二子兮伶仃。十一拍至十四拍兮心崩[2]，心崩！（二婢白）娘娘數載以來，放不下家鄉。今日甫能得有歸期，又撇不下兒子。似這等去住兩難，豈不是啞子喫黃連，自尋苦惱麼？（旦作嘆氣介，唱）

【前腔】【四朝元頭】黃連難咽，吞聲啞怎言？（淚介）苦芳心一寸，去住迷戀。恰便似羝羊兒呆觸藩。問歸心幾許？問離愁幾許？【會河陽】怎奈腸繫嬌癡，夢繞鄉關。【四朝元】好事難全，喜悲分半。（丑白）娘娘且請寬懷。大王差二位阿哥來送娘娘，想必就到了。（雜扮二子上，唱）

【胡歌】天上的蟠桃什麼人栽？地下的黃河什麼人開？什麼人擔山把太陽趕？什麼人彈着琵琶和番來？

【前腔】天上的蟠桃王母栽[3]，地下的黃河神禹開。二郎擔山把太陽趕，昭君娘娘和番來。

（雜對白）兄弟，阿哥，阿巴糊裏糊塗，也不明白說出，只教你我來送額聶，也不知送到那裏去。今已來到帳殿之外，不免同進去見額聶，問個明白。（雜對白）正是。（進，見旦，跽跪請安介）額聶額勒吼。（旦見大哭，抱介）（二子白）阿巴着我兄弟二人來送額聶，今見額聶，又這樣悲啼，不知送到那裏去？（旦大哭介，白）呵呀！我的親兒嗄！做娘的今日要永別你們，往南朝去也。（二子白）額聶，你往南朝去，不知可帶我們同去麼？（旦哭白）兒呀！你二人是北人，如何往南朝去得。

（二子哭，白）既不帶我們去，額聶如何去得？（旦白）呵呀兒嗄！（唱）

【駐雲飛】教我進退難排遣。嗏，真個是奈何天！【一江風】怎能縮地移天，纔遂娘心願？（二婢向旦白）娘娘今日喜得南歸，又捨不得兩個阿哥。既無有個兩全之策，却引得他二人如此啼哭，徒亂人心，有何益處？（旦）咳，只落得娘兒會此番，恩情一霎斷。【四朝元尾】怎硬得銅肝鐵膽，決決烈烈，死離生散，死離生散！

（扮漢差官，執符節，領四卒、車夫上，白）二子拋離歸半子，一人別去痛三人。阿狗哥，啓知娘娘，車輦俱已齊備，請娘娘收拾起程。（丑白）住着。啓娘娘：帳外車輦俱已齊備，請娘娘起駕。（旦白）且略消停。（二子哭倒介)(旦白)兩個孩子起來,做娘的如今要離別你二人,待我援琴譜曲一章,以寫子母離情,你兄弟二人聽者。(二子白)者,孩兒們願聽。(旦寫譜,彈琴,歌介)

(筘歌)(十五拍至十八拍)身歸故國兮子哭娘,會期莫卜兮道路長。我與兒兮各一方,日東月西兮徒相望。不相隨兮空斷腸,彈鳴琴兮此情何傷!十五拍至十八兮地老天荒!(二子大哭,旦抱哭,唱)(此處至末,俱用笛吹,大鼓板)

【前腔】【四朝元頭】天愁人怨,魂銷去住間。抱親生血肉,氣噎聲斷。(二子白)額聶,你今南朝去,幾時還得回來麼?(旦哭介,唱)兒呀!你問娘何日還?只好向秋風雁足,向氊廬夜宿。【會河陽】盼一個尺素寒溫,魂夢團圞。【四朝元】已矣今生!再生相見。(二子哭白)噯呀!額聶,你既是不能回來,是今生不能够再見了!你如何這等狠心薄情,割捨得我兄弟二人下喲!(旦哭介,唱)【駐雲飛】不是娘情淺。嗏,痛我那父無男。【一江風】為着蔡氏殘宗,辭却了賢王殿。(旦白)兒呀,做娘的今日與你兄弟二人永別,有幾句言語囑咐,你們可牢牢記者。(二子跪,白)額聶有什麼教訓言語,快快說來。(旦唱)存心戒暴殘,華夷重積善。【四朝元尾】咳,一味的千叮萬囑,喃喃啜啜,意迷心亂,意迷心亂。(旦、二子相抱哭介)

(雜扮胡官他思哈、鈕合上,白)末路紅顏歸故國,長春青冢剩明妃。阿狗傳去,說大王差官二員來見娘娘。(丑白)住着。啓娘娘,大王差官二員要見娘娘。(旦白)着他們進來。(丑白)嘎,差官,娘娘着你們進見。(雜見旦介)娘娘在上,他思哈、鈕合開膝。(旦白)你二人來怎麼?(雜白)俺二人奉大王之命,說娘娘久住穹廬,誕生二子,今既南歸,情實倦戀。大王不忍面送分離,特遣兩位阿哥前來。一則盡子母之情,二則代大王申祖餞之意。所有掌管琴書的黃阿狗,原是南方人,令其伺候歸國。(丑作喜態,抱書背琴介,白)快活!快活!俺阿狗做了這幾年蒙古大叔,今日回到蘇州,也好欺壓那些蠻子鄉鄰了。(二雜白)娘娘,自古道"送人千里,終須一別",勸娘娘與兩個阿哥不必過於悲傷,就此發駕去罷。(旦白)如此奴家就在此遙謝大王深恩,善視兩個孩兒,無以妾為念也。(旦拜,二子同拜介)(旦唱)

【風入松】數年寵感大王憐,今日裏債償緣滿。從此去雲山兩地分胡漢,說不得恩與愛夢回人遠。(旦白)兒呀,你替娘多多拜謝父王,說因緣有定,會合無期,大王好自保重。況這穹廬地方呵,(唱)佳麗產胭脂有山,須知道牛皮帳月仍圓。

（他思哈、鈕合白）大王有令：娘娘今既南歸，須是仍改漢家妝束。衆侍兒，服侍娘娘後帳更衣者。（吹打，旦下，二子隨旦同下）（他思哈、鈕合白）黃阿狗，你如今跟娘娘南去，忙忙的不得與你餞行。（他思哈）我有一肚子奶酥油，送你在路上對茶喝。（鈕合）我有一瓶阿拉跕，送你在路上喝一鐘，解解寒冷。（阿狗作謝介）班尼哈！班尼哈！二位都有東西送我，我沒個回敬的，怎麼好？也罷！我從小兒串過戲，如今也還記得些，待我唱一兩隻崑、弋兩腔的戲曲，別別你們如何？（他思哈、鈕合白）吳末是塞音烏出勒，烏出勒！（阿狗白）我不唱舊戲，唱的就是娘娘本家《琵琶記》戲文。當日先中郎老爺中了狀元，杏園赴宴去時節，有個同年傳臚老爺墜下馬來，作得有《古風》一篇，待我唱來作個開場的引子。（他思哈、鈕合白）很好！很好！快些唱來。（阿狗白）我來哉！

【琵琶記墜馬賦】我就說個君不見，君不見去年騎馬張狀元，跌跌折了左腿不相連。又不見，又不見前年跨馬李試官，跌跌壞了窟臀沒半邊。世上三般拚命事，行船走馬打秋千。小子今年大拚命，也來隨衆跨金鞍，跨金鞍。災怎躲？叵耐畜生侮弄我。便把繮繩緊緊拿，縱有長鞭不敢打。大喝三聲不肯行，連擔兩擔不當耍。須臾之間掉下來，一似狂風吹片瓦。昨日行過樞密院，三個排軍來唱喏。小子慌忙跑將歸，怕他請我到教場中騎戰馬。

（旦漢妝帶二子上，白）膝前帳底難言別，鄉思離愁判舊新。始信婦人身莫作，百年苦樂任他人。（他思哈、鈕合白）衆巴都兒們！大王有令：一路小心，伺候娘娘回國者。（衆應介）得令！（他思哈、鈕合白）把車輦抬上來。（雜整頓車輦，場中心立介）（他思哈、鈕合白）請娘娘上輦。（二子拜別，旦對衆白）帶摸林來。（旦上輦，二子騎馬。衆繞場，唱）

【二犯江兒水】胡笳哀怨，韻悠悠，胡笳哀怨。酸風吹恨，遠度關山。渺渺沙草漫漫，漸春回陽和暖。十載夢南天，生逢此日還。水宿風餐，苦樂難言，盼歸程行又懶。

（他思哈、鈕合白）來此已是榆關了。二位阿哥可拜別了娘娘罷。我們好回覆大王者。（旦下輦）（二子哭拜介）額聶請上，待我兄弟二人拜別。（拜介。大哭介）（旦唱）

【哭相思】阿呀！兒呀！地北天南從此遠，楓林夢黑重相見。（旦哭，二子抱旦大哭，他思哈、鈕合各扯下，旦上輦介，阿狗白）衆軍士！吩咐作速進關。(衆應介。用大鑼鼓,作進關介。衆唱)鄉音耳邊,嘈雜雜鄉音耳邊。桃花人面,羞答答桃花人面。怕歸家,對鄰姑話昔年。(下)

校記

［1］(旦唱)【一江風】:"唱"字,底本誤爲"白";"風"字,底本作"月"。今從周校本改。
［2］十四拍:"拍"字,底本缺。今從周校本補,下文"十五拍至十八拍今",亦缺"拍"字。今據文意補。
［3］蟠桃:"蟠"字,底本作"蟾"。今據文意改。

諸葛亮夜祭瀘江

楊潮觀　撰

解　題

　　雜劇。楊潮觀撰。楊潮觀（1712—1791），字宏度，號笠湖，江蘇金匱（今無錫）人。清代戲曲作家。乾隆時舉人，曾出任山西、河南、雲南等地十六任縣令，後遷四川邛州、瀘州知州。爲政廉明，有政聲。後辭官歸鄉。晚年愛禪學。著有《左鑒》《周禮指掌》《易象舉要》《心經指月》《吟風閣詩抄》《吟風閣詞稿》等。劇作有《吟風閣雜劇》，共有短劇32種。《今樂考證》著録《諸葛亮夜祭瀘江》。《重訂曲海總目》著録《吟風閣》，誤置於無名氏名下。該劇係《吟風閣雜劇》之第28劇，簡名《忙牙姑》。劇寫東漢時交阯國征側姊妹之王，統兵攻漢，爲伏波將軍馬援所敗，數百年來，餘怒未消，權在瀘江爲神，興妖作怪。蜀漢丞相諸葛亮平定番蠻，班師回朝，欲渡瀘江，行至岸邊，陰風起，江中黑浪滔天，軍馬不能渡。丞相喚女土酋忙牙姑詢問。忙牙姑告知是二女王洩憤作怪，番蠻與蜀軍戰死將士亡魂投奔二女王助威，謂丞相軍行，往不祭，來不享，未免懷柔百神，典禮有缺。丞相問蠻俗用何物祭奠？忙牙姑回用四十九顆活人頭、童男一對、童女一雙。諸葛亮不忍妄殺生人，以紙糊像生代童男女、以麵包肉餡的饅頭代活人頭，江岸結壇，親往祭奠，並讓忙牙姑唱歌跳舞送神，祭品投江，宣讀祭文。霎時，風恬浪静，三軍分隊乘船渡江。忙牙姑親自擁舵，送丞相乘船過江。諸葛亮爲酬謝忙牙姑，擬奏天子，封爲祝融夫人。諸葛亮與忙牙姑等蠻人共事半載，難以割捨，揮淚告別，率師奏凱。本事出於《三國志》。傳本今有：清乾隆間恰好處刻本、清嘉慶間屋外山房重刻本，另有民國初年六藝書局據寫韻樓抄本排印本（未見）。今有胡士瑩校注本。今以乾隆間刻本爲底本，參閱嘉慶本校勘，擇善而從。

（鬼目揚大旗上，丑扮猖神引四猖鬼上）

【北仙呂・點絳脣】俺只見陽世人衰，陰魔尷尬。腥風灑，血噴裙釵。抵多少緊那羅，月孛天狼怪。

吾神乃交阯國女王征側是也。咱當初姊妹二人，統領十萬蠻兵，從交阯日南，殺入中華地面，擾亂他漢室江山。不料爲伏波將軍所破。數百年來，怨氣未消，權在這瀘江上爲神，啖鬼吞人，興妖作怪。（鬼卒上）大王不曾早膳，小的們山下打生，割有人頭一顆，獻上大王受用。（丑）你大王食腸寬大，這一顆頭，不够咱狼牙一嚼哩。（鬼卒）這個人頭好喫，是個醉漢。大王喫醉人，像喫糟豬肉哩。（丑）好，捧上來。（喫介）小的們，再去打來凑飽。（應下）（丑）聞得蜀丞相諸葛亮，變詐百出，愚弄番蠻。如今他得勝回還，提兵過此，好不令人頹氣。若放他好好還朝，顯得我蠻方，鬼也没有一個來，豈不可惱。早有妹子征貳王，前去沿江巡哨，收召陰兵，怎還不見回報。（番鬼上）新鬼大，故鬼小，冤冤相報，横磨十萬寇頭刀。我等蠻夷酋長亡魂，爲蜀兵殺害，無計伸冤，投奔女神聖做主。（丑）江邊聽令。（應下）（漢鬼上）惡鬼欺，善鬼懼，杜宇聲聲叫何處，不如歸去歸不去。我等蜀中兵將亡魂，死在刀兵，殁於烟瘴，可憐狂魂飄蕩，骸骨無歸，來投女神聖做主。（丑）江邊聽令。（應下）（丑）鬼目傳令下去，佛法無量，魔法無邊，不論番鬼漢鬼，來者但聽吾號令。都到瀘江，興風作浪。把諸葛亮全軍覆没，片甲不回。替這癡蠻子，出得一口惡氣。吾神受享有餘，自然帶挈於你，速去傳宣繳令者。（應下）（丑）阿彌陀，惡人有惡神磨。瓦罐兒不離井上破，咱要尺水翻成一丈波。一丈波，衆生好度人難度，行不得也哥哥。（下）

（蠻頭二人吹海螺開路上）（四將上）猿聲一夜傳刁斗，瘴氣三時作陣雲。（生）吾大將趙雲。（净）吾大將魏延。（末）吾副將王平。（小生）吾前部先鋒關索。（合）丞相南征返旆，有令升帳，只得在此伺候。（外引衆上）[1]

【南雙調・金瓏璁】秋嶺帥旗高，靖烟塵、萬馬回鑣。一重重行過鐵繩橋，掀天波浪起，阻軍鋒，神鬼號啕，何物更興妖[2]？

莽莽江山入戰圖，生民何計樂樵蘇。憑君莫話封侯事，一將功成萬骨枯。我諸葛亮，自五月渡瀘以來，戰住蠻王孟獲，把他七縱七擒，嚇得那八番九十三甸洞主夷酋，莫敢不輸誠奉貢。如今已是深秋天氣，且喜南方已定，奏凱班師。不期行到瀘江岸邊，陰風大作，江中黑浪滔天，軍馬不能得渡。前軍報到，這邊廂，積年被猖神作祟，傷害生人。有一個女土酋，名唤忙牙

姑,慣在祆廟跳神,善傳神意。他現領著蠻兵相送,早喚來也。(旦扮忙牙姑引婢上)

【南黃鐘·絳都春】鎮蠻天,銅柱高標。奈把長蛇,還不識山神貌。不是他顯陰靈,怒起波濤。誰認的俺鬢雲堆,瘴烟花草。

(報門介)忙牙姑進。(旦)忙牙姑打參。(外)你就是忙牙姑?你可將作祟瀘江,是何祆魅,從實道來。我要趁此軍行,火燒祆廟。(旦)

【北仙呂·混江龍】呀!丞相。火燒祆廟,你要來火燒祆廟,他血盆般口吐的瘴雲高。(外)怎生這般猖獗。(旦)鬼哭神號,帶領著陰兵十萬臨江哨,不由你不玉斧畫河橋。一個個猛將軍都退倒,敢是他女王城餘怒氣難消。(外)怎麼女王城?(旦)這廟猖神,非是別的,是當初交阯國兩個女王,爲伏波將軍所破,大的叫征側娘娘,小的叫征貳娘娘,這一對兒呵!是前生的胭脂虎豹,是後身的魂魄鷗鴉。是九尾狐,空林風草。是三足鰲,黑月波濤。是禹王鼎,也鑄不出他猙獰狀貌。是軒轅鏡,也照不定他形影蹊蹺。怒灑的風毛雨血,朋呼著木魅山魈。舊鬼頭,不去陰君點卯;新鬼頭,又來白日興祆。(外)有什麼新鬼?(旦)咳,丞相你賣弄精神,七縱七擒,那蠻兵番將,死在你手下的,難道還少哩!一個個身膏了野草,一個個頭飲了鋼刀。赤律律魂騎著癩象走,閃屍屍神聽著蒂鐘搖。你看那銀坑山、錦帶山、蛇盤山,是處殘骸堆垛。你看那牂牁郡、越嶲郡、永昌郡,幾番剩壘蕭條。又見那朵思王、烏戈王、木鹿王,亂紛紛拖刀落馬。又見那都梁洞、帶來洞、禿龍洞,刮剌剌破卵空巢。你把那董茶那,害的早;你把那阿會喃,困的牢;你把那塔郎甸,屠其肝腦;你把那突兀骨,絕了根苗;你把那金環三結連營剿;你把那藤甲千軍一把燒。到今朝,尋仇索命都來到,萬鬼含冤怎地消?(外)這些番鬼們,原孽由自作,還有甚漢家鬼來。(旦)噯喲!丞相呀!你得勝的汗馬功勞,生還的旌旗道遙。你當初,五十萬王師來到。看如今,半年來有多少還朝?畢竟烟銷,何曾增竈。就如那馬岱些三千人馬,當日到這流沙渡口,只爲你百忙裏心思未到,一霎時斷送千條,你道效也不效,嚚也不嚚。這命兒何處討,他魂兒何處招?不瞞丞相説,這瀘江一帶,自從你過兵之後,但添新戰骨,不返舊征魂。那一日不煩冤到曉?那一夜不鬼火紛抛?每到天陰雨濕添悽楚,有影無形徹夜號。知多少,雲來霧去,雨嘯風跑。把往來的行人斷渡,更早晚間瘴氣傷苗。叫不住無情鵑血,吹不散有恨胥濤。丞相,你今日回兵到此。逗著他遊魂渺渺,認得你班馬蕭蕭。他那裏隕身碎首心難死,你這裏有折戟沉沙鐵未消。説什麼百神受職,敢痛煞你一將賢勞。

（外）既如此,我等軍馬,怎生得過？（旦）這猖神廟,往來番漢,無人不祭奠而行。今丞相軍行,往不祭,來不享,未免懷柔百神,典禮有缺。（外）且問你們蠻俗,向用何物祭奠？（旦）丞相不知,這廟中舊例,不用雞豚,不用牛羊,只要幾顆活人頭供獻。（外）要多少？（旦）不多,每供獻一次,只要活人頭七七四十九個,還要童男一對,童女一雙。（外）說那裏話,吾今事已平定,豈可妄殺一人。況殺生人,祭怨鬼,豈不冤上加冤。吾自有主意,那童男女,用紙糊像生代之,這活人頭,可用麵包肉餡,塑成人首代之。（旦）丞相妙用,這假人頭,可取何名？（外）像形會意,喚做饅頭,可就江岸結壇,列燈四十九盞,一燈一個饅頭,陳設像生,招魂而祭。等夜靜之時,吾當親臨澆奠。忙牙姑！你且伺候轅門,要你蠻歌幾曲,跳舞迎神送神者。（旦）領鈞旨。（下）（外）壯士軍前半死生,美人帳下猶歌舞。將士們,傳令結壇江岸,豎起幡竿伺候。（衆應下）

（內吹打起更介）（設壇介）（關索上）戰馬不過分水廟,將軍須上祭風台。神燈鬼供,俱已齊備。轅門鼓打三更,丞相金冠鶴氅,出帳來也。（外引行童捧淨瓶寶劍上）

【雙調·清江引】嘆兒郎,束髮從徵調,無端爲國捐軀早。盼家鄉,萬里遙,骨肉憑誰告。空叫我淚盈杯,灑不遍沙場草。

（關索）請丞相淨壇。（外淨壇介）來到江邊,陰風慘慘,黑霧漫漫,好不淒涼人也！（關索）請丞相炷香。（外炷香畢升帳介）宣忙牙姑。（關索）忙牙姑上壇。（旦引婢上）

【夜行船】壯士轅門慘不驕,聽江心,入夜波濤。萬鬼冤多,七星燈小,盡一片志誠祈告。

（外）忙牙姑,可先舞迎神之曲。（旦）領鈞旨。（化甲馬擊鼓唱舞介）

【浪淘沙】一擊鼓兒高,心血來潮。過江風,明滅閃蘭膏。你披髮猖狂何處也？何處號咷？何處號咷？

【前腔】二擊鼓兒高,風雨蕭騷。漢將軍,回馬到河橋。你那陣上亡魂何處也？幡影相招,幡影相招。

【前腔】三擊鼓兒高,壯士提刀。看幾人,征戰得還朝。你的麟閣勳名何處也？回首空勞,回首空勞。

【前腔】四擊鼓兒高,月上荒郊。照沙場,斷箭折弓刀。你的骨肉音書何處也？馬革誰包，馬革誰包。

【前腔】五擊鼓兒高，潦水滔滔。卷陰風，慘澹帥旗飄。奠的桂酒椒漿何處也？萬淚齊拋，萬淚齊拋。

丞相誠心感召，萬神聽令，就請開讀祝文者。（下）（末上）不須丞相宣，忙步到壇前。稟丞相開讀祝文。（外）小將關索，代本帥行禮。（關索應介）（末贊介）代祭官就位，跪。（關索執香跪介）（末念介）維大漢建興三年，秋九月一日，武鄉侯丞相諸葛亮，謹陳祭儀，享於故歿王事蜀中將校及南人亡者陰魂曰：我大漢威德，普覆華夷。昨以小醜陸梁，興兵問罪。爰仗師中之吉，已伸天討之威。但士卒兒郎，盡是九州豪傑，官僚將校，皆經百戰功勳。何期陷陣以衝鋒，遂致捐軀而殉國。或爲流矢所中，骨掩黃沙，或爲刀劍所傷，屍橫野草。凜凜生前之義氣，茫茫陣上之忠魂。今凱歌欲還，獻俘將及。汝等英靈何在，祈禱必聞。隨我旌旗，逐我部曲，同回上國，各認本鄉。受骨肉之蒸嘗，領家人之祭祀。莫作他鄉之鬼，徒號異域之天。念汝等陣亡，妻兒孤寡，我當奏之天子，年給衣糧，月賜廩祿。用加優恤，慰汝幽魂。至於本境土神，南方亡鬼，血食有常，憑依不遠。生既凜天威，死者亦歸王化。想宜寧貼，毋致號咷。聊表丹誠，敬陳祭祀。嗚呼哀哉！伏惟尚饗。開讀已畢，代祭官復位，請丞相親臨奠酒。（末下）（外奠酒哭介）天呵！可憐我陣亡兵將，當初動衆興師，國家原非得已。誰道今日，遍地傷殘，生還者僅存鋒鏑之餘，死事者委骨窮荒之外。生與爾等同出，死不與爾等同歸。老母號咷，妻兒巷哭，此皆我之罪愆也。（關索跪稟介）將士們，義當捐軀報國，今蒙薦度洪恩，自當超生有路。丞相請免愁煩。（外）可宣忙牙姑。（關索）忙牙姑上壇者。（旦上）

【駐馬聽】丞相壇高，早望見丞相壇高，只聽他哭奠亡軍如妣考。咱蠻姑兒到，寶珠纓絡小身腰。爲他歌舞徹中宵。早順風兒吹送過落魂橋，紙馬兒燒，臨風再聽咱淒涼調。

（外）忙牙姑，再將亡者怨苦，細述一番，用作送神之曲。（旦）領鈞旨。（燒紙馬介）

【沉醉東風】弄烏烏排簫洞簫，聽鏧鏧靈鼓靈鼗。銷他漢鬼愁，侑的蠻魂飽，只嘆猿鶴沙蟲孤弔。（合）總是向輪回走一遭，偏是你殘生誤了。

想陣亡兵將，你好死得苦也。（打鼓唱舞介）

【幺篇】似驅羊刀頭怎逃，慘遊魚沸鼎相遭。誰不是貪生怕死人，誰不是父母懷中抱。併將來，一命鴻毛。（合）回望家鄉萬里遥，血污了遊魂歸不到。

【幺篇】誰不想妻孥夢遥，誰不念父母年高。一家家望夫石上號，一個個思子臺前老。到頭來有甚功勞。（合）只落得無祀孤魂餒若敖，燐火沙場蔓草。

【幺篇】閃貔貅英靈未消，委豺狼骸骨長拋。誰將你無辜白刃投，誰知你至死丹心報。聽空山銅鼓聲高。（合）壯士長驅入漢朝，悄靈兒快趕上旌旗繚繞。

（衆鬼繞場下）（旦）你看愁雲怨霧之中，隱隱有千百鬼魂，隨風而去也。請丞相撤壇焚帛送神。（行童下）（外澆酒介）左右，可將祭物盡行投入江中。天色黎明，就此起馬。（旦）請去吩咐蠻頭，擺齊船隻，趁此風恬浪静，送丞相過江。（下）（外）大小三軍，點齊船隻，按隊而行，不得争舟亂渡。（衆應下）（旦戎裝上）令傳得勝鼓，天助順風旗。蠻頭喚船，五方聽點。（立高處）（蠻頭吹第一號）朱雀營放船，前部將軍，領隊開行。（船梢蠻女紅衣紅旗上與關索交旗下）（吹第二號）青龍寨放船，左哨將軍，領隊開行。（船梢蠻女綠衣綠旗上與趙雲交旗下）（吹第三號）白虎寨放船，右哨將軍，領隊開行。（船梢蠻女白衣白旗上與王平交旗下）（吹第四號）元武營放船。後哨將軍，領隊按行。（船梢蠻女黑衣黑旗上與魏延交旗下）（吹第五號）竪起招摇旗，二十四隊遊軍，往來策應船隻。元帥中軍船隻，俱已齊備，忙牙姑親自擁舵，請丞相登舟。（外引衆上）（合）

【清江引】點旌竿，遥見龍蛇嫋，横戈立馬江邊草。哨尖兒快招，艫梢兒慢摇，凱歌齊，都應着羽扇中軍號。

（外）吩咐留兵斷後，就此開行。（合）

【五馬江兒水】吾奉天威來討，群蠻服的牢。看百靈呵護，簇擁還朝。岸綸巾，羽扇摇，深入不毛，收了功勞。驚起魚龍偃卧，水面秋高。金鼓回橈，金鼓回橈，齊看吳鈎歡笑。

（外）你看前鋒，已登彼岸了也。（合）

【前腔】卷天風壓住江波小，投鞭齊渡軍聲悄。聽夷歌正高，望蠻山漸遥，小回頭早不覺一棒鑼聲到。

（外）憑將兩眼淚，散却一江風。且喜全軍已渡。忙牙姑，勞你帶兵遠送。可將金帛等物，爲我分賞蠻兵。我當奏聞天子，封爾爲祝融夫人，用酬恭順。可早早回去,勤宣政化,勿悞農時,各安生理。我和你蠻人共事半年,今當遠別,不禁揮淚而行。(旦)丞相一片洪慈,神人感泣,我八番九十三甸,無恩可報,只有家家供奉你香烟去也。(各揮淚介)(旦)丞相在上,忙牙姑拜辭。(外)戰骨誰收恨滿江,(旦)天威且喜靖南邦。(外)低門剥米千年誓,(旦)不用黃龍罰一雙。(下)(外)軍士們!整齊隊伍而行。(應介)你看鞭敲金鐙,人唱凱歌,我們是回去了,只是此去呵!

【清江引】到朝堂,飲至策勳勞。受賀多箋表,太平筵宴高。旋帥還家笑。(作立馬回頭介)誰還想瘴江山,把殉國忠魂弔。

(關索)禀丞相,前面已到漢關了。(外)軍士趲行。(合)

【尾聲】報國從來敢憚勞,但將軍戰馬都難料,休看得龍虎韜鈐容易了。

校記

[1] 外引衆上:此四字提示,原本在曲牌後,今依例置曲牌前。下同。
[2] 興妖:"妖"字,底本作"祅",今據文意改。

窮阮籍醉罵財神

楊潮觀　撰

解　題

　　雜劇。清楊潮觀撰。《今樂考證》著錄。《重訂曲海總目》著錄《吟風閣》，誤置於無名氏名下。該劇係《吟風閣雜劇》中的一種，簡名《錢神廟》。劇寫東漢建安聞人阮籍偶進錢神廟，見了財神，大笑、大哭、大罵財神，指責財神黑白不分，重富欺貧，極不公道，讓普天下膽小貧窮失意的書生一個個都臥雪空齋，讓市井鄙陋淺薄小人金錢盈屋，更逼拶出窮人賣兒錢輸與權門，供他們酒肉池臺。財神聞責罵不惱不怒，差鬼卒勾取阮籍生魂前來拷問，以各繮利鎖引誘腐蝕他，結果都被阮籍拒絕而掙脫。財神因稱阮籍不愧爲竹林七賢之數，甚爲敬重，以禮相待，並謂你罵我不值，我是奉命而行。阮籍贊許財神"空守他財不自肥"，責罵你乃是借題而爲。財神命鬼卒送阮籍生魂還陽。阮籍醒來，原是一夢。本事於史無據。今有版本：清乾隆間恰好處刻本，清嘉慶間屋外山房重刻本，民國初年六藝書局據寫韻樓抄本排印本，今人胡世瑩校注本。乾、嘉兩本，文字版式同，寫韻樓本略有異文。胡本以乾隆刊本爲底本，校以寫韻樓本。今以乾隆刊本爲底本，參閱寫韻樓本進行校勘，擇善而從。

　　錢神廟，思狂狷之士也。豐嗇由天，狂者胸中無物；若狂而不狷，君子奚取焉？

　　（丑扮沙彌上）油葫蘆，醋葫蘆，我做和尚觚不觚。綾袈裟，緞袈裟，志公鞋上綉朵花。自家錢神廟中一個小沙彌便是。這座殿廷，真乃物華天寶；有小僧在廟，就是人傑地靈。我這一位神聖，法天象地，火德金身，還是當初夏禹王鑄鼎開光,姜太公安爐顯聖,福緣廣大,法力無邊。因此上,我們住廟的,憑仗威靈,也都搖擺得過。只是我的出家呵,葷酒充腸,五戒並無一戒;笑容滿面,三皈倒有四皈。你道添那一皈?皈依佛,皈依僧,皈依法,不如皈依這位錢菩薩,可不有了四皈。閑話少說,吾神靈感,每日燒香上供的,教我們應接不暇。且喜晌午清閑,到山門外散步一回,有何不可。你看,來的一個醉漢,可不是阮相公。他是從不到此的,看他來做恁麼。(生扮阮籍醉態披衣上[1])

【北仙呂·點絳唇】漉酒巾歪,竹風搖擺。休驚駭,醉眼看差,踹入紅塵界。

人道我阮籍狂,我阮籍並不狂。人道我阮籍醉,我阮籍並不醉。今日在竹林之下,與嵇康論養生,共劉伶頌酒德,正在講得有興,不知怎麼散場,來此山下。你看金碧輝煌,香烟縹緲,好個去處!(見丑問介)這裏想是夫子廟?(丑)不是。(生)可是文昌宮?(丑)不是。阮相公,你可不認識,這是生財發福的錢神廟。(生)呀!錢神,錢神,你自來與我無緣,今日倒要借這殘步,進去看他一看。(丑)看仔細。(作到介)(生)財哥哥,久會久會!(丑)財神爺說:"我從來不認得你這窮鬼,甚麼久會久會!"(生)你須不要如此。我不是賴你做相與。我不見你也罷,我見了你,要大笑三聲,大哭三聲,還要罵你千聲萬聲,罵之不盡。(丑)罪過罪過!且問你爲甚要笑?(生)見了他,教我如何不要笑?

【混江龍】則爲你和而不介,熱烘烘,不分清濁,廣招徠。哄的人香添燭換,酒去牲來。你簿兒上算定了子母權衡誰聚散,你手兒裏把住了乾坤寶藏自關開。(丑)他的威權,好不大着哩!□□缺了你,聖賢無乃?仗着你,豪傑方才?哭哀哀破慳囊,一文得濟,笑吟吟看薄面,萬事俱諧。要擔承,只去懷兒裏將他揣;沒關節,只要縫兒裏把他搋。打透了天羅地網,買通得鬼使神差。(丑)你們讀書君子,名義爲重,不知甚麼叫做名?(生)要沽名?腰纏萬貫交遊廣。(丑)甚麼叫做義?(生)須市義,裘馬千金意氣開。(丑)你看那從容的,(生)他活潑潑魚游水面。(丑)又看那厮趁的,(生)都喜孜孜蜂上花腮。雖是我不貪夜識金銀氣,却虧你有用深藏府庫財。休輕怠,躬身下拜,笑口相陪。

(生作拜介)(丑背介)我一向聞得這阮相公,是個驕傲不過的,誰知見了錢爺爺,也不覺低心下氣起來。想他定是窮怕了也!(轉介)難得相公如此信心，你一面拜，我一面替你上香。（生）使得。今日我阮籍，頓首拜你幾拜，是拜你的有權。還要稽首拜你百拜，是拜你的有德。（丑）請問相公，錢有幾德？（生）若數他的聖德，他却多着哩。他能助人施捨，是其仁也；能救人緩急，是其義也；能厚人交際，是其禮也；能解人紛難，是其智也；能踐人然諾，是其信也。只此一物，五德俱全，怎不教我敬之奉之，親之愛之，禱之祝之，求之拜之！（丑）既如此，你爲何要哭？（生）見了也，教我又如何不哭。財神呵！

【油葫蘆】你是怨府愁城實可哀，休喝采，腥羶招惹盜心來。若不是針頭削鐵將身儓，只怕你刀頭餂蜜將人害。想多藏他，是禍胎；拚亂揮他，如土塊。又無奈空囊羞澀清高在，逼死了多少豪傑雋賢才。

你舞弄得人好苦也！（哭介）（丑）罷了，哭也由你，笑也由你，只怕罵不得。你不得罪他，他還不照顧你哩。（生）你勸我不要罵，你怎知我的恨處嗄！是他一手掌握，教人兩脚奔波。

【天下樂】說不盡市道紛爭也那你爲開，盡安排圈套來，則見你換人心都變成虎與豺。爲刀錐，把道義衰；競錙銖，將骨肉猜。更有甚恩仇深似海。

（丑）這都是人心不善，怎怨得神明！（生）他不但黑白不分，還重富欺貧，沒一些公道。

【那吒令】爲甚的賢似顏回，教他摻瓢似丐？爲甚的廉似原思，教他捉衿沒帶？爲甚的節似黔敖，叫他嗟來受餒？你把普天下怯書生、窮措大，一個個都卧雪空齋。

（丑）這是他們都燒香不到哩。（生）

【鵲踏枝】偏是那市兒胎，鄙夫才，一任將寶藏龍宮，添得他錦上花開。更逼拶出貧人的賣兒錢債，輸與那權門內，去供他酒肉池臺。

（丑）這敢是他燒香燒得着也。（生）提起來，不由人不怒髮衝冠而起。只因普天下沒有人敢罵你，只我大阮特來罵你，畢竟無求於你。

【寄生草】俺側楞二扶瘦骨，孤另另挺窮骸。有時節悲來淚向窮途灑，有時節興來嘯向蘇門外，有時節醉來不覺乾坤隘。儘着你妝喬做勢弄神通，我名高不用你金錢買。

呀，數說了一回，你怎麼一言不答。待我撞鐘擊鼓，再從頭罵起。（丑扯介）使不得！使不得！（生）

【六幺序】你休佯不睬，呆打孩，聽着我鳴鼓攻來。這不是金粟蓮臺，法供清齋。聚寶門開,擠擠挨挨,都不過鼻尖頭嗅着銅臭而來。你故意見半空中筑住了金銀寨,反教人費紙陌錢財。亂攘攘强吞弱肉無拘礙,翻道顔淵沒福,盜跖多才。我要扯下來問他。(跌倒作介)扶我起來。(丑)悔氣悔氣!被他纏個不清。但這酸丁,是個大户人家,不好得罪他。(作扶起介)(生)我罵得氣上來了,可扶我憑欄一望,散散悶兒。那山門外,是甚麽橋?(丑)是點金橋。(生)你看橋上橋下,人山人海,有這許多人。(丑)不多。只有兩個。(生)你道我醉眼瞇離,怎説只有兩個?(丑)一個爲名的,一個爲利的。(生)如此説,我看只有一個,並無兩個。(丑)怎説只有一個?(生)只有一個圖利的。如今爲名,也無非爲利。

【幺篇】你看貿貿前來,並無幾樣人材。(丑)怎的没有幾樣?也有經商的。(生)經商的,營運當該。(丑)匠作的,(生)筋骨磨指。(丑)耕田的,(生)少米無柴。(丑)秀才們,(生)潤筆書齋。(丑)官員們,(生)饋送盈階。(丑)公人們,(生)他更巧文法賣。(丑)兵壯們,(生)摸金無賴。(丑)軍將們,(生)威名債帥。(丑)道士們,(生)神仙黄白。(丑)如我等和尚們,(生)逢人喜舍,還酒肉之債。(丑)連我也罵在内了。更有婦女之輩。(生)那個活觀音離得了善財!你把蠹金錢休亂篩,上至公臺,下至興儓,普人間一語兼該,七盜八娼,並九儒十丐,都總來熱趕生涯。只爲你財神呵,弄虚頭聚散無常態。咳,我要把銅山踢倒,金穴填埋。

呵呀,我酒湧上來了。(作吐介)(丑)相公,這不是佛頭澆糞?(生)我只見鬼臉裝金。(丑)咳,無端的枉口惡舌。(生)抵多少梵唄鐘音。吾今去也。請、請了。(下)(丑)阿彌陀佛!這是那裏説起。(下)

(名繮、利鎖二魔頭跳舞下)(净扮錢神侍從隨上)萬壑雲烟寶藏深,無星稱上見天心。自從九府爲圓法,多少人間躍冶金。吾乃錢神司命,大寶法王。廟祀於招寶山上,血食千年,萬人瞻仰。今日忽有個窮鬼,自稱大阮,無端闖入殿廷,乘醉發狂,謾罵吾神,已差鬼卒們,勾取他生魂前來拷問,想就到來也。值日功曹何在?(末扮功曹上)啓上大王,這個窮鬼,甚是難拿。(净)怎麽説?(末)自來奉上帝之命,勾攝生人只有兩件法器,一條是名繮,一把是利鎖,那名繮發下文昌宫裏收存,這利鎖發在吾神部下聽用,今番鬼卒們前去,誰知那大阮是不愛錢的,利鎖鎖他不住。(净)怎麽處?(末)已經向文昌殿下,借取名繮,包管一牽就到。(雜扮鬼卒牽阮籍上)窮鬼大阮拿到。(生)只道文昌遣人來請我,誰知是你守錢鹵。(净)你無端狂醉瀆吾神,把你套上名繮加利鎖。（末）窮鬼尚敢昂然不跪庭！（生）男兒膝下有黃金。（淨）你也知道黃金貴重哩！（生）人把黃金托掌心，我撇黃金地上尋。（淨）這厮尚然崛強，看來倒有些氣骨。也罷，我想是神是佛，個個清高，偏我掌著幾貫錢財，受人吐罵，嘔氣不過，沒奈何施捨去些罷。窮鬼過來，念你生來寒素，吾神職掌，薄有微權。（生）你薄有微權，就要弄權？（淨）莫亂道。我有天干十大庫金銀，地支十二庫財寶，這是物各有主，擅動不得。另有閏餘庫、無礙庫，我權將二庫開來，任你搬取受用，可不快活哩！

【般涉‧耍孩兒】救貧我亦無奇計，拚兩庫黃花裊蹴。爲憐君無命數兒奇，商量頗費權宜。從今後，你床邊阿堵層層繞，你頭上青蚨片片飛。休忘記，送窮文巧，致富書奇。

（生大笑介）我爲天下人民抱不平，你却將這話兒來哄我，敢是你還罵不够哩！我命中所有，不怕你不替我守著，少我一分不得；要用時，不怕你不送來，遲我片時不能。我若得了你這橫財呵，你好把水火盜賊、口舌官符、災殃疾病，暗暗提來與我，那時節，弄得頃刻煙銷，我依然一個窮鬼，還落得不乾不淨。你只好愚弄別人，休得來哄我。

【三煞】問陰陽理不齊，論公私義不欺，布金那有閒田地？不是我天生富貴難消受，反著你鬼瞰高明惹是非。休相戲，金珠糞土，軒冕塵泥。

（繮鎖作自脫介）（末）大王，看這厮有甚符水法兒，一搖身，繮鎖都脫落了。（淨）阮生阮生，你就甚般灑脫，你莫非就是竹林七賢之數？（生）不敢。（淨起立拱手介）如此，失敬失敬！果然不愧爲賢。看坐！（生）我並不賢，原是窮鬼。窮鬼告坐了。（淨）只是你罵我不值，凡人窮通得喪，種種由天，強取強求，災禍立至，我不過奉命而行，那一些自主得的。

【二煞】值奇窮命不移，守清貧道在茲，乍相逢，休怪前言戲。你既是明知得馬非爲福，我不過聊試揮鋤可拾遺。阮先生，你竟撒手空行也。從今起，翻嫌我簿書猥瑣，帶水拖泥。

（生）大王既如此說，我也豈不知道：

【一煞】冷清清草生金谷蹊，熱騰騰火燃郿塢臍，看盈虛消息旁州例。我這裏早知自命無承望，你那裏空守他財不自肥。今日個我非無禮，只爲問天不語，借你爲題。

（淨）理會得。適纔唐突高賢，幸勿見罪。（生）大王，你看破書生狂態，定荷海涵。（淨）就此定交。鬼卒們，送先生回陽去罷。（生）正是不打不成相識。(净)惺惺還惜惺惺。(下)(雜)拿了來,還要我送了去?(生)你大王原拿錯了。(雜)官差吏差,來人不差。錢來!(生)甚麼錢?(雜)公門蕩蕩開,有理無錢莫進來。(生)我那有錢,還不知我是窮鬼。(雜)那怕你窮,快拿錢來!(生)我就見閻王,也只一雙空手。(雜)如此我不送你前行。(生)我要你行。(雜)我不動。非錢不行。(生)你大王太歲頭上動土,你還想石人頭上出汗。(雜)我把你這石人推倒,看有汗没汗。(推倒生介下)(生作醒介)原來南柯一夢。

【煞尾】夢耶非,醉耶非,我白眼圓睁青眼兒迷。却看污了衫和履,悔在那摇錢樹邊倚。

校記

[1] 生扮阮籍醉態披衣上:此九字提示,原本在曲牌後,今依例置曲牌前。下同。

丞相亮祚綿東漢

周樂清　撰

解　題

　　雜劇。清周樂清撰。周樂清（1785—1855），字安榴（或作安流），號文泉、煉情子，浙江海寧人。應鄉試屢不第，以父蔭任湖南道州通判，後歷任祁縣、沅陵、麻陽等縣知縣。後又以知州銜任山東掖縣知縣，兼任即墨縣知縣、萊州府同知。在任三十餘年，一再平反冤獄，頗受民衆愛戴。著有《桂枝樂府》《靜遠草堂初稿》和《補天石傳奇》八種。該劇王國維《曲錄》著錄，係《補天石傳奇》中的第二種，正名《丞相亮祚綿東漢》，簡名《定中原》。該劇名曰傳奇，實爲雜劇。劇寫諸葛亮六出祁山，兵屯五丈原與曹魏司馬懿對峙。司馬懿屢戰屢敗，不敢出戰。諸葛亮借禳星、設計，誘司馬懿出兵至葫蘆谷，戰敗並燒死司馬懿父子，全軍覆没。諸葛亮乘勝命諸將分三路攻魏，會師鄴都，滅了曹魏。東吳知魏亡畏懼，遣諸葛瑾爲使奉表稱臣。蜀漢從而統一天下。劉禪禪位給北地王劉諶。諸葛亮辭官歸隱南陽茅廬。該劇情節，第一、二齣本事出於《三國志演義》，第三、四齣爲作者虛構，意在爲蜀漢悼惜翻案補恨。今存道光間靜遠堂刊本和咸豐間重刻巾箱本。今以靜遠堂刊本爲底本，進行校點整理。

第一齣　禳　星

（生綸巾鶴氅扮諸葛孔明上，二雜隨上）

　　【仙吕調·玉花秋】猛回首茅廬杳，方寸裏國事焦勞。狼跋狐嗥龍虎嘯，紛紛卅載割據剩孫曹。好、好、好，我一統金甌期再造。

　　集唐：三顧曾逢賢主尋（白居易），兩朝開濟老臣心（杜甫）。天荒地變心難折(李商隱),日暮聊爲梁父吟(杜甫)。老夫諸葛孔明,栖隱南陽,不求聞達。荷蒙先帝眷顧恩深,托孤任重。出山以來,倏忽二十八載。鞠躬盡瘁,吾之願也。今當建興十二年八月,北征討賊[1],駐師祁山之左,五丈原頭。可笑那司馬懿,迹似狐疑,形同龜縮,遺之巾幗,甘受不辭。只得屯田耕鑿,寓兵於農,示爲久計。國賊未平,鬢絲漸老,可不令人悵恨也呵!

【攤破天下樂】幾度裏摩壘搴旗把戰挑,鼓也波敲陣雲高。怎奈他藏頭縮尾埋烟竈,閉著那塞門深悄悄。任譏嘲巾幗願妝妖,可不道畏西川如虎豹。我想尋常挑戰,他斷不敢輕出一師一旅。不免用那六丁六甲之秘,將我本命將星暗掩。一面虛傳病重,料理旋軍,他必然輕師追襲。那時便可用計了。

【袄神子】陰陽運六韜,丁甲借三霄。黯黯臺垣法力遮宮昴,罡星按部移,斗宿虔心禱。秉笏燃燈早晚朝,仙棋一着高,教他劫後空煩惱。

(生白)傳姜維、馬岱進帳。(雜傳,末扮姜維、旦扮馬岱同上)(末白)俺姜維,(旦白)俺馬岱。(進介)丞相有何將令?(生白)你們命人靜掃內宮,安排油燈四十九盞,候我在內步禱。你二人選派軍士二十人,晝夜巡邏,不得擅離。一應軍務,命趙雲、魏延攝理。三日後再聽傳令。(末、旦白)得令。(下)

(净扮司馬懿、丑扮司馬昭、雜扮四軍引上)

【黃鐘調·出隊子】倚天劍嘯,身被龍章冠戴貂。功成汗馬舊勳僚,笑拷蚪髯保魏朝。今日裏敵勢偏强堅守好。

(净白)南征北討着勤勞,二十年來擁節旄。求牧求芻全仗我,不妨三馬應同曹。本帥司馬懿。奉命前禦蜀軍,屢被孔明所敗。無奈謹守,不敢與他對敵。不料麾下將士以怯敵爲恥,屢求出戰,本帥只得密請主公,頒下一道諭旨,說只宜堅守,不可出兵。如有不遵,軍法從事。(笑介)免把這些驕兵悍將,壓伏住了。孔明遺我巾幗,亦笑而受之。總總不動,其奈我何!現當秋夜月明,不免到高崗之上,眺望一回。吾兒同往。(丑白)是。(雜掌燈同行介)

【侍香金童】昏黄夜悄,刁斗無聲噪,牙旗玉帳氣蕭蕭。一輪秋月涵光照,數里行程紅燈緩導。

(净白)來此已是高崗,就此登眺。

【古神仗兒】猛抬頭河漢丹霄,經緯着文纏武曜。閶闔高懸,珠囊圍繞。

（净白）吾兒，你看孔明將星昏暗，三投三起，隱隱欲墮，必然已得病，不久要身亡了。此人一死，魏國安如磐石矣！（唱）看他芒隱中階，似懸空欲掉，喜當塗國運終昌，使諸葛身殞了。

（净白）吾兒明日帶領三軍，前往挑戰。如果他們依然鳴鼓出戰，速即退回，不可失利。倘或無人出應，營中有慌張之狀，即壓陣立營，飛報前來，再候將令。（丑白）是。

【黃鐘調·柳葉兒】你不見守伏雞不曾離抱，出來時脫兔超超。喜今宵參透天文，纔信我黃石書兵機神妙。（同下）

（生上，末旦同上）（生白）姜維、馬岱！（末、旦白）有。（生白）你二人傳諭眾將，明日必有敵人挑戰，不許迎敵。聽者！

【仙呂調·煞尾】他那裏惡狠狠馬蹄驕，我這裏亂匆匆旌旗偃倒。倘若是壓來呵，你疾忙退步移營堡。（末、旦白）得令。（同下）

校記

[１] 北征："北"字，底本作"南"，今據文意改。

第二齣　敗懿

（外扮趙雲、副净扮魏延、小生扮關興、小旦扮張苞同上）（外白）懷中龍睡保當陽，（副净白）百戰功名孰敢當。（小生白）重整乾坤還漢統，（小旦白）好伸先志報先王。（外白）俺趙雲。（副净白）俺魏延。（小生白）小將關興。（小旦白）小將張苞。（合介）昨日丞相傳諭，在營靜攝，命俺等暫理軍務。現聞敵營鼓震，想必有人討戰，不免先行請示者。（進見介）（末、旦引生上）（生白）列位將軍，各授錦囊一個，退營二十里拆看。依計而行，不得有誤。（生唱）

【商調引·繞地遊】朦朧星影，他趁此圖僥幸，來討戰威風肆逞。静局棋排，錦囊計領，妝點做轍亂旗橫。

（眾白）得令。（同下）（净引眾上，净唱）

【仙呂宮引·望遠行】中臺光瞑，吾志從今可騁。父子征西，待掃盡蜀川四境。試看馬健車轔，早是兵雄將猛，要使他草木皆驚。

（净白）本帥纔得吾兒回報，果然孔明病重，軍心慌亂，已退軍二十里安營了。若不趁此追襲,更待何時!(丑白)父親,尚須熟計,恐彼有詐。(淨笑介,白)吾兒,天道明顯,他本命星已昏然欲墜,難道天象也是假的麼!不必遲疑,放心追趕,滅蜀機會,就在此舉了。吩咐大小三軍,就此兼程而進,不得遲誤片刻者。(內衆應介下)(外率兩卒上,白)俺趙雲。奉丞相將令,在此等候司馬懿。想可來到也。(淨衆上)前面蜀將奔逃,哭聲隱隱,想必孔明已死,各軍就此追上者。(衆應介)(外作忙上,接戰,敗下,淨、衆追下)(副淨率兩卒上,白)俺魏延。奉丞相將令,在此等候接戰。(淨、衆上,戰介)(副淨敗下,淨、衆追下,三戰三敗介)(外白)司馬懿,你苦追我軍,是何緣故?(淨白)你那孔明已死,要想全軍而返麼?(外白)就是丞相身亡,也須念不乘有喪之師。何故窮力追趕?(外唱)

【青天歌】你乘喪犯吾境,乘喪犯吾境,卷甲來追黷武窮兵。你當自省,你當自省,霎時入了虎狼穽。

(淨白)休得胡言,如不解甲投降,放馬過來。(戰介,外敗下)(副淨上,白)司馬懿,你前日頭盔丟了捨不得,今日又來討還麼?(副淨唱)

【前腔】你頭盔不在頸,頭盔不在頸,髮兒種種,似葫蘆沒柄。不退兵,不退兵,今日裏輸首領。

(淨白)好匹夫,俺正要擒你。(戰介,副淨敗下,淨、衆追下)(外、副淨、小生、小旦同上,白)好了,司馬懿父子,全軍已誘入葫蘆谷內,俺等從間道而出。就此覆丞相命者。(生引末、旦、四卒上,衆見介)(外、副淨白)啓丞相,司馬懿已被小將們誘入葫蘆谷中了。(小生、小旦白)啓丞相,葫蘆谷中已暗埋地雷火砲,安置藥線,塞斷來路了。(生白)妙呵!姜維、馬岱!各帶兵三千,繞出祁山,埋伏敵營之後,一聽號砲,從後掩殺。(末、旦白)得令。

(生、衆且行且唱介)

【喜還京】你看他百萬精兵,走葫蘆如魚入罾。我上高山空谷傳聲。眼看他鱗遊沸鼎,喊一聲,仲達死諸葛重生。

(生、衆作立高處介)(淨、衆上)(淨白)不好了,不好了,我們追趕進谷,那曉得不見一兵一將,來路俱已壘斷,如何是好?(生白)司馬懿父子,你們觀得好星呵,可看見我麼?(淨作仰望介,白)呀!孔明現在。這番我父子有死無生矣!(哭介)(生白)傳諭施放藥線者。(場上作烟火,內作急鼓介)(淨、衆暗下)(生唱)

【漿水令】見谷中火砲飛騰,好一似閃電雷霆。可惜他焦頭爛額一家傾。他也曾稱雄得志，都是些鎮漢錚錚。爲江山苦戰爭，漢家與你何仇釁。燒得他、燒得他，一片哭聲。誰教你、誰教你，撲燈自逞。

（生白）司馬懿全軍覆沒，一面飛章奏聞。趙、關二將軍，帶同王平、高翔，從那祁山之左，由天水上邽一帶，魏、張二將軍，帶同吳懿、張嶷，從祁山之右，由安定、冀城一帶，姜、馬二將軍，繞道即攻洛陽，三路分道進兵，攻城拔邑，先到者爲功。我大軍直渡渭南，由南安郡大道進兵，統於鄴都城下會齊。大小三軍，努力滅魏者。（衆白）得令。（生唱）

【商調集曲·花鶯皁】當年赤壁憶，鏖兵鬼神驚，只博得三分似鼎。小周郎年少成名，老曹瞞險些命傾。浪淘沙去遺蹤剩。今日裏歲月多更，中興業成。早則是盡誅國賊復神京。（同下）

第三齣　禪　諶

（副淨洗粉扮董允、末扮費禕同上）（副淨白）下官董允。（末白）下官費禕。（合白）前日丞相滅魏奏凱，現已駐軍洛陽。主公大喜，特命北地王親往犒師，命下官等隨侍。殿下升帳，在此伺候。（貼扮劉諶上，唱）

【黃鐘宮·出隊子】中原定矣，破敵班師露布馳，艱難國步費支持。珍重黃封犒大師，卸甲還朝，重見漢官威儀。

（貼白）孤家北地王劉諶。因丞相伐魏，已破鄴都。露布奏凱，駐軍洛陽，候旨班師。父王聞報，命孤家馳赴軍前，親爲丞相卸甲，並犒勞三軍。來此已是，速即通報。（內吹打、生上接介，進見，貼上坐，生旁坐介）（貼白）漢家不造，奸臣竊國。丞相不負先帝遺命，祁山六出，百戰成功。上安九廟之靈，下慰四海之望。捷音一至，中外歡騰。主上特命孤家，親爲丞相卸甲，奉樽犒勞將士，念我先帝呵！（貼唱）

【黃鐘宮·鮑老催】黃巾初起，勤王一旅忘生死。恨桓靈，社稷輕如屣，竟任他盜國柄、結權臣、挾天子。若不是當年三顧南陽里，君臣魚水恩如彼，怎得個九廟神靈同雪耻。

（生白）老臣滅賊輾遲，久廑宵旰之勞，虛糜軍糧之費，負疚良深，何功足錄。殿下風霜長路，愈使老臣惶恐無地矣！（生唱）

【下小樓】噓欷，討賊淹遲，念先皇淚似絲。鞠躬盡瘁更何辭。今幸討平篡逆，一統華夷。

（作定席互相把盞介）（貼白）請問丞相，司馬懿父子，助紂焚死，足正刑誅。那曹賊雖死，作何定罪？（生白）殿下，曹操雖造七十二疑冢，那奸賊真棺，反在疑冢之外。臣已查實其處。曹丕死葬首陽，僭稱陵墓。此二人弒后篡國，天怒人怨，斷難幸免身後，應戮屍梟示，以快先靈。那曹睿輿襯迎降，似可稍從末減。華歆破壁弒后，逼勒國璽，罪爲從逆之冠，尤應顯戮。其餘從逆諸臣，一概監禁，分別定罪。（生唱）

【南呂宮·金蓮子】想那廝罪惡滔天難屈指，設疑冢只望保全屍。須是斬骸骨，正刑章，昭昭伸國紀。

（生白）宗廟久毀，理應速造。洛陽爲曹氏離宮，已極華贍。就此復建故都，無庸更勞民力。自桓靈以來，忠佞諸臣，各宜查悉存亡，以資黜陟。並召集宗室、世卿、賢臣、故老，撫安百姓，恤贈國殤。其餘賞罰諸端，再當一一請旨而行。（生唱）

【劉潑帽】堪嗟，末造多傾廢，全不似列祖施爲。而今舊業定新規，賞罰別公私，再繼中興美。

（貼白）那東吳消息如何？（生白）臣滅魏之後，即馳書以告，並將魏人所禁吳俘，一概遣還。想日內必有好音也！（內報）聖旨下。（淨洗粉扮蔣琬上，白）聖旨到，跪聽宣讀。（貼前跪、生後跪介）（淨白）詔曰：朕荷先帝之靈，承社稷之重，南蠻撻伐，國賊梟張。賴丞相亮，統率六師，國家再造，克定中原。諒余薄德，欣悚交並，但年雖未耄，實已倦勤。北地王諶，英武慈祥，卓有君人之度，繩武無慚，蓋愈有望。爰遣尚書令蔣琬齎奉國璽，馳赴中都，俾即御極聽政。一應軍國大事，胥與丞相裁決施行，無庸往復待命。朕俟國事稍定，即當起鑾東詣，瞻謁陵廟，安養南宮。咸宜敬聽，毋許陳辭。欽哉，謝恩。（貼、生起介）萬歲！（貼白）孤家甫踐青宮，何敢遽登皇極？（貼唱）

【前腔】備位青宮，寡知識，修子職。心猶多愧，吾皇此舉須中止。陳情劚切辭，明朝上封事。（生、淨白）主上諭旨諄諄，豈容殿下辭讓，況國賊雖平，四郊多壘，蜀道崎嶇，豈能往返待命！（生、淨同唱）

【仙呂宮·忒忒令】國事重吾王弗疑，賢聲播克膺神器。睿訓煌煌，夏王傳啓。蜀道遠，莫參差，告天地，祀神祇，慰人民望企。

（生、淨同白）臣等當謹占吉朔，恭請升殿正位也。（同下）（老旦扮諸葛瑾上，唱）

【川撥棹】驀聽得魏版圖歸原址，怕唇亡齒亦隨之，怕唇亡齒亦隨之。

早歸藩須當見機，恐吹毛尚有疵，得成約毋辱使。

（老旦白）下官諸葛瑾。久仕吳王駕下。現聞魏邦已滅，漢室重興。俺主心懷恐懼，表請率土歸臣，貢獻子女玉帛。來此已是朝門。（丑扮黃門官上，白）足下何來？（老旦白）吳國使臣，齎有表章候見。（丑白）候主上升殿者。（老旦白）是。（同下）

（內奏細樂，諸臣吉服同上）（合白）集唐：元戎返旆勒燕然（皇甫冉），城上平臨北斗懸（蘇頲）。少帝長安開紫極（李白），香風引到大羅天（牛僧孺）。（淨洗粉白）下官大司馬安陽侯蔣琬是也。（副淨洗粉白）下官侍中輔國將軍董允是也。（外白）俺征南將軍、永昌侯趙雲是也。（末白）俺征西將軍、平昌侯姜維是也。（旦白）小將征西將軍、南鄭侯馬岱是也。（小生白）小將龍驤將軍、左護衛使關興是也。（小旦白）小蔣虎翼將軍、右護衛使張苞是也。（各見介）（外白）今日新主升殿，吾等理當早到，費尚書爲何不見？（淨白）昨日奏過主公，回西川覆命去了。魏將軍何以不來？（外白）魏將軍自入洛陽，得病身故。丞相現請優恤。（淨白）呀！原來如此。道言未了，丞相來也。

（生侯服冠帶上，白）唐集：景陽鐘動曙星稀（權德輿），龍向天門入紫微（沈佺期）。聖代止戈資廟略（楊巨源），好辭榮祿遂初衣（李白）。老夫丞相、武鄉侯諸葛亮。今日新主登基，中興有象。你看百官濟濟，瑞氣融融，令人可喜可感也。

（內再奏細樂，雜扮二內侍、二宮娥引貼冕服上，白）唐集：紫鳳朝銜五色書（吳融），風雲應爲護儲胥（李商隱）。九天閶闔開宮殿（王維），依舊山河捧帝居（皮日休）[1]。寡人荷社稷人民之重，勉遵父命，恭踐丕基，未敢改元。遽稱新祚，仍以建興紀元，所有一應典章，均俟頒發。（衆進賀介）臣等恭瞻皇極，咸慶維新。（同唱）

【五供養】飛龍出邸，早業繼高皇世祖神基。群雄方逐鹿，劫運似圍棋。斗轉星移，纔能夠成就兩朝開濟。萬象更新日，復旦頌聲齊。伏願安不忘危，九重乾惕。

（貼白）卿等皆勳舊之臣，與國家義同休戚。朕藐躬日凜，願贊良謨。（衆白）萬歲！（起分立介，貼白）丞相國家柱石，功弼三朝，恩宜九錫，安坐論道，弗再趨蹌。（生白）萬歲！（旁坐介）（丑扮黃門官上，白）啓陛下，東吳使臣，有表章呈達。（貼白）呀，果然聞風響化，不出丞相所料也！宣進來！（丑宣介，老旦趨上，生起立介）（老旦白）東吳陪臣孫權，謹遣從事臣諸葛瑾，短章呈瀆,恭賀陛下。(貼白)江湖遠涉,賜坐詢談。(老旦)小邦奔走之臣,不敢有褻朝儀。(貼白)卿非他比,況與丞相昆仲,豈可久勞鵠立。(老旦白)謝陛下。(老旦、生分坐兩旁介)(貼作閱表介)(唱)

【仙呂宮·春從天上來】嘆江東父子盡英奇,周郎赤壁難爲繼。東風與便逞一炬,颶旌旗,正偏安江山萬里。一着降曹棋太低,陸遜書生遇,曹瞞似虮蠛,紫髯雄毅,甘心伏雌。今日投降進表,曾否悔當時。(老旦白)陛下,臣主呵!(唱)

【園林好】收不得全盤錯棋,挽不得回風棹遲。惟願宸衷鑒賜,附鄰園花一枝,挽千鈞一髮絲。

(貼白)丞相以爲何如?(生白)吳人悔罪來朝,吾主自當矜恤。(老旦白)蒙陛下赦罪小邦,臣歸吳覆命。主謹當率土趨朝,不敢後期也。(貼白)卿風霜勞苦,且歸賓館者。退朝。(貼唱)

【喜無窮煞】挽銀河,甲兵洗。盡收屬國拜彤墀。永奉虞裳萬古垂。
(同下)

校記

[1]帝居:"居"字,底本作"君",今據文意改。

第四齣 歸 廬

(淨、副淨洗粉、外末、旦、小生、小旦同上)(淨白)下官蔣琬。(副淨白)下官董允。(外白)俺趙雲。(末白)姜維。(旦白)小將馬岱。(小生白)小將關興。(小旦白)小將張苞。(各見介)(合白)昨日丞相懇請還山,主上再三不允。丞相屢屢上章,只得允准。今日祖道長亭,御駕親送,先來伺候。想吾等素蒙丞相陶育,今日分離,好不令人慨嘆也!(唱)

【黃鐘宮·耍鮑老】笑煞他要君沉璧晉卿狐,也不羨白頭歸有二疏。(白)我丞相呵!(唱)比他管樂定何如,風雲翼戴護皇儲,再造邦家談笑去。

(衆白)道言未了,丞相弟兄來也。(老旦使服,生綸巾鶴氅策騎、丑扮道童同上,見介)(生白)何勞列位大夫、將軍遠送。(衆白)豈敢,大夫同行麼?(老旦白)非也。某已領國書,先此奉別。(衆把盞介,老旦、生同飲介)(衆白)丞相欲歸,某等如嬰兒失母,手足無措。(生白)多承各位厚誼。但我本

無宦情,今日僥幸成功,得遂初志呵!(生唱)

【畫眉序】回首舊田廬,生本南陽耕釣徒。擁琴書滿座,八百桑株。完全了天下三分,報答了先皇三顧。看浮雲一片靜,還山吹着秋風難住。

(老旦白)聖駕將臨,某已辭朝,不便再見。已與舍弟相訂,覆命之後,亦當引退。(老旦唱)

【雙生子】喚僕夫,喚僕夫,及早駕征車。領國書,領國書,覆命返東吳。拂衣裾,歸衡宇,表章即上,兄弟相俱。

(衆白)大夫好恬退也,再奉一杯。(老旦別衆策騎先下)(內作細樂,二雜扮內侍引貼上)(貼白)集唐:百僚班外置三師(竇常),十二樓前再拜辭(李商隱)。數日即歸丞相印(劉禹錫),留君不住益淒其(高適)。丞相歸山,寡人親送。(生、衆接介)(貼白)離亭野舍,非比朝堂,諸卿參坐,以便久談。(衆白)萬歲!(各坐介)(貼白)丞相三朝佐命,一旦遠離,忽忽此心,如有所失。(貼唱)

【雙調‧沉醉東風】[1]愧冲年才膺應萬樞,仗師保經國良謨。爭奈你食漸少事益劬,賦歸田行程難阻。今日臨岐淚似珠,念袞缺更煩誰補。(淚介)(生白)陛下,臣身雖去,臣心尚留。惜行期匆促,未及待太上回鑾耳!(生唱)

【挂搭沽】再拜謝吾皇。祖道臨鑾輅,帝鄉在望敢忘恩,首丘自揣年難駐。不能賡喜起,勉強賦歸歟。乞骸難附玉堰鵷,忘機合伴滄江鷺。從今後田間擊壤頌康衢,願陛下勤勞宵旰終無斁。(衆白)某等敬奉丞相一杯。(唱)

【銀漢浮槎】頻年麾下趨,草木沾春煦。感得憐才同吐哺,陽關歌折柳,且勸醍醐。(生白)列位大夫、將軍!(生唱)

【離亭宴帶歇拍煞】吾與你征袍未脫衝風雨,聽慣了行營夜夢敲鼙鼓。見多少裹瘡痛苦抱國憂,進玉帳曾籌箸。莫羨我返山林無功懶臥龍,還仗你守干城一對雄羆虎。成就我煙霞疾痼,博得箇舉案學梁鴻,挽車尋鮑宣,春色吟梁父。(生向貼拜介)望君王返乘輿,(生向衆別介)望同輩休凝竚。(且行且唱介)你聽那隔葉聲聲杜宇,煙水中人喚渡,鬱蒼蒼望不見來時路。

(策騎下,丑隨下)(貼白)呀!你看丞相綸巾鶴氅,飄然欲仙,一徑歸山去了,好不令人羨慕也!(同下)

【黃鐘宮‧歸朝歡】試陰符、試陰符實若還虛,笑魏武銅雀成墟。誰肯畫、誰肯畫依樣葫蘆,翻新樣那用當年掌故。果然是江流石轉竟吞吳。筆端散作江花舞,畫一個快意千秋八陣圖。

（集唐）山川龍戰血漫漫（胡曾），談笑論功恥據鞍（羊士諤）。管樂有才真不忝（李商隱），鶴飛天外九霄寬（薛逢）。

其二

兵起銷爲日月光（常建），青春作伴好還鄉（杜甫）。一樽酒盡青山暮（許渾），笑指卧龍舊日岡（鄭谷）。

校記

［1］雙調："調"字,底本作"角"。今據文意改。

真情種遠覓返魂香

周樂清　撰

解　題

　　雜劇。清周樂清撰。《曲錄》著錄，簡名《波弋香》，爲《補天石傳奇》之八。題爲傳奇，實爲雜劇六齣。劇寫曹魏時荀彧子荀粲娶驃騎將軍曹洪女曇香，成婚一年，情深意篤。一天，夫妻在花園賞月，琴瑟相和，忽然弦斷，兩人驚疑。不久，曇香得重病，荀粲心急火燎，到處尋醫，偏偏請個庸醫，曇香溘然而逝。荀粲心中悲苦，焚香疏告蒼天，疑陰間有作弊之事。鬼卒拾得文稿，呈送閻王。閻王奉冥王旨令，延請神醫華佗同勘庸醫殺人之罪，遣鬼卒勾荀粲生魂前來勘問。閻王罰庸醫轉生爲糞蛆。華佗是荀粲先父的故友，向閻王告免荀粲之罪。閻王查出曇香陽壽未終，但須百日後纔能返魂，皮肉難免不腐爛。華佗讓荀粲去海外波弋國尋返魂香，以求曇香儘快復生。荀粲爲妻尋香，途中遭蛇虎之厄、狐兔之災，都被華佗派去暗中保護的土地神消除。荀粲歷盡艱辛，不貪女色，終於求得波弋香，救活了曇香。夫妻設筵望空拜謝華佗。荀粲取出久置的琴，手拂之下，斷弦復連。夫妻琴瑟相和，重續前緣。本事出於《晉陽秋》(《三國志·魏書·荀彧傳》注引)："粲常以婦人者，才智不足論，自宜以色爲主。驃騎將軍曹洪女有美色，粲於是聘焉，容服帷帳甚麗，專房歡宴。歷年後，婦病亡……粲痛悼不已，歲餘亦亡，時年二十九。"《世說新語·惑溺》亦云："荀奉倩與婦至篤，冬月婦熱病，乃出中庭自取冷，還以身熨之。婦亡，奉倩後少時亦卒，是以獲譏於世。"然而本劇翻婦死悲劇史實，令其復活，夫婦偕老，以快人心。版本今有清道光間靜遠草堂原刻本、清道光間稿本（今存山東省圖書館）、清咸豐間靜遠草堂重刻巾箱本。今以道光間靜遠草堂原刻本爲底本，進行校點。其他本未見。該劇帶曲譜，卷首署吹鐵簫人正譜，書眉有"同人參評"的眉批，未錄。

第一齣 警　　弦

（生巾服扮荀奉倩，净扮蒼頭，丑家僮隨上，生唱）

【南吕宫引·戀芳春】閥閱家門，清狂性格，逢人羞説華簪。好是放懷詩酒，寄興山林。糟粕六經用恁儘，一卷黃庭參審。風流甚，仙佛緣慳，争如兒女情深。

（集唐）東風吹雨度青山（盧綸），世上浮名好是閒（岑參）。長倚玉人心自醉（雍陶），春情不斷若連環（李瀕）。小生荀粲，表字奉倩，潁川人也[1]。先父文若公，助一匡於末季，功著魏朝；阻九錫之崇封，誠乎漢室。謝世以來，載更朝市。小生係雖華胄，志戀名山，不求紫綬之榮，好究黃庭之秘。娶驃騎將軍曹洪之女曇香，完姻一載，伉儷敦篤，形影相隨。今夕小苑花香，春宵月朗，不免整設杯盤，與娘子小酌一回。蒼頭！吩咐排筵，請娘子出來。（净應介）是。（旦扮曹曇香，老旦扮管家嫗，貼扮侍婢隨上，旦唱）

【商調·梧桐樹】東風護綉衾，春睡渾難醒。曉夢初回，恰恰黃鸝應。夜來風雨聞欹枕，多少落花殘紅糝徑。羅幌凝寒，侍婢開妝鏡，畫眉人隔紗窗問。

（集唐）天遣多情不自持（張祜），碧欄幹外綉簾垂（韓偓）。彩鴛靜占銀塘水（杜牧），春色人間總未知（張仲素）。（見介）（生）娘子，今日春色融和，正好花前小酌。（旦）妾身亦有此意。（對坐飲介）（合唱）

【仙吕宫·玉交枝】花風信稔圑，萬紫千紅如錦。雨絲風片光陰賃，隔疏籬小桃紅沁。啼禽繞樹綠成陰，三眠弱柳陪人寢。對花前淺酌細斟，對花前淺酌細斟。（净、丑暗下）

（生）卑人撫琴，娘子鼓瑟，以寄雅興何如？（旦）正好酬答春光也。（生）取琴瑟過來！（老旦、貼各取上，生、旦各彈介）（合唱）

【醉扶歸】雲和一曲瓊漿飲，冷笑他山高水遠覓知音。碧障梧桐杳杳深，綠搖海水滔滔浸。（生白）呀！琴瑟之中，忽有促節哀音，却是爲何？（作緩彈，唱介）又分明懸崖千尺挂枯藤，秋來赤緊霜風噤。

（生作斷琴弦介）呀！忽然琴弦斷了。（旦）此弦纔上不久，何故驟折？（生）是。（作沉吟介）

【步步嬌】正好蘭閨把七弦品，驀地先成讖。縱然是機兆原無朕，一柱一弦須當自審。低首暗思量，幾番欲語唇還噤。（旦）相公呵！

【商調·高陽臺】我念你宋玉悲秋,相如病渴,惺惺相惜惺惺。綢繆燕婉,果然一刻千金。沈吟見旁人。離別猶難遣也,怎肯教覓封侯樓上登臨。說什麼他生未卜,儘今生比翼同林。(淚介)

(生)娘子,且免愁煩。夜凉風露,撤過杯盞者。(攜手介)

【南呂宮·尚按節拍煞】寬懷且把羅衣袵,休辜負凝香燕寢。準備着嫋嫋餘音向枕上尋。(生、旦先下)

(老旦、貼弔場)(貼)媽媽,你看相公娘子,好不情深繾綣也!(老旦)正是。莫說你們年輕的,就是我老年人,想起老伴,也是放不開的。將來你有了伴兒,只怕比相公娘子還要肉麻呢!(貼)啐。(同笑下)

校記

[1]潁川:"潁"字,底本作"穎"。今據《三國志·魏書·荀彧傳》改。下同。

第二齣 取 冷

(生愁容,淨蒼頭隨上,生唱)

【商調引·三臺令】終朝搓手徘徊,難堪病眼微開。玉骨竟虺尵,怕的是殘年難耐。

天有不測風雲,人有旦夕禍福。不料娘子一病纏綿,看她形容瘦損,服藥無靈,如何是好?蒼頭,前日你訪的甄姓醫生,人人說來脉理高強,何以連日毫無見效?(淨)相公,病深藥淺,一時那能就好。待老奴再去請他來一胗。(生)如此速去速來。(淨)曉得。(下)(生)娘子方纔思睡,此刻想已甦醒了。(下,即扶旦上,貼隨上,旦作病容伏案,緩緩仰首,低唱介)

【集賢賓】染沈疴,魃地人無奈。終日價袖嚲鬟歪。喘吁吁餘氣絲兒在,好一似醉夢沈埋,加上些魂驚魄駭。心坎内焰發烟催萬情滅,睡昏昏似萍浮大海。

相公,我病骨支離,自知不久人世。秋風朝露,紅顏薄命當然。但怎生拋得恩情也!(淚介)(生淚介)娘子偶爾微疴,不要焦心。(作欲言淚咽介,背唱介)

【金絡索】你看她朦朧眼懶抬,轉側聲微欬。藥餌空投,寢食都難賴。恨不得一劍驅將二豎回,呆打孩,盼不着和緩雲中速降來。(旦)相公呵!(唱)我再不能階前拜月搖環珮,再不能花下傳籌笑,舉杯疏櫺外。傷心煞寒

梅新蕊破蒼苔,到明年此際重開寂寞妝臺,問花在人何在?(旦作昏暈)

（生）阿呀!娘子!娘子甦醒。(貼扶起,生即同貼扶下)(副淨扮醫生上)

【仙呂宮·玉胞肚】裝腔做態,口喳喳身價高抬。三指頭脉訣全無,一枝筆藥方亂開。你貪性命我貪財,劫盜同情的甄觳才。

自家姓甄,名叫百祜。行醫多年,名聲頗頗,人人說道:百祜百祜,分明白虎;白虎進門,病人叫苦。衆人說你的醫學狠足,足者觳也。就公送我一個美號,叫做觳才。那些人就一陣的甄觳才,把我叫出名了。列位不知,我們做醫生的,有些口訣,瞎新聞打探幾件,假充行道時髦;古湯頭硬記數名,便是潜心學者。入富貴之門,先串夥長隨門客。遇危難之症,須整備兔脫龜潜。摇頭看他人立方,不是不是真不是,好炫己長;側耳聽主翁論話,其然其然豈其然,別翻空論。其實不知南北東西,又何必望聞問切。道言未了,請我的又來也。(淨上)先生,請了。(副淨)請了。(淨)荀府奉邀,就請去來。(同行介,作到介)(生上)(淨)啟相公,甄醫生請到了。(見介)(生)先生,連日病體愈增,尚求細診!(副淨)相公不妨。在下從來手到病除,這病是十拿九穩的。今日進内診了脉,再說話。(生)請。(副淨)請。(同下)(淨)咳!你看我相公,爲了娘子的病,弄得形神交瘁,飲食無心。天呵!但願娘子早些病好,不然恐相公也難支持了。(生、副淨同上)(副淨)相公何如?我說前日的藥,是起死回生的仙劑。今日脉象大不相同,好了許多了。(生)先生,我看光景甚是不妙,還求細細診治。(副淨)不必多疑,但夫人陰陽相搏,火鬱於中,將有焚如之患,一面用藥凉解,一面相公露坐中庭,取些寒冷之氣,爲之熨貼,自然和散。醫者意也,這是從來古方少有的。(生)是。(急下,副淨寫方介)

【中呂宮·駐雲飛】一味胡猜,記不得湯頭没主裁。不是吾心歹,是你人應壞。嗏!把我錯邀來,病魔危殆。分明是小鬼閻羅暗把陰符帶,須知道白虎當門便受災。(同淨下)

（生上）咳,娘子倘有不測,我荀粲也不願苟生人世矣。醫生之言,諒必不謬,就此向庭中取冷者。

【仙呂宮·八聲甘州】魂飛不着骸,拚屠軀喫苦取冷庭外。霜華侵背,儘悽風獵獵頻挨。(作寒戰口噤介)恨不得冰雪肝腸頓化來,向閨中立把靈丹代。憂猜,向蒼天苦告哀哀。

就此歸房,與娘子熨貼者。(内喚介)相公快來!(生慌應介)呀!呀!

來、來了來了！（急下）

第三齣　籲　冥

（净扮蒼頭上）
【越調·杏花天】主人家文錦襄機，可奈他遭家不濟。咳！你便是終日悽悽，還惹得旁觀出涕。

俺乃荀府蒼頭是也。可憐我相公因娘子身亡，時時淚濺，刻刻神傷，堂前無排解之親，膝下乏承歡之子。今日命備具香筵，設立文房四寶，不知又有什麼癡情癡想了？道言未了，你看相公愁容可掬，又早出來也。（生素服愁容拭淚上，丑扮家童隨上，生唱）

【清商怨】夢中彩雲何處飛，要留仙無計。生生的割斷柔腸，神魂不附體。空向庭除徙倚，望妝樓猶疑是玉人未起。簾挂沈犀，瞥眼銘旌曳。

小生爲娘子患病，藥禱兼施，計窮力竭，不料終成不起，後約難期，前塵如夢，兀的不痛煞人也！吾想娘子爲人，溫敦厚靜，那一件是夭壽之征？何以竟傷薤露？分明是閻羅殿上，胡亂拘人。我當籲告蒼天，泄此幽憤。蒼頭，香筵已備齊了麼？（净）俱已備齊，請相公行禮。（場上設香几一，旁一几安筆硯介）（生拜起介）默禱已畢，就此撰文者。（倚案握筆，且唱且書介）（雜扮四鬼卒上，二鬼上梁伏，二鬼左右繞柱，每生終一調，衆鬼作指點，笑怒介）（生唱）

【入破】草莽臣荀粲啓，無限傷心事，一寸心思維終始，瀆尊嚴敢陳俚鄙。咫尺天威，臣謹誠惶誠恐頓首稽首，伏念微臣，娶妻曹氏敦伉儷。克任蘋蘩重職，秉性賢而慧，詠好無乖戾。臣初願不貪榮利，長安耕鑿只望永偕連理。不想病沈迷，一息如絲，淹然長逝。

【破第二】果否修年夭折，永定輪回例。乃餘慶餘殃，又道隨時更異。若然齊物彭殤，無知妄作言，難拘泥。又何必錦幔迷藏，影燈破謎。

【衮第三】臣當日求醫心力瘁，到處占靈筮。情竭悔生，恨從前聽夢囈。或且蒼黃誤計，呼吸存亡，髮縷千鈞難繫。最堪悲他一刻彌留，我百身莫替。

【歇拍】東方割肉，黔婁掩被，今生休矣。詠雎鳩，弋鳧雁，警鳴雞。只恐此後光景，都如夢裏。人往兮，看遺挂空懸，風寒月淒。

【中衮五】臣更懷疑莫剖，一樁樁尚乞明垂示。因甚的賢德齊姜不答終風嚏，因甚的烈虞姬魂托馬騅飛，因甚的漢室烏孫苦要于歸胡騎，因甚的胡筯一曲斷送文姬。

【煞尾】怎容他盜藥姮娥入月廣寒閟,怎容他醜無鹽老齊宮眉案齊,怎容他讒衛姜不掃新臺茨,怎容他淫凶呂雉匹配開基。高帝叫雌雞戕殺戚妃,兼戕漢惠。

【出破】若還説死生禍福悉聽神安置,恐冥冥出生入死難防弊。特冒昧舒忱上帝,臣惟願權歸真宰,待命悚惶之至。(跪焚疏,四鬼卒接疏,跳舞下)(生唱)

【餘音】忙煞了三分兔穎摘胸臆,彼蒼蒼無言下睨,恐笑我淺見,書生是管窺。

蒼頭,收拾祭筵者。(淨應介)(同生下)

第四齣　判　醫

(四鬼卒跳舞上,淨扮判官,末扮閻王上,末唱)

【仙呂宮·步步嬌】莫笑陰司漫漫夜,奈人心不見光明罅。銀鐺鎖與枷,盡汝呼號,何處求寬假。纔信道法律不虛花,真真實實有一個閻浮刹。

(集唐)天漢冥冥欲問誰(羅隱),莫矜纖巧鬼難欺(韓偓)。年年檢點人間事(羅鄴),禍福茫茫不可期(白居易)。孤乃森羅殿上,第一殿閻羅秦廣王是也。俺這冥府,雖有十殿之分,但凡有一應疑難鉤勒之事,往往冥主發歸我處承辦。所以第一殿事務較煩。譬如陽世首郡首縣一般,每每勞無可紀,責有攸歸。

【園林好】比量着情睒罪睒,頃刻間千差萬差。看丹筆重如山架,休寫意喬坐衙,休寫意喬坐衙。

昨奉冥主檄旨,查枉死城中,紛紛投到者甚多。其中輕死致命者,固有其人,而為庸醫誤殺者,亦復不少。是以帝心震怒,分查人世庸醫,陽祿將終之輩,一概發令重加勘問。並以神醫華佗仁心愛物,久登仙籍,邀請同司其事。想必就來。鬼卒們,速即通報。(淨)啓大王,陽世有一文士,因妻亡忿痛,疏告天庭,疑係幽冥有弊,狂言無忌。小卒們拾得文稿,在此呈覽。(末覽介)呀!那生無知唐突,好可笑也!

【饒饒令】狂生真放達,信筆妄塗鴉。居然肆口把閻羅罵。是必把大輪回説與他,大輪回説與他。

(淨)啓大王,據此文所訴,想又係庸醫所誤,今日既勘此獄,且帶他生魂

來此一觀，以慰其志，自免饒舌。（末）也罷，鬼卒速去帶來。（一卒應下）（外扮華佗上）

【南呂宮引・步蟾宮】往事回思真可詫，觸權奸無端禍芽。幸丹梯有路得凌霞，笑與盧扁臂把。

何須將伯喚苓藭，別有靈丹備藥籠。地下倘逢曹吉利，問他曾否愈頭風。（進見介）（末）今日奉請仙師，同勘各獄，多多攀駕了。（外）豈敢。但想九流三教，莫不創始於前，敗壞於後，真令人可嘆。即如儒釋二教，至今畔道離經者，指不勝屈。何況此瑣瑣庸醫，爲我輩之羞乎！（末）正是。（生作倦容同鬼卒上）

【又引・大勝樂】一枕蘧蘧蝴蝶化，驀地裏儘人牽搭。長途滿眼昏沙，此是何人渠厦。

小生夜睡，神魂飛越，不知此是何處？邀我者又係何人？好不困悶也！（鬼卒稟介）啓大王，狂生帶到了。（末）仙師在座，且不必進見。令其在東廊祇候，目擊我們光景便了。（卒應帶生虛下）（淨）鬼卒們，祇候者。（外、末上座，淨執簿旁立介）（四卒分侍介）（末）請問仙師，查陽世名醫雖少，亦間有其人。如果陽祿將終，自當獎以善報，此等有功無過之人，免加傳詢，以允公評。（外）極是。（末）帶衆醫生無功無過者上來。（卒應帶四雜扮醫生上）（外、末閱簿介）（末白）你等平日行醫，雖無實效，亦未草菅人命。但其中尚有區別。（指二人介）他二人功過相等，可即放回。（二雜謝下）（末又指介）你二人一則故作身分，任人屢招，遲遲而往，耽延人命；一則利心太切，明知才不濟事，因循不決，使人不及預防，誤人不淺。殊不知人當死生危急之時，恃你等爲長城之靠，坐視溘然，伊誰之咎？今罰你二人轉世爲鳴蟬，終日呼風吸露，至竟毫無實際，人已兩無所益，其蛻仍歸藥餌之用，還你本來面目。你這緩到，誤人的是。（唱）

【香柳娘】會裝腔自夸，會裝腔自夸。多番相詐，遲遲故作匆忙駕。儘死生一下，儘死生一下。門外客停車，門内喪旛挂。問何方策馬，問何方策馬？富貴豪家，暮迎朝迓。

你那遷延誤人的。

【前腔】見沉疴暗嗟，見沉疴暗嗟，欲辭難舍，隔靴搔癢把湯頭下。竟養癰成大，竟養癰成大。雙手枉搔爬，且自裝聾啞。問居心那搭，問居心那搭。蟻戀腥羶，希圖資謝。

帶下候着。（二雜謝下）

（末外）帶那些無功有罪之輩上來。（卒應帶副淨、丑、二雜扮四醫上）（丑）阿哥，你我來此做甚？（副淨）不是閻羅王吞鐵丸停食不下，便是老判官挺大肚氣脹難消。聞得大名刮噪，特來飛牒相招。（丑）咦！且把他小鬼頭兒做榜樣，不怕他牛頭馬面不求饒。（向卒介）老哥，我看你面枯骨瘦背低高，敢有些痨傷未好？（卒驚介）呵呀！先生你得放手時須放手，乞留我殘生過此宵。（進介，跪介）（外閱簿拍案介）呀！你等何嘗以醫爲事？人以禮相聘，本望起甦性命，你等陰陽寒熱，亂投其劑，使人夫妻父子，骨月慘傷。你已脫然事外，此等心腸，險逾盜賊。蓋盜賊之來，尚能防備。你等既受重托，儼然上賓，以救人之名，行殺人之實，其圖財損人之見，實與明火執仗者無異。律重誅心，斷難幸免。着你們轉生爲糞蛆，終日翻攪污穢之中，自爲得意，死後仍炙烤其身，供人藥物。（副淨、丑、雜等哀求介）（外）不必多言。判官！（淨）有。（末）此數人，罪大惡極，候勘判完畢，先令遍嘗地獄各刑，然後再令托生。（淨）啓上仙師、大王，他既不知醫家望聞問切爲何事，理應先抉其目，再割其耳，裂其口，斷其手，然後再試他刑。（外末）極是。他們呵！

【前腔】勝追魂夜叉，勝追魂夜叉。高抬身價，陰陽虛實難憑藉。把虎狼藥下，把虎狼藥下，潑膽似逢邪，千鈞擔不怕。把蜃樓虛架，把蜃樓虛架。虺毒如蛇，剛刀没把。

（副淨等）謝過大王。（外末）那前二人一併帶來。（卒應帶前二雜上）（外末）你們聽着。

【前腔】問岐黃這家，問刀圭那家，醫名空挂，誤人性命輕聊且。（白）那鳴蟬呵！（唱）托高枝大丫，托高枝大丫，風露向空攝，脫蛻還元化。那糞蛆呵！翻溷坑上下，翻溷坑上下，信口啥呀，快心咀呷。（衆雜號哭下）

（末）仙師不知，有一狂生因失耦疏告天庭，疑我冥間有弊，特命其在此親睹情形，諒必徹晤矣。將那東廊儒生傳進來。（卒下，帶生上，生拜，起立介）（末）取那疏稿與他看，可是你作的麼？（生）是小生所作。（外接看介）且住。你是潁川荀姓，那荀文若是你何人？（生）是先父。（外）原來是故人之子。荀生你可知我非他人，三國時華佗是也。（向末介）大王，那荀郎年幼恃狂，文才却有可觀，且係忿怒使然，尚希寬恕。（末）仙師所命，怎敢不從。荀生，你見此時審斷，可還心服麼？（生）大王聽啓。

【仙呂宮·風入松】當時痛怨幾爭差，怨書生井底鳴蛙。今朝悔恨都消罷，知法律森嚴非假。（生拜白）小生尚有干請。（唱）念亡婦魂歸那搭，乞全恩查一查。

（外、末撿簿介）（末）荀生，你妻陽壽未終，實緣你誤聽庸醫，致遭枉死。凡未奉拘喚之鬼，百日之內，魂依棺壟，不赴陰曹，此時那裏得來？（生哭介）（外、末）好一個情癡之子也。（外）大王，今日偶遇此生，莫非緣會。伊妻既屬枉死，當可復生。（末）仙師，我陰曹但有追魂之條，却少回生之術。況死已多久，安知不皮肉銷化？（外沉吟介）呀！有了。向知波弋國，東山之上，有種異香。從前燕昭王之時，曾經入貢。此香一經薰染，死者即時肌肉復生，立甦枯骨。從前無人經管，未免輕褻。後奉上帝敕令，太倉淳于意專轄其地，始知珍重。荀生如能辨誠心，不憚途遠，可望求取回生。（生喜拜介）（外）咳！荀生呵！你好孟浪也。

　　【南呂宮·梅花塘】平白地草疏麻，笑你多牽惹，該自恨延醫引鬼搧。更無端取冷熬長夜，（白）但也怨不得人事，（唱）幸生枉死也有個因緣話。休驚詫，指你個回生徑路賒。

　　那波弋國，遠在西北海外，恐你瘦弱書生，不能跋涉。（生）仙師，只要有此異香，那怕人間天上，小生總要去來。

　　【中呂宮·縷縷金】縱海角與天涯，此香終有主人家。路雖遙，一騎能行馬。肯辭勞乏，猛拚萬里走風沙。不得寧甘罷，不得寧甘罷。

　　（末）小卒們，速將荀生生魂送歸者。（生）我荀粲好僥幸也！（唱）

　　【仙呂宮·清江引】大王恩德如天大，海量能寬假。指點仗仙師，枯樹回春乍。（外、末唱）只看你至誠心，破功夫去浮海上槎。（生拜同卒下）

　　（末）請問仙師，那曹氏死本未拘，生亦無礙，似可毋須奏請罷？（外）自然。請了。（末）請了。（同下）

第五齣　乞　香

　　（生行裝策馬，丑扮家童挑行李上，場上設一古廟介）（生）

　　（集唐）身似流星迹似蓬（吳商浩），人心回互自無窮（張籍）。蓬山此去無多路（李商隱），步步猶疑是夢中（令狐楚）。我荀粲憤題天表，親入幽冥，蒙華仙師指示仙香，娘子回生有望。辭家以來，行程許久。幸已出關渡海，一路塵沙撲面，好不驚慘人也！

　　【仙呂宮引·探春令】爲妻房跋涉路途遙，遍海隅尋到。秉志誠不敢心煩躁，巴得個反魂香和藥搗。（虛下）

　　（末扮土地神上）俺乃西遼關外一個土地神便是。昨奉華佗仙師之命，現有潁川荀公子遠赴波弋求香，恐其路上難行，令俺默相護衛。咳！仙師那知此地人迹稀少，俺土地神的香烟，比告朔的犧羊更難，怎得有人來呵！

【又引河傳】低低立廟，似雜職衙門一般風調。樹木偏多，人迹香烟絕少。小神靈難壓伏妖魔擾。（虛下）

（生、丑上）（生）童兒，此間有所古廟，不免少息片時。（丑）是。（生下馬，坐門外介，內作風起，一大蛇從內竄出，直撲生介）（生）阿呀！嚇死我也。（驚倒，丑逃下，蛇繞場作勢下）（生漸漸甦介）原來大蛇已去，好不幸煞也！

【六幺令】叢叢樹杪，卷腥風頭角飛趫。磨牙吐舌不相饒，逼人近似縛條。垂涎滴滴珠光耀，垂涎滴滴珠光耀。

（丑暗上）相公這廟宇冷落，恐不止一蛇，我們還須努力向前。（生）是呵。（作上馬虛下）（末）你看荀公子果然到來，方纔大蛇之險，若非吾神默護，豈不受厄。他前途尚有驚駭，須索暗暗隨行者。（虛下）（生、丑上）（丑）相公，你看前面樹木陰森，到了夏天，却好來乘涼呢！（內作風起介）（生）呀！何故狂風驟緊？（內扮虎跳上）（丑驚倒，虎坐丑身介，生驚倒漸醒，見虎又倒介）（末上趕虎下，生慢慢開眼起看介）呀！猛虎已去，童兒那裏？不好了，被虎銜去了。（丑漸醒起看介）相公，相公那裏？不好了，被虎銜去了。（各見驚喜介）（生）童兒，我在這裏。（丑）相公，我在這裏。（生）咳！我二人，被虎嚇昏，眼目異視，以致你我對面不見，煞是可憐可喜也！

【清江引】急煎煎前行脫難跑，又聽得長嘯驚山倒。風來倀勢驕，曳尾排牙到。瘦書生渾不够一餐飽。

（丑）相公如今脫了驚駭，不免趕向前途，歇息了罷。（生）我也走不動了。（同行介）前面隱現房屋，想有居人，快些趕行者。（虛下）（內放烟火介，老旦、小旦、貼、副淨同上）俺們乃山中一隊狐兔，修煉多年，通靈變化。此間久無人迹，頃在山頭，見一少年書生，隨一小童乘馬而來，煞是可愛。因此改換頭面，好引他入來。（副淨）我先在門首答應者。（老旦、小旦、貼虛下）（生、丑急上）此間已是。（生下馬介）（副淨）二位何來？（生）小生欲往波弋國，到此已晚，乞求借宿一宵。（副淨）且待稟知老安人。（虛下即上）二位請進。（生、丑進門介）（老旦、小旦、貼同上，背介）呀！好個美俊郎君也。（轉見介，小旦、貼作含羞避下）（老旦）相公何來？（生）小生荀姓，欲往波弋國，輕造貴府，多多有罪。（老旦）好說，天晚至此，想未用膳，就此進餐者。（生）多謝了。（副淨邀丑下）（生、老旦對飲介）（生）媽媽尊姓？（老旦）老身巫姓，世居此地，先夫亡故多年，僅存一女待嫁，請問相公曾娶夫人了麼？（生）成婚一載,不幸亡故了。(老旦)呀!相公如此青年,老身家貲頗厚,相逢萍水,定有前緣,不嫌小女貌陋,就請入贅此間可好?

【雁兒舞】春風年少,紅鸞星照。我女兒是絕色花枝,不甘蜂鬧。雙星今日渡仙橋,天遣順風吹客到。

(生)多承媽媽雅意,小生立志,不再娶的了。(唱)

【園林好】聽爾言頓添煩惱,為糟糠中心痛焦。逆耳言,乞求免告。匹夫志難移掉,匹夫志難移掉。

(老旦)呀!誓不再娶?(生)是。(老旦)相公既然執意,不敢勉強,就請安置罷。(丑暗上,執燈同行介)(生)媽媽請便。(老旦)老身別過了。(下)(丑)相公,難得這家多情款待。我們回來,再來擾他罷。(生)不必多言,睡罷。(同下)(老旦、小旦、貼、副淨同上)(老旦)可奈那書生不肯中計怎好?(副淨)不妨。少停他們睡熟,我們立刻作法。這二條性命總在手掌之上。(合唱)

【醉扶歸】怪書生情性偏乖拗,鐵錚錚不肯把親招。那知道牢籠定計在今宵,到門買賣難丟掉。甕中捉汝肯輕拋,管教他癡呆兩命消磨了。

(末引四小卒上)小神一路隨來,可喜荀生見色不迷,將來前程遠大。但諸妖惡計又生,須當救護。小卒們,可變作獵戶,手執鷹鎗火砲,直叩他們。吾隨後來也!(卒)領法旨。(下,即變上,同行介)來此已是。(火砲攻門介)(老旦、小旦、貼、副淨急上)呀!不好了,此輩何來?(末喝介)呔!眾妖住者。(眾驚伏介)(末)該死孽畜,此生奉華仙師之命而來,你待怎麼?

【安樂神】你只好藏身荒島,誰教你白日妄興妖。無端畜類賊桃夭,陰陽混亂痰迷竅。那知道書生崇義氣,不肯負同牢。你掃興在今朝。

即請荀生來見者。(卒應下)(同生、丑上)(生)呀!尊神何來?(末)荀君聽者:我乃此間土地,奉華仙師之命,在此保護。你前受虎蛇之厄,(指眾介)今遭狐兔之災,皆我默相驅逐,幸已無恙。今前途保重。就此別過了。(生)呵呀!小生幾死復生,全仗尊神救濟,理當拜謝。(末同拜介)請了。(帶眾下)(生)童兒,天色已明,再往前進罷。(行介,下,貼扮道童上)

【青歌兒】伴靈山長年歌嘯,采仙藥白雲瑤島。山中甲子任滔滔,不死靈苗,待守個有緣人到。

遇合情緣證有無,一莖仙草待中途。如何塵世尋常藥,偏要黃金善價沽。我乃淳于仙師道童便是。奉師父之命,在此守候荀生。前面來的,想必就是也。(虛下)

（生、丑上）童兒，你看此間水秀山靈，宛然仙境，恐淳于仙師，就在此間。前面有人，不免問訊則個。（下馬拱手介）道長請了。（貼）請。（生）請問此是何山？有何仙客居住？（貼）且慢。來者莫非求取波弋香的麼？（生）道長何以得知？（貼）我乃淳于仙師弟子。前日華仙師到此弈棋，曾經言及。今日吾師他出，知道君家必到，特命我在此奉候，留下波弋香一丸相送。家師多多致意，此香一到，死者即能呼吸相通，重生肌肉。將丸置入口中，立時起坐如常矣。（生喜接介）蒙仙師贈賜，不敢久擾仙居，就此望空拜謝。（拜介）

【園林好】謝仙長元機高妙，鑒微忱不須求禱。波弋香預握先邀，倘回生恩再造，得回生恩再造。

（起向貼揖謝介）（貼）仙凡路隔，不便久留了，請。（貼下）（生）童兒，我們就此趲行回去者。（上馬介）

【情未斷煞】得仙香真奇寶。莫認作癡人容易討。險些兒萬水千山一命消。（加鞭笑下）

（丑弔場，做鬼臉介）呵唷唷，你看我相公，為了娘子，奔波道路，性命都不顧了。我於今認得此間道路，得便再來，面見仙人，求他幾千顆回去，開個大大的藥材行，豈不大發其財。但恐怕為了妻子，肯出重價，為了父母，又捨不得出錢的怎好？正是：回去廣開藥肆，發賣靈丸救死。若然人不相信，請看荀家娘子。（笑下）

第六齣 合 弦

（生巾服笑容，淨、丑隨上）

【南呂宮·浣沙溪】人初愈喜更疑，嫋亭亭如舊丰姿。他三生魂夢初回蝶，我一縷柔情不斷絲。仗情癡邂逅仙翁，秘密傳返魂，真個神奇。

（集唐）一旦悲欣見孟光（李頎），幸將身贖返魂香（寶曇）。如今正好同歡樂（李白），海燕雙棲玳瑁梁（沈佺期）。小生自得仙香回家，謹依仙傳秘旨，拯救娘子回生，果然靈異非常，豈但起居如恒，而且精神陡勝。今日特備几筵，焚香望謝。你看娘子早出堂來也！

（旦艷服上，老旦、貼隨上）（旦唱）

【香遍滿】纏綿生死，重見紗窗落燕泥。往事昏昏難盡記。感多情蕭史，依然得並棲。展轉自尋思，重相見，悲攪喜。

（集唐）欲語潸然淚便垂（耿湋），一堪成喜一堪悲（后土夫人）。扶持自是神明力(杜甫),若問旁人那得知(崔顥)。(見介)相公,妾身已入黃泉,感君縈求碧落,日前草草回生,至今忽忽如夢。(生)正是,今日請娘子同謝仙師。(生、旦同拜,起介)(同唱)

【劉潑帽】一家歡聚叨靈賜,五雲中鶴駕難羈。香烟一瓣達瑤池,垂憐意念癡,捨下仙方秘。

(生)撤過了。(淨、丑應介)(生、旦分坐介)(生)娘子可知那甄醫生,在陰曹受罪麼?(旦)他怎樣受罪?(生)卑人夢中親入幽冥,適當冥主邀同華仙師,將那些庸醫一個個——

【商調·梧桐樹】銀鐺鎖玉墀,冥法般般治。變個浮蛆,齷齪翻塗廁。我當時率筆抒冤氣,那知聞語如雷,頃刻長繩繫。赫赫三曹,對案東廊俟,頓把我一腔忿怒全湔洗。

(旦)咳,甄醫呵!你着甚來由也?(生)今日娘子更生,卑人心願已足。那塵世浮榮,儻來之物,聽諸造化便了。

【簇御林】坐相並,行同咫,從此生平願足矣。悲歡離合備嘗之,瓊枝依舊開連理。儘尋常功名富貴得失,任隨伊。

蒼頭吩咐擺筵,我與娘子就此對酌。(淨應,設席,生、旦對坐,飲介)(生)憶自那日與娘子琴瑟雙彈,忽然弦折,即遭此奇變。卑人不忍再睹此物,塵封久矣。今日聯歡,理應重彈舊調,取琴瑟過來。(老旦、貼應下,取上,各置案上介,旦作悲介)(唱)

【仙呂宮集曲·玉桂枝】傷心重記。撫湘琴斷縷殘絲,罷華筵雙淚交滋,果然有先機如是。看凝塵封漬,看凝塵封漬。(生唱)怕人亡物棄,深藏若寄。金徽絕,玉軫欹,斷高山,遠流水。沒世不相期,音樂徒虛耳!

(生)(取弦作拂拭介)你看斷弦如故,想起前情,好不令人慨嘆也!(拂弦介)呀!琴弦久斷,纔經手指摩挲,忽然聯接無痕。奇哉奇哉!(旦起看介)呀!果然。(生)嘎!我知道了。娘子,返生之香,蘊天地之精華,曾經卑人手接,緊密持回,琴弦着手,呼吸感通,亦見人物同情耳!

【一機錦】並不曾覓鸞膠續舊絲,又不曾舞鷗弦夸絕技,又不曾訪齊魯尋師摯。既不見鴛鴦五色滋,又不是黎洞玉流漸。多管是指上仙香,觸處生春也,人再圓,物似此。

(旦)相公所見極是。今日此樂非比尋常。

【前腔】要彈得月兒高佇影遲,要彈得鶴兒飛摩雲起,要彈得魚兒聽躍清池。還比似瑤松逸韻移,還比似玉井清泉溢。直到得織女牛郎下界相隨也，萬千年無別離。

（生）娘子，你看早則月兒上也。夜寒風露，不如歸去休。（攜手同下）

【南吕宫·慶餘】有情眷屬應無二，破涕爲歡如此。可憐煞塊壘難消借酒卮。

（集唐）多情多感自難忘（陸龜蒙），欲話姻緣恐斷腸（天竺牧童）。寄語世間兒女子（吳融），誰能高叫問蒼蒼（李玖）。

其二

悠悠生死别經年（白居易），錦瑟無端五十弦（李商隱）。否極泰來終可待（韋莊），南方歸去再生天（沈佺期）。

跋

天道無親，常與善人，豈非古今通論乎哉！顧有時愚夫愚婦慷慨發憤，徑行己志，其精誠所感，通天亦若或默相之至。舊聞所傳忠臣孝子、仁人義士，扶綱常而輔世教，慨然欲有所爲於天下，而天若阻塞摧抑之，使不克竟其志，如李廣之不侯，李陵之降虜不反，諸葛武侯之志決身殲，而漢祚終不可復，岳忠武之耻和金虜，而痛飲黄龍之願不克副。讀史者未嘗不廢書三嘆，終歸於天道之不可知，此天之缺也。抑造物者故爲此狡獪，使後人代爲之不平耶！周子文泉，秉異寸經術，飾治以上計。入都塗中，雜取古人事迹，可爲扼腕太息，無可如何者，譜傳奇八種，名曰《補天石》。構思於車座馬足之間，擲筆於土竈篝鐙之側。翻新出奇，代伸其志，而平其憾，使不得於天者，而皆償於人。今讀者眉飛色舞，若真有其事者，信所謂筆補造化，天無功也。信乎，天不可知於前。若天缺而搏土爲石以補之，豈非補天之手乎！余故樂書於後。道光十有七年，歲次丁酉秋九月，純如子江左呂恩湛識。

凌波影

黄燮清 撰

解 題

雜劇。清黄燮清撰。黄燮清(1805—1864)，原名憲清，字韻甫，又字韻珊，或作藴山，號繭情生，别號吟香詩舫主人、西園主人，浙江海鹽人。道光十五年(1835)舉人，曾六次會試不第。咸豐二年(1852)以議叙縣令謁選得官湖北，因太平天國運動發展到鄂，未得赴任。同治元年(1862)，任湖北宜都、松滋縣令。次年因病告歸武昌，又次年卒。平生博學多才，著有《倚晴樓詩集》16卷、《倚晴樓詩餘》4卷、傳奇8種和雜劇1種，編爲《韻珊外集》《倚晴樓七種曲》。《今樂考證》著録《凌波影》。《曲録》亦著録，但誤入"傳奇"類。該劇4折。劇寫曹植朝覲歸藩，途宿洛川驛。曹植心懷美人，枯坐無聊，乃撫玩皇上賜之玉鏤金帶枕，一時疲倦，伏枕而睡。洛川神女，曾戀紅塵，與曹植有未盡之緣，前來驛館，到曹植夢中，約其來日洛川會面。曹植醒來，憶夢中所見神女，姿容絶世，似曾在那裏見過，竟然約我洛川相會。生作美人死登仙籙的洛川神女，深切懷戀才貌古今稀有的雍丘王曹子建，如約前往洛川相會，以伸愛慕積愫。一群魔障，專與世上有情人作祟，聞知多情的洛川仙子與曹子建在洛川相會，各顯神通，引入魔道，讓其一世不得乾净。曹子建如約簡從獨行到洛川，與洛川神女遥遥相望，並望空一拜。神女脉脉含愁，情意纏綿，但語不可越禮，可痴魂來往。曹子建聞神女言語迷離，神魂飄颺，欲近前親熱，被神女阻止。神女含淚，勸其割愛貴忍，作速回頭，稍涉流連，便有魔障前來。言罷飄然而去。曹子建呆立凝思惆悵含恨而回。曹子建從洛川回來，心中迷悶，不知仙子是何神明，傳問洛川人氏的僕夫，方知洛川之神是宓妃，于是仿傚宋玉賦神女、相如賦美人，描摹艷冶，思而不亂，信筆賦就洛川神女，命僕夫送往洛川水中，以表情意，並令内侍"訪一妙手，就將此事，寫他一幅凌波影，使普天下人見之，皆知我輩鍾情"。本事出曹植《洛神賦》，明人汪道昆有雜劇《陳思王洛水生悲》。該劇傳本有道光間刻《韻珊外集》本、清咸豐間依《韻珊外集》刻《倚晴樓七種曲》本、清光緒間《遊戲世界》半月刊連載鉛排本（1906年第11—13期）（未見）。今以《倚晴樓七種曲》本爲底本，進行校點。劇本卷首有琴齋陳其泰撰"凌波影傳奇序"，卷端署"海鹽黄燮清韻珊填詞"（下注"原名憲清"）。

凌波影傳奇序
陳其泰

　　善乎，惲子居先生之說《詩》也。其說《桑中》曰：吾于《桑中》，見所謂發乎情止乎禮義者焉！云誰之思？思也，斯我乎《桑中》，思乎期焉。要我乎上宫，思乎要焉。送我乎淇之上矣，思乎送焉。古人之爲詩也，以思言之。若曰：若是其越也，抑之可也。後人之言詩也，以事言之，若曰：若是其亂也，絶之可也。以思者比乎情，以事者比乎欲。比乎情，禮義之所能制也。比乎欲，非禮義之所能制也。《國風》言情之書，非紀欲之書也。其說《蝃蝀》曰：淫者，人之所能知也。懷者，人之所不能知也。詩之言曰，大無信也，不知命也，爲女子之懷昏姻者戒之。辭止於此而已。言詩者曰淫，又重之曰淫奔，豈詩人意耶！雖然，懷昏姻者不必淫，而可以至於淫。是故刑禁之於已然，禮制之於將然，詩防之於未然。得是說而通之，而後可與讀一切言情之作矣。夫思之越也，其溺在人心。事之亂也，其壞在人品。君子欲正人品，先正人心。顧心不能盡出於正，於是即思之越者正之，所謂防之於未然也。心正則品自正。言情之書，雖謂之防淫之書可矣。且騷人文士動言情之所鍾，正在吾輩。今且正容莊論，敷陳禮義，曰吾將以防淫也。其不以爲老生常談而惟恐臥者幾希。善於立說者，通乎《詩》之教，以言禮而後，《桑間》《濮上》之篇，可合乎《關雎》《卷耳》之義焉。故曰，情欲之界，人禽判焉。非服習乎風人之旨者，不知制情以遏欲也。吾友黄子韻珊，詩人也。《凌波影》樂府之作，其諸風人之風乎？曩者韻珊嘗譜《鴛鴦鏡》樂府矣，狀幽冥之鑒察，明悔過之獲佑，豈不足以針砭情癖，激揚人品歟？不知中人以下欲勝情，動於鬼神禍福，而後知所返。中人以上情勝欲，明於嫌疑是非，而自知所止。故《鴛鴦鏡》所以警愚蒙，防淫之書也，禮之制於將然也。《凌波影》所以牖賢智，言情之書也，詩之防於未然也。弼直主敬近乎《頌》，規諷主和近乎《風》。詩人之義，固有並行而不悖者。昭明太子商榷古今，自附於立言不朽，而言情之作，顧亦存之。好色不淫，必有當於聖人刪詩存《鄭》《衛》之微意也。不然，陳思一賦，不幾爲越禮者所藉口，縱恣於欲而假托於情，以文過而遂孽哉！然則鍾情者，可以知所止矣。

夢　訂

（儀衛内侍引生王服御車上，丑僕夫隨上）（生）

【商調引子・鳳皇閣】帝城春老，杜宇催人歸了。落花無語送春潮，盡入傷心詩稿。芙蓉路遠，回首處，離魂易銷。洛陽冠蓋地，車馬紛馳驅。崇臺接烟起，翠閣與雲俱。綺窗何窈窕，中有仙人居。春風散羅袂，幽韻雜瓊琚。嫣然啓皓齒，欲語重踟蹰。感子愛惜意，且復立斯須。無媒羞自接，重此千金軀。本藩雍丘王曹植是也。承恩北闕，備位東陲。雄夸文陣之師，健樹騷壇之幟。冠鄴中之七子，才可斗量；憫天下之三分，勢猶鼎立。嗚咽漳河之水，助我悲歌；蒼涼夏口之雲，曠予奇抱。乃上書求試，未通帝座之誠；信步成章，還算家庭之樂。今因朝覲禮畢，承命歸藩，別路方長，離程易暝。從人們，前面是何地方？（丑）稟王爺，前面是洛川驛了。（生）天色將晚，速往驛中駐扎。（衆應行介）（生）

【二郎神】栖鴉叫，畫閒愁暮烟殘照，看垂柳垂楊飛絮少。懷人何處，襯相思草綠蘅皋。忽忽的夢裏烟花都換了。料得燕歸來，問不出殘紅一窖。（副凈驛官上）春完古驛無鶯語，日落荒郊有馬嘶。洛川驛驛丞巫可名，叩接王爺。（内侍）免。（副凈）驛中下馬酒飯，俱已齊備，伺候王爺駕到。（生）咳！鎮無聊，劣襟懷怕濁酒難澆。

（内侍）啓王爺，已到驛中。（生下車，中坐介）儀從暫退。（儀衛丑）領鈞旨。（副凈）這裏來！（引丑儀衛下）（生）你看冷驛蕭條，春光潦草，碧雲已合，美人不來。這情懷好難安頓也！

【前腔】心焦，情絲幾縷，織成煩惱。問一片癡魂何處掉？招來還去，悠悠雨泊雲飄。

（副凈上）市遠盤飧貴，官貧供給難。請王爺進晚膳。（内侍轉稟介）（生）不消。内侍們且自回避，俺要静憩片時。（内侍應介，同副凈下）（内起更介）（生）咳！夜静更長，怎生消遣？前日入朝之時，蒙上以玉鏤金帶枕見賜。當此枯坐無聊，不免在燈下撫玩一番。（出枕玩介）（生）是好一個枕兒也！奈獨旦淒涼寒料峭，可許我遊仙一覺。（欠伸介）一時疲倦起來，只索伏枕而睡罷。對良宵,還恐怕夢蘅蕪容易香銷。(隱几睡介,內細樂,貼、小旦、侍女羽扇引旦舞衣仙裝上)滿天雲氣濕衣裳,如在銀河碧漢旁。縹渺春情何處寄?一汀烟月不勝凉。我乃洛川神女是也。掌握全川水印,修成一點仙心。作翠水之遊,已離凡劫;戀紅塵之影,未斬情根。因與曹王子建,尚有未盡之緣,猶負相思之債。今日聞他駐扎本驛,爲此御雲而來,到他夢中,略現因由,藉通誠愫。此間已是。你看他早則酣睡也!

【集賢賓】花陰掩戶風細搖,認冷月淒寮。只見他幾點疏燈寒自照,怕夢中雲難度藍橋。子建呵!我與你未了三生,尚當一面。來日待君於洛川之上,幸勿爽約。美人香草,小影在屈原詞稿。休忘了問蹤跡,閑鷗知道。

(內奏樂,侍女引旦下,內二更,生醒介)呀!好生奇怪。方才朦朧睡去,分明見一神女,水佩風裳,姿容絕世,似從那裏見過一般。兀的不教人想壞也!

【黃鶯兒】香霧散冰綃。步虛聲響碧霄,風前錯認飛瓊到。仙緣鬼趣,鶯唆燕挑。春魂如上羅浮道。我想這夢還去的不遠,待我喚他轉來。(出位,招手介)我那神女呢!我那仙姬呢!(呆介)呀!竟自去了。我好恨哪!恨荒郵不情,更柝偏向枕邊敲。

我想人生在世,似這佳夢,能有幾場。偏是過的恁快,好生愁悶哪!

【琥珀貓兒墜】嬋娟畫裏,愁鬢爲他凋。想像花前玉佩搖,月明何處教吹簫。苗條,寫不盡巫女雲情,宋玉風騷。

(內侍提燈上)夜已深了,請王爺安寢。(生)我那裏便睡得穩呵!

【尾聲】非烟非霧愁絲嬝,那仙人在夢中,約我川上相會,怕相見重添恨稿。(攜枕看介)咳!這好夢何妨做幾遭!(同下)

仙　　懷

(貼、小旦羽扇引旦羽衣翠葆上)

【商調‧風馬兒】一鏡晨寒濕鬢烟,欹羅袂自生憐。問春潮,流恨向誰邊。明珠愁弄,殘月滿前川。小神洛川神女。生作美人,死登仙籙。因慕曹王子建才調,昨宵約他川上相會。犀通一點,鳳耻雙飛。並非密訂幽歡,只願稍伸積愫。咳!魂猶戀舊,尚餘死後纏綿,仙亦多情,何況人間兒女。這虛無杳渺的相思,好没來由也!

【金絡索】愁來渺若烟,恨去長如線。蹙損纖眉,怕使垂楊見。微波遠接天，盼將穿，一度思量一惘然。漢皋星影寒珠佩，湘水風聲落翠弦。難排遣，似歸來江口守空船。思悠悠，碧海青天；夢迢迢，碧落黃泉。消不了相思券。

（貼小旦）請問娘娘，那雍丘王的才貌，畢竟生得如何？值得恁般思慕哩？（旦）若論他的才貌，真是古今稀有也。

【前腔】詩裁美女篇，粉傅郎君面。搔首長吟，銅雀風雲變。神情望若仙，見猶憐。這小影除非畫裏傳。買絲難綉佳公子，擲果爭看美少年。人中選，因此上芙蓉擬贈水雲邊。了前生未了因緣，定來生未定因緣。趁一刻東風便。

（貼小旦）娘娘既是這般思想，與他成就了好事何如？（旦）癡兒胡說。我們相契以神，不過是空中愛慕。一涉形迹，便墮孽障。千古多情之人，從無越禮之事。世間癡男騃女，誤將欲字，認作情字。流而不返，自潰大防，生出許多罪案，就錯在這開頭也。

【前腔】從來欲易遷，只有情難變。一往而深，但覺江河淺。我與子建呵！何須定比肩，影相憐，敢說個死作鴛鴦不羨仙。任憑他莊生曉夢迷蝴蝶，只不過望帝春心托杜鵑。無他念，楚山雲氣冷於烟。是修羅派住愁天，是蒼穹給與愁年。誰解我湘妃怨？

（雜舞旗上）手握靈犀能辟水，身非赤鯉會傳書。巡川使者叩見娘娘。（旦）使者何來？（雜）探得雍丘王今日路過洛川，特來報與娘娘知道。（旦）再去探來。（雜）領仙旨。（跳舞下）（旦）侍女們，隨我川上一遊者。（貼、小旦應，同旦徐行介）（旦）

【前腔】臨波整翠鈿，掠鬢鬆金釧。稱體衣裳，半是羅雲翦。盈盈一水前，步生蓮，竊比嫦娥近少年。秋娘慢唱公無渡，春影誰知我可憐。桃花面，因風吹出武陵源。做癡人為我牽連，做癡魂為你纏綿。抽不盡紅蠶繭。（同行下）

達　誠

（净、副净、外、末扮魔怪上）（净）白傅長歌寫不完，（副净）鏡潮奮汐幾時乾。（外）纖蛾慼損無人曉，（末）贏得心窩一點酸。（净）俺恨水浪仙。（副净）俺淚泉童子。（外）俺愁湖總管。（末）俺癡壑散人。（净）我們都是一群魔障，專與世上有情人作祟。南粘北漬，東扯西牽，佈滿四大神州，迷入萬人心竅。近因這洛川水中，出了一個多情的仙子。日日替他販愁運淚，弄恨搬癡，大家忙個不了。今日聞得雍丘王曹子建，與他川上相會。待他到來，我們不免各顯神通，引入魔道，叫他拖泥帶水，一世不得乾淨。你道好頑不好頑？（眾）說得有趣，我們一同去來。（同跳舞下）（生上）

【北黃鐘·醉花陰】一夜愁連暗潮長，未相逢魂兒先往。待尋取烟花渡水雲鄉，試問他漁父漁郎，則一個俏西施何處網。

本藩因感神女之夢，約我洛川一見，似曾相識，未免有情，爲此減從獨行。思循幻約，只索走遭者！只見那流水一條長，可抵得夢中情千萬丈。（行下）（雲童擁雲，旦引貼、小旦、侍女上）（旦）

【南畫眉序】春水照新妝，夢絮愁花亂搖漾。倩羅裙六幅，畫出瀟湘。我因思慕雍丘，欲圖一晤。此時恐他在川上等久。仙童們，速速駕雲前去。（眾應行介）（旦）休認做俏巫神行雨荒唐，權學那瘦天女散花模樣。銀河一道休攔阻，怕有個黃姑相訪。（下）（生上）

【北喜遷鶯】尋不出鏡中影響，捉不著花裏迷藏。思也麼量，難道是神仙多謊。來此已是洛川。你看烟水茫茫，一望無際，那裏去尋他的蹤迹吓！爲甚麼他自冰心我熱腸，反爲了你麻姑癢。好了，遠遠望去，神光離合，想是那仙人降臨了，不免急急迎上前去。（喜介）我那仙人呵！如待我攜舟范相，錯疑他入畫王嫱。（下）（侍女，雲童引旦上）

【南畫眉序】窈窕水中央，若有人兮蕩蘭槳。看春陰如夢，睡了鴛鴦。仙童們按下雲頭者。（雲童）領仙旨。（散下）（旦）悔前生誤結愁緣，到死後未勾情帳。珍珠穿做相思淚，算只有鮫人看樣。（生行上）

【北出隊子】只見那羽衣飄蕩，是一片桃花影襯夕陽。那邊彩雲開處，分明現出一位仙子，兀的不使人魂銷魄蕩也！笑芙蓉不及美人妝。好一似水殿風來珠翠香，可許我買個蘭橈一葦杭。

（指旦介）看他脉脉含愁，盈盈欲語，待我聽他說些什麼來？（作徐步竊聽介）（旦）

【南滴溜子】這幻影非真，原無迹相，恁虛空挂礙，相思偏兩。咳！子建呵子建！蒙君繾綣，添我纏綿。豈不爾思，其如禮不可越乎？但能癡魂來往。只當是琵琶月下歸，欲不道胭脂雨中葬。試認取鏡裏纖腰，垂柳一樣。

（生）他那裏明明說着本藩，未知幾生修到，有此奇遇。可奈守禮謹嚴，不容親近仙姿也！

【北刮地風】看皎若朝霞閃太陽，活現出素羽明璫。算人間天上真無兩。袂生寒青女行霜,棟飛雲帝子臨江。珮搖風仙人撫掌,鏡傳神月姊凝妝。抵得過南海中普陀巖觀音現相,不能够共登樓吹簫騎鳳凰,煞强如楚君臣一夢高唐。

待我望空拜他一拜,看他作何光景?(向旦拜介)(旦)子建休得如此!你可認得我麼?(生)恍惚曾在夢中見過,未知仙姬來蹤去迹,乞道其詳?(旦)我的蹤迹,説起來和你要親就親,要疏就疏,煞是惝怳哩!(生)請教。(旦)

【南滴滴金】把前塵提起增惆悵,這絮果萍因難細講,寫不完一本零愁帳。(生)以何因由,眷愛至此?(旦)意中緣,君自想,休惹起鶯鶯謗。(生)此刻莫非還是做夢不成?(旦)是夢是醒,過後便知。當時如何明白?俺不過訴精誠煩鑒諒,莫説是魂魄無情,熱夢易涼。

(生)聽他言語迷離,使我神魂飄颺。我欲近前親熱一番,多少是好?(欲前忽止介)且住。雖説鍾情,豈宜越禮,不可阿不可。

【北四門子】絮沾泥休逐東風蕩,禁狂且漫詠蹇裳。怕迷津一落深千丈,越教人申禮防。仙姬怎地鍾情,使子建感深滄海。奈無寒脩之禮,未便自訂良緣。可不負煞卿卿也!但願得天久長,情久長,便算是死相逢,非渺茫。何必要行處兩,臥處雙。素心交,原只在性來靈往。

(旦)便是兒家呵!

【南鮑老催】水深恨長,纖蛾欲畫惟自商,明珠欲贈羞自將。只當是蝴蝶魂,鴛鴦魄,薜蕉帳,美恩情總不着春雲相。侍兒們,駕雲回去者。(雲童暗上)(生)天緣難合,尚求稍駐仙軿。(旦淚介)咳!渺渺此情,豈有終極,割愛貴忍,王其作速回頭,稍涉流連,便有魔障來也!風流略試當頭棒。則一片珊珊影,不過是非非想。(旦引衆下)

(生急趨介)仙子慢行,(呆立介)呀!早則去也。(衆魔上)(生)

【北水仙子】看看看,看雲氣涼。聽聽聽,聽佩玉鳴鸞空際響。恨恨恨,恨不多時斷送蘭香。剩剩剩,剩幾點青山眉樣。我我我,我所思兮水一方。但但但,但只有烟濤來往。(衆魔撲生,生驚避介)呀!方纔明明遇見美人,怎、怎麼此時撞着許多魔怪?難道是着了邪不成?待我收視反聽,定神一想者!怕怕怕,怕厲魄狰獰鬧睡鄉。莫莫莫,莫非是情天縹渺多烟障。呀呀呀,呀一霎裏,真和幻,兩茫茫。(衆魔同下)

(生)且喜心神一定,那些魔障都散去了。不免覓徑而歸。(望介)那邊不是我來的路途麼?你看又有一群人到也!(儀衛、內侍、僕夫推車行上)

【南雙聲子】排仙仗,排仙仗,看一縷宮烟漾。傳清響,傳清響,聽一路漁歌唱。(迎見生介)(內侍)天色已晚,請王爺回駕。(生)咳!中央宛在,溯洄無從,且自回去罷!(登車,衆擁行介)(合)行色莽,行色莽。歸思上,歸思上。趁前汀草綠,遠渡塵香。

(生)回頭一望,這境界好生恍惚也!

【北尾煞】水氣連雲鬱蒼莽,送愁人點點斜陽。則一座小天台勞夢想。

(衆擁下)

賦　艷

(丑上)小子生來乖巧,處處逢人討好。充當一個僕夫,跟了馬兒便跳。王爺見我喜歡,派做洛川鄉導。豆頂旌旆飄搖,足底烟塵亂繞。漸漸意氣飛揚,却笑晏嬰短小。王良被我嚇昏,造父見我拜倒。賽他絕迹飛仙,不數神行太保。昨日有個蹺婆,衝了王爺輦道。被俺盡力飛追,(笑介)誰曉得一日不曾趕到。區區非別,乃王爺駕前一個僕夫便是。只因做人伶俐,應對機變,王爺十分寵用,派在近身跟隨。區區生長洛川地面,慣喜訪尋古迹,捏造新聞,編些影響之談,創出希奇之論,不由人不聽了喜歡相信。昨日王爺從洛川回來,不知見了些甚麼,心中着實迷悶。今早內官出來,傳俺進去,怕有甚麼差使,只索伺候則個。(暫下)(二內侍引生上)

【越調過曲·小桃紅】羅浮春影太模糊,望不見梅花樹。也向夢中歸來,嬋娟消息至今無。妾如江上雲,歡如天邊月。明月幾時圓,閑雲散無迹。本藩自從洛川途中,遇見了那個仙子,依依不捨,忽忽若忘。不知那仙子究竟是何神明?且喜有個僕夫,是洛川人氏。因此着他進來,問個端的。或能明白,也未可知。咳!提起了異樣躊躇,放不下玉裁身雪凝膚。水爲神香傳語也,美人雲可在蒼梧。那裏去尋着伊瓊佩影畫羅裾?

(丑上)柳岸停車懷舊驛,芝田秣馬憶春風。王爺在上,僕夫叩頭。(生)起來。我且問你,那洛水中間,可有甚麼神仙?(丑)王爺問他怎的?(生)前日我從京師歸國,路經洛川,遇着一位仙人,故而問你。(丑)那仙人怎生模樣?王爺可還記得?(生)那仙人呵!

【下山虎】明璫月吐,寶髻雲梳。仙袂飄飄舉,春風畫圖。便不學驚鴻自然飛舞,知是誰家掌上珠?減一分嫌不足,增一分嫌有餘。認是非烟步,世間恐無。真個是卷上珠簾總不如。

（丑）那仙人見了王爺，神情若何？（生）說起他的神情，煞是可憐也！

【五韻美】鬢雲鬆，眉痕嫵，微波兩點通情愫。影翩躚，能使玉人妒。活時心許，死做了癡魂來補。嬌如訴，瘦欲扶，說不盡命短愁長，緣窮恨富。

（丑）那時王爺怎樣發付他呢？（生）那時幾乎不能自主，急忙斂神定性，儘力把持。這一刻功夫好不慎重哩！

【五般宜】猛可的兩條心，意粘骨酥。急守定一絲魂，義防禮拘。我未敢放誕擬秋胡，可不道秦氏有婿，使君有婦。怎學得裴航乞杵，尾生抱柱。非是俺孤負恁恩情，怕前頭鸚鵡語。

（丑）小人聞得洛川之神，名曰宓妃。王爺所見，莫非就是他麼？（生）據你說來，一定是他無疑也。咳！宓妃吓宓妃！教子建想煞你也！

【山麻稭】怎是個烟水長，神仙侶。怪不得矯若遊龍，迅若飛鳧。明珠，怕換不出離魂倩女。抵多少東墻窺玉，南山化石，西子臨湖。

昔宋玉賦神女，相如賦美人，描摹艷冶，思而不亂。既以抒寫情懷，亦以諷止遊蕩。我子建幸覯仙姿，何可不賦？內侍，取筆硯過來。（內侍）筆硯在此。（生執筆介）我那宓妃吓！以我才華，寫君風韻，不怕不全神活現也！（且唱，且寫介）

【黑麻令】驀見了雲車電車，仿佛在魂餘夢餘，認不出瓊姑貌姑。嫋亭亭翠蓋芝旗，畢竟是仙乎鬼乎？搖曳着香裾錦裾，渾不借花扶柳扶。送靈弦一霎悲風，何處覓魚書雁書。

妙吓！信筆揮來，神情綿邈，緒若春雲，潔同白玉。千古有情人，不當如是耶！僕夫過來。（丑）有。（生）你將這篇賦稿，賚往洛川，替我送在水中，不得有誤。（丑取賦介）小人理會得。正是：攜來霧縠烟綃賦，寄與瓊樓玉宇人。（下）（生）這賦流向川中，也見我與洛神，情不能已，分不能干，仙路有知，定應垂鑒也！

【江神子】我一點情苗未肯枯，不由人青鬢蕭疏。前在洛川驛中，只因撫弄玉鏤金帶枕，遂有斯夢。所謂伊人，在水一方。溯回從之，道阻且長。細想他肥瘦身軀，似神山引去有還無，誰替我補愁經小注。

內侍，明日可去訪一妙手，就將此事，寫他一幅凌波影，使普天下人見之，皆知我輩鍾情，庶合國風好色也！（內侍）領鈞旨。（生）

【尾聲】無聊偶作閑情賦，活寫出生塵微步。莫將這不着迹的相思會意錯。

祭　瀘　江

無名氏　撰

解　題

　　雜劇。清無名氏編撰。莊一拂《古典戲曲存目彙考》著録。該劇不分齣，爲清無名氏據楊潮觀《諸葛亮夜祭瀘江》改編而成。劇寫交趾國女王正載、正儀姐妹二人統領十萬蠻兵，進犯中原，後爲伏波將軍所滅，二人雙亡。其冤魂盤踞瀘江岸邊，興風作浪。往來人等，定要有人首做獻，方能平安渡江。否則，連人帶船均被卷入江心。當地百姓在江岸修建一猖神廟，過江前定要祭拜供獻。二百年後，諸葛亮七擒孟獲，平定南方，班師還朝途中，來到瀘江邊。衆將見江水咆哮，難以渡江，禀告諸葛亮。諸葛亮詢問送行的女酋忙牙姑。忙牙姑告知當地習俗，過江前要用七七四十九顆人頭並童男童女各一對獻供。諸葛亮認爲殺生祭鬼之法爲冤上加冤，實不可取。他決定以紙糊畫像替代童男童女，以麵包肉餡塑成人首，替代活人之首，並取名饅頭。隨即，諸葛亮命在江岸結壇，列燈四十九盞用以招魂。在夜静時分，諸葛亮親臨祭壇，蠻女歌幾曲之後，跳舞迎神送神。祭奠完畢，瀘江果然風平浪静。趙雲等率隊陸續過江。諸葛亮揮淚與忙牙姑告别，忙牙姑親自掌舵送諸葛亮過江。該劇今存清抄本，收入清無名氏編撰的《輕清雅韻》，爲傅惜華所收藏，今收入《傅惜華藏古典戲曲珍本叢刊》。今以《傅惜華藏古典戲曲珍本叢刊》本爲底本，參考楊潮觀《吟風閣雜劇》本，進行校勘。

　　（四鬼引丑王上，一大鬼拿捶）
　　（點絳唇[1]）碧瓦重灣，永慶安瀾。威儀架守住漢南，瘴氣流江岸。吾乃交趾國女王載是也。只因當初咱姐妹二人，統領十萬蠻兵，占住中華地面，以爲磐石之堅。不想被伏波將軍所破，兵喪將卒，咱姐妹二人雙亡。數百餘年，在這瀘江岸邊[2]，獨顯威靈，興波作浪。南漢人等往來，具要人首做獻，方許渡過。今早命妹子，手照銀燈，江邊巡哨，未見回來。（一鬼上）報，下小鬼頭在山下，打得人頭一支，與大王受用。（王）這個人頭不夠咱狼牙一嚼。（小鬼）這個人頭，比別不同，乃醉漢人頭，大王喫了，如糟豬肉一般。（王）妙吁！呈上來。（喫介）再去打來。（小鬼應下）（大鬼上，白）新鬼大，惡鬼小，冤冤相報。魔與十萬鬼頭到，我等蠻夷，被大兵所殺，死於刀兵。可憐亡魂飄蕩[3]，骸骨無歸，前來求女王神聖做主。（王）江邊聽令。（大鬼應，下）（一鬼上，白）善鬼欺，惡鬼懼，不談聲聲歸何處？不知鬼去鬼不去？我等亡魂兵將，死於刀兵，無計伸冤，前來求女神聖做主。（王）江邊聽令。（鬼下）（王）我聞蜀臣相諸葛亮，他今征蠻得勝還朝，走我瀘江經過。吾神若不興波作浪，覺得我南方，鬼也沒有呵！鬼魔過來，聽我一令，魔法無邊[4]，勿論南鬼漢鬼，都到瀘江岸邊，興波作浪。且等這些癡蠻子到來，出口惡氣。吾神受香烟，爾等也有享用。速去準備者。（板）阿彌陀，（又）惡人自有惡人磨。瓦罐不離井山破，咱要喫净水倚上波。（又）衆生好度人難度[5]，行不得也哥哥。（下）

　　（四將上，引吹上引）轅門一夜傳刁斗，塞旗王師驟征雲。（白）俺大將趙雲。俺前步先鋒關索。俺大將魏延。俺副將王平。（同白）請了。今有丞相南征反軍，有令升帳，我等在此伺候。（四小軍拿大刀引孔執毛扇上，引）秋嶺帥旗高，静烟塵萬馬爲鑣，一重重行過鐵繩橋。掀天波浪起，阻軍鋒神鬼嚎啕。何故更興妖？（四將參，孔白）站立兩廂。（衆應，孔白）莽莽江山入戰圖，生民何計棄樵疏。憑君莫説封侯事，一將功成萬骨枯。我諸葛亮。自五月渡瀘以來，戰住蠻王孟獲，把他七縱七擒，嚇得那八番九十三甸各洞夷苗，誰不輸誠奉獻。目下深秋天氣，且喜南方以定，奏凱班師。不期行至瀘江岸邊，陰風大作，江中黑浪滔天，軍馬不能過渡。前軍報到，這壁廂積年被猖神做祟，傷害生靈。有一女王酋，名喚忙牙姑，慣在祆廟跳神[6]，善傳神意。他今現領蠻兵相送，早已喚來也。（旦上，扎靠子打帽子頭一套—[7]）

　　【混江龍】鎖蠻天同居高標，奈把長蛇還，不是山神廟。不是他顯陰靈，怒氣溢波濤。誰認俺鬢雲堆，瘴眼花草。

　　（白）忙牙姑進。忙牙姑參。（四軍下，生）你就是忙牙姑？（旦禮）是。（生）你可將作祟瀘江，是何妖魔，從實説來。我稱此軍行，火燒祆廟。（旦白）咳，丞相！（唱）

　　【混江龍[8]】火燒祆廟，伊要來火燒祆廟。他血噴盤口吐着瘴雲高[9]，鬼哭神嚎。帶領着陰兵十萬臨江掃，不由你不入腹化糊喬。一個個猛將軍都推倒,敢是他女王城餘怒氣難消[10]。

（生白）有什麼女王城？（旦）丞相,這猖神廟有兩個女王,大的叫正載娘娘,小的叫正儀娘娘。他一對兒呵！（唱）是前生的胭脂虎豹[11],是後生的魂魄鷗鴞[12]。九尾狐空林風草[13],三齊臂的海月波濤。女王城也着不住他猙獰狀貌,軒轅鏡也照不出他形影蹊蹺。那吒臂風毛羽脅逢壺照,峨眉山魈。舊鬼頭不去陰君點卯,新鬼頭又來白日興袄[14]。（生白）有什麼新鬼舊鬼？（旦白）丞相,你賣弄精神,七縱七擒,那蠻兵番將,死於你手下的難道還少麼？（唱）一個個身膏了野草,一個個頭迎了鋼刀。赤律律橫騎着癩將走,閃時時身挺着地重搖。你看那銀坑山、錦帶山、石盤山屍軀殘骸堆墮,你看那牂牁郡、越嶲郡、永昌郡幾番剩壘蕭條[15]。又見那朵思王、烏戈王[16]、木鹿王亂紛紛拖刀落馬,又見那都涼洞、帶來洞、禿龍洞豁刺刺撲碌空掃。恁把那董荼那害的遭,伊把那阿會喃困的勞。伊把那答浪顛拖旗耽勞,伊把那突兀骨絕了根苗。伊把那金環王結連營掃,伊把那藤甲千軍一把燒。到今朝親仇索命都來到,萬鬼含冤怎的消？（生白）這些番鬼冤孽由來自做。還有什麼漢家鬼來？（旦唱）丞相啊！伊得勝的汗馬功勞,生還的旌旗逍遙。伊當初五十萬王師來到,看如今半年來有多少還朝？畢竟烟消,何曾增竈[17]？（白）就與那馬岱三千人馬,向日到這流沙渡口。（唱）只爲伊迫忙裏心事來到,一霎時裏斷送千條,伊道曉也麼曉？這命兒何處討？魂靈兒何處找？（白）不瞞丞相說,這瀘江一帶,自從你過兵之處,但添新戰鬼,不返舊真魂。（唱）那一日不泛軟刀梟,那一夜不鬼哭神嚎。每到天陰雨濕添悽楚,有影無形徹夜嚎。知多少雲來復去,雨灑風跑。把來往行人斷渡,早晚間立起雙廟。叫不住無情鵑血,吹不散遊魂絮叨。（白）丞相,你今日回兵到此,（唱）鬥着那遊魂渺渺,剩的任萬馬消消。他那裏殞身碎首心難死,伊這裏折戟沉沙鐵未消[18]。說甚麼比人受職,感痛煞你一將閑老。

（生白）既如此,我等軍馬怎的過去？（旦白）丞相,這猖神廟,往來番漢無人不祭奠而行。（生）你們蠻俗向日用何物祭奠？（旦）丞相不知,舊例不用雞豚[19],不用牛羊,只要幾顆活人頭供獻。（生）要多少？（旦）不多。每供獻一次,只要活人頭七七四十九個,還要童男一對,童女一雙。（生）說那裏話！我今事已平定,豈可殺十生奠鬼！況殺生人祭冤鬼,可不是冤上加冤。我自有道理。那童男童女,用紙糊像生人代之。這活人頭,可用麵包肉餡塑成人首代之[20]。（旦）丞相妙用。但不知這假人頭,可取何名？（生）像生會意,喚做饅頭代之。站在瀘江岸邊結壇,列燈四十九盞[21],一燈一個饅頭,陳設像生,招魂而祭。待等夜净之時,吾當親臨祭奠。你且轅門伺候,要你蠻歌幾曲,跳舞迎神送神者。(旦)領鈞旨。(下)(用羅尖頭下)(生)將士每,傳令結壇江岸,豎旗旛杆伺候。(下)(將白)丞相有令結壇江岸,豎旗旛杆伺候。(下)(內更鼓介,起鼓三咚)(關索上,白)(起霸)勒馬不過分水廟,將軍齊上祭風臺。(內三聲鼓)轅門打三更,丞相整冠合掌出帳來也!(二童引拿尾執劍生上,用法衣)(唱)

【清江引】嘆兒郎束髮從徵調,無端爲國殞軀早。盼家鄉萬里遥,骨肉憑誰告。空教我淚溫溫,灑不遍沙場草[22]。

(千擂羅打千丑於五方)呀!來到江邊,陰風慘慘,黑霧漫漫,好不凄凉人也!(小生白)請丞相拈香。(吹,生拈香)喚忙牙姑。(小生吹)喚忙牙姑上壇者。(旦共五人短衣五彩用白麻姑頭上,唱)

【清江引】將士轅門慘不驕[23],聽江心日夜波濤。泛鬼怒都七循燈消,净一片至誠禱告。

(生白)忙牙姑,你可先舞跳神之曲。(旦)領鈞旨。(合唱)(亂石羅鼓川懶叉離拿端鼓一頭)

【浪淘沙】一更鼓兒高,心血來潮。過江風明明閃浪高。你那披髮猙狂何處有?何處嚎啕。(二更)二更鼓兒高,風雨消草,看將軍回馬到河橋。你那陣上亡魂何處有?幡引相照。(羅十八川扇面分五方)(三更)三更鼓兒高,壯士提刀,看幾人征戰得還朝。(四人排面向外)你那憐國勳名何處有?何處功勞。(四更)四更鼓兒高,月上荒郊[24],照沙場短箭矢弓刀。你那骨肉聲名何處有?馬革水泡。(羅方十八排太樓圖五會齊)(五更)五更鼓兒高,漲水滔滔,看陰風慘慘銳氣高。奠滴(五人齊跪)桂酒椒漿何處有[25]?萬淚看抛。

(共起身站壇前,白)丞相至誠感召[26],亡人聽令,就此開讀祝文者!(五旦斜下)(外扮讀文官上,白)忽聞丞相宣,忙步上壇前。請丞相拈香。(生白)關索,代本帥行禮。(小生禮畢)(外念祭文[27])維大漢建興三年秋九月一日,武鄉侯領益州牧丞相諸葛亮,謹陳祭儀,享於故殁王事蜀中將校及南人亡者陰魂,曰:我大漢皇帝,威勝五霸,明繼三王。非自遠方侵境,異俗起兵,縱蠆尾以興妖,恣狼心而逞亂。我奉王命,問罪遐荒,大舉貔貅,悉除螻蟻。雄陣雲集,狂寇冰消。纔聞破竹之聲,便是先衰之勢。但士卒兒郎,盡是九州豪傑;官僚將校,皆爲四海英雄。習武從戎[28],投明事主,莫不同申三令,共展七擒。齊堅奉國之誠,並效忠君之志。何期汝等,偶失兵機,緣落奸計。或爲流矢所中，魂掩泉臺；或爲刀劍所傷，魄歸長夜。生則有勇，死則成名。今凱歌還，欲獻俘將，及汝等英靈尚在，祈禱必聞，隨我旌旗，逐我部曲，同回上國。各認本鄉，受骨肉之蒸嘗，領家人之祭祝，莫做他鄉之鬼，徒爲異域之魂。我當奏之天子，使汝等各家盡霑君露，年給衣糧，月賜廩禄，用爲酬答，以慰汝心。至於本境土神，南方亡鬼，血食有常，憑依具在，生者既懍天威，死者亦歸王化。想宜寧貼，毋致號陶[29]。聊表丹誠，敬陳祭祝。嗚呼哀哉！伏惟尚饗。請丞相親身祭奠。（吹打介）（生白）咳，天吓！想我陣亡兵將，當初動衆興師，國家原非得已[30]。誰知今日，遍地傷殘，生還者僅存鋒鏑之餘[31]，死事者爲國丘荒之外。生與你等同出，死不與爾同歸，老母嚎啕，妻兒向哭，此皆我之罪愆也。（小生）丞相，將士們理當殞軀報國，又蒙薦度洪慈，自當超生有路[32]，丞相且免愁煩。（生）宣忙牙姑。（小生）宣忙牙姑上壇者。（旦戎妝上）領鈞旨。（唱）

【駐馬聽】丞相壇高，早則見丞相壇高，只聽他哭奠亡軍如妣考。咱忙姑兒來到，寶珠瓔珞小身腰，爲他歌舞徹中宵[33]。早順風兒吹送過落魂橋，紙馬兒燒，臨風再聽咱淒凉調。

（生白）忙牙姑，你可再將亡者怨苦細說一番，用做送神之曲。（旦）是。

【折桂令】弄武排簫，通宵。聽鏗鏗鈴鼓鈴噹，銷他漢鬼愁，侑的蠻魂飽，只嘆猿鶴沙蟲孤弔[34]。總是向輪回走一遭，偏是你殘生誤了。

（白，向壇泣）想陣亡兵將，因死得好苦也！（唱）

【雁兒落】似群羊到頭怎逃，慘有餘沸頂相遭。誰不是貪生怕死人，誰不是父母懷中抱[35]。病將來一命鴻毛。回望家鄉萬里遙，血污了遊魂歸不到。誰不想妻奴夢繞，誰不念父母年高。一家家望夫石上號[36]，一個個思鄉臺前老。到頭來有什功勞。只落得無祀孤魂餒若熬，燐火沙場蔓草[37]。新貔貅陰靈未消，爲豺狼骸骨長抛。誰想你無故白人頭，誰知你執師丹心抱。聽空山鏗鼓聲高。壯士長入出漢朝，峭嶺兒快趕上旌旗繚繞[38]。（內鑼聲介）

（旦白）你看愁雲之間，千百冤魂，隨風而去，請丞相徹壇焚帛送神[39]。（吹打，生祭畢，四將上徹壇）（生白）左右，可將祭物盡行投入江心。天色黎明，就此起馬。（旦）丞相吩咐，蠻頭擺齊船隻，趁此風恬浪盡，送丞相過江。（下）（生）大小三軍，點齊船隻，按隊而行[40]，不可爭舟亂渡[41]。（四將同下）（小生）將士們！丞相有令，點齊船隻，按隊而行，不許爭舟亂渡。（丟人頭下，拋祭物，衆鬼搶下）（旦上，白）今傳得勝鼓，天助順風旗。蠻頭喚船，五方聽點。（起霸擂鼓介上）朱雀營放船，前隊將軍引隊開船。（趙雲上，女水手男棹夫繞）青龍隊放船，左哨將軍引隊開船。（關索照前下）白虎寨放船，右哨將軍引隊開船。（魏延照前下）玄武營放船，後隊將軍引隊放船。（王平如前下）（吹打，四將船旗同上，繞四門衝下）（旦白）豎起招搖旗，二十四隊遊軍往來，一應船隻，具以齊備。元帥中軍叩船，忙牙姑親自擁渡。請丞相登船。（下，吹打衆划船同上）（生上，衆空同）

【五馬江兒水】吾奉天威來討，群蠻服的牢。看百靈呵護，旌旗還朝。綸巾羽扇搖，深入不毛[42]，收了功勞。驚起魚龍偃卧，水面秋高，從此鋒烟怨終消[43]。金鼓還繞，金鼓還繞，齊看吳鈎勸笑。（白）你看前船已登彼岸了[44]。

【清江引】（行船，旦掌舵[45]）卷天風壓逐江波小，投鞭齊渡軍聲悄[46]。聽夷歌正高，望南山漸遥[47]。小回頭早不覺一榔羅聲到。

（吹同下，又上五方化分場）（生白）憑將兩眼淚，散却一江風。且喜全軍以渡。忙牙姑，勞你帶兵遠送，可將金帛等物，爲我分賞蠻兵。我今奏聞聖上，封你爲祝融夫人，示酬功勛。早早回去，勤宣政化，勿誤農時。和你蠻人，共事半年，今當遠別，不禁揮淚而行。（旦）丞相一片洪慈，人神感及。我這八番九十三旬，無恩可報，只有家家供奉你香烟。丞相請上，就此拜辭。

【清江引】到朝堂，還住青哀老，守戶多歡笑。太平年年高，齊居還加笑。（衆下）（旦）呀！（合）誰還想丈江山，把殉國忠魂弔[48]。

（旦下）（卒上，雜白）啓丞相，前面已是漢關了。（生）軍士們！擺開隊伍，就此班師。

【尾】報國從未敢憚勞[49]，但將軍戰馬多難料，休看取龍虎韜略容易了。（下）

鬼衣四件　猖神帽一頂　端鼓五面　醉漢頭一個　麻姑頭五個　風火扇一把

彩裙五條　鶴衣一件　方小旗五面　金木水火土法衣一件　童男童女一對

一尺長手執幡　蓮花燈七座九盞　雲幡一枝

校記

[1] 點絳唇："絳"字，底本作"降"，今據詞譜改。

[2] 瀘江："瀘"字，底本作"蘆"，今據文意改。下同。

［3］亡魂："亡魂"，底本作"黃昏"，今據文意改。下同。
［4］魔法無邊：底本作"藐法吾邊"，今依楊本改。
［5］眾生：原本作"中性"，今依楊本改。
［6］祅廟："祅"，底本作"顯"，今據文意改。下同。
［7］扎靠子："靠"字，底本作"告"，今據文意改。
［8］混江龍：此曲牌名，底本無，今依楊本補。
［9］瘴雲："瘴"字，底本作"丈"，今從楊本改。
［10］敢是他女王城餘怒氣難消："是"字，底本作"使"；"餘怒"二字，底本作"與奴"，今從楊本改。
［11］是前生："是"字，底本作"四"，今據文意改。
［12］鴟鴞："鴟鴞"，底本作"紙囂"，今依楊本改。
［13］九尾狐空林風草："狐"字，底本作"火"；"林"字，底本作"鈴"，今依楊本改。
［14］舊鬼頭不去陰君點卯，新鬼頭又來白日興祅：底本作"舊鬼頭不往隱居巔貌，新鬼頭又來白日閑邀"，今依楊本改。
［15］你看那牂牁郡、越巂郡、永昌郡幾番剩壘蕭條：底本作"伊看那殘國君、越賤君、永長君幾番勝壘消條"，今依楊本改。
［16］烏戈王：底本作"無故亡"，今依楊本改。
［17］何曾增寵："增寵"，底本作"爭造"，今依楊本改。
［18］折戟沉沙鐵未消：底本作"百世劫沉沙鐵未峭"，今依楊本改。
［19］舊例不用雞豚："例"字，底本作"列"；"豚"字，底本作"腿"，今依楊本改。
［20］人首："首"，底本作"道"，今據文意改。
［21］列燈："列"字，底本作"烈"，今據文意改。
［22］灑不遍沙場草："灑"字，底本無，今依楊本補。
［23］慘不驕：底本作"參步交"，今依楊本改。
［24］荒郊："荒"，底本作"慌"，今據文意改。
［25］桂酒椒漿：底本作"國酒消漿"，今依楊本改。
［26］感召："召"，底本作"照"，今依楊本改。
［27］外念："念"，底本作"合"，今依楊本改。
［28］從戎："戎"，底本作"戒"，今據文意改。
［29］毋致："致"字，底本作"到"，今依楊本改。
［30］原非得已："已"字，底本作"矣"，今據文意改。
［31］鋒鏑："鏑"，底本作"摘"，今據文意改。
［32］自當超生有路：底本作"只超中牲有路"，今依楊本改。

[33] 寶珠瓔珞小身腰,爲他歌舞徹中宵：此二句,底本作"把奉螢老小身腰,爲他辜負氣冲宵",今依楊本改。
[34] 銷他漢鬼愁,侑的蠻魂飽,只嘆猿鶴沙蟲孤弔：底本作"笑他含鬼愁,遊地慢魂胞,只嘆怨呵沙冲孤弔",今依楊本改。
[35] 懷中抱："抱"字,底本作"胞",今依楊本改。
[36] 上號："號"字,底本作"好",今依楊本改。
[37] 只落得無祀孤魂餒若熬,燐火沙場蔓草：底本作"只落得父子孤魂餒數可熬,臨夥沙場犯草",今依楊本改。
[38] 繚繞："繚"字,底本作"僚",今據文意改。
[39] 焚帛：底本作"穩牌",今依楊本改。
[40] 按隊："隊"字,底本作"對",今據文意改。
[41] 爭舟："舟"字,底本作"角",今據文意改。
[42] 不毛："毛",底本作"茅",今據文意改。
[43] 怨終消："終"字,底本作"宗",今據文意改。
[44] 彼岸："彼"字,底本作"比",今依楊本改。
[45] 旦掌舵："舵"字,底本作"扽",今據文意改。
[46] 投鞭："鞭"字,底本作"邊",今據文意改。
[47] 聽夷歌正高,望南山漸遥："正"字,底本作"振";"遥"字,底本作"腰",今依楊本改。
[48] 殉國："殉"字,底本作"循",今依楊本改。
[49] 憚勞："憚"字,底本作"撣",今據文意改。

耒陽判事

無名氏　撰

解　題

  雜劇。清無名氏撰。《清宮昇平署劇目》著録。劇寫耒陽縣書吏，見縣令龐統到任以來，不理政事，終日飲酒，積案百餘未判，民有怨言，心甚着急。於是進言相勸，龐統不僅不聽，反而斥責書吏，説積案皆是小事，有甚要緊，繼續飲酒。張飛奉命到縣查問，怒斥龐統不判民案。龐統立即升堂，令書吏將所有案子，連卷帶人一起帶入公堂，一一發落。不一會，百日積案盡剖判竣事。張飛始知其才，大爲敬服，請同去荆州見劉備。此時，龐統取出魯子敬薦書。張飛説："初見吾兄，何不將出。"龐統説："吾意當自識耳。"龐統對書吏自責認錯，認爲是良言相勸，不予計較。遂同張飛起程。本事出於《三國演義》。版本今有《中國國家圖書館藏清宮昇平署檔案集成》影印舊抄本《耒陽判事》，僅一折。今以《清宮昇平署檔案集成》影印抄本爲底本，進行校勘整理。

  （書隸上，白）簿書勞軼掌，刀筆苦匆忙。相逢這縣主，日日醉顛狂。我乃耒陽縣書吏是也。我家這位老爺，自到任以來，飲酒爲樂，終日醺醺不醒。民間狀子，已有□□□張。我再三催逼，只説些小之事，有何難處。只是一件，倘主公軍師聞知，差官到來查看，連我也有些不便。這却怎麽處？（想科）也罷！今日只得再將他苦勸一番便了。你看悄無動静，想是又在後堂喫酒了，待我進去。老爺有請。（連叫科）（龐統上，童兒扶科，龐統唱）
  【醉花陰】今日裏寄興村醪自消灑，一任俺優遊自在。用不着喧頭踏，挂門牌，峻峨峨着意鋪排，喬作那官衙派。（書吏白）老爺在上，書吏參見。（龐統白）咳！你這蠢材，大驚小怪。（書吏白）□老爺升堂理事。（龐統白）噯！（唱）俺安用坐琴臺，可知道醉鄉比天更大。

（書吏白）酒固然要喫的，公事也是該辦的。（龐統白）這樣些小事情，也放在你老爺心上？（書吏白）自老爺到任以來，接得民間狀詞，有百十餘張，還不發落，那民人怨望，倘然主公知道，老爺免不了要坐罪，連書吏也要責罰了。（龐統白）滿口胡說，不許多講。（書吏跪叩頭科，白）求老爺□□□些狀詞，批判以慰民心。幸甚，幸甚！（龐統白）你這狗才，絮絮叨叨，敢來小覷我麼？童兒看酒來！（童兒遞酒，龐統飲科，書吏連叩頭，哭科，白）只求老爺，判斷事情要緊。（龐統白）狗才！諒此小縣，有甚要緊。（書吏白）豈不聞聖人有云：曾有委吏矣，曰會計當而已矣；曾爲乘田矣，曰牛羊茁壯長而已矣！今老爺荒廢縣事，豈不有玷官箴乎！老爺要執意如此，則我書吏，敢請告退，不便在此伺候。（龐統怒科，白）這等放肆，還不□去！（欲打科，書吏白）老爺，老爺！我一片熱心腸，反遭你□□□面孔。（下）（龐統白）童兒，我醉也。待我盹睡片時。（睡科，軍校引張飛上，唱）

【畫眉序】特地向前來，只爲酕醄劣縣宰。（白）俺張飛。奉大哥命令，來查看龐統這廝，不免竟入。（童兒作驚叫科，白）老爺醒來，老爺醒來！（龐統白）斟酒來。（童兒白）哎，老爺！三將軍到了，還不快些迎接。（龐統白）好，正要他來。（相見科，張飛怒科，白）哇！你這廝好生可惡。你看他醉矇矓雙眼有甚奇才。不過是食肉嘗糟，空負了吾兄恩賚。（龐統白）三將軍，你且不必着惱。我龐士元，不曾遠迎，多有得罪。（張飛唱）合誰爲你不曾倒屣相迎候，只問你官箴安在？

（龐統白）量這百里小縣，有甚大事？（張飛白）你到任以來，接得狀詞百十餘張，不與民間分判，終日飲酒。今朝三將軍到此，還不叩頭請罪，口出大言，說有甚大事。（龐統白）元來爲此。三將軍，你且少坐，待我把這民間狀詞，判斷明白。你着吏典，吩咐傳鼓□門。（吏典白）吩咐傳鼓開門。（手下隸役、快手兩場門上，龐統白）取狀詞上來。（吏典作送狀科，龐統看科，白）一起人命事，告狀婦人賈氏，親夫周五，黑夜被人殺死，鄰居柳青親見。（龐統白）好淫婦！分明是謀殺親夫，還要抵賴。吏典！將這一起人犯帶上來。（吏典應，喚科，二役帶賈氏、柳青上，賈氏白）爺爺嘎！我丈夫黑夜被人殺死，現有鄰人可證。（柳青白）是小人親眼見的。（龐統喝科，白）哇！他與你鄰居，你黑夜在他家，必與賈氏通姦，分明是你與他謀殺周五，你還要強辨。左右，着夾棍伺候。（眾應科，龐統唱）

【喜遷鶯】你休得要巧言令色，嘴喳喳鬼弄喬才。（柳青白）小人怎敢，只是人命大事，小人怎生屈招，還求老爺詳查！（龐統白）由你說得天花亂墜，我也不信。左右，將這廝夾起來。（衆應，拿柳青，龐統唱）唉也波唉，可不道冤家路窄。（白）與我收。（衆應，柳青白）老爺不必動刑，待小人招上來。（龐統白）左右，放他招上來。（柳青白）周五原是小人所殺，着賈氏前來控告。與賈氏通姦有是有的，只不多幾遭。（龐統白）我曉得你，（唱）端只爲迷戀那裙釵，因此上起禍胎，到今朝誰容抵賴，頃刻裏皂白分開。

　　（白）賈氏，你還有甚麼強辨麼？（賈氏叩頭科，白）只求爺爺饒個初犯罷[1]。（龐統白）咦！左右，將他二人重責四十[2]，（衆應，打科，龐統白）帶去收監，依律立斬。（手下帶賈氏、柳青下[3]）（張點頭科，白）好，判得好，判得好！（吏典送狀科，龐統白）一起盜賊事。正犯一名胡徒，帶上來。（手下應科，帶胡徒上，白）老爺，小人乃本分良民，被人屈陷，望老爺昭雪。（龐統白）豈有良民爲盜之理。（胡徒白）實是冤陷的。（龐統白）當場現獲，贓證分明，尚敢強辨麼！左右，將他重打三十。（衆應，打科，胡徒白）老爺願招。（龐統白）着他畫供上來。（胡徒畫供科，唱）

　　【畫眉序】只爲圖於財，穿壁窬垣趂無賴。況真贓現獲，有口難開。更當前鏡朗秦臺，悉照出幺麽情態。實曾黑夜將人盜，死生一聽鈞裁。

　　（龐統白）贓還失主，將這廝按律治罪，帶去收監。（皂隸應，帶胡徒下）（吏典送狀科，龐統白）一起抵賴婚姻事，帶上來。（皂隸帶雜扮錢廣，小生扮吳文上，白）老父母，學生拜揖。（龐統白）你告錢廣，抵賴你親事，可是真情麼？（吳文白）學生口誦周、孔之書，身履夷、齊之行，豈有捏造之理[4]。錢廣與家父，指腹爲婚。今日學生一貧如洗，頓起賴婚之心。幸伊女守志不移，毀容爲證。望老父母鑒察！（龐統白）原來如此。（唱）

　　【出隊子】他説是家貧落魄，要把他錦鴛鴦兩拆開。（白）他那聘妻呵！（唱）碎花容桃片點妝臺，可知道原有婚姻期約來。（白）錢廣！（錢廣應科，龐統唱）只罵你個無恥貪錢老殺才。

　　（白）你這廝把賴婚情節，從實招來。（錢廣白）青天爺爺，念小人呵！（唱）

　　【滴溜子】只爲着交情上、交情上了無干礙，何曾有、何曾有通媒納采。（白）那裏曾見他家什麼聘禮來[5]。（龐統白）一言爲定，豈在聘禮。（錢廣唱）平空把人厮賴，（白）窮酸，窮酸！（唱合）你無端進謊詞思量貽害，你可想詩禮人家不顧罪責。

　　（龐統白）咦！這廝還要抵賴！你與吳文之父，指腹爲婚，還要什麼媒約！還要什麼聘禮！況你女兒堅貞不移，你又何必作此等傷風敗俗之事。

吏典,着錢廣招贅那生,即日完婚。姑念伊女貞節可嘉,免其處究。(下)(張飛白)好嗄,好嗄!(吏典送狀科,龐統白)一件淫僧被獲事。僧人一名靜空,尼姑一名定虛,左右,帶上來。(皂隸應,帶副扮靜空、小旦扮定虛上,白)老爺,我等清靜焚修,並無過犯,被公差無端拿來,望老爺不看僧面看佛面,超雪冤情。(龐統白)你不遵戒行,淫慾存心,敗壞法門,還敢強飾。左右,重打二十。(眾應打科)(龐統唱)

【刮地風】憑着你滿口蓮花胡亂開,用不着這謎語教猜。則問這兩人比翼風流債,可怎生般魚水和諧。卸却毘盧,恣意開懷,把絲縧權做了同心鸞帶。一心心是塵凡,把清淨地陡作陽臺。(靜空、定空白)老爺,怨女曠夫[6],王政所先。和尚無妻,尼姑無夫,求老爺方便。(龐統白)你這厮罪在不赦,還敢胡言亂語麼!(唱)你只思並蒂花連理枝雙情堪愛,戀歡娛無端惹禍胎。怎瞞得我湛青天風憲官階。

(白)將這奸僧淫尼,枷號示眾。(眾應科,帶下)(吏典送呈科,龐統白)一起拐帶逃走事。左右,帶上來。(皂隸應科,帶雜扮王恩同小生扮成兒上,王恩白)老爺,小人在途路之間,遇見這小孩子,憐他孤苦,有心收養,何嘗拐帶。他父親反告小人,冤枉冤哉!嗄,爺爺!(龐統白)成兒訴上來。(成兒白)爺爺,我父親着我買菜,到街市上,不知被這厮用甚麼法兒,迷惑小人。小人不知不覺隨他走去。到他家中,百苦備嘗。(唱)

【滴滴金】是他悄地將人拐,我信步隨行不自解。(白)一進他門呵!(唱)百般凌逼深堪駭,要作羹還作醢,盡情布擺。可憐我有淚惟偷灑。

(龐統白)王恩還有何說?(王恩唱合)只望青天,貴手高抬。(龐統白)左右,將他重打四十。(眾打科,龐統白)成兒釋放還家,將王恩這厮監候處决。(皂隸應,帶下)(吏典送狀科,龐統白)一起爲賭博事。帶上來。(皂隸應科,帶雜扮一秀才、一村老、一財主、一儻公子上,龐統白)爾等士農工商,各共乃事,敢於賭博,大干法紀,從實供來。(四人白)老爺聽禀:小人們都是至親好友,原做了一個千金義會,正當搖會之時,却被官差打進門來,拿做賭博,求老爺詳情超豁。(龐統白)謊也。你們說是做會,這一副齊全賭具,是那裏用的?況搖會也是常事,又何必關門閉戶?(唱)

【四門子】呀!格分明是伊行聚眾將盧賽,這賭場兒是久慣開。生生硬把公差賴,道將伊錯鎖來。你只好騙癡駃和小孩,怎敢在醉爺爺的跟前使惡才。(四人白)小人們知罪了,只求寬典罷!(龐統唱)你貪圖非義財,惹下災,却教俺如何輕貸?

（白）左右，將這四名犯人，速將大枷枷號縣前，兩月釋放，還家罷了。（眾應科）（四人白）多謝爺爺。（下）（龐統白）吏典，還有何事？（吏典白）不過有往返公文數角，呈老爺批發。（龐統白）這是什麼？（吏典唱）

【鮑老催】是遇荒避災，嗷嗷中澤鴻雁哀。（龐統白）這是什麼？（吏典唱）是遵奉明文，行保甲牌。（龐統白）這兩件交談地方去。（吏典白）是。（龐統白）這又是什麼？（吏典唱）是治道路通商賈開樵采，是僧尼度牒當查汰。（龐統白）還有什麼？（吏典白）一百日的事情都判完了。（跪唱）並沒有鼠牙雀角相拖帶，今朝始信君大才[7]。（龐統唱）

【古水仙子】呀呀呀！格您好歹；怎怎怎，格怎說道始信耒陽有大才；有有有，格有一個坐鳴琴不下堂階；又又又，格又有個王喬仙客；化化化，格化雙鳬去復來；俺俺俺，格俺一行兒來作宰；賺賺賺，格賺得個百日青田核內埋；那那那，格那裏有手批口斷無停待；學學學，格學不得范史雲當日冷治菜。

（白）掩門。（眾下）（張飛白）好才調也。俺老張是個粗鹵漢子，不知先生大才，適纔冒犯。（揖科）望乞先生恕罪。（龐統白）三將軍，某是一介庸愚，叨蒙謬譽，惶恐。（張飛白）左右，快備馬，待我與先生同去見大哥便了。（龐統取出書科，白）這是魯子敬薦書。（張飛白）既有子敬薦書，初見吾兄，何不將出？（龐統白）吾意當自識耳。（張飛白）只是老張今日冒犯，這却怎麼處？也罷，到荊州時，俺擺這麼大大的一席酒，請你老人家罷。（龐統白）不敢。（張飛唱）

【雙聲子】才情大，才情大，在牝牡驪黃外。糟丘愛，糟丘愛，欠不下琴堂債。（吏典跪唱合）是我乖，應痛責，眇視了英雄俊彥，滿口胡柴。

（龐統白）您是良言相勸，不計較你。（吏典叩頭科，白）多謝老爺。（張飛白）眾軍校，就此起程。（眾應行科，同唱）

【煞尾】看取今朝多歡快，遇扶搖，鵬奮天街。好看取焕龍章騰鳳彩。（同下）

校記

[1] 初犯："初"字，底本作"出"，今據文意改。
[2] 重責四十："重責"二字之下，原本還有此二字，疑係衍文，今刪。
[3] 帶賈氏："帶"字，底本作"代"。今據文意改，下同。
[4] 捏造之理："理"字，底本作"禮"，今據文意改。

[5]聘禮:"禮"字,底本作"裏"。今據文意改,下同。
[6]曠夫:"曠"字,底本作"壙",今據文意改。
[7]君大才:"大才"底本作"才大",今據文意改。

今存劇目

罵東風

萬樹 撰

雜劇。清萬樹撰。萬樹(？—1689)字紅友，又字花農，號山翁，江蘇宜興人。康熙初年舉人，未出任，後爲兩廣總督吳興祚召作幕賓。著有《詞律》《堆絮園集》《花農集》《璇璣碎錦》《左傳論文》和戲曲（今知）十七種，其中雜劇八種，佚；傳奇九種，今存《空青石》《念八翻》《風流棒》三種。劇本佚。《今樂考證》著錄。《曲海目》、《曲錄》亦著錄，云未刻本。敷演故事不詳。

梅花三弄

許明崙 撰

雜劇。清許名崙撰。許明崙，字訪槎，江蘇長洲人。許逸之侄。生平不詳。劇本佚，未見著錄。鄭振鋒《劫中得書讀記》中"陶然亭"條下云："寫范少伯、蔡中郎、陳季常事，仿沈君庸《漁陽三弄》而作。納蘭履坦爲之序。"不知敷演蔡中郎事爲何內容。

三分案

張雍敬 撰

雜劇。清張雍敬撰。張雍敬，字簡庵，自署風雅主人，秀水新塍人，康熙時人，生平事迹不詳。劇本佚，未見著錄，《古本戲曲存目彙考》云："張氏撰《醉高歌》劇《舟晤》折評語中，見此劇簡名，本事未詳。"該劇敷演故事內容不詳。

蔡文姬歸漢(中郎女)

張 塤 撰

　　雜劇。清張塤撰。張塤(1731—1789),字商言,又字吟薌,號瘦銅(一字瘦桐),江蘇吳縣人。乾隆三十年(1765)舉人,內閣中書。乾隆十九年(1754)作《督亢圖》《中郎女》(見《清客居士行年錄》)。劇本當演蔡文姬歸漢事。清趙翼《甌北詩抄》絕句一有《題吟薌所譜蔡文姬歸漢傳奇》四首,其詩中云:"褚君莫論紅顏汙,他是男兒此女流……莫被曹瞞詭竊名,謂他此舉尚人情。君看復壁收皇后,肯聽椒途泣別聲。"劇情可參見清南山逸史雜劇《中郎女》題記。

反 西 涼

無名氏 撰

　　雜劇。無名氏撰。未見著錄。李修生主編《古本戲曲劇目提要》云:"全劇一齣,寫三國時,曹操久有篡漢之意,懼西涼馬騰不服。夏侯惇獻計,請假傳聖旨召馬騰進京封爵,中途令董平再用假詔立斬馬騰,曹操從之。馬騰接旨後,吩咐兒子馬超留守西涼,自己帶侄子馬岱進京,中途被董平殺害。馬岱逃回西涼,報知馬超。馬超令三軍穿孝,點將爲父報讎。副將龐德殺敗董平,董平撤入潼關。潼關守將鐘繇,因關中兵微將寡,閉關不戰。副將曹洪私出潼關,敗龐德,但又爲馬超、馬岱所敗,遂將人馬紮於城外,等候曹操一起破馬超。曹操率兵馬剛抵潼關,馬超騎馬趕來,挺槍直刺曹操,曹洪急忙迎戰,曹操始得脫險。西涼兵怕曹操走脫,高喊捉穿紅袍的曹操,曹操慌忙棄袍。不久,西涼兵又喊捉長鬚曹操,曹急拔佩劍割掉鬚髯,但很快又被西涼兵認出,最後只得用鬚囊套住下巴,催馬而逃。幸遇夏侯惇、許褚保駕,登舟過江。馬超放箭射之,不中,始轉達收兵。"明傳奇《簪頭水》、清傳奇《鼎峙春秋》有此情節。清代京劇有《反西涼》。《古本戲曲劇目提要》稱"該劇版本有清抄本,一册",但不知藏在何處。故將此劇暫入存目。

文 姬 歸 漢

無名氏　撰

　　清無名氏撰。陳翔華《明清時期三國戲考略》載:《文姬歸漢》,存。無名氏撰。清姚燮《大梅山莊書目》"褚家雜劇"著錄此劇。有舊抄紅格紙本,傅惜華藏。傅惜華《清代雜劇全目》卷五,謂姚燮原藏本"今已不詳歸於何處"。傅氏將此劇列於"清中葉時期(下)",即嘉慶以前之無名氏作品,亦不知何所據。劇演蔡文姬歸漢事。按:陳説此劇"傅惜華藏",傅説"今已不詳歸於何處",説明傅未有此藏本。今見《傅惜華藏戲曲珍本叢刊》未收入此劇。不知此劇今藏何處。是存是佚亦不知。故將此劇暫置清今存劇目内,有待今後發現。

黄 鶴 樓

無名氏　撰

　　雜劇。清無名氏撰。劇本殘,存二折。周貽白《中國戲曲劇目初探》清傳奇類著錄此劇,謂"存二折,北平程氏藏"。然今未見。劇當演劉備、周瑜事。《重訂曲海總目》《曲目新編》《今樂考證》俱著錄清無名氏傳奇《黄鶴樓》,未知與此"程氏藏本"同否,待考。

傳　奇

今存劇本

補天記

范希哲　撰

解　題

傳奇。清范希哲撰。范希哲，清初戲曲作家，別號小齋主人，里居、生平不詳。順治前後在世。今知其有雜劇《萬古情》《萬家春》《豆棚閑戲》；傳奇《補天記》(即《小江東》)、《雙瑞記》。本劇《重訂曲海總目》著錄，題《補天記》，署無名氏。《傳奇彙考標目》著錄，題《補天記》，一名《小江東》，置於無名氏欄目中。其校勘記云："《補天》，小齋主人撰。"《今樂考證》著錄，題《補天記》即《小江東》。《曲錄》亦著錄。今見北京大學圖書館藏本，係清康熙刊本，分上下兩卷，各18齣。劇前有小齋主人(即范希哲)《小說》(即序言)，叙其撰此劇緣起。劇寫劉備與龐統領兵取西川，留關羽協助諸葛亮鎮守荆襄。劉備取了涪城，與龐統分路攻取雒城。龐統中伏，被亂箭射死在落鳳坡。劉備聞報大爲悲痛，命黃忠、魏延退保涪城，差關平往荆州請諸葛亮入川料理軍務、關羽鎮守荆襄，命劉封孟達代張飛趙雲守土，讓張趙率軍入川。諸葛亮臨行，關羽求諸葛亮指授鎮守荆襄方略，亮告"東和孫權，北拒曹操"。漢獻帝受欺，伏后請帝寫密詔交穆順出宮，令其父伏完勤王除曹。事洩，曹操將伏后杖殺，將伏完、穆順肢解並誅其九族，留獻帝以收人望，將女兒嫁獻帝逼册皇后。伏后游魂偶見補天闕主女媧，哭訴被操杖殺之情，請予報仇。女媧慈憫，允奏天帝。天帝憐伏后忠貞，令女媧修補。魯肅勉從孫權討荆州之計，設宴請關羽，甘寧、吕蒙設伏兵於江岸，待羽醉返棹時擒獲。劉備收川自領益州牧，晋關羽爲蕩寇將軍。羽受封拜印。忽聞魯肅宴請，拒關平勸阻，乘一葉小舟獨往。關羽與魯肅在臨江亭宴飲，魯肅提還荆州事，關羽以荆州乃漢土、吴蜀唇齒相依共撫曹操之至論，使肅心服，令甘、吕撤伏兵、希望"政返天王"，與羽同做一殿漢臣。關羽返棹，在江中救起溺水的周倉。關羽在審知周倉催糧回來，聞其江東赴宴，便輕舟前往護駕，沉溺江心之後，仍以倉擅離汛地，奔走鄰邦，定斬無赦。伏后顯靈，附身周倉，訴其冤情，令羽禀劉備，伐曹報仇，滅魏和吴；赦免周倉。魯肅主張和蜀抗曹，撤伏放羽。遭到吴侯詰責。吕蒙、甘寧與吴侯堅持降曹奪取荆州，魯肅不認同，恥與爲伍，聞甘、吕私自巡江，心痛吐血暈厥。甘、吕在船上飲酒，恰遇伏后。伏后請仙姑助她以東風吹吴船至江陵界，甘、吕被周倉擒獲，押回請功贖罪。關羽看魯肅之面，免傷鄰誼，放二將歸吴。魯肅知其情，讓二將前往關營致謝，二將不願，肅無奈寫書代謝。肅病危，臨終前留遺表呈吴侯，告誡甘、吕二將睦鄰殺賊。穆順陰魂無所依，上天遇伏后、仙姑。仙姑知其忠誠，指其去鄴都城。天帝敕封其爲五反使，設衛於鄴都城外。女媧念伏后思見天子，命夢神請獻帝、劉備、孔明、關羽、張飛入夢。華歆等臣，強逼獻帝晋曹操爲魏王。操女曹皇后恨奸臣而無奈。曹操在彰河旁建銅雀臺，筵前多置舞女歌姬，終日歡娛，仍有二願：平四海，得二喬。東吴來使，請曹發兵，合取荆州。曹操命于禁爲帥、龐德爲先鋒，率領七軍，攻取荆襄。女媧令仙姑引伏后去意中天，從天隙中看曹操下場。伏后從天隙中，見曹操杖殺己、晋魏王之情則恨；見曹操死入地獄受酷刑則喜；知己是吕后轉世，獻帝是劉邦轉世，曹操是韓信轉世，冤恨則釋。關羽久鎮荆襄，雄心未已，白髮將盈。費詩傳旨，劉備晋位漢中王，封關羽爲五虎將之長，命襲取樊城，克收漢土。關羽命祭刀，明日起馬。女媧命夢神召獻帝、劉備等入夢，與伏后相見。女媧因天運難逃、天機不可洩，僅讓伏后與獻帝相見叙苦衷，告劉備是漢宗枝，可繼禹志；諸葛亮才堪王佐，力足挽天；關羽張飛勁力赤心，完成各節。然後，女媧令伏后同獻帝夢魂回，歸漢京享殿，親送劉備等夢魂回。諸葛亮夢醒，感嘆要竭心力酬劉備知遇之恩。蜀中太守法正到相府叩問治蜀大義，亮告嚴刑峻法爲首務。關羽敗曹仁、擒于禁、斬龐德、水淹水軍，漢中王敕賜"威鎮華夏"一面大旗。關羽睹此隆，又聯想到夢中所見，深感壯志未酬，乃筑高臺，遥望神京伸臣誼，再瞻川隴謝兄恩，表示自今以後，横刀立馬，不解甲胄，掃盡孫曹，重安漢室。忽然聞報，孫曹兩下合兵侵疆域，關羽即下臺跨馬提刀迎戰。劇至此結束。然而劇作者在劇中人物下場之後，稱贊女媧氏以石補天，昭烈帝以身補天。諸葛亮以心補天，關雲長以節補天。張翼德以義補天，趙子龍以力補天。魯大夫以貞補天，周將軍以氣補天。本事出於元雜劇《關大刀單刀赴會》《三國志演義》，但故事情節多爲虚構，並有神話色彩。版本今存清康熙刊刻本《補天記》。另有清李漁笠翁閲定本。該本署"湖上笠翁閲定，小齋主人編次"。今以康熙刊本爲底本，參閲笠翁閲定本校勘。

小　　説

　　小江東之作,何所取義? 因見舊有《單刀會》傳奇一劇,首句辭曰"大江東去浪千疊",蓋言江水之大也。今則改而爲小者,乃以當日江東君臣,局量狹隘,志氣昇巍而説也。夫荆州雖寸土,實用武之地,誠得雄謀蓋世,四海歸心,如壽亭侯者主之,劉氏之存亡,操賊之成敗,未可卜也。無奈仲謀之流,計不出此,朝夕構釁,惟一荆州是問,漢遂以亡,操因以立。辛之樓船一下,銜璧稱藩,西蜀東吴,同歸於滅。悲哉,此江東君臣之所以爲小也。江東君臣之所以因小而得罪劉氏,更不小也! 然吴既小矣,又能坐踞東南數十年,兵不血刃,而屹然成鼎峙,此則伊誰之力也? 皆大夫子敬彌縫之力也。當赤壁之役,脱非大夫善計,視孫、劉爲一家,延孔明於上座,指揮三軍,運籌制勝,則小周郎之策,未必遂成磐石之安,又奚暇問荆州形鼎足乎? 大夫乃心王室,一秉至公,期去君側之惡,定撥亂之勳,與方叔、召虎,並爭光烈,較之關夫子心胸,無二轍也。不然,白衣摇櫓之舉,寧俟大夫身後而始行也! 議者不察,顧以桓、文霸佐之流置之,各立門户,亦惟荆州是圖,遂將臨江一會,演出關夫子之披堅執鋭,詭備百端,又奮酒力之餘,拳臂張馳,效鄙夫之排擊,嗟嗟以是而污人耳目,真可謂癡人説夢矣! 真可謂唐突聖賢矣! 予以感慨之餘,成此不經之説,不過欲洗《單刀會》一番小氣,以開聖賢真境耳。補天之荒誕,巾幗之喬奇,亦無非破涕爲笑,作戲逢場,如是觀也! 詞調之欠工,宫商之不葉,節奏之差池,事實之舛錯,此又望寓目者斧之鑿之,庶幾乎汗頻少釋。

小齋主人戲言

第一齣　開　　場

　　(水調歌頭)何必愁興廢,天心默轉移。唐陵漢寢,黄花滿地走狐狸。夢裏輸嬴誰問,醒來悲怨徒癡。謦笑總成非。下里雖堪鄙,清觴四座飛。留人計,勾情趣,道機微。有窮歲月,又牽繁緒久支離。半枕黄粱未熟,百年青冢旋迷。日日須教典醉衣。一曲昇平樂,聊將展皺眉。(末)
　　(沁園春)大節關公,酸心國母,神鬼驚奇。恨遭逢陽九,運終三姓,足智多謀較是非。計索荆州,臨江設宴,要學鴻溝一局棋。扁舟去,天空地闊,尺水杯泥。難期，周倉義勇，跨浪衝波去似飛。船到中流，英雄失利，補天闕主，播弄如嬉。伏后依人，營門顯聖，笑得全軍落鼓鼙。江東小，奸欺觸網，報應謹毫釐。

    大江東舊題原義，小江東古調新機。
    伏皇后呼天搶地，女媧帝較是詳非。

第二齣　勵　節　江陽

（生扮關帝上[1]）

【中呂·滿庭芳】心比江澄，人如嶽鎮，忠貞義勇無雙。正天崩地裂，殞日且星颺。一淚桃園萬古，嘆問關此志誰降？我還思想，這匡君事業，顧影徬徨。天涯誰問此戎衣，追想從前事事非。射鹿不曾誅漢賊，至今按劍且長諿。

小將姓關名某，字雲長，三晉之蒲州解良人也。我生則無奇，惟知死不足重；義從天付，何曾勢可移情。挂印封金，秉燭達旦，人常以以貞以潔論我，殊不知此皆世人應有之血誠；千里獨行，五關斬將，人又以以勇以忠壯我，更不知此皆子弟當行之本色。大哥劉玄德，嫡派天潢，深悉經權大義，三弟張翼德，城中義士，頗知天地網維。某與他們，一刻桃園之許諾，遂成萬載之心胸。日月在天，河嶽在地，須知義氣難消；生死無常，離合不定，反覺形骸有礙。可憐湊值國家凌替之日，無奈遭逢妖狐奮舞之秋。我大哥提一旅之孤軍，作天邊之逐客，與副軍師龐統，帶領將佐，克定西川去了。隨留諸葛孔明鎮此荊襄重地。又命關某協助，共成萬里金湯。今日閑暇無事，不免前往軍師署中，叩問經邦大計。周倉何在？（淨介上）膽大心粗不怕天，黃巾隊裏鐵衣穿。有時痛想當年事，滿目羞慚淚雨連。周倉叩頭，不知爺爺有何分付？（生）隨我往軍師那邊去。（淨應介）（生行介）（生）

【榴花泣】【石榴花】聲間刁斗，無事且徜徉，慢將今古細參詳。伊人周孔正無雙，他自方管樂，也只爲時傷。雖然暫借荊襄，實切階無寸土。曹賊之橫，時甚一時；吳蜀之氣，日削一日。若一旦首尾不得指使之宜，唇齒沒有依容之濟，大勢一移，不可復救，如何是好？【泣顏回】我思量怎當，看長江滾滾多風浪。倘一朝唇齒支離，那時節股肱同喪。

（淨）來此已是軍師衙署了。（生）報進去，說我到此。（淨報介）甚人在此？與我轉報一聲，關爺相訪軍師哩。（內雜上介）原來關爺到此，且請少

待。(介,下)(小生扮孔明上)

【繞紅樓】時事堪悲最可傷,真痛斷我柔腸。唇齒東吳,仇讎漢賊,勢不兩存亡。

(雜)關爺在外。(小)道有請。(雜請生進介)(生)軍師請上,關某參見。(小生)時刻追隨,何須拘執,請坐了罷。(生)告坐了。(小上坐,生旁坐介)(小)今日轅門無事,正將少息片時,不料足下到來,有失急趨迎迓。(生)不敢,關某以今日軍務略閒,特到尊前,懇求教益。(小)將軍實天下之奇才,人間之異品,文經武緯,治國安邦,那件不日盡善,如何反來問及不才也?(生)關某日侍軍師幃幄,但見軍師所行之事,俱是周、孔文章,皋、夔道德,何以軍師昔在南陽,自比管仲、樂毅,豈不大相徑庭也!(小)將軍聽禀。(生)不敢。(小)

【尾犯序】不才呵,一伎本無長,周、孔、皋、夔,何敢希望。不過耕稼終年,任干戈戰揚。(生)軍師實是王佐之才[2],所謂管仲、樂毅者,蓋喻共撥亂反正之一着耳。(小)難講。不特的王佐羞稱,只就這安攘猶誑。還只慮遺慚三顧,衾影早先惶。(生)

【前腔・換頭】軍師何必恁謙光,一念忠誠,萬世宗仰。請問軍師,管仲何如人也?(小生)匡君正義,濟弱扶傾,乃至人也。(生)正義匡君,一時的棟梁。還須細講,果然他尊周不罔,更應該大加安養。人臣誼,要功高不伐,生死報君王。

(小)將軍見理甚明,論事如灼,真正是闡發春秋之聖賢品格也。

【前腔】(小)春秋道義實無量,賊子亂臣,品遞陞降。如管仲、樂毅者,果是鶴立雞群,盡當時短長。(生)如今曹操所爲,當得如何定論?(小)休講。這正是強臣挾主,這正是清天霾障。(生)孫權何如?(小)孫權固不足數,然而與我爲唇齒之依,與曹有鼎足之制,亦可爲天生傑士也。那東吳地,長流大壑,天判肯荒唐。(生)

【前腔】分明指掌論興亡,鼎足三分,各人營創。若依軍師如此評論,這境界儼然大定的了。我這嘗膽臥薪,竟無勞頷頑。(小)雖如此説,天人之理甚微,也不在這區區逆料。(生)我還講。且莫論東吳曹操,且莫論是非得喪。只這荊襄地,支吾拮据,甚日少寧康。

(小)世事如棋,當機再着,誠不可以盡斷。(生)軍師之教極是,關某就此告別。(小)如此不及送了。

(小)一夕話偏長,(生)天花照石梁。(小)英雄空淚滴,(生)立志仰天王。

校記

〔1〕生扮關帝上：此五字提示，原本在曲牌後，今依例置曲牌前。下同，不另出校。

〔2〕王佐："佐"字，底本字迹不清，今從笠翁閱定本改。

第三齣　請　救　東鍾

（外扮劉備，包巾、袍服上）

【中呂·金菊對芙蓉】王事匆匆，衷情脉脉，男兒志願縱橫。喜人心多向，天意舒融。行如破竹歸如水，人如玉氣更如虹。還看取烟雲净掃，一鳴震遠，一舉凌空。

（外）地慘天昏墮日星，疾風勁草我勞形。孤窮豈計身存没，可恤天王在禁廷。自家劉備是也。天潢一派，托身萬里蒿萊，兄弟三人，矢志寸心日月。自從桃園結義之後，雖然身歷戎行，却也道存今古。私喜卧龍鳳雛之羽翼，更忻天時地利之扶持。赤壁之役，已得荆州；進蜀之機，旁搜關隴。咳，只為天王之土地分崩，又恨曹操之擅權矯詐，所以不得不作以尺則尺、以寸則寸之經營。況且人望之好惡難違，更喜魚水之朋簪可合，未免少存一點當行即行、要已難已之本念。邇來兄弟睽違，各守邊域，形容夢寐，不勝慘然。前着雲長二弟，同了諸葛軍師，固守荆襄，拒交吳魏，又令子龍、翼德，分防外鎮，犄角應援，真可為棋布星羅，永無兼顧之慮矣。我却率領關平、劉封、黄忠、魏延諸將，並同龐士元軍師，來收西蜀。且喜兵到涪城，早已襲取鄧賢、冷苞二寨，並誅楊懷、高沛、邠如。今與軍師龐統，分路同取雒城，早晚全川可得。只因前日諸葛軍師，有書告我，説道今年歲次癸巳，罡星正在西方，又觀乾象，太白臨於雒城之分，主於將帥身上，凶多吉少。是以鳳雛之行，我心慽慽。業差關平、劉封，前往打探去了，待他來時，便好進兵夾擊也。（外）

【瓦盆兒】兵進涪城，人心奮踴。論存亡興廢，天意可能通。我只為歲犯凶垣，罡星肆侮，吉少災洪。倘使軍機偶失，勢觸藩籬，何計靡疏悚？教予寢食俱窮。我那二弟、三弟呵，想此意還相共，看天邊雁影橫。

（末扮關平，丑扮劉封同上）

【不是路】誤入牢籠，一片軍聲勢擾虹，如潮洶。（見介）主公不好了！

（外介）却爲何來？（末、丑）軍師失利無旋踵。（外）仔麽軍師失利了，如今待怎麽呢？（末、丑介）箭如蝥，路逢狹處難逾踴，萬弩齊開似羽芃。（外）難道軍師死於伏弩之下不成？（末、丑）情難踵，那軍師將佐呵，都喪在落鳳坡前，做了盡忠冤冢，盡忠冤冢。

（外哭倒介）（末、丑救醒介）主公且莫悲傷，火速料理軍務。如今張任那廝，倚着得勝之軍，就來攻打我們營寨哩。（外）既然如此，我軍暫且退保涪城，着令黃忠、魏延堅守營壁。待我一面發書，就差關平前去迎請諸葛軍師，來理入川重務，其荊州一鎮，責令汝父控制，切須輯睦兵民，深謀遠慮，固守封疆爲主，勿得有誤。（末）是！（外）劉封！（丑應介）（外）汝可傳我兵符，帶領三千健卒，一同孟達前去，代回翼德、子龍二軍，共成破蜀之勢。（丑應介）（內喊介）（末）請主公早離此地罷，你聽喊聲大作，張任之兵到也。（外）分付大小三軍，就此拔營歸涪城去。（內應介）（合）

【尾】軍聲一片飛來勇，且暫守涪城莫抗鋒。少不得多算多謀道不窮。

（外）落鳳坡前恨，（末）伏龍書內言。（丑）吉凶前數定，（合）待救免愁煩。

第四齣　密　詔　家麻

（雜扮獻帝，舊冠服上）

【附錄·帝臺春】上天警罰，未識何人救拔？魂夢裏難撐達，愧死披霞佩憂。列祖群宗無限恨，禁不住衝冠怒髮。看寂寂長門，受盡酸辛苦辣。

（浣溪沙）域內誰知有至尊，徬徨旦暮總消魂。萬千心事與誰論？忠臣義士天涯去，厲鬼神魔眼內存。血淚潛教暗裏吞。寡人當今皇帝，國號建安，虛器空懸，長門久閉。自從十常侍之變亂，遂成千萬劫之煎磨。董卓未除，曹操又到，忠良遠退，讒佞盈朝。不特封錮幽囚，難以伸片言於口頰，更且影衾足畏，甚至忍凍餒於朝昏。尤可異者，貴妃董氏，曹賊公然勒死於朕前，國舅董承，曹賊早已滅門於頃刻。豈惟朕、后心寒，儼矣天人膽落。前查牒譜，有一皇叔劉備，乃是中山靖王之後，他雖跡處孤窮，實切志存匡濟。手下有個關某、張飛，悉係雲龍風虎。朕將依倚長城，意在掃除內難，不期又爲操賊所料，□焉逐走天涯！咳！此際此時，真令人一刻難過也。道言未已，伏后又早來也。（旦舊冠服上）

【三疊引】[1] 可憐四海如崩瓦，説甚稱孤道寡。試看淚痕新，莫問情真假。

（見介）願陛下早釋窮愁，得窺天日，嵩嶽岡陵，再當永祝耳。（雜）朕念與卿正同，惟望早成夙志。卿且平身坐者。（旦）臣妾告坐。（生介）（雜）卿呵，你看冷況侵人，寂寞難守，豈不痛死！（旦哭介）（雜）

【九回腸】【解三酲】說將來教人驚詫。鎮朝昏戒月悲花，看這離宮別院青燐怕。碧沉沉樹打群鴉，西風吹雨情無那。春色撩人病轉加，窺窗罅。【三學士】（旦）說甚麼帝城春暖鶯花姹，更難堪淚洗鉛華。鎮日裏雲凝寶鏡收裙釵，又何曾酒落瓊卮濺齒牙。（合）【急三鎗】但願得去官家，同耕稼，做一對村舍偶，並兼葭。

（小生扮內官上）咳，忠臣不是中臣做，做了中臣忠不成。自家本朝內相穆順是也。我穆順為何道此兩句？想我朝天下，自高祖皇帝手提三尺劍，削平海宇，混一寰區，四境清寧，萬方悅服。那時節，就不該樂以忘憂，常枕宦官而臥，猶不該官幃決計，屢誅碩望元勳。只因有此遺訓不臧，遂致漸爾法繩墮壞。你看你看，如今子子孫孫，受盡宦官之制；枝枝葉葉，常遭強項之欺。且不說那前代閒評，先朝往轍，只這見在目擊的十常侍，就弄得個鼎沸天崩，不可收拾矣！數年以來，曹操專擅威權，天子如同囚繫，忠良悉屏遠迹，各各自樹私門。我穆順雖有一點忠貞，誰肯信我這宦官傑出。咳！天呵天，教我怎生不氣憤也！皇上與國母，鎖怨長門，不思飲食，朝昏啼哭，血淚將枯，我只得匍匐前去，盡情苦勸一番，也還不知聖上肯信我否？來此已是官門，不免撩衣進叩。（介）（雜旦）穆順何來，有甚陳奏？（小生）奴婢啟上萬歲，那強臣肆虐，前古儘多，萬乘此身，大宜安養。目今四海之忠臣義士，尚不乏人；一代之禮樂典章，未經殘缺。倘勤王靖難者有其人，而祀享承祧者無其主，則我朝萬年血食，億兆生靈，作何依藉也？（哭介）還望聖主舒懷，娘娘釋恨的是。（雜、旦哭介）（雜）咳，穆順呵穆順！我朝高祖開創宏基，何等仁威遠震，後來孝武，克勤遠略，何等閎大規模！豈意運值朕躬，如此貽羞萬世，我就雖有寸心，也便難伸片語，我真正好不氣死悶死羞死愧死也！（介）（小生）聖上且免愁煩，倘有淵遠睿謀，不妨說與奴婢知道。（雜看小生不語介）（小生又哭介）聖上有甚御音，不妨懇求宣示。奴婢雖是宦官，却也心胸迥異，不可因噎廢食，養成杯影弓疑，望乞聖慈，俯垂昭鑒。（旦）臣妾遍看中官，只有穆順是個有氣節的好人，聖上若有心事，不妨大家參酌。（雜）倘機不密，反受傷殘，只是不說的好。（旦介）呀，聖上差矣，如此迤邐度日，不如早死為佳，何必再計這"利害"兩字也。穆順過來。（小生介）（旦）我父伏完，素有忠肝義膽，汝今前去，敕以靖難除奸；請皇上出一三指密條，令他們救我顛危家國，你肯去否？（小生）奴婢並非怕死之人，若皇上、娘娘命我赴湯蹈火，也不敢辭。這傳旨除奸，極易事耳，焉肯退縮。（旦）如此足見你的忠心。皇上速出一詔者。（雜）卿竟忘了董承之事耶？不可草草。（旦）臣妾早曾奏過，如此艱危，何難速死，不必躊躇，早請片割。（旦、小生送紙筆介）（雜遲疑介）（小生）萬歲不必遲延，娘娘之奏，實不差也。（雜）既爾等有此決烈肝腸，我亦不能中止，汝好爲之，勿我誤也。（寫詔介）（小生）奴婢怎敢。（雜）

【玉肚交】我筆難自把，咽喉嚨神荒眼花。只愁他大廈同傾，看一木怎生支椏？穆順穆順，你須潛蹤匿迹休浪嘩，風聲一漏非輕耍。（付詔介）（合）這機關半針莫差，這機關半針莫差！（旦）

【前腔】穆順過來。（小生介）（旦）你出宮去呵，須要妝聾做啞，到吾家把皇宣早夸。教他們砥礪忠貞，再不可肆言張謑[2]，速將家事付浮槎，且從國計勤敲打。（合前）（小生）

【尾聲】我辭君早去休疑疑，靖邦家計期及瓜，試看取轉日回天事可夸。

（雜）事機須慎密，（旦）電迅雷還疾。（小生）眼望旌捷旗，（合）耳聽好消息。

校記

[1] 三叠引："三"字，原本字迹難辨，今補。
[2] 張謑：疑爲"張譸"，意爲虛詐放肆。

第五齣　虎　峙　蕭豪

（雜扮王粲上）

【黃鐘·滴溜子】魏公的，魏公的，齊天福好；侍中的，侍中的，頌聲不小。滔滔詞源頗饒，星辰落彩毫，珠圓玉璨。速往階墀，拜投須早。

下官侍中王粲是也。目今魏公曹操，獨秉重權，滿朝震懼。他眼内久無天子，何曾叔孫禮法可拘。幕下廣布腹心，那見吳蜀英雄足畏？況已榮加九錫，豈難再上乎一階。每致親總六師，戒令不逾於三尺。將來漢祚遷移，未必天人不順。我想那些武官用命，自然汗馬先驅，惟我書癖生涯，不過數行拙筆。（笑介）昨晚草得短歌數句，今日不免前去稱述一番，豈不是個冷處燒香，希圖後望之要着耳！咦！裏面有人來了，不免侍立則個。（雜扮華歆上）

【前腔】尚書令，尚書令，華歆潦倒；也算個，也算個，漢朝元老。堅牢功名怎搖，文章在我曹。依山附島，且晚諮謀，寢興旋繞。

（見介）呀，原來王大人在此。（王）原來是華老先生。（華）王大人今日爲何來得恁早？（王）草得短歌一章，拜頌魏公功德，是以特特早來，還望先生贊助。（華）大人手筆，豈是尋常，萬載同聲，何勞借力。（王）好說好說，你看重門洞開，魏公早升座也。（各介）（副淨扮曹操，雜衆隨上）

【瑞雲濃】阿瞞奸狡，朝野人人盡曉。那知天運歸吾早。且謹藩籬，笑劉備孤窮，江東窄小。少不得如風疾掃。

一片雄心萬丈長，何勞錫號與封王。生前甘老曹丞相，死後文章不可量。自家曹操是也。以漢相之餘苗，運偷天之妙術。早清內難，漸平四海梟張；幽閉時君，大奮一朝巨手。孫權僻處邊隅，不過天涯疥癬；劉備潛依川隴，何難馬蹂彈丸。只因久事疆場，未免士民勞頓[1]。今且暫時晏息，還須確計萬全。（介）你看外面官兒們，又早前來參謁也。（雜報介）尚書令華歆、侍中王粲進。（王、華見介）（副淨）二位早來，有何陳稟？（王）小官撰有短歌一章，稱述魏公功德，敬此拜呈，伏惟采擇。（副淨）這等生受侍中了。（王）不敢。（副淨）即煩侍中，爲我歌之。（王）敬遵台命，詞曰：從軍有苦樂，但問所從誰？所從神且武，安得久勞師。相國征關右，赫怒震天威。一舉滅獯魯，再舉服羌彝。西收邊地賊，忽若俯拾遺。陳賞越山嶽，酒肉逾川坻。軍中多饒沃，人馬皆溢肥。徒行兼乘還，空出有餘資。拓土三千里，往返速如飛。歌舞入鄴城，所願獲無違。（副淨）好，果然絕妙好辭也！只恐德薄難堪，有辜屬望耳。（王）不敢，魏公今日呵！

【啄木兒】是斯文主氣節豪，暫作王臣把群孽掃。看天心人意同歸，算大授神敷非渺。我這迂儒俚句何堪道，自有口碑萬載相臨照。早看取堯舜當年事不遙。（副）

【前腔】休過譽，莫浪褒，我謹慎謙恭還自考。爲邦家恩怨宜忘，躬吐握事機煩擾。我之大願，不過生作征西將軍，死封曹侯之墓，此心足矣！又何曾逾分越寸縈懷抱，寅儕因甚胡猜料。若我不在朝中，此時漢祚流離，不知移於何氏矣。真正是，一線存亡屬我曹。（華）

【三段子】丞相呵，幹旋非小，勤旂常功垂土茅；退安志高，濯澄源甘心許巢。只恐群情未肯違宏造，逼來歷數難驅拗。訟獄謳歌，萬方同表。（雜扮許褚上）

【前腔】說來堪惱，他遣中官蕭蕭出朝。我是桀家犬獒，自合向堯門嘯嗷。(介)許褚進。(副介)許將軍,你爲何事這等慌張?速速備陳始末。(許)他私啓長門輕瞻眺,中官逸出難參料。我只得疾速馳來,報聞須早。

(副介)怎麼?竟有一個中官出朝,何不爲我拿下!(許)未奉鈞旨,焉敢拿他,火速報聞,聽憑裁奪。(華跪介)既有内官潛出宫闈,必往誰家傳達上意,不若小官前去,緝探情由,就來報覆[2]。(副介)如此甚好,汝當細細留心,不可草率誤事。(華)這個自然。那中官呵!

【前腔】縱有萬分機巧,華歆前如何躲逃?(副怒介)(華)丞相在上呵,不須過焦,一時間情昭罪昭。他便驪龍頷下輕來弔,驅羊犯虎堪悲笑。火逼城門,禍連池沼。

(副)你去速速細探明白,星馳報我知道。(華介)謹領雷霆敕去,即時風火回來。不是臣心窄狹,只圖九棘三槐。(下)(副)有這等事?華歆雖去,我正心懸,作速自行,方克有濟。王侍中且回官署,許將軍隨我進朝,要拿住中官,細加審問,方得明白此事哩!

【尾】奇蹤秘迹情堪惱,是何人做他牙爪?定要去拿了中官,嚴加刑訊考。

恨小非君子,無毒不丈夫。何事輕來去,潛通蜀也吳。

校記

[1] 未免士民勞頓:"未免"二字,底本字迹不清,今從笠翁閱定本補。
[2] 就來報覆:"就來"二字,底本字殘,今從笠翁閱定本補。

第六齣　機　敗　尤侯

(小生介上)

【中吕·粉孩兒】今日裏,出朝堂身顫抖,喜奸雄疏曠,我便放心前走。(喜介)咳,我穆順好造化,早辰奉着萬歲爺的密旨,一則天子威靈,二則神聖擁護,那奸賊可可不在,我便一道烟走了。我却如飛疾去天際頭,救忠良報復此仇讐。好個伏太師,好個伏太師,他一見見了這聖上的密詔呵[1],(哭介)淚盈盈氣絕魂飛[2],(恨介)烈烘烘腸斷肝剖。且不必說他痛哭的真心,憤恨的實迹,只這主意就高得緊了。他說朝中文武都是曹操黨羽,難以動搖,必須發一密劄與那江東孫權、西川劉備,令他舉兵於外,操必親自督師禦敵,待他一出京城,即好便宜行事矣!妙妙,真好計策,真好主意!我如今取了回奏的密疏,作速回復聖上去。

【福馬郎】我火速歸朝,且莫曠延時久,怕宮闈坐等呆呆守。(下帽介)我把這道密疏,且先藏在帽裏。(介)呀,來此已是端門了[3],(介)看有人來否?(介)呸!我穆順真好癡也,我的氣如虹貫斗牛,何必喑啾啾,且閉支離口。

罷,我大着膽進去罷。

【紅芍藥】行行到此,何用他求。問前途,生死難侔。若見了冤家相窮究,奈時何不能輻輳!(内喊介)中官住着。(小慌介)呀,不好了,不好了!休休,聽喝聲似虎彪,把驚魂墮落巖岫。早難道天運如斯,剛遇着冤對相遘。

(華歆同雜介,上)誰人私奉天王使,惟我專承宰相差。你是何等樣人,擅敢出入此地,快快實説。(小生)哦,原來是華老先生!華老先生,你便不認得咱家了麽?(華)你是那個?(小)

【耍孩兒】我是穆順中官無錯謬。(華)既是中官,出宮何幹?(小)奉着宮中語,爲尋醫逸出非訛。(華)何人有病,要你命醫。(小介)閑愁,正宮裏人兒腸胃疚。(華)既是娘娘有病,怕沒太醫疹視,要你出去延請麽?(小)急切間沒個醫人湊,因此聖上呵,命予急去忙馳驟。

(華介)左右搜揀。(雜介)(小脱衣介)(雜搜介)身邊並無夾帶。(華介)再搜。(雜又搜介)果無夾帶。(小)既無夾帶,穆順去也。(小)

【會河陽】夾帶全無,我心自由。衣冠依舊且悠悠。(華)去罷。(小介)我如流,把脚跟早抽。(跌介)(華)住着。(小介)既無夾帶,住着何用?(華)看你慌張得緊,定有夾帶。(小生)休多細籌,偶一跌非乖謬。這簪頭,水滴破莓苔溜。裙頭,新結上生綃扣。

(内)魏公到。(華)你看魏公親自來也。(小慌介)(副淨同許褚、雜介,上)(副)天命原歸我,人心欲向誰?(華介)原來丞相親自到此。(副)我想官裏出來之人,未必服汝查勘,所以只得自來。(小介)丞相在上,穆順參見。(副淨)穆順今日出宮,奉着何人差使?(小)娘娘偶有急病,聖上命我尋醫。(副淨)醫在何處?(小生)急切未有。(副淨)唓!與我剥去衣冠,細加搜揀。(許剥小衣,小自除帽子放地上介)(小)

【縷縷金】衣冠去,性命休。我死何關切,不須尤。可惜忠臣輩,一齊災咎。君王國母盡浮游,中官伎卑陋,中官伎卑陋。

(雜)没有夾帶。(副思介)既無夾帶,他輕身出宮何用,其間必有口傳的密敕了,少不得還要帶到府中細審,這衣冠且與他仍舊穿戴着罷。(小穿衣介）（戴帽差介）（副）住了，帽子裏邊，必有夾帶，速取上來。（許取帽介）（小生奪介）（衆介）有夾帶。（華取送副净看介）（副怒介）原來穆順奉詔出宮，敕令伏完害我，可惱可惱。（小生）罷了罷了，事已彰露，説不得了。曹操你這好賊，你只好欺壓君王，踩殘近侍，倘一旦吴、蜀加兵，你就該碎屍萬段哩！

【越恁好】你這衣冠禽獸，衣冠禽獸，禍機未到頭。一朝勢敗，萬刀攢銼把筋髓抽。（副）與我綁了。（衆綁介）（小）忠臣受死天地愁，任伊羈紐。（副）你敢要學十常侍也？（小）你敢要學王莽、董卓也？（副）掌嘴！（衆打嘴介）（小含血噴介）口兒裹血，滴滴從心透；眥兒盡裂，節節從膚膝。

（副）許將軍，你把穆順押去，拿了伏完，一同肢解，各家老幼親支，一概盡行誅戮，速來回報。（許應介）（小介）曹操曹操，我在九泉之下，單單等着你也。（介）恨不生前嚼汝肉，定教死後寢伊皮。我那聖上、母后呵，伏老太師呵！（許、小、雜介，下）（副）華先生爲我入宮，先收伏后璽綬，我就隨後到也。（華應介）董妃屍未冷，伏后命將傾。（下）（副）這等可惡，我今不免進宮，殺了帝后，竟自君臨天下，有何不可？（介）且住，目今四海英雄，惟有吴、蜀兩處强悍難制，那孫權已經納款，況且局量卑污，還不足懼。只是劉玄德新進隴、蜀，諸葛亮坐守荆、襄，不可輕爲摇動。罷！且留這個厭物幾年，借他收拾人望便了。那伏后是，（恨介）定要置之死地哩。（副）

【紅綉鞋】應知伏后難留，難留。教人想起心憂，心憂。東吴地，好懷柔。諸葛亮，怎干休。一腔憤恨躊躇，躊躇。

【尾聲】曹瞞應運誠天授，又何必許多僝僽。殺不盡卧榻奸雄，還有這宫内婍。

大欲久存心，無端鬼魅侵。刀頭剩殘血，口内且長吟。

校記

［１］他一見："他"字，底本殘，今從笠翁閲定本補。
［２］魂飛："魂"字，底本殘，今從笠翁閲定本補。
［３］端門："端"字，底本字迹不清，今從笠翁閲定本補。

第七齣　天　　泣　齊徽

（雜）

【南吕・臨江仙】天子人人堪挾制，依依只有夫妻。（旦）夫妻未必幾時依。(合)他早辰賚詔去,此際影迷離。

(介)(旦)萬歲,穆順此際不回,臣妾好生牽挂。(雜)寡人亦是如此。咳!我那天地祖宗呵,難道我劉協之果不能君臨天下也,難道我家氣數果該盡也?

【紅衲襖】我只得問天心把曆數推,協之呵協之,你還須算前生應甚罪?那曹賊呵,他抑封章不輕教半字窺,禁長門緊緊的森嚴衛。咳,伏后呵伏后!(旦)萬歲!(雜)我愁只愁穆順乖所事違。(旦)穆順謹慎小心,決不悖違乖謬,萬歲放心。(雜)我又還愁汝父親多瞻畏。(旦)我父何等忠誠,敢生疑畏。(雜)既然的爲甚窮日還延不見回宮也,好教人側耳凝眸蹙兩眉。(旦)

【前腔】告君王再休疑穆順違,更休猜我父親多瞻畏。(雜)此時也好回宮覆命了。(旦)計周詳又何妨日影虧,事完全那怕得遲年歲!(小旦急上)呀,萬歲爺,不好了!(雜、旦)爲何?(小)震乾坤一聲聲殺氣摧,(雜、旦)甚人進來呢?(小)華尚書進宮門駭得這宮嬪潰。(雜、旦)他爲甚因由如此妄動行凶也?(小介)還說道丞相雷霆也後隨。

(雜)如此說來,所事敗矣。如何是好?(旦大哭介)若果此事一失,臣妾自當萬死,只是有累聖躬,奴心不忍。(雜)事到其間,說不得了。卿且暫在夾壁之中藏着,待朕見他,看他如何發付?(旦)臣妾怎敢偷生,致累聖躬耻辱。(雜)朕不妨事,卿且速避。(小扶旦介)暫作藏形計,還愁攝影虧。(下)(華介,上)眼中那怕真天子,心上時驚狠魏公。(見介)萬歲之前,臣應叩首。(雜)華卿到來,有何事幹?(華)遵奉魏公鈞旨,來收皇后璽綬。(雜)皇后無罪,爲何要收璽綬?(華)臣實不知,魏公也就到了。(雜)倘或魏公來時,還望華卿遮護。(華)雖如此說,皇上也要小心。(雜哭介)(副淨同雜持棍介上)

【前腔】我怪昏君恨怎移,他斥朝臣親奴婢。(介)聖上做得好事也。(雜)寡人並無他作,還望丞相海涵。(副淨)穆順何在?(雜介)(副淨)你要施爲,也還須細忖維,亂朝綱一味裏欺天地。(雜)寡人怎敢欺天,丞相細加詳察。(副笑介)還說不欺天麽?吾以誠心治天下,汝等反欲害我,天豈能容,自然破敗。華歆!(華介)(副)進宮來曾見伏后否?(華)不知藏匿何處,未曾搜緝。(副怒介)還不速搜,更待幾時。(華應下)(副拉雜介)我要去汝,又有何難!但我以周召之血忱,養孔孟之氣度,不肯爲耳。我靖封疆敢偷安肆委蛇,立朝端早辦個伊周計。都是你不識賢愚要把我忠藎誅夷也,全不想萬國分崩四海離。

（推雜倒介）（華揪旦上介）華歆於夾壁之中，搜得伏后在此[1]。（副）好皇后，好皇后，扶助皇帝，做得好事業也。（旦）事既不成，悔之無及，悔之無及，不識還可活我否？（副）我不殺汝，汝必殺我，安可兩立耳！（旦大哭介）呀，聖上呵，如此說來，真個不復相活也。（雜扯旦介）卿呵，寡人之命，亦不多時，汝在前途等我罷。（副推雜介）汝獨不知紂爲妲己亡、桀以妹喜滅、周以褒姒衰之故轍乎？華歆促入寢宮，好把官門牢閉者。（華）皇上休忘丞相之德，請自便罷。（推雜下介）（旦介）曹操奸賊，你好狠也！（副介）你還如此強橫麼？（副）

　【前腔】你這等牝雞晨亂四維，須早做化鶴歸辭丹陛。（旦）我那聖上呵，你錮深宮似緦縲，制強臣如兒戲。（副介）這樣時節，還敢鬥口，左右與我拽出官門，亂杖杖者。（各拽旦繞場一回，作出官勢，隨亂杖打介）（旦跌叫一回，氣絕介）（副）誰叫你蠆蜂心列鼓鼙，誰叫你劍戟謀摧忠義。（旦醒介）奸賊，你好狠呵！（副介）與我再打。（衆再打，華奪杖亦打介）這番真正死了。（華揪髮與副看介）果是死了。（副）若果氣絕，華先生，與我將他屍首，草席包裹，一同伏家衆屍安置者。（華應，拽旦髮介）今朝握髮推丞相，異日勞心問史臣。（介，下）（內雜哭介）我那伏后呵，寡人怎割捨得你。（副介）皇上不必如此痛傷。（介）也罷，臣有一女，聰明賢孝，正可母儀天下，擇吉進官，冊爲國母罷。只看我一點忠心到處裏曲盡人情也，你還這皂白無分浪忖疑。咳，我曹操若或有乖臣節，今日就該改號革年矣。正是：

　　曲守伊周節，羞爲堯舜名。世人休痛罵，天地也逢迎。

校記

[1] 搜得伏后："搜得伏"三字，底本殘。今從笠翁閱定本補。

第八齣　交　印　東鐘

（末）

　【中呂·番馬舞秋風】浪迹浮蹤，奔走天涯道路窮。只爲收川失利，鳳雛鍛羽，去請人龍。自家關平是也。主公困守涪城，特請軍師往救，是以星夜前來，不敢少遲片刻。那皇叔呵，似巨鰲涸竭錦雲空，諸葛軍師與俺父親呵，似登壇宰相長城重。兩下裏星門列五戎，少不得終奏着昇平頌。

　　來此已是大營門首，不免擊鼓而進。（擊鼓介）（淨上）門開邊月近，戰苦陣雲深。唉！什麼人擊鼓？（見介）呀，原來小將軍到此。（末）周將軍見禮了。（淨）小將軍見禮。不知將軍到此何幹？（末）緊急軍情，要見家父。（淨）少待。（介）周倉啓事。（內）啓甚麼事？（淨）小將軍關平到此，説有緊急軍情叩禀。（內介）候着。（末、淨應介）（作吹打開門介）（生）

【菊花新】轅門鼓角不須雄，眼底何曾有落虹。麟閣豈圖功，只討個此心不恐。

（作開門，淨見介）小將軍關平，星夜到此，現在轅門。（生）着他進來。（淨傳末進介）（生）你來何干？（末）皇叔有書在此。（送書介）（生介）原來是與諸葛軍師的書，敢是皇叔出軍，有些尷尬麼？（末）皇叔兵到雒城，被張任那厮，埋伏勁弩於落鳳坡前，竟把龐軍師亂箭射死了。（生驚介）如今皇叔何在？（末）幸喜分兵兩路，皇叔得免傷殘，現今困守涪城，特請軍師疾往。（生）周倉，速請軍師。（淨介）軍師有請！（內又吹打介）（小生）

【前腔】南陽正好睡方濃，何事頻來迫我從。三顧狠牢籠，盡吾誠血心顛踵。

（生）關某參見。（小）將軍少禮。（淨）周倉叩頭。（小）罷了。（衆各見介）（生）關平星夜前來，皇叔有書呈上。（送書介）（小拆介）（末見介）小將關平叩見。（小）遠來辛苦，免了罷。（小看書哭介）原來龐士元爲伏弩射死了，前日不才原説，正西一星墜地，不利軍師，誰知果有此驗，我那士元呵！（生、衆同哭介）（小）皇叔書上，令我即往涪城，料理軍務，這荆襄重地，全在將軍矣，須索小心留意。（生）大丈夫既領重權，當圖死報，不勞軍師過慮。（小）速取印綬、旗牌過來，即刻交代。（衆介）（小）雲長公呵！（小）

【泣顔回】只這天將下三宮，長江萬里空濛。柔懷綏撫，湍湍戒慎彌恭。你莫隨一勇，看機宜算定休匆冗。計安閑不動如山，變非常正奇千種。

（吹打交印介）（小）分付隨從人員，就此起馬。（生）還望軍師，指授方略。（小）將軍乃當世英雄，一時柱石，不特文武雙全，兼且仁義充塞，何事不詳，何籌不到，安用不才多置也。（生）粗豪魯莽，不達經權，統望指揮，耳提面命。（小）既如此，不才有個應敵之着，請問將軍。（生）願聞。（小）荆州北當曹操之要衝，東實孫權之門户，倘一兵臨，何爲堵禦？（生）以力長驅，何難撲滅。（小）設使孫、曹合力來攻，將軍又何法拒？（生）分兵兩應，何又他謀。（小）如此則荆州危矣！（生）再望軍師明教。（小）我有八個字兒，將軍須要牢記。（生）是那八個字呢？（小）東和孫權，北拒曹操。（生）軍師藥石之言，自當銘勒肺腑。（小）不才就此拜別。（各拜介）（小）

【前腔】江東意氣可能通,唇齒相依休閒。親賢下士,莫教侮慢群雄。阿瞞勢勇,挾天王、暗自堅磐鞏。跨荊襄要辟黔滇,霸中原不忘川隴。

(生)我兒關平,好生伏侍軍師前進。(末拜生介)孩兒去了,望乞爹爹十分保重。(末)

【千秋歲】措麼躬,拜別心兒悚。看叠浪層波洶湧。南北衝邊,南北衝邊,當不過、勁敵兩相交橫。濟軍糈,資屯種,集哀鴻,群聲頌。還望多珍重。願風恬浪靜,放馬安農。

(生)眾將擺齊隊伍,遠送一程。(眾應介)(合)

【前腔】驟花驄,鞭策雕鞍鞚。高聳聳旌旗颭擁。一派簫韶,一派簫韶,遝邐戴德稱功雷動。欲扳留,軍機重,嘆分離,難輕縱。暗自心頭詠,望九天雨露,遍灑蒼穹。

【尾】軍師去把皇圖鞏,元帥安邊僻草芃,早看取一統山河四海洪。

涪城望眼穿,休教別淚涓。掃平吳與魏,重慶太平年。

第九齣　告　天　江陽

(旦披髮痛哭上)

【商調·山坡羊】亂慌慌不分明的街巷,痛切切不禁持的形狀,恨悠悠難剖決的衷情,杳沉沉沒意緒的飄和蕩。奴家伏后是也。可恨曹操那奸賊,他幽囚天子,挾制諸侯,亂我邦家,傾吾社稷。他因怪我父親奉詔召兵,袪除內難,竟把奴家拽出宮中,斃之杖下。我如今昏沉不定,痛楚難言,電閃風摧,茫無定止。(四圍看介)你看這個所在,不知正是那裏?我的心更傷,呼天搶地狂。夫妻拆散,拆散空思想!我那聖上呵,你便生也如囚,我却死而絕享。茫茫,滿乾坤沒盡藏。洋洋,貫虹霓怨氣長。

(看介)呀,此間到有一所殿庭,你看畫棟連雲,朱甍入漢,光華奪目,金碧輝人,想來定是什麼王侯第宅了。不免闖將進去,哭訴一番,倘然遇着一個義節忠良,也好望他安全家國。(作進介)(內作奇異鬼形上介)(旦怕介)呀!怕也怕也,鬼勢猙獰,非人世有。此內定是魔怪所居,不可進去。(又想介)呀啐!我好差也,不是這樣惡像的魔君,怎好去那精靈的奸賊。我,我偏要進去!(進介)(鬼拿住,繞場一回,灑出介)(旦暈去又醒介)咳!伏氏呵伏氏,你前生造何惡孽,生此帝王之家,今又誤入輪回,到此森羅之殿。罷罷,我今到這地位,實實說不得了,不免再撞進去。(進介)(鬼又灑出介)(旦又進,鬼又灑介)(內)何處鬼魂擅來此地?鬼卒好生帶着,娘娘升殿,親自審問哩。(鬼扯旦下介)(雜扮儀從,小旦、丑、侍女隨老旦上。)(老旦)

【三臺令】不如太古洪荒,而今百孔千瘡。日夜苦奔忙,補不盡瞞天大謊。天有何方補,人情那得知。阿誰移造化,補後且如斯。老身女媧氏是也。只因太古已前,天還可補,遂叨冒濫之虛名。豈知萬世之後,天隙甚多,竟受責成之功令,那天帝不分皂白,説我術可完天,將我晉階補闕之司,敕居后天之側,毫釐滲漏,要我彌縫,絲忽損傷,課程完固。老身當此重任,興寢靡寧,陶冶爐錘,何曾釋手。方纔侍女來報,説有一個披跣遊魂,竟爾公然犯闕。鬼卒百般攔阻,他反踴躍狂趣,呼叫連天,似乎有情欲訴,哀憐感觸,何妨細究根由。侍兒!(小應介)(老旦)速着鬼卒,帶那遊魂進來。(小)鬼卒速帶遊魂當面。(鬼帶旦上,跌渾一回,見老介)(老)你是何處遊魂,那方魑魅?輒敢入我殿庭,肆行瀆侮。你道這天隙可乘,我這天聰不察麼!(旦大哭介)娘娘在上呵!(旦)

【山坡羊】奴有怨聲長不得聞的天上。(老)有何怨恨,慢慢説來。(旦)我且慢思量,怪無知的天像。(老旦)哦,天豈無知,這般大膽!(旦)娘娘呵,天有何知,不過假其名像耳。看蒼天高聳聳的安然,任人情黑窟窟的欺和詒。(老旦)誰敢欺天,快快不可亂講。(旦)娘娘嘎,這天呵,沒主張,風雲變態忙。春來秋去,秋去春還放,曉夜無休,是非升降。(老)你是何處閨娃,誰家宅眷,畢竟何怨何仇,如此搶天搶地?(旦)娘娘呵,奴嫁了個君王,被強臣制得慌。(老)原來是位皇家眷屬,且起來講。(旦介)多謝你個娘娘,我要訴衷腸,咽不遑。

(老)既是皇家妃后,豈可慢瀆階墀。侍兒安置綉墩,與他坐者。(旦)不知娘娘是何神聖,奴家肉眼凡胎,傷殘陋質,焉敢倨坐。(老)老身女媧氏,今授補闕元君,完真聖姆。汝既稱爲皇家眷屬,果是何代后妃,受了何人凌迸?你且坐了,喘息定氣,慢慢告我知道。(旦)原來是位上古聖人,當今闕主,臣妾不知,有干鐵鉞。(老)這般會合,不是無因,默印在天,自生機軸,你且備言始末者。(旦拜介)臣妾冒昧致情,萬望娘娘鑒察。(老旦)不勞再拜,竟坐了罷。(旦)臣妾告坐。(坐介)(老旦)你到底是誰?速爲詳説。(旦)娘娘聽啓。(旦)

【金絡索】【金梧桐】兒夫佩衮裳,漢室堪惆悵。(老旦)原來就是本朝宮眷,爲甚這般狼狽?(旦)粉碎乾坤,寸寸都災恙。娘娘呵,臣妾飲恨彌深,不覺有些逆天了呢。(老旦)待要如何?(旦)你這修天職業荒。(老旦)究竟你是本朝那一代的后妃?須早説明,休得胡突。【東甌令】(旦)奴是現世皇,伏后昭陽正位長。（老）就是正宮，一發失敬了。（旦）娘娘在上，說也惶恐。（老）爲何？（旦）只爲奸臣肆志修恩怨，【針線箱】（旦）把臣妾呵，拽出宮門杖下亡。【解三酲】（合）情悒怏。【懶畫眉】天工難補暗思量。【寄生子】恨悠悠此際堪傷，揾不住秋波漲。

（老）不知奸臣是誰，還得明白告我。（旦）

【前腔】曹瞞踞廟廊，肆志真無狀。威福操持，上下隨收放。君王禁裏藏，日徬徨，四海烽烟各逞強。（老）據你意中，可有誰人當得雪仇報怨之任呢？（旦）有一劉備呵，他是天潢一派英雄系，儘可撥亂除奸靖八荒。（老）他有何人爲佐呢？（旦）他有個軍師，叫做諸葛亮，是當今經濟恁忠良。願他們利刃如霜，早除一日君側之患呵，漢君臣叨天貺。

（老旦）伏后積怨甚深，大仇難報，也怪他不得這般悲憤。侍兒。（小應介）（老）你引他去，重新櫛沐，照舊梳妝，再來相見，另作商量罷。（旦）臣妾既罹奇冤，何心櫛沐，願捐頂踵，與賊存亡，望乞娘娘恩鑒。（老旦）你且忍耐些時，自有一番感格，不必太急。侍兒引去。（小）娘娘這裏來。冤仇終久泄，（旦）此際最堪傷。（旦、小旦同下）（老旦）他們何以知之，這都是上天的劫數，怎生逃得去也。儀從們。（衆介）（老）就此起駕，往玉霄宮去，見過上帝回來，再做補天事業。（各應，行介）（合）

【簇御林】登鸞馭，動彩幢。慶雲高，瑞靄翔。眼前妝點成天壤。聽取那伏后言，真悲悵，怨聲長。到不如偷天妙手，勝似補荒唐。

【尾】天無隙罅天何恙，天有乘除天未常。只願得天與人歸歲月長。

冤冤相報幾時休，天意還須仔細求。欲知眼下恩仇計，自有乘除在後頭。

第十齣　定　　計　齊徽

（外同雜上）

【正宮·破陣子】蠻觸相争未已，是非利鈍何期。沉吟應結且籌持，大計須知不可移。休教一着迷。鹿鹿且魚魚，天功我不居。荒唐讓前輩，策士兩三餘。下官魯肅是也。江東碩望，海甸風儀，信似潮歸，忠能日貫。只因漢室傾頹，奸臣竊柄，群情不服，天下同仇，是以各據一方，彼此負嵎爲固。肅以無用之迂儒，濫附江東之節鎮，每思克復周旬，再安漢祚爲至計。無奈力不從心，人非我志，則亦無如之何而已。我又想來，那殷高宗、漢光武之功烈，固曰甚難，就是這齊桓公、晉文公之心胸，豈堪自廢！所以把個遵周殺賊、守正睦鄰的題目，着着實實，不敢忘耳。昔年保借荆州，暫爲玄德歇馬，亦正爲此。偏是我這江東之人，識見卑狹，把此一坯漢土，認爲私己版圖，刻刻不忘，殷殷在念。那劉玄德呢，也不敢公然久假，我這裏呢，又何須風火追求。昨奉主公之嚴諭，又准甘、呂之陰謀，要我設席臨江，就中取事。我仔細想將起來，那個關某風裁，難似常人捉縛，倘然事機一破，豈不大失前交！況且魯肅爲人，素稱長者，今朝妄舉，恐玷聲名。以勢度之，不如徐舒義氣以求成，豈可造次急功而賈怨？我正反覆躊躇，好焦悶也！（外）

【錦纏道】事封疆，論經權須要人知己知，原不用巧藏機。要分明設施，順逆雲泥。倘或席間用計，一有差池，這兵連禍結，構怨鄰封，却也不小。我看那甘、呂二人，俱是一勇之夫，如何曉得這般道理？怪他們一帆風不謹毫釐，我想爲將之道，天時、地利、人和，那件不該體察；就是今日之計，果出萬全呵，也還須察天時究詳是非。凡人舉事，須要有自信爲先，今日之舉，（搖首介）我信不過，我信不過！我內省且狐疑，度量取天心人意。他家姓劉，中山靖王之後，有個諸葛亮，又有個雲長、翼德。（又搖首介）難道說得就是我的荆州不成？說得我家有理不成？**毋將心自欺**。且不必迂迂闊闊，講究那"道理"二字，只講這行兵的方略，爲將的規模。（介）甘、呂二位呵，你不見周公瑾的樣子麼？那諸葛孔明之在行間呵，真正信勇嚴，更全仁智，略加些機變取便宜。

（副淨、丑同上）計就月中擒玉兔，謀成日裏捉金烏。（見雜介）相煩通報，甘寧、呂蒙求見。（雜介）（外）請進來。（副、丑進介）大夫請台座，甘寧、呂蒙參見。（外）豈敢，只行常禮，竟請坐下。（副、丑）不敢。（外）不必謙了，請坐。（副、丑介）告坐了。（外介）（副、丑）夜來之計已就，大夫何不具柬，去請雲長。（外）老夫正在這裏細想，只恐席上擒人，外觀不雅，又慮雲長智勇，難以動搖，與其機泄而僨轅，莫若靜觀以待勢。二位尊意，還是如何？（副、丑）大夫放心，昔人有云，虎不離巢，時來勿失。那關公見了請帖，不肯渡江，他只穩坐安居，無逾寸尺，這也無可奈何了。倘彼忻然赴會，入我戶庭，縱酒荒弛，何難制伏。（外）二位將軍所論極是。只是那關雲長向有力敵萬人之威名，劉玄德又有雄概一時之素望，曹孟德尚且不能折挫其矢心，我和你安敢輕逞乎螳臂？若以老夫淺見，他若來時，止宜理說，莫啓兵端，可否之間，再思遠見。（副、丑）大夫差矣！諸葛奸欺，雲長粗勇，有何大計？徒自小看。那劉璋、呂布，他竟背德以摧殘，袁氏、曹公，無不忘情而噬嚙。若大夫仍以長者之胸襟，聽此支離之誘約，斷斷不能成其大事矣！我二人赤心報主，不是私仇，碧血可傾，以完公務。今特請罪階前，幸恕一番狂妄。（跪介）（外亦跪介）二位將軍如此忠誠，令人敬服。只是魯肅不才，有慚衾影耳！不知二位將軍必出何計，動以萬全。（副、丑）他若來時，大夫當曲盡杯酌之歡，極力勸酬之好，凡有從人，多犒酒食。我二人潛伏水軍於江岸，乘其半渡而邀迎，以逸待勞，因多制寡，不怕他駕霧升天，立見其葬沉魚腹矣。（外）若依此論，只好擒滅雲長，何以克收疆土？荊州之役，尚費調停，諸葛神謀，恐難逆料。（副、丑）雲長已死，餘騎烟消，諸葛雖神，西川未定。萬萬不能分任荊襄，棄捐隴蜀。大夫請自放心，孔明決不到此。（外）既出二位致誠，我也不能力阻，惟望將軍小心留意，魯肅即刻差人去請雲長矣。（副、丑）是。（外）

【玉芙蓉】我愚庸計不齊，意氣全輸你。為邦家建業，孰敢言非！端只為機先一着須詳議，還只怕畫虎無成類犬狸。思量起，自羞慚忸怩。勉從伊，暫藏矛盾取違宜。（副、丑）

【前腔】天王運已移，旺氣東吳裏。看君臣樽俎，笑裏含機。我只是勵兵秣馬心如薑，那怕他足智多謀悍似狼。思量起，正群謀允宜。再毋勞，躊躇扼腕又生疑。

（副）睦鄰雖是德，（丑）干國肯無為。（外）誰不圖功業，（合）時違不可追。

第十一齣　補　天　尤侯

（老旦、正旦、小旦俱道妝上）（老）

【越調・祝英臺近】柳舒金，梅噢玉，天運豈曾久？（小）補不完全，何事胡牽紐？（旦）只望得湛湛常新，昭昭不昧，（合）個中情，甚人堪剖？

（浣溪沙）（老）天地何曾補得牢，萬年丹鼎總徒勞。歲歲桃花點鬢毛。（旦）花落早隨流水去，夢歸空聽遠風濤。（小）銅駝今古冷蓬蒿。（老）老身前日，把汝怨苦深情，奏聞天帝。天帝憐爾忠貞，令我再為修補。侍兒，設安丹鼎者。（小）鬼卒速送丹鼎來者。（鬼送介）（小介）丹鼎在此。（老）侍兒抽添火候，伏后靜守丹砂，老身細加運用，少不得要補出一塊苟完的世界來也。（老）

【祝英臺】你看這碧澄澄，光皎皎，雨霽與雲收。幽渺難窮，高明莫配，清虛萬古空浮。這油油，固然的障礙伊時[1]，頃刻裏星奔電走。原非用天帝勞心成就。

（旦）請問娘娘，上天闕陷，何日補完？劉氏江山，幾時克復？伏望娘娘明白指示。（老）天闕怎能補完，故國豈能再續？只好尺寸少延，稽遲歲月耳。（旦）娘娘，這却如何使得？（老）只怕依不得你。（旦大哭介）娘娘呵！（旦）

【前腔·換頭】你且聽奏。我這舊江山，雖破敗，尚可聊安守。怎便一潰如斯，遭逢桀獒，公然授售仇讎。既是這等講來，那人間事業，天帝不能強成，這天上工夫，何用娘娘費力。娘娘呵，你何不撒手，任長空浩漫悠悠，何苦枉然摳搜。量從前，彌縫救補終是移遊。

（老）你又來了，你道這天果難修，人無幻術麼？你不知這天原可補，我術正可補天。只是人事不常，所以功夫難到耳。（旦）娘娘既有此術，天隙又可修彌，如何又云人事不常，工夫難到。這些說話，臣妾好生不解。（老）當初混沌初開，天原完固，後因伏羲畫卦，略破絲毫，及至書契紛紛，章程擾擾，許多制作，件件舉行，未免就有無窮滲漏矣。不意近世以來，人情日偽，天罅越多，愈補愈偷，愈修愈壞。我女媧氏雖有妙手可以完天，無奈那些世間人棄天儼如敝屣，我也只得縮手憑天，由他敗類耳！（旦）娘娘乃太上之慈悲，何忍見天真之破壞。還乞娘娘，大開手眼。（老）假如人有疾病，藥石固可挽回，調養也須兼濟。又如一種器具，措置豈可不堅，玩弄安容急忽，倘或不擇顛危，任情擊剝，就要完全，怎生能勾？（老）

【前腔】你知否，要持盈捧玉兢兢，方是匹天儔。息忽驕矜，荒殘暴虐，自然破敗難修。（旦）如今的天，還可修否？（老）休憂，固雖說厄漏難全，還放着一隅堪救。好支持，仍得見太平時候。

（旦）若能重見太平，我也死得瞑目。但不知曹操那廝，幾時授首？（老）天道難明，敢輕洩漏。你且忍着性兒，慢慢看罷。（旦）娘娘在上，臣妾意欲潛往宮中，看視天子一面，不知可否？（老）宮門嚴密，殿宇巍峨，飄渺遊魂，怎生去得？（旦哭介）還望娘娘方便。（老）這事倒難。（旦）臣妾並無別事，只要通達一聲，今日有了安身之所，省得天子憂惶，深宮痛苦耳。（老介）聽汝慘言，我心酸楚，當為卿計，以達此情。（想介）哦，有了。（旦）多感娘娘恩德，乞爲臣妾暢言。（老）目下東吳魯肅，去請雲長赴宴。那關某手下有個勇士周倉，聞此信息，以爲雲長此行，必遭魯肅之害。他便奮不顧身，搶舟破浪而去，一則往探關公得失；二則一時浩氣凌雲，三則義激張惶。忠誠猛烈，不嫻水性，舟覆江心。（旦）此人不致喪身麼？（老）忠臣義士，天必佑之，並無他慮。(旦)如此還好。(老)我如今送汝前去,借彼驚怖迷離之血身,作爾依附憑凌之聲息,直達關某營中,訴說一腔幽恨,仍還囑他奮勇勤王,早伸夙願,你道如何?(旦)娘娘恩德,實比天高,臣妾迷魂怎知南北?況且江潮洶湧,難以支持,殺氣森嚴,不禁恐嚇。(老)我差侍兒送你前去,都不妨事。(旦拜介)如此多謝娘娘費心,臣妾暫別。(老)不須拜了,小心在意者。(旦)

【前腔】堪醜,到今朝華表言歸,不是繞丹丘。珮冷依淒,哀情迫切,說來總爲含愁。我還憂。(老)又憂什麼?(旦)恐他們江上魚龍,怪得我眉稍顰皺。那其間,竟將奴中流迤逗。

(老)這個斷無此理。侍兒領他前去,好生伏侍,仍舊帶歸,勿得有誤。(小)謹領娘娘敕旨。烟雲隨變幻,天界且徘徊。(旦、小介,下)(老)咳,伏后呵伏后,難得你這一片真心,我也不好對你直說,你這劉氏天下,如何還可保得?老身竭力匡扶,哀懇上帝,留得三分境界,也不過徒具虛名於紙上耳。鬼卒何在?(鬼跳舞上)(老)與我收拾丹爐者。(老同鬼介,下)

天敝還堪補,人心補不全。天人無二致,人事綰天權。

校記

[1]障礙:"障"字,底本作"瘴",今從笠翁閱定本改。

第十二齣　誠　許　先天

(末同雜賫印上)

【仙呂入雙·步步嬌】挾主奸雄心不善,漢脉微如線,忠良義憤聯。小將關平是也。請得軍師前去,果然立刻收川,如今主公已得寧居,軍民盡皆安輯。眼見得劉氏江山,竟有幾分生活矣。有了這寸旅絲成,也就好從權達變。主公自領益州牧,即爾封賞功臣,特晉我父爲蕩寇將軍、壽亭侯之職,着我賫印前來,就在行間效用。小將今日呵,父子早團圓,隨營調度早把功名展。

來此已是轅門首了,你聽金鳴鼓響,樂振雲韶,正是開門時候也。(內吹打介)(生、衆並净同上)

【賀聖朝】長江萬里洄漩,風雲變幻纏綿。臣心如水問蒼天,浩渺豈無言。

(净、雜各見介)(生)一卷春秋讀未闌,滿腔義氣斗牛寒。弟兄滴盡君臣淚，生死相期道路難。關某自從軍師去後，日來頗浹軍民，夜憩且閑刁斗，荆襄重鎮，安枕無虞，川隴一隅，此心日切，不知近來大哥進取如何？好生焦悶。（介）（淨）小將軍已到轅門，齎有印綬在外。（生）快快着他進來。（淨傳末見介）（生）我兒，川中事體何如了？（末）川事已平，主公、軍師俱有手劄呈上。（介）（生看書介）原來全川已服，就晉我爲蕩寇將軍，這也可喜。分付開門，迎接印綬。（吹打開門介）（拜印介）（衆將叩賀介）（生）我兒過來，你既隨營聽用，須要事事小心，倘或恃寵驕人，故違法律，我這新硎寶劍，不認親疏也。（末）關平怎敢有違號令。（生）書中雖指大端，尚未確知纖悉。你把入川始末，一一禀我知道。（末）爹爹聽禀。（末）

【江兒水】說起收川事，軍師計萬全。更喜將軍翼德機謀遠。（生）叔父有何機變？那處成功？逐件說來，休得草草。（末）叔父縱酒佯狂，故墮軍實，出奇制勝，早得頭功，義釋了一個巴郡太守，名喚嚴顏，乃是當世英雄，一時衆望。（生）這也難得。（末）他義釋嚴顏將功建，先聲一路飛如箭，感動劉璋私見。那劉益州呵，自請歸誠，安撫不驚雞犬。

（生）好好，這都是國家有幸，萬姓無災，劉氏宗祧，還不至於絕享的預兆也。我兒途路辛勞，收川效力，今方初到，且免差操，將養幾時，另當調用。（末介）（生）周倉過來。（淨介）（生）領此旗牌，催督糧料，星馳解濟，勿得有違。（淨）得令。（介，下）（雜介，上）聞得黃花戍，頻年不解兵。可憐閨裏月，偏照漢家營。禀爺：東吳魯大夫差人下書。（生）下書人呢？（雜）現在營外。（生介）原來子敬請我臨江亭一會。我想久別故人，理應往晤。你去傳諭來人，說我不及回書，明日過江領教便了。（雜介）（末）爹爹還再斟酌，不可造次。（生）你又來了，我輩英雄，大夫長者，有何纖介，如此多疑。分付來人速去。（雜介，下，）（末跪介）孩兒再啓爹爹，那魯大夫雖有長者之風，衆班僚豈無奸詐之輩？爹爹輕身赴敵，能不自危。主公倚托方深，不同他比。還望爹爹細加酌量。（生）我兒，你乳尚唇腥，安知大體？我威名播久，孰敢妄爲？汝只謹守城池，留心壁壘，不必多生異議也。（末）既然爹爹立意要去，定當多撥水軍，廣排檣櫓，使兒輩督同前往，方保萬全，如何反教孩兒坐守空營，不隨左右？（生笑介）我覷江東如一芥耳。小兒惶悚，一至於是，來日只用一隻小舟，兩名水手，輕裘緩帶，來去自如，爾輩無知，休得亂講。（末）爹爹還再三思，休生後悔。（生）咦！若再多言，惑亂衆志者，定以軍法從事。（末）孩兒怎敢。（生）

【川撥棹】那江東犬，覷將來如疥癬。看堂堂正大光明，看堂堂正大光

明，又何愁燐燐鬼燃。（合）甚螳肢敢扣轅，甚醢雞敢計天。（末）

【前腔】爹爹謀勇萬國傳，營營狐鼠難究研。也還須算個周全，也還須算個周全，莫教兒江邊影懸。（合前）（生）

【尾】何須再卜機深淺，我這狹小江東已有年。少不得漢賊分明不並天。

（生）一勺滄江去不遙，（末）還須切計免煩焦。（生）歸來細與兒曹説，（末）引領明朝看落潮。

第十三齣 義 激 家麻

（旦、小旦同上）

【仙呂入雙·二犯江兒水】江山圖畫，亂紛紛江山圖畫，升沉稠更寡。看雲迷霧鎖，送靄流霞，望中收天外夆。（小）娘娘，我奉關主敕言，護送鸞馭到此。不覺又是荊襄界上了。（旦）多感關主費心，又得姑姑指引，奴家滿目茫然，紛紜不已，那裏曉得什麽荊襄之界？耳畔響塵沙，心中駴鹿抓。（小）這裏是軫翼交加，江漢窮涯，認分明弔湘君珠淚灑。（旦）無邊怨吒，痛不了無邊怨吒，萬端牽挂，訴不盡萬端牽挂！問何人賣離騷浪影遐？

（小旦）娘娘，我們尋個雲封石罅、水接嵐根之處等他便了。（旦）正是。（小）潮影天橫闊，（旦）雲流鶩迹群。（介，下）（凈戎妝，手執小旗上）沅湘流不盡，屈子怨何深。日暮秋風起，蕭蕭楓樹林。某周倉是也。板脅虬髯，金睛赤髮，面如削鐵，一腔熱血堪傾。性似貪狼，滿面殺機勃發。臂挽長弓，兩腕有千鈞猛力；眉攢世恨，一生慚半伎無能。向曾附入黃巾黨內，邇來哨聚新版山中。家世關西，出身健卒。俺自從臥牛山下，投奔關公，方畢了萬載皈依，盡憑菩薩。甘心一死，潛知聾政無奇。大德不逾，説甚荊卿仗義。今蒙我主，委督糧糈，公務已完，早回覆命。你看這一片軍容，無窮浩氣，真好快活也。

【仙呂·點絳唇】甲冑生涯，干戈神化，嫻弓馬。何處爲家？四海知心寡。俺一心想着那當日妄爲，失身大逆，若非遇見關公，何以得全首領？仔細思量，好慚愧也。

【混江龍】想當日如聾似啞，無分曉亡順逆盡胡抓。一會裏野衣裁薜荔，一會裏山酒舞藤花。一會裏凉風夜雨悲蕭索，一會裏錦瑟紅霓鬥綺紗。那裏有公庭白鳥？那裏有官俸丹砂？但知些雷霆入地溪潭險，怎解這星斗依人道路遐。認得了今朝共主,羞污死去日私衙。俺今出入軍門,傳宣帷幄,推心置腹,守義歸仁,可正完俺一腔心事。俺好樂也,俺好樂也!

【油胡蘆】俺可也捨死忘生情意洽,願攏鞍甘荷鈒,難說個惺惺兩地假交娆。也只是營營一念安憐妊,到今日轅門出入南金價。那裏是脫儒冠校尉妝,這都是褪殘紅從新嫁。頓令人一番義氣難禁架,計惟有送頭顱伴土花。看這一帶沿江墩堡,棋列星排,真正好個鐵桶的墙壁也。

【天下樂】竹虎遙分麗彩霞,無也麼差,聽聲聲退賊笳。白雲天倚劍繞蓬麻,映旌旗制犬牙。俺只願任勤劬百戰夸,又怎肯逐隊隨行嬉耍。你看漸近營門,威風越振哩!

【那吒令】只見那春營夾路梥,又見那龍城鐵勒駒,端只是戍閑部伍分高下。一隊兒天晴錦幟葩,一隊兒清笳帶漏嘩。這都是登壇重望加,這都是弟和兄情懷化。俺不願報成功萬骨枯,俺只願四方寧也那歸牛放馬。來此已是轅門了。(介)呀,怎生今日這般冷靜,你看旗幟空張,戈矛靜斂,金鼓都閑,營門緊閉,這是為何?(介)喊!守門軍卒何在?(雜渾上)方纔眠去魂靈出,頃刻傳呼耳目歸。(作朦朧,諢介)(淨)為何今日營中這般光景?(雜介)你老不知麼,爺往江東赴席去了,所以掩門在此。(淨介)江東赴席?這又奇了。可帶多少人馬,幾號船隻?(雜諢介)一隻小船,兩名水手。(淨大叫介)嘎!豈有此理,難道小將軍也不隨去?(雜)他又不請小將軍,小將軍怎好去得,自然不去哩。(淨)如此快請小將軍,說我要見。(雜請介)(淨介)真奇怪了,真奇怪了!(末介,上)慢聽江上信,遑問夜歸潮。(見介)將軍回了麼?(淨)聞得爺往江東赴宴,可帶多少軍兵,幾號船隻,小將軍何不同往?(末)家君嚴命,不許隨行。並不多帶軍兵,只得一帆小艇,清晨東指,尚未歸來。敕我守營,敢逾尺寸!正在懸望不已,好焦悶也。(淨)既然如此,小將軍且守營中,我自渡江去也。(末)未蒙將令,豈可擅行?或再需時,細觀動靜。(淨介)咳,小將軍差矣! 江東雖是比鄰,彼此久成嫌隙,況荊州為暫借之一城[1],他怎肯少息情於片刻?元戎此去,立見敗亡,我再寂然,怎甘坐視。我去也,我去也!(末)將軍仗義,固出天然,主帥無言,有干軍令,還再緩些的好。(淨介)罷罷,我周倉此志,但求恩主歸來。設使犯令當誅,何慮粉身碎骨。刻不可延,從此逝矣。(末)將軍決意如此,也須小心自慎。(淨)不用多言,好生堅守營壘。(末)正是:眼望旌捷旗,(淨)耳聽好消息。(末介,下)(淨)

【鵲踏枝】俺怪東吳自咬牙[2],怪恩東泛寶槎。好端端虎口沉身,靜悄悄輕帆鼓艗。却不道倚托深非關耍,又何勞交接處坦易無渣。呀,來此一片大江,如何過去,快放船來。(雜介,上)江西船往江東去,水上人窺水下天。原來是周將軍,將軍要船何用?(凈)往江東去。(雜)可有將令?(凈付小旗介)這不是將令麼?(雜)這就是了,將軍上船。(凈)速速過去,勿遲時刻。(雜)這會風大,須要緩些。(凈)風大正好揚帆,如何倒要遲緩。(雜)不是順風,不便扯帆。(凈)我只要快,也不管你。(凈隨唱隨催叫呼跳躍介)(雜隨意答諢介)(旦、小旦潛立椅上,作指示介)(凈)

【寄生草】俺這裏心如箭,望前途路轉遰,怎比着逍遥河上把清風駕。只恐怕亡羊既已空占卦,還只怕徒然赤手胡驚詫。罷罷罷!他若是藏闖有意宴鴻門,俺,俺可也荆軻聶政同休罷!(雜介)呀,不好哩,船都跳漏哩!你看風又不息,水又進來,又是江心裏面,不好哩,不好哩!(凈)

【賺煞尾】俺心忙脚步差,怎討得漏補江心罅。問一聲水底虬龍堪跨,果能勾蛟騰兕踴奔烟霞。又何用乘危涉險也那徒驚嚇。船家呵,你不須憂,還挣扎。(雜介)水都漏了船了,還說太平話哩。(大哭叫,諢介)呀,不好哩,不好哩!(作亂滾介)(凈)咳,天呵!俺蠢周倉今日裏空死得不分明,最堪悲一片心徒送做魚鱉醡。

(亂滾一回,旦、凈、雜同下介)(小旦弔場介)你看伏娘娘的魂魄,早隨着周將軍去也。少不得一番撈救,許多纏擾,我也不免再去保護則個。(小)

【二犯江兒水】輕風徐駕,縹緲間輕風徐駕,憑空瀟更灑。任征鴻來去,旅雁參差,慢盤旋幽竟雅。白碧冷霜葩,黄金散彩霞。捫摘星楂,笑點雲瑕。御凌虛勝他們工汗馬。風香菱華,一陣陣風香菱華;嵐横膏夏,一縷縷嵐横膏夏。聽軍門鬧哄哄羯鼓撾。

土木無憑藉,天人自向宜。螻蟻與魚鱉,恩怨有何移。

校記

[1]一城:"城"字,底本作"成",今從笠翁閱定本改。
[2]俺怪:"俺"字,底本作"淹",今從笠翁閱定本改。

第十四齣　赴　　會　蕭豪

(副凈、丑,帶衆上)

【正宮·朱奴兒】這偉績算來非渺,霎時間荆州復了。江東氣概十分豪,管今日成功正好。(合)埋伏處,蘆深水高,穩落在吾圈套。

（副、丑）衆軍聽者。你們都要息氣銜枚,深藏密隱,靜待雲長醉歸,各以笳歌爲號,務必生擒關某,綁獻轅門。還把餘從全誅,立恢疆域。得功之後,賞賚不輕也。（衆應介）（合）

【前腔】秉軍令江中伏了,待他來一齊捉倒。軍門綁獻氣雄豪,復荆襄奇功堪表。（合前）（衆介,下）（内作吹打開船,生同雜、旗牌、水手上）（生）

【普天樂】只見氣蒼茫,烟雲杳,個中滋味落得牽犛笑。周郎去赤壁猶燒,屈原悲清流還繞,感不盡西風弔。我非是樂戰王師夸增竈,也只爲完天付一段懷抱。看得江東窄小,因此赴會衣裳輕舟[1],飛渡潦倒。（合）

【前腔‧又一體】羨閑鷗真難效,一對對波心掉。任風雷鼓浪騰蛟,溪山外傲殺漁樵。刁驚斗搖,最無情功名,鐘鳴鼎牢[2]。

（雜介,上）江東水軍總管迎接關爺。（雜）臨江亭在何處？（總）即此就是。魯大夫已到,請爺停舟。（雜作停舟,内吹打,外上迎介）（生上岸介）（外）魯肅有何德能,敢動君侯玉趾。（生）關某不才,辱承寵召,聞呼即赴,敬聽麈揮。（作進門介）（從人喝導,内吹打介）（外）數年遼闊,兩鬢皆蒼,意氣常新,真如一日。（生）睽違日久,依戀愈深,見我懷人,悽然淚下。（外）君侯請上,魯肅瞻拜。（生）大夫請上,關某叩謁。（各拜介）（生）別來時夢寐,（外）相見且徘徊。（生）范蠡扁舟杳,（外）伊周事業開。（遜坐介）（各坐喫茶介）（生介）果然好個臨江亭也。（外）不敢。（介）聞得令兄玄德已入西川,又喜足下新晉侯階,實切欣慶。（生）西川勺水,少濟枯魚,身外功名,豈關榮辱,何用大夫齒及也。（外）豈敢。（雜介）酒到。（作樂、送席介）（各坐介）（飲酒介）（外）君侯如何竟無儀從,眇焉一葉扁舟,氣概雖雄,事機宜審,何以君侯輕忽如是也！（生）咳,大夫呵！（生）

【山漁燈】我大概生平是忠和孝,萬古精誠,一世胥效。大夫素稱長者,想來並乏他謀,關某若有狐疑,豈不自甘燕笑？人之相知,貴相知心,關某獨不可爲大夫之知心人也？相知處心志堪描,我和你英雄價高。（外）各爲其主,恐亦難測。（生）這竟不然,丹心事主雖難料,大凡主一謀、立一議,也終須有濟鴻毛。若關某者,真是個藜蒿,又何勞捉刀。（外）假如君侯現守荆州,荆州原是吳地,從前取索,不肯賜還,以禍戕君,君戕地返,難道不是個公事麽？（生）這更不然,天下者,大漢之天下,荆州者,大漢之荆州,我兄玄德實係玉葉金枝,還不數黃道黑。東吳據何議論,敢於角勝居奇？今日之事呵,只因漢室乾綱掃,那些竊名盜字之流,假稱共討曹瞞君側麽。（介）有此一個題目呵,你纔得把江東保,不教人動搖。倘君再以非分要求,不守匡君大義,是亦曹瞞之續耳！正亂臣賊子,食不重朝。

（外）君侯在上,魯肅還有一言諮啓。（生）願聞。（外）

【雁過聲】當日呵,保借荊州原是魯肅讜,今日裏如何不酬報？任珠淪碧落,竟不重歸趙。魯肅處此,儼坐針氈。那些東吳文武呵,意冲冲論頗豪,俱思想整飭戈矛。若非魯肅支吾呵,多時伐鼓鼙,又誰肯將旄旗晝掩把澄江笑。少不得分辯也鳩維鵲巢。（生）

【前腔·又一體】關某意氣豪,不知利鈍掀髯笑。我這一身既許玄德,乃玄德之身也,生死存亡,惟兄是問,我不吝也。我此身生死惟聽吾兄造,又何煩身外討勞焦。（外）倘君侯身既死亡,疆土又隨覆滅,能不永爲天下笑乎？（生）大夫呵,我身死也怎便封疆不保？我那軍師呵,他纖毫無不照。就是翼德、子龍一班人傑呵,都是風虎雲龍,肯教旁人誚？再不用肆座風生落塵毛。

（外）若據君侯説來,這"生死"二字,杳無關係的了。（生）然也。（外）不可太認真了。（生）咳,大夫大夫,豈不見藺相如手無縛雞之力,在澠池會上,覷秦國君臣,有如無物,何況關某曾學萬人敵乎！汝要害吾,也非容易。（外）今日君侯獨自渡江,任情杯酌,或在酒中伏酖,或于江上邀兵,只怕你力可敵人,機藏不測,雖多氣概,未便展施,如何是好？（生）此論雖危,某諒大夫決不及此。（外）何以見得？（外）目今曹操要挾天子,羅網英雄,擁百萬之強兵,據中原之勝地,何戰不成？何功不克？乃獨於吳蜀兩家悠悠未下者,懼其有脣齒相依、腹心同好之勢耳。若或吳蜀構釁果深,操必乘虛以入,下東吳,則蜀不解援,克川隴,則吳方坐視。以衆摧殘,因虞及虢,那時雖有荊州,恐難存活。我大哥乃劉氏親支,天潢一派,還可以忠節礪人,復仇正義。爾東吳蕭疏邊鄙,踦踏海隅,何所發明,借稱口實？所謂存蜀者,有利於吳,救吳者,必滋乎蜀。親疏之迹,大白人間,依倚之誠,宜堅鐵石。寧一旦無故而傷殘望國,違背腹心,拆我藩籬,破君手足,不獨爲天下笑,竟且爲余影悲矣。設或關某變出非常,爲人暗算,我大哥奮勇報仇,不返兵革。或以秦庭之哭,先除榻側奸欺；或以叛漢之文,佈告域中忠義。卧薪懸膽,激勸鼓揚,戰守機宜,精詳備及。汝以一洼之澤國,幾尺之版圖,試看鞭可填渠,正能勝賊,真有如泰山之壓卵,疾籜之迎風,電擊神馳,星飛瓦解,立見敗亡,何煩再計！我看大夫沉靜有爲,謀謨淵遠,決不作此小人之妄爲,有誤萬全之勝算。此則關某之所以不恐而來耳。（外）罷了,罷了！君侯具青天白日之血忱,魯肅甘鼠竊狗偷之污蔑。我一聞至論,五內如崩,再敢自欺,難遮天日。(介)那官兒過來。(雜介)(外)速傳我的號令,立撤甘、呂回軍,勿生後悔。(雜應介,下)(生)甘、呂二人,敢生詭計,以邀我於江上也?(外)不敢。(生大笑介)足見小人之伎矣!我與大夫且自豪飲,不必留意者。(生)

【前腔·換頭】英豪,此心莫小,肝腸內赤誠天空日高[3]。功流萬世毋奸巧,垂竹帛倚雲霄。即此一身呵,重如山,還須輕如一毛。那甘、呂二人呵,也算個勤勞,機械好,只是不知大體將人藐。縱使得勝歸來,也只名義矯。

(雜介上)令出山搖水動,軍還意懶心慵。稟爺:甘、呂二將軍,勉強回軍了。(外)怎見得?(雜)他一聞撤兵之令呵!(雜)

【四邊靜】無窮浩氣如烟繞,悵望情懷惱。勉強卸征衣,悒鬱歸城堡。(內掌號、吶喊介)(外)這就是二將回營也。(雜)他雖是回軍,還只怨着老爺哩。(外)怨我何事呢?(雜)他説老爺呵,枉稱國老,計謀卑藐,縮首苟安居,尸素將身保。(生)鷦鷯不知鴻鵠,這也不必介意。(外)分付另設後筵於別院,務求盡興於酩酊,真乃魯肅之幸也。(生)敢不如命。(外)

【前腔】杯盤狼藉誠潦草,意氣生平好。舟中敵國多,大節憑君表。我魯肅呵,果然卑藐,實慚國老,尸素不堪言,身世還難保。(生)

【尾】秋風一葉扁舟小,訴不盡此衷冥杳。只願得政返天王,我和你做一殿寮。

(生)匆匆説不盡,(外)愧殺我無能。(生)長者中天立,(外)春秋大義騰。

校記

[1] 赴會:"赴",原本字迹難辨,今依文意補。
[2] 鐘鳴鼎牢:"鳴鼎",原本字迹難辨,今依文意補。
[3] 肝腸內赤誠:"赤誠",原本字迹難辨,今依文意補。

第十五齣　納　　后　齊微

(雜扮華歆上)

【呂仙·蠟梅花】文齊福齊事事齊,國丈天生不敢欺。那篆兒少要提,或遲或早,終須到手有誰非?我華歆是也。多蒙魏公破格垂青,時時贊參帷幄,我亦真心報答,刻刻寢食不忘。前日杖死伏后一節,若非老華竭力效勞,怎能够一時率爾竣事。所以做大臣的人,没有什麽奇特,只要遇事擔當而已。今日魏公送女入宫,册爲國母,少不得我輩同在門下之人,都要趨蹌奔走一番。此亦分内之事,原非依炎附勢之比,那些局外之人,不可錯認了題目便好。你看許褚、張遼、王粲,一班兒都來也。(三雜介,上)

【前腔】經天緯地世間稀,文武匡襄四海歸。笑他們吳蜀癡。不安本分,空勞搶攘損便宜。

(各見介)(華)列位大人,今日魏公進女入宫,我等理宜肅整班僚,追陪鑾駕,以成靖共之誼。(三雜)華大人言之有理。你看瑞氣干霄,歡聲聒耳,國母寶輦,早又到也。(衆儀仗抬輦上)(合)

【甘州歌】【八聲甘州】瓊英璧蕊,似姮娥天降,西子重期。笙歌繚繞,望中金翠迷離。妒機爭巧聯蒼赤,綺幔高張笑羽霓。【排歌】香如織,錦似霏,帝城春暖萬花肥。冰弦緩,檀板低,綺筵漏轉彩雲回。

(正旦、小旦持璽册,老旦執符節,旋繞上,跪介)欽奉皇帝聖旨,賷送正宫璽册、符節前來,並候娘娘輦駕。(華)平身,輦前隨侍。(各介)

【前腔·換頭】龍章鳳篆奇,看昭陽正位,萬國咸知。歡聲四起,臣民盡仰威儀。他銀河赤手能舒挽,早渤海長風劈鼠狸。人心已,天運歸,猶然安守謹藩籬。邦家計,成敗機,一肩獨任肯遊移。

【餘文】鳳來儀,鴛鵲喜。洽興情,難自已。你看這院院燒燈逼紫微。

千門日麗彩雲飛,一片祥光叠紫微。不是天仙離海嶠,定然神女舞容璣。

第十六齣　返　棹　魚模

(生同旗牌、水手作引船介,上)

【中吕·馱環著】看風帆無故,看風帆無故,來去何如？極目烟波,遍天雲霧。鄂渚江山不改,穀鄧丘墟。正軫翼分疆,蜀楚門户。勢狰獰雲夢遥分,氣汪洋湘潭宏注。你看吞還納,吐更茹,説甚麽江漢朝宗,眼見得百川依附。

(雜介)呀,上流頭滚下一個人來了[1]。(生)快快與我撈救。(各救,譚介)(撈净上船介)(雜看介)原來是周將軍。(生看介)果是周倉,爲何至此？仔細看他,可有氣否？(雜)有氣哩。(生)卸去衣甲,安置後艙。一待我歸

營,細細審問。(雜應送淨下,仍作引船勢介)(生)

【尾】江寒朔吹雲山楚,那裏是御柳遥垂萬井圖。我只願得四海瀾清伏莽無。

去來何逸豫,天地等閑看。一勺江東水,牛刀割蟻肝。

校記

[1] 上流:"流"字,底本字迹不清。今從笠翁閱定本補。

第十七齣　究　　溺　魚模

(雜三四人,扮父老上)

【仙吕入雙·園林好】好苦呵,我們哭號啕仰天叫呼,他鎮荆襄瘡痍正甦。爲甚事扁舟輕赴,臨虎穴注堪孤,臨虎穴注堪孤。

(雜)列位親家,我們都是荆州百姓。虧得關爺爺在此鎮守嚴疆,邇年以來,刁斗潜聲,人民樂業,那個不是這爺爺生成的?(衆)正是呢。(雜)如今他獨自一人[1],渡江赴宴,倘或略有疏虞,我們怎得安枕。(衆)正爲這個緣故,着實不安,如何是好?(雜)我又聞得周將軍也趕過江去了。想他一到那邊,自然奪了爺爺回來哩。我們不免都到江邊去望望何如?(雜)言之有理,我們快快去罷。(合)

【前腔】到江邊莫辭痛痡,看長空風恬浪徐。好呵,你看滿江面水,就如鋪平的一般,略略有點過來的風,正是順風。妙妙!(各介)呀,那遠遠一星黑影,敢是爺的船了?望兒中一星如絮。我們接上去罷。(衆)有理有理,接上去罷。(合)迎上去免躊躇,迎上去免躊躇。

(各介,下)(末介,上)分付衆水軍,各把船隻擺開,陸軍就在岸邊迎接,不得喧嘩囉唕。(内喊,應介)(末)儀從執役何在?(雜衆扮儀從上介)鐵鉞紛紜鎧仗鮮,旌旗照耀斗星懸。元戎一艇衣裳會,何必千軍萬馬闐。儀從執役在此。(末)小心伺候。(各介)(内吹打敲鑼,作坐船介)(末介)孩兒關平,迎接爹爹。(生作上岸介)(内作喧嘩聲介)(生)那些是什麼人?(末)荆州百姓,歡呼踴躍,迎接爹爹。(生介)分付他們,各自寧家去。(末)衆百姓各歸家去。(内介)爺爺回來了,我們快活回家也,快活回家也!(喊介)(末)請爹爹乘輿回府。(生作上轎介)(吹打,衆繞場引介)(生)

【五馬江兒水】看取軍民同覷,扁舟快似鳧。若不是英風宏播,德滿天涯，這其間怎自舒。到而今逸豫，群聲亂呼，盡説江東孩豎。空使機謀，終難回挽天契符。看我這荆襄磐固，萬國同孚。笑此一滴滄江，更且呂、甘猫鼠。

（作到府坐介）（生）與我帶那周倉進來。（末介）帶周倉進來。（水手扶周倉上介）（生）周倉，你奉令催糧，未曾復命，如何私自渡江，致遭沉溺，速速説來，毋自欺隱。（淨不言介）（末、衆叫，譚介）（生）

【風入松】周倉何事走江湖，一一併詳供吐。你專差督儹軍當午，又何曾計期歸伍？我這江東去衣裳楚如。何用你戈戟士挺錕鋙。你還不講麼？（衆譚介）（生）

【前腔】無言守口少囁嚅[2]，看他瞪目呆呆驕蠱。形骸土木情堪迕，眉睫下萬千狂侮。如山令肯教自疏，與我帶去收監，須待明日裏，考乘除。（末跪介）

【急三鎗】爹爹在上，那周倉催督糧料已完，正好歸營復命，聞得爹爹前往臨江赴宴呵，他心如箭，忙飛奔，輕舟去。想必江心誤，做了水中梟。（生）既無將令，輕自渡江，這就該斬了。你却如何不阻呢？（末）孩兒再三相阻，他只不肯遲留耳。頻頻勸，如飛渡，難留住。直説得天地裂，水雲枯。（生）

【風入松】原來如此，無令擅離汛地，張惶奔走鄰邦，一斬無赦，何多議也。三章約法肯輕亡，你怎敢試嘗刀斧。雲陽市上誰能主？空教我酸心私撫，痛丁公難逃罪俘。偏只是雍齒恨，反分符。

且帶下去，明日處决便了。（衆應帶淨下介）（末介）

【急三鎗】爹爹在上，那周倉罪，雖難恕，誠堪怖。還望開一面，少遭誅。（生）休得多講，周倉若不江心沉溺，萬一蹌至筵前，豈非遺笑東吳不小也！他違誓令，奔如虎，輕離伍。若不江心溺，竟致醜難書。（生）

【風入松】臨江小會正相娛，又何勞伏矢操弧。你只把鴻門舊譜從新注，弄得個人情羞惡，規模闊在安閒自如。爲將之道呵，要能知彼，更知吾。

（生）方寸毋紛擾[3]，（末）知機在敵先。（生）爾曹真井底，（末）無隙可窺天。

校記

[1] 獨自一人："自"，原本作"日"，誤。今依文意改。

[2] 囁嚅："囁"字，底本作"味"，今從笠翁閲定本改。

[3] 毋紛擾："毋"字，底本誤作"母"，今從笠翁閲定本改。

第十八齣 進 位 江陽

（雜冠帶上）

【黃鐘·南點絳唇】四海紛囂，群英並起，兵方晌。較勝爭強，若個能安壤。天心歸有德，臣誼肯無君？世亂推英烈，雲成五色霓。自家法正是也。故主闇弱，難與天下爭衡。玄德仁威，豈僅東南半壁？幸藉諸葛亮軍師之指畫，又有子龍、翼德之匡襄，借勢旋移，隴川大定。今以群下之情，屢請主公，權進漢中王位。既可號召四方，復可匡扶帝室，雖主公謙讓再三，決不肯允。我想若不如此創繩一番[1]，恐不足以收拾豪傑之心，回挽英雄之志。呀！諸葛軍師，同着翼德、子龍來也。（小生）

【前腔·換頭】難與人言，血淚徒悲映。（淨扮張飛上）誅奸黨，（雜扮趙雲上）正正堂堂，（合）大義平如掌。

（各見介）（法）請問軍師，主公之念，可曾轉否？（小）只是不允。如今惟有簇擁到壇，各陳利害，勉強行事便了。（各）言之有理。（各介）（外扮劉備便服上）

【西地錦】地覆天番魔瘴，正當寢食俱忘。如何乘隙圖非望，教人寸裂肝腸。

（各跪介）（外亦跪介）（外）呀！軍師與諸公何得遽行此禮，將置劉備於何地也？（小）目今曹操妄爲，萬姓無主，亮等初念，原欲主公即皇帝位，以討國賊。無奈主公百折難移，矢志不允，只得勉爾降情，權領漢中王號，聊以激礪三軍，正名弔伐。（外）軍師之言差矣！劉備辛苦流離，死生存沒以成此勢者，蓋爲國家起見，所以興此大義耳。今諸公竟欲陷我於篡逆不臣之地，是何見也？（小）主公言之固是。然而方今天下分崩，群英並起，稍有智力者，俱得自霸一方，網羅豪傑，那些或才或藝、或文或武之人，悉以聲氣相投，各各擇主而事。此輩忘生舍死，却是爲何？若不爲名，即爲利也。今主公苟避嫌疑，拘牽末節，亮恐四方英傑，不特不來，即幕下諸君，無所希望，其心亦必怠而去矣！願主公詳之。（外）不得天子明詔，擅自稱王，此爲僭也，劉備豈敢？（小）變亂之時，宜從權術，若守小經，必誤大事。（淨介）咳，大哥差矣！異姓之人，皆得妄爲恣擅，何況哥哥乃係劉家宗派，又且望重當時，若不如此便宜行事，則張飛半世辛勤，皆成一夢。我先去矣！（外）咦！當日桃園聚義，原以忠孝自期，今日出此異言，一發狂縱無忌了。你要去自去，我不留你。(净哭介)張飛不聽哥哥忠孝之言，焉能到得今日？今日之事，非弟過激，勢使然耳。(外)即使該行，也當問之二弟定奪。(趙)雲長久有此心，盡在軍師腹內。主公勿過却也。(净)不必多言，軍師前導，咱與子龍，擁著大哥，到壇行禮去罷。矯詔雖專擅，(小生)匡時敢飾名。(趙)人心誰不識，(法)天意豈難明？(各擁外介，下)(丑扮譙周上介)慣修骨董文章法，(雜扮許靖上)聊作支離禮樂官。(丑)自家譙周是也。(許)自家許靖是也。(合)今日漢中王進位，例應宣讀表文，郊壇行禮。來此已是。且待軍師諸人到來，依制贊讀則個。(小生、净、趙、法各執笏上)傷情莫問今朝事，匡濟宜存天付心。(許)諸臣以次俯伏，聽讀表文，不得近壇褻慢。(小、衆跪稱萬歲介)(丑介)軍師將軍臣諸葛亮、蕩寇將軍壽亭侯臣關某等，一百二十人上言：昔聞唐堯至聖而有四凶，周成至仁而生管、蔡。高后稱制，諸吕擅權，孝昭幼冲，上官肆逆。此皆憑藉世寵，玩弄乾綱，極惡窮奇，傾危社稷。非大舜、周公、朱虛、博陸，則不能流放討擒，安危立定。伏惟皇帝陛下，聖德天鍾，景符運啓。雖時遭厄，正期砥礪，以卜永年。乃世多艱，必啓至人，而安反側。兹當曹操肆凶，群奸狂逞，天昏地黑，鬼哭神號之日。弑皇后，弑太子，千古無京；亂天下，亂紀綱，萬民怨恨。天子幽囚於宮掖，朝臣聽命於私門，見者寒心，聞之髮指。今有漢左將軍，領司隸校尉，豫、荊、益三州牧，宜城亭侯劉備，受朝廷爵秩，係玉牒正宗，睹此蠢動奸頑，不勝赫然奮發，提一旅之孤軍，經百戰而不屈。誓舒國憤，計必寧邦。臣等爰參故典，歷考舊章，《虞書》敦序九族，周制封建萬方。強本弱末，永固藩籬。禮樂法程，百世不缺。且漢興之初，各裂疆土，尊王子弟，是以卒平諸吕之難，而成大宗之基。臣等以備實肺腑枝葉，宗子忠臣，心在國家，念存弭亂。自破漢中，得川、隴之後，海內英雄，望風蟻附，仁聲大振，義氣勃興，然而爵號不顯，九錫未加，非所以鎮威社稷，光昭萬古者。今臣等謹以漢初諸侯王例，權封備爲漢中王，拜大司馬，以董齊六軍，糾合同志，肅清宮掖，掃蕩群凶。俟功成事定之日，臣等自縛闕廷，聽詳矯制擅專之罪，雖死無恨。誠惶誠恐，稽首頓首，不勝瞻天激切屏營之至。謹奉表以聞。建安二十四年，秋七月吉，臣亮等謹進。(小生、衆大哭叩頭介)我那萬歲呵！(許)譙周退班，星馳進表。請王爺到壇行禮。(丑)表出譙周手，文成百世儀。(下)(內吹打，儀從上)(外王者冠服上)

【前腔】罪極不堪回想，終天怨悔難償。諸臣何事成牽強，可憐顧影生惶。白雪心肝天地知，桃園兄弟且如斯。功名富貴人人欲，我念粗完是幾時？劉備素有匡扶之志，豈期遂成如此之名。雖然疑謗足以猶人，須知此心不可少滅。倘能逆賊授首,那時明志何難。今且勉盡諸臣之苦勸,暫居假攝之虛聲,借此鼓勵三軍,誓在肅清華轂。皇天后土,須鑒劉備此刻之精誠也。(許)啓上王爺,拈香先告天地祖宗,然後遥拜北闕。(外拜介)

【降黃龍】變出非常,咫尺陰霾,把天地屏障。今日呵,我的矢心肯忘?怕只怕解散群情,暫時裏借此絣縺。心傷,睹此周官禮樂,難教我肆然安享。(合)要思量,臥薪懸膽,暑炙冬凉。

(許)請王爺登壇,諸臣恭進璽綬。(內吹打,外上臺介)(小生捧表,净捧璽,趙雲、法正各送上介)(許)諸臣朝賀。(外)聖主幽囚,人臣倨侮,行間潛越,罪大難安。又何朝也!(合)

【前腔·換頭[2]】危疆,四壁痍瘡。一旅一成,怎侯怎王?看奸雄勢勇,要把吳蜀鯨吞,隴川羅網。秋霜,劍冷芙蓉,誓必掃清蓁莽。(合前)

(外)劉備不才,過蒙推戴,影衾難對,寢食且惶。又安敢以封拜自專,爲諸先生所竊笑。然既以號召豪傑而污品飾名,又豈可不重事權而典司黜陟?今特晉軍師諸葛亮爲丞相、武鄉侯,總督軍馬錢糧,一應機務,許靖爲太傅,譙周爲光禄大夫,法正爲尚書令,兼蜀郡太守,關某、張飛、馬超、黃忠、趙雲爲五虎大將。其餘文武各官,悉以次序升擢,見在行間者,即爾拜除,差出征防者,遣官旌勞。爾其鑒諸,各盡乃職。(衆介)願吾主千歲千歲千千歲!(介)(合)

【歸朝歌】今日裏,今日裏,漢中始王。看祥雲,四方鼓揚。吳與魏,吳與魏,逆天逞狂。須早奔忙,疾如雷要剪除方餉。看這弟兄間世神明諒,辭嚴義正群情向。也只是君父深仇,不能謙讓。

【尾】元侯八郡誰希望,顧不得權宜誹謗。直待得漢賊平時定短長。

富貴怎移忠烈志,王侯難徙丈夫心。欲將世法羅英傑,且自含容對影衾。

校記

[1] 若不:"若"字,底本字殘。今從笠翁閲定本補。
[2] 換頭:"換頭"二字,底本無。今從笠翁閲定本補。
[3] 勢勇:"勇",原本作"男"。今據文意改。

第十九齣　肖　　概　魚模

(丑、副净同雜上)

【中呂·太平令】潦倒迂儒，展土開疆識也無。江東莫怪人欺侮。甘自小，豈能舒。

（副）可惱可惱，真正可惱！一天好事，漸漸有成[1]，倒反撤了伏兵[2]，與雲長兩個，盡歡而別。我們不免前去，把他譏諷一番。然後另尋別着，或者依倚曹公，借他兵力，收伏荆襄，永爲藩蔽，有何不可。（丑）甘將軍言之甚善，我們即此就去。既爲敵國親杯酌，（副）反與同舟作盾矛。來此已是。從人通報。（雜報介）（又雜介，上）何人在此？（雜）甘、呂二將軍求見。（雜介）待着。（介）甘、呂二將軍求見。老爺有請。（外）

【粉蝶兒】甘呂前來，怪我徹兵無主。

（雜介）甘、呂二將軍在外。（外）道有請。（雜介）（丑、副介）大夫請上，甘寧、呂蒙參見。（外）退縮無能，輕阻大計，見面還羞，焉敢倨安！二位竟請坐罷。（副、丑）爵位卑崇，動關寵辱，謀謨功業，總爲封疆。安有得失之交橫，肯廢朝廷之禮法。還是參拜的是。（外）不敢。（丑、副拜介）（外回介）（丑、副）鄰邦修飾成經濟。（外）局勢遷移品事功。（副、丑）樽俎可能安反側，（外）是非終久有違同。請坐。（各坐介）（外）昨日多有得罪，還望二位包容，魯肅不才，另當謝過。（丑、副）昨奉徹兵之令，我等深自悚然。不知關某有何巧論，大夫輕信不疑，請乞詳言，指迷愚魯。（外）

【駐馬聽】那雲長呵，他議論精粗，闊大規模正合符。（副、丑）他便如何議論呢？（外）他説相依唇齒，共作王臣，又何分隴蜀荆吳。（副、丑）這個一發迂闊了。（外）雖然迂闊似綏紓，却也指陳利害條分楚。（合）因此暫緩征誅，且從滴酒消干櫓。

（副、丑）大夫大夫，你到底是個長者。那關某之言，怎便信以爲實。機會一失，難以再逢，真可惜也。我二人今日特來，又有一計。（外）又是何計呢？（副、丑）

【前腔】那孟德長圖，他挾制天王把四海鋤。如今他將進王階，兵强馬足，少不得要收服萬方，勢成一統哩。我何不納土稱臣，坐踞江東，共將隴蜀删芟。（外）唇亡則齒寒，斷斷不可。（副、丑）這又不難，我願甘牛後請乘除，屏藩永受曹瞞馭。（合）要他合併征誅，把荆襄賜我成邊戍。

（外笑介）二位差矣，那曹操名爲漢相，實乃漢賊，豈可附他爲黨！（副、丑）前日兵屈濡須，亦曾輸誠納款，既經受制，何又矯情。依我兩人之議，附那曹公的好。（外）怪道人言江東小耳，無窮算計，單單爲得一個荆州。請問已得荆州之後，再當作何議論？（副、丑）得了荆州，這江東就坐得穩了。後來之舉,另當斟酌。(外)二位將軍,但識荆州爲江東之要地,不知人望爲四海之瞻依。與其受制於人,求守江東寸土,莫若且存雋口,徐定他日遠圖。倘一旦操賊如莽、卓之敗壞,天心厭禍亂而重安,我這拒蜀歸曹的安枕東吳,將何藉也?(副、丑)若依大夫之言,如今作何自固呢?(外)有甚自固之法,不過慎守邊隅,留心綏撫,看天運之向違,察人心之順逆,以安黎庶,克守封疆而已。復有何議?(副、丑)依大夫之教,甘作守戶之犬了。(外)爲人所守,不若自守,或能乘其勢,當作齊桓之臣,不得盡其才,宜效田橫之客。我心足矣,不必再議。(丑、副)大夫執意不回,我等另圖他舉罷,就此告退。(介)正是:酒逢知己千鍾少,(外)話不投機半句多。(介,下)(副、丑介)(丑)甘將軍,你說東吳用了這等一個腐儒,如何做得事業?(副)便是。(介)官兒過來!(雜介)(副)明晚在於頭號船內,設下酒肴,我與呂將軍夜飲巡江,相機度勢,以圖進取荆州之計,勿得有誤。(雜應介)

（丑）寸心漫問天邊月,(副)萬慮潛消掌上卮。(丑)明夜畫船舒積悶,(副)踢翻銀浪解群疑。

校記

[1]有成:"成"字,底本殘。今從笠翁閱定本補。
[2]倒反:"倒",原本缺,今依文意補。

第二十齣　顯　靈　魚模

(末上)一葉扁舟投入吳[1],歸來猶自仰天呼。可憐義士徒忠烈,論法還應劍下誅。且喜我父歸來,藉天福蔭。可憐周倉犯法,定罪該刑。咳,周將軍,周將軍!昨日你要過江,我却再三苦勸,你便決意定要前去,幸免魚腹沉埋,以爲萬幸,如今又當梟首,實屬痛心。(內介)(末)你看綁縛來的,就是他了。(雜押淨,綁縛上)(雜)一言終不發,九死自飴然。小將軍在此,劊子手叩頭。(末)罷了。(介)周將軍呵,你好苦也,昨晚爹爹再三審問,你竟一言不發,却是爲何?(介)周將軍,你有何言,可對我說。(介)周將軍!(雜亦譁叫介)(末)你看金鼓已振,營壁已開,爹爹出堂來也。(又叫,雜亦叫,譁介)(內吹打介)(生)

【菊花新】昨宵江上剪萍蕪,飲興偏豪我自如。他犯法正當誅,淚滴滿胸襟無補。

早乘風浪去，暮逐水雲歸。何用村兒料，清江問落暉。昨日魯肅相邀，不過臨江一會[2]，無奈兒輩驚惶，竟爲一椿大事。尤可恨者，周倉奮臂狂呼，衝波跨浪，幸得江心覆艇，不致露醜筵前，又是某家救得，攜載歸營。我想起來，若不忍痛含酸，治以違令之典，將來借名奔兢，巧飾矜功者，不可勝計矣。左右！（雜應介）（生）速帶周倉進來。（進介）（淨睜目不跪介）（生）周倉，你爲主雖曰仗義，犯令當服典刑，更有何言？許伊訴稟。（淨不語介）（生）汝既甘心，即時梟首。（末跪介）爹爹在上，周倉不遵戒令，法所當誅。只是義勇堪矜，沉江足憫，還望爹爹，姑開一面。（生）哇！他輕罹法，汝實贊成。敢再多言，一同棄市。（末介）孩兒該死。（生）速斬周倉，以信軍令。（雜介）（淨介）（雜）老爺，[3]周倉不肯走。（生）胡說。（雜諢介）推也推不動。（生介）這等可惡，[4]衆人抬去。（抬不動介）（雜諢介）實實抬不動。（生）這又奇了？（介）是了是了！他在黃巾黨內，習得妖法防身，今日故作此狀，以欺我耳。速取狗血過來。（各應介）（生介）周倉呵周倉，你從臥牛山下，投奔於我，我也待汝不薄。今日是你違令，軍法所關，說不得了。汝是一個粗莽剛強之人，何以亦作小兒留戀之態，快快前行，勿貽人笑。（淨作女人聲介）咳！關某關某，你但知法定如山，不識誠能返日。周倉小卒，猶知報主之恩，曹操何人，竟爾逆天欺妄。你兄弟三人既知大節，何執小經，不思早復君父深仇，手刃彌天大惡，乃爾硜硜自許，層層倒施。今日殺了周倉，使天下義士忠臣[5]，不得便宜措置。正所謂豺狼當道，安問狐狸；鷙雀處堂，鴻鵠遠遁。君之謂也。（生介）罷了罷了，村夫大膽，故出妖言，萬死難辜，寸磔無赦。左右，速斬報來！（淨介）關某差矣，我豈周倉聲耳？汝乃不察所由，還虧你坐鎮雄邊，附名漢將。（生介）呀，一發奇怪了！妖妄無疑，穢物速備。（拔劍介）將爲我劍不利也？（淨哭介）咳，關某呵關某！我被強臣杖死，至今心膽皆寒，汝又挺刃相加，令我驚魂飛越。我好苦也！（生）汝是何處妖精？這等白日青天，敢爾放肆。（淨）我乃當今國母伏后是也。（生介）妖怪披猖，冒名妃后，一發可恨。（淨）咳，關某關某，汝實不知，定難怪汝。我因曹賊肆凶，難安寢食，遂同今上計議，密令我父，召汝弟兄，奮力勤王，肅清內難。不意事機欠密，竟爲曹賊所知，將我拽出宮門，一時杖死，我好苦也！（又哭介）（生）難道真的？我只不信。（淨）即使不真，也當聽我一番說話。古人祭必迎屍，禮不齒君路馬。今日之事，何妨以屍馬視周倉，更借你周倉作屍馬，你道如何？（生起立介）娘娘明教，禮在必遵。恐誤妖言，貽羞天下。（淨）如今曹操慘毒，萬古無京，生天子幽囚欲死，死皇后敬奉如生，即被妖妄欺瞞，亦是春秋大義,汝獨不能自省也?(生下立介)周倉蠢莽匹夫,安有這般說話。既是國母娘娘,伏乞早居正位。(淨)君能敬慎,足見忠誠,欲借冠帔遮羞,不使赤身露醜。(生介)左右速速鬆綁,我兒快取夫人冠帔出來,分付侍兒,即來伺候。(末)曉得。(介,下)(一面鬆綁介)(生)娘娘受此慘冤,臣子實堪痛惻,畢竟何處棲魂,始得顯靈到此?(淨)我自杖死之後,昏迷莫辯,奔走無休,幸得補天闕主女媧娘娘收留,見今同住天宮,倒得修心省過。只因天子之恩難舍,終天怨恨無伸,請假前來,囑卿酬報耳!(生淚介)原來如此,真好痛心也。(末同老旦、小旦持冠帔上)翠雲冠是天王賜,八寶衫聯淑德新。爹爹,冠帔在此。(生)侍兒小心為娘娘穿戴。(內吹打,二旦代淨穿戴,譚介)(生)娘娘正位,臣等朝見。(淨)行間草草,不必拘泥,暫坐一回,與卿痛話。(生同末、眾拜介)(內吹打介)(生)臣實不才,有誤大計,反躬自儆,萬死難辭。(淨)卿鎮遠邊,安知近慘,從今勉力,勿曠初心,實屬王家之幸也!卿等平身。(各介)(淨)安一座兒,與將軍坐。(生)閫外小臣,有慚面目,安敢妄為,宴然慢悔。(淨)我話還多,卿勿過却。(生)小臣無禮了。(一跪,坐介)(淨哭介)咳,關將軍呵!(淨)

【漁家傲】我不怨身首傷殘盡髮膚,一樁樁事細與躊躕,還更暗嗚叫呼。(生)娘娘不必過傷。(淨)說起奸臣眉堪豎,他的罪惡呵,真正是南山的竹窮難數。(生)近日所為,想必一發驕恣了。(淨)他久已挾制天王,竟出入深宮自如,最堪憐天子如囚孰敢扶?

(生)臣兄劉備,匡扶有心,力難制勝,所以遲遲行事耳。(淨)你家心迹,誰不知之。只是聖上度日如年,得早一日成全,就叨一日之惠矣。(生介)娘娘出此痛言,小臣正該萬死。(淨)

【剔銀燈】救焚溺豈悠悠道途,君臣義原不暇寢興行佇。力不齊還須要逐步步精詳遡,莫淹留冷却了一時人的噴怒。(生)小臣不日去請哥哥劉備的將令,結連東吳,入都問罪哩。(淨)卿呵!你休倚着東吳[6],他不是忠心類汝,[7]暴易暴賢愚靡不似初。

(生)軍師臨行,曾有東連孫權、北拒曹操之論,關某不敢有違嚴戒。(淨)此是安邊至計,不是匡濟遠謀,東吳總非我類,靖難豈藉眾擎。君不見董卓、袁紹之故轍乎?(生)小臣謹遵懿訓。(淨)

【攤破地錦花】那東吳,總一是王家土。何處分岐,各占了一塊輿圖。你只淨掃風烟,存亡繼無。耀鋃鋙,全滅盡魏和吳。

(生)此實臣之素心,亦劉備、諸葛亮之夙願也。(淨)設使天命不齊,汝兄早宜自主，勿爲他人移易，也算得個苟完之計哩。（生）這怎麼敢？（净）得失宜順天人，不必過於謙遜。祖宗陵寢所關，毋作迂儒故局。汝其勖諸，勿我誤也。（生）小臣謹遵懿旨，隨機定奪便了。統望娘娘，早歸天界。（净）我去也，我去也。（净）

【麻婆子】欲去欲去頻回顧，難禁淚似珠。千萬千萬從新訴，朝綱急早扶。周倉忠勇世堪模，總干令甲誠當恕。（生）謹奉娘娘懿旨，即刻赦他便了。（净）這纔是。我去也。（哭介）哎，天呵！關某關某，你的節義存今古，少不得還有春秋特筆書。

（净走出位，仆地介）（內吹打，生拜送介）（轉身介）好怪也，好怪也，不免速把此情，致書大哥，並達軍師知道。一面令人速往京中，打聽伏后信息。關平好看周倉，侍兒卸去冠帔。（各扶净介）（净譚介）好睡也，好睡也。（介）呀，爺在這裏！（介）這是自己營中，敢是夢也，還是死也？（末、衆笑介）你看你的身上。（净）呀，這是什麼光景？（衆）適纔孃孃嫋嫋這半日，還虧你，卸下來罷。（卸冠帔介）（換袍帽介）（净）

【尾】卸冠裳，堪驚怖，爲何的，甘馮婦？（介）我記得舟覆江心，無窮怨恨呢。（合）你且緩待些兒替你説有無。

（生）衆人聽着：（介）（生）周倉犯令，私自過江，法所當誅，立功自贖。適來神鬼之言，不可輕爲傳播。各守舊章，毋多怠誤。分付掩門。（內吹打、掩門，生同二旦持冠帔先下）（净）適纔是何緣故，乞求説與咱家知道。（末、衆介）爺已有令，誰人敢説。（净）別人説不得，我是説得的。（末）且到裏邊悄悄説知便了。（净）這等快去。

（末）神鬼三分話，（净）精誠一刻移。（末）漢賊分明判，（合）東吴亦鼠狸。

校記

［1］投入："投"字，底本字殘，今從笠翁閱定本補。
［2］不過："過"字，底本字殘，今從笠翁閱定本補。
［3］老爺："老"字，底本空缺，今從笠翁閱定本補。
［4］這等可惡："等可"二字，底本殘，今從笠翁閱定本補。
［5］忠臣："忠"字，底本殘，今從笠翁閱定本補。
［6］倚着："倚"字，底本字迹不辨，今從笠翁固定本作"倚"。
［7］忠心："忠"字，底本作"忘"，今從笠翁閱定本改。

第二十一齣　心　疢　歌戈

（外冠帶，雜隨上）

【呂南·生查子】下里不堪歌，白雪安能和。吹起事情多，點點誰參破。

正是不如意事常八九，可與人言無二三。我魯肅不才，有辱江東素望，奈江東局小，實爲魯肅痛心。自周公瑾死後，主公命我代鎮危邊，日籌軍國。若依下官愚見，自當和好鄰封，併力殺賊，得一朝天心協順，曹操滅亡，國正民安，酬功報德，我這東吳將帥，未必不到封侯之地。乃爾計不出此，畢竟時時刻刻，寸寸銖銖，定要與劉備爲寇仇，又只以荆州爲得失。前日關公赴宴，議論頗雄，凡有知識之人，自當聞言點首，惟我這甘、呂二位，膠柱性成，固執天就，再不能破其一塊癡念也。

【宜春令】我這憂心切，怎奈何，論江東却也天和地和。只是人心偏小，卑卑自處持籌左。計荆州寢食毋邊，問匡濟桓文羞唾。好教我向隅慨惋，妍醜怎生同夥？

（雜介上）將軍閫外風雷赫，天子宮中坐卧難。稟爺，吳侯有手敕到。（外接看介）咳，原來吳侯嗔我臨江會上輕縱雲長，所以嚴加詰責耳。分付來差，暫留館驛，明日打發回啓便了。（雜應介，下）（外嘆介）吳侯吳侯！

【前腔】那臨江宴，臆見訛，問何人欣然計詿？這雲長豪奮，說來着着真慚懦。倘違天召釁開邊，那些時失機愆問誰擔荷？主公呵主公，一任你責我無能，我只得忍辱靦顏稱可。

（又雜介，上）江邊帆小雲天闊，座上人豪氣概雄。稟上老爺，那甘、呂二將軍，今夜設席舟中，巡遊江岸，說道還要徐看機權，潛窺荆蜀哩。（外介）嗄，罷了罷了！他竟不請將令，擅自妄行，倘有差池，咎將誰諉？咳，天呵！不意江東之主帥偏裨，盡是一流人物也。孺子不足謀，一至於此。（作吐血介）（雜介）呀，不好了，你看吐的都是鮮血。（外作暈死介）（雜叫介）（外介）

【大節高】罷了罷了！他們呵，似嬰兒執梃持柯，鬧儱儚哄社火。醯雞未識乾坤大，若使些微污，一點訛，稍摧挫。東吳半壁天山墮，千秋笑罵名揚播。（合）可憐熱血向誰傾，萬全勝算教輕破。（外倒介）（雜介）

【前腔】老爺蘇醒！老爺蘇醒！咳，嘆忠貞義憤無過，奈時何遭窘坷。又且群情未洽誰參佐。老爺蘇醒。（外醒又吐血介）（雜介）老爺耐煩些。（遞湯介）喫些湯水。（外搖首介）（雜）你看腥腥污，（外介）孺子不足謀，孺子

不足謀！（雜）句句哦,（外淚介）我那周公瑾呵！（雜）聲聲侉,心心念念分分剖,零零亂亂珠珠墮。（合前）（外）

【尾】我憂民憂國憂天墮。憂不了隱憂還大,天呵,我只好暗裏憂心與這血點和。

（雜）憂者自憂,（外）樂者自樂。（雜）樂以忘憂,（外）憂能致樂。

第二十二齣 偵 釋 皆來

（雜）落日五湖遊,烟波處處愁。浮沉千古事,誰與問東流。我乃東吳大將甘、呂二將軍麾下一個水軍總管是也。那甘、呂二爺,前要伏兵江口,計賺關公,奪彼荆州,歸吾重鎮。不意大夫魯肅,竟以婦人之仁,忘却封疆大事,酒席之間,被關公巧言誑騙,遂爾徹退全軍,不得收功咫尺。俺甘、呂二爺好生着惱,雖蒙主公安慰,着實詰責魯公,到底是膜外閑談,無關實政。俺爺仍復怏怏不樂,憤憤在懷。今見夜氣澄清,江流寂静,特命駕船,往觀勝景。一則借酒澆愁,二則巡江度勢。這也是他二人一片忠誠,正堪對此滿江浩氣。仰看燈燭輝煌,二位將爺,又早到也。（副淨、丑同雜上）

【南呂·挂真兒】無窮積悶對誰排,且盤桓把樓船漫開。一曲凉州,幾年辛苦,都付酒杯天外。

（雜）水軍總管迎接將軍,請即登舟,沿江巡覽。（副、丑）閑觀夜色,不比行軍,鼓樂休張,恐生意外。（雜應介）（副、丑上船介）分付稍水,拽起半帆,聽他漫漫行去便了。（雜應介）（合）

【梁州新郎】【梁州序】水浮天外,一舟如芥,風細帆輕幽邁。看取烟霞浩渺,涵虚萬頃無涯。說甚三湘五嶺,控蜀襟吳,地利天時屆。謀謨機變也,在人諧,敵國舟中莫浪猜。【賀新郎】天意好,人情憊,借清江夜色消癥塊。雄酒力,嘆成敗。

（副、丑）分付水手,順着江岸而去,我們坐出船頭,遍觀夜色。（雜應介）（副、丑）正是：清江夜寂空天地,大將權高壓鬼神。（各介,下）（旦、小旦同上）

【前腔】歸鸞雲外,天人分界,一片江流澎湃。遠見風帆一縷,何人午夜遊來。（旦）姑姑,我此一來,全虧關主大德也。（小）娘娘雖則依附周倉,却也說得諸事清楚,如今心事,覺得放下些哩。（旦）正是。（小）我們疾速回天,省得關主記念。（旦）姑姑,你看那空江似練,一艇如蟻,淡染輕勻,好不瀟灑。(小介)娘娘,這舟中不是別人,就是前日要在江上劫取關雲長的甘、呂二將。(旦)原來是他。關某是我漢家一個名將,你這兩個小人,定要害他。姑姑可憐,你便顯個神通,也象周倉那般,將他覆舟而死,令人暢快暢快。(小)此二人原未該死,我們不便輕舉。(旦)這却如何是好?姑姑,還要求你則個。(小介)哦,有了,不免把他驚駭一回罷。(旦)怎麽驚他呢?(小)我們作起一陣東風,把他座船吹過西岸。今晚又是周倉夜巡,叫他拏住請功,豈不一場好笑?(旦)關某見了仇人,自然不肯輕放,此計極好。(小)關某義薄雲天,仁空宇宙,怎肯害他,定要放他回去哩!(旦)這叫以德報怨,智者不爲,關某何必如此。(小)非是以德報怨,不過天數難違耳。(旦)若依姑姑說來,件件有個天數,這些積功累行仿聖遵賢的人,做的都是瞎眼工夫,沒用的了。(小)說那裏話,假如今日甘、呂二人,清江夜宴,樂事賞心,你我不是冤家,怎去管他閒事?這就是見在消除,自作自受的風流罪過也。(小將拂塵旋繞,作返風勢介)娘娘,你看風聲漸轉,水勢西流,黌黌雲堪駭。我們自上天去,不要管他。(合)長空人去也,暢情懷,照徹人間孽鏡臺。(介,下)(副、丑介,上)(雜)呀!不好哩,東風發作哩!(副、丑)稍水速速收篷。(雜介)呀!那裏收得住,不好不好,啊呀啊呵,直過來哩!(合)風勢急,水聲怪,看依稀直扣江陵界。(譚介)(雜)天爺呵,你看風越緊,我的頭磕壞。(介下)(淨帶衆上)

【節節高】雲陽市裏來,氣充霾,江心溺去生還再。我周倉蒙爺不殺之恩,許我圖功自贖,今該巡視江干,須速趲行前去。想起前日頭戴鳳冠,身穿女服,一番婍妮,好慚愧也。嬌喉切,麗語喈,把風流賣。說來唬得人驚怪,含羞今且愁凝睞。(看介)呀,那江邊好似一隻大船。不好了,有警了,衆人放箭!(各介)(合)簇簇雕翎去似蝗,管教奪得三軍帥。

(淨)那船不動,擱淺一般。分付水軍,速速駕船往探。(雜分付介)(內吶喊介)(淨)水軍已去,汝等各要戒嚴。(衆應介)(淨)

【前腔】鎗刀速展開,莫延捱,恐防意外生尷尬。(又雜急上)稟爺,船內乃是東吳甘寧、呂蒙二將,夜飲舟中,失風到此。那些水手、從人,箭傷八九。只這甘、呂二人,身無甲冑,手乏刀鎗,業俱綁縛獻俘,小的先來報喜。(淨)妙也,妙也!前日我也折了一名水手,今日射死多人,足酬此恨。你們快去,先把甘、呂二人解來,代我轉解大營,請功贖罪。(各應介,下)(淨)這兩個狗頭,他要害俺爺爺,今日來得正好。你這奸無賴,狸共狨,蚊和疥。天教離却江東界,輕風直送真愉快。(雜綁副、丑上)(副、丑)試問天心更若何,江東難道天應敗。

（淨介）你就是甘寧、呂蒙麼？你今見了周爺，如何不跪？（副、丑）天意難逃，東風作祟，要殺就殺，誰來跪你。（淨）我也不必汝跪，只是解到大營，看汝如何得活？（副、丑）落在爾手，聽爾生死罷了。（淨、衆打諢介）（末上）

【柰子花】聽江邊獲得鴛駘，論仇讎豈能釋懷。只爲鄰邦道義交情在，昭示我德容難揣。（淨介）呀，原來是小將軍到此。（末）家父有令，聞得將軍捉獲東吳二將，將軍之功，自然紀錄，二將火速放歸，不得有傷鄰誼。（淨）前日設謀要害爺爺，正是他這兩個。（末）爺曾說過，各爲其主，不必怪他，凡事只看魯大夫的面上，送他去罷。我爹爹的度量呵，如海，令他們洗心知改。

（淨）咳，罷了罷了！（末）鬆綁更衣，請來見禮。（鬆綁介）（副、丑）多蒙不殺，銘勒敢忘，自顧羞慚，無顏見禮。（末）衆軍好生送去。舟膠砂磧，不得開行，代彼移船，並集槁櫓，作速歸營回話。（衆應，同副、丑下介）憑君掬盡湘江水，難洗今朝一面羞。（介，下）（淨）早知如此，就在船上殺了也罷，不知俺爺，何以就知拏了他們兩個？（末）沿途偵探，豈是尋常。一動一行，爺都知道哩！（末）

【前腔】看軍門號令安排，一樁樁耳目潛埋。（淨）方纔獲醜心愉快，又誰知釋歸堪瘗。（末）周將軍，我們呵！聲凱。（淨介）遙望那去帆瀟灑。

（衆介，上）稟爺，船開去了。（末、淨）明日領賞，就此回去。（各介）（合）

【尾】千金不得將仇買，反釋深仇縱虎豺。怕只怕天與人違福轉災。

（末）殺賊不如放賊，（淨）務名不如務實。（末）鄰邦義氣須全，（淨）自古人心叵測。

第二十三齣　報　　服　庚青

（丑）

【越調・水底魚】面目堪怕，心中氣不平。江東父老，笑得肚腸疼，笑得肚腸疼。（副淨）

【前腔】作怪成精，東風把我坑。周倉得意，脾燥骨頭輕，脾燥骨頭輕。

（副）罷了，罷了。（丑）罷了，罷了！喂！甘將軍，昨晚這場出醜，怎生見人？（副）勝敗兵家之常，況是失風去的，到也還可支飾，只是不便去見魯大夫，如何是好？（丑）正是呢，到底要去見他，說個明白，好在主公那厢遮蓋遮蓋。(副)呂將軍,言雖如此,也還不知那魯大夫,肯替我們遮蓋不肯哩?(丑)魯大夫乃忠厚長者,關雲長尚且不肯害他,何況你我。我們趁早去罷。(副)是是。(合)

【憶多嬌】遭大驚,難作聲,且向元戎去乞情。莫待施張衆口騰。戰戰兢兢,戰戰兢兢,汗冷淋漓似冰。

來此已是。有誰在此?(雜介,上)呀!原來是甘將軍、呂將軍到此。聞得二位將軍昨夜受驚,家爺只爲卧病在床,不能親自探望,正要差人奉候呢,不期將軍又先來了。且請少待,即爲通報。(丑、副羞介)不敢不敢,煩你通報一聲便了。(雜介,下)(丑)咳,怎麼處,怎麼處?早知他病,不來也罷。(副)只怕病中不見也不可知。(丑)正是。(外病態上)

【杏花天】恩仇自古如懸鏡,況紛紛兵戈止盈。萬全勝算宜安靜,圖甚麼蝸頭利名!

(雜介)甘、呂二將軍在外。(外)快道有請。(雜介,丑、副進跪介)不聽至言,輕浮冒險,脫離虎口,總出神功。今特謝罪階前,還望遮羞蓋愆。(外亦跪介)二位將軍請起。(各介)(坐介)(外)受驚了,老夫一病甚沉,不能親自往探,正欲差人問候,反承過慰,覺得老夫太慢事了。(丑、副)豈敢豈敢!我二人不聽良言,受此大辱,真正含羞無地矣!好個雲長,好個雲長,若那周倉是,我二人再也不能得見大夫了。(外)人情報復,天運循環,大率如此,二位也不必深咎。(介)只是還該親往關營一謝方好。(丑、副介)要去謝?這個不便。(外)不妨事,去謝的好。(丑、副)咳,大夫大夫,人人都說江東局面小,江東局面小,若是再叩轅門,親身謝罪,一發小了。這個斷斷不便。(外)去謝倒不小,不去謝倒小哩。(丑、副)不去不去。(外)既二位將軍立意不去,這也罷了,老夫修書一封,代謝去罷。(丑、副)這個使得。(丑、副介)不知大夫貴恙從何而起[1]?(外)國步艱難,庸才難處,勞心焦思,病勢日沉[2],只怕要與諸公分手了。(丑、副)大夫何出此言,江東之事,正藉謀猷,以圖長治久安之計哩。(外嘆介)只怕不能耳。(丑、副)大夫勿過焦勞,耐心將養。我二人呵!(丑、副介)

【鬥黑麻】藉你威靈,完吾首領。看取此際羞慚,正要藏形匿影。還敢關營去,惹笑憎。寧可一紙降書,省得揚眉露睛。(合)原非戰爭,裘輕帶亦輕。浪逼風騰,顯得他們氣盈。(外)

【前腔】天地常經,報施如影。若肯謝過求成,反覺量宏鐘鼎。(丑、副)這個實實有些不便,望乞大夫周庇罷。(外)你既羞回首,我去代剖情,可惜

如此江東，真正人微事輕。（合前）

（丑、副）既蒙大夫許諾，代爲謝過[3]，我等且退，主公那邊，還求掩飾。（外）這個不勞囑咐。（丑、副）貴體違和，大宜保重。（外）且看病勢如何，再酌善後之計。恕不送了。

（外）得失何曾足重輕，（丑）歸來猶喜正三更。（副）還尋洗滌前羞計，（合）病骨難爲遠送迎。

校記

[1] 貴恙："恙"字，底本殘，今從笠翁閱定本補。
[2] 病勢："勢"字，底本殘，今從笠翁閱定本補。
[3] 代爲謝過："爲謝"二字，底本殘，今從笠翁閱定本補。

第二十四齣　啼　笑　東鍾

（小旦淡妝上）

【正宮·喜遷鶯】苦情千種，但欲說難言，不言還悚。這親命難移，君恩難置，啼笑兩般難縱。夫婦有情難訴，影衾無計難工。何疏寵？他道是仇仇相聚，我還是切切於中。

（如夢令）不是夫妻唱和，反是冤家摧挫。衾枕夢回時，各自心驚膽墮。膽墮，膽墮，強笑強眠強坐。我乃魏公曹丞相之女，當今聖天子之妻。論一時金書玉册之榮，也算個昭陽國母。受無限神嗔鬼怒之怨，分明是萬世罪人。我父親既存大欲於衷，何必又在兒女身上作這風流罪過[1]。漢天子業肯降情忍辱，不如及早善爲卸脫，省得受此辛酸。奴家自入宫來，見此淒涼景象，不禁痛切，難處笑啼，所以愁病叠加，惟親藥餌。咳！我那爹爹呵，不要說起你那四海九州的好惡，千年萬載的批評，只你女兒之官内含愁，腔中悒鬱，也就不勝度日如年，一刻難過哩。數日以來，只推病重，自處深宫，不特聖上之愁態少覘，即這妃嬪之慘容不接，就是奴家受用之地也。

【雁漁錦】【雁過聲】長門一入天地空，到而今疾病相供奉。怪無端的藥餌頻迎送，睡殘時酸辛亂擾胸。口難言真似啞如聾，心中搗與舂，只恐病不堅二豎無參用。但願得早一日摧殘，我就早一日歸長夢。【二犯漁家傲】難攻，萬叠愁忡。論人生在世，不過是綱常重。惟我這苦真萬種，說將來啼笑多瘡孔。要遵君親言怎攻，要遵親君恩怎蒙。君親義計無同，打冬烘，私心不敢違從。冲冲,衾裯淚染紅。這壁廂道咱是個狠哪囉教養的鵙和鳩,那壁廂道咱是個耽快樂忘親的蠢也蠢。【二犯漁家燈】雍雍,珮玉鳴琮。(哭介)我那爹爹呵,你這奇功蓋世勳勞重,何不循分安榮。分茅列土,金章鐵券,受了奕葉侯封,侯封正永。春秋史册,落得美辭褒頌。你如今一朝得計思磐鞏,還只怕四海群英氣未鎔。【喜漁燈】我一聲一淚更憑誰控,欲開言不禁惶悚,且不禁磨礱。恐言隨禍來,好似難回馹馬追落鴻。我只這刺心刻骨時提弔,問誰人可能譏諷?諷他們子孝臣忠。若得他樂天知命終臣節,我情願寂寞春宮做女傭。【錦纏道犯】天呵,教奴家如何過得日子也?漫躍踴,淚涓涓腰肢似蜂。父女兩縱橫,總朝廷內外九廟三宮。萬載評名兒怎隆,一生計時不再逢。我那爹爹呵,你何苦的自膺鋒,鎮日裹東征西討凌霜雪,到不如暮鼓晨鐘進酒觥。

（女侍上）愁人不欲窺愁態,兩地愁懷兩地知。奴婢叩頭,聖上宣請娘娘後宮進膳。（小介）我病難起,不能進膳了,請皇上自用罷。（侍介）領懿旨。

（侍）膏肓病在膏肓地,（小）寂寞門關寂寞天。（侍）寄語後來人不識,（小）可能搔首問當年。

校記

［１］風流:"風"字,底本空缺。今從笠翁閱定本補。

第二十五齣　忠　殞　江陽

（外病態,雜扶上）

【南呂・滿園春】出師未捷徒悲哽,好教我一靈難往。江東度量如斯,此目怎瞑泉壤?

未得開疆展土功,彌縫修補總成空。一腔熱血誰能識,到底天王在域中。我魯肅一片忠貞,滿腔正氣,只願得操賊成擒,天王返政,朝廷之法律重新,臣子之肝腸不廢。（淚介）炎德仍光,亂臣授首,我念畢矣。不期數年消耗,心血早枯,一旦崩離,肝腸迸裂。想這膏肓之症,決非藥石能攻,生死關頭,只在需遲旦夕耳!（左右看介）那個在此?（雜介）（外）適纔命人去請甘、呂二將,可曾到否?（雜）差人去請了,想必就到。（外）再去催催,恐我不及久待,倘或來遲了些,我的口舌未必分明,昏迷反多亂命。我好恨也,我好恨也!（雜介）曉得了,再差人去催請便了。（丑、副淨同上）

【前腔】江東氣槪時消長，他去後豈難開廣？幾年癱腫尸居，何不早歸蒿莽。

報進去，說甘、呂二人到了。（雜報介）（外）快請，快請！（丑、副介）呀！連日不曾問候，不意大夫之症，竟如是也。（外）多此一刻留連者，只候二位到此，吐我一生心事耳。二位請坐。（丑、副）小將告坐。只望大夫寬心調養，勿自過勞，不日痊安，正圖指教。（外搖頭介）老夫病劇怕繁，不必再伸款曲，惟望二位將軍，聽我囑托後事。（丑、副）不敢。（外）

【太師令】二位將軍呵！你世無雙，都是韓和絳。爲封疆，宵衣肯遑。好好，這赤心天人同壯。（丑、副）我二人不過血氣粗浮，憑河暴虎而已，那裏曉得什麽治國安邦之道？不勞大夫過譽。（外）魯肅不才，遺笑千古。望將軍蓋愆包荒。（丑、副）我二人日蒙大夫指授方略，教訓之恩，敢忘片刻！（外）雖蒙二位過謙，只是魯肅呵，真自顧徬徨怏悵。知我心者，惟周公瑾與關雲長二人耳。叩鄰邦雲長堪尚，歸泉下有個公瑾徜徉。（丑、副）當日赤壁鏖兵，東吳不弱。如今大夫秉政，一味含容，只怕公瑾苟存，不致羸懦若此。（外）將軍嘎，你這說話，竟不是了。當戰則戰，當守則守，各因其時耳。再不可葫蘆依樣畫靑黃。

（丑、副）請問大夫，當日該戰，今日該守之道，何所分別？（外）

【前腔·換頭】戰守因時非無量，總只在氣勢精詳。當日公瑾主戰，戰賊也，戰曹也，戰曹正是戰賊，戰賊正該戰曹。君父之仇，不共戴天，悖逆兩參，彼勞我逸。加之以忠義之跡，不得不爭，利鈍之間，了然在握。即便一敗塗地，身死國亡，到底不失爲忠臣孝子，此公瑾當年，萬萬不可不戰也。想公瑾當時程創，顧不得利害存亡。（丑、副）今日何以不該戰呢？（外）今日非不要戰，但不當與劉備戰耳。（丑、副）各爲封疆，安有不戰而得者。（外）請問二位，戰敗劉備，得了荆州，還是與曹賊抗衡乎，還是爲曹賊驅使乎？若爲曹賊驅使，曹賊旣爲漢賊，我反爲漢賊之賊，若與曹賊抗衡，曹賊要挾天子，收拾人心已久，我卽幸而克之，那些向在曹賊手下之豪傑英雄，未必就肯讋服。倘一旦又或割裂支分互爲消長，是去一賊而生千萬賊也，設或不克，這江東一隅，安能保守？假就能守，恐我殺了一個劉氏宗枝，得了幾尺劉家土地，得土地、殺天潢之聲名，與那挾天子令諸侯之聲名，較分伯仲，只怕我們罪過，反不如曹賊之可以遮飾耳。論消除分明指掌，並非我倒辭鋒相欺誑。（丑、副）若依大夫說來，今日江東該做何事？（外）江東尚在尊周繼亡，須與那劉玄德呵，如金似石兩匡襄。

（暈死介）（丑、副、雜哭叫介）（外）

【太師垂綉帶】我淚原枯，情猶愴，復歸來，終成露瀼。我有遺表一通，在於笥篋之內，望乞二位將軍，早達主公座下。（丑、副）還望大夫教我二人，如何處置國事？（外）只是睦鄰殺賊，凜尊正朔，應天順人，因時達變而已，再無他法。（又暈介）（各叫介）（外）相別去忠魂仍悵，未了事誰肯承當？（丑、副）大夫有甚未了之志，説與我們知道，自然代爲料理便了。（外看二人介）魯肅並無家事，只爲着封疆，（搖頭介）總然切切成空望，料將軍怎能垂諒。生和死，聖賢且常，怎做得没盡藏的萬載荒唐。

（又暈介）（各又叫轉介）（外看介）二位將軍，各好爲之，睦鄰殺賊要緊。我去也，我去也！

【尾】我悠悠漾漾魂飛蕩，説不盡未來得喪。都只要一點誠心鐵也鋼。

（雜扶下，復上介）二位將軍不好了，老爺一進裏邊去就暈絕了。（丑、副淚介）果然死了，咳，看來也覺淒慘。你們且去整理喪事，不得有誤。（雜介，下）（丑）適纔大夫之言，雖屬可聽，但此龍争虎鬥之時，如何依得這些道學舉動。我們即刻報知主公，速選一員輕年柔弱之人，早來領此重任。（副）將軍差矣！如此重任，何以反要一個輕年柔弱之人來管，豈不誤國家大事麼？（丑）將軍你不知道，魯大夫既死，我們正要恢復荆州，覬覦川隴。若使來了一個宿將重臣，那雲長必然防虞謹密，難以動搖。如今任了一個無名末將，令他着實遵奉雲長，養其驕志，那雲長一經欺藐，守禦必疏，我們正好便宜行事耳。（副）將軍神機妙算，誠不可測，誠哉東吳柱石也！（丑）不敢。

（丑）不在規模在實心，（副）實心實政實堪欽。（丑）何如實地行虛計，（副）實不乘虛計怎深。

第二十六齣　冥　杳　東鍾

（小生扮穆順鬼魂哭上）

【雙調·海棠春】驚魂至此猶驚恐，驚不了恐中還恐。天上與人間，鬼窟都惶悚。

自家穆順陰魂是也。自那日被曹賊拏住，將我與伏氏一家老幼，盡皆支分磔醢而盡，那伏老太師一死之後，就有許多天神，接引去了。只我穆順一人，是個内官模樣，那些天上地下鬼魂，皆係受過本朝太監之害的，不惟不采不揪，還要抵死與我爲仇哩。我如今真正上天無路，入地無門，生又不能，死而無着,好不苦也!

【仙呂入雙·忒忒令】我痛難伸幽明怎通,死和生總成春夢。孤魂渺渺,更望何門投趲?都道我做中官,奸和佞,強和橫,誰容我訴哩!

別樣人做了忠臣,少不得有那親戚子孫們替他妝點,師生朋友輩替他粉飾,有了一分,便到十分,有了十件,竟成百件。就是做了奸臣時節,少不得也有那親戚子孫替他遮蓋,師生朋友替他開除。惟我內相一途呵!

【尹令】既沒個親知稱頌,又沒個胤嗣彌縫。這門頭萬人交哄,生死存亡,那個詳分佞與忠。

凡人死了,都有鬼窟裏收藏,閻羅王掌管。難道我輩一流,竟是無人拘理的不成?(介)想必原沒人管,所以作威作福,悉聽我輩行為耳。

【品令】作威作福,沒個鬼拘籠。就是地下閻王,也只假闇聾。若果如此呵,是我生前自誤,自誤總成空。何不趁舍隨時,落得杳冥操縱。豈有此理,到底有個忠佞之分,不要差了這一點鬼念,只我這一念無違,少不得天道昭昭有至公。

這也奇得緊,我自遭慘毒之後,已經多日,沒頭沒腦,走的都是瞎路。難道閻王那裏,都要自己找尋上門去的?

【豆葉黃】這陰司地府,怎便沒個人蹤。看朝生暮死,都在那處飄蓬。不要說別的野鬼,只這曹操手裏斷送的呵,也就有萬千丘壟。還更黃巾肆虐,赤眉逞凶。虎牢關戰無旋踵,虎牢關戰無旋踵。最酸心當陽長阪英雄。

呀吪,我原不是,原走差了。我是一個忠臣,自然閻王不敢拘我,我也不該只管找尋到地獄裏去,自然該尋上天去纔是。(作上天介)

【玉交枝】我把長虹來鞚,上層霄遨遊碧空。自有金幢碧輦相迎送,又何必自墮泥中。(作往上跳跌下介)呀!不好不好!天梯難上心自恍,剛風一陣吹來洶。這其間天空島窮,更荒唐天聰可通。

(作遠望介)吚,那邊一朵祥雲,上有天妃兩位,乘空冉冉而來。我,我不免接上去者。

【賽紅娘】祥雲天外湧,意從容。香風陣陣衣裳炯,燦穹窿。我前奔細把衷情控。先躍踴,不知是個真和哄。我還怕恐。

吪,我是一個忠義之魂,還怕那個?

【雙蝴蝶】我是個孤忠,到頭來浩氣充。諒着這天中,聖和神必改容。問甚麼疏還寵,悶昏昏腳步多匆冗。我早把身恭,淚洋洋目也懵。我還把聲通,叫查查嘴且洪。

來者那位天神,聽訴小臣冤枉。(跪介)(旦、小旦同上)

【鶯踏花】聽聲聲哀辭早通,是何人交攻火風。(小生叫介)

(旦)叫得我心慌神湧,好一似避繳飛鴻。姑姑,那半空中呼天狂叫者是誰?(小旦)這就是穆順的陰魂,因無所依,如此哀怨。(小生又叫介)(旦)呀,穆順忠臣,何以令他哀哀岐路,必須作一歸着方好。(小旦)

【元卜算】娘娘,他是忠臣義士陶鎔,不比含靈蠢動。焦鹿原非夢,形骸到底窮。他這一番苦志呵,也只爲歸元用。

(旦)既然如此,我們何不帶他到關主那裏去罷。(小旦)天宮又非鬼窟,如何帶得他去?我們只好指引他個路頭,前往陰司裏去。少不得閻王那邊,要詳究他的生平事績,他決不至於墮落也。(旦)這也罷了。(小旦作拂開一路介)穆順穆順!你往有人接引的這條路上去者。(對旦介)我們速速歸天去罷。天高不接幽冥界,善惡須知報不差。(旦、小旦同下)(小生介)呀,你看天上神明,指我去路,果然面前就現出一條大路來也。(小生)

【窣地錦襠】雲霞片片杳然通,望裏清涼不可窮。還依天訓走如風,未識前頭吉也凶。呀!那邊竟有樓閣城池、人民房屋的光景了,好也好也!

【十二樓】走得神疲力迸,喜覘前面城堙。一生一死休悲痛,總只是水雲空。天地豈朦朦,人心孰肯同?好了好了,走到城下了。(看介)鄴都城。哦!原來今日纔到這裏也。(哭介)

【尾】貪生惡死誠何用,到不如死的強橫,只看我這穆順無能,也叫開了天地孔。

叫天天不應,叫地地不聽。天地假惺惺,到底仁者勝。

第二十七齣　召　　夢　庚青

(老旦、雜同上)

【仙呂·皂羅袍】天命從來前定,也還須德業培養方成。春風拂拂柳條青,黃花霜滿丰姿勁。鳩拖燕影,蜂翻蝶惺,雲深霧冷,烟烘雨蒸。朱朱粉粉皆時令。

老身適纔見過上帝,遂乘雲輅而歸,幸得天隙苟完,只要因緣授受。那伏后痛思天子,死且不寧。這雲長兄弟睽違,生難會合。不免少爲夢境之情形,假協人情之暢快,也當個扶掖乾坤,一場韻想耳。夢神何在?(雜跳舞上介)(老)夢神聽我分付,你往西川、荆楚地方,召取那劉備、孔明、雲長、翼德,

再往京都,並請當今皇帝,同來入夢。(雜應介)(老)

【前腔】你須恭聽,鈞天嚴令。往荊襄隴蜀,接取天卿。準在三更左右到天庭,莫教誤却天王命。星飛疾往,休教漏盈。荊襄咫尺,西川數程。又不許轟雷掣電相凌迸。(雜應介)

萬古精靈夢裏評,夢中指點豈無情。大地乾坤都一照,免教人在暗中行。

第二十八齣 勒 封 庚青

(雜扮獻帝,小旦皇后上)(雜)

【仙呂·卜算子】戰悚身難定,痞瘵都驚警。(小旦)父子夫妻君與臣,件件宜思省。

(小介)臣妾叩見陛下,願陛下萬歲萬歲萬萬歲!(雜扶介)卿乃魏公之女,與別個皇后不同,如何也行此禮?(小)禮則一禮,法則一法,臣妾焉敢異同。聖上不必過惜。(雜)卿能敬慎,朕敢肆然。謙謹之忱,各盡其道便了。(坐介)(小)不知今日有何大政,特命臣妾同御此殿。(雜)滿朝文武,齊稱汝父功德巍巍,正宜晉封王號,以敷四海之望。所以特命卿來,同定典禮。(小)呀,萬歲差矣!臣妾之父,勠力王家,正是臣子分內之事。前既拜爵魏公,已就恩榮無比了。如何眾臣又有此請,這都是那些朝臣阿譽,聖上不必理他。且爵祿名器,勿過濫觴,方是正理。(雜)卿家休出此言,只怕朝臣不服耳。(小)且看他們執持若何,再作道理罷。(雜扮華歆、王粲、張遼,冠帶上介)(華)

【前腔】何必天王命,(王)已見天人景。(張)人情天意兩怡然,(合)我輩從天稟。

來此已是便殿,不免一齊進見。(各介)願吾皇萬歲,娘娘千歲!(雜起介)眾卿平身。眾卿今日齊集得好,想必有甚事體,欲要陳奏麼?(華介)(眾作附耳語介)(華)聖上不見昨日朝臣公本麼?今日封拜魏王,此乃一件大事,怎竟伴若不知,推聾妝啞起來?(雜介)哦,就爲此事麼?寡人正在這裏商議。(眾)何必商議,人意早合天心,天心正符人意,天與人歸,人承天運,事無不可,聖上速速降旨便了。(雜)朕與眾卿俱有此意,不必言矣。只不知丞相魏公心下如何?(眾)丞相謙遜小心,自然再三辭讓。若聖上堅執賜予,他也不敢不受。(小)眾卿過來!我父雖有勤勞王室之微勳,也是臣子致身的本等，何必衆卿，如此過譽。（各大笑介）國母娘娘，你這句話就説差了。我這本朝制的律令，首行就列有一個八議的條款，那八議之中，第一是議親。所謂親者，謂皇家袒免以上親，及太皇太后皇太后緦麻以上親，皇后小功以上親，皇太子妃大功以上親，皆得與議。今丞相女正朝陽，親爲國丈，親莫過焉，這封爵獨不可議乎？（雜）是，是，這一條合例得緊，該議該議。（衆）第二是議故。所謂故者，謂皇家故舊之人，素得侍見，特蒙恩待日久者，俱得與議。今丞相乃漢曹參之後裔，食四百載之天庾，又蒙聖上爵以上公，劍履入侍，故舊重臣，孰敢並駕，這封爵一發該議了。（雜）也該議，也該議。（衆）第三是議功。所謂功者，謂能斬將奪旗，摧鋒萬里，或率衆來歸，寧濟一時，或開拓疆宇，有大勳勞，銘功太常者，皆得與議。今丞相掃平四海，聖武仁文，坐致太平，奠安疆域，難道説得無功，這封爵難道不該議也？（雜介）該該該。只是不知後邊這五條，還是如何哩？（衆）後邊五條，其四曰議賢，五曰議能，六曰議勤，七曰議貴，八曰議賓。夫議賢者。（小起介）諸臣不必有這許多議論了。我本女流，焉知律法，但以本朝禁網之寬嚴，亦該探討一二，不知八議之前，是那一格？（衆）是十惡。（小）既衆卿深明八議之精粗，即把十惡的條例，也講一講。（各作縮頭睜目諢介）（華）噯，今日本爲封拜魏公而來，爲何倒反七嘴八舌，講起道學來了。（取筆介）只要聖上批一準字，打發我等去罷。（各擁住拿雜手寫"准"字介）（小旦奪筆，華、衆推介）（衆）皇后如此行爲，豈不有負丞相訓育之恩也。（小旦哭介）你們一班奸臣，不特戲天子如小兒，抑且陷丞相於不義，我好恨也！（衆）既是聖上批准了奏章，我們何必與他鬥口，讓他些罷。這叫：出門不管宮中月，皇帝娘娘自主張。暢快暢快，有趣有趣。蘭台署速撰封拜文，將作監快起魏王府，不日就好行禮。妙，妙！（各大笑介，下）（雜）

【解三酲】這言詞實難聞聽，嚇得我戰戰兢兢。那討個山呼拜舞相恭敬，儼一似羅刹鬼肆侵凌。我而今空居似寄虛名應，甚日得早脱羈囚免震驚。（合）頻咽哽，好一派君臣父子冠冕朝廷。（小旦哭介）

【前腔·換頭】既做了違棄君恩無義妾，復犯了忤逆親言不孝名。似這等偷生怕死圖僥幸，倒不如尋早計免勞形。若待得是非有判乾坤別，可不道得失存亡福眚征。（合前）

（旦、雜同上）請萬歲、娘娘，還宮去罷。（合）

【尾】説來真正人難省，再沒有這般頑梗。只看他去後盈盈笑語稜。

一筆何曾足重輕，天王猶在掌中擎。寧甘忍辱非無意，川隴東吳正起兵。

第二十九齣　回　天　東鐘

（老旦）

【商調·憶秦娥】真悲痛，軍門暫把相思控。相思控，江上歸來，輕風搖送。

天機不可泄，天運從來拙。既謂數難逃，又謂誠可結。災異德消靡，怪誕仁吹滅。羞殺補天人，愈修還愈缺。老身女媧氏，前以伏后之請，令他顯聖關營，今已事畢回天，還要錫之夢寐，使他魂依廟闕，神返陵園，歡喜逍遙，恩仇兩釋，這纔是我要補平缺陷的大宏願也。（旦、小旦同上）

【前腔】去來天上無迎送，雲霞片片翔鸞鳳。翔鸞鳳，恩愛難捐，冤仇越重。

（小）來此已是天宮了，娘娘請進去罷。（旦介）闕主在上，臣妾參見。（老）汝來了麼？侍兒設座，與娘娘坐。（旦）臣妾告坐。（老）不消罷。（坐介）（老）顯靈一番，覺得心中爽然否？（旦）闕主聽稟。

【集賢賓】違天尺五遊碧空，見一片浩渺穹窿。叠嶂狂瀾真怕恐。多虧這姑姑指引，竟自附了周倉，直達關營，毫無阻滯。到關營細訴衷情。我的哀聲溢湧，把全軍震驚雷閧。那關雲長真正是個深明大義的文武英雄也。（合）真璧琪，文共武智嚴仁勇。

（老）侍兒，你送娘娘到彼，早又見了許多紅塵的境界也。（小）

【前腔】紅塵亂滾天地蒙，故把這人世牢籠。水遠山長雲物迥。娘娘江上歸來，又把甘、呂二人戲侮了一番，纔覺心中鬱勃稍解。（老）如何將他戲侮呢？（小）那將軍坐嘯澄江，我把東風遙捅，使周倉一番擒縱。（老）雖然仇怨相殘，不可違天巧幻纔是。（小）關雲長大義干霄，怎肯違天結怨。那甘、呂二人雖被周倉拏住，雲長得知，隨即放他去了。（合前）（老）

【簇御林】這天條例，數有終。你莫紛更，幻不窮。還須守分毋循縱。（旦）前日姑姑，刻刻以天數規勸臣妾，臣妾好生不然。如今娘娘又以天數爲戒，若只管以入局人，人竟一無所用了，此蒼天何苦[1]，代人作馬牛耳？（老）咳，你不信天，你如何就一敗若此耶！這天不動，無窮用。（旦哭介）（老旦）爲甚又心忡？看此天宮自在，寒暑任秋冬。（旦）

【前腔】娘娘呵，那天王信，既已通。我的怨聲長，尚繞虹。（老）又爲何呢？（旦）曹瞞終久還驕橫。（老）你且待等幾時，自然見他下落。（旦哭拜介)娘娘呵,我一刻裏,難天共,拜慈容。早把三分信息,做個梅柳透春風。

（老,笑介）誰似你這等性急,罷！一發與你一個亮頭去罷。侍兒。（小介）（老）你今同了娘娘往意中天上去,在那補不完的一隙之中,看個曹操下落,再來見我。（旦）多謝娘娘。（老）雖然爲你奔馳,覺得老身多事,但這天地間的道理,一直直看到底是有何趣味,令人一點餘思都没有了。（旦）娘娘聖慈,無不感激,臣妾就此告別者。（老）去去就來,我已分付夢神,到荆襄、川隴、召取劉備、孔明、雲長、翼德,又往官中宣請當今皇帝,都在今夜入夢,你須疾速歸來相會。（旦）更感娘娘大德。（老）還有一説,少刻夢中,不可洩漏曹操報應的説話。（旦）這個自然。（合）

【尾】紛紛墮落天花湧,泄天機恐天驚悚。倘一日天不循天,反笑我這天瞶憒[2]。

不説蒼生説鬼神,蒼生神鬼總無論。直窮天地無他意,缺不完全道不泯。

校記

[1] 蒼天:"天",原本無。今從笠翁閱定本補。
[2] 天瞶憒:"憒",原本作"懂",今從笠翁閱定本改。

第三十齣　荒　　樂 _{庚青}

（雜扮内相上）

【南吕·香柳娘】看龍樓鳳城,看龍樓鳳城。朱聯碧映,鳶飛魚躍無窮景。正祥雲舞騰,正祥雲舞騰。王氣燦盈盈,萬國同敷慶。夸長虹瑞凝,夸長虹瑞凝。銅雀高鳴,二喬妖倩。

自家魏王殿下一個内官是也。俺王爺姓曹名操,乃是當今海内一人,威福凜然無二。他若要受禪革年,推移漢魏,這却有何難事。只因這江東尚未馴伏,劉備據有荆川,寢食未遑,不敢妄動。如今且暫晉魏王之爵,藏機少息兵戈,在此漳水之旁,高建層臺,名曰銅雀。臺上廣列奇珍異品,筵前多置舞女歌姬,鎮日歡娱,無窮快樂。又聞江東有一喬公,産生二女,長曰大喬,次曰小喬,皆有沉魚落雁之容,閉月羞花之貌。王爺之意,一願掃清四海,大志早伸,二願得此二喬,一生歡慶。練兵秣馬,礪刃操矛,實皆爲此二事。正所謂：聖德無窮日月高,東吴川隴等蓬蒿。玉龍金鳳臨漳水,銅雀春深鎖二

喬。道猶未了，王爺到也。(副淨王者衣冠，太監、女侍同上)(副)

【大勝樂】人心原自依天命，這天命又從人應。天人久矣交親，我却反增謙警。

誰謂天不與，我反難輕許。爾漢尚有人，恤器毋投鼠。我曹操氣勢威權，那件不到絕頂的地位，不要夸我的文德武功，天心人意，只我這連生二十五子，也就是個卜世三十，卜年八百的樣子了。所以近幸之臣，諄諄勸勉，要我早順天人，以孚衆望。我但曰：果然天命歸吾，吾當爲周文王。(笑介)你道這是我安守臣節的謙辭麼？不知我自有一椿心事耳。我今業已進爵魏王，與天子不過少差一間。域中有我，誰知共主當尊。海內無人，只有孫、劉未下。那東吳渺在海隅，原自易於擒伏，只差的是劉備梟雄，耽耽虎視，又加雲長忠勇，抗扼荊襄，所以轉展籌躊，愈生畏懼。今且高宴銅雀臺中，稍作及時行樂，平定吳、蜀之舉，謾看機會輳合而行便了。近侍奏樂，宮嬪進酒。(眾應介)(合)

【香柳娘】進霞觴醁醽，進霞觴醁醽。彩霓交映，珠圍翠繞芙蓉頂。看巍巍大成，看巍巍大成。岳牧敢齊名，堯舜方同聘。(合)且歡娛醉醒，且歡娛醉醒。消停戰爭，靜看天命。

【前腔】正煌煌帝星，正煌煌帝星。魏邦祥證，漢家數盡真難整。守伊周大經，守伊周大經。不肯順群情，反自循恭敬。(合前)

(雜內相上介)六合已歸真命主，一心還作假元勳。稟上王爺，東吳孫權差官上表。(副淨)官兒明日引見，先取表章進來。(雜應介，下)(副)

【前腔】笑東吳聚蠅，笑東吳聚蠅。井蛙奔競，一般也識天時警。看舒誠達情，看舒誠達情。真假兩惺惺，暫借藩籬應。(合前)

(雜持表上)稟王爺，東吳表章呈上。(副介)哦，原來爲此。可喜江東魯肅已死，如今甘寧、呂蒙二人秉政，特差一個無名小將陸遜，前去鎮守陸口，以驕關某之志。又請我這裏遣發大兵，合取荊州，共成帝業。我想孫權那廝，欲得荊襄川隴之心，已非一日，不過借吾兵力，爲彼奔忙，他反要坐得漁人之利，我不免將機就計，乘此興師，併滅孫劉，勢成一統，有何不可。內官過來。(介)(副)傳我令旨，即著于禁爲主帥，龐德爲先鋒，統領七軍，往取荊襄，旋滅川隴，克期覆命，不得有誤。(雜介)領令旨。天上雷霆一震，八方玉石俱焚。(下)(副)今日宴樂崇臺，又得邊隅章奏，魯肅一死，心中去了一個勁敵。若他在時，怎得吳蜀構釁也。好快活，好快活！女侍再進酒者。(合)

【前腔】振洋洋大聲,振洋洋大聲。八方恭聽,何須再問周家鼎。借他們愛憎,借他們愛憎,先把蜀邦平,更掃東吳靜。看唇亡齒傾,看唇亡齒傾,虞虢凋零,二喬雙娉。

不喜開疆土,偏娛死重臣。若還留魯肅,吳蜀怎荆蓁。

第三十一齣 揚 義 江陽

(小生內相冠服,雜扮一和尚、一道士、一尼姑、一妓者,各簪花吉服,餘扮鬼隸卒同上)

【南呂·一江風】杳存亡,生死還依樣,五反聯升降。看冠裳,綉錦鮮妍,態度多謙讓。僧伽帽爾光,僧伽帽爾光,烟霞道貌莊,尼與妓同魔障。

(雜作報,到門介)(小生同衆,作拱遜進介)(另扮一鬼禮生上介)(禮)新補使者,望闕謝恩。(內吹打介)(小生、衆拜禮,喝興拜介)(禮)請諸使者升堂公座。(小各遜讓介)(小生正坐,僧、尼左坐,道、妓右坐介)(禮)鬼部參謁。(衆鬼叩頭介)(禮)禮儀畢。(衆鬼分立介)(禮介)這遭該鬼生行禮了。(小、衆出位,禮生行禮介,下)(小、衆復坐介)(小)列位寅臺。(衆)不敢。(小)咱家生前原是一個內相,姓穆名順。只因本朝天下,全被太監弄權,致使天崩地裂。惟俺穆順一人,不與衆豎爲伍,獨挺忠貞,乃心王室,欲除內難,去召外兵,無奈國運實終,反令強臣得志。所以咱家遭了曹操之害。自從遇難之後,遊魂無主,奔走冥中,又得大仙指點,方歸覺路,往謁閻君,蒙閻君憫我孤忠,表奏上帝。上帝敕封咱爲五反使者,同你四位另設這個衙門,在於鄴都城外,即名五反使司,專管一應五反事件。(介)列位寅臺呵,俺們須要敬畏天威,矢心任事纔好哩。(衆)請問老長司,我們這個衙門,何爲五反?(小)呀,列位不知這上帝設官命名之義麼?(衆)不知。(小生)上帝以天地者,不過一氣之中,分個清濁二致而已。清者爲陽,濁者爲陰,凡在知覺運動之中,莫不定有陰陽牝牡之義。偏我五人,反逆天行,悖違造化,所以名爲"五反"。(衆)我們不曾反逆天行,悖違造化呢!(小笑介)老僧原是亢陽,未必元神在握。(介)汝爲全真道士,一任借假偷真,尼則成疑,妓終可忌。爲僧道者,說無妻妾,反廣兒孫,做妓女者,到死無雙,終朝有偶。尼姑本是女流,相貌與僧伽無二,太監迹雖冠冕,此中且女類不如。天地生我等時,原指望陽配陰、陰配陽,廣育生生之化,又誰知男不女、女不男,反成寂寂之門。所以特設這個衙門,專管這班孽鬼。(衆)我等爲僧道尼姑者,既以寂滅解空,清心無欲,作風塵妓女者,又復行雲流水,不墮愛河,各各自尋出入之路罷了!那裏還有什麼孽鬼哩!(小笑介)多也多也,宦官挾天子以逞奸,僧道借修行而造孽,尼姑自身破戒猶可,還不知引壞了多少閨閣佳人?妓者賣俏呈嬌騙人,更要坑陷那一班正人君子,罪正多哩!(妓、雜)騙人則有之,何曾定要騙那好人。(小)還要説,至今阿難菩薩,多被這一點兒污穢着哩!(衆)阿彌陀佛,真罪過也。但我們專管此案,未免同類相殘,覺得此心不忍,如何是好?(小)禁聲禁聲!雖然天聽尚遥,(介)你看這些小鬼頭兒的鬼帳,記得好不清楚,若有人言,我們就犯了個徇情不法之罪哩!(各介)(鬼隸介)禀上使者:今日新任之期,例應參謁十地閻君,領朝地藏菩薩。(小、衆)説得有理,打道去罷。(各介)(合)

【前腔】正堂堂,逐隊紛儀仗,我的意内還惆悵。見閻王,恐怕生前,尚挂支離帳。回頭問北邙,回頭問北邙,閑評怖且惶,凡與聖同丘壙。

孰謂死無知,須將作者思。閻王無別法,一線總難私。

第三十二齣 果　　報 寒山

(小旦)

【小石調·青杏兒】相思淚雨潺,喜樂空悲嘆。又加上怨和恩,兩般兒污漫。娘娘這裏來者。(旦哭介,上)我好苦也。(小)你收拾了從前昏黑闇,好看取今日光明燦。到了這意中天,任你回看。(旦)姑姑,那裏是意中天者?(小笑介)意中天,到不難。只怕你意中情隔斷了萬水千山。倒不如平心抑氣閑宵旦。朝舒着笑眼,暮收着睡眼,早得個暮暮朝朝不憚煩!

娘娘,我與你同坐在此,你只一眼兒對着這天隙之中,那曹操自然來也。(旦、小同坐卓上介)(副净扮曹操,不帶面具,餘雜俱帶面具作獻帝、伏后、華歆諸人,照前杖死伏后勢子介,下)(旦介)呀!姑姑,你看天隙之中,現出一段景象,儼如當日曹賊杖死我的光景。我好恨也,我好苦也!(哭介)(小)

【天上謠】舊日淚重潸,此際情無限。少不得從根脚做出個水曲山灣,返頭目還你個酒闌人散。(旦)前邊之事,我是親身受過的,安忍再見,只要看那曹賊報應便了。(小)雖只是先前事,親身嘗試不須看,那破題結股,分分寸寸,始見波瀾。我如今不教他逐段段狠珊珊,只教你意中天早完的意中公案。

（副净戴王者衣冠，雜扮内相執御仗，併文武官參拜介，下）（旦）呀！姑姑，這不是曹操那廝，竟做了皇帝了麽？（大哭介）若還如此，我那聖上呵，你却如今怎麽了？（哭倒介）（醒介）罷，我不免從此隙中撞將下去，撲殺那奸賊罷！（旦撞介）（小旦將拂子在旦眼上一拂介）（旦介）呀，怎麽連天隙都没了？（哭介）（小）

【惱殺人】這天隙由來奇誕，你再休得惡狠狠把天柱輕摧墮兩丸。（旦）如此奸雄，反把他做了皇帝，我好恨也！（小）娘娘不必過於怨恨，他只封得個魏王，不曾做着皇帝哩！（旦）就是封王，也没天理，我怎氣得過也！（小）娘娘呵，你豈不見滄也桑，危也安。又不見寢和興，收還散。抵多少春夏秋冬暖復寒，抵多少存亡得失縫還綻。你如今消受着玉宇瓊樓八寶闕，又何苦緊追尋拳泥寸版。到不如無言一笑隨花鳥，索强似怨雨愁風鬥觸蠻。好看取烏兔奔忙終不懶。

（副净作病容，侍女扶上，雜扮曹丕、曹植問安，副作分香賣履之態，併扮鬼使，拿副净魂先下）（衆作哭介，下）（旦喜介）咦，姑姑，你看天隙重開，只見曹操爲鬼卒拿去，敢是死了？我好喜也！（大笑又大哭介）（小）娘娘既已歡喜，如何又哭起來？（旦）難道曹操如此作惡，没個人來殺他這們一刀，竟令他好端端的死了。那漢天子從來懦弱，或者不能，難道劉備、孔明，都只如此？（又哭介）（小）

【伊州遍】娘娘，你莫要淚闌干，且自窮洪範。聽他們生生死死秦和漢，張張李李千和萬。（旦）曹操雖死，他的二孫，難道依舊好的？（小）咳，娘娘呵，從來説人歸難固百年墳，那裏有世卿保得千年宦。（雜扮衆鬼押副净上，吞鐵丸、抽腸、鞭樸介，下）（旦大笑介）好也好也，今番報得曹操方快活也。（小）娘娘，你一會裏歡聲逼得斗牛寒，一會裏淚珠溢滿江湖漫。豈不是悲悲喜喜爲人忙，却還當前前後後把因緣看。（旦）姑姑你説差了，我這悲悲喜喜，都爲自家，何曾爲着別人忙哩。（小笑介）果然爲着自家？（旦）不爲自家，却爲那個！（小介）不知娘娘爲着如今的自家，還是爲着前世的自家？（旦介）呀，姑姑又胡突了，我因今生爲曹賊所害，是以欲求報應，又有什麽前世起來。（小介）這等娘娘還再看看。（旦又看介）（雜扮呂后，雜扮韓信，拜后，后留飲宴，即於席間殺信介，下）（旦介）這是什麽故事？我却不懂。（小介）這就是娘娘的前世冤家也。（旦介）我的前世是誰？還望姑姑明教。（小）呂太后，席未闌，韓淮陰，遭誹訕。自古説報應如環去復還，勸你個再不必心縈絆。（旦）當初呂太后殺了韓信與我何干，把這一段故事，敷演出來何用？（小笑介）娘娘呵，你不是太后當年原姓呂，那曹操呵，十大功勞正姓韓！（旦）這等説來，乃是夙世冤家也。（小）可知道冤家夙世緊牢拴，還不想消除眼下歸長嘆。（旦）這等當今皇帝是誰？（小）若問起當今帝，他強弱真奇幻，這就是高祖英雄把跟斗翻，提將起心膽如燔。

（旦介）哦，原來就是這宗公案。罷，罷！我也從此釋然矣。雖有天隙，我不欲觀矣。姑姑回去罷。（小旦）娘娘意中無隙，安得意外有天？就此去罷。（小）

【尾聲】笑啼總莫分憂患，報德何如報怨難。但願得討一個快活逍遙到處安。倘再起意外恩仇，你只把意兒中去返。

（小）冤冤相報幾時休，（旦）及早抽身莫滯留。（小）只要一心行正道，（旦）何須蝶夢醒莊周。

第三十三齣　戒　　慎 皆來

（生扮關帝，淨持大刀，末捧印同上）

【商調・高陽臺】素志無酬，壯懷漸老，那堪又上崇階。天忻人快，漢中王氣遙來。敕取樊城開寸土，徐收拾痛掃妖霾。我還看取，周官禮樂，吁咈和喈。

嶽瀆何如義氣長，桃園萬古有餘香。齊桓事業伊周志，羞對苞茅問楚王。關某久鎮荊襄，毫無建立，壯心未已，白髮將盈。正在愁悶不安，適接吾兄敕旨，喜得大哥應天順人，權領漢中王號。昨差前部司馬費詩，齎詔前來，晉封我為五虎將軍之長，又令我襲取樊城，克收漢土。此正吾之素志也。關平！（末應介）（生）周倉！（淨應介）（生）汝將大刀金印，南向供着，待我先拜一番，明日再往校場，祭旗起馬。（各應，將刀、印擺介）（生拜刀、印，墮淚介）刀呵！關某明日出師，少不得要用着你。我只願早戢干戈，與民休息，何必定要圖這血戰之功耳？印呵！我亦願禮樂征伐，自天子出，今日權且借你威靈，行吾大志，實皆不是關某之矢心也。（生）

【高陽臺】大計非常，雄心正遠，晝夜痛傷無怠。靖難除奸，是君素願充懷。今日呵，雄哉，一旅一成相濟也，早重開鳳闕靈臺。（合）笑駕駘，孫權曹操，一樣塵埃。

（生）關平、周倉，收了刀印，小心巡警。待我齋宿帳中，明日好對三軍，誓師起馬。（末、淨應介，下）（生介）

【前腔】雲霽，夜氣方新，刁聲斗息，如山號令推排。仁嚴智勇，賞功罪您毋乖。(內打三更介)(生)祥開,星回斗轉長空杳,(拜天介)願天人效靈呵戴。(夢神上,作引夢介)(生哭介)我那大哥、三弟呵,我淚盈腮,可嘆弟兄千里,只好夢裏尋來。(作睡介)(夢神跳舞,同生介,下)

拜刀期不殺,哭印肯無君。一刻精誠志,千秋氣節雯。

第三十四齣　天　　夢　先天

(小旦)天似無知人豈知,生如夢寄死何屍。乾坤總是羅浮夢,入夢何如醒夢時。自家女媧娘娘殿下一個侍兒是也。元君法旨,領着伏后娘娘,同到意中天去,看那曹操報應,並現呂后當年誅殺韓信的景象。這伏娘娘方纔慨嘆解冤,如醉始醒。咳,這也不是俺關主得已的工夫,不過是天隙之間,別開一段閒中色相耳。這都不在話下。娘娘今日着令夢神,宣請當今皇帝,併召劉備君臣,同來入夢,這纔是個天眼道場、天工勝會哩。你看,寶蓋輕颻,金幢矗舞,關主娘娘,早升座也。(雜儀從同老旦、正旦上)(老旦)天何言哉,天眼慵開。天花亂墮,天印難猜。老身難補天缺,善返天根,只怪他天道無常,好教我天真難測。今日宣請域內之至尊,併召天潢之劉備,暗指天機,少伸天意,又完了伏后一宗天案。侍兒安設繡墩,與伏后坐。(旦)臣妾荷蒙娘娘十分過惜,得以鄙情播之人世,使天子聞之,稍晏寢食,也就勾了,安望又費天心,錫之夢寐。(老)雖爲汝謀,亦出天造,不必形於口頰。坐了罷。(旦)臣妾告坐。此時夜分已深,入夢之人敢就到了?(老)

【雙調·新水令】你看這紅嬌綠倚萬年春,瞬息間嶺梅成陣。笑啼空役役,來往恁紛紛。鷸蚌續紜,直夢到殘燈盡。

(雜扮獻帝,外劉備,小生孔明,生關帝,淨張飛,雜夢神同上)

【步步嬌】大漢君臣誰詳問,各自存方寸,同歸夢裏身。舉止昏迷,不遑恭訊。步步返天真,遮聰塞敏邀天憖。

(各站立介)(老)原來夢魂俱到,侍兒揭起睡魔者。(小介)(夢神介,下)(衆)這是那裏?(雜)卿是伏后,緣何在此?尋得寡人真好苦也!(旦)聖躬近來福履如何?臣妾好難割捨。(哭介)(外)果是萬歲、國母在此,臣等失於朝覲,死罪死罪。(旦)聖上率領諸臣,都來拜參關主。(雜)這位娘娘是何神聖?(旦)他是女媧聖姆,關主元君。(雜)這等須行觀天之禮了。(各拜介)惟願關主娘娘,握持無量,聖紀後天,臣等凡具何緣,得以首泥丹陛。(老)生受你們了,各賜平身。(小)平身。(老)天子居左,伏后居右,繡墩上坐。劉備諸臣，覷過大君，拱聆天訓。（外、衆拜介）臣等伏願皇帝萬齡，娘娘千歲。（老旦）侍兒，另設一座，與劉備坐。（外）小臣怎敢。（老）我命你坐，必然可坐而坐，天命勿違，汝其坐者。（外）小臣告坐。（老旦）

【折桂令】漢君臣一派天真。似這等穆穆雍雍，謹謹純純。奈天時不利斯文，倒做了沉沉宮樹，杳杳君門。（雜）闕主可憐，曹操那厮害得我家好艱窘也。（老）那曹操呵，他滅盡天倫，哄盡時人。誰不省含嗔切齒，可待也痛憤如焚。（雜）

【江兒水】闕主在上，念臣協呵，終歲幽囚死，連年罹蹇迍。他便春宮面執嬪娥殯，青天白日妖狐震，盜名竊姓瓊樓厦。伏后花飛烟燼，説起消魂，夢寐此情難泯。（老）

【雁兒落】説將來恨難伸氣似雲，遍天涯弄潢池無謙遜。再没有志勤王似火焚，再没有計尊周如雷震。呀，小江東還只想雄邊鎮，大一統又怎肯乘時奮！亂乾坤雖則是操賊奸，利漁人全得了旁觀靳。天神，少不得一椿椿分明證紛紜，少不得一絲絲漫理論，一絲絲漫理論。（外）

【僥僥令】曹瞞移漢祚，天子久蒙塵。四海干戈群雄奮。帝和王問幾人，帝和王問幾人。

【收江南】呀，再休説這般樣酸心時事呵，暗教人嚙齒齦。若不是荆川大義整乾坤，這其間鬼燐，這其間鬼燐，好一似秋風疾簸掃殘雲。（小生、生、净跪介）

【園林好】諸葛亮南陽野人，莽關張心無主臣。知甚日早完天運。求至德好詳分，求至德好詳分。

（雜）今日娘娘見召，實出難邀天緣，小子協之，斗膽叩問，不知曹賊滅在何時，漢祚奠安何日？幸乞詳言，使臣遵儆。（老）天運難逃，天機怎泄，汝則盡人事以洽天和便了。劉備是汝宗枝，可以繼述爾志。諸葛亮才堪王佐，力足挽天，正是一個續漢元功，尊周巨望。天生良弼，福汝邦家。各好為之，勿墮乃志。（小）臣力不堪重任，臣志終恐不揚。汲汲不寧，湍湍大懼，還望娘娘昭鑒。（老）卿才宏遠，卿志高深，事正可為，何須過慮。（小）漢賊不共天，順逆無二致，臣之念也，盡瘁鞠躬，以承天貺。（老）好，好，汝則盡此血誠，完這一番苦行罷。（生、净）臣等粗豪，不知大體，還懇天尊教誨。（老旦）勠力赤心，完名全節，這就是了。（生、净）此臣素願也，還有他重乎！（老）天上功夫，原只如此，又何奇異足怪也。侍兒，你還親送伏后娘娘，隨着天子夢魂，挈歸漢家享殿，看了寧神，即來復命。（旦）臣妾不甘廟享，願侍娘娘，早求一個衝天勝果。(老)忠臣孝子，節婦義夫，這便是個衝天勝果了，又何所求，又何所證，好生前去，各守天人真境者。(各起拜介)臣等敬此拜謝。(老)免了罷。(老)

【沽美酒】説分明造化因，説分明造化因。都各自反凝神，假假真真費品評。你那高祖皇帝呵，殺功臣慘聞，殺功臣慘聞。致令得遍乾坤，遍乾坤襟裾犬豚。只有川蜀這一支呵，爲邦家鞭風吐雲，爲君親乘流拯焚。俺呵，這其間難名強名，説甚麼良臣苦臣。呀！休得比鬥鄉鄰，閉門高隱。

老身也駕祥雲，送汝等一程者。(各)怎敢動煩天駕。(老)不妨。(各介)(合)

【清江引】天生順逆天人品，天意原慈憫。天機布鬼神，天印憑詳疹。世間人，要窺天須自把天趣忖。

夢短夢長都是夢，夢悲夢喜總皆空。誰言夢覺無滋味，萬古賢愚尚夢中。

第三十五齣　論　　治　尤侯

(雜扮小童上)

【仙呂·光光乍】我是犁牛角未抽，今做了犧牛被錦綢。何如放蕩且遨遊，一笑花開望隴頭。自家非別，乃諸葛軍師帳中，一個燒香童子是也。我自幼跟隨軍師，原在南陽高隱，春來秋去，惟知草色花香，早起晏眠，不過攜琴煮茗，風波無染。我有時節醉嗔蹊鹿喫蕉花，星月相隨，一會裏笑看潭魚吹水沫。那軍師呵，或是自起開籠放鶴，或是同人對景聯詩，或是雨巾風帽、青苔磯上有扁舟，或是赤脚科頭、白石山中成獨嘯。咳！誰曉得如今被這漢中王一請兩請三請，請出山來，竟做了個千手千眼千頭，波羅揭諦，簿書充棟，可憐食少事繁，機巧存心，儼矣寸腸萬結。他本是太上金仙，自合做聖朝王佐，今反任含凄玉帳，改調了混世魔君。他便罷了，只恨我這道童沒福，既不能掃石焚香，長生竊藥，也還望同升雞犬，丹粉經年。如今是倒做了行邊的鉄鉞，橫海的樓船哩。耳邊呢，但聞得些風吹鼓角榆關暮，眼内呢，但看見些日暖旌旗隴上春。咳，天呵，我但願得或棹輕舟或杖藜，尋常適意釣前溪。(介)説倒這等説，怎生能勾？正是：草堂竹徑在何處，落日孤烟寒渚西。道猶未了，軍師又早來也。(小生)

【奉時春】得失原非智力求，既來時寸心宜嘔。盡瘁無餘，鞠躬毋苟，人事天時堪問否？

　　休將天意灰人志，只以酬恩報德推。三顧一誠難自已，即今魂夢緊相隨。我諸葛亮，自爲甘死南陽，不求聞達，又誰知一番强起，有事干戈，我只盡此寸心，以酬知遇便了。連日以來，只因全川初服，政務日繁，事事經心，食難下嚥。今夜三更，忽得一夢，夢到補天闕主娘娘殿中，竟與當今皇帝、國母，及我主漢中王、雲長、翼德，同在一處，各受天真之戒。我想這也沒甚稀奇，不過誠能格天耳。且待政務少閒，好到主公那邊，參詳夢幻去。僮兒，將此文案，一一送閱者。（雜應，遞文書介）

　　【桂枝香】（小生作逐案批閱介）這文案呵，要細心究詳，莫教差謬。雖然事可矜憐，切莫任情寬宥。（僮作取案送小看，小批介）（小生）嘆劉璋闇庸，劉璋闇庸，不祥不咎，無親無寇。（童又送，小生又批介）（小生）他計難周。我這法峻如山厲，更要仁流似水投。

　　（僮陸續送，小生陸續批閱介）（雜冠帶上）

　　【前腔】看此天王賢冑，拯焚溺救。人情帖服騰歡，四境謳歌迭奏。下官法正，官拜蜀郡太守，特到軍師幕中，請教治蜀之道。來此已是，可有人麼？（僮介）（雜）代報一聲，蜀郡太守法正，叩見軍師。（僮禀介）（小生介）道有請。（僮介）（雜介）軍師請上，法正參拜。（小）只行常禮罷。（雜拜介）拜軍師座前，軍師座前，望乞指迷卑幼，還是繭絲障佑。（小）看座。（雜）軍師案前，小官怎敢。（小）豈有此理，坐了好講。（雜）告坐了。（介）職遑修，不是征輸急，軍糈恐唱籌。

　　（小）今日太守辱臨，深慰不才企慕，不知足下有何見示？（雜）法正鄙薄下愚，不知治體，特來叩問軍師，指以治蜀大義。（小）太守爲西川之宗匠，列郡之表儀，政治井然，撫綏有度，何必不才喋喋也。（小）

　　【前腔】太守是一時巖岫，無人居右。蜀中甫定瘡痍，全藉生成匡救。（雜）請問軍師：今日治蜀，該當嚴也，或當寬也？這寬嚴一籌，寬嚴一籌，何疏何厚，孰高孰陋？（合）細心求，治政無奇幻，誠推速置郵。

　　（小）今日治蜀之要，當以嚴厲爲主，勿效婦人之仁，故作因循之計，這就是了。（雜）多蒙軍師明訓，自當着實奉行。但有一說，昔我高祖皇帝，約法三章，萬民戴德，方能掃滅强秦，剪艾勁楚，至今人心不移，全在這"寬仁厚德"四字耳！何以軍師今日初進西川，反將嚴刑峻法爲首務，還望軍師明白指教，使下愚知所遵守爲幸。（小）君知其一，未知其二。秦以酷法虐民，高祖寬仁得濟。今劉璋父子闇弱，威令不行，君臣之道，已盡廢矣。凡人寵之以位,位極則賤,順之以恩,恩竭則慢,彼之失國,實由於此。我今威之以法,法行則知恩,限之以爵,爵加則知榮。恩榮並著,上下同心,爲治之道,於斯明矣。凡治政者,在於識時務耳。(雜)軍師之言,真切時之針石也。法正就此拜別。(小)不敢。太守且少留,不才同去謁見主公,還有陳奏之事,動煩太守哩。(雜)不知軍師有甚奏議,更有何事差遣小官?(小)不才夜得一夢,夢至天闕與當今皇帝併國母伏后娘娘,同著主公、關、張三人,悉承天尊嚴訓,一則奏聞此事,二則表請主公,早定本朝廟享,以爲追遠承祧一大要務。且聞雲長應敵心勞,威鎮華夏,當以璽書襃獎。這營建廟儀,宣獻德化,兩件大事,都要煩及太守也。(雜)此乃開國首政,法正敢不盡心,只是小官呵!(雜)

【前腔】才非文繡,志安卑陋。今蒙指示精詳,或可暫修封堠。看天人道彰,(小)天人道彰,夢中親授,報功毋後。(合)再搜求,華夏他能震,憂惶我更綢。

(小生)大道本無幻,(雜)精誠不外求。(小生)夢魂猶役役,(雜)昏旦肯由由。

第三十六齣　淚　圓　真文

(淨戎妝上)

【點絳唇】華夏同尊,孫曹齏粉。抒誠懇,智勇超群,正直還聰敏。

(淨)某周倉是也。關爺戰敗曹仁,生擒于禁,淹死七軍,立斬龐德。那孫、曹兩地,各各聞戰鼓而心驚,睹旌旗而膽落。早已報功主上,蒙主上差官獎勞,敕賜大旗一面,上書"威鎮華夏"四字。又因俺爺在營,夢與主公、軍師,同入天庭,親見伏后娘娘許多景象。因此俺爺今日,一則表揚主公仁德,軍中樹此大旗,二則築起百尺高臺,遙叩帝京,拜奠伏后,併望川隴雲山,痛念弟兄間隔。(介)你看鼓樂喧闐,旌旗蔽日,俺爺親自來也。(內吹打,儀從、生戎妝上)(末捧印同上)(生)地裂天崩痛怎當,鳴笳疊鼓我心惶。長空邊塞英雄氣,淚滿澄江哭鬢霜。我關某空老疆場,未酬寸志,目下雖然小挫孫曹數陣,也還不成半分實濟工夫。反蒙大哥遠來旌表,賜我綉旗一面,上書"威震華夏"四字。我今睹此隆恩,反自措躬無地。又因前日營中駭異,夢裏徜徉,痛念伏后傷殘,臣子好生奮激。這幾日一發軍國之仇,天高海闊,干戈之念,血迸魂消矣!今日筑此高臺,遙望神京,少伸臣誼,再瞻川隴,叩謝哥哥。自今以後,關某立馬橫刀,不解甲胄了,就是生不能掃盡孫曹,完吾大義,亦當以精靈浩氣,洗滌妖氛,方釋我之本來一念也。我那當今皇帝呵!(生)

【南呂·一枝花】哀哉!何人識大君,説起情堪殞。那個肯縱橫報國把乾綱憫,那個肯辛苦回天把至怨伸?他們每每借名盜義呵,都是些假假真真。可憐你長門寂寂人難近,可憐我萬里遑遑志枉存。怎得個撥雲霾重覩天日,俺關某呵,便埃捐也只那嬉笑沉淪。我那國母娘娘呵!

【梁州第七】休説你佐明君后妃瑜瑾,只你這心王室雪裏松筠。怪不得媧皇收拾做了個中天隱。俺想皇后此際呵,也不肯逍遥物外,也不肯瞬息忘君。少不得在天庭,向媧皇聒得個天摧地折,也還要彌天闕昭天道補出個天地詳分。夢兒中又重開天花色相,營兒裏早幻出天謎聲聞。我我我,今日裏擐甲胄再整乾坤[1],忘寢食不顧沉焚。我我我,號天哭也須要哭轉秦庭,呼天叫也須要叫反天昏,憑天弔也須要弔斷了奸雄野鬼燐。看赤兔風生,青龍雪刃,踏翻他吳魏摧朝槿。那時節萬姓寧,天威震,禮樂重新問叔孫。今日裏只落得寸寸消魂。

俺想本朝天下,全都壞於内官,到頭來反出穆順一人,真乃火裏生蓮,石中懷玉也。

【牧羊關】這正是火裏蓮花赤[2],沙中寶玉温。他可也到臨岐守義歸仁,懷揣着一封書疾走如雲,早成個特大書春秋難泯。唬得那奸雄膽破魂應斷,震得個萬國人心義氣新。雖則是無成一刺荆卿憤,也算得個誤中旁車可喪秦。正教人悲喜仍頻。我那伏太師、董國舅呵!

【四塊玉】你你你,忠魂那處存,正氣何時盡。你那裏貞誠一片杳無痕,一靈兒長抱這終天恨。不住的把怨氣紛,不住的把英風迅,不住的對長門泣早昏。

我那大哥三弟,與那軍師子龍呵!

【哭皇天】你你你,爲君親甘勞頓,那裏是恣倡狂把川隴鯨吞。難説個羞稱五霸隨天墮,也只待借徑行權且救焚,自合虀膚冠亟診。我只願你星飛電閃,籌解雲紛,摧枯拉朽,剪棘艾蓁,蚤建個掀天事業新。我好痛心也!怎能勾桃園再會,反做了夢裏悲忻!

大哥呵,俺關某今日出師,不得重安漢室,再整乾坤,必不解此甲胄也。

【烏夜啼】從今後不卸了躬環的甲胄,從今後不返了有進的全軍。那君門萬里也終須覯,這賊窟千群也瞬息塵。我如今注定元神,認定親尊。少不得生生死死不差分,直做到絲空蠶老無遑問。(介)曹操,你這奸賊呵,我肯放鬆,你須詳忖。孫權孫權,你假旁觀,我也難含忍。那許你臥榻鼾眠,各分了這版圖疆畛。

(雜扮探子上)孫曹合力侵疆域,特報元帥早出師。報進去,探子到也。(雜報介)(探介)(生)探得那處兵馬來者?(探)孫曹兩下合兵,伏望早為捍禦。(生)我知道了,再去打聽。(探介,下)(生下臺介)

【尾】我下層臺把兜鍪穩。帶馬。(雜介)(生)蚤上了這赤兔驚帆馬絕塵。(淨遞刀介)(生)刀呵刀!你認着那奸雄熱血堪消吻。關平、周倉,開導前進者。(末、淨應介)(領眾,各繞場一回介,下)(生哭介)誰貪這一將功成,不管他萬方艱窘。只為着忠孝綱常,動不得憐和憫。(生舞刀一回介,下)

女媧氏以石補天,昭烈帝以身補天。諸葛亮以心補天,關雲長以節補天。張翼德以義補天,趙子龍以力補天。魯大夫以貞補天,周將軍以氣補天。

校記

[1] 擐甲胄:"擐"字,底本作"環",今依文意改。
[2] 火裏:"裏"字,底本字迹不清,今從笠翁閱定本改。

續琵琶

曹寅撰

解題

傳奇。清曹寅撰。曹寅(1658—1712),字楝亭,又字子清,號荔軒。漢軍正白旗包衣。襄平(遼寧遼陽)人。曾充清康熙伴讀、御前侍衛,後升至內務府慎刑司郎中、廣儲司郎中,康熙二十九年(1690)任蘇州織造,次年又兼江寧織造,後又兼兩淮巡鹽使,加通政使司通政。著有《楝亭詩抄》《楝亭詩別集》《楝亭詞集》《楝亭詞別集》《楝亭文抄》,戲曲《北紅拂記》《太平樂事》《虎口餘生》《續琵琶》。他還在揚州設立刻書局,替康熙編印《全唐詩》及《佩文韻府》。劉廷璣《在園雜誌》謂曹寅撰《後琵琶》一種,即此《續琵琶》。莊一拂《古典戲曲存目彙考》著録。今國家圖書館藏有舊抄本,爲曹寅撰。劇分上、下卷。上卷1至20齣,第8齣"報子"原本注明用《連環計》內的"問探",第20齣殘。下卷存第21至35齣,第21齣殘,第35齣殘。以後殘缺。劇寫董祀知官居議郎的蔡邕老師棄職歸裏,杜門修史,近日又制焦尾琴,欲往蔡府叩問聽琴。倉頭告其太守奉董太師鈞旨,要徵聘蔡邕起官。董祀將徵聘事告邕。邕聞言裝瘋病發作,太守來府見狀,難以成行。越騎校尉伍孚恨董卓專權,擬廢主立君,欲行刺殺卓。一日,董卓召群臣議廢嫡立庶事、命呂布見有異議者立斬之。袁紹堅決反對,卓與紹拔劍相持,爲王允勸阻。袁紹恥與卓爲伍,怒而回冀州。議未定,衆官散。董卓擅自廢幼主爲弘農王,立陳留王劉協爲帝。董卓入朝,伍孚抽刀行刺,被呂布殺死。陳留太守呈文報蔡邕推病拒聘,卓怒,命其再召,蔡邕若不出即斬之。蔡邕知情無奈,乃出仕。臨行,將未就的《漢書》稿交文姬,讓其承父志續完。董祀願隨老師同行,文姬感激拜謝,與父灑淚分別。典軍校尉曹操,看董卓專橫,恥與同朝,東歸聯絡諸侯,起義討卓,推袁紹爲盟主,歃血爲盟。袁紹令長沙太守孫堅、濟北相鮑信爲近副先鋒出征。董卓命先鋒華雄出兵汜水關,先敗鮑信,繼敗孫堅、關羽三合斬華雄,回營飲尚溫的壯行酒。呂布在虎牢關,連破八路諸侯。曹操驚恐，徐州牧劉備同關羽、張飛三人虎牢關戰敗呂布。董卓聞呂布兵敗，焚洛陽宮闕，擁天子西幸長安。孫堅在洛陽建章殿枯井得傳國寶，袁紹知而相爭，曹操勸阻。袁、孫不顧同盟討卓大局要散伙。曹操見諸公各懷異心，自回兗州，以圖再舉。司徒王允奉天子密詔，請中郎蔡邕、司隸校尉黃琬、太尉馬日磾、僕射士孫瑞議除董卓事。蔡邕以"不敢謀，亦不敢泄"告辭。衆臣亦無良謀而回。呂布因虎牢關兵敗受卓責，又因小過卓擲戟刺，心恨卓，找王允求計。王允察知其真心除卓，乃與呂布共謀：王允草詔書，讓李肅傳董卓進朝受禪稱帝，朝門設伏殺之。董卓中計上朝，王允宣詔指其罪行命斬，董卓呼呂布，却被呂布用戟刺死，並誅其全家。董卓伏誅，聖上命舉朝大宴三日。朝宴上，群臣歡悦，蔡邕憂國喟然而嘆。王允責問，邕云"人各有志，何必相強"。王允以邕爲卓餘黨收監，上奏天子治罪。董祀冒死探獄，蔡邕知命難保，托付後事：讓文姬保護好未就的《漢書》稿和焦尾琴；願董祀收其屍還鄉，葬於先人墓側；將文姬許配董祀，寫血書爲証。蔡邕被害，陳屍於市，董祀伏屍痛哭，被捉見王允。董祀陳情，要求負屍歸裏。王允見其有義而許。董卓部將李傕、郭汜依賈翊計，率西涼兵攻取長安，約結匈奴左賢王出兵相助。蔡文姬自父出仕之後，不得音信，命倉頭打探，告知的却是其父下獄之情。左賢王起兵，一路搶奪婦女玉帛到陳留郡。蔡文姬携焦尾琴逃難，被匈奴兵據掠。途經青冢，文姬祭奠昭君，欲投水自盡，被人救下。文姬夜夢昭君。昭君勸其忍辱包羞，日後回朝，續寫《漢書》，以此盡孝。蔡文姬被左賢王納爲閼支。王允逼反了李傕、郭汜。呂布勸王允同走，王允寧死保天子。李傕兵臨長安城下，王允與天子登城，李傕尊賈翊命，跪求天子赦免，王允不允，墜城被殺。李傕、郭汜求官封侯，天子均准。曹操東歸，賈翊來投，勸其勤王。聲討李、郭之罪。曹操得知許褚打探的長安消息，恐帝蒙塵，起兵勤王，命許褚爲先鋒。漢帝與伏后落荒逃至一村民家，乞食充飢，忽聞殺聲，帝后被村民隱藏。許褚殺死追趕爭奪漢帝的李傕、郭汜，找漢帝到村民家，告知他是曹操部將來救駕的，帝出見許褚和隨後到的曹操。操因洛陽、長安宮闕毁壞，請帝去許都。帝封操爲丞相、魏公，封許褚爲前將軍、關內侯，封弘農村民爲光禄勳。董祀負師骨回陳留，見守蔡家祖墓的李旺。旺告董祀文姬被匈奴擄走。董祀十分悲傷，告李旺老師已將文姬許配於他。董祀無處栖身，擬投同門契友王粲。文姬雖然貴爲左賢王閼支，但常思嚴親罹禍，懷念家鄉，感嘆亂世，身遭不幸，作《悲憤詩》《胡笳十八拍》，抒發胸臆。烏桓與匈奴世相攻伐，連戰不休。烏桓王突襲匈奴，殺死夜獵的左賢王，追捕閼支。文姬聞訊，携琴逃走，移帳近漢塞，寫表申奏漢廷，請兵救援。王粲應曹操徵召，路過陳留，往祭歸葬的老師，恰遇負土筑墳廬於墓側的同門董祀，勸其同往鄴城，薦其出仕。曹操在鄴筑成銅雀臺，大宴群臣。武將比射箭，各賜一錦袍；文臣獻詩，頌魏公功德；女伎歌唱曹操所作樂府；禰衡登臺擊鼓罵曹操。時曹操想起故友蔡邕。王粲告邕有一女，陷於虜中，她知父書，取回可繼父業。正談論中，蔡文姬請救兵表到。曹操即命征公孫淵得勝回來的曹彰率兵往救，拜董祀爲參軍，宣取文姬還朝。曹彰戰敗追趕蔡文姬的烏桓王；董祀將禮幣贖取文姬。蔡文姬臨行，告番女照顧她的一雙兒女。回漢路上，文姬感慨萬端。董祀送文姬回鄉祭父，祀讀祭文。王粲奉旨召"文姬載筆入朝，授以較書之職，續成父志，弘我皇猷"。此後第三十五齣覆命，僅有曹操幾句上場詩，餘均缺。本事出於《後漢書》之《王允傳》、《蔡邕傳》、《列女傳·董祀妻傳》，《三國志·武帝紀》。元鄭光祖雜劇《虎牢關三戰呂布》、元無名氏雜劇《錦雲臺暗定連環計》、元明間無名氏雜劇《張翼德單戰呂布》、明陳與郊雜劇《文姬入塞》、明王濟傳奇《連環記》都寫有類似此劇的故事，但人物、情節各不相同。今存版本，有國家圖書館藏清抄本《續琵琶》，《古本戲曲叢刊》五集據此影印本。今依《古本戲曲叢刊》五集影印本爲底本，進行校勘整理。此本無標點。至於莊一拂另著錄的高崇元的《續琵琶》，存本未見，待考。

第一齣 開　　場

（西江月）千古是非誰定，人情顛倒堪嗟。琵琶不是這琵琶，到底有關風化。搥破一群腰鼓，重彈幾拍胡笳。茫茫白草卷黃沙，灑酒昭君冢下。

　　　　没意志中郎續漢史，拼鹵莽司徒多一死。
　　　　好修名老操假妝喬，包羞耻寡女存宗祀。
　來者董祀。

第二齣 述　　志

（生巾服上）

【破齊陣】家學《玉杯》《繁露》，吾生說《禮》箋《詩》。豹隱南山，鵬搏北海，未遂平生壯志。展西京枚馬文章手，値東漢桓、靈板蕩時。端居有所思。（鷓鴣天[1]）滿甕蕉靑褐桓完，蕭然斗室寸心安。何人可下陳蕃榻，此世休彈貢禹冠。歌有恨，泣無端。離群索處異悲歡。時人不識胸襟闊，猶作雕蟲小技看。小生姓董名祀，表字公寅，河南蔡伯喈門弟子也。始祖仲舒公，官拜江都相。一經傳世，隱仕無常。小生弱冠未婚，靑衿自守。因慕先生學術，執贄從遊。蒙他國士相看，奇文共賞。今値東漢失政，太阿下移，內寵宦寺，斥逐仁賢，外起群雄，窺伺神器。吾師因此棄職而歸，惟以杜門修史爲業。近聞新得嶧下桐材，製爲焦尾之琴，聲韻淸越，時常撫弄。小生意欲往彼問候，一來考訂古今，二來聽其琴操，想起師弟之情，非同泛泛也。

【九回腸】難吾生久拋怙恃，向天涯負笈尋師。解嘲人著論多奇字，效侯芭我願爲之。還愁標榜聲名著，黨錮株連正此時。那裏敢頻趨侍。今日呵春歸睍睆黃鶯囀，正陰陰夏木榮滋。伯牙獨撫高山操，不遇知音識者誰。蒼頭那裏？（丑上）明月頻呼酒，淸晨自灌花。相公有何使令？（生）我要往蔡家莊上去候蔡老爺，你與我備上寒驢，隨我前去。（丑）正要聞知相公，小的纔在郡衙前，打聽得太守老爺奉董太師鈞旨，要徵聘蔡老爺起官，不日造門敦請哩。（生）原來有此事。咳！老師，老師，不如不出爲高也。（丑）請他做官倒不好麼？（生）你那裏知道？隨我去來。（唱）俺只索攜酒向元亭內閑尋究，與他助文思。（下）

校記

[1] 鷓鴣天："鴣"字，底本作"鵠"，今據詞譜改。

第三齣　却　聘

（旦引貼惜春抱琴隨上）

（唐多令）蓮步鯉庭趨，閨中一女儒。自矜憐玉骨淸癯。一半是緣春去也，一半是爲耽書。名閨嬌艷及笄年，景仰班姬女誡傳。不是有心爲博士，且拋螺黛事丹鉛。奴家蔡琰，小字文姬。父親官拜議郎，因宦寺擅權，告歸林下，日與奴家纂修漢史，閑來或彈琴歌詠。今日天氣晴和，候爹爹出來相求撫操一曲。惜春，可將焦尾取來，放在桌上，烹茶伺候。正是：未竟靑編業，先調綠綺琴。（外蒼髯巾服、丑李旺隨上）

【鵲橋仙】金門往事，頓成衰暮，謾許名齊厨。顧山間林下少兒扶，堪浩嘆一經誰付。（白）家世陳留一布衣，早將名姓策黃扉。年華半百須臾事，拂袖歸山效采薇。下官蔡邕，表字伯喈，官拜議郎。蒙太尉馬日磾薦居史局，主上命我纂修漢史，因見宦官當道，黨禍頻仍，御座有青蛇之災，州郡罹黃巾之禍，俺只得棄職而歸，隱居陳留，守先人廬墓。夫人趙氏、牛氏不幸俱亡，單生一女，小字文姬，賦質幽閑，姓耽文墨，年方十七，尚未字人。下官既無子嗣，全憑此女以繼書香。今日閑暇無事，不免喚他出來，講論一會。李旺，請小姐上堂。（丑請介）（旦上）庭下已生書帶草，夢中還放筆床花。爹爹萬福！（外）我兒，今日正待與你商量史事，你叫惜春抱這焦尾琴出來，却是爲何？（旦）孩兒知爹爹酷愛此琴，意欲敬聆一操。（外）這也使得。（丑、貼旦安琴桌介）（外）自古不焚香不彈，不盥手不彈，不正坐不彈。我兒既欲聽琴，須與我把名香焚着。（旦焚香，外端坐彈琴介）（貼旦下）（外）

【桂枝香】弦將情訴，指隨徽赴。但疾風暴雨不彈，要流水高山神助。（旦白）好奇怪，爹爹彈至犯音，弦中忽起嘷殺之聲，却是爲何？（外）便是。李旺，你與我看窗外有甚物件？（丑看介）稟老爺，窗外柳枝上，有螳螂捕蟬。（外嘆介，仍彈介，外唱）把元音靜求，元音靜求。那微蟲相捕，因甚在弦中呈露。（旦）爹爹，你漫嗟吁，休彈羑里拘幽操，好做匡居樂道儒。（外住彈介，旦）我想蟬乃清高之物，無求於世，還有螳螂來捕，他這禍機真不可測也。他餐風吸露，與人無忤。爲何因怒臂螳螂竟悄向花間躡步。這弦中變音堪爲警悟，似教人藏身須固。

我想今乃炎漢末運，爹爹不合有名當世，只怕當道還放不過，要強召出哩。（外嘆介）我也慮及於此。倘果召用，將來吉凶未保。我《漢書》未就，今當付托於汝。你可效班姑，勉教續就名山業，休作龍門死後孤。（旦）爹爹不消過慮。（生上介）（引）松門鶴塢，是我舊時來路。（白）來此已是老師門首。有人麼？（丑）是那個？原來是董相公到此。（稟介，外）快請進來。（生入揖介）老師拜揖。（外）賢弟到來。（旦欲避介，外）通家兄妹，不必回避，過來相見。（生、旦揖介，旦下，生）久不趨侍老師，愈覺道貌勝常了！（外）賢弟來自郡中，可知近來時事？（生）老師還不知道。目今天子上賓大將軍何進，意欲謀殺十常侍，反爲趙忠、張讓所害。有涼州牧董卓，起兵入清君側，暴橫非常，大權盡歸此人了。（外驚介）原來又有此變。咳！漢室江山，自此休矣！（生）門生又聽得董太師有令到郡中，要徵聘老師，着郡守登門造請。（外驚介）怎麼說？（生又説介，外）果然？（生）千真萬真。（外立起呆視不語，作倒地介，生扶介）老師蘇醒！（外徐起作瘋狀，手足搖戰介，生）呀！老師爲何一旦至此,師妹快來!(旦慌上,共扶介,生)李旺,可快請醫人去!(丑)那裏說起?沒福氣。說了做官倒赫出瘋病來。正是:天有不測風雲,人有旦夕禍福。(下)(末扮太守上)

【不是路】馳馬安車,來訪高賢習隱廬。(雜)來此已是。(末)快去喚門!(外、旦驚介,命生看介,生唱)忙移步柴門,不比風塵路。爲甚驚慌語亂呼?(白)原來大人到此。何事?(末唱)相傳語,朝堂幣聘有徵書。急整行裝肅首塗。(生白)家師患病,不能接見,如之奈何?(末)下官本郡太守,持奉董太師之命,請蔡老先生出山。(生)家師瘋疾舉發,只怕不能應聘,求大人代爲回覆。(末)說那裏話!(進介)老先生請了。(唱)爲甚亂支吾,問君此症緣何故?(外白)我是將死之人,萬難應命。(末白)太師嚴命,怎敢有違。倘一時震怒罪下官,那時呵!要求生無路,要求生無路。

(白)快與蔡老爺換了冠帶!(外戰倒,垢面流涎介,生白)大人,看此光景,果然難去!

【長拍】你看忽忽顛狂,忽忽顛狂,悠悠譫語,這是膏肓沉痼。京華迢遞,鞍馬勞苦,意怔忡怎上長途。(末白)這却怎處?(生唱)他神識已糊塗,料支床病體也難趨相府。(末)定要前去走遭,驗了真病,再辭回來,却不是好。(生哭介)你看語倒言顛人不識,諒不久赴泉壚。有勞大人申請相府,說委實病深肺腑,乞恩放餘生,後報須圖。

(末)如此只得告別了。正是:聞所聞而來,見所見而去。(引從下)(旦上扶外,作好介,生)老師,方纔好好的,爲何忽有此病,真是可憂!(旦搖手介,外作吐去痰介,看生介)適纔多累賢弟了。我已不願出仕,只得權妝痰疾。郡守以去,但未知辭得脫否?

【短拍】箕子佯狂,箕子佯狂,接輿無賴,較漆身吞炭何如!(旦)爹爹,安穩卧菰蒲。拚得個不貪榮貴,(生)父女師生相講論,且向明窗下了殘書。(外)

【尾聲】剩殘年,一地裏自支吾。(生)老師,休更涉羊腸路。(旦)方信道琴理精微不可誣。(扶下)

第四齣　議　立

(末扮伍孚朝服束甲帶刀上)官卑忠孝心猶壯,不殺奸雄誓不休。天若助吾滅逆賊，四海標名萬古流。俺乃越騎校尉伍孚是也。时耐賊臣董卓，公然自總朝綱，劍履上殿。又於都城內外，放兵殺戮，民不聊生。今又聞集衆會議，欲廢主立君。我伍孚官爵雖卑，亦是漢朝臣子，氣憤不過，舍着性命，誓欲刺殺此賊。不免先到朝房，等候他來，伺便下手便了。正是：家散萬金酬士死，身留一劍報君恩。（下）

（小生扮呂布引甲士上）馬中赤兔人中布，世上英雄浩無主。高坐雲臺論戰功，衛霍區區何足數。自家呂布，官拜中郎將。向蒙董太師親愛，誓爲父子，待以腹心。今日太師集衆公卿議事，須索在此伺候。道猶未了，你看衆公卿陸續來也！（袁紹冠帶佩劍上）

【浪淘沙】四世作公卿，顯姓揚名。（王允上）赤心爲漢凛精誠。（合）相府今朝會議也，且聚公庭。（黃琬上）

【前腔】對日早知名，撥亂威聲。（楊彪上）家傳清明有賢稱。（合前）（袁）下官袁紹是也。（王）下官王允是也。（黃）下官黃琬是也。（楊）下官楊彪是也。（見介）請了。（袁）列位，今日董太師請我等來集議，敢是有廢立之意，我當以死爭之。（衆）皆賴本初主持國事，我等靜聽。（呂跳介）呸！列位，天下大事俱在太師，諸公休得議論紛紜，自取其禍。（袁怒介）哎喲！我等皆是朝廷大臣，自有公議。這裏須沒有奉先說處。（各怒視呂介）（呂）不必爭兢，太師早出來也。（衆坐候介）（净扮董卓金冠蟒服上）

【燕歸梁】身佩囊（音高）韃入帝鄉，威鎮處動君王。千群鐵騎擁西凉，誅宦寺領朝綱。

（白）健俠知名結衆豪，長人舊迹應臨洮。護羌校尉湟中將，一旦威權總百僚。下官太師董卓是也。自擁兵以來，俺居相國。今因少主闇弱，陳留王頗賢，欲攬涇莽之權，須爲伊霍之舉。今日集衆會議，要行廢立之事。奉先何在？（呂見介）孩兒有。（净）少頃衆公卿議事，如有不合吾意者，須劍斬之。（呂）是。（净）吩咐請衆公卿入來。（甲士開門排列，衆入打恭，净倨受介）（净）今日請衆到來，知吾意乎？（袁）不知太師有何見諭？（净）吾聞至大莫如天地，其次莫如君臣。今皇帝闇弱，不可以奉宗廟，爲天下主。吾欲效伊尹霍光故事，更立陳留王如何？（衆）此係大事，未可草草議論。那廢立一事呵！

【玉芙蓉】行權事反常，曠代難輕彷。要詢謀僉合，曲從人望。太師你義軍本爲勤王動，功業全憑佐治揚。方得個昇平象，願從容細商。何不效周公，負扆輔成王。

（净）吾意已决，公等休得多言！

【前腔】吾身作棟梁，出語當遵仰。便身爲伊霍，亦有何妨。今日裏呵，勢成騎虎知難下，功在從龍豈再商。休違抗，我兼將相。試看俺馬肥士飽正騰驤。

（袁怒起介）說那裏話！吾聞太甲不明，伊尹放之，昌邑悖亂，霍光廢之。今上富於春秋，有何不善？豈可廢嫡立庶！汝乃西涼邊將，素無功德，怎敢比做伊尹、霍光，將欲反耶！（呂、衆納喊介）（净怒介）袁紹豎子，焉敢逆吾，你道俺劍不利乎！（拔劍介）（袁亦拔劍介）（袁）天下健者豈惟董公，吾劍獨不利乎！（衆各勸介）

【前腔】同朝莫自戕，國體宜尊讓。（袁）我四世三公，門生故吏，遍於天下。董卓何人，我肯讓他？要立除奸佞，血濺朝堂。（净鬥介）（王扯住介）太師，你量包天地宜容忍，（附袁耳介）本初，你投鼠須知惜器傷。（合）休爭嚷，且從容再商。怎便把殿庭，翻作戰争場。

（袁）不看列位面上，我今日誓不與此賊俱生，不免懸節上東門，且回冀州去也。（橫劍揖衆介）酒逢知己千鐘少，話不投機半句多。（下）（衆白）會議不定，吾等且散去。（亦下）（净氣介）呂布，方纔袁紹無禮，何不立時殺之？（呂）袁紹素有人望，殺之須失衆心。今恐懼出奔，不如赦之，就除爲渤海太守。他感太師抬舉之恩，逆謀自息矣！（净）只是便宜他。王允何如？（呂）王允忠誠，決不敢逆命。今可拜爲司徒，廢立之事自然定矣。（净）吾兒之言有理，與我喚李儒、李肅過來。（呂喚介）（李儒上）倚勢猶如狐假虎，（李肅上）趨炎好似蟻攢腥。（合）李儒、李肅見。（净）汝二人依吾命令，速行大事。李肅你可持節，迎請陳留王入宫。

【前腔】迎鑾須速往，代邸排儀仗。諒眇小藩王，吾當弄掌。

李儒可領軍馬，直入宫中，將幼主廢爲弘農王，併太后俱勒歸私第。

【前腔】宫車速下披香殿，把璽綬收將御座傍。休惆悵，笑魂驚霍光。試看從容廢立等尋常。

（肅引衆下）（净）呂布好生擺隊，隨我入朝去來。（擺隊行介）（伍孚上，白）壯懷思馬革，孤憤托魚腸。你看喝道之聲，此賊入朝來也。我且躲過一邊。（衆上，合前）（伍忽卸衣抽刀刺净，净驚避介，呂與伍戰，拿住伍介）（净怒介）好賊子，誰叫你反？呂布，與我綁了！（呂綁伍，伍嘆介）咳！事之不成，乃天數也。且待我痛罵而死。

【前腔】董卓你凶威虐焰張，朝政無端攘。更縱兵焚略，京洛倉惶。你

君恩忍負思窺竊，我道神器須知不可量。堪悲愴，恨吾謀未臧，不能彀把你陳屍寸磔似屠羊。（呂殺伍下）

（淨）那裏說起？方纔受了袁紹豎子之氣，又喫這廝一驚，且在朝房中定一定神，再進宮去。（坐氣介）（扮官持文書上）急遞公文至，朝房見相公。陳留郡有文書投見。（呂接，淨看，怒介）呀！原來蔡邕這廝，推病不肯就聘，好生可惡。豈不知我能族人乎！汝再傳示陳留太守，蔡邕若必不至，即收斬之。（擲文書，官應拾介）（淨白）正是：我本將心托明月，誰知明月照溝渠。（引呂下）

第五齣　別　女

（外上）

【粉蝶兒】抗志高冥，依戀青門。舊隱久忘機，夢斷丹宸。（白）長卿牢落悲空舍，曼倩詼諧取自容。莫問野人生計事，尋章摘句老雕蟲。俺蔡邕。自官拜議郎，奉敕定正六經文字。又蒙聖上就問災異，俺便直言無諱。不想被中常侍陳演陷害，減死流徙朔方。幸逢大赦還家，惟以撰補漢紀爲事。又不料前日董卓，忽遣人徵聘。雖已詐病辭他，尚恐他未肯中止，令人心上好生疑慮也！

【粉孩兒】俺曾把皂囊書封事進抨，披肝瀝膽，爲國憂憫。只因直諫惱閹人，被髡鉗轉徙邊塵。到如今歸臥鄉關，煞強似江海亡命。（旦上）

【紅芍藥】趨函丈侍奉嚴親，安排着筆硯琴樽。空回首萱堂凋隕，賸伶仃獨承嚴訓。爹爹萬福。（外唱）吾兒誦讀須苦勤，論書囊無窮底蘊。望兒家繼述斯文。（淚介）嘆無子暮年孤窘。

（生慌上）正耽鴻漸隱，無奈鶴書徵。老師不好了，郡守回文上去，董太師大怒，不准告病，又來催逼上道了。（外）怎麼不准？（生）阿呀，老師嘎！非但不准。

【耍孩兒】苦告哀求全不信。倚着熏天勢，口口說族滅家門。這風聲比前非常凶狠。前日是禮幣相敦聘，今日是來拿問。

（旦哭介）這等怎生是好[1]？（外長嘆介）咳！事已至此，不必悲傷，我去走一遭便了。（旦）前已告過真病，如今怎生改得？（外）

【會河陽】昔疾今瘳何須重云，免教刻下禍橫分。（向生介）賢弟再去郡中打探，看太守幾時到來，俺好處置家事。（生下）（外）孩兒，取《漢書》稿過來。（旦取介）（外白）這是我所撰《漢書》帝紀及十志、列傳四十二篇，尚未采輯完備。（唱）可惜我數載心血，微言未伸，殘篇斷簡休拋損。甚日再與你細討頻評論，甚時再有閑方寸。

（拍卷嘆介）蔡琰我的兒，爲爹的苦志一生，只爲此書未就。今當付托與汝，須要勉成吾志。（旦哭介）爹爹此去，須看時事艱難，急流勇退，回來還可著述，何出此言？（外）惜春！取香案過來，待我拜辭家廟。（小旦設香案）（外拜介）

【前腔】拜別先靈，須憐孝孫。念蔡邕此去，未知死和存。（合哭介）（外）告天須鑒愚衷，我仕非爲貧[2]，只爲權勢相凌窘。歸呵還有個團圓分，不歸只圖個夢和魂。

（守帶各役捧冠帶上）

【縷縷金】承鈞命再造門，今翻須不與話溫存。蔡老林泉夢，多應不穩。若還托病再逡巡，誅鋤滿門盡，誅鋤滿門盡。（旦、小旦下）（外迎見介）

（守）下官奉相府鈞旨，即刻請老先生上道，休得固辭。（外）我已知道了，少待束裝便行。（守）限期緊急，不能復俟束裝。

【越恁好】一聞君召，一聞君召，不俟駕星奔。脂車秣馬，地主誼，吾當任。（旦上扯哭介，唱）爹行忍拋膝下恩，你獨行怎忍。心兒裏痛切切如刀刃，眼兒裏撲簌簌淚珠滾。

（生上）老師慢行，門生願隨同去。（旦）如此甚好。世兄，我爹爹年老，凡事托賴。世兄請上，受奴一拜。（拜，生答拜介，旦）

【前腔】斷腸分手，斷腸分手，欲語又聲吞。可惜長亭下，不及餞一杯醑。（守）丈夫大笑出門去，偏有這絮叨不盡。（合）車兒早蕩起征塵暈，馬兒早嘶向秋風緊。（守同外下，生隨下）

（旦哭倒介，小旦扶介）小姐且免愁煩。

【紅綉鞋】哀哀父女離分、離分，衷腸欲語還吞、還吞。君命召，敢留停，不俟駕，願登程，違期限，命難存。

【尾聲】料君王宣召是佳音信，須不必生離悲恨[3]。（旦）則恨的年老關津受苦辛。

清貧仕祿禮之宜，富貴還愁召禍危。世上萬般哀苦事，無過遠別共生離。（下）

校記

[1] 怎生："怎"，底本作"曾"，今依文意改。

［2］爲貧："爲"，底本作"未"，今改。
［3］不必：底本"必"字後有一"比"字，疑是衍文，今删。

第六齣　歃　血

（曹操冠帶引衆上）（引）飽讀陰符謀略顯，蛟龍勢得雨騰天。幸脱樊籠，遄歸鄉里，攬轡欲清畿甸。少小鄉邦舉孝廉，《兵書》注就十三篇。子將月旦曾題品，看取奸雄得意年。下官曹操，表字孟德，譙郡人也。官拜典軍校尉。因見董卓暴橫，恥與同朝，特地東歸，起義討賊，喜得袁本初、孫文臺等俱有同心。今各路諸侯，合兵百萬，足以寒奸賊之膽，動忠義之心。但董賊手下内有吕布、華雄，萬夫莫敵，外有李傕、郭汜，勾結羌胡，亦是當今勁敵，未可輕易誅鋤。下官已筑一盟臺，先行歃血之禮，後乃祭纛起兵。吩咐打導，隨我上盟壇去。（曹洪牽牛、曹仁捧幣、衆擺道行介）

【沉醉海棠】排列着旌旗鎧鋌，好整備儲胥組練。效葵丘往事，歃血盟言。但祈求社稷先靈，默助俺江山席卷。軍令展望將壇，一座高聳雲烟。（下）

（袁紹、孫堅、鮑信、劉備、袁術、馬騰俱冠帶蟒服上，齊唱介）

【步步嬌】八路諸侯森軒冕，起義同歡忭。只爲奸雄太自專，漢室江山，勢將淪陷。俺與他不共戴堯天，動刀兵誓雪深仇怨。

（袁）下官渤海太守袁紹是也。（孫）下官長沙太守孫堅是也。（鮑）下官濟北相鮑信是也。（劉）下官徐州牧劉備是也。（袁）下官南陽太守袁術是也。（馬）下官西涼都護馬騰是也。（合）請了，來此以是盟壇，只待曹使君到來，一同説誓。（曹引衆上，與袁等見介，衆）我等承曹使君檄示，各起本部兵馬，在此願奉曹使君爲盟主，倡舉大義。（曹）列位使君，曹操才疏學淺，人微言輕，焉敢僭稱盟主。今有袁本初使君，四世三公，門多故吏，兵强馬壯，謀士如雲，欲共推爲盟主，意下如何？（孫、衆）若得本初主盟，我等俱服。（袁）如此説，只得占了。可取血盤盟書過來。（曹仁割牛、曹洪捧盤跪進介）（衆歃血介）（袁）自立盟言奸膽寒，而今鮮血不能乾。同心自古盟爲重，牲血淋滴共一盤。上告山川社稷之神，某袁紹蒙曹使君等推爲盟主，若不併膽同心者，尤如此血。（白）若不併膽同心者，尤如此血。（合唱）

【園林好】痛吾皇蒙塵播遷，痛百姓横罹兵燹。爲奸佞無端毒煽，抒義憤告蒼天，抒義憤告蒼天。（拈香同拜介）（曹、衆）

【前腔】願賈勇齊心向前，爲臣子拚將命捐。惟願取此盟無變，如負約喪其元。

【江兒水】四座皆慷慨，三軍盡涕漣。須知順逆分明辨，人將禮義爲冠冕。綱常自古難倒轉，恨殺奸雄專權。廢主囚君，浞莽而今再見。（曹）

【前腔】濟濟同盟在，吾今有一言。臨當勁敵休疑憚，前驅舍死衝鋒戰，後軍糧草須催趲。切莫因循顧盼。鉅鹿昆陽，屋瓦須要震眩。（袁唱）

【五供養】使君言善，俺同人心當佩鐫。五申須警戒，三令要明宣。（孫、衆）東吳西楚，喜各路軍皆素練。六韜人所習，一鼓氣無前。（合）誓挫強鋒，共將俘獻。（曹）

【前腔】思之黯然，俺家門食祿有年。宗親俱貴顯，帝力所綿延。（鮑、衆）若是偷安，靦覥對三軍能無慚汗。寧甘百戰死，馬革裹屍旋。（合前，祭旗同拜介）（衆）

【玉交枝】大旗招颭，馬蕭蕭風聲撼天。三軍司命威靈顯，齊酹酒向前祝贊。那賊營纛旗須早搴，我軍一卒當千萬。（合）佇沙場血流沸川，不擒王誓不凱旋。（曹）

【前腔】義旗雖建，俺同人要心和意堅。休爭小利分顏面，也須念社稷危險。（衆）家家馬飽將驍騫，人人解射穿楊箭。（合前）

（曹）告盟主，自古三軍未動，糧草先行。今點何人督理糧餉？（袁）吾弟袁術，可使督理糧草。軍政司給旗一面。（術）小弟願去。（領旗介）

【川撥棹】軍伍遠轉漕，須車共船。我願奉符檄飛傳，我願奉符檄飛傳。裏餱糧輻輳爭先。（合）半分符大將權，好支撐半壁天[1]。（袁術下）

（曹）列位在此，誰作先鋒，直抵泗水關下寨？（孫）下官孫堅，願爲先鋒。（鮑）下官鮑信願同往。（袁）極妙。軍政司各給旗一面。（孫、鮑領旗介）（孫、鮑）

【前腔】正先鋒力能陷堅，副先鋒把金湯踢穿。那怕他虎豹當關，但聞風趨迎陣前。（合前，下）

（袁）衆三軍，就此起兵前去。（衆吶喊介）

【尾聲】漢家營，頃刻旌旗變，射一紙軍書挑戰。董賊且看你，社鼠城狐命怎延？（齊下）

校記

［1］半壁天："壁"底本作"璧"，今據文意改。

第七齣　斬　雄

（華雄引軍士上）（引）天生英勇，世無比賽，俺笑那諸侯如同癬疥。

家世關西第一籌，力能扛鼎氣吞牛。男兒拚灑沙場血，國士深恩報董侯。俺華雄是也。身長九尺，面如噀血，虎體熊腰，豹頭猿臂。俺在董太師部下，官拜先鋒之職。目今曹操勾連十八路諸侯，興兵作亂。太師要調溫侯出兵，是俺稟道，小將願領一支人馬，殺得他片甲不存。太師壯俺雄威，與俺勝兵一萬，就此汜水關前，排成陣勢。正是建功立業之秋也！

【泣顏回】風颭陣旗開，顯出征西大元帥。虎頭燕頷，蠻夷共欽雄概。笑撚刀槊，似花枝舞向風前快。看起赳虎旅如林，一個個望塵遙拜。

（鮑信引眾上）（華）來將通名？（鮑）吾乃濟北相鮑信是也。（戰介，信敗下，孫堅引眾上）（華）來將何人？（孫白）吾乃先鋒孫堅是也。（戰介，堅亦敗下）（華大笑介）你看這廝們，被俺殺得大敗，任有百萬軍兵，俺何足懼哉！

【前腔】英雄空自數文台，朽木枯枝摧敗。遙看赤幘映朝光，尚兀自搖擺。不免追擒此賊。（下）（堅慌走上）怎了，怎了！賊人只看我頭上赤幘耀日，緊緊追來。我不免挂樹而逃遁便了。（挂幘走下）（華上戮樹幘落介）呀！無能鼠輩能竄，孤身留得頭顱在。不免挑了這赤幘，直到賊營前叫戰去。落得來斗大冠纓，頭直上妝吾雄邁。（下）

（曹、劉同急上）（曹）玄德公，孫文臺被華雄所敗，如之奈何？（劉）吾有兄弟雲長，可決一戰。二弟快來！（關公上）某來也。

【千秋歲】美於髯手把青龍拓，俺映着綠袍金鎧。自結義桃園，結義桃園，但廣衆稠人不離兄側。（曹）玄德公說雲長義勇，能戰華雄否？（關）無名下將，不足與戰耳！（曹）將軍休小覷了他。（關）則他那驕兵將終須敗，頭顱似插標賣。（曹）將軍用個上馬杯。（關）且與我斟下，俺好去關兒外，且輕提鼠首痛飲三杯。

（曹、劉上臺看介）（華雄上，關與戰介）（華）且住。我十八路諸侯，從無敵手，你是何人，倒也利害？且通姓名。（關）俺的名字，豈值得與你道來，看刀！（戰三合斬華介，金鼓大震介，關提頭擲地介）華雄首級在此。（曹喜介）將軍真天神也。左右奉酒！（關立飲介）（曹）

【前腔】飲三杯且壯三軍色，看餘酒猶然溫在。（衆）轉敗爲功，轉敗爲功，覷百二雄關，勢同拾芥。摧勁敵如蕭艾，三軍士喝聲采。（劉）乘勢搶進

汜水關去。(合)整整旌旗擺,聽一聲吶喊海沸山摧。(齊下)(袁紹引大軍擁纛□)

【紅綉鞋】前鋒戰敗文臺、文臺,流星探馬飛來、飛來。關門下吼如雷,誰勝負好疑猜。恨軍中馬盡駑駘、駑駘。

俺袁紹身爲元帥,不意孫文臺敗於華雄,這却怎好?(探馬上)報報報!劉將軍手下關雲長,已斬華雄,一擁進關去了。(袁驚介)咳!不意大功,反出一偏將之手,俺好無面目也。既如此,且乘勢殺上前去。(衆)

【前腔】三軍盡是凡材、凡材,髯公英勇何來、何來?逞手段愧無儕,須給與賞功牌,把關門趁勢攻開、攻開。

【尾聲】人人盡看袁元帥,是各路諸侯主宰,不枉了挂節東門去復來!

第八齣　報　子[1]

(净上,唱)

【粉蝶兒】將相當朝,號令聽吾宣調。(小生上,唱)爵位崇高,身勢恍登蓬島。

(見介,白)太師拜揖。(净白)吾兒到來。呂布,你自與我爲子,內外大小,皆托於你,俺好快樂,高枕無憂矣。(小生白)自古道安不忘危,太師高枕無憂矣。不想曹操會合各路諸侯,前來交戰,太師還不知道?(净白)我怕他則甚。這瑣瑣小事,也來絮絮叨叨。(小生白)太師不必發怒,呂布已分付能行快走探子去了,待他回來,便知端的如何。(末扮探子上,唱)

【醉花陰】虎嘯龍吟動天表,黑漫漫風雲亂擾。覷百萬逞英豪,唬得俺汗似湯澆。緊緊的將麻鞋捎,密悄悄奔荒郊。聲喏轅門,報探子回來,聽小校說分曉。

(小生白)探子!看你短甲隨身衲襖齊,曹兵未審意何如?兩脚猶如千里馬,肩上橫擔令字旂。你且喘息定了,漫漫的說來。(末唱)

【喜遷鶯】打聽得各軍來到,展旌旗將戰馬連鑣。只這周遭,鬧嚷嚷爭先鼓噪,盡打着白旂將義字標。聲聲道:肅宇宙斬除妖孽,奮威風掃蕩塵囂。

(小生白)白旂標姓氏,各路合兵戎。屯營在何處?那個是先鋒?(末唱)

【出對子】俺只見先鋒前導,猛張飛膽氣高,却是黑煞神降下碧雲霄,手執着點鋼鎗長蛇矛晃耀,怎當他光掣電鋒芒纏繞。

（淨白）你可認得那張飛麼？（小生白）呂布認得。那張飛豹頭環眼，聲若巨雷，會使丈八蛇矛，何足慮哉！不知後隊是誰？（末唱）

【刮地風】後隊雲長氣勇驍，倒拖着偃月長刀。焰騰騰赤馬紅纓罩，跳霜跑突陣咆哮。劉玄德弓箭能奇妙。發一矢可射雙雕。這壁廂那壁廂金鼓齊敲，天聲振星斗搖，地軸翻沸起波濤。中軍帳號令出曹操，中軍帳號令出曹操，他掌握三軍展六韜。

（淨白）呂布！那劉玄德、關雲長，你可認得他麼？（小生白）呂布也知道。這關雲長身長一丈，鬚長三尺，面如重棗，丹鳳眼，卧蠶眉，會使青龍偃月刀。那玄德身長八尺，兩耳垂肩，雙手過膝，龍目鳳準，會使百步穿楊箭。何足慮哉！共有多少人馬？（末唱）

【四門子】亂紛紛甲冑知多少？擺行伍，分旗號，步隊兒低，馬隊兒高，把城池蟻聚蜂屯繞。左哨又攻，右哨又執，滿乾坤烟塵暗了。

（淨白）呂布，快快披上紅錦戰袍，手提畫戟，騎着千里赤兔馬，統兵前去，與群雄交戰。得勝回來，另行升賞。（末唱）

【古水仙子】忙忙的挂戰袍，忙忙的挂戰袍，呂將軍領兵須及早，快快的騎駿馬，走赤兔，持畫戟鬼哭神號。緊緊緊，虎牢關堅守着，很很很，看群雄眼下生驕傲。蠢蠢蠢，這奸雄不日氣自消。趕趕趕，截住了關隘咽喉道。望望望，策應助神勞。

（淨白）呂布！兵者凶器也，戰者危事也。然須為國家排難，不可因循畏怯。領兵前去，得勝回來，重加爵位。（小生白）呂布此去，功在必成，賞何望焉！（末唱）

【尾】俺這裏得勝軍兵盡受賞，一個個都要展土開疆。呂將軍騎赤兔馬，破曹操名揚。

校記

[1] 報子：此齣原本云"用連環內的問探"。今取《古本戲曲叢刊初集》影印的長樂鄭氏藏抄本明王濟《連環記》第十六齣"問探"。

第九齣　大　　戰

（孔融引四卒上）簫鼓喧喧漢將營，紅旗半卷出轅門。（王匡上）前軍會靖妖氛氣，承露盤晞甲帳春。（孔）吾乃兗州刺史孔融是也。（王）吾乃河內太守王匡是也。(孔)請了。某等今日與呂布大戰關下，須仗平生膽量，殺退奸雄，肅清廊廟，也不負衆諸侯之盟也。(王)俺們分投接戰便了。(孔)有理。(同唱)

【四邊靜】同盟共率軍和馬，來到關門下。烟騰即墨牛，聲震昆陽瓦。勤王非假，一匡圖霸。指日戮鯨鯢，名姓麒麟畫。(下)

(大旗一面引呂布上)

【北點絳唇】氣吐雲霞，名揚天下。高聲咤，勇銳無加。坐擁關城大。俺呂布，奉太師命令，把守虎牢關。地險兵強，那些諸侯兵將雖多，怎敵得過俺也！

【混江龍】俺好似天神顯化，長身玉立美唇牙。拓一杆方天畫戰，穿一副綉襖團花。厮琅琅全身細鎧，撲通通戰鼓頻搧。俺也曾刺丁原是貪財小過，俺也曾戲貂蟬是好色微瑕。實則俺忠肝義膽向主人公，又何難鞠躬盡瘁保當今駕。覷着那林林虎旅，俺只當擾擾蟲沙。

(二將接戰俱敗下)(呂笑介)你看這些諸侯，何足懼哉！

【油葫蘆】俺本待猿臂輕舒活捉拿，他、他着甚麽把幾顆頭顱送與咱。幾曾見刀來鎗往能招架，花團錦簇頻交馬。似這等纔聞吶喊聲，早向鞍轎挂。你看衆諸侯坐不穩征驂胯，驚裂綻戰袍花。

(孔融上戰介)(呂)原來是文擧，請了。

【天下樂】你本是魯國儒生聖胄華，差也麽差。你來怎麽？你除去賦詩飲酒技無他。(孔)俺志清君側，誓不與汝輩俱生。(呂)你毛錐枉用他，逞疏狂漫自夸，没來由恐傷了你舊名家。

(戰介，孔敗下)(呂追下)(曹操引劉關張上)(曹)誰想呂布英雄，連破八路諸侯。我軍銳氣折盡，如之奈何？(劉)曹使君勿憂。已着孔文擧誘敵，且戰且走，引他下關前來，待備與二弟三面夾攻，勝之必矣。(呂追孔上，劉關張接戰，呂敗下，三人追下)(呂慌上)呀！中計了。

【寄生草】關將真無敵，張飛勇莫加，久聞玄德多雄詐。三人立馬門旗下，以強凌弱多欺寡。俺只得拚生血戰顯英名[1]，惱得我膽張背裂寒毛乍。

(李肅上)報將軍，太師爺聞知將軍戰敗，大怒，恐怕東都不守，已將宫闕焚毀，立刻擁天子西幸長安。命將軍斷後，以禦追兵。倘有疏虞，兩罪俱發。(呂)知道了。你去罷。呀！這一番遷都，又是非常騷動也。

【賺煞】撇却洛陽花，再走長安馬。百姓們天該折罰，也隨着奔走塵沙。

(劉關張殺上，呂敗，白)閉上虎牢關。(下)

校記

［1］只得："得"字，底本作"德"。今改。

第十齣　奪　寶

（孫堅引衆上）

【六幺令】繁華如夢，嘆東都焚燒一空。翠華西幸再蒙塵，無計策剪群凶。且將陵廟重修奉，且將陵廟重修奉。

下官孫堅，舉兵討賊，且喜玄德關張殺敗呂布，我軍大振。誰想董卓扶天子遷都長安，曹孟德已引軍追襲去了，不免整旅如城，安撫黎民，救息餘火。這裏是建章殿基，你看灰燼滿地，荊棘不除，好傷心也！衆軍士，且歸帳休息。（衆下）（孫坐嘆介）

【玉胞肚】畫簷飛棟，總翻成荆棘亂叢。咳！東都王氣休矣。枉憂天杞國悲恫，怎揮戈挽日還東。（內作放光介，驚介）呀！何來寶氣吐長虹。原來是一口枯井，有甚麼異寶沉埋此中？

軍士，與我下井看來。（雜作取出黃袱匣子介）稟元帥，井中有一個黃袱匣兒。（孫開看介）原來是傳國寶，上有篆文"受命於天，既壽永昌"八字呀！

【前腔】爛然光瑩，是天家相傳鼎鐘。嘆無端眢井藏蹤，又何曾呵護蛟龍。我無心獲寶感蒼穹，莫不是赤伏丹書瑞應同。

軍士們，不可洩漏。（應介）（孫作想介）且住。我想今日雖是肅清宮禁，修復園陵，但天子西巡，何時東幸？我住在此，也是無益，不如取了此寶，且回長沙，免得衆人爭奪。正是：翠華不來金闕閉，曉雲將入岳陽天。（下）（袁紹引衆上）

【六幺令】收糧聚衆，選天閑戰馬青驄。凱歌聲裏壯軍容。人似虎，騎如龍。諸侯拱手俱尊奉，諸侯拱手俱尊奉。

（軍士上）有事不敢不報，無事不敢亂傳。（見介）稟元帥，孫先鋒在建章宮枯井中，得了傳國寶。小的不敢不報。（袁）有這等事？俺是同盟之主，何故不來相聞？（孫衆上，袁迎住介）（袁）文臺何往？（孫）下官偶得小疾，正來告別，欲歸長沙。（袁笑介，白）我知文臺害的是傳國寶病耳！（孫變色介）並沒有甚傳國寶！（袁）

【玉抱肚】巧言休弄，竊鉤誅，貽殃在躬。況天家法寶尊崇，敢收歸擅貯箱籠。(孫怒介)呀！吾與本初同盟,實無傳國寶,何故相逼？(袁)現有軍人出首,賴到那裏去？是了,你有心背反自稱雄,俺刻下教伊歸路窮。

(二人拔劍欲鬥介,曹操上勸介)本初、文臺住手。下官聽得多時了。

【前腔】本初休動,勸孫郎虛心折衷。不爭爲小隙操戈,把從前義舉成空。(袁)他得了傳國寶,瞞了下官,明明是反。(孫)下官若有此事,死於刀箭之下。(曹)二位如此爭競,成何大事！(背嘆介)他虎頭蛇尾嘆無終,九仞還虧一簣功。

(袁)且問孟德去追董卓,怎又回來？(曹)呂布斷後,勇不可當,諸侯並無相助,因此只得退回。(袁、孫)如此說,我們都散了罷休。(曹)下官始與諸公,共伸大義,爲國除奸,歃血同盟,誓不背負。今董賊燒京而去,天子播遷,我等不能併力追討,坐失事機,乃聽細人之言,自生嫌隙,將國家大事,置之不講,竊爲諸君羞之。(袁、孫俱作羞慚背立介)(曹)既是諸公各懷異心,吾亦自回兗州,以圖再舉,就此告別。

【前腔】一場喧鬨,衆諸侯自西你東。鳥無翅怎效鵬搏,蛇無頭也難望成龍。有心起義再相逢,只怕從此紛紛事戰攻。(俱下)

第十一齣　謀　卓

(王允上)

【遶池遊】鶉行領袖,志欲除稂莠。論時艱還多掣肘。俯首權奸,貽慚牛後。倩誰分朝廷隱憂。

兗職何曾補,嘉猷亦未陳。我聞君有命,不敢告傍人。下官司徒王允是也。匡扶帝室,自失丹衷,依附權門,原非本意。怎奈兵權在彼掌握,徒以文學綴此班首。視他如虓虎之威,自顧同尺蠖之屈,近乃逼勒乘輿,遷都播越。勤王之師已散,奸賊之氣益驕。下官奉天子密詔,叫俺乘便圖之。這幾日他往郿塢養息兵馬去了,已着人請衆公卿商議。看有何人來到。(外同黃琬、馬日磾、士孫瑞併冠上)(外)下官中郎將蔡邕是也。(黃)下官司隸校尉黃琬是也。(馬)下官太尉馬日磾是也。(士)下官僕射士孫瑞是也。(合)司徒相召,一同進見。(見介)(衆)司徒國之元老,請上坐。(王)公等是客,老夫是主,豈敢僭妄。(外等)遵命了。(列坐,王斜陪介)(外)司徒見召,有何商議？(王)列位聽啓。

【剔銀燈】爲皇輿播越西州,制奸雄尾大堪憂。下官呵！叨居宰輔,素餐貽醜。除奸無計，終朝搔首。（合）知否，從何運籌？機密事又難洩漏。

（外）念蔡邕呵！（唱）

【榴花泣】藏名戢影，幾載臥山丘。不意董相謬聽虛聲，征書敦迫唱鳴騶，北山猿鶴眇予愁。到京以來，旬日之間，周歷三臺。雖蒙國士之知，實少匡扶之益，正欲挂冠隱遁，以保天年。（唱）朝廷理亂，借箸實難籌。蒙司徒所諭，不敢謀，亦不敢洩，先此告辭了。（下）（王）伯喈不足與謀。請問諸公，計將安出？（黃等）我等機上之肉，釜中之魚，憂患雖深，無奈一籌莫展。（唱）同懷杞憂，似將傾大厦難支救。倘無人奮志除奸早，難道數遭陽九？

（王）公等既鮮良策，待吾再自思之。（衆）如此告退了。（俱下）（呂布上）恨小非君子，無毒不丈夫。叵耐老賊屢屢欺俺。向日虎牢之戰，遭他叱辱，這也罷了。昨俺有小小過失，便拔手戟擲俺，若不是避得迅速，幾乎被他殺了。我想老賊猜疑暴橫，豈可久恃。況今朝廷公卿，並蓄異志。我不免到王司徒處，探他意思如何。左右，帶馬來。（行介，到門，雜通報介）（王上）感時花濺淚，憂國鬢成絲。（見揖坐介，王）奉先何故面有怒色？（呂）司徒有所不知。

【瓦盆兒】俺自從宿衛中闈，曉夜佩吳鈎。誰知道，些兒事，把人仇。他持着方天畫戟猛然投。若非我捷身材，幾性命難留。我力戰有殊功，旄常志未酬，倒不如掃除凶醜。（王）奉先你果有此意？（呂）丈夫言豈妄發。我久知司徒欲除奸賊，匡正朝廷，但無同心之人耳！今日布願爲內應。（拔刀刺臂介）若有異心，當如此臂。（王）奉先如此，真乃國家之幸久也。但計將安出？（呂）司徒來日草成詔書，只說朝廷欲行禪讓，他必欣然入朝。布有勇士十餘人，俱令穿宮門，衛士潛伏在北掖門，候他來時，殺之必矣。（王）有何人可使宣召？（呂）李肅與布同里相知，近亦失意於賊，可使傳召。（王白）如此甚好，且到書房痛飲。來日呵！（呂請介，合唱）準備着丹鳳書，召元凶來授首。從此後，朝野奠金甌。（俱下）

第十二齣　仙　警

（丑扮道人，青袍白巾，執竿挂布書呂字上）也不瘋癲也不頑，隨緣遊戲在人間。傍觀禍福明如炬，肯認冰山作泰山。俺終南山道人是也。今當漢室將傾，董卓亂政，司徒王允與呂布定計欲害董卓。那人雖有可殺之罪，但殺了董卓，漢家禍難方興。俺仙家心存不忍，佯狂市中，做個啞謎，提醒奸雄。倘得他回心懼禍，少息邪謀，一來保身家，二來延宗社。你看董卓，信李肅之言，大陳兵衛，早離郿塢來也。我且躲過一邊。（下）（淨王服儀衛，李肅隨上）

【雙勸酒】黃鉞白旄，鷥旆淨道。前喝後邀，去登大寶。今日漢家大年號，明日董氏天朝。

（丑上，叫介）賣布嗄，賣布！（衆喝介）那裏失心瘋的乞道人，敢衝太師的駕！（丑笑三聲，又哭三聲介）（淨）你又哭又笑，却是因何？（丑）我笑也有因，哭也有因，董卓你那裏知道？（肅）哎！一發叫起太師的名字來了，可拿去敲牙削舌。（衆欲拿，丑用布擋住介）（淨）是瘋漢，莫理他。（丑又三笑三哭介）（肅）你敢是有甚冤情，要告狀麼？（丑）

【紅衲襖】俺不爲負冤情強叫號。（肅）敢是尋覓親人的？（丑）也不爲失親人閑尋討。（肅）你賣這布何用？（丑）這布兒不與你縫袍襖。（肅）爲何上面寫着個呂字？（丑）這字呵，也不是信筆抄。（肅）你笑甚？（丑）笑只笑爲空花枉自勞。（肅）又哭怎的？（丑）哭則哭險頭顱將不保。（淨）一劃胡言，趕他下去。（丑）俺自有來處來時去處去也，董卓則怕你有上稍來沒下稍。（棄布在地，化風下）

（淨）不要是一位神仙，你看化陣清風而去。李肅，取那布來我看。（肅）稟太師，這布長九尺五寸。（淨疑介）這是何故？莫非不祥？（肅）依小官看來，乃是大吉之兆，正應太師將登九五。（淨）吾心腹人所見甚明，爲何上寫呂字？又三笑三哭，我心中畢竟有些疑惑！（肅）待小官一一解來。

【前腔】多敢爲應龍飛九五高，因此上遣神仙來預報。這布上呂字呵，分明說呂姓人堪倚靠，太師你還仗呂溫侯佐命勞。（淨）吾心腹人所見甚明。（肅）他笑的是喜蒼生換治朝，他哭的是漢江山更變了。總則是主公的洪福齊天也，念微臣呵，敢憚驅馳做護駕曹。

（淨）吾心腹人所見極明，就此趲行前去。（齊下）（丑上）咳！董卓，董卓！我那等點化他，怎奈被李肅所迷，也是數該如此。正是：閻王注定三更死，定不留人到四更。（下）

第十三齣　誅　卓

（王允、黃琬、士孫瑞朝服帶刀引甲士上）

【神仗兒】整排儀衛，整排儀衛，弓刀精銳。殺氣橫生殿陛，只説今朝禪

位。奸雄至，把戈揮。奸雄至，把戈揮。（呂布全裝執戟上）

【前腔】奉辭伐罪，奉辭伐罪，詔藏衣內。父子恩情分背，假作前來翊衛。奸雄至，把戈揮。奸雄至，把戈揮。（淨乘車，李肅仗劍上）

【水仙子】馬亂嘶，驚掣轡，陡然間狂風驟起。咫尺間霧暗雲迷，是何天意？（肅）主公勿疑，時候到了。（淨）李肅，我心驚肉跳，知他怎的？

（肅）馬驚者龍飛之兆，風起者虎變之祥。將登大寶，豈無紅光紫氣；天降大任，因此肉跳心驚。（淨）吾心腹人言之有理。（下車入朝介）（王允宣旨介）聖旨已到，跪聽宣讀。（淨）爲什某要跪起來？（肅）告皇天后土，只跪這一次。（淨跪，王念介）皇帝詔曰：爾賊臣董卓，產自氐羌，性原豺虎。昔值王家之多難，偶召外兵；誰知逆賊之專權，自躋元輔。弑君酖后，惡已極於滔天；焚廟遷都，罪更多於擢髮。陵墓並遭其發掘，縉紳枉被其芟夷。宜加赤族之誅，以泄蒼生之憤。即着中郎將，立時斬首施行。（淨驚呼介）呂布何在？（呂跳出介）俺呂布在此奉旨討賊。（戟刺淨倒介，肅割首介，王允）呂將軍可將董賊屍首陳於市上，與百姓們觀看。再領兵入郿塢，將賊母並妻女，盡行殺戮，不得有違。（呂應下，衆抬屍下）（王）笑爾堂堂立廟廊，一朝血濺露屍囊。若無某等同心志，怎得蒼生脫禍殃。（唱合前下）

（生、旦、丑、副淨扮士民上，樂介）董卓罪大惡極，誰想有今日也！（丑）你看他身軀肥胖，肚臍有燈盞深，倒好點燈耍子。（生）説得有理。（作點燈燃臍介，衆指屍罵介）

【香柳娘】論奸臣所爲，論奸臣所爲，逆天滅理。今朝天網恢恢，笑看臍中火燃，看臍中火燃，徹夜有光輝，脂膏流滿地。俺合當慶喜，俺合當慶喜，漢室腥羶，從今一洗。（下）

第十四齣　陷　　獄

（王允上）

【瑞雲濃】元凶殄滅，朝野齊聲歡悦。道夜卧如今纔穩貼。（黄琬、馬日磾、士孫瑞上）河清海宴，渾不似從前舉朝危業。合早把昇平宴設。（見介）

（黄）妙算老司徒，（士）奸雄一旦鋤。（馬）太平知有象，（王）漢室再匡扶。（黄）昨日董卓伏誅，聖上命舉朝大宴三日，你看文武濟濟畢集。（馬）真乃太平重見也。（外上）

【玉女步瑞雲】萬種騷屑，不覺愁腸寸結。嘆世事，真同棋劫。（與衆見

介，外長嘆介)

（王）董卓身受天誅，同朝無不歡悦。伯喈爲何喟然而嘆？（外）念蔡邕事非其人，已昧知人之明；出非其時，難言保身之哲。諸公固同歡慶，蔡邕自切傷嗟，人各有志，何必相强。（王怒介）這等説來，汝嘆惜董卓，乃黨逆耳！（外）邕這一嘆，非獨嘆董卓，亦爲司徒耳！（王）吾與漢家除去大害，有何可嘆？（外）你道如今除了董卓，漢室江山，永遠無事了麽？（王）還有何事？（外）

【畫眉序】當今呵，反側未寧貼，黨羽根株正盤結。似幕巢飛燕，禍機方烈。（王）我誅此元凶，名正言順，縱有餘黨，其奈我何？（外）你道是討罪除凶，他道是陰謀詐譎。還愁禍起蕭墻內，海宇四分五裂。

（外起介）正是：不如意事常八九，可與人言無二三。（下）

（王怒介）聽他言語，明明是左袒奸賊，叛逆顯然。（馬）司徒息怒，伯喈乃曠世奇才，況是三朝舊臣，熟知典故，當令續成漢史，爲一代大典，勿使司徒有殺害賢才之名。（黄、士）我等願代伯喈請罪。（俱揖介）

【滴溜子】雖則是、雖則是無端饒舌，論當代、論當代首推才傑。《漢書》未曾卒業，還求恕罪，姑從寬黥刖。一老慭遺，史編無闕。

（王）列位有所不知。昔武帝不殺司馬遷，使作謗書流於後世。今國家多難，豈可使佞臣捉筆，居少主之側？

【鬧樊樓】邪朋佞黨心腹別，若司編纂是非乖劣。謗毁中興業，抹煞良臣節。況恃凌傲，定不容傍人辨折。左右，可將蔡邕收付廷尉司，我上封章，請明廷示痛決。

（黄扯馬，士背介）今日王公此舉，亦太過矣。

【鮑老催】見偏意劣，汪洋相度成拗彆。還須爲國憐才傑。忠良廢，綱紀頽，國典缺。吾儕爲友心空熱，伯喈難保純剛折。諫不聽，枉饒舌。（王）心激烈，心激烈。疾邪黨，務誅絶。（衆）容辨折，容辨折。省刑憲，奏天闕。（合）願和協，願和協。且歡悦，且歡悦。正普天稱慶，太平佳節。

【餘文】司徒秉政人心悦。（王）料不蹈從前覆轍。（下）（馬、衆）則可惜曠代才人遭罰折。

伯喈一嘆却逢嗔，忠勇司徒自不群。李肅徒爲翻覆手，奉先終是負心人。（俱下）

第十五齣　探　獄

（生上）

【北新水令】從師負笈遠遊遨。膽輪囷，一腔忠孝。端居多受益，臨難忍逋逃。淚灑青袍，俺只恨天遠閶難告。小生董祀。隨侍吾師蔡中郎，間關來到長安，只為董卓被誅，不合嘆了一聲，王司徒勃然大怒，指為奸黨，囚於獄中。小生一聞此信，五內摧裂。連日往朝門打聽，司徒並無寬宥之意，衆公卿苦勸不從。眼見老師禍不可測，不免往獄中探候一遭。來此已是。禁子哥有麼？（淨上）但知夫子三分禮，不犯蕭何六尺條。秀才到此何幹？（生）告大哥，小生董祀，監內蔡老爺是吾師長，特來相探。（淨）司徒老爺吩咐，但是與蔡邕來往的，即係董卓一黨，都要拿問。你姓董，莫非是董卓的兒子？（生）不是。（淨）是侄兒？（生）也不是。俺是陳留人。有個酒資在此，送與大哥，望你開了監門，容我見一見老爺。（淨）也罷。放便放你進來，只是就要出去的。（生）這個自然，不連累你便了。（淨放生入介）（生）老師在那裏？（淨）在這裏，隨我來。（同下）（外囚服上）

【南步步嬌】老戴南冠誰相弔，三木將身靠。怨尤總自招。戇直忠言，幾人知道。王司徒你信是有功勞，為權奸波及忠和孝。

（生、淨上，生）老師在那裏？（淨）不要做聲，你們在此略說，我去去來。（下）（生見跪哭介，白）哎喲！老師，老師！為何一旦至此，痛殺俺也！（外）老夫不願出山，賢弟所知。誰想瓦全於董卓，玉碎於王允。自悔保身無術，取禍有階。你只該以我為戒，早些遠避禍機，還來看我怎的！（生哭介）董祀自及門以來，蒙老師教誨之恩，真如骨肉，一聞被陷，寸心如割，還要約同門諸友，伏闕上書，與老師辨冤。

【北折桂令】論如今聖主當朝，把蔽日陰霾一概都消。等閒的采及蒭蕘，難道清流被枉不把冤昭。又何惜金階碎首，斧鑕纏腰。便道是憲典難饒，論無過貶削官僚。（外）王司徒為人剛愎任性，他必欲殺我。料叩闇也是無益。（生哭介）呀！王允，王允！你好狠毒也。老師若是不免呵！俺情願地下相從，也博得個青史名標。

（外）賢弟，休出此言。我還有相托之事。我前將《漢書》屬成半稿，付與小女收藏。昨日遣蒼頭寫書一封寄去。賢弟，你若歸陳留呵！只說：（寫介）

【南江兒水】老父身垂死，嬌兒隔絕遙。遺編付汝收藏稿，名山大業勤搜討。家門瑣瑣俱不道，還有一件焦尾桐材至寶。縱遇顛連，慎勿輕遺荒草。

（生應介）（外）我死之後，屍骸必然暴露。你若能收拾還鄉，葬於先人墓側，即將小女文姬，與汝爲配。再取筆來，寫一紙爲照。（生白）師生大誼，分所宜然。老師何出此言？（外）怎麼筆硯收過了！也罷，我裂下衫襟，咬破指尖，寫一血書便了。（咬指裂衣急寫介，生痛哭介）

【北雁兒落帶太平令】痛殺他破零星裂緼袍，痛殺他血虩喇將指咬。痛殺他意慌張語未終，痛殺他墨慘澹書多草。（外付書介，生收介）（外）俺後事付你了，去罷！（生哭介）老師呵！一任你委骨在荒郊，俺可也願作青蠅弔。哭政屍的聶姊猶拼命，祭彭越的欒生豈憚勞。牢騷，這冤苦憑誰告？悲號，叫蒼旻聽轉高。

（丑扮差官送袋上，淨推生出介）（生）我怎忍遠去，且在外邊靜聽消息。（虛下）（丑）蔡老爺在那裏？（淨）在後邊。（丑）有聖旨，送囊首在此，速將蔡某取命，我在獄神堂等候。（淨）蔡老爺，有請。（外）怎麼說？（淨）朝廷賣一件東西在此，老爺請看。（外笑介）原來是囊首。我只道是一刀一剮，原來還放我全屍而死，司徒公我可也感你的厚情了。且待我拜別聖上。（拜介）萬歲！

【南饒饒令】微臣多罪狀，理合肆諸朝。幸得全屍歸陰府，俺去化長虹亘碧霄。

（丑、淨動手作將外弔死介）（內）司徒有令，速將蔡邕屍首，號令朝門，如有擅收者，罪及三族。（衆抬屍下）（生上，哭跳介）

【北收江南】呀！早知道這般樣慘死呵，倒不如沙場馬革裹屍拋。有多少門生故吏與同朝，今日個奠酒無人賦《大招》。痛星星二毛，痛星星二毛，可爲甚骷髏暴露野風飄。

（末、丑扮軍校上）

【南園林好】這狂生胡啼亂號，是奸黨不刑自招。敢惹俺頸將繩套，蛾赴火自焚燒，蛾赴火自焚燒。

（作拿住生介）你是何人，擅哭蔡邕屍首？扯去見司徒爺。（生）

【北沽美酒帶太平令】衆兒郎休絮叨，衆兒郎休絮叨，俺情願赴官曹。誰不是食祿天家舊大僚，全不念往日同朝，那兔死狐狸也叫嗥。司徒呵，既然除殘去暴，也須諒愚忠愚孝。這朽骨無仇可報，因什麼立標爲號。我呵，忍不住血澆淚拋，奠一會村醪束茅。呀！再不得傍恩門，把一靈長叫。

（末、丑）聽他哭得苦切，連我們的淚也要弔下來了。

【南尾聲】這般義士人間少,哭得我心如刀攪。(合)生死方纔是至交。(下)

校記

［1］掉下:"掉",原本作"弔",今據文意改。

第十六齣　請　　骨

(王允上)

【金雞叫】新築沙堤步,總群僚,燮調心苦。

下官正待入朝,軍校來報,有一書生名喚董祀,擅哭蔡邕之屍,已着拿來,審問端的。(末鎖生上)

【前腔】已拼一死何疑慮,趕上中郎,相隨泉路。(進見長揖介)(王)你就是董祀麼?(生)正是。(王)蔡邕奉旨陳屍,你怎敢伏屍而哭麼?(生)非但伏屍而哭,俺還要告稟司徒,請得負骨而歸。(王)只怕沒有這個王法。(生)哎喲!明公差矣!吾聞掩骼埋胔乃先王之美政,陳屍暴骨乃末世之凶殘。中郎得罪朝廷,一死已彰國法。董祀情關師弟,請屍以盡私情,兩者各不相妨。明公何爲固執?(王)蔡邕乃董卓之逆黨、朝廷之罪人,有敢收屍,與之同罪。(生)明公有所不知。中郎隱居陳留,董卓差人徵召,托疾固辭,至於再三。董卓云:我能族人。不得已强出就職。及至在朝,卓欲謀逆,常以忠讜相規,舉用賢良,開除黨禁。董卓所以遲疑未篡者,實乃中郎之功。及卓被誅,中郎不忍國士之知,坐中一嘆,不負董卓,正是不負朝廷。何乃不察心迹,置之極典?方今奸黨擁兵在外,猶未盡除。明公若行寬大之政,還可救禍於將來。若區區與朽木爲仇,不聽收葬,竊恐失同朝之心,拂萬民之望。請自三思。(王背介)他也說得有理,倒是老夫見不到也。(回介)不想此生倒有一點義氣。左右,去了刑具。

【好姐姐】蔡邕罪難擢數,既伏法吾心展舒。憐君義重,恩宜格外敷。憑收取,漢廷原不誅欒布,幸恕從前意見拘。

將骸骨付你去罷。(生揖介)多謝明公。正是:得他心肯日,是我運通時。(下)(呂布急上)

【不是路】走馬天衢,爲報風聞不軌圖。(王)溫侯何匆遽?想因邊塞調兵符。(呂)告司徒,早將赦令忙宣佈。董卓雖死,尚有李傕、郭汜各擁衆兵,欲謀報仇。（唱）怕旦晚雄兵襲帝都。（王）李傕、郭汜何可輕赦？（唱）吾深惡，溫侯與我提兵迅掃清王路。休亂了漢家法度，漢家法度。

（呂）這梁州兵馬，不可小覷了他。

【前腔】他密邇羌胡，不單恃起起一勇夫。（王）有何人做他謀主？（呂）他有謀臣呵，名賈詡多謀足智逞良圖。（王）我久聞賈詡，是個名士。溫侯何不招來見我？（呂）只因明公殺了蔡邕，人人道司徒容不得好人，誰肯歸附？殺非辜，物傷同類狐悲兔，誰肯彈冠闕下趨？（王）董卓吾猶不懼，區區鼠輩，何足介懷，大赦天下，單不赦涼州人馬，其奈我何？終無懼，我性難委曲同蛇蠍，聽之天數，聽之天數。（下）

（呂弔場嘆介）你看王司徒不聽良言，徑自退衙而去。嗄！只怕你臨崖立馬收繮晚，船到江心補漏遲。（下）

第十七齣　起　冦

（李傕上）鐵面虯髯膽氣粗，雄兵一半雜羌胡。（郭汜上）封侯未足酬吾願，要把中原王氣圖。（傕）自家李傕是也。（汜）自家郭汜是也。（見介）請了。（傕）兄弟，我等本是董太師部將，太師被王允全家誅戮，我等指望朝廷赦罪招安，誰想王允執意不肯。如之奈何？（汜）哥，不赦也是一死，謀反不成，也是一死，不如拼命，大家殺一殺，成則為王，敗則為冦。（傕）且待賈軍師出來，一同商議。（賈翊巾服上）

【剔銀燈引】羽扇綸巾鶴氅，渾不是腐儒骨相。土宇瓜分，英雄鵲起，使我無端技癢。幾時得志，高議雲臺之上。

（見介）二位將軍請了。（傕、汜）賈先生，我們自太師死後，逃竄陝西，只圖降赦招安，再替朝廷出力。今聞王允大赦天下，單不赦此一軍，難道束手就死不成？（賈）依俺賈翊看來，二位將軍英勇蓋世，西涼兵馬精銳有餘，此霸王之資，豈可受制他人之手？只該起兵誅討王允，與董太師報仇。（傕）有呂布在彼，只怕不能取勝。（賈）二位將軍果然不是溫侯對手，何不遣張濟、樊稠約結左賢王，請兵相助，可勝呂布。（傕）言之有理。這等軍師可一面修書與左賢王，我等就此起兵前去。（賈）修書不難，但行兵者須要立一元帥。（傕）元帥自然是我。（汜）還該我做元帥。（傕）我偏要做元帥。（汜怒介）我和你一般弟兄，你如何占強？（各拔刀欲鬥介）（賈笑介）這就做不得大事了。

【尾犯序】各自逞雄強，敗不相扶，勝不相讓。二牧臨岐，問如何牽羊。

思想，縱起得涼州軍馬，縱請得匈奴酋長，合還只怕三軍無主，心事兩參商。

（催、汜）我等粗鹵之人，其實見不到此。賈先生足智多謀，倒奉你做元帥罷！（賈）小生一介書生，手無縛雞之力，如何做得元帥！倒有個愚計在此。如今是替董太帥報仇，何不虛着中軍，立起董太師牌位來，凡事禀命而行。（催、汜）那牌位又不會說話，禀甚命來？（賈）這個小生參預末議便了。（催、汜）有理。叫衆三軍，把太師牌位抬出來，大家哭祭一番，就起兵馬。（衆軍抬龍亭，内設董太師牌位，用執事黄傘引上，設祭介，催、汜哭介）我的太師呵！

【前腔】三軍盟手炷盟香，想起恩深，無過丞相。大事垂成，痛身家罹殃。你三軍也哭一聲兒麼？（衆俱哭介）俺的太師爺呵！悲愴，恨殺那司徒奸佞，恨殺那溫侯逆黨。合生把你燃臍郿塢，骨肉慘凋傷。

（賈）太師爺有令，李催爲左將軍，郭汜可爲右將軍，即日起兵，徑取長安，誅討奸臣王允，無得傷犯天子，違者處斬。（催、汜）得令。（穿陣行介）

【大環著】閃銀盔晃亮，閃銀盔亮，鐵甲鏗鏘。旂號鮮明，金鼓悲壯。只見來來往往，紛紛攘攘。隊隊兒驍雄，人人粗莽，把朝内奸雄掃蕩。誰堪敵，誰敢當。看麟閣勳名，雲臺拜將。（俱下）

第十八齣　起　兵

（左賢王引衆上，唱）

【點絳唇】玉帳風高，黑河秋老。軍聲浩，大戟長刀，把漢塞烟塵掃。金眼高顴赤鼻梁，千群鐵騎出沙場。酪漿解渴氈裘暖，不放昭君憶故鄉。自家匈奴左賢王是也。俺國自從頭曼開基，冒頓創霸，世雄漠北，與漢爭衡，勝負却也相當，和戰時常不一。今東漢遭桓、靈之亂，咱家正有窺伺之心。恰有董卓部將李催、郭汜卑詞厚禮，前來請兵。且待谷蠡、屠耆二王到來，商議可否而行。（谷蠡王上）

【前腔】漠北人豪，幕南年少。茸花帽，（屠耆王上）反插金貂，下馬梭梭跳。

（谷）咱谷蠡王是也。（屠）咱屠耆王是也。左賢王請咱們議事，不免進見。（見介，作番語介）（左）二位名王，今有李、郭二將，要取長安，與董卓報仇，請俺協助，該去不該去？（谷）那漢朝有天子在上，李催、郭汜乃董卓部下無名小將，他要起兵報仇，這不是反了麼？（左）便是。（谷）俺單于體面，大不該替這些毛賊出力，還是不去的是。（屠）論來華夷不相統屬，本該各守疆界，莫管閑事。但我國近來少些子女玉帛，聞得東西兩都，富庶非常，借此爲名，進去搶擄些回來，以壯軍實，也是好的。那廝們得勝，不好怠慢咱們。他的事若不成，咱們早些抽身便了。（左）此言正合吾意，就此起兵便了。（衆番軍上，搖旗吶喊介）

【清江引】海螺蠣鬐篥齊吹號，鼓角如龍叫。旗開山嶽搖，馬踢城池倒。起營時把駱駝酥餐個飽。

【么篇】漢兒們莫墮他虛圈套，他借俺爲聲號。俺風頭兒起的高，他陣脚兒紮的牢[1]，似這樣硬幫兒何處討。（俱下）

校記

[1] 紮的牢："牢"字，底本作"老"，今據文意改。

第十九齣　被　掠

（旦上，老旦隨上）

【引】嚴親一去沒音書，使我夢魂牽繫。奴家文姬。自爹爹出仕之後，未知凶吉如何。早晚之間，音信全無，使我日夜掛念。已令蒼頭前去打聽，怎麼也不見回來？（末上）忙將奇異天翻事，報與深閨年少人。小姐！（旦）蒼頭，你回來了麼？（末）是回來了。（旦）老爺一向可好？（末）老爺一向是好的，近因董卓被誅，不合在王司徒座上，嘆了一聲，便被拿問，有書在此。（旦拆書介[1]）呀！原來爹爹性命難保了！（倒介，老扶起介）小姐醒來！（旦）俺爹爹呵！

【集賢聽黃鶯】原來此是絕命題，看碧血迷離。垂死叮嚀無別意，把那漢史頻頻提。爹爹呵，你的音容那裏？空叫我呼天搶地。（末）老爺全虧董官人舍死伏侍，老奴來後，如今就不曉得怎麼樣！（合）痛歔欷，一家破敗，生死判東西。

（丑李旺上）福無雙至，禍不單行。小姐，不好了！匈奴左賢王起兵，搶到陳留郡，但見婦女就搶。左鄰右舍，紛紛逃竄。小姐須避一避。（旦哭介）咳！爹爹禍及，胡兵又至，如之奈何？（老）衣包行李也收拾不及了。（旦哭介）別的罷了，爹爹書上說，焦尾琴生平所愛，不免背負而行。（取琴自負，同

丑、老旦走介）

【簇御林】時離亂，家蕩析。嘆蕭然無所遺，傳家只剩焦尾。惜春呵，我深閨弱質何方避？（內金鼓聲，驚介）馬頻嘶，風聲漸緊，如在畫橋西。（衆男女上，混奔介，番兵上，衝散，丑、老旦俱下，作拿住旦介）（番）好一個女子，你背上什麼東西？（旦）是琴。（二番私語介）原來這女子會琴，記得大王吩咐，要個琴棋書畫俱全的美女子，納做閼支。這個一定是了。不免送與大王去。（旦哭介）天，天怎了！正是烏鴉喜鵲同行，凶吉全然未保。（二番扯旦下）（丑、老旦慌上，叫介）小姐在那裏？（丑）小姐是你扶着走的，如何不見了？（老旦）喫那一夥臭番軍搶來，一個眼挫就不見了小姐。（丑）一定是番軍搶去了小姐，好不慘傷人也！（哭介）（老旦）那番兵在前面不遠，我和你趕去，搶了小姐回來。（丑）啐！番兵可是好惹的，不要連你都撈了去，我就心疼死了。（老旦）如今躲向那裏去好？（丑）太老爺墳上有兩間破屋，我和你且替他看墳便了。正是太平千日好，（老旦）果然離亂一時難。（譚下）

校記

［1］旦拆書介："拆"字，底本作"折"。今據文意改。

第二十齣　陷　　京

（呂布慌上）

【水底魚兒】卷地胡兵，惟聞喊殺聲。重圍匝月，鐵騎困神京。

俺呂布。苦勸司徒，不聽好言，逼反了李傕、郭汜，起兵十萬，與董卓報仇。又有左賢王番兵協助。這些毛賊，雖不是俺的對手，但番兵勢大，衆寡不敵。俺已辦下一條走路來，約司徒同行。來此已是司徒府中。司徒那裏？（王允上）呀！溫侯匆遽而來，賊兵怎麼樣了？（呂）俺與李、郭二賊連戰數陣，不能勝他，但左賢王番兵隨後接戰，勢甚猖獗。他們口口聲聲，只要司徒首級哩！你也該避他一避。爲此徑來相約，和你同行。（王）溫侯差矣！老夫若去，聖駕誰保？今日正吾效命之秋也。

【北粉蝶兒】耿耿丹誠，矢一片耿耿丹誠。到臨危早辦個損軀畢命，則看俺兩鬢星星。怎效莽兒曹無端奔迸，仗的是九廟神靈。難道直恁地縱他行梟獍？（內喊殺聲介）

（呂）呀！城已潰了，賊兵漸近五鳳樓。司徒不去，頃刻間便有殺身之禍。

【南泣顏回】狡寇勢憑陵,挾虜而來氣方勝。他待把城池踹碎,頃刻裏社稷填平。(王)聖天子在上,他敢無禮麼?(呂)他認得什麼聖天子?西涼悍勇,這些時恃不得天王聖。他道是報恥雪仇,昧倫常一味胡行。

(王)這等你自做你的事,我自做我的事,不必顧我了。(呂)司徒真個不去?(王惱介)哎喲!你叫我往那裏去!

【北上小樓犯】一任他共工頭觸不周崩,俺巨靈伸掌獨支撐。猛拼個身家碎裂,骨肉零星。這一死呵,泰山雖比重。若是逃走呵,鴻羽一般輕。賊來呵,俺把鐵錚錚的大義和他相折證,赤淋淋的熱血相噴迸。那怕他白森森鋒刃交加頸,這叫做縱死也留名。

(內鼓介)(王)溫侯,好去迎敵。俺入朝保駕去也。(下)(李傕、郭汜引衆上)呂布,你降也不降?(呂)李傕、郭汜,你是我手裏敗將,休得無禮!(戰介,谷蠡、屠耆二王上,助戰介,呂敗走,二王追下)(獻帝、王允立城上介)(李傕、郭汜作攻城介)(王)反賊不得無禮,聖駕在此。(李傕)什麼聖駕?戮倒他。(汜扯傕介)軍師有令,不得傷犯天子,我們只可跪求。(傕、汜向城跪介,白)萬歲在上,李傕、郭汜特因求赦而來。(帝)司徒,可即宣赦退兵。(王)二賊罪大惡極,陛下不可輕赦。(傕、汜怒舉兵向上介)怎麼聖上倒赦我們,王允老賊不肯?董太師乃社稷之臣,王允無故誅戮,我等正要替太師報仇,殺上去!(帝)卿等休得造次,若有冤情,你且奏來。(傕、汜)董太師呵!

【南泣顏回】巍巍宗社仰干城,一朝被謗,葅醢韓彭。臣來問罪,望吾王追賜褒旌。三軍義憤誓同仇,立刻誅奸佞。(帝)卿等且退,朕當自有處置。(傕、汜)陛下不殺王允,臣等雖死不退。儘吾儕殫極兵威,又何難破神京。

(帝與王抱哭介)司徒,賊勢如此,朕亦不能相保了。(王)臣為陛下社稷之計,不料至此。陛下不可惜臣一身,待臣下去與他講話。(作跳下樓介,衆向前欲殺介)(王)你等休得亂動,聽我一言。(傕)快快說來。(王)你那董卓呵!

【北黃龍滾犯】莽滔滔罪逆通天,莽滔滔罪逆通天,惡狠狠豺狼劣性。慘離離逼主遷都,慘離離逼主遷都,血瀝瀝把公卿併命。那些兒不萬剮罪猶輕。你潑生生把虐焰重張,潑生生把虐焰重張,眼睜睜九族誅夷在俄頃。

(傕、汜)好罵,好罵。王允,便依你說,董太師有罪,我等有何罪乎?你不赦我等,激變三軍之心,量你這剛愎之夫,也難做漢朝宰相,拿去砍了。(殺王允下)(帝)王允已誅,何故不退?(傕)臣等雖已赦罪,尚無官職,求陛下封賞,願留保駕。(帝)卿等欲做何官?從直奏來,朕當除授。(催)臣李催爲車騎將軍、池陽侯。(汜)臣郭汜願爲司隸校尉、建陽侯。(帝)依卿所奏便了。(汜呼萬歲介,帝下)(催)郭阿多,如今我是朝廷大臣,帝須請到我營中去!(汜)你是大臣,我偏不是?[1]

校記

[1]我偏不是:此四字以下二頁闕。

第二十一齣[1]

心人也。[2]不免暫住車馬,待俺憑弔一回。(作下車介)

【傾杯序】嗟呀!想漢宮召畫師,盡把宮娥譜。似你國色天香,皓齒明眸,光艷驚人,絕代名姝。又誰知呼韓求偶,妙選良家,遠嫁穹廬。便拚得個驚沙撲鬢,爲國却捐軀。

(哭介)明妃嘎!我想你失意丹青,遠嫁異域,還是爲國和親,名垂青史。你死葬沙漠,墓草長青,只道再無人來繼你後塵。誰想我文姬,今日無端被掠,也到此間,不如身赴黑河,與你死葬一處,免得屈身受辱。(作投水介,眾抱住介)娘娘如此,我性命休矣!且請寬懷,自有歸國之日。今日有胡香酥酒在此,請娘娘祭奠者。(旦哭拜介)

【玉芙蓉】駝酥馬湩飧,白草黃榆路。恨琵琶幽怨,千載胡語。畫圖識面春風遠,環珮歸魂夜月孤。情難訴,牛眠馬鬣,誰表泉壚?只憑着一痕青,點破了塞外燕支土。

【山桃紅】和親事,卿休苦。看漢史,芳名注。(哭介)似我文姬呵,擾攘遇兵戈,身被拘俘。悲憤填膺,似子卿降虜。傷心薄命如朝露。倒不如,伴明妃泉下安居。

(胡女白)娘娘且免愁煩。帳床已搭在這裏了,請安歇罷。(旦唱)

【尾】漢殿妃,中郎女,一樣窮荒紅淚雨。古今來,恨事多,願明妃同調獨憐余。漢國明妃去不還,塞垣高鳥没狼烟。紫臺月落關山曉,塵世何由睹舜顏。

校記

[1]抄錄者在"心人也"這一行前用行楷寫"文姬歸漢"四字,字體與原本完全

不同。當是後人所加，但與本齣劇情不符。

[2] 心人也：此三字以上闕。

第二十二齣　感　夢

（小旦扮昭君胡妝抱琵琶，二女隨上）俺漢王嬙是也。地窟之下，忽聽得有人呼名哭奠，不知是誰？趁此風清月白，不免向冢上遊行一番。

【北新水令】一聲哀角漢關秋，耳邊厢似聽宮漏。土花埋艷質，恨血染青丘。萬古離愁，還不到地老天荒後。

【駐馬聽】嫁遠分憂，不惜胡沙埋皓首；畫圖呈醜，重勞明主泫青眸。魂羈氊幕晚行遊，名傳樂府乾生受。揮素手，向窮泉自把鵾弦奏。

【雁兒落】到今日穹廬幾變遷，漢室將傾覆。俺長眠人猶未醒，則墓上草還依舊。

【得勝令】忽聽得軟語夜啾啾，好一陣怨氣冷颼颼。又不是寒食梨花節，誰把涼漿奠趙州。躊躇，好似我鄉中舊。休囚，滿襟懷都是愁。

【收江南】假若是漢家天使啊，又何勞枉駕此淹留。想當日忍心抛撇在邊陬，望斷羊車夜出遊。料生前已休，料生前已休，誰承望死將杯酒酹荒丘。

（白）鬼卒們，與我看是誰人到此？（鬼揭帳看介）稟娘娘，也是漢國來的，叫做蔡文姬，因被左賢王擄掠到此。（小旦）

【沽美酒】原來是外孫家黃絹儔，曾聽那焦尾琴中郎奏。他爲甚灑胡笳冰天淚，一般兒抱琵琶賦《遠遊》？可正是漢王嬙曠世的知心友。

咳，文姬，文姬！我昭君委骨於此，荒寒寂寞，難得你遠來相弔，但你志欲捐生，這却斷然不可。想俺當日遠嫁呼韓，何難一死，也只恐和親不成，有違君命，是謂不忠。你今日受父遺囑，續修《漢紀》，倘身死書亡，是謂不孝。且勉留胡地，十年後自有還鄉之日。且聽我道來！

【太平令】大古來姻緣不偶，多半是委骨荒陬。誰似你書香繼後，終有日錦衣歸晝。你呵！切莫要言愁訴愁，包羞忍羞。（內吹角介）呀！文姬，文姬！我要再與你細談衷曲，奈天色將曉，不可久留，你須切記吾言。若不嫁單于，怎得你史編成就。（引鬼卒下）

（旦作醒出帳介）昭君娘娘那裏呀？原來是一場大夢。方纔昭君明明勸我，強居胡中，後來仍得還鄉。咳，事已至此，如之奈何？（谷蠡王持節，從人捧冠袍上）（谷）左賢王有命，速請娘娘至國。（吹打，侍女替旦更衣介）（谷）

看車輦過來,請娘娘上路。(旦唱)

【清江引】塞垣春強作裙邊綉,自覺紅顏厚。殊方總斷魂,故國難回首。收拾起奠昭君墳上酒。(齊下)

第二十三齣　勤　　王

(曹操冠帶上)

【點絳唇】海縣瓜分,潢池厄運。神龍困,赤子遭迍,莽激起英雄恨。下官武平侯曹操是也。向與衆諸侯征討董卓,奈緣孫堅、袁紹奪寶爭功,棄師歸鎮,大事不成。幸得王司徒計除董賊,只道漢室粗安。豈料餘黨李傕、郭汜,重復倡亂。下官素有澄清四海之志,目今兵精糧足,俯視群雄。前者賈詡遠來相投,勸俺大起勤王之師,聲討李、郭之罪。但未知天子下落,已差許褚打探長安消息去了。且待回來,商議起兵之事。(內報鼓介,許褚白袍走馬急上)

【北端正好】虎癡名,中華震。能鏖戰,膂力超群。笑殺那蠢兒曹心計疲營運。俺則要奪取封侯印。

(白)自家虎癡許褚是也。奉元帥之命,打探長安軍情回來,只索進見。(見介)元帥,許褚見。(操)你回來了。長安事體如何?(許)元帥聽稟。

【滾綉球】俺則傍帝城邊把氣色觀,又向那賊營中將機密詢。那王允呵因罵賊墮樓身死,那呂布呵遇胡兵敗了全軍。那李傕呵劫遷了車駕,那郭汜呵因辱了朝臣。(操)如今天子在李傕營中,可還受用麼?(許)受用什麼?臭牛骨將來供膳,禿牛車準備着遊巡。弄得個漢天子崎嶇盡日馳荊棘,衆公卿泣血啼號曉夜行,成甚麼乾坤?

(操哭介)我那主上啊,難道就没人保駕?(許)

【倘秀才】多虧了董承、楊奉忙前進,近日來遷駕在弘農郡。李、郭二賊呵,日夜要磨牙恣併吞。只怕早共晚,又蒙塵。真乃是魚龍厮混。

(操)這等說來,我起兵之意決矣。就着你做先鋒,你可去得去不得?(許跳舞介)我有甚去不得!

【叨叨令】俺喊一聲,厮琅琅山搖嶽倒江河震。舞一回,黑漫漫風馳電起雲雷迅。鼓一通,撲騰騰沙飛石走陰陽混。殺一場,赤淋淋屍橫血濺人頭滾。兀的不諕殺人也麼哥,兀的不快殺人也麼哥[1]!俺情願領一軍衝鋒陷刃星忙進。

（操）目今天子有難，汝不可羈遲，可點精銳三千，直低弘農界上，遇賊殺賊，遇駕保駕。吾自領大軍，隨後而進便了。（下）（許）衆三軍，聽吾號令！（軍士上，應介）（許）

【北尾】道勤王，名與言俱順。好提着虎旅桓桓覲至尊。把數百萬賊軍一霎時剿盡。管奪取錦綉江山，交還漢隆准。（下）

校記

［1］也麽哥："麽"字，底本漏，今據曲譜補。

第二十四齣　迎　　駕

（漢帝同伏后徒步上）

【鎖南枝】身飢困，足力疲。倉皇避兵東復西。（相抱哭介）皇后呵！到此步難移，多因事不濟。（跌介，后扶介）（帝）我和你在賊營中，受盡艱難，幸虧楊、董二卿救出。誰料中途不能相顧。如今從官一個也無，車馬都被搶去，如何是好？（后）李、郭二賊聲言，要來奪駕，倘然遇着，性命難保。且自扶掖而行，尋個人家躱去。（相扶行介）倒不如長安市一布衣，且前途覓休憩。（下）

（李傕、郭汜引兵上）（傕）只爲出兵不利，走了一名皇帝。（汜）今番趕上鑾輿，須要讓與小弟。（傕白）且不要争，我和你併做一路，只向弘農郡追趕便了。

【前腔】山徑雜，多路岐。吾皇寬身在那裏？（汜）他有皇后同行，料去不遠。貴后步行遲，前途必多滯。（合）逢村店，須要大合圍，倘收留，把他一家殪。（下）

（后扶帝上）（帝）再行不動了。（后）我們落荒而來，望見此處，有一所民房，不免叩門而入。（敲門介）開門，開門！（外扮村翁上）

【前腔】爲農圃，無是非。家常麥飯堪療饑。是誰？（后）我夫婦是逃難的，借坐一坐。（外）此語太蹺蹊，莫非是追兵霎時至。（后又叩門介）（外）自古道，天上人間，方便第一，且開門放他進來。（開門介）（帝、后入介）（后）快關上門。（外關門介）（外）賢夫婦何來？爲甚情慌亂，意慘淒？觀容顔，像是舊門第。

（帝）俺夫婦行路饑渴，告求一餐。（外）有，有。（取飯進介）這麥飯在此，胡亂充饑罷。（帝、后作強咽介）

【前腔】這是麥中麩，穀內秕，權當玉食甘似飴。（內納喊介，帝、后泣介）追兵漸近怎了？我死一身宜，無辜把人累。（外）外面殺聲震地，你們夫婦，畢竟是甚麼人？（帝）休驚懼，聲且低，我是亂離中漢皇帝。

　　（外驚叩頭介）呀！小民不知，是萬歲爺，多有怠慢。（后）倉卒受庇，便是俺夫婦恩人了。（外）如此，萬歲且請到裏面躲避，恐賊來搜尋。（帝、后同下）（李、郭引兵上）一路追來，不知皇帝往那裏去了！衆軍士，與我快趕上去。（許引兵衝上，大戰，殺死李、郭介）（許弔場介）且喜二賊已被俺殺死，但不知聖駕今在何處？衆軍士，與我沿路尋訪，須要小心，不可驚了聖駕！（行介）呀！此處有人家，不免問一聲。（叩門介，外上應介）甚麼人叩門？（許）聖駕可在你家？（外）沒有什麼聖駕。（許）俺不是劫駕的，李傕、郭汜已喫我殺了。俺是曹將軍的先鋒許褚，差來迎駕的，俺主將立時就到。（外）如此少待，萬歲爺有請。（帝上）（外）恭喜陛下，曹將軍差先鋒來迎駕。（帝）這等宣他進來。（外引許入見介）（許）萬歲，臣許褚保駕來遲，望乞赦罪。（帝）脫朕夫婦於難者，卿之功也。曹將軍今在何處？（許）霎時即到。（操引衆上）

　　【前腔】兼程趲，曉夜馳。壺漿載途迎義旗。（許獻首級介）李、郭二賊首級已取在此，聖駕就在前面。（曹下馬跪介）萬歲，救駕恕來遲，蒙塵俺之罪。（帝、后）賜卿平身。卿忠義，朕所知。願留卿佐匡濟。

　　（操白）陛下憔悴至此，有新製龍袍。（帝、后換衣服介）（操）臣啓陛下，東都已被董卓所焚，長安又遭李、郭之亂，俱不可住。臣已新造許都，伏乞聖駕，即時臨幸。（帝）卿有再造之功，悉依所奏。今進卿爲丞相，封魏公，賜劍履上殿，贊拜不名，斧鉞弓矢，得專征伐。許褚封爲前將軍，關內侯。弘農老父！（外慌跪介）（帝）汝有保駕之功，可授官爲光祿勳。（衆俱叩頭介）萬歲，萬萬歲！（外換冠帶介）（操）吩咐排駕，即此起行。

　　【滴溜子】洛陽郡、洛陽郡，遭兵殘毀。長安郡、長安郡，又成荆杞。新遷許都是理。心蘇七校前，軍民歡喜。佈告諸侯，務令盡知。（俱下）

第二十五齣　葬　　師

　　（生背骨包上）

　　【本宮賺】跋涉關山，夜行晝伏衝兵火。心忙路遥，又不是孤身撲被無包裹。望見故鄉愁轉多，那空村敗瓦頹垣墮。烟霧鎖，蔡家墳在那？些兒個教人跌蹉。

小生冒死,請得老師骸骨,背負還鄉。又遭李、郭兵亂,路途多阻。只得間道潛行,已到陳留郡了。想起來好不傷心也!

【小桃紅】一聲叫徹淚如梭,誰與作《招魂》歩也?痛殺你杳杳冥鴻,竟被虞羅。謾道是桃李及門多,誰把引魂旛導前坡?又沒個挽歌人相賡和也。今日裏束縛山阿,悄魂靈還認得故鄉麼?

來此已是蔡家墳頭。我記得他家李旺在此看墳,不免叫一聲。李旺哥有麼!(丑李旺白鬚上)冢上一竿竹,風吹青嫋嫋。下有百年人,長眠不知曉。呀!董官人,且喜回來。(生)我從長安,背得老爺骨殖回來,今日便要葬埋。(丑)在那裏?(生)這包的不是?(丑捧哭介)咳!那麽個老爺出去,變做這麽個老爺回來。真乃是未歸三尺土,難保百年身。想你生前呵!

【下山虎】遇秋賞月,遇夏觀荷。錦陣香圍內,賞心事多。誰料你宦海深沉,恁般結果。不能够冠佩紫紳拖,則布衣兒存一個。想起三十年前,在這裏遇見張太公的時節,曾把你爹媽陰魂叫,歲時幾何,又見你墳封馬鬣科。

(生)李旺,可請小姐來拜靈?(丑)官人你還不知,俺小姐此時已到陰山地面也。(生驚介)怎麼說?(丑)那日得了老爺獄中之信,正在痛哭之時,忽有匈奴兵到來,擄掠人民,小姐亦在被擄之數。

【羅帳裏坐】荒荒亂兵,人嬰禍羅。香閨艷質,急難逃躲。霎時間,遍地總是干戈。知他生死如何?但提起,肝膽似割。

(生哭介)咳!老師臨命終時,曾把小姐許配於我,血書猶在,誰想偏我歸來,不見了小姐!

【江頭送別】婚姻事,生斷了兔絲女蘿。書香事,又沒個螟蛉果贏。真個是家門重叠羅災禍,生生害殺嬌娥。如今老師不在,舉目無親,叫小生何處投奔也!

【山麻稭·換頭】再無因依師座,想絳帳淒涼,空垂薜蘿。(丑)官人常説,有同門朋友,何不尋他?(生)同門中,只有個王仲宣,與俺最相投契,知他向何處彈冠相賀?俺只好提攜書劍,抛辭鄉里,遠涉關河。

(丑)這等,官人且在此暫住,將老爺墳安葬畢,再作商量。

【尾聲】並無油借月爲燈火,且消藜床土銼。(生)空教俺回首停雲別淚多。(俱下)

第二十六齣 夜　　獵

（二女侍旦上）

【海棠春】紅冰淚老春風面,盼不到寄書鴻雁。顰笑總無端,人爲離鄉賤。俺蔡琰。被擄入胡,情甘一死,感得明妃夢中勸合,聊且偸生。但穹廬沙漠,好不傷心。道猶未了,你看大王升帳來也。（虛下）（左賢王上）

【前腔】控弦百萬精兵練,但到處山川震眩。帳殿擁胡姬,新把閼支選。俺乃左賢王是也。前因入寇中原,抄擄河內諸郡,獲得蔡中郎之女,色藝兼全,已經立爲閼支,掌管內事。侍女們,請娘娘出來。（旦上）邊月朝臨鏡,胡霜夜點衣。大王參見!（左）娘娘少禮。俺請你出來,率領侍女們,好生看守帳中。俺夜獵去也。（旦下）（左）衆番軍就此打圍者!（行介）

【二犯江兒水】頻移氈殿,俺則是頻移氈殿。蹄林風乍旋。幾處星星獵火,映徹居延,似胭脂凝夜鮮。縱馬下平川,雕弓拓勁弦。一望祁連,一望祁連,正秋來獸肥草淺。鞭鼓聲喧,四下里鞭鼓聲喧。流星掣電,真個是流星掣電。誰似俺這圍場撒得圓?（住介）

（衆白）啓大王,衆軍得了許多禽獸,天色將曉,請大王回帳。（衆合唱,行介）

【前腔】天山一片,頭直上天山一片,雙雕穿羽箭。煞手打圍,歸去觜篥喧闐。橐駝蹄,把地踹穿。塞外落霞鮮,關頭月上圓。這答烽烟,那答烽烟,霎時遞人歸帳殿。名王數千,統領着名王數千。穹廬南面,端坐了穹廬南面。且準備酪漿兒慶凱旋。（下）

第二十七齣 製　　拍

（老貼扮胡女上）于闐采花人,自言花相似。明妃一朝西入胡,胡中無花可方比。俺大王今夜出獵去了。我等在帳中伏待娘娘。你看娘娘尚未安寢,又出來也。（旦上）

【風雲會四朝元】終朝催挫,蒼騰步怎那?任愁將眉織,淚把容涴。想起如何可?痛嚴親罹禍,痛嚴親罹禍,旅櫬荒涼,渺隔關河。回首家山,更遭兵火,身世成蓬顆。嗏,風月漸消磨,有甚閒情笑插花枝朵。傍人強笑歌,意兒越相左。聽那些胡笳觱篥,淒淒慘慘教我淚珠偸墮,淚珠偸墮。

此時大王出獵，俺獨坐帳中。你聽吟嘯成群，那些胡琴羌管，好不惧耳！俺蔡琰一腔心事，若不譜之歌詞，傳之樂府，百年之後，豈復知有蔡文姬乎！前日做下《悲憤詩》一首，自吟自歎，叫俺傳與何人也呵？（老旦）娘娘，什麽叫做《悲憤詩》？婢子們雖不解詩，可請略言大意？（旦）使得。

　　【前腔】胡羌獵過，圍城所破多。斬截無遺，屍骸撐卧，婦女悉被擄。又長驅西去，詈駡難堪，捶杖頻加，號泣晨行，悲吟夜坐，欲生無一可。嗏，彼蒼者何辜？生長中華，遭此奇阨禍。胡風吹我衣，感時念父母，驚聽得外來客至，歡歡喜喜，又不是故鄉迎我，故鄉迎我。

　　（老旦）娘娘此詩，聲情酸楚，婢子們雖然理會不來，聽之不覺淚下。（旦拈筆作製詞介）

　　【前腔】拈將彩筆，輕輕蘸黛螺。把芸箋展拂，抽思無那。俺好似甚個？似《懷沙》屈子，似《懷沙》屈子，《天問》無聊，素壁頻呵。又似《招魂》宋玉，哀些郢曲憑誰和？嗏，陡的上心窩，萬種牢愁，紙上難堆垛。自吟還自哦，有誰來問我？似這無端歌哭，淹淹悶悶，好把唾壺敲破，唾壺敲破。

　　俺今製成《胡笳十八拍》，可作琴操彈之。（老旦）婢子願聞。（旦取琴彈介）

　　（一拍）我生之初尚無爲，我生之後漢祚衰。天不仁兮降亂離，地不仁兮使我逢此時。

　　（二拍）戎羯逼我兮爲室家，將我行兮向天涯。雲山萬重兮歸路遐，疾風千里兮揚塵沙。

　　（三拍）冰霜凛凛兮身苦寒，飢對羶酪兮不能餐。夜聞隴水兮聲悲咽，朝見長城兮路杳漫。

　　（歇介）（老旦）彈得好也！

　　【前腔】檀槽邐迤，從來無此歌。直彈得黃沙漫漫，悲風颯颯，淚雨隨聲墮。這輕挑慢撚，這輕挑慢撚，換羽移宮，適怨清和。慘似猿啼，愁如雁過，纔入《凉州破》。嗏，塞曲鄙俚多，敕勒丁零，唱徹哩嗹囉。昭君没了呵，誰把鵾弦撥。可惜繁音促節，靡靡曼曼，付與玉關塵涴，玉關塵涴。娘娘，你琴曲已終，試看月落參橫，明星煜煜，大王將次回獵。請娘娘安寢內帳等候。（旦唱合前）咳！可惜繁音促節，靡靡曼曼，付與玉關塵涴，玉關塵涴。（下）

第二十八齣　鄰　釁

　　（烏桓王引衆上）

【北點絳唇】部落蕃昌,橫行邊障。無攔擋,狡啓封疆。震撼得天關響。戰馬千群塞草秋,寢興長戴鐵兜鍪。官封都尉名親漢,寇掠邊隅未肯休。自家烏桓國王是也。俺國西近烏孫,北連沙漠,幅員雖小,河山自創。一區水草頗豐,士馬將盈十萬。向被匈奴冒頓攻破,俺國只得保塞內徙,後亦發單于之冢,以報舊仇。因此與匈奴世相攻伐,連兵不休。今聞得左賢王殺入中國,得勝而歸,正在兵驕之際,每日酣飲遊獵,不設警備。我不免悄悄起兵,前去劫他營帳,有何不可?把都門!就此殺上前去。(衆)得令。

【排歌】一片黃沙,草毛不長。他倚着幕南,接近邊墙。陽關便覺鳥花香,非俺貪金攪那廂。兵和將,要逞強,殺他個只輪不返走他邦。兒郎勇,非泛常,將左賢頸繫在咱廂。

【尾】望中原,沙漠平如掌,一片天生好戰場。只為着息馬休兵技兒癢。
(齊下)

第二十九齣　徙　　帳

(左賢王引衆上)

【水底魚兒】畫角橫吹,平沙萬水圍。千塲縱獵,不醉應無歸。

俺左賢王。連日出獵射生,甚多燎狐炙兔,唱歌飲酒,好生快樂。今日天色漸晚,不免與娘娘說知,領軍夜出,再殺一圍。侍女們,請娘娘出來!(旦上)夜懸明鏡青天上,羞向單于照舊顔。大王,賤妾參見。(左)娘娘少禮。俺連日打圍甚樂,今特與娘娘說知,乘夜還出去獵者。(旦)依妾愚見,大王春秋已高,該在帳中將息貴體,況有部落護衛,可保無虞。今四出遊獵,遠離帳幕,倘有鄰國窺伺,意外變生,那時怎好?(左笑介)娘娘休得過慮。俺威行塞外,遠近拱伏,誰人敢生異心。俺就此去也。衆把都,與我起行者。(旦下)(左唱)

【水底魚】畫角橫吹,平沙萬幕圍。千塲縱獵,不醉應無歸。(烏桓王引衆衝上,與左大戰,殺左下)(烏桓)且喜左賢王被俺殺了。把都門,快殺前去,搶他玉帛、閼支便了。(衆唱)斗柄參旗,寒光照鐵衣,寒光照鐵衣。(下)
(小番急上報介)

【窣地錦襠[1]】烏桓兵將甚倡狂,部落賢王受禍殃。疾忙前去報娘娘,遠避他邦免禍戕。

娘娘快來,娘娘快來!(旦、二旦同上)(番)啓娘娘,不好了!大王出獵,被烏桓攻劫殺死了！如今還要追來奪取娘娘哩！(旦哭介)哎也,天呵！

【五供養】楚囚秦贅,窣地姻緣,流離唱隨。昔年原有恨,今日更無歸。(老旦)娘娘且莫愁煩,走爲上計。漫山賊壘,怕一例香殘玉碎。金鉦方鼎沸,鐵馬正喧豗。(合)收拾囊琴,莫教失墜。

(小番挑琴書隨行介)(旦)此地軍聲較遠,可以暫歇。侍女可取筆硯來,待我寫表,申奏朝廷,請兵救援。(席地坐,作寫表介)

【前腔】一緘紅淚,孤女號冤,冒瀆天威。烏桓輕舉動,蔑視漢邊陲。伏乞提兵一旅,掃龍荒肅清醜類。存孤兼恤寡,定亂復持危。臣琰無任,屏營待罪。

(寫完付小番介)你可星夜將此表文,賫投漢丞相府,不可遲誤。(番)理會得。(下)(旦)衆軍士們,可隨我移帳,入近漢塞居住,以待救兵,不得遲誤。(衆應介,合前唱,下)

校記

［1］窣地錦襠:"窣"底本作"卒",今據曲譜改。

第三十齣　築　墳

(小生王粲上)(浪淘沙)荆楚賦《登樓》,惆悵依劉。從軍重又攬征裘。瘦馬疲童臨古道,今赴皇州。家本秦川值亂離,飄零詞賦幾人知。荆南信美非吾土,又向中原挾策時。小生王粲,字仲宣。向在荆州寄迹劉景升幕下。纔歸鄉里,又蒙魏公辟召,只得前往鄴都。但我少年時曾受蔡中郎知遇,自中郎沒後,聞得同門生董公寅負骨歸葬。今我便道陳留,不免尋訪消息。正是:夜臺何寂寞,重問子雲居。(下)(生上)

【霜蕉葉】龍鐘禿袖,馬鬣封難就。(丑)誰念隻雞絮酒,嘆浮生剛能首丘。(生)小生董祀。自負得吾師骸骨歸來,不想小姐被胡兵衝散,不知何處去了。我廬於墓側,未忍遠離。連日與李旺夫妻負土筑墳,尚未成就。今日須大家竭力,筑成方好。(場面、老應諢介,共筑土介)(合)秋霜春露冷松楸,可惜文章山斗,到頭來貉一丘。是浮名咎,天道成仇。試問絲桐誰付,鉛槧誰收？我這裏灑淚泉臺,把師友平生風義酬。(王粲上)

【憶多嬌】道阻修,人遠遊。重訪當年問字儔。寂寞雲亭失故侯,無限離憂,無限離憂,何處魂招楚囚?

（見介）（王）公寅果然在此！（生）仲宣別來無恙？（揖介）（王）聞得公寅負師骨歸葬,果有此事？（生）這不是師冢麼！方纔筑得完成。（王拜介）

【鬥黑麻】哭拜恩門,欲從末由。記填門倒屣,禮吾獨優。拈書籍,語綢繆。喪亂同遭,吾方楚遊,君忽被收。回想紗帷甚處求？（向生介）嘆多少生徒,多少生徒,只卿久留。

師墳既已筑成,公寅鬱鬱居此,塵埋無益。今魏公招賢下士,弟已就征。何不同赴鄴中,待俺薦達,以登仕版,庶不負師門造就也。（生）承仲宣美意,這也使得。（王）如此即便同行。（合）

【尾】望陵下馬空回首,此去公門謁刺修。我與你,共着先鞭莫逗留。（齊下）

第三十一齣　臺　宴

（末扮堂候官上）雞鳴紫陌曙光寒,鶯囀皇州春色闌。金殿曉鐘開萬戶,雀臺仙仗擁千官。自家曹丞相府中堂候官是也。俺相爺獨掌朝綱,位兼將相,劍履上殿,贊拜不名,真乃富貴已極。往年因掘得一枚銅雀,特起這座高臺。今當落成之日,大宴文武將吏,着俺爲值宴官。你看太行西峙,漳水東流。畫棟雕甍,真乃八窗洞達；右平左城,果然百尺凌霄。金鳳翱翔,照映着魚鱗屋瓦；玉龍宛轉,含跨着雁齒橋梁。望不盡複道回廊,總是珠簾繡箔；行不了曲房深院,無非華燭沈烟。正是：門迎珠履三千客,戶列金釵十二行。道猶未了,丞相上臺來也。（雜持瓜棍傘引曹操金冠蟒玉上）

【北醉花陰】人道俺問鼎垂涎漢神器,嘆舉世焉知就裏。俺待要武平歸去解戎衣,不知幾處稱王,幾人稱帝。今日裏高會兩班齊,對清樽要吐盡英雄氣。

（末叩頭介）（曹）筵宴可曾完備了？（末）稟老爺,完備多時了。（曹[1]）可傳令諸將賭射。（末請介,夏侯惇、徐晃、曹仁、許褚馳射上介,奪袍介,曹笑介）不必爭,可每人各賜錦袍一件。（四人俱換袍介,俱向曹進酒介）（衆）

【南畫眉序】釋甲挂朱衣,倜儻儀容在眼兒裏。論穿楊技巧,肯讓由基。願升堂舉觶爲歡,效揖讓當年古禮。今當汗馬休閒日,且盡逞生平絕技。

（左慈角巾青衣眇一目跛一足忽立筵前介）（褚）那裏來的道人,也來闖席？（左）貧道乃丞相鄉人左慈,雲遊到此。值丞相高宴,筵前無以爲歡,願呈薄技。（曹）汝有何技？可即試之。（左取杯在手介）丞相，看我擲杯化鳩。（作白鳩上飛介，衆看笑介）果然化一白鳩，可賞他斗酒。（左飲乾介）（曹）道人好量。（左）我飲一石不醉，日食千羊不飽。（曹）好大話，你來意爲何？（左）俺見丞相富貴已極，特來度汝，同做神仙。（曹笑介）

【北喜遷鶯】覷着你方袍革履，那些兒相貌清奇。你癡也麼癡，便有些燕齊幻技，怎叫俺鼎食鐘鳴去忍饑？（左）俺仙家有無窮受用，你就封王位能有幾年？（曹）君休矣，非不願急流勇退，念留侯還不到辟穀之時。（左下，武臣下）

（王粲、陳琳、阮瑀、劉楨冠帶上）（王）下官王粲。（陳）下官陳琳。（阮）下官阮瑀。（劉）下官劉楨。（揖介）（曹）諸君可各賦一詩。（王念介）並載遊鄴京，方舟泛河廣。綢繆清燕娛，寂寞梁棟響。（陳念介）相公實勤王，信能定螽賊。復睹東都輝，重見漢朝則。（阮念介）傾酤繫芳醑，酌言定終始。自從食苹來，唯見今日美。（劉念介）歡友相解達，敷奏究平生。矧荷明哲顧，知深覺命輕。（四人進酒介）（衆）

【南畫眉序】幕府忝追隨，盡道才名建安子。鎮日間西園飛蓋，詩酒淋漓。（粲）論從軍苦樂區分，似神武君侯不易。（合）今當汗馬休閑日，且盡逞平生絕技。

（粲）臣等願觀丞相佳作。（曹）孤有自製樂府，女伎們能按節歌之，可喚出來奉酒。（四旦持樂器上）笙歌歸院落，燈火下樓臺。女伎叩頭。（曹）可歌吾樂府與諸大夫聽。（四臣列坐）（女伎歌介）

【大紅袍】孤本甚庸愚，聊立微名耳。筑舍譙東，欲秋夏讀書，冬春射獵，粗以爲生計。吾曾記東臨碣石，遙觀滄海，澹澹水流，更山島竦峙，更山島竦峙。但只見草木芳菲，日月兒星辰兒若出其中，若出其裏。嘆人世逝水年華，龜壽怎比。想乘霧騰蛇，那騰蛇兒乘霧飛，畢竟也成灰。咳，俺好似伏櫪的騏驥，枉自道志在千里。不多時又做了暮年的烈士，皓首蒼顏，壯心猶未已。唱道是對酒當歌能幾時，朝露易晞。除杜康解憂思，青天外月明星稀，夜烏南飛。那時節浩歌歸矣！（旦衆下）

（衆臣）丞相此歌，包羅萬象，非小儒所能及也。（粲）聞丞相北破袁紹，東擒呂布，南定劉表。許多功業，可試説一番，臣等敬聽。（曹）

【北出隊子】戰袁紹倉亭得利，滅溫侯也乘他酒色迷，逼得個劉琮束手獻荊畿。單則恨權和備，赤壁心齊。白占了半壁山河，這些時俺可也提不起。

（粲）聞得禰正平在此，可請一見？（曹）喚禰衡上臺。（末喚介）（衡上）

【南滴溜子】禰衡的禰衡的，本是顏淵再世。曹丞相曹丞相不識人，屈爲鼓吏。笑他高談闊議，漁陽三鼓撾，將伊罵詈。座上（罵介）諸公，好一似立家卧屍。（下）

（曹）禰衡是個狂士，孤不忍殺他，命爲鼓吏，要使他受些屈辱，不想他反辱於孤。（粲）丞相禮賢下士，眞有吐哺握髮之風。但蔡中郎死後，世無才人。對此狂生，愈令人思中郎雅度也。（曹）孤與蔡伯喈同朝好友，聞他修漢史未完，書籍都在仲宣處，至今存否？（粲）向日攜往荆州，因遭兵火，盡皆亡失。有一同門生，姓董名祀，曾收伯喈之屍，千里歸葬，問他便知。（曹念董祀名介）

【北刮地風】一會價感念存亡將故舊提，頓教人罷酒歔欷。早知道漢朝遺史無人記，老司徒不合將班馬誅夷。到今日殘編斷簡成何濟，那討個續史班姬？（粲）丞相不說起班姬，幾乎忘了。蔡中郎雖無子嗣，却有一女，能讀父書。可惜陷於虜中。若此女取回，堪繼父業。（曹）他一生兒爲著作心力疲，纔討得畫眉女一脉遺，怎生教淪落在邊方地？俺不垂拯救他怎能歸，友道兒從今也再休題。（官持表文上）

【南滴滴金】甫離了沙漠窮寒地，無明夜急走文書遞，早來到相府詢端的。（跪臺下介）（末）你是什麼文書？（番）是番邦請救文書至，念紅顏比燃眉更緊急。休遲滯，請高臺明鏡看詳細。

（末接表，送曹看介）（曹）原來中郎之女蔡琰，嫁匈奴左賢王爲妻。左賢王被烏桓所殺。今蔡琰上表請救。那番使外廂伺候，孤知道了。（番下）（曹向王粲介）仲宣，正說中郎女，不想就有表來。

【北四門子】又何異蘇卿雪窖把鴻書寄，比不得漢王嬙一去無消息。誰承望屈節和番，又遭顚沛。俺縱是鐵心腸，能不悲凄？管教你似封侯定遠，樓蘭介子，生入了玉門關，免教人夢斷遼西。

（雜報介）禀丞相爺，鄢陵侯得勝回府了。（曹）黃鬚兒來，吾事濟矣！（曹彰黃鬚金冠上）孩兒曹彰，征公孫淵得勝回來，見爹爹繳令。（曹）你且說來。（彰跳舞介）

【南鮑老催】俺提兵深入，馘公孫首級如兒戲。奪幽州，拓取邊關地。將左衽襲，衣冠還漢籍。祈連一望無邊際，燕然勒石眞容易。方遂俺凌雲氣。

（曹）你且莫要繳令。我有故人蔡中郎之女，陷入匈奴，今又被烏桓侵逼,汝可將此得勝兵馬,往彼救援。仲宣可傳吾令旨,拜董祀爲參軍,持節同往北庭,宣取蔡琰還朝,補修國史。(彰、粲)謹遵台旨。(曹)就此徹宴回府。(眾應下)(四女伎持燈引行,合唱)

【北水仙子】呀呀呀,徹宴遲。飲飲飲,飲到了月上花梢烏夜啼。有有有,有那些角射吟詩。看看看,看他行擂鼓飛杯事總奇。可可可,可又把故友重提起。恰恰恰,恰報道掃眉才子陷重圍。喜喜喜,喜的是黃鬚兒破了朔方歸。令令令,令他軍符休繳去征邊鄙。這這這,這的是樽俎上折衝威。(眾)

【南雙聲子】從今始,從今始,偃武備,修文治。論國史,論國史,也須要勤編輯。忙薦士,忙薦士。疾請旨,疾請旨。把黃金白璧,贖還女史。(曹)

【北尾】俺鎖二喬,平生志願俱休矣。則願效文王,三分有二。留與他年,留與他年,望銅臺,要曉得橫槊的曹公曾樂此。(下)

校記

[1]曹:底本作"稟",今據文意改。

第三十二齣　勝　虜

(烏桓王引眾上)

【番卜算】生鹹左賢王,直逼單于帳。窮追漸近漢邊疆,要奪閼支往。俺烏桓前日襲斬了左賢王,聞他的閼支蔡文姬,乃是中國的名女,俺意欲搶他回去。他便領着敗殘部落,逃入漢塞地面。俺今急急追上,不可放走了他。只是一件,萬一中國知道,發兵來救,却怎麼處?咳!俺有鐵騎連環馬,所向無敵,來便厮殺,也不怕他。叫小番與我上緊殺上前去。(應介)(旦引侍女、番兵上)

【探春令】家亡國破走倉皇,那處移營帳?叩陽關千里多亭障。又只怕追軍上。俺文姬逃避烏桓,將近漢塞。你看烟塵大起,想是追兵來了。軍士們,與我快行者。(旦領眾跑介,烏桓兵追上介,曹彰領兵擋住介)(烏桓白)你是何人,阻俺去路?(曹白)吾乃漢丞相之子鄢陵侯是也。聞你這烏桓小醜,跳梁猖獗,特來擒你,何不早降?(烏桓怒,大戰介,連環馬上,用鈎連鎗破,烏桓敗下介)(曹、眾)

【四邊靜】胡兵鐵騎連環樣,並轡衝鋒莽。俺神鎗運用强,拽倒連雞狀。

番兒帶傷，漢兵氣張。棄甲更拋戈，留得殘生往。

（生上）將軍得勝，還要追殺前去。俺自將禮幣，贖取文姬去也。（俱下）

第三十三齣　入　　塞

（旦素妝引婢背琴上）

【北一枝花】捱盡斷腸年，生受消魂月。算舊時腰肢，漸褪過素裙褶。死別生離，兩地關情切。意搖搖似柳趁風斜，淚熒熒帶雨梨花，夢悠悠只想隨燈滅。

（老旦）聞得漢朝兵馬到來，殺退了烏桓王，有使臣賫了黃金白璧，去單于處贖取娘娘還歸漢地。娘娘早則喜也。（旦）

【梁州第七】聽說道天兵報捷，又道是將金幣贖取還闕。細思量，俺已似瓶墜簪折。赤緊的荒廢了舊業，淪喪了親爹，失墜了名節，投入了羅罝。何面目陽關路再返香車，甚心情上馬驕重整鸞靴？這時節聽鄉音，倒覺得言語吱嗻，對親人只落得悽惶淚血。便是朝天闕，也教人惶恐癡呆。（老旦）這等說來，娘娘倒也不願歸漢也？（旦）怎說個不願歸漢？傷嗟！我待割捨，則女和男又把離愁惹。甚年時再得團圓也？（老旦）可要請王子貴女出來，囑付一番？（旦悲介）不消了。想人世眷屬牽連是夢耶，那顧些些？

（生引車旗捧旨上）聖旨已到，跪聽宣讀。詔曰：朕惟救災恤鄰，聖王之道；拯焚援溺，仁者之心。茲據丞相操奏稱，故臣蔡邕之女蔡琰，幽谷奇才，金閨麗質，誤淪胡地，作配名王。值小醜之跳梁，致部落之失散。崩城隕淚，何殊杞婦銜哀；裂帛寄書，不異蘇卿寫恨。茲遣偏師赴援，報爾深仇；復命使臣遙通，贖卿歸國。於戲！存亡繼絕，衍名閥之書香；用憂變夷，使遠人之懷德。欽哉！（旦叩頭介）萬歲萬歲萬萬歲！（起，背介）呀！這天使大人，好生面善。（生白）下官陳留董祀是也。奉曹丞相命，備有安車寶馬，便請小姐還歸故鄉，就此起行。（旦）

【牧羊關】驀地逢鄉舊，無言暗自嗟。想百忙中患難侍俺親爹，誰承望盼着他擁傳持節。把行旌行旆兒忙催不迭，俺怎肯將天威褻。越分兒強把言說，剛道個故人無恙也請先行，俺可也便登車。

（生）這等下官先行。眾役們，伏侍小姐上馬者。（生下）（眾扮番男女上，哭介）俺的娘娘呵，你當真去了也！（旦）

【四塊玉】在胡中歲月賒，生受你時和節。不由人徘徊岐路情慘切。俺孩兒們還望你看承者。（衆）這不消吩咐，娘娘但請放心。（旦）從今後好留傳俺八拍箾，只夢魂中再盼你胡天月。（衆哭介）（旦）休嗟！想百年終有別。（衆下）（旦上馬，旗幡引導行介）

（老旦）禀娘娘，又來到青冢了。（旦）

【罵玉郎】呀！早又弔琵琶，環珮歸來夜。爲什麽苔封了馬鬣，草暗了荒斜。恨匆匆不得和你夢魂接，是今番成永別。休休休，待修史時表白你心事也。

（老、雜）禀娘娘，這裏是玉門關了。（旦）

【哭皇天】呀呀呀！早是漢關門風味別，與胡地漸沒交涉。（扮官吏上）守關官吏，迎接娘娘。（旦）怎把俺遠歸人，當作新來客。抵多少郭門童婦鬧吱嘰，越教我小鹿心頭撞跌。（內金鼓聲，旦驚介）（官）這是鄢陵侯得勝班師過去也。（旦）阿也！險猜做殘虜追兵從後躡，不由人風驚了唳鶴，影認了杯蛇。（官吏下）（旦）

【烏夜啼】想從來漢宮人陷身胡羯，有幾個得生還跳出羅罥。似遼東丁令鶴歸來，怕人民非是，只見城和闕。痛定思呆，喜極還嗟。我茫茫離緒有百端賒。則熒熒孤影，向誰行說？好一似鏡拈花影，月被雲遮。

【尾煞】霎時間望見鄉關也，痛兵火連年遭浩劫，只怕荊榛灌莽無分別。俺回去呵，把繁華念歇，專修靜業。任修竹天寒，補茅茨還將薜蘿扯。（下）

第三十四齣　祭　　墓

（丑李旺上）悲風颯颯起松楸，泉下長眠夢不休。任你千年鐵門限，終歸一個土饅頭。俺李旺是也。一向癡呆懵懂，今朝漸成老貨。想俺自幼跟官，好日也曾經過。上下的差使是我當，出門的頭跕是我做。詐勻了長例門包，喫足了下程中伙。主人的門生向我作揖，別家的長班讓我首坐。誰知老運平常，替人看守墳墓。年過五十有餘，咳嗽腰彎背矬，還虧主人臨行賞俺老婆一個。住的墳堂一間，四下墻圯壁破。出門看着青山，終日忍飢受餓。早上攬些草鞋來織，晚間割些大麥來磨。孩子們叫他去摸蚌挖螺，老渾家便替人縫衣補褲。似這本分生涯，倒不招災惹禍。（哭介）

（老旦上）老兒爲何無緣無故在此啼哭？（丑）不禁觸目傷心，使我淚如雨墮。俺哭不哭自家，哭這孤墳一座。看看寒食清明，不見黄錢紙錁。那張太公墳上，還有兒孫把酒來澆。則俺蔡家墳，兒孫並無一個。（下）

（雜扮書吏二人上）吾等陳留郡功曹是也。奉太守之命，來到蔡中郎墳上，掃除料理。因有相府使臣來此諭祭，須要好生伺候，不是當耍的。墳上有人麼？（李旺上，見介，雜諢介，雜引太守上）

【夜行船】五馬來尋高士墓，思舊德，式表鄉閭。

吾乃陳留太守是也。因相府參軍奉命來祭蔡中郎之墓，並送小姐還鄉，俺是守土官，須要陪祭。功曹那裏？祭品可曾完備？（吏應介）俱已完備。只候小姐與使臣到來行禮。（虛下）（旦上）

【前腔】萬里生還鄉關，重睹城郭，人民非故。

呀！來此已是墓前。俺的爹爹嗄！（換孝衣拜介）

【孝南歌】身家喪，蘭玉鋤。孤墳三尺你魂在無？不及見你櫬還家，不及見你身歸土。念兒呵！飄流戎虜，總有遺書，一筆何曾補？總有遺琴，一曲何曾撫？（哭介）哭得我血淚枯，意緒無。幾時得夢魂中，再把你音容睹。

（生冠帶，從人捧香帛上）絳紗零落音塵絕，青冢淒涼粉黛歸。下官董祀，前持節出塞，迎取文姬歸國。今奉命弔祭老師墳墓。（太守接介）左右，與我陳設祭品者。（設祭介，生拜讀祝介）維漢建安十五年三月甲子，丞相魏國公曹操，遣從事中郎董祀，謹以香帛庶羞之儀，設祭於故友蔡中郎之靈曰：惟公曠代逸才，三朝良吏，一朝被謗，身卒圄圇。弱女無辜，顛連塞外。今沉冤既雪，愛女歸來，重念故交，遣申寸奠。嗚呼哀哉，伏維尚享！[1]（焚帛介，重設祭拜介）俺的老師呵！

【前腔】澆春酒，奠束芻。魂兮儻歸懷舊都。遺命俺遵依，遺骸俺親負。靈呵茫茫何處？想天上樓成，召作金聲賦；地下修文，名噪泉臺路。若是憫遺孤，念門徒，好幫扶，成就了氤氳簿。

（旦）先君遺骨，賴君得還。世兄請上，受俺一拜。（生）下官也有一拜。（旦）

【皂羅袍】痛父身遭刑具，幸臨終惟有弟子周呼。圄圇親視橐和饘，艱辛備歷全無苦。得請遺骸骨，還歸故廬。千秋大義，你師生不孤。俺銜環結草難酬副。

（王粲冠帶捧詔上）一封丹鳳詔，飛下九重來。聖旨已到，跪聽宣讀。詔曰：天球弘璧，固席上之奇珍；帝典王謨，乃寰中之要典。今我大漢，自中興以後，掌故闕如。良由世乏董狐，時無倚相。然班固前史，續成於其妹班昭，亦故事也！爾蔡琰乃前史官蔡邕之女，淵源有素，典則熟諳，其速載筆入朝，授以較書之職，續成父志，弘我皇猷。欽哉！（旦謝恩介，起，換女冠袍帶介）

（粲）王命隆重，丞相專待，請小姐即便登程。

【出隊子】相君吐哺，相君吐哺。一旦旁求到女儒。紫衫紗帽闕庭趨，簪筆還同漢大夫。曠代奇逢，光輝載途。（俱下）

校記

［1］伏維尚享："維"字，底本作"爲"。今據文意改。

第三十五齣　覆　　命

（曹操上）駿骨無多莫漫輕，周公吐哺士歸心。黃金贖取蛾眉返，千古才人淚滿襟。孤家自從相漢以來，芟除逆孽。[1]

校記

［1］芟除逆孽：此句以下闕。

新編三國志傳奇

維庵居士　撰

解　題

　　清維庵居士撰。維庵居士，姓名、生平不詳，婁縣（今上海松江）人。本劇《古典戲曲存目彙考》著錄。劇寫劉備、關羽、張飛三結義，陶謙三讓徐州，虎牢關三戰呂布，白門樓擒呂布，關雲長秉燭待旦，斬顏良誅文醜，過五關斬六將，古城會，三顧茅廬，趙子龍長坂坡救阿斗，張飛喝斷當陽橋，曹操大宴銅雀臺，諸葛亮舌戰群儒，諸葛亮激權激瑜，曹孟德橫槊賦詩，諸葛亮草船借箭、借東風，周公瑾火燒赤壁，劉備甘露寺相親，劉備梟姬回荆州，關雲長單刀赴會，劉備入蜀稱帝等。事見《三國志演義》今存《静遠堂新編三國志傳奇》清抄本，上、下兩册，共四十四齣，有極少眉批，劇本有少量文字塗改，字迹難辨；還有少量文字空缺；二十二齣尾殘，二十三齣頭缺，四十四齣尾殘。今以《傅惜華藏古典戲曲珍本叢刊》收錄的《静遠堂新編三國志傳奇》清抄本爲底本，進行校點。

第一齣　開　宗

　　（末上）（古風）君不見高皇提劍争寰宇，西破强秦東破楚。龍成五彩素靈號，四百餘年赤帝火。又不見白水真人赤伏符，龍潛雅愛執金吾。鬱鬱春陵鍾王氣，洛陽重奠號東都。二十四帝稱全盛，盛極而衰天數定。去宦除閹召外兵，三尺兒童笑何進。董卓豺狼性食人，温明廢立劫群臣。曹瞞草就勤王檄，列鎮紛紛動戰塵。雄强呂布人驚怖，昭烈關張起徒步。虎牢三戰赤兔奔，從此威名天下播。陶謙老病讓徐州，橫得金鱗旋脱鈎。失路英雄誰托足，寓公相府作黎侯。烏離樊籠襲車冑，德不勝殘仍北走。鴻雁分飛各一天，直到古城重聚首。依劉逃宴沐仙風，三顧春雷起卧龍。曹操南征八十萬，軍師舌戰說江東。借得東風燒赤壁，周郎驚伏回天力。乘龍貴主續新弦，洞房劍戰調琴瑟。左龍右鳳入西川，恢復西南半壁天。四十五年延正統，三分鼎足古今傳。

　　今日演的新編《三國志》，古風一篇，三漢盡皆包括。待我再略道幾句家門，以便開場。

　　（沁園春）昭烈關張，桃園結義，蓋世英雄。爲徐州失散，奔袁投操，兄弟飄蓬。挂印封金，五關斬將，匹馬單刀孰與同！風雲□，雲龍風虎重會古城中。

　　（換頭）萍逢水鏡仙翁。三顧南陽起卧龍。曹兵南下，當陽兵敗，軍師舌戰，遊說江東。巧借東風，周郎縱火，赤壁鏖兵建大功。聯姻契，鼎分西蜀，赤帝再興隆。

　　　　正名　曹阿瞞篡東漢瓜牙四布，孫仲謀破北軍水陸同焚。
　　　　　　　諸葛亮起南陽神機百齣，昭烈帝入西蜀鼎足三分。

第二齣　桃　　園

　　（生上）[1]

　　【滿庭芳】漢日銜山，宦官擅政。濁亂朝廷，土崩瓦解，遍地是黃巾。更董卓，遷都劫駕，致十八鎮關外揚兵。却笑我，王孫帝子，屢席作編民。

　　村居幾代在樓桑，家世當年本帝王。亭長莊農成大業，素心直欲繼高、光。小生劉備，字玄德，涿縣人也。高皇世裔，景帝玄孫。目顧及聰，手垂過膝。緩急好施，性慷慨以疏財；喜怒不形，量寬和而容衆。威鳳欲儀天下，尚欠鷹揚；白龍久困池中，未離魚服。所喜室人甘氏，貧無交謫之言；侍妾糜姬，安守抱衾之分。這都不在話下。昨聞上司有榜文到縣，要招募義軍。我也去看一看，有何不可？（向内介）娘子那裏？（老旦上）

　　【繞池遊】釵荆裙布，嫁作英雄婦。習坤儀，同甘共苦。（小旦上）饑饉年華，亂離時世，謾思量宮人貫魚。（見介）

　　（老旦）夫君萬福。（生）娘子少禮。（老旦）夫君宣喚妾身，有何分付？（生）我要去看榜文。若有客來相訪，問明姓字寓所，明日答拜。（老旦）這個曉得。（小旦）主君是必早歸，勿使大娘盼望。（生）心貪涿鹿看黃榜，身尚樓桑作布衣。（下）（老旦）瑟琴好合宜家慶，（小旦）井臼兼操是小星。（並下）（生上）從來草莽多豪傑，試看誰爲應募人。（見榜介）呀！果然有榜文在此。

待我看來。(看介)(付上)

【卜算子】豪傑隱屠酤，涿縣生飛虎。聞説燕山招義軍，把丈八蛇矛舞。

(見生背介)這是西村的劉備，也在此看榜。(生嘆介)(付)劉兄，你當此英年，正該與國家出力，何故觀榜長嘆？(生見笑介)呀！我道是誰，元來是張兄。咳，張兄阿，我欲破賊安民，恨力不及，故作慨嘆。(付白)住了。這裏不是説話處，和兄到前面酒店中一坐何如？(生)使得。不用牧童來指點，(付)匆匆同到杏花村。酒家有麽？(丑上)金魚館裏留仙珮，涿鹿城西挂酒旗。兩位大爺喫酒？喚夥計取梅花三白來。(斟介)(净推車上)

【前腔】車輪轉轆轤，走遍天涯路。喜的有個酒店在此，我且醉倒黃公舊酒壚，明日投軍伍。酒家有麽？

(丑)客人喫酒，請這裏來。車兒停在此不妨。(生)好一位壯士，就一卓兒坐罷。(净見生、付介)二位兄請了！(生、付)壯士何來？尊姓大名？(净)某家姓關名羽，字雲長，蒲東解良人也。(生)細觀壯士鳳目蠶眉，鬚長面赤，儀表出衆，顧盼非常，何故奔走風塵，道途碌碌？(净)只因本處富豪欺良壓善，被某殺之。(付拍手介)殺得好！(净)爲此逃難江湖，歸鄉不得。聞知此處招軍，欲來應募，長途辛苦，聊買一尊，得遇二兄，三生有幸。(舉手介)願聞二位尊姓大名？仙鄉何處？(生)卑人劉備，字玄德，本縣樓桑村居住。身爲鳳子龍孫，迹混雞群魚隊，雖有冲天之志，未乘破浪之風。時切拊髀，每懷蒿目。(净)觀公氣宇沉雄，言議英發，禀龍鳳之姿，具天日之表，荷蒙清目，實慰素心。(付)二公暫住閒談，且要商量正事。(净)尊兄姓名尚未請教？(付)在下張飛，字翼德。與此位劉兄同里。(净)聲若巨雷，勢如奔馬，是好一員虎將也！(付)舍下屠猪賣酒，頗有莊田，資財不乏。還有桃花園、聚賢堂，結交豪傑。敝居不遠，何不同往一顧，痛飲談心，可不好麽？(生、净)甚妙。(付)酒家！這車兒權留在此，酒錢明日到莊上來取。俺每去了。(丑)小人曉得，大爺請便。(下)(生、净)黃蔑樓醉沽酒店，(付)碧桃園放聚賢堂。這裏是了，就到桃園裏去罷。(生、净)果然好座桃園也。(各坐介)(生)劉備身係宗璜，家無擔石。嘗思靖亂，輒欲匡君。向因獨力難爲，今已三人成衆，何不結爲兄弟，誓心報國，竭力除殘，患難相扶，榮華共享。二公意下何如？(净、付)正合我意。(付)分付莊客，宰下烏牛白馬，就此歃血定盟便了[2]。(雜排祭儀、小生扮禮，生讀祝文)(生、净、付拜介)蒼蒼上天，茫茫后土，念劉備、關某、張飛等三人，生非一姓，居各異域，皆有志於安民，各赤心而報國，結爲兄弟，互相羽翼，立業建功，同休共戚。不願生於同時，但願死於同日。

如違斯誓,天人共殛。(小生)請三位爺序齒,共歃載書。(生)劉備,二十八歲。(淨)關某,二十六歲。(付)張飛,年二十歲。劉兄居長,關兄次之,小弟居末。今晚盡歡一醉。(生、淨)明早到縣報名應募便了。(付送酒介)(生)

【玉芙蓉】英雄起伯圖,羽翼來熊虎。想靈臺太史,定奏將星東聚。正待一匡九合安天下,恰喜異姓同心結友于。(合)桃園裏兄稱弟呼,宰牲牢烏牛白馬定盟書。(淨)

【前腔】堂堂大丈夫,亡命成逃虜。乍相逢傾蓋便呈肺腑。昨日個推輪塵土車千里,今日個結義壚篋香一爐。(合)桃園裏兄稱弟呼,宰牲牢烏牛白馬定盟書。(付)

【前腔】心雄膽氣粗,結客馳名譽。縱屠豬賣酒,未甘噲伍。喜今日片言一拜聯三姓,憑着俺兩臂千鈞敵萬夫。(合)桃園裏兄稱弟呼,宰牲牢烏牛白馬定盟書。

集古:漢皇提劍滅強秦(唐　胡曾),數盡中原四百春(唐　周曇)。留得雲仍龍准在(明　王世貞),還符白水出真人(唐　姚崇)。

校記

[1](生上):依例將此唱的提示置於曲牌前。下同。不另出校。
[2]歃血:"歃"字,底本作"插",今據文意改。下同。

第三齣　閨　略

(末上)

【夜遊宮】掃盡黃巾餘黨,守長沙獨伯湖湘。喜膝前雙鳳,阿閣岐陽。掌中珠只一女費商量。

雕簷皂蓋古諸侯,楚尾吳頭擁上游。童叟喜迎孫武子,長沙太守最風流。下官孫堅,字文臺,富春人也。幼習詩書,長閑弓馬,負英伯之略,通權謀之機。因破黃巾有功,得授長沙太守。所喜長男孫策、次子孫權,非但可以承家,直可望其開國。所恨夫人早逝,遺下一女,名曰梟姬,拘箝無母氏,工既荒蕪,妝束學男兒,性尤頑劣。相者雖說其後來大貴,老子先禁其目下橫行。今日無事,喚他出來訓戒一番,有何不可。院子那裏?(小末上)老爺有何使令?(末)快傳雲板,請小姐上堂。(小末擊介)老爺有命,請小姐上堂。(旦上)

【懶畫眉】彎弓跨馬正匆忙，雲板驚傳到後堂。英雄氣概且收藏，鳳尖微蹴湘裙蕩。但覺心頭小鹿撞。(見介)爹爹萬福。(末)我兒。(淚介)你萱堂早背，何曾覽烈女貞姬，綉閣春閑，全不曉描鸞刺鳳，却插箭彎弓，攀鞍走馬，那裏似大家風範？儼然一小校武夫，成甚規模，是何道理？

【不是路】你少小閨房命薄，萱堂痛早亡。被你庶母成嬌養，日高三丈着衣裳。兒阿！你今日是我家的女兒，明日就是他人的媳婦了，免不得要拜姑嫜，名門子女須官樣，四寶文房針線箱。你却閑遊蕩，向春園走馬施鎗棒，全不像女孩形狀，女孩形狀。

(旦跪介)是女孩兒不是了，請爹爹息怒。(末)起來講。(旦)爹爹，你年老事煩，早忘了昔日相士之言。他相女孩兒，鳳頸龍瞳，女中極貴。因想驚天福分，非從簪花戴朵裏修來；蓋世前程，豈是抹粉調脂中掙得。只看今日紗帽愛錢，那裏有文官把筆安天下；金盔惜命，靠不得武將提刀定太平。為此看些兵書，習些武藝，全憑自己胸襟，不籍生成骨相，稚女心癡，老爹情諒。

【前腔】牧野鷹揚亂，興周有邑姜。當炎漢呂家飛雉作君王。他如錦繒買笑，金屋藏嬌，到後來都弄得家亡國破，因此卸紅妝。羅衣袖卷弓弦響，百步穿楊粉汗香。就到沙場上，誰人不贊英雄將。爹爹！望饒恕女兒無狀，女兒無狀。

(末)你既立志如此，就把習的武藝演與我看。(旦)女兒領命了，望爹指點。(走馬、射箭、舞鎗刀介)(內鼓響介)(末)轅門傳鼓，女兒回避。(旦)鎗舞梨花弓抱月，刀橫秋□馬嘶風。(下)(小生扮中軍上)名藩尊五馬，屬吏重中軍。啓爺，有譙郡曹驍騎老爺，差官賚檄文在外。(末)請進來。(小生)差官進。(丑上)憲府傳梆進，差官捧檄來。(見介)爺在上，差官叩頭。有本官文書呈上。(末看介)呀！原來是曹驍騎要我提兵去破虎牢關，擒拿董卓呂布。這是朝廷大事，去暴除凶安邦救駕，我如何不去！分付官兒，快備回文，說我三日後即起兵便了。(向小生介)差官酒飯路費。(小生)曉得。(招丑介)這裏來！(同下)(末)女孩兒那裏？(旦上)堂前纔演武，目下便興師。爹爹再萬福。(末)女兒你可知道，我要起兵遠行了。(旦)女兒在屛後已悉聞知。爹若遠行，那府事家務何人料理？(末)我即着人到袁術處，取你長兄來暫署幾月，有何不可？(旦)何不就令大哥出兵？(末)他涉世尚淺。(旦)既爹爹決意親行，女兒願隨鞭鐙，早晚扶持幫助些也好。(末怒介)這個如何使得！

【前腔】旗鼓相當，婦女隨軍氣不揚。誰承望，你虎牢關下劄旗鎗。

（旦）只爹年紀有了。（末）我在戎行，廉頗雖老還雄壯，何用釵裙兒女幫。若擒了呂布，我自有封侯相。你女孩兒怎生畫在凌烟上。再休胡講，再休胡講。

（旦）女兒聞得呂布有萬夫不當之勇，虎牢關下十八鎮諸侯都不敢輕動，爲甚父親輕萬金之軀與此輩争一旦之命？涕泣而道，非敢牽衣。肺腑之言，聊當叩馬。（末）我掃蕩黄巾斬上將，如探囊取物，呂布雖勇，諒没有三頭六臂。（旦背悲介）這却如何是好？（向末介）爹爹阿！

【前腔】他將勇兵强，你六十將來鬢已蒼。若與争劉項，個中還要熟商量。（末）兒女每終是膽怯。（旦）不是我自夸張，我女姜維膽大如天樣。休猜做水泊梁山孫二娘。但自古兵無常勝，謀要萬全，須是防風浪。倒不如梟姬代替爺征戰，木蘭勾當，木蘭勾當。

（末）這樣不入耳之言，也來混帳，速回閨步，不勞小心。事當仗義偏多阻，話不投機最惱人。（下）（旦）你看我爹，盛氣恃强，必致驕兵欺敵。若不先事預謀，只恐多凶少吉。我今約計府中人役及前後防守兵丁，可得三百餘人。待爹起兵去後，我就提這一枝人馬，隨路尾去，打聽交鋒。倘有不虞，我便向前擋住來將。待爹去遠，然後收兵便了。

集古：千點斕斒玉勒驄（唐　韓翃），辨烏何必在雌雄（明　沈周）。世間不少奇男子（明　崇禎帝），麟閣誰人定戰功（唐　李益）。

第四齣　虎　牢

（中浄擁衆上）

【出隊子】一封密詔，仗義勤王有我曹。奈負嵎虓虎勢咆哮，更鐵甕堅城雉堞高。奏凱無期，寶刀夜號。

不學耕田不釣魚，老天生我定非虛。一匡九合尋常事，應笑桓文伯業疏。下官曹操，字孟德，沛國譙郡人也。身長八尺，姓同食粟曹交；年近三旬，名借相人德操。縱覽九流三教，自謂多能；沉酣諸子百家，人驚博學。高夸閥閲，擲衣秉筆大長秋；新沐恩榮，緹帥典軍驍騎尉。左右回避。（衆下）只因秉性奸回，立心刁詐，生當亂世，亦鍾山嶽之靈；志在橫行，正應刀兵之運。不辭唾罵，願作奸雄。寧我負人，毋人負我。閒話且放一邊，只今董卓□君，呂布助惡，擅行廢立，倡議遷都。我就連夜還鄉，乘時舉義，假托君王之密詔，遂大征群牧以觀兵。不意虎牢堅百雉之城，呂布耀萬人之敵，群策群力,三戰三□如何是好?中軍那裏?(外上)帳上元戎令,階前屬吏趨。帥爺有何使令?(中淨)你去傳前隊公孫將軍來議事。(外下)(丑上)家住令支塞[1],人稱白馬軍。元帥召瓚,有何見諭?(中淨)將軍,今大軍已集,屢戰無功。呂布雄剛,衆懷觀望,我甚憂之。(丑)小將部下原有一將名曰趙雲,萬夫莫敵,近患何恙不能臨陣也。若病痊,何愁呂布!(中淨)燃眉事急,難待西江。我一月前,曾檄召長沙太守孫堅,至今尚未見到。(丑)小將向知長沙有一宿將,姓黃名忠,神箭寶刀,舉世無敵,取得他來□□□矣。近聞他懷寶辭官,擇主不仕。孫堅縱來,難保必勝。(中淨)我正在此放心不下。(丑)昨日小將營中,新到涿州募兵三百人,內有三人極其雄壯。(中淨)可速喚來。(丑向內介)劉關張三人報名過堂。(生上)□□□□□。(淨、付上)□□□□。(合)元帥在上,募兵劉備、關某、張飛叩見。(中淨驚介)真乃三位天神下降,請起,請起。因係初來,劉備暫授千夫長,關某馬弓手,張飛步弓手。分付中軍,(外上應介)(中淨)可給與諸身衣甲鞍馬,後營筵宴。(生、淨、付)謝帥爺。(外)三位恭喜,請後營赴宴。(同下)(丑)未有寸功,恐難授職。(中淨)此三人非常人也。我輩用人,豈拘常例。隸君部下,宜善撫之。(內鼓噪介)(中淨)呂布兵到,君速回營。誓心扶弱主,(丑)努力討強臣。(同下)(小生領衆上)

【前腔】雄關當道,百雉峨峨號虎牢。俺呂布,好似天蓬黑煞降雲霄,各路英雄心膽搖。戰群侯虎入羊群,管曹瞞驚弦落雕。

雙簪雉尾簇金冠,新拜溫侯上將壇。豹尾戟長扶董相,龍駒馬快踏曹瞞。俺呂布,字奉先,涼州五原人也。挾山扛鼎,要□烏獲爭雄;餓虎饑鷹,不識元龍挾詐。自從弒逆丁刺史,遂爾叛歸董太師,居然又作爪牙,仍舊拜爲父子。他若遷都問鼎,我即少海前星。誰想曹阿瞞矯稱密詔勤王,遂合群侯構亂。太師令我點兵五萬,屯在虎牢關,阻住他咽喉要路。連日交鋒,雖斬將奪旗,然陣腳不亂,難以退之。昨太師令人催戰。我今精選三千鐵騎,直搗中軍,擒了曹瞞,大事定矣。衆將官!快殺上前去。(老上,敗,斬介)(外上,敗,追下)(末領衆上)

【前腔】長沙虎豹,千里勤王不憚勞。十三篇《兵法》守宗祧,不用磻溪舊《六韜》。斬將封侯,全憑這遭。

(小生追外上)(末)呂布休得逞強,有我孫堅在此。(小生)老將軍雖稱名將,年紀已高,倘有差池,悔之晚矣。(末)休得胡說,放下馬來。(戰介,末三敗,旦上,戰敗下)(生、淨、付領衆上)(生)

【前腔】天人儀表，三姓同心義氣高。龍泉雙掣氣騰霄。(净)斬將青龍偃月刀。(付)丈八長矛，蟒蛇一條。

(小生追旦上)(付)三姓家奴，那裏去！燕人張翼德在此。(三人輪戰又合戰，小生敗介，衆追下)(旦復上介)救奴性命，三人同是英雄，獨劉備有大貴之表。他日選婿，奴得事此人足矣。

集古：龍門雌雄勢已分(唐　常建)，桃花馬上石榴裙(唐　杜審言)。
　　　知無緣分難輕入(明　沈周)，願作陽臺一段雲(唐　李白)。

校記

［１］令支塞："令"字下，原本有一字墨丁。今據《三國志·魏書·公孫瓚傳》載公孫瓚"遼西令支人也"補。

第五齣　龍　韜

(丑上)洗完硯墨供新茗，添罷爐香掃落花。小子臥龍莊上一個道童的便是。若説我師父臥龍先生，真是天下無雙，人間第一。身長八尺，學富五車，年未三旬，名聞四海。面如滿月，笑談四座春風；目若朗星，顧盼一團英氣。眉聚江山之秀，洵是異人；身鍾河嶽之靈，自當名世。胸羅萬象，有經天緯地之才；思秘九天，有出鬼入神之計。陣排砂石，孫吴見之醉心；口吐風濤，儀秦聞而卷舌。法傳遁甲，喚雨呼風；脚踏魁罡，移星換斗。豈僅山中之宰相，實爲天上之神仙。呀！道猶未了，先生早出來也。(末上)

【北新水令】臥龍岡下一耕夫。説甚麽帝師王佐，只是天心雖厭亂，但這殺運怎能除。俺且隱迹茅廬，伴巢由吟梁父。

(鷓鴣天)羽扇綸巾漢逸民，草衣木食養天真。溪潭龍卧風雲斂，丘壑麟藏虎豹馴。占海晏，卜河清，群雄逐鹿正紛紛。天心未絶炎劉統，且樂耕鋤俟太平。貧道覆姓諸葛，名亮，字孔明，道號卧龍先生，琅琊陽都人也。生當亂世，敢耀龍鱗，居在深山，久韜鳳羽。邨莊無事，但聞鶴唳猿啼；雲水多年，常結麋群鹿友。前日崔徐等四友，約在今朝要來談論，如何此時，還未見到？童兒！(丑)有。(末)你去莊前伺候，若四位爺到時，即便通報。(丑)曉得。(末)往來無俗客，談笑有同人。(共下)

(老旦上)溪山勝處着衡茆，(生上)挈伴同來訪故交。(小生上)龍蟄主人方穩卧，(小旦上)借將舌戰待推敲。(共揖介)(老旦)小生博陵崔均州平。

（生）小生潁川石韜廣元。（小生）小生汝南孟建公威。（小旦）小生潁川徐庶元直。（老旦）我等今日來觀龍德，這裏已是龍門了。有人麼？（丑上）來了。（衆）仙童，相煩通報，說是崔石孟徐四人相訪。（丑）曉得。啓老師，四位爺到了。（末上迎介）（老旦、生）離群一日隔三秋，（小生、小旦）重見龍光射斗牛。（末）每憶舊遊麟鳳侶，德星今又聚中州。（衆）我等自違道範，鄙吝復生，呈昧獻疑，願求開發。（末），列位高明何反以多問寡，以實問虛，既叨契誼，何必謙光。（老旦）上古風教茫昧，簡籍無聞，那五臣十亂，不知治何經典，建此殊勳？

【南步步嬌】佐伯扶王從頭數，俯仰成今古。只看皋夔伊呂徒，揖讓征誅，雲龍風虎，問他所讀是何書？便能隻手將天補。

（末）這是生知聖哲間氣英靈，自具天人學問，豈比章句腐儒！

【北雁兒落】顫巍巍九官邁種謨，鬧炒炒百獸聞《韶》舞。昭一德阿衡革夏時，演《六韜》尚父開周祚。

（生）道兄，你平日將管樂自比，他不過是小小伯才，你乃王佐帝師。與他較量，是擬人不於其倫了。況這兩人，都出身用世，垂名竹帛；你却抱道自高，遯世無悶。願示智囊深心，使我頑石點首。

【南沉醉東風】你比仲父匡周服楚，效樂生平齊存莒。赫赫帝王師，怎將這伯才小比。更抱膝旁觀冷覷，迷邦懷寶，眠龍抱珠。一任生民塗炭，全不似夷吾望諸。

（末）道友但知其一，不知其二。看他仗篆責包茅以服楚，總將六諸侯以平齊，二子名雖伯臣，實皆王佐，未可輕議。但春秋時，天理人心未滅，就是戰國，這流風遺俗猶存。所以二子出而有爲。若論今日，雖伊周再生，也難着手。

【北得勝令】呀！非是俺閑覷着春潮長落，旁觀這棋局贏輸。只爲怕堂皋夷吾，因入讒言走望諸。栖遲準備的樂耕鋤，田園趣希也麼夷，消受這一爐香、萬卷書，一爐香、萬卷書。

（小生）自古天生異人，多爲劫數到來，要他維持世界，整頓乾坤。若危而不持，顚而不扶，恐非上天生材之初意。

【南忒忒令】今日呵！卯金刀炎劉運殂，五百年合生名世。九重宮闕，怎許豺狼聚。道兄，現放着你傳巖霖、莘野耕、磻溪佐，若肯出山，管早晚掃清皇路。

（末）道友，您言則甚易，俺爲則甚難。

【北沽美酒】嘆炎劉火怎噓,嘆炎劉火怎噓?沉日馭柱揮戈,大廈難將一木扶。您要俺陳綱紀,立規模,夷跋扈[1],奠皇居。威凜凜功高秦漢,道巍巍迹比唐虞。只恐怕急煎煎艱難國步,爭不過慢騰騰乘除天數。那時一身狼狽,萬事瓦裂,却不被眠鷗浴鳧,和那溪蝦渚魚都拍手,笑爲龍辛苦。

(小旦)道兄,目下群侯竊據,列鎮分爭。但懷問鼎之心,都乏補天之手。道兄以法眼觀之,誰弱誰强?誰成誰敗?

【南好姐姐】伯圖曹瞞竊符,更南北二袁虎踞。江東孫氏兄弟又開吳。還有溫侯呂,劉璋、劉表皆雄據。誰振皇綱復五銖?

(末)此輩紛紛皆新主之資,乘國家威力未擧,聊於無佛處,稱尊自娛耳!但內有孫曹兩家,頗鍾王氣,未易卒除也。

【北川撥棹】這群雄有日鋤,這群雄有日鋤。爲興王備掃除。暫時兒割據方隅,招納亡逋,飾詐驚愚,道寡稱孤。短中長孫曹略可,笑其餘都是蜉蝣羽。

(老旦)竊聞國之大事,其一在戎望。道兄,略把兵機指示一二?

【南園林好】論經邦,休憑腐儒。論登壇,法嚴穰且。社稷存亡關係,三尺劍一戎衣,三尺劍一戎衣。

(末)兵家雖有古法,然運用之妙,全在一心,即如諸家所列篇目,皆宜熟玩,然倒行逆施、旁通側出方爲善。學古人是在神遇,非可言傳也。

【北太平令】兵家派遠宗近祖,無過是韜略孫吳。但師其意,不可執方泥古。通其變,全在神明靈府。我也指不盡千岐萬途,算不完左乘右除。這其間教我口懸河,也無從注疏。

(生)昔衛靈問陣,先師以俎豆謝之。又曰,以不教民戰,是謂棄之。則坐作進退不可忽也。兵家侈談陣法,有勝無敗,其制可得聞歟?

【南川撥棹】爲名將慎止齊、嚴隊伍,列鸛鵝有勝無輸,列鸛鵝有勝無輸。斬蚩尤軒轅陣圖。道兄,可能示端倪擧一隅,示端倪擧一隅?

(末)陣法繁瑣,道友不嫌絮煩,俺將末學盡情剖露。

【北梅花酒】握奇經,列陣圖。握奇經,列陣圖。創鴻濛,生大古。開天門,辟地户。烈風揚,濃雲布。左青龍,右白虎。前朱雀,後玄武。庚辛金,甲乙木。壬癸水,丙丁火。表五方,分四隅。鎮中央,戊巳土。左日宮,右月府。奇正合,衡軸擧。四頭昂,八尾俯。當者靡,觸者破。年月日,輪九宮,十二時,隨子午。玄又玄,衆妙宗,論變化,尤繁瑣,有三百六十五。按周天,璇璣數。演風后,參玄女。十九字,兵家祖。只見天淡雲孤,日薄林疏。待他恃勇揮戈撞入天羅,俺便轉旗換隊,變化騰那。長蛇卷地,鵲噪鴉呼。教他奔逃無路,迷却歸途。陷坑絆索,馬倒人拖,真個屍封京觀血成渠。軍吏拜賀鯨鯢誅,冤魂夜夜覓頭顱。這的是一陣功成萬骨枯。

（小生）道兄,人言你有天書三卷,呼風喚雨,役鬼驅神,這可是真的麼？

【南錦衣香】臥龍岡神仙住,《梁父吟》神仙句。看你秀聚眉山,知是異人曾遇黃公《三略》圯橋書。道兄,你定有靈文秘籙,雲篆天符,向茅廬蓬戶。月明中量天縮地,口吸先天氣,叱吒處呼風喚雨。踏魁罡星移斗樞,證金丹名登仙府。

（末）道友差矣。天是太虛,那有書册？只這太乙壬遁三式也就勾了。若是立綱陳紀,易俗移風,自有聖賢經濟。縱有天書,您也不該來問,俺也不便示人。

【北收江南】須知道天本無言有甚書。止不過太乙仙宗壬遁餘。畢竟修齊平治在真儒。千秋仰仲尼,千秋仰仲尼,《六經》《語》《孟》這便是天書。

（小旦）昔顓孫問十世先師,言百世可知。今炎劉四百,三代同風,數極運終鼎移姓易,亦勢所不免。道兄,天縱神智,深睹未萌,乞將繼周消息,略指粗陳,當洗耳肅聽。

【南漿水令】愧鯫生粗粗學疏,問將來迷津暗途,五行占候總模糊。我過去事尚多遺忘,那未來曆何處猜摹。道兄你明天數,讀異書,些些洩漏也算不得擔差誤。謾講論、謾講論前朝揖讓,求指點、求指點,後代征誅。

（末）術數之學,壯夫不為。況玄機妄泄,天律甚嚴。俺今有隱語四句[2]：三馬銅槽,長江鐵鎖。巨聰章武,統宗九五。您可牢記,日後自有應驗。

【北清江引】未來過去先天數,敢把天機露。舊曆盡山陽,便接新章武。（眾起立介）道兄,隱語我等皆望涯而返。（末背低唱介）少不得還有人仗金刀來續高皇譜。

集古：（老生）柳市南頭訪隱淪（唐　王維）,（小生、小旦）仙才終不混風塵（明　李攀龍）。（末）群雄正似柯山奕（明　張率）,不識興王自有真（明　高啓）。

校記

[1] 跋扈："跋",底本作"犮",今依文意改。

[2] 隱語四句："隱語",底本缺,今依下文補。

第六齣　讓　徐

（外病裝雜扶上）

【鵲橋仙】恭膺簡命，蕭然宦興，老羨吾家弘景。無心夢翼入天門，空撇下松菊東籬三徑。

千里雄藩啓戟開，丹心老去漸成灰。艱難愧乏匡時策，舞劍空登戲馬臺。下官陶謙，字恭祖，丹陽人也。蒙先帝除授徐州刺史，惜軍愛民，勸農保境，頗稱樂土，大有能名。爭奈年迫桑榆，日親湯藥，乞休屢疏，俞允無期。近聞袁術欲來侵凌，呂布又思投托，我想袁術乃冢中枯骨，不足□懷。只這呂布是萬人之敵，又性多反復，既弑了丁建陽，又聽了王允，再殺董卓，爲其主者，不亦難乎！因此戰敗出奔關東，諸侯皆不肯容納，便思想要捱到我這裏。我這一州百姓，可不都被他作魚肉麼！聞得平原相劉玄德，纔能服衆，德可安邦，儀表非常，英雄無敵。近日相依孔融，屯兵北海。須是他來，此邦可保。前已馳書相請，如何此時還未見到？（雜上）啓爺，劉將軍到了。（外）快請。（生上）

【前腔】一封書信，不辭勞頓，來看彭城風景。當年項羽舊都城，真是十二山河形勝。（見介）

（外）國姓稱宗傑，天生蓋世雄。（生）名藩方伯貴，厚德古人風。（外）久慕英名，雲山暌阻，得瞻眉宇，大慰生平。（生）連年奔走，一事無成。今仰斗山，實深傾倒。（外送酒介）愚有片言，望君鑒納。

【桂枝香】彭城古郡，廿年叨任，只因四起刀兵，又値連遭饑饉。我心中自思，我心中自思，但願相逢豪俊，便把封疆推遜。不是我假惺惺，只看兩鬢堆霜雪，何況膏肓疾病侵。

（生驚介）這是那裏說起！

【前腔】恭承台命，遠來投奔。我一身流落孤窮，怎敢妄叨非分。乍聞言着驚，乍聞言着驚，我待回車出境，高飛遠遁。爭肯昧良心，巧乘入室操戈計，竟作強賓壓主人。

（外）事貴達權，幸毋膠柱。

【前腔】不須謙遜，路從捷徑，念稀齡久病衰翁，怎擔得千勩重任。但相求使君，但相求使君，望早應承牌印。保這一方百姓，望你展經綸。若得徐州四境安磐石，我就死在重泉也放心。

（生）公既如此執意，教我怎好固辭？

【前腔】人非堯舜，事同揖遜。感明公一片丹誠，我只得權時承順。還道賜虞田一成，賜虞田一成，竟把全徐相贈。我劉備三光作證，定要報深恩。彭城自昔封彭祖，更願你壽例同綿八百春。

（外）既蒙金諾，中軍取敕印過來送上。新主老爺，汝等可善事之。（生受印謝介）（外）徐州今有擎天柱，不怕共工更觸山。（下）（生拜印排衙介）（小末上）一身爲細作，兩脚報軍情。啓爺，袁術犯界，前鋒紀靈已至盱眙，請爺定奪。（生）知道了。明日領賞。（小末）謝爺。（下）（旦上）轅門傳稟報，帥府候傳宣。啓爺，有呂布領殘兵數十，要來投托。（生）你去辦事，我自有處分。（旦下）（生）關、張二弟那裏？（净上）要斬白蛇隨赤帝，（付上）閑沽綠蟻醉黃樓。（合）主公有何使令？（生）袁術、紀靈犯我徐州，呂布無依，要來投托。雲長要隨我破袁，可令呂布暫屯下邳。翼德代我鎮守徐州。都聽我道：

【北後庭花滾】那呂温侯是獍梟，虎牢關認故交。說温侯千里來投托，免不得萬黎侯聊解嘲。二弟你對他說，下邳城雖隘小，且權歇馬、暫藏刀。只袁術這廝大□□□質虎皮包。恃兵多來抄鬥，俺忙選卒徒親征剿。接群僚徐州有動摇。三弟替俺做一個假齊王作代庖，丈八矛，防奸盜，安百姓，接群僚，寬賦役，愼刑條。要戒幾□酒，見香醪把渴喉暫熬，遇釀王便一拳打倒。待俺凱歌回金□敲，封你做醉鄉侯好不好？（净）袁術紀靈看授首，（付白）杜康儀狄盡搬塲。（同下）（生）兩弟如此用命，破袁軍必矣。

集古：山東萬嶺鬱青蔥（梁　沈約）[1]

校記

［1］山東萬嶺鬱青蔥：此句以下闕三句。

第七齣　鞭　豹

（付擁衆上）

【點絳唇】坐鎮名州，印金懸斗。嚴烽堠，未展邊籌。先禁投醪酒。俺張飛，蒙大哥托付徐州，又怕俺醉中誤事，要俺停杯輟飲，直待回軍開戒。煌煌軍令，誰敢不遵。俺想大丈夫既叨重任，豈貪口腹。爲此今早將榜文張挂四門，索性合城禁酒。但這東西是老張性命，如何禁得！且待衆官參謁，俺自有道理。(末上)從事今參議,(生上)軍門舊屬官。(老旦上)分符同布政,(丑上)披甲佐登壇。(合)糜竺、孫乾、陳登、曹豹參見。(付)請起,請起。列位年翁,俺本武夫,不諳政體,蒙大老爺委署州篆,凡事全仗諸位指教。(衆)豈敢。(付)又恐俺好酒妨政,要俺停杯反爵。今早曉示四門,合城禁酒。俺想今日,尚在限外。已設一酌在內衙,與諸君盡歡痛飲。明日遵令守禁何如?(衆)將軍言之有理。(付大笑介)那酒的好處甚多,原不該禁他的,俺試說與您聽者。

【混江龍】俺主呵,天家良酎,中山苗裔舊通侯。俺爲他結幾□飲醇朋友,買幾頃種秫田疇,召儀狄造百甕蒲萄佳釀,喚杜康醞千缸琥珀新篘。着短衣漢相如滌酒器,濕沾衫袖。漉舊巾陶元亮聽糟床滴盡更籌。君王召,酒家眠,青蓮傲睨;步兵廚,多佳釀,白眼淹留。孟參軍醉龍山西風帽落,王逸少序蘭亭曲水觴流。揮兔毫,草聖留。青簾小店吹鐵笛,仙人飲黃鶴高樓。商受辛長夜飲不知日月,劉玄石三年醉那識春秋。邀明月三杯遣興,勸春風百盞澆愁。渴倒處一口吸,量寬滄海;倦來時雙眼□,酣枕糟丘。休效這邵先生略沾唇,微酣便止;須學那孔夫子稱無量,盡醉方休。滿尖尖巨觥爲壽,笑哈哈大白先浮。

左右!取大杯斟滿,每位送三杯潤口。(雜斟介)(付)飲要如式,待俺喫個樣子。(雜)曹爺不肯飲酒。(付笑介)曹先兒爲甚的不飲酒?

【油葫蘆】這酒呵,是玉液金漿仙姥篘。您看滿堂賓客都對金尊開笑口,您向隅何故獨低頭?俺曉得了。(丑)將軍,你曉得小將爲甚麼?(付)莫不是嫌的官卑職小,恐落在他人後?(丑)不是。(付大笑介)俺這番猜着了,莫不是怕的醉歸體倦,要被夫人呪?(丑)將軍休得取笑。(付)又猜不着。如今是猜着了,敢是筵前少翠眉,席上無紅袖?(丑)一發遠了。(付怒介)這等不消說了。道俺是髯虬面墨人粗醜,不屑共相酬?

(衆)這個他怎敢?(向丑介)年兄,不飲端的爲何?(丑)弟酒量本淺,又值內子染病,故煩惱辭飲。(衆)元來爲此。(付)

【天下樂】俺把他巧語花言一筆勾。休也麽休,不須愁。這杯悶酒,您則權承受。赤緊的遵妻訓阻獻酬,那裏管和萬事解千愁。您不飲也罷,却不攢損了陶令眉,笑破了劉伶口,入井牽牛。

左右,看曹先兒這杯酒乾也不乾?(雜)不曾乾。(付)您兩個扯了他耳朵灌他便了。(衆)他雖不飲,卑職等興自不淺,儘足爲歡,何必強他!(付笑介)諸位真是妙人。

【那叱令】喜新鶯氣求，盡高陽輩流。折花枝酒籌，笑百壺未休。儘狂歌醉謳，墮冠簪不收。望青天白兩眸，吐錦茵污雙袖。

（衆）職等今日之樂，惜不令嵇阮諸公見之。（付大笑介）您不要忙者，俺還要搶酒泉全郡屬徐州。（丑打盹介）（衆）曹兄不飲，何故詐醉？（丑）實不相瞞，内子染病，衣不解帶，故致勞倦。（衆）既如此，我等代稟將軍，先醉回府如何？（丑）[1]若得如此，感佩非淺。（衆稟介）曹將軍侍妻過勞，先欲求歸，實非逃席。（付）空邀久坐，酒不沾唇，既要先歸，別無相贈。左右！揀長的柳條取一束來。（衆）要他何用？（付喝介）扯下袍帶，鞭五十背花送行。（衆）三十罷？（付）着實打，一下不饒的。

【鵲踏枝】您蝶蘧蘧欲化周，傲獨醒視俺如牛馬走。既然要取媚玄妻，怎不學賈大夫射雉山頭。俺待做朱虛行酒，權把這柳條示蒲鞭繞朝，折贈灞橋秋。

（雜鞭介）（丑）望看小婿薄面。（付）且住手者，您女婿是誰？（丑）是温侯吕布。（付白）這等説起來，那貂蟬是您女兒了。（丑）是小將親生的。（付）是好女兒女婿也。

【寄生草】您女婿呵，劍劈丁爺首，臍燃董父油。虎牢關下拖鎗走，金冠落在俺張飛手。乘龍只好稱乘狗，這般女婿作門楣，逢人虧您還夸口。

（衆）那吕布為人真是不好。（付）若説他令愛小姐，一發可憐人也。

【幺篇】令愛呵，被您獻入三公府，青衣不自由。您賣男賣女，真個是人中獸。又值王允要他捨身虎穴藏機榖，連環巧計東西就。裙腰摺裏挂人頭，桃花落盡春風後。

曹官兒您不説起吕布便罷，既説起吕布，俺自然領個情兒。左右！把他再加五十鞭。（衆）這却為何？（付大笑介）這是借他丈人的背打這吕布。（雜）啓爺，打完了。（付）去罷。（衆）卑職等也要告辭了！（付醉不應介）（末）四座醉春風，（生）飛花落酒紅。（老旦）華筵還自散，（丑）盡在不言中。（同下）（雜）大老爺請進去罷！（付）他們都去了？（雜）都去了。（付）俺今日好醉也。

【賺煞尾】能飲醉爲□不飲須□□。喜的滿堂客，個個擎杯在手。俺不覺的地轉天旋墻壁走。暢好似俯首垂頭，言差語謬，玉山自倒，不為共工鬥。但願哥哥破敵安劉歸到徐州。那時開了酒禁，須任俺日日醉傾三百斗。

集古：玉漿瓊液耀金波（唐　許渾），緑醑長浮鸚武螺（國朝　宋琬）。天上猶聞星主酒（宋　陸放翁），人生不飲欲如何（元　方回　明　沈周）。

校記

［１］丑：底本作"付"，今依劇情改。

第八齣　奪　徐

（小生領軍上）

【番卜算】翁婿誼相關，消息通魚雁。外通内合沒遮攔，不用煩征戰。

自家呂布。遠投劉備，却不許我入城，令我住扎下邳。今晚接得岳丈曹豹密書，説劉備遠出、張飛守城許多情節，教我今夜乘飛大醉，直入徐州，不可錯過。喜的今夜月明如畫，三十里程途頃刻已到。衆將官！就此殺進城去。一封傳密劄，半夜襲堅城。（下）（雜急上）竈烟騰曲突，燕雀正安眠。呂布奪了徐州，兵已到府前了，張將軍還不快走。（付側冠披衣拖鎗上）左右！取冷茶來喫。（雜推付介）快走，快走！（下）（付醉舞鎗介）誰敢來，誰敢來！（下）（丑上）

【前腔】泰岳丈人山，屏雀英雄倩。錦城一座贈妝奩，謹具徐州奠。

我曹豹銜一鞭之恨，致書下邳，襲了徐州。這漢貪杯使酒，送了一座城池，也勾他了。只是地雖入手，人尚在逃，終非全美。且待女婿到來，再作商議。（小生呂布上）岳丈那裏？（丑）賢婿恭喜。（小生）小婿蒙岳丈指教，得入此城，真是泰山之力了。但這環眼漢，每每輕視於我。今被逃脱，後患未除。

【包子令】千里投人仍淹蹇，仍淹蹇。三更半夜跨征鞍，跨征鞍。笑他泰山不識，空有雙環眼，雙環眼。從今休把柳條攀，柳條攀。（合）要捉一個醉張飛黑面紅顏，黑面紅顏。（丑）這厮單騎奔逃，宿醒未醒。我專怪他不看賢婿在，這夜定要去追的。

【前腔】一百柳條鞭乃坦，鞭乃坦。打人借背兩頭蠻，兩頭蠻。你偏不怕我這英雄女婿非良善。今夜裏看你蛇矛丈八，可挑得着紫金冠，紫金冠。（合）要捉一個醉張飛黑面紅顏，黑面紅顏。

（小生）天已雞鳴，陳宫、曹豹、高順、張遼四將聽令。（外、丑、生、末應介）（小生）陳宫領家丁五十名，把守内宅，不許驚動劉備家眷，違者立斬。（外應下）曹豹領三百精騎，追捉張飛，若已去遠，不必窮追。（丑應下）高順出榜安民。（生應下）張遼屯兵西門外，不許放劉備回兵入城。（末應下）（雜上)啟爺,曹將軍追趕賊將,反被傷害。(小生)速備衣棺,盛殮便了。我元叮囑不必窮追的。

集古:螢火何堪並太陽(唐　劉兼),而今翻似鼠拖腸(宋　王禹偁)。莫欺翼短飛長近(唐　徐夤),手內蛇矛丈八長(金　元好問)。

第九齣　失　筯

(中淨擁衆上)

【夜遊湖】玉帶蟒袍兼將相,手擎天氣吐長虹。劍珮從容,弓刀簇擁,真宦海神仙八洞。

我曹操自從虎牢關破了呂布,又共王司徒計除董卓,蒙聖上加封車騎將軍,進爵魏王,兼大司馬行丞相事。恩寵無雙,威權第一。昨日劉玄德從徐州來投奔,我就引他朝見天子。他自稱宗室。聖上命宗正司查檢玉牒,却倒是當今的叔輩,因此遂稱爲皇叔,賜爵豫州牧。今日無事。左右!(雜上)丞相爺有何分付?(中淨)去請皇叔劉爺來議事。(低聲介)就探他在家作何勾當?(雜)曉得。尺書傳相府,議事請皇親。(下)(中淨)劉備素懷大志,非比尋常,也要十分防察。今日請來,觀其動靜若何。呀!堂差去了許久,如何此時還不見來?(雜上)探將無謂事,報與有心人。啟相爺,劉爺在府裏種菜未完,即刻來了。(中淨冷笑介)蓋世英雄,却做這樣鄙事。小人哉!小人哉!(生上)

【前腔】自失徐州龍脫水,低頭來謁三公。揖讓陶恭,圖謀呂奉,只算鹿蕉一夢。

(雜)劉爺到了。(中淨迎介)(生)丞相威名重,(中淨)宗瑛姓字香。(生)遠投蒙卵翼,(中淨)新寵錫龍章。(送酒介)(生)劉備未伸寸敬,反荷先施。(中淨)薄治小酌,聊當洗塵。

【駐馬聽】我久慕風華,劍氣龍光星漢槎。(生)丞相過譽了。(中淨)正爾神交幾載,喜的朋來千里,守着鐵樹開花。虧你不辭跋涉路途賒,今日個一堂賓主傳杯斝。昨因事忙,不曾問得,你可把徐州的事細說根芽。便與你報仇雪恨,怎肯干休罷。(生)

【前腔】念劉備呵,落塹投崖,蒙丞相吐握周公禮數加。(中淨)使君過譽了。(生)若得救災恤難,更與鋤强剪暴,這是錦上添花。只傳書曹豹,便是禍根芽。致溫侯夜襲春冰解,亂紛紛猿鶴蟲沙。我只得孤身匹馬投門下。

（中净）這些小事，都在我身上。左右，取大杯來！（生）酒已多了。（中净）你雖是家中有政，不須挂牽。（生）劉備家中並無他事。（中净笑介）你做的事，瞞得他人，却瞞不得我。（生驚起揖介）劉備陰謀詭計，望丞相指明，願甘治罪。（中净大笑介）你且坐了。我説出來，你不要賴。

【前腔】你愛的老圃生涯，早義結關張兩大瓜。到今日還自揮鋤薙草，細把菜畦下種，不顧踏盡桃花。較李悝地力更還加，效樊遲忘却圖王伯。（生笑介）劉備知罪。（中净）曹操！曹操！你差裏還差，他真金百煉，只怕尚有三分假。

（生）劉備留心鄙事，無意遠圖，真罪人矣！尚何真假之足辦哉！

【前腔】我只爲四海無家，聊傍東陵學種瓜。愛的春菘薦雨，喜的曉葵折露，和那霜芥秋茄。不能勾扳罾結網覓魚蝦，只圖的菜羹蔬食持齋戒。（中净點頭介）這倒是真實受用。（生笑介）丞相，丞相，這滋味堪夸，你中州仕宦曾知麼？

（内雷鳴介）（雜）二位爺，天上龍挂了。（中净）龍乃鱗蟲之長，風雨雷霆，變化不測。就似那人世的英雄一般廓清摧陷，左右無方。這不是人中之龍麼？（生）丞相高論比的不差。（中净）今日滿地烽烟，揭天鼙鼓。使君看來，畢竟誰是真英雄？試舉其人以卜眼力。

【前腔】屈指輪查，當代英雄有幾家？（生）袁本初可謂英雄？（中净）好謀無斷。（生）吕温侯可謂英雄？（中净）勇而不義。（生）袁術、張魯、劉表、劉璋皆是英雄？（中净）此輩庸庸碌碌，只算的野草閒花。我早晚一個個鎗挑刀劈手擒拿，繩穿索綁皮鞭打。看他年萬口喧嘩，青天再看雙龍挂。

（生沉吟介）雙龍，雙龍！兩個英雄？劉備一個也猜不着。丞相倒看中了兩個，眼力相去何止萬里？（中净笑介）你懷奸挾詐，亂掩胡遮，好費心也。（生）劉備生來愚直，丞相太看深了。

【前腔】怎説個亂掩胡遮，我肉眼原非賞鑒家。（中净）我今先取荆襄，次平河朔。（生）南征北討。（中净）再破隴蜀，方攻徐沛。（生）西除東蕩。（中净）王綱未舉，國步多艱，盡瘁服勞，臣之職也。（生）戲丞相歷盡波查，只是恁般人物，尚不勾丞相掃蕩，那裏還有龍文赤帝斬長蛇，真人白水標銅馬。念劉備兩眼蒙紗，驪黄牝牡，莫道孫陽詐。

（中净）使君！那天下英雄，遠不遠千里，近即在目前。（生）畢竟是誰個？劉備願聞。（中净笑指生，又自指介）天下英雄，惟使君與操耳！（生驚落筯介)(內震雷介)(中淨)使君何故失驚？(生)一震之威至於如此,聖人迅雷必變,良非誣也。(淨上)棄鋤忽失園公處,(付醉上)乘醉先來相府尋。(合)哥哥在那裏？(中淨)此宴不是鴻門,忽來兩員樊噲。(生)公過楚項,僕豈漢高！淨、付)大雨將至,請兄長速歸。(中淨)方纔說緩攻徐沛,乃防洩漏。明日即令夏侯惇提兵先取呂布也。

集古：(生)靜籌皆可息邊烽(唐　徐貴),(中淨)萬物爲銅只待鎔(五代　羅隱)。(生)天下有公殊可賀(宋　陸放翁),(中淨)與君化作兩蒼龍(宋　蘇軾)。

第十齣　二　喬

(付黑面三髯領衆上)

【窣地錦襠】三千鐵騎渡長江,人說孫郎小伯王。金陵吳會盡逃亡,王朗劉繇束手降。

自家孫策,字伯符。父親戰死江夏,一向暫依袁術。昨獻父藏玉璽與術,借得三千兵來取江東。連日來馬不停蹄,兵不血刃,名都大郡,猛將強兵,悉皆歸附。人見我面黑鬚黃,百戰百勝,遂稱我爲小伯王。只是目下兵臨會稽,嚴白虎憑城不戰,以老我師[1]。這却如何是好？且待參謀出來,與他商議。(小生上)

【前腔】運籌帷幄世無雙,不讓當年張子房。飲醇雅誼小周郎,顧曲風流姓字香。

將軍在上,周瑜恭見。(付)參謀少禮。參謀,我馬踏三吳,旗揚兩浙,稽山剡水已在掌中。争奈嚴白虎閉門不出,死守孤城。我野無擄掠,頓兵堅城之下。他日久援至,如何是好？(小生)將軍不必過慮,嚴白虎不敢交鋒,非真固守。我夜觀城上有白氣漫空,必主敵人夜遁。將軍伏兵在西南十里外,不可攔截,恐其死戰,放他走脫,從後追之,截其輜重。此等之人縱之如放犬豕耳！然後我歌舞入城,豈不省力。(付)妙哉此計！衆將官隨我去埋伏。藏兵孝女渡,(小生)唾手越王城。(下)(旦上)

【二犯傍妝臺】【傍妝臺頭】隱村莊,趙家姊妹艷非常。不愛新膏沐,只守舊門墻。【八聲甘州】但逍遥大椿雖不老,早零落萱花痛北堂。(小旦上)【皂羅袍】青裙翠袖,輕羅淡妝。【傍妝臺尾】一雙西子兩王嬙。(見介)

(旦)妾身喬氏,小字瓊簫,同着妹子瑶琴,天產雙珠,人稱合璧。母先棄世,父老辭官。見烽烟不靖,知城市難居,遂攜我姊妹遁入稽山。(小旦)近聞小伯王孫策與舒城周瑜,渡江三月,竟取全吳。此二人非常人也!(旦)此因劉繇、王朗輩,闊論高談,自稱名士,當機決策,實則腐儒,遂成孺子之名耳。(小旦)昨又聞他得隴望蜀,直渡錢塘。我這裏山淺林疏,大兵一到,玉石不分。如何是好?(旦)今早父親已出去打聽消息了。待他回來,便知分曉。(外急上)女兒,不好了!孫家兵已到,將會稽四面圍了。早晚必有幾場大戰,快快收拾了些細軟,逃奔他州外府,待世定時平,再歸未遲。

【撲燈紅】【撲燈蛾】刀鎗似雪霜,刀鎗似雪霜,火砲春雷響。百雉越王城,圍困天羅地網也,兵來將擋。定四門血戰千場。【紅綉鞋】攜兒女,裹餱糧。千村萬落盡逃亡。(同下)(丑領衆上)

【金錢花】平日膽氣剛強、剛強,一朝戰敗拖鎗、拖鎗。孤城堅守恨無糧。我嚴白虎獸中王,寧逃走不投降。自家嚴白虎,久伯東越,被孫策、周瑜來侵我界,一個英雄無敵,一個足智多謀。若與交鋒,必無勝理。爲此閉城堅守。爭奈援絕糧空,危城無望,不如今夜率領部曲,出其不意,突出南門,去投閩越,借兵恢復,未爲晚也。正是:邯鄲雖振瓦,勾踐不行成。(下)(外背包上)

【香柳娘】脱軍營戰場,脱軍營戰場。喜得全家無恙,正曉風殘月雞三唱。(旦上)踏板橋早霜,踏板橋早霜。只我從未出閨房,怎禁這勞攘。(小旦上)但連城夜光,但連城夜光。行遲路長,恐生風浪。

(内□□介)(外回望介)呀!你看後面鼓角喧天,不知那裏兵馬來了,快到前面林子裏去躲一躲。(下)(丑、衆上)我嚴白虎半夜開城,突圍而出。今淡月沉烟,紅雲動旭,前面隱隱有三個人走動,怎麼一時就不見了,軍士們去林子裏搜一搜看。(雜下,押外、二旦上)(丑笑倒介)良緣趨五福,一喜解三災。(外)將軍。(丑)我有要緊正事,無暇細談。但隨我去,自有好處。軍士每!快覓兩肩小轎抬他。(付領衆上)嚴白虎,我等你多時了。(外)將軍救人!(丑逃下)(付)長者何人?(外)喬□曾爲□□□□。(付揖介)原來是喬年伯,受驚了。二位何人?(外)都是小女。(付)受□了,曾適人否?(外)未逢良匹,待字閨中。(付)小侄就是孫策。

【前腔】人稱小伯王,人稱小伯王,拔山楚項。(外)久仰威名。(付)只虞兮尚缺中軍帳。我還有個義弟周瑜,慷慨風流,勝我十倍,就在那邊來了。(小生上)[2]戴兜鍪粉郎,戴兜鍪粉郎。曲誤顧紅妝,風流好名將。(付)賢弟,這裏喬年伯兩位令愛,俱是仙姝,諒非俗配。我與你既爲兄弟,何不再作連襟？（小生）[3]他父親如何說？（外）是天生一雙，是天生一雙，花燭洞房，喜從天降。

（付）既蒙金諾，軍士每快備鳳扇鸞輿，全部鼓樂儀從，到軍中同成花燭便了。

集古：（外）殺氣空濛下赤霄（明　梁有譽），（二旦）殘妝和淚濕紅綃（唐　江妃）。（付）偶然相遇人間世（唐　劉禹錫），（小生）金屋妝成貯阿嬌（唐　李商隱）。

校記

[1] 以老我師："老"，疑爲"勞"之誤。
[2] 小生上："上"字之上，原本空缺二字，今依文意補。
[3] 小生：此提示原本無，今依文意補。

第十一齣　擒　布

（中淨領衆上）

【破陣子】雷振天威金鼓，風揚王路旌旗。看飲馬可乾淮泗水，積甲高同熊耳齊。量這斗大徐州，只消我手一推。

號令風霆速，韜鈐神鬼褒。入朝調鼎鼐，出將建旌旄。我曹操。前令夏侯惇東征徐沛，久戰無功。爲此今日同劉備親統大軍，期在必克。今日看來亦是勁敵。且待劉備到來，再作商議。（生上）

【西地錦】自別徐邳，城郭舊遊故老都非。陶公松柏已成圍，負却當年知己。（見介）

（中淨）使君，我因夏侯惇無功，故統大軍自來。今見城高池深，地廣人衆，陳宮有謀，呂布善戰，賓主勢殊，勝負難必。倘日久糧盡，如何是好？（生）丞相還有十萬精兵，不請衣糧，閑在那裏，怎不用他？（中淨笑介）莫非要決沂泗之水以淨下邳乎？（生）然也。

【桃紅醉】【小桃紅】下邳郡，卑窪地，環徐泗，通河濟。滔滔壅決隨驅使，鯨呼鰲吸天吴至，滿城魚鱉波濤沸。【醉太平】丞相快去喚巨靈通河劈掌，召靈胥踏浪揚旗。

（中淨）左右傳我令箭，着夏侯惇選押河夫五萬，挑泥打椿，填塞下流各處水口，決沂泗二水浸灌下邳，不得有違。（雜傳箭下）（雜扮河夫繞場下）

（中净）徐郡化爲龍伯國，（生）下邳變作水晶宮。（並下）

（小生上）

【挂真兒】蓋世威名雷貫耳，占徐邳幾處城池。宵寐非禎，恐生妖祟，心下轉添縈繫。

烽烟城外接，刁斗月中聞。鳴鼓連烽火，孤城繞陣雲。我吕布獨伯徐邳，兵精糧足，奈被夏侯騷擾，我也不放在心。今曹操起兵三十萬，親來决戰，又連日神思不寧，未知何故？且待夫人出來與他商議。（小旦上）

【七娘子】六伽象服夫人婢，鳳儀亭相隨到此。媚骨如綿，柔情似水，今番不比連環記。（見介）

（小生）夫人，我在徐邳威名四布，夏侯小寇，來捋虎鬚，已連敗數陣。今曹操自提大兵，直到下邳。兵多將廣，勢屬可憂。陳宮又勸我屯兵城外，以爲犄角。這也不在話下。但近日夢見丁刺史贈我寶刀一口，董太師賜我香油一缸，不知主何吉凶？意亂心迷，如何是好？（小旦笑介）温侯，你做了一個男子，反不如我等婦人。他兵多將廣，我城高水深，攻者自勞，守者自逸，糧盡兵疲，自然退去。至於夢寐之事，智者所不道也。若説屯兵城外，置妾等於城中，早晚看誰之面。陳宮匹夫，先斬其頭便好，軍國大事，安若太山。你既心下憂疑，妾有斗酒，藏之久矣。（小生）胸悶無心飲酒。（小旦）却不道事大如天醉亦休。丫鬟取酒來。

【錦纏樂】【錦纏道】捧金卮，我兩人天生一對。命裏該榮貴，儘伊家受用金釵十二。【普天樂】況賤妾身有喜，調護維持要着意。好夫妻須步步相隨。干戈隊裏，狼虎叢中，靠夫作主。

（小生）酒勾了。（小旦）再進三巨觥，休阻妾意。（小生醉倒介）（外扮丁原、中净扮董卓，各提頭與小生看，隨繞場下）（小末、老旦急上）宋憲、魏續參見主公。不好了！陳宮苦勸出屯，主公不允。今被曹操决沂泗二水，渰没四門。白門樓一帶，城崩數丈。城中鼎沸，主公快上城鎮壓。（小旦）主公已醉，縱有潑天大事，且到明日處分。（小末、老）主公既醉，我等扶他上城便了。（扶下）（小旦）爾等乘醉劫主，少不得死在後面。（下）（末、老扶小生上）主公醒來！（小生欠伸復睡介）（小末）魏哥，這醉漢如此模樣，此城諒不能守。娘娘還要問我等劫主罪名，總是一死。不如縛此醉漢，獻與曹公，必有重賞。哥，你意下如何？（老）我亦有此心，已先通知曹公了。（共縛介）（小生欠伸，二魂上照前，小生仍睡介）（末、老）軍士每！快豎降旗。（高叫介）我等願降，吕布已擒下了。（中净、生、衆上）（末、老押小生見介）（中净）吕布當面！（小生醒介）二位爹爹在那裏呀？是誰縛我，如此繃急？（中淨）縛虎不得不急。（小生）布今已服。明公將步兵，布將騎兵，天下不足平也！（中淨）汝連弒二父，爲汝主者，不亦難乎！刀斧手斬訖盛殮，其餘賊將，分斬各門。（淨急上）內有張遼忠直之士，望丞相法外施仁。（中淨）將張遼押在後營，另有處分。徐州印務，着左中郎將車冑暫行署理。傳示各營，明日就要班師了。

集古：力盡謀窮內變生（明　蔡可賢），先來通市一逢迎（宋　徽宗）。

第十二齣　戩　忠

（丑上）割席良朋義斷，裝出龍頭身段。雖爲天子爪牙，實則權門鷹犬。下官御史大夫華歆是也。（旦上）損人無非爲己，媚寵正是趨炎。隨朝高視闊步，謁相俯首乞憐。下官尚書令郗慮是也。（見介）請了！（丑）丞相滅寇班師，我等理合遠接。（旦）你聽鼓角喧天，想即刻到了，快向道旁俯伏。（中淨領衆上）旌旗東拂海雲開，蓋世英雄蓋世才。日月漸從腰下轉，江山奔入掌中來。我曹操東征呂布，半載勞心。今日凱旋，又早到帝城金闕也。呀！道旁俯伏者何官？（丑）門下走狗御史華歆，恭賀相爺凱旋。有密揭上呈，事關重大，速賜施行。（中淨）知道了。回院辦事。（丑下）（旦）沐恩重臺尚書令郗慮，恭候相爺萬安也。有密揭上呈，事屬緊急，作速提防。（中淨）知道了。回部辦事。（旦下）（中淨冷笑介）虎鬚不易捋，鼠輩敢相欺。（下）（小末上）皇天有眼隨人願，世事無心值偶然。下官太醫令吉平是也。立身正直，秉性忠良。近與董國舅、王子服等同奉衣帶詔，謀討曹操，已序名列狀。方纔郗尚書來請，說丞相初歸，頭風忽發，你是醫慣他的，作速便去。咳，曹操曹操，只消我一服鈎吻，管教伊七尺橫屍。

【宜春令】想奸雄輩數合終，萬金軀憑人掌中。我正愁無計，誰想他倒來尋我，豈不是芥投針孔？今朝恰喜頭風動，儘着他百忙中汗馬功勞，怎比俺三指下剛刀作用。從此皇家重見垂衣端拱。

門上那個在？（生）是那個？（小末）相煩通報，吉平候相爺萬安。（生）住着，相爺有請，吉太醫到了。（中淨病裝上）風爲百病長，頭是六陽魁。太醫那裏？（小末）丞相鞍馬勞神。（中淨）因此頭風又發，特來相請！（小末）只將舊驗成方，略爲加減便可，一服而愈。（中淨）你用心加減，即便煎來。（小末煎奉介）（中淨）這是何等藥劑？（小末）

【綉帶兒】蒙丞相垂青，借寵煎靈藥，尚治頭風。（中淨）可喫得的麼？（小末）□年來屢建奇功，這神方出自龍宮。（中淨）我今服藥你合先嘗？（小末失驚介）想恩相怕這藥味太苦麼？待我來。（執中淨耳，灌介）煎濃，擎甌一舉休怕恐，又何必醫人嘗奉。（中淨打落介，藥傾爆火介）（中淨）左右，與我拿下了。（衆捌介）（中淨）吉賊，我因你是個名醫，十分優待。你倒生這樣歹心。這明明有人在內主持，却哄你做的，快快供出，免你本身之罪。（小末）這等我就一齊說出來，丞相不要害怕。（中淨）我也曉得，不過是皇親國戚罷了。（小末）與軒岐董同謀效忠，總是被嚼草根神農調哄。

（中淨）一派胡言。你不想螳臂之力，要撼我太山之重麼？（小末）你的罪孽便有太山之重，我雖螳臂，偏要撼你一撼。

【太師引】你畜遠志三年用，比周文天命在躬。那知造罪孽馨南山竹瀝，董狐案砲製雷公。我曾胗你水浮□旺欺心主，因此用雷公鳴鼓而攻。這是按君臣醫國盡忠。（中淨）你那裏按甚君臣，今早値日功曹來報，你用的都是十八反。（小末）丞相是欺主反臣，我這十八反正合把丞相借重。

（中淨）我事君盡禮，百辟具瞻，你倒說我欺心蔑主，許多嘮叨。（小末）你貴人忘事。

【大勝樂】可記的許田射獵呼嵩，你飛馬向前遮受似當熊，人盡悚。那時就有人衝冠怒髮鬚眉動。（中淨）怎不下手？（小末）又恐博浪椎副車中。（中淨）我禮賢下士，人所共知。（小末）禰衡是天下才子，你辱他鼓吏，被他打出漁陽三弄，數落了一場。你就借刀鷃武推黃祖，孔北海是宣聖嫡派子孫，只爲一言不合，便不顧絕筆麒麟就殺孔融。（中淨）你雖不肯醫我，我這頭風少不得終有好日。（小末）你當不起萬民祝頌，且謾說頭風難愈，只普天下口碑傳誦，一提曹字難不頭痛。

（中淨）你說天下人怨我怕我，那知我功蓋寰區，國家倚我如太山。（小末）國家倚你如太山，你却囚君如牢獄。

【奈子花】是生成烏賊天雄，儼常山毒蟒制龍。（中淨）一蛇怎能制龍？（小末）文武官僚都是你的耳目，宮中動靜，相府先知，遣百部防風守宮。（中淨）我有耳目，你有腹心，怎麼不招？（小末）招不得。若知使君子，便鉤藤貫衆。（中淨）你銅唇鐵舌，難道不怕死的麼？（小末）我今做事不成，拚的化忠魂日橫螮蝀。（中淨）你受人指使，招了出來自然還要分個首從。（小末）一身做事一身當，首也是我，從也是我，任你逼勒，不招事實，你要分首從，我獨搖草偏是風吹不動。

（中净拍案怒介）你身爲大逆，如此崛强，頑皮賴骨，不打不招。牢子！頭號大板重砍四十。（打介）（中净）你招也不招？（小末）並無主使，難以妄招。（中净）你謀主姓名我已盡知。已着人去拿，尚未見到。你還説没有，取銅夾棍上來。（夾介）（中净）還不快招？（雜）犯人死去了。（中净）抬他頭起來，冷水噀之。（小末醒介）寧可夾死，言定不招。（中净）好個鐵漢，取腦箍來。（小末）住了。

【三學士】你獐腦非刑毛髮聳，我地骨皮不是頑鐵生銅。今番願招，望丞相暫寬捆縛。（中净）與他解了。（小末向雜介）哥，煩你扶我下階跪了，寫供狀！（雜扶介）你到底要招，何苦受這樣極刑？（小末）哥呀！你道我爲甚苦心除賊頭風裏，只恨他大力擎君掌握中。（跪介）聖上，聖上！吉平謀事不密，有負國家，十年叨竊君王俸，今日個吉醫官有始終。

此乃天之數也。

【尾聲】你看半空中，雲車風馬排儀從，有無數醫聖藥王相送。（向雜介）哥，快閃開，有罡風來了。一霎時滑石屍横鶴頂紅。（撞下）

（雜）啓相爺，犯官撞死了。（中净）真鐵骨鋼筋好男子。抬出去，具禮葬祭。

集古：犬馬區區正自愚（宋　陸游），争知掌下不成盧（唐　劉禹錫）。一杯鴆羽不就獄（元　張憲），捨命臨危亦丈夫（明　李夢陽）。

第十三齣　義　　説

（生、净、付領衆上）（生）

【山羊轉五更】【山坡羊頭】我貌堂堂投身相府，戰兢兢留心伴虎。□匆匆義狀書名，怕寔丕丕吉平招出，難逃躱。（净）【五更轉中】幸驅得五萬兵，平定了袁公路。便計除車胄，把徐州破。況此地原是哥哥的，連城完璧仍屬我，看江山虎踞龍盤，伯東方有何不可！（付）【山坡羊尾】高歌，老曹瞞敢將熱氣呵。婆娑，夏侯惇敢將正眼瞧。（生）

【千秋歲引】兵火人民，金湯城郭，前度劉郎返遼鶴。向作冥鴻因避弋，今如歸燕仍巢幕。陶公恩，終身佩，敢忘却。（净）幾處奔波途路險，幾番漂泊風波惡。楚項名都非小弱。高臺戲馬元無恙，吕梁天險還如昨。（付）歌一回，飲一醉，眠一覺。

（生）二位賢弟，爲兄的在曹操宇下，恰似蛇蝎叢中、虎狼隊裏，無一時一刻不提心弔膽。又聞董承事敗,我曾與名,這性命只在頃刻間。虧得吉平至死不招。又值袁術妄稱大號,操欲問罪,又防袁紹。我便乘機請得精兵五萬,天幸馬到成功。但不可復命,又無處安身,只得襲殺車冑,復取徐州。遠害全身,卧始貼席。(淨)徐州戶口百萬,沃野千里。車冑又是曹操愛將,怎肯甘心。只恐早晚間,必有一場大戰。(付)徐州要害之地,英雄之資大可圖王定伯,小亦割據一方。曹操若來,大哥守城,我二人一齊出戰,管教他片甲不回。(生)不是這等說,曹操非等閒之比。他若來時,必有方略。我已差人探聽,此時想必來也。(老旦探子上)

【撲燈蛾】爺,不好了!曹兵卷地來,曹兵卷地來,殺氣烏雲布。北風吹大旗,百里雷門鼉鼓也。(生)他從那一路來?(老旦)他兵分八路,逢山鑿遇水填河。(淨)他前部是誰?(老)是名將夏侯惇,非同小可。(付)這!(笑介)這樣東西也當人物,來這裏討死。(老)倒惹的爺掀髯拍手笑呵呵。(下)

(生)二位賢弟,曹兵遠來,利在速戰。我今堅壁清野,不與交鋒。他求戰不得,糧餉艱難,自然退走,然後追擊,此萬全之策也。(淨)他來求戰,我只堅守,是示弱也。今乘其初到,喘息未定,我以逸待勞,併力一戰,曹操可禽也。(付)凡兵分則勢盛,合則反孤。小弟欲使二哥,分兵一萬,護送二嫂到小沛安置,免被兵烽驚擾,即屯兵城外以爲犄角之勢,遙爲聲援。我與大哥亦分屯城外,待他到時,候至更深,出其不意,我領一萬向前,刼其中軍;哥哥領兵一萬,從後焚其輜重,教他夢裏尋鎗頭落地,床前披甲血淋身。可不好麽?(生、淨)三弟此計大妙,事不宜遲,就此各去打點,依計而行便了。(生、淨)正是:豹頭饒有孫吳略,(付笑介)誰說張飛是莽夫。(同下)(中淨同外、末、旦、丑領衆上)

【水底魚】漢末山河,難揮返日戈。東征西討□□□□□。這裏是徐州了,原來北門外,先扎兩個營寨在此,我等可離城五里下寨。四將聽令!(中淨各附耳介)(四衆應)得令!(下)(中淨)大小三軍今日初到,今夜俱不許解甲,各要醒睡。(衆應俱下)(付上)曹操醒來,張爺爺到了。(四將輪戰,又合戰,付敗,衆追下)(淨上)哥哥昨夜刼寨,今早尚無消息。大都不濟事了。我孤軍在此,看誰敢來,我先斬之以警□將。(外上,戰敗,淨追下)(內鼓砲烟火介)(淨上)戰了一日,正追賊將,忽聞連珠砲響,回望城中火起,二嫂必然受驚。急欲殺回,又被伏兵四起,箭如飛蝗,此間有座土山,我且少歇片時,再去衝殺便了。(張上)[1]雲長兄在那裏?(淨)呀!文遠賢弟,到此何幹?(張)爲念舊交,特來相探。(淨)我雖當絕地,視死如歸。你休下說詞,作速回去。我要下山血戰了。(張)兄言差矣。聞兄桃園結義,三人誓同生死。今兄弟未知存亡,身先殉難,是一罪也;二嫂在城,兄若死義,作何安頓,有負重托,是二罪也;今日捐軀溝瀆,他日令兄再出,何處訪求,是三罪也。目下四面重圍,抱此三罪,徒死無益,不若暫歸曹公,留得此身,再圖後舉。

【榴花泣】【石榴花】兄今歇馬暫駐土山坡,想兄和弟,葉隨波。只是桃園誓重萬金軀,况飄颻二嫂却如何?【泣顏回】倘使君花發舊柯,痛殘鬚剩瓣難成朵。莫輕生一死鴻毛,達經權脫這地網天羅。

(净)據你所言三罪,我今却有三約。(張)願聞。(净)當日我三人立誓,共扶漢室,今但降漢帝,非降曹操,第一約也;二嫂仍照皇叔俸祿頒給,第二約也;若知故主消息,不論早晚,任我竟去,倘不及相辭,不可見罪,第三約也。若丞相依得,便當卸甲。若少皺眉,我守義全忠,甘心裏革,再勿多言。

【前腔】【石榴花】我今雖困在虎狼窩,凌雲氣怎肯消磨。但降曹降漢莫差訛,更重門深院嫂安居。【泣顏回】聞知大哥不辭跋涉連朝暮,他若有半字含糊,死乃我分,大丈夫視死如歸,任君家口似懸河。

(張)弟即領兄三約,去稟丞相,再來奉覆便了。(急下)(净)張遼雖去,事必難從。我只準備血戰,含笑入地,我之願也。(張急上)雲長兄,恭喜!丞相大度,三約都依,親率諸將,出營五里迎接。(净)雖然如此,還要入城稟知二嫂。(張)這個張遼擔帶得。(向內介)各路將士,卸開大陣,讓關將軍入城。(內鳴鼓介)(净下)(張)雲長忠信,決不食言貽累於我。今少待片時,諒亦無妨。(净上)二嫂俱已稟明,就此同去便了。

集古:[2]曾送夔龍集鳳池(唐　杜甫)。(净)一句叮嚀牢記取(明　袁宏道),(張)托身須上萬年枝(唐　韓偓)。

校記

[1] 張上:"張"字,底本空缺,今依文意補。下同。
[2] 集古:首句闕。

第十四齣　秉　燭

(老旦上)

【一江風】悶厭厭深院重門掩,痛姊妹同坑陷。嫁英雄攪海翻江,致皇英歷盡風濤險。(小旦上)夫君兄弟三,夫君兄弟三,被妖蟆蝕寶蟾。只有二

叔一人，又被曹操甘言軟款住了。暗機關，將鐵索把孤舟纜。（淨上）

【前腔】府潭潭扁額泥金糁，門上軍牢站。就是這内宅蓋雙環。粉印花封，我不過安置嫂君暫住權居，只當招商店。門上傳板。（二旦）旭日未高，何人傳板？（淨躬身介）是關某在此，問候二位嫂嫂安否？不必開門，我就要去的。（老旦）居此亦頗不惡，暫住何妨？（小旦）但勞動二叔，甚覺不安。（淨）二嫂請便，關某去了。（二旦下）（淨背介）操賊，操賊。我由他言語甜，由他言語甜，其間我自諳。只教他巧張儀反被懷王賺。

（外捧詔上）詔從三殿下，爵賜五侯尊。聖旨已到，跪聽宣讀。詔曰：桓桓國士，光岳所鍾；矯矯虎臣，邦家攸賴。茲爾關某，忠貞直諒祖德，不愧龍逄；威猛喑嗚名字，適符楚項。值雲雷之方擾，卷甲胄以來歸。若非加不次之恩，何以待非常之士。今特封爾爲漢壽亭侯，位冠群僚，爵班五等，膺茲新命，勗哉後勳。謝恩！（淨）萬歲萬歲萬萬歲！廷請過聖旨，香案供着，天使大人請少坐。（外）王事在身，不敢久稽，就此告辭。朝廷頒爵賞，帶礪指河山。（下）（小生領衆挑禮，旦、小旦同上）甘言寵國士，重幣結通侯。（見介）君侯晉爵榮封，丞相不勝喜躍，特申拜賀，薄禮表意，禮單呈上。（淨看介）雙龍珠冠一頂，蜀錦蟒袍一襲，照夜明珠一顆，商父犧尊一對，蘇伐羅金百鎰，阿路巴銀千兩，于闐玉帶一圍，渥洼赤兔一騎，鐃歌鼓吹全部，侑觴女樂十名，柔毛主簿百牽，蒲萄佳釀百埕。呀！我無功受爵，明日正要上辭表，丞相何故忽賜隆儀，這決不敢受。（小生）丞相分付，必要全收的。（淨）領了這赤兔馬罷。（小生）君侯若不全收，小官必受重責。（淨想介）既如此，我權且收下便了。（向内介）分付開了内宅，照單收交二位夫人。（向小生介）明日我自來面謝丞相。（小生）君侯收賀禮，丞相放寬心。（下）（張上）雲長兄，恭喜！（淨）文遠此來，又有何事？（張）丞相有事相商，令我來請，立等在那裏。（淨）如此就去。連鑣□赤馬，（張）並轡謁黃扉。（同下）（旦上）飛花歌袖拂，（丑上）芳草舞裙遮。（旦）妹妹我等既蒙收錄，合當參見夫人。（丑）二位夫人有請。（老旦上）烽烟三月警，（小旦上）眉黛一春愁。（旦、丑）二位夫人請台坐，待女樂每參見。（進酒介）（旦）

【俚歌】千弗羌來萬弗羌，（合）呀，一嘴荒唐，呀，一嘴荒唐。（旦）天孫織女荒説唐，説荒唐嫁牛郎。（合）呀，一嘴荒唐，呀，一嘴荒唐。（旦）一年一度來相會，（合）呀，一嘴荒唐，呀，一嘴荒唐。（旦）箬帽蓑衣荒説唐，説荒唐堆滿床。（合）呀，一嘴荒唐，呀，一嘴荒唐。（丑）

【前腔】七碗燒刀狠打呼，（合）呀，一嘴糊塗，呀，一嘴糊塗。（丑）鍾馗結識糊麵塗，麵糊塗鬼婆婆，（合）呀，一嘴糊塗，呀，一嘴糊塗。（丑）蓬顆燐火來相會，（合）呀，一嘴糊塗，呀，一嘴糊塗。（丑）鬼話三千糊麵塗，麵糊塗落腮胡。（合）呀，一嘴糊塗，呀，一嘴糊塗。

（老旦、小旦笑介）倒唱得好，明日領賞。（旦、丑）謝夫人。（旦）夜深了。（丑）請二位夫人安置罷。（老旦、旦）歌殘涼月墮，（旦、丑）舞罷彩雲飛。（共下）（淨醉上）

【二犯江兒水】【五馬江兒水】三更三點踏明月，三更三點歸鞍駄醉臉。丞相請了。謝華筵高會漢相曹參。這裏是本府了，早來到自家門珠還頷。門上的！（雜上）爺回來了。（淨）帶了馬。（雜應介）（淨）【金字令】取冷茶來喫，渴吻嗽餘酣，澄泓吸半潭。童兒取《春秋》來，手綽長髯，胸袒單衫，還待要把《春秋》秉燭覽。（內響介）（淨）【朝天歌】呀！這是什麼響？鼠窺畫簷，莫不是鼠窺畫簷。呀！又是什麼影兒？風簾燈閃，敢只是風簾燈閃。（丑扮白猿舞上）（淨拔劍介）且住，不要驚他。看他作何勾當？（猿取刀舞完擲刀下）（淨）了不得，了不得，這是我的師父了。看他一步步用的都是拖刀勢，分明是天遣靈猴，仙傳刀法。就此望空拜謝。只看他臨去時這一拖刀更不凡。

集古：滿身護着不通風（明　唐順之），赤電光中散彩虹（宋　蘇舜欽）。飲酒莫辭還秉燭（明　史鑒），欲將身事白猿公（明　王世貞）。

第十五齣　斬　良

（外領衆上）十萬旌旗十萬兵，剛刀落處鬼神驚。掃除君側匡王室，要使黃河徹底清。俺顏良，河北名將，袁主重臣，百戰無前，萬夫莫敵。俺主因曹操□□挾天子以令諸侯，弒貴妃而□國戚，遂命□提精兵五萬，副將十員，直渡黃河，進攻白馬，傳飛檄以示通國，鳴鐘鼓而入洛陽，爵指河山，功垂竹帛，在此舉也。大小三軍，就此殺上前去。（將上[1]，戰斬下）（將二上[2]，戰敗下）（外）

【南普天樂】渡黃河，馳鐵騎。覷曹兵，如兒戲。交鋒處，斬將搴旗。俺顏良萬裏揚威。呀！看奸曹膽碎，愁山壓兩眉。勉強驅羊鬥虎，鬥虎滿地橫屍。

（淨上）顏良小將，休得大言，有俺在此。

【北朝天子】是泥窯瓦坯，敢覷他人小兒。未逢勍敵夸容易。（戰一回介)您插標賣首認招牌,不欺有顏店圖書記。(戰一回介)俺和您鬥飛雄伏雌,併十生九死。緩輸緩輸緩緩輸,(斬介)轉青龍分肩劈背。(笑介)是仙傳拖刀勢,是仙傳拖刀勢。(下)

(小生領衆上)渾鐵鎗尖烈焰生,英雄天降巨靈神。顏良一戰無歸日,來覓長鬚赤面人。俺文醜,袁主雙龍,冀州兩柱,勇而善戰,慎而有謀。俺主因顏良鹵莽,恐恃勇以債事,或臨敵而疏防。遂令俺調兵五萬、副將八員,為其聲援,以備不虞。果然他輕強敵而致敗,遇名將以喪身。報仇雪恨,轉敗為功,全在我也。大小三軍,就此殺上前去。(將三上[3],戰斬下)(將四上[4],戰敗下)(小生)

【南普天樂】□旌旗,烏雲蔽。展鋼鎗,龍擺尾。鞭梢指,鞭梢指,萬衆披靡。我文醜,今日殺得他望軍麾棄甲丟盔。呀!看曹家營壘,□□□□□,今日專來尋取,尋取赤面長鬚。

(淨上)文醜小輩,赤面長鬚,只俺就是。

【北朝天子】您骨騰肉飛,俺睜睛剔眉。只教您顏良文醜同時斃。(戰一回介)他大言無狀被剛刀一揮,笑遊魂隨風去。(戰一回介)您鑒前車已遲,看青龍仔細,緊追緊追緊緊追。(斬介)沒頭人湊成一對。(笑介)聽凱歌聲三軍沸,凱歌聲三軍沸。

集古[5]

校記

[1]將上:"上"字前,底本空缺一字,今依劇情、體例補"將"字。
[2]將二上:"上"字前,底本空缺一字,今依劇情、體例補"將二"二字。
[3]將三上:"上"字前,底本空缺一字,今依例補"將三"二字。
[4]將四上:"上"字前,底本空缺一字,今依例補"將四"二字。
[5]集古:以下闕。

第十六齣　辭　　曹

(淨上)

【菊花新】性剛不肯受人憐,只為二嫂無依,暫瓦全。斬將當恩環,想三約前言可踐。(菩薩蠻)平生浩氣三千丈,地闊天空獨來往。落日照征衣,西風一雁飛。多時羈旅客,車馬驕行色。披甲帶弓刀,長途意氣豪。我關某自到京華，保護二嫂安居。□□蒙曹相待我封侯賜第，金幣女樂，三日大宴，五日小宴，上馬獻金，下馬獻銀，可謂十分隆重。因故主杳無消息，□就此暫作居停。但受恩既深，則效力匪細。爲此有意斬顏良、文醜，以便輕身去奉嫂尋兄。今已探得故主在河北袁紹處，即往辭曹相。奈彼已知來意，數次回避不見。難道如此就罷了？我另有主意。二位尊嫂，有請。

（老旦上）

【天下樂】鳳泊鸞漂又一年，中間消息兩茫然。（小旦上）自緣薄命嗟萍梗，不怨夫君不怨天。

（合）二叔，請我姊妹們出來何事？皇叔可有消息麼？（淨）哥哥有消息了。

【粉孩兒】好消息耳邊廂通一線，喜經年故主將又相見。（二旦）謝天地。（淨）從今二嫂免淚漣，早晚間缺月重圓。（二旦）二叔，幾時去辭別曹相？（淨）要辭曹十叩權門。（二旦）他如何說？（淨）但謝客不得一面。

（二旦）這便如何是好？（淨）不妨。他既推托不見，我只須留書一封，辭謝了他。嫂嫂，就去收拾行裝，把他一向送我的東西，開明冊籍，盡皆留下。我安排了車仗，明明白白的潔身而去。誰阻得我！（二旦）如此說，二叔快寫起書來，我二人就去收拾便了。（急下）

（淨寫書介）

【紅芍藥】謝丞相誼薄雲天，我到門下兩次三番。謹百拜留書瀆台覽，望大度網開一面。屢蒙恩賜趙璧完。便度函關聽雞待旦，非敢效樂毅辭燕。只爲誓桃園死生不變。

書已寫完。左右！捧我金印、鐵券，供在堂上。（雜上應介）（淨拜介）

【耍孩兒】繳還了漢壽勳封和鐵券，聖主恩非淺，黃金印堂上高懸。左右！與我安排着舊來時車仗原人伴，徐州的二十名軍健，面生漢，休充選。（雜應下）

（淨換冠服介）二位尊嫂，有請。（二旦上）二叔諸般分付的，俱已停當。（淨）關某這裏也停妥了。左右！就與我封鎖了內宅，推過車仗來。（雜應介）（淨躬身介）請二位尊嫂登車，關某單騎護送，□出北門而去便了。（二旦上車行介）（丑上）城門校尉于禁，恭問君侯大老爺，帶了寶眷，往那裏去？（淨舉刀介）該死狗官，敢來盤詰我麼？（丑驚下）（老旦）

【會河陽】纔離了虎穴龍潭，□□□□□□。今日個輕車快馬箭離弦。（小旦）虧叔叔義伏曹瞞，故主心堅，水萬折金百煉。（內鼓角介）（二旦）

不好了,有追兵來了。(净)嫂嫂休慌,有關某在此。(向雜介)前面是灞陵橋了,爾等推過了橋,只望大路急急趲行。我等在橋上,看那個敢來。(老旦)要祈天保佑。(小旦)全賴叔英雄。(急下)(净)我停驂勒馬把剛刀按,看誰人大膽來追趕。(中净、張領衆上)[1](中净)

【縷縷金】英雄去,難阻攔,蛟龍馴不得性粗頑。他富貴輕如土,將甚計賺他再返。(張)不如把錦袍爲贈餞陽關,他時好相見,他時好相見。

君侯何故駐馬橋上?(中净)曹操在此。(净躬身介)關某不能面辭丞相,造次長行,多多有罪,留呈賤剳,想已寓目,今大駕親來,必有所諭,若欲食前約,文遠兄在此爲證。關某單刀匹馬,不難刺心自明,刎頸見志。三軍之帥可奪,匹夫之志難回。望丞相重諾守信,勿食前言。(中净)曹操不知君侯榮行,大功未酬,又失祖餞,爲此親身自來,錦袍一襲,聊以禦寒,金銀一盤,權充路費。別無他意,萬勿疑心。(净)關某路費,囊有餘資,金銀一盤,留賞戰士。蒙賜錦袍,謹當拜領。(將刀挑袍介)

【越恁好】恕咱無禮,恕咱無禮,不便下雕鞍。謬叨國士垂青眼,□□□□□。今日個臨岐尚憐范叔寒,締袍猶戀。(披袍介)披恩賜,趙衰日三冬暖。猩紅染,歸畫錦□□□。

(中净)君侯此去,前程萬里。曹操福薄,不能長侍左右,彼蒼者天,曷其有極。(净)情到不堪回首,一齊付與東風。丞相就此轉馬罷。(中净)待曹操在橋上再目送君侯一程,直到瞻望無及,方纔回馬。但曹操與君侯此地一別,不知可有相見之日否?

【尾聲】浮萍大海,還有重相見。報不盡餘恩一段,留作他年未了緣。

集古:(中净)送君送到灞橋頭(國朝　徐維新),若欲留君君不留(元　趙孟頫)。(净)身不可留臣有主(明　李東陽),長江百折向東流(宋　岳飛)。

校記

[1]張領衆上:"張"字,底本此處空缺,今依劇情補。下同。

第十七齣　五　　關

(小生上)

【出隊滴溜子】【出隊子】弓刀千騎,東嶺關前飄大旗。往來盤詰不容私。我孔秀。奉丞相將令，鎮守東嶺關。此地通河北四州要道，奸細極多。早晚盤詰登號，十分辛苦，少有差池，獲罪不小。軍士每！緊守關隘，不可疏漏。（二雜應介）（老旦上）黃塵迷驛路，（小旦上）紫氣滿函關。（淨隨上）這裏是東嶺關了。軍士每！把車仗暫退一箭之地，待某家與關上打話。關上那位將軍？關某在此，相煩開一開。（雜）此人車馬人從大模大樣，快報與關主知道。（小旦）爾是何人？說得詳細，方好開關。（淨）俺漢壽亭侯關某，今日公幹出關，望勿推阻。（小旦）有丞相文憑否？（淨）事忙不曾討得。（小生）如此須待我稟明丞相，方好放行。（淨怒介）你敢不開麼？（小生）禮法所制。（淨）你不要討氣。（小生）不妨。（淨）【滴溜子】若惱老爺性子，教你高則聲猩紅染衣，（戰介）閃爍剛刀青龍怒飛。（斬介）（送二旦過關同下）

（外上）老夫關定，祖貫蒲州，因遭世亂隱居□□。長子關寧攻文，次子關平習武。昨有漢壽亭侯關雲長來莊上借宿，敘說宗支，還在五服之內。見了平兒，十分稱贊。問他尚未有子，我就與他爲嗣。平兒那裏？（小末上）孩兒在。（外）你今已有嗣父，便可隨他去。（小末哭介）怎忍遠離膝下，可不痛殺人也！（淨同二旦上）（淨）你每爲何如此？（外）我令愚男隨賢弟同去。（淨）這個且慢，待我尋見了兄長，即差人迎接便了。（外）賢弟你誓心尋故主，（淨）我舉手謝宗兄。（各下）（丑急上）我洛陽太守部將孟坦是也。本官聞得有京中逃將，身無文憑，強要出關，擅殺關主。令我打聽的確回話。老爺有請。（末上）下官洛陽太守韓福是也。孟坦，你探聽此事虛實如何？（丑）斬關殺將，件件皆真，即刻要到這裏了。（末）我却如何抵對他？（丑）他來時待小將與他假戰三合，敗到城邊，老爺暗發一箭，射翻了他，拿去請功，可不好麼？（末）

【雙聲鮑老】【雙生子】真奇計，真奇計。百步鎗，出不意。（丑）伏弩弊，伏弩弊。養由基只一矢。（淨上）關上是誰？俺漢壽亭侯關某在此，望乞假道。（末出問介）將文憑看？（淨）沒有。（末）沒有，別處轉了罷。（淨）【鮑老催】俺曾把顏良斬文醜誅，瓦瓶土注生兩耳。剛刀燦雪偏要把頭來試，效孔秀前車例。

（丑上戰，淨斬介）（末開弓，淨斬介）（二旦上，淨同下）（小生、小末長幡引生上，入定介）（付扮護法神舞上，拜介）（末先下）（內發鼓介）（付引淨金冠赤髮，左青、右白、中赤三面六臂各執兵器起舞上，拜生下）（生）夜來境界，原來是天蓬九氣東華帝君有難，元神出現，合當我普靜解救。正是：一燈開覺路，片語指迷津。（下）（中淨上）我沂水關守將卞喜是也。中軍那裏？（外上）將軍有何分付？（中淨）昨日令你設宴在鐵佛寺，款待關某，埋伏刀斧手，擲盞爲號，一齊下手擒他。可曾完備麼？（外）完備多時了。（中淨）

【畫眉姐姐】【畫眉序】心毒貌慈悲佛地，藏兵六出奇。任金剛努目，菩薩低眉。饒他真力量能斬顏良，教你假筵席難防卞喜。待我帶了流星錘，先到關外等他。呀！你看一簇車馬飛奔而來，想必是他了。（淨上）這裏是沂水關了，把車仗退後些。（中淨）來者莫非漢壽亭侯麼？（淨）將軍何人？（中淨）守關卞喜。（淨）關某窮途，望乞借路。（中淨）君侯前事，卞喜悉知。鞍馬勞神，請到鐵佛寺洗塵。二位夫人驛館安歇。寺在城外，請君侯就行。（淨）假道虞公無璧馬，（中淨）留賓蕭寺有伊蒲。這裏是了。（生率小生、小末、旦、丑四僧接介）（淨拜佛介）（生）請君侯方丈待茶。（中淨）君侯禪師略叙，末將薄治小酌，法堂恭候。（下）（生）□侯認得貧僧否？（淨）離鄉日久，想不起了。（生）貧僧與君侯止一溪之隔。（淨）莫非上普下靜老禪師麼？（生）然也。（淨拜介）久違大德，天各一方，萍水重逢，宿緣不淺。弟子奔□塵土，不知終身歸着如何？（生）咄！你未知目下，休問終身。（淨）弟子心粗識暗，不解禪機，願我師憐憫！（生）俺有四句偈言與汝，一生受用，汝當諦聽。（淨）願聽我師偈言。（生）天蓬九氣降塵寰，刀偃青龍出五關。今日降魔鐵佛寺，他年悟道玉泉山。汝可牢牢記着。去罷。（下）（淨）細參師言，已知大意了。（中淨上）請君侯法堂赴席。（淨）你既請我，爲何四下有殺氣？（中淨擲杯，四雜出戰，淨俱斬下）（中淨擲錘，淨斬下）（淨）【好姐姐】你鴻門計，憑咱偃月剛刀快，那怕流星百煉鎚。（二旦上，淨送同下）

（末上）自家胡華便是。農桑守分，清白傳家。昨暮遇一異人，向我問路，我見他相貌非常，遂留他到莊細問來歷。他説姓關名某，曾封漢壽亭侯，辭官歸里，奉嫂尋兄。只因失却文憑，遂致斬關殺將。今擾仙莊，不安之極。我重他高義，就道前去滎陽，太守王植，亦是刁徒，幸我有子胡班，現爲從事，性頗誠實。待我寫書與他。倘有阻礙，他必盡力解救也。（淨上）蒙長者相留，房金依例奉納。（末笑介）大丈夫意氣相投，錢財糞土。君侯太小覷人了。（二旦上）（淨）既如此，不敢褻瀆。但不知所言尊翰，可函封否？（末）封好多時了。（遞書介）主賓千里別，（淨）父子一封書。（二旦、淨、末各下）（小末怒上）可惱！可惱！前日韓親家那邊來報，親家被逃將關某所殺，要我設計報仇。今此人即刻將到滎陽了。但他武勇異常，顏良文醜尚爲所斬，我王植諒非敵手。待我想來。吓，有了，從事那裏？（旦上）胡班在。（小末）你聽我道：

【啄木江兒水】【啄木兒】有關某恃潑皮,殺將斬關無道理。痛韓福是我姻家,(旦)姻家便怎麼?(小末)竟被他殺了。我要與他報仇。待他來時,筵款安置,到半夜裏,點兵圍了館驛,一把火燒作肉炭。你與我堆柴草借南方三氣,教他脇下奮飛無雙翅。就是他甘糜二嫂,燎毛同作洪爐鬼。(旦)如此就去。(同下)(淨同二旦上)這裏是滎陽了,且暫停車仗在此。城上的!報進去,說有漢壽亭侯關某在此借道。(小末上)久慕君侯,今幸得見,請同車仗入城,館驛洗塵。(淨)尋兄心急,不及更領盛情。(小末)長途勞苦,何不暫宿一宵,明日早行。(淨)這個領命。(小末)這裏就是館驛,暫且歇馬,明日奉餞。(下)(淨)二位嫂嫂請進。(二旦下)(旦上)本官明日有緊急公務,令小官致意君侯,屈留一日,後日西門祖餞。(淨)你是何人?(旦)小官從事胡班。(淨)莫非胡華之子麼?(旦)然也。(淨)令尊有書在此。(與書介)(旦看書背介)幾乎害了好人。(向淨低言介)今已黃昏,君侯速速收拾行李。本官要與姻家韓福報仇,只等三更,點一千軍圍了館驛,堆柴積草,連驛焚燒。我今先去開城門要緊。(急下)(淨)從人每,快收拾出城。(二旦同下)(小末追上)關某休走。(淨上,斬下)【江兒水】感得恩人相示,從事胡班名姓書紳牢記。(二旦上,同下)

(丑上)烏鴉思伴鳳,赤鯉願從龍。我周倉,虬髯板肋,兩臂千觔。素慕關將軍,義勇無雙,英風蓋世,久欲投他,恨無門路。近聞有人說,他棄職尋兄,斬關殺將,必然要從此經過。呀!你看遠遠一簇車馬人從□□而來,想必是他了。待我先俯伏道旁者。(二旦上)(老旦)□□□□□(小旦)□□□□□(淨上)斬將無留蹤,尋兄不憚勞。呀!此人何故俯伏在此?(丑)周倉參拜將軍。(淨)壯士素昧□生,何故要參拜我?(丑)黃巾餘黨周倉,一向逃在此間臥牛山落草,久慕將軍義氣□天英風蓋代。今日相逢,正如撥雲見日,赤子逢親。只求將軍收為部下一小卒,終身伏事將軍,平生之願足矣。(淨)你要隨我麼?但我獨行千里,奉嫂尋兄,誓不帶一人一騎。前日關定之子關平,拜我為父,我尚不准相隨,你今且再耐幾日,待我尋見了兄長,就來取你。(丑)謹依尊命。未遂赤兔馬,(下)(淨)權守臥牛山。好一個天真爛漫誠實無偽的周倉也。(同二旦下)(旦上)我秦琪,奉令守黃河臨口。聞的關某一路斬關殺將而來,看他到這裏,怎生飛渡?(淨上)黃河星宿海,九曲轉風濤。(二旦上,合)濁浪掀天,一望無際,好駭人也!(淨)嫂嫂車仗,請暫退一步。(二旦下)(淨)黃河渡守將是誰?(旦上)你是何人?(淨)漢壽亭侯關某。(旦)今欲何往?(淨)河北尋兄。(旦)取丞相文憑來照驗。(淨)

我不受丞相節制,要甚文憑。(旦)没有文憑,改日來渡罷。(净)不順我者,剛刀相贈。(旦)

【歸朝神仗】【歸朝歡】黄河岸,黄河岸,十萬鋭師。你狠不過一人一騎。四下裏,四下裏,鎗林箭圍。縱哪吒也變不及三頭六臂。(净)你是何人?通個名來,我平生誓不斬無名之將。(旦)守黄河隘口大將秦琪。(净戰,斬旦介)【神仗兒】我就誅大將斬秦琪。

(二旦上)二叔真天神也。(净)

【尾聲】五關諸將原無罪,我也是萬萬出於不得已。待請十大高僧超度你。

集古:(老旦)車如流水馬如龍(唐 蘇頲),(小旦)休道秦關百二重(唐 杜甫)。(净)[4]

校記

[1](净):以下闕。

第十八齣 古 城

(□上)小子卧牛山一個細作。寨主令我尾着關將軍,打聽河北消息報他。他因此盡知備細。遂又向汝南去了。我且將轉馬事,報上卧牛山。(下)(净上)既辭河北去,就向汝南尋。呀!前面似有一座城垣。(向内介)借問一聲,前去是何地方?(内)是古城。近來一將,名唤張飛,粗暴異常,客官過去,務要小心。(净)承教了。嫂嫂!(二旦上)二叔,何事?(净)天大喜事,此處古城,是三弟在彼。(二旦)謝天地。(净)城上的!快報縣主。説關將軍送二嫂在此,快快迎接。呀,爲甚有金鼓之聲,好奇怪!(付上)手誅不義漢,口駡負心人。紅臉的在那裏?(净)賢弟爲何如此?(付)你既已降曹,又來怎麽?

【大砑鼓】長髯忍負心,見鴒原急難,就做擇木栖禽。你既義輕管鮑秋雲薄,我便仇結孫厐滄海深。拔劍揮矛,與你割袍斷金。

(二旦)三叔不得無禮。(净)

【前腔】愚兄一片心,辭曹歸漢,挂印封金。我爲甚斬關殺將揮刀劍,也只爲奉嫂尋兄保瑟琴。若是棄舊從新,上有三光照臨。

(老旦)二叔苦心,我姐妹身親眼見。(小旦)三叔不可錯怪。(付)二位嫂嫂一向都被他瞞了。他現今還領曹兵,要來賺我。(淨)曹兵在那裏?(付指介)那來的不是?(內吶喊介)(淨)若有軍來,我立斬來將。(付)既如此,我看桃園結義分上,助你三通戰鼓便了。(外領衆上)逃將關某,你殺了我外甥秦琪,逃到那裏去?(淨)你是何人?(外)老將蔡陽。(淨斬外介)(付跪接介)二哥,小弟張飛觸犯了,在此負荊。(淨)我那個來怪你?(扶付介)你快請二嫂進城。(老旦)鬩牆皆爲主,(小旦)禦侮見同仇。(同下)(雜上)啓爺,東門外有兩員將飛奔而來,請令定奪。(淨、付)前面的是大哥了,後面的好似子龍,快快迎接大哥。關某、張飛迎接來遲,望乞恕罪。(生)

【前腔】我孤身作雁賓,兄南弟北,日夜關心。今日裏田荊重見生萌蘖,華萼還看合枕衾。又聞二弟五關斬將,三弟守義古城,競爽爭奇,令人倍欽。

(淨、付)子龍別來無恙,是何處與大哥相遇的?(小生)小將聞知三將軍在古城,特來相投。在臥牛山殺了一截路草賊。(淨驚介)莫非是黑面虯髯的?(小生)姓名不知,却是白面少年。正欲搗其巢穴,忽見主公從北而來,遂投拜相隨至此。

【前腔】我桐君霹歷琴,尾焦爨下,未遇知音。今日個展開天馬追風足,願效園葵捧日心。正是龍虎風雲,管取重興卯金。

(雜上)啓爺,有關平、周倉二將,在外要求見。(生、付)這又是何人?(淨)關平,是路寓收的義子。周倉,是要投順我的。(生、付)快請。(小末上)□□□□□(丑上)□僕得虯髯。(見介)(淨向小末介)你那知我在此?(小末)有人言,父親已與伯父相會了,故此來的。(生、付)好個姪兒,可喜,可喜!(小末)

【前腔】愛的神威邁古今,同宗相契,磁石粘針。螟蛉蜾蠃乾生子,接木移花桑寄生。□□□□鶴鳴在陰。

(生向丑介)你叫周倉麽?好一個壯士。(付)是何出身?(丑)

【前腔】周倉一楚傖,黃巾餘黨,嘯聚山林。一向只敬慕的關將軍,忠良義勇,因此願野禽伴鳳山成玉,劣馬隨麟土變金。鞭鐙終身,滿懷遂心。

(淨)二嫂在內,請大哥進去相見。(付)主臣重會,新舊相逢,痛飲十日,再興伯業。我張飛好快活也!

集古:(生)萍梗何年是住身(唐 李群玉),(小生)欲傾肝膽恨無因(唐 許棠)。(付、淨)天涯兄弟離群久(明 顧文昱),(小末、丑)從此方知有主人(五代 馮道)。

第十九齣　依　劉

（外上）

【生查子】畫地守南藩，富庶稱江漢。回首望中州，豪傑方龍戰。名高八俊冠羣侯，天步艱難風馬牛。保境息民稱樂土，中原人士半依劉。下官劉表，字景升，山陽人也。系出宗室魯恭王之後，官拜鎮南將軍、荊州牧。勸農息兵，禮賢下士，僻州淳俗，亂世樂郊。所恨夫人早逝，一子劉琦，仁孝謙和，微嫌孱弱。繼室蔡氏，生子劉琮，亦頗聰慧。但宗族强盛，其兄蔡瑁恃寵干政，實爲深患。今嗣續未定。若廢長立琮，則於心不忍，且舉事無名，必守經傳嫡，則叔段成師，禍不在遠。摸棱兩難，委決不下。近又聞得曹操已平河北，仍練水軍，一到春和，便思南下，此實剝膚之災，非同小可。只有劉玄德雄才大略，操素畏服。打聽他近在古城，他若肯來，操其遁矣。前差蔡瑁去請，未見回報。昨又遣蒯越去邀，此時想必來也。（雜上）啓爺，皇叔劉爺到了。（外）快請！（生上）

【前腔】應召赴荊襄，走馬觀形勢。若還歌大風，好片興王地。

（外迎見介）當今皇叔貴，一見慰平生。（生）萬户尋常事，宗藩喜識荊。（外）巍巍皇叔，國寶宗英，老拙無能，謬叨班輩了。（生）草莽疏屬，得附肩隨，共奏壎篪，爲榮多矣。但兄坐鎮雄藩，金甌無缺，何故折簡徵愚，尺書召拙，望乞明示，以釋弟疑。（外）賢弟聽我道。（生）願聞。（外）

【古梁州】炎劉苗裔，卯金昆弟。（生）劣弟何足挂齒。（外）總一般玉葉金枝，試看成周同姓，親親並建諸姬。（生）本朝玉牒宗藩，也極優待。（外）我歲時朝貢，他虎視眈眈，思吞併荊襄地。（生）此必曹操所爲，聖上決無此意。（外）況江東孫氏，也不是好相知。國勢真如累卵危，望賢弟念一本之誼，同補助，共維持。

（生）曹操托名漢相，實則漢賊，欲圖篡逆，故先剪宗室耳！（外）昔王莽謙恭下士，遂移漢祚。聞曹操效其故智，賢弟久在許都，必知其詳。（生）

【前腔】我昔日孤身旅寄，也曾傍觀冷覷。（外）三春桃李，盡出其門矣。（生）這平津開閣無期。（外）中州人才必多，何不延攬！（生）只有一個管幼安，見他殺了孔融，就遁往遼東去。痛麒麟作脯，爭教鳳鳥來儀。（外）他門下都是何等人？（生）笑潭潭相府，狗盜雞鳴，報曉爭搖尾。（外）人説他休休大度,赦過容人。(生)端人正士,也觸危機,瓜葛牽纏□□了董貴妃,休休度再也不須提。

(外)當初有個許劭,説他是治世的能臣,亂世的奸雄。

【前腔·換頭】嘆衰劉運丁叔季,産奸雄應期作祟。(生)他倒自負,有功社稷。(外)偏説道,倘國家若是無孤,知多少稱王稱帝。(生)兄係宗藩,仁賢素着,他雖奸猾,師出無名。(外)欲加之罪,何患無辭,他眼空一世,把我江漢荆襄,只作凡儕輩。(生)八俊賢侯,誰敢輕視?(外)他胸中積算,也有成規,我插棘編籬謹護持。(生)江夏重地,非親勿居。黃祖新亡,軍民無主,易稱長子。帥師可令公子劉琦提兵駐扎,既可樹襄漢之聲援,又可消江東之隱憂。分明虎豹在山,庶免龍蛇起陸。(外)我就將江夏托劉琦。

(生)但曹操奸猾,只願他不來便好。(外)勿恃他不來,恃我有以待之。(生)

【前腔】他拒袁軍戰勝而肥,定乘破竹把南荆輕覷。(外)我麾下諸將皆非其敵,今欲將北方經略尚托我弟。(生)兄親臣尚多,怎把北門鎖鑰,獨交劣弟。(外)我弟英雄,操素畏服。(生)是日青梅煮酒,他曾説一句道天下英雄操與君而已。這是酒後之言,不可認真。(外)只此一句就勾了。我這裏北去二百里地名新野,雖是小縣,實係南北咽喉。賢弟可率本部到彼駐扎,我意已定,弟勿推辭。(生)既如此,當竭綿力,以酬知己。(外)但不知弟有多少軍馬?(生)軍雖不多,却有三員虎將,趙雲、關將也猛張飛,百萬軍中斬將歸。(外)我若早得賢弟,定然拓境開疆。(生)今識面,未爲遲。

(雜上)啓爺,有叛將張武、陳孫討戰。(生)不須兄長費心,子龍何在?(小生上)主公有何使令?(生)外有張武、陳孫作亂,汝領本部五百軍,速取二人頭來。(小生)得令。(下)(外)二人素悍,跋扈非常,寡將偏師,恐不濟事。(生)兄長放心,捷音即刻到了。(內鼓噪介)(小生提二頭上)二賊首級繳令。(外驚介)立談之頃,連斬二凶,□□□□速加慶賞。(小生)些小微勞,不敢領賞。(下)(外)功成不受賞,介胄中魯連也。尤爲難得。(生)明日辭兄,就往新野去了。

集古:(外)每依南斗望京華(唐 杜甫),(生)但使玄戈消殺氣(明 戚繼光),[1]

校記

[1]集古:第二、四句闕。

第二十齣　降　　斗

（丑上）燈前酒後立黃昏，綉閣香閨晝掩門。當日桃園三結義，奴非桃葉即桃根。小婢名喚紅香，生來快口直腸，自幼賣身劉府，服事兩位娘娘。早起揩臺抹凳，晚來疊被鋪床，不時漿洗衣服，還要承值廚房。昨夜上房主母，忽然腹痛非常。懷胎已及彌月，想是要養孩郎。臨蓐不宜久臥，扶他略坐何妨。穩婆等久不至，先呷一口薑湯。大娘有請。（老旦上，丑扶介）

【小桃紅】隨夫跋涉又經旬，説不盡許多閑愁悶也，幸甘糜異姓同胞，女桃園姉妹君臣。只爲乸卵記曾吞，不覺的展腰身，減精神。翠眉顰，朱唇褪也，今日個坐草臨盆。聞此地楚狂人曾歌鳳鳥，願良辰新野縣天降麒麟。

（丑）大娘不自在，元扶了進去罷。（扶下）（旦扮天仙送子，内作鶴鳴，雜擎鶴繞場下）（小旦急上）姐姐坐草已久，尚未聞呱。我無計催生，只得來拜求天地。

【下山虎】呀！驀香風一陣，遍地氤氳。看唳鶴高翻翅，盤旋彩雲。那更王氣騰騰，仙韶隱隱，知是崧高欲降申。（拜介）我向蒼天千祈併萬懇，一家人休戚均。（内兒啼介）（丑急上）大娘生下公子了。（小旦）喜先生如達天僥幸。（丑）大娘要喫些粥湯，二娘就進來。（下）（小旦）更子母無驚，千載人稱兩寗生。（欲下介）

（末上）賢妃住步，貧道稽首了。（小旦）你是何方道士？侯門似海，那裏進來的？（末）貧道青城山白鶴道人是也。我來無影，去無蹤，處處可進。（小旦）你來何幹？（末）聞知貴府弄璋，特來一看。（小旦）這不是你方外人管的！（末）我奉帝敕，與九天玄女，與監生聖母，同送來的。因他心生懊悔，不住啼哭，故再來囑付他幾句。（小旦）此□是何來歷？（末）

【蠻牌令】他是斗極降星辰，應運下凡塵。（小旦）元來如此。（向内介）紅香，快禀知大娘，抱公子出來。（丑抱上介）公子啼哭不住，大娘十分憂悶。呀！見了道長，就笑起來了。（末）道兄，我送你來此，做無愁天子樂邦君，仗元臣威加四鄰。享長年不受艱辛，延劉運五十春。一半兒天樞掌國，一半見武曲幫身。

有甚虧負了你，今後再不可多哭了。（小旦）就煩道長取個乳名。（末）他從斗府而來，就是阿斗罷。（小旦）多謝道長。（末）你看那邊，又有一位道人來了。（小旦、丑回頭介）（末下）（小旦）紅香，這道人那裏去了？（丑）你也在此，我也在此，知他那裏去了，紅香袖兒小，藏他不得。（小旦）胡説。他自號白鶴道人，説公子是他送來的。方纔果有一鶴連鳴四十餘聲，莫非就是他。今仍舊化身飛去，也未可知。（丑）紅香親眼見他變的。（小旦）胡説，快抱了公子進去，不要驚了他。（丑抱兒譚下）（小旦）真仙當面，俗眼不識，待妾望空拜謝。（拜介）丹砂千歲頂，清唳九皋聲。（下）（生上）

【山麻稭】荊襄九郡，只新野彈丸，咽喉雄鎮。閱視城池，再看馬路烟墩。呀！爲甚府前這般熱鬧？不信歸來，衙署似有非常喜慶。（内兒啼介）聽啼聲出屋充閭佳氣，莫不是房内添丁。

（生）紅香那裏？（丑上）爺，回來了。（生）兩位娘娘怎不出來？（丑）爺，天大恭喜，主母娘娘生下公子了。（生）幾時生的？（丑）

【憶多嬌】是早晨旭日升，坐草無虞略欠伸，一顆明珠在掌上擎。（生）這也可喜。（丑）又遇仙人，又遇仙人，替他先題乳名。

（内）紅香在那裏？（生）你自進去。（丑下）（雜上）啓爺，各屬文武衙門，都送有賀禮在外。（生）怪道府前捱擠不開。

【尾聲】文官武職同稱慶，各具禮單呈進，分付禮房一概不收，只教他明日都來喫湯餅。

集古：海中仙果子生遲（唐　白居易），今日藍田玉一枝（明　王世貞[1]）。天上麒麟原有種[2]

校記

[1] 王世貞：原本僅有一"王"字，今據王世貞《弇州四部稿》卷五二補。
[2] 天上麒麟原有種：此句以下闕。

第二十一齣　逃　　宴

（付黑面短髯上）内庭外政久兼權，誰召梟雄到此間。一穴豈能容二虎，還須先着祖生鞭。自家蔡瑁。貪緣參國政，自謂能臣。有妹作夫人，居然外戚思扶庶孽，要奪前星。近日妹夫不知聽了何人，召取劉備到來，同參國政。我家恩寵不覺漸衰，若不驅除，有妨廢立。目今三月十五日，舊例大會百官於襄陽，以示撫勸。妹夫痰火不時舉發，要召劉備來主會。我便乘機伏下刀斧手，就筵前除之，以絕後患。昨日請他已到館舍。左右！開了正門，請百官□□而進。（末、中净、旦、丑上介）（付）皇叔有請！（生上）（衆見介）（生）

劍珮會群賢,(付)高堂沸管弦。(衆)春深三月暮,(合)人醉百花前。(生送酒介)

【解三酲】我代庖廚,主玉堂春宴。承舊例,集全楚貂蟬。聽流鶯只在花外囀,桃李艷陽天。今日呵,看平原席上三千客,金谷園中百萬錢。各自相酬勸。只要你文武官盡心兒勸農講武,定早晚進爵加官。(衆)

【前腔·換頭】謝主人仙釀天廚饌,仰皇叔聲名重斗山。遍荆湖九十三州縣,征建業,召長安。愧微員,敢擬衣裳會;煩宗望,親臨玳瑁筵。喜識英雄面,仗金梁架海,玉柱擎天。

(小旦上,把盞,視生介)(生虛下)(雜上)啓爺,皇叔劉爺,匹馬出西門而去。小人阻擋不住,特來禀明。(付)有這等事!帶馬來。

【臘梅花】嘉賓酬酢正鬧喧,主人半席先逃竄。魚脫網,鳥驚弦,這奇聞從來罕見。(向衆介)列公請穩坐,看我追他轉來。(衆)職等也要告辭了。(末、中淨)醉心千日酒,(旦、丑)飽德五侯鯖。(俱下)(付)他雖逃遁,不知西門外尚有檀溪阻截。那怕他雲生兩足,走上焰摩天。(下)

(外上)小聖檀溪土地是也。鬼判何在?(二雜上)(外)今日紫微星有難,我奉天敕,着爾等護駕,不得有違。(內吶喊介)(生急上,跳溪,鬼扶下)(外)

【前腔】興王正統五十年,檀溪今日真龍現。斜陽岸,風一團。馬蹄兒險踏破水晶宮殿。你看那追兵兒盡皆驚駭,都轉去了,他只道渡人渡馬,別有楚江船。秦王三跳澗,泥馬渡康王。(下)(生上)

【前腔】風鬃電足緊着鞭,但見紅雲紫霧隨身卷。看這溪東西岸,足有十丈懸。一霎時飛仙過海,今雖得命,只驚魂未定尚自髮毛寒。(下)(外上)

【前腔】草堂春暖揮五弦,飛鴻目送嵇中散。(生上,聽介)(外)呀,廣陵操,久不彈,爲甚殺聲忽見。定有英雄竊聽,螳臂走鳴蟬。

(出見介)明公何來?(生)劉備偶過仙莊,得聞雅操,今瞻道範,願識高名。(外)司馬徽。山野鄙夫,何足挂齒。且喜明公今日得免大難。(生)劉備命蹇,幾落虎口,仙長何以知之?(外)觀公氣色,妄猜度耳!但明公英名久播,何故至今猶不偶耶?(生)皆備識暗才愚所致。(外)非也。蓋因左右無人耳!(生)備雖不才,禦侮則有關、張、趙雲,謀議則有簡雍、糜竺,竭忠贊助,頗賴其力。(外)關、張、趙雲,皆萬人敵,惜無善用之者。餘皆白面書生,非經綸濟世之才也。(生)恨備戎馬碌碌,無從物色高賢!

【玉抱肚】長鎗短劍,百忙中難尋大賢。(外)只恐明公求賢未切。(生)

在戎行吐握多年,奈高人鳳逸龍眠。(外)相須殷而相遇疏,必是無人薦稱。(生)今日呵,要叔牙蕭相已先難,況仲父韓侯難上難。(外)明公也不要看得太難了,茫茫四海,安得無人,但已之見聞未廣耳!

【前腔】千聞一見,草茅中非無大賢。(生)五百年方生名士。(外)今天下奇才,皆聚於此。是天生名世龍鸑,賽商周版築漁竿。(生)既有奇才,即求指示。(外)帝師王佐本神仙,遠在天涯近目前。

(生)奇才畢竟何人?(外)伏龍、鳳雛,兩人得一,可安天下。(生)伏龍、鳳雛,姓甚名誰?(外)好,好。今日已晚,明公且在小莊暫宿一宵,明日當告龍鳳姓名也。

集古:(外)聞道薦賢蒙上賞(唐 李頎)[1]

校記

[1]聞道薦賢蒙上賞:此句上下第一、二、四句闕。

第二十二齣　薦　　賢

(老旦領眾上)身是曹家一姓人,忠肝義膽向權臣。南征略把靴尖動,踢到彈丸新野城。自家曹仁是也。俺丞相聞知名士徐庶,假名單福,投入劉備軍中為謀主,招軍買馬,大為邊患。因使人賺得其母筆跡,假書去喚。一面起兵十萬,令俺生擒劉備。來此已是新野東門了。眾將官!與俺擺下一個陣勢,然後打戰書入城,看他識也不識。(眾應介)(老領眾走陣介)

【大齋郎】上將臺,八門開。休生傷杜巧安排,驚開景死分凶吉,未諳金鎖莫輕來。(下)(生上)

【小蓬萊】蓮幕還如阿閣,丹山彩鳳來巢。九苞乍展,德輝初覽,驚殺鴟梟。我劉備自從水鏡莊上回來,途中遇一大賢,姓單名福,用為謀主,才略非常。今曹仁提兵十萬,來犯新野,投下戰書,要我破他陣勢。且待軍師出來,與他商議。(小旦上)

【醉落魄】佯狂遇合緣非小,奈病篤慈親來召。我連宵草就陳情表,割斷君恩,兔管是剛刀。

主公,單福參見。(生)軍師少禮。軍師,今有曹仁領兵犯界,擺陣在東門外,要我破他。請問計將安出?(小旦)主公勿憂。此陣我昨日到城上已先過目。按休生傷杜景死驚開,名喚八門金鎖陣。他雖擺得好,看中間通欠主持,破之不難。點鼓聚將便了。(净、付、小生上)(小旦)大將趙雲,此陣有八門。汝領本部三千軍,只向東南方生門殺入,繞至正西景門而出,再從西殺轉東南,其陣自破。只看左右有軍來助,便直入中軍,竟捉曹仁,不得有違。(小生)得令。(下)(小旦)關某、張飛,汝二人各領本部三千軍,待□雲擾亂了陣勢,便從左右兩旁殺入助趙雲,同捉曹仁便了。(□)得令。(下)(生)軍師調度,足見大才。(小旦)小試割雞,何足挂齒。但有一大事,要稟主公。(生)願聞。(小旦)我本潁川徐庶,托名單福,有老母在許昌,托弟徐康奉侍。昨有人來言,老母病篤,將書來□,庶捧書跪讀,五內崩裂,今具陳情表一道,特來拜辭主公,望□□慮,恩同山嶽。(生驚介)呀!這是那裏説起?我全仗先□爲心□□生去得?(小旦淚介)因是老母,望主公見憐。(內鼓噪介)(生)今國正被兵,如何是好?(小旦)這個主公放心,三將並出,即刻有捷音到了。(雜上)啓爺,曹仁大敗,三位將軍追殺去了。(生)知道了。再去打聽。(雜急下)(小旦)主公穩坐,徐庶就此拜辭。(生)母子天倫,劉備自難爭阻,可待明日同諸將北門祖餞。(小旦)徐庶寸腸如割,刻不待時了。(生)既如此,些少薄贐,權表寸心。(小旦拜介)(生)待劉備相送一程。(同行介)(生)

【香遍滿】斜陽古道,長亭短亭情盡橋。半載從游蒙指教,別離何太早。揚兵方破曹,誰將折簡招。把□□聲都變作陽關調。(小旦)

【雁過聲】江湖萍梗漂,北堂有母□□□。昨日個手書病篤來呼召,驚的我心似熱油熬。血淚海□□□,白雲天涯飄渺。但把雙脚跳,那得靈符縮地須臾到。還□□□只是説不出口,(悲介)怕風木慈魂不可招。

(生)先生休得過□□□令堂老夫人,念子心切,偶染微疴,得見斑衣,即當自愈。

【梧桐落五更】【梧桐樹】斑衣襯錦袍,慈母生歡笑。偶爾違和,不用煩醫禱。你只爲□□□□關心切,把一個麟閣雲臺信手拋。【五更轉[1]】立失却江失却中流棹,今日個訴離愁向人影危橋。留別恨在[2]

校記

[1]五更轉:"轉"字原本塗改難識,今據曲譜補。
[2]留別恨在:以下闕。

第二十三齣 一　顧

他[1]。（淨、付）既如此，願隨鞭鐙。（生）

【好事近】【泣顏回】只見風景逼深秋，節□又將重九。黃花籬落，正□英高士風流。（淨）【刷子序】同遊緩轡，尋師訪友。是好所在也。溪山秀，天與丹丘。（付）【普天樂】我待揚鞭馳驟，任人笑松間喝道花下鳴騶。（生）你看這裏，山不高而秀雅，溪不深而澄清，那邊疏林之內，一所莊院，前臨流水，後靠平岡，有個童子在外，待我問他一聲。仙童！（丑上）是那個？（生）我每要到臥龍岡，還有多少路？（丑）這一帶山岡，就是臥龍岡了。（生）有個臥龍先生住在那裏？（丑）我家就是。（生）既如此，煩仙童進去通報，說有漢左將軍宜城亭侯豫州牧皇叔劉備特來拜訪先生。（丑）我記不得許多名字。（生）只說劉備來訪罷。（丑）[2]我師父今早出外去了。（生）去往何處？（丑）不知。（生）幾時纔歸？（丑）亦不知。（付）先生既出外，不如早歸。（淨）待打聽在家，再來未遲。（生向丑介）你師父回家，千萬說一句劉備來訪。（丑）曉得。（下）（生）松下問童子，言師出門去。只在此山中，雲深不知處。（付）日短路長，請大哥上馬！（老旦上）日暮蒼烟合，天寒落木空。（生）先生莫非臥龍否？（老旦）將軍是誰？（生）新野劉備。（老旦）我非臥龍，乃臥龍之友，博陵崔州平也。（生）久聞大名，幸得偶遇，求即道旁石上權坐，少聆高論。（對坐介）（淨、付旁侍介）（老旦）請問將軍何故欲見臥龍？（生）方今天下大亂，民不聊生。修身忝宗藩，何忍見強臣欺主，賊相弄權，欲求臥龍回玉燭於光天，奠金甌於磐石，救民塗炭，□□□□耳。

【駐雲飛】無計興劉，身忝宗潢抱杞憂。國賊欺君幼，早晚圖禪授。求龍臥有伊周擎天好手，要他把蛟鼉鯨鰲收，拾來襟袖，重聽康衢擊壤謳。

（老旦）公係宗室，自然以安邦定亂為主。但天運循環，一治一亂，帝戮蚩尤，堯遭洪水，禹奠九州，又生羿奡，湯武放伐，化為七雄。高祖滅秦，王莽篡逆，光武中興，桓靈衰替，天之所興，誰能廢之？天之所廢，亦誰能興之？今天方助亂，明公欲使臥龍扭轉天心，挽回大運，恐不易也。

【前腔】試說從頭，治亂循環春復秋。光武中興後，四海升平久。由董卓亂中州，惹得龍爭虎鬥。到今日魚爛土崩不可收拾，明公雖強，起臥龍只怕煉石徒勞難補蒼天漏，左袒無人空為劉。

（生）先生之論，深明天數。但備為劉裔，不得不盡人事耳。（老旦）山野之人,何足與論天下事?妄陳鄙見,不足采也。(生)先生可知臥龍去向否?(老旦)我亦欲訪之。(生)請先生同至敝縣若何?(老旦)麋鹿之性,不堪世用,容改日再見。班荊一席話,始識有英雄。(下)(生)真高隱之士也。

【千秋歲】遇高流石上閑窮究,指興亡尚論千秋。避世巢由,是避世巢由,談天數一般兒胸羅星斗。(淨)本是五花馬,長與龍爲友。采芝手,懸河口。(付)那裏是什麽名流?天馬止不過一個腐儒,倒被他攀今弔古,似藤葛牽纏久。他身曠閑雲出岫,俺心焦烈火澆油。(生回望介)

【尾聲】我辭山十里猶回首。(淨)龍岡已遠,日漸昏黑,請大哥加鞭。(付)空勞奔走,這村夫不見他也罷。(生)敢憚長途奔走,只爲他是天上人間第一流。

集古[3]

校記

[1]他:此字上闕。
[2](丑):此提示字,底本漏,今據文意補。
[3]集古:以下闕。

第二十四齣　銅　　雀

(中淨擁衆上)

【念奴嬌】王師奏凱,喜溫侯就縛,本初兵敗。歸築高臺漳水上,銅雀標題懸額,金質銜環,黃衣啄粟,鑄自何年代?三公佳兆,鳥官斂翼迎拜。千椎萬杵築崔巍,民庶紛紛盡子來。靈雀應期從地出,飛龍景運自天開。我曹操。自定淮徐,又平河北,唱凱班帥。在漳河岸邊,忽見寶氣衝天,盤旋不散,隨令軍士掘地丈餘,得一銅雀,羽翼翎毛勢欲飛動。我知是神物,就建三座高臺,左名玉龍,右名金鳳,中名銅雀。又造兩□飛橋,東西相接。今喜落成,文武百官雀躍稱賀。我就在筵前考他一場,文作詩賦,武試弓馬,盡醉極歡,庶不虛此一番盛舉也。左右!衆官到來就請上。(雜傳介)(老、末、付、丑上)□□□□□□參見丞相,恭賀□□落成,某等不勝雀躍。(中淨)有勞諸公。(衆)鳳鷟巢閣,朝有夔龍。(中淨)鵷鷺登基,寵增銅雀。(中淨送酒介)

【念奴嬌序】高臺千尺,有玉龍金鳳,中央銅雀飛來。寶藏成胎是神物,

知幾載土蝕塵埋。英概。復道行空,長虹蜿蜒,二橋夭矯跨雲外。(合)同宴賞,壽山福海,人在蓬萊。(眾)

【前腔·換頭二】無賽。珠宮寶殿惹袍袖,藹藹爐烟那更韶樂一派。國泰民康,仗丞相爕理調和鼎鼐。堪愛。人傑地靈,物華天寶,銅臺佳氣接三臺。(合)同宴賞,壽山福海,人在蓬萊。

(中淨笑介)銅雀何幸,得蒙諸公慶賀。(向文臣介)欲求諸公,或賦或詩,各揮一篇,以志一時盛事。祈即慨然,勿吝珠玉。(□)丞相一代文宗,況家有鳳毛,驚才絕艷,何反思及下里,有辱靈禽。(中淨)一定要請教的。(華)

【前腔·換頭三】奇怪。學貫群英,名高七步,家藏八斗古今才。丞相你金谷老反要借黔婁錢財。無奈。勉索枯腸,塗鴉塞責。還望點金大手加竄改。(合)同宴賞,壽山福海,人在蓬萊。

(華吟介)[1]西域有銅雀,飛來鄴城北。一鳴蠶桑成,再鳴五穀熟。(中淨)華公敏捷,不愧龍頭。(郗吟介)[2]噴噴黃雀,生自銅山。塵蒙土蝕,不知歲年。荷君拂拭,高臺遊盤。何以報恩,願銜恩環。(中淨)郗公志在報德,足見忠愛。(郗白)八斗七步,耳熟已久,今日勝會,願見二班。(中淨)七步兒那裏?(小旦上)□□在上,男植參見。(中淨)諸大人在此作銅雀臺詩賦,要觀你七步之才,你可作一篇,不拘詩賦,只不許出七步之外。(小旦)領命。(走七步介)有了。從哲后以嬉遊兮,登層臺以娛情。見天府之廣開兮,觀聖德之所營。建高殿之嵯峨兮,浮雙闕乎太清。立中天之華觀兮,連飛閣乎西城。臨漳水之長流兮,喜嘉樹之滋榮。立雙臺於左右兮,有玉龍與金鳳。聯二橋於東西兮,若長空之蝃蝀。俯皇都之宏麗兮,瞻雲霞之浮動。披春風之和穆兮,聽百鳥之飛鳴。揚仁化於宇內兮,羅濟濟之群英。同大圜之無量兮,齊二曜之耀光。躋斯民於皞皞兮,豈桓文之足方。歌帝利於耕鑿兮,措季漢於陶唐。享尊榮而安富兮,等壽考於陵岡。願茲臺之永固兮,樂終古而未央。(眾)舉足七步,信口千言。真天人也!(中淨)汝去繕寫端正,送與各年伯,請政便了。(小旦)三臺鄴下賦,七步建安才。(下)(中淨)文員作過詩賦,就要試諸將的弓馬了。那邊垂楊枝上挂一領紅錦戰袍,下排箭垛,以百步為界,有能射中紅心者即以錦袍賜之。□□將憑高而觀焉。(□)

【前腔·換頭四】難耐。硬弩強弓,長鎗大劍,纔是我儕買賣。虎頭牌黃金印,管有日推輪捧轂登臺。爽快。耳畔生風,鼻端出火,聲如霹靂□弦開。(合)同宴賞,壽山福海,人在蓬萊。

（張）走馬三轉射中，披袍介）謝丞相錦袍。（許奪袍）且謾□□另有射法。（張）袍已取在此了，你還爭什麼？（許奪袍扭打介）（中凈）黃鬚兒何在？（付黃鬚上）男彰參見□□有何使令？（中凈）張遼、許諸奪袍，非汝不能分解。再傳我令，明日合營諸將，各賜錦袍一領，着臨漳縣連夜製造便了。（介）張許二將，都請住手。丞相有令，明日合營諸將，各賜錦袍。汝二人快去謝恩。只恐臨漳令，慚無製錦才。（下）（□）謝丞相。（中凈）我欲觀諸君□□耳，豈惜一袍哉！可洗盞更酌，以盡餘歡。女樂每，歌的歌，舞的舞，遺簪墮珥，玉山自頹，斯臺之樂，我將老焉。（中凈、衆合）

【古輪臺】步崔□赤城霞起接天臺，塵凡現出神仙界。眼波眉黛，杏臉桃腮，歌囀流鶯花外。子夜雲停，陽春雪灑，繞梁餘韻謾徘徊。更喜名公大老，看毫端花朵齊開。手不停揮，文無加點，寶船滿載。銅雀小身材，文章價壓翻李白鳳皇臺。

【前腔·換頭】□闌干十二列金釵，好受用月殿霓裳羽衣舞態。人柳三眠，風來掌上花枝擺。汗濕輕衫，裙拖長帶，且停杯罷舞別安排。錦袍作注，向平原走馬弦開。百步穿楊，眼明手快，萬軍喝采。燈火醉歸來，招靈雀飛身同下九層臺。

（衆）丞相，此臺傳之後世，永永無極。我輩與宴附名，福亦不淺。（中凈）諸公差矣！

【尾聲】想人生只好現在圖一快，那保的桑田滄海。但這萬瓦粼粼，都是我將紗袋在長江中沉泥□過來的，也好留與千秋作硯材。

集古：臺殿崔嵬拂彩霓（唐　李商隱），振衣千仞笑雲低（元　袁桷）。文移北斗成天象（唐　宋之問），箭入弦來月樣齊（明　太祖皇帝）。

校記

[１] 華吟介：“華”字，底本字迹不清，今據下文改。
[２] 郗吟介：“郗”字，底本字迹不清，今據下文改。

第二十五齣　再　顧

（生上）

【瑞鶴仙】五百生名士，藏珠守蟄，龍潛海底。我曾擊雷門鼓，他養高塞耳假干先避。今已輕車熟路，早分付關張兩弟。此番再去教人道，這劉郎前度,月明空載,今又揚鞭來矣。

老屋雲三里,伊人水一方。熟知騎馬路,再訪臥龍岡。我劉備,前訪臥龍,緣慳不遇,擇在今日捧幣再往。奈時當歲暮,正值嚴寒,這也説不得。昨已分付二弟,如何還不見來?(淨上)堂上一龍坐,(付上)階前二虎參。(生)今日再訪臥龍,就此同去。(淨)禀上兄長,今日嚴寒,你看凍雲欲雪,哈氣成冰,肩若聳山,衣如潑水。他縱在家也,未必就肯出山。且待寒威少霽,再去未遲。

【二賢賓・二郎神】黃雲蔽,值嚴冬朔風刮地。海底神龍眠正穩,卷鬚縮爪,肯來布雨興雷?

(生)乘此隆冬[1],在家可必。(付)自古求富貴利達的,都歷盡艱辛,還未能到手,今把天大造化親送上門,倒妝模做樣走了出去。我見他茅屋簷低,柴扉板薄,牛眠斜日,犬吠寒雲也,不像個富厚的。似這等不中抬舉的人,還要再去請他則甚!

【集賢賓】想當日蘇秦遊説,書十上,黑貂裘敝。他今辭富貴,此番再去請,我道不如且已。

(生)不必多言,快隨我同去。(行介)(生)呀!出的城來,你看風勁竹掃地,冰堅路在河,是好冷天也!(淨)哥,下雪了。(生)不妨。(付)雪下太猛,不如轉去!(生)豈不聞少林洪雪齊腰,程門雪深三尺,他都在雪中求道。我今向雪裏尋師,有何不可?(合)

【錦纏道】是北帝敕縢六把天花飄墜,預報豐年瑞。好一派雪景也,但加蕉便是妙筆王維。我訪山陰踏銀沙心急行遲,只索且垂鞭看十里瓊田玉樹。那裏有驢背灞橋詩。擺天陣六花兵勢,風揚太白旗。遮一抹山河大地,正好向冰壺世界去拜明師。

(生)呀!前面村店中有人作歌,莫非臥龍在此。我且去聽一聽!(淨、付暫下)(生聽介)(旦內歌介)天迷迷,地密密,天女剪冰吹作雪,長安道上行人絕。吾儕擁爐如蟄龍,草廬春暖無三冬。一壺濁酒書千卷,何必功名上景鐘。(生)妙哉!此必臥龍無疑矣。(小生內歌介)天低雲似墨,北風吹倒人。百萬白龍群戰野,亂飄敗甲與殘鱗。冷眼閑人寒袖手,且來村店飲村酒。獨善其身儘自安,何須萬古名不朽。(生)奇哉!怪哉!歌詞高妙,此又一卧龍矣。酒家那裏?(丑上)將軍喫酒?請裏面坐。(生)我要見兩位作歌的!(丑)二位爺,有客相訪。(下)(旦、小生上介)(旦)將軍何人?(生)新野劉備。(小生)有何見教?(生)要問二公,那位是臥龍先生?(旦)我二人皆非卧龍,乃卧龍之友。我乃潁川石廣元。(小生)我乃汝南孟公威也。(生)久仰高名,請同到卧龍莊上一談如何?(旦、小生)我等疏懶成性,不愔治國安民,請自上馬,去訪卧龍。(生)野似山中鶴,閑如海上鷗。(旦)有心思采藥,(小生)無意覓封侯。(下)(生)真高士也。二位賢弟那裏?(净、付上)大哥,那作歌的可是卧龍麽?(生)是兩個高士。雖非卧龍,也與卧龍相去不遠。(净、付)怎見得?(生)

【鶯皂袍】【黄鶯兒】桀溺與長沮醉,旗亭看雪飛,風酬月唱雙憑几。(净、付)是何姓名?(生)石延年不羈,孟參軍帽攲,龍門四友皆千里。(净、付)原來就是石廣元、孟公威,這樣人呵!(净)【皂羅袍】遲行緩步,見之解頤。(付)高談闊論,聞之皺眉。(生)他每都是卧龍契友,不可輕視。但四人已遇其三。(悲介)我見鞍思馬,那得再逢徐庶。

(净)兄長休得傷心,已到卧龍莊了。(付)風狂雪猛,柴扉緊閉,待兄弟去叩門。(生)我當自去。(叩門介)仙童,開門。(小旦上見介)(生)龍劍久塵埋,龍宮今始開。(小旦)德星天上聚,貴客雪中來。(生)久慕先生,無緣拜晤。近因徐元直稱薦大才,兩造仙莊,得瞻道範,幸莫大焉。(小旦)將軍莫非劉豫州,要見家兄的麽?(生驚介)先生又非卧龍耶?(小旦)某乃卧龍之弟諸葛均也。(生)令兄在家否?(小旦)昨爲崔州平相約,出遊去了。(生)遊必有方。(小旦)野鶴閑雲,往來無定。(生)劉備直如此命薄。(付)既先生不遇,請哥哥上馬!(小旦)少坐,獻茶。(净)風雪甚緊,不如早歸。(小旦)家兄不在,不敢久留。慚愧軒車頻枉駕,拋珠獻玉送君歸。(下)(生)

【尾聲】想君臣遇合非容易。(净)這樣隆冬,要待春雷還未。(付笑介)只落得雪裏行來,還從雪裏歸。

集古[2]

校記

[1] 隆冬:"冬"字,底本作"各",今據文意改。
[2] 集古:以下闕。

第二十六齣 斬 妖

(付上)(虞美人)旗開馬到三吴定,四海聲名振。區區匡合笑桓文,試看孫郎季漢建殊勳。我孫策。獨霸江東,兵精糧足。正欲起兵擒劉表報殺父之仇，誅曹操除欺君逆賊。奈因出獵，誤中刺客冷箭。今幸痊可，便應興師。且待諸大臣到來商議。

（張上[1]）謀主稱心腹，（魯上[2]）師臣重股肱。（合）主公在上，張昭、魯肅求見。（付）二位先生，孤欲興師北伐曹瞞，西征劉表，二處以何為先？（張）臣啟主公：我國近來水旱不均，山寇竊發，只宜息民保境，不宜動眾勞師。（魯）臣啟主公：且待箭瘡痊癒，再議用兵未遲。（內喧鬧，付驚介）外邊何故喧嚷？（雜上）啟爺！是于神仙經過，百姓跪拜，擁擠不上，故此喧嚷。（張、魯）若是于神仙，我等也當跪接。（急下）（付怒介）什麼于神仙，妖言惑眾，舉國若狂，大干法紀。左右！（二雜上）老爺有何分付？（付）速拿妖道于神仙來見。（雜下，押旦道裝上）（張、魯隨上）（付）你是何處妖人，妄稱神仙？從實供招，免受刑罰。（旦）

【北一枝花】貧道于吉。呵，是三吳雲水身，曾遇異人，實有五嶽神仙分。煉的妙藥神針。度人濟世，暢好的一心行正道，那裏肯枉法受分文。（付）你分文不受，這身衣口食是那裏來的？（旦）俺草衣木食，飲谷棲丘，一年不食也不饑，日食千羊也不飽。您負腹將軍小伯王□□空名振。却元來重瞳未點睛。（付）你敢挺撞我麼！（拔劍介）（旦）自古剛刀雖快，不斬無罪之人。您是這般把道德欺凌，是這般把道德欺凌，怎能勾撫江東父老百姓。

（雜上）啟爺，外面軍民數千，都願保救于神仙。（張、魯）此人的係真仙，不可妄加殺害。（付）愚民無知，為其扇動。公等讀書明理，何亦狂惑如此？（張）天方亢旱，要他禱祈甘霖。（魯）如其無驗，殺亦未遲。（付）既如此，分付堆積柴薪，將他綁縛了坐在上面，限着午時三刻，若還無雨，一齊舉火，燒作飛灰便了。（眾綁旦介）（張、魯）神仙，你若要命，須用心祈雨者！（旦）

【梁州第七】俺雖是禱甘霖將功折罪，到底逢劫數為法亡身。列位哥，求一杯水兒。（雜與水，旦吸噴介）俺、俺、俺，奉老君急急如律令，看一霎時雲生海□，鼓擊雷門，黑風拔木，白雨傾盆。（內）好大雨也！（旦）憑着俺叩上蒼借河潤感動軍民，枉勞他出下策用火攻堆積柴薪。（張、魯）于神仙祈雨有應，望主公可以饒恕！（付）如此作用，正是妖人。白波黃巾，此其前鑒。刀斧手，押他速付市曹，斬首號令。（張、魯）斬戮神仙，古今罕見。望主公三思。（付笑介）既是神仙，殺亦不死；若怕殺死，便非神仙。諸公不勞勸阻。（旦）俺、俺、俺，是這般建立功勳，值不的一聲兒刀下留人。反莽吙喝奮拔山舉鼎，俺好似郭景純遇了王敦兵。解□形日中數盡，好笑俺做神仙也被閻羅請。今日呵，聊遊戲莫認真，萬點桃花血雨噴，這是俺白日飛升。（雜斬

旦下）

（付）殺得好呀！怎的一時神思昏迷，眼花撩亂起來。（魂旦頭披紅紗上）孫策，還我命來！（付拔劍介）白日青天，妖鬼敢來近我麼？張、魯主公，你與那個講話？（付）妖鬼在此，你每看見麼？（張、魯）不看見。（付）可聽見麼？（張、魯）不聽見。（旦）

【牧羊關】俺頃刻離塵世，逍遙度鬼門。返仙魂一朵祥雲。豈不聞欠債還錢，自古道殺人償命。（付）我命在天，妖鬼安能加害？（旦）那喬氏假虞姬，只教他夜雨孤燈思結髮，周郎小亞父，少不得白楊衰草弔連襟。（付）妖鬼，休得賣弄！（旦）來、來、來，近前來和您說明白，認、認、認，認仔細作怪興妖於道人。

（下）（付）妖鬼不要走！（拔劍亂砍昏倒介）（眾扶介）（內）太夫人有懿旨，知道傷了于神仙，已敕玉清觀法師上章醮謝，令主公親往拈香，自當安妥。（付）這又是母親多事，既已有令，怎敢違拗，帶馬來。（眾）用了轎罷？（付）我本無病，何必用轎？（行介）劍珮朝金闕，（眾）雲霞捧玉皇。這裏是了。請主公下馬。（□扮道士接介）請主公上殿拈香。（付拈香拜介）（旦上）（付喝介）妖鬼，閃開！（旦）

【四塊玉】那爐烟嫋是俺怨氣騰，燭影搖是俺驚魂暈。（付）妖鬼不許多言。（眾）神仙，我等不能與你說話。今我主在此建醮超度你，還命天師封贈你也，可解釋冤愆了。（旦）您枉向玉清觀裏拜天尊，犯由牌上加封贈。（付）你定從枉死城逃出來的，我令法師打下桃椿，遣神將拿你。（旦）您道俺假神仙潛逃出枉死城，倩真人天蓬打下生桃棍，那知俺已告訴過老天師張道陵。（下）

（付）元來此觀也是藏妖之所，快快拆毀。今晚不必歸府，公等可陪我同到大營裏中軍帳內歇了罷。（眾）得令。（付）辭却雷霆府，（眾）來尋虎豹營。主公請進。（□）主公有令，將士免參。（□）只今晚都弓要上弦，刀要出鞘，提鈴唱號，擊柝巡更，五營大將，伏宿中軍，一更開砲，二更吶喊，三更擂鼓，四更鳴鑼，五更吹角。明日各有重賞。（內）得令。（旦上笑介）孫策，您防的俺好嚴密也。（付）哎！妖鬼又來，好大膽，快取劍來！（同眾暗下）（內砲響介）（旦）

【哭皇天】您、您、您，這砲兒似奮霹歷喝的婁煩遁。（內吶喊介）（旦）這喊聲似發喑嗚舉鼎千鈞。（內擂鼓介）（旦）今夜裏那怕您八千子弟擺列在三江口，幾通戰鼓震動了五雷門。（內鳴鑼介）（旦）聽了這鑼聲誰再肯夜行衣錦。把三華瑞露,九轉還丹,靈符秘籙,雷火神針,重渡到江東救萬民。(內吹角介)(旦)呀!紫髯亢金龍將到,我暫且回避。聽了這霜天曉角,知您弟紅日將升。(下)

（□急上）不好了,主公一夜不住吆喝,亂到五更,箭瘡迸裂,發昏數次,十分沉重,如何是好?（□急上）前營首將是誰?快飛騎去傳二主公要緊。(內)甘寧得令!（□急上）哥哥在那裏?（張、魯扶付上）兄弟,你哥不濟事了。牌印在此,你可領受。(權)哥哥保重。弟弟年幼才庸,不堪重托。(付)以江東之眾,與天下爭衡,弟不如我,舉賢任能,以保江東,我不如弟。內事不決,(向張介)可問張公。外事不決,可問周郎。慰母節哀,勸嫂教子,自不須囑。(向眾介)汝等各竭股肱之力,善事我弟。(眾)某等願盡忠貞,以報知遇。(付)妖鬼守在帳外,可將我所佩寶劍殉葬以斬之,餘不多囑。我去也!(眾扶付,同下)(旦上)

【烏夜啼】俺做神仙三除五遁,他只道口說無憑。把呼風喚雨比黃巾,沉舟破釜加鋒刃。到如今將萬里前程,百戰艱辛,北堂蓀草白頭親,香奩鸞鏡畫眉人,中途半路那得無遺恨。今日呵便陰陵重陷,烏江再刎。到底與您算不清三生孽債,趁早兒同去見十殿慈尊。(下)

（仙童幡幢引付魂上）是好一場大夢也。諸般恩怨,有假無真;萬種升沉,是虛非實。我孫策被于神仙點化了也。(旦上)將軍恭喜。(付)師父請上,待弟子孫策拜謝。(旦)您乃上界□□□□今既覺悟,拜俺為師,俺就稟明地藏王,向閻羅案前注名銷案,仍到這裏,同您上大羅天帝前繳旨復位。速去速來。(付)謹遵師父命,銷案再朝天。(下)(旦)

【尾煞】他魔王下界來分鼎,頑鐵生銅,被俺點作金。俺仙風道骨原無損。還把他收做門人,到天宮葉落歸根。若說俺真是個索命神仙,可不被八洞諸公齒笑冷。

集古:靈光此際獨依然(元　釋白雲),白日霓旌擁上天(唐　元結)。□□□□□□,引來齊到玉皇前(唐　杜荀鶴)。

校記

[1] 張上:"張"字,底本闕,今據下文張昭補。
[2] 魯上:"魯"字,底本闕,今據下文魯肅補。

第二十七齣 三　　顧

（生、净、付上）（生）

【轉山子】幾度探驪成空造，今日裏是擂鼓三敲。（净）一個村莊少年。（付）有甚學問？（生）他雖是隱龍岡弱冠青年，却賽得釣渭水八旬大老。（净）再妝模做樣。（付）定尋爭召鬧。

（生）春草謁王孫，春風花柳村。（净）來頻中士貴，（付）禮過布衣尊。（生）我劉備兩謁龍門，未得一遇。今齋宿經旬，吉躅□日，披星上馬，帶月離城。一路來又早霧散千林，日高三丈，已遠遠望見臥龍岡了。二位賢弟，可往那邊大樹坡暫停少憩，待爲兄的徒步前去，見了先生，便來招呼也。（净、付）謹遵兄命。將軍依大樹，二客遇東坡。（下）（生）我今側身下士，徒步求賢。你看雉飛麥壟，犬吠柴門，農務連邨，炊烟出屋，先生是必在家也。我且趲行幾步。則個正是：天門三度春雷震，要向南陽起臥龍。（下）（末上）

【月雲高】眠龍懷寶，抱膝時長嘯。那劉豫州兩幣聘皆親造，算今日機緣到。昨夜微垣又向龍岡照，料君臣遇合在崇朝。但慶彈冠還要眠一覺。不是我韞玉藏珠待價高，須珍重萬古凌霄一羽毛。

天外揮長劍，丘中抱素琴。一枝不易托，擇木是良禽。我諸葛亮。避人避世，自樂耕鋤，樂水樂山，不求聞達。蒙劉豫州兩番親造，恐其來意未誠，不輕接見。總爲韜光不密，以致朋輩漏言。深山窮谷，時見蹄痕，蔀屋蓬門，漸多轍迹。但□置身當路，儘饒鳳舞龍飛；回首故山，未免猿驚鶴怨。今日□□□□□□□□　□□□□□他必然又來，前既踰垣□□以試其心，今再高枕示傲，以觀其度。童兒那裏？（丑上）師父有何分付？（末）我今體倦，要在前堂晝寢片時。汝到門前，劉爺若來，急忙通報。（丑）曉得。未伸加帝足，先遣應門童。（下）（末）我今不嫌白晝，暫憩黑甜，欲效陳搏，竟成宰我。想劉豫州此時已近龍岡，色飛眉舞。今且曲肱作枕，偃仰高堂，一塵不染，萬慮都忘，是好受用也。正是：神遊蓬島三千界，飯熟邯鄲五十年。（睡介）（生上）徒行當吐握，三度謁龍門。仙童有麼？（丑上）是那個？（見介）原來劉爺又到了。（生）令師在家否？（丑）師父昨暮方回。今晝寢在堂上。待我通報。（生）且慢，正當熟睡，不可驚動。待我候在堂前等他自醒。入戶先俯首，當階再鞠躬。山童休裹報，孔聖夢周公。（末欠伸介）蝴蝶迷仙客，侯王幻役夫。草堂日未午，一枕到華胥。童兒！可有俗客來否？（丑）皇叔劉爺,徒步到此,立候已久。(末)何不早報,尚容更衣。(暫下)(生)劉備今番僥幸也。(末上)整冠迎上客,易服見嘉賓。皇叔那裏?(生進見介)磻溪□尚父,莘野拜阿衡。(末)不敢求聞達,深慚問姓名。(生)漢室末冑,涿郡愚夫,久慕先生大名,兩謁仙莊,緣慳未遇。今瞻道範,大慰平生。(末)南陽野人,屢蒙賜顧,不勝愧報。但恨年幼才疏,有虛盛意。(生)司馬德操、徐元直,豈是妄舉?(末)二公世之高士,明公何舍美玉,而求頑石乎?(生)天為斯民而生才,奈何老於泉石,甘自暴棄。願先生開備愚蒙,曲賜教誨。

【漁燈兒】念孤窮是漢高皇豐沛根苗,不忍見四百載祖業飄搖。看廟堂上□□□都是狼虎鴟梟。召疫瘴干戈饑饉,聽哀鴻四野嗷嗷。

(末)明公既帝室之冑,自合盡心王事,廣求高賢,以資謀議。奈何輕聽水鏡、元直,下顧蓬門。

【錦漁燈】我本是隱村莊扶犂泥淖,驀忽地遇軒車聘幣蓬茆。我非管樂,這一個就學鮑叔分財薦舊交,那一個把駑駘向黃金臺上獻燕昭。

(生)久聞先生大才,遠過管樂。備雖十上龍門,亦所甘心。(末)既如此,願聞明公之志,意欲何為?(生)我只為天步艱難,皇綱□□思欲重光大業,□□□□而志大才疏,迄無成就。棲遲新野,勢甚孤危。欲求先生吹噓無焰之火,培植久枯之木,此備之志也。唯先生教之。

【錦上花】我待要伸大義□本朝,立天維,斷巨鰲,奔波幾載竟徒勞。今棲綸邑守危巢,一成旅,半遒逃,因此求先生出山興雲布雨展龍韜,尺水起風濤。

(末)煉石補天,驅山塞海,真大有為之君也。亮謹將鄙見敷陳,惟明公采擇。今曹操擁百萬之眾,挾天子以令諸侯,此誠不可與爭鋒。孫權據有江東,已歷三世,國險民附,賢能滿朝,此可與為援,而不可圖也。荊州北據漢沔,利盡南海,東連吳會,西通巴蜀,此用武之地。而景升昏耄,內難將作。益州沃野千里,天府之國,高祖因之以成帝業。而劉璋闇弱,智能之士,思得英主。此殆天所以待明公也。若跨有荊益,保其險阻,內修政理,外撫諸羌,天下有變,則命一上將舉荊襄之師,以向宛洛,明公身率益州之眾,以出秦川,百姓有不簞食壺漿以迎明公者乎!此亮窺天測地,度勢觀時,北讓曹操占了天時,東讓孫權占了地利,明公可占人和。然必先取荊州為家,後取益州建國,以成鼎足之勢。然後可圖中原也。(生)但今荊楚乂安,取之無名。(末)天有定數,人豈能違。昔建安初,荊襄諸郡,小兒謠言云:八九年間勢欲衰,至十三年無孑遺。是言景升身後衰亂也。又云:到頭天命有所歸,泥中蟠龍向天飛。此是明公代興佳兆也。

【錦中拍】屈指算，機緣不遙。記荊楚童謠，奪前星景升已老，蟠龍飛明公佳兆。到其間自然尸祝代庖。據雄藩江山盤繞，□全楚魚米豐饒。東結孫權，北當曹操，然後再提兵向劍南道。（生）先生，劉璋雖闇，上恬親熙，閉門自守。今無故取之，恐劉備半生仁義虛名，自此掃地矣。望先生別尋良策何如？

【一機錦】同宗派敘穆昭，正合同盟輔本朝。驀地裏三峽星河影動搖，況□□□尚未包。亂紛紛師出無名，先把我這仁心仁聞全隳也，望先生別尋個天理人心計一條。

（末）真仁德之主也。但風雨雲雷之際，龍蛇虎豹之時，操刀不割，坐失事機，此兵家所忌[1]。故識時知務乃為俊傑。況□弱□昧□亂□亡湯武不廢。劉璋據天府之國，而作公孫井底之蛙。我今不取，終為他人有耳。若必刻舟膠柱而恥為詭遇，坐失前禽，甚可惜也。何不借其成緒展我風雲，待事成之後封以大國，亦何負於義哉！

【錦後拍】在兵家不宜舟憑刻柱先膠，識務知時是人豪。這益州且謀野作禈諶草稿，作禈諶草稿。倘得乘王氣龍吟虎嘯，待平吳滅魏縛孫曹，然後把他封大國作漢家周召，使彼投桃人永感瓊玉報。

（生）先生高論，天下情形，瞭若指掌，真王佐才也。（末）明公不須過譽。（向內介）童兒，取蠶叢圖出來。（挂畫介）（末）此圖□□□□□請明公細細觀玩。（生看介）呀！你看山如飛鳳，水似游龍，城邑星連，人民蟻聚。這是個甚麼所在？

【北罵玉郎帶上小樓】只見拔地雲峰插九霄，□□僧繇稿顧陸描，高堂粉壁畫叉挑。我定睛瞧，真個是物阜民饒。羨仙都樂郊，羨仙都樂郊。還看架木為橋，在山巔樹梢，在山巔樹梢，更四面山環水繞，這形勝地成天造。我待要裹餱糧畫裏遊邀，裹餱糧畫裏遊邀。奈名韁繫緊，利鎖拴牢。嘆□□□問行藏髀肉徒銷，被天公誤盡咱五陵年少。

（末）明公觀玩已久，可識此圖否？（生）但見丹青撩亂，金粉縱橫，實不知他來歷，望先生指示。（末）此圖東連楚峽，北接秦川，王業所基，西南都會，即蜀川五十四州之圖也。

【前腔】這是西蜀梁州，名在禹貢標。瞿塘險，劍閣高，封疆萬里四周遭。□□□真個是鳳穴龍巢。明公得了此州，便根深蒂牢，便根深蒂牢。先須薄賦輕徭，更招延俊髦，更招延俊髦。然後再屯糧聚草。天生就興王地作明公豐鎬，休猜做誤丹青雪裏芭蕉，誤丹青雪裏芭蕉。願早得伸大義握圖御曆，使眾從龍列土分茅。把曹阿瞞斬蚩尤戮羿梟肆市陳朝，那時重奠鼎告成功高光祖廟。

（生）先生雄談闊論，妙略英謀，石破天驚，山飛海立。恨備相遇之晚。（向內介）二位賢弟那裏？（淨上）紅雲隨日馭，（付上）黑虎闖龍門！（二雜捧幣隨上）（生）些少薄儀，非聘大賢之物，聊表劉備寸心。望先生笑存，即同歸新野，劉備早晚拱聽明誨。（末）亮□□□□□□到縣恐亦無益，隆儀決不敢受。（生悲介）先生不出，奈蒼生何？（末）明公志□赤帝，心念蒼生，金石□□，風雲感泣。亮受三顧之恩，願效□□之力。今晚且在荒莊權宿一宵，明早收拾琴書一同歸縣便了。（向內介）兄弟那裏？（內）哥哥有何分付？（末）

【尾聲】我功成便擬歸耕早，把雨笠風蓑收好。更舊交崔孟諸公，莫將禮貌荒疏了。

集古[2]

校記

[1] 兵家："兵"字，底本作"刀"，今據文意改。
[2] 集古：以下闕。

第二十八齣　燒　　屯

（外、老、丑、旦戎服執械上）（外）

【紅衲襖】俺這裏統貔貅擺鸛鵝，（老）高架着震雷門靈鼉鼓。（丑）身披着繡百花錦戰袍，（旦）手提着劈華嶽開山斧。（合）劉備，劉備！你兵微將寡暫延俄，少不得九里山前散楚歌。看今日真似烈火吹毛泰山壓卵也，諸葛亮便有呂望之才，一丸泥安能障九河。

（外）俺前將軍高安鄉侯夏侯惇是也。（老）俺征南將軍都亭侯曹仁是也。（丑）俺護軍將軍博昌亭侯夏侯淵是也。（旦）俺偏將軍于禁是也。（外）俺們奉丞相令旨，為劉備不道，聘諸葛亮為軍師，招兵買馬，大為邊患。（老）為此起兵八十萬，尅日南征。（丑）先選精兵十萬，令我等四將為前部先鋒。（旦）務要生擒劉備，活拿諸葛。（合）大小三軍，快殺上前去。正是：四卿並將皆貔虎，莫遣荊蠻匹馬還。（下）（生急上）草廬三顧伏龍飛，魚水君臣世所稀。二位賢弟那裏？（淨上）今日四郊烽火急，（付上）笑談決水解重圍。（生）今早有密報，曹操起兵南征，令夏侯惇爲前部，先攻新野，如何是好？（淨）哥哥以師禮待孔明，宜與商酌。（生）孤之有孔明，正如魚之有水，師禮非過也。（付）今有寇警，令水禦之足矣。（生）智仗孔明，勇須二弟，不必推委，軍師有請！（末上）三尺瑤琴萬卷書，綸巾羽扇出茅廬。五臣十亂成何事，一點浮雲過太虛。主公在上，諸葛亮參見。（生）軍師少禮。軍師可知曹操令夏侯惇提兵犯界麼？（末）已知。前日劉荆州曾將荆襄托付主公。主公不受，失此機會。他今久病，若聞此信，必然驚慌，來請主公。今番便當慨諾，切莫再辭。（丑上）江夏差官，有密書呈上。（生看介）父已辭世，蔡瑁並不訃告，擅立弟琮，並將全楚送款曹氏。求叔父起兵，同往襄陽問罪。（向丑介）知道了。後營酒飯。（丑）謝爺。（下）（生）這事如何商酌？（末）唯有借名奔喪，乘其不意，直入襄陽，襲執孺子，傳檄九郡，併力拒曹。此天贊也，宜速爲之。（生泣介）孤受荆州厚恩，而居堯之官，逼堯之子，人其謂我何？乞更思其次。（末）真仁德之主也。但曹兵勢大，必無與戰之理。除非暫投樊城，別作良圖。然必痛殺他一陣，折其驕氣，方得從容而去耳！（生）既如此，就請軍師登壇。（末）恐關張不服，須假印劍。（生）印劍在此。（末登壇介）

【賣花聲】羽扇風□綸巾雲裏，登壇聚將三通鼓。大將關某！（淨暗向付介）且去聽令，看他如何調度？（向末介）關某在。（末）與汝一千軍。多帶布袋，去白河上流，裝實沙土，壅遏水勢。來日三更後，聽得下流人馬鬧亂，即掣起布袋放水淹之。隨殺來接應。（淨）得令。（下）（末）大將張飛！（付）有。（末）與汝一千軍，伏在博望坡右安林之內，只看城中火起，也就博望舊屯，一路焚燒，截殺敗兵。（付）我等都去廝殺，軍師却作何事？（末）我只守縣。（付）好自在。（末）印劍在此，軍令如山非小可，奉令的添名注姓功勞簿，違令的捆打轅門割耳朵。（生）三弟，不可違令。就是愚兄，也要受他的約束。（付）待他用計不應，一總與他算賬。（下）（末）大將趙雲！（小生）有。（末）來日傍晚，敵軍必到。與汝一千軍，在博望坡迎戰。許敗不許勝，落荒遠遁，誘他搶城，只看城中火起，便回軍掩殺，不得有違。（小生）得令。（下）（末舉手介）請主公自領三百軍，伏在城外。待曹兵敗走，奪他馬匹器械。隨令孫乾等安排功勞簿，併慶賀筵席。（生）得令。（背介）難道算得這等穩當，連我也不信了。（下）（末）教他謾受用囊沙計十里渾波，先仔細撲燈蛾滿城烟火。小試騰那，略酬他草廬三顧。（下）

（外、老、丑、旦上，輪戰，小生敗下）（四將進城，城內烟火，小生追下）（四將敗上,付放火,截殺追下)(四將敗上,淨決水,截殺追下)(生、末上)(末)天已黎明,曹兵大敗,諸將就此收兵。(淨、付、小生上)(淨)軍師真卧龍也。(付)軍師在上,張飛負荊。(末)將軍請起。(向生介)主公,此處住不得了。乘此大捷,速宜渡江。可挂榜四門,百姓願隨者同去。子龍快備船隻要緊。(小生)得令。(先下)

集古:(生)黑雲壓城城欲摧(唐　李賀),(末)日暮沙場飛作灰(唐　常建)。(淨)向道是龍剛不信(唐　盧肇),(付)始知天下有奇才(唐　劉禹錫)。

第二十九齣　當　陽

(內群哭介)(四雜上)寧爲太平犬,莫做亂離人。我等新野、樊城兩縣百姓,捨不得劉使君,跟他逃難到此。脚不停步,是好苦也!哥阿,走快些,後面追兵來了。(繞場下)(生急上)

【夜行船】兩縣義民隨□□渡長江避難逃災。心急行遲,氣吁力憊,倘遇寇願甘同敗。

(生)我劉備。爲曹兵犯界,正欲告急襄陽,忽報景升已亡,侄琮獻地,我又寡不敵衆,暫避樊城。曹兵隨至,兩縣百姓,號哭願隨。我只得攜民渡江,去奔江陵。争奈人多擠塞,日行十數里,如何是好?(末上)已知機密事,(淨、付、小生上)報於主公知。(合)主公,不好了。曹操選鐵騎一萬,星夜來追,速棄衆民,庶可免難。(生泣介)百姓棄家隨我,何忍拋撇!(末)既如此,可令雲長往江夏,令公子劉琦星夜起兵,前來救援。有了這支軍馬,就好支持曹操了。(生)我弟性剛,須得軍師同去爲妙。(末)國步方艱,亮安敢辭勞。只須一勺水,(淨)便可潤枯鱗。(末、淨同下)(生)前面是那裏了?(小生)前面是當陽縣景山了。(生)子龍可領一千軍保護老小。三弟引一千軍斷後。今夜且就景山屯札。明早五更,起行便了。(同下)(內金鼓介)(外、旦、小末、丑繞場介)(生上,混戰敗下)(付上,混戰下)(生上)好一場大戰也。你看曉霜似雪,落月如燈,殺氣橫空,哭聲遍野。這數萬生靈,只因爲我一人,遭此塗炭,何用生爲?(外上戰,生敗下)(付上)殺得好快暢也。黑夜交兵,中鎗着劍,不問姓名,一味惡戰。争耐衆寡不敵,暫且回馬。大哥、子龍,各無蹤迹。今天已漸明,我只守在長坂橋,以待消息便了。(下)(小生上)我趙雲。奉令保護家眷,被曹兵一衝,浮萍浪漂,殘雲風掃,馬嘶有聲,人行無迹,兩位主母,都無下落。主人問時,教我怎生回答?

【醉花陰】俺只見半夜裏風沙卷地來,聽四野哭聲一派。連營車仗盡衝開,砲響鑼篩,想兩主母先驚壞。平日裏步香階立翠苔,怎教他走屍山踹血海。

(小生)咳!趙雲,趙雲!你裹革沙場也是死,失散主母也是死,須是尋得回來,方纔脫得干係。

【喜遷鶯】主人托賴,失維持萬死當該。俺想他姊妹們鞋弓襪小,左右只在戰場上,難婦隊中休呆。看遠遠長林一帶,定有撇子拋夫此避災。只願的人兒在,憑着咱匹馬單鎗,管尋還墮珥遺釵。(內金鼓介)

(小生衝陣介)曹兵閃開,俺趙雲來了。(丑上戰斬下)(外上戰敗,小生追下)(旦扮難婦上)群龍戰野,魚鱉當災。(老披髮上)足脛著箭,災上加災。姐姐慢行,挈帶則個。(同下)(小生上,向內介)您難婦中可有甘、糜二位夫人麼?(老上)將軍救我?(小生下馬插鎗躬身介)使主母失散,雲之罪也。二主母與小主何在?(老)我與妹妹見曹兵追來,急棄車仗,相扶共行,爾時低枝挂釵,暗風吹鬢,遇坎逢墩,高低莫辨。我又被亂軍脛骨上射了一箭,妹子抱了阿斗,正不知那裏去了。(內金鼓介)(小生)主母休慌,有趙雲在此。(拔鎗上馬介)(旦上戰,小生刺旦奪馬介)主母請乘此馬,待趙雲保護殺出重圍便了。

【出隊子】幸主母箭瘡無礙,俺趙雲展放鋼鎗龍攪海。搶驊騮代步霜蹄快,更架刀擋劍穿營寨。暢好似趙官家千里送裙釵。(同下)

(付上)好惱!好惱!趙子龍與俺哥哥,這般義重恩深,今我等勢敗,有人見他往西北降曹去了。世情如此,豈不可嘆!(望介)呀!那邊來的兩騎,馬後面的好似子龍!(老上)那邊立馬遠望的好似三叔!(小生上)翼德快來,迎接大主母。(付喜介)大嫂請下馬安息,二嫂怎麼不見?(小生)尚未尋着,如今再去?(付)你勞倦了,待我去罷。(小生)這是我的職分,先尋着大主母,再覓二夫人。(下)(付背介)幾乎屈了好人。(向老介)嫂嫂這裏來。(老)別夫纔一日,(付)援嫂且從權。(同下)(小生上)曹兵閃開,俺趙雲又來了。(小末上,戰敗下)(小生向內介)你每難婦隊中,可有糜夫人麼?(內)沒有。(小生)呀!前面土牆內,坐着一個婦人,待俺試喚一聲者。二主母,趙雲來了。(小旦抱兒哭上)好了,好了!今見將軍,此子得命了。(小生下馬介)主母受驚,趙雲死罪。(外上,戰敗下)(小生)主母快請上馬,雲自步行,死戰護送便了。(小旦)將軍豈可無馬。我腿上著鎗,已帶重傷,委實難去。

（遞兒介）他父親半世奔波，止有這點骨血。今交與將軍。這干係，全在將軍身上了。（內吶喊介）（小旦）將軍快行，此間枯井，便是我葬身之地。你看那邊又有兵馬來了。（小生回望，小旦投井下）（小生將兒置地，推牆掩井哭拜，解袍護兒上馬介）

【刮地風】他只為親夫不在暫徘徊，淚珠兒雙滾蓮腮。抱嬰孩斂衽求擔帶，猛捐軀枯井泉臺。念趙雲亂軍中紙錢無處買，推土牆掩蓋權作棺材。俺撮土香奠潦漿低頭百拜，為恩主捨殘生擔鬼胎。願您個小儲君無驚駭，穩睡在胸懷。

（丑上戰，敗介）（小生追丑落塹身倒介）（丑還將劍欲砍介）（內煙火，小生躍起奪劍斬丑介）（小末上戰，小生斬下）（內）丞相有令，請軍中戰將，留下大名。（小生）俺行不更名，坐不改姓。常山趙子龍的便是。

【四門子】俺遭坑踏坎身狼狽，見一朵紅雲捧足來，俺就借作梯階躍馬登厓。即殺了一將，奪得寶劍一口，上有金嵌青釭兩字，真是削鐵如泥，奪青釭亂削他天靈蓋。這不是鬼使神差，扶助俺挾山超海，總仗那小主人齊天福大。（內吶喊介）

（小生）大陣雖離，追兵又到，如何是好？這如何是好？這裏是長坂橋了，翼德快來。（付上）子龍你來了麼，二嫂嫂如何不見？（小生）身帶重傷，已投枯井而亡。俺推土牆掩埋，只保護得小主在懷。斬將五十四員，砍倒大旗兩面，奪槊四條，搶劍一口，殺透重圍。小主在懷久無動靜，多應不濟事了。（解袍介）（內兒啼介）（付）侄兒恰好睡醒，天大恭喜。子龍，你這場功勞，非同小可。你與我試說一遍，連我也快活。（小生）您不嫌絮煩，俺試說，您試聽者。

【水仙子】他、他、他，他萬馬千軍滾滾來。□□□□硬弩強弓密密排。望、望、望，望烏雲十里曹營寨。掩、掩、掩，掩黃沙一位女裙釵。解、解、解，解戰袍重束獅蠻帶。喜、喜、喜，喜儲君穩睡在胸懷。怪、怪、怪，怪逢坑落塹升騰快。□□□□猛將強兵盡嚇呆。再、再、再，再逞英雄奪旗斬將擒元帥。賽、賽、賽，賽過他巨靈神斧劈華山開。俺、俺、俺，俺三番惡戰把曹瞞心膽都驚壞。纔、纔、纔，纔不枉了趙子龍今日當陽大會垓。

（付）殺得好爽快。大哥、大嫂都在前面柳陰之下，你抱了小主快去相見。（內吶喊介）（付）追兵已近，我自當之。快走，快走！（小生）

【北尾】喜主人臥龍輔相，否運將亨泰。俺這場血戰是表中興一面虎頭牌。只聽的萬口喧天齊喝采。

（中淨領衆，衆追上）（付）身是燕人張翼德，誰敢來決一死戰。（內作橋倒介）（中淨）張飛之勇，不可當也。不如且回。（付大笑介）誰敢來！誰敢來！

集古[1]：氣吞操賊當陽坂（元　張憲），宇宙威風丈八矛。

校記

[１]集古：第一、二句闕。

第三十齣　舌　戰

（外上）

【尾犯引】國步正艱辛，江上觀兵，強鄰壓境。我一葉扁舟，過江探聽。詢劉主曹兵多少，問諸將如何戰爭。憑遊說，帶得軍師諸葛來此見將軍。

少長輕肥曾指囷，於今蓮幕作嘉賓。運籌自是尋常事，引得高賢見主人。自家魯肅，字子敬，東城人也。孫吳上客，江表謀臣。只因曹操南征，荊襄瓦解，以致劉備狼狽東奔。幸關某借得江夏救軍，始得曹兵暫退。備今收衆漢南，寄居夏口。曹操屯兵百萬，虎視江東。昨傳飛檄，言欲共獵三吳。我主憂疑，寢食俱廢。近聞備妻甘氏身亡，我主令我借弔喪爲名，到彼探聽軍情。他有軍師諸葛孔明，極善用兵，操深畏服，被我用說辭引他到江東，共議大事。今日我主升堂，文武齊集。待我請他來，先見一見我江東人物，有何不可。這裏是幕下了。各位先生都到齊了麼？（生上）長史名高山斗齊，（旦上）功曹主簿掌勾稽。（小生上）舳艫江上千檣集，（丑上）鼓角營中萬馬嘶。（外）軍師有請。（末上）綸巾羽扇帶仙風，抱膝茅廬號臥龍。三顧一朝逢聖主，江東今日會諸公。（見介）堂堂大國，濟濟群英，今幸識荊，願聞爵氏。（外）此位長史張子布，此位功曹虞仲翔，此位左護軍步子山，此位中郎將薛敬文。（末）久仰，久仰。（生）昭聞先生高臥隆中，自比管樂，信有之乎？（末）此亮平日小可之比也。（生）管仲相桓，一匡九合；毅扶弱燕，□下全齊。先生出山，君臣魚水。人皆望衰漢勃興，曹氏即滅。乃敗當陽走夏口，無容足之地。管仲、樂毅果如是乎？愚直之言，幸勿見怪。（末）大鵬飛揚於萬里，其志豈群鳥之能識？我主在新野，城小糧稀，兵微將寡，既不忍奪同宗之業，又不曾防孺子之降。猝臨大兵，故爾暫避。然而博望燒屯，白河用水，殺得曹兵心膽皆裂。竊謂管仲、樂毅未必便能過此也。今兵屯夏口，別有良圖。非比保養虛譽之輩，坐議立談，人不可及，臨機應變，百無一能者也。

【尾犯序】九萬奮鵬程，斥鷃□□妄肆譏評。弱卒三千，敗曹家大軍。自省。博望火一匡比烈，白河水下齊爭勝。豈似那立談坐議應變百無能。

（旦）今曹公兵屯百萬，將列千員，欲共我主會獵江夏，先生以爲何如？（末）此皆蟻聚烏合之衆，雖數百萬，不足懼也。（旦）軍敗當陽，計窮夏口，區區求救於人，猶云不懼，眞大言欺人也！（末）此非大言，乃是實話。我主因不懼曹操，故與爭競，退守夏口，所以待時。今江東兵精糧足，且有長江之險，猶欲勸其主屈膝降賊，但圖全身保家，故聞風膽落耳！

【前腔・換頭二】平生言大不欺人，今我主退守待時，有日馳騁。只因大膽包身，偏與曹家共爭。公等捨不得家財萬貫，撇不下良田千頃。但見了虛聲僞檄，早嚇的舌頭伸。

（小生）孔明欲效儀秦之舌遊說東吳耶？（末笑介）胸有定見，何愁來說公等也。況儀秦亦□□□□澤被當時，聲施後世。非君輩所當議也。

【前腔・換頭三】儀秦蓋世英。伏讀陰符，我舌猶存。那戰國時民不聊生，仗二公得少靖刀兵。堪欽，約合從，佩六王相印；說連橫，操七雄權柄。書生見，目光一寸，謾把昔賢輕。

（丑）孔明學廣識高，亦知曹公爲何如人乎？（末）羿奡莽卓，一人兼之，又何必問。（丑）非也。曹乃高皇元勳平陽侯參之後，世有令德，及至公身，勳勞尤烈。今炎漢曆數已終，曹氏三分有二，天命所歸，誰能當之。汝主強欲與爭，徒自苦耳。（末）薛敬文，何忍出此無父無君之言乎！人生世上，子孝臣忠，天經地義。操既爲功臣子孫，便當勠力王家，無忝乃祖。今托名漢相，陰謀圖篡，豈但漢家之逆臣，抑亦曹氏之賊子。汝身食君禄，不思報國，反爲他妄陳天命，上擬周文，是可忍也孰不可忍，天而生如此之人，斯民何日得見太□也！

【前腔・換頭四】曹參□□今幾葉苗裔，忽思問鼎。非但負國欺君，那更隳却家聲。你何忍既不能驅除拔扈，反替他妄陳天命。是這等無君父，頓教人滿頭怒髮衝落舊綸巾。（內發鼓介）

（外低向末介）我主將出堂了。先生進見，切勿言曹操兵多。至囑，至囑。（小末擁衆上）

【少年遊】兄集弘勳，弟承景運，伯業似雲興。強敵憑陵，服從決勝，衆議各分爭。

（衆參見介）張昭、虞翻、步隲、薛綜參見。（小末）起去。紫髯碧眼號英雄，□□□□□□□。兵法祖傳孫武子，龍蟠虎踞在江東。孤家孫權，字仲謀。承父兄之基，地兼六郡；仗文武之佐，威振三江。近因曹操鯨吞全楚，虎視三吳，議戰議和，盈廷聚訟。昨又聞子敬過江，帶得臥龍到此。孤齋宿候見。左右！快請。（外同末上，進見介）（小末）劉家異姓周公旦，漢代英年姜太公。（末）世說雙龍驚海內，天擎一柱伯江東。（小末）久仰高名，願求教益。（末）□□□□□□□（小末）先生佐劉豫州與曹操決戰，必知彼軍虛實。曹兵實有多少？（末）馬步水軍約有一百餘萬。（小末）那得許多？（末）操在兗州已有兵二十萬，得袁紹軍六十萬，中原新招軍四十萬，荊州軍三十萬，以此計之，不下一百五十萬。亮以一百萬言之，恐驚江東之士也。（外視末介）（小末）他戰將有多少？（末）足智多謀之士，能征慣戰之人，何止一二千人。（小末）他今平了荊楚，更有別圖否？（末）今沿江下寨，不取江東，更取何地？（小末）他若有此心，戰與不戰，乞先生一決。（末）將軍若能以吳越之眾，與中國抗衡，不如早與之絕。若其不能，便當從眾謀士之言，北面而事之。今外托服從之名，內懷疑貳之見，事急而不斷，禍至無日矣！（小末）誠如君言，劉豫州何不遂事之？（末）田橫，齊之壯士耳，猶守義不辱。況我主王室之冑，英才蓋世，事之不濟，此乃天也。安能屈處人下乎！（小末）曹賊平生所惡者，二袁、呂布、劉表、豫州及孤耳。今數雄已滅，惟豫州與孤尚存，孤不能以全吳之地，受制於人。我計決矣。

【榴花泣】【石榴花】群龍戰野，只孤與豫州存。他欺孤寡襲南荊，我孫劉唇齒合同盟。若望風迎拜，何面見先兄。【泣顏回】兵饒六郡，況江東將帥多豪俊。待孤家收拾弓刀，與他們見個輸贏。

（末）今合兩家之力，將軍固命世之傑，士馬精強。豫州雖敗，關某尚統精卒萬餘，江夏戰士亦不下萬人，勢非全弱。北軍不服水土，多生疾病，追豫州一日夜行三百里，此兵法所忌，必蹶上將軍。荊土士民本非心服，伺釁觀變者不少，又有韓、馬爲其後患。操犯此數者，遠來爭利，得保首領足矣。南方旺氣正盛，兩家合力，捷音可計日而待也。

【前腔】【石榴花】北軍鞍馬，舟楫少曾經。水土異，定災生。況兼程三百，必蹶上將軍。料荊襄子弟，抱憤豈無人。【泣顏回】南風方競，未交兵，已卜當全勝。待曹瞞兵敗逃歸，便荊吳鼎足形成。

集古[1]：我亦平生不讓人（明　解縉），眼中形勢胸中策（宋　宗澤），乍聽長疑舌滿身（唐　嚴郭）。

校記

［1］集古：第二句闕。

第三十一齣 激 瑜

（小旦上）

【破陣子】手握全吳兵柄，乍聞國難心驚。□□□□□□□文要迎。曹武用兵，先須探孔明。

我周瑜。奉令練兵鄱陽湖。聞曹操駐師漢上，傳檄江東，我就星夜回柴桑，正逢使者來召，具述文員願降，武臣要戰。魯子敬又引江夏諸葛亮，來下說詞，欲紓彼難。我久知此人厲害。今先請他來，將些假話試他，且看如何？

（外、末上見介）（外）曹兵南下，和與戰，主公難定，要決於將軍，不知尊見若何？（小旦）曹兵勢大，且以天子為名，戰必不利。來朝進見，便主迎降也。（外）江東已歷三世，何忍一旦棄之。伯符遺言，外事全托將軍，今亦從懦夫之見耶！（小旦）六郡生靈，若罹兵燹，罪皆在我。（外）主公英雄，將軍才略，何遽出操賊下哉？（末冷笑介）（小旦）先生何故哂笑？（末）亮笑子敬不識時務，主降極為高見。（外）何以言之？（末）操善用兵，向只呂布、袁紹、袁術、劉表，敢與抗衡。今數雄已亡，天下無人矣。將軍降操，可以保身家全富貴，國祚存亡，付之天命，何足惜哉！（外）主若降曹，肅請歸耕鄉里，為丹徒布衣，不願見主公與操同朝也。（小旦）子敬主戰，今將何策退曹？（末）退亦不難。（小旦）願聞良策。（末）亮有一計，不用牽羊擔酒，納土獻印，只一介之使，送兩人到江上，百萬之師皆卸甲而退矣。（小旦）用何二人？（末）亮居隆中時，聞操築一銅雀臺於漳水之上，極其壯麗，廣選美女，充滿其中。操素好色，聞江東喬公二女大喬、小喬，皆係絕色。曾發誓曰：一願繼兩漢握寶符而成大業，一願娶二喬置銅臺以娛晚年。今舉大衆，意實在此。今何不去尋喬公，以千金買此二女，送入曹寨，操必班師矣。此范蠡獻西施之計，宜速為之。（小旦）此事有何證據？（末）操子曹植，有七步之才。操令他作銅雀臺賦，單道他家合為天子，誓取二喬。（小旦）此賦公能記否？（末）我愛其文章華美，嘗竊記之。（小旦）試請一誦。（末誦介）從哲后以嬉遊兮，登層臺以娛情。見天府之廣開兮，觀聖德之所營。建高殿之嵯峨兮，浮雙闕乎太清。立中天之華觀兮，連飛閣乎西城。臨漳水之長流兮，喜嘉樹之滋榮。□

雙臺於左右兮,有玉龍與金鳳。攬二喬於東南兮,樂朝夕之與共。(小旦先介)先生不必終篇,我已知大略了。我與老賊誓不兩立。(末)昔單于犯塞,漢天子許以公主和親。今何惜民間二女乎!(小旦)先生有所不知,大喬是孫伯符主婦,小喬乃瑜之妻也。我受伯符重托,安有屈身降曹之理。適來所言,故相試耳。

【剔銀燈】問大喬巍巍國母,問小喬堂堂命婦。老賊,老賊!你驅羊妄想來鬥虎,敢背地狂言輕侮。明日見主,即便興師先驅,望豫州拔刀相助。看我仗胸襟把鯨鯢斬屠。

(末)亮實不知,失口妄言,死罪,死罪。今孫劉一家,若蒙不棄,我君臣願效微勞。

【前腔】在田間不知詳細,在尊前妄參末議,犯尊觸諱蒙恩恕。反許與連吳合楚。二人同心,其利斷金。相須,有一日兩軍齊舉,管曹瞞褫袍割鬚。

(外)他兵驕必敗,我滅此朝食,二公勉之。

【前腔】曹阿瞞是倉中點鼠,弄潢池便居然變虎。我這裏兵精糧足城池固,更天塹長江險阻。揮戈殺教他走投無路,那時節纔好啓荆吳孫劉伯圖。

集古:(小旦)風塵一夕忽南侵(明　建文帝),(外)一寸山河一寸金(遼　左企弓)。(末)經略江淮有成算(元　王惲),(合)江南王氣繫疏襟(唐　溫庭筠)。

第三十二齣　橫　槊

(中淨領衆上)

【高陽臺】漢上移軍,江東駐馬,舳艫千里鱗集。水陸官僚,錦袍金甲環立。南荆已入包茅貢,只孫權觀望惶惑,今我坐中軍五申三令,迅雷霹歷。

(衆)衆將打恭。(中淨)起去。□□□□□□,笑指江南屋瓦驚。魯肅周郎脚下踹,三吳六郡掌中擎。我曹操,提兵南下,席卷荆襄。奈被諸葛亮説周瑜、魯肅抗拒王師。幸我先令蔡中、蔡和到彼詐降,誘其前鋒黄蓋、謀臣闞澤乘便□糧來獻。昨又引得鳳雛先生龐士元來見。他言北軍不服水土,必多疾病。教我將船隻首尾相並,大釘巨環,前後連鎖,上鋪闊板,名曰連環計,果然風浪掀天,兵士穩如平地。有此諸人,爲我內應,此天贊我也。(衆)丞相謹言。(中淨)眼前皆我心腹,不必過防。今戰期將近,分付鳴鼓,聚諸將聽令。(內發鼓,衆環立介)(中淨)水師前營紅旗張郃,後營皂旗呂虔,左營青旗文聘，右營白旗李通，中央黃旗毛玠、于禁；馬步軍前隊紅旗徐晃，後隊皂旗樂進，左隊青旗夏侯淵，右隊白旗李典，中央黃旗曹仁，水陸路都救應使夏侯惇、曹洪，護往來監戰使張遼、許褚。（眾合）得令。（中淨）今日軍中大宴，鼓吹鐃歌，奏得勝之樂，務期極歡盡醉。明日各歸隊伍，準備交鋒。（眾）

【勝葫蘆】結髮從軍奉相曹，蒙教益即似飲醇醪。若真個長筵廣席圖歡，只怕兵多將廣，須是江水變蒲萄。

（中淨笑介）諸君儘量，孤不用朱虛侯作酒糾也。梅嬌、杏俏那裏？（旦上）□□□□□（小旦上）□□□□□（同進酒介）（中淨）

【高陽臺】孫仲無謀，周郎年少，出門不看風色。六郡彈丸，欲與大邦為敵。籌策邾莒，鄒人思戰楚，這輸贏何消說。得與諸君開懷暢飲，坐收功績。我將卜夜，分付掌燈。（眾）

【前腔·換頭】將夕月色橫空，風平浪靜，燈燭恍如白日。牛飲三千，杯盤餚核狼籍。早已不勝酒力，紛紛四座和醉起。待把渴吻向長江一吸。謝丞相廣陳盛饌，醉酒飽德。

（中淨）我也醉了，二姬扶我到船頭上去。呀！好夜景也。東望柴桑，西瞻夏口，南看南屏，北顧烏林，四面空闊，是好戰場也。周郎，周郎！你不量一杯之水，欲勝我車薪之火耶！（眾）這是他聽了諸葛遊說，故爾強項如此。（中淨）他那知有人為彼心腹大患也。（大笑介）左右！取我槊來。（舞介）我持此槊破黃巾，擒呂布，平袁紹，斬袁術，深入塞北，直抵遼東，縱橫天下，全仗此槊。（奠酒江中介）長江，長江！我曹操今年五十四歲矣！名馳萬里，業冠群雄，今對長江，頓生感慨，我當作歌，汝等和之。（眾）願共和歌。（中淨歌介）對酒當歌，人生幾何？（眾兩句一和介）譬如朝露，去日苦多。慨當以慷，憂思難忘。何以解憂，惟有杜康。青青子衿，悠悠我心。呦呦鹿鳴，食野之蘋[1]。我有嘉賓，鼓瑟吹笙。皎皎如月，何時可掇[2]。憂從中來，不可斷絕。越陌度阡，枉用相存。契闊談讌，心念舊恩。（內作鵲聲介）月明星稀，烏鵲南飛。繞樹三匝，何枝可依？山不厭高，水不厭深。周公吐哺，天下歸心。（眾）我輩武夫，不諳文墨，丞相此歌，想必大妙者也。（中淨）汝等不須妄譽。

【前腔】我淒惻，對酒當歌。人生朝露，屈指苦多去日。鳴鹿呦呦，嘉客吹笙鼓瑟。憂集。舊恩心念終契闊，枉度越相存阡陌。帶星月南飛烏鵲，一枝難擇。

（劉）[3]大軍相當之際，丞相何故出此不吉之言？（中淨）爾是何人？（劉）運糧劉馥，叨坐末席，敢獻直言。（中淨）我言有何不吉？（劉）憂從中來、何枝可依,皆不吉之言也!(中净)你安敢敗我興?(刺劉下)(衆)丞相醉了。二姬可扶入安寢罷。

【前腔】沽直敗興,劉君官非司諫。序爵尚居末席,出語攖鱗,立受雷霆震殛。安息。紅裙翠袖扶,□□圖一枕,温柔衽席。看梅杏金蓮同蹴,香塵無迹。(中净)

【尾聲】我玉山自倒難堅壁,擺一個娘子陣,行師過枕席。

集古:軍中殺氣傍旌旗(唐　岑參),更值椎牛饗士時(國朝　錢謙益)。酹月獨憑横槊句(明　王世貞),安巢越鳥返南枝(宋　李綱)。

校記

[1] 食野之蘋:"蘋"字,底本空缺,今依曹操《短歌行》補。
[2] 何時可掇:"掇"字,底本殘,今依曹操《短歌行》補。
[3] 劉:底本空缺,今依下文補。下同。

第三十三齣　取　　箭

(末上)綸巾一幅到江東,公瑾休休量不同。荆棘漸生尊俎上,戈矛長起笑談中。我諸葛亮。因我主兵敗當陽,入吳游説,爭奈周公瑾每懷嫉妒,不能相容,待他發難,我自有方。昨聞他特封都督,又賜尚方。我在客邊,不便與諸將一同拜賀。今日無事,可約魯子敬同去走一遭。出的門來,那前面來的正是魯子敬。先生那裏去?(外上)元來是軍師。我正來相邀,同到帥府賀喜。(末)甚妙。行無一二里,(外)早已到轅門。都督有請。(小旦)□□□□□□愧失迎。(末、外)我等特來拜賀榮升。(小旦)昨蒙主公不以瑜爲□□特加都督,賜尚方,受恩既渥,報國宜隆。今强鄰壓境,舉國寒心。而渺渺長江,烟波無際,將欲决於一戰,當以何器爲先?(末)陸地宜先鞍馬,舟船弓弩居前。(小旦)先生之言是也。今我軍中箭少,欲煩先生監造雕翎箭十萬枝。此係兩家公事,幸勿推辭。

【綿搭絮】射人射馬,探簾眼睜睜有鏃無翎。笑虛弦雁不驚,誤將軍閫外功名。務要趕工催匠,可勾一月完成。借重先生,滿日酬勞定不輕。

(末大笑介)都督差矣。交兵在即,待箭一月,豈不誤了軍機。(小旦)依先生還可早得幾日否?(末)若依愚見,此箭三日内可以完辦。都督不信,就煩子敬作保。

【前腔】控弦十萬，無矢怎傷人。尅日交兵，倘臨期待怎生。誤軍機王法無情。三日內按期完辦，照數交清。都督休驚，子敬先生作證盟。

（小旦）一諾千金，侯生季布。（末）話長妨務，就此先醉。（下）（外）減期債事，咎雖自招，臨敵誅賢，實爲不忍。（小旦）公有所不知。曹兵易破，此點難除。今已中計，酌酒相賀。左右取酒來，我與子敬，酒落快腸，務期盡醉。取色盆來，買快照開，平色賽點。（外）魯肅遵令。都督請先。（小旦）主不僭客。（外擲介）

【黃鶯兒】兄弟六人排，是個不同送酒都督。（小旦擲不出介）（外又擲介）五隻六一隻紅，綠波蓮一朵開。送酒。（小旦又擲不出介）（外又擲介）三六分鑲，這是三山半落青天外。送酒。（小旦）怎麽再擲不出！（外又擲介）三二分鑲鰲山駕來。（照前介）（外）一隻六五隻四，連天雁回。（照前介）（外）一隻二五隻四，杏花二月街頭賣。（小旦）我偏要擲一個渾成，要你喫十大杯！（又擲不出介）（外擲介）六隻都是二，我倒擲了渾成了。暢奇哉，巫山十二□□列金釵。

（小旦醉態介）渾成該十大杯，子敬代飲，就作挂紅罷。（外飲介）十大杯，魯肅都乾了。（小旦）再挂紅。（睡介）（外）都督醉了，扶進安息罷。（小旦）酒雖藏腹內，事却在心頭。（扶下）（內雞鳴介）（外）天雞三唱曉，催得醉人歸。我也去了。（行介）且住。孔明中計，雖係自取，問誰攜彼渡江，未免伯仁由我。三日之限，今已第二日了。我且到他寓所，看他作何勾當。這裏是了。軍師有麽？（末上）我道是誰恁早，原來子敬先生。好了，救星到了。（外）公自取咎，魯肅如何救得？（末）只求子敬借快船二十隻，每隻軍士三十人。（外）這些軍士，都不會造箭的。（末）不要他造，只要他將青布爲幔，束草千餘，分佈兩邊，外要具長索百丈備用。速去整理，傍晚取齊，不可遲誤。（外）這些小事，都在魯肅身上便了。（急下）（末笑介）我這條計，放寬魯肅驚惶膽，點破周郎嫉妒心。（外上）船隻等項都已齊備。（末）既如此，就同到船上去。（外[1]）我去去怎的？（末）小酌三杯，篷艙剪燭，微醺即止，枕席舟中何如？（外）這還通得。稍水那裏？（雜扶手上船介）（外）好大霧也！（末）取酒來！憑夸水伯，造箭龍宫，天差霧母，助我成功。（奠酒介）我與子敬各飲三杯，分付開船，向江北去。（開船介）（外）江北都是曹家水寨，去做甚麽？（末）子敬休問，到彼自知。（雜）啓爺，船近曹寨，鈴柝相聞了。（末）直逼將去。（雜）不滿數丈水面了。（末）將船頭西尾東，前後相接，長索貫定，將草束分插兩旁，各船擂鼓吶喊。（外）驚殺魯肅也。（末）我親自在此，絕不相累。(擂鼓介)(內)丞相有令,霧中兵到,必有詭謀,各寨不許輕動,只以亂箭射他,不許近寨便了。(四雜上,射介)(末)把船掉轉,頭東尾西,近寨受箭。(內)丞相有令,旱軍助射。(末)東方漸白,霧氣將收,謝了丞相,速速回舟。(衆)謝丞相箭,改日奉答。(下)(小旦上)箭期已滿。子敬、孔明,並皆不見,咄咄怪事。(外上)都督,箭船已到江邊了。(小旦驚介)他如何造的?(外)乘霧放船,直逼曹寨,鳴鼓受箭,歸來滿載。(小旦呆介)此人如此,使我曉夜不安矣。(末上)都督請上,諸葛亮繳箭來遲,望乞恕罪。(小旦)先生神智,非瑜所及。

【綿搭絮】匠工物料,一概取諸人。膽大包身,這樣神通天也驚。上弓弦便射曹兵。(末)這也是曹操的不幸。(小旦)我這裏江東有幸,遇着先生。(外)滿載交清,笑謝曹公忒用情。

(末)二公過譽,亮何敢當!

【前腔】區區詭計,萬弩射芻靈。好似劫塞偷營,不算堂堂正正。兵撮綿包,受怕擔驚。

(小旦笑介)曹操恁般奸猾,被先生弄於掌股之上。(末)只爲工遲限促,暫那移十萬雕翎。(外)這是先生算定天文,畢雨箕風掌上輪。

集古[2]

校記

[1] 外:底本缺,今依劇情補。
[2] 集古:以下闕。

第三十四齣　借　　風

(場上先排床帳介)(小旦病裝,二旦扶上)

【探春令】梟鳴牙上將生災,想主公急壞。願得個敦詩説禮新元帥。我舊令尹養病軀輕裘緩帶。我周瑜。志存報國,力主興師。今兵勢已成鷸蚌,而帷幄未有良籌。日夕憂思,寢食都廢。爲此托身床褥,假意呻吟。子敬昨言孔明能醫,且待他來,看他可能識我病源。但真病好醫,假病如何調治?(末上)

【前腔】周郎托病假裝呆,想胸無布擺。我把針鋒挑出他心中疥,然後賣手段與他補天塞海。(見介)

（末）都督不煩勞動，昨逢子敬，始知玉體違和。諸葛亮未即趨候爲歉。（小旦）病境沉沉，聞先生兼擅岐黃，乞賜一方，以當七發。

【白練序】眉鎖鬱難開，寒逼肌膚頭懶抬。好似陟峨眉，六月冰山雪海。愁懷逐日捱，幸諸葛軍師盧扁才。蒙相愛，但願得病隨藥轉，這纔是災退醫來。

（末）不瞞都督說，這些九流三教，亮在南陽躬耕之暇，都存流覽。

【醉太平】九流宗派，任兵農醫卜無不兼該。但儒門小道，不存挂得招牌。（小旦）請胗一胗脉，纔好定方。（末）要知病源，只須紅絲三縷，繫於脉上，我在後按之。名懸絲胗脉。（胗介）台台你凝寒積冷在胸懷，見熱氣陽光即解。（小旦）用何藥品？（末）亮曾遇異人傳授海上仙方，止用一藥治病。奇方海外，只用五行一物，又不費錢財。

（小旦）此症日輕夜重，到底少吉多凶。

【白練序·換頭】宵來事不諧，兩耳金鐘眼倦開。濁陰升，痰涎塞。咽喉阻，礙靈臺。氣轉回人願，還須天數該。難寧耐，除非是還丹九轉，方得通泰。

（末）此氣送不順所致，元氣一順，則清升濁降，自然災退身安。

【醉太平·換頭】形骸，陰陽呼吸，乾坤覆載。暑往寒來，養心調息，要保肺金華蓋。（小旦）先生爲甚遲疑？（末）我疑猜，這症候恐非凡間草木可治，便如山積藥也枉儲材，須是向上下神祇求拜。

（小旦）周瑜獲罪，是竈是奧？（末笑介）非奧非竈。因君憂思過度，魂魄已離。亮又遇異人傳授，能收魂攝魄。今再吸東方生氣一口，送入都督泥丸宮，方保無事。要借東方生氣，須驚動上清真宰。免不得直符傳奏，煩着神將當差。（小旦）周瑜病源，都被先生道破，料難隱瞞。今當實告。我本無病，只爲曹兵勢大，雖令黃蓋詐降，到底衆寡不敵，難以破他。先生所用一藥，瑜亦猜度。今兩人各寫掌上，一齊開看何如？（末）使得。（各寫，開看，笑介）（小旦）我是一個"火"字。先生是"欲破曹公，須用火攻"八個字，兩意相通，更無他疑了。但氣逆不順，禱神亦恐無益也。寫掌開看何如？我是一個"風"字。先生是"萬事俱備，只欠東風"八個字。這風怎生禱得？（末）不妨。可在南屏山前築一祭風臺，亮親往祈禱，必然有應。今都督病已霍然，可於甲子日，候東風一起，即便進兵成大功也。（小旦）

【隔尾】七年病三年艾，這醫方真是孫思邈龍宮不載。（末）直教那岐伯軒轅都喝采。（下）

（小旦）此人如此作用，又令人愛，又令人怕。子敬那裏？（外上）魯肅在。（小旦）你去傳與先鋒黃蓋，並武營四哨，旱路甘寧、太史慈、呂蒙、凌統、董襲、潘璋等，水師韓當、周泰、蔣欽、陳武等各路軍官，半月前已有號令，只待風色。今有人祈禱，甲子日東風一起，但聞砲響，即便進兵，違者立斬。（外向內傳介）（內衆應得令介）（小旦，徐盛、丁奉、老旦、二雜上）（小旦）汝二將各領五百軍，分水陸二路，若東風一起，便到南屏山，斬諸葛繳令。（二雜應下）（小旦）子敬可往南屏山看孔明借風。正是：未擧阿房三月火，先祈諸葛一天風。（下）（外）前番取箭只算侮弄奸雄，今日借風直欲挽回造化，葛生是好神通也。這裏是了。軍師那裏？（末披髮跣足仗劍上）子敬到此何幹？快去助周郎調兵。倘亮所祈無驗，幸勿見罪。（外驚下）（末飛符步罡介）（淨上）一陽初動鼓逢逢，（丑上）萬點魚蝦落半空。（付上）噓氣成雲能伏虎，（旦上）觸山有象隱神龍。（合）真人飛符來召，我等不知有何法旨？（末）諸聖聽者！

【馬蹄花】【駐馬聽】曹操孫劉，天與三分五十秋。他驀地揚兵南下，逆天恃衆，要一網全收。待把他陸燒寨柵水焚舟。自甲子日起，（拱手介）仗諸聖借東風三日嚴寒後。【石榴花】布重雲臘底驚雷。（衆領法旨繞場舞下）

（小生上）請軍師登舟。（末上船張帆介）（內）軍師休去，都督使徐盛、丁奉相請。（末上）覆都督好生用兵，諸葛亮暫回夏口，異日再圖相見。

【尾聲】周郎嫉妒安排久，我怎肯落他人毒手。歸去東風一葉舟。

集古：師克由來在協和（唐　胡曾），[1]歸期趁得東風早（宋　劉過），肯逐飛鴻入網羅（元　楊載）。

校記

[1]歸期：此二字前第二句闕。

第三十五齣　點　　將

（生上）城上高樓颺大旗，江天東望散烟霏。孤帆一點隨飛鳥，應是東風送客歸。我劉備。連日上城樓觀望，東南風起多時，子龍去接軍師，尚未見到。你看風乘浪湧，一葉帆飛，必軍師也。我當下城去迎接。（末上）主敗當陽國步艱，振衣長嘯入吳關。功成三寸儀秦舌，虎穴龍潭掉臂還。（生）軍師入吳勞神。（末）且未暇告訴。只所約軍馬戰船雨具，皆已辦否？（生）端正已久，只候軍師調用。(末)既如此，就鳴鼓聚將。大將趙雲！(小生上，應介)(末)汝帶本部三千軍馬，渡了大江，直取烏林小路，揀林木蘆葦多處埋伏。今夜四更，曹操敗到此處，你就放火殺出，雖殺他不盡，也可截其一半。

【風入松】三千軍馬渡長江，伏烏林蘆葦叢莽。四更前後人喧嚷，火光內鋼鎗攔擋。他喪家狗奔逃正忙，留下老弱輩定投降。

(小生)烏林有兩條路，一通南郡，一通荊州。(末)南郡勢逼，他必走荊州。

【急三鎗】我料他趨南郡風鶴驚，時存想，尋歸路定是走荊襄。你追窮寇須開一面成湯網，只搶馬匹奪旗鎗。

(小生)得令。(下)(末)大將張飛！(付上，應介)(末)汝率本部三千軍馬渡江，到夷陵道，有一葫蘆谷，就此處埋伏。來日五更，曹家兵敗，必來埋鍋打糧。那時定有驟雨。你待雨過了，突然殺出，縱捉不得曹操，翼德這場料應不善，八十三萬曹兵，就餘剩也不多了。

【風入松】夷陵北道最荒涼，有山谷葫蘆形狀。你蛇矛丈八英雄將，向此處伏兵停當。曹瞞敗正要埋鍋打糧，又逢驟雨濕衣裝。

(付)敗兵既到，便當殺出，如何耐得？(末)正在交兵，忽來驟雨，各有不便，且待雨過了。

【急三鎗】你猛張飛黑殺神從天降，他定拋鞍馬撇刀鎗。然後你截後軍邀輜重留車輛，那曹操雖不死也遭傷。

(付)得令。(下)(末)我陪主公到樊口，憑高而望，看周郎成大功也。(淨怒上)軍師且住。我關某自隨兄長征戰多年，從未落後，今當大敵，軍師全不委用，是何主意？(末笑介)雲長勿怪。亮本欲煩足下守一個極要緊的去處，奈有些違礙，故不敢相煩。(淨)有何違礙？(末)昔日曹操待足下甚厚，他今兵敗，必走華容道。足下去時，必然放走。

【風入松】他曾把恩山義海待雲長，怎比做陌路生人一樣。你是個輕生重義英雄漢，怕念舊賣情釋放。有一處華容道，是神門鬼關，你守在此，便是活閻王。

(淨)曹操當日待某家委是十分隆重，但某已斬顏良、誅文醜，報過他了。今日相逢，斷無放理。既有華容要道，某家便去。(末)且譏。

【急三鎗】他若提舊交，壽亭侯，曹丞相，你便說我已誅文醜，斬顏良。他又把感一飯千金報韓侯講。為此這華容道，還要再商量。

(淨)軍師太多心了。某願立軍令狀。倘曹操不從那條路上來如何？

（末）我也與你軍令伏。（各寫介）（淨）關平、周倉，併五百校刀手，隨我向華容道立功去[1]。（末）且住。還有分付。你到華容道，揀高阜處堆些雜草，放起火烟，引曹操來。（淨）他見烟起，知有伏兵，如何肯來？（末）操善用兵，必謂此是虛張聲勢，決來無疑，切莫容情。（淨）得令。（下）（生）我弟義氣深重，倘真個放了，豈不可惜！（末）主公定要拿他做甚？（生）欺君逆賊，當寸斬以正國法。（末）主公有所不知。

【風入松】這奸雄大數未應亡，我每夜觀仰乾象。只今布下漫天網，他兵百萬灰飛魚爛，止剩的廿八騎，都是裹瘡帶傷。正好與雲長賣個情兒，便開一面又何妨。

集古：（生）長驅風雨鬼神驚（元　謝宗可），難處長先自請行（唐　王建）。（末）不必戀恩多感激（五代　羅隱），網魚今喜放長生（明　瞿佑）。

校記

［１］華容道："容"字，底本無。今據文意補。

第三十六齣　赤　壁

（丑領付、老，擁衆上）朝中不奉君王詔，閫外惟知相國尊。（付、老）許褚、文聘參見。（丑）起去。俺曹操兵下江東，與周瑜決戰。幸他先鋒黃蓋，早已暗來送款。昨又通信，約在今晚送糧來降。未知到否？（旦上）程昱啓丞相，今日東南風急，南人多詐，糧船若到，勿令近寨，驗實方收。（丑）文聘可領哨舡二十隻出去，南舡若到，令他就江心落帆暫泊，不許近寨。（老）得令。（望介）呀！果然有南舡數十揚帆而來。南舡聽者，丞相有令，糧舡暫泊，且勿近寨。（生）黃蓋糧是沒有，奉都督將令，有一百擔火藥，送與丞相。（戰介）（四雜放火介）（丑）許褚，快去助戰。你看各路火舡齊到，孤家中計了。（先下）（付戰，同老敗介）（衆追下）（丑慌奔上）曹操，曹操！大事去矣！

【越調・鬥鵪鶉】蔽長江千里艨艟，這聲勢天搖地動。沒來由諸葛周郎，搬弄出許多骨董。苦肉計假意投降，喜得俺眼睛沒縫。驀忽地縱火龍，燒一個半天紅。賊文章闞澤呈書，短壽命連環龐統。

（內）不要放走了曹操。（雜上）我甘寧奉令來擒曹操，這隊敗兵裏可有曹操麽？（丑）沒有。（急下）（雜）想又從別路去了。（下）（丑上）嚇殺！嚇殺！

【紫花兒序】一霎時諸軍星散，各寨烟騰，水陸皆空。還虧俺舌尖口快，哄得甘寧轉步收蓬。馬呵！曹操今日性命，全仗您者，願的四蹄動處起天風。說什麽河圖八卦、昆崙八駿，封恁個一馬成龍。

（雜上）我太史慈，奉令來捉曹操，亂軍中不知那裏去了。兀那馬上的，可是曹操麽？（丑）曹操往北去了。（雜）去幾時了？（丑）去不多時，快快追去。（急下）（雜）這奸賊好難尋也。（下）（丑上）險些做出來也。

【天净紗】英雄百勝曹公，朦朧頭腦冬烘。被他每使盡神通。差小輩夸強鬥勇，兀的不貽笑江東。

（內）前面的可是曹丞相麽？（丑）不是，不是。（急下）（雜上）丞相慢行，我是徐晃，送眾謀士在此。（丑上）驚殺我也。

【小桃紅】張遼許褚杳無蹤，幸徐晃把群賢送。你每喫苦了，一個個焦頭爛額身傷重，俺曹操莫非在鬼門關再會諸公。今得徐公明相隨，便不覺心粗膽大無驚恐。早得您殿軍隨從，又何慮追兵接踵。（內）曹操休走，周都督大軍來了。（眾先奔下）（丑）他每都那裏去了？元來徐晃雄勇，驚鳥也驚弓。（急下）

（二雜上）徐盛丁奉黑夜追曹，岐中又岐，追之何益？（下）（丑上）好了，好了。火把都轉去了。俺已人困馬乏，道旁石上略憩片時者。

【調笑令】火光漸遠且從容，道旁石評論江東。俺不怕周郎兵多將廣謀臣眾，俺不怕諸葛亮神通作用。只問他正三冬天寒地凍，倩誰人作保借得東風。（緩下）

（二雜上）我等張遼、夏侯惇，從萬軍中殺出，遍體鱗傷，尋覓丞相。有人見他望西去了，爲此一路尋來。呀！前面攬轡徐行的正是他。丞相且住，張遼、夏侯惇尋得好苦也。（丑）方纔徐晃送眾謀士來，被吳兵一衝又失散了。諸君無恙，可喜，可喜！（二雜）丞相受驚，我等之罪。（丑）俺因欺敵，以致三軍塗炭，罪皆在俺。

【金蕉葉】領三軍長刀大弓，賜金符策勳建功。掃群雄切菜挑葱，不想下江南有始無終。

且喜來路已遠，追兵諒不能及，但不知此是何處？（眾）此處烏林之西，宜都之東。（丑大笑介）（眾）丞相何故大笑？（丑）俺笑的諸葛無謀，周郎少智。若是俺曹操用兵，就這裏伏下一軍，如何了得。

【禿廝兒】看形險惡山如鎖鳳，勢瀠洄水似囚龍。他一枝兵預先埋伏藏軍洞，可不被搶頭籌奇貨是曹公。

（小生上）曹操那裏去？趙雲奉諸葛軍師將令，等候多時了。（二雜雙敵小生介）（丑先下）（小生追二雜下）（丑上）了不得，了不得！（二雜上）我等逃得性命，後面隨從的，都被趙雲截去了。（丑）顧不得了。

【鬼三臺】那趙雲呵，在當陽威名重，抱嬰孩護在胸，憑出入萬軍中。今日俺敗殘軍如何賈勇。虧的男健仔夏侯擋熊，張文遠從旁夾攻。兩白虎難支一龍。那知俺已微服尼山過宋。

前面是一路太平了。（衆）大雨來了。（丑）向茂林中躲去。（同下）（内鳴鑼作雨聲介）

（丑、衆上）（丑）驟雨初收，東風亦正，荒雞唱野，天色微明。只奔走了一夜，人饑馬倒，可去近村打些糧食，一面造飯烘衣，一面放馬嚙草。（衆應介）（丑）這裏是那裏了？（衆）是北夷陵葫蘆谷口。（丑大笑介）（衆）丞相方纔大笑，笑出趙子龍來，折了許多人馬。如今為何又笑？（丑）俺仍笑諸葛、周郎，無謀少智。若是俺用兵時，就這裏伏下一軍，俺老曹可不要寫謹具奉申的帖兒麼？（付喊上）曹操我兒，怎來得恁遲，你張爺爺奉軍師將令，等得好不耐煩。（二雜雙戰付介）（丑先下）（付追二雜下）（丑上）好一個猛張飛也。（二雜上）丞相快走，我等死戰都受傷了，飯炊未熟，馬放難收，都撇下了。（丑）不消說了。

【聖藥王】他那裏烏馬快蛇矛勇，半空中起一陣黑旋風。俺這裏拖了鎗撇了弓，疲兵敗卒怎交鋒。雲長當日曾言，張飛不可輕敵，切囑記關公。

（衆）張飛已去，從此一路平安了。（丑）這裏是何地名？（衆）是華容道。（丑大笑介）前面烟起處是那裏？（衆）是華容道小路，一般可到荊州，反近五十里，只是地窄路險。（丑）就走華容道小路。（衆）既有烽烟，即有伏兵。（丑）諸葛多詐，令人於小路燒烟，却伏兵在大路等候，俺已識破機關，故此大笑。但此處如此險峻，預伏一旅之師，俺等豈有生路。諸葛見不到此，可謂智乎！（净上）丞相恭喜。（丑）將軍別來無恙。（净）關某奉令等候多時了。（衆）丞相今日之事，斷無戰理，只索以情告他。（丑）俺理會得。

【絡絲娘】不提防水盡山窮，美髯公狹路相逢。（向净介）將軍聽稟，想曹操八十三萬大軍，今只存二十八騎。望將軍念舊日之情。（净）關某雖是蒙恩，已曾斬顏良、誅文醜，報效過了。（丑）還記得五關斬將，灞橋贈袍麼？（下馬拜介）（净回身介）小校每，與我四散擺開。（丑、衆衝下）（净）曹公已去，不必窮追，就此收軍。（下）（丑上）虧他念舊日恩情重。若不是天生義勇，這殘生只在他剛刀一動。

【煞尾】二十八騎還堪用,少不得有一日六千君子入吳宮。今日裏周亞夫成不得細柳功,到他年管夷吾怎責的包茅貢。

集古:赤壁樓船掃地空(唐　李白),路邊戈甲正重重(唐　鄭准)。東風不與周郎便(唐　杜牧),立馬吳山第一峰(金　完顏亮)。

第三十七齣　繳　　令

(末道服擁衆上)隻手扶劉兼將相,綸巾羽扇中軍帳。草廬三顧臥龍飛,漢末軍師諸葛亮。貧道諸葛孔明是也。只因孫曹鏖兵赤壁,我就乘便遣諸將於險要處,邀截殘兵。如何此時尚未見捷音?左右,與我大開轅門,待諸將來繳令。(小生上)白馬長鎗蓋世雄,當陽長坂顯威風。烏林驚破曹瞞膽,認得常山趙子龍。這裏是轅門了。軍師在上,趙雲奉令,在烏林要道,截殺曹兵,斬首三千餘級,生擒八百餘人,糧草輜重不計其數。繳令來遲,望乞恕罪。(末)分付軍正司,注了趙將軍功績,明日領賞。(小生)謝軍師。三軍動處千金費,一將功成萬骨枯。(下)(付上)面如鍋底三分黑,怒發牙旁飛霹靂。饒你金鞭黑虎趙玄壇,怎比俺丈八蛇矛張翼德。這裏是轅門了。軍師在上,張飛奉令在葫蘆谷口截殺曹兵,生擒七百餘,斬馘四千餘級,馬匹器械不計其數。繳令來遲,望乞恕罪。(末)分付軍正司,注了張將軍功績,明日領賞。(付)謝軍師。葫蘆谷口建功勳,麒麟閣上標名姓。(下)(淨上)蠶眉鳳目性忠良,匹馬單刀百戰場。曾向桃園三結義,俺姓關名某號雲長。這裏是轅門了。軍師在上,關某軍令難繳,特來請死。(末驚起介)恭喜將軍,建蓋世之功,與普天下除其大害。諸葛亮有失遠接。(淨)軍師!

【新水令】您說甚麽普天除害建功勞。(末)敢是不曾埋伏麽?(淨)俺伏精兵在華容古道。安排着深坑擒猛虎,香餌掣金鼇。兔馬龍刀,偃旌旗等曹操。

(末)我算定的東風乍息,驟雨初收,他敗兵必到。(淨)

【折桂令】果然到五更時驟雨湯澆。(末)那時你就該燒烟引他了。(淨)俺便堆柴聚草,舉火焚燒。看幾道狼烟兒貫斗騰霄。(末)那時曹操來也不來?(淨)早聽的馬嘶人鬧,是曹家將敗軍逃。戰兢兢拖鎗疾走,亂紛紛有甲無袍。許褚張遼額爛頭焦,俺就喝一聲橫刀當道。見一人俯鞍轎,曲背彎腰。

(末)這是何人?(淨)這就是曹操了。(末)既是曹操,就該擒他了。

（净）他倒說道，將軍別來無恙。俺就道關某奉軍師將令[1]，等候多時了。他便說將軍您貴人多忘事。

【雁兒落帶得勝令】可記的灞陵橋贈錦袍，壽亭侯加封誥。您讀《春秋》義氣高，怎不學庾公斯將恩報。今日裏戰敗望風逃，願將軍放下手中刀。（末）這是甘言媚你。（淨）俺便道向日雖蒙厚恩，已曾斬顏良、追袁紹，今日裏巧相逢，斷不饒。（末）這便纔是。（淨）誰想他就下馬離鞍，撩衣羅拜。偷瞧，只見他伏泥途哀哀告江也麼潮。俺不覺的過錢塘漸漸消，過錢塘漸漸消。

（末）如此說起來，那操賊是拿不成的了。（淨）俺正還要問他，被他在人叢中一閃逃走去了。（末）既縱渠魁，別拿得甚將士麼？（淨）關某無能，都被逃脫。（末）不消說了。這明明是念舊徇情，違令縱敵。這罪可也不小，你自去想來。（淨）

【收江南】俺也知今番繳令定有氣兒淘，不覺的橫殺氣上眉稍。（背介）俺也怪不得他，這是軍令如山罪怎逃。（向末介）軍師，您早與俺判犯由斬梟，俺便倒金梁一條。這的是酬恩報德，一死等鴻毛。

（末）你既知罪，貧道在主公面上，不好十分難爲你，有軍令狀在此，你自去照狀施行便了。（淨）軍師不必多言，俺就此去也。

【沽美酒帶太平令】捆綁手何在？您與俺去青巾解綠袍。（雜）小的怎敢？（淨）咦！您敢違俺將令麼？（雜）是。（綁介）（淨）大小三軍。（衆應介）（淨）隱隱聽鳴天鼓，見將星兒向空中落。刀斧手那裏？（雜）小人每在。（淨）隨俺來。您鐵臂膊擎著鬼頭刀，俺視死如歸膽氣豪。空撇下刀偃月青龍盤繞，赤兔馬臨風嘶叫。再休提凱歌回金鐙鞭敲。幸還有俺一輩兒英雄張趙。（向末介）俺雖去了，天下事尚可爲，軍師勉之。論成敗尚多難料。（向內介）哥哥，望您早興漢朝。三弟願恁同心破曹，俺關某在白雲中也掀髯一笑。（雜拔旗介）

（小生急上）刀下留人。軍師在上，二將軍違令，小將趙雲願納下官誥保他，去後立功贖罪。（末）軍令嚴肅，你敢來亂我法度麼？左右，與我叱出轅門。（付急上）了不得！了不得！軍師，二哥有罪，小將張飛有一件東西在這裏。（末）有甚東西？（付）有豹頭環眼，燕頷虎鬚，一個黑首級，在此替了二哥罷。（末）各人功罪，如何替得？你要求死，便一併斬了罷。（付）大哥快來！（小生）主公快來！（生急上）二弟在那裏？（淨）關某以私廢公，理合正法。大哥不必求他。（生）軍師在上，二弟違令，劉備在此陪罪，望看薄面，可以少寬。(末)自古將在軍,君命有所不受。主公請自穩便,不必阻撓。(生)軍師,我三人結義桃園,誓同生死。若二弟有失,劉備豈能獨生。(跪介)望軍師法外施仁。(末驚介)請起,請起。主公屈尊苦勸,諸葛亮安敢不從。分付軍正司,把軍令狀扯毀了。(生)皋陶應執法,(末)堯曰宥之三。(並下)(小生)恭喜,恭喜。我要去備慶賀筵席。(付)快活,快活。我先要去備壓驚筵席。(合)軍士每！好好伏侍二爺歸營。(並下)(净向內舉手介)

【尾聲】謝軍師屈法恩非小,把一個不奉令的雲長暫恕饒。俺哥若不爲念桃園結義勝同胞,軍師怎肯把軍令狀輕輕的就扯破了。

集古：舊事無人可共論(元　耶律楚材),綈袍且念故人恩(元　李俊民)。義高便覺生堪舍(宋　謝枋得),重返三生石上魂(明　劉昌)。

校記

[1] 俺就道："俺"字,底本作"他",今據文意改。

第三十八齣　通　媒

(外上)煩惱不尋人,人自尋煩惱。自家魯肅。見劉備敗兵於楚,無地立錐,不合多事,親到彼處探聽,帶得諸葛孔明遊說動兵。我又從中力贊。我主費了無限錢糧,損了若干人馬,虧了周都督,纔得破曹,燒得土石俱紅,此地遂名赤壁。這是救了他大難。那漢上諸郡已在東吳掌中,他却恃詐力趁現成,都占去了。都督令我去說,舌敝耳聾,纔寫得一紙借契,要我作中,待別取得他處城池,方肯交還。我主見了大怒,把我喝罵,便欲動兵,又恐未能全勝,徒失兩家和氣,引得曹操來攻。爲此周都督思得一計,劉備前在長坂喪偶,久未續弦,主公有一妹,性極剛勇,名曰梟姬,只說與他聯姻,要他入贅。待劉備到時,即便拿住,待交割了荊州,方纔放歸。爲此令我去說合。此計若成,纔脫得魯肅的干係。喜得今日又是東南順風,想此事必成矣。正是：周郎六出計,魯肅一蓬風。(下)(生上)一紙借荊州,周郎爭肯休。(末上)巨鱗頻奮鬣,難脫釣魚鈎。(生)軍師近日取了四郡,兵勢愈強。聞得魯肅又要到來,那荊州是已有借契在彼,他又來怎的？(末)紙上空言算得甚麼？周郎見了,必然又生別計。且待魯肅到時,觀其來意。若諸葛亮不行阻擋,任他怎樣難題,主公只管應承便了。(外上)安排鴛鴦計,來到虎狼都。(見介)(外)皇叔恭喜！(生)先生往還辛苦。(外)我主見了借契,笑道有了此契,就如已得荆州了。今東西已爲一家,久聞皇叔斷弦,我有一妹,素嫻閨訓,因母親鍾愛,不肯遠嫁,欲與皇叔結秦晉之歡,須要入吳就親。令肅執柯,諒宜允諾。

【鎖南枝】這是花重發,月再圓,鸞膠鳳髓續斷弦。不須白璧種藍田,紅絲定中選。奉的吳侯命,非浪傳。合孫劉,作親眷。

(生)多蒙吳侯美意,只恐年齒不同,強弱異勢。

【前腔】他是瑤臺女,蕊苑仙,明珠在掌方妙年。我潘鬢已蒼然,東床怎充選。況荆襄地,只彈丸。耦大邦,恐非便。

(末)主公不可虛了吳侯盛情。

【前腔】婚姻事,都在天,蟠桃會上曾結緣。千里赤繩牽,荆吳未爲遠。我也添幾句,撮合山。助冰翁,共相勸。

(外)皇叔休得遲疑,此非獨一家之利,乃兩國之福也。外托唇齒之勢,內聯骨肉之親,雖有十操,那壁馬之計,必不行矣。

【孝順歌】這是家國事,利兩邊,把曹瞞劈心打一拳。唇齒結姻緣,便儀秦怎離間。況兩下門楣體面,貌堂堂皇叔乘龍,嬌滴滴天孫捧雁。但此是吳侯獨斷,盈廷尚多異議,好趁這桃李花穠,何必須冰泮。望你千金諾,早着鞭。若俄延,恐中變。

(生)先生厚意,當銘五內。

【前腔】嗟身否值運蹇,糟糠鼓盆眉案間。(舉手向內介)蒙吳侯高誼薄雲天。(向外介)蒙先生玉成德非淺。只是登龍靦腆。(外)有何靦腆?(生)既未學蕭史吹簫,又沒有淳于雄辯。(外)皇叔雄才大略,豈比片善寸長?(生)若得並伯荆吳,便世世爲姻眷。玄黃幣,鸞鳳箋,還要具花紅奉媒判。(末背介)

【前腔】人心險,玄又玄,黃河太行在眼前。(向外介)仗你個掌判好周旋,雙星早如願。(挽生背介)主公休慮,我使子龍隨去,付與三個錦囊,臨難方開,可保無虞。(低唱介)自有神機妙算,付子龍錦製三囊,內藏着仙丹九轉。(向內介)取主公的宮錦袍出來。(生更衣介)(末大笑介)五九新郎,再去爲嬌倩,鴛央枕,玳瑁筵。天喜星命中現。

集古:(外)氣度風標合出塵(五代 韋莊),(生)於君我作負心人(唐 趙嘏)。(末)此時不敢分明道(唐 韓偓),(合)新着金緋穩稱身(明 王世貞)。

第三十九齣　相　親

（外上）衰年疏世事，國戚等途人。老夫喬□昔爲世外散人，今作江東國老。叵耐吳侯將妹招贅劉玄德，見我年邁，竟不相聞。蒙劉玄德昨日先來謁見，方纔曉得。我今只做不知，先去探望國太，看他如何瞞得過來。此已是府門了。不須驚動傳宣，待我徑入內宅。（進介）國太有請，老夫在此。（老旦上）未亡稱國太，有子伯江東。（見介）（老）國老光臨，必有所諭。（外）老夫特來賀喜。（老）有甚喜事？（外笑介）令愛招贅劉皇叔，通國皆知，男婚女嫁，人之大倫，何必相瞞。

【五更轉】男須婚，女須嫁。贅皇親，錦上花。滿城喜氣飄蘭麝，六證三媒獨把老夫瞞下。後生家看我做田舍翁如土瓦，想從今國老休稱罷。（老）國老息怒，老身實是不知。（外）莽吳侯已露尾藏頭，老國太尚之乎者也。

（老）女侍每，快傳吳侯進來！（丑上）碧眼承先業，斑衣拜北堂。（見介）（老怒介）孫權！（丑跪介）母親何故煩惱？（老）你把妹子招贅劉玄德，怎不稟命於我？（丑）那有此事？（外）請起來講，這事老夫已知多日了。（丑）此是周瑜取荊州之計，賺得劉備到來，拘囚住了，要他把荊州來換。若不允從，先斬劉備。

【前腔】周公瑾教我招駙馬，把美人局哄騙他。雀屛甥館般般假，分明是畫餅夫妻，望梅姻婭。等他躪吉日烏鵲橋銀河駕，我這裏布爪牙擲盞先拿下。直待交割荊州，然後金雞銜赦。

（老怒介）周瑜匹夫，你做六郡八十一州大都督，再無一條好計去取荊州，却將我女兒爲名，使美人計，殺了劉備，我女兒便是望門寡了。你每好做作，便得了荊州也不稀罕。此事如何行得？

【前腔】好周郎多承謝，這籌兒老大差。我女兒瓊花一朵稱無價，把與你指姓標名做招牌作要。便得荊州，也被他旁人話。（向丑介）你妹子只好守望門做個終身寡。如此庸才，莫怪老身唾罵。

（外）今事已如此，不如真個招了他，免得出醜。（丑）只恐年齒不相當。（外）他是天下英雄，曹操所畏，又是當今皇叔，譜牒非常，招得這個女婿，江東都有光彩。略長數年，何足計也。（老）我今先到甘露寺，請他來相見，如中我意，我自把女兒招他便了。（老、外虛下）（丑）傳宣那裏？（卒上）堂上一呼，階下百諾。千歲爺有何使令？（丑）你去請皇叔劉爺，說國太在甘露寺，立等相見。(下)(卒笑介)國太要看女婿,如何倒在和尚寺裏?此間是了。劉爺有請。(生上)輕身探虎穴,(小生上)大膽闖侯門。(雜)奉吳侯之命,國太在甘露寺要見劉爺,就請上馬。(生)你先去説,我就來了。(雜下)(生)此去多凶少吉,又不得不去。(小生)有軍師錦囊在此。趙雲保了主公,大着膽前去便了。(生)叢林藏殺氣,(小生)甘露灑雄心。這裏是了。(丑上,迎進介)(小生隨進介)(丑)國太、國老,有請。(老、外上)(生)膝下叨半子,(老)堂前儼一兒。(外)將成魚比目,(丑)會見案齊眉。(老向外介)你看皇叔龍鳳之姿,天日之表,從容顧盼,滿座風生,真我婿也。(外)國太得此快婿,乃江東之幸也。(老指小生介)此位何人?(生)乃常山趙子龍也。(老)莫非當陽長坂保阿斗的麽?(生)正是。(老)真虎將也。(丑送酒介)(老)

【二犯五更轉】【香遍滿】面方耳大,宗支裔苗出帝家。英雄無敵曹公怕。非是我坐家招贅,今日喬坐衙。(外)【五更轉】他只爲情開兒女多牽挂。今日個面睹風華,他纔把猶疑放下。真佳婿,度量寬,言辭雅。更一種雄才大略難描畫。依稀的出海神龍,仿佛似行空天馬。(丑)【香遍滿尾】正好合郎舅圖王伯。

(雜上)請趙將軍齋堂小坐。(生)暫去就來。(小生下)(生)

【前腔】【香遍滿】瓊漿玉斝,侯鯖鼎肴禮數加。念劉備奔波長不離鞍馬,因此鸞膠未續,淹蹇無室家。【五更轉】荷尊慈半子收門下,不敢望百兩盈門,不敢望千金賠嫁。但願敦親誼,共破曹,同稱伯。今日個《關雎》再啓《周南》化,人雖道天與良緣,我自合星言夙駕。(揖介)【香遍滿尾】重申意,深深喏。

(小生上)天色將晚,請主公早回貳館。(生)小婿不勝酒力,暫且回寓。(老)

【尾聲】我主張十五團圓夜,(外、丑)早成就男婚女嫁。(生)只爲酒力難勝,且暫告假。

集古:(生)起居入座太夫人(唐　杜甫),(丑背介)龍性誰生未易馴(明　王世貞)。(外)天上人間無可比(北齊　高昂),(老)與君相見即相親(唐　盧象)。

第四十齣　合　巹

(末上)香風喜氣滿城中,肅肅雝雝桃李穠。謾道侯門深似海,今宵龍女出龍宮。自家吳侯府中一個幹辦官便是。奉着國太懿旨、吳侯鈞旨，安排花燭筵席，與郡主同皇叔成親。如何此時新郎還未見到？（生上）狼虎叢中去畫眉，將疑將信馬行遲。（小生上）腰懸三尺龍泉劍，南北東西步步隨。（末）郡馬到了。儐相那裏？（外上）畫堂春暖碧桃開，珍重劉郎特地來。三請仙姬三奏樂，妝成早早出天台。（旦上，小旦隨上）（外贊禮介）伏以珠圍翠繞綺羅筵，夫婦齊眉立彩氊。銀燭光中同下拜，洞房今夜會神仙。（生、旦交拜介）（外）交拜已畢，請郡馬、郡主飲合卺杯。（末、小生、小旦，進酒介）（生）

【錦堂月】【畫錦堂】金鼎香浮，華堂燭燦，簾前八音齊奏。坦腹侯門，深慚齊大非偶。月上海棠，看向來異姓孫劉，今做了通家郎舅。（眾合）同斟酒，成就的瑟鼓琴調，鸞交鳳友。（旦）

【前腔】【畫錦堂】皇族炎劉，侯門弱質，仰攀合，抱衾裯。天與良緣，敵體得操箕箒。月上海棠，喜今宵月滿花芳，願百歲天長地久。（眾合）同斟酒，成就的瑟鼓琴調，鸞交鳳友。

（外）合卺筵徹，奉請兩位新人牽紅入房。（老旦、丑披甲帶刀出迎介）（生驚退走介，小旦攔介）（生）

【醉公子】驚走入虎穴，幾遭虎口。滿洞房似武庫森森，都是弓刀甲冑。（小生卸衣拔劍介）須窮究，想這等機謀，除却周郎誰更有。（眾合）全不想錦綉叢中，怎藏機彀。（旦）

【前腔】我從幼好武，略耻紅裙翠袖。喜跨馬彎弓，日向春園馳驟。（小旦）聽剖，爲要學男兒，常拔金釵戴鐵鍪。（眾合）全不想錦綉叢中，怎藏機彀。（眾下）（生）

【饒饒令】驀忽地奇聞出意外，至今尚小鹿撞心頭。乞夫人將此等器械暫時撤去。（旦向內介）快去了兵器。（生）任笑我畏劍避刀鬚眉婦，且和你閫內的將軍樂好逑。（旦）

【前腔】當年蒙拔救，君子還記否？（生）是何處與夫人會面？實是健忘失記了。（旦）我救父虎牢曾作拖鎗女，虧的恁三戰敗溫侯，至今德未酬。（生）

【尾聲】將軍巾幗原甘受。（旦）非敢效女戎相誘。（合）却不道義結龍刀丈八矛。

集古：（生）喜睹人間第一花（元　李俊民），鳳蟠宮錦畫屏遮[1]（宋　謝無逸）。（旦）宮中本造鴛鴦殿（陳　徐陵），願作鴛央不羨仙（唐　盧照鄰）。

校記

[1]喜睹人間第一花,鳳蟠宮錦畫屏遮:此兩句集古詩,底本筆刪未改換,且尚可辨認。今仍存之。

第四十一齣　計　逭

（小生上）玉樓藏翡翠,金屋鎖鴛鴦。事到難言處,軍師有錦囊。我趙雲。蒙軍師付錦囊三個,保主入吳。一到南徐,先開第一個,依計而行,果然奇妙,抄得他弄假成真,結了花燭。爭奈主公戀富貪歡,樂而忘返,免不得再開第二個,看是如何。（開看介）原來如此這般。我今就去,主公有請。（生上）嬌客乘龍婿,天孫織錦妻。人生行樂耳,好處即爲家。子龍,你不去郊外射獵,却來尋我怎的?（小生）主公有所不知。今早荆州有人到此,説曹操起兵四十萬,來報赤壁之仇。軍師密請主公歸去,切不可令夫人知道。（生沉吟介）我自有道理。你可把車馬人從等候在西門外。我明早出來歸去便了。切勿泄露。（小生）曉得。（下）（生）明日是建安十五年春正元旦,我夫婦入賀國太,就求夫人代稟,言舅姑墳墓遠在涿郡,丈夫日夜傷感。今欲往江邊祭奠,特先稟知。國太向愛幼女,必然先從。夫婦同歸,却不是好?正是:安排神鬼計,脱離虎狼窩。（下）（小生上）雞聲催旭日,馬迹送行人。天已漸明,如何主公還未見到?（生上）□□纔點首,（旦上）車馬便登程。（生）子龍,行糧雨具都完備麽?（小生）不及細談,急行爲上。

【單調風雲會】一江風生望江干,巧計乘元旦,兩口潛逃竄。（旦）

【駐雲飛】嗏!夫主跨雕鞍,我香車簾幔。水宿風餐,好景無心玩。今日方知行路難。

（生）過了幾處州郡,雖然辛苦,且喜一路平安。（内吶喊介）（生回望介）呀!後面有追兵來了。（小生）軍師有第三囊在此,今當開看。（開囊與生看介）（生躬身向旦介）劉備今日之難,非夫人不解。如不見憐,備即刻死車前,以報夫人數月之德。夫人可仍回去。吴侯見怪,都推劉備身上便了。（旦）丈夫休慌。侍兒每!與我卷起車簾,丈夫先行,我自與子龍斷後便了。（生先下）（丑上）我潘璋。奉令來追劉備,前面這隊車馬是了。（見介）（旦）潘璋,你往那裏去?這等匆忙。（丑）潘璋奉吳侯鈞旨,來請郡主與郡馬一同回去。

【奈子落瑣窗】【奈子花】惱吳侯怒髮衝冠，撼天關把几案推翻。不告而歸，潛逃私竄，請郡主還仍舊貫。（旦怒介）都是你等這夥匹夫，離間我兄妹不睦。我已嫁他人，奉母親慈旨，令我夫婦歸荊州。你敢把我比作私奔逃竄麼？子龍與我采他過來。（拔劍介）待我砍他七八段。【瑣窗寒】我辭親明白出吳關，你敢把私奔一例相看。

（丑）郡主息怒，失口亂言，是小將該死了。郡主請便。潘璋自去覆命便了。（下）（旦）從人每，推車快行。（生上）虧了夫人，追兵退去。只是前面乃柴桑地界，周瑜鎮守。要害之所，我等須悄悄過去方好。（內吶喊介）（老上）劉備慢來，大將徐盛在此。（旦）徐盛，你幾時來的？在這裏耀武揚威的說什麼？（老）是周都督令我屯兵在此地，盤詰來歷不明人口。

【繡帶引】【繡帶兒】我奉元戎令，屯兵在此，往來把奸宄查盤。周都督料郡馬不曾面別吳侯，要來偷度函關。請郡主回鑾。（旦怒喝介）徐盛，你敢是要造反麼？玄德是我丈夫。我已對母親、哥哥說知，同回荊州。你聽了周瑜這廝，引軍半路攔截，要劫掠我夫妻財物麼？【太師引】周瑜讒妒頻暗算，若見了定把他碎屍千段。你思劫掠來起波瀾，可不是欺君大膽謀反。

（老躬身介）徐盛怎敢。分付軍士每，放開大路，請郡主榮行。我自去繳還軍令便了。（下）（生）兩番大難，都仗夫人解散，劉備粉身莫報。（旦）不必多言，趕路要緊。（內吶喊生望介）不好了，又有追兵來了。風沙卷地，鼓角喧天，必是大兵到了。（小生）主公休慌，那邊有快船三十餘隻，且下了船再處。船家，渡了我每，過江重重相謝。（末大笑上）主公且喜，快一齊上船，諸葛亮等候多時了。（眾登船共下）（付上）我周泰奉吳侯鈞旨，知郡主剛勇，封寶劍一口，先殺其妹，後斬劉備。

【宜春樂】【宜春令】龍泉耀，星斗寒。軍士每，快奮力趕上，前面是大江了，料他要飛騰，身無羽翰。我劍光落處斬同胞，只算誅逃叛。管教他夫婦遊魂，長繞在大江東岸。呀！這裏已是大江。他每那裏去了？前面數十商船[1]，必定搭船而去，待我哄他轉來。（生、眾搖船上）（付招手介）郡主、郡馬，請暫停帆槳，國太挂念，有話叮囑。主公另有七寶鞭、太阿劍相贈，可以辟邪防盜。（旦白）周泰，我不便登岸，煩你轉致了罷。（旦唱）【大勝樂】願母親加餐割愛，仗哥哥如天福庇，小妹子一路平安。（下）

（付）追已無及，只索繳還寶劍罷了。（下）（眾上）（生）連日驚心弔膽，如今是好了。（末）主公且休歡喜，周郎必不干休。（內吶喊介）（生）江上戰船如蟻，追風搶浪而來，必是周瑜親到，却如何抵敵？（末）不妨。渡過江去，就是本國黃州地界。我伏下十萬天兵在彼，可以無憂了。（下）（小旦領衆上）本帥親追劉備，且喜前船不遠，快努力趕上。

【浣溪蓮】【浣溪沙】大耳公，我原把他做蛟龍豢，錦香叢馴擾非難。主公阿，你情知不是池中物，玉鎖金枷怎放寬。今日裏要我親自趕。（下）（生、衆上登岸介）（末）周郎遠送，主公辭謝纔是。（生向內）蒙姨公遠送，該請到荊州喫杯喜酒，奈路遠不敢虛邀，請轉船罷。【金蓮子】謝都督做姨公，送親兒直送到江灘。

（末）周郎即刻登岸了。我將縮地法，送主公、主母先去。我與子龍只帶些少從人，用隱身法駐在前面山坡上，教他盛氣而來，載喪而去便了。（衆同下）（小旦領衆上）呀！上的岸來，他車馬那裏去了？（望介）怎麼前面殺氣衝天，必有伏兵，快去打探。（雜下）（小旦）諸葛多謀，小心爲上。（雜上）啓都督，轉過山坡上，見江邊亂石數十堆，烟從此起，並無伏兵。（小旦）這也奇，待我自去看來。（看介）是幾堆亂石，如何這等作怪？待我進去細看。（內）這是諸葛軍師擺的八陣圖，將軍未識，不可輕進，恐妨性命。（小旦）胡說。這是惑人之術，我偏要進去，看是如何？（進介）呀！天昏日慘，鬼哭神嚎，豎土橫山，四面無路，中諸葛之計矣。（四天將繞場下）（小旦倒介）（外上扶介）將軍何人，輕入此陣？快隨我來。（小旦）依舊青天白日了。我乃東吳大將，誤入此陣，可引出之。（小旦）此陣還可學否？（外）變化無窮，不可學也。野老久談，恐妨軍政。請了。（下）（小旦）擔擱許久，車馬又不見，如何是好？（末、小生上，高立介）（末）

【節節令】【節節高】周郎釀酒□把世情觀。女生外向從來謬，到的金躍冶，虎出欄。空忙亂，當初忘想荊州換。（小旦）我計不成，有何面目歸見江東父老[2]。（倒介）（雜扶介）都督醒來！（小生）【東甌令】我主公入秦，趙璧今已返邯鄲，你憤怒枉傷肝。

（小旦）衆將官與我併力殺上山去，務要擒拿諸葛，以洩我憤。（雜上）啓都督，荊州大軍水陸並進，關某從江中殺來，張飛從黃州殺來，即刻到了。（內吶喊介）（衆）快快登舟，再圖後舉罷。（小旦）蒼天！蒼天！既生瑜，何生亮？氣死我也！（扶下船介）（內）周郎妙計高天下，賠了夫人又折兵。（小旦）上岸去決一死戰。（衆）再去不得了。（同下）（末）

【尾聲】順氣丸，挑一擔。（小生）聞他箭瘡數月未收瘢。（下）（末）歸去終須要買棺。

集古：頓開金鎖走蛟龍，馬踏深山不見蹤（唐　王昌齡）。料道周郎長謝客(明　湯顯祖),陣圖留與浪淘春(明　唐寅)。

校記

［1］前面數十商船：底本句首有一"已"字,今據文意刪。
［2］江東父老："江"之前,底本有一"東"字,今據文意刪。

第四十二齣　索　荆

　　(丑舞刀引凈上)一鞭飛兔滾紅雲,百戰威名四海聞。浩氣直衝霄漢上,荆南鎮國大將軍。俺關某。因主公要同軍師入蜀,拜俺前將軍,董督荆州事,漢壽亭侯[1]。北當曹操,東拒孫權。近聞東吳周郎已故,魯肅代領其衆,屯兵陸口,與俺接壤,一向相安無事。他近見俺獨領荆州,三日前差官下書請俺談心敘舊,相會江亭。俺今只帶五百校刀手前去,單刀赴會。待他提起荆州,俺自有道理。周倉,與俺分付梢水,將四面吊窗開了,待俺觀一回江景。

　　【北雙調‧新水令】大江東去水連天,挂錦帆艨艟巨艦。單刀探虎穴,三尺按龍泉,氣壓孫權。諒魯肅怎施展。(望介)呀!四望無際,真大觀也!

　　【北駐馬聽】江闊於天,萬里來龍供望眼。帆飛如箭,群山走馬送行船。銀河一派在人間,黃河九曲輸天塹。二十年前俺破曹,此地曾鏖戰。(下)

　　(外上)長江渺渺水東流,定伯尊王志未酬。今日只憑一席酒,伶牙利齒取荆州。我魯肅。自作保借荆州與劉備,日夜受主公埋怨。今思得一計,乘劉備入蜀,將荆州托付雲長。我今設一筵席,請他來觀潮飲酒,對景談心。他若到時,講情評理,要他還我荆州;若其不允,擲盞爲號,伏兵四起。倘再疏虞,連珠號砲,近則八寨環攻,遠則江兵攔截,捉將焚舟,饒他八臂哪吒,也難措手。然後再起大軍,直搗荆州。彼國無主,必然瓦解。不須十日,大事定矣。甘、蔣、徐、丁四將聽令!(四雜上)甘寧、蔣欽、徐盛、丁奉,參見都督。(外)甘寧、蔣欽挑選八寨精兵三千,一聞砲號,即便殺出。(雜)得令。(下)(外)徐盛、丁奉,領戰船五百,水軍一萬,伏在深潭闊港,一聞砲號,即便殺出,攔截江面。若還放走,軍法施行。(雜)得令。(下)(外)

　　【南步步嬌】擔帶荆州招埋怨,劉葛多權變。何時得卸肩折簡,相邀雲長覿面。只怕他膽怯不來,但得跨脚上江船,我各神祠都許下豬羊願。

　　(望介)江面上靜悄悄的,大約不來了。

　　【南沉醉東風】他來時我歡生笑顏,他不來我枉排筵宴。倘來時識見偏，強詞折辯，這其間免不得恩多成怨。明列着香馥馥美酒佳餚，暗伏下惡狠狠長鎗大劍。管教荊州郡縣，驪珠合浦還。

（内鳴鑼，淨上，外接見介）君侯請了。（淨）都督請了。高誼昔同遊，星霜幾度秋。（外）故人重會面，同上望江樓。君侯榮授方嶽，魯肅尚未趨賀。（淨）都督超拜元戎，關某亦未稱慶，反蒙寵招，何以克當。（外）久違芝宇，鄙吝叢生，盈盈一水，邈若山河，薄治小酌，在望江樓屈尊觀潮玩景，叙闊談心。（淨）生受了。（外拱介）此間就是。（淨）好座高樓也！（登介）（外送酒介）（淨）周倉取刀過來。（丑呈刀，淨擎杯介）刀阿！恁勇能衛主，忠不辭勞，某家今日赴宴，照例賜您一杯。（潑刀介）（向外介）此刀極肯出力，只是貪杯好飲，每遇筵席，先要賞他一杯。都督勿怪！（外）名將自有寶刀。（淨）

【北胡十八】并州鐵，經百煉，出手時，青龍現。顏良、文醜曾雙斬。刀阿！您休躲懶偷閒者，您須留心着意者。俺今日談心對故人，談心對故人，待要盡歡兒醉也。（外重送酒介）

【南忒忒令】看長江烟波浩然，叙故舊捧觴相勸。江山無恙，只光陰屢換。今日裏上高樓開笑顏，舒望眼，想故人興亦不淺。

（内潮聲介）（淨）是什麼響？（外）是潮來了，請君侯觀潮。（淨觀介）呀！你看雪浪排空，銀山拍岸，千鼉鳴鼓，萬馬凌波，是好奇觀也。（外）魯肅斗祈君侯登高，即事對景揮毫，不知可否？（淨）只恐見笑大方，就題在粉壁者。君不見望江樓高高幾許，東接吳頭西楚尾。山色朝來梁棟間，潮聲夜鬧窗軒裏。萬騎千艘壓上游，東風一戰陣雲收。當時多少英雄血，添入長江萬里流。（外）胸襟慷慨，筆墨淋漓，此詩可與長江並垂天壤矣。（淨）這潮是那裏來的？（外）是海上來的。一日兩潮，再不失信。不似世人，負義辜恩，食言挾詐也。（淨怒介）誰是負義食言？（外笑介）即如令兄皇叔，兵敗借我荊州，久借不還，空期虛約，但知貪地，甘失大信，車無軏軌，貽笑江潮，愚甚惑焉。（淨出席介）您這話講差了。荊楚是劉家舊地，俺主向曹家恢復，不曾向孫家借貸，何故有此嘵嘵也？

【北沽美酒帶太平令】這荊州呵！屬劉家已有年，屬劉家已有年。俺好似逐穿窬返舊甗，鄲謹齊人歸魯田。不曾藉酈生片言[2]，不曾借聊城一箭。與東吳風馬無關，却苦把葛藤來纏。俺不耐聽呢喃語燕，您周郎機謀萬全，怎先被祖生着鞭。呀，今日裏倒拔蛇，有許多不便。

（外）昔皇叔兵敗當陽，立錐無地，我主爲他排難解紛，破曹赤壁。寇退難平，輒先竊據。人任其勞，我居其利。講理講情，不須動氣。

【南月上海棠】我主呵，惡曹瞞，做個解紛却秦魯仲連。損費了疆場士馬，府庫金錢。您看輸贏高坐雲端，任我輩盲征瞎戰。寇退解嚴，却先乘便。得魚熊味，頓爾忘筌。

（净）烏林之役，左將軍親在行間，卧不解甲，多負勤勞。不聞另有尺土相酬，反説雲端坐視，來索劉家故地，尅期交戰。方纔造箭，不虧俺軍師，這十萬箭便造到來年，也還不完，反説多費了金錢。

【北慶東原】左將軍不曾卸甲眠，多負勤勞，反説高坐雲端。並不見相酬尺土，倒來索劉姓山川。又悔當時多費金錢。問誰人把十萬雕翎，白手兒送到江邊。

（外）皇叔敗奔夏口，欲往交州，投托吳臣也。虧我帶軍師渡江，得有今日，又聯姻貴主，難道就不記得了？

【南江兒水】身似風中葉、浪裏船，南交瘴海圖他竄。今日個得雨蛟龍騰霄漢。孫劉又已成姻眷，都是魯肅從中相勸。若不把荆土交還，教我怎好見吳侯之面。

（净）昔敗當陽，今伯荆楚，這是彼一時此一時也。若説入贅就親，都是公等奸計，欲挾質易地耳！

【北沉醉東風】公等懷奸詐，儼身爲掌判。俺主經危難，幸天與周旋。惡姻緣仍變好姻緣，烏鵲橋駕在長江畔。自古嫁女賠錢，只合割膏腴贈作奩田，那裏有向婿家索逋追欠。請問您這月老冰翁，早難道披過了花紅就不管。

（外笑介）我要與他討荆州，他倒要在我身上討起奩贈來了。

【南五供養】你英風雄辯，公瑾當時早料到其間。毒龍誰結草，猛虎不銜環。鄰家釁端，却替他被髮纓冠血戰。今日個梟神雖奪食紾臂[3]，豈甘心這荆州，這荆州，寧同虞芮作閑田。

（净）您江東人，開口閉口，只就周郎是個人物，曾料過俺每。但曹兵壓境，不是俺軍師借得東風，俺也料周郎半籌莫展。休説二喬鎖於銅雀，即公等室家豈能保也。

【北雁兒落帶得勝令】那曹操呵，您只道他莽苻堅，侈投鞭，來涉大川。那知老夫差愛風月，要酬私願。銅雀臺便是館娃宮，要您把大小喬當西施獻。若不是俺軍師妙道有仙傳，神力可回天。召封姨，吹烈焰，差巽二，扇青烟。堪憐，休説這兩阿嬌重抱琵琶站；難言，就是您妻孥也免不的過別船。

（外）君侯執意如此，教魯肅也没奈何了。

【南玉交枝】再三苦勸，奈君侯不聽良言。我非爲主偏左袒[4]，但圖兩

家穩便。今事若不集,倘吳侯一怒,只恐天虧西北煉石難,兵連禍結傷情面。這缺月何時再圓,這缺月何時再圓。(擲盞介)

(內鼓噪,四雜喊上,淨、丑擒外介)(淨拔劍介)(外)眾將退後。(眾下)(淨)

【北攪箏琶】您砲鳳烹龍,擺列的鴻門宴;明瞞暗騙,埋伏着九里山。撩草兒借□藏兵,孟浪兒擲杯傳箭。指望割荊州,分江漢。這且休想者,好好的送俺登船,早又趁東南風便。(攜外上船介)(外)

【南川撥棹】多多慢,唱陽關,江路遠。愧繞朝欲贈無鞭,愧繞朝欲贈無鞭。望鱗鴻頻將信傳。對斜陽,情黯然。醉中言,休挂牽。

君侯請便,魯肅不敢遠送了。(淨笑介)故人情重,不忍遽別,煩再相送一程者。周倉,分付開船。(小生領眾上)父親在那裏?不肖關平迎接。(淨)這裏是那裏了?(小生)前面就是黃州界牌了。(淨)周倉,可扶都督爺上厓去罷。(外)駭死我也。(頓足呆看介)(淨舉手介)

【北尾】謝高情,蒙盛款。累故人受怕擔驚不淺。從今後切莫想討荊州,也不勞置酒張筵再送簡。

集古:(外)百戰江東幸破曹,(淨)東風何物可酬勞(國朝　徐維新)。(外)情當厚處翻成怨(明　郝鳳升),(淨)提起荊州認大刀(國朝　徐維新)。

校記

[1]漢壽亭侯:"侯"字,底本作"候"。今據文意改。
[2]鄺生:"鄺"字,底本作"鄘"。今據文意改。
[3]奪食紾臂:底本"食"字前有一"神"字,今據文意刪。
[4]左袒:"袒"字,底本作"胆",今據文意改。

第四十三齣　入　蜀

(老旦上)劍璽傳家四十秋,包茅歲歲貢成周。世人不識崑崙派,只道黃河是濁流。自家劉璋,字季玉。系出天潢,相傳隆準。承先人之緒,頗得民心;守望帝之封,堅持臣節。爭奈齊人筑薛,曹瞞已牧馬漢中;晉國和戎,孟獲反投鞭瀘水。勢危累卵,心若懸旌,若不哭廟殉身,必致開門銜璧。幸有留侯借筯,除是包胥乞師。急飭別駕張松,速請荊州。劉備英雄蓋世,譜牒同宗,較之喪國敗名,今日何妨先讓位。倘得因人成事,他年仍不失封侯。

他今已到涪州,我尚未離蜀郡。若遲迎迓,那見殷勤。法正那裏?(丑上)主公有何鈞旨?(老旦)速點侍衛親軍三千,隨我到涪城,去會劉荊州也。(丑傳令下)(內鳴鼓介)(老旦)未觀文叔除新莽,先與懷王會武關。(下)

(生上)萬騎千艘出楚關,信陵仗義救平原。天河不及瞿塘險,世路無如蜀道難。我劉備,兔脫三吳,鷹揚全楚。今提虎旅,去援蠶叢。一路來,月峽鵑啼,風林猿嘯,江濤滾滾,土雨紛紛。突兀夔門,舊日公孫躍馬;崎嶇閣道,當年力士開山。到涪今已經旬,堅壁不傳一令,未識云何?軍師有請。(末上)主公有何見諭?(生)軍師,劉益州國久被兵,人無固志。我既扶危濟困,何辭蹈火赴湯。今不思鼠穴之爭,必是想漁人之利。此非備所知也。(末)主公有所不知。亮初入蜀境,便差細作各路打探,隨有密報。馬孟起葭萌犯塞,舉國寒心;夏侯淵漢中揚兵,滿朝束手。亮知翼德陸行未到,即發銅符,授密計,令半路先到關上,去破馬超。只夏侯淵在漢中,真是門庭之寇。但他雖為總帥,有勇無謀,老將黃忠便可斬之。待亮激他去便了。(向內介)眾將官!(內應介)(末)夏侯淵猖獗,誰敢領兵迎戰?(外上)末將黃忠願往。(末)你名位卑微,年華衰邁,他勇冠萬夫,你如何近得?(外)若有差池,願甘軍法。(末)既如此,與汝精兵五千前去,須要十分小心。(外)得令。未能借劍誅曹操,先看揮刀斬夏侯。(下)(末)還有孟獲小醜,乘間陸梁,擾亂南方,癬疥之疾,不足挂齒。我已令人授計於王抗,多聚鄉勇,日換衣甲,遠近出哨。蠻子多疑,不知虛實,恐被人算,必自退矣。此兩處皆不曾經由涪郡,故主公未知耳。(生)軍師用兵,秘密周到,孫吳不知也。(雜上)啓爺,西蜀劉爺到了。(生)道有請。(老同丑上介)(老旦)相逢□□訴艱辛,願作桃園第四人。(生)隆準皆為高帝後,不知誰主與誰賓。(老)弟因將寡兵微,多招外侮。蒙兄赴援,誼薄雲天。但愧犒遲,幸祈恕罪。

【掉角兒序】我一丸泥北封劍關,他烽火照天梯石棧,大渡河接壤南蠻。他乘獅象譸張為幻,我也曾差張任、遣嚴顏、令孟達,一個個都是不鳴之雁。(生)難道都不濟事?(老旦)因此乞□貴國,若得銷災弭患,我情願虞賓就班。這的是涸魚號救,待不得西江往返。

(生)我弟但知南北被兵,不知還有利害處。

【前腔】我在荊州撫髀嘆間,接上國徵兵折簡。敢辭勞涉水登山,兼星夜赴鴒原急難。正待要除強暴掃凶頑,驅犀象忽密報,密報西涼入犯。(老旦)若馬孟起兵來,如何是好?(生)不妨。仗軍師智囊立辦,何用待西江往還。若是就乘危鳩占,我劉備生平不慣。

(丑)我主一片血誠,君休疑慮。

　　【前腔】是讓墨台求仁首山,阻放伐馬前力諫。非故爲遺大投艱,事平後食言巧辯。效周泰伯遜王季,便待竄荊蠻。争肯學望帝,效揖讓啼鵑哀怨。(生)唐虞揖遜,二女九男,夐絶萬古,非後人所可效也。(丑)我主正可多男,况先有孫吴鼇降虞鰥不鰥。諒非若子之燕噲,召兵蒙訕。

　　(末)始謀不慎,後悔難追,事須兩全,方爲善策。

　　【前腔】是賢侯見邦家步艱,在我主怕甘言被賺,論同宗休戚相關。諸葛亮僭參愚見,我主若領了蜀郡,便乘天險修耕戰,滅曹瞞,平吴會,恢復炎劉籍版。那時酬大德丹書鐵券,盟河誓山。看兩下君臣兄弟,怡怡無間。

　　(衆)軍師言之有理。(老旦)法正可請印劍來,待我親授與新主。(丑取印,老授生介)(末)主公已受印劍,明日即入成都正位便了。

　　集古:一時曹孟謾英雄(元　劉秉忠),帝胄堂堂起蜀中。山色古今餘王氣(明　王守仁),(末)成都原有漢遺風(明[1]　王逢)。

校記

[1] 明:底本闕,今據文意補。

第四十四齣　稱　　帝

　　(浄上)獨掌荆襄半壁天,(付上)葭萌收伏馬超還。(小生上)百萬軍中曾救主,(外上)漢中新斬夏侯淵。(各見介)(浄)某家在荆州,知大哥得了全蜀,今上特拜爲漢中王,因此星夜前來朝賀。今百官齊集,如何軍師尚未見到?(衆)想必就到了。(末上)羽扇綸巾半似仙,一窺火井便生烟。扶成季漢三分業,釣渭耕莘略比肩[1]。(衆)軍師今日何故來遲?(末)諸君有所不知。昨有北路東向兩處細作報來,黄忠在定軍山斬了夏侯淵,曹操敗歸,驚痛憤懣,不日身亡。其子曹丕篡漢自立,降帝爲山陽公,僭國號曰大魏,改元黄初。東吴孫權亦即乘間僭竊,改元□□主公聞報痛憤,便欲問罪興師。我極力諫阻,故爾來遲。王弟季叔那裏?(老旦上)望帝當年泣杜鵑,我今全蜀付宗賢。軍師有何見諭?(末)可請主公、夫人一同早早升殿。(老)兄嫂有請!(内奏樂介)(生上)

　　【窣地錦襠】天朝賜爵漢中王,仗鉞西南伯一方。炎輪被蝕已埋光,三舍揮戈在魯陽。(旦上)

【前腔】德凉才薄備椒房，風化關雎衍慶長。家傳兵法佐樓桑，待旦雞鳴誡色荒。

（末）臣啓主公，操賊已伏冥誅，孽子曹丕篡逆，建號改元，孫權亦乘間竊位。皆大逆無道，罪不容誅。我主天朝宗派，功濟楚蜀，不可小就稱王，反出篡賊之下，理合應天順人，以隆王室，可改建安二十四年爲章武元年，光纘前業，鼎足形成。然後徐興問罪之師，修九伐之法，屯兵河渭上流，下甲淮揚諸道，縛魏吞吳，告廟釁鼓，此其宜也。（生）孤以天王，降在藩服，不勝痛憤，智昏慮闇，悉憑軍師主裁。（末）今靜鞭三響，文武班齊，可即登極，受百官朝賀。（衆拜介）（生）

【畫眉序】金殿賽蓬萊，一着戎衣年號改。看冠裳劍珮，鷹揚臣宰。祝聖人壽算齊天，享國祚福祿似海。（合）樓桑車蓋權歸妹，同受百官朝拜。（旦）

【前腔】雉尾扇初開，合殿爐烟凝翠靄。見龍瞳鳳頸，異常體態。是住珠宮天上神仙，笑藏金屋人間粉黛。（合）樓桑車蓋權歸妹，同受百官朝拜。

（末）朝賀已畢，群臣未散，凡屬從龍，皆爲佐命，宜頒爵賞，以慰勳勞。（生）速敕詞臣草詔。（小旦扮內官上）玉音傳誥命[2]，金殿聽披宣。皇后跪聽册命。（旦跪介）（小旦）詔曰：朕統承大業，君臨萬邦，今册妃孫氏爲皇后，授以昭陽璽綬，母儀天下。皇后其敬之哉。子禪，待年翻齓，俟壯正位東宮。欽哉。（旦）萬歲，萬歲，萬萬歲！（丑扮內官上）玉音重降詔，金殿再傳宣。請臣跪聽封誥。（衆跪介）（丑）詔曰：朕以涼德，嗣纘鴻基。卿等皆懷英伯之才，效忠貞之節。或心腹股肱，或御奔走，匡朕不逮，朕實賴焉。今封爾諸葛亮爲丞相、武鄉侯，總統內外軍國，兼錄尚事，開府治事，領益州牧，誓書鐵券，食邑一萬戶。爾劉璋昔爲桐圭介弟，今爲虞賓上公，兼振威將軍。封關某爲前將軍、漢壽亭侯，董督荆州事，假節鉞，特賜上方，誓書鐵券，食邑八千戶。爾張飛爲左將軍、新亭侯兼車騎將軍，假節鉞，誓書鐵券，食邑八千戶。爾趙雲爲右將軍，兼中護軍、征南將軍[3]

校記

［1］釣渭："釣"字，底本作"鈎"，今據文意改。

［2］玉音："玉"字，底本作"王"，今據文意改。

［3］征南將軍：此四字以下闕。

南 陽 樂

夏 綸 撰

解 題

傳奇。清夏綸撰。夏綸(1680 — 1753?),字言絲,號惺齋,晚年別署朦叟。錢塘(今浙江杭州)人。十四歲應鄉試,之後八次科舉不中。四十歲後花錢買官,但在官場始終不得志。乾隆元年(1736),辭官回鄉,作劇自娛。著有傳奇五種:《無瑕璧》《杏花村》《瑞筠圖》《廣寒梯》《南陽樂》,均存。乾隆十七年(1752)合刻為《惺齋五種》。後又著《花萼吟》一種,加前五種合刻為《新曲六種》。《重訂曲海總目》《今樂考證》《曲錄》著錄《南陽樂》。劇寫諸葛亮六出祁山病重,劉禪命北地王劉諶探病相助。司馬懿探知諸葛亮病重,命長子司馬師攻打祁山。次子司馬昭赴許昌奏魏帝曹丕,與東吳孫權修好,兩下夾擊蜀漢。諸葛亮禳星借壽,玉帝命天醫華佗暗助靈丹,使諸葛亮身體康復。諸葛亮拜見劉諶,商議退敵之策。司馬師攻打祁山,被馬岱殺死。司馬懿率師攻祁山,孫權命陸遜率師攻蜀。諸葛亮請劉諶去白帝城協助李嚴,抵禦陸遜。時蜀漢中常侍黃皓專權。司馬懿令司馬昭攜珠寶賄賂黃皓。黃皓派人假稱劉諶手下刺殺劉禪,誣陷劉諶。劉禪欲殺劉諶,幸得蔣琬、費褘勸說,使劉諶免於一死,但府邸被圍。孫夫人被拘東吳,思念蜀漢,夜觀星象,知吳魏前景黯淡,蜀漢將星燦爛。後又去江邊祭奠劉備。諸葛亮命魏延從子午谷進兵,抄魏兵後路;命馬岱從斜谷進兵。魏兵大敗,殺死司馬昭,活捉司馬懿。蜀軍乘勝攻打許昌。曹丕、華歆縋城而逃,欲投東吳,途中被姜維活捉。殺華歆,囚曹丕。諸葛亮命魏延盡掘曹操疑冢。黃皓再次誘使李嚴殺劉諶。李嚴忠直,告知劉諶。劉諶接諸葛亮捷報,星夜發兵,從水路趨東吳,李嚴率兵從陸路接應。劉諶得關羽神兵之助,打敗吳軍,陸遜自刎,孫權投降被擒。黃皓陷害劉諶事敗露被殺。諸葛亮、劉諶班師回成都,殺曹丕、司馬懿,孫權因妹故,免殺囚禁。諸葛亮功成身退,辭歸南陽。劉禪禪位於劉諶。劉諶繼位後,接受臣諫,令魏延去南陽問候諸葛亮,令姜維去白帝城迎請孫夫人回朝,並令蔣琬據典擬孫夫人徽稱和關羽諡號,命譙周擇吉修裝關公廟宇。作者借諸葛亮與蜀漢的故事,以補三國蜀漢未能一統天下之遺憾。該劇今存三種版本:1. 叠翠書堂本,清乾隆乙丑(1745)春鎸刻,上下二卷 40 齣,書前有李壺天隱叟、雪堂髯翁杲、張無夜、姪婿孫廷槐四篇序和作者夏綸的《小引》《凡例》;2. 世光堂本,清乾隆壬申(1752)刻《惺齋五種》,《南陽樂》爲其中之一。後又補《花萼吟》,合刻爲《新曲六種》。書前有乾隆己巳歲(1749)徐夢元的總序和乾隆辛未(1751)春仲朔日作者自題的《五種自序》以及沈乾作者小像。還有乾隆壬申(1752)嘉平望後五日龔淇序。此本《南陽樂》爲上下二卷 32 齣,頁眉有徐夢元評語。卷末有壺天隱叟題詩二首,符月亭、張欠夫評語。該本是叠翠書堂本的修訂本,徐夢元在首頁眉批中説:"此本係乾隆己巳(1749)重定,視原刻稍異,結構愈嚴緊,詞藻愈絢爛。先生學與年進,於此可見。孰謂七十老人菁華衰竭耶!"3. 黃氏家藏本,係清抄本,首頁題"南陽樂,黃氏家藏",卷端鈐"替俊□鉢印",卷尾題"南陽樂,昆弋全本"。該本係據世光堂本抄改的演出本,29 齣,不僅將原本删去 3 齣,而且每齣内容均有改動,正文中多處增加唱白提示,顯是抄録的適合演員用的演出脚本。今以世光堂本爲底本,進行校勘整理,黃氏家藏本附録該本後。

傳　概

（末上）（蝶戀花）缺陷紛紜難更數。彩筆才人,煉石將天補。纔見黄龍恢故土,又看伯道斑衣舞。獨有祁山師相苦。五丈秋風,消歇吟梁父。一曲笙歌遺恨吐,宫商細按從前譜。（沁園春）憑弔三分,痛漢家忠武,一病沉淪。借禳星乞命,上蒼昭格,華佗靈藥,二豎離身。五丈原頭,八門陣裏,羽扇輕揮韻絶塵。子午谷,偏師度險,克建奇勳。王孫忠勇無倫,佐師相,同將巨寇吞。溯祁山交戰,已擒典午,臨江整旅,又掃吴氛。丕執權降,梟姬返國,一統山河漢室尊。南陽樂,功成高隱,筆補乾坤。

祭七星忠悃格蒼穹,演八陣威名耀青史。滅吴寇英主建新猷,恢漢祚老臣歸故里。

第一齣 起 程 江陽

（小生扮北地王,净、外扮二內侍引上）

【正宮引子·喜遷鶯】兵符叨掌,敢任重屏藩,澄清他讓。北魏猶存,東吳未殄,炎精甚日重光。半壁殘山羞看,累葉貽謀空壯。還欣仰有救時賢相,偉略非常。

（鷓鴣天）宛洛聲靈嘆寂寥,咸陽旺氣已全消。祖宗舊業今安在,臣子雄心忍遽拋。狐鼠輩,枉矜豪。時來會取滅孫曹。三巴本是興王地,肯讓功惟赤帝高。孤家姓劉名諶,爵封北地王,乃蜀漢炎興皇帝之次子也。生來相貌魁梧,肝腸激烈,揚鞭馳馬上,人夸玉樹千尋;解甲坐軍中,自許金湯萬里。以天家之龍種,作邊境之虎臣。前奉諸葛丞相將令,命我鎮守白帝城,以防吳寇東犯。近因丞相六出祁山,剿除魏寇,成都重地無人把守,父皇為此特差大將李嚴換俺回來,暫肩重任。這也不在話下。只是中常侍黃皓,自從丞相出師之後,怙寵弄權,干預朝政。我父皇既不遠鑒於趙高,復不近懲於張讓,一味言聽計從,毫無覺察。就是侍中蔣琬、費禕兩公,未嘗不慷慨激切,屢奏其奸。奈父皇有意包容,反以兩公所言為過當。為此孤家不勝忿忿。日前在父皇面前,將他奸險之處,痛哭直陳。父皇聽了,也但付之不答。似此臥榻藏奸,將來其禍有不可勝言者。不免請夫人出來,商議一番。內侍請娘娘上殿。（侍傳介）（小旦扮崔妃,老、正二旦扮宮女隨上）

【新荷葉】金璽分榮願已償,助交儆數聲雞唱。朝來深掩綠紗窗,征袍自繡團龍樣。

（見介）（分正旁坐介）（內侍、宮女俱暗下）（小生）夫人,我朝自高祖開基,傳今四百餘年矣。桓靈失政,曹操專權,遂使海宇三分,干戈四起。吾祖昭烈皇帝,承漢正統,立業西川,傳位父皇,已經一十二載。雖人心豫附,國勢粗安,天下已成鼎足,但魏國曹丕,吳國孫權,二賊未擒,中原幾時得能一統。所喜者,諸葛丞相受皇祖三顧之恩,感激圖報,恢復可期。只是六出祁山,大功未建,好不悶人也！夫人,那丞相自一見了皇祖呵！

【正宮過曲·玉芙蓉】韜鈐恥秘藏,戰陣頻修講。展經綸妙手,誓掃群方。不想皇祖纔得丞相之力,奄有兩川,進號漢中王,那孫權就背盟棄好,結連曹操,暗襲荊州,害了關公性命。博得個基開西蜀功垂就,又誰料釁起東吳將早亡。教人恨,恨金甌頓傷。問何時中原席卷復荊襄！

（小旦）目下丞相六出祁山，想功成指日矣。（小生）夫人，黃皓不除，講甚恢復。孤家日前已曾在父皇當面，把那厮痛斥一場。可奈父皇全無驅逐之意。孤家看此光景，丞相在一日，他還稍知斂戢，一旦丞相不理朝綱，他便可任意而行，毫無顧忌了。日後吾家宗社，必然斷送在他手內，如何是好？孤家意欲早晚之間，預刃此賊，以消國家隱患。夫人，你意下以爲何如？（小旦）大王差矣！那黃皓寵固君心，陰謀巨測，若不明奉朝廷旨意，爲人臣子，安可妄肆誅鋤。投鼠忌器，大王獨不聞之乎？

【前腔】他栖身近御牀，助惡多朋黨。嘆城狐社鼠，久肆鴟張。據妾身看來，從古宦寺專權，終歸消敗。只要你征旗一片收吳會，戰騎千群踏許昌，那時誰能抗。羨功垂廟廊，又何須手提霜刃戮貂璫。

（小生）夫人之言，深爲有理。但孤家與他嫌隙已成，勢同騎虎。且再看機會，剪除此賊便了。（末扮內監持節急上）（侍暗上）（末）

【朱奴插芙蓉】【朱奴兒】怪二豎無端作殃，把梁棟頓生魔障。帝胄英名果堪仗，銜王命促渠遄往。（進介）（小旦虛下）（小生跪介）（末）聖上有旨，道丞相諸葛亮，抱病祁山，勢甚危篤，着北地王劉諶，星夜領兵前往看視。倘有不測，着即暫攝軍機，北拒魏寇，毋得遲誤。欽此。（小生山呼介）（末）大王，聞得丞相病勢，十分沉重。聖上愁緒萬千。王爺務須火速起身，以寬聖抱。（小生）望公公善復父皇，孤家即刻起程了。我鞭梢颺，指祁山路長。（末合）

【玉芙蓉】敢逍遙漫停行轡負君王。

（末下）（小旦上）大王，那內監爲何事而來？（小生）夫人，你難道不曾聽見麼！目今諸葛丞相臥病祁山，十分危篤，父皇着他來傳旨，命俺即刻起身，前往協贊軍機。這是國家天大事情，不容怠緩。夫人保重。孤家就此登程了。內侍，吩咐人馬，作速齊集伺候。（侍應傳介）（小生）

【前腔】早擁着龍旌虎幢，暫別了鳳衾鴛帳。（小旦）兩字平安慰遐想，鱗鴻便莫辜來往。（小生）休凝望，望征人異鄉，須知道俊王孫胸懷雄志類高光。

（老正二旦、副淨、雜扮四卒執旗上）（小生、小旦一面作別介）（合）

【隔尾】絲綸頃刻從天降，早聽驪歌高唱。羞殺那離別銷魂淚滿眶。

（小旦下）（衆進見介）（小生）大小三軍就此起馬。（衆應，合唱引行介）

【仙呂入雙調過曲・朝元令】輪蹄驟忙，閫外提兵將。旌旗驟颺，道左排儀仗。遠涉邊疆，敢辭勞攘。但願天憐師相，頓轉安康。龐頭將星光焰長，塞馬早騰驤。旗開撞伐張，鞭敲鐙響。齊額手故基重創，故基重創。

第二齣　懿　　探　尤侯

（丑扮探子上）慣作穿營客，常爲探事人。自家乃大魏司馬太傅爺帳下，一個探子的便是。我家太傅爺名喚司馬懿，奉旨鎮守長安。目今西蜀諸葛亮，六出祁山。太傅爺命我混入蜀營，探聽虛實。他家兵馬局面，我已一一打聽明白。只是諸葛亮病勢，尚未了然，必須問一個清楚，纔可放心回去。呀！遠遠前面有人來了，我不免閃在一旁，聽他説些什麼話來。（虛下）（生扮卒急行唱上）

【仙呂入雙調過曲·窣地錦襠】皇天不眷病難瘳，一息淹淹命必休。壺懸市上盡庸流，欲覓良醫何處求？

（丑上見介）老兄請了，匆匆何往？（生）奉姜維老爺吩咐，去尋醫生。不陪了。（欲下）（丑）轉來。（生轉介）（丑）請問是那一個患病，勞你去尋醫生？（生）是丞相爺患病。你難道還不曉得？（又欲下）（丑扯住介）丞相爺病勢，究竟怎麼樣了？（生）要死快了。你快放手，不要誤我的差遣。（挣脱下）（丑）好了。諸葛亮病勢，如今已有的信，不必再耽擱了，趁早回覆太傅爺去罷。

【前腔】穿營入寨幾時休，軍令如山敢自由。風聲巧探已全收，歸報元戎匪浪謅。（下）（副净蒼髯扮司馬懿、外扮家將隨上）

【南呂引子·步蟾宮】巖巖重望推山斗，歷百戰威名誰偶？（净扮司馬師上）正金風入座雨初收。（末扮司馬昭上）共酌高堂春酒。

（副净）三臺入武帳，九列冠朝簪。何日平吴蜀，威移四海心。老夫司馬懿，表字仲達，官拜魏國大都督之職。（指净介）長子司馬師。（指末介）次子司馬昭。俱悉任兵權，官居顯要。可奈西蜀諸葛亮，屢出祁山，侵我疆界。若非他每次因軍糧不繼，罷手而歸，此時已被他殺到長安來了。目下他屯兵五丈原，製造木牛流馬，希圖大舉。只是不知何故，尚無進兵消息。我已經差人前往祁山探聽去了，且待他回時，自有分曉。今日老夫因秋風薦爽，又蒙主上加我爲太傅之職，特設家宴與兩孩兒暢飲一番，未知筵席可曾完備否？（外）完備多時，只候太傅爺上席。（副净）即如此，我兒把盞。（净末進酒介）（合）

【南呂過曲·梁州新郎】【梁州序】威行寰宇，權傾朝右，手握乾坤樞紐。寵膺顯秩，尊崇不讓王侯。果是當年莒起，近代韓彭，偉烈今朝又

（再進酒介）綺筵開處也，酒盈甌，寶鼎香燒瑞靄浮。（副淨）我兒，你二人須要同心協力，早早平吳滅蜀，麟閣標名，纔遂吾意。（淨、末）謹遵父親嚴命。（合）【賀新郎】斑衣舞，壎箎奏，喜瑤階玉樹雙株秀。遵教誨，肯堂構。

（丑探子又上）一心忙似箭，兩腳走如飛。（進介）探子叩頭。（副淨）你來了麼？那西蜀兵馬消息如何了？（丑）太傅爺聽稟，那西蜀諸葛亮呵！（副淨）起來講。（丑起介）（西江月）他統領雄兵十萬，連朝訓練辛勤。事煩食少病纏身，一命殘燈欲隱。士卒惶惶淚墮，偏裨切切聲吞。漢家從此嘆無人，凶吉何須再問。（副淨）知道了。後營領賞去。（丑謝下）（副淨）家將過來。（外）有。（副淨）你可火速往都督營中，挑選鐵騎三千，即刻隨大爺出征。（外應下）（淨）爹爹差孩兒何處去？（副淨）我兒，西蜀主帥既經抱病，那軍中大事定然沒人主張，此乘虛進剿之秋，不可失也。你便可領兵前去，連夜攻彼祁山大寨。管他那裏無人抵敵，奏凱而歸。只是我兒此去，斷不可日間進兵，務須貪夜悄然前往，纔能取勝。（淨）請問父親，日間不可進兵之意，卻是為何？（副淨）我兒，你不曉得，凡事須要謹慎一分。那諸葛亮雖然抱病，但他家兵馬，却也不少，不可太輕覷了。他那裏呵！

【前腔・換頭】效奔馳豈乏兜鍪，況重地更多防守。須機乘昏暮，銜枚一舉功收。（末）大哥匆匆遠行，孩兒敢借筵前尊酒，與大哥餞別。（副淨）弟兄們正該如此。（末出位與淨把盞介）借此葡萄香熟，琥珀光濃，早祝功勳茂，願你手提金鉞也，氣橫秋。迅掃狂氛顯壯猷。（淨）多謝兄弟。（合）斑衣舞，壎箎奏，喜瑤階玉樹雙株秀。遵教誨，肯堂構。

（外上）稟上太傅爺，兵馬俱已點齊，在教場中伺候。（副淨）將士果然驍勇麼？（外）太傅爺聽稟。（副淨）起來講。（外起介）

【節節高】三軍盡虎彪，耀戈矛，征塵蕩處迷昏晝。旗幡綉，五色浮，分先後，依方按隊無差謬。彎弓盡把青驄驟，佇看談笑便封侯。酬勳早拜君恩厚。

（淨）兵馬已齊，孩兒就此拜別。（各起別介）（淨、副淨、末合）

【尾聲】奇謀喜向趨庭授，看指顧殲除鄰寇。解甲歸來樂事稠。

（淨、外先下）（副淨向末介）我兒，你哥哥此去，定然馬到成功。但祁山雖然取勝，那劉禪尚在據守成都，有險可恃。必須商一個剿滅無遺之計方好。你明日便可前往許昌，面奏主上，速速遣官修好吳主孫權，約他那邊兩下夾攻。不可有誤。（末）父親吩咐，孩兒知道了。

（副淨）蜀道崎嶇路萬重，相侵只合仗鄰封。（末）明朝匹馬趨青瑣，細把親言奏袞龍。

第三齣　禳　星　齊微

（小旦扮童子上）身居虎帳職司香，手捧金爐禮玉皇。安得上蒼憐漢祚，天星常曜臥龍岡。自家乃諸葛丞相帳下一個童兒。俺丞相未出茅廬的時節，原有嘔血之症，調理痊可，已歷多年。目下因奉旨伐魏，屯兵在這祁山五丈原，軍務勤勞，舊病復發，看看沉重，如何是好？丞相素精禳星之學，特命搭起高臺一座，每晚帶病步罡踏斗，向天借壽。今已第六夜了。你看日色平西，丞相敢待到壇來也。（生蒼髯綸巾鶴氅青帕包頭扮諸葛亮上）

【越調引子·杏花天】六師親統機如蝟，竭丹心宣揚國威。今朝一病添憔悴，怎禁得西風亂吹。

（滿江紅）魚水君臣，受遺詔，藐孤親托。奈軍餉屢嗟庚癸，中原未復。六出漸看先滅魏，三分豈肯偏安蜀。聽轅門畫角震悲音，秋風肅。一紙表，吞聲哭。八陣法，奇謀伏。念臣心已竭，歲時將促。忠悃倘蒙天意格，微軀猶幸年華續。望西垣，歲歲耀長庚，興堪卜。老夫諸葛亮，字孔明，道號臥龍，琅琊陽都人也。時遭喪亂，寄迹襄陽。老夫生而穎異，幼即沉潛。澹泊寧靜之操，不爲功名搖奪；俊偉光明之概，久從學問甄陶。寄逸興於《梁父吟》中，曲高和寡；樂躬耕於南陽田內，迹晦知希。自蒙大漢昭烈皇帝，顧我於草廬之中，委我以軍師之任，因此不辭勞瘁，許效馳驅。先取荆襄，後收隴蜀。不料東吳敗好，暗襲荆州，遂使虎將淪亡，封疆窘蹙，豈不可恨。老夫自永安宮內，受先帝托孤之後，盡心輔佐，又經一十二年。目今六出祁山，在這五丈原，與魏將交鋒，屢獲全勝。只是老夫向有嘔血之症，近因軍務煩勞，舊疾復發，仰觀乾象，命在須臾。爲此搭造高臺，禳星乞命。今已第六夜了。童子，可隨我壇前去來。（行介）（場上預設高臺，臺列星燈七盞，並左右旗幡之類）正是：因愁國病成身病，自笑忘年更乞年。（作到介）好一座高臺也！

【越調近詞·綿搭絮】層臺高聳，一望碧雲齊。真個尺五天低，慘澹銀河當戶欹。童子，你可將臺上油燈，照依北斗七星方位，次第擺設起來。（小旦應擺介）（生）你看金風颯颯，玉露泠泠，刁斗沉沉，旌旗閃閃，早又是一天夜景也！聽烏啼，月冷風淒。恨我壯懷空老，筋力衰微。對着這居所尊嚴，乞算祈年雙淚飛。

（小旦）臺上燈已擺齊，請丞相爺更衣。（內奏樂，生更冠帶上香禮拜畢，執笏對臺跪介）（小旦暗下）（生）阿喲，皇天嘎！臣亮生於亂世，甘老林泉，承昭烈皇帝三顧之恩，托孤之重，誓竭犬馬之勞，討滅國賊，以興漢室。不意將星欲墜，陽壽將終。謹於靜夜，上告蒼穹，伏望天慈，曲延臣算。

【入破】漢具官臣亮啟。欽奉朝廷旨，命臣領兵討賊，將星誰料將墜，忍死哀啼。臣謹誠惶誠恐，稽首頓首，伏念微臣，隆中抱膝樂鹽齏，性命苟全亂世，利祿都捐棄。誦《詩》《禮》，識廉恥，初心願，隱居老矣。不想茅廬，故主三番親詣。略尊卑，吐膈傾肝，難辭聘幣。

【破·第二】重蒙漢皇，加以軍師職。腹心交契，君臣魚水堪比。可憐受任，兵微將寡，時當顛沛，危急存亡，匡扶匪易。

【袞·第三】博望燒屯，博望燒屯，纔禍解，當陽怎回避。詞激東吳，詞激東吳，覷周郎如兒戲，赤壁同舟共濟。幸仗東風，幸仗東風，一戰曹兵都斃。最可悲，本漢室江山，反從人假乞。

【歇拍·第四】荊楚暫托，荊楚暫托，怎成大計。因念益州，因念益州，崇山裏，民殷富，頗堪依。親統偏師，親統偏師，旅到劉璋納璽。震鼓聲，隴蜀全收，居然帝基。

【中袞·第五】成都纔定，成都纔定，荊襄地又墮吳人計。陸遜呂蒙，陸遜呂蒙，肆奸欺。忠良將，喪溝渠。帝憫關公，帝憫關公，誓將吳寇誅夷。誰料火攻，頓挫天威。

【煞尾】先帝臨崩，先帝臨崩，嗣主惟臣寄。臣專望，展心膂，掃瘡痍。奈難追，六轡西。遙觀碧落，正是臣星將墜，命可知。臣若歸泉，王朝誰倚。

【出破】丹誠委曲向空祈，伏望增臣紀。待死在河山整後甘如醴。臣無任哀鳴懇款，悚慄彷徨之至。

（起介）（內金鼓介）（丑扮卒上）報，丞相爺不好了！魏國司馬師，黑夜領兵前來劫寨，請令定奪。（生）不必着忙，即傳我軍令，著平北將軍馬岱，火速前往迎敵便了。（丑應下）（生）我想馬岱此去，司馬師決然望風而逃，不足爲慮。且靜坐帳中，待他報捷，有何不可。正是：青詞哀籲玉皇宮，豈爲私情愛此躬。漢祚倘蒙容再續，不愁蒲柳萎西風。（下）（正、小二旦扮卒引淨合唱行上）

【越調過曲·水底魚兒】兵貴乘機，他家病可欺。忙驅征騎，趁此夜光迷，趁此夜光迷。

（淨）俺司馬師是也。奉父親之命，率領鐵騎三千，前來祁山劫寨。此時

已經是深夜。軍士們,快些隨俺殺入蜀漢營中去者。(卒應,重合唱"忙驅征騎"三句行下)(外扮馬岱,老、雜扮二卒合唱引行上)

【前腔】主帥揚威,三軍左右隨。休辭勞瘁,努力向前追,努力向前追。

(外)俺平北將軍馬岱是也。可奈魏國司馬師,連夜起兵前來劫寨。奉丞相將令,命俺領兵追趕,不免作速殺上前去。(重合唱"休辭勞瘁"三句行介)(正、小二旦引淨衝上,通名戰介)(二旦暗下)(外殺淨取首介)(外)軍士們,司馬師已經被俺殺死,可將此首級,快快隨俺丞相爺處報功去。(卒應,合唱行介)

【加尾】旗開斬將歡聲沸,熱血淋漓笑滿衣。早又是望裏星光向曉稀。

第四齣　問　病　魚模　齊微

(正、小二旦扮卒引小生合唱行上)

【仙呂入雙調過曲・六幺令】元臣堪怖,問安危幾度愁予。秋風吹葉滿林鋪,天慘澹,樹蕭疏。征旗遙指祁山路,征旗遙指祁山路。孤家奉父王之命,探望丞相病體,猶恐遲誤,爲此星夜就道而來。前面已離大營不遠。軍士們,作速趲行一程。(衆應,行介)(合)

【前腔】邦家多故,忝藩封理合匡扶。登山度嶺莫徐徐,遙望見馬和車。料應師相屯兵處。

(到介)來此已是。軍士們通報去。(卒傳介)(末扮姜維上)幾處吹笳明月夜,何人倚劍白雲天。呀!原來是大王到此。小將姜維,不知大王駕到,有失遠迎,伏乞恕罪。(小生)不敢。(分正旁揖坐介)(二卒下)(末)請問大王此來爲何?(小生)孤家奉父皇之命,特來探望丞相病體,不知近日可有起色否?(末)十分沉重,殊爲可慮。(小生)阿呀!丞相乃國家柱石,豈可稍有差訛,倘一朝山頹木萎,大事去矣。這事如何是好!(末)大王聽禀。

【商調過曲・高陽臺】他只爲志切籌邊,心存匡國,憂懷旦晚難釋。但看旁午軍書,牀頭無限堆積。前者曾差人到曹兵下戰書,他那邊主帥司馬懿,細細問我們丞相飲食起居之節。他道你家丞相,食少事煩,其能久乎!這些話,起初不過認他是句幸災樂禍的言語,看來竟被他説着了。追憶,強鄰片語成讖也,悔不早暫圖安逸。(小生)還該上緊延醫調治纔是。(末)豈知到如今沉綿輾轉,倩誰醫得。(小生)

【前腔・換頭】堪惜,二表孤忠,八門奇略,回頭火冷烟熄。只怕名士風流,從今瞻仰無及。(末)丞相設有不測,大王責任非輕了。(小生)我心戚,相君倘竟騎箕返,這殘局怎生收拾。(末)然雖如此,丞相久知禳星借壽之法,已經搭臺竭誠禳解。道七日之內,主燈不滅,可以延年一紀。昨已六夜,燈光倍明,或者上天垂救,起死回生,也未可知。(小生)果然如此,是天之不絕炎漢也!但願他動星躔維皇西顧,眷茲良弼。

(末)據小將看來,丞相這病,其寔可憂。喜得燈光明亮,將星如故。還可望他勿藥而愈,請大王暫且寬心。(小生)將軍之言有理。只是丞相病中,未免暫荒軍務。不知魏寇那邊,可有兵來挑戰否?(末)昨夜三更時分,魏兵果來劫寨,被丞相命馬岱追去,將司馬師殺死。現在懸首軍門,以警敵將。(小生)這也可喜。(起介)(小生)天有不測風雲,(末)人有旦夕禍福。(小生)但願今夜燈光,(末)更見輝騰幽谷。(小生)好個更見輝騰幽谷。將軍,我和你一同進去看他便了。(末)大王請。(隨下)

第五齣　帝　格 真文

(生扮馬天將上)

【北仙呂・點絳唇】威猛超群,(淨扮趙天將上)金輪光奔,(副淨扮溫天將上)邪魔遁,(丑扮黃天將上)同護天門。(合)望玉陛,正爐烟噴。

(生)吾神天將馬元帥是也。(淨)吾神天將趙元帥是也。(副淨)吾神天將溫元帥是也。(丑)吾神天將黃元帥是也。(合)請了。玉帝升殿,在此伺候。(分立介)(外扮玉帝,正、小二旦扮金童玉女引上)

【北中呂・粉蝶兒】手握乾坤,威凜凜手握乾坤。展雙眸滄桑一瞬,嘆塵凡蕉鹿紛紜。這江山,那宮殿,一個個香消烟燼。說不了萬古群倫,盡由俺主持元運。

(上臺坐介)(二旦、四將各高立介)(外)三十三天第一天,玉虛金闕少塵烟。無梯莫說人難到,常有精誠達御前。朕乃玉虛天帝是也。統御萬靈,鑒觀九有。任中外華夷之域,儘着他藏奸弄巧,莫遁階前;極東西朔南之曲,只消俺遠矚高瞻,都歸掌上。昨有蜀漢丞相諸葛亮,抱病祁山,禳星乞命。朕看他表文誠切,十分憐憫。況北地王劉諶,忠孝兩全,群黎愛戴,實足膺圖嗣統。興廢雖由天數,予奪亦順民情。朕豈可固執三分之局,有拂四海之心。為此特沛殊恩,重興漢祚,要使諸葛亮膺功克奏,北地王大寶誕登。俾天下後世,人人稱快,纔補得乾坤缺陷也。

【石榴花】雖則是中原局面已三分,漢家的基宇半無存。須曉得興亡繼絕,俺也正勞神。纔待把吳疆魏畛,盡付與王孫。偏不料祁山頂,偏不料祁山頂,那巍巍主帥早已身兒困。昏昏黯黯,寒星將隕。苦切切叩天閽,苦切切叩天閽。俺忍見這長城萬里悲傾損,只索要垂慈默佑降恩綸。

不免宣召天醫華佗,速往蜀漢營中,暗施療治,使那諸葛亮病症,早早痊癒,有何不可。金童,速傳天醫華佗見朕。(旦應傳介)(內應)臣來也。(末扮華佗上)肘後青囊留秘術,壺中丹藥起沉疴。(進介)微臣華佗見駕,願聖壽無疆。(外)華佗聽者,朕宣你到來,非為別事,只因蜀漢丞相諸葛亮,奉旨伐魏,臥病祁山,庸醫束手。故此特命卿家到彼,暗中授以靈丹,痊其痼疾。你且聽朕道來。

【鬥鵪鶉】他只為巨任難分,他只為巨任難分,顧不得精心獨運。到今朝大病纏身,到今朝大病纏身。怎能够枯苗再潤。可惜他廢寢忘餐報國恩,朕待要破格暗施仁。總仗您一粒長春,總仗您一粒長春,保屏軀登時安穩。

就着殿前四將,送卿同往。(末)領玉旨。(外同二旦下)(眾合唱行介)

【上小樓犯】纔低首把玉案辭,早揚鞭向雲路奔。遙望着蜀漢軍門,遙望着蜀漢軍門,那盡瘁孤臣,臥床誰問。務令他頓免吟呻,務令他頓免吟呻。輕揮羽扇,圖開八陣,展韜鈐直把那魏吳滅盡。

【尾聲】愁只愁元臣無計避災迍,喜只喜天醫有藥扶危困。贈靈丹早把罡風兒趁,怕不那二豎膏肓先暗中窘。

第六齣　丹　拯　先天

(小旦照前扮童子手提汲水小桶上)漫説秋風病骨輕,秋來病勢轉堪驚。旌旗畫偃轅門靜,獨坐空廊守藥鐺。自家諸葛丞相帳下一個童兒。我家丞相爺,抱病祁山。自從上表禳星以來,雖則喜得七夜燈光如故,但是每日服藥調治,毫無應效,如何是好?此刻閒暇無事,我已汲得泉水在此。不免將桌兒上的藥料,慢慢煎好起來。(作將藥入罐,坐低凳煎介)(一面唱)

【南呂過曲·一江風】覷清泉,幾度在溪頭見,亂灑如珠濺。不想今日呵,付爐煎。把炭火微吹,早碧浪翻騰,一望浮柤片。

我想世上的人,一遇疾病纏身,便急急的延醫調治。豈知服藥而愈者,十不過二三。為醫所誤者,反十居七八。倒是神農皇帝,當日多此一事了。長桑久失傳,長桑久失傳,誰能洞隔垣。假韓康偏市上懸壺遍。呀!爐中火

種,已漸漸將完,不免進去,再取些出來,多煎一會也好。(起介)正是:不憂傳火盡,且向積薪求。(下)(末扮前天醫上)

【前腔】下遥天,爲拯匡時彥。喜九轉新修煉。小仙天醫華佗是也。生前精於醫理,曾爲關公刮骨療毒,名重四方。殁後得授天醫之職。奉玉帝旨意,命我將靈丹,暗救諸葛公性命,爲此駕雲而來。此處已是蜀漢營中了。呀,何處沸聲喧,似韻起茶鐺,響挾寒潮,待把旗鎗戰。(看笑介)原來是在此煎藥,不是烹茶,我看差了。(嘆介)咳,諸葛公!你此病已將成不起,只靠這幾味草根樹皮,怎生濟得事來!沉疴豈易痊,沉疴豈易痊。枉豨苓冀引年。如今我且跕立虛空,待他進藥之時,暗中加入靈丹,使其服下,霍然而愈,有何不可?展妙手且待乘其便。

(高立介)(小旦持炭火上)岫晚含烟紫,柴枯帶焰紅。(看藥罐介)呀!纔去得不多時,且喜藥已半乾,不必再煎了。待我傾入碗內罷。(作傾畢放桌上介)如今竟請丞相爺出來,乘熱服下便了。(向內介)丞相爺有請。(生上,小旦扶介)(生)

【南宮引子‧生查子】巨任一身肩,盡瘁渾忘倦。其奈病相侵,恐負茅廬願。(伏桌介)

(小旦)藥已煎好在此,請丞相爺服藥。(生)且慢,咳,我連朝服此,如水沃石,全不見一些兒好處,還要服他怎的!

【南宮過曲‧太師引犯】藥無緣,枉把君臣辨,對西風頻將炭煎。(小旦)丞相爺,還該勉强喫些。(生)我豈是畏苦口勞伊諄勸,恨參芪奏效茫然。(小旦)或者藥不對病,故而尚未見功。且看今日之藥,服下光景如何?丞相爺不可太執意了。(生)你這幾句話,頗也有理。論療病原同開鍵,果中窾登時安善。你可去熱好了,再拿來我喫。(小旦)曉得。(一面熱藥,末一面暗投仙丹介)(生)但這些藥味呵,也只是尋常見,匪貽來自天。

【刮鼓令】早難道頓回樞紐異於前。

(接藥服完介)呀!纔喫得下去,那胸膈之間,忽然開爽了許多。這也奇怪!

【前腔】每日就牀眠,猶嫌倦,快入口神完氣全。(小旦)丞相爺,敢是這藥的好處麼?(生搖手介)非也。豈草木功如操券,料微忱豫格皇天。這分明是我禳星以來,七夜命燈炯炯,故此到今日,居然服藥有效了。若不是蒼蒼垂眷,便靈丹也空勞吞咽。(大笑介)哈哈哈!我的身子,此刻更覺舉動自如,毫無拘迫之苦。欣舒展珊珊欲仙,恰應那幾宵燈影焰熒然。

【尾聲】保殘軀無他願，也只要挽此炎精一線。若得個六字同風，我何須痼疾痊。

我不免趁此精神陡健之際，將那連日積下的文書，略為查點一番。童子，可隨我進來。（小旦應隨生下）（末）你看諸葛公，服下我的仙丹，病體登時安好。從此滅魏吞吳，其志可遂矣！我不免早早回復玉旨去罷。

脉訣堪嗟世盡迷，笑他走馬枉延醫。天醫敢把良言贈，服藥何如勿藥宜。

第七齣　丕　宴　寒山

（丑扮魏主曹丕，老、貼二旦扮內侍引上）

【仙呂引子·劍器令】攘臂奪江山，借揖讓巧遮雙眼。奈四海人猶思漢，幾多側目相看。

銅雀臺成百尺高，昔年曾此侍揮毫。而今御宇稱新主，緩步重登換赭袍。寡人大魏皇帝曹丕是也。乃魏王曹操之親子。我父王駕薨之際，曾吩咐道，前代陵寢，多遭發掘，特命於講武城外起疑冢七十二座，將一真冢混雜在內，以掩後人耳目。寡人遵奉遺命，安葬之後，已歷多年。喜得太尉華歆，倡謀革命，幫我奪了漢家天下，改元黃初。廟堂之上，文武足備，國基鞏固。只是吳蜀兩邦，尚未賓服。寡人已命太傅司馬懿領兵前往長安，料那蕞爾蠶叢，定歸漸滅。蜀寇既滅，順流東下，那吳寇亦一舉可平。兩處皆不足為慮。目今秋高氣爽，朝野清寧，寡人意欲及時行樂。特設宴太祖當年所造銅雀臺，與群臣共用升平。內侍傳旨，諸臣俱在臺下賜宴，任他們賦詩的賦詩，射箭的射箭，只宣太尉華歆上臺侍宴。（侍應傳介）（副淨白髯冠帶扮華歆上）助惡一朝添虎翼，罵名千載笑龍頭。（進見山呼介）（丑）太尉，寡人今日特設宴斯臺，上追太祖武皇帝，當年較射賦詩盛舉，卿以為如何？（副淨）陛下功德巍巍，克媲先烈，足與斯臺共不朽矣！老臣何幸，得叨陪從，不勝欣賀。（侍）宴完。（內奏樂，副淨把盞介）（合唱）

【仙呂過曲·八聲甘州】時清燕衎，正臺高露迥，桂蕊初繁。宸游施惠，群歌聖德如山。文臣有才堪授簡，武將穿楊技久嫻。分番，競前王盛事追攀。

（淨扮內侍捧詩文上）江山增潤色，詞賦動陽春。啟上萬歲爺，這是文臣所作的賜宴銅雀臺詩，奴婢特來獻上。（丑接看介）好。這些詩，篇篇錦綉，可以流傳千古。你可傳旨,遵照太祖武皇帝當年設宴銅雀臺舊例,凡文臣獻詩者,各賜宮錦一端;武臣射箭中多者,各賜錦戰袍一領。就在臺下,按名頒給,以彰盛典。(淨)領旨。(下)(副淨再進酒介)

【前腔・換頭】蹣跚,呈杯獻盞。笑瓊漿在手,御座頻翻。衰庸誰似,從今萬目同看。群雄幾時胥削剗,循分猶欣免素餐。(合)分番,競前王盛事追攀。

(淨又上)啓上萬歲爺,太傅司馬懿,遣子司馬昭,有事面奏,在臺下候旨。(丑)既有事面奏,可宣他上來。(淨)領旨。(下)(丑出位坐介)(末上)人來遠道衝風雨,宴設高臺沸管弦。(進見山呼介)(丑)司馬昭,你爲何事而來?(末)臣啓陛下,臣奉父親之命,道西蜀諸葛亮侵犯中原,略無寧歲,誠爲我國之大患。喜得他近日抱病祁山,十分危篤。父親已命臣兄司馬師,前往乘夜掩襲。但他那邊山川險阻,道路悠長,非隻旅單師,所能剿滅。必須吳魏兩邦,協力夾攻,以分其勢。伏望陛下這裏。

【皂羅袍】亟遣多情魚雁,向東吳訂好,共豎旗幡。管教那諸葛亮呵,一息粗存已難安,軍書踵至彌增嘆。況那昏庸劉禪,徒知寵奸。滿朝臣宰,誰非乞墦。料纔聞會剿魂先散。

(丑)汝言雖是。但我國與東吳孫權,自從那年夾攻關公之後,屢盟屢背,音問久疏。如今驟然向他開口,怕他那邊呵!

【前腔】頓立英雄崖岸,記珠盤玉敦,乍設旋翻。雖則寒盟棄好,也是人情之常,不足爲怪。只是我們這邊,忒覺太性急了些。口血淋漓未曾乾,爭衡又屢相侵犯。魚書陡寄,能無汗顏。誰堪專對,言詞不凡,把通和好事從中贊。

(末)陛下聖慮,果然不差。(副淨)臣啓陛下,老臣原係江東名士,爲吳主所愛,於建安十五年,奉差修好而來,恰正值此臺告成之際,蒙太祖武皇帝,召見臺上,加恩重用。如今只消老臣作一短啓,上達吳王,許他事成之後,平分蜀土。他那裏自然起兵相攻,決不坐視了。(丑)寡人一時失記,卿果係原從江左而來。一紙書,定不辱命。卿便可就寡人當面,修書起來。(副淨)領旨。(旁設桌寫介)

【一封書】蒙差久未還,愧虛聲遭名利絆。回頭望故山,幾臨風偸淚彈。願共滅炎劉分蜀土,兩主交歡輸肺肝。戒傷殘,起波瀾,永固深盟不再寒。

書已寫完,請陛下龍目一觀。(丑接看介)好,果然寫得明白。太尉,你可便將此書,差的當人送與吳王,催他那邊,刻日起兵相應便了。(副淨)老臣自然上緊送去。（丑顧末介）司馬昭，你可火速回營，同你父親，統領大隊人馬，放膽長驅，不可有誤。（末）領旨。（丑）話已說明，卿等下臺去罷。（二臣）臣等告退。（辭出介）（副淨）乍畫通吳策，（末）旋興破蜀師。（同下）（丑）內侍，就此擺駕回宮。（侍應，引行介）

【尾聲】朝臣可幸多謀幹，佇一舉把平劉碑撰。讓我到那巫峽巫山仔細看。（侍引下）

第八齣　憂　國　江陽

（小旦隨生上）

【黃鐘引子·玉女步瑞雲】【傳言玉女】不是祈禳，怎得此身無恙。【瑞雲濃】再曳履隨吾所向。

（浣溪沙）上將星寒慘不輝，孤臣已是病將危。秋風底用苦相催。哀籲幾宵天意轉，命隨燈永露先機。果然痊可不須醫。老夫諸葛亮，前因病勢垂危，禳星乞命。喜得一誠有感，燈焰倍明，七日之後，病體全安。只是老夫病重之際，感蒙主上特遣北地王前來看覷。今已痊癒，理合前往叩謝。童子，可隨我到北地王營中去。（小旦應同行介）正是：高牙樓敞千門月，細柳旗開八陣天。（到介）（小旦）有人麼？（外扮卒上，答應通報介）（小生上）

【前腔】僭竊猖狂，殄滅此心空壯，累國老馳驅鞅掌。

（出迎見介）（生）賤軀抱恙，重荷遠臨。大王請上，老臣有一拜。（小生）炎運告終，實勞再造。丞相請上，孤家也有一拜。（各拜介）（小生）君才直可凌伊呂，管樂庸庸何足云。（生）尚恨魏吳分漢鼎，幾時一統罷三軍。（坐介）（外、小旦暗下）（生）老臣來到祁山，為日已久，不識朝廷之上，近況若何？（小生）丞相，不要說起，近日父皇大權旁落，那些朝政，看看弄得不成模樣了。（生驚介）怎麼樣？（小生）丞相聽稟。

【黃鐘過曲·啄木兒】嗟宵小威焰張，瑠勢炎炎趨附廣。（生）請問內監是那一個？（小生）就是中常侍黃皓。可恨那厮呵，固君心外托癡愚，混鹿馬恣行欺罔。（生）難道朝中竟沒人彈論他麼？（小生）朝臣豈乏封書上，忠言反謂將伊謗。一任他肆膽胡為蔑舊章。（生）

【前腔】才微算欣再長，回首君門增悵惘。負勞臣誓殄群凶，怕此座究難安享。出師兩表情詞暢，親賢遠佞偏先忘。怎做得麥飯漙沱帝祚昌。

（淨扮魏延上）憶昔長沙袒臂呼，豪情俠氣滿江湖。不教老將銜冤死，留輔明君展壯圖。下官鎮北將軍魏延是也。爲因軍機大事，特來飛報。不免徑入。大王、丞相！（進揖坐介）（小生）將軍此來爲何？（淨）小將前者，因見丞相病勢，十分狼狽，恐怕司馬懿那厮，得知消息，有乘虛掩襲之事，早早差一細作，前往魏寨，密探風聲。此刻探子回來，稟稱司馬懿果知丞相病重，差他兒子司馬昭，面見魏主，叫他連夜結好孫權，兩下夾攻，爲此特來報知。他們兩邊呵！

【三段子】舊盟重講，兩交歡金繒暗將。舊怨並忘，兩興戎同侵蜀疆。奇兵驟起從天降，懸崖枉說高千丈。怕不絕險輕逾，非吾意想。

（小生）呀！有這等事。請問丞相，如今計將安出？（生）大王不妨。司馬懿平日，原係畏蜀如虎，不過欺老臣病危，輕舉妄動。今賤恙既痊，只待他來，自能取勝。只是東吳那邊，雖有李嚴在彼，恐非陸遜對手，不甚放心。須得大王前往坐鎮。待老臣知會到日，統領人馬沿江順流而下，以挫其鋒。從此以後，伐魏之事，老臣任之；吞吳大事，大王任之。彼此各展才猷，削平僭亂，以慰昭烈皇帝在天之靈。大王請速速登程，不必又耽擱了。老臣呵！

【歸朝歡】籌恢復，籌恢復，何時願償。務此舉，天清日朗。（小生）蒙驅遣，蒙驅遣，共誅跳梁。敢耽延，竟不想把功書上賞。（淨）任他兩家並犯威風壯，我這裏左提右挈分頭抗。（合）管教他乍觸鋒芒走且僵。

（生）大王，禦敵之策，不過如此，別無他議了。老臣就此告辭。（小生）孤家也只在明早，前往白帝城。恕不奉別了。（生）豈敢。（各起揖介）（小生）虎帳談兵逸興飛，（生）西風颯颯暗侵衣。（淨）樽前計畫真奇妙，（合）不待臨戎坐決機。（分下）

第九齣　星　瑞　蕭豪

（旦素服扮孫夫人，小旦扮宮女隨上）

【越調引子·霜蕉葉】庭花砌草，觸緒增煩惱。敢厭衣衫素縞，砥貞心孤松後凋。

（南鄉子）雅慕女英雄，年少戈矛在手中。自嫁劉郎修婦道，深宮。蜀錦親裁事女紅。歸去脫樊籠，悔逐輕帆又轉東。一惑浮言千古恨，孤蹤。目斷巫雲十二峰。妾身孫氏，乃吳王孫權之妹，蜀漢昭烈皇帝之妃也。自幼喜觀武事，房中侍婢，手不釋刀。建安十三年，曹操東征。我先帝當陽戰敗，寄寓東吳。因此國母吳太后，將妾身許配與他。後來同返荊州，克修婦道。不意先帝遠征西蜀，吾兄詐稱國母病重，接我回來。一到東吳，拘留不返。可憐先帝駕崩白帝城中，妾身既不能親視飯含，復不能趨赴梓宮，杯酒澆奠，真漢室一大罪人也！（掩淚介）（小旦）娘娘請免悲傷。今夜銀河皎潔，星斗斑爛，娘娘你天上星文，素所熟諳，何不登樓一望，消遣悶懷。（旦）你要我登樓遣悶麼？（小旦）正是。（旦嘆介）咳！我未亡人，自昭烈皇帝賓天之後呵！（旦唱）

【越調近詞·綿搭絮】鉛華辭謝，早矢柏舟操。隻影蕭條，寂寂霜閨萬慮拋。坐長宵，孤蕊頻挑。管甚南箕北斗，互閃爭搖。我只是閑倚薰籠，懶上層樓向窗外瞧。

（小旦）娘娘，你雖然不要消愁遣悶，但婢子聞得人説，國家興廢，上應天文。娘娘，你何不借此看看他們三家的氣運，還是那一家長久，倒也免得終日心中牽挂。（旦）我一向也有此意，只爲心緒不快，因循下了。今晚不免就同你登樓一觀。（小旦）既如此，娘娘請行。（行介）（旦）百尺樓臺迥，（小旦）一天星斗閑。（作上樓介）（旦）宮娥，你看萬里無雲，碧天如水，群星歷歷，躔次分明。今晚乾象，怎般清朗也！（小旦）果然皎潔可愛。（旦）

【前腔·換頭】憑欄一望，霧斂天高。似待我細吐心苗，把這皎皎寒星破寂寥。（小旦）請問娘娘，何處是吳魏兩家的星象？（旦指介）這東南一帶，是吳國星躔，那西北一邊，是魏邦分野。你看這兩處，星辰黯淡，氣象休囚，眼見得兩家社稷，都不久長了！笑孫曹，轉眼烟消。縱有那封疆迢遞，壁壘堅牢，只怕敗葉迎風，兩處龍墀荒蔓搖。

（場前放火藥介）（旦）呀！西南上，忽有勝氣衝天而起，好奇怪。（顧小旦指點介）宮娥，你看那邊龍文萬縷，虎氣千條，將星十分燦爛。豈非西蜀中興之象乎！（小旦）果然不差。請問娘娘，那將星應在何人身上？（旦）這將星非同小可，唯軍中大帥，足以當之。如今西蜀的諸葛丞相，六出祁山，威名赫赫，將星所主非此人而誰！（小旦）原來如此。（旦）天文已呈顯兆，漢室佇見重興，好不令人快心也！（合唱）

【前腔】看這芒寒星斗，五色光搖，頓教人憤解愁消。天象從來應不遙，喜皇朝景慶先昭。料得驅除群寇，一似艾刈蓬蒿。有一日萬里澄清，璧合珠聯玉燭調。

（旦）夜色已深，衣衫見冷，我和你下樓去罷。（小旦應，同下樓介）（旦）獨對銀釭淚暗流，且排殘悶強登樓。（小旦）吳宮會見遊麋鹿，笑指巫山泛彩舟。

第十齣 演 陣 蕭豪

（丑扮傳宣官上）西風獵獵雁行斜，蓮幕高張靜不嘩。此日祁山開陣處，元戎安坐四輪車。自家乃諸葛丞相麾下一個傳宣官是也。俺丞相六出祁山，征討魏寇。不料操心過度，嘔血幾危，喜得禳星有感，七日之後，病體全安。吩咐今日在祁山，將八陣圖兵法，重加演習。你聽畫角三通，丞相又早升帳也。（內鼓吹，三旦、雜扮四將執旗引生上）（場上先搭高臺介）

【北雙調‧新水令】身輕乍喜藥爐拋，坐安車虎羆環繞。令隨秋氣肅，威逐鼓聲高。陣演龍韜，全不記病初好。

盡瘁終年統六師，酬恩心事有誰知。宵來忽夢南陽景，半掩茅廬雪滿枝。老夫一病幾危，禳星乞命，感蒙天庇，主燈光彩熒然。七日功圓，病體霍然而愈。這幾日精神復舊，飲啖倍增。天眷若此，豈非漢室中興佳兆乎！昨魏延來報，曹丕結連孫權，有兩下夾攻西蜀之舉。為此老夫已先托北地王前往白帝城鎮守，以防吳寇去了。只是老夫高臥南陽的時節，曾創下八陣圖兵法，流傳後人。何為八陣？乃是取常山蛇陣勢，奇偶相生，戰守互用，以一陣分為四陣，又把四陣分為八陣。以天地風雲四陣為法之正，以龍虎鳥蛇四陣為法之奇。全按著遁甲休生傷杜、景死驚開。八門方位，內中有鬼神莫測之機，生克無窮之妙。老夫自出茅廬以來，即命士卒留心演習。今日在這祁山五丈原，不免再將陣法，命軍士操演一回，以待司馬懿到時，相持廝殺，有何不可。傳令官過來！（丑）有。（生）吩咐大小三軍，擺齊隊伍，到將臺上去者。（丑應，傳介）（內鼓吹迎生上臺坐介）（生）傳令各營將官，不必上前參謁，各領本隊人馬，按圖擺列八門陣者。（丑傳介）（將旗一揮，眾吶喊，齊下）（淨、外、副淨、小生、三旦、雜扮將士八人上，仿八門式擺陣完介）（生）

【駐馬聽】想當初選勝林皋，酒對花前尊易倒。衝寒古道，詩尋驢背路偏遙。繁華已付枕中消，迂疏自分田間老。誰料著擁旌旄，今日個金戈鐵馬彰天討。

吩咐變陣者。（丑）丞相爺有令，吩咐變陣者。（眾吶喊，齊下，復上，隨意擺介）（生）呀！你看這些軍士，果變得恁般參差也。想俺這八門陣法，當日原欲留示後人，不想自一受了先帝三顧之恩呵！

【折桂令】既登壇枹鼓親操，忍負他冒雪衝風，幾度相招。須學那拔幟韓侯，屯田充國，與那勒石的嫖姚。因此上把那八陣圖精微要渺，與那些蠢兒郎反覆推敲，顧不得絮絮叨叨，暮暮朝朝。果然轉眼兒變化從心，怎不教俺看了他喜溢眉梢。

吩咐再變陣者。（丑照前傳令，衆齊下，復上，隨意擺介）（生）

【雁兒落帶得勝令】俺記得敗當陽血染郊，俺記得走長坂屍橫草。到如今三分基業成，怎說得十萬兵戈少。呀，那怕他僭竊那孫曹，少不得驅除等獠毛。管教他魏闕冠裳散，吳宮卉木凋。心豪，要滅此把成功告；身勞，可惜這漢江山俺獨自挑。

吩咐收陣者。（丑照前傳令，衆齊下）（丑暗下）（生）可喜陣法精熟，將勇兵强，吳魏二寇，指日可滅也。（末上）報。（生）報甚事來？（末）魏主曹丕，命司馬懿父子，統領大軍，出長安一路，殺奔前來。爲此特來報知。（生）曉得了。再去打聽。（末應下）（前四將暗上）（生）

【收江南】呀，您只道俺慘慘的一息呵，定馬革把屍包。前營星隕哭聲高，豈知祁山旌旆又重飄。看皇威四昭，看皇威四昭，怕不曹家的禁苑只有晚鴉朝。俺想軍威已著，司馬懿此來，正好一舉剿滅，何足爲懼。操演已完，不免下臺回營去罷。（下臺介）

【收尾】圖開八陣真奇妙，問今古幾人同調。只看那磊磊的亂石浸江潮。被俺略費安排，至今有雲氣繞。祇此陰陽理，參之變八門。誰能一尊酒，細把陣圖論。（四將引下）

第十一齣　賄　璫　庚青

（末將巾箭衣上）

【仙呂入雙調過曲·雙勸酒】豈甘戰兢，遠投權幸。奈他漢兵，重爲吾病。問何計保邦堪慶？妙無如拜倒閫庭。

下官司馬昭是也。俺父親因知諸葛亮病危，一面命俺哥哥司馬師，領兵前去劫寨，一面叫俺奏聞主上，相約東吳兩下夾攻。不想俺哥哥竟被蜀將馬岱殺死。目下諸葛亮病體全安，兵威大震，祁山一帶，望風瓦解，漸有侵入中原之勢。父親又奉旨催趲進兵，勢難中止。如何是好？俺父親想漢主劉禪，寵用中官黃皓，爲此特命下官親賚賄賂，扮做差官模樣，混入漢中，要他設一妙策，把那諸葛亮或是托故召回成都，或是嚴旨不許浪戰。我父親便可以蜀兵已退，窮寇莫追，混覆魏主，其禍立解。想那黃皓，嗜利奸徒，必然應允，因此放膽而來。只是一路上盤詰甚嚴，不知受了多少驚恐，纔得到此。今日不免悄地前往黃皓私宅走遭。（跌足介）咳！俺司馬昭父子，掌握魏國兵權，威名赫赫，不想一旦為諸葛亮所挫，反向閹豎搖尾乞憐，好不令人氣短也！（行介）

【步步嬌】八面威風誰能並，凱奏頻敲鐙。堪嗟遇蜀兵，勝氣全消，歌聲不競。今日裏七尺愧無能，攜將奇貨私門贈。

此間已是了。門上有人麼？（淨上）潭潭中貴府，不許外人敲。（見介）你是什麼人？（末）在下是魏國司馬昭。（淨隨意發科諢，末求介）（淨）到此何幹？（末）在下有機密話，求見老公公。（淨）公公尚未出堂。你既有機密重情，可悄悄在耳房伺候。隨我這裏來。（同暫下）（副淨扮太監黃皓上）

【雙調引子・海棠春】蟬冠自許堪調鼎，威炙手百僚胥敬。陪輦御階行，看遍繁華景。

紫宸朝罷侍鵷班，詔賜宮刀白玉環。宦曜自來垂上象，貂璫獨喜近龍顏。咱家漢朝太監黃皓是也。陰同鬼蜮，毒比豺狼。天子無為，從他閉目拱手；中官有勢，儘咱吐氣揚眉。皆因寵固一人，遂爾名聞四海。只一件，當初先帝駕崩白帝城，將皇爺託孤與諸葛丞相，朝廷事務，不論大小，盡要取決於他。那老頭兒竟公然獨斷獨行，教咱做不得半分主意，深為可惱。奈他目下正有誅斬司馬師之功，皇爺十分歡喜，難以搖動。只好再看機會而行。最可恨者，那北地王劉諶，與咱家有甚冤仇，苦苦作對。前日在皇爺跟前，將咱百般凌辱。虧得皇爺信咱忠誠，讒言不入。但他與咱，勢不兩立，必須設一奇計，把他置之死地，方纔稱心。只是一時也無處下手，如何是好？（淨上）稟上公公，魏國司馬昭求見。（副淨驚介）他是魏將，到此何幹？（淨）他說有機密事面稟。（副淨沉吟介）咱想司馬昭此來，必因司馬師被殺，勢蹙計窮，不得已求救於我，且容他一見，看其言語若何。孩子，喚他進來。（淨）司馬昭走動。（末上）來了。暫為伏爪藏牙虎，曾作翻江倒海龍。老公公在上，小將司馬昭冒死叩見。願公公千歲！（副淨喝介）咦！你是魏將司馬懿之子。目今天兵進討，你那哥哥司馬師，已是梟首蜀營。你尚敢大膽前來，探聽虛實麼？

【仙呂入雙調過曲・風入松】我這裏雄兵百萬勢難攖，早晚驅除妖害。義聲先路消頑梗，把漢室山河重整。你那君臣呵，何異那池魚圈牲，一任奮螳臂，怎支撐。

（末）老公公鈞諭不差。但小將還有一言，乞公公暫息虎狼之威，容司馬昭拜稟。（副淨）你且講來。（末）

【前腔】西川基業已崢嶸,底事頻勞兼併。交鋒自古難常勝,還只怕輸贏不定。(副淨)咥!你敢道天朝不能剪滅你這小醜麼!(末)非也。嘆危事無如戰爭。勸你安鼎足,樂升平。

據小將愚見,無論漢兵不能滅魏,就使一朝奏捷,振旅而歸,竊恐大將立功之後,專制朝廷。那時中外臣僚,卧難安枕矣!(副淨愕然介)(末)

【急三鎗】有幾個功成後,辭兵柄,肯向那溪山畔,課春耕。

不是小將敢唐突,公公!

【前腔】就是你蒙天眷,威權盛,也防他生嫌釁,肆譏評。

(副淨點頭介)聽他所言,句句有理。不免與他計議而行,有何不可?請起。(末起介)(各坐介)(副淨)適纔言語,多有冒犯,得罪了。(末)豈敢。(副淨)將軍此來,大意為何?(末)小將父親,聞公公之名如雷灌耳。特差小將,前來結好公公。因路途遙遠,難以攜帶金帛。(探懷出珠介)走盤珠百粒,聊充贄見之禮。(副淨)太費心了。(末)微物何足挂齒。只是小將臨行之際,父親吩咐道:貴邦諸葛丞相,目下在祁山,領兵攻打各處關隘甚緊,須得公公大力,設一妙策,把他掣回,兩下罷兵息戰,魏國君臣皆感再生之德矣!(副淨)將軍有所不知,那諸葛亮,倚恃先帝托孤之重,倔強無比,那裏掣得他動?況他正在戰勝攻取之際,豈肯韜戈解甲,罷手而歸。必須商一奇策,使他不知不覺,墮入穀中,纔不負你相托之意。(末)全仗公公妙算。(副淨搔首介)一時計無所出,怎麼處?也罷,且請草酌三杯,緩緩談心便了。孩子,看酒過來。(淨應送酒介)(暗下)(副淨)

【風入松】勞伊遠涉致叮嚀,指望謀成俄頃。怎知他軍營細柳多嚴整,要調遣先愁違命。咱想閫外立功,從來易起人主之忌。為今之計,只有說他恃功驕恣,漸蓄逆謀,勸皇爺早早奪他兵權。兵權一奪,那諸葛亮便無能為矣。咱這裏呵,萋菲語,隨時暗興。道他專威福,叛朝廷。

(末)公公此計,固為萬妥,只是難解目前之危,怎麼處?(副淨)這也不難。聞得你們那邊,已經結好東吳,何不催孫權火速進兵,直攻白帝城。倒是個圍魏救趙之計。(末)聞得諸葛亮,也防東吳兵起。早命北地王,領兵前去鎮守。那北地王頗有才幹。他還有什麼放心不下麼!(副淨)你若怕劉諶做諸葛亮幫手,這却不足為慮。待我想一個法兒,早晚間先把劉諶弄倒。不愁諸葛亮,不獨力難支了。你如今回去呵!

【急三鎗】急遣使,催吳主興師應。他定顧長江險,暫收兵。

(末)還須公公這裏所說劉諶的話,早些應手纔好。(副淨)咱這裏自然就有應手之處。

【前腔】何消你，拋杯珓，頻央倩，只看我眉一皺，禍機生。（末）

【風入松】蒙君曲折費經營，銘感一言難罄。（副淨）説那裏話。（末）金蘭密約欣相訂，真不負氣求聲應。（起介）問何日重瞻福星。（副淨合）杯共舉，對花傾。

（末）小將就此告別。（副淨）恕不遠送了。（末）所托之事，萬乞留心。（副淨）何待你言，咱俱明白。正是：不用再三親囑咐，（末）想來都是會中人。請了。（先下）（副淨弔場）咱今日受了司馬昭囑托，親口許他早晚間先把劉諶弄倒。飲酒中間，已曾想有成竹。聞得皇爺因殺了司馬師，明日要到太廟中行告捷之禮。不免喚一心腹內監假充刺客，半路上突然犯駕，拿下之後，就一口招出劉諶主使。皇爺定然震怒，將他拿問。既盡了魏將私情，又出了心中夙忿。此乃一舉兩得之計，豈不暢快。咹！劉諶，劉諶！叫你明鎗容易躲，暗箭最難防。（下）

第十二齣　廟　刺　江陽

（外冠帶扮蔣琬上）

【仙呂引子·金雞叫】丹陛祥雲朗，喜時清太平有象。（小生冠帶扮費禕上）整肅衣冠趨彩仗，問夜何其，絳幘聲三唱。

（外）下官蜀漢左侍中蔣琬是也。（小生）下官蜀漢右侍中費禕是也。（合）請了。今日主上因諸葛丞相病體安痊，又有殺死魏將司馬師之捷，特命祭告宗廟，以慰先靈。我等理合扈駕而行。言之未已，主上早升殿也。（末扮漢主劉禪，老正二旦、生、雜扮內侍執儀衛引上）（副淨隨上）（末）

【小蓬萊】薄德漸非開創，守丸封西蜀當陽。何須三傑，個臣是賴，欣奏安攘。

雞鳴紫陌曙光寒，鶯囀皇州春色闌。金闕曉鐘開萬户，玉階仙仗擁千官。寡人後漢皇帝劉禪是也。才慚英敏，質愧優柔，荷天地之隆恩，受父皇之福蔭，立國西川，十有餘載。目今丞相諸葛亮，大病全安，命將出師，擒斬賊將司馬師，捷音連到。此皆先帝默佑之恩也。爲此特備太牢，恭行告廟之典。內侍，速傳蔣、費二卿進見。（侍傳介）（外、小生進見山呼介）（末）寡人爲丞相大病全安，飛章奏捷，今日祭告先皇，特命二卿扈駕。（外、小生）領旨。（末）就此起駕。（衆應，合唱行介）

【仙吕過曲·甘州歌】【八聲甘州】風清日朗，傍鑾輿前後，雉扇前行。橋山弓劍，臣庶共深瞻仰。龍髯欲攀空恨長，剩饗殿交排樹影蒼。【羽調排歌】車繾驟，馬乍忙，遙看碧瓦出紅牆。嚴奔走，謹祼將，願鑒觀如在顯洋洋。

（到介）（淨扮贊禮官上，行禮畢，即下）（末）阿呀父皇嚘！曹丕叛逆，抗我王師，征討多年，尚遲授首。今喜丞相病軀全愈，擒斬賊臣司馬師，告捷表文一日三至，想父皇在天之靈，亦所快心也！

【前腔·換頭】貽謀世澤長，愧守文蒙業，纘承無狀。元臣凱奏，這都是式憑靈爽。今朝羽揮殲魏黨，指日鞭敲復漢疆。祭告已畢，就此回宫去罷。（衆應，合唱行介）皇圖壯，炎運昌，重開九廟薦馨香。宫門外，輦路旁，那時接天花草倍芬芳。

（丑扮小監執刀衝上，衆擒介）（末坐介）你是何人？輒敢大膽前來行刺麽！（丑）咱只爲你這無道昏君，寵用黃皓，朝政全乖，將來必致爲他人所滅，有辱先帝。不如早早除却，另換北地王登基，以保宗社。今事既不成，有死而已。只是不及眼看你衡璧輿櫬耳！可惜可惜！（末怒介）阿呀！這廝這等可惡。速着護駕官審明治罪。（副淨）據奴婢看來，只怕北地王，未必無通謀主使情弊。（末）你所料果然不差。即着殿前校尉，前往丞相軍中，將逆子劉諶拿回一併堪問。（侍）領旨。（推丑下）（外、小生）臣蔣琬、費禕，啓奏陛下，北地王素稱忠勇，效力邊陲，豈肯與此輩通謀，有干弑逆重罪。其間恐有攀扯誣陷之處，還請陛下三思。那北地王呵！

【前腔】賢名冠四方，更天生英勇，遍觀無兩。南征北討，也曾裹血扶饟。功高忍令罷異柱，膽赤應知守大防。（侍合）人心忿，公論傷，盆冤何處不飛霜。還思省，再審詳，莫憑仇口壞金湯。

（副淨）二公有所不知。那北地王恃功驕恣，一向藐視朝廷。況所遣內侍，若非出之王府，外邊更有何人。這弑逆之罪，北地王萬無可逃矣！

【前腔】他頻年履戰場，恃門多豪俠，私聯朋黨。蛟龍雲雨，一朝禍起蕭牆。二公，你難道不見古來刺客麽！荊軻貌秦雄辦爽，聶政誅韓怒髮張。（侍合）心何忍，謀太狂，怎容姑息縱豺狼。三尺法，守舊章，任瓊枝玉樹總尋常。

（末）衆卿所言，俱爲有理。朕一時未有主裁。蔣、費二卿，可速行文相父，聽他作何處斷，具本回奏。我這裏且將北地王府第，嚴兵看守，不許閒人出入便了。内侍起駕。（衆應，行介）（末）

【尾聲】兩紛爭，吾誰向，且勞伊鼎鼐費平章。（合）少不得鬼魅妖形，難逃鏡裏光。（齊下）

第十三齣　圍　府　尤侯

（小旦上）

【仙呂引子·挂真兒】帝子長征日漸久，寒風起怕卷簾鉤。黃菊全飄，紅梅半吐，又是小春時候。

（賀聖朝影）繡榻閒欹手擁爐，懶誰如。思君有恨首慵梳，強支吾。千里也知艱晤語，只音書。寥寥寂寂半行無，此情孤。妾身崔氏，乃蜀漢北地王之妃也。我大王奉旨前往祁山，探望諸葛丞相病體，一去許久。聞得丞相病癒之後，與北魏交戰，大獲全勝，屢有告捷本章到來。想我大王在彼，已屬無事。只不知何故，尚未回來，又無尺書遠寄。輾轉尋思，教我好生委決不下也！

【仙呂過曲·九回腸】【解三酲】憶冰弦互調清晝，自君行香冷妝樓。重簾忽訝輕寒透，怪無情風雨颼颼。他那裏拋緘不寄雙魚字，我這裏欹枕空聽五夜籌，難消受。

【南呂·三學士】堪憐國運當陽九，阻離人是這樹密烟稠。若我大王在祁山，果能助丞相一臂之力，掃蕩中原，把那三分復成一統，他日聯鑣並轡，奏凱班師，這便是宗社無疆之福了。顧不得菱花漸把朱顏改，只願他羽騎全將赤縣收。

【仙呂入雙調·急三鎗】那時節成功奏，斟一盞中山釀，把你征塵洗，君莫惜醉黃流。

（貼扮宮女暗上）（內喊介）（小旦驚介）（外扮內監作急狀上）

【不是路】驀地戈矛，隊伍紛馳喊不休，忙奔走。（見介）阿呀，娘娘不好了！奉聖旨，差軍馬把我們府門圍守，不許閒人出入了。只見四下裏重重殺氣使人愁。（小旦）這禍從何而起？（外）奴婢呵！問因由，都說聖上爲因祁山告捷，擺駕祭告先皇，不想半路上拿一刺客，那廝公然口出狂言，道我家大王呵，英雄果是高光偶，他捧綏先圖拜冕旒。（小旦）呀！原來如此。這一定是黃皓那奸賊，他與我大王仇深怨重，故爾起此毒謀，希圖陷害。我夫婦二人，性命從此不保，兀的不痛殺我也！（倒介）（貼扶叫介）娘娘快甦醒！（外、貼合）可憐你遭機彀，好一似游魚失水腮穿柳，鼎烹生受。

（小旦醒介）（外）好了，謝天地。我再去打聽個詳細便來。（下）（小旦）

【南呂過曲·紅衲襖】我只曉戒雞鳴婦職修，又誰知忤貂璫遭毒手。不能够再效齊眉舉案如賓友，不能够再製征衣寄與你閫外收。便道是鑒冤誣自有那天在頭，怎當他鳳樓高教人向何處剖。（內喊介）阿呀天那！只聽這擂鼓搖旗，唬得人戰戰兢兢也，長令我淚如泉溢兩眸。

（外又上）忙將堪恨事，報與可憐人。稟上娘娘，奴婢細細打聽，果然不出娘娘所料，全是黃皓那廝，從中起釁。幸賴蔣、費兩侍中，極力保全。聖上已命行文往祁山，請教諸葛丞相主裁去了。只是可恨那黃皓，口口聲聲，道我家大王呵！

【前腔】倚恃着弄刀鎗技素優，更連年擁貔貅權在手。全不想爲朝廷擐甲誅群醜，反串奸徒肆凶鋒不顧倫理羞。分明是趙中官泄舊仇，誰敢向張常侍閑鬥口。若不是鐵骨錚錚，兩侍中挽日回天也，一家兒怕不似浪如山壓小舟。

（小旦）你打聽果是這個緣故麼？（外）正是。（小旦）這便如何是好？（外）奴婢想此事，既有丞相作主，那山鬼伎倆，究屬有限。其勢雖然凶險，諒可以放心的了。（小旦）只是眼前受此不白之冤，殊爲可惱。（貼）娘娘，外邊公論自在，一時受枉，日久自明，何須惱得！（小旦）倘朝廷有甚嚴旨，爾等可速來報我知道。（外、貼合）曉得。

（小旦）君王豈不諒孤忠，（外）其奈奸邪惑聖聰。（貼）無限心中不平事，（合）一齊吩咐與東風。

第十四齣　吳　氛　江陽

（末盔蟒暗甲扮陸遜，老正二旦、副淨、雜扮四卒引上）

【中呂引子·金菊對芙蓉頭】威震江東，名揚吳會，機謀不讓周郎。

白面書生世共輕，猇亭一戰鬼神驚。誰言說禮敦詩者，未許胸藏十萬兵。下官陸遜，官拜東吳大都督之職。前者蜀漢昭烈皇帝，爲關公報仇，連營七百余里，全軍壓境，聲勢赫然，江東幾致不保。虧得主上深信下官之言，力主堅守，乘其不備，用火攻之策，使他狼狽而去。後來彼此尋仇，互有勝負。目今主上，因魏主那邊，送到華歆手劄，要我這裏夾攻西蜀。主上已經應允。正在命下官整頓士馬，沿江水陸並進。不想昨日，又接到魏國司馬懿飛劄相催。爲此擇吉今日，先將陸路人馬，按隊起程，直抵蜀境。聞得主上要親臨祖道，不免快往前途迎接。正是：創辟英君多重武，風流儒將喜論文。（四卒引下）（净白髥扮吳主孫權，小旦、丑扮二侍，雜捧酒合唱引行上）

【中呂過曲·泣顏回】玉帛久拋荒，忽訝雲箋來往。前嫌姑棄，驅兵暫效匡襄。（末領四卒上，跪迎介）微臣陸遜，迎接聖駕。（净）傳諭大都督，着即扈駕而行。（侍傳介）（末應起同行介）（合）元戎奮武，佇奇勳獨建邀殊賞。聽猿聲已過重山，笑蜀道枉傳天上。（坐介）

（净）（憶真妃）巍巍獨霸江東，表英雄，赤壁記曾鏖戰，走曹公。分漢鼎，年雖暮，慰初衷。只恨車書，何日萬方同。寡人吳大帝孫權是也。父皇孫堅，官拜長沙太守，勇猛過人，不幸歿於黃祖亂兵之手。吾兄孫策，敗劉繇，走王朗，奄有江東。傳及寡人，英賢景附，遂成帝業。只可恨者，西蜀劉備，既狡猾以相欺；北魏曹丕，復兵戎之屢告。均令寡人忿忿不平。奈兩家無隙可乘，只得暫且袖手旁觀，以待坐收漁人之利。所喜曹丕，目下欲興攻蜀之師，命華歆致書於我，求我這裏犄角相助。我想一國既滅，那一國亦漸漸可圖。因此俯允其請。今日命都督陸遜，領兵西伐。寡人特來賜餞，以壯其威。內侍，宣大都督陸遜進見。（侍應傳介）（末山呼介）（净）大都督，你可知寡人伐蜀之意麼？（末）此必因華歆一書，主上情不可却，故助彼一臂之力耳！（净）這却不在於此。寡人與蜀，積怨深怒久矣。今日之舉呵！

【前腔·換頭】只爲周郎，一死命誰償，此恨猶懸天壤。河清難俟，可容久負靈爽，勞伊蕩掃，洗從前生瑜底用重生亮。漫猜疑誼切同仇，驅士馬爲伊勞攘。

（末）原來爲此，微臣實有未知。（净）寡人今日因卿遠行，特來相餞。（末）雖蒙聖眷，但小臣何以克當。（净）筑壇推轂，前史美之，卿家何必固遜。內侍取酒過來，待寡人手奉三爵，爲卿少壯行色。（侍應介）（內奏樂，净賜末酒，末跪飲介）（末）微臣重蒙主上如此寵遇，即肝腦塗地，不足爲報。請陛下暫駐鑾駕，待微臣再將聖意，申飭將士一番。（净）卿言有理。寡人亦當高坐觀之。（起坐桌上介）（末虛下，換全副盔甲上）大小三軍，聽吾號令。本帥遵奉聖旨，遠伐西川，既膺閫外之權，敢負師中之寄，有功者，雖仇必賞；有罪者，雖愛必誅。爾等溯荊江而上，務效乘風破浪之勞；越巫嶺而行，勿畏附葛攀藤之苦。身家可棄，臨大敵，切莫驚惶；性命可捐，陷危陣，首嚴退縮。魚腹浦中亂石，本帥偶受其迷；點蒼山上奇峰，爾等務窮其勝。共展龍韜之偉略，勉圖麟閣之芳名。毋憚前驅，自貽後悔。各各小心在意者！（卒應吶喊介）（净笑介）妙嘎！你看刀鎗耀日，旗幟連天，號令分明，威儀整肅。士卒果

十分精鋭也！（净唱）

【千秋歲】勢軒昂，一望威難抗，絕勝那艨艟深藏。兵貴先聲，兵貴先聲，笑曩日掩襲猶多欺誑。此行卿其努力。寡人呵，准預備葡萄釀，待奏凱親相貺，看伊醉倒層臺上。更分茅裂土，笑把功償。

（末）微臣就此辭別聖主，領兵西川去也。（拜介）

【越恁好】拜辭天仗，拜辭天仗，旗幟頓飄颺。雲屯魚麗，瞻馬首共騰驤。巫山那用愁路長，搖鞭直上。西川也，縱疊疊多青嶂；東吳也，更濟濟饒兵將。

大小三軍，就此起馬。（卒應，合唱行介）

【紅綉鞋】威名遠播誰當，誰當。奇功行建非常，非常。先一旅，陟崇岡；徐萬櫓，渡長江。任他家怒臂螳螂，螳螂。

（末同四卒先下）（净）陸遜已去。內侍們，就此擺駕回宮。（侍應，引行介）

【尾聲】成都先取爲吾壤，顯江左威風千丈。還待把那鄴郡漳河作帝鄉。（侍引下）

第十五齣　遣　將　齊微　寒山

（外冠帶扮李嚴上）非因失義背劉璋，棄暗投明自審量。國士尚慚無寸報，幾番揮淚感恩長。下官白帝城守將李嚴是也。本係劉璋部將，後因昭烈皇帝入蜀，下官戰敗被擒，因而投順。蒙漢主用爲尚書令，受托孤之重。又蒙今上皇帝，命下官鎮守白帝城，以防吳寇侵犯。近日諸葛丞相，聞吳魏有夾攻西蜀之舉，特命北地王前來相助。日内吳兵消息，漸漸緊急，不免作速報與北地王知道，使他火速差人，前往祁山通報，有何不可。（行介）正是：強鄰每患多乘釁，上將須知善伐謀。（到介）來此已是，軍情緊急，不免徑入。大王有請。（小生上）謬承開閫寄，愧乏濟時才。（見介）將軍此來，敢是東吳起兵，已有信息麼？（外）小將正爲此事而來。那吳主孫權，已拜陸遜爲大都督，統領水陸人馬，分路尅日收川。前隊已過巫山峽了。那陸遜呵！

【中呂過曲·剔銀燈】才和略，原推世稀。只驟開閫，一軍驚異。自賀戰勝頓顯長城寄，主臣間腹心交契。聞伊揚旌樹旗，麾勁卒已早過巫山峽西。

（小生）將軍，那陸遜狃於猇亭之勝，視西川如無物。豈知齊裏庸主，尚能復九世之仇；管仲中材，猶知雪三敗之耻。難道我劉諶，就不能剪滅你這吳狗，爲皇祖一洗夙怨麼！

【前腔】我銜舊恨，羞徒涕洟。纔一想，怒從心起。論報復，正該黽勉遄爲計，興甲兵把那賊臣芟刈。欣伊時衰運低，驟犯順自取災深噬臍。

（外）請問大王，計將安出？（小生）這也不難。據孤家愚見，乘他遠來，我這裏厲兵秣馬，一舉早挫其鋒，未爲不可。但未奉丞相軍令，不便冒昧妄行。如今孤家一面修書，飛報丞相；一面煩將軍火速親往各處關隘，吩咐將士嚴兵把守，不許妄動。此乃萬全之策也。（外）既如此，小將就此告辭，前往各處去了。（小生）將軍此行，孤家放心多矣。（起介）克敵由來貴慎初，敢矜豪氣蹈迂疏。（外）誰言兵事難遙制，不寄軍前一紙書。（分下）（三旦、雜扮四卒引生上）

【中吕引子·菊花新】南陽一出濟時艱，講武頻登上將壇。自許寸心丹，揮羽扇奠安炎漢。功蓋三分國，名成八陣圖。運籌何日罷，竹杖水邊扶。老夫諸葛亮。自從擒斬司馬師以來，軍威大振，祁山一帶，望風歸附。目下兵強馬壯，八陣圖又操演精熟。只待司馬懿父子到來，一舉剿滅。今日升帳，看有何軍務報來。吩咐開門。（卒應介）（丑扮報子上）報子進。（生）你從那裏來的？（丑出書介）小的奉北地王差遣，來報東吳起兵消息的。（生接看介）原來孫權果然差陸遜起兵了。（丑）正是。丞相爺聽稟。（生）起來講。（丑起介）那東吳陸遜呵！（丑唱）

【中吕過曲·泣顔回】精兵驟遣度重山，出匣鋒鋩難犯。舟師親統，千艘已過前灘。（生）我們北地王，作何抵敵之法？（丑）丞相爺。那北地王呵，吩咐沿江勁旅，且枕干戈暫把雄心按，候軍門指示機宜，再勉樹戰功非晚。

（生）知道了。帳外伺候。（丑應下）（副净扮公差上）公差進。（生）你是何人差來的？（副净）稟上丞相爺，近日朝中獲一犯駕刺客，口中干及北地王。奉旨行文丞相爺裁處。爲此蔣、費兩侍中，差小的前來。現有公文呈上。（生接看介）原來有此奇變，你且把朝中近況，細説一番。（副净）丞相爺聽稟。（生）起來講。（副净起介）那黃皓呵！

【前腔】狰獰虎豹勢當關，説不盡朋黨頻年滋蔓。誅鋤忠孝，奇冤織害親藩。（生）滿朝豈無公論？（副净）也曾攖鱗逆耳，奈君王狎視無嚴憚。望元戎力剪奸瑺，爲皇家保全屏翰。

（生）知道了。帳外伺候。（副净應下）（生）阿呀！不想黃皓這奸賊，恁般大膽，公然與北地王爲難。但此么麽小醜，誅殄何難。老夫目今正在軍務悾傯之際，且待諸事稍寧，即命蔣、費二公，代清君側，有何不可。適纔所報東吳消息，我想有那北地王、李嚴二人在彼，智勇足備。不但可以拒陸遜，亦且可以吞孫權。只消叫他兩人，用心防守。等待老夫知會到日，進兵征剿未遲。倒是魏寇司馬懿，一日未除，中原斷一日不能恢復。他今既以東吳掣我之肘，我偏能示以整暇，立點士馬，火速長驅，務要掃魏國作丘墟，轉皇圖於清泰，以遂前後上表出師之意。左右，吩咐大小將士，即刻齊集聽點。（卒傳介）（生）咳，蒼天蒼天！此番出兵，實乃漢室成敗關頭，全仗先帝在天之靈，暗中垂佑。我老臣諸葛亮，纔得藉手成功也！

【榴花泣】【石榴花】金刀舊祚，何日慶重安，纔提起，淚潸潸。老臣呵，自慚無計殄凶頑，嘆蕭騷素髮已是半凋殘。先帝，先帝！【泣顏回】怎忍得冥途坐看，也須吁皇天早靖邦家難。若專靠着老臣呵，縱捫心不懈憂勤，奈年齒已嗟衰晚。

（外、淨、末各戎裝持械上）馬挂征鞍將挂袍，柳陰枝上月兒高。男兒要挂封侯印，腰下常懸帶血刀。（外）俺平北將軍馬岱是也。（淨）俺鎮北將軍魏延是也。（末）俺護軍將軍姜維是也。（合）請了。丞相有令，我等上前參見。（見介）眾將打恭。（生）不敢。列位將軍在此，老夫有一言奉商，勿罪煩瑣。（三將）丞相有何鈞諭？小將等敢不洗耳恭聽。（生）將軍，老夫本南陽一耕夫。荷蒙前皇枉顧田間，加恩委用。又蒙今上付以討賊重任，自愧心長力短，將略未優，以致六出祁山，未恢寸土。全仗諸君群謀之允協，或令老夫素志之克伸。不識高明，何以教我。（三將）丞相在上，小將等不過一介武夫，毫無知識，僅可備偏裨之任，豈敢參帷幄之權。雖蒙丞相大度休休，不遺葑菲，其奈小將等呵！（合唱）

【前腔】披堅執銳只曉跨征鞍，便是那雲臺將矢追攀。愧赳赳餘習未能刪。視投壺雅望尚苦步趨難，何況這兵機浩繁。怕獻芻蕘也只是多浮泛。枉開談幾度躊躇，沒片語仰酬青盼。

（生）諸君既如此吝教，請暫過一邊，候老夫發令便了。（三將答應，分立介）（生）鎮北將軍魏延聽令。（淨）有。（生）將軍，你當日曾獻計從子午谷進兵，可以一舉滅魏。老夫今日依你妙計。但必須兵分奇正，兩路而行才可保得萬無一失。你可先領精兵一萬，悄悄從子午谷小路進發，夜行晝伏，繞出司馬懿之後，奮勇火攻。我這裏自有大路人馬接應，不可有誤。（付旗介）（淨）得令。（接旗下）（生）平北將軍馬岱聽令。（外）有。（生）你可領精兵三萬，從斜谷大路，按着老夫八門陣兵法，緩緩進兵。但看魏將陣後，火勢衝天，必是魏延奇兵襲後。那時奮勇殺入，兩下夾攻，管取司馬懿父子，性命難逃，並魏主曹丕，生擒可必矣。（付旗介）（外）得令。（接旗下）（生）護軍將軍姜維聽令。（末）有。（生）你可領兵五千，在各處咽喉隘口，分頭把守，不許走透奸細一人。如違，軍法從事。（付旗介）（末）得令。（接旗下）（生）你看諸將齊心效命，奮勇爭先，定然一舉成功。眼見得漢室江山，不久仍歸故主也！

【尾聲】驅兵遣將機謀殫，漢祚重興意始安。吩咐掩門。（四卒下）（生）也只爲三顧隆恩報稱難。

雪壓崇崗冷未消，君王過訪馬蹄遥。隆中一對慚虛語，穩取前言踐此朝。

第十六齣 擒懿 先天

（小生、雜扮二卒引副浄合唱行上）

【黃鐘過曲·出隊滴溜子】【出隊子】輕言交戰，滿望他家主帥捐，誰知殺氣又連天。【滴溜子】此來豈吾情願。（副浄）老夫司馬懿。奉命鎮守長安，西拒蜀寇。平素原係畏蜀如虎，曾受過他巾幗婦人之服。只因探子來報，說諸葛亮病勢甚重，軍中人心皇皇。老夫希圖掩其不備，就差長子司馬師，領兵前去劫寨。不料反被蜀將馬岱所殺。那諸葛亮病癒之後，益發揚威耀武，乘勝席卷而來。我已命次子司馬昭，親往成都，買囑他家太監黃皓，叫他弄一法兒掣這老頭兒回去。不想毫無應手。我們主上又連次催趲進兵，叫我進退兩難，如何是好？我想蜀國進兵道路，只有子午谷、斜谷兩條。那子午谷，崎嶇峻險。諸葛亮平日，最是膽小，斷不肯行險僥幸，可以不須防守。只消從斜谷大路，率領精兵，奮勇殺出。或者他家將士，見我兵勢大，望風退去，亦未可知。已命吾兒司馬昭，統領後隊人馬，催運糧草。老夫親自統領前隊，滿拚決一死戰，以報國恩。軍士們，快快隨俺殺上前去。（卒應，合唱行介）朝餐且暫遲，先將仇剪。破釜沉舟，一舉蓋愆。（下）（三旦、雜扮四卒引浄上）

【北仙呂·點絳唇】隻手擎天，奇功獨建。乾坤奠，炎火重燃。笑僭竊似浮雲變。

束髮從戎意氣豪，十年霜雪滿征袍。奇兵今喜從天下，手縛降王解佩刀。俺魏延。奉丞相將令，領兵一萬，從子午谷山僻小路貪夜進兵，繞出司馬懿陣後，火攻取勝。（笑介）俺魏延這條奇計，也有見用之日，豈不快哉！

大小三軍，就此殺入谷中去者。（卒應，合唱行介）

【南南呂過曲·金錢花】韜戈卷甲爭先，爭先。登山陟嶺飛騫，飛騫。連宵奔走莫遲延。刀出鞘，矢離弦。探虎穴，凱歌旋。探虎穴，凱歌旋。

（末衝上介）（淨）來將何名？（末）吾乃魏國司馬昭。你是何人？（淨）吾乃大漢鎮北將軍魏。咳，司馬昭，你險要已被我奪了，死在旦夕，還不下馬受縛，更待何時？你那子午谷呵！

【大迓鼓】羊腸一徑偏，南通北屆，險隘綿延。王師直入無迎戰，羞伊防守未爲堅。速拜前旄，姑恕罪愆。

（末）不必多講，放馬過來。（戰介）（末敗下，淨追下）（生、丑扮二卒引外上）俺馬岱是也。奉丞相將令，領兵三萬，從斜谷大路，按着八門陣兵法，緩緩進兵。只看敵營火勢衝天，便是魏延奇兵襲後，叫俺奮勇接應，兩下夾攻。大小三軍，就此排成陣勢，從斜谷進兵去者。（卒應，合唱同行介）

【金錢花】鼉鼓鏜響山邊，山邊。龍旗又展風前，風前。長驅直搗笑聲喧，看一舉靖烽烟。名和姓，史書傳。名和姓，史書傳。

（副淨衝上介）來將通名。（外）吾乃大漢平北將軍馬岱。天兵到此，你爲何還不早降？（副淨）原來你就是馬岱。我司馬懿用兵如神，便是你那諸葛老頭兒，也還不在我心上，何況你這無知小卒。快快退兵，姑饒汝命。（內喊殺介）（外）司馬懿，你看後面火光四起，喊殺連天，到此地步，還敢倔強麼？（副淨）馬岱，有我司馬懿在，此時尚未知鹿死誰手。你不要太夸口了。（外）咳，司馬懿！

【大迓鼓】你不見紅光勢灼天，似楚人一炬，尚剩餘烟。回頭已失秦宮殿，投戈猶可命偷全。若待成擒，休想見憐。

（副淨）胡說。放馬過來。（戰介）（副淨敗下，外追下）（內放火藥，淨追末上，殺末取首級介）（又放火藥，外追副淨上，擒副淨介）（外、淨相見介）（外）左右，把司馬懿上了囚車，並司馬昭首級，一同解送丞相軍前，先行報捷去。（生、丑）曉得。（接首級推副淨下）（外）魏將軍，此處已離許昌不遠，我和你連夜殺奔前去，早擒曹丕便了。（淨）有理。（外）大小三軍，再與我殺上前去。（卒應，合唱行介）

【尾聲】衝鋒冒鏑渾忘倦，誓一鼓把曹丕擒獻。還將那疑冢掀翻，重看太白懸。（喊殺下）

第十七齣　丕　執　齊微

（副淨扮華歆冠帶不整作急狀上）啊呀！不好了。

【中呂過曲·縷縷金】忙飛走報軍機。許昌聞漸破,不勝悽。一望烽烟起,橫遮天地。快君臣攜手出重圍,顛危莫相棄,顛危莫相棄。

老夫華歆是也。只因貪圖富貴,攛掇曹丕,奪了漢家天下。不想西蜀諸葛亮,力圖恢復,六出祁山,竟把我家大將司馬懿生擒去了,一路直抵許昌,勢不可擋。連日攻打,城池看看將破。我想此城一破,君臣皆是釜內之魚,如何是好？莫如趁早縋城而出,尚可死裏求生。不免快些入宮,面見主上,商議而行。（重唱"快君臣攜手出重圍"三句作到介）此處已是宮門,不免徑入。（向內介）陛下有請。（丑上）勢在群稱英主,時衰恰號寡人。太尉,你打聽漢兵消息如何了？（副淨）陛下,不好了。他那裏大將魏延等,統領全隊人馬,已把許昌團團圍住,攻打十分緊急,看這光景,是斷然保守不住的了。陛下須速速自作主張纔好。（丑急介）事已至此,叫寡人如何處置！（副淨）為今之計,據老臣愚見,城池一破,束手就縛矣。不如趁早縋城而出,投奔東吳。憑老臣三寸不爛之舌,相懇他借兵復國。這還是一條活路。（丑）卿言甚善。只恐怕路上有人認識,怎麼處？（副淨）不妨。我們如今快些改換衣裝,混在那些難民之中,便可掩人耳目了。（丑）既如此,我和你就此改扮起來,作速越城而出便了。（作各換衣巾背包同行介）正是：欲圖生性命,敢戀舊衣冠。（同下）（三旦、雜扮四卒,外扮傳宣官引生上）

【中呂引子·粉蝶兒頭】誓掃瘡痍,重整漢家綱紀,慰先皇枉顧依依。

高臥南陽歲月深,酬恩不惜出山林。秋風五丈幾留恨,喜得誅曹慰素心。老夫諸葛亮。前命魏延、馬岱,分路出兵,果獲全勝,乘威席卷,攻破許昌。只是城破之後,全不見曹丕下落。老夫仔細想來,曹丕這廝,不是藏匿民間,定是私逃別地。已經出示曉諭居民[1],速行出首。不免再一而火速行文護軍將軍姜維,叫他從東南一路領軍追趕,以防逃竄入吳。此擒賊擒王之上策也。傳令官過來。（外應介）（生付令旗介）你可火速傳諭姜維,叫他領兵從東南一路,追趕曹丕,以防他竄入東吳境界。如違定按軍法。去罷。（外接旗應下）（生）掩門。（內鼓吹,四卒下）（生）我想如此嚴查,曹丕那廝斷難幸免。只是還有一事在老夫心上。那曹操生前,自揣罪惡滔天,賢愚共憤,死後定被後人發冢戮屍,特設立疑冢七十二座,以為欺盡世人之計,深為可惡。不免吩咐魏延速去察訪的實，掘取屍骸，梟首示衆，以警篡逆，豈不更快人心。咳，曹操嗄曹操！叫你從前作過事，没興一齊來。（下）（丑、副净同行上）（丑）

【中呂過曲・粉孩兒】忙忙的解黃袍拋御璽，向干戈隊裏，換妝潛避。（回望介）（副净合）回瞻鳳闕雲影低，嘆今朝國祚傾欹。（丑）寡人曹丕。本是大魏皇帝，不料漢兵殺來，司馬懿父子，殺的殺了，擒的擒了，許都又被他打破了，弄得國破家亡，一身不保，只得縋城而出，同着這太尉華歆投奔東吳，借兵復國。行了數程，與漢兵大營，相離漸遠。但未曾出境，一則恐路上盤詰緊嚴，二則怕他另有軍馬追來，逃生無路，如何是好？咳！事到其間，也顧不得這許多。只是寡人子承父業，這個重擔兒，是推不去的，没奈何做下了這遺臭萬年之事。太尉，你本是江左名流，頗擅聲譽，爲何靦顔事賊，甘心與漢室爲仇？今日到此地位，可不追悔麽？（副净）老臣原是有學問的，不想一戴了紗帽，就昏頭搭腦起來，連自己也做不得分毫主意。陛下此際，可也不必再説了。天色漸晩，請快快趲路罷。（合）最堪愁寒日將西，望東吳遠隔江水。（下）（三旦、雜仍四卒帶鎖杻引末合唱上）

【紅芍藥】驅勁卒廣設藩籬，搜遺孽大索郊圻。一任你翩翻向吳地，怎當俺網羅環砌。俺護軍將軍姜維是也。奉丞相將令，領兵搜捕曹丕。丞相道，他必走東南一路投奔孫權。若逃過長江，便無從拿捉了。俺拿得他内監一名，細細盤問，説他改換衣巾，混在那些難民之内，與一老者同行。軍士們，須留心認識，不可錯過。（卒）曉得。（末）天色晩了，快快趕上前去。（合）忙追。纔聽暮鴉啼，猛抬頭樹林煙翳。共留心舉止離奇，莫把他當面回避。（下）（丑、副净上）（丑）

【福馬郎】脱阱猶堪仇怨洗，重吐英雄氣。（副净）只怕時不利，一路上排密網，布危機。（内喊介）（合）見征旗一片飛，聽了這追聲起，不覺步難移。（下）（末、卒合唱上）

【耍孩兒】頃刻遠山凝晩翠，爲奉森嚴令，怎顧得馬倦人疲。（同虛下）（丑、副净合唱上）流離。怪入耳偏是軍聲沸。（末、卒又合唱上）果做個狹路相逢矣。擒猛虎，繩牢繫。

（末）的，曹丕！你往那裏走？（丑）我不曉得甚麽曹丕，你放我去罷。（卒攔介）（末問副净介）你是何人？同着他走，既一路相隨，必知詳細。（副净）我偶然遇着他同走，其實不認得。（末）你這老頭兒，掉謊可惡，先拿去砍了。（卒拔刀介）（副净慌介）將軍慢些動粗，待學生想來。（背介）我想處世的人，第一要看風色。棄暗投明，原是我輩讀書人本色。那曹丕是個失時倒運的人，皇帝一席，已是揭過一層的了。我一心還向他怎的，不如竟說了出來，或者還有些想頭，也未可知。這叫做識時務者，呼爲俊傑。有理。（轉介）將軍，我說便說與你，看你怎麼樣謝我？（向丑介）陛下，自古無不亡之國，藏頭露尾，轉非帝王所爲。據老臣愚見，倒不如烈烈轟轟，說了出來罷。（向末介）將軍，他正是曹丕。（丑嚷介）他就叫做華歆。（末笑介）好一對君臣，果然不錯。左右，一齊鎖了。（卒應，上鎖杻介）（副淨）阿呀！失了斯文體面了。（末）胡說，就此連夜趕回，聽候丞相爺發落便了。（合）

【會河陽】趁着這夜月如銀，路途不迷，搖鞭歸去莫稽遲。頻催，還怕曲徑羊腸，人言馬嘶，魆地裏奸謀起。痛心，傷磷火乘風細。快心，欣蔓草隨刀刈。（下）（外照前扮隨生上）

【縷縷金】居帷幄，運兵機。陣圖整以暇，八門齊。旅到人爭迓，沿途筐筐。老夫爲逆臣曹丕，城破之後，遍尋不獲。已曾出示曉諭居民，並差姜維領兵追趕去了。爲何杳無回覆，難道竟被他走脫了不成？好生記懷。盼佳音屢問夜何其。成功愧猶未，成功愧猶未。

（內傳鼓介）（生）問他何事，連夜傳鼓。（外問介）（內）姜將軍擒到曹丕，候丞相爺升帳發落。（生）賊臣就擒，先帝之靈也！吩咐開門。（外應傳介）（暗下）（三旦、雜仍四卒持火把上開門，末上進見介）（生）將軍，那曹丕你在何處拿着的？（末）丞相聽稟，小將呵！

【越恁好】緊追忙趕，緊追忙趕，不顧汗沾衣。途窮路阻，逢形影，甚堪疑。只兵威略試難肆欺，雙呈底裏。（生）果然曹丕就擒了，吩咐帶進來。（二卒押丑、副淨上）曹丕當面。（生問丑介）你是曹丕麼？（丑）是。（生問副淨介）你是何人？（副淨）學生是華歆。（生）哦，你就是華歆麼？你少時與高士管寧爲友，沽名釣譽，濫博龍頭之稱。後來幫扶曹操父子，先則慘弒伏后，後則創奪漢鼎，無惡不造，喪盡名節，是古今來第一個有名無行的小人。今日如何容得你過。你今年已老邁，若待奉旨行誅，恐早晚身死獄中，反便宜了你這老賊。姜將軍過來！（末）有。（生）華歆係叛臣羽黨，不比正犯，不必解京獻俘。你可即將他押出轅門斬首，只把曹丕嚴加監禁，候老夫另日差官解赴成都便了。只是要小心看守，不可疏忽。那曹丕呵，阱兒裏，猛獸性在山林地；籠兒裏，飛鳥志在雲霄際。

（末）得令。（同二卒押丑、副淨下）（卒隨攜首上）稟上丞相爺，獻華歆首級。（生）拿去示衆。（卒應下）（生）咳！我想曹操奸雄蓋世，藐視朝廷，造成篡逆。如今子孫也有被擒之日,豈非天網恢恢,可爲千萬世亂臣賊子之戒矣!

【紅綉鞋】昔年弱主誰依,誰依。讓他國賊揚眉,揚眉。朝共野,兩歔欷。天報應,在曹丕。看階前囚首悲啼,悲啼。

【尾聲】阿瞞枉自窺神器,彈指浮雲過眼非。曹操,曹操!你何苦把寡婦孤兒着意欺。掩門。(內鼓吹,生、卒分下)

校記

[1]曉諭:"諭"字,底本作"論",今據文意改。

第十八齣　掘　冢　皆來　歌戈

(净蟒袍將巾,外、末扮二卒引上)曹瞞狡猾世無儔,費盡心機死未休。此日揚灰申國法,空將疑冢誑千秋。下官魏延是也。前者同將軍馬岱,奉諸葛丞相將令,命俺二人,分兵兩路:俺從子五谷進兵,以襲司馬懿之後;馬將軍從斜谷進兵,以遏司馬懿之前。果然一舉成功,殺了司馬昭,擒了司馬懿,長驅直入,勢如破竹,輕輕把個許昌攻破了。可笑曹丕那逆賊,縋城逃走,仍被姜將軍拿獲,解送前來。丞相道此係篡逆重犯,理應解京獻俘,暫且監禁。只命下官,把曹氏親丁族黨,凡生擒者,一概先行斬首示衆。並將曹家宗廟,拆爲白地,改作圍坑。這也可爲大快人心之極了。丞相又道,曹操平日欺君不法,威逼獻帝,慘弑母后,罪重惡極,豈容保其首領於九泉之下,理應銼骨揚灰。特命下官開棺戮屍,以彰國法。只是曹操臨終,早慮後人發掘,遺令設立空塋七十二座,一般形狀,雜一真冢在內,立碑示後,名曰疑冢,使人無從測其藏屍之處。這怎麽處?也罷。且到講武城外,細細察訪一番,或者有些消息,也未可知。左右,帶馬過來。(卒應介)(净上馬行介)(場後高處設疑冢碑介)呀!纔出得城來,你看老樹遮山,頹垣映水,幾處烏鴉爭祭肉,數聲黃犬吠遊人,又另是一番景象也。

【仙呂入雙調過曲·二犯江兒水】只見長松如蓋,看夭矯長松如蓋,更垂楊把枝亂擺。嘆青山不改,荒冢爭埋,叫我淚珠兒風外灑。遠遠望見高岡之上果有一碑,不免打着馬兒,慢慢走上山去。按轡步蒼苔,早穿碑曉霧開。(到介)此處是了。待俺看來。(下馬看念介)疑冢,呀!疑冢原來在此。只是墳塋纍纍,你看一望真假難分,好叫人疑惑也。雙眼頻揩,四顧疑猜,這暗機關真費解。奸雄舊骸,問何處奸雄舊骸。搜尋寧耐,且款款搜尋寧耐。料不把臭皮囊擲水涯。

　　看了好一會，並無蹤影，如何是好？左右！可快喚守墳軍士過來，問他一個明白。（卒）稟上老爺，那些守墳軍士，國破之日，早已逃散，那裏還有處去找尋！（淨）既無守墳之人，可喚附近居民過來，待我緩緩問他，不可驚唬了他們。（卒應下）（淨）咳，俺記得曹操在日，曾對俺昭烈皇帝道：天下英雄唯使君與操耳！可見他的見識，也不是等閒之輩。只可恨他用心差了。

　　【前腔】他聰明無賽，真個是聰明無賽。兵機談笑解，肯韜鋒斂采。不逞雄才，這能臣何處買？可奈他一朝得志，做盡了徹底小人。只據當年陳琳檄文上，說他生平慣喜發掘先朝陵寢，設立發丘中郎將、摸金校尉等項名色。即此一事，便罪不容誅了。他發冢置專差，皇陵覓貨財。到如今呵，自惹殃災，朽骨空埋，化飛灰羞萬載。（卒帶副淨、丑扮居民上）聽得將軍叫，慌忙走來到。老爺在上，小民叩頭。（淨）罷了。俺且問你，那些墳冢，那一冢是實在曹操埋屍之所？（副淨、丑）小民雖傍墳居住，却不知詳細，不敢妄對。（淨）莫不是你們替他隱瞞麽？（副淨、丑）將軍差矣。曹操身爲國賊，罪惡如山，小民世受漢恩，恨不得寢皮食肉，豈肯爲他遮蓋。但老奸既有此詭計，即滿朝文武，竊恐未必深知，何況山野愚民，從那裏去探聽虛實。將軍現有千軍萬馬，何不把這七十二冢盡行發掘，其中必有一真冢掘出，便可戮屍示衆了。（淨）此言有理。俺回去稟明丞相，即刻起兵前來發掘便了。汝等好好去罷。（副淨、丑）善惡到頭終有報，只爭來早與來遲。（下）（淨）咳，曹操曹操！俺少刻再來，把你這些疑冢，一齊發掘。看你那死屍，怎生保得全也！頭懸稿街，看轉眼頭懸稿街。冠裳消敗，管彈指冠裳消敗。但剩些爛屍骸，污草萊。

　　帶馬過來，待俺見丞相去。（卒應介）（淨上馬介）正是：龍劍未消心底恨，馬蹄先踏壟頭雲。（卒引淨上）（副淨、丑改扮二卒攜鋤上）（副淨）禍兮福所基，（丑）福兮禍所伏。（副淨）禍福兩無常，（丑）迴圈如轉轂。（合）我們都是鎮北將軍魏老爺部下軍士。我老爺奉了丞相鈞旨，發掘曹操疑冢七十二座。吩咐下來，着我們軍士，每一冢用一百個人，限兩個時辰，掘取屍骸回報。爲此各各端正家伙，只候老爺到來動手。（副淨）哥，我們總是空閒在此，何不將曹操惡迹編成歌兒，大家痛罵他一場，出出氣，你道如何？（丑）妙極了，就是你先起。（副淨）占了。（吳歌）我說曹操奸雄藐至尊，手移漢鼎付兒孫。那知僭竊難長久，朽骨今朝也勿剩半根。你來。（丑）（吳歌）我說罪惡滔天是老瞞，幾多陵樹被摧殘。那知報應偏能速，疑冢開來端然土未乾。

（内吆喝介）你聽喝道之聲，想是老爺到了。（前二卒又引淨上）

【仙吕引子‧鵲橋仙】芳郊如綉，柳欹花嚲，未許奸雄點涴。埋羞笑爾計差訛，奮楚墓鋼鞭留我。

下官奉丞相鈞旨，叫把曹操疑冢，盡數發掘。軍士們，可都到齊了麼？（卒）都到齊了。（淨）既如此，可就分頭動手發掘起來。（四卒）得令。（喊下）（淨）咳，俺想曹操平日呵！

【仙吕過曲‧桂枝香】把奸謀藏過，學王莽謙恭遙播。儘一生狡詐欺瞞，騙上了巍巍高座。嘆身猶未死，身猶未死，先防殃禍，留一個疑團難破。豈知今日呵，運蹉跎，四下裏手到翻新冢，任你魂歸泣舊窠。

（四卒上）禀老爺，小的們已經發掘大半，俱係空塋，並無屍首。（淨）少不得他的屍骸，只在此七十二堆之內，且待掘完，自有分曉。你們再去用心發掘，取屍回報。（四卒）得令。（再喊下）（淨）俺看從來最公道不過的，莫如是個上面的天，出爾反爾，絲毫不爽。當日曹操，專慣發冢取財，到臨死的時節，纔曉得身後自有報應。設此奸計，迷惑後人，人都說他用心乖巧，俺道適見其愚耳！

【前腔】皇天加禍，偏寬愚懦。看歷劫報應分明，幾曾把凶頑饒過。縱施奸弄巧，施奸弄巧，冢兒千個，只怕終難僵臥。（内喊介）聽喧呵，早知死後全軀少，空向生前狡計多。

（卒上）禀上老爺，曹操屍骸，已經掘出了。當日係用水銀殮過，原體絲毫無損。請令定奪。（淨）快取過來。（卒下，内預紮一屍，卒抬上）曹操當面。（淨大笑介）阿呀！曹操曹操！你欺君盜國，大罪千條，幸漏生誅，終遭死戮。今日一抔不保，三尺難逃，平昔威風安在哉！軍士們，可將他千刀萬剮，銼骨揚灰，只留首級回繳。（卒）得令。（抬屍下，隨取首上）禀老爺，獻首級。（淨）你們可隨俺丞相轅門繳令去。（卒應介）（淨）玉匣珠襦化曉烟，竿頭懸首血猶鮮。青梅煮酒遺言在，枉負英雄亦可憐。（卒吆喝引下）

第十九齣　江　奠　先天

（小旦白襖扮宮女，隨正旦素服上）

【雙調引子‧金瓏璁】故宮何日轉，空勞魂夢飛牽。嗟鵲操，已年年。浮生真露電，回頭幻景堪憐。拚歲晚，柏松堅。

帝子今何在，吳宮嘆寂寥。還將千日淚，灑作一江潮。妾身孫氏。自昭烈皇帝賓天之後,孀守一十二年,松筠不改,冰雪無虧。既抱離鸞別鶴之悲,尤切春露秋霜之感。今日乃先帝忌辰,不免向江邊遙祭一番,少伸夫婦之情。宮娥,可端正祭禮伺候。(宮女)曉得。(旦掩淚介)

【仙呂入雙調過曲·武陵花】未到江邊,提起先皇情慘然。記夭桃初賦日,紫禁畫簾高卷。只爲鯤鵬雙翅欲摩天,因此上鴛鴦交頸辭吳苑。(生、外白袍扮內監上)稟上娘娘,祭禮都已完備了。(旦)就此往江邊去罷。(眾應介)(旦)咳,想我當日與先帝同返荆州,也是從此江路。乘吾兄新年酒醉,匆匆解維而去,不知受了多少驚惶也!(雜扮內監推車、老旦白襖扮宮女持祭禮上,同緩行介)(旦)到得荆州後,笑聲喧。誰想先帝呵,鳴箛疊鼓,一旦往西川。可恨吾兄詐稱國母病重,遣周善駕船相請,逼我立返江東。那知萱草猶鮮,偏連理并刀剪。(宮女)娘娘到了東吳,何不寄一封書回去,表表心事也好。(旦)宮娥,你那裏曉得。我一到東吳呵,似鳥入樊籠,信怎傳,信怎傳?可憐音疏,不是相思淺。(宮女)娘娘,蜀中山水你雖未親到,也曾聽人說來,可略曉得一二麼?(旦)我怎麼不曉得。蜀山架梁,蜀江瀉峽,枉教人望穿。兀的不痛殺人也麼哥!兀的不痛殺人也麼哥!(宮女)娘娘請免悲傷。(旦)難禁淚漣,身輕怎得若飛仙,不阻層波路萬千。

(二監)稟上娘娘,此處已是江邊了。(旦)遙望成都,把祭禮擺下。(二監)曉得。(擺設介)(旦哭介)阿呀,我那先帝嘎!妾生爲劉家婦,死作劉家鬼。今日羈滯東吳,歸蜀無路,一片苦心,惟天可表。何日漢室重興,妾得身到西川,死亦瞑目矣!(拜介)

【前腔】蜀道如天,隔着長江隱暮烟。滿眼濁流濁浪,打船拍岸,鼓響雷喧。一波未了一波連,一波未了一波連,似愁人血淚紛紛濺。望帝魂何處,枉自設空筵。(哭介)我那先帝嘎!一杯可得到重泉,鑒此微忱依戀。只怕峻險崎嶇,難來續斷緣。未亡人今日裏呵!除非六翮生身始得還,始得還。判斷餘生,長和那孤月眠。寸情堅,憑伊歲序有更遷,願結雙栖冢,終諧繾綣。聽徹哀猿,共此柔腸寸寸懸。

(丑扮內監上)驛使傳來雙羽急,君王看去一天愁。稟上娘娘,大都督陸遜,奉皇爺差遣,領兵剿蜀。那裏曉得前隊人馬,與漢將交鋒,屢次大敗,有告急表文到來。皇爺看了,正在煩惱之際,不想又有飛馬來報,説魏國許昌,已被蜀兵打破,魏主曹丕,逃竄被擒。皇爺益發愁上添愁,十分着急。奴婢得此消息,特來報知。(旦)阿呀!吳魏兩家,都倚着鐵鑄江山,與我大漢皇帝爲難。那知北魏既成消滅,東吳又危局顯然,不怕我大漢中原不重歸一統。妾身歸朝之期，可計日而待矣！內侍，你可再去留心探聽報來。（丑應下）（宮女）天色已晚，請娘娘回宮罷！（旦）內侍，可將紙錢燒化江邊。宮娥，取酒過來。（宮女送酒，旦奠介）（侍焚紙介）（旦）

【尾聲】擎杯和淚江邊奠，離情娓娓訴誰憐。（眾）請娘娘上輦。（旦上介）（眾合唱行介）少不得畫舸中流仍看一葉旋。

第二十齣　閹　囑　魚模

（副淨扮黃皓上）

【仙呂引子·卜算子】前計已成空，一誤難重誤。西望雲山有故人，拔劍能相助。

咱家黃皓，自從受了司馬昭禮物，費盡心機。適逢皇爺告廟之便，命一心腹內監，假充刺客埋伏中途犯駕，被擒之後，極口數說皇爺寵用咱家，不理朝政，故此要另換北地王登基。果然皇爺大怒，即刻要將劉諶拿回問罪。不料蔣、費兩個官兒，竭力保救。聖怒稍平，只著行文請教諸葛亮那老頭兒再處。此計已屬枉然了。事到其間，難道竟罷了不成？（想介）有了。目今劉諶與李嚴，同守白帝城。那白帝城，原是李嚴把守。李嚴與咱素有一面之交，咱今發一密書與李嚴，只說劉諶罪在不赦，皇爺十分震怒。但不欲顯行誅戮，叫咱轉言吩咐他，暗地害了劉諶性命。不怕他不遵旨而行。再許他事成之後，連諸葛亮兵權，都付他掌管。他若貪戀功名，益發更加鼓舞。此計人不知鬼不覺，有何不可。不免修起書來。（寫介）

【仙呂過曲·一封書】清標恨久疏，羨林鶯，隔樹呼。聞得近日與東吳交戰，江東勢已孤。料威風，不似初。只是你軍中北地王呵！逆理傷倫干聖怒，奉敕行誅寄此書。仗錕鋙，戮凶徒，爵賞高懸斷不誣。

書已寫完，差人送去便了。家丁何在？（末扮家丁上）堂上傳呼急，階前答應頻。家丁叩頭。（副淨）起來。咱有密書一封，你可星夜前往白帝城，送與守將李嚴，親手開拆，不可有誤。（末）曉得。（副淨）你且聽咱道來。

【一封羅】【一封書】我皇家一老奴，抱君仇，痛切膚。你到了彼處，不可大驚小怪，洩露風聲。莫漫機關輕透露，悄取佳音返舊廬。（合）【皂羅袍】永安何處，淒淒柳疏。錦城漸遠，蕭蕭草枯。到軍前好把這書兒付。

（末接書介）公公鈞諭，一一知道了。（副淨起介）書憑急足寄他鄉，任你聰明禍怎防。（末）莫道太虛難久翳，浮雲偶蔽又何妨。（副淨）去罷。（末

應，分下）

第二十一齣 忠　訴 庚青

（小生上）

【仙呂入雙調過曲·步步嬌】四野雲昏天將暝，遠岫浮青影。我淒涼感易生，悶極如酲，頹然難醒。何日裏霧散曙光升，江山改盡陰霾景。

（歸自謠）情脉脉，慵聽悠揚風外笛，增人幾縷愁絲白。誅奸浪引為余責，君門隔，黑冤陡陷征衫濕。孤家劉諶，前到祁山，探望丞相病體。不想在彼為日未久，隨聞吳魏有夾攻西蜀之舉。丞相怕白帝城守將李嚴，獨力難拒東吳，命我前來共事。自到此間，那東吳陸遜，果來相犯。孤家一面行文飛報丞相，一面命各處關隘，用心防守，靜候丞相軍令到日，擇吉興師。但孤家身雖在此，風聞得朝中獲一犯駕奸徒，口中有干涉孤家之語。幸賴蔣、費兩侍中，代孤力辯，纔得奉旨行文丞相裁處。只不知何故，丞相至今並無一字相聞。又聽得人說，父皇惑於黃皓讒言，把我府門嚴兵圍守，更不知我夫人在家，近作何狀。種種放心不下。仔細想來那刺客一節，必定是奸奴黃皓，霹空生釁，以為陷害孤家之地。好不令人仇深切骨也！

【忒忒令】他勢炎炎轟如怒霆，我慘切切危同入阱。浮雲遮日，偏天王明聖。幸倚仗，立朝臣，杵權奸，持公論，不忿他含沙射影。

說話之間，不覺心中煩悶起來，且到帳外散步片時，再作道理。正是：孽子遭冤天慘澹，權閹用事國傾危。（暫下）（外袖藏書上）

【園林好】笑東吳潢池弄兵，逋天討如蛙在井，終有日朱絲牽頸。欣六宇再升平，江與漢，水長清。

下官白帝城守將李嚴。為東吳犯邊，心中着急，喜得北地王到此，協力相助，可為萬分之幸。不想內監黃皓，與他有隙，寄我私書一封。指稱親奉聖旨，叫我暗地害他性命。咳！這事怎生行得。下官要將此消息，通報與他。故而獨自前來。（到介）呀！為何帳房中靜悄悄的，到那裏去了？也罷。且在此坐等一回，有何不可。（坐介）（小生上）

【嘉慶子】嘆除奸手段成畫餅，且默待憸壬惡貫盈。天道昭昭如鏡，肯社鼠任胡行，忘降譴暗相傾。

（見介）呀！原來將軍在此，有勞久待了。（外）不敢。（小生）請問將軍，薄暮到此，為着何事？（外）大王聽稟。小將此來呵！

【尹令】並不爲晚行遣興,也不爲伴君孤另,只因忿深奸佞。蓦忽地飛來寸箋,好教我怒髮衝冠恨滿膺。

(小生)如此説來,一定又有什麽奸徒,與孤家爲難了。(外)果然有人與大王爲難。但這個人却是大王意中,可以摹擬而得的。(小生)是那個呢?待我想來。(想介)哦!是了。必定是黃皓那厮,又來多事了。(外點頭介)大王所言不差。(小生)將軍,不提起那厮便罷,若提起那厮,不覺雙眉倒豎,百感橫生,好不令我忿激也!

【品令】他本是刑餘賤質,宮掖備趨承。遭逢聖主,青雲陟飛騰。他便權侵畫省,威福惟吾命。可憐我天潢尊顯,也無計與他爭競。將軍,你想刺客一事,孤家禍懸眉睫,若非朝中有兩侍中力救,外邊有丞相主持,黃犬東門,孤家早已禍不旋踵矣!怎能够秉鉞邊陲,早晚同君醉醺醺。

(外)大王,你但知其一,不知其二。他因前計不成,又差家人寄密,(住口各四望介)寄密書一封與小將,書内説親奉朝廷旨意,叫暗害大王性命,事成之後,許加官賞。小將受先帝隆恩,愧無寸報,方欲爲國除奸,豈有反做權門鷹犬之理。所以特來報知。小將呵!

【豆葉黃】受君恩深重,補報無能。肯貪戀着有限功名,肯貪戀着有限功名,埋没了戀懷孤性。(指天介)皇天后土,威靈式憑,敢把這國家梁棟,敢把這國家梁棟,(出書付小生介)奉一紙私書斷送輕輕。

(小生看書怒介)阿呀!黃皓你那奸賊。

【玉嬌枝】我已是驚鱗潛影,怪搜求纏竿又曾。(向外介)非君志潔能持正,問誰肯憐我忠鯁。我劉諶呵!鋤奸有心空淚零,逃生無地惟安命。受禁持憂懷不勝,念邦家還期廓清。(外)

【五供養】我血甘濺頸,要把陰謀,飛奏朝廷。恐徒招寢擱,奇禍轉繁興。大王,你時逢晦冥,且向孤城權時安静。待到那陽和轉,泮春冰,管教奸宄服常刑。(小生)

【江兒水】枉説藩封貴,君王眷不輕,奈中官巧計相凌併。我寂寞荒城悲月冷,寒飆幾陣吹孤影,回首長纓空請。仰問蒼天,到甚日沉酣纔醒。(外)

【川撥棹】休悲哽,且歡然情愫傾。一任他豺虎狰獰,一任他豺虎狰獰,笑時衰終膏釜鐺。佇長空耀景星,掃妖氛開太平。

(净持報上)愁隨清話去,喜自捷音來。禀上王爺,諸葛丞相,有捷報到此。(小生看介)原來許昌已破,曹丕已擒,可喜可喜!(付外介)將軍,你看丞相來文，道魏寇已滅，吳賊膽寒，命我和你提兵進剿。我想吳寇勢處下流，滅之頗易。當年皇祖，只因進兵遲緩，以致爲陸遜狡計所敗。如今孤家竟帶領本部人馬，星夜先從水路，直入吳地。將軍，你緊從岸路，在後接應。前後聲息相通，那陸遜雖有長才，豈能捍禦。皇祖猇亭夙怨，定可一舉報復矣。將軍，你意下以爲如何？（外）大王所見甚是。小將領命，天色已晚，就此告辭。（小生）

【尾聲】我乘流會見檣帆勁，展旌旆波光遙映。（外）敢怕他一紙降書，早高擎在江岸等。

（小生）側身西望是吾家，憂患頻來實可嗟。（外）凱奏定知邀帝寵，狂言頓息似浮沙。（分下）（淨隨下）

第二十二齣　瑞　敗　東鐘

（副淨上）半紙私書人莫曉，一朝公論我須防。咱家只爲與劉諶結下冤仇，借刺客一事，巧爲傾陷，可爲極妙的了。不想皇爺竟不自家做主，反聽了蔣、費兩個官兒的話，請教起諸葛亮老頭兒來。咱只得又生一計，叫白帝城守將李嚴暗地害他性命，尚無回覆。昨日聞得諸葛亮覆本已到，叫蔣、費兩個官兒，將刺客一事，確查具奏。咱想他兩人，有了諸葛亮壯膽，一定顯然袒護劉諶，把咱家私通司馬昭之處，盡情攻訐。只怕此本一上，與咱家有許多不便之處。怎麼好？必須生一法兒，預先挽回纔是。（想介）有了。咱想世上的官兒，沒有一個不貪圖賄賂的，莫若趁早將司馬昭送咱的禮物，暗中遍咱朝臣，作一解冤釋結之計，有何不可。正是：濫寵漫曾誇阿父，解愁今且仗家兄。（下）（老旦扮從捧笏隨外袖本上）

【中呂引子·菊花新】中涓稔惡勢難容，袖裏彈文達聖聰。蹇蹇竭愚忠，真不愧賈生長慟。

下官左侍中蔣琬是也。前者皇上告廟而回，途中忽遇一刺客，自稱意在刺殺皇上，另立北地王登基。下官就知此言不實，同費大人極力爲北地王聲冤。可恨中官黃皓在旁，百般傾陷。喜得皇上均不深信，只命行文請教諸葛丞相鈞裁。下官邇來細加察訪，纔聽得黃皓那廝，接受魏將司馬昭禮物，圖陷親藩，以壞邊事。胸中正在忿忿不平，恰好丞相覆本已到，勸皇上切勿聽信黃皓讒言，只消命我等據實查奏，以分涇渭。但聞得他在外面，四佈夤緣，希圖漏網。已曾相請費大人到來，作速公同上本。爲何此刻還不見到？（淨

扮從捧笏隨小生上)

【前腔】紆朱拖紫濫叨榮，有志除奸力未從。協贊喜和衷，兩自許立朝威鳳。

下官右侍中費禕是也。蒙蔣大人相招，不免徑入。（進見揖坐介）（外）費大人，我等奉諸葛丞相鈞旨，命將刺客一案據實查奏，不識高見若何？（小生）蔣大人，黃皓私通叛逆，屈陷親藩，罪惡顯然。只消據實具奏足矣。（外）既如此，下官備有短疏在此，敢屈同往午門面奏。（小生）就此同行。（行介）不寢聽金鑰，因風想玉珂。（外）明朝有封事，數問夜如何。（作到介）（合）來此已是午門。不免俯伏。（接笏各跪介）（二從暗下）（末扮黃門官上）奏事官有何文表，就此披宣。（外）臣左侍中蔣琬謹奏。（末）奏來。（外）那黃皓呵！

【中呂過曲·駐馬聽】濫廁皇宮，倚恃身叨恩眷濃。他口銜天憲，手握朝綱，氣壓王公。婪贓受賄敵堪通，酬情險把金甌送。望吾皇皎日升中，把權閹立剪，顯此神明用。

（小生）臣右侍中費禕謹奏。（末）奏來。（小生）那北地王呵！

【前腔】既孝能忠，南北驅馳戰績隆。不比尋常帝胄，束手無能，有忝藩封。只因孤戇忤元兇，因此上君門萬里冤難控，果是風影無蹤。望吾皇恩綸早降，不爲浮言動。

（末）官裏道來，黃皓通賊受賄，誣陷親藩，卿等既遵師相之命，查確具奏，着即擒出午門，併前刺客，一同斬首覆旨。北地王心迹已明，府第不須圍守，每月常格外，加賜祿米百石，以昭優寵。欽哉謝恩！（末下）（二臣山呼起介）（外）費大人，聖上納諫如流，殊爲可喜。這也虧了丞相一疏主持之力。（小生）果然全靠丞相大力回天。蔣大人，我們就此遵旨辦理去來。（外）有理。禁闈藏奸嘆有年，誅鋤無計枉拳拳。（小生）澄清終賴調羹者，一語能開曉霧天。（同下）

第二十三齣　泣　樓　蕭豪

（貼扮宮女隨小旦病裝上）

【正宮引子·破陣子】漏盡銅壺天曉，灰寒金鴨香消。有淚非關鴻雁杳，其奈恩綸盼轉遙，雙眉鎖恨牢。

（烏夜啼）朝來倦倚熏籠，怯登樓。辜負樓前修竹，響颼颼。愁幾許，憑誰語，悶無休。安得愁隨江水，付東流。妾身自大王祁山去後，靜守簾櫳，不料奇禍陡生。朝廷聽信黃皓一面之言，將我府門圍守，不容外人出入。多蒙蔣、費兩侍中，垂憐冤抑，不時遣人傳遞消息，稍慰驚魂。但未破奸謀，終成疑獄。竊恐昭雪之期，正未可屈指而待，如之奈何？妾身因此鬱鬱成病。日來差可，意欲登樓一望，以遣悶懷。侍兒，可收我鏡臺衣服過來。（貼應，隨小旦起身梳妝介）

【正宮過曲‧雁魚錦】【雁過聲全】纔將鏡奩去蓋綃，頓冰輪射眼多光耀。曾記理鬢雲低頭照，愛他碧溶溶景偏饒。對寒輝剛眉黛輕描，春山波底搖。那曉得朱門外絳節匆匆到，霎時間三叠的唱聲都是離別調。

侍兒，我同你樓上去來。（貼應同行介）（小旦）含愁渺何限，強起一登樓。（上樓介）侍兒，你看衆嶺當窗，群峰繞戶，一望重重叠叠，杳無邊際，得知他那一處是祁山也？（貼）娘娘，往東北那邊望去就是了。（小旦望介）呀！原來是這等遠，我怎生望得見也！

【二犯漁家傲】【雁過聲‧換頭】迢遥，目斷層霄。【普天樂】問淡烟濃樹，何處是祁山道。侍兒，我自大王出門之後呵，萋萋芳草，正滿前景物傷懷抱。又誰曉，奇釁陡遭。又誰曉，驚魂驟飄。【雁過聲】又誰曉，閉危巢，每日裏聲靜悄。沒個人兒，擅把門敲。悲號，枉茶拋飯拋。想我在府中，身似羈囚。大王在外，必然更受逼迫，教我如何放心得下也！（淚介）我這裏望龍樓似海冤難告，他那裏投虎口如天禍怎逃。

（貼指介）娘娘，奴婢遠遠望去，只見一個內官，直向俺府門而來。敢是朝廷有甚恩詔麼？（小旦）咳！此話休提。

【二犯傾杯序】【雁過聲‧換頭】王朝禍起鴟鴞。【漁家傲】怪不得綱維盡弛憑燄竈。【傾杯序】枉負王孫，影孤體倦，水宿風餐，道路疲勞，浮雲障曉。聖恩雖厚，怎把我戴盆冤照。哎喲！天那！（哭介）【雁過聲】說甚麽金雞呷喔飛將到，但聽些鐵馬叮噹響自敲。

侍兒，我看了這一會，心中益加愁悶起來。不如且和你下樓去罷。（貼應同行介）

【喜漁燈犯】【喜漁燈】騁懷半晌，轉增悲悼。空堆叠烟雲滿眼，和那花柳如笑。（貼）娘娘，我想大王，只是黃皓一人作祟，那朝中臣宰，都是操公論的。聖上如今已是行文請問諸葛丞相去了。丞相書來，大王冤枉自明。娘娘且不必過增憂戚。（小旦）咳！你這些說話，我也曉得。只是我心中所慮呵！【朱奴兒】縱忠良未稀，【玉芙蓉】只怕讒言中人磐石牢。【漁家傲】難說這陰霾慘澹無光處，頓變了風和日皎，冷鴛瓦霰雪全消。（貼）難道聖上，竟不想我們王爺，不是那樣歹人麼！（小旦）你那裏知道。古來曾參之母，也曾誤信兒子殺人，投杼而起。何況末世麼！【雁過聲】有幾個謗書一篋情偏好，從古說市虎三人聽易淆。

（丑扮小監上）不須淚點頻頻掉，管取愁容漸漸舒。娘娘在上，奴婢叩頭。（小旦）你是何處內官？奉何人差遣而來？（丑）奴婢系皇爺宮中內監，特來報一個喜信與娘娘知道。（小旦）你報什麼喜信與我？（丑）奴婢今日在皇爺身邊站立，只見黃皓被蔣、費兩侍中，奉諸葛丞相之命，交章劾奏。皇爺已將他明正典刑。又道娘娘府第，不須圍守，每月再加賜祿米百石。少刻就有旨意來了。有此喜信，故此特來報知。（小旦）這話可真麼？（丑）怎麼不真。難道奴婢敢撒謊麼！（小旦）既如此，有勞你了。侍兒，可留他進去一飯。（貼應介）（丑）多謝娘娘。（貼）這裏來。（引丑下）（小旦）且喜黃皓俯首受誅，大王奇冤已雪，我夫婦二人，從此相逢有日矣。

【錦纏道犯】【錦纏道】墮弦鳥，感君恩重騫羽毛。願從此建微勞，凱歌旋同酌美酒芳醪。萬里橋影兒尚遙，三江峽夢兒已先繞。（掩泣介）喜極處淚珠拋。【雁過聲】果是皇天有眼憐忠孝，默佑這玉樹森森顯後凋。

（貼同丑上）（丑叩介）謝娘娘賜飯。奴婢就此告回了。（小旦）着實難為你，去罷。（丑）數言傳秘旨，一飯飽嘉蔬。（下）（貼）娘娘，你如今可把心事放開，不須憂慮了。（小旦）便是。（起介）連宵清淚濕花枝，好語俄傳慰所思。（貼）早釀葡萄待征客，相逢飲到夜闌時。

第二十四齣　戰　江　蕭豪　先天

（外、末扮二卒執旗引小生戎裝上）
【黃鐘引子·玉女步瑞雲】【傳言玉女】鼓角聲高，月落錦營初曉。【瑞雲濃】旗開處鯨波靖早。

孤家劉諶。奉丞相軍令，剿滅東吳。昨日已曾與李將軍商定，孤家從長江水路先行，李將軍在後岸路策應，彼此協助。想那孫權、陸遜，不過蟻穴君臣，妄自尊大。此日加兵，如疾風之卷秋籜耳！今乃黃道吉日，軍士們，就此吩咐掌號開船。（卒應傳介）（內金鼓開船介）

【黃鐘過曲·滴溜神仗】【滴溜子】東吳的，東吳的，罪難恕饒。承軍令，承軍令，揚威進討。任他憑江自保，管教頃刻間，風驅電掃。【神仗兒】成偉績在今朝，殄狂寇敢辭勞。（下）（副淨扮周倉、生扮關平引淨扮關公上）

【北仙吕·點絳唇】忠義齊天，赤心如面。神威遍，手挹香烟，任意把《春秋》展。

轉戰襄陽日未晡，曹兵百萬視如無。孫權豈料撓吾後，漢賊原來首在吳。俺靈霄天將關元帥是也。義薄青雲，忠凌白日。視群奸爲狐鼠，氣壓千人；等異姓若壎箎，名揚萬古。秉燭達旦，而不虧臣節於午夜，鬼神亦鑒豪傑之心；挂印辭曹，而遠奔故主于袁軍，朝野共服英雄之膽。生前曾以前將軍之職，統領兵馬。奉吾主昭烈皇帝之命，北伐曹寇，戰功已著。不料孫權那廝，背盟敗好，暗襲荆州，前後夾攻，救援盡絶，以致封疆失守，大志未伸。某盡忠秉節而亡，感蒙上帝，玉敕褒嘉，封俺爲靈霄天將之職，威靈普遍，血食萬方。俺關某一世英名，却也與日月争光，千秋不朽了。只是國運衰微，群凶未滅，此心尚留餘恨。前者諸葛丞相禳星乞命，已蒙上帝特沛殊恩，重延漢祚。目今魏寇已滅，料那孫權亦指日可平。從此玉宇重清，金甌永固，不負俺安劉滅寇一片初心。好不暢快也！

【混江龍】記當日在桃園歡讌，弟兄們盟誓漆膠堅。要扶那劉家社稷，漢室山川。實指望一劍輕將烟霧掃，又誰料片帆頓被浪波掀。一霎時把俺前遮後擋，矢盡空弮。説什麽承家開國分茅土，只落得取義成仁照簡編。吐雄心一似那轟轟驌驌的雷和電。博得個有職掌天門猛將，也不異那無拘束雲路金仙。

（末扮功曹上）人間開壁壘，天上降絲綸。玉旨下。（净跪介）（末）玉帝有旨：蜀漢北地王劉諶，奉命伐吴，陸遜不道，憑依江險，阻抗王師。特敕靈霄天將關元帥，率領本部陰兵，前往長江，暗助劉諶，早滅東吴，以興漢室。欽哉！（末下）（净謝恩起介）陰兵何在？（三旦、雜扮四陰兵上）（净）上帝有旨，命俺收伏東吴。爾等就此隨俺同往長江去者。（衆應行介）

【油葫蘆】早奉着玉敕金符跨錦韉，只見水和雲光一片，四下裏驚濤駭浪勢掀天。蠢孫權只道長江萬古稱天塹，子孫世守無更變。那曉得僞基業難久長，漢山河終清晏。穩情取王孫重把荆襄奠，纔轉眼吴宫苑恰也鎖寒烟。（暫下）（丑駕船隨末上）

【南仙吕入雙調過曲·窣地錦襠】微才謬荷主稱賢，祖道臨江酒似泉。衝鋒正聽鼓淵淵，敗報何堪日再傳。

下官東吴大都督陸遜是也。奉主上之命，與北魏夾攻西蜀。爲此兵分水陸，次第而行。不想陸路人馬，被他家殺得大敗。那劉諶兵勢，乘勝鋭不可當，漸漸從水路深入吾地。如何是好？事已至此，只索盡起本國水軍，前往迎敵便了。(重唱"衝鋒正聽"二句行介)(外駕船隨小生冲上,各通名介)(小生)陸遜,你看魏寇已滅,還不早降,豈非癡漢麼?(末)我正要替魏國報仇,怎肯降你。(戰介)(末追小生下)(淨領衆上)

【北天下樂】只聽得猁浪吳兒笑語喧,爭也波先,都將戰斾搴,豈知老蒼穹早把炎劉眷。俺這裏急煎煎馳雲路,他那裏威凛凛駕樓船。笑東吳兀自要把天心來拗轉。

俺想水戰全憑風力,漢兵雖據上流之勢,但風色未順,取勝爲難。當年赤壁鏖兵,也虧了我諸葛丞相借得三日東風,纔燒盡他曹兵百萬。俺莫若暗助劉諶順風幾陣,使他早建大功,有何不可。風伯何在?(雜扮風伯上)天將有何法旨?(淨)少刻孫劉交戰之時,你可暗助劉諶順風幾陣者。(雜)領法旨。(內喊介)(淨)你聽喊殺之聲,那兩國兵船來也。俺不免高站雲端,看風伯大顯神通者。(立高處介)(丑隨末外隨小生追上,戰介)(風伯領陰兵繞場三匝,內大作風聲,末敗下,小生、風伯同追下)(淨)你看大風幾陣,吹得吳兵四散,大敗而去。孫權孫權!你那江東八十一州郡,怎生保得牢也。俺不免乘此順風,助劉諶直取荆襄去者。

【那吒令】望江雲靄然,恍山連水連。聽江聲駭然,儼雷喧鼓喧。覷江容宛然,早情牽恨牽。您仗那橫江鎖暗中沉,怎當俺猛罡風虛空旋。一會兒封姨吹破了水中天。(同陰兵暫下)

(小生追末上,淨領陰兵同追上,末逃下,小生追下)(淨)陸遜陸遜!你原來也有今日,可不喜殺俺也!

【寄生草】快雪從前憤,欣除舊日冤。襲荆州當年狡計空施展,抗猇亭今朝斧鉞應難免。助曹瞞叛臣早合遭誅譴。你道秣陵王氣未消亡,可也知江山並没千年券。吳兵已破,陸遜已逃。俺不免回覆玉旨去者。

【賺煞尾】整旅凱歌旋,幽顯同歡忭,喜釜底遊魂滅殄。止有那炎漢旌旗風内卷,肅兵威後勁中權。望江邊畫棟猶鮮。俺也曾談笑單刀赴酒筵,今日個慰安劉夙願。返玲瓏宮殿,仍向那玉霄中虎拜侍班聯。(從引下)

第二十五齣　權　　降　皆來

(末挂劍急上)

【南呂過曲・香柳娘】險江波蕩骸,險江波蕩骸,一魂天外歸來,滅盡英雄概。我陸遜。正在江心與劉諶決戰之際，不料大風忽起，把我東吳船隻，盡皆吹散，大敗而回。想我出兵之日，蒙主上親臨祖餞，滿賜御酒三杯，那些光景，好不威風也。感君王駕排，感君王駕排。賜酒笑顏開，隆恩有誰賽。如今一敗塗地，豈不有辜聖眷麼！枉巍巍築臺，枉巍巍築臺，誤遣駕駘，把他邦家消敗。

（內喊介）（丑扮將官急上）

【前腔】訝青天晝霾，訝青天晝霾，督師安在，難道途窮早遁雲山外。（見介）原來元帥爺在此。阿呀！元帥爺不好了！劉諶那厮與李嚴分路而來，勢不可當，看看逼近石頭城了。我們戰船已被大風吹散，一時聚集不攏。這便怎麼處？（末）你可再去打聽，本帥即刻面見主上，請發救兵，前來抵敵便了。（丑應急下）（末）看此光景，東吳社稷，斷然保守不牢。我想今日之禍，都在主上不該輕信華歆之言，聯兵攻蜀，致有此敗。為貪心惹災，為貪心惹災。國勢不須猜，其亡立而待。我陸遜也是三國中有名人物，蒙闞澤薦舉，掌握兵權，官至大都督之職。今日到此地位，還有何面目再見江東父老乎！除却一死，別無仰報國恩之處。（拔劍介）罷罷罷！不如自刎了罷。算無如自裁，算無如自裁，棄此臭骸，聊將羞蓋。（作自刎下）（淨扮孫權急上）

【前腔】恨東吳運衰，恨東吳運衰，盛圖難再，寒潮浪息江聲改。寡人孫權。奄有江東，傳家三世，國富兵強。不合聽了華歆之言，與北魏通和，夾攻西蜀，反被漢兵所敗，水陸長驅而來。陸遜抵敵不住，大敗奔回，沿江一帶，盡非我有。只得暫據石頭城，再作計較。已曾差內侍，打聽陸遜兵馬消息去了，為何還不見回報？好生記懷。（老旦扮內侍急上）將軍不惜死，天子已無家。（進見介）阿呀！皇爺不好了。都督陸遜，戰敗自刎而亡了。（淨驚介）怎麼說？（老旦復述介）（淨）有這等事！（哭介）我那陸卿嗄！（老旦）皇爺，陸遜已死，哭之何益，倒是快些整頓軍馬，前去抵敵要緊。（淨）咳！大勢已去，這蕞爾之地，戰守兩難，怎生濟事。（搓手想介）哦，有了。俺與劉玄德，原係郎舅至親，只因爭奪荆州，一時短見，把俺妹子騙了回來，以致親情中斷。如今勢在危急，何不仍用當年周公瑾的美人計，作速上表求和，送還吾妹，率土歸附，或者他們不念舊惡，存我宗祀，也未可知。有理。縱親情久乖，縱親情久乖。留得女裙釵，前仇藉分解。咳，早知如此，何苦當初聽了呂蒙的言語，暗襲荆州，害了他家關公的性命。費心機奪來，費心機奪來，曾幾時哉，荆州何在？（下）（生、副淨、貼、雜扮四卒，鼓吹駕船引小生合唱行上）

【前腔】任潛蹤水涯，任潛蹤水涯，彈丸疆界，揚威席卷乘其憊。（小生）

孤家統領水軍，與東吳陸遜，江中一戰，叨賴天賜順風，殺得他片甲不存，所有竊據地方，仍歸版籍。孤家已命李嚴各處安撫去了。可笑孫權那廝，計窮力竭，退守石頭城，苟延性命。孤家乘此破竹之勢，率領勝兵，揚帆東下，誓在斬將擒王，不使偷生漏網。衆軍士！快快趲船上去。（卒應行介）（合）望長江眼開，望長江眼開。笑他戍守剩空臺，前謀枉齷齪。（卒）稟上王爺，前面已是石頭城了。（小生）快些上岸攻城。（同作上岸行介）（合）覰孤城一帶，覰孤城一帶，靴尖略抬，登時摧敗。（下）（淨衣冠不整奔上）

【前腔】聽兒啼女哀，聽兒啼女哀，滿城驚駭，解紛無計愁如海。不好了！不好了！劉諶這廝，竟將石頭城團團圍住，連宵攻打，不准講和，如何是好？看來是斷然守不住的了。不如趁早投降，還是上策。咳！只是可惜當年，承曹操將孤家獎許，道生子當如孫仲謀，如劉景升兒子，豚犬耳！豈知到今日裏呵！憶前言疚懷，憶前言疚懷。孟德枉憐才，不把庸兒待。（內喊介）（淨）事已急了，不免親自上城去，與他打話一番。嘆龍鍾老邁，嘆龍鍾老邁，淚眼摩挱，馬前迎拜。（虛下）

（小生內叫）衆軍士，快些奮勇攻城者。（內吶喊應介）（場後設布城，卒引小生又合唱行上）

【前腔】看城欹堞歪，看城欹堞歪，不亡何待，傾危早決蕭牆外。（小生）快些攻城。（卒應介）（淨立幔上叫介）殿下不必再攻。俺孫權親自出城來也。（內開幔淨出見介）殿下請了。俺孫權今日雖爲降虜，但與令祖玄德公，有一脉姻親，還求青目。（小生）孫權，你有三大罪，可知道麼？（淨）孫權不知。（小生）你背盟棄好，私通曹賊，罪之一也；詭迎國母，不放歸蜀，罪之二也；暗襲荆州，戮我大將，罪之三也。有此三罪，何處求生。姑念既經投降，暫留後營，請旨定奪。（卒押淨下）（小生）咳！孫權，你那老賊，你當日結連曹操，侵犯天朝，罪惡不小，直待刀臨頸上，方纔束手就縛，此而不誅，國法安在！（合）你餐刀理該，你餐刀理該，三尺久沉埋，難容再寬貸。（小生）衆軍士，就此班師。（卒應行介）（合）喜今朝奏凱，喜今朝奏凱，歡聲滿街，皇圖千載。（齊下）

第二十六齣　姬　　旋　江陽

（外冠帶上）離宮一閉鎖芳菲，地隔塵凡到者稀。梁燕未能忘舊主，幾回故故繞簾飛。下官白帝城守將李嚴是也。奉諸葛丞相將令，領兵同北地王掃蕩東吳。可幸功成翻掌,繳令之後,丞相命下官仍回白帝城把守,只令北地王班師回蜀。那北地王因孫權之妹,自昭烈皇帝賓天之後,守貞不嫁,十分敬重。奏聞聖上,迎請歸朝。今日從長江水路而來。下官既在守土,理合迎接,不免同了永安宮內監,前往走遭。正是:一帆鳳舸隨風到,十丈龍旗拂水來。(暫下)(淨、丑扮內監,老、小二旦扮宮女,雜扮水手,鼓吹開船引旦上)

【正宮過曲·錦纏道】錦帆張,盼言旋居然願償。恨同氣起參商,話虛傳將人哄上歸航。不能彀寄瑤箋雁足幾行,空倚着御長風魂渡寒江。(宮女)娘娘,你如今幸已重歸漢室,那些舊事,可以不必再傷心了。(旦)咳!你說那裏話來。我當初好端端在荊州住下,不料被吾兄孫權陰謀詭計哄騙歸吳。我一時間牽於母女之恩,忘却夫妻之義,不納趙雲之諫,輕隨吳將之舟,以致一墮網羅,終身永無再睹天顏之日。三千粉黛,讓魚貫以承恩;十二峰巒,枉鴛衾之入夢。鎮思君兮不見,縱潔己而誰憐。長為漢室之罪人,豈但吳宮之怨女。興言及此,我之冤恨,比江水尤深矣!回首尚悲傷,悔一霎心情孟浪,匆匆大義忘。長閃得無依無傍,剩今朝縞衣淡雅再還鄉。

(衆)娘娘!你

【前腔】且免霓裳,笑吳宮今為戰場。枉前事逞乖張,把熱夫妻分開作兩岸鴛鴦。端只為奪荊州將盟寒誓爽,全不想非其有究危似朝霜。(旦)我想人生世上,隙駒易逝,磨蟻空馳,落得守義敦盟以留芳譽。那些虧大節而奪江山,昧前盟而尋爭戰的,轉瞬物是人非,烟雲變幻,反被這一派江流,冷眼兒幾番竊笑也。(衆合)千古這封疆,問誰個兒孫世享。天心詎有常,徒被此滔滔波浪,哂雄圖同他過眼換滄桑。

(末扮內監同外上接介)白帝城守將李嚴,同永安宮內監,迎接娘娘。(侍傳介)(旦)李將軍請回,只着內監上船來。(侍傳介)(外下)(末上船介)娘娘在上,奴婢叩頭。(旦)你是看守永安宮的內監麼?(末)奴婢正是。(旦)如今宮內還是何人住下?(末)此宮一向空閒,無人居住。(旦悲介)天嘎!這冷落故宮,便是我孫氏終身之地了。我想此去,既未正母后之稱,又不在妃嬪之列,尊卑失據,體統難分,不如就此宮內,栖息餘年,多少是好。內侍,永安宮還在何處?(末)離此約有十里之路。(旦)既如此,吩咐快快趕船到永安宮去。(末應傳介)(旦)

【小普天樂】憶歸吳,名幾喪。喜返蜀,情胥諒。正愁無地安頓孤孀,恰留這故苑淒涼,待我來憑欄斷腸。未亡人偏宜寂寞軒窗。

（末）禀上娘娘，前面是永安宫了。水路已窮，請娘娘登岸罷。（旦）備輦過來。（內鼓吹，一齊起岸，雜改扮車夫上，同行介）（合）

【中呂過曲·古輪臺】離春江，鸞輿簇擁度平岡，風和日暖花爭放。郊原高曠，說不盡鶯語如簧，和那乳燕蹁躚來往。繁麗東吳，縱堪遊賞，只怕一番兵燹半消亡。凝眸遠望，樹林中微露紅牆。森森獸脊，多管是漢家宮禁，想先皇靈爽，月夜尚回翔。欣相傍，好趁金燈遙引拜君王。

（作到介）（末）禀上娘娘，已到永安宮了。（旦下車進介）原來故宮如此荒涼也。（淚介）

【尾聲】身雖到，恨未忘。悔一別長辭天仗。（末）娘娘不必悲傷，且請進宮去罷。（合）今日個白璧歸來，千秋姓氏香。（眾隨旦下）

第二十七齣　舟　憶　尤侗

（小生上）

【越調引子·祝英臺近】統雄師，恢故宇，終歲風塵走。叨仗天威，摧敵等枯朽。今朝奏凱歸來，片帆江上，看兩岸青山依舊。

（醉公子）纔把東吳掃，乘流歸去早。子職敢辭勞，惟憂國是淆。借陷謀真巧，相加如刈草。安得一輪高，冰山着地消。孤家奉丞相將令，領兵東下，誓在殺盡吳狗，以報猇亭夙願。幸得江心一戰，大敗敵兵。降王破國，而孫權作江左之俘囚；雪恥除凶，而關公吐臨沮之怨氣。下掃三江瘴霧，上宣九廟威靈，可謂不負平生壯志矣！只是孤家被黃皓那廝屢加傾害，雖則行刺一事，虧得丞相大力主持，私書一節，又得李嚴秉公堅拒，均暫逃於毒手。但未知丞相覆本上去，聖意究是如何？好生放心不下。目今吳寇已滅，奉令班師，仍從江上一路鼓棹而回。師旅眾多，沿途耽擱，遙望成都，還在烟雲縹緲之際。一片歸心，叫我怎生按捺得下也！

【越調過曲·祝英臺】記當初奉王言辭帝里，時序正深秋。那些天外白雲，眼底丹楓，都足助人離愁。咳，離愁小事。既奉了君父之命，此時還說他怎麼。我倒怕的是神州，既群奸割據稱雄，豈易重爲吾有。今日呵，也是叨天佑，頓剪江東逋寇。

孤家又在此想來，我家府門，既奉旨圍守，那些洶湧之狀，定非小可。我夫人女流，見此光景，怎免得一番驚恐，這便如何是好？

【前腔·換頭】他是個閨秀，止不過傍妝臺，尋好句，湘管鎮拈手。那曉錦字乍成，素紙猶攤，一旦禍懸眉頭。休休虎狼的威勢高張，怕不身膏饞口。料柔姿，多應呼天，雙淚橫流。

（丑扮家將持報上）稟王爺，朝報在此。（小生）咳！黃皓專權，百僚喪氣，時事可知矣，還看他怎的。

【前腔】奔走。備班聯豈乏朝臣，仗馬總堪羞。（看介）"左侍中臣蔣琬、右侍中臣費褘共一本，爲除奸事。奉旨黃皓通賊受賄，誣陷親藩，卿等既遵師相之命，查確具奏，着即擒出午門，並前刺客，一同斬首覆旨。"呀！原來黃皓已明正典刑了。（又看介）"北地王心迹已明，府第不須圍守，每月常格外，加賜禄米百石，以昭優寵。欽此。"（喜介）好了。這也是皇天有眼，俺劉諶夫婦，性命都得保全也。喜奸逆掃除，冤枉分明，一似霧斂雲收。（再看介）"丞相武鄉侯、臣諸葛亮一本，爲請旨獻俘事。奉旨逆丕就擒，理應獻俘太廟，爾大小廷臣，速將儀注詳議具奏。"呀！原來丞相就要把曹丕獻俘了，可喜可喜。鴻猷，論大風猛士開基，也還仗群英先後。怎如君今日獨把這安劉功奏。

（生扮差官持公文上）談笑風生白羽扇，指揮霜肅碧油幢。船上那位在？（丑問介）尊官何來？（生）丞相爺有公文在此。（丑稟介）（小生）快請上船相見。（丑應，向生介）請上船來。（生上船見介）稟上大王爺，諸葛丞相已經奏凱班師，具本請將曹丕等獻俘太廟。那曹丕、司馬懿二犯，已差官前往許昌拿解去了。請大王這裏，速將孫權解赴成都，有公文在此。大王請看。（小生接看，付丑介）來文孤家知道了。尊官請回。（生應下）（小生）家將過來。（丑應介）（小生）孫權那厮，孤家原欲趁大軍凱旋之便，隨船解歸西蜀，不料丞相軍令，如此嚴緊，你可速往營中，挑選老成武弁一員，帶兵五十名，將孫權從岸路星夜解赴成都，候丞相爺獻俘發落。一路上務要小心看守，倘有疏虞，軍法從事。去罷。（丑應下）（小生起介）你看一江如練，帆影千重。我何日得到成都，再叙天倫樂事也！

【前腔】翹首。望帝鄉遠隔層雲，樹影亂空流。只這一葉輕舠，千里程途，盡把離人消受。今後，任他烟雨橫江，也索揚帆飛走。看車馬，早向皇都馳驟。

獨聽寒潮意未降，慰人明月射蓬窗。東風可許重相借，送我迴回濯錦江。

第二十八齣 逮 逆 齊微

（末扮解官上）天道昭昭有報施，縱然遲速不多時。曹瞞逆理欺屠主，今日兒孫也被欺。自家乃諸葛丞相帳下一個差官。俺丞相爺滅魏之後，班師返蜀。一面特上一本，請將逆賊曹丕等，獻俘太廟；一面差俺前往許昌，將曹丕、司馬懿兩個逆賊，一齊解赴成都。可憐曹操枉自做了一世奸雄，今日子孫現報了。且喜這兩個逆賊，俺已從許昌提取而來，行了好些時，前面已離成都不遠，天色將晚，不免催趲他們早些行走。軍士們，快把這兩個逆賊趕上來。（老旦、雜扮卒押丑、副淨破囚服鎖杻行上）（丑）阿呀！好苦嗄！

【仙呂入雙調過曲·步步嬌】國破家亡身遭縶，宗社丘墟矣。可憐我名空亂賊題，萬載千秋，永污清議。（末）呸！曹丕。你這叛賊。你當日倚恃兵強將勇，奉了華歆作謀主，妄圖篡逆，欺凌漢帝，造惡無邊。又有你這賊臣司馬懿，助紂為虐，連年抗拒王師，害我西蜀士馬，屢遭挫衄。今日你們這兩個賊子，惡貫滿盈，身膏斧鑕。這都是自作自受，還敢怨着誰來？（丑、副淨）將軍，我們怎敢埋怨他人。只是我兩個人呵，也曾豪氣吐虹霓，翻做了柙虎雙搖尾。（下）

（外扮解官，小貼、二旦扮卒押淨羅帽布海青鎖杻行上）（淨）

【江兒水】夢轉江南地，誰知醒後非。河山半壁嗟輕棄，迎曹斫案吾猶記。英風老去偏衰替。咳，我孫權也是一國之主，英雄蓋世，誰想鐵索沉江，降旗載道，居然做了江左俘囚。便是我的性命，拼得一死，任他區處也罷了。只可惜父兄基業，一旦拱手而授之他人。今日到此地步呵！説甚惺惺伶俐。剩此羞顏，見蜀主掩藏無計。（下）

（末、二卒又押丑、副淨上）（末）

【五供養犯】一霎時寒烟四起，倦羽投林，競宿爭棲。天色晚下來了，你們快些走路。（副淨）將軍，我老人家其實走不動了，要求諒情些。（末）胡說，此處到驛遞，還有許多路，頃刻間就伸手不見掌了。你怎麼説出這等慢騰騰的話來麼！疾走猶嫌晚，緩步詎相宜。（丑）將軍，總是天色晚了，性急也不中用。（末怒介）放屁。軍士們，與我打着走。（卒應，趕走繞場一匝作到介）（末）好了，已是劍門驛了。驛卒那裏？（生上）來了。風塵迷驛騎，燈火照郵亭。將爺是奉何衙門差來的？（末）俺奉諸葛丞相爺將令，押解叛犯到此。你可收拾房間，待俺們早些安歇。（小生）將爺請少坐，待我收拾起來。（下）（末）軍士們，把他兩人鎖在内房，緊緊看守，倘有疏忽呵，我龍泉手提，按軍令休思輕貰。（二卒）曉得。（扯丑、副凈哭下）（末）你看他那兩個人，一路來，弄得不成模樣了，面目皆憔悴，手足盡瘡痍。如今這般哭泣，難道還要想別人憐憫你不成。【月上海棠】禍到臨頭，涕零何濟。（外、二卒又押凈上）（外）

【玉嬌枝】連朝勞勛，況林昏行蹤漸稀。（到介）此處已是劍門驛了，快些安宿一宵，明日早行罷。（進見介）尊兄請了。（末）請了。請問尊兄，是那裏差來的？（外）小弟奉北地王差委，押解叛犯孫權，要到成都省下去的。來從江左馳征騎，說不盡馬殆人疲。請問尊兄，是奉何公幹到此？（末）小弟是奉諸葛丞相之命，押解曹丕、司馬懿兩個叛犯，也要到成都省下去的。元戎設策捕鯨鯢，朱絲三尺頭顱繫。（外）原來我們都是一般的。（合）奉嚴差雖嗟路岐，喜郵亭今宵共依。

（外）兄，他們兩國之主，今日聚在一處，也是天遣相逢，何不叫曹丕出來，與孫權會一會面，豈不是千秋奇遇麼！（末）說得有理。（向內介）軍士們，把曹丕帶出來。（老旦帶丑上）將爺，曹丕在此。（末指丑向凈介）孫權，這個人就是曹丕，你認他一認！（丑、凈作揉眼悲認介）（凈）呀！原來你就是曹丕！（丑）原來你就是孫權！（合）阿呀！我們兩個，也是一朝爲主，稱孤道寡，享盡了無限的榮華富貴，豈知到今日裏呵！

【川撥棹】都做了刀頭鬼，兩相看羞怎洗。（哭介）問當年魏業吳基，問當年魏業吳基，到今朝寒烟冷灰。枉雙夸湯武齊，變俘囚頭共低。

（外喝介）你們不許再啼哭了。軍士們，把他兩人好好帶了進去，分房看守，不可有誤。

【尾聲】縧鷹慮起飛颺意。（三旦應扯凈、丑下）（末）兄，他們都是要緊人犯，此處驛亭之內，不比獄中墻垣險峻，可以放心睡覺。你聽喧嚷人聲鼎沸。（外）尊兄之言有理。（合）我和你須要弔膽驚心莫憚疲。

（外）道途終日各憧憧，豈料郵亭聚此蹤。（末）一葉浮萍歸大海，人生何處不相逢。

第二十九齣　獻　　俘　齊微

（生冠帶，三旦、雜扮四從引上）

【北黃鐘・醉花陰】討賊無成病先起，險馬革裹屍還矣。喜今朝旋帝里解戎衣。看風卷征旗，更雨把干戈洗。敢夸俺事業古今稀，這都是仗威靈將群凶殄。

老夫自曹丕受擒，悉平魏地，奏凱班師。前日北地王又將孫權解到。老夫想曹丕、孫權兩個逆賊，連兵叛漢，乃先帝切齒深仇。那賊臣司馬懿亦屢抗王師，罪不容逭，理當一併獻俘太廟，以慰在天之靈。今日竭誠祭告。左右，打道到太廟中去。（從應緩行介）（生）

【喜遷鶯】並不是秋嘗春祭，也不是念升遐酒薦尊罍。歇也麼歇，纔提起傷心淚滴。端只為昔日君王運嶮巇，荊益地暫依栖。不能彀皇威遠被，頓化了蜀魄哀啼。（到介）

（副淨扮贊禮生上，行禮畢即下）（生）阿呀！我那先帝嘎！老臣乃南陽一布衣，自分隱居没世。荷蒙吾主，衝寒冒雪，草廬三顧。老臣感此隆遇，誓滅國賊，以安漢室。不料秋風五丈，一病垂危，險辜寄託。今日幸得生擒元惡，恢復中原，僭亂悉平，威儀重睹，差不負傾心委任之恩。只是天顏何在？絮酒空陳，好不令臣感泣也！

【出隊子】徒立在瑶階金陛，望不見坐龍牀笑舉杯。縱九天靈爽尚巍巍，只落得法駕森嚴月夜歸。教臣何處仰聖瞻天拜袞衣。

老臣還記得吾主在許昌的時節，曾與國舅董承，遵奉朝廷衣帶詔，謀誅曹賊。可惜被國舅家奴出首，以致僨事，反害了無數忠良。當日呵！

【刮地風】義狀爭將姓氏題，紛紛的憤切心脾。恨只恨除奸誓約成虛廢。没奈何奔走東西，且博個立業開基。不隄防數百年皇朝重器，被奸雄假受禪顯奪強移。今日裏縛元凶，俘逆黨，投戈燕喜，想天顏也應暗解頤。但老臣呵，共艱難，怎禁得未語先悲。

左右，把這三個逆賊帶進來。（從應，綁丑、淨副、淨上，跪介）丞相爺饒命嘎！

【四門子】呀，只見他含羞俯首階前跪，一個個髮鬇鬆面慘悽。曹丕！（丑）有。（生）你黃初僭號空豪氣。孫權！（淨）有。（生）你望長江可也涕淚揮。司馬懿！（副淨）有。（生）你頭漫低，悔也遲，記巾幗祁山曾送伊。左右，一齊押出斬首者。（從應介）（三犯哭求介）（生）也罷。孫權胞妹，曾備先帝後宮，恩開一面，監候請旨定奪。餘俱斬訖報來。（從應，押丑、淨副、淨喊下）（生）這也是國法垂，怎轉移。笑他們禍臨身還思偷避。

（從上）稟上丞相爺，曹丕、司馬懿，俱已正法，懸首通衢。孫權仍收禁大牢了。（生）吳魏蕩平，車書一統，先帝大仇已報，大恥已雪。老臣也可遣情於長林豐草之間，優遊歲月了。明日即當拜辭今上，歸卧南陽，以樂餘年。

不復再與聞朝政也。

【水仙子】恨恨恨,恨當年炎劉没寸基。只得暫暫暫,暫天末蠱叢憑藉起。喜喜喜,喜陣圖開戰鼓聲齊。又又又,又誰料沉疴纏體。感感感,感皇天轉病機。纔纔纔,纔得個展經綸把群雄芟刈。老臣從此抱膝隆中去也。(拜介)拜拜拜,拜别了聖主龍顏拂袖歸。向向向,向草堂深處垂頭睡。那那那,那管他紅日影紙窗低。

打道回府。(從應,行介)(生)

【煞尾】笑傲從今山共水,曳筇枝度嶺穿溪。轉悔俺把管樂的芳蹤,少年時高自擬。(從引下)

第三十齣 餞 相 真文

(外上)凱歌纔唱又驪歌,辟穀留侯意若何。(净上)鼎足山河今一統,拂衣歸去卧烟蘿。(外)下官蔣琬。(净)下官魏延。(外)今日諸葛丞相,功成解組。聖上命我文武二臣,送歸南陽故里。(净)更命設宴郊門,聖駕親臨祖道。這也是君臣隆遇,今古美談。(合)言之未已,丞相早到也。(副净、丑扮從,引生野服上)

【黄鐘引子·傳言玉女頭】野鶴閑雲,掉首已成肥遁。笑封留猶是名心未泯。(見介)

(生)老夫因桑榆景迫,致政還鄉,何敢有勞二公遠送,更蒙主上親臨賜餞,益發不當。(外、净)丞相再造皇圖,宜膺隆禮。(生顧從介)聖駕到時,即忙通報。(從應介)(各暫下)(老、正二旦扮内監,引末合唱行上)

【黄鐘過曲·出隊子】天開鴻運,天開鴻運,六宇重清氣象新。乾坤整頓藉勞臣,帶礪方將次第論。豈料今朝,别酒滿尊。

(生、外、净上迎接山呼介)(末)寡人才庸德薄,有忝先烈。荷蒙相父鞠躬盡瘁,滅魏平吴,使炎漢一線之緒,危而復安,斷而復續,鴻功偉績,永勒鼎鐘。但寡人報德之典未行,相父懷歸之念遽起,勉從諄請,實切疚心。(生)老臣受先皇付托之重,感吾主禮遇之隆,滅賊已遲,何功之有?但願山河一統之後,陛下益宜兢兢業業,親賢遠佞,以保太平。臣雖身在田間,亦所欣喜。(末)相父明誨,寡人安敢頃刻有忘。但自揣碌碌庸愚,終漸衮職,意欲擇吉命北地王承祧嗣統,以撫萬方。不識相父尊見,以爲可否?(生)此陛下家事,既斷自宸衷,有何不可。(末)承教了。今日相父高隱南陽,寡人特備

一卮奉餞。內侍取酒過來。（內作樂，末送坐介，設二席末居正，生居側，互送畢，末、生各就坐介）（末）

【畫眉序】離別最消魂，握手臨岐淚添痕。借杯中綠蟻，暫挽離輪。任門外金勒嘶頻，且掌內瑤卮傾盡。暮雲春樹時光瞬，早相期雁魚通信。（生）

【前腔】憶昔隱衡門，先帝親臨布忱悃。感一人知己，誓滅狂氛。仗廟謨叼豎微勳，協群力同襄鴻運。深恩未報臣方恨，又何當動勞龍袞。（外、淨合）

【滴溜子】君明聖，君明聖，吐詞肫懇。臣忠藎，臣忠藎，宅心恭慎。果然兩孚方寸。重逢未可期，分離怎忍。且罄餘歡，酬勸殷勤。

（末）相父請一杯。（生）老臣有。（末）

【中呂過曲·鮑老催】勸酬漸釃，離愁頓起端為君。天涯縱說同比鄰，怎奈人猶邈，夢已頻。思無盡，雲臺悔未圖豐韻。相父，你此去雖然已如鳳翔千仞，但寡人實屬戀戀難忘。當俟禪位劉諶之後，竭誠親到南陽，恭候起居，以繼先帝三顧草廬之後塵，那時相父幸勿麾之門外。幽棲倘許塵凡溷，行過訪，顏重認。

（生）老臣敝廬，何敢有勞聖駕。既蒙諄諭，當恭候於南陽隴畝之間便了。（末）天邊日色漸次西沉，寡人先回，蔣、魏二卿，代朕恭送相父還鄉。（外、淨）領旨。（末起別介）

【哭相思】衣袂含愁且暫分，（生合）相思兩地遙相印。

（侍引末先下）（生）老夫就此告別了。（外、淨）下官等恭侍同行。（行介）（合）

【黃鐘過曲·雙聲子】驪歌緊，驪歌緊，湊殘日低將隕。蒲輪穩，蒲輪穩，任蜀道多傾損。社稷臣，社稷臣，孰等倫，孰等倫。儘生平事業，簡冊流芬。

【尾聲】名山暫出扶危困，抱膝高吟素志存。從此後風雪隆中晝掩門。

第三十一齣　凱　　圓　家麻

（丑扮宮女隨小旦上）

【仙呂引子·小蓬萊】綉閣調脂初罷，聽畫簷靈鵲楂楂。王孫重返，追想前日，芳草天涯。

（憶秦娥）歌一闋，筵前舞袖迷雙睫。迷雙睫，數行丹詔，頓催離別。寶刀已飲權閹血,歸來舊恨都消滅。都消滅,彛倫攸叙,孝慈無缺。妾身崔氏。我大王遠征江漢,奏凱班師。所喜黃皓已誅,聖恩如故,只是軍務匆忙,未歸府第。今日定該回來了。侍兒,千歲爺到時,即忙通報。(丑)曉得。(老、正二旦扮從引小生上)

【前腔】弓向扶桑斜挂,喜江岸景物清佳。吾廬何處?歸鞭遙指,大纛高牙。

(進見介)(二從下)(小旦)久別初逢,大王請上,賤妾有一拜。(小生)孤家也有一拜。(拜介)(小生)一別俄同戰卒親,(小旦)戈矛如雪耀秋旻。(小生)今朝笑解黃金甲,(小旦)細酌葡萄洗路塵。(小生)孤家自別夫人,不覺久經寒暑,匆匆解轡,未遑暢叙離情。(小旦)大王東討西除,名標青史。離別之感,何足介懷。據賤妾看來,邦家再造,社稷重光,皆諸葛丞相莫大之功也!(小生)夫人,我朝若非丞相一人,焉能剪滅群凶,重延漢祚。今日丞相功成解組,歸卧南陽,父皇親率文武百官,祖餞於郊門之外。孤家感丞相平日厚愛,遠送一程,因此回府日暮了。(小旦)原來如此。那丞相本是嶺上青松,雲中白鶴,豈肯身羈塵網。止因皇祖恩隆三顧,故而勉出茅廬。今日又安中夏,拂袖歸山,真不負淡泊寧靜之素志耳!只是我夫婦二人,受黃皓無端陷害,大王雖在軍旅,定切驚惶,不識何以自遣?(小生)夫人,你聽我道來。孤家自當日出門之後呵!

【仙呂過曲·解三酲】望邊陲綉鞍疾跨,吹雙鬢滿路塵沙。幸元戎已卜平安卦,滿心兒同敵愾報天家。那知狐乘虎勢原多詐,頓陷我李戴張冠禍暗加。真堪訝,只落得低頭飲恨,卧聽悲笳。

夫人,你也把官兵圍府後事情一一說與孤家知道。(小旦)大王聽稟。

【前腔】正開奩春山閑畫,怪啼鳥傳信非佳。果狂風幾陣從天下,催折盡砌邊花。我愁城苦海憑誰話,便有那象管鸞笙懶去拿。豈知今日呵,欣相迓,長共此良辰美景,酒泛流霞。

(丑)筵宴已完,請大王爺娘娘上席。(小生)知道了。莫在尊前唱凱歌,時清兵氣喜消磨。(小旦)文修武偃人民樂,日日春風醉綺羅。

第三十二齣　嗣　　統　蕭豪

(外、净、末、副净各冠帶上)絳幘雞人報曉籌,尚衣方進翠雲裘。九天閶闔開宮殿,萬國衣冠拜冕旒。(外)下官左侍中蔣琬。(净)下官鎮北將軍魏延。(末)下官護軍將軍姜維。(副淨)下官司天監譙周。(合)請了。今日北地王,奉炎興皇帝之命,受禪登基。我等理合朝賀。道猶未了,聖駕早上。(生、丑扮內侍執儀衛引小生換帝服上)

【北雙調‧新水令】征袍乍解着黃袍,蕰明堂卿雲籠罩。當日個桐圭蒙寵授,今日裏玉璽又恩叨。艾盡了梗化三苗,把那四百載的箕裘紹。

絳闕連雲起,巖廊拂霧開。玉珂龍影度,珠履雁行來。寡人劉諶。自奏凱歸朝,父皇念俺西鎮白帝,南滅孫權,著有勞績,特命早承統緒,以奉宗祧。上表三辭,聖恩不允,只得擇吉今日登基。你看文武百官,早兩班齊到也。(衆進見山呼介)(小生)寡人德薄才疏,上承父皇之蔭庇,下藉師相之匡扶,乃得混一寰區,克復舊物,因人成事,貪天爲功,方懼有忝屛藩。今日大位遽登,能無愧赧。(衆)陛下忠孝兩全,智勇兼備,既建非常之績,宜膺大統之歸。海宇咸歡,宮庭胥慶,恭惟陛下呵!

【南仙呂入雙調過曲‧步步嬌】鳳質龍姿多奇表,四海歸心早。更軍中戰績高,只一鼓乘風,吳氛輕掃。從此後戈戟虎皮包,果然是重把乾坤造。

(小生)衆卿過譽,增我汗顏。想寡人當日駐師在白帝城呵!

【北折桂令】建軍牙恰對那綠水滔滔,止不過緩帶輕裘,蓮幕逍遙。怎比得白髮元臣,祁山六處,羽扇親操。便是後來江心一戰,大敗東吳,也只是仗宸威把強鄰盡剿,藉兵力將叛壘咸消。俺呵,徒然間豎着旌旄,擁着弓刀。那些兒汗血功勳,可對得百職群僚。

(外)陛下聖德謙冲,(淨)遠邁前古。(末)書之史冊,(副淨)奕葉增光矣。(外)臣啓陛下,漢室三分,實賴諸葛丞相,盡心竭力,展布經綸,得以復歸一統。今陛下即位之始,首當特敕遣官賫禮存問,以表優崇。(淨)臣啓陛下,吳國孫夫人,一心漢室,節操凜然。目今暫住永安宮,與成都遠隔。陛下理宜迎請回朝,特加尊號,以慰昭烈皇帝在天之心。(末)臣啓陛下,漢壽亭侯關公,忠心貫日,義氣凌雲。挂印辭曹,秉燭達旦,一生大節,不勝枚舉。(副淨)不幸誤墮奸計,效死封疆。身後易名,未愜衆論。(末、副淨合)伏望陛下,速敕禮臣更議,並鼎新祠宇,以爲萬古忠義之勸。(四臣合)此三事呵!

【南江兒水】政體關非細,臣民着眼瞧,國家況是當新造。陛下呵,情文早賁投簪老,貞姬莫負冰霜操,別予忠良嘉號。朝野人心,管取共騰歡笑。

(小生)衆卿所言,深合大體。即着鎮北將軍魏延,速賫禮敕,前往師相南陽府第，恭問近安。護軍將軍姜維，備齊儀從，迎請孫夫人回朝。左侍中蔣琬，稽查典禮，擬議孫夫人徽稱，並漢壽亭侯尊謚，以憑采擇。司天監譙周，擇吉修整關公廟宇，候寡人親臨致祭。卿等俱各遵諭而行。（衆）領旨。（內侍）退班。（衆山呼出介）侍臣緩步歸青瑣，退食從容出每遲。（下）（小生）咳，漢家疆土，寡人今日雖得幸已恢復無餘，但追溯禍根，實由俺桓、靈二帝，寵用中常侍等專權濁亂朝政而起。以致陵遷谷變，漢社幾墟。其咎不盡在曹操、孫權也！

【北鴛兒落帶得勝令】人但曉婦傾城古訓昭，全忘了昵奄寺殃非小。俺也曾嘆齊侯寵豎刁，俺也曾怪鹿馬多顛倒。呀，到桓靈若輩氣尤驕，沒來由錮清流將黨字標。莫恨他卓死仍來操，端只爲驅狼把虎招。（起介）內侍，快排駕到太上皇宮中謝恩去。（侍應引行介）（小生）紛囂，笑黃巾柱驟起把中原鬧。今朝，纔得個奠皇圖似九鼎牢，奠皇圖似九鼎牢。（下）（老、正二旦扮宮女引小旦后服上）

【南僥僥令】祥烟當戶繞，禁鼓隔花敲。妾身崔氏。我家大王，今日登朝受禪。妾亦得以叨長六宮。此刻聞得到太上皇宮中謝恩去了。宮娥，聖駕到此，即忙通報。（宮女應介）（小旦）又見景運維新齊豐鎬，作述遞相承，卜世遙。

（前二侍提燈照小生上）

【北收江南】呀，俺將那爲君的心法呵，乘歡飲叩神堯，但聽些諄諄訓誨總恩膏。早忘了宮旗帶露拂花梢。（內侍）駕到。（小旦跪接，小生扶介）看紗籠影搖，看紗籠影搖，還認做雞鳴待漏早趨朝。

（小旦）陛下請上，容臣妾拜賀。（小生）寡人也有一拜。（小旦拜介）臣妾庸姿陋質，謬分金屋之榮。（小生答介）寡人薄德菲躬，深賴椒房之助。永諧皓首，（小旦）共福蒼生。臣妾備有小宴，爲陛下進千秋萬歲之觴。（小生）生受夫人。（小旦送席介）（合）

【南園林好】聽笙簧梁間韻飄，瞻蓮炬筵前影交。恰對這銀河清皎，稱萬壽獻芳醪，稱萬壽獻芳醪。（小生）

【北沽美酒帶太平令】嘆炎劉氣運澗，嘆炎劉氣運澗，險九廟化烟消。喜滅寇歸來解佩刀，猛然間鐘鳴鼓敲，把微軀兒推上了碧雲霄。夫人，想當日被黃皓那厮，生情陷害，俺和你忍泣吞聲，性命幾遭不測。今日夫婦重逢，身登九五，你道靠着誰來？這都是憐受屈皇天垂照，燭沉冤君父恩高。纔脫了猙猙虎豹，早踐了巍巍大寶。俺呵，猶兀自的情搖意搖，望南陽魂勞夢勞。

呀,整皇基敢忘了是人功浩。

（起介）夫人,諸葛丞相遠在南陽,我和你當望空以一揖酧之。（小旦應,同揖福介）（合）

【北清江引】殘編恨事知多少,望古增悲弔。傷懷蜀漢間,天與人心拗。因此上學那精衛般,要把滄海波填盡了。

不忿奸雄據漢宮,老人妙手善翻空。交心默奪天心轉,筆陣強勝八陣雄。旗展龍蛇平鄴下,兵屯戊己定江東。梨園若問音和律,字字真饒玉茗風。

其二

如此才華世罕逢,能教平地幻奇峰。曹家莫漫夸司馬,漢室依然有卧龍。收取風雷歸筆墨,吞將雲夢作心胸。遙知他日詞壇上,象板鵾弦共仰宗。

壺天隱叟拜題

符月亭先生評

甲子冬仲,寄興湖山,偶逢西浙名流,得讀《南陽》新劇。清辭若綺,能傳忠武之神;椽筆如鋒,早奪奸雄之魄。爲漢室重開日月,造化無權;使皇孫得主河山,文章有力。長歌當哭,非類者莫不鋤而去之;破涕爲歡,有志者果然事竟成也！想當年漁陽撾鼓未敵其豪,即他日婺水編年尚輸其快。豈但差強人意,實爲先得我心。將梓氏開來,士君子固皆欣賞;而梨園演出,愚夫婦亦所樂觀。敢贈片言,請浮大白。雲垂海立,非同精衛之填;石破天驚,足代女媧之補。

張欠夫先生評

夏叟悝齋,手握靈蛇,日欺綉虎。長吟短詠,豈矜月露之華;遠矚高瞻,不盡古今之感。間興懷於漢代,每致感於曹家。因憐北地之亡,遂譜《南陽》之曲。吳降魏滅,慰白帝之魂於九京;祖創孫承,回赤龍之緒於一線。諸葛君宛其死矣,偏能起朽骨而肉之;司馬氏洵可恨哉,烏得以脅從而寬也。嗟夫！人心未死,固應作如是之觀;天道有知,合自悔當時之錯。漫說文章無用,始知帝王有眞。譬諸扎草爲仇,關弓而射,亦足暢情;況乎逢場作戲,把珓而觀,寧無快意。至若移宮換徵,都成黄絹新詞;刻羽引商,悉叶紅牙舊譜。幾奪元人百家之席,直兼臨川四夢之長。斯固有識所爭推,又何用不才之贊嘆也耶!

附錄 南陽樂

夏綸編

（沁園春）憑弔三分，痛漢家忠武，一病沉淪。借禳星乞命，上蒼昭格，華佗靈藥，二豎離身。五丈原頭，八門陣裏，羽扇輕揮韻絕塵。子午谷，偏師度險，克建奇勳。王孫忠勇無倫，佐師相、同將巨寇吞。溯祁山交戰，已擒典午，臨江整旅，又掃吳氛。丕執權降，梟姬返國，一統山河漢室尊。南陽樂，功成高隱，筆補乾坤。

一齣[1] 起 程 江陽

（小生扮北地王、淨、外、付、丑、四太監上）

【喜遷鶯】兵符叨掌，敢任重屏藩，澄清他讓。北猶魏存，東吳未殄，炎精甚日重光。半壁殘山羞看，累葉貽謀空壯。還欣仰有救時賢相，偉略非常。

（白）宛洛聲靈歎寂寥，咸陽旺氣已全消。祖宗舊業今安在，臣子雄心忍遽抛。狐鼠輩，枉秽豪。時來會取滅孫曹。三巴本是興王地，肯讓功惟赤帝高。孤家姓劉名諶，爵封北地王，乃蜀漢炎興皇帝之次子也。前奉諸葛丞相將令，命我鎮守白帝城，以防吳寇東犯。近因丞相六出祁山，剿除魏寇。成都重地無人把守。父皇爲此特差大將李嚴換俺回來，暫肩重任。這也不在話下。只是中常侍黃皓，自從丞相出師之後，怙寵弄權，干預朝政。將來爲禍不小。不免請夫人出來，商議一番。內侍。（太）有。（小生）請娘娘上殿。（太）領旨。千歲有旨，請娘娘上殿。（小旦崔妃、四宮女隨上）

【新荷葉】瑟葉琴調願已償，助交儆數聲雞唱。風來深掩綠紗窗，征袍自綉團龍樣。

（白）大王。（禮介）（小生）夫人，我朝自高祖開基，傳今四百餘年矣。桓靈失政，曹操專權，遂使海宇三分，干戈四起。吾祖昭烈皇帝，承漢正統，立業西川，傳位父皇，已經一十二載。雖人心豫附，國勢粗安，天下已成鼎足。但魏國曹丕，吳國孫權，二賊未擒，中原幾時得能一統。所喜者，諸葛丞相，受皇祖三顧之恩，感激圖報，恢復可期。只是六出祁山，大功未建，好不悶人也！夫人，那丞相自見皇祖呵！

【玉芙蓉】韜鈐敢秘藏，戰陣頻修講。展經綸妙手，誓掃群方。不想皇祖纔得丞相之力，奄有兩川，進號漢中王。那孫權就背盟棄好，結連曹操，暗襲荆州，害了關公性命。（唱）博得個基開西蜀功垂就，又誰料釁起東吳將早亡。教人恨，恨金甌頓傷。問何時中原席卷復荆襄！

（小旦）目下丞相六出祁山，想功成指日矣。（小生）夫人，那黃皓不除，講甚恢復。（小旦）大王差矣！那黃皓寵固君心，陰謀叵測，若不明奉朝廷旨意，爲人臣子，安可妄肆誅鋤。投鼠忌器，大王獨不聞之乎？

【前腔】他棲身近御床，助惡多朋黨。歎城狐社鼠，久肆鴟張。只要你征旗一片收吳會，戰騎千群踏許昌。誰能抗，羨功垂廟廊，又何須手提霜刃戮貂璫。

（末扮内監持節急上）

【朱奴插芙蓉】怪二豎無端作祟，把梁棟頓生磨障。帝胄英名果堪仗，銜王命促渠遄往。（小旦下）（小生跪）（末）聖上有旨，道丞相諸葛亮，抱病祁山，勢甚危篤，着北地王劉諶，星夜領兵前往看視。倘有不測，著即暫攝軍機，北拒魏寇，毋得遲誤。欽此。（小生山呼介）（末）大王，聞得丞相病勢，十分沉重。聖上愁緒萬千。王爺務須火速起身，以寬聖抱。（小生）望公公善復父皇，孤家即刻起程了。（唱）我鞭梢颭，指祁山路長，【玉芙蓉】（合）敢逍遥漫從戀負君王。（末下）

（旦上）大王，那内監爲何事而來？（小生）夫人，你難道不曾聽見麼！目今諸葛丞相臥病祁山，十分危篤，父皇即着他來傳旨，命俺即刻起身，前往協贊軍機。這是國家天大事情，不容怠緩。夫人保重。孤家就此登程了。内侍，吩咐人馬，作速齊集伺候。（侍應介，四手上）

【尾】絲綸頃刻從天降，早聽驪歌高唱，羞殺那離別銷魂淚滿眶。

（旦下手進）衆將叩頭。（小生）大小三軍就此起馬。（衆應下）

【朝元令】輪蹄驟忙，闔外提兵將。旌旗驟颭，道左排儀仗。遠涉邊疆，敢辭勞攘。但願天憐師相，頓轉安康。旄頭將星光焰長，塞馬早勝驤。旗開撻伐張，鞭敲鐙響。齊額手故基重創，故基重創。

校記

［1］一齣：此二字，底本漏。今補。

二齣　懿　探　尤侯

（丑扮探子上）慣作穿營客，常爲探事人。自家乃大魏司馬太傅爺帳下，一個探子的便是。我家太傅爺名喚司馬懿，奉旨鎮守長安。目今西蜀諸葛亮，六出祁山。太傅爺命我混入蜀營，探聽虛實。他家兵馬局面，我已一一打聽明白。只是諸葛亮病勢，尚未了然，必須問一個清楚，纔可放心回去。呀！遠遠前面有人來了，我不免閃在一旁，聽他說些甚麼話來。（虛下）（生扮小軍上急行）

【窣地錦襠】皇天不眷病難瘳，一息淹淹命必休。壼懸市上盡庸流，欲覓良醫何處求！

（丑上介）老兄請了，匆匆何往？（生）請了，奉姜維老爺吩咐，去尋醫生，不陪了。（欲下）（丑）轉來。（生轉介）（丑）請問是那一個患病，勞你去尋醫生。（生）是丞相爺患病。你難道還不曉得！（又下介）（丑扯住介）丞相爺病勢，究竟怎麼樣？（生）要死快了。你快放手，不要誤我的差遣。（下）（丑）好了。諸葛亮病勢，如今已有的信，不必再耽擱了，趁早回復太傅爺去罷。

【又】穿營入寨幾時休，軍令如山敢自由。風聲巧探已全收，歸報元戎匪浪謅。

（下）（副淨蒼髯、外家丁隨上）

【步蟾宮】巖巖重望推山斗，歷百戰威名誰偶？（淨）正金風入座雨初收，（末）共酌高堂春酒。

（見禮介坐，付白）三臺入武帳，九列冠朝簪。何日平吳蜀，威移四海心。老夫司馬懿，表字仲達，官拜魏國大都督之職。長子司馬師。次子司馬昭。俱忝任兵權，官居顯要。可奈西蜀諸葛亮，屢出祁山，侵我疆界。若非他每次因軍糧不繼，罷手而歸，此時已被他殺到長安來了。目下他屯兵五丈原，製造木牛流馬，希圖大舉。只是不知何故，尚無進兵消息。我已經差人前往祁山探聽去了，且待他回時，自有分曉。今日老夫因秋風薦爽，又蒙主上加我爲太傅之職，特設家宴與兩孩兒暢飲一番，未知筵席可曾完備否？（外）完備多時，只候太傅爺上席。（付）即如此，我兒把盞。（淨末應進酒介）（合）

【梁州新郎】威行寰宇，權傾朝右，手握乾坤樞紐。寵膺顯秩，尊崇不讓王侯。果是當年莒起，近代韓彭，偉烈今朝又。（進酒介）綺筵開處也，酒盈甌，寶鼎香燒瑞靄浮。（付）我兒，你二人須要同心協力，早早平吳滅蜀，麟閣標名,纔遂吾意。(淨、末)謹遵父親嚴命。(合)【賀新郎】斑衣舞,壎篪奏,喜遙階玉樹雙株秀。遵教誨,肯堂構。

(丑探上白)一心忙似箭,兩脚走如飛。(進介)探子叩頭。(付)你來了麽。那西蜀兵馬消息如何了?(丑)太傅爺聽稟,那西蜀諸葛亮呵!(付)起來講。(丑)

【西江月】他統領雄兵十萬,連朝訓練辛勤。事煩食少病纏身,一命殘燈欲隱。士卒惶惶淚墮,偏裨切切吞聲。漢家從此歎無人,凶吉何須再問。

(付)知道了。後營領賞去。(丑謝下)(付)家將過來。(外)有。(付)你可火速往都督營中,挑選鐵騎三千,即刻隨大爺出征。(外應下)(淨)爹爹差孩兒何處去?(付)我兒,西蜀主帥,既經抱病,那軍中大事定然没人主張,此乘虛進剿之秋,不可失也。你便可領兵前去,連夜攻彼祁山大寨。管他那裏無人抵敵,奏凱而歸。只是我兒此去,斷不可日間進兵,務須黄夜悄然前往,纔能取勝。(淨)請問父親,日間不可進兵之意,却是爲何?(付)我兒,你不曉得,凡事須要謹慎一分。那諸葛亮雖然抱病,但他家兵馬,却也不少,不可太輕覷了。他那裏呵!

【又】效奔馳豈乏兜鍪,況重地更多防守。須機乘昏暮,銜枚一舉功收。(末)大哥匆匆遠行,借筵前尊酒,與大哥餞别。(付)弟兄們正該如此。(末出位與淨把盞介)借此葡萄香熟,琥珀光濃,早祝功勳茂。(淨)兄弟我與你今朝一别,不知何時再會了。(唱)(淚介)雁行中斷也淚凝眸。(付)大孩兒不必如此,(唱)但願迅掃狂氛顯壯猷。

(合,外上)稟上太傅爺,兵馬俱已點齊,在府門前伺候。(付)將士果然驍勇麽?(外)太傅爺聽稟。

【節節高】三軍盡虎彪,耀戈矛,征塵蕩處迷昏晝。旗幡綉,五色浮,分先後,依方按隊無差謬。彎弓盡把青驄驟,貯看談笑便封侯。酬勳早拜君恩厚。

(衆上)(付)傳他每伺候。(外)是。衆人候着。(衆人應介)(淨)爹爹請上,容孩兒拜别。

【尾】(合唱)奇謀喜向趨庭授,看指顧殲除鄰寇,解甲歸來樂事稠。

(淨下)(付)我兒,你哥哥此去,定然馬到成功。你明日可前往許昌,面奏主上,速速遣官修好吴主孫權,約他那邊兩下來攻。不可有誤。(末)孩兒知道。

(付)蜀道崎嶇路萬重,相侵只合仗鄰封。(末)明朝匹馬趨青瑣,細把親言奏袞龍。(下)

三齣　禳　星　齊微

　　（小旦扮童子上）身居虎帳職司香，手捧金爐禮玉皇。安得上蒼憐漢祚，天星常曜卧龍岡。自家乃諸葛丞相帳下一個童兒。俺丞相未出茅廬的時節，原有嘔血之症，調理痊可，已歷多年。目下因奉旨伐魏，屯兵在這祁山五丈原，軍務勤勞，舊病復發，看看沉重，如何是好？丞相素精禳星之學，特命搭起高臺一座，每晚帶病步罡踏斗，向天借壽。今已第六夜了。你看日色平西，丞相敢待到壇來也。（生上）

　　【杏花天】六師親統機如蝟，竭丹心宣揚國威。今朝一病添憔悴，怎禁得西風亂吹。

　　（白）老夫諸葛亮，字孔明，道號卧龍，琅琊陽都人也。自蒙大漢昭烈皇帝，顧我於草廬之中，委我以軍師之任。因此不辭勞瘁，許效馳驅。先取荆襄，後收隴蜀。不料東吳敗好，暗襲荆州，遂使虎將淪亡，封疆窘蹙，豈不可恨。老夫自永安宮內，受先帝托孤之後，盡心輔佐，又經一十二年。目今六出祁山，在這五丈原，與魏將交鋒，屢獲全勝。只是老夫向有嘔血之症，近因軍務煩勞，舊疾復發，仰觀乾象，命在須臾。爲此搭造高臺，禳星乞命。今已第六夜了。童子，可隨我壇前去來。（場設高臺，七盞燈，旗幡之類）正是：因愁國病成身病，自笑忘年更乞年。好一座高臺也！童子，你可將臺上油燈，照依北斗七星方位，次第擺設起來。（小旦應介）你看金風颯颯，玉露泠泠，刁斗沉沉，旌旗閃閃，又是一天夜景。（小旦）臺上燈已擺齊，請丞相爺更衣。（吹打上香拜介）（小旦下）（生）阿呀，皇天嗄！臣亮生於亂世，甘老林泉，承昭烈皇帝三顧之恩，托孤之重，誓竭犬馬之勞，討滅國賊，以興漢室。不意將星欲墜，陽壽將終。謹於静夜，上告蒼穹，伏望天慈，曲延臣算。

　　【入破】漢具官臣亮啟：欽奉朝廷旨，命臣領兵討賊，將星誰料將墜。忍死哀啼。臣謹誠惶誠恐，稽首頓首，伏念微臣，隆中抱膝樂鹽齏，性命苟全亂世，利祿都捐棄。誦詩禮，識廉恥，初心願，隱居老矣。不想茅廬，故主三番親詣。略尊卑，吐膈傾肝，難辭聘幣。

　　【破第二】重蒙漢皇，加以軍師職，腹心交契，君臣魚水堪比。可憐受任，兵微將寡，時當顛沛，危急存亡，匡扶匪易。

　　【袞第三】博望燒屯，博望燒屯，纔禍解，當陽怎回避。詞激東吳，詞激東吳，覷周郎如兒戲，赤壁同舟，兩厢共濟。幸仗東風，幸仗東風，一戰曹兵都斃。最可悲,本漢室江山,反從人假乞。

【歇拍四】荆楚暫托,怎成大計。因想益州,因念益州,崇山裏,民殷富,頗堪依。親統偏師到,劉璋納璽。震鼓鼙,隴蜀全收,居然帝基。

【中袞五】荆襄地又墮吳人計。陸遜呂蒙,陸遜呂蒙,肆奸欺。忠良將,喪溝渠。帝憫關公,誓將吳寇誅夷。

【煞尾】先帝臨崩,先帝臨崩,嗣主惟臣寄。臣專望,展心膂,掃瘡痍,奈難追,遙觀碧落,正是臣星將墜。命可知,臣若歸泉,王朝誰倚。

【出破】丹誠委曲向空祈,伏望增臣紀。待死在河山整後甘如醴。臣無任哀鳴懇切,悚栗彷徨之至。

(起介)(內金鼓)(旦扮卒上)報,丞相爺不好了！魏國司馬師,黑夜領兵前來劫寨,請令定奪。(生)不必着忙,即傳我軍令,着平北將軍馬岱,火速前往迎敵。(丑)得令。(下)(生)我想馬岱此去,司馬師決然望風而逃,不足爲慮。且靜坐帳中,待他報捷便了。正是:青詞哀籲玉皇宮,豈爲私情愛此躬。漢祚倘蒙容再續,不愁蒲柳萎西風。

(下)(正、小二卒引淨上)

【水底魚兒】兵貴乘機,他家病可欺。(合)忙驅征騎,趁此夜光迷。趁此夜光迷。

(白)俺司馬師是也。奉父親之命,率領鐵騎三千,前來祁山劫寨。此時已經是夜深了。軍士們,快些隨俺殺入蜀漢營中去者。(眾應)(合)(外扮馬岱,老、雜扮二卒合唱引上)

【又】主帥揚威,三軍左右隨。(合)休辭勞瘁,努力向前追。努力向前追。

(白)俺平北將軍馬岱是也。可奈魏國司馬師,連夜起兵前來劫寨。奉丞相將令,命俺領兵追趕,不免作速殺上前去。(合)(通名戰介)(小暗下)(外殺淨取首級介)軍士們,司馬師已經被俺殺死,可將此首級,快快隨俺丞相爺處報功去。(眾應介)

【尾】旗開斬將歡聲沸,熱血淋漓笑滿衣。喜的是一路星光送馬蹄。(下)

四齣　問病　魚模 齊微

(小生引二小軍上)

【六幺令】元臣堪怖,問安危幾度愁予。秋風吹葉滿林鋪,天慘淡,樹蕭疏。征旗遙指祁山路。征旗遙指祁山路。

（小）來此已是。（小生）通報。（小）營門有人麽？（卒）甚麽人？（小）大王駕到。（卒）將軍有請。（末姜維上）幾處吹笳明月夜,何人倚劍白雲天。（卒）大王駕到。（末）原來是大王到此,姜維有失遠迎,伏乞恕罪。（小生）不敢。（分正旁揖坐介）（末）請問大王,此來爲何？（小生）孤家奉父皇之命,特來探望丞相病體,不知近日可有起色否？（末）十分沉重,殊爲可慮。（小生）阿呀！丞相乃國家柱石,豈可稍有差訛,倘一朝山頹木萎,大事去矣。這事如何是好！（末）大王聽稟。

【高陽臺】他只爲志切籌邊,心存匡國,憂懷旦晚難釋。但看旁午軍書,床頭無限堆積。（白）前者曾差人到曹兵下戰書,他那邊主帥司馬懿,細細問我們丞相飲食起居之節。他道你家丞相,食少事煩,其能久乎！這些話,起初不過認他是句幸災樂禍的言語,看來竟被他説著了。（唱）追憶,強鄰片語成讖也,悔不早暫圖安逸。（小生）還該上緊延醫調治纔是。（末唱）豈知到如今沉綿輾轉,倩誰醫得。（小生）

【又】堪惜,二表孤忠,八門奇略,回頭火冷烟熄。只怕名士風流,從今瞻仰無及。（末）丞相爺設有不測,大王責任非輕了。（小生唱）我心戚,相君倘竟騎箕返,這殘局怎生收拾。（末）雖然如此,丞相久知禳星借壽之法,已經搭臺竭誠禳解。道七日之内,主燈不滅,可以延年一紀。昨已六夜,燈光倍明,或者上天垂救,起死回生,也未可知。（小生）果然如此,是天之不絶炎漢也！（唱）但願他動星躔維皇西顧,眷兹良弼。

（末）昨夜三更時分,魏兵果來劫寨,被丞相命馬岱追去,將司馬師殺死。現在懸首軍門,以警敵將。（小生）這也可喜。（起介）天有不測風雲,（末）人有旦夕禍福。（小生）但願今夜燈光,（末）更見輝騰幽谷。（小）好個更見輝騰幽谷。將軍,我和你,一同進去看他便了。（末）大王請。（同下）

五齣　帝格　真文

（生）

【點絳唇】（馬天將上）威猛超群。（净）金輪光透,（付净）邪魔遁,（丑）同護天門。（合）望玉陛正爐烟噴。

（生）吾神天將馬、趙、温、黄元帥是也。請了。玉帝陞殿,在此伺候。

附錄　南陽樂

（外玉帝，金童玉女引上）

【粉蝶兒】手握乾坤，威凜凜手握乾坤，展雙眸滄桑一瞬，歎塵凡蕉鹿紛紜。這江山，那宮殿，一個個香消烟燼。説不了萬古群倫，盡由俺主持元運。

（白）三十三天第一天，玉虛金闕少塵烟。無梯莫説人難到，常有精誠達御前。朕乃玉虛天帝是也。統御萬靈，鑒觀九有。任中外華夷之域，儘着他藏奸弄巧，莫逭階前。昨有蜀漢丞相諸葛亮，抱病祁山，禳星乞命。朕看他表文誠切，十分憐憫。況北地王劉諶，忠孝兩全，群黎愛戴，實足膺圖嗣統。興廢雖由天數，予奪亦順民情。朕豈可固執三分之局，有拂四海之心。爲此特沛殊恩，重興漢祚，要使諸葛亮膚功克奏，北地王大寶誕登。俾天下後世，人人稱快，纔補得乾坤缺陷也。

【石榴花】雖則是中原局面已三分，漢家的基宇半無存。須曉得興亡繼絕俺也正勞神。纔待把吳疆魏畛，盡付與王孫。偏不料祁山頂，偏不料祁山頂，那魏魏主帥早已身兒困，昏昏黯黯寒星將隕，苦切切叩天閽，苦切切叩天閽。俺忍見這長城萬里悲傾損，只索要垂慈默佑降恩綸。

不免宣召天醫華佗，速往蜀漢營中，暗施療治，使那諸葛亮病症，早早痊愈，有何不可。金童，速傳天醫華佗見朕。（旦應傳介）（內應）臣來也。（末）肘後青囊留秘術，壺中丹藥起沉疴。微臣華佗見駕，願聖壽無疆。（外）平身。（末）聖壽。（外）華佗，朕宣你到來，非爲別事。只因蜀漢丞相諸葛亮，奉旨伐魏，臥病祁山，庸醫束手。故此特命卿家到彼，暗中授以靈丹，痊其痼疾。聽朕道來。

【鬥鵪鶉】他只爲巨任難分，他只爲巨任難分，顧不得精心獨運，到今朝大病纏身，到今朝大病纏身。怎能够枯苗再潤。可惜他廢寢忘餐報國恩，朕待要破格暗施仁。總仗您一粒長春，總仗您一粒長春。保屛軀登時安穩。

（白）就着殿前四將，送卿同往。（末）領玉旨。（外同小旦下）（眾合唱）

【上小樓犯】纔低首把玉案辭，早揚鞭向雲路奔，遙望著蜀漢軍門。遙望著蜀漢軍門。那盡瘁孤臣，臥床誰問。務令他頓免吟呻。務令他頓免吟呻。輕揮羽扇，圖開八陣，展韜鈐那魏吳滅盡。華佗以去，教諸葛亮病痛痊癒，漢室基業可保無慮矣。

【尾】愁只愁元臣無計避災迍，喜只喜天醫有藥扶危困。贈靈丹早把罡風兒趁，怕不那二豎膏肓先暗中窘。（下）

六齣　丹拯　先天

（小旦唱）

【一江風】覷清泉，幾度在溪頭見。亂灑如珠濺。（白）我家丞相爺，抱病祁山。自從上表禳星以來，雖則喜得七夜燈光如故，但是每日服藥調治，毫無應效。如何是好？我已汲得泉水在此，不免將桌兒上的藥料，慢慢煎好起來。（唱）付爐煎。把炭火微吹，早碧浪翻騰，一望浮柤片。長桑久失傳。誰能洞隔垣，假韓康偏市上懸壺遍。

（白）呀！爐中火種，已漸漸將完，不免進去，再取些出來，多煎一會也好。正是：不憂傳火盡，且向積薪求。（末）

【又】下遙天，爲拯匡時彥，喜九轉新修煉。（白）小仙天醫華佗是也。生前精於醫理，曾爲關公刮骨療毒，名重四方。殁後得授天醫之職。奉玉帝旨意，命我將靈丹，暗救諸葛公性命，爲此駕雲而來。此處已是蜀漢營中了。呀，（唱）何處沸聲喧，似韻起茶鐺，響挾寒潮，待把旗槍戰。（看笑介）原來是在此煎藥，咳，諸葛公！你此病已將成不起，只靠這幾味草根樹皮，怎生濟得事來！（唱）沉疴豈意痊，沉疴豈易痊。枉豨苓冀引年。（白）我且站立虛空，待他進藥之時，暗中加入靈丹，使其服下，霍然而愈，有何不可？（唱）展妙手且待乘其便。（高立介）

（旦上）岫晚含烟紫，柴枯帶焰紅。呀！纔去得不多時，且喜藥已半乾，不必再煎了。待我傾入罐內。請丞相爺出來，乘熱服下便了。丞相爺有請。（生上）

【生查子】巨任一身肩，盡瘁渾忘倦。其奈病相侵，恐負茅廬願。

（伏桌介）（小旦）藥已煎好在此，請丞相爺服藥。（生）且慢，咳，我連朝服此，如水沃石，全不見一些兒好處，還要服他怎的！

【太師引犯】藥無緣，枉把君臣辨，對西風頻將炭煎。（小旦）丞相爺，還該強勉喫些。（唱）我豈是畏苦口勞伊諄勸，恨參芪奏效茫然。（小旦）或者藥不對病，故而尚未見功。且看今日之藥，服下光景如何？丞相爺不可太執意了。（生）你這幾句話，頗也有理。（唱）論療病原同開鍵，果中窾登時安善。（白）你可去熱好了，再拿來我吃。（小旦）曉得。（一面熱藥，末一面暗投仙丹）（生）但這些藥味呵，（唱）也只是尋常見，匪貽來自天。【刮鼓令】早難道頓回樞紐異於前。

（接藥服完介）呀！纔吃得下去，那胸膈之間，忽然開爽了許多。這也奇怪！

【又】每日就床眠猶嫌倦，快入口神完氣全。（小旦）丞相爺，敢是這藥的好處麼？（生搖手）非也。（唱）豈草木功如操券，料微忱豫格皇天。（白）這分明是我禳星以來，七夜命燈炯炯，故此到今日，居然服藥有效了。（唱）若不是蒼蒼垂眷，便靈丹也空勞吞咽。（大笑）哈哈哈！我的身子，此刻更覺舉動自如，毫無拘迫之苦。（唱）欣肢體迎風欲仙，恰應那幾宵燈影焰熒然。

（白）我不免趁此精神陡健之際，將那連日積下的文書，略爲查點一番。童子，可隨我進去。

【尾】保殘軀無他願，也只要挽此炎精一線。若得個六宇同風，我何須痼疾痊。（下）

（末）你看諸葛公，服下我的仙丹，病體登時安好。從此滅魏吞吳，其志可遂矣！我不免早早回覆玉旨去罷。脈訣堪嗟世盡迷，笑他走馬枉延醫。天醫敢把良言贈，服藥何如勿藥宜。（下）

七齣 丕宴 寒山

（老、貼二太監引丑扮魏王上引）

【劍器令】攘臂奪江山，借讓巧遮雙眼。四海人猶思漢，幾多側目相看。

（白）銅雀臺成百尺高，昔年曾此侍揮毫。而今御宇稱新主，緩步重登換赭袍。寡人大魏皇帝曹丕是也。乃魏王曹操之親子。我父王駕薨之際，曾吩咐道，前代陵寢，多遭發掘，特命於講武城外起疑冢七十二座，混雜在內，以掩後人耳目。寡人遵奉遺命，安葬之後，已歷多年。喜得太尉華歆，倡謀革命，幫我奪了漢家天下，改元黃初。只是吳蜀兩邦，尚未賓服。寡人已命太傅司馬懿領兵前往長安。蜀寇既滅，順流東下，那吳寇亦一舉可平矣。目今秋高氣爽，朝野清寧，特設宴銅雀臺，與群臣共享昇平。內侍傳旨，諸臣俱在臺下賜宴，任他們賦詩的賦詩，射箭的射箭，只宣太尉華歆上臺侍宴。（太應）領旨。聖上有旨，諸臣俱在臺下賜宴，任他們賦詩的賦詩，射箭的射箭，只宣太尉華歆上臺侍宴。（付白髯冠帶上）助惡一朝添虎翼，罵名千載笑龍頭。臣太尉見駕，愿吾皇萬歲！（丑）平身。（付）萬萬歲！（丑）太尉，寡人今日特設宴斯臺，上追太祖武皇帝，當年較射賦詩盛舉，卿以爲何如？（付）陛下功德巍巍，克媲先烈，足與斯臺共不朽矣！老臣何幸，得叨陪從，不勝欣

賀。（侍）宴完。（付）惟臣把盞。（合唱）

【八聲甘州】時清燕衎，（看）正臺高露迥，桂蕊初繁。宸遊施惠，群歌聖德如山。

（净扮内侍捧詩文上白）江山增潤色，詞賦動陽春。啟上萬歲爺，這是文臣所作的賜宴銅雀臺詩，奴婢特來獻上。（丑接看介）好。這些詩，篇篇錦綉，可以流傳千古。你可與孤傳旨，遵照太祖武皇帝，當年設宴銅雀臺舊例，凡文臣獻詩者，各賜宫錦一端；武臣射箭中多者，各賜錦戰袍一領。就在臺下，按名頒給，以彰盛典。（净）領旨。（下）（付再進酒介）（唱）文臣有才堪授簡，武將穿楊技久嫻。分番，競前王盛事追攀。

（净又上）啟上萬歲爺，太傅司馬懿，遣子司馬昭，有事面奏，在臺下候旨。（丑）既有事面奏，可宣他上來。（净）領旨。（下）（丑出位坐介）（末上）人來遠道衝風雨，宴設高臺沸管弦。

臣司馬昭見駕，愿吾主萬歲！（丑）平身[1]。（末）萬歲！（丑）司馬昭，你有何事而來？（末）臣啟陛下，臣奉父親之命，道西蜀諸葛亮侵犯中原，略無寧歲，誠爲我國之大患。喜得他近日抱病祁山，十分危篤。父親已命臣兄司馬師，前往乘夜掩襲。但他那邊山川險阻，道路悠長，非隻旅所能剿滅。必須吳魏兩邦，協力夾攻，以分其勢。伏望陛下，速安軍馬前去。

（付）臣啟陛下，老臣原係江東名士，爲吳主所愛，於建安十五年，奉差修好而來，恰正值此臺告成之際，蒙太祖武皇帝，召見臺上，加恩重用。如今只消老臣作一短啟，上達吳王，許他事成之後，平分蜀土。他那裏自然起兵相攻，決不坐視了。（丑）寡人一時失記，卿果係原從江左而來。一紙書，定不辱命。卿可回去修書，差人送與吳王，刻日起兵相應便了。（付）臣領旨。（丑）司馬昭，你可火速回營，同你父親，統領大隊人馬，放膽長驅，不可有誤。（末）領旨。臣等告退。（丑）去罷。（付）乍畫通吳策，（末）旋興破蜀師。（同下）（丑）内侍，就此擺駕回宫。（侍應引行介）

【尾】朝臣可幸多謀幹，佇一舉把平劉碑撰。讓我到巫峽巫山仔細看。（下）

校記

[1]平身："身"字，底本作"聲"，今據文意改。

八齣 憂 國 江陽

（占隨生上引）

【玉女步瑞雲】不是祈禳，怎得此身無恙。再曳履隨吾所向。（白）上將星寒慘不輝，孤臣已是病將危。哀籲幾宵天意轉，果然痊可不須催。老夫諸葛亮，前因病勢垂危，禳星乞命。喜得一誠有感燈焰倍明，七日之後，病體全安。只是老夫病重之際，感蒙主上特遣北地王前來看覷。今已痊癒，理合前往叩謝。童子，可隨我到北地王營中去。（占應同行介）正是：高牙樓敞千門月[1]，細柳旗開入陣天。（到介）有人麼？（外扮卒上，答應通報介）（小生上引）僭竊猖狂，殄滅此心空壯，累國老馳驅鞅掌。

（出迎介）（生）大王請上，老臣有一拜。（生在上）賤軀抱恙，重荷遠臨。（小）炎運告終，實勞再造。孤家也有一拜。君才直可凌伊呂，管樂庸庸何足云。（生）尚恨魏吳分漢鼎，幾時一統罷三軍。（小）請坐。（生）請。老臣來到祁山，為日已久，不識朝廷之上，近況若何？（小）丞相，不要說起，近日父皇大權旁落，那些朝政，看看弄得不成模樣了。（生驚介）怎麼樣？（小）丞相聽稟。

【啄木兒】嗟宵小威焰張，玱勢炎炎趨附廣。（生）請問內監是那一個？（小）就是中常侍黃皓。可恨那厮呵！（唱）固君心外托癡愚，混鹿馬公以欺罔。（生）難道朝中竟沒人彈論他麼？（唱）朝臣豈乏封書上，忠言反謂將伊謗。肆膽胡為蔑舊章。

【又】（生）纔微算欣相長，回首君門增悵惘。負勞臣誓殄群凶，怕此座中難安享。出師兩表情詞暢，親賢遠佞偏先忘。麥飯滹沱帝祚昌。

（淨扮上白）不教老將銜冤死，留輔明君展壯圖。下官鎮北將軍魏延是也。為因軍機大事，特來飛報。不免徑入。大王、丞相！（小）將軍此來為何？（淨）小將前者，因見丞相病勢，十分狼狼，恐怕司馬懿那厮，得知消息，有乘虛掩襲之事，早早差一細作，前往魏寨，密探風聲。此刻探子回來，稟稱司馬懿，果知丞相病重，差他兒子司馬昭，面見魏主，叫他連夜結好孫權，兩下夾攻。為此特來報知，他們兩邊呵！

【三段子】舊盟重講，兩交歡金繒暗將。舊怨並忘，兩興戎同侵蜀疆。奇兵驟起從天降，懸崖枉說高千丈。怕不絕險輕逾，非吾意想。

（小生）呀！有這等事。請問丞相，如今計將安在？（生）大王不妨。司馬懿平日,原係畏蜀如虎,不過欺老臣病危,輕舉妄動。今賤恙既瘥,只待他來,自能取勝。只是東吳那邊,雖有李嚴在彼,恐非陸遜對手,不甚放心。須得大王前往坐鎮。待老臣知會到日,統領人馬沿江順流而下,以挫其鋒。從此以後,伐魏之事,老臣任之;吞吳大事,大王任之。彼此各展才猷削平僭亂,以慰昭烈皇帝在天之靈。大王請速速登程,不必耽擱了。老臣呵!

　　【歸朝歡】籌恢復,籌恢復,何時願償。務此舉,天清日朗。(小)蒙驅遣,蒙驅遣,共誅跳梁。敢耽延,竟不想把功書上賞。(淨)任他兩家並犯威風壯,左提右挈分頭抗。(合)管教他乍觸鋒芒走且僵。

　　(生)大王,禦敵之策,不過如此,別無他議了。老臣就此告辭。(小)孤家也只在明早,前往白帝城。恕不奉別了。(生)豈敢。(各揖介)(小生)虎帳談兵逸興飛,(生)西風颯颯暗侵衣。(淨)樽前計畫真奇妙,(合)不待臨戎坐決機。

校記

[1] 高牙樓敞千門月:"敞",底本作"廠",今據文意改。

九齡星瑞　蕭豪

(旦素服,占宮女隨上)

　　【霜蕉葉】庭花砌草,觸緒增煩惱。敢厭衣衫素縞,砥貞心孤松後凋。

　　(白)蜀錦親裁事女紅,目斷巫雲十二峰。妾身孫氏,乃吳主孫權之妹,蜀漢昭烈皇帝之妃也。自幼喜觀武事,房中侍婢,手不釋刀。建安十三年,曹操東征。我先帝當陽戰敗,寄寓東吳。因此國母太后,將妾身許配與他。後來同返荊州,克修婦道。不意先帝遠征西蜀,吾兄詐稱國母病重,接我回來。一到東吳,拘留不返。可憐先帝駕崩白帝城中,妾身既不能親視飯含,復不能趨赴梓宮、杯酒澆奠,真漢室一大罪人也!(掩淚介)(占)娘娘請免悲傷。今夜銀河皎潔,星斗斑斕,娘娘天上星文,素所熟諳,何不登樓一望,消遣悶懷。(旦)你要我登樓遣悶麼?(占)正是。(旦歎)咳!我未亡人,自昭烈皇帝賓天之後呵!

　　【綿搭絮】鉛華辭謝,早矢柏舟操。隻影蕭條,寂寂霜閨萬慮拋。坐長宵,孤蕊頻挑。管甚南箕北斗,互閃爭搖。我只是閒倚熏籠,懶上層樓放眼梢。

（占）娘娘，你雖然不要消愁遣悶，但婢子聞得人說，國家興廢，上應天文。娘娘何不借此看看他們三家的氣運，還是那一家長久，倒也免得終日心中牽掛。（旦）我一向也有此意，只爲心緒不快，因循下了。今晚不免就同你登樓一觀。（占）既如此，娘娘請行。（行介）百尺樓臺逈，（占）一天星斗間。（旦上樓介）宮娥，你看萬里無雲，碧天如水，群星歷歷，躔次分明。今晚乾象，怎般清朗也！（占）果然皎潔可愛。

【又】憑欄一望，月朗天高。似待我細吐心苗，把這萬點寒星照寂寥。（占）請問娘娘，何處是吳魏兩家的星象？（旦指介）這東南一帶，是吳國星躔，那西北一邊，是魏邦分野。你看這兩處，星辰黯淡，氣象休囚，眼見得兩家社稷，都不久長了！（場前放火介）（旦）呀！西南上，忽有勝氣沖天而起，好奇怪。宮娥，你看那邊龍文萬縷，虎氣千條，將星十分燦爛。豈非西蜀中興之象乎！（占）果然不差。請問娘娘，那將星應在何人身上？（旦）這將星非同小可，唯軍中大帥，足以當之。如今諸葛丞相，六出祁山，威名赫赫，將星所主非此人而誰！（占）原來如此。（旦）天文已呈顯兆，漢室佇見重興，好不令人快心也！（唱）笑孫曹、轉眼烟消。縱有那封疆迢遞、壁壘堅牢，只怕敗葉迎風，兩處銅駝沒短蒿。

（白）夜色已深，衣衫見冷，我和你下樓去罷。（占應，同下樓介）獨對銀釭淚暗流，且排殘悶強登樓。（占）吳宮會見遊麋鹿，任指巫山泛彩舟。

十齣　演　陣　蕭豪

（丑扮傳宣官上）西風獵獵雁行斜，蓮幕高張靜不譁。此日祁山開陣處，元戎安坐四輪車。自家乃諸葛丞相麾下一個傳宣官是也。俺丞相六出祁山，討征魏寇。不料操心過度，嘔血幾危，喜得禳星有感，七日之後，病體全安。吩咐今日在祁山，將八陣圖兵法，重加演習。你聽畫角三通，丞相又早陞帳也。（內鼓吹，三旦、雜扮四將執旗引生上）（場上先搭高臺）

【北新水令】一從仗鉞鎮邊郊，在師中虎熊環繞。令隨秋氣肅，威逐鼓聲高。陣演龍韜。看報國功成早。

（白）盡瘁終年統六師，酬恩心事有誰知。宵來忽夢南陽景，半掩茅廬雪滿枝。老夫一病幾危，禳星乞命，感蒙天庇，主燈光彩熒然。七日功圓，病體霍然而癒。這幾日精神復舊，飲啖倍增。天眷如此，豈非漢室中興佳兆乎！只是老夫高臥南陽時節，曾創下八陣圖兵法，留傳後人。何爲八陣？乃是取常山蛇陣勢，奇偶相生，戰守互用，以一陣分爲四陣，又把四陣分爲八陣。以天地風雲四陣爲法之正，以龍虎鳥蛇四陣爲法之奇。全按着遁甲休生傷杜，景死驚開。八門方位，內中有鬼神莫測之機，生尅無窮之妙。老夫自出茅廬以來，即命士卒留心演習。今日在這祁山五丈原，不免再將陣法，命軍士操演一回，以待司馬懿相持廝殺，有何不可。傳令官過來！（丑）有。（生）吩咐大小三軍，擺齊隊伍，到將臺上去者。（丑）得令。大小三軍聽者。（以上白）（內吹打迎上臺介）（生）傳令各營將官，不必上前參謁，各領本隊人馬，按圖擺列八門陣者。（丑）得令。眾將官聽者，丞相有令，各營將官（照上白）（將旗一揮，眾吶喊，齊下）（淨、付、外、小生、三旦雜上做八門式擺陣介）（生）你看這些軍士，果然擺得恁般參差也。想俺這八門陣法，當日原欲留示後人，不想自一受了先帝三顧之恩呵！

【折桂令】既登壇枹鼓親操，負他冒雪衝風，幾度相招。須學那拔幟韓侯，屯田充國，與那勒石的嫖姚。因此上把那八陣圖精微要渺，與那些蠢兒郎反復推敲，顧不得絮絮叨叨，暮暮朝朝。果然變化從心，怎不教俺看了他喜溢眉梢。

（白）吩咐變陣者。（丑照前傳令，眾下，齊上，隨意擺介）（生）

【雁兒落帶得勝令】俺記得敗當陽血染郊，俺記得走長坂屍橫草。到如今三分基業成，怎說得十萬兵戈少。呀，那怕他僭竊那孫曹，少不得驅除等燎毛。管教他魏闕冠裳散，吳宮卉木凋。心豪，要滅此把成功告；身勞，可惜這漢江山俺獨自挑。

（白）吩咐收陣者。（丑照前傳令，眾下）（丑下）（生）可喜陣法精熟，將勇兵強，吳魏二寇，指日可滅也。（末上）報。（生）報甚事來？（末）魏主曹丕，命司馬懿父子，統領大軍，由長安一路，殺奔前來。爲此前來報知。（生）曉得了。再去打聽。（末應下）（前四將暗上）（生）

【收江南】呀，你只道俺憨憨的一息呵，定馬革把屍包，前營星隕哭聲高。豈知祁山旌旆又重飄。看皇威四昭，看皇威四昭。怕不曹家的禁苑只有晚鴉朝。

（白）想俺軍威已著，司馬懿此來，正好一舉剿滅，何足爲懼。操演已完，不免下臺回營去罷。（下臺介）

【尾】圖開八陣真奇妙，問今古幾人同調。只看那磊磊的亂石浸江潮。被俺略費安排，至今有雲氣繞。（下）

十一齣 賄璫 庚青

（末將巾箭衣上）

【雙勸酒】豈甘戰兢，遠投權倖。奈他漢兵，重爲吾病。問何計保邦堪慶？妙無如拜倒閹庭。

（白）下官司馬昭是也。俺父親因知諸葛亮病危，命俺哥哥司馬師，領兵前去劫寨，不想被蜀將馬岱殺死。目下諸葛亮病體全安，兵威大震，祁山一帶，望風瓦解，漸有侵入中原之勢。父親又奉旨催趲進兵，勢難中止。如何是好？俺父親想漢主劉禪，寵用中官黃皓，爲此特命下官親賫賄賂，扮做差官模樣，混入漢中，要他設一妙策，把那諸葛亮或是托故召回成都，或是嚴旨不許浪戰。我父親便可以蜀兵已退，窮寇莫追，混復魏主，其禍立解。想那黃皓，嗜利奸徒，必然應允。因此放膽而來。只是一路上盤詰甚嚴，不知受了多少驚恐，纔得到此。今日不免悄地前往黃皓私宅走遭。咳！（跌足）俺司馬昭父子，掌握魏國兵權，威名赫赫，不想一旦爲諸葛亮所挫，反向閹竪搖尾乞憐，好不令人氣短也！（行介）

【步步嬌】八面威風誰能並，凱奏頻敲鐙，堪嗟遇蜀兵。勝氣全消，歌聲不競。今日裏七尺愧無能，攜將奇貨私門贈。

（白）此間已是了。門上有人麽？（淨）潭潭中貴府，不許外人敲。你是甚麽人？（末）在下是魏國司馬昭。（淨隨意發科諢，末求介）（淨）到此何幹？（末）在下有機密話，求見老公公。（淨）公公尚未出堂。你既有機密重情，可悄悄在耳房伺候。隨我這裏來。（下）

（付扮太監上）

【引】蟬冠自許堪調鼎，威炙手百僚胥敬。

（白）紫宸朝罷侍鵷班，詔賜宮刀白玉環。宦曜自來垂上象，貂璫獨喜近龍顏。咱家漢朝太監黃皓是也。陰同鬼蜮，毒比豺狼。天子無爲，從他閉目拱手。中官有勢，儘咱吐氣揚眉。皆因寵固一人，遂爾名聞四海。只一件，當初先帝駕崩白帝城，將皇爺托孤與諸葛丞相，朝廷事務，不論大小，盡要取決於他。那老頭兒竟公然獨斷獨行，教咱做不得半毫主意，深爲可惱。奈他目下正有誅斬司馬師之功，皇爺十分歡喜，難以搖動。只好再看機會而行。最可恨者，那北地王劉諶，與咱家有甚冤讐，苦苦作對。前日在皇爺跟前，將咱百般凌辱。虧得皇爺信咱忠誠，讒言不入。但他與咱，勢不兩立，必須設一奇計，把他置之死地，方纔稱心。只是一時也無處下手，如何是好？（淨）稟上公公，魏國司馬昭求見。（付驚介）他是魏將，到此何幹？（淨）他說有機密事面稟。（付沉吟介）咱想司馬昭此來，必因司馬師被殺，勢窮計窘，不得已求救於我，且容他一見，看其言語若何。孩子，喚他進來。（淨）是。司馬昭走動。（末）來了。暫為伏爪藏牙虎，曾作翻江倒海龍。老公公在上，小將司馬昭冒死叩見。願公公千歲！（付喝介）咦！你是魏將司馬懿之子。目今天兵進討，你那哥哥司馬師，已是梟首蜀營。你尚敢大膽前來，探聽虛實麼？

【風入松】雄兵百萬勢難攖，早晚驅除梟獍。義聲先路人胥慶，把漢室山河重整。你那君臣呵，何異那釜底餘生，一任奮螳臂，怎支撐。

（末）老公公鈞諭不差。但小將還有一言，乞公公暫息虎狼之威，容司馬昭拜稟。（付）你且講來。（末）

【又】西川基業已崢嶸，底事頻勞兼並。交鋒自古難常勝，只怕輸贏不定。（付）咦！你敢道天朝不能剪滅你這小丑麼！（末）非也。歎危事無如戰爭。勸你安鼎足，樂昇平。

（白）據小將愚見，無論漢兵不能滅魏，就使一朝奏捷，振旅而歸，竊恐大將立功之後，專制朝廷。那時中外臣僚，臥難安枕矣！（付愕然介）（末）

【急三槍】有幾個功成後，辭兵柄，溪山畔，課春耕。

（付點頭介）聽他所言，句句有理。不免與他計議而行，有何不可？請起，請起。（末起介）請坐。（末）謝公公。（付）適纔言語，多有冒犯，得罪了。（末）豈敢。（付）將軍此來，大意為何？（末）小將父親，聞公公之名如雷灌耳。特差小將，前來結好公公。因路途遙遠，難以攜帶金帛。（探懷出珠介）走盤珠百粒，聊充贄見之禮。（付）太費心了。（末）微物何足挂齒。只是小將臨行之際，父親吩咐道：貴邦諸葛丞相，目下在祁山，領兵攻打各處關隘甚緊，須得公公大力，設一妙策，把他掣回，兩下罷兵息戰，魏國君臣皆感再生之德矣！（付）將軍有所不知，那諸葛亮，倚恃先帝托孤之重，倔強無比，那裏掣得他動。況他正在戰勝攻取之際，豈肯韜戈解甲，罷手而歸。必須商一奇策，使他不知不覺，墮入彀中，纔不負你相托之意。（末）全仗公公妙算。（付搖首介）一時計無所出，怎麼處？也罷，且請草酌三杯，緩緩談心便了。孩子，看酒過來。（淨）是。（送酒介）（付）請。

【風入松】勞伊遠涉致叮嚀，指望謀成俄頃。軍營細柳多嚴整，要調遣先愁違命。（白）咱想閫外立功，從來易起人主之忌。為今之計，只有說他恃功驕恣，漸蓄逆謀，勸皇爺早早奪他兵權。兵權一奪，那諸葛亮便無能為矣。

咱這裏呵,(唱)蜚菲語,隨時暗興。道他專威福,叛朝廷。

(末)公公此計,固爲萬妥。只是難解目前之危。怎麼處?(付)這也不難。聞得你們那邊,已經結好東吳,何不催孫權火速進兵,直攻白帝城。倒是個圍魏救趙之計。(末)聞得諸葛亮,也防東吳兵起。早命北地王,領兵前去鎮守。那北地王頗有才幹。他還有甚麼放心不下麼!(付)你若怕劉諶做諸葛亮的幫手,這也不足爲慮。待我想一個法兒,早晚間先把劉諶弄倒。不愁諸葛亮,不獨力難支了。你如今回去呵!

【急三槍】急遣使,催吳主,傳軍令。長江險,暫收兵。

(末)還須公公這裏,所說劉諶的話,早些應手纔好。(付)咱這裏自然就有應手之處。

【又】何消你,拋杯斝,頻央倩,我眉一皺,禍機生。

(末)

【風入松】蒙君曲折費經營,銘感一言難罄。(付)説那裏話。金蘭密約欣相訂,真不負氣求聲應。(起介)問何日重瞻福星。(合唱)杯共舉,對花傾。

(末)小將就此告別。(付)恕不遠送了。(末)所托之事,萬乞留心。(付)何待你言,咱俱明白。正是:不用再三不用再三,(末)想來都想來都。請了。(下)(付)咱今日受了司馬昭囑托,親口許他早晚間,先把劉諶弄倒。飲酒中間,已曾想有成竹。聞得皇爺因殺了司馬師,明日要到太廟中,行告捷之禮。不免喚一心腹内監假充刺客,半路上突然犯駕,拿下之後,就一口招出劉諶主使。皇爺定然震怒,將他拿問。既盡了魏將私情,又出了心中夙怨。此乃一舉兩得之計,豈不暢快。呸!劉諶,劉諶!叫你名槍暗箭。(下)

十二齣　廟　刺　江陽

(外冠帶上)

【金雞叫】丹陛祥雲朗,喜時清太平有象。(小生冠帶上)整肅衣冠趨彩仗,問夜何其,絳幘聲三唱。

(外)下官蜀漢左侍中蔣琬是也。(小生)下官右侍中費禕是也。(合)請了。今日主上因諸葛相病體安瘥,又有殺死魏將司馬師之捷,特命祭告宗廟,以慰先靈。我等理合扈駕而行。言之未已,主上早陞帳也。(末扮漢主,老、正、生、扮内侍執儀衛引付隨上)(末引)

【小蓬萊】薄德漸非開創,守丸封西蜀當陽。何須三傑,個臣是賴,欣奏安攘。

(白)雞鳴紫陌曙光寒,鶯囀皇州春色闌。金闕曉鐘開萬戶,玉階仙仗擁千官。寡人後漢皇帝劉禪是也。才漸英敏,質愧優柔,荷天地之隆恩,受父皇之福,立國西川,十有餘載。目今丞相諸葛亮,大病全安,命將出師,擒斬賊將司馬師,捷音連到。此皆先帝默佑之恩也。爲此特備太牢,恭行告廟之典。內侍,速傳蔣費二卿進見。(侍傳介)(外、小生進見山上呼)(末)寡人爲丞相大病全安,飛章奏捷,今日祭告先皇,特命二卿扈駕。(外、小生)領旨。(末)就此起駕。(眾應合唱行介)

【甘州歌】風清日朗,傍鑾輿前後,雉扇成行。橋山冠劍,臣庶共深瞻仰。龍髯欲攀空恨長,剩響殿交排樹影蒼。【排歌】車纔驟,馬乍忙,遙看碧瓦出紅墻。嚴奔走,謹祼將,願鑒觀如在顯洋洋。

(到介)(凈扮贊禮官上,行禮畢即下)(末)阿呀父皇吓!曹丕叛逆,抗我王師,征討多年,尚遲授首。今喜丞相病軀全愈,擒斬賊臣司馬師。告捷表文一日三至,想父皇在天之靈,亦所快心也!

【又】貽謀世澤長,愧守文蒙業,纘成無狀。元臣凱奏,這都是式憑靈爽。今朝羽揮殲魏黨,指日鞭敲復漢疆。(白)祭告已畢,就此回宮。(眾合唱)皇圖壯,炎運昌,重開九廟薦馨香。宮門外,輦路旁,接天花草倍芬芳。

(丑小監執刀衝上,眾擒介)(末坐)你是何人?輒敢大膽前來行刺麼!(丑)咱只爲你這無道昏君,寵用黃皓,朝政全乖,將來必致爲他人所滅,有辱先帝。不如早早除卻,另換北地王登基,以保宗社。今事既不成,有死而已。只是不及眼看你衝壁輿櫬耳!可惜可惜!(末怒介)阿呀!這廝這等可惡。速着護駕官審明治罪。(付)據奴婢看來,只怕北地王,未必無通謀主使情弊。(末)你所料果然不差。即着殿前校尉,前往丞相軍中,將逆子劉諶拿回一併勘問。(侍)領旨。(推丑下)(外、小生)臣蔣琬、費禕,啟奏陛下,北地王素稱忠勇,効力邊陲,豈肯與此輩通謀,有干弒逆重罪[1]。其間恐有攀扯誣陷之處,還請陛下三思。(付)二公有所不知。那北地王恃功驕恣,一向藐視朝廷。況所遣內侍,若非出之王府,外邊更有何人。這弒逆之罪,北地王萬無可逃矣!(末)眾卿所言,俱爲有理。朕一時未有主裁。蔣費二卿,可速行文相父,聽他作何處斷,具本回奏。我這裏且將北地王府第,嚴兵看守,不許閒人出入便了。內侍起駕。(眾應行介)

【尾】兩紛爭吾誰向,勞伊鼎鼐費平章。鬼魅妖形,難逃鏡裏光。

校記

[1] 有干弑逆重罪:"弑",底本筆誤作"試"。今據文意改。下同。

十三齣　圍　府　尤侯

（小旦引）帝子長征日漸久,寒風起怕卷簾鉤。黃菊全飄,紅梅半吐,又是小春時候。（白）綉榻閒欹手擁爐,懶誰如。思君有恨首慵梳,強支吾。妾身崔氏,乃蜀漢北地王之妃也。我大王奉旨前往祁山,探望諸葛丞相病體[1]。一去許久。聞得丞相病愈之後,與北魏交戰,大獲全勝,屢有告捷本章到來。想我大王在彼,已屬無事。只不知何故,尚未回來。又無尺書遠寄。輾轉尋思,教我好生委決不下也!

【九回腸·解三酲】憶冰弦互調清晝,自君行香冷妝樓。重簾忽訝輕寒透,怪無情風雨颼颼。他那裏拋緘不寄雙魚字,我這裏欹枕空聽五夜籌,難消受。

【三學士】堪憐國運當陽九,阻離人是這樹密烟稠。（白）若我大王在祁山,果能助丞相一臂之力,掃蕩中原,把那三分復成一統,他日聯鑣並轡,奏凱班師,這便是宗社無疆之福了。（唱）顧不得菱花漸把朱顏改,只願他羽騎全將赤縣收。

【急三槍】那時節成功奏,斟一盞中山釀,把你征塵洗,君莫惜醉黃流。

（占扮宫女內喊介）（外扮內監作急狀上）

【不是路】驀地戈矛,隊伍紛馳喊不休,忙奔走。（白）阿呀娘娘不好了!奉聖旨,差軍把我們府第圍守,不許閒人出入了。只見四下裏呵!（唱）重重殺氣使人愁。（小旦）這我從何而起?（外）奴婢呵!問因由,（白）都說聖上爲因祁山告捷,擺駕祭告先皇,不想半路上拿一刺客,那厮公然口出狂言,道我家大王呵,（唱）英雄果是高光偶,他捧綬先圖拜冕旒。（小旦）呀!原來如此。一定是黃皓那奸賊,他與我大王釁深怨重,故爾起此毒謀,希圖陷害。我夫婦二人,性命從此不保,兀的不痛殺我也!（倒介）（占扶叫介）娘娘快甦醒!娘娘快甦醒!（外、占合唱）可憐你遭機縠,好一似遊魚失水腮穿柳,鼎烹生受。

（小旦醒介）（外）好了,謝天地。我再去打聽個詳細便來。（下）（小旦）

【紅衲襖】我只曉戒雞鳴婦職修,又誰知忤貂璫遭毒手。不能够再效齊眉舉案如賓友,不能夠再製征衣寄與閫外收。便道是鑒冤誣自有那天在頭。怎當他鳳樓高教人向何處剖。(內喊介)阿呀天嚇!只聽這搖鼓搖旗,唬得我戰戰兢兢也,長令我淚如泉溢兩眸。

　　(外上)忙將堪恨事,報與可憐人。稟上娘娘。奴婢細細打聽,果然不出娘娘所料,全是黃皓那厮,從中起釁。幸賴蔣、費兩侍中,極力保全。聖上已命行文往祁山,請教諸葛丞相主裁去了。只是可恨那黃皓,口口聲聲,道我家大王呵!

　　【又】倚恃著弄刀槍技素優,更連年擁貔貅權在手。全不想爲朝廷擐甲誅群醜。反串奸徒肆凶鋒不顧倫理羞。分明是趙中官泄舊讐,誰敢向張常侍閑鬥口。若不是鐵骨錚錚,兩侍中挽日回天也,一家兒怕不似浪如山,壓小舟。

　　(小旦)你打聽果是這個緣故麼?(外)正是。(小旦)這便如何是好?(外)奴婢想此事,既有丞相作主,那山鬼伎倆,究屬有限。其勢雖然凶險,諒可以放心的了。(小旦)只是眼前受此不白之冤,殊爲可惱。(占)娘娘,外邊公論自在,一時受枉,日久自明,何須惱得!(小旦)倘朝廷有甚嚴旨,爾等可速來報我知道。(外、占)曉得。(小旦)君王豈不諒孤忠,(外)其奈奸邪惑聖聰。(占)無限心中□□□,(合)一齊吩咐□□□。(下)

校記

[1]探望諸葛丞相病體:"丞",底本無。今補。

十四齣　吳　氛　江陽

(老、正二旦、付净、雜扮四卒引末盔蟒暗甲)

　　【引】威震江東,名揚吳會,機謀不讓周郎。

　　(白)白面書生世共輕,猇亭一戰鬼神驚。誰言説禮敦詩者,未許胸藏十萬兵。下官陸遜,官拜東吳大都督之職。前者蜀漢昭烈皇帝,爲關公報讐,連營七百餘里,全軍壓境,聲勢赫然,江東幾致不保。虧得主上深信下官之言,力主堅守,乘其不備,用火攻之策,使他狼狽而去。後來彼此尋讐,互有勝負。目今主上,因魏主那邊,送到華歆手札,要我這裏夾攻西蜀。主上已經應允。正在命下官整頓士馬,沿江水陸並進。不想昨日,又接到魏國司馬懿飛札相催。爲此擇吉今日,先將陸路人馬,按隊起程,直抵蜀境。聞得主上要親臨祖道，不免快往前途迎接。正是：創辟英君多重武，風流儒將喜論文。（手引下）（淨白髯吳主上，小旦、丑扮二侍，雜捧酒合唱行上）

【泣顏回】玉帛久拋荒，忽訝雲箋來往。前嫌姑棄，驅兵暫效匡襄。（末領四校上，跪迎）微臣陸遜，迎接聖駕。（淨）傳諭大都督，著即扈駕而行。（侍傳介）（末）領旨。（同行介）（合唱）元戎奮武，佇奇勳獨建邀殊賞。聽猿聲已過重山，笑蜀道枉傳天上。

（白）寡人吳大帝孫權是也。今日命都督陸遜，領兵西伐。寡人特來賜餞，以壯其威。內侍，宣大都督陸遜進見。（侍傳介）（末山呼介）（淨）大都督，你可知寡人伐蜀之意麼？（末）此必因華歆一書，主上情不可却，故助彼一臂之力耳！（淨）這也不在於此。寡人與蜀，積怨深怒久矣。今日之擧呵！

【又】只爲周郎，一死命誰償，此恨猶懸天壤。河清難俟，可容久負靈爽，勞伊蕩掃，洗從前生瑜底用重生亮。漫猜疑誼切同讐，驅士馬爲伊勞攘。

（末）原來爲此，微臣實有未知。（淨）寡人今日因卿遠行，特來相餞。（末）雖蒙聖眷，但小臣何以克當。（淨）筑壇推轂，前史美之，卿家何必固遜。內侍，取酒過來，待寡人手捧三爵，爲卿少壯行色。（侍應）（內奏樂、淨賜末酒、飲介）微臣重蒙主上如此寵遇，即肝腦塗地，不足爲報。請陛下暫駐鑾駕，待微臣再將聖意，申飭將士一番。（淨）卿言有理。寡人亦當高坐觀之。（起坐桌上介）（末虛下，換全副盔甲上）大小三軍，聽吾號令。本帥遵奉聖旨，遠伐西川，既膺閫外之權，敢負師中之寄，有功者，雖讐必賞；有罪者，雖愛必誅。爾等溯荊江而上，務效乘風破浪之勢，越巫嶺而行，勿畏附葛攀藤之苦。身家可棄，臨大敵，切莫驚惶。性命可捐，陷危陣，首嚴退縮。魚腹浦中亂石，本帥偶受其迷，點蒼山上奇峰，爾等務窮其勝，共展龍韜之偉略，勉圖麟閣之芳名，毋憚前驅，自貽後悔。各各小心在意者！（卒應吶喊介）（淨笑介）妙嚇！你看刀槍耀日，旗幟連天，號令分明，威儀整肅。士卒果十分精銳也！

【千秋歲】勢軒昂，一望威難抗，絕勝那艨艟深藏。兵貴先聲，兵貴先聲，笑曩日掩襲猶多欺誑。寡人呵，準預備葡萄釀。待奏凱親相貺，看伊醉倒層樓上。更分茅裂土，笑把功償。

（末）微臣就此辭別聖主，領兵西川去也。大小三軍，就此起馬。

【紅綉鞋】威名遠播誰當，誰當。奇功行建非常，非常。先一旅，陟崇崗。徐萬艫，渡長江。任他家怒臂螳螂。（下）

（淨）陸遜已去。內侍們，擺駕回宮。（侍應行介）

【尾】成都先取爲吾壤，顯江左威風千丈。還待把那鄴郡漳河作帝鄉。（下）

十五齣　遣　　將　齊微　寒山

（外冠帶上）（白）非因失義背劉璋，棄暗投明自審量。國家尚慚無寸報，幾番揮淚感恩長。下官白帝城李嚴是也。蒙漢主用爲尚書令，命我鎮守白帝城，以防吳寇侵犯。近日諸葛丞相，聞吳魏有夾攻西蜀之舉，特命北地王前來相助。日內吳兵消息，漸漸緊急，不免報與北地王知道，使他火速差人，前往祁山通報。正是：強鄰每患多乘釁，上將須知善伐謀。來此已是，不免徑入。大王有請。（小生上）謬承開閫寄，愧乏濟時才。（外）大王。（小生）將軍此來，敢是東吳起兵，已有信息麽？（外）小將正爲此事而來。那吳主孫權，已拜陸遜爲大都督，統領水陸人馬，分路尅日收川。前隊已過巫山峽了。那陸遜呵！

【剔銀燈】才和略，原推世稀。只驟開閫，一軍驚異。自賀戰勝頓顯長城寄，主臣間腹心交契。（小生）將軍，那陸遜狃於猇亭之勝，視西川爲無物。難道我劉諶，就不能剪滅你這吳狗，爲皇祖一洗夙怨麽！（唱）恨伊怒從心起，驟犯順自取災深噬臍。

（外）請問大王，計將安出？（小生）這也不難。據孤家愚見，乘他遠來，我這裏厲兵秣馬，一舉早挫其鋒，未爲不可。但未奉丞相軍令，不便冒昧妄行。如今孤家一面修書，飛報丞相。煩將軍火速親往各處關隘，吩咐將士嚴兵把守，不許妄動。此乃萬全之策也。（外）既如此，小將就此告辭，前往各處去了。（小生）將軍此行，孤家放心多矣。（起介）克敵由來貴慎初，敢矜豪氣蹈迂疏。（外）誰言兵事難遙制，不寄軍前一紙書。（分下）（三旦、雜扮四卒引生上）

【菊花新】南陽一出濟時艱，講武頻登上將壇。自許寸心丹，揮羽扇奠安炎漢。

（白）功蓋三分國，名成八陣圖。運籌何日罷，竹杖水邊扶。老夫諸葛亮。自從擒斬司馬師以來，軍威大振，祁山一帶，望風歸附。目下兵強馬壯，八圖陣又操演精熟。只待司馬懿父子到來，一舉剿滅。今日陞帳，看有何軍務報來。吩咐開門。（卒應）（丑扮上）報子進。（生）你從那裏來的？（丑出書介）小的奉北地王差遣，來報東吳起兵消息的。（生看介）原來孫權，果然差陸遜起兵了。我們北地王作何抵敵之法？（丑）丞相爺聽稟：那北地王呵！

【泣顏回】精兵驟遣度重山，出匣鋒鋩難犯。舟師親統，千艘已過前灘。（生）知道了。帳外伺候。（丑應下）（付公差上）公差進。小人叩頭。（生）你是何人差來的？（付）稟上丞相爺，近日朝中獲一犯駕刺客，口中干及北地王。奉旨行文丞相爺裁處。爲此蔣、費兩侍中，差小的前來。現有公文呈上。（生）原來有此奇變，你且把朝中近況，細說一番。（付）丞相爺聽稟。（生）起來講。（付）那黃皓呵！（唱）攖鱗逆耳，奈君王狎視無嚴憚。望元戎力剪奸壋，爲皇家保全屛翰。

（生）知道了。帳外伺候。（付應下）（生）阿呀！不想黃皓這奸賊，恁般大膽，公然與北地王爲難。但此幺幺小丑，誅殛何難。老夫目今正在軍務倥偬之際，且待諸事稍寧，即命蔣、費二公，代清君側。有何不可。左右，吩咐大小將士，即刻齊集聽點。（卒）得令。（傳介）

（外上）馬挂征鞍將挂袍，（淨）柳陰枝上月兒高。（末）男兒要挂封侯印，（合）腰下常懸帶血刀。（外）俺平北將軍馬岱是也。（淨）俺鎮北將軍魏延是也。（末）俺護軍將軍姜維是也。（合）請了。丞相有令，我等上前參見。（見介）衆將打恭。（生上）罷了。請暫過一邊，候老夫發令。（應介）鎮北將軍魏延聽令。（淨）有。（生）將軍，你當日曾獻計從子谷進兵，可以一舉滅魏。老夫依你妙計。但必須兵分奇正，兩路而行纔可保得萬無一失。你可先領精兵一萬，悄悄從子谷小路進發，夜行晝伏，繞出司馬懿之後，奮勇火攻。我這裏自有大路人馬接應，不可有誤。（淨）得令。（下）（生）平北將軍馬岱聽令。（外）有。（生）你可領精兵三萬，從斜谷大路，按着老夫八門陣兵法，緩緩進兵。但看魏將陣後，火勢衝天，必是魏延奇兵襲後。那時奮勇殺入，兩下夾攻，管取司馬懿父子，性命難逃，並魏主曹丕，生擒可必矣。（付旗介）（外）得令。（下）（生）護軍將軍姜維聽令。（末）有。（生）你可領兵五千，在各處咽喉隘口，分頭把守，不許走透奸細一人。如違，軍法從事。（付旗介）（末）得令。（下）（生）你看諸將齊心效命，奮勇爭先，定然一舉成功。眼見得漢室江山，不久仍歸故主也！

【尾】驅兵遣將機謀殫，漢祚重興意始安。吩咐掩門。（四卒下）也只爲三顧隆恩報稱難。

十六齣　擒　懿 先天

（小、雜引付）

【出對滴溜子】輕言交戰，滿望他家主帥捐，誰知殺氣又連天。【滴溜子】此來，豈吾情願。（白）老夫司馬懿。奉命鎮守長安，西拒蜀寇。前差長子司馬師，領兵前去劫寨。不料反被蜀將馬岱所殺。已命次子司馬昭，買囑他家太監黃皓，不想毫無應手。主上又催趲進兵，叫我進退兩難。因此老夫只得親統前隊，滿拚決一死戰，以報國恩。軍士們，殺上前去。（唱）朝餐且暫遲，先將讐剪。破釜沉舟，一舉蓋愆。（下）

（三旦、雜四卒引淨上）（白）束髮從戎意氣豪，十年霜雪滿征袍。奇兵今喜從天下，手縛降王解佩刀。俺魏延奉丞相將令，領兵一萬，從子午谷山僻小路賫夜進兵，繞出司馬懿陣後，火攻取勝。（笑介）俺魏延這條奇計，也有見用之日，豈不快哉！大小三軍，就此殺入谷中去者。（卒應合唱）

【金錢花】韜戈卷甲爭光，爭光；登山陟嶺飛騫，飛騫。連宵奔走莫遲延。刀出鞘，矢離弦。探虎穴，凱歌旋。探虎穴，凱歌旋。

（末衝上）（淨）來將何名？（末）吾乃魏國司馬昭。你是何人？（淨）吾乃大漢鎮北將軍魏。咳，司馬昭，你險要已被我奪了，死在旦夕，還不下馬受縛，更待何時？（末）不必多講，放馬過來。（戰末敗下，淨追下）（生、丑二卒引外上）俺馬岱是也。奉丞相將令，領兵三萬，從斜谷大路，按着八門陣兵法，緩緩進兵。只看敵營火勢衝天，便是魏延奇兵襲後，叫俺奮勇接應，兩下夾攻。大小三軍，就此排成陣勢，從斜谷進兵去者。（卒應介合唱行介）

【金錢花】鼉鼓纔響山邊，山邊。龍旗又展風前，風前。長驅直搗笑聲喧。看一舉，靖烽烟，名合姓，史書傳。名合姓，史書傳。

（付衝上）來將通名？（外）吾乃大漢平北將軍。天兵到此，你為何還不早降。（付）原來你就是馬岱。我司馬懿用兵如神，便是你那諸葛老頭兒，也還不在我心上，何況你這無知小卒，快快退兵，姑饒汝命。（內喊介）（外）司馬懿，你看後面火光四起，喊殺連天，到此地步，還敢倔強麼？（付）胡說。（殺介）（付敗下，外追下）（內放火藥，淨追末上，殺末取首級又放火，外追付上，擒付介）（外、淨見介）（外）左右，把司馬懿上了囚車，並司馬昭首級，一同解送丞相軍前，先行報捷去。（生、丑）曉得。（接首級推付下）（外）魏將軍，此處已離許昌不遠，我和你連夜殺奔前去，早擒曹丕便了。（淨）有理。（外）

大小三軍，再與我殺上前去。（卒應介）

【尾】衝鋒冒鏑渾忘倦，誓一鼓把曹丕擒獻。還將那疑冢掀翻太白懸。（下）

（上卷終）

十七齣　丕　執　齊微

（付淨冠帶不整作急上）啊呀！不好了。

【縷縷金】忙飛走報軍機，許昌聞漸破，不勝悽。一望烽烟起，橫遮天地。快君臣攜手出重圍，顛危莫相棄，顛危莫相棄。

（白）老夫華歆。只因貪圖富貴，擁掇曹丕，奪了漢家天下。想西蜀諸葛亮，力圖恢復，六出祁山，竟把我家大將司馬懿生擒去了，一路直抵許昌，勢不可當。連日攻打城池，看看將破。我想此城以破，君臣皆是釜內之魚，如何是好？莫如趁早縋城而出，尚可死裏求生。不免快些入宮，面見主上，商議而行。（合）（白）此處已是宮門，不免徑入。陛下有請。（丑上）勢在群稱英主，時衰恰號寡人。太尉，你打聽漢兵消息如何了？（付）陛下，不好了。他那裏大將魏延等，統領全隊人馬，已把許昌團團圍住，攻打十分緊急，看這光景，是斷然保守不住的了。陛下須速速自作主張纔好。（丑急介）事已至此，叫寡人如何處置！（付）爲今之計，據老臣愚見，不如趁早縋城而出，投奔東吳。憑老臣三寸不爛之舌，相懇他借兵復國。這還是一條活路。（丑）卿言甚善。只恐怕路上有人認識，怎麼處？（付）不妨。我們如今快些改換衣裝，混在那些難民之中，便可掩人耳目了。（丑）既如此，我和你就此作速越城而出便了。（付）有理。（丑）正是：欲圖生性命，（付）敢戀舊衣冠。（下）

（三旦雜、四卒、外傳宣官同上）（生上）

【引】誓掃瘡痍，重整漢家綱紀。

（白）高臥南陽歲月深，酬恩不惜出山林。秋風五丈幾留恨，喜得誅曹慰素心。老夫諸葛亮。前命魏延馬岱，分路出兵，果獲全勝，乘威席卷，攻破許昌。只是城破之後，全不見曹丕下落。老夫仔細想來，曹丕這廝，不是藏匿民間，定是私逃別地。已經出示曉諭居民，速行出首。不免再一面火速行文護軍將軍姜維，叫他從東南一路領軍追趕，以防逃竄入吳。此擒賊擒王之上策也。傳令官過來。（外）有。（生付旗介）你可火速傳諭姜維，叫他領兵從東南一路，追趕曹丕，以防他竄入東吳境界。如違定按軍法。去罷。（外接令旗介下）（生）我想如此嚴查，曹丕那廝，斷難幸免。只是還有一事，在老夫心上。那曹操生前，自揣罪惡滔天，賢愚共憤，死後定被後人發冢戮屍，特設立疑冢七十二座，以爲欺盡世人之計，深爲可惡。不免吩咐魏延速去察訪的實，掘取屍骸，梟首示眾，以警篡逆。豈不更快人心。咳，曹操嚇曹操！叫你從前作過事，沒興一齊來。（下）

（丑、付同行上）

【粉孩兒】忙忙的解黃袍拋御璽，向干戈對裏，換妝潛避。（回望介）（合唱）回瞻鳳闕雲影低，歎今朝國祚傾欹。（白）寡人曹丕。本是大魏皇帝，不料漢兵殺來，司馬懿父子，殺的殺了，擒的擒了，許都又被他打破了，弄得國破家亡，一身不保，只得縋城而出，同着這太尉華歆投奔東吳，借兵復國。行了數程，與漢兵大營，相離漸遠。但未曾出境，一則恐路上盤詰緊嚴，二則怕他另有軍馬追來，逃生無路，如何是好？只是寡人子承父業，這個重擔兒，是推不去的。沒奈何，做下了這遺臭萬年之事。太尉，你本是江左名流，頗擅聲譽，爲何靦顏事賊，甘心與漢室爲讐？今日到此地位，可不追悔麼？（付）老臣原是有學問的，不想一戴了紗帽，就昏頭搭腦起來，連自己也做不得分毫主意。陛下此際，可也不必再說了。天色漸晚，快快趲路罷。（合）最堪愁寒日將西，望東吳遠隔江水。

（下）（三旦雜帶鎖紐引末上）

【紅芍藥】驅勁卒廣設藩籬，搜遺孽大索郊圻。一任你翩翻向吳地，怎當俺網羅環砌。（白）俺護軍將軍姜維是也。奉丞相將令，領兵搜捕曹丕。丞相道，他必走東南一路投奔孫權。若逃過長江，便無從拿捉了。俺拿得他內監一名，細細盤問，說他改換衣巾，混在那些難民之內，與一老者同行。軍士們，須留心識認，不可錯過。（卒）曉得。（末）天色已晚了，快快趕上前去。（唱）忙追。纔聽暮鴉啼，猛撞頭樹林烟翳。共留心舉止離奇，莫把他當面回避。（下）

【福馬郎】（丑、付）脫阱猶堪讐怨洗，重吐英雄氣。（付）只怕時不利，一路上排密網，布危機。（內喊介）見征旗一片飛，聽了這追聲起，不覺步難移。

（下）（末）

【耍孩兒】頃刻遠山凝晚翠，爲奉森嚴令，怎顧得馬倦人疲。（虛下）（丑、付上）流離。怪入耳偏是軍聲沸。（末又上）果做個狹路相逢矣。擒猛虎，繩牢繫。

（末）的，曹丕！你往那裏走？（丑）我不曉得甚麼曹丕，你放我去罷。（卒攔介）（末問付介）你是何人？同着他走，既一路相隨，必知詳細。（付）我偶然遇着他同走，其實不認得。（末）你這老頭兒，掉謊可惡，先拿去砍了。（卒拔刀介）（付慌介）將軍慢些動粗，待學生想來。（背介）我想處世的人，第一要看風色。棄暗投明，原是我輩讀書人本色。那曹丕是個失時倒運的人，皇帝一席，已是揭過一層的了。我還向他怎的，不免竟說了出來，或者還有些想頭，也未可知。這叫做識時務者，呼爲俊傑。有理。（轉介）將軍，我說便與你說，看你怎麼樣謝我？（向丑介）陛下，自古無不亡之國，藏頭露尾，非帝王所爲。據老臣愚見，倒不如轟轟烈烈，説了出來罷。（向末介）將軍，他正是曹丕。（丑嚷介）他就叫做華歆。（末笑）好一對君臣，果然不錯。左右，一齊鎖了。（卒上鎖介）（付）阿呀！失了斯文體面了。（末）胡説，就此連夜趕回，聽候丞相爺發落便了。（合）

【會河陽】趁着這夜月如銀，路途不迷，搖鞭歸去莫稽遲。頻催，怕曲徑羊腸，人言馬嘶，魆地裏奸謀起。痛心，傷磷火乘風細，快心，欣蔓草隨刀刈。

（下）（外隨生上）

【縷縷金】居帷幄，運兵機，陣圖整以暇，八門齊。旅到人爭迓，沿途筐筐。（白）老夫爲逆臣曹丕，城破之後，遍尋不獲。已曾出示曉諭居民，並差姜維領兵追趕去了。爲何杳無回復，難道竟被他走脱了不成？好生記懷。（唱）盼佳音屢問夜何其？成功愧猶未，成功愧猶未。

（內傳鼓介）（生）問他何人，連夜傳鼓。（外）曉得。是何軍士連夜傳鼓。（內）姜維擒到曹丕，候丞相爺陞帳發落。（外）候着。（生）賊臣就擒，先帝之靈也！吩咐開門。（外傳介）（三旦、雜持火把，末上進見介）報，姜維進。奉丞相鈞諭，拿住曹丕徽令。（生）帶進來。（生）吠！將二賊帶進來。（眾押丑、付上）曹丕當面。（生）你是曹丕麼？（丑）是。（生）你是何人？（付）學生是華歆。（生）哦，你就是華歆。少時與高士管寧爲友，沽名釣譽，濫博龍頭之稱。後來幫扶曹操父子。先則慘弒伏后，後則創奪漢鼎，無惡不造，喪盡名節，是古今來第一個有名無行的小人。今日如何容得你過。你今年已年邁，若待奉旨行誅，恐早晚身死獄中，反便宜了你這老賊。姜將軍過來！（末）有。（生）華歆係叛臣羽黨，不比正法，不必解京獻俘。你可即將他押出轅門斬首，只把曹丕嚴加監禁，候老夫另日差官解赴成都便了。（末）得令。（押丑、付下）（攜首上）稟上丞相爺，獻華歆首級。（生）拿去示眾。（末）曉得。（下）（生）咳！我想曹操奸雄蓋世，藐視朝廷，造成篡逆。如今子孫也有被擒之日，豈非天網恢恢，可爲千萬世亂臣賊子之戒矣！

【尾】阿瞞枉自窺神器，彈指浮雲過眼非。曹操，曹操！何苦把寡婦孤兒著意欺。

掩門。（卒下，分下））

十八齣　掘　冢　歌戈

（净蟒袍將巾、外、末扮二卒引上）（白）曹瞞狡猾世無儔，費盡心機死未休。此日揚灰申國法，空將疑冢誑千秋。下官魏延是也。奉丞相將令，把曹氏親丁族黨，凡生擒者，一概先行斬首示眾。並將曹操家廟，拆爲白地，改作圍坑。這也可爲大快人心。丞相又道，曹操平日欺君不法，特命下官開棺戮屍，以彰國法。只是曹操臨終，早慮後人發掘，遺令設立空塋七十二座，一般形狀。雜一眞冢在内，立碑示後，名曰疑冢，使人無從測其藏屍之處。這怎麽處？吓，有了。過來，可喚附近居民見我。不可驚嗃了他們。（卒）曉得。（净）咳，俺記得曹操在日，曾對俺昭烈皇帝道：天下英雄唯使君與操耳！可見他的見識，也不是等閒之輩。

（付、丑上）聽得將軍叫，慌忙走來到。老爺在上，小民叩頭。（净）罷了。俺且問你，那些墳冢那一冢，是實曹操埋屍之所。（付、丑）小民雖傍墳居住，却不知詳細，不敢妄對。（净）莫不是你們替他隱瞞麽？（付、丑）將軍差矣。曹操身爲國賊，罪惡如山，小民世受漢恩，恨不得寢皮食肉，豈肯爲他遮蓋，虚實其實不知。將軍現有千軍萬馬，何不把這七十二冢，盡行發掘，其中必有一眞冢掘出，便可戮屍示眾了。（净）此言有理，汝等去罷。（付、丑）謝老爺。正是：善惡□□□，只爭□□□。（下）（净）咳，曹操曹操！俺少刻再來，把你這些疑冢，一齊發掘。看你那死屍，怎生保得全也！不免回去稟明丞相，起兵前來發掘便了。馬來！正是：龍劍未消心底恨，馬蹄先踏壟頭雲。（下）（付改扮卒攜鋤上）禍兮福所基，（丑）福兮禍所伏。（付）禍福兩無常，（丑）循環如轉轂。（合）我們都是鎮北將軍魏老爺部下軍士。我老爺奉了丞相鈞旨，發掘曹操疑冢七十二座。吩咐下來，着我們軍士，每一冢用一百個人，限兩個時辰，掘取屍骸回報。爲此各各端正家伙，只候老爺到來動手。（付）哥，我們總是空閒在此，何不將曹操惡迹編成歌兒，大家痛罵他一場，出出氣，你道如何？（丑）妙極了，就是你先起。（付）占了。（吳歌）我説曹操奸雄藐至尊，手移漢鼎付兒孫。那知僭竊難長久，朽骨今朝也勿剩半根。你來。(丑)(吳歌)我說罪惡滔天是老瞞,幾多陵樹被摧殘。那知報應偏能速,疑冢開來斷然土未乾。(内吆喝介)你聽喝道之聲,想是老爺到了。(前二卒引淨上)

【引】芳郊如綉柳欹花嚲。

(白)下官奉丞相鈞旨,叫把曹操疑冢,盡數發掘。軍士們,可都到齊了麽?(卒)都到齊了。(淨)既如此,可就分頭動手發掘起來。(四卒)得令。(喊下)(淨)咳,俺想曹操平日呵!

【桂枝香】把奸謀藏過,學王莽謙恭遙播。盡一生狡詐,瞞騙上了巍巍高座。歎身猶未死,身猶未死,先防殃禍。留一個疑團難破。(四卒上)禀老爺,小的們已經發掘大半,俱係空塋,並無屍首。(淨)少不得他的屍骸,只在此七十二堆之内,且待掘完,自有分曉。你們再去用心發掘,取屍回報。(四卒)得令。(再喊介下)俺看從來最公道不過的,莫如是個上面的天,出爾反爾,絲毫不爽。當日曹操,專慣發冢取財,到臨死的時節,纔曉得身後自有報應。設此奸計,迷惑後人,人都說他用心乖巧,俺道適見其愚耳!豈知今日。(唱)運蹉跎,四下裏手到翻新冢,任你魂歸泣舊窠。

(卒上)禀上老爺,曹操屍骸,已經掘出了。當日係用水銀殮過,原體絲毫無損。請令定奪。(淨)快取過來。(卒下,内預紥一屍,卒擡上)曹操當面。(淨笑)阿呀!曹操曹操!你欺君盜國,大罪千條,幸漏生誅,終遭死戮。今日一抔不保,三尺難逃。平昔威風安在哉!軍士們!可將他千刀萬剮,剉骨揚灰,只留首級回繳。(卒)得令。(擡屍下,取首上)禀老爺,獻首級。(淨)你們可隨俺丞相轅門繳令去。(卒應介)玉匣珠襦化曉烟,竿頭懸首血猶鮮。青梅煮酒遺言在,枉負英雄亦可憐。(下)

十九齣　江　奠　先天

(小旦官女正旦隨素服上)

【引】故宮何日轉,空勞魂夢飛牽。嗟鵠操,已年年。浮生真露電,回頭幻景堪憐。拚歲晚,柏松堅。

(白)帝子今何在,吳宮歎寂寥。還將千日淚,灑作一江潮。妾身孫氏。自昭烈皇賓天之後,孀守一十二年,松筠不改,冰雪無虧。既抱離鸞別鶴之悲,尤切春露秋霜之感。今日乃先帝忌辰,不免向江邊遥祭一番,少伸夫婦之情。宮娥,可端正祭禮伺候。(官)曉得。(旦掩淚介)

【武陵花】未到江邊，提起先皇情慘然。記夭桃初賦日，紫禁畫簾高卷。鯤鵬奮翅欲摩天，鴛鴦交頸醉吳苑。（生、外白袍扮內監上）稟上娘娘，祭禮都已完備了。（旦）就此往江邊去罷。（眾應介）（旦）咳，想我當日與先帝同返荊州，也是從此江路。乘吾兄新年酒醉，匆匆解維而去，不知受了多少驚惶也！（雜扮內監推車、老旦官女持祭禮同上）（旦唱）到得荊州後，笑聲喧。鳴笳疊鼓，一旦往西川。（白）可恨吾兄詐稱國母病重，遣周善駕船相請，逼我立返江東。（唱）萱草猶鮮，偏連理並刀剪。（官）娘娘到了東吳，何不寄一封書回去，表表心事也好。（旦）官娥，你那裏曉得。我一到東吳呵，（唱）似鳥入樊籠，信怎傳，信怎傳？可憐音疏不是想思淺。（官）娘娘，蜀中山水你雖未親到，也曾聽人說來，可略曉得一二麼？（旦）我怎麼不曉得。（唱）蜀水九灣，蜀山幾盤，枉教人望穿，兀的不痛殺人也麼哥！兀的不恨殺人也麼哥！（官）娘娘請免悲傷。（旦）難禁淚漣，身輕怎得若飛仙，不阻層波路萬千。

（二監）稟上娘娘，此處已是江邊了。（旦）遙望成都，把祭禮擺下。（二監）曉得。（擺設介）（旦哭）阿呀我那先帝吓！妾生為劉家婦，死作劉家鬼。今日羈滯東吳，歸蜀無路，一片苦心惟天可表。何日漢室重興，妾得身到西川，死亦瞑目矣！（拜介）

【又】蜀道如天，隔著長江隱暮烟。滿眼濁流濁浪，打船拍岸，鼓響雷喧。一波未了一波連，一波未了一波連，似愁人血淚紛紛濺。望帝魂何處，枉自設空筵。先帝吓！一杯可得到重泉，鑒此微忱依戀。只怕峻險崎嶇，難來續斷緣。今日裏呵！除非六翻生身始得還，始得還。判斷餘生長和那孤月眠，寸情堅。憑伊歲序有更遷，願結雙棲冢，終諧繾綣。聽徹哀猿，共此柔腸寸寸懸。

（丑扮內監上）驛使傳來雙羽急，君王看去一天愁。稟上娘娘，大都督陸遜，奉皇爺差遣，領兵剿蜀。那裏曉得前隊人馬，與漢將交鋒，屢次大敗，有告急表文到來。皇爺看了，正在煩惱之際，不想又有飛馬來報，說魏國許昌，已被蜀兵打破，魏主曹丕，逃竄被擒。皇爺益發愁上添愁，十分著急。奴婢得此消息，特來報知。（旦）阿呀！吳魏兩邦，都倚著鐵鑄江山，與我大漢皇帝為難。那知北魏既成消滅，東吳又危局顯然，不怕我大漢中原，不重歸一統。妾身歸朝之期，可計日而待矣！內侍，你可再去留心探聽報來。（丑應下）（官）天色已晚，請娘娘回宮罷！（旦）內侍，可將紙錢燒化江邊。官娥，取酒過來。（官女送酒，旦奠介）（侍燒紙介）

【尾】擎杯和淚江邊奠，離情娓娓訴誰憐。（眾）請娘娘上輦。（眾合唱）

少不得畫舸中流仍看一葉旋。（下）

二十齣 閣囑 魚模

（付淨扮黃皓上）（卜算子）前計已成空，一誤難重誤。西望雲山有故人，拔劍能相助。咱家黃皓，自從受了司馬昭禮物，費盡心機。適逢皇爺告廟之祭，便命一心腹內監，假充刺客埋伏中途犯駕，被擒之後，極口數說皇爺寵用咱家，不理朝政，故此另換北地王登基。果然皇爺大怒，即刻要將劉諶拿回問罪。不料蔣、費兩個官兒，竭力保救。聖怒稍平，只着行文，請教諸葛亮那老頭兒再處。此計已屬枉然了。事到其間，難道竟罷了不成？（想介）有了。目今劉諶與李嚴，同守白帝城。那李嚴與咱素有一面之交，咱今發一密書與李嚴，只說劉諶罪在不赦，皇爺十分震怒。但不欲顯行誅戮，叫咱轉言吩咐，暗地害了劉諶性命。不怕他不遵旨而行。再許他事成之後，連諸葛亮兵權，都付他掌管。他若貪戀功名，益發更加鼓舞。此計人不知鬼不覺，不免修起書來。

【一封書】清標悵久疏，羨林鶯，隔樹呼。江東勢已孤。料威風，不似初。只是你軍中北地王呵！逆理傷倫干聖怒，奉敕行誅寄此書。仗鋸鋙，戮凶徒，爵賞高懸斷不誣。

（白）書已寫完，差人送去便了。家丁何在？（末上白）堂上傳呼急，階前答應頻。家丁叩頭。（付）起來。咱有密書一封，你可星夜前往白帝城，送與李嚴，親手開拆，不可有誤。（末）曉得。（付）書憑急足寄他鄉，任你聰明禍怎防。（末）莫道太虛難久翳，浮雲偶蔽又何妨。（下）

二十一齣 忠訴 庚青

【步步嬌】（小生上）四野雲生天將暝，遠岫浮青影。我淒涼感易生，悶極如醒，頹然難醒。何日裏霧散曙光昇，江山改盡陰霾景。

（白）孤家劉諶，前到祁山，探望丞相病體。不想在彼爲日未久，隨聞吳魏有夾攻西蜀之舉。丞相怕白帝城守將李嚴，獨力難拒東吳，命我前來共事。但孤家身雖在此，風聞得朝中獲一犯駕奸徒，口中有干涉孤家之意。幸賴蔣、費兩侍中，代孤力辨，纔得奉旨行文丞相裁處。只不知何故，丞相至今並無一字相聞。又聽得人說，父皇惑於黃皓讒言，把我府門嚴兵圍守，不知我夫人在家，近作何狀。種種放心不下。仔細想來，那刺客一節，必定是奸奴黃皓，霹空生釁，以爲陷害孤家之地，好不令人譬深切骨！説話之間，不覺心中煩悶起來，且到帳外散步片時。正是：孽子遭冤天慘淡，權閹用事國傾危。(下)(外袖藏書上)

【園林好】笑東吳潢池弄兵，逭天討如蛙在井，終有日朱絲牽頸。欣六宇再昇平，江與漢水長清。

(白)下官白帝城守將李嚴。爲東吳犯邊，心中着急，喜得北地王到此，協力相助，可爲萬分之幸。不想内監黄皓，與他有隙，寄我私書一封。指稱親奉聖旨，叫我暗地害他性命。咳！這事怎生行得。下官要將此消息，通報與他。故而獨自前來。(到)呀！爲何帳房中静悄悄的，待我進去。(生大王上)呀，原來將軍在此。(外)不敢。(生)請問將軍，薄暮到此，爲着何事？(外)大王，今國中有人要與大王爲難，故爾報知。(生)吓，是了。必定黄皓這廝又生別釁。(外)大王，他前計不成，今又差家人寄密書一封，説親奉朝廷旨意，叫暗害大王性命，事成之後，許加官爵。小將受先帝隆恩，愧無寸報，方欲爲國除奸，豈有反做權門鷹犬之理。所以特來報知。

【五供養】(出書介)我血甘濺頸，要把陰謀，飛奏朝廷。恐徒招寢擱，奇禍轉繁興。大王，你時逢晦冥，且向孤城權時安静。待到那陽和轉，泮春冰，管教奸宄服常刑。

(生看書思介)阿呀！黄皓你這奸賊。

【江兒水】枉説藩封貴，君王眷不輕，奈中宮巧計相凌並。我寂寞荒城悲月冷，寒飆幾陣吹孤影。回首長纓空請。仰問蒼天，到甚日沉酣纔醒。

(外)

【川撥棹】休悲哽，且歡然情愫傾，一任他豺虎狰獰，一任他豺虎狰獰。笑時衰終膏釜鐺，佇長空耀景星，掃妖氛開太平。

(浄持報上)愁隨清話去，喜自捷音來。禀上王爺，諸葛丞相，有捷報到此。(小生看介)原來許昌已破，曹丕已擒，可喜可喜！(付外介)將軍，你看丞相來文，道魏寇已滅，吴賊膽寒，命我和你提兵進剿。孤家竟帶領本部人馬，星夜先從水路，直入吴地。將軍，你緊從岸路，在後接應。前後聲息相通，那陸遜雖有長才，豈能捍禦。皇祖猇亭夙怨，定可一舉報復矣。將軍，你意下以爲何如？(外)大王所見甚是。小將領命，天色已晚，就此告辭。

【尾聲】乘流會見檣帆勁，展旌旆波光遥印。(外)敢怕他一紙降書在江岸等。

（白）側身西望是吾家，憂患頻來實可嗟。（外）凱奏定知邀帝寵，狂言頓息似浮沙。（分下）

二十二齣　玙　敗　東鍾

（付淨上）半紙私書人莫曉，一朝公論我須防。咱家只爲與劉諶結下冤讐，借刺客一事，巧爲傾陷，可爲極妙的了。不想皇爺竟不自家做主，反聽了蔣、費兩個官兒的話，請諸葛亮老頭兒來。咱只得又生一計，叫白帝城守將李嚴，暗地害他性命，尚無回覆。昨日聞得諸葛亮覆本已到，叫蔣、費兩個官兒，將刺客一事，確查具奏。咱想他兩人，有了諸葛亮壯膽，一定顯然袒護劉諶，把咱家私通司馬昭之處，盡情攻訐。只怕此本一上，與咱家有許多不便之處。哦，有了。咱想世上的官兒，沒有一個不貪圖賄賂的，莫若趁早將司馬昭送咱的禮物，暗中徧咱朝臣，作一解冤釋結之計，有何不可。正是：濫寵漫曾夸阿父，解愁今且仗家兄。（下）（外袖本上）（引）

【菊花新】中涓稔惡勢難容，袖裏彈文達聖聰。（小生）蹇蹇竭愚忠，眞不愧賈生長慟。

（外）下官左侍中蔣琬是也。（小生）下官右侍中費褘是也。（見禮介）費大人，我等奉諸葛丞相鈞旨，命將刺客一案據實查奏，不識高見若何？（小生）蔣大人，黃皓私通叛逆，屈陷親藩，罪惡顯然。只消據實具奏足矣。（外）既如此，下官備有短疏在此，敢屈同往午門面奏。（小生）就此同行。不寢聽金鑰，因風想玉珂。（外）明朝有封事，數問夜如何？（合）來此午門。不免俯伏。（接笏各跪介）臣等見駕，吾皇萬歲！（末黃門官上）奏事官有何文表，就此披宣。（外）臣左侍中蔣琬謹奏。（末）奏來。（外）那黃皓呵！

【駐馬聽】濫廁皇宮，倚恃身叨恩眷濃。他口銜天憲，手握朝綱，氣壓王公。

（小生）臣右侍中費褘謹奏。（末）奏來。（小生）那北地王呵！（唱）只因孤憝杵元凶，君門萬里冤難控，果是風影無蹤。望吾皇恩綸早降不爲浮言動。

（末）旨下官裏道來，黃皓通賊受賄，誣陷親藩，卿等既遵師相之命，查確具奏，着即擒出午門，並前刺客，一同斬首覆旨。北地王心迹已明，府第不須圍守，每月常格外，加賜祿米百石，以昭優寵。欽哉謝恩！（下）（二臣山呼起介）費大人，聖上納諫如流，殊爲可喜。（小生）這也虧了丞相一疏主持之力。

午門聽着，萬歲有旨，將黃皓並前刺客斬級報來。（雜扮校尉持二首級上）獻首級。（小生）拿去示眾。（雜應下）（外）這奸賊也有今日，國中從此太平也。（小生）這也全靠丞相大力回天。（外）有理。禁闈藏奸歎有年，誅鋤無計枉拳拳。（小生）澄清終賴調羹者，一語能開曉霧天。（下）

二十三齣　泣　　樓　蕭豪

（占宮女隨小旦病裝上）

【破陣子】漏盡銅壺天曉，灰寒金鴨香消。有淚非關鴻雁杳，其奈恩綸盼轉遙，雙眉鎖恨牢。

（白）朝來倦倚熏籠，怯登樓。辜負樓前修竹，響颼颼。愁幾許，憑誰語，悶無休。安得愁隨江水，付東流。妾身自大王祁山去後，靜守簾櫳，不料奇禍陡生。朝廷聽信黃皓一面之言，將我府門圍守，不容外人出入。多蒙蔣、費兩侍中，垂憐冤抑，不時遣人傳遞消息，稍慰驚魂。但未破奸謀，終成疑獄。竊恐昭雪之期，正未可屈指而待，如之奈何？妾身因此鬱鬱成病。日來差可，意欲登樓一望，以遣悶懷。侍兒，可取我鏡臺衣服過來。（占）曉得。（小旦起身抹妝介）

【雁魚錦·雁過聲全】纔將鏡奩去蓋綃，頓冰輪射眼多光耀。曾記理鬢雲低頭照，愛他碧溶溶景偏饒。對寒輝剛眉黛輕描，春山波底搖。那曉得朱門外絳節匆匆到，霎時間三疊的唱聲都是離別調。

（白）侍兒，我同你樓上去來。（占應介同行）（小旦）含愁渺何限，強起一登樓。（上介）侍兒，你看眾嶺當窗，群峰繞戶，一望重重疊疊，杳無邊際，得知他那一處是祁山也？（占）娘娘，往東北那邊望去就是了。（小旦望介）呀！原來是這等遠，我怎生望得見也！

【二犯漁家傲·雁過聲換頭】（唱）迢遙，目斷層霄。【普天樂】問淡烟濃樹，何處是祁山道。萋萋芳草，正滿前景物傷懷抱。又誰曉，奇釁陡遭。又誰曉，驚魂驟飄。又誰曉，閉危巢。每日裏聲靜悄。沒個人兒，擅把門敲。悲號，枉茶拋飯拋。（白）想我在府中，身似鞿囚。大王在外，必然更受逼迫，教我如何放心得下也！（淚介）我這裏望龍樓似海冤難告，他那裏投虎口如天禍怎逃。

（占）娘娘，奴婢遠遠望去，只見一個內官，直向俺府門而來。敢是朝廷有甚恩詔麼？（小旦）咳！此話休提。我看了這一會，心中益加愁悶。和你下樓去罷。

（丑扮小監上）不須淚點頻頻掉，管取愁容漸漸舒。娘娘在上，奴婢叩頭。（小旦）你是何處内官？奉何人差遣而來？（丑）奴婢係皇爺宮中内監，特來報一個喜信與娘娘知道。（小旦）你報甚麼喜信與我？（丑）奴婢今日在皇爺身邊站立，只見黃皓被蔣、費兩侍中，奉諸葛丞相之命，交章劾奏。皇爺已將他明正典刑。又道娘娘府第，不須圍守，每月再加賜祿米百石。少刻就有旨意來了。有此喜信，故此特來報知。（小旦）這話可真麼？（丑）怎麼不真。難道奴婢敢撒謊麼！（小旦）既如此，有勞你了。侍兒，可留他進去一飯。（占）是。（丑）多謝娘娘。（占）這裏來。（占引丑下）（小旦）且喜黃皓俯首受誅，大王奇冤已雪，我夫婦二人，從此相逢有日矣。

【錦纏道犯】墮弦鳥，感君恩重騫羽毛。願從此建微勞，凱歌旋同酌美酒芳醪。萬里橋影兒尚遥，三江峽夢兒已先繞。（掩泣介）喜極處淚珠拋。果是皇天有眼憐忠孝，默佑這玉樹森森顯後凋。

（占、丑同上）（丑叩介）謝娘娘賜飯。奴婢就此告回了。（小旦）難爲你，去罷。（丑）數言傳秘旨，一飯飽嘉蔬。（占）娘娘，你如今可把心事放開，不須憂慮了。（小旦）便是。連宵清淚濕花枝，好語俄傳慰所思。（占）早釀葡萄待征客，相逢飲到夜闌時。（下）

二十四齣[1] 戰　　江 先天[2]

（付扮周倉、生關平引净關公上）

【北仙吕・點絳唇】忠義齊天，神威震遠。端旒冕、手挹香烟，任意把春秋展。

（白）轉戰襄陽日未晡，曹兵百萬視如無。孫權豈料撓吾後，漢賊原來首在吴。某關感蒙上帝，玉敕褒封，威靈普遍，血食萬方。俺的英名，千秋不朽矣。只是國運衰微，群凶未滅，此心尚留餘恨。前者諸葛丞相禳星乞命，已蒙上帝特沛殊恩，重延漢祚。目今魏寇已滅，料那孫權亦指日可平。從此玉宇重清，金甌永固，不負俺劉滅寇一片初心。好不暢快也！

【混江龍】記當日在桃園歡讌，弟兄們盟誓漆膠堅。要扶那劉家社稷，漢室山川。實指望一劍輕將烟霧掃，又誰料片帆頓被浪波掀，一霎時把俺前遮後擋，矢盡空彎。説甚麼承家開國分茅土，只落得取義成仁照簡編。吐雄心一似那轟轟剗剗的雷和電，博得個有職掌天門猛將，也不異那無拘束雲路金仙。

（末功曹上）人間開壁壘，天上降絲綸。玉旨下。（净）聖壽。（末）玉帝有旨：蜀漢北地王劉諶，奉命伐吳，陸遜不道，憑依江險，阻抗王師。特敕關公，率領本部陰兵，前往長江[3]，暗助劉諶，早滅東吳，以興漢室。欽哉！（下）（净）聖壽無疆。陰兵何在？（三旦、雜陰兵上）（净）上帝有旨，命俺收伏東吳。爾等就此隨俺同往長江去者。（眾應介）

【油葫蘆】早奉着玉刺金符跨錦韉，只見水和雲光一片，四下裏驚濤駭浪勢掀天。蠢孫權只道長江萬古稱天塹，子孫世守無更變。那曉得偽基業難久長，漢山河終清晏。王孫重把荆襄奠，纔轉眼吳宮苑，恰也鎖寒烟。

（丑駕船隨末上）

【窣地錦襠】微才謬荷主稱賢，祖道臨江酒似泉。衝鋒正聽鼓淵淵，敗報何堪日再傳。

（白）下官東吳大都督陸遜是也。奉主上之命，與北魏夾攻西蜀。爲此兵分水陸，次第而行。不想陸路人馬，被他家殺得大敗。那劉諶兵勢，乘勝銳不可當，漸漸從水路深入吾地。如何是好？事已至此，只索盡起本國水軍，前往迎敵便了。（外駕船隨小生上，通名介）（小生）陸遜，你看魏寇已滅，還不早降麽？（末）我正要替魏國報讐，怎肯降你。（殺介）（末追小生下）（净）呀！

【天下樂】只聽得狎浪吳兒笑語喧，爭也波先，都將戰舸牽，豈知老蒼穹早把劉漢眷[4]。俺這裏急煎煎馳雲路，他那裏威凛凛駕樓船。笑東吳兀自要把天心來拗轉。

（白）俺想水戰全憑風力，漢兵雖據上流之勢，但風色未順，取勝爲難。當年赤壁鏖兵，也虧了我諸葛丞相，借得三日東風，纔燒盡他曹兵百萬。俺莫若暗助劉諶順風幾陣，使他早建大功，有何不可。風伯何在？（雜風伯上）有何法旨？（净）少刻孫劉交戰之時，你可暗助劉諶順風幾陣者。（雜）領法旨。（內喊介）你聽喊殺之聲，那兩國兵船來也。（丑隨末上、小生追上、戰）（風伯領陰兵繞場三匝，內大作風聲，末敗下，風伯追下）（净）你看大風幾陣，吹得吳兵四散，大敗而去。孫權孫權！你那江東八十一州郡，怎生保得牢也。俺不免乘此順風，助劉諶直取荆襄去者。

【那吒令】望江雲靄然，怳山連水連。聽江聲駭然，儼雷喧鼓喧。覷江波渺然，早情牽恨牽。你仗那橫江鎖暗中沉，怎當得猛罡風虛空旋，一會兒封姨吹破了水中天。

（同陰兵暫下）（小生追末上，末逃下，小生追下）（净）陸遜陸遜！你原來也有今日，可不喜殺俺也！

【寄生草】快雪從前憤，欣除舊日冤。襲荆州當年狡計空施展，抗猇亭今朝斧鉞應難免，助曹瞞叛賊早合遭誅譴。你道秣陵王氣未消亡，可也知江山並没千年券。

（白）吳兵已破，俺不免回覆玉旨去者。

【尾】整旅凱歌旋，幽顯同歡忭，喜釜底遊魂滅殄。止有那炎漢旌旗風内卷，肅兵威後勁中權。望江邊畫棟猶鮮。俺也曾談笑單刀赴酒筵，今日個慰安劉夙願。返玲瓏宫殿，仍向那玉霄中虎拜侍班聯。

（下）

校記

［1］二十四齣：此四字，底本無。今補。
［2］先天：此二字，底本無。今依本齣曲文韻脚補。
［3］前往長江："江"，底本作"安"。今依下文改。
［4］早把劉漢眷："漢"，底本作"劉"。今依文意改。

二十五齣　權　　降　皆來

（末挂劍上）

【香柳娘】險江波蕩骸，險江波蕩骸，一魂天外歸來，滅盡英雄概。（白）我陸遜正在江心，與劉諶决戰之際，不料大風忽起，把我東吳船隻，盡皆吹散，大敗而回。想我出兵之日，蒙主上親臨祖餞，滿賜御酒三杯，那些光景，好不威風也。（唱）感君王駕排，感君王駕排，賜酒笑顔開，隆恩有誰賽。（白）如今一敗塗地，豈有不辜聖眷麽！（唱）柱巍巍筑臺，柱巍巍筑臺，誤遣駑駘，把他邦家消散。（内喊介）（丑扮將官上）（白）青天忽晝霾，督師安在哉。阿呀！元帥爺不好了！劉諶李嚴分路而來，勢不可當。看看逼近石頭城了。我們戰船已被大風吹散，一時聚集不擺。這便怎麽處？（末）你可再去打聽，本帥即刻面見主上，請發救兵，前來抵敵便了。（丑應急下）（末）看此光景，東吳社稷，斷然保守不牢。我想今日之禍，都是主上不該輕信華歆之言，聯兵攻蜀，致有此敗。（唱）爲貪心惹災，爲貪心惹災，國勢不須猜，其亡立而待。（白）我陸遜也是三國中有名人物，蒙闞澤薦舉，掌握兵權。今日到此地位，還有何面目，再見江東父老乎！除却一死，別無仰報國恩之處。（拔劍介）罷罷罷！不如自刎了罷。（唱）算無如自裁，算無如自裁，棄此臭骸，聊將羞蓋。（下）（净急上，唱）笑東吳運衰，笑東吳運衰，盛圖難再，寒潮浪息江聲改。（白）寡人孫權。奄有江東，傳家三世，國富兵强，不合聽了華歆之言，與北魏通和，夾攻西蜀，反被漢兵所敗，水陸長驅而來。陸遜抵敵不住，大敗奔回，沿江一帶，盡非我有。只得暫據石頭城，再作計較。已曾差内侍，打聽陸遜兵馬消息去了，爲何還不見回報？（老旦扮監急上）將軍不惜死，天子已無家。阿呀！皇爺不好了。都督陸遜，戰敗自刎而亡了。（净）怎麽說？（又復介）（净）有這等事！（哭介）我那陸遜嚇！（老）陸遜已死，哭之何益，倒是快些整頓軍馬，前去抵敵要緊。（净）咳！大勢已去，這蕞爾之地，戰守兩難，怎生濟事。（搓手想介）哦，有了。俺與劉玄德，原係郎舅至親，只因爭奪荆州，一時短見，把俺妹子騙了回來，以致親情中斷。如今勢在危急，何不仍用當年周公瑾的美人計，作速上表求和，送還吾妹，率土歸附，或者他們不念舊惡，存我宗祀，也未可知？咳，早知如此，何苦當初聽了吕蒙的言語，暗襲荆州，害了他家關公的性命。（唱）費心機奪來，費心機奪來。曾幾時哉，荆州何在？（下）（生、付净、占、雜引小生合唱上）任潛蹤水涯，任潛蹤水涯，彈丸疆界，揚威席卷乘其憊。（小生）孤家統領水軍，與東吳陸遜，江中一戰，叨賴天賜順風，殺得他片甲不存，所有竊據地方，仍歸版籍。孤家已命李嚴各處安撫去了。可笑孫權那厮，計窮力竭，退守石頭城，苟延性命。孤家乘此破竹之勢，率即領兵，揚帆東下，誓在斬將擒王，不使偷生漏網。衆軍士！快快趕上前去。（卒）稟上王爺，前面已是石頭城了。（小生）上岸攻打。（衆應上行）（合唱）覷孤城一帶，覷孤城一帶，靴尖略攧，登時摧敗。（下）（净衣冠不整急上）（唱）聽兒啼女哀，聽兒啼女哀，滿城驚駭，解紛無計愁如海。（白）不好了！不好了！劉諶這厮，竟將石頭城團團圍住，連宵攻打，不准講和，如何是好？看來是斷然守不住的了。不如趁早投降，還是上策。咳！只是可惜當年曹操將孤家獎許，道生子當如孫仲謀，如劉景升兒子豚犬耳！豈知到今日裏呵！（唱）憶前言疚懷，憶前言疚懷，孟德枉憐才，不把庸兒待。（内喊）事已急了，不免親自上城去，與他打話一番。（唱）欷龍鍾老邁，欷龍鍾老邁，淚眼摩揩，馬前迎拜。（下）（内小生）衆將官，快些奮勇攻城者。（場後設布城，小生合行衆唱上）看城欹堞歪，看城欹堞歪，不亡何待，傾危早決菁甕外。（白）快些攻城。（衆喊介）（净立幔上叫介）殿下不必再攻。俺孫權親自出城來也。（内開幔净出介）殿下請了。俺孫權今日雖爲降虜，但與令祖玄德公,有一脉姻親,還求青目。(小生)孫權,你有三大罪,可知麼?(淨)孫權不知。(小生)你背盟棄好,私通曹賊,罪之一也;誆迎國母,不放歸蜀,罪之二也;暗襲荆州,戮我大將,罪之三也。有此三罪,何處求生。姑念既經投降,暫留後營,請旨定奪。押下去。(卒押應下)(小生)咳!孫權,老賊。你當日結連曹操,侵犯天朝,罪惡不小,直待刀臨頸上,方纔束手就縛,此而不誅,國法安在!眾軍士,就此班師。(唱)(合)喜今朝奏凱,喜今朝奏凱,歡聲滿街,皇圖千載。(下)

二十六齣 姬 旋 江陽

(外冠帶上)離宮一閉鎖芳菲,地隔塵凡到者稀。梁燕未能忘舊主,幾回故故繞簾飛。下官白帝城守將李嚴是也。因孫權之妹,自昭烈皇帝賓天之後,守貞不嫁,十分敬重。奏聞聖上,迎請歸朝。今日從長江水路而來。下官既在守土,理合迎接,不免同了永安宮內監,前往走遭。正是:一帆鳳舸隨風到,十丈龍旗拂水來。(下)(淨、丑內監,老、小二旦宮女,雜扮水手,鼓吹開船上介)

【錦纏道】錦帆張,盼言旋居然願償,恨同氣起參商,話虛傳將人哄上歸航。不能夠寄瑤箋雁足幾行,空倚着御長風魂渡寒江。回首尚悲傷,悔一霎心情孟浪,匆匆大義忘。長悶得無依無傍,剩今朝縞衣淡雅再還鄉[1]。

(末內監、外上)(白)白帝城守將李嚴,同永安宮內監,迎接娘娘。(侍)候着。(如前白)(旦)李將軍請回,只着內監上船來。(侍傳)(外下)(末上船)娘娘在上,奴婢叩頭。(旦)你是看守永安宮的內監麼?(末)奴婢正是。(旦)如今宮內還有何人住下?(末)此宮一向空閒,無人住居。(旦悲介)天吓!這冷落故宮,便是我孫氏終身之地了。內侍,永安宮還在何處?(末)離此約有十里之路。水路已窮,請娘娘登岸上輦去罷。(旦)備輦過來。(內鼓吹,一齊起岸,雜扮車夫上,行介)(合)

【古輪臺】離春江,鸞輿簇擁度平岡。風和日暖花爭放,郊原高曠,說不盡鶯語如簧,和那乳燕蹁躚來往。繁麗東吳,縱堪遊賞,只怕一番兵燹半消亡。凝眸遠望,樹林中微露紅墙。森森獸脊,多管是漢家宮禁,想先皇靈爽,月夜尚回翔。欣相傍,好趁金燈遥引拜君王。

(末稟上娘娘,已到永安宮了。(下車介)

【尾】身雖到恨未忘,悔一別長辭天仗。(末)娘娘不必悲傷,且請進宮去罷。（合）今日個白璧歸來，千秋姓氏香。

（下）

校記

[1] 縞衣："衣"字之下，底本有一"衣"字，今依文意刪。

二十七齣　獻　　俘　齊微

（生冠帶，三旦、雜扮從引上）

【醉花陰】討賊無成病先起，險馬革裹屍還矣。喜今朝旋帝裏解戎衣，看風卷征旗，把干戈洗，敢夸俺事業古今稀。這都是仗威靈將群凶殪。

（白）老夫自曹丕受擒，悉平魏地，奏凱班師。前日北地王將孫權解到。老夫想曹丕、孫權兩個逆賊，連兵叛漢，乃先帝切齒深讐。那賊臣司馬懿亦屢抗王師，罪不容逭，理當一面獻俘太廟，以慰在天之靈。今日竭誠告祭。左右，打道到太廟中去。（從應緩行介）

【喜遷鶯】並不是秋嘗春祭，也不是念昇遐酒薦尊罍。歟也麽歔，纔提起心傷淚滴。端只爲昔日君王運嶮巇，荆州地暫依棲。不能够皇威遠被，端只爲蜀魄哀啼。

（到介）（付贊禮官上，行禮畢即下）（生）阿呀！我那先帝吓！老臣乃南陽一布衣，自分隱居没世。荷蒙吾主，衝寒冒雪，草廬三顧。老臣感此隆遇，誓滅國賊，以安漢室。不料秋風五丈，一病垂危，險幸寄托。今日幸得生擒元惡，恢復中原，僭亂悉平，威儀重睹，差不負傾心委任之恩。只是天顏何在？絮酒空陳，好不令臣感泣也！當日呵！

【刮地風】義狀爭將姓氏題，紛紛的憤切心脾。恨只恨除奸誓約成虛廢。没奈何奔走東西，且博個立業開基。不提防數百年皇朝重器，被奸雄假受禪顯奪强移。今日裏縛元凶，俘逆黨，投戈燕喜，想天顏也應暗解頤。共艱難，怎禁得未語先悲。

（白）左右，把這三個逆賊帶進來。（從應綁丑、净、付上跪介）丞相爺饒命吓！（生）

【四門子】呀，只見他含羞俯首階前跪，一個個髮髾鬆面慘悽。曹丕！（丑）有。（生）你黃初僭號空豪氣。孫權！（净）有。（生）你望長江可也涕淚揮。司馬懿！（付）有。（生）你頭漫低，悔也遲，記巾幗祁山曾送伊。（白）左右，一齊押出斬首者。（從應三犯哭求介）（生）也罷。孫權胞妹，曾備先帝後宮，恩開一面，監候請旨定奪。餘俱斬訖報來。（從應押三犯下、哭喊介下）（生唱）這也是國法垂，怎轉移，笑他們禍臨身還思偷避。（從上）稟上丞相爺，曹丕、司馬懿，俱已正法，懸首通衢。孫權仍收禁大牢了。（生）起來，吳魏蕩平，車書一統，先帝大讐已報，大耻已雪。老臣也可遣情於長林豐草之間，優遊歲月了。明日即當拜辭今上，歸卧南陽，以樂餘年。不復再與聞朝政也。

【水仙子】恨恨恨，恨當年炎劉没寸基。只得暫暫暫，暫天末鼉叢憑藉起。喜喜喜，喜陣圖開戰鼓聲齊。又又又，又誰料沉痾纏體。感感感，感皇天轉病機。纔纔纔，纔得個展經綸把群雄芟刈。老臣就此抱膝隆中去也。（拜介）拜拜拜，拜別了聖主龍顔拂袖歸。向向向，向草堂深處垂頭睡。那那那，那管他紅日影紙窗低。打道回府。（從應行介）

【尾】笑傲從今山共水，曳筇枝度嶺穿溪。轉悔俺把管樂的芳蹤，少年時高自擬。

（下）

二十八齣　餞　相　真文

（外上）凱歌纔唱又驪歌，辟穀留侯意若何？（净）鼎足山河今一統，拂衣歸去卧烟蘿。（外）下官蔣琬。（净）下官魏延。（外）今日諸葛丞相，功成解組。聖上命我文武二臣，送歸南陽故里。（净）更命設宴郊門，聖駕親臨祖道。這也是君臣隆遇，今古美談。（合）言之未已，丞相早到也。（生野服、付、丑二從引生上）

【引】野鶴閑雲，掉首已成肥遯。笑封留猶是名心未泯。

（見介）（生）老夫因桑榆景迫，致政還鄉，何敢有勞二公遠送，更蒙主上親臨賜餞，益發不當。（外、净）丞相再造皇圖，宜膺隆禮。（生顧從介）聖駕到時，即忙通報。（從應介）（老、正二旦扮内監引末合唱）

【出隊子】天開鴻運，六宇重清氣象新。乾坤整頓藉勞臣，帶礪方將次第論。豈料今朝，別酒滿尊。

（生、外、净上迎接山呼介）（末）寡人才庸德薄，有忝先烈。荷蒙相父鞠躬盡瘁，滅魏平吳，使炎漢一線之緒，危而復安，斷而復續，鴻功偉績，永勒鼎鍾。但寡人報德之典未行，相父還歸之念遽起，勉從諄請，實切疚心。（生）

老臣受先皇付托之重，感吾主禮遇之隆，滅賊已遲，何功之有？但願山河一統之後，陛下益宜兢兢業業，親賢遠佞，以保太平。臣雖身在田間，亦所心喜。（末）相父明誨，寡人安敢頃刻有忘。但自揣碌碌庸愚，終漸忝職，意欲擇吉命北地王承祧嗣統，以撫萬方。不識相父尊見，以爲可否？（生）此陛下家事，既斷自宸衷，有何不可。（末）承教了。今日相父高隱南陽，寡人特備一卮奉餞。内侍取酒過來。（内作樂，末送坐，設二席末居正，生居側，互送畢，各就坐介）

【畫眉序】離别最消魂，握手臨岐淚添痕。借杯中緑蟻，暫挽雕輪。任門外金勒嘶頻，且掌内瑶卮傾盡。暮雲春樹時光瞬，早相期雁魚通信。

（生）天色已晚，老臣就此告辭。（末）相父竟要歸隱，寡人當送一程。（生）只個不敢當。（末）既如此蔣、魏二卿，代朕恭送相父還鄉。（外、净）領旨。（末起别哭介）

【哭相思】衣袂含愁且暫，（生合）相思兩地遥相印。

（生）老夫就此告别了。（侍引末先下）（外、净）下官等恭侍同行。（行介）（合）

【尾】名山暫出扶危困，抱膝高吟素志存，從此後風雪隆中畫掩門。

二十九齣　嗣　　統　蕭豪

（外）絳幘雞人報曉籌，（净）尚衣方進翠雲裘。（末）九天閶闔開宫殿，（付）萬國衣冠拜冕旒。（外）下官左侍中蔣琬。（净）下官鎮北將軍魏延。（末）下官護軍將軍姜維。（付）下官司天監譙周。（合）請了。今日北地王，奉炎興皇帝之命，受禪登基。我等理合朝賀。道猶未了，聖駕早上。（生、丑扮内監引小生换帝服上）

【新水令】征袍乍解着黄袍，蒞明堂卿雲籠罩。當日個桐圭蒙寵授，今日玉璽又恩叨。梗化三苗，把那四百載的箕裘紹。

（白）絳闕連雲起，岩廊拂霧開。玉珂龍影度，珠履雁行來。寡人劉諶。自奏凱歸朝，父皇念俺西鎮白帝，南滅孫權，着有勞績，特命早承統緒，以奉宗祧。上表三辭，聖恩不允，只得擇吉今日登基。你看文武百官，早兩班齊到也。（衆進見山呼介）（小生）寡人德薄才疏，上承父皇之蔭庇，下藉師相之匡扶，乃得混一寰區，克復舊物，因人成事，貪天爲功，方懼有忝屏藩。今日大位遽登，能無愧赧。（衆）陛下忠孝兩全，智勇兼備，既建非常之績，宜膺大統之歸。海宇咸歡，宮庭胥慶。（小生）眾卿過譽，增我汗顏。想寡人當日，駐師在白帝城呵！

【折桂令】建軍牙恰對那綠水滔滔，止不過緩帶輕裘，蓮幕逍遙。怎比得白髮元臣，折衝萬里，羽扇親操。只是仗宸威把強鄰盡剿。藉兵力將叛壘咸消。俺呵，徒然間豎着旌旄，擁着弓刀。那些兒汗血勳，可對得百職群僚。

（外）陛下聖德謙衝。（净）遠邁前古。（末）書之史冊。（副净）奕葉增光矣。（外）臣啟陛下，漢室三分，實賴諸葛丞相，盡心竭力，展布經綸，得以復歸一統。今陛下即位之始，首當特敕遣官齎禮存問，以表優崇。（净）臣啟陛下，吳國孫夫人，一心漢室，節操凛然。目今暫住永安宮，與成都遠隔。陛下理宜迎請回朝，特加尊號，以慰昭烈皇帝在天之心。（末）臣啟陛下，漢壽亭侯關公，忠心貫日，義氣凌雲。挂印辭曹，秉燭達旦，一生大節，不勝枚舉。（付）不幸誤墮奸計，效死封疆。身後易名，未愜眾論。（合）伏望陛下，速敕禮臣更議，並鼎新祠宇，以爲萬古忠義之勸。

（小生）眾卿所言，深合大體。即着鎮北將軍魏延，速齎禮敕，前往師相南陽府第，恭問近安。（净）臣領旨。（小生）護軍將軍姜維，備齊儀從，迎請孫母后回朝。（末）臣領旨。（小生）左侍中蔣琬，稽查典禮，擬議孫母后徽稱，並漢壽亭侯尊諡，以憑采擇。（外）臣領旨。（小生）司天監譙周，擇吉修整關公廟宇，候寡人親臨致祭。卿等俱各遵諭而行。（眾）領旨。（內）退班。（眾山呼出介下）侍臣緩步歸青瑣，退食從容出每遲。（下）（小生）咳，漢家疆土，寡人今日，雖得幸已恢復無餘。但追溯禍根，實由俺桓靈二帝，寵用中常侍等專權，瀆亂朝政而起。以致陵遷谷變，漢社幾墟。其咎不盡在曹操、孫權也！

【燕兒落帶得勝令】人但曉婦傾城古訓昭，全忘了昵奄寺殃非小。俺也曾歎齊侯寵豎刁，俺也曾怪鹿馬多顛倒。呀，到桓靈若輩氣尤驕，沒來由錮清流將黨字標。莫怪他卓死仍來操，端只爲驅狼把虎招。（白）內侍，快駕到太上皇宮中謝恩去。（侍應介引行介）紛囂，笑黃巾枉驟起把中原鬧。今朝，纔得個奠皇圖似九鼎牢。（下）

（二旦引小旦上）

【收江南】呀，俺將那爲君的心法呵，乘歡飲叩神堯，但聽些諄諄訓悔總恩膏。早忘了宮旗帶露拂花梢。（二侍提燈引小生上）看紗籠影搖，看紗籠影搖，（小旦跪接介小生扶）還認做雞鳴待漏早趨朝。

（小旦）陛下請上，容臣妾拜賀。（小生）寡人也有一拜。（小旦拜介）臣妾庸姿陋質，謬分金屋之榮。（小生）寡人薄德菲躬，深賴椒房之助。永諧皓首。（小旦）共福蒼生。臣妾備有小宴，為陛下進千秋萬歲之觴。（小生）生受夫人。（吹打，小旦送席介）

　　【沽美酒・太平令】歎炎劉氣運凋，歎炎劉氣運凋，險九廟化烟消。喜滅寇歸來解佩刀。夫人，想當日被黃皓那廝，生情陷害，俺和你忍泣吞聲，性命幾遭不測。今日夫婦重逢，身登九五，你道靠着誰來？（唱）這都是皇天垂照，燭沉冤君父恩高。纔脫了猙猙虎豹，早踐了巍巍大寶。俺呵，猶兀自的情搖意搖，望南陽魂勞夢勞。呀，整皇基敢忘了是人功浩。

　　（起介）夫人，諸葛丞相，遠在南陽。我和你當望空以一揖酬之。（小旦應揖福介）

　　【清江引】殘編恨事知多少，望古增悲弔。傷懷蜀漢間，天與人心拗。學那精衛般，要把滄海波填盡了。（下）

錦繡圖

無名氏 撰

解題

傳奇。清無名氏撰。《曲錄》據《傳奇匯考標目》著録，題爲洪昇撰。王芷章編北京圖書館藏《清昇平署曲目》著録，題《錦繡圖》、清抄本、一册，署洪昇撰。《曲海總目提要》卷三二謂："一名《西川圖》。演劉先主及諸葛亮謀取西川事。昔人以川中山水佳麗，物産富饒，侔於錦繡，故此爲名也。"該劇所演故事並非劉先主及諸葛亮謀取西川事，而是諸葛亮初出茅廬，火燒博望，打敗曹將夏侯惇，折服張飛事。該劇只有四齣：登臺點將、賭頭爭印、博望燒屯、負荆請罪。劇寫諸葛亮出茅廬，拜爲軍師，登臺點將。諸將皆應點，惟有張飛不服，拒不應點。適曹操命夏侯惇爲帥，統領十萬雄兵，前來挑戰。諸葛亮令趙雲到博望引戰，令糜芳、糜竺到樊城樓放檑木砲石，令鞏固、劉封到博望坡放火燒屯，令關羽到潺陵渡口，提閘放水，唯獨不用張飛。經劉備說情，諸葛亮方令張飛去截殺兵敗的夏侯惇。但二人打賭，立下軍令狀：張飛如果拿住夏侯惇，諸葛亮將把軍師牌印交張飛掌管；張飛如果拿不住夏侯惇，則將自己六陽魁首納在帥府。結果正如諸葛亮預料，夏侯惇兵敗，只剩一百騎逃回許昌，正遇張飛。張飛中夏侯惇計，使夏率殘軍逃脱。張飛方心服，始知諸葛亮智謀高絶，乃負荆請罪。諸葛亮則按軍令，令趙雲斬張飛。經劉備、關羽說情，令張飛去迎戰又來挑戰的曹兵，贏了將功折罪，輸了二罪俱罰。諸葛亮這纔赦免張飛，令其去破復來的八十三萬曹兵。今存清宫昇平署抄本，題《錦繡圖》四齣，總本，未署作者名。此抄本中附有《錦繡圖》四齣提綱及演員姓名。故宫博物院圖書館藏有《錦繡圖》四齣提綱，並無正文，也未署作者名。今以《中國國家圖書館藏清宫昇平署檔案集成》所存抄本爲底本，進行校勘。

第一齣　登　壇　點　將

（小生扮趙雲上）帥府銅鑼一兩敲，轅門內外聚英豪。男兒要挂封侯印，腰下常懸帶血刀。某趙雲。今日諸葛軍師登壇點將，只得在此伺候。（末扮諸葛亮上）前次春園桃噴火，今日東籬菊綻金。誰似豫州存大志，求賢用盡歲寒心。貧道複姓諸葛，名亮，字孔明，道號臥龍先生，南陽鄧州人也。年長二十七歲，寓居襄陽隴中。有徐庶舉薦貧道與劉關張為軍師。蒙他弟兄一年三訪，三顧茅廬。春間來訪，貧道推觀山，不曾放參；夏間來訪，貧道推玩水，又不曾放參；時值秋間又來，貧道堅持不肯下山。後有趙雲來報，說甘夫人所生一子。貧道察其時刻，此子有四十年天下。為此貧道下山。貧道未出茅廬，先已按定九九三分之數，曹操占了中原七十二郡，七見二乃是九數；孫權占了江東八十一郡，八見一也是九數；玄德公占了西蜀五十四州，五見四也是九數。此三人按天時地利人和，我想天時不如地利，地利不如人和。我自離臥龍，智坐中軍。蒙玄德公弟兄三人，拜為軍師。只為曹操屯兵在許昌，要與俺交鋒，為此今日升帳。你看前列英雄金甲將，後排猛勇鐵衣郎。休言地府聚神祇，此是軍中元帥府。（小生暗上，白）趙雲打恭。（末）趙雲轅門覷者，主公來時通報。（小生）得令。（生扮劉備上，白）憶昔當年投郡東，桃園結義聚英雄。（外扮關公、淨扮張飛上，同白）紛紛四海皆兄弟，誰似三人有始終。（生白）我三人桃園結義，宰白馬祭天，烏牛祭地，不願同日生，只願同日死，一在三在，一亡三亡。一年三顧茅廬，請下諸葛軍師。今日陞帳，二弟、三弟，一同進去參見。（外）是。（淨）大哥、二哥，憑着俺弟兄三人有如此的刀鎗，這般的武藝，那裏用着這懶夫！（生）求賢拜將之時，還該忍耐。（淨）咳！求甚賢，拜甚將，你兄弟好不苦痛哀哉也！（生、外）大丈夫不下等閑之淚，三弟為何發悲？（淨）哥，您兄弟也不為那別的。（生、外）端為何來？（淨唱）

【一枝花】哀哉！我一片價慷慨心，攔不住俺兩眼英雄淚。俺三人親結義，四海外苦相持，誰是誰非。你有了這村漢，就無了恁兄弟。我不識他誰是誰！自從他出茅廬，你將他拜了元戎，今日裏上壇臺效安邦社稷。（生、外白）軍師有運籌帷幄之中，決勝千里之外。（淨）哥。（唱）他不理會兵書和那戰策，他則會在那深村裏去拽耙扶犁。

（生白）三弟，還是一同進去相見。（淨）我不進去見他。（生）還是進去的是。(淨)咳！我可偏不進去見他。(生)這樣性子。(小生暗上)(生)趙雲通報。(小生)是。軍師，主公到了。(末上)道有請。(接見介)(生)軍師請上，劉備有一拜。(末)貧道也有一拜。(生)念劉備有何德能，敢勞軍師屈高就下，實乃備之萬幸也。(末)貧道乃山野村夫，而無呂望之謀，豈曉孫吳之智，敢勞賢昆玉一年三訪，三顧茅廬，實乃貧道之萬幸也。(生、外)不敢。(小生)請軍師登壇。(末)趙雲與我傳令軍中，擂鼓三通，眾將上壇聽點，如有一將不到者，斬首轅門示眾。(小生)得令。眾將聽者，軍師有令：擂鼓三通，眾將上壇聽點，如有一將不到者，斬首轅門示眾。(內應介)(小生)吩咐過了。(末)吩咐軍政司起鼓。(小生應介)軍政司起鼓。(內起鼓介)(小生)一通鼓畢，二通鼓畢，三通鼓畢。(末)眾將上壇聽點。(小生)嘎！眾將上壇聽點。(雜扮糜芳、糜竺、鞏固、劉封四將上)眾將打恭。(末)站過兩旁。(眾)是。(末)趙雲。(小生)有。(末)眾將齊了麼？(小生)眾將俱齊，惟有三將軍張飛不到。(末)趙雲與我速磨寶劍莫稽遲，虎將登時血染衣。未向許昌擒孟德，先來帳下斬張飛。(生、外)刀下留人。(小生)是。(生、外)軍師在上，俺這裏未曾與曹操交鋒，先斬了一員虎將，做了於軍不利。看劉備份上，饒他一次。(末)主公二翁子請起。(生、外)命下。(末)追轉令來。(生)吓，追轉令來。(小生)繳令。(末)既是主公二翁子討饒，饒便饒了。要他到我軍前，叉手躬身，上告吾師討饒，我便饒他。(生、外)領命。三弟快來！(淨上，白)大哥二哥，怎麼樣？(生、外)三弟，你的禍事到了啊！(淨)唔，好端端的，禍從何來？(生、外)方纔軍師點將，諸將俱齊，唯有三弟不到，軍師要將你斬首，是我二人在軍師跟前，再三討饒。如今饒便饒了你，要你到軍師跟前，叉手躬身，上告吾師謝饒，方可便饒你。(淨)咳，咱是個男子漢，要砍呢可也就砍，要殺也可就殺，我可偏不進去見他。(生、外)如此說，大事不成了。看愚兄面上，還是進去的是。(淨)看大哥二哥份上，先請我就來。(生、外)就進來。(淨)就來，就來。(進介)(末)那帳下站的可是張飛麼？(淨)偏你不是諸葛亮。(末)你怎麼道我的名？(淨)你怎麼道咱的姓？(末)張飛。(淨)諸葛亮。(末)你敢是來謝饒麼？(淨)我到不饒你哩。(末)張飛。(淨)諸葛亮。(末)你看我帳前都是有名的上將，那有你的站處。趙雲與我叉出去。(淨)吥，我把你這牛鼻子懶夫，咱弟兄三人苦爭鏖戰，挣下這答的地皮，咱三將軍在這中軍帳站這麼一站，立這麼一立，難道踹壞了你家的地皮麼！待我抓他下來。(生、外)三弟不可如此，且出去。(淨)我且出去。(生、外)出去，出去。(淨)這懶夫好可惡。二哥你來！(外)怎麼？(淨)

二哥，你們自從請下這個懶夫來，我不曾覷他，是怎麼樣一個龐兒。二哥，權當個肉屏風，待我覷他一覷。（看介，唱）

【小梁州】我覷着他乾剥剥村臉上沒些和氣，更那堪筑壇臺今較晚，拜將嫌遲。（末白）糜芳、糜竺。（衆應介）（净唱）你看那糜芳和那糜竺，（末白）鞏固、劉封。（衆應介）（净唱）鞏固劉封他們多甘心兒價做小伏低。（末白）看酒來。（衆）有酒。（净唱）咻，他喜孜孜執盞傳杯。（末白）主公請飲一杯。（生）軍師請。（净唱）阿，您看俺大哥似這般樣叉手躬身，（末白）二翁子請。（外）不敢。（净唱）嗳呀，咱二哥哥也是這般獻勤賣禮。咱兩個扶持得戰場兒，着這廝善眼舒眉。我定睛半日，到來日那曹兵鐵桶般排着軍隊。（白）諸葛亮嘎！（唱）也走不了我和伊，看你新拜的軍師顯甚麼武藝。試看他一會價相持。（下）

（末白）令字旗動，曹兵即至也。（付扮報子上，白）報啓軍師，曹操命夏侯惇爲帥，統領十萬雄兵，前來搦戰。（末白）你未報我先知，再去打聽。（付白）得令。（下）（末白）貧道好苦痛哀哉也！（生白）軍師莫非慮我兵疲將寡麼？（末白）非也。可惜曹兵十萬人馬，都喪在貧道之手。（生白）望軍師神機妙算。（末白）自古兵來將擋，水來土掩。趙雲聽令！（小生）有。（末白）與你三千人馬，到博望城中，引戰夏侯惇，東門進，西門出，只要輸，不要贏。輸了見功，贏者罰罪，照帖行事。（小生）得令。（净上[1]，白）子龍往那裏去？（小生白）奉軍師令，與我三千人馬，到博望城中引戰夏侯惇，東門進，西門出，只許輸不許贏，輸了見功，贏者罰罪。（净笑介）這懶夫就是個倒運的。爲將的相持，自然要贏，這個懶夫倒要輸。拿來，待我去。（小生）沒有軍師將令，去不得。（净白）他有甚麼令麼？（小生白）有令啊！（净白）既如此，你且在轅門候着，待我進去說了同走。（小生白）就出來。（净白）就來。（進見介）呔！諸葛亮，咱三將軍要同趙子龍引戰夏侯惇走遭。（末白）張飛！（净）諸葛亮！（末）你便大膽叫我的名字，怎及得我坐的金頂蓮花帳。（净唱）

【四塊玉】他坐的是金頂蓮花帳，（末白）描金帥字旗，（净唱）描金帥字旗。你只會喫美酒和那糖食，並沒有打鳳的牢籠，只有那縛雞的氣力。（白）你這樣軍師，可也干請了俸。（唱）相持你不去，到叫別人去，這的是官不威來只落得牙爪威。

（末白）張飛！（净白）諸葛亮！（末白）你鎗快？（净白）鎗快。（末白）馬飽？（净白）馬飽。（末白）會相持？（净白）會相持。（末白）將軍雖好，我這裏不用，又出去。（净白）哎喲，哎喲！氣死我也。待我抓他下來。（生、外）

使不得，不可如此。這是個小差，你還有大差。且出去。（淨白）怎麼這是個小差麼？（生白）是個小差。（淨白）我還有大差？（生白）你還有大差。（淨白）這就罷了。（小生）三將軍怎麼樣了？（淨白）子龍，這是個小差。我還有大差，你先去罷。（小生）大小三軍，隨我引戰夏侯惇去者。（下）（末白）糜芳、糜竺！（雜白）有。（末白）與你一支人馬到樊城樓，放檑木砲石。鞏固、劉封！（眾）有。（末白）與你一支人馬，到博望坡舉火燒屯，照帖行事。（眾白）得令。（淨上，白）哦喲！你們都往那裏去？（眾白）奉軍師將令，帶領人馬，到樊城樓放檑木砲石，到博望坡舉火燒屯。（淨白）拿來，拿來，待我去。（眾白）沒有軍師將令，去不得。（淨白）有這許多的令，也罷，你們都齊站在轅門，待我進去說了同走。（淨進介）呔！諸葛亮，咱三將軍要同糜芳、糜竺、鞏固、劉封放檑木砲石，舉火燒屯走遭。（末白）張飛！（淨白）諸葛亮！（末白）俺這裏要安天下，定宇宙，不用你鐵衣郎。（淨唱）

【罵玉郎】恁待要安天下，定宇宙。不用俺鐵衣郎，怎立起我炎劉。我的志氣衝斗牛，可兀的叫破俺的咽喉。的俺遍體寒毛乍[2]，惱的俺津津冷汗流[3]。

（末白）張飛！（淨白）諸葛亮！（末白）你鎗快？（淨白）鎗快。（末白）馬飽？（淨白）馬飽。（末白）會相持？（淨白）會相持。（末白）將軍雖好，決不用你。（淨白）哎喲，哎喲！待我抓他下來。（生、外白）三弟，這都是小差，你的大差在後，且到外邊去。（淨白）這也是小差麼？我還有大差在後。（眾白）三將軍怎麼樣了？（淨白）你們都是小差，我還有大差在後，去罷。（眾白）眾將官，就此發兵。（眾下）（末白）二翁子聽令！（外白）有。（末白）你領一枝人馬，到潺陵渡口，提閘放水，照帖行事。（外白）得令。（淨上，白）哎嗄，二哥往那裏去？（外白）奉軍師將令，領一枝人馬，到潺陵渡口，提閘放水走遭。（淨白）哎，這是個什麼行兵的勾當吓！攛鬥得俺弟兄們一頭放火，一頭放水，成什麼規矩。二哥拿來，三弟代勞。（外白）你沒有軍師將令，去不得。（淨白）嗄，你也聽他什麼將令號令的！（外白）自然要遵依。（淨白）既如此，二哥你請坐在轅門，等我進去說了同走。（進介）牛鼻子的懶夫，俺三將軍要同二哥提閘放水走遭。（末白）你二哥是關美髯，英雄輩，你怎及得他來！（淨唱）

【牧羊關】咱二哥是關美髯，英雄輩。能相持，善武藝。你不會在那陣頭上獻首策，只會在炕頭上說兵機。（白）到來日，正東上五百騎人馬，正西上五百騎人馬，正南上五百騎人馬，正北上五百騎人馬，骷髏套布籬帳。我把你那懶夫,圍在中間,只把那雕箭來射。(唱)射着您大腿。(末白)我差關雲長放水。(淨唱)你差關雲長放水。(末白)趙子龍當先。(淨唱)趙子龍去當先,兀的不是這軍師。(末白)我這軍師可也做得。(淨白)你這樣軍師,喲嗨!(唱)我也做得。(末白)可知蛇無頭而不動。(淨唱)

【烏夜啼】你道是那蛇無頭而不動,(末白)鳥無翅而不飛,(淨唱)鳥無翅而不飛。這一會可不氣殺俺張車騎。俺也曾忍冷耽饑廝殺價相持,你在那茅廬中講論些是和非,是和非。俺也曾忘生舍死驅兵隊,不是俺夸强會。道得應得你跟前,使不得做小伏低。

(末白)鎗快?(淨白)鎗快。(末白)馬飽?(淨白)馬飽。(末白)會相持?(淨白)會相持。(末白)將軍雖好,只是不用你。(淨白)氣殺我也!抓他下來。(生白)三弟,不可如此,總是小差。(淨白)唔,你方纔說是小差,左也是小差,右也是小差,有這許多的小差?(生白)是小差。吓,你還有大差。(淨白)我還有大差?(生白)還有大差。(淨白)這就罷了。(外白)三弟怎麽說了?(淨白)二哥,這是個極小的小差。我還有大差,二哥先請。(外白)衆將官,隨我提閘放水走遭。(下)

校記

[1] 淨上:"淨"字上,底本有一"丑"字,今據文意删。
[2] 的俺:"的"字前疑有脱文。
[3] 冷汗:"汗"字,底本作"漢",今據文意改。

第二齣　賭頭爭印

(生白)軍師在上,諸將都有差,惟三弟沒有差,望軍師也差他一差!(末白)主公,非是貧道不用他,用他就不得成功。(生白)若不差他,可不氣死了張飛。(末)也罷!看主公分上,喚他進來,也用他一用便了。(生白)三弟快來!(淨上,白)來了。大哥怎麽説?(生白)你的喜事到了。(淨白)你方纔說是禍,如今又是喜,喜從何來?(生白)軍師用了你了。(淨白)怕他不用咱。(生白)三弟,你如今進去,須要和氣些便好。(淨白)大哥,只怕我今番與他和氣不來了!(生白)説那裏話,快進來。(淨白)就來吓。(生白)舍弟張飛來了。(淨進介,白)呔,牛鼻子的先生,你請俺三將軍,何處相持?那裏廝殺?説。(末白)張飛!(淨白)諸葛亮!(末白)非是我不用你,用你就不得成功。(淨白)偏我就不得成功？(末白)你大哥再三討差,我只得也用你一用。(淨白)住了,用罷了,不要這個"也"字。(末白)偏要這"也"字。(淨白)我偏不要這個"也"字！(末白)我偏要這個"也"字。(淨白)我偏不要用這個"也"字,你說。(末白)聽者。今有曹操命夏侯惇爲帥,統領十萬雄兵前來,都被我斬盡殺絕。剩也剩不多,剩也剩不少,止存得一百騎敗殘軍卒。日色剛剛乍午,許昌大路而來,雙手送到你袍袖裏,只怕你一個也拿不住！(淨白)我把你這撒謊的懶夫。怎麼曹兵十萬,止存得一百騎？(末白)聽者,被我放檑木砲石打死了一分。(淨白)再呢？(末白)舉火燒屯,燒死了一分。(淨白)再？(末白)被你二哥提閘放水淹死了一分,(淨白)還有？(末白)一個也不多,一個也不少,准三百騎。張飛吓張飛！只怕你一個也拿他不住。(淨白)倘我三將軍拿住了夏侯惇,你可怎麼樣？(末白)不要說夏侯惇,就是有負刀中箭的小卒,你也拿他不住。(淨白)你敢與我打賭？(末白)我就與你打賭。(淨白)我若是拿住了,你輸什麼東西與我？(末白)你若拿住了,我就把這軍師牌印,與你掌管。(淨白)住了！你說他有多少人馬？(末白)一百騎。(淨白)多一個？(末白)我輸。(淨白)少一個？(末白)我輸。(淨白)打從那裏來？(末白)許昌大路而來。(淨白)倘小路呢？(末白)我輸。(淨白)什麼時候？(末白)午時。(淨白)巳時？(末白)我輸。(淨白)未時？(末白)我輸。(淨白)言得定？(末白)言得定。(淨白)道得定？(末白)道得定。(淨白)伸出手來？(末白)就伸出手來。(打掌笑介)(淨白)大哥,你來,這懶夫說話猶如夢中一般。他說十萬曹兵,都被他斬盡殺絕,剩也剩不多,剩也剩不少,止存得一百騎敗殘軍卒。那日色剛剛乍午,打從許昌大路而來,雙手送到我這袍袖裏。說我一個也拿他不住。大哥,我若拿住了夏侯惇,我就贏了他的軍師牌印,將來懸懸的這麼掛着。大哥,我若掌了軍師牌印,連你都是我管下的了吓！(生白)自然吓。(末白)張飛,你拿不將來,輸什麼東西與我？(淨白)有吓,擺一席酒來請你。(末白)酒小,配不上軍師印。(淨白)這懶夫好可惡,他說酒小配不上軍師印。且住,我若拿住個負刀中箭的小卒,也就得了他的軍師印了。倘我輸了,他若贏了,他若贏了,我若輸了,把什麼東西與他？(想介)也罷！咱是個男子漢家,若拿不將來,把我這六陽魁首納在帥府便了。(末白)軍政司立下軍令狀者[1]。(生白)兄弟,不可如此。(淨白)大哥。(唱)

【尾聲】咱是個拿雲的,到不如那鋤田的。咱是個有眼的,到不如那沒眼的。到來日上黃河,下流水,領三軍親戰敵。我只教你初出茅廬來受氣。

（白）大哥，我若拿住了夏侯惇，也不是這般樣的喜，只將那麻繩來綁起。（唱）用那鞭督郵的氣力。（白）一隻手揪住他的鬃環，一隻手揪住他的衣領，滴溜撲摔他個一字兒跤，用左脚踹住他的前心，右手取我丈八蛇矛，在那懶夫的胸脯骨上，我就這麼唔唔唔搗你一百二十四個透明的大窟窿。諸葛亮呀！（唱）我也不輕輕的饒過你。（下）

（生白）軍師，張飛此去可得成功？（末白）諸將俱得成功，惟有令弟不得成功。且待來日，便知分曉。（生白）是。（末白）喚雨能呼萬里雲，（生白）他爲塵土走西東。（末白）噴火汲水遮日月，初出茅廬第一功。（下）

校記

［１］軍政司："政"字，底本作"紋"，今據文意改。

第三齣　博望燒屯

（雜引丑扮夏侯惇上，白）朝廷差我進河統，一個河鮎八百觔。滿朝文武皆不識，（雜白）將軍是什麽東西？（丑白）原來是個斑魚。（雜白）將軍倒了韻了。（丑白）自家倒運的夏侯惇是也。奉曹丞相鈞旨，帶領十萬人馬，與劉關張交戰。衆將官，就此殺上前去。（衆應，同唱）

【水底魚】馬兒馬兒短腿，行動搖頭擺尾。一日行了三千里，虧了將軍這雙好腿。

（小生内白）呔，那裏走？（上）（丑白）來將通名。（小生白）我乃常山趙子龍，是你家累代祖公公。（丑白）好討便宜嘎！我這裏誰去？（雜白）還是將軍去。（丑白）就是我去。（小生白）來將通名。（丑白）我乃倒運的夏侯惇，是你家十七八代的徽徽孫。（雜白）將軍說大些！（丑白）說大些，殺他不過，他就不肯饒我們了。（小生白）放馬過來。（丑白）慢來。你那裏多少人馬？（小生白）我這裏三千人馬。你那裏多少人馬？（雜白）將軍說多些。（丑白）呸！說多了，看嚇走了他。我這裏也是三千。（小生白）出馬來？（丑白）且慢，待我看看兵書。（雜白）將軍，兵書在那裏？（丑白）在頭盔箱内。（看書介）孫武子曰：他那裏三千，我這裏也是三千。此乃對兵，不鬥不鬥。（小生白）爲何不鬥？（丑白）你那裏三千，我這裏也是三千。這叫做對兵不鬥。（小生白）也罷，衆將官，把人馬退下一半者。（衆應介）（小生白）放馬過來。（丑白）住了。你那裏多少人馬？（小生白）我這裏一千五百。（丑白）待我再看看兵書。(看介)孫武子曰:我這裏三千,他那裏一千五百,此乃挑兵,不鬥。(小生白)怎麼挑兵不鬥?(丑白)你好乖嘎!你把那些殘疾老弱的都退下去,揀這些精壯的一個挑我兩個,此乃挑兵不鬥。(小生白)既如此,衆將官與我都退下去,出馬來!(丑白)你那裏還有多少人馬?(小生白)一人一騎。(丑白)到底不鬥。(小生白)爲何不鬥?(丑白)自古一人拼命,萬夫難敵。(小生白)放屁,出馬來!(戰介,小生敗下)(丑笑介,白)人人説趙子龍有萬夫不擋之勇,被我把屁都殺出來了。(雜白)將軍,第一陣就贏了,陣陣要贏的。(丑白)好讖語,我們趁勢再追上去。(同唱)

【前腔】急趕忙奔,緊追那趙雲。全軍拿住,一個不留存,一個不留存。

(雜白)來此已是樊城樓了。(內吹打介)(雜白)將軍,有人在那裏吹打喫酒。(丑白)我們趕上去,搶他的喫。(雜白)有理。(內白)衆將官,與我放檑木砲石。(內打,丑、衆奔介)不好了。(雜白)將軍,被檑木砲石打死許多人馬了。(丑白)罷了!中了諸葛亮之計了。我們往博望坡歇息歇息。(同唱)

【前腔】博望屯軍,明朝遇敵人。若還拿住,片甲不留存,片甲不留存。

(雜白)來此已是博望坡了。(丑白)衆將官,天色已晚,與我扎下營寨,且睡一宵,明日與他交戰便了。(雜白)將軍,我們怎麼樣睡?(丑白)我們井欄睡。(雜白)何爲井欄睡?(丑白)你的頭頂着他的屁股睡,這叫做井欄睡。(衆睡介)(內白)衆將官,與我舉火燒屯。(雜白)不好了,火起了。(丑、衆奔介)(雜白)將軍,眉毛上都是火了。(丑白)有數説的火燒眉毛,且圖眼下。(雜白)將軍爲什麼唱起來?(丑白)我原來是個唱漢,又中了村夫之計了。(雜白)將軍,燒壞了,口渴得緊,怎麼處?(丑白)都到潺陵渡口去喫些水。我們越水而逃罷。(同唱)

【前腔】叵耐劉軍,安排巧計深。將吾人馬,燒得化灰塵,灰塵。

(雜白)來此已是潺陵渡口了。(丑白)小校,探一探水多深,過得過不得。(雜白)將軍,不深,一捺水。(丑白)既如此,我們做個蜻蜓接尾巴,一個頂着一個走。(關公上高處,白)衆將官,與我提閘放水者。(衆跌倒介)啊呀!(衆抬丑吐水介)(雜白)嘔水!嘔水!(丑白)阿呀!阿呀!又淹了許多人馬。又中了諸葛亮之計了。且住。曹丞相與我十萬人馬,怎麼只剩得這幾個。待我數他一數來,站在一邊。(衆應介)六十,七十,八十,九十,一百。嘎,怎麼連我一百?再數,九十六,九十七,九十九,一百,怎麼折了許多人馬?算一算看。(雜白)第一陣是將軍贏的。(丑白)是我贏的。(雜白)第二陣是檑木砲石,打死了三萬三千三百。第三陣是舉火燒屯,燒死了三萬三千三百。第四陣提閘放水,淹死了三萬三千三百。三陣折了九萬九千九百。(丑白)嗄!所以剩下這一百騎。阿呀,不好了!(雜白)將軍為何?(丑白)還有個殺人的太歲,斬將的班頭,叫做黑臉張皮。(雜白)張飛。(丑白)我們走了罷。(眾白)打小路上走罷!(丑白)你們不曉得,諸葛亮詭計多端,小路上必有埋伏,往許昌大路而走。(雜白)有理。(同唱)

【前腔】敗走如雲,自難命遭迍。損兵折將,倒運夏侯惇,倒運夏侯惇。

(淨衝上,白)夏侯惇往哪裏走?(丑白)說聲未了,話聲未絕,一個張皮,又來參謁。(雜白)張飛。(淨白)夏侯惇你那裏有多少人馬?(雜白)將軍說多些。(丑白)咳!他是個老實人,要說實話的。三將軍我這裏一個也不多,一個也不少,準備一百騎。(淨白)不要撒謊。(丑白)若是撒謊,嘴上生個疔瘡。(淨白)眾將官,什麼時候了?(內白)午時了。(淨白)這懶夫有些意思,出馬來。(丑白)三將軍,我夏侯惇有個屁放。(雜白)比方。(淨白)說。(丑白)人人說三將軍英勇,今日看起來,拿我這樣乏腳兔兒也不像。(淨白)何為乏腳兔?(丑白)假如有一起獵戶,出來打圍,大大擺個圍場,打了一日的圍,一些東西也沒有,竟趕出一隻兔兒來。那些人看見了,趕嗄!可憐趕得那兔兒上面鷹來抓,下面犬來咬,正沒處躲避,他一鑽鑽入草窠洞中去,躲過了。那些獵戶尋了半日,不見兔兒,散了圍場,都回去了。只見村中有一個白鬚老兒,手中拿個拄杖,出來看看野景。只見草叢中在那裏動哩動。那老兒將拄杖撥開看時,原來是一隻乏腳兔兒。那白鬚老兒一些力氣也不費,用兩個指頭提溜了他的耳朵說,拿回去與孩兒每玩耍。如今看起來,三將軍就是那白鬚老兒,我夏侯惇就是那乏腳兔兒,一些力也不用你老費,竟提溜我去罷。(淨白)依你便怎麼?(丑白)依我麼,望三將軍把人馬暫退一箭之地,待我人便喫些乾炒糧,馬喫些折葦蒲,那時與三將軍鬥這麼三十合四十合。將軍拿得我,凌烟閣上標名,我若拿得三將軍,五鳳樓上畫影,可是麼,老三?第三的說話已完,要綁就綁了去,要縛就縛了去。(淨白)咄,夏侯惇,我三將軍放你去喫飽了來戰。眾將官,把人馬退下一箭之地。(內應介,淨下)(丑白)多謝三將軍。(雜白)將軍,將軍,我們埋鍋造飯?(丑白)啐,買乾魚放生,不知死活的。這叫金蟬脫殼之計[1]。我們把這些折旗折鎗豎起來[2],折弓折弩煨起烟來,他們只道我們在此埋鍋造飯,那知我們走了好些路了。(雜白)好嗄!(丑白)這叫做鼇魚脫却金鈎去,擺尾搖頭再不來。(下)(淨上,白)眾將官,與我搜營。(內應介,雜白)夏侯惇走了。(淨白)咳呀!罷了

罷了。(唱)

【鎖南枝】軍師語,我不依。今朝撞着他失機。夏將走如飛,三軍盡逃避。誰想我,我着迷,今日裏中他計。

(白)被這廝哄了去了。且住。我與軍師賭頭爭印,如今果走了夏侯惇,如今叫我也無計可施,只得效廉頗,自背荊杖,往師府營中請罪走遭也。(下)

校記

[1] 脫殼:"殼"字,底本作"殼",今據文意改。
[2] 豎起來:"豎"字,底本作"監",今據文意改。

第四齣　負荊請罪

(末、生同上)(末白)張良扶漢日出生,(生白)日當乍午嚴子陵。(末白)一輪紅日從西墜,貧道托住不能行。昨差諸將引戰夏侯惇,且待來時,便知分曉。(小生上,白)當年販馬走西戎,百萬軍中顯大功。有人問俺名和姓,真定常山趙子龍。奉軍師將令,引戰夏侯惇,成功而回,特來繳令。(末白)論功陞賞。(糜芳、糜竺、鞏固、劉封上,同白)馬挂征鞍將挂袍,柳梢枝上月兒高。男兒要挂封侯印,腰下常懸帶血刀。奉軍師將令,成功而回。(末白)論功陞賞。(外上,白)吾師差遣漢雲長,潺陵渡口把名揚。囊沙掩住上流水,霎時翻作漢陽江。奉軍師將令,提閘放水,成功而回。(末白)鞍馬勞頓。趙雲,諸將齊了麼?(小生白)諸將俱齊,只有張飛未回。(末白)煩二翁子轅門覷者。(外白)領命。(淨上,白)我想為了一個人,再別要偏了這張嘴。前日我與軍師賭頭爭印,今走了夏侯惇,無計可施,只得身背荊杖,往師府營中,請罪走遭也。則俺這般見他呵!(唱)

【端正好】好教俺羞容辱。(白)張飛張飛嘎!(唱)你惹大眼怎不辨賢愚,我這裏望軍中好一似赴陰司路。恨不得兩步改那做三步。

【滾繡毬】他問俺贏來是輸,夏侯惇有也是無。我最怕他劈頭一句,則我這遇價心為國全無。(白)我若到了中軍帳前,師傅就問說,張飛你拿的夏侯惇呢?那時我就慌慌忙忙,唔,陪個小心說,夏侯惇走了。他就:"哎!你與我賭頭爭印,今日果走了夏侯惇,叫刀斧手綁出轅門,斬訖報來。"(唱)不爭在七星劍下將我這頭顱,我則我,一失人身萬劫無,古語虛無。

（白）來此已是轅門。那是二哥阿，爲何悶悶的坐着嘎，想必也輸了。（見介）二哥。（外白）三弟回來了麽？（淨白）是回來了。二哥得勝了麽？（外白）得勝了。（淨白）好，謝天地。（外白）三弟，夏侯惇呢？（淨白）走了。（外白）你與軍師賭頭爭印，這便怎麽處？（淨白）二哥，好軍師，好軍師！（外白）怎見得？（淨唱）

【倘秀才】他穩排排呼風和那喚雨，舒着手拿雲握霧。（白）二哥，我如今進去，連忙拜他做師祖，也是遲了的。（唱）我是個一勇性話無虛，到那裏一樁樁細數。（白）二哥，你先進去對大哥說，倘師傅要斬我，可看桃園結義分上，師傅跟前解勸解勸。煩二哥進去說聲。（外白）是。（淨白）二哥來，你進去須要和氣些。（外白）忒小心了。啓軍師，舍弟張飛到了。（末上，白）趙雲。（小生白）有。（末白）與我請了軍師印者。（小生白）是。（末白）貧道心中甚憂慮，正是將軍英勇處。你在石堤邊拿住夏侯惇，三將軍，則你是你劉朝架海擎天柱。（淨唱）

【呆骨朵】[1]師傅道保劉朝架海擎天柱，張飛是不識字的愚魯村夫。（末白）隨我到中軍帳上來。進來。（淨白）嘎。（末白）怎麽拜起貧道來？（淨唱）怎敢道不拜恁個師傅。（末白）你不該罵我？（淨唱）正是那太歲頭上來動土。（末白）可有什麽講？（淨唱）我一一的也難分訴。（末白）爲何只管拜，教我好難猜疑。（淨唱）拜吾師有甚難猜處。（末白）你認得我了麽？（淨）哎，哎呀！我是個愚人不辨恁那賢。（末白）住了。只是你不該罵我牛鼻子的懶夫。（淨白）大哥，二哥，我若是罵了師傅牛鼻子的懶夫，（唱）正是那初生的犢兒不怕虎。

（末白）夏侯惇呢？（淨白）走了。（末白）你身上背的何物？（淨白）是荆杖。（末白）要他何用？（淨白）昨日得罪吾師，望師傅責罰，打我幾下罷。（末白）咦！昨日與我賭頭爭印，如今果走了夏侯惇。趙雲推出轅門，斬訖報來。（小生應介）（生、外白）刀下留人。（應介）（丑報上）報啓軍師，曹操不伏前輸，統領八十三萬人馬，前來搦戰。（末白）再去打聽！（丑白）得令。（下）（生、外白）軍師在上，如今曹操又來搦戰，望軍師饒過張飛。莫若就差他前去，贏了將功贖罪，輸了二罪俱罰。望軍師饒恕！（末白）請起。（生、外白）命下。（末白）從命。放轉來。（生、外白）謝了軍師。（淨白）謝吾師不斬之恩。（末白）張飛。（淨白）有。（末白）今曹操親領八十三萬人馬，前來搦戰，你敢去也不敢去？（淨白）張飛敢去。（唱）

【尾】到來日橫鎗躍馬施威武，領將驅兵列士卒。撲鼕鼕擂戰鼓，鬧炒

炒喊聲舉。殺得他開不得弓來，蹬不得弩[2]；搖不得旗來，擂不得鼓。（下）

（末白）令弟此去定成功也。一人有慶安天下，萬國來朝賀太平。（下）

校記

[１]呆骨朵："朵"字，底本作"都"。今據曲譜改。
[２]蹬不得弩："得"字，底本無，今補。"弩"字，底本作"挈"，今據文意改。

平蠻圖

無名氏　撰

解　題

傳奇。清無名氏撰。未見著録。今存清抄本二册，三十二齣，藏國家圖書館。第一册十六齣，寫孟獲欲反蜀漢。永昌郡功曹吕凱預知此情，派人深入南蠻之境，察看地形，畫就一幅南蠻地理圖，並詳加注解，以待將來平蠻所用。孟獲不聽其兄孟節勸阻，糾集南蠻三洞主合兵攻蜀。孟獲先攻永昌郡，由於太守王伉、功曹吕凱有備，攻城失敗。孟獲改攻其它三郡。三郡太守降。形勢危急，王伉派人赴成都求援。諸葛亮聞報，親自率師南征。第二册十六齣，寫孟獲歸順，諸葛亮班師。前部魏延至瀘水，遇狂風，船難渡。諸葛亮詢問孟獲，乃知有猖神作禍，須用人頭祭。諸葛亮不忍妄殺生靈，改用麵包牛羊肉的饅頭祭，狂風止，浪濤平，班師渡瀘水。途遇鄰邦四邦朝貢。諸葛凱旋，後主封賞功臣，特封繪《平蠻圖》的吕凱與王伉分掌四郡，並撫恤中毒軍士家屬。劇演到此爲止，其敷演故事，與《開場始末》所云不同。陳翔華《明清時期三國戲考略》注七云："北圖藏本存二册，各十六齣。第一册演孟獲反蜀至孔明出師止。第二册自孟獲歸順至諸葛亮還朝受封止。但據《開場始末》而知：在諸葛亮至孟獲歸順之間，應有一册若干齣演七縱七擒事；又諸葛亮南征凱旋後，至少應有二册若干齣演伐魏事，即上表伐魏、收三郡、罵王朗、失街亭、攻陳倉、斬王雙、祁山布八陣以至張郃還朝。今北圖本均缺之，又卷端劇名之下文字有貼改模樣，故知當非全帙。"此説當是。依此説，此本當爲殘本。然而另有一本《平蠻圖》，收入《綏中吴氏藏抄本稿本戲曲叢刊》，八本一百二十八齣，所演故事，從吕凱獻圖開始，至五出祁山班師止。劇情、人物與國家圖書館藏本《平蠻圖》有所不同，是另一種同題材劇本。今以國家圖書館藏清抄本爲底本，進行校勘整理。

第一册

第一齣　開場始末

　　(一)丞相心勞，(二)酬恩在三顧，(三)五月驅兵入不毛。(四)《平蠻圖》先識蠻人地勢，群蠻枉自氣咆哮。(五)三江城朵思授首，(六)直搗蠻巢。(七)木鹿神兵，(八)虎狼空助陣，藤甲軍一火焚燒。

　　(一)旋師回闕，(二)遇諸邦獻瑞天朝。(三)揭榜文入朝面奏，(四)怒貶良將英豪。(五)諸葛忠正，(六)上《出師》表章，(七)志在中興。(八)兵到連收三郡。

　　(一)虎將歸城。(二)敗羌挫朗武功照，威震咸京。(三)覷中原長驅可待，(四)失計陷街亭。(五)迫至陳倉再出，(六)喜王雙授首，復振軍聲。(七)更自出奇，命將夜劫曹營。(八)資軍割麥，八陣布司馬魂驚。(眾合)木門道箭射，追將振旋錦官城。

第二齣　妙道宣揚

　　(八宿上，舞介，下)(左輔右弼、張葛許薩、四昭容、玉帝上，唱)

　　【粉蝶兒】慶億方長，居天界逍遙高曠。府垂焰，普匯奎光。體元綿施懋澤，惠恩浩蕩。禦寰區景麗時昌，普現取昇平法象。(上高臺，六星拜，唱)

　　【醉春風】聚朝儀序夘行，端裾詣虔瞻仰。恭身舞蹈列冠裳，共歡呼朗朗。拜首賡歌，同趨機陛，頌稱無量。

　　(眾立介，玉白)憶從甲子統資生，體積群陽氣太清。更羡元儀包造化，三才定位自今成。吾乃太清金闕鈞天大帝是也。位著上靈之首，為萬物之主宰，臨太昊永做百神之君。總以廣運太元，每助弘含道妙。今觀三國之世，吳劉數盡，司馬當興。然看刀兵滾滾，生民又遭塗炭。奈後漢餘數未盡，坐享西川。目今孟獲侵界[1]，那孔明呵！(唱)

　　【石榴花】他忠心耿耿扶助定邊疆，怎免得眾生靈不滅亡。仗賴著謀為經濟逆窮蒼，怎免得苗蠻士卒不着傷。這是他無故生磨障。體天心懷惻隱，自不忖量。因孟獲循環報襯蕭墻，起干戈水火刃鋒芒，起干戈水火刃鋒芒。

　　(星共白)蒙上帝開示，吾等備悉，以何救濟，方免黎庶傷殘？(玉白)孔明出師化外,地理不熟,烟瘴之地,焉得士卒無患。又兼四般毒泉,山高險要,萬里長途。今遣伏波將軍馬援,暗中扶助,方保無虞。(星共)謹遵玉旨。(六星唱)

【鬥鵪鶉】欽承奉帝敕宣揚,好生德仁慈佩仰。仗伏波護佑群黎,當令彼消冤釋障。方顯得窮蒼妙法保安康,發慈悲施恩曠。入蠻疆七擒七縱,今日裏敕降禎祥。

(玉白)宣伏波將軍馬援上殿。(葛)領玉旨。(宣介)宣伏波將軍馬援上殿。(馬援上)金闕傳天語,通明參至尊。臣伏波將軍馬援,願上帝聖壽。(玉)今當三國數盡,運歸司馬,一統華夷,尚有後漢餘氣未終,苗蠻侵界,孔明逆天,勞傷士卒。爾部所轄之屬,烟瘴毒泉[2],恐傷兵將。令爾神從,須當護佑者。(馬)聖壽。(玉唱)

【上小樓】爾須要護佑嘉祥,士卒無傷。伏波將,凛烈神光,姓字名香。着汝一帶沿途保障,休辜負天心嘉貺。

(馬謝恩介,白)領玉旨。(玉)衆真人就此退班。(吹打,下臺介)(同唱)

【煞尾】班連徐散恭相向,帝敕欽依遍佈揚。羨照照下鑒垂蒼莽,頓馭雲衢共馳往。(下)

校記

[1]孟獲:"獲"字,底本作"護",今據文意改。下同。
[2]烟瘴:"瘴"字,底本作"障",今據文意改。

第三齣　孟節慕道

(孟節上,唱)

【鳳凰閣】化日光天,澤被蒼生普遍。五風十雨樂堯年,共慶河清海宴。鼓腹含哺三多頌,祈禱心虔。(坐,白)生長南方地不毛,漫天瘴癘暮和朝。每瞻海不揚波久,仰慕中華有帝堯。老夫姓孟名節,祖居洱海銀坑山,世爲梁都洞洞主。父母生我三人,二弟孟獲,三弟孟優。因我不羨榮名,故將洞主位,讓與二弟。奈他自恃好大喜夸,日與三弟訓練強兵,每以攻伐爲念。我也屢屢告勸,他竟置之不聞,只索由他罷了。今日天氣清明,且去尋山問水,散悶一番,有何不可?(起行介)我心有事憑難訴,且對青山強破顏。(下)

第四齣　慈仙導善

（左慈仙白滿髯攜杖、杖懸手卷，右手執拂上，唱）

【三臺令・前調引子】行來麗日暄妍，是處何風扇。山靜仙長年，草木微恩膏溥沾。

（白）小仙姓左，名慈，字元放，廬江人也。向在天柱山中學道，得此石室中丹經，精明六甲，可以變化無窮。自遇曹操之後，隱於青城山有年矣。因見洱海之南雜氣，聚於孟獲國內。小仙已經籌定，孟獲有七番羅網之災，各洞蠻有慘遭兵火之禍。又因孟節夙具仙緣，合當救度。今日帶此丹經，付於孟節，好叫他即早抽身辦道，不受兵火之驚。前面來的就是他，我且迎上前去。（孟節上）行到深山最深處，欣欣草木遍恩膏。（左拱手介）孟長君請了。（節）請了。長者怎知吾姓？（左）孟長君，你不羨榮名而讓位，每憂心心事[1]，我且深知。今日遇見，洵是有緣。（節背介）呀！觀他相貌不凡，語言迥異，且以恭敬相迎。（回身揖介）弟子肉眼愚朦，不識師父降臨，萬望師父開導。（又揖介）（左）好，此子可教。（坐介）你且聽我道來。（節立介）弟子受教。（左唱）

【高陽臺】聽我一言，將來如券，知是爲伊非淺。（節白）多謝師父垂慈。敢問師父尊姓？（左唱）我學道名山，左慈位列群仙。（節白）原來就是左仙長師父。（跪介）（左唱）心堅，生來早具根器也，叢霄集種有因緣。（節白）弟子聞叢霄集有名者，皆稱上真，安敢望此。（左唱合頭）莫遷延。及時辦道，自能九轉功全。

（節白）弟子此心早已不慕榮利，早具出世之心。但恨二弟三弟，不守先人遺訓，來將奇禍立生，勸之不聽，以此爲憂。

【前腔・換頭】難免，顚到規模，祖宗有忝，終朝以此憂煎。我未雨綢繆，無非苦口良言。堪憐，二人執意不回轉，枉却了再三懲勸。恐災延，蠻方赤子，遭無妄奇冤，遭無妄奇冤。

（左白）好，有此善念，便是道心。你且起來。目今雜氣聚汝國內，皆因孟獲、孟優，存心不善，以致如此。將來孟獲有七番羅網之災，各洞蠻有慘遭兵火之禍，天機已定，勢不可回。因汝夙具仙緣，將此丹經付汝，且自去潛心學道便了。（唱）

【前腔】數定先天，挽回無計，爲因預象炤然。荼毒生靈，血流千里堪憐。（節白）如此説，竟將我前人事業，都被孟獲敗盡了。（左唱）休言，前人世業都盡也，賴有那丞相周旋[2]。（付手卷介）免憂煎。且向深山遠避，探討真詮。

（左遞介，節接介，白）敢問師父，仙家原以救人爲本，此方百姓，既有大災，師父何不垂慈援救？（唱）

【前腔·換頭】忍見，玉石無辜，風聲草偃。還求救此黎元。既在仙家，當用慈悲，極溺從權。（左白）只此一言，見汝善念。也罷。吾當顯個神通，把孟獲警戒一番。汝也向二弟，再三苦勸一番。雖然無濟於事，也盡吾等救人之心便了。（唱）心虔，救人有意聊盡也，恐難挽數定於天。（節白）弟子請師父去，見我二弟如何？（左）不可。我自有妙用。（唱）這其間，吾當警戒，另有微言。

（節白）何處再會師父？（左白）殺氣消除，丹經功滿，會於丞相祠前，汝果功矣。（節白）多謝師父。（叩首，起介，同唱）

【尾】今朝相會緣非淺，仗此仙丹好學仙。（左下）（節白）師父少住，師父少住。呀！忽然不見了。也罷，且回去把丹經細閲一番，其中必有妙用。（唱）謝絶塵寰世俗牽。（下）

校記

[1] 憂心："憂"字，底本作"優"，今據文意改。
[2] 丞相："丞"字，底本作"承"，今據文意改。下同。

第五齣　衆鄰畏伏

（金環三結虎頭帽雉雞翎黑飛鬘箭袖上，唱）

【謁金門】英雄漢洞，踞三江左畔。（董荼奴黑踏鐙狐尾雉雞翎箭袖上，唱）每倚大邦爲屏翰。（阿會喃金踏鐙狐尾雉雞翎撮髻箭袖上，唱）修貢不容慢。

（金白）重山深處又重山，（董白）天險堪憑設固關。（阿白）共有控弦十餘萬，（合）金湯保守不爲難。（金）我乃第一洞洞主金環三結是也。（董）我乃第二洞洞主董荼奴是也。（阿）我乃第三洞洞主阿會喃是也。（合）請了。（金）我等久居五溪洞，爲三洞之主。（董）倚深山洱海爲形勢，環山帶海爲居。（阿）在此三江城外，也稱天府之雄。（各坐介，金白）二位洞主。（董、阿)洞主。(金)向來梁都洞孟洞主，爲我等上邦，久受他人節制。爲因他兵強馬壯，各洞皆懼其威。(董)故此我等藉其餘威，無人相犯。(阿)這也是我等，平日貢獻孟洞主心誠，得此上邦保障，也是萬幸了。(金)明日孟洞主壽誕，爲此特請二位洞主到來商議，上壽儀禮。(董、阿)前者洞主分付搆求禮物，我二人共捐金二千，洞主收過了吓！(金)禮物已備下了。原請二位洞主檢點一番。(唱)

【鎖南枝】偏邦禮，備幾般，雖在蠻方聊可看。吾今不爲一段禮文繁，也畏他兵強悍。儀和禮，自難簡。不過是盡吾心，只是了公幹。

(董白)洞主之言，深爲有禮。(阿)我等且把禮物，檢點一番。(金)這就是了。快把進貢禮抬進過來。(內應介)來了。(四番卒抬二貢上，每人白一句)蠻方幾般小禮物，民間一分大家私。(合)三位大王在上，禮物抬到。(金)小番退下。(四卒分立，金向董、阿逐一檢視，董、阿隨口應介，金白)二位洞主，這是青金杯，這是羅斛香，這是雞棕樹，這是椰子盤，這是象牙，這是兜律香。(董、阿)妙吓！

【前腔·換頭】寶珍眼前燦，眞乃陸離迥不凡。將此上邦納貢，表將我等誠心，料也非虛誕。(金白)既然如此，請二位洞主在此小飲草榻，明早齊到銀坑洞，先於酋長挂號，再往梁都洞拜壽何如？(董、阿)只是取擾不當。(同唱)從容去，杯酒寬。儘着主和賓傳杯盞。

(金白)請。(董、阿)請。共處番邦地，(董)相逢有酒杯。(阿)明朝齊貢獻，(合)上國漫追陪。(下)

第六齣　蠻部稱觴

(四頭目各帶皮盔、氆氇斗篷、花布褲、線襪、夷鞋，腰插長刀跳舞上，同唱)

【回回曲】勒呢底哈呢，兀特索底呢。赤底哈，兀底波，赤底西達兀底波，烏蠻蘇哈，蘇哈蘇哈瓦的呢。

(一白)化外君臣另有天，(二白)不須禮樂強爲先。(三白)饑餐渴飲無他欲，(四白)也沐蒼天化育權。(一白)我等乃是梁都洞孟大王帳下頭目是也。孟大王雄踞銀坑山，財賦充足，士馬驍騰，統領五十餘萬雄兵，沃野七千餘里。(二白)兼有二大王英勇禦衆治外，祝融夫人嚴明助謀治內，國中上下相安，久稱強盛。(三白)爲此各洞洞主傾心，無不向風慕義，納貢投誠。(四白)今乃大王誕辰[1]，已經大開誕宴，峕候各洞洞主到來。言之未已，各洞主來也。（分立介，四番卒抬禮，金環三結、董荼奴、阿會喃上，三人唱）

【六幺令】[2]典型在望，恐後趨前，猶虞不遑。威儀還是禮先將。施恭敬，故稱觴。遠觀早有旌旗漾，遠觀早有旌旗漾。

（四頭目白）各位洞主請了！（金、董、阿）各位頭目請了！（一白）各位洞主既來拜壽，（二白）大王與夫人將次陞帳。（三白）且請西階少待。（四白）言之未已，三大王早到。（金、董、阿下，孟優鹿皮冠雉尾一字鬏綠袍上，唱）

【真珠馬】訓來軍馬真強壯，未知決勝在何方？

（白）我乃孟優是也。二哥二嫂將次陞帳，為此先來伺候。（一白）稟三大王，各洞主到齊了。（優）少停，待我通報。（上立介，內吹牛角三聲，二番卒牽二虎坐，外場二卒下，內吹牛角鳴金一陣，孟獲三角豹尾盔、雙雉尾、開紅面、黃眉紅大鼻、黃飛鬢、大紅蟒玉帶、穿回回靴，祝融夫人女盔上狐尾雉翎，左右分披髮、銀珠點兩額嘴唇、大紅蟒玉帶隨孟獲上，獲唱）

【引】獨霸在遐荒，糧足兵精堪仗。（祝唱）巾幗能魯莽，不比那姣柔女娘。

（獲白）極南開國肇洪濛，帶海環山形勢雄。（祝白）圖治還須求內助，附庸誰不仰休風。（獲白）我乃梁都洞主孟獲是也。（祝白）我乃祝融夫人是也。（獲）咆哮海澨，諸邦崇我為君。睇盼中華，韜略將來有用。況又人強馬壯，財寶充盈，上下同心，鄰邦聽命，遂我心中所圖，將來易如反掌。今日是我壽誕，必有各洞主前來捧觴，為此與夫人陞帳。正是：要圖天下奇功業，不類尋常泛泛人。（優）稟上二哥二嫂，各洞主候久了。（獲）請上帳相見。（優）各位洞主有。（四番照前抬禮，金、董、阿上，金）敬事上邦禮，（董、阿）稱觴到壽誕。（優迎介，白）有勞各位洞主降重。（金、董、阿見獲，獲、祝立，不出位，金、董、阿）恭遇大王千秋華誕，我等薄具微禮，為大王上壽。（四頭目接番禮送上介，一頭目白）青金杯兩對，羅斛香一百枝，雞棕樹四枝，椰子盤二十個，象牙十對，兜律香一百觔。（獲）過蒙費心。頭目們，收下了。（四頭目應，抬禮下，即上，優）看酒來，待我等拜壽。（卒）有酒。（優、金、董、阿敬祝獲各二杯，四頭目敬酒拜介，合唱）

【錦堂月】琥珀濃光，盈斟玉盎，絕勝麻姑佳釀。敬進君前，頌君壽福無疆。惟願取壽域初開，賢琴瑟崗陵兩兩。（合頭）天清朗[3]。驗取天意歡忻，慶餘無量，慶餘無量。

（獲、祝白）勞動各位了。（金）禮之當然。我等請大大王拜見。（獲）家兄近來疏於人事，惟以尋山問水娛情。方纔已遣小番相請去了。如家兄不到，定將小番斬首。家兄若聞此言，一定就到。（衆應介，孟節照前扮上，白）懶對軒昂氣，耻聞强暴言。（金、董、阿）大大王到了。（獲、優迎介）哥哥來了麼？（節白）恐怕你殺了小番，故此急急赴召。（獲）若不驚嚇小番，怎得哥哥駕到。（金執杯介）我等拜敬大大王。（節搖手介）決不可如此。我久不於事務，已成疏懶之人，不敢受此隆禮。（獲）家兄懶於應酬，各位免勞罷。（金）遵令了。（獲）三弟把盞。（優定席，節首坐，獲、祝二席，金、董三席，阿、優四席介，同唱）

【前腔·換頭】揖讓，舉座傳觴。嘉賓賢主，欣逢彼此形忘。遇天氣融怡，交加紅紫爭放。惟願取麗日和風，永叨沐天公恩貺。（合前）

（獲白）哥哥、各位洞主，我想大丈夫生在世間，豈甘於草木同腐，不能流芳，也當遺臭，想我孟獲呵！（唱）

【醉翁子】年壯，韜和略居恒曾講。恨無地施奇，此心悒怏[4]。常想，待統領雄軍，到處無人將我抗。靴尖動，便踢倒天山，好叫千人欽仰。

（節白）二弟差矣。爲人在世，謹守法度，尚有無妄之災。你存心如此，將來何以自保。向來見汝所作所爲，教我好生憂慮也。（唱）

【前腔】每想，你本是天生狂妄。若改過前非，保無災障。憑仗，你自謂驍凶作事，不知趨向。吾自慮，把先世箕裘，要被淪喪，要被淪喪。

（金白）大大王慮之太過了。（節）道其實也。（獲）説得做兄弟，這等不濟，這也可笑。（節）今日有客在坐，不便苦口勸你。（優）大哥，還是飲酒爲樂。（節）咳！話既不投機，酒亦何能樂！（下）（金）大大王已去，我等告別。（祝）我家大爺是個迂夫子，不要聽他的話。各位洞主到此，還没有盡興，小番們斟酒。（優）到是嫂嫂講得有理。（獲）悶酒難飲，快喚歌姬走來侑酒。（優）歌姬走動。（四蠻姑披髮、紅額、紅唇、大耳環、大紅衫、鳳頭鞋上，白）月滿湘簾上玉鉤，人當此際興偏優。光浮銀漢三千界，塞北金風十二樓。

【青陽小曲】連翹花開籬落黃，好個春光，呀，好個春光。對對花間粉蝶忙，打動姣娘。飛去飛來影自雙，盼想情郎。原來粉蝶也顛狂，絞斷柔腸，呀，絞斷柔腸。

（唱完亂舞一回，急倒退下，金、董、阿白）妙嘎。（同唱）

【僥僥令】芙蕖烟裏漾，遺響繞雕梁。歌聲舞態堪摹仿，一任我舉座頻教薦羽觴。

（金白）酒已過多，我等告別。（優）多有簡慢。（金、董、阿）不敢。（向獲

揖介)恭謝大王、夫人賜宴。(獲、祝)好説。(同唱)

【尾】樽前歡敘情難狀,催人上東天月上。偏喜這風從花裏過來香。(下)

校記

[1] 誕辰:"辰"字,底本作"晨",今據文意改。
[2] 六幺令:"幺"字,底本作"麼",今據文意改。下同。
[3] 天清朗:"朗"字,底本作"郎",今據文意改。
[4] 悒怏:"怏"字,底本作"快",今據文意改。

第七齣　呂凱注圖

(呂凱三髯冠帶上)

【上林春】有心爲國審先機,全憑在用功微細。事當未雨綢繆,莫待臨期無濟。

(坐白)出政臨民易,安邦圖治難。預先能料事,不出簡和繁。下官姓呂,名凱,字季平,不韋人也。職任永昌公曹。自從治事以來,且喜太守王公與下官志同道合,所以政治有方,萬民安堵。這也不在話下。但下官每每細思,此處永昌地界僻處益州之南,正與南蠻接壤。素聞南蠻性如梟獍,萬一將來弄兵,中國必然難制。我已差人探入南蠻之境,細將各處地理,畫就一圖。將來南人若反,仗此以備不虞。今日簿書稍暇,把圖覽玩一番。(看圖介,唱)

【宜春樂】【宜春令】我把南蠻境着意窺,後和前尋求幾回。但見萬山攢翠,盤蹊曲澗多深邃。也曾藏曠野平原,堪種植良田豐美。(白)這是五溪洞了。(指點看介)這是沙口,這是瀘水,這是銀冶洞,這是禿龍洞,這是銀坑洞,這是梁都洞。這些曲林深徑,正乃羊腸道也。(唱)【大勝樂】也有途難方軌,下下高高,綿邈迂回。

(白)這裏可以屯兵,這裏可以埋伏。吓,有了。我且從頭至尾,注解清楚起來。(隨意向圖寫介,唱)

【前腔】就這羊腸道,我可筆意隨。注明時將來有爲。縱有歧途向背,尋蹤皆到三江會。(白)瀘水、甘南水、西城水,三路會合,故名三江。這座三江城,是個要衝,也是大深巢穴。(寫介,唱)我將這衝要之間,再注明來源之水。(白)過了這桃葉渡,就是烏戈國地界,益發山險路深了。此時難以領略了,明日再注罷。(卷圖介,唱)其中原委,俟將他日,智者同揆,智者同揆。

第八齣　平蠻指掌

　　(王伉冠帶上,白)南蠻謀叵測,民牧每憂心。下官永昌太守王伉。政事稍閑,特來與呂功曹叙話。(進介)季平!(呂即迎介)不知大人駕到,有失遠迎。(揖坐介,王)季平近日清閑?(呂)叨蒙大人福庇,政有餘閑。(王)治民還是易事。邇來打聽孟獲,心存不軌,將來一定造反。爾我早爲處分。(唱)

　　【前腔】憑吾見已有機,料南蠻存心甚奇。極南之地,將來惟恐烽烟起。永昌城當此要衝,這其間有誰爲倚。(呂白)卑末早已知道,將來一定不免。(王唱)爲今之計,預思杜漸,全在防衛。

　　(呂白)卑末何曾不慮及此。極南各洞洞蠻,虺蜴爲心,豺狼成性,將來一定弄兵。雖不爲大患,不可不防。(唱)

　　【前腔】爲屏翰責任宜,保障金湯吾與伊。待求實際,大人自有深謀計。(王白)特來請教將來守城之法。季平何以教我?(呂唱)念卑末學淺才疏,縱籌謀安能當意。(王白)休得過謙,一定請教。(呂)永昌城廓完固,不足爲憂,城濠淤塞,及早疏通,狹者廣之[1],淺者深之,城内倉廩久豐,亦不足爲慮。但慮此方,承平日久[2],兵不習戰,急宜訓練嚴明,好備一朝之用。所用守城之具,櫑木砲石、火罐瓦瓶等項,也當預備。大人以爲可否?(王)可爲井井有條矣,大家作速佈置。(同唱)從頭至尾,預爲全備,莫待臨期,莫待臨期。

　　(呂白)大人但去修理城濠,待卑末去訓練兵馬,料理守城之具便了。(王)如此甚好。(同唱)

　　【尾】好將公事分頭理,又何患成功無地。少不得上下人心彼此齊。(下)

校記

[1] 狹者:"狹"字,底本作"挾",今據文意改。
[2] 承平:"承"字,底本作"成",今據文意改。

第九齣　三洞興兵

　　(四小番、孟優上,唱)

【朝元令】崎嶇何憚,長山回又攔。雲樹查瀰漫,蒼烟不散。行行着眼看,野鳥隨機往返。到也心安。野花隨意開處繁,流水自潺湲。徐行穩坐鞍。(優白)我孟優。奉二哥命,來此五溪洞,知會三洞元帥,令他起兵,一同去攻打蜀境。前面是金環三結的寨子,不免先去見他。(同唱)不須催趲,金環寨前途堪盼,金環寨前途堪盼。

(到介,優白)快通報。(卒)有人麼?(番上)日長無所事,且看有誰來。呀!原來三大王到了。元帥有請。(四番卒同一番卒下,金環三結上,白)偶以聞爲政,猶餘幾種忙。(優)元帥!(金)不知三大王駕到,有失遠迎。(優)好說。(同揖坐介,優)元帥清閑?(金)三大王到此,有何見諭?(優)家兄素有大志,目今糧足兵精,將欲興兵攻蜀。故此命我來知會三洞元帥,速速整備糧草軍馬,候家兄一同起兵。(唱)

【玉胞肚】聚兵一旦,好嚴催休叫遲慢。也須當刀鎗銳利,更和那旗幟旌幡。臨期應用有多般,事事精明方不凡。

(金白)孟大王之令,敢不欽遵。我這裏呵!(唱)

【前腔】動兵何憚,我從前仗他屏翰。既如法令初行,效力何容疏慢。建勳名可著人寰,奮勇爭先有何難。

(優白)如此甚好。就此告別。還要知會兩洞元帥去。(金白)董荼奴、阿會喃打圍去了。請三大王裏面草酌,一面去差人,請他二人到此罷。(優)取擾不當。(金)好說。暫將杯酒淹留客,(優)且待同心好議兵。(下)

第十齣　王伉告鄰

(王伉冠帶上,唱)

【菊花新】嚴城原爲備非常,盡此愚忱報聖皇。責任保城隍,賴同志機謀早創。

(白)下官王伉。前番曾與功曹呂季平,商議守城之策。呂季平訓練軍馬,下官修理城濠。且喜吾二人責任將及成功。差人到蠻王地界,探聽孟獲起兵十萬,犯我益州等郡。吾且備下各路文書,預先佈告鄰郡便了。(寫文書介)

【駐馬聽】知會鄰邦,各整兵戈預自防。只爲遐方地面,未沐王風。孟獲蠻王,起兵十萬擾吾等,城池干係休疏曠。但求彼此勖勉,相依唇齒,互爲憑仗。

（白）文書已經寫就，即速差人，知會三郡便了。（作裝文入封判介）（内傳鼓三下）（二家將暗上，王白）唔！外面鼓聲甚急，定有緊急軍情。家將！（二將）有。（王）將此文書捧着，隨我陞堂。（將應介，四役上，喝開門，王陞堂介，夜不收上）打聽軍情事，名爲夜不收。爺在上，小人叩頭。（王）你打聽孟獲信息，怎麽樣了？（夜）爺，那孟獲已經整備軍馬，知會了各洞洞蠻，即日就要起兵了。（王）起來講。（夜）吓！（跳舞唱）

【前腔】打聽蠻王，鼠竊謀爲預有方。早已通知黨類，令他附會從戎，螳臂猖狂。天朝久矣靖邊疆，豈容假勢稱魯莽。特報公堂，明公裁酌，早爲斟量。

（王白）知道了。再去打聽。（夜）吓！（急下，王）左右，速喚旗牌官三名伺候。（役）喚三名旗牌官進來。（内應介，三旗牌上，白）轅門聞號令，赴召敢停留。旗牌官進！（役）進來。（進介）旗牌官叩頭。（王）我有文書三角，着汝三人各自投遞。（付文介）這一角，往建寧郡雍太守處投遞；這一角，牂牁郡朱太守處投遞；這一角，往越巂郡高太守處投遞。汝三人呵！（唱）

【前腔】早驟康裝，星夜驅馳到此方。這是軍國大事，敢不留心，爲此佈告鄰邦。羽書臨處正倉皇，兼程而進難疏曠。這也是爲國勤王，早完公務，好蒙優賞，好蒙優賞。

（旗牌白）得令。（下）（差官上）俟候轅門久，皆因奉命來。差官進。（役）進來。（差進白）差官叩頭。差官奉功曹呂爺之命，呂爺在城上收拾戰具，已經齊備。奉請老爺巡城。（王）呂季平真乃有心人也。左右，就此打道巡城[1]。

（四役唱介，王上轎、差官上馬介，合唱）

【尾】巡城且視軍威壯，好預備攻城伎倆。不過是安不忘危，爲臣分所當。（下）

校記

[1] 打道："道"字，底本作"導"，今據文意改。

第十一齣　左慈示蠻

（左慈照前扮持網上，唱）

【浪淘沙】來去本無蹤，任我神通，憑他碧落於罡風。下極鮫國和地府，南北西東。

（白）小仙左慈。前把丹書授於孟節，將來必正仙果。孟獲存心不良，亦有定數。因孟節一片婆心，求我點化，我已允諾在先，不得故爲坐視。今日稱他操演之時，將此羅網前去，向前警戒一番，聊盡我一念而已。風神何在？（風神上）有何法旨？（左白）你看此時孟獲，好不有興。且待他回兵，顯個神通便了。我也早知天數定，此時且盡救人心。（下）（四頭目上，各一句白）南天瘴厲海風炎，（二）驍勇兒郎壯氣添。（三）十萬軍聲搖地軸，（四）野原草木盡森嚴。（一）我等四頭目，預將兵馬齊備。（二）尚候大王今日點名。（三）你看黃塵飛動，旗幟飄揚，衆兵簇擁大王來也。（四）我等小心伺候。（四卒引孟獲、孟優上，唱）

【粉蝶兒】天賦英豪，俺是個天賦英豪。氣昂昂威嚴容貌，胸貫着豹略龍韜。想翻江思攪海，俺可也雄心非小。試聽俺叱咤呼號，齊列着衆狼貅，前來聽調。齊列着衆狼貅，前來聽調。

（頭目白）頭目們打躬。（獲）俺孟獲，人驍頗牧，馬騁驥驪，將勇兵驍，粟紅貫朽。但是衝鋒陷陣，全在軍馬驍雄。爲此今日，親自點閱一番。孟優！（優）有。（獲）三軍頗雄健否？（優）三軍呵！（唱）

【泣顏回】一望盡雄驍，個個猙獰勇貌。天生勇敢，自然賦性粗豪。熟嫻步伐，整齊時指顧隨心調。仗威風從此長驅，遇敵人儘可兵塵。

（獲白）聽點！（優執旗搖介）三軍聽點！（四頭目應介，獲）前營頭目楊雷。（一）有。（獲）後營頭目細濃羅。（二）有。（獲）左營頭目韋昆。（三）有。（獲）右營頭目瓦的奴羅。（四）有。（獲）大小三軍！（衆）有。（獲）壯哉三軍也！（唱）

【石榴花】俺待要陳師奮武逞强豪，向日裏心内每勞騷。不能個邦家的重造，功業的奇高，一朝的强暴，遂我的心苗。一任俺逞干戈，好長驅直指益州道。而今且喜人如狼豹。真個是糧足兵精，真個是糧足兵精，尚桓桓可也橫衝直搗，一朝展俺略和韜。

（白）大小三軍！（衆）有。（獲）吾今起兵攻蜀，爾等聞鼓則進，聞金則退，臨陣須前，交鋒須慎，違吾令者，軍法難饒。爾等整頓甲兵，俟候擇日起行。（衆應介，獲唱）

【鬥鵪鶉】衆兒郎整頓弓刀，衆兒郎整頓弓刀，好預備良辰就道。任伊曹鍛乃戈矛，任伊曹鍛乃戈矛，進兵處雄威夸耀。要知這萬載功勳在這遭，定然普天下勇名標。試聽俺振臂一呼，試聽俺振臂一呼，頃刻裏敵兵蕩掃。

（優白）請大王回兵。（獲）就此回兵。（衆）得令。（行介，同唱）

【上小樓】望旌旗電閃搖，聽軍聲震沉漻。真個是如虎如熊，踹破城池，騰翻海嶠。鼓威風殺奔益州，鼓威風殺奔益州，足備蒭糧，人強馬暴。管將來奇功堪表。（左慈引四風神各抱風袋火炬上，衆倒介，左將網兜住獲介，引風神下）

（優起介，白）呀！一時狂風大作，對面不能相見，人馬盡皆驚倒，好怕人也！（獲）三弟快來救我！（優）怎麼，二哥被網困住？（解網介，獲）呀！三弟，吾被網所困，恐怕不是佳兆。這怎麼處？（優）據愚弟詳解起來，到是一個大吉之兆。（獲）怎見得？（優）分明天叫二哥一網打盡，有什麼不好！（獲大笑介）好個一網打盡。大小三軍，就此回寨。（衆）得令。（同唱）

【清江引】分明天賜禎符兆，一網昭然表。有朝打盡時，凱唱翻新調。摹想那錦中華地非小。（下）

第十二齣　孟節勸弟

（孟節上，唱）

【夜行船引】不道凶頑偏我弟，頓令人輾轉驚疑。（白）我孟節。遇此二弟三弟，不遵王化，刻意爲非，擅敢起兵犯順，將來二人死無葬身之地。我心十分悲痛，若是閉口不言，又非手足之誼。我且把利害情由，向他細說一番便了。咳，至情關手足，坐視豈仁心。（下）（孟獲上，唱）上下心齊，往無不利，試看奇功有濟。

（白）前者操演大兵，真乃人強馬壯，陣法精奇，領此必勝之兵，自然名聞天下，一應軍需，俱已齊備。只有五溪洞三洞兵馬還沒有到。已差三弟催軍去了。尚候齊集，一同起兵。（孟節上，白）憂心竟如醉，誰爲表予心。（獲迎介）哥哥來了。請坐。（坐介，節）二弟，你當真要造反麼？（獲）哥哥說那裏話？弟雖不才，此去成功，博得分茅裂土，上爲祖宗增光，下爲哥哥顯耀，怎麼哥哥說起造反二字？（節）噯！你還提起祖宗麼！祖宗雖係南蠻，也曾修德行仁，所以鄰邦崇奉。據有此土，遵奉漢天子正朔，百有餘年。吾家洞主之稱，因我不羨榮名，傳位於你。你不能法祖奉漢，忠孝何在也？（唱）

【沉醉東風】待求忠君王已欺，待求孝前型將廢。祖宗兩字你還提，見你屍居餘氣。（獲白）哥哥說的什麼話！（節唱）你也思結局何地？吾今喚伊,此心久迷。當頭一棒,其中是也非。

（獲白）哥哥此言雖是,如今益州地方,不穀做兄弟的靴尖踢破,也不消慮到這個地位。（節）你這般所爲,只怕你首領不保。你如今及早罷兵,恪修漢家臣職,自然不失洞主之位。況且兵乃凶器,戰乃危事,汝縱僥幸成功,不免臭名萬代。萬一戰不能勝,退不能守,豈不痛惜。（哭介,唱）

【玉交枝】吾今揮涕,爲祖宗撐成舊基。（滾）吾聞古人有言,惟桑與梓[1],必恭敬止。桑梓尚有恭敬之心,何況那祖宗基業。想當年開創艱難,是指望傳之子孫,世守成規,相傳罔替。似這等綱常倒置,似這等綱常倒置。（唱）子孫世守當勿替,爲只爲此心難已。從今罷談兵妙機,從今休逞刀鎗利。（滾）人若存心恬淡,自然災禍不生。却不道瓦罐不離井破,將軍難免陣前亡。二弟！（唱）這危言切莫再提,遠將來無窮是非。

（獲白）哥哥,吾治此一方土地,全在一個信字,所以軍民欽仰。如今本部軍馬,俱已點齊,糧餉已發,約會各洞雄師將到,即日起兵。若説此罷兵二字,如何取信於人也！（起舞介,唱）

【玉胞肚】從來信義,要中止不能自已。試看那千軍萬馬,一個個戰鬥心齊。吾今既把虎來騎,調度三軍無所疑。（節白）咳！我也知勸汝不轉。我不能殺汝,因念手足之情。（唱）

【川撥棹】我言無益,笑伊家徒自欺。痛此身無地相依,痛此身無地相依,恐將來身蒙禍機。（低泣掩淚介,白）二弟,我如今隱避在萬安溪,修道去了。我在那裏,聽你的凶信罷！（大哭介）我那孟氏祖宗吓！孩兒就此拜别了。（拜介,唱）拜先人兩淚啼,恨吾生如何遭數奇,恨吾生如何遭數奇！

（回看獲介,白）二弟！（又自恨介）呀呸！遇此綱常一孽獸,枉將苦口向他言。（下）（獲）這是那裏説起？偏是這迂東西,有那些多話,好喪氣。呸！我每做好漢的,原不忌諱。只是三弟爲何還不見到？

校記

[1] 惟桑與梓:"與"字,底本作"於",今據文意改。

第十三齣　合兵出師

（優戎妝執令旗上,白）路擁貔貅壯,軍容以敵人。（進介）禀二哥,五溪洞三位洞主,統領精兵三萬,前來聽調。（獲）道有請。（優）三位洞主有請。

（金、董、阿戎妝上，白）三軍皆調度，甲胄見元戎。（獲）有勞了。（金）請大王發令。（獲）吩咐擂鼓。（內擂鼓三通，四卒上）（獲）大小三軍！（衆）有。（獲）今日黃道吉日，就此起兵前去。（衆）得令。（吶喊行介，唱）

【水底魚】萬馬騰驤，兜鍪耀日光。錚鏦聲響，但願姓名揚，但願姓名揚。（下）

第十四齣　攻打永昌

（四小軍、王伉文扮、呂凱武扮佩劍上，同唱）

【六幺令】敵師壓境，鍛乃戈矛，勵乃精兵。吾儕責任永昌城，嚴守禦，顯奇能。管叫不畏賊鋒勁，管叫不畏賊鋒勁。

（王白）下官王伉。（呂）下官呂凱。（王）只爲蠻酋孟獲，糾合五溪洞三洞蠻，起兵十萬，犯我益州地界。（呂）已竟整兵秣馬，修緝戰具，尚候禦敵。（王）方纔探子報來，敵兵已入吾境，其勢甚是驍凶。（呂）就請大人一同上城守禦。（王）季平，諸事全仗留心。（呂）不敢。衆將官！就此上城。（衆）得令。（合前，下）（四番、金、董、阿、孟優、孟獲上，同唱）

【前腔】軍容全盛，卷地而來，震壓郊坰。兒郎個個貌猙獰，所到處，鬼神驚。試看交戰無不勝，試看交戰無不勝。

（優白）已到永昌城下了。（王、呂、四卒上城介，獲）城上的官兒聽者！大兵到此，你還敢攖城固守，快快獻城，免受誅戮。（呂）咥！大膽蠻酋，吾這裏城廓完固，糧足兵精，誰怕你一班烏合之衆。（獲）三軍就此攻城。（作攻城介）快架雲梯扒城。（衆番）得令。（作扒城介，城上用灰瓶火罐打介）（衆番倒介）（用紙灰塗面作火燒介）（獲白）阿喲喲！那守城的官兒好生利害。大小三軍！（衆）有。（獲）永昌城急難攻打，且徹兵往建寧地方去。（衆）得令。（同唱）

【水底魚】果是精兵，算他會守城。挫咱銳氣，不敢傍城行。（下）（王白）且喜我兵，守城有備，蠻酋已經遁去了。（呂）目下雖去，一定還來。卑末與大人固守此城，以待救應便了。（王）季平言之有理[1]。（同又）鼓勵吾兵，自然銳氣生。同心固守，彼此盡諄誠，彼此盡諄誠。（下）

校記

[1] 季平言之有理："理"字，底本作"禮"，今據文意改。

第十五齣 探子告急

（探子執令旗上，白）不避路途遥遠，全憑晝夜兼行。緊急軍情非輕[1]，兩腳飛奔不定。俺益州探子是也。只爲蠻人作亂，攻奪城池，俺奉永昌王太守之命，着俺成都報知丞相[2]。一路水宿風餐而來，且喜已到成都也。（唱）

【醉花陰】俺這裏途路崎嶇過多少，急煎煎奔馳不分晝曉。渾身似湯澆，也則爲公事勤勞。着緊的將軍情報，路迢遞轉心焦。望見城都，喜的是看看到。（下）

（二家將、孔明綸巾蒼三髯內穿黃袍外穿氅束黃絛執扇上[3]，白）鼎足三分治蜀難，殷勤國務不知繁。但求不負托孤任，庶盡臣心千古安。下官諸葛亮，字孔明，官拜漢丞相，兼武鄉侯，領益州牧，祖貫瑯琊南陽人氏[4]。荷蒙先帝三顧茅廬之恩，委以軍旅之任，統禦六師，萬分靸掌，得就從龍之功，過蒙名爵之顯。翊輔先帝位登九五，蜀中土地，治具粗張。又任托孤之重，朝中事無大小，下官親自決斷。因此西蜀百姓，忻樂太平。真乃粟滿倉廒，財盈府庫。前者接有塘報，孟獲起兵犯蜀。下官已有平蠻主見。我且陞堂料理一番，再作計議。左右，傳鼓開門。（將應介，傳鼓內吹打，四將、四軍牢、二中軍、二家將捧印、令旗陞堂介）（家將白）呈送文書[5]。（一中軍抱文上，白）禀丞相，這是各路解到錢糧文册。（又一中軍抱文上，白）禀丞相，這是各處新補軍伍文册。（一旗牌上，白）啓相爺，這是已發過的軍糧文册。（又一旗牌上，白）禀相爺，這是各府的新問獄囚招稿[6]。（家將俱收放案上介）（孔白）起過一邊。（報子上，白）但見轅門外，森森法令嚴。來此已是相府，不免報門進見。益州報子告進。（軍牢）進來。（報進白）相爺在上，報子叩頭。（孔）益州報子所報何事？起來講。（報）嗄。（起介，舞唱）

【喜遷鶯】則爲着蠻兵不道，指旗頭竟烏合兒曹。一似山魈，逞凶形向人爲暴。兵弄在賊巢，鋭利了鎗刀。軍聲浩，震動了益州疆界，一個個如獍如梟。

（孔白）蠻人所爲，本爵已經早知。益州四郡乃是建寧、牂牁、越巂、永昌，三郡猶可，惟有永昌最爲衝要。蠻兵一定先攻永昌，本處官軍如何禦敵？你且慢慢的説來。（報）王太守吕功曹把守永昌。他二人呵！（唱）

【出隊子】真個是機謀絶妙，真個是機謀絶妙，守城時膽氣豪。他遇了雲梯無數傍城濠，則用着檑木和砲石，將梯打倒。把蠻兵驚退，竟將城保。

（孔白）且喜王太守固守永昌城，定見他的謀略，用了櫺木打倒雲梯，以致賊兵退去。但蠻王孟獲，偶然失利在永昌，尚有三郡的消息如何了？（報）建寧太守雍凱、牂牁太守朱褒、越嶲太守高定三人與孟獲交通了。（唱）

【刮地風】雍凱心先與賊交，那奸臣當置法曹。更那堪兩郡不能保，把城池奉送蠻獠。真個是人心難料，枉負了封疆任勞。因此上那蠻兵，志氣尤驕。憑蠢性橐口呶，三郡內沸起波濤。爲今計惟恐遭強暴，一旦斂兵戈尚候謀高。

（孔白）所存永昌一郡如何了？（報）永昌太守困守孤城，勢在危急，望相爺呵！（唱）

【水仙子】忙忙的救彼曹，忙忙的救彼曹。展謀謨妙算須及早。他、他、他，他尚盼天兵救便助旌旄。緊、緊、緊，緊永昌城堅守着[7]。怕、怕、怕，怕蠻兵又近城濠。恐、恐、恐，恐孤軍難與敵兵交。這、這、這，這其間危勢燃眉了。望、望、望，望丞相助神勞。

（孔白）知道了。賞銀十兩，羊一腔，酒一壇，三個月不當差，去罷。（報）謝丞相。（唱）

【煞尾】分內一番公事了。俺好去暫節這勤勞。壇酒控羊，待把俺醉飽。（下）

（孔白）征討孟獲，無人可當此任。明日入朝奏聞，下官親總六師，前去平蠻便了。勝算胸中已有定，入朝請旨好征蠻。（作退堂介）（下）

校記

[1]非輕："非"字上，底本有一"不"字，今據文意刪。
[2]成都："成"字，底本作"承"，今據文意改。
[3]穿氅："氅"字，底本作"廠"，今據文意改。
[4]祖貫瑯琊南陽人氏：據《三國志·蜀書·諸葛亮傳》記載，諸葛亮祖籍乃瑯琊陽都。
[5]呈送："呈"字，底本作"逞"，今據文意改。
[6]招稿："稿"字，底本作"槁"，今據文意改。
[7]緊永昌城："緊"字，底本無，今據文意補。

第十六齣　漢相出師

（關索上，唱）

【點絳唇】將擁彼貅,鯨鯢授首。施謀猷[1],武備文修,一鼓功成就。

(白)自小生來膽氣豪,腹隱良謀虎豹韜。只因孟獲侵疆界,命俺先鋒挂戰袍。小將故壽亭侯次子關索。因丞相征南,命我爲前部先鋒。今當起兵之日,教場操演,只得在此伺候。(趙雲上,唱)

【前腔】漢業傳留,奸酋侵寇。(魏延上)陳情奏[2],(王平上)鋒利戈矛[3],(張翼上)管取相親授。

(趙白)下官鎮東將軍、永昌亭侯趙雲。(魏白)下官鎮北將軍、都亭侯魏延。(王白)下官將裨將軍王平。(張)下官蜀郡太守張翼。(關)今當建興三年,丞相上表,請兵五十萬。(趙)上賜黃鉞白旄,尚父征南。(魏)所有隨征將帥,已經派定。(王)今日祭旗操演,即便發兵。(張)那邊征塵飛動,丞相來也!(同)得遇猖狂寇,須成戰伐功。(四孔卒、四將、二中軍、蔣琬、孔明坐車上,同唱)

【沽美酒】整乾坤立甸安,整乾坤立甸安,開爵土畫凌烟。響咚咚鼉鼓奏駢闐。手挽繫繮[4],身跨錦鞍。戈矛隊伍彩色鮮,勇躍狰獰車騎連,一個個威武,威武價鎮山川。今日裏賀昇平拜軒冕。

(下車,眾迎介,禮生上,孔白)先祭旗纛。(拜介完,孔上臺介,白)參軍蔣琬!(蔣)有。(孔)先鋒關索!(關)有。(孔)大將趙雲!(趙)有。(孔)大將魏延!(魏)有。(孔白)副將王平[5]!(王)有。(孔)副將張翼!(張)有。(孔)眾將官!孟獲不道,撓我邊疆。吾慮南蠻之重,乃螳臂之當車。吾今上表,親自征南。賴爾諸公,共勤王事,攻殺戰守,聽令施行。(眾應介,孔唱)

【粉蝶兒】運用機謀,出茅廬三分成就[6]。歷年來戰鬥無休。逆苗蠻侵疆界,請六師輝光馳驟。白帝城附托山丘,老爲臣秉丹心,掃除凶寇,掃除凶寇。

(白)眾將官!就此下臺,先走陣勢,然後操演。(眾)得令。(卒、將全下)(五大將引十六卒上,走陣介,合唱)

【二犯江兒水】戎行就道,列隊伍、列隊伍簇擁旌鉞旄。令森嚴甲冑,燦爛光耀。憤忠心衝天表,雄兵怒咆哮,威風透碧霄。歡呼前道,平定蠻獠,奮雄兵殺氣高。(合)旌旗光耀,閃爍爍、閃爍爍成群虎嘯。今日裏、今日裏殺教他敗逃亡去路遙,敗逃亡去路遙。(全下)

(孔白)參謀官!(蔣)有。(孔)令關索、魏延,操演刀法。(蔣)丞相有令,命關索、魏延,操演刀法。(內應介)(孔唱)

【醉春風】俺只見齊擠擠將多擾,一個個都名白奇生偶。看隊伍森嚴,

進退運元機,轉奇門皆歸九九。同合着景死驚開、休生傷杜,多在這八卦搜求,多在這八卦搜求。（關、魏引八卒上,操介下孔唱）

【紅綉鞋】全憑着神機兵分前後,紛紛矢發正勻。四下裏列千旌,豹尾鑾鈴抖搜。俺這擁狻猊,他那裏擾邊有。只待要掃蠻夷,誅群寇。

（白）令趙雲、張翼操演鎗法。（蔣照傳介）（張、趙引八卒上,操介,下）（孔唱）

【普天樂】鬧烘烘劍戟揚,齊整整龍蛇走。以似倒海推山,移星換斗。風卷起茜紅纓,日焰耀黃金扣。展天昏電影飛梟驟,修文事智勇兼謀。盤旋處,按五花六門爲三有。盤旋處,按五花六門爲三有。（孔白）令衆將上臺。（蔣應,傳介）（五將十六卒上）（孔白）關索,汝爲前部第一隊。（應介）左營王平,汝爲二隊。（應介）右營趙雲,汝爲三隊。（應介）後營張翼,汝爲四隊。（應介）都亭侯魏延,汝爲合後。就此起兵前去。（衆應白）得令。（合唱）跨上征鞍馳驟,出戰暗藏機彀。洗苗蠻精神抖,齊戰鬥,掃塵垢。願此去同心努力定蠻酋,願此去同心努力定蠻酋。（下）

校記

［1］謀猷：“猷”字,底本作“獻”,今據文意改。
［2］陳情：“情”字,底本作“清”,今據文意改。
［3］戈矛：“矛”字,底本作“茅”,今據文意改。下同。
［4］繫繮：“繮”字,底本作“疆”,今據文意改。
［5］副將：“副”字,底本作“付”,今據文意改。下同。
［6］茅廬：“廬”字,底本作“蘆”,今據文意改。

第二册

第一齣　丞相召獲

（四將、二中軍、孔明上）

【三臺令】軍機鞅掌爲勞,且喜日來漸消。

（白）自孟獲歸順,已令魏延,爲前步班師,料理船隻,怎不見他回報？（魏延上,唱）

【引】異事又相遭,特來向軍前急告。

(孔)文長回來了。(魏)奉令軍至瀘水,忽有狂風大作[1],因此告禀。(孔)有這等事?速喚孟洞主問話。(中軍)得令。(下)(孔)文長,你把阻兵情由,試説一番。(魏)領兵到了瀘水呵!(唱)

【高陽臺】但見四野風號。天昏地慘,惟有愁雲霧障,石走沙飛,更兼洶湧波濤。滔滔,吾軍無計能渡也,分明有群鬼號咷。(合)趁狂飆,猖狂作怪咆哮。

(中軍引孟獲上,白)忽聞丞相召,虎帳敢遲趨。孟獲叩見丞相。(孔白)前隊班師,瀘水狂風阻擋,洞主必知其故。(獲)瀘水原有猖神作禍,陰風大起,船不能渡,必須祭之。(孔)用何物祭享?(獲)國中舊例,祭此瀘水,用七七四十九顆人頭祭之,自能風靜,纔可渡之。(孔白)祭神若用人首,豈有此理。吾今事已平定,安肯又殺生靈。(獲)丞相,祭瀘水殺生,乃是舊例。(孔)吾班師還國,安豈妄殺一人也!(唱)

【前腔】平定今朝,收兵偃武,肯把生靈還暴。霧慘風狂,已然怨氣難消。照照,良心天理難昧也,蟲蟻羣命不輕抛。

(獲白)若依丞相,何物祭之?(孔)不過宰牛殺馬,和麵為劑,塑成人頭,內以牛羊肉代之,名曰饅頭。不害人性命,不違舊例,神靈必鑒諒已。(唱合)靜風濤,全憑此舉,仁義干霄。(獲白)丞相作用,真乃聖人之心也。孟獲敢不拜伏。(同唱)

【尾】此心堪對神明告,為念冤魂慘悼,不忍無辜禍又遭。(下)

校記

[1] 狂風:"狂"字,底本作"枉",今據文意改。

第二齣　馬忠宣敕

(四軍、馬忠、禮部官上,同唱)

【風入松】詔降極南之遠山,披星縱馬揮鞭。荒塘古鎮少人烟,想則是曾經兵燹。(作到介,趙、魏、蔣、呂、孔跪接進介,馬)聖旨已到,跪聽宣讀,詔曰[1]:相父為國勤勞,深向窮荒之地,朕甚憂之。昨接相父捷本,聖躬深喜。詔書到日,即行班師。謝恩。(衆)萬歲!萬歲!(孔)有勞天使遠來。(馬)恭賀丞相征蠻成此大功也。(唱合)征事奇功最顯,欣堪羨奏凱還。(孔白)

已經班師,令文長爲前隊。不意瀘水惡風所阻,仍舊回兵。冤魂沉滯,皆我之過也。(馬)丞相將欲何爲?(孔)瀘水中冤魂不散,待我親做祭文,超度群鬼,然後班師。(馬)足見丞相仁心。但馬忠復旨要緊,就此告別。(孔)天色將晚,且在此權住一夜,明日早行未遲。(馬)遵命。(唱合頭)心中事堪誠甚堅,超亡魂了前冤。(下)

校記

[1] 詔曰:"詔"字,原本作"召",今據文意改。下同。

第三齣　議留丞相

(孟節上,唱)

【霜蕉葉[1]】紅塵世裏,重到原無味。(孟獲上,唱)自恨當初見鄙。(孟優上,唱)任胡行無非志迷。

(獲、優白)哥哥!(節)罷了。自我入山學道,懶向紅塵。因蒙丞相教化二弟,已成好人,故此回家瞻拜祖廟。(獲)只因小弟不聽哥哥教訓,興兵犯上,故受此番羞辱。我孟獲呵!(唱)

【小桃紅】從前錯用了心機。自恃着豪强氣也,總有良言,勸也何益。(節、優唱)無故把兵提,犯天朝豈相宜。受艱危襯遭懼。誠無味也,真個是到頭來有何奇。

(節白)若非丞相施恩,爲保你二人之首。你看那些助惡之人,何曾饒過一個。(唱)

【下山虎】朶思奸計,自謂神奇。打破堅城際,首身已離。還有那木鹿凶頑,把風雲喚起。他又有豺狼虎豹隨,不免當場命喪矣。更有狼烏戈藤甲齊,醜惡頑皮。種在盤蛇路岐,烈焰焚燒無種遺。

(獲白)吾被七擒七縱,保全餘生。(優)分明丞相施恩,留得我等生命。(唱)

【山麻稭】我保餘生,他存深意。丞相之恩,天高無比。踵頂捐埃難報取,心中想愈使驚疑。屢入危途,今日重歸安地。

(獲白)我想丞相回兵,理該叩留纔是。(節)丞相班師,豈肯久留此地。(獲)哥哥之言,一定不錯。此去叩留,不過獻我一點誠心。(節)言之有理。明早你我前去,叩留丞相便了。(同唱)

【尾】議留丞相心虔矣,惟恐怕言詞不濟。打點一番禮所宜。(下)

校記

[1]霜蕉葉:"蕉"字,底本作"焦",今據曲譜改。

第四齣　感祭瀘水

(四軍抬饅首,關索上,同唱)

【水紅花】虔心齊備祭禮來,禮應該。三軍重大,那堪神鬼厲爲災,任風霾前途障礙。既是南方平定,吾兵猶阻天涯,神明佑歸去,喜盈腮也囉。

(關白)軍士們,快把祭禮擺下。(衆擺介)(四軍、四將、蔣、呂隨孔明上,同唱介)

【梧葉兒】愁雲霧障難開,勤王事寔堪哀。無休怨鬼,冤仇難解。親自前來將待,彼群魂淚灑。(孔下車)

(關白)請丞相拈香。(內吹打,孔拈香)

【山坡羊】杳冥冥聲容何在?靜幽幽魂無依賴。冷陰陰吹透身的金風,亂漫漫群白骨的隨日曬。寔可哀,遺屍未得埋。黃泉血淚今猶灑,故此愁雲掃不開。(合)傷哉,到窮荒棄此骸。吾懷,自難禁淚滿腮,自難禁淚滿腮。

(上群鬼,蔣讀祭文介,白)維大漢建興三年,九月朔日,武鄉侯領益州牧丞相諸葛亮[1],主祭於故殁王事蜀中將校、本土神祇及蠻夷亡魂。曰:吾奉皇帝,請三軍,暫別龍亭棄六親,遠辭家國,問罪於南蠻。莫不同伸三令,共展七擒。汝等英魂尚在,祈禱必聞。隨我部曲各回本鄉,莫作他鄉之鬼。常念姻親,哭泣於朝暮。吾奉皇帝使命,爾等各家盡沾恩露,年年請給衣糧,月月不絕俸祿,以慰爾心,聊表丹忱,其祭祝共享一餐,悉聽吾令,隨我歸國,嗚呼哀哉!尚享。(孔大哭介,白)好慘傷也。(唱)

【前腔】想人生身居覆載,皆憂懼身遭危殆。況離家來此異方,把身軀輕斷送的尷還尬。魂留外,誰人把骨埋。紅妝少婦絕恩愛,白髮雙親空痛哀。

(白)軍士們!快把祭禮,盡棄水中。(軍應,棄介)(孔唱合前)(衆鬼各搶擁下)(呂白)呀!隱隱有鬼魂,隨風而散。頃刻風淨浪平了。(孔傳令前隊,就此起行。(衆)得令。(孔唱)

【尾】雲收霧散霞生彩,青綠峰巒原不改。這便是格鬼誠心,方能怨氣開。(下)

校記

[1]武鄉侯:"侯"字,底本作"候",今據文意改。

第五齣　蠻人攀留

（孟獲、孟優上,同）

【水底魚】保得平安,慈恩高似山。無從報效,到此且扳轅,到此且扳轅。

（獲白）那位將軍在此？（一將上）元來是洞主,到此何事？（獲）特來求見丞相。（一將）少待。等丞相陞帳,與你通報。（介下）（內吹打）（四將、王平、張翼、孔明上,唱）

【點絳唇】歷盡艱難,王家公幹。奇功建,奏凱迴旋,待要程途趲。

（白）羽扇綸巾擁碧幢,親提士卒出南方。瘴烟罩地經瀘水,火日飛天守戰場。本爵昨日祭過瀘水,令前隊拔營。爲此陞帳發令。（將上）禀丞相,孟洞主求見。（孔）令他進來。（將）請洞主進見。（獲、優進）孟獲、孟優,叩見丞相。（孔）洞主到此何事？（獲）獲等不知王化,擅敢犯上,蒙丞相不殺,猶如慈父。獲等叩留丞相,少住幾日。百姓盡叩教訓,獲之願也。（孔）詔書已下,焉敢遲慢。洞主有話,起來講。（獲、優唱）

【啄木兒】聞慈父師待班,孟獲何勝血淚潸。深感蒙不殺之恩,使我等皆知羞報[1]。暫羈慈父行期慢,蠻人好服規和範。却便是恩上加恩高似山,却便是恩上加恩高似山。（孔）

【前腔】銜君命深入蠻,相信推誠使此安。若未蒙召旨宣,回兵去何妨遲晚。而今君命難回挽。況朝家大事須吾辦,深感公來扳我鞍,深感公來扳我鞍。（獲哭,唱）

【二段子】無能回挽,使吾心如同火燔。徒然淚潸,要留方知甚難。（獲、優白）少具金珠珍寶,少資丞相軍用。（二人唱）此時唯有興嗟嘆,微忱聊表顏猶汗[2]。未審何時再睹顏,未審何時再睹顏！

（孔白）既承洞主雅意,王平收了禮物,洞主請回,就此起行。

校記

[1]羞赧:"赧"字,底本作"艴",今據文意改。

［２］顏猶汗："汗"字，底本作"漢"，今據文意改。

第六齣　諸葛回兵

（衆同唱）

【歸朝歡】三軍的、三軍的，齊齊控鞍。風吹動旌旗耀眼，今日裏、今日裏，全師既班。又好把程途催趲。（下，獲白）兄弟，你我回去立廟答報丞相便了。（同唱）風塵難盼征車返，且新廟宇瞻早晚。痛哭秋原日又殘，痛哭秋原日又殘。（下）

第七齣　孟節拜廟

（設孔明象介，節、獲、優同上）

【鎖南枝】餘生在，蒙保全。深恩感戴真二天。已前驅前去充兵，此身驅遭軍變。曾被擒，到底身苟免。皆是慈父心，與我行方便，與我行方便。

（獲白）來此以是。請哥哥拈香。（節拈香，白）丞相，萬安溪一別，今日復得瞻拜。頑弟深蒙教訓，感恩不淺。（同唱）

【孝順歌】香焚鼎，心中早已虔，三人感恩各自崏。大聖與英賢，恩人似同券。所以事顯勞心，到此身經險。中和事知機變，每每寬人一線。委婉繩柔功建。撻方張弓，刀斧行方便，刀斧行方便[1]。（內吹打介）

（獲白）何處音樂？（優）想是丞相來了。（節）那有此事？

校記

［１］刀斧："刀"字前，底本有一"弓"字，今據文意刪。

第八齣　左慈超度

（左慈上，白）神霄秘典超三昧，紫府雲璈徹九天。孟節！（節）好像師父聲音。（左）汝道已成，何得又入紅塵？汝可速往青城山去。（下）（節）緊依尊命。兄弟，師命難違，就此拜別。（擲衣，下）（獲、優哭，唱）

【前腔】我那哥哥吓！分離快，可憐無一言，從此骨肉各一天。伊今已做仙，飛陞直上如飛電。（拾衣，白）這是哥哥留下的衣物，供在家廟，朝暮也好瞻拜。(內白)爾等回去,各有好處。(二人唱)聲音處,如兄面。緣何不把金身現,盼斷兄顏難見。留得兄衣,好將來爲遺驗。

【尾】此心方曉紅塵厭,飛陞去當場明驗,愈悔從前枉使貪。(下)

第九齣　四國進寶

(四番,火洲、緬甸二王上,同唱)

【普天樂】過窮荒無邊際,路迢遙渾無際,渾難辨南北東西。苦餐風宿水耽饑。(火白)吾乃火洲國王是也。(緬)吾乃緬甸國王是也。(火)吾等進貢天朝,會同各國,一同起程。(緬)孤與火洲王爲第一隊,後有三佛齊王、悉蘭王爲第二隊,同去朝貢。(火)小番就此趲行。(同唱)任蠱叢險地,高來還轉低。峻嶺重山,更覺幽谷深谿。(下)(四番抬麒麟、鳳凰、黃鶴、獅子上,繞場下)

第十齣　同貢朝天

(四番,三佛、悉蘭二王上,同唱)

【朝天子】貢朝天禮宜,此心虔且齊。不期逢四國皆同氣,分兵三隊,前和後相依。(三白)我乃三佛齊國王是也。(悉)我乃悉蘭王是也。(三)吾等進獻獅子鳳凰。(悉)火洲、緬甸二國,各獻奇珍,四國共來朝覲。(三)小番就此趲行。(同唱合頭)盼前途中華地,界標時可稽,免覊留路岐霧迷。勤征夫心中遙拽,斜陽挂西山際,斜陽挂西山際。(前四番、二王上,白)國王請了。我等進貢天朝,一同前往。(悉、三)說得有理。請。(同唱合前)盼前途中華地。云云。(下)

第十一齣　王伉迎師

(四役、院子、王伉上,唱)

【賀聖朝】欣逢四境安然,賴吾師相乾乾。喜征蠻事畢報師還,雀躍我居先。

(白)下官王伉。自丞相征南,黎民安堵。今有塘報丞相班師入境,備得豬羊前去迎接。左右!(應介)可曾齊備?(院)齊備多時。(王)就此前去。

(院下)

第十二齣　永昌歇馬

【柳搖金】收兵息戰，三軍奏凱旋，丞相建功全。迎接吾當遠，無非盡我虔。我這裏勞軍非腆，無非牛酒先。任在嵩城，迎軍大典。（內喝道，軍上，白）稟老爺，丞相大軍，離此不遠。（王）知道了。（軍應下）（王）左右！快快迎接前去。（同唱）大旂不遠，迎候須前。任在嵩城，好將誠展，好將誠展。（下）

第十三齣　分撥四郡

（呂凱上，唱）

【醜奴兒】荒隅往返程途遠，今已言旋。（白）下官呂凱。隨丞相平蠻班師，兵到永昌駐扎。今日起馬，爲此早來伺候。（王伉上，唱）兵馬喧填，冷淡衙齋宿大賢。

（呂白）大人來了。（王）早膳送進已久，丞相將次起身，我與大人伺候。（呂）正是。（四將、趙、魏、孔明上，唱）

【鶴衝天】軍機靰掌多勞倦，夜宿衙齋頓避喧。

（王、呂見介）（孔）二公少禮。（王、呂）欲留丞相少住一日，恩祈允否？（孔）君命緊急，歸心似箭。又想永昌四郡呵！（唱）

【搥拍】衛益州當爲最先，地衝煩關係要邊。當此保障維艱。所爲人難處，使我心內憂煎。擇取賢能，自覺茫然。二公有才增譽全，當此任復何言，當此任復何言。

（呂、王白）還求另選賢才。恐我二人，不能當此重任。（唱）

【前腔】自深漸無能已前，辛叨蒙危裏取安。無任榮光萬千。正慮將來重任，諸事駢闐。惟恐護愆，朝夕乾乾。望丞相擇取英賢。爲禎幹任當專，爲禎幹任當專。

（孔白）二公不必過謙。王公守永昌、建寧兩郡，呂公守牂牁、越雋二郡。此四郡，非二公不可。（王、呂）恐負丞相付托之重[1]。（孔）此乃隨才而用，理之當然。（唱）

【前腔】幸相逢相隨半年，遇艱危同受萬千。一旦分離愴然。（王、呂）未審何年再會，重問寒暄。徒有兩地懷思限，地北與天南。（同唱）但得兩地音傳,如對面論公言,如對面論公言。

校記

［1］付托:"付"字,底本作"負",今據文意改。

第十四齣　孔明班師

（張翼上,白）稟丞相,大兵盡發,請丞相起行。（孔）二公治事,就此告別。（王、呂）恭送丞相。（孔）有勞了。（王、呂下）（孔）眾將官！就此班師。（眾）得令。（合唱）

【番竹馬】紛紜人馬去矣,紛紜人馬去矣。統貔貅上陽關,各認東西。盼程途趲行理。整依依共迴旋,扶漢室,免不得嘗盡客途味。眾軍將,共相隨。（孔白）眾將官！（眾）有。（同唱）但見陽光沉西。竟催騎長行在雕鞍,前後相隨。見野鳥歸巢矣,聽猿猴兩岸鳴啼。呀！疏林枝上,隱隱的懸挂着斜輝,隱隱的懸挂着斜輝。（下）

第十五齣　行師遇貢

（四卒捧冠袍,鄧、費、郭、董四官上,同唱）

【二犯江兒水】君王敕命,齊捧着、齊捧着,驊騮當快騁。為軍師將至,平定功成。捧冠袍恭且敬,郊外去相迎。齊心一片誠,先令解甲,格外恩榮。敢留停,冒風塵,齊出境。（鄧白）下官揚武將軍鄧芝是也。（費）下官黃門侍郎費禕是也。（郭）下官輔國將軍郭攸是也。（董）下官學士董允是也。（鄧）聖上有旨,命我等郊外與丞相更衣。（費）諸將解甲。（郭）欽限緊急,快快趲行。（同唱）策馬前行,須索是、須索是筲筲風冷。但覺那、但覺那景寥寥,望前途水落烟輕。（下）（四小軍、關、馬、王、張、趙、魏、蔣、孔上,同唱）

【前腔】皇都將近,遙望着、遙望着,瑞靄遙天映。有紛紛鬱鬱□若龍形。現紅黃瑤光盛。半載別彤庭,思君心自誠。（前卒、四官上,唱）旌旗遙漾,凱唱歡聲。喜回兵,氣昂昂真得勝。（各下馬介）（鄧白）請丞相聽旨！（孔、眾跪）（鄧白）聖上有旨,相父與諸將十分勞苦,朕甚念之。特遣鄧芝等賚送冠袍百里之外,先與丞相更衣,後與諸將解甲,迎接進城。欽此。謝恩。（孔、眾）萬歲、萬歲、萬萬歲！（各換袍介）（四官）恭喜丞相,成此奇功。（孔）

此乃聖上天威、諸將效力,與亮何功之有。(鄧)不敢。(四官唱)寵眷深恩,幸相遭、幸相遭,還朝覆命,好同去還朝覆命。慶昇平,喜一堂共濟時清。(下)(四番、四國王上,唱)

【二犯江兒水】心存恭敬。俺這裏、俺這裏,朝天將到竟。(魏白)什麼人?(火)我等四國番王,各備奇珍異物,前來進貢。(魏)原來如此。請各位賢王,與丞相相見。(四王)請。(見介,唱)真如雷灌耳,仰慕高名。未朝天此地迎,緣分既非輕,求君達內庭。(孔白)足見各位賢王美意,且請一同進城。明日奏過聖上,然後賢王進貢。(四王)多謝丞相。(孔)就此進城。(同唱)欣逢盛世,四海清寧。拜颺塵,君臣慶,海宇澄清。真個是、真個是皇風全盛。一任價、一任價卿雲生,會明良,濟濟盈庭。(下)

第十六齣　還朝復命

(郭、費、鄧、董四官上,同唱)

【點絳唇】天仗齊臣,威儀肅整。天顏近,玉旨先聞。衣被香烟噴,衣被香烟噴。

(費白)下官費禕是也。(鄧)下官鄧芝是也。(董)下官董允是也。(郭)下官郭攸是也。(同)今日丞相還朝復命,聖上臨軒,只得早來侍候。(四監引後主上,唱)

【點絳唇】初辟重闈,駕行接引。鳴珂進,共候楓宸,朝見今堯舜,朝見今堯舜。

(白)孤乃漢後帝是也。今日相父復命,因此設朝預候。(趙、魏、關、王、蔣、張引孔明俱穿袍執笏上,同唱)

【點絳唇】回詣君門,始安方寸。攄丹悃,前後敷陳,預備重瞳問,預備重瞳問。

(費白)就此披宣。(孔、眾)臣,諸葛亮、蔣琬、趙雲、魏延、關索、王平、張翼朝見,願吾皇萬歲、萬歲、萬萬歲!(主)平身。(孔、眾)萬歲!(上)相父可將平蠻方略,就此奏來。(孔)臣仰仗天威,下賴諸將同志,南蠻平定,非臣力所為也。(唱)

【一枝花】茲伏遇聖人堯舜君,自然是遐邇天威振。好一似三苗初逆命,我但把千羽兩階陳。感動敷文,有苗蠻來格偏能迅。況又有三軍皆飽騰,共攄忠易,掃滅烟塵。在微臣,不過是備員章本,不過是備員章本。

（主白）相父之功，朕所深知。平蠻前後事宜，相父明白回奏。（孔）有永昌太守王伉，保守城池，爲國之功不小。又有吕功曹吕凱，預畫《平蠻圖》獻臣，觀之深知地理，所以用兵不難。平蠻歸服，皆吕凱之功也。（主）平身。（孔）萬歲。（主）把平蠻之事明白奏來。（衆將）萬歲。（同唱）

【梁州第七】得這鋤削去，那群蠻凶狠，算《平蠻圖》爲第一功勳。條條井井功夫盡。他那裏山川深淺，形勢周巡。何方險阻，何處藏兵，那其間細細開陳，妙方兒事事依遵。趕、趕、趕，趕得那孟蠻王無處逃奔。借用兵處處不能取勝，總有那凶凶頑輩，命不留存。掃去烟塵，蠻幫破損，烏戈國遺種無留剩，頑孟獲心方震，拜倒轅門方感恩。今日呵，服事方新，今日呵，服事方新。

（主白）衆卿平身。（衆）萬歲！（後主）《平蠻圖》既出，吕凱今在何處？（孔）臣觀永昌、建寧、牂牁、越雋此四郡，非才不能把守，暫委王伉、吕凱二人，分守四郡。更有中毒軍士，冤魂沉滯，伏望詔書兩道，加封吕凱、王伉，次將軍士、家屬給以衣糧，以慰死者。二事最爲要緊。昨蒙聖恩遣官接臣，郊外有四處國王朝貢，現在朝門候旨。（唱）

【感皇恩】臣把那軍旅紛紛，早以向丹陛敷陳。喜得這定南蠻可以圖他事，然後事方淳。今日個掃盡烟塵，天威遠震，外國齊投順。進奇珍，候旨在君門，候旨在君門。

（主白）平身。（孔）萬歲！（主）南蠻平定，列國來朝，一時之盛事。着各國番王上殿。（監照宣）（四番抬麒麟、鳳鶴、獅子，四王上，白）不睹皇居壯，安知天子尊。（火）臣火洲王伊也納。（緬）臣緬甸王楊洪。（三）臣三佛齊王吐花。（悉）臣悉蘭王丹達思賴。（同）願中華聖人，萬歲、萬歲、萬萬歲！臣等各國，俱有貢獻。（主）奏來。（火）臣國內出一麒麟。（緬）臣國內出一鳳凰。（三）臣國內出一獅子。（悉）臣國內出一黃鶴。（同白）應在中華聖人有道，海宇澄清，躬逢盛世。（四王唱）

【牧羊關】自從那庖羲氏有瑞麟，一任他園囿遊，不見逡巡。上古聖君，仁孚德信。今日裏鳳凰得現，獅子兒鼓舞更歡欣。欣恭遇黃鶴慶，聖主同古聖，配德愈加尊。

（主白）各國進貢，朕心喜悦。衆國王暫歸館驛，另日賜宴謝恩。（四王）萬歲、萬歲、萬萬歲！（唱）

【煞尾】朝天有志心中隱，今日方能志願伸。因把麟鳳獅鶴頌，聖擄忠悃。（下）

（主白）衆卿聽封。詔爾相父，功莫大焉，封爲武鄉侯，無以加封，外加食邑萬戶，黃金萬兩，綵緞千端。趙雲有救朕之功，封永昌亭侯。魏延封都亭侯。關索隨征有功，襲封壽亭侯，賜第宅成都居住。張翼、王平、蔣琬，各升三級。王伉、呂凱，兼轄四郡，王伉封太尉，呂凱封太副。中毒軍士，着兵部恤賜其家。（孔、衆）萬歲！（主）設宴過來，就此酬功。（安席，同）

【好事近】解甲共擎樽，自此將兵歇刃。吾皇福德，還高五帝爲君。祥光慶雲，雨暘和品，物咸亨信。群臣輦吁咈都愈，慶明良颺拜君門。（主白）散朝。（同唱）

【尾聲】一朝瞻仰天顏近，帝德咸歸廣運。欣睹祥光萬載春。（下，終）

西川圖

無名氏 撰

解題

傳奇。無名氏撰。《傳奇彙考標目》著録。《今樂考證》亦著録："右自《西川圖》以下，《曲考》云：'詞曲平，皆抄本。'"劇本内容，前四齣《三闖》《敗惇》《繳令》《負荆》與今存清宫昇平署抄本《綿綉圖》敷演故事大致相同，文字稍有不同。今存中國戲曲學院圖書館抄本，係猶古軒抄本，共五齣，無標點，曲有譜。《古典戲曲存目彙考》云："《西川圖》，此劇未見著録。抄本。吴曉鈴云：'《四川圖》，余曾見二本，一在中國戲曲學院，演劉備入吴招親事；一在故宫，演劉備入蜀事。'按清洪昇有《錦鏞圖》傳奇，亦名《西川圖》。亦演劉備謀取西川事，疑即此故宫本。《綴白裘》有《蘆花蕩》一齣，亦題《西川圖》，當爲入吴招親本。"吴所見之本，皆非此二種，既不是演劉備入川事，亦非演劉備入吴招親事，只有一齣《蘆花蕩》與東吴招事有關。此二種又皆云爲總本，似爲全本。是否還另有存本，待考。按：此本《西川圖》當爲民間所傳抄本，昇平署《錦綉圖》爲宫廷内府抄本。鑒於二本有所不同，故均收録。今以中國戲曲學院圖書館藏抄本爲底本，進行校勘整理。

第一齣 三 闖[1]

（小生上）當年販馬走營戎，百萬軍中顯大功。英雄四海知名姓，真定常山趙子龍[2]。今日軍師登臺點將，只得在此伺候。（吹打，末上）前次春園桃噴火，今日東籬菊綻金。誰似豫州存大志，求賢用盡歲寒心。貧道覆姓諸葛，名亮字孔明，道號卧龍，南陽鄧州人也。年方二十七歲，住居襄陽隆中。今有徐庶舉薦貧道，與劉關張爲軍師。他弟兄三人，一年三訪，三顧茅廬。春間來訪，貧道推觀山，不曾放參；夏間來訪，貧道推玩水，又不曾放參[3]；

直至秋間又來，貧道堅執不肯下山。有趙雲來報，甘夫人所生一子。貧道察其時刻，此子有四十年天下，爲此貧道下山。我未出茅廬，先按定九九三分之數。曹操占了中原七十二郡，七見二，乃是九數；孫權占了江東八十一郡，八見一，也是九數；玄德公占了西蜀五十四州，五見四，亦是九數。此三人按天時地利人和[4]，我想天時不如地利，地利不如人和。我身離臥龍，智坐中軍，蒙玄德公弟兄三人，拜爲軍師。今有曹操屯兵許昌，要與我交戰，爲此今日登壇點將。正是：三軍怎敢帳前喧，鴉鵲遁時不敢噪。休言地府聚神祇，此是中軍元帥府。（小生）軍師在上，趙雲打恭。（末）趙雲。（小生）有。（末）與我傳令！（小生）吓。（末）一通鼓埋鍋造飯，二通鼓整身披挂，三通鼓絕傳衆將，上壇聽點。如有一將不到者，梟首轅門示衆。（內應）（小生）吩咐過了。（末）吩咐軍政司起鼓。（小生）吓嘚！軍政司起鼓。（內應，戰鼓喇叭吶喊）殺吓！（小生）一通鼓完。（末）再起。（小生）吓嘚，再起。（內照前）（小生）三通鼓絕[5]。（末）主公到時，即忙通報。（小生）吓。（老生上）憶昔當年投郡東，桃園結義聚英雄。（外上）紛紛四海皆兄弟，惟我三人有始終。（淨噭）（生）某弟兄三人，在桃園結義，宰白馬祭天，殺烏牛祭地，不願同日生，只願同日死。（淨介）吓吓吓！（生連）一在三在，一死三亡。（淨介）唔唔唔！（生連）一年三訪，三顧茅廬，請下諸葛孔明。（淨介）咳！（生連）拜爲軍師。今日登壇點將。二弟！（外）大哥。（生）三弟，一同進見。（淨）大哥、二哥。（生、外）三弟。（淨）憑着俺弟兄們有如的刀，只麼樣的鎗，纔是武藝，那裏用得着這懶夫？（生、外）求賢拜將，只索忍耐。（淨）求甚賢，拜甚將？恁兄弟好不苦痛哀哉也！（生、外）大丈夫不下等閑之淚，三弟爲何發悲？（淨）我的哥，怎兄弟也不淚着別的。（生、外）端爲何來？（淨）吓哈哪！

【一枝花】哀哉！爲一片價慷慨心，攔不住兩眼英雄淚。俺三人親結義，四海外苦相持，誰是誰非。你們有了這村漢，阿呀，就沒了恁兄弟。我也不知他誰是誰！自從他出茅廬，怎將他就拜做了個元戎，今日裏上壇臺效安邦社稷。（生、外介）軍師有運籌帷幄決勝千里。（淨）阿呀，我的哥。吓哈，他不理會兵書和那戰策，只爲在深村裏吓吓拽耙扶犁。

（生、外）三弟，還是一同進見。（淨）我不去見他。（生、外）還是一同進見。（淨）哎！咱偏不去見他。（小生上）主公。（生、外）通報。（小生）軍師有請。（末上）怎麼說？（小生）主公到。（末）道有請。（小生）吓，軍師出迎。（末）主公。（生、外）軍師。（末）主公請。（生、外）請。軍師請上，愚弟兄有一拜。（末）貧道也有一拜。（生）念孤窮有何德能。（外同）敢勞軍師屈高就下,降尊臨卑,實乃愚弟兄之萬幸也。(末)貧道乃山野村夫,愧無呂望之謀,那曉孫吳之智。敢勞賢昆玉一年三訪,三顧茅廬,實乃貧道之萬幸也。(生、外)不敢。請軍師登壇。(末)趙雲。(小生)有。(末)吩咐起三通鼓。(小生)吓嘚。起三鼓。三通鼓絕。(末)傳眾將上壇。(生)嘚。眾將上壇聽點。(付、老、正、作、旦上)軍師在上,眾將打恭。(末)站立兩傍。(眾)吓。(末)趙雲。(小生)有。(末)眾將齊了麼?(小生)眾將俱齊,只有三將軍張飛未到。(末)唔,趙雲與我速拿寶劍莫稽遲,虎將頓時血染衣。未向許昌擒孟德,先來帳下斬張飛。斬訖報來。(小生)得令。(生、外)刀下留人。(小生)應。(生、外)軍師在上,俺這裏未曾與曹操交鋒,先斬一員虎將,猶恐與軍不利,看愚弟兄份上,饒他一次。(末)請起。(生、外)請令下。(末)既是主公、二翁子討饒,追轉令來。(生、外)令下。(小生)吓,繳令。(生)多謝軍師。(末)饒便饒了,要他到我帳前,叉手恭身,上告我師謝饒,方可饒他。(生、外)領命。吓!三弟,三弟快來。(淨上)大哥、二哥,怎麼講?(生、外)你的禍事到了。(淨)嗯,好端端禍從何來?(生、外)方纔軍師點將,諸將俱齊,只有三弟不到。(淨)不到便怎麼樣?(生)吓!軍師要將你斬首。(淨)吅呀呀呀!(生、外)我二人再三討饒,如今饒便饒了,要你到軍師帳前,叉手恭身,上告我師謝饒,方可饒你。(淨)大哥、二哥,咱是個男子漢,要砍就砍,要殺就殺,偏不與他施什麼禮!(生、外)如此說,大事不成了。(淨)呔,大事不成了?(生、外)看我二人分上,還是一同進見。(淨)也罷。看二位哥哥的金面。如此大哥、二哥先請,恁兄弟就進來。(生、外)就進來吓!(淨)就進來的。(生、外)張飛到。(淨)這懶夫好可惡。我且進去見他,我且進去見他。(末)帳下站的可是張飛?(淨)偏你不是諸葛亮。(末)唔!你怎麼道我的名?(淨)你怎麼呼咱的姓?(末)敢是來謝饒?(淨)我倒偏不饒你。(末)張飛。(淨)諸葛亮。(末)你看我帳下,站的一個個多是有名上將,那有你的站處。趙雲!(小生)有。(末)與我叉他出去。(小生)吓。(淨)呔嘿嘿!我把你這牛鼻子的懶夫。(末)匹夫。(淨)俺弟兄三人苦爭鏖戰,掙下這一答地皮,俺三將軍今日在中軍帳前站這麼一站,立這麼一立,難道踹壞了你的地皮[6]?吅呀呀呀,搞他下來。(生、外)三弟,不可如此,你且出去。(淨)嗄,我且出去。這懶夫這等可惡。二哥,來來來。(外)三弟怎麼?(淨)你們自從請下這懶夫,兄弟沒有覷他的龐兒,二哥權做了肉屏風,遮這麼一遮,待兄弟覷他一覷。(外)使得。來吓!(淨)呀!

【小梁州】覷着他乾剥剥村臉上沒些兒和氣。更那堪筑壇臺,今較晚拜將嫌遲。(末介)糜芳、糜竺。(付、老)吓。(淨)你看糜芳、糜竺。(末連介)鞏固、劉封,小心伺候。(正、作)吓。(淨)鞏固、劉封,他們多甘心兒做小伏低[7]。(末介)看酒。咦,他喜孜孜執盞傳杯。(末介)主公請。(生)軍師請。呀,怎看俺大哥似這般樣叉手恭身。(末介)二翁子請。(外)軍師請。阿呀,怎看俺二哥他也是這等樣獻勤埋禮。咱兩個扶持戰場兒,着這廝善眼舒眉。我定睛了半日,到來日曹兵擺着鐵桶般軍隊,諸葛亮,走不了我和你。看你新拜軍師顯什麼武藝,怎生價相持。

(末)令字旗覺動,曹兵即至也。(丑上)報啓軍師[8],曹操命夏侯惇統領十萬人馬前來交戰,請師爺定奪。(末)你來報,我先知。(丑)吓。(末)再去打聽。(丑)得令。(下)(末)咳,貧道好苦痛哀哉也。(生)敢是慮孤窮兵微將寡?(末)非也。可惜曹兵十萬人馬,都死在貧道之手。(生、外)全仗軍師神機妙算。(末)自古兵來將擋,水來土淹。趙雲聽令!(小生)有。(末)與你三千人馬,到博望城引戰夏侯惇,東門進,西門出,只要輸,不要贏。輸者見功,贏者罰罪,照帖行事。(小生)得令。(淨)子龍,你往那裏去?(小生)奉軍師將令,與我三千人馬,到博望城引戰夏侯惇,東門進西門出,只要輸不要贏,輸者見功,贏者罰罪。(淨)嘿嘿,這懶夫就是這個倒運的。(小生)爲何?(淨)怎麼爲將相持只要贏,他怎麼偏要輸?(小生)這是軍師神機妙算。(淨)什麼神機妙算,拿來待我去。(小生)沒有軍師令,去不得。(淨)他有什麼令?(小生)自然。(淨)如此,你站在轅門,待俺進去說明了,一同前往。(小生)如此,三將軍就出來吓!(淨)就出來的。吠!諸葛亮。(末)張飛。(淨)俺三將軍要同趙子龍引戰夏侯惇走遭。(末)張飛。(淨)諸葛亮。(末)只管道俺的名,怎及得我坐的是金頂蓮花帳來。(淨唱)唔!

【烏夜啼】他坐的是金頂的蓮花帳,(末介)描金帥字旗。描金帥字旗。怎只會喫美酒和那堂食。並沒有打鳳的牢龍,則有那縛雞的氣力。(末介)我這樣軍師如何?(淨)你這軍師,唔!可也乾挣了俸[9]。怎自不去,倒叫別人去,這的是官不威來,只落得牙爪威。

(末)你鎗快?(淨)鎗快。(末)馬飽?(淨)馬飽。(末)會相持?(淨)會相持。(末)將軍雖好,俺這裏不用,叉他出去。(淨)吼呀呀呀!待我摑他下來。(生、外)三弟,不可如此。這是小差。(淨)這是個小差?(生、外)你自有大差在後。(淨)吖,我自有大差在後。(生、外)你且出去。(淨)我且出去。(小生)吓!三將軍怎麼樣了?(淨)子龍,你是個小差。(小生)原來小差。(淨)俺三將軍自有大差在後,請罷,請罷。(小生)眾將官,就此起兵前去。（内喊）（小生下）（末）糜芳、糜竺、鞏固、劉封！（衆）有。（末）與你們一枝人馬，到博望城放檑木砲石，樊城樓舉火燒囤，照帖行事。（衆）得令。（净）住了，住了。你們都往那裏去？（衆）奉軍師將令，到博望城放檑木砲石，樊城樓舉火燒囤走遭。（净）拿來，拿來。待我去。（衆）没有軍師將令，去不得。（净）他有許多的令？（衆）自然吓。（净）也罷。你們一個個都站在轅門，待俺進去説明了，和你們同去。（衆）三將軍就出來吓！（净）就出來的。諸葛亮！（末）張飛！（净）俺三將軍要同糜芳、糜竺、鞏固、劉封，放檑木砲石，舉火燒囤走遭。（末）你鎗快？（净）鎗快。（末）馬飽？（净）馬飽。（末）會相持？（净）會相持。（末）將軍雖好，俺這裏不用。（净）滑呀呀呀，搠他下來。（生、外）三弟，不可如此。這也是小差。（净）吓，這又是小差！（生、外）還有大差在後，你且出去。（净）吓，我且出去。這又是小差。（衆）三將軍怎麽樣了？（净）咳，你們都是小差。（衆）原是小差。（净）俺三將軍還有大差在後，去罷。（衆）衆將就此起兵前去。（内喊下）（末）二翁子聽令！（外）在。（末）與你一枝人馬，到潺陵渡口，提閘放水，照帖行事。（外）得令。（净）二哥，你往那裏去？（外）奉軍師將令，往潺陵渡口，提閘放水走遭。（净）噯！這懶夫什麽行兵的勾當！（外）爲何？（净）撇鬥得俺弟兄們一頭放火，一頭放水，成何體統。（外）這是軍師神機妙算。（净）什麽神機妙算？拿來，兄弟代勞。（外）没有軍師令，去不得。（净）二哥，你也聽他的令？（外）自然。（净）二哥，你且請坐轅門，待兄弟進去説明了和你同往。（外）三弟，就出來吓！（净）就出來的。諸葛亮！（末）張飛！（净）俺三將軍同二哥提閘放水走遭。（末）你二哥是關美髯，（净）吓！（末）英雄輩。你怎及得他來。（净）噯吓！

【哭皇天】俺二哥是關美髯、英雄輩。（末介）能相持善武藝。能相持善武藝。你不會陣面上獻手策，只會在坑頭上説兵機。到來日正東正南上五百騎人馬，正西正北上五百騎人馬，骷髏套簸箕帳，把你這懶夫一圍，圍在中間把雕箭射，（净唱）射着恁那大大的腿。（末介）我差關雲長去放水。恁差俺二哥去放水。（末介）趙子龍去當先。趙子龍去當先，阿呀，兀的不這軍師？（末）我這軍師可做得？（净）你這樣軍師？（末）咥！（净）咳，阿呀！我也做得。（末介）自古蛇無頭而不行。恁道是蛇無頭兒不動，（末介）鳥無翅兒不飛。鳥無翅兒不飛。這一會吓，可可不氣殺了俺張車騎。也曾忍冷擔饑争殺相持，恁在那茅廬中講論着是和非，茅廬中講論着是和非。俺也曾忘生舍死驅兵隊，不是俺夸張會強嘴，（末）怎得道得。（净）道得怎得。俺跟前使不得做小伏低。（末）你鎗快？（淨）鎗快。（末）馬飽？（淨）馬飽。（末）會相持？（淨）會相持。（末）將軍雖好，俺這裏不用。扯他出去。（淨）滑呀呀呀，待我摳他下來。（生）三弟，不可如此。這又是小差。（淨）嗳，左又小差，右又小差，有這許多的小差？（生）這是極小的小差，你自有大差在後，你且出去。（淨）嘎，我且出去。這又小差，那又小差，有這許多的小差！（外）三弟怎麼樣了？（淨）二哥，你是個極小的小差。（外）原是小差。（淨）恁兄弟自有大差在後，請罷，請罷。（外）請。眾將官起兵前往。（內喊下）（淨）咳！（生）軍師在上，諸將都有差，惟張飛沒有，望軍師也差他一差？（末）非是貧道不用他，用他也不得成功。（生）若不用他，可不要氣死了張飛。看孤窮分上，也差他一差。（末）既是主公再三討差，只得也用他一用。（生）多謝軍師。（末）領進來。（生）領命。吓！三弟，三弟，快來！（淨）大哥怎麼講？（生）你的喜事到了。（淨）唔，方纔是禍，如今又是喜，喜從何來？（生）軍師用你了。（淨）我的哥，也不怕他不用咱。（生）三弟，進去須放和氣些。（淨）咳！今番與他和氣不成了。（生）和氣為上。（淨）嘎，和氣為上。如此大哥先請，恁兄弟就進來。（生）就進來吓！（淨）就進來的。這懶夫怎麼不用個請字！也罷，我且進去見他，我且進去見他。吽，牛鼻子的。（生）唔！（淨）先生，先生！請俺三將軍那裏相持，何處廝殺？你個講。（末）張飛。（淨）諸葛亮。（末）非是貧道不用你，用你也不得成功。（淨）咳，偏我就不得成功！（末）你大哥再三討差，只得也用你一用。（淨）用便用，怎麼多這個也字？（末）我要用只個也字。（淨）偏不用這個也字。（末）我偏要用這個也字。（淨）偏不要，偏不要。（生）唔！（淨）講講講！（末）今有曹操命夏侯惇為帥，統領十萬人馬前來交戰，都被我斬盡殺絕。（淨）我把你這撒謊的懶夫，曹兵十萬人馬都被你斬盡殺絕，你可分剖與我聽。（末）聽者。（淨）講。（末）被我檑木砲石打死了三萬三千三百。（淨）再。（末）舉火燒囤燒死了三萬三千三百。（淨）再。（末）你二哥提閘放水，淹死了三萬三千三百。（淨）還有？（末）如今剩也剩不多。（淨）吖！（末）剩也剩不少，只剩得一百騎殘兵敗卒。（淨）吖！（末）日色剛剛乍午，（淨應）（末）打從許昌大路而來，雙手送在你袍袖裏。（淨應）（末）咳，張飛吓張飛！（淨）咳，諸葛亮吓諸葛亮！（末）只怕你一個也拿他不住。（淨）住了。我若拿住了夏侯惇，你輸什麼與我？（末）你若拿住了夏侯惇，也罷，就將軍師牌印輸與你掌管。（淨）你敢與我打賭？（末）就與你打賭。（淨）住了。他那裏多少人馬？（末）一百騎。（淨）多一個？（末）我輸。（淨）少一個？（末）我輸。（淨）打從那裏來？（末）許昌大路而來。（净）小路？（末）我輸。（净）什麽時？（末）午時。（净）巳時？（末）我輸。（净）未時？（末）我輸。（净）言得定？（末）言得定。（净）道得准？（末）道得准。（净）伸出掌來。哈哈，我的哥！（生）三弟怎麽説？（净）這懶夫猶如在夢中一般。（生）爲何？（净）他説曹兵十萬人馬，都被他斬盡殺絶。如今剩也剩不多，剩也剩不少，只剩得一百騎殘兵敗卒，日色剛剛乍午，打從許昌大路而來，雙手送在我袍袖裏。他説我一個也拿他不住。我若拿住了夏侯惇，得了軍師牌印，將來懸懸挂着。我的哥，連你多是俺管轄的了。（生）這個自然。（末）張飛。（净）諸葛亮。（末）你若拿不住夏侯惇，輸什麽與我？（净）有，擺一席酒來請你。（末）酒小，配不上軍師牌印。（净）唔！這懶夫好狠吓。他説酒小配不上軍師牌印。且住！（末）講。（净）連我若贏了，他就輸了；他若贏了，我就輸了。（末介）快講。（净）把什麽與他？（末介）快講。（净）也罷！我若拿不住夏侯惇，就將六陽魁首，納在帥府。（生）阿！三弟使不得。（末介）吩咐軍政司，立下軍令狀。（净連）大哥，俺是拿雲的，到不如那鋤田的。俺是有眼的，到不如那没眼的。到來日上黄河，下流水，領三軍親戰敵，我把你初出茅廬來受氣。我若拿住了夏侯惇，咦哈哈，也不是這樣喜，我把麻繩緊緊來綁起，用鞭督郵的氣，我一隻手搤住他的衣領，一隻手揪住他的縧環，滴溜撲撕的他一字交，左脚踹住他前心，右手取俺丈八蛇矛，在那懶夫胸脯骨上，我就唔唔唔搗他一百二十四個透明的窟籠。諸葛亮，俺怎肯輕輕地饒過了你。（下）

（生）軍師，張飛此去可得成功？（末）諸將皆得成功，惟令弟不得成功。（生）爲何？（末）來日便知。（生）是。（末）喚雨能呼萬里風，他來塵土走西東。（生）噴火注水遮日月，（末）初出茅廬第一功。請。（生）請。（同下）（完）

校記

［1］第一齣 三闖：底本無此五字。底本劇名"西川圖"三字下，有三闖、敗惇、繳令、負荆、蘆花蕩五齣題目。今將其移至每齣前，並加齣數。以下四齣題目，均不再出校。

［2］真定："定"字，底本作"認"，今依《三國志・蜀書・趙雲傳》改。

［3］放參："放"字，底本作"訪"，今據文意改。

［4］地利："利"字，底本作"理"，今據文意改。下同。

［5］三通："三"字，底本作"二"，今據文意改。

［6］踹壞："踹"字，底本作"揣"，今據文意改。
［7］伏低："低"字，底本作"的"，今據文意改。下同。
［8］軍師："師"字，底本作"帥"，今據文意改。
［9］乾掙："掙"字，底本作"净"，今據文意改。

第二齣 敗 惇

（衆喝，丑上）朝廷命我進河魨，一個河魨八百觔。滿朝文武都不識，（衆）將軍，是什麽東西？（丑）原來是個鮑魚精。我乃大將夏侯惇是也。奉曹丞相將令，帶領十萬人馬，與劉、關、張交戰。衆將與我擺下一陣。（衆）什麽陣？（丑）干與我東邊擺個東爪陣。（衆介）西邊呢？西邊擺個西爪陣。（衆介）中間呢？中間擺個淅淅颯颯螃蟹陣。殺得他爬的爬來滾的滾，爬的爬滾的滾。

（合頭）馬兒馬兒短腿，行動搖頭擺尾。一日能行三千里，虧了將軍這雙好腿[1]。（衆喝，小生上）呔，看鎗！（丑）來將通名？（生）聽者。俺乃常山趙子龍，是你家十七八代祖公公。（丑）到會討便宜。（生）來將通名。（丑）聽者。俺乃大將夏侯惇，是你家十七八代，（衆介）將軍説大些。（丑）灰灰孫。（衆）呸！（生）看鎗！（丑）慢來。你那裏多少人馬？（生）三千。（丑）待我看兵書。（生）容你看。（衆）將軍，兵書在那裏？（丑）在頭盔厢裏。（吟調）噯，孫武子曰：他那裏三千，俺這裏也是三千，對兵不鬥。（生）何爲對兵不戰？（丑）你那裏三千，我這裏也是三千，此之謂對兵不戰。（生）衆將把人馬退下一半者。（内應，喊）（生）看鎗！（丑）慢點。你那裏多少人馬？（生）一千五百。（丑）還要看兵書。（生）容你再看。（丑吟介）噯，他那裏一千五百，我這裏原是三千。挑兵不戰。（生）何爲？（丑）你好乖。你把老弱的多退下去，把精壯的向前，一個鬥我們兩個，爲之挑兵不戰。（生）如此，衆將！（内應）（生）把人馬多退下去。（内喊）（生）看鎗！（丑）慢點。如今剩多少人馬？（生）一人一騎。（丑）個是越加勿戰。（生）爲何？（丑）一人拼命，萬夫難當。（生）呔，放馬。（生敗下）（衆）將軍贏了。（丑笑介）哈哈！人人説趙子龍有萬夫不當之勇，如今看起來也只平常，被我一鎗，屁都殺出來了。（衆）將軍，如今往那裏去？（丑）到博望城去。（衆應）（合頭）馬兒馬兒短腿，行動搖頭擺尾。一日能行三千里，虧了將軍這雙好腿。（内粗吹打）（衆）將軍，上面在那裏飲酒，我們肚中餓了，上去搶些東西喫喫。（外内）衆將放檑木砲石哉。(內喊)(丑、眾)阿唷,打壞了,打壞了!(丑)勿好哉,將軍喫着子當頭砲,拉裏哉。(眾)我們倦得緊,那裏去歇息歇息再處?(丑)到樊城樓去。(眾應)(合頭)馬兒馬兒短腿,行動搖頭擺尾。一日能行三千里,虧了將軍這雙好腿。

(眾)我們怎樣睡法?(丑)做了井欄而睡。(眾)何爲井欄而睡?(丑)哪,他的頭頂了你的屁股,你的頭頂了他的屁股。(眾)將軍呢?(丑)我的頭頂了你的屁股。(眾)如此大家來吓。(外內)眾將舉火燒屯者。(內喊)(眾)阿呀呀呀,燒壞了,燒壞了!將軍,眉毛上有火。(丑)且自由他。(眾)爲何?(丑)這是有出典的。(眾)何典?(丑)這叫做火燒眉毛,且過眼下。(眾)將軍爲何唱起來?(丑)我將軍原是個唱客。(眾)口燥得緊,那裏去喝口水便好。(丑)到潺陵渡口去。(眾應)(合頭)馬兒馬兒短腿,行動搖頭擺尾。一日能行三千里,虧了將軍這雙好腿。

(水聲介)(丑)看水有多少深?(眾)水不滿一尺。(丑)如此,我們做個蜻蜓接尾巴,一個接着一個走。(眾)來吓!(外內)眾將提閘放水者。(眾)阿唷,淹壞了,淹壞了!(丑)阿呀,勿好哉!一個肚皮喫得來,魿魚能大拉裏哉。水面上奢個奢物事?(眾)都是我們自家人馬。(丑)奢纔是我裏個人吓,慢點,讓我來算算看。第一陣?(眾)將軍贏的。(丑)第二陣?(眾)博望城檑木砲石,打死了三萬三千三百。(丑)第三陣?(眾)樊城樓舉火燒屯,燒死了三萬三千三百。(丑)第四陣?(眾)提閘放水淹死了三萬三千三百。(丑)讓我來點點看。五十,六十,七十,八十,九十五,九十六[2],九十七,九十八,九十九。(眾)連將軍剛剛一百。(丑)阿呀,壞哉!曹丞相與我十萬人馬,怎麼剩得一百殘兵敗卒,怎好去回覆丞相。他那裏還有個殺人的太歲,斬將的班頭,黑臉的張皮。(眾)張飛。(丑)軋忙頭裏還要捉奢白字來。(眾)將軍如今往那條路走?(丑)往許昌大路去。(眾)還是從小路近些。(丑)你們不知諸葛亮乖計多端,還是大路去好。(眾)如此走吓!(合頭)馬兒馬兒短腿,行動搖頭擺尾。一日能行千里,虧了將軍這雙好腿。

(淨上)吶,看鎗。(丑)道言未了,黑炭團倒竈,(眾)早到。(丑)勿差。(淨)夏侯惇,你那裏有多少人馬?(丑)一個也勿多,一個也勿少,剛剛,(眾)將軍說多些。(丑)只得一百。(眾)呸!(淨)你個不要撒謊?(丑)我若撒謊,三將軍嘴上生了疔瘡。(淨)吶,眾將,什麼時候?(內應)午時。(淨)唔!這懶夫有些意思。看鎗。(丑)慢點。三將軍,人人說你有萬夫不當之勇,原來只會拿我這罰脚兔兒。(淨)何爲罰脚兔?(丑)請三將軍丟落子毛鎗,我也甩落子個牢實開講哉!(淨)唔,講。(丑)昔日有班獵戶,大大擺下一個圍場,各顯武藝,擒鷹的擒鷹[3],駕犬的駕犬。其間鑽出一隻白兔兒。可憐那兔兒,上怕鷹來抓,下怕呀和,(淨)唔。(丑)狗來咬。那些獵戶,就撲通一鎗正中兔兒的腿,那兔兒喫痛不過,向草裏速六一攢。那班獵戶尋那兔兒不見,東張張,西望望,就卷旗息鼓各各回家去了吓。(淨)吠,敢是你要逃走麼?(丑)孫子沒逃走。那時走來一個白鬚公公,手執黎杖,搠法搠法,只見草叢中動來動,動來動。那白鬚公公,將拐杖撥開草來,鑽出那只兔兒。那老丈道:原來是隻罰脚兔。就伸兩個指頭,捏了兔兒的耳朵說:拿回去與孫兒頑耍頑耍。如今看起來,三將軍好似那白鬚公公,夏侯惇猶如那罰脚兔,哪耳朵拉裏領子去罷。(淨)依你便怎麼?(丑)依我一些也不難,請三將軍把人馬暫退一箭之地,讓我們喫些乾糧,馬喂些草料,那時與三將軍戰幾百個回合,着三將軍拿住了夏侯惇,凌烟閣上標名。(淨)吓吓吓!(丑)倘夏侯惇拿住了三將軍?(淨)吠!(丑)比方比方,五鳳樓前畫影,阿是勿差。我沒說完哉,但憑唔聽勿聽。三將軍,三阿爹,阿三!(淨)吠!(丑)吖啈!(淨私)且住。我如今這樣拿他,也不爲稀罕。(轉介)夏侯惇,放你喫飽了再戰。衆將把人馬退下一箭之地。(內喊)(淨下)(衆)來來來埋鍋造飯。(丑)咥!阿是餓斷子脊梁筋哉!這是我使下的計。(衆)什麼計?(丑)這叫金蟬脫殼之計。(衆)何爲金蟬脫殼計?(丑)哪,把斷旗斷鎗扎起營隊來,把斷弓斷箭駕起火來。他只道我們埋鍋造飯,哪曉得我們都走了。(衆)如此,來來來!這叫做鰲魚脫却金鈎鈎,擺尾搖頭再不來。走吓!(衆下)(丑)讓我來看看黑面孔。(淨內)吠!(上)衆將與我踹營。(丑)吖啈,來個哉!(逃下)(淨)夏侯惇。(內)走了,走了。(淨)走了?走了?阿呀,且住。昨日與軍師賭頭爭印,如今果走夏侯惇,這便怎麼處?吖哈!有了。只得效古人廉頗,身背荆杖,往帥府請罪走遭也。夏侯惇!(內)走了。(淨)咳!走了走了。(下)(完)

校記

[1]這雙:"這"字,底本作"只",今據文意改。
[2]九十六:"九"字前,底本有一"九"字,今據文意删。
[3]擒鷹的擒鷹:"鷹"字,底本作"鴬",今據文意改。下同。

第三齣　繳　令

(老生上)張良扶漢日初升,日當乍午嚴子陵。(末上)一輪紅日將西墜,被咱托住不能行。(生)軍師。(末)主公。(小生上)奉若軍師令,引戰夏侯惇。主公,軍師,奉令成功,繳令。(末)記上頭功。(小生)多謝軍帥。(付、老、正、作、旦上)博望成功日,回營繳令時。主公,軍師,奉令成功,繳令。(末)記功陞賞。(衆)謝軍師。(外嗷上)軍師差往潺陵渡[1],提閘放水把名揚。大哥,軍師。(生)二弟。(外)奉令成功,繳令。(末)鞍馬勞頓。(外)守塞多勞。(末)趙雲!(小生)有。(末)衆將齊回了麽?(小生)衆將齊回,惟三將軍張飛未到。(末)就煩二翁子轅門候覷。(外)得令。(末)主公請。(生)軍師請。(同下)(完)

校記

[1] 潺陵渡:"陵"字,底本作"凌",今據文意改。

第四齣　負　荆

　　(净上)咳!我想爲了一個人,再不可偏顧了這張嘴。我昨日與軍師賭頭爭印,不想果走夏侯惇。無計可施,只得效古人廉頗,身背荆杖,往帥府請罪走遭也。

　　【端正好】似俺這般樣見他時羞容辱。咳,張飛吓張飛!你惹大眼怎不辯一個賢愚。我望軍中,好一似赴那陰司路,恨不得兩步改做那三步。

　　【滾綉球】他問我贏也是輸,夏侯惇有也是無。我最怕的劈頭一句。少停。到了軍師帳前,他就問:張飛,你回來了?我説:是回來了。他説道:夏侯惇呢?我忙陪個小心説,夏侯惇走了。他説:哎!你昨日與我賭頭爭印,如今果走夏侯惇。刀斧手,把張飛推出轅門,斬訖報來。阿呀!不免的在那七星劍下將我這頭顱振,一失人身萬劫無,古語非誣。

　　(外暗上)(净)唔,來此已是轅門。吓,爲何靜悄悄?那邊坐的是二哥,爲何他也是悶悶的坐在那裏?吖,想是他也不得成功。嗨!二哥,二哥!(外)吓,三弟,你回來了?(净)正是,回來了。二哥,你成功了麽?(外)成功繳令了。(净)阿呀呀!謝天地。(外)三弟,你拿的夏侯惇呢?(净)夏侯惇!咳!走了,走了。(外)阿呀!你昨日與軍師賭頭爭印,如今果走夏侯惇,這便怎麽處?(净)阿呀呀!二哥,好軍師吓好軍師!

　　【倘秀才】他穩排着呼風唤雨,舒着手拿雲握霧。二哥,我如今進去,拜他爲師祖,也是遲了。(外)你昨日把性兒放下些,便纔是。(净)二哥,你進去對大哥説,看桃園結義分上,在軍師面前勸解勸解。(外)這個是然。(淨)張飛是一勇性話無虛,到那裏一莊莊細數。

　(外)你背上背的什麼東西?(淨)我如今只得效古人廉頗,身背荆杖,與軍師請罪吓,二哥。(外)三弟。(淨)你進去説一聲。(外)住着。(淨)吓,二哥,來來來!(外)怎麼説?(淨)你進去見軍師,須要放和氣些吓!(外)你如今忒小心了。軍師,有請。(四將、小生、老生引末上)怎麼説?(外)張飛回來了。(末)趙雲。(小生)有。(末)取我軍師牌印過來。(小生)吓。(末)貧道心中正憂慮,却是將軍英雄處。(淨跪介)(末)吓,三將軍!(淨)呀呀!(末)你在石堤邊拿住了夏侯惇,則你就是保劉朝駕海擎天柱了。(淨)咳!

　【呆骨朵】師父道保劉朝駕海擎天柱,(末介)阿呀呀,三將軍請起。張飛是個不識字的愚魯村夫。(末)有話隨我到中軍帳來。(淨)是。(生)小心。(淨)是。(外)膝行。(淨)是要膝行,要膝行。(小生)吓,三將軍。(淨)慚愧。(小生下)(末)今日爲何只管拜起貧道來!(淨)怎敢道不拜恁個軍師,(末介)你昨日不該罵我吓!(淨連)我若罵了師爺呵,正是那太歲頭上動土。(末介)你有何話講?我一一的也難分説,(末介)叫貧道也難猜吓?拜吾師有甚難猜處。我是一個愚人,怎不辯恁個賢,(末)昨日不該罵我牛鼻子懶夫!(淨)大哥、二哥,我若罵了師爺牛鼻子懶夫,是正是那初生犢兒不怕恁這虎。(末)你拿的夏侯惇在那裏?(淨)夏侯惇走了,走了。(末)你背上的是什麼東西?(淨)是荆杖。(末)要他何用?(淨)昨日冒犯虎威,我張飛有眼無珠,得罪軍師。今日負荆請罪,仍憑師爺打也罷,罵也罷,來來來,是打的好,打罷打罷!(末)哎!昨日與我賭頭爭印,如今果走夏侯惇,刀斧手!(衆)有。(末)將張飛推出轅門,斬訖報來。(衆)得令。(淨)阿呀,大哥、二哥!看桃園結義分上。(丑上)報啓師爺,今有曹操不伏前輸,親領八十三萬人馬,前來討戰。(末)知道了。再去打聽。(丑)得令。(下)(淨)阿呀,大哥,二哥!看桃園結義分上,(生、外)刀下留人。軍師在上,曹操不伏前輸,領兵又來搦戰,看孤窮分上,差張飛前去與曹操引戰。勝者將功折罪,輸者二罪俱罰。看愚弟兄薄面,再饒他一次。(末)既是主公、二翁子討饒,放了綁。(衆)吓。(淨)咄咄咄!謝吾師不殺之恩。(末)張飛。(淨)有。(末)今有曹操不伏前輸,領八十三萬人馬,前來搦戰,與你三千人馬,你敢去也不敢去?(淨)張飛敢去。(末)好。我大兵隨後接至。(淨)得令。(生)軍師請。(生、外、末下)(淨)衆將官!(衆應)(淨)到來日,十二時橫鎗躍馬施英武,領將驅兵列士卒。撲咚咚,播戰鼓,鬧炒炒,喊聲舉。火殺得他開不得

弓來蹬不得弩，搖不得旗幡擂不得鼓。誰敢來！咦唏唏哈哈！（衆喝，同下）
（完）

第五齣　蘆花蕩

（四小軍喝，净上）草笠芒鞋漁父裝，豹頭環眼氣軒昂。坐下千里烏騅馬[1]，蛇矛丈八世無雙。（衆喝）俺張飛。奉軍師將令，帶領三千人馬，掩在那蘆花蕩口，待周瑜到來，活活的擒他下馬，不用傷他性命。你道爲何？只因他在三江夏口，也有些功勞。奉軍師將令，須索走遭。大小三軍！（衆）有。（净）與俺一字兒擺開者。（衆）得令。（净）

【鬥鵪鶉】俺將那環眼圓睁，虎鬚兒也那乍開。騎一匹豹劣烏騅，越嶺個爬山，只俺這丈八矛翻江也那攪海。我覷着那下邳城似紙罩兒般的嚚虛，那虎牢關似粉墻兒這麽低矮。憑着俺斬黃巾，威風抖擻，吖哈，戰戰呂布其實個軒昂，斬元將膽量衝懷。

【紫花兒序】我覷覷周瑜如癬疥，那魯肅吖哈他一似井底蝦蟆。若還逢着咱，滴溜撲將他摔下了馬。管教他夢魂中見張爺。哈哈，也怕當日呵火燒了華容，今日裹水淹了長沙。

（小生上）嗻，張飛你不奉軍師將令，敢擅自提兵到此麽？（净）周瑜，我的兒。（生）匹夫。（净）怎道俺不奉軍師將令，擅自提兵到此，你且聽者！（生）講來。（净）

【調笑令】奉軍師令，咱奉軍師令，咱把人馬掩在蘆花。噯呀，只聽得吶喊搖旃大戰殺向垓心，掩映個偷睛抹吱吱的咬碎鋼牙。吖哈恁恁在那黃鶴樓，把俺的大哥哥來謀害殺。俺今日到此活拿。

【禿厮兒】吖哈，揪揪住你的青銅鎧甲，扯碎了你玉帶菱花。只見他盔纓歪斜力困乏。周瑜，你的武藝又不熟，鎗法又不高加。

【聖樂王】也不用刀去砍鞭來打。吖哈，只只俺這丈八矛攢得你滿身麻。（笑介）吖哈！恁恁道是休當真，吖哈！俺俺可也不是個假。恁在那黃鶴樓痛飲醉喧嘩，休休休，休笑俺沉醉淹黃沙。

（戰介，擒生下馬）（净）與我綁了。（衆）吓。（生）張飛，你三次擒俺下馬，爲何不殺？爲何不殺？（净）周瑜，我的兒。（生）匹夫。（净）你道俺三爺爺爲何不殺你？只因你在三江夏口也有些功勞，爲此叫俺不用傷你的性命。去罷！（生）老天吓老天！既生瑜何生亮？三計不成，氣死我也。（撞下）

（衆）三將軍，周瑜死了。（净）怎麽講？（衆）周瑜氣死了。（净）死了就罷，希你娘的罕。（衆）三次擒他下馬，爲何不殺？（净）你們不知，起過一邊。（衆）吓。（净）

【煞尾】只因他在三江夏口功勞大，赤壁鏖兵是俺軍師戰法。若不是黃蓋深恩，俺怎肯輕輕的摔下了馬。（大笑，衆喝下）（完）

校記

［1］烏騅馬："騅"字，底本作"錐"，今據文意改。下同。

賢　星　聚

孤嶼學人　撰

解　題

　　傳奇。署孤嶼學人撰。孤嶼學人，號山癯。姓名、里居、生卒年、生平均不詳。莊一拂《古典戲曲存目彙考》云："賢星聚，此戲未見著録。舊抄本。十六折。"該戲爲上下兩卷三十二齣，上卷十六齣爲傅惜華收藏，封面署"賢星聚院本"二卷三十二折存十六折，下卷十六齣存國家圖書館。上下卷二册均爲舊烏絲欄精抄本，半葉九行，行二十字，筆迹相同。傅藏上卷，書衣題"賢星聚傳奇"。卷首有"子虛子識""山癯漫題"、賢星聚色目、賢星聚院本目録。劇中又分上卷十折，下卷六折。劇寫竹林七賢事，上卷寫山濤與嵇康、吕安契若金蘭，他經常讓妻子備酒肉以待二友。阮在黃公酒壚處喝醉，伏少婦旁睡去。衆酒客認爲其無禮欲毁之，被黃公勸住。山濤與向秀爲同鄉，劉伶與嵇、阮交好，大家見黃公酒壚之側有一竹林，很是清雅，便決定到竹林暢飲。席間，阮咸跟蹌奔來，云吕安受兄長牽連，被捕入獄。嵇康聞之，便離席往救，衆人没有攔住，均爲之擔心。向日，鍾會欲結交嵇康，但受其冷遇，便懷恨在心，現見嵇康爲吕安兄弟申訴，便落井下石。他對司馬昭言嵇康上不臣天子，下不事王侯，素存貳心，不若指其爲吕安之謀而殺之。司馬昭信其言。太學三千諸生，聞嵇康受鍾會誣陷收在獄中，往見鍾會，代其申冤，使司馬昭更欲殺嵇康。吕安被殺後，嵇康赴市，刑前他囑其子依其平日之言，便席地而坐，彈奏一曲後就刑。劉伶經常酒醉不醒，致使家中一貧如洗，想起當日竹林七賢之交，如今人事已非，他心灰意冷。山濤官拜吏部尚書已然十年，多次辭歸，無奈聖上不准。司馬昭因魏室諸王盡在鄴城，恐生變故，便命山濤前去鎮守。鍾會終於在蜀起兵反叛，司馬昭奉命親征。下卷寫朝廷顯貴蔣濟欲徵辟阮籍爲椽屬，遭到拒絶，便起了殺心。阮籍醉遊，大哭而歸，隨後死去。司馬昭率師攻蜀，生擒鍾會後班師回朝，被封爲晉王。山濤薦阮咸可用，阮咸逃避而去。向秀投在司馬昭門下，却不獲大用，心中抑鬱，聞笛動情,作完《思舊賦》後,不知去向。鬲令袁毅貪贓枉法,受害百姓鬧到縣衙,而山濤廉潔自守,見識超群。嵇康之子嵇紹曾有恩於袁毅,現因無法維持生計,向袁毅求助,遭驅逐。又向嵇康舊交王戎告乏,遭冷遇。山濤遣人聘請嵇紹,不遇。嵇紹來訪山濤,山濤已遠調冀州刺史,却遇到其子山簡。王戎位在三公,見世事多虞,遂罔利自污,一日到野外散心,來到竹林,感念群賢星散,也起了退隱之意。嵇紹起爲秘書丞。他時常懷念父親,便與山簡來到竹林,在黃公酒壚處,邊看黃公繪的《竹林雅集圖》,邊聽黃公講竹林七賢故事,激起了七賢後人再聚之意,托黃公代爲聯絡。害死嵇康的呂遜被發配戍邊。《竹林雅集圖》應了七曜經天之象,皇帝稱異,詔令用雲錦織造新圖,加以頒賜。七賢後人齊集山府的後園,又應了德星聚攏之象,被朝廷旌表。本事出於《晉書》山濤、王戎、阮籍、阮咸、向秀、嵇康、劉伶等傳,作者據以敷演增飾。元明雜劇有類似題材的《竹村小記》《竹林勝集》,均不見存本。該劇今存版本有《傅惜華藏古典戲曲珍本叢刊》本(上卷)、國家圖書館藏本(下卷)。今將此上、下兩卷合爲底本,進行校勘。

　　傳奇,傳奇也。事不奇不傳,事不傳不奇。使奇矣,而無筆舌以宣之,亦不傳。論者謂寫善人要使人人感發,寫惡人要使人儆惕,惟史能之。余以史雖懲勸互見,要惟善讀書者始領其要,若愚夫愚婦非劇戲不能洞心達口。何則？史隱而約,傳奇則嬉笑怒罵,令人色飛舞。某者賢[1],某者不肖,瞭如指掌,其功固不在史下也。癯翁病閱三年之久,擁衾伏枕,間事倚聲,以寫其無聊。憫交道衰頹,編次酒壚賢躅,騷括《晉書》紀傳,即一顰笑,無不原原本本。初不臆爲之,或曰此綴竹林佚事耳,與友誼乎何與？余曰:不然。伶之荷鍤,籍之痛哭,雖不盡繫嵇生,而向秀《思舊》之賦,王戎顧此雖近,邈若河山,深迫人琴之感也。至延祖靖居私門,辟秘書丞,微山傅之力而誰歸。余擬爲之論文,爰弁其緒於簡端。覽者毋徒侈其辭之工而失其旨也！子虛子識。

　　至今日而友道已畢,遡疇曩,而交情何摯？遊期山澤,折屐以從狎共水涯,褰裳而就。洮洮清辯理不詭而情諧,茌茌風流迹雖殊而道合。探老莊之秘義皆溯精微,企巢許之逸情同懷高蹈,何論千里相思,則命駕以尋,只此寸心,衿契直披帷,而對檀樂修竹坐。余愛聽風生,晼晚斜陽吟罷,乍看霞舉,視險夷而一致,胥玩物以肆情齊,得喪於萬期,悉任天而委運藺,真如真事稱同心,芝竟長焚,斯緘永恨。怪河流之浩浩,悽篴韻之嗚嗚,盟未終寒,賦成,《思舊》,幽難可泯,痛迫如新,惻愴河山,不禁百端交集。思維泉壤從知,一諾非輕。誰謂晉人清狂,不循禮制?竹林曠達,專尚虛無,詎知崇雅,黜浮謹標,持乎情性而乃落華收,實非放浪乎形骸,寓山傳以絕交書,都屬由中之語。嗟嵇生之廣陵散,無非逆血之言。爲憶而翁,寄聲厥嗣。佳城鬱鬱,開白石於何年?岐路茫茫,感黃壚於俄頃。父子弟兄之不相及,厥有明征,梗楠杞梓之可兼收,何容憖置!豈似今人得路即昧平生。薄俗論交,遂棄寒燠。雲翻雨覆,委信誓於寒烟,電轉星馳,藐深情於蔓草。

余塊居空谷,屏迹寒廬,聆茲林下之風,益愜丘中之賞,死生契闊,殊不忘白水之盟。歲月侵尋,彌自凜青松之節;爰翻曲調,間爲譜其孤高;警借酒杯,聊試澆夫壘塊。鬚眉刻畫,吹氣欲生,肝膽照人。聞風興起,命小紅而低唱,吾不敢託諸淫哇,浮大白以豪吟,人冀全斯雅韻。山膢漫題

校記

[1]某者賢:"某"字前,底本有一"舞"字,今據文意删。

賢星聚色目

末:扮開場、蒼頭胡烈、阮咸、太學生、小軍、堂候官、胡烈、院子

生:扮山濤、軍校、傳宣

旦:扮韓夫人、令箭役、太學生、旗軍

副净:扮阮籍、祗從、地方欽天監、劉伶僕、小軍、四尹、解差、欽天監、門公、家人

净:扮黃公、王戎、軍校、太學生、劊子、蔣濟、軍校、竹林後人

小旦:扮酒壚婦、向秀、祗從、小軍、嵇紹、太學生、劉伶妻、小軍

小生:扮嵇康、邵悌、衛瓘、山簡

丑:扮劉伶、祗從、太學生、軍校、車夫、袁毅、呂巽、酒客、令箭吏、竹林後人

老旦:扮晉王、嵇康妻、劊子、軍校、竹林後人

外:扮祗從、鍾會、酒客、軍校、竹林後人

上　卷

述　概

（末上）

（滿庭芳）無地埋愁，有天皆老，孤蹤何處能容。銷磨歲月，野語學齊東。粉墨登場買笑，錦氍毹、燭影搖紅。吾將老，糟丘速壘，不放此尊空。疏桐。晨露滴，輕拈湘管，試吐心胸。悵今古詞壇，桎梏樊籠。精衛難填恨闕，舒淚眼，但譜情悰。寧違衆，直陳交道，換征更移宮。

（賀新郎）座客無喧者。有山公、隱身自晦，深閨慰藉。嵇阮嚶鳴求好友，綉閣偸窺屋罅。盡勝日、流連杯斝。長嘯清談娛永晝，忽除書、疾起山中駕。凜介節，絲懸挂。嵇生東市琴彈罷。笛聲哀，淒焉思舊，黃壚之下。荷鍤孤行終不返，淚雨窮途盈把。憶良友、臨刑情話。爲向明廷重薦剡，錄遺孤，才子聯新社。一彈指，千秋也。

　　　　　　韓夫人屛間窺俊傑，山太傅林下期佳侶。
　　　　　　愴舊遊憶往古風存，續前盟雅集賢星聚。

勖　婦

（生山濤上）

【商調・引子・繞池遊】孤貧無倚，任運隨通否？問何事能由人意。寂守青燈，恣情綠酒，只些兒遠將讓誰。

（漁家傲）滾滾長江流日夜。今來古往何爲者。烏兔東西看代謝。歸休罷。枝頭恐被黃鶯罵。哀草白楊風力乍。情牽烏鳥淹林下。清淚潸潸渾似瀉，將盈把。斑斑點點污羅帕。小生姓山，名濤，字巨源，河內懷人也。卓然獨立，清風不肯讓人。率爾孤行，壯志何容枉己。隱身自晦，精硏莊老之宗。負俗不羈，甘處巢由之逸。不幸椿萱並逝。松柏長攀，號斗無聞，翔烏聆聲而下。悲哀徒切，栖烏戢羽而鳴。小生既銜恨終天，厪忠下地，只索苦廬堊室，安草土以終焉。蔬食布衣，撫栢椿而老耳。荊妻韓氏，知識婦人。石友嵇康，明達君子，不止資子晤對，適足慰我牢愁。又因嵇氏得識呂安。可笑他二人真是曠達，每一相思，千里命駕。小生慕他孤高，日夕還往，真所謂德不孤,必有鄰也。小生與司馬將軍昆季,中表至親,時蒙推轂。我想和嵇、呂相處泉石,盡够一生受用。況我年過四十,何苦效那不知足的俗人,魚魚鹿鹿,宦迹浮沉,一朝不測,不特致全家之禍,將且貽千古之羞,真可浩嘆也!我想世人呵!

【商調過曲・梧蓼金羅】【梧葉兒】誰解嬰高禄,俱爲禍患基。世綱枉羈縻。【水紅花】俗難醫。好一似趨羶螻蟻。此輩一朝得志,睥睨同群,那顧天經地義。衡一味逐臭美如飴,向海上奮輪蹄也囉。老子雲:知足不辱,知止不殆。世上讀書的盡多,俱不解此,終日奔走豪門,爲人僕隸。【柳搖金】深情老子也曾喚醒癡迷。怎當他漏盡鐘鳴,還則是夜行無已。我又差了。此輩又何必如此苛責,況他原不過借人聲勢,作已赫奕,且無文章道德,取重人世,提他怎的。【皂羅袍】止不過喬妝虛晃,借人虎威。何曾真歌衰德,憐他鳳輝。何須把清風高節,枉自相輕比。

說便如此,他情糜好爵,我也學他不來。他自安義命,他又夢我不到,所謂人各有能有不能,只索聽之而已。呀!娘子出來了。他却同志,可以語此。(旦敝衣裙上)

【繞池遊】琴尊暇理,女誡從頭記。怕登堂谷風憎毀。且倚帷屏,相酬難佩。怪春風偏忘貧里。

(見介)官人在此,説些什麽?(生)卑人因見世上的人,貪榮慕禄,孜孜不息。爲此感惜。娘子,你道是也不是?(旦)官人,士人讀書立志,原欲表建功業,以期世用,都似你放情丘壑,介然不群,豈不有負此軀。竊爲君不取也!

【梧蓼金羅】可笑兒夫志,何爲直恁癡。(生)却是爲何?(旦)雖是貴知稀,則怕詠斯饑,難免那瓶罄罍耻。那更簞瓢陋巷,敗葉亂如堆。便巧婦也難炊也囉。不要説別的,你看家徒四壁,竈冷烟寒,只落得天空海闊,立地無錐。刺骨金風,透肌穿體。(作寒顫介)阿呀!好風冷也。官人,你高尚是好,只這寒冷難當,怕做妻子的,不能長享受你這清福了!(生)娘子,你便略略寧耐,忍些寒餒。不是卑人夸口説,我定作三公。(拊旦背介)不知卿堪爲夫人否?我權時鎩羽,終當奮飛。你旋看鼓翼,何須痛噫。少不得虹蜺志展,慰我長風利。

(旦)官人,通塞有命,不是我故埋怨着你。只是你情性孤高,與世寡合,爲甚與嵇康、呂安,一面契若金蘭,這却爲何?(生)原來爲此。那嵇生,遠邁不群,美詞氣,有風儀,嚴嚴如孤松之獨立。我以上人,呂安亦其流亞也!

【仙呂入雙調過曲·玉抱肚[1]】他悠然高寄,質天然龍章鳳儀。他學不師授,博覽無不該通,但彈琴遊詠詩書,暢情懷自足天機。只他含垢匿瑕,恬靜寡欲,我又何能及。他萬一修身養性樂巖栖,土木形骸更有誰?

娘子,當世可以爲友者,惟此二人而已。(旦)官人,我也知你與二人,異于常交。昔負羈之妻,亦曾親觀狐趙。妾欲窺之,不識可否?

【前腔】盤餐盈幾,負羈妻親曾暗窺。終不然比匪生譏,盍朋簪征逐何爲?(生)這個不難。他二人明日必來看我,你具酒肉,穿墉視之便了。相看定爾愜心期,娘子,才識終當獨數伊。

千里青雲未致身(胡宿),前時今日共銷魂(韓偓)。(旦)夫君每尚風流事(司馬都),爭奈風淒雨又昏(吳融)。

校記

[1]【雙調】:"雙"字,底本作"霞"。今改。

市　眠

(副淨扮阮籍上)放誕形骸性不羈,橫琴膝上樂銜卮。嚼然不受緇塵涴,爲怪時人笑我癡。自家姓阮名籍,字嗣宗,陳留尉氏人也。任性不羈,放懷獨得,劇愛登臨山水,或至經日忘歸。有時蒐覽詩書,亦曾累月不出。那些時,人不住嘲笑,惟有族兄文業,每常嘆服,以爲勝已。由是遠近,漸漸知名。有的道我容貌瓌傑,有的稱我志氣宏放。這些評泊皆非我之知也,只索聽之而已。但念先人即世以來,天下多故,諸名士每每不能自全。我因此不與世事相接,惟縱情酣飲。但覺醉鄉日月,盡可容身,喜得不與俗情相近。前日隨叔父至東郡,那兗州刺史,特請相見,我終日不共一言。鍾會數以時事下問,我但沉醉,不置可否。近來甚至一醉兩月,脫略物情,忘懷世故。哎!我這腔幽憤,不知何時得釋也?

【商調·集賢賓】論人生,此身應自主。肯骯髒利名途。笑他每浪悠悠都蠅營狗苟,一個個興孜孜,盡蟻附羶趨。枉紛更沸釜魚。恁倡狂曠野猿逋。夢魂兒五雲深處去,恍惚如霧蔽烟糊。尚兀自南柯猶未覺,北闕枉相娛。

(嘆科)哎,暢好惱也!

【逍遙樂】好教咱寸腸如束。滿目蒼黃,容身無所,早不覺昂首號呼。

恨茫茫鎮短嘆長籲。枉着他狂客行吟楚接輿。咱呵,只落得無儔寡侶。但相於麋鹿結伴,梟鷗尚友樵漁。

且往前村閒步一回者。

【上京馬】向遥村徒倚曳衣裾,舒遣心胸娛野趣。試問那燕市酒徒還在無。你看紛紛攘攘,好不熱鬧也。往來人野鹿奔趨,猛教咱不住的舒望眼淚模糊。(下)(淨扮酒壚黄公上)

【普賢歌】壁間高挂醉仙圖,衣食區區近可糊。聞香解珮沽。開醒抱趣,仕府官員盡向吾。

自家非别,酒壚黄公的便是。我這酒鋪,開張多年,十分冷淡。近日這些讀書相公,都説道痛飲讀離騷,便可稱爲名士。爲此,那些做當訪的,做買賣的,也多摹擬他每,今朝賞雪,明日看花,不是這個學生説做東,就是那個小弟奉屈,一個個學嚾兩鐘,喫得的千瓢百杯,喫不得的一點半滴,也要勉強盡興,皆説是名士風流,流流流,一流直流到我,也不覺名心勃勃起來。思量要做名士,拼死把那些客人喫剩的殘杯餘瀝,盡數裝在肚裏,覺道骨頭輕飄飄,有點名士氣象。改日拉兩個没飯喫的學中朋友,同其一盟,再捨兩分浪錢,出些小小分子,莫説酒肆中,推我兩尊,就列在鄉紳裏,也公然居之不疑。説便如此,只是生意越覺熱鬧,東邊叫冷,西邊叫熱,實是挨剂不開。我灌了這口黄湯,不覺頭重脚輕,頗頗支撑費力,可見這假名士,也是難做的。然我既學做名士,連拙荆,也要他與人通通聲氣,來往來往纔好。道猶未已,妻子出來了。待我裝個賊腔,把他看看。(裝大樣踞坐椅上,看扇口吟哦,頭作圈介)(小旦扮少婦上)

【前腔】文君當日困成都,親理牙籌傍酒壚。俊殺酒家胡,山助好修嫭,仕府官員爭向渠。(見介)

(淨)我個娘,壞哉!向子渠無心向我哉,不要閑嚼。我個娘,不是做丈夫的,要裝名士,日日街上撞魂,只是店中缺貨,要去走走。借重娘與我盡起酒旗,擺設碗碟。我去去就來,倘有油頭滑腦後生,不可着他的手。(小旦)啐!(淨)我去了。(走介)呀!走得快了。幾乎失了名士的腔。(摇擺介)阿呀阿呀!肉麻得緊,不如還我本色。(譚下)(副淨行上)

【梧葉兒】問牧童指處數誰家好,笑塵埃飄泊伴侣孤。看宛地柳條疏,颺一片青簾影遥從烟樹舒。不免買醉一回,俺不覺與豪粗,拚醉倒黄公酒壚。

酒家有麽?(小旦上)相公請裏面坐。(進科)(小旦)相公自飲,還是請客?（副净）有酒盡數拿來。（小旦取酒上）酒在此。（虛下）（副净）這店鋪却也瀟灑有趣也！

【醋葫蘆】環綠水屋後流，枕青山籬外補。疏花點綴小橋紆，枝上霏微沾嫩雨。莫待説狡童游女，可知俺烟霞痼疾肺腑也輕舒。

我看這壚頭少婦，倒也聰俊，怎不解事，反問俺還是自飲，還是請客。試想世上有甚人，可以共我飲得酒！

【幺篇】我不覺衝冠怒髮，齊從頭逐一數，心頭兜的恨難舒。記那年與王濬冲共飲，可笑那劉公榮突來闖席。濬冲無計可施，我對飲如故。公榮耐不過了，只得持杯相懇。我調之曰：君常雲勝公榮者不可不與飲，不如公榮者，亦不可不與飲，是公榮輩者，又不可不與飲。我仔細想來，勝公榮者，不可不與飲；若減公榮則不敢不共飲；惟公榮，可不與飲。濬冲以爲名言，公榮俯首無詞。試問世上，誰可共飲？非我談諧多野鄙，試問他有誰堪語。倒不如釣魚屠狗，還值得共酣呼。

阿呀！説話多了，酒也忘記喫得。（倒壺科）哎，壺裏空空的，拿酒來！（小旦上）有熱酒。（副净持杯向小旦科）你也喫一杯。（小旦）我不喫的。（副净）難道世上有不飲酒的人！這又奇了，去罷。（小旦下）（副净）哎，今日獨飲，甚是寂寞。可惜嵇叔夜不在此。聞他近與山巨源往來。我久聞巨源之名，未經會面，正欲介其往通謁。前日王濬冲，亦説巨源爲人，如渾金璞玉。吾安能旦暮過之？

【金菊香】渾金璞玉美儀模，自恨聞名識面疏。怎能夠把臂一朝語笑俱，試與他爛醉胡廬。（連飲科）這的是相逢知已，肯放酒杯虛。

（小旦上）相公，請再用一壺？（副净飲科）小娘子取大碗來。（小旦取碗上）碗在此。（副净立飲科）（小旦）相公悶飲，尚恁豪興，若見昨日如意舞，還不知怎樣哩？（副净）甚如意舞？可是王戎麽？（小旦）正説姓王，他父子兩人，同些朋友在此。（副净）哎！王渾這老兒，偏生這樣好兒子，再取酒來。（小旦下）（副净）王渾我之好友，但他不過碌碌庸人。他兒子阿戎，乃俊才子也。我嘗戲語王渾，與卿談，不如與阿戎談。

【柳葉兒】不由人不傾心將他折服。嫋秋風眇眇愁，予頓忘他輩行肩隨伍。明日尋見了山濤，（飲科）俺待要衝愁陣，試揚鎗，直待那困騰騰滿身花影倩人扶。

不喫了，收去罷。（立起復坐倒介）（小旦扶科）相公看仔細。（副净醉大笑科）

【浪來裏】霎時間尊前晴日駐，早不覺眼中花影浮。踉蹌彳亍街路崎嶇。俺朦朧眼澀思卧褥。怪天旋地覆，更傞傞屢舞，兀自脚趄趑。

（伏小旦傍睡科）（小旦扶不定叫介）不好了，不好了！相公怎的？（丑、外扮飲酒客上）這人好無禮，我每齊來，把他打一個死。（净上）原來是阮相公，不要囉唣。（小旦下）（衆揮拳毆，净攔科）（生上）桃花流水窅然去，別有天地非人間。是好請幽所在。這酒肆中爲甚喧嚷？（丑外）老兄，這人好無道理。他一個少年婦人，怎麼喫醉了。睡他身傍，可有這理麼？（净）相公，這是阮籍相公。他做人雖不拘禮教，是一個極正氣的人。不似如今的人，外面假惺惺，心内一絲不乾凈的呢！（生）原來就是阮兄，阮兄請了。（丑）我每好意替他出力，他做丈夫的，反如此大度。（外）這老頭兒偏會裝腔。（丑笑科）可知世上裝腔的，慣會出妻獻子，以貌取人，失之子羽，不要理他。我每去罷，任他鷸蚌空相鬥，且向花村盼酒簾。（下）（净）這個喫法，可謂名下無虛士。看起來，覺道比我强些。我一喫便醉。他一日纔倒哩。（生）阮兄，阮兄！（副净醒科）我不喫了。（净）夢裏還在那處喧鐘兒哩！（生）阮兄，小弟山濤在此。（副净瞪目視介）（净）咦！阮相公做青眼哩！想是喜歡見的人了。我去取茶來。（下）（副净起揖科）原來是山兄，聞名已久，識面恨遲。（生）數載神交，一朝欣聚，何幸如之。阮兄何故卧此？（副净）

【高過隨調煞】俺心坎中有底愁。眼界中無憑據。且喜趁閑身樂志駕柴車。笑殺那楚楚惟獨醒。幸逢伊知心好友共居諸。盡相娛倡予和汝，再笑俺佳人錦瑟痛飲醉眠不？

（生）天色已暮，奉送回宅。（副净）就此告别，明日介叔夜專誠相候。（生）弟當折柬奉攀，務求光顧。

（副净）小隱西齋爲客開（李郢），（生）紅塵深翳步遲回（李咸用）。（副净）思量只合騰騰醉（吳融），（生）竹葉閑傾滿滿杯（韋莊）。

窺　客

（小生扮嵇康上）

【南吕引子·一剪梅】（前半）幸喜招邀集隱淪，好共談論，足慰朝昏。蕭散誰能侣，迂疏世罕儔。絲桐傳夜籟，幽響咽寒流。

小生嵇康，字叔夜，譙國銍人也。先世奚姓，本貫會稽之上虞，避怨徙家於銍。不幸早孤。身長七尺八寸，人盡道我龍章鳳姿，我自分好如虎皮羊質。性愛彈琴詠詩，每謂神仙可學而至，所以常修養性服食之事。雖與魏宗室有婚，惟耽閑處，不求聞達。與山濤、阮籍一面，契若金蘭。今日巨源招同嗣宗飲酒，日已平西，嗣宗不知醉倒何處還不見來？（副淨上）

【前引】（後半）相于偏得素心人。恰恰琴尊，欣得閑身。

我阮籍，承山巨源物色於醉鄉深處，甚相歡洽，適承折柬，爲此相約叔夜同往。（見介）叔夜兄，巨源邀飲，就此去罷！（小生）爲甚這樣性急？（副淨）請教世上還有甚事，大於飲酒？況且日影已矬，遲待怎的？（小生）日影何干卿事。（副淨）君不戀此餘光耶？（小生）罷！想你已渴極了，出門去罷。（行介）（到介）（生引末上）（副淨）趨拜尚遲，反承寵召。（生）猥蒙俯就，私慰不勝。（向小生介）呂兄呢？（小生）他有闚墻之侮，恐未必來。（生）大家還該相勸。（小生）山兄既有盛席，嗣宗兄渴倒了，不如坐罷。（副淨）甚好。我每一面喫酒，一面叙談何如？（生）看酒。（送席介）（小生）山兄，禮豈爲我輩而設。（副淨）小弟先行令了。（生）請教。（副淨）戒繁文。（各大笑介）（生）如此遵命了。（坐介）（小生、副淨）

【南呂過曲·梁州新郎】【梁州序】佳餚芳醞，肥豚鮮鬻，富貴神仙應遜。（生）却好的二難四美，森然具並芳芬。（小生、副淨合）玻璃杯底，琥珀光中，一陣馨香噴。舴船絡繹也轉如輪，山水清音風雅存。【賀新郎】雲縷燦，烟光蘊。看百川一吸長鯨迅。良宴會，多佳韻。

【前腔】何須絲竹，悠然輕引。坐擁山光千陣。口霏玉屑，佳言咳唾香芬。看取流鶯花外，語鳥枝頭，剪剪輕風嫩。金爐烟霧也恁氤氳。嫋嫋幽香入座頻。杯屢勸，談逾雋，藏鬮射覆羞塵坌。休辭醉，須教盡。

（生）弟觀今日二兄飲情不暢，却是爲何？莫非杯鐺不稱麽？聞得嗣宗兄家宴，每用大盆，信否？（小生）還聞與狗子同餐。（副淨）這是舍侄仲容之事。一日寒家宗人共集，仲容後至，不用杯觴斟酌，竟用大盆，圓坐相向而酌，遂有豬羊來飲其酒，他便與之共飲，恬不爲怪。群從兄弟，莫不相笑。這事有的。特非小弟耳！（小生）吾兄何不尤而效之？（副淨）二兄將無爲羊豕乎！（生）取大杯來，阮兄不飲，思補昨日之過乎？（副淨）提他怎的。（小生）昨日何過？（生）盡此巨觥，始與君言。（小生飲介）（生）嗣宗兄昨日，醉眠酒家少婦之側，幾飽俗人老拳，得非咄咄怪事。（小生）此真名士風流矣！（各大笑介）（小生）小弟要借敬山兄一杯。（生）爲什受罰？（小生）嗣宗兄口不論人過，弟每師之。今吾兄暴其短，要替阮兄解嘲。（生接飲介）（副淨）還有一說。王濬冲説嵇兄居山陽二十年，未嘗見有喜慍之色。今日微露物情，不

能辭罰,也要敬一杯。(小生)弟與吾兄同飲,惜無君家大盆耳!(生合)

【前腔·換頭】與雄豪飲雜雞豚,調樸欸風兼高隱。莫輕看都是遺風餘韻。誰得似林巒標致,巖穴風華,塵壒何能涸?(小生)伊人何處也思殷勤,盼斷春江與暮雲。一俛指,言難盡。(生)何緣把臂推投分,看兩腋,相交會。

(副淨)吾兄要會舍侄不難,改日攜拜庭下。(小生)王濬沖說,山兄是風塵表物,真是不同!

【前腔】恁才華過越風塵,絕不類人間凡品。羨清風披拂翛然高引。豈似他輕揮麈尾,學鼓龍唇,莞爾牛刀哂。我十千斗酒也飲芳醇。惟願從今共結鄰。嵇與阮閑相趁。買山相約甘肥遯。這裏曲,方正本。(旦暗上,窺介)

(生)二兄請開懷暢飲。

【節節高】當杯莫厭頻,況芳辰,須教免意休謙遜。重拈韻,更合樽,聊舒悃。開懷引滿應須盡,曲闌干外風花滾。此會憑他倒玉山,珠簾掩映冰輪暈。

(副淨、小生)告辭了。(生)再請少坐。

【前腔】孥甍思再陳,且逡巡,酒兵貪與冲愁陣。燈方燼,月映門,言難盡。斯須解袂情何忍,冀天好把更兒閏。不醉從教且莫歸,還須時駕閑車軫。

(生)再送酒。(副淨、小生)頹然醉矣!告別了。(生)向子期亦弟相知,明日邀他及王濬冲入社。黃公酒壚之側,有竹林,頗覺清雅,二公能相從否?(副淨、小生)願附後塵。明日偕兄子同來,多擾了。(生)有慢。

【尾聲】夜光月影重相引,彌漫烟霧靄遙村。(副淨、小生合)衣上猶沾舊酒痕。

(副淨、小生、末下)(生弔場)娘子那裏?(旦上)(生)娘子,向客何如?(旦)以妾觀之,君才致殊不如,正當以識度相友耳!(生)伊輩亦以我度為勝,娘子兩見略同,有識者果不異人意。夜深了,進去罷。

(旦)小筵催辦不勝忙(皮日休),(生)對客弦歌白日長(清江)。(旦)尺組挂身何用處(薛逢),(生)窮通分定莫淒涼(劉兼)。

社　　集

(小旦扮向秀上)

【大石調·引子·碧玉令】山陽灌溉多佳致,與良朋耦耕同利。沮溺高風,且自混鋤犁。開綺宴,荷嘉招,幸承良會。

　　一丘一壑寄閑身,且滯衡茅托隱淪。敢謂風期能邁俗,超超元著發天真。小生向秀,表字子期。與山巨源同屬陳郡懷人。少爲所知,謂小生清悟有遠識,深相契合。小生專喜讀書,研窮幽奧。昔莊周著內外數十篇,歷世方士,雖有觀者,皆不能究其旨統,小生乃爲之隱解,發明旨趣,人皆謂我大振元風。小生又與嵇叔夜灌園山陽,彼善鍛,我爲佐理。今日山巨源邀同人雅集竹林,須索前去。(下)(丑劉伶帶醉上)

　【少年遊】莫笑寒微,難澆塊壘[1],萬物那能齊,不妄交遊,自耽緘嘿,佳會却偏宜。

　　小子劉伶是也。天生容貌醜陋,每爲世人嘲笑。蒙阮籍、嵇康,一見許爲知已。但小子家產窮乏,妻子絮聒不了。我惟縱情肆志,不把萬物繫心,所以絕不介意。適間沽得一壺濁酒,雖不大暢,却也怡情。不免閑玩物外,以愜心期。說話之間,不覺酒湧上來。(斜行介)(小旦行上)(撞倒介)(小旦)你這醜漢,煞是無禮,如此曠野,爲甚把人一跌?(丑)你自要跌,與人何尤!(徑下介)(小旦追上扭丑介)我就打死你,也不直甚?(欲打介)(丑躬介)雞肋,不足以安尊拳,伏乞怒之。(小旦大笑住介)我看這人,陶兀昏放,而機應不差,應是異人。請問足下爲誰?(丑)沛國劉伶。(小旦)原來就是伯倫兄,失敬了。(丑)長兄爲甚齒及賤名?(小旦)阮嗣宗,嵇叔夜,每道高雅。(丑)惶恐惶恐。(小旦)請問劉兄,將欲何往?(丑)閒居無事,散步以適野興。惟余馬道是瞻,初無定迹。(各笑介)(小旦)今日山巨源召集竹林,嵇、阮咸集,偕往何如?(丑)想是有酒喫的,敢求挈帶。(小旦)就請同行。(丑)慢些,說話多了,不曾請教尊名。(小旦)向秀。(丑)聞名不如見面,佩服佩服。子期兄,想是那條路去的。(小旦)爲甚?(丑)我鼻孔裏只覺有些酒香。(譚下)(生上)。

　【東風第一枝前】野服輕衫,筍輿竹杖,丘中相賞風期。相偕濠濮娛遊,差同河朔趨陪。

　　今日召諸君相集竹林,已命蒼頭料理。來此已是。(末、蒼頭上,見介)(生)諸位相公俱到齊否?(末)俱齊了。(生)請來相見。(末應,請介)(小生、副淨

　【東風第一枝後】氣求聲應,休訕謗禮教凌夷。(丑上)早又添不速之賓。(小旦)四海兄弟何疑。

　　(各見介)此是劉伯倫,適纔邂逅,相約入林。(生)久仰,久仰!我每就

在竹林深處圍坐罷了。嗣宗兄,爲甚令侄不至?(副淨)小弟出門過早,不及相拉,想必就來。(小生)仲容不是失攜大盆,轉去相尋,必是不見了,長竹竿不能挂曬那大布犢鼻褌,所以後至。(生)緣何吕仲悌亦不至?(副淨)人都説嵇、吕雲霞之交,今日仲悌不至,只見有霞了。(小旦)只怕瑜不掩瑕。(各笑介)(丑)我輩今日之集,要成千古佳會,當無分賓主,依次相坐何如?(衆)極妙的了。(生介)(生)

【大石調過曲·念奴嬌】天涯萬里,念交遊,四海皆如兄弟。怡怡。慶盍朋簪,如膠漆鳴鳥,相和高低。無愧。流水高山,珠盤玉敦,壎箎伯仲庶堪擬。(合)惟願取乘車戴笠,比匪無譏。(衆)

【前腔·換頭】高寄風流標致,盡談霏玉屑,已成今古良會。(生)袞袞才華,皆名雋竹箭南金之輩。弟與伯倫兄神交久矣。曾讀尊著酒德,頌天地爲一朝,萬期爲須臾[2],日月爲扃牖,八荒爲庭衢。真是細宇宙、齊萬物之心,好曠達也!(丑)弟一生從未厝意文翰,只此一篇而已,獻醜獻醜。(生)知你,拿榼提壺,操卮執觥。頓忘身世有傾危。(副淨)弟輩向與山兄説,伯倫澹嘿少言,不料他生平著作,也是少的。大抵醉的日子多了,真堪異,兀然以醉,醒日偏稀。

(小生)良朋勝集,不可無詩以紀。(丑)又來算計我了。(小生)當分韻作即事酒會詩,人各數首,諸君以爲如何?(生)拈韻分題,已成燕會習見。今日暢聚一堂,或言論,或彈棋鼓琴,各適所適,何苦走入醋甕中去!(衆)妙嘎!正該如此。(小旦)小弟欲注《莊子》,就質正諸兄。(小生)此書詎復須注,正是妨人作樂耳!(小旦)君未能究其緒耳!(袖出書,付小生介)請試觀之。(小生展玩介)(副淨)我且彈琴。(横琴膝上介)(丑)我不管他,飲酒便了。(生)斟酒來。(對飲介)(小生)妙嘎!得兄將奇趣如此發明,使我超然心悟矣!(小旦)殊復勝否?(小生)有此,則儒墨皆糟粕矣!(生)吾聞向兄善養生,而嵇兄亦有養生論,同異若何?(小旦)彼何知所謂養生?(小生)兄無非謂神仙可學而至耳!(生向小生介)子期蓋欲發君高致也。(副淨推琴、與丑睹飲介)(小生)神仙雖不目見,然記籍所載,前史所傳,轉而論之,其有必矣。然特受異稟之自然,非積學爾能致。(小旦)蓋神仙雖不可學而得,那不死獨不可以力致乎?(小生)導養得理,以盡性命,上獲千餘載,下可數百年,或有之爾!(小旦)如此,則非稟之自然了。(小生)雖説導養可以延年,然世皆不精,故莫能及。惟愛憎不栖於情,尤喜不留於意,而後體氣和平,加以呼吸吐納,服食養身,庶乎表裹皆濟也!(生)聆君妙論,令弟茅塞都開,送酒。(末送酒介)(副淨)叔夜兄反復雄辯，可惜不曾拾着石室秘書。不然，又資君許多談柄矣！(生)甚的石室秘書？(副淨)嵇兄昔年遇見王烈，共入山。石室中，見書一卷，呼嵇兄往取，倏忽不見。王烈嘆曰，叔夜趣非常，而輒不遇，命也！漢武無仙骨，兄之謂矣！(小生)兄於蘇門山，遇見孫登。嘮嘮叨叨，商略了半日棲神導養之術，登皆不應。空著大人先生傳，以愚世人，那見就有仙氣？(生)正聞孫登妙道，嵇兄，可偕會否？(小生)使得。(淨王戎喊上)我來了。(衆見介)(副淨)正談得有些興致，俗物已復來敗人意。(淨)卿輩之意，亦復易敗耶！(生)不必針鋒相鬥，請坐罷。

【前腔】筵啓。恰好廣坐佳賓，詞鋒飆起，愧余愚暗未窺涯。(向淨介)承庋止，兀的潤色了滿座光輝。(淨)深企。仰藉知心，方欣把臂。細聆音旨已心醉。(衆合)奇絕處，一時俊及，風燦雲迷。

(淨)小弟來遲，未聆音響，不知諸兄談論何事？(生)嵇向二兄博論養生，初談莊老。(淨)阿呀呀！這叫做雷門布鼓了。若論老莊，二兄不過摭紙上之陳言，拾後人之牙慧，豈似山兄之暗合耶？(生)這是那裏說起？(淨)前日偶在夷甫舍弟座中，有人問起山兄，說山巨源義理何如？是誰輩，是說那一個可以比得哦！(副淨、丑)這點文理，也還懂得，何必注解。(小生、小旦)讓濬冲兄說便了。(淨)舍弟說，此人初不肯以談自居，然不讀老莊，而時聞其詠，往往與之相合。(小生、小旦)所以外人多說山兄，有而不恃，皆此類也。(淨)然不似於今的人，南華經，道德論，韋編三絕，愈趨而愈下也。(衆笑介)說得透徹。(淨向小生、小旦拱介)忝在交末，言語憨直，得罪了。(衆復笑介)偏濬冲來，滿座春生矣！(生)君家夷甫，風姿詳雅，何物老嫗，生此寧馨兒。然壞天下蒼生者，必此人也。(淨)小弟亦常言如夷甫者，未見其比，當於古人中求之。(小生、小旦)怎見得？(淨)當日舍間春秋宴集，族中一個敗類，喫得來爛醉如泥，舉槊相擲，正中夷甫之面。他寂無一言，豈不難得！(衆)真是難得。(生)如夷甫之口，不言錢，未嘗興利，真壁立千仞矣！(副淨)有濬冲之孳孳爲利，自然有夷甫之深嫉貪鄙了。(生)說那裏話來。當日涼州故吏購贈數百萬，濬冲兄棄如敝屣，醉而不受，怎說孳孳爲利？(小生)這叫做小時了了，大未必佳。(副淨)此非小弟虛言。濬冲園田水碓，周偏天下。與其細君，燈下執牙籌，晝夜算計。恒若不足，而又儉嗇，不自奉養。令郎體肥，惡他喫得飯多，每令喫糠，難道是假的麼！(生)休得取笑，再送酒。(末暗下)(生)

【前腔】酬對。四座風生，雲霏霞起。攀今弔古入精微。頻送譁笑他枉說南皮。可惜阮仲容，呂仲悌，又成虛約了。何意。履響偏疏，車聲漸杳，不知何處阻旌旗。（小生）我輩此集，千古美談。但恐勝事難常，為歡未久耳！（眾）嵇兄何以有此敗興之言，須罰巨觥。（小生飲介）（眾）宜久向，梅林竹蓧，共把尊罍。

（小生、小旦）酒已多了，竹林清勝，我每散步縱觀何如？（生、淨）極好。（副淨、丑）又早月上了。（生）果然幽勝也！

【賽觀音】月影橫，風光麗，羨一片烟漫霧迷。更碧玉風吹香細，把臂深林袂輕攜。

（末阮咸上）梁園置酒集鄒枚，底事相如却後來。竹蓧清風情不厭，柴扉應向月中開。小生阮咸，因山巨源之約，來赴竹林，不免徑入。（進介）（眾）仲容兄可稱信人矣，何事來遲？（末）不消說起，適纏呂仲悌遭伊兄邁難，被逮入獄，踉蹌奔救，故此來遲。

【人月圓】狠吏卒密佈如棋置，塊壘[1]魂搖心驚悸。猿啼鶴怨風聲厲。少耽阻管教風浪吹。天昏暗，看盈庭唯諾冤抑誰知？

（眾各驚介）有這等事！（小生）如此小弟先別了。（眾）何往？（小生）呂兄有難，當捐生以救，明日再會罷。（徑下）（眾）叔夜兄轉來，不可造次。呀！竟自去了。（生）呂兄此禍，不知可脫否？（淨）若嵇兄出頭，不惟無益於人，兼恐有捐於己。（眾）却是為何？（淨）當日嵇兄，與向兄共鍛柳下，鍾會過訪，他二人傲然不理。既去，問說何所聞而來？何所見而去？鍾會道：聞所聞而來，見所見而去。他深切憤恨。每向人言此。今日之事，彼為政禍不免矣！（眾）如此怎好？夜色已深，且各散罷。

【餘音】語笑從容情難已，崩雷駭浪恁喧豗。試聽那韻語清音尚繞籬。

欲買嚴光舊釣磯（許渾），竹林文酒此攀嵇（胡宿）。冥心一會虛無理（劉滄），回首人間總禍機（薛能）。

校記

［1］塊壘：此二字，底本作"傀儡"，今據文意改。
［2］萬期："期"字，底本模糊，今依文意補。

辟　秀

（老旦扮晉公，外、小旦隨上）

【仙呂引子・卜算子】靖亂恃雄才，風度飲寮寀。思待通儒佐理來，睿略高千載。巍巍功業已三分，周德於今迹尚存。劍履雍容牙建遠，雄軍十萬陣雲翻。自家司馬昭是也。進位大將軍，賜劍履上殿。荷聖主之寵眷，系四海之畏懷，因念輔政之事，舉賢爲先。山巨源人倫之望，與我誼屬中表，豈可任其放逸。今欲舉爲秀才，特着西曹屬邵悌銜命往辟。（從暗下）（小生邵悌上）鈴閣傳曹屬，摳衣叩戟門。新花紛劍珮，雨露荷恩綸。邵悌叩見大將軍。（老旦）我有親山濤，遠居河內。今欲辟他爲掾，有書一封。你即前往敦請，勿得遲誤。（付書介）

【仙呂過曲・一封書】星馳赴草來，道殷勤傳梗概。期賢士遠屆，望遄飛慰四海。莫悵迢遥鄉夢隔，好借連床風雨偕。（小生）奉鈞牌，敢遲捱，佇聽青驄花外來。

知已蕭條信陸沉（許渾），更無消息到如今（李遠）。遠書珍重何由達（戴叔倫），夕夢邐邐向竹林（胡宿）。

奸譖

（外扮鍾會引副浄丑上）

【仙呂入雙調過曲・雙勸酒】影纓望宗，廟廊梁棟。嗔他友朋，將咱調弄。索把他屍軀輕送，那其間始顯雄風。

下官鍾會，學士季，家世潁川長社，甲第峥嶸，丁年赫奕。先君位躋太傅，不才與家兄，皆居清要。並荷大將軍兄弟交好，言聽計從。百爾臣工，無不趨承恐漫。叵耐嵇康那廝，我好意相訪，他鍛鐵柳下，慢不爲禮。莫説嵇康寒微，則那夏侯太初略略倨傲，我就置之死地。今日呂安弟兄遘難，嵇康代爲伸訴。我不免向大將軍前，乘機下石。這叫明鎗易躲，暗箭難防。大將軍早開帳也！（老旦上）

【前腔】巍巍上公，如雲景從。群僚向風，九重争重。還須録遺賢才衆，好資予大冶陶鎔。

（外）鍾會拜見。（老旦）士季少禮。（坐介）百職之務委卿佐治，近日何如？（外）軍旅頗稱嫻熟，選舉亦得其人，廷尉執法，初無出入，又在諸務之上。（老旦）選舉之職，要在得人。昨山濤舉嵇康自代，説他寬簡有大量，你道何如？（外）方今天下多事，大將軍心憂王室，會以天下不足憂，當以康爲慮耳！（老旦驚介）這却爲何？（外）嵇康臥龍也，庸可致乎！且彼有大志，思助毋丘儉以撓邦家，顧肯降心相從乎！今王道開明，四方風靡，邊鄙無詭隨之習，街巷無異口之議，而康上不臣天子，下不事王侯，輕時傲世，不爲物用。昔太公誅華士，孔子誅少正卯，皆以害時亂教，宜因釁以除之。（老旦）原來如此。須設計以制之纔好。（好）這個不難，只說呂安之謀，皆其指使，以此罪罪之就是了。

【中呂過曲・剔銀燈】凶謀狡防他禍萌，須嚴範休教輕縱。他忘機玩物多虛哄，遮莫思待時舉動。且將他收禁，呂安正法，彼勢孤不能行事矣。朦朧。由他怒轟，只怕崑岡玉石盡鎔鎔。（老旦）

【前腔】非伊道誰知臥龍，分付速把呂安刑訊，即將嵇康羅織在內。（外）大將軍還宜三思，恐會一人之言，不足取信。（老旦）說那裏話。毋丘儉將圖高控。依星傍月思飛迸，怎忠言那些胡哄。樊籠。教他技窮，任可畏人言由他不同。疾速計議去罷。（下）

（外弔場）恨小非君子，無毒不丈夫。兩條人命，被我舌尖輕撥，頃刻歸泉。咳！嵇康嵇康！非我容你不得，只怪你不能容我。九泉之下，你須自悔，莫要怨人。趁早傳諭廷尉去來。

因思人事事無窮（劉滄），慄慄朝廷有古風（杜牧）。何事懶於嵇叔夜（方幹），不知今古旋成空（薛逢）。

被　　逮

（生、净扮軍校、副净扮地方同上）

【仙呂・不是路】涉歷關津，羽檄星馳向蓽門。忙前進，枝頭莫漏春前信。（問副净介）嵇康家在那裏？（副净指介）前面就是了。認前村，方塘曲水疏籬亘。繞屋書聲隔樹聞。（到介）此間是了。（叩門介）開門，開門！（小生披衣上，開門介）你每何事來此？（净、生）休相問，如山罪戾教伊認。（小生）咄！我有何罪？輒敢無禮！（净、生）你自去辨，與我何干。休生嗔恨，休生嗔恨。

（小生）過來。我嵇相公一生清白，豈罹法網？

【前腔】泌水衡門，泉石栖遲甘賤貧。磨難臨[1]，肯干法紀招尤釁。（生、净）莫胡云，西臺風憲惟明允，縲絏寧誣公冶身。（小生）嵇康自分，初無失德，不知何人傾陷，相煩代伸情悃，不忘大德。我將伊懇，煩勞轉達抒情悃。（净、生）這人好是癡的，廷尉奉旨拿人，怎還說這自在話兒。出言何蠢，出言何蠢。

（小生）奉旨勾人，是不能生的了。（小旦上，哭介）（小生）我此去，九死一生，你當孝事母親，立身正直。我死九泉，亦得瞑目矣！（小旦抱哭介）父親此去，孩兒益孤立無倚怎好？（小生）山巨源在，汝不孤矣，不必啼哭。（老旦哭上）（净、生推倒，拽小生下）（小旦哭隨下）（内叫介）嵇叔夜被陷，我每一齊隨去。（老旦）

【鷓鴣天】底事銀鐺枉繫人，昭昭白日欲黄昏。愁腸那更如猿斷，肺腑刀剮語乍吞。人去了，痛難伸，隔林尤聽哭聲頻。呼天怪地無聞也[2]，衣上淋漓血淚痕。

　　行行血淚灑塵襟（孫定），蓬梗全家望一身（姚合）。莫怪臨風倍惆悵（汪廷筠），於君我作負心人（趙嘏）。

校記

[１]磨難臨："臨"字，底本作"磷"，今依文意改。
[２]呼天怪地："地"字，底本作"底"，今據文意改。

聚　　救

（末、小旦、净、丑扮太學生上）

【正宫引子·七娘子·前半】無端風雨空僝僽，怪囹圄把人繫囚。

　　吾輩皆太學諸生。因嵇叔夜被鍾會鍛煉，收閉獄中。一時豪俊，相隨同入獄中。一面邀集通學三千餘人，往見鍾會，代他申訴。我每齊上前去。（净）諸兄，鍾會赫奕非常，不可造次。（丑）説得清，罷了。説不清，拚一索死在他傍。（净）那時他須抵命，嵇兄倒有出頭日子哩！（末）諸兄還宜三思。（小旦）我每此去，先須理論。（末）理論不明，然後相責。這叫先禮後兵。（净）諸兄掉文袋子，依小弟愚見，惟有打之一法。他從人雖多，難道敢得罪相公每麽？（丑）非惟不敢得罪，必且起敬起畏。（小旦）還須通場商酌。（末）必須盡善盡美。（净）諸兄，適是筑室道傍，莫説三年，便一世也不成的。不必聚訟，小弟先别了。（末、丑、小旦）如此一齊到鍾會衙門去。（行介）（到介）（净喊介）有人走幾個出來，我每相公每在此。（望介）咦！為甚靜悄悄的。（天）你不見麽，現懸着公出牌，無怪其然。（丑）乘他不在，待我暢快響駡一頓。（外引生、副净上）

【七娘子・後半】密網羅罝,謀成計就,那容天上飛星救。
我已將嵇康問辟了,回衙去罷。(衆)鍾會回了,一齊上前。(外)你每這干人爲甚事來此?敢有稟訴,向有司衙門去。(衆)嵇叔夜人倫之望,遐邇共欽,有何罪釁,將他收閉獄中。(外)此乃國家的事,怎在此喧嚷,好不知法度。(衆)明是你聳聽大將軍,陷他法網,怎說不是你?(外)你看這班不識時務的酸丁,好生放肆。(衆)反了,反了!豈有此理。

【正宮過曲・四邊靜】恨伊慣把王章狃,不顧罵名臭。暗箭爲傷人,把我拳頭凑。(打外介)(外)我是朝廷大臣,輒敢大膽,狂且紕繆,敢把大臣辱毆。王法盡凌夷,直似披猖寇。(衆)

【前腔】吾儕恨汝玆多口,惡計憑翻覆。(外)他蔑理罪當誅,國法應伸究。(衆)你這逆賊,道是好人麽?你假了外甥荀勗手筆,盜他寶劍,這賊名真千載不朽唉!只駡你簪纓豸狗,衣冠禽獸。蠢國共殃民,寸磔難輕宥。

(衆揮拳,外逃奔下)(淨)捉捉捉,你每不該放走了他,待我着實打他一頓,塞其狗矢,而後大快於心。(末)諸兄,如今一不做,二不休,矢在弦上,不得不發了。不免哭訴大將軍,乞嵇康爲太學之師,或蒙俯俞,也不可知?(衆)一齊同去。(行介)(到介)阿呀!大將軍呀!

【朱奴剔銀燈】【朱奴兒】滄海度,容納細流。嵇叔夜問學偏優。縲絏羈縻甚罪尤,欽儒雅堪承帥授。【剔銀燈】燈篝。藉三冬謀求,太學裏流風自悠。只他與鍾會呵!

【前腔】聲和氣,曾無應求,類風馬何能並偶。權柄親操起禍謀,興媒蘖還同讐寇。(生傳宣上)晉公鈞旨,諸生且退,聽候開釋便了。(下)(衆歡笑介)大將軍如此降恩,真令人感激不盡。難酬。幸高天鑒收,名山業從今不朽。(齊下)

(旦扮令史持令箭上)奉晉公命,往監中提取嵇康斬首,省得這些書呆羅唣,作速前去。

三千上士聚皇州(黃滔),讒謗譖來起百尤(翁綬)。從古以來何限枉(戴叔倫),他生未卜此生休(李商隱)。

赴　　市

(老旦、淨扮刽子上)蕭何森法律、公冶痛災迍。長夜何時覺,昭昭白日昏。自家行刑刽子的便是。鐘老爺與嵇康嫌怨,將他牽入呂安事內,或天憐冤抑,有昭雪之日,也不可知。不意太學諸生,乞他為師,鐘老爺恐他激變,立時處斬東市。正是:閻王注定三更死,斷不留人到五更。(小生從鬼門道大笑上介)我嵇康今日典刑也!

【黃鐘·醉花陰】含笑歸泉興逾迥,昏慘慘風沙杳冥。只聽得空外鬼聲聲,促我歸程。兜得來心中省,俺從來兀自性和平。為甚的犯法遭刑入陷阱?

(淨、老旦)你自己犯了法,待怨誰來?(小生)禁聲!

【喜遷鶯】您虛詞無影,怪直恁嘴喳喳坑塹了人前程。閑評,枉把人刁蹬,聽了恁不由咱不怒轟,不怨憎。赤緊的譏訕他薄幸,兀的不喪了人生平。

(淨)為甚不向問官訴理,今日哞哞叨叨,也沒用了。(小生)

【出隊子】非是俺敢枉掉虛脾暢好口佞,也不曾怨天地叫屈連聲。恨恨恨,恨廢馳國法搖盪心旌。望望望,望不到九重劃地淚零。穩穩穩,穩抱定丹心地窟裏行。

(老旦)前日法司堂上,還該抵死伸訴纔是。(小生)哥!

【刮地風】這好受用的荊條敢胡亂爭,可憐咱瘦骨嶙嶒。苦難捱弔拷繃扒並,痛棍棒無情。縱饒你口似猩猩,赤條條麻繩拴定,氣絲絲冷水澆零。你便鐵鑄筋石鐫骨也教血迸。皮膚一樣父娘生,那怕你不早招承。

(淨)聽他說來,煞是可憐。(老旦)正是,嵇相公你既進取功名,不該又想長生,今日神仙可知沒用麼?(小生)

【四門子】我攻書史肯負凌雲興,教咱定乾坤也不恁爭。樂陶陶思出入神仙境,降奼女伏嬰兒丹汞升。曾覷鴻毛恁一命輕。我問你呂相公呢?(淨)他先在西市斬首了。(小生)可恨,可恨!偏喜相攜眼中舊弟兄。也須待坐廝雙行廝並。可怎教泉臺孤騁。

呀!日已停午了,曾攜琴來否?(淨)琴在此。(進琴介)(小生席地坐置琴膝上介)(淨)此時還有心情,弄這東西?(老旦)你看他氣色不變,真是鐵錚錚好漢。(淨)我每手裏,不知結果了多少人。似這樣的,委實罕有。(小生撫琴介)我把廣陵散,試彈一回者。

【古水仙子】聽聽聽,聽清風指下生。那那那,那流水高山韻調清。恁恁恁,恁軟紅塵怎比幽虛逸情。當日我遊洛西,暮宿華陽亭,引琴而彈。夜分有客相過,與我敘話良久,授我此曲,名為廣陵散,聲調絕倫,誓不授人。昔時袁孝尼,嘗從吾學此,吾靳固不與。今日廣陵散絕矣!他他他,他愛謖謖松風寂靜。向向向,向老師裏情慳心傾。悔悔悔,悔遇知音不與同聽。痛痛痛,痛如今雲散風流感廢興。待待待,待夜台邊悠然餘韻花初暝。倒倒倒,倒做了蔡中郎枉趑趄感殺聲。

（小旦哭上）我那父親啊！（小生推琴起立不語介）（劊趕小旦介）（小旦）父親,怎到此際,絕無一語相囑？（小生）有甚囑咐,你但守我平日之言就是了。去罷！（小旦）父子至情,死生永訣,只此一刻了,怎說個去。（小生）你不見麼？那呂安呵！

【尾聲】早駕起雲軿泉路等,怎教他蕩靈魂冷冷清清。你好洗眼兒照,咱側耳兒聽。咱玉琴聲,環半嶺。（擁小生下,擲首,場上小旦抱哭介）

【撲燈紅】【撲燈蛾】空林怨霧迷,四野愁雲滿。頃刻判幽明,痛肝腸剜成寸斷也。愆尤難逭。悔不我先把身拚。【紅綉鞋】生痛殺罪無端,心頭簇簇劍鋩攢。

欲問皇天天更遠（護國）,死門生路兩相忘（羅隱）。一聲隔浦猿啼處（惟審）,牽引春風斷客腸（韋莊）。

諫　夫

（小旦扮劉伶婦上）

【黃鐘引子·玉女步瑞雲】【傳言玉女】井臼齏鹽,所事操持勤儉。【瑞雲濃】愧林下清風獨占。

妾乃劉伶之室。丈夫放情肆志,不妄交遊,一日偶與嵇康阮籍相遇,欣然神解,把臂入林。但他耽情麴糵,不以家務有無介懷。妾身三旬九食,垢面蒙頭,這也不在話下,可笑他遺略形骸,自安淪喪。前日對策,諸人皆得高第。他獨以無用罷黜。終身如此,妾何所倚？今日清早出去,此刻未歸,又不知醉倒何處,好不焦悶人也！

【黃鐘過曲·降黃龍】可笑兒夫,寒士清門,不事鉛槧。任忘機玩物,肆志移情,意適心忺慊慊。盡教酣飲,嘆沈湎昏朝無厭。興陶然帷天席地,醉眠村店。

不免往前庭閒散則個。（丑微醉上）相逢不飲空歸去,洞口桃花也笑人。娘子我回來了。（小旦）官人回來了。請坐。（坐介）（丑望介）阿呀！有趣。你看階下這些酒瓶,累若若。若是滿的,我就傾他在缸內,把身子浸着,任我醉酗,豈不有興,可惜空了。（小旦）這都是一二日內喫的,你道少麼？（丑）也不算多。（小旦）官人,妾有一言相勸。（丑）請教。（小旦）

【前腔·換頭】休嫌。浪語浮詞,逆耳嗔他敢教輕憯。雖則是詩書有誤,究不比傷生,芳醪醇醶。(丑閨襜。我意兒難測,一任你浮雲虛掩。却不道一杯在手,萬事空淹。

阿喲!怎處?我口中渴得極了。娘子,先借一壺解渴?(小旦不理介)(丑自持酒瓶向小旦,小旦擲介)官人,妾非苦苦勸你止酒,但君飲酒太過,終非適生之道耳!(淚介)

【黃龍衮】非儂敢浪占,非儂敢浪占,此意君須念。狂藥知腐腸,風波應比瞿塘險。私語喁喁,淚波盈臉。望鑒予,長共守,永無歉。

(丑)娘子,你婦人家,尚且立志如此,我難道不思改悔麼!罷罷罷!我從此不飲酒了。(小旦)你真心如此,這是劉門有幸了,再不要翻悔呢!(丑)娘子,我指天誓日,你總不能相信。我祝鬼神自誓,還有何說。速備酒肉來。

【前腔】聞伊恁詞嚴,聞伊恁詞嚴,把我癡情斂。生怕風浪興,誓誠旦旦斯能驗。(小旦)如此我去取來。(虛下)(丑望介)海誓空勞,山盟雖險。盡百瓢,長茗芋,糟丘占。

(小旦攜酒肉上)官人,酒肉在此,疾速禱鬼神。(丑看喜介)正該如此。娘子,你聽我來。(拜神畢,跪禱介)天生劉伶,以酒為名,一飲一斛,五斗解酲,婦兒之言,慎不可聽。(小旦)怎說,怎說?(丑起,上坐,飲酒,食肉介)(小旦奪介)(丑捧壺吸介)(醉倒介)我頽然醉矣!快扶我去睡。(小旦)你道斷酒,原來謊我,天那!(哭介)(丑醉喊介)娘子!

【尾聲】我玉山已倒思珍簟,愛煞青青風外簾。娘子,天垂酒旗之曜,地列酒泉之郡,你看恰好天上旗星和月閃。

(小旦扶介)那裏說起,又如此大醉了。

身病長無買藥錢(朱慶餘),一生杯酒在神仙(譚用之)。(丑)人間別更無冤事(方幹),恨不移封向酒泉(杜甫)。

慈　　訓

(老旦嵇紹母上)

【商調引子·繞池遊】淒風冷雨,蕩漾閑庭樹,糝珍珠淚痕千縷,愁腸轆轤。幾萬轉難勝悽楚,嘆煢煢終宵痛籲。

老身半世居孀,痛迫桑榆之景,一經垂訓,難充藜藿之供,喻息倚廬。可喜已窺豹采,含辛把牘,尤欣能式虎賁,敢云孟母之斷機,且誓共姜之匪石。

妾身孫氏。與中散大夫嵇康中表聯姻。不幸丈夫身故，家徒壁立。止生一子，名喚嵇紹。器度開朗，綽有父風。喜他奉我孝謹，雖是子職應當，然求忠出孝，資父事君，也是少不得的。痛他早孤，無人課讀。但父書滿架，僅可羹墻瘠寐。禮云：寡婦之子，非有見焉，不可與語。他父親亡故，這是我爲母之事，不免喚他出來，訓誨一番。嵇紹孩兒那裏！（小旦上）

【前腔】晨昏奉母，孝養思希古，身貧賤且安萊舞。嗟甘旨終朝空釜。慰親心研窮父書。

（見介）（老旦）兒啊，你父親亡故，忽忽數年，做娘的困守孤燈，專心望汝成立，那徙居教子之事，我雖不能上希古賢，也曉課兒攻苦。只是終朝饑餒，粒米不得下肚，教做娘的，怎生出口。兒啊！

【商調過曲‧黃鶯兒】提起恨應俱痛，空倉鳥雀呼，茹荼集蓼吾應苦。憐伊幼孤，椿枝早殂。（淚介）（小旦）母親請免愁煩。（老旦）千行愁淚紛如雨。鎮長籲，清風陣陣，能飽腹虛無。（小旦）

【前腔】兒罪合當誅。痛哀哀母力劬，式微門戶勞撐拄。桑榆景疏，蓬蒿雨蕪，破衣襤褸牽蘿補。腹長虛，小人有母，此恨總難舒。

（老旦）兒啊，不須悲戚，你十歲喪父，今幸成人。做娘的見汝恁般，雖家道貧窮，私心少慰矣。（小旦）母親，孩兒年紀已長，一事無成，空累母親凍餒。意欲拜辭母親，少博資斧，以圖進取，不知母親意下如何？（老旦）兒啊！汝父得罪王朝，你當引咎，杜門靖居。以蓋父愆纔是。怎反思量進取。至於干謁，今日世情惡薄，那些人，一行作吏，但知趨奉勢要，那肯顧戀窮交。縱上萬言之書，他總束之高閣。去也無益。我只願你！

【簇御林】分陰惜，萬卷娛，守親闈，掩敝廬。負薪啜菽栖田畝。把卷讀，思名父，慎居諸。切莫要秋風一棍，離母曳長裾。

（小旦）謹依母親嚴命。孩兒呵！

【前腔】雞聲靜，螢火疏，撫杯棬，悉力摹。三冬五夜書聲聚，這罪愆，差能補，守田廬。一心的寒葵負米，再不想擁篲謁簪裾。

（老旦）如此甚好。天色已晚，甕中尚有餘米，可供晚膳。我篝燈刀尺，你把書篇誦習，卻不是好。（小旦）是。（老旦）隨我進來。

（小旦）岐路東西竟若何（劉滄），空城饑雀暮烟多（李頻）。（老旦）貧來猶有故琴在（方幹），行路艱難不復歌（翁綬）。

荷　　鍤

　　（丑劉伶，净家僮荷鋤負酒上）世事滄桑朝復暮，雙丸跳躍何由駐。笑我昏昏醉不醒，呼童重筑糟丘住。我劉伶。一貧如洗，所喜家無長物，絕少交遊，惟縱情飲酒。时耐娘子抵死相勸，甚至捐酒毀器，要我修飾干譽。那知我榮進之心日頹，放逸之性轉篤。所神交者，惟陳留阮籍，河内山濤，預其流者河内向秀，譙國嵇康兄子咸，琅琊王戎，遂爲竹林之遊，世稱竹林七賢。近諸賢相次登朝，惟嵇康違法。我盛言無爲之化，對策罷黜，傍人頗深扼腕。自想正可適我之性。爲此荷鍤醉家，偏遊物外。想起來暢好受用也！

　　【仙吕·點絳唇】俺可也心曠神怡。浩然高寄。四下裏多佳致。恰好的無慮無思。再不去忘想閑名利。

　　出得門來，是好風景波！

　　【混江龍】飽看偏青霄澄霽。太虛中没半點滓穢相迷。俺只見輕風拂拂，野草萋萋。澗水琮琤幽響咽，山花掩映落霞低。都現出空靈窗紗，没些兒虛幌蹺蹊。說甚麽雙丸會跳，可懂得萬物能齊。用不着胸藏利劍，用不着心有靈犀。俺覷那天和地一朝今古，便萬期也無過俄頃推移。休笑俺細宇宙行無轍迹，誰得似少扃鑰化仰無爲。

　　（副净）相公你看往來的人，挨挨擠擠，好不熱鬧也。（丑）

　　【油葫蘆】胡厮纏没頸天鵝枉自飛。誰遭恁迷魂洞栖。早心兒裏把那萬斛俗塵窒。（副净）相公，若都像你恁般行徑，連地獄多可不設！（丑）則你那勞勞塵網滋縈擾，可知他重重機事徒牽綴。我將待縛住遊魂，不教他落在污泥。誰着你没據三柱把我機鋒觸，猛教我陡地掉虛脾。

　　（副净）相公，你又無家務挂懷，此身落得自在，且向竹林中，悠悠忽忽，與那班腐儒，說些没對會的話，也算神仙隊中人了。（丑）

　　【天下樂】你只道有分神仙没是非。哎，您這話稀也麽奇。俺自知，我一椿椿指點，休道咱空說鬼。莫說神仙之道難稽，就是可學而至，嵇康今日何在？一壁厢講習養生，一壁厢旋遘禍機。幾曾見此身，今日還在世栖。

　　（副净）那嵇相公，自幼見鬼，原是短壽相。聽得當初他在燈下彈琴，有鬼把他的燈都吹滅了，那有神仙福分。（丑）

　　【醉中天】你則曉山鬼吹燈熄。可知他從小時便禄星微。盡着他煉汞燒丹本性迷。昔嵇康在汲郡山中，遇見道士孫登。嵇康拜他爲師。臨去，那道士説，君才則高矣，保身之道不足。嵇康不能用其言，遂有呂安之禍。在獄中作詩説：昔慚下惠，今愧孫登。你看會解脱的直恁無頭尾。枉逞恁喬伎倆，軀戕命危。（副淨）原來那呆道士，倒有些意思的。可惜當初不曾去拜望拜望，討個終身兆。（丑）休怪咱恁絮叨叨驚天動地，也只圖醉醺醺豁眼舒眉。

（副淨）那七人中，有結果的，不知還數那個哩？相公，你口也渴了，我手也酸了，我篩起酒來，你一面喫，一面説。（丑）你聽波！（飲酒科）那外人都説山濤度量弘遠，心存事外，諸子屯蹇於世，濤獨保浩然之度。看起來，此話却有幾分定評。

【後庭花】曾把那竹林中閑品題，都不是佐幫家才調奇。偏數恁有度量的山河内，不比那召凶災的譙國嵇。可憐俺兄弟每都到了存亡無幾。（副淨）又説酒話了。（丑）我豈醉憒騰弄嘴皮。

（副淨）天將晚了，相公歸去罷！（丑）

【金盞兒】多謝你苦苦勸咱回，似三春進血的杜鵑啼。一聲聲歸去好，心坎裏爲甚的偏忘記。待説與端的，怕他拖住主人衣。不説呵，怎教他亡羊空跋涉，題鳳枉趨陪。（副淨）相公，爲甚徘徊道中，躊躇不决，那日影看看墜下去了。（丑）你教我怎麽，休説是東隅雖已失。西日尚堪揮。

僮兒，你知我荷此鍤來何用？（副淨）想要開墾荒地？（丑）行了一日，離家已遠，我實對你説罷。我生無益於時，枉累家人受苦。我也不思建立功業，恢復家園，惟酒是務，遍遊天下。我一朝不測，死了呢，就將此鍤掘地作坎，埋我而葬。（副淨）原來相公棄家長往了。（哭科）相公何！酒有何好？你只愛他，今日到此地位！（丑）

【賺煞尾】您休得禮法數規箴，名教相推比。我無上法不容轉移。愛枕曲提壺，向醉鄉深處寄。雖有泰山形，我敢也不睹巍峨，便雷霆聲響如遺，任餘子營營投至我褌兒裏。知蜾蠃也螟蛉虱蟻。況爾醒頓忘身世。（副淨）相公你往那裏去？（丑）俺與你從教樂夫，天命復何疑。

（副淨）相公，肚裏瘪了，實不能再走。（丑）你看酒旗招颭，似有人家，且試沽飲一回。

月上嚴城話旅遊（劉滄），酒壚從古擅風流（李商隱）。撰碑縱托登龍伴（方幹），請贈劉伶作醉侯（皮日休）。

悼　友

（生上）

【南吕引子·臨江梅】【臨江仙頭】夢去知從何處樓，醒來忽上心頭。【一剪梅尾】三生石上果逢不，鎭自夷猶，那更縈愁。

下官山濤，官拜吏部尚書，再居選職，十有餘年。每一官缺，輒起擬數人，衆情不察，以我輕重任意。我總行之自若。一年之內，衆情乃寢。但下官甄拔人物，各有題目，時稱山公啓事。我中立於朝，不爲利誘勢奪。無奈不諧於世。疏疏辭歸，不蒙天允。想起竹林之遊，杳不可得。嵇叔夜亡故，屢易星霜，每一追思，淒然淚下。但他死後，晉公尋亦追悔。若太學三千人，不喧哄聚救，或不死也未可知？咳！嵇兄嵇兄！

【南吕過曲·紅衲襖】想着你興悠揚賦遠遊。想着你話綿藤欣對酒。想着你風前獨把絲桐奏。想着你月底欣將好景收。鎮日的論長生玩海鷗，不住的溯濠空宇宙。爲甚的杳杳冥冥做了物是人非也，猛教人淚暗流。

唉，吕安䕺起家庭，他死是應該的了。你爲何將身陷入？

【前腔】他那裏閱墙災幻蜃樓。也不過友于乘投燭毆。爲甚燕都疾發聊城矢，魯國偏令公冶囚。怪無端空招怨尤，痛謗書終成枉奏。到如今那能殷勤把臂林中也，痛重泉土一丘。

我當日曾辭選職，舉康自代。他若能來，則無此禍。

【鎖窗寒】憶當初常命書郵，效曹丘揄揚侶儔。嗔他尚志托身巢由。深藏待價，荆山誰剖，寧知伊頓生僝僽。聽樂闌不住鳥啾啾，感人深憶良友。

他那時有書復我，竟寓絶交。這是人各有志，不能相强。那封書，我常出入懷袖，不免再展玩一番。（出書淚介）

【大勝樂】只落得才喪名留，細摩挲那禁淚流。只他豐草長林守，恁差池應眉皺。他書中說：不堪者七，不可者二，味其詞意，原覺不近人情，才高鸚鵡終嬰患，書倩鱗鴻也召尤。仔細看來，應當被戮的了，招非惹咎。都是這悲天憫地，浪語胡謅。

我倒忘了，前日上疏乞休，此翻定蒙俯允。怎不見有旨意？（旦中官上）還將中禁語，傳與乞休人。

（見介）山老先生，聖上又不准你致仕，還要重用你哩！

【節節高】君家好逗遛，莫夷猶，九重雨露聲華驟。應疾須趨朝右，拜冕

旒，酬高厚，切莫要抽簪只想淹林岫。還則怕九閽天遠難叩。從此綸扉藉鑒裁，金湯鞏固恩波轇。（合）

【尾聲】銅龍乍喜傳清漏。（旦）我親沐恩綸相覆。（生）敢竭丹忱答帝庥。

（旦）此心長憶舊林泉（錢珝），終日關山在馬前（劉滄）。（生）多謝龍門重招引（李郢），因風吹去又吹還（李頻）。

鎮　　節

（老旦上）

【商調引子·三臺令】版圖初廓提封。剪葉成珪舊蹤。錫土愧尊崇，羨恩波此生最榮。

籠罩乾坤不世勳，葉珪故壤達雄藩。漸看諸夏尊綱紀，千里提封盡仰恩。我司馬昭，櫛風沐雨，劬勞王室，閱二十餘載，雪宗廟之滯耻，拯兆庶之艱難。掃平區域，□□吳會。蒙天子錫我胙土，以并州之太原十郡，提封七百里，晉位晉公，加九錫。我固辭不受，司空鄭冲等，率百官勸進，不得已受命。前此諸葛瞻作亂於蜀。我命鄧艾帥萬餘人，破綿竹斬之，遂表艾爲太尉，鍾會爲司徒。不料鄧艾謀逆，我命檻車征之。未幾，鍾會潛懷不軌，天子命我西征，我統領監軍衛瓘，右將軍胡烈前往。但魏室諸王皆在鄴城。恐有未便，意欲命山濤坐鎮。待他來時與之商議。（生上）

【十二時】（前二句）何意叨渥寵，佐密勿趑承梁棟。（見介）山濤禀見。（老旦）巨源少禮。（坐介）巨源，天下洶洶，皆以我南征北伐，窮兵黷武。我擬吳平之後，效華山桃林之事，息役弭兵，示天下以大安，卿意何如？（生）濤一介□生[1]，何知講武。古云：佳兵者，不詳之器，不得已而用之。孫吳豈勞載！但宜應時摧陷，用武而不窮武，殲厥渠魁，使大敵崩潰，收其儁臣，繫其逋虜，俾宗廟危而復安，鞏金湯於磐石矣。（老旦）妙啊！聆君高論，究五兵之正度，兼九伐之弘規，君素不習孫子，而談兵輿之暗合，真天才也！

【商調過曲·高陽臺】兵法淹通。蒐奇圖內，畫米沙邊都中。潛合孫吳，六韜三略研窮。英雄。中原從此無恐也，真堪令席卷江東。我欲藉君坐鎮鄴城，仰膺功凱歌奏捷，國家知重。

（生）

【其二·換頭】明公。推轂殷勤，憐才真切，我但愁坐鎮虛蒙。願別選英流,輕裘綬帶雍容。(老旦)我因鍾會謀逆,奉命西征,魏氏諸王並在鄴,西偏吾自了之。後事深以委卿。匆匆。深愁內敵殷勤也,當賴伊擐甲彎弓。吾以卿爲本官行軍司馬,給卿親兵五百鎮鄴,勿再固辭。只伊家堪庸重寄,六軍親統。

(生)但慮菲才,有辜汲引耳!(老旦)慎毋過謙,即日任事便了。(生)敬遵鈞旨[2]。(旦雜二軍擁老旦、丑雜二軍擁生下)

鄴下淹留佳賞新(韓翃),十年辛苦涉風塵(袁皓)。分明會得將軍意(曾唐),欲發羸蹄進退頻(黃滔)。

校記

[1] 一介□生:"□"字,底本殘,今依殘筆、文意當爲"愚"。
[2] 敬遵鈞旨:"敬遵"二字殘,今依殘筆、文意改。

蜀　　叛

(外鍾會上)

【中呂引子·菊花新】□□獨向蜀西屯[1],又見關河楊柳新。龍性怎能馴,看尺水會當飛迅。

我鍾會。貴遊子弟,怎肯久屈人下。叵耐司馬昭任信鄧艾,使他統率萬軍,自陰平踰絕險,破蜀將諸葛瞻。自此朝內,只知有艾,何曾知我。我欲乘時舉事,無奈鄧艾在此。因先發制人,密遣心腹譖艾逆謀,喜他聽信,檻車徵還。我從此便可肆行無忌了。今已繕甲治兵,必須先焚府庫,據城自守,積漸開拓邊疆,偏占一方。乘今吉日,不免喚集兵士前往便了。衆軍士何在?(淨、副淨、小旦、末四軍上)

【南呂過曲·金錢花】忽聽傳集親軍,親軍。綉鎧趨赴轅門,轅門。建牙吹角氣氤氳。風颭處,陣雲屯。人赳赳,馬佽佽。

(衆見介)(外)兵馬都齊備了麼?(衆)俱已完備。(外)排列兩行,聽吾號令(衆)嗄!(外)

【越調過曲·豹子令】號令三軍須敬信,須敬信。兵戈甲盾要鮮新,要鮮新。摧堅拉朽威聲震。陣雲飄漾靖妖氛,丘山陳賞積繽紛。(衆)

【前腔】人馬軍□□怒震,威怒震。端的神武屬將軍,屬將軍。此行管取成功穩。銅鞮歌處應金鐏,和風拂拂擁紅雲。

（外）今日黃道吉日，就此起兵。（衆）得令。

【前腔】列陣連營十萬軍，十萬軍。倉廒府庫盡燒焚，盡燒焚。（外）崎嶇蜀道風花滾，蠖屈龍潛會合伸。（合）鐃歌聲徹齎殊勳。

薄宦偶然來左蜀（劉兼），參差長近亞夫營（裴翻）。巨拳肯爲揮雞肋（孟遲），今日何須十萬兵（杜甫）。

校記

［1］□□獨向河西屯："□□"二字，底本字殘，今依殘筆、文意當是"孤軍"。

下　卷

却　聘

（净扮蔣濟、雜隨上）

【雙調引子·賀聖朝】一身掌握軍機，數年綜理綱維。四方奠定化無爲，舉賢慰綸扉。

大纛高牙榮戟重，三臺八座極尊崇。漸看國計歸吾掌，百職爭趨拜下風。下官蔣濟，字子通，楚國平阿人也。官居太尉，作天子之股肱，位列上臺，爲朝廷之耳目。威馳千里，潢池不敢弄兵，論著萬機，俗學何容問業。每念輔君在乎選舉，佐理本於得賢。陳留阮籍，學有專師，品兼衆妙。我欲征爲掾屬，辟書始下。他欣然就道，已抵都亭，上吾奏記，雖説將耕東皋之陽，輸黍稷之税，這不過辭征却聘的套語。我初時慮其不可羅致，今竟然來思，不勝喜悦，已具安車蒲輪，遣官迎請，敢待來也。（末上）

【菊花新】冥鴻□□已孤飛。彼弋思將網罟攜，空外靄微微。羨一片白雲遐寄。（見介）

（净）阮先生請到了麼？快請相見。（出介）（末）且慢。

【月臨江】春命都亭敦請，車輪馬迹奔忙。（净）自然要齊備。（末）風光蕩漾月昏黄。（净）他可同來，（末）紅樓人寂寂，碧澗□□□。（净）爲何不見你？（末）不是閉門不納，亦非破壁潛藏。

（净）難道不別去了？（末）雲中白鶴已高翔，冥冥飛去疾。（净）只怕你尋錯了？（末）豈錯認劉郎！（净）哦，有這等事！（怒介）

【仙吕過曲·八聲甘州】花狐月魅,小麼魔無過鬼蜮妖魑。藏頭露尾,喬做作慣掉虛脾。教咱惱得愁恨堆,教你勒馬臨崖悔莫追。須知,此身無福,廊廟趨陪。

（末）

【其二·換頭】寒微,他窮酸野鄙。元只合衡門泌水棲遲。老兵餓隸,怎比得鸞鳳熊羆。（淨）我嚴嚴位高爲太尉,那肯受屈卑微村野兒。卿宜,出奇謀慰我調饑。

（末）

【解三酲】論此事難容輕已,況除書恩德巍巍。應星馳飆舉移屣履。□□德矢酬知,不堤防翩然天外長逝矣。怎教人不恨積如山痛迫肌。但恐外人不知,謂太尉呵！心兒裹不能容物,故遣傾危。

（淨）君家見論及此,不覺心地恍然,只是我降尊禮賢,受他怠慢,好生着惱。我令暴諸天下,然後加誅,豈不公私□□麼。（末）如此,未始不可。吾恐人民不諒,謂公以微罪殺士,恐不足以服天下人之心。且箕山高蹈,重華不聞誅戕巢許！（淨）據你便怎麼？（末）不若大度優容,到處推許,他狂奴之態復發,定罹譴謫。明公得弘獎風流之名,使他暗遭折挫。這是太祖使黃祖殺禰衡之計,太尉何不出此,而傾悻悻耶！（淨）妙嘎！

【其二·換頭】呼妙論令人感愧,笑狂且直恁披靡。我權操生殺三公貴,問誰敢犯嚴威！他薄有微名,殺了嘎！又道我規模狹隘權柄持,不容他放迹西山效采薇。罷罷罷！深相悔,任閑鷗水鳥,相狎林溪。

（末）明公淵度汪洋,下吏均荷甄陶,不勝忻忭。（淨）我看此人元非令器,不過酒狂,用了他恐不能受薦賢之賞,反□□無知人之明了。（末）告退了。

（淨）所向明知是暗投（鄭谷）,肯容王粲賦登樓（章孝標）。（末）莫夸恬澹勝榮禄（李昭象）,還恐添成異日愁（温庭筠）。

途　窮

（丑扮車夫上）（山歌）車夫日日車嬌娘,高迎低就兩頭忙。谷碌碌個車,車勿一個定娘,話你儂顛來顛去,車斷子我個肚腸。自家車夫的便是。前日有個姓阮的人,雇我車兒,一連等了他三日,他只是噇着黃湯,叫也不應,問也不采,你道好笑也不好笑,只得在此等他。（副淨內喚科）車夫伺候！（丑）

你看他喫□□醺醺的踱出來了。(副淨上)(見丑科)你爲甚此時纔來？(丑)在此足足等了三日哩，因見尊駕喫酒，不敢驚動。(副淨)好，有竅。(丑)不知客人要往那裏拜客？(副淨)咄，拜誰？

【越調·鬥鵪鶉】誰是俺知己情親，也直得叮嚀敘話。恰思量請息那交遊，急煎煎寫不迭移文和那短劄。只怪他酪子裏虛囂，性兒中疙瘩，孳身軀須彌大。敢雍容一晌周旋，誰耐煩百忙遲迓。

(丑)據我看□□看不得人，只怕人也看不上你哩！(副淨)我呵！

【紫花兒序】醉騰騰細傾了竹葉，香馥馥緩酌了梨花。忒楞楞的緊搊着琵琶。暮年烈士，壯志難下。嗟呀！覷一個個鬼臉獠牙。不用輕懷半刺，空馳一介，枉費杯茶。

出得門來，暢好風景也！

【柳營田】沃蕩的風日佳，遙望也使我心遐。俺三山思並松喬駕，乘雲高跨嘘噏瓊華。早則騰上星辰手堪抓。

(丑)行了半日，不曾問得，不知相公要往那裏去？只管在這沒徑路的所在走。(副淨)這是甚麽所在？(丑)是楚漢戰場。(副淨)如此下車來，待我登山試望。(丑)我已走不動了，正要歇息歇息，請下來。(副淨下車科)(丑)你像意看看，看得好，叫我聲。(呵欠科)且在草地上，打個盹兒。(睡科)(副淨登高望科)是好一個戰場也！你看平沙無際，曠野蕭條，慘慘風悲，青天如晦，啾啾鬼哭，白日欲昏，好不悽慘人也！

【么篇】想當日六國紛拏，秦失鹿四散麕麕。楚重瞳他人坐着烏騅馬，身披着綉龍甲，喊一聲驚殺癩蝦蟆。韓王孫恁威風手搴旗多撑達，不持器相廝殺。他擺一個長蛇陣罷，把都兒揚威耀武，奪旌旗鼓亂撾。猛一見便似那哪吒神降駕。咦！項羽有一范增而不能用，項伯是他同姓反心向漢朝，高帝知斬丁公，而不知項伯之心，更不測也。韓信一匹夫耳，而竟垂聲千古。偶遊雲夢，人反憐未央宮之戮。咳！天下無英雄，卒成孺子之名。這一個會偷寒向着敵國禍嫁，那一個向鴻門宴緊擎着寶劍怒發。這一個將玉斗摔碎了歇歇，那一個早不覺怒轟轟斷送得天崩地塌。

去罷！(丑)我一夢未醒，你就要去了麽？(起科)(副淨)

【小沙門】乍瞥眼螳撑龜怒，更回首蟻陣蜂衙。不移時南柯短夢魂驚化。楚和漢兩爭差，笑口呀呀。

(住車科)(副淨科)爲什不去？(丑)這是陰陵道烏江渡口，沒通路的去處了。(副淨)哦，路已窮了麽？(丑)前面是大江，有甚路？(副淨)難道去不

得了？（大哭科）（丑看笑科）此淚出於何典？（副淨）

【聖藥王】不堤防途路雜，阮步兵命運差。只他這亡羊岐路足空踏。這一搭勢畫畫的山區逯，那一塔響滔滔的水亂匝。孤身飄泊迴天涯，急恨恨拭不盡的淚雨如麻。

（又大哭科）（丑）這路是哭不出的，不如回去罷。（副淨）罷！我亦從此逝矣！任你載我那處去。

【尾聲】只你勸先生不如歸去罷，再不把紅塵路踏。避世學徉狂，隱山中廝盡靈苗自閑耍[1]。

寐寧誰與此身同（劉滄），得喪悲歡盡是空（溫庭筠）。嵇呂別來無酒客（許渾），吾將大醉與禪通（方幹）。

校記

[1] 隱山中："隱"字，底本作"穩"。今依文意改。

計　攻

（末扮胡烈上）

【正宮引子·七娘子·前半】奇兵制勝摧強暴，陣圖開遠方六韜。小將右將軍胡烈是也。同監軍衛瓘，隨晉公征討鍾會。他以逸待勞，承我兵初到，奮勇搦戰。晉公堅壁清壘，挫其銳氣。奈他練習親兵，熟用鉤鐮利刃，一以當百，所向披靡。晉公制勝出奇，因得諸葛武侯木牛流馬遺法，參以田單火牛，兵不疲而敵易破，特命卑將訓練兵卒，令衛將軍製造木牛，克日進剿。兵士俱已諳練，不知木牛曾否完工？（小生衛瓘上）【七娘子·後半】葛武英謀？田單神妙，但看指日欃槍掃。

（見介）木牛俱已齊備，兵士可曾練習？（末）俱已熟嫻，聽令發兵。我每同覆晉公去罷。（小生）且喚兵士吩咐。（末）傳諭眾將聽令！（淨、副淨、旦、小旦、四軍上）（見介）（末）木牛已成，爾等臨陣之時，把利刃縛於牛角之上，再將蘆葦灌油，繫於牛尾，突入陣中。爾等五千人，各穿紅襖，隨其後，出於不備，殺他片甲不存，功成俱有重賞。

【正宮過曲·四邊靜】頻將秘略傳軍校，專心務征剿。聚米試量沙，奇兵寓增竈。（小生）長驅直搗，推奇出巧。風雨颯然，驚轟雷震雲表。（末合）

【前腔】奔騰烈焰漫天燎，四下軍聲鬧。赤壁恍鏖兵，綿山事尋討。

（衆）如燒棧道，似焚丹竈。凡世火龍炎，喝野紅雲繞。

武侯倔起贊訐謨（薛逢），立事成功盡遠圖（姚鵠）。三顧頻煩天下計（杜甫），又驅羸馬指天衢（吳商浩）。

克　蜀

（外引四軍上）

【仙呂引子·探春令】三巴厄險軍威壯，勝射鵰飛將。癩蝦蟆枉把天鵝想，聽指日鐃歌唱。

我將中軍定蜀中，胸羅星斗吐長虹。笑他枉自論強弱，吳下何人識阿蒙。自家鎮西將軍鍾會。屢受制於司馬昭，他自恃英雄，因天子隆重，驕恣日增。連我也不放心上。我道誅了鄧艾，我遠處蜀中，與他水米無交了。奈他漸肆凌曳，提兵征剿。想我鍾會，本是貴介公侯，豈肯暫屈人下，因此據蜀自反。昨探子報稱，他的兵已臨城下。我親統鉤鐮甲士，乘其勞頓，前往挑戰。可笑他閉門堅壁，豈非自形其弱，乘虛一戰，必獲全勝。大小三軍，就此殺上前去。（衆）得令。（外）

【仙呂入雙調過曲·六么令】橫衝直撞，休得逡巡莫畏披猖。驍騰千騎奮龍驤。殲奸宄，掃欃槍，須教個個銜枚往。須教個個銜枚往。

（衆吶喊下）（小生引衆行上）

【前腔】謀深智廣，秘授兵機奮勇戎行。頻妝虛勢示逋亡。佯敗走，且深藏。教他片甲難依仗。教他片甲難依仗。

我奉將令，知鍾會今夜必來偸營，令我拔營，埋伏二十里外，絕其歸路。詐輸敗走，俟胡將軍火牛衝殺，插翅難飛矣。大小三軍，疾速拔營前去。（衆喊下）（外引衆上）不好了，不好了！使他有備了。

【前腔】軍情何誑，可怪空營衆早逋亡。朱霞天半任飄揚。乘餘勇，耀旌幢，整戈那怕交鋒將。整戈哪怕交鋒將。

（小生上，迎戰介）咄！鍾會哪裏走！小將候久了。（外驚介）原來有埋伏，果然中他奸計了。不必多言，放馬過來。（戰一合，小生敗下）（外笑介）恁般沒用的，也來厮殺。大小三軍，一齊並力追去。（喊下）（末統火牛領衆上）

【前腔】兵精計良，武略超群，智勇非常。連天烈焰吐光芒。人灰燼，骨飛揚，焦頭爛額功何望。焦頭爛額功何望。（下）

（小生引外上）吩咐大小三軍，須要生擒鍾會。（殺介）（衆驅火牛突上，外軍敗散,被獲介)(火牛兵各下)(雜)禀將軍,鍾會拿獲了。(綁外見介)(小生,末)速把他上了囚車,解送晉公軍前處斬。(衆)得令。(擁外下)(小生,末)賊寇蕩平,就此歸營。(衆行介)

【朝元令】軍威猛張,韓范風何壯?奇功克襄,頗牧才堪仰。從此蠶叢,永無災障。佇見昆明碣石,聚集流亡。花村有人倚斜陽,刁斗不須防,旌旗雲外颺。凱歌齊唱,喜葛武陣圖重做。喜葛武陣圖重做。

(衆)將軍大旗掃狂童(李商隱),恢拓乾坤是聖功(馬植)。(小生末)幸以薄才當客次(何元上),上賢綏輯副宸衷(趙嘏)。

薦　剡

(老旦引外丑、二雜、四軍上)

【仙呂過曲·甘州歌】【八聲甘州】妖氛净洗,看日華澄澈,天宇輝輝。宣威遠邁,帝德巍巍難擬。風雲已看龍虎奇,羽翼空招燕雀譏。孤征鍾會,幸已伏誅,命衛瓘、胡烈,收撫殘卒,整頓地方,先自班師。且喜已達國門,吩咐軍士,振旅入城。【排歌】鞭敲蹬,雲繞旗,銅鞿爭唱凱歌歸。壺漿肅,簞食攜,勞他父老拜旌麾。(下)

(生引二卒上)

【商調過曲·高陽臺】居守虛縻,素餐殊恧,嚴城鎖鑰堪愧。遠盼征塵,東方千騎時縶。遥睎,軍書喜報殱滅也,恰好的鞭敲金鐙如沸。拜前旌,雲霞披拂,肅申翹企。

(老旦引衆唱前壺漿肅三句上)(生迎見介)(衆下)(拜介)奠定三巴,驟喜恩榮稠叠。(老旦)謬叨九錫,漸欣跋扈初寧。(生)上公不世之勳,媲美周召。嵩高維嶽,頌歌童詠甫申,辱廁下僚,不勝雀躍。(老旦)臣源,別來無恙,鄴城仰藉才猷,行逹明廷,佇看鴻舉。(生)不敢。上公滅蜀方略,得賜聞其詳否?(老旦)過承重問,敬抒大略。

【前腔·換頭】軍威劍戟森嚴,旌旗旖旎,風聲震撼邊陲,西蜀凶殘,鋒鋩那更難催。深追,南陽陣法堪擬也,更故齊火牛同毀。荷君恩,元凶授首,早旋旌斾。

(生)不逞既誅,皇威宣著,天下翕翕向風。爲今要務,惟官人之職,非才不任,急當慎選,不致綱紀廢馳。

(老旦)其事甚難,其責其鉅,卿欲用何人?(生)濤以武都太守阮勛之子阮咸呵！

【前腔】惟伊弘長風流，扶輪大雅，知人任使無遺。佐德升平，量才玉尺偏宜。他貞素寡欲，磨不磷，涅不緇，萬物總不能移。思維，誰能貞素還寡欲，怕萬物一朝移徙。望甄陶，殷勤眄睞，奮飛天際。

（老旦）那阮咸，我素知其人，耽酒浮虛，縱情音律，處世而不交人事，但與親知弦歌酣飲。這樣人，如何可用？（生）他因不及北阮之富，故不顯其才耳！（老旦）

【前腔】曾知。酣飲昏朝，遺情宇宙，狂心難按如癡。日倚檀槽，偷聲減字依稀。他居喪越禮，哀麻追婢。乃與累騎而歸，識者非之，且同群豕，共器而飲，自稱放達。難題。苴麻策騎思鳳侶，與群豕共酣尊罍。恁胡行，難容藻鑒，可偕高位。

（末，監上）常承密旨趨朝數，每奏邊機出殿遲。（見介）萬歲爺聞平鍾會，遣徐劭孫咸使吳，諭平蜀之事，兼致馬錦等物，以示威懷，朐月忍縣獻靈龜，孫皓貢方物。（拱介）皆歸相府。又著咱傳旨，奉公爺爲晉王，冕十有二旒，建天子旌旗，出警入蹕，位在燕王上，進王妃爲王后，世子爲太子，王女王孫爵位，皆如帝者之儀，萬歲爺親出郊相迎，乘輿將到，覆旨去也。（老旦謝恩介）（末下）（生揖賀介）（老旦）君恩彌重，報稱愈難。

【前腔】虛縻，雲罕飄蕭，霓旗搖曳，自嫌矢報無期。況正位鑾輿，歌工八佾喧豗。卑微。垂垂十二珠旒綴，恐有愧九重殊禮。（雜扮隊子上）雲開閶闔嚴，風度翠華鮮。駕上迎請王爺。（雜啓介）（老旦）就此啓行。（衆行介）（老旦）赭袍鮮，群臣悚懼，拜瞻長跽。

九陌喧喧騎吏催（姚合），萬方歡忭一聲雷（薛逢）。褒衣已換金章貴（盧肇），重見蕭曹佐漢才（羅鄴）。

聞　　笛

（小旦向秀上）

【雙調近詞・武陵花】水送山迎，不盡崎嶇遠近程。憶征驂初命日，早又風光無定。一身南北影煢煢，牽情名利空馳騁。小生向秀。應本郡計入洛，蒙晉公十分契合，問道聞君有箕山之志，何以來此？我說巢許狷介，未達堯心，豈足多慕。晉公大悅，雖承眷注，終無大用。因念簪紱，雖勝泉石。爲此，反斾西邁。滿目雲山也影縱橫，早又空林伐木，那更響丁丁。野鳥呼朋，聽高樹遙相應，不住驚心恨怎平，恨怎平。早到黃河了，好一派大水也。只見波濤洶湧天昏暝，茫茫浪花，滔滔濁世，猛教人暗驚，兀的不恨殺人也麼哥！兀的不惱殺人也麼哥！風沙屢經，鞭梢指處少人行。樹影離離雨乍晴。

前面山陽城了，且捱上去。（內作吹笛聽介）你聽鄰家吹笛，其音嘹亮，好不增人悽楚也！

【前腔】羌笛聲聲，聽徹令人淚暗零。那更穿林徙樾，助人腸斷，一片淒清。哽哽咽咽重還輕。哽哽咽咽重還輕。愁人魆地生悲哽。哎！前面就是呂仲悌、嵇叔夜舊廬。他二人負不羈之才，同罹於法。春秋屢易，泉路茫茫，當此西日將頹，悲風寒水，追思疇曩遊宴之歡，感聽哀音，不禁涔涔淚下。到這傷心地，那更馬悲鳴。遊魂何處杳冥冥。落日昏鴉孤飛迥，曠野蕭條亂水橫。鳴笛鳴笛不耐聽，不耐聽。我感昔懷，今只自憎，暗心疼。白楊哀草閃孤塋，慟哭愁雲蔽笛聲。遙應兩岸奔騰，似我峻嶒感舊情。

罷！我也無心世用，且退守餘生，與二人結泉路知音罷了。只自憂從中來，不可斷絕，不若將今日情事，成一篇思舊□流傳後世。知交道不在氣求聲應，也就此去罷。

【尾聲】長安依舊歸鞭整，傷心宋玉痛難勝。你試聽那梟梟餘音遠樹橫。

寂寥橫笛滿江樓（劉滄），重向烟蘿省舊遊（李中）。況是故園搖落夜（翁綬），離情百結解無由（魚玄機）。

髒　污

（丑扮袁毅上）

【正宮過曲·普天樂】命新銜，情難順。喜財爻，高臨運。蒼生的蒼生的個個遭瘟。逞威風吸髓剜筋。呀！把金銀遍索，不容留半分。好向琴堂試認，試認我惡魔君。

新承恩命出親民，撫字何知但愛銀。萬庫千倉惟厭少，狰獰相貌性難馴。下官袁毅，陳郡人也。本以刑餘，承乏鄗令，性生貪鄙，眼中只愛金銀，人類穿窬，心內但思財寶，人前手不釋卷，假裝曾讀詩書，門外口竟成碑，盡是通靈線索，任爾赤貧原憲，犯了事也搜焦飯半盂，那管純孝曾參。告了狀必要枯柴一束，而以千斯倉萬斯箱，宦囊豐足。由伊一家哭一路哭，衣食不克，但恐臺憲糾參，屢把公卿賄賂。喜得趨蹌路熟，不望九棘三槐，只求咳唾恩深,感戴千秋萬祀,因此名傾朝野,威肅閭閻。正是:有錢萬貫可通神,無抄一清行不去。今日早堂,看有何人來發利市。(雜)今日老爺該比錢糧?(丑)已發糧衙了。(雜)爲甚不親比?(丑)我記性不好,不把欠戶責比,前卯誤將完足的打了,那些百姓可惡,鼓噪起來。我於今發誓不比,只交與糧衙,那火耗少不得是我的,落得個個自在。(雜)老爺自在了,小人每却苦哩!一些長例都沒了!(丑)此後這些都要歸公。(雜持書帖上)(丑喜介)好哩!主顧上門了。(雜)這是老爺至友稽紹的。(丑)燒了!燒了,不必看。(雜)知是甚話,就燒。(丑)你不知道,前日有人說他父親死了,家中窮苦得極,此書必是求濟的話。我做了官,不思量他來奉承,反想我的。(雜)來人說,他家曾有好情到老爺過。(丑)彼一時,此一時,已往之事,提他怎的。(雜)這是送禮的。(呈帖介)(丑)都是這樣人纔好,快拿來,看是甚人?(雜)是老爺的親舅爺尤相公送的,在外候見。(丑)呸!我道是誰,又是抽豐客,快回他公務事忙,改日傳見,禮物收了。(雜)自己至親,老爺還該會一會!(丑)一早見這晦氣的事,頭先疼了,誰耐煩。你把兩處歇家查明,待我提來,各打四十,嗣後永不許容留此輩。

【福馬郎】我告示關防,屢經誡訓。曾教寺院村坊里,遵行先趕盡。這疏親戚,假書信,輒敢托通門。朝廷法我怎好容隱。

吩咐快逐,不得遲延片刻。(雜又展單呈丑介)(丑)一概回來,總不許收。(雜)也要回他麽?好了,老爺果然做清官了,回他罷。(徑下)(丑自出位扯介)轉來轉來,說個明白。我只道又是講情的。(雜)哦!老爺原是要的。這件是兒子送親父忤逆的,出銀一千兩,要把父親定個奸媳的罪。(丑)這有何難,再添一千罷。(雜)這是手□胞兄[1],強占親嫂,要把告人問反誣的,有茶果銀八百兩。(丑)雖是順理成章,也要添些。(雜)小禮一應在內。(丑)舅爺的呢?(雜)舅爺的已逐去,不必講了。(丑)那是死過奶奶的兄弟,還有現在奶奶的了。(雜)難道那個人也要叫舅爺麽?(丑)不必多說,我就判斷。

【前腔】他逆父敗倫真是蠢。就把親兄殺,不算忍。兩家情,理元順,律例好傍引。通天罪,怕他不承認。

(金牌介)叫聽差皂快帶審。(雜應下)(副凈四尹上)(雜)四爺來了。(丑)寅翁何事光臨?弟堂事畢,請教罷!(副凈)晚生奉太爺之命。(附丑耳語介)(丑跳起躬介)全仗寅翁包涵包涵。(副凈)太爺坐在堂上立等哩!(丑)但不知所參何事?(副凈)說堂翁呵!

【四邊靜】苞苴積聚神人忿，貪心類饑隼。萬姓痛難伸，何可姑容隱。教晚生呵，拿伊赴訊，特來摘印。（内喊介）袁毅貪贓害民，我每受冤百姓，都上前來。（副淨）堂翁，你聽眾口沸騰騰，兆庶盡銜恨。

（丑）太爺平日，與我交好，求寅翁緩頰，稍遲三日，待我把未完歸結歸結。不瞞寅翁説，朝中諸大人，弟俱拜他門下，待我通個信兒，求他照拂。我再買囑地頭光棍，學霸廢紳，遍沾德政，傾動朝中卿相，伺便行取入京，不特罪名洗刷乾净，且可超升官爵，就是寅翁再生之恩了。（副淨）這事日後定可做得，此際緩不及事了。（丑跪求介）（副淨不理介）你庫内不虧缺否？（丑）因爲庫内虧空，所以奉懇。（副淨）你日常慣會賺錢，爲甚有得虧空？（丑）我雖貪濫，其實半皆餽獻公卿。（副淨）何不列名開抵？（丑）鄙見正欲如此。

【前腔】文書密密鈐紅印，一一從頭認。我罪不容誅，餽獻記曾損。求他汲引，審將遺問，盡數補苴來，我不至虧本。

（副淨）我在此略等，你速查來。（内又叫喊打門鬧吵介）

直疑天是棄蒼生（崔涂），猶向荒田責地征（顧萱）。盡謂黄金堪潤屋（杜荀鶴），風波終日看人争（陸龜蒙）。

校記

[1] 手□胞兄："□"，底本字殘，依文意當作"足"。

貢　　絲

（生上）

【正宫引子・燕歸梁】選舉能羅杞梓材，移節鎮戟門開。（旦上）榮華不改卧蒿萊，箱篋賸舊荆釵。（見介）

（生）夫人，山濤依然故我，累爾貧寒，每一思之，殊慚賢偶。（旦）相公差矣！妾雖巾幗，大體頗諳，君或高伯鸞之節，妾請爲德耀矣。然相公位列三公，私思屏絕，真是難得。但取與之介，尚有未明。如那禺令貢絲，義不當受，就該歸還，何至今日，尚懸梁上，抑有説乎？（生）那袁毅貪濁而賂遺公卿，以求虚譽，其人久必敗露。我若清節自持，則揚人之短，顯己之長，爲此不欲異於時人。受而藏諸閣上，使受者不致增羞，我得自行其志，豈不兩便。（旦）足見相公雅度。（丑持令箭上）

【仙吕近詞・不是路】廷尉鈞牌，親捧飛箋鈴閣來。忙趨拜，森森劍戟兩行排。(傳梆介)(雜上)(丑)有公務稟話。(雜稟介)(生)夫人暫退。(旦下)(丑叩介)叩庭階。(生)稟甚事?(丑)落花魚網多粘滯,棘蔓藤牽撥不開。(生)明白稟來。(丑)難遮蓋,苞苴賄賂髒私敗,爲因貪宰,爲因貪宰。

特請老爺對簿,令箭在此。(生起介)

【正宮過曲·錦纏道】信吾儕,秉請操自凜澄懷。簪筆向金階。只臣心真如止水醴醴,縱貪泉何妨啜來。便馬如羊難被人猜,何事恁癡駭,反輕惹如山眚災,誰教啓禍胎。只一縷丹心長在,似碧空明月浸樓臺。

(丑)老爺清節,朝野共瞻,只爲那鬲令袁毅呵!

【普天樂】恣貪婪,多尷尬,贓私積如山海。嚴敲撲,嚴敲撲,火票硃牌。相要結九列三臺,供招暗埋,怪蒼蠅空將白璧污來。

(生)原來爲袁毅的事。他曾饋絲百斤,我不欲矯情飾譽,以異同僚,懸挂閣上,勉勵後人知持介節。你過來。(指梁上介)那是什麼東西?

【古輪臺】望空齋,畫梁雲棟盡絲皆,塵封泥清緘題在,我的心期不改。今日裏封篋重開,千古有夷齊同快。(丑)澄澈冰壺,勁寒玉骨,清風餘韻有誰偕。甚脂膏不潤,但古今虛譽胡揣。(生)已知此日,禍延林木,昆岡同害。煩與訴衷懷,休胡賴,勁松不受雪霜哀。

(丑)如此小官先去,老爺即遣人送來。(出介)世上那有這樣一塵不染的人,真是難得。(下)(生大笑介)夫人快來!(旦上)相公,你不獨清風雅度,這高議也堪壓倒世人。(生)早已知有今日。

【尾聲】絲麻詎敢同菅棚,(旦)繚繞梁塵糝鳳釵。(生)怎污我雪魄冰心朗月懷。

記得昔年曾拜識(朱慶餘),梯山航海路崎嶇(畢曾)。(旦)此情可待成追憶(李商隱),一片冰心在玉壺(王昌齡)。

閽　　拒

(小旦嵇紹上)

【中呂引子·繞紅樓】長劍孤桐遠思生,瘦生生隻影伶仃。歷盡艱辛,定蒙收拯,千里故人情。

(秦樓月)嗟寥落,人情尚比秋雲薄。秋雲薄,太行非險,孟門堪托。季心已往成虛約,阿誰終踐千金諾。千金諾,倚劍長嘆,空嗟冥漠。小生嵇紹,字延祖,中散大夫康之子也。十歲而孤,清居奉母,無奈饔飧罕給,破甑塵生,別的罷了,我母老年,豈忍任其寒餒。每思干謁,母親再四攔阻,以此日人情險薄,奚可褰裳而就,敬遵母命,株守家庭。因念高令袁毅,昔年緣事,幾不保其首領,我竭力維持,始得苟延蟻命。爲此特馳一介往彼,他把原書焚毀,去使責逐。仔細想來,元我違親無識,致令如此。況我又非當朝宰相,鼎甲探花,安肯以有用金錢,豢養沉淪貧賤。只他患難之時,晦明風雨,惟我與偕。今日榮華,頓成凶隙,要皆近時惡習,此輩小人,何足深怪。又想王濬沖,先父舊遊。他田園甲天下,聲勢赫奕,來此相投,諒非袁毅之比。連往數次,不雲算緡未暇,即説會計少閑,一往月餘,盤費看看使盡,店家初甚殷勤,近頗冷落,漸有相逐之意。思量再往王家討個下落,奈身子疲倦,步履維艱,若是不去,終非了局。罷罷罷!只得捱上前去,或者故情戀戀,也不可知。呀!出得門來,好大風雪也!

【中呂過曲·駐雲飛】灑遍郊坰,凍撲肌膚寒栗生[1]。滿路瓊瑶瑩,到處琳琅映。驚那更步姈踭,高低不定。綺閣團圞,炙酒炰羊慶,暖指遥聞弄玉笙。

呀,已到他們首了,門上大叔有麽?(副淨上)是誰?(見介)如此好雪,你這人,怎不在家圍個爐兒,呷杯酒兒,受用受用,來此何幹?

【前腔】驢背詩情,敢爲探梅向灞陵。(小旦)我來求見你老爺。(副淨)好癡漢,我老爺呵!榷算搜銀礦,水利營田頃。他此刻莫説會客,連雪也没工夫賞哩!兄切莫醉懵騰,夢還未醒。乘此風光,好把歸鞭整。却凑着山外輕簾遠漏青。

(内喊介)問管事的,李核未鑽過的,爲甚少了二十餘個,四下快些搜尋,若不獻出來,闔家小廝問罪。

(副淨)你聽見麽?(小旦)

【前腔】那更心驚,若李緣知核是瓊,大叔你曾説嵇紹來求見麽?(副淨)怎不説。(小旦)他怎回你?(副淨)他只瞅了着眼兒,(欲説又止介)(小旦)大叔爲甚又不説了?(副淨)只是重了些,不好説得。(小旦)但説何妨?(副淨又作遲疑介)還是不説的好。(小旦求介)(副淨)他説你呵!不識名和姓,那管災和病。(内作弔拷號叫介)(副淨)聽粒米不容情,終成畫餅。(拱下)(小旦)罷!岐路固茫茫,豈盡無人境,肯向貪夫溯舊盟。

不免捱回寓所,本思再訪故交,想此日人情,大略相似,不如歸去,杜門守拙罷!(哭介)我那親娘呵!

【四園春】日倚門閭淚眼橫,深宵風雨掩柴荆。模糊烟樹未分明,何處登高遠恨平。那堪身上綫,縷縷繫人情。

六出花飄入户時(高駢),苦於吞蘖亂於絲(黄滔)。故山歲晚不歸去(鄭谷),淚眼倚樓天四垂(吴融)。

校記

[1]寒栗生:"栗"字,底本作"粟",今依文意改。

讀　賦

(净扮軍校上)

【仙吕近詞·不是路】白雨青霜,人迹雞聲途路長。空勞攘,風餐水宿窮形狀。我奉山老爺之命,聘請嵇康之子嵇紹,四下找尋,並無蹤影,只得轉去回復老爺。人誰向,似浮家泛宅隨風蕩,浪蕊浮萍膩水揚。來還往,一天愁簇眉尖上,定應惆悵。定應惆悵。

來此已是府門,老爺有請。(生上)

【前腔】風雨連床,宿草傷心痛怎忘。聞聲響,這回好慰雲霓望。(見介)嵇相公請到了麽?(净)銜恩往,梨花雨鎖窮門巷,知醉誰家錦瑟傍。(生)往那裏去了?(净)人何向?桃花依舊春無恙。(出書介)原書呈上,原書呈上。

(生)你且去罷。(净應下)(生)爲甚訪不出呢?這謎兒,教人好難猜也!

【仙吕過曲·紅衲襖】又不是阻衡陽,少了鴻雁行。就没書來。難道連人通不見麽?不是,又不是絕交遊,忘了綈袍想。他又不曾干求於我,必不見怪及此。又不是成連海上身孤往。他不是絕人逃世之流,避我怎麽?又不是介推隱矣名俱喪。他必不嫉世忘身的,這是甚麽意思?咳!教我意懸懸空自傷。望迢迢怎暫忘。我不昧伊父臨終之托,忍見伊孤苦無依,誰知竟無蹤影,豈不深負良友。到今日室邇人遐,都是我負了重泉也,淚汪汪積滿眶。

哎!我想他若無心人世,必蹈海而亡,如圖自立,必來相尋。如今我徒然在此諮嗟哽咽,他也未必知道。不用悲思,且把向子期前日寄來《思舊賦》,展玩一回。

【前腔】爲甚麽生花管,都含着宿草傷,爲甚麽笛聲悠,翻變了哀弦響。又不見巫猿三峽空山愴,倒做了蜀鳥千聲遠樹藏。蠢疏林,綰不住落日光。

濁河流,怎抵得濤淚漲。不料向子期聞笛悲哀,感音成賦,竟自翩然遠引,不知去向,聽短笛爲憶平生,那更慷慨亡家也,覽殘編感更長。

晉王于叔夜之亡,尋生怨悔,語次時時及之。我何不力薦延祖,謂有父風,奉旨辟召,怕無下落,就此前往啓奏。

子期凋謝呂安亡(韋莊),回首東風一斷腸(羅隱)。嵇氏幼男猶可憫(李商隱),暌離已是十秋強(侯氏)。

空　　訪

(小旦上)

【南呂過曲·一江風】嘆迤遭枯槁風塵面,那更程途遠。意闌珊,却後趨前,雙足先疲軟。恐又是那日呵! 飛花舞絮天,徘徊玉樹前。澂殘生險斷送閑庭院。

小生嵇紹。自那日風雪歸途,染成一病,幸店家款待殷勤,得延食息,本欲歸家,因念先君臨終囑咐,巨源在,汝不孤矣。因此力疾而行,一徑問來,說此間是他衙門了。咦! 爲甚蕭蕭索索,這般冷落,一個人影也多不見,却是爲何?

【南呂過曲·紅衲襖】莫不是閃晨星方在天,此時日色已高,也不早了。莫不是顯臣心門不展。雖不臣門如市,那有竟不啓閉之理。莫不是鎖葳蕤不許春光現,就有間諜,也好稽查。莫不是守孤另由他秋月圓。也不是。莫不是厭囂塵不容鳥雀喧。這也由得自己。莫不是愛清幽嘆他雞犬聯。官署非比人家,可以任意遲早,就是裏面關鍵外邊人役,再沒有不來伺候的。早難道別有個捷徑終南也,教他由寶人來自訴訟。

仔細想來,雖不似王戎之峻拒,亦微露李斯之逐客了。罷,不如轉去罷。(想介)且住。哦,我此刻纔到,舍館未定,他恰早早曉得,故意閉門麼?非也,非也! 你看門兒有些搖動,想有人出來也。且等一等。(呆看介)呸!

【前腔】元來是展旗旌風影偏,你聽人聲音動了。(聽介)啐! 却又是颮鵃棱鳥語傳。怎得似丹禽乍展雙飛翼,早不覺渡銀河却好一道穿。到如今怪心旌空蕩懸。痛愁腸不住轉,早難道風雪歸帆,依舊侶前翻也。老天老天,直恁將人折挫,好一似潭畔行吟楚屈原。

或者挂冠去了? 就是解了任,也有別人來住? (立望自語介)(淨上)

【香柳娘】涉寒沙暮烟,涉寒沙暮烟,經年近遠。我乃山老爺親隨軍校。

俺老爺進爵新遜伯，出爲冀州刺史，懸缺相俟。因此，依然列戟牙旗卷。兩日不曾往官廨走遭，恐有人踐踏，不免前往照看。向朱門那邊，向朱門那邊，草色遠芊芊，香輪不容碾。（小旦）或者不是山公衙署？不必在此癡守。那邊有個軍官，待我上前問他。大哥請了。（淨）向咱行欲言，向咱行欲言，知他甚緣，幾曾交善。

（小旦）大哥，這是誰的衙門？（淨）

【前腔】近巍巍木天，近巍巍木天，棱棱風憲，新銜伯爵聲華炫。（小旦）是山老爺了。（淨）你不識字的麼？那封條告示明明寫着，問他怎的。你無事，不可在此站立窺探。這是什麽所在，還好遇着我，若撞着別人呵，**把麻繩緊拴，把麻繩緊拴**。軍法怎俄延，瞬息雷霆戰。（小旦）雖你老爺衙門簡要清通，爲甚太覺冷落？（淨）元來你不知道。這也怪你不得。俺老爺呵，他一麾未還，他一麾未還。羈縻遠天，斜封花篆。

我老爺爲冀州刺史去了。（小旦）哎！我來得又不湊巧。（淚介）（淨）你這人好笑，走你的路罷了，爲甚啼啼哭哭，絮聒不了。（小旦）不瞞大哥說，我千山萬水，遠來相投，不想又成虛話。（淨）你與我老爺有甚交往？（小旦）先人至好之友。（淨）不信有這等事。俺老爺好友，瞞得別人，瞞不得我，試說來，你叫什麽名字，那方人氏，說得對罷了，說不對，交旗鼓廳，問一個大大的罪兒。（小旦）大哥，我是譙國嵇紹。（淨疾問介）可是中散大夫嵇康老爺的公子麽？（小旦）我正是。大哥爲什知道？（淨）小人冒犯了，前日老爺差小人相請相公，四下尋覓，不見蹤影。老爺心上着實不快。今日難得相公到此，這是小人有幸了。（小旦）哎！老爺尋我，我偏不知。我叩老爺，老爺又復遠任。這是我緣慳分淺，只索回去罷了。（欲去淨留介）相公，你去不得呢！萬一老爺回來知道，不要連累小人麽！雖則老爺公出，大爺現在內衙，相公盡可盤桓，見過老爺，回府未遲。（小旦）如此相煩指引。（淨）小人先去通報，相公隨後進見。（小旦）你去就來。（淨）**踏破鐵鞋無覓處**，得來全不費工夫。（下）（小旦）不想山公如此矜憐故舊，幸遇此人，得知詳細。嵇紹、嵇紹，你好僥幸也！且住。山公雖有高情，知他令郎相留與否？不如不進去罷。哎，豈有此理，怎見世上，盡皆無義之流，況我既到此間，那有空返之理。不必遲疑了。呀！你看封條密密，尚未開展。

【尾聲】轅門今始新開展，定好慰相思繾綣，何必鱗鴻把尺素傳。

去違知已住違親（黃滔），依舊楊朱拭淚巾（韋莊）。今日因君試回望（羅隱），語餘相聚却酸辛（韓偓）。

壚　　感

　　（净王戎上）勞勞人世等浮漚，怪底空牽萬古愁。放眼乾坤成獨往，無營無慮亦無愁。下官王戎，字濬冲，琅琊臨沂人。善發談端，賞其要會，曾與朝賢上巳禊洛，爲識鑒所賞，襲父爵，起家相國掾，歷尚書令。生平慕蘧伯玉爲人，與時舒卷，無訾謗之節，自經典選，未嘗進寒素退虛名。但與時浮沉，户調門選而已。雖至位總鼎司，而每事悉委僚佐，閑乘小馬，從便門而出，見者初不知我爲三公。因見世事多虞，遂罔利自污。每日鑽李核，執牙籌，人道我有膏肓之疾，豈知我一腔憂憤，無處發洩，借此以寓頹唐。若果性好興利，當日先公卒於凉州，賻贈不下數百萬，我皆却而不受。今日以此獲譏。先聖云：某也幸，苟有過，人必知之。乘此天氣澄清，湊值少暇，野外散心則個。

　　【正宫·端正好】趁着恁氣澄清，風繚繞，步遲遲野徑遊遨。好向那綉苔茵藉卉舒襟抱，還待把怨憤輕揮掃。

　　【滚綉球】向疏林步履遥，遭閒情野趣饒。殘山剩水，幾經憑弔。兜得來滿目蒼黃，破題兒猛傷心第一宵。聽不得深林内飛倦鳥，聲聲遠叫。道不若戢羽息林皋。羞殺咱紫襴絳佩腰圍窄，只落得玉鑮金枷心膽遥。幾時得攬芷誅茅。

　　（顧笑介）哎！我身上怎還着公服也！

　　【叨叨令】便荷衣荔帶豈相清，怎勢昂昂彩纓偏向林密擾。劣簪裾怎比得野服恁飄蕭，早難道草履芒鞋偏不好。恁道咱樂志事田園，赤緊的牙籌日夜操持巧。直恁緇銖不易抛，投至得餐糠鑽核無分曉，兀得不恨殺人也麽哥！兀得不惱殺人也麽哥！幾時得重聚知音，把新來愁事件件椿椿的繳。

　　迤邐行來，早到竹林酒壚也。

　　【脱布衫】爲笑咱小徑斜抄，恰好的林木虬交。枝上禽仍栖舊巢，乍依依似憐同調。

　　不到此間，忽忽數載，舊侣依稀，只這山花水鳥，渾如相識。你看鼓琴談笑之地，分曹角飲之情，歷歷在目。

　　【小梁州】憶年時曾共開尊坐竹筊，晝沉沉柳鸇鶯捎。玉琴彈罷韻蕭騷。烟光嫩，正月轉花梢。

　　那時山巨源召集竹林，我亦忝預遊宴之末，一時名士，嵇康之琴，阮籍之嘯，向子期極論老莊，超超元著，劉伶嘿而不言，持杯在手，與小阮謔笑。恁些時暢好樂也！

【幺篇】相攜整自傾清醪，憩壚頭共撥檀槽。只落得酒百瓢，烟千道，酣呼歡笑。相與永今朝。

自嵇康、阮籍亡没，阮咸不得志於時，劉向亦相次栖遁，我便爲時羈絏，不自暇逸，不能策杖頻来。山靈有知，得毋笑我爲俗物耶！

【快活三】草萋萋誰將隱士招，怪世網織蠨蛸，頓忘了詩情酒戶恁逍遥。却怎生醉昏昏輒做了火裏飛蛾鬧。

到如今，此地雖近，亦邈若河山矣，但不知此生得再更幾許花晨月夕也！

【朝天子】望迢迢碧霄，阻滔滔海濤。猛思量雖近程逾渺。記當日褰裳折屐坐林皋，對知己把深情剖。又誰知雲散風飄，月缺花凋。縱餘生不自聊，枉着咱爵高位高，倒不若野鶴孤雲好。

我再四思維，群賢星散，無有存者。老夫亦因愛子之故，何苦徒供後賢筆討。不若效伯倫子期，倘佯物外，待我尋那壚頭黃公，把群賢軼事，述與巨源，爲之章表。我亦從此逝矣！遠遠望見那老兒來也。我且前去。

一望凄然感廢興（劉滄），酒壚猶記姓黄人（胡宿）。故交若問逍遥事（方幹），野水野花娛病身（羅袞）。

再　集

（小生扮山簡上）

【正宫引子·梁州令】趨庭詩禮且徜徉，喜知己相將，談諧真足寄行藏。書滿案，琴橫几，月當窗。

風流儒雅屬吾曹，高寄孤蹤厭俗嚻。莫訝傍人輒相笑，自藏豹采隱林皋。小生山簡，字季倫，吏部山公之子。人道我風流好尚，雅有父風。我自笑雪案虛研，難供子職。或癡或默，敢許清狂，如醉如愚，難容濁世。忽忽年過三十，不爲家公所知；勞勞夢杳半生，徒受路人推駡。這都不必提起。所喜我與譙國嵇紹，沛郡劉謨，弘農楊淮齊名，遂蒙家君賞鑒，深相期許。近嵇紹以父康得罪朝廷，靖居私門。家公啓晉王曰：康誥有言，父子弟兄，罪不相及。嵇紹賢如郤缺，宜加旌命，請爲秘書郎。晉王説：如卿言，堪爲丞，何但郎也。乃發詔征之，起家秘書丞。紹自來此，輒痛父亡非命，時懷悒怏。我對之，也不覺頓生傷感。

【正宮過曲·普天樂】悶得我意闌珊，不覺的愁千狀，悶懨懨都簇擁在眉尖上。並不是爲懷人水遠一方，單只是念深交愁淚千行。赤緊的難拋漾，我心似不定懸旌空搖盪，頓和他一樣悲傷。嵇兄怎好怪你，我不過傷今悼往，尚關情兀自悽悽空教惆悵。

但他終日悽切，我不忍聞見，意欲解其愁煩，相邀閒叙，怎還不來！（小旦上）

【漁燈兒】我不是慣惹怨爲感流光，我不是縈懷抱故倚斜陽，我不是無人處徒教方寸忙，我不是無端悒怏。（見介）不由人不百感茫茫。

（小生）嵇兄，你自來此，只是啼啼哭哭，眉頭不展，却是爲何？（小旦）

【其二】我只爲心中事輾轉思量，我只爲頻對西風起恨長，我只爲星移物換時時想，我只爲盼天邊孤影心傷。因此上淚珠兒沾灑衣裳。

（小生）吾兄心事，小弟盡知。但事際無可如何，只索委之天命，留此有用之軀，揚名顯親，方爲大孝。若只終日坐愁行嘆，設有不虞，不特不能下慰重泉，將何以報生存之母！當此風日清佳，

【錦漁燈】我與你聊倚卷晴窗細賞。（小旦）山兄，我那有心情看書！（小生）我與你叙綢繆閒話衷腸。（小旦）我的衷腸，何堪告語？（小生）即如此，不若我與你收拾吟魂並舉觴。（小旦）小弟還有甚心情飲酒！（小生）我與你重訴說一樁樁。

在此左右無事，吾兄又心上不快，閒步散心何如？（小旦）使得。（行介）（小生）

【錦上花】知道你心未降，知道你愁正長。惺惺終自惜伊行。（小旦）他那裏話慨慷，我這裏意激昂，登臨只恐又增傷，此恨怎能忘。

阿呀，妙阿！你看綠水灣環，青山匝邐，周遭修竹，綿亘疏花，是好佳境也！山兄，此是何處？（小生）這就是黃公酒壚。昔時家公，與群賢酣飲，即此地也。（小旦）原來就是此地！（淚介）

【錦中拍】猛提起愁濃恨長，驀忽地評量。阻泉壤愁心不放，感風景河山無恙。先子昔日呵！集知心倡酬，相娛醉鄉。整日向竹林中追歡宴賞，曾說道今生願償。那知他雲散風流，泉臺孤往。（哭介）我那父親阿，痛生生魂何向？

（小生）嵇兄，你我追憶舊盟，竹林再集，也是難得的事。本待寬君離緒，那知觸你愁腸，悲酸感憤，這却怎生是好？那邊壁上，懸着甚的圖畫，與你試看來！（看介）却又奇怪，這是甚麼意思？（小旦）看來好像此地光景。若是

梁園雅集，河朔佳遊，何以也只七人？其事難解，不免喚主人一問。（小生）店家快來！（淨應上）（見介）二位相公，敢要用酒？（小生）且慢。我問你這圖是誰家故事？（淨）這圖麼？話長哩！二位相公請坐了，一面用酒，待老漢奉告。（坐介）（淨）我這裏是有名的黃公酒壚，名流高士，無不買醉流連，兩傍題壁詩文，字字敲金戛玉。當日山吏部微時，邀集譙國嵇康、河內向秀、陳留阮籍、阮咸、沛國劉伶、琅琊王戎，爲竹林之遊，世所謂竹林七賢是也。無日不酣飲於此。自山吏部應辟，嵇中散身亡，一時諸賢，相次殂謝，感情流離。劉伶呢，荷鍤而逝；阮籍呢，哭倒窮途，旋聞淪喪；向秀路過山陽，聞鄰笛傷心，追溯嵇呂，作《思舊賦》一篇，不如去向了；阮咸因山老爺薦舉不上，逃名嚴穴。前日王戎老爺經過，曾説竹林之遊，昔時曾預其末，自嵇阮亡後，不復來此，傷感久之，爲叙諸賢軼事，命老漢進與山老爺。他亦奉身而退。老漢爲感勝事難常，景企群賢高躅，爲繪斯圖，流傳世上，俾後人覽此，知所觀感。（小生、小旦）你這老丈，倒這般高致。（淨）不瞞二位相公説，老漢雖廁身闤闠，恰也雅慕清流。（小生）不知七賢之後，有能繼起否？（淨）山靈鍾秀，英才間世而生，談何容易！除非竹林後嗣，庶幾風流不墜。（小旦）將恐絶盛之後，難爲繼耳！（小生）便是。（淨）二位相公差了。林下諸賢，各有俊才子。老夫訪實在此，二位相公不厭煩絮，待老漢細細相告。（小生、小旦）請教。（淨）阮籍子器量弘曠，康子清遠雅正，濤子疏通高素，咸子虛夷有遠致，秀子令叔有清流，戎子有大成之風，苗而不秀，惟伶子無聞。凡此諸子，山嵇獨見重於世。

（小旦淚介）

【錦後拍】我自來慣牽愁易悽惶，忽聽伊言更彷徨。我凝眸暗想，我凝眸暗想，忍教他重泉一時俱喪。原來諸賢，因我父之喪，死者死，去者去，如此高義，我父九泉，何以爲情？痛吾家負爾把身亡，省圖障，寫春風□狀。痛破巢曾無完卵，教人空注想。

（重淚介）（淨）爲甚此位相公，這樣悲傷得緊？（小生）這就是嵇老爺公子。（小旦）這是山老爺公子。（淨喜介）元來是二位貴人，失瞻了。老夫今日何幸，得遇二位貴人。但有一句不知進退的話，不知可容老夫講否？（小生、小旦）你老人家有話，但説何妨。（淨）老夫一向欲將此圖，並王老爺題跋，送至尊府，無因至前，不敢擅進。幸遇貴人，先煩轉達，另日持獻老爺，不知可否？（小生）你送來便了。（小旦）山兄，小弟思欲復振舊社，傳檄林下後人，就煩黃公一行。（小生）這事極好。（淨）老夫當得效勞。（小旦）

【尾聲】拜覆他群賢試把前盟講，好再向竹林遊賞。（小生、淨合）還把那往日風流重繼響。

片雲孤鶴肯相於（劉得仁），寄語黃公舊酒壚（溫庭筠）。倘見吾鄉舊知己（來鵬），時通魂夢出來無（黃滔）。

徙　　置

（副淨扮解差上）從前沒興事，今日一齊來。自家廷尉司一個點解的便是。俺爲何道此兩句？當日嵇康與呂安相好，安兄呂巽，淫了安妻徐氏，呂安初時忿忿，思量告兄遣妻，這也怪他不得。一日與嵇康商量。嵇康再四苦勸，説家醜不可外揚，不必聲張。那呂安倒也聽他説話，絶不舉動。不想呂巽老羞成怒，忽駕虛詞，反告呂安摑傷母親之面，把他收禁在獄，可憐他那老太，一些不曉。嵇康知道了，竟到獄中，代他伸訴。湊值嵇康，先時得罪了鍾會，呂巽乘間聳動鍾會，録康閉獄，或者不死，也未可知。一時公憤不平，有太學三千人，一班書呆，揮拳攘臂，這個説是豈有此理，那個説可惡放肆，連名公呈，乞嵇康爲師，盈街塞巷，日夜炒鬧，走個不斷。鍾會看見事勢不好，恐生他變，立將嵇康綁赴東市處斬。好個嵇康，顏色不變，彈琴自若。他死之後，可憐那班名士，一個個相次淪喪。嵇康之子，引咎閉門，閑居奉母。又虧山濤老爺，感念故交，薦舉爲官。他因父親身罹重典，終日啼啼哭哭，免冠上疏，思報父讎。恰好呂安之母，知兒子死得無辜，遂把前情伸控，辨泄深冤。爲此把呂巽徙置窮邊。晦氣，點我押解，盤纏使費，一些也沒有，如此長途，須得插翅飛去纔好。他假意設法，不過延挨時日，任他性兒，一年也住得去。不免喚他出來，催他起行。咄！呂巽，快些走動。（丑呂巽囚服桎械上）（見介）（副淨）你這狗弟子孩兒，慢騰騰的，你看天遠的路，這樣走法，莫説三年兩載，便一世也不能到哩。我問你，這事是誰害你的？（丑）大哥不要埋怨了，總是命運所招。（副淨）你幹了不法之事，還説命運所招。就是你狗命應該，干我何事？（丑）大哥，我幹不法之事，是你見的麽？動不動就罵。（副淨）我就打死你這禽獸又何妨！（舉棍欲打介）（丑求介）大哥打壞了，教我怎麼走路。（副淨）如此便饒你罷，只是便宜了你，走罷。（丑坐地介）大哥，再等一等。（副淨）等誰？（丑）我有至親好友，他見我如此患難，定有盤纏相送，不過此刻就來。（副淨）你有錢的時候，但知奉承勢要，哪有別人在眼裏。今日誰肯照看你！（丑）又是你見的？（副淨）這死囚還要口硬。（打介）不走麼？（丑）大哥，今日晚了，明日去罷。（副净怒介）這死囚倒了運，連天時早晚都不知道了，此刻正當辰牌，怎說晚了，再不走我打死你！（打介）（丑）我走。（副净）怕你不走。（行介）（丑）苦阿！

【仙呂入雙調過曲·攤破金字令】離家去國，人鬼途分驟。青山四壁，滿目淒涼候。雲樹蒼茫，不堪回首。（副净）你自作孽，待恨誰來？（丑）往事今朝重憶，難容深剖。（副净）這是天理昭彰，你也不想有今日了？（丑）誰知此日成罪尤。掀天浪悠悠，空教泣楚囚。（副净）今日遭戍，只是便宜了你這狗頭哩！（丑嘆介）哎，三木囊頭，萬里凝眸，紫塞黃花怎說還生受。

（副净）你這狗頭，敢還嘴麼？（丑）大哥，此我家事，何用大哥如此著惱。（副净）你做得，偏我講不得。你道我不知道麼？你是個——

【夜雨打梧桐】貪狼輩，梟獍儔，那嵇康何罪，一旦委蒿丘。（丑）直胡謅，兀的把人僝僽。（副净）你幹了沒天理的事，反置兄弟於非命，你道這罪惡，就沒人知道麼？你把他人坑陷，欲蓋醜尤。（丑）伊行莫將瘢垢搜。（副净）還有哩，枉誣他毆母天今剖。我只道可任你胡行麼，原來今日呵，伊終出醜。（丑）恨悠悠，任爾如簧舌，嘵嘵不肯休。

（副净）你死在頭上，還恁口硬。（丑）我又不說大哥。（副净）誰與你鬥口，我只打罷了。（丑）此後不敢了。（副净）諒你也不敢。（內鼓吹喧嚷介）（丑）大哥，前面爲甚這樣熱鬧？（副净）難得你做得好事，斷送了嵇家性命。今日他兒子做了官，報了冤，把你遭戍了，奉旨復他父親原官，諭賜祭葬。你可到他那邊，磕個頭兒，討個賞兒，也見個善惡報應。（丑）去便要去，只是不好意思。（副净）你道不好意思，難道把他的頭送下來，倒是好意思麼！我偏要你去。（趕打介）（丑）阿呀，好苦阿！

（副净）星使自天丹詔下（盧肇），粉書新換舊銘旌（許渾）。（丑）權門要路知無味（薛逢），誰與溫存譴逐情（韓偓）。

進　　圖

（生上）

【黃鐘引子·西地錦】往事心頭如擣，千秋萬古悲號。前塵曾是縈懷抱，不堪回首蕭蕭。

下官碌碌風塵，浮沉宦海，日復一日，漸易星霜，回首舊遊，忽忽如同昨日。思圖重聚，杳不可得。今幸孩兒與嵇延祖，復集竹林，睹此新交，彌懷舊侣,不勝離群索居之感。(净捧圖上)畫圖省識前遊伴,雲散風流二十年。老漢酒壚黄公。昨日邂逅山公子,問起竹林雅集圖。今已裝潢完好,特獻與山老爺,以紀一時之盛。來此已是山府了。(雜暗上,見介)(净)相煩通報一聲,說酒壚黄公求見老爺。(雜)老爺那有暇見你。(净)我特來進獻竹林雅集圖,老爺一定肯見的。(雜)如此住着。(禀介)(生)着他進來。(雜傳引净見介)(净)酒壚老人叩見老爺。(生)你是黄公?多年不見了,到來何幹?(净)老爺聽禀,小人呵!

【黄鐘過曲·降黄龍】雲拂黄壚風娚青簾,幸接英豪。見竹林嘯詠,咳唾風生,群聚遊遨。誰教一時風浪,頃刻裏掀翻袄廟。痛群賢翩然遠引,死生頓杳。

(生)爲歡未幾,不道皆成往事了,(淚介)令我思之,不覺淚下。

【其二·換頭】終朝日共唱酬,白犬丹雞,遠村深筱,宵遊秉燭。尚兀怪銅壺,相催何早,不想今日呵蕭條。天南地北,只夢魂何能尋到。抵多少空花飄散,水月難撈。

(净)小人因念當日竹林之集,真成千古佳話,恐日久失傳,遂繪此圖。

【前腔】重描。折屐逸情,揮麈談心,玉立風標。自廣陵散失,笛韻淒涼,窮途悲悼。山凹。醉因荷鍤,夢斷都從高蹈。前日王戎老爺經過,亦不勝追憶,遂綜述諸賢軼事,交付小人,不知去向了。小人暗想,年紀已老,風濁堪虞。因此上聊圖半面,爲益三毫。

(進圖上看介)

【前腔】今朝。如共對談,昔日交情,此宵重好。看來雖近,底事相逢,不同一笑。不料叔夜亡故後,諸人無復存者,愧我巋然獨留。輕綃。爲貌當時,羞殺我虛縻丹詔。今日對了此圖呵!不覺的傷心無及,把臂難邀。

(净)小人告退。(生)多勞了。(净出介)空馳一軸畫,頓起半天愁。(下)(小生、小旦上)

【太平令】勝日清宵,踏遍深林又小橋,勞勞塵夢何時了。馳短檄,聚深交。

(小生)家父在堂上,一同進去相見罷。(見介)(生)可喜吕遜戍邊,君家仇恨已雪矣。(小旦)此皆伯父不忘故舊之恩,先父九泉,定應銜感。(生)只我宿草之悲,不勝悽咽。

【前腔】痛憶深交,宿草陳根起恨遥。思量當日息林皋。今日呵,向何處詢根苗。

（生、小旦各淚介）（生）適纔黃老進竹林雅集圖，我正愁勝事難常。今日幸逢延祖，我心差慰矣。（小旦）不敢。（小生）正欲稟知大人，嵇兄欲集林下後人，重訂前盟。

【黃龍衮】思將舊侶邀，思將舊侶邀，勝集猶堪道。重訴竹林遊，流風思繼前賢好。已命酒壚老人招集去了。大雅猶存，清言非杳。共琴尊，思耐久，窮幽奧。

（生）切磋砥礪，朋友本不可少。古人所以歌伐木，詠斷金也。今人藉爲氣求聲應，往往凶終隙末，吾願汝曹呵！

【前腔】須嚴金石交，須嚴金石交，風雨聯同調。行路慎悠悠，翻雲覆雨休貽笑。（出圖介）你看此圖呵！物換星移，清風堪道。恁好自相於，堅霜雪，永相保。

（小旦）諸君明日，齊集竹林，還求伯父主盟？（生）這個自然。（小旦）

【尾聲】深林依舊清流繞，（生）我去呵，還只怕山靈騰笑。（合）只有明白清風不待招。

（生）來結林中一日閑（趙嘏），（小旦）必應吟盡夕陽川（鄭隼）。（小生）此時不敢分明道（韓偓），（生）暗喜風光似昔年（韋莊）。

星　　聚

（末、院子上）華堂吩咐綺筵開，重集林間舊侶來。莫訝凋摧無老輩，畫圖省識□□回。自家山府院子的便是。俺大相公重興舊社，欲集林下後人。適逢七曜經天，皇上搜訪佚事。老爺進獻七賢圖畫，龍顏大悅，特命尚衣監，仿天孫雲錦，織造新圖，頒賜老爺。爲此開宴後園，招邀群彥，命我排設筵席。恰好爨鼎不數伊公，揮辦直同□子，炰羔濡鱉，芳鮮遍極山羞，豹胎熊蹯，肥豢還窮海錯，羹加霜蓄，糅以筍蒲，燀煮露葵，旁羅芍藥，陳鐘按鼓，歌調盡屬吳歈，曼蔓修容，綽約寧輸鄭舞。正是欲知天上神仙窟，即是人間富貴家。衆客將到，須索前往料理。（下）（場上先挂七賢錦圖介）（生白髯盛服上）

【中呂引子·滿庭芳】錦幔春深，華堂晝永，風光恰值芳菲。同牢偕老，白髮更齊眉。（旦上）靈壽扶從花徑，喜南陔具慶偏宜。（合）情雙好，三公百歲，人世有誰齊。

（生）鳩杖雙攜坐曲闌，婆娑黃髮樂團圞。（旦）榮膺綬佩君休羨，風雨深閨憶忍寒。(生)夫人,我和你白髮雙清,三公榮貴。昔曾相勖忍寒,不意祿米,悉散親朋,仍然累爾寒餒。這頂花冠,豈足酬卿萬一。(旦)此皆君恩稠疊盛□□□,賤妾何功之有。(內鼓吹介)(雜上稟介)稟老爺,客到齊了。(生)請大爺相陪。(雜應下)(旦)今日宴甚客?(生)孩兒與嵇家姪兒,招集林下後人,復興雅集。(旦)他如追躡後塵,足征相公義方之教。(生)要由母訓俱多。(雜上稟介)稟老爺,欽賜錦圖懸挂好了。(旦)甚麼錦圖?(生)正欲和夫人說知。前日酒壚老人,將我每昔日竹林雅集,繪成一圖獻我。適值七曜經天,皇上諮訪異事。一時臣工,盡謂斯圖可以應之。我即呈進。聖人大加稱異,特效仿七襄雲錦,織造新圖頒賜。今日懸挂中堂,乘諸人尚在後園宴飲,正好觀看。夫人可能一往否?(旦)正欲一看。相公請。(生)夫人請。(雜下)(旦)

【中呂過曲・花前好事】【石榴花】相攜款款花下並肩隨,向高閣試同窺。(生)烟雲一片爛輝輝,愛輕綃蓦現出錦千圍。(旦)【好事近】圖寫出幽人塵尾輕麾,披衣磐石清泉箕踞,傾泄處酌灑彈棋,還又把絲桐靜理,愛竹深留客那有危機。

妙阿!神情奕奕,呼之欲出,不獨肖貌天然,那一種高情逸致,吹氣欲□真奪化工之巧矣。(生)對之不覺我形為穢也。

【前腔】圖間忽幻彩雲迷,不忍睹舊豐儀。傷心往事怕重提,果然織就錦心機。偏助我無限凄其。偏宜共向林間息偃,又何意中路生悲。今日新圖徙倚,忽九泉人杳,七曜生輝。

昔日屏間窺覬,幸藉夫人,偶得良友切劘,使我不成輕薄。(旦)相公自能取友,俾妾謬齊負羈之妻,言之有恧。

【千秋歲】我何知,那及鬚眉輩,翻直恁獎譽無疲。鳴鳥嚶嚶,鳴鳥嚶嚶,盡是你一人逸情幽致。(內喧笑介)(生)夫人休羨他七襄錦成絶藝,多是你三遷教能流美。語笑爭揚觶,是深閨式穀,令淑名垂。

(旦)皆相公貽謀之善也。(雜上)稟老爺,有天使到。(副淨扮欽天監、雜隨上)

【前腔】德星垂,為說真人沛,頒寵詔遍察閭里。舊着西豪,舊着西豪,試看取一時群賢相對。一路望來,應在此處了。(旦下)(生出迎介)(副淨)我等見五百里內德星聚。啟奏朝廷,奉旨遍往。一路看來,應在尊府,是何異兆?(生)老拙奉官,初無奇迹,兒輩邀集林下後人,復興舊社,得無緣此?(副淨)是了。當日漢朝荀朗陵,居西豪之里,陳仲弓從諸子姪造荀父子,於時德星聚，太史奏五百里內賢人聚。今日王道倡明，君家祥瑞所鍾，上應天象。前日進圖，七曜經天。今日雅集，賢人星聚，真奇兆也！（生）此皆聖上洪福，老臣何與？（副淨）告別了。（生）再請少坐？（副淨）既經訪實，復旨去也。你新圖進，祥光啓，更高翔集，賢星綴。看頃刻鍾祥瑞，聚荀陳一門，列曜重輝。（下）

（生）夫人快來。（旦上）相公因甚着忙？（生）夫人，説來煞是奇怪，兒曹偶爾相集，不謂又應列象，欽天監見五百里內，賢人星聚，啓奏聖上，奉旨查訪，恰好應在我家，覆命去了。豈非天大喜事麽！（旦）相公，這事古來常有的麽？（生）那得常有。但記得漢時，荀陳相會。太史奏，真人東行，此後無復嗣音。

【滾繡瓏】綺筵開處，綺筵開處，正尊酒共娛嬉。竹林中往事，舒嘯傲，成良會。燦熒熒乍移，燦熒熒乍移。星斗邊閃微茫不定昭垂。更璧月綺霞，煥文章向碧天懸象布棋。才殊劣，數值奇，薄德何堪媲。問吾家恁福，得際奇瑞。

吩咐請各位上堂。（雜應下）（旦欲下介）（生）通家子姪，何妨相見。（小生、小旦、同末、淨、丑、老旦、外上）

【其二】玉霏珠墜，玉霏珠墜，羨紛紛風雨馳。步前塵竹林，看舊幟，甲兵摧。怕清風漸衰，怕清風漸衰，幸畫圖中紀芳芬，巧綴清規。（小旦）諸兄，我每往前庭叩謝山老伯去，向畫錦畫堂，道殷勤，表至誠拜手百回。（見介）小侄輩猥荷嘉招，醉心飽德，感愧殊深。（生）諸賢雅集，恰喜昭垂天象，太史奏賢人星聚，奉旨望氣遥瞻，定邀殊寵。（衆）此皆老伯振興交道，汲引後人所致。侄輩均荷甄陶矣！告別了，值天垂象，人仰風，千古應遥企。幸風微未泯，對此良愧。

（揖別介）（生）孩兒相送諸兄！（小生同下）（生對旦介）可喜諸人，皆能克成父志，老眼爲之欣喜。（旦）妾看諸人，不過安常履順，嵇生軒軒霞舉，自能表著當時。弟恐不能得正而斃。（生）是。（雜上）禀老爺，德星現，奉旨召各爺面奏，並將賢人星聚圖，旌表老爺一門祥瑞。（旦）如此，相公當入朝謝恩。（生）正是。

【紅繡鞋】疾忙稽首天墀，天墀，何當荷此恩私，恩私。（旦）天象著，帝恩垂。新社集，舊朋攜，交慶處，仰天威。

（生）夫人，我和你半世食貧，百年偕老。荷天地庇覆，暮景恩榮。今日懸象著明綸音，眷寵回憶生平，那想復有此日也！（合）

【前腔】賤貧甘共栖遲、栖遲，此生應老林隈、林隈。恩華茂，喜齊眉。杯同舉，杖同攜，花冠耀，翟衣披。

【意不盡】遐齡富貴神仙隊，白髮朱顏霜鬢輝。魚軒競美，願人世夫妻，休教羞凍餒。

艷歌初闋玉樓空（劉兼），菱荇花香澹澹風（無名氏）。好著丹青圖寫處（白居易），德星池館在江東（譚用之）。

病多慵引架書看（譚用之），世上風流笑苦諳（女哀）。惆悵知音竟難得（羅隱），苦心詞賦向誰譚（孫元晏）。

雙 和 合

無名氏 撰

解 題

傳奇。清無名氏撰。未見著録。今存程氏玉霜簃藏舊抄本,15齣,前後均殘缺。劇寫漢末建安年間,曹操晉爵魏王,加九錫。剛正的孔融對此忿忿不滿。孔融有二子,長子友和與陶謙女訂婚,陶謙病亡,其女同姑父糜竺,隨劉備到西川;次子信和與東吳張昭女訂婚。孔融修書兩封,讓友和去西川、信和去東吳投親完婚。但囑友和效力劉備"共扶漢室",囑信和"休戀東吳,須扶漢室"。御史大夫郗慮赴孔府、約孔融備禮去曹府賀操晉爵魏王,孔融以不作趨炎附勢的卑鄙之事而拒絕。曹操晉魏王加九錫之日,文武百官赴曹府祝賀。孔融當面反對曹操加九錫。郗慮進讒,説孔融與禰衡交好,擊鼓罵曹係孔指使,與西川劉備常有書信往來,恐致結連爲叛。曹操大怒,殺了孔融,派夏侯惇領兵抄孔府,令郗慮南下,追捕孔融在逃二子。曹操爲防劉備出川,命曹洪駐扎定軍山。孫權率師攻打皖城,曹操命張遼爲先鋒,親領三軍前往迎敵。孫權攻克皖城,乘勝北攻合淝。張遼領兵至合淝,設伏兵,在逍遥津大敗孫權。甘寧率百騎,在周泰等將協同下,夜襲曹營。曹軍與吳軍在濡須相持。張昭奉命到軍營,諫孫權與曹操議和。張昭出使曹營,許以年年納貢,求得曹操允和。曹操要求張昭交出未婚女婿孔信和。張昭允諾。仙師左慈念漢室忠良孔融,爲其子友和指點前程,告其父已被曹操殺害,讓其待劉備奪取東川之後再去投親,贈語:"雁行分失多周折,它時重會雙和合。"孔信和於投親路上,患病用盡盤費,典當衣服。走到蘇州張府,因衣服破爛,被張昭内侄相拒。張府鄰居時黨娘見信和英俊,讓信和暫住其家。當夜時黨娘調戲信和,危急時刻,屋外有人呼叫有賊,時黨娘急出,信和脱險,出逃,黑夜間誤入時黨娘侄女時合芳的房中。二人相見,時合芳愛慕信和,信和須合芳幫助,二人私定婚盟。次晨,時合芳領信和到張府見張夫人。張夫人見孔融信,讓信和暫住後園,待張昭回府與小女完婚。左慈知曹操兵回許都,到曹營以空柑、擲杯化鳩戲弄曹操,斥其爲惡貫滿盈、大逆欺君的奸賊。陶謙之女雙成曾隨姑父糜竺在劉備軍營。孔陶之親本是劉備做媒,劉備聞孔融被害,料友和必來西川,因而差人查訪。曹操聞報,西川劉備令馬超鎭守葭萌關,諸葛亮有收奪東川之舉,擬親率六軍,剿滅西川。劉備得西川後,將奪東川,命諸葛亮調兵遣將。諸葛亮用激將法,使老將黃忠甘當先鋒。因劇本殘缺,劇情以後怎樣發展,難以盡知。但從左慈偈語"雁行分失多周折,他時重會雙和合"看,孔氏兄弟將在西川重會,雙雙締結良緣。劇中描寫風月之情的三齣戲,語言粗俗,且用了許多吳地方言詞語。今程氏玉霜簃藏舊抄本存中國藝術研究院,《古本戲曲叢刊三集》據之影印。今依《古本戲曲叢刊三集》影印本爲底本,進行校點整理。

回青瑣點朝班[1]。(小生、小)爹爹退朝了。(揖介)(生)下官孔融,向任北海太守。適因鑾駕許都,空有報國之心,未遂除奸之願。咳,可惱吓!可惱吓!(小生、小)爹爹今早朝罷歸來,因何着惱?(生)爲父的今早入朝,那些諂佞之臣,在君前呈奏,說丞相曹操,功德巍巍,宜當進爵魏王,並加九錫。(小生、小)嘎!曹操竟欲進爵魏王,聖上旨意若何?(生)聖上仁慈,却被奸臣挾制,已曾降旨,准行。從此以後,這奸賊將來愈無忌憚矣!只可愧我孔融,食君之祿,不能與邦家除賊,當有尸位之誚,固所不免。(小生)爹爹,從來達者見機,何不明哲保身,告歸鄉里。(小)哥哥說得及是。望爹爹明鑒。(生)爲臣許國,豈戀苟安,竭忠盡瘁,纔是正理。(唱)邦家多事,忍歸林撇却酬君願。(小生、小)爹爹吓!雖然是義膽忠懷,伏望取休拘偏見。

(生白)這君國重事,爾等年輕,不與具聞。長兒有和,曾定徐州刺史陶謙之女爲配。近因親家身故,家眷俱隨劉皇叔安住西川。次男信和,向訂江東名士張昭之女爲室。如今年正及時,當畢當年之願。昨晚修下兩封書札。長兒帶信赴川,面授劉皇叔,以便早結絲羅,併在彼處效用。待有機會,相同共扶漢室。這一封,次男帶至東吳,向爾岳丈處投遞。成親之後,當以國事爲念,休戀東吳,須扶漢室。今日吉期,就此起身,分頭而往。(小生、小)孩兒們年方弱冠,正宜隨侍尊前,何必姻緣上緊,遠離膝下。(生)人倫所重,夫婦爲先,爾弟兄早就良緣,便完我一莊大事。院子,安排行李。(末立上應介)(小生)爹爹嚴命,豈敢有違。只是如今曹操專權,爹爹在朝,好爲留意。(生)爲父的正直立朝,聖明洞鑒,縱使曹賊橫行,也難將孤忠架陷。(小)爹爹素常剛介，曹賊深忌，還是留孩兒在都，相依纔好。

【前腔】奸臣無忌，忠義每遭冤。恣毒手忍相煎。（小生介，白）賢弟見得有理。將傾漢室在當前，望爹行俯鑒微言。（生白）吾意以定，不須依戀。奈我宦游清白，府中僕役無多，故爾不用相隨。這數兩白金，作爲路費，就此分頭去罷。（小生、小）既爹爹諄諄嚴諭，孩兒們就此拜別。（唱）相辭膝下向天涯，南北如蓬轉。（小生、小對揖介）（末）行李在此。（小）哥哥！（小生）賢弟！（同唱）各叮嚀好護風塵，憑魚雁常寄鸞箋。（分下）

（二雜引付上，白）舉首但知天在上，俯身惟有白雲低。下官御史大夫郗慮。近因曹丞相位加九錫，爲此相訂孔北海□□慶賀。左右，可曾通報？（二雜）通報過了。（介）（末介）啓爺，御史郗爺拜。（生）他□□操門下，此來何事？且説我出迎。（雜）家爺出迎。（付）中憲公！（生）綉衣公！（介）請。（介）（二雜下）（生）請坐。（付）有坐。（雜送茶介）（生）請。（付）請。（末收茶稱介）（生）下官清守官箴，同僚每疏通問，今綉衣公驟爾光臨，請教有何台諭？（付）曹丞相匡扶漢室，威震寰區，諸臣公論，宜當進爵魏王，並加九錫。聖天子命下准行。凡一應大小官員，都要齊集相府道喜。爲此下官特來相訂，望中憲公預備豐盛禮儀如期前往。（生）哈哈！我只道綉衣公到來，爲着朝廷公事，却元來爲着相府稱賀。此乃平淡之事，何必如此上緊。（付）丞相進爵魏王，理固當然。吾等皆賴其青眼，備禮稱賀，乃是至要至緊之事，怎説出平淡兩字起來！

【千秋歲】握朝權，王位宜當踐。怎覷得事若流川。休執端方，休執端方，早依從衆望，回心方善。（生白）孔融居官二十餘年，只知從公矢慎，焉肯趨炎附勢。（付）中憲公説到此話，難道下官，竟是個趨炎附勢之人麼？（生）唔，差也不多。（付）哈哈！下官爲好而來，怎反出言唐突。聞老中憲，向任北海太守，有"座上客常滿，樽中酒不空"之句，那些文人墨士尚且交結往來，難道在丞相面上，反自慳吝起來麼！哈哈！太也不近情理了！（生）文人墨士，也多經濟之才，交結往來，也毋荒於國政。若説送禮於相府，俯身獻媚，哪孔融家傳清訓？斷不肯隨波逐浪，作此卑鄙之事。請勿再言，決難相強。（付）嘎！中憲公，竟是這等執性，倘然丞相見怒起來，決有不便。（生）下官立朝不苟，縱有權勢，怎生奈何着我！（付）吓！你，你竟把丞相覷得了然，日後倘有疏虞，悔之晚矣！（生）哈哈！一身許國，縱有風波，又何足爲慮。（唱）惟忠正無私見，冰山勢終須剪，休把浮詞煽。有心如鐵石，義氣凌天。

（付白）唔！你不知好歹，反自出言不遜，正所謂自取其咎，難惜飛蛾。

（生）不勞照拂，即速請回。（付）噯，庸員不肯通機變。咻，枉費言詞怒滿懷。打道。（內應場）（付）可惱吓！可惱吓！（下）（生）看他憤憤而去，必然聳唆曹操，定有風波。我如今已將二子遣去，可無家室之慮。待等此賊進爵之時，到彼直諍一番，纔見忠心一片。

【尾】從來立志人俱羨，豈肯從流方變圓。郗慮吓！郗慮吓！堪恨你附勢趨炎太作偏。（介下）

校記

［１］回青瑣點朝班：此句以上闕。

觸　　奸

（又生開紅面滿髯紫金冠雉尾扎甲上）

【新水令】雄威幾度戰砂場，（丑獬豸盔扎甲上）中流矢啖睛偏壯。（外黑面□盔扎甲上）喑嗚山嶽動，（雜張遼上）叱吒鬼神藏。（同唱）好勇無雙，顯非凡曹家將。

（又生白）俺威勇將軍曹洪。（丑）俺威武將軍夏侯惇。（外）俺虎衛將軍許褚。（雜）俺虎賁將軍張遼。（同）請了。（又生）俺們具有英才，精明武事。（丑）隨曹丞相屢建功勞，削平群逆。（外）今日丞相，進爵魏王，秩加九錫。（雜）不負匡君之志，聊酬幃幄之勞。（又生）此時入朝謝恩，將次歸第。俺等齊集王府，一同稱賀。（丑）有理。（外、雜）言之未已，丞相退朝來也。（四監執儀仗，二值殿執金瓜，引淨相弔加金箍紅蟒）（末、又丑、生、付俱紅圓領隨上）（同場）

【步步嬌】御賜金根排儀仗，策騎天街上。恩榮正所當，不負年來東征西蕩。永沐聖恩光，權兼文武憑才量。（衆儀仗即下）

（末、衆白）丞相在上，（末）司徒王朗，（又丑）司寇華歆，（小生）諫議程昱，（付）御史郗慮，（又生）曹洪，（丑）夏侯惇，（外）許褚，（雜）張遼，（同）拜賀。（淨）不敢。（同唱末二句介）（衆白）請魏王陞座。（吹打，淨高坐介）（白）運籌幃幄已多年，割據紛紜盡若烟。朝野不聞稱獻帝，但從丞相聽傳宣。孤家曹操，字孟德。始討黃巾之亂，繼剪李、郭之氛，匡扶漢祚，功震寰區。今蒙聖恩，進爵魏王，秩加九錫。正是：恩榮已得尊無極，際遇當知尚有焉。（生上）孔融來也！

【折桂令】憶先皇，爭鹿開疆。三傑匡扶，帝道遐昌。到如今，四起烽芒。更有那奸佞欺君，好令人怒氣難降。（末、又丑、小白）（付背介）孔北海請了。（生）列位，今日齊穿吉服在此，有何公事？（末、又丑白）今日丞相，進爵魏王，理當稱賀。（生）嗄！丞相進爵魏王，曾有天子詔敕麼？（末、又丑）天子降詔三次，丞相難違君命，故爾授爵稱王。（生）咳！（唱）説甚麽詔敕恩澤，三次加封，授爵稱王。（小、付稟介）孔融進見。（生）丞相。（淨）大夫。（生連唱）您可也位極人臣，須識得力效才良。

（淨白）孤家今日稱王，實非本意。奈聖恩降詔三次，業已上表辭謝。無如聖諭煌煌，不得已而授爵。大夫以爲何如？（生）丞相雖則功高，進爵魏王已足酬功。那秩加九錫，毋乃過分。（淨）此乃聖上隆恩，爲臣焉敢固辭？

【江兒水】君命難違拗，稱尊理固當。也曾辭疏金階上。功勳蓋世稱無兩，辛勤鞍馬多勞攘。（末、又丑、小、付白）丞相有功於社稷，聖上酬功，榮加九錫，是見天子恩隆。老中憲休得偏見，瑣瑣煩文，還該稱賀纔是。（唱）信是安邦賢相，掌握兵權，中外齊欽名將。（生）嗄！

【雁兒令】説甚麽佐炎劉功業彰，已只是獨稱尊爲丞相。（淨白）燮理陰陽，也非容易。（生唱）人道是燮陰陽輔帝邦，濫受了九錫恩都欺誑。（又生、丑、外、雜白）丞相南征北討，東蕩西馳，建功進爵，恩澤當然。你這弄筆文臣，何須煩口？（淨）唔。（生）爾等一介武弁，焉知皇家律例。封藩贈爵，已出不次之恩，若加九錫，擅至登朝不趨，帶劍上殿，便是目無君上了。（唱）呀！竟不念帝主山高樣，反兀自臣僚不忖量。（末、又丑、小、付白）還請自重，丞相發怒起來，攸關非小。（生連唱）雖然有炎勢俱相向，俺只是辦忠心報聖王。（淨白）哧！孔融，孤家念爾向日微勞，不與較量，何必只發煩文，自取其咎。（生）嗄！孔融受漢室隆恩，決不忍見此欺君罔上之事。（唱）三綱須識得君爲上，家邦漢規模未可忘。（淨）

【饒饒令】胡云不忖量，直恁太猖狂。（末、又生、衆）孔融吓！孔融吓！（接唱）投火飛蛾堪同樣，禍臨頭猶作伴。

（生白）你們這班趨炎之輩，也不與爾多講的。且説曹孟德，你世食漢祿，不思報效，請封魏王，擅加九錫，苟有人心，撫躬知愧，及早辭爵，並繳九錫，安居相位，以便立功補過，還可稍贖前愆。若恁般恣意橫行，難逃庶民笑罵。（淨介，白）好一派狂言。可惱吓！可惱吓！（生[1]）

【收江南】呀！把天理倫常一旦忘，猶逞着秩加九錫爵尊王，逃不過輿情討論在朝堂。（又生、衆白）這厮抵觸，無禮太甚，難道俺們龍泉不利麼！

（淨）衆將不可造次。（衆）吓！（淨）孔融，孤家大度寬洪，不便與汝争論曲直，及早退歸，免受凌辱。（生）下官若懼讒辱，也不來直諍了。爾當早聽吾言，猶不失爲人中狗彘。（唱）恨衣冠獸行，恨衣冠獸行，直恁的爲非肆逆勝豺狼。（介）

（淨白）你這般狂言，敢是心瘋了？（生）俺一生清白，豈害心瘋。你欺君罔上，天理難容也。（丑、外、雜）此人狂妄太甚，請丞相命下加誅，以警罔上之戒。（淨）孤家若殺此人，也不利於寶劍。左右，又出府門。（衆介）（生）住了。我乃漢室舊臣，誰敢無狀。（衆介）（付）郗慮啓上丞相，孔融平素居官傲慢，每以言詞譏諷丞相，又與禰衡交好。向日撾鼓無狀，亦是孔融所使，況與西川劉備書信往來，恐致結連爲叛，望丞相立即加刑，毋留後患。（生）吓！你每這些奸黨，總要加害俺孔融，何足懼哉！

【園林好】結匪徒漁陽鼓腔，逞花唇言詞甚狂。更暗與西川交往，請正法立加殃。

（淨白）嘎！孔融今日無狀，並令禰衡辱詈，情猶可恕，竟與劉備書信往來，定生叛逆之心，欲爲內應，國法難寬。左右綁了。（末、生、老立上綁介）（生）咦，禰衡之辱所使亦非大故。若說劉備書信往來，他乃堂堂帝冑，就奏明天子，也難誣陷於法。（淨）孤兼文武之權，爾爲叛逆通連，理當先斬後奏。（生）俺孔融既以一身許國，久拼一死全忠。今日裏呵！

【沽太平】哈哈！有丹心未可揚，有丹心未可揚。被權臣慘肆殃，一死何能佐漢邦。匡君志，付汪洋。爲怨鬼，待除狂。（淨白）爾死在須臾，還敢亂道。（生）呔！曹操，俺生不能與國除奸，死爲厲鬼，擊爾魂魄。（唱）甘辦着黃泉相向，豈戀那光陰半晌。只恨殺奸臣無狀，一旦的刀鋒捐喪。（白）阿呀！聖上吓，聖上吓！老臣孔融，世受國恩，不能報效。竊恐錦綉江山，終爲曹賊篡奪。（唱）俺呵，今日裏魂亡魄亡，冤長恨長。呔！曹賊吓！終俟你陰司結帳。

（衆推生走介，下）（付白）孔融雖然伏法，二子尚在，速即拿下，一同正典，免得容留爲害。（淨）士安見得有理。夏侯惇過來。（丑上）帶領鐵騎三百，將孔融府第團團圍住，拘拿家屬，一併正典，前來覆命。（丑）得令。遵奉三臺命，忙臨中憲銜。（介，下）（正上）報，啓相爺，東吳孫權大兵，攻打皖城，守將朱光告急，請令定奪，本章呈上。（淨）知道了。孤家赤壁之仇未報，反來侵犯皖城。邊城待援甚急，即命張遼聽令，領兵馳向接應，孤統大軍隨後來也。(雜)得令。虜騎乘秋下,天兵出漢家。(下)(丑上)金鰲已脱鈎,密網未能張。啓丞相,夏侯惇奉命前向孔融府第,家屬預已聞風脱避了。(净)孔融二子脱逃,定爲孤家之患。這便怎麽處？卿等何以爲之？(付)孔融長子向定徐州陶謙之女爲配,次子乃東吳張昭之婿,諒必一同南下。郗慮願請從南追向,擒其二子覆命。(净)好。既如此,即煩士安南下,獲着其子,立即梟斬,取其首級覆命,自有陞賞。(付)謝丞相,就此告辭。待欲除爲患,當教向遠行。(下)(净[2])孫權據住江東,聲勢甚大,若不早除,終爲心腹之患。孤家親率三軍,管取掃盡無餘孽。(小)程昱上啓丞相,如今大兵南下,許昌人馬空虛,倘然劉備兵進漢中,可不首尾受敵,還請斟酌而行。(净)元直見得有理。曹洪聽令。(又生)有。(净)命爾帶兵十萬,疾向東川,駐扎定軍山,協力守川,以抵劉備侵犯。此乃大要之區,好生在意。(又生)得令。將軍分虎竹,戰士卧龍沙。(下)(净)留王朗、華歆在朝輔政,點程昱爲參謀,許褚爲先行,夏侯惇爲合後,孤家親率大軍十五萬,掃蕩東吳,並泄舊恨。(末、又丑)吾等尚望捷音。(揖介,下)(小軍重上)(净)救兵如火,刻不容緩。衆將布起旌旗,星飛南下。(衆應)

【尾】兼程火速如飛向,布起威風孰敢當,掃滅東吳志氣揚。(介,下)

校記

[1] 生：底本無,今據文意補。
[2] 净：底本無,今據文意補。

仙　　示

(末上)好一天世界也。

【水仙子】清修悟道了長生,尚把那塵世緣由且論評,幾多忠義遭奸佞。數當然去復停,只這兩孤兒、兩孤兒,好指點前程。(白)貧道左慈,法宗太乙,道受上清,修真於周代,得道於秦時。近因東漢將終,曹瞞執政,幾多忠義之臣,俱遭慘陷。今北海孔融二子,涉遠投親,其中尚有一番磨折,須當指點前因。爲此漢中以待,遙望那邊厢友和來也。(唱)遙望着孤獨渾無定,飄然的風霜豈慣經。俺把宿昔因緣,示出分明。(小背包上)

【鎖南枝】遵嚴訓向遠行,似此長途那慣經。回首望京華,徒自勞思省。(末白)孔友和且慢趲程,貧道左慈,有言相告。(小)你這道者因甚知我姓名?(末)貧道能知過去未來世事,無有不曉。因爾忠良之後,特來指點。(唱)憐忠義起動情,向西川多蹭蹬。

(小)元來是位通神道長,小生有幸相逢。(揖介)特此下禮誠求,望指前程休咎,並問家君在京凶吉。(末)你要問令尊凶吉,好,是個孝子了。(小)不敢。(末)只恐說着情由,頓生悲慟。(小)如此說,我爹爹敢有不利麼?(末)汝父孔融,數日前觸怒曹操,被郗慮讒譖,梟首身亡了。(小)嘎!我爹爹觸怒曹操,被郗慮讒譖,梟首身亡了。只恐傳聞不確,我當回許昌探明下落[1]。(末)爾今若轉許昌,此身焉能得保。我上知三十三天,下察一十八重地獄。此係雲程目睹,令尊元神,已在文昌桂籍樓司事,受享清福。你也不須悲苦了。(小)如此說,我爹爹被奸賊屈害身亡了,阿呀!爹爹吓!兀的不痛殺我也!

【又】問說椿庭喪,悲傷珠淚零。堪恨奸賊無天,肆毒如梟獍。(末白)死者不能復生,哭之何益。爾如今路進西川,正值兵戈擾攘,不可驟然前進。須待劉玄德下取東川,纔可相投。(小)蒙師台諭,焉敢不遵。但父喪無辜,冤仇豈容不報?(末)爾父與郗慮有嫌,被其參唆曹操,以至典刑。此賊南下,管取復仇在爾。(小)再叩仙長,胞弟信和,在路好否?(末)爾弟東吳也有一番周折,一年之外,昆季相逢。有偈言兩句,須當牢記。(小)願聞法偈。(末)聽者:雁行分失多周折,他時重會雙和合。(小)這"雙和合"三字未明,還望仙師明教!(末)玄機深奧,日後自明。偈言牢記,吾仙去也。(介下)(小)看仙長化陣清風而去,諒必指點無虛。只是爹爹慘罹大辟,教人寸腸欲裂。(唱)聞指點淚雨傾,爹爹吓!要重逢如虛影。

阿呀爹爹吓!(介下)

校記

[1]回許昌:"回"字,底本無,今依文意補。

奪　城

(生上)浩氣橫冲貫太空,(又生上)揚威策騎建奇功。(小生上)只今三國人才盛,(付上)博取英名萬古崇。(生)俺東吳定遠將軍甘寧。(又生)鎮遠將軍周泰。(小生)寧遠將軍徐盛。(付)靜遠將軍蔣欽。(生)俺們自隨討虜將軍征戰多年,已歷三傳,力扶大業。(又生)南吞劉表,北拒曹瞞。(小生）如今主公親率大軍，攻打皖城，交鋒數次，城關激切難下。（付）今日請令，誓取此城，纔見英雄志量。（生）言之未已，主公陞帳。（四小軍引末上）

【引】稱尊南面意何如，好乘機大業鴻圖。

（白）石燕拂雲晴亦雨，江豚吹浪夜還風。英雄去後豪華盡，惟有青山似洛中。孤家孫權，表字仲謀。承父兄之基業，賴文武之匡襄。自從赤壁鏖兵，曹賊聞風膽落。近聞潼關兵敗，爲此乘虛而進，先奪皖城，繼取合淝等處，以成創業良圖。怎奈守將朱光，守禦甚嚴，激切難下。今日鼓屬三軍，立下此城，方爲上策。正是：安用文章驚海內，當勞軍馬駐江干。（生、又生、小生、付）衆將告進。（介）主公在上，小將（生）甘寧、（又生）周泰、（小生）徐盛、（付）蔣欽，（同）甲胄在身，打躬候令。（末）守將朱光，善於防禦。衆將有何良策可下皖城？（小生）可豎雲梯，高造虹橋，觀取城中舉動。然後奮力攻之，何難立下。（生）此乃虛費日月而成，曹操救兵一至，不可圖也。（又生、付）俺們銳氣方新，利在速戰。仗此威風，何難立取此城。（末）衆將見得有理。甘寧爲前隊，周泰、徐盛左右繼進，蔣欽爲合後，衆將就此直抵皖城。（衆應）

【賽觀音】奪皖城英風布，衆戰將臨疆展舒，笑鼠輩何能相拒。

（場上開城介）（四小軍、淨上）（合）鼓進威揚，決勝在須臾。（生白）吔！守將及早知機，獻城歸順。（淨）哇！鼠輩狂言，矜驕太甚。朱光鎗上不挑無名之將，通名受死。（生）東吳上將甘寧，特來取你首級，以報頭功。看刀！（介下）（又生、小生、付戰四小軍介、下）（淨、生上介，淨衆下）（又生、小生、付）朱光大敗，退守皖城去了。（生）列位將軍，成功盡在此時，一同上前攻奪關城。（又生、小生、付）有理。

【又】銳方新，誰能禦。齊努力，同心共驅。看凛凛非凡隊伍。（合前）

（小生、付白）已抵關城。（生、又生）就此攻打。（衆介）（淨、四小軍）看箭。（立城上射介）（小軍）城上箭石利害，難以攻打。（又生、小生、付）暫轉大營，再議進取。（生）咳，大丈夫欲立蓋世奇勳，何愁矢石，待俺當先，誓取此城。（又生、小生、付）將軍雖勇，不可造次，萬一有失，英名頓喪。（生）從來不入虎穴，焉得虎子。俺甘興霸，豈是畏刀避箭之流。

【人月圓】經歷盡惡戰憑威武，斬將擒人如狼虎。縱紛紛矢石渾無數，豈患着殘傷皮共膚。（又生白）足見將軍英風無賽，俺等敢不相從效力。（小生、付）一同回馬，直取關城。（合）分成負，英雄冒險，當惜工夫。

（淨白）看箭。（介）（生）吔！朱光縱有利刃，俺甘寧何足爲懼！（介）看鎚。（净）阿呀！（介下）（又生、小生、付介）（小軍引末上，進城介，下）（生，衆上介）（小軍引末上介）（末白）今日之功，甘寧居首，衆將次之，待取合淝，重加陞賞。（又生、小生、付）今日甘將軍，冒矢登城，鎚擊朱光，雖古之名將，未常有也！（末）如此絕倫驍勇，雖賁育重生，不能勝於將軍矣。（生）蒙主公過獎，甘寧何以克當！（末）就此出榜安民，養銳一日，兵進合淝。孤與列位將把盞慶功。（生、衆）多謝主公。

【尾】欽良將揚名譽，冒矢當先威有餘。好記取功勳登簿書。（介，下）

定　　計

（四小軍引雜上）

【好姐姐】奮勇趲程風送蕩，吳兒疾向江東。天生名將，相持獨擅雄。（白）氣壓山河蓋世雄，千軍萬馬建奇功。重重敵將來迎戰，聞咱威名俱遁風[1]。俺張遼，字文遠，精明韜略，善使長刀。自歸曹丞相，十分優待。如今奉命接應皖城。在路聞報，守將朱光陣亡，城池已失。爲此如飛南向。衆軍士，疾抵合淝去者。（衆應）（合）忙馳縱，征夫盡把良駒鞚。好向疆場立大功。（場上城介）

（小、又丑上，白）合淝守將李典、樂進迎接將軍。（雜）不敢。（小、又丑）請進關城。（雜）擺隊進關。（介）（小、又丑）吾等有禮。（雜）不敢。（回揖介）（小、又丑）請坐。（雜）東吳入寇，聲勢甚驕，今皖城已失，定來侵犯合淝，須整威風，掃無餘漏。（小）合淝存軍有限，未能保救皖城。（又丑）今幸將軍提兵接應，願聽指揮，齊心破敵。（雜）只願將士齊心，何患行軍不克。

【又】超衆，年來名重，掃公氛擾攘西東。將士齊心，平吳談笑中。

（報上）報東吳人馬，離城五十里，安下營寨。（雜）知道了。再去打聽。（報應，下）（雜）東吳人馬，倍而且衆，不可力敵，當以智取。俺向日行軍，曾識此間地利，煩曼成引軍埋伏小師橋，待等孫權大隊過時，即將此橋拆斷，然後回兵從西截殺。（小）領命。（雜）文謙引軍當先迎戰，詐敗佯輸，引得賊兵過橋，即便回軍，從東接戰。（又丑）得令。（雜）俺當自統大軍埋伏逍遥津，從中圍裹，管使吳兵片甲無回。（小、又丑）將軍定計周詳，小將等不勝佩服。（雜）同心制敵，二位好生在意。（小、又丑）俱爲邦家效命，敢不傾心勠力。明日裏呵！（同合前）（介下）

校記

[1] 氣壓……遁風：此四句在此齣兩頁之間，筆迹與正文不同，疑爲後人所加。今姑置於"俺張遼"之前。

佯戰　威鎮

（四小軍引生、又生、小生、付、末上）

【窣地錦襠】天生吳地盡英豪，裂土開疆功績標。（合）皖城已下莫辭勞，將士同心待滅曹。

（末白）孤家疾下皖城，復舉北向，兵追合淝，離城五十里屯扎大營。今日親臨督陣。衆將官！奮勇上前。（衆應）

【又】兩軍相遇便爭交，銳利鋒芒鎗共刀。（合前）

（四小軍引又丑上，白）咦！吳人不安僻守，敢於侵犯天朝，自取滅亡之禍[1]。（又生）吥！魏賊侵奪袁家疆土，難道東吳取不得曹氏關城？爾敢當先出陣，且試俺周泰寶刀。（介，下，衆追介，下）（雜內白）衆軍將四下埋伏，待俺登高遥望。

【醉花陰】吳寇相陵勢非小，下皖城長驅來到。軍行處布旌旄，只恨他有負天朝。須定計，當除剿。（白）俺張遼今日定計平吳，在逍遥津禦敵，不負丹心報國也。顯得個英雄將蕩鷗鶿，參透了秘略陰符，猶待取昏和曉。（登高介）

（生、衆追又丑介，下）（小生、付白）啓主公，敵人敗過小師橋，恐有伏兵，不可追趕。（生、又生）敵人已敗，焉有埋伏。二位何消過慮，請主公發令追趕。（末）如此大小三軍，追過小師橋去者。（衆應，吶喊過橋介，下）（四小軍引小上）

【畫眉序】六出計謀高，埋伏施行除強暴。在此時作用，暗使蹊蹺，顯出了上國英豪。只笑他無成遺誚。（白）俺李典遥望樂進引過敵人。衆將官，速將小師橋拆斷，揚威西路接戰。（衆應）（同唱）敵人此際無生計，功成只在臨橋。（介，下）

（雜）呀！遥望敵人大隊，齊過小師橋來也！

【喜遷鶯】遥望着吳兒直搗，隊參差齊過小橋。只這蹊蹺，只教他難解出其間弄狡。霎時間插翅難飛無處逃。（又生追）（又丑上，白）周泰，爾等中俺們妙計，休想逃生。（又生）縱有埋伏，周泰焉能懼汝。（介下）（四小軍引小上，二小軍引生、小生、付、末、從左右場出，對陣介）（生白）咄！賊人敢施誘敵之計，二位保護主公，待俺當先衝突。（□□殺甘李）（立上，衆上，立對角介）（生作衝下，四軍小圍，末、小生、付介，下）（丑、小軍上圍）（又生介，下）（雜白）呀！敵人堪堪引到，火速上前接應。（唱）如風掃，只看取殘傷無數，更紛紜斷送生拋。（介，下，二軍引小生、付、末上）

【滴滴金】先聲已布英風浩，不懼狼群來圍繞。疾忙衝突尋歸道，盡稱雄虎豹。何愁弄巧。（末白）可恨敵人多詐，大軍追過小師橋，左右伏兵齊出，我軍自相踐踏，殘傷無數。徐盛蔣欽，衝圍要緊。（小生、付）主公放心，有俺們保護，好歹衝殺出去。（同唱）當前衝殺雄聲嘯，紛紜醜類何生奧。因失算，當遺誚。

（衆引雜上，白）咄！吳兒已入重圍，休想衝圍脫走。（小生）休逞多能，照徐盛的器械。（介，小生敗下）（付介）（雜）張遼鎗上不挑無名之輩，通名受死。（付）爺爺蔣欽寶刀利害，爾當仔細。（雜）照鎗。（介，付敗介，下）（末）阿呀！（引二小軍逃下）（雜）呀！這穿紅的定是孫權，不可輕縱。俺且加鞭追上前去。

【刮地風】嗳呀！憑着俺上將多能蓋世豪，豈放伊脫鈎金鰲。今日裏難脫天羅罩，整威風不使生逃。笑他行戰士難生保，有英懷匡輔興曹。這壁厢那壁厢殺氣衝霄。四下裏布弓刀，纔信得決策多奇妙。吶，孫權你這碧眼小兒，縱加鞭豈越超，縱加鞭豈越超。（追下）

（小軍、小上、生衝下）（小軍、又丑上）（又生衝介，下）（追下）（末上）阿呀，誤中陰謀，軍兵傷殘無數，戰將七零八落，張遼緊緊追來。阿呀，孫權性命休矣！

【滴溜子】逢追逼，逢追逼，存亡難料。無援應，無援應，不定心焦。（以下接説白，然後白完）（唱下半隻）不意身投危道。强群結隊來，蜂擁如潮。吶喊連天，目眩神摇。

（雜上白）孫權那裏走！（末）阿呀！（介，下）（又生上，白）張遼休傷吾主，周泰來也。（雜）狐群敢於接應，照鎗。（介，又生敗下）（雜）周泰這厮，果是江東名將，若不是俺張遼的本領，也難取勝。

【四門子】氣騰騰善舞梨花妙，戰吳兒敢逞驕，堪擅英豪。策騎咆哮蕩東吳，此際功能料。（白）周泰已敗，孫權縱馬而逃，且急急趕上。（唱）敗走蕭蕭，向遠迢迢。呀！只看取須臾除暴。（介，下）

（末上介，白）阿呀！張遼十分勇悍，周泰非其敵手。爲此急轉歸路，來此小師橋。（看介）阿呀！此橋已被拆斷，萬一追至，如何是好？（雜內）孫權，今日休想逃生。（末）阿呀！（雜即上介）（小生）徐盛來也。（介、付）張遼休得恃强，蔣欽在此。（雜）俺家會盡天下好漢，焉懼毛賊結黨。（介，小生、付敗下）（末急介下，雜追下）（末上）

【雙聲子】何凶暴，何凶暴，難禦敵，徒添悚。前阻道，前阻道，看水勢，清流沼。（白）二將又爲張遼所敗，此番甚是危急。天吓！誰來救我孫權？（雜內）碧眼兒，那裏走！（末）呀！看張遼堪堪追到，與其被執捐生，莫若投溪自斃。馬吓！馬吓！好生護我孫權，縱過河去。（唱）遇顛連值數遭，縱過溪濱，莫患波濤。（介，縱介，下）

（雜上，白）看孫權縱河而脫，俺張遼難道不能縱過此河！吠！孫權休走，俺來也！（介，下）（生、又丑上戰介）（又丑敗介，下）（生望介）呀！遥望對岸張遼，追逼主公，俺急速縱河保護。吠！張遼勿傷吾主，甘寧來也。（介下）（末上介）（雜上介）（生上戰雜介）（又生）周泰又來保護主公也。（合戰雜介）（小生、付上，齊上介）（雜戰四將敗介，下）（雜）哈哈哈！俺張遼今日在此逍遥津上，雖不能擒獲孫權，力敵江東上將，留取英名傳華夏也！

【水仙子】呀呀呀！獨擅豪，獨擅豪。仗仗仗，仗着有武藝兼人可逞驕。俺俺俺，俺留下千古英名，他他他，他驚得穿籠困鳥。（小軍引小、又丑上，白）將軍，今日之戰，足使吳人膽落矣！（雜）孫權此敗焉肯甘休，且候丞相大軍到來，再爲拒敵。（唱）待待待，待候取添勢喬。喜喜喜，喜的是一戰名標。有有有，有將士齊心共下勞。又又又，又何難指日將强掃。（小、又丑白）小將等備有慶功筵席，與將軍稱賀，請返旗回城。（雜）請。（同唱）快快快，快還城開宴叙功高。（介，下）

校記

［1］滅亡之禍："禍"字，底本作"衬"，今據文意改。

拒　　投

（花旦上）阿唷，好天氣阿！

【秋夜月】愛凡流，丰致天生就。一種苗條清而秀，豪門巨室常勤走。有情懷難售，覓青年知否？

（白）我没娘家姓黨，家公没姓時，概没才叫我時黨娘。住拉蘇州張鄉橋頭。慣走大人家，亦連女篋片，穿珠花窮工奇巧，兌珠寶牽大搭小。做相伴迷花眼笑，連剃面手脚豁燥。斬魘子大爺亂叫，舊相與私下老調。要綽趣只圖錢抄，想開心無非發酵。賺個多化銅錢，勿勾家公押寶。若遇標致後生，時常到貼此道。身段生得刮俏，眼睛亦個風騷。一對金蓮真小，人人纏要亂竅。閑話少説，我裏家主公没，叫時運來，賣賣測黨測黨個，賺兩個銅錢，勿勾裏酒水，並其還要賭同錢。有個姪女叫時合芳，到也生得標致。還分扳親個來，開子大門，用度到也勿輕。虧子我個進益好老，所以薄薄光鮮，可以過得日脚。閑話少説，今朝天氣好裏，到主客人家去走走，拉介噲。姪因兒！（小旦內）奢個？（花）關子門，我出一大就居來個。（小旦內）搖轉罷没哉，我就來關也。（花）正是：一日勿走動，一日勿過用。一衣勿椿椿，一夜勿做夢。（介）河唷！□搦介。（介，下）（小生上）

【梧桐樹】飄然離帝洲，涉遠勞昏晝。忍受得撲面風霜，不禁生僝僽。（白）小生孔信和。奉爹爹嚴命，往姑蘇就親。即與兄長分手，兼程南向，連日在路，精神恍惚，卧病經旬，請醫服藥，盤纏已盡。猶幸調理痊可，只得將衣衫行李解當，以爲路費。今幸已到姑蘇，進城一路問來，逢人指點，前面就是張府。只是這般模樣，怎好上門。咳，没法，事已如此，且行上去。（唱）登龍恍似瞻峰岫，孤鶴堪如暫寄留。看巍然門第非庸陋，待上階庭，反自彷徨落後。

（净上）（白）看門無奢事，倒去聽説書。噲唔個小伙子，拉大門前，張頭望頸，想好處呢奢？（小生）胡説。我是你府上至親，從都中到此，有書面見你家老爺。（净）我裏老爺，勿拉屋裏。（小生）那裏去了？（净）我裏老爺，前日子動身，到軍前去哉。（小生）咳，好不凑巧。如此煩你稟知夫人便了。（净）吠！唔唔之告化力竭個人，打聽老爺，勿拉府裏，想來打脱冒呢奢？（小生）胡説。我相公，豈是脱冒之人！

【浣溪沙】非俗流，家聲舊。是書香，克紹箕裘。（净白）奢個書香子弟？明明能是現在孫榮？（小生連唱）胡言亂語言相吼，奴僕行爲太不周。（净白）説我蘿蔔個呷戳心，拿木柴來，打唔個脚古拐。（丑上，白）一日到夜無奢做，賭錢喫酒養婆娘。奢事體？（净）晏大爺出來哉。（丑）吓，唔是奢底樣人，拉此地來囉唪。（小生）我乃北海太守孔融次子孔信和，乃此間女婿，有事特來求見。（丑）孔府上二公子，再勿造至於是介個樣式，明明能拐黨。打聽我裏姑夫，勿拉屋裏，想好處吓。（净）一點也勿差。（小生）我在途間染病，衣衫典作盤費，現有家君親筆書信，休得誣言拐騙。（丑）既有書信，先拿出來，讓我看看。（小生）這書必須面見夫人呈上。（丑）夫人再勿來認唔個之拐賊個。（小生）你是此間什麽樣人？（淨）是我裏老爺個内侄。（小生）叫什麽？（丑）我没叫晏拂醒。姑夫出去子，托我拉府上照應。（小生）如此是表舊兄了。（淨）好稱呼。個唔個拐黨，要想打脱冒是勿能了。（唱）**行乖謬，希冀相延安身就，及早遠颺，免致鞭抽。**

（花上，白）生意儂將就，然靠脚來走，奢事務了。（丑）時黨娘娘來哉。（小生）是個喜娘。（淨）裏是個拐黨。（丑）直介拐子。（花）拐子倒要認認面孔個。（看介）（小生）大娘。（花）阿唷！好標致面孔。爲奢老生意勿做，倒做起拐子來了。（小生）小生孔信和，乃此間張府女婿。（花）幾裏張府上個女婿！哦！聽見夫人説歇，是太守個公子。那説是介個打扮。（小生）途中染恙經旬，無可奈何，將衣衫典盡。（丑）一片拐講，勿要聽裏。（花）看唔是介清秀面孔，也勿像介拐子。（小生）大娘明鑒。（花）晏相公，且去通知聲老夫人，看嚧。（丑）時黨娘娘勿要閑多管，直介是個拐賊。再勿走，張二拿木柴奉承裏。（淨）是哉。（小生）親戚上門，竟敢打退麽？（丑）還要強辯，先不一記耳光唔答答。（小生）吠！豈敢無禮！（丑）阿一壞。（淨介）阿唷！到未投得妥。（花）阿唷！倒有氣力拉化。（小生）好放肆的狗才。（丑）時黨娘娘，答我勸子裏去罷。（花）嗆！大官人，裏乱疑心唔是脱冒，何勿等個兩日老爺居來子，自然有道理個。（小生）大娘説得雖是，只是激切之間，哪裏安身纔好？（丑）阿要尋個下處拉唔。（淨）栖流所裏。（花）天介夜下來哉，倒勿如拉我屋裏去，儂子一夜，明朝再商量罷。（小生）只是怎好打擾？（丑）個個時黨娘娘，來歷勿明個人，招留勿得個嗻。（淨）有奢亂兒出來，勿恰當個。（丑）況且唔乱屋裏，還有年紀輕輕侄女拉乱來。（花）好事阿要做來，何妨招留個一夜，跟我走。（小生）大娘府上在哪裏？（花）就拉幾裏張府上個後園門隔壁。結拉後街去後，無半巴巷乱。（小生）如此大娘引道。（丑）來來來，慢點走。（花）奢奢。（丑）唔乱侄囡兒，阿使得不，我做個七大八。（花）故後改日拉再商量。（小生）咳，庸夫皆俗眼，壯士受顛危。（花）幾裏走。（介下）（淨）大爺是故樣式，看來倒像真個孔姑爺嘘。（丑）起先唔説是拐黨，故歇亦説真個入娘賊。老爺居來，若是真個姑爺，先處唔個客主。（淨）阿唷！倒才推子我身上來哉。（丑）肚裏餓哉，捉拿二百銅子，陸稿薦去賣一隻蹄子，大爺喫夜飯。（淨）吠，喫他一碗，憑他使唤，亦要都亭橋走一大會。（下）（丑）我介今年也是二十歲東頭個人，我個家婆没到，還分着杠杠來，意欲要想討子表妹没,將來受子姑夫個分家當,蔭襲子個現任。無如答孔甲裏扳親在前,只姜個個小伙子,看個脚色,或者真個孔二官没也未可知。因爲生子個橫肚腸老,所以勿答裏通報,故歇時黨娘娘領子居去,勿知那個安頓。嗄!喫過子夜飯,步拉裏亗門前,去聽聽壁脚拉介。生子烏煤心,趁忕正經人。要想囧圇吞,直介魘勿醒。阿呀!犯子諱哉!得罪。(介,下)

挑　　俊

(小旦上)那説我裏阿嬸出去子掄日,還勿居來來介。

【劉潑帽】天成體態稱嬌秀,更清貞不類凡儔。(白)我没姓時,小名叫合歡,姐從小無子爺娘,拉拉阿叔身邊,虧得阿嬸奢遮,包羅萬象,所以勿愁喫着。但是我今年十六歲哉,個終身事體,勿知那個定規得來。(唱)終身豈望諧佳偶,(呵欠介)呵唷,倒有點懶撲起來哉。蝶夢相纏,不禁捱長晝。(倚桌睡介)

(花上,白)孔官人跟我來。(小生上)是。

【東甌令】(花)關機事頓起謀,覓取幽歡結風儔。(白)幾裏是哉。讓我先進去,然後出來,答唔進去。(小生)是。(介)什麼意思?(花張介)咦,好裏!來來來!勿要響,悄悄能個答我進去。(小生)爲何要悄悄進去?(花)我裏有個姪女,有癡病個了,所以老要瞞裏個。(小生)曉得。(進介,見小旦介)這就是令姪女麽?(花)正是。(小生背)嬌吓!(花)勿要叫醒裏,困覺轉是要炒了,老打幾裏來。(唱)相攜緩步悄然走,(小生)咳,憑立志操持守,風情一任尋浮漚,無奈且權留。(介,下)

(丑上,白)老早喫子夜飯,因亦早來,且到時甲裏去,聽聽着。門到掩拉裏該,應上火辰光哉,那説還勿點油盞來介。咦,敀是姐官拉亗打磕硳,個呷情壞哉,落得進去,親個巴現辰嘴,打一個死老虎拉介。(進介)(花內嗽介)(又丑上,介)今朝生意勿好,且居去喫泡粥。(花上)姐官俺覺來。(上介)(丑急從右場下)(小旦醒介)阿唷!倒夜裏哉!(又丑)家婆倒先居來哉。(花)正是。(小旦)阿叔,今朝生意阿好?(又丑)直介月半夜裏無月亮。(小旦)奢講?(又丑)勿照。(花)買子幾化銅錢?(又丑)十七零三個銅錢。喫夜飯,阿勿够,所以老昏悶得勢,身鄉裏勿坐在進去,贊險拉介。(花)咱唔生意勿認真做,倒想居來困覺,無得是介好場化拉亗。(推介)(又丑)甩出去,無人要,是勿好挃賣買個。(小旦)阿嬸,生意日大日小,也是殻勿定個。阿叔有點勿健旺,讓裏進去困險没哉。(又丑)好,噲姪囡兒,説得又理。(欲下,花扯介)慢點房裏去。(又丑)百常日間,喫子夜飯,就要催我進房去。那説今夜扯我出來,偏要進去。(花)偏勿讓唔進去。(又丑)是要進去個。(花)啐！還有説話,對唔説來。(又丑)有説話,困子拉説。(花)我只要拉前巷走過,今朝總管堂裏待佛,挂燈結彩,鬧熱得勢。唔没去趕個夜市,賺個兩個銅錢,也是好個。(小旦)既是介,阿叔,甩出去,走一大噱。(又丑)實在無氣力,走勿動拉裏哉。(花)喫子飯,氣力囉裏去哉。(又丑)個氣力昨夜頭出忒落個哉？(花)旁去趁個上市頭上。

【金蓮子】須將衣食謀,些微薄利資升斗。(小旦白)聽子阿嬸個説話,走一大居來喫夜飯罷。(又丑)咳,無法,拿子風燈來噱。(花)提風燈拿去。(小旦接點火介)(又丑)各位亢生意做勿做没,才要家婆做主個。(唱)生涯就卑賤覓蠅頭,須索的順妻房向街坊盡力反擔憂。

(白)大概來作成,我點夜消答答。(敲介下)(花)姐官去拿個夜飯燒起來,我去燉一壺鑲甜居來,解解悶拉介。(小旦)阿嬸,個酒夜頭晚邊,少喫口哉嗆。(花)我是酒養命個,勿倒口下去,是困勿着個。旁早竈下去,淘米燒飯。(小旦)是哉。(下)(花)到轉彎頭去舀子酒,切子點熱食,悄悄能答孔官人喫下來。

【尾】結私情交歡媾,安挑美釀作牽頭。(白)大家有子點酒意,那其間是,(唱)密愛佳期方動頭。

(白)旁早買准拉上,買准拉上。(下)(小生上)

【梁州新郎】因逢顛沛,牢騷方寸,感動襟期偏憤。相逢留待,緣何覊在房門。(白)可恨晏姓之人,嫌我衣衫襤縷,不認親情,一時忿怒,揮拳相向。幸得時大娘勸解。因天色已晚,容許延留一夜。及到他家,見其姪女丰姿,是可令人情動。可教我悄然存在內房,又不便出去。唔,事有蹺蹊。(唱)縱使藍橋有路,景色常新,一任花枝近。中心守正也豈容紊,每笑襄王會雨雲。(花持盤酒壺杯盞上)(唱)相留待,排佳醞,天來好事今宵准。孔官人,開懷處,歡無盡。

(小生白)小生承大娘留待,以屬不當,怎敢又蒙賜酌？(花)現成物事,勿中喫個,請噱。(小生)是。且問大娘府上還有何人？(花)一個當家個,出去做小生意哉。姪因介,亦有點癡個,只要瞞子裏没。唔,放心托膽,住拉裏没哉。(小生)男女有別,如何悄然在大娘房中居住。小生素敦大義,這個決難奉命。(花)目今時勢,全靠烏肩上,若拘子文理没,那個好過日脚。況且我答唔年紀，推扳得有限，唔没認我做子阿姐，暗暗能個出事務没，大分唔心裏也覺答個哉。

【換頭】結幽歡爲雨爲雲，好共取綢繆着緊。愛伊家清秀舉動斯文。(小生白)大娘所言差矣！凡爲婦女理宜從一而終，若欲私行苟且之事，玷辱家風，可不被人談笑。(花)啐！我輩做媒人娘娘個，纔是介扳扳六十四得起來，貞節牌坊造，勿忌得來。因爲愛唔生得標致老，要答唔做相與，就是我裏當家個居來，曉得子没，也勿敢那子我個。(唱)是藍橋有路，玉杵裴航數應相親近。(小生)咳，冤牽相遇也漸迷魂，此際堅持大義存。(花白)故歇辰光，唔拉裏我裏房裏也勿怕，唔飛上子天去，今夜頭没硬捉牢子，唔要強姦一轉個哉。(唱)風流事今宵准，(小生)嗳，追歡空使多勞吻。

(花)來嘘，又何必多推遜。(小旦內白)捉賊！(小生)那邊有賊，快去看來。(介)(花)放個賊，倒是夾忙頭裏來個。(小旦追丑上)(花掤跌介)(小旦)捉賊，捉賊！(上掤小生窨火介，小生閃上場介下)(丑)我勿是賊，是認得個。(小旦)阿唷，奢個亦是一掤介。(花)認得介，倒要拿火來照照個。(照介)(丑)毛。(花)阿呀！唔是晏，(丑)晏大爺嗆。(花)姑嗆，叫大爺個，纔做起賊來哉。(小旦)我拉竈下，收拾完子進房去也，個狗頭伴老抬底下個歇。縛起來，送拉當官去。(丑)官府没，我大爺答裏亂，酒杯來往個也，無本事那子我，阿曉得我？爲子打聽此人個下落老來個。(小旦)奢個雌人吓雄人。(花)勿要聽裏亂嚼。(丑即唱)

【節節高】匪徒在此門，悄潛身，今來查究當追問。(花白)奢個倒是反咬一口。(又丑曲內上，白)好生意，好生意，直介要趕勝會個。(接唱)蠅頭趁，轉大門，何喧論。(白)開門！(小旦)阿叔居來哉。(又丑)奢事務屋裏嘈嘈反。(小旦)捉一個賊拉裏。(丑)奢個賊，俺是想偷兩脚蚌老。(丑)時運來，是我大爺拉裏。(又丑)阿唷，賊稱子大爺，便介老捕人。要叫老爺哉，先不記帶頭頭耳光唔答答拉介。(丑)阿一壞。(花)大老官，打勿得個。(小旦)裏就是甲壁個晏勿醒也。(又丑)管裏晏得醒晏勿醒，做子賊，没解拉捕人亂去。姪因兒，去取條索子來。(小旦)提索子拉裏。(又丑)家主婆，相幫我動手捆起來。(花)是哉。嗆，叫大爺個，得罪唔個險。(邊捆介)(丑)吹，時運來，唔個入娘賊，敢於得罪我，只怕唔撒忒子膽哉！(又丑)還要咮硬，拿竈煤來，先榻裏一個花面。(小旦)竈煤拉裏。(花)讓我來替唔開面。(丑)嗆唔没該應差放勿多點。(花)奢我媒人娘娘，奢判臂個老。(丑)我没，到唔亂來尋一個人老。(小旦)尋人伴拉房裏向尋個。(丑)就是日裏向故個拐子,唔領子居來,抗乢囉裏。(又丑)奢個拐子拉騙子。(丑)日裏向有個拐子,冒子孔太爺個少爺?到我裏姑夫乢來投親。是唔乢家婆領居來,抗拉乢屋裏。(又丑)勿通道有介個事體。(花)勿要聽裏胡言亂話。(丑)唔乢姪兒房裏介,我進去過。個勿得拉化個拐賊没,直介拉乢是唔房裏。(花)呸!只怕唔着邪哉!大老官,放子裏去罷。(丑白)咦,説話有點秧心嗆!(又丑)呸!我裏清白良民奢老,好事無端,招留去拐子來。(丑)介没是介,唔乢家婆房裏,讓我進去搜,倘然無得,介重重能個罰我。(又丑)倘然有拉化介。(丑)招留拐子等唔窩家。(又丑)倘然無得,罰唔奢個。(丑)銀子。(又丑)阿有乢身邊。(丑)無得。(又丑)勿放賒帳,現會。(丑)分帶,只好做點欠帳。(又丑)是介罷便宜唔點,有拐子介,答唔直鈎打釘亦直。(小旦)無得介。(又丑)不一個馬桶裏開開蓽。(丑)竟是介,進去搜拉上。(又丑)走。(花)嗆,大老官,唔勿要聽子裏,勿着扛個説話拉信鄉。(又丑)直介勿信鄉個。(丑)勿要殺酸吉。(小旦)阿嬸,虛只是虛,實只是實,讓裏進去搜没哉。(又丑)一闖走進去。(扯花介)(花)啐,只怕五歪七豎八,也改子志哉。(又丑)説到個句愈加詫異哉。(小旦)是與勿是,進去一看没,大家明子心哉。(又丑)姪因兒,説得文理,進去看一看,大家解子疑惑哉。(花)真正實無法嘘!(唱)一莊美事都牽混,關機一種偏生憤。(丑、又丑接唱)看取分明僞與真,匪徒那得容安穩。

(介下)(小旦白)看故光景,我裏阿嬸,大分亦失子志,抗奢人拉乢房裏嘘,果然不拉晏勿醒,搜子出來,直介無面光殺哉!

【又】攸關時姓門被談論,羞顏怎向人前近。(又丑上,白)阿是無得。(丑)個也奇哉。(花上)謝天地。(接唱)何從隱,感至尊,歡無盡。(小旦白)既然無得,就是個一馬桶拉裏。(又丑)讓我看看阿滿個。(介)阿呀!一馬桶個糞,倒有半馬桶個屁拉化來,旁早請用下來。(丑)阿使得,通點情,讓我心領子罷。(又丑)勿必客氣。老老實實用拉化。(小旦)是唔喫物事,將來明亮點。(花)嘗嘗新,也是難得個。(丑)答唔乢熟商量,讓我聞聞罷。(丑)聞個勿算數,是要喫下去個,得實惠。(小旦)勿必多幸,阿叔提牢子裏,大家滾拉化。(又丑)勿差個,大家滾拉上。(介)(丑憤介)(又丑)是唔噴没,先不一拳唔答。(丑)勿敢領教,唔個尊奉,敢罰個哉。(花)揭拉裏嘴上没哉。(同唱)同將穢物尿和糞,教伊受取休推遜。(花白)造化裏放子裏去罷。(又丑)開子門,忠臣,慢請罷。(小旦、花)奢個忠臣?(又丑)忠臣勿怕屎。(小旦)勿是個屎字。(又丑)勿要拉白字哉,走唔乢娘個清秋路。(同唱)狂徒疾速出家門，這回處治方消恨。

（又白）家主婆，我裏進去老打。（花）啐！（介下）（丑跳介）阿呀！（吼介）（淨上，白）那識故歇二更天哉，晏相公出去子還勿居來。端正開好子墻門，拉困覺。（丑進介）（淨）阿呀！奢個希臭，是個妖怪，先不一門閃裏答答拉介。（丑）勿要打，是我。（淨）爲奢老臭得是分脚色。（丑）倒運路裏，勿要説起，弄口水來蒲面。

【尾】這回惡氣難容忍，日後終須把怨伸。（淨白）阿唷，直分臭得無蓋板拉化。（丑）時運來！時運來！唔個入娘賊。（唱）少不得定下良謀起襯回。（白）囉裏説起。（作噁心介，下）

宵　訂

（小生上，白）咳，這是那裏説起。我被那大娘逼欲成歡，正在難分難解，幸得那大姐房中喊叫有賊。大娘忽然走出房門，我也欲圖脱身之計。豈料黑暗之中，措走到這大姐房中來了。聽外面喧嚷之聲已息，小娘子回房，倘然叫喊，癡性發作起來，如何是好？（小旦上）（點燈）難没安安逸逸進房去困覺。（小生躲介）

【十二紅】【山坡羊】轉蘭房金蓮微動，好良宵反生喧哄。有深情別種的難言，望銀河朗照的窗簾縫。

（白）只姜甲必個晏勿醒説，奢個姓孔個拐子，是我裏阿嬸，領居來個。看我裏阿嬸面孔上着急得世，及至進去搜介，亦搜勿着，個當中個道理，倒有點勿大明白。難是甲必張府上，我倒必常進去個，小姐弄惠得勢。聽見老夫了説，扳北海太守孔府上二公子。那説個晏勿醒，亦説是拐子，可惜我勿曾搨着個姓孔個，勿然没拉張小姐面上，倒肯答裏查個細底虱。（小生閃介）

【五更轉】爲鄰居閨壼的諧鸞鳳，反指説乘機哄。若能相遇其人，究取因由根種。

（白）阿呀！奢個帳子背後一閃，（介）阿呀！亦是一個賊拉裏哉。（小生）大姐，不，不要聲張，我不是賊噓。（小旦）既勿是賊，爲奢老伴拉我床背後？（小生）大姐請看小生的行動，可像個穿窬之輩。（小旦細看）呀！

【園林好】看偉然魁梧面容，豈穿窬爲非較同。

（小生白）小娘子若不嫌煩絮，容小生把來由直告。（小旦）我没雖然是小娘兒，倒是直心腸個。唔乃拿個來由告訴得我明白，倒可以答唔周全。若然邪氣説話,勿入耳朵罐個説話呷,勿必提起。(小生)小娘子言及於此,小生十分敬服,焉敢將非禮之言冒瀆。(小旦)且説拉我聽。(小生)小生孔信和,家君向爲北海太守,與此間張府聯姻。如今奉父命到此就親,因途中染恙,衣衫典盡,午間訪到張府,遇那晏姓之人呵!

【江兒水】嫌我衣衫無縫,爪指説匪徒,反遇招留夜永。

(小旦白)是介説是一位公子,倒失敬哉。(小生)好説。(小旦)嗄,原是我裏阿孀招留唔居來個。(小生)方纔聽見小娘子喊叫有賊,欲思脱避,豈料黑暗之中,措走到此,望小娘子容我暫過今宵。明日裏呵!

【玉交枝】高飛遠縱,向天涯訪尋長兄。英豪豈爲婚姻重,看他時魚化成龍。

(小旦白)我聽子唔個一席説話,到動子熱心腸拉裏哉。甲必老夫人,答子小姐待我其好,到可以走個内線,通知聲老夫人。但是唔來投親阿有奢執證?(小生)我有父親書信爲證。(小旦)嗄,有書信爲證。(小生)既小娘子可以面見老夫人,相懇代小生申説,若得延留,感激非淺。(揖介)(小旦背白)呀!我看個孔官人堂堂品貌,將來必定發達,故歇艱難之際,照應子裏沒,後底日脚,勿知阿要忘記我個。嗄!我有道理拉裏個人。孔官人,我有一句話,唔若依得我介,就招留唔等子個一夜。明朝沒搭唔甲必去通信。(小生)若不依呢?(小旦)若勿依個呷,我還是分扳親個小娘兒老,男女授受不親,我房裏勿是唔等個傷化,連夜答我請出去,(小生)如此請小娘子分付出來,小生或者依得,亦未可知。(小旦)就是故故。(小生)什麼吓?(小旦)那説倒有點口軟答答,説勿出哉介。(小生)請説嘘?(小旦)

【五供養】欲聯鸞鳳,語出猶含,反惹羞容。(小生接唱)有言且細述,何必嚥喉嚨。(小旦)待説情由,多增惶恐。

(小生白)小娘子尊意,小生理會得了。(小旦白)嗄,唔倒明白個哉介,沒意老實,倒是唔説子罷。(小生)方纔言過,小娘子尚未聯姻,不便留我男子在房,李下之嫌,固所不免,若能代我通達張府,俾得與小姐成親,日後不忘大德,當以金帛相酬。(小旦)個金帛阿靠得到老個介。(小生)小娘子説到此言,小生洞悉其情,只是不好有屈。(小旦)奢個。(小生指介)此道。(小旦)啐。(小生)只恐將來令叔作主,另圖婚配,可不枉了今日之盟。

【好姐姐】還慮枝生他種,反負却盟言相共。

(小旦白)既然官人勿嫌,我出身微賤,訂子終身沒,總勿改移個,慢慢能尋個機會,通知子阿叔,一心居路,等唔發達子,答甲必小姐,一同完聚如何?

【玉山頹】梧栖雙鳳，一諾千金知重，須識三生約遂和同，周南婚配始宜風。

（小生白）小娘子與小生既訂姻盟，請同拜天地。（小旦）個沒倒免子罷？（小生）盟言鑒於天地，自然要拜的，來嘘？（小旦同）

【鮑老催】皇天高迥，鑒此盟言今日中。三生緣分永相從。

（花上，白）爲子此人放心勿落，故歇家公落子忽，所以悄悄能個起來，尋尋個孔官人，拉介四處一看，直介勿見，故也奇哉！

【川撥棹】生惶恐，那情郎何處容。（照介）（小生）大姐吓，（唱）我和你兩下心同。（小旦接）我和你兩下心同。（小生合）好流連深宵話濃。

（花白）咦，隱隱能姪囡兒房里拉丑說話噎，倒要去聽聽個。（又丑上）一忽覺轉來，家主婆勿見哉。詫異兀起來看看拉介。（接唱）

【桃紅菊】怕私情暗裏分蹤，怕私情暗裏分蹤。

（小旦白）外面有些響動，不要則聲。（小生）是。事有可疑，且來一看中。（花白）大老官出來做奢？（又丑）我沒五更頭竟轉來，欲正發性，勿見子唔，爲奢倒拉裏外頭。（花）放心勿落，再照照老。（又丑）天吓亮快哉，有奢放心勿落，答唔覆一帳拉介。（抱介）（花）阿呀，慢慢能上床去，來得忌個。（下）（小生）這都應令嬸，欲來尋我，如今聲息不聞，想已進房去了。（小旦）裏瞞子我，領唔來沒，我瞞子裏領唔去。（小生）好吓，竟是這等。

【僥僥令】兩心當合意，彼此各和衷。看曙色依稀天將曉，月將沉，漏已終。

（內雞叫介）（小旦白）天介微微能個亮哉，等阿叔丑起來子，就難脫身個，我答唔悄悄能出去，捌開子甲必後園門拉，一淘去見老夫人。（小生）如此大姐請。（小旦）介沒拿出爹個封書信交不拉我。（小生）書信在此。（小旦）跟我來。（小生）是。

【尾】多承汲引勞以動，（小旦白）帶上子大門拉介。（唱）早詣園門片刻中。（小生）大姐吓。（小旦）孔官人。（小生）你步促金蓮熟與同。（介）

（小旦白）到裏哉。（淨扮園丁上）園丁園丁，喫酒本等，一團高興，喫子就困。（介）阿唷！時姐官，奢老能早。（小旦）我有要緊事，務要見老夫人老。（淨）吓個是奢人？（小旦）裏阿是老夫人面上個親眷，我領得來個。（淨）唔個姐官，勿要有六無七，領子小伙子，到我裏園裏來，無淘成吉。（小生）什麽說話！（小旦）啐，只怕唔老改志哉，我輩個小娘子。到是有點骨氣噓。孔官人，拉幾裏園裏，等我先進去見子老夫人，就出來個。（小生）是。

小生恭候。(净)個答坐險没哉。(介下)(小旦)園裏是我個熱路,打個答抄過去没就是女廳哉。

【不是路】有事關機,特向閨中須告知。(付扮丫環隨正娘,接唱)黎明起揮毫,適興且吟題。(小旦)夫人,小姐!見豐儀,殷勤萬福當施禮。待把情由仔細提。(正娘白)大姐,緣何直恁清早而來。(小旦)無奢事體,勿敢老早來驚動老夫人個。(正)有何事情?(小旦)有天大個一莊喜事。(正)什麼天大喜事?快些説來。(小旦)請老夫人,看子個封書没,就明白哉。(正)吓,這封書,上寫親家張子布收啓,一定是孔親翁手筆了。(小旦)孔老爺個答書,大分爲小姐個説話拉上。老夫人,快點看嘘。(正唱)書中意,分明早結諧連理。(小旦)夫人吓,天成婚契。(正)天成婚契。

(付白)嗄,元來是介一莊大喜事。(正白)既賢婿到此,怎麼反勞大姐引來?(小旦)孔官人,路上勿適意了,衣衫典當盡子,昨日到子府上,晏相公説裏是拐冒,拉趕出大門。我裏阿嬸,收留子,教我今早打後花園領進來個。(正)嗄,賢婿現在園中,丫環和大姐同去,請到内廳相見。(付)是哉。姐官,個姑爺,阿標致個介。(小旦)標致没算勿得,不過走得出個罷哉。(付)個呷,我到也有三分快活拉化。(介,下)(作)孔生將次到來,女兒告退回房。(正)你自回避。(作)摽梅何有意,秦晉喜無違。(下)(付上白)孔姑爺,跟我來。(小生上)恐惶臨内室,誠敬見閨儀。(小旦)個位就是老夫人。(小生)岳母請上,小婿孔信和拜見。(正)賢婿路途辛苦,常禮罷。(小生)

【皂角兒】阻天涯多年遠違,将尊前半子相宜。不能個孝舞斑衣,當盡個東床誠意。(正白)請坐。(小生)告坐。(正)親家在都近況如何?(小生)我爹爹素常剛正,近因曹操專權,十分爲國擔憂。(正)我看書中之意,備悉一切情由。但我相公,往主公軍營參贊去了。家務俱托我侄兒照管。昨日賢婿到來,多多唐突,望勿爲怪。(小生)令侄年輕,炎凉之態,小婿決不在意。(正)足見賢婿體諒。這裏後園,頗稱幽雅,即當準備鋪陳安頓,候我相公回來與小女完姻便了。(小生)多謝岳母美意。(小旦)介没老夫人,我告辭哉。(正)大姐,何不到小姐房中,盤桓片刻。(付)好嗄拉小姐房裏坐坐去。(小旦)有點小事務,要緊轉去,明朝拉來張小姐也。(正)如此請便。(小旦)個個孔官人我去哉。(小生)大姐請。(小旦唱)引相投,幸有依。結團圓,待何期,絲羅牽繫。(介,下)(正)内堂備有早膳,與賢婿接風。(小生)多謝岳母。(小生唱)款留不棄,石上緣奇。好從容桃夭枝葉,早賦於歸。(介,下)

劫　　營

（又丑家將隨）（小上）（執馬鞭）

【剔銀燈】憑才藝軍營匡贊，運良謨豈憚辛煩。加鞭火速如飛趲，待具吳家勞宵旰。（白）下官張昭，字子布，職授東吳參贊大臣，原籍蘇州，夫人晏氏，止生一女。向年遊學於北海郡，太守孔融廣接嘉賓，極承禮待，與彼次子，締結朱陳。數年以來，音信久疏。今因主公親提大軍，在濡須界口，與曹兵會戰，特召下官，軍營匡贊。故將家務，托內侄照應。星飛取道而來，趲程數日，軍營在望，且加鞭前去。（合）傷殘，黎民少安。嗟爭鬥，玄黃忍看。（又丑接鞭介下）

（甘、周二將、生上、白）有志堪能傾漢室，（又生上）多才管取佐吳邦。（小）二位將軍。（生、又生）先生來了，主公有請。（末上）（徐、蔣隨上）須知赤帝收三傑，當慕黃軒舉二臣。（生）張子布來營請見。（小）主公，張昭參見。（末）孤與曹家爭鬥，在逍遙津，大敗於張遼之手。今聞曹操大軍，已來接應。今得先生到來，望展良謀制敵。（小）曹操久思赤壁之仇未復，今提大兵到此，其勢甚大，必須先挫其銳氣，以顯東吳威望。（末）只是曹兵甚衆，何能先挫其鋒？（生）俺甘寧今日願帶百騎劫掠曹營，先挫奸臣的銳氣。（又生）甘將軍恁般仗勇，終不愧爲英雄上將。（小生、付）俺等願隨接應，以泄逍遙津兵敗之恨。（末）既諸將請令出戰，即着甘寧當先劫寨，周泰爲二隊，徐盛、蔣欽三路繼進。（小生）得令。須信狐狸安足道，（又生、小生、付）當知虎豹正縱橫。（介下）（末）諸將雖欲出戰，孤心甚是猶豫，與先生內營酌酒，共議軍機。（小）主公請。（末）上古不須勞戰伐，（小）今時焉得靜弓刀。（下）（四兵、生上）（甘卸甲行，四將上）（生）衆軍校！

【耍孩兒】揚威耀武如飛趲，（衆合一句）（生）各顯英風不等閑。今宵只願除爲患，手刃元凶是巨奸。（衆合一句）爾來正值星光燦，敢逞渾無憚。（合）盡都是天生剛漢，堪並着惡曜臨凡。（衆跳介，下）（二曹兵、丑、外引淨上）

【又】蕩東吳豈畏難，運謀謨韜略翻。功成只願早和晚。（淨白）孤家曹操，進爵魏王。可恨東吳兵犯皖城，特遣張遼爲前隊，幸在逍遙津，大敗敵軍，東吳三歲小兒，聞着張遼名字，不敢夜啼。哈哈！有此虎將，何患東吳不能克服。孤家大軍屯扎濡須北界，時今將近初更，元讓、仲康，各歸本營安歇。(外)俺們初立營寨,恐敵人乘夜相犯,許褚願在營前保護。(淨)孤家大兵一到,東吳將士,料皆喪膽,焉敢乘夜相犯。二將回營養靜一宵,明早整頓出戰。(丑)丞相料得極是。東吳將士,焉得有此膽量。俺與仲康各歸營帳,養息一晚,明日方好上陣交鋒。(外)如此,請。今宵權解甲,(丑)明日跨征鞍。(下)(淨)想孤家日前,殺了孔融,其二子不知去向,必須斬草除根,方無後患。(唱)萌芽須是當除鏟,免教他時暗使奸,免得根枝蔓。(倚桌介)(四兵、生上)(合前)盡都是天生剛漢,堪並着惡曜臨凡。

(生白)殺進曹營去者。(眾介)(淨)阿呀!(介)急逃。(介,下)(外)俺許褚來也。(戰四兵介下)(丑上介)呔!賊將敢於昏夜劫營!(介、丑敗介,下)(外上、白)爺爺許褚刀下,不砍無名之將,通名受死。(生)東吳上將甘寧。(外)看刀。(介)(生介,下)(又生)呔!許褚,休能逞強,俺周泰在此。(外)吳兒敢施詭計,許爺爺饒不得你。(介,下)(二軍引小生、付上)

【又】有英才,不等閑。統狓狖,可撼山。何云黎庶遭屠炭。(小生白)俺們奉令為三隊接應,火速而來,將近曹家營寨。(付內喊介)前面喊殺連天,火速上前接應。(小生)有理。(合唱)雄夫信是夸強悍,不撤樓蘭終不還,纔見能征慣。

(丑、外上,戰生、又生介)(丑敗下)(四將掄戰外介,敗,下)(又生、小生、付白)將軍率領百騎搶入曹營,左冲右突,並無一騎損,真乃蓋世英雄也。(生)若非列位將軍接應,也難僥幸成功。請一同回見主公報捷。(眾)請。(合前)(介,下)

鏖　戰

(四小軍引雜上)

【催拍】仗英風名揚帝都,願馳驅立掃東吳。堪驚兔狐,堪驚兔狐。叱吒聲雄,山嶽傾徂。(白)俺張遼。自從威震逍遙津,東吳鼠輩,盡皆膽喪魂飛,那三歲幼童聞俺張遼名字,都不敢夜啼。哈哈哈!留此英名,千秋共仰。昨晚丞相屯營濡須塢北首,被賊將甘寧,衝突軍士,傷殘無數。為此俺今日統兵誓滅吳邦,纔不愧中華名將。眾軍士引出陣前。(眾應)(合)兩陣相懸挺利錕鋙,須博得麟閣形圖,雲臺將幾征夫。(四小軍下)

(又生上介,白)江東上將周泰在此,今日和你比個高下。(雜)張遼誓滅東吳,你先試俺的鎗尖者。(介下)(眾引外、丑、淨上)

【又】未隄防狂群弄訌，被衝殘連營受殊。當期蕩吳，當期蕩吳。整飭戎行，豈憚工夫。

（淨白）夜來未及隄防，反被敵將甘寧輕騎衝突，吾軍自相踐踏，傷殘無數。為此今日，親領大軍督戰。眾將，揚威殺上前去。（外、丑應介）（合前）（二小軍引小生、付、末上介）（淨白）碧眼小兒，紫髯鼠輩，曹丞相乃爾父輩之交，統率天兵到此，還敢抗拒麼！（末）曹操，休搖唇舌，孤家虎踞東吳，焉肯懼怯於汝。（淨）還敢猖獗，仲康與吾擒下。（外殺介，小生介，下）（丑介，付下）（雜上戰，又生介，下）（末介下，外、丑）吳兵大敗而逃。（淨）孫權已敗，不可輕縱，就此趕向江邊去者。

【又】擁旌旄雄聲共呼，掃黃巾力效皇圖。頻除兔狐，頻除兔狐，屢率軍兵，大業匡扶。（介，下）（生、付、末上）（同）爭衡戰疆，難決贏輸。且只是退守知機，籌妙計運良謨。

（末白）罷了吓！曹兵聲勢甚大，吾軍難以抵擋，為此渡江而退。曹兵緊來，眾將好生保護。（小生、付）俺們感主公厚待，敢不竭力保護。（外上，白）許褚來也。（小生、付合戰，外下）（雜上戰，又生介，下）（生）張遼休得追逼，俺邦上將甘寧在此。（雜）你昨晚劫營僥幸，今日休想全生。

【又】遇英雄教伊命殂，敢持戈揚威震呼。（生）噯，無知妄夫，無知妄夫，輒敢狂言，覷若庸愚。（雜白）照鎗。（介下，眾上合戰，末、小生、付、又生、生敗下）（雜、外、丑白）仗丞相洪福，小將等殺得東吳大敗，退守濡須南岸去了。（淨）天色已晚，不宜追趕。就此安營養銳。（眾應）（合）北岸連營，管靖東吳。須博得麟閣形圖，雲臺將幾征夫。（介下）

請　和

（小上）休言兵法能興國，還藉謀為可定邦。下官張昭，自到軍營參贊，主公與曹兵連次交鋒，未能克捷。想軍馬久勞，亦非安邦之計。且到主公大營，聊呈管見。言之未已，主公陞帳。（二軍引末上）

【引】靜掩蓮花，成和敗，血戰龍砂。

（小白）主公，張昭參見。（末）孤家自與曹兵會陣，糜費多少錢糧。如今在此相拒月餘，却又不能取勝，如何是好？（小）曹家勢大，不可力取，若與久戰，大損士卒，不若求和，安民為上。（末）孤家也想以和為貴，只是誰可奉使往曹營議和？（小）張昭願往曹營。（末）先生此去，務宜言詞剛正，不可失却我邦銳氣。

【玉山供】曹瞞多詐，莫懷柔取辱吳家。雖然是納禮中華，猶未可稱臣伏他。(小白)主公放心。張昭憑三寸之舌，可使曹家退兵，只爭早晚。(唱)登龍聲價，仗言詞利齒伶牙。兩邦安甲馬免波查，以和爲貴莫爭差。(介，下)(二小軍、外、丑引淨上)

【引】誓剪吳家，憑籌畫何難立下。

(白)孤家曹操。自提大軍，與孫權會陣，交鋒數次，未獲全勝。且定良謀，管取一戰成功，纔稱平生之願。(雜上)大樹功勳堪足效，(小上)懷才遊說可相宜。(雜)啓丞相，吳邦謀士張昭請見。(淨)令進大營。(雜)進營相見。(小)有勞。(介)丞相在上，江東謀士張昭參見。(淨)常禮。(小)從命。(淨)爾主不量，兵犯皖城，如今大軍壓境，指日敗亡，遣爾到來，有何申說？(小)吳與魏素本無仇。向因諸葛遊說，構起刀兵。今遣張昭到此請和，望丞相台允。(淨)哈哈哈！爾邦大勢將危，滅亡在迩，休想請和，尚思保國。(小)丞相休得小覷東吳。俺邦仗有長江之險，戰將甚多，何難與丞相爲敵。因念軍馬久勞，黎民生怨[1]，乃息戰安民之計，故爾請和。並非畏怕曹家兵勢。(淨)孤聞足下乃江東名士，今來遊說，孤家不受籠絡，休想請和饒舌。

【玉山供】休行狡詐，免相爭請和向咱。已明明釜內魚蝦，休思想脫網穿砂。(小白)丞相枉自多謀，不知達變。(淨)怎麼孤家不知達變？(小)丞相大軍，遠勞於外，許昌人馬有限，倘西川劉備，乘虛侵犯，豈不有傷根本。還是與吳國連盟，共圖西蜀，豈不是好？(淨)唔，也罷！既爾邦請和誠切，必須年年納貢孤家，纔得准和。(小)當今獻帝，本係吳邦故主，願當進貢來朝。(淨)只是還有一事。(小)有何台教？(淨)孤久聞足下，與北海孔融兒女姻親。孔融在都，不安臣子之分，業已正法。(小)嗄，孔融正法了？(淨)然已聞其子，潛迹南行。已遣御史郗慮，暗地追拿，未曾回報。諒必投在足下家中，望即將此子獻出，孤當自有辭謝。(小)孔融次子，雖係張昭之婿，尚未過門，諒來決不投到舍下。(淨)足下定爲親情包庇。孤當書達吳侯，斷斷不容此子在吳邦爲後日之患。(小)丞相鈞諭，決不敢違。孔信和若然投到，即當解送丞相，斷不自招罪戾。(淨)先生果能如此，孤家之幸也。准取請和，速備貢禮呈獻。(小)敢不遵諭。張昭告辭。已悉忠良遭屈陷，咳，難全親誼費籌蹰。(介，下)(淨)且待吳邦貢禮到來。留張遼鎮守合淝，元讓、仲康隨轉許昌便了。(雜、丑應介)(合)將雄師留下，恐吳人後起枝芽。兩邦安甲馬免波查，以和爲貴莫爭差。(介，下)

校記

[1] 黎民："黎"字,底本作"藜",今據文意改。

擲　杯

（末上）道通天地有形外,思入風雲變態中。我左慈。前在三原地界,指點孔生暫避兵戈擾攘之際,姑俟日後榮華完聚。只今曹操還守許昌,驕橫愈甚。東吳遣使呈貢柑子,俺不免聊施異法,將奸雄警戒一番,有何不可！惟有神奇法,能施巧幻機。（下）（老正、小軍、外、丑引淨上）

【引】大業漸歸收,興基業光揚宇宙。

（小、又丑、外、丑白）丞相在上,吾等參見。（淨）列位少禮。（淨）孤家天兵南下,東吳懾服,遣使請和,已令張遼鎮守合淝,還守許昌。昨將平吳功勳,奏明獻帝,當思優賞。今聞東吳遣使送禮,爲此陞座。軍士,令東吳使者進見。（老）丞相令東吳使者進見。（付上）求和免血戰,餽禮表誠心。東吳使者叩見丞相。（淨）罷了。爾邦既以臣服,所獻何物？（付）吾主公因欽丞相威望,溫州所出柑子呈獻。（淨）溫州柑子,孤家思之久矣。既然所獻呈上來。（作扮軍士盤托立上介）（付接盤介）柑子呈上。（淨接介）好吓,好大的柑子,待我剖來。（介）唔,怎麼是空的？（付）這個！小人同擔夫在路歇息,見一道者自稱左慈,代脚夫挑擔,代走一程。凡是那道人挑過的都輕了。（淨）嘎！不信有這等事。（付）臨去時有言說,若見曹丞相,可代左慈申意。（淨）此係虛妄之事,孤家焉肯相信。（老）啓相爺,有一先生自稱左慈要見。（淨）吓！竟來得湊巧,令上殿來。（傳介）（末上）願取奸雄驚破膽,當教將士可消魂。（付）正是此位先生[1]。（末）丞相請了。（淨）咳！汝以何妖術,攝吾佳果？（末）豈有此事,待我剖來。（剖介）內皆有肉,待左慈先來啖之。（介）妙吓,其味甚甜。（淨）再取上來。（付介）（淨）吓,怎麼又是空的？（末）待左慈再剖,又有肉的,待我再啖。哈哈哈！（淨）怎麼你所便是好的？這,這又奇了。使者且回館驛,候令回吳。（付）吓,凜遵丞相諭,回驛待歸程。（淨）你這道者有何法術,以至於此？（末）貧道於西川峨嵋山中,學道三十年,得天書三卷,名曰遁甲天書。（淨）遁甲天書所載何事[2]？（末）上卷名天遁,能騰雲跨風,飛陞太虛。（淨）中卷呢？（末）中卷名地遁,能穿山透石。三卷人遁,能藏形變身,飛劍擲刀,取人首級。丞相位極人臣,何不隨貧道修行,當以三卷天書相授。(淨)孤亦久思退享安閒,奈朝廷未得其人耳!(末)益州劉備乃帝室之冑,何不讓此位與之。(淨)唔,你講到此言,敢是劉備奸細麼!左右,拿下。(衆介)(末)誰敢動手?(衆介)(淨)哎!左慈敢仗些微幻術,來戲弄孤家。(末)戲弄你如同兒戲。(淨)孤家掃蕩中原,威揚華夏,豈受爾道者籠絡。(末)怎道掃蕩中原,尚不知西有劉備,南有孫權。戰將千員,帶甲十萬,你威揚於何益?(淨)吾視天下鼠輩,猶如草莽,大軍到處,戰無不勝,攻無不取,無敵於天下。順吾者生,逆吾者亡,汝知之乎?(末)你驅兵到處,戰必勝,攻必取,貧道久已知道。昔年濮陽攻呂布之時,宛城戰張綉之日[3],赤壁遇周郎,華容逢關某,割鬚棄袍於潼關,奪船避箭於渭水,這反是無敵於天下麼?(淨起介)哎!左慈潑道,怎敢揭孤家短處。左右,推出府門,斬訖報來。(衆介)(末)呔!曹操吓!曹操吓!

【尾犯序】你惡貫已盈頭,大逆欺君恣意狂口。俺左慈呵,擅有元功豈鋒芒可愁。(淨)還敢亂言,仲康押令斬來。(外)吓。(淨)潑道吓!潑道吓!(唱)虛謬。敢逞着旁門左道,一味價裝憨生垢。(外)看刀。(合)鋼刀透,何從脫避,一命等浮漚。

(末介)(外白)吓吓吓!啓丞相,許褚奉令行刑,左慈砍去一頭,腔中又長出個人頭來了。(淨)有這等事麼?快放綁。(末)唉,曹操綁結不用汝放,貧道自能脫解。(介)(淨)吓,且問汝平昔作何事迹?(末)貧道雲遊天下,有德者敬之,作惡者戲之。(淨)如此孤家有德之人,汝也沒敬重。(末)你侵凌漢帝,屢弒后妃,慘戮忠良,侵殘黎庶,這反是你的德行麼?(淨)這個,嗳!孤也不與汝爭辯,賜爾斗酒如何?(末)酒,使得。(丑介)丞相賜爾斗酒。(末)如此待左慈暢飲。(介)乾,我也回敬奸賊一杯。(淨)這空杯旨酒從中而得。(末)此乃空杯取酒之法,從蓬島取來的,汝敢飲麼?(淨)汝可先飲?(末)貧道先飲半杯,只這半杯回敬。(淨)唔,口中餘酒,敢於回獻孤家麼?(末)既不飲看杯。(擲介)(外、丑)啓丞相,左慈擲杯,化一白鳩向空飛去。(淨)此乃瞞眼之術耳!(末)怎道是瞞眼之法,此時憑你要甚麼東西,俺立能取到。(淨)如此孤家久思松江鱸魚,汝能取否?(末)這也容易,只消取一大盆,放在庭前,待左慈釣之。(淨)取大盆。(衆)大盆有了。(淨)傾下清水。(衆介)(淨)取釣竿過來。(末接竿介)取來。

【又】遨遊四海盡淹留,越水吳山盡揑昏晝。(介)(白)松江鱸魚奉上。(衆)奇吓!果是鱸魚。(淨)這鱸魚怎見得便是松江之物?(末)別處鱸魚止有兩腮,唯有松江鱸魚便有四腮,以此可辨。(淨)衆將,將鱸魚驗來。(外、

（丑）啓丞相，果是四腮鱸魚。（净）阿呀！果是先生道法無窮，孤家失敬你了，請留在府中，助孤家創成大業，當以裂土旌封。（末）要我助爾奸臣明事，可也休想。（唱）奸詐權臣休胡思助周。（净白）既不願歸助，當以金帛相酬。（末唱）胡謅，說什麽金珠玉帛，豈貪着錢神銅臭。（白）俺去也。（速介下）（外、丑）啓丞相，左慈突出府門走了。（净）如此妖人，留之必爲後患。夏侯惇、許褚率領三百鐵甲軍，帶着污穢之物，即速將左慈擒下，不得有違。（丑、外）得令。道人何使幻，上將豈無能。（下）孤家反被這潑道取辱一回，可惱吓！（小、又丑）啓丞相，左慈之言狂逆，雖然太甚，請即開懷，莫以爲慮。（净）且待衆將擒來，自有處置。（唱）何生幻施奇弄巧，狂悖豈容留。

（丑、外分上）難除爲道者，迅速稟尊前。啓丞相，（丑）夏侯奉令，捉了無數左慈，繳令。（外）許褚追趕左慈，奔入羊群之内，忽然不見。小將盡殺群羊，左慈忽起，將羊頭裝上群羊，化陣清風而去了。（净）元讓捉了許多的左慈，且解上殿來。（丑）軍士們，把左慈解上殿來。（衆介，推衆上介）左慈等當面。（净）將這些左慈，盡皆處斬。（丑）軍士把這些左慈個個開刀。（末立高烟火介）誰敢動手？（衆作遁介，下，小軍跌介）（末）呀！曹操，我有偈言兩句，汝當記着：木虎逢金豬，爾當盡命時。俺去也。（介）（净白）好一番亂道，可惱吓可惱！（報上）報，啓王爺，西川劉備令馬超鎮守葭萌關，諸葛亮操兵練卒，將有收奪東川之舉，特此報知。（净）再去打聽。（報下）（净）西川劉備，終作孤家之患。傳令衆將，明日齊下教場，候孤親率六軍，剿滅西川去者。（衆應）（净）可惱吓可惱！（合）

校記

［1］此位："位"字，底本作"謂"，今據文意改。
［2］所載："所"字，底本作"何"，今據文意改。
［3］張綉："綉"字，底本作"秀"，今依《三國志・魏書・張綉傳》改。

接　　令

（貼上）

【一江風】態苗條豐韻堪描，照行動偏生俏。嘆無聊，枉學詩文，才藝何稱道。（白）我李合香，徐州人氏，九歲時雙親去世，族人將我賣入陶府爲婢，服侍雙成小姐，伴讀詩書，極承恩待。不幸老爺身故，小姐曾許北海孔老爺長子爲配，音信久疏，姑今相依姑丈糜老爺，隨下西川安頓。可嘆我迄今一十六歲，這一腔心事呵！（唱）於懷暗自焦，於懷暗自焦。摽梅時正交，終身豈是孤單老。（小生上）

【引】曾逢美女絕情苗，豈識是星辰密告。

（老上）贊夫以道佐劉朝。（貝上）惟願取敦倫樂道。（白）姑丈姑母，內姪女陶雙成萬福。（小生、老）內姪女少禮。（貼）小婢合香見。（小生、老）罷了。（小生）下官糜竺，字子仲，東海朐縣人也。夫人陶氏，乃徐州太守陶謙之妹。前因大舅[1]，三讓徐州，即時身故，遺下內姪女雙成，曾許北海孔融長子爲配。我因歸順劉皇叔，隨下西川，官居諫議之職。近聞孔公被曹操所害，其子未知何往？這段姻緣，都成畫餅。（老）今姪女正在青年，奚堪擔誤。若孔氏再無消息，也只宜另締良緣方好。（貝）姑娘説那裏話來。姪女幼時，爹爹作主許配，理宜克守前盟。今公公被害，倘孔生有甚不幸，雙成願當守節，此身決不另適。（老）姪女言及於此，志屬可嘉，做姑娘的適纔之言，聊以相試耳！（小生）姪女恁般立志，不負大舅一生忠厚正直家風。（貝）姑丈，念姪女呵！

【皂羅袍】姻契嚴君聯繾，是三生宿世豈便違條。（老）老爺。連枝一本奈蕭條，青年豈可無依靠。（又丑上，白）軍情傳信息，火速進中堂。啓老爺，諸葛軍師將次開兵，旗牌賚有令箭，請老爺軍營議事。（小生）知道了。軍師傳諭，即當前往。（老）相公請便。（小生）只圖恢漢室，惟願滅曹家。（下）（老）我想孔公一生忠正，其子諒必端方。今因父遭權害，竊料指日之間，必來投見。我當着院子在外，留心緝訪孔生便了。（貝）若得如此，感激非淺。（貼）小姐，園中紅紫宜人，進去遊玩片時，消消愁悶罷！（貝）有甚心腸，園中遊玩。（唱）閑花野草，何心共陶。綠肥紅褪，憑其放嬌。（貼白）略玩一回少寄岑寂吓。（老）這丫頭倒説得是。兒吓！做姑娘和你一同進園去。（貝）如此，姑娘請。（同唱）權時適興開懷抱。

（貼白）又要頑耍片時了。（介，下）

校記

[1] 大舅："舅"字，底本作"舊"，今據文意改。

激　　將

（雜上）

【點絳唇】勇義天成,(小上)非凡豪性。(外上)誰能並,(付)貫甲提兵。(同)共把劉基整。

(雜白)俺征遠將軍張飛。(小)鎮遠將軍趙雲。(外)寧北將軍黃忠。(付)平北將軍魏延。(同)請了!(雜)俺等自下西川,威傾華夏,名震三分。(小)誓扶劉室,力掃曹吳。(外)今日軍師發令,兵下西川。爲此各率本部,齊聽指揮。(付)言之未已,主公陞帳。(老正作占四小軍引生上)

【點絳唇】舉義當興,洪圖恢整。(末上)人才盛,(小生上)勵武行兵。(同)滅魏同歡慶。

(衆白)主公在上。(末)諸葛亮。(小生)糜竺。(雜)張飛。(小)趙雲。(外)黃忠。(付)魏延。(同)參見。(生)軍師與諸將少禮。(介)只恨權奸傾漢室,當施謀運滅曹家。孤窮劉備。自得西川,威名益重,留關公鎮守荆州,東吳懾服。今欲兵下東川,全仗軍師調遣。(末)亮受主公禮遇,敢不力圖報效。已命法正、蔣琬監國,請主公親率六軍,以彰天威遠布。(生)軍師籌畫有方,孤窮敢不遵依。糜竺,可率健軍百名,駐扎界口,以防奸細。(小生)主公台諭,糜竺敢不凛遵。(生)孤窮向在徐州,曾與孔陶兩姓作伐[1]。近聞孔融被曹操所害,其子未知下落。那陶公祖令愛,係子仲内姪女,現留相傍。可留心訪察孔生,早爲完聚。(小生)主公不忘舊誼,糜竺定訪孔生,早爲婚配。(生)駐扎界口,好生在意。(小生)曉得。馬嘶芳草地,人在五湖中。(下)(生)請軍師登壇發令。(末)請。(吹打介)(雜)軍師在上,衆將打躬。(末)站立兩旁。只今曹操,兵下合淝,飭令張郃鎮守瓦口關,復令曹洪協衛。此二人文武全才,當遣一將,往荆州代轉關公,方能克敵。(雜)嗳!軍師。那曹洪雖是有些本領,老張與他見過一班,願請出馬當先,立擒下馬,纔見平生的本領。(末)爾乃一莽之夫,休夸大口。(雜)吓吓吓!(末)看帳前許多上將,沒有個曹洪的對手?(外)軍師,休長他人志氣,滅自己威風,黃忠願爲前部,若不立敗曹洪,誓不回營。(末)將軍雖勇,可惜年老。(外)哈哈哈!軍師休得輕覷老年,豈不聞太公八十,興周滅暴。俺黃忠,今年七十有二,食肉三斤,飲酒五斗。舞鋼刀光芒耀影,馳劣馬構起征塵。休言老邁,願請當先。(末)將軍執意要去,倘有疏虞,如之奈何?(外)倘有疏失,甘當軍令。先納下俺這白頭。(末)既如此,軍無戲言,先立下軍令狀。(外)願立軍令狀。(外下)(小)趙雲啓上軍師,曹洪魏之名將,更有張郃爲副,也是兼人之勇,老將當先,恐難取勝。(雜、付)趙吓!(末)軍令已出,休勞阻當。且待出兵之後,另有調遣。(外介上)呈上軍令狀。(末)此去葭萌關西首,有坐山,喚做天蕩山,乃曹操屯糧之所。若取得此山,斷其糧道,漢中可得也。軍機慎重,將軍好自爲之。(外)得令。緊控追風騎,橫持耀雪刀。(介下)(末)魏延聽令。(付)吓!(末)率領本部,抄向天蕩山北首,截戰張郃,好生在意。(付)得令。(下)(末)張飛、趙雲爲左右先鋒。(雜、小)得令。(介)(生)請軍師下壇。(末介)就請主公啓駕,直抵東川。(生)傳令大小三軍,布齊隊伍,直抵東川去者。(衆應介)

【番竹馬】疾向東川關境。(衆合)仗群豪兵當先,堪言雄勁。任奔馳急縱,逾嶺穿山,沒有些兒稍定。功勞留簿,須記着參差等。前望也似流星,多才敢效從征。此一去曹家衆武臣聞風寒凛,取東川反掌大勳成,宏開了漢室隆興。呀!幾多勇士,盡皆是沙場上屢布威名。(介,下)

校記

[1] 孔陶:"陶"字,底本作"徐",今據文意改。

世 外 歡

吳震生 撰

解 題

傳奇。清吳震生撰。吳震生（1695—1769），字長公，號可堂，別署雨村、玉勾詞客、東城旅客等。歙縣（今屬安徽）人，遷居仁和（今浙江杭州）。貢生，累試不第，入資爲刑部主事。未幾乞歸，於太平橋側濱河筑樓，名"舟庵"，以詩詞歌曲書畫自娱。著有傳奇13種，總稱《太平樂府》，又稱《玉勾十三種》。另著有《南村遺集》《性學私談》等多種。《笠閣批評舊戲目》著錄，未題撰者。《今樂考證》著錄，誤入清無名氏傳奇目。《言言齋劫存戲曲目》著錄《太平樂府十三種》之一有此種，題可堂先生撰。《古典戲曲存目彙考》於清吳震生名下，著錄《世外歡》，乾隆間刊本。今見國家圖書館藏乾隆間重刻《太平樂府》本，題《玉勾十三種》之三《世外歡》，凡一卷十三齣。劇寫漢末建安年間，襄陽貧士蔡瑁遊洛陽，盤費用盡，爲豪俠的陽翟布商趙儼留住家中。一日蔡瑁在洛陽城漫遊，見一高樓上美女——先皇乳母趙夫人之孫女趙稧華，頓然生情，托人説媒，被趙拒之。蔡瑁賣文得銀三十兩，到酒樓飲酒，偶遇未發迹的曹操，與其同飲，言談投機。時董卓亂洛，搶擄婦女，蔡瑁勸趙稧華到山南避難，同行途中二人成婚。荆州太守劉表續弦妻子蔡氏是蔡瑁的堂姐，曾向劉表推薦蔡瑁出仕爲官。蔡瑁拒絶。爲避日後麻煩，聽從趙氏言，權往他鄉貿易。到漳泉，遇趙儼，經儼説合，娶陳氏爲妾。蔡瑁得知曹操平定荆州，乃偕陳氏回鄉。蔡瑁往見曹操。曹操知蔡瑁不願出仕，賜田八千頃，資其薪水。蔡瑁廣造莊園豪宅，與趙、陳二妻盡情歡樂。曹丕稱帝，封蔡瑁爲逍遥公，二妻均爲一品夫人。當時，晉王司馬昭之親戚羊琇慕名來遊，蔡瑁納之爲婿，享盡榮華富貴。今存版本僅見國家圖書館藏乾隆間重刻《太平樂府》即《玉勾十三種》本，無標點。今以其爲底本，進行校勘整理。

第一齣 歡　　想

（末上）

【戀秦娥】【蝶戀花】人世無方無法律，況值紛爭，竟有逍遥迹。賴與鷟雄相認識，廣營別業長豐溢。【憶秦娥】單妻未快須雙匹，誕兒贅婿，憑年力。憑年力，大家在世，如斯方吉。（問答照常）

【雙魚比目游春水】【漁家傲】當日襄陽生蔡一，應虧孟德全家室。要與鸞凰成戲劇，隨這筆，嵩陽閩海遴閨質。【摸魚兒】趙嬈身其時尤極，爲朋如儷堪暱。婿將羊琇更朝代，尚可周全安佚。【魚游春水】景昇農婦聊牽率，聘既無。庸封，何必因他俗眼，常論陛黜。

小蔡瑁造屋造不已，老曹操扶人扶到尾。俠趙儼作伐作成雙，騷羊琇做蓋先做底。

第二齣 遊　　洛

（生上）

【滿庭芳】有憶情生，無邊浪士，不知何處爲家。士當蹇運，只合繞天涯。寧作他鄉贅子，勝襄州認族求哇。傷情處，瑟居無偶，虛度好年華。

（畫堂春）胸中坐着魯班師，空餘草舍栖遲。東床大有異方思，浪迹圖之。要職由他尋，我華堂欲借營私。緣何偏向有情癡，吝惜芳姿。小生蔡瑁，字德珪，襄陽人也。萬有在胷，一貧徹骨。雖叨世胄，耻説華宗。襁褓問天，家擬神童國瑞；髫齡遊泮，人夸骨彩神恬。夙慧未忘讀書，如逢故物；長才獨擅贊畫，似有神機。不幸早失二親，徒有一姊，只因世態炎凉，人情澆刻，故鄉親友，肉眼相看。故此遨遊四方，離棄桑梓。一來要借名山大川做個良師益友，使筆底無局促之形，胸中有浩瀚之氣；二來萬一有那豪富人家，要招布袋女婿，不論天涯海角，我便無家有家了。又想洛陽乃王會之地，不可不先一到。無奈擔擱稍久，盤費全完。幸虧有個陽翟趙儼，爲人豪俠，叫小生來寓在他處。咳！一出門來就有這樣好人相逢，便是小生十分造化哩。

【鶯聲學畫眉】【黃鶯兒】玉樹待兼葭，倚空欄想異葩，嬌藤合向瓊枝挂。盤纏代化，招邀賴他。詐僞人多，倒也不盡逢奸詐。【畫眉序】非夸。憑着我才名大，定有個贅孤寒的俠女爲家。

只是他這寓樓外邊，却就是個鋪面。趙兄這兩年販來的都是些南邊的綾錦綢緞、紗羅布疋，生意十分熱鬧，耳目却甚喧囂。我那筆墨之事，只好待夜靜更深略爲溫習，也還非長久之策。

【鶯足帶封書】【黃鶯兒】扃戶掩窗紗，有的是硯頭雲筆上花。家私止得些兒大，偷兒不拿。凝眸看他，胸中錦綉爭張挂。（場上設箱櫃介）【一封書】（小生上）聽波喳似蜂衙，作賈先須耐噪嘩。

蔡兄早膳過了。此間只差嚷鬧，得罪你些。小弟從前習着舉業，也最厭這光景。如今落在其中，倒也只得罷了。（生）好説。

【不是路】（净扮媒婆、丑扮幼童、貼扮書生、旦扮道姑、老旦扮尼姑上）（合）挨擠喧嘩，貴賤雌雄没帳查。（小生）要什麽貨？（貼）要上上頂尖血色大紅南京貢緞五寸半。（小生）頂尖的有，在這裏。看你尊駕不像個買幾寸緞子的人，要便總成一疋罷了。（净）自然是家裏大娘，要做睡鞋。（貼）不是，不是。要是就只消三寸了。（小生）小店帶有現成香睡鞋在此，鞋底上還畫着絶妙故事，三寸半、四寸半，連六寸的都有，聽憑相公揀買！（净）這個倒從不曾見過，俺也要買一雙。（小生）你的就要得六寸半，多一寸要貴三分銀子哩！（净）這等俺只要頂好的紅布罷。待重削就笋萌芽。（貼）倒是這們的好好搔爬。（旦）紅緞也替我剪六寸。（净）雖然榻向雲房下，（貼）一樣雙彎軟可挐。（丑）俺倒要買尺半，做個兜肚呢。（净）好哩，越顯得屁股白哩！（貼）裝嬌姹。（净）安心把背招人跨。（老旦）我還要條繋腰的絲縧？（旦）俺還要一條南京的攔額，一幅蘇州的披巾。（净、丑）疑心要嫁，疑心要嫁。

（小生）没有什麽大件，總成緞子五錢一尺，諸物二錢一件，請數錢罷。（雜數錢各持物下）（小生）生意之道，不厭瑣碎，小有小做法，趲得本錢大了，又有大的做頭。（生）也和我們一樣，小題大題都要會做。（小生）今早這點買賣，只好當耍子呀！

【鶯花集御林】【黃鶯兒】（生）他自認嬌娃，細看來不見佳，徒然裝得如描畫。（小生）這些上市的人，有什麽過得眼的。若論洛陽城裏的花容，梅花、蕙蕊或者少有，牡丹、玉蘭，也還尋得出幾千哩！富家花驕奢開法，必須金屋貯方嘉。（生）牡丹譜裏，又有那醉西粉、西銀紅上品，玉蘭之上更有瓊花，比他差些，便是栀子。小弟意思，有得梅芬蕙馥更好，果然是那白玉妃、花命婦，也罷。【集賢賓】妝點風姿愁是假，也無妨略着鉛華，微傷韵雅。（小生）倘然這裏有緣，老兄就該在這裏住了，何必定要和你襄陽人做一被睡呢！【簇御林】辨隻眼評高下，息爭嘩。只怕你饞人見食，到底口兒奓。

詩　國色誰云也易逢，大都花眼辨花容。休於空地爲高論，及到花前眼極庸。

第三齣　見　美

（旦籠藕襪高跟鳳頭朱履上）

【奉時春前】夫人去後，兀自堂鋪金綉。甚等人來，是我奉身時候。

不產華腴地，難成曼碩材。祁頎從大母，嫋嫋自先胎。奴家趙氏，小字穠華，乃先皇乳母趙嬈夫人末房孫女。俺祖母九十九歲去世，也算得福壽雙全，古今第一哩。誰知俺爹俺娘都只三十來歲就物故了，又没别個兒女，單生奴家一人，分下的錢財玉帛，雖也做得中人萬家之產，別房家家豐足，也都不來管俺，只差奴家不是男身，終久要和别人打合享用。據旁人説，俺的五官四肢，和俺的祖母如印印出，必定一等富貴，十全安樂。（低介）時下的風氣，公卿盡尚公主，王侯皆娶后族。舉世更無二色，天下率皆一妻，誰不説婦人多幸。生逢今世，（低介）就是來説俺的，也没個以下之人。無奈奴家自有家私，自有聖眷，不專圖他富貴，還要他的肺腸相貌有些與俺相像纔好。日來春色撩人，不免上樓一望則個。（登高介）

【奉時春後】小鬟剛未隨身，侍姆須教謹口。莫使識這番僝僽。

（生上）洛陽城裏原來有這許多高門大第，你看綠槐夾道，翠水穿渠，朱户粉垣，飛樓叠閣，一直連着城上，令人應接不暇，纔曉得《三都賦》《伽藍記》，做得不謬。爲人不到京師，猶如蛙居井底哩！

【紅衲襖】那裏是會流紅的舊御溝，那裏是間青槐的新碧柳。那裏是金鐶石獸朱門首，那裏是粉飾磚圍的水埠頭。這世間將相輩流，那居停只天上有。好笑俺破屋三間將就的過了多年，也來這裏羡慕他人起畫樓。

若不是趙兄攛掇我到處行走一番，空坐樓中納悶。（抬頭見介）呀！竟有王侯宅眷，在這朱簾綺疏之內，憑欄下視。（遠立仰視介）前日和趙兄説什麽玉蘭牡丹，只這一位便可謂兼而有之者也！

【前腔】只覰見看雲霞的剪水眸，只覰見靠欄杆的搓雪手。只覰見膽懸鼻觀凝脂口，只覰見雲讓眉山急把頭。可想見腹邊腰學柳柔，臆邊酥如絮厚。和他那捧着陽光待熟的蟠桃，也似筍兒般兩玉勾。

（旦掩窗介）哎呀！樓下水邊，有人立着。（下）（生）怎麽就不見了？却是小生不該在此。死罪，死罪！（作呆立介）

【前腔】雖未必女曹交一丈修，畢竟似衛家姑長白秀。決老來如來廣博莊嚴就，只今已大士風姿婣嫋流。不數那選西施范蠡儔，除非是贊莊姜詩上有。誰不知俺漢代中興，全憑那馬鄧規模，也何況民間議好逑。

（作趨走往復徘徊介）方纔樓上女子未笄，分明是個不曾受過聘的。古語道，人身不同如其面。然小生怎麼就連他的分段都一一想度出來，也不過就這面龐上推測哩。

【前腔】則當日矮東牆只露頭，比不得洛川濱教看走。却可惜半邊窗扇施關杻，一列簾帷下帶鈎。不復見粉峨峨妝面周，月盈盈當戶牗。恨殺那翩若驚鴻，又還矯若遊龍也，勇抬蓮往裏休。

（下）（旦復上）方纔樓下立着一個書生，只好十五六歲，倒也十分妍俊，足見世間看得的人，原自不少。休說我輩之中，男子裏面，尚且有如此的。不是奴家眼快，幾乎被他瞧見了。

【江頭金桂】【五馬江兒水】妖韶妍秀，靈奇眼際流。生渦頰皷，畫岫眉浮，儼香閨少艾儔。【柳搖金】想見胸中無限塵垢，可惱機鋒神俊，警慧遽抬頭，衣兜教人不及收。【桂枝香】萬一被他行覷透，他行覷透，評量詬謬，笑人面沒渠優。豈不由招取休論別罪尤。

（老旦上）小姐請去午膳。

詩　從來穠艷出膏粱，段段瓊酥白玉香。況復多財能自贍，溫柔端是俊人鄉。

第四齣　遇　曹

（小丑上）

【七娘子】醇醪腆饌花花貌，有何人不來使抄。賺盡錢財，從無煩惱，生涯全把皇都靠。

自家樊樓主人是也。自俺聚集財本，在這夢華坡上起造此樓，把各州各縣有名的廚子都聘了來，那一樣烹炮的嘠飯不奇，那一樣做法的點心沒有。真是數說不盡，叫做點牌便知。連各處載來的美酒，也有百十樣名色。況且左右都是賣香粉的，對面都是種花樹的，背後都是教梨園的。客人走到此地，他的耳目口鼻沒有一件不受用了去。所以，無論貴賤都來買醉，生意日盛一日，田莊年增一年，合夥朋友個個發家了。再是街坊婦人都來斟酒，挑腿捻脚，近前小心。還有少艾男子，舉體自貨，絕無羞澀，進退恬然。京師裏面，雖有幾千班庵酒店、花茶坊，那裏趕得俺上。今日是個上巳之辰，人家宅眷，都來這河邊祓除，湔裙子洗脚，帶來喫酒的人，越發多幾倍哩！（小旦、旦扮女）（小生扮男上）（合）

【前腔】區區性子本來騷，打扮將來又忒煞嬌嫽。他個火燒錢財當糞抛，不怕冤家全不要。

（小丑）你們昨夜遇着一連幾起，都是金剛似壯漢，虧殺有這本事，今日仍舊起得恁早。（小旦、旦）也只爲要銀子，無可奈何！（小生）我今日何曾走得動哩！（老旦、旦）俺每比你還多一椿，怎麽倒不像你！（小生）你們四五十歲了，我纔十四歲哩！（雜扮婦洗帶介）

【梁州新郎】（生上）行纏争洗湔除憂惱，是助歡娛材料。把杯遥吸，稱（去聲）心香入醇醪。願年年似玉，歲歲如花，不見他們老。日生年長也又妖嬈，盡到河濱任客瞧。坊巷婦來親好，野鴛鳳得空還頻效。嗟聚散最難料。（坐介）

（小丑）這頭一座，相公莫坐！（生）且待別客來時，有該讓的讓他。（小丑）要點幾十碗菜？（生）有都拿來。（背介）見我衣衫不麗，故爾輕薄。幸虧昨日趙兄，替我賣一篇文，有三十兩銀子在此，本意在此小酌，如今待別客來，揀有趣些的邀來同飲便了。（雜下）（丑便衣小帽扮曹操、雜隨上）

【前腔】英雄在世須謀歡笑，尋取燒丹人竈。肉廳修養不須論，大樹柔條，於心無負始是豪。賢香履真堪寶，未能如願也且逍遥。市上傾杯學老饕。

（生遥望背介）呀！這一位非是等閑人也。（丑）客人請了。（生出位打躬介）請問大人尊姓大名？（丑還揖介）具位姓曹，賤字孟德，家住亳州。請問貴客？（生）晚生蔡瑁，字德珪，襄陽到此。諸位先生，台甫都要請教。（外）小弟王真。（小外）小弟郝孟節。（净）小弟甘始。（副净）小弟郭延年。（末）小弟封君達。（副末）小弟冷壽光。（老旦）小弟唐虞。（老生）小弟魯女生。（生）大人虎步龍行，諸君風流飄逸，今日拜見，三生有幸，便請大人上坐，晚輩與諸公陪侍。（丑）豈有此理。先來後到，各有坐席。你既先來，坐好在此。我們怎麽攙奪起來。（外等）散東正就相僭弟輩，亦復不可。（生固讓介）一定求坐。（丑）這位先生既然如此謙光，大家都是知己，我們也不必深遜了。（作坐介）（生）不知大人到來，只備肴饌三五十品，千求勿怪。（丑）既然如此，也就够了。這該我們奉請，怎麽倒擾起來。（生）大人不棄，殁身之感。（旦、貼斟酒介）（生、丑等合）

【節節高】家中坐不牢，樹難摇，把珍珠當米尋門糶。（就生、丑搥腿介）（生、丑等）年還少，價不高，身頻靠。可憐求就人懷抱，嫋娜親附身長䠒。（旦、貼）得共潘安一絞纏，貧而不怨寧圖抄。

（丑）你雖然不但圖財，我們却不忍看你窮苦，酒錢是蔡相公會了，我一個人賞你一個元寶罷。（旦、貼）爺不進去換衣裳，小的們誓不領賞。（小生就丑捻腿介）（生、丑等合）

【前腔】生妝嫂嫂嬌，忍嚎咷，如何比得寬袍襖。（小生就生捻腿介）（生、丑等）教嫗媼妒妖韶，抓下道，只愁久後垂胡獠，再逢自己添憎惱。（小生）且趁年華做奶奶，享他愛眘弘多料。

（丑）你比他們少一件，只該賞半個元寶。也罷，那一件另有個取用也，是五十兩粉光。（旦、貼、小生叩謝下）（生向丑介）晚生細看大人，真正是個治世之能臣、亂世之梟雄。如今無事，不敢通謁。以後相逢，萬求周濟。（丑拊生肩介）既能知己，決不食言。咱們一路去罷。（生）酒家收了帳去。（小丑）來了。（合）

【尾聲】片言已定終身約，豈必待黃金到手始成交。只引那劉毅求魚可擬曹。

詩　人須辦眼識英雄，難說他年沒處逢。偏是殺生威福手，片言簞食刻丹中。

第五齣　遭　亂

（老旦扶拐、旦扮村婦、小旦扮公子抖行上）大家快走，那遠遠鼓聲，又是董兵來了。（老旦旋走旋說介）俺老人家替你們作主意，你們略待俺一步兒。（小旦）這們一個花團錦簇二百餘載的京師，被這魔王走來攪得稀爛。（旦）說是他威逼妃主的時候，也一個一個都剝光了。（小旦）還叫那呂布，把皇后娘娘和上品夫人的屍首都掘出來，水銀灌着，面目如生。他親自去相看，那一處不摸弄到也，和那西京的赤眉賊一樣哩！（老旦）要曉得這都是中興皇帝用那綠林諸將，跣剝婦女，無復人理的報應，不然何至於此。他的娘女，後來又不知喫人怎的取樂哩！（旦）聞得他一天要喫一隻牛，所以一天弄得幾百個。（內放砲介）（老旦）不好了，快走快走。（小旦）如今尋着好婦人，都捉了去。醜些的一概跣剝了，往野地上趕哩！（旦）男子呢？（小旦）男子十個倒殺了九個。（旦）像你這一個，他也未必捨得殺。（小旦）也和你一樣，不過捉了去戲。（鼓響介）（疾走下）（淨領衆上）（合）

【三棒鼓】一州太守入京城,便把這大内都頑也,許那個藏形露影。鄽中笑聲,牢中裸形。你若要拂我情,只瞧那皇甫肥臀也,咱這裏麻繩現成,荆條現成。

俺董卓。連日遣將搜牢,誠恐他們私有隱匿。所以統領心腹,自己串遍街坊,急急挺鎗揮斧,開路前去。(雜)得令。(作繞場疾走介)(下)(老旦等復上)我們纔轉西巷,他就出東街來了,造化造化。(小旦)萬一被他撞着,你這會壓在那大肚子底下哩。(旦)大肚子正好把你當馬騎呀!(鼓響介)(老旦)快些隨我躲避,休得苦中作樂。(下)(净、衆復上,挺鎗繞走介)(合)

【倒拖船】綿團臍肚騎來硬,皆因挺着風流柄。風流柄,誰憐斷送夫人命。孤威教要風行,莫消停,儘縱橫,把兒童當馬也娛情。(下)

(老旦等復上)(旦)鞋遜了,等我一等,纏好了腳再走。(小旦)你心慌了,纏的不緊。等我替你代勞。(旦坐脱腳介)(老旦)男女腳手不親,還是我老人家來。(鼓響介)(老旦)快走,快走!(下)(净、衆復上,挺鎗繞走介)(合)

【錦上花】馬到不須驚,馬到不須驚,惜玉憐香有我擔承。捉將來,捉將來剝他一個乾乾净。(下)

(老旦等復上)(旦)尿也駭出來了。罷罷罷!聽他捉了去罷,跌殺也是一死,壓殺也是一死。(小旦)寧可我駄着你走,也不可恁没志氣。(下)(净、衆復上,挺鎗繞走介)(合)

【前腔】拿到便行兵,拿到便行兵,不用攛拉方見才能。好筋鎗,好筋鎗,怪不得通家敬。(下)

(老旦等復上)這裏有個陰溝地洞,我們權且鑽下去,躲他一躲,息息力氣。(小旦)只是我要被你們夾壞了,却怎麼處?(旦)啐!嚼你的舌根。(老旦)小猴兒作死,連我也放不過呀!(下)(净、衆復上)(合)

【前腔】極感那閹丁,極感那閹丁,和那迂儒結黨連盟。召吾來,召吾來,做真主承天命。

詩　生死皆因劫莫逃,全牛精力逞風騷。虧他皇甫能枵腹,留得臍中不盡膏。

第六齣　載　淑

(生上)

【西地錦】長路倉忙隱避，而今漸展愁眉。何期遭亂，翻如意山妻，載取言歸。

小生自從前日在那樓前經過，舉頭一看，深愜生平，隨托趙兄設法訪問，知是趙嬈孫女，果然體態無雙。爭奈重托媼媒，往彼述其所以，據那小姐口氣，似已窺見小生，笑言呀呀，不相憎惡，單嫌家在遠方，不知門第真偽，決意不許，更覺傷情。誰料皇天不弔，故國垂亡，弄個董卓進來，滿城盡遭污穢。幸虧賊未進城，都已逃在莊舍。小生因遣進言，山南可以避亂，竟蒙賤荊欣然俯允。剛纔悄悄送過聘去，便叫他的家僮，推着幾輛車子，盡其金寶，交付押行。又承趙兄盛意，贈我一個保標俠士，一路假妝異扮，受盡無限委屈。今幸已抵州界，似乎可以放心。我想這一番亂離，多少富貴人家娘女妻媳，被人摟抱了去。小生何人，得以如此，真該謝天謝地哩！（旦車上）

【前腔】當日薄其孤寄，只今日泥（仄聲）描眉，開場便演團圓戲，長途遠賦于歸。蔡郎，這邊到俺家裏，還有幾十里路呢？（生）不上一百里了。（旦）我想數月已前，你叫媒婆來說，嫌你山州僻郡，不見世面，誰知如今躲亂，倒難得這個所在呢！（生）只差小生寒陋，和小姐配對不來些。（旦）杜麗娘說的得便宜偏會撒科就是你哩！（旦）

【畫眉序】遠颺慶雙飛，豈意而今苦相依。似在場生旦，捏合夫妻。（生）你爲我家國都捐，我爲你形骸甘棄。（合）只須打叠眠高日，朝朝共作情癡。

（旦）我有這些侍姆、媼監、媵俾、家僮，你那家裏安得下麼？（生）不瞞小姐說，卑人一貧如洗，僅存草屋三間。却虧古語說道，有錢一朝辦，無錢空自忙。如今伴了小姐，有的是錢，連夜添蓋草屋，隨即起造大房便了。（生）

【前腔】何處不相依，比目形骸係。天界擬同行同坐，寸步休離。（旦）處貧賤尚怕孤眠，享富貴知難獨睡。（合）便茅房也可權栖息，須知不礙春嬉。

（旦）一路受盡驚恐，飲食又不得佳，你只曉得多情，全然忘却疲倦。到家之後，原要保養三日五日纔好。（生）自從起程以來，處處逢凶化吉，全仗小姐福命，如何尚敢言勞。（旦）

【神仗兒】伸腰展臂，伸腰展臂，都虧了神人做美，纔來此地。（生）報恩誠難自已，虔將牲帛，廣持筐篚，酬濟困謝扶危。（合）酬濟困謝扶危。

（旦）男兒志在天下，雖是古語，爭奈此時已無共申。大丈夫不能雄飛，便當雌伏，却不可希圖爵祿，命懸他人之手，未知蔡郎意下何如？（生）小姐

主見如此，真是卑人匹偶。況有這點東西，儘足自奉，要那俸祿何用？（生）

【滴溜子】神明的，神明的，扶持到底。（旦）成佳話，成佳話，有頭有尾。（合）拚把牛衣拘繫，俺們縮進頭，休要起。莫做那伴狼羊，遭他迅威。

（生）着一個人打前站，先去照會鄰居，掃屋伺候。我與小姐慢慢趲行使得。（旦）也要叫一個能幹的去。（合）

【尾聲】今宵更整鴛鴦被，自古道新娶歡娛讓遠歸。況本是一路裏同來，到梢頭盡暢美。

詩　倉皇抽得孟光身，方苧方苞正可親。碩儼雖存貧且老，夜船偷放笑巫臣。

第七齣　劉　征

（外丞相帽引從上）

【青玉案】官船拉到仙人處，罾共網皆漁具，不許漁翁稱舊主。山兒相對，水兒相與，請出酬知遇。

下官荊州參政是也。俺主公劉表，都督荊州。恰值漢亡，因而自立。雖用封疆之舊號，實操征伐之威權。繼娶蔡氏夫人，十分得寵，說他一位堂弟，近從京洛歸鄉，夫婦二人，農桑爲業，其實胸藏經濟，可秉國鈞。主公聽着大喜，特着下官人等賣捧誥敕冠帶到來，即日請他出去。來此已是，不免徑入。（生、旦同上）（生）

【前腔・換頭】桃源未許他人渡，只恨桃花留不住。（旦）此策思之真不誤，碧紗窗內，兩人相顧，（合）遙指洲邊路。

哎呀！怎麼一位官人，驀然來俺這裏。（外）這就是舅相公舅夫人麼？都請台坐了，容小官拜見。（生）豈敢，不敢。請問相公何人？來此何事？（外）小官荊州老臣，只因府上是主公骨肉至親，特特差遣到此，請相公出去作官。（生）家姊丈錯了。古語云：工欲善其事，必先利其器。小弟這肚子裏邊，從不曾備辦那做官的家伙，怎麼去得！

【一江風】過荒居，草徑回仙馭，鹿豕驚相覷。莫嗤予窄小柴門，湫隘茅堂，馬首無旋處。（外）休言此賤軀，今真是貴廬。卿與相，於中貯。

夫人也要發狠擻掇纔好。小官來的時節，主母又叫進去吩咐，替我再三問候弟媳，鳳冠霞帔也帶在此。（旦）粗衣布裳慣了，穿着那樣東西，倒要如坐針氈起來。

【前腔】謝家姑要把殘生護。不必青雲路，只容吾玩水遊山，種稻栽桑，便勝洪鈞鑄。（外）天機轉轆轤，陡然披翟褕。國舅婦，爭穿布。

求將誥敕驗收，然後擇期詣闕。小官先去復命便了。（生）相公且請便飯了去，誥敕要求帶還，愚夫婦只因是這草野之性，所以連家姐官裏那們齊整都没有來張看張看，曉得做官做府是怎麽個行移。（拉坐上酒介）（旦離席遥坐介）

【梁州新郎】松陰低下，豆棚寬裕，只喜同人歡聚。冠裳蓑笠，何妨偶爾相俱。（旦）自家雖有血屬，親人身在恩深處。惟於室内相夸詡，不敢來前共宴娛。（外）恩眷厚，人難遇。奈伊人愛懶憎忙，惟喜誦衡門句。

舅相公與舅夫人有所不知，主公只因任用外人，都欠心腹。所以聞得有個至親，十分歡喜。如今必要拂了他的盛意，却怎麽好！（生）若論至親，還有舍弟舍侄，小弟已隔一服了。

【前腔】（旦）山間遺老，村中愚婦，僅可栖遲蓬户。朱門深入，幾同野鶴歸歟。（生）烟簑襤褸，雨笠摧殘，不似彭州父。野人供膳合羹魚，縱有侯鯖不療癯。

（外）小官悟到了，相公恐當事任，反爲令弟令侄所妒，故此見幾而作。（生）非也。信用舍弟舍侄，就與信用小弟一樣。感情相公是個明人，只煩婉轉辭謝便了。（外）我曉得了，不勞囑付。

【節節高】（生、旦合）田間伉儷，俱也欣愉。敢煩轉向姑娘語，匡床踞，掌上趨，身相互。倘思猿鶴江邊住，惟封美酒差人去。（外）更言既屬，懿親行歌聲，惟把華封助。（下）

（生）劉姐丈這人，非不長者，無奈過於忠厚，兒子又生得不濟。我那弟侄何曾真諳世務。據我看來，不日就要喪敗。所以尤其出去不得。

【前腔】（合）當年已再甦，仗天扶。吉凶在我能逃數，只要神呵護。比秀軀，追蓮步，遠勝人國將身與，池魚也抱城門懼。

（旦）我想官雖被你辭脱，他們將來日漸多事，到那計無所出，甚至又來問你，替他斟酌，他不能行。推個不管，他又惱恨。不如我守着家，你收拾了本錢，權往别處貿易，倒是一個主意。（生）小姐十成高見。

【尾聲】前程悉聽神吩咐，好將心事告靈巫，只羨鴛鴦不羨狙。

　　詩　雖緣懼内厚儂家，豚犬爹娘未足夸。王浚劉虞同一輩，不如各自守桑麻。

第八齣　贅　閩

（小旦上）

【破陣子】鳳詔惟宜平世，鹿門矢志芳年。主院比聞先有美，不倚豪門損慧賢。何妨並枕眠。

寒芳陳氏，生此漳泉，家雖累世癯儒，手出千般花樣。幼而茹素，竟體清芬，鄉有諺言人多皎雪。所嫉土風重富，誓惟處子終身。須養慈親，聊依綉局。不意陽翟趙老來此製衣，述其妹婿蔡生，欲求繼室。趙既慷慨重義，在在立名。蔡由逅邂相思，心心同夢。奴家感其知己，只得慨許聯姻。豈料結褵之後，始言正室原存。無奈合卺以來，與彼才情最契，理無改易，恩且加深。偶遇暇時，仔細一想，蔡郎欲遂其事，亦復不得不然。奴家應係夙緣。却喜同僚知趣，據說起來他先到的尊夫人倒比俺小兩歲。爲今之計，但有姑聽下回分解也呵！（生上）

【前腔】既有姚黃當夕，復同萼綠爲緣。益覺冠紳如桎梏，第向中閨閱歲年。（做手勢介）便宜這兩肩。

小姐拜揖。（小旦）相公萬福。（生）舅舅今日必來，該備好茶伺候。（小旦）請問相公，俺這舅舅，是同堂的，是嫡親的？（生）那裏是什麽親堂，只因兩邊做人都好，算來又是同姓，便就結爲兄妹。（小旦）怪道不怕妹子生氣，又就替你做媒。（生）這倒不然，本知妹子賢慧。（小旦）如此說來，俺以後不消常見也罷。（生）說那裏話。他與繁欽、杜襲通財合計，合爲一家，把各人眷屬，都團在一所屋裏。自有天地以來，人家的親兄弟不曾有比得這三個的。有了這樣朋友，連自己的親族刁惡都不怕了。我如今帶着本錢，到此貿易，又難得十分湊巧，他也恰恰走來，事事叨他教益，所以獲利數倍。他這幾家娘子，也都不避我們的。人生在世結不着一兩個真心人物，便是他前世未修哩！（合）

【玉芙蓉】家私頓勝前，彼此休分辨。守原謫規矩，緯以機權。渾家即未都明善，夥計心同拆不穿。南家變北，來謀萬全。便同居終年，相見越相憐。

（小生上）妹丈賢妹，連日都安好麽？（生、小旦）托庇無事。（小生）特來報你一信，魏公丞相自領雄兵，前月十二，已把荆州下了。（生）孫家倒底弄他不過也，原不脫我輩所料。（小旦）俺哥且請坐了，一面喫茶，然後細說。

（坐酌茶介）（小生）

【前腔】輸他一着先，及早乘長便。憫劉家豚犬，面縛軍前。一絲既少扶危纜，萬櫓偏多下石船。機如箭，料曹公用權，必因而直侵江左竟長川。

聞得樓船齊備，即日乘風直下，竟抵南京，眼見得將來天下一統也。妹夫前日既與此公一面，家口必獲保全。令甥又嫁孔明，也該趁此回去，整頓桑梓。況且小弟前日替你沓的那些洋貨，必須一路去賣，方纔可致不貲。賢妹雖有族屬，並不曾見相顧，竟該連這老堂一同攜帶了去，凡事當決便決。哥哥回去，就替你寫船哩！（小旦）多謝俺哥，再到何處相見？（小生）我們都不曾老，相見的日子不愁沒有哩！

【前腔】人兒有在前，怎遂他鄉願。趁姻親，滄海歸受桑田。（生）為文到處粗完卷，喫酒常時喜換筵。（小旦）歸去看嬌面，伴中閨麗娟。但求他心兒，也愛妙纏綿。（小生下）

（生）小姐快用了午膳，和丈母收拾他起來。這個舅子，性是急燥的呢。（小旦）把你帶來的家僮和這裏新收的嫗婢，派下一個名單，某人交與某事，路上就無差錯了。（生）我的渾家，個個停當，怪不得我自贊。（小旦）未必。（合）

【前腔】容顏不枉然，能幹諸般便。記長途要語，密析為先。管勾貨產全憑券，失去些微亦費錢。為家眷有郎君俊妍，再幫伊做成事業更新鮮。

　　詩　泉男漳女舊知名，移得寒梅伴玉英。休辨傖言和鳥語，溜圓但請別鶯聲。

第九齣　平　荊

（丑丞相帽領衆上）

【鵲橋仙】孤心難已，鼓鼙旋動。烈士暮年作用。機謀運處鬼神通，看老驥一嘶奇縱。

孤家一舉便取荊州，以彼之昏，當孤術數，這也不足為異。只說篩酒臨江，橫槊賦詩，固一世之雄也。問軍正江上帳房，已曾懸燈結彩沒有？（雜）都齊備了。（丑）

【番卜算】月朗覺星稀，鵲噪軍營動。山何竦峙水澄澄，大戀鍾鸞鳳。

俺想少年無聊，還往酒樓買醉，不期竟有今日，海內媛嬿，充滿一室，冗散未齒，為數尚多。俺那夫人，懂得閨房曲念，乃人大戀所存。又能泛愛容衆，替俺藏垢納污。只消董卓的女兒，呂布的妻室，這兩個都被俺弄了來。說得起一句俏話，今年殺賊正爲此奴。便見俺前後行意，於身未嘗有所負也。所以這番出兵，單單帶他二位來。可惜喬公那般知己，兩個令愛偏不在俺身邊。（笑介）倘能掉臂取之，須是托在掌上，頂在頭上，方纔報答得他令尊的雅意。不比贖回的文姬，聽他輕輕去轉嫁了。昨日聞得酒樓相遇那個蔡瑁，娶得趙嬈孫女回鄉，住在蔡洲，單身往外，家事付妻，已着張家呂家二位愛寵，帶了許多禮物，親去看他寶眷，幾日還不回來，是何緣故？（淨扮董張氏、老旦扮呂，濃施脂粉，籠藕襪，高跟鳳頭朱履上）相公萬福。（丑）二位賢卿辛苦。那趙氏才調如何？也還可以扶助丈夫麼？（淨、老旦）蔡大娘十分賢慧，萬分相愛，苦苦留住，同宿兩宵。説等丈夫回來，就叫他赴闕叩謝哩！（淨、老旦合）

【傾杯玉芙蓉】【傾杯序】俺等三雌没個雄，共篳申隆重。叙説滄桑，互視周身，旋止悲傷，共慶遭逢。【玉芙蓉】説婦人身，總該與高才用。莫念那不學無能賣餅傭。度盡英雄種，被千般侮弄。那夢魂也還知，勝似蠢家公。

（丑）他未必如此説，是兩位賢卿恩愛過情，有這些話罷了。（雜持貼上）門下末生蔡瑁，叩謁軍門。（丑）快請進來。（生進見拜丑自扶起介）德珪如何到得恁快？（生）向因劉氏不知順逆，故而避地出遊。今知大軍刊定荊襄，趨歸上謁。（丑）已差兩名小妾，去候你家婦人，同宿兩宵，方纔復命。左右看坐。（生）公相在上，蔡瑁不敢。（丑）微時相與，休論尊卑。（坐介）蔡相公到此，無以爲歡。帳下熊羆擺齊對伍，極力廝打一陣，等他看看孤家新書上的兵法罷。取酒上來者。（淨、老旦上）（生跪各福介）（丑正席、生左席）（淨、旦擁丑）（面南俱坐介）（內放紙砲起鼓）（兩陣對立介）

【水底魚兒】鼓角雷轟，新書奏凱功。原如兒戲，試看鬥狼熊。（酣戰介）（丑）

【對玉環帶清江引】【對玉環】恃僻忘窮，今來不放鬆。斂鋭藏鋒，重圍但一攻。（淨、老旦）謀臣計也瞢，武臣力也忙，曳犬牽豚齊聲怨主翁。【清江引】（衆軍）上天入地俱無縫，白把江山送。（生）聊酬故主知，莫爲狂宗痛。願掃盡嫽備，罼焉復一統。

（內鳴金止戰）（生起跪介）軍機警速，就此禀辭。（丑扶介）孤看德珪，了無宦興。主簿檄諭有司，撥繞基田八千頃，資其薪水。（生跪丑扶起介）謝了相公。（丑等入帳）（雜俱下）（丑攜淨、老旦手介）二位賢卿，離了孤家數日，便覺稍欠接洽。今日功成計定，美景良宵，可把那幾日工夫，大家補上，纔算

得天上人間，第一場賞心樂事呢！（凈、老旦）但憑尊意。（丑抱凈一攧介）

【朱奴兒犯】親家母尊翁似充，（抱老旦介）老關也想殺尊容。（凈）是俺親親力氣中，（老旦）幾被俺董氏姑專寵。（丑）此際一裘融。（凈）做姑齒長該多幾刻工。（老旦）莫謂奴猥艩，屢遭伊手奪蓬鬐。（合）

【尾聲】今宵輪轉相持捧，前復後朱唇幫哄。還要把粉塊金蓮賞個空。（老旦）他何曾不把轄下諸君宅眷通。（扶凈、丑肩下）

詩　雙姝並許稱心眠，亦泄劉家塌帝冤。遙蔭蔡洲皆實事，不過增飾想當然。

第十齣　家　慶

（外過臍長髯上）主人高隱僕清閑，自號神仙第二班。混迹漁樵攜老嫗，一同濯足看巫山。自家非別，蔡相公家鈴下蒼頭便是。俺相公拿了大娘本錢到福建買的洋貨，十分趁錢，又就帶了個二娘回家。恰好曹丞相來，倒賤買了莊子無數，這便是二娘福氣。相公拿定主意，以末致財，以本守之。只是當初娶俺趙氏奶奶，竟在路上成親；及至娶俺陳氏奶奶，又在他家入贅，都不曾成個體面。（笑介）天下有這樣出奇的事，大娘和俺相公同年，二娘長俺相公兩歲。兩位奶奶年紀雖則不同，同月同日生的。今日是他們誕辰，俺相公要大開筵宴，補行大婚之禮。大廳演戲，是不消說。房廊各處，都叫挂齊了燈。那些來討喜包的瞎婆，慣喫喜酒的媒脚，也就挨擠一個臭厭。道猶未了，相公出來哩。（生、旦、小旦同上）（合）

【桃花菊】道途中喫交杯未乾，草房中展鴛衾未寬。趁這日兩生辰拜酬天贊。每一胞裝四子，只要在今宵這番。

廳上一切都擺設停當了麼？（外）儐相久已在此，連香燭都點上了，只候相公、娘娘行禮。（二末扮男女儐相）請新貴人展身齊步，拜謝上天。（生、旦合）

【惜奴嬌】無福誰堪，把雙嬌一俊，絆並雕鞍。更番鬥筍，壘叠交歡。（末）福拜興，福拜興，福拜興，福平身。請男貴人回身轉步，拜見新娘。（生）恩山。啓後承前由能幹，薄綰巾不辭頻盟。（末）揖拜興，揖拜興，揖拜興，揖平身。（旦、小旦合）覺汗顏，未把卿卿吝惜，反辱夸譚。

（副末）請女貴人回身轉步，互相禮拜。（旦）

【前腔】心寒滑，倒蠅團。謝尊崇推遜，反令摧殘。（副末）福拜興，福拜

興，福拜興，福平身。（小旦）蒙恩喂吐，相知不敢言慚。（副末）請女貴人回身轉步，拜見新郎。（旦、小旦合）爭瞞，共氣同聲無忌憚。（副末）福拜興，福拜興，福拜興，福平身。（旦、小旦合）耀花人油光傘。

（末）三位新貴人，請坐富貴。（生、旦坐）（副末用繩連三杯）（置棹上介）請喫交杯！（生、旦互飲介）（末）懷胎復拜堂，奶奶況成雙。賞物承加倍，榮華萬代長。（副末撒果介）包頂長生果，嵌緊合桃瓢。將來撒進帳，意義好參詳。叩謝相公，恭喜娘娘！（下）（旦）陳姐姐你的尊庚大我兩歲，外邊的事，雖然僭了，以後我自叫你姐姐。到了私處，一概要你占大。（小旦）休說，姐姐先來，你大也比我大幾圍，重也比我重一秤，我止僭你一點點兒，就該罰我抱脚哩。（生）我有一個調停，以後他叫你妹子姐姐，你叫他姐姐妹子罷了。一個人一年，向前站右。（旦）明日請娘出來定奪。（小旦）等姑娘來問可不可？（生）我自到門廳陪人飲宴，你們就在這裏擺酒便了。（下）（丑、小丑扮瞽女抱琵琶上）二位娘娘，恭喜長命富貴，百子千孫。今年就一個人生兩個。（旦、小旦）有勞你來。（丑等彈，合）

【黑麻序】自嘆愚頑，一猥衰夫塸尚不能觀。怎如斯造化，共郎成娶。舒攤相看儘手扳。摩娑任側翻，没遮攔，全靠這秋波尖利，有選無刪。

（净、老旦扮媒婆上）恭喜二位大娘，今朝千秋華誕，會齊花燭洞房。我們來伺候拿燈哩，比那平常結親包兒，是要加倍的。（旦）爲何？（净）兩位新人一齊上牀，一也；一向零支，今宵整頓，二也。（老旦）聽見新官人賀壽的禮物，是天師杜光庭驕龍杖一條，岐國公鐵了事一件。（小旦）不許嚼舌。（净、老旦合）

【前腔】稱贊，久霸媒壇，這成雙織女没有扶慣。把鬆殘裙袴，重復牢襻。刁難，照舊的金蓮遣換看，只那件爭先莫撒酸。

（生上）外邊戲也完了，兩位娘子進房安息罷。（丑、小丑）我們先回避了。（下）（净、老旦）掌燈送入洞房，外面好生吹打。（作送到介）（净、丑下）新人標致不爲奇，倒是這個新郎叫我垂涎。幾時再攛掇他娶幾個小，且打攪他些殘湯剩水。（生）今夜既然補行大禮，一切規矩都要照依一樣。二位小姐，不要性急。（小旦）誰性急哩！（旦）好不識羞。（生）

【錦衣香】把帶寬，將鞋換。抱玉山，歸紗幔。總卑人出力，陪工照前。休算，惟須逐件做輪翻，防爭次序，日久譏彈。（旦）儘君閒戲玩，婦人家真可羞慚。（小旦）非做風魔漢，又憎呆板，君須不許把頭顱鑽。

（生）卑人今夜正是喫蟠桃宴哩！

【漿水令】看蟠桃漿多肉甘,祝雙成胎宮白丸。(旦)父娘生就與人餐,黛眉短短,怎蔽羞顏。(小旦)工嘲弄不厭煩,和你踢他牙齦關。(合)非夸口、非夸口,成仙世間。相纏絞、相纏絞,裏化潘安。(生)

【尾聲】真須舉子皆成孿,(旦)飛雪瀑,(小旦)須教盈罐。(合)這是天知皇帝許的,對人言有甚蹣跚。

　　詩　　罕聞正副共交杯,同日生辰更妙哉。賀禮值錢如此少,明珠送入蚌中來。

第十一齣　興　工

(雜扮木行搖船上)

【縷縷金】裝竹木送鄉親,好心。無別樣,貨乾陳。指日成輪奐,助成高峻。不常走到擾東君。知他決不吝,知他決不吝。(石行搖船上)

【前腔】裝石片送鄉親,好心。無別樣,没絲紋。指日成甃玉,助成高峻。不常走到擾東君。知他決不吝,知他決不吝。(瓦行搖船上)

【前腔】裝磚瓦送鄉親,好心。無別樣,似堅珉。指日墻千堵,助成高峻。不常走到擾東君。知他決不吝,知他決不吝。(灰行搖船上)

【前腔】裝灰土送鄉親,好心。無別樣,細而純。指日光如鑒,助成高峻。不常走到擾東君。知他決不吝,知他決不吝。(油行搖船上)

【前腔】裝油漆送鄉親,好心。無別樣,貨都真。指日看金碧,助成高峻。不常走到擾東君。知他決不吝,知他決不吝。

　　自家襄陽河下,一個木行便是。自家襄陽河下,一個石行便是。自家襄陽河下,一個瓦行便是。自家襄陽河下,一個灰行便是。自家襄陽河下,一個油行便是。只因蔡相公連年建造華廈,有一段田就有一所別業。又總在這洲上飛馬往來,一日可以走遍,故此取個總名,叫做快樂仙宮。他的貨又消得多,他的帳又從不挂,他的天平又准,銀水又足。所以不等照會,挨着時候把船裝載送來,與他送貨。來的又從不叫空過,畢竟喫個泥醉挺飽,真正長厚人家。列位請了。(雜)請了。這樣人家,等他代代做屋纔好哩!(生柱拐上)

【菊花新】縱無陸媼爲監巡,俺這青銅海不貧。婢膝似魚鱗,還要住貼身床趁。

　　小生成家之後,不覺中年以往。當時曾望子女,今日嫌他太多,連這些貼身橫床來依托的下，妻也一個個生育不了。只得把這四五十處的田廬草舍，都改做花園亭館，分與他們去住。却要吩咐，作頭砌墻之時，四圍都用青石，結角方纔美觀，又能經久。（雜）蔡大先生，請了。（生）列位，今日又送貨來了麼？一路遇着雨雪哩，快些到作場裏面去坐，叫人熱菜頓酒。（雜）次次打擾，不當人子。多謝多謝。（生）用完酒飯，叫管工的收數上帳便了。（雜應，俱下）

【古輪臺】好鄉鄰，諸行諸匠獻殷勤，富饒未可全忘分。肉和蕨粉，魚煮江蓴，僅免勞人饑饉。不是我過於好事，玉軟香溫，花嬌柳嫩，怎於草舍展芳裀。今番華整，要玉人盡展眉顰。況還有山光染黛，濤聲漱齒，松花點鬢。金屋在，荒村堪長隱，朝風暮月當饗殞。

（末、副末扮工師腰斧持鋤上）相公，請拜魯班，澆酒化紙。（生拜，二末焚酹介）（生）二位阿師，各敬一杯者。（遞酒各飲介）

【前腔】歡欣。一自昔日成親，俺對半拙婦愚夫，齊行佳運。使鬼勞神，那錢穀堆山充牣，天與多情蕩愁滌悶。本來原是泛常人，兒孫警敏，只讀書誰去圖君。興茲百堵，爰居爰處，歌號休問。婦子笑言春姑歡蠢，竹苞松茂靠良辰。

（末持一木作削勢介）動手施斤斧，千年富貴春。全憑魯班口，叫出衆麒麟。你老人家，這們十分盛德，我要你此屋一千年不換人家。（副末鋤地介）破土在今日，遍告五方神。狀元和宰相，都要宅中身。你老人家，這們十分盛德，我要你此屋一千副紗帽圓領。（二末合）

【不是路】野性能馴，用的是班師舊斧斤。百工齊奮，報君厚道使錢人掌兒伸。你看指日重樓上入雲。木千根，鋸來絕不差分寸。城磚貼襯，城磚貼襯。

（生）別家五日一接茶，我是三日一次。（二末）有興，有興。

【餘文】亭臺變，耳目新。要竊附雅人高韻。怕的是剿襲時賢泛套文。

詩　才人定喜造花園，況有名姬駿馬存。記得此間興筑事，從今不數習家盆。

第十二齣　拜　爵

（生上）

【北新水令】非是俺一鴻貪擁兩家光，要拋離這烏紗業障。若待戴殘方叫苦，定知未戴便思量。到如今脱鎖辭縲，還愁他放不過要忙追上。

老夫居屬吳疆，親有蜀相，且喜容我不仕，連這故漢長水校尉，今也不稱了。却笑魏國嗣君，在那裏十分贊嘆，竟差了去年進宮，自稱天神，要輔國家的那個壽州女眷，齎詔前來授我個什麽虛衘官爵。我料吳蜀終爲彼有，不好顯拒，只得暗地衹受。剛纔他的阿公上賓了，接下又是他的父皇晏駕，足見人間可哀。此生如夢，做了皇帝，也只因辛苦勞碌，不及俺種田的耐久。何况於官想來，這位堂客原是個絶頂會弄空頭的，分明他慣種田，要來俺這所在，看看與他同異，擷掇孤老，行這件事。且待他來，看是個什麽人物？（笑介）呵呵！（旦、小旦上）

【南步步嬌】把實意真情都認做虛喬樣，一概相回抗。説是官來兆不祥，官就飛來，吾心不向。狼籍好風光，不教點綴農莊上。

相公萬福。（生）二位小姐拜揖。（旦）那個娘子走來，我們這個樣子，怎麽與他見禮？（生）又來了，你倒是見過大大世面的，他和我們如今一樣，也是世代種田，只怕連脚也不很小。他不怕見你，你倒怕見他哩！（旦）離京日久，那些體統行移，都忘記了。（淨濃施脂粉，籠藕高跟鳳頭朱履，扮天使）（末扮禮官捧軸上）（淨）

【北折桂令】祭烏紗要酒須漿，雖然是幾句空言，值得你玉醴金觴。篩貴妝榮，驅貧逐賤，又不叫釀苦生忙。仗君威好照管這黃金白鑞，請看他排雙翅爪舞牙張。不許你義背情忘，怨把恩償。只俺這蹴金蓮賫敕欽差，古今來未許成雙。

聖旨下，跪聽宣讀。（生、旦、小旦跪）（淨讀介）皇帝詔曰：朕惟故舊不遺，古之君道，農桑終隱，世有高人。爾蔡瑁曾識高皇，敬受圯橋之訓；兩内子皆生漢末，並懷禪代之悲。因慕梁鴻，不希仕進。如鼓琴瑟，樂爾妻孥。朕甚嘉焉，殊可羨也。兹以侍中中貴内賢人壽氏，鸞鳳拍天，圭璋自薦，情深輔國，意尚勸農，特遣賫敕並印，封爾爲逍遥公。妻趙氏、陳氏並一品公夫人。身值明時，非周韋漢銀，所得比矣。即此使臣，爲今上寵，便由異數，亦屬殊恩，爾尚敬之，無負朕意。欽哉！謝恩。（末照常贊拜介）（生、旦、小旦）萬歲！千歲！千萬歲！（相見，生揖，淨、二旦各福介）（淨）德門餘慶，叨與寵光。（生、旦、小旦）得識尊容，三生有幸。如今且屈天使，花廳小酌，明日潔誠排宴罷！（淨）極好，極好。（作同行到介）（淨中坐，二旦打橫）（生獨坐西向）（各萬福奉酒安席介）（旦、小旦）

【南江兒水】身已盟鷗鷺，頭難頂鳳凰。有多少女彈冠，盼不得伊來上。

有多少懶下機，恨不得伊來降。有多少水傾盆，等不得伊來放。非俺每没福將伊承享，都只爲慮禍防微，奪取不如推讓。

（净）如今這個爵位，在那内閣九卿之上，又不叫你管事，臺臣無可參劾，所以有益無損。（旦）中貴一貌堂堂，人間少有。怪不得做君上的一見如故，立館後宫，怎地寵眷。（净）若把兩位夫人來比，便覺愚妹是個蠢物。（小旦）中貴怎麼怎地膽大，走出菜園門就敢毛遂自薦起來。（净）也只爲當朝天子十分脱俗，親下詔書，遍求賢淑。所以有一點伎倆的，便不忍自己埋没了。（生）中貴如今身住深宫，錦衣玉食，暮樂朝歡，復到這田莊上來，也是難得的事，要求多用一杯。（净）謹領盛情。（生）

【北燕兒落帶得勝令】非是俺做神仙自贊揚，都只爲離苦海心偏放。你若肯猛開懷浪舉觴，也覺得昨拘束今豪暢。（旦）酒歸喉便落腸，嚥入口難離吭。（小旦）無數輩將愁釀，俺每呵未三杯百事忘。（净）夸張，這福分真無量。猖狂，夜郎王也不妨。

（生）不瞞中貴説，我還見過漢末之盛，是太祖相識的人。董卓、吕布那兩個狗才，在宫閨生死面上，十分無禮。後來女兒、老婆都睡在太祖牀上，只此一件，便就痛快人心。聞得獻皇帝和曹皇后閑説起來，也道丞相狠該如此。不料爾朝太祖，心血用盡了，未到百齡，便歸長夜。文皇帝也只因忒煞聰明，未老愁老，斲削過度，不享遐齡，倒叫我這草莽愚夫，不勝人代之感。（净）便是如此。俺主公前日打發來時，也説你本與國家有舊。（生）

【南僥僥令】今夜無朝事，明朝不坐堂。勸君拿出陪君量。（旦、小旦）伴兒家醉一場。

（生）聞得當朝天子，迎娶六宫家人入内，又恐怕蹈那文皇的覆轍，頗爲杞人之憂。（净）所以小妹，只是求他住我館裏，拜天求子，和他細説稼穡艱難。

【北收江南】都似他那般快樂呵，不如你共雙妹醉幾場。便是我也不爲有名無實假風光，和人家争競去奔忙。説將來慘傷，聽將來愧惶，也就該舉杯自罰蓋羞麗。

（旦）今日没有寫戲，中貴只好看看這墻外山水，以充酒興呢！

【南園林好】漾漁舟山光水光，觸風帆花香蕊香。（小旦）更有那和啼猿山鳴谷響。（通場合）勝鼓樂賽笙簧，勝鼓樂賽笙簧。

（小旦）如今叫我相公到别莊上去住了，我姐妹兩個陪中貴一同荒榻。倘蒙不棄，抵足談心。明日也慢些唱戲，叫出家母、家姑，來陪中貴到處遊玩一番。若論鄴官、許官，自然大相懸遠，看看比你壽州風景如何？

【北沽美酒帶太平令】繫漁舟，綠水旁。蓋茅茨，碧山上。與那釣臺隱士共行藏。（合）俺不是硬追蹤到此方，要畫葫蘆依模照樣。（生）古和今無心合掌，號逍遙固非虛詆。（旦、小旦）玉臺蓮雖然半奬，粉峨峨原非野狀。便暫共蘭房綉床，儘堪偕俺兩村姑一同安放。
　　【南尾】（生）世間萍聚皆緣旺，（淨、二旦合）除遇着那面目堪憎的精神纔欠爽。只今夜便有沒限的風情可試嘗。
　　詩　官館洲居似不同，等爲僥幸但雌雄。逍遥公要逍遥使，數十年間兩老農。

第十三齣　納　壻

（小生傅粉艷服上）
　　【北點絳唇】楚水波濤，楚江浩渺。今來到閥閱原高，故有此乘龍效。
　　小生羊琇，字稚舒，乃當朝首相司馬晉王的姨子。偶爾思遊南嶽，有個趙儼老翁與我一書，說他襄陽故友，住在蔡洲之上，別業四五十處，頗有可觀，叫順便到此一遊。蔡公先朝受爵，年將望百，鬢髮未華，真正是個人瑞。比來又聞他家有個令愛，十分美貌。小生恰未訂婚，不免倩人達意。不料嶽陽風土，婦習男事，反勝男子。豪家小姐都是十八九歲，嫁人家十三四歲的兒子。恐防體氣不足，有似天閹，必要與丈人同宿幾宵，視其強弱，丈人不正起來，也就不可細問。就是夜喚江郎那一輩，也還要嫁幼郎，一一照前行事。小生今年纔交十五，只因賤性貪色，不得不惟命是聽。蔡公看我相貌，說是必居極貴之地，欣然許諾。無奈此人亦有癖喜，竟難脫俗，已叫他的諸郎和我結義，訂定將來要我照應。今日是他選定的吉期，也完了我百年大事哩！
（生蟒服上）
　　【混江龍】東床逸少，徐公城北可聯鑣。冰清玉潤，此日今朝。欲織平生如意錦，難辭俗例發硎刀。緣情所感，以貌相招。虛詞莫算，實禮須叨。連宵偶爾酒盞相邀，百年美眷鮪水相遭。玉臺雖送事難期，清揚可愛春先到。肴饌已備，鼓吹須高。
　　吉時已到，羊郎可更彩服。（小生）多謝岳台錯愛。（作更衣介）
　　【油葫蘆】土俗蠻風難盡曉，事幽微，人縹渺。王郎已自奏簫韶，鶯聲道韞難祈禱。青蝦可把紅魚釣。（生）喜土俗近黃虞，樸誠多，機變少。將來永受甘腴報，算來初未減分毫。

（生）一切賞封都是舍間預備了，賢坦身在客邊不必費事。（小生）

【天下樂】費酒陪牲反任勞，難也麼叨，不敢無功把祿邀。惠須酬，理自天，欲侵人，爭自保。似歌姬討謝包。

（生）吩咐門樓鼓吹，好請新人坐堂。（內鼓吹介）

【那吒令】爲嬌龍認老蛟，儘狂風潑怒濤。晉國潘安端不少。君意呵面上撈，人意呵面後掏，比量來理不遙。只差得跳龍門腳勢兒高，步香塵底樣兒小。這便宜還要能消。

（旦、小旦冠帔領老旦傅粉上）（生）就此行禮。（小生、老旦拜生介）（生）

【金盞兒】非是俺助佳祥，總把事兒包。本不礙任網常，肯把擔兒挑。若捐軀伊受難（去聲），均爲着緊把人來抱。似這般膠成親與眷，任怎的不開交。

（小生、老旦拜二旦介）（二旦合）

【寄生草】不易成鴛鴦侶，好難夸鸞鳳交。再聽你珠聯璧合形相靠，合歡行樂身相抱。如魚似水加名號，做從來第一對有情癡，享人間未睹的眞歡樂。

（小生、老旦交拜介）（小生）

【煞尾】勝似用丁膠，把帖裝成套。惟辦取脂凝雪皎，入得郤公玉食庖。自司婚何須月老，暖烘烘愁甚風濤。這巫山趁得着雲雨恣淫妖，氤氳飛雪瀑。也學他老襄王一樣夢魂驍。

詩　蔡君安住別家濱，大抵楊朱一輩人。賑窘用權應合轍，故教戲謔締昏姻。

平 蠻 圖

無名氏 撰

解 題

傳奇。清無名氏撰。未見著録。莊一拂《古典戲曲存目彙考》云："《平蠻圖》，此戲未見著録。抄本。凡十六齣，北京圖書館所藏，另有一種，即自《鼎峙春秋》中析出者，演七擒孟獲事。吴曉鈴亦有藏本。"此説錯誤有三：第一，北京圖書館（今國家圖書館）所藏《平蠻圖》，並非 16 齣，而是兩册 32 齣；第二，另有一種爲吴曉鈴所藏《平蠻圖》，亦非從《鼎峙春秋》析出；第三，吴氏藏本《平蠻圖》，亦非單"演七擒孟獲事"，還有一半篇幅演孔明北伐曹魏事。由此可知，莊一拂並未親見此二種《平蠻圖》。然而，莊説以訛傳訛，沈伯俊、譚良嘯主編的《三國演義大辭典》依莊説編寫成《平蠻圖》辭條。陳翔華的《明清時期三國戲考略》説："《平蠻圖》，存 32 齣。無名氏撰。見北京（國家）圖書館藏清抄本。（當非全帙）"陳在注中指出莊説"'凡十六齣'，實誤"。同時，陳又從莊説，"按另有自《鼎峙春秋》析出七擒孟獲故事，亦名《平蠻圖》，但與北圖藏本不同"。由此可知，陳翔華見過北圖藏本，未見過吴氏藏本，二種《平蠻圖》確實不同。此本《平蠻圖》，係吴氏藏抄本，8 本，每本 16 齣，共 128 齣。劇寫孟獲寇蜀，孔明奉旨南征。死後爲神的漢伏波將軍馬援奉上帝旨意，暗中保護。孔明率師至永昌郡，得郡功曹吕凱所繪《征蠻指掌圖》(《平蠻圖》劇名即由此而來)。孔明從而洞悉南蠻地理、屯兵之情，出謀劃策，指揮勇猛衆將，斬朶思，擒祝融，敗束鹿神兵，火燒藤甲軍，七擒七縱孟獲，使其誠心歸服，夜渡瀘水，班師凱旋。孔明志復中原，聞司馬懿遭魏主貶，乃上《出師表》北伐，兵收三郡，計收姜維，駡死王朗，大敗羌兵，失街亭，退西城，空城計退魏兵，怒斬馬謖，上表自貶，斬王雙，取陳倉，斜谷斬秦良，劫魏營，氣死曹休，祁山與司馬懿鬥陣，隴西割麥，木門道箭射張郃，五出祁山班師，金殿酬功。此本所演故事與北圖藏本《平蠻圖》第一齣《開場始末》所叙故事相同。然而北圖本《平蠻圖》32 齣所演故事以及人物與吴氏藏本不同,尤其缺失七擒孟獲、北伐曹魏事。今存版本僅見於《綏中吳氏藏抄本戲曲叢刊》。今以該叢刊所收抄本爲底本,進行校點整理。

一本上

第一齣　承宣示衆

(四卒、二將捧印劍傘隨馬援上,唱)

【點絳唇】赫赫威靈,生前忠正。欽承奉,萬古英名。坐鎮邊郵境。

(白)心懷玉潔氣如霜,耿耿忠肝答上蒼。只因一念無偏向,永享羌胡萬載香。小聖伏波將軍馬援。生前正直,死後爲神,威鎮苗疆,在五溪洞後,享受香烟,護佑一方。只因孔明提兵,深入蠻境,與孟獲交鋒。蒙上帝垂慈,生民塗炭,烟障毒泉,恐傷士卒,命小聖所屬地方,暗中護佑。今已回山,只得傳示山神土地,一體尊行。衆神縱,(應介)就此入境。(同唱)

【二犯江兒水】兼程迢遞,不䭾勞兼程迢遞,風雲迅速齊。奉帝敕迴旋,攝縱雲移。整苗疆復剩水,承天妙帝機,凡夫自着迷。天使威儀,護佑群黎。因此上體天心無憂異。(合頭)敕令神祇,復回宣敕令神祇。恩承丹陛,但願得均沾丹陛。早來到碧雲峰吾舊基。(山神、土地上,同白)本境,(山神)山神。(土地)土地。(同白)迎接上聖。(馬白)一概免參,到殿庭伺候。(山神、土地)領法旨。(同下,衆同唱)(合前)敕令神祇,復回宣敕令神祇。恩承丹陛,但願得均沾丹陛,早來到碧雲峰吾舊基。(下)

第二齣　功曹獻圖

(四小軍、二中軍、王平、張翼、關索、魏延、趙雲、孔明坐車上,同唱)

【出隊子】王赫斯怒,王赫斯怒。命將出師建廟謨,志安社稷剪凶徒。裹糧歷盡崎嶇路。三郡方平,建功在初。(關白)已到永昌城下了。(二卒引王伉出城迎介,進城介)(孔白)諸將兩廊少歇。(衆)嗄。(全下)(留一將立介)(王伉白)永昌太守王伉稟參。(行兩跪兩揖禮介[1])丞相南征,恢復三郡,招安高定,計殺雍凱、宋褒,奇謀神算,中外珮服雄威。王伉不勝雀躍。

（孔）勤勞國務，亮之分內事也。請問貴郡地方，最爲衝要，誰與公固守此城，乃能却敵保守？（王躬介，白）王伉今日保得此郡，皆賴呂功曹之力。（孔）呂功曹何方人氏？學問如何？（王）功曹姓呂名凱，字季平，永昌不韋人也。他學問呵！（唱）

【獅子序】謀何略胸次俱，更包羅五車秘書。具武緯文經，璞內藏瑜。因此上嫻師旅。他遇了敵有謀，將犯城預算，將設兵守禦。正是非常先有備，機智發無虛，機智發無虛。

（孔白）快請呂功曹相見。（王）現在轅門外。（將白）相爺有令，請功曹呂爺進見。（呂凱素服上，白）偏隅一下吏，請字我何當。（進介）功曹呂凱稟參。（參介）（孔出位扶介白）久聞季平，乃永昌高士。都虧二公保守此城。請二公坐了，亮有請教。（王、呂）卑末等焉敢坐。（孔）亮所敬者，二公之才幸勿以名爵介意，請。（王、呂）告坐。（孔）亮既奉旨征蠻，務求事之有濟。請問季平，今平蠻之方，有何高見？願乞教之，亮之幸也。（唱）

【太平歌】諸蠻侶聚在極南隅，成野性一時難駕馭。他雖在版圖所載內，又因那道遠難收取。其間方略仗伊舒，公事貴相需，公事貴相需。

（呂白）呂凱有一言，敢告丞相，管叫南蠻，一鼓可平也。（孔）願聞。（呂唱）

【賞宮花】我此心定在初，料蠻人必犯吾。他所屬崎嶇路，早以繪成圖。把前後屯兵埋伏處，一樁樁備細注還疏，一樁樁備細注還疏。

（獻圖介，白）凱自歷任以來，差人深入南蠻之境，細畫此圖，名曰《征蠻指掌圖》。今遇丞相，不敢秘藏，謹以奉獻。（孔看介，白）呀！有心人也。（唱）

【降黃龍·換頭】良謀。預定在先，成楷成模。可以屯兵下寨，於夫截殺之場，暢然調度。（白）請問季平，蠻人土俗如何？（呂）風土民俗，於中國大不相同，土多沃野，所產最豐，所以蠻人富庶，其俗不知王化。爲上者，惟示以威；爲下者，畏威行事。惟以爭勝爲心，攻殺爲性。所以征戰之事最多。（孔）他們戰征，所用何等軍器？（呂）不過撩刀藤牌長鎗弩箭之類。（孔看圖介）這瀘水一帶，就爲蠻人險阻了。（呂）蠻人所持，惟此瀘水。（孔指圖介）沙口水淺，可以渡兵的了。（呂）瀘水以南，就是三江城，也是一處險阻。（孔）三江城，枕銀坑山，帶洱海，真乃天造地設，好一個險要去處。這是銀冶洞，這是禿龍洞，這是五溪洞，各有洞主把守。不知可服孟獲管轄？（呂）都服孟獲管轄。（孔）梁都洞就是他的巢穴了[2]。且喜前後，一一注明。待我細看,再當請教。(呂)不敢。(孔收圖介,唱)觀圖,挈領題綱早悟[3]。定蠻人片土,平險之途,平險之途。

(白)今日得此《征蠻圖》,大事濟矣。即行奏聞,季平爲行軍教授兼嚮導使。明日提兵大進,深入南蠻之境,諸凡請教。(呂)呂凱才疏,有負丞相表奏之恩[4]。(唱)

【大勝樂】吾自知才具粗疏,殊恩恐教有辜負。(王白)季平不必過謙。(孔、王唱)王朝效力爭先赴。聲與名好傳播,囊中錐處昭然著,創建非常自有餘。(三人同唱)軍機相助,須早去戡除禍亂,奏聞當宁,奏聞當宁。

(王白)後堂備酒,請丞相寬坐。(孔)取擾不當。(王)還是季平去伺候丞相,待王伉去奉陪各位將軍。(孔)就煩王公傳令,衆將今日歇息,明日五鼓進發。(王)得令。(呂)今夜王師駐永昌,(王)軍機重務好籌量。(孔)征蠻指掌圖爲貴,(同)何慮征途阻且長。(下)

校記

[1] 兩跪兩揖禮:"禮"字,底本作"理",今據文意改。下同。
[2] 巢穴:"巢"字,底本作"剿",今據文意改。
[3] 題綱:"綱"字,底本作"剛",今據文意改。
[4] 丞相:"丞"字,底本作"承",今據文意改。下同。

第三齣　三洞分兵

(孟獲上,唱)

【秋蕊香】蜀土歸吾,席卷鯨吞。(金、董、阿上,唱)雄兵屯處遙遠震,管將來重定乾坤。

(同白)大王在上,小將等打躬。(獲)三位元帥少禮,請坐了。(三人)告坐。(獲)自從起兵以來,永昌稍有失利。且喜三郡太守雍凱、朱褒、高定,誠心歸附於我。全虧他衝鋒破敵,也算是大功臣了。(金)前者雍凱報來,蜀中諸葛亮統領川兵五十萬,以往益州進發。三郡太守,分兵三路。(董)各引兵五六萬,高定取中路,用鄂煥爲先鋒,雍凱在左,朱褒在右迎敵蜀兵去了。(阿)小將以差健卒,前去打聽軍情。且待回報,再作商量。(獲)也不用商量,他三人既去迎敵,吾兵自當接應。(金白)事不宜遲,請大王速統全軍,小將等聽令,調遣便了。(番卒上,白)報,三郡雄兵齊瓦解,丞相旌旄逼近來。

（見介）大王在上，探子叩頭。（獲）講。（報）吓！大王，不好了，蜀將王平、魏延殺敗三路兵馬，諸葛丞相用計收服了高定、鄂煥，殺了雍凱、朱褒，蜀兵又將二郡奪了去了。（獲）知道了。再去打聽。（報）得令。（下）（獲）三位元帥！（三人）有。（獲）諸葛亮侵吾疆界，不得不併力敵之。汝三人何不先往擒來。（金）小將願去，生擒諸葛亮，獻於帳下。（董、阿）小將等願去生擒諸葛亮於帳下。（金）我去先下手，輪不着你們。（董、阿）你去擒得，我們也去擒得。（獲）住了。汝三人既要都去，可分兵三路而行。金環三結取中路，董荼奴取左路，阿會喃取右路，各引本部兵五萬，須依令而行。如得勝者，便爲洞主。吾再引大兵，在後策應三路便了。（三人）得令。（同唱）

【水底魚】合意同心，合意同心，依令好行軍。人強馬壯，蜀兵盡消魂。蜀兵盡消魂。（下）

第四齣　漢相遣將

（宣令官上，白）聞道洞蠻來衝圍，將軍奉令疾銜枚。還憑捷戰籌帷幄，免使征塵匹馬追。我乃丞相帳下宣令官是也。今日丞相陞帳，在此伺候者。（內吹打，四卒引孔明上）

【點絳唇】定業興王，斗山名望。謀猷廣，異術稱揚。妙法人欽仰。

（白）壺內丹硃變虎靈，手中羽扇刺龍傾。遣將發兵擒蠻寇，奇術功成神鬼驚。俺諸葛孔明。向蒙先帝三顧茅廬深恩，後又委托孤之重。俺力扶漢室，支持幼主，以報托孤之任。前聞孟獲侵界，因此出師征討。昨幸得呂教授《平蠻圖》樣，擒蠻反掌矣。宣令官！（宣）有。（孔）傳衆將上帳。（宣應傳介，王平、張翼、趙雲、魏延上，白）丞相陞虎帳，傳聚擁雄威。丞相在上，衆將參見。（孔）列位少禮。俺自出茅廬，扶劉多年，今領衆來征孟獲。近日呵！（唱）

【混江龍】遙望着乾坤氣象，論興衰有準配陰陽。憑着俺胸藏韜略，計設擒王。（白）那王、呂二公呵！（唱）他守雄關身涉險，爲請救平伏興王。（衆白）幸賴丞相不負先主托孤之重。（孔唱）敢負盟言，請師征放。擒逆寇，斬首尋常。若非俺神機妙算，聚英雄泰運呈祥。

（報子上，白）打探軍情事，回報丞相知。禀丞相，今孟獲會合三洞金環三結、董荼奴、阿會喃，領兵三路而來。報知丞相定奪。（孔）再去打探。（報下，孔）王平、張翼。（王、張）有。（孔）你二人各領兵三千，左右兩路迎敵蠻寇,不得有違。(王、張)得令。(下)(孔)二將已去,左右迎敵,只是中路,再差何人?(趙、魏)末將二人願往。(孔)你二人不識地理,如何去得!(趙、魏)丞相在上,非是俺二人夸口。(唱)

【元和令】俺可也礪戈矛,直衝截戰場,奮雄風恃勇夸強項。生克叱,管教那蠻酋畏懼走慌忙,把他困垓心沒主張。俺縱征駞追趕,掣劍就刺胸膛。怎容那一班兒沒據三,蠻酋軍賊勢狂。

(孔白)你二人且退,吾來日自有道理。(趙、魏怒色介,下)(孔)

【尾】俺匡扶漢室興帝邦,爲國劬勞傾心傍。看此去功成伎俩,着凌烟圖畫姓名揚。(下)

第五齣 深山探敵

(趙雲、魏延戎妝上)(同唱)

【洞仙歌】沙場老此身,四海威名震。何期到此征蠻,丞相不知分,偏用少年人。(趙唱)我本元戎先世臣,豈讓他新進。

(白)文長,方纔丞相陞帳,報說三洞元帥,分兵三路而來。丞相差王平、張翼領兵,往左右二路迎敵。我二人討差,說我二人不識地理,未敢用之。吾等先帝舊臣,反說不識地理,到用此後輩,吾等豈不自差。(魏)子龍,這有何難。吾二人就此親身探路,拿住土人,問個的實,然後領兵而進,大事可成矣。(趙)事不宜遲,就此同行便了。(行,同唱)

【前腔】親行探問真,然後領兵進。務求地理深知,見丞相言無本。緣何途路少行人。但見山凝宿霧昏,樹石交相紊,樹石交相紊。(下)

(二番卒擔柴上,唱)走嘎!

【前腔】番家充小軍,幸與萬山近。輪班去負柴薪,往返不知因。(一白)我等五溪洞小番,輪該采樵而回。(二)哥吓!此地離寨還有一里多地,且歇歇再走。(歇介)(一)那些伴兒都先去了,只有你我二人落後了[1]。(二)又不限你的時刻,就遲了些何妨。(趙、魏暗上,拿卒介)(二同白)爺爺饒命吓!(趙)我不殺你,你們不要害怕。(魏)有話問你,好好實說。(二卒)爺爺饒我性命,感恩非淺。(趙)我問你,三洞元帥何處下寨?從那一條路去?(一)那邊是金環三結元帥的大寨,正在山口。(二)東路去,通五溪洞,那董茶奴下寨;西路去,是阿會喃下寨。再過一山口,往南就是諸洞各寨地面。(同)爺爺,這就是實話了。(魏)饒你二人去罷。(二卒叩頭急下)(趙)

這不探明地理了？（魏）快快回寨，點兵進發。（趙）説得有理。（同唱）消息聽來真，急忙點步軍，好去摧敵陣。好去摧敵陣。

（趙白）文長請進。（一將上，趙）快傳鼓，齊集軍士。（將應傳鼓，四卒上）（魏）軍士們，趁此月明之下，隨我進兵。（衆）得令。（將官下）（衆行，同唱）

【低腔一隻・四邊靜】星稀月朗散浮雲，山空馬蹄震。舊經再行時，不須去重問。峰回路近，轉身還進。大寨隱依稀，好將戰威奮。（下）

校記

［１］只有："只"字，底本作"自"，今據文意改。

第六齣　洞蠻中計

（四小番作睡初起態上[1]，白）日長夜短少安眠，初夏當軍最可憐。（一）我等軍士，俱屬金元帥所管。（二）可笑我們元帥，放着清閑，不肯受用。（三）到受了孟獲的調遣，來到這裏出兵。（四）我等受盡辛苦，元帥又不愛惜我們。（一）如今四月天氣好熱，夜裏又不得睡。（二）昨夜傳令，四鼓造飯，如今三更時分，寧可早些預備。（三）這也是没奈何，由不得你我做主。（四）元帥起身又早，大家埋鍋造飯。（金持鎗上）要爲洞主須勤力，豈憚當前有苦辛。我金環三結，奉孟大王之令，要擒諸葛。昨夜分付軍士，四鼓造飯，五鼓起馬，爲此巡視一番。（四看介）（内放一砲介）（四卒、趙、魏衝上）（魏殺番下）（趙、金戰介）（趙殺金，金下）（趙梟首級介）（魏白）恭喜子龍，成此大功也。（趙）功與文長共之。（魏）吾今分兵一半，望東路抄殺董荼奴大寨便了。（趙）我也分兵一半，往西攻殺阿會喃大寨便了。（魏）衆軍士，就此起兵。（衆）得令。（同唱）

【水底魚】搶戰功先，王事此心虔。（合頭）分兵前去，急去莫遲延。急去莫遲延。（分下）（四小番引董荼奴上）（唱）

【前腔】跨上征鞍，戰飯飽一餐。交鋒對壘，鋭利鐵衣堅。鋭利鐵衣堅。（内放砲介）（喊介）（番上，白）稟元帥，大寨之後，有兵馬殺來。（董）就此迎上。（番）得令。（同唱，合前）（四小軍、魏上，殺衆番下）（戰董、董敗）（卒白）董荼奴大敗。（魏）暫且收兵。（唱，合前，下）（董盔歪拖鎗上，白）好利害，不是我跑得快，幾乎性命不保。如今全師喪盡，怎麽處？（王平上）蠻囚那裏走!(戰介,董敗下)(趙雲、阿會喃殺上)(阿敗下)(趙追下)(引四卒上,白)軍士每,蠻酋大敗,就此收兵。(衆)得令。(唱,合前,下)

(阿敗上,白)阿會喃,今日好喪氣也。孟大王有令,搶得頭功者,便爲洞主,如今一萬人馬折盡,洞主做不成,還是小事,如何見人!(想介)也罷,我且回到本洞,調取人馬,再做計較。(唱)

【前腔】全軍大敗,逃竄實堪憐。(四卒、張翼暗上)(翼白)你張爺在此。(阿)不要多説,放馬過來。(殺介)(打阿下馬)(卒綁介)(張白)軍士們將蠻酋綁了,就此回營。(衆)得令。(合唱)戰功就已,全師好迴旋。全師好迴旋。(下)

校記

[1] 睡初起態:"態"字,底本作"熊"。今據文意改。

第七齣　交鋒大戰

(四小番引孟獲持雙刀上,白)天分種類現殊方,練得雄兵犯蜀疆。叱吒一聲山摇震,管教得智展膚揚。俺孟獲,統領大兵,策應三路軍馬,遵依古法,日行三十里,但見前前後後的軍容,好不嚴整也。(同唱)

【醉花陰】但見連天陣雲起,塵飛動瀰漫千里。分行伍整旌旗,鞭稍動吶喊聲齊。一望裏渾無際。(下)(四卒王平上,唱)

【畫眉序】三結已誅夷,丞相先籌有奇計。敵擒回又縱,另自藏機。重申令再進雄兵,須知是往無不利。(白)昨日丞相,差張翼同我分兵,兩路迎敵,暗激子龍、文長,親自探路進兵。子龍斬了金環三結,張翼擒了阿會喃,我擒了董荼奴,到大寨請功。丞相用好言撫慰董荼奴、阿會喃,賜以酒食,縱他歸洞去了。丞相隨與衆將道,來日孟獲親來,便可擒獲。已曾調遣諸將,各自授計而行。吾自引兵到此,且去迎敵。軍士們,就此殺上前去。(衆卒)得令。(唱)長驅路阻休辭避,定然妙算無遺。(下)(衆番、孟獲上,唱)

【北喜遷鶯】齊跨上驊騮征騎,齊跨着驊騮征騎。恣咆哮盡是新羈,神也麼奇。試看那狓猇衆,各懷絕技。少不得功建非常心自齊。(一番報上,白)報,啓大王,三洞元帥遇了蜀兵夾攻,斬了金元帥,董、阿二位元帥都被擒去。蜀兵離此不遠。(獲)再去打聽。(報)得令。(下)(獲)大小三軍!(衆)有。(獲)就此殺上前去。(衆)得令。(同唱)軍前誓,須索要人人奮勇,擒蜀將除殄休遺。

（四卒引王平衝上）（王白）你就是孟獲蠻囚麼？（獲）哇！待我擒汝。（王）放馬過來。（殺介）（王敗下）（獲）呀，好一場厮殺也。人人說諸葛亮，精於用兵，善分隊伍。方纔與蜀兵交戰，他無人可勝。早知如此，吾反遲矣！（同唱）

【北刮地風】呀！枉稱他善行兵最出奇，則見他雜亂旌旗。一任價亂漫漫，衝突兵戈際。怎殼俺對壘相持。俺這裏跨龍駒急趕追，軍聲如沸。呀，殺得他意驚慌道欲迷，意驚慌道欲迷。好教俺逞威風衝突東西。（内喊介）（獲、衆衝下）

（四卒、趙雲上，同唱）

【鮑老催】干戈載戢，正兵不用偃於襲。鄙方地理高低識。隨意行，定成功，甲兵繕處資糧給。齊心步，騎軍威疾，定須勒石在絕域。

（内吶喊）（王平、張翼、孟獲、衆番殺上）（趙雲上迎戰，獲敗下）（王、張、趙追下）（四卒、四番殺介）（趙上戰，擒衆小番，下）

第八齣　初擒孟獲

（獲敗上，白）好厮殺也！（唱）

【北四門子】恨全軍一旦遭不利，剩剩剩，剩俺身奔路岐。（内白）趕吓！（獲回看介，唱）聽蜀兵追俺聲何厲，怎教俺遠舉高飛？（白）殺壞了，殺壞了！俺孟獲，遇了無數蜀將，前後夾攻，殺得我兵四散，剩俺一人一騎，死戰得脱，急急的望着錦帶山而走。這裏都是些山僻小路，追兵料也難認，且慢些走便了。（唱）人兒緩行，馬兒稍遲，不過是一人一騎。（看介，白）呀！要進山谷中去，山路又狹，馬不能行，回去又有追兵，怎麼處？也罷，只得棄了馬，爬山越嶺，到山谷中，暫且去罷。（下馬，爬山介，唱）山兒恁高，路兒漸迷。呀！恨把那征駒輕棄。

（爬山介）（四卒、魏延暗上，用鐃鉤鉤獲介，拿住）（獲白）罷了，罷了。（魏）我乃大將魏文長，奉丞相軍令，在錦帶山埋伏，等候多時。軍士們！就此回寨請功。（衆）得令。（同唱）

【雙聲子】擒蠻賊，擒蠻賊，吐手聞奇功得，機謀密。機謀密，山谷内藏部卒，摧勁敵。摧勁敵，不費力。請功到寨，歡聲正溢。（押獲下）

（内吹打）（四將、二中軍、孔明上，陞帳介）（趙雲、魏延、王平、張翼進介）

（趙白）禀丞相，擒得俘囚，俱在轅門外。（孔白）先解蠻兵進來。（趙）得令。（傳介）軍士們！解蠻囚進帳。（內應介）（西卒押四小番進介）（眾番）（白）爺爺饒命！（孔）鬆了綁。（卒）嗄。（放介）（孔）爾等都是好百姓，不幸被孟獲所拘，受此驚嚇。爾等父母兄弟妻子，一定倚門而望，若聽知敗，誰不割肚牽腸，眼中流血。（四番哭介）（孔）不必痛哭。我今放爾回去，以安各人父母妻子之心。子龍！（趙）有。（孔）待他們酒飯，再給他們糧米，送他出我營盤，聽其各自回家。（眾小番叩首介，白）此恩此德，來生犬馬相報。（起介）（趙）隨我這裏來。（引下）（孔）武士們！押孟獲過來。（四孔將）得令。（擒獲進介）（孔白）孟獲，先帝待汝不薄，何故造反？（獲）兩川之地，皆他人故土，汝主倚強侵奪。吾世居此地，汝來犯我，怎麼說我造反！（孔）吾已擒汝，還不服麼？（獲）咳！我進了錦帶山，只爲道路狹窄，棄馬爬山，誤遭汝手，如何便肯服也？（唱）

【北水仙子】呀呀呀，怎服伊。呀呀呀，怎服伊。俺俺俺，俺在這此地多年依且棲。您您您，您不想自弄瘡痍。誰誰誰，誰肯把舊基輕廢。苦苦苦，苦殺俺大小三軍散路岐。負負負，負了俺韜略精奇。（孔白）你既不服，我放你如何？（獲）汝若放我回去，再整軍馬，共決雌雄。若能再擒，我心方服。（孔）放了綁。（放介）文長！帶到別帳，與酒壓驚，再給鞍馬，差人送出營盤，聽其回營。（魏）得令。（獲）多謝丞相。（唱）這這這，這便是絕處逢生脫禍機。感感感，感丞相今朝放俺多深意。（起介）好好好，好再去把兵提。

（魏引下）（孔白）吩咐犒賞眾軍。（張、王）得令。（孔、張、王同唱）

【煞尾】把那俘囚齊放矣。要攻心人意先期。好打點犒賞三軍，要從此慶功起。（下）

第九齣　乘暑按兵

（孟優乘馬持鎗上，唱[1]）

【駐雲飛】聞報心憂，小鹿心頭撞不休。未得膚功奏，難把穹蒼叩。嗏，（白）我孟優，正在催督糧草，忽有小番報道，我兵失利，二哥被擒。一聞此言，神魂俱失，只得匹馬前來，探聽消息。（唱）策馬敢遲留，策馬敢遲留。未知真否？爲探情由，冒漢忙忙走。（二小番上，接唱）丞相深恩何日酬，放却生身返故丘。

（番白）三大王，那裏去？（優）二大王哩？（小番）蜀兵擒去了。（孟獲

上，唱）

　　【前腔】竟做俘囚[2]，相對人時難掩羞。（番白）呀，大王回來了。（優）哥哥受驚了。（同唱）幸得天公佑，重得牽衣袖。嗏。（二番白）大王如何能够回來？（獲）蜀人監我在帳中，被我殺死多人，乘夜而走。正行之間，逢着一哨軍馬，也被我殺了，奪了此馬，纔得脱身。（唱）殺却衆讐仇，無人監守。奪得驊騮，任我兼程走。（優白）足見哥哥神威。（唱）足見元戎勇氣赳，到底蜀兵不足憂。

　　（小番白）請大王快渡瀘水，回到寨中商議。（優）軍士們，就此回營。（番）得令。（獲、優唱）

　　【前腔】兵卒操舟，蕩槳乘風破急流。濁浪排前後，指顧如飛驟。嗏，耳畔響颼颼，耳畔響颼颼。涼飈入髻，撇却離愁，再把軍機剖[3]。大寨依然在故丘，好整從前戈與矛。（坐介）

　　（董、阿上，白）懼威敢不到，作事已違心。小將等參見大王。（獲）二位先在此了，可喜可喜。招聚兵馬多少了？（董、阿）十餘萬。（獲）坐了細談。（董、阿告坐，坐介）（獲）蜀兵甚鋭，爲今之計，不可與戰，戰則中他詭計。況他川兵遠來，已受勞苦，即日天氣炎熱，彼兵豈能久居。吾等有此瀘水之險，如今將船筏盡拘南岸，再筑起一帶土城[4]，深溝高壘，不與他交戰。看孔明如何用計？（優）哥哥説得極是。（董、阿）大王妙算，無可奈何了。（優）我三人，各任一事，快去料理起來。（獲）正該如此。（優）小弟如今先去把一應船筏，拘於南岸，再令步軍三萬，依山傍水筑起一座土城。（董）土城上，必有敵樓。待小將去，先備下弓弩砲石，準備久住之計。（阿）這些大事，都被二位占去了。自古道，三軍未動，糧草先行。待小將去，催趲各洞糧草[5]，以濟軍需。（獲）妙嘎！三位各任其勢，可爲萬全之策。（同唱）

　　【前腔】制敵機謀，可爲詳明事事同。當此炎天候，也够蜀兵受。嗏，南岸好屯兵，儘看悠久。高壘深溝，卸却甲和冑。這是制剛全在柔，不戰蜀兵可也羞。不戰蜀兵可也羞。（下）

校記

［1］唱：底本作"白"，今據文意改。

［2］俘囚："俘"字，底本作"浮"，今據文意改。

［3］軍機剖：底本作"軍部機"，今據文意改。

［4］一帶："帶"字，底本作"代"，今據文意改。

[５]催趲：“催”字，底本作"摧"，今據文意改。

一本下

第十齣　觀地息軍

（四卒、王平、張翼、關索、魏延、趙雲、孔明坐車上）（同唱）
【五馬江兒水】勤勞王事，驅馳不憚煩。提兵大進，閱歷間關。但有重重嶺與山。任崎嶇道路[1]，敢不躋攀。遇此炎威相逼，苦熱揮汗[2]。今朝方晤路途難。（報子上，白）報，稟上相爺，前軍已抵瀘水，並無船筏可度，又兼水勢甚急，南岸一帶盡筑土城，城上盡是蠻兵把守。請相爺鈞旨定奪。（孔）知道了。再去打聽。（報）得令。（下）（趙）丞相提兵前進，忽聞此報。目今正逢五月，南方之地，分外炎熱，軍馬衣甲，皆不能穿，如何是好？（孔）且往瀘水邊，觀其水勢，另作商議。（趙）軍士們趲行。（衆）得令。（合唱合頭）且前臨瀘水，大勢徐觀。但願天公，佑吾炎漢。
　　（趙白）已到瀘水了。（內作水響介）（孔）呀！好凶惡水勢！衆將官，且退回十里下寨。（衆）得令。（孔下車行）（同唱，合前）（孔白）暫且安營。（衆）得令。（孔坐介，白）諸將。（衆）有。（孔）今孟獲屯兵瀘水之南，深溝高壘，以拒吾兵。爾等各引軍馬，依山傍水，樹木深處，分寨駐扎，內外皆搭草蓬，以避暑氣，我自有妙用。（趙）如此調度，人馬皆安矣。（一卒上，白）啓相爺，蜀中解糧官馬岱稟見。（孔）令他進來。（卒）相爺有令，解糧官進見。（馬岱上，白）遠來趨虎帳，流汗透征衣。馬岱進。（進介）馬岱稟參。（孔）將軍遠來，有何事故？（馬）小將奉費侍郎之命，送解暑糧藥到此。（孔）妙極。衆人皆爲暑氣所苦，可爲□□□物。子龍可將米藥，分派各寨。（趙應介，下）（孔）汝帶多少軍馬？（馬）三千。（孔）吾軍累戰疲困，欲用汝軍，未知肯向前否？（馬）皆是朝廷軍馬，何分彼此。丞相要用，雖死不辭。（孔）足見將軍忠心。今孟獲拒住瀘水，無路可渡。吾欲先斷其糧道，令彼軍自亂。（馬）請問丞相，如何斷得？（孔）離此一百五十里，瀘水下流沙口，此處水慢，權可扎筏渡之。汝帶本部軍三千渡水，直入蠻洞，先斷其糧，然後會合董荼奴、阿會喃，令其內變。此爲頭功也。（馬）得令。（下）（趙雲上）良藥消暑氣，軍需散衆餐。稟丞相，已將米藥分派各寨三軍，無不歡呼。（孔）諸將，各歸本寨，

解甲少息。(衆)得令。(孔唱)

【尾】蠻人拒在瀘南岸,料不敢統兵相犯。好暫去人卸鐵衣馬卸鞍。(下)

校記

[1]崎嶇:"嶇"字,底本作"驅",今據文意改。

[2]揮汗:"汗"字,底本作"漢",今據文意改。下同。

第十一齣　馬岱得糧

(二小軍上,白)(一白)沙場征戍客,冒險每驚心。(二)圖報全憑力,君恩似海深。(一)我等平北將軍、陳倉侯馬爺部下軍士。(二)前日馬爺,奉令領兵,到沙口驅兵渡水。目今水淺,不下筏,裸衣而過。誰知到了半渡,盡皆跌倒,急救到岸,鼻口出血,死者大半。(一)馬爺大驚,連夜報知丞相。即喚土人問之,說今當天熱毒氣聚在瀘水,日午渡之必死。(二)又說道,渡水必要夜淨水冷毒氣不起,飽餐渡之,自然無事。(一)相爺用土人引路,馬爺帶了《征蠻圖》,領着一千壯士,今夜渡水。(二)哥嚘[1],二更時分了,馬爺將到,好生伺候。(一)有理。同到木筏跟前伺候。(虛下)(四小軍執火把,二土人、馬岱上,同唱)

【歸仙洞】銀河顯星自稀,懸翠釜空青裏。靜夜景依稀,全不知炎蒸味。入面處微風偏細。渾忘却途迢遞。把奇功希冀[2],領得神機。領得神機。

(二卒上,白)請爺渡河!(馬)衆軍士!(衆)有。(馬)就此乘筏渡河。(衆)得令。(坐上筏介)(同唱,二卒不唱)

【水底魚】速整威儀,夜風吹透衣。(合頭)桓桓軍旅,水中漾旌旗。

(土人白)請將軍登岸。(馬)那是蠻酋運糧之路?(土)前面是夾山谷,兩下是山,中間一條路,止容一人一騎。出了谷口,便是洞蠻運糧總路。(馬)軍士們!就往夾山谷去。(衆)得令。(同唱,合前,下)(四小番推糧車上)(四卒、馬上,殺衆小番敗下)(馬白)且喜纔立寨柵,正遇洞蠻解糧,殺散蠻酋,奪了糧米百車,好助軍需。軍士們,將此糧車推到寨中。(衆卒)得令。(推車介)(同唱)

【前腔】速整威儀,夜風吹透衣。推車齊運,百斛搶何疑。(下)

校記

[1] 哥嘎："哥"字，底本作"歌"，今據文意改。
[2] 希冀："希"字，底本作"稀"，今據文意改。

第十二齣　罵退茶奴

（四小番、董茶奴上，同唱）

【賽觀音】馬兒驍，人兒勇，戎行整，三軍有容。（合頭）韜和略隨機堪用[1]，士卒身先建奇功。（董白）我乃董茶奴是也。只爲孟大王在瀘水南岸駐扎，以拒蜀兵。只道川兵渡水必死，誰知土人説與夜渡之法，截斷了夾山糧道，糧米盡被馬岱搶去。大王即差阿會喃領兵三千，把守沙口。又命我領兵三千，迎敵馬岱。此處離夾山峪不遠。小番每，就此殺上前去。（衆小番）得令。（唱合前，下）（四卒、馬岱上，唱）

【人月圓[2]】初得利敵把糧車送，於敵因資糧吾用。蠻人未免心驚恐。又全賴《征蠻圖》操總，隨機動。任蠹叢道路，是處皆通。（四小番、董茶奴衝上，白）來者就是馬岱將軍麽？（馬）然也。你是何人？（董）我乃五溪洞元帥董茶奴。（馬）咦！負義背恩之徒。吾丞相饒汝性命，今又背反，豈不自羞。我今日再擒你去見丞相，一定梟爾首級。（趕進一鎗）（董架不住）（敗下）（四小番與四卒殺介）（四小番敗下）（馬岱白）且喜此番大獲全功。軍士們！（衆）有。（馬）就此回兵。（卒）得令。（同唱）

【人月圓】忙回寨得勝三軍擁，不愧西涼真將種。蠻人已是良心動。圖内變料來可聳，機謀用。賴軍師妙算，到處成功。（下）

校記

[1] 韜和略："略"字，底本作"料"，今據文意改。
[2] 人月圓："圓"字，底本作"園"，今據文意改。下同。

第十三齣　怒杖茶奴

（四小番、孟獲、孟優上，唱）

【出隊子】怒氣衝空，怒氣衝空，失却封疆折盡兵。孔明詭計甚難明，衝

鋒對壘不能勝。無計可施,悶入愁城。無計可施,悶入愁城。(董茶奴急上)

【前腔】飛報軍情,飛報軍情,忙見洞主訴分明。夾山峪口大交鋒,瀘水暗渡糧輕送。忙回本寨,應援請救兵。忙回本寨,應援請救兵。(急見介)

(獲、優白)元帥回來了。(董)大王,不好了!孔明暗渡瀘水,搶去糧草。下將追趕,被馬岱一陣,大敗而回。(唱)

【尾犯序】瀘水渡川兵,何人指引,走透風聲。奸細買放,他明明傾送。(白)孔明已過渡口,料難敵擋。小番報道,截去糧草,小將領兵趕上,被他一陣,大敗而回。來報大王,請兵接應。(唱)分明。阿會喃軍心怠玩,將糧車送入賊營。即速的快拔營寨,傾刻眼睜,傾刻眼睜。(獲白)哎!(唱)

【前腔】流言一派把吾朦。按兵不舉,怕死貪生。軍糧搶去,返倒是你情通。(白)小番,將董茶奴綁了。(小番綁介)(獲唱)胡行。我待你如同骨肉,誰知你反助東風。實難容,怒斬驢首,血染猩猩。

(白)拿去砍了[1]。(優站白)住了。大王息怒,董元帥素有大功,可以贖罪。(唱)

【前腔】海量暫寬容,饒他死罪,勾免前功。施仁寬宥,感恩德報承。(獲白)既是二弟講情,死罪已饒,活罪不免,小番拉下去,重打一百。(眾應,打介)(獲唱)怒衝。打叫你心中自想,因何故獻我疆洪。那怕伊軍心變亂,準備着刃清鋒,準備着刃清鋒。

(白)叉出去。(董下)(獲白)賢弟,我與你把守要路,堵住山口,量孔明豈奈我何!(優)大王此計甚妙。小弟在山後,已爲接應,大事濟矣[2]。(獲白)賢弟,後營有宴,今晚盡醉方休,明早各幹其事。(優)大王言之有理[3]。(同唱)

【尾】奇謀妙算安排定,癬疥微疾何警。(獲白)賢弟,(唱)與你盡醉方休再興兵。(下)

校記

[1] 砍了:"砍"字,底本作"吹",今據文意改。

[2] 濟矣:"濟"字,底本作"際",今據文意改。

[3] 有理:"理"字,底本作"禮",今據文意改。下同。

第十四齣 謀擒孟獲

(董茶奴、跣足上[1],唱)

【香柳娘】想將來怒生，想將來怒生。由他狂性，無端將我來凌迸。痛肌膚受刑，銼却老英名。忿氣胸前哽。（白）咳！我董荼奴，好端端的一個洞主，被孟獲引誘作亂[2]，方纔被馬岱駡回，孟獲道我賣陣，要將我斬首，左右告求免死，打了我一百大棍。我仔細想將起來，如何出得這口惡氣。且回本洞，商議便了。（唱）且回吾本營，且回吾本營，計議而行，反邪歸正。

（白）說話之間，已到本寨。左右那裏？（四小番上）披却鐵衣苦，炎天苦更深。（見介）大王爲何怒容？（董）吾受孟獲之辱，恨入切骨，故喚汝等商議。（衆小番）大王意欲何爲？（董）我居蠻地，中國不曾侵犯。只因孟獲，逼我造反。我想孔明神武，曹操、孫權尚且懼怕，何況我等。況孔明有饒我活命之恩，不若殺了孟獲，投順過去，亦可保全妻子。此吾本心也。（唱）

【前腔】把良心自憑，把良心自憑，蠻方清静，中原不見侵咱境。況天生孔明，況天生孔明，妙算鬼神驚，未必吾能勝。（衆白）我等衆人，俱被孔明放回，受活命之恩。大王有此義舉，誰不聽從。（董拔刀介，白）既如此，爾等快隨我去擒斬孟獲便了。（衆）我等願往。（同唱）徒然間怒生，徒然間怒生。據理而行，有誰不應。（二頭目上，唱）

【前腔】恣威權橫行，恣威權橫行。獨夫心性，弄兵怎好圖僥幸。（一白）我等乃是孟獲頭目，奈他豪强，不惜將卒。（二）方纔打了董元帥一頓，喫得大醉，倒卧帳中，這等炎天，叫我們伺候。（一）到被蜀兵殺了，纔得清净。（同唱）願相期蜀兵，願相期蜀兵。凱唱早喧聲，此地除災清。（董内白）快走嘎！（引衆小番上，唱）急奔馳不停，急奔馳不停，心事怦怦，來誅梟獍。

（二頭目白）元帥爲何這等模樣？（董）我董荼奴乃是正人，不肯隨孟獲造反。（用刀指介）汝等已受丞相活命之恩，宜當報效。（二目）吾知元帥來意，不用元帥動手，我等生擒孟獲，獻與丞相便了。（奔下）（董）我想軍心變亂，此乃天助我成功也[3]。（唱）

【前腔】要爲人體情，要爲人體情。自專頑性，焉能大衆俱從命。（二頭目綁孟獲上）（頭目唱）手擒來力輕，手擒來力輕，全醉未曾醒，天數當納命。（白）元帥，快快同去請功。（獲作醉醒看，白）呀！爾乃手下之人，擅敢擒我。（頭目）我等不願隨你造反，擒你去獻功投順。（獲）咳！前番我對孔明説過，若能再擒，方始心服。今日被擒，乃吾手下之人，我心豈肯降服。（董）小番們，不必多言，快快解往丞相大寨。（衆）得令。（同唱）吐胸中不平，吐胸中不平。俘獻蜀營，分將邪正，分將邪正。（下）

校記

［1］跌足："足"字,底本作"卒",今據文意改。
［2］引誘："誘"字,底本作"綉",今據文意改。
［3］天助我："天"字,底本作"我",今據文意改。

第十五齣　遣弟假降

（孟優上,唱）

【玉胞肚】孔明詭計,使吾兄遭擒兩次。也只因荼奴會喃,反顏時又受危機。（白）前日董荼奴,將我二哥擒去,獻與孔明。依舊不服,孔明又放二哥回寨,先伏下刀斧手,假言孔明使命,賺董、阿二人到帳,盡皆殺之。即遣親信之人,守把隘口。二哥親自迎敵。馬岱兵到夾山峪,不見一人,因此回寨,喚我分付道,須要如此如此。我領了二哥之計,以將金銀珠寶齊備,專候衆兵運來,好去相機行事。（唱）前番勝算儘由伊。今日空該我用奇,今日空該我用奇。（四番抬匣裝金銀珠,一匣妝象牙、犀角上）

【前腔】金銀妝起,並珍珠象牙兕犀。是雖然外邦所產,也天生光怪漓。大王有令獻珍奇,用此全憑有妙機。用此全憑有妙機。

（擺介,衆白）稟三大王,這是掌寶官開來的單賬。（優看,白）金元寶一百對,銀元寶一百對,珍珠五百顆,象牙四對,犀角四對。好東西嘎！孔明見了,那有不眼熱之理？（收帖介,笑介）小番們,快隨我前去。（衆）得令。（同唱）

【淘金令】前途正長,怎顧迢還迢,瀘水那邊,方是蜀營裏。進貢爲名,自然合理。總使蜀人詭秘,自謂謀奇,誰能識我藏此機。（一番將上,白）什麽人？（衆番喝介,將白）原來是三大王,小將把守沙口,不知駕到,死罪死罪。（優）把守汛地,何罪之有,快備船隻,渡河前往蜀營。（將下,優、衆行介,唱合頭）渡將瀘水,遙望依稀。打點謙恭,見之以禮。打點謙恭,見之以禮。（下）（四卒、馬岱上,唱）

【前腔】提防有奸,南岸蠻兵起。巡邏四周,責任不由己。齊縱□駝,驟荒原裏。（馬白）我馬岱,前番渡水成功。今奉丞相軍令,統□軍士,盡搬糧草,依舊渡回北岸,恐有蠻兵暗渡,特來巡哨一番。軍士們！用心看守。（衆卒）得令。（同唱合頭）但見蓬蒿榛莽,樹石傾欹。高低道路遲馬蹄,高低道路遲馬蹄。(眾番抬寶)(孟優上，唱)渡將瀘水，渡將瀘水。(跟馬卒，白)嗄！往那裏去？(馬)你每來此何幹？(優)在下孟優，乃孟獲之弟，家兄感丞相之恩，特獻金寶，前來請罪。望將軍傳稟！(馬)既如此，隨我到大營，替你傳稟。(優)多謝將軍。(馬)軍士們，就此前去。(眾卒)得令。(同唱，合前)但見蓬蒿榛莽。但見蓬蒿榛莽。(下)

第十六齣　三擒孟獲

(孔明上，唱)

【青玉案】征蠻責任中軍帳，軍機調度多方。(蔣琬上，唱)相形度勢知趨向，參贊戎行。

(見孔介[1]，白)參見丞相。(孔)少禮請坐。(蔣)告坐。(孔)自從起兵到此，皆賴眾位勤勞。孟獲成擒兩次，不能降伏其心，尤費軍機執掌。(蔣)琬聞孟獲難服其心，蠻方怎能平定？(孔)吾擒此人，如探囊取物耳！(馬岱上)蠻人以禮至，上帳報元戎。啟丞相，小將巡哨，見孟優領蠻兵，裝載金寶，口稱進獻。現在轅門外。(孔)着他少待，傳眾將聽令。(馬)得令。(下)(孔)蔣參軍，可知孟優來意？(蔣)容某寫在掌中，進呈丞相，合鈞意否[2]？(孔)如此甚妙。(蔣寫手介)(白)請丞相鈞看。(孔看笑白)所見正與我同。擒孟獲之計，吾已定矣。(馬岱、趙雲、魏延、關索、王平、張翼上)欣聞丞相令，圖建定蠻勳。眾將參見。(孔)站過一邊聽令。(內吹打，孔寫三帖介，蔣立介，孔)關索聽令。(關)有。(孔)汝引本部兵，先渡瀘水下寨。伺候大兵安營，再備慶功酒筵，付汝簡帖，炤此行事。(關)得令。(下)(孔)張翼聽令。(張)有。(孔)汝引本部兵，先渡瀘水，預備船筏，候我大兵渡河，不得違誤。(張)得令。(下)(孔)馬岱聽令。(馬)有。(孔)汝引本部兵，扮作番卒，駕船在瀘水，等候孟獲敗陣上船，照柬行事。(馬)得令。(下)(孔)王平聽令。(王)有。(孔)汝引本部兵，屯扎中隊，殺敗孟獲，前往瀘水合兵。(王)得令。(下)(孔)魏延聽令。(魏)有。(孔)汝引本部兵，屯在左隊，殺敗孟獲，前往瀘水合兵。(魏)得令。(下)(孔)趙雲聽令。(趙)有。(孔)汝引本部軍，屯在右隊，殺敗孟獲，前往瀘水合兵。(趙)得令。(下)(二中軍、四將、四卒暗上介，孔)蔣公琰管待孟優，並一干蠻將。(付帖介)照帖行事。一面令軍士整備拔營，待我見過孟優，即便同往瀘水，會合眾將。(蔣)得令。(下)(孔)着孟優進見。(優進介)家兄孟獲，感丞相活命之恩，無可奉獻，聊具金珠等物，權爲賞軍。另有貢獻天子禮物，望丞相主裁。（孔）汝兄今在何處？（優）爲感丞相天恩，竟往銀坑山，收什寶物去了。家兄回來呵！（唱）

【粉孩兒】頻頻的悔當初心用枉，兩番擒免死此恩何廣。時時憶念難暫忘，願輸誠拜伏歸降。（孔白）汝帶多少人馬？（優）只有運寶四十人。（孔）令進來。（優）運寶的進來。（四番抬寶上）寶珍來異域，貢獻進軍營。（放當場介，優）請看。（唱）寶和珍，聊表虔心。

（叩首介）求丞相弘度涵養。（孔白）這些運寶之人，皆是青眼黑面、黃髮紫鬚，到也可觀。爾等席地而坐，痛飲一番，候我回信。左右進酒。（軍應介，孔）帳前憑飲酒，吾自理軍機。（下）（蔣上）各位勞苦，請坐。下官敬酒。（蔣、優對坐，四番另坐，四軍巡酒介，同唱）

【福馬郎】儘拼今朝傾大盉，這便是滄海無窮量。神自爽，只爲心無疑忌，主賓兩忘。（優飲大杯介，白）阿喲！這酒好奇怪，滿身有些酥麻了。（作醉介，唱）五内自顛狂。（倒介）頭沉重，又覺眼無光。

（倒地齊醉介，蔣白）蠻人醉倒，丞相大兵已去。軍士們，快快隨我趕上。（卒）得令。（齊下）（四番、孟獲暗上介）今日差三弟前去進寶，孔明受了禮物，設宴相待。方纔有信，約我二更進兵，裏應外合。我分兵三隊，各帶火具，前去放火。小番們，已到蜀營，就此衝進。（眾）得令。（衝進被醉番絆倒介）（獲看介，白）呀！這是我們的人，被蜀兵殺了。（又看介）唔！帳中不見一人，又中他計了。（一醉番起渾介，獲）原來吾弟並小番儘皆醉倒。（番指口介，獲）小番們，快救三大王，並眾小番，就此奔回中隊。（四番扶優並醉番齊下）（內吶喊介）（二小軍執火把，王平上）孟獲那裏走！（獲、王戰介，獲敗，王追下）（獲上）又殺他不過，且奔左隊去便了。（二軍、魏延上）那裏走！（戰介，獲敗，魏追下）（趙雲、獲上戰介，獲敗，趙追下）（四小軍、馬岱俱扮番人作撐船上，白）星稀天欲曙，瀘水好維舟。喬扮蠻人狀，束中預定謀。軍士們，天色將明，好生伺候。（眾應介）（獲奔上，唱）

【紅芍藥】思戰勝，又遇敗亡，好教人怒滿胸膛。（白）且喜已到瀘水，小番們！（眾）大王這裏上船。（獲下，馬上船介）快渡南岸。（唱）獻寶不行，損兵折將，剩單身在船惆悵。（馬拍掌介，眾擒孟獲介）（俱脫番衣介）（馬白）將孟獲解往南岸。（眾）得令。（同唱）深知丞相計最良，何蠻人依然拒抗。勸伊家早早投降，每不思刀頭輕喪。（作登岸押獲下）（四卒、二中軍、蔣、王、魏、趙、孔明坐車上，同唱）

【耍孩兒】欣睹長空旗幟漾。軍馬紛紛度，有嚴整左右成行。把深謀，預料彼來意多虛誑。四下的調陳兵和將,到此地誰能抗。

（張翼上,白）張翼奉令,預備一應船筏,請丞相渡水。（孔）三軍就此渡水。（衆）得令。（內吹打）（下車馬,登舟介）（設船,排場介）（同唱）

【會河陽】水面風微曉來自涼,此時毒氣自消忘。渡將瀘水危途,按將舊方。土人語,堪憑仗。我皇齊天福,何多讓,借光,不毛地軍威壯。

【縷縷金】天和霽,起初陽。水平波不起,靜天光。對面長山接,烟巒碧障。托山隱隱有千樟,渰染蒼茫狀。

（關索上,白）關索奉軍令,已曾安下大寨,請丞相進營。（吹打、登岸、進營、陞帳介）（馬岱上,白）稟丞相,孟獲解到。（孔）解進來。（馬押獲上介）（馬）孟獲當面。（孔）先遣汝弟詐降,如何瞞得我過,今番又被我擒,汝可心服?（獲）此吾弟貪口,誤中詭計,非我無能,如何肯服。（孔）已擒三次,如何不服?（獲不語介）（孔笑介,白）吾再放汝回去。（獲）丞相若肯放我回去,統兵交戰,再若被擒,死心歸順。（孔）若再生擒,必不輕恕,左右鬆綁。（放介）（孔）去罷。（獲下）（關白）稟丞相,酒筵齊備。（孔）今大兵已渡瀘水,深入蠻人巢穴,盡歸吾掌,諸將必須盡醉。（蔣）看酒。（吹打、安席,同唱）

【越恁好】慶功開宴,慶功開宴,將士氣昂昂。占將蠻地巢和穴,與兵糧。蠻人此際猶自狂,可爲心安。可今屯此地難疏放,將來還畢竟歸吾掌。

【紅綉鞋】當筵且酌盈觴,當筵且酌盈觴。盡教一醉何妨,盡教一醉何妨。三擒縱,武威彰。瀘水渡,計精詳。恁險阻,勢難當。

（孔白）諸公聽者,吾擒孟獲三次,而不殺欲服其心,仗賴諸公,勿辭勞苦。（衆）丞相智仁勇義,子牙、子房皆不及也。（孔）吾安敢望於古人!

【紅綉鞋】那孔明兵權在掌,拜別了彤陛詣蠻疆,受了些風霜。皆賴諸公效力,共成功業。（衆）丞相謬贊了。（孔）衆將各歸營寨。（衆）謝丞相賜宴。（同唱）

【尾】軍中全部歡無量。賴上下交相憑仗,少不得指日成功賴彼蒼。（下）

校記

［1］見孔介:"孔"字,底本作"乙",今據文意改。

［2］鈞意:"鈞"字,底本作"均",今據文意改。下同。

二本上

第一齣　伏波遣神

（八神上，耍旗，馬援白髯盔甲上，唱）

【粉蝶兒】則俺這廟立殊方。衆蠻夷，齊來瞻仰。俺笑他行，也鬧壤壤。怪異個猖狂。憑他有千條計，兵將廣，只、只教他難逃這天羅地網。漢丞相萬古名揚。七擒縱，管教他拱手歸降。（白）馬革裹屍心志定，何妨薏苡指明珠。惟求俯仰無慚愧，自古忠名汗簡書。小聖馬援，因征蠻到此，人人感德，至今存我遺廟、伏波將軍之名。今當建興三年，諸葛來征孟獲，恰於小聖當年，到此無二也。（唱）困頓，道路迂長，七擒縱顯名揚。不過是勞忠黨。但願得建奇功，那漢丞相立廟廊。

（白）昨日王平，到禿龍洞西北，誤飲啞泉，旬日必死。小聖合當救護，一則蒙上帝好生之德，二則助漢強勝不損軍威，三則盡我故臣忠君之分。不免吩咐山神前去，指點便了。山神何在？（山神上，白）東路雲山合，西崖瘴厲多。爲神守此地，斷火絕烟何。山神參見，上聖有何使令？（伏）漢丞相諸葛征蠻到此，軍士已中啞泉水毒[1]。今日孔明親自探路，汝化一老叟，向他說明四種毒水之故，並烟瘴所聚時刻，使他全軍遠害。（唱）

【普天樂】恁可也須指點莫被傷，大軍來爲憑仗。聽者，那諸葛亮征蠻定邊疆。健勇將威武張，使他不染那烟和瘴。六月裏炎天勢難當，教他免受這災殃。但願得征蠻伏，保漢室萬古常。

（山白）不染烟瘴，却用何法指引？（伏）孟獲之兄孟節，現在萬安山，其人道術已成。指點孔明，見他便了。（唱）

【石榴花】你叫他逢高士話語長。恁、恁將吉凶趨避從頭講，好、好叫他緊緊提防不用忙。一誠心相欽賞，必須要着意論講，邪不侵正那天相諒。將機關從頭慢講，逢毒泉莫教衆軍傍，飲毒泉之水軍將亡。

（山白）領法旨。（下）（伏）山神已去，漢軍無恙也。（唱）

【煞尾】建殊勳深測量，天定數不用忙。試看那孔明與俺不爭差，萬載個千秋姓名揚。（下）

校記

[1] 中啞泉之毒："中"字，底本作"重"，今據文意改。

第二齣　借用獠丁

（孟優上，唱）

【卜算子】屢戰難求勝，怎把軍容整。好向鄰邦借用兵，猶可圖僥幸。（白）我欲恕人人不恕，人難容我我難容。兩心彼此難相下，待決當場雌與雄。我孟優。指望平吞蜀土，誰想遇了孔明，神機妙算，吾兵不展一策，屢屢喪吾銳氣。吾兄受三擒之辱，回到洞中，於我商議，備了金寶，往八番九十三甸，向蠻夷部落中，借用牌刀獠丁，再與孔明決戰。方纔別了哥哥，就此出境。番奴們！（四番背包上）三大王，有何吩咐？（優）小心帶着金寶，隨我登程。（應帶馬介，優唱）

【步步嬌[1]】跨馬登程離吾境。遵奉親兄命，長途何憚行。惟願鄰邦，助我強盛。同心剿蜀兵，依然把我雄威整。（下）（四獠丁開綠臉、穿綠衣、虎皮裙持弩弓上）

【醉扶歸】喜上危梯和石磴，天成捷技自堪憑。到處稱呼我獠丁。（一白）我等八番甸中，獠丁是也。（二）獵射爲生，攻殺爲性，但服土官威嚴，不曉中華王化。（三）使的是牌刀，用的是藥弩，尚以打生爲業。（四）同年們，閑話少說，我們打生去罷。（一）說得有理。（同唱合頭）搜來箭利弓還勁，群行好去打群生。此中也有無窮興。

（優帶四番急上[2]，一白）同年那裏去？（優）你們都是獠丁麼？（一）便是。（優）我乃銀坑洞孟大王差遣，要見你家番主，快引我前去。（一）原來如此，那邊是番主的巖子，同年先請，我等隨後。（行介、優唱合前）（一白）這裏是了。我等通報去。（四丁下）（優）番奴們！把金銀捧了，隨我進去。（四番抱包介）（四丁隨番主青布裹頭、回回衣、黃飛鬢上）上邦佳客至，倒履急趨迎。（優）番主請了。（主）不知駕臨，有失遠迎，請。（進介，各抱頭去帽叩首）（着地坐介，主白）孟大王虎踞銀坑山，無由瞻仰，重蒙使命遠臨，不勝榮幸。（優）家兄久慕番主雄威，遣弟多多致意。（主）原來是三大王，益發不當。（挪側坐介，優）有微禮幾種奉送，番奴捧禮物上來。（番呈禮介）（主起介，白）這個如何敢受？（優）請收了，還有話說。（主）阿呀！却之不恭，受之有愧。獠丁們,且收了。又勞三大王親來,多多有罪。(叩首介,優)請坐了。(主)大王如此厚賜,必有事故,若有效力之處,悉聽指揮。(優)家兄困守銀坑山,未曾相犯鄰邦。今遭諸葛亮提兵入境,家兄屢戰不利。爲此遣弟,乞借雄兵,共保疆土。家兄呵!(唱)

【皂羅袍】洞在銀坑山境,當衆家屏翰,衝要非輕。蜀人壓境勢雖平,幾番對壘何曾勝。此方殘破,那方怎寧。有關唇齒,怎能取勝。救兵速發宜策應。(主白)諸葛亮無故相犯,人人得而討之,犯得孟大王,即犯得我,唇亡齒寒,理當策應,反蒙厚賜,使我慚愧無地矣。(唱)

【好姐姐】此方吾儕疆境,怎容你蜀兵馳騁。定見尊兄,待人心意誠。(白)吾部下刀牌獠丁,挑選一萬相助。(唱)到也還强勁,若然對陣必然勝。那怕蜀兵久戰兵。

(優白)多感相助,就此告別。(主)説那裏話,請大王後營小酌,屈留一霄,明日挑選獠丁,親送大王出境便了。(優)益發不當。(主)請。(同唱)

【尾】有言好向樽前罄,共議軍機要領。併盡一番地主情。(下)

校記

[1]步步嬌:"嬌"字,底本作"姣",今據文意改。下同。
[2]優帶四番:"帶"字,底本作"代",今據文意改。

第三齣　四擒孟獲

(四小軍持鍬引關索上,同唱)

【水底魚】洱海汪洋,濤聲日夜忙。(合)陳兵北岸,用計最淳良。用計最淳良。

(關白)我兵自渡瀘水,到西洱河,丞相用呂教授之計,伐竹爲橋,以通兩岸。兩岸下寨,以待蠻兵。前者孟獲,借得獠丁,十分凶勇。丞相密授衆將奇謀,已經棄了二寨。命我在此,掘下濠坑,不免遵令。軍士們!就此掘下濠坑。(同唱)

【玉環清江引】地甚平陽,偏逢土不剛,偏逢土不剛。何用去慌張,衆動易贊襄。地甚平陽,偏逢土不剛,已有十餘丈。(合)是分明困蠻囚有地網。

(白)軍士們,掩蓋好了。就此回營交令。(同唱合前,下)(四獠丁背弩弓,孟獲上,同唱)

【水底魚】武耀威揚，蜀人膽欲亡。（合）棄將二寨，一定勢匆忙。一定勢匆忙。

（獲白）俺孟獲自借獠丁[1]，兵威大整，殺得孔明連棄二寨。大料蜀中有緊急事，故此而走。獠丁們，就此追上。（眾應介，唱合前）（四軍、趙雲上，戰）（馬岱上，接戰）（趙斬四獠丁，下）（趙、馬雙戰獲介）（獲敗，趙、馬追下）（四軍、魏、關、孔明上，同唱）

【前腔】深入蠻疆，蠻猶不忖量。四擒已穩，不用更匆忙。不用更匆忙。（車立當場，關、魏、四卒分立介，獲敗上，唱）

【前腔】四下風狂，蜀兵勢莫當。獠丁殺盡，我又敗當場。我又敗當場。

（孔白）蠻王孟獲，大敗至此，吾已等候多時。（獲怒介）呀！吾遭汝詭計，受辱三次。今幸此處相遇，我把你砍爲齏粉。（作急趕跌下陷坑介）（魏、關綁獲跪介）（趙、馬上立介，孔白）匹夫，今番又被我擒，有何理説？（獲）誤入詭計，死不瞑目。若敢再放我回去，必報四番之恨。（孔）放了綁。（放介）（孔）吾四次放爾，尚然不服！

【針線箱】汝心頭依然違抗，全不懼刀頭命喪。任癡迷大勢全不諒，真乃無知狂妄。（獲白）吾雖化外之人，不似丞相，尚施詭計，吾豈肯服。（孔）放汝回去，還能與我決戰麼？（獲）丞相若再拿住，那時傾心降服，盡獻本洞之物犒軍，誓不反亂也。（唱）吾今再整雄兵將，勝負攸分在這場。擒我沙場上，那時節傾心卸甲歸降。

（孔白）給他鞍馬，着他去罷。（軍牽馬，獲作急下）（孔）就此回寨。（衆）得令。（唱合前）（下）

校記

[１]俺孟獲："俺"字，底本作"獠"，今據文意改。

第四齣　朵思款留

（四蠻卒引朵思青布包頭紫臉黑飛鬢回回衣靴上）

【搗練子】洱海右極，南天坐鎮，一方另有權。（白）遍地黄金有，天生財寶邦。民間種植者，蔞葉於檳榔。我乃秃龍洞朵思是也。世居洱海，管轄一方百姓，自稱洞主。昨有手下報道，孟大王前來借兵，誼在鄰邦[1]，豈容坐視。左右，孟大王到時，即忙通報。（卒應介）（孟獲上，唱）十萬雄兵籌莫展，向人投奔有慚顏。

（蠻卒白）孟大王到了。（朵迎介）孟大王勞苦了。（獲）輕造不當。（進坐介）昨日遣人致意，深感大王容留。（朵）鄰邦唇齒，彼此相惜。（獲）過承厚愛。（朵）分所當然。大王受諸葛之辱，我已盡知，且請寬心住下。若蜀兵到來，叫他一人一騎不得還鄉，連諸葛亮皆死於此。（獲）大王有何奇謀？願祈明示。（唱）

【園林好】壓吾疆雄師甚堅。敗吾師，不能凱旋。有甚奇謀捷見，能如此，建功全。開茅塞往明言。

（朵白）此地只有兩條來路，東北上地平水甜，人馬可步，若以木石壘斷，人不能進；西北上一條路，山險道窄，而多蠍蛇，黃昏至午，烟瘴迷天，未、申、酉三時，可以行走。

【江兒水】限此蠻叢路，崎嶇成自天。若將東路來塞斷，蜀兵雖利無由轉，教他裹足如墻面。西路無非惡險。彼此經行，自有無窮不便。（獲唱）

【五供養】天公設險。安此愚驅，大慰憂煎。今朝寬解處，多感示明言。從前遺恨，枉知彼輕身鏖戰。致使我遭艱窘，受顛連。而今有地報全冤。

（朵白）還有險要之處，益發叫大王歡喜。（獲）求大王指教。（朵）西北路上，有四個毒泉：一曰啞泉，其水甜美，人飲之而啞，不過旬日而死；二曰滅泉，於湯無二，人若沐浴，肉爛盡皆而死；三曰黑泉，人濺之在身，手足皆黑而死；四曰柔泉，人飲之，喉冷身軟而死。此處蟲鳥俱無，有漢伏波將軍到此。（唱）

【玉交枝】不須攻戰，管收功憑將四泉。天教剿敵如吾願，諸葛奇謀難顯。從來下營惟水先，泉中毒氣如何免。羨他軍同歸九原，羨他軍同歸九原。

（白）小弟一面着人斷截此路，大王穩居敝洞，候他死信便了。（獲）蜀兵西來，無歸路矣。（唱）

【川撥棹】籌不展，大軍來俱不免。（揖介，唱）我孟獲惟感蒼天，我孟獲惟感蒼天。謝天公生成四泉，報前仇，雪舊冤。不由人，心暢然。不由人，心暢然。

（朵白）已備酒宴，請到小園，大家暢飲。（獲）取擾不當。（朵）好說。（同唱）

【尾】開懷且把盈觴薦。精神爽，主賓相勸。也算是洱海西南另有天。（下）

校記

［1］鄰邦："鄰"字，底本作"臨"，今據文意改。

第五齣　計議軍情

（孔明上，唱）

【玉女步瑞雲】當此炎蒸，師旅久羈敵境。（呂凱上，唱）知何日蠻方寧靜？

（孔白）自從五月渡瀘，今又六月天氣，南方炎熱，分外難當。（呂）連日不見孟獲兵出，我兵離了西洱河，望南進發，又是四五日了。（孔）且待哨馬報來，另作計較。正是：軍情難預定，（呂）帷幄費焦勞。（蔣琬上）但得成功早，凱歌報聖朝。蔣琬參見。（孔）坐了。（蔣告坐介）啓丞相，方纔哨馬報來，孟獲退往禿龍洞，聽朵思計謀，將要路壘斷，內設重兵守之，留下西北一條山路。山深道窄，不能前進。（唱）

【降黃龍】他投奔於人，聽信人言，死守藏兵。又壘路途，西北雖通，險峻難行。重重叠叠，怎能識進兵之徑。到如今勢成騎虎，怎生進征。

（孔白）季平所畫《征蠻圖》上，原有兩條路，但不知其詳細。（呂）便是呢。（蔣）孟獲四次就擒，今已膽喪，安敢再出。況又如此炎天，軍馬疲乏，征之無益，何不暫且班師。（孔）公琰之意，正中孟獲之謀，吾軍一退，蠻兵乘勢來追，悔之晚矣。吾既到此，一定要征服其心也！（唱）

【前腔】斯行。上表徵南，統禦三軍，共遵朝命。陳兵到此，未挫威風，四番得勝。群英。蹌蹌躋躋，上下交相心應。試看我，攻其心服，指日成功。攻其心服，指日成功。

（蔣、呂白）丞相此論，吾等茅塞頓開。但目今作何計較？（孔）速傳王平聽令。（呂）王將軍聽令。（王平上）將軍分虎行，戰士卧龍沙。王平打躬。（孔）今孟獲逃往禿龍洞，此處有路兩條，《征蠻圖》雖載，到底不知詳細。汝領本部兵，速往禿龍洞西北一帶，探明路徑回報。（唱）

【黃龍滾】全憑此番行，全憑此番行，細探蠻人徑。東西路兩條，須將西路來詳省。總有曲路危崖，高山峻嶺。須用心，窺地勢，來覆命。

（王白）得令。（下）（孔）王平已去，地理自明。且待他繳令，共議進兵之計便了。且待將軍探路還，（蔣）隨機定計破南蠻。（呂）此時不敢輕兵進，

（合）爲限當前層叠山。（下）

第六齣　誤飲毒水

（四小軍、王平上，同唱）

【泣顏回】旗幟順風飄，軍士桓桓前導。來探路徑，何辭跋涉迢遥。山空寂寥，鎖荒烟不見人迹到。若非是奉旨征蠻，怎經行此地不毛。

（白）我王平。奉令來此探路，一路行來，山高崖險，當此炎天暑熱，瘴氣薰蒸[1]，怎生是好？（衆軍）稟爺，衆軍焦渴，無處覓水。（王）且到前面，覓水便了。（衆）得令。（同唱）

【千秋歲】透征袍，盡是淋漓汗，一個個渴病誰告。小路迂回，小路迂回，又遇了瘴烟迷漫難掃。高上下，風難到，炎威逼，俱煩燥。真乃羊腸道。爲王家盡瘁，敢憚劬勞。

（一卒白）呀！且喜當道一泉，大家正好解渴。（衆）妙吓。（王）住了，不知地理、此水好歹，不許飲。（卒）待我喝一口看就是了。（喝介，白）且喜是甜水，大家喝罷。（衆喝，同唱）

【越恁好】長鯨吸海，長鯨吸海，渴吻暫時消。清泉能解炎蒸苦，一概飲三瓢。斯時大衆齊爽神，暑煩俱掃。（痛介）緣何滿腹内騰騰飽，大都皆賴此清泉好。

（王白）軍士們，路已探明，就此回寨。（衆）得令。（同唱）

【紅綉鞋】斜陽炎處天高，斜陽炎處天高。空山曠蕩寂寥，空山曠蕩寂寥。（衆軍啞狀介）（王白）呀！這是什麽原故？（衆軍指口作啞介）（王）我方纔言説，此水不知好歹，必是中毒誤飲毒水。（唱）毒已中，口齊膠。嗟衆命，定難逃。從天降，禍根苗。

（白）回去稟知丞相，定有解救之方。爾等快快回去。（衆點頭介）（王唱）

【尾】從來難走稱蜀道，不但路途深窅，瘴氣毒泉容易招。（下）

校記

[1] 薰蒸："薰"字，底本作"董"，今據文意改。

第七齣　孔明親探

（孔明上，白）盛暑重揮汗，驅兵入不毛。但能利社稷，臣子敢辭勞。俺諸葛亮。奏請三軍，進征此地，已經勞師費糧三月有餘矣。未知何日，奏凱還朝也？（唱）

【新水令】老臣羈旅在南蠻，統徵兵已非一旦[1]。凝眸瞻帝里，遮斷萬重山。甚日班師，趲肜陛天工協贊。趲肜陛天工協贊。

（四啞軍引王平上，白）王平交令。（孔）探路如何？（王）禿龍洞果有兩條大路。東北路已經塞斷。西北一條小路，山險嶺惡，道路窄小，當道一泉，眾軍飲之，個個都啞口不言了。（唱）

【步步嬌】號令欽遵難遲慢，探路曾往返。層層叠叠山，軍中毒泉，事屬奇誕。驅馳扎挣還，尚求丞相舒危難。尚求丞相舒危難。

（孔白）呀！（唱）

【折桂令】聽伊言頓起愁煩。又誰知不道前途，偏遇着怪事只這多般，真個是平地波翻。既然是水泉猶渗，怎好去剿服諸蠻。（白）軍士，你每怎麼啞了？（軍指口作喝水指腹搖手介）（孔）且站過一邊。咳！（唱）他那裏搖頭轉眼，一任價出語難言。俺這裏着眼相看，好教人怎破疑團。這是俺有用的官軍，分明是休戚相關。

（白）軍士回營調理，汝隨俺親自去看。傳關索，統領步軍隨行。（王白）丞相有令，關先鋒統領步軍，隨丞相往禿龍洞去。（四卒、關索上）得令。（孔上車，同唱）（啞軍先下）

【江兒水】赤帝當權候，炎炎似火燔，鐵衣透了重重汗。但見崇山峻嶺連霄漢，山容古怪無溪澗。（王白）就在此處了。（孔）退了。（眾卒下）（王）這就是毒泉了。（孔下車看介）這一潭清水，深不見底，水氣逼人。（四看介）但見四壁峰嶺，鳥雀不聞，真異境也。那邊有一古廟，不免前去看來。（唱）從來經由在眼。榛草荒涼，頑石連無根岸。（下）

校記

[1] 統徵兵："統"字，底本作"純"，今據文意改。

二本下

第八齣　山神指示

　　（一判、二鬼、馬援上，白）天聽寂無音，蒼蒼何處尋。非高亦非遠，都只在人心。小聖伏波將軍馬援。奉上帝之命，保護俱黎。西蜀兵將，誤飲毒水。今日孔明前來探路，察訪根源，吾已命山神等他到來，指引便了。鬼判，肅整威儀者。（應介）（孔上，孔白）扳藤還附葛，古廟扣來迹。（看介）原來是伏波將軍之廟，不免進廟拜禱。（進看介）將軍在上，諸葛奉旨征蠻，軍士不識地理，誤飲毒水，望尊神念漢朝大事之重，通靈護佑。（唱）

　　【雁落得勝】俺待去好維持大業殘，重奠了這一統劉家漢[1]。併吞這踞中原孫與曹，不過是把恢復全肩擔。呀！慮只慮揣度有南蠻，我兵行他來犯。因此上冒炎蒸身入不毛地，望尊神照鑒忠心一片丹。（拜起介，白）拜禱已畢，且出廟去尋一土人，細問便了。（唱）其間，問人時不爲晚。心煩，不明時不敢還，不明時不敢還。

　　（山神上，白）行藏人不識，扶杖見來人。（孔）老丈請了。（揖介）長者何人也？（山）老夫久居此處，久聞丞相隆名，蠻人都蒙活命，感恩不淺。（孔）軍士飲此泉而啞，是何故？（山）此水名爲啞泉，飲之即啞。西南有滅泉，與湯無二，人不可浴。正南有黑泉，人濺之手足皆黑。東南有柔泉，其冷如冰，人不可飲。四泉乃毒氣所聚也。戌時起烟瘴，午時方散，未、申、酉三時，可以往來。（唱）

　　【僥僥令】皆因毒所聚，中者挽回難。九時瘴氣不能散，只有三時可往還。（孔唱）

　　【收江南】呀！聽他言這般樣利害呵，斷不可去征蠻，辜負了英雄衆將跨征鞍。（白）如此説，蠻人不能平矣！俺諸葛亮，有負托孤之重在身。也罷，不如投崖而死罷。（唱）此心兒怎干，此心兒怎干，一任俺投崖自盡且偷安。

　　（山扶介，白）丞相不可如此。老夫指引一處，足以解救。（孔）老丈有何高見，望乞教之。（山）此去正西數里，山中有一萬安溪，内有高士，號爲萬安隱者。庵後有一泉，名曰安樂泉。中毒者，飲其水即解。受瘴氣者，萬安溪内浴之，自然無事。其地有薤葉芸香草[2]，人若口含一葉，不染瘴氣。丞相

速往求之，大事定矣。（唱）

【園林好】有高人身居萬安，往求之解之不難。可以成功一旦。西行去進山灣，途非遠少艱關。途非遠少艱關。

（孔揖介，白）承老丈盛德，請問高姓？（山）吾乃本處山神，奉伏波將軍之命，特來指引。來時果無蹤，去時不留形。請了，那邊人馬來了。（下）（孔）在那裏？老丈！老丈！忽然不見了。如此説，是伏波將軍如此顯應也。（唱）

【美酒太平】賴君王福不凡，賴君王福不凡，神護佑轉眸間。指點這解救之方甚不難。俺親來此番，庶不致途窮興嘆。（拜介）謝神明暗中默贊，是分明助扶炎漢。俺呵，喜的是兵安將安，儘好去征蠻服蠻。呀，好次第將軍機辦。

（白）（出廟説）衆將官。（衆上，王、關）有。（孔）就此由舊路回寨。（衆）得令。（同唱）

【尾】烟迷落日山容慘，山静巖空景挽。齊趕輪蹄，好望大寨還[3]。（下）

（馬援白）鬼判們，收什威儀者。（衆）領法旨。（馬）欽奉昊天敕，覆命奏彤庭。（下）

校記

［1］一統："統"字，底本作"純"，今據文意改。
［2］薤葉："薤"字，底本作"韮"，今依下文改。
［3］大寨："寨"字，底本作"塞"，今據文意改。

第九齣　高士救災

（孟節野服上，唱）

【出隊子】山容秀媚，山容秀媚，雲和草木净無塵。静中悞得生前本，因疑虛幻吾此身。隱此學道，取討丹真。

（白）萬安溪中乾坤別，安樂泉邊日月長。俗處塵溢飛不到，野花繁蜜自馨香。我孟節。隱此學道，探討丹經。每恨兩弟，怙惡不悛[1]，致累漢相興兵。六月炎蒸，軍士必然中毒。一定有人指點，到此求救。道童！（童上）采芝能入道，煮石可長年。師父，有何吩咐？（節）今日有客到來，煮下柏子茶，備下松花菜，再付門外伺候。（童）曉得。（下）（節）了悟浮生禮，先知事所

長。(下)(四軍捧禮、四啞軍、王平、孔明上,同唱)

【出隊子】旌旗導引,旌旗導引,虔詣名山訪隱淪。中毒泉處遇山神,萬安溪内蒙指引。禮物信香少將敬申。

(王白)有人麽?(童上)果然有客到了。師父有請。(節上)來者莫非漢丞相否?(孔)高士何以知之?(節)久慕丞相南征,安得不知,請。(進揖,坐介,孔)少備信香禮物,稍申敬意。(王送介,節)何以克當。道童,權且收下。(童收介)荒山僻陋,敢勞丞相枉駕,又蒙惠賜,老夫慚愧無地矣。(孔)亮,蒙敕領軍至此,欲服蠻人。今孟獲潛入洞中,深入其境,軍士誤飲啞泉。昨感伏波將軍顯應,言此地有藥泉可治,望高士矜念。

【啄木兒】須矜念漢代臣,責任兵戎君命緊。感伏波指示名山,望救特來相懇。念征夫中毒遭艱窘,高人休把陰功吝,尚待重蘇待斃人。

(節白)老夫山野廢人,重蒙丞相垂問,此地安樂泉,就在庵後。丞相自命軍士,隨意飲去。(孔)還祈指引。(節)道童,可引衆軍士,先到安樂泉,飲水解其啞毒,再往萬安溪沐浴,净其瘴毒。(童)曉得。軍士們,隨我來。(引四啞卒下)(節送茶介,白)此間蠻洞,多毒蛇蠍,更有柳花,飄入溪澗之中,水不可飲。惟有掘地爲泉,飲之無毒。(唱)

【前腔】蛇和蠍都聚群,入水柳花毒氣隱。也只爲萬壑險森,毒聚不能發奮。軍中需用當鑿井,衆軍方可隨時飲。敢竭遇忱謹布聞。

(孔白)還聞貴山,有薤葉芸香,並求惠賜?(節)益發容易。(童、王、衆軍上)(王白)禀丞相,衆軍飲了安樂泉水,隨即吐出惡涎,便能言語,又到萬安溪沐浴了,一個個精神如舊了。(唱)

【前腔】靈泉益功效神,解救之時只有一瞬。喜一時言語依然,頓然覺精神不損。(衆軍白)多謝師父解救身體,都無恙了。(唱)感蒙解救神功迅,異鄉不致遭危困。自此餘生師所存,自此餘生師所存。

(節白)道童!再引衆位,采取薤葉芸香草便了。(童)曉得。(引衆軍下)(孔白)請問高士,尊姓大名?(孟節)吾乃孟獲之兄孟節。(孔驚白)呀!孟獲就是令弟麽?(節)丞相休疑,容節少伸片言。吾父母生三子,節居長,次子孟獲,三子孟優。兩惡弟,不歸王化,節每勸不從,故隱居於此。今惡弟造反[2],勞丞相深入此地,節該萬死。(拜,孔扶介)(節唱)

【前腔】不毛地勞費神,罪重丘山難自隱。(孔白)咳!柳下惠、盜跖之事,世代有之。吾當奏聞天子,立公爲王。(唱)奏朝廷請立爲王,此舉專期首肯。(節搖手介)爲嫌榮名而逃於此,斷不貪圖名利。(孔)既如此,少申金帛,以表寸心。(節)既爲山野之人,何所用其金帛,斷不敢受。(孔)咳!真乃高士。亮自愧失言矣。就此告別。(唱)不貪名利真高隱,此時自愧失言咱。一席言談廣見聞,一席言談廣見聞。(分下)

校記

[1]怙惡不悛:"怙"字,底本作"衬",今據文意改。
[2]造反:"造"字,底本作"遭",今據文意改。

第十齣　楊鋒慕義

(楊鋒帥盔雉翎短髯披挂上,唱)

【點絳唇】智勇豪强,胸藏伎倆。除奸黨、拜服擾降,管取歸蜀將。

(白)邪正攸分處,心中好惡存。若不隨曲直,便是墮旁門。吾乃銀冶洞洞主楊鋒是也。昨聞漢相諸葛領兵到此,連擒孟獲四次,不知悔過,投奔禿龍洞朵思,共成一黨。我欲興兵剿除,爲天兵效力。由恐力量不加,大事難成,怎生是好?哦!有了。吾帳下有蠻姑數百,貫能衝鋒破敵,不免前去,假言助陣,他二人一定欵留。酒席之間,喚蠻姑舞劍,趁他不備,一齊上前擒住,大事濟矣。蠻姑何在?(十二蠻姑上)

【四邊靜】咱們武藝甚高强,到處誰敵擋。衝鋒破敵時,刀過片雪霜。憑咱伎倆,到處成行。若遇交戰時,管叫盡消亡。

(白)蠻姑們見。(楊)爾等各將寶劍,操演一回者。(衆應舞介,唱)

【二犯江兒水】昆吾在手,各執着昆吾在手,遇敵人向前走。純剛劍須要顧尾盤頭。綸昆吾變化有,舞去又還手,逢咱一命休。上將驚愁,鐵馬韁收。一任他猛將軍,也驚魂糾。(合頭)鋒鋩密稠,那怕他鋒鋩密稠。如星光電溜,何懼他如星光電溜。若衝鋒不成功誓不休。

(楊白)好。聽我吩咐,爾等明日,帶了刀盾,隨我往禿龍洞,見孟獲、朵思。飲酒中間,喚爾等舞楯,聽我喊一聲,即將他二人擒住,不得有違。(衆蠻姑)得令。(同唱,合前)(下)

第十一齣　席前就擒

(四朵番、朵思、孟獲上)(獲唱)

【搗練子】能固守避兵鋒，賴此四泉凶。（朵）待他師老糧都盡，全憑一戰穩成功。（坐介）

（獲白）多謝大王容留，避此兵險。（朵）大王，暫住幾日，等他兵盡糧絕，再領兵出戰，一鼓擒之。（獲）全仗四泉之毒，定報從前之仇。（一番報上）報，稟二位大王，蜀兵在禿龍洞下寨，掘井得水[1]，不染瘴氣，四泉皆不靈了。（朵）知道了。再去打聽。（報應下）（獲）罷，吾與舍弟統兵，決以死戰。（朵）大王不必動怒，俺如今殺牛宰馬，大賞洞丁，設擺酒宴，與大王暢飲。明日統兵，必獲全勝。（獲）多感大王。（對飲酒介）（獲、朵唱）

【惜姣奴】斟酒盈觥。主和賓對飲，不須相送。惟祈壯膽[2]，方能打伏衝鋒。英雄。那怕蜀兵都驍勇。總然有彼貅衆，士卒凶。咆哮突陣，一戰成功。

（番上，白）稟上二位大王，銀冶洞楊大王帶領蠻姑，前來助陣。（朵）道有請。（楊鋒持雙斧上，白）親身入虎穴，虎子定遭擒。（獲、朵）重蒙大王恩助，喜之不勝。（楊）忝在鄰邦，宜當如此。（朵）吾等正欲出戰，幸遇大王相助，就請一同壯膽。（楊）妙吓！（各坐飲酒）（獲、朵、楊唱）

【錦衣香】鄰誼崇榮辱共，嗅味同交情重。大都唇齒相依，言非虛說，吾儕俱是一方雄。精兵管轄，聲氣相通。既叨陪友邦，願心期彼此和衷。議治番家洞，敵兵強橫。怎能袖手，由他蜂擁。怎能袖手，由他蜂擁。（楊白）軍中少樂，吾隨軍有蠻姑，善舞刀劍，以助一笑。（獲）一發妙了，自當賞鑒。（楊）喚蠻姑們進帳侑酒。（番）蠻姑走動。（十二蠻姑雙點紅額、錐髻、緊身青衣褲、赤足、持刀各跳上舞介[3]，白）好將步伐來收縱，運刀也帶舞時容，蠻姑們叩頭。（楊）蠻姑，將劍法演來侑酒。（十二姑）得令。（唱前十齣慕義的【二犯江兒水】"昆吾在手"云云）（唱完介）

（楊起拍手）（六姑擒四番，六姑擒獲、朵介）（又四番上，介）（楊）誰敢來。（敗衆下）（獲）我與汝無仇，何故相害。（楊）汝存心不善，我特來擒汝。蠻姑們，快帶二人前去請功。（衆姑）得令。

（同唱前出【二犯江兒水】合頭半支"鋒鋩密稠"云云[4]）（唱完）（下）

校記

[1] 掘井："掘"字，底本作"握"，今據文意改。

[2] 壯膽："壯"字，底本作"狀"，今據文意改。

[3] 跳上："跳"字，底本作"挑"，今據文意改。

[4]密稠:"密"字,底本作"蜜",今據文意改。

第十二齣　洞主開示

（四帶番隨帶來洞主花布裹頭、大鼻虬髯上）

【引】梁都古洞富饒鄉,醉樸民風可仰。

（白）碧蒼三路水,青綠萬重山。環抱梁都洞,天然設險關。吾乃帶來洞主,係孟獲妻弟。今為八番部長。我家姐夫北去,留我守此梁都洞,乃孟氏祖基,山出銀礦,國富民強。俺這裏男女長成,不用父母婚配,於七月初七日,齊向溪中洗浴,男女混雜,任其自配,父母不禁,名為學藝。俺雖是偏邦,真乃安樂之地也。（唱）

【剔銀燈】豐享景界因天降,民安業裕如之象。金與寶天生難量,每方隅戶民穰穰。（合頭）蠻方。家給人足,上和下風光安享。上和下風光安享。（二番上,白）明日是七月初七,乃是男女學藝之日,小卒們那裏伺候。（帶）是吓！明日又是學藝的日子,少不得到溪邊取樂一番。你每連夜去殺蛇為羹,煮象為飯,在溪邊伺候。（二番白）番奴每理會得。（下）（帶唱合前）蠻方。家給人足,上和下風光安享。上和下風光安享。（下）

第十三齣　男女學藝

（二老男蠻上,唱）

【吳小四】俏姑姑,嫁丈夫。從來理信疏,月老不須來執斧。自相配合無人阻,久成例起在初。

（一白）我乃銀坑山老蠻是也。此間風俗,到了七月初七,男女溪中沐浴,任其自配。（二）我每有年紀的人,男人領着少年男子,年老的婦人領着少年女子,岢候洞主到來。（一）今日該我們管領,你看那邊女伴每來了。（二老蠻女上,唱）

【前腔】水和魚,愛有餘。青年男女軀,好仗清溪來作主。配合夫妻皆得所,好學藝誰敢拘。

（二老男白）女伴兒每來了麼？（二老女）來了。（二老男）把閨女們帶齊了,洞主就來,喚他們學藝。（二老女）說得有理。（同白）官人們姑娘們快來。（二男、二女上,同白）此地不興行六禮,全憑水裏定佳期。（見介）

大爺、媽媽，有何吩咐？（二老男）今日學藝，候大王駕到，同往溪中沐浴，不要錯過姻緣。（二男二女）曉得。（下）（四番、帶來）（上，同唱）

【水紅花】新秋天氣覺涼出，暑將除天零白露。時逢七夕景堪娛。到丘壑，雖無伴侶，縱目觀他學藝，暢飲心舒。偷閑頃刻樂愉愉也羅。偷閑頃刻樂愉愉也羅。

（二老男、二老女迎上，白）男女迎接大王。（帶）罷了，罷了。（四番安桌，送蛇象二大盤，二老男女敬酒介）（分立介，帶飲酒大喫介，白）妙嘎！（唱）

【黃鶯兒】美酒且休辜，有佳餚進酒初。怡情縱飲隨鄉土。吾儕野夫，還間性粗。無文但曉施威武，大杯浮。（合頭）觀他學藝，博個醉糊模，博個醉糊模。

（四老男女，白）眾男女，快快下溪沐浴。（四男女短衣上，作各留意介，唱）

【前腔】情女嫁情夫。恐標梅期漸過，誰人不慮青春誤。心兒定初，聲兒暗呼，自然兩下魂先赴。莫蹉跎，溪中好去，勾取兩情孤。溪中好去，勾取兩情孤。

（齊跳溪中介，下）（帶白）一個個歡歡喜喜，下溪去了。（唱合前）（完）

第十四齣　孟獲敗回

（孟獲急上，唱）

【不是路】此際軍孤，頻把蒼天仰面呼。空辜負，韜略機謀學在吾。（番白）孟大王回來了。（獲闖進，眾男女急下）（帶上介[1]，唱）又緣何，棄兵獨自在撲喇，匹馬回來涉載途。（獲唱）我填胸怒，諸葛將我威風挫，恨懷難吐。恨懷難吐。

（帶白）想姐夫不是他的對手？（獲）吾被擒受辱，恨無路報仇，故此回洞。（唱）

【皂角兒】想當初陳兵犯蜀，滿懷望大張威武。怎知他機謀詐偽，使吾兵走頭無路。遭他擒，縱五番，無窮村損虧強土。吾今歸洞，奇謀再圖。猛思量前仇報取，那方求助？那方求助？

（帶白）要報此仇，除非八納洞木鹿大王。他深通法術，呼風喚雨，有虎豹助陣。大王修書具禮，某親往借兵，何愁不勝也。（唱）

【前腔】羨木鹿道術可乎。若逢戰，虎狼相助。更兼他神兵出奇，但經行威風難禦。任憑他機謀廣，神通處。應憂懼，備將禮幣，兼之以書。少不得吾當親往，懇求兵赴。

（獲）如此甚好，待我修書，再令朵思大王，把守三江要路，等你回音便了。（同唱）

【尾】今朝重到桑梓處。好重整報仇軍旅，但得鄰兵竭力扶。（下）

校記

［1］帶上："上"字，底本作"乙"，今據文意改。

第十五齣　帶來親往

（四帶番包裹二小車，上）（一白）兵家勝敗未爲奇，（二）打點復仇有奇機。（三）八納洞中多密術，（四）重恢舊土有何疑。（一）吾乃銀坑洞帶來洞主手下番奴是也。（二）孟大王被擒五次，無計可施。（三）我家洞主勸他，修書求木鹿大王，借兵助陣。（四）命我等裝載禮物，等候大王，一同起程。（同）我每大家裝起來。（帶來戎裝上）至親有難須援救，爲國勤勞分所當。自家帶來洞主是也。奉姐夫之命，往八納洞，求救木鹿大王。番奴們！帶了禮物，就此起馬。（衆番）得令。（二番推車）（二番打旂）（同唱）

【柳搖金】新秋七月，炎威退些。厚幣盈車，請救心猶切。望前途，雲樹遮。但有那群峰重叠，高下路迂折。並軌難行，征人斷絕。並軌難行，征人斷絕。（帶白）天色將晚，揀平陽之地下寨，明日再行。（衆番）得令。（同唱）西望山頭，夕陽下也。打點安營，穩眠今夜。穩眠今夜。（下）

第十六齣　木鹿演法

（五蠻將勾青、紅、黑、白、五樣臉飛鬢異相舞上，唱）

【青哥兒】名兒著，神兵隊裏。貌猙獰，誰人不畏。登山越嶺疾如飛。凶頑形狀，膂力過人無比。

（白）（青）我等俱是木鹿大王帳下神兵頭目是也。（紅）大王深通法術，不但呼風喚雨，還有百獸助陣。（黑）我四人管領神兵，所到之處，束手歸降。（白）昨日傳令，今日齊集。尚候大王升帳。（木鹿金冠、紅髮、火焰金箍、黃臉

紅髻、胸挂瓔珞[1]、短甲、腰帶[2]、獠丁二口、跳舞上,唱)

【前腔】八納洞多年踞位,練神兵邦家捍衛。但逢小丑望風歸。天生異相,另覺雄姿奇偉。

(四頭目白)頭目每參見大王。(木白)山中虎豹軍前管,天上風雷掌內收。四萬神兵指揮用,橫行天下復何求。其乃八納洞洞主木鹿大王。曾授異人天書兩卷,上可呼風喚雨,下可驅遣百獸[3]。自爲洞主以來,鄰國不敢加兵,諸邦貢獻。前有帶來洞主[4],因他姨丈孟獲,受蜀兵之難,備了厚禮,來求救某家,統兵前去,殺盡蜀兵,好顯某家威風。頭目們!(眾)有。(木)本洞神兵,今已齊集,且待演了寶法,隨俺起兵。(眾)得令。(木上高臺,搖鐘介,唱)

【金字經】風神會隨時到,莫暫羈。法語瑯瑯道法微,難也麼移。今當建大旂,助我長驅戰勝機。凱歌力表,奏天庭功有歸。凱歌力表,奏天庭功有歸。

(念白)三婆縛蘇陀吽,薩怛囉伽怛多悉利,吒吽吽吽。(擊桌介)風神速至。(四風神執旂、四風神騎風袋上,舞介)(木白)風神速退。(八神下)(眾白)大風過處,飛沙走石,這一陣風,也打得死多少兵馬,好怕人也。(木搖鐘介[5],唱)

【幺篇】虔心會無知物,理可推。況具昂藏牙爪威,難也麼違。淵沉道法恢,真言彼自隨。衝鋒對陣誰不潰。衝鋒對陣誰不潰。

(念白)薩伽怛多遮囉富也奴,跋逝伽多賀婆羅婆,也摩吽吽吽,虎豹熊狼速現。(虎豹熊狼上介,木)虎豹速退。(四獸下,木)神兵們!(眾)有。(木)就此起兵前去。(眾)得令。(木唱)

【寄生草】風神會隨時到,眾虎豹莫暫羈。法語瑯瑯道法微,衝鋒突陣也難移。成功必須建大旗,長驅戰勝不須疑。奏天庭方顯功成迹。(下)(完)

校記

[1]瓔珞:底本作"渶洛",今據文意改。
[2]腰帶:"帶"字,底本作"代",今據文意改。
[3]驅遣:"驅"字,底本作"軀",今據文意改。
[4]帶來:"帶"字,底本作"滯",今據文意改。
[5]搖鐘:"鐘"字,底本作"中",今據文意改。

三本上

第一齣　木鹿起兵

（紅、青、黑、白四頭目上，唱）

【金字經】擁戈矛摧前道，一個個志量高。行行不覺路途遥，行行不覺路途遥。隊隊擁旌旄，招展旌旗耀。訓兵戎英勇豪。

（同白）我等乃木鹿大王麾下頭目是也。我家大王，鎮守獅駝洞，各國賓伏。今有梁都洞洞主相邀，拔刀相助。今乃發兵之日，只得在此伺候。（八卒引木鹿上，唱）

【點絳唇】心高志大，平吞疆界。神兵派，法力安排，戰鬥聞風敗。

（白）平吞江海水番流，化外鄰邦占九州。神兵到處皆驚懼，笑傲乾坤任我遊。某乃木鹿大王是也。昨有孟大王聘書相邀，拔刀相助。今乃黃道吉日，衆神兵！（衆應介）有。（木）就此發兵前去。（衆）得令。（同唱）

【普天樂】展旗幡征駒跨，過山峰無高下。遇衝鋒兵刃交加，展神威喊聲廝殺。（合）聽鼓聲奮發，法力自堪夸。直搗城都無阻，一統吾家。

（內喊介，木白）衆神兵，你聽喊殺之聲，就此催兵前去。（衆）得令。（同唱）

【朝天子】定機謀在咱，使狼虫唬他。管叫川寇停征駕。休叫延緩，逞奇謀共夸。創江山開天下。（卒白）啓大王，兵至梁都洞。（木）就此山外屯兵。（應介，同唱）喜相逢一家。至銀坑這答，歇馬。卷旗幡安營寨下。再圖成謀獸大，再圖成謀獸大。（下）

第二齣　二將興師

（四卒、趙雲上，同唱）

【朱奴兒】離營來陳兵向前，望三江峰回路偏。古樹藤蘿高又懸，登峻嶺過却荒原。（白）俺趙雲是也。只因孟獲五次被擒，其心不服，放他回洞。楊鋒受了官爵，重賞洞兵。孟獲死守銀坑洞，三江城朵思把守。因此，丞相命我與文長，領兵前去攻打三江城，約在甘水取齊。軍士們！就此前去。（衆）得令。（同唱合頭）征途盼，不辭遥遠。平蠻將，奇功建。（下）（二車裝

二砲、四軍、魏延上）

【前腔】待攻城慮他甚堅，大將軍威風八面。轟轟烈烈焰滅燃，這其間定將功建。（白）俺魏延。奉軍師將令，領兵攻打三江城，約子龍在甘南水去。軍士們！快快趕上。（衆）得令。（同唱）如雷電，好去催趲，甘南兵會合戰。

（趙上見介，白）文長來了麽？（魏）正是。（趙）吾聞此城，三面沿江，只有一面旱路，何不差人打探，方好進兵。（魏）子龍，正合吾意。今日天晚，暫且安營，差人探路，明早進兵。（趙）軍士們，就此扎營。（衆）得令。（唱合前，下）

第三齣　擒斬朶思

（場上設活城，四蠻卒執弩，朶思上）

【風入松】從來騎虎勢難休，中止如何能彀。他兩次三番不罷手，吾這裏兵威損久。（白）自孟大王回銀坑洞之後，命我把守三江城，敵人漸漸逼近，塵頭起處，定有蜀兵到來。番奴們，用心把守。（唱）把住了三江要喉，嚴守禦是良謀。

（趙雲、魏延、八卒上，同）

【前腔】精神抖擻攻打嚴關，不破時不休不還。三軍氣概交鋒戰，雄糾糾威風八面。（白）蠻囚，還不開門受縛。（朶）我這三江城，堅如鐵石，不怕你這幾個疲卒。（趙、魏合唱）管叫恁投降納款，不投誠誓不還。

（白）大小三軍，就此攻城。（衆攻城上，發箭介，雲、延、衆敗下）（朶白）這一陣，殺得蜀兵大敗，好爽快也！

第四齣　大破三江

（唱）

【前腔】但聞弩上響颼颼，似飛蝗亂驟。又如雨點攢塵垢，亂漫漫難爲經受。這時候蜀兵甘休，三江畔再凝眸。（趙、魏、八卒推二砲上，打城介，城陷一缺介，魏白）城已陷下一角，我領步軍上城。子龍，你在城外接迎。（魏引四卒上城殺介，用鈎鎗鈎丁板挨牌殺介，城內男女逃介，朶思上馬持刀殺介，趙白）那裏走！（殺死朶介）軍士們！朶思已斬，三江城已得，就此進兵。（卒）得令。（唱合前，下）

第五齣　殘兵回洞

（孟獲上，唱）

【出隊子】兵折將損，教我無計恨難伸。有推扶掩再整兵，告訴無門覆逡巡。眼見敵人，國勢遭迍。

（白）前者遣妻弟，往八納洞求救，不見回音。那三江城朵思把守，到底放心不下，好悶人也！（蠻卒上）報，啓大王，不好了。朵思大王，被蜀兵斬首，三江城已失，蜀兵渡江，現在銀坑洞下寨。（獲）有這等事，再去打聽。（卒下）（獲）夫人那裏！（祝融夫人戎妝上）內助賢名著，能分夫主憂。（獲）呀！夫人不好了，三江城已失，如何是好？（祝）大王，你既爲男子，何無智也。（獲）夫人有何高見？（祝）妾本祝融之後，天生膂力過人，能使飛刀，百發百中，明日統兵，願與大王助戰。（唱）

【羅帳裏坐】我本祝融後，雖然女身，生成武藝，豈云無本。願三軍親統，向蜀寨兵陳。管前仇報復蕩妖氛，不敢向銀坑洞來再進。

（獲白）聽夫人之言，我如醉方醒也。（唱）

【前腔】堪羨吾家內助，胸懷不群。分憂禦變，英雄口吻。正思量無計，腕扤胸捫，解我緒如棼。因自任出兵首肯，因自任出兵首肯。

第六齣　帶來還國

（帶來上，白）往返千餘里，幸他願助兵。（進見介，獲）二舅勞苦。（帶）弟奉姊丈之命，到八納洞，見木鹿大王。他說三日後，即便發兵，先遣弟來奉告。（唱）

【雁過南樓】羨他鄰邦誼存，願親身破此蜀軍。此心既真，自然體勤。神兵至神威發奮。兵容自淳，騰他堪穩。寬心待，料彼難失信。

（祝白）噯！兄弟，你還說發兵的話，三江城已失，兵到洞口，我要引兵出戰。（唱）

【前腔】此時石玉待焚，也難支敵勢繽紛。吾拼此身，提將大軍。衝鋒去，定把敵兵困。（蠻卒上，白）禀大王，蜀將洞外討戰。（祝）知道了。（卒下）（祝）兄弟，我匹馬單鎗先去，你與大王，隨後接應便了。（卒牽馬介，祝唱）休憂慮，試我神威奮。試我神威奮。

（急下，獲白）夫人去得勇猛，一定成功，待我點齊洞丁，接應便了。

【尾】從來原貴行兵迅，敵將偏生閨壼，但願得敗盡蜀營大小軍。（下）

第七齣　蠻婦擒將

（四軍、張翼上，同唱）

【水底魚】喊殺聲高，密密列鎗刀。軍威大振，蠻將已魂消。

（白）我張翼。奉令與孟獲決戰。軍士們，就此前去。（衆）得令。（唱合前，下）（祝融上，唱）

【引軍旗】吾兵屢敗，填胸氣惱，蜀將太雄驍。吾令匹馬長驅到，蜀人膽喪魂飛了。憑他武藝般般巧，定叫中我飛刀。

（張翼衝上殺介，張敗，祝追下）（四番、帶來上，同唱）

【水底魚】戰鼓頻敲，威風透九霄。統兵接應，並力斬群梟。（帶白）我家姐姐，單身出戰，放心不下，故此接應。洞丁們，快快趕上。（衆）得令。（同唱）統兵接應，並力斬群梟。（下）（張、祝上殺介，祝祭飛刀中張肩，倒介，衆番、帶上，綁介，帶白）恭喜姐姐，成此大功。（祝）就此回兵。（衆）得令。（同唱）統兵接應，並力斬群梟。

（四番、孟獲上，同唱）

【前腔】兩下兵交，心中難打熬。會合接應，金鐙把鞭敲。

（各見介）（帶白）大王恭喜，家姐擒蜀將而回[1]。（獲大笑介，祝）小番們將來將斬了。（獲）夫人且住。諸葛亮放我五次，此番若斬蜀將，是爲不義。（祝）依大王怎麼？（獲）且囚洞中，再擒諸葛，殺之未遲。（祝）既如此，洞丁們，就此回兵。（衆）得令。（同唱）

【前腔】戰鼓頻敲[2]，威風透九霄。統兵接應，並力斬群梟。（下）

校記

[1]蜀將："將"字，底本無，今據文意補。
[2]戰鼓："鼓"字，底本作"古"，今據文意改。

第八齣　丞相定計

（桌上設幔，點燭，二將暗上，孔明上，唱）

【駐雲飛】西日沉山，又早熒煌燈火燦。仰視明星爛，兵氣猶不散。嗏！（坐介）運用我元機，運用我元機，既非一旦。繼晷焚膏，盡瘁吾何憚。方纔殷殷不覺煩，只為成功自古難。（看書介，內一更介）

【前腔】伐鼓淵淵，方報初更宵未晚。羈旅他鄉貫，心在蘇國難。嗏！五次既成擒，五次既成擒，蠻人猶反。從役征夫，往矣來斯嘆。蕭颯金風木葉翻，露下天高秋景閒。（二更介）

【前腔】銀燭光殘，初月稀微映帳寒。此際憑几案，思慮攢千萬。嗏！（白）今日張翼出戰，沒有回音，待我把奇門數乙看。（捏指介）乾一兌二離三震四占得震，兌兌此時，震木久衰，兌金當令，以下克上，自然不利我軍。（想介）兌為少女，震為長男，女旺男衰，又被重重克制。呀！張翼必被女將所擒。且看他生氣如何？（捏指介）且喜日神乙亥，乃是震木長生，幸而不致喪命。明日丙子，便是生氣。救張翼，非子龍、文長不可。我且寫下簡帖，明日行事。中軍！（軍）有。（孔拔令介）速傳趙雲、魏延伺候。（將下）（孔寫，唱）束帖定今宵，束帖定今宵，師興明旦。愛將遭拘，救取難容慢。從古先知數裏看，預定機謀方不難。

（內鐘三下，將上，白）啟丞相，趙雲、魏延，傳在轅門。有探馬來報，張翼被女將擒去。（孔）吾已早知。（付帖介）將此束帖，交於趙、魏二人，明早照帖行事。（將應下）（內三更介，孔）已交三鼓，且去安眠。離家千里身為客，月到三更夜有情。（下）（將）二位將軍何在？（趙、魏上，唱）

【前腔】霧氣迷漫，靜數更籌夜欲闌。（白）有何話說？（將遞帖介）丞相有令，着二位明早照帖行事。（唱）丞相留此束，二位須着眼。嗏。（趙、魏唱）定有奇謀，好教參贊。（將唱）專待來朝，公事從頭辦。（將下）（趙、魏唱）打點埋鍋事早餐，軍士齊心好跨鞍。軍士齊心好跨鞍。

第九齣　祝融遭擒

（四番、祝融上，同唱）

【四邊靜】吾兵屢敗如摧拉，何曾留片甲。受辱已多番，報仇竟無法。（白）昨日擒了蜀將，暫且囚下。今日領洞丁，直衝蜀寨，生擒孔明，一併斬首。洞丁們！就此殺上前去。（眾）得令。（同唱合）蜀兵狡猾，計兒周扎。我不中他計，但知狠衝殺。（下）

（四軍執索，魏、趙上，同唱）

【前腔】昨宵簡帖輕移下,神機早熔化。捉將網羅張,絆他奴裙衩。(趙白)昨夜二更,報知張翼被擒。(魏)丞相令我二人,今早照帖行事。(趙)即點本部人馬,應用之物,一概齊備。(魏)軍士們!四處埋伏,聽吾號令。(卒)得令。(下)(趙、魏唱)怯軍先詐,再加辱罵。穩取蠢蠻婆,不須去占卦。

(祝上,對陣,趙敗,祝不趕,魏上殺介,敗下,祝不趕介,白)你把詐敗哄我麼!洞丁們,暫且收兵。(番)得令。(唱合前下)(魏、四軍上,先設絆索介[1],魏白)蠻婆那裏走?(殺介,魏敗,祝趕作絆介,四番殺救介,趙殺番介,魏白)軍士們,就此回兵。(衆)得令。(同唱)

【前腔】行兵自古不嫌詐,機暗休驚訝。任你自爲强,此時已擒下。鼓聲方罷,凱聲聞乍。藉此服蠻邦,威風震華夏。(下)

校記

[1]絆索:"絆"字,底本作"拌",今據文意改。

三本下

第十齣　義釋祝融

(二中軍、四將官、蔣琬、孔明上)

【引】帷幄統三軍,深入苗疆憂悃。

(白)老夫漢相諸葛。蒙先帝付托之恩[1],敢不竭力。孟獲被我連擒五次,其心不伏。奈他所轄,俱是化外烟瘴之地[2],得之又不能守,欲設官兵威鎮,不伏水土,若滅此國,又恐獲罪於天。故此收服其心,遵我國之教化。怎奈這廝,愚頑猖獗。昨日張翼出陣被擒,我已差趙雲、魏延領計而去,擒拿蠻婦。怎麼還不見到來?(趙雲上,白)腰懸三尺劍,常飲血鮮紅。(見介)丞相在上,趙雲打躬。(孔)將軍勝負如何?(趙)末將奉令,與魏延擒得蠻婦,現在營門等令。(孔)令魏延帶祝融夫人,進營相見。(趙)得令。(照傳介,四卒綁祝融,魏延隨上,見介)(孔出位,白)快鬆綁。(放介)(孔)夫人,偏將無知,多有得罪。(祝)妾乃被擒之婦,何敢當此。(孔)夫人說那裏話來,念老夫呵!(唱)

【駐馬聽】奉命征蠻,兩國相争虎鬥飡。(白)因大王欲侵漢業,非我征鄰邦也。（唱）非是我興兵犯界，是你自惹災愆。陡起乖張，今日呵，夫人已擒遭擒陷，爲何膽大輕心犯。（白）趙雲、魏延聽令。（趙、魏應介，孔）兵刃馬匹，交還夫人，好好送出交界。（趙、魏）得令。（孔）夫人回去，勸大王投降納款，老夫徹兵而還。（唱）望乞良言，望乞良言，勸大王納款。兩國士卒不傷殘。

（祝白）蒙丞相不斬之恩，可爲重生父母。（拜跪，唱）

【前腔】德重丘山，拜謝深恩放妾還。（孔阻，白）夫人請起。（祝唱）蒙丞相不念舊惡，志量寬洪，抱愧羞慚。（白）賤妾回寨，張將軍送歸大營。我等前來納款。（孔）好說。（祝唱）丞相寬恩赦罪愆，投降納款將城獻。我心甘意安，我心甘意安。從今不敢生災患，從今不敢生災患。

校記

［1］付托："付"字，底本作"附"，今據文意改。
［2］烟瘴："瘴"字，底本作"燻"，今據文意改。

第十一齣　放生還國

（孔白）快送夫人出營。（趙、魏引祝下）（蔣白）丞相，今日蠻婦被擒，理應斬首，絕其後患，因何釋放？卑末不明。敢問丞相，有何高見？（孔）公琰有所不知，孟獲乃化外苗蠻，心性愚魯，今斬蠻婦，觸犯其心，又起釁端，此其一也。量一蠻婦，焉有孟獲之能，故此放回，令他以德感德，收服其心，此其二也。他部下兵將，堪堪死絕，必到別國求助，況鄰邦素又不合，量祝融此去，數日內使他自送其死，此其三也。有此三事，豈可殺之。（蔣）丞相真神人也！（孔唱）

【前腔】公琰聽言，輔國忠君體上天。施恩五次，寬仁厚德，罷息兵端。（白）祝融此去，必不甘心。（唱）九溝八寨起狼烟，管教此去恩成怨。（蔣白）丞相神明，卑末頓開茅塞也。（同唱）苗蠻性頑，苗蠻性頑，何該黎庶遭兵燹，何該黎庶遭兵燹。

【尾】經緯濟世真堪羨，韜略謀猷度遠，指日鞭敲金鐙還。（下）

第十二齣　木鹿助凶

（四小番、孟獲上，唱）

【小女冠子】夫人對陣空勞戰，遭擒辱怎生言。（白）前日夫人擒拿張翼，喜之不勝。誰知夫人被擒，一聞此言，使我肝膽裂碎。咳，皇天！何苦困我英雄？（祝融上，唱）既遭擒去何顏面，怎能個報復前冤？

（獲白）呀！夫人回來了。（祝）勞而無功，反被傍人恥笑。（獲）夫人被絆馬索擒去，到蜀營，孔明如何放回？（祝）我被絆馬索所困呵！（唱）

【梁州序】疆場遭蹇，依違面腆。擒拿不敢不前。受了無窮辱恥，珠淚垂如何免。一任的心中含怨。回憶家山，（哭唱）自料難重見。到得他營，還虧是諸葛開生面，放我重生反故園。我的愁和恨，從此怎能變。

（獲白）夫人，他既有情，我肯無義？小番，就將張翼放回。（衆）得令。（一番報上）禀大王，八納洞主到了。（獲）真信人也。夫人，我和你去跪接。（祝）正該如此。（四頭目、木鹿騎象上，白）神兵殺氣聚，所過衆皆驚。（獲、祝跪，白）荷蒙大王神兵相助，愚夫婦不勝感戴。（木下象，拱手白）焉有此理，大王、夫人請起。（獲、祝）大王請。（進介）多感大王，愚夫婦有一拜。（拜介，木）小弟也有一拜。（拜）忝在同氣，扶助兵强盡我誼。（獲）勢在燃眉，專候雄師解此圍。大王請坐。（各坐，木白）大王之事，令舅道及，未知其細。（獲）大王聽禀。

【前腔】只爲機謀不展，蜀師難剪。把威風屢次難言。（木白）諸葛怎生用兵，這等利害？（獲唱）不過是權謀詭秘，暗地將人來算。致使我屢遭淹蹇。五次成擒，怎雪心中怨？（木白）他的戰將如何？（獲唱）盡是英雄，武藝俱稱善。（白）昨日山妻出戰，亦被遭擒放回。（祝、獲唱）愧我夫妻有厚顏，望大王覷方便。望大王覷方便。

（木白）據大王說來，諸葛亮不可智取，又不可力敵。小弟曾授仙傳，呼風喚雨，虎豹助陣，不在智謀力敵之內，料諸葛難出吾掌。（唱）

【前腔·換頭】現今有神兵萬千，蜀兵卒何難除剪，試看瞬息間。（起舞唱）要將咱道法真傳，到那疆場立見。傾刻裏喚雨呼風，驅雷和電。更有那熊狼虎豹助軍前，異威風可撼天。量諸葛到此有何權。量諸葛到此有何權。

（一卒上，白）禀大王，蜀將討戰。（木）試看我破此蜀兵。（獲）夫人守洞，我與大王破陣就回，預備酒宴。（祝）曉得。（下）（木）頭目們！就此殺上前去。（衆）得令。（同唱）

【引駕行】神兵吶喊從前，遙空望殺氣迷天。憑道法風雷可嘯鞭，凡兵遇如何交戰。破却蜀人，回兵笑喧。破却蜀人，回兵笑喧。（趙雲、魏延衝上，殺介，木搖鐘、念咒、起風介，虎豹熊狼跳上，趙、魏敗下，衆虎獸風神全

下)(木鹿白)就此回兵。(衆)得令。(同唱)(前【引駕行】末二句)破那蜀人，回兵笑喧。回兵笑喧。(下)

第十三齣　諸葛定計

(四將、孔明上,唱)

【引】蠻人又有奇兵助,難效干羽舞。

(白)自從放回孟獲妻之後,又有木鹿蠻王,領神兵助戰,已遣趙雲、魏延出戰,等他回來,便知勝負。(趙、魏上,白)眼中所未見,不敢與交兵。(進介)趙雲、魏延,敗陣而回,特來帳前請罪。(孔)勝負乃兵家常理,且把陣上光景說來。(趙)我兵布成陣勢,只見敵兵,面目醜陋,木鹿大王身騎白象,手執蒂鐘,從大旗而出。(魏)只見木鹿,口中念咒,手搖蒂鐘,忽然黃風大作,虎豹助陣,所以抵敵不住。(趙、魏唱)

【玉胞交】但見愁雲慘霧,陣行間怪異凶徒。貌猙獰白象身騎,手搖鐘胡語頻呼。突來猛獸難剪屠,衝鋒先把兵來助。遇當場一時敗吾。遇當場一時敗吾。

(孔笑白)非汝二人敗陣。吾自出茅廬,早知南蠻有此妖法,我自有妙計破他。(唱)

【前腔】虎狼相助,在蜀中早曉惟吾。這其間破法專方,櫃中藏預有奇謨。不須兵刃來剪屠,同儕制勝由心悟。理相推天然感孚,天然感孚。

(趙白)請問丞相,破此惡獸,所用者到底何物?(孔)不必細問,少刻便知。汝二人可領本部人馬,隨我破陣。(趙、魏)得令。

第十四齣　假獸行軍

(隨孔上車,同唱)

【三棒鼓】全憑此計備當初,不畏虎狼來助也,展雄圖。預謀豈郛,用來非左。(合頭)破凶徒,何須要仗錕鋙也,霎時剪鋤,霎時剪鋤。

(孟獲、孟優、祝融、帶來、四頭目、木鹿衝上)(趙、魏衝殺)(四將、孔明當場)(木鹿上)(止戰)(魏、趙立車傍,對擺陣介,木鹿搖鐘、念咒)(內風聲,虎豹上介)(二將抬二獅子上,口噴火采)(上鳥鎗四名、排鎗,衆獸敗下)(又上鈎鎗四名)(四頭目殺介,獲、木、衆全敗下)(孔明白)好一場厮殺也!(唱)

【玉芻子】他憑仗猛獸前驅，自持了無人駕馭。笑蠻人真乃癡愚，自謂負山隅，不知畏懼。怎知我預備今朝此舉，怎知我預備今朝此舉。（四鈎鎗、四飛抓拿木鹿下，衆當場斬木鹿介[1]，衆將白）獻木鹿首級。（孔白）紀功陞賞，大小三軍，木鹿已斬，孟獲脫逃，就此分兵趕上。（衆）得令。（同唱合前）破凶徒破凶徒。（下）

校記

[1]衆：底本作"象"，今據文意改。

第十五齣　蠻黨施計

（孟獲、孟優跌上，趴起唱）

【香柳娘】聽軍聲杳然，聽軍聲杳然。心頭驚戰，東西南北渾難辨[1]。（獲白）不想木鹿大王，全軍喪盡，幸我逃脫，蜀兵占了銀坑洞，連巢穴都沒了，往何處去好？（唱）待投身那邊，待投身那邊。五內任熬煎，不敢呼天怨。待思量報冤，待思量報冤。兩次三番，總然失散，總然失散。（奔下）（帶、祝上，唱）

【前腔】急忙忙奔前，急忙忙奔前。遭逢兵燹，今朝已似喪家犬。（帶白）姐姐這裏來。（同唱）恨無門上天，恨無門上天，入地少穴鑽，一任身蓬轉。（祝白）蜀兵殺進銀坑洞，大王不知去向，怎麼處？（帶）各人逃命要緊，那裏還顧得大王？（同唱）把家園棄捐，把家園棄捐，不顧顛連。但求苟免，但求苟免。

（獲、優奔上，四人齊撞倒介，復起各認介）（祝白）大王那裏去？（獲）如今家也沒了，我們往那裏去好？（優）無路可投，往那裏去好？（各哭，同唱）

【前腔】猛思量淚漣，猛思量淚漣。從頭鏖戰，吾家到底籌難展。向誰人可言，向誰人可言。到此儘堪憐，骨肉如飄線。（祝白）今日到了這般地位，都是魏國的詔書，害了我每大王。（唱）念頭差在前，念頭差在前，害我遭遭[2]。怎不埋怨，怎不埋怨。

（獲白）我用兵何曾不妙，乃是上天滅我，你是婦人之見，怎麼曉得。（優）大家埋怨也無用，快想一條道路纔好。（獲）叫我也無法可想。（帶）進退無門，豈肯束手等死？（祝）依你怎麼樣？（帶）依我，咱四人都到蜀營。（優）還是送死。（帶）說那裏話，我有一個妙計在此。（獲）有何妙計，快快說來。（帶）我把你們都綁起來，去見諸葛，只說我勸你們不肯投降，我將孟氏

一黨，盡皆擒來，獻與丞相，以表我投順天朝。諸葛必然准信。我們暗帶利刃，出其不意，殺了諸葛，大事定矣。（唱）

【前腔】向諸葛善言，向諸葛善言。不生疑見，就中取事誠爲便。（獲白）此計甚好，依你行去就是了。（唱）我三人假拴，我三人假拴[3]。解往蜀軍前，下手如飛電。（同唱）一人兒命拚，一人兒命拚。□□千千，難防急變，難防急變。（下）

校記

[1] 難辨："辨"字，底本作"辦"，今據文意改。
[2] 遭遭："遭"字，底本作"迠"，今據文意改。
[3] 我三人假拴："假拴"二字，底本不清，今據下文句式、文意補。

第十六齣　六擒孟獲

（關索、王平、孔明上）

【引】巢穴今朝吾占矣，孟獲藏何地？

（白）昨用假獅，破了木鹿大軍，已占銀坑洞，孟氏宗黨，盡皆逃亡，南蠻自然平定。正是：騎虎不能下，皆因中止難。（一將上，白）早知天命在，擒獲赴軍前。禀相爺，今有孟獲妻弟帶來洞主，擒得孟獲、孟優、祝融夫人，現在轅門以外。（孔）候我呼喚，許他進來。（將應下）（孔）衆將兩廊埋伏，候蠻人進見，聽我一聲吆喝，伏兵齊出，一概擒住。（王應下）（吹打）（蔣琬、吕凱、趙雲、魏延、張翼上，分立介）（孔白）帶蠻人進見。（綁獲、優、祝，帶來押上）（帶白）孟獲夫婦，並孟優當面。（孔）汝乃何人？（帶）我乃孟獲妻弟帶來洞主。因勸孟獲歸降，孟獲不從，今將其黨惡三人，擒獻丞相帳下，以表帶來效順天朝之意。（唱）

【鎖南枝】憑吾意，早見機，早見機。從來犯上難久持。自從興動兵戈，未能勾一朝利。吾勸時，全不理，全不理。因此獻轅門，成吾意，成吾意。

（孔白）咦！（王平引八卒上，擒介）（孔）量汝些小詭計，如何瞞得過我。汝見二次，俱是本洞人擒汝來降，吾不加害。今來詐降，欲就帳前殺我。今以識破，又被吾擒。（唱）

【前腔·換頭】早知汝來意，從頭識破伊，從頭識破伊。道我必然准信，就中害我從權，自以爲得計。思汝曹，詭秘機。料將來首和尾，首和尾。

（白）衆將，快快搜檢。（衆搜出利刃，白）都有器械。（孔）孟獲，汝元説在汝家擒住，方始心服。（獲）此是吾等自來送死，非汝之能也。（唱）

【前腔】疆場內，兵刃持，兵刃持。相争武藝高與低。好乘吾送死而來，早就汝成全利。汝雖挫我身，心難已。非汝有真能，我也來擒住。

（白）如果七次再擒，誓不反矣。（孔）巢穴已破，吾何懼哉！（唱）

【前腔·換頭】回家已無計，如何再用奇。六番擒獲操持，一似提孩，到底成何濟。（白）放了綁。（放介）七番擒住，若再支吾，必不輕恕。（唱）到此時，尚執迷。再擒來，也無味。

（白）又出去。（衆引獲急下）（趙、魏）丞相妙算，吾等欽服。（孔）皆賴諸公之力，傳吾軍令將銀坑洞之物，犒賞三軍，歇兵三日，大擺筵宴，我與諸公慶賀。（蔣、吕）我等把盞。（坐介，合唱）

【賀新郎】慶賀開筵，爲今朝威行邊鄙，聽軍中笑聲喧起。只因上下人心彼此齊，不枉大兵臨不毛遠地。巢穴搗，蠻驚避。總然他犯順心不已，吾料定首和尾，吾料定首和尾。

【尾】今朝異地成佳會，正逢那凉秋景美。看指日還師，望闕凱歌歸。（下）

四本上

第一齣　遠聞聲教

（四小番，火洲國王淡紅臉、黑亂髯、大鼻、回回衣帽上）

【引】開國南天荒服中，耻聞强報擅稱雄。車書文教神洲重，每望一時聲教通。

（白）楸盤能運處[1]，胞宇氣相通。大幽天良造，腥憶輸懿蠢。孤乃火洲國國王伊也納是也。身在偏邦，心屬中化，每欲進貢天朝，奈路途遥遠，且待丞相到來，商議便了。（農羅頓象盔紅蟒上）

【引】調燮陰陽兼總戎，廟謨參贊翊天工。

（白）我乃火洲國丞相兼管將軍事農羅頓是也。聞吾主便殿，不免就此參見。（進介）吾主在上，臣農羅頓參見。（王）丞相少禮。孤見海不揚波，已及五十年矣。中華帝王，福德齊天。孤欲朝貢神州，瞻仰聖化，吾之願也。

（唱）

【長拍】南海茫茫,南海茫茫。四十餘載,不見海波興動。臨風懷想,溯回瞻仰。羨中華聖人堪宗,福德於天同。我望洋興嘆,怎能入貢?（白）我想此去,國土甚多,人心不能一體。（唱）國土經行,恐障礙難料定。盡相從,心內依違幾種。細商趨向,斟酌其中。

（相）此去中國,四千餘里,所過苗獠等處,皆是凶頑,主公豈可輕身而去。依臣愚見,此去東北,有一緬甸國,於中化相近,他乃諸國之首,衆邦長服。（唱）

【短拍】緬甸雄邦,緬甸雄邦,中華稍近,於吾邦乃是鄰封。志相同,途路衆邦皆悚[2]。（王白）恐他未必進貢。（相）吾主修書,遣使知會緬甸國王,一同進貢。若得國主,同貢天朝,共裏勝事。（唱）此乃臣之鄙見,憑吾主應否鑒於衷。

（王白）妙呀！丞相之論,可爲上策。（唱）

【羽調排歌】議論精詳,解人心懵。群行豈慮窮途,於兹貢,道可相通。(白)吾國產一麒麟,應在中華,聖人有道,將此進貢天朝,再修書知會緬甸國,一同進貢便了。（相）領旨。（同唱）早去修書莫暫容,書禮恭,必聽從。先將氣誼睦鄰封。隨宜用,群衡擁。明言正順最爲恭。

【尾】君臣議進天朝貢,從此行心勇猛。好瞻仰致治風。（下）

校記

[1] 楸盤:"楸"字,底本作"硛",今據文意改。
[2] 皆悚:"悚"字,底本作"疎",今據文意改。

第二齣　議覲朝天

（趙能盔蟒玉持書上）

【燕歸梁】接得鄰邦有國書,來傳奏敢羈遲。

（白）我乃緬甸國將軍趙能是也。方纔傳報,火洲國王差使臣知會吾國,同往天朝進貢。將使臣款留馹中,持書到國傳奏。那邊有一內兵來了。（番卒上）趨朝傳命令,恩寵也多奇。原來將軍在此,要奏何事？（趙）此乃火洲國書,快快傳進。（卒）隨得隨我來。（下）（四番將、緬甸王金達鐙三髻蟒玉上,唱）

【引】正朝相承久,南天稱附庸。年來朝貢缺,失禮愧臣工。

(白)孤乃緬甸國王楊洪是也。向爲中華附庸守國,等將軍到時,再議便了。(卒上)國書傳達上[1],啓主早先知。啓國王,今有將軍趙能,有書呈上。(王)着他進見。(卒)國王有旨,着趙能進見。(趙上)君命趨朝候,臨軒奏欲言。臣趙能見駕。(王)方纔接看來書,正合吾意,久欲進貢天朝,已遂吾願也。

【玉芙蓉】朝天已失期,自愧非臣體。火洲王遙遠,尚且心齊。況逢丞相南征際,大約諸蠻早伏低。孤心喜,喜鄰邦允宜。在今番正逢,同志互相宜。

(趙白)吾王之言,真大公至正。

【朱奴兒】賀吾君綸言得體,方不枉鄰邦相期[2]。臣料觀書必允依,因此上拜舞彤墀。爲今計,何物相宜,方能獻上邦禮?

(王白)吾國出有鳳凰,應在中華,聖人有道,進獻帝闕。即着將軍前去,迎接火洲王便了。(唱)

【前腔】國書去往還,以禮還當道,孤家心喜。速令將軍去莫羈,從今後眼望旌旗。(趙白)臣今修下國書,明早即同使臣起身,就此叩辭主上。(唱)二千里,長堤短堤,任康莊馳驟矣[3]。(同唱)

【尾】從今專候鄰君至,打點衝將筐筐,拜獻天朝禮所宜。(下)

校記

[1] 國書:"書"字,底本作"上",今據文意改。
[2] 不枉:"枉"字,底本作"往",今據文意改。
[3] 康莊:"莊"字,底本作"裝",今據文意改。

第三齣　議投戈國

(四番、孟優上)

【卜算子】堪嘆家邦喪,豈但心悒怏。(帶來上,唱)骨肉飄零到下場,展轉添悽愴。

(白)我帶來。前日用計,將三人綁獻蜀營。(優)不想又被孔明識破,反受一場恥辱。俺哥嫂去招取敗殘人馬,命我二人在此等候。(帶)那邊塵頭起處,一定令兄來也。(四番、孟獲、祝融上,同唱)

【臘梅花】行來遍地恁荒涼，英雄此際遭淪喪。思起真感傷。疲兵有幾，焉能赴鬥在疆場[1]。

（優白）哥嫂來了麼？（帶）又招集有多少人馬？（獲）幾個疲兵，濟得甚事。（優）如今怎麼處？（獲）蜀兵占吾洞府，無處棲身。（祝）目下投奔何處，快快計較。（帶）此去東南百里，有一國可投。（獲、祝）是何國土？（帶）此一國呵！（唱）

【八聲甘州】非常伎倆，說來驚駭，誰不惶惶。國王形相長二丈，另有昂藏。身生鱗甲兵不傷。藤甲雄軍莫敢當。披猖，任施威久震東方。（獲白）這等利害，是何等國名？（帶）其國名爲烏戈國。國王兀突骨，不食五穀，以生蛇惡獸爲飯。手下藤甲軍，凶狠異常。若得此軍，擒諸葛，猶如利刀破竹矣。（獲）好不怕人也！（唱）

【前腔·換頭】窮荒，天生異黨。想尚軋後裔，流寓斯方。共工遺壯，不周山頭觸何妨。聞言不覺精神爽，如此雄威誰可當。匆忙，早投他有甚推詳。

（祝白）事不宜遲，我們投奔前去。（帶）且住。這些人馬，不便帶去。（祝）便是呢！（獲）就是夫人，也不便同去。那銀坑山後，煩老舅同夫人領殘兵[2]，暫且屯扎。我弟兄二人前去借兵，指日就回。（祝）大王早去，我等尚候接。番奴！（卒）有。（祝）快隨我回寨。（衆）得令。（祝、帶番下）（獲）夫人已去，我等就此前去。（優）哥哥請上馬。（同唱）

【尾】他鄉今夜悽涼狀，石人遇淚也千行。待破此萬丈愁城，未知甚妙方。（下）

校記

［1］焉能："焉"字，底本作"馬"，今據文意改。
［2］老舅："舅"字，底本作"舊"，今據文意改。

第四齣　藤甲操兵

（四頭目上，跳舞介，唱）

【回回曲】藤甲武藝甚高能，直入西川奪帝京。驟馬城池一踹平，擄掠金珠打夥分[1]。真灑銀，答拉蘇吞了吞，武藝高强我爲尊。

（白）我等乃烏戈國國王麾下頭目是也。今日國王教場操演，只得在此

伺候（八番、兀突骨上，唱）

【粉蝶兒】化外英豪，天生成化外英豪。一個個願衝鋒，龍泉出鞘。俺可也奮勇揚標。據征鞍申義憤，怎忍見攙鎗猶照，鳳闕非嶢。指日裏定邦家，風行偃草。

（上高臺介，白）奇形異相不非常，赤腳光頭各一方。世人若見烏戈國，藤甲精兵膽裂亡。某乃烏戈國王兀突骨是也。近日聞得孔明與孟獲交鋒，軍威大振，恐他興兵犯界，今日操演一番，以防不測。眾小番！（應介）於我先走陣勢，然後操演。（眾應走陣介，下）（兀唱）

【石榴花】俺只見征塵滾滾障雲霄，多應是藤甲出東郊。又聽得軍威風振，如沸波濤。憑他奸更狡，敢待把兵鏖。須看取陣旗開，卷旌旄，全部兵圍繞。元凶傳首，陸涼難跳。還待要向西川，還待要向西川，管叫伊將巢搗。有日的重慶太平朝。（上八人舞介，下）（兀唱）

【下小樓】戰功成義氣豪，聽藤甲軍聲鬧。憑着他努力齊心，憑着他努力齊心，奪取西川，山河自保。統領着勇耀彼狓，統領着勇耀彼狓，天命維新，城都重造。現陽光烟霾俱掃。（八頭目、八卒上，同唱）

【黃龍滾】領全師回奔東郊，領全師回奔東郊，一霎時天昏地繞。光閃灼碧透青霄，光閃灼碧透青霄。喜得個軍聲漸杳。雖則是勝敗兵家不足嘲，怎當得蜂擁甚雄驍。棄兜鍪結束須喬，棄兜鍪結束須喬，休得要驚蛇打草。

（兀白）操演已完，就此回兵。（眾）得令。（同唱）

【叠字犯】非是俺操演精巧，都只爲江山須保。方顯俺蓄養軍，好備那爭戰早。森嚴發令，將來驚跳。訓練得步法精操，逢大敵要斬強豪，逢大敵要斬強豪。兵將合心，師卒須保。方通道孫吳妙法我能曉。（下）

校記

［1］擄掠："擄"字，底本作"护"，今據文意改。

第五齣　突　骨　大　戰

（四棍手、魏延上，同唱）

【朱奴銀燈】奉軍令提兵到此，仿征苗鞠旅陳師。蠻王屢次呆罡，又興兵節外生枝。（魏白）昨日哨探，孟獲借得烏戈國主，帶藤甲軍前來拒敵。爲此帶領步軍，殺上前去。軍士們！（卒）有。（魏）就此殺上前去。（眾）得令。

（同唱）乘時。當場指使，建功業全憑在茲。（下）（四藤甲、兀突骨上，同唱）

【前腔】騎虎勢難爲中止，如不勝反被他嗤。藤甲雄軍我所司，何愁那殘兇蜀師。威施。如同虎咒，衝鋒去休得心慈。（魏衝上，四棍打介，敗下，兀、衆追下）

第六齣　偶然失利

（魏單上，唱）

【朱奴兒】驍椎勢吾兵顛躓，俺前來戰法更之。對壘交鋒至於斯，乘機戰正在此時。

（白）那藤甲軍，舞動刀牌，竟把步軍衝散，不能取勝。且會同子龍，領弓箭手，迎敵便了。（唱合前，下）（兀領衆上，排成藤牌房完）（趙、魏四箭手上，鳴金齊射箭，又鳴金藤牌滾出殺介，魏、趙敗下）（兀白）衆手下，就此收兵。（衆）得令。（唱合頭，下）（趙、魏上）（趙白）藤甲軍，箭不能傷，刀不能刺，見他渡水不沉，怎能取勝？且回營，稟知丞相便了。（唱合前，下）

第七齣　望處成功

（二將隨孔明上，唱）

【新荷葉】望見蠻兵貌又奇，此番戰可能獲濟。

（白）趙雲、魏延領兵出戰，未知勝負，等他回來，便知分曉。（趙、魏上）

【引】此去難言路峻巇，奈何敵陣偏生利。

（白）趙雲、魏延，參見丞相。（孔）勝負若何？（趙、魏）我等迎敵，棍不能勝，箭不能射，而且渡水不沉，無法可施，前來交令。（孔）且傳呂教授。（魏）呂教授有請。（呂上）何日征蠻服，王師罷遠勞。呂凱參見。（孔）教授請坐。（呂）告坐。（孔）方纔子龍、文長與藤甲軍交戰，不能取勝，如何是好？（呂）洞蠻之後，有一烏戈國，無人倫也。藤甲護身[1]，刀箭不傷，又能渡水，如何取勝？不如班師早回。（唱）

【普天樂】雞肋湯終無味，久勞師終無濟。況烏戈醜類淋漓奇。相傳是人倫全廢，征之豈宜。早班師，想來復有何疑。

（孔笑白）吾非容易到此，豈可棄之而去也。（唱）

【前腔】遭逢此凶頑技，吾師去因失利。征蠻事終久攸歸。今朝事中止難提,這其間前功棄置非宜。

（白）待我探明地理,再做商議。子龍、文長,帶領本部兵,隨我前去便了。（趙、魏）得令。（呂、將官下）（四軍上、孔上車介,同唱）

【前腔】吾來此非容易,前功在如何棄。不毛境歷盡艱危,糧和餉靡廢難稽。成功自期,又何妨征途歷遍嶇崎。

（趙、魏白）稟丞相,山險路窄,車不能行。（孔）待我下車,步行便了。（俱步行,四望介,孔唱）

【前腔】見重重山蒼翠,路嶔崟令人畏。斜陽慘,嵐氣薰隤。懸崖峭石壁崔巍,邈邈逮雲圍。樹林無攢,陡峰列如圭。

（一挑柴土人上,白）列岫天際橫,飛瀑巖頭落。打了這一擔柴,又好回去了。（孔）喚那土人過來！（趙）過來,丞相喚你。（土）阿呀,爺爺呀！（孔）我問你,那山谷形如長蛇,四壁樹木皆無,中間一條大路,此谷有何名否？（土）爺爺,此山名爲盤蛇谷,出了谷口,便是三江城的大路,谷前名爲塔郎甸,小人就在此處居住。爺爺！（孔）賞他銀子,叫他去罷。（土）多謝爺爺。（下）（孔）子龍、文長,這盤蛇谷,分明天賜我成功於此地也。（趙、魏）何以見得？（孔）回寨便知分曉。（同唱）

【尾】親來探得征蠻地,盤蛇谷天功設矣。回寨從教有妙機。（下）

校記

[1] 護身：“護”字,底本作“獲”,今據文意改。

第八齣　谷中埋伏

（一將官上,白）丞相登壇衆聽尊,桓桓武士候轅門。惟求早奏平蠻策,拜舞彤庭報聖恩。因昨日丞相探路而回,即傳軍令,着魏延、王平、張翼、馬岱,候丞相今早發令,只得在此伺候。（內吹打,四將、二中軍隨孔明上,唱）

【新水令】盤蛇谷處費籌量,喜成功皆因天降。機謀吾預定,何須更匆忙。發令當場,這其間從頭凝想。

（白）昨日親自探明地理,爲此連夜寫簡帖四連,今日付與四將,到彼行事。魏延聽令。（魏）有。（孔）着汝引兵,至桃葉渡口下寨,連敗十五陣。如遇蠻兵,即便棄七寨,望白旗處而走。付汝一簡,照帖行事。（唱）

【雁兒落】他那裏狠蠻兵正逞狂,你須是暫出他無能狀。但望着白旗兒棄寨奔,要憑俺這簡帖爲憑仗。

（魏接束,白）得令。（下）（孔）馬岱聽令！（馬）有。（孔）與汝黑櫃四輛,將車安放谷內[1],兩頭山口,不許放走孟獲。付汝一簡,照帖行事。（唱）

【得勝令】你須把黑櫃早埋藏,好待去車載四圍裝。少不得谷內臨期用,試看那吾兵威武張。蠻王,到此際難相抗。奇方,管收功在這場,管收功在這場。

（馬白）得令。（下）（孔）王平聽令！（王）有。（孔）依我簡內所指之處,領兵埋伏,務要擒住祝融夫人。照帖行事。（唱）

【沽美酒】簡帖中秘計藏。須埋伏,好擒將。好乘他已帶傷。這其間不用忙,默地裏功穩在沙場。

（王白）得令。（下）（孔）張翼聽令！（張）有。（孔）照依簡內所指之處,領兵埋伏,務要擒住孟優。照帖行事。（唱）

【太平令】伏兵在要路隄防,簡帖內,從頭安放。您須知行兵趨向,着意兒奇功開創。全憑着威揚武彰,這奇功可賞。好教那事征蠻,千年榜樣,千年榜樣。

（張白）得令。（下）（孔）四將已去,藤甲軍休矣。子龍,令左右擺齊隊伍,望盤蛇谷去。（衆）得令。（同唱）

【煞尾】今日收功在這場,奇謀已付雄兵將。盤蛇內一霎焰轟燃,征蠻計就功歸掌。（下）

校記

[1] 車:底本作"軍",今據文意改。

四本下

第九齣　燒絶藤甲

（四卒、魏延上,同唱）

【趙皮鞋】授計奔山窪,棄寨佯輸誆哄他。（合）盤蛇谷內白旗插,兀突骨怎脫鎔熄化。

（白）俺魏延。奉丞相軍令,佯輸詐敗,連棄一十五寨,引他入陣,投至白

旗下，自有接應。（內喊介）呀！兀突骨，堪堪將近。軍士們，就此殺上前去。（唱合前）（四軍、兀迎上，與魏戰，魏敗，兀追下）

（趙雲隨孔明上，唱）

【點絳唇】六甲堪夸，胸懷妙法。神驚怕，豈懼參差。一鼓生擒下。

（白）老夫漢相諸葛亮。出師蠻地，孟獲被俺連擒六次，其心不伏，勾引烏戈國藤甲軍前來交戰。怎奈這廝，凶如狼虎，勢難敵擋。因此在盤蛇谷內，暗藏地雷，命魏延引戰兀突骨入陣，絕其種類。又命王平、張翼、馬岱共擒四寇，以伏其心。因此步上山峰觀望便了。（上高介）你看四面勢若長蛇，中路平川之地，蠻酋，蠻酋，今番難逃也。（唱）

【混江龍】你看那怪石浮槎，黃昏暮宿鳥栖鴉。只見那平川廣闊，又只見樹木交雜。命魏延誘他入陣，管教赤壁又重發。藤甲軍凶頑咒虎，只叫他命染黃沙。（兀追魏上，魏敗下，四蠻軍對戰，魏軍敗，衆蠻軍追下）

（孔白）你看這廝與魏延交戰，好勇猛也。（唱）

【油葫蘆】只見他奮雄威，相持來厮殺。使一計除他。哎！可憐那藤軍片甲，求不得發萌芽。命魏將引戰你隨行，教伊死在目下。恁可在傾刻兒，少不得做飄花。那懼他銅鑄的前來惹，引到白旗下。你總有虎豹威風，怎能勾過山凹。

（四藤軍拿牌先上，正面一字站，兀追魏上，戰敗，四蠻軍、四魏卒對牌，魏卒敗下）（蠻）走了。（兀）快快追上。（下）（孔）藤甲軍好生利害也！（唱）

【天下樂】藤甲軍雄糾糾恨凶殺，精神抖搜聲叱吒，恁喧也麼雜。他奮勇衝鋒前來，兩處裏都交加。他威凜凜勇耀，傾刻裏歸山凹。好一似嬰兒燕雀被吾抓。（四軍推車，馬岱上）

【水底魚】密計授咱，硫黃火藥法。安排妙計，燒絕那藤甲，妙計燒絕那藤甲。（下）

（孔白）遠遠望見馬岱，往谷內來也。（唱）

【哪吒令】他那裏來殺，俺這裏暗埋藏這答。他用藤軍戰法，中計兒火器絕他。他有時怯戰罰，暗衆將活拿。是鐵石人也動心，是鐵石人也動心，只叫他也害怕。來時火發他。（四藤軍、兀上）

【水底魚】號令胡笳，個個要活拿。星飛掣電，輕饒肯放他，輕饒肯放他[1]。

（兀白）追到此間，一人不見。（軍）棄寨而走了。（兀）快快追上。（唱）

【前腔】即去追殺，蜀軍都狡猾。棄營逃去，引遁在山凹，逃去引遁在山

凹。（下）

（孔白）兀突骨蜂擁而來，堪堪離白旗不遠，此乃天賜成功也。（唱）

【鵲踏枝】恁猛勇追殺，俺不留片甲。誘戰你白旗下，管叫你來獻納。他耀武揚威，一任你飄遥瀟灑。消滅了藤軍似片瓦，燒的軍屍滿啼鴉。（兀追魏上，戰，獲接殺，三人共戰下）（孔白）孟獲也入陣來了，看你怎生逃脱？（唱）

【寄生草】那孟獲交戰殺，進山來不由他。刃兩個蠢蠻酋，敢犯俺中國駕。仗頗勇想做到侯王霸。衆刀牌跳躍將人殺，衆藤軍恰便似如風夸。俺今朝絕斷了兀突軍，將蠻酋燒死陰曹下。（馬岱、四軍推車上）

【亭前柳】赤壁授吾家，要將蠻酋殺。丞相計堪夸，驟雨打殘花。

（馬白）軍士們，來此已是盤蛇谷，將火車放在谷內。（軍）得令。（同唱）相連草木把車峽，藥力行開地烈與天塌。（下）（孔）

【六幺序】恁誘他來入吾計，兀突骨只當耍。把一個賊孟獲，誘在白旗下。少不得血虎零喇，盤蛇谷火炬齊發。消滅蠻家，地雷攻加，斷絕根芽。衆藤軍見了俺，他也魂驚乍。不過是一計兒，燒絶藤甲。一任你忒聰明，參不透地雷法。都只爲一言不洽，衆蠻酋再不得發萌芽。

（魏引兀、獲上，戰介，魏敗下）（馬接殺，八藤軍上圍介，馬敗引兀、獲到車前，馬下）（獲白）走了，你看許多車輛在此。（兀）這是送與我們的軍糧，打開。（衆軍放刀牌爭取介，場上放走線，車內火發，放火采灰瓶）（獲先下）（藤軍混撞，燒死下地井介）（孔白）俺孔明雖有功於社稷，滅其種類，獲罪於天，損吾壽矣。咳！

【幺篇】恁休怨吾家，是你爭差。都只爲漢室江華。霎時火發，地裂與山塌。也没處投納，火焰攻加，命染黄沙。盡都是烈火烟霞，滅盡了蠻芽，骨化爲渣。人頭兒似瓜，堆積山凹。野獸餐嗒，那烏鴉奔着牽喳。只燒的屍滿堆，反惹山人痛哭嗟。今日裏返掌歸咱，《征蠻圖》千載無虛話。那孟獲七擒七縱，却似那九轉煉丹砂。

校記

［１］輕饒：“輕”字，底本無，今據文意補。

第十齣　七擒歸服

（王平、祝融上，殺，擒祝下）（張翼、孟優上，殺，擒優下）（魏延、帶來上，殺,擒帶下)(獲上)咳呀,咳呀!唬死我也。方纔火起,遇了一個土穴,剛剛躲過,快些逃走。(馬岱上,殺介)那裏走?(擒介,見孔介)(孔)孟獲,這番如何?(獲)今日伏了。(孔唱)

【青歌兒】今日呵衝鋒,衝鋒一殺。嘆藤軍哀聲,哀聲痛嗟。燒死的軍兵沒處撦。恨着伊家,不肯歸咱。與俺廝殺,怒氣相加。被俺擒拿,教恁無計再生發,歸王化。

(王、張、魏帶三寇上,白)衆將交令。(孔)論功陞賞。孟獲,我如今放你,再引各處洞蠻,決一勝負,你道如何?(獲)咳呀!丞相,我受七擒七縱,自古未常。吾雖化外之人,豈無羞恥,情願降順了。(衆叩)丞相垂恩,我等再也不敢反亂了。(孔)既如此,爾等暫退,明日發落。(衆)多謝丞相。(下)(孔)孟獲歸降,就此報捷,以慰聖心。衆將官!(四卒上)有。(孔)就此回寨。(衆)得令。(同唱)

【煞尾】經濟謀猷大,凌閣上圖形畫。盤蛇谷做了千年遺迹,入蠻疆收服歸王化。這凶酋逆多端,怎當俺那火車兒,投降來卸甲。(下)

第十一齣　帳諭孟獲

(趙雲上,唱)

【海棠春】旌旗露濕轅門曉,軍機重先身來到。(白)南蠻昨日歸降,丞相分付今早發落,命俺等候。呀!那邊早已來也。(獲上,唱)恥辱任勾銷,丞相恩難報。

(白)趙將軍,孟獲等在此久矣,望將軍轉達[1]。(趙)足見洞主誠心,令弟、令舅、尊夫人俱請回,不必進見。(獲)吾四人昨蒙釋放,未經發落,焉有不見之理。(趙)今洞主已經歸服,亦不問及餘黨,吾丞相寬容大度,罪不及於妻奴,洞主一人進見丞相便了。(獲)謹尊台命。(向內白)兄弟,趙將軍有令,着我一人進見,你們先回去罷。(內應介,獲)少時進見,望將軍照管。(趙)這個自然。這裏來。不識神機妙,(獲)何知丞相尊。(下)(吹打,四將、二中軍、關、王、蔣、呂隨孔明上)

【引】七擒七縱任賢勞,平蠻畢賴皇朝。

(趙帶獲上,趙白)趙雲帶領孟獲告進。(喝,進介)(孔)你今服了麽?(獲)孟獲子子孫孫皆感丞相再生之恩,安得不服。(叩首介)(孔)前番洞主多事,致使生靈塗炭。今知悔過,不勝欣喜。自今以後,仍舊永爲洞主,所占

之地,盡皆退還。(唱)

【惜奴嬌】前此兵交,爲工夫措用,怎圖實效。汝多方兵整,盡被焰滅烟銷。今朝,已過多般從頭曉,吾除過如前好。(合)息戰勞,歸向銀坑宮闕,安享逍遙。

(獲白)丞相天恩浩蕩,孟獲等自此餘生,皆丞相恩賜也。(唱)

【前腔·換頭】欣遭,丞相恩高。七擒和七縱,蟻命重叨。天高地厚,猶如慈父心勞。(哭介)悲號,自恨當初不悔早。幸留恩餘生保。(合前)

(孔白)子龍,領了孟洞主去。再傳號令,所占之地,盡行退還洞主,照舊掌管。請回。(獲)多謝丞相。(叩首,趙同下)(吕白)丞相既以服蠻,何不張官置吏,一同守之?(孔)此事有三不便。(吕)怎見得?(孔)若留官,必當留兵,兵無所食,一不便也;蠻人折傷,父母死亡,留外人而不留兵,二不便也;蠻人屢有殺法之罪,自有嫌疑,留外人終不相信,三不便也。仍令孟獲管理,已是傷弓之鳥,不必留人,不必運糧,自安矣。(唱)

【錦衣香】根與苗難逆料,兵既慮思仇報。吏兵兩下難留,恐逢強暴。而今氣已旋消,征蠻事了,威着三苗好。將機就計事,依前管守爲高,庶免風波擾。這其間權將計巧,兩相安處,事無不妙。兩相安處,事無不妙。

(蔣白)火燒藤甲軍,奇功猶顯。我等未知用計之妙。(孔)此計不得已而用,吾聞利於水者,不利於火,非火攻不能取勝。其種類盡絕,是吾大損陰德也。(蔣)丞相天機,神鬼莫測也。(唱)

【漿水令】奉綸言深入不毛,到如今征蠻事了。全憑神算志謀高,七擒七縱,異事堪表。蠻方定,功已高。南隅從此降烟掃。吾皇福,吾皇福,天威遠昭。吾丞相,吾丞相,獨任賢勞。

(孔白)過承諸公謬譽,報捷本章,昨日已發。傳令魏延,領本部先行,然後大兵班師。(衆)得令。(同)

【尾】今日勞臣功就了,蠻人輩膽喪魂消。從此烽烟靜此朝。(下)

校記

[1]轉達:"達"字,底本作"答",今據文意改。

第十二齣　遣官賞召

(禮部官上)

【引】禮部官卑微下吏，聊稱宦畫題時。

（白）我乃禮部司務官是也。今日頒詔，欽取丞相班師，少不得伺候龍旗玉仗。衆軍士！（四軍上）老爺有何分付？（禮）齊備了麽？（軍）都齊備了。（禮）俱到朝門伺候。（軍）曉得。（同唱）

【曉行序】身列衣冠。受彤庭特旨頒詔，遠和何憚。蠻方去經行，巇嶒攢巒漫漫。綿邈繽紛，未審殊方寒暖。（下）

（馬忠上）

【引】逐隊隨班，又喜得日近龍顔。

（白）下官馬忠。奉旨去召丞相班師，前面已是朝門外，禮部官何在？（禮部、衆上介，白）有。（馬）可將召書背定，就此起馬。（衆應介，同唱）

【駐雲飛】乘騎攀鞍，登程好把長途趲。王道何垣垣，天際嘹征雁。嗏，揚鞭縱目觀，揚鞭縱目觀，流水驚湍，四面攢嵐，氣漫遮連斷。但覺斜陽日又短，但覺斜陽日又短。（下）

第十三齣　高　士　下　山

（孟節上，唱）

【緱山月】[1]雞鳴巖下月洞中，春静桃源，客稀問主人。鎖烟霞高峰堪隱。

（白）玉莎瑤草連溪碧，流水繁花滿澗香。吾孟節，自受師父丹經，隱於萬安溪，將已成功，趁此眼前清静，正好辨吾道也。（唱）

【山漁燈】水火添抽把元神引。静守丹田，既濟功奮。三關打運動吾身，須求此真。要求在泥丸宮進。下陞上無限心勤，重歸丹田方到門。口内靈元光自吐，日積工夫全體存。吾真，就舍合神兩分。棄凡胎是我一舉飛陞，棄凡胎是我一舉飛陞。

（頭目上，白）任是深山最深處，芒鞋踏破也來尋。大大王在上，頭目叩頭。（節）到此何幹？（目）二大王被諸葛丞相七擒七縱，已經降服，歸正王化了。（唱）

【白練序】屢遭危困，猶自多方借兵刃。借來用原，皆各洞梟獍，徒然志未伸。歷盡艱難共苦辛，歷盡艱難共苦辛。（白）二大王已經改惡從善，自悔不聽大大王教訓，特差小人到此，請大大王下山，同拜祖廟。（唱）情真，切惟祈俯允，弟兄情分。

（節白）汝今到此，又動凡心。也罷，暫時下山，已盡凡人之事。（唱）

【換頭】雖是成高隱，塵寰廢人人本體[2]，誰無水源大本。仙家豈絶恩，忠孝從來不離仁。仁心具不欺，屋漏自有鬼神相信。

（白）道童，我且下山，自有消息與你。（内應介）

【尾】今朝又向人間問，恐到壑攢峰所哂。從此後山静巖空草任新。（下）

校記

［1］緱山："緱"字，底本作"猴"，今據文意改。
［2］塵寰："塵"字，底本作"麈"，今據文意改。

第十四齣　冤魂沉滯

（七蜀軍魂上，唱）

【端正好】冷雲埋，金風咽，鳥飛不下，草斷蓬折。不知歸路心悲切，地闊天長也。

（白）我本蜀兵，隨馬岱渡瀘水，中毒而亡，冤魂沉滯，怎得超生？好不苦楚也！（唱）

【滚绣球】我屍骸有誰遮，白骨重還叠。這苦楚向誰訴分説。俺只爲毒攻心，昏暈顛蹶。阿呀！皇天吓，七竅盡流血。皇天哪！頃刻間命隨絶。親遺體一朝輕舍，無貴賤同做枯髏冤哉也。作沙場鬼，非是矢盡於弦絶，愈覺傷嗟。（下）

（五蠻鬼上，白）好苦吓！（同唱）

【叨叨令】最苦是身兒和那首兒，最苦是遭殘的缺。最惨是雙親妻子輕輕的别。也則是法重心駭難輕的撇，真個是威尊命賤無鑽的穴。兀的不恨殺人也麽哥！兀的不恨殺人也麽哥！害得俺命喪，可憐殺真悲咽。

（白）我等蠻軍死於蜀兵之手，魂無所歸，好不痛心也！（唱）

【倘秀才】則爲那對壘交鋒，寶刀已折。因此上衆軍將，生死遂决。俺衆孤魂哭得來，兩眼灑盡血[1]，誰來澆奠凶魂也。離離白骨弔殘月，倩誰人蓋遮。

（七軍魂上，蠻避介，七軍白）我等與各位無仇，不消回避。我們是蜀軍，渡水身死，爾等何人？（五蠻）我們是南蠻陣亡將士。好不苦也！（衆同唱）

【滾綉球】命關天誰肯舍,親遺體輕喪折。爲軍威一時見逼也,到了那衝鋒去,難保寧帖。那其間上天難,更兼無地穴。原非苟且,況吾儕俱是豪傑。等閑間輕死同雞犬,慘把遺骸任他撇[2]。痛楚尤切。

　　(蠻白)我等慘遭兵刃而死,魂無所歸,怎生是好?(七軍)列位,你我俱是冤魂,不能托生。現今丞相回兵,經過瀘水,你我大家前去,討一個下落,豈不是好?(五蠻)列位說得有理。一同前去便了。(衆同唱)

　　【白鶴子】何須去泉臺苦痛嗟,也不去自嘆是豪傑[3]。雖然是無處去討碑碣,好候那丞相處尋歸結。

　　(七軍白)那邊塵頭起處,一定是回兵。我們大家前去,阻擋他便了[4]。(五蠻)說得有理。(同唱)

　　【煞尾】遥望處塵動也,凱歌士將回轅。少不得把怨氣從頭伸訴者。咳!但願冤魂從此協。(下)

校記

[1]兩眼:"眼"字,底本作"言",今據文意改。
[2]遺骸:"骸"字,底本作"駭",今據文意改。
[3]豪傑:"傑"字,底本作"俠",今據文意改。
[4]阻擋:"擋"字,底本作"黨",今據文意改。

第十五齣　頭隊班師

　　(四軍、魏延上,同唱)

　　【五馬江兒水】且喜烽烟平定,群蠻有創懲。看鞭敲金鐙,奏凱歡聲。早離極南望北行。想君門遥遠,望闕心殷。越歷關河險阻,山道危經。長驅策馬何暫停。(白)俺魏延奉令前部班師,先渡瀘水。軍士們!(軍)有。(魏)快快趲行。(軍)得令。(同唱合)遇此秋涼天氣,鴻雁哀鳴。打動征夫,有懷鄉井。(下)

第十六齣　師阻瀘水

　　(七軍、五蠻上,唱)

　　【前腔】自古風雲天定,何曾鬼有能。若使風雲鬼使,屬怪情形。然亦何常鬼不靈。但爲人枉死,怨氣陞騰。便覺愁雲慘霧,陰氣風冷。總是群魂怨結成。(白)你看軍馬離此不遠,我們大顯威靈,阻擋纔好。走吓。(唱)此是陰陽感動,濁渾清輕。至理淵深,爲正人戒做。(下)(魏、衆上,唱合前)(卒白)已到瀘水了。(魏)整頓船筏,就此渡水。(卒)得令。(內風水響,衆鬼上介)(卒)好大風!(鬼阻擋介)(卒)不好了,有了鬼了!(魏)哎!那有怕鬼之理,隨我來,大家渡水。(衆鬼四面擋介)(魏)呀!陰雲四合,水面風狂,飛沙走石,隱隱有鬼形出現,不能前進[1]。且去報知丞相。軍士們,就此回兵。(衆)得令。(同唱)遭逢怪異,驚悸非輕。暫且回師,心中耿耿。(下)

校記

[1] 不能前進:"不能"與"前進"中間,底本衍出一行 24 字:"知,適纔行至鄴城門外,遇一奇事,故此來遲了。(休、真)但不知。"此行或應移至五本第一齣"(朗、歆)二位大人,有所不"之後。

五本上

第一齣　揭　榜　面　君

(曹休上,唱)

【點絳唇】國祚康寧,萬民安靜。(曹真上)真欣幸,文武和平,共把山河定。

(休白)帝眷仁君道德隆,春來先許禁城濃。(真)明星幾點通旦[1],曉月微灣接曙空。(休)下官大司馬曹休是也。(真)吾乃大將軍曹真是也。今當早朝時分,聖駕臨朝,只得在此伺候。(王朗上)

【前腔】曙色光盈,朝儀肅整。(華歆上)聞邊警,事未分明。且奏與君王聽。

(朗白)下官大司徒王朗是也。(歆)老夫太尉華歆是也。請了。(休、真)二位大人請了。今日爲何來遲?(朗、歆)二位大人有所不知,適纔行到鄴城門外,遇一奇事,故此來遲了些。(休、真)但不知是何事情?(朗、歆)待聖駕臨朝,少不得要奏聞。二位大人,自然知曉。(休、真)你看御香馥馥,聖

駕臨朝也。(四宮官、四內監隨曹叡上)

【引】雖據中原威猛,巍巍功德齊稱。兆民咸賴得安生,真個是一人有慶。

(白)氤氳淑氣六合融,春到皇都色不同。群星常擁黃金闕,諸神時護紫薇宮。孤乃魏主曹叡是也。叨太祖之弘勳,承先帝之遺蔭,外蕃鎮守者,俱係歷代之良臣;內庭輔助者,皆是三朝之元老。即位以來,且喜年豐物阜,國泰民安。只恨勢分鼎足,未能展我之雄才。若得一統山河,方遂平生之素願。眾卿有事出班早奏,無事即便退朝。(歆、朗)臣華歆、王朗,有事奏聞陛下。(內官)奏來。(歆、朗)臣二人入朝之時,見鄴城門外,有一告示張挂。臣等視之,乃司馬懿之反榜也。臣等不敢隱瞞,謹當獻上。(叡)二卿平身,內侍取上來看。(念介)驃騎大將軍總督雍涼等處兵馬事司馬懿,謹以信義,佈告天下:昔太祖武皇帝創立皇基,本欲立陳思王子建爲社稷主,不幸奸讒交集,歲久潛龍。今皇孫曹叡,素無德行,妄自居尊,有負太祖遺意。今吾應天順人,以慰萬民之望,克日興師到關,皆早歸命新君。如不順者,當滅九族。先此告聞,相宜知悉。(叡怒介)哎呀!可惱,可惱!司馬懿乃先帝托孤之臣,一旦背義忘恩,竟自欺心造反,豈不可惱!(四臣背語介)(叡唱)

【風入松】無知賊子任胡行,辜負了先帝恩隆。虺蛇氣質豺狼性,邁倫禮干犯朝庭。(白)眾位卿家,似此逆賊,若不早除,必成大患,孤家來日呵!(唱)統雄兵親臨戰征,急忙去莫留停。

(白)氣死我也。(歆)臣華歆奏聞陛下。(內官)奏來。(歆唱)

【前腔】吾皇暫請息雷霆,想此事未必真情。(叡白)現有告示,如何還說未必真情?(歆)先帝在日,曾托以大事,他豈肯興心造反。或者是奸人所用反間之計,亦未可知。今無故加兵,乃逼其反也。況吳蜀兩國,虎視中原,我國興師,不致緊要。(唱)倘乘虛兩路兵臨境,那時節何計調亭?(叡白)卿言亦似有理,倘司馬懿變生不測,那時悔之何及!(歆)這個不難。陛下若未深信,可仿漢高祖僞遊雲夢之計,御駕親臨彼處。司馬懿必然來迎接,那時相機行事,擒之未爲遲也。(唱)到安邑且觀其動靜,真和僞便分明。(叡白)依卿所奏。即命曹真監管國事,曹休挑選御林軍十萬,隨孤前去便了。(真、休)領旨。(合唱)到安邑且觀其動靜,真和僞便分明。(下)

校記

[1]明星:"星"字,底本作"皇",今據文意改。

第二齣　孔明聞報

（四院引亮上，唱）

【海棠春】七擒奏捷功成早，看振旅三軍歡笑。回旆指中原，更把烽烟掃。

（白）南陽高臥事躬耕，喜起明良三顧成。欲展經綸扶社稷，金甌永固泰階平。下官乃大漢丞相諸葛亮是也。管樂有才，皐夔比迹。箕山一曲，草廬同豹隱之風；湯聘三加，甲帳奮鷹揚之氣。自釋褐以來，荷蒙先帝任以腹心，委以鎖鑰，位居三臺之上，托以六尺之孤。敢不竭力殫心，鞠躬盡瘁。今喜南方已定，甲兵已足，勢當獎率三軍，北定中原。竊恐聖意苟安不准，必須草成出師表章，備細詳伸先主未了心願，上達天聰，方免他阻之變也。目今艷陽天氣，麗日和風，春光堪賞，正當設席開筵，闔家歡慶，聊同飲止之意。院子，請夫人、駙馬上堂。（院應，照前請介）（夫人引侍女上，唱）

【前腔】朱方塵靜兵威耀，聽動地凱歌旋早。（駙馬上、接唱）花發錦江城，鈴閣春先到。

（見介，亮白）夫人，我五月渡瀘，深入不毛之地，那八蠻衝壁，俱為向化之民。（夫人）相公以堂堂之陣，整整之旗，所向無前，奏功指日。妾身備得酒筵，與相公稱慶。（亮）生受夫人。（夫人）我兒把盞。（駙馬應，把盞介）（同唱）

【錦堂月】垂柳千條，流鶯百轉，欣瞻畫堂春曉。駢席晨開，鼎列海山珍饒。醇醸泛玉盞偕傾，白墮擎金罍同倒。（合）清歌好，看朱檻雲留，畫梁音繞。（吹打，送酒介）

【前腔・換頭】德耀，信義弘照。林無伏莽，朱方殺氣潛消。露紛魁頭，向風遵路遵道。看取這四境清寧，博得個一朝歡笑。（合前）

（報子上，白）敵國探回機事密，扣門馳到馬蹄忙。來此已是丞相府門了。裏面有人麼？（院）是那個？（探）煩為通稟相爺，說探子有機密事要見。（院）啓相爺，有探子報機密事要見。（亮）夫人、我兒回避了。（夫人、駙馬下）（亮）喚他進來。（院應，報進見介）相爺在上，報子叩頭。（亮）你探聽司馬懿，却怎樣了？（報）相爺聽禀，那魏主曹叡為了鄴城門上榜文，御駕親臨安邑。那司馬懿率領甲士來迎。魏主大怒，已將司馬懿削職為民，命曹休總督雍涼軍馬。（亮）起來講。（報應，起介，舞唱）

【醉翁子】文到,那魏主喫驚不小。滿腹中狐疑墮吾圈套。明詔,已落職爲民,把總督雍涼官敕繳。探聽得這確實軍情,不爽分毫。

(亮笑介,白)果然中吾之計。吾事濟矣。賞你功牌一面,歇息去罷。(報)謝相爺。(下)(亮白)請夫人、駙馬上堂。(夫人、駙馬上)(夫)相公,適纔報子所報何事?(亮)我欲興師北伐,而魏主用司馬懿總督雍涼軍馬,此人足智多謀,故此我行一反間之計。茲魏主今已將司馬懿貶黜了。此人既去,則吾師至魏如入無人之境矣。我已草成奏章,來日奏聞主上,便請即日興師。(夫)相公荷蒙先帝倚重之恩,自當以恢復爲己任。(亮)夫人所言既是。(同唱)

【僥僥令】君恩當報效,地厚與天高。血戰疆場把涓埃竭,便力瘁身殘敢憚勞,便力瘁身殘敢憚勞。

【尾聲】拜丹墀還須早。(亮白)夫人,我明日呵!(唱)上一道出師章表,收拾了舊日山河,再把聖主朝。(下)

第三齣　上表請征

(郭、費、董、譙四臣上,唱)

【點絳脣】帝主垂裳,霄嚴天仗。鐘初響,早集鵷行。銀燭朝天晃,銀燭朝天晃。

(郭白)玉漏遲催三殿曉,(費)金雞叫徹五更寒。(董)金闕曉鐘開萬戶,(譙)玉階仙仗擁千官。(郭)下官侍中郭攸是也[1]。(費)下官侍中費禕是也。(董)下官侍郎董允是也。(譙)下官太史譙周是也。(郭)列位請了。(衆)請了。(郭)主上陛殿尚早,我等且歸朝房伺候。(衆)是。(下)(郎官隨亮上,唱)

【端正好】感彌深恩難忘。老臣的感彌深恩,先帝主恩難忘。撫中原賊勢猖狂。急煎煎立侍除奸黨,涕泗把言詞上。

(郎白)已到午門。(亮)爾等朝房伺候。(郎應下)(四臣迎上,白)老丞相請了。(亮)列位請了。(衆)老丞相,有何事見駕?(亮)列位,我諸葛亮受先帝託孤之重,夙夜憂懷,誠恐有負明德。今南方已定,北寇未除,爲此上表出師。竊欲攘除邪鄙,以匡漢室。總然報先帝付託孤之重[2],再則盡老臣悃款之忠,無非鞠躬盡瘁,仰答深恩於萬一。(衆)原來爲此。(內吹打介)鼓樂鏗鏘,主上陛殿也。(宮娥、太監、後主上,白)白帝城高瑞靄通,千門紫氣日曈曈。漢家宮闕天然壯，錦綉江山一望中。（衆山呼舞蹈介）朕漢帝劉禪是也。即位以來，所喜民安物阜，雨順風調。内仗衆文臣，和羮作楫；外賴諸武將，禦侮折衝。妄思光大前謨，竊愧丕承大統。今日視朝，意欲采擇嘉謨[3]，以廣視聽。有事出班早奏，無事卷簾朝散。（亮奏介）臣諸葛亮，有表文一道，謹呈御覽。（後）相父有何表文？近臣接來。（侍接呈介）（後）平身，看座。（亮）臣蒙先帝付托之重，夙興夜寐，未嘗敢忘。自平蠻回國，一載有餘。思欲克復中原，以還漢室。今當遠離，是以上表出師，伏惟陛下采納。（後）相父試道其詳。（亮唱）

【滾綉球】念微臣田舍郎，不崇朝登廟廊。記當年躬耕閑放，受深恩起自南陽。忘不了荷殷勤折節交，想先王再三回顧草堂。更許多話綿藤，襟懷悲壯。伊殷勤重諮諏指興亡。因此上終身銜結思圖報，少不得到處馳驅顧贊襄。爲中原轉盡回腸，轉盡回腸。

（後白）相父征蠻，方始回都，坐未暖席，今日又欲出征，恐勞神思。（亮）陛下！（唱）

【倘秀才】俺只爲夏五月，經營鞅掌。操七縱精神滔蕩，北伐中原有底忙。那消停宜調攝，看取次奮鷹揚。不須疑沉吟細想，不須疑沉吟細想。

（譙奏介）臣譙周謹奏陛下。（侍）奏來。（譙）臣夜觀天象，竊見北方旺氣正盛，星倍明，竊中原未可圖也。（唱）

【靈壽杖】微臣冒死來參講，臣本職天文事，仔細端詳。臣本職天文事，仔細端詳。旺氣分明在北方。貔貅百萬應難敵，組練三千且好藏。丞相呵！便有龍韜虎略多，怎奈是祥符星耀朗。怎奈是祥符星耀朗。

（後）平身。（譙）萬歲！（後）據太史所奏，相父不宜出師，還是静養幾時，再議未遲。（亮）先帝創業未半，中道崩殂，北指隱憂，未能稍釋。況今天下三分，益州疲敝，當此危急存亡之秋，豈宜坐視貪安，失此機會。（唱）

【滾綉球】睹三分無定局，撫西川、撫西川好酌量。趁着那猛如龍戰馬肥，積如山備糗糧。氣咆哮大軍雄壯，敢爭先士卒豪强。少不得忠扶社稷除凶寇，手定山河歸帝疆。怎顧得兩鬢星霜，怎顧得兩鬢星霜。

（後）朕非不欲力取中原，但恐相父年老，又且征南方回，是以遲疑未决。（亮淚介，白）陛下，老臣思先帝呵！

【倘秀才】想着那病龍鍾語惨傷。戲曹丕鄙他愚戇，幾度教臣好酌量。用心兒扶嗣主，殫力的定封疆。不住的含悲細講，不住的含悲細講。

（後白）據相父所奏，父皇當日已有成言。（亮）臣受命以來，常恐有負先帝。故五月渡瀘，深入不毛之地，今南方幸定，兵甲已足，正該獎率三軍，北定中原，剪除奸黨，以復漢室，還於舊都。此臣所以報先帝而忠陛下。

【滾綉球】臣只願錦江山歸漢疆，莽乾坤、莽乾坤屬漢王。更還要撫懷柔，共求來享[4]。奠清寧，端拱垂裳。猶自是靖烽烟弓矢韜，息紛爭戈甲藏。那時節致昇平，太和休暢。只願得樂雍熙，德澤汪洋。九州含煦無爲化，萬姓尊親有道邦。兀的不媲美陶唐，兀的不媲美陶唐。

（後）相父堅執如此，朕復何言，聽封！（亮）萬歲！（後）加封平北大都督、丞相、武鄉侯、領益州牧，制內外事。擇吉出師。朕當率領百官，親送於北門外十里起行。（亮謝恩介）（後、衆下）（譙）丞相深曉天文，何故必欲強爲。依下官看來，還是不出師爲上。（衆唱）

【脫布衫】只合順天心蓄銳韜光，待天時積草屯糧。窺天意曹家正旺，又何須干天怒，空勞兵將。

（亮白）天道變易不常，未可拘執。今日我暫駐軍漢中，且觀其動靜而行。（譙周同衆唱）

【醉太平】暫屯兵漢陽，暫屯兵漢陽，思暗渡陳倉。觀其動靜驗行藏，要隨機俯仰。你只看中原旺氣星遍朗，又誰見、又誰見從來西顧天恩曠。曾云惟命不於常，怕的是荒而且唐。

（亮白）太史，你列位怎知俺心事來！（唱）

【尾煞】想先帝呵，托孤時攜手酸心情狀，寫遺詔意張皇。可喜朝廷准奏章，先出祁山誰敢當。奏凱還都姓字香。（下）

校記

[1] 郭攸："攸"字，底本作"悠"，今據文意改。
[2] 付托孤之重："付"字，底本作"附"，今據文意改。
[3] 采擇："擇"字，底本作"釋"，今據文意改。
[4] 共求："求"字，底本作"球"，今據文意改。

第四齣　諸葛點將

（監令官執旗上，白）旗幟飄揚戈甲明，朝來師出錦官城。堅心討賊扶炎漢，陣列堂堂正正兵。俺平北大都督麾下監令官是也。今日丞相奉詔出師，調撥人馬，只得伺候。（四將隨亮上，唱）

【點絳唇】白首勤勞，赤心圖報。三分早，俺已洞晰秋毫。感遇恩非小。
（監白）監令官打躬。（亮）站立一傍。（監應介）（亮）俺平北大都督武鄉侯諸葛亮是也。受先帝托孤之重，上表出師，主上准奏，擇於明早黃道吉日，辭朝北征。先此調撥人馬便了。監令官！（監）有。（亮）衆將可齊？（監）俱已齊集。（亮）令衆將聽點！（監）得令。丞相有令，衆將上堂聽點。（衆應，監引見衆，白）丞相在上，衆將打躬。（亮）衆將官，聽我吩咐者。（衆應介）（亮）我今日奉詔出師，只為忠君報國，力掃中原，望諸君共秉丹心，恢復漢室。（衆）願聽丞相指麾。（亮）站過一邊。（衆應介）（亮）鎮北將軍魏延！（魏）有。（亮）牙門將軍王平！（王）有。（亮）你二人，為前軍領兵使。（魏、王）哦。（亮）安漢將軍李恢！（李）有。（亮）你為後軍領兵使。（李）哦。（亮）平北將軍馬岱！（馬）有。（亮）為管運糧領兵使。（馬）哦。（亮）車騎將軍劉琰！（劉）有。（亮）揚武將軍鄧芝！（鄧）有。（亮）安遠將軍馬謖！（馬）有。（亮）左將軍吳懿！（吳）有。（亮）右將軍高翔！（高）有。（亮）爾等為營領兵使。（同）哦。（亮）綏遠將軍楊儀[1]！（楊）有。（亮）你掌丞相府長史事。（楊）哦。（亮）龍驤將軍關興！（關）有。（亮）你為左護衛使。（關）哦。（亮）虎翼將軍張苞！（張）有。（亮）你為右護衛使。（張）哦。（亮）衆將官！（衆應介）（亮）各守爾職，明日俱於門外教場取齊。（衆）得令。（下）

校記

[1] 楊儀："楊"字之前，底本有一"將"字，今據文意刪。

第五齣　趙雲討差

（趙上）

【新水令】昔日間血踐滿征袍，奮登先舊時年少。先主封英膽，懷忠敢辭勞。今日裏馬齒雖高，今日裏馬齒雖高，喜筋骨未全老。
（見亮，白）丞相在上，趙雲參見。（亮）老將軍何來？（趙）今日丞相出師，諸將都有差，怎麽不用俺出征？（亮）我看老將軍年已七旬，受不得辛苦，所以屈留台駕。（趙）我雖年邁，尚有廉頗之勇、馬援之雄，丞相不須過慮。俺趙雲呵！（唱）
【折桂令】你道我幾年來，鬢髮蕭騷。恁道俺病態龍鍾，比不得往日雄驍。誰識俺馬援精神，廉頗矍鑠，照舊的善飯貪饕。挽強弓千鈞未小，引長鎗萬弩能挑。虎背熊腰，嶽峙松喬，嶽峙松喬。奮英風救主當陽，逞餘威滅虜今朝，逞餘威滅虜今朝。

（亮白）自從平蠻回蜀，馬孟起得病身亡，我甚惜之，以爲折一右臂。老將軍倘有差池，失一世之英雄，挫西川之銳氣也。（趙）我自跟隨先帝，至今未嘗不思臨陣破敵，大丈夫得死疆場，幸也，何懼之有？（唱）

【雁兒落帶得勝令】俺本莽男兒膽氣豪，遭逢着漢先帝恩波浩。不記得效微軀長坂坡[1]，肯減却奮聲價常山趙。呀！向沙場破敵勢偏驕，便人生馬革裹屍高。熱丕丕滿腔子丹心在，烈轟轟好名兒青史標。勤勞，敢憚着年衰耄。虛叨，自斟量英武饒，自斟量英武饒。

（白）丞相，俺願爲前部先鋒，當先破敵。（亮）我只慮你年老，既做先鋒，要衝鋒冒敵，辛苦備嘗。你是年老之人，怎生禁得起！（趙）哎喲，哎喲！氣死我也。（唱）

【收江南】呀！氣憤填胸中没處消，有志難伸枉自焦。英雄到此淚空拋，這階前是下稍，這階前是下稍。好教俺輕身一死等鴻毛，好教俺輕身一死等鴻毛。

（觸階，衆扶介）（亮白）老將軍既願爲先鋒，也不須性急，再得一人，同贊軍務方可。（鄧上）芝雖不才，願與老將軍同行。（亮）如此甚妙。老將軍可同鄧芝引副將十員，精兵五千，就此起行便了。（趙、鄧應介，下）（魏上）末將有一計，奉告丞相。（亮）將軍有何妙計？（魏）延聞夏侯楙乃膏梁子弟、無謀之輩，只須與末將精兵五千，路出褒中，過秦嶺以東，當子午谷而北，不過十日，可到長安。楙聞延兵至，必然棄城而去，所得糧草，足可爲用。那時丞相大驅士卒[2]，自斜谷而進，則咸陽以西一舉可定。此萬全之計也。（亮）此非萬全之計。汝欺中原無人物也，倘有進言者，於山僻中以兵截之，不但五千人受害，亦大損銳氣矣。（魏）丞相兵從大路進發，彼必盡起關中之兵，於路迎敵，徒損生靈，何日可得中原也？（亮）吾從隴右，取平坦大路，依法進兵，豈有不勝之理。（魏）用兵之道，神速爲貴。故欲出褒中，請兵先驅，爭奈丞相不用。（嘆恨介）夏侯楙嘎，夏侯楙嘎！造化了你也。（唱）

【大德歌】憑着咱將略高，霎時裏看麈旄，這一舉可吞曹。出褒中道匪遙，曠日時枉走勞。笑伊空自負却一世英豪。

（亮白）你且回避，我自有道理。（魏下）（亮）關興、張苞！（合）有。（亮）明日俱宜早到[3]，祭旗起行，不得有誤。（衆）得令。（唱）

【煞尾】莽英雄不服年衰老，沙場上一鎗一刀。那漢皇室歸正宗，先把

那千古的賊兵討。(下)

校記

[1] 長坂坡："坂坡"二字，底本作"板玻"，今依《三國志·蜀書·趙雲傳》改。
[2] 大驅士卒："驅"字，底本作"軀"，今據文意改。下同。
[3] 早到："到"字，底本作"道"，今據文意改。

第六齣　後主郊餞

(吳、高、劉、馬上，唱)

【金字經】擁戈矛護將臺，一個個奮英才。貔貅梟勇行伍擺，一個個奮英才。貔貅梟勇行伍擺，八圖陣勢排。展威猛掃狸貉，把中原定瓦解。

(劉白)我乃車騎將軍劉琰是也。(馬)我乃安遠將軍馬謖是也。(吳)我乃左將軍吳懿是也。(高)我乃右將軍高翔是也。(劉)今丞相上表出師。(馬)主上親到教場賜宴。(吳)御餞後，丞相方纔祭纛發兵。(高)故令我等先出北門，教場預備。(劉、馬)整整軍容吞吳魏，(吳、高)忠心義膽侍西蜀。(下)(後主、孔明、關、張、魏、王、內侍兵上，唱)

【馱還着】擁旌旗雲外，擁旌旗雲外，出廓而來。馬挂繁纓，將披重鎧，隊伍常山勢擺。此去中原，欣看取奮鷹揚，將奸邪俱敗。端的是堂堂元帥，管除滅天朝毒害。親攀送御駕排。十里郵亭，餞君行邁，餞君行邁。

(劉、馬、吳、高跪迎介，白)衆將打躬。(亮)香案可曾完備？(四將)完備多時。(亮跪奏，白)臣亮因伸先帝未完之心，前滅奸曹。老臣有何能處，也勞聖駕親送。(後)相父，先帝托孤之重，丞相日夜憂懷，渡瀘纔回，又勞北伐，朕豈可不親送之理。內侍們！看酒過來，待朕與相父餞行。丞相當飲三杯，以壯神威。(唱)

【啄木兒】感君行治國才，此去中原展雄懷。南蠻滅北寇須征，親到此敬捧玉盞，爲酬相父鞠躬載。願聞旌旗掃塵埃，預慶奇功奏凱回，預慶奇功奏凱回。

(亮白)蒙主隆恩深厚，臣敢不竭盡愚駑，以報陛下也。臣今統兵前去，不除奸曹，誓不旋軍矣。惟願陛下回朝，當廣聖聽，以遵先遺德。陛下！(唱)

【前腔】臣此去竭愚才，願將中原復漢階。先帝志敢不接踵，老微臣一點忠排,督軍仗威除凶害。誓把征車遍九垓,一統山河方息懷,一統山河方息懷。

（後白）朕今欲觀丞相拜纛之後,親送出境方回。（亮）主上未可遠出,須當回朝,以安百姓。臣候御駕回朝,方可祭纛出師。（後）既如此,朕回駕矣。相父!（唱）

【尾聲】樹旄此去將凶敗,一到祁山陣勢排,我朕呵眼望旌旗奏捷來。（下）

第七齣　祭纛起兵

（亮回營,白）衆將官,先祭旗纛。（衆應,亮祭畢,陞高臺,白）衆將官!今日奉詔出師,力掃中原,必當齊心竭力,奮勇當先,上報國主之恩,下救黎民水火。我等早建奇功,各立無疆事業,聞鼓進,聞金退,有功者賞,無功者罰,爾等各宜尊守。（衆）得令。（亮）就此發砲起行。（同唱）

【殿前歡】擁三軍旌旗排,擁三軍旌旗排,真個是西蜀卷地來。笑殺那奸曹瞞,將天子令諸侯,今日裏怎放伊裁。（衆將官）整頓神威復漢業,統貔貅戈甲排。秉忠心,扶漢主奮雄裁。把中原誓欲歸蜀有,除奸頑大展俺雄才。

（將）啓丞相,天色將晚,請令發落。（亮）就此前去安營便了。（同唱）

【川撥棹】古和今中原開,蜀與漢一枝派。俺今日戈挽金胎,雷震九垓,風卷洛都,長安一帶。勇往驅破敵,方顯得八陣圖果雄哉,果雄哉。（下）

五本下

第八齣　夏侯合兵

（夏侯楙引卒上,唱）

【泣顏回】專閫把兵提,戚里還兼勳第。如貔如虎,西涼宿,將威勢。（白）自家乃大魏駙馬都尉、兼提調關西諸路軍馬大督都夏侯楙是也。巨耐諸葛亮統兵犯境,俺因與蜀世有深仇,力請出師對敵。蒙主上拜俺爲大都督,提調關西諸路軍馬。此一行,上則爲朝廷殺敵,下欲爲家門雪忿。奈諸葛亮足智多謀,恐難禦敵。今有西涼大將韓德父子英勇,軍兵精銳,提調前來，合兵征勦。衆將官！（衆應介）扎下行營，待等西凉人馬到來，一同進發。（下）（韓德父子上，唱）旄頭雜沓，激長風動地班聲起。（德白）吾乃西凉大將韓德是也。（大）吾乃韓琪是也。（二）吾乃韓瑶是也。（三）吾乃韓瓊是也。（四）吾乃韓瑛是也。（德）夏侯楙駙馬奉命征勦西蜀，爲此帶領西凉人馬八萬，前來相助。（見介）駙馬在上，韓德父子打躬。（楙）列位將軍，本帥奉命出師，征勦西蜀。奈諸葛亮足智多謀，爲此調取將軍前來，須當齊心努力，報效朝廷，成功之日，奏加升賞。（德）駙馬在上，非是末將夸口，憑着俺胸中武藝、四子英勇，管教一戰成功。主帥莫要過慮。（楙）既如此，就勢將軍爲前部先鋒。（德）得令。（楙）韓琪、韓瑶，爲左右羽翼。（應介）韓瓊、韓瑛，爲前後救應使。（應介）俺督中軍在後。待等蜀將到來團團圍住，一鼓擒之。衆將官！就此起兵。（衆）得令。（同唱）這般兒岱壓雷轟，霎時的玉焚瓦碎。

第九齣　斬德破魏

（趙雲、鄧芝領卒上，白）衆將官，殺上前去。（唱）

【前腔·換頭】緹衣一簇擁紅旗，首尾應常山蛇勢。麾城慚邑，任咱橫行無敵。（趙白）吾乃常山趙子龍是也。（鄧）吾乃新野鄧芝是也。（趙）丞相奉命討逆，拜我爲先鋒。今朝夏侯楙統兵來禦，想賊壘不遠。將軍與我壓住陣角，待老夫親自出馬，與他對敵。（鄧）老將軍之命，末將敢不竭力，致死以報國恩。（趙）大小三軍，就此殺上前去。（衆）得令。（同唱）犀渠鶴膝，密如林晃日[1]，刀和戟。封函關只用丸泥，取中原但須一矢。

（韓德父子上，白）來將何名？（趙）吾乃常山趙子龍。你是何人？（德）俺乃西凉大將韓德。（趙）韓德，你有甚本領？敢來與吾迎敵。（德）咈！趙子龍，爾已老邁無能，休夸大口。吾有四子，堪可擒汝。（趙）休得狂言，放馬過來。（戰介）（四子截戰下）（德死）（鄧）老將軍住馬，窮寇莫追，恐有埋伏。老將軍力誅五將，昔日英雄，尚如故也！（趙）丞相以吾年邁，不肯委用，吾故以此表之，趁此得勝之兵，將軍與我壓住人馬，待老夫生擒夏侯楙便了。（楙）衆將官與我團團圍住。（楙兵繞下）（趙、鄧驚，白）呀！你看他好重重兵馬也！（唱）

【千秋歲】逞凶威，鐵騎千層莘，咱大意却不妨伊。要脫重圍，要脫重圍，則只是共排空體生雙翅。（鄧白）他將人馬四面圍住，如何是好？（趙）你看這裏有一高崗，你我上去一望，看敵勢如何？（同唱）聽喊聲如雷疾，看壓頂同山勢，應有援軍至。料應是鷹揚虎拜，妙算玄機。

（關興、張苞衝殺下）（復殺上，見介）（趙）二位小將軍因何至此？（關、張）丞相恐老將軍有失，令我二人各領精兵，前來相助。見老將軍陷入重圍，所以奮勇將賊兵殺退，就此請老將軍一同回營。（趙、鄧）原來如此。衆將官，一同衝殺出去。（衆）得令。（同唱）

【紅綉鞋】值鋒如草芟移，值鋒如草芟移。曳兵棄甲披靡，曳兵棄甲披靡。他防失計，損軍威。催鐵騎，解重圍。歌凱返，勒兵回。（下）

（綝急敗上）（白）咳呀罷了，咳呀罷了！不想趙雲驍勇過人，立斬五將。是俺用程昱之計，將他困在垓心，不意援軍大至，救出趙雲。咳！目下進退無計，不免且投南安郡去，再圖後擧便了。（唱）

【尾聲】損兵折將歸無地，且自向南安把敗軍招集，便以他晚景桑榆收未遲。

校記

［１］密如林晃日："密"字，底本作"蜜"，今據文意改。

第十齣　二將領計

（關、張、劉、鄧上，白）匹馬衝鋒無敵阻，錦囊授計少人知。（關）吾乃關興是也。（張）吾乃張苞是也。（鄧）吾乃鄧芝是也。（劉）吾乃劉琰是也。（關）連日攻打安定，幸賴丞相奇謀，生擒崔諒，得其城池。（張）今日攻打南安，不知作何進取？吾等靜聽遣撥便了。（報子上）陣前窺敵勢，麾下報軍情。啓爺，那天水郡馬遵用了姜維謀略，因此趙老將軍不能取勝，特來報知。（衆問介）那姜維是何等樣人？（報子）那姜維，乃天水郡冀縣人氏，表字伯約，博覽兵書，精通戰陣，使一杆長鎗，文武雙全，真個智勇兼備之人。（衆）知道了。去罷。（報應，下）（關）吾等可將此事，禀知丞相便了。（衆）有理。（同）正是：有山皆縕玉，何地不生才。（下）（崔引卒上，唱）

【西河柳】算多勝詭道兵家正，約在今宵起更人静。

（白）我乃安定太守崔諒是也。只爲夏侯都督密書來請兵求救，因此領本部人馬出城，徑奔南安，路遇蜀兵截殺，死戰得脱。誰知魏延早已襲我城池，只得投南安郡來。正行之間，前有孔明，後有關興、張苞，不得已下馬投降。孔明着我入城，說楊陵、夏侯都督來降。是楊陵不肯，要我將計就計，詐説獻城,賺孔明來,於中取事。我回覆了孔明。孔明奸詐,定要將蜀將二人雜在我軍中同去。我想若不帶去,恐他心疑,莫若帶去,就在城中先殺了二將,舉起號火,獻開城門,賺孔明進城,一齊殺之,可不一舉兩得。算計已定,我已射枝號箭入城內去了,通知消息,令他準備者。(笑介)人言孔明決算如神,今番中了俺之謀略也。計就月中擒玉兔,謀成日裏捉金烏。(笑下)

第十一齣　巧賺南安

(關、張上,唱)
【前腔】奉明令催赴南安境,指顧功成啓筵同慶。
(白)奉丞相密計,隨崔諒入城,就於城門口,先殺楊陵、崔諒,城上舉火爲號,然後迎丞相入城。此時已近黃昏時候,待等崔諒到來,一齊進城便了。城頭鳴戍鼓,軍士各安營。(崔引卒上)二位小將軍,我等就此起行去罷。(各行介)(同唱)
【尾犯序】聯轡共趨程,望裏南安一片孤城。於鑠王師,看壺漿共迎。歸正,好共把明投暗棄,莫更把逆從化梗。致惹得興師問罪,荼毒到蒼生。(下)

第十二齣　連誅二將

(楊、夏侯同領兵上,唱)
【前腔·換頭】歡生,莫泄這軍情。計設牢籠,安排初定。轉敗爲功,荷蒼天助成。(楊)我乃南安太守楊陵是也。(棩)我乃都督夏侯棩是也。好笑孔明,欲說我二人出降,被我將計就計,令崔諒前去施行。(楊)他方纔放號箭入城,上有密書,言孔明先遣二將,伏於城中,爲裏應外合之計。我已埋伏下刀斧手,於府中先賺二將入城,除了大害。然後再賺孔明入城,一鼓而擒,可不暢快。(棩)正是。(唱)還更,密伏下弓刀靜俟,大開了城門共等。先梟却前驅二將,再滅後來兵。再滅後來兵。
(崔、關、張上,白)守門軍士聽者,安定太守崔諒在此,快開城門。(楊登城介)既是安定軍馬,可放入城。(開城介)(崔、關、張進)(楊出迎介)(關斬楊,崔驚走介)(張)賊子休走!(作刺崔介)(入城放火介)(棩急上)中了孔明之計也。只得逃出南門,望天水郡去罷。(唱)

【光光乍】中計禍非輕，魂飛膽戰驚。血濺征袍喪殘生，抱頭鼠竄揮騎騁。（王平上，白）吔！夏侯楙，天兵到此，還不早降。（戰，擒楙下）

第十三齣　孔明襲郡

（亮領鄧、吳、劉上，唱）

【尾犯序】宵征，並馬入孤城。安集萬民，須臾而定。陷賊多年，把腥聞一清。（關、張上，白）啓丞相，已得南安。（鄧）丞相何以便知崔諒詐降？（亮）吾已知此人本無降心，故着他到南安，以試真假。他必盡情告知夏侯楙，欲將計就計而行，故使二將同去，以穩其心。此人若是真心，必然阻擋，欣然同去，恐我疑也。他意中度二將同去，賺入城中，殺之甚易。誰知我已暗囑二將，就於城門首殺之。吾軍隨後便至。兵法云：攻其無備，出其不意者也。（唱）誰省。也不用揚聲動色，只有個出奇制勝。饒伊讀兵書萬卷，莫測此中情。莫測此中情。

（眾白）丞相用兵，神出鬼沒，我等不勝欽服。請問丞相，賺崔諒者，又是何人？（亮）我久識裴緒，爲夏侯楙之心腹。故令假裝裴緒文書，貼肉粘汗，字迹模糊不真，略教一看，即令收藏，恐被其瞧出破綻也。誰知崔諒竟墮我計中。只是賺天水郡的，至今尚無消息。若三郡齊得，吾軍大振矣。（唱）

【前腔·換頭】書呈，字畫不明。遣校假稱，腹心名性。笑殺伊家，定何時夢醒。（王綁楙上）（亮白）好個能征慣戰的都督，前日險害我一員大將。我今殺你，甚是無益，但姜維已着人來投降。我今放你前去，教他作速來降[1]。去罷。（眾）丞相，擒住夏侯楙，如何不殺？（亮）汝等不知，得一姜維，如得一鳳，放夏侯楙，如放一豚犬也。（眾）丞相神機，真不可測。（亮）那夏侯楙此去，必往馬遵處，定說姜維背反，使姜維無路可歸。故此我，（唱）將他寬令。但那厮放生松逃，何用把霜鋒礪頸。從今負秦樓夜夜簫作鳳凰聲。

（白）左將軍吳懿！（吳）丞相有何鈞旨？（亮）你一面安撫城內城外居民，這南安郡就教你管轄。（吳）得令。（下）（亮）車騎將軍劉琰！（劉）丞相有何鈞旨？（亮）你去守安定城，替出魏延，去取天水郡。（劉）得令。（下）（亮唱）

【尾聲】指麾明分撥定，更催起十萬狰獰。再向那天水城邊，把戰鼓鳴。（下）

校記

[1]教他:"他"字,底本作"你",今據文意改。

第十四齣　姜維探母

(姜維引卒上,唱)

【醉花陰】慈母關心怕難保,守孤城兼能也那全孝。仗深溝形浩淼,倚高壘勢岧嶢。我則是静愔愔堅壁昏朝,喜冀縣中縠糧草。向天水暗通交,憑着他辨臨沖虛焦躁。

(白)骨相昂藏膽氣粗,熟諳韜略比孫吳[1]。胸中何限安邊計,莫認人間一武夫。俺姜維,表字伯約。自幼博覽群書,精武通文,官拜中郎將參本郡軍事。前日諸葛亮擒獲駙馬夏侯楙,圍困南安[2]。某因獻計,大敗蜀兵。奈老母住在冀縣,亮又領兵攻打。爲記挂母親,我只得引領三千軍馬,到來保護。路遇魏延,戰不數合,大敗而走。因此殺入城來,拜見母親,統軍緊守。早上有探子來報,説諸葛亮已將夏侯駙馬放出,匹馬奔往天水郡去了。怎奈相隔道遠,未知真確。故此回來,安慰母親,再着人打聽未遲。(院)太太有請,大爺回來了。(姜母上,唱)

【畫眉序】一子最賢勞,鞅掌王家事紛擾。(維拜,白)母親拜揖。(母)我兒。(唱)你軍情干係,莫戀我白髮蕭騷。(維白)孩兒只爲約束守城軍士,有疏定省,子儀多曠。(母唱)兒嗄!你統貔貅,按部城壕。休拘那奉菽水,承歡常套。(內金鼓介)(院上,白)蜀兵圍困城池,大爺作速準備。(維)再去打聽。(院)哦。(維)孩兒便出去迎敵,母親好保重。(母)不須挂念,我兒快去。(唱)耳邊金鼓連天鬧,前驅踴躍咆哮。(下)

(維出介,衆)請老爺上馬。(維)衆軍士先到城上,看敵勢如何?(衆、維上城)(蜀糧繞,下)(維唱)

【喜遷鶯】且急上崇墉憑眺,暗塵頭起處喧囂。(望介)瞧也波瞧,卷地的運搬糧草。(白)你看蜀軍,大車小輛,把糧草都搬往魏延寨中而去。俺何不突出城門,奪他回來。(唱)現在的軍儲佈滿郊,休得要各殫勞。這的是上門來,倭斯獻寶。衆將官,快催兵殺出城壕。(下)

校記

［1］熟諳："諳"字，底本作"按"，今據文意改。
［2］南安："安"字，底本作"陽"，今據文意改。

第十五齣　奪糧大戰

（張翼、王平引卒上，唱）

【畫眉序】殺氣恁咆哮，算定輸贏計誠巧。這離山調虎，令彼煎熬。（張白）我乃張翼是也。（王）我乃王平是也。（張）丞相欲智取姜維，已用反間之計，令夏侯楙往天水郡馬遵處，將招安一事離間兩人。又於黑夜火光中，假扮姜維模樣，驅兵攻打城池，絕其歸路。（王）今早又授計，魏延搬運糧草，誘姜維出城奪糧。令我二人引軍衝殺，着魏延先襲下冀縣，教他進退無門。然後丞相親自招他。（內喊介，合白）呀！你看姜維，果然出城來奪糧也。我們迎上前去。眾將官，殺上前去。（唱）你甜頭誘怎樣開交，怕撞釘子一時傾倒。看伊上俺漁翁釣，便擺脫也難飛了。

（維上戰介，敗下）（王、張追下）（魏延引卒上，白）俺魏延是也。奉丞相之命，搬運糧草，以誘姜維出城，自有王平、張翼截戰。令我奪城。眾將官，殺上前去，奪城便了。（眾應介）（維上）呔！蜀將慢來。（唱）

【出隊子】狠蜀將埋伏不少，殺得我辦支撐心內焦。（白）俺姜維一生不知敗北，誰想今日連遇蜀兵，不能抵敵，只得奪路回城，再整殘兵，與他復陣。（唱）做不得漢淮陰背水建功勞，且效那赤帝子關門妝俀儷，俺只得驅馬揚鞭上寫橋。

（白）守門軍士，快開城門，俺姜維回來了。（魏延立城上，白）姜維，俺魏延奉丞相之令，已經在此久等多時了。（維）呀！冀城襲去，俺姜維休矣！（魏）呔！姜維，我放你進城如何？（唱）

【滴溜子】看城上，看城上，綉旗縹緲。伊家的，伊家的，母親自好。勸君須將戈倒。何處又別投，做那窮林急鳥。轉眼之間，生死未保。

（維白）魏延，你敢出城來，與我決一死戰麼？（魏出戰，維敗下，魏追下）（維復上，唱）（按天水郡城牌）

【刮地風】呀！好教俺匹馬單鎗何處逃，慘離離弔影荒郊。則除向上邽天水相依靠，疾忙忙不憚程遙。（白）好了。已到天水郡也。呔！城上守門軍士聽者，參軍姜維回來了。快開城門。（內馬遵白）此是姜維，來賺城池。衆將官，近前來時，亂箭射之。（內應介）（維唱）呀！聽聲聲叱城關緊關牢。錯認做外家人，不分清別皂。還要放飛鳧，將尹公他鋒鏑相交。好教俺怒氣衝五內焦。更猜疑不了，俺因何賺城門，通同強敵驍。須索要冒危凶，問出根苗。

（馬遵上城介，白）吠！姜維。你受魏恩不薄，怎生便去降蜀？（維）俺姜維何曾降蜀？（馬）還說，前夜引兵來，攻打城池不下。今日又來賺開城門，意欲裏應外合麽？（唱）

【滴滴金】你忘恩負義真顛倒。前夜呵，耀武揚威堪氣惱，不顧你爹行靖難聲名好。玷家風，辱祖考，全不想懷忠行孝。喪名節將命保。

（白）軍士們放箭者。（衆應介）（唱）射死匹夫，休容躲逃。（衆上城放箭介）（姜維急下）（馬、衆下）（維上，白）不好了，中了諸葛亮之計也。（唱）（按上邽城牌）

【四門子】俺何曾領三軍黑夜城邊鬧，便有口渾身強自嚎。（白）天水既不開門，只得到上邽去罷。（唱）好教我東奔西竄無依靠，運迍邅是這遭。（白）好了，已望見上邽城門了。（唱）雖則是望裏遙，不須愁前去勞。送孤雲何妨別岫飄。倘若是此際招，須索訴彼處惡活坑人，難猜難料。

（梁虔立城上，白）那來的可是姜維嘎？（維）正是。（梁）反國之賊，敢來賺我城池，我已知汝降蜀了。

第十六齣　計收姜維

（唱）

【鮑老催】禍心內包，偷生苟活人嘲笑。僵桃代李沒下稍。賺下邽愚天水裝呆僗。佳音馬上傳來早，你尊名千古留芳好。我萬箭齊攢竅。

（白）軍士每！放亂箭射之。（衆應，射介）（維）咳！姜維今日有家難奔，有國難投，如今往那裏去？（唱）

【水仙子】恨恨恨，恨諸葛驍。逼逼逼，逼得我沒處投奔了。苦苦苦，苦萱親兒未審存亡；想想想，想俺此身從何流落。（關上，白）姜維那裏走？我奉丞相將令，在此等候多時了。（維）不好了。（回身走介）（亮坐小車上，白）伯約！你家世食漢祿，汝父忠於國難，如何反自助逆，還不速降！（維）咳！前有關興，後有孔明，從何處去？聽孔明之言，俺只得降了罷。

（唱）願願願，願傾心歸聖朝。拜拜拜，拜丞相見誠高。（亮白）吾自出茅廬以來，遍求賢士，今遇足下，願盡生平所學，都傳授你。你須竭力爲國。（維）多謝丞相。（唱）感感感，感着你衣缽相傳情義饒。定定定，定精忠爲國將恩報。少少少，少不得扶王室滅奸梟。

（亮白）這天水、上邽，你可能投去招降得來麼？（維）城中尹賞、梁緒與維俱係至交，當寫書二封，射入城去，不問應與不應，軍心自亂也。（亮）如此甚好。衆將官，就此回營。（衆）哦。（同唱）

【雙聲子】交情好，交情好，管書去傾心了。做裏應，做裏應，和外合都分曉[1]。此計高，不費勞。看長安兩郡，指日相招。（下）

校記

[1] 和外合：底本作"合外和"，今據文意改。

六本上

第一齣　舉薦曹真[1]

（魏主引內監上，唱）

【臨江仙】割據紛紛兵騎騁，宵衣旰食憂勤[2]。（白）孤乃魏主曹叡是也。猥以藐躬，纘承大統，四郊多壘，五內焦勞。前因西蜀興師犯境，命夏侯楙統兵往禦，尚不知勝負何如。今日早朝聽政，百官想已齊也。（華、王上，唱）鵷行擂笏並乘紳。軍書邊警急，拜手奏楓宸。（見介，朝拜山呼平身介）

（華歆）臣啓主公，那諸葛亮興師犯境，夏侯楙屢次敗北，已失了天水、南安、安定三郡。現同太守馬遵，逃往羌胡去了。軍書告急，十分利害。（唱）

【園林好】恨伊行無謀忒甚，平白地把兵殘將損。眼見得輕拋三郡，他向絕域已逃奔，已逃奔。

（魏主白）原來有這等事。那諸葛亮之兵，現今到何處了？（華唱）

【江兒水】已過祁山下，將臨渭水濱。那西京瓦似昆陽震，經過各邑遭圍困。望風諸郡思投順，撲滅燎原赤燼。枚卜勳臣，別遣個孫吳專閫。

（魏主白）敵勢鴟張至此，堵禦不容刻緩。夏侯楙業已誤任於前，今番遣將自當其難其慎。但不知何人可當此任？（王朗奏白）臣觀大將軍曹真文武

全材，先帝之時，每每委用，所向有功。若拜曹真爲大都督，可以殺退蜀兵矣！（唱）

【五供養】子丹可任。冒瀆天威，乞聽微臣。他敦詩更説禮，謀略遠過人。試用當年，即先帝稱其忠慎。伏望假旄節統三軍，管教一鼓掃邊塵。管教一鼓掃邊塵。

（魏主白）既是這等，内侍們即宣曹真上殿。（監宣介，真上）彤庭瞻虎拜，黼座覲龍顔。（山呼平身介）（魏主）蜀兵大至，夏侯楙敗北奔逃。孤思破敵之任，非卿不可。（唱）

【前腔】國威大損，乳臭無謀倚重元臣。天潢原一派，顧命況親聞。勉竭股肱，去把那軍聲重振。兵符付爾作中軍，看把旗常鐘鼎勒殊勲。看把旗常鐘鼎勒殊勲。

（真白）臣實菲材，豈能當此大任，雖死不敢奉詔。（王朗）將軍國之元老，况受先帝付托之重，爲國家捍患分憂，自是義不容辭之事。（唱）

【玉交枝】更休推遜，爲國家排難解紛。疆場致命人臣分，枕金戈冒霜刃。看這千門夕烽報虜塵，聽那西陲金鼓連天震。倘遷延玉石俱焚，倘遷延玉石俱焚。

（魏主白）孤意已決，詢謀僉同，卿毋更辭。（真）既蒙委任，不敢更辭，但臣才識庸劣，願乞射亭侯雍州刺史郭淮爲副。（魏主）如此甚好。内侍們，即宣郭淮上殿。（内宣介）（郭上，白）邊城時有警，當佇正思賢。（見介）（魏主）蜀兵深入，子丹薦卿，才略可任，勉竭爾力，以付朕懷。（唱）

【川撥棹】詳諮審，知卿才堪大任。現疆場禦敵須人，現疆場禦敵須人。斬來兵無留只輪，勉和衷成大勲。待歸時加誥身，待歸時加誥身。

（郭白）臣淮身受國恩，敢不竭力。（魏主）今封曹真爲大都督，提調關西軍馬，封郭淮爲副都督，王朗拜爲軍師，統領精兵二十萬，來日進發。（衆）領旨。（謝恩介）（同唱）

【尾聲】芟除敵寇如朝菌，不比那從前的負腹將軍。早晚把報捷的軍書慰至尊。（下）

校記

［1］曹真："真"字，底本作"正"，今依《三國志》改。下同。

［2］宵衣旰食："旰"字，底本作"肝"，今據文意改。

第二齣　王朗領兵

（二先行官上，白）英武傳千里，（生）威名鎮萬邦。（付白）我等奉軍師將令，前爲先行。今日乃兩家對陣，你我須當衝壓左右陣角。（生）昨聞軍師同都督商議，道其不用武事，只用片言，即使諸葛亮拱手投降。（付）看他有何調用？（生）你我且去，分兩路巡壓者。（付）使得。天興大魏業，（生）掃滅吳蜀疆。（下）（王朗引四卒上，唱）

【西地錦引】好怪川兵無賴，鎮日破竹而來。憑將舌劍分成敗，管教笑口齊開。

（白）澤國江山入戰圖，倚天長劍截雲孤。胸中別有安邊計，俯首低眉一老夫。我乃司徒王朗是也。可惱諸葛亮，連敗我軍，朝廷震怒，拜我爲軍師，同大將軍統領二十萬人馬，來此祁山下寨，決一勝負。（曹真）仗主威德平蜀寇，（郭淮）旌旗展地掃西垓。（朗）我想諸葛亮，師出無名，不用交鋒對敵，只消我一席之言，管教他拱手稱服，蜀兵不戰而退。（朗）大小三軍，就此排陣迎之。（下）

第三齣　魏帥興師

（亮引衆上）

【水底魚】旌旗一派，覷他似嬰孩。黃羅傘罩，即便往泉臺。

（白）我乃武鄉侯諸葛亮是也。今日魏軍，約於祁山對陣，故此前去。大小三軍，一字兒擺開陣勢。傳話與對陣中，說漢丞相與王司徒答話。（軍傳介，卒稟介）（朗）大小三軍，迎上前去。（對見介）（亮）老司徒請了。（郎）老丞相請了。（亮）老司徒，兩國相爭，各用武事，何勞司徒鶴髮臨鋒？老不以筋爲能。我想司徒冒刃前來，必定有一番高論也。（朗）老夫今日此來，特論至道，如君言得理，我必歸隱林泉；若老夫之言可采，丞相須當拱手來降，同享富貴。（亮）使得。（同白）大小三軍聽者，一字擺開陣勢，不須對壘，違令者斬。（王）我有一言，明公請聽。（亮）洗耳。（王）我久聞公之名，今幸一會。公既知天命，必識時務。何故興此無名之師？（亮）我奉命討賊，何謂無名！（王）天數有變，神器更易，必歸於有德之人，此必然之理也。自桓靈以來，天下爭衡，人人稱霸，黃巾縱橫於鉅鹿，張邈問罪於陳留，袁紹稱王於鄴郡，劉表割據於荊襄，呂布虎吞天下，盜賊蜂起四方，社稷有累卵之危，生靈有倒懸之急。我太祖武皇帝，掃清四海，席卷八荒，萬姓傾心，四方仰德，非取之以權勢，實天命之所歸也。（亮）奈曹家勢大，那無能之輩強從，何敢云爲天命。（王）老丞相！（唱）

【獅子序】這是披荆棘斬草萊，殫經營可也乘常允諧。（白）世祖文皇帝，聖文神武，嗣膺大統，法堯舜，媲湯武，統中國，以臨萬邦，豈非天意，人心所向！（唱）那登三咸五，分所應該。（滾）古語道得好，天與之人歸之，天心所向，萬民悦服，萬民悦服。（唱）恰好是歸往的環四海。況乃是赫厥聲濯厥靈，被深恩泛濡無外。共求胥入貢，大小盡懷來。

（白）公既夙蘊大才，抱負大器，竊欲比於管樂，何不效伊尹周公，扶助湯武。強拗移天，理背人情，識時務者，不肯爲也。（亮）扶正除奸，何謂不識時務！（王）丞相！（唱）

【太平令】你衷腸揣，本抱濟川才，不想乘時爲鼎鼐。（白）豈不聞順天者存，逆天者亡。今我大魏皇帝，帶甲數百萬，良將數千員，量汝主乃腐草螢光，怎及天心皓月。（滾）良禽擇木吾爲代，却不道風雲際會成交泰。識時務者宜知進退，可速倒戈卸甲以禮來降，不失封侯之位。你還糊塗怎的，你還糊塗怎[1]。（唱）保身明哲笑哈哈，莫待要收繮勒馬到臨崖。莫待要收繮勒馬到臨崖。

（亮笑介，白）我以汝爲漢朝元老，必高論，何出此言也？

校記

［1］糊塗："塗"字，底本無，今據文意補。

第四齣　舌戰罵朗

（唱）

【賞宮花】我聞言自駭，這佞語腹内排。（白）我有一言，諸軍静聽。當桓靈衰弱，漢統凌夷，國亂歲荒，四方擾攘，段珪纔斬於平津，董卓又生於朝野，二賊方剿，四寇復興，遷却漢帝於閭里之間，荼毒生靈於溝壑之内。皆因廟廊之上，朽木爲官，殿陛之間，禽獸食禄。（滾）狼心狗行之輩，滾滾當道；奴顏婢膝之徒，紛紛秉政，以致社稷丘墟，生民塗炭，生民塗炭。（唱）衰替誠無奈，當道盡狼豺。怎得上方能請劍，便教先斬佞臣來。便教先斬佞臣來。

（王白）難道應天扶運之人，便可謂之佞臣麼？（亮）我素知汝品行，世居東海之濱，初舉孝廉，入任理合匡君輔國，安漢興劉。何期反助逆賊，同情篡位，罪惡添重，天地不容。（王）天命有歸，豈可謂天地不容？（亮唱）

【降黃龍】堪哀。不自度量，改換從前孝廉節概。說甚麼言坊行表，伴食窮年，且更存心忒歹。（滾）正是罄南山之竹，書罪無窮；決東海之波，流毒未盡。那傾國之人，欲啖汝肉，欲啖汝肉。（唱）把你分開，當做茹毛飲血，人心方快。追想着曹瞞惡迹，那一樁不是你起禍成胎。那一樁不是你起禍成胎。

（王白）你無故興師，也算得起禍成胎。（亮）今日幸我尚在，奉詔興師，弔民伐罪。汝既爲諂佞之臣，理合潛身縮首，苟圖衣食而已，尚敢於軍伍之前，妄稱天數，豈不可恥！（唱）

【大勝樂】貪生輩焉敢前來，你臭名兒遺萬載。妄談天數真襪襪，俺中山非嫡支派。（滾）常言道相鼠有皮，人而無儀，人而無儀，不死何爲？你奴顏婢膝之輩，顯爵高官枉自乖。（白）皓首匹夫，蒼顏逆賊，咫尺便歸九泉之下，你有何面目，再見二十四帝。逆賊，你再見二十四帝，（唱）無常須快，有何顏重逢先帝，將前事分解。

（白）老賊速退，可教反臣，與吾共決一勝負。（王）這廝好張利嘴，竟罵得無言可答。哎呀！氣死我也。（王死下，四將殺介，白）可惱，孔明這廝，竟將司徒罵死，與他決一死戰。（亮）老賊已死，我不逼汝，可整軍來日決戰。大小三軍，就此回寨。西風獵獵戰場圓，語並鋒芒慧劍堅。強虜外聞應破膽，魂歸冥漠魄歸泉。（下）

第五齣　越吉大戰

（越吉引鐵車軍上，唱）

【四邊靜】天生猛將威風顯，黃鬚更碧眼。手執煉鋼錘，鞭雷又掣電。（合）隨風疾卷，橫行敢戰。撥動皂雕旗，看取鐵車轉。

（白）俺西羌越吉元帥是也。自從曹操在位，年年入貢，歲歲來朝。前日曹子丹，因被蜀兵屢敗，遣人請助，許以婚姻之約。國王依准，命俺起羌兵十五萬，率領鐵車衝殺前來，以滅蜀兵。把都兒每！殺上西平關去。（衆合前，下）

第六齣　陣困關興

（關、張引卒上，唱）

【前腔】軍師命俺來征戰，羌兵四山遍。鐵騎勢如龍，連環裹一片。（關白）俺關興是也。（張）俺張苞是也。（關）奉丞相之命，剿滅羌兵。（張）不想他竟把車杖，首尾相連，急切不能攻打。（關）只得分兵三路而進。（張）大小三軍，殺上前去。（合）揚威舞忭，大家黽勉。殺盡鐵車軍，得勝好回轉。

（越吉領兵衝上）（關、張白）來將何名？（越）俺越吉元帥是也。你兩個小孩子，叫甚麼名字？（關、張）唉！我乃大漢龍驤將軍關興。（張）我乃大漢虎翼將軍張苞。（越）呔！放馬過來。（殺介，鐵車軍上衝開，張先下，關越殺下）（張復上）哎喲喲！這鐵車兵好不利害[1]，俺兄弟關興，被他困在垓心也。（唱）

【水底魚】轂擊相連，教人馬不前。果然奇勇，我軍難保全。我軍難保全。（急下）

校記

[1] 鐵車兵："車"字，底本作"軍"，今據文意改。

第七齣　關公顯聖

（關公、從神隨上，唱）

【點絳唇】碧落千年，丹心一片。忠誠展，長此生天，照舊的威風顯。

（白）百戰身經帶箭痕，凜然大義照乾坤。漢家城闕山河在，報答天朝屬子孫。俺關某。生前護國，死後伽藍。玉泉山老衲數語，勝過當頭棒喝。潯陽江白衣二萬，無非索笑三生。斬顏良、誅文醜，從前作惡，意氣何爲！震華夏賴荊州事，後追思英雄安在。花開三月，難忘舊日桃園；爐炷千香，尚熱今朝漢鼎。衆雲使就此巡遊走遭也。（唱）

【混江龍】長江如線，滔滔濁浪渺無邊。洗不盡英雄舊恨，流不去今古深冤。滿目興亡歸慘淡，一場夢幻少團圓。氣衝衝周郎短命，勢炎炎曹相薰天。逼拶得沉沙折戟，沒揣的滄海桑田。好笑是分香賣履，可憐煞煮鶴亡猿。追想着草廬中識機先，當不起於穆表運微權。今日裏傳聞猶說定中原，怎能彀昇平共慶開歡宴。好教俺雲頭悵望，空際縈牽。

（張上，白）匹馬衝開前後浪，一軍陷入虎狼圍。兄弟關興，被鐵車衝散，不知那裏去了。俺只得再殺入垓心去。（下）（關公）呀！那裏一股殺氣，直透天門，且按下雲頭觀看者。（望介）（關越二人戰上，關敗下）（唱）

【油葫蘆】你看那殺氣衝空盡九天，西南上塵霧卷，鐵車兒萬輛勢纏聯。好一員忠義將，遭困垓心轉。恰原來關興爲國遭奇蹇。（白）子丹這廝，請鐵車兵十萬，來破俺蜀軍。我今不救，更待何時？（唱）他總有許多般鐵騎驍，怎當俺半空中神力展。現在的漫山遍野逢人踐，當不得赤兔馬早爭先。

（白）前面張苞來了，不免指引他去，救我孩兒。

【天下樂】好一個虎翌將軍恰少年，翩也麼翩，奮勇當先。是桓侯令嗣能象賢。亂軍中左右衝入，無人又向前。他巴不得救我兒將禍免。他巴不得救我兒將禍免。

（張上，虛白）了不得，關興兄弟再找不着，怎生是好？（關公）張苞賢侄住馬。（張驚見介）汝可往西北而去，便救出吾兒了。（張應介）（關唱）

【哪吒令】他單騎往前，奈身臨澗邊。他勒馬要旋，奈番兵萬千。他百戰力綿，奈無人救援。喘吁吁呼吸存亡，急攘攘進退流連，你早些的猛力加鞭。

（張白）侄男就此去也。（急下）（關公唱）

【鵲踏枝】允歡忭，後昆賢。聽驅遣，出迍邅。眼看那今日荊枝，追思着往歲桃園。兄和弟關情不淺，勝同胞華萼相聯。（下）

（興敗上，越追上）（關公顯聖，越逃介）（關公唱[1]）

【寄生草】你從今後，這身兒可保全。我爲你伽藍破了慈悲面，你好生勤王趕上凌煙選，扶劉畢我平生願。補天留與後來人，須知我雲頭寸寸回腸轉。

（白）我兒速往東南上走，我當護汝歸寨。正是：大抵乾坤都一照，免教人在暗中行。（下）（興）元來是父親顯聖。（拜罷，起介）不免急往東南去也。（下）（越）哎呀呀！那關興已被俺打下馬來，正欲誅之，不想被天神衝護，將我驚落而逃。不免再整鐵車軍，征之便了。任他天神來救護，怎逃西羌鐵車軍。（下）

（張上）關興兄弟在那裏？（興上）張苞哥哥在那裏？（見介）（張白）汝可曾見二伯父麼？（關）我已被越吉打中馬胯，翻身落水，正在危急，忽見父親顯聖。越吉驚慌敗走，並指引我向東南方走，恰好得遇哥哥。（張）我被鐵車軍追急,亦見二伯父顯聖,唬退番兵,教我往西北來迎兄弟。(關)若非我父親顯靈指引,你我二人早被羌兵所算了。(張)天已大明,且同去見丞相,計較破之。(關)正是。(張)弟兄同困鐵車兵,(關)聖父雲中忽顯靈。(張)依舊青龍和赤兔,(關)威風凜凜宛如生。(下)

校記

［１］關公唱:此三字前,底本有"公白"之提示,今據文意刪。

第八齣　復整羌兵

（越吉、雅丹引鐵車跳上）

【點絳唇】塞北風高,黃沙白草。旌旗繞,戰馬咆哮,要把中原攪。

（越白）俺越吉是也。(雅)俺雅丹。(越)前日已將蜀兵圍困,可惱半空中突出一隊天兵,將我追殺,只得回軍。(雅)今日運動鐵車,殺他個片甲不留。(各大笑介)(卒上,報)稟元帥,蜀將討戰。(雅、越)把都兒們!殺上前去。(同唱)

【豹子令】兕虎羌胡真個狠,兕虎羌胡真個狠。滔滔推動鐵車軍,滔滔推動鐵車軍。孔明若早來投順,(合)不須屍首兩邊分。功成便想結婚姻。(越、雅、衆同下)(關、張引卒上,唱)

【四邊靜】六花一夜空中滾,漫山白如粉。天助俺成功,羌兒管滅盡。(白)俺關興是也。(張)俺張苞是也。前者丞相帶領衆將,登高觀望,見鐵車軍連絡不絕,往來馳驟,能進不能速退,遂授計與馬岱、張翼,掘下陷坑,又令我等埋伏。(關)哥哥,這場大雪,天助成功,俺們就此埋伏便了。(張)講得有理。(同唱合)狂風雪緊,我軍氣奮。計就捉金烏,安排網羅近。(同下)

第九齣　關興斬越

（魏延、姜維引卒上,唱）

【前腔】丞相將令緊須遵。詐敗與輸贏,追來便逃奔。計算鐵車軍。(白)俺魏延是也。(姜)俺姜維是也。(同白)奉丞相將令,誘敵羌兵,許敗不許勝。着我引入山口,陷坑中擒之。大小三軍,殺上前去。(合)安排計定,疆場戰勝。功令此番成，教他無留剩。

（羌兵、越、雅殺上，魏、姜敗下）（越、雅大笑白）你看蜀兵，好不勾俺殺也。把都兒們！把鐵車衝殺上去。（合前，卒白）元帥，那山上樹林中，隱隱有輛小車，孔明在上彈琴。恐埋伏，啓元帥定奪。（越、雅）咳！便有埋伏，有何懼哉！把都兒們，殺上前去。（衆應介）（唱合前）（推車急下，內作落坑介，越、雅驚退介）（關、張、魏、姜上接戰，擒越、雅，下）

六本下

第十齣　義釋雅丹

（亮上，白）子牙妙算無遺漏，伯約深謀有酌量。俺諸葛亮。前者帶領衆將登高，望見鐵車軍，連絡不絕，往來馳驟，能進不速退，遂授密計與馬岱、張翼，先掘下陷坑，又令關興、張苞詐作伏兵，以疑其心。算得時值隆冬，定有一場大雪。可喜羌兵果然中俺之計，少刻挐到越吉、雅丹來時，我當善撫，斷曹子丹之聲援也。（關上）丞相在上，番將越吉被關興殺死。活捉得西羌雅丹在此，請令定奪。（亮）帶進來。（關、張帶丹見介）（亮）扶他起來，鬆了綁。雅丹聽者：我主乃大漢皇帝，命我討賊，你如何誤聽反臣之言，來與我軍相抗？（丹）丞相，遭子丹遣使，到我國中求救。我主誤聽和親之言，遂遣我等出兵相助。今既被擒，尚復何言可辨。（亮）吾國與汝國，本屬鄰邦，理宜永結盟好，休聽讒言。我今放汝回去，不可再被子丹所惑。（唱）

【高陽臺】從古說洽比其鄰。只宜修好，結怨稱兵何忍。子丹呵，詭詐無情，妄稱公主和親。風雲，一朝負義盟背也，向誰討遠山手韻。（合）枉艱辛，勞師無益，莫聽那萋菲紛紜。

（白）關興、張苞，可將現獲番兵，各賜酒食，放他們回寨。（雅叩謝介）感蒙丞相不殺之恩，何勞又賜酒食。我等回國，再也不敢相犯了。（唱）

【前腔·換頭】思忖，莫大寬洪，教人感激，羌兒秉性愚昏。從此生還，那時舉國銜恩。欽尊，懷來盛德能服遠，思朝貢少酬方寸。（合前）

（亮白）你就帶領番兵，回本國去罷。（雅）謹遵丞相號令。鰲魚脫卻金鈎去，擺尾搖頭再不來。（下）（亮）關興、張苞，吩咐衆將，星夜往祁山而去。（衆應行介）（同唱）

【尾聲】三軍拔寨休留頓，回向祁山歸計穩，又寓深機賺敵軍。（下）

第十一齣　司馬聞報

（司馬懿便服上，唱）

【鵲橋仙】關心家國，幾回搔首，局外不勝細究。炎炎烽火照西州，怕眼底中原失守。

（白）草野有經綸，廟堂無柱石。時事不堪言，看雲過白日。俺司馬懿。被吳、蜀用反間之計，疑我君臣，幾乎遭害，虧得華歆保奏，黜回田里。放廢以來，雖則散誕優遊，使我心中常抱憤恨。聞知我兵，屢敗與蜀。咳！奈我懷才不展，只得空悵而已。賴有二子，朝夕勸慰，稍解悶懷。（笑介）只是怎生放下這出仕的念頭也！（師、昭上，白）父子輟耕同太息，弟兄偕隱共承歡。（見介）爹爹拜揖。（懿）我兒。（昭）爹爹，朝廷既令解組歸田，這宛城尚有祖遺的良田數頃，儘堪娛老，為何終日愁悶？（懿）你後生家，怎知我的心事。（師）爹爹，莫非為朝廷不用麼？（唱）

【八聲甘州】終朝倦傯，草莽中鎖著眉頭。誰家能彀，傲烟霞兀自有松桂菟裘。安閑自在娛老休，又何須為國焦勞擔盡憂。遨遊，且放懷丘壑婆留。

（昭笑白）哥哥，這早晚間定有宣召，爹爹未必為此。（懿驚介，白）你那裏知道？（昭）現今諸葛亮屢敗我兵。（唱）

【前腔·換頭】端憂，提心在口。正羽檄交馳，烽火邊愁。萊公誰借，把長城老向林丘。（白）若爹爹不出，誰是孔明對手？少不得有人保舉也。（唱）天生將材應不偶，却不道瑜、亮同時做敵頭。凝眸，看綸音疾下皇州。

（懿笑白）不意我家又出麒麟兒也。（唱）

【長拍】河內家聲，河內家聲，龍門賢裔，常恐怕有乖堂構。今朝窺豹，管理畢現，蔚文兒定非凡流。孔明呵，驕縱擁貔貅。似無人之境，任他馳驟。當局雖迷，無遠見肉食者少宏謀，到底豈能箝口。難道把祖宗社稷，付與東流！（天使持符節、軍士捧盔甲上，唱）

【出隊子】皇華馳驟，征起賢良早運籌。十行雨露灑螭頭，未許經綸埋畎畝。奉命而來，不容逗留。

（白）聖旨下！（入介）（懿、師、昭跪接介）（使宣召白）皇帝詔曰：蓋有非常之人，必建非常之功。茲爾驃騎將軍司馬懿，熟諳韜略，足智多謀。前者朕誤聽流言，致生嫌隙，暫放丘園。今蜀兵猖獗，無人可禦，准鍾繇保舉，仍復原職,加封平西都督,就起南陽諸路軍馬,前赴長安。朕御駕親征,克日到彼聚會。爾其欽哉!謝恩。(謝恩,各相見介)(懿白)請問天使,鍾繇何以在御前保奏[1]?(使)太傅説,爲將之道,須智過於人,乃能制人。曹子丹原非諸葛亮敵手,必得將軍,方能退得蜀兵,使他不敢藐視中原。因此聖上,遂有恩詔。(唱)

【短拍】他説司馬知兵,他説司馬知兵,深明彼己,韜韜鈐別有奇謀,決勝少擔憂。因此上玉音相候,願大將軍此去呵,到處成功唾手。管取他片甲不容留。

(別介,白)大將軍就請起行,不得停留。(懿)這個自然。(使)驟聞君命召,不俟駕而行。(下)(懿)果然不出二孩兒所料,收拾一齊起行。(師、昭)願隨爹爹。

校記

[1]鍾繇:底本作"華歆",今依文意改。

第十二齣　李鄧獻計

(李輔、鄧賢上)逸出虎牢傳密計,(鄧)敢將簧口布流言。(見介)都督在上,李輔、鄧賢叩見。(懿)你兩個從何處來?(李、鄧)我等從新城來,有申耽、申儀密書呈上。(懿看書介)原來孟達謀反。你兩人既是孟達心腹之人,爲何出首他造反呢?(李、鄧)我等雖是他心腹,看他舉動乖張,誠恐連累。故此同申氏弟兄,前來出首。(懿)此乃主上之洪福也。今孔明兵屯祁山,內外人俱以喪膽。朝廷若不用我時,孟達兵起,兩京休矣。此賊必通諸葛。我如今先擒孟達,使諸葛亮心寒,不戰而退,豈不省力。李輔、鄧賢,你作速回去,令金城、上庸兩處準備內應。我即領兵前來也。(李、鄧應下)(師)爹爹,君命先進長安,父親爲何不去,反先征孟達?(懿)你們不知,爲將之道,當審緩急。若待請旨,須得一月有餘,孟達之事成矣。我今背道而行,出其不意,使彼措手不及。吾兵已去,孟達可擒矣。(師、昭)爹爹決算如神,使他迅雷不及掩耳。(懿)你二人可調齊各路軍馬,隨後接應。可傳號令,吩咐大小三軍,隨我星夜赴新城去。(衆)得令。(行介,合唱)

【羽調排歌】戰鼓轟雷,霜鋒射斗,三軍鎧甲光流。跳梁狂賊敢招尤,險要關津付敵仇。難猜料,到部周,出其不意早都休。擒强暴,開笑口,先教諸葛膽寒颺。

第十三齣 計斬孟達

（孟達上）

【引】一片孤忠，故主恩情難忘。

我乃散騎將軍孟達是也。本爲蜀將，不得已而降魏。蒙曹丕優待，着我鎮守上庸。誰想曹叡即位，視我等如草芥，調我鎮守新城。前日已遣心腹人，致書孔明，約定起三郡人馬，逕襲洛陽，候孔明取了長安，指日之間，西京可定矣。我已與金城太守申儀、上庸太守申耽，都已知會停當。昨日參軍梁畿到來，傳司馬懿將令，着我聚集本部人馬，聽候調遣。我知司馬懿已赴長安，往返之間，必得一月有餘。若是他來，我之大事完矣。正是：一片忠誠懷故國，數年心迹驗降旗。（下）（申儀、申耽引卒上，唱）

【六幺令】思量預防。滿局輸贏，先手爲強。（合）已差心腹首伊行，我軍到料無妨。看他怎地鳴孤掌，看他怎地鳴孤掌。（儀白）我乃金城太守申儀是也。（耽）我乃上庸太守申耽是也。（同）好笑孟達，被孔明愚惑，竟欲造反，逼我兄弟同謀。我等懼他威勢，只得勉強應承。已差心腹人密往司馬懿處出首，不日就來擒拿孟達。（合前下）（司馬懿領兵上，唱）

【駐馬聽】決算無雙，先着輸贏不在忙。將他心穩，假托朝君，自免隄防。兼程來此戴星霜。他兀自夢魂猶把長安想。（白）俺平西都督司馬懿是也。本待往長安護駕，只因申儀、申耽密首孟達造反，不及請旨，先赴新城，擒拿孟達。大小三軍，奮勇殺上前去。（唱）倍道行將，倍道行將，擒拿反賊慢疏放。擒拿反賊慢疏放。（下）（孟達急上，唱）

【前腔】禍出非常，造次教人不及防[1]。只道長安隨駕，往返遲留，好事屏當。（白）我只說道司馬懿已往長安，誰知不去面君，竟來擒我，正迅雷不及掩耳，如何是好？前日孔明曾說司馬懿聞我舉事，他必先至矣，果然早已他先知矣。（內鳴金喊介）衆軍士，登城看來。（登城介，唱）連天殺氣日無光，四圍鐵桶如排網。（合）氣滿胸膛，氣滿胸膛。一朝決撒受魔障。（二申領兵繞場下）（孟望白）這隊人馬，是金城、上庸兩處人馬，從外入城來也。我且開門，迎將出去。（出城介）（二申迎上介）（孟）多承二位領兵相助，同進城去。（二申白）孟達休推睡夢，我等奉司馬都督之命，前來擒你，反賊休走。（孟驚戰敗介，二申追下介）（孟上，李、鄧城介，白）我等已獻城池了。衆將官放箭,不許放賊進城。(放箭介,孟避介,白)匹夫無理,連自家人都變心了。(唱合前)(二申戰介)(斬孟死下介)(司馬懿上,唱)

【前腔】無恙金湯,落得一場賊胡鬧,妄逞奸宄。斷送頭皮,萬載悲傷。(李、鄧開城接介,白)李輔、鄧賢迎接都督。(馬)二位請起。(李、鄧)難道都督如此神速,使孟達不能成事。(馬)都虧你二人輔我成功,自當表奏朝廷,額外陞賞。(李、鄧)全仗都督提拔。(二申上,白)金風未動蟬先覺,暗算無常死不知。(見介)奉都督將令,孟達已經斬首了。(馬)這逆賊,魏主有何負你,便生反意。我若奏過聖上,然後來拿他,他事已成了。虧得聖上,洪福齊天,以致反臣事僨。(唱)當今聖主福無疆,反情先露難逃網。(白)李輔、鄧賢,這新城就着你二人好生保守。(李、鄧)得令。(馬)大小三軍,星夜拔寨,往長安去。(衆唱)赤幟飄揚,赤幟飄揚。三軍一路凱歌唱,三軍一路凱歌唱。(下)

校記

[1] 不及:"不"字,底本無,今據文意補。

第十四齣　王平送圖

(王平引二將、四卒上,白)愚而好用應傾覆,狂乃無謀定敗亡。自家王平是也。奉丞相將令,把守街亭。奈馬謖不聽我言,自臨絕地。只得分兵五千,於山之西南十里下寨,以爲犄角之勢。我已將立寨圖樣畫成,不免差人星夜送去與丞相觀看。家將那裏?(將)老爺有何吩咐?(王)我今差你將此圖樣,送與丞相觀看。丞相倘然問你,你可說我再三勸過參軍,於五路總口下寨,馬參軍不聽吾言,定要在山上屯兵,我因此自領兵五千,在山之西南十里立一寨,以爲犄角之勢。速去。(將)得令。(王)

【皂羅袍】繪就街亭營寨,務兼程飛送,莫誤時牌。登答言詞要明白,其中委曲詳解。你只說好言諫阻,參軍忌猜,屯兵山上,都非本懷。和盤托出無之奈。(下)

第十五齣　街亭大戰

(司馬懿、昭郃唱)

【六幺令】南陽將才,兵法精通,極早安排。須知垂手勿疑猜。街亭守,是庸材。(合)這回管取齊歌凱。這回管取齊歌凱。

(懿白)張郃,我着你探取街亭,果然有備,孔明真神人也。我萬分不及他。(昭)爹爹何故自隳志氣,我料街亭正然易取。(懿)我兒不可輕視孔明,出此大言。(昭)爹爹,孩兒探得當道,並無寨柵,軍都屯於山上,是以知其易取耳!(懿喜白)哦!若果然屯兵山上,乃天助我成功也。不知是誰領兵把守?(昭)乃馬良之弟馬謖。(懿)咳!乃庸才也。孔明雖有才智,却不識人,用此輩爲將,豈不誤事。張郃,街亭左右,還有兵馬麼?(張)離山十里,還有王平一枝兵馬。(懿)你領一枝人馬,當住王平來路。(張)得令。(懿唱)

【啄木兒】分兵去,先抵他犄角排,四面環攻山亦窄。鐵桶般水泄難通,渴極自然心解。衆軍亂荒無拘礙,乘虛擊之多遭敗,穩取街亭生笑咍。

(白)叫申耽、申儀聽令。(二申上)柳營春試馬,虎帳夜談兵。都督有何吩咐?(懿)你二人領本部人馬,前去圍山,不許他有汲水之道,不可放一人下山。候我大軍攻打便了。(唱)

【三段子】四圍密擺[1],緊牢籠休教放開。困苦怎捱,燥喉嚨真成活埋。少不得自相踐踏離營寨。同聲鼓噪無留待,把他做甕裏酷雞沒脚蟹。

(二申)得令。(懿)大小三軍,就此殺上前去。(衆)得令。(唱)

【歸朝歡】前軍走,前軍走,滾滾起埃。綉旗影,風中蕩擺。中軍動,中軍動,喊聲似雷。猣猊甲霜華耀彩。此行迳投街亭界,攻他絕地爲營寨,少不得束手無能等斃來。(下)(二申圍下)

校記

[1]密擺:"密"字,底本作"蜜",今據文意改。

第十六齣 四將敗遁

(馬謖上,唱)

【水底魚】耳畔轟雷,勢如鐵桶排。大軍四繞,失守好難捱。

(白)自家馬謖。奉丞相之命,來守街亭,悔不聽王平之言,以致魏兵四面圍繞,危在旦夕。奈何兵將,都則懼怯,不肯下山迎敵。我雖力斬首將,奮力衝殺,又不見王平相救,怎生是好?(內喊介)魏兵又來攻打了,我不免再殺下山去。(合前)(司馬、衆上,昭對殺,謖敗,魏延接戰,高翔又接戰,同下)

（王平引卒上，唱）

【前腔】自持奇才，任你苦口開。四面圍繞，難脫這場災。

（白）俺王平。只爲參軍要在山上安營，我曾再三諫阻，他堅執不從。如今魏兵果然四面圍困，參軍定然危急，我只得殺上山去，救他便了。（合前）（張郃殺上，王敗，張郃追下介）（司馬父子上，唱）

【前腔】蕩起塵埃，窮寇急追來。柳城駐扎，今夜戰場開。

（懿白）且喜馬謖，被我圍困，已逃入柳城，逕奔高翔去了。王平、魏延都被我埋伏之兵，殺退街亭。三處眼見得都歸於我，就此追至柳城，可不勢如破竹。張郃，我料魏延等必去死拒陽平關。我若去取此關，諸葛亮必隨後掩襲。你如今領一枝人馬，却從小路，抄出蜀兵之後，奪其輜重，定獲全勝。（張）得令。（懿）大小三軍，就此星夜趕到柳城去。（合前，下）（王平、魏延、高翔、馬謖上，唱）

【光光乍】機失恨難排，好事總成乖。（謖白）這場敗績，其罪都由末將而起。（王、魏、高）只是如今三處都失守了，怎生去見丞相？（魏）事不宜遲，我們速往陽平關去。（高、王、馬）是。（唱）勝負尋常曾分解，惟我兵家遭連敗。（下）

七本上

第一齣　見圖遣將

（亮引二中軍上，唱）

【西地錦】每爲街亭縈繫，鎮日猶豫狐疑。思量是我咽喉地，緊防少有差池。

（白）俺諸葛亮。只爲孟達做事不密，致令司馬懿出關，恐他來斷我咽喉要路，着馬謖去守街亭。奈此處既無城廓，又無險阻，最難保守，特令王平相助。再三囑咐，安營之後，隨畫地理圖來我看。還怕二人有失，又着高翔、魏延引本部人馬接應。自從四人去後，總不放心，除是見了地圖，庶幾少慰萬一。（唱）

【宜春令】終朝慮，恐失機。似和針吞却線兒，刺人腸肚，更將一片心牢繫。比不得百二雄關，一夫當千軍回避。愁懷除是見了畫圖，乃生歡喜。

（家將上，白）憑將一管生花筆，繪出三軍細柳營。（入見介）禀丞相，王

平有安營地理圖本呈上。（亮）取上來。（軍開介）（亮怒拍案罵介）呀！馬謖匹夫，傾陷我軍，早晚必有長平之禍矣！（唱）

【前腔】開圖看魂暗飛，恁山頭安營蹈危。孤軍失守，敵人圍困如何濟。（白）家將，王將軍付汝圖時，可有別的話講？（將）丞相爺，王將軍一到街亭，曾勸參軍于五路總口下寨，參軍不肯，必要山上屯兵。王將軍再三諫阻，參軍堅執不從。王將軍無奈，只得自領兵五千，在山之西南十里立一小寨，以爲犄角之勢，遙作接應。便星夜差小將齎此圖來，以便丞相觀覽。（亮）我素知王平謹慎，故托他去幫助。誰知馬謖匹夫，自用自專，誤我大事。（合）恨參軍阻三推四。

（滾）兵臨五路，須立總要，方免敵勢衝突。實爲兵書心妙，幸有王平諫阻。汝竟自逞庸才，將兵傾陷，將兵傾陷，險待要兵臨絕地。料想街亭，指日可慮，教人追悔。（報子上，白）報，啓上丞相。司馬懿統軍十萬，圍困街亭，參軍死守不住，只得投西去了。（亮）有這等事？再去打聽。（報下）

第二齣　退居西城

（亮唱）

【綉帶兒】淮陰陣曾云背水，須識正寓兵機，因置之死地能生。（滾）那信遇趙士，方可施爲，汝逢仲達，焉能效彼。自逞庸才無用，使我甲兵災頹。悔殺我用人差矣！悔殺我用人差矣！有多少變幻權宜。（白）馬謖匹夫！（唱）癡迷。有人諫阻還執泥。尚兀自萬分聾聵真休矣。咽喉已非。難道再無人，差他生氣。

（報子上）報，啓丞相，高將軍領兵救護街亭，被司馬懿用埋伏計殺敗了，又將列柳城襲去了。（亮）列柳城也失了？再去探來。（報下）（亮）哎呀！不好了，大事去矣。爲之奈何！關興、張苞、張翼、姜維何在？（各上）丞相有何吩咐？（亮）關興、張苞，你二人各引三千人馬投武功山，小路而行。若遇魏兵，不可大擊，只吶喊搖旗，爲疑兵之勢。彼兵若走，亦不用追，待退盡逕投陽平關去救護。張翼，你先去修劍閣棧道，以備歸路。（唱）

【太師引】休再提中原矣，那陽平隘口怕危。他恃着滿盤兒全勝，管情待搶殺殘棋。明修棧道無壞毀，準備着退步平夷。你三人呵！登程起早須相機，莫蹈那前車覆轍差池。

（三人）得令。（下）（亮）姜維可傳吾號令，曉諭各路軍馬，都退入漢中。

我如今且退入西城縣去暫避。（唱）

【尾】街亭列柳都無濟，暫向西城當息機。恨煞是一着輸人後手棋。（下）

第三齣　計設安弦

（四民持箒上，白）城裏空虛可奈何，堪夸丞相智謀多。我等乃蜀軍是也。丞相因街亭失守，退入西城縣來駐扎。這城中只有五千人馬，爲要趕入漢中，又分一半先行。誰料司馬懿竟率大軍前來，城中只有文臣，並無武將。爲此丞相設計，大開城門，令我等扮做百姓，灑掃街道。自己却於敵樓上，焚香鼓琴，故作疑兵之計。衆兄弟各自小心，不許閑話。丞相早上城來也。焚香別有安邦計，一曲高山流水歌。（同下）（亮上，隨二童白）兵退祁山歸漢中，街亭失守費前功。漢家基業輕難復[1]，司馬提兵困卧龍。俺諸葛亮。只爲城内空虛，別施良計退敵。已令衆軍於各門打掃街道，等候司馬懿來，使他心疑，必不出我之所略。童兒，隨我上城去。（唱）

【北點絳唇】危地求安，巧中生幻。喬扮使盡機關，要把兵催散。

（白）童兒，焚起一爐好香，待我鼓琴。（童應，焚香）（亮白）琴嗄，琴！我向因軍務倥偬荆棘手生。我今日效留侯之楚歌，散八千之子弟，全仗君之清韻也。（唱）

【村裏迓鼓】俺不彈會稽賀令，廣陵清散。俺不彈大舜阜財，解愠南風婉娩。（白）童兒添香。（唱）一壁廂燒着蘭麝，調着弦索，從容操縵。（作斷弦介，白）爲何斷了一弦？嗄！是了。想必敵人就到。（重上弦彈介）（唱）早難道螳捕蟬，馬仰秣，敢則是玉羊舞，玄鶴翻。偷睛試望，塵頭在眼。（張郃引衆上，唱）

【四邊静】綉旗蕩展戈矛燦[2]，先鋒十分悍。一馬敢當頭，據鞍定睛看。（望介，白）那敵樓上，不是孔明麽？爲何旗號都不見，看他如此作用，且慢進兵。急報與都督知道。（唱合）休教調犯，有些荒誕。報與大軍知，對敵果希罕。（急下）

（亮白）你看先鋒此去，司馬懿隨後即來。童兒，只管添香。（童添香介）（亮唱）

【上馬嬌】好將這瑞腦燒，莫便懶，香靄繞回闌。冷冷瀉五弦鬆泛，彈一曲流水與高山。（彈琴介）

校記

[1]基業:"基"字,底本作"畿",今據文意改。
[2]綉旗:"綉"字,底本作"誘",今據文意改。

第四齣　賺退司馬

(司馬懿引軍上)(同唱)

【四邊靜】臥龍舉動真奇幻,親身自來看。四境大開門,其中有防範。(望介,白)你看他笑容可掬,左一童捧着寶劍,右一童執着麈尾[1],安閒自在,定有埋伏。且城下衆百姓每,傍若無人,開門掃地,一發令人難測。大小三軍,將後隊爲前隊,望北山小路而退。(衆)得令。(合唱)旋軍休慢,恐罹禍患。且望北山行,倉猝似逃難。(下)

(亮白)你看司馬懿引軍去也。只是他次子司馬昭,深明韜略,怎肯叫司馬懿退兵?(唱)

【元和令】撞烟樓夸里閧,那陰符曾習慣。他倜儻怎肯便回還,定三回四翻。他覷破這機關,成真弄假今番。

(白)喜得琴音和緩,並無殺伐之聲。況且司馬懿知我另有作用,必定速教退兵。(唱)

【後庭花】總是他後生家百計挽。當不住老頭兒偏執拗,我行平素他知道,儘疑着作用奸。這其間想伏下甲兵千萬,故意的弄虛脾佯笑莞。(白)你見司馬懿兵馬已退,我如今暗傳號令,衆百姓們隨我歸漢中去。可笑司馬懿,今番逃不出吾之計也。(唱)撫絲桐城頭流盼,少不得膽內寒。引全軍悄地兒還。鞭敲鐙,馬勒鑣,亂攘攘趨北山。(下)(張郃、司馬父子上,唱)

【四邊靜】驅兵再往城邊看,驚疑自無限。(昭笑白)爹爹,莫非孔明無兵,故作此態。父親何太持疑?(唱)城內定空虛,休教被譏訕。(懿白)你們不知,孔明平生,最是謹慎,不肯弄險,今大開城門,必有埋伏,只宜遠退,再作良圖。(內喊介)(懿白)不好!中他計矣,快走。(合唱)果然防捍,落他破綻。急走莫流連,瞬息被塗炭。(下)

校記

[1]麈尾:"麈"字,底本作"塵",今據文意改。

第五齣　斬蘇射政

（趙雲、鄧芝引卒上，唱）

【剔銀燈】違軍令街亭失計，堪嘆把前功盡棄。成左次暫回兵和騎，更緊防賊兵追襲。（趙白）自家趙子龍是也。（鄧）俺鄧芝是也。（趙）只因司馬懿領兵前來禦敵我軍，丞相令馬謖去守街亭，又令我二人同出箕谷，以爲疑兵。不意馬謖不聽王平阻勸，駐兵山上，以致魏軍絶我水道，三軍大敗。馬謖雖得魏延救脱，奈街亭已失，大軍不能存留。故丞相欲返旆漢中，傳令各路退兵。（鄧）嗄！老將軍。倘魏兵知吾兵退，乘虛追襲，如之奈何？（趙）不妨。將軍可引着三軍，打吾旗號，緩緩而退，只須吾一人斷後，自有護應。（鄧）如此甚好。大小三軍，俱打趙老將軍旗號，隨吾緩緩而退。正是：非道白髮能殿後，只爲孤忠一片心。（下）（趙白）你看鄧將軍已去了，吾可勒馬徐行，以擋魏兵追趕。（唱合）須知權時斂避，轉瞬裏終當奮翼澠池。（下）（蘇顒領兵上，唱）

【前腔】親提着哄哄鐵騎，排列着森森劍戟。控叱撥絶塵如風疾，鼓角聲震摇天地。（白）吾乃魏將蘇顒是也。奉郭都督之令，追趕蜀兵。却又叮嚀再四，若遇趙雲，不可輕敵。（内喊介）呀！你看前面兵馬，是趙雲旗號。我不免從後追殺，豈不得勝。哎呀！且住。須遵都督之命，休要墮其計中。衆三軍，前面是趙雲旗號，恐有埋伏，隨我急速退軍。（合唱）旋歸。獸窮必噬，且息鼓停車莫追。（趙上白）來將休趕，趙子龍在此。（戰介，刺死蘇介）（唱合前）笑伊輕覷敢相追，直似那當車螳臂。我老當益壯誰能敵，頃刻向鎗頭作鬼。更須將前軍報知，把征轡緩莫驚疑。（下）（萬政領衆上，唱）

【風入松】魚游沸鼎尚揚鬐，直恁把鴟張無忌。師中宿將稱精鋭，遭毒手霎時玉碎。（白）吾乃萬政是也。方纔探馬來報，説蘇將軍追趕蜀兵，被趙雲一鎗刺死。因此郭都督令我領兵前來追殺。敵兵想在前面。衆三軍，就此追上前去。（同唱）望征塵把退軍共追，駒勒口士多銜枚。（下）（趙上，唱）

【急三鎗】長楸上，縱雙轡，馳輕騎。這梨花舞，好鎗勢。（白）你看後面又有追兵來也。待俺躲在樹林之内，待來將到時，射他一箭，教他認得常山趙子龍手段。説得有理。（唱）摧堅壘，挫强敵，博得麟閣上姓名題。（萬上，唱）

【風入松】長堤風起戰塵迷，聽一片殺聲如沸。唐猊鎧甲旄頭騎，把陣鼓三通作氣。（白）且住。我想趙雲驍勇異常，與他交戰，恐非敵手。若竟斂兵而退，又違軍令，如之奈何？也罷。只得捨命，奮力向前便了。（唱）那猛如貔如何敵伊，這凶和吉總難推。（趙上高處喝白）看箭！是何等無名小將，敢來相追！（萬落馬介）（趙）我不殺你們，饒這廝性命回去，報知郭淮，說常山趙子龍在此，教他速速前來受死。去罷！（下）（衆扶萬介）（萬白）好趙雲，方纔若射中吾之咽喉，吾命休矣。（衆白）將軍身帶重傷，我們扶了速回營去罷。（合唱）那猛如貔如何敵伊，這凶和吉總難知。（下）

第六齣　趙雲全軍

（鄧芝領衆，唱）

【前腔】雄名許假壯軍威，盡打着常山旗幟。他搴旗斬將原無匹，纔免了賊兵追逼。（趙上，唱）殿三軍伊行怎知，非敢後馬行遲。

（見介，鄧白）老將軍來了，那魏兵可曾來追趕？（趙）那郭淮遣了一將前來相追，被我一鎗刺死。次後又有一將趕來，又被射中落馬。因此魏軍不敢再來追逼。（唱）

【急三鎗】纔一合，他力難抵，心驚悸。射來將，血濺滿征衣。

（鄧白）老將軍英勇蓋世，所向成功，故能不折一卒，全軍而退。此番勳勞，非同小可，可敬可賀。（趙）此皆國家洪福，軍士用命，老夫何功之有。你我且休閒講，即便按隊繳令便了。（鄧）說得有理。衆三軍，就此按隊前行。（衆）得令。（合唱）

【風入松】何曾轍亂與旗靡，看耀日悠悠旌旆。回溪雖是同垂翼，所幸在全軍而退。料難同與屍共噬，敗亦喜古來稀。（下）

第七齣　怒斬馬謖

（蔣琬上[1]，白）殺氣騰騰戰鼓鳴，祁山師出有先聲。兵強將勇軍威振，丞相從來紀律明。俺參軍蔣琬是也。今日丞相因街亭失守，律斬馬謖。候丞相陞帳時，我當苦言諫救，令他帶罪立功，不失同僚至誼。（內吹打介）鼓角喧闐，丞相陞帳也。（亮引軍士、刀斧手上，唱）

【新水令】志籌邊迤邐上城樓，最驚心一聲刁斗。覷中原施遠慮，撫遺詔用深謀。（頓足）吾好恨也！恨的是僨事儒流，斷根本向誰咎。

（白）中原未定杞憂深，領帥紅旗直至今。三顧頻繁天下計，兩朝開濟老臣心。我諸葛亮，自出師以來，攻無不克，戰無不勝。只因前日，孟達幹事不密，致令司馬懿出關，來截我咽喉要地。參軍馬謖，謬夸自幼知兵，誤我軍國大事。街亭一失，看他今日怎生見我？（唱）

【駐馬聽】曉夜持籌，囑咐街亭須謹守。還慮他疏虞滋咎，分兵列柳共相謀。誰知道轉關兒，往事付東流。到跟前主將先西走，忒楞楞的甘授首。到不如受降城，娘子軍容驟。

（蔣見介，白）丞相在上，參軍蔣琬打躬。（亮）起來。（蔣）禀丞相，街亭敗軍馬謖、魏延、高翔、王平四人，在轅門外候令。（亮）喚王平進來！（蔣）丞相有令，王平入見。（王上，白）空懷忠義志，抱愧返貔貅。丞相在上，王平死罪，死罪。（亮）王平，我着你同馬謖去守街亭，你如何不諫，以致失守。（王）我遵丞相調撥，前往街亭。不想參軍要在山上屯兵，我曾再三諫阻，參軍堅執不從，我自引五千人馬，離山十里下寨。果然魏兵突至，把山四面圍住。我引軍衝殺數次，急切不得入圍。次日參軍兵潰，我孤軍難倚，只得去投魏延求救，又被魏軍圍困山谷之中，只得奮勇殺出。比及歸營，已被魏兵占去營寨。故此急投列柳城，路遇高翔，分兵三路，去復街亭，奈被魏兵衝殺，又恐陽平有失，只得急回。並非末將之不諫也。（亮）山上屯兵，自臨絕地。腐儒自取死耳！（唱）

【胡十八】憨書生不善謀，這韜略盡荒謬。試想那土山上怎停留。却不道兵臨絕地要擔憂，水漿豈能倒流，便采樵豈能自由。大古沒好歹，却不道白送了街亭口。

（白）王平，你去後營歇息。（王應下）（亮）綁馬謖進來。（蔣）丞相有令，將馬謖綁進來。（劊子手綁馬上）馬謖當面。（馬）丞相在上，馬謖叩頭。（亮怒白）好個償事的參軍。我怎麽吩咐你，街亭是我軍根本，你將全家性命，領此重任。今日街亭已失，更有何言？（馬）馬謖因魏軍勢大，不能抵當，以致敗績。（亮）胡說，你若早聽王平之言，怎有此禍？今既敗兵喪師，有何可辨？若不明正爾罪，何以警後衆軍？劊子手，斬訖報來。（衆應介）（亮唱）

【沽美酒帶太平令[2]】你這插標兒賣首流，嘆萬載甘遺臭。你死等鴻毛早則休。我西川怎救？被強敵絕咽喉[3]。（馬哭，白）丞相平日待我如子。今當死罪，望丞相思虞舜殛鯀用禹之義，我雖受死，以含笑於地下。（亮）我與汝義同兄弟，汝子猶我子也，安忍不用。汝勿牽挂，速正軍法。（唱）我與你情同骨肉，便伊子誼等箕裘。緬塗山功垂其後，方命的實難寬宥。您呵！

又何須擔憂。苦求,向泉臺急走。難道教我假惺惺,把失機不究。

（蔣跪介）丞相在上,容蔣琬一言。昔日楚殺得臣,而文公喜。今天下未定,若誅智謀之士,實爲可惜。今馬謖失機,罪該正法,望丞相開恩。（亮）昔孫武能制勝於天下者,以用兵法之明也。今四海分爭,干戈擾攘,苟廢軍法,怎生討賊？（唱）

【慶東源】據着你寬洪量,要枉法留。試想這交馳羽檄何時候。聽班聲未休,盼烽烟在眸。不忍亂了嘉謀。可又做袖送荆州,管笑破了周郎口。

（白）刀斧手斬訖報來。（推馬下）（獻首介）（亮唱）

【沉醉東風】見着這血淋漓凄然淚流,痛煞煞死淋侵竟赴荒丘。當日裏責軍令一往前,今朝的按軍法寧落後。莽男兒本待想萬里封侯,早則是聽梟鳴飲血刀頭。慢説着樹大勳天長地久。呀吥,呀吥！

（蔣白）丞相,馬謖負罪,既正軍法,丞相爲何痛哭？（亮）我非哭馬謖,追想先帝臨危,再三囑咐,馬謖爲人,言過其實,不可重用。今果應前言,愧恨己之前不明,深服先帝之明也。（衆哭介）（亮唱）

【雁兒落帶得勝令】先帝嘆！撲簌簌淚交頤語未休,痛煞煞勤囑咐無遺漏[4]。喘吁吁話棉藤在耳邊,恨漫漫悔夋誤忘參透。呀！果然是銀樣蠟鎗頭。錯認着致死地猶能守。嘆先帝略事如冰鑒,憾微臣量才獲罪尤。都休,索自貶把封章奏。傳留,諭軍營滅衆口。

（白）參軍,將馬謖首級,傳示各營。（蔣應）（亮）你便星夜賫我表章,申奏主上,乞貶丞相之職。吩咐掩門。（蔣應介）（亮唱）

【尾聲】街亭失去心中疚,奈强敵截住咽喉。猛拚着正正奇奇運深謀,報答我先帝殊恩歷年久。（下）

校記

［1］蔣琬:"琬"字,底本作"綰",今依《三國志》改。下同。
［2］沽美酒帶太平令:"平"字,底本無,今據文意補。
［3］咽喉:底本作"烟煐",今據文意改。
［4］無遺漏:"無"字,底本作"舞",今據文意改。

第八齣　求貶相職

（黃門上,唱）

【點絳唇】旌動龍蛇，旗搖日月，星將滅。漏盡銅壺，三唱雞聲徹。

（白）蓬萊山色曉蒼蒼，雲氣遙連玉殿傍。縹緲步隨仙仗散，氤氳時惹玉爐香。下官後主駕下黃門官是也。今當早朝時分，官裏陞殿，只得在此伺候者。（蔣琬上，白）君王行出將，書記遠從征。祖帳連河闕，軍麾動落城。臣蔣琬願吾王萬歲！萬歲！（黃門白）階下何卿伏服？（蔣）臣蔣琬奉丞相諸葛亮之命，有表文呈上御覽。（黃白）相父有何表文，着琬明白奏來。（蔣）萬歲！（唱）

【古輪臺】奏因由，師臣丞相武鄉侯，遣臣奉表拜龍樓。街亭陷寇，馬謖無謀。他引咎恭還相綬。（黃白）聽蔣琬所言，兼覽表章，街亭之失故由馬謖，與相父何干！況勝負兵家之常，豈宜自貶，以快敵人。（琬）臣聞治國，以法棄法，何以爲治？況又在行兵之際。（唱）他執法繩人，豈能自宥。況師出以律否臧憂。（黃）官裏道來[1]，相父係先帝股肱，主上之師保，豈可降謫？（蔣）丞相自責，欲以信法，信法然後服人。伏望陛下俞允，以付丞相之意。（唱）如果臣言不謬，把黃扉印綬權收。罷其職，再遷榮耀，加隆深厚。你馳覆莫延留，如臣奏，求綸音早降出皇州。

（黃白）官裏道來，准蔣琬所奏，暫罷丞相之職，仍留武鄉侯領冀州牧，治內外事務，有功績再加升復。退班。（蔣）萬歲！（唱）

【尾聲】出師功蓋三分久，同周勃終須賴安劉。似他這貫日忠誠古罕儔。（同下）

校記

[1]道來："道"字，底本作"到"，今據文意改。下同。

第九齣　夫　人　聞　報

（諸葛夫人引梅香上，唱）

【生查子】敵愾賦同仇，師出徑年久。暗裏卜金錢，何日膚功奏。

（白）西川多故未休兵，國步艱難倚老成。纔出黃扉登笠轂，臺垣更見將星明。我乃諸葛夫人是也。丞相與聞顧命，志存恢復，鞠躬盡瘁，勠力疆場。但自出師以來，不覺裘葛更換，朝夕牽挂，好生放心不下。方纔有邊報送來，待我細看一番。正是：戰陣有凶有兼吉，閨闥成喜亦成憂。（看報念介）魏拜夏侯楙爲大都督，來禦我軍，有西涼大將韓德帶領四子，統西羌兵八萬相助。將軍趙雲，奮勇殺賊，陣斬韓德父子，大破魏兵於鳳鳴山下，夏侯楙同數十騎逃遁。呀！原來如此。趙將軍西川虎將，海內知名。今雖年邁，英雄尚然如故。（唱）

【忒忒令】憶當陽聲聞九州，年已邁英雄如舊。搴旗斬將，誰復居其右。仗矛戟擁貔貅，斬韓德走夏侯，這英名應不朽。

（又看介，白）我軍進圍夏侯楙於南安郡，丞相密遣心腹，假充夏侯楙部將裴緒，至安定郡求救，賺出太守崔諒，令魏延襲其城池，遂得安定。又遣關興、張苞跟隨崔諒，賺開南安郡，城門首斬其太守楊陵，並斬崔諒，遂得南安。天水郡太守馬遵，用姜維謀略，將軍趙雲屢次攻打，不能取勝。丞相遣魏延虛攻翼縣，智降姜維。遂令姜維作書，射入天水城中，以與尹賞、梁緒，二人開城迎接，遂得天水。夏侯楙同太守馬遵逃往羌胡而去。呀！連取三郡，軍聲大振矣！（唱）

【前腔】作中軍勞心運籌，挫巨寇易如翻手。聞風各路，心膽寒應透。（滾）也是相公忠敏，報主恩深，往日渡瀘勞悃，今又中原捷臨，不枉得水之語，纔是知己之親。連取三府，軍聲大振，軍聲大振。（唱）按韜略出奇謀，著殊勳建大猷，把捷音早奏。

（又念介，白）曹子丹、郭淮求救於西羌。西羌國王遣丞相雅丹、元帥越吉統鐵車軍十五萬救魏，直抵西平關。丞相令姜維、魏延於雪中誘戰羌兵，俱墮深坑，自相踐踏，死者無算，關興刀斬越吉，張苞生擒雅丹。丞相將雅丹釋縛放回，西羌國反魏歸誠。呀！有此一陣，則魏兵不但內亡三郡，亦復外失強援矣。（唱）

【沉醉東風】似飛蛾自將火投，數十萬兵成烏有。設阱坎運機謀，有同陷獸。（滾）笑那西羌妄思奸姻，貪信權言，空送三軍，生靈塗炭。自謂得勝勇猛，反遭誅擒，反遭誅擒。（唱）辨不出坑深雪厚，膏塗血流，驂溺杵浮。西羌從此，內附神州。

（駙馬上，白）朝罷歸來香滿袖，天顏有喜近臣知。母親，孩兒拜揖。（夫人白）我兒回來了。（駙）正是。孩兒告稟母親知道，那魏國因夏侯楙屢次敗北，復用司馬懿為大都督來禦我軍。父親令馬謖領兵，把守街亭，不意馬謖寡謀失機，致失街亭，我軍不能存守，又復退兵漢中，那南安、安定、天水三郡，依舊沒入於魏了。父親方纔有表奏上，自請貶職[1]。（夫人驚，白）怎麼你父親有表來了？（駙）正是。（唱）

【尹令】是他玩敵輕寇，遂教變休成咎。致令失憑，難守要路咽喉。失陷王師怎久留,失陷王師怎久留。

（夫人白）雖是馬謖失機,皆因你父親用非其人,上表自請貶降,方合大臣之體。（唱）

【品令】傳聞仲達,足智更多謀。那偏裨末弁,才略料非儔。封章繕奏,自陳宜歸咎。東隅雖失,收向桑榆非後。但惜前功,一旦成空,付與東流[2]。

（白）我兒,你當速寫家書,遣人到漢中,叩問你父親的起居纔是。（駙）謹依母親之命,孩兒即便修書便了。（合唱）

【川撥棹】知安否？歷冬春行已久。爲國家百慮千憂,爲國家百慮千憂。誓殲身把君恩報酬。他爲軍機雪滿頭,我望天涯淚溢眸。

【尾聲】把書修,將安侯,速催教一騎星流。討得個兩字平安始解愁。
（下）

校記

［1］自請：“請”字,底本作“情”,今據文意改。
［2］付與：“付”字,底本作“赴”,今據文意改。

七本下

第十齣　後主賞園

（司禮監上,白）錦城佳節屆重陽,碧靄紅雲滿建章。看啓千門開萬户,爐烟縹緲見垂裳[1]。自家乃蜀漢主駕下司禮監是也。目下序值三秋,時逢重九。昨日主上有旨,要至御園遊覽。爲此準備鳳輦簫鼓,只得伺候。呀！道猶未了,聖駕早臨也。正是：君王昨夜移仙仗,王輦將迎入漢宮。（後主引内侍上,唱）

【鳳凰閣】兵戈争鬥,否運正逢陽九。折衝元老前籌,雙手匡扶宇宙。湯孫奄有,看復取高光九州。

（白）錦水西風秋暮時,山川龍戰未休師。不堪憑欄看東北,烽燧連天鼓角悲。孤乃蜀主劉禪是也。我漢家歷世四百餘年,臨撫萬方。憶自高光開基,桓、靈失御兵,鼎沸於袁、曹,地派分於吳、魏。我皇考蹶起中興,正號西蜀。孤以藐躬繼統,涼德紹衣。幸賴一二元臣,與爲依毗。雖邊疆時警,而內境安寧。目今節屆重陽,欲至御苑,遊覽一番。內侍們!宣娘娘上殿。(內侍應,宣介)(后上,唱)

【金菊對芙蓉】暫出椒房,旋離金屋,珮聲步上螭頭。(行禮見介)

(後主)今日時至重陽,喜逢佳節,欲至御園,一同遊覽。你道何如?(后)黃花堪悅,看凌青女傲霜;紫蓋欣隨,敢學班姬辭輦。(後主)如此甚好。內侍,就此擺駕,往御園去。(侍)領旨。(合唱)

【念奴嬌序】波澄太液,正金商告肅,時當白帝徂秋。玉砌朱欄塵不到,西風臺榭清幽。凝眸,紅葉粘林,黃花堆徑,橫空雁字影悠悠。正好自同斟玉斝,共泛金甌。

(侍白)已到御園了。(後)你看紫艷金舒。(后)紅衣盡落。(後)望層巒而弭蓋,玉輅欣臨。(后)登峻坂而騰吹,瑤筵宜啓。(後)內侍們排宴。(衆應介)(合唱)

【前腔·換頭】酌酒,如湎春酬。更瑤筵列鼎紛紛,山海珍羞。選舞征歌,競共把交錯飛觴爭侑。同奏,鳳管初調,鯤弦乍拂,鈞天響處彩雲留。正好自同斟玉斝,共泛金甌。

(后白)萬歲!今日喜逢佳節,兼愛秋芳,請令宮女執花,舞以優爵。(後)如此甚好。內侍們傳令,衆宮女執花,舞與娘娘優酒。(侍應,傳介,下)

校記

[1]垂裳:"裳"字,底本作"棠",今據文意改。

第十一齣　童子舞花

(衆侍女上,唱)

【白鶴子】衣翩躚翠翹整,步款款嫋婷婷。衆頡頏共偕行,笑吟吟戲舞穿幽徑。

(衆白)侍女叩頭。(後)各執名花,筵前歌舞一回。(衆)領旨。(合唱)

【紅繡鞋】慶東皇韶華交慶,鬥芳菲嫩柳舒金。聽杜宇囀鶯聲,嬌紅爭麗色,碧草倍光縈。真個是上林春花似錦。

【迎仙客】須是播揚和萬卉明,賽鮮研嫩蕊盈。早梅馨間紅白縈神清。遍乾坤世境,班斕花葉蕊。亂紛紛,正群英並美夸名勝,看濃妝艷鋪嚴經。

【滿庭芳】聚名花翩翩弄影。玉蘭畔垂絲貼襯,碧桃媚相倚長春。綉球綻似粉潤娉婷,荼蘼架映海棠[1]嬌,奇標手韻。雕欄畔瑞草芝靈,杏桃茂紅芳堪映。薔薇態枝滿相迎,怎比得那牡丹、芍藥貌傾城。

(白)舞花已畢。(後)各指名花,送娘娘回宮便了。(衆)領旨。(同唱)

【清江引】千紅萬紫多嬌俊,輕黄淡靠白嫩。柳綠見妖桃,艷冶稱奇盛。惟願美良辰,兆佳祥慶昇平。(下)

校記

[1]海棠:"棠"字,底本作"裳",今據文意改。

第十二齣 孔明派將

(關、張、王、馬上,白)揮戈躍馬走如龍,斬將長驅要立功。饒他一國長空闊,盡在軍師掌握中。(關)俺關興是也。(張)俺張苞是也。(王)俺王平是也。(馬)俺馬岱是也。(同白)俺丞相屢出祁山,只因糧草不及,收兵暫且退回漢中。只等丞相陞帳,就要起行,只得在此伺候。(諸葛上)

【引】春回帝里,忠氣先歸丹陛。看捉虎擒龍來至,不防血污征衣。

兩朝開濟矢忠勤,閫外常提百萬軍。收拾中原歸漢室,豈教天下遂三分。自家位居鼎鉉,職總兵戎。每思先帝委托之重,未嘗一飯敢忘討賊。前者師出祁山,志存恢復,不意街亭徑失,致阻長驅。因此退師漢中,休兵養馬,屈指三年。現今士馬飽騰,人思到此,我已曾奉表上奏,更請出師,已蒙御允。只是陳倉守將王雙,驍勇異常,恐阻我進取之路,必先以計除之,方可起兵。王平聽令!(王)有。(亮)我有一簡帖,你可交與魏延,令他照簡行事,不得有違。(唱)

【駐雲飛】制法金城,似那充國屯田爲息兵。屈指三秋整,士馬都强盛。嗏,指日便師興,把中原平定。這秘計奇謀,洩漏如軍令。教把諦視詳明密密行。

(王白)得令。(下)(亮白)王平已去。我想此計一行,那王雙雖勇,必墮吾掌中矣!(唱)

【尾聲】自來兵法奇多勝,除卧虎莫教當迓,這又是那都督關西的第一驚。(下)

第十三齣　王雙追趕

（王雙引卒上，白）鬼谷傳兵術，牛皮作箭靫。爲人喜任俠，屠狗事權埋。勇號萬夫敵，力堪一谷柴。封侯原有骨，虎拜向金階。自家乃魏將王雙是也。欽奉御敕，鎮守陳倉。今蜀兵侵境，他只因糧草不繼，潛師遁去。我今領兵追殺，須索前往。衆三軍！就此起兵前去。（衆應介）（同唱）

【傾杯玉芙蓉】帶血腥鋒寶劍橫，八面威風凛。首戴着兜鍪，身披猁狔，弓有烏號，箭是雕翎。風雲叱吒皆更色，山嶽喑鳴上震驚。還擁着雄師重兵，鎮嚴疆威同卧虎盡知名。

（雙白）衆將官！蜀兵已退，須索努力向前，急急趕上。（衆應介）（同唱）

【朱奴剔銀燈】纔聞得蜀兵犯境，適奉得將軍明令。他只爲糧盡孤軍去莫停，須知俺會捕風捉影。同聽，人攜尋捷徑，只在這前山後嶺。他遁去纔先半日程。（下）

第十四齣　墮計被誅

（魏延上，白）畫倚雕弓夜枕戈，帳中受計錦囊多。形分卵石原非敵，頸血徒教污太河。自家乃蜀將魏延是也。丞相再出祁山，以圖恢復。只爲魏將王雙，素稱驍勇，把守陳倉。丞相令王平前來授計，令吾伏奇兵斬之。現在我軍因乏糧暫退。我已着副將領兵前往，王雙果然承虛追趕，俺不免帶領軍士，密地斬他便了。（魏唱）

【北一枝花】探得這錦囊中奇秘謀，好去向深僻處埋伏等。恁憑伊猛如貔慣跳梁，少不得把危機蹈陷深阱。也是你運值災星，斷難安這頭顱在頸。俺奉辭討逆把師興。不思量戈倒前途，豈將伊律赦同災眚。

（白）且住。我想那陳倉道中，山巒高峻，途迂險逼，更兼樹木繁密，連接營寨[1]，却好行事。衆三軍！你們各帶硫磺焰硝引火之物，悄悄到魏營去者。（唱）

【梁州第七】望不斷凌霄漢重山複嶺，碧巍巍壁立如屏。隱隱隱蛇磐蚓曲雲中逕。只聽得虎貔怒嘯，猿狖哀鳴。只聽得嚴風颯颯，澗水錚錚。更更更仰凌高股慄心驚[2]，俯臨深目眩花生。正個是一夫的把險據高憑，便是那萬人的也難争難勝。誰似我今朝却響橫行，把勁卒強兵，藏形匿影，伏深林密草須同聽。(白)衆三軍！(唱)三申畢,五令明。把萬炬風頭好共擎,放起那列火燒營。

(白)大小三軍,爾等所帶硝磺引火之物,急趨魏營,密地放起火來。等王雙回來救護,待俺密地斬之。(衆下,內喊放火介)(魏上,白)丞相好妙計也。(魏唱)

【牧羊關】這是燎博望餘烟起,燒藤甲遺燼明。說甚麼小周郎赤壁麈兵。休得要擊鼓鳴鉦,同將這聲銷息屏。更催起祝融隨隊伍,速喚來回祿逐旌旄。把飛廉祝起長風相扶助,頃刻裏應將賊壘平。(下)(放火介)(王雙引卒急上,同唱)

【水底魚】撥馬回營,連天赤焰明。如何撲滅,暗地自心驚,暗地自心驚。

(白)俺正在追趕蜀兵,忽有探馬來報,說營中火起。此火是奸細所爲,故而飛馬而歸。衆三軍！殺上前去者。(蜀四將迎上,王、四卒對介)(四卒敗,王對介)(魏暗上斬王介)(魏笑白)王雙,你何等驍勇,焉知今日墮吾丞相計中,難免死於吾之刀下。賊將已誅,就此趕上丞相,繳令便了。

【北尾】同唱凱歌旋,共將歸轡整。休使他停車久等,報與這馬到須臾功已成。(下)

校記

[1] 營寨:"寨"字,底本作"塞",今據文意改。
[2] 股慄:"慄"字,底本作"慓",今據文意改。

第十五齣　智取陳倉

(中軍、亮上,唱)

【粉蝶兒】聲罪行誅,覷中原共圖恢復。手擎天把炎漢親扶。將干城軍忠義,狰獰彪虎。憑着俺渾一車書,纔不負嘆彌留那時托付,纔不負嘆彌留那時托付。

(白)漢賊勢不兩立,先須滅魏安劉。我諸葛亮,再出祁山,以圖北伐。每思陳倉一路,實爲出入咽喉。所以授計魏延,陣斬王雙。但此棧道紆回,山路險峻,一夫當關,萬夫莫開,取之不易。正在躊躇之際,忽細作來報,陳倉守將郝昭,現在病重,此上天助我成功也。機會斷不可失,已經區畫詳審,便當傳令諸將，照計而行。中軍！（中軍應介）速喚魏延、姜維、關興、張苞聽令！（中應傳介）（四將上，魏白）國士酬知須致死，（姜）良臣擇主喜投明。（關）心源落落堪爲將，（張）膽氣堂堂合用兵。（見介）丞相在上，諸將打躬。（亮）起過一邊。魏延、姜維聽令！（應介）我欲去取陳倉，令你二人前往攻打，務當爭先努力，共成大勳。（唱）

【醉春風】您與俺凌雲棧樹征旗，躡烟巒提戰鼓。把陳倉城一座，展雄威好共奪取。（魏、姜白）請問丞相，末將等當於何日起行？（亮）限爾等在三日內，料理明白，各統一軍，即便前往。軍機貴速，臨行之時，也不必更來告我，致有耽遲。（唱）盡在這三日張羅，各領着一軍同去。更不須把行辭轅赴。

（魏、姜）得令。（下）（亮）關興、張苞聽令！（應介）吾今欲取陳倉，你二人各點一萬精兵，聽吾號令起行，不得有違，付耳過來。（唱）

【迎仙客】您將那衆三軍點視莫違余。秘計奇謀，秘計奇謀，須記取莫誼傳相耳語。（關、張同）得令。（下）（亮）吾領關興、張苞二人，暗去點軍。待我扮作小軍模樣，雜在軍伍之中，密取陳倉。中軍！速取軍士衣甲過來，你等回避了。（唱）怕的是漏泄堪虞，悄聲兒迅發無寧處。悄聲兒迅發無寧處。（下）

第十六齣　二郡連擊

（陳倉將上，白）將相本無種，男兒當自強。吾乃陳倉守將便是。前者王將軍戰歿，城中危懼。今蜀兵又來壓境，而郡守郝公身染重病，因此人心惶惶。蒙郝公委吾代爲彈壓，並料理一切軍務，須當把守城池，以防敵兵攻打。（下）（關興、張苞隨亮上，唱）

【水底魚】山絕城孤，攻堅亦搗虛。逢風一炬，赤焰照天衢，赤焰照天衢。

（衆白）已到城下。（亮）關興、張苞吩咐攻城，裏邊自有接應。（衆應，合前）（細作軍開城迎亮，衆入城介，下）（內放火喊）（魏、姜引衆上，唱）

【前腔】奉令同驅，爭先策戰駒。餘烟殘燼，狼籍滿城隅，狼籍滿城隅。

（白）呀！好奇怪。你看這城中，全無準備，但見赤烟滿目，是何緣故？不免且自攻打。（欲攻介，亮城上笑，白）魏延、姜維，你來遲了，吾已得此城矣！軍校，開了城門，喚二將進城。（衆應開城介，魏、姜進見介，白）丞相何時到此？何以便得此城？（亮）吾欲攻取陳倉，不想魏軍探知此意，預爲準備。昨聞得郝昭病重，令你二人故緩日期，以穩魏人之心。却令關興、張苞統領精鋭出城，以查點軍士馬爲名，吾亦雜入其中，星夜至此。我先令細作軍，偷入城中埋伏，放火吶喊，以爲内應，所以襲得此城到手[1]。（唱）

【鬥鵪鶉】與他個掩耳不遑，直似那迅雷般速。也不得準備隄防，何暇去誥兵添卒。更教把烈火焚衝，將細作埋伏，斬關鍵入郭郛。因此上遂較諸君得先一步。

（白）魏延聽令！吾屢出祁山，俱不到利。今又到此，魏人必依舊戰之地，與吾對敵。彼意料我欲取雍郿兩處，必以兵拒之。吾想陰平、武都二郡，與漢接連，若得二處，可以分魏兵之勢。爾可帶領一萬人馬，攻取陰平。（唱）

【上小樓】點起了軍中士卒，向着那陰平一路。儘知伊百戰身經，撕色麾城，餘勇堪賈。（魏白）得令。（亮）姜維聽令！你可帶領一萬人馬，前去攻打武都。（唱）您須要仗修殳礪霜刃，蹶張連弩。好乘今下城，威諒勢同破竹。

（姜白）得令。（下）（亮）二將此去，必能成功。但魏人復拜司馬懿爲都督，領兵前來，此非一將之任，吾當自往敵之，自有退他之計。（唱）

【煞尾】他假旄扶鉞陳師旅，不是那衆偏裨相當旗鼓。您休矜同頗牧。那望彌隆，俺試與效孫龐，把智鬥取。

校記

[1]襲得："襲"字，底本作"龔"，今據文意改。

八本上

第一齣　降詔復職

（二中軍上，白）柳營虎帳軍威壯，猛將如雲誰敢當。俺丞相既襲陳倉，又連取武都、陰平二郡，一路勢如破竹，直令子丹破膽。昨司馬懿、張郃料我軍前去安民，前來抄寨，又被我每伏兵殺敗。諒司馬懿也不敢小覷了。只是先鋒張郃，驍勇莫當，若留此人，是我軍之禍害；若除此人，斷却懿之一臂，司

馬可擒也。衆軍飽餐已畢,只得在此伺候。(費禕捧詔[1],上)

【神杖兒】忠勤宜獎,忠勤宜獎。絲綸重掌,喜榮兼將相。應識恩從天降,早辨得使星芒。早辨得使星芒。

(白)聖旨下!(亮迎跪介)(費)詔曰:街亭之役,咎由馬謖。而君引愆,深自貶降,重違君意,聽順所守。前者耀師,陣斬王雙;今歲爰征,郭淮遁去。降集氐羌,復興二郡,威振夷夏,功勳爛然。方今天下騷擾,元惡未除,君受大任,幹國之重,而又自抑損,非所以光揚鴻烈也。今復職丞相,君其勿辭。欽哉謝恩!(亮)萬歲!萬歲!老臣祇以簡用非人,以致憤事。君命惓惓,老臣斷不敢受。(費白)丞相若不受職,何以安朝野之心,請丞相三思。(亮)既承天使勸諭,亮只得權領職,待他日面君[2],再當辭謝。(費)丞相,軍中事冗,下官復命要緊,就此告辭。(亮)請了。(費)正是:皇華載道懷靡及,戎馬關心意未寧。(下)

校記

[1]捧詔:"捧"字,底本無,今據文意補。
[2]待他日:"待"字,底本作"御",今據文意改。

第二齣 再出祁山

(亮)中軍,吩咐衆將上帳。(中應介)(喧介)(衆上介)(亮)衆將官!就此拔寨而起,於三十里外下寨。(衆)得令。(同唱)

【玉環清江引】速把將令傳揚,移營向彼疆。千橐千囊,裹將糇與糧。還將弓矢張,兵將勇猛強。擠擠挨挨,紛紛共啓行。看前驅弁兵爭共往,耀日金衣晃。班聲動地雄,旆影隨風颺,放起那似雷轟號砲響。

第三齣 秦良遭誅

(秦良引卒上,唱)

【水底魚】馬躍戈橫,潛軍谷內行。賭謀爭勝,怕有蜀中兵,怕有蜀中兵。

(白)俺曹都督麾下秦良是也。只因昨者,司馬都督每言蜀兵必至,俺家都督執定爲無,因此兩家賭賽。一以傅粉請罪爲詞,一以良馬寶帶爲抵。所

以俺家都督恐有兵來,令我到谷中哨探。如有蜀兵,即行剿滅,不使到境,須索走遭也。(合前,下)(關興、張苞上,唱)

【前腔】嶺峻雲平,翻山入幾層。幽崖僻逕,匿影共潛形,匿影共潛形。

(白)吾乃關興是也。吾乃張苞是也。(同)奉丞相之命,來此斜谷之中,抄入賊軍之後埋伏。俟賊兵退回之時,奮力擊殺,須索令行。(下)(王平、吳懿上,唱)

【前腔】將猛兵精,西川舊有名。斬俘追敵,血染戰袍腥,血染戰袍腥。

(白)吾乃王平是也。吾吳懿是也。奉丞相之命,往斜谷之內,追趕魏兵,須索殺向前去。(合前,下)(秦良迎王介)(王白)來將何名?(秦)吾乃大魏領兵都督曹麾下秦良是也。爾等是何名姓?(王、吳同)吾等乃蜀將王平、吳懿是也。奉丞相之令,前來擒爾。休走,看鎗!(殺介、關、張上,殺介,秦死介,下)(關衆擒卒介)(關白)衆三軍,將魏軍衣甲剝下,囚在後營。(衆剝介,推秦卒下)(關)丞相有令,可將魏軍衣甲與我軍穿著,同劫曹子丹營寨,不可耽延,須即前往。(同)就此同行。

【前腔】馬快刀輕,同驅劫賊營。蟻封相等,一霎教踹平,一霎教踹平。(下)

第四齣　計遣秦卒

(亮上,唱)

【黃鶯兒】戰勝運籌良,據祁山作戰場。建瓴得勢軍聲壯,看元戎啓行。把天威肅將,豈許那奸雄遂把中原攘。意揚揚,兵回捷報,鈴閣共趨鎗。

(白)昨者陣斬秦良,虜了無數魏卒,遂用計往劫魏營,又大敗曹子丹之兵,乃得兵出斜谷,據守祁山,因此軍聲大振。目下探得曹子丹身染重病,我已寫書一封,備盡譏嘲之語,即令魏卒持回,上呈子丹,以激其怒。他若見之,自然病益增劇。左右,喚秦良降兵出來。(衆應介,喚秦兵上,白)相瞧花下非秦贅[1],對泣風前數楚囚。(見介)(亮)衆兵聽吾分付:吾自出師以來,恩威並用,所至之處,殲厥巨魁,協從罔治,俯念爾等,皆有父母、妻子在家盼望,不忍加誅。今縱放爾等各自還鄉,你們意下何如?(秦兵泣介,白)丞相施恩如天,小人等實載德無地矣!(唱)

【猫兒墜】驚聞嘉命,喜極反成傷。結草銜環誓報償,地天高厚德難量。(亮白)爾等今番回去,當知順逆之義,務為良民,不可從叛。(衆應介)(亮)

你家曹都督與吾有約,吾今有書一封,爾等爲我帶去,呈與曹都督看。(遞介)(秦兵接書應介)(亮唱)書將,勿致浮沉,報吾矜放。書將,勿致浮沉,報吾矜放。(各下)

校記

[1]相瞧:"瞧"字,底本作"樵",今據文意改。

第五齣　氣死子丹

(二中軍隨子丹病上,唱)

【高陽臺引】虎帳兵殘,嚴疆將殁,那更病入膏肓。

(白)俺曹子丹。自提兵到此,與蜀兵對壘。無奈諸葛亮變詐百端,兵將既輕斬擒,營寨又遭劫害,因此憂悶成病。連日以來,愈增沉重,眼見得不濟事也。(唱)

【紅衲襖】只因他勢烘烘難抵當,致使俺病沉沉增悲愴。再不得拜金階把聖天仰,看取這潑殘生向溝壑喪。縱有那賽扁盧湯劑良,共着這似岐黃方術當。醫不得身作中軍,幾番把將折兵殘也,痛羞慚那一場,痛羞慚那一場。

(秦兵急上,唱)

【不是路】滿目淒凉,但見壁壘傾頹兵卒傷。(見介,白)都督在上,衆軍士叩頭。(丹)爾等是何營軍士?(衆)我等皆秦良部卒,被蜀兵擄去。(丹驚問介)何以得脱回來?(衆)都督容稟。(唱)感得賢丞相,他不加誅戮放回鄉。(曹白)有這等事?(衆)那諸葛丞相,將我等放回,還説道都督與他有約,他有尺牘一函,令我等齎來呈覽。(曹急問介)書在那裏?(遞介,唱)共呈將,這一函係彼親交放,是底言詞覽自詳。(曹看書介,唱)他相譏謗,我蕭蕭怒髮衝冠上。出言無狀,出言無狀。(氣介,唱)

【山坡羊】絮叨叨幾多爭講,惡凶凶諸般譏讓。氣衝衝怒發嗔生,恨悠悠把眥裂牙磨響。空追想,中懷慨以慷。時危身病心猶壯,嘆息臨風泣數行。郎當,作身殃二豎狂。淒凉,把君恩一死償。

(白)斜谷之役,兵敗於前,營劫於後,既已中諸葛之謀,兼難見仲達之面。(頓足介)咦!我好恨也。(氣死介,下)(衆)不好了!你看都督見書氣惱,傾刻身亡。這却怎了!我們即便前去,稟知司馬都督便了。三寸氣在千般用,一旦無常萬事休。(下)

第六齣　司馬交鋒

（懿、師、昭、虎、琳引卒上）

【霜蕉葉】兵殘將折，蜀虜謀多譎。劫殺今須報者，向疆場共驅戰車。

（白）吾乃大魏統兵都督司馬懿是也。奉命出師，與蜀兵對壘。無奈蜀人，變詐多端，陣斬秦良，計害子丹，乃遂兵出斜谷，據守祁山。已經奉表奏聞。昨日有旨，催吾進剿。我曾將戰書打去，約在今日交戰。衆三軍！就此起兵前去者。（衆應介，合唱）

【賽觀音】鼓鼙鳴，弓刀列。悲楝撓，還增嘆嗟。奮勇争先休怯，看取今朝把怨仇雪。（下）

第七齣　兩軍鬥陣

（亮引關興、張苞、姜維、魏延、卒上，唱）

【人月圓】駘磕驍駍勢轟烈，他摧挫頻遭知驚怯。軍中司馬稱雄點，頸血旋教染莫邪。

（亮白）昨日司馬懿，忽下書請戰，料想曹子丹定然身死。我已約定在今日交鋒。姜維聽令！（姜應介）（亮）你可帶領一枝人馬，俟我與魏兵交戰之時，從東南方衝殺魏兵。（姜）得令。（亮）魏延聽令！（魏應介）（亮）你可帶領一枝人馬，俟我與魏兵交戰之時，從西南方衝殺魏兵。（魏）得令。（下）（亮）衆將官！就此隨我迎上前去。（衆應介）（唱）看催起戎剛輕武，孰敢攔遮。（司馬、衆上見介，白）那端坐車中者，敢是諸葛丞相？（亮）不敢。那躍馬橫戈者，定然司馬都督了。（懿）不敢。吾今有一言奉告。（亮）請講。（懿）吾主法堯禪舜，相傳二帝，坐鎮中原，容汝吳蜀二國者，乃吾主寬慈仁厚，恐傷百姓也。汝乃南陽一達者，不識天數，強要相侵，理宜殄滅，除盡叛逆，誠能省心改過，悉宜早回，各守疆界，以成鼎足之勢，免致生靈塗炭，汝等皆得全生矣。（唱）

【賽觀音】意休迷，兵宜撤。俾萬姓安居樂業。（亮笑白）你此言差矣！吾受先帝之托，安肯不傾心竭力，以期討賊。汝曹氏不久爲漢所滅，你祖父皆爲漢臣，世食漢禄，不思報效，反助叛逆，爲何不誅？（唱）嘆神器豈容潛竊，我伐叛興師你莫饒舌。

（懿白）既是這等，我與你決一雌雄。汝休出奇兵，汝能勝之，吾誓不爲大將。汝若敗時，早歸故里，吾亦並不加害。（亮）你還是鬥將、鬥兵、鬥陣？（懿）與你先鬥陣法。（亮）既如此，你可布一陣與我看。（懿）衆將官！就此佈陣者。（衆上佈陣，唱）

【二犯江兒水】旌旗排列，聽號令旌旗排列，刀鎗明似雪。放轟天砲響，鹿角須遮，伏兵機把勝負決。

（懿白）諸葛亮，爾能識吾陣否？（亮）此陣吾軍中末將亦能布之，何足爲奇！（懿）此陣何名？（亮）此名爲渾元一氣陣。（懿）汝能破之？（亮）這有何難，當用三才陣，即便破之。（懿）衆將官！就此收陣者。既如此，你也布一陣與我看？（亮）司馬懿！司馬懿！（唱）

【人月圓】你領三軍真勇劣，爲大將堪憐潛竊。快回去把書籍再閱。只合潛向丘園，莫把兵機設。

（白）衆將官！與我擺開陣勢者！（衆上，擺陣，唱）

【二犯江兒水後】軍行似龍蛇，猙猙馬踩躞。埋藏火車，擁獲休怯，賺來兵身損裂。擺開陣闕，鐵猙猙擺開陣闕。南離坎北，水火濟南離坎北，擁成個震乾坤金鎖轍。

（亮）司馬懿，識吾陣否？（懿）此乃八卦陣。如何不識？（亮）是便是了。汝敢打吾陣否？（懿）既然識破，如何不敢攻打？（亮）既如此，可速來打！（懿）張虎、樂琳聽令！（二將應介）（懿）此乃八卦陣。有休生傷杜景死驚開八門。休生開三門吉，餘五門皆凶。張虎可從正南生門而入，從東北休門殺出。樂琳從正北開門而入，從正東生門殺出。此陣可破矣。（二將應介，打陣介，拿住介）（亮唱）

【人月圓】衣甲紛紛同剝裂，猛虎神龍深潭穴。干威犯順輕想惹，一顆頭顱暫爾賒。同聽者，回營返隊，羞面須遮。（衆推出陣介）

（亮）就此收陣者。（懿）爲何這等模樣？（二將）吾等攻陣，被蜀軍擒住，剝衣趕出。（懿怒白）諸葛亮太欺人矣！大小三軍，與我四面一齊攻打。（懿衆攻介）（關、姜上戰介，懿衆敗下介，關、姜見介）恭賀丞相，今日之擧，司馬懿喪膽矣！（亮）此皆爾等相助成功也。衆將官，就此收兵回營者。（衆合前，下）

第八齣　遣將設計

（張郃引兵上，白）柳外旌旗耀日明，天邊霹靂學弓聲。身經吳蜀百餘戰,贏得疆場臥虎名。吾乃魏將張郃是也。蜀人侵我邊界,祁山五出,師勞財匱,智困力窮,喜得他兵食不給,早晚當遁。且目下時值麥秋,境內二麥已熟,恐他統衆竊割。因此司馬都督親提大兵,巡視隴西諸處,令吾鎮守大寨。衆將士!小心隄防,無得疏虞,自干嚴憲。(衆應介)(張)令行山嶽動,言出鬼神驚。(下)(亮引六將、四卒上,唱)

【粉孩兒】紛紛的羽書馳催挽粟,奈連雲劍閣飛輪難續。何須庚癸山上呼,運前籌更出奇謨。喜敵營接隴連疇,翻翠浪宿麥初熟。

(白)俺諸葛亮。五出祁山,以圖北伐,每苦糧草不敷,挽輪難繼。今隴西諸處,麥已大熟,正好割取資軍。故留王平等把守祁山大寨。統領衆將,共提三萬雄師前來。姜維聽令!(姜應介)(亮)我有造成車兒三輛,即便取來。(姜應下)魏延、關興、張苞聽令!(應介)你三人各領一千五百名軍士,使五百人擂鼓助威,使二十四人隨車擁護。你三人可扮做天蓬模樣,各執七星旗一面。更選一人,妝成我的模樣,端坐車內,魏延領衆居左,張苞帥衆居右,吾帶領關興居於中陣,往誘司馬懿。俟其敗退,以便割麥。(衆應)(亮)衆三軍!就此前行。(合唱)

【福馬郎】勁卒雄兵同待哺。今日軍糧當資,虜應共護。相防備,將予阻。點起猛糾糾三萬軍根公徒。(下)

第九齣　真偽諸葛

(懿引衆上,唱)(魏、關、張、四卒假神上,下)

【紅芍藥】幾度的體足沾塗,幾番兒望杏瞻蒲。農夫有慶曾孫祜,荷明昭兩岐祥著。他饋糧千里費挽輸,定知伊軍需不足。豈容易盜刈潛通,好共把夷庚截堵。

(白)自家司馬懿。因目今四境麥熟,恐有蜀兵偷割,故此領兵前來防禦。(報子急上,白)旗影欲追日,馬蹄看卷灰。(見介)啓上都督,前面有一隊軍馬,相貌魁奇,衣服異製,倏來忽往,似鬼如神,不敢不報。(懿驚介)有這等事?起來慢慢的細講。(報起,唱)

【耍孩兒】一簇擁黃雲還帶霧,來往同風速,向畦隴乍見還無。形模,一似把赤髮天蓬睹。惡凶凶動地鳴金鼓,嚇得這心驚怖,嚇得這心驚怖。

(懿白)再去打探。(報)得令。(下)(懿)此定是諸葛亮出奇作怪,恐唬我軍,不用猜疑。衆三軍,隨我趕上前去。(衆應,行介)(同唱)

【會河陽】便是六甲同征五丁共驅,爭先奮勇莫躊躇。含糊,似鬼疑神,語言定誣。即便去同擒捕。(下)(亮上,唱)看這旌旗,隱隱有風雲護。兵車,轟轟似雷霆怒。(下)

八本下

第十齣　割麥回兵

(懿上,唱)

【越恁好】勒兵追去,勒兵追去,咫尺在前途。征駒頻促,趕不上停策更躊躇。(白)好生古怪,分明一枝人馬在前,追有三十餘里,但見陰風習習,冷霧慢慢,一總趕他不上,是何緣故?哦!我曉得了。孔明善會八門遁甲,能驅六甲六丁,此乃天書內縮地法也,不可更追。眾軍士,就此速退。(眾應介,同唱)他似鬼神出沒卒難圖,急回兵卒。眼兒裏一種種同驚睹,心兒內意惕惕無張主。(下)

(魏延引眾隨亮車上)(司馬懿驚避介,白)方纔追趕是孔明,如何此處又有一個孔明,好生奇怪。眾軍士,可從左山小路速退。(下)(眾引真偽諸葛三車同上介)(懿白)不好了,孔明竟有千百化身,一時出現,不可阻擋。眾軍士,速將城門牢牢閉上。(下)(亮)眾將士,司馬懿驚恐亡魂,已退入上邽去了。可速將諸處之麥,收割回營。(眾應割麥介,唱)(車上)

【紅繡鞋】如雲秀麥盈區,如雲秀麥盈區。一時刈取無餘,一時刈取無餘。代國餉,助軍需。飽戰士,壯儲胥。尋返徑,速同驅。(下)

第十一齣　木門大戰

(楊儀、馬岱白)(楊)自出祁山閱幾春,堅心報國樹奇勳。(馬)東吳不道來攻蜀,暫爾收軍入劍門。軍師用奇門遁甲,去割隴西之麥,將司馬懿殺敗,正收兵入城。忽接李嚴書信,說吳國與魏通知,令吳國起兵來攻。故此丞相星夜拔寨回川,預知司馬懿必來追趕。(楊)此處木門道,路險徑窄。我丞相令弓弩手一萬,埋伏在此。誘司馬懿到此接其路,放箭射之。正是:計就月中擒玉兔,(馬)謀成日裏捉金烏。(亮上)

【北門鵪鶉】滿眼的衰草寒烟，到處是峰迴路轉。兩旁插峭壁難捫[1]，正中積平沙似碾。雁翅排喬木千年，虎牙張石門幾扇。（白）好一個木門道也。（唱）這的是設自地造由天。暢好仗萬弩蝗飛，敢怕他三軍蝟皺。

（白）楊儀、馬岱聽令！（楊、馬）丞相呼喚有何吩咐？（亮）你二人領一萬弓弩手，於對面兩山埋伏，若魏兵趕到，聽我砲響，然後併力射之。

【紫花兒序】只看那征塵撲面，少不得殺氣連天。追的來汗馬加鞭[2]。漸漸的牢籠墮入，密網高懸。你便將木石輕填，先斷他歸程那邊。安排下一座森羅宮殿，焚燒着幾陌子母黃錢，勾除他衆軍的祿簿流年。

（楊、馬）得令。（下）（亮白）魏延、關興聽令。（魏、關）丞相有何吩咐？（亮）我今連夜班師，司馬懿少不得來追襲。你二人可引本部人馬，隨戰隨敗，引他進木門道來。（唱）

【賽兒令】他那裏打聽我歸錦川，少不得星夜裏整絲鞭。沒命的追來無近遠。你便領雄兵迴旋，和他廝殺連連。只辨個詐敗佯輸，引他到跟前。

（魏、關）得令。（下）（郃、魏、關上，殺介）（亮白）你看司馬懿，管死在木門道也。（唱）

【么篇】計困的馬不前，轉關兒便是九重泉。你是個上門來輕納命無嗟怨，一任你執銳披堅。怎當我勁弩強弦，頓忘了莫掩歸師這一言。（魏引郃上戰，魏敗下）

（亮白）你看先鋒張郃，好不英武也！（唱）

【拙魯速】氣昂昂一馬當先，挂猣猊盔甲鮮。擺雁翎刀法精研，蕩征塵龍驤疾卷。好一似元宵夜，鬧轉燈圓團團轉。迤邐來前，怕不做了釜中魚几上臠。（關、張郃上，戰介）（關敗，郃追下）（亮白）魏、關二將，已引張郃進木門道也。（內砲聲介）（亮唱）

【禿厮兒】聽號砲一聲近遠，走無門且慢俄延。俺今朝權學那青齊孫臏銜私怨，馬陵道射龐涓輕便。

校記

[1] 峭壁："壁"字，底本作"璧"，今據文意改。
[2] 汗馬："汗"字，底本作"漢"，今據文意改。

第十二齣　箭射張郃

（張郃上，白）哎喲喲，不好了！前無去路，後無歸路，中了諸葛之計也。都督原教我不追趕，定有埋伏，誰知不出所料。天嘎！我張郃一身武藝，本待忠君報國，不想今日，死在這木門道也。（亮）大小三軍，努力放箭者。（眾喊，射死張介）（擒魏軍介）（亮）魏軍聽我吩咐，我今日打圍，本欲射死一馬，不期誤中一獐，爾等回去，報知司馬懿，早晚間定受我縛也。（唱）

【聖樂王】我本待擒都計萬全，空嗟株守寸心堅。誰知道得一邊失一邊。指獐爲馬枉從畋。早晚再相牽。

（白）可喜張郃中計，全仗眾將之力。（四將白）丞相妙算無遺，末將輩何功之有。（亮）如今司馬懿，既已折他銳氣，再也不來也。大小三軍，就此星夜回軍。（眾應介，同唱）

【煞尾】着前旌頻向秋風卷，凱歌動地入西川。木門道高懸起得勝旗，散關邊齊擺下昇平晏。（下）

第十三齣　黎民攀留

（漁、樵、耕、牧四民上，唱）

【窣地錦】一竿烟月任遨遊，伐木汀汀出谷幽。百畝躬耕爲活計，口吹橫笛穩騎牛。

（合白）我等漢中府漁樵耕牧是也。這漢中府向來原是漁米之鄉，只爲官軍騷擾，以致民間曉夜不寧。虧着諸葛丞相，紀律嚴明，防禦有法，約束得宜，因此我等保得家家樂業，户户安居。這樣恩德，真個感戴無窮。聞知今日，便欲班師，他若去了，我等如失慈母，只得上前去遮道攀留。喂！眾兄弟快走。（合前，下）

第十四齣　班師漢中

（亮坐小車，關、張、魏、姜、卒上，同唱）

【羽調排歌】肅肅軍行，蕭蕭馬鳴，旗開得勝回程。歸心遙注錦官城，此去還家喜氣盈。干戈戢，弓矢盛，祁山再出致昇平。休騷擾，勿止停，怕驚他綠野有人耕。

（亮白）我諸葛亮。只爲李嚴發書，知吳兵來寇西川，因此連夜班師，將歸城都。大小三軍，打得勝鼓，往城都進發。（衆應，合前）（內白）漢中府合郡百姓，攀留丞相台旌。（亮）前面何人喧嚷？（卒）禀丞相，是漢中府百姓，攀留丞相的。（亮）着他們上前來。（卒）丞相吩咐，教衆百姓都上前來。（前四民上）攀轅只待留高駕，托命應須歸至仁。漢中府百姓，與丞相叩頭。（亮）衆父老，我有何好處，你們如此篤留？（民）我等漁樵耕牧，那一個不感着丞相的洪恩，丞相聽禀。（漁唱）

【孝順歌】漁家樂，水面撑，生涯四時寄一罾。只爲兵燹擾鄉城，烟波夜亦驚，綸竿罷整。（白）自從丞相到此，我等漁人，盡沾實惠。（唱）舉綱錦鱗盈，餘錢換酒傾，醉倒蘆花洲未醒。

（亮）果然是漁家的樂處。你做樵子的，又是如何？（樵）我樵夫也有樵夫的樂處。（唱）

【前腔】樵夫樂，擔滿荆，深山白雲穿數層。只爲兵燹擾鄉城，林中有虎行，高懸柯柄。（白）自從丞相到此，我等樵人盡沾實惠。（唱）嚴禁取薪蒸，柴挑米數升，全家無餓冷。

（亮）田家之樂，定然不同？（耕）俺務農的辛苦，與漁樵迥異。其實樂境，也強幾分。（唱）

【前腔】田家樂，五穀登，提壺教米東作興。只爲兵燹擾鄉城，拋荒久輟耕，嗷嗷同井。（白）自從丞相到此，我等農人盡沾實惠。（唱）稔慶西成，倉箱百室盈，豐年多好景。

（亮）好一個豐年多好景。牧童，俺有何好處到你？（牧）俺牧童呵！（唱）

【前腔】頑皮慣，無一能，斜陽短笛牛背聲。只爲兵燹擾鄉城，田荒草不青，都成畫餅。（白）自從丞相到此，我等牧人，盡沾實惠。（唱）飽飯過初更，和衣臥月明，心寬忘夜冷。

（亮）你每的樂處，都是主上深仁厚澤，於我毫無干涉。我如今奉旨班師，義不容留。你們各安生理去罷。（唱）

【八聲甘州】各安閭井，早回家須辦自己前程。我不比萊公善政，恐難借萬里長城。漁樵共樂山水情，耕牧相耽歲事登。（合）時清，大家同慶昇平。

（民白）丞相堅執要去，我等旦有簞食壺漿，望丞相派與三軍，少壯行色。

（各獻酒食介）（唱）

【前腔·換頭】微情，徘徊引領。效商民壺漿，簞食相迎。吾儕僥幸，栟櫶數載非輕。老人獻芹聊表敬，公瑾投醪請自行。（衆應，分介）（合）分羹味，田家旨否偏馨。

（亮白）父老回去罷。（民）我等送丞相一程。（亮）不消了，我到城都面聖，少不得即日再來。（衆民下）（亮）大小軍卒，就此起行。（衆應，合唱）

【二犯江兒水】鞭敲金鐙，響叮噹鞭敲金鐙。紫騮韁，馳且騁。看江山如錦，玉壘晴雲，路迢迢先引領。歸處午風輕，來時雨雪零。踴躍稱兵，歲月頻更，爲從軍拋里井。妻孥怎生，自離家妻孥怎生？誰無至情，盼團圓誰無至情。管今宵話燈前欣自省。（下）

第十五齣　金殿酬功

（宮女、太監、武士、後主唱）

【一枝花】試看着凌晨的玉殿開，催把那飲止的瑤筵造[1]。只因他賦同仇將桴鼓提，纔得個挫勁虜把欃鎗掃。似他這績懋功高，喜都龍光語笑。真個是歸來親與解袍。畢集了闕下皋夔，好陪這軍中方告。

（白）刁斗無聲兵暫休，初回虎旅向皇州。肆筵設几開金殿，看獎元勳宴列侯。孤乃蜀主劉禪是也。即位以來，兵戈擾攘，幸賴尚父制勝伏奇，折衝萬里，祁山五出，邊徼一清。昨值班師凱歸，孤曾親帥百僚郊迎，送歸相府。今日設宴犒功，已經傳旨，尚父統領衆將，仍着披執堅銳，同赴御筵，想已齊集。內侍們，即宣尚父同諸將上殿。（內應，宣介，白）（亮同衆將捧表上，同唱）

【一轉調貨郎兒】喜得把謀猷壯膚功同奏，似虎拜彤庭稽首。鏘鏘劍履望龍樓，已將那蛇陣收。共向着螭頭叩，伍位欣瞻十二旒。（亮、衆山呼介）（後主賜亮坐）

（亮呈表上，白）老臣承乏戎行，無績可錄，此乃衆將簿冊，敢呈御覽。（後主）尚父身係安危，力存社稷。惟爾不矜，天下莫與你爭功；惟爾不伐，天下莫與爾爭能。矛懋乃績，毋庸多遜。只是趙雲，先帝舊臣，孤家恩老，一旦乘箕，聞之震悼。今追封趙雲爲武平侯，令其子承襲，再當遣官致祭，以慰忠魂。至於衆將，智勇雙全，爲國殺賊，共敵王愾。今封魏延爲威陽侯，鄧芝爲忠烈侯，關興爲義勇侯，張苞爲義烈侯，王平爲新陽侯，吳懿爲高陽侯，馬岱

爲陳倉侯,高翔爲元都侯。永竭爾忠,孤言不再。(衆謝恩介)(唱)

【二轉】念臣等喜恭遇風雲際會。共向這行間待罪,修戈矛把勁敵幾番催。還將這金戈枕,更把那戰鼙擂。便疆場粉骨心無悔,博得個功成名遂。湛露同沾捧玉杯。

(後主白)隨征將士,俱有筵宴,着設於便殿。相父同諸將,即在孤前同宴。(各謝恩入坐介)

校記

[1]瑤筵:"瑤"字,底本作"遥",今據文意改。

第十六齣　衆 將 榮 封

(唱)

【六轉】試看這啓瑤席肆筵設几,欣會際明良喜起。更只見穆穆皇皇、師師濟濟,盛威儀。是新回馬邑,兵尨城旆。纔離了凶凶狠狠,明明晃晃、轔轔轆轆、業業駓駓,兵戈車騎。共這巍巍聳聳,殿廷同集。對着這齊齊整整的筵,但只要數數頻頻向禮。正漿人,把那肴醢催。苾苾芬芬的味,好共自語語言言、歡歡笑笑,滿酌金罍。也用不着戰戰兢兢、乾乾惕惕,曲拳擎跽。

(後主白)退班。(衆唱合前,完,下)

樊榭記

無名氏　撰

解　題

　　傳奇。清無名氏撰。《今樂考證》著錄。《古本戲曲存目彙考》著錄。劇寫三國時期下邳人劉晶因口禍甚多，應得絕嗣之報。佛祖因其祖輩積德，折中處罰，使他生一癡呆兒子劉綱，二十歲尚無人提親。樊氏女雲翹年過二十，不願出嫁，經父母苦心相勸，方同意自己擇婿，願嫁癡呆的劉綱。劉綱婚後被鶴林寺布袋和尚治癒癡病，靈性大發，讀書聰穎，舉進士，授上虞縣令，有政績，又征服海盜，因功陞荆揚節度使。雲翹本是瑶池玉女，被和尚引渡，先脱紅塵得道，後劉綱亦被雲翹、和尚引渡成仙。劉綱子襲節度使職，建牌坊表彰樊雲翹，皇帝題名"樊榭"。今存舊抄本一卷十八齣，卷首有道光九年（1829）卧虹子題詞，現藏浙江省圖書館。今依該本進行校點。

樊榭源流

　　唐陸龜蒙，皮日休作四明九題詩，一曰樊榭。十道四藩志及太平廣記神仙傳云：即漢劉綱與妻樊夫人上陞之地。丹山圖記載：劉綱字伯經，下邳人，任上虞令，與夫人樊氏雲翹，居四明山，皆得仙道。嘗與夫人較術，綱作火燒碓屋，夫人禁之即滅。庭中兩樹桃，各咒一使相鬥，擊良久，綱所咒者走出籬外，綱吐盤中成鯉；夫人吐成獺食魚。入山遇虎阻道，綱禁之不動，去則便號。夫人繩繫虎頸牽歸床側。每共試術不勝。將陞天，大蘭山有皂荚樹，綱陞樹數丈方能飛舉，夫人平坐冉冉如雲氣之陞。

　　癡福都説積德來，笑他幻迹記天台。輝煌志乘吾鄉事，富貴神仙莫浪猜。

道光己丑乞巧日卧虹子閲畢漫題

第一齣　神　降

（場上設高坐三位，中設低位坐一位，雜扮金剛上，作開天門狀，老旦扮釋迦，外扮彌勒在前遵引，小旦扮玉女手持青鳥一個，雜扮金童隨後同上）（老旦唱[1]）

【點絳唇】頂上圓光，似一輪皎月懸西方。（眾合）法力難量，還有現不盡的須彌相。（老旦上蓮花高坐介，外互坐介）

（老旦）俺釋迦牟尼是也。廣作人間果報，普成萬類輪回。法眼無邊，難逃洞鑒，净心無量，大施慈悲。今因洞觀下界，有一積善人家，其子孫應遭天譴，俺心下有所不忍，已命文殊普賢往請文昌老君二聖，酌議而行。想此時都可到也。（小生扮文昌帝君上，唱）

【東甌令】祥雲滿，丹桂揚，陰騭人間也覺忙。（末扮太上老君上，唱）乾坤到處盡茫茫，清净是吾鄉。（合唱）猛看雲影動幡幢，蓮花座底香。（見介）菩薩稽首。（老旦作合掌介）二聖請坐。（小生介齊上蓮花坐介）菩薩見招，有何法旨？（老旦）下邳劉氏，自東漢式微以來，隱居耕讀，屢世孝友善良，積有陰德。本當大昌闕後，食報無窮，可奈現今劉晶少有聰明，把那祖父渾厚之氣，盡行破壞。徑往好作議論，下招物忌，上洩天機，於法宜報以絕嗣。只因其家數世積善，不忍便加重罰，特邀二聖商議，望乞上裁。（小生、末合）因果報應，總憑菩薩主張。（老旦）道德祿命，二聖均有職司，還須酌量而行。現當劉晶之妻，懷孕滿月。俺欲與一癡呆男子，延其祖父一脉，未知二聖意下如何？（唱）

【前腔】休造次，且商量，穹窿原有至公堂。（小生、末合白）賞罰兩全，足見法門廣大。（唱）諒他祖宗也應細參詳。大菩薩，極慈祥，就同這伯道無兒樣。不算天道枉。

（老旦白）既如此，即着孟婆走一遭也。孟婆何在？（丑扮孟婆手執壺瓶上，白）持我迷魂水，消人足智囊。（見介，白）菩薩有何使唤？（老旦白）你可往下邳劉晶家，伺其妻生產，孩子出胞，疾與以迷魂湯者！（丑白）領法旨。（下）（外作呵呵大笑介）（老旦、小生、末合白）彌勒爲何大笑？（外白）不是俺在此饒舌，世間多少聰明伶俐子孫，有幾個真能承值祖宗門户的，况是癡愚，更屬有不如無。自古道：積善之家，必有餘慶。劉晶口過固多，但亦未有大惡昭著，今乃以一眚掩其累代之善，豈不令人嘆恨天道無知。吾恐爲善者懼矣！（唱）

【劉潑帽】欲將不善降災殃,如何先報他善良。(老旦白)所見甚是。可惜孟婆去久,色相已成,何不早言之!(小旦作合掌介,白)色即是空,豈有定相。只要菩薩肯施慈悲,此事何難解脱。(唱)但願從今三教共恩光,就裏好更張,暗度這劉郎。

(小生、末合)善哉!善哉!妮子煞是有心。(老旦白)你二人既具此願,力只着方便行之。(小生、末合白)真是佛門大護法也。(合唱)

【風馬兒】智慧從中一瓣香[2],好投這臭皮囊。(作同下蓮花座介)(小旦唱)不是俺太煞熱心腸。慈悲菩薩,原有大慈航。(先下)(外作呵呵大笑介,隨下)(老旦、小生、末合唱)

【南尾】評因果,論文章,三教原來一氣藏,何曾分富貴神仙路兩行。

(落場詩)(老旦)天道栽培事固然,(小生)非問仙佛有奇緣。(末)世人不解輪回處,(合)且把從頭看到完。(同下,金剛收場)

校記

[1] 場上設高坐……老旦唱:這幾句提示,底本在曲牌後,今依例移於曲牌前。下同。

[2] 一瓣:"瓣"字,底本作"辨"。今改。

第二齣　癡　坐

(生面塗墨幾點,巾服不整,手足舞蹈,哈哈作笑聲上)小生劉綱,父親劉晶,單生得我一個兒子,不知作何故倒取了兩個名字,又叫做什麼伯經。(作哭介)阿喲!我的爹娘嗄!兒子不會讀書,也是資質生成,這是怪我不得的嗄!何苦爲我懊惱而亡。唉!我想人生在世,讀幾句書,識幾個字,有何用處?倒是我不會讀書,也落得個自在。(又笑介)(末扮院子暗上,在後作竊聽介)可笑那院子真不曉事,說我年紀過二十歲了,要爲我娶個老婆,引得些媒婆走來纏擾,倒聽了許多閑語,道我是個癡呆,没有人家女兒肯配我的。我想一個人獨自在家,可不快活,老婆要他何用呢?(又作哈哈笑介,末上前見介)大相公,你癡呆到這個地位,怎麼是好?(生舉手作指介)得得,你說我癡,癡在那裏?你說我呆,呆在何處?(末)大相公,你真個不癡,真個不呆,我且試你一試,你能端端正正静坐一炷香的工夫麼?(生)爲甚不能。(末)待我去點了香來。(作點香介)大相公,你且坐好來。(生坐介,末爲生作整束巾冠介)頭不要歪,手不要動,腳不要亂,坐完這一炷香,須打不得瞌睡的。你果然能够否?(生)件件依你便了。(坐介,末)呀!看他果然端坐。(唱)[1]兀的是坐如山重,整頓着精神不動搖。何曾露半點歪斜相,這到也有些蹊蹺。但不知能坐得長久否。(唱)只怕他一時興又高,怎禁得手義共脚挑。難道竟不會打瞌睡麽。(唱)悶昏昏坐在椅兒上,那得不心焦。睡魔一到心無主,還要倒着頭兒跌一交。誰知道神清氣又爽,好似參禪的和尚靜坐在僧寮。看將來這般光景,倒也算得一個英豪。

呀!你看香已着完,依然端坐不動。(作上前叫介)大相公!香已點完了多時了。(生)何如?如今你還說我癡麽!(末)大相公真個不癡。(生)還説我呆麽?(末)大相公真個不呆。(生仍作手舞足蹈哈哈大笑下)(末)好奇怪,看他竟能靜坐,或者日後尚有轉關,也未可知?這就是劉門累代積善之報了,可喜!可喜!(下)

校記

[1]唱:此字下,漏曲牌名,此齣以下許多齣皆漏。今難補,暫仍其舊。待考。

第三齣　惜　艷

(外幅巾寬袍挂半白鬍鬚上[1])閨中有女不癡呆,說到婚姻便作乖,好是十分奇怪。(坐介)老夫樊仙魁,娶妻遲氏,夫婦年俱半百,未有子嗣,單生一女,小字雲翹,容貌絕世無雙,言動一絲不苟,做來針黹,件件皆工,看過經書,頭頭都貫,傾動這裏。下邳遠近鄉宦,凡有才貌兒郎的人家,都來說親。只是此女生性古怪,提起親事便哭將起來,不願出嫁。至今年已二十一歲,尚未許人,好生掛懷。不免喚他出來,問個實在下落,難道竟老在家裏不成?(作起身向内介)梅香,服事奶奶、小姐出堂!(内答應介)(老旦上)兒女情長,(小旦扮樊雲翹素服,丑扮梅香隨上,小旦白)婚姻事大。(見介,老旦)相公見禮。(小旦)爹娘萬福!(外一同坐下)(老旦)相公叫我們出來,一定是爲女兒的事。老身每每勸他,總是不依。女兒現在此間,請相公當面問個明白就是。(外)嗄!我的女兒!(唱)只爲你終身未定,多教我日夜心煩。又道是男大當婚女大嫁,爹娘怎得夢魂安。(小旦起身作跪介)稟爹媽知道。(外、老旦合)起來講。(小旦唱)念孩兒日日在膝下承歡,端的別離難。(外)你不肯離我兩人身邊,實是一番孝心。但從來女子總無不嫁之理,休得執拗。（小旦唱）奴無兄弟多不忍，雖不能撐門柱户，也還得有半子孤單。（老旦）這到你可放心。你伯伯所生的兄弟，個個孝敬我，讀書明理，十分孝敬我二人，如我親生一般，何必多心。（唱）自古道同氣連枝原一本，猶子比兒心亦安。又道是女生皆外向，從來多少才和貌，總須匹配作鸞凰，你不要把鐵兒鑄定這心肝。

　　（小旦）爹媽嚴命何敢不遵，只是終身大事，造次不得。這兒郎，（作掩口介）（外、老旦合）爲何欲言又止？（小旦低頭介）不是女兒家出得口的。（外、老旦合）但說何妨。（小旦）這兒郎是要孩兒眼見自擇的。（外）這個却使不得。（小旦）如此嫁不成了。（老旦）女兒，你且進去，我自有主張。（小旦引丑先下）（老旦）相公，老身想到一個恰好機會在此，三日後正是城裏迎赤松子賽神會日期，那些城鄉少年都來看會，我家後園墻外便是大街，何不於墻内搭起高臺，我們帶着女兒同到臺上觀看，使他自擇，實爲至便。（外）也想得是。但是這些看會少年，未必都在這墻外經過？（老旦）一些不難，我家女兒才貌，誰人不曉，可先將此消息着人傳出去，不怕他一個不到。（外作起身作笑介）說得是，説得是。（同下）

校記

［1］外幅巾寬袍挂半白鬍鬚上：“外”字下，原本有一“外”；“半”字下，原本有一“半”，今删。

第四齣　慕　艷

　　（場上設幔，高挂竹簾，丑扮梅香上）香從梅裏出，梅老香欲滅。今日過墻頭，不怕無人折。爲何道此兩句，只因我家小姐一向不肯嫁，連累我梅香一齊老在這裏。天那！虧煞小姐回心轉意了，今日在後園墻上觀看遊人，親自選擇佳婿。（哈哈笑介）我想這個鬧熱場中，真是人千人萬，小姐那裏用得許多，他揀剩的一定作成我梅香幾個個，也快活煞哉個，也快活煞哉！（内作鑼鼓聲，聽介）哦！會已近來哉！快請小姐登臺去，快走快走。（急下）（小生巾服上）卑人許宣，錢塘人氏，少習經紀，頗有姿容，發願要娶個絕色佳人爲配，所以年逾二十尚未有妻。適來下邳販賣，路遇相面先生，道我今年必有奇遇。昨日店主人來説，此間樊員外家有個小姐，才貌無雙，於今日在後墻搭臺，以看會爲名，實爲親選人物。我想樊小姐這個心腸[1]，倒與我許宣一般,或者相面之言,就應在今日,亦未可知。回此及早走來,只是不認得路途,如何是好?(作回頭介)你看後面兩位朋友,倒也十分俊俏,想是也到那邊去的!(旦、貼旦俱巾服,雜扮兩小使隨上)(旦)若非不是群玉山頭容,(貼)休想瑤台月下逢。(見介)(小生)請了二位長兄,莫非也到樊家那邊去的麼?(旦、貼合)正是。(小生)請問尊姓大名?(旦)小弟劉晨,這位敝友姓阮名肇。請問仁兄不像這裏口音,仙鄉何處?(小生)卑人許宣,籍貫錢塘,回販賣到此,獲遇二位,不勝僥幸。(旦、貼合)聞得錢塘湖山之勝,東南第一,小弟們久欲往遊天台,必從錢塘經過,那時順道西湖,不可不暢遊一番。今日得識仁兄,將來便有了東道主人,豈非萬幸。(小生)這個自然。(雜)相公不要慢騰騰了,恐怕人衆,要走在前頭,免得挨擠。(小生、旦、貼合)有理。請!(俱下)(副净、净掛微鬚同扮花公子上)興頭興頭,今朝鐵穩無愁。(净)只怕姻緣不對,還要用着指頭。(副净)呸!好没利市,幾個指頭。(净)五個指頭。(副净作伸手搭住净頭頸介)先把你受用何如?(净)妙哉妙哉!我的興頭出來哉!(副净)我到不信有這般容易。(放手介,又把净帽子提去向他頭上細看介)啐!那裏得出來。(净)弗是嘎!我方纔説得話自己也曉得没利市,怪不得阿兄動氣,那是勿礙過哉!(副净)爲什麽弗礙?(净)應過哉。(相對笑介)(副净)閑話少説,此時樊小姐想已登臺,不要錯過好時辰,快些走罷。(各行介)(副净)還有一説,你是個有鬍子的人,不要走在我的前頭,恐怕樊小姐眼裏看不上你,回過頭去連我這副好面孔一齊錯過子俚,倒也弗便。(净)呸!你那裡曉得,我的興頭正從這幾根鬍子公來。(作手足舞蹈介[2])豈不聞龍頭屬老成。(副净)呸!又不是考舉考進士,什麽龍頭?(净)有出典的。(又作舞蹈介)豈不聞女婿近乘龍。(副净笑介)哎喲!那些典故牽牽扯扯,不倫不類,只好作時下應舉文字。樊小姐那裏恐怕用不着。(净)用不着我還有一個典故,叫你纔服。我是個飽學風流才子,只是説出來恐怕打斷你的鐵穩興頭?(副净)不妨。(净)你曉得樊小姐的名字麼?(副净)雲翹兩字,那個不曉。(净)可有來,(又作舞蹈介)易曰雲從龍。(作哈哈笑聲下)(副净)阿兄走得慢點,不要張着腦袋橫衝直撞,搗破了你這興頭呢!(亦作笑聲下)(丑扮梅香暗上,慢裏揭起簾子介)小姐,你看那許多人來了。(内作樊員外喝聲介)醜丫頭,還不將簾兒放下。(净、副净同作斜衝勢上)

【急口唱】走走走會來哉,串戲的又上臺。挨擠擠排不開。衣扯破,帽碰歪,又被龍燈慕將來。把那些人兒轂轆轆的滾作一堆。把那些人兒轂轆轆的滾作一堆。(同作轉身立定介)(副净)阿兄,你看裏面映出的雪白面龐,定是小姐。(小生、旦、貼旦同上,唱)只為那胸中自有悶心事,憑仗東風好做媒。恨東風不與人方便,空教簾外共徘徊。(小生)看不見簾子裏面,不如去罷。(旦、貼旦)這是他看我們,原不是我們看他,如何便走!(衆作圈行介,末扮院子手扯生袖上)大相公!(唱)你看那紅紅綠綠滿塵埃,又聽那鑼鼓喧喧動地來。(生)果是熱鬧。(末)這裏是樊員外家後園,聞得他家小姐,真是天上神仙,現在這牆頭觀看人才。可惜你,(唱)可惜你生來無貌又無才,不是那乘龍女婿才。

　　(生)我那裏曾要老婆!(作舞蹈介)就是他要我,我總用不着他。(又作舞蹈大笑介,簾裏作梅香叫介)小姐,你看穿紅着綠許多人好不齊整,偏夾一個癡子在裏面,真真可厭。(內又作員外喝聲介)休得高聲。(副凈見末介)你是劉家的老管家?(末)正是。(副凈)你家相公這等光景,你領他出來獻什麼醜?(對衆介)真真不識香臭的。(末作嘆聲介,雜扮院子上)那位穿紅的相公,穿綠的相公並這位癡呆的相公官人,俱請少留,我家員外要與説話。(小生對旦貼作拱手介)恭請二位仁兄,小弟告別了。(下,副凈對凈介)今日的興頭真被你弄壞了。(凈)我們還好,來也得,去也得,只怕這個癡子留在這裏,還要喫些小苦哩!(笑下)(副凈作嘆口氣亦下,衆俱下)

校記

[1] 心腸:"腸"字,底本作"十易"。今改。
[2] 舞蹈:"舞",一義可作"儛",底本作"僵"。今改。

第五齣　評　癡

　　(小旦上,丑扮梅香隨上)(小旦唱)一落塵寰二十年,好容顏許有誰憐。糊塗眼看糊塗面,那曉糊塗個裡緣。(坐介)我樊雲翹,今日了却願心也。(丑)小姐這兩個穿紅着綠的書生,委實生得標致。(小旦)丫頭多口。(唱)你莫道穿紅並着綠,我何曾意惹興情字。(醜)小姐果然不要,作成了我梅香罷哉。(小旦)胡説。(唱)這呢子癡的那忒煞可憐,好端端惹一身風流孽冤。(丑)什個要把個癡子交我,寧使一身一世没有老公,這點志氣我倒爭得過。(哭介)我曉得張伯伯連那癡子叫將進來,是不懷好意的嘎!(小旦)胡説,還不禁口。(外扮樊員外、老旦扮樊母同上)(合)事忒希奇,乖巧女兒偏似癡。(小旦起身迎介,外、老旦坐介)(合)你也一同坐下。(小旦旁坐介)(外)我見你爲何看中這癡子，畢竟使不得。那兩個書生我已款留在此，一個姓劉，一個姓阮，都是本城有名秀才。況兼相貌俊雅風流，你也都曾見過，有何不佳？（老旦，合）是依我二老之見，於這兩個當中，取定一個罷？（丑）老奶奶一個把我。（外）胡說。（小旦起立介）禀爹媽知道。（外、老旦合）坐了講。（小旦坐介）（唱）宋玉情多，潘安貌妍，比那無情無貌的自天淵。（外、老旦合）自然不比那些浪了。（小旦唱）怎似這癡呆子，呆呆兒站立在墻邊。倒樂得一個天性渾全。（外）我兒你此話太過了，難道反不如那癡呆的？（小旦）孩兒自知福薄，須配得那樣男子，只怕這個癡呆，其先代家世與我家不對，孩兒也不敢執定意見，致辱祖父門風。望爹先去問個明白，若是門當户對，孩兒一定要嫁他。（外）門户我已曉得，倒沒有什麽不對。他家本是漢朝後裔，式微之後，累代耕田讀書，清白良善，只是這個孩子，那裏得半點出息，豈可將你配他。孩兒，你的話兒終是矯枉過正，還當仔細想去，免得後悔。（老旦）你爹爹說的是。（小旦）嗳！爹媽。（唱）既然是門當户對，這就是作合天然。須知那盤根錯節麥冬茂，不鬥繁華鬧眼前。大凡一個人不帶些癡呆，便入巧道。一入巧道，多成魔障，不論那種輕挑浪蕩子弟，無一個能有結局，即如劉阮二生，才貌何嘗不好，依孩兒看來，便只少點呆氣，將來終是個不儒不釋不仙不俗。一流世間智巧之人，多有窮奇，愚笨之人常享厚福。智巧之人鑿，愚笨之人渾，其天全也。望爹娘勿從以貌取人。（外）媽媽這怎麽處？（老旦）員外，女兒向來見識出我二人之上，聽其這番言語，諒非造次，且自由他罷了。（雜扮老院子上）員外！劉阮二位相公候久了？（外）你可對他說道，我適纔冒得寒氣，不能出見，改日另邀罷。（雜）是。（作轉走介）（外）來，你可將劉家主僕二人留住，我另有話說。（雜答應下）（外、老旦、小旦起身介）（外）巧女何當伴拙夫，（老旦）弱閨偏有大鐘爐。（小旦）真丹本是頑金就，（醜）惹得梅香褲襠糊。（外）賤丫頭，胡說。（合）一點癡情渾太虛。（同下）

第六齣 醒癡

（外場預備杯湯，末扮院子上）歡娛無幾日，愁悶又添來。我家大相公這樣癡呆，不想倒得了一位好似天上神仙一般的大娘，不但有貌兼且有才有德，家中大小事件無不管到，那些上下男婦，沒一個不歡喜他，敬重他，這豈不是劉門積德所致。只是我大相公，自從大娘過門以來，愈加癡了，天天塗着一臉粉，拿着個鏡兒，要與大娘比較黑白，虧那個有趣的大娘，也肯曲意順從，每日爲他擦面塗粉。這倒不要管他，近日忽成一病，喫下茶飯，即便嘔吐，倒要吃些生冷果品，方得相宜，兼且遍身疼痛，時刻呼號，請過多少醫生，内科説是内症，外科説是外症，總無一個見效，叫我好生愁悶。今早遇着個朋友，説有一行脚僧人，身邊挂着一個布袋，現在前街天仙廟裏賣藥，口稱能醫疑難雜症。我意欲請他到來一看，不免與大娘商議則個。大娘有請！（小旦扶生，生滿面塗粉同上）（小旦）相公看仔細。（作扶到中間靠著桌子坐介，小旦旁坐介）（末）大娘，你既扶相公出來，該把他臉上粉兒洗去纔好。（小旦）這是我失檢點了，你可取一盆水來。（末作往内取盆水介）大娘，水在此。（作放在椅子上介）（旦）相公，請洗個臉！（生）我纔妝得白白兒的，如何可洗去！（小旦）今日的粉妝得不好，匀須爲你洗過再妝。（生）哦！如此便依你。（作起身介）阿嗄！動不得，動不得。（又作坐倒介）（小旦）院公，我扶住相公，你與他洗罷。（末）曉得。（小旦作扶生出來，末爲生去巾洗臉介）（小旦、末同唱）你自有本來的面目，何苦把胭脂花粉施。（末作手持巾爲生揩面介，作驚介）呀！好奇怪。大娘，你看大相公面上的黑瘢，竟褪得乾乾净净的了！（小旦）有這等奇事！（小旦、末合唱）**本來是五顔六色多難看，洗得他居然美玉没瑕疵。**（同扶生上坐，生仍靠在桌上，坐定介，口作呻吟介）（小旦）院公，相公的面孔瘢，褪去不褪去倒也没甚要緊，只是這個病症，如何能够就好？（末）老奴正要禀知大娘，此間天仙廟裏有個遠來的和尚，在此賣藥，有人説他會醫雜症，可去請來一看？（小旦）近來和尚不過騙錢，有什麽好人，什麽本事，你不要聽信別人的話。（末）許多醫生都無效驗，就是這和尚也只平常，請來看看何妨？難道竟聽大相公這般痛苦不成！（小旦）如此，你且去請來。（末應聲下）（生）拿粉來，我要擦面。（小旦）已去拿了。（生）快快快！（小旦）就有了。（生作起立介）快快快！（又作痛苦狀）阿嗄！（坐介）（小旦）看仔細。（外扮和尚身挂布袋末導引上）大娘，和尚請到了。（小旦）請進來！（末轉身介）師父請。（外、小旦相見各揖介）（外）女菩薩！（小旦）阿彌陀佛！（外就旁坐介，小旦就生後立介）（小旦）院公，你把相公的病根，細告一番。（末）師父聽道：（唱）**俺相公本是癡呆子，如今癡上又加癡。更兼遍身都疼痛，内攻外治總難醫。**（外）我已曉得。老管家，把你相公衣領放寬，我要將他胸堂先用一針，然後用藥。（末）胸堂用得針麽？（小旦）這倒不妨，醫書上有的。（末爲生解開衣領介）（生）阿嗄！你們做什麽？（外作用針介）（唱）**這金針提出莫猜疑，傳的是六祖老禪師。**（作拔針介，又引手向布袋内取出藥介，遞與末介）用清水一杯調下，立刻見效。（末作取水調藥與生飲介）（生）

阿嗄！（外）老管家，你相公的病，不過是痰迷心竅，並無疑難，今番不但痛苦悉除，連這心竅都開開也。（唱）登時撥散了雲和霧，隨風卷過莫稽遲。（生）阿嗄！要吐了。（回頭作大吐介，小旦扶住介）（生）好爽快。（睜目視外介）這是個和尚，到此怎麼？（外）且問相公，貴恙好些麼？（生）一些沒有了。（回頭視再視小旦介，末介）好奇怪，我一向如在夢中，難道今日真個蘇醒了！（唱）霧騰騰，不識東來不識西。一時間天開日朗，好不希奇。（小旦、末合）呀！相公果然不癡了，真奇怪也！（小旦、末合唱）正是災退遇良醫，醫醒癡呆一瞬時。（生）哦！是這位師父醫好的麼？（作拜謝介，唱）轉旋那造化都賴吾師，真當救苦救難大慈悲。（外）貧僧告別了。（生）師父恩德，如同再造，不知何日得報？（作持外手不放介，轉問末介）這位師父那裏住？（末）就在前街天仙廟裏。（生）如此，明日拜謝罷。（放手作揖送介，外下）（末作哈哈大笑，手持生袖向生仔細看介）不想有這等神醫！（小旦[1]）也是相公災悔合退，（末）還是祖宗積德有靈！（生）明日早去拜謝。（同下）

校記

［1］小旦：底本作"小生"。今改。

第七齣　閨　試

（小旦上）兒夫災退，誰識個中三昧。我家相公自從病好以來，覺悟大開，每日閉門獨坐，喜讀經書，兼摹楷法，晝夜不倦[1]，未知其功夫畢竟用得何如？不免到書房看望則個。來此已是。（作敲門介）相公開門！（生上）來了。（作開門介）娘子請坐。（同作介）（小旦）相公用工辛苦。（生）每觀一書，只有快樂，那得辛苦！（小旦）請問相公，今日所看何書？（生）卑人正要來問娘子，不知還有何書可看？煩娘子再取幾部來。（小旦）這幾架書，經史子集無所不備，此外再沒有別書了。相公只要能看完此書就是。（生）架上的書早已看完，近日不過在此仿其筆意，學幾句文法而已。（小旦）哦！我卻不信。（生）豈敢在娘子面前說謊。（小旦作起身取架上書介，回坐介）相公，我來試你一試？（生）使得。（旦作翻書看介）原來是《孔叢子》。請問相公，孔子學禮老聃，難道老聃的學問反在孔子之上麼？（生）聽者。（唱）尊德性，道問學，方成了大聖人。這道德經，分明是專尊德性，自成個太上老君。那問禮，只爲他有柱下的見聞。也即是就問學上與他評論。休把那堯舜的病，做了當真。(小旦)妙嚘!不但見得到,亦説得出。(又作起身取書介,回坐介,翻書看介)乃是《史記·漢武帝本紀》。請問相公,神仙畢竟有無?(生)何嘗没有,只是漢武帝非學仙之人,徒爲欒大等所誤。(唱)論神仙,自有前因,做皇帝,當治萬民。可笑那漢武原無仙骨,偏要置長生承露盤,把有用的金兒鑄成無用的十二人。試看這真仙曼倩,從不將仙字略沾脣。誤煞他一世,可恨的那賊臣。

　　此事卑人曾做得一篇論斷在此,待去取來,請教娘子。(作起身取出摺子遞與小旦各坐介,小旦看介)妙嚘!此論足以不朽,妾觀相公才情,必當大用於世。今年正值大比,何不就去應試?(生)怕是娘子過襃!(小旦)不必多疑,我爲相公準備行李,揀一好日子起身就是。(生)是。(同起身介)(生)將相本無種,(小旦)男兒當自强。(下)

校記

[1] 晝夜不倦:"晝"字下,底本有一"日"字,今據文意删。

第八齣　臚　　傳

　　(雜冠帶執笏上)文運天開,看多士濟濟英才。下官禮部尚書知貢舉陳最良是也。今日內殿傳臚,那些三百名進士,俱在午門候旨,例合本部堂官帶領,及早在此伺候。(老旦扮內官手持片紙從後場直上,見雜介)老部堂接旨!(遞旨與雜介,老旦下,雜看介,作上前高喝介)聖上有旨,着一甲第一名進士柳夢梅進見。(內)領旨。(小生巾服,雜扮軍牢二人分持冠帶袍笏隨上,雜又高喝介)換了冠帶。(內作吹鼓雜又喝介)摺笏。(作導引介)就此俯伏。(小生上前俯伏介,老旦又直上,作傳旨介)柳夢梅的文字,如重花叠瓣,春色滿園,特授翰林院修撰之職,謝恩。(小生拜介)萬歲,萬萬歲!(下)(老旦又直上遞片紙與雜介)老部堂接旨!(下)(雜看介,作上前高喝介)聖上有旨,着第一甲第二名趙大朋進見。(內)領旨。(副净巾服挂大白鬍子,雜扮軍牢二人持冠帶袍笏隨上,雜又高喝介)換了冠帶。(內作鼓吹,副净作脱巾遞與軍牢介)這頂頭巾我老爺準準戴了六十多年,你看還是鐵磕勿損的,勿要弄壞了,我家裏還有個小孫子,正在讀書,好拿回去,把他是個極有利市的東西。(雜又喝介)摺笏。(作導引介)就此俯伏。(副净上前作俯伏介,老旦又直上作傳旨介)趙大朋的文字,如龍門之桐,百尺無枝,特授翰林院編修之職,謝恩。(副净拜介)萬歲,萬萬歲!(下)(老旦又直上,遞片紙與雜介)老部堂接旨!(下)(雜看介,作上前高喝介)聖上有旨,着第一甲第三名劉綱進見!(内)領旨。(生巾服,末扮院子,雜扮二軍牢各持冠帶袍笏隨上,雜又高喝介)换了冠帶。(内作鼓吹,雜又喝介)摺笏。(作引導介)就此俯伏。(生上前作俯伏介,老旦又直上作傳旨介)劉綱的文字絶迹飛行,變態百出,如藐姑仙子,不食烟火,非尋常翰苑之才,盡可大用,現在上虞縣令乏人,着暫就此缺,即日領憑前往。謝恩。(生作拜介)萬歲,萬萬歲!(見雜揖介)恩師!(雜)恭喜年兄,聖旨嚴緊,幸勿稽留。(生)是。(雜下)(生問末介)你可即時由漢路歸家,裏知夫人,作速打點起身[1];我從水路而來,期於六月初一到任,不可有誤。(末)知道了。(同下)

校記

[1] 作速打點起身:"作速"二字下,原本有"歸家"二字,與上"歸家"意重。今依文意删。

第九齣　求　　雨

(生冠帶、小生扮典吏、旦扮門子捧印、雜扮執事導引上)(合唱)

【步蟾宫】皇恩叠被如山重,怎酬這竹茅特用。看林總赤子眼前來,是君王分與共。(内作衆人喊聲)太爺救命嘎!(生)本縣一路來,聞得這上虞百姓刁蠻,今日本縣上任,未到衙門,便有許多人攔途叫喊,殊爲可惡。傳地保!(小生跪稟介)都是那些農民,因天久旱,田禾槁死,再過三日不雨,便將顆粒無收,要太爺作主求雨的。(生)雖然如此,也該等本縣到了衙門方好。(小生)是。(作回行身向前介)太爺吩咐,你們不得攔途亂嚷,等太爺到得衙門,自有區處。(内)我們一齊跟到衙門裏去就是。(衆起行作進衙門介,拜印介,小生、雜下,旦作捧印引進内宅介,生作巡看介)倒也清幽。(小旦鳳冠圓領、末扮院子隨上,見介,旦避下各揖坐介)(小旦)相公纔得到任,未及放告,如何許那百姓挨擠滿堂,不住口的叫喊。(生)夫人有所不知,只因此間亢旱日久,三日裏頭再不得雨,田禾都要槁死了,那些百姓要我求雨,所以在此喊嚷的。(小旦)如此,相公須速舉行,以慰百姓之望。(生)此事造次不得,下官未曾齋戒,如何能感格得神明?(小旦)神人交感,只在一念之誠,若必待齋戒而行,到得三日後,雖有雨恐無補於這裏百姓的了。(生)夫人見得極是[1]。(生)來！(末應介)有。(生)吩咐門子，傳吏典伺候。(末應下，各起身介，小旦下，旦扮門子上、跪介)稟太爺，吏典俱在科房。(生)如此隨我出堂。(坐介，內作喊聲介)太爺救命嘎！(生)你們不要嚷叫，吏典！(雜扮吏典上)吏典叩頭。(生)此處向來求雨，那裏最靈？(雜稟介)四明山有個龍潭，凡事至誠求禱，無不立應。(生)如此本縣立刻起身往四明山去。(雜又稟介)只是一件，那龍潭在高山頂上，官府上去[2]，不但用不得轎馬，還須要三步一拜，方能感動龍神。太爺自京城來此，未得一日安耽，如何能受得這般辛苦？(生)是那裏話，本縣爲民父母，百姓皆我赤子，豈忍坐視其餓死不救，莫說三步一拜，就是一步三拜，本縣也總要上去。就在此堂上拜出城去便了。(作起身換素服介，末遞小繖與生介，內作衆人歡笑聲介)真真好太爺，上虞百姓有命了。(生拜，唱)禱求願解黎民痛。隨行去，莫喧哄。辦得至誠心，感得神明動。(衆隨下)

校記

[1] 夫人："夫"字，底本作"失"，今據文意改。
[2] 官府："官"字，底本作"宮"。今依下文改。

第十齣　遊　　山

　　(場上用椅子將桌子高攔作巖洞狀，外扮和尚挂布袋上)良醫本無間，只爲那一段奇緣，合在此山住，披裟來自鶴林，布袋便做法名，欲與白雲俱去，暫依流水無聲。這四明山真個是洞天福地，你看那些林木，因昨日得了一陣大雨，好是病魔的人遇着甘露，頃刻便有精神了，真虧煞這位新任的官府至誠虔禱，以致上格穹蒼，不但百姓感恩，就是林木禽獸亦都沾被。天那！安得普天下的官府，都能如此認真。(內作鳥聲，外作回頭望介)那邊有人來了，不免到到深巖裏面去打坐則個[1]。(生巾服，末扮院子隨上)(生)好山景也！(唱)却不是舟入桃源洞，難道是哨地裏竟到天台。下官昨日來此求雨，幸蒙神望鑒佑，隨禱即應，雷雨大作，只不知四鄉遠近能够溥遍否？已着人探聽，回話倘有未沐雨澤之處，下官還須再禱。因此暫留此山間，步一回，一路行來，頗覺炎熱，得那裏歇息纔好。(末)老爺，前面松林子裏露有幾塊石磴，定可坐得。(生)就往那邊去。妙嘎！這林子甚是陰翳，石磴又潔淨，正好少坐片時。(坐介，作回頭望介)你看這石巖縫裏，透出一縷烟來，却是何故？（末）待老奴看來。（作走向巖前看介）呀！好奇怪！老爺，這裏有個巖洞，中間一個和尚點着一炷香在此打坐，老奴看這和尚胸前挂一個布袋，竟似舊年天仙廟裏的模樣。（生）我正爲未曾報答，心常負歉，若果是他豈可錯過，快去一同看來。（作起行向洞裏仔細看介）嗄！師父我那裏不訪尋你，你却在此。（作拜介）（外）信士莫非錯認了人麽？（生）一點不錯。下官下邳人氏，自幼癡呆，非蒙師父神針妙藥，焉有今日，天幸相遇於此，望師父萬勿棄置。（又拜介）（外）這是貴人災星合退，偶然應手而愈，於我何功。（生）師父，原不望報，下官豈可負心。（外）請問貴人，因何到此？（生）下官新科進士及第，幸叨一命作令上虞，因求雨到此，得遇師父。（外作起身出外合掌介）本處太爺，貧僧有罪。（生）豈敢。（各就巖上坐介）（生）請問師父，這裏並無院宇，畢竟在何處安身？（外）就在這裏打坐，便是安身區處。（生）似此深山豈無虎狼？（外）萬物平等，雖有何妨。（生起身作背介）聽他言語定是得道的了，我想人生在世，紅塵之内不過似做夢的一般，且喜遇此異人，何不就拜他爲師，或得有個超度的日子不差。（作回轉身介）弟子今日欲拜師父爲師，願乞慈悲。（作合掌拜介）（外）使不得，貧僧有何德能，敢屈貴人。（生）獨自一個，坐卧深山，不需院宇，不畏虎狼，此事難道是凡人做得到的麽？（又作合掌拜介）（外）貴人差矣！你既爲朝廷的官，自然該爲朝廷做一番事業，況且貴人的夫人，俺曾見過，這等美麗恩愛，豈是割絕得來的？（唱）**你看那葵傾到底須朝日，藕折何曾肯斷絲。**（生）若論棄官學道，有負朝廷，或者有所不可。那夫婦恩愛何難割絕？就是我那娘子也是個絕有見識，一向講道學的，這個倒做得來，這個倒做得來。（外）你既如此心堅，請問已有公子否？（生）拙妻現在懷孕。（外）既如此，且等夫人生產後，是個男子，你來學道未遲。（生）只怕那時又尋不着師父，奈何？（外）請自放心，俺如今只在此山，不去雲遊了。（作向布袋裏取出一本書介，遞與生介）這裏面有幾個小小法術在此，你可先拿去學習起來，必有效驗。（生）多謝師父。（雜扮役卒上）禀老爺，各處都有雨了。（生起身介）如此弟子告別。（作揖介）（外）你是有官守的人，勿得再到此山，如有用着老僧處，只管遣人到來，無不應命。（生）如此便好。請！（下，末、雜隨下，外亦下）

校記

[1] 裏面去：底本作"裏去面"。今依文意改。

第十一齣　漁　警

（雜扮強盜一人漁裝持刀，卒一人持短槳作搖船狀隨上）（唱）

【西地錦】放火殺人武藝，使鎗弄棒生涯。（又強盜一人漁裝持刀，卒一人持槳隨上）（唱）見了婦人便手軟，上前只叫乖乖。（對立作拱手狀）（合）請了！我們乃浪裏白跳大兒手下頭目便是。只因近來各商船多由官兵扮，沒煞費空勞，並無實惠。奉大哥將令，上涯虜掠沿海荒僻之處，約今日泊船會齊，只得在此伺候。（內吹打作船上鑼聲如住船狀，又作喊介）吩咐各船，就此上涯。（二盜俱作跳躍上岸介，二卒作搖船介）（淨扮鬍子戴大斗笠披青布一扣鐘持雙斧，四卒執棍導上，俱作跳躍上崖狀，通場喝道繞走一回）（淨）漂流海上似三山，出沒無常隱見間。自去自來真快活，不知蓬島有神仙。則俺浪裏白跳是也。（雜上前見介）（合）小弟打恭[1]。（淨）你們多少船在此[2]？（雜合）共二十號。（淨）每船多少人？（雜合）每船一十五人，共三百名。（淨）盡够了。器仗齊備否？（雜合）都有。（淨）就此向前掠去。（眾行介，合唱）同心協力，快此上前去，只怕官兵知道要追來。（住介，淨）你看這幾所房子都好，與我打劫者！（二盜應下）（老旦、丑、貼旦俱扮婦女衝上跪介）爺爺饒命嘎！（淨）眾兄弟將那老的醜的都放了，去揀幾個少年有姿色的帶到船上，聽候選擇賞賜。（眾應介，將老旦丑撇開各奔下，二旦押住各哭介）（淨）眾兄弟，再向前面一帶掠去。（臺上臺下齊作喊應聲介，眾行介）（合唱）果然得了些東西並婦女，快些再去好發財。

（雜扮老幼男子衝上介）求爺爺開恩，完全我們骨肉嘎！（各與旦、貼旦相對作哭聲介）（淨）你們無端在此纏擾，叫你性命都休，兄弟們俱與我砍殺者。（眾）阿喲！（俱抱頭急下，雜作喝道聲齊下）

校記

［1］打恭："恭"字，底本作"茶"。今依文意改。
［2］多少："少"字，底本作"小"。今依文意改。

第十二齣　獺　幻

（生紗帽便服挂鬍子上）有子得傳宗，民和年復豐。想空山定許追蹤，怎撒得嬌妻病重。下官自從四明山遇着布袋和尚，常有出世之想。只因我夫人一味道學，屢被嘲笑，又因其自生孩兒以來，產後成一奇病，好端端坐在房裏，忽然兩手張舉，勢若飛揚，稍自禁耐，便覺遍體麻木。當初還是偶然一發，足今十年症候愈深，每月常至五六發，發起來必須兩三個時辰，方得下手。多少醫生用藥無效，要請那布袋和尚，夫人又謂我被他淆惑，斥爲邪道，執意不從。近且飲食日減，形貌日臞，下官委是放心不下。咳！那和尚曾說，我夫妻恩愛難割[1]，不想竟被他道者。夫人那你不要耽誤了，下官正經還是請這和尚來醫方好。今日打定主意，必要勸他信從，如再執拗，不免將和尚所傳幾個法術，試演與他一看，自然得輸服也。夫人那裏？（小旦纏頭便服上）相公有何話說？（生）請坐。（各坐介，末扮院子立生後，丑扮梅香立小旦後）（生）我看你的病兒日加重了，怎麼是好？（小旦）災退自然得好，何必過愁。（生）夫人不是這等語來。當初下官的病，豈是自己好的？眼放過這個神醫，未免自苦。（小旦）相公，你再不要提起這個和尚，醫好了相公的病，便叫相公隨他學道，若是醫好了我的病，難道也叫我跟他學道不成？（生）強詞奪理，説你不過。我有幾個法兒，作與你看，叫你便知端的。（小旦）妖術總不中用，作他則甚！（生起介）你且看者！（唱）唾手便作魚龍化，管教你拜服在須臾。（作向末介）拿杯清水來！（末）取水與生。（取水與生吸介，生仰頭作噴水介，後場鳴鑼鼓，場上演出一條鯉魚來作跳躍介[2]）（丑）夫人你看平地裏跳出一根鯉魚來，活活潑潑，好似在水裏一般，真真好看煞哉！（小旦）嗄！有什麼好看。（作俯身將袖子一拂介，場上演出一個獺來把魚吞食介，獺作搖頭下，生作驚呆介）（小旦）相公，看這法兒那和尚的邪魔益發見得了，雖然是個幻景，畢竟等於殺生，佛法慈悲，豈宜有此。（唱）豈不聞不生還不滅，如何爲獺反及驅魚。（生）這事到也古怪。下官所演的法術原只有魚，那獺竟不知從那裏出來？（小旦）如此這法術更不中用了！（唱）你只曉無中來生有，不知那有的爲何無。請問相公還有何術？（生）便不作他。也罷，只是一件，我和你恩愛夫妻，既不許我出世，便該圖個偕老還是。請那和尚及早醫好這病，免得下官愁煩。嗄！夫人，你須細想過來？（小旦）既如此，我也不敢執拗，但憑相公便了。（生）這個纔是。（向末介）你可着人速往四明山請布袋和尚，三日內必要趕到這裏的。（末應下，生、小旦起身介）（小旦）還有一説，那和尚弄來總是個邪道，倘若來到此間，弄出什麼事來，相公豈不後悔！（生作笑介）哎喲！多心多心。（攜手下）

校記

[１]恩愛難割："難"字，底本無。今依文意補。
[２]一條："條"字，底本作"茶"。今依文意改。

第十三齣　僧　宴

（雜扮二卒上）公事緊急，兩脚奔折，我們都是上虞縣頭役。只因近時海盜猖獗，上崖打劫，沿海村莊，節度使大老爺暫同各水師總兵俱在海口駐扎，四面搜捕，早有公文下來，要這裏近海州縣，解餉接應。上司派我本官出運，我們奉本官差遣，預先碾運本處米石，押赴通溟壩，與各縣會齊出海。這是個軍需，慢誤不得。幾日裏跑來跑去，好不辛苦。今各路米俱到齊，各縣太爺俱在壩口[１]，候本官逐一點明，交代落河，須速稟知，來此已是宅門，門上大爺那位在？（末上）你們稟什麼事？（雜）各縣大爺們解餉俱在壩口，專等太爺交代！（末）是了。你們先去罷。（雜下）（末）老爺，有請。（生上）敢是布袋和尚到了麼？（末）不是。方纔辦米的頭役來稟，說各處餉米齊運到了，各位太爺俱在壩口，專等交代。（生）此事須誤不得時刻，便當起身。你也須跟着我去，只是那和尚到來，什麼人款接他，且請夫人相議。（末）夫人，有請。（丑扮梅香隨上，小旦上）相公。（各揖介，坐介）（生）下官即日刻要去通溟壩上，點米運河，順潮出海，想那和尚今日必可到得。下官既不可爲了私事貽誤軍需，又不可叫和尚逾山越嶺而來，空走一回。他來的時，夫人不妨帶着孩兒作伴，請進裏面相見，便可用藥，或者不必針刺，也不須定要下官在此。（小旦）這個斷使不得，將來外間傳出去官太太與和尚作陪，豈非笑話。（生）如此，下官且去點完米船，還須作速趕回。（小旦）這如何使得？（生）你不曉得米船重去得不快，下官回來且過今晚，於明日駕小舟趕去，尚不爲遲。（起身介，向末介）你可吩咐把門的，四明山和尚到來，叫在外廂略住，等老爺回衙接見。（末）知道了。（生）叫外班伺候！（内作喝道聲，生下，末隨下）（丑）夫人這裏倒也清净，坐坐去罷。（旦）也好。（坐介）（丑）夫人你看這皂莢樹邊一個青鳥，樹上下來一個白鴿，好似相認模樣，一齊飛去了。（外扮布袋和尚上）官府不在家裏，内外人役吃酒賭錢，連把門的人也都没有，無人通報，只可逕入。（見介）（外）夫人！（相揖介）（小旦）倒也來得恁般容易。（外）夫人的病把不得速好，所以急急走來。（小旦）請坐。（對坐介，丑作驚介)個是那裏説起。(小旦)一路而來,得毋饑渴,備有酒肴在此,取來共飲如何?(外)甚好。(小旦)梅香進酒。(丑背介)完哉。(作送酒介)(外、小旦合唱)玉液瓊漿,心脾沁入神和暢。(小旦)天色已晚,梅香點燈來。(丑背介)益發完了。(作上燈介)(外、小旦合)請。(唱)病葉狂花,世人沉酒成魔障。(雜扮二卒持燈導生、末隨上,作叫門介)開宅門,老爺回來了。(副淨扮管門家人上)回阿叔,叫老爺不要進去了罷?(末)什麽話?(副淨)個裏慢些子進去也好。(末)你敢是吃醉了酒麽?(副淨)個裏我勿管,憑你進來就是。(作開門介,生驚介,手指外介)呀!你你你!(作氣倒介,末叫介)(外、小旦合唱)猛看是占住風流,只算得當仁不讓。(外趨下)(小旦)相公!(作與末共扶生起坐介,生睁目視小旦介)你咳!(作跌足介)(小旦)相公,却是爲何?(生向末介)快將這賊和尚拿住。(末)已走了。(小旦)甚麽和尚?(末)適纔這裏飲酒的。(小旦)我與老爺兩個人在此對飲,那裏得和尚來!(生)你分明與和尚對飲,怎説没有?(小旦)嗳,相公嗄!(唱)你難道不把我生平諒,怎把我當這個輕狂樣。(生)你今番却用不著這些道學話了!(小旦)霎時間頓起疑猜,平地裏這般毁謗。(向末介)你與老爺幾時來的?(末)纔到。(小旦)哦!我曉得了。一定是,(唱)一定是那没來由的和尚,把從前教你的妖法,試演在奴身上。相公,我原説這個和尚不是好人,果然如此作怪,幸是我未被污辱。相公還可將就,孽自由作,埋怨誰來,請相公遮蓋些罷。(生低頭介,忽作起立向末介)快傳外班,我先打死這些把門的狗才。(小旦)相公,又來了[2]。你不要遷怒於人,那妖人自有妖術隱形變相,何所不能,豈是衆人耳目稽譽得到的嗄!(唱)他神通定是無方,教肉眼如何相向。(作回頭向生笑介下,丑同下,生只低頭介,副淨扮管門家人上)老爺,適纔頭役來禀[3],米船下江,恰遇順風,老爺若到明日起身,就趕不上了,快請出城。(生)也罷。再作理會罷!(下,末、副淨俱下)

校記

[1] 壩口:"壩"字,底本作"灞",今據文意改。下同。
[2] 又來了:"了"字下,底本有一"了"字。今據文意删。
[3] 適纔頭役來禀:"適纔"二字下,底本有一"役"字,今據文意删。

第十四齣　神　護

（副净扮盜漁裝持棒，後一人持槳作搖船狀，雜扮盜，後一人扮演如前，净扮浪裏白跳持雙斧，後一人持槳各尾連齊上）（合）頭腦諢名浪裏白，看見商船活嚇殺。怕是官兵假裝來，個個拿去都喀喇喀喇。（净）衆兄弟，這兩日買賣做不得了，來來往往的商船都是官兵妝扮的，不如尋個懸山，暫躲幾時纔好。（副净）呸！不要倒了自己志氣，官兵也是個人，那裏怕得些這許多。（雜）你不要在這裏說大話，近日的官兵豈可惹得？（持槳一人舉手作指介）你們各船，大家看來，那邊有幾隻挂旗號的船，莫不是官兵來了麼？（副净作望介）阿喲！（作跌倒介）（雜）好不中用的東西，偏會夸口。（副净作立起介）什麼話？我是東北風來得緊，一陣寒戰跌倒的，難道是怕他！你們若不信，我就先，（衆）先什麼？（副净）先開船逃走。（雜）大哥，依我看來官兵扮的商船，從來沒有旗號；那些打旗號的船，倒怕是商船假扮的。放心可去打劫。（衆）不差。一齊放近去罷。（作圈行介，生便服末前引後二人持槳上，净喝介）甚麼貨？快與我留下！（生）下官軍餉到此，你們這班狗賊，焉敢阻截官船？（净）兄弟們不要管他，這米是我們極要緊的，且把這些人拿住，連船帶去，問個明白。若果是官船，明日放他過去不遲。（衆應介，作跳過船介，把生船裏人都捆縛介）（净）開到那邊去。（各搖船作喊聲介，雜扮雷公、電母、風伯、雨師作圈行一轉下）（衆）不好了，風頭掉轉了！（净）你們放心。你看上面有個青鳥兒張着兩個翼子，端然不動，可知高處無風，風不高勢必不久，且各把風帆放活，順風而行。（衆行介，内作風雷雜聲介，衆作浪中搖擺介，各作吐介，作一齊跌倒船仲介）（生）你看那些强盗吐得一個個昏迷倒卧了，敢是天助我成功？（向各船問介）我們一干人都蘇醒麼？（各應介）老爺怎麼處？（生）好了，和尚傳得我幾個法術，今日倒有用處。（作口中喃喃介）（高喝介）疾！（作兩手縛索自解一齊教開介）妙嘎！（又把末縛索解放介）你快過去別船，將我這裏一干人都去放開索子，趁這班强盗昏迷，一齊縛起來，個個丢在艙板底下，用釘釘住不教他醒來走脫一個。（末應作過船介，各放縛介）

（生唱）我這裏正叫奈何天，他那裏竟入迷魂陣。不是天助的威靈，怎得收捕個盡净。

（末、二卒各將强盗挨次捆縛作推在艙底介，蓋板介，用釘介）（生）這遭好了,你看風雷已定,浪靜天開,那邊隱隱有崖岸出來了,各船就向此儱去。(內作吹打聲,卒稟介)老爺,前面吹打的地方,恰正是節度大老爺駐扎所在。(生)這也湊巧,快攏去。(卒)到了。(生)你們把糧船帶作一幫,賊船帶作一幫,好生看守。我上崖先去稟知。(眾應下,生作上崖介,末隨行介)此間已是節度使中軍,老爺少住,待老奴去看來。(淨扮中軍官上)得,探頭探腦看那一個?(末跪稟介)上虞縣劉老爺解餉,順道拿得三百名強盜,盜船二十只在此,要稟見節度大老爺的。(淨)快請。(相揖介)(淨)恭喜老先生,這個功勞不少了!(生)豈敢,就煩通報。(淨)大老爺三日前受了暑氣,不能會客,待下官先去稟過就是。(生)如此有個手本在此,還有各處解到米石數目册子,並強盜船隻人數清單,都煩轉達。(作遞與淨介,淨接下,生向末介)院公我是不會說謊的,大老爺問起我們人少,強盜人多,如何拿住,該是怎麼登答?(末)老爺本來曉些法術,說是天兵天將拿住的,也弄不得撒謊。(淨上)劉老先生恭喜,大老爺看過尊摺,十分快活,即刻飛差上奏朝廷,教老先生在此少住,等候朝廷命下,然後回衙,今日不能相見,明日另請。(生)有勞了。請。(下,末、淨俱下)

第十五齣　衝　衙

(淨扮中軍官上)俺荆州節度使麾下,一個中軍官是也。昨日聖旨下來,道上虞縣令拿獲海盜三百名,不糜一餉,不折一兵,褒厥奇功,應予重爵,就命劉大老爺爲荆揚節度使,暫且駐扎越州,以靖餘氛。今早已接過印了,大老爺吩咐各將官帶領軍士,俱在馬頭伺候,即日就要起身回署。那邊喝道鳴鑼,想是大老爺來了!(生蟒服冠帶,雜扮四將士執旗,小生扮中軍官捧印篆,淨取令箭架捧着,同作引導上)(生)眾將官,就此起馬。(合唱)

【胡搗練】被殊恩,開新第,不負生平懷利濟。荆揚節度打頭銜,戎馬倉皇回舊署。(作圈行介,從臺後一統在上,末上作跪迎介,起爲生接鞭介,淨、小生各將印篆同前放在公案介)(生)已到衙門,眾將俱退。(眾下,生作進內介,末爲生更服介,小旦上,小生扮公子隨後各作見揖介)(小旦)恭喜相公。(生)此番成功,却有神助,下官只算得僥幸而已。(坐介,生作面向別處介)(小旦)請問相公,高官顯爵,豈爲不美。今日反別,似別有心事,却是爲何?(生睜目看小旦介,又作低頭介)咳!(小旦)是了[1]。(唱)想是你把從前眼花,竟作你胸中芥蒂。難道我和你做夫妻已經十年有餘,竟是這等相信不過麼？（生）正是，知面不知心。（小旦）噯！（唱）你爲何不庸德之行，却被個攻異端之害。這妖僧却是你自己引進來的，我不來埋怨你，亦盡够了！（小生）爹媽不要愁煩。（末）大老爺這事只可涵疑罷！（作指小旦介）（唱）夫人呵，本是女中學士，（又指生介）（唱）老爺呵，你何必推求詳細。（又指小生介）（唱）你看那大相公昂昂志氣，怎當得被人譏議。

（外扮布袋和尚，雜扮小沙彌四人各接短棒急衝上）（外）打進宅門。（生驚介）（外）今日與你見個分明。（作負背小旦走介，生、末、小生俱作奪介，外急下，四沙彌作攔阻介，將各人推倒介，亦下，各起介）（生）氣死我也！（向末介）你可快傳衆將，各點本營人馬，分路追趕，倘追不着，都往四明山會齊，本帥自領一千軍人馬直上四明山，快去。（末應下，小生作哭介）（生）孩兒，你也同去罷。（頓足介）呀！不殺死那個妖僧，誓不再還。（雜扮四軍卒執旗上）請大老爺起馬！（生）（作執鞭上馬介，衆喝道介）

校記

[1] 是了："是"字上，還有一"是"，衍。今删。

第十六齣　燒　　山

（場上設藍色帳幔，小旦道裝，外隨後同上）（小旦）三十載紅塵，（外）今日始歸清净。（小旦）四面人馬喧呼，想是劉郎來也！（外）和你到高坡上等他罷。（內鼓吹作登榭臺，各立幔上，望介，從幔後暗下，內作生喊介）衆將官，與我團團圍住此山者。（雜扮四將導引，生戎裝介）（合唱）

【謁金門】繚如垣，不留一個逃門。縱然四足也難奔，怕他何處蹲。（生）這林子裏還有個巖洞，先與我搜來。（衆應介）（生唱）搗他巢穴有何言。（衆上作摇手介）沒有沒有。（生唱）狡兔偏營三窟存。再繞過别處，（衆作喊介，圈行一轉介）（生）那旁不是個山洞末？也去搜來。（衆應下）（生唱）不似浮雲本無常。（衆作上，作摇手上介）那旁名喚潺湲洞，裏面水泉噴湧，進去不得。（生唱）豈如柳絮竟無根，再繞過别處。（衆作喊應圈行一轉介，小旦、外暗上幔後，外作呵呵笑聲介，生仰看介）這上面兀的不是人聲？（衆）四面都是峭壁，那裏得有人上得去。（外高立幔上介）爲什麽上不得？（生）呀！正在這裏。（作仰面指介）你這妖秃顱！（唱）敗壞綱常邪孽障。（外）三教總是一家，何分彼此。（生）住口。（唱）昧心胡亂敢圖婚。（外）佛法色即是空，誰要你的夫人。（生）你還要混賴麼？（唱）夫人被你全迷惑，（外）夫人現在，叫他出來，你領了去就是。（小旦高立幔上介）嗄！相公。（生作拭淚介）（唱）真是前生凤世冤，（小旦）相公何必如此煩惱。（生唱）可惱那狂僧無理。（小旦）這和尚却有根氣。（生唱）不過是野魅山猿。（小旦）這所在甚有樂處？（生）嗳！（唱）分明是自尋死路。（小旦作轉身入內介，生向東一望介，又向西一望介，作兩脚飛跳介）軍士們快與我叠起柴樓，火燒此山者。（衆）得令。（下，向後一繞，各揚火光上，放火介）（生唱）好教你玉石俱焚。（旦立幔上介）相公，這火倒也燒得好看，只是不中用[1]。（作舉扇一拂介）（生）呀！遍山火焰，被他霎時扇滅。這有怎處？是了。軍士們，與我駕搭雲梯，直取此二人者。（衆）得令。（下，向臺後一繞各揚片板上）（生）就架起來。（唱）架就雲梯一直上，何須蘿葛苦攀援。（衆用桌子將板片擱起一頭介）稟老爺，雲梯已就。（生）並力殺上者。（衆作圈行喊介，生向雲梯朝上介，內作虎聲介，虎跳躍桌上作威介，生大喝介，虎作踢介，生又朝上介，虎又作威介，生又大喝介，虎又踢介，衆喊介，小旦出立幔上作笑介）相公，這一個小虫，就降他不下，你且看者？（唱）學了小術終無用，武藝應推我姓樊。（作放下一條帶子向虎頭環繞，虎自縛介，生作呆視介，旦牽住帶子曳虎下，旦亦暗下，生作左右望，旦不見介，外立幔上介）貴人不要爲了我和尚，辜負你夫人這段美意，我當去也。（作解下布袋向前一拂介，暗下，衆驚介，各仰指介）（合唱）忽就直入雲霄裏。你看這個和尚騎一隻白鶴，竟向空中飛去了。（生作呆介）這也太作怪了！（唱）白鷺騎處自翩翻。天色已晚，軍士們且與我圍住此山。明日理會者。（下，衆作喊聲隨下）

校記

[1] 中用："中"字，底本作"終"，今據文意改。

第十七齣　昇　榭

（小旦上）此事如看新戲，不到盡頭誰知根底。我今日說與人詳細，昨日劉郎打山十分火氣，經我幾番挫折，漸已擺脫。今日再來只須略加指點，自然了了。不免等候則個。（作登榭介，內鼓吹）你看劉郎來也。

（唱）仙人都是凡人做，只怕凡人心不堅。（生便服，雜扮二將引前，小生、末隨後同上）（生唱）昨朝攻打全無益，（合唱）今日還來仔細看。（小生作仰頭見旦介，急向前跪介）哎哟！母親。你怎生撇得下孩兒？（作哭介）（小旦）兒嗄！我怎捨得撇你！（生）可笑，還說不是撇他。（小旦）相公，你不要還是癡迷，世上那有不撇兒子的父母？（生）那有似你這樣撇法的？（小旦）這個撇法不是我新造的樣兒，當初若由着相公做去，這孩兒只怕早已撇去多時了。（唱）你如何昧却從前願。（生）我今日方知夙世緣。卑人直是懵懂一世，還望夫人指引。（小旦）你既了然，可直上來此。（生）這樣峭壁如何得上？（小旦）那旁有皂荚樹，昨日還未被燒。你若能攀藤附枝上得數丈，我便當接引也。（生）敢不勉力。（作挈衣欲上介，小生、末同作扯住介，小生作拭淚介）爹爹真個也要撇去孩兒麼？（末）老爺還須照管小官人纔是。（生）你們那裏曉得，我只爲（撇手介，作攀樹介）（唱）我只爲道心未固多魔障，幸得夫人導我先。

（作漸向高處介，小旦引手同登介，小生仰頭跪哭介）（小旦）孩兒不要如此，聽我道來，我本是王母瑤池玉女，因參釋迦世尊得成正果，爲了你劉家世代積善，發願下凡，來超度你爹爹。這布袋和尚，原是鶴林寺一個彌勒佛，多虧相助，幸得成功。今已門庭光大，令緒綿延，只要你不忘祖德，克紹家聲，便不枉我這點苦心了。（生）孩兒你聽者，我本是個癡呆，蒙仙佛超度，也只因是癡呆，未漓真性，可以得受光明。世上人有幾分聰明，被這聰明誤的盡多。你可牢牢記着。（小生）孩兒都知道了，只是孩兒年紀尚少，依着誰來。（生、小旦合）你可放心，你外祖公、祖母年壽正長，可去接來同住。我等去也！（衆作望不見介，小生拜，末亦拜，二將官俱拜）（小生）院公，老爺夫人這個地位原是世上求不到的，只是我們怎麼處？（二將作齊聲介）小官人不必憂慮，朝廷原有故事，凡節度使有功德於民者，許所屬官吏人民等，保請立後，吾等即速奏知朝廷，立小官人爲後便了。天色不早，便請下山。（小生）是。（下，衆俱下）

第十八齣　表　樹

（場上設藍幔帳，小生巾服、末隨上）（小生）富貴神仙，憑我雙親占遍。（坐介）小生劉餘慶，父親官拜荆揚節度使[1]，積有勳勞，只爲母親樊夫人夙悟元機，飛陞白日，父親因之相從學道。荆揚將吏人民不忘舊德，奏留小生爲後。昨聞京報，已蒙朝廷准奏，特遣内官齎詔前來，早晚間想是可到？（向末介）院公預備香案伺候。（末）曉得。（内叫介）聖旨下！（末禀介）聖旨到了，快換冠帶出迎。（作換冠帶，雜扮文官二人，武將二人導引，老旦扮太監，後隨二卒抬匾額上）（老旦）聖旨下！（小生跪迎介，末隨後、四將吏俱跪介，老旦轉過上面居中立介，小生、四將吏隨進俱跪介，老旦宣讀介）皇帝詔曰：民不能忘厥勳，乃懋賞延於世，爲報斯隆，荊揚節度使劉綱本屬儒官，出薦縣令，功成海島，爵列藩垣。因妻樊氏夙具仙根，偕入名山誕登道岸，遺愛在人，僉謀立後，萬章可率，允許褒功，特命餘慶襲荊揚節度之職，並賜樊氏建四明仙樹之坊，欽此，謝恩。（小生、雜合）萬歲！萬萬歲！（起介，小生接過聖旨轉遞末介）香案供奉。（揖謝老旦介）有勞公公！（老旦）髫年襲職，世間罕有，可喜可賀。聖上聽知，尊太夫人之事，十分欣賞，大爲贊嘆。這樊樹匾額，命咱家親送四明山並着繪圖山景遞呈。聖旨不可遲慢，何不就此同行。（小生向末介）即傳知文武將吏，護送欽賜匾額前往四明山者。（末）曉得。（小生）吩咐打道。（雜扮持旗輪，四執事人喝道介，小生、老旦、四將吏俱作上馬介）（合唱）

　　【鎖南枝】龍章下，鳳語宣，夸獎的是一段奇緣。（作圈行從臺後繞上）（合唱）留迹在凌烟，翻身入洞天。（下馬介）（老旦）妙嘎！洞天福地，名不虛傳。（二卒作懸遞額介，小生拜，四將吏隨拜）（老旦）咱家也要瞻仰！（小生）豈敢。（老旦）不得逆辭。（拜介）並蒂千秋，流芳百世。（小生偏旁陪拜介）一人有慶，萬代蒙恩。（各起介）（老旦）九題名本謝遺塵。（小生）荊樹誰能更問津。（雜）信得諸般情偶爾。（合）直教幻處總成真。（作起身圈行介）（合唱）真富貴，活神仙。人人羨，處處傳。（小生、老旦、末先下，衆作好勇喧呼聲，後場大擂下，吹俱下）

校記

［1］荊揚："揚"字，底本作"陽"。今依前文改。下同。

今存劇目

銅　雀　臺

李　玉　撰

　　李玉(1591？—1671？)，字玄玉，一作元玉，號蘇門嘯侶。蘇州吳縣(今江蘇蘇州市)人。所居曰一笠庵，故稱"一笠庵主人"。其生平資料甚少，據吳偉業《北詞廣正譜序》云，李玉好學多才，精通音律。明末，中副榜舉人，明亡，絶意仕進，專事戲曲劇作。著作甚多，總稱《一笠庵傳奇》，約有 30 種。又匯集編定《北詞廣正譜》。劇本佚。《傳奇匯考標目》别本著録。《傳奇匯考標目》《曲録》，俱入無名氏目。劇本敷演故事，當與宋元戲文《銅雀妓》、明無名氏雜劇《銅雀春深》爲同一題材。

小　桃　園

劉晉充　撰

　　劉晉充，名方，江蘇吳縣人。生平事迹不詳。劇本佚。清高奕《新傳奇品》《傳奇匯考標目》著録。《重訂曲海總目》《曲目新編》《今樂考證》著録，俱題《小桃園》。劇寫蜀漢君臣後裔劉淵(北地王子)、諸葛宣於(亮孫)、關瑾(羽孫)、張賓(飛孫)、趙勃(雲孫)、姜發(維孫)六人於霍州龍吟山小桃園結議，起兵滅晉，復興漢室。本事出於明酉陽野史撰《續編三國志後傳》。元刊《三國志平話》寫鄧艾滅蜀時"走了漢帝外孫劉淵，投北去了"，而後劉淵還自稱"吾乃漢之外甥，舅氏被晉氏所虜，吾何不與報讐"，追尊劉禪爲孝懷皇帝。並且最終漢兵讐晉懷帝，"殺而祭於劉禪之廟"。

後琵琶記

顧彩 撰

　　顧彩,字天石,號補齋,一號夢鶴居士,江蘇無錫人。生卒年不詳。七歲即能詩,十二歲匯之成集。仕至内閣中書。有異才,名聞都下。善度曲,或云所著傳奇數十種,然多不傳。《傳奇匯考標目》著錄此劇,《曲錄》亦著錄。劇事疑與曹寅傳奇《續琵琶》同。參見《續琵琶》解題。

七步吟

劉百章 撰

　　劉百章,字景賢,原籍浙江樂昌,世居江蘇吳縣。生平事迹不詳。撰有傳奇 13 種。今存《摘星樓》《瓦崗寨》《翻天印》3 種。《傳奇匯考標目》著錄《七步吟》署劉百章撰。劇寫曹植七步成章事。劇本佚。

古城記

無名氏 撰

　　劇本存佚不詳。《重訂曲海總目》著錄此劇,入清無名氏"詞曲庸劣,而無姓名者"類。《曲目新編》《今樂考證》均入清傳奇"詞曲劣,無姓名可考者,皆抄本"之屬。《今樂考證》此劇下注云:"非古本,並異田九峰作。"由此可知《古城記》有同名三本:一爲"古本",即明無名氏所撰本;二爲清容美田九峰《三弄》之一"本;三爲此清無名氏"詞曲劣"本。劇本當寫劉、關、張徐州失散後,關羽護嫂降曹,義勇辭金,五關斬將,斬蔡陽,而至古城聚義。

古　城　記

容美田　撰

　　容美田，即田舜年，字眉生，號九峰，湖北容美（今鶴峰）人。官容美宣慰史。工詩文，喜戲曲，著有《田氏一家言》、《容陽世述錄》、傳奇《九峰三弄》。《今樂考證》著錄此劇，下注云："爲美田《九峰三弄》之一，與古本異。"劇事當演關羽與劉、張相聚古城事。劇本佚。

桃　園　記

雲槎外史　撰

　　雲槎外史，姓名、字號、里居皆未詳。莊一拂《古典戲曲存目匯考》在下編傳奇、清代作品中著錄，題《桃園記》，署雲槎外史撰。云："此戲未見著錄。《三國志》戲曲中首有《桃園記》，係明初戲文。不知此記所叙同否？佚。"陳翔華《三國故事戲考略》（載《三國演義縱論》）云："以上清傳奇三國戲二十四種。此外，日本藏雲槎外史傳奇《桃園記》刻本，不知其題材與明傳奇《桃園記》相同否？"此劇僅知此情。待考。

斬　五　將

鳳凰臺上憶吹簫人　撰

　　鳳凰臺上憶吹簫人，河北滄州人，姓名，字號、生平不詳。劇本佚。《傳奇匯考標目》別本著錄此劇。劇寫趙雲英雄不減當年，在鳳鳴山斬殺韓德父子五將。陳翔華《明清三國戲考略》在《斬五將》條中說："疑演關羽事。參見《三國志通俗演義》卷六《關雲長五關斬將》。按小說云'五關斬將'此劇名疑訛。"陶君起《京劇劇目初探》中提及《鳳鳴關》時，即明確謂"一名《斬五將》"，與《三國志通俗演義》所寫趙雲之事相同。顯然，此劇當演趙雲事。

八陣圖

無名氏　撰

《傳奇匯考標目》著錄此劇。劇寫諸葛亮石伏陸遜事。劇本佚。

龍鳳衫

石子斐　撰

石子斐，字成章，紹興（今屬浙江）人。生平事迹不詳。所作傳奇，今知有《正昭陽》《大造化》《龍鳳衫》《鎮關山》四種，前兩種今存。劇本佚。《傳奇匯考》《曲錄》著錄，題《龍鳳山》。《曲海總目提要補編》作《龍鳳衫》。劇演司馬師兄弟圖魏，乃爲曹操篡逆之報。以魏帝裂所着龍鳳衫，書血詔命討司馬師、司馬昭。參見《曲海總目提要補編》。

青鋼嘯

無名氏　撰

《曲海總目提要》卷十四載有《青鋼嘯》。劇演馬超事，"馬超欲殺曹操，故劍鋒嘯躍。操爲超軍所逼，至割鬚棄袍。蓋原本《三國演義》，非事實也"（《曲海總目提要》）。劇本佚。

三 虎 賺

無名氏　撰

　　《傳奇匯考》記載，《曲海總目提要》卷四十一依《傳奇匯考》記載《三虎賺》條目。劇演趙岐受權宦唐衡迫害，夫妻父子離合事，乃本《後漢書·趙岐傳》緣飾成之。劇中謂曹操官太原府刺史，與唐衡係世戚，受衡兄玹之密囑，特疏參趙岐。後趙岐自首投到，曹操即奏聞，將處決，而三俠士扮虎救之（故此劇名《三虎賺》）。趙岐子壁擊殺張角，爲黃巾軍眾推軍主，困曹操於山谷內，曹操無奈，乃請旨誅唐衡。

　　按：《後漢書·趙岐傳》載趙岐避禍與家屬受害事，發生在漢桓帝延熹元年（158），其時曹操方四歲，且操亦不曾居官太原府刺史。故《曲海總目提要》云：此劇"借正史姓名點綴，其事無所據"。又，《提要》編者注云"劇本緣飾成之，傳中無子壁及與孫嵩作姻事，想當然耳，司禮監封侯，以假冒。邊功倍贪緣侯爵等語，似指天啟時魏良卿事。當暗有所託也"。

　　《傳奇匯考》《曲海總目提要》皆未言明此劇時代，陳翔華《三國故事戲考略》（載《三國演義縱論》）將其歸入清代傳奇之列，暫從此。

○ 胡世厚　主編

○ 校理　胡世厚　衛紹生

第三卷　清代雜劇傳奇卷（下）

三國戲曲集成

元代卷	胡世厚　校理
明代卷	楊　波　校理
清代雜劇傳奇卷（上下）	胡世厚　衛紹生　校理
清代花部卷	衛紹生　楊　波　胡世厚　校理
晚清昆曲京劇卷	胡世厚　校理
現代京劇卷（上中下）	胡世厚　校理
山西地方戲卷	王增斌　田同旭　啜希忱　校理
當代卷（上下）	胡世厚　校理

《三國戲曲集成》編委會

顧　問　劉世德

主　任　胡世厚

副主任　范光耀　關四平　鄭鐵生　衛紹生　張蕊青

委　員　（按姓氏筆畫排列）

　　　　王增斌　毛小曼　田同旭　啜希忱　康守勤

　　　　張競雄　楊　波　趙　青　劉永成

主　編　胡世厚

◎清戲畫《捉放》◎
選自《中國戲劇圖史》

◎清宮戲畫 《轅門射戟》◎
選自《中國戲劇圖史》

◎清宮戲畫 《白門樓》◎
選自《中國戲劇圖史》

◎清宮戲畫《黃河樓》◎
選自《中國戲劇圖史》

◎清宫戏画 《过巴州》◎
选自《中国戏剧图史》

◎清宮戲畫《陽平關》◎
選自《中國戲劇圖史》

◎清宮戲畫 《鳳鳴關》◎
選自《中國戲劇圖史》

◎清宮戲畫 《罵曹》◎
選自《中國戲劇圖史》

◎清宮戲畫 《讓成都》◎
選自《中國戲劇圖史》

◎清宮戲畫 《戰北原》◎
選自《中國戲劇圖史》

◎戲圖 《定軍山·劉備》◎
選自《清昇平署戲裝扮像譜》

◎戲圖 《定軍山・劉封》◎
選自《清昇平署戲裝扮像譜》

◎戲圖 《定軍山·諸葛亮》◎
選自《清昇平署戲裝扮像譜》

◎戲圖《定軍山·黃忠》◎
選自《清昇平署戲裝扮像譜》

◎戲圖 《定軍山·嚴顏》◎
選自《清昇平署戲裝扮像譜》

◎戲圖《定軍山·夏侯尚》◎
選自《清昇平署戲裝扮像譜》

◎戲圖《定軍山·張郃》◎
選自《清昇平署戲裝扮像譜》

◎戲圖《定軍山·夏侯淵》◎
選自《清昇平署戲裝扮像譜》

◎近代戲畫 《古城會·關雲長》◎
選自河南朱仙鎮年畫

◎近代戲畫 《古城會·蔡陽》◎
選自河南朱仙鎮年畫

◎近代戲畫 《古城會·張飛》◎
選自河南朱仙鎮年畫

◎清戲畫《長坂坡》◎
選自河南朱仙鎮年畫

第六齣 關夫子夜看春秋

淨扮關公上白

豪傑英雄為丈夫通文會武學孫吳有朝大展擎天手要把皇家社稷扶俺關某字雲長乃蒲州解梁人也教讀詩書文通孔孟武諳孫吳今日閒暇不免將春秋觀看一番唱

【仙呂調套曲】【點絳唇】看魯史春秋句孔文左傳句為褒貶句奸佞忠良韻正直無偏向韻

【仙呂調套曲】【混江龍】自古來忠臣良將韻丹心耿耿氣昂昂韻

◎書影　乾隆本《鼎峙春秋》◎

◎書影　嘉慶本《鼎峙春秋》◎

鼎峙春秋 第五本 卷下

三出 子龍大戰

雜扮八軍卒各戴馬夫巾穿箭袖卒褂執旗雜扮八
將官各戴打伏盔穿打伏甲持鎗衆扮李典樂進張遼
各戴盔紮靠持兵器引爭扮曹操戴嵌龍幞頭穿蟒束
玉帶佩印綬從上場門上唱

【黃鍾調
合套】
【醉花陰】獨擅兵符威風遠韻掃諸鎮羣雄誓前韻蔣韻功
假過霍伊前韻竊賢名圖霸鷹鸇韻場上設高臺椅曹操陞

弋

鼎峙春秋第五本卷下

四出 荊州見表

雜扮八將官各戴大頁巾穿箭袖排穗佩刀衆扮趲
越伊籍朱暉文聘丐巽王威蔡瑁劉先各戴紗帽穿圓領
束帶引生扮劉表戴盔翅紗帽穿蟒束玉帶從上塲
門上唱

中呂
宮引　粉蝶兒　坐守荊襄句無才幾番相哂韻嘆風塵
國士誰人韻世途艱句功業少句壯懷難盡韻撫軍

◎書影　嘉慶本《鼎峙春秋》弋陽腔演唱◎

◎書影　嘉慶本《鼎峙春秋》曲譜◎
選自《故宮珍本叢刊》

鼎峙春秋 頭本

今日使紅龙桌椅 藍布桌椅 彈墨桌帳

題本 一出 宣揚德化

三十六灵官 金鐃
靚虎
十六天王
八比邱尼 八富貴花
八揭諦

十八羅漢 佛塵
三十二云使 小云
部
十六天龍
十六菩薩
八童子 金炉

阿难
如来
哭菩薩
迦葉

天井安出彩蓮花座 萬國咸寧匾

八闹場官 八耷儿 如意
二出 開道家門
三出 偹議投軍

刘偹 四院子
四梅香 糜氏
甘氏
四出 黃巾作乱
張漫成 彭脫 短把子
波才 卜己 短把子

◎書影 嘉慶本《鼎峙春秋》提綱◎
選自《故宮珍本叢刊》

傳奇・鼎崎春秋

目　　　録

解題	⋯⋯⋯⋯⋯⋯⋯⋯⋯⋯⋯⋯⋯⋯⋯⋯⋯⋯⋯⋯⋯⋯⋯⋯⋯⋯⋯⋯⋯⋯⋯⋯⋯⋯	781
第一本（上）	⋯⋯⋯⋯⋯⋯⋯⋯⋯⋯⋯⋯⋯⋯⋯⋯⋯⋯⋯⋯⋯⋯⋯⋯⋯⋯⋯⋯⋯	782
第 一 齣　五色雲降書呈瑞	⋯⋯⋯⋯⋯⋯⋯⋯⋯⋯⋯⋯⋯⋯⋯⋯⋯⋯	782
第 二 齣　三分鼎演義提綱	⋯⋯⋯⋯⋯⋯⋯⋯⋯⋯⋯⋯⋯⋯⋯⋯⋯⋯	783
第 三 齣　樓桑村帝子潛蹤	⋯⋯⋯⋯⋯⋯⋯⋯⋯⋯⋯⋯⋯⋯⋯⋯⋯⋯	784
第 四 齣　涿鹿郡妖人爲暴	⋯⋯⋯⋯⋯⋯⋯⋯⋯⋯⋯⋯⋯⋯⋯⋯⋯⋯	786
第 五 齣　韓秀才時行祭掃	⋯⋯⋯⋯⋯⋯⋯⋯⋯⋯⋯⋯⋯⋯⋯⋯⋯⋯	787
第 六 齣　關夫子夜看《春秋》	⋯⋯⋯⋯⋯⋯⋯⋯⋯⋯⋯⋯⋯⋯⋯⋯	789
第 七 齣　萍蹤合酒肆訂交	⋯⋯⋯⋯⋯⋯⋯⋯⋯⋯⋯⋯⋯⋯⋯⋯⋯⋯	792
第 八 齣　蘭契投桃園結義	⋯⋯⋯⋯⋯⋯⋯⋯⋯⋯⋯⋯⋯⋯⋯⋯⋯⋯	794
第 九 齣　兩叔侄新聯玉牒	⋯⋯⋯⋯⋯⋯⋯⋯⋯⋯⋯⋯⋯⋯⋯⋯⋯⋯	795
第 十 齣　三兄弟大破黄巾	⋯⋯⋯⋯⋯⋯⋯⋯⋯⋯⋯⋯⋯⋯⋯⋯⋯⋯	797
第十一齣　劉玄德作尉安喜	⋯⋯⋯⋯⋯⋯⋯⋯⋯⋯⋯⋯⋯⋯⋯⋯⋯⋯	799
第十二齣　丁建陽起兵邠州	⋯⋯⋯⋯⋯⋯⋯⋯⋯⋯⋯⋯⋯⋯⋯⋯⋯⋯	801
第一本（下）	⋯⋯⋯⋯⋯⋯⋯⋯⋯⋯⋯⋯⋯⋯⋯⋯⋯⋯⋯⋯⋯⋯⋯⋯⋯⋯⋯⋯⋯	802
第十三齣　議廢立董卓不臣	⋯⋯⋯⋯⋯⋯⋯⋯⋯⋯⋯⋯⋯⋯⋯⋯⋯⋯	802
第十四齣　利金珠奉先背主	⋯⋯⋯⋯⋯⋯⋯⋯⋯⋯⋯⋯⋯⋯⋯⋯⋯⋯	805
第十五齣　托乾兒丁原授首	⋯⋯⋯⋯⋯⋯⋯⋯⋯⋯⋯⋯⋯⋯⋯⋯⋯⋯	807
第十六齣　拜義父吕布封侯	⋯⋯⋯⋯⋯⋯⋯⋯⋯⋯⋯⋯⋯⋯⋯⋯⋯⋯	808
第十七齣　董太師元夜張燈	⋯⋯⋯⋯⋯⋯⋯⋯⋯⋯⋯⋯⋯⋯⋯⋯⋯⋯	810
第十八齣　王司徒私衙談劍	⋯⋯⋯⋯⋯⋯⋯⋯⋯⋯⋯⋯⋯⋯⋯⋯⋯⋯	811
第十九齣　計不成曹瞞走馬	⋯⋯⋯⋯⋯⋯⋯⋯⋯⋯⋯⋯⋯⋯⋯⋯⋯⋯	814
第二十齣　歌有習王允式環	⋯⋯⋯⋯⋯⋯⋯⋯⋯⋯⋯⋯⋯⋯⋯⋯⋯⋯	816
第廿一齣　鞭督郵縣尉挂冠	⋯⋯⋯⋯⋯⋯⋯⋯⋯⋯⋯⋯⋯⋯⋯⋯⋯⋯	817
第廿二齣　會虎牢驍騎傳檄	⋯⋯⋯⋯⋯⋯⋯⋯⋯⋯⋯⋯⋯⋯⋯⋯⋯⋯	820
第廿三齣　抱忠憤獻血勤王	⋯⋯⋯⋯⋯⋯⋯⋯⋯⋯⋯⋯⋯⋯⋯⋯⋯⋯	822

第廿四齣	奮神威停杯斬將	824
第二本（上）		828
第 一 齣	中軍帳探子宣威	828
第 二 齣	虎牢關義師決勝	830
第 三 齣	呂布私收束髮冠	832
第 四 齣	貂蟬初試連環計	834
第 五 齣	貪美色中計納姬	838
第 六 齣	戀私情爭鋒擲戟	840
第 七 齣	吐真情虎賁助力	844
第 八 齣	傳假詔梟賊燃臍	846
第 九 齣	蔡邕感舊陷囹圄	849
第 十 齣	董祀乞骸歸窀穸	850
第十一齣	邀赦書餘孽稱兵	853
第十二齣	衛京城孤忠殉節	854
第二本（下）		858
第十三齣	掠兩都右賢獲艷	858
第十四齣	鼓三軍孟德勤王	860
第十五齣	瘈虎迎鑾幸許都	861
第十六齣	文姬止輦弔青冢	863
第十七齣	感同調明妃入夢	864
第十八齣	送人情曹操致書	866
第十九齣	尊有德陶謙讓州	866
第二十齣	進讒言侯成受責	868
第廿一齣	白門樓家奴就戮	870
第廿二齣	黃金殿皇叔承恩	872
第廿三齣	據江東兄終弟及	874
第廿四齣	獵許田君弱臣強	877
第三本（上）		879
第 一 齣	假小心聞雷失箸	879
第 二 齣	真大意縱虎歸山	881
第 三 齣	難追鐵甲三千騎	883
第 四 齣	密草椒房一尺書	883

第　五　齣	賜衣帶血詔潛投……………………………	885
第　六　齣	翊衮旐赤心共吐……………………………	888
第　七　齣	未將國賊頭瘋療……………………………	890
第　八　齣	忽把謀臣心病鈎……………………………	892
第　九　齣	抱忠憤誓死報君……………………………	893
第　十　齣	露姦情求生首主……………………………	895
第十一齣	謀泄兩損匡國命……………………………	897
第十二齣	痛深共起報讎兵……………………………	900

第三本（下）………………………………………………………… 902

第十三齣	誓中軍孤兒泣血……………………………	902
第十四齣	逢勍敵奸賊髡鬚……………………………	903
第十五齣	弱息一絲延嗣續……………………………	905
第十六齣	戰書三月下淮徐……………………………	907
第十七齣	莽張飛獻偷營計……………………………	908
第十八齣	假曹操看子夜書……………………………	909
第十九齣	游説客較短論長……………………………	911
第二十齣	秉燭人有一無二……………………………	914
第廿一齣	承燕會却物明心……………………………	918
第廿二齣	剖金魚兵資孤客……………………………	921
第廿三齣	宴銅雀頌起群僚……………………………	922

第四本（上）………………………………………………………… 925

第　一　齣	赤兔馬歸真主控……………………………	925
第　二　齣	青龍刀振壯夫殘……………………………	928
第　三　齣	翼德據城實作主……………………………	930
第　四　齣	子龍奪食弟逢兄……………………………	932
第　五　齣	挂印封金尋舊主……………………………	933
第　六　齣	紅袍藥酒餞賢侯……………………………	935
第　七　齣	邂逅莊翁書別贈……………………………	938
第　八　齣	隄防關將命輕捐……………………………	939
第　九　齣	净國寺借酒作刀……………………………	940
第　十　齣	滎陽關漏風熄火……………………………	942
第十一齣	棄盜投軍邪改正……………………………	943

第十二齣	閉城迫戰弟疑兄	945

第四本（下） …… 948

第十三齣	三度鼓停老將誅	948
第十四齣	一家人在古城聚	949
第十五齣	惇叙聯茵張綺席	951
第十六齣	避危匹馬躍檀溪	953
第十七齣	德操指引求名士	956
第十八齣	元直安排破敵軍	959
第十九齣	將計就計取樊城	961
第二十齣	知恩報恩薦諸葛	963
第廿一齣	知客來遊山先往	965
第廿二齣	求賢切踏雪重臨	966
第廿三齣	隆中振袂起耕夫	968
第廿四齣	席上裸衣充鼓吏	970

第五本（上） …… 974

第 一 齣	曹操遣將戰諸葛	974
第 二 齣	孔明派將敵曹兵	975
第 三 齣	入重地曹兵中計	976
第 四 齣	圖遠策徐庶招安	979
第 五 齣	兵分八路報讎來	980
第 六 齣	自率兆民逃難去	982
第 七 齣	戰長坂絕處逢生	987
第 八 齣	拒灞橋粗中有細	989
第 九 齣	曹操追兵遇伏歸	991
第 十 齣	趙雲懷主全身至	992
第十一齣	自稱王江東開宴	994
第十二齣	商拒敵夏口維舟	996

第五本（下） …… 998

第十三齣	戰群儒舌吐蓮花	998
第十四齣	激周郎詩歌銅雀	1001
第十五齣	激將乃遣將功	1004
第十六齣	醒人翻被醉人算	1006

第十七齣	江東計獻一雙環	1008
第十八齣	河北自輸十萬矢	1011
第十九齣	事可圖何妨肉苦	1014
第二十齣	風不便未免心憂	1017
第廿一齣	壇中可望不可攀	1019
第廿二齣	江上獨來還獨往	1021
第廿三齣	西北計成百道出	1022
第廿四齣	東南風動一軍滅	1023

第六本（上） …… 1026

第 一 齣	未可笑時偏發笑	1026
第 二 齣	絕無生處却逢生	1027
第 三 齣	據險要定策襲州	1029
第 四 齣	計久長拈鬮取郡	1033
第 五 齣	勸降不得自投降	1034
第 六 齣	計計却為人算計	1035
第 七 齣	老將甘為明聖用	1038
第 八 齣	軍師勸結晉秦歡	1040
第 九 齣	破浪來申繡褟盟	1042
第 十 齣	過江初試錦囊計	1044
第十一齣	巧冰人牽就婚姻	1045
第十二齣	老新郎順諧伉儷	1048

第六本（下） …… 1050

第十三齣	化鶴為人開覺路	1050
第十四齣	鳴笳送馬入天關	1052
第十五齣	第二錦囊謀去吳	1055
第十六齣	一雙美璧還歸趙	1057
第十七齣	兩挫屠龍射虎威	1061
第十八齣	重翻卷葉吹蘆調	1062
第十九齣	請伐虢舊計新施	1064
第二十齣	告伐川假言真聽	1065
第廿一齣	荊州城諸葛謀長	1066
第廿二齣	蘆花蕩周郎命短	1067

第廿三齣	哀動吳員皆服罪	1069
第廿四齣	思圖蜀地大興妖	1071

第七本（上） …… 1073

第 一 齣	遣張松許都說曹	1073
第 二 齣	屈龐統耒陽涖任	1074
第 三 齣	嫉賢能曹操焚書	1075
第 四 齣	示威武張松肆謗	1076
第 五 齣	片言折獄服張飛	1078
第 六 齣	屈己下賢尊龐統	1082
第 七 齣	禮別駕誠心獻圖	1084
第 八 齣	見同僚私意謀主	1086
第 九 齣	入西川情同雁序	1087
第 十 齣	開東閣宴比鴻門	1088
第十一齣	趙子龍奮身救主	1090
第十二齣	龐士元定計圖川	1092

第七本（下） …… 1094

第十三齣	葭萌關蜀將遭誅	1094
第十四齣	落鳳坡軍師著箭	1095
第十五齣	一夜觀星哭鳳雛	1099
第十六齣	詰朝解印辭荊州	1100
第十七齣	釋嚴顏大得其力	1101
第十八齣	殺張任聿成厥名	1103
第十九齣	錦馬超失水暗投	1106
第二十齣	莽張飛燃火夜戰	1108
第廿一齣	馬氏一心歸漢室	1110
第廿二齣	劉家五虎下西川	1113
第廿三齣	知時歸命求安逸	1115
第廿四齣	溯舊盟關公訓子	1117
第廿五齣	仗勢加封肆舞歌	1120

第八本（上） …… 1123

第 一 齣	赴單刀魯肅消魂	1123
第 二 齣	定蜀都群工勸進	1126

第　三　齣	允請郊天	1129
第　四　齣	西蜀正位	1129
第　五　齣	聖武式昭華夏震	1132
第　六　齣	王猷久塞九襄開	1132
第　七　齣	攻襄郡大隊奪門	1134
第　八　齣	救樊城小軍昇櫳	1136
第　九　齣	守樊士卒無生氣	1137
第　十　齣	昇櫳先鋒有死心	1139
第十一齣	暗傷毒矢迎頭發	1140
第十二齣	分痛楸枰對手談	1141

第八本（下） …… 1144

第十三齣	勝局全收一席談	1144
第十四齣	禍機先入三更夢	1145
第十五齣	老比邱玉泉點化	1147
第十六齣	紅護法貝闕朝天	1148
第十七齣	勢當全盛雠將復	1149
第十八齣	探得連營火可攻	1152
第十九齣	偵羽書屯營一炬	1154
第二十齣	托遺詔輔取兩言	1156
第廿一齣	獄帝奏申彰癉權	1158
第廿二齣	閻君牌攝奸讒魄	1160
第廿三齣	補行陽世三章法	1161
第廿四齣	試取陰司九股叉	1163

第九本（上） …… 1164

第　一　齣	魚腹威吳八陣圖	1164
第　二　齣	龍興嗣蜀三分國	1167
第　三　齣	初入冥途須挂號	1168
第　四　齣	自沉江浦欲全名	1171
第　五　齣	二殿會三忠勘罪	1173
第　六　齣	千軍擁一相征蠻	1176
第　七　齣	永昌郡郡曹獻圖	1178
第　八　齣	銀坑洞洞主定策	1180

第　九　齣　偏用少年激老將 …………………………………… 1181
　　第　十　齣　只消一夕縶三蠻 …………………………………… 1182
　　第 十一 齣　丞相擒蠻錦帶山 …………………………………… 1184
　　第 十二 齣　逋囚拒漢瀘江水 …………………………………… 1186
第九本（下） ……………………………………………………………… 1188
　　第 十三 齣　漢軍五月渡瀘江 …………………………………… 1188
　　第 十四 齣　蠻師三更縛孟獲 …………………………………… 1189
　　第 十五 齣　好相父再縱蠻王 …………………………………… 1191
　　第 十六 齣　親弟兄同誅叛帥 …………………………………… 1192
　　第 十七 齣　孟攸甲帳一銜杯 …………………………………… 1194
　　第 十八 齣　諸葛軍門三解縛 …………………………………… 1196
　　第 十九 齣　棄三營八蕃入阱 …………………………………… 1198
　　第 二十 齣　饒一死四次歸巢 …………………………………… 1201
　　第 廿一 齣　禿龍洞窮寇借兵 …………………………………… 1202
　　第 廿二 齣　伏波祠山神指路 …………………………………… 1204
　　第 廿三 齣　求萬安芸香薤葉 …………………………………… 1207
　　第 廿四 齣　上四殿劍樹刀山 …………………………………… 1209
第十本（上） ……………………………………………………………… 1212
　　第　一　齣　仙眷重圓兜率天 …………………………………… 1212
　　第　二　齣　陰曹復演漁陽操 …………………………………… 1214
　　第　三　齣　授黃封修文天上 …………………………………… 1219
　　第　四　齣　換白袷進說南荒 …………………………………… 1220
　　第　五　齣　一宵蠻洞翻紅袖 …………………………………… 1221
　　第　六　齣　五度轅門繫白纓 …………………………………… 1223
　　第　七　齣　七殿嚴刑誅國賊 …………………………………… 1225
　　第　八　齣　八蠻邪法敗天兵 …………………………………… 1226
　　第　九　齣　妝獅子假且敗真 …………………………………… 1228
　　第　十　齣　款降王擒而又縱 …………………………………… 1229
　　第 十一 齣　乞救授激怒烏戈 …………………………………… 1230
　　第 十二 齣　追捕逃險逢藤甲 …………………………………… 1232
第十本（下） ……………………………………………………………… 1233
　　第 十三 齣　相地宜得盤蛇谷 …………………………………… 1233

第十四齣	遭譴墮陰冰山	1235
第十五齣	誘烏蠻敗十五陣	1237
第十六齣	破藤甲燒三萬軍	1238
第十七齣	自此南人不復反	1240
第十八齣	即今荒徼盡來王	1241
第十九齣	一軍振旅唱鐃歌	1242
第二十齣	九陛酬庸頒御酒	1243
第廿一齣	分善惡十殿輪回	1244
第廿二齣	大褒崇九天翔步	1246
第廿三齣	群魔斂蹟清華甸	1248
第廿四齣	三教同聲頌太平	1249

附錄：嘉慶本《鼎峙春秋》目錄 …………………………………… 1255

鼎峙春秋

允禄 撰

解　題

《鼎峙春秋》是清代乾隆朝宮廷大戲之一。關於其作者，首都圖書館藏清內府本抄本不著撰人，清道光年間昇平署演出本作周祥鈺、鄒金生。但據清昭槤《嘯亭續錄》記載，此劇應是莊恪親王允禄所撰。

莊恪親王允禄是康熙第十六子，其初行次爲第二十六，康熙三十四年（1695）生。乾隆七年（1742）六月，允禄受命總理樂部事。乾隆三十二年（1767）卒，時年七十三，謚恪。由此可知，《鼎峙春秋》當作於乾隆七年莊恪親王允禄總理樂部事之後，也就是乾隆七年之後。

《鼎峙春秋》僅見於王國維《曲錄》和莊一拂《古典戲曲存目匯考》著錄。《古典戲曲存目匯考》卷十一"周祥鈺"條載："周祥鈺，字號、里居未詳，與鄒金生皆參與編纂《九宮大成南北詞宮譜》。"該條下有《鼎峙春秋》之目，其文云："《鼎峙春秋》，《曲錄》著錄。昇平署抄本。與鄒金生等同編。言蜀漢《三國志》故事，抄襲《草廬記》《錦繡圖》等傳奇而成。"

劇寫劉關張桃園結義，虎牢關三戰呂布，王允定連環計除董卓，曹操迎獻帝幸許都，陶謙三讓徐州，呂布命喪白門樓，許田射獵，衣帶詔泄，忠良損國，曹操興師征劉備，張飛偷營失徐州，關羽權降曹操，曹操大宴銅雀臺，關羽辭曹，挂印封金，五關斬將，古城相會，馬跳檀溪，三請諸葛，擊鼓罵曹，長坂救主，赤壁鏖戰，議收四郡，東吳招親，三氣周瑜，張松獻圖，劉備入川，鳳雛傷箭，義釋嚴顏，馬超歸漢，單刀赴會，劉備稱帝，水淹七軍，關羽歸天，火燒連營，劉備托孤，孫夫人沉江，七擒孟獲，奏凱慶功，漢獻帝、伏后、董妃登仙籍，忠臣義士升天，曹操等奸臣遭天譴。本事出於《三國演義》，結尾虛構。版本今有首都圖書館清乾隆朝內府抄本、《古本戲曲叢刊》據以影印本，故宮博物院收藏的清嘉慶本，連載於《故宮周刊》；臺北故宮博物院收藏的手抄本（未見）。另有《故宮珍本叢刊》收錄的部分抄本。今以《古本戲曲叢刊》影印本爲底本，校勘整理。

第一本（上）

第一齣　五色雲降書呈瑞

（衆扮靈官從福臺禄臺壽臺上，跳舞科，下）（衆扮十八天竺羅漢雲使上，龍從雲兜下，虎從地井上，合舞科）（壽臺場上仙樓前挂大西洋番像佛菩薩、揭諦天王等畫像，帳幔一分）（衆扮八部天龍從福臺上，衆扮菩薩阿難迦葉佛從禄臺上，衆扮比丘尼四大菩薩童子從仙樓上，衆扮天王從壽臺上）（衆同唱）

【正宮正曲・普天樂】忉唎天籠瑞彩，鬱氛佳氣騰祥靄。清涼國不染塵埃，莊嚴相別具胚胎。金粟影青蓮界，煇煇日月燈光大，照盡他古往今來，顯出他冤山業海。（合）問誰人，了悟了三乘法界。

（佛白）化身分寶相，選土降靈軀，賢劫千年遇，魔軍百萬輸。吾乃天竺釋迦牟尼佛是也。五蘊皆空，一塵不染。寶珠滿月，全收天上精華；雪嶺春城，遂絕人間烟火。戒定慧三義，開八萬四千法門；大中小三乘，證五百萬億善果。鸚鵡林中持一食，都生忉利之天；獼猴池上説三生，盡抵菩提之岸。影留金粟，瞿曇之舊姓彌昭；舌吐青蓮，羅什之新文遠紹。俺須彌之教久而愈彰，奈頑梗之心迷而不悟。危機已伏，劫運難逃。可憐炎德違天，魔君混世。卓也繼操，群懷食虎之心；獻不如光，徒抱孤雛之位。雖則中山有後，欲復兩朝君父之基，無如西蜀偏安，不成一統河山之烈。關公仁武，未竟其才；諸葛英明，復奪之算：此不謂非天意也？（同唱）

【正宮正曲・傾杯序】萬里河山實壯哉！誰把劉宗代？內有權奸，虎視眈眈；外有凶荒，雁叫哀哀。南吳北魏，瓜分瓦解，此疆彼界。（合）可憐他，西川空負中興才。

（四菩薩白）阿彌陀佛，鼎足三分雖是天定，然關公忠昭日月，義震乾坤，能垂百千萬世之名，不能存二十四傳之緒，此却爲何？（佛白）此即爾等所爲天定也！（同唱）

【正宮正曲・錦纏道】古今來，運推遷桑田變海，還都是天意安排。論英雄，何難掃盪風霾？甚曹瞞敢包藏禍胎！甚孫郎敢割據江淮！披荊刈蒿萊，況有他群賢翊戴，雲龍會几垓。（合）應早復炎劉世界。又緣何，王業付纖埃？（四菩薩白）興衰成敗，果然是天定也。（佛白）興衰成敗雖是天定，然亦視乎其德。《書》云："皇天無親，惟德是輔。"自漢以後，代有令主，然德亦小成，國亦小康，未能永延福祚。當今明德維馨，群黎於變，誠一代開天之主，萬世無疆之業也。謹撰《萬國咸寧》小頌，就此披宣。（眾白）阿彌陀佛。（眾唱）於鑠皇運千秋萬載，欣茲百靈胥效，共躋此九有春臺。這武功赫濯，文德昭回，即即磑磑景運開，因此上人壽年豐樂梯山航海來。

（佛偈）歡哉喜哉！只聽得雲端梵唄，金磬齊敲；又聽得，鸚哥演歌喈，山鳥和歌諧。咀哆摩訶，摩訶稽首蓮臺，稽首蓮臺。

【中呂宮正曲·五福降中天喜】皇圖天廣，同天更把天開。還說甚耆蒲，稽顙天街。殊俗盡遵正朔，異族都來計偕。四海朝宗，敬將王會畫圖裁；人無遐邇，問底事心和意諧。這是聖明在上，老幼安懷，恩施普披，怎教不近悅遠來？（合）萬國咸寧，羨他個個坐春臺。（收"萬國咸寧"區科。內奏樂，眾佛等下座，後場撒切末等）（眾同唱）

【慶餘】維皇崇德時清泰，絕域窮荒都歸畫裁，只在這一片祥雲繪出來。（分下）

第二齣　三分鼎演義提綱

（場上設香几，內奏樂）（扮八開場人，捧爐盤，執如意，從兩場門分上，各設爐盤於香几上）（焚香三頓首科，起，各執如意繞場）（分白）

【漢宮春】海宇承平，取漢家遺事，鼓吹休明。獻帝皇綱不振，宦寺持衡，崔苻嘯聚，裹黃巾、舞弄刀兵。欲戡亂，賊還繼賊，始終貽患宮廷。賴有中山英嗣，在桃園結契，金石聯盟，各抱滿腔忠義，南北縱橫。草廬算定，魏蜀吳，鼎足支撐。把賢奸面目，一齊都付新聲。

（內白）借問臺上的，今日搬演誰家故事？（八開場人白）搬演的是《三國演義·鼎峙春秋》。（內白）這《三國演義》久經行世，怎麼又喚《鼎峙春秋》？（八開場人白）這本傳奇原編的是漢末故事，當初獻帝懦弱，權勢下移，宦官有蔽日之威，黃巾有燎原之勢。欲平內亂，因召外藩。孫不滿袁，申約忽然背約；卓還繼操，拒奸適以迎奸。天子不保其后妃，朝士盡遭其荼毒。猶幸中山有後，與關張共誓死生。並無尺土可依，向孫曹互爭雄長。雖身經百戰，艱窘備嘗，而名播四方，勳庸懋建。況趙雲、馬超諸將，勇略無雙；且伏龍、鳳雛二賢，神機不測！是以操有許褚、張遼之輔，莫挫英鋒；權有周瑜、魯肅之謀，卒無成議。一軍合德，四海歸心。則吳也魏也，何難一鼓而平！乃天也數也，僅畫三分之局。智如諸葛，不得轉其幾；聖若關公，未能一其統。然而仁義中正，實足彪炳於一時；文武聖神，自垂鴻號於千古。欲傳其事，必究其詳。無如原本所傳，頗多失實之處。當今聖主，軫念愚蒙，欲申懲勸。借場中傀儡，爲振聾啓瞶之方；傳古往音容，樹激揚濁清之準。廣羅紀載，弗使以訛傳訛；曲證源流，詎肯將錯就錯？善其善，惡其惡，存三代直道之公；是則是，非則非，定百世不刊之案。音流簫管，傳口角以如生；身上氍毹，繪形神而酷肖。今逢大賚，共樂升平。廣幕徵歌，譜千秋之軼事；鈞天奏樂，洽萬國之歡心。要使普天下愚夫愚婦看了這本傳奇，莫不革薄從忠，尊君親上。臺下的莫當作妙舞清歌，輕輕觀聽過了。（分白）

競將絲竹奏華筵，漢祚推移一曲傳。不是有人能滅火，也知無計可回天。三分割據河山拆，萬古綱常日月懸。絢染史官陳壽筆，景行有待後人賢。

第三齣　樓桑村帝子潛蹤

（雜扮院子，引生扮劉備上）（唱）

【正宮引・瑞鶴仙】當代王孫裔，奈椿凋萱萎，蕭條生計。空懷濟時策，恨身如騏驥，淹一槽櫪。數奇時否，何年得化龍之日？且閉門斂迹，藏鋒蓄銳，以期遭際。

（白）慷慨男兒志未伸，猶如野鶴入雞群。試看今古英雄輩，多少風塵未遇人。小生姓劉名備字玄德[1]，中山靖王劉勝之後，漢景帝十七代之孫。先曾祖劉貞，漢武帝元狩六年封涿縣陸城亭侯[2]，因籍於此。先公劉弘曾舉孝廉。不幸父母俱亡，拜同宗劉德然爲師，與遼西公孫瓚爲友。舍之東南，有一大桑樹，高五丈餘，故人稱大樹樓桑村人。自少酷好弓馬槍刀，樂音樂，美衣服，少言語，好交遊，爲鄉人所棄，且自由他。今聞郡城招軍，意欲應募，覓個大小前程，一則可以藉此投國，二則不愧劉氏先聲，但不知天意從人否。正是：信步行將去，從天降下來。言之未已。二位娘子出來也。（旦扮甘氏，旦扮梅香隨上）（甘氏唱）

【商調引・憶秦娥】天潢系，嗟哉厄運時不利。（旦扮糜氏上，唱）時不利,何日軒昂,夫榮妻貴?

（甘氏白）官人萬福。（劉備白）娘子拜揖。娘子,得失窮通各有時,蒼天何苦負男兒?（甘氏白）莫將壯志輕磨折,（糜氏白）努力功名竹帛垂。（劉備白）娘子,聞得涿郡招軍,意欲應募,只愁妻少家貧,猶疑未決耳。（甘氏白）官人蔬食飲水,簞瓢陋巷,不改聖賢之樂,何須斗米折腰?（糜氏白）姐姐,不是這等説。古人之言,懸桑弧蓬矢以射四方。倘此去求得一官半職回來,光門耀户,那時節封妻蔭子,却不是好?（劉備白）娘子言之有理,此際正是小生立功之時也!（甘氏、糜氏白）相公,當此春光明媚,妾身備有酒筵,且寬懷暢飲一回。（劉備白）生受。娘子看酒來。（場上設筵席桌椅）（劉備唱）

【商調正曲·高陽臺】炎德衰微,奸臣蒙蔽,忠良冀免身危。歲歉秋登,誰能周濟民飢?羞提,黃巾四方騷動也,有奇才無地施爲。（合）是何年封侯拜將,賜歸鄉里?（甘氏唱）

【又一體】相依,年少夫妻,家資凋敝,紡績強自支持。内助惟勤,衣食那用攢眉?何必,孜孜利名心不已,況他方盜賊紛馳?你不若含英斂鋭,待時藏器。（劉備唱）

【又一體】非迷,深荷賢妻,良言安慰,卑人豈不知機?鴻案相莊,忍教夫婦分離?空悲,男兒未能行志也,怎斂迹白屋依栖?（合）是何年封妻蔭子,顯達門楣?（糜夫人唱）

【又一體】知伊,心運玄機,胸藏經緯,還當際會昌期。懷寶迷邦,殊非達士行爲!寒微,明當早發休滯也,學鵬搏萬里高飛。（合）那時節揚名顯姓,耀祖榮妻。

（劉備白）撤過了筵席。娘子,我明日收什行李,即到郡城投見劉公,大小覓一功名,再圖後舉。（甘氏、糜氏白）正當如此。（同唱）

【尾聲】夫君雅度誰能及?何乃淹留舊竹扉,他日期懸金印歸。（下）

校記

[1] 小生姓劉名備字玄德:"玄",原作"元",係爲避康熙帝玄燁諱,徑改。本劇下同。

[2] 漢武帝元狩六年封涿縣陸城亭侯:"元狩",原作"元符",誤。今依《三國志·蜀書·先主傳》改。"侯",原作"候",據文意改。本劇下同。

第四齣　涿鹿郡妖人爲暴

（净扮張曼成，副扮彭脱，丑扮波才，副净扮卜己，净扮韓忠，副净扮趙洪，副净扮孫夏，副扮郭太[1]，同上）（唱）

【仙吕調隻曲·點絳唇】虎豹雄豪，法尊仙教，施强暴，屠毒民膏，指日成王道。

（白）烏合蜂屯百萬兵，攻城掠地害生靈。但看巾裹貔狖額，誰不魂飛膽戰驚？俺黑殺神張曼成是也，俺梟殺神彭脱是也，俺鐵凶神波才是也，俺惡毒神卜己是也，俺鐵虎韓忠是也，俺火豹趙洪是也，俺威熊孫夏是也，俺猛彪郭太是也。今日天公大王升帳，吾等齊集隊伍，聽候調遣。你聽，金鼓之聲，大王升帳也。（衆扮黄巾賊，引净扮張角、副扮張寶、丑扮張梁）（同唱）

【越調引·喬八分】長軀七尺氣英豪，緊束黄巾佩寶刀。看他四海望風逃，敗則爲虜，成則坐王朝。

（衆將參見科，分白）量度汪洋大丈夫，腰間寶劍血模糊，行藏到處人驚怕，指日中原定可圖。（張角白）俺天公將軍張角是也。（張寶白）俺地公將軍張寶是也。（張梁白）俺人公將軍張梁是也。（張角白）俺兄弟三人乃鉅鹿郡人也，少年入泮，累試鄉薦不第，因爾入山采藥，得遇南華老仙，授俺天書三卷，名曰《太平要術》。俺就曉夜攻習，便能呼風喚雨，施散符水，爲人驅疫治病。況今漢運將衰，民心思亂，我就立起三十六方，招納亡命，大方一二萬，小方三四千，約有三十餘萬，頭裹黄巾爲號，横行天下，欲成大事。兄弟，看咱大展擎天手，收拾江山掌握中。（唱）

【黄鍾調套曲·耍孩兒】威風八面推山嶽，劍氣光射斗杓。金戈鐵馬如龍躍，貔狖隊隊雄驍。令出猶如風偃草，兵行好似火炊毛。（同唱）俺替天行大道，那管生靈塗炭，黎庶奔逃！

（張寶白）大哥，如今漢室衰微，奸臣亂國，以至天下人心思亂，盜賊蜂起。憑俺兄弟三人，胸藏《要術》天書，有此三十六萬人馬，横行天下，打奪州城，聞風長服，何愁大事不成！（唱）

【三煞】雄心藴虎韜，兵法通三略，運籌決勝人難料。匣中寶劍明秋水，腰下鋼刀燭絳霄[2]。（同唱）俺替天行大道，那管生靈塗炭，黎庶奔逃！

（張梁白）大哥，聞得洛陽五原山頽壞，海水泛溢殃民。況有訛言"黄天當立"。大哥，此舉乃應天順人，管取穩奪江山，有何難哉？（唱）

【二煞】靠重岡擁戰旆，稱高風驅虎豹，攻州破府驚村落。饒他縱有韓彭計，見我魂飛膽也消。(同唱)俺替天大行道，那管生靈塗炭、黎庶奔逃！

(張角白)二位兄弟，我意欲先取涿郡屯糧，次取幽州，以爲何如？(張寶、張梁白)大哥所言，皆合吾意。(張角白)衆頭目聽令。(衆應科。張角白)爾等既以傾心歸順，須要奮勇爭先，與我先取涿郡城池，俱各有賞。就此發兵前去。(衆白)得令。(同唱)

【一煞】獅蠻緊繫腰，山花斜插帽，黃巾裹額爲咱號。長江飲馬猶嫌窄，曠野屯兵任放驕。(衆黃巾賊白)啓上天公將軍，前面涿郡已近。(張角白)待俺做法，拘些鬼魅，擄掠一番。(作法，左右前地井出魑魅魍魎上臺，作不語，發謔。張角吹氣。衆鬼白)天公將軍，有何法旨？(張角白)衆頭目，爾等可帶領鬼兵前去擄掠一番。(衆頭目領衆鬼兩場門下。張角白)孩兒們，就此前去。(衆同唱)俺替天大行道，那管生靈塗炭、黎庶奔逃！(下)

(衆扮各種買賣人上，唱曲説書。末扮鄉長上，白)不好了，忙忙喪家犬，急急漏網魚[3]。列位不好了，那黃巾賊蜂擁而來，逢人便殺，遇産便燒，商賈財帛擄掠一空，巨室倉庫不留一物。你們還不逃生，等死麽？(衆鬼作拿買賣人，八頭目作趕老幼婦女繞場。衆黃巾賊引張角等上。張角白)神兵速退。(衆鬼下。八頭目白)啓天公將軍，我等搶得金帛米糧、男丁女子特來交令。(張角白)將金帛米糧交到後營，以充軍餉。爾等吩咐軍政司記功，各各有賞。(衆頭目白)多謝將軍。(張角白)爾等可願投降？(衆應科。張角白)衆頭目就此前去。(唱)

【煞尾】呼風喚雨能，役鬼驅神妙。聚山林恣意誇英略，指日裏取江山如拾草。(下)

校記

［１］副扮郭太："太"，原作"泰"，據下文改。
［２］腰下鋼刀燭絳霄："鋼"，原作"綱"，據文意改。
［３］急急漏網魚："網"，原作"綱"，據文意改。

第五齣　韓秀才時行祭掃

(生扮韓守義騎馬，旦扮王鳳仙乘車，旦扮二侍女，雜扮二家僮，隨上)(同唱)

【中呂宮正曲·粉孩兒】匆匆的,轉雕輪碾嫩草。覷千桃萬柳,綠圍紅繞。鶯鶯燕燕儘自嘲,好風華難寫難描。

(韓守義白)小生韓守義,乃平安縣秀才。今日清明,同妻王鳳仙前赴祖塋拜掃。娘子,我們就此前去。(唱合)又何曾乘興遊春,這還是聿追奉孝。(同下)(丑扮熊虎,雜扮衆家人,隨上)(同唱)

【中呂宮正曲·福馬郎】不晴不雨天氣好,柳懶花慵處,蜂蝶鬧。隨看遊春女,踏春郊。(白)我熊虎一生強橫,好色貪財,結交下當道官員,便做出天大事來,也只化爲芥子般了。這平安縣城裏城外誰不怕我!閒話少說,今乃清明佳節,闔城士女踏青的踏青,掃墓的掃墓,爲此帶了家丁出城。(唱合)隨便訪嬌嬈,相逢處不相饒。(同下)(韓守義衆上)(同唱)

【中呂宮正曲·紅芍藥】人擾攘,車馬喧囂,紛紛度碧水紅橋。聽幾處笙歌弄春曉,雜林外幾聲啼鳥。遊人到此興轉豪,分明是永和三月圖照。(韓守義白)此去墳上不遠,快些趲行而去。(家僮應科)(同唱合)鬱蔥籠佳城不遙,早望見雲中華表。(同下)(熊虎領衆家人上)(唱)

【中呂宮正曲·耍孩兒】村漢從來偏愛俏,暫借尋春意,過東皋又過西皋。(作望後場科)(唱)行行,香車內,有穠李迎風笑。(白)你看前面車上婦人生得甚美,小廝們,我們快趕上去。(應科)(唱)青苔滑,有路終須到,(合)休錯過傾城貌。(同下)(韓守義衆上)(唱)

【中呂宮正曲·會河陽】抹過山腰,轉過村坳。(作下車馬科)軺車暫且脫鸞鑣。(韓守義白)把祭品擺下,(衆應擺科)(同王氏拜科,唱)今朝,把酒臨風,黯然自澆,嘆一滴何曾到。(合)箕裘,愧不把宗公紹;犧牲,那能把宗公報。

(白)祭奠已畢,我欲就近訪友,你們插柳挂帛完了,可先送娘子回家。(家僮應科)(韓守義白)便從曲徑穿花去,一扣空山處士門。(下)(熊虎衆上)(唱)

【中呂宮正曲·縷縷金】非金屋,且藏嬌,闖將墳院去,大家瞧。(家僮見)(白)你們是什麼人,敢大膽直入院內來?(家人白)這位是有名的熊員外,爲何這等無禮?快走出去!(熊虎唱)欲近生春色,敢來輕造。裴航既不阻藍橋,便可諧同調,便可諧同調。

(家僮白)休得胡說!這位是韓相公的娘子,不要輕覷了,快快迴避!(熊虎白)小廝們。(唱)

【中呂宮正曲·越恁好】我愛他櫻唇桃面,櫻唇桃面,一纖纖楊柳腰。

將她劫擄,成就我鳳鸞交。(家僮白)越發放屁了,我們打這厮!(混打科)(唱)既然相犯不相饒,冤家尋到。(合)拳頭打,打得你星兒爆。靴尖踢,踢得你魂兒掉。(家僮逃,下)

(熊虎白)小厮。(衆應科)(熊虎唱)[1]

【中吕宫正曲·紅繡鞋】與咱扶定多嬌,多嬌。叫她不用悲號,悲號。(同唱)尋僻徑,走荒郊,趁捷足,不辭勞。(合)歸去也,樂淘淘。(王鳳仙作喊科)(衆擁王鳳仙下)(熊虎唱)

【慶餘】一天好事從天掉,還是我花星臨照。打得他春水鴛鴦兩處拋!(下)

校記

[1] 熊虎唱:"唱",原作"白",徑改。

第六齣　關夫子夜看《春秋》

(净扮關公上)(白)豪傑英雄爲丈夫,通文會武學孫吳。有朝大展擎天手,要把皇家社稷扶。俺關某,字雲長,乃蒲州解梁人也,教讀詩書,文通孔孟,武諳孫吳。今日閒暇,不免將《春秋》觀看一番。(唱)

【仙吕調套曲·點絳唇】看魯史《春秋》,孔文《左傳》,爲褒貶,奸佞忠良,正直無偏向。

【仙吕調套曲·混江龍】自古來忠臣良將,丹心耿耿氣昂昂。文尊禮儀,武重綱常。一個兒赤膽忠心扶社稷,一個兒丹誠立志佐朝堂,一個兒勳名在,一個兒臭名揚,一個兒叨榮享,一個兒受着災殃。因此上聖人執筆造《春秋》,亂臣賊子心膽喪。本待要秉正鋤奸,立國安邦。

(白)看此《春秋》,不覺煩悶,不免帶了寶劍街市上行走一番便了。出得門來,你看星朗朗,月明明,風灑灑,霧沉沉,好一派晚景也。(唱)

【仙吕調套曲·憶帝京】俺只見萬里無雲吐魄光,早不覺冷清清,神清氣爽[1]。呀,爲甚的這錕鋙倏然應響閃紅芒?(白)此劍乃周穆王所造,削鐵如泥,但有不平之事,他在匣中自吼[2],(滾白)俺也知道了,曉得了,莫不是今夜晚,(唱)有什麼不平的事兒,將伊家來衝撞。(生扮韓守義上)(白)好苦嗄!(關公唱)忽聽得那壁厢叫苦甚悽惶。(白)他道是有天無日將人喪。(唱)又道是好夫妻無故的受着災殃,他那裏訴得斷腸,俺這裏聽得悽惶[3],

使人心兒添悒怏[4]。向前去究問細端詳。（白）那漢子（唱）因甚的披枷鎖坐監房[5]？敢則是與人家逞凶鬥強？

【仙呂調套曲‧大安樂】莫不是把人來殺傷？（韓守義白）不是嗄爺爺。（關公唱）莫不是少人家私債欠缺官糧？（韓守義白）都不是。（關公唱）既不然其中必有甚冤枉，對吾行從頭細講，俺與你挺身告訴上黃堂。

（韓守義白）外面爺爺聽者，小人韓守義同妻子清明拜掃，路遇熊虎員外，見我妻子有些姿色，竟自搶去，將我送到州里，打了三十，監禁在此。嗄，爺爺！（關公唱）

【仙呂調套曲‧六幺令】聽說罷惱得俺雄心似虎狼，中冠髮豎，氣滿胸膛[6]。恨只恨為富不良，官吏貪贓。快說那豪強家住在何方？救轉你的妻房，管教你夫妻會合依舊成雙。

（白）那漢子，裏面可有躲身之處？（韓守義白）有嗄，爺爺。（關公白）閃開。（唱）

【仙呂調套曲‧哪吒令】[7]待俺扭斷門鎖[8]，先打開監房，將枷杻劈碎[9]，把伊家疏放。你且不必驚慌，天來大事俺自己承當[10]。（白）他若是肯放，（唱）俺與他善自開交，不逞強梁。（白）他若是不放，（唱）俺威風收俠氣剛。（白）他就是銅鑄的金剛，（唱）俺與他攪亂乾坤廝鬧一場。（下）（雜扮衆院子，引丑扮熊虎員外上）（唱）

【中呂宮正曲‧太平令】風流搖擺，跨馬輪槍忒弄乖。昨日搶了個俏乖乖，今日把筵席大擺開。

（白）自家熊虎員外是也。昨日清明拜掃，搶得韓守義的妻子，今日與他成親。小厮們，筵席都齊整些。（院子應科）（關公、韓守義上）（白）行過了安平巷了，嗄！爺爺。（關公唱）

【仙呂調套曲‧寄生草】行過了安平巷，（韓守義白）來到濟義倉了，（關公唱）轉過了濟義倉。（韓守義白）來此已是了，爺爺。（關公唱）來此是無情地不仁堂，又則見鐵桶般將重門閉上。（熊虎員外白）小厮，拿燈照照那是什麼東西？（院子白）哦，沒有什麼。（關公唱）粉墻頭露出一燈光。（韓守義白）待小人扣門。（關公白）你且禁住了聲，莫要亂嚷。（唱）待某家躡足潛蹤悄地行藏，細聽他裏邊廂可也講些什麼勾當。

（熊虎員外白）小厮們，請新人，待我喫個合巹杯。請新人。（院子白）新人有請。（旦扮韓娘子上）（熊虎員外虛白）（關公白）韓守義你可曾聽見？（韓守義白）不曾。（關公唱）

【仙吕調套曲·寄生草】他道是請新人，拜高堂，拜了高堂歸洞房，雙雙同入銷金帳，顛鸞倒鳳鬧蜂狂。那知墻外有人聽，只教你空作陽臺夢一場。

（白）韓守義前去扣門，他若問，只説州里太爺差人送賀禮來的。走進去，一見你妻子，搶了就走。（韓守義白）是。開門。（院子白）什麽人？（韓守義白）州里太爺送賀禮來的。（院子白）住着。啓大爺，州里太爺差人送賀禮。（熊虎員外白）那裏是送賀禮，分明是打我的抽風。開門，收下。（院子白）哦。開門，收下。（韓守義白）嘎呀，我那妻嘎。同韓娘子下。（熊虎員外白）什麽人？拿下！（關公白）哎！（唱）

【仙吕調套曲·寄生草】那怕你一齊來似鴉打凰，俺單身由如虎奔羊。（熊虎員外白）雙拳四手難抵擋。（關公唱）你道是雙拳四手難抵擋，俺可也一夫能擒你千員將，俺義正心胸更膽壯。説什麽兩下争强必一傷，俺與你不見輸贏不散場。

（熊虎員外白）小厮，問他叫什麽名字。（關公唱）

【仙吕調套曲·青歌兒】呀，恁問俺家鄉家鄉名望。（熊虎員外白）拿燈來照照。（關公唱）燈下來覷着，咱形容形容大將，家住蒲州身居解梁，自生白情性剛强，文通詞章，武慣刀槍，義士憑顯字壽長。（熊虎員外白）滿口胡説，小厮，送他州裏去。（關公白）哎，一恁你送官吾不讓，（唱）要除狠强梁。

【仙吕調套曲·上馬嬌煞】打蛇不死成妖障，一人做事一人當。俺這裏舉起錕鋙，（白）只教一個個喪刀頭。（作殺熊虎員外科）（下）（關公白）一怒之間將他殺死，不免逃往他方便了，（唱）俺今日除凶仗義姓名香。（下）

校記

[1] 神清氣爽："清"，原作"精"，據文意改。

[2] 他在匣中自吼："吼"，原作"孔"，據文意改。

[3] 俺這裏聽得悽惶："得"，原作"德"。"得""德"一義相通，爲免歧義，今改。

[4] 使人心兒添悒怏："怏"，原作"快"，據文意改。

[5] 因甚的披枷鎖坐監房："鎖"，原作"項"，據文意改。

[6] 氣滿胸腔："腔"，原作"堂"，據文意改。

[7] 哪吒令："吒"，原作"叱"，據曲牌改。

[8] 待俺扭斷門鎖："俺"，原作"掩"，據文意改。

[9] 將枷杻劈碎："杻"，原作"扭"，據文意改。

[10] 天來大事俺自己承當："承"，原作"成"，據文意改。

第七齣　萍蹤合酒肆訂交

（雜扮酒保上）（白）我家新酒兩三缸，處處聞來覓醬香。若是今番無客買，甘心拼得醋生薑。自家非別，范陽城外酒保便是。你看城外好景，桃花方謝，杏花盛開，向山環水，清氣逼人。多有仕宦到此沽酒，不免鋪設門面齊整。遠遠望見前面財主張大爺來了，不免在此小心伺候。（虛下）（淨扮張飛上）（唱）

【中呂宮引・菊花新】千金一笑結英雄，壯志年來習戰攻。我且坐春風，欣聽花飛鳥哢。

（白）自家生來粗糙，心性委實凶暴，怒時節吽吽喧呼，喜時節呵呵大笑。見善人如就芝蘭，見惡人就要與他囉唣。近聞黃巾惱人，發心與他爭鬧。只因孤掌難鳴，怎敵許多豺狼虎豹？我今應募求名，與朝廷出力報效。某姓張名飛字翼德，涿郡人也，意欲應募，未有進路，這也不在話下。今日天氣晴明，為此閒走一回。遠遠望見一個紅臉漢子來了。（淨扮關公上）（唱）

【又一體】甲兵數萬在胸中，爭耐時乖不我逢。避難走東西，邂逅有誰知重。

（張飛白）你看好一個紅臉漢子，蠶眉鳳眼，虎背龍鬚，面如赤棗，身長八尺，此乃非常人也！（關公白）你看好一個黑漢，燕頷虎鬚，虎背熊腰。（張飛喊科）（關公白）聲若巨雷，不免向前相見。老兄作揖。（張飛白）老兄作揖，不敢。動問貴鄉何處，尊姓高名，來此貴幹？（關公白）遠方人氏，避難於此，何勞動問？（張飛白）適來見君容貌非常，不是久淹之客，故此動問。（關公白）原來如此。小弟關某字雲長，河東解梁人也。聞得貴郡現在招軍，小弟因此特來應募。（張飛白）原來如此，是應募的。（關公白）不敢動問，老兄高姓貴表。（張飛白）在下姓張名飛字翼德，即此處涿郡人也。平生雄壯，好接仕大夫。適見吾兄，不勝之喜。敢請同至酒店中沽一樽，與公洗塵，幸勿見却也。（關公白）小弟與君素不相知，何勞厚愛？（張飛白）四海之內皆兄弟也，何必見却？請！（行科）這就是酒店，請進。（關公白）請。（張飛白）酒保。（酒保上）（白）來了，大爺要什麼酒？（張飛白）好酒美餚，喫了再算！（酒保白）曉得，只管請寬飲。（張飛白）看酒來！（酒保白）酒在此了。（張飛唱）

【中呂宮正曲・駐雲飛】邂逅相逢，意合相投喜氣濃。愧乏瓊琚送，願把金蘭共。嗏，且醉酒千鍾，英雄豪縱，暢飲開懷，貧富心休動。（合）從此論交要始終。

（關公白）老兄，小弟借酒回奉一杯相謝。（張飛白）不勞回奉。（關公白）老兄，念關某呵。（唱）

【又一體】身似飛蓬，四海行囊從已空。空有遠鄉夢，夢醒徒悲慟。嗏，萍水偶相逢，猥當承奉，何幸先施，自覺多慚悚。（合）從此論交要始終。（作飲酒科）（生扮劉備上）（唱）

【又一體】慚愧飄蓬，命蹇時乖運未通。織席爲身供，編履充家用。嗏，空自負英雄，無人尊重。何日名揚，聖主施恩寵？一任桃花也笑儂。

（白）行了一程，此間有個酒店，不免進去沽飲一壺酒。酒保那裏？（酒保上）（白）客人喫酒的麼？請進。（劉備作進科）（張飛白）又一個君子來了。

【又一體】瞥見賢公，（白）好一個漢子，看他一貌非俗。（唱）隆準龍顏福氣濃，非比凡流衆，敢是公侯種。嗏，（白）老兄，看此人生得面如滿月，兩耳垂肩，雙手過膝，此亦非等閒人也。（關公白）正是。（張飛白）待我請來，一同坐了，好說話。（關公白）使得。（張飛白）君子作揖，請一同坐了，大家好說話。（劉備白）素不相識，怎好叨擾？（張飛白）說那裏話，請！（劉備見關公、張飛作遞酒科）（唱）今日偶相逢，追陪伯仲。滿飲一杯，無負區區奉。（白）不敢動問吾兄尊姓貴表。（劉備白）小弟涿郡范陽人也，姓劉名備，表字玄德，漢景帝十七代玄孫，中山靖王之後。适纔不知二公在店，率意唐突，反蒙不棄，賜以杯酌，不勝感謝。動問二公高姓貴表，好容小弟他日之報。（關公白）小弟關某，表字雲長，河東解梁人也。爲因正義誅暴，來此避難。荷蒙君子置酒相待，此乃天假之緣。（張飛白）小弟姓張名飛，表字翼德，燕邦涿郡人也。二位尊兄不免同至寒家，少叙盤桓之情，未知二位尊兄意下如何？（劉備、關公白）禮宜進拜。敢摳衣趨赴，以聆清誨。（張飛白）如此同行甚好，請！（同唱，合）一任桃花也笑儂。

（作行科）（張飛白）這是寒家。（劉備、關公推坐科）（劉備白）序齒而坐，有何不可？（張飛白）也道得是。未敢動問二公貴庚。（劉備白）小弟今年二十八歲。關兄貴庚？（關公白）小弟今年虛度二十五歲。請問張兄貴庚？（張飛白）小弟今年二十有三。劉兄首席，關兄次席，我小子又次之。我三人在此，何不結個生死之友？舍下後園桃花盛開，明日可宰白馬祭天，殺烏牛祭地，歃血爲盟，雖爲異性，務使情逾骨肉，同心協力，濟困扶危，上安國家，下保黎民，不求同日生，但求同日死。皇天后土，昭鑒寸心。負義忘恩，天人共戮。請玄德兄爲長，關兄爲二，小弟不才，排爲第三。不知二位尊兄意下若何？（劉備、關公白）此言甚善！但我二人不敢爲足下之長。（張飛白）二兄不必再言了。（劉備白）關兄，你我各出囊金以備福物，纔是正理。（張飛白）二兄差了，何必如此！寒家糧米及萬，囊金數千，皆欲捐到以需大用，些須之物，何足挂齒？待我吩咐小厮。（叫小厮，内應）（院子上科）（張飛白）東村上牽一匹白馬來[1]，西村上牽一頭烏牛來，並買果品香紙等物，再吩咐各莊上年少子弟肯與朝廷出力報效者，抽丁而出，我將糧米以膽其家。願來者，明日皆在桃園中聽候。（院子白）曉得了。（下）（張飛白）請到裏面草宿一宵，明日天明請二位立誓便了。明日桃園設誓盟，（劉備白）願祈同死與同生。（關公白）過蒙重義輕財士。（張飛白）應我辛勤終始情。（下）

校記

［１］東村上牽一匹白馬來："白"，原缺，據上文"白馬"補。

第八齣　蘭契投桃園結義

（雜扮院子上）（白）有福之人人服侍，無福之人服侍人。自家非別，張大官人家中一個院子便是。我東人今日與二位英雄結拜，安排香燭牛馬，同向桃園設盟，一一盡皆齊備。言之未已，東人出來了。（生扮劉備，净扮關公，净扮張飛上）（劉備唱）

【仙吕宫引·紫蘇丸】當年管子與鮑子，（關公唱）到今日名重青史。（張飛唱[1]）三人惟願同生死，（合唱）莫學孫龐相鬥智。

（相見科）（張飛白）小厮，牲醴香燭齊備了嗎？（院子白）俱已備齊，安排在桃園中了，請大官人就此前去。（劉備唱）

【仙吕宫正曲·八聲甘州】春風旖旎，正時逢，不寒不暖天氣。花紅柳綠，喚遊人燕語鶯啼。前途幾許羊腸路，一帶清溪分雁尾。（合）迤邐。想桃園逕路，不遠千里。（關公唱）

【又一體】前村深巷裏，見墻頭青簾，飛出疏籬。牧童指點，吳姬酒熟新醅。相逢不飲空歸去，洞口桃花也笑伊。（合）迤邐。想桃園逕路，不遠千里。（張飛唱）

【又一體】春光欲待歸，見殘花片片，綠暗紅稀。王孫公子，三三兩兩遊嬉。紫騮嘶處青郊近，見此令人空嘆悲。（合）迤邐。想杏園逕路，不遠千里。

（作到科）（張飛白）且喜來到桃園。小厮們，擺開牲物祭禮來。（院子

白)俱已擺齊,請官人們上香。(劉備唱)

【仙呂宮正曲・惜黃花】玄德最卑微,況值淒涼地。堪嘆甑生塵,家徒四壁。奈何！衣食不給,惟編履以織席。邂逅遇知音,同結金蘭契。(白)劉備今日對天滴酒爲誓:自今日爲始,三人同心一意,不願同日生,只願同日死,一在三在,一亡三亡。劉備倘若背盟,身受萬仞之誅。(作細樂)(雜扮功曹、曲內乘雲兜下)(焚疏,作接疏科,仍上雲兜下)(同唱合)特地到桃園,對神天設誓。(關公唱)

【又一體】雲長運不濟,賦性多剛毅。中心抱不平,勇於仁義。自慚！江湖浪迹,天教我遇相知。歃血向銅盤,生死無違背。(白)關某今日兄弟三人,對天滴酒爲誓:大不可忘小,小不可忘大。倘若忘恩負義,七孔皆當流血,四體不得俱全。(作細樂)(雜扮功曹、曲內乘雲兜下)(焚疏,接疏科,仍上雲兜下)(同唱合)特地到桃園,對神天設誓。(張飛唱)

【又一體】張飛郭道義,特設桃園會。平生好友朋,聯爲昆季。喜逢！雲長劉備,願始終同一氣。猶恐易虧離,對神表心意。(白)張飛今日與二位哥哥結義,滴酒爲誓:兄弟三人自今日爲始,雖不同日生,但願同日死。如若背義忘恩,甘受雷斧之災。(作細樂)(雜扮功曹,曲內乘雲兜下)(焚疏,接疏科,仍上雲兜下)(同唱合)特地到桃園,對神天設誓。

(白)小厮們,化紙。(院子應科)(張飛白)設誓已畢,大哥二哥請上,受兄弟一拜。(劉備、關公白)愚兄也有一拜。(同拜科)(張飛白)須記桃園結義深,(關公白)猶如管鮑可分金,(劉備白)人情若似初相識,(合)到底終無怨恨心。

(張飛白)小厮,將酒來,我兄弟們飲三杯回去。(唱)

【尾聲】常言無友不如己,須把陳雷管鮑比,看取風雲際會期。(下)

校記

[1]張飛唱:"唱",原作"白",徑改。

第九齣　兩叔侄新聯玉牒

(雜扮左右隨末扮劉焉上)(唱)

【仙呂宮引・糖多令】領旨下彤除,守郡安黎庶。四方騷動急儲胥,張角黃巾占據,吾一境,受馳驅。

（白）一自承恩下九重，萬民鼓腹樂時雍。偶吹鄒子當時律，頻覺春回幽谷中。下官涿郡太守劉焉是也。自下車以來，民皆樂業，路不拾遺。近來朝綱廢弛，奸佞弄權，以致黃巾反亂，百姓流離。吾朝暮憂驚，如何是好？手下。（衆應科）（白）有。（劉焉白）但有義勇漢投軍，不可阻他，報進來。（衆應科）（净扮張飛上）（唱）

【正宫引・破陣子】欲向朝廷報效，先由本郡行移。還從鬧裏尋名利，豈肯淹淹因布衣，休叫嘆數奇。

（白）長官請了。（衆白）你是什麼人？（張飛白）報效義勇漢投軍的。（衆白）禀爺，外面有一義勇投軍漢子。（劉焉白）着他進來。（衆白）着你進去。（張飛進科）（白）義勇漢投軍的見。（劉焉白）你既稱義勇，必勇而好義，還自充行伍，還是你手下有人，還是身在他人之下？你一一説來。（張飛白）小人因見黃巾作亂，擾國害民，在下有兩個義兄，一個是漢景帝十七代之孫，中山靖王劉勝之後，姓劉名備字玄德，一個是河東解梁人，姓關字雲長。現聚得壯夫五百名，家積錢糧，亦够五百兵二三年之費，有馬五十匹，器械衣甲俱全，特來報效，上以安國，下以保民。（劉焉白）原來如此，可敬可敬。那兩個義兄在那裏？（張飛白）現在府門前。（劉焉白）着他進來。（張飛白）大哥二哥，有請！（生扮劉備，净扮關公上）（劉備白）身際升平已有年，黃巾一旦寇幽燕。（關公白）弟兄各奮安邦志[1]，净掃烟塵使偃然。（張飛白）大哥二哥，請進去。大哥來歷已説得明白了，請進去。（劉備、關公白）知道了。（見科）（張飛白）此兩個就是我義兄。（劉焉白）左右請玉牒來。（衆白）玉牒在此。（劉焉白）你見那一枝？（劉備白）劉勝之後。（劉焉白）你既是景帝下，我且問你，劉貞是你什麼人？（劉備白）先曾祖。（劉焉白）劉雄是你什麼人？（劉備白）先祖。（劉焉白）劉弘是你什麼人？（劉備白）先父。（劉焉白）吾亦漢室之曾孫，漢魯王之後也。這等説將起來，你是我的侄兒之列。左右請過玉牒，賢侄請起。作揖。（劉備白）叔父大人請坐，待愚侄參拜。（張飛背科，白）二哥，大哥又認着這一個好叔父，可喜可喜！（劉備拜）（唱）

【中吕宫集曲・榴花好】孤身劉備，原是漢朝孫。生涿郡長此身，幼年椿萱母隨殞。深通文武，力可舉千鈞。黃巾害人，我三人，結義抒公憤，（合）望元戎收在轅門，願把那寇兵殺盡。

（劉焉白）紅臉漢子那處人士？（關公唱）

【又一體】寒微關某，原是解梁人。知武略力如賁，丹心惟許報君恩。思量效用，麾下願投軍。黃巾不仁，嘆流離，百姓身遭困。（合）望元戎收在轅門，願把那寇兵殺盡。

（劉焉白）黑臉漢子那處人士？（張飛唱）

【又一體】張飛鹵莽，世籍范陽人。在鄉黨濟孤貧，敢誇武勇實超群。損資助餉，率領有屯軍。奮不顧身[2]，可憐他，作亂民遭困。望元戎收在轅門，願把那寇兵殺盡。

（劉焉白）既如此，我差兵馬，使鄒靖統領五千人馬與你兄弟同去剿賊，有功回來，奏聞封賞。（劉備、關公、張飛白）謹領鈞旨。（劉焉白）所用什麼器械，我就關與你去。（劉備白）器械自有，不勞。（劉焉白）什麼器械物件？（劉備白）吹毛劍。（劉焉白）關公用什麼兵器？（關公白）青龍偃月刀。（劉焉白）張飛用什麼兵器？（張飛白）丈八點鋼矛。（劉焉白）好兵器。忠節堂中佩虎符，（三人白）清風一掃陣雲孤。（劉焉白）黃巾多少求生者，（合）伏首車前早獻俘。（分下）

校記

[1]弟兄各奮安邦志："邦"，原作"拜"，據文意改。

[2]奮不顧身："不"，原作"下"，據文意改。

第十齣　三兄弟大破黃巾

（眾扮十六黃巾小賊，眾扮八黃巾賊將，引淨副丑扮張角、張寶、張梁，雜扮三纛隨上）（張角白）三軍抹額盡黃巾，一點天狼射紫宸。（張寶、張梁白）鵬鶚靈夔今不奏，蚩尤又照涿城人。（張角白）二位兄弟，我等今日帶領大隊人馬，攻取涿郡城池，可笑那太守劉焉有何本事？（張寶、張梁白）聞他差個什麼鄒靖前來迎敵，豈不是自送其首？任他有百萬官兵，怎當俺法術高強，管教馬到成功也。（張角白）孩兒們，一齊奮勇殺上前去！（眾應科）（同唱）

【雙調正曲·柳梢青】今日大展威風，惟以樂殺先。毒殘刻於爾黎民，抽筋鑿眼。黑漫漫空中冤氣，懊烈之聲最悽慘。（合）焚炙忠良，斫脛剜心，可充餐膳。（吶喊科）（同下）

（雜扮小軍引劉備、關公、張飛上）（同唱）

【南北合套·新水令】千尋浩氣薄雲天，會風雷功名欲建。霜凝朱冑冷，風動繡旗掀，今日個一靖氛烟。弟兄們，好把鴻圖展。

（劉備白）我劉備同關、張兩弟，投涿郡太守帳下，效用勤王，慨蒙收錄。

不料即有黃巾賊前來攻打此城,奉劉公鈞令,同鄒將軍出城剿殺。兩位兄弟,且待鄒將軍到來,一同前去。(關公、張飛應科)

(雜扮小軍,引生扮引鄒靖上)(同唱)

【南北合套·步步嬌】車馬奔騰黃塵卷,頃刻風雲變。撐持半壁天,保守堯封,澄清禹甸。(合)況名將出幽燕,同心好把凶頑剪。

(見科)(鄒靖白)今日奉令殺賊,三位將軍須要奮勇當先,有進無退。(劉備、關公、張飛同白)這個自然,況俺兄弟三人呵!(同唱)

【南北合套·折桂令】荷黃堂破格成全,許與從戎,奔走行間。俺同心殺賊,也分所宜然,怎敢不奮勇當先?(鄒靖白)三位將軍如此忠勇,乃朝廷之福也。軍士們,與我殺出城去!(眾應吶喊出城科)(同唱)況生來義膽包天,管教當先,績奏旗常,功勒燕然。(下)

(眾引張角、張寶、張梁上)(白)頭目們!(同唱)

【南北合套·江兒水】拔寨蘆溝去,陳兵涿郡前。長征戎馬行如箭,把崇埔仡仡遇遭躔,臨衝苒苒隨方轉。若不把輿圖早獻,(合)一馬平川,休想路留一綫。(繞場下)

(眾小軍引鄒靖、劉備、關公、張飛上)(同唱)

【南北合套·雁兒落帶得勝令】急煎煎雄獅下九天,冷颼颼殺氣橫郊甸,虛颭颭揚旌遠樹威,骨冬冬炮鼓頻催戰。(鄒靖上高處科)(白)三位將軍出馬。(劉備白)二位賢弟,待我擒此賊首,以壯軍威。(關公白)三弟同行,關某隨後策應。(眾引張角、張寶、張梁同上)(戰科)(白)無名小卒,擅敢衝鋒,快喚劉焉出降,免得滿城屠滅。(劉備、張飛戰科)(追下)(關公唱)呀,他那裏不住喚劉焉,一個個失口浪誇天。你道俺小卒無名姓,誰與你元凶道本源?兵連,殺得你風落梨花片。旗搴,纔認得俺干城蓋世賢,纔認得俺干城蓋世賢!

(張角、張寶、張梁、劉備、張飛上)(對戰科)(下)(鄒靖白)令兄令弟好猛勇也!(唱)

【南北合套·僥僥令】麾兵如役電,壯士直摩天。戰袍濕處腥紅濺,甚黃巾不退還,(合)甚金甌不保全[1]。

(關公白)待關某出戰,務斬賊首。眾軍校,隨俺殺上前去!(眾引關公下)(劉備、張飛與張角、張寶、張梁戰科)(劉備作射張梁科)(眾賊敗下)(劉備、張飛同唱)

【南北合套·收江南】呀,早知是這般的狼狽呵,誰叫你弄虛喧?便算你兵多將廣也徒然。俺今朝設下虎狼圈,問伊家怎還,問伊家怎還?只看伊

如何飛上焰摩天。(劉備、張飛白)衆軍士,就此追上!(衆應科)(下)

(八卒、八黄巾賊逐對殺科)(下)(關公追張寶上)(戰科)(作斬張寶科)(下)(鄒靖白)軍士們,快追上去!(衆應吶喊繞場,同下)(張角急上)(白)看這三個小卒不起,竟有如此本事,敵他不過。三十六着,走爲上策。大家跪嘆。(同唱)

【南北合套·園林好】再休思三千大千,險些兒身損命捐[2]。收殘卒別圖郡縣,(合)重覩覦錦山川,重覩覦錦山川。(急下)

(劉備、關公、張飛、鄒靖、衆小軍上)(繞場科)(同唱)

【南北合套·沽美酒帶太平令】聽鉦聲一路傳,聽鉦聲一路傳,更鼙鼓韻淵淵,跨着龍驤緊着鞭。賊便是戾天鳶,俺須不是迎風燕。他那裏神疲手顫,俺這裏心雄身健。若與俺勝兵回戰,怕不的功成業建!俺呵,心懸,意懸,經多少村廛、市廛。呀,急返去要將俘獻。

(軍士白)啓將軍,趕至桑乾河,黃巾賊去遠了。(鄒靖白)天色已晚,就此奏凱班師。(衆白)得令。(同唱)

【慶餘】長驅逐北征塵遠,抵桑乾賊酋不見,只索金鐙鞭敲振旅還。(下)

校記

[1]甚金甌不保全:"保全",原作"保金"。據文意改。
[2]險些兒身損命捐:"身損命捐",原作"身捐命損"。據聲韻改。

第十一齣　劉玄德作尉安喜

(雜扮門將上)(白)一戰奇功出萬全,豈知常侍弄威權。弟兄枉費千鈞力,莫睹長安尺五天。自家非別,乃幽州太守門將是也。我太守老爺因見劉、關、張弟兄三人同立奇勳,與元帥皇甫嵩計議,要表奏他爲大將軍。可怪中常侍段珪貪圖賄賂,將空頭文憑自寫,劉備爲安喜縣尉[1],關公爲馬弓手,張飛爲步弓手,待後有功,並行奏請。俺太守老爺十分不悅,差我賚此文憑與劉王孫,着他星夜赴任。誠恐黃巾餘黨擾亂地方,又失城池。段珪聞之,坐罪不小。迤邐行來,此間已是營門首。門上有人嗎?(雜扮小軍上)(白)什麼人?(門將白)郡侯老爺差人要見劉爺的。(小軍白)住着,老爺有請。(生扮劉備上)(唱)

【中吕宫引・滿庭芳】一着戎衣，幾多勞勩，弟兄克敵心齊。（净扮關公上）（唱）晴天浮翳，揮掃净無遺。（净扮張飛上）（唱）帥府須當留意，想捷書，擬報丹墀。

（小軍報科）（白）禀爺，上司差人要見。（劉備白）請他進來。（門將白）劉爺請了。郡侯老爺今日特差小官送劉爺文憑在此。（劉備白）甚麽文憑？（門將白）劉爺職授安喜縣尉。（劉備白）我二位賢弟授何職事？（門將白）雲長爲馬弓手，翼德爲步弓手。（張飛白）可惡！什麽步弓手！我只見人説量田的叫做步弓手。（劉備白）我弟兄拼性命，策立功勳，殺黄巾百萬，指望我三人同拜將官，更爲國家建功立業。我兩個兄弟無官職，要此文憑何用？（門將白）郡侯心中十分憂悶，且勸劉爺赴任，待後有功，面君奏請。請千萬耐煩，不可忿悶。（劉備唱）

【南吕宫正曲・梁州序】不辭生死，親臨賊壘，幸得掃平螻蟻。指望封侯拜將，不能蔭子封妻。誰想功成虛廢，履險蹈危，到此成何濟？捷書怎不報，我功勳，空負孤軍犯虎羆。（合）功蓋世，總休提。（門將唱[2]）

【又一體】郡侯傳到，劉君休異。此是中官蒙蔽，貪圖賄賂，不肯奏達丹墀，以致英雄頹氣。目下雖則官卑，暫且之安喜。喬遷應可待，莫嫌遲，自有風雲濟會期。（合）權寧耐，莫銜悲。（關公、張飛唱[3]）

【又一體】嘆天象末路多岐，致中闈專權納賄，把奇勳偉勩，怎般輕易！不若家山桃李，歲歲青春，免得争閒氣。被人談笑我，昧先機。辜負西秦豪傑兒，（合）臨左衛，惜分離。（門將唱）

【尾聲】勸君早早休遲滯，王事多艱不用推，那時名位高尊自有期。

（白）告退了，劉爺。（劉備白）略有蔬飯，小意暫屈片時無妨。（門將白）不勞。（劉備白）些須薄意暫留伊，（門將白）昌邑曾聞畏四知。（劉備白）今日荷君多教益，（合）（白）明朝又隔路東西。（分下）

校記

[1] 劉備爲安喜縣尉："尉"，原作"尹"，誤。今依《三國志・蜀書・先主傳》及下文改。
[2] 門將唱："唱"，原作"白"，徑改。
[3] 關羽、張飛唱："唱"，原作"白"，徑改。

第十二齣　丁建陽起兵邠州

（衆扮小軍引小生扮呂布上）（唱）

【南呂宮引·生查子】膂力過凡流，浩氣冲牛斗。談笑覓封侯，回首功名就。

（白）未表食牛豪邁志，沉埋射虎雄威，封侯畢竟遂吾圖。雲臺諸將後，廟像許誰摹。到處爭鋒持畫戟，怒來叱咤喑嗚，千人辟易氣清磨。不須黃石略，祇用論孫吳。咱家姓呂名布字奉先，本貫西川五原郡人也。幼習武藝，頗有兼人之勇；欲慕封侯，不辭汗馬之勞。遠投邠州刺史丁建陽麾下，爲驍騎都尉。名雖部將，情同父子。正是欲圖遠大奇勳，不愧蠅隨驥尾。道猶未了，主帥早到。（雜扮衆將，引外扮丁原上）（唱）

【又一體】河內擁貔貅，胸次羅星斗。劍斬賊臣頭，石補蒼天漏。

（見科）（呂布白）主帥在上，呂布甲冑在身，不能全禮。（丁原白）吾兒少禮。（衆將白）衆將官叩頭。（丁原白）起過一邊。（衆應科）（丁原白）吾乃邠州刺史丁原，字建陽，才兼文武，職任藩籬。近因董卓弄權，殘虐生靈，吾欲會合刺史，征討此賊。吾兒意下若何？（呂布白）布聞，亂臣賊子，人人得而誅之。主將既有忠義之心，呂布敢不奮勇當先。（丁原白）既如此，叫衆將官。今乃黃道吉日，就此起兵前去！（衆將白）得令。（同唱）

【中呂宮正曲·好事近】羽檄會諸侯，運神機陣擁貔貅。同心勠力，斬奸臣拂拭吳鈎。嘆蒙塵冕旒，起群雄，雲擾誇爭鬥。看長江浪息風恬，濟川人自在行舟。（呂布唱）

【又一體】恢復舊神州，想何時得逐奇謀。奸雄肆志，把輿圖一統潛收。我志吞虎彪，大丈夫，肯落他人後？看長江浪息風恬，濟川人自在行舟。（呂布白）好嚴整人馬也！（衆下）

第一本(下)

第十三齣　議廢立董卓不臣

（衆校尉引四將虛白，繞場上）（白）大將桓桓迥出群，韜鈐武勇冠三軍[1]。一朝時至風雲會，願做從龍輔弼臣。（分白）俺乃大將軍李傕是也[2]。俺乃大將軍郭汜是也。俺乃大將軍張濟是也。俺乃大將軍樊稠是也。我等自西涼起兵以來，相隨丞相討戮奸邪，克定蕭牆之禍，遂蒙重用。今日奉丞相鈞旨，傳百官議事，着我等帶兵環衛。百官中如有異議不從者，即時梟首。你聽，金鼓之聲，丞相來也。衆校尉小心排列。（衆應科）（甲士、甲將、轎夫、傘夫、李肅、李儒，淨扮董卓上）（同唱）

【雙角正曲・三棒鼓】洛陽宮闕盡彫零。欲將天子遷都也，花錦城。長安地靈，皇都氣凝，盜已寧，兵息爭。（合）朝廷鈞軸吾操總[3]，公卿奉迎。公卿迓迎。

（內奏樂）（四將參見董卓白）殿上袞衣明日月，硯中旂影動龍蛇。縱橫禮樂三千字，獨對丹墀日未斜。自家姓董名卓字仲穎，隴西臨洮人也。且喜朝政皆歸吾掌，我欲乘此機會，假立陳留王爲名，自謀篡位，有何不可？今日設酒在温明園中，昨差飛騎往城中遍請文武百官到來，若順吾者，加官進爵；阻俺者，剜目斷舌，決不饒他。且待飛騎到來，便知分曉。（雜扮家將上）（白）飛騎城中去，相邀將相來。禀太師得知，領命去請文武百官，都已到齊了。（董卓白）如此，傳吾令去，衆文武俱要排班進見。（家將白）得令。（作出門）（白）太師有令，宣百官進見。

（生扮王允，外扮楊彪，末扮袁紹，生扮淳于瓊上）（唱）

【南呂宮曲・一剪梅】欲誅大惡抱深憂，空畫嘉籌，未遂嘉猷。（生扮盧植，小生扮彭伯、蔡邕、曹操上）（唱）在他門下且低頭，欲脫羈囚，又被羈留。

（各通名科）（同白）列位請了。（家將白）太師有令，文武百官俱要排班進見，隨從不得擅入。（袁紹白）嘎，他纔到，就有什麽令！（曹操冷笑）（白）

這却何妨。有了，司徒大人領班，我等依次進見。(王允白)請。(各請科)(王允白)太師在上，我等參見。(董卓白)諸公少禮，請坐。(各告坐科)(董卓白)學士、驍騎爲何不坐？(蔡邕、曹操白)小官等列于太師門下，焉敢望坐？(董卓白)我命坐，就坐罷了。(蔡邕、曹操白)告坐了。(董卓白)驍騎，我前日命你剿捕赤眉，得勝有功，還未升賞。(曹操白)全仗太師虎威，小官領兵前去，馬到成功，俱已剿滅盡了，何勞太師挂懷。(董卓白)好！吾當論功升賞。(曹操白)多謝太師。(衆官白)我等尚未奉賀。(曹操白)不敢。(衆官)我等蒙太師寵召，不知有何台旨？(董卓白)今日請衆文武到來議天下大事。衆官悉皆聽者。(衆官白)是。(董卓白)我想，爲天子者乃萬乘之尊，四海之主，君臨天下，福布八荒。今少帝無威儀聖德，不可奉宗廟、主社稷。況先帝有密詔，言劉辯輕浮無智，不可爲君。次子劉協，聰明好學，可承大漢宗廟。吾欲效伊尹、霍光故事，廢帝爲王，立陳留王爲天子，以正大漢宗室。爾等諸大臣以爲何如？(衆官白)太師妙算，允愜輿情。(董卓白)我主之事，豈有差誤？袁將軍何獨無言？(袁紹白)太師差矣。我聞：太甲不明，放之桐宮；昌邑有罪，霍光廢之。少帝富於春秋，未有不善。今太師欲廢嫡立庶，實爲反也。(董卓白)袁紹休得無狀！天下事在我，我今爲主，誰敢不從，將爲我匣中之劍不利乎？(袁紹白)你劍雖利，我劍獨不利乎？(衆官白)袁將軍請息怒。(袁紹白)列位，你看這廝，纔得一朝權在手，如何便把令來行？(作出門)(白)顔良、文醜帶馬。(顔良、文醜應)(袁紹白)就此回冀州去。(衆軍校引下)(董卓白)好惱！好惱！(衆官白)太師請息怒，袁將軍自知有罪而去了。(董卓白)他去了，難道我這裏就能罷了不成？看酒來。(內奏樂)(衆官奉酒各入座科)(同唱)

【仙呂宮正曲·園林好】治天下太師主張，代幼主令行四方。孰敢不欽遵景仰？(合)勝似周公旦相成王，勝似周公旦相成王。(董卓唱)

【又一體】誰能舉朝廷紀綱？(衆官白)全仗太師。(董卓唱)全仗我匡扶廟廊，能定國易如反掌。(合)勝似周公旦相成王，勝似周公旦相成王。

(雜扮報子上)(白)奔馳如過電，倏忽似流星。報事的叩頭。(董卓白)報什麽事？起來講。(報子白)太師聽禀。(唱)

【仙呂宮正曲·江兒水】兵馬臨城外。(董卓白)主將何人？(報子唱)邠州丁建陽。(董卓白)來此何干？(報子白)道太師呵，(唱)把朝綱濁亂多欺罔，志圖篡逆生狂妄。爲此鴻門突入來相抗，聲勢炎炎難擋。(合)早早提防,免使烟塵劍莽。

（董卓白）還有什麼人？（報子白）丁建陽不打緊,他有個義兒呂布,有萬夫不當之勇。（董卓白）他怎生打扮？（報子唱）

【又一體】束髮金冠耀,方天畫戟長。猙獰鎧甲神威壯,獅蠻寶帶征袍晃。十圍腰大身一丈,弓馬熟嫻堪讓。（合）早早提防,免使烟塵劍莽。

（董卓白）再去打聽。（報子白）得令。（下）（衆官唱）

【仙呂宮正曲·五共養】那廝不知分量,率爾提兵,遠到洛陽,寡不能敵衆,弱豈敢爭強？憑河暴虎,不量力徒誇骯髒。笑看車轍下,怒臂抵螳螂。（白）小官等告辭了。（董卓白）列位各去保守城池,我自有破敵之策。（衆官白）是。（同唱）（合）速整王師,用心提防。（衆官下）（董卓白）家將外庭伺候。（家將作出門科,站）（董卓唱）

【又一體】心中自想,這皇圖大業,捨我誰當？（白）我如今先發兵去擒呂布,丁建陽不戰而自服矣。（唱）射人先射馬,擒賊必擒王。正思篡位,那廝們突然無狀。龍鱗誰敢逆？逆者定淪亡。（白）李肅何在？（李肅上）（唱）（合）速整王師,用心提防。

（作進見科）（白）李肅見太師,有何台旨？（董卓白）李肅,丁原引着呂布前來犯我,我欲先擒呂布,丁原不戰自服。你意下何如？（李肅作想科）（白）主公在上,肅知呂布有萬夫不當之勇,若與交鋒,恐不能勝。莫若使一説客,制他來助主公,何患不得天下？（董卓白）此計雖好,怎生制得他來助我？（李肅白）主公勿憂。肅與布同鄉,足知其人勇而無謀,貪而無義。肅憑三寸不爛之舌,説呂布拱手來降主公也。（董卓白）將什麼東西去説他？（李肅白）主公將赤兔馬、白玉帶,將此二物,以利結其心,呂布必反,丁原自然投主公來也。（董卓白）既如此,你就將赤兔馬、白玉帶,再加上些金珠,快快拿去。（李肅白）是。（董卓白）李肅。（唱）

【仙呂宮正曲·川撥棹】你持玉帶,跨赤兔投虎帳。（白）這些東西,且不要説是我的,只説是你的微忱。（李肅唱）只説是你的微忱,叙鄉情言詞抑揚。（董卓唱）（合）物相留人可降,纔説出我行藏。

（李肅白）曉得。（董卓白）轉來。（唱）

【尾聲】臨行再囑中郎將,教他棄暗投明早酌量。（李肅白）主公,（唱）憑着我頰舌雌黄是智囊。

（董卓白）手中奇貨口中詞,（李肅白）管取英雄志轉移。（董卓白）若是得他心肯日,（同白）果然是我運通時。（董卓白）李肅,你成事之後,重重有

賞。(李肅應科)(董卓白)吩咐打道回府。(李肅應)(白)看轎。(眾儀從應科)(董卓上轎)(眾唱道,分下)

校記

［1］韜鈐武勇冠三軍:"鈐",原作"鈴",據文意改。
［2］俺乃大將軍李傕是也:"李傕",原作"李催"。今依《三國志·魏書·董卓傳》改。
［3］朝廷鈞軸吾操總:"鈞",原作"均",據文意改。

第十四齣　利金珠奉先背主

(雜扮小軍引小生扮呂布上)(唱)

【仙呂宮曲·天下樂】少小英雄志欲酬,遠驅士馬下邠州。斬關施展擎天手,不殺奸臣誓不休。

(白)我與主將提兵來此,將欲誅討叛逆。俺既任先鋒,敢不盡心行事?軍士每,你每去打聽那一處可以進兵攻擊,我這裏就起兵便了。(小軍白)得令。(末扮李肅上)(唱)

【中呂宮引·菊花新】赤兔玉帶說相知,利動他心便惑迷。他有勇少謀為,那裏是見得思義。

(白)此處已是呂將軍門首。有人麼?(小軍)是那個?(李肅白)煩你報去,說鄉親李肅求見。(小軍白)住着。啓爺,外面有個鄉親李肅求見。(呂布白)李肅是我鄉兄,有請。(小軍請科)(呂布白)鄉兄請。(李肅白)賢弟請。(呂布白)鄉兄請上,小弟有一拜。(李肅白)賢弟請上,愚兄也有一拜。久別尊顏,常懷渴想。(呂布白)萍水相逢,不勝忻躍,鄉兄請坐。(李肅白)賢弟同坐。(呂布白)鄉兄久別,現居何職?何便到此?(李肅白)李肅自別之後,忝在當朝為虎賁中郎將之職,聞賢弟舉兵到此,匡扶社稷。偶得良馬一匹,日行千里,渡水登山,若履平地。(呂布白)此馬可有名?(李肅白)名曰赤兔。肅不敢乘坐,特獻與賢弟,以助虎威。(呂布白)多蒙賢兄厚意,可帶來一看。(李肅白)軍士每,帶馬過來。(丑扮馬夫牽馬上)(白)來也,馬在此。(李肅白)賢弟,你看此馬身上火炭一般,並無半根雜毛,頭至尾長一丈,蹄至項高八尺,嘶吼咆哮,有騰雲入海之狀。(呂布白)果然好馬!帶在後槽去。(馬夫應)(帶馬下)(呂布白)但受此龍駒,將何以報?(李肅白)肅為義而來，豈望報乎？（呂布白）既如此，多謝鄉兄。（李肅白）不敢。賢弟，但此馬不可對令尊說是我送的。（呂布白）鄉兄差矣。先人棄世多年，對誰說來？（李肅白）我說令尊丁刺史。（呂布白）軍校迴避。（衆應，下）（呂布白）我拜丁建陽爲義父，出乎不得已耳。（李肅白）賢弟，我看你威武絕倫，有擎天駕海之才，四海孰不畏服？取功名如探囊取物耳，豈可鬱鬱久居人下？良禽且擇木而棲，人豈可不擇主而事？請自三思。（呂布白）布欲大展奇能，恨未逢賢主。鄉兄在朝，觀何人爲蓋世英雄？（李肅白）李肅遍觀大臣，皆不如董太師。他禮賢敬士，寬仁厚德，賞罰極明，終成大事。軍士們，取玉帶金珠過來。（雜扮軍士上）（白）玉帶無瑕疵，金珠有現光。玉帶、金珠在此。（呂布白）收了。（軍士應，下）（呂布白）鄉兄何故又有此物？（李肅白）皆是董太師仰慕賢弟英名顒望，特令李肅持獻。赤兔馬亦是董太師所賜也。（呂布白）吾聞太師奸惡，與丁建陽引兵來此征討。他原來是個好人咳，我此來差矣！（李肅白）李肅這等不才，尚爲虎賁中郎之職。若賢弟到彼[1]，貴不可言，功名在反掌之間。賢弟自不肯爲耳。（呂布白）鄉兄，丁建陽爲父子，每受其侮慢，待我如僕隸，驅我如犬羊。今聞太師汪洋度量，敢不敬從所招？（李肅白）賢弟。（唱）

【中吕宮正曲・駐馬聽】若肯背暗投明，權重當朝勢不輕。（白）此去呵，（唱）管取登壇拜將，金印腰懸，手握雄兵。一似遷喬出谷鳥嚶嚶，皂雕翅展滄溟境。（合）獻此葵誠，把甲兵收斂，疾忙前請。（呂布唱）

【又一體】深感隆情，鬱鬱迷途指教明。授此帶圍白玉，馬似龍駒，感謝難名。（白）布此去呵，（唱）冒干師相望垂青，他汪洋度量當尊敬，（合）獻此葵誠，把甲兵收斂，疾忙前請。

（李肅白）賢弟，就此同去如何？（呂布白）待我處置了丁建陽，收拾了甲兵，然後就來。（李肅白）賢弟，我那裏城禁甚嚴，你可將此銅符，到禁門比號，方可放你入城。（呂布白）如此，多謝了。相投機會建奇功。（李肅白）龍遇祥雲虎嘯風。（呂布白）今日得君提掇起，（同白）免教人在污泥中。（分下）

校記

[1] 若賢弟到彼："彼"，原作"被"，據文意改。

第十五齣　托乾兒丁原授首

（雜扮眾軍校引外扮丁原上）（唱）

【越調引‧霜天曉角】安營左右，父子分前後。奈彼城池堅守，征誅未遂吾謀。（白）仗劍到長安，亂臣早防衛。兵雖貴神速，無由破奸銳。自家丁原是也，與吾兒呂布領兵征討董卓，連日攻城不下。眾軍士，吩咐四下，遠遠巡更打梆擊柝，或歌或唱，不可睡熟了。倘有緊急軍情，可報與前營呂將軍便了。（眾應下）（丁原白）不免把兵書展開一看，多少是好。（唱）

【仙呂宮正曲‧桂枝香】屯兵甲冑，聲喧刁斗，燈前謾展兵書，虎略龍韜參究。聽疏林鳥鳴，聽疏林鳥鳴，惡聲相鬥，想是爭巢先後。（合）嘆淹留，（白）孽畜！孽畜！（唱）上苑多喬木，如何不去投？

（白）不覺神思困倦，且去睡了，待明日與吾兒呂布商議破敵之策便了。明朝更有新條在，惱亂春風總未休。（入帳睡科）（雜扮巡軍上，唱山歌）夜深霜重鐵衣寒，巡哨敲梆手臂酸。傲殺城裏人家，無事正好困，算來名利不如閒。（虛白）（睡科）

（小生扮呂布上）（唱）

【又一體】更深時候，燈輝如晝[1]，營中鼻息如雷，想已安然睡久。（白）我以父待他，他不以子待我。（唱）我乃人間丈夫，我乃人間丈夫，枉做兒曹相守。何日得功名成就？（白）我如今直入帳中，殺了這老賊，然後獻功與董府。（唱合）仗吳鉤，頃刻三魂喪，須臾萬事休。（作殺丁原持頭科）

（巡軍白）呀，營中燈火尚明，裏面什麼響，想是主帥起身了。（呂布白）竈突已炎上，燕雀猶未知。軍士們聽令。（眾巡軍白）將軍有何吩咐？（呂布白）那丁建陽有謀反之心，我已殺之，汝等從我者在此，不從者散去。（巡軍白）願從將軍。（呂布白）既肯隨我者，三日後自有犒賞汝等。（巡軍應）（呂布下）（一巡軍白）我有隻山歌哩，唱拉你聽聽。（唱山歌）將軍不去殺奸臣，只會欺瞞自家屋裏人。夏至前頭個鰣魚骨裏臭，勿說起殺星抹倒子父恩。（同下）

（雜扮軍士，引外扮守城將上）（唱）

【仙呂宮正曲‧縷縷金】遵號令，守城樓。晨昏方出入，恐奸謀。職分雖卑陋，也有兵權在手。（合）過關誰敢不低頭，軍法令搜究，軍法令搜究。

（呂布上）（唱）

【又一體】忙策馬,過荒邱。雞鳴天漸曉,露華收。寶劍紅光溜,血腥猶臭。一朝恩愛變爲讎,靈臺忽生垢,靈臺忽生垢。(白)城門緊閉,待我敎門呌開城門。(守門將白)吷,什麽人大膽叫門?(呂布白)吾乃呂參軍,要往董府去的。汝乃是何職,敢盤詰阻擋?(守城將白)吾乃守城校尉,奉虎賁中郎將之令,若入城者,有銅符者方許放進。如無者,即時斬首。既是呂將軍,取銅符比號。(呂布白)有銅符在此,拿去比號。(守城將白)比驗相同。軍士每,即便開關。(呂布白)請了。(同唱)(合前)過關誰敢不低頭,軍法令搜究,軍法令搜究。(同下)

校記

[1]燈輝如晝:"晝",原作"畫",據文意改。

第十六齣　拜義父呂布封侯

(衆扮家將,净扮董卓上)(唱)

【正宮引·縹山月】洗眼看旌旗,機密許誰知?意欲圖,呂布做吾兒,如虎添雙翅。

(白)自家正思篡位,忽爾丁原提兵前來犯我,誰能撩蛇虺之頭,踐虎狼之尾?我正欲與他交鋒,有虎賁中郎將李肅,說他手下呂布有萬夫不當之勇,只可智取,不可力敵。況李肅與他同鄉,足知其人勇而無謀、貪而無義。我就差李肅與良馬、玉帶、金珠,去説他來降。待他來時,吾當恩結父子,圖他一臂之力,助登九五之位。且待李肅回來,便知分曉。

(末扮李肅上)(唱)

【南呂宮曲·生查子】猛士遂招邀,趨步忙傳報。跳躑笑猿猱,終是羅圈套。

(白)太師,李肅參見。(董卓白)李肅,你回來了麽,事體何如?(李肅白)李肅領命去説呂布,欣然從之。(董卓白)爲何便肯相從?(李肅白)我説他威武絕倫,有擎天架海之才,四海孰不畏敬?取功名富貴如探囊取物,豈可鬱鬱久居人下?良禽相木而棲,人豈可不擇主而事?請自三思。(董卓白)他便怎麽説?(李肅白)他説本欲大展素志,恨未逢賢主。他就問我,朝中何人是蓋世英雄。(董卓白)你説誰來?(李肅白)李肅對他説,天下英雄無如董太師,寬洪度量,賞罰極明。太師聞知足下英勇過人,爲此着我來送良馬、金珠、玉帶，聊爲聘儀。倘肯俯從，功名富貴，易如反掌。他欣然喜悅，說太師不責我提兵犯境，反加厚賜，如此汪洋度量，敢不敬從所招？（董卓白）既如此，何不與他同來？（李肅白）他說要處置了丁建陽，收斂了甲兵，然後來也。（董卓白）可喜！待他來時，吾當恩結父子，托以心腹，仗他一臂之力。快整治筵宴，少間，賜汝一坐。（李肅白）多謝太師。（董卓白）叫官妓每過來。（李肅白）是。官妓每走動。（旦扮官妓上）（白）**團團鏤月爲歌扇**，**片片裁雲作舞衣**。官妓每叩頭。（董卓白）少間呂將軍來時，好生承應。（官妓應科）

（小生扮呂布，丑扮軍士捧丁原首級上）（呂布唱）

【又一體】**良禽欲遷喬**，**木豈能尋鳥？**

（李肅白）賢弟爲何來遲？（呂布白）殺了丁原，收斂甲兵，故此來遲，望乞引進。（李肅白）這是何物？（呂布白）是丁原首級。（李肅白）既如此，先獻首級，然後進見。（軍士隨李肅進科）（董卓白）這是什麽東西？（李肅白）這是呂參軍殺了丁建陽，將此首級獻上，以爲進見之功。（董卓白）這是丁原的首級麼？殺得好！丁原。（軍士白）有。（李肅白）怎麽答應起來。（軍士白）死人身邊有活鬼。（董卓白）你如此強梁，也有今日。（軍士作打科）（李肅白）怎麽打他？（軍士白）打個死個不拉活個看。（董卓白）胡說，拿去號令。（軍士應，下）（董卓白）快請呂將軍相見。（李肅白）是。賢弟請進相見。（呂布白）太師在上，待呂布參見。（董卓白）不勞罷。久慕英名，如渴思水，何緣得濟，足慰平生。（呂布白）輕犯虎威，反蒙厚賜，侯門徹入，謹當待罪。（董卓白）多蒙足下殺了丁原而歸與我，老夫甚喜，欲仰扳足下，恩結父子，早晚托以心腹，幸勿固辭。（呂布白）布聞：君之視臣如手足，則臣事君如心腹。既蒙太師以子相待，敢不盡心以父事之。凡有所托，盡心報效。（董卓笑科）（白）妙嘎，得黃金百斤，不如得烈士一諾。請坐。（呂布白）告坐了。（董卓白）李肅，呂將軍在丁原處是何職？（李肅白）是參軍之職。（董卓白）嘎，是參軍之職麼？想足下如此大才，怎麽只做個參軍？那丁原他不會用人。前日聞報在溫明園中，今日又在溫明園中結義。也罷，就封汝爲溫侯之職便了。（呂布白）多謝太師。（董卓白）吩咐尚寶司鑄溫侯印。（李肅傳說科）（呂布更衣科）（董卓白）看酒過來。（各按席科）（官妓送酒）（同唱）

【南呂宮集曲・梁州新郎】君如良驥，日行千里，步驟須人銜轡。投明棄暗，傾心喜汝來歸。壓到三千珠履，百萬貔貅，唾手圖王會。爲男忘彼此，兩無疑，內外朝綱，仗你總護持。（雜扮軍士、將官，中軍捧印冊、劍、令旗上）

（同唱）（合）龍虎合，風雲會，看非常爵位身榮貴。爲將相，正顚沛。

（李肅白）請溫侯拜印受職。（呂布作拜印科）（白）太師恩父請上，待呂布孩兒一拜。（董卓白）罷了。（呂布唱）

【又一體】受聘來話語投機，甘下拜乾兒毋諱。計朝廷大事，共操綱紀。私喜碧桃海上，紅杏日邊，瓜葛連根蒂。天恩施雨露，沐提携，便作奇花入品題。（合）龍虎合，風雲會，看非常爵位身榮貴。爲將相，正顚沛。

（董卓白）官妓每進酒。（同唱）

【南呂宮正曲・節節高】氤氳瑞靄飛，水沉犀，金爐灰暖龍涎膩。瑤釵墜，舞袖垂，春風細，歡聯父子情猶契，涸鱗踴躍恩波裏。（董卓白）過來，吩咐擺齊儀從，送溫侯到西府去。（衆應科）（董卓白）我兒失陪了。（下）（衆唱合，走科）洞簫風送出屛幃，家筵開處拼沉醉。

【尾聲】重移酒席笙歌沸，半天銀燭晃朝衣，從教月照高樓又轉西。（作送到科）（李肅白）賢弟，明日奉賀，告辭了。官妓每，小心服侍。請了。（李肅下）（衆將白）衆將官叩頭。（呂布白）爾等各歸營伍。（衆應科，下）（官妓白）官妓每叩頭。（呂布白）起來，以後不可行此禮。你每幾名在此？（官妓白）二十名在此。（呂布白）好，俱各有賞，隨我進來。（扶呂布同下）

第十七齣　董太師元夜張燈

（雜扮家將上）（白）須臾萬斛金蓮子，撒向皇都五夜開。誰家見月能閒坐？何處聞燈不看來。我等乃董府家將便是。今當上元佳節，太師吩咐張挂燈彩，與太夫人賞玩。今已齊備，只得在此伺候。你看燈球影影畫堂中，鼓樂喧闐徹上穹。人人總在春風裏，物物都歸和氣中。道言未了，太師出堂也。

（雜扮家將引净扮董卓上）（唱）

【仙呂宮引・夜行船】玉帶袞衣身顯耀，決大事始趨朝。落落襟懷，岩岩氣象，劍佩班雄廊廟。

（白）氣吐虹霓吞宇宙，手提長劍破乾坤。洛陽眼底無天子，金塢園中多玉人。自家董卓，官居極品，位冠群僚，壯志吐而星斗寒，迅令發而雷霆吼。郿以黃金築塢，積穀爲三十年糧儲。我想，事成可以雄踞天下，若事不成，守此足以娛老。這也不在話下。今乃元宵佳節，敬備筵宴，請母親賞玩。家將喚李肅、李儒過來。（家將白）李肅、李儒，太師喚。（末扮李肅，外扮李儒上）

（白）紫府潭潭畫戟張，太師行樂五雲鄉。門迎朱履三千客，屏列金釵十二行。太師在上，李肅、李儒見。（作叩見科）（董卓白）且喜天子西幸長安。今乃元宵佳節，已曾吩咐遍挂花燈，着光祿寺治酒，教坊司演樂。（李肅、李儒白）曉得。仰承台旨，去排設綺筵來。（下）（董卓白）母親有請。（旦扮衆梅香，隨副扮董母，丑扮董卓妻上）（同唱）

【雙調引·寶鼎現】上元堪賞玩，佳節屆、黎民盡樂堯年。太平人物，分明是閬苑神仙。（見科）

（董卓白）母親拜揖。（董母白）孩兒少禮。（董卓白）母親，孩兒在齠齔間封爲列侯，我女繈褓中封爲郡君，金紫之榮，富貴極矣。今乃元宵佳節，請母親賞玩。（董母白）生受我兒了。（董卓白）看酒來。（同唱）

【仙呂宮集曲·錦堂月】火樹星橋，新正好景，人間喜遇燈宵。五夜風光，繁華賽過蓬島。碧天外星月交輝，彩樓內笙歌繚繞。（合）花燈照，惟願取人月團圓，同諧歡笑。

（董卓白）請太奶奶觀燈。（作上樓科）（衆扮男女鄉民雜耍上）（作繞場科）（同唱）

【仙呂宮正曲·醉翁子】市朝，逞社火獅蠻舞跳。看鬼臉狰獰，蠻歌腔調。歡笑，愛戲耍孩兒，竹馬能騎過小橋。（合）喧擾擾，鑼鼓頻敲，共鬧元宵。（衆鄉民、雜耍繞場，下）（衆同唱）

【仙呂宮正曲·僥僥令】水犀然寶炬，燈火壓星橋。你看霽色澄澄連巷陌，（合）彩結翠巍巍山勢巧。

【尾聲】良宵三五風光好，金樽莫惜燈前倒，那更漏鼓頻頻出嚴譙。

（董母白）銀燭燒殘欲喚時，（董卓白）醉扶方覺夜眠遲。（董母白）料應歌舞留人久，（同白）月落烏啼總不知。（下）

第十八齣　王司徒私衙談劍[1]

（生扮王允上）（唱）

【南呂宮·步蟾宮】官僚不合生矛盾，謾教晝夜縈心。上方假劍斬奸臣，何有礪吾霜刃。

（白）赤手難將拊虎鬚[2]，勞心焦思日躊躇。亂臣賊子《春秋》例，記得人人盡可誅。前日聞得丁建陽與呂布提兵來此征討董卓賊，這兩日不知消息如何。爲此，我着人去打聽，待他回來，便知分曉。

（雜扮院子上）（白）有事忙傳報，無事不亂傳。老爺，小人叩頭。（王允白）你回來了麼？打聽事體如何了？（院子白）小人打聽那呂布殺了丁建陽，反投入董府去了。（王允白）嗄，那呂布殺了丁建陽，反投入董府去了？（想科）有這等事？過來，快到我書房中去取古史一冊、寶劍一口，再着人去請曹驍騎來議事。（院子應，下）（王允白）阿呀，罷了嗄，罷了！吾聞呂布有萬夫不當之勇，反投董卓，正所謂虎添雙翼也。（唱）

【正宮正曲·錦纏道】滿胸臆，抱國憂、頭將變白。他收猛士，有萬人敵，怪奸賊，猶如虎添雙翼。我欲斷海中鰲，撐持四極。石欲煉火中丹，補修天隙。這嘉謀讜籌畫，夢常繞洛陽故國，仰天空淚滴。（合）想鬼燐明夜，宮廷草碧。蒼天嘆蒼天，（唱）嘆中原，恢復是何日？

（院子上）（白）青鋒劍可磨，古史書堪讀。老爺，書劍在此。（王允白）放在桌兒上。（院子白）是。（王允白）曹爺可曾請了？（院子白）請下了。（王允白）到時，疾忙通報。（院子白）曉得。（同下）

（雜扮衆軍牢，引副淨扮曹操上）（唱）

【南呂宮引·步蟾宮】匏瓜不食人休訝，壯懷自惜年華。飢蠅附驥怎知咱，似尺蠖乘時變化。

（白）下官曹操，方纔王司徒老兄見招，不免去走遭，打道。（軍牢白）這裏是了。（曹操白）通報。（軍牢白）門上有人麼？（院子上）（白）住着。（軍牢白）通報過了。（曹操白）迴避。（衆軍牢應，下）（院子白）老爺有請。（王允上）（白）怎麼說。（院子白）曹爺到了。（王允白）道有請。（院子白）家爺出來。（王允白）驍騎。（曹操白）老大人。（王允白）驍騎請。（曹操白）曹操年少職微，深蒙枉召。恐拂台命而來，焉敢僭越？（王允白）不必太謙，一則太師門下，二則漢相之後，非比其他。請！（曹操白）老大人若論漢相之後呢，其實惶恐。若說太師門下，曹操這裏斗膽了。（王允白）請。（曹操白）沒有這個禮，還是老大人請。（王允白）不必過謙，請！（曹操白）如此，從命了。（王允白）請。（曹操白）老大人。（王允白）驍騎請坐。（曹操白）是那個坐。（王允白）是驍騎坐。（曹操白）豈有此理！曹操侍立請教便纔是，焉敢望坐？（王允白）豈敢相邀驍騎到來，未免有幾句話兒相叙，那有不坐之理？（曹操白）如此，待曹操傍坐。（王允白）那有此理。（曹操白）如此，告坐了。（王允白）豈敢。點茶。（院子應科）（王允白）驍騎還是在那裏一會，直至今日。（曹操想科）（白）嗄，還是在溫明園中一會直至今日。（王允白）是嗄，還是在溫明園中一會直至今日。（曹操白）便是久違了。（王允白）久違了。（曹操白)老大人,那日溫明園中,袁將軍也忒性急了些。(王允白)那袁本初他是有肝膽的丈夫,他見太師言語忒過分了,所以有此議論。(曹操白)那日若沒有老大人在彼這樣調停,不然幾乎了不得。(王允白)還是驍騎在彼周全。(曹操白)我曹操濟得甚事,還虧老大人曲全。(王允白)豈敢。驍騎這兩日可聞丁建陽征伐的消息如何?(曹操白)老大人還不知麼?那呂布殺了丁原,反投入董府去了。(王允白)呀,反投入董府去了?這等我們還該去奉賀。(曹操白)賀什麼?吉凶未定。(王允白)好個吉凶未定!(曹操白)蒙老大人見召,必有所諭。(王允白)奉屈到來,也非為別事。下官近得寶劍一口,不知何名,古史一冊,又蠹損了一句。驍騎聞識諳博,所以請教。(曹操白)這個,老大人又來難我學生了。曹操平日志在溫飽,但能飲酒食肉而已,那骨董行中,再不要提起。前日一個人拿兩幅畫來賣,一幅是戴嵩的牛,一幅是韓幹的馬。我說道,牛又耕不得田,馬又騎不得人,要他何用?若有站得人起的牛糞馬糞,我這裏倒用得着。(王允白)要他何用?(曹操白)肥田而已。(王允白)休得取笑。請觀此劍。(曹操白)妙嗄,好劍。(王允白)敢問此劍何名?(曹操白)僕雖不識,曾聞純鈎之劍,紋如星形,光若波溢。昔吳國姬光用之刺王僚。今觀此劍,非豪曹之比,真乃純鈎寶劍也。(王允白)豪曹是何物?(曹操白)亦是劍名,但不如純鈎砍鐵如泥,故可以透甲傷人。(王允白)豪曹不能透甲傷人,是無用之物了。(曹操白)怎麼說無用?不過欠剛而已。(王允白)好個欠剛而已!古史一冊,蠹損了一句,乞請教。(曹操白)不消看得,上文呢?是下文?(王允白)是下文。(曹操白)上文怎麼說?(王允白)城門失火。(曹操白)這個何難。(王允白)願聞。(曹操白)下文是"殃及池魚"了。(王允笑科)(白)是"殃及池魚",是"殃及池魚"。(曹操白)這老兒好古怪。老大人,明人不必細説,我曹操已曉得了。(王允白)驍騎曉得什麼?請教。(曹操白)古語云:"以往察來。"適聞所言,僕在董府,彼為惡不能諫止,必至殃及池魚。且笑我徒豪曹,不如純鈎透甲傷人故也。寔不相瞞老大人,僕非池中之物,為見董卓肆志無已,幾欲招集義兵,必須明正其罪。昨聞呂布又歸了他,所以遲遲行事耳。(王允白)驍騎,你既在他門下往來,何不以此寶劍行事?免勞紛擾軍兵,則執事之功居多矣。(曹操白)既如此,所觀寶劍借來一用,自有處置。(王允白)孟德若肯行,下官即當跪送。(曹操白)請起,老大人。那董賊近日行事如何?(王允白)驍騎,那董賊呵。(唱)

【正宮正曲・四邊靜】他公然出入侔鑾駕,龍袍恣披挂,六尺擅稱孤,

一心要圖霸。(合)純鈎出靶,風光叱咤,乘隙刺讎家,成功最爲大。(曹操唱)

【又一體】承顏順志忘疑訝,謙謙實爲詐。兵甲蘊胸中,眉睫仰天下。(合)純鈎出靶,風光叱咤,乘隙刺讎家,成功最爲大。

(王允白)李肅能謀呂布雄,(曹操白)紛紛牙爪護眞龍。(王允白)敵國舟中難恃險[3],那知殺羿有逢蒙?請了。驍騎,此事非同小可,要見機而作。(曹操白)老大人請放心。請了。老大人請轉。内事在於曹操,外事……(王允白)噤聲。(作看科)(白)知道了。(曹操白)請了。(嗽下)(王允白)妙哉!妙哉!下官日夜焦勞,思殺董賊,今得曹孟德慷慨前往,我想他膽略超群,機謀出衆,此去必然成功。老天老天!若得一劍誅了逆賊,上以肅清朝政,下以奠安黎庶,使漢家四百年社稷永保無虞,我王允就死亦瞑目矣。正是:眼望捷旌旗,耳聽好消息。(下)

校記

[1] 王司徒私衙談劍:"衙",原作"衛",據文意改。
[2] 赤手難將捋虎鬚:"捋",原作"將",據文意改。
[3] 敵國舟中難恃險:"舟",原作"丹",據文意改。

第十九齣　計不成曹瞞走馬

(副淨扮曹操上)(白)董卓操心荆棘生,王家拔樹要連根。庖丁割肉須刀刃,樵子入山操斧斤。我曹操,昨蒙王司徒着我幹事,悄悄來到此間。太師尚未出來,且將此劍藏在外面。待他出來,見機行事便了。正是:獵户裝窩窺虎出,漁翁垂釣候魚來。(暗下)

(淨扮董卓上)(唱)

【南呂宮引·浣溪沙】人如蟻負驥雲行,大業堪誇羽翼成。(白)國士無雙我獨權,田文何用客三千。吾兒呂布誰能敵?曹操從來智勇全。(曹操上)(白)方纔説曹操,曹操就來到。太師,曹操見。(董卓白)驍騎,你每日來遲,今日爲何來得恁早?(曹操白)僕因馬羸行遲,恐應抵考,今日故此早來侯候。(董卓白)我兒呂布那裏?(小生扮呂布上)(唱)來了!鱗閣森森劍戟排,威風凛凛實奇哉。從來董府多心腹,孤立劉皇真可哀。

(作進見科)(呂布白)太師拜揖[1]。(董卓白)吾兒,曹驍騎説,爲因馬瘦,每日來遲。你去廄中,有好馬選一匹來與驍騎。(呂布白)是。**鹽車驥困無人識,伯樂相逢便解嘶。**(下)(董卓白)驍騎,有一事問你。(曹操白)太師垂問,當竭其愚[2]。(董卓白)吾欲登東山而小魯,此間山皆小,不足以觀四方,如之奈何?(曹操白)待曹操想來。嗄,有了。(董卓白)在何處?(曹操白)有一名山,喚做武當山,若登之,可以望見天下。(董卓白)可上得去?(曹操白)怎麼上不去?除非大英雄大膽量之人纔可上得去。(董卓白)你可上得去麼?(曹操白)小官不能。(董卓白)你若上去者。(曹操白)這叫做不知進退。(董卓白)倘跌下來?(曹操白)這就不知死活了。(董卓白)你且迴避。(曹操白)想太師早起久話,尊體困倦,僕在外面伺候。(董卓白)你且出去。(曹操出)(拿劍科)(董卓白)我連日不曾對鏡,不免對鏡照看龍影如何?(照鏡科)(曹操拔劍刺科)(董卓白)驍騎,你去了,爲何又來?(曹操白)昨得一劍,欲獻府中,適來太師有事相問,以此忘了。今復來獻。(董卓白)取上來。此劍從何而得?(曹操唱)

【雙調正曲・鎖南枝】聽拜啓,恩相前,寒微一介蒙俯憐。重價買龍泉,掣時電光見。(合)奇異物,寶氣纏,特將來,府中獻。(董卓唱)

【又一體】門下士,惟汝賢,爲咱求劍費萬錢。早晚去朝天,腰懸上金殿。(合)吾總攬,文武權,仗威風,助八面。

(呂布上)(白)客豈登龍客,翁非失馬翁。太師,馬已牽在外面。(董卓白)驍騎,你就騎了去吧。(曹操白)多謝太師。我曹操此去,好似鰲魚脫却金鈎釣,擺尾搖頭再不來。(作急下)(呂布白)太師,適纔曹操到此怎麼?(董卓白)在此獻劍。(呂布白)此人狡詐。今乘馬而去,料不再來。方纔獻劍,實有行刺太師之心。(董卓白)他好意獻劍,不要錯怪了他。(呂布白)太師。(唱)

【雙調集曲・孝南枝】他知機密,難隱言,曹瞞膽敢驚晝眠。(董卓白)他好意來獻劍。(呂布唱)他假意獻龍泉,其心有不善。(董卓白)與我談接亦自有理。(呂布唱)他隨機應變,欲刺太師,被咱窺見。(董卓白)我方纔驚見鏡中之影,必是此人心懷不良也。(呂布唱)多感天相吉人,鏡裏分明現。(合)他乘馬去,決不足,從此後,要驅遣。

(董卓白)吩咐畫影圖形,遍挂四方,如有拿住曹操者,千金賞萬户侯,若藏匿者,與本人同罪。吾兒,自今以後,入朝緊隨吾右,不得遠離。(呂布應科)(董卓白)不信城中有虎人,(呂布白)果然人面不相親。(董卓白)**曹瞞學得商鞅術**,(呂布白)**爲法從來身害身**。(董卓白)吾兒,你就將此劍,跨上赤兔馬,速速趕上去,找他首級回話。(怒下)(呂布白)得令。(下)

校記

［1］太師拜揖："揖"，原作"損"，據文意改。
［2］當竭其愚："愚"，原作"遇"，據文意改。

第二十齣　歌有習王允式環

（丑扮柳青娘上）（唱）

【雙調・清江引】百花庭院重門閉，鼓瑟人間麗。素手按宮商，秋水搖環佩。響冰弦，和瑤玉，聲清翠。（白）老妾乃王司徒府中女教師柳青娘是也。今早老爺吩咐，要到百花亭上賞春，不免喚貂蟬等一班女樂在此演習歌舞伺候。你看好花卉，但見白玉階前紅間紫，紫間紅，都是嬌姿嫩蕊；畫欄杆外黃映白，白映黃，盡是那艷質奇葩。那壁廂合歡相對，宛如繾綣之夫妻；這壁廂棠棣聯芳，好似綢繆之兄弟。楊柳耽晴烟，弱質呈來妙舞；海棠含宿雨，朱顏露出新妝。呀，這起丫頭們，都在後花園戲耍，待我叫一聲：貂蟬等走動。（貂蟬、翠環等上）（唱）

【前腔】海棠花下華筵啓，整頓歌金縷。舞袖謾安排，繡褥重鋪砌。歌一回，舞一回，唱一回。

（見科）（白）柳青娘萬福。（柳青娘白）貂蟬少禮。（翠環等白）柳青娘萬福。（柳青娘白）萬福萬福，打得你們痛哭。你這起丫頭們，都來跪在這裏。老爺今日要【集賢賓】，把【青玉案】擺得【端正好】。你們兀自【踏沙行】【鬥鵪鶉】，把【青杏子】打着【黃鶯兒】，【紅芍藥】引着【粉蝶兒】，好【快活三】。叫一聲又不【駐馬聽】，真個叫我【惱殺人】。一個懶去【上小樓】【點絳唇】，一個懶插【一枝花】【雙鳳翅】；一個打點穿了【紅衫兒】，換了【紅繡鞋】，【翠裙腰】舞出【六么令】，一個不準備着【捧金盞】兒，斟出【梅花酒】，【攪箏琶】唱出【新水令】。那裏管老爺【醉花陰】【醉扶歸】，都是你每這等懶惰，誰賞你【一定金】【四塊玉】？快快【脫布衫】，【好姐姐】取出【神杖兒】，各打【十棒鼓】，打得你們都做了【哭岐婆】。（翠環等白）今日老爺與夫人家宴，不疑外客。我等只因服侍夫人梳妝，來遲了，望柳青娘恕責。（柳青娘白）恰纔在花園戲耍，又來掉謊。（翠環等白）下次再不敢了。（柳青娘白）也罷，看貂蟬分上，起來演樂。（演樂科）（白）住了，【新水令】熟了麼？（衆白）還不熟。（柳青娘白）還不熟？終日做什麼？好自在性兒，擺着演過去。【新水令】六工一六尺,工一五凡工。四凡工六凡,六一六尺一。四五凡工四,上合六工六。你們在此演樂,我去打睡片時就來。老爺來時,好生吹打,不要連累我受氣。(下)

(王允上)(唱)

【西地錦】草表初完未奏,華亭且聽歌謳。(夫人上)婦隨夫唱意綢繆,丹鳳彩鸞佳偶。

(見科)(白)相公萬福。(王允白)夫人到來。(夫人白)相公請坐。(王允白)夫人同坐。(貂蟬白)爹娘萬福。(王允、夫人白)孩兒少禮。(王允白)夫人,下官自從迎取聖駕到此,不覺又是三月天矣。(夫人白)相公連日不理朝綱,歸閒花下,其意如何?(王允白)董卓未到,政令內外大小皆在下官。如今董卓已到,公卿下車迎迓,朝廷的鈞軸都讓與他掌管了,因此連日稍閒。(夫人白)相公你也屈節事他?(王允白)夫人豈知我的就裏?翠環進酒,貂蟬唱曲。(貂蟬唱)

【二郎神】朝雨後看海棠把胭脂濕透[1],笑眷戀花心蝴蝶瘦。繁花亭院,春來錦簇香浮。檀板金樽雙勸酒,好風光怎生能彀?(合)何必慕仙遊,羨人間自有丹丘。

(王允白)貂蟬,這曲是新的舊的?(貂蟬白)老爺,是奴家胡謅的。(王允白)也虧你,我有玉連環就將賞你。(貂蟬白)多謝老爺賞賜了。(王允白)花前歌舞且盤桓,國步艱難敢盡歡。(夫人白)朝夕焚香告天地,願祈國泰與民安。(下)

校記

[1] 朝雨後看海棠把胭脂濕透:"濕",原作"溫",據文意改。

第廿一齣　鞭督郵縣尉挂冠

(旦扮糜氏,旦扮甘氏上)(唱)

【仙呂宮引·謁金門】功名事,暫展烹鮮小試。喜報功名來半紙,姊妹忻重侍。(甘氏白)妹子,一戰黃巾立大功,榮妻顯祖耀門風。(糜氏白)當初未遇遭艱苦,今喜泥中起困龍。(甘氏白)妹子,且喜夫君殺賊有功,除授安喜縣尉。到任已來,民安物阜,盜息時豐,官署安閒,真可以為樂矣。(糜氏白)喜遇春光明媚,見後園花柳芳菲,與姐姐同去遊玩片時,意下如何?(甘氏白）何不請相公一同玩賞，多少是好。（糜氏白）相公來了。（生扮劉備上）（唱）空有功勞拔幟，不遂平生豪志。雖是微身叨出仕，蒼生勤撫字。（相見科）

（劉備白）困龍昔日隱深淵，今喜初生見在田。（甘氏、糜氏白）頭角崢嶸宜大奮，行看直上九重天。相公，你看三月春光，鶯花新老，何不同到後園消遣一回，多少是好。（劉備白）夫人請。（甘氏、糜氏唱）

【仙呂宮曲·桂枝香】飛花成片，亂隨風展。直憑的流水韶華，惜芳菲春光如綫。尋香粉蝶，尋香粉蝶，穿簾乳燕，向人流戀，暫盤旋。惟願你兄弟成名早，好佐炎劉世澤傳。

（甘氏白）相公爲何不樂？（劉備白）夫人，你兄弟兩字，使我愁緒交縈。你不曉得，我與二位兄弟呵。（唱）

【又一體】桃園設願，沙場酣戰，皆是他兩個奇勳，到掙我一個人榮顯。（糜氏、甘氏白）敢是他兩個有甚言語來？（劉備唱）他口雖不言，他口雖不言。（糜氏、甘氏白）敢是二位叔叔變面來？（劉備唱）他面亦不變，心不含怨，我憂煎。要咱花下耽清賞，除是我三人同拜遷。

（淨扮張飛上）（白）威震乾坤立大功，三人血染戰袍紅。長兄小試卑官職，説着教人氣滿胸。大哥退堂，不免進去。大哥在那裏？（劉備白）這是三弟聲音。三弟有何話説？（張飛白）二位嫂嫂拜揖。（糜氏、甘氏白）三叔萬福。（張飛白）大哥你在此游賞，不知上郡差一個甚麼督郵到此察訪。腳色寫名，有錢與他，保奏高遷，無錢與他，就歪纏擺佈。情實可惡！特來報與大哥知道。（劉備白）這個不妨，我自去見他。（糜氏、甘氏白）三叔也去看一看。（張飛白）二位嫂嫂不必吩咐，若是惹着我老三，只是打他娘一頓。（劉備白）一官聊爾寄孤城，（張飛白）念及功高氣未平。（甘氏、糜氏白）若使督郵仍枉法，（同白）令人何以自爲情。（下）（雜扮手下引丑扮魏明上）（唱）

【黄鐘宮正曲·賞宮花】官法侮人，愧吾儕性莫馴，畢竟貪財物、愛金銀。（合）若是有人行賄賂，管教屈者應時伸。

（白）自家非別，督郵魏明是也。上郡差我查勘地方，只爲征剿黄巾濫冒軍功得受此職事之人。左右，這是甚麼處地方？（手下白）就是安喜縣了。（魏明白）這是安喜縣？怎麼不見官吏來接？（雜扮庫吏上）（白）安喜縣庫吏迎接老爺。（魏明白）你是庫吏，我也不追究。你教我到那裏去？（庫吏白）賓館裏坐。（魏明白）知縣在那裏去了。（庫吏白）踏荒去了，即便回來。（魏明白）這庫吏多大，敢代本官迎接？你不是欺負我麼？該打！（手下作打科）

（魏明白）拿庫收數目與我查檢。（生扮劉備上）（唱）

【小石調引·宴蟠桃】倩大功勳,纔試牛刀,除賊少據忠蓋。（作見科）

（魏明白）你是甚麼人？（劉備白）安喜縣尉。（魏明白）你出身是甚麼根基？（劉備白）漢景帝下中山靖王劉勝之後,姓劉名備字玄德,世居涿郡。（魏明白）那個問你王子王孫,你有何功得受此職？（劉備白）為破了黃巾,故此受職。（魏明白）哪你們這些些人兒破得黃巾？（劉備白）我有兩個兄弟,有萬夫不當之勇。（魏明白）我曉得了,你扭捏別人功績以為己功。你來哄誰？所言皆係荒唐。（劉備唱）

【仙呂宮正曲·風入松】中山奕葉漢王孫。（魏明白）你又說王孫！漢家歷代四百年,天下不知有多多少少子孫,那裏去查？（劉備白）為親王兄弟親軍。（魏明白）有何功績？（劉備唱）先征幽冀張角殞,救穎川逐破黃巾[1]。（合）感皇德建功樹勳,纔受職及微臣。

（魏明白）胡說！那張角他會興妖作法,自號天公將軍,爭城戰野[2],無人抵敵。難道你三人就這等利害？（唱）

【又一體】那天公一似巨靈神,四方百萬黃巾。朝廷為彼軍威損,你如何妄語驚人[3]！（合）十常侍要千金萬銀,故遣我訪出身。

（白）我曉得了,你詐稱皇親,虛捏功績,朝廷如今正要沙汰你這官兒。見我不打罵,你佯為不知。你！出去。（劉備虛下）（魏明白）叫庫吏來。（庫吏白）老爺有。（魏明白）你快供,你本官詐稱皇親,虛捏功績,受何人財物,從實說來！（庫吏白）老爺沒有,劉老爺在此只喫得安喜縣一口水。（魏明白）他是官兒,一條腿打攢起來？（手下打科）（淨扮張飛上,喝科）（白）你為何攢打我庫吏？（魏明白）你是甚麼人？擅撞衙門,叫皂隸拿那黑臉賊下去打。（諢科）（張飛白）那個要三千兩金？（魏明白）十常侍要。（張飛白）你要多少？（魏明白）我只要一千兩,沒有,五百也罷。再少些也罷,三二百兩也使得。（張飛白）我有五分與你,不為好漢！（作打魏明科）（張飛唱）

【又一體】居官豈可負君恩？必須要忠義立身。廉勤務報朝廷本,方不負委質為臣。（合）你這樣貪鄙小人,打斷你脊梁筋。（魏明唱）

【又一體】含悲忍辱拜將軍,望寬容息怒停嗔,弱人子畏聞雷震。（張飛白）金銀與你,你要不要？（魏明唱）再不敢需索金銀。（合）我薄命懸於此辰,求饒恕返家門。（魏明下）

（劉備、關公上）（白）兄弟,上司差來一個人,你怎麼胡打他？沒理。（張飛白）打死他,怕怎麼。（劉備白）我與你此處住不得了,快些挂冠而去。（關公、張飛白)如今到那裏去才好？(劉備白)竟奔代州叔父劉恢處暫避，再作道理。(張飛白)好好好，我三人快走罷。(劉備白)可恨奸雄用意深，(關公、張飛白)磨礱國士欲求金。(劉備白)早知今日是如此，(同白)悔不當初莫用心。(下)

校記

［１］救潁川逐破黃巾："潁"，原作"穎"，據《後漢書·郡國志》改。
［２］爭城戰野："戰"，原作"載"，據文意改。
［３］你如何妄語驚人："妄"，原作"忘"，據文意改。

第廿二齣　會虎牢驍騎傳檄

(雜扮衆軍士，扮衛弘、樂進、李典，引净扮曹操上)(同唱)

【黃鐘宮正曲·出隊子】爭王圖霸，須用張威露爪牙。奇謀陰蓄取官家，願得英雄都助咱。(合)集草屯糧，招軍買馬。

(白)坐壓轅門日月間，男兒仗義敢辭艱。此行料不空回首，滿借神鋒斬虎關。下官曹操，如今董卓弄權，不能前進。居他之下，甚是惶愧。前日蒙王司徒贈寶劍一口，欲托進劍爲名，誅此國賊。豈料所謀不遂，只得逃出長安，另圖大舉。不免乘此機會，招集義兵，藏鋒蓄銳，待時而動，殺了董卓，方遂吾願。軍士們。(軍士白)有。(曹操白)把招軍旗號扯起。但有投軍的，放他進來。(軍士白)扯起招軍旗號，但有四方英雄投軍的，都進來。(衆扮八壯士，引夏侯淵、夏侯惇上)(白)大軍登壇貴，三軍拔幟豪。龍雀鑄鐶鍔，常觀百辟刀。俺夏侯淵是也，聞兄曹公招兵，討亂勤王，帶了壯士三千，特來相助。通報，有夏侯氏兄弟特來投見。(小校稟科)(曹操白)令進來。(小校帶二將進科)(白)曹公在上，吾二人參見。(曹操白)汝二人何來？(夏侯淵、夏侯惇白)我二人聞仁兄招兵勤王，帶領壯士三千前來相助。(曹操白)壯哉，此乃天助我二員虎將！就命爲中軍守將之職。(夏侯淵、夏侯惇白)多謝曹公。(衆扮八勇士引曹仁、曹洪上)(白)豪氣平生壓腕刀，燕南俠客在知交。誰憐君有翻身術，解向秦宮殺趙高。俺曹仁是也。俺曹洪是也。聞兄勤王招兵，特來投見。小校通報，説有曹氏弟兄投見。(小校稟科)(曹操白)令進來。(小校虛白帶進科)(曹操白)賢弟何來？(曹仁、曹洪白)兄長人雄之望，海内仰瞻，同胞共氣，家國所憑。(曹操白)賢弟請起。(曹洪、曹仁白)

我二人帶兵一千，特來相助[1]。（曹操白）妙嘎，曹氏門中有此英雄，何愁大事不成？就命爲中軍護尉將軍之職。（曹仁、曹洪白）多謝曹公。（副扮許褚上）（白）鳥無定止，林深則栖；魚無定止，水深則趨。大哥通報一聲，我是投軍的。（軍士白）且住，待我通報。禀爺，有投軍的在外。（曹操白）令他進來。（軍士白）投軍的進。（許褚白）禀老爺，投軍的叩頭。（曹操白）你是投軍的？姓甚名誰，有甚本領？（許褚白）小人姓許名褚，把我本事説與老爺知道。行去岩前縛虎，怒時一吼如雷，彘肩斗酒始盈腮，不數鴻門樊噲。幾度曾衝敵寨，爭鋒無奈飢來，拿將大漢當嬰孩，口饞只扯四塊。（曹操白）這廝身材壯健，猶如猛虎一般。軍士，與我上了招軍册籍，帳前聽用。（軍士應科）（許褚白）多謝老爺。（曹操白）爾等到後面更衣者。（衆將應，下）（曹操白）妙嘎，我自招集義兵以來，四海英雄投之，紛紛如市，數月之間，謀臣霧集，戰將雲屯。文士彬彬，盡是經綸匡濟棟梁才；武臣糾糾，俱是超群武藝干城將。目下雄兵百萬，戰將千員，我不免遍傳羽檄，會集十八路刺史，共起勤王之師，殺入虎牢關，攻破長安，擒取董卓，方遂吾願，有何不可？軍士過來，你可露布各路刺史[2]，共起義兵，誅殺董卓。在一月之内，虎牢關外會齊，不得有誤。（軍士應科，下）（衆將上）（白）衆將打恭。（曹操白）侍立兩傍，吩咐安排香案，祭告一番。（衆應科）（雜扮執纛人，雜扮禮生上，喝禮生上）（喝禮科）（同唱）

【正宮集曲·傾杯玉芙蓉】播義施恩聚俊傑，虎帳香烟爇。惟願后土皇天，過往神祇，昭見微忱，將漢室扶挾。從此去袪奸削佞，把朝綱攝；拯急扶危，我把半壁遮。（衆拜科）（同唱）三山瀉，似河翻海決；覷奸雄，孤豚腐鼠自應滅。

（曹操白）衆將聽吾號令：今國家多事，奸佞弄權，我今大擧義旅，召募英雄，勠力勤王，肅清宇宙，内除君側之奸，外静風烟之寇。在我者，披肝瀝膽；在爾者，併力同心。聞鼓則進，聞金則退，毋得畏縮，首鼠兩端。如違吾令，斬首示衆。功成之後，分茅列土，蔭子封妻，決不食言。今乃黄道吉日，就此發炮，起兵前去。（衆應科）（同唱）

【正宮正曲·朱奴兒】逐隊隊旌旃遍野，威凛凛槍刀排設。馬到成功誰敢遮？擁貔貅千城兒置。蒼雕奮，弓彎新月[3]。管一箭，把天狼射。

【尾聲】義聲先振軍威冽，殺氣橫空神鬼嗟。有日定鼎長安方顯英雄也。（同下）

校記

［１］特來相助："特"，原作"時"，據文意改。
［２］你可露布各路刺史："布"，原作"市"，據文意改。
［３］弓彎新月："彎"，原作"灣"，據文意改。

第廿三齣　抱忠憤歃血勤王

（雜扮四旗牌官上）（白）鐵騎穿城已不仁，奈何跋扈更無君。貽謀何進招災釁，各願同心斬賊臣。我等乃是祈郡侯渤海太守袁明府麾下旗牌官是也。俺盟主老爺四世三公，門多故吏，推爲盟主。麾下文有田豐、審配，武有文醜、顏良。今日各路刺史帶領軍馬，多寡不等，有三萬者，有二萬者，文官武將無鎮無人。那十八路刺史，個個擁雄師，好似桓公糾合；人人誇武藝，全憑盟主經綸。道猶未了，俺盟主老爺升帳也。

（衆扮軍校將官，淨扮顏良、文醜，引外扮袁紹、末扮袁術、雜扮孔伷上[1]）（唱）

【中呂調隻曲·粉蝶兒】義薄雲天，只看俺義薄雲天；擁朱輪國恩非淺。（雜扮韓馥，生扮王匡，末扮劉岱上）（唱）總六師借重諸賢。（生扮張邈，小生扮喬瑁上。生扮袁遺，副扮鮑信上）（唱）贊皇猷，安聖主，齊心方面。（生扮孔融，末扮張超，外扮陶謙，外扮馬騰上）（唱）今日個手握兵權。（生扮公孫瓚，淨扮張揚，副淨扮孫堅，淨扮曹操上）（唱）露丹衷，誓把那奸臣誅殄。

（袁紹白）下官袁紹是也。（袁術白）下官袁術是也。（孔伷白）下官孔伷是也。（韓馥白）下官韓馥是也。（王匡白）下官王匡是也。（劉岱白）下官劉岱是也。（張邈白）下官張邈是也。（喬瑁白）下官喬瑁是也。（袁遺白）下官袁遺是也。（鮑信白）下官鮑信是也。（孔融白）下官孔融是也。（張超白）下官張超是也。（陶謙白）下官陶謙是也。（馬騰白）下官馬騰是也。（張揚白）下官張揚是也。（公孫瓚白）下官公孫瓚是也。（孫堅白）下官孫堅是也。（曹操白）下官曹操是也。（袁紹白）列位大人。（衆白）盟主。（袁紹白）方今漢室不幸，賊臣董卓乘釁縱害。紹以菲才，蒙衆位大人推戴，糾合義兵，同赴國難。幸諸位齊心勠力，以盡臣節。國有常刑，軍有紀律，各宜遵守，不可違犯。（衆白）盟主鈞令，敢不欽遵？（袁紹白）列位大人。（同唱）

【中呂宮正曲·好事近】秦祚自難延，到炎劉四百餘年。時衰靈獻，致使那災祲疊現。(袁紹唱)跳梁董卓,恣奸頑,國步多遷變。(衆同唱)我勳臣歃血同盟[2],與國家金甌重奠。

(雜扮報子白)啓上盟主並各位大人,今董卓遣華雄出汜水關搦戰。(袁紹白)再去打聽。(報子應,下)(袁紹白)衆位大人,今華雄搦戰,何人肯爲先鋒,禦敵取勝?(孫堅白)盟主大人只管放心,我孫堅雖不才,願爲先鋒去戰華雄。我部下有祖茂、鮑忠二人,勇冠三軍,力能破敵。(公孫瓚白)盟主大人,下官幼年與劉備同學,見爲安喜縣丞,他有兩個兄弟關公、張飛,他二人勇猛絕倫,用此二人,華雄不足慮也。(袁紹白)此二人見居何職?(公孫瓚白)馬、步弓手。(孫堅白)公孫大人差矣,衆刺史之中,豈再無一人可用,乃用馬、步弓手出陣,豈不爲敵人所笑乎?(衆白)這也說的是。(袁紹白)既如此,鮑忠、祖茂聽令!鮑忠可引一枝兵,打從小路迳去,先斬華雄。祖茂引一枝兵,與文臺遙振聲勢,可守則守,可擒則擒。嘎,孫大人,你此去務在同心,不得有違軍令。(孫堅白)領鈞旨,帶馬就此起兵前去。(衆引下)(袁紹白)孫文臺去抵敵華雄,我等隨後移兵接應便了。(衆白)盟主大人言之有理。(袁紹白)衆將官就此移兵前去。(衆應科)(同唱)

【又一體】那黃巾餘黨擾中原,逃亡死者堪憐。身填溝壑,只飼得餓犬飢鳶。十存五六,受流離,否極應回轉。(合)只指望芟惡除奸,指日見救民殘喘。(同下)(衆扮小軍,雜扮鮑忠,雜扮祖茂,引孫堅上)(同唱)

【中呂宮正曲・太平令】如此荒年,尚自徵糧更積錢。(合)欺君誤國難饒免,急剪滅各爭先。

(孫堅白)本帥孫堅是也。打聽得董賊特差華雄前來搦戰,吾在衆刺史面前情願作爲先鋒,帶領祖茂、鮑忠二將來此禦敵。大小三軍,用心殺上前去。(衆應科)(同唱)

【黃鍾宮正曲・出隊子】兵如潮湧,糾合諸侯厲素衷。當先出馬顯英雄,正好疆場立大功。誰敢前來,把吾陣衝?(衆同下)

(衆扮小軍,引净扮華雄上)(同唱)

【又一體】誇强張勇,董相先鋒名華雄,看人如狼虎馬如龍,旗似行雲刀似風。

(白)威風熊虎勇,偉績冠群公。柳楊駕人傑,叱咤掩時雄。本帥華雄是也。俺生來面如噀血天然就,虎體狼腰脊力猛,猶如孟賁武勇,精不亞孫吳。彪像熊身,好似略地黃幡帥;豹頭猿背,儼如九天赤火星。正是:雄威一代麒麟將,誓立千年不朽功。奉董太師將令,來此汜水關,征剿各路刺史。大小三軍,即此殺上前去。(眾應科)(同唱合)誰敢前來,把吾陣衝?(眾小軍引鮑忠、祖茂、孫堅冲上)(華雄白)來將何名?(孫堅白)吾乃長沙太守烏程侯孫堅是也。汝是何人?(華雄白)吾乃董太師麾下大將華雄是也。(孫堅白)華雄,我看你也是員驍將,為何在奸賊手下驅使?早早投降,共扶王室。(華雄白)休得胡說!看刀!(戰科)(孫堅敗下)(鮑忠、祖茂接戰,華雄殺鮑忠、祖茂下)(華雄白)鮑、祖二將被吾斬首,孫堅敗走。眾將官,與我追上前去。(眾應科)(同唱)

【尾聲】鷹揚威武麾兵眾,要顯吾儕志節雄,管取天山早挂弓。(同下)

校記

[1] 雜扮孔伷上:"伷",原作"伸",據下文改。
[2] 我勳臣歃血同盟:"歃",原作"挿",據文意改。

第廿四齣　奮神威停杯斬將

(眾扮小軍,引眾扮刺史,外扮袁紹上)(唱)

【南呂宮引·生查子】英偉氣軒昂,位列群臣上。(眾唱)長彗暗無光,叛賊應殂喪。

(袁紹白)漢被衰微憑董卓,劫遷車駕恣猖狂。滔天罪惡難容恕,糾合群臣共滅強。下官袁紹是也。只因董卓弄權,與曹操糾合群臣,同集於此。昨日孫文臺為先鋒去拒華雄,不知勝負若何,且等孫文臺回營便知。

(眾小軍引曹操上)(白)群臣勠力除奸惡,扶漢興劉第一功。(眾白)曹大人到。(曹操白)盟府大人,列位大人,請了。(袁紹、眾白)孟德請了。(曹操白)昨聞孫文臺出軍不利,折挫軍馬,如何是好?(袁紹白)有這等事?且待回營看他怎麼說。(曹操白)小校,孫大人來,即忙通報。

(副淨扮孫堅上)(唱)

【又一體】二世守長沙,威武人驚怕。董卓起陰謀,殄滅方干能。

(白)下官孫堅是也。昨與華雄交戰,此人真個驍勇。若不是走的快,遲了一步,險些被他送了性命。我便先走了,還有祖茂、鮑忠這兩員驍將在那裏交戰,不知勝負若何,一定有些蹺蹊。將此戰敗一事且瞞過各位刺史,再作道理。(雜報科)(孫堅見科)(白)盟府列位大人拜揖。(袁紹白)文臺昨日出軍,勝敗如何?(孫堅白)我不曾出戰,自有鮑忠、祖茂與他交戰。我恐大人有事,故此先來了。(袁紹白)文臺,那華雄倡狂日盛,聖主寢食不安,爲臣子者豈可坐視不出?(孫堅白)董卓欺君罔上,刺史無不切齒,我孫堅恨不能速退此賊。奈兩次出軍,令兄袁公路不知主何意見,不肯賚發糧草,故此特告盟府。(袁紹白)若是如此,吾弟之罪,吾當自責之,一併奉補。列位大人,華雄勇猛猖獗,如何是好?(公孫瓚白)昔日所薦劉備,還有兄弟二人,關公可拒華雄,張飛可敵呂布。前者被孫大人所言,我刺史中豈無人,用馬、步弓手?慢他一次,他已知道了,豈可再乎?(袁紹白)如今在那裏?(公孫瓚白)見在轅門首,未敢擅入。(袁紹白)請進相見。(公孫瓚白)請劉平原。(卒白)是。劉平原,有請。

　　(生扮劉備,凈扮關公,凈扮張飛上)(白)高談百戰術,爵作丈夫行。(劉備白)二位賢弟少待,待我先進去,(進科)(白)列位大人請上,待劉備拜見。(袁紹白)不勞。(劉備拜科)(袁紹白)劉平原是漢室宗親,請坐。(劉備白)不敢。(袁紹白)你兩個義弟見在那裏?(劉備白)見在轅門首,未蒙鈞旨,不敢進見。(袁紹白)快請進來。(劉備白)是。二位賢弟進去,見刺史大人小心些。(關公、張飛白)列位大人請上,待關某、張飛拜見。(袁紹白)好兩個漢子!(孫堅白)人物雖好,不知本事如何?(袁紹白)爾兄弟三人同領三軍去戰華雄,與國家出力乎?(關公白)賊將威勢重大,只怕不能敵也。(孫堅白)如何?我說道不須盟府大人費心,有我部下鮑忠、祖茂在彼交戰,必然取勝,就有人來報了。(袁紹白)既如此,劉平原初到,看酒來,與劉平原接風。(孫堅白)我每只管喫酒,管取没事。(衆同唱)

【仙吕宫正曲·解三醒】領三軍保國立寨,約勳臣十八齊來。(白)董卓,(唱)笑伊空把心術壞,深辜負位三台。我這裏兵多將廣威力大,他那裏將少兵稀勢必衰。(合)深堪怪,怪他鄙塢,廣積錢財。

　　(雜扮報子上)(白)報。(衆白)報甚事?起來講。(報子唱)

【黄鍾宫正曲·滴溜子】征鼓響,征鼓響,轅門始開。鸞鈴響,鸞鈴響,旗軍報來。看華雄威聲堪駭,鮑忠跨上馬,剛剛離寨。(孫堅白)鮑忠怎麽樣了?(報子唱)(合)被賊一刀,命捐九垓。

　　(孫堅白)那鮑忠被賊將斬了?(袁紹白)再去打聽!(報子應,下)(又雜扮一報子,上)(白)報。(衆白)又報何事?起來講。(報子唱)

【又一體】賊兵進,賊兵進,重將陣排。連聲喊,連聲喊,漢兵出來。祖茂方出孫寨,兩邊兵始接,孫兵復敗。(孫堅白)祖將軍怎麽樣了?(報子唱)(合)被賊一刀,命捐九垓。

（孫堅白）祖茂也陣没了，可惜！（袁紹白）再去打聽。（報子應，下）（袁紹白）可惜折了兩員大將。（唱）

【又一體】聞報到，聞報到，吾軍兩敗。致營伍，致營伍，人人驚駭。（白）再有誰人出馬？嘎，怎麽無人應答？我如今爲國舉人，若有勇將出馬，我袁紹跪送酒一杯。（關公白）盟府大人，關某前去擒拿這厮。（袁紹白）甚好，請此一杯，以壯行色。（關公白）盟府大人，且將這一杯酒放在石欄杆上，待小將斬了那賊子來飲。（孫堅白）又説嘴了。（袁紹白）好！軍校放在石欄杆上。將軍小心在意。（關公應）（白）帶馬。（下）（袁紹白）列位大人，我等上高阜處，看關將軍與華雄交戰。（作高處看科）（唱）壯哉！關某氣概，一騎逞英才，英雄無賽。（合）只聽捷音，探子報來。

（華雄、關公上）（白）賊子，可認得某家？（華雄白）許多上將尚且不懼，何況爾小卒乎？（殺介，作斬科）（衆下高處）（報子上）（白）報，一個紅臉將軍，手中提着一個首級來了。（關公提首級上）（唱）

【尾聲】纔騎戰馬出營外，何暇重將陣勢排，斬將揚鞭報捷來。

（白）華雄首級在此。（袁紹白）好！真乃虎將也。（孫堅白）不知是真的，是假的？（袁紹白）我袁紹當跪送一杯。（關公白）關某怎敢消受？（袁紹白）一定要奉敬。（關公白）既如此，還將初斟那一杯酒來飲。（雜白）酒在此。（袁紹接科）（白）你看杯酒未寒，賊將授首。好將軍也，請！（關公白）大人乃一鎮刺史之主，關某多多有罪了。（飲科）（袁紹白）將軍破董卓第一功勢，吾當保奏，各鎮書名。（關公白）關某乃劉平原部下馬弓手，有功還該保奏俺大哥。（衆白）此言猶可敬也。（關公白）不敢。（衆白）爲人稠人廣座中，無能此際識英雄。男兒抱負終難隱，須記扶劉第一功。（報子上）（白）報，董卓聞知氾水關失守，華雄陣没，帶兵二十萬攔住虎牢關，令吕布爲先鋒，特來報知。（袁紹白）再去打聽。（報子應，下）（袁紹白）誰人敢戰吕布？（張飛白）列位大人，憑着俺老張蛇矛丈八槍，抱月烏騅馬，去擒吕布，打破虎牢關，拿住董卓，匡扶漢室。這差俺老張前去。（孫堅白）老三你不濟，竈灰擦了臉，有甚本事？比不得你二哥。若擒吕布，還是老孫去，要活的就是活的，要死的就是死的。（張飛白）既如此，我要活的。（孫堅白）就是活的。（張飛白）敢與我打一個掌？（打掌科）（孫堅白）帶馬。（衆引下）（袁紹白）衆位大人，我等一面攻破氾水關，王大人、公孫大人同劉平原三傑殺奔虎牢關，曹大人總握中軍事務，以爲諸路救應。不知衆位意下如何？（曹操白）下官不才，只怕不勝此任。（袁紹白）休得太謙。衆將官，就此分兵前去。（衆應

科)(各上馬)(唱)

　　【中呂宮正曲・太平令】董卓持權,聖主憂危遭播遷。(合)中宮都是遭凌賤,欺罔處莫能言。(下)

第二本(上)

第一齣　中軍帳探子宣威

（雜扮衆卒、楊鳳，引生扮呂布上）（唱）

【仙吕調隻曲·點絳唇】手握兵符，關當要路，張威武，虎視眈眈，誰敢關前過？（白）自古安不忘危，治不忘亂。叵耐袁紹這廝[1]，會合諸路刺史前來侵犯。奉董太師之令，帶領三萬人馬出虎牢關扎營，曾差能行探子前去打聽，待他回來便知分曉。

（雜扮探子上）（白）打聽軍情事，名為夜不收。日間藏草内，黑夜過荒丘。自家能行探子是也，奉呂將軍之命，差我打探曹軍虛實。那曹兵甚是凶勇，須索回覆走遭也。（唱）

【黃鐘調套曲·醉花陰】虎嘯龍吟動天表，黑漫漫風雲亂擾。覷兵百萬逞英豪，唬得俺汗似湯澆。緊緊將芒鞋捎，密悄悄奔荒郊，聲喏轅門，（白）報，探子回。（唱）聽小校説分曉。

（呂布白）探子，你回來了麽？（探子白）是。（呂布白）看你：短甲隨身衲襖齊，曹兵未審意何如？兩脚猶如千里馬，肩上橫擔令字旗。我着你打聽曹兵聲勢如何，你喘息定了，慢慢的説來。（探子白）[2]請爺穩坐軍中帳，聽小校慢慢説來。（唱）

【黃鐘調套曲·喜遷鶯】打聽得各軍來到，打聽得各軍來到，展旌旗，將戰馬連鑣。周遭，鬧攘攘争先鼓噪，盡打着白旗幡，將義字兒標。聲聲道，肅宇宙斬除妖，奮威風掃蕩塵嚣。

（呂布白）白旗標姓字，各路合兵戍，屯營在何處？那個是先鋒？喘息定了，慢慢説來。（探子唱）

【黃鐘調套曲·出隊子】俺只見先鋒前導[3]，猛張飛膽氣豪，却便似黑煞神降下碧雲霄。手執着點鋼槍、丈八矛晃耀，怎當他光掣電鋒芒來纏繞。

（呂布白）那張飛我也認得。他：面如黑漆奔如飛，豹額虬髯相貌奇。挺挺身材長八尺，聲如霹靂喊如雷。跨下烏騅能捷戰，蛇矛丈八手中提。先

鋒翼德非吾慮,後隊何人説與知。(探子唱)

【黄鐘調套曲·刮地風】後隊雲長氣勇驍,倒拖着偃月長刀。焰騰騰、駃馬紅纓罩,跳霜蹄突陣咆哮。劉玄德,弓箭真奇妙,發一矢能射雙鵰。這壁廂,那壁廂,金鼓齊敲,天聲振星斗摇,地軸翻沸起波濤。中軍帳,號令出曹操。他們掌三軍展六韜,他們掌三軍展六韜。

(吕布白)那雲長我也認得。他:面如重棗唇如朱,一雙鳳眼卧蠶眉,十圍腰大身一丈,五綹鬚長尺八餘。身騎駃馬紅纓罩,義結桃園永不移。能使青龍刀偃月,黄巾剿滅把名題。那玄德我也認得。他:面如貫月七尺軀,龍眉鳳準世間稀,兩耳垂肩能自視,過膝雙手可稱奇。白袍素鎧銀鬃馬,箭射穿楊百步餘。玄德後裔非吾慮,彼兵多少再言知。(探子唱)

【黄鐘調套曲·四門子】亂紛紛,甲胄知多少。擺隊伍分旗號,步隊兒低,馬隊兒高,把城池、蟻聚蜂屯繞。左哨又攻,右哨又挑,呀,滿乾坤風塵暗了。

(吕布白)他那裏人馬雖多,俺這裏人馬也不少。待俺戴了壘珠嵌玉冠束髮,紫金鳳額雉尾插。大紅袍上繡圍花,獸面吞頭連環甲。獅蠻寶帶現玲瓏,馬騁赤兔聲雜踏。手提畫桿方天戟,擋住咽喉把虎牢扎。(探子唱)

【黄鐘調套曲·古水仙子】忙忙的挂戰袍,忙忙的挂戰袍,吕將軍、領兵須及早。快快快,快騎駿馬走赤兔,持畫戟鬼哭神號。緊緊緊,虎牢關緊守着。狠狠狠,看群雄眼下生奸狡。蠢蠢蠢,那群雄不日氣自消。咱咱咱,截住了關隘咽喉道。望望望,望策應助神勞。

(吕布白)探子,你辛苦了,賞你一腔羊,一罐酒,免你一個月打差,去吧。(探子白)謝爺賞。(唱)

【煞尾】俺這裏得勝軍兵齊受犒,一個個都要展土分毫。吕將軍騎赤兔馬,破曹兵把名標。(下)

(吕布白)衆將官!就此前去迎敵,帶馬。(衆帶馬繞場科)(下)

校記

[1] 叵耐袁紹這廝:"叵耐",原作"頗乃",徑改。
[2] 探子白:"白",原作"唱",徑改。
[3] 俺只見先鋒前導:"導",原作"遵",據文意改。

第二齣　虎牢關義師決勝

（衆扮軍卒，引副净扮孫堅上）（唱）

【越調正曲·水底魚兒】奮武揚威，孤單欲勝誰？（合）看他今日，定爲泉下鬼，定爲泉下鬼。（衆引呂布上）（唱）

【又一體】擂鼓搖旗，刀槍耀日暉。（合）聲聲呐喊，人人耀武威，人人耀武威。

（呂布白）來將何名？（孫堅白）吾乃烏程侯孫爺。（呂布白）甚麼烏程侯孫？無名小將。（孫堅白）來將何名？（呂布白）吾乃董梁王駕下溫侯呂布是也。（孫堅白）我把你三姓家奴敢來出馬。（戰科，孫堅敗下）（卒白）孫堅走了。（呂布白）與我追上。（同下）

（孫堅引衆敗上）（白）那呂布看看來得緊了，怎麼好？眉頭一蹙，計上心來，我有一個計較在此。（卒白）甚麼計較？（孫堅白）前面有一個樹椿，做個金蟬脫殼之計。且把戰袍罩在樹枝，頭盔戴在樹上，走了罷。（急下）（呂布引衆上）（白）衆將官，不要走了。孫堅這廝做個金蟬脫殼之計，走了。楊鳳，拿了孫堅頭盔插在旗上，羞辱衆刺史。（楊鳳應科）（呂布白）可笑長沙將，狂言把我欺。誰知臨陣上，做了鬥輸雞。（衆同下）

（衆軍校引王匡、喬瑁、鮑信、袁遺、孔融、張楊、陶謙、公孫瓚，净扮方悅，末扮穆順，净扮武安國上）（衆同唱）

【越調正曲·水底魚】董卓專權，君王遭播遷。（合）中宮凌賤，欺罔莫能言，欺罔莫能言。

（衆白）我等八路刺史，奉盟主之令分兵迎敵，已差劉、關、張三人帶兵接應[1]。你聽，喊殺之聲，那呂布來也。（衆引呂布上）（八路刺史佈陣，四將分侍）（呂布衝陣）（方悅白）來者莫非呂布？（呂布白）知吾名號，快快投降。（戰科，刺方悅死，下）（穆順接戰，刺穆順死，下）（武安國持錘戰，刺武安國手腕，敗下）（刺史同戰，各分下）（楊鳳上）（白）俺楊鳳奉溫侯之將令，將這孫堅頭盔羞辱刺史去。衆刺史聽者，這是你家勇將孫堅之盔，被呂將軍挑得在此。（張飛上）（白）拿來與我。（楊鳳白）你是什麼人？我怎麼與你？（張飛白）不與我，喫一槍。（戰楊鳳下）（張飛拿盔科）（衆小軍引劉備、關公上）（唱）

【又一體】萬馬奔馳，飄搖五彩旗。（合）人披盔甲，腰插鳳翎鈚，腰插鳳翎鈚。

（張飛白）大哥、二哥，這是孫堅頭盔，被我奪在此，拿到本營衆刺史面前羞辱他去。（劉備白）衆將官，就此殺向前去。（唱）（合前）（呂布內白）大小三軍，就此殺上前去。（衆引呂布上）（張飛白）呀。（唱）

【越角隻曲·調笑令】門旗下交起，門旗下交起。（戰科）（呂布白）來將通名。（張飛笑科）（白）大哥，二哥，那厮與俺殺了半日，還不知張爺爺的姓名。（唱）他問俺姓甚名誰，呀，俺是你呂布的爺爺張翼德。他戴一頂紫金冠，手持着方天畫戟，驟征鞍來往如飛。（劉備殺科）（唱）雙股劍飛龍陣勢。（關公殺科）（唱）三停刀虎向奔馳。（張飛殺科）（唱）則某丈八矛，與他沒些面皮，趕向東來殺向西，殺得他手忙脚亂怎支持。來來來，敢衝破了七重圍。（殺科）（呂布、劉備、關公、張飛下）

（曹操上）（白）衆將官，踹破呂布營盤，違令梟首。（衆引衆刺史上）（許褚、夏侯惇、衆軍校對殺科，呂布軍敗下）（呂布上）（劉備、關公、張飛追上殺科）（呂布白）住了，三人戰一人，不爲好漢。（張飛怒科）（白）誰要你兩個來，被呂布說了嘴去了。大哥二哥，他道三人戰一人不爲好漢。你二人退後，待我一人擒他便了。（戰科）（呂布敗下）（張飛挑呂布盔科）（張飛笑科）（白）呂布的紫金冠失落戰場，被俺挑在此了。（曹操白）好！三位就此追殺上去。（劉備、關公、張飛應科）（追下）（呂布敗，上）（劉備、關公、張飛追上）（呂布白）開關。（衆應）（作開關科）（呂布白）衆將官放箭，把虎牢關緊閉者。（曹操白）呂布敗進虎牢關，就此收兵回營。（同下）

（衆卒引袁紹、衆刺史上）（白）將挂征袍馬上鞍，爭鋒各自用機關。霸王迷失陰靈路，咫尺江東不敢還[2]。（報子上）（白）報，報那呂布被三位將軍戰敗，閉關不出。（袁紹白）得勝將軍回來，疾忙通報。（報子應，下）（衆小軍引八路刺史、劉備、關公、張飛上）（白）人稱呂布兼人勇，一戰魂消緊閉關。（衆軍白）衆將官得勝回營！（八路刺史白）列位大人。（袁紹白）衆位大人請坐。（關公、張飛白）關某、張飛參見。（衆白）二位將軍免禮。張將軍手中是什麼東西？（張飛白）這是呂布的紫金冠，特來報功。（衆刺史白）兵交勝敵，馬到成功，賢昆玉果然名下無虛，另行升賞。（劉備、關公、張飛白）不敢。

（孫堅上）（白）臨機須要算，就與下棋同。一着不到處，滿盤都是空。老孫若不做個金蟬脫殼之計走了，幾乎死在呂布之手。如今怎麼去見盟主？醜媳婦免不得見公婆，劉、關、張不在還好，若在，一發不好相見。小校，劉、關、張兄弟來了不曾？（軍校白）在裏面。（孫堅白）怎麼好？小校，我叫通報纔可通報。(小校應科)(孫堅白)不知張飛在那一隊,待我看一看。(叫科)(白)老三。(張飛作見科)(孫堅白)老三來。(張飛白)孫大人得勝回來了?(孫堅白)好將軍,我學你不得。我孫堅也是一員大將,今被呂布殺慌了些,望老三替我圓一圓謊[3],出來一甌餅一個大猪首一埕老酒,與老三解驚。(張飛白)這個在我。(孫堅白)小校通報。(小校報科)(孫堅進見科)(白)列位大人請了。三位將軍請了。滿軍中只說好個劉、關、張,其次也到我老孫了。(張飛白)孫將軍,既然你勇,你與呂布交戰,怎麼倒叫我受虧?(孫堅白)我出軍時並不曾見你,怎麼倒教你受虧?(張飛白)盟主,列位大人,他被呂布殺慌了,做個金蟬脫殼之計走了,被我搶得他的頭盔在此。你看!(孫堅看科)(張飛白)這不是受虧麼?(袁紹白)孫文臺,我說那呂布有萬夫不當之勇,你務要與他相戰。若非劉、關、張賢昆季截殺,幾辱吾輩。(曹操白)不惟有辱吾輩。孫大人,你若沒見他兄弟三人來救,你的性命也是難保。彼今閉關不出,其興掃盡。我等軍威甚壯,亦賴玄德公賢昆玉之力也。(劉備白)一來聖天子之洪福,二來衆位大人之奇謀,愚兄弟何功之有?(曹操白)請賢昆仲到後營酒飯。(劉備、關公、張飛下)(曹操白)列位大人,兵之行止,貴在神速,使敵人不可測度。若久羈不去[4],猶恐生變,不惟不能保百姓,而反遺之憂也。不如暫且收兵回去,以爲上策。(衆白)孟德言之有理。(袁紹白)衆將官,就此班師回軍。(衆應科)(同唱)

【雙調集曲·五馬搖金】進退乘機施智,戰三番竟服輸。可笑兼人之勇,力憊奔馳,殺得他虎牢關忙緊閉。俺便得勝回歸,奏凱旋師。暫且旁觀袖手,待他蕭墻禍起,羽翼自離披,真個是玉壺傾石壘之恥。(衆同下)

校記

[1] 已差劉、關、張三人帶兵接應:"已",原作"以"。爲免歧義,徑改。本劇下同。按:本劇"已""以"互用;"己""已""巳"三字常不分。今均據情改。
[2] 咫尺江東不敢還:"咫尺",原作"只咫",徑改。
[3] 望老三替我圓一圓謊:"謊",原作"慌",據文意改。
[4] 若久羈不去:"羈",原作"霸",據文意改。

第三齣　呂布私收束髮冠

(净扮董卓上)(唱)

【高大石調引·哭岐婆】兵戈前往，虎牢關上，慮他愚莽，不知趨向。（合）旌旗捷報杳茫茫，教人朝夕空懸望。

（白）氣吹檐瓦非爲勇，手搞飛燕未爲能。仗劍入朝文武懼，直將天子令來行。我差呂布往虎牢關禦敵，連日未聞捷報，好生悶懷。（雜扮報子上）（白）報，啓上太師，溫侯得勝回府。（董卓白）溫侯得勝回府，可喜可喜。吩咐後堂排宴，報人明日領賞。（報子謝科，下）

（衆扮小軍，引小生扮呂布上）（唱）

【越調引·霜天曉角】重關緊閉，任爾誇英銳。不戰戒嚴壁壘，收兵暫且回歸。（見科）

（董卓白）我兒得勝回來了，可喜！（呂布白）太師請上，待呂布拜見。（董卓白）交戰辛苦，只行常禮罷。（呂布白）從命了。（董卓白）看坐。（呂布白）告坐了。（董卓白）我兒，你把交戰之事說與我知道。（呂布白）布賴虎威，連戰退敵兵二陣，不意第三陣伏兵四起，劉、關、張等勇冠三軍，銳氣正盛。布聞兵法有云"避其銳，擊其歸"。爲此暫且收兵而回。（董卓白）好！好個"避其銳，擊其歸"，是爲將者正該如此。吾當論功升賞。（呂布白）多謝太師。（董卓白）我兒，你的金冠爲何不戴？（呂布白）呂布自知有罪。（董卓白）你是有功之人，有什麼罪？（呂布白）金冠失在戰場之內了。（董卓白）嗄，怎麼說金冠失在戰場之內，反說得勝回來？好惶恐，好惶恐。（呂布白）他深入重地，不能遭軼，況且關道險阻，相持甚難。料他不日兵自潰矣。（董卓白）雖然如此，無功而回，難以壓服人心。（呂布唱）

【仙呂宮正曲·桂枝香】曹劉勇悍，連兵合戰，從來銳氣難擋，只得收兵暫轉。（董卓白）方纔那個來報的？（卒應科）（董卓唱）你無功來獻，你無功來獻，還師何面？不慮他又生機變。（白）呂布呂布，呸！人人說你有萬夫不當之勇，那劉、關、張三人還戰他不過，你的勇在那裏？（唱）（合）好羞慚，空使方天戟，笑你難尋束髮冠。

（雜扮院子捧金冠上）（白）手捧紫金冠，投入溫侯府。乞煩通報，說司徒王允差院子送紫金冠與溫侯爺的。（雜白）住着。啓太師爺，王司徒差院子送紫金冠與溫侯爺。（董卓白）收不收，叫他自去打發。（虛下）（呂布白）着他進來。（雜白）嗄，着你進來。（院子白）曉得。院子叩頭。（呂布白）起來，到此何幹？（院子白）家爺聞知溫侯爺失了金冠，把明珠數顆嵌成一頂，特遣院子送來。（呂布白）我正失了金冠，多承你老爺送來。回去多多拜上，說我明日自來拜謝。（院子白）曉得。口傳溫侯命，回報俺爺知。（下）（董卓上）

（白）吕布，我且問你，王司徒差人送什麼東西與你？（吕布白）送金冠與我。（董卓白）你受他不受？（吕布白）受了。（董卓白）你道他是好意是歹意？（吕布白）他好意送來，怎麼說是歹意？（董卓冷笑科）（白）是好意？那王司徒乃奸詐之人，他送金冠，明明嘲笑你。（唱）

　　【商調正曲·琥珀貓兒墜】在虎牢交戰，失却紫金冠。回首堅城何見淺？干戈重整防謀變。思算，何須殺却曹劉關張，方免後患。（吕布唱）

　　【尾聲】太師且把愁眉展，我堅壁，他怎生攻戰？論成敗總由天判。（白）勝敗兵家未可期，含羞忍恥是男兒。（董卓白）虎牢關險難攻擊，（吕布白）且自開懷莫皺眉。

　　（董卓白）那個皺眉？你自己失了紫金冠，倒說我皺眉！嗨，羞也不羞。雖然如此，那王司徒老兒處，該謝他一聲。（吕布不應科）（董卓白）嘎？（吕布白）是。（董卓白）是嗨嗨，做老子的說你幾句，就是這等使性！後堂有宴。（吕布不應科）（董卓白）嗨，怎麼了？（下）（吕布白）打道回府。（衆應，走科）（吕布白）迴避了。（衆應，下）（吕布白）可惱可惱！我就失了金冠，也不爲什麼大事，如何就在衆軍面前把我這等羞辱？惱了我的性兒，我就……咳。正是：人情若比初相識，到底終無怨恨心。（下）

第四齣　貂蟬初試連環計

　　（雜扮院子，引生扮王允上）（唱）

　　【南吕宫引·步蟾宫】今朝西閤開樽酒，那人怎識機穀？只知翠袖捧金甌，一經墮術難剖。

　　（白）風花鬧引迷魂陣，錦繡妝成陷馬關。上智怎開金串鎖，搜神難解玉連環。下官欲致吕布來此，聞得他在陣上失了金冠，我將明珠數顆嵌成金冠一頂，差人送去。他不勝之喜，說今日親自來謝我，不免備酒以待。院子過來。（雜扮院子暗上）（白）有。（王允白）少間溫侯來時，我留他後堂飲宴。飲酒中間，你連報幾次，說西府差人請我議事，我自有道理。（院子白）曉得。（同下）

　　（衆扮小軍，引小生扮吕布上）（唱）

　　【又一體】柳營夜宿懸星斗，正朝廷無事之秋。英雄年少拜溫侯，來謝司徒情厚。

　　（衆白）溫侯爺到了。（院子上）（白）老爺有請。（王允上）（白）怎麼說？

（院子白）溫侯到了。（王允白）快請。（院子應科）（王允白）溫侯請。（呂布白）司徒大人請。（王允白）老夫失於遠接，休得見罪。（呂布白）豈敢。大人請上，待小將拜謝。（王允白）老夫也有一拜。（呂布白）蒙賜金冠，壯我雄威，特來拜謝。（王允白）微物拜瀆，何勞致謝？請坐。（呂布白）請。（王允白）近聞曹、劉兵散，實乃溫侯之妙策。（呂布白）惶恐，惶恐。（王允白）溫侯禦敵遠勞，且喜凱旋，幸蒙枉顧，聊備小酌，與溫侯洗塵。（呂布白）多謝大人。（王允白）看酒來。（雜白）有酒。（王允定席科）（呂布白）小將乃相府將佐，司徒係朝廷大臣，過蒙錯愛，焉敢僭越？（王允白）說那裏話？方今天下，別無英雄，惟有將軍一人耳。允非敬將軍之職，乃敬將軍之才耳。（呂布白）忒過獎了。（王允定席畢科）（同唱）

【黃鐘宮正曲‧畫眉序】美酒泛金甌，小集華堂洗塵垢。喜雄兵星散，高出奇謀。據虎關氣吐虹霓，標麟閣名垂宇宙。（合）洞天深處同歡笑，直飲到月明時候。

（院子白）啟爺，眾將官的飯已齊備了。（王允白）溫侯，眾將有一餐小飯，請出軍令。（呂布白）多謝大人費心。眾將過來。（眾白）有。（呂布白）謝了王老爺。（眾白）嗄，謝王老爺賜飯。（王允白）起來，引到前廳酒飯。（眾白）嗄。（院子領眾下）（王允白）請問溫侯前日虎牢關交戰，老夫願聞其詳。（呂布白）大人聽稟。（唱）

【又一體】三戰怯曹劉，莫笑收兵落人後。把邊疆固守，高擁貔貅。（白）大人，不是小將誇口，前日在虎牢關上，殺得那十八路刺史呵，（唱）看拔寨席卷囊收，盡倒戈雲奔電走。（同唱）（合）洞天深處同歡笑，直飲到月明時候。

（院子暗上）（白）住著，啟爺，西府差人請老爺議事。（王允白）曉得了，說我就來。（院子應，下）（呂布白）司徒，告辭了。（王允白）酒還未飲，請坐。請問溫侯，前日送來金冠，可製度的好麼？（呂布白）甚是美製，勝似我舊時戴的。不知什麼良工所製？（王允白）良工所製什麼稀罕？老夫前日與老荊閒坐中堂，小女就站在旁邊，正在道及溫侯虎牢關失却紫金冠。呸，失言了不是，嗄，也是一時之錯。那時小女走近前來，說道：爹爹，待孩兒製度一頂送去罷。那時老夫道，嘎嘎，你是個女孩家曉得什麼？你製度的未必溫侯中意嗄。（呂布白）嗄，是令愛小姐所製，天下有這等聰明智慧的？（王允白）女工是他的本等，又且喜於音律。待下官喚出小女來，奉溫侯一杯酒。（呂布白）這個，何敢當此？（王允白）叫翠環扶侍小姐出來。（雜應，傳科）

（丑扮翠環，小旦扮貂蟬上）（唱）

【又一體】妝罷下紅樓，笑折花枝在纖手[1]，惹偷香粉蝶，飛上釵頭。（翠環白）老爺，小姐來哉。（貂蟬白）爹爹。（王允白）過來見了溫侯。（貂蟬見科）（呂布白）小姐。（王允白）我兒唱一曲，奉溫侯一杯酒。（呂布白）豈敢。（貂蟬唱）捧霞觴琥珀光浮，敲象板宮商節奏。（唱合）洞天深處同歡笑，直飲到月明時候。（院子上）（白）有事忙傳報，低聲入畫堂。稟老爺，西府有人在外面，請老爺議機密事。（王允白）西府有人請我議機密事。（翠環白）啐，小姐拉裏還勿走來。（呂布白）司徒，什麼機密事？（王允白）嗄，就是令尊大人要我去議事。我若去了，溫侯在此沒人奉陪；我若不去，又違了太師，怎麼處？（呂布白）小將告辭了。（王允白）豈有此理。酒還未飲，怎麼就去？就是令尊大人那裏，諒也不多幾句話，老夫去去就來。只是去了，無人奉陪，事在兩難，怎麼處？嗄，有了！我兒，你在此奉敬溫侯一杯，我去就來。（呂布白）這却怎敢？（王允白）溫侯是通家，何妨？（走科）（貂蟬隨走）（呂布白）司徒。（翠環白）老爺，小姐像是怕面光了。（王允白）溫侯，我家小女害羞，隨了老夫就走。這原是老夫不是，待我先喫個告罪杯。（喫科）阿呀，酒寒了。翠環，快換暖酒伺候。（翠環應，下）（王允白）溫侯失陪了，請了。（呂布白）請便。（王允下）（貂蟬白）溫侯請一杯，待奴家再歌一曲。（唱合）洞天深處同歡笑，直飲到月明時候。

（呂布白）妙嗄，唱得好！此乃詞出佳人口。請問小姐，方纔令尊說金冠是小姐製造的麼？（貂蟬白）正是，只是不佳。（呂布白）妙得緊，可愛！小姐可識字麼？（貂蟬白）識得不深。（呂布白）女兒家不深倒好。（貂蟬笑科）（呂布白）小姐青春多少了？（貂蟬白）一十八歲。（呂布白）曾適人否？（貂蟬白）還未。（呂布白）小姐青春十八，爲何錯過佳期？（貂蟬白）溫侯，《易經》有云"遲歸終吉"。（呂布白）小姐但曉得"遲歸終吉"，那曉得《詩經》云"窈窕淑女，君子好逑"！（貂蟬白）溫侯言及至此，使奴家肺腑洞然。溫侯若未曾娶妻，奴家願侍巾櫛。（呂布白）小將實未曾娶妻。（貂蟬白）既然如此，何不央人與我爹爹說合？（呂布白）多蒙小姐厚意，小將先把鳳頭簪爲記便了。（貂蟬白）妾聞"投之以木桃，報之以瓊瑤"。既蒙溫侯先把鳳頭簪爲記，奴家豈無回答？就將玉連環爲贈。（呂布白）多謝小姐。小將有一拜。（貂蟬白）奴家也有一拜。（同唱）

【黄鐘宮正曲·滴溜子】連環結，連環結，同心共守。（貂蟬唱）鳳頭簪，鳳頭簪，雙飛並偶。密意，深情相媾，調和琴瑟弦，休停素手[2]。（合）海誓

山盟,天長地久。(王允暗上)(作撞見,怒科)(貂蟬下)

(王允白)阿呀,罷了嗄罷了。(唱)

【又一體】男共女,男共女,立不接肘。怎生的,怎生的,並肩携手。(白)我女兒呵,(唱)是荳蔻含香包秀,休猜墻外枝,章臺路柳。(白)這妮子跪着,(唱合)可怪當場,出乖露醜。

(白)溫侯,你是世上奇男子,人間大丈夫,如何行此苟且之事?我好意喚小女出來奉酒,如何戲謔他?這明明是欺壓老夫[3],是何道理?氣死我也!(呂布作醉科)(白)呂布醉酒,一時錯亂,非敢無禮,望乞恕罪。(呂布半跪科)(王允白)請起,你也忒醉了些不是嗄,你是個男子漢大丈夫,行此苟且,却不壞了你一生的行止?你若看得這妮子中意,就明對老夫説,下官豈惜一女子?我從幼與他算命,説他日後富貴無極。我看你燕頷虎頭,封侯萬里。若不嫌小女貌醜,願操箕箒,終身之托,吾無憂矣。今日我就許了你,擇一吉日,備了妝奩送到董府成親便了。(呂布白)司徒大人不可戲言。(王允白)決不戲言。(呂布白)幾時送到府中來?(王允白)今日是十三。(呂布白)就是今日罷。(王允白)那裏來得及[4]?明日十四是個月忌。(呂布白)就是月忌也不妨。(王允白)豈有此理!嗄,後日十五乃是團圓之夜,老夫親送小女到府成親便了。(呂布白)得成鸞鳳之交,願效犬馬之報。岳父大人請上,受小婿一拜。(王允白)不消。溫侯。(同唱)

【黃鐘宮正曲・雙聲子】拿雲手,拿雲手,番做了偷香手。洗塵酒,洗塵酒,到做了合歡酒。開笑口,笙歌奏。(合)看乘龍佳婿,喜氣盈眸。

【尾聲】天緣兩地誇輻輳,佳期准擬在中秋,月正團圓照彩樓。

(王允白)指日門闌喜氣濃,中秋佳婿近乘龍。(呂布白)有緣千里來相會,無緣對面不相逢。岳父大人,不可失信,請了。(別下)(王允白)院子,過來。(院子白)有。(王允白)聽我吩咐。你持我帖兒,明日請太師飲宴,説庭前丹桂盛開,敬備小酌,請太師賞玩,伏乞俯臨。就去。(院子白)曉得。(下)(王允白)連環施巧計,麗色惑奸臣。(下)

校記

[1] 笑折花枝在纖手:"折",原作"拆",據文意改。
[2] 休停素手:"停",原作"亭",據文意改。
[3] 這明明是欺壓老夫:"明明"二字之前,原有一"是"字,衍。今刪。
[4] 那裏來得及:"及",原作"極",據文意改。

第五齣　貪美色中計納姬

（雜扮堂候上）（白）翠幕銀屏列綺羅，洞房深處擁嬌娥。華堂今日排佳宴，迎迓天仙出絳河。我們乃董太師府中堂候是也。昨日王司徒請我太師飲宴，不想席間喚出他女兒貂蟬出來侑酒。那貂蟬十分美貌，俺太師甚是歡喜。那王允老頭兒却也知趣，更把貂蟬小姐送與太師為妾。今日着我們準備鼓樂鸞輿，前去迎接。不免喚齊眾人，即便前去。正是：司徒附勢趨承奉，却不到老藤纏住嫩花枝[1]。（下）

（生扮王允上）（唱）

【黃鐘宮引・玩仙燈】計設連環，其中誰識機關？安排着今宵合卺，天假良緣。（丑扮翠環，隨老旦扮梁氏上）（唱）正中秋桂魄高懸，人共月恰喜團圓。（見科）

（白）相公。（王允白）夫人請坐。夫人，我今日孩兒到董府去，妝奩可曾完備麼？（梁氏白）妝奩都已完備。相公，今日孩兒到董府去，倘呂布也在府中，如何是好？（王允白）八月十五輪該他值禁，我聞得太師又差他往虎牢關上收斂軍馬去了，就是今日回來，也是遲了。（梁氏白）倘呂布虎牢關上回來怎麼處？（王允白）夫人不須挂慮，我已籌之熟矣。翠環，請小姐出來。（翠環白）小姐有請。

（小旦扮貂蟬上）（唱）

【商調引・意遲遲】心事如麻都打疊，休對旁人說。

（白）老爺、夫人萬福。（王允白）貂蟬，今日送你到董府，做爹爹的話你須記。（貂蟬白）孩兒謹記在心，不用叮嚀。（梁氏白）我看貂蟬聰明決烈，事必有成。（王允白）但願如此。翠環，伏侍小姐梳妝，戴了翠冠兒。（翠環白）曉得。小姐，戴了翠冠兒。（貂蟬白）這不是翠冠兒。（翠環白）是奢個？（貂蟬唱）

【商調正曲・山坡羊】翠冠兒，是鐵兜矛誰人能見？（王允白）你穿上那紫排袍。（貂蟬唱[2]）這紫排袍，是金鎖鎧，誰人能辨？（梁氏白）我與你把金釵寶簪都安排停當了。（貂蟬唱）排兩行，金釵寶簪。看將來，總是槍和劍。（翠環白）小姐，八雲環彎了些。（貂蟬唱）八雲環，分明是九里山，鈿蟬也是弓和箭。有智難知，中間機變。（合）羞慚，教奴家難上難。留連，當昭君出塞邊。（王允、梁氏唱）

【越調正曲・憶多嬌】將拜別，休淚血，生怕爹行心似鐵，九曲柔腸千萬結。（同唱）（合）離情慘切，離情慘切，涕淚西風哽咽。

【越調正曲・鬥黑麻】你去東畔留情，西邊掉舌。不是義結朱陳，要他讎分吳越。使他們，如火烈。這等機關，萬無漏泄。（同唱）（合）因伊冤孽，要他取亡滅。禍起蕭墻，禍起蕭墻，冰消瓦裂。

（雜扮樂人、院子、侍女、轎夫吹打上）（堂候白）有人麽？（雜扮院子上）（白）什麽人？（堂候白）奉太師鈞旨，來迎娶小姐的。（院子白）住着。禀爺，董府花轎到門，請小姐上轎。（貂蟬白）老爺、夫人請上，孩兒就此拜別。（唱）

【南呂宮引・哭想思】莫惜微軀探虎穴，只愁難得成功業。（王允唱）料不是爹行，將伊拋撇，霎時不忍成分別。

（院子白）打轎上來。（衆應科）（王允、梁氏、翠環同送貂蟬上轎科）（王允、梁氏、翠環同下）（樂人吹打，衆繞場走科）（同唱）

【雙調正曲・柳搖金】鑾輿朱幌，鳳冠繡裳，花燭照輝煌。強笑迎人意，悲歌斷妾腸。準備着朝雲暮雨，好夢傳襄王。看梅花弄影，風月歡場。（合）濃妝艷飾，艷飾濃妝，艷飾濃妝，爭羨新人模樣。（吹打，衆下）

（淨扮董卓上）（唱）

【雙調正曲・普賢歌】王家有女貌傾城，歌舞當筵妙入神。縱教鐵石人，一見也留情。（合）意馬心猿都被引。

（白）管家婆那裏？（管家婆上）（白）忽聽堂前呼老嫗，疾忙移步應聲頻。太師，管家婆叩頭。（董卓白）起來。今夕中秋節，團圓好明月。司徒送女來，與我爲侍妾。後堂忙傳報，早把華筵設。那王司徒送貂蟬小姐到府，可曾安排使女迎接麽？（管家婆白）早已安排了。待我喚他們出來。使女們，走動。（內應科）（衆扮使女上）（白）舞低楊柳樓頭月，歌罷桃花扇底風。使女們叩頭。（董卓白）起來。（管家婆白）請問太師，那貂蟬小姐可曾見來？（董卓白）我已見來。（管家婆白）他把什麽筵宴款待？（董卓白）他昨日請我去呵。（唱）

【中呂宮正曲・好事近】開宴出紅妝，論姿色絕世無雙。温柔嫋娜，花前解語生香。（管家婆白）如此，把什麽比他？（董卓唱）把奇珍比方，似珊瑚，初出滄溟網[3]。（管家婆白）太師，可喜又有一個鋪床疊被的來了。（董卓唱）（合）但侍我勸酒持觴，怎教他疊被鋪床？

（管家婆白）呀，外面鼓樂聲響，想是來了。我們大家出去迎接。（樂人、

堂候、侍女、轎夫擁貂蟬上）（同唱）

【仙吕宮正曲·不是路】一路輝煌，滿地紗燈奪月光。笙歌響，聲聲慢唱賀新郎。（侍女白）新人到了。（衆同唱）響叮噹，湘裙環佩鳴聲響，迎迓天仙入洞房。（扶貂蟬出轎，轎夫下）（董卓唱）銷金帳，相携共飲葡萄釀。淺斟低唱，淺斟低唱。

（樂人白）樂人叩頭。（董卓白）幾百名在此？（雜樂人白）二百名。（董卓白）每人賞個元寶。（樂人白）謝太師爺賞。（樂人、堂候同下）（侍女白）侍女們叩頭。（董卓白）幾十名在此？（侍女白）二十名在此。（董卓白）每人賞他一把金豆。（侍女白）多謝太師爺。（董卓白）掌燈，送入洞房。（衆應科）（同唱）

【仙吕宮正曲·掉角兒序】浸樓臺瑶天月上，喜嫦娥早從天降。步香塵羅襪輕盈，蹙金蓮絳裙飄蕩。翠眉纖，秋波瑩，内家妝，嬌模樣，魂魄飛揚。（合）兩情歡暢，和鳴鳳凰。休傳報，漏催五鼓，雞聲三唱。

【尾聲】携雲握雨同歡暢，倒鳳顛鶯樂未央，直睡到紅日曈曈上鎖窗。（同下）

校記

［1］却不到老藤纏住嫩花枝："住"，原作"佳"，據文意改。
［2］貂蟬唱："唱"，原作"白"，徑改。
［3］初出滄溟網："網"，原作"綱"，據文意改。

第六齣　戀私情争鋒擲戟

（雜扮四家丁，引小生扮吕布上）（白[1]）罷了！罷了！（唱）

【仙吕宮正曲·六幺令】心中懊惱，這其間做得蹊蹺。鴟鴞僭了鳳凰巢，迷楚岫，斷藍橋。（白）叵耐王允這老賊，前日已將貂蟬許我爲妻，反獻董卓，使我不勝氣憤。今日特到他家問個端的。家丁每，快走。（唱）（合）騰騰火起祆神廟，騰騰火起祆神廟。

（家丁白）這裏是了。（吕布白）叫門。（家丁白）開門！（雜扮院子上）（白）是那個？（家丁白）吕温侯在此！（院子白）少待，老爺有請。

（生扮王允上）（白）襄王已熟陽臺夢，神女應傾雲雨情。（院子白）吕温侯在外。（王允白）說我出來。（院子應科）（王允白）温侯請。（吕布白）咳，請什麽？你好没理嘎！前日已將貂蟬許我爲妻，如何又送與太師爲妾？豈是人之所爲？人而無信，禽獸不若。（王允白）温侯且息怒。老夫因爲此事，惱得幾死。老夫平日所爲之事，未嘗有不可對人言者，亦未曾失信於人。前日自許温侯之後，心甚喜悦，以爲小女所歸得人。令尊大人昨日來議天下大事，議畢，説及小女許嫁温侯，令尊十分之喜，説令愛過門，當開筵以待。老夫不合唤小女出來，拜了公公，蒙令尊賞金一錠。等至元宵佳節夜，合當送到温侯府中成親。令尊説我與他父子之情，送到我府中，與他洞房花燭是一樣的。今日如期送來，不料温侯未回。誰想令尊邀入府中，強納爲妾。非老夫之罪也。（吕布白）嘎，原來如此！咳，可恨這老賊不念父子之情，奪我夫妻之愛。如此説，倒錯怪了你，容當請罪，司徒。（唱）

【仙吕宫正曲·玉胞肚】你的言猶在耳，以貂蟬許我爲妻。爲官差錯過佳期，這良緣是禍胎胚。綏綏狐行豈人爲？不管傍人講是非。（王允唱）

【又一體】教人怒起，見嬌娃心動意移。全不顧父子人倫，恁胡行不畏人知？（白）想我小女此時呵，（唱）無端懊恨淚雙垂，船到江心補漏遲。

（吕布白）司徒，小將告辭了。（王允白）往那裏去？（吕布白）即往府中，潛入後堂，打聽小姐消息。（王允白）甚好。（吕布白）老賊無端占我妻，（王允白）鴟鴞強與鳳凰栖。（吕布白）要將我語和他論，（王允白）温侯，你免被傍人講是非。（分下）（小旦扮貂蟬上）（唱）

【仙吕宫引·探春令】一顰一笑總關情，暗算誰能省。似棋邊，袖手看輸贏。車共馬空馳騁。

（白）這幾日太師身子勞倦，不時高卧，適來且喜又睡着了。且往後花園閒步一回，少舒悶懷，多少是好。此間是鳳儀亭了，待奴家口占一詞：嗟哉鳳儀亭，四繞梧桐樹。鳳凰不見來，烏雀日成隊。（吕布内嗷科）（貂蟬白）呀，那來的好似温侯，我且躲在亭子後，待他來時，我把言語打動他便了。（下）

（吕布上）（白）偶來鳳儀亭，悶把欄干倚。欲采芙蓉花，可憐隔秋水。你看亭子後面好似貂蟬。我且躲在太湖石畔，聽他説些什麽來。（下）

（貂蟬上）（唱）

【雙調正曲·鎖南枝】奴命薄，淚暗流，無媒徑路羞錯走。勉強侍衾裯，見人還自醜。嘆沈溺，誰援救？我欲見温侯。（白）阿呀，温侯嘎！（唱）怎能够？（吕布上）（唱）

【又一體】青青柳，嬌又柔，一枝已折在他人手。把往事付東流，良緣嘆

非偶。簪可惜,雙鳳頭,玉連環,空在手。(見科)

(貂蟬白)溫侯,你好負心也!(呂布白)是你爹爹失信,將你送與太師,怎麽倒説我負心?(貂蟬白)天嘎!中秋夜,我爹爹送奴與溫侯成親,不知你那裏去了,乃見狂且。(呂布白)狂且是誰?(貂蟬白)就是太師。(呂布白)太師便怎麽?(貂蟬白)他起不仁之心,將奴家邀入府中淫污,恨不得一死。今日得見溫侯,死亦瞑目矣。(呂布白)嘎!司徒之言與小姐無二,但未知小姐意下如何?(貂蟬白)有死而已,願從溫侯。(呂布白)咳,只恨我關上來遲了。(唱)

【仙吕宮正曲·紅衲襖】只指望上秦樓吹鳳簫,却緣何抱琵琶彈別調。香褪了含宿雨梨花貌,帶寬了舞東風楊柳腰。不能勾畫春山眉黛巧,羞見你轉秋波顏色嬌。早知道相見難爲情思也,何不當初不見高。(貂蟬唱)

【又一體】你只圖虎牢關功業高,頓忘了鳳頭簪恩義好。同心帶,急攘攘被他扯斷了;玉連環,屹崢崢想已搯碎了。(呂布白)你好生伏侍太師去罷。(貂蟬唱)我若不與溫侯同到老,就死在池中恨怎消。(呂布白)我今生不得你爲妻,非蓋世之英雄也!(貂蟬白)溫侯請上,受奴一拜。(呂布白)小將也有一拜。(拜科)(貂蟬唱)你若念夫妻情義也,把我屍骸覆草茅。(董卓内白叫)(貂蟬急走下)

(浄扮董卓上)(白)不要跑,慢慢走。(見科)嘎!你你你是呂布!(呂布白)是呂布。(董卓白)你不在虎牢關上理正事,反在鳳儀亭上戲我愛姬,是何道理?反了,反了!(呂布白)王司徒已將貂蟬許我爲妻,被你强納爲妾,反説我戲你的愛姬!(董卓白)倒是我强占你的,我把你這畜生!(呂布白)老賊!(董卓白)呀吒!(唱)

【中吕宮正曲·撲燈蛾】你潛身鳳儀亭,你潛身鳳儀亭,將我愛姬來調引。巧弄如簧舌,禮義全不思忖也,做出這般行徑!(白)畜生,我與你什麽相稱?(呂布白)不過是父子罷了。(董卓白)可又來,(唱)你既稱父子昧彝倫,(合)頓教人心中發忿,難消恨,把方天畫戟擲下了殘生!(呂布唱[2])

【又一體】錦屏多玉人,錦屏多玉人,珠翠相輝映。瑣瑣裙釵女,何必欺心謀占也?(董卓白)倒説我謀占?(笑科)(呂布白)老賊嘎,(唱)休得要笑中藏刀,使我百年夫婦割恩情。(合)頓教人心中發忿,難消恨,把方天畫戟擲下了殘生!(與董卓奪戟科,跌。呂布下)

(外扮李儒上)(白)不要動手。(李儒、董卓各跌科)(董卓白)李儒拿刀來!(李儒白)主公,是我。(董卓白)李儒拿刀來!(李儒白)主公,是李儒。

（董卓白）我打死你這畜生！李儒，快拿刀來！（李儒白）主公，李儒在底下。（董卓白）罷了罷了，反了反了！（李儒白）主公為何這等大怒？（董卓白）就是那呂……（李儒白）呂什麼？（董卓白）就是那呂布！（李儒白）主公，那呂布怎麼樣[3]？（董卓白）他不在虎牢關上理正事，反在鳳儀亭上戲我的愛姬！（李儒白）原來如此！主公豈不聞楚莊王絕纓的故事？今天下皆懼呂布之勇[4]，若罪責此人，恐生不測之禍。主公富貴已極，何惜一女？既呂布所愛，莫若賜之，彼必傾心從事主公。（董卓白）放你的屁！你的老婆肯讓與別人麼？（李儒白）呂布喜的是貂蟬，我的老婆花嘴花臉，那裏使得？（董卓白）可又來！快喚李肅過來！（李儒白）曉得。李肅，主公呼喚！（下）（末扮李肅上）（白）來了。勸君行正道，莫使念頭差。主公有何吩咐？（董卓踢李肅科）（李肅白）主公為何發怒？（董卓白）你薦得好人！（李肅白）李肅不曾薦什麼人。（董卓白）那呂布可是你薦的？（李肅白）呂布薦得不差。（董卓白）他不在虎牢關上理正事，反在鳳儀亭上戲我的愛姬，是何道理？（李肅白）主公，呂布無禮，何不殺之？（董卓白）好！該殺！走來，你如今頂盔貫甲，去問王允這老兒，說貂蟬送與我的，竟說送與我，送與呂布，就說送與呂布。一個人送得來不明不白，使我父子在家喫醋拈酸，是何道理？講得是就罷了，講得不是，找頭回話。（李肅白）是。領着太師命，去問老司徒。（下）

（貂蟬上）（唱）

【仙呂宮正曲・不是路】掩袂悲啼，舊恨新愁眉鎖翠。（白）呵呀，太師嘎。（董卓唱）呀，看你淚珠垂，似梨花一枝輕帶雨。（白）貂蟬，（唱）為何的、低頭倒入在人懷裏？全不顧禮義綱常是與非！（貂蟬白）妾將謂溫侯是太師之子，甚相敬重。誰想他今日乘太師高臥，直入後堂戲妾。妾逃於後園，他又趕來！（董卓白）他又趕來？你說，你說！（貂蟬白）妾欲投水，被他抱住。正在生死之間，幸得太師前來，救了性命。（董卓唱）怪狂且，敢探虎穴尋鴛侶！使人驚愧，（貂蟬唱）不須驚愧。

（董卓白）你那老子好沒分曉，把你送與我就送與我，送與呂布就送與呂布，如何送的不明不白？（貂蟬白）我爹爹只教奴家伏侍太師，並不曾許呂布的呢！（董卓白）唔。（唱）

【仙呂宮正曲・長拍】拂拭啼痕，拂拭啼痕，重施脂粉，新郎再嫁休推，改弦再續。憐新棄舊，把恩愛付與天涯。（貂蟬唱）此話不須提，我終身願托，誓無他意。此心今日惟有死，妾豈肯暫相離？一馬一鞭立志，（合）願鳥同比翼，樹效雙枝。

（董卓白）罷，你去伏侍呂布去罷。（貂蟬白）太師嘎！（哭科）（董卓白）我是老了，呂布好。（貂蟬白）太師好。（董卓白）如此，起來，後不爲例。早是你立志堅貞，不然被淫媾了，可不玷辱了我。（貂蟬白）太師，但恐此處不宜久居，必被呂布之害。（董卓白）既如此，我和你到郿塢中去罷。（貂蟬白）郿塢中可居得麼？（董卓白）郿塢中有三十年糧儲，門外列數十萬軍兵。事成之後，則汝爲貴妃，愼勿憂慮。（衆扮家將、車馬上[5]）（管家婆、梅香隨上）（同唱）

【仙呂宮正曲・短拍】往郿塢繁華，郿塢繁華，妝成金屋，貯玉人翠繞珠圍。花木總芳菲，長春景另是，一壺天地。（白）丫環、侍女、管家婆何在？（丫環、侍女、管家婆上）（白）來了。聽得一聲喚，忙步到廳前。太師有何吩咐？（董卓白）喚家將每與我擺駕往郿塢中去。（管家婆白）曉得。家將們何在？（衆家將上）（白）來了。（管家婆白）太師吩咐擺駕往郿塢中去。（同唱）儀從隨行前去，（合）看裹帷歡笑謾同車。

【尾聲】百花裳香旖旎，遊蜂偏近好花枝，空逐東風上下飛。（同下）

校記

[1] 白：原作"唱"，徑改。
[2] 呂布唱："唱"，原作"白"，徑改。
[3] 那呂布怎麼樣："樣"，原作"楃"，據文意改。
[4] 今天下皆懼呂布之勇："今"，原作"令"，據文意改。
[5] 衆扮家將、車馬上："家"，原作"甲"，據下文改。下作"甲"處同改。

第七齣　吐真情虎賁助力

（生扮王允上）（唱）

【南呂宮引・生查子】一餌藉羶腥，二虎張飢吻。（白）老夫近聞，呂布與董卓兩心共生荊棘，總爲貂蟬之故，想連環之計成矣。古云："兩虎共鬥，勢不俱生。"吾見其亡矣。今已差人去請呂布到來，問個分曉，然後行事。（衆扮小軍，引小生扮呂布上）（唱）離思與幽情，戀戀縈方寸。

（衆白）呂將軍到。（衆下）（王允白）溫侯請。（呂布白）司徒請。（王允白）溫侯請坐。老夫連日聞得溫侯與太師甚是相合，但不知小女在左右懷抱如何？（呂布白）我與老賊有甚相合？令愛我也曾見來。（王允白）那裏見

來？（呂布唱）

【黃鐘宮正曲·啄木兒】閒消悶，信步行，邂逅貂蟬在鳳儀亭。（王允白）曾説甚來？（呂布唱）他訴衷腸涕淚交零，方信你不改初心。（王允白）可憐所見不背前盟，老夫怎敢説謊？（呂布唱）不料他們睡起偷窺聽。（王允白）嗄，聽見便怎麼？（呂布唱）他猛然一見生焦忿，（王允白）可曾爭論麼？（呂布白）司徒，我那時呵，（唱）擲戟三番，險些喪了身。

（王允白）嗄，反行無狀，這也可惡。溫侯嗄！（唱）

【又一體】只是我年老，不足稱，只可惜將軍播大名。（呂布白）我也曾替他一臂之力。（王允唱）人都説你是蓋世英雄，不能保閨閫佳人。他公然姦占圖僥倖。（呂布白）我要殺此老賊，方泄此恨。（王允白）禁聲，倘事若不成，反累我也。（呂布白）嗄，爭奈有父子之情，不忍下手。（王允白）溫侯差矣。（唱）分明董吕非同姓，擲戟焉能有甚父子情！

（雜扮院子上）（白）稟爺，虎賁中郎將李肅進來也。（王允白）這是太師差來的。溫侯少退屏風後，聽他説些什麼來。（呂布白）是，領命。（暫下）（眾扮軍士，引末扮李肅上）（同唱）

【黃鐘宮正曲·歸朝歡】太師的，太師的，山嶽令行，肅敢不欽遵順承？（眾白）李將軍到。（王允迎科）（白）李將軍請了。（李肅白）咳，請什麼，太師差我來問你，（唱）那貂蟬的，貂蟬的，姻緣已成，却緣何，又納了溫侯之聘？（王允白）李將軍，其中有個緣故，不可向眾人言矣[1]。（李肅白）爾等迴避。（眾軍分下）（王允白）李將軍，你有所不知，實是先許溫侯，被太師謀占也。（李肅白）就是主公占了，呂布也不該與他爭論纏是。（王允白）嗄，連你也差了！我且問你，那呂布是誰人薦於太師的？（李肅白）咳呀，是我薦的。（王允白）如此連你也有干係了。（李肅白）是嗄。（王允白）將軍，（唱）假若君家以禮先爲聘，豈肯容人姦占爲妾媵？（李肅白）啊，是嗄。（王允白）李將軍，你與溫侯與太師皆有父子之情，假如將軍定下一房妻室，也被太師占了，你心下如何？他竟占了溫侯的妻室，將軍有何面目？正所謂"兔死狐悲，物傷其類"[2]。（唱）你若體察其情怒亦增。

（李肅白）是嗄，不差，告辭了。（王允白）不可生嚷，往那裏去？（李肅白）去尋溫侯，殺那老賊。（王允白）溫侯已在此。待我請他出來。（李肅白）嗄，有此奇遇，快請出來，軍士每迴避。（眾應下）（王允白）溫侯有請。（呂布上）（白）鄉兄請了。（見科）（白）嗄，鄉兄，那老賊奪我妻室，不聽李儒之言，領了貂蟬竟往郿塢中去了。我欲殺他，怎生是好？（李肅白）此情委實可惱。

若賢弟果要殺他,李肅願助一臂之力。(王允白)二位將軍,王允有一言相告。(李肅、呂布白[3])有何見教?(王允白)古人有歃血訂盟。出王允之口,入二位將軍之耳。只可三人知之,不可泄漏。明日會百官,俱朝服於午門等候。着幾個大臣,持矯詔去請太師入朝受禪。等他來時,待我懷中取出詔書,高聲言道:"天子有令,着中郎將李肅誅殺董卓,夷其三族。"(呂布白)住了。夷其三族,貂蟬可也不死在其內了?(王允白)獨赦貂蟬,餘黨不問。不知二位意下如何?(呂布、李肅白)司徒之言甚高。(王允白)此盟既設,金石不移動。(呂布、李肅白)三人同心,其利斷金。若有負盟,天必誅之。(王允白)說得有理。明日早早到朝門相會。(呂布、李肅白)謹依尊命。(王允白)計就月中擒玉兔。(呂布、李肅白)謀成日裏捉金烏。(分下)

校記

[1] 不可向衆人言矣:"矣",原作"已",據文意改。
[2] 正所謂"兔死狐悲,物傷其類":"謂",原作"爲",據文意改。
[3] 李肅、呂布白:"白",原作"言",據上下文改。

第八齣　傳假詔梟賊燃臍

(丑扮董君雅魂上,弔場,虛白,發諢科)(下)
(丑扮董母、董卓妻、貂蟬上)(同唱)
【商調引·憶秦娥】黃金塢,偎紅倚翠酣舞歌。(淨扮董卓上)(唱)酣舞歌,花朝月夕,莫教虛度。

(見科)(董卓白)母親拜揖。(董母白)孩兒,你這幾日貪酒好色,事業不成,奈何奈何!(董卓白)孩兒稟母親,得知呂布這厮無禮,他倒來戲我愛姬,因此悶懷不釋,退居郿塢。不然,這幾日大事已成了。(末扮李肅上)(白)轉過了綠水橋邊,便是黃金塢下。啓主公,李肅領命去問司徒小姐之事,王允道只許了太師,並不曾許呂布。(董卓白)却又來,我道他是志誠君子。若聽李儒之言,幾乎錯了。那呂布呢?(李肅白)不知逃往那裏去了。(董卓白)如此,你可畫影圖形,急速拿來便了。(李肅白)領旨。

(雜扮軍士,引雜扮黃琬持詔書上)(白)遠聞天子詔,飛下九重天。此間已是。通報。(軍士白)有人麽?(李肅白)什麽人?(軍士白)司隸校尉黃琬持詔書在此。(李肅白)啓太師,司隸校尉黃琬持詔書在外。(董卓白)着他進來。（李肅應科）（黃琬進見）（白）小官奉王司徒之命，天子有詔在此。（董卓白）爲什麽來？（黃琬白）天子病體新瘥，會文武於未央殿，特將天下讓與太師，故有此詔。（董卓白）王允怎麽說？（黃琬白）王司徒着人築起受禪臺，僕射士孫瑞已草受禪詔，特請太師入朝受禪。（董卓白）真個，（大笑科）怪道我夜來夢一龍罩體，今日果應佳兆。李肅，我若登基，汝爲執金吾必定矣。（李肅白）願主公垂拱萬年，肅之子孫亦沾天恩。（董卓白）吩咐甲士準備鑾輿，即刻起駕。（李肅應科）（雜扮甲士擁鑾輿，外扮李儒上）（董卓白）母親，孩兒去受漢禪。（董母白）我兒，這幾日肉顫心驚，恐是不祥之兆。（李肅白）爲萬民之主母，豈不預有驚報？（李儒白）主公不可。王允乃奸詐之人，恐其中有變。（董卓白）我心腹人所見甚明，不必多疑。（貂蟬白）貂蟬送太師。（董卓白）不消了。（董卓母、貂蟬下）（李肅白）太師請上鑾輿。（董卓唱）

【仙呂宮正曲·望吾鄉】纔上鑾輿，依依戀愛姬，想他嬌聲細語抒情愫。（董君雅魂暗上）（董卓唱）教人怎不戀歡娛，何忍別須臾？（白）什麽響？（甲士白）車輪折了。（董卓白）這是怎麽說？（李儒白）主公，輪折了，不可前去，恐生不測。（董卓白）說那裏話？（李肅白）主公，這是個吉兆也。此去有龍車鳳輦，要車輪何用？（董卓白）說得是，快喚玉馬過來。（同唱）（合）**輪兒折，怎挽車，心下生疑慮。**（同下）

（雜扮儀從執儀仗，雜扮文武官，小生扮呂布，生扮王允持詔書上）（同唱）

【黃鐘宮正曲·神仗兒】胸藏詔語，胸藏詔語，身隨隊伍。此去遙迎當路，一見，登時斬取。（合）將屍首棄街衢，將屍首棄街衢。（同下）（董君雅魂隨上）（衆甲士、黃琬、李肅、李儒引董卓騎馬上）（同唱）

【仙呂宮正曲·望吾鄉】人馬歡呼，加鞭道轉紆，忽驚轡斷心無主。（董君雅魂下）（董卓白）李肅，車折輪，馬斷轡，主何吉兆？（李肅白）主公今受漢禪，乃棄舊更新之兆。（李儒白）主公，此乃不祥之兆。（董卓白）咄！我心腹人所見甚明，不必多慮。看轎來。（李儒白）主公不要去罷。（董卓白）哦，胡說。（李儒白）主公若去應遭禍，却把忠言當惡言。（下）（李肅白）李儒去了。（董卓白）這等薄福小人，由他去罷。（同唱）紅雲紫霧滿街衢，引隊執金吾。（李肅白）公卿都來迎候了。（同唱）（合）**公卿候，合稱孤，轉眼離郿塢。**

（衆文武官、儀從、呂布、王允同上）（王允白）聖旨已到，跪聽宣讀。（董卓白）怎麽還要跪麽？（李肅白）只跪這一次了。（王允白）逆賊董卓，誅戮大臣，擅殺妃后，謀爲不軌，圖逆篡弒，罪惡貫盈，國法不赦。着温侯呂布即行梟斬。謝恩！武士每，綁了！（董卓白）王允謀反，李肅快來救我！（呂布上）（白）奉詔誅討反賊，拿去斬了。（拿董卓，儀從同下）（衆同唱）

【南呂宮正曲・香柳娘】論賊臣妄爲，論賊臣妄爲，劫遷君父，令行海内諸侯懼。把黄金築塢，把黄金築塢，妄想篡中都，奸雄竟無補。（王允白）温侯，你可領一枝人馬到塢中，夷其三族。府庫金珠，一半賞軍，一半封記。（呂布白）是。（同唱）（合）合今朝伏誅，合今朝伏誅，市曹暴屍，萬民心服[1]。（同下）

（雜扮衆百姓上）（白）人惡人怕天不怕，人善人欺天不欺。（暗抬董卓切末放場上科）（白）司徒早設連環計，董卓今朝火燒臍。列位，董卓罪大惡極，今日在午門外梟首示衆，我們同去一看，如何？（衆白）說得有理，就此前去。衆人擁擠，想必就是。你看他身軀肥胖，肚臍有燈盞深，倒好點燈耍子。（衆白）說得有理。拿火來，點在臍中。（作點燈科）（指屍駡科）（唱）

【又一體】論奸臣所爲，論奸臣所爲，逆天大罪，今朝天網難逃避。看臍中火起，看臍中火起，徹夜有光輝，脂膏流滿地。（合）合今朝伏誅，合今朝伏誅，市曹暴屍，萬民心服。（作譚科）（同下）

（貂蟬、翠環上）（貂蟬唱）

【又一體】嘆堂前燕子，嘆堂前燕子，孤飛獨宿，將傾大厦巢寧固？我潛歸故里，我潛歸故里，且去見司徒，連環計不負。（合）合今朝伏誅，合今朝伏誅，市曹暴屍，萬民心服。（下）

（呂布衆上）（白）軍士們。（唱）

【又一體】把郿塢四圍，把郿塢四圍，甲兵如蟻，剿除族屬難饒恕。（白）衆軍士。（軍士白）有。（呂布白）聽我吩咐，有一個女子名喚貂蟬者留下，其餘的老少都綁來。（衆軍下）（呂布白）衆將官，（唱）問貂蟬何處，問貂蟬何處？（衆内應）（白）沒有貂蟬。（呂布白）想已喪溝渠，空庭委珠翠。（衆軍捉董卓母上）（唱）（合）合今朝伏誅，合今朝伏誅，市曹暴屍，萬民心服。

（白）禀將軍，董卓一家眷屬都拿得在此。（呂布唱[2]）

【又一體】是董卓母氏，是董卓母氏。（董母唱）乞恩寬恕，龍鍾老朽無干預。（呂布白）多少年紀？（董卓母唱）年九十有餘，年九十有餘，暮景逼桑榆，將軍施異數。（呂布白）你養的好兒子！拿去砍了！（衆應，殺科）（呂布白）衆將官，就此與我抄没財寶者。（衆抄没科）（呂布白）就此回覆司徒之命。（同唱）（合）合今朝伏誅，合今朝伏誅，市曹暴屍，萬民心服。（同下）

校記

［１］萬民心服："心服",原作"人服",據下文改。
［２］吕布唱："唱",原作"白",徑改。

第九齣　蔡邕感舊陷圖圄

（雜扮衆武士、堂候,引生扮王允上）（唱）
【黄鐘宫引·瑞雲濃】元凶殄滅,看朝野齊聲歡悦。河清海晏,合早把升平宴設。
　　（白）深機妙算費謀謨,且喜奸雄一旦鋤。今日太平知有象,從教漢室奠鴻圖。且喜董卓伏誅,重見太平,聖上命舉朝文武在都堂賜宴三日,慶賀升平。昨日李傕、郭汜、張濟、樊稠四人,遣人上表求赦。我想卓之跋扈,皆此四人之助。今雖大赦天下,獨不赦此四人。官兒,衆位老爺到齊,即忙通報。（堂候應,同下科）
　　（末扮黄琬,外扮馬日磾,生扮士孫瑞,生扮蔡邕,外扮皇甫嵩,小生扮吕布,末扮李肅,小生扮周奐,上）（同唱）
【黄鐘宫引·女冠子】帝明臣哲,萬姓安居樂業。元凶殄滅,肅清朝野,太平時節,芳名青史列。只見巷舞衢歌,童歡叟悦,共把赤心義膽,同扶漢家基業。
　　（各通名見科）（白）我等蒙聖恩賜宴,都堂通報。（手下通報科）（王允上,各見科）（告坐科）（衆白）董卓弄權,朝綱幾廢,幸得司徒大人深謀遠計,國賊誅夷,重見太平景象也。（王允白）董賊欺君罔上,人人得爾誅之。天子福蔭,致使偶墮其術。今日大惡全消,升平重見。蒙聖恩賜宴,合當慶賀。（堂候上）（白）禀老爺,酒筵齊備。（王允白）看酒。（定席各坐科）（同唱）
【黄鐘正曲·畫眉序】國賊已誅滅,慶賞升平宴排設。盡簪纓世胄,濟濟班列。今日會文武公卿,明日裏共朝金闕。（合）太平重見人安樂,民歌人壽歡悦。（蔡邕嘆科）（唱）
【又一體】反側未寧貼,黨羽根誅正盤結。似幕巢飛燕,禍機方烈。
　　（王允白）董卓身受天誅,同朝無不歡悦,伯喈何故喟然而嘆？（蔡邕白）念邕事非其人,已昧知人之明；出非其時,難言保身之哲。諸公固同歡悦,邕自傷嗟,何勞司徒驚訝？（王允白）我誅此元凶,名正言順,縱有餘黨,其奈我何？（蔡邕唱）你道是討罪除凶，他道是陰謀詐譎。（合）還愁禍起蕭牆內，海宇四分五裂。（王允怒）（白）諸公聽他言語，明明是左袒奸賊，叛逆顯然耳。（蔡邕白）你見偏心窄，反疑我爲逆黨。邕之一嘆，非獨爲董卓然，亦爲司徒耳。（王允白）我與漢室除害，有何可嘆？（蔡邕白）即此李、郭、張、樊不赦，倘誘集陝人，兵至長安，只怕你身首不保，豈不長嘆乎？（王允白）嘎，諸公聽他之言，逆情已露，明與董卓一黨！武士，速將蔡邕收伏，廷尉監禁，吾當請旨，明正其罪便了。（衆應科，拿下）（衆官白）司徒且請息怒。伯喈乃曠世逸才，况是三朝舊臣，熟知典故，當令續成《漢史》，爲一代大典，勿使司徒有殺害賢才之名，我等願代伯喈請罪。（拱揖科）（唱）

【黃鐘宮正曲·滴溜子】雖則是，雖則是，無端饒舌。論當代，論當代，首推才傑。《漢書》未曾卒業。還求恕罪，姑從寬黜刖。一老懋遺，史編無闕。

（王允白）列位有所不知，昔武帝不殺司馬遷，使作謗書，流於後世。今國家多難，不可使佞臣執筆，使吾黨蒙其訕譏。（唱）

【黃鐘宮正曲·鬧樊樓】邪朋佞黨心腸別，若司編纂，是非乖劣。謗毀中興業，抹煞良臣節。况恃才凌傲，定不容傍人辨折。我上封章，請明廷示決。

（衆官白）還請司徒三思爲上。（馬日磾白）嘎，列位，今日王公此舉亦太過矣。我想，善人國之紀也，制作國之典也。滅紀廢典，豈能久乎？恐王公其無後矣。（衆官白）我等且自散歸，明日同詣朝堂，再爲保救便了。請。（唱）

【尾聲】司徒秉政多偏劣，枉了衆口曉曉空自說，則可惜曠世奇才遭罰折。（同下）

第十齣　董祀乞骸歸窀穸

（小生扮董祀上）（唱）

【南北合套·新水令】從師負笈遠遊遨，膽輪囷一腔忠孝。端居多受益，臨難忍遁逃。淚灑青袍，俺只恨天遠閽難告。

（白）小生董祀，隨侍吾師蔡中郎間關到此。那王司徒指爲奸黨，把我老師囚禁，不免往獄中探望一遭。來此已是，禁長哥有麼？（淨扮禁子上）（白）但知天子三分理，不犯蕭何六尺條。你是個秀才，到此何幹？（董祀白）小生董祀，陳留郡人，有個酒資在此送與大哥，望你開了監門，放俺進去。（禁子白）也罷，放便放你進來，只是就要出來的。（董祀白）這個自然，不連累你的。（禁子放董祀入科）（白）老師在那裏？（禁子白）在這裏，隨我來。（同下）（生扮蔡邕上）（唱）

【南北合套·步步嬌】老戴南冠誰相弔，三木將身靠[1]。愆尤總自招，戀直忠言，反遭桀紂。（白）王司徒，（唱）（合）你執見太虛囂，爲權奸波及忠和孝。

（董祀上）（白）老師在那裏？（禁子白）不要做聲。你們在此略說說，我去去就來。（下）（董祀見跪科）（白）哎喲，老師嗄，爲何一旦至此，痛殺我也。（蔡邕白）老夫不願出山，賢弟素知[2]。誰想瓦全於董卓，玉碎了王允，自悔保身無術，取禍有階。你該以我爲戒，早宜遠避禍機，還來看我怎麼？（董祀哭科）（白）老師嗄。（唱）

【南北合套·折桂令】論如今聖主當朝，把蔽日陰霾，一概都消。等閒的采及葑菲，早難道清流被柱，不把冤昭。又何惜金堦碎首，那怕他斧鑕纏腰。便道是憲典難饒，論無過貶削官僚。（蔡邕白）王司徒剛愎任性，他必欲殺我，料叩閽也是無益。（董祀哭科）（白）嗄，王允，王允！你好狠毒也，老師若是不免呵，（唱）俺情願地下相從，也博個青史名標！

（蔡邕白）賢弟休出此言，我還有相托之事。我前將《漢書》屬成半稿，付與小女收藏，昨遣蒼頭寫書一封寄去[3]。賢弟你若是歸陳留呵，只說（唱）

【南北合套·江兒水】老父身垂死，嬌兒隔絕遙。遺編付汝收藏稿，名山大業勤蒐討。家門瑣瑣俱不道，（白）還有一件事，（唱）焦尾桐材至寶，（合）縱遇顛連，慎勿輕遺荒草。（董祀應科）

（蔡邕白）我死之後，屍骸必然暴露。你能收拾還鄉，葬於先人墓側，即將小女文姬與汝爲配。取紙筆來，寫一紙爲照。（董祀白）師生大誼，分所宜然，老師何出此言？（蔡邕白）怎麼，筆硯收過了？也罷，待我裂下衫襟，咬破指頭，寫一血書便了。（咬指裂衣急寫科）（董祀痛哭科）（唱）

【南北合套·雁兒落帶太平令】痛殺他破零星裂縕袍，痛殺他血淋漓將指咬，痛殺他意慌張語未終，痛殺他血慘淡書多草！（蔡邕付書科）（董祀收科）（蔡邕白）俺後事付你了，去罷。（董祀哭科）（白）老師呵，（唱）一任你委骨在荒郊，俺可也願作青蠅弔。哭政屍的聶姊猶拼命，祭彭越的欒生豈憚勞。牢騷，這冤苦憑誰告？悲號，叫蒼旻聽轉高。（丑扮差官送袋上）（禁子推董祀出科）

（董祀白）我怎忍遠去，且在外面靜聽消息。（虛下）（差官白）蔡老爺在那裏？（禁子白）在後邊。（差官白）王司徒有令，速將蔡邕囊首取命，我在獄神堂等候。（禁子白）蔡老爺有請。（蔡邕白）怎麼說？（禁子白）方纔有聖旨，有一件東西老爺請看。（蔡邕笑科）（白）原來是囊首，我只道是一刀一剮，原來還放我全屍而死。司徒公，我可也感你厚情了，且待我拜別聖上。（拜科）（白）萬歲嘎。（唱）

【南北合套·僥僥令】微臣多罪狀，理合肆諸朝。已得全屍歸陰府，（合）俺去化長虹亙碧霄。（差官、禁子作科）（蔡邕吊死科）（雜扮看屍人上）

（白）司徒有令，速將蔡邕屍首號令朝門，如有擅敢收者，罪及三族。（眾抬屍出監放科）（隨意白下）（董祀上）（哭跳科）（唱）

【南北合套·收江南】呀，早知道這般樣慘死呵，倒不如沙場馬革裹屍拋。有多少門生故吏與同朝，今日個奠酒無人賦《大招》。痛星星二毛，痛星星二毛，可為甚骷髏暴露野風飄。

（雜扮軍校上）（白）你是什麼人，伏屍而哭？拿他去見司徒老爺。（董祀白）我正要見他。（軍校白）走走，老爺有請。（王允上）（白）怎麼說？（軍校白）啟老爺，有一書生伏屍而哭，拿獲在此，特來稟知。（王允白）帶過來。（眾應，帶見科）（王允白）唓，蔡邕奉旨陳屍，你是何人，擅敢伏屍而哭？不怕罪及三族麼？（唱）

【南北合套·園林好】這狂生胡啼亂號，是奸黨不刑自招。敢把俺虎鬚輕撩，（合）蛾赴火自焚燒，蛾赴火自焚燒。

（董祀白）小生董祀，非但伏屍而哭，還要負骨而歸。（王允白）嘎，只怕沒有這個道理。（董祀白）明公有所不知，中郎隱居陳留，董卓差人徵召，不得已強出就職。及卓被誅，中郎不忍國士之知，坐中一嘆，不負董卓，正是不負國家。（唱）

【南北合套·沽美酒帶太平令】望明公，仁義昭，愜愚情苦哀號。（白）念蔡邕呵，身列三朝舊大僚，念往日故交，兔狐悲自應度。司徒是除殘去暴，須諒祀愚忠愚孝。蔡邕死罪已名標，這朽骨何讎可報？俺呵，忍不住血拋淚拋，為師情悲號痛號。呀，再不得傍恩門把一靈長叫。（哭科）

（王允白）他也說得有理，倒是老夫見識不到。嘎，董祀，我念你一點義氣之心，今將骸骨付你，去罷。（董祀白）多謝明公。正是：得他心肯日，是我運通時。（下）（王允白）吩咐打道回府。（眾應科）（唱）

【尾聲】這般異士人間少，憐他為師情悲悼，生死方纔見至交。（同下）

校記

［1］三木將身靠："木"，原作"水"，據文意改。
［2］賢弟素知："素"，原作"訴"，據文意改。
［3］昨遣蒼頭寫書一封寄去："蒼"，原作"倉"，據文意改。

第十一齣　邀赦書餘孽稱兵

（雜扮小軍，引淨扮李傕上）（唱）

【仙呂宮引·天下樂】鐵面虯髯膽氣粗，精兵十萬想雄圖。（副扮郭汜上）（唱）封侯未足酬人願，要把炎劉合讓吾。

（李傕白）自家李傕是也。（郭汜白）自家郭汜是也。（見科）請了。（李傕白）兄弟，我等本是董太師部將，太師被王允把他全家誅戮，我等指望朝廷赦罪招安，誰想王允執意不肯，如之奈何？（郭汜白）哥，不赦也是一死，謀反不成也是一死，不如拼命大家殺一殺，成則為王，敗則為寇。（李傕白）且待賈軍師出來，一同商議。

（生扮賈詡巾服上）（唱）

【小石調引·宴蟠桃】羽扇綸巾，封侯骨相，高誼雲臺之上。

（見科）（李傕、郭汜白）軍師。（賈詡白）二位將軍請了。（李傕、郭汜白）請坐。（賈詡白）有坐。（李傕、郭汜白）賈先生，我們自太師死後，鼠竄陝西[1]，只圖降赦招安。今聞大赦天下，單不赦此一軍，難道束手受死不成？（賈詡白）依俺賈詡看來，二位將軍英勇蓋世，西涼兵馬精銳有餘，此霸王之資，豈可受制他人之手？只該起兵誅討王允，與董太師報讎。（李傕、郭汜白）有呂布在彼，只怕難以取勝。（賈詡白）二位將軍果然不是呂布的對手，何不遣張濟、樊稠約結右賢王，請兵相助，可勝呂布。（李傕、郭汜白）言之有理。軍士，可一面修書于右賢王，我等就此起兵前去。（賈詡白）修書不難，但行兵之事須要立一元帥。（李傕白）元帥自然是我。（郭汜白）還該我做元帥。（李傕怒科）（白）我偏要做元帥。（郭汜亦怒科）（白）我和你一般兄弟，你如何強佔？（李傕白）我偏不讓你。（郭汜白）你不讓，我殺你這狗囊的！（各拔刀欲鬥科）（賈詡笑科）（白）住了，住了，這就做不得大事了。（唱）

【中呂宮正曲·尾犯序】各自逞雄強，敗不相扶，勝不相讓。二牧臨岐，問如何牽羊？思想，纔起得一州兵，便想把三軍自掌。（合）還只怕、紛爭無已,心事兩參商。

（李傕、郭汜白）我等粗鹵之人,其實見不到此。賈先生足智多謀,倒奉你做元帥罷。（賈詡白）小生一介書生,手無縛雞之力,如何做得元帥? 倒有個愚計在此。如今是替董太師報讎,何不虛着中軍,立起董太師牌位來,凡事禀命而行。（李傕、郭汜白）那牌位又不會説話,禀甚命來?（賈詡白）這個,小生參預末議便了。（李傕、郭汜白）有理,大小三軍,把太師牌位抬出來,大家哭祭一番,然後起兵。（雜扮軍士、傘夫,抬龍亭内設董太師牌位,上）（設祭科）（李傕、郭汜哭祭科）（白）我的太師爺。（唱）

【又一體】三軍,盥手炷明香,想起恩深,無過丞相。大事垂成,痛身家罹殃。（白）你們衆人愛哭的也哭一聲兒,鬧熱些。（衆俱哭科）（白）俺的太師爺呵!（唱）悲愴,恨殺那司徒奸佞,恨殺那温侯逆黨。（合）生把你燃臍郿塢,骨肉慘凋傷。

（賈詡白）太師有令,李傕爲左將軍,郭汜爲右將軍,即日起兵,徑取長安,征討奸臣王允,勿得傷犯天子,違者處斬。（李傕、郭汜白）得令。大小三軍,今乃黄道吉日,就此起兵前去。（衆應科）（行科）（同唱）

【中吕宫正曲·駞環着】閃銀盔晃亮,閃銀盔晃亮,鐵甲鏗鏘,旗號鮮明,金鼓悲壯。只見來來往往,紛紛攘攘,隊隊兒梟雄,人人粗莽。作漢代封疆屏障,把朝内奸雄清蕩。（合）誰堪敵,誰敢擋? 看麟閣勳名,雲臺拜將。（同下）

校記

[1]鼠竄陝西:"鼠",原作"處",據文意改。

第十二齣　衛京城孤忠殉節

（雜扮小軍,引小生扮吕布上）（唱）

【越調正曲·水底魚】卷地雄兵,惟聞喊殺聲。重圍匝月,鐵騎困神京,鐵騎困神京。

（白）俺吕布苦勸,司徒不聽好言,逼反了李傕、郭汜,起兵十萬,與董卓報讎。這些毛賊雖不是俺的對手,但賊兵勢大,衆寡不敵。俺已辨下一條走路,特約司徒同行。來此已是司徒府中。司徒那裏?（生扮王允上）（白）疾風知勁草,版蕩識忠臣。呀,温侯匆遽而來,賊兵怎麽樣了?（吕布白）與李郭連戰幾陣，不能勝他，勢甚猖獗。他們口口聲聲只要司徒首級，你也該避他一避。爲此徑來相約，和你同行。（王允白）溫侯差矣，老夫若去，聖駕誰保？如今正吾效命之秋也[1]。（唱）

【南北合套·粉蝶兒】耿耿丹誠，矢一片耿耿丹誠，到臨危早辨個捐軀畢命。則看俺兩鬢星星，怎效那[2]，莽兒曹、無端奔競？仗的是九廟神靈，難道直恁地縱他梟獍？

（李傕、郭汜内白）大小三軍，就此圍城者。（衆應，上）（繞場科，下）（吕布白）呀，城已潰了，賊兵漸近五鳳樓。司徒不去，頃刻間有殺身之禍。（唱）

【南北合套·好事近】狡寇勢憑陵，十萬兵威方盛。他待把城池踹碎，頃刻裏社稷填平。（王允白）聖天子在上，他敢無理麽？（吕布白）他認得什麽聖天子？（唱）西涼悍勇，這些時，恃不得天王聖。（合）他道是雪恥伸讎，昧倫常一味強行。

（王允白）這等，你自去做你的事，我自去做我的事，不必顧我了。（吕布白）司徒，真個不去？（王允怒科）（白）哎呦，你叫我到那裏去？（唱）

【南北合套·石榴花】任他共工頭觸不周傾，俺巨靈伸掌獨支撐，猛拼個身家碎裂，骨肉零星，一死泰山難比重。（白）若是逃走呵，（唱）鴻羽一般輕。（白）賊來呵，（唱）俺把那鐵錚錚，俺把那鐵錚錚，大義兒，和他相折證。格支支綱常要整，赤淋淋熱血相賁，赤淋淋熱血相賁，那怕他白森森，鋒刃交加頸，這叫做，縱死也留名。（内喊科）

（王允白）溫侯好去迎敵，俺入朝保駕去也。（下）（衆軍引李傕、郭汜上）（白）吕布，你降也不降？（吕布白）李傕、郭汜，你是我手裏敗將，休得無禮！（戰科）（吕布敗走科，下）

（生扮獻帝、王允立城上科）（李傕、郭汜作攻城科）（王允白）反賊，不得無禮，聖駕在此。（李傕白）既是聖駕在此，與我攻城。（郭汜扯李傕科）（白）李哥，軍師有令，不得傷犯天子，我們只可跪求。（李傕、郭汜向城跪科）（白）萬歲在上，臣李傕、郭汜特因求赦而來。（獻帝白）司徒可即宣赦，退兵。（王允白）二賊罪大惡極，陛下不可輕赦。（李傕、郭汜怒科）（白）怎麽聖上倒赦我們，王允老賊不肯？董太師社稷之臣，王允無故誅戮，我等正要替太師報讎，殺上去。（獻帝白）卿等休得造次，若有冤情，你且奏來。（李傕、郭汜白）董太師呵。（唱）

【南北合套·好事近】巍巍宗社仰干城，被誣謗俎醢韓彭。臣來問罪，望吾王追賜褒旌。三軍義憤，誓同讎，立刻誅奸佞。（獻帝白）卿等且退，朕當即有處置。（李傕、郭汜白）陛下不殺王允，臣等雖死不退。（唱）儘吾儕殫極兵威，又何難撼破神京？

（王允白）你等休得亂動，聽我一言。（李傕白）快快說來。（王允白）你那董卓呵。（唱）

【南北合套·鬥鵪鶉】莽滔滔罪逆通天，莽滔滔罪逆通天，惡狠狠豺狼劣性。慘離離逼主遷都，慘離離逼主遷都，血漉漉把公卿併命。那些兒不萬剮千刀罪總輕，那許你更連兵？潑生生把虛焰重張，潑生生把虛焰重張，眼睜睜誅夷在俄頃。

（李傕、郭汜白）好罵好罵！王允便依你說，董太師有罪，我等有何罪乎？你不赦我等，激變三軍之心，量你這剛愎之夫也難做漢朝宰相！衆將校，與我攻城！（獻帝與王允抱哭科）（白）司徒，賊勢如此，朕亦不能相保了。（王允白）臣爲陛下社稷之計，不料至此。陛下不可惜臣一身，臣下城去與他講話。吩咐開城。（作下樓出城，衆向前殺王允科）（獻帝白）王允已誅，何故不退？（李傕白）臣等雖已赦罪，尚無官職，求陛下賞封，願留保駕。（獻帝白）卿等欲作何官，從直奏來，朕當除授。（李傕白）臣李傕願爲車騎將軍池陽侯。（郭汜白）臣郭汜願爲司隸校尉建陽侯。（獻帝白）依卿所奏便了。（李傕、郭汜呼萬歲）（獻帝下）（李傕白）郭兄弟，今日我是朝廷大臣了，這獻帝須請到我營中去。（郭汜白）你是大臣，我偏不是大臣？獻帝還該到我營中去。（爭三度科，拔刀起相殺科）（賈詡上，勸科）（白）二位將軍，休得相爭，壞了大臣體面。（賈詡唱）

【南北合套·撲燈蛾】因甚的怒吼吼白刃爭，鬧垓垓惹得征塵迸。這壁廂氣昂昂，思將天子挾，那壁廂急攘攘，要把諸侯令。笑區區，真同蠻觸，亂紛紛，何日始澄清？（李傕、郭汜白）我等自爭天下大事，不要你秀才多管。（賈詡背科）（白）你看這兩個匹夫成何大事？我在此無益，不如棄此二人，暫歸故里[3]，待天下太平，然後出仕便了。（唱）也強如干碌碌無謀豎子，烈轟轟吾當棄暗待投明。（下）

（李傕白）軍師去了。郭兄弟，這獻帝還是我的。（郭汜白）是我的。（李傕白）不必爭，做出便見。（急下）（衆軍挾獻帝、伏后、董妃、太監、宮女上）（李傕白）我已迎得聖駕在此，有偏了。（急下）（郭汜望科，作呆科）（白）嗄，他竟把獻帝搶入營中去了。且住。只消到他營中，就假傳聖旨，稱我反叛，我就有滅門之禍了，却怎麽處？（思科）有了，我想就有旨意，也要公卿草詔，我把衆公卿都搶到營中去，誰人替他傳旨？好計！大小三軍，把衆公卿搶到我營中去。(引兵下,扯科[4])(雜扮衆官上)(衆白)郭將軍,你劫我等爲何?(郭汜白)往我營裏去。(衆白)有飯喫就罷了,我們就走。(互扯下科)(賈詡上)(唱)

【南北合套·上小樓】急忙忙去投明,步匆匆離陷阱。那廝們殺了司徒,那廝們殺了司徒,劫了天王,搶了公卿。俺做甚抵死冤家,俺做甚抵死冤家,把漢家百姓,恣情凌逬,大凡事且留情分。

(白)某賈詡棄了李傕、郭汜這兩個匹夫,不免趲行幾步。(行科)(白)你看天色已晚,且到前面尋一人家,住過一宵,明早取路歸家便了。(唱)

【煞尾】早知機還安命,漫笑春風不世情,拂衣依舊一書生。(下)

校記

[1] 如今正吾效命之秋也:"如",原作"你",據文意改。
[2] 怎效那:"效",原作"郊",據文意改。
[3] 暫歸故里:"歸",原無,據後文意補。
[4] 扯科:"科",原無,據文意補。

第二本（下）

第十三齣　掠兩都右賢獲艷

（雜扮衆小番，净扮右賢王，外扮谷蠡王，末扮屠耆王上）（分唱）

【仙吕調雙曲‧點絳唇】玉帳風高，黑河秋老，軍聲浩，大戰長刀，把漢塞烟塵掃。

（分白）金眼高顴赤鼻梁，千群鐵騎出沙場。酪漿解渴氈裘暖，不放昭君憶故鄉。自家右賢王是也。（谷蠡王白）自家谷蠡王是也。（屠耆王白）自家屠耆王是也。（右賢王白）俺國自從頭曼開基，冒頓創霸，世雄漢北，與漢爭衡，勝負却也相當，和戰時常不一。今東漢遭桓、靈之亂，咱家正有窺伺之心。恰有董卓部將李傕、董祀欲取長安，要殺王允，與董卓報讎，特遣張、樊二將卑辭厚禮，請俺興兵協助。（谷蠡王、屠耆王白）爲此，某等共起番兵十萬，以爲後應。今長安城已破，叵耐李、郭二人並無感念我等幫助之恩，乘此兵威，進城騷擾一番，有何不可？（右賢王白）聞得東西兩都富庶非常，借此爲名，便行劫掠，再往各處鄉村擄掠些子女金珠，以壯軍威！（谷蠡王、屠耆王白）賢王之言，正合吾意。衆番兵就此殺上前去。（衆番軍吶喊科）（同唱）

【仙吕宫正曲‧清江引】漢兒們墮却咱圈套，借此爲聲號。俺風頭起的高，陣脚扎的牢。（合）似這樣，硬幫兒何處討。（同下）

（小旦扮文姬，旦扮惜春隨上）（文姬唱）

【仙吕宫引‧奉時春】嚴親一去沒音書，頓使我夢魂常係。

（白）奴家蔡文姬，自爹爹出仕之後，未知凶吉如何。早晚之間，音信全無，使我日夜挂念。已令蒼頭前去打聽，怎麼也不見回來？（末扮蒼頭上）（白）忙將奇異天翻事，報與深閨年少人。小姐那裏？（文姬白）蒼頭，你回來了麼？（蒼頭白）是，回來了。（文姬白）老爺一向可好？（蒼頭白）一向是好的。近來董卓被誅，不合在王司徒座上嘆了一聲，便被拿問，有書在此。（文姬拆書科）（白）咳，原來爹爹被逮，性命難保，兀的不痛殺我也！（倒哭科）（惜春白）小姐醒來。（扶起科）（文姬白）爹爹嚛！（唱）

【商調雙曲·集賢聽黃鶯】原來此是絕命題,看碧血迷離,垂死丁寧無別意,只把那《漢史》頻提。(白)爹爹,(唱)你的音容那裏,空叫我呼天搶地。(蒼頭白)老爺全廝董官人在監伏侍。老奴來後,如今就不曉得怎麼樣了。(文姬唱)痛唏噓,一家破敗,生死判東西。
　　(丑扮李旺上)(白)福無雙至,禍不單行。小姐不好了,塞外右賢王起兵搶到陳留郡,但見婦女就搶。左鄰右舍紛紛逃竄,小姐須避一避纔好。(文姬白)我是中郎之女,縱然逃走也是一死,不如尋個自盡罷。(惜春白)小姐,螻蟻尚且貪生,爲人豈不惜命?小姐若是死了,太老爺的書香無人可繼。(文姬哭科)(白)別的罷了。爹爹書上説焦尾琴生平所愛,惜春你可背負同行,就此逃生去罷。(取琴自負,同李旺、惜春、蒼頭走科)(唱)
　　【商調正曲·簇御林】時離亂,家當析,嘆蕭然無所遺,傳家衹剩琴焦尾。(白)惜春,(唱)我深閨弱質何方避?(内金鼓聲,驚科)(唱)(合)馬頻嘶,風聲漸緊,如在畫橋西。
　　(番兵上,冲散李旺,下)(作拿住文姬、惜春科)(番兵白)你背上什麽東西?你是什麽人?(惜春白)我是蔡中郎家使女,這是小姐文姬,我背的是琴。問他什麼?(二番兵私語科)(白)原來這女子會彈琴,記得大王吩咐,要個琴棋書畫俱全的女子納做閼氏,這個一定是了。不免送與大王去。(惜春白)如此,我同小姐前去。(衆白)你花嘴花臉,要你去做什麽?(作推倒惜春科)(文姬哭科)(白)天嘎,正是烏鴉喜鵲同行,凶吉全然未保。(二小番扯下。李旺慌上)(惜春叫科)(白)李旺哥,在那裏?(李旺白)小姐在那裏?(作見科)(惜春白)唔拉裏好哉,拉裏好哉!(李旺白)小姐怎麽不見了?(惜春白)被番軍搶去了。(李旺白)原來如此,這便怎生是好?(哭科)(惜春白)那番兵往前不遠,我和你趕去厮渠一場,搶小姐回來。(李旺白)啐,番兵可是好惹的?(惜春白)如今躲向那裏去好?(李旺白)我倒有個道理。太老爺墳上有兩間破屋,我和你做對魚水夫妻,一則替他看了墳,你道如何?(惜春白)事已至此,也只得但憑你了。(虛白譚,下)
　　(衆小番引右賢王、谷蠡王、屠耆王上)(同唱)
　　【越調正曲·水底魚】鼓角風高,旗開山嶽摇。髇箭聲響,番兵似湧潮,番兵似湧潮。
　　(右賢王白)我等從東都一路殺掠而來,可笑李、郭二人一個搶了皇帝,一個搶了公卿,把我們睬也不睬。(谷蠡王白)二位名王,我與漢朝天子原無釁隙,他們草竊如此,休要理他。我已搶得許多玉帛子女,心滿意足,不如及早收兵回去。（右賢王、屠耆王同白）言之有理。（番兵上）（白）啓大王，軍中擄得美女一名，身背古琴，口稱是蔡中郎之女，名喚文姬。請大王發落。（谷蠡王、屠耆王白）久聞蔡中郎乃中朝名士，其女必有才色。大王缺了閼氏，我等爲謀，願以文姬上配大王。（右賢王白）孤家正有此意。吩咐軍中好生整備香車寶馬，伏侍娘娘隨後進發。須要小心，不須怠慢。（番兵應，下）（右賢王白）衆番兵，就此班師回國者。（衆應科）（同唱）

【又一體】將勇兵驍，乘機擄這遭。（合）擄歸美女，毳帳詠《桃夭》，毳帳詠《桃夭》。（同下）

第十四齣　鼓三軍孟德勤王

（雜扮軍卒、衆將，引淨扮曹操上）（唱）

【仙呂調隻曲·點絳唇】海縣瓜分，潢池厄運。神龍困，赤子遭迍，莽激起英雄恨。

（白）下官曹操是也。向與衆刺史征討董卓，師老無功，棄師歸鎮，大事不成，幸得王司徒計除董賊。只道漢室粗安，豈料餘黨李傕、郭汜重復猖亂。下官素有澄清四海之志，目今兵精糧足，俯視群雄。前者賈詡遠來相投，勸俺大起勤王之師，聲討李、郭之罪，但未知天子下落。已差許褚打探長安消息去了，且待回來，商議起兵之事。

（副淨扮許褚，走馬急上）（唱）

【高宮套曲·端正好】虎癡名，中華震，能鏖戰膂力超群。笑殺那蠢兒曹，心計疲營運，俺則要奪取封侯印。

（白）自家許褚是也。奉主公之命，打探長安軍情回來，只索進見。（見科）主公，許褚見。（曹操白）你回來了？長安事體如何？（許褚白）主公聽稟。（唱）

【高宮套曲·滾繡球】俺則傍帝城邊把氣色觀，又向那賊營中將機密詢。（白）那王允呵，（唱）因罵賊墮城身殞。（白）那呂布呵，（唱）遇強兵敗了全軍。那李傕劫遷了車駕，那郭汜囚辱了朝臣。（曹操白）如今天子在李傕營中，可還受用麼？（許褚白）受用甚麼？（唱）鼻牛骨將來供膳，禿牛車準備遊巡。弄得個漢天子崎嶇盡日馳荊棘，衆公卿泣血啼號曉夜奔，成甚麼乾坤？（曹操哭科）

（白）我那主上呵，難道就沒人保駕？（許褚唱）

【高宮套曲・倘秀才】多虧了董承楊奉忙前進，近日來遷駕在弘農郡[1]。（白）那李、郭二賊呵，（唱）日夜要磨牙恣併吞，只怕早共晚又蒙塵，真乃是魚龍厮混。

（曹操白）這等説來，我起兵之意決矣！就着你做先鋒，你可去得去不得？（許褚跳舞科）（白）我有甚去不得！（唱）

【高宮套曲・叨叨令】俺喊一聲厮琅琅，山搖嶽倒江河震。舞一回黑漫漫，風馳電起雲雷迅。鼓一通撲騰騰，沙飛石走陰陽混。殺一場赤淋淋，屍橫血濺人頭滚。兀的不喜殺人也麽哥，兀的不快殺人也麽哥！俺情願領一軍，衝鋒踏刃星忙進。

（曹操白）目今天子有難，汝不可羈遲[2]，可點精鋭三千，直抵弘農界上，遇賊殺賊，遇駕保駕。我自領大軍隨後而進便了。（曹操軍卒同下）（許褚白）得令。衆三軍聽吾號令。（雜扮衆軍士暗上）（應科）（許褚唱）

【煞尾】道勤王，名與言俱順，俺好提着虎旅桓桓保至尊，把數百萬賊軍一霎時剿盡。管奪取錦繡江山，交還漢隆準。（同下）

校記

[1] 直抵弘農界上："弘"：原作"洪"，係避乾隆帝弘曆諱，今改。本劇下同。
[2] 汝不可羈遲："羈遲"，原作"霸遲"，據文意改。

第十五齣　癡虎迎鑾幸許都

（雜扮太監隨意白，扶小生扮漢帝，同正旦扮伏后，小旦扮董妃，生扮董承、楊奉徒步上）（唱）

【雙調正曲・鎖南枝】身饑困，足力疲，倉皇避兵東復西。（相抱哭科）（漢帝白）御妻呵，（唱）到此步難移，多應事不濟。（跌科）（伏后、董妃扶科）（漢帝白）我和你在賊營中逃出，受盡艱難，如今從官一個也無，車馬都被搶去，如何是好？（伏后、董妃白）李、郭二賊聲言要來奪駕，倘然遇着，性命難保。且自扶掖而行，尋個人家躲去。（相扶行科）（唱）（合）倒不如長安市一布衣，且前途覓休憩。（同下）

（净扮李傕，副扮郭汜引雜扮衆軍上）（同唱）

【又一體】山徑雜，多路岐，吾皇竄身在那裏？（李傕白）我和你併做一路，只向弘農郡追趕便了。（郭汜白）他有伏后、董妃同行，料去不遠。大小三軍，快些趕上去。（唱）妃后步行遲，前途必有滯。（合）逢村店須要大合圍，倘收留，把他一家殪。

（伏后、董妃、董承、楊奉、太監上）（漢帝白）再行不動了。（伏后白）我們落荒而來，望見此處有一所民房，不免叩門而入。（敲門科）開門，開門！（外扮村翁上）（唱）

【又一體】爲農圃，無是非，家常麥飯堪療饑。（白）是誰？（伏后白）我夫妻是逃難的，借坐一坐。（村翁唱）此語太蹊蹺，莫非是追兵霎時至？（伏后又叩門科）（村翁白）自古道，天上人間，方便第一。且開門放他進來。（開門科）（漢帝、伏后入科）（伏后白）快關上門。（村翁關門科）（科白）賢夫妻何來？（唱）（合）爲甚情慌亂，意慘悽？覷容顏，像是舊門第。

（白）俺夫妻們行路饑餓，求告一餐。（村翁白）有，有。（取飯進科）（白）麥飯在此，胡亂充饑罷。（漢帝、董妃、伏后作強咽科）（唱）

【又一體】這是麥中麩，穀中秕，權當玉食甘似飴。（內吶喊科）（漢帝、伏后、董妃泣科）（白）追兵漸近，怎了？（唱）我一死身宜，無辜把人累。（村翁白）外面殺聲震地，你們夫婦畢竟是甚麼人？（漢帝唱）（合）休驚懼，聲且低，我是亂離中漢皇帝。（村翁驚，叩頭科）

（白）呀，小民不知是萬歲爺，多有怠慢。（伏后白）倉促受庇，便是俺夫婦恩人了。（村翁白）如此，請且到裏面躲避，恐賊來搜尋。（同下）

（衆軍引李傕、郭汜上）（白）一路追來，不知獻帝往那裏去了？衆軍士，與我快趕上去。（許褚引兵衝上，大戰，殺死李傕、郭汜科）（許褚弔場科）（白）且喜二賊已被我殺死，但不知聖駕今在何處？衆軍士們，與我沿路尋訪，須要小心，不可驚了聖駕。（行科）呀，此處有人家，不免問一聲。（叩門科）（村翁上）（問科）（白）甚麼人叩門？（許褚白）聖駕可在你家？（村翁白）沒有甚麼聖駕。（許褚白）不是方纔劫駕的，李傕、郭汜已被俺殺了。我是許褚，曹將軍的先鋒，差人來迎駕的。俺主將立時就到。（村翁白）如此少待，萬歲爺有請。（漢帝上）（村翁白）恭喜陛下，曹將軍差先鋒來迎駕。（漢帝白）這等，宣他進來。（村翁引許褚入見科）（許褚白）萬歲，臣許褚保駕來遲，望乞赦罪。（漢帝白）脫朕夫婦於難者，卿之功也。曹將軍今在何處？（許褚白）即時就到。

（衆軍卒引淨扮曹操上）（唱）

【又一體】兼程趲，曉夜馳，壺漿載途迎義旗。（許褚獻首級科）（白）李、郭二賊首級已取在此，聖駕就在前面。（曹操下馬，進跪科）（白）萬歲！（唱）

救駕恕來遲，蒙塵俺之罪。（漢帝白）賜卿平身。（唱）（合）卿忠義，朕所知，願留卿，佐匡濟。

（曹操白）陛下憔悴至此，有新制龍袍。（漢帝、伏后換衣冕科）（曹操白）臣啓陛下，東都已被董卓所焚，長安又遭李、郭之亂，俱不可住。臣已新造許都，伏乞大駕即時臨幸。（漢帝白）卿有再造之功，悉依所奏。今進卿爲漢丞相，封魏公，賜劍履上殿，贊拜不名，斧鉞弓矢，得專征伐。許褚可封爲前將軍。弘農老父，（村翁慌跪科）（漢帝白）有保駕之功，賜一品營身，良田千頃，以爲養老之資。（衆叩頭科）（白）萬歲，萬萬歲！（村翁下）（曹操白）吩咐擺駕，即此起行。（同唱）

【黃鐘宮正曲・滴溜子】洛陽郡，洛陽郡，遭兵殘毀。長安郡，長安郡，又成荆杞。新遷，許都是理，依然鹵簿排，軍民歡喜。（合）布告群臣，務令盡知。（同下）

第十六齣　文姬止輦弔青冢

（雜扮衆枯忒力，跑馬發諢，虛白科，即下）（雜扮番官上）（白）朔風凍合鸊鵜泉，飲馬長城窟更寒。塞外征行無盡日，馬駝絃管向陰山。俺乃右賢王帳下宰桑是也。俺大王威尊窮塞，名播華夷。前者李催、郭汜借兵南犯，直抵中原，與董卓報讎，且喜得勝班師，擄得個美女，口稱是蔡中郎之女，名喚琰娘。二賢王爲媒，請大王納爲閼氏。俺大王已准其情，叫俺們好生伏待。來此已是玉門關外，只得護着車兒，緩緩而行。侍女們，請娘娘走動。

（小旦扮文姬，雜扮侍女隨上）（文姬唱）

【正宮正曲・普天樂】玉門關邊城路，（衆枯忒力跑馬上，繞場，下）（內作雁聲）（文姬唱）聽嘹嚦雁聲淒楚。冷颼颼射眼酸風，慘戚戚侵肌冰縷[1]。盼故國家何處，今朝猶踏中原土。恨柳條，綰不住征車，嘆一身形單影孤。（合）漫回頭，教人湧淚悲楚。

（白）番官，前面一望黃沙白草，中間一個土堆，獨有青葱之色，此是何處？（番官白）啓娘娘，這叫做青冢也，是中國人昭君之墓。（文姬白）原來是明妃葬於此地。咳，好傷心也！番官且往彼處，暫住車馬，待俺憑弔一回。（番官白）娘娘有令，且往彼處，暫住車馬，娘娘要弔莫哩。（文姬唱）

【正宮正曲・傾杯序】嗟吁，想漢劉王覓絕殊，畫作宮娥譜。誰似你國色天香，皓齒明眸，光艷驚人，絕代名姝？又誰知呼韓求偶，妙選良家，遠嫁穹廬？（合）便拼得個驚沙撲鬢，爲國却捐軀？

（番官白）小番們，把祭禮擺下，就請娘娘奠酒。（衆應科，擺桌子等物）（文姬唱）

【正宮正曲·玉芙蓉】駝酥馬湩飧，白草黄榆路。恨琵琶幽怨，千載遺語。畫圖識面春風遠，環佩歸魂夜月孤。（合）情難訴，誰表泉壚？只憑着一痕青，點破了塞雲孤。

（番官白）衆小番，搭起毳帳，就此安營。（衆應科）（文姬哭科）（白）明妃嘎，我想失意丹青，遠嫁異域，還是爲國和親，名垂青史。你死葬沙漠，塞草長青，只道再無人來繼你後塵，誰想我文姬今日無端被掠，也到此間。不如觸死冢上，與你死葬一處，免得屈身受辱。（作觸冢科）（衆抱住科）（白）娘娘且請寬懷，休得如此。單于將娘娘命我等護送歸國，娘娘如此，我等性命休矣。可憐衆人之性命，且免愁煩，自有還鄉之日。（侍女白）娘娘且免愁煩，天色已晚，帳床已搭在這裏了，請安歇罷。（文姬白）明妃嘎！（唱）

【尾聲】你是漢宮妃，我是中郎女，一樣窮荒紅淚雨。古今來恨事多，願明妃同調獨憐余。（作入帳房，下）

校記

[１]慘戚戚侵肌冰縷：“肌”，原作“饑”，據文意改。

第十七齣　感同調明妃入夢

（小旦扮昭君魂，番妝抱琵琶，雜扮鬼使女隨上）（唱）

【雙角套曲·新水令】一聲哀角漢關秋，耳邊廂似聽宮漏。土花埋艷質，怨血染青丘。萬古離愁，還不到地老天荒後。

（白）俺漢王嬙是也，地窟之下，忽聽得有人呼名哭奠，不知是誰。趁此風清月白，不免向冢上遊行一番。（唱）

【雙角套曲·駐馬聽】嫁遠分憂，不惜黃沙埋蟒首。畫圖呈醜，重勞明主泫清眸。魂羈毳幕晚行遊，名傳樂府乾生受。揮素手，向窮泉自把鵾弦奏。

【雙角套曲·雁兒落】到今日穹廬幾變遷，漢室將傾覆。俺長眠人猶未醒，則墓上草還依舊。

【雙角套曲·得勝令】忽聽款雨夜啾啾，好一陣怨氣冷颼颼。又不是寒時梨花節，誰把涼漿奠趙州？躊躇，好似我鄉中舊；休因，滿襟懷都是愁。

【雙角套曲·收江南】假若是漢家天使呵，又何勞枉駕此淹留？想當日人心拋撇在邊陬，望斷羊車夜出遊。料生前已休，料生前已休，誰承望死將杯酒酹荒丘。

（白）使女們，與我喚土地來見。（作喚科）（土地上）（白）小老玉關土地，天生一把年紀，頭戴一頂嘛拉哈，身穿一件短馬褂，到也別致。職分雖則卑微，却算一尊神位。山上土地是我阿哥，河邊土地是我舍弟，樹林土地是我姐夫，草地土地是我妹婿，邁墾土地是我同宗，布帳房土地是我夥計。每日應接監察神祇，時常朝參玉皇大帝。只因性喜清幽，封我青冢安置。昭君娘娘呼喚，故此前來趨詣。娘娘有何吩咐？（作見昭君科）（昭君白）與我看，誰人到此？（土地白）這是蔡中郎之女，文姬是他名字，被右賢王擄掠至此，要做閼氏一位。（昭君白）你且迴避。（土地應科，下）（昭君唱）

【雙角套曲·沽美酒】原來是外孫家黃絹儔，曾聽那焦尾琴中郎奏。他爲甚淚灑蘆笳，向塞外投，一般兒抱琵琶賦遠遊？可正是漢王嬙曠世的知心友。（作進帳，扶出文姬見科）

（白）原來是昭君娘娘，文姬叩頭。（昭君白）起來。咳，文姬，我昭君委骨于此，荒寒寂寞，難得你遠來相弔。但你志欲捐生，這却斷然不可。想俺當日遠嫁呼韓，何難一死也。只恐和親不成，有違君命，是謂不忠。你今日受父遺囑，續修《漢史》，倘身死書亡，是謂不孝。且勉留北地[1]，十年之後，自有還鄉之日。且聽我道。（唱）

【雙角套曲·太平令】大古來姻緣不偶，多半是委骨荒陬。誰似你書香繼後，終有日錦衣歸晝。你呵，切莫要言愁訴愁，包羞忍羞。（內吹角科）（白）呀，文姬，文姬，我要與你細談衷曲，奈天色將曉，不可久留。你須切記吾言。（唱）若不嫁單于，怎得你史編成就？（作送文姬進帳，引鬼使女下）（文姬作醒出帳科）

（白）昭君娘娘那裏？呀！原來是一場大夢。方纔昭君明明勸我強居北地，後來仍得還鄉。事已至此，如此奈何？（淚科）（番官白）天色已明。眾小番，就此拔寨起行，請娘娘上路。（眾應上馬科）（文姬唱）

【雙角套曲·清江引】塞垣春，強作裙邊繡，自覺紅顏厚。殊方總斷魂，故國難回首，收拾起，奠昭君墳上酒。（下）

校記

[1]且勉留北地："勉"，原作"免"，據文意改。

第十八齣　送人情曹操致書

（雜扮小軍，引净扮曹操上）（唱）

【商調引·三臺令】微名喜到三公，柱國更堪梁棟。剿滅衆英雄，把天下歸吾一統。

（白）尺地莫非王土，一民莫非王臣。自家曹操是也。聞得徐州牧陶謙年老，不能治事，將徐州讓與劉備執掌。目今所慮者，袁紹、袁術、呂布耳，乃吾心腹大患。特喚荀彧出來，與他商議。左右，請荀先生出來。（生扮荀彧上）（白）來了。機心通豹略，決勝按龍韜。曹丞相拜揖。（曹操白）荀先生請坐。（荀彧白）不敢。（曹操白）聞得徐州牧陶謙年老，不能理事，把徐州要讓與劉備，我欲加兵伐之。況大小袁、呂布患在心腹，先生如何處之？（荀彧白）學生有一計。（曹操白）計將安在？（荀彧白）名爲二虎競食。陶謙雖然有讓徐州與劉備，必請命於朝廷，明公一發做個人情，實封劉備爲徐州牧，修書一封，教他先擒呂布。劉備若不擒呂布，必爲呂布所害；若擒呂布，先除此一患，劉備亦可緩圖也。（曹操白）好計。我就差人去。（唱）

【中呂宮正曲·剔銀燈】定此計委實出奇，那呂布不妨劉備。爭持二虎須一斃，一死後盡堪除矣。（合）即時將書投遞，捧鸞章恩頒紫泥。（荀彧唱）

【又一體】論劉呂難堪比擬，誰肯屈他人檐底？雙梟並處多猜忌，那其間弋人私喜。即時將書投遞，捧鸞章恩頒紫泥。

（曹操白）即速差人把計施。（荀彧白）劉君未必識深機。（曹操白）一封丹詔徐州去，（合白）管取他人旦夕危。（下）

第十九齣　尊有德陶謙讓州

（雜扮手下，引外扮陶謙上）（唱）

【南呂宮引·臨江仙】少喜修文和講武，老愁論是爭非。又防曹操取城池，讓州尊有德，束手欲無爲。

（白）五馬行春萬物甦，仁聲德政播江湖。曹瞞常有窺吾意，彼丈夫兮我丈夫。下官徐州牧陶謙是也。今曹操自領兗州牧，收黃巾降卒三十餘萬[1]，嘗有窺吾之意，呂布亦有虎視之心。老夫年紀高邁，二子尚幼，不能領此職事。吾聞劉玄德仁義兼備，吾想此州非此公莫能領也。下官已差糜竺去請，倘若來時，徐州有主矣。（雜扮糜竺上）（白）一使傳書忙且去，三人命駕賁然來。小將回來了。（陶謙白）劉玄德來也不來？（糜竺白）隨後就到了。（陶謙白）來時通報。（糜竺應科）

（生扮劉備，淨扮關公，淨扮張飛上）（劉備唱）

【又一體】仗義欲除奸與宄，何堪國勢傾危。（關公唱）若逢對壘壯軍威，（張飛唱）莫忘桃園義，初經花縣回。

（糜竺白）列位少待，待我通報。稟老爺，劉、關、張兄弟在衙門首了。（陶謙白）有請。（相見科）（劉備白）陶大人請上，待劉備拜見。（陶謙白）老夫年邁，有失迎接。久仰台譽，今幸識荊。（劉備白）久欲造拜，未遂鄙懷。俯賜見招，冒干恕罪。兄弟，過來。（關公、張飛同白）陶大人請上，待關某、張飛拜見。（陶謙白）向聞關將軍斬華雄，杯酒未寒，賊將已斬。張將軍逼呂布閉關不出，真虎將也。（關公、張飛同白）不敢。（陶謙白）請坐。（各坐科）（陶謙白）曹操已恃兵多計巧，袁紹、呂布亦有妄想之心。老夫二子尚幼，此城無主，惟使君賢昆玉足以拒此三人，老夫情願讓與使君，徐州百姓得有庇蔭矣，伏望使君勿卻，幸感。（劉備白）未奉朝命，決不敢領此。（陶謙白）不必更辭，老夫已有表章奏達朝廷去了。（唱）

【南呂宮正曲・宜春令】陶謙告，聽拜啓，此徐州人民久治。吾今老矣，不忍生靈遭災異。那曹瞞毒似蛇蝎，那袁呂狠如鷹鷙。（合）望明公慨然賜允，萬民沾庇。（劉備唱）

【又一體】蒙台召，來此地，爲賢侯扶危濟急。敢行代替，請自安心休驚悸。那曹呂薄德之徒，念劉備孤身之輩。（合）方州，庸庸一介，敢輕撫治。

（陶謙白）取牌印過來。即今四海鼎沸，正丈夫立功之日，徐州馬步軍卒十萬有餘，糧亦穀數年之需，可以匡君濟民。使君切勿推辭。（劉備白）未奉朝命，決不敢受。（陶謙白）老夫已差人奏達朝廷去了，想此時也該來了。（雜扮小軍上報科）（白）有事不敢不報，無事不敢亂傳。稟老爺知道，朝廷有詔書到來。（陶謙白）快排香案。

（雜扮儀從，雜扮使臣，上）（白）一封丹鳳詔，飛下九重天。聖旨已到，跪聽宣讀。詔曰：爾劉備仁慈素著，文武兼備，茲封鎮東將軍，領徐州牧，關公拜左司馬，張飛拜右司馬，同心盡職，贊畫兵機，各恭乃事，毋替朕心。謝恩。（衆白）萬歲，萬歲，萬萬歲！（使臣白）請過聖旨。（劉備白）供奉龍庭。（見科）（使臣白）還有曹丞相一封書在此。（劉備接念科）（白）呂布不仁，世之巨賊[2]，若不討除，必成後患，務須見機而作，千萬千萬。（使臣白）曹丞相專望回書。（劉備白）待我就寫回書便了。（作入桌寫書科[3]）（白）謹奉明公尊命，備當用心奉行。奈呂布狼虎之徒，率爾難敵，蓋因兵微將寡之故，待王師一到，當效犬馬之勞，以報明公，謹此奉覆。不宣。天使大人，書在此，煩奉曹公。（使臣白）如此，下官告辭了，請。（下）（陶謙作笑科）（白）玄德公，如今再沒得説了，取印牌過來。（手下應取科）（陶謙白）玄德公，請受了。（劉備白）既如此，老大人請坐，待劉備拜謝。（陶謙白）老夫爲天子薦賢，爲百姓求士，還該老夫拜謝纔是，反教大人謝，於理何當？（同拜科）（唱）

【又一體】賢州牧，恁謙撝，把名邦不傳子弟。英賢國士，恩德難忘於没世。我今日方寄州城，公他日名標丹陛。（合）待後搴旗斬將，報公恩誼。

（陶謙白）請到後堂小酌。（劉備白）不敢。（陶謙白）盛世巍巍梁棟才，（劉備白）從今借步到三台。（關公、張飛白）丹心報國扶炎漢，（合白）故把徐州讓俊才。（同下）

校記

［1］收黄巾降卒三十餘萬："十"，原作"千"，據文意改。
［2］世之巨賊："巨"，原作"臣"，據文意改。
［3］作入桌寫書科："桌"，原作"卓"，據文意改。

第二十齣　進讒言侯成受責

（雜扮衆軍士，引小生扮呂布上[1]）（唱）

【中吕宮引·菊花新】平生驍勇壯威稜，滅董征曹勢不輕。唾手取功名，指日把山河來定。

（白）我呂布自殺董卓，威傾朝野，勇冠群臣。叵耐李傕、郭汜兵犯長安，一時失計，天子蒙塵。我再三勸王司徒同走，司徒不肯，以致司徒被害，我只得逃出關來，坐據下邳，剋日取山東諸郡，掃盡群雄，是吾之願也。張遼、陳宫那裏？（生扮張遼、末扮陳宫上）（白）逕入轅門聽號令，忽聞堂上又呼名。温侯，小將叩頭。（呂布白）聞曹操封劉備爲徐州牧，明降詔書征討袁術，吾欲襲曹之後，以圖大業。二位如何區處？（張遼、陳宫白）但恐此事未實。（呂布白）現有使臣從此經過，左右快去請來。（卒應，下）（呂布白）陳宫，莫若與他合兵，同攻曹操，你道如何？（陳宫白）元帥兵微將少，正好與他連合，所謂唇齒相倚。

（雜扮卒，引雜扮使臣上）（白）風疾馬啼疾，官差心意忙。我做使臣到此，怎奈呂布要與我相見，只恐曹公事泄，只推風疾舉發罷。（卒白）使臣已到。（相見科）（呂布白）你是曹操手下人麼？（使臣白）不敢。（呂布白）曹操有書與劉備麼？（使臣白）不敢。（呂布白）劉備有書回與曹操麼？（使臣白）不敢。（呂布白）怎麼有許多不敢？其間必然有詐。張遼、陳宮與我搜來。（陳宮白）有書。（呂布白）念來我聽。（陳宮白）謹承明公尊命，備當用心奉行。奈呂布狼虎之徒，率爾難敵，蓋因兵微將寡之故，待王師一到，當效犬馬之勞，以報明公。謹此奉覆。不宣。（呂布白）可恨劉備這廝，向時袁術遣紀靈來襲徐州[2]，我在轅門射戟以救之，今不將恩報，反來害我，可謂不仁矣。拿使臣去砍了。（雜應科，殺使臣，下）（呂布白）張遼、陳宮，來日點兵攻破徐州，先擒劉備，後斬曹操便了。（陳宮、張遼應，下）（呂布白）左右且退，待我後堂歇息一回。（雜應，下）

（眾雜扮眾軍，引雜扮夏侯淵、夏侯惇、曹仁、曹洪上）（白）曹相威權重，三軍奉令行。呂布無能士，今朝必命傾。（四將通名）奉丞相之命，帶領三千人馬，決淮水以淹下邳城，就此前去。一聽雷霆施號令，休言星斗煥文章[3]。（下）

（小旦扮貂蟬上）（唱）

【南呂宮引·一剪梅】蛟龍戰鬥息紛爭，要辨輸贏[4]，誰辨輸贏？（呂布上）（唱）平生英武更誰能，今日攻城，明日攻城。

（貂蟬白）元帥萬福。元帥，聞得曹操引兵至此，未知元帥有何計以破之？（呂布白）憑我手中畫戟，麾下雄兵，縱然曹操千軍萬馬，管教立成齏粉[5]。（貂蟬白）以將軍之英勇，更兼有張、陳相佐，何患曹賊不破，中原不平？妾備有酒宴，請元帥且開懷暢飲，以答良宵，如何？（呂布白）夫人言之有理，看酒宴來。（同唱）

【黃鐘宮正曲·畫眉序】莫負好良宵，對此韶華稱年少。且開懷暢飲，自宜歡樂。頻斟酒象板輕敲，瀟灑處笙歌繚繞。（合）共依願得雙雙老，如魚似水無拋。

（呂布醉科）（內叫白）眾將，就此水淹下邳。（副扮侯成上）（白）水淹城郭難防禦，報與華堂主將知。報去，說侯成有事，特來稟知。（院子白）啟元帥，侯成有事來稟。（呂布白）着他進來。（侯成作見科）（呂布白）侯成，你來有甚事？（侯成白）啟元帥得知，如今曹操與劉、關、張緊攻下邳，四面水圍着城，軍圍着水。元帥，尋個出城之計便好。（呂布白）打什麼緊？兵來將敵，水來土堰。着沙囊土布袋,堰住城門上的水。且有水犀赤兔馬,四足不着水,怕什麼?我與夫人且飲酒。(貂蟬白)將軍,侯成說得是,少飲酒,尋思出城之計方好。(吕布白)夫人放心,只管飲酒。(侯成白)元帥休要飲酒,你若不依侯成勸呵,必死在曹操之手。(吕布怒科)(白)咦,這厮無禮!我正與夫人飲酒,說這等不利之言。左右,拿去砍了。(卒應科)(貂蟬白)刀下留人!將軍息怒,侯成之言,也說得是,可免他項上一刀。此時正用人之際,饒了他罷。(吕布白)帶過來。侯成,我正與夫人飲酒,你把言語譏誚我麼,本待斬你,看夫人之面,饒你項上一刀。左右,與我打上四十背花,扯出去。(卒應,打科)(打畢,扯侯成出科)(白)罷了罷了。(扯侯成下)(吕布白)侯成已去。夫人,再與你飲酒,看酒來。(唱)

【又一體】銳氣貫層霄,天下諸侯有誰效。漢乾失政,有君無道。我如今欲滅劉曹,不日裏寶刀出鞘。(合)共依願得雙雙老,如魚似水無拋。

(張遼、陳宮上)(同白)報元帥知道,侯成盜了戰馬,獻與曹操去了。(吕布白)不好了。夫人你自進去,我吕布殺賊去也。(吕布、貂蟬分下)(侯成牽馬荷戟上)(白)恨小非君子,無毒不丈夫。我侯成好意勸吕布出城禦敵,叵耐這家奴好生無禮,說我阻他酒興,將我打了四十背花。我想他生平全仗畫杆方天戟,坐下赤兔馬。我已乘他酒醉,盜得在此,連夜趕到白門樓,獻與曹丞相,不但報讎,且可爲進身之計。正是:一心忙似箭,兩脚走如飛。(下)

校記

[1] 引小生扮吕布上:"生",原無,據文意補。
[2] 向時袁術遣紀靈來襲徐州:"袁術",原誤作"袁紹",據上下文改。
[3] 休言星斗焕文章:"焕",原作"换",據文意改。
[4] 要辨輸贏:"辨輸贏",原作"辦輸贏",據文意改。本劇下同。
[5] 管教立成齏粉:"粉",原作"紛",據文意改。

第廿一齣　白門樓家奴就戮

(雜扮小軍[1],張遼、陳宮引吕布上)(唱)

【仙吕宫正曲·掉角兒序】亂紛紛營中鼎沸,白茫茫繞城皆水。侯成的盜戟奔馳,侯成的將馬歸敵。好教我勢已迫,難主張,兵將散,怎支撐?尋思無計。(生扮劉備,净扮關公,净扮張飛,引雜扮衆軍士上)(同唱)(合)兵臨下邳，三姓相持。且盡力，北門一戰，便見高低。

（合戰科）（劉備追陳宮，關公追張遼，呂布、張飛戰科，下）（關公、張飛、陳宮、張遼上，戰科）（張遼、陳宮被擒，下）（張飛追呂布上，戰科）（呂布白）張飛，你也是員名將，我也是員名將。我髮髻散了，待我下馬挽了髮髻再戰。（劉備、關公白）三弟不要下馬。（拿住科）（衆將押張遼、陳宮上）（白）啓使君，衆將奉令水淹下邳，擒得張遼、陳宮在此。（劉備白）將他三人押到白門樓曹營處，請令定奪。（衆將應科）（合唱）

【正宮正曲・四邊靜】運籌決勝多奇策，身便衽金革。社鼠一時消，城狐盡藏迹。（同唱）（合）三軍整齊，六師奮力，一戰破奸雄，方纔建功績。（下）（雜扮衆軍將官，引净扮曹操上）（同唱）

【雙調正曲・清江引】思之呂布真無忌，全不知天意。仗勇要欺孤，此事難饒你。（合）到如今口難言，殘生棄。

（白[2]）今有侯成盜馬來獻，又聞呂布、陳宮、張遼被玄德兄弟拿住。今日到來，明證其罪。左右，打道到白門樓去[3]。（衆應走科）（軍卒白）玄德兄弟來了。（劉備、關公、張飛綁三人上）（唱）

【又一體】相持鷸蚌空爭氣，反致漁人利。一入羅網中，怎得身逃避？（合）北門樓，這回兒難存濟。

（劉備白）小校進去通報。（軍卒白）禀爺，劉、關、張兄弟得勝回來了。（曹操白）有請。（劉備、關公、張飛）丞相請。（曹操白）三位請。（劉備白）明公請上，待備兄弟拜謝。（曹操白）賢昆季爲我擒呂布，此爲上功。吾未謝公，公何謝焉？（劉備白）呂布、陳宮、張遼已拿在此了。（曹操白）帶上來。（見科）（曹操白）呂布賊子，你也有今日麽？（呂布白）容呂布口伸一言，死而無悔。（曹操白）你有何話説？（呂布白）明公最患者，呂布也。布今已服矣[4]，倘賜全生，令布爲將，天下不難定也。（曹操看劉備，不答）（呂布白）劉使君，你爲座上客，我爲帳下虜，能無一言以相寬乎？（曹操白）使君，我欲緩其縛而用之。（劉備白）豈不見丁建陽、董卓之事乎？（曹操白）使君言之有理。叫群刀手拿去斬了。（呂布怒科）（白）我把你這大耳兒如此無情，不記轅門射戟，救你性命之功，乃大奸雄也！（左右斬呂布科，下）（曹操白）帶陳宮過來。（見科）（曹操白）公臺別來無恙？（陳宮白）汝心術不正，吾故棄汝。（曹操白）吾心不正，公又奈何獨事呂布？（陳宮白）布雖無謀，不似你詭詐奸險。（曹操白）公自謂足智多謀，今竟如何？（陳宮白）恨布不用吾言，若用吾言，必不被擒也。（曹操白）今日之事當如何？（陳宮白）有死而已。（曹操白)公如是,奈公之老母、妻子何?(陳宮白)吾聞以孝治天下者,不害人之親;施仁政於天下者,不絕人之祀。老母、妻子之存亡,在於明公耳。吾身既被擒,請即就戮,並無挂念。(曹操立送科)(陳宮下)(曹操白)左右,即送公臺老母、妻子回許都養老,怠慢者,斬。(應科)(曹操白)將公臺屍首用棺木盛殮,葬于許都。(軍卒應科)(張遼白)陳宮可敬,呂布可笑,做了一世男兒,臨死何故討饒?可惡可惡!(曹操白)那個嚷?(眾白)是張遼。(曹操白)張遼,你嚷甚麼來?(張遼白)大丈夫死則死矣,何苦討饒?(曹操白)這廝如此倔強,叫群刀手拿去斬了。(關公白)住了!丞相,某素知文遠忠義之士,關某情願相保。(曹操白)吾亦知文遠忠義之士,故戲之耳。鬆了綁。(眾應科)(張遼白)既蒙丞相不殺之恩,願效犬馬之勞以報之。謝將軍救死之恩,容當圖報。(關公白)不敢望報,惜將軍之忠勇耳。(劉備白)呂布授首,山東已定。劉備告辭,往徐州去。(曹操白)使君功大,同俺入朝。待俺奏知聖上,受了封爵,再回徐州,未爲遲也。(劉備白)如此,多謝丞相。(曹操白)且到後營歇息。(劉、關、張下)(曹操白)大小三軍,就此班師回許昌去。(眾應)(合唱)

【雙調正曲·黑麻序】呂布強爲,把天下英雄、盡皆輕棄。想強中更有,豪強之輩,今日,北門劍斬伊,威名在那裏?(合)細思維,怕董卓丁原,在九泉難會。

【尾聲】無知鼠輩螳螂技[5],好色貪功把自欺。若是那負義忘恩却看伊。(眾同下)

校記

[1] 雜扮小軍:雜,原無,據文意補。
[2] 白:原無,據文意補。
[3] 打道到白門樓去:"道",原作"導",據文意改。
[4] 布今已服矣:"服",原作"腹",據文意改。
[5] 無知鼠輩螳螂技:"螳螂",原作"噇啷",據文意改。

第廿二齣　黃金殿皇叔承恩

(雜扮眾家將[1],生扮劉備上)(唱)

【仙呂宮引·海棠春】英雄未遂平生願[2],眠霜雪幾經鏖戰。(淨扮關

公,净扮張飛上)(唱)今喜得太平年,不負忠良薦。(見科)

（劉備白）桃園結義賽雷陳,百年軍中建大勳。（張飛白）二人功業誰堪比,韓信張良不足論。大哥二哥,若論我弟兄三人功勞也不小,獻帝封大哥做王,我二人爲侯也不爲過。（劉備、關公白）三弟休説此話。（家將禀介）（衆扮儀從,引雜扮天使上）（白）旨意下！聖上有旨,劉備昔破黄巾,今擒吕布,功勞蓋世,龍顔大喜。來日大會群臣飲宴,特宣劉備與席,受封官爵。謝恩。（劉備白）萬歲！後堂酒宴。（天使白）不敢,告辭。九重丹詔承恩去,報道歌堯奉使來。（下）（劉備白）二位賢弟,我急去上金鑾,（關公白）皇家沛澤宣。（張飛白）若非龍虎將,（合白）安得太平年？（下）

（衆扮手下,引衆扮楊奉、皇甫嵩、士孫瑞、楊彪、朱儁,净扮曹操,末扮董承,外扮馬騰,上）（同唱）

【黄鐘宫正曲·出隊子】銅龍乍起,日上扶桑曙色融。金階仙仗列群公,袞袖宫袍湛露濃。（合）慶賀升平,均沐恩榮。

（曹操白）下官曹操是也[3]。（董承白）下官董承是也。（馬騰白）下官馬騰是也。（楊奉白）下官楊奉是也[4]。（皇甫嵩白）下官皇甫嵩是也。（士孫瑞白）下官士孫瑞是也,（楊彪白）下官楊彪是也。（朱儁白）下官朱儁是也。（董承同白）魏公請了。（曹操白）衆位大人請了。前日奏聞,劉、關、張兄弟三人擒斬吕布,聖上有旨,宣他進朝封爵,爲此伺候。（衆官白）御香靄靄,聖駕臨朝也。（雜扮值殿將軍、衆儀從、太監、昭容,引生扮獻帝上）（唱）

【仙吕宫正曲·惜奴嬌序】雞人報曉,聽流鶯睍睆,上林春早。雙開宫扇,一片御爐香裊。（衆唱）舞蹈,拜祝明君金鑾到,聽山呼瞻天表。（合）寇漸消,四海無虞,賡歌有道。（衆拜科）（齊山呼科）

（獻帝白）寡人大漢皇帝,紀元興平。只因董卓弄權,衆臣計議除滅。吕布不仁,魏公舉薦劉、關、張擒斬白門。國家除此大患,再無後慮。衆卿,朕已有旨,宣徐州牧劉備共宴太平,怎麽不見？（曹操白）臣啓陛下,已在午門外候旨。（獻帝白）宣進來。（太監白）聖上有旨,宣徐州牧劉備見駕。（劉備上）（白）今聞頒玉旨,趨赴覲天顔。臣徐州牧劉備見駕,願吾皇萬歲,萬歲,萬萬歲！（獻帝白）平身。卿係何派？住在何方？一一奏來。（劉備唱）

【中吕宫正曲·駐雲飛】劉備孤貧,家住樓桑涿郡人。（獻帝白）汝祖父何名？（劉備白）臣乃劉弘之子,劉雄之孫,（唱）臣派中山近,流落多乖運。嗟,俯伏仰楓宸[5],言情略分。本是漢室宗枝,望乞垂憐憫,（合）曾斬黄巾報國恩。

（獻帝白）取玉牒來看。（太監送獻帝拿看科）（白）卿乃中山靖王之後，因何居住民間？（劉備白）先世自遭莽賊之亂，隱居樓桑。（獻帝白）朕依玉牒看來，卿乃朕之叔也。宣上殿來，行禮。（劉備白）微臣不敢。（獻帝白）皇叔聽封，今封皇叔為宣城亭侯左將軍，領徐州牧，兼豫州牧事，冠帶朝見。（太監白）請更衣。（吹打）（劉備換衣科）（獻帝白）看宴。（場上設宴）（劉備謝恩科）（獻帝白）今日太平宴賞，待朕親手奉漿荼卿一杯酒來。（唱）

　　【又一體】君令臣遵，子孝親慈風教淳。（白）魏公，你父子救駕，寡人江山全賴卿家扶助。（唱）你的功勳如山峻。（白）破黃巾擒呂布，都是皇叔之功。你的勳業書難罄[6]。嗟，（白）國舅你雖年老，昔日在洛陽呵，（唱）救駕顯忠臣，你的勤勞翊運。（白）西涼侯你不要負了伏波將軍之名，（唱）你忠耿為人，破虜威名震，他日凌烟標大勳。（衆拜科）

　　（獻帝白）衆卿，如今袁術壽春稱帝，此乃寡人心腹之患也。（曹操白）萬歲寬慰，不日臣當剿除。（獻帝白）寡人幼習詩書，未諳孫武之法，朕與衆卿出獵郊外，何臣保駕？（曹操白）萬歲出獵，第一美事，臣願保駕。（昭容白）退班。（衆儀從、太監、值殿、昭容、獻帝、劉備、馬騰、董承同下）（曹操弔場科）（白）向薦劉、關、張兄弟三人，指望職居吾下，隨吾驅使。誰想聖上認為皇叔，寵加吾上，須用計將此輩殺盡[7]，方消吾恨。饒伊自有冲天志，難脫吾曹掌握中。（下）

校記

［1］雜扮衆家將："雜扮"，二字原無，據文意補。
［2］英雄未遂平生願："遂"，原作"雖"，據文意改。
［3］下官曹操是也："也"，原作"風"，據文意改。
［4］下官楊奉是也："奉"，原作"風"，據上下文改。
［5］俯伏仰楓宸："宸"，原作"震"，據文意改。
［6］你的勳業書難罄："書"，原作"舒"，"罄"，原作"磬"，據文意改。
［7］須用計將此輩殺盡："計"，原作"記"，據文意改。

第廿三齣　據江東兄終弟及

　　（雜扮內監、四侍女，引生扮孫策頭裹金瘡病上[1]）（唱）

【南北合套・鬥鵪鶉】有限光陰,無窮感慨。想當初定霸圖王,開疆闢界,每日價執銳披堅,搴旗斬帥[2]。已焉哉,命合該,不提防一矢相投,倒做了萬金難解。可惜俺十年辛苦,只留得半壁山河,和這一聲喊噫。

(白)嗣業纔當十七齡,身經百戰播聲靈。無端逐鹿西山上,一夜旄頭落將星。我孫策因吳郡太守許貢上書曹操,欲削我兵柄,召赴京師。彼時獲得私書,將貢絞死,不想他家客三人,暗圖報復[3]。我前往西山射獵,三人冷出林間,左腿輕着一槍,面頰深入一矢。雖經調治,尚未告痊,又被妖道于吉時來侮慢,只覺精神恍惚,病勢轉增,幾日來正不知是何面目也。侍女們,取鏡過來。(侍女應,送鏡科)(孫策照鏡作驚科)(白)阿呦,面無華彩,耳已枯焦,憔悴至此,豈能久居人世,復建功業乎?(悶倒桌上科)

(外扮于吉上)(白)不使怒虯翻桂海,頓驚飛鶴出松烟。孫將軍。(孫策看,怒科)(于吉白)你的病體好了麼?(孫策怒科)(白)妖道,何敢爲厲,看劍!(取挂劍斫科)(于吉笑科)(白)死期已至,還不回頭麼?(袖拂孫策面科,下)(孫策大叫,作金瘡迸裂昏倒科)(侍女白)不好了,主公金瘡崩裂,昏迷不醒,快請太夫人。太夫人快來!

(老旦扮孫策母,正旦扮大喬,雜扮侍女上[4])(孫策母白)堂上頻呼母,心中祇怯兒。(見科)(白)啊呦,我的兒嘎。(唱)

【越調・繡停針】肉綻皮開,敢是金瘡迸裂來。他聲音微細神情改,懨懨一息難挨。多因是神仙降災,還求你、法雨起枯荄。(合)果然保得殘生在,我甘心一世奉長齋,日日虔誠朝拜。

(白)兒嘎,醒來,痛殺老娘也!(孫策醒科)(白)母親,孩兒不孝,命數已終,不能再奉慈母了。今將印綬付與弟權,望母親朝夕訓誨。父兄舊人,慎勿輕易。傳話出去,速請諸謀臣到來。(內監應科,下)(孫策唱)

【南北合套・紫花兒序】俺只得疆場決勝,銷盡攙搶,掃净氣霾。那知道年光不肯將人待,射鹿西山將命賣。俺則淚眼偷揩,只告你個劬勞母氏,莫要傷懷。

(衆扮張昭、孫靜、魯肅、諸葛瑾、程普、呂范、韓當、周泰、甘寧、凌統、黃蓋、喬玄、孫權上)(同白)滿頭霜雪爲兵機,血迸金瘡卧鐵衣。斑竹嶺邊無限恨,併將歌祝報恩暉。(孫策母、大喬、侍女同下)(見科)

(衆白)主公在上,我等參見。(孫策白)坐下了。(衆白)告坐。請問主公,瘡口平復否?(孫策白)不濟事了。(衆白)主公呼喚我等,有何鈞旨?(孫策白)列位嘎,漢室方亂,我有吳越之衆,三江之固,足以有爲。奈大數難

逃,亡在旦夕。今將印綬交付弟權,公等善相吾弟,勿忘今日之話也。(衆白)吾等敢不盡心,還求主公保重。(唱)

【南北合套·四般宜】維皇既付濟時才,如何中道没蒿萊。須知否極終當泰,箭傷未必便爲災。暫時把心來寧耐,再休將事挂胸懷。(合)慢胡猜,休心窄,勿使北堂慈母,爲兒悲慨。

(孫策白)吾弟那裏?(孫權白)兄弟在這裏。(孫策白)取印綬來,吾弟可收下了。(孫權哭收印綬科)(孫策白)兄弟嗄,舉江東之衆,決機兩陣之間,與天下爭衡,弟不如兄;舉賢任能,使各盡其力,以保江東,兄不如弟。宜念父兄創業艱難,善自圖之。(孫權哭科)(白)弟年幼,恐不能任大事,有負付托。(孫策白)弟才十倍於兄,足當大任。倘内事不決,可問張昭;外事不決,可問周瑜;家事不明,問喬玄。恨周瑜不在此,不及面囑也。(作發昏科)(張昭白)快些扶入内室去。(侍女扶孫策下)(衆白)主公病勢沉重,看來不藥矣。(孫權白)這怎麼好?(一内侍上)(白)不好了,主公氣絶了。(衆哭科)(白)啊喲,我那主公嗄!(孫權白)哥哥嗄!(張昭白)此非將軍哭泣時也。今天下未定,奸宄競起,豺狼當道,乃以手足之故,拘拘小節,是猶開門而揖盜也。(衆白)張昭之言不可不聽。(孫權沉吟科)(張昭白)不必遲疑了,就着孫静敬謹代理喪儀。(孫静下)(衆官白)我等即扶主公更衣任事。(孫權、衆官下)

(内奏樂)(衆扮儀從,執儀仗,衆文武分上,衆扶孫權升座)(衆官作參見科)(白)臣等參見。(孫權唱)

【南北合套·調笑令】自揣,轉自猜,那得兄十倍來。三吴縱有長江界,勢不能坐觀成敗。此際相扶登將臺,問怎生的寇蕩天開?

(衆扮小軍、將官,引小生扮周瑜上)(唱)

【南北合套·憶多嬌】心自哀,淚盡灑,腹心襟袂情難解,特赴靈前一痛來。(到科)(雜扮旗牌官上)(白)都督回來了。(周瑜唱)疾命旗牌,疾命旗牌,説我周瑜在外。

(旗牌官進科)(白)啓主公,周瑜在外求見。(孫權白)快請相見。(旗牌官白)嗄,主公令你進見。(周瑜進,參見科)(白)臣周瑜參見。(内侍白)平身。(周瑜白)主公器宇不凡,才德兼備,今嗣大業,天下不足平也。(孫權白)先兄遺言,内事托於子布,外事全賴公瑾,願無忘先兄之命。(周瑜向内哭)(白)主公嗄,願肝腦塗地,以報知己之恩。(孫權白)若如此,吾無憂矣。(唱)

【越角·綿搭絮】人只道公瑾奇才,那更他忠義無儕。一心把遺言禀受,兩肩把社稷扛抬。鯨吞鹿逐怕誰來,直教神鬼也驚猜。吳甸重開,看風雲盡變色。(內奏樂,下)

(座白)明日成服祭奠先兄,就請諸公隨班行禮。(衆白)領命。(同唱)

【有餘情煞】明朝成服趨靈拜,有一番痛悼悲哀,也只是天澤情深無可解。(分下)

校記

[1] 引生扮孫策頭裹金瘡病上:"瘡",原作"鎗",據文意改。
[2] 搴旗斬帥:"帥",原作"師",據文意改。
[3] 暗圖報復:"復",原作"腹",據文意改。
[4] 雜扮侍女上:"侍女",此二字前,原本有一"持",衍,今删。

第廿四齣　獵許田君弱臣強

(雜扮衆小軍,引生扮劉備,净扮關公,净扮張飛上)(同唱)

【黃鐘宮正曲·出隊子】掃除寇壘,激濁揚清衆所推。龍樓召見仰天威,曾受封侯職不卑。隊伍分明[1],從行獵圍。

(劉備白)今日聖上出獵西郊,恐曹操有不測之機,二位賢弟須要小心。(關公、張飛白)謹遵教諭。(分侍科)

(衆扮八獵士、八金槍手、二黃纛、一黃傘,衆扮八將,净扮曹操,外扮董承、馬騰,衆扮十六持槍軍士,衆扮八大小太監,生扮獻帝上)(同唱)

【又一體】鑾車引隊,耀武觀兵壯國威。今朝出獵往郊圻,將士紛紛列繡旗。王制煌煌,獸獵有期。

(衆臣叩見)(白)願吾皇萬歲、萬歲、萬萬歲!(獻帝見關公、張飛,驚科)(白)卿家,此將是誰?(劉備白)關某。(獻帝白)好美髯也。(曹操白)果然好髯。(獻帝白)這將何名?(劉備白)這是張飛。(張飛白)萬歲,那日在虎牢關殺得吕布閉關不出,就是微臣。(獻帝白)真乃猛將也。(劉備白)臣等聞知陛下出獵,特來隨駕。(獻帝白)甚好。(曹操白)臣啓陛下,圍場已布,請聖上起駕。(衆上馬科)(獻帝白)帶馬。(作上馬)(曹操白)衆將官,就此撤圍。(衆應科,分下)(獻帝唱)

【雙角套曲·新水令】赭袍脱却換征衣,離金鑾早臨牧地。龍車與鳳

輦,擺列皂雕旗。吶喊聲軍卒心齊,獵犬兒汪汪吠。(衆同唱)

【雙角套曲·胡十八】興朝準擬獲熊羆,好似文王遊渭水。罷釣輔皇基,弔民伐紂興周室。

(衆白)來到許田了。(曹操白)衆將官,就此合圍。(內應,衆上)(作合圍)(白)有一白兔兒來了。(曹操白)臣啓陛下,白兔兒必須大臣開弓。(獻帝白)皇叔開弓。(劉備白)丞相請。(曹操作不悅科)(白)有聖旨命你射,你是大臣,請。(劉備白)僭了,(唱)白兔兒稀罕,雕弓兒挽齊,賽過當年養由基,肯令他走散無蹤迹。(射中白兔)(衆白)射中。(獻帝白)皇叔好神箭也。(曹操白)吩咐搜山。(衆應科)(唱)

【雙角套曲·也不羅】過山林,麾彩旗,見參參古樹低。只趕的赤豹黃熊走似飛,震山川鼓又催。(繞場圍住科,熊、虎、豹、槍手作分殺科,下)

(隨駕衆軍白)趕出一白鹿來了。(同唱)

【雙角套曲·錦上花】白鹿走如飛,趕上休遲滯。(曹操白)臣啓萬歲,白鹿世之罕物,請萬歲開其寶弓,放金鈚御箭。(獻帝白)甚好。(曹操白)衆軍聽者,萬歲射中白鹿,衆軍齊下馬呼萬歲三聲稱賀。(內衆白)得令。(獻帝白)看弓箭來。(唱)俺這裏挽雕弓似月輝,忙搭上狼牙矢。(作射三箭,內鼓應)(獻帝唱)恨只恨股肱無力。(曹操奪弓推獻帝科)(曹操射科)(唱[2])奮平生勇力,你看萬人環立,只教那白鹿兒死吾手裏。(射中科)

(張遼、許褚白)射中。(內衆白)萬歲、萬歲、萬萬歲!(曹操作笑)(白)收圍。(衆唱)

【雙角套曲·清江引】今朝射獵多豪氣,獲獸如山積。旌旗耀日明,回望遠山翠。共收圍,大家都都歡喜。

校記

[1] 隊伍分明:"伍",原作"武",據文意改。
[2] 唱:原作"叫",徑改。

第三本(上)

第一齣　假小心聞雷失箸

（雜扮家將引淨扮曹操上）（唱）

【南呂宮引・生查子】遣使請劉公，梅園叙舊情。且看織席兒，可有英雄性。

（白）下官曹操。昨日許田射鹿一事，惟有劉、關、張心中不服，被我心生一計。如今四月天氣，梅子正熟，設一小宴，名曰青梅會，請劉備到來，看他志氣如何。若志在吾上，就在青梅亭殺之。若志在吾下，殺他也無用，留他也無妨。已差許褚去請，怎麼還不見到來？

（副淨扮許褚上）（白）青梅煮酒邀嘉客，正是清和四月天。稟丞相，劉備來了。（曹操白）你到那裏，他在那裏做甚麼？（許褚白）小將去時，劉備在那裏栽花種菜。（曹操白）果然如此？（許褚白）是。（曹操白）我説劉備日後必成大事，今日在那裏栽花種菜，此事非大丈夫之所為。吩咐門上，劉備到此，不須通報，待他自進，不必攔阻。（許褚應科，下）

（生扮劉備上）（唱）

【又一體】設宴在梅亭，且奉明公命，不必細推詳，只是多恭敬。

（白）門上無人在此，我若不進去，（作想）怕他。（相見科）（曹操白）今日那個把門，不來通報？（雜扮卒子上）（白）是小人。（曹操白）該打。（劉備白）我與明公是通家，所以不待通報，大膽進來了。如今明公要打他，他就歸怒於小弟了[1]，可饒了他罷。（曹操白）既是賢弟討饒，去罷，看冠帶來。（劉備白）不勞，小弟不知進退，輕造貴府，萬望恕罪[2]。（曹操白）未及迎迓，休得見怪。（劉備白）小弟有何德，敢勞明公設宴相招？愧感，愧感！（曹操白）適間忽見枝頭梅子青青，因感去年征張繡時道上缺水，諸將言渴，被我心生一計，以鞭虛指道：前面有梅林。軍士聞知，口皆生津，因此不渴。今日見之，不可不賞。（劉備白）好計，好計！若是別人，倉促之間，一時那裏想得起來？（曹操白）又且煮酒正熟，同邀賢弟小亭一會，以嘗其新。（劉備白）

多謝明公。(曹操白)酒來。(同唱)

【中吕宮正曲・好事近】初夏小梅青,特邀君園蔬煮茗,巡檐索笑,巨手端應調鼎。金枝玉葉,合相延,三益忙開徑。(合)聊藉展一點芹心,且領略半窗疏影。

(白)賢弟,我和你閒步一回。你看玩花樓建造得如何?(劉備白)果然華麗。(曹操白)這是牡丹臺。(劉備白)點綴得即景。(曹操白)這是觀魚軒,你看這魚兒養在池中,他若伏我便罷,他若不伏我,性命就在眼前。(劉備白)明公,此魚養在池中,到也好看。(曹操白)叫左右,把那領頭魚兒拿起,施鹽加醬,將來適酒。(卒應科)(劉備白)果然性命不保。(卒獻梅科)(曹操白)請梅。(內奏樂)(入席科)(衆雷部上科)(曹操白)賢弟,你看油雲起處,雲時現出龍挂來了,使君可知龍之變化否?(劉備白)不知,願聞指教。(曹操白)龍之爲物,能大能小,能升能隱,大則興雲吐霧,小則隱芥藏形,可比當世之英雄。(劉備白)承教了。(曹操白)請問,使君久歷四方,閱人必多,可知當今之世,誰是命世英雄?(劉備白)以備觀之,明公正是英雄也。(曹操白)休得過譽。即不識面,亦聞其名,請道。(劉備白)淮南袁術,兵糧足備,可謂英雄也。(曹操笑科)(白)袁術乃冢中枯骨,早晚之間,吾必擒之,安得爲英雄乎? 算不得。(劉備白)河北袁紹,四世三公,門多故吏。目今虎踞冀州之地,部下能事者極多,可謂英雄矣。(曹操笑科)(白)袁紹色厲膽薄,好謀無斷,幹大事而惜身,見小利而忘命,非英雄也。那裏算得?(劉備白)有一人名稱八俊,威震九州,荊州劉景升可謂英雄乎?(曹操笑科)(白)劉表虛名無實,非英雄也。(劉備白)益州劉季玉,可謂英雄乎?(曹操白)劉璋雖係宗室,乃守戶之犬耳,何爲英雄也?(劉備白)如張繡、張魯、韓遂等輩皆何如?(曹操大笑科)(白)此皆碌碌庸人,車載斗量,何足挂齒?(劉備白)除此之外,劉備實不知也。(曹操白)夫英雄者,胸懷大志,腹有良謀,有包藏宇宙之機,吞吐天地之志者也。(劉備白)但不知誰?(曹操白)今天下英雄,惟使君與操耳。(劉備驚科)(白)忒過譽了。明公正是,備何足當此[3]?(卒上獻魚科)(曹操白)賢弟請魚。(內作雷響科,雷部下)(劉備作驚科)(白)唬死我也!(曹操白)賢弟,大丈夫亦畏雷乎?(劉備白)聖人云:迅雷風烈必變。安得不畏?(曹操白)雷乃陰陽激駁之聲,大丈夫何足懼哉?(劉備白)不知怎麼樣,小弟從幼怕雷。(曹操背科)(白)我想此人尚然懼雷,安能成得大事?殺他也無用,留他也不爲害。(轉科)取酒與賢弟壓驚,吩咐將士各自迴避了。(卒應科)(曹操白)左右,喚女樂們侑觴。(卒應傳科)(衆扮女樂上）（白）鏤月爲歌扇，裁雲作舞衣。歌妓叩頭。（劉備白）起來。（曹操白）皇叔爺前，再獻青梅煮酒。（衆歌妓白）曉得。（送酒科）（唱）

【又一體】梅亭，開宴待賢英，纖纖玉斝高擎。二難四美，好時光正須酩酊。紅酣綠膩，舞翩躚，體態言難罄。（送梅科）（唱）（合）看枝頭累累交垂，獻筵前裊裊看承。

（雜扮軍卒上）（報科）（白）有事不敢不報，無事不敢亂傳。禀爺，袁紹殺了公孫瓚，得了瓚軍，聲勢甚盛。袁術歸帝號於袁紹，親送玉璽，欲歸河北。（劉備白）袁術欲歸河北，必從徐州經過，備領一軍半路截殺，袁術可擒。（曹操白）賢昆仲肯去，使吾無慮。要多少人馬？（劉備白）只帶本部三千人馬。（曹操白）他軍有數十萬，你怎麼只帶本部三千人馬？（劉備白）自古道，軍在精而不在多，將在謀而不在勇。（曹操白）既如此，來日表奏，興師便了。（劉備白）告辭了。（曹操白）來日置酒奉餞。（劉備白）不敢。

（曹操白）青梅煮酒論英雄，（劉備白）特向徐州建大功。（曹操白）除却奸臣扶漢室，（合）九州四海仰仁風。（分下）

校記

［1］他就歸怒於小弟了："怒"，原作"恕"，據文意改。
［2］萬望恕罪："恕"，原作"怒"，據文意改。
［3］備何足當此："此"，原作"北"，據文意改。

第二齣　真大意縱虎歸山

（雜扮軍卒、車夫，引小生扮郭嘉，末扮程昱上）（同唱）

【雙調正曲·朝元令】驟馬加鞭似箭，撲得塵堆面。山川歷遍，急轉如飛電。奉命宣差，寧辭遥遠。（分白）我郭嘉，我程昱，（合）奉丞相鈞旨，徵取錢糧。今日回來，衆軍士快些趲行。（衆應科）（唱）徵取疾忙回轉，怎敢俄延？長安遥望何處邊，舉目盡風烟，前途塵蔽天。（内呐喊科）（郭嘉唱）喊聲一片，紛紛的何方交戰，何方交戰？

（雜扮衆小軍，引生扮劉備，净扮關公，净扮張飛上）（同唱）

【中吕宮正曲·縷縷金】督軍馬，忙向前，幸得脱虎口、出深淵。長安雖是好，實難留戀。（郭嘉、程昱白）皇叔督兵何往？（劉備白）只因袁紹破了公孫瓚，又得其弟袁術合兵一處，吾特領兵，前往徐州截之。（郭嘉、程昱白）如此,丞相知否?(劉備白)丞相奏請,方得領兵而來。(郭嘉、程昱白)原來如此,皇叔此去,旗開得勝,馬到成功,不卜可知也。(劉備白)全仗丞相虎威,簡命在身,不敢久停,告別了。(劉備、關公、張飛同唱)(合)正是**相逢各自猛加鞭,争把前程辨,争把前程辨**。(下)

(郭嘉、程昱白)丞相放了劉備,又加一兵馬,如虎添雙翼,後欲治之,豈可得耶?不免急回去,與丞相商議便了。(唱)

【黄鐘宮正曲·出隊子】吾心疑忌,適看劉君騎似飛,此行料不復回歸,惟有恩柬少見識。(合)龍至滄江,虎添羽翼。(郭嘉白)喜得已到相府門首,疾忙禀報便了。丞相有請。(雜扮衆家將,引净扮曹操上)(唱)

【又一體】朝思夕計,未滅群雄伏禍機。昨差劉備破袁術,兩虎相争有一危,(合)再把英雄,英雄掃迹。

(郭嘉、程昱見科)(白)丞相在上,我等拜見。(曹操白)你二人回來了?(郭嘉、程昱白)回來了。(曹操白)錢糧明白了麽?(郭嘉、程昱白)俱已明白了。請問丞相,劉備督兵何往?(曹操白)你們不知,袁術欲投袁紹,我正慮二人協力,急難收復,不想劉備願去截戰,使吾不勝喜悦。(郭嘉、程昱白)帶多少人馬?(曹操白)他只帶得本部三千人馬。(郭嘉白)此是脱身之計了。(曹操白)怎見得?(郭嘉、程昱白)他既有心去截戰袁術,只該多帶人。他今只帶本部人馬前去,乃放虎歸山、放龍入海,再欲治之,豈可得乎?劉備又甚得民心,關、張乃萬人之敵,亦非在於人下者。丞相豈不察之?(曹操白)吾觀劉備聞時學圃,又復懼雷,此非成事業之人,何足憂也?(郭嘉、程昱白)學圃者爲瞞丞相耳,畏雷者非出於本心。丞相本是明燭照天,反被劉備瞞過了。(曹操白)你們説得有理。(唱)

【越調集曲·憶鶯兒】想着伊,真可疑。忙差人馬急去追,須令虎將突入圍,追兵點齊,出其不意,管教一命歸泉世。(同唱)(合)莫稽遲,差兵點將,擒獲展愁眉。

(曹操白)你二人不必多言,與我唤許褚來。(郭嘉、程昱白)許褚何在?(副净扮許褚上)(白)聽得丞相令,忙步到台前。(見科)(曹操白)許褚,你可帶鐵騎五千,連夜趕劉備轉來,與我共議行兵大事。如不轉來時,擒來見我。(許褚白)得令。

(曹操白)**與你貔貅勇健兵**。(郭嘉、程昱白)**速擒劉備莫容情**。(許褚白)**從今各奮鷹揚志,共立奇勳顯姓名**。(下)

第三齣　難追鐵甲三千騎

（雜扮衆小軍，引生扮劉備，净扮關公，净扮張飛上）（同唱）

【越調正曲・水底魚】怒氣衝天，威風似火燃。（合）翻身跳出，虎穴與龍淵，虎穴與龍淵。（張飛白）殺！（劉備白）兄弟殺甚麽？（張飛白）殺袁術。（劉備白）那裏殺袁術，是吾脱身之計也。（張飛白）如此，何不講明了。（劉備白）若説明了，恐有不測。曹操必有追兵到來，衆軍士趲行幾步。（衆應）（同唱）翻身跳出，虎穴與龍淵，虎穴與龍淵。（下）

（雜扮衆小軍引許褚上）（同唱）

【南吕宫正曲・劉袞】乘鐵騎，乘鐵騎，軍中嚴令如電疾。爲趕奸雄，忙行追逼，可將他三人，一齊拿住同回。（合）教他無路登天，無門入地。

（作趕上科）（白）玄德公，請了。（劉備白）校尉來此何幹？（許褚白）奉丞相之命，着俺來請玄德公回去，共議行兵大事。（劉備白）將在軍中，君命有所不受。我有一言，爲我代禀丞相。前日路遇郭嘉、程昱，問我索取金帛，不曾相贈，以此結讎。他們就在丞相前，讒言害我，今日故令汝來趕我。吾感丞相之恩，未嘗敢忘。汝當速回，將吾言告知丞相。（許褚白）丞相有令，若不轉去，要生擒去見我主公。（劉備、關公、張飛殺，許褚敗，下）（劉備白）衆軍速回徐州去。（同唱）

【雙調正曲・朝元令】欽蒙聖眷，一旦離金殿，風霜經遍，不憚身勞倦。一點葵心，未曾舒展，只爲奸雄專擅，罪惡滔天[1]。欺君蠹國握重權，九鼎欲遷，百官如倒懸。（合）速離禁苑，誰肯惜路途遥遠，路途遥遠。（同下）

校記

[1] 罪惡滔天："惡"，原作"要"，據文意改。

第四齣　密草椒房一尺書

（旦扮衆宫女，引小旦扮董妃上）（唱）

【仙吕宫正曲・風入松】鸞臺鳳閣卷春風，寶鼎中雞舌正濃。後庭獨冠三千寵，並不是襄王入夢。（合）荷君王位號褒封，列椒房掌六宫。

（白）身居繡閣近蒼穹，翠繞珠圍錦繡叢。試看玉樹連金屋，寵冠三千掌後宮。妾身董貴妃是也，蒙聖恩寵冠後宮。父母俱亡，只有親兄董承，官拜國舅，報國盡忠。昨日聖上出獵未回，宮女們，駕到，疾忙來報。（内應科）

（雜扮太監，引小生扮獻帝上）（唱）

【又一體】出遊郊外轉回宮，恨奸雄欺罔難容。（白）只因許田射鹿，曹操身背寡人，竟受萬歲三聲，分明欺君甚矣。（唱）不思叨受皇恩寵，待學取欺君強橫。（合）不由人忿氣填胸，髮直豎怒冲冲。

（内報科）（董妃接科）（獻帝白）貴妃平身。（獻帝換衣科）（白）迴避。（宮女、内侍應，下）（内起更科）（獻帝作嘆科）（董妃白）萬歲遊獵回來，爲何愀然不樂？（獻帝唱）

【又一體】時乖運蹇吉成凶，我與你早晚間性命難保其終。（董妃白）萬歲富有四海，貴爲天子，何説此話？（獻帝滾白）朕雖爲天子，富有四海，所遇境界不同，境界不同。（唱）纔誅君側奸臣董，又遇着李郭雙凶。（董妃白）李傕、郭汜今已誅了，説他怎的？（獻帝白）妃子，你身居宮内，那知外事？（滾白）如今曹操掌百萬之貔貅，出入宮廷，尤勝董卓之權。（唱）（合）他威權勢，釀禍將萌，挾天子令群雄。

（董妃白）妾聞曹操雖奸，尚無欺君之迹。（獻帝唱）

【又一體】欺君謀位已多宗，（滾白）那曹賊他狠如青竹蛇兒口，毒似黃蜂尾上針。他欺君謀位已多宗。（白）朕久聞他有篡國之心，猶未深信，今日遊獵呵，（唱）在許田射鹿明攻，金鈚一發他偏中。（白）寡人游獵許田，趕出白鹿一隻，曹操道白鹿世之罕物，不可亂射，萬歲用金鈚御箭射中白鹿，衆臣齊下馬呼萬歲。誰想寡人連射三箭不中。曹操奪弓在手，一箭射中白鹿。衆臣見金鈚御箭射中白鹿，齊下馬呼萬歲三聲。曹操將身掩朕躬，竟自受了。分明有欺君之意也。（董妃白）彼時怎麼不吩咐拿下？（獻帝唱）那時節兵由他弄。（滾白）奈衆將是他心腹之人，況又不聞天子宣，專聽將軍令。（唱）（合）恨兵權在他掌中，我只得權忍耐且姑容。（董妃唱）

【又一體】勸君王不必淚溶溶，聽妾身奏達宸聰。（白）既是曹操有篡國之心呵，（唱）何妨密詔諸臣衆[1]，彰天討滅賊旌功。（獻帝白）如今滿朝文武俱是他心腹之人，那得一個赤膽忠心的。（董妃白）聖上道滿朝文武無一人可托，妾舉一人，大事可成。（獻帝白）是何人？（董妃滾白）就是董承，暗付密詔與他，會合諸臣，共滅國賊，豈不美哉？（唱）（合）想吾兄夙具丹忠，曾救駕在江東。

（獻帝白）貴妃之言有理，奈你兄年邁，恐幹不得大事了。（董妃白）萬歲,吾兄雖然年邁,終不然教他厮殺不成?聖上暗行密詔一封與他,會合諸臣,共滅曹賊。(獻帝白)宮院內外皆是他心腹之人,猶恐泄漏其事,反招其禍。(董妃白)既怕泄漏,就在燈下寫成密詔,縫在玉帶之中。明日宣他上殿,將袍帶賜與他,他知其情,必邀諸臣以滅國賊,山河可保。(獻帝白)更深夜靜,那有文房四寶?(董妃白)萬歲可將白袍扯下一副,却不好也。(獻帝白)也罷,就將衣服扯下一副,咬破指頭,寫下一篇血詔,有何不可?(獻帝咬指疼科)(唱)

【又一體】指頭咬破寫泥封,(白)朕想古今歷代帝王呵,(唱)誰似我身類飄蓬,從風不定難操縱?(白)老天呵,(唱)幸垂鑒血書哀痛,(合)誅逆賊國運興隆,永奠定謝蒼穹。

(白)近者曹賊弄權,欺壓君父,結連黨羽,敗壞朝綱,敕賞封罰不由朕主。朕夙夜憂思,恐天下將危。卿乃國之大臣,朕之至戚,當糾合忠義之士,殄滅奸党,復安社稷,祖宗幸甚。破指瀝血書詔付卿,再四慎之,勿負朕意。建安四年春三月詔。詔已寫畢。貴妃,付與你,你可藏於玉帶之中,着一個老成內侍去賜與他便了。(董妃白)領旨。

(獻帝白)漢家四百年天下,全在令兄此舉。(董妃白)仗皇天默佑萬歲,血詔管取成功。(獻帝白)一封血詔手親書,(董妃白)但願忠良把佞除。(獻帝白)伏望蒼天相保佑,(同白)再興漢室轉皇圖。(下)

校記

[1] 何妨密詔諸臣衆:"密",原作"蜜",據文意改。

第五齣　賜衣帶血詔潛投

(末扮董承上)(唱)

【小石調引·撻破歌】蒙頭白鬚漸紛紛,多緣憂國如焚。

(白)自家國舅董承是也,奉旨宣召,不免前去。來此以是午門,不免竟入。(末扮黃門官上)(白)國舅請了,到此何事?(董承白)聖上宣召。(黃門官白)必須禀過曹相。(董承白)難道你不曉得我不怕死的董承?(黃門官白)喲,國舅是不怕死的,小官却是怕死的。適纔有個老官監[1],他説聖上宣你,賜你袍帶,我也曾對他説過,若有袍帶,就着他拿出來賜你,這還使得。若要陛見,必須禀過丞相。待我喚他出來,喂,老公公。(丑扮太監上)(白)

怎麼說？（黄門官白）國舅來了，待我禀丞相去。（下）（太監白）國舅請了。（董承白）老公公，下官奉旨宣召，不知有何命令？（太監白）聖上賜你袍帶。（隨意念虛白）（董承白）老公公何不引我去面聖？（太監白）這都使不得，要叫曹鬍子知道，不是頑的。（董承隨太監虛下）

（雜扮手下，引净扮曹操上）（白）出入宫廷擁甲兵，三公寵錫有何榮。滿朝文武皆心腹，惟恨區區老董承。適纔黄門報道，宣國舅入朝，不知何事？待我去看來。（董承上）（白）呀，遠遠望見，來的似曹操一般。我有道理。（曹操白）來的是國舅，國舅請了。（董承白）丞相請了。（曹操白）這袍帶想是聖上賜與國舅的。（董承白）聖上着老官監賜與我的。下官原要陛見，黄門說須要禀過丞相，方許陛見，這也豈有此理？（曹操白）那裏是黄門不容陛見，還是國舅不肯陛見。我雖爲宰，不曾得此，若得這袍帶一穿，萬幸萬幸。（董承白）丞相若喜，就此奉上。（曹操白）國舅若肯見贈，回家多取金帛相酬。（董承白）不敢。推食未承君右寵，綈袍戀戀故人情。（下）（曹操白）左右，將這袍帶打開搜來，可有什麼東西？（衆手下應）（尋科）（白）没有甚麼。（曹操白）衣縫裏尋看。（手下白）也没有。（曹操白）既没有，請國舅轉來。（手下應）（請科）（董承上科）（白）丞相叫轉，有何吩咐？（曹操白）我想這袍帶是聖上賜與你的，我若要了，聖上知道，只說我貪利了。不敢受，送還。解衣推食從來語。（董承白）綈袍斷義枉爲人。（曹操白）袍帶今朝親自與，（合）始信皇王重老臣。（下）

（丑扮苗澤上）（白）自家本姓苗，家父名譽高。出我浪蕩子，終日醉酕醄。自家乃董府一個頭兒腦兒頂兒尖兒苗澤的便是，蒙我主人將家事托付於我掌管，内外之事俱我支持。主人家有仕女名唤春雲，與我十分情厚，主人在家不能如意。今早老爺上朝未回，不免叫他出來快活快活。春雲快來。（小旦扮春雲上）（唱）

【雙調正曲・鎖南枝】梳妝罷，出户庭，忽聽前邊唤我名。公相入朝庭，未見歸來影。（合）他老成，没風情，苗官人，有春興。

（苗澤白）春兒。（春兒白）苗兒。（苗澤白）你怎麼叫我苗兒？（春雲白）你怎麼叫我春兒？（苗澤白）苗兒思春了。（春雲白）看你這個嘴臉兒。（苗澤白）乖乖，今後只叫我相公。（春雲白）叫你是相公尚早。（苗澤白）我原是你的相公。（春雲白）不要閒說，叫我怎麼。（苗澤白）我和你一對好夫妻，終日被那老兒打擾，再不得快活快活。依我說，買一服毒藥與他喫了，請他上道。（春雲白）你這蠢才，不要胡説，好事不忙，看老爺來。（苗澤白）老兒還

有一會不來，我和你快活快活。(末扮董承上)(唱)

【南呂宮引·生查子】入覲沐殊榮，叨受恩波永。三傑冠時英，後輩誰能並？

(春雲白)老爺來了。(苗澤下)(董承白)手下迴避，春雲拿燈，請香案過來。(春雲應)(取燈放桌上科，下)(董承白)吾皇萬歲、萬萬歲！(董承唱)

【雙角集曲·江頭金桂】拜謝君王寵命，緋袍玉帶擎。這恩德猶如天並，廣大難名。念功勳特賜卿，自愧無能，桑榆晚景，不能勾削除奸佞，報答朝廷，深受君恩心不寧。(白)咳，我想聖上賜我袍帶，其中必有緣故，待我看來，沒有甚麼東西。咳，聖上，你有甚麼話，就着老宮監與我說明說也罷了[2]，這袍帶教我怎麼解？(唱)慢自心中思省，心中思省，隱語難明，彷徨不定，(合)好教我意怦怦。(睡科)(雜扮鬼魂上，燒帶科)(董承驚醒科)(唱)呀，却原來是風吹燭漸燈花墜，燒損玲瓏玉帶輕。

(白)呀，那玉帶板中甚麼東西？原來是封血詔：近者曹賊弄權，欺壓君父，結連黨羽，敗壞朝綱，敕賞封罰，不由朕主。朕夙夜憂思，恐天下將危。卿乃國之大臣，朕之至戚，當糾合忠義之士，殄滅奸党，復安社稷，祖宗幸甚。破指灑血書詔付卿，再四慎之，勿負朕意。建安四年春三月詔。原來為曹操專權，私封血詔，教我集同豪傑，共滅曹賊。又恐走漏消息，將血詔藏在玉帶板中，將大事托付與我。我想滿朝文武都是他心腹之人，安得有人與我同謀？吾又年老，怎救國難，兀的不悶殺吾也。(春雲上)(白)老爺。(唱)

【又一體】為甚的心中不靜，輕輕舌上聲？何不把其間綱領說與奴聽？寬解你愁悶縈。(白)老爺，你家眷雖有數百餘口，(滾白)心意相投能有幾人？老爺呵，(唱)有甚隱情[3]，胸懷耿耿？莫不是傷秋宋玉，對景淒情？白髮盈頭暮齒增。(白)若不然呵，(唱)為甚的愁懷抑鬱，愁懷抑鬱？莫不是國運欹傾，朝廷失政，(合)因此上實勞生。你看兩條眉鎖江山恨，一片心懷社稷興。(董承唱)

【又一體】只為權臣勢柄，思將宗社傾。(白)春雲，自從夫人亡過，你是我心腹之人，知道我心下事情。只為皇帝懦弱，曹操有篡國之心。聖上將血詔藏在玉帶板中，(唱)要我聚同豪傑，暗撥雄兵，為國家除奸佞。(白)如今滿朝文武俱是他心腹之人，安得有人與我同謀？(唱)那得個忠烈公卿，共扶明聖，也只為君恩難負，一片丹誠，重興炎劉定太平。因此上心懷憂恐，心懷憂恐。想昔日救駕梁城，我也曾去揚威權勁，(合)嘆頹齡。

(春雲白)老爺，自古道虎瘦雄心在，說甚麼年老？(董承白)慢言虎瘦雄心在,人老而今力不能。(白)春雲,我一時憂悶,心下不快,叫苗澤去請吉先生來看脉下藥。(春雲白)是,曉得。(下)(董承白)且住。我想曹操今日有病,俱是吉平用藥,不免暗説此人,用毒藥藥死這奸賊。但不知此人心迹如何。待他來看脉,相機商議便了。正是:難將我語和他語,未卜他心似我心。(下)

校記

[1]適纔有個老宮監:"宮",原作"官",據文意改。
[2]就着老宮監與我説明説也罷了:"宮",原作"公",據文意改。
[3]有甚隱情:"隱",原作"陰",據文意改。

第六齣　翊袞旒赤心共吐

　　(丑扮苗澤上)(白)奉了主人命,去請吉先生。方纔春雲説老爺有病,命我請吉先生看脉,就此前去。行行去去,去去行行,來此是他家門首,待我叩門。門上有人麽?(丑扮童子上)(白)黃犬門邊吠,何人剥啄敲。什麽人?(苗澤白)相煩通報,説董國舅差人請爺前去看脉。(童子白)請少待,老爺有請。(生扮吉平上)(唱)

　　【仙吕宮引·鷓鴣天】家傳國手唤名醫,天下馳名四海知。

　　(相見科)(吉平白)請問何宅官家,到此何事?(苗澤白)我是董國舅府中來的。我老爺心下不安,請去看脉。(吉平白)聞得你家爺昨日聖上賜了袍帶,怎麽今日就有了病?(作想科)且隨你前去。(童兒白)可要背藥箱去?(吉平白)不用。(童兒下)(苗澤白)先生可有甚麽毒藥?(吉平白)你家爺有病,怎麽要起毒藥來?(苗澤白)不是,家中老鼠作怪,我想要藥死這老鼠。(吉平白)胡説。(苗澤白)此間就是,待我通報。老爺,吉先生來了。(董承上)(白)請進來。(苗澤白)先生有請。(吉平進見科)(白)國舅大人拜揖。(董承白)元甫少禮。(吉平白)國舅呼唤,有何吩咐?(董承白)先生,我朝事縈心,疾病沾體,請你看脉下藥。(吉平白)没有什麽病。哦,國舅,你的病我知道了。(唱)

　　【中吕宮正曲·駐馬聽】脉息競競,惱怒傷肝氣不平,只爲憂心太重,久失調和,體弱難勝。(董承白)此病甚麽病?(吉平白)貴恙叫做腹内症也,只爲手下無力。(唱)我與你十全大補用參苓,只用君臣一劑消沉病。(白)國舅,你有什麽心事,説與我知道。(董承白)説與你也是枉然。(吉平唱)(合)

請説其情,捨生取義,吾心方稱。

（董承白）先生之言,知我病源。（吉平白）下官曉得。（董承白）先生乃高明之士,只是人心難托。（吉平白）下官在朝,赤心報國,有什麼難托？（董承白）若有赤心報國之意,聽我一言。（吉平白）請道。（董承唱）

【又一體】爲國憂並,（白）只因那,（吉平白）請道。（董承唱）使我將言不敢傾,只恐怕機謀不密,漏泄於人,返害其生。（吉平白）下官豈有假言？（董承唱）你須是如山盟海誓表忠誠,我把衷腸細語君詳聽。（吉平白）國舅,你道我没有忠心輔漢麼？我就對天盟誓:老天,我吉平若無忠心扶漢,天不蓋地不載！（董承白）吉先生,你果有忠心輔漢。（吉平白）我已對天盟誓,豈有假意？（董承白）真個？（吉平白）真個。（董承白）果然如此,先生請上,受我一拜。（同唱）（合）天地神明,把忠言昭鑒,可爲盟證。

（吉平白）國舅到底爲着何事,就請明言。（董承白）先生不知,聖上賜我袍帶,玉帶板中血詔一封,命我會合群臣,與國除賊。（吉平白）既有此事,我與國舅商量,除此國賊便了。（董承白）妙呀！先生若肯如此,我病體全然好了。且取酒來,我和你慢慢商量。春雲,看酒來,你自迴避。

（雜扮手下,引外扮馬騰上）（白）欽承王命入神京,不料奸曹禍漸成。四百年來綿漢祚,丹心一點恨難平。下官馬騰是也,聞得聖上着老宮監賜國舅袍帶,其中必有緣故,爲此特地前來。來此是他門首,通報。（手下白）有人麼？（院子上）（白）什麼人？（手下白）馬老爺來拜。（院子白）稟爺,馬老爺來拜。（董承白）苗澤,請吉先生且躱一躱。（苗澤應科,引吉平下）（董承白）院子,請馬老爺書房中相見。（院子白）請馬老爺相見。（馬騰、董承相見禮科）（馬騰白）國舅,我爲西凉不時有寇,特來拜別,求示方略回程。（董承白）殘軀微疾,接待不周。（馬騰白）面帶春色,非是有恙。（董承白）方纔用火酒服藥,所以如此。（馬騰白）火酒服藥？國舅與人在此同飲？（董承白）没有,是老夫一人。（馬騰白）國舅自家,怎麼兩雙筯子,兩個酒杯？（董承白）這是多取來的。（馬騰白）你不要瞞我,得非爲曹公之事麼？（董承白）曹公乃國家梁棟,吾何能及也？（馬騰白）你尚然曹操爲正人耶？（董承白）耳目甚近,不可高聲。（馬騰白）不要瞞我了,有甚麼事,不妨與我商議。（董承白）實不相瞞,我方纔與元甫在此商事。（馬騰白）既是吉元甫在此,請來相見。（董承白）元甫有請。（吉平上）（白）怎麼説？（董承白）馬大人相請。（馬騰見吉平科）（白）久聞妙手,國家寵加,可羨可羨！（吉平白）徒得虛名,惶愧惶愧。（馬騰白）元甫議論國事,怎麼瞞我？（吉平白）没有甚麼事。（馬騰白）方纔國舅都與我講明了。(吉平白)實在沒有什麼事。(董承白)元甫,壽承素懷忠直,不必疑忌。(馬騰白)國舅,聖上賜你袍帶,其中有故?(董承白)壽承,你是忠直之人,說與你知道,如若漏泄,漢家天下休矣。(馬騰白)豈有此理!你且說來。(董承白)聖上私寫血詔一封與我,命我糾合忠義之人,同滅曹賊。(馬騰白)既如此,怎麼瞞我?汝若有內助,吾當舉西涼之兵,以爲外應。(董承白)馬大人若肯相助,大事諧矣。(吉平白)西涼來此往還,有數千餘里,迫不及待,我有一計在此。(馬騰白)有何好計?(吉平白)曹操有病,名曰虎頭風,痛入腦骨。方纔舉發,召我醫治,只消我一服毒藥,必然死矣,何須動刀兵乎?(董承白)有此話說,真漢室之幸也。(馬騰白)先生之言,正合我意。請上,受我二人一拜。(仝唱)

【小石調正曲·摧拍】賴先生忠心似丹,此一去非同小看。轉禍爲安,轉禍爲安,全憑天鑒。削佞除奸,保國安寧,我死亦何難?(吉平白)告辭了。(董承白)吉元甫請轉。(吉平轉科)(董承白)吉先生,此事關係非小,倘有泄漏,我三人性命是小,國家事大,須要小心。(同唱)(合)我三人赤膽忠肝,寧滅族不盟寒。

(吉平白)轟轟烈烈吐忠肝,(董承白)密事藏機莫漏言。(馬騰白)不施轉國安邦策,(合)怎得奸雄喪九泉。(吉平、董承、馬騰作啞謎科,同下)

第七齣　未將國賊頭瘋療

(淨扮曹操,生扮張遼,副淨扮許褚,同上)(曹操唱)

【南呂宮引·生查子】有事最關情,無意臨朝政。去覓吉平來,解却心頭病。

(白)一心長繫廟堂憂,鎮日惶惶未得休。夜夢不知凶與吉,教人輾轉費推求。(張遼白)主公拜揖。(曹操白)免禮。(張遼白)主公病體如何?(曹操白)十分沉重。張遼,吾夜來一夢,甚是不祥。(張遼白)主公夜來何夢?(曹操白)夢見五馬拱槽而食,有何吉凶?(張遼白)主公姓曹,怕有姓馬的併吞主公。(曹操白)只有馬騰父子掌西涼兵三十六萬,常憂在心,正應此兆。又夢見一犬撲着我,幸得獵人射退,方纔得脫。(張遼白)主公夢見一犬撲着,今日必有刺客,須要仔細。(曹操白)刺客?曾令人去請吉元甫,怎麼尚不見來?(張遼白)想必就到。

(生扮吉平上)(唱)

【仙吕宫引·鹧鸪天】一片丹心能貫日，削除奸佞報朝廷。

（白）明公在上，卑職參拜。（曹操白）吉先生免禮，看了脉，然後下藥。（吉平白）如此，請出手看脉。（作看脉科）請尊容一看。（曹操白）煩勞先生，務要斟酌。（吉平白）（唱）

【黃鐘宮正曲·降黃龍】一見明公，神色蒼茫，憂惶不定，外傷六氣，內感七情，交攻相並。先應調和湯藥，一服下自然寧靜。（曹操唱）（合）聽伊言詳知虛實，深知吾病。

（張遼白）先生下什麼藥？（吉平白）只用一服末藥。（張遼白）用什麼引子？（吉平白）用火酒送下。（曹操白）火酒性烈。（吉平白）以火攻火，其火自躲。（曹操白）看火酒來。（吉平與曹操虛白）（遞藥科）（白）明公請用藥。（張遼白）住了。自古道：君用藥，臣先嘗之。我既爲主公心腹，亦當先嘗而後進。（吉平白）藥是好藥，過不得手。（張遼白）怎麼過不得手？（吉平白）過手就不效了。請明公用藥。（曹操作冷笑科）（白）張遼，把這藥試與狗食。（張遼應科，下）（曹操白）教你死而無怨。（吉平白）我這藥是好藥，怎見得是毒藥？（曹操白）胡說，吩咐開門。（下，又上）（白）帶吉平[1]！（張遼上）（白）啟主公，將藥與狗食，狗不食。將肉放在藥內與狗食了，登時而死。（曹操白）呀，吉平，我和你前世無怨，今世無讎，爲何將毒藥來害我？是何道理？（吉平白）曹操，我恨爾久矣，奈我官卑職小，力弱難成。今爾有病請我，下藥謀事不成，非智也。我是爲國除賊，豈是私讎而來？（曹操白）你是什麼小職，怎害得我大臣乎？（吉平白）奸賊！你獨霸朝權，只怕天理不容。（曹操白）我爲漢相，身勤王事，豈是國賊乎？左右，與我拿下去打。（雜扮衆軍牢暗上，應科）（拿打科）（曹操唱）

【又一體】狂生，快自招承，主使何人，教伊折證？（吉平滾白）我吉平畫虎不成反類犬也，（唱）恨老天不佑，使我怨氣填膺。（曹操白）不打不招，與我打。（打科）（吉平唱）休爭，甘心待斃，我只是一點忠真，（合）可比那金石同堅，冰霜相映。（曹操唱）

【黃鐘宮正曲·黃龍滾】還敢逞無情，還敢逞無情，尚自行凶性。當前敗露，且三推六問難容硬。（吉平唱）任你千刀萬剮，九死吾甘領。（滾白）我在地府陰司，不放你亂國奸臣。（唱）（合）今日受嚴刑，任屈打，拼微命。（張遼唱）

【又一體】笑你癡吉平，笑你癡吉平，不肯言名姓，代人受杖，終究是難逃公等。（吉平白）呸，張遼小畜生，你是什麼好人？（唱）你是個助桀扶奸，苟圖榮幸,(合)全不相順天心,連天理,依天命。

(曹操白)綁去梟首示衆。(衆綁科)(吉平白)咳,罷了。(唱)

【尾聲】欣欣含笑刀過勁,死後忠魂返漢庭。

(白)我死後難道就罷了不成?(唱)還有幾處英雄起戰征。(下)(張遼白)刀下留人!(曹操白)爲何?(張遼白)主公,方才吉平説,還有幾處英雄起戰征。想他必有同謀之人。(曹操白)既如此,將吉平收監掩門。(衆應下)(張遼白)主公,來日召取滿朝文武,齊赴至公庭勘問。吉平招出何人,一體同罪,一人不到,軍法示衆。(曹操白)説得有理。水將枝探知深淺,人把言調見假真。(下)

校記

[1]帶吉平:"帶",原作"代",據文意改。

第八齣　忽把謀臣心病鈎

(末扮董承[1],外扮馬騰上)(唱)

【小石調引·宴蟠桃】密事藏機,通宵不寐,個中吉凶難知。

(馬騰白)國舅大人,吉元甫事體未知如何?(董承白)已着院子打聽去了,想必就回來也。(雜扮院子上)(白)不好了嗄!心慌意亂如飛走,急到家中報事機。不好了,吉老爺被曹操拿下了。(董承、馬騰白)吉老爺被曹操拿下了?(院子白)小人又打聽的魏公傳令,來日滿朝文武,齊赴至公庭,勘問吉平一事,招出何人,一體同罪。一人不到,軍法從事。(董承、馬騰白)呀。(同唱)

【中吕宮正曲·駐馬聽】聽説因依,誰想吉平陷禍機。枉説機關不密,做事無成,反受其危。(白)過來,我問你,(唱)他問供招指着誰,可曾説個謀計?(院子唱)(合)將吉爺拷打禁持,他直言厲色,視死却如歸。(下)(董承、馬騰唱)

【又一體】義士真奇,烈烈轟轟世所稀。臨難不圖苟免,赤膽忠心,那個如伊。含冤受屈喫多虧,千年萬載留忠義。(合)事莫遲疑,再商良策,重立太平基。

(馬騰白)你我二人,就此前去。(董承白)去到那裏便如何?(馬騰白)此是我三人同謀之事,豈忍陷害他一人?我和你到那裏,與吉元甫一同死義。(董承白)不是這等。我等同死,國家大事付與何人?莫若去到那裏,且

推不知，以俟後日再商量除曹賊之計。（馬騰白）有理。烏鴉與喜鵲同巢[2]，吉凶事全然未保。（同下）

校記

［１］末扮董承："末"，此字原無，今據上下齣董承角色補。
［２］烏鴉與喜鵲同巢："鴉"，原作"雅"，據文意改。

第九齣　抱忠憤誓死報君

（眾扮軍牢、將官引淨扮曹操上）（同唱）

【黃鐘宮正曲·出隊子】教人懊惱，輾轉思量恨怎消，不知何人起禍苗。今日公庭好定招，招出何人，將他戮剿。

（白）心事不平空宴樂，除非殺却事方休。昨日吉平用毒藥害我，幸得天佑，被我拿下。今日勘問，左右俱要弓上弦，刀出鞘，只許進，不許出。待眾官到來，教他們排班而進。（眾扮王子服、吳子蘭、董祀、吳碩、种輯、荀彧上）（同唱）

【商調引·接雲鶴】曹相招赴至公庭，我等只得忙趨命。

（同白）請了。（末扮董承，外扮馬騰上）（唱）

【仙呂宮正曲·上馬場】干戈亂如麻，（董承白）馬大人，你我來便來了，（唱）好教我心驚詫，若到那其間，言語須帶三分詐。（馬騰唱）你不必嗟呀，也休把身家挂。（白）自古道為臣盡忠，為子盡孝。（唱）全憑着這赤膽忠心，就死何足怕？

（董承、馬騰白）眾位見禮了。（王子服、吳子蘭白）見禮了。（眾官白）今日曹相相招，不知為着何事？（王子服白）想是為那個吉。（董承白）那個吉？（王子服白）連我也不曉得。（軍卒白）眾官到齊了麼？（眾官白）到齊了。（軍卒白）曹相爺有令，排班而進。（馬騰白）這却使不得。（王子服白）現在矮檐下，怎敢不低頭？走罷。（眾官白）罷了，罷了！報門。（卒報門進科）（眾官白）明公在上，下官等參拜。（曹操白）不消，看坐。（眾官白）侍立，請教。（曹操白）坐了好講。（眾官白）告坐了。（曹操白）今日有勞列位至此。（眾官白）不敢。（曹操白）我自出兗州，統父子之兵，勤王於洛陽，不知有何事得罪朝廷，那吉平用毒藥來害我，是何道理？（眾白）明公東蕩西除，南征北討，滿朝文武無不感仰。（曹操白）這都是面奉之言，背後惡我者盡多。

（衆官白）明公赤心輔國，誰人不知？況醫家有割股之心，一定錯用了藥。（曹操白）咳，今日請列位到此，勘問吉平，招出何人，一體同罪。（衆官白）是。（曹操白）帶上吉平來。

（衆帶吉平上）（唱）

【高大石調正曲·采茶歌】奸臣妒國民遭虐，篡國欺君移漢朝。我今特來誅佞賊，爭奈我一點丹心天不保。

（軍卒白）犯官進。（衆白）進來。（曹操白）吉平。（吉平白）曹操。（曹操白）你爲何稱我之諱？（吉平白）你爲何道我之名？（曹操白）見我爲何不跪？（吉平白）曹操，我吉平上跪天子，下跪父母，跪你這亂國奸賊乎？（曹操白）人來，與我打。（衆打科）（曹操白）吉平，你無故用毒藥害我，天理何在？誰與你同謀，從實招來，免得我三推六問！（吉平白）奸賊，汝罪過王莽，惡勝董卓，天下人人皆欲啖汝之肉，何止我吉平乎？（曹操白）我爲漢相，身勤王事，豈是那輩相比？不打不招，與我打。（衆打科）（曹操白）招來。（吉平唱）

【南呂宮集曲·梁州錦序】俺平生正直，常懷忠義，要與國家除賊。（曹操白）要與國家除賊？你好大的個顯職！（吉平唱）怎奈我官卑職小，（滾白）又没個相扶助，（唱）奈力弱難成其事。幸爾，有病疾着我來醫，正中我的機謀，賊，我欲害你。（曹操白）你害我幹國忠良，天理難容。（吉平笑科）（白）好個幹國忠良。（滾白）是了麽賊，爭奈天不順事難齊，天不順事難齊，反把我忠良無故遭冤死！（曹操白）看銅錘伺候。（吉平唱）你看賊徒勢，未知那天理何如？（曹操唱）

【南呂宮集曲·奈子五更寒】俺從來正直無私，辦赤心匡扶王室。替天行道，掃盡了海外蠻夷。（滾白）與士卒同甘共苦，賞罰分明。（唱）每日裏衷心勤王事，賊，你無故用毒藥，害我體，可見天公不順伊。今日裏須從直，當堂一一供招取，是何人與你共同謀計？（衆官仝唱）

【南呂宮正曲·梁州序】告丞相暫息虎威，且寬容議他何罪。（曹操白）咳，昨日吉平將毒藥害我，列位怎麽不來替我討饒？今日吉平受刑，列位就講議他何罪？就依列位，問他個什麽罪？列位，問他甚麽罪？（衆官白）但憑丞相處分。（曹操唱）這其間就裏我盡知，莫不是一黨同爲？（王子服白）丞相在上，這等好好的問他，他不肯説。依下官説，取皮鞭來，每人各打三鞭，不打者，一例同罪。（曹操白）言之有理。取皮鞭來。（軍卒白）鞭到。（曹操白）就是王子服先打。（王子服打科）（虛白譚科）（軍卒白）請馬大人打鞭。（馬騰白）吉平，誰與你同謀，實實招來。你若不招，我就打了。（吉平白）打罷了，問什麼？（打科）（馬騰白）不招。（曹操白）國舅打。（董承白）下官不才，也是國家大臣，怎好自己執鞭打人？（曹操怒）（白）呣。（董承白）是，下官就打。（唱）他那裏叫我刑打，我這裏怎敢推辭？好教我心下戰兢兢，却也難迴避。（取鞭科）（唱）好教我聲吞下，淚暗垂，心中一似剛刀刺。（合）傷情處，怕人知。

（白）報數。（衆應科）（董承打科）（白）不招。（吉平白）曹操，同謀的都有了。（曹操白）招來。（吉平唱）

【又一體】我招承說與你知。（曹操白）那一個？（吉平滾白）同謀的，（白）是這一個，是那一個。（曹操白）綁了。（衆作綁二人科）（吉平白）都不是，（唱）共同謀，是你曹賊爲主。（曹操白）鬆了綁。（衆解科）（吉平滾白）天，只消我一句言語，（唱）唬得他慌張張失志。此乃是自己作的，又何須將他連累？（曹操白）國舅、西涼附耳低問。（董承、馬騰應科）（滾白）適纔打得他慌張矣，言東語西，（唱）東扯西扳，又未知舉自何意？（白）吉元甫受刑不過，招了罷。（吉平白）呸，你二人是奸賊一黨，還來問我什麼？（曹操作笑科）（吉平滾白）國舅、西涼，你二人既爲國家臣子，須當要烈烈轟轟，磊磊落落，纔是個忠臣。你爲何也與奸賊一黨？（唱）國舅、西涼，你兩人慌甚的，我死後做厲鬼殺你曹賊。（合）身甘死，志不移。

（曹操白）將長枷枷起來，明日再審。（衆應，作枷科）（吉平唱）

【尚按節拍煞】忠良無故遭冤斃，待我拽起枷梢打死。（白）曹操，同謀、主謀都有了。（曹操白）招上來。（吉平白）君子對面難言，叫曹操附耳來。（軍牢白）請丞相附耳。（曹操出公案）（吉平唱）我爲國亡身心足矣。（作枷打不着，觸死）

（軍卒白）吉平觸階而死。（曹操白）吉平既死，將屍抬過了。（衆應，抬屍下）（曹操白）吉平既死，已無對証，衆官且散。（衆官應科）（曹操白）枉使梟心害大臣，（衆官白）誰想今朝毀自身。（曹操白）勸君各自存天理，（衆官白）眼見分明報應真。（曹操白）看轎。（衆抬轎，曹操上轎）（衆官各分下）

第十齣　露姦情求生首主

（丑扮苗澤上）（白）酒不醉人人自醉，色不迷人人自迷。我苗澤終日被馬騰這老兒打攪，再不能與春雲快活。今日我主人與馬騰不知爲着甚麼事，喫惱在書房中。且喜無人，不免叫春雲快活快活。春雲快來。（小旦扮春雲上)(白)忽聽喚聲頻，未審有何因。(作見科)(白)叫我做甚麼？(苗澤白)連日被馬騰這老兒打攪，不曾與你玩耍玩耍來。(春雲白)仔細有人。(苗澤抱春雲虛白科)(董承、馬騰上)(白)咳，這事怎麼了？(撞見苗澤、春雲科)(馬騰下)(董承白)哇，狗才，好大膽！家丁們那裏？(衆家丁上)(董承白)將這厮重打四十。(打苗澤科)(董承白)人人都說此事，我倒也不信。今日見了，果然是真好畜生！鎖在後園，明日送城。不成才的狗畜生！(下)(家丁應，同苗澤諢科)(家丁下)(苗澤唱)

【雙調正曲·鎖南枝】也是我災星照，退喜星，兩意相投驀然禍便生。每日與調情，今日遭不幸。(合)空指望，百歲盟，誰知道被妖精斷送我殘生命。(春雲上)(唱)

【又一體】終日裏，想愛卿，誰知爲着奴家遭此刑，還要送巡城，教奴難祗應。(白)方纔苗官人爲我痛打一頓，將他鎖禁。我想他性命難保，爲此盜得密詔在此，教他曹府出首，此事纔能得脱。只得悄地前來。(唱)(合)潛身影，出户庭。(白)苗官人，苗官人。(苗澤白)春雲姐姐。(春雲白)呀，官人。(唱)都是我誤伊家，坑伊命。

(苗澤白)望你救我一命。(春雲白)別無良計，只有密詔一封在此。(苗澤白)密詔？要他做甚麼？(春雲白)聖上有血詔一封付與老爺，糾合群臣，共滅曹操。我收下在此，你如今拿去曹府出首，必然遣兵圍住我家，那時殺了老爺，我和你做對長遠好夫妻。如何？(苗澤虛白)(春雲放苗澤科)(苗澤白)好人，多謝了。(春雲白)急將密詔報曹公，潛蹤躡迹莫通風。(苗澤白)此回不願千金賞，只要夫妻百歲同。(春雲下)

(苗澤弔場科)(白)只道我的性命休矣，多謝春雲姐偷得密詔，叫我到曹丞相那裏出首，丞相見了此詔，必定將他斬首，個一來，我大家春雲勾夫妻做到底哉。事不宜遲，就此前去。心忙不擇路，事急步行遲。來此已是，不免擊鼓。(雜扮門將上)(白)什麼人？此時半夜，爲何擊鼓？(苗澤白)報機密事的。(門將白)甚麼機密事？(苗澤白)見了相爺面禀。(門將白)堂上掌燈，相爺有請。(雜扮軍牢夜不收，執燈引净扮曹操上)(唱)

【仙吕宮引·似娘兒】樵鼓已三更，是何人夢魂驚醒？

(白)半夜三更，何人擊鼓？帶進來。(苗澤見科)(曹操白)你是甚麼人？(苗澤白)啓相爺得知，小人是苗澤，董承是我主人。皇帝賜血詔一封，付與我主人，糾合群臣，共滅老爺。是春雲偷與小人，小人不忍傷害忠良，特來獻與丞相爺。(曹操白)拿上來呀。(唱)

【正宮正曲·四邊靜】我見此密詔心焦躁，怒氣冲山倒。不思報國大功臣，反聽妻孥道。（白）傳集家將披挂，聽令。衆家將上。（曹操唱）（合）三軍聽調，把董家圍繞，速去莫留停，滿門都殺却。（苗澤唱）

【又一體】小人再告丞相曉，事大非輕小。如今共謀有馬騰，還在我府內相斟酌。（曹操白）既如此，左右把苗澤收監。（衆應科，押苗澤下）（曹操白）衆家將，將董承家團團圍住，不許放走一人，就此前去。（衆應科）（同唱）（合）三軍聽調，把董家圍繞，速去莫留停，滿門都殺却。（同下[1]）

校記

[1]同下：原作"下同"，據文意改。

第十一齣　謀泄兩損匡國命

（末扮董承、馬騰上，雜扮二院公隨上）（董承唱）

【仙呂宮正曲·步步嬌】通宵魂夢心焦躁，情思昏昏擾。爲國費焦勞，睡卧難安，夢魂顛倒。（馬騰白）吉平機會已失，事竟難圖。（董承白）馬大人，我爲何一時耳熱臉紅，心下甚是不安？（馬騰白）此乃疑心生暗鬼，那有此事？（董承唱）（合）你看户外犬聲高，未審何人到。

（白）看茶。（院子應科，取茶送科）

（淨扮龐德，小生扮馬岱上）（唱）

【又一體】心忙意急奔馳早，纔聽金雞叫，星淡月初高，玉兔西沉，晨光散了。（合）他那裏做事甚蹊蹺，須是忙傳報。

（龐德白）有人麽？（雜扮院子上）（白）什麽人？（龐德白）馬將軍到此。（院子白）少待。稟老爺，馬將軍到。（董承白）道有請。（馬岱、龐德進見科）（白）國舅、叔父大人在上，小侄見禮。（董承白）賢侄有禮了，請坐。（馬騰白）我兒到此何事？（馬岱白）叔父不好了，聞得曹操領衆要親圍國舅府，叔父須是早早迴避。（馬騰白）咳，我往那裏去？就死也與國舅同死。

（雜扮院子上）（唱）

【仙呂宮正曲·園林好】急忙忙特來報知，那苗澤十分無禮，偷密詔報與曹賊，（合）四下裏把兵圍，四下裏把兵圍。

（白）老爺，不好了。（董承白）爲何這等慌張？（院子白）老爺，誰想春雲偷了密詔與苗澤，苗澤報與曹操得知，領兵圍住府門，要把我滿門殺戮。（董

承、馬騰白）再去探聽。（院子白）就此報與後面知道。（下）（董承白）罷了，罷了！不想這賤人負恩至此。（唱）

【仙呂宮正曲·錦衣香】聽此語，魂魄離。恨小人，忒無義。（馬騰白）咳，國舅，（唱）看你枉老其年，不老其計。大夫謀事要防微，做事無成，反遭其累。我等死何辭？可憐他漢朝皇帝，（合）傾危在旦夕。漢室將移，皇天不肯，從人心意。（董承曲內下，追春雲上，打科）（作拿劍欲殺，跌科。春雲逃走，下）（馬岱唱）

【仙呂宮正曲·漿水令】告叔父國舅聽啓，可疾速奏聞丹陛，御前辯明是和非。料想朝廷，必有公義。（馬騰白）咳，（唱）假聖旨，任施爲，生死之權他手裏。（合）把往事，把往事，總休再提。（馬岱、龐德唱）快逃生，快逃生，莫待遲疑。

（馬岱白）叔父快上馬，待我與龐德殺出重圍，急回西涼。（馬騰白）兒，你說那裏話？我與國舅同謀殺賊，豈忍撇他而去？你與龐德殺出重圍，急回西涼，報與你哥哥知道，領兵前來報讎。我與國舅罵賊而死。（馬岱白）這却使不得，快快逃生纔是。（馬騰白）我意已決，不必顧我。（馬岱白）阿呀，叔父嚛。（馬騰唱）

【仙呂宮正曲·五更轉】我侄兒免淚垂，逃生不可遲，當初不聽言關切，果是今朝，受此災危。你今去見馬超，對他言，父親冤讎當報彼。（合）只愁一別無由會，若要相逢，除非夢裏。（董承唱）

【又一體】謝吾侯存忠直，指望共扶持，誰知把你相連累，害却伊家，是我之罪。我和你今日死，爲厲鬼，同在陰司誅反賊。（合）只愁一別無由會，若要相逢，除非夢裏。（內吶喊）（衆小軍將應，繞場，下）

（馬岱、龐德白）少時恐曹賊圍住府門，叔父不必捱遲，快請上馬。（董承、馬騰白）自古爲臣盡忠，爲子盡孝。諒那奸賊敢奈我何？你二人快些逃生去罷。（馬岱、龐德白）叔父、國舅請上，待侄兒拜別。（唱）

【尾聲】揚威奮武出重圍，哽咽傷心難提起。（白）若還不奮平生力，三百口冤讎，靠着誰？

（馬騰白）國舅，我和你在此坐了。（衆扮衆小軍、將官引曹操圍上科）（曹操白）大小三軍，用心圍住，不要走了馬騰、董承。（曹操見馬騰、董承科）（白）你們做得好事嚛。（馬騰、董承白）曹操，曹操，誰不曉得你這奸賊，妒國欺君，神鬼皆知。（曹操白）我奉天子命詔，特來拿你。（衆欲拿科）（馬騰、董承白）誰敢！（唱）

【南吕宫套曲·一枝花】胸藏爲國謀,立志忠君上。未曾除國賊,先拼把身亡。天理何安,把我忠良來坑喪?(曹操白)你是忠良?你原是反賊投降的!(董承、馬騰白)奸賊,你蓄不臣之心,罪該萬剮。(唱)恨奸雄忒乖張,你把那朝綱獨掌。你便是凶董卓,再無異樣。

(曹操白)反賊,罪該萬剮,還要强辯?(董承、馬騰唱)

【南吕宫套曲·梁州第七】想着那漢高皇開創帝邦,怎奈軟劉君勢弱傾亡,致令你權臣思竊篡,不能彀扶國安疆,我自身傷。還有馬家孟起,他雄豪怎當,他怎肯將伊家放?(曹操白)我來試公之忠耳,公可修書,着馬超前來,待我表奏,封他爵位,公意何如?(馬騰白)奸賊,你這話哄誰,哄誰?(董承、馬騰唱)報寃讎,決無虛謊,只争着來早來遲。奸賊你休恁猖狂,可憐那漢帝淒凉,朝愁暮想,度日如年空斷腸。英雄各一方,我今死後有誰人,肯爲保障?

【煞尾】輔國大事成虛誑,作不得赤膽忠心扶聖王。可憐一家無罪遭寃枉。

(馬騰白)奸賊,我死爲厲鬼,必報此讎。(董承、馬騰作撞死,下)(曹操白)他二人死了,將全家良賤盡皆綁來。(衆應,下)(綁衆家人、婦女、春雲上科)(家人作怒打春雲科)(曹操白)你是什麽人?爲何打他?(家人虛白諢科)(曹操白)他倒有忠心,將他放了。你叫什麽名字?(春雲白)叫春雲。那密詔是我偷與苗澤的。(曹操白)哦,就是你麽?拿去監禁了,其餘盡皆斬首。(衆應,下)(曹操白)怎麽不見馬岱、龐德?(衆白)先以逃竄了。(曹操白)我想此二人必然逃回西凉,報與馬超。他有子弟兵三十六萬,鎮守西凉。倘若起兵前來與父報讎,那時就費事了。我有道理,那韓遂與我交好,你可修書一封,着他擒解馬超前來,我這裏大大封他官職。(張遼白)領鈞旨。(下)(曹操白)打道回府。(衆應科)(白)左右,拿苗澤、春雲過來。(丑扮苗澤,小旦扮春雲上)(曹操白)董承是你什麽人?(春雲白)是小人的家主公。(曹操白)待你如何?(苗澤白)待我二人十分情厚。(曹操白)你願官願賞?(苗澤白)小人也不願官,也不願賞,只要與春雲做夫妻。(曹操白)那血詔你偷與他的?(春雲白)是我。(曹操白)我想大人家漏泄事情,都是這樣婦人、小子。你既願做夫妻,也罷。手下將他二人一同殺了。(左右殺苗澤、春雲,下)(曹操白)我想此事都是董貴妃所爲。衆將官,明日入宫,將董貴妃殺死便了。帶劍入宫闈,君前辯是非。未去扶危主,先誅董貴妃。(下)

第十二齣　痛深共起報讐兵

（雜扮衆小軍，引小生扮馬超上）（唱）

【仙呂調隻曲·點絳唇】氣卷江淮，聲吞湖海，威名大，虎略龍才，直透青霄外。

（白）欽承朝命鎮邊疆，凜凜威風志氣昂。堪作擎天碧玉柱，可爲架海紫金梁。下官馬超是也，自爹爹入朝，不覺半月有餘，竟無消息，好悶人也。左右，營門看守，若有軍情，報我知道。（小軍應科）

（淨扮龐德[1]，小生扮馬岱上）（唱）

【南呂宮正曲·一江風】受艱辛，夜奔朝藏隱，只恐遭鋒刃。喜如今，脫離狼窩，得到西涼鎮。（合）趕步向前奔，趕步向前奔。見吾兄說事因，（合）免教他來盤問。

（衆白）是那一個？（龐德白）是二爺回來了。（馬岱白）快通報。（衆報科）（白）稟爺，二爺回來了。（馬超見馬岱慌問科）（馬超白）你二人爲何獨自而來？（馬岱唱）

【又一體】剩孤身，冤苦難言盡，暫且心頭忖。怕吾兄，聞語傷懷，情節聊含忍。（馬超白）爲何欲言又忍？（馬岱白）噯呀，哥哥，（唱）（合）叔父入朝門，叔父入朝門，開筵宴衆臣。（白）太平宴上，主上認劉備爲皇叔。後因出獵許田，趕出一白鹿。曹操道："白鹿乃世之罕物，有請主上，用金鈚御箭射中，衆軍齊下馬，呼萬歲三聲。"主上連射三箭不中，曹操奪弓在手，一發便中。衆軍齊下馬，呼萬歲三聲。可恨曹操那廝身背聖上，竟自受了。那時聖上回宮，付血詔與國舅，教他會合群臣，共滅曹操。誰知董府中有侍女春雲，與家童苗澤有情，國舅親見，把他鎖在房中。春雲盜了密詔付與苗澤，連夜報與曹操，帶兵圍住董府，國舅與叔父他二人罵賊而死。（唱）（合）可憐我叔父罵賊身遭困。

（馬超白）我爹爹被曹賊害了，兀的不痛殺我也。（馬岱白）哥哥醒醒。（馬超唱）

【又一體】痛嚴親，誰知跳入風波運。當初不聽兒談論，到京師，觸怒奸臣。（白）爹爹！（唱）你枉把身兒殞，堪嘆老忠魂，堪嘆老忠魂。屍骸何處存？我爹爹身做了荒原鄰[2]。

（白）快請韓爺來。（請科）（生扮韓遂上科）（白）忽聽軍中語，未審有何因。（馬岱白）叔父拜揖。（韓遂白）二賢姪回來了。（馬超哭科）（白）叔父，我爹爹到京，被曹賊誅戮。叔父可看父親之面，與姪兒起兵共報冤讎。（韓遂白）賢姪不必悲泣，我也先知道了。前日曹操有書與我，教我擒解你二人前去他那裏，大大封我官職。（馬超、馬岱跪科）（白）叔父意欲何爲？（韓遂白）二位賢姪，日前下書之人，我已殺了。我與你父親歃血爲盟，豈肯改變初心？（馬超、馬岱白）若得如此，容小姪等一拜。（唱）

【大石調正曲·摧拍】謝叔父相看憐憫，這恩德一言難盡。思念伶仃弟昆，伶仃弟昆。嘆我戴天讎恨，冤斃誰申？感叔扶持，結草酬恩。（馬超白）叔父吩咐部下三軍，即日起兵，報讎要緊。（韓遂白）明日同到教場，點兵報讎便了。（唱）（合）明日裏即點三軍，除奸賊滅權臣。（同下）

校記

［１］净扮龐德："净"，原無。上齣有"净扮龐德"，可知龐德爲净扮，據補。
［２］我爹爹身做了荒原鄰："鄰"，原作"憐"，據文意改。

第三本（下）

第十三齣　誓中軍孤兒泣血

（雜扮西凉兵引八將官上）（分白）強悍由來只數秦，沙場板屋四時春。小戎婦女猶懷義，不信今人遜古人。（一將白）我等都是西凉侯麾下將官，昨日二將軍回來，知主帥被曹操所害。傍晚傳出號令，着大小三軍都在教場齊集，伺候起兵報讎。我等俱受主帥大恩，義當奮勇赴敵。（一將白）不要多講了，快快到教場去。（同唱）

【正宮正曲·四邊靜】匆匆盡把騏驑跨，朱纓錦披挂。腰下寶刀懸，背邊令旗插。（合）誰敢雜遝，誰不支扎？都到教場中，靜候元戎駕。（雜扮小軍引韓遂、馬超、馬岱、龐德上）（同唱）

【又一體】從來不受人欺壓，談兵便心憐。況是父兄讎，此心更難捺。舉兵東伐，全軍盡發，踏破許昌城，誓把奸臣殺。

（衆將白）諸將打躬。（韓遂白）站立兩旁，聽吾吩咐。今有曹操謀篡君國，擅殺忠良。先主帥在京，與董國舅謀清君側，竟爲所害。吾今起兵殺奔許昌，擒住賊操，與先主帥報讎，上安天子，下保封疆。爾等宜盡心，違者不恕[1]。（衆將白）嘎。（馬超、馬岱白）竊聞君父之讎，不共戴天，臣子之節，有死無二。吾父痛遭殘害，吾弟兄誓不偸生。今日起兵報讎，全賴諸將同心協力。（衆將白）小將們向蒙先主帥教養，今日之事豈二心？（韓遂白）大小三軍，就此起兵前去。（衆吶喊）（同唱）

【又一體】震雷掣電軍威大，迤從許都發。殺氣正森嚴，寒風更蕭颯。（合）千軍萬馬，喑嗚叱咤。何日報深讎，親把讎人鍘。（下）

校記

[1] 違者不恕："恕"，原作"怒"，據文意改。

第十四齣　逢勍敵奸賊髡鬚

（雜扮衆兵將，引净扮曹操上）（同唱）

【黄鐘宮正曲・山隊子】昨朝傳報，報道西涼起大軍。可恨韓遂負孤恩，反助伊家太不仁。（合）及早擒來，梟首轅門。

（白）自誅董承、馬騰之後，曾有書與韓遂，教他解馬超到京，封他官職。誰想他將下書人殺了，同馬超起兵前來報讎，爲此領兵迎敵。衆將官，就此迎殺上去。（衆唱）

【雙調正曲・普賢歌】貔貅百萬似星飛，那怕西涼竪義旗。甲士盡熊羆，刀槍雁翅齊，（合）細柳營中不弱你。

（雜扮衆兵將，引生扮韓遂，小生扮馬超，小生扮馬岱上）（迎敵科）（曹操白）韓遂，今日統兵到此，莫非有歹心麽？（韓遂白）曹操，你殘害忠良，叛迹顯然。自古亂臣賊子，人人得而誅之。（曹操白）休得胡説。許褚出馬。（韓遂白）馬超出馬。（兩軍相對排陣殺科，曹操衆敗，下科）（韓遂白）吩咐衆軍，戴金盔的是曹操，急急趕上。（衆應科）（同唱）

【越調正曲・水底魚】號令嚴威，到處鬼神知。（合）軍中傳令，要拿紫金盔，要拿紫金盔。（下）（曹操衆上）（唱）

【雙調正曲・普賢歌】雄兵百萬盡成灰，勝敗兵家不可期。西兵四下追，魏兵加倍危。（内叫科）（白）戴紫金盔的是曹操。（曹操唱）（合）棄了金盔逃命回。（下）

（韓遂衆上）（小軍白）曹操棄了金盔走了。（馬超白）棄了金盔，拿紫羅袍的。（衆唱）

【越調正曲・水底魚】殺氣紛馳，威風震九圍。（合）紫羅袍者，便是那渠魁，便是那渠魁。（同下）（曹操、張遼上）（唱）

【雙調正曲・普賢歌】西涼兵將實難敵，陣勢堂堂馬似飛。（曹操白）百萬人馬，殺得四散奔逃，只剩得你我二人，可憐可憐！（唱）雄兵百萬齊，而今少孑遺。（内叫科）（白）紫羅袍的是曹操。（曹操唱）（合）棄了紫袍逃命回。（下）

（韓遂衆上）（小軍白）曹操棄了紫袍走了。（馬岱白）原來棄了紫羅袍，吩咐軍中那落腮鬍的是曹操，急急趕上。（衆唱）

【越調正曲・水底魚】急趕如飛，三軍用力追。（合）落腮胡者，刀下莫

饒伊,刀下莫饒伊。(同下)(曹操、張遼上)(唱)

【雙調正曲·普賢歌】心慌意急步難移,四下軍兵緊緊圍。性命已臨危,如何不受虧?(內叫科)(白)落腮鬍的是曹操。(曹操白)這便怎麼處?(張遼白)割了罷?(曹操白)割了就不相人了。(張遼白)性命要緊,割罷。(曹操唱)(合)割了鬍鬚再長齊。

(白)來此渭水河。(許褚上)(白)橋已折斷了,我今駕得小舟在此。追兵漸近,請主公上船,快些逃命。(過橋科,下)(馬超、韓遂衆上)(韓遂白)放箭。(衆小軍射科)(白)去遠了。(龐德白)曹操割了鬍鬚,把橋拆斷了。(韓遂白)吩咐千軍千土萬軍萬石填起,過去。(衆應,填河科)(白)(同唱)

【越調正曲·水底魚】馬不停蹄,前臨渭水湄。(合)由他變化,難脫此危機,難脫此危機。(同下)(曹操上)(唱)

【越調正曲·普賢歌】曳兵素甲力都疲,誰想今朝不勝伊。當先不皺眉[1],而今已噬臍,(合)斷送殘生怨鬼催。

(馬超趕上)(白)看槍。(曹操繞樹走,下科)(馬超追,下)(張遼、許褚上)(許褚白)張將軍,主公往那裏去了?(張遼白)主公被馬超追往山後去了。(曹操上)(白)若不是盤槐繞樹而走,今日一命休矣。(張遼白)主公且回許昌,訓練精兵,再來復讎。(曹操白)只是百萬精兵片甲無存,棄甲脫袍,連鬍子都輸了,似這樣一副嘴臉,回到許都,怎見那些文武?(張遼白)主公,事已至此,也説不得了[2]。(曹操白)哎,也罷,少不得厚着面皮去回,再作計較便了。正是:百萬雄兵一旦休,鬍鬚一部也難留。抱頭逃向許昌去,再整軍兵好報讎。(下)

(衆小軍將官引韓遂、馬超、馬岱、龐德上)(同唱)

【中呂宮正曲·紅繡鞋】全憑猛將雄兵,雄兵,連朝左右縱橫,縱橫。(合)歸上國,報功成,呼萬歲,覲朝廷,呼萬歲,覲朝廷。

(馬超白)叔父,方纔一槍明明刺着曹操,被他盤槐繞樹而走了。(韓遂白)我等起兵報讎,喜得把曹操殺的大敗虧輸,雖未曾寸磔其身,亦足以全破其膽。暫且收兵,再窺動靜便了。大小三軍,就此班師。(衆應科)(同唱)

【黃鐘宮正曲·滴溜子】三軍的,三軍的,暫且收兵。海宇内,海宇内,安奠蒼生。升高,匡扶漢鼎,天子得安然,士民歡慶[3]。(合)麗日光天,太平時京。

【尾聲】蒼生萬姓皆相慶,動地歡聲夾道迎,臣與皇家定太平。(同下)

校記

［1］當先不皺眉："皺",原作"鄒",據文意改。
［2］也說不得了："說",原作"脫",據文意改。
［3］士民歡慶："歡",原作"觀",據文意改。

第十五齣　弱息一絲延嗣續

（雜扮小軍,引小生扮張遼上）（白）小人施毒害功臣,機泄誰知滅滿門。拙計未成身先死,空勞魂夢繞楓宸。俺張遼是也,只因前者丞相領兵征剿馬超,殺得棄袍割鬚而回,十分乏趣。想起此事,都是吉平下毒藥而起,要將吉平滿門誅戮,韰齔不留。衆軍士就此前去。（衆應科）（同唱）

【越調正曲・水底魚】頗耐無知,圖謀枉用機。（合）一朝敗露,老少盡誅夷,老少盡誅夷。（同下）

（老旦扮康氏,旦扮李氏上）（唱）

【中呂宮集曲・榴花好】連宵顛倒,吉凶事難知。心恍惚意如癡[1],好教人默默自猜疑。莫不是年暮衰頹,重重禍摧,薄西山,不久辭陽世？（合）苦殺我兒罹凶危,未除他覬覦奸儕。

（白）老身乃吉平之母康氏,只為我兒與董國舅謀誅曹賊,不料事機不密,反遭毒手。已令孫兒吉邈打聽去了,怎麼還不見到來？

（末扮蒼頭,生扮吉邈上）（唱）

【仙呂宮正曲・不是路】未卜安危,恨殺奸賊毒禍機。心如醉,忙忙急復慈母知。（白）婆婆、母親,不好了。（康氏、李氏唱）是如何,意急心慌神色迷？（吉邈、蒼頭白）不好了,曹兵因敗馬超之手,想起舊恨,差兵要圍住我家,韰齔不留。（唱）奸賊因敗生毒意,令兵圍,全家不留韰齔已。捐生待斃,捐生待斃。（康氏、李氏虛白科）（唱）

【中呂宮正曲・駐雲飛】聽說因依,魄散魂飛不着體,亂國奸雄賊,屈殺忠良輩。嗏,頓足淚雙垂。傷心疼意,咬定牙根,就死難饒你。（合）死生陰陽不放伊。

（康氏白）兒,事不宜遲,奸賊圍住我家,一家性命休矣。蒼頭,爾可帶領小主逃命去罷。（吉邈白）婆婆、母親嗄,孩兒怎忍逃生,撇了婆婆、母親而去？（康氏白）兒,你見差了。曹兵勢重,我若與你母親逃命,倘若曹兵圍了,拿住我姑媳二人，名節難存，你二人難逃其身，却不是兩相耽誤？如今你二人前去，休要慮我。（吉邈哭科）（康氏、李氏悲科）（吉邈唱）

【南呂宮正曲·香羅帶】傷心痛別離，吞聲忍悲。思量罔極難會重，堪憐骨肉盡遭夷也，累代臣，忠良輩，無辜一旦成冤鬼。（合）急去逃生地，思濟彝倫不可違。（康氏唱）

【又一體】孫兒休痛悲，你且細思維，霎時間兵至難脫離。（白）你若同我死呵，（唱）絶香烟，誰將吉門繼也？（滾白）你去逃生，記取我家忠義之門，曹操亂國奸臣，今日害我一家死於非命。豈不聞鷹翔川而魚驚沈，寧順從以遠害，不違忤以喪生。括囊無咎，慎不害也，慎不害也。（唱）須念我，母子們遭冤斃，叮嚀囑咐說因依。（合）急去投生地，思濟彝倫不可違。（李氏唱）

【又一體】含冤負屈離，無邊苦悲。（白）兒，婆婆吩咐言語，用心緊記。（唱）婆婆囑咐伊須記，今生不得與兒會也。（滾白）你去逃生，須記殺父之讎，不共戴天，滅族之誅，不可不記。你若隱害全生呵！（唱）我死在陰司地，靈魂含笑心足矣。（合）急去投生地，思濟彝倫不可違。

（衆哭科）（蒼頭、吉邈下）（康氏白）媳婦，你看曹兵四下圍住，你尋個自盡便了。（李氏白）待我安葬婆婆，然後自死。（康氏白）兒，你方年幼，倘曹兵拿住，恐壞你名節，你不要顧我。（李氏白）如此，婆婆請上，受媳一拜。（唱）

【雙調集曲·風雲會四朝元】傷心痛苦，含悲拜別姑。指望送歸古墓，披麻執杖，享祭，享祭丞宗祖[2]。誰想中途半路，中途半路，遭遇狂徒，一家被戮。把忠良陷害，反受刑誅。良善，良善皆荼毒。嗏，婆媳淚交流，兩眼相看，無計，無計歸鄉土，哭得我血淚竟模糊。你深恩難報補，搥胸頓足，不如早死，免將身污，免將身污。（李氏撞死，下科）

（康氏白）好，好，真與我吉門添光！虧你，虧你，兒嘎，你等等着我。（唱）

【又一體】堪憐兒婦，全節願隨姑。可惜花容月貌，含冤塵土，此恨，此恨憑誰訴？指望從夫受福，從夫受福，誰知爲國身亡，滅門絶户？妻死夫亡，不能相顧。骨肉，骨肉遭冤苦。嗏，你先死向冥途，鬼門關上，等我，等我同一路。非是我逼你身亡，（滾白）怎捨得親兒婦？（唱）恐怕，恐怕將名污。史書上千年萬載，捨生取義，流芳節母，流芳節母。（内吶喊科）

（康氏白）你聽喊聲四起，想是曹兵來了，不免駡賊而死。

（衆小軍將官引張遼上）（同唱）

【南吕宫正曲·金錢花】三軍聽吾號令,號令,分爲四路齊行,齊行。左圍三繞右三層,(合)誅吉氏,滅門庭,將家眷,盡夷凌。

(白)那是那一個?(張遼白)是吉平之母親麽?我奉丞相之命,特來拿你。(康氏白)張遼奸賊。(唱)

【中吕宫正曲·駐雲飛】潑佞奸曹,妒害忠良篡國朝,天理昭彰報,有日終須到。嗏,負屈喪荒郊,生前難報,死在陰司,指定名兒告。(白)我死後難道罷了不成?(張遼白)這婦人好厲害。(康氏唱)還爲厲鬼捉奸曹,(合)決不將他輕饒恕。(撞死科,下)

(張遼白)吉平之母既死,衆將官,就此回復丞相鈞旨。(衆應科)(同唱)

【南吕宫正曲·金錢花】丞相鈞令嚴明,嚴明,報恨除却頑梗,頑梗,齠齔不留一星星。(合)誅吉氏,滅門庭,將家眷,盡夷凌。(衆同下)

校記

[1]心恍惚意如癡:"如",原作"知",據文意改。
[2]享祭丞宗祖:"宗",原本筆迹不清,似作"京",據文意改。

第十六齣　戰書三月下淮徐

(衆扮八健將上)(白)凛凛威風膽氣豪,男兒勳績列皇朝。曾當虎隊千層陣,那怕龍門萬丈高。請了,今日主公升帳,在此伺候。(衆扮將官、軍士,荀彧、郭嘉、程昱、賈詡,引净扮曹操,雜扮張遼、許褚,後護傘夫隨上)(曹操唱)

【南吕宫正曲·青衲襖】掌綸扉冠列卿,論英雄膽氣增。門迎珠履三千客,户納貔貅百萬兵。威權勢不輕,漢祚思竊秉,掌握乾坤定太平。(衆將參見科)

(曹操白)華髮衝冠減二毛,西風吹透紫羅袍。仰天不敢長呼氣,化作頓霓萬丈高。孤家曹操,叵耐劉備向在許田射鹿,事事與我抵牾,正欲害此三人,稍舒積怨。奈何隨他詭計,私下徐州,是吾心腹之患也。欲舉大兵征剿,未知勝負如何?請問諸公,計將何出?(荀彧白)荀彧啓上主公,劉備見在徐州,分布犄角之勢,亦不可輕敵。(曹操白)何爲未可?(荀彧白)與明公征奪天下者,袁紹也。今屯兵官渡,有圖許都之心。今東征劉備,袁紹乘虛而入,何以當之?(郭嘉白)主公,據郭嘉看來,袁紹性多遲疑,手下謀士各相妒忌,何必憂之？劉備新整軍兵，衆心未服，可引精兵，一戰而定。（張遼白）主公在上，想劉、關、張兄弟雖勇，兵微將寡。主公點起十萬人馬，圍住淮徐，約定日期，小溪山下大戰，擒他三人，有何難處？（曹操白）此言正合吾意。就差人前去下書。（張遼白）曉得。報子那裏？（丑扮報子上）（白）有報子伺候。（張遼取戰書科）（白）主公有戰書一封，你可下到徐州，不可有違。（報子白）得令。（下）（曹操白）衆將聽令，可點精兵五萬，分五路進兵，圍困徐州，擒拿劉備，就此起兵前去。（衆應科，各持器械）（同唱）

【仙呂宮正曲・皂羅袍】點起驍兵戰將，盡同心勠力，奮勇爭強。七星皂纛爪牙張，旌旗閃閃當頭上。（合）令行閫外，兵如虎狼，計從心用，剋復封疆，凌烟閣上圖形像。（衆健將唱）

【又一體】我等一心歸向，恁披星戴月，卧雪眠霜，生擒劉備與關張，徐州盡屬明公掌。（合）令行閫外，兵如虎狼，計從心用，剋復封疆，凌烟閣上圖形像。

（衆白）主公，來此已是徐州地面了。（曹操白）就此安營。（衆白）得令。（同唱）

【情未斷煞】彈射雄三軍壯，指日淮徐繫頸降，那時節麟閣標名姓字香。（同下）

第十七齣　莽張飛獻偷營計

（衆扮甲將，引生扮劉備上）（唱）

【雙角套曲・新水令】漢朝洪福滿乾坤，戰温侯水淹城郡。（净扮關公，净扮張飛上）（唱）八方收士馬，四海罷征人。（同唱）息鼓停錞，啓昌期迎福運。

（劉備白）弟兄三傑各遐方，義結桃園果勝常。（關公白）兀兀擎天碧玉柱，（張飛白）巍巍架海紫金梁。（劉備白）二位賢弟。（關公、張飛白）仁兄。（劉備白）如今曹操專權，欺君罔上。我不肯爲他所用，恐遭毒害，必須早做提防纔是。（關公白）仁兄言之有理。（張飛白）大哥，二哥，不要慌張，若無事便罷，若有事，憑着俺老張一杆槍，坐下這騎馬，殺教他片甲不歸。（劉備、關公白）賢弟不要看得容易。

（報子上）（白）大膽天下去得，小心寸步難移。自家曹丞相麾下一個下戰書的報子便是。住了，我如今拿進這封書，去那個白臉的還好，紅臉的也罷了，只是那個黑臉的小子有些淘氣。有了，我把這封書放在帽子裏，他若動手動腳的，丟下帽子跑他娘的。（軍士白）什麼人？（報子白）曹丞相差人下戰書。（軍士進）（稟科）（那報子見科）（白）曹丞相下戰書，來者君子，不來者小人。（張飛喊叫科，報子跑下）（張飛白）你看這狗頭，被俺叫了一聲，丟了個帽兒便跑了。帽兒裏面有一個帖兒，仁兄看來。（劉備看書）（白）原來是約定八月十五日，小溪山下大戰。（張飛喊叫科）（唱）

【雙角套曲・閙金四塊玉】漢張飛本是馳名將，怎當得狼虎雄威，騰騰殺氣冲天地，喊一聲震似天雷。

【雙角套曲・喬木查】頭戴鐵幞頭，身穿鐵甲衣，上陣時把烏騅胯下騎，長槍手內提，殺他得棄甲丟盔。（同唱）

【雙角套曲・擣練子】曹操太無知，侵占徐州地，欺壓俺兄弟，不由人不怒起。

【雙角套曲・慶豐年】今朝不顯俺，英雄輩，要俺英雄做怎的？也不須搖鼓搖旗，咫尺間便見高低，殺曹瞞只當做嬰兒戲。（張飛白）抬槍來，（唱）管教得勝凱歌回。

（關公白）賢弟不要莽撞，必須用計而行纔是。（張飛白）有了，有了，俺老張有一計。（關公白）什麼計？（張飛白）名爲蜘蛛破網之計。（關公白）何爲蜘蛛破網之計？（張飛白）我想曹兵遠來，人困馬乏，乘此無備之時，你我三人，着一人保守小沛，二人前去偷營劫寨，必然全勝而回。（關公白）也罷，你在此保守小沛，我同大哥前去。（張飛白）這個莫要總成我老張，如今劫寨還是我老張，保守小沛還是二哥。（關公白）你偷營劫寨須心細。（劉備白）保守小沛仗二弟。（張飛白）這回剪草不留根，（合）（白）漢家管取得安位。（同下）

第十八齣　假曹操看子夜書

（衆扮將官、軍士，衆扮八將引净扮曹操上）（同唱）

【黃鐘宮正曲・出隊子】英雄猛壯，百萬精兵如虎狼。叵耐劉備與關張，三個同心不肯降。（合）禍結兵連，沙飛戰場。

（丑扮報子上）（白）報，旋風吹倒帥字旗杆。（曹操白）知道了。（報子下）（曹操白）張遼，旋風吹倒帥字旗杆，主何吉凶？（張遼白）此乃賊風也。今晚必有人劫營。（曹操白）計將安出？（張遼白）今晚扎下空營，軍帳內着一人與主公一樣打扮，在燈下看書。預先埋下伏兵，炮聲爲號，待他進營之時，炮聲一響，伏兵四起，活擒他三人，有何難處？（曹操白）好計，好計，三軍依計而行。（衆應）（同唱）

【雙調正曲·清江引】猛然一陣賊風起，管教他不利，要來偷我營，枉用牢籠計。（合）待伊來，一個個無逃避。（下）

（衆小軍引生扮劉備，淨扮張飛上）（劉備白）準備窩弓擒猛虎，安排香餌釣鰲魚。（劉備白）賢弟。（張飛白）仁兄。（劉備白）曹操兵多將廣，你我前去劫營，須要小心。（張飛白）既如此，大哥你往營東進，我往營西進。（劉備白）衆將官，與我銜枚摘鈴，往曹營劫寨者。（衆引張飛下）（劉備唱）

【中呂宮正曲·駐馬聽】譙鼓初更，兩步挪來一步行。暗地裏偷營劫寨，躡足潛踪，直入曹營。曹瞞兵卒睡憎騰，銜枚疾走，不露形和影。（白）自古道，亂臣賊子人人得而誅之。老天，今晚豈不助我劉備乎？（唱）（合）覷得分明，把曹瞞殺却息交爭。（下）（衆卒引張飛上）（唱）

【又一體】露濕征袍，躡足潛踪去破曹。俺如今把精神抖擻，若遇曹兵，殺叫他魄散魂消。（白）曹操，曹操，我的兒，想你活不久了。（唱）只等待斗轉與星高，報國除奸，斬將如蒿草。（合）惡氣難消，管教他落在咱圈套。（下）（衆將官軍士引張遼、許褚等衆將、假曹操上）（同唱）

【中呂宮正曲·駐雲飛】不漏風聲，準備偷營掘陷坑。白日謀先定，黑夜操全勝。嗏，此刻已深更，等伊納命，號炮如雷，四面兵齊應。（合）闖入陰陵不轉程。（衆虛白，作埋伏下）

（劉備上）（白）三弟。（張飛上）（白）大哥。（劉備白）三弟。（張飛白）看槍。（劉備白）仔細。（張飛白）喜得你答應得快，若是答應遲了，我就是一槍。大哥，你看老賊這時候還在那裏看兵書，待我請他一槍。（劉備白）且慢。（同唱）

【正宮正曲·四邊靜】你看刀槍密佈如鱗砌，悄無人踪迹。老賊看兵書，要取他首級。（合）三軍努力，各施妙計，殺却這奸雄，纔得干戈息。

（張飛白）大哥。（劉備白）三弟。（張飛白）大哥。（各分下）（曹將追下）（內炮響）（劉備引衆上）（唱）

【南呂宮正曲·紅衲襖】趕得俺汗津津濕頂門，喘吁吁氣不伸。（內喊科）（劉備唱）他那裏鬧攘攘將咱趕，俺這裏眼睁睁沒處存。恨無端乘夜昏，劫營追來兩下分，怎生脫得地網天羅？也却似火裏蓮花折了根。

（丑扮報子上）（白）報，三將軍被曹兵殺了。（劉備白）怎麽説？（報子

白)三將軍被曹兵殺了。(劉備唱)

【中呂宫正曲·駐雲飛】撇了鋼刀,一旦英雄事業拋,除却三尖帽,脱却了蟠龍襖。嗏,倒不如一命喪荒郊。(滚白)當初桃園結義,一在三在,一亡三亡。今日賢弟被曹兵殺了,要我活命作怎的?倒不如一命喪荒郊,(唱)冥誅曹操。(衆卒白)主公,不要如此。(滚白)你若是一命喪荒郊,枉了桃園結義,生死相交,萬民塗炭,江山難保。(唱)撇下老卒殘兵,却把誰來靠?(劉備白)也罷,爾隨我往冀州便了。(唱)却不道有上稍來没下稍。(下)

(衆小軍引張飛上)(白)來來來,一個來一個死,兩個來凑一雙。大哥,大哥呀!(唱)

【高宫雙曲·靈壽杖】殺得俺兄弟慌,四下裏埋伏着兵和將。忽聽得連聲炮響,本待要撞入曹瞞營寨,又誰知殺散俺劉張。好教俺走一步,一步步回頭望,望不見大兄長。(滚白)哭得俺兩眼淚汪汪,俺大哥他湯肩禹背君王相,俺二哥龍眉鳳目蓋世無雙,俺老張一人一騎,全憑着這杆槍。(唱)老天不負桃園義,三人依舊鎮邊疆。(同下)

(曹操衆將上)(白)劉備走了。(曹操白)軍中可曾見什麽人?(張遼白)軍中只聽得叫大哥、三弟,想是雲長不曾來。(曹操白)雲長是他心腹,爲何不來?是了,必是在家保守家眷。若得此人到我帳下,吾之幸也。(許褚白)主公愛此人,待小將一哨人馬,前去擒來見主公。(張遼白)許將軍,二虎相爭,必有一損。不必興動人馬,待張遼一人前去,説來降主公。(曹操白)如此,甚妙。你若説得雲長前來,是汝之功也。張遼前去説雲長。(張遼、許褚白)暫學當年蘇與張,(曹操白)關公若得來扶助,(張遼、許褚白)方信遊絲繫虎狼。(下)

第十九齣　游説客較短論長

(旦扮四梅香,引二夫人上)(唱)

【仙吕宫正曲·桂枝香】人生在世,光陰有幾?終朝征戰相持,不能彀民安盜息。教人愁嘆,教人愁嘆,干戈滿地,夫妻遠離。(合)細思維,愁只愁兄弟雖驍勇,兵稀將寡微。

(甘夫人白)樹頭樹尾覓殘紅,(糜夫人白)一片西飛一片東。(甘夫人白)自是桃花貪結子,(糜夫人白)錯教人恨五更風。(甘夫人白)賢妹。(糜夫人白)姐姐。(甘夫人白)皇叔與三將軍出戰,未知勝負如何,使我放心不下。（糜夫人白）吉人自有天相。

（衆扮軍校引净扮關公上）（白）保守孤城一旅單，怒提寶劍賊心寒。太平原是將軍定，好把兵書仔細看。通報。（軍校白）門上有人麽？（門軍白）是那個？（軍校白）二將軍問安。（門軍白）曉得。禀上夫人、二將軍問安。（二夫人白）道有請。（門軍白）道有請。（二夫人白）二將軍，皇叔與三將軍出戰，未知勝負如何？（關公白）二位尊嫂，想仁兄賢弟，此去必然全勝而回，且自放心，料也無妨。（二夫人白）還要差人打探纔是，但不知吉凶如何？（關公白）二位尊嫂。（唱）

【高宫套曲·端正好】若提起凶和吉，好教我心如醉。（二夫人滚白）愁只愁群雄各據圖王，强者爲尊。弟兄們雖然英勇，兵不能滿千，將不能滿百，終日裏爭戰相持，何日得寧静歸期，寧静歸期？（唱）愁只愁弟兄們將寡兵微，排兵布陣耽驚畏，何日是安居地？（關公唱）

【高宫套曲·倘秀才】常只見撲咚咚搖鼓搖旗，（滚白）這都是君王欠主，爲黎民受慘悽，（唱）幾時得旗收刀棄？那時節國治而家齊。（内作烏鴉叫介）（同唱）忽聽得鴉鳴鵲噪連聲急，虎鬥龍爭雲外飛，好叫俺仔細猜疑。

（丑扮報子上）（白）報，皇叔與三將軍被曹兵殺了。（關公白）怎麽説？（報子白）皇叔與三將軍被曹兵殺了。（關公白）再去打聽。（報子下）（二夫人白）阿呀，將軍，當初桃園結義，一在三在，一亡三亡。今日兄弟二人被曹兵殺了，該往他處借兵報讎纔是。（關公白）二位尊嫂，凡事三思，我想爲大將的不可一怒而行。又有一説，他二人殺不過，難道連走也不會？待我再問報子，叫那報子轉來。（軍校白）報子轉來。（報子上）（白）報子伺候。（關公白）我且問你，皇叔與三將軍怎麽就被曹兵殺了？（報子白）是皇叔與三將軍一出本城，就放了一個遼將大……（軍校白）甚麽？（報子白）屁。（軍校白）炮。（報子白）炮。炮聲一響，只聽得滿營中叱咤叱咤就殺起來了，這裏叫大哥，那裏叫三弟。殺了一回，皇叔與三將軍就被他們殺了。曹營中鳴金收軍，故此前來報知。（關公白）去！且問你，可是你親眼見的麽？（報子白）我也聽見他們白説。（關公白）咦，險誤我大事！二位尊嫂在上，適纔報子報差了。想皇叔與三將軍，軍中失散情真，並無有損。（二夫人白）想曹兵百萬，戰將千員，生則難明，死則有準了。（報子上）（白）報，不好了，曹兵殺來了。（關公白）看刀馬伺候，有多少人馬？（報子白）多多多。（軍校白）有幾千？（報子白）多多多。（軍校白）有幾萬？（報子白）還多。（軍校白）多少？（報子白）連人帶馬只一個。（軍校白）文來武來？（報子白）武來，穿着紗帽戴着圓領。（軍校白）倒講了。（報子白）是倒講了。（軍校白）叫什麼名字？（報子白）叫做什麼遼張。（關公白）敢是張遼？（報子白）是張遼。（關公白）二位尊嫂，請迴避。張遼到此，我自有主意。（二夫人白）夫妻本是同林鳥，大限來時各自飛。（下）（關公白）人來，將門大開，張遼到此，不許攔阻。（軍校白）得令。

（生扮張遼上）（白）準備蘇張舌，來説漢雲長。若還相允諾，交情永不忘。來此已是。雲長好大膽，將門大開，真大丈夫也，我也不須通報，逕入便了。仁兄，請了。（關公白）賢弟請了，請坐。（張遼白）有坐。（關公唱）

【高宮套曲·靈壽杖】恁那裏興兵將，逞烏合亂舉刀槍，無能戰埋伏着兵將。（滾白）激得俺弟兄們奮勇争強。（唱）不期間，兩下裏分張，都是你設下了無良計，到如今怒得俺臉皮紅心間惱，（張遼白）到此商量。（關公白）少説。（唱）誰許你假意兒，喜孜孜説甚麼商量？（白）張遼。（張遼白）仁兄。（關公唱）只教你撞着俺赤臉閻王。

（白）張遼到此，敢是擒某？（張遼白）小弟無霸王之勇，怎敢來擒？（關公白）敢是來勸某？（張遼白）無韓信之謀，怎敢來勸？（關公白）敢是來説某？（張遼白）小弟又無蒯通之舌，怎敢來説？（關公白）三事俱非，到此何事？（張遼白）特來報喜。（關公白）有何喜事？（張遼白）令兄令弟在軍中失散是實，並無有損。（關公白）軍校，報與二位夫人知道，皇叔與三將軍軍中失散是實，並無有損。（軍校白）曉得。（下）（張遼白）小弟告辭。（關公白）賢弟到此，一言不發，怎麼就要告辭？（張遼白）仁兄連問三事，教我無言可對，只得告辭。（關公白）好説，看坐。（張遼白）仁兄請上，容當一拜。（關公白）何須下禮？（張遼白）禮下於人，必有所求。（關公白）咳，寶劍無情，切莫饒舌。（張遼白）仁兄，目今曹兵百萬，戰將千員，圍住下邳，猶如鐵桶一般，仁兄將何以解之？（關公白）大哥不知存亡，三弟不知下落。明日整頓刀馬，與曹操决一雌雄。曹勝，某必亡；某勝，曹必敗。生死只在旦夕，存亡只在頃刻。（張遼白）仁兄所言，可不爲萬世之耻乎[1]？（關公白）何爲萬世之耻？（張遼白）若依小弟之言，其美有三；不依小弟之言，其罪有三。（關公白）賢弟請道。（張遼白）曹兵百萬，戰將千員，圍住淮水，猶如鐵桶一般。若論仁兄，手持大刀殺條血路，誰人敢當？只是二位夫人必然受辱於曹，可不負却所托？其罪一也。（關公白）二。（張遼白）身體髮膚受之父母。英雄蓋世，拔萃超群，六韜三略，匡扶社稷，不思强弱，不明衆寡，逞一匹夫之勇，死戰於沙場，可不有傷萬金之軀，無一遺後？其罪二也。（關公白）三。（張遼白）想令兄令弟桃園結義，誓同生死。今日軍中失散，倘後復出，要見不能，可不辜主之望？誤主喪身，其罪三也。（關公白）何爲三美？（張遼白）若依小弟之言，請下許昌，與曹公同扶漢室，保全皇叔的家眷，其美一也；善養其志，保全其身，其美二也；日後打聽令兄令弟消息，尋歸舊主，其美三也。仁兄能弱敵強千員將，有勇無謀一旦亡。（關公白）賢弟，我呵。（唱）

【高宮套曲・塞鴻秋】那怕他百萬兵[2]，何懼他千員將？俺只是一人一騎敢攔擋。怒時節渾身似鐵皆齏粉，展開時當不過明晃晃三停偃月光。（張遼白）仁兄，乞賜一言。（關公白）賢弟少待，倒是張遼這廝說得有理。若論俺關某之勇，手持大刀，殺一條血路，誰人敢當？只是二位夫人在堂，關某顧前而不能顧後了。（唱）非是俺，無能怯戰將身抗，你叫我二位尊嫂在何處潛藏？（白）罷，（唱）倒不如朦朧且自歸曹相。（白）賢弟。（張遼白）仁兄。（關公唱）久以後，弟兄逢再商量。

（白）賢弟既要我降曹，依某三件。（張遼白）那三件？（關公白）一，下許昌一宅分爲二院。（張遼白）二。（關公白）二位夫人仍食皇叔的月俸。（張遼白）三。（關公白）主存則歸，主亡則輔。（張遼白）莫說三件，就是三十件，張遼也擔當得起。（關公白）賢弟，依吾三事再商量，（張遼白）仁兄，不必仁兄苦挂腸[3]。（關公白）明日且歸丞相府，（張遼白）他年管取轉回鄉。（下）

校記

［１］可不爲萬世之耻乎："世"，原作"事"，今據下文"萬世之耻"改。
［２］那怕他百萬兵："萬"，原無，今依上文"曹兵百萬"補。
［３］不必仁兄苦挂腸："仁"，原作"人"，據文意改。

第二十齣　秉燭人有一無二

（旦扮侍女，引旦扮糜、甘二夫人上）（分白）鼙鼓喧天動地來，驚鳳一旦兩分開。驚魂已遂風前絮，離恨還如雨後苔。（甘夫人白）妹子，想你我當此干戈擾攘之際，何以聊生？好不苦楚人也。（唱）

【黃鐘調套曲[1]・小桃芙蓉】似輕塵栖弱草，怎自把殘生保？（糜夫人白）姐姐，（唱）且休脉脉傷懷抱，其間生死猶難料。（白）等待二將軍到來，自有定見。（二夫人作嘆科）（同唱）好教人，珠淚迎風掉，赤緊的，愁雲鎖壓遠山高。

（雜扮眾軍校，引淨扮關公上）（白）始知昆弟尚安全，今日襟懷聊自寬。達變行權非得已，要將生死踐盟言。（作見科）（白）二位尊嫂。（二夫人白）二將軍，方纔張遼到此何事？（關公白）他以故舊之交來說某歸曹。（二夫人白）可曾允麼？（關公白）權且允一個歸字去了。（二夫人白）二將軍英勇絕倫，此去定然榮貴。只苦了他弟兄二人，流落天涯；我姊妹兩個，性命只在旦夕了。（作哭科）（關公白）二位尊嫂說那裏話來？俺關某呵。（唱）

【黃鐘宮套曲·醉花陰】義膽忠心對天表，怎輕輕把盟言負了。（白）憑着俺偃月刀，衝鋒破敵，寧可身膏草野，豈肯俯首降曹？但今日裏呵，（唱）只為着弟兄恩重敢相拋，因此上守桃園信誓昭昭。（白）當年結義之時，曾有誓言，不願同日生，只願同日死，一在三在，一亡三亡。今既得了實信，大哥三弟現在生全，俺關某若是忘身捨命，戰死沙場，不惟無益於大哥，亦且有累二位尊嫂。（唱）怎忍得隔天涯，嗹嗻的哀鴻叫，又怕的折鴛鴦，淪落在驚濤。（二夫人白）如此，二將軍待要如何？（關公白）只得從權達變，暫順曹瞞，護送二位尊嫂到了許昌。待俺訪問大哥、三弟的消息，以圖弟兄聚會，骨肉團圓。（唱）俺豈圖他爵位崇高？端只為計安全，把深恩報。

（二夫人白）原來如此，全仗二將軍立志堅牢，我娣妹之幸也。（關公白）俺關某綱常大義頗也分明，請二位尊嫂放心。（唱）

【黃鐘調套曲·喜遷鶯】俺可也志同山嶽，便五丁神移不動分毫，兀自堅牢。一任他高官美爵，俺這裏富貴等鴻毛。（白）況俺關某幼讀《春秋》，素懷忠義。今當家亡兵敗之時，正俺拯急持顛之日，焉肯苟存二志，自負寸心？（唱）這疾風方纔知勁草，俺怎肯轉關兒棄漢扶曹？

（二夫人白）既如此，我二人生死付與二將軍便了。

（雜扮眾將官上）（白）遣來舊將迎新將，上馬提金下馬銀。（作到科）（白）有人麼？（軍校白）什麼人？（將官白）奉張將軍之命，來迎請老爺啟程。（軍校作稟科）（關公白）着他們進來。二位尊嫂暫避。（二夫人下）（軍校傳科）（眾將官進見科）（白）眾將官叩頭。奉張將軍之命，說丞相重賢，禮宜表敬，須奉上馬一錠金，下馬一錠銀。（關公作冷笑）（白）文遠，文遠，某非利徒，何乃輕覷？（將官白）就請老爺啟程。（關公白）請二位尊嫂登車。（軍校白）請老爺上馬。（二夫人上，各上車馬，繞場科）（眾白）已到館驛了。（丑扮驛丞上）（作接科）（白）驛丞迎接老爺。（各下車馬，吹打進科）（眾將官、二夫人下）（驛丞作稟科）（白）曹營眾將接見老爺。（關公白）請來相見。（驛丞向內請科）（白）眾位老爺有請。（眾將上）（白）軍中號虎彪，闞外擁貔貅。今日干城將，他年裂土侯。(作進見科)(衆將白)將軍在上，我等有一拜。(關公白)某家也有一拜。(衆將白)久慕虎威，未得瞻謁。今來何幸，得拜下風。(關公白)敗軍之將，何足稱揚？惟有赤心，尚存故國。(許褚背科)(白)阿喲，這等心高氣硬！咦，將來受他的害。(關公白)請坐。(各坐科)(衆將白)聞得徐州城池堅固[2]，若是深溝高壘，也不致棄甲曳兵。(許褚白)想是玄德公仗了將軍的勇力，故此敢於出戰，做了一卵試千鈞的話靶了。(關公作色科)(白)勝敗之間，兵家常事，許將軍何得藐視某家也？(唱)

【黃鐘宮套曲·出隊子】恁將這嘴皮輕掉，冷言詞信口嘲[3]。這的是偶然戰勝逞虛囂。(白)恁道是一卵試千鈞，無非劉弱曹強之意。(作冷笑科)(唱)俺只怕論興亡，今日難逆料，且休誇擁雄兵，把危城傾倒。

(衆將白)偶然談及，不必介懷。(許褚白)這是小將失言了。(衆將白)就此告辭。(關公白)請了。(衆將作出門科)(白)氣高難近俗，言直不容人。(衆將下)(許褚白)好厲害，好厲害。我纔說得一句，他就搶白了一場。驛丞，過來。(驛丞應科)(許褚白)少間送供應的時節，食物之外，只許一副鋪蓋，一支油燭，燭盡之時，高聲叫喊，拿他一個叔嫂通姦，明日重重有賞。(驛丞白)小官不敢。(許褚白)你不要管，我自有道理，違者重處。(驛丞應科)(許褚白)說盡千言來搶白，計成一燭去消除。(下)(驛丞白)驛丞進。(軍校白)進來。(驛丞作進稟科)(白)稟老爺，驛丞送供應。(軍校白)報明送進。(驛丞作報科)(白)米進，麵進，鹽進，醬進，魚進，肉進，醋進，菜進，碳進，柴進。(軍校白)柴在那裏？(驛丞自指科)(白)這不是柴頭？(軍校白)呸，快些報來。(驛丞又報科)(白)鋪蓋一副進，油燭一支進。(軍校白)太少了。(驛丞白)二位夫人那裏另有。(關公白)驛丞，外廂伺候。軍校過來，爾等不可遠離，以備不虞。(軍校應科)(驛丞白)我們到大寺裏去睡。(引衆虛白，同下)(關公白)此乃館驛之中，比不得在徐州[4]。待我看來，驛舍蕭條人語稀，晚風惟聽馬聲嘶。故鄉不是徐州地，回想徐州淚滿衣。(內作起更科)(唱)

【黃鐘宮套曲·刮地風】嗳呀，提起那兵敗家亡骨肉拋，愧煞俺躍馬提刀。不能彀，戰勝完城郭[5]，只落得堂傾覆燕巢。雖則是急煎煎，禦敵無昏曉，戴兜鍪緊挂征袍。(白)誰想大哥、三弟失散他鄉，二位尊嫂長途跋涉。(唱)這壁厢，那壁厢，兩地悲號。遭敗辱，俺罪怎逃？縱辛勤有甚功勞？(白)今當患難之際，俺關某莫說秉燭觀書，就是枕戈待旦，也是分所當爲。(唱)端的是，羞憤縈懷抱，甚心情去穩睡着。(內打二更科)(頭兒領更夫上)

（虛白發諢科，下）

（關公白）永夜思悠悠，雙眉未展愁。興亡千古事，秉燭看《春秋》。（作剔燈科）（唱）

【黃鐘調套曲·四門子】影幢幢，半明滅的殘燈照，怎如得耿耿丹心皎。（作展書科）（唱）把卷帙輕翻，將義理細考。嘆興亡，反覆難輕料。（內打三更科）（關公看書科）（白）俺想那范蠡不殉會稽之恥，曹沫不死三敗之辱，到後來皆能成功匡國。俺關某今日雖遭危敗，當效古人包羞立志，匡國建功。（唱）把大義兒申，重擔兒挑，呀，博得個匡扶漢朝。（內打四更科）

（頭兒領更夫上，虛白，唱小曲發諢，下）（雜扮手下，執燈引許褚上）（白）計就月中擒玉兔，謀成日裏捉金烏。如今夜已四鼓，料想燭已點盡，不免爬在驛牆上去看他。他若在暗室之中，我就要明正其罪了。手下，快走。（手下應科）（許褚白）雲長，雲長，叫你明搶容易躲，暗箭最難防。（同下）

（關公白）你看燭已將盡，如何是好？（作想科）（白）有了，俺不免仗劍將四圍板壁砍下[6]，燃向庭中，照到天明便了。（唱）

【黃鐘調套曲·古水仙子】氣衝衝怒怎消，（作砍壁勢科）（唱）掣青鋒閃爍如電繞。（作推木庭中科）（唱）暫暫暫，暫將他做蠟炬燒。好好好，好比似燔庭燎。恨恨恨，恨奸邪空使機謀巧。可可可，可正是幺膺難隱燃犀照。看看看，看一片映丹心的烈焰飄。（內打五更科）

（手下引許褚上）（白）恨小非君子，無毒不丈夫。（作見火光科）（白）呀，你看一片火光，不知是何緣故？（驛丞領更夫急上）（白）了不得，了不得，館驛中走水了。（作見許褚科）（白）呀，許老爺為何也在此？（許褚白）你們為何也來了？（驛丞白）恐怕駰中走水，故領衆更夫救火。（許褚白）我也為着此事來的。（向衆科）（白）你們到牆上去望望。（衆扶驛丞作望科）（白）呀，原來雲長點不慣羊油蠟，在那裏燒柴火玩兒。明日告訴丞相，多發些干柴，叫他每夜以薪代燭，湊湊他的趣，溜溜他的鉤子罷。（衆白）我們大家進去。（許褚白）這不是走水，不要進去驚動他，爾等迴避。（驛丞應科，領更夫下）（許褚白）饒伊掏盡湘江水，難洗今朝滿面羞。（下）（內雞鳴科，驛丞引衆軍校同上）（白）開門。（關公白）軍校，吩咐爾等不可遠離，都往那裏去了？（軍校白）大寺裏睡來。（關公白）唗，記打，叫驛丞。（軍校白）驛丞。（驛丞白）驛丞伺候。（關公白）你不在門上伺候，往那裏去來？（驛丞白）驛丞巡更辛苦，就睡着了。（關公白）我且問你，昨晚何人喧嚷？（驛丞白）是更夫唱曲兒頑來。（關公白）你為何不管他？（驛丞白）小人官卑職小，說他們不聽。（關公白)胡說,打。(軍校應,作打科)(驛丞白)看分上。(關公白)看那個分上?(驛丞白)看許老爺分上。(關公白)你且說昨晚此計是誰用的?(驛丞白)不敢說。(關公白)打。(驛丞白)不要打,是許將軍吩咐如此。(關公白)與我再打十板。(軍校應,作又打科)(關公白)驛丞,先十板打你不小心,後十板打那用計之人,推出去。(驛丞應,作倒戴紗帽出門科)(生扮張遼上)(白)致禮重賢尊主命,侵晨策馬到郵亭。調轉來。(驛丞白)調轉又是二十。(張遼白)講甚麼?叫你把紗帽調轉來。(驛丞白)打慌了。(張遼白)打那一個?(驛丞白)是關將軍打驛丞。(張遼白)為何事打你?(驛丞白)夜來是許將軍吩咐只送一床鋪蓋,一支油燭,待燭盡之時,高聲喊叫,拿他個叔嫂通姦,要壞他的名節。誰想關將軍將兩旁板壁砍將下來,接光待旦,坐到天明。因這些事打驛丞。(張遼白)狗才,該打,打少了。怎麼不來報與我知道?(驛丞白)許老爺吩咐得嚴切,報不及了。關將軍問是誰用的計,驛丞只得說明,又打了十板,說道寄與用計之人的。(張遼白)切不可對你許老爺說,只是難為你些。(驛丞白)正是蛟龍相戰,驛丞魚鱉遭災。(張遼白)閒話少說,去通報,說我來見。(驛丞作稟科)(白)張老爺求見。(關公白)請進來。(驛丞應,作請科,虛下)(張遼白)啟仁兄,新府已完。今乃黃道吉日,請進新府。(關公白)領命。(張遼白)暫時相別去,少刻又相逢。(下)(關公白)軍校,軍馬伺候。(衆軍校帶車馬、二夫人上車)(關公上馬科)(唱)

【煞尾】俺乍入曹疆符讖好,雖不能銀燭高燒,早博個炎漢的興隆兆。因此上預燔柴,對天闕謝恩膏。(同下)

校記

[1]黃鐘調套曲:此五字原無,據下文補。
[2]聞得徐州城池堅固:"徐",原作"許",據上下文改。
[3]冷言詞信口嘲:"嘲",原作"朝",據文意改。
[4]比不得在徐州:"不",原無,據文意補。
[5]戰勝完城郭:"郭",原作"廓",據文意改。
[6]俺不免仗劍將四圍板壁砍下:"仗",原作"丈",據文意改。

第廿一齣　承燕會却物明心

(衆扮軍士,引生扮張遼上)(唱)

【南吕宫引·生查子】奉領明公命,筵宴待雲長。可欽全大節,立義正綱常[1]。

(白)左右,禮物、寶敕、美女、筵席俱齊備了麽?(衆軍士白)俱已齊備,專候將軍指揮。(張遼白)既然如此,吩咐美女伺候,關將軍開門,即時通報。

(净扮軍校,引净扮關公上)(唱)

【仙吕調隻曲·點絳唇】國祚延長,須要忠臣良將,憑智勇協力扶匡。久以後圖寫凌烟上,只爲着獻皇軟弱,四下裏舉刀槍。纔誅了强董卓,又遇着權奸曹相,好教我費思量。(開門科)

(一軍士上)(白)門上有人麽?(一軍校白)什麽人?(軍士白)張將軍求見。(軍校禀科)(白)張將軍在府門求見。(關公白)既是文遠,請進。(軍校請張遼相見科)(張遼白)小弟奉主公之命,今乃小宴之日,特來奉陪。俺主公已奏聞聖上,封仁兄爲壽亭侯之職。官兒,捧寶過來。(軍士捧印跪科)(關公看科)(白)賢弟,某有言在先,賢弟怎麽就忘了?(張遼白)仁兄不受此寶,小弟纔想起來,莫非少了個漢字?(關公白)然。(張遼白)官兒將此寶收下,來日禀知丞相,送到尚寶司去,重加一漢字在上。(關公白)如此,足見相知。(張遼白)請坐。主公念仁兄客況孤單,謹具黄金百鎰,美女十人,望仁兄笑納。(關公白)念關某有何德能,敢蒙丞相厚情?斷不敢受。(張遼白)俺主公非待仁兄如此,他待上將猶如手足,待士卒勝似骨肉,三軍未歸,自不敢安,衆人未食,自不言餐。正是:朝廷宰相握乾綱,天下英雄都領袖。(關公白)賢弟,關某盡知丞相待人之公也。(唱)

【高宫隻曲·倘秀才】想曹公養士呵,他把那賊寇擒攘。想曹公盡忠呵,便扶皇定拜。想曹公盡節呵,正三綱並五常。你道我爲甚的秉丹衷,將美女辭,却厚惠把黄金讓?(白)美女黄金等物一概不受,借賢弟金言拜上丞相道,關某感蒙高愛,增光極矣。(唱)這的是感曹公寵愛增光。

(張遼白)左右,唤美女過來。(軍士白)嗄,美女們走動。(旦扮美女上)(白)蛾眉攢翠,笑臉含羞,安排舞袖,撿點歌喉。衆美女叩頭。(張遼白)仁兄,此美女乃朝夕承應之人,可吩咐他們起來。(關公白)賢弟吩咐。(張遼白)關將軍着你每起來。(衆美女應科)(張遼白)左右,看宴。(衆美女唱)

【仙吕宫正曲·傍妝台】意綢繆,偎紅倚翠逞風流,羅衫舞動翩翩袖,歌一曲索纏頭。當筵解勸逡巡酒,全憑簫管度春秋。(合)千中選,四處求,得充承應侍君侯。

(關公白)左右,吩咐樂人停奏,美女不必歌舞了。(軍校應,止科)(關

公唱）

【仙吕調隻曲·寄生草】列羅綺排佳宴,擁笙歌列畫堂。新醅緑蟻玻璃盎[2],滿斟玉斝葡萄釀,高擎琥珀珍珠漾。（搵淚科）（張遼白）仁兄爲何不樂？（關公白）賢弟,（唱）俺本是漂流孤館客中人,何勞你闌珊竹葉在樽前讓？（辭科）

（張遼白）仁兄海量,再飲幾杯。（關公唱）

【高宫隻曲·煞】你那裏休得苦相央,俺和你故友情好商量。（張遼白）仁兄,今日只飲酒,別無商量。美女,取兩巨觥來,我陪關將軍同飲。（美女進酒,關公不接）（張遼白）仁兄,到此際還拘男女授受不親之禮,慚愧殺小弟也。（接杯科）仁兄請。（關公白）既承厚情,立飲三杯罷。（張遼白）要飲十杯。（關公白）只是三杯。（作飲科）（張遼白）再斟上酒。（關公白）住了,有言在先,只飲三杯。（唱）你只待俺,痛飲黄封,醉倚紅妝。你調着三寸,舌尖兒伎倆,絮絮叨叨,賣弄你數黑論黄。（張遼白）左右,再换上熱酒來。（關公唱）囑咐他酒盡休重换。（張遼白）仁兄,（唱）你醉後免推詳。

（張遼白）再看酒來。（關公笑科）（唱）

【高宫隻曲·二煞】休只管指點銀瓶索酒嘗,（白）賢弟,我當日下邳城有言在先,主亡則輔,主存即歸。今到許昌,蒙丞相待我恩厚,悔却前言。倘有險隘處所,略建些小微功,以報丞相大德。望賢弟與丞相處代某轉達。（張遼白）仁兄,此莫非酒後戲言耶？（關公白）大丈夫安有戲言？（唱）啓煩伊多多拜上曹丞相。（張遼白）左右把黄金抬過來。（軍士應科）（白）黄金抬到。（關公笑科）（白）要此黄金何用？（張遼白）此乃丞相送仁兄,以實内帑。（關公白）關某一身是寄,皇叔月俸自足,何須多金,斷然不受。（張遼白）美女過來。（衆美女跪科）（關公白）叫她們都去,我這裏一概不受。左右,取十兩銀子賞與他們。（唱）又何必黄金滿箱？俺本是客中情況,休想與你匹配鸞凰。（張遼白）既關將軍不用,你們去罷。（衆美女應科）（白）自古紅顏多薄命,世間有貨不愁貧。（下）（張遼白）仁兄,美女、黄金俱不肯受,小弟如何去回覆主公？（關公白）少待,（唱）自參詳忖量,他那裏三回五次,甚難抵擋。這些浮名薄利,存禮義受何妨？（唱）

【收尾】俺辦志誠尋歸舊主,怕甚麽受虚名位列朝堂？俺自結義平原相,豈知道兩地參商？（白）賢弟,美女發還,曹相府黄金收下做軍糧。賢弟請轉受關某一禮。（張遼白）小弟豈敢？（關公白）此一禮不是拜賢弟,煩你拜上丞相。（唱）久後相逢,我將他恩義難忘。

（張遼白）小弟告辭。（關公白）賢弟，恕不遠送了。（張遼虛白。各分下）

校記

［1］立義正綱常："綱"，原作"剛"，據文意改。
［2］新醅緑蟻玻璃盎："醅"，原作"酷"，據文意改。

第廿二齣　剖金魚兵資孤客

（衆扮軍卒、將士、顔良、文醜衆將引生扮袁紹上）（唱）

【仙吕宫隻曲·點絳脣】帝運方興，干戈未静。丹心炳，輔佐朝廷，四海都歸命。

（袁紹白）四境無虞海宇清，兵戈戰罷樂升平。英雄各自分王霸，願得乾坤日月明。下官冀州牧袁紹是也，只爲群雄角立，天下瓜分，曹操近據洛陽，孫權見居江東，意在相時而動。我想天下英雄，獨有徐州牧劉備。若得他來一同破曹，方遂吾之願也。（衆將白）主公所見極是，想早晚必有消息來報。

（雜扮軍士，隨生扮劉備上）（唱）

【小石調曲·撞破歌】自嘆孤身如斷梗，軍中失散西東。

（白）來此冀州袁紹盟主處。通報，只説徐州牧劉備求見。（軍卒報科）（袁紹白）快請進來。（軍卒請科）（見禮科）（袁紹白）近聞賢昆玉得了徐州，使孤不勝之喜。今日爲何孤軍到此？（劉備白）盟主端坐，聽劉備一言相告。（袁紹白）皇叔請道。（劉備白）那日，曹操親統大軍殺至徐州，我兄弟商議，衆寡莫敵，意欲設險以老其師，奈三弟張飛不由節制，夜半偷營，反遭其敗。（唱）

【南吕宫正曲·紅衲襖】問徐州珠淚傾，狠曹瞞太不情，遣兵調將來厮併，暗設牢籠空扎營。恨張飛鹵莽性，去劫寨追奔盛。初更殺到天明也，兩分離不轉程。

（袁紹白）玄德公，你雖遭此變，不須過憂。令兄弟失散，不久終當復聚。（唱）

【又一體】聽伊言感慨增，頓教人抱不平。你好似龍遊淺水遭蝦横，鳳入深林被雀凌。勸伊家免淚縈，寬懷抱籌全勝。我今借兵與你伸讎，也再續桃園重會盟。

（白）久仰賢昆玉威名震世，意欲屈至小郡，同興大業，一向不能親近。今得皇叔至此，如龍得水，似虎加翼。況曹瞞逆賊，宜當剿除，以清漢室。就差河北大將顏良、文醜，帶領雄兵十萬，扎營在官渡。立取雲長早歸河北，共圖大事，有何不可？（劉備白）若得明公如此周全，當效犬馬之報。（袁紹白）顏良、文醜，你二人用心領兵，前去剿除曹操，取回雲長，是汝之功。（顏良、文醜白）得令。（袁紹白）玄德公，若見令弟，須將好言勸慰，招取同來，另有好處。（劉備白）理會得。（袁紹白）三軍猛烈如虎虎，管取中原一掃空。（眾引袁紹下）（劉備白）二位將軍，有勞提戈，備之罪也。（顏良、文醜白）玄德公休說此話，皆是為主出力，我和你興兵前往官渡便了。（劉備白）顏將軍可在官渡搦戰，文將軍領兵迎敵。若遇二弟，不可戀戰，殺一陣退一陣，引至白馬坡前，待我親身答話。我見他之時，自然傾心歸助。（顏良、文醜白）如此卻好。大小三軍。（眾小軍上）（顏良、文醜白）就此起兵前往官渡，取回雲長便了。（眾應，各帶馬）（眾同唱）

【越調正曲·水底魚】戰鼓鼕鼕，旌旗映日紅。（合）三軍勇猛，曹兵一掃空，曹兵一掃空。（下）

第廿三齣　宴銅雀頌起群僚

（雜扮將校，淨扮曹操，生扮張遼，雜扮于禁，眾隨上）（曹操唱）

【南呂宮引·生查子】鼎建克期成，壯麗從來盛。四顧偶憑臨，氣概誰為並？

（白）孫劉二子失輝光，壯氣巍巍立帝邦。三千佩劍從王道，百萬貔貅列兩行。孤營建一銅雀臺，且喜落成。今日設宴臺上，與眾文武共樂。言之未已，眾文武來也。

（外扮王朗，生扮王粲、鍾繇、程昱、楊修、賈詡、荀彧、楊彪上）（唱）

【小石調引·如夢令】運略奇謀佐主，蓮花幕下賓忙。（雜扮曹仁、曹真、曹休、曹洪、張郃、夏侯淵、許褚、徐晃上）（唱）義勇冠三軍，一片雄心氣壯。擒王，斬將，方顯英雄伎倆。

（眾白）請了。今蒙主公賜宴，一同參見。（進見科）（白）眾官打躬。（曹操白）眾公免禮。（眾白）不敢。（曹操白）今有銅雀臺初成，特請列位共樂。吩咐奏樂，上臺。

（雜扮轎夫上，曹操上轎科）（眾繞場科，曹操下轎。眾上臺科）（曹操白

看酒來。(衆同唱)

【中呂宮正曲·好事近】開宴進霞觴,喜與興隆氣象。文獻武烈,天教會合明良。威伸四海,衆英雄,萬里都歸向。(合)看巍巍大業垂成,總伊周也應相讓。

(曹操白)今日大宴群公,無以爲樂。武將盡皆下臺,換了戎裝,聽候鈞旨。(衆應科,下)(曹操白)過來,將那西川紅錦戰袍,挂于百步之外垂楊枝上,樹下設一箭朵,如射中紅心者,就將錦袍賜之。(張遼、于禁應,傳科)(曹休白)曹休來也。主公在上,待曹休去射那紅心。(曹操白)群英射藝精妙,勿貽笑於衆人。(曹休白)主公,我曹休呵!(唱)

【又一體】穿楊,妙技世無雙,奮雄威萬人之上。飛馳駿馬,展雕弓正鵠無爽。(射科)(衆白)中紅心。(曹操白)此吾家千里駒也!將錦袍賜之。(將士應科)(夏侯淵白)住了。丞相,紅錦戰袍當賜與外人,宗族中不宜攙越。(作射中科)(白)快取袍來。(曹洪白)小將軍先射中,汝何奪之?看我與汝兩個解箭。(作射中科)(白)取袍來。(張郃白)你三人射中紅心,不足爲奇。待小將翻身射中那紅心。(曹操白)射來。(張郃唱)俺翻身舒臂,貫紅心,此際無多讓。(合)奪錦袍顯俺英雄,看寒星飛中金榜。(射科)

(衆白)中紅心。(曹子孝上)(白)誰敢奪俺錦袍?俺曹子孝來也!你們中紅心一箭,不足爲奇,看俺連中紅心三箭。(唱)

【中呂宮正曲·千秋歲】且停將,引滿雕弓放。(射科)(衆白)中紅心。(曹子孝唱)看矢發無虛堪獎。(又射科)(衆白)中紅心。(曹子孝唱)百步穿楊,百步穿楊,怎及俺,都中紅心之上?(又射科)(衆白)中紅心。(徐晃上)(白)誰敢取錦袍?留下與我。(徐晃白)汝等射紅心,何足稀罕?看俺單取那錦袍。(曹子孝白)且看你射來。(徐晃唱)(合)紫叱撥,英雄將,誇神射,難相讓,一箭名標榜。(射科)(衆白)射斷柳枝,錦袍墮下。(徐晃取袍披科)(唱)這錦袍佳製,徐晃相當。

(曹操白)好神箭也。(許褚上)(白)你將錦袍那裏去,早早留下與我。(揪住錦袍)(徐晃白)許褚,你敢奪我的錦袍麽?(許褚白)不讓我,大家穿不成。(作扭打科)(曹操白)不許動手!衆將都上臺來。(衆文武上臺科)(曹操白)孤特觀汝等之勇耳,豈惜一錦袍乎?諸將各賜蜀錦戰袍一領。(衆侍從取袍分賜科)(衆武將白)多謝丞相。(曹操白)依位而坐,看宴。(內奏樂,臺上設宴。衆文武進酒,各坐科)(曹操白)武將騎射爲樂,文官何不賦佳章以紀一時之盛?(王朗白)臣王朗謹賦。(曹操白)願聞其妙。(侍從進筆箋)

（王朗寫科）（白）銅雀臺高壯帝基，水明山秀瑩光輝。君臣慶賀休辭醉，携得天香滿袖歸。（曹操白）詩便作得好，這君臣二字，孤家怎麼敢當？取玉爵賜酒。（內侍取玉杯奉，曹操接，賜王朗）（白）玉爵賜汝。（作大笑科）（王粲白）臣王粲有俚言呈上。（曹操白）願聞佳句。（王粲寫）（白）銅雀臺高接上天，凝眸影裏舊山川。主公聖德齊堯舜，願樂升平萬萬年。（曹操白）二公佳作，過譽太甚矣，取玉爵賜之。孤家思量，適纔的説話比我作堯、舜、文、武，都不敢當，只升平二字以身任之。若是今日沒有孤家，也不知幾人稱帝，幾人稱王？或者孤家權重，因疑孤家有篡位之心，孤家每欲卸這兵機，奈無人可任此職。你們必不知我之心。（王朗、王粲同白）衆官怎麼不知？雖伊、周也不及丞相。（曹操白）伊尹當日放太甲于桐，你們這等説話，言重了，取紙筆來，孤家也賦幾句。（唱）

【中呂宮正曲·紅繡鞋】珠璣亂撒雲章，雲章，古今罕有鷹揚，鷹揚。看一戰，靖邊疆。齊武德，樂陶唐。受慶賀，地天長。

（白）吾獨步於高臺兮，俯仰萬里之山河。（笑科）撤宴下臺。（合唱）

【尾聲】銅臺大宴心歡暢，那怕他群雄恣力狂，好看取一統山河定魏邦。

（下）

第四本（上）

第一齣　赤兔馬歸真主控

（衆扮軍士、將官，衆扮曹洪、曹仁、徐晃、李典、夏侯惇、夏侯淵、許褚，淨扮曹操上）（唱）

【小石調引·憶故鄉】開宴樂頻張，國士重非常。

（白）前差張遼筵宴雲長，送他袍帶、美女、黃金、壽亭侯寶册，不知受否。張遼爲何不見到來？（將官白）到時通報。

（雜扮軍士，引生扮張遼上）（唱）

【黃鐘宮引·玩仙燈】奉命宴雲長，可羡他赤膽忠良。

（白）張遼見。（曹操白）張遼，昨日筵宴雲長何如？（張遼白）袍帶、黃金受了，寶册、美女不受。（曹操白）爲何不受？（張遼白）上面缺少漢字。（曹操白）孤乃漢之元勳，漢即是孤，添上漢字何妨？他說幾時與孤相見？（張遼白）他說今日自來謝宴。（丑扮報子上）（白）報，報，報，今有河北冀州袁紹。（曹操白）喘定氣息，緩緩報上來。（報子白）報，報，報！今有河北冀州袁紹差兩員大將，名喚顏良、文醜，頭如斗大，面似蟹蓋，眼似銅鈴，鬚似鋼錐，身長丈二，膀闊七圍，手持大刀，站在陣頭之上，一來一往，一衝一撞，口稱天下有一無二。聞知丞相新收一將，名曰雲長，一來比刀，二來比力，三來要取雲長回去。（曹操白）張遼，我與袁紹素無釁隙，爲何興動人馬與我交戰？（張遼白）主公不必驚異，想是劉備投在袁紹處，聞知雲長在此，借兵前來取他回去。（曹操白）如今作何計較？（張遼白）張遼有一計。（曹操白）有何計？（張遼白）少刻雲長到此，叫報子連報數次，前面依他一樣，後面更改一字。（曹操白）那一字？（張遼白）取字改擒字，激他前去斬了顏良，並絶雲長歸路。（曹操白）好，你就吩咐那報子。（張遼應科）（白）報子過來。（報子白）有。（張遼白）聽我吩咐，少刻雲長到此，着你連報數次，前面依你一樣，後面更改一字。（報子白）那一字。（張遼白）三來要擒雲長回去。（報子白）小人不敢説。（張遼白）主公在此，不妨。（報子白）曉得。（下）（張遼白）主公，雲

長少頃即到。（曹操白）伺候了。（衆應科，同下）

（衆扮軍校，引净扮關公上）（唱）

【雙角套曲・錦上花】宴罷翻增人意懶，爲仁兄阻隔關山。弟兄們不幸在徐州失散，算將來整整半年。俺與他相會少見面難，提起來心酸，不由人不淚漣，因此上意遲遲，懶下雕鞍。（到科，下馬）

（張遼上）（白）兄長請了。（關公白）賢弟請了，煩賢弟通禀一聲。（張遼白）請少待。主公有請。（衆引曹操上）（白）怎麼説？（張遼白）雲長到了。（曹操白）開中門。（衆將官白）開中門。（關公白）丞相請了。（曹操白）賢侯從甬道而行。（關公白）敗軍之將，焉敢從甬道而行？（曹操白）説那裏話？你乃漢朝一將，我乃漢朝一相，將相皆同。（關公白）名爵不等。（曹操白）敬公之德耳。（進科，各坐科）（曹操白）賢侯爲何面帶淚痕？（關公白）夜來二位夫人夢見俺大哥身落土坑，今早問安，二位夫人在中堂啼哭不止，不由不感傷。（曹操白）張遼可能詳察？（張遼白）人逢土而必旺。想令兄令弟此去，必得城池，大吉之兆。（關公白）願符吉語。（曹操白）賢侯好美髯。（關公白）微髯不堪。（曹操白）有多少長？（關公白）一尺八寸，數百餘莖。（曹操白）曾無凋損乎？（關公白）逢秋凋落幾莖，逢春依舊復長。（曹操白）陣上揮刀不便。（關公白）用鬚囊盛之。（曹操白）張遼，取錦緞十端，送與賢侯做鬚囊。（關公白）多謝丞相。（曹操白）老夫所送粗袍爲何不穿？（關公白）穿在裏面。（曹操白）爲何穿在裏面？（關公白）丞相有所不知，這舊袍是俺仁兄所賜，久矣不見，着在上面，見舊袍如見俺仁兄一般。有一日尋歸舊主，思念丞相，再將所賜新袍着在上面，見新袍如見丞相一般。（曹操白）可見賢侯義出衷腸。（關公白）過獎了。（曹操白）張遼説賢侯早來謝宴，爲何來遲？（關公白）只因微軀頗重，馬瘦力微，故此來遲。（曹操白）既爲名將，豈可乏良騎？老夫殿中，任賢侯自選。（關公白）如此，願借一觀。（曹操白）張遼，吩咐開了馬廐。（關公白）這金叱撥？（曹操白）老夫的。（關公白）銀叱撥？（曹操白）張遼的。（關公白）獅子青？（曹操白）許褚的。（關公白）兔兒黃？（曹操白）夏侯惇的。（關公白）丞相，那柳陰之下有一騎紅沙馬，爲何散牧在野？（曹操白）賢侯可認得此馬？（關公白）莫非呂布之騎？（曹操白）好眼力。（關公白）爲何不用？（曹操白）此馬性劣傷人，無人降他，故此不用。（關公白）丞相戰將千員，連一騎馬也無人降他？（張遼白）馬多，用他不着。（曹操白）正是。馬多，用他不着。（關公白）末將部下有一馬童能降劣馬，與丞相降來何如？（曹操白）甚好。（關公白）馬童。（净扮馬童上）（白）有。

（關公白）那柳蔭之下有一騎紅沙馬，與俺牽來。（馬童應，作牽馬帶科，上）（白）馬到。（關公白）丞相，看此馬頭至尾長有一丈，蹄至項高有八尺，身如火炭，背上鋪絨，似有騰空之狀，帶去備來。（馬童作備馬）（白）馬到。（關公白）丞相，此馬備上鞍轡，越發雄壯了。（曹操白）越發好看了。（關公白）但不知他力量如何，那裏可以出馬？（張遼白）沙灘。（關公白）將馬帶往沙灘。丞相請。（曹操白）老夫不能。（關公白）賢弟請。（張遼白）小弟越發不能了。（關公白）如此，僭了！丞相請了。（曹操白）賢侯請。（關公上馬科，同馬童下）（曹操白）張遼，你看雲長坐在馬上，人高馬大，猶如天神一般。（張遼白）且看他回馬何如？（曹操白）有理。（馬童內白）馬來。（關公騎馬，馬童同上）（關公作下馬科）（白）好馬，好馬，果然好馬！（曹操白）賢侯連誇數聲，莫非心愛麼？（關公白）君子不奪人之所好。（曹操白）老夫奉贈。（關公白）果是戲言？（曹操白）豈有假意？（關公白）馬童，將馬帶過一邊。丞相請尊坐，待俺拜謝。（曹操白）賢侯，你好輕人而重畜。（關公白）怎見得？（曹操白）賢侯自到許昌，上馬金，下馬銀，三日一小宴，五日一大宴，美女十人，官封漢壽亭侯之爵，不曾下一全禮。今為此馬，下一全禮，豈不是輕人而重畜？（關公白）非某輕人而重畜，此馬可以日行千里。打聽俺大哥，若在數百里之外，早晨辭了丞相，晚間得見俺仁兄。有一日尋歸舊主，思念丞相，晚間辭了仁兄，早晨得見丞相。兩下俱全，焉敢不拜？（曹操作沉吟科）（關公白）丞相沉吟，莫非有悔馬之意？（曹操白）老夫寧可失信於天下，決不失信於賢侯。（關公白）如此，多謝丞相盛情。（報子上）（白）報，報，報！今有河北冀州袁紹差兩員大將，名喚顏良、文醜，頭如斗大，面如蟹蓋，眼似銅鈴，鬚似鋼錐，身長丈二，膀闊七圍，手持大刀，站在陣頭之上，一來一往，一衝一撞，口稱天下有一無二。聞知丞相新收一將，名曰雲長，一來比刀，二來比力，三來要擒雲長回去。（曹操白）拿去砍了。（關公白）住了，報子傳事，與他無干。（曹操白）放了。（軍士放科）（報子白）謝爺。（關公白）我且問你，他的陣勢排在那裏？（報子白）官渡。（關公白）那裏望得見？（報子白）土城。（關公白）就上土城。（同作上城科）

　　（衆軍引顏良、文醜上）（白）大小三軍，擺開陣勢。（衆軍走陣科）（曹操白）賢侯你看，擺得好陣勢。（關公白）丞相可認得此陣否？（曹操白）老夫失認。（關公白）名曰一字長蛇陣。（曹操白）看來此陣到也難破。（關公白）可惜俺三弟燕人張翼德不在，他若在此間，手提丈八矛，百萬軍中取上將首級，猶如探囊取物一般。（顏良、文醜白）大小三軍一齊吶喊。（衆應，吶喊科）

（曹操白）賢侯，你看標旗之下，好兩員驍將也。（關公白）丞相道他兩員好將，某家看來，就如插標賣首，且看他收陣何如。（顏良、文醜白）大小三軍，收了陣勢。（衆軍應，作繞場科，同下）（曹操、關公等作下場科）（關公白）賢弟，小宴之言，可曾達上？（張遼白）小弟忘記了。（關公白）險誤我大事。（曹操白）張遼，取甲冑過來，待老夫親自出馬。（關公白）住了，顏良一介，待俺擒來以報丞相，何如？（曹操白）賢侯是客，老夫怎敢相勞？（關公白）丞相説那裏話？自古道：養軍千日，用軍一時。怎麽説個勞字？（唱）

【雙角套曲·新時令】論平生，浩氣重綱常。怎肯的浪虚名，貽誚《伐檀》章。麟經褒貶素評量，抱丹衷寧肯遺忘。他那裏頻頻美意諄，設宴封侯示意良。雖然是施德應將德報償，也須是顯耀英雄壯。也不須列隊掄兵將，俺單騎當前，敵者心先喪，折衝在樽俎間，何異探囊？

【雙角套曲·撥不斷】陣雲開，馳騁任騰驤，太阿三尺閃星芒。子子干旄列，桓桓貔虎行，破重圍易如反掌。（下）

（曹操白）張遼，我看雲長必斬顏良，我就留他不住了。（張遼白）且看他出陣如何。（關公持刀上）（白）丞相，看末將披挂已就，就要出馬。（曹操白）好披挂！猶如天神一般。賢侯苦苦出馬，所爲何來？（關公白）一來蒙丞相情重如山，二來顏良不該誇此大口，三來，（唱）

【雙角套曲·落梅風】算不得扶持社稷功，保漢乾坤量，一片心天清月朗。熟習的龍虎韜鈐佐廊廟，立功勳青簡傳芳。

【雙角套曲·醉娘子】雄赳赳，威風膽氣剛。丞相呵，安坐許昌，心休悒怏。何慮彼氣如虹，貫石干城將。

（曹操白）看酒來。（關公白）吉兆到了。（曹操白）何爲吉兆到了？（關公白）昔日斬了華雄，杯酒未寒。今日斬顏良，又賜酒，可不是吉兆麽？（曹操白）顏良不比華雄，賢侯不要輕視了。（關公唱）

【雙角套曲·播海令】非是俺言太過，自誇强，本待要立功勳，以報公恩貺。轟轟烈烈勢鷹揚，試看金刀明曉日，寶劍掣秋霜，還要冀州擒袁紹，那怕官渡有顏良？（關公下）

（曹操白）帳前空有千員將，要比雲長半個無。（衆同下）

第二齣　青龍刀振壯夫殘

（衆扮將官、軍士，引淨扮顏良上）（唱）

【雙調引·秋蕊香】騰騰膽氣冲天,兵機文武雙全。人如虎豹猛當先,要把曹兵滅剗。

(白)戰鼓轟雷急,征袍映日紅。人如跨澗虎,馬似出潭龍。某,顏良是也。奉袁冀州將令,攻打曹瞞,來此扎營官渡,尅期進戰。夜來得了一夢,夢見火星下界,不知主何吉兆?俺受玄德公再三囑托,雲長之事,不免吩咐一聲。大小三軍,今後若有赤面長髯獨馬入我陣營來者,不許攔阻,放他進來,我與他答話。(衆應科,同下)

(雜扮健卒、馬童,引浄扮關公持刀上)(唱)

【雙調套曲·新水令】料顏良不是萬夫敵,今日裏,斬顏良,且從容。只聽鼓又催,焰騰騰施勇略,雄赳赳設兵機。笑談間解散了白馬重圍,向陣前獨自立。(唱)

【雙角套曲·駐馬聽】也不用後擁前催,整頓上鮮血征袍烈火旂。只憑俺一人獨自,披戴着殷虹氈帽隱金盔,韜藏鎧甲燦焌焌,誅英劍斜插絨縧繫。俺這裏施展雄威,(白)顏良賊,(唱)你就是鐵叉山,教伊頃刻歸泉世。

【雙角套曲·大德歌】只見他擺刀槍雁翅齊,列戰馬如鱗砌,佈陣圖長蛇勢。咚咚擂戰鼓,訶訶麾彩旂。一任他元帥千軍勇,怎當俺幹國將軍八面威。

(白)小校。(馬童白)有。(關公白)隨俺進營去,看我的刀一舉,即取人頭。(唱)

【雙角套曲·喬木查】休得要驚悸,莫待要遲遲。管取三軍中鬧垓垓,獨自個唱凱歸。(白)久聞顏良,只聽其名,未見其形。不免竟入中軍,斬了這廝,再作道理。(關公唱)斬顏良如兒戲,撞入在袁軍隊裏。(衆將官、軍士引顏良上)

(白)來者曹將何人?(關公白)看刀。(殺顏良科)(跟顏良小軍慌)(白)不免報與文將軍知道。(亂跑下)(關公唱)

【雙角套曲·沽美酒帶太平令】見顏良一命危,兩手指東西,帶血頭兒手內提。只憑俺一人獨自,闖入在軍營內,亂紛紛衣甲堆積,赤律律死屍橫地。逃命的林中躲避,投降的馬前拜跪。俺呵,聽軍中慶喜、賀喜,報曹公恩義。呀,道得勝將軍至矣。(同下)

(衆將校引浄扮文醜上)(同唱)

【正宮正曲·四邊靜】叵耐雲長忒無理,不顧桃園義,惡向膽邊生,怒從心上起。(文醜白)方纔軍士來報,顏良無故被關公殺死,爲此提兵前去報讎。衆將官,就此殺上前去。(衆應科)(同唱)(合)三軍努力,休得退避,與

顏良報此讎,方顯有豪氣。(健卒、馬童引關公上)

(文醜白)雲長,你無故殺死顏良,是何道理?(關公白)汝是何人?(文醜白)我乃大將文醜,特來報讎。(關公白)看刀。(殺,下)(衆軍跪下)(馬童、健卒引關公上)(白)方纔文醜提兵與顏良報讎,被俺一刀斬之。軍校,將此首級回營報功。(二卒應科)(一卒持書上)(白)劉皇叔有書呈上。(關公白)取上來。(看科)(唱)

【中呂宮曲·駐雲飛】見書悲腸,接得雲箋紙半張,錯把顏良喪,屈殺文家將。嗏,(白)小校,(唱)你與我多多拜上冀州王,叫他好生看養,轉眼之間,便去尋兄長。(卒白)嗄。(下)(關公唱)不日辭曹返故鄉。(同下)

第三齣　翼德據城賓作主

(衆扮兵卒,引凈扮張飛上)(唱)

【南呂宮引·挂真兒】怒髮冲冠多叱咤,據山中英雄獨霸。待得時來,蛟龍變化,殺却曹瞞方罷。

(白)堪嘆手足似瓜分,弟北兄南信不聞。何時骨肉重相見,再整桃園結義心。俺,張飛是也。自徐州與二位哥哥失散,大哥不知下落,二哥保尊嫂在下邳,未知凶吉如何。某自到芒碭山中,且喜聚得兵卒萬餘人。我想此處地方甚窄,錢糧不敷,難聚兵將,不免吩咐頭目起兵前去,倘有富足之城,借些糧草,却不是好?衆頭目,可帶領兵馬,齊到前面屯營結寨。(內應科)(張飛白)就此起兵前去。(衆應科)(同唱)

【越調正曲·水底魚兒】鐵騎駓駓,人人似虎貌。(合)刀槍映日,誰敢犯吾威,誰敢犯吾威?

(白)軍士每,這是甚麼地方?(兵卒白)咄,俺將軍問你地方居民,這是甚麼所在?(內應科)(白)是古城縣。(兵卒白)稟將軍,是古城縣。(張飛白)也到好座城池!軍校,縣官何人所命?(兵卒問)(白)此城知縣何人所命?(內白)曹丞相所命。(兵卒白)啟將軍,曹丞相所命。(張飛怒)(白)既是曹操所委,必是貪官。與我傳與縣官知道:張將軍到此,備些糧草,好好應付,萬事俱休。若是不肯,打破城池,殺了縣官,占了城池,免得後日有悔。(兵卒照前白)(內應科)(白)這古城山縣,又無糧草,休要在此打擾,往別處去罷。(兵卒照前白)(張飛白)這廝無理!衆軍校,與我打破城池,殺將進去。(唱)

【高大石調正曲·窣地錦襠】旌旂爛爛日暉暉,鐵騎紛紛赤電隨。攻城掠地我能爲,(合)管取琴堂遭劍危。(同下)(丑扮知縣,雜扮門子隨上)(知縣唱)

【越調正曲·水底魚兒】奉命司城,萬姓喜安寧。(合)詞清訟簡,鼓腹樂升平,鼓腹樂升平。

(白)承恩領命守斯城,赫赫琴堂百里聞。但恐菲才叨爵禄,願攄忠志報君恩。下官古城縣宰是也,奉曹相之命,守此城池。適間有張飛在此經過,借些糧草,回他没有去了。門子,快些叫左右,吩咐城下守城軍校,不許放他進來。(内應科)(書吏上)(白)有事不敢不報,無事不敢亂傳。禀老爺,不好了,那黑臉將軍殺進城來了,望老爺早作計較。(知縣白)怎麽好?快叫門子背了印,打從西門走了罷。(同唱)

【南吕宫正曲·節節高】芒山寇數千,勇争先,揮戈直入城中亂。黄塵暗,白刃寒,人離散。看他怒髮如雷電,教人不覺心驚戰。(合)奔馳城外且逃生,莫待更被誅夷難。

(内叫)(白)拿住縣官。(衆白)各逃性命,正是:雙手劈開生死路,番身跳出是非門。(下)(張飛衆上)(白)衆軍校,殺上前去。(衆應科)(唱)

【又一體】一時志奮然,逐貪官,胸中豪氣如虹貫。旌旂閃,日月懸,威名遠。山河再整民居奠,根基應在今朝見。(合)掃清宫闕要勤王,老天早遂平生願。(醜扮司城校尉上,虚白,發諢)(張飛衆戰科,張飛勝,司城校尉投降,虚白)

(張飛白)饒你狗命,縣官那裏去了?(校尉白)縣官背了印走了。(張飛白)縣官既走了,也罷。一面出榜撫安百姓,各按生理。再出榜文,招軍買馬,積草屯糧,在此屯兵,自做個快活大王。待等糧草完足,那時慢慢尋兄,未爲遲也。就此進城。(衆應科)(同唱)

【又一體】金刀耀白光,奮鷹揚[1],威名四海誰厮抗?人堪讓,顯氣昂,冲霄壤。從今德業重興王,古城永住難侵誆。(合)鶡鴒聊借一枝栖,謾將兄信來緝訪。

(張飛白)軍校,將芒碭山所有錢糧移營與此。(衆應科)(張飛白)吾今匹馬到山城,且把三軍扎住營。復怨除奸興漢業,須當積草與屯兵。(下)

校記

[1] 奮鷹揚:"鷹",原作"膺",據文意改。

第四齣　子龍奪食弟逢兄

（雜扮小軍，引生扮劉備上）（白）災生不測，禍起須臾。誰想二弟雲長忘了桃園結義之情，順了曹操，殺了河北顏良、文醜二員上將。若收殘兵回見袁紹，我命難逃，不如奔走他鄉，尋取三弟張飛，再作道理。正是：時乖未際風雲會，羞向人前道姓名。（唱）

【仙呂宮正曲・皂羅袍】自恨生時不利，嘆重重災咎，緊緊相隨。雲長直恁太心虧，投曹一旦忘恩義。（合）顏良、文醜，斯人可悲，孤身隻影，何方可栖？生離遠別無由會。

（白）行來此間，不知是何地名？前面有所郵亭，不免少坐片時再行。

（衆扮馬夫，生扮趙雲上）（唱）

【又一體】暗想關張劉備，虎牢關一別，各自東西。朝思暮憶欲相依，何時再得重歡會？（白）俺趙雲，向依荊州劉表，看他亦非有為之人，為此辭別前來，以至青州。聞知此地有良馬，因此買馬而回。軍士們，看管馬匹，趲行前去。（衆應科）（趙雲唱）賢臣擇主，前途有為。蒼天憐念，後會有期，那時共聚扶王室。

（白）呀，前面那騎白馬，好似昔年送與玄德公的[1]。待我仔細看來，原來是玄德公。（各相見交拜科）（趙雲白）皇叔，聞得已領徐州牧，今日為何一人在此？（劉備白）子龍不知，一言難盡。（趙雲白）皇叔請講。雲長、翼德，如今在那裏？（劉備唱）

【中呂宮正曲・駐馬聽】說起雲長，帶領家眷下許昌。頓忘了桃園結義，歃血同盟，順了強梁，誰知一旦歹心腸。（白）我往河北，借得救兵來接他，（唱）他把顏良、文醜刀頭喪。（白）今無計可施，恐袁紹見罪，（唱）（合）因此上奔走他鄉，孤身獨自，將誰依傍？

（趙雲白）原來如此顛沛！小弟自虎牢關一別，不幸公孫瓚殞亡[2]。今依荊州劉表，看他亦非有為之人。幸與皇叔相會，情願跟隨，一同前去。（劉備白）若得子龍相助，何愁大事不成？（趙雲白）待我到村中買些酒飯，與皇叔充飢。（劉備白）甚好。（同下）（雜扮衆強盜抬食物上，虛白科）（趙雲白）住了，你們抬的是甚麼東西？（一強盜白）無名大王的膳。（趙雲白）抬過來，與有名大王喫。（作搶科）

（衆強盜、衆嘍囉引淨扮張飛上）（唱）

【引】古城自在爲寨主，創立江山第一人。

（白）做甚麼？（一强盜白）禀大王，大王爺的膳被有名大王搶去了。（張飛白）怎麼，我的膳被有名大王搶去了？抬我的槍來。（劉備上，見科）（白）呀，這不是三賢弟翼德麼？（張飛白）誰人叫我？呀，原來是我那仁兄。（唱）

【中呂宫隻曲·上小樓】難中相見，頓生歡喜，如渴得梅，如魚得水。前事休提，鳥投林，臣擇主，再投別地。咱和你定乾坤再扶社稷。

（白）叫人來擺齊隊伍，請你皇叔進城。（內吹打）（張飛白）人來，快排宴，與你二位仁兄接風。（衆强盜白）得令。（張飛白）仁兄，可知二仁兄的消息？（劉備白）賢弟，再不要説起。當初我和你徐州失散，關某保家眷在下邳，誰想曹兵將城圍了，着張遼進城説他投降。愚兄投奔冀州袁紹處，借得大將顔良、文醜，殺往許昌，報取冤讎，以迎家屬。誰料關某實心降了曹操，却把顔良、文醜盡皆斬了。曹操如今封他漢壽亭侯，上馬提金[3]，下馬提銀，三日小宴，五日大宴，黃金千鎰，美女十人。他如今受享富貴，忘了當日桃園結義，生死之言，如之奈何？（張飛怒喊白）有這等事？哈，紅臉的你起這歹心，難道就忘了桃園結義之情麼？且住，我想二哥乃仁義之士，必有不得已而爲之。況保着二位尊嫂，真個就歸了曹操不成？咳，只是人心不可測度，且待日後見面之時，哈，紅臉的，只教你認得老張呵！大哥，且喜子龍到此。我想這古城略略有些錢糧，莫若權且住扎，且招軍買馬，聚草屯糧，以圖大事，有何不可？（劉備白）賢弟之言有理。（張飛白）三人相會古城中，撇了雲長得子龍。（劉備白）人情若比初相識，（同白）焉能有始却無終？（同下）

校記

［１］好似昔年送與玄德公的："昔"，原作"借"，據文意改。
［２］不幸公孫瓚殞亡："亡"，原作"忘"，據文意改。
［３］上馬提金："提"，原作"蹄"，據文意改。本劇下同。

第五齣　挂印封金尋舊主

（衆扮軍校、馬童引净扮關公上）（白）辭曹封庫，千里獨尋兄。（軍校白）禀上將軍，曹丞相退了晚堂了。（關公白）怎麼，我纔早膳，就退晚堂？（軍校白）又挂了酉時牌了。（關公白）尚未交午，怎麼未午先挂酉時牌？又是張遼詭計，不容相見，吾不能前去尋兄。軍校，取筆硯過來，將這粉墻掃潔净了。

（軍校應，取筆硯）（關公寫科）（白）堪笑曹公用計乖，未午先挂酉時牌。連辭三次無顏色，匹馬單刀歸去來。（衆同下）

（旦扮侍女，隨旦扮糜、甘二夫人上）（唱）
【雙調引・新水令】冠兒不戴懶梳妝，插金釵烏雲相傍。空閨愁客況，憶家鄉，影成雙，故國遥瞻望。

（衆引關公上）（白）軍校，收拾車馬伺候。（衆應科）（二夫人白）二將軍出征，鞍馬勞頓，但不知打聽得你哥哥消息否？（關公白）啓二位尊嫂得知，某家打聽得皇叔在冀州袁紹處，即刻辭曹尋歸舊主，特來稟知尊嫂。但恨張遼詭計，未午先挂酉時牌，使我不得面辭曹操。（二夫人白）如此，怎生是好？（關公白）我有道理，待我修書一封，一謝曹公，挂寶封金，匹馬單刀，護送尊嫂，千里尋兄，以表當年結義之情。（二夫人白）若得將軍如此周全，我姐妹幸甚，皇叔幸甚。（關公白）說那裏話？左右，看文房四寶來。（軍校應，取科）（關公唱）
【高宮雙曲・端正好】憑智力，將俊才收。假仁義，把民心結。各施送英武豪傑，亂紛紛據地圖功業，却便似鬧嚷嚷蠅争血。

（白）正所謂：秦失其鹿，天下共逐，有高才捷足者先得之。（唱）
【高宮雙曲・滚繡球】智的他見得別，某量他不敢惹。（白）若得去呵，（唱）稱了我一生心百年名節，欲留下一封書與曹相辭別。我這裏取雲箋，做書束叠，染霜毫，將真字寫，一星星把志誠實說。墨花新運動龍蛇，只我這半年兄弟音書阻，怕什麼千里關山道路賒，我豈憚跋涉？

（二夫人白）書已寫完，但不知何日啓程？（關公白）就是今日啓程。二位尊嫂，只帶原來行李，曹公所賜之物，分毫不可帶去。（二夫人白）曉得。（關公白）左右，將此書安在中堂公案之上，把這漢壽亭侯寶懸在梁上，金帛封貯庫中。（軍校應科）（關公唱）
【高宮雙曲・倘秀才】將書與曹公告別，把府庫封緘密者，二位尊嫂穩上車。（白）左右，輾車過來，請二位夫人登車。（衆軍校御車上，二夫人各上車，轉科）（雜扮門官上）（白）敢問將軍封府懸寶，欲往何處去？（關公白）你是門官麼？煩你與我拜上丞相，關某河北尋兄去也。（門官白）可有文憑？（關公白）大丈夫橫行天下，何用文憑？（門官白）將軍既無文憑，待我稟過丞相，然後放行。（關公怒科）（白）丞相尚然不肯阻擋，你是何人，敢說此話？（門官復攔科）（關公欲殺門官科）（白）看刀。（門官急下）（關公同唱）正是遠尋鴻雁侶，跳出虎狼穴，關雲長去也。（同下）

第六齣　紅袍藥酒餞賢侯

（衆扮軍士、將官、健將，生扮張遼，副扮許褚，淨扮曹操上）（唱）

【小石調引‧撞破歌】英雄只恐難留戀，因此未曾相見。（看科）（白）壁上有詩，待我看來。堪笑曹公用計乖，未午先挂酉時牌。連辭三次無顏色，匹馬單刀歸去來。（看詩科[1]）

（白）呀，果然不辭而去。（雜扮門官上）（白）有事不敢不報，無事不敢亂言。禀上主公，關雲長封金挂寳，留書一封，不辭而去。（曹操白）你爲何不攔阻？（門官白）丞相一向待他好[2]，所以小人不敢攔阻。（曹操白）無用的狗頭。（門官白）是。（下）（曹操白）張遼，你看雲長真乃大丈夫，來得清清，去得明明，這樣人我甚是相敬。可備錦征袍一件，置酒筵宴[3]，趕至灞陵橋與他餞別便了。（張遼白）曉得。（曹操下）（許褚白）雲長好生無理，我主公這樣待他，竟不辭而去，莫說主公，就是我老許跟前，也該辭我一辭！方纔主公吩咐置酒與他餞行，我那裏有好酒與他喫，不免將酒內放些毒藥，一邊盛着好酒，一邊盛着藥酒，好酒與主公喫，藥酒毒死他方消吾恨。雲長，雲長，叫你明槍容易躲，暗箭最難防。（下）

（衆扮軍校，雜扮馬童、車夫、侍女，引旦扮二夫人，淨扮關公上）（唱）

【高宮套曲‧九轉貨郎兒】涼時節秋分八月。（白）軍校，車輛已出城，吩咐緩緩而行。（唱）向郊外，怎把車輪慢拽，遠山遙望，見曉雲遮。那一派風凛冽到秋來，愁聽雁行斜，俺這裏舉目天涯一望賖。

（白）軍校，接馬。（軍校應科）（關公白）且住。（唱）

【二轉】本待要下征鞍遲遲意懶。（白）軍校，前面是甚麼地方？（軍校白）鎮河灣。（關公唱）遙望見疏林一片，數間茅屋鎮河灣。車兒住錦韉暫停驂。（白）軍校接馬。（軍校作接刀馬科）（關公白）馬，俺自尋歸舊主，你有幾場辛苦，俺有幾場鏖戰。（滾白）這些時人不曾卸甲，馬不曾離鞍。馬呵，（唱）俺與你何曾得暫閒？（白）二位尊嫂可要過中？（二夫人白）此處離許昌不遠，要緊趕路，不要過中了。（唱）我將玉糧自減。（關公白）二位尊嫂，此乃路途之上，比不得在許昌。（滾白）説甚麼玉糧自減，（唱）勸尊嫂把美味更加餐。

（二夫人白）不要用了，快些趕路罷。（關公白）帶馬。（軍校應科）（關公唱）

【三轉】光閃閃晴霞輝照，碧沉沉寒波浩渺。滴溜溜風吹落葉飄，拆葦

乾柴似，枯荷被霜淍。蕭瑟瑟連天衰草，鬧嚷嚷孤鴻哀叫。程途甚杳，時值秋高，憂懷繚繞，急煎煎心隨落日遙。（內吶喊科）（唱）

【四轉】猛聽得一聲高叫，待咱勒渾紅回頭覰着。（內白）曹丞相餞行。（關公唱）他那裏是餞陽關送故交，這就裏俺猜着，莫不是狹路相逢，冤家來到？（二夫人白）這怎麼了？（關公唱）勸尊嫂莫嚎啕，且免心焦放開懷抱，只憑關某，武藝兒高，他總有萬丈深潭計，當不過明晃晃，三停的偃月兒刀。（白）將車輾過灞陵橋。（眾軍校應科）（關公唱）且看他其間有甚麼圈套。（眾扮軍將，生扮張遼，副扮許褚，雜扮轎夫，引凈扮曹操上）（同唱）

【黃鐘宮正曲·出隊子】心猿意馬，急急前行去趕他。可笑雲長見識差，不辭而行別了咱。（合）灞陵橋上，餞行與他。

（曹操白）張遼向前答話。（張遼白）仁兄請了。（關公白）賢弟請了。（張遼白）主公到了。（關公白）快請相見。（眾應科）（曹操白）賢侯請了。（關公白）丞相請了。（曹操白）為何不辭而來？（關公白）非某不辭而來，連辭三次，不容見面，未午先挂酉時牌。桌案上有一小束，可曾見否？（曹操白）老夫已曾見過華翰。（關公白）既是見過，可見關某來明去白。丞相請了。（曹操白）賢侯請住馬。今聞賢侯遠去，老夫心寔不舍，特來餞行。（許褚白）將軍下馬穿袍。（吶喊聲科）（關公白）呀，他餞行來乃是好意，為何後面兵卒紛紛，旌槍簇簇？你看張遼、許褚二人目視言語。（唱）

【五轉】您那心事兒俺可也猜着了，莫不是有甚麼樣圈套？再休想，漢雲長俛首歸曹。（曹操白）賢侯本是春秋丈夫。（關公唱）是春秋賢大夫，並沒有分外的知交。（張遼白）美酒羊羔。（關公滾白）美酒羊羔。（張遼白）如蜜香醪。（關公滾白）如蜜香醪。（作想科）（唱）他縱有美酒羊羔，如蜜香醪，俺還要假妝成個醉劉伶，使那廝謀不成時計不就，管教他一場兒好笑。這就裏俺先知覺，俺自有虎略龍韜偃月刀，那怕許褚與張遼？俺可也隨機應變智謀高。（軍校應科，下）

（曹操白）老夫誠敬賢侯之心甚是不薄，為何頓然別矣？（關公唱）

【六轉】怎道俺受恩深全然不報？那知俺來明去白別分毫。俺只為人言輕信，錯斬顏良，為吾兄寄書來心似搗。因此上悲悲切切，目斷魂勞，心心念念，憂懷怎掃？影形相弔，俺也曾朱門頻造，你未午牌標。俺可也義比白雲高，心同秋月皎，早把那印信懸着，黃金封了，細語叨叨，料把我封函曾剖，親賜宣詔，應知分曉。何為的駕龍驂，來這荒荒古道，重與話周遭？（軍校作低應科，上）

（白）稟將軍，二位夫人説此去路途遥遠，不可再此盤桓耽擱。（關公白）軍校。（唱）

【七轉】多拜上二位尊嫂，休憂慮且免心焦。俺決勝在今朝，休得在耳邊厢絮絮叨叨，他見識已参透了。（軍校應科，下）（曹操白）張遼，撤宴過來。（關公白）戎馬之際，何暇飲酒？待關某立飲一杯，領承台命。（曹操白）送酒上去。（張遼、許褚應科）（作送酒，關公接酒科）（曹操白）賢侯請酒。（關公唱）恁那裏設筵宴，把某相邀，開懷抱飲香醪。（白）看此酒比許昌大不相同。我有道理，丞相可有酒？（曹操白）有酒。（關公白）某家與丞相相換而飲，何如？（曹操白）使得。（許褚白）關將軍，我主公此頭杯酒，特爲將軍而設，那有相換之理？（關公白）既如此，依某家一件。（曹操白）那一件？（關公白）頭一杯祭了天地，二杯再飲，何如？（曹操白）但憑賢侯。（許褚白）關將軍説那裏話，頭杯飲過，二杯再敬天地不遲。（關公白）難道某家大似過天地不成？（許褚白）雖然天地大，我主公來意也不小。（關公白）少説。（曹操白）少説。（關公白）老天，關某河北尋兄，此酒若有毒味，刀上見分明。（作舉酒科）（白）祭過了。許仲康，你的酒，俺的手，借敬你何如？（許褚白）末將點酒不聞。（關公白）前日在許昌已曾飲過。（曹操白）就飲何妨？（許褚白）前日喫過幾杯，昨日纔戒了。（關公白）哇，（作傾酒科）（曹操見科）（怒對張遼、許褚白）這是怎麽説？爲何用起藥酒來？（關公唱）焰騰騰一似火來燒，（衆軍校暗上）（關公唱）殺教他亡家敗國禍根苗。

【八轉】休得要胸懷奸狡，休得要笑裏的藏刀，休言杯酒餞西郊，俺也將伊猜料，猜料，有蹊蹺。教人怒怎消？都是那弄機關奸謀造。張遼的計也高，許褚的計也高。列着香醪，假意相招，心生計較。看傾翻杯酒，杯酒，横澆。今番識破根苗，堪笑你羞慚的怎了，把前情細想着，把機謀細想着，好教俺平分的恩怨兩開交。

【九轉】俺本是南山豹，北海蛟，鰲魚脱却金鈎釣，擺擺摇摇。俺也曾修書來把恩情告。（白）丞相此計決不該設。（曹操白）老夫不知。（關公白）張文遠。（張遼白）有。（關公白）許仲康。（許褚白）在。（關公唱）是爾等各使的謀略，激得俺心中懊惱，勒渾紅舉起刀。（曹操白）看老夫薄面。（關公唱）若不是丞相情義好，將你那讒臣個個都梟了。（白）捧袍者何人？（許褚白）許褚。（關公白）近前答話。（許褚應，送袍科）（關公白）看刀。（曹操白）看老夫薄面。（關公白）若不是丞相在此，俺一刀從上而至下，（唱）許褚、張遼智不高，安排藥酒害吾曹。三請雲長不下馬，（白）展袍來。（唱）將刀挑起錦

征袍。(軍校作接袍科)(關公唱)向明公告別,雲長公去了。(下)

(曹操白)張遼,此計何人設的?(張遼白)張遼不知。(曹操白)許褚。(許褚白)許褚也不曉。(曹操白)雖然如此,我愛雲長一點忠,(許褚白)紅袍藥酒總成空,(張遼白)劈破玉籠飛彩凰,(合)頓開金鎖走蛟龍。(下)

校記

[1] 看詩科:"看",原作"前",據文意改。
[2] 丞相一向待他好:"一",原作"已",據文意改。
[3] 置酒筵宴:"置",原作"魯",據下文"置酒與他餞行"改。

第七齣　邂逅莊翁書別贈

(净扮關公,旦扮糜、甘二夫人,衆扮軍校、侍女同上)(關公唱)

【仙呂調套曲·八聲甘州】俺本是濟世豪傑,赤膽心懷忠自重,精誠貫日,氣吐虹霓。一自在徐州失散,四海飄蓬,嘆渺渺身軀,怎當得迢遞尋踪?曹相有百般攔擋,怎當俺行色匆匆?車兒滾滾如雲送,鞭馳匹馬走如風。早不覺金烏漸西墜,玉兔升東。

(白)軍校,天色已晚,且向村莊借宿。(軍校應,叩門,虛白)

(外扮胡華上)(白)隱居村落無閒事,誰傍柴門惹犬聲。誰人叫門?(軍校白)我將軍欲借你莊上投宿。(胡華白)待我相見。(作見關公施禮科)(白)敢問將軍高姓尊名?(關公白)老丈。(唱)

【仙呂調套曲·哈哈令】問其名關某凡庸。(胡華白)居何位?(關公唱)問其位王侯職重。(胡華白)今欲何往?(關公唱)只爲兄弟失散各西東,不辭勞千里,訪迹去尋踪。

(胡華白)原來是關將軍,失敬了。天色已晚,就在舍下安歇,明早再行,尊意如何?(關公白)多謝,輓車。(衆應科,下)(胡華白)人來,請二位夫人後堂茶飯,山妻相陪。(關公白)老丈請上,容我拜謝。(胡華白)何須行此禮?(關公唱)

【仙呂調套曲·醉冥婆】非是俺鞠躬,非是俺逞雄,只爲桃園結義如山重。

(胡華白)聞將軍百萬軍中刺顏良、誅文醜,好英雄也!(關公唱)

【仙呂調套曲·柳葉兒】刺顏良百萬軍中,誅文醜白馬坡東,灞陵橋上別奸雄。他那裏識孤忠？唬許褚忙把征袍送，堪笑他巧計成空。
（白）請問老丈高姓。（胡華白）老夫姓胡名華，昔爲諫議大夫，只爲奸臣弄權，隱居林下。（關公白）如此，失敬了。（胡華白）不敢。（關公白）請問有幾位令郎？（胡華白）有一個小兒名喚胡班，在四關王植大夫手下爲將。（關公白）既是令郎在四關，老丈何不周全小將過關？（胡華白）將軍放心，今晚在小莊安宿一宵，明早有書帶與小兒[1]，詳細備在書上，他自有區處。（關公白）但恐令郎各爲其主，不容關某前去。（胡華白）吾兒素懷忠孝，兼且重義，決無阻擋。（關公白）如此，多謝了。（胡華白）不敢，將軍鞍馬勞頓，請安置罷。（關公白）請。（胡華白）程途多跋涉。（關公白）千里爲尋兄。（胡華白）荒莊投一宿，（關公白）來早便登程。（同下）

校記

[1] 明早有書帶與小兒："帶"，原作"代"，據文意改。

第八齣　隄防關將命輕捐

（衆扮軍士，引副扮孔秀上）（唱）
【小石調引·憶故鄉】韜略腹中藏，威名四海揚。
（白）頭戴金盔輝日光，身披鎧甲似寒霜。腰間寶劍如秋月，腕上雕弓十石強。自家鎮守東嶺關孔秀是也。聞知關公河北尋兄，將近到我關上。左右，需要緊守關津，嚴加盤詰，如有文憑，放他過關，如無文憑，不要放一人過去。（軍士應科，下）
（衆扮軍校、馬童、車夫，旦扮二夫人、侍女，淨扮關公上。）（仝唱）
【仙呂宮正曲·八聲甘州】半載馳驅，爲辭曹歸漢，途路俳徊。雕鞍駿馬，見芳塵臨步相隨。孤鴻唳起征夫意，杜宇聲添遊子悲。
（軍校白）稟將軍，已到東嶺關了。（關公白）關上何人？（衆軍士引孔秀上）（白）我乃鎮守東關大將孔秀是也。來將何往？（關公白）關某河北尋兄，借貴關經過。（孔秀白）若有文憑，放你過關；沒有文憑，將二位夫人當下，回去取了文憑來，放你過去。（關公白）咄，這廝敢出污言！孔秀，看俺手中的刀取你驢頭！（孔秀白）看槍。（關公殺孔秀科，下）（白）衆軍士休怕，吾殺孔秀，不得已也，與衆無干。（軍士白）多謝將軍。（關公白）開關，送二位夫人過關。（唱）（合）思歸，想桃園結義難違。（衆同下）（衆扮軍士，引生扮韓福

上)(唱)

【接雲鶴】文韜武略鎮邊疆,自古英雄佐帝邦。

(白)慷慨男兒志,英名播四方。文韜安社稷,武略鎮諸邦。某韓福是也。今日有關公河北尋兄,東嶺關已斬了孔秀,不日來至洛陽,將到我關,恐他奪關而出。我有道理,不免喚首將孟坦出來,與他商議,早作準備,緊守隘口便了。孟坦何在?(丑扮孟坦上)(白)來也。手提七星劍,身披禿爪龍,擺開大四對,劈破錦展風。自家孟坦是也。主帥呼喚,不免向前。孟坦打躬。(韓福白)孟坦。(孟坦白)有。(韓福白)聞知關公河北尋兄,已過頭關,斬了孔秀,將近到我關。你可將鹿角叉擋住去路,等他來時,你與他答話,我在暗中射他一箭,有何不可?(孟坦白)得令。(韓福白)只叫他明槍容易躲,暗箭最難防。(同下)

(衆扮軍校、馬童、車夫,旦扮二夫人、侍女,淨扮關公上)(唱)

【仙呂宮集曲·甘州歌】細雨濕征衣,見四圍山色,景物淒淒。猛然想起,把心猿意馬拴緊。人在天涯凝望眼,路途心慌恨馬遲。(軍校白)禀將軍,來此洛陽關了。(關公白)把關將帥何人?(衆軍校引韓福、孟坦上)(白)太守韓福。(孟坦白)神將孟坦。(韓福白)來將何名?(關公白)關某。(韓福白)往那裏去?(關公白)河北尋兄。(韓福白)可有文憑?(關公白)沒有。(韓福白)沒有文憑,開關之説,實難從命。(關公白)嗯!(孟坦喊叫)(關公白)你叫甚麽名字?(孟坦白)我乃孟坦。(關公白)嘎,你就是孟坦。(孟坦白)哆。(關公白)久聞你是英雄好漢,俺也是英雄好漢,為何將鹿角叉叉了去路?何不去鹿角叉,你一槍俺一刀,見個輸贏,你意何如?(孟坦白)着,着,着,説得有理,他是英雄好漢,俺也是英雄好漢,他一刀俺一槍,見個輸贏。大小三軍,去了鹿角叉。(關公白)放馬過來,看刀。(殺孟坦,下)(韓福白)看箭。(關公作躲科)(衆軍趕衆卒下)(韓福白)大小三軍,你看關雲長被俺一箭射退,隨俺擒來。(作對敵,關公殺韓福科,下)(唱)(合)臨關隘,路傍岐,一群三雁嘆孤飛。遥瞻望,道險巇,隄防失足用心機。(同下)

第九齣　净國寺借酒作刀

(衆扮軍士,引副扮卞喜上)(唱)

【高大石調正曲·窣地錦襠】朝臣待漏五更寒,鐵甲將軍夜渡關。山寺日高僧未起,(合)算來名利不如閑。

（白）自家汜水關卞喜是也。聞知關公河北尋兄，過了兩關，斬了三員大將，將近到我關。我如今假意安排筵席在淨國寺中，待他到來飲宴之時，袖藏流星錘打死他，豈不妙哉！計就月中擒玉兔，謀成日裏捉金烏。（下）

（眾扮軍校、馬童、車夫，旦扮二夫人、侍女，淨扮關公上）（唱）

【雙角套曲‧新水令】行程萬里陣雲高，展旌旗戈矛光耀。劍戟凝霜雪，鎧甲罩征袍。馬壯人豪，盼河北何時到？

【雙角套曲‧駐馬聽近】客路迢遙，（吶喊科）（同唱）忽聽得軍中鳴畫角，令申嚴號，奔騰鐵騎似狂潮，龍驤虎賁繡旗標，風塵起處敵兵到。（關公唱）俺關某心轉焦，（同唱）何時節唱凱歌，把金鐙敲？

（眾軍士引卞喜上）（白）關將軍請了。（關公唱）

【雙角套曲‧錦上花】見馬前躬身立着，俺這裏勒馬停刀，（卞喜笑科）（關公唱）他那裏揚聲高報。（白）來將何名？（卞喜白）我乃汜水關卞喜是也。（關公白）將軍可知孔秀、韓福等之事乎？（卞喜白）末將盡知。此二人不識天時，不肯放將軍過關，乃是自取其罪。今末將聞知將軍河北尋兄，從此經過，聊具蔬酒在淨國寺中，況天色已晚，安歇一宵，明早登程，不知尊意如何？（關公白）多謝。輾車。（眾應科）（同唱）駿馬巡行，長堤古道，早不覺山門到了。（眾軍校、車夫等下）（外扮普淨上）（白）和尚迎接。（關公唱）見長老合掌相迎，覷着他慇懃談笑。

（普淨白）將軍別來無恙？（關公白）長老說話，好像俺蒲州解梁人也。（普淨白）貧僧是蒲州解梁人也。將軍在蒲東，貧僧在蒲西，貧僧與將軍只隔一溪，昔日將軍曾在寺中看書。（關公白）莫非是普淨長老麼？（普淨白）然也。（關公白）請轉見禮。（普淨白）不敢。（關公白）親不親，故鄉人。（普淨白）美不美，村中水。（關公唱）

【又一體】昔年同一會，爭如故鄉好。（白）正是久旱逢甘雨，他鄉遇故知。（普淨白）人心防不測，莫待禍臨期。（卞喜白）胡說，下去。不知將軍遠來，未曾遠迎，多有得罪。（關公白）好說。（普淨白）我想關公忠義之人也，怎忍見他加害？不免手上寫個隄防二字。（卞喜白）哎，你說甚麼？（普淨白）沒有說什麼？（卞喜白）迴避。（普淨下）（關公唱）休說他胡言亂道，我與他同鄉情話，似漆投膠[1]。（普淨持茶上）（白）將軍請茶。（關公看手上隄防字，作會意）（卞喜白）看酒來，請將軍上席。（關公拿卞喜科）（白）哎。（眾軍校趕卞喜、兵卒下）（關公唱）假意兒把筵席擺着，暗藏機巧，兩廊下擺列槍刀。

【又一體】鼠賊並狼徒，迴廊各紛繞。惱得俺怒氣沖霄，舉手處把你化作，南柯夢杳。（殺卞喜，下）（普淨白）貧僧告辭。（關公白）長老，你往那裏去？（普淨白）貧僧往玉泉山去。（關公唱）你且在他鄉等着，有一日會見仁兄，把你加官賜爵。

（普淨白）將軍休說此話。貧僧乃方外之人，豈圖富貴？惟願將軍此去，早與玄德公相會，重扶漢室江山，則小僧慶幸甚矣。（關公白）但今日一別，不知何日再與長老相會？（普淨白）待貧僧論一論[2]。阿彌陀佛，二十年後，玉泉山下相會，將軍能脫此災危。（作笑科）你我不足慮矣。（關公白）多謝指教了。（普淨白）貧僧告辭了。（下）（關公白）帶馬。（衆應科）（同唱）

【鴛鴦煞】有緣幸遇禪師教，皇天不負咱忠孝。主謀的刀頭喪了，埋伏的四下奔逃。車兒拽得緊，馬兒去得疾，泗水關津已過了。（衆同下）

校記

[1] 似漆投膠："膠"，原作"醪"，據文意改。
[2] 待貧僧論一論："論一論"，原作"侖一侖"，據文意改。

第十齣　滎陽關漏風熄火

（衆扮軍士，引末扮王植上）（唱）

【小石調引·接雲鶴】經天緯地運奇謀，鎮守滎陽展大猷。

（白）韜略腹中藏，男兒志氣昂。擎天碧玉柱，架海紫金梁。下官滎陽關太守王植是也。聞知關公河北尋兄，過了三關，斬了四員上將。今日從俺滎陽關經過，不免喚胡班出來商議。胡班何在？（生扮胡班上）（白）自小生來志氣高，全憑武藝逞英豪。膽大截龍頭上角，心雄拔虎嘴邊毛。自家胡班是也。主帥呼喚，不免向前。胡班見。（王植白）胡班。（胡班白）有。（王植白）聞知關公過了三關，斬了四員上將，將近到我關來，我今假意迎他館馹中安歇，你可帶領軍兵，四面叠起乾柴，三更時分，放起火來，不得有違。（胡班白）得令。（王植白）不用再三親囑咐。（胡班白）想來都是會中人。（同下）

（衆扮軍校、馬童、車夫，旦扮二夫人、侍女，淨扮關公上）（同唱）

【南呂宮正曲·金錢花】重重關隘相爭，相爭，猶如破竹之聲，之聲。急忙躍馬向前行，（合）仗威武，逞英靈，若攔擋，教他受災眚。

（衆軍士引王植上）（白）關將軍請了。（關公白）請了。（王植白）下官王植，聞得將軍竟往河北，頗爲義氣，王植甚相敬伏，不敢相阻。但天色已晚，暫請館馹安歇，明早開關相送，不知尊意如何？（關公白）多謝了。請迴避。（王植下）（關公白）輾車。（衆應科，作進馹，二夫人下車）（關公白）搜來。（軍校白）啓將軍，並無奸細。（關公白）兩傍伺候。（胡班上）（白）聞得雲長好一表人才，但聞名而未覿面，不免偸覷他一覷，然後放火。怎麽將門閉上了？不免越墻而過。（關公白）那裏響？看來燈前有人，拿來。（軍校應，捉胡班見科）（關公白）你敢是刺客？（胡班白）並非刺客，久聞將軍之名，未得見面，特來偸覷。（關公白）軍校，搜來。（軍校搜科）（白）身無寸鐵。（關公白）既如此，軍校秉燭，那漢子抬起頭來看。（胡班白）看見了，將軍果是神威。（關公白）叫甚麽名字？（胡班白）胡班。（關公白）胡家莊上胡華長者，是你甚麽人？（胡班白）乃是胡班之父也。（關公白）怎麽，就是令尊！請起，見禮。（胡班白）不敢。（關公白）前日在寶莊，多有打擾令尊。（胡班白）好説。（關公白）若非足下今晚至此，險些忘了令尊有書在此。（胡班接書看科）（白）呀，父親書上，叫我周全關將軍過關。這怎麽處？有了，寧可違將令，不可違父令。（唱）

【中呂宮正曲·駐雲飛】聽説端詳，接得雲箋紙半張。險做奸邪党，屈害忠良將。嗏，(白)關將軍不好了，我奉主帥吩咐，將館馹四面圍叠起乾柴，三更時分，四圍放火，要燒死將軍。（關公白）刀馬伺候。（胡班白）將軍不要驚慌，此時趁王植無備，待我胡班引導送二位夫人出城便了。（關公白）如此，多謝[1]！軍校，請二位夫人登車。（胡班唱）不必恁驚慌，脱離災障，我悄地開關，送你前途上。（關公白）請二位夫人上車。帶馬來。（衆軍校、馬童、車夫、侍女、二夫人上車，行科）（王植、軍士隨上）（白）關將軍往那裏去？（關公白）放火燒吾就是你麽？（王植白）必是胡班走漏消息。（關公白）看刀。（殺王植，下）（胡班白）小將情願隨將軍前去。（關公白）甚好，輾車。（衆應科）（唱）（合）急脱牢籠免禍殃。（同下）

校記

［1］多謝：“謝”，原作“感”，據文意改。

第十一齣　棄盜投軍邪改正

（雜扮水雲上，衆扮水手、軍士，引生扮秦琪上）（唱）

【小石調引・撞破歌】英雄豪氣貫長虹,那怕百萬驍雄。

（白）自家秦琪是也。奉曹丞相之命,鎮守黃河渡口。聞知關雲長河北尋兄,過了四關,斬了五員大將,將近到此。我不免吩咐水手,把船兒撐在一邊,不要放他過去。水手。（水手白）有。（秦琪白）今有關雲長河北尋兄,過了四關,斬了五員大將,將近到此。你把船兒撐在一邊,不要放他過去,料他插翅也難飛過。（眾水手應科）（秦琪白）準備窩弓擒猛虎,安排香餌釣鰲魚。（下）

（眾扮軍校、馬童、車夫,旦扮二夫人、侍女,淨扮關公上）（同唱）

【南呂宮正曲・金錢花】惱伊曹操無知、無知,終朝把我相欺、相欺,不須插翅也能飛。（合）脫得去,謝神祇,若攔擋,受災危。

（眾軍士引秦琪上）（白）來將何名？（關公白）關某。（秦琪白）往那裏去？（關公白）河北尋兄,借你船過黃河渡口。將軍何名？（秦琪白）小將秦琪,奉曹丞相之命,在此把守黃河渡口。有文憑方須過渡,沒有文憑,休想,休想！（關公白）這廝無理,他不知我這馬能赴水,不免赴過水去,砍了這廝,再作道理。（秦琪白）水深難過。（關公白）看刀。（殺秦琪,下）（關公白）只殺秦琪,與眾無干,快擺渡船,迎接二位夫人過渡。（眾水手應科,作擺渡科）（眾同唱）

【中呂宮正曲・駐雲飛】一葉扁舟,風景蕭蕭添我憂。淚點啼痕,淚濕衣衫袖。嗏,冤恨怎生休？關關相守,若不是叔叔威風,怎把奴身救？全仗桃園誓願酬。（同下）

（淨扮周倉上）（唱）

【仙呂宮集曲・六幺姐兒】天神模樣,翁鞋纏腿,匾担作槍。面如黑鐵賽閻王,聲如雷吼,毛髮似秋霜。（白）壯志凌霄漢,精誠貫白虹。君恩如可報,龍劍有雌雄。某姓周名倉,前投軍在張角麾下,却被劉、關、張三人破了黃巾。我無棲身之地,逃往臥牛山,作些綠林勾當。我想此事,豈是我老周的結果,一心要改邪歸正,又恨無主可奔。前日聞知關將軍保了二位夫人,獨行千里,河北尋兄。此人真是精忠貫日,大義參天。意欲投他帳下,也做一個正經好人。呀,遠遠望見一族人馬,想是關將軍來也。（唱）俺誠心歸向,方是男兒自強。

（眾軍校、馬童、車夫、二夫人、侍女,引關公上）（同唱）

【仙呂宮集曲・六幺江水】徐州失散,兄弟分飛,失却雁行,曹公百計留許昌。（周倉白）請問一聲,來者何人？（軍校白）是關將軍。（周倉白）原來是關將軍到。(跪科)(白)將軍在上,小人投見。(關公白)道傍跪者何人?(周倉白)小人姓周名倉,曾在張角麾下。今日改邪歸正,願投將軍馬前效力,望乞容納。(關公白)此人雖然粗魯,却有一番忠義之心。過來,某家的刀,你可拿得動?(周倉白)待小將拿來。(作拿科)(白)小將拿得動。(關公白)好,收在帳下。(周倉白)多謝將軍。(關公白)軍校,來此甚麽所在?(軍校白)冀州。(關公白)前去問來,皇叔可在此處?(軍校白)城上的,劉皇叔可在此處?(內應科)(白)不在此間,前日已往古城去了。(軍校照前白科)(二夫人白)這怎麽處?(關公白)二位尊嫂,千里之遙尚然克日就到,此去古城乃平川之地,何須憂慮?眾軍校就往古城去者。(同唱)雲霧散,見天光。患難相隨,須則是地久天長。(下)

第十二齣　閉城迫戰弟疑兄

(眾扮兵卒,引淨扮張飛上)(唱)

【中呂宮正曲·駐雲飛】叵耐雲長,皇嫂相携下許昌,把結義情抛漾,降了曹丞相。嗏,惱得俺怒氣滿胸膛。非咱鹵莽,有日相逢,緊緊不厮放。(合)拿你的頭顱祭俺槍。

(丑扮軍校上)(白)有事忙來報,無事不敢言。自家乃是跟隨關將軍的軍校,奉關將軍之命,着我進古城報知三將軍。來此已是,不免進見。(見科)稟上三將軍,二將軍辭了曹操,離了許昌,送二位夫人到此與皇叔相會,叫快開城門,迎接進來。(張飛白)是那個二將軍?(軍校白)關將軍。(張飛白)怎麽紅臉的到了?(軍校白)二將軍。(張飛白)你對他説去,不仁不義,有始無終,忘了桃園,去降曹公。若要相逢,陣上交鋒。快去!(軍校白)小的有幾句話稟上三將軍。(張飛白)你説。(軍校白)虧了關爺千里尋兄,有仁有義,有始有終,不忘桃園,不降曹公,將軍説話,一竅不通。(張飛白)拿去砍了。(軍校下)(張飛白)抬槍來!眾軍校就此殺出城去。(唱)

【高宮雙曲·甘草子】他就是,八天王降臨凡世,俺便是一殿閻羅天子威,夜叉來探海,小鬼望風吹。你本是曹操親奴隸,第二嫡派宗枝。憑着俺丈八蛇矛鋭,纔顯俺勇猛張飛。(下)

(眾扮軍校、馬童、車夫、二夫人、侍女,引淨扮關公上)(白)千里來路遠,今朝兄弟逢。辭曹歸漢主,耿耿一丹衷。(軍校上)(白)報,三將軍領兵殺出城來了。(關公白)怎麽説?(軍校白)三爺説,二爺無仁無義,有始無終,忘了桃園,去降曹公。若要相逢,陣上交鋒。(關公白)這是怎麼說?看刀伺候。(衆兵卒引張飛上)(白)紅臉的。(戰科)(關公白)翼德。(張飛白)雲長。(關公白)三弟。(張飛白)放屁,誰是你三弟?你降了曹瞞,受他上馬金,下馬銀,三日一小宴,五日一大宴,黃金百鎰,美女十人,官封漢壽亭侯。你好受用,你好快活哩!看槍!(關公白)嗄,三弟,你道俺真心降曹,你且聽俺道來。(唱)

【中呂調集曲·粉蝶兒】俺本是幹國忠良。(張飛白)你是忠良,你是順曹瞞奸雄將。(關公唱)休猜做順曹瞞奸雄之將,只爲着弟兄情迅馬遊疆。一自在徐州散,算將來,有一年之上,晝夜思量。(張飛白)你思量上馬金下馬銀。(關公滾白)想皇叔和翼德,不能相親傍。打聽得大哥、三弟在古城中,(唱)俺關某特來相訪。(殺科)

(張飛白)紅臉的,你順了曹操,那天也不容你。(關公唱)

【中呂宮隻曲·醉春風】你道俺歸曹,棄漢不相當,我怎肯順曹歸逆黨?只爲桃園結義誓難忘,俺名兒怎肯教後人講、講、講?一心心要立漢王,直待要正乾坤,名揚四海,八方雄壯。

(張飛白)紅臉的,我恨不得一槍前心刺到你後心,方消吾恨。(關公唱)

【中呂宮隻曲·鬥鵪鶉】你那裏氣吽吽發怒持槍,不由人淚紛紛美語相央。好教俺左遮右擋,咱和你一衝一撞。俺怎肯奮勇迎鋒一命亡?枉了俺五關斬將,誅文醜顏良,怎顯得大節忠良?

(張飛白)紅臉的,你既不降曹,爲何有曹兵相助?衆軍校,就此收兵進城。(內吶喊科)(張飛作上城)(白)小校,閉了城門。(唱)

【仙呂宮正曲·惜花賺】只聽得金鼓轟敲,遠望曹兵似湧潮。觀旗號,上寫着蔡陽親領精兵到。喚小校,忙閉城門拽弔橋。(白)紅臉的,(唱)你就是個真强盜,不是張爺緊緊跑,險些落在伊圈套,怎生是好?怎生是好?

(關公白)三弟,快開城門,迎接二位夫人進城。(張飛白)紅臉的,你賺我開了城門,好進來殺我。(關公白)三弟,既不開城門,有人馬助俺些。(張飛白)這話哄誰?助你人馬進了城,好殺個裏應外合?(關公白)也罷!既不助人馬,可念桃園結義分上,助某家三通戰鼓,待俺立斬蔡陽。(張飛白)着,着,着。(笑科)(白)一通鼓披挂飲食,二通鼓臨陣交鋒,三通鼓要斬蔡陽首級來見我,我即打開城門,迎接你進城。若無蔡陽首級,你休來見我。(下)
(關公白)罷了,罷了。(唱)

【黄鐘調隻曲·耍孩兒】這場禍事從天降,就地兵來俺怎當?蔡陽追趕漢雲長，渾身是口難分講。誠心已吐真情節，好意翻成惡肚腸。魆魆的添愁況，非是俺弟兄失義，也是俺命運乖張。

（二夫人白）二將軍，曹兵來近，三弟又不肯開城迎接，此事怎麼了？（關公白）嫂嫂。（唱）

【煞尾】休憂慮，寬心莫要慌，咱本是，幹國忠良將。（關公白）軍校，將二位夫人車輛輾過一邊。（車夫作應科）（關公唱）要殺那十萬雄兵如反掌。（同下）

第四本（下）

第十三齣　三度鼓停老將誅

（衆扮軍士、將官，引外扮蔡陽上）（衆軍校、馬童、車夫，旦扮二夫人、侍女，周倉引净扮關公上）（白）蔡陽。（蔡陽白）雲長。（關公白）我與你素無讎恨，興兵到此，是何道理？（蔡陽白）我主公待你甚厚，你爲何不辭而來？過五關斬了六員上將，黃河渡口，秦琪是我外甥，特來報讎。（關公白）那裏是報讎，分明與你外甥同伴而行。（蔡陽白）哎，你擅敢自誇英勇，放馬過來。（作對刀科）（同唱）

【高宮套曲·端正好】列征夫，排軍隊，鬧垓垓呐喊摇旗。俺將這紫絲繮，兜轉追風騎，要殺這扞將在沙場内[1]。（同唱）

【高宮套曲·滚綉球】刮喇喇麾彩旂，密錚錚輪畫戟，惡狠狠兩軍相對，氣冲冲猛虎奪食，格支支把銀牙咬碎。陣雲靄靄征夫罩，緑草茵茵襯馬蹄，和你賭鬥相持[2]。（生扮劉備，净扮張飛，引衆上城科）（張飛作擂鼓科）（關公仝唱）

【高宮套曲·倘秀才】只聽得城頭上，撲咚咚花腔擂起。不由人在馬鞍上越加雄勢，勒轉龍駒過那壁。左右刀厮架，來往見光輝，不勝不歸。

（白）蔡陽，你帶領多少人馬？（蔡陽白）數萬人馬。（關公白）何不將人馬各退去一射之地，你與我將對將纔是好漢。你意何如？（蔡陽白）說得有理。大小三軍，將人馬退去一射之地。（關公白）蔡陽。（蔡陽白）雲長。（關公白）俺的威風，你也知。（同唱）

【又一體】俺覷你斗筲之器，大丈夫蕩蕩巍巍。天晴不去，只待雨淋回，只教你脱不過，這答兒田地。

（關公白）看刀。（殺蔡陽科）（衆軍士各逃，下）（劉備、張飛衆作下城科）（關公衆同唱）

【高宮套曲·滚綉球】蔡陽頭手内提，衆軍卒各自歸。殺得他氣淹淹死屍滿地，赤淋漓鮮血如池。逃軍敗卒紛紛走，短戟長戈亂亂堆，殺教他火滅

烟飛。(報子暗上)

(關公白)軍校,報與皇叔知道,只説某把曹兵殺退,斬蔡陽首級在此。(報子持首級,虛白,下)(衆同唱)

【煞尾】老天不絕桃園義,耿直心腸天地知,頓碎絲繮恨馬遲。(一車夫白)稟將軍,二位夫人吩咐,快請將軍進城。(關公白)二位尊嫂,今晚且在行營暫住,明日大哥、三弟自然來接。(唱)二位尊嫂不須催,誰知我今朝斬將全忠義。(同唱)報道得勝鞭敲金鐙喜。(同下)

校記

[1] 要殺這扞將在沙場內:"扞",原作"扞",據文意改。
[2] 和你賭鬥相持:"賭",原作"睹",據文意改。

第十四齣　一家人在古城聚

(衆扮甲將、簡雍、糜竺、糜芳、劉封,净扮張飛,引生扮劉備上)(唱)

【商調引·接雲鶴】時逢運蹇失居巢,何時得把冤讎報?

(張飛白)大哥有禮。(劉備白)兄弟少禮。(張飛白)大哥,昨日在古城外面衝撞了二哥,今日不好與他相見,故此請大哥出來與我討個分上。(劉備白)也罷,等你二哥進城,跪在階前請罪便了。(張飛應科)(白)人來,二位夫人可曾進城?(兵卒白)已進城了。(張飛白)快請相見。(兵卒白)二位夫人有請。

(生扮趙雲,末扮孫乾,旦扮糜、甘二夫人,旦扮侍女引上)(唱)

【小石調引·撞破歌】輕移蓮步整弓鞋,迢遥千里而來。(各相見科)

(劉備白)二位夫人,一路辛苦受驚了。(同唱)

【南呂宫引·哭相思】當初失散徐州地,夫妻分離各東西。今朝喜得重相會,枯木逢春月再輝。

(張飛白)二位夫人有禮。(二位夫人白)三將軍,昨日在古城外面,不放我們進來,有勞費心了。(張飛白)這個……張飛知罪了。(劉備白)二位夫人且歸後堂。(二夫人應科,下,侍女同下)(劉備白)人來,與二將軍送袍帶。(軍校應科)(張飛白)人來,吩咐滿城大排香案,整齊隊伍,準備鼓樂,迎接二將軍進城。(兵卒應科,同下)(衆扮軍校,雜扮馬童,净扮周倉,净扮關公上)(白)西風戰馬起塵埃,千里尋兄到此來。今日弟兄重相會,(唱)

【雙角套曲·新水令】征夫塞滿太平街。（兵卒上）（白）皇叔送得袍帶在此。（關公白）接上來。（作更衣科）（唱）卸連環，換上了蟒袍玉帶。（內吶喊科）（關公白）那裏喧嚷？（周倉問科）（內白）蔡陽的殘兵未散。（周倉白）稟將軍，蔡陽的殘兵未散。（關公白）傳令，願投降者隨俺進城，不願投降者各自散歸。（周倉白）將軍吩咐，願投降者隨將軍進城，不願投降者各自散歸。（內白）俱願投降。（關公白）吩咐城外安營候令。（周倉白）城外安營候令。（關公白）那裏鼓吹？（兵卒白）三將軍吩咐，滿城軍民排齊隊伍，大排香案迎接。（關公白）昨日不須廝殺，今日也不勞他迎接。周倉，與我傳令。（唱）你教他把旌旂雲外卷，戈戟不須排，不念咱千里而來。（白）甚麼鳥叫？（軍校白）孤鴻。（關公白）昔日徐州失散，聽得你叫，今日古城相會，又聽得你叫。（唱）關某猶如這失伴孤鴻，流落在碧天雲。（唱）

【雙角套曲·駐馬聽近】拂盡塵埃，下得征鞍遣悶懷。（軍校白）請將軍進城。（關公唱）徐州城街，不辭千里故人來。（衆軍士執儀仗、奏樂、接關公進城）（張飛上）（作見跪科）（關公白）那壁廂是三弟？昨日在古城外面那樣英勇，今日跪在那裏這等模樣！某到許昌，蒙曹相厚待，就是外人，那個不疑？且慢說三弟。（唱）難怪俺大哥、三弟不疑猜，且做個朦朧佯不睬。（張飛白）二哥惱我，全不看見我，原是我的不是，少不得還跪在此。（劉備上）（白）二弟。（關公唱）見哥哥跪在階，參兄長，躬身拜。

【雙角套曲·喬木查】一自徐州失散兩分開，今日個古城中你我依然在。（白）大哥，關某乃鐵甲征夫，何愁千里？可憐二位尊嫂受了多少驚恐，昨到古城，不容進見。（唱）全不念尊嫂與你結髮恩和愛，你也把城門不放開，怎知我漢關某一點忠心不改？

（劉備白）賢弟，一路多有辛苦了。（關公白）不敢。大哥，昔日徐州失散，多有喫驚。（劉備白）好說。（關公白）大哥，今日古城相會，怎麼不見三弟？（張飛白）他明明看見我跪在這裏，故意妝腔。（劉備白）昨日古城外面得罪了賢弟，今日跪在那裏請罪。（關公白）大哥，今日弟兄相會，須把歸曹一事說個明白，也免得弟兄們日後寒心。（劉備白）正該如此。（關公白）小弟有罪了。下面跪者何人？（張飛白）小弟莽張飛。（關公白）好個莽張飛，名不虛傳。（唱）

【雙角套曲·梅花酒】張飛自疑猜，全不想月明千里故人來，只教我單身獨自把曹兵敗。笑三弟心量窄，險些把桃園結義聲名壞。俺本是英雄猛烈棟梁材，豈肯貪淫戀酒色？

【雙角套曲・水仙子】誰似你狠心腸,沒見識,將咱怪,不想那蔡陽的兵趕來,你把城門緊閉不放開。不是俺施英勇展奇才,把那蔡陽的頭骨碌碌斬在垓,怎能彀弟兄相會,他夫婦團圓,喜笑顏開?

(白)大哥。(劉備白)賢弟。(關公同唱)

【雙角套曲・得勝令】想自桃園結義罷兵災,東西南北兩分開。提將起搵不住英雄淚,舒不開愁悶懷。哀哉,嗟嘆殺愁無奈,傷懷,止不住盈盈淚滿腮。

(白)大哥,事已說明了,叫賢弟起來罷。(劉備白)三弟,你二哥說事已說明了,起來罷。(張飛白)我得罪了二哥,又不曾得罪了你,你叫他來,好不在行。(劉備白)嘎,還是賢弟發放他。(關公白)小弟有罪了。(劉備白)好說。(關公白)三弟,事事多已講明,起來罷。(張飛白)二哥在那裏惱惱的,小弟怎敢起來?(關公白)既已說明,不惱了。請起。(張飛白)果然不惱了。我就起來。(作起科)這纔是我仁義的二哥。(關公白)三弟。(張飛白)二哥。(關公白)好槍法。(張飛作跪科)(白)說過不惱,又說什麼槍法不槍法。(作哭科)(關公白)呀!(唱)

【雙角套曲・攪箏琶】這場鏖戰是天差,(白)三弟請起。(唱)俺三人秉大義情莫改,這足見桃園生死交,方顯得俺關某凜大節,精忠在。想大哥淚滴江淮,思翼德恨低眉黛。因此上,不避關山獨自回,受盡了千般苦苦盡甘來。

(張飛白)人來,安排筵宴,與你二將軍接風。(劉備白)二位賢弟。(關公、張飛白)大哥。(劉備白)今日弟兄相逢,又得子龍等一班將佐,馬步軍數千。爲今之計,不若棄了古城,去守汝南,與劉景升相爲唇齒,以圖進取,不知兄弟以爲何如?(關公、張飛白)仁兄所見甚是。(劉備白)既如此,收拾車仗,明日啓程便了。(衆同唱)

【離亭宴煞】古城聚義把宴排,準備着,破曹瞞大會垓。欲展奇才,平空踏破許昌地,把長安城攻戰開,拯黎民塗炭之災。把良圖仔細裁,定中原齊奏凱。(衆同下)

第十五齣　惇叙聯茵張綺席

(雜扮將官、蒯越、伊籍、朱輝、文聘、傅巽、王威、蔡瑁、劉先,引外扮劉表上)(唱)

【中呂宮引·粉蝶兒】坐守荊襄,無才幾番相哂,嘆風塵國士誰人?世途艱,功業少,壯懷難盡。撫軍民仰誰安鎮?(白)下官劉表,字景升。自虎牢關上孫堅背盟,被吾所殺,威令稍行,四境粗安。且喜宗弟玄德自古城而來,昨日我出郭迎接,現在荊州居住。今日特備杯酒相邀,已曾差人去請,想必就到。左右,玄德公到來,即忙通報。(衆應科)

(雜扮小軍,引生扮劉備上)(白)強移栖息一枝安,且佐宗兄壯帝藩。戎馬關山餘涕淚,肯教壯志便摧殘。某劉備,自到荊州,蒙景升相待甚厚。今日請我小酌,須索前往。(到科)(小軍白)劉爺到。(劉表白)賢弟。(劉備白)仁兄。(劉表白)愚兄特設小筵,與賢弟聊談衷曲。(劉備白)備萍踪漂泊,多感收留,又蒙招飲,何以圖報?(劉表白)好說,看酒來,我與賢弟一揖而坐罷。(劉備白)領命。(坐科,左右送酒科)(劉表白)賢弟,自虎牢關一別,直至如今,常縈夢想。(劉備白)仁兄,念劉備呵!(唱)

【中呂宮正曲·漁家傲】攔不住氣激寒濤泣鬼神,憑着我一點丹心,壯志空存。也曾受節鉞自涖徐州任,把雄邦來鎮。端只爲將寡兵微,因此上把威名挫損。(合)只落得帶血青萍匣底噴。

(白)今日多蒙收留,仁兄有志北上,備當效犬馬之勞。(劉表白)賢弟。(唱)

【中呂宮正曲·剔銀燈】南山豹雖則久隱,奈前途豺狼成陣。朝綱欲整舒忠悃,須待他許昌兵信。(合)茲辰,風塵勞頓,且相歡争浮巨樽。

(劉備白)仁兄,雖然待時而動,固爲達士之宜,鞠躬盡瘁,却也是臣子本等。(小軍白)禀爺,有新入隊伍步兵三百名,候爺點名過目。(劉表白)蔡將軍點明數目,歸於隊伍。(蔡瑁作出門聽介)(劉備白)仁兄,吾觀蔡將軍之志,只怕難以大用。(劉表白)此人是我心腹,何足慮也。(蔡瑁白)你看劉備好生無理,竟如此大模大樣,必須用計將他害死,方消我恨,叫你明槍容易躲,暗箭最難防。(下)(劉備白)如今曹操盡起中國之兵北伐,許昌空虛,若以荊襄之衆,一舉襲之,大事可就也。(劉表白)吾坐據九州,還有妻舅蔡將軍智勇多謀,荊州軍民之事,共相辦理,吾無憂矣,安可再圖?(劉備唱)

【中呂宮正曲·攤破地錦花】嘆窮鱗[1],尚未得天池奮。説甚麽處屈求伸,虛誇道坐擁千軍。只恐怕漢室傾欹,辜負宗親。(合)屬君臣,正應得報鴻恩。

(劉表白)待我差人往許昌觀其動静,再作理會便了。(劉備默然)(白)如此甚妙。(劉表白)賢弟,請寬飲數杯。(劉備白)小弟醉矣。(劉表白)既

如此,軍將們送賢弟歸府第安歇。(衆應科)(劉備同唱)

【尾聲】仁風化洽荆襄郡,黎庶謳歌頌德純,但願得扶漢興王億萬春。(同下)

校記

[1] 嘆窮鱗:"鱗",原作"麟",據文意改。

第十六齣　避危匹馬躍檀溪

(雜扮將官,引副净扮蔡瑁上)(唱)

【中呂宮引·粉蝶兒】一片深心,只爲荆襄九郡,巧機關瞞過劉君。

(白)恨小非君子,無毒不丈夫。某蔡瑁是也。只因劉景升斷弦,續娶吾妹,便將荆州軍民之事委任與我。我倚仗妹子之勢,大作威福,這些文武將佐,誰不欽敬我蔡將軍的威權?正是:出身不用三章命,已管荆襄四十州。只因劉備那廝,每勸主公削我蔡氏兵權,於我深爲不便。前日我妹子着人來,説劉備阻絶主公廢嫡立幼。爲此,我妹子着我暗害劉備性命。昨日,在主公面前只説宴衆官於襄陽,以示撫勤之意。恰好主公氣疾發作,命我往新野請玄德來主席待客。我想機不可失,時不可棄。不如筵前伏兵,擒住玄德,以絶後患便了。言之未已,蒯將軍早到。

(雜扮蒯越上)(白)博學多才智,知兵善用奇。(見科)(蔡瑁白)今日筵前,吾欲伏兵擒住劉備,以絶後患,但恐主公見罪,如何是好?(蒯越白)將軍豈不聞,將在外,君命有所不受乎?(蔡瑁白)多承指教。(蒯越白)趙雲行坐不離,恐難下手。(蔡瑁白)趙雲雖勇,終是寡不敵衆,況東北南三門,已着我三個兄弟把守,西門檀溪雖有溪橋,待劉備過來,暗地着人將橋拆斷,劉備插翅也難飛去也。蒯先生,筵前幫我行事便了。(蒯越白)既有準備,可命文聘另設一席在外厢,與趙雲飲酒,則大事可圖矣。(蔡瑁白)已曾差人到新野,啓請玄德,想必就到。正是:計就月中擒玉兔,謀成日裏捉金烏。(下)

(雜扮小軍,引生扮劉備上)(白)自到荆州依景升,(小生扮趙雲上)(白)今朝赴會仗英名。(劉備白)饒他設就牢籠計,(趙雲白)自有龍泉抱不平。(劉備白)子龍,我等自汝南到新野,劉景升以骨肉相待。昨日着蔡瑁請我到襄陽主席,款待衆賓。只是蔡瑁這廝每懷妒忌,今日筵前,須索小心。(趙雲白)主公請自放心。(劉備唱)

【中呂宮正曲・好事近】蔡瑁太欺人，只恐他心懷不忿，懷私挾恨，強邀杯酒通問，教人疑慮。早難道宴鴻門，設計來相窘？（趙雲唱）他總有萬馬千軍[1]，怎當我滿懷忠藎？（到科）

（蔡瑁、蒯越、伊籍、文聘衆州牧官上）（白）我等九郡四十二州官員參見皇叔。（劉備白）不敢，衆位請了。（蔡瑁白）皇叔。（劉備白）蔡將軍。（蔡瑁白）主公氣疾大作，不能行動，特請皇叔主席。（劉備白）備豈敢當此重任[1]，只是兄長成命，焉敢不從？（蔡瑁白）子龍在此，此處又是各郡官員之坐位，子龍在此不像。也罷，文聘，陪子龍外厢酒飯[2]。（趙雲白）趙雲天性不飲，不勞蔡將軍費心。（劉備白）既蒙蔡將軍相款，子龍就席。（趙雲白）已識其中意，應防不測危。（趙雲、文聘下）（蔡瑁白）酒筵齊備，請皇叔上席。（劉備衆唱）

【又一體】喜今朝特地宴佳賓，羨殺那濟濟英才賢俊。賓歡主悦，喜荆州四野安穩。況年豐穀熟，會簪裾，合把交情盡。（伊籍起立科）（白）皇叔派出天潢，名揚四海。受詔除奸，堪羨忠宣王室；佐兄圖治，喜看德被荆裏。籍雖不才，忝坐荆州末坐，敢把敬一杯。（劉備白）不敢。（伊籍唱）（合）休遲緩識破機關，向西門免遭鋒刃。

（劉備白）衆位寬坐，劉備告便失陪。（徑下）（蔡瑁白）劉備逃席，軍校隨我追趕。（蔡瑁下）（衆白）你看劉皇叔無故逃席而去，蔡將軍又趕他去了，我們在此無益，各自散了罷。只道開樽酬將佐，誰知宴會起戈矛。（同下）（伊籍白）使君已去，我不免報與趙子龍知道便了。（下）（劉備上）（唱）

【中呂宮正曲・撲燈蛾】忙忙策騎奔，忙忙策騎奔，一騎追風迅，取路出西門。只恐他追兵來至，也奈我這孤身逃遁。（白）我劉備若非伊先生相告，幾遭不測。幸在後園覓得此馬，單身逃走，不知子龍與一班從人在於何處。已到西門，且逃出城去，再作區處。你看後面喊聲漸近，兵至也。（唱）嘆顛危中心似焚，向前途誰敢來相問。（門軍上，虛白）（劉備出門撞倒門軍科）（唱）（合）急忙的，奔馳努力莫逡巡。（内喊科）（劉備下）

（門軍虛白）哎呀，罷了，罷了，是咱的了，完了腰子了。真正冒失鬼！你看他這樣慌張，必有緣故，不免報與蔡老爺知道便了。（下）

（趙雲上）（白）方纔伊先生説，主公逃難去了，隨主公從西門而來。我想主公足智多謀，必疑西門有準備，我不免往東門去便了。（唱）

【又一體】聞言怒氣嗔，聞言怒氣嗔，揮策忙前進，畢竟向東門。教我怎麽倉皇，也只怕吾君被窘。

（雜扮軍校，丑扮蔡和上）（白）衆軍校，趙雲闖門來也。（趙雲白）蔡和，皇叔可曾出東門？（蔡和白）趙雲，你蔡老爺不見什麽皇叔黑叔，倒有老叔在此。（趙雲白）胡説。（殺科，擒住蔡和科）（蔡和白）將軍饒命。（趙雲白）快與我從實説來。（蔡和白）將軍，我哥哥教我把守東門，當真不曾見皇叔來。（趙雲白）如此，饒了你的狗命。（蔡和白）多謝將軍。（下）（趙雲白）東門不見，我且往南門，跟尋主公便了。（下）（雜扮軍校，雜扮蔡中上）（唱）咱看守全憑一人，任他行有千軍奮迅，（合）緩急間，須將來將問根由。（趙雲上）（白）來此南門，你看蔡中引兵在此把守。蔡中，你可見皇叔到此？（蔡中白）我在此專等他來，拿住報功，等得不耐煩了。你問他怎麽？衆軍校，用心把守。（衆下）（趙雲白）聽這厮言語，皇叔並不曾出此南門，想是主公從北門去了。我速向北門，跟尋便了。來此已是北門。（叫科）（白）北門將士聽者，今有趙子龍要出此門跟尋皇叔，快些開門。（末扮蔡勳上）（白）將軍請了。（趙雲白）劉皇叔可曾出此北門？（蔡勳白）不曾。（趙雲白）吾主往那裏去了？（蔡勳白）將軍有所不知，吾兄蔡瑁命我三人把守三門，皇叔到時，立刻捉住。我蔡勳素知大義，不忍加害，正在躊躇。方纔有人報，説皇叔已出西門去了。西門雖無把守，却有檀溪阻路，橋又被哥哥拆斷了，插翅也難飛過。將軍快去保護。（趙雲白）多謝將軍指教。（蔡勳白）不敢。（下）（趙雲白）且奔西門去。（下）（蔡瑁衆軍校同上）（唱）

【又一體】天心不順人，天心不順人，頓放伊逃遁。雄兵守郡門，總然是插翅也難飛也，伏兵權叫伊命盡。（門軍上）（白）啓爺，方纔劉皇叔撞倒門軍，策馬出西門去了。（下）（蔡瑁白）就此追上。（衆應科）（同唱）斯趕着教人怒嗔，這奸雄真堪飲恨。仔細尋，且憑一劍解眉顰。（同下）

（雜扮水卒，引龍王上）（白）我乃檀溪龍神是也，今有昭烈帝主有難[3]，吾神合當相救。衆水卒，好生護送昭烈過溪者。（水卒應科）（劉備上）（唱）

【又一體】揚鞭離郡門，揚鞭離郡門，早覺追兵近，孑然嘆一身。急難間有誰相救？也料難逃災星厄運。（白）呀，前面溪邊長橋拆斷，後有追兵，今番休矣。（唱）見溪邊驚濤似奔，急流中揮策難前進。（白）追兵已至，如何是好？的盧的盧，今日你命在我，我命在你，只得縱馬過溪便了。（唱）（合）這的盧，你今朝與我共沉淪。（過科）

（劉備笑科）（白）蔡瑁，蔡瑁，你枉用心機也。（蔡瑁引衆上）（白）皇叔，你何故逃席？（劉備白）我與你無讎無恨，因何暗害於我？（蔡瑁白）並無此事，你過來，有話講。（蔡瑁拔箭科，劉備急下）（蔡瑁白）罷了罷了，便宜了這

厮。只是這檀溪如何躍馬而過去？莫非神相助也。（眾同唱）

【又一體】提兵到水濱，提兵到水濱，指望消吾恨，又誰知安排自有神。躍馬檀溪能過，也只落得填胸鬱悶。（趙雲上）（白）呔，蔡瑁，你逼俺主公往何處去了？（蔡瑁白）皇叔逃席，匹馬出西門，跟尋到此，却又不見。（趙雲白）都是你這奸賊之計。看槍。（戰科，擒住科）（趙雲白）蔡瑁，蔡瑁，你今日更有何言？（欲殺科）（蔡瑁白）將軍可看我主劉景升之面，饒我狗命罷。（趙雲白）你實說，俺便饒你。（蔡瑁白）皇叔躍馬過溪，端然無恙，寔乃天心有在。我蔡瑁自今以後，不敢妄爲了，望將軍饒了小狗兒的命罷。（作殺難求科）（趙雲白）若殺了你，恐傷兩家和氣，暫記驢頭在項，日後少有差池，我决不肯與汝甘休也。（蔡瑁白）多謝將軍。（眾同下）（趙雲白）且到溪邊追尋主公去。（唱）轟轟的衝冠氣憤，這溪邊泥踪可認。（合）細思量，定有個神靈相佑免遭迍。

（白）你看，原來將橋拆斷，這多是蔡瑁之奸計。你看溪邊有馬縱可驗，吾主過溪無疑。我不免躍馬過溪便了。（唱）

【尾聲】襄陽赴會遭奸謀，始信神明助我君。這的是馬跳檀溪事罕聞。（下）（水卒、龍王下）

校記

［1］備豈敢當此重任："重"，原作"原"，據文意改。
［2］陪子龍外厢酒飯："陪"，原作"倍"，據文意改。
［3］今有昭烈帝主有難："烈"，原作"列"，按，劉備謚號昭烈，據改。

第十七齣　德操指引求名士

（丑扮牧童上）（白）問余何事栖碧山，笑而不答心自閑。桃花流水杳然去，別有天地非人間。我乃水鏡莊上一個牧童便是。若論我做牧童的，穩騎牛背，何殊跨駿馬擁雕鞍？閒戲松陰，不羨處高堂居大廈。烟霞爲伴，泉石怡情，一任他紫綬金章、錦衣玉食，於我何有哉？若論吾師的學貫天人，機參造化，雲心月性，儼然陸地神仙，鶴骨松姿，果然出塵高士。今早着我出來牧牛，師傅道，牧童，有貴人逃難到此，你可引至莊上相見。此時日已沉西，將待來也，我不免迎上前去。（吹笛下）

（生扮劉備上）（唱）

【雙調集曲·江頭金桂】剛剛的追兵漸遠,過洪波天保全,好教咱無門進退,勒馬停鞭,見斜陽隱暮烟。(白)方纔躍馬過溪,如癡似夢,不意迷失路徑,來到此間。想此大澗一躍而過,豈非天意有在?你看日已沉西,新野又遠,怎生是好?(唱)我則見鴉陣相迎,殘霞作片,滿眼丘墟村落,晚景凄然。但有那欹古木咽塞泉,樵歌牧唱,聲聲宛轉。到村前,早有個牧豎來相近,牛背橫吹短笛喧。

(牧童上)(白)將軍莫非破黄巾的劉玄德否?(劉備白)汝乃村僻小童,何以知我姓字?(牧童白)我本不知,因常有客來,對我師傅說,有一個劉玄德,身長七尺五寸,垂手過膝,目能自見其耳,乃當世英雄也。今觀將軍模樣,想必是了。(劉備白)汝師何人?(牧童白)吾師覆姓司馬,名徽,字德操,道號水鏡先生。(劉備白)汝師今在何處?(牧童白)喏,前面林中便是。(劉備白)吾正是劉備,相煩引我去一見。(牧童白)此間便是,請進。

(外扮司馬徽上)(白)琴韻正清幽,忽爾生高抗。必有英雄來,心事曾悲壯。(牧童白)此即吾師也。(劉備白)先生有禮。(司馬徽白)不敢,明公何來?(劉備白)備偶經此地,輕造仙莊,冒昧進謁,多有得罪。(司馬徽白)明公不必隱諱。觀公氣色,已知逃難至此。請到草堂歇息,明早再回新野去,何如?(劉備白)多謝先生。(司馬徽白)童兒,將馬帶至後園,小心喂養。(牧童應,下)(司馬徽白)久聞明公大名,何故至今猶落魄不偶耶?(劉備白)先生容稟。(唱)

【又一體】只爲我窮途易蹇,嘆英雄愧祖鞭。(司馬徽白)將軍左右未得其人耳。(劉備白)備雖不才,文有孫乾、糜竺、簡雍之輩,武有關、張、趙雲之流。(唱)一個個忠心輔相,糾繆繩愆,兩般兒都是賢。(司馬徽白)關、張、趙雲皆萬人敵,惜無善用之人耳。(唱)明公所向無前,力能攻戰,那裏有三子威風才具,義勇兼全,只可惜無個人兒代斡旋。笑孫糜腐豎,分明是書生白面,(合)只好去抱殘編,怎能毅志決三分鼎?那裏有機深一着先?

(劉備白)備每側身求賢,奈未遇其人。(司馬徽白)十室之邑,必有忠信。何謂無人?(劉備白)備本愚昧,願承指教。(司馬徽白)目今天下奇才盡在於此,公當往求。(劉備白)奇才安在?果是何人?(司馬徽白)即卧龍、鳳雛,二人得一,可安天下。(劉備白)但不知卧龍、鳳雛,果係何人?(司馬徽大笑科)(白)日後自知。天色已晚,路途辛苦,請到後面安置。(劉備白)如此甚好,感君一夕話。(司馬徽白)愧我百無能。(揖科,劉備、司馬徽仝下)

（小生扮趙雲，雜扮衆軍上）（趙雲衆同唱）

【仙吕宫正曲・桂枝香】教人懊惱，主公全無音耗。快快趲向前行，急奔漳南大道。（白）我趙雲昨夜歸到新野，並不見主公回來，爲此今早帶兵來接，一路問來，人說昨日一騎如飛，從漳南大道往西去了。軍校。（衆白）有。（趙雲白）快些趕上前去。（衆白）得令。（同唱）幸天心相保，天心相保，頓把檀溪過了，纔不怕奸謀追到。（合）想前朝，若非伊籍施仁義，地網天羅怎脫逃？

（趙雲白）已過漳南大道。此間茂林修竹之内籬墻茅舍，我主公寄宿在此，也未見得，待俺問來。（叩門科）（童子上）（白）是誰叩門？（趙雲白）借問一聲，劉皇叔可在此麽？（童子白）昨夜到來，我師傳款待甚周，此時正在那裏談話。（趙雲白）主公正在此，謝天謝地。敢煩通報，説趙雲來尋皇叔。（童子白）既如此，待我報與皇叔知道。師傳、皇叔有請。（劉備、司馬徽上）（白）有何事情？（童子白）趙雲到了。（劉備白）在那裏？（童子白）在門外。（劉備白）唤他進來。（趙雲白）趙雲參見主公。昨日襄陽會上，險遭不測，趙雲罪該萬死！（劉備白）説那裏話。子龍，可拜見仙師。（趙雲白）仙師在上，趙雲打恭。（司馬徽白）不敢。將軍命世英雄，得遇皇叔，前途努力。（趙雲白）多承指教，此趙雲之夙願也。（劉備白）備不自量，欲請先生同輔漢室，未知先生意下何如？（司馬徽白）山野庸愚，不知時務，不敢奉命，宜另覓高賢。（趙雲白）先生不出，奈天下蒼生何？（司馬徽白）皇叔不必固執，自有高賢相助。童兒，牽馬過來。（劉備白）如此，備只得告辭。謹佩名言不敢忘，（司馬徽白）勸君及早覓賢良。（劉備白）先生若肯扶炎漢，（司馬徽白）怎奈先生賦性狂[1]。（下）（劉備白）子龍，你道好笑不好笑。昨日躍馬過溪，竟自迷失路徑，幸遇水鏡先生留宿。我們回新野去罷。（唱）

【又一體】晴空初曉，又早向漳南古道。昨夜水鏡先生，教我求賢須早。道卧龍鳳雛，卧龍鳳雛，有經邦才調。（白）子龍，水鏡先生説，卧龍鳳雛，若得一人，天下不足定也。但茫茫宇宙，安得此人？好教我心中急悶也。（趙雲白）高賢達士有時相遇，主公何必恁般性急？（劉備唱）若論運籌帷幄，（合）須得聘英豪，待他來決勝憑三略，行軍仗六韜。（下）

（末扮徐庶上）（唱）

【又一體】天荒地老，遭逢不道，要將一木支撐，未展經天奇抱。（白）某徐庶，字元直，潁州人也。曾耽擊劍，頗負知兵。爲友報讎，白晝殺人於市上；洗心就學，壯年避迹于江干。踽踽獨行，未遇英雄可托；茫茫故國，空瞻屺岵含酸。皺眉世事，嘆青眼之難逢；屈指光陰，感藍衫之屢破。正是：羽翼未成君莫笑，終須有日會風雲。（唱）空懷着良禽擇木，良禽擇木，那有機緣時到，只落得行歌潦倒，（合）自牢騷，好教人壯志成灰燼，英雄沒草茅。

（劉備衆暗上）（白）子龍，前面葛巾布袍皁縧烏履，有遺世之風，出塵之表，莫非臥龍、鳳雛乎？你去小心請他相見。（趙雲應科）（白）先生，我主公相請。（各見科）（劉備白）先生貴姓大名？緣何落拓狂歌？乞道其詳。（徐庶白）某姓單名福。（劉備背科）（白）又不是臥龍、鳳雛先生？（徐庶白）久聞使君招賢納士，未敢輕造。故行歌於市，以見吾志耳。（劉備白）念備鷦鷯暫寄，粒食無謀，乏決勝之算，鮮禦敵之圖。願先生屈尊就卑，與某共成大事。備當銘感不忘也[2]。（徐庶白）一介庸愚，何蒙不棄。願建微功，以報知遇。（劉備白）如此，請到縣中，還要細細請教。帶馬過來。（徐庶白）使君所乘此馬，眼下有淚槽，額邊生白點，名曰的盧馬也。雖是千里馬，却只妨主，不可乘也。（劉備白）已應之矣。（徐庶白）檀溪之事，非妨主也，是救主也。終妨一主，某有一法可禳。（劉備白）願聞。（徐庶白）公意中有讎之人，可將此馬與之，待妨過此馬，然後乘之，自然無事。（劉備白）公不教備以正道，便教以利己妨人之事，備不敢聞教。（徐庶笑科）（白）向聞使君仁德，故以此言試耳。（劉備白）備安能有仁德？惟先生教之。（徐庶白）不敢。（劉備白）請先生上馬。（徐庶白）明公請。（劉備白）今朝何幸遇高賢，（徐庶白）喜托扶搖上九天。（趙雲白）自有神機能決勝，（合白）孫曹從此莫爭先。（同下）

校記

[1] 怎奈先生賦性狂："性"，原作"姓"，據文意改。
[2] 備當銘感不忘也："忘"，原作"亡"，據文意改。

第十八齣　元直安排破敵軍

（雜扮衆小軍、中軍，引副扮曹仁上）（唱）

【雙調引·賀聖朝】曹公重寄干城，貔貅坐擁精兵。展旌旆、入境犬無聲，兆民賴安靜。

（白）鎮撫南畿作戚臣，誰人不仰我行塵？大開甲帳筵僚佐，坐擁兵符寵命新。某曹仁，奉魏公將令，協同李典，率領呂曠、呂翔等，領兵三萬，鎮守樊城，虎視荊襄，以圖劉備。今日齊集諸將，商議軍情。中軍，諸將到來，即着進見。（末扮李典，雜扮呂曠、呂翔上）（同白）忽聞元帥令，齊集到轅門。（見科）（曹仁白）列位將軍，今劉備屯兵新野，招軍買馬，積草儲料，其志不小。不可不早圖之。（唱）

　　【雙調集曲・江頭金桂】（【五馬江兒水】首至五）如同梟獍，莫道是孤窮事鮮能？因他汝南敗北，到如今訓練強兵，這運籌休看輕。（李典、呂曠、呂翔白）元帥所言深爲遠見。若不策奇制勝，師出萬全，只恐難於取勝。（曹仁唱）（【金字令】五至九）我想那猛將超騰，軍馬紛競，那新野如丸之地，奮勇先登。管教他驚鶴唳怕風聲！（李典、呂曠、呂翔白）元帥所見極是，我等敬服。（唱）（【桂枝香】七至末）仗元戎將令，萬全操勝。（合）任縱橫，也須要努力圖征進，管取荊襄一鼓平。

　　（白）某等自降丞相以來，未有寸功。願請精兵五千，前往新野，取劉備之首，獻於麾下。（曹仁白）二位將軍前去，吾無慮矣。二位將軍，就此起兵前去！（呂曠、呂翔白）得令。（曹仁、中軍下）（呂曠、呂翔白）衆將官！（應科）（呂曠、呂翔白）就此殺上前去。（同唱）

　　【雙調集曲・雙令江兒水】（【五馬江兒水】首至五）將軍宜省，用不着三申和五令，看軒軒耀武，白馬朱纓，儘着他多智能。【金字令】十至十三句）倚仗我威名，衝當彼大兵，坐擁連營，伐鼓敲鉦。（【嬌鶯兒】七至末）這一回果出奇還制勝，（合）全仗着機謀妙用，休誤了乘時安定，立大功，指日班師奏凱聲。（下）

　　（末扮徐庶上）（唱）

　　【仙呂宮正曲・六幺令】思量預防，欲辨輸贏，先手爲強。已差諸將整戎行，他軍到，料無妨。（合）教他有翅難逃網，教他有翅難逃網。

　　（白）某徐庶，自隨皇叔以來，未立功。昨日探子來報，曹仁差呂曠、呂翔二將前來索戰。我調遣已畢，且待主公到來，看諸將破賊便了。

　　（雜扮衆軍士、衆將官，引生扮劉備，小生扮趙雲上）（劉備仝唱）

　　【中呂宮正曲・駐馬聽】決策無雙，一着先伊不用忙。（趙雲唱）任他威勇，將廣兵多，俺這裏自有隄防。（徐庶上）（唱）推輪承委效匡勷，早把那賊人料定如翻掌。（白）調遣已畢，請主公看諸將破賊。（同唱）貫甲持槍，只要擒拿反賊莫疏放。（同下）

　　（呂曠、呂翔上）（吶喊介白）殺上前去。（同唱）

　　【又一體】驍勇非常，二呂威風人怎當？弓彎滿月，旂拂寒雲，劍掣秋霜。（劉備衆迎上）（劉備白）來者何人？敢犯吾境！（呂曠白）吾乃大將呂曠,奉丞相之命,特來擒汝。(趙雲白)休得胡說,看槍!(作戰,趙雲殺呂曠科)(劉備白)眾軍校,賊將授首,與俺掩殺者。(呂翔敗下,劉備眾追下)(呂翔上)(唱)連天殺氣日無光,四圍鐵桶如排網。(白)我呂翔今番休矣!(作跪科)(淨扮關公、周倉上)(白)你這反賊,還不下馬投降!(呂翔敗下)(關公白)眾將官,呂翔大敗,收兵繳令。(下)(呂翔上)(唱)(合)險把身亡,何來討死受淪喪?

（白）也罷,我不免脫卻甲冑,步行逃命便了。(脫科)(淨扮張飛,小軍隨上)(白)某張飛,奉軍師將令,在此等候敵人,只聞喊殺之聲,不見敵將。眾軍校,與我細細搜來。(眾搜呂翔介)(白)有奸細。(張飛白)看槍。(呂翔倒介)(張飛白)這等不濟,軍校,取了首級,請功去者。(下)(劉備眾上)(同唱)

【又一體】逆賊荒唐,無勇無謀欠主張。一霎裏將身斷送,僨事傷兵,只賸得敗戟殘槍。(關公、張飛上)(白)某等成功,特來繳令。(徐庶白)二位將軍辛苦了。(關公、張飛白)不敢。(劉備白)軍師,今日一舉成功,二呂授首,皆軍師之力也。只是曹仁聞敗,起大兵來索戰,如之奈何?(徐庶白)某已算定,曹仁不來便罷,他若來時,管把樊城一併獻於主公。(劉備白)全仗軍師妙計。(徐庶白)不敢。(劉備白)軍校,就此回新野去。(同唱)軍師謀略豈尋常?兵來一鼓難逃往。(合)看士卒鷹揚,欣欣一路凱歌唱。(同下)

第十九齣　將計就計取樊城

（雜扮眾小軍、眾將官,引副扮曹仁,末扮李典上)(同唱)

【正宮正曲・朱奴兒】喜俺的馬壯兵精,急切裏忙頒號令,準備今宵去劫營,定教他沒處逃生。(合)軍容整,且待深更,如入個無人境。

（白）俺與劉備交戰,大兵失利,又破吾陣。我想彼戰勝之後,兵將心驕,營中定然懈怠,不能戒嚴。我今夜乘其不備,暗地劫營,管教全勝。你看月色朦朧,烟迷霧鎖,天助我成功也!眾將官,速速前行。(眾應科)(同唱)

【又一體】雖則是更闌人靜[1],也須索銜枚馳騁。休得打草把蛇驚,使伊家預備交爭。(合)相接應,莫慢留停,成功勳在俄頃。(同下)

（雜扮小軍引生扮劉備,末扮徐庶、關公,淨扮張飛,小生扮趙雲上)(同唱)

【正宮集曲・朱奴剔銀燈】密密的駐紮五營,蒙指授運籌策應。他那裏倚仗雄兵勝,俺這裏奇謀早定。休輕,今朝晦暝,兀自要先機取勝。

（徐庶白）主公，曹仁新敗，其氣已挫，正好襲取樊城。（作風起科）（劉備白）軍師，此風主何吉凶？（徐庶白）今夜曹仁必來劫寨。（劉備白）何以敵之？（徐庶白）吾已預算定了。翼德聽令，你率領一枝人馬，到北河南岸埋伏。只看寨中火起，列兵而待，乘其欲渡擊之，可獲全勝。（張飛白）得令。（徐庶白）二將軍聽令，你領三千人馬，星赴樊城，收取印信，查檢府庫，安撫軍民。待曹仁敗回，出城迎擊，不必追趕。（關公白）得令。（徐庶白）子龍聽令，你埋伏中軍，四圍火起，從中突出迎敵。（趙雲白）得令。（徐庶白）主公，調遣已畢，請主公緩從大路，往樊城進發便了。（同唱）

【又一體】曹兵的知他劫營，息刁斗不須巡警。金鼓無聲悄地行[2]，總只待火光動影。（合）叮嚀，待斗轉參橫，察動靜須伊軍令。（同下）

（曹仁衆上）（唱）

【越調正曲·水底魚兒】寂寂宵征，銜枚走敵營。（合）神機已定，一舉決全勝。

（白）來此已是劉營。衆將官，奮力殺入者。（衆應科）（曹仁白）怎麼悄無人聲，更柝不聞？（衆白）啓上元帥，是個空營。（曹仁白）不好了，又中賊人之計了，快些收兵。（作起火科）（趙雲引衆上）（白）曹仁那裏走？看槍！（戰科，曹仁敗下）（衆白）曹仁大敗。（趙雲白）不必追殺，收兵繳令。（下）（曹仁衆上）（白）好一場厮殺也，我兵損折大半。來此已是北河，我且渡過河去，速奔樊城便了。（唱）

【又一體】損將折兵，教人怒轉增。（合）聞風望影，無地可偸生。（衆軍白）已到北河。（曹仁白）就此渡過河去。（作渡河科）（張飛上）（白）曹仁，老張在此相候已久，你不下馬受縛，更待何時？（曹仁白）休得胡說！（戰科，曹仁衆敗下）（衆軍白）曹仁大敗。（張飛白）妙嘎，妙嘎，曹仁兵將大半淹死水中，我且收兵繳令。（下）（曹仁衆上）（白）渡過河來又淹死大半。李將軍，你我且逃到樊城，再作計較。（行科）（唱）（合）聞風望影，無處可偸生。

（卒白）啓元帥，已到樊城。（曹仁白）守城將士，快些開門。（關公上）（白）吾已取樊城多時矣。（開門，衆軍應，關公出）（殺科，曹仁衆敗下）（關公白）收兵進城。（衆軍應，下）（曹仁上）（白）不好了，樊城已失，如何是好？（李典白）元帥，且到許昌報與丞相便了。（同唱）

【又一體】設計偸營，誰知又損兵。心驚不定，進退遭坑阱。又無救應，怎把旌槍整？料難逃命，前行莫暫停。（內吶喊科）（曹仁跌科，下）

校記

［1］雖則是更闌人静："雖"，原作"誰"，據文意改。
［2］金鼓無聲悄地行："悄"，原作"俏"，據文意改。

第二十齣　知恩報恩薦諸葛

（雜扮孫乾上）（白）高賢無奈又長征，我輩傷心淚暗盈。何日風雲重會合，君臣同慰別離情。我孫乾，奉主公之命，只因徐軍師之母被曹操所執，徐母寫書前來，着徐軍師星赴許都。主公待要不放他前去，心又不忍，放他前去，又失良輔，正在疑難。爭奈徐軍師堅辭要去，主公只得勉強依從，今日於郊外送行。你看，主公與諸將來也。（下）

（雜扮小軍，引生扮劉備，净扮關公，净扮張飛，小生扮趙雲上）（仝唱）

【雙角合套・新水令】別離魂，此際黯然消，據征鞍五中如攪。牽衣無話訴，分手有珠抛。班馬蕭蕭，這一帶短長亭，是斷腸道。

（劉備白）天下傷心處。（關公白）勞勞送客亭。（張飛白）春風知別苦。（趙雲白）不遣柳條青。（劉備白）俺劉備，只爲徐元直因母親被曹操所執，堅心辭去，遽割賓主之歡，俾盡瞻依之誼，欷歔對泣，坐到天明。已曾吩咐於郊外送行，少待元直到來，再當叙別。（嘆科）（白）哎，此人一去，如失左右手，教我怎生割捨得下？（末扮徐庶上）（白）慈母寄書難背命，纔逢明主又相抛。（各見科）（劉備白）嗟君此別意何如？（衆白）賓友稱觴餞路隅。（徐庶白）心析此時無一寸，（合）東南一望可長吁。（劉備白）先生此去，聊備彩緞百端，以爲老夫人壽。黃金千兩，以助行裝。（徐庶白）多謝主公費心，留下賞勞兵將，庶只輕裝而去，携帶不便。（劉備白）備與先生分淺緣薄，不能朝夕聽誨。望此去善事新主，以全孝道。（徐庶白）念某才微智淺，深荷使君重恩，不幸中道而別。寔爲老母羈囚，心中如刺。縱使曹操逼勒，終身誓不設一謀，使君幸勿他慮。（劉備白）先生，你此去孝道克全，子儀得盡。曹操奸雄，少不得有一番施展。若先生去後，劉備且欲遠遁避世矣。（唱）

【雙角合套・折桂令[1]】拜違時便解征袍，休再提系出天潢，漢室根苗。悔當取擾攘干戈，圖王創伯，意氣粗豪。已瞧破功名小小，乾落得受期門車馬勞勞。早覓下海上逍遥，結宇衡茅，理亂無聲，做一個洗耳由巢。

（徐庶白）使君勿用灰心，庶不過樗櫟庸才，去之無足輕重，幸求梁棟以

佐之。（劉備掩淚科）（白）先生既去，更有何人？以愚意度之，恐天下無如先生者。（唱）

【雙角套曲・雁兒落帶得勝令】你是個奮鷹揚尚父曹，羞殺我夢飛熊非吉兆，誤了你輟畎莘空運籌，濟不得伐有夏除殘暴。呀，莽乾坤原不乏賢豪，怕不似伊家好。俺薄德應難致，你多才豈易招？煎熬，眼見前人撇掉；牢騷，舌尖頭空自悄，舌尖頭空自悄。

（徐庶白）徐庶此去，願諸公善事使君，以圖名垂竹帛，功標青史，休效庶之無始終也。使君在上，徐庶就此拜別。（劉備泣拜）（白）先生此去，備心如割，無復有匡扶王室之心矣。（徐庶白）使君保重，以圖後會。（劉備白）天各一方，未知相會何日？（各起行科）（劉備白）容備再送先生一程。（唱）

【雙角套曲・收江南】呀，恰纔來，新野是聯鑣。霎時間，兩地又分交。萬重山，壓下這眉梢，肝腸斷這遭，肝腸斷這遭。（徐庶白）使君就此告辭，不勞遠送了。（劉備白）先生此去，教備奈何？（唱）好教我啼痕莫制漬征袍。（徐庶下）

（眾白）主公休得如此痛傷。（劉備白）元直去矣，我將奈何？（立科，鞭指科）（白）吾欲盡伐此處樹木。（眾白）主公何故伐之？（劉備白）因阻望徐元直也。（徐庶急上）（劉備喜科）（白）元直復來，莫非無去意乎？（徐庶白）庶心緒如麻，失却一語，告使君知道。此去襄陽城二十里隆中，有一大賢，使君何不拜訪？（劉備白）君可爲我請來相見。（徐庶白）此人非庶比也，但可往見，不可屈致。使君如得此人，可比周之呂望、漢之張良，有經世之才，補天之手。其人居常，每以管、樂自比。（劉備白）願求姓名。（徐庶白）此人琅琊陽都人氏，覆姓諸葛，名亮，字孔明。所居有一崗，名臥龍崗，因自號臥龍先生。使君急往見之，若此人肯出，何慮天下不定乎？（劉備白）昔備在水鏡莊上，曾聞臥龍、鳳雛，兩人得一，可安天下。莫非臥龍、鳳雛乎？（徐庶白）鳳雛乃襄陽龐統，臥龍正是諸葛孔明[2]。徐庶告辭，眾位將軍請了。（下）（劉備白）今日方悟臥龍、鳳雛之語。二位兄弟，我們就此回去，明日準備禮物，便往南陽走一遭。（眾白）是。（合唱）

【雙角套曲・清江引】候黎明去來寧憚勞，折節求賢到。戔戔束帛臨，孑孑干旄召。（合）偏則恨人去許昌添懊惱。（下）

校記

[1] 折桂令："折"，原作"拆"，據曲牌改。本劇下同。

〔2〕卧龍正是諸葛孔明:"葛",原無,徑補。

第廿一齣　知客來遊山先往

（生扮孔明上）（唱）
　　【商調引·高陽臺】王室攲傾,神州分裂,四方蜂起豪傑。憂國憂民,愁催青鬢如結。吾生安得專一旅,奮精忠剪除妖孽。（合）恐床頭青萍三尺,將吐花磨滅。
　　（白）秉耒朝耕畎畝,張燈夜讀陰符。乾坤落落風塵外,人靜草廬孤。自比燕臺樂毅,何慚齊國夷吾。昆山片玉深藏匱,待時沽。山人覆姓諸葛,名亮,字孔明,道號卧龍,世家琅琊,寓居南陽,躬耕畎畝,自給饔飧。耕田而食,似在有莘之野；鑿井而飲,願爲擊壤之民。目今曹操據於中原,孫權據於江東,國步艱難,民心離散。山人雖是布衣之士,寔懷廟堂之憂。今日無事,不免將天文地理之書披閱一番,消遣悶懷則個。（唱）
　　【南呂宮正曲·懶畫眉】天文三卷變無窮,試看勾陳衛紫宮,昭垂有象理能通。（合）這書中訣法多深奧,據地占天一代功。
　　（白）呀,你看外邊槐樹,無風自動,今日必有貴客臨門,不免袖占一課。（作占卦科）（白）原來是劉、關、張前來訪我。道童那裏？（丑扮道童上）（唱）
　　【字字雙】我做道童老頑皮,伶俐；澆花灌草合時宜,料理；客來無個不忘機,有味；偷閒松下着圍棋,耍戲,耍戲。
　　（白）師傅喚小徒,有何吩咐？（孔明白）今有劉、關、張來此訪我,你回他不在家。（道童白）那裏去了？（孔明白）登山玩景去了。（道童白）他問幾時回來呢？（孔明白）你說踪迹不定。（道童白）曉得。（孔明白）一聲長嘯安天下,專待春雷驚夢回。（下）
　　（雜扮軍卒,引生扮劉備,净扮關公,净扮張飛上）（唱）
　　【黃鍾宮正曲·水隊子】求賢圖治,漢室中興尚可爲,南陽諸葛大名垂。不憚長途,路轉峰回,（合）瞻望村墟,敦請不違。
　　（軍卒白）已到隆中。（張飛白）這就是諸葛亮的住所,待我看來。這樣草棚裏住的,怎麽幹得大事？（劉備白）這是隱居之所,待我問來。仙莊有人麽？（道童上）（白）黃犬汪汪吠,趨步啓柴扉。那個？（劉備白）道童有禮了。（道童白）將軍何來？（劉備白）特來拜謁令師孔明。（道童白）家師不在。（劉備白）二位兄弟,你我無緣,不辭跋涉,遠遠而來,先生不在家了。道童,令師那裏去了？（道童白）登山玩景去了。（劉備白）幾時回來？（道童白）踪跡不定。（劉備白）先生既然不在，待我題詩一首，下次再來未遲。道童，把筆硯借來一用。（道童白）曉得。（劉備白）特向仙山訪隱淪，無緣空返暗傷神。今朝未識先生面，他日重來拜至人。漢宜城亭侯劉備拜書。道童，令師回來，多多拜上。你説，劉、關、張兄弟三人，備得厚禮，竭誠來聘[1]。先生不在，怏怏而去[2]，異日再來請罷。（道童白）知道了。（劉備白）看馬，就此回去罷。（同下）

校記

[１]竭誠來聘："竭誠"，原作"潔城"，據文意改。
[２]怏怏而去："怏怏"，原作"快快"，據文意改。

第廿二齣　求賢切踏雪重臨

（雜扮石廣元，雜扮孟公威上）（唱）

【仙吕宫正曲・天下樂】隱居林下儘開懷，壯志功名久未諧。（孟公威唱）長歌拍手是吾儕，季世誰知鼎鼐才。

（石廣元白）山人石廣元，潁州人也。（孟公威白）山人孟公威，汝陽人也。（石廣元白）我等隱居於此，日與孔明、崔州平等山水爲樂，詩酒陶情。今日紛紛大雪，特約孟兄沽飲，以待孔明、州平二兄回來[1]。孟兄，我和你到前面沽飲一壺。（孟公威白）有理，請。（同下）（雜扮小軍，引生扮劉備上）（唱）

【仙吕宫引・探春令】高人高臥草廬中，抱經綸康濟。（淨扮關公、張飛上）（唱）前番未護瞻儀範，空跋涉程迢遞。

（劉備白）二位兄弟，前訪孔明先生，未曾相遇。今日你我須再到隆中拜請纔是。（關公白）大哥景仰高賢，弟輩願陪前往。（行科）（劉備白）今日朔風凛凛，瑞雪霏霏，山如玉簇，林似銀妝。高賢隱居之處，便與濁世不同。（關公白）正是。（張飛白）天寒地冷，尚不用兵，誰叫大哥來見此無益之人？（劉備白）三弟怕冷，你先回去。（張飛白）不是嗄，我老張死且不懼，豈怕冷？但恐大哥空勞神思耳，請大哥三思。（劉備白）三弟不必多言。（張飛白）是，是。（劉備白）快些趲行便了。（衆下）（牧童内唱，徐上）

【山歌】牛背平平軟似毡，閑時坐了倦時眠。江湖常有風波險，真個騎牛穩似船。

（劉備白）牧童，我且問你，諸葛先生可在家麼？（牧童白）不知他在家否，他常時所種的就是這頃田。（劉備白）既是他田在此間，怎麼他又不在？（牧童白）請問三位將軍，你要尋那孔明先生怎麼？（劉備白）請他去做軍師。（牧童白）將軍。（唱）

【仙呂宮正曲‧大迓鼓】他平生自種畦，常時負耒，帶雨鋤犂。連朝不見他來田地，他去來踪迹總無期。（劉備白）牧童，你可不要妄言，可知他家在麼？（牧童唱）（合）或者在家，未知詳細。（下）

（劉備白）牧童已去。左右，爾等都在崗前伺候。（衆應，下）（劉備白）我和你前到茅廬，請他便了。雪滿山中高士臥，月明林下美人來。（劉備、關公、張飛同下）

（石廣元、孟公威上）（唱）

【懶畫眉】陽春不遇嘆時乖，且把村醪付壯懷。鷹揚尚父沒蒿萊，悲歌空有高陽在。（合）怎禁得逝水光陰難再來？（各笑科）

（劉備衆上）（劉備白）當頭片片梨花落，撲面紛紛柳絮狂。二位兄弟，你看前面二人，莫非臥龍、鳳雛都在此乎？待我自去問來。敢問二公，誰是臥龍先生？（石廣元白）公乃何人？欲尋臥龍何幹？（劉備白）某劉備，尋先生欲求濟世安民之術，無吝是幸。（石廣元白）我等皆臥龍之友也。（劉備白）又不是臥龍、鳳雛。請問二位高姓大名？（石廣元白）吾乃石廣元，此位孟公威是也。（劉備白）敢請二位，同見臥龍先生一談。（石廣元、孟公威白）我等山野慵懶之徒，不省治國安民之事，明公請自去訪臥龍，我等失陪了。（劉備白）如此，告辭。（石廣元、孟公威白）請。（下）（張飛白）這等放肆，可惱，可惱！（同行科）（劉備白）此間已是仙莊，有人麼？

（雜扮諸葛均上）（唱）

【黃鍾宮引‧西地錦】可笑操戈何事，爭如畎畝棲遲。

（見科）（劉備白）備久慕先生，無緣拜會。今冒雪而來，得瞻道貌，實為萬幸。（諸葛均白）將軍莫非劉豫州乎？可是欲見家兄麼？（劉備白）先生非臥龍也？（張飛白）這一個又不是，咳！（諸葛均白）某乃臥龍之弟，諸葛均也。家兄昨日與崔州平相約，閒遊去了。（劉備白）何處閒遊？（諸葛均唱）

【南呂宮正曲‧東甌令】行無定，住難期，或駕輕舟汪水湄，尋僧求道歸來滯，良友襟前契。（合）邃山深洞樂琴棋，果然是出處盡忘機。（劉備白）原來如此。先生！（唱）

【又一體】自古排國難、救民危,莫便長吟終抱膝。我孤窮志欲安邦計,故此遥相詣。(白)劉備如此緣分淺薄,兩次空回,不遇大賢。(諸葛均白)請少坐,獻茶!(張飛唱)(合)各人去奔前程急,野老暫相違。

(白)那懶先生不在,請哥哥上馬。(劉備不理科)(白)先生,令兄所學,可得聞乎?(張飛白)問他則甚,風雪甚緊,不如早歸。(劉備白)休得如此!(諸葛均白)不敢久留,容日回禮,請了。(下)(張飛白)左一個也不是孔明,右一個也不是孔明,費了多少辛苦,到底不曾見那個孔明。大哥、二哥,我們回去,歇了這個念頭罷?(劉備、關公白)三弟不要如此。(唱)

【高大石調引·窣地錦襠】一天風雪訪賢歸,不遇空回意感栖。(合)停鞭回首望中迷,(張飛白)大哥,(唱)你再休提重到茅廬去訪伊。(下)

校記

[1] 以待孔明、州平二兄回來:"待",原作"詩",據文意改。

第廿三齣　隆中振袂起耕夫

(丑扮童子上)(白)卧龍不種田,但種松與柏。松柏似君子,留待市朝客。自家乃南陽隆中諸葛師傅坐下童子便是。我師傅覆姓諸葛,名亮字孔明,道號卧龍先生。他胸羅星斗,腹蘊陰陽,真個是鬼神不測之機;文通孔、孟,武曉孫、吳,果然有乾坤扭轉之術。自比管、樂,隱居於此。前者有劉、關、張弟兄三人到來,相請師傅,俺師傅因漢家末運,世亂人離,二次相訪,未曾一面。今早師傅占先天之數,説劉皇叔生一子,該有四十年天下。爲此,俺師傅便有出山之念,説他三人今日定然又來相訪,着我在此等候。正是:好憑緯地經天術,助漢興劉鼎足分。(下)

(雜扮衆軍,引浄扮張飛,浄扮關公,生扮劉備上)(唱)

【越調集曲·憶鶯兒】春晝長,花漸芳,日射旌旂羽旆張,雲耀驊騮羽騎驤。滿目韶光,柳綫拖黄,東風習習輕相蕩。(合)望南陽,雲山將近,已到卧龍崗。

(劉備白)仙莊有人麽?(道童上)(白)青松巢白鶴,翠竹鎖春雲。(劉備白)師傅在家麽?(道童白)不在家中。(劉備白)何處去了?(道童白)遊山玩水去了。(劉備白)又不在家,怎生是好?(張飛白)大哥、二哥閃開,待我去問他。呔,道童,你師傅呢?(道童白)遊山玩水去了。(張飛白)唗,討打!

（作怒科，道童慌科）（白）師傅，師傅。（諸葛均內白）何人喧嚷？（張飛白）虧我這一嘘，就嘘出一個孔明來了。（生扮諸葛均上）（白）三位將軍。（張飛白）又不是那廝。二哥，待我問他。（關公白）不可造次。（劉備白）令兄在家麼？（諸葛均白）現在堂上高臥未醒，待我喚起迎接。（劉備白）千萬不可驚動。（諸葛均白）是。（下）（張飛白）二哥，待我放起火來，看他醒不醒！（劉備白）休要囉唣。（生扮孔明上）（白）大夢誰先覺，平生我自知。草堂春睡足，窗外日遲遲。（劉備白）先生，我弟兄兩次進謁，不得一見，今特竭誠拜訪[1]。（孔明白）南陽野人，疏懶成性，屢蒙枉臨，不勝愧報。（關公白）仙師在上，關某有禮[2]。（孔明白）將軍請坐。（各坐科）（劉備白）漢室傾頹，奸臣竊命，備不量力，欲伸大義於天下，奈智疏淺短，惟望先生開愚拯厄，寔爲萬幸。（孔明白）董卓以來，豪傑並起，曹操不如袁紹，而竟能克紹，非維天時，亦人謀也。今擁百萬之衆，此誠不可與爭鋒。孫權據江東，國險民富，可用爲援，而不可圖也。惟荊州用武之地，天所以資將軍者也。爲今之計，先取荊州爲家，後取四川爲根，鼎足之勢，中原可圖也。（劉備白）先生之言，頓開茅塞，如撥雲霧而見青天，何勝銘感。（孔明白）但恐亮才淺學疏，有負所望耳。（劉備白）先生！（唱）

【南呂宮正曲·宜春令】吾懷抱社稷憂，慕高風特來懇求。（白）一顧不出，繼之以再，再顧不出，繼之以三。（唱）慇懃三顧，揆之以理當屑就。獨不見伊尹耕於莘野，終起作商家勳舊。（合）請先生早出草廬，掃除賊寇。（孔明唱）

【又一體】吾聞得劉豫州，待賢士恩禮最優。欲安天下，再三來請情何厚？他本是濟世英豪，況又是王室華冑。我山人欲出草廬，掃除賊寇。

（劉備白）既如此，就請同行。軍士先回，吩咐子龍，速造蓮花寶帳，好待軍師擇日登壇。（軍士應科，下）（劉備白）看禮物過來。（衆應科）（劉備白）先生，不盛菲儀，聊爲贄見之禮，請先生收了。（孔明白）承使君高誼，山人謹此拜領，即同使君前去便了。道童，好好看守茅廬，我如今下山去了。（童兒白）幾時回來？（孔明白）成功就回。（劉備白）看車駕過來。（衆應，推車上）（劉備白）請先生安坐。（孔明白）不敢。（劉備白）先生不必過謙。（孔明白）如此，山人有罪了。（作上車科）（劉備、關公作扶科）（張飛怒科）（虛白）（衆同唱）

【仙呂宮正曲·望吾鄉】官德悠悠，西風吹錦裘。青山滿月黃花瘦，騎從紛紛爭馳驟。行客頻回首，雲龍會，魚水投，看取功勳就。（衆同下）

校記

［１］今特竭誠拜訪："今"，原作"令"，據文意改。
［２］關某有禮："禮"，原作"理"，據文意改。

第廿四齣　席上裸衣充鼓吏

（小生扮禰衡上）（白）經天緯地有誰知，潦倒逢人笑我癡。偌大乾坤無住處，唾壺擊碎首低垂。小生禰衡，表字正平，生來傲骨，天付俠腸，能讀五典三墳，解賦九歌七發。只是生於亂世，豺狼當道，戎馬在郊，不能請終軍纓擊南越之頸，借朱雲劍斬佞臣之頭。猶然落魄一身，囊空四海，這也付之造物安排。我且縱酒狂歌，以遣悶懷而已[1]。昨日聞孔北海已表薦小生於朝廷，誰想竟將表章付與曹操。咳，我想此賊心懷叵測，豈肯容我輩於廟堂？（嘆科）正是：奸佞揚眉，英雄扼腕。好不令人氣頹也。（唱）

【南呂調套曲・一枝花】俺本是英雄困路岐，不隄防擾攘多荊棘。值兵戈辭家來許下，受奔波逆旅在京師。（白）當此無聊，且浮大白，以澆悶懷。童兒那裏？（童兒上）（白）相公有何吩咐？（禰衡白）取酒來。（童兒應科）（禰衡唱）今日個因守栖栖，欲遣那愁無計。交情淡少新知，又乏故知。學不得漢相如蜀地題橋，倒做了楚卞和荊山泣璧。

（白）且住。聞得曹操欲將我為鼓吏，若不撾鼓，他笑我是個腐儒，不解音律了。我不免撾作《漁陽三弄》，罵他一頓。他若惱了，便將我殺害，却也留名千古。童兒，你可好好收屍，送歸故鄉。（童兒虛白，仝下）

（雜扮將校，衆將引淨扮曹操上）（白）招才納士有虛名，頭角崢嶸指日生。堪笑無知孔北海，薦賢究竟事無成。某家曹操，昨欲使孔融往說降劉表，他薦禰衡可充使令，我不道，他竟表薦於朝廷，稱其賢俊，此表原是我家得來。我想此人素負重名，若不挫其銳氣，留在朝廷與我作梗，則我之大志難行矣。嗄，有了，少停飲宴時，着禰衡先充鼓吏，看他若何？就着爾等陪宴。（雜應科）（雜扮孔融等衆上）（白）文章立事須銘鼎，談笑論功恥據鞍。雙金未比三千字，負弩應慚知者難。某等參見丞相。（曹操白）列位少禮。（坐科）（曹操白）看酒來。（坐科）（白）家將，召禰衡來見。（禰衡上）（白）經綸滿腹偏難偶，志氣如雲未可儔。（見科，揖，曹操不答科）（禰衡白）天地雖闊，何無一人也？（曹操白）狂生不得無禮！我這裏宴會，權令爾為鼓吏，

（禰衡笑科）（白）鼓吏何妨？遊戲三昧，無所不可。（擊鼓科）（唱）

【南呂調套曲・九轉貨郎兒】你倚着公卿元宰，俺則道沐猴冠帶。（曹操喝科）（禰衡唱）任你一聲聲，霹靂弄喬才，我只待罵得你賊心駭，打得你潑皮開，慢慢的把奸賊從頭指摘來。

（曹操白）狂生，你既為鼓吏，可歸班承應。（禰衡白）曹操，你這一班俗樂，我都和不來。我有《漁陽三弄》，撾於你聽。（曹操白）好，就撾來與我聽。左右，取鼓放在中間。（禰衡作撾鼓科）（曹操白）這鼓吏倒也撾得好。你這狂生，出口便傷人，爾有何能？（禰衡白）天文地理，無一不通；三教九流，無所不曉。（曹操白）你這狂生，說得你這般出衆之才，你若如此倨傲，不有負我求賢之意麼？（禰衡白）曹操，你道為國求賢是你的本意麼？（唱）

【四轉】哎，曹操，總是你奸頑宰相，把朝事專歸執掌。寔指望皋夔稷契佐陶唐，卻不道有心為悖逆，無意效平章。你招權結黨，直弄得個伶仃的漢官家，吐不的嚥不的，算不了悽惶賬。卻被你霸了王綱，占了朝堂，喜孜孜逞不了猢猻狀，頻播弄恣更強，傷。休得要倚着力強，只怕你禍稔蕭薔難漏網。

（曹操白）狂生，你看我手下文臣濟濟，武將森森，何減於汝？（禰衡笑科）（白）此等人物，吾盡識之。（唱）

【五轉】若論你那些謀臣呵，無非是泥人木偶，都不過是隨波逐流。（擊鼓科）說甚麼智機深，操勝借前籌，多妙策解良謀，止不過助惡扶奸假斷休。（擊鼓科）荀彧呵，問疾趨喪，聲隨淚收。荀攸呵，看墳墓守荒丘。程昱呵，關門權作司閽叟。（擊鼓科）郭嘉呵，能念賊躬身稽首。（笑科）這般人呵，恰便似古冢裏沒氣髑髏，恰便似熱泥塵土聚蜒蚰，只落得心凶狠性乖拐，齊奉承着老奸雄，去與那朝廷作寇讎。

（曹操白）許褚、夏侯惇舞劍，以助筵前一樂。（作舞劍科）（曹操白）你狂生道俺的謀臣無用，武將何如？（禰衡笑科）（白）你這般武將，堪比做場上傀儡，何足道哉？（曹操白）我這般英雄，建立許多功業，你難道不知麼？（禰衡白）你道你用兵麼？敗於奉先之手，幾乎損命；潰于淯水之濱，險以亡生。那不是你善用兵，謀臣猛將的好處？（唱）

【六轉】你只見，推推擠擠，轅門之下。聽的來，出出律律，教人詫訝。（擊鼓科）剗地哩吆吆喝喝，炎炎嚇嚇建高牙，只落得紛紛攘攘成虛話。早則是三三兩兩，惶惶急急，倉倉卒卒，挨挨拶拶地征鞍來跨。（擊鼓科）中軍帳正擁着個，嬌嬌滴滴，濟妻新寡，不隄防撲撲突突的兵，陣陣烈烈的炮，鬧鬧吵吵，揚揚沸沸，四下喧譁。可笑那驚驚遽遽，忽忽急急，作了些軍中話靶。

這都是説出了你那庸庸碌碌,没孔錘兒没地加。

（曹操白）喚歌妓們侑酒。（歌妓上）（白）女樂們叩頭。（曹操白）起來,爾等可將《短歌行》之詞章歌來侑酒。（歌妓唱）

【短歌行】對酒當歌,人生幾何？譬如朝露,去日苦多。慨當以慷,憂思難忘。何以解憂,唯有杜康。青青子衿,悠悠我心。但爲君故,沉吟至今。呦呦鹿鳴,食野之苹[2]。我有嘉賓,鼓瑟吹笙。明明如月,何時可掇？憂從中來,不可斷絶。越陌度阡,枉用相存[3]。契闊談讌,心念舊恩。月明星稀,烏鵲南飛。繞樹三匝,何枝可依？山不厭高,海不厭深,周公吐哺,天下歸心。

（歌妓下）（曹操白）你既爲鼓吏,何不改妝而輕取進乎？左右,取岑弁單絞來與他穿了。（禰衡白）我就改妝。（作脱衣科）（曹操白）這狂生,廟堂之上,何太無禮？（禰衡白）欺君罔上,乃爲無禮！吾露父母之形,以顯清白之體。（曹操白）汝爲清白,誰爲污濁？狂生這等可惡,將謂吾刀不利乎？（禰衡笑科）（白）吾乃天下名士,用爲鼓吏,是猶陽貨、臧倉所爲耳,何足論也。（擊鼓科）（曹操虛白）我本欲辱衡,衡反辱我。（禰衡唱）

【九轉】這奸曹恰便有一腔渣滓,只落得英雄淚滴。（曹操白）你要做官麽？（禰衡唱）那裏是凌烟閣上姓名題,親向那九重趨步拜丹墀,五雲中,殿上去陳詞。俺本是補天的才智,怎與你潑刁頑比肩共事？（曹操白）也不怕你不從某家。（禰衡唱）縱教你仗威風無端赫逼,俺呵,罵奸賊可也青史名垂。（曹操白）你若能使劉表來降,用汝作公卿。（禰衡笑科）（唱）俺不是崑山片玉桂林枝,那些個無頭事何須啓齒？（孔融立起科）（白）丞相,禰衡罪同胥靡,不足發明王之夢。（曹操白）請坐。（禰衡白）北海,北海,（唱）指望你成天立地尊王室,又不道你脅肩諂笑也如是。（曹操白）連孔大夫也罵起來了。（禰衡唱）逆賊你只管絮叨叨掉弄着虛脾,則俺莽書生鳴鼓從頭重罵你。（擊鼓科）

（曹操白）狂生,你這般無禮,我也不計較你。左右,取衣巾與他穿了。禰衡,便即刻啓程往説劉表去。他若降時,表奏朝廷,你的功勞也就不小了。（禰衡笑科）（白）北海請了。（下）（張遼、許褚白）禰衡如此無禮,爲何不即加罪？（曹操笑科）（白）爾等那裏知道？禰衡本意要我殺他。我若殺了,如了他的願,成了他的名了。我借劉表之手,以泄我憤耳。（衆白）丞相神算,非某等所及也。（曹操笑科）（衆唱）

【煞尾】俺雖是艱辛不負扶劉意,嘆漢家做了畫棟將傾一木支。今日個

江山半壁歸吾利,這深謀誰知?這巧計心知。有一日把我做周文王堪比擬。(同下)

校記

［1］以遣悶懷而已:"遣",原作"遺",據文意改。
［2］食野之苹:"苹",原作"莘",據《詩經·小雅·鹿鳴》及《漢魏六朝百三名家集·魏武帝集》改。
［3］枉用相存:"枉",原作"相",據《漢魏六朝百三名家集·魏武帝集》改。

第五本(上)

第一齣　曹操遣將戰諸葛

（衆扮軍卒，引衆扮毛玠、崔琰、程昱、荀彧、張遼、許褚，引淨扮曹操上）（唱）

【中呂宮引・青玉案】轟轟英氣吞雷電，喜山斗聲名顯。百萬貔貅齊勇健，陣雲冉冉，威風憲憲，思遂平生願。

（白）仗鉞麾旄虎帳中，勢傾朝野壓三公。男兒要作擎天柱，肯負昂昂一世雄。老夫曹操，職居相位，統攝兵權，欲爲國家討賊立功，以濟我私讎公憤。我想荆州乃天下喉舌之地，劉表無能，不足介意。只恐劉備兵強將勇。近又來了個軍師諸葛亮，足智多謀，深爲可慮。不免齊集諸將，商議南征。軍士們。（衆白）有。（曹操白）速傳諸將上帳，商議軍情。（衆作傳科，扮夏侯惇、于禁、李典、夏侯蘭、韓浩等上）（同唱）

【又一體】英雄氣概干城選，威凛凛軍容展。欲掃烟塵平小腆，強如甘茂，勇如王翦，共把雄圖建。（作見科）

（衆白）丞相在上，衆將參見。（曹操白）諸將少禮。吾想四海洶洶，干戈鼎沸，吾欲舉兵南征呵。（唱）

【中呂宮・好事近】只恐謀算未完全，目下妖氛難殄。如今劉備，又添諸葛驅遣，如魚得水，還愁着把我荆州剪。想南征百種愁思，得幾日太平歡醼。

（夏侯惇白）今聞劉備在新野，每日操演士卒，必爲後患，可早圖之。（曹操白）就命夏侯惇爲都督，于禁、李典、夏侯蘭、韓浩爲副將，領兵十萬，直抵博望城，以窺新野。（荀彧白）劉備英雄，今更兼諸葛亮機謀，不可輕敵。（夏侯惇白）學士之言謬矣。吾視諸葛亮如草芥耳。吾若不生擒劉備、活捉諸葛亮，願將首級獻上丞相。（唱）

【中呂宮・石榴花】他運籌帷幄計如仙，我祗憑執銳與披堅。由他妙算出萬全，怎支持烟爍龍泉，槍迸梨花風亂卷，管教他血腥兒齊濺。那時節跨雕鞍,整歸鞭,敲金鐙,到關前。

（曹操白）願汝早早報捷,以慰吾心。眼望捷旌旗,耳聽好消息。（衆引曹操下）（衆扮兵將,引夏侯惇、衆將繞場科）（夏侯惇白）起兵前去。（衆同唱）

【中呂宮・越恁好】統兵千萬,統兵千萬,逐鹿走中原。橫衝直搗,齊努力,各爭先。他孫吳兵法縱徒然,怎當我熊羆百練,些時把博望的城池卷,些時把許下的仇讎剪!

【中呂宮・慶餘】陣圖疑是風雲轉,管取成功奏凱旋,少不得個個芳名勒燕然。（下）

第二齣　孔明派將敵曹兵

（衆扮軍士、周倉,引關公、張飛、劉備衆將上）（唱）

【雙角・新水令】金蘭義氣似膠投,爲江山烽烟輻輳。青霜回劍戟,紫電掣兜鍪。壯氣橫秋,風動旌旗皺。

（劉備白）昂藏七尺志冲霄。（關公白）一片丹心貫斗杓。（張飛白）烈烈丈夫肝膽熱。（同白）成功爭羨霍嫖姚。（劉備白）二位賢弟。（關公、張飛白）大哥。（劉備白）我等自到新野,操演士卒,井井有條,都是軍師佈置得宜。徐元直薦得其人,不負我等三顧之勞也。（關公、張飛白）是。（生扮孔明上）（白）羽扇綸巾出世仙,南陽束帛已戔戔。茅廬早定三分局,人事何妨就勝天?（作見科）（劉備白）方今天下紛紛,軍師何以教我?（孔明白）亮觀天下,群雄並起,稱勁敵者,莫如曹操。明公自度,比曹操如何?（劉備白）不如也。（孔明白）明公之衆,不過數千。萬一曹兵臨境,何以禦之?（唱）

【雙角・駐馬聽】他那裏遣動貔貅,整頓雄心齊抖擻,俺這裏驚聞刁斗,隄防未雨早綢繆。只恐怕殘雲風卷不停留,泰山壓卵多僝僽。軍機早早籌,臨時莫辦攻和守。

（劉備白）吾正慮此,未得良策。（孔明白）吾已招集新野之衆,朝夕訓練陣法,專候主公之命,方敢進城。（劉備白）有勞軍師費心了。（唱）

【雙角・折桂令】謝軍師妙算神謀,拓土開疆須展宏猷。陰陽起伏,陣法深幽,遣一隊熊羆虎彪,抵千般鋒刃戈矛。還仗你借着前籌,滿腹經綸,輔佐炎劉。

（丑扮報子上）（白）報,曹操命夏侯惇領兵十萬,殺奔新野來了。（劉備

白）再去打聽。（報子白）得令。（下）（劉備、關公、張飛衆將合唱）

【雙角·雁兒落帶得勝令】（【雁兒落】全）忽聽得曹兵勢甚稠，頓教人一片雄心透。俺這裏英雄足智謀，更饒些伏虎降龍手。【得勝令】全）呀，且看俺三尺仗吳鈎，丈八舞蛇矛，卒律律偃月鋼刀吼，慘昏昏征雲四野愁。休休，你那裏橫臂螳螂走。羞也波羞，管教你冷屍骸滿地蹂，冷屍骸滿地蹂。

（劉備白）帳下諸將，全賴軍師差調。（孔明白）主公，若欲亮行兵，乞假印劍。（劉備白）即捧印劍，請軍師登壇。（中軍傳衆將科，衆軍捧印劍放壇上）（孔明拜科，同劉備登壇）（衆將拜科）（孔明白）博望之左有山，名曰豫山；右有林，名曰安林，可以埋伏。關某可引一千軍往豫山埋伏，等彼軍至，放過休敵，輜重糧草必在後面，但看南面火起，可縱兵出擊，就焚其糧草。（關公白）得令。（孔明白）張飛聽令，可引一千軍去安林背後埋伏，只看南面火起，可出向博望城舊屯糧處，放火燒之。（唱）

【雙角·挂玉鈎】叱咤威風且暫收，車馬停馳驟。息鼓藏旗偃斧鉞，驀地施機彀。只有那烈火明濃烟透，怕他不闖入牢籠，暗中機謀。

（張飛白）得令。（關公、張飛引衆分下）（孔明白）關平、劉封可引五百軍，預備引火之物，於博望坡後兩邊埋伏。等至初更兵到，即可放火矣。（關平、劉封白）得令。（孔明白）趙雲聽令。你可爲前部，不要贏，只要輸。主公自引一軍爲繼，各須依計而行，不得有誤。（各作應科）（合唱）

【雙角·沽美酒帶太平令】這機關裏投，這機關裏投，調遣處細藏鬮，依計施行莫逗留。把曹兵來廝誘，要排場虎龍鬥。（【太平令】全）將一把無明徹透，效田單舉火驅牛。把四下飛烟布就，似張子連雲棧口。他呵，可憂可愁可羞，呀，怕不是燃眉炙手。

（孔明白）主公，今日引兵就博望山下屯住，來日黃昏敵軍必到，主公便棄營而走，但見火起回軍掩殺。（劉備等應科，分下）（孔明白）糜芳、糜竺帶領軍兵五百，同吾守住城池。孫乾、簡雍，準備慶賞筵席者。（衆應科）（同唱）

【雙角·煞尾】胸藏韜略羅星斗，調兵遣將安排就。請看初出茅廬第一奇謀，管取一陣功收，奏凱班師，飲杯得勝酒。（下）

第三齣　入重地曹兵中計

（衆扮軍士、鄉導官[1]、夏侯蘭、韓浩、李典、于禁、夏侯惇纛隨上）（衆

同唱）

【黃鐘調·醉花陰】欲把遊氛片時掃，統十萬貔貅來到。人似虎，馬嘶驕，浩蕩軍威，密匝匝如山倒。嗟漏網怎能逃？看釜底殘鱗同日了。

（分白）英名到處盡皆聞，韜略胸藏自不群。此日同遵丞相令，鯨鯢鹹斬奏功勳。吾夏侯惇是也。吾李典是也。吾于禁是也。吾夏侯蘭是也。吾韓浩是也。（夏侯惇白）奉丞相軍令，統兵十萬擒捉劉備。前面已是博望山，吾領衆前行。于將軍、李將軍可同衆將爲後隊，保護糧車而進。（衆應，各分兵，糧車在後）（同唱）

【黃鐘宮·畫眉序】分後隊，別前旄，整衆前驅軍聲浩。看金戈映日，鐵騎喧囂。啓戎行克壯謀猷，完軍實須防奸狡。（合）只憑一鼓功勳效，怎容伊浪魄遊遨？

（于禁、李典等下）（夏侯惇白）時當秋月，商飆徐起。此處是何地方？（鄉導官白）前面是博望坡，後面羅口川。（夏侯惇白）原來如此。（內喊科，夏侯惇作大笑科）（衆將白）將軍爲何大笑？（夏侯惇白）吾笑徐元直，在丞相面前誇諸葛亮爲神人。今觀其用兵，乃以此等軍馬爲前部，與吾對敵，正如犬羊與虎豹鬥耳。（唱）

【黃鐘調·喜遷鶯】伊行神妙負虛聲，空自名高觀矃。不由人暗添嗤笑，忍把殘兵肆叫號，頓教人怒氣驕。似這等犬羊呼嘯，怎當俺銳旅咆哮，怎當俺銳旅咆哮？（下）

（衆軍卒引趙雲上）（同唱）

【黃鐘宮·畫眉序】遵妙算建新勞，帳下叮嚀機關巧，把兵家勝敗變局推敲。踐征塵鏖戰，無須申軍令，佯輸頻告。（合）可知轉敗爲攻處，另是今番奇妙[2]。

（衆引夏侯惇上）（作見科）（趙雲白）來將何名？（夏侯惇白）吾乃都督夏侯惇是也，汝是何人？（趙雲白）吾乃常山趙雲是也，看槍。（共戰科，趙雲敗下）（衆軍白）趙雲走了。（夏侯惇笑科）（白）何等趙雲，如此懦弱！（唱）

【黃鐘調·出隊子】辜負了常山名號，仔見他強支吾，把兵衆拋，怎地負英雄飛將自稱豪？單則待得勝旗開兵乍交，他那裏跨馬揚鞭望影逃。

（韓浩白）趙雲誘敵，恐有埋伏。（夏侯惇白）敵軍如此，雖十面埋伏，何足懼哉？（下）

（衆軍引趙雲上）（唱）

【黃鐘宮·滴溜子】雙雙的雙雙的連兵倚靠，匆匆的匆匆的相持共保。

須思運籌帷幄,(合)威猛暫時收,權裝拜倒,且看軍師這番驅調。

（夏侯惇上,與趙雲同戰科）（劉備接戰,趙雲敗下）（夏侯惇大笑科）（白）這就算做埋伏了？（唱）

【黃鐘調·刮地風】則這一隊奇兵猛地邀,俺到也隄防着酣戰兵麈。因甚的甫經接刃鞭先掉,撲通通戰鼓纔敲,早順風兒甲棄戈拋。都則說鬥埋藏,恐落他陰謀圈套,怎知他謀陰符,空學得九地潛逃。似這等山鬼伎、鼯鼠能,成何牙爪？我則待精神強打熬,霎時間殲盡兒曹。（趕下科）

（衆引于禁、李典等同上）（李典唱）

【黃鐘宮·三段子】愁擁眉梢慮前途,崎嶇路交。林深木茂正相逢,山川險惡。（白）于將軍,自古道,欺敵者必敗。南道路狹,山川相逼,樹木叢雜,倘彼用火攻,奈何？（于禁白）君言是也,吾等當急忙趕上。（唱）火攻誠爾難猜料,前軍正自逢危道。（合）猛地尋思神魂動搖。（趕下科）

（關平、劉封領衆上,作埋伏科）（衆引夏侯惇等上）（唱）

【黃鐘調·四門子】急煎煎趕進山坡道,卷旌旗風亂飄。馬共人水湧潮,奮勇成功休憚勞,鐘鼎鑄名姓標。呀,麟閣上巍然獨表。

（于禁趕上）（白）夏侯將軍住馬！南道路狹,樹木叢雜,隄防火攻。（夏侯惇白）我一時到也忘懷了,就此回兵。（內喊科,劉軍四面放火圍殺科）（趙雲回殺科,關平、劉封兩場門冲上,夏侯惇敗下,趙雲等衆趕下）（衆兵引李典上）（唱）

【黃鐘宮·雙聲子】成謀少,成謀少,兀自把危機蹈。如何了,如何了,看一片火光耀。滿盤錯,真堪惱。（合）聽了這連天金鼓,頓教魂消。（關公帶兵上,衝殺。李典敗下,關公衆追下）

（衆引張飛上,作埋伏科）（夏侯蘭、韓浩引衆上）（韓浩白）火勢冲天,前軍有失,快些救應糧草。（張飛與夏侯蘭、韓浩戰科,張飛斬夏侯蘭,下）（韓浩逃下,張飛追下）（夏侯惇帶殘兵上,作跌撲式科）（同唱）

【黃鐘調·古水仙子】呀呀呀頭額焦,呀呀呀頭額焦。看看看,看野火騰騰滿地燒。任任任,任銅筋鐵骨,怎怎怎,怎火林飛跳？他他他,他運機謀任凶惡。俺俺俺,俺無端自把禍災招。似似似,似紅爐雪焰燎鴻毛。快快快,快些兒躲却炎威暴,免免免,免灰燼一時消。（作逃下科）

（劉備等衆同上）（唱）

【黃鐘宮·神仗兒】軍師謀略,軍師謀略,一戰成功,三軍傾倒。多應劉宗有靠,惟天賜與扶劉倚召。（合）歡聲沸透層霄,歡聲沸透層霄。

（眾引孔明坐車上）（眾將白）軍師好妙算也。（孔明白）就此收兵進城。（眾同唱）

【黃鐘調·煞尾】此日孤城幸相保，聽班聲金鐙鞭敲，待把那妙籌兒重計較。（進城，下）

校記

［1］鄉導官："導"，原作"道"。據下文"鄉導官白"改。
［2］另是今番奇妙："今"，原作"令"，據文意改。

第四齣　圖遠策徐庶招安

（雜扮小軍，雜扮將官，引淨扮曹操上）（唱）

【商調引·接雲鶴】昨差猛將去交鋒，料想劉兵勢已窮。

（白）昨差夏侯惇去戰劉備，未見回報。待他來時，便知分曉。（雜扮眾小軍，引丑扮夏侯惇上）（唱）

【又一體】昨蒙差我做先鋒，一至劉營命不通。

（白）丞相差我領十萬大兵，到新野擒捉劉備。不想諸葛亮用計，被他殺得片甲不回。今見丞相，未知吉凶。若恕我之罪，再設奇謀，決然取勝。小校，稟去。（小軍進，稟科）（白）稟爺，夏先鋒回來了。（曹操白）着他進來。（夏侯惇進見科）（白）丞相。（曹操白）夏侯惇，爲何這等模樣？勝負若何？（夏侯惇白）丞相在上，小將一言難盡。（曹操白）你且說與我聽。（夏侯惇唱）

【中呂宫正曲·駐雲飛】一出軍戎，陣勢排開遇子龍。他詐敗將咱哄，急走難收衆。嗏，城內火漫空，干戈不動，小計纔施，三萬軍成夢。（合）都是南陽諸葛翁。（曹操唱）

【又一體】聽說其中，十萬軍兵一旦空。自恨吾輕動，不想他謀重。嗏，失律罪難容。（白）叫群刀手將這厮綁了。（眾白）得令。（綁科）（曹操唱）將他示衆，失了軍情，休想將伊縱！（合）梟首轅門法令通。

（眾白）刀下留人！（唱）

【又一體】上告明公，大量寬宏道德隆。（白）夏侯先鋒呵，（唱）兵速如風送，不想遭他弄。嗏，誤入網羅中，他雖罪重，（白）如今把殺了呵，（唱）廢了英雄，枉却真梁棟。（合）伏乞仁慈海納容。

（曹操白）罷罷，若論軍法，不可容恕，將他殺了以正軍法。但衆將官在此討饒，恕他一次。鬆了綁，今後須要仔細。（放綁科）（夏侯惇白）蒙丞相不斬之恩，我當以死報效。（曹操白）元直，孔明村夫是何等人？遂敢如此抗拒？（徐庶唱）

【中呂宮正曲・駐馬聽】諸葛儒生，地理天文件件精。博通韜略，選將點兵，佈陣排營，聞風察勢辨輸贏，伊周才德應難並。（曹操白）比君之才如何？（徐庶白）庶乃螢火之光，焉比得皓月之明亮哉？況劉備呵。（唱）（合）奉命而行，如魚得水，春浪去難平。（曹操唱）

【又一體】見說他能，激得心頭殺氣生。如今我兵分八陣，填塞橫川，踏破樊城，活擒劉備與孔明，那時始解胸中耿。（合）即刻飛行，明朝管取，立奏凱歌聲。

（張遼白）主公，不可欺敵！丞相若到襄陽之地，必用先買民心，民心若從，兵亦可守矣。探得劉備盡遷新野百姓于樊城，此是劉備愛民之至，使民歸附。不如遣人招安，劉備縱然不降，亦可以宣愛民之心也。若見事急願降，則荊州之地，不戰自然而得。然後再舉荊襄之衆，徐圖江東，以歸一統。（曹操白）此言甚妙，差何人去纔好？（張遼白）徐元直舊與劉備甚厚，就使他去也好。（曹操白）元直，孤知汝忠誠不疑，使公可對劉備說知：若肯歸降，免罪增爵；如有執迷，軍民共戮，玉石俱焚。（徐庶白）既如此，徐庶領命就行。（曹操白）即煩速往，孤拱聽捷音。忠義兼持守此身，（徐庶白）孤忠誠寔免疑生。（張遼白）劉君若肯歸降順，（合白）不戰荊州一鼓平。（同下）

第五齣　兵分八路報讐來

（雜扮小軍，引生扮劉備，净扮關公，净扮張飛，生扮孔明上）（分唱）

【南呂宮引[1]・生查子】蓄銳暗藏機，個中有經緯，神武鎮兵威，管把曹軍退。（見科）

（劉備白）博望燒屯日，曹兵喪膽時。立功憑衆將，奇計賴軍師。我劉備自得軍師以來，博望燒屯，火焚新野，殺却曹兵十萬人馬，夏侯惇、曹仁、許褚輩鼠遁，賊將魂驚，料曹瞞不敢舉兵南向矣。（孔明白）主公，曹操擁百萬之衆，奸謀極多，未必安心受降，早爲禦敵之計好。（劉備白）全賴軍師妙策。（雜扮軍校，引末扮徐庶上）（唱）

【黃鍾宮引・天仙子】曹公遣某到樊城，特訴衷情見友生。

（白）此間已是劉皇叔行營。軍校通報，徐庶要見。（卒白）稟爺，轅門外徐庶要見。（劉備白）元直是我故人，快請進來。（徐庶見科）（劉備白）正懷渴仰之恩，何幸又睹尊顏，欣慰，欣慰。（徐庶白）庶本欲與君侯共扶王業，那時接到家信，未能始終，抱愧之至。（孔明白）元直此來，必有見諭。（徐庶白）孔明先生，曹操使庶來招降皇叔，乃假買民心之奸計也[2]。望先生早為之計。（孔明白）原來為此。（劉備白）元直，不若棄曹助漢，在此與你同除逆賊。（徐庶白）公有臥龍輔佐，何愁大業不成？某今老母已喪，抱恨終天。身雖在彼，誓不設一謀也。曹操必兵分八路，填白河而進。樊城恐不可守，請速作行計。（孔明白）主公，曹兵勢大，樊城不宜久居，可往江陵以避其兵。（張飛白）軍師，曹操雖是兵多將廣，怎當得軍師神機妙算？憑着俺弟兄們英勇無敵，殺得他一個也不回。曹操此來，正是飛蛾投火，自遭其禍。元直，這是上門買賣，何須遠避？（孔明白）翼德，一者樊城不固，錢糧欠缺，曹兵此來，必決死戰；二者江陵城郭完固，錢糧充足，乃荊州要緊之地，精兵有數萬，今取之以為家，可以拒曹操。此所以欲避之也。（劉備白）軍師，只是兩縣百姓相隨已久，怎忍棄之？（孔明白）可令人遍告百姓，願隨者同行，不願者留下。（劉備白）軍校，吩咐百姓們，如有願隨者，同往江陵，以避兵難，不願者留下。（卒傳科）（內白）俱願相隨。（卒稟科）（劉備白）我有何仁德，使百姓受此大難？（唱）

【南呂宮正曲·梁州序】曹瞞無理，興兵相敵，使我百姓流離。（白）元直，（唱）俺的兵微將寡，須則乘勢遷移。咫尺江陵若至，形勝端宜。遵奉軍師計，擬作久安長治。此處避瘡痍，及早隄防不可遲。（合）祈恢復，漢邦基。（孔明唱）

【又一體】吾心籌議，曹瞞逞勢，縱有百萬熊羆，何須憂慮？只消決勝神機，管把皆成齏粉，不用懷疑。疾速民遷徙，那答城堅糧足，地利果真奇，定霸興王得所依。（合）祈恢復，漢邦基。

（白）主公，一面收拾，帶百姓就行。（徐庶白）告辭了[3]。（劉備白）元直此去，不知相會何年？好教寸心如割也。（孔明白）主公且免愁煩。（徐庶白）速速趲行要緊。（劉備白）元直之言，劉備凜遵。（徐庶白）宜急不宜遲，（劉備白）干戈滿道時。（孔明白）只因兵勢大，（關公、張飛白）奮勇願相持。（下）

（雜扮小軍，眾將引淨扮曹操上）（唱）

【南呂宮引·生查子】威勢震華夷，天下人驚畏。諸葛有神機，到此難逃避。

（白）虎視中原志未行，且持節鉞自專征。招降故把民心買，劉備終當一鼓平。昨已差徐庶前往招降，怎的不見回報？（許褚白）徐庶前去招安劉備，莫非連他也不回來了？（張遼白）元直誠實之士，劉備降與不降，他必然回報。（雜扮二手下，隨徐庶上）（唱）

【又一體】諸葛智謀奇，玄德多仁義。丞相潑天威，毫髮全無畏。

（白）迤邐行來，已到轅門外。軍校通報。（卒白）是。啓爺，徐參謀回來了。（曹操白）請進來。（徐庶見科）（曹操白）元直，劉備、孔明降與不降？（徐庶白）丞相，劉備並無降意。孔明有言，若要厮殺，如今就統百萬精兵前去。（曹操白）他果無懼怯之意？（徐庶白）孔明道，丞相本蟻聚之兵，更加袁紹烏合之衆，兵將雖多，彼必出奇兵而決勝，則皆爲齏粉，何懼之有哉？（曹操白）他欺我無決勝之策？我今兵分八路，踏破樊城，必擒劉備、孔明，與死者報冤，以解吾心之忿。衆將官，就此放炮起行。（衆唱）

【正宮正曲・四邊靜】連聲號炮抬營急，黃雲蔽曉日，金甲與金盔，乾坤盡皆赤。（合）三軍用力，摧鋒破鏑。眼望捷旌旗，耳聽好消息。（衆下）

校記

［1］南呂宮引：原無。按，【生查子】屬南曲【南呂宮引子】。茲據下文及清王奕清等《御定曲譜》補。

［2］乃假買民心之奸計也："心"，原無，據下文"招降故把民心買"補。

［3］告辭了："辭"，原作"亂"，據文意改。

第六齣　自率兆民逃難去

（雜扮梅香，旦扮甘夫人，小旦扮糜夫人上）（唱）

【仙呂宮正曲・園林好】嫻內則遵循壼儀，期王業恢張漢基。更喜得上天垂庇，占吉夢協熊羆，占吉夢協熊羆。

（甘夫人白）妹子，我與你同配皇叔，共操中饋，琴調瑟合，常宜家室之歡。（糜夫人白）地久天長，喜叶熊羆之夢。（坐科）（糜夫人白）姐姐，聞曹賊長驅而來，漸近新野，主公升帳與軍師計議退敵之計，未知如何？（甘夫人白）少停主公進來便知端的。（生扮劉備上）（唱）

【黃鐘宮引・玩仙燈】轟天震鼓鼙，打叠起疾忙遷避。

（甘夫人、糜夫人白）皇叔爲何慌張？（劉備白）適纔徐元直來，說曹操八路分兵，塡白河而進樊城，甚是猖獗。軍師計議，必當遠奔江陵，以避其銳。特念孤屢遭鋒鏑，未得寧居。今彼又分兵壓境，拒之不能，避之不可，如何是好？（唱）

【黃鐘宮正曲・啄木兒】他兵糧足，甲仗堅，眼看諸州成席卷。（白）劉景升次子，（唱）那劉琮竊位欺兄，獻曹瞞荆地圖全。（白）如今時勢呵，（唱）彼强我弱難爭戰，必須遷避災纔免。（甘夫人、糜夫人白）皇叔請自寬心，諸將忠勇無敵，何懼曹兵百萬？（劉備白）二位夫人有所不知。（唱）（合）雖則是勇冠三軍數在天。

（白）二位夫人速去收拾，即刻就要起行了。（甘夫人、糜夫人白）曉得。（下）

（雜扮小軍，引生扮孔明，净扮關公，净扮張飛，小生扮趙雲，雜扮糜竺、糜芳上）（唱）

【黃鐘宮正曲・三段子】孤城難戀，彼曹兵銳氣難言。欲圖保全，强支吾江陵苟延。（關公、張飛白）軍師。（唱）仗神謀策畫都完善，吾行效命從行便。（白）大哥。（孔明、趙雲白）主公。（同唱）（合）切莫遲疑，兵連禍連。

（孔明白）主公，就此起行。（劉備白）請軍師發令。（孔明白）衆將聽令。（唱）

【黃鐘宮・滴溜子】雲長的，雲長的，往江夏一遍[1]。與公子，與公子，借兵駕船。（關公白）得令。（下）（孔明唱）子龍護持家眷。（趙雲白）得令。（下）（孔明唱）（合）糜竺糜芳，把百姓保全。（糜竺、糜芳白）得令。（衆唱）（合）

【尾聲】江陵急走丕基建，避敵應須鞭着先，這，這的是一木難支大廈顚。（下）

（雜扮衆男女百姓上）（唱）

【中呂宮正曲・縷縷金】遭兵燹，蹈鋒芒。曹瞞侵境界，致災殃。骨肉難棄捨，相隨相傍，死生未卜苦難當。（合）吞聲自悽愴，吞聲自悽愴。

（白）吾等新野、樊城二縣百姓，被曹操攻擊，願隨皇叔避難江陵。遠遠望見後面一簇人馬來了。

（小軍引劉備、孔明、張飛、趙雲、梅香，雜扮車夫，糜夫人抱阿斗，同甘夫人乘車上）（同唱）

【南呂宮正曲・金錢花】曹兵似虎如狼、如狼，計窮力盡難當、難當，逃生畫夜苦奔忙。（合）掩旗鼓，負行囊，頃刻裏，至當陽。
　　（劉備白）可憐爾等百姓，我有何德何能，致使爾等棄家相隨？若曹兵追至，如何是好？（百姓白）皇叔乃仁德之主，吾等情願捨命相隨。如遇賊兵，願罵賊而死，亦無怨心。皇叔爺，就此倍道而行。（孔明白）主公，今擁大衆十餘萬，皆是百姓，披甲者少，似此幾時得到江陵？倘曹兵一至，如何抵敵？不如暫棄百姓，先行爲上。（劉備白）若濟大事，必以人民爲本。今彼歸吾，何忍棄之？（張飛白）二哥往江夏取救，絕無音信，不知如何？（劉備白）欲煩軍師親往催促。劉琦感公昔日之教，以獲全生。今公一往，事必諧矣。（孔明白）我去之後，恐曹兵追至，主公如何處置？（劉備白）軍師不去，恐劉琦不遣救兵。（孔明白）既如此，子龍近前，我授你一計。與你一百騎人馬，緊保小主與二位夫人。若遇勢敗，必逃夏口。小心在意，毋得有違。（趙雲白）得令。（孔明白）翼德近前，我授你一計。吾去江夏催促救兵，主公與衆百姓過長坂坡前，你可在長坂橋邊大張聲勢，則曹兵必退。小心在意，毋得有違。（張飛白）得令。（孔明白）簡雍，你緊隨主公，不可離了左右。小心在意，毋得有違。（簡雍白）得令。（孔明白）劉封隨我前去。劫數頃刻至，黎庶須臾屠。（下）（劉備白）軍師已去，吩咐趕行。（劉備唱）

【仙吕宮正曲・八聲甘州】心神悒怏，爲梵梵一命，萬姓遭殃。（百姓白）皇叔爺，（唱）你有仁心仁義，將來福祉難量。（劉備白）可憐景升兄，（唱）你屍骨未寒人納降，追憶靈魂實可傷。（合）涕滂，（白）那劉琮孺子呵，（唱）把荆襄一旦傾亡。（同下）

　　（雜扮小軍引净扮曹操，雜扮衆將隨上）（唱）

【越調正曲・水底魚兒】戰鼓鼘鼘，兵精將又強。（合）追擒劉備，一戰定來降，一戰定來降。（白）大小三軍，劉備往那一條路上去了？（卒白）往江陵路上去了。（曹操白）文聘、淳于導聽令。（文聘、淳于導應科）你二人各領三千鐵騎，先截住劉備，孤家統領大兵隨後就到。（文聘、淳于導白）得令。（小軍隨下）（曹操白）衆將官快追上去。（唱）（合）追擒劉備，一戰定來降，一戰定來降。（下）（劉備、百姓衆上）（唱）

【又一體】賊衆猖獗，鋒鋩不可當。（合）江陵急赴，到彼再商量，到彼再商量。

　　（簡雍白）主公，你看追兵甚緊，主公可棄衆百姓速速而行。（劉備白）自新野隨從至此，何忍棄之？（簡雍白）若不棄之，禍不遠矣。（雜扮報子上）（唱）

【仙呂宮正曲·不是路】急走慌忙,報與仁君善主張。(劉備白)莫非曹兵追來了麼?(報子唱)紅塵蕩,分兵八路勢難當。(劉備白)再去打聽。(報子應科,下)(劉備唱)正猖狂,抱兒挈女須前往,號泣聲高振四方,添悲愴。(白)也罷,(唱)微軀到此無投向,不如長江殂喪,長江殂喪。

(欲跳科)(簡雍抱住科)(白)主公不可如此,以社稷為重。(百姓跪科)(白)皇叔爺,我等拋家棄產,以有明公在耳,明公若是如此,我衆百姓何所恃乎?曹兵甚近,只宜快走。(劉備白)罷了,罷了!衆百姓,我孤家勢敗至此,累及爾等,於心何忍?(唱)

【仙呂宮正曲·掉角兒序】嘆此身,似浮漚一樣,生和死未知何向。耳邊廂金鼓喧天,更鐵騎橫衝直撞。(白)待我自去迎敵,子龍保守家眷,糜竺、糜芳保護百姓,爾等一同先行。(衆唱)無奈被虎狼師,從天降。心膽摧,魂魄喪,奔走倉皇,妻尋夫長,兒覓爹娘。慘離離,男女啼哭,觸目悲傷。(同下)

(文聘衆上)(唱)

【越調正曲·水底魚兒】劍閃秋霜,旌旗耀日光。(合)擒拿劉備,與主定封疆,與主定封疆。(劉、文戰科)(劉備白)文聘,吾兄景升有何負你,你便降了曹操?背主之賊,尚有何面目見人?(文聘白)皇叔,此非文聘之罪,實乃蔡瑁、張允二人之謀。皇叔以大義見責,使文聘羞慚無地。皇叔請行,不可遲滯,曹操大兵即至矣。(劉備白)多謝,曉得了。(下)(文聘白)衆軍校,從小路殺回。(衆應科)(合唱)擒拿劉備,與主定封疆,與主定封疆。(下)

(趙雲,甘、糜二夫人,衆小軍隨上)(唱)

【仙呂宮正曲·掉角兒序】奉主命護持車仗,衆軍卒努力行上。(內喊科)(趙雲白)你看追兵已近,二位夫人若在車中,必被敵人所擄。遇難之際,不如棄了車輛,逃命要緊。(二夫人作下車科)(衆唱)一聲聲叫喊如雷,慘黎庶如何投向?(文聘上,與趙雲殺介,文聘敗下)(二夫人唱)後兵追,前將擋。恨千端,愁萬狀,淚染衣裳。(衆百姓唱)(合)他兵強壯,人多力強,這的是天羅地網,逃避無方。

(曹兵上,趕散二夫人,衆百姓各分下)(張飛、四曹將上戰科。張飛、四曹將下)(徐晃、趙雲作對敵,下)(衆小軍引丑扮淳于導上)(唱)

【越調正曲·水底魚兒】將士鋒芒,適人遭禍殃。生擒劉備,奸雄一命亡,奸雄一命亡。(白)我淳于導,奉主公之命追趕劉備。衆軍校,快快殺上前去。(衆百姓上)(淳于導白)那一起都是甚麼人?(衆小軍白)都是百姓。(糜竺白)淳于導,俺糜竺在此。(對敵科,擒住糜竺科)(衆百姓、夫人下)(淳

（淳于導白）綁了，帶他到主公面前去請功。（小軍應科）（唱）（合）生擒劉備，奸雄一命亡，奸雄一命亡。（下）

（趙雲上）（唱）

【又一體】匹馬單槍，加鞭心意忙。（合）逢人詢問，未卜是存亡，未卜是存亡。

（白）方纔追殺文聘那厮，被曹兵冲散，不知二位夫人往何處去了，只得追尋前去。前面衆百姓內，可有二位夫人麼？（衆百姓、夫人上）（白）糜夫人在此。（趙雲白）夫人受驚了。（糜夫人白）將軍請起，可見甘夫人與孩兒麼？（趙雲白）不曾見。（內吶喊科）後面追兵來了，夫人且閃在一邊。（淳于導衆上）（淳于導白）來將何名？（趙雲白）吾乃常山趙子龍。（淳于導白）趙雲，早早下馬投降，免得與糜竺同作刀頭之鬼。（趙雲白）休得胡說，放馬過來。（殺淳于導，下）（糜竺白）多謝將軍救我，活命之恩，容當圖報。（趙雲白）夫人，小將奪得兩匹馬在此。糜將軍，你與夫人上馬，待我殺出重圍，你護送糜夫人尋主公去。我上天入地，必尋甘夫人與小主公來。如尋不見，便死在沙場上也。（唱）

【尾聲】全將威武誅曹將。（趙雲下）（糜夫人唱）深感將軍忠勇強。（糜竺同唱）死裏逃生事異常。（下）

（衆軍引張飛、劉備上）（唱）

【黃鐘宮正曲·滴溜子】追兵急，追兵急，後將簇擁。重圍合，重圍合，前途斯哄。（白）我劉備一死何足惜，只可憐兩縣百姓。（唱）人民，紛紛接踵，存亡呼吸間，生靈抱痛。（張飛白）便是怎麼得那救兵到來纔好？（劉備唱）（合）江夏救援，賴有臥龍。

（糜芳帶箭傷上）（白）稟主公，趙子龍竟投曹操去了。（張飛白）怎麼講？（糜芳白）竟投曹操去了。（劉備白）你可曾看得明白？（糜芳白）看得明白。（張飛白）好狗弟子，我哥哥有何虧負於你，你反我哥哥。（劉備白）三弟，你休得性暴。我思子龍是我故人，他如何肯反？（唱）

【又一體】他丹心秉，丹心秉，似從天縱。相隨久，相隨久，樂爲我用。（張飛白）哥哥，他見我們勢窮力盡，或者降曹以圖富貴，亦是人情之常，何故不信？（劉備白）兄弟，子龍呵，（唱）料他，死生難動。傳言斷不真，何須斯哄？（張飛白）哥哥，我心裏只是疑惑，我定要找着他問個明白。若果降曹，刺他一百槍，纔泄我老張這口氣。（劉備白）孤家料子龍決不棄我。任他自去，不要逼他。（唱）（合）你一任所之，何慮子龍？

（張飛白）大哥，你與簡雍等都過長坂橋去。我今只帶二十餘騎，依軍師之令，在彼拒水斷後，一者堵擋曹兵，二者探取趙雲虛實。甲士隨我來。（唱）

【尾聲】無端鼠輩將兵弄，若見時定不相容。（衆卒子隨下）（劉備白）你看三弟怒髪冲冠而去。皇天，皇天！保佑我一家重得完聚。（唱）辦炷名香，答謝蒼穹。（下）

校記

[1]往江夏一遍：“江夏”，原作“江陵”，據下文改。

第七齣　戰長坂絕處逢生

（雜扮衆小軍，引净扮夏侯恩，背負青釭劍，持槍上）（白）熊虎貔貅百萬兵，旌旗掩映布連營。力能擒虎充親將，背負青釭萬里行。俺夏侯恩，乃丞相親隨，奉令剿除兩縣百姓。衆軍士，不論老幼，盡皆斬首。（衆應，下）（衆百姓、甘夫人諢上）（夏侯恩引衆上，放箭科）（衆百姓、甘夫人逃下）（趙雲上，殺科，刺死夏侯恩。解劍科，下）（土地暗上）（甘夫人上）（唱）

【商調正曲·山坡羊】亂荒荒，潛藏匿的黎庶。痛殺殺，揾不住的珠淚。可憐我，瘦怯怯的身軀。怎禁受，惡狠狠的弓弩矢。箭傷體，奴命頃刻危。今朝一死何足惜？苦只苦幼小嬌兒，却有誰救取？（合）傷悲，恨曹兵四下圍。難移，喪荒郊爲冤鬼。

（白）奴家甘氏，同糜夫人避難，被曹兵趕散。糜夫人不知去向，奴家身被箭傷，疼痛難忍，不能前進。你看前面有缺墻在此，且到裏面避静，暫息片時，再作區處。（唱）

【又一體】喘吁吁，流不盡的血淚。汗津津，早濕透的羅袂。虛颺颺，按不定的驚魂。恨悠悠，叫不盡的天和地。遭禍危，煢煢受顛沛。尋思難得全生計，恨只恨苦命娘兒，眼前撇離。（合）凄其，怯生生步怎移？羈栖，悶沉沉此暫依。

（趙雲上）（白）甘夫人。（唱）

【雙調正曲·鎖南枝】全家眷，我護持。兵戈簇簇四下起，曹將亂奔馳，夫人在何處？（合）不測禍，人怎期？（甘氏哭科）（趙雲唱）聽得哀哭聲，未知是不是。

（白）缺墙裏面有人啼哭，待我下馬看來。呀，果然是甘夫人。（甘夫人白）呀，原來是趙將軍。可見糜夫人麽？（趙雲白）糜夫人已見了，小將差糜竺送到主公那裏去了。小將因不見幼主與夫人，爲此又轉來尋取。嘎，夫人受驚了。（甘夫人白）我被曹兵追殺，左股中了一箭，箭頭尚在肉內。少刻無人來救，我母子同死必矣。（趙雲白）小將有失救護，多多有罪。夫人抱了小主，快請上馬。小將步行死戰，保夫人殺出重圍。（甘夫人白）奴家得見將軍，此子有命矣，奴死何足惜？（趙雲白）夫人何出此言？快請上馬。（甘夫人白）此馬乃將軍之寶，若負妾而行，前途倘遇敵兵，將軍無馬，安能自戰？（趙雲白）我但知保夫人與幼主，不知趙雲之死生也。（甘夫人白）將軍差矣！劉氏之後，只有這點骨血。此子全仗將軍保護，妾身豈不知大禮？況身帶重傷，豈能求生也？今妾與將軍同行，倘遇賊兵，母子兩命休矣。（趙雲白）爲今之計，將欲何如？（甘夫人白）將軍嘎，將軍可看劉氏一脉，抱去此子，見他父親一面，多多拜上糜夫人，用心爲我撫養。妾死九泉之下，也得瞑目矣。（趙雲白）我趙雲不才，猶可抵敵數陣，快請夫人上馬。（甘夫人唱）

【又一體】魂離窈，意亂迷，怎奈前行步難移。只有劉氏這宗枝，付與將軍去[1]。（白）將軍，（滾白）怎奈我身被箭傷，命在須臾。若非將軍至此，我母子兩命休矣。奴今寧死，不可絕了劉氏宗嗣。你可護他前行。我今全節盡義，全節盡義。（唱）（合）痛得我肝腸斷，心裂碎[2]。（白）兒嘎，（唱）痛分離，無由會。（趙雲唱）

【又一體】丹心秉，天鑒知，曹兵百萬吾擋之。即行莫遲疑，恐有追兵至。（白）夫人，（滾白）你看兵馬簇簇，戈戟紛紛，倘若遲挨，怎生脫離此地，脫離此地？夫人，我勸你即速脫離了沙場地。（唱）（合）我勸你即速脫離了，沙場地。早回還，免災悔。

（甘夫人白）將軍快去。（趙雲白）夫人快上馬。（甘夫人白）將軍，此子性命全在將軍身上。將軍，你看那邊又有兵馬來了。（作墜井科，雜扮金童、玉女上，作引下）（趙雲白）在那裏？嘎，夫人！怎麽墜井而死了？可敬可敬。（唱）

【中呂宮正曲·撲燈蛾】堪羨能殉節，堪羨能殉節，矢志真激烈。願你上青霄，早赴天宮瑤闕也。（白）咳，可憐幼主，口雖不能言，見他母親墜井，亦自恁般啼哭？且住，手抱幼主，一則不能策馬，二則持槍不便，怎麽處？有了。（土地幫緊阿斗在懷內科）（趙雲唱）懷揣帶挈，勒甲縧緊緊拴者，抖精神殺出虎穴。（白）且住，我好差矣，怎麽就要行？倘被奸人打撈，毀其屍首，這怎麽處？有了，不免把土墻推倒，覆井掩屍便了。（唱）推墻坦，覆井掩屍踪迹滅。

（土地幫推墻科，下）（八軍士引净扮晏明，持三尖兩刃刀上，與趙雲殺科）（刺死晏明，下）（眾扮馬延、張顗、焦觸、張南持兵器上，圍殺趙雲）（趙雲槍刺馬延倒地，并出草人如馬延，扮趙雲槍挑草人起，馬延下地井，三將敗下）（趙雲笑科）（白）誰敢來？誰敢來？（下）（眾軍士、大將引曹操上）（同唱）

【越調正曲・水底魚兒】劉備奸徒，逃生泣路隅。（合）上前擒住，教他喪溝渠，教他喪溝渠。（眾引曹操上山頭科）（眾曹兵引生扮張南持槍與趙雲同上，殺科）（趙雲跌陷坑）

（張南白）你看這厮顛入陷坑，待我刺死他便了。（槍刺趙雲，趙雲接槍，奪科，跳出陷坑）（張南敗下，趙雲追下）（曹操白）眾家將，方才墜坑復出者是誰？（曹洪白）待小將問來。（問白）吒，來將何人？（趙雲上）（白）俺乃常山趙雲。（曹洪白）趙雲，還不投降，等待何時？（趙雲白）休得胡説。（殺科，曹洪敗，趙雲下）（曹洪白）常山趙雲。（曹操白）好一員虎將，吾心甚愛。傳下令去，不許放冷箭，生擒趙雲見我。（曹洪傳科，眾應）（眾扮鍾縉持大斧，鍾紳持戟，張遼、許褚上，圍戰。趙雲刺鍾縉，劍斬鍾紳，下）（眾將白）趙雲走了。（曹操白）就此追上前去。（眾同下）（趙雲上）（白）且喜曹操傳令，不放冷箭，吾命得生矣。（唱）

【尾】鰲魚脱却金鈎綫，擺尾搖頭去也。（白）小主爲何不動，想是悶壞了。阿呀，你看，好一個耐驚嚇的小主！正是：聖天子百靈相助，大將軍八面威風。（唱）你看他懷内鼾鼾熟睡者。（内喊，下）

校記

［１］付與將軍去："付"，原作"附"，據文意改。
［２］心裂碎："碎"，原無。按【雙調正曲・鎖南枝】曲譜，此句應爲三字。依其韻，疑爲缺"碎"字，據以補。

第八齣　拒灞橋粗中有細

（雜扮小軍，净扮張飛上）（白）百萬軍中任我行，蛇矛丈八鬼神驚。豹頭環眼威風壯，黑臉髭鬚怪肉生。俺張飛，昨日樊城不意爲兵追逐。俺大哥無計奈何，只得率領二縣百姓奔走江夏。軍師命吾斷後。你看曹兵勢大，如潮湧而來。（唱）

【中吕宫正曲·好事近】環眼望旌旗，看騰騰冲天殺氣。（白）且住，你看曹兵只隔一水，我兵只有二十餘騎，怎生退得曹兵百萬？甲士們，聽我吩咐，與我砍下柳梢[1]，每匹馬尾皆拴柳梢，汝等把旌旗豎在柳林之中，縱馬盤旋來往，助我殺氣，吾自有妙處。（唱）我虛張聲勢，儼然萬馬奔馳。（小軍白）稟爺，馬上俱拴柳梢，請軍令定奪。（張飛白）你們騎上馬，緊緊馳驟，往來盤旋，使曹操視吾兵之多也。（唱）來回似飛，看迢迢一片紅塵起。（白）衆甲士，快快馳驟盤旋者。妙！（唱）（合）瞞天謊計退曹兵，方顯得老張英鋭。（小生扮趙雲上）（唱）

【又一體】脱離長坂免災危，痛主母全節希奇。托孤寄子，倘有差池，何等干係？仗天保佑，遇曹兵喜得鋒鋩避。（白）翼德，快與我擋一擋。（張飛白）子龍來了，只是甘夫人爲何不見？（趙雲白）甘夫人身帶箭傷，已付幼主與我，赴井而亡。我懷揣幼主，百萬軍中血戰，幸得脱離。但恐曹兵追來，全仗翼德救援。（張飛白）好子龍，你一身都是膽也，辛苦了。可速行，追兵我自當之。（唱）（合）俺自有八面威風，盡擋他百隊嚴追。（趙雲下）（雜扮小軍，衆將引净扮曹操上）（唱）

【中吕宫正曲·千秋歲】訪踪迹，一霎揚塵起，莫不有萬千車騎？（內吶喊科）（唱）聽吶喊搖旗，聽吶喊搖旗，翹首見，慘慘征雲遮日。（曹操白）何人領兵？（張飛白）呔，曹兵聽者。（唱）（合）張飛將，無不畏，誰大膽，來衝敵？咱奉軍師計，殺得你抱頭鼠竄，魂飛魄離。

（軍卒白）張飛領兵。（曹操白）當初雲長曾言，燕人翼德於百萬軍中取上將之首，如探囊取物。果然驍勇！（內喊科）（張飛白）戰又不戰，退又不退。那一個大膽的上前來，與我決一死戰？曹操，你敢來？（曹操白）你看，橋東樹木背後，塵土大起，必有伏兵。暗傳號令，後隊做前隊，速退。（張飛白）曹操你來，曹操你來！（曹操衆下）（軍卒白）曹操軍兵退了。（張飛白）且住，曹兵已退，我今雖施小計，唬退曹兵百萬之衆。若再來怎生拒敵？有了，不免將長坂橋折了，放心前去，追上大哥，一同到江陵便了。甲士們。（唱）

【中吕宫正曲·紅繡鞋】慌忙拔去椿堤、椿堤，將橋拆毀無遺、無遺。途路斷，波浪隨，二十騎，壯軍威，莽曹瞞，怎能追？

【尾聲】長橋拆毀無踪迹，料想奸雄必退回。（白）衆甲士們，（唱）隨我整轡前行莫待遲。（下）

校記

［１］與我砍下柳梢："梢"，原作"稍"，據文意改。本劇下同。

第九齣　曹操追兵遇伏歸

（雜扮小軍，净扮周倉、關平，引净扮關公上）（白）威風凜凜貌堂堂，斬將搴旌勢莫當。一笑掀髯成算就，曹瞞未許恣猖狂。某奉軍師將令，求救於公子劉琦，借來雄兵一萬，相近長坂之地。探聽曹兵追及，吾兄大敗，不免擋住要路。衆將官，馬兵在後，步兵在前，示以死戰。待曹兵到來，準備廝殺，違令者斬。（衆應科）（白）得令。（唱）

【正宫正曲・普天樂】馬初肥人驍勇，鼓鼙喧弓刀聳。旌旗展耀日鮮紅，競爭先共逞威風。（合）把軍排鐵桶，心豪膽氣雄。任曹兵百萬，敢與交鋒。（下）

（雜扮小軍，衆將引净扮曹操上）（同唱）

【中吕調雙曲・朝天子】執長矛勁弓，荷金戈利鋒。喊殺聲，山嶽皆搖動。千員上將，與天神異同。咨屠戮無寬縱，受爵秩賞封，叨專城錫寵，氣冲。（雜扮報子上）（白）啓爺，張飛拆橋而去。（曹操白）罷了罷了！原來張飛計窮，拆橋而去。衆將官，速搭浮橋，快快追上。（唱）大丈夫反遭他做弄，遭他做弄，須努力將他鬨，須努力將他鬨。（下）

（關公衆上）（唱）

【正宫正曲・普天樂】古賁育非獨勇，與頗牧能相共。驅兵將步馬縱橫，敵奸曹誓死交鋒。（合）把軍排鐵桶，心豪膽氣雄。任曹兵百萬，敢與交鋒。

（關公白）衆將官就此埋伏者。（衆應科）（衆引曹操上）（同唱）

【中吕宫雙曲・朝天子】率三軍逞雄，叠橋梁數重。務擒拿，斬首無遺縱。一時失算，反譏嘲懦慵，笑殺人增惶恐。馬驪驪似龍，將堂堂盡勇。威風，率前驅端如浪湧，端如浪湧。雖插翅難飛動，雖插翅難飛動。

（關公白）曹操慢來，關某在此。（曹操白）呀，罷了罷了，又中孔明之計了，原來雲長伏兵在此。步兵在前，馬兵在後，必有決勝之謀，還有大兵暗藏在後。不可輕敵，吩咐回兵。（下）（卒白）曹兵退了。（關公白）他既退去，不可追殺[１]。周倉，吩咐撤兵而回。（衆應科）（同唱）

【普天樂】見形影心驚恐,兵雖廣成何用？退曹兵似草如風,疾奔回遁迹潛踪。(合)把軍排鐵桶,心豪膽氣雄。任曹兵百萬,敢與交鋒。(下)

校記

［１］不可追殺:"追",原作"退",據文意改。

第十齣　趙雲懷主全身至

(雜扮小軍,生扮劉備上)(唱)

【雙調套曲·新水令】時乖不利遇窮途,誰復料動天金鼓。非吾心畏怯,奈彼勢何如。(白)俺劉備,被曹兵追趕,家眷盡皆失散。欲投江夏,去見侄兒劉琦,怎得衆人無恙,復能相聚也。你看前面一簇樹林,暫歇片時再行。我劉備呵,(唱)螳臂當車,怎禁受山中虎？

(雜扮糜竺,小旦扮糜夫人上)(白)臨兵身免辱,死裏又重生。(糜竺白)禀主公,糜夫人到了。(糜竺、糜夫人白)主公在此。(劉備白)夫人在那裏？(唱)

【雙角合套·折桂令】俺年來粗立規模,直指望北擋曹瞞,東拒孫吳。誰想道天不憐吾,景升身故,籌度全輸。(白)甘夫人與阿斗却在何處？(糜夫人白)被亂軍趕散,不知何處去了。妾得子龍相救,殺死曹將無數,又救了糜竺,奪得兩匹馬,護送至長坂橋,他復番殺回,追尋甘夫人與孩兒去了。(劉備白)吓,罷了。(唱)反教我做了烏江失渡,苦支持率衆逃逋,喊殺奔呼。將我趕逐窮途,霎時間失散妻孥。

(小生扮趙雲上)(白)陡遇當陽厄,衝鋒保國儲。主公在此。(劉備白)子龍來了,幸得脫離虎口而來,難得,難得！懷中何物？(趙雲白)所懷幼主,適纔啼哭,此一回不見動靜,原來睡熟了。(劉備白)爲何不見甘夫人？(趙雲白)甘夫人身帶箭傷,小將三回五次相請,不肯上馬,已經赴井而死了。小將無奈,只得以土墻掩之。(劉備白)甘夫人赴井而死了。阿呀,皇天那！(唱)

【雙角套曲·雁兒落帶得勝令】我本是撥天關大丈夫,倒做了哭窮途孤獨户。(趙雲白)主公在上,趙雲不能保全二位夫人,罪該萬死！幸小主無恙。(劉備接科)(白)業種,業種！(唱)只爲你乳臭兒難救扶,險把我大將軍相耽誤。(作擲地,糜夫人急抱起)(趙雲白)小將感主公大恩,雖肝膽塗地,不能報也。(劉備唱[1])呀，謝將軍百萬軍中保妻孥，痛傷殘我命苦。特捐軀防受污，驀分離恨切膚。踟躕，須努力開疆土。嚎呼，把曹瞞掃除，把曹瞞掃除。

（雜扮小軍，净扮張飛上）（白）拒水拆橋驚賊去，疑兵嚇退惡奸雄。（下馬，作參見科）（劉備白）三弟回來了。三弟以何計擋退曹兵？（張飛白）大哥，俺單騎立於橋上，喝退曹兵，唬得他不敢仰視，疾拆橋特來繳令。（劉備白）三弟勇則勇，拆橋之舉差矣。彼有百萬之衆，一時填河而過。如不拆橋，彼疑我有伏兵，不敢追來。今則視爲懼怯，追兵至矣。你與子龍斷後。（內喊科）後面曹兵追來了。（張飛、趙雲白）待我二人擋之。（下）（雜扮衆小軍，净扮周倉，引净扮關公上）（唱）

【雙角套曲·收江南】呀，一任他千軍萬馬枉喧呼，憑着咱，奮勇施英武。覷曹瞞，端的懼吾徒。軍師將令奔前途，神算無虛。遇仁兄，恰是漢津路。（作下馬參見科）（劉備白）二弟來也，曹兵可曾追來否？（關公白）曹兵追來，被我擋回也。（內喊科）（劉備白）你看江中西南上，船隻一字兒擺開，不是江東之兵，定是曹操兵也。如之奈何？（關公白）遠視船頭上，綸巾道服，必是軍師來也。（衆水卒上，水手撐船，生扮孔明，生扮劉琦、劉封上）（孔明白）憑我運籌帷幄，管教吳魏淪亡。（衆白）軍師，侄兒來了。（孔明白）主公受驚了。山人自離主公之後，到公子處借有雄兵一萬，同公子前來接應。不想此處得見主公。（劉琦白）叔父，孩兒救護來遲，多多有罪。請叔父權到江夏盤桓幾時，侄兒早晚還要請教。（劉備白）如此甚好。二弟帶五千人馬守夏口，我等投江夏便了。（關公白）得令。（衆作上船科）（同唱）

【雙角合套·沽美酒帶太平令】出籠鳥漏網魚，出籠鳥漏網魚，苦奔波勞馳逐。顧不得途路迢遥力倦痛，虛禁架强支吾。憐甘氏果賢淑，二縣民隨行匍匐，遭兵亂死亡痛苦。棄樊城想安黎庶，誰知道傷殘無數。俺呵，少不得連吳、會吳，破曹瞞，全憑一鼓。呀，那時節定中原眉揚氣吐。（衆引劉備等下）

（關公白）衆將官，就此往夏口去。（同唱）

【尾聲】長江千里稱險阻，戰艦排連接樓櫓，方顯得將勇兵强漢與吳。（下）

校記

[1] 劉備唱："唱"，原作"白"，徑改。

第十一齣　自稱王江東開宴

（雜扮家將、太監，引孫權上）（唱）

【南北合套·新水令】東南天塹大江斜，控三江還連百越。巍乎文德矢，煥矣武功烈。國富人傑，是吾曹霸王基業。（白）【鷓鴣天】一旅雄獅出許都，建牙開府領三吳。百年禮樂承光澤，半壁河山展霸圖。　貽燕翼，紹鴻謀，江風起處陣雲孤。同文同軌如翻掌，始信東南有丈夫。俺孫權，字仲謀，乃破虜將軍孫策之弟也，文足經邦，武能戡亂。纘父兄之緒，世守江東；奮軍旅之威，名聞河北。內有張昭、魯肅輩運籌帷幄，明聰宣賁蓍龜；外有周瑜、黃蓋等決勝疆場，勳烈武昭雲日。俺地當顯要，國又富強，豈容坐失機宜，偏安澤國？況聞劉備敗走江陵，曹操大獲全勝，奸雄得志，必將藐視江東，責我備藩，責我納質，此則勢所必然。意欲晉位為王，預絕其念，又不知眾論如何。且待一班文武到來，再作道理。（眾扮魯肅、張昭、周瑜、陸績、呂蒙、喬玄、周魴、呂範、諸葛瑾、黃蓋、闞澤、韓當、甘寧、程普、徐盛、丁奉上）（同唱）

【仙呂宮·步步嬌】彪虎夔龍虞周傑，光輔揚休烈。英雄志自睽，不信今人，不如曩哲。（合）況神器操窺竊，如何坐守偏安業？

（魯肅白）請了。（眾白）請。（魯肅白）明公已經升帳，我等一同進見。（眾白）請。（進見科）（同白）明公在上，我等參見。（孫權白）諸公少禮，看坐。（眾白）告坐。（孫權白）孫權年幼無知，新承基業，又勞諸公匡贊，得以雄據江東，但今日裏呵。（唱）

【南北合套·折桂令】漢室衰禍連兵結，更奸狡曹瞞，動搖天闕。銅駝欲泣，玉燭誰調，金甌將缺。只玄德是劉家枝葉，在江陵又遭蹉跌。只怕奸邪，打草驚蛇，還要撥草尋蛇。

（眾白）明公所見極是。曹操既敗劉備，志得意滿，必假天子之命，移禍東吳。明公與其受制於人，何如晉位吳王，不為人制？（唱）

【南北合套·江兒水】莫漫愁牽制，何勞自怨嗟？提封十萬堪憑藉，江東子弟皆豪俠，誰能俯首尋輕蔑？（孫權白）雖然如此，也須表奏朝廷，纔為名正言順。（周瑜白）明公差矣。如今曹操專權，生殺予奪悉自己出。明公拘拘禮法，表請璽書，能保曹操必從乎？莫若竟自稱王，一則副臣民翊戴之心，二則絕曹操節制之念。（眾白）周公之言有理。（同唱）竟自黃袍加也，

（合）南面稱尊，何用向他饒舌？

（白）衆意既同，就請主公更衣，告天晉位。（內作樂）（雜扮武士、太監、宮官、贊禮官上）（孫權換王服科）（孫權唱）

【南北合套·雁兒落帶得勝令】俺本待奉金湯歸帝闕，俺本待求鐵券盡臣節，俺本待控天關把海宇清，俺本待仗雄兵把烽烟滅。呀，到如今左右受人脅，一腔兒忠憤和誰說？既不能定家邦安民社，早難道向權門將志氣折？今者，權將這假王借，爲問你那奸也波邪，怎生的挾制也，怎生的挾制也？（坐科）

（衆白）臣等朝參，願主公千歲、千千歲！（唱）

【南北合套·僥僥令】叨居鵷鷺列，深愧鳳麟傑。願從此開基揚先烈，建無疆千世業，建無疆千世業。

（孫權白）承卿等翊戴，尊我爲王，敢不夙夜孜孜，奉承天命。但軍務重大，關係非輕，須得一智勇兼全者，總理其事。孤看周瑜少年英俊，意欲拜爲元帥，閫外之事，悉以任之。況先破虜將軍有言，外事不決問周瑜。（唱）

【南北合套·收江南】呀，可知道周郎呵，年少最英傑，奇謀妙算古今絕。便教他全軍總理亦云愜，把兵符付者，把兵符付者，應知一月奏三捷。

（周瑜跪白）臣年甫弱冠，並無頗牧之才，豈敢當此重任？（孫權白）休得固辭，取兵符過來。（取兵符親授，周瑜跪接）（唱）[1]

【南北合套·園林好】念微臣生來志賒，却沒效些兒漢血。蒙賜與全軍節鉞，（合）敢不把駑駘竭，敢不把駑駘竭。

（孫權白）孤以涼德，嗣纘丕基，今日受籙膺圖，江山生色，皆諸卿之功也。魯肅等各加封賞，明日朝門宣旨。（衆白）千歲。（孫權白）內侍設宴。（太監應科）（魯肅等入席列坐，飲科）（孫權唱）

【南北合套·沽美酒帶太平令】賴諸君相提挈，賴諸君相提挈，這氣派霎時別。那便有金殿當頭雉尾遮，只看這群工魚貫列，已不是比肩時節。（衆白）臣等恭進一觴。（內奏樂，魯肅衆進酒，同拜科）（白）願吾主千歲、千歲、千千歲！（太監白）平身。（衆起，復位）（孫權唱）他跪丹墀懃懃疑接，捧玉斝瓊漿傾瀉，一處處輿情歡浹，一聲聲嵩呼不迭。俺呵，心帖，意愜，更神明豫悅。呀，不覺的酒腸開醺醺醉也。

（雜扮報子上）（白）報，啓上主公，荆州劉琮聽信蔡瑁之言，把荆州獻與曹操。曹操又差人送蔡氏、劉琮歸許昌，中途將蔡氏、劉琮殺死。荆州都屬曹操，特來報知。（孫權白）知道了，再去打聽。（報子應，下）（孫權白）衆卿，

孤想曹操雖討劉備，寔有窺伺江東之心。魯子敬，你可到江夏探聽虛實，速來回報。（魯肅應，下）衆出席。（同唱）

【南北合套・清江引】雄心不受人羈縶，休去稱臣妾。倥偬定霸圖，談笑開王業。（合）只看你，老曹瞞，怎生的發付者。（分下）

校記

［１］唱：原缺，其下【南北合套・園林好】曲乃周瑜所唱，據此以補。

第十二齣　商拒敵夏口維舟

（雜扮小軍，引生扮劉備上）（唱）

【黃鐘宮引・西地錦】堪恨劉琮無智，荊襄祖業全移。（生扮孔明上）（唱）胸中自有屠龍技，且聽東吳消息。

（白）主公。（劉備白）軍師，不想景升懦弱，剛柔不決，以致蔡氏弟兄擅權，將荊州盡歸曹賊，致備當陽大敗。幸有江夏一枝，暫爾屯息，但非久居之地。軍師別作良圖。（孔明白）主公放心，吾已算定，此時江東必有人來也。（雜扮報子上）（白）報，稟爺，東吳差魯肅要見。（孔明白）知道了。大事濟矣。魯肅此來，必是探聽曹兵虛實。山人將計就計，直到東吳，憑三寸不爛之舌，說南北兩軍互相吞併，吾則無事矣。（劉備白）此論甚高。但軍師此去，孤家放心不下。（孔明白）山人此去，雖居虎口，安如泰山。主公但請放心，收拾船隻軍馬，十一月二十甲子日爲期，可吩咐子龍駕一小舟于南岸等候，切不可誤。（衆白）軍師何日方回？（孔明白）但看東南風起，亮必還矣。（劉備白）既然如此，請魯大夫相見。（末扮魯肅上）（唱）

【中吕宫引・似娘兒】舉國欲連師，事若濟曹兵失利。

（劉備、孔明白）道有請。（小軍請科，魯肅進科）（劉備白）子敬先生請。（魯肅白）君侯在上，容魯肅拜見。君侯深略遠謀，孰云將門無種；豁達大度，方見帝室有人。肅睹威儀，萬千恐悚。（劉備白）子敬乃東吳達士，南國英才，久仰高風，方慰渴想。今則遠尋過訪，吾心深愧欠恭。（魯肅白）此間莫非卧龍先生？（孔明白）惶恐。（魯肅白）軍師請。（孔明白）大夫請。（魯肅白）軍師須作困涸之蛟，遂爲化海之龍，化霧爲霖，願沾餘澤。（孔明白）欲醉公瑾之醇醪，惜未飲也；方仰子敬之丰儀，幸已瞻之。德風久及於家兄，道誼又施於小弟。欲依講下，便覺愧中也。（劉備白）子敬先生請坐。（魯肅白）

皇叔在上，豈敢越禮？（劉備白）不敢。（各坐科）（劉備白）子敬此來爲何？（魯肅白）聞皇叔與曹兵戰過數次，已知賊心有意圖取天下。（劉備白）備實未知其所爲。（魯肅白）聞皇叔在新野、當陽，累與曹兵交鋒，何言不知？（劉備白）孔明自知其詳。（魯肅白）軍師，魯肅請教。（孔明白）曹操奸計，亮盡知矣，恨力未及而且避之。（魯肅白）孔明先生，何不與東吳相結，共濟世業，何如？（孔明白）願聞其略。（魯肅白）那曹瞞呵！（唱）

【仙吕宮正曲·江兒水】師出全無忌，其心亦叵知。自誇天下誰能敵，敢將神器輕移易，擅行征伐無休息，特向明公詳議。（合）若得唇齒相依，管取曹瞞退避。（孔明唱）

【又一體】試說曹瞞輩，奸雄天下知。君何不揣他心地，百萬雄師期獵會。隱然虎豹在山中勢，志在吞吳必矣。（合）我若見孫侯，或有破曹之計。

（魯肅白）望皇叔即遣軍師一行，幸甚幸甚。（劉備白）子敬先生，孤家聊具小酌，少盡洗塵之敬。我浼軍師同往江東便了。（魯肅白）如此，足感厚情。（劉備白）唇齒相依仗主盟，（魯肅白）同心協力破曹兵，（孔明白）隨他百萬熊羆將，（合）難敵神機勝算精。（下）

第五本(下)

第十三齣　戰群儒舌吐蓮花

（雜扮將官，净扮孫權上）（唱）

【仙吕宫引・天下樂】柴桑屯扎夜鳴弓，爲圖大業霸江東。（白）孤家孫權，屯兵柴桑。聞知曹操已取襄陽，孤家正在此狐疑不决，不想曹操差人約説會獵江夏，名爲分取荆州，實是隄防劉備，使他勢孤，不能主張耳。曹操，曹操，我怎肯聽你指揮？曾差魯肅渡江探聽虚寔，怎的不見到來？（生扮孔明，末扮魯肅上）（孔明唱）

【仙吕宫引・天下樂】凡今誰是出群雄？（魯肅唱）魏漢相持在蜀中。（孔明唱）爲因遊説到江東，我臨期激説隨機用。

（魯肅白）此間已是營門首了。先生若見吴侯，切莫要言曹操兵多將廣。若問曹操有意下江南否，先生只推不知。（孔明白）子敬不須叮嚀，亮自有對答之語。（魯肅白）先生少待，待我禀過主公，再來相請。（進見科）（孫權白）子敬回來了，探聽虚實何如？（魯肅白）前到夏口，探聽虚寔，帶得一人，深悉就裹，乃南陽諸葛孔明。（孫權白）莫非諸葛瑾之弟諸葛亮麽？（魯肅白）正是。（孫權白）道有請。（孔明進見科）（白）明公在上，山人有一拜。（孫權白）子敬盛談足下之德，今幸得見，三生有幸矣。（孔明白）不才無學，有辱明教。（孫權白）孤家請問先生，方今曹操有吞併之心，孤家當戰與不戰，請先生决之。（孔明白）明公聽禀。（唱）

【仙吕宫正曲・八聲甘州】計權輕重。（白）那曹操呵，（唱）正威籠天下，霸占江東，干戈洶湧，所向處人人震恐。（白）明公，（唱）你兩端鼠首何用？一旦徘徊勢自窮。（白）明公何不從衆謀士之議，按兵北面而事之？亮聞，寡固不可以敵衆，弱固不可以敵强。明公若不早順曹操，江東庶民塗炭矣。（唱）（合）順從，勸乘時頓首朝宗。

（孫權白）既是這等説，劉豫州何不降之？（孔明白）田横，齊之壯士耳，尚且守義不辱，何况豫州乃帝王之胄，英雄蓋世，豈肯爲人下乎？（孫權怒，下)(魯肅白)先生,你適纔言語[1],原唐突了些。幸吾主寬洪大度,不肯面折而入。(孔明白)我自有破曹之策,不下問於我,怎肯輕言?(魯肅白)嗄,先生有破曹之策,道是主公不能下問,故此不説麼?待我請主公出來請教。(孔明白)此事濟矣。(魯肅下)(孔明白)方纔我見孫權,碧眼紫鬚,只可激,不可説。聊將片言幾句,便勃然變色,竟入後堂去了。吾觀曹操百萬之衆,如群蟻耳,但我舉手,則皆爲齏粉矣。(魯肅隨孫權上)(白)適纔小見,冒瀆威嚴,幸乞恕罪。(孔明白)適間言語冒犯,乞賜寬恕。(孫權白)子敬,快到鄱陽調取公瑾回來,與孔明共議。(魯肅應科,下)(孫權白)孤家思量,曹操所慮者,劉表諸人。今群雄已滅,獨孤與豫州。吾不能居全吳之地,受制於人。只是劉豫州新敗,孤家安能抗兵大敵乎?(孔明白)明公在上。(唱)

【仙呂宮正曲‧解三醒】劉豫州雖然騷動,整三旅尚自驍勇。(白)況那曹兵呵,(唱)蟻群烏合成何用?似強弩力將窮。若是同心協力邀靈寵,管取定霸圖王建大功。(白)豫州兵雖敗於長坂橋,今戰士漸還。況曹操之衆遠來疲弊,兼且荆州士民服曹者,迫於兵勢,非心服也。明公若肯與豫州協謀同力,曹操何足爲懼?(唱)(合)非虚哄,待看取陳平六出,運用精通。

(孫權白)此計甚妙,孤家即日興師。(孔明白)山人告辭。(孫權白)請到館馹。先生,你風雷舌上起機籌。(孔明白)巧辯能驚孫仲謀[2]。(孫權白)孔明此際無奇計,難免吳劉一旦休。(下)(雜扮軍卒,引雜扮張昭、顧雍上)(唱)

【仙呂宮引‧踏莎行】忠肝礪志,奇謀安土。(虞翻、周魴上)(唱)汝南名譽大群儒,忠心孝義盡人子。(陸績、呂蒙上)(唱)干謁袁公懷橘去。(呂範、薛綜上)(唱)爲報君恩,怎惜父母髮膚?(張昭白)下官張昭。(顧雍白)下官顧雍。(虞翻白)下官虞翻。(周魴白)下官周魴。(呂範白)下官呂範。(薛綜白)下官薛綜。(陸績白)下官陸績。(呂蒙白)下官呂蒙。(衆白)請了。(顧雍白)列位衆議紛紛,又有曹操檄文,邀請主公共擒劉備,此事如何?(張昭白)列位,看劉備無義梟雄,趁此疲乏,正該借勢擒之,以除東吳一患。(陸績白)爲今之計,莫若暫降。(張昭白)老夫之計,亦是如此。怎奈魯子敬反引孔明來見主公,猶豫未定。今着魯子敬去召周公瑾議決,未知如何?(呂蒙白)周公瑾回來,自有定見。今孔明在馹中,我等去試探他一番。(周魴白)列位,孔明自比管、樂,今使劉備無地,我們大家去譏誚他一番。(衆白)有理。這是馹中了,通報。(軍卒白)裏面有人麼?(雜扮馹丞上)(白)是那個?(軍卒白)列位老爺來拜。(馹丞白)孔明先生有請。(孔明上)(唱)**群**

雄志傲盡迂儒，觀蠡測水難爲度。怎識我要破奸曹聊借兵。

（駟丞白）衆位老爺來拜。（孔明白）道有請。（駟丞白）是。（請科，衆進科）（白）先生請。（孔明白）不敢。（衆白）先生覊旅，特來奉謁。（孔明白）山野鄙夫，敢勞列公賜教。（衆白）不敢，先生請上，下官等有一拜。（孔明白）山人也有一拜。（衆白）一抔水土，何勞臥龍降臨？（孔明白）三吳景象，實得群雄濟美。（衆白）不敢。今日一來幸會先生，二來恐駟中寂寞，特來盤桓。（孔明白）衆公厚愛，正當領教。（吕蒙白）不敢絮煩，我等一言奉告。（孔明白）不敢，伏乞教下。（張昭白）我等未見台光，時懷夢寐。今見先生，真個百書百通，不若一逢。（孔明白）不敢。（顧雍白）先生隆中躬耕隴畝，好吟《梁父》，自比管、樂，果否？（孔明白）衆明公，山人呵！（唱）

【中吕宮正曲·粉孩兒】這的是慕前賢，誇抱負。因隆中三顧，天潢劉主。（衆白）先生爲三顧之恩相從劉君麼？（孔明唱）深蒙恩德，只得辭故廬，展胸中一得之愚。（張昭白）但先生志欲席卷荆襄，爲何一旦盡屬曹公？（孔明白）我取荆襄，易如反掌。因我主躬行仁義，不取同宗之業，不想劉琮聽一班庸碌之人，使主屈膝降曹。（唱）（合）致使那奸雄得志矜張，隨震動東吳防禦。（吕蒙白）卑人吕蒙，一言請教。先生自比管、樂，今劉君得先生如虎添翼，正當漢室復興，曹賊速滅。何期曹兵一至，劉君棄甲抛戈，望風而遁？（孔明白）吕子明，昔我主兵敗汝南，兵不滿千。後因我主不肯輕棄數十萬赴義之民，日行數里，故有此敗。況兵書云。（唱）

【中吕宮正曲·福馬郎】勝敗兵家非所圖，成大事不顧纖毫錯。不見強梁楚，一似豺狼豹，肆威道途。（白）那時漢王拜韓侯，（唱）（合）九里山一戰除，扶劉主定西都。（周魴白）今先生之來，不過借蘇、張之舌，何得掩耳偷鈴，扳今比古？（孔明白）周子兟但知蘇、張之舌，不知他二人乃濟世英傑。那蘇季子呵！（唱）

【中吕宮正曲·紅芍藥】他能舌辯，定六國訏謨。（白）那張儀二次相秦，（唱）匡扶着秦國強圖。（白）可笑東吳，（唱）得一班懼刀守株兔，枉自把官箴來污。（陸績白）住了，孔明！漢家基業[3]，今四百年之餘，曹公三得其二，亦知天數。今劉君不識爭衡，正是驅羊禦虎，以卵擊石。（孔明白）足下莫非懷橘陸郎乎？（陸績白）然。（孔明作笑）（白）汝且安坐，聽我道來。今曹賊篡逆天下，人爭啖其肉。汝類真乃無父無君，不忠不孝。（唱）你這小兒，陸績空懷橘，怎不識大綱節目？（合）尚兀自孝義全無，怎敢來舌調時務？

（薛綜白）先生但一巧飾而無實際。請問先生，治何經典，以正天下？

（孔明白）尋章摘句，乃腐儒之論，何能治國定亂？那伊尹、傅説，子牙、留侯，斡旋天下，匡扶社稷，未知治何經典，豈效書生舞文弄墨，數黑論黃？（唱）

【中吕宫正曲・耍孩兒】笑巧語花言如簧布，智者爭如默，不自恥章句迂腐。英雄，須佐主開基，將山河踞。竹帛標題作千秋序，這纔是匡君術。

（顧雍白）列位，我等聽先生一篇高談，頓開茅塞，滌除胸垢。（衆白）敢不拜服先生。（同唱）

【中吕宫正曲・會河陽】你舌戰群儒，名非是虛，果然名譽比瓊瑜。拒趨，乞與色容，言詞憨愚，須一筆勾除去。（孔明唱）衆君，須恕我直言忤。衆賢，念唇齒應須固。（雜扮小軍，引外扮黃蓋上）（唱）

【中吕宫正曲・縷縷金】魯公命，奉密書，來到馹亭舍。議征誅，此事周公決，孫劉共論。（白）呀，諸公爲何在此？（衆白）黃將軍，（唱）你一鞭雲騎似星趨，（合）多因甚緣故，多因甚緣故？（黃蓋白）諸公還不知麼？適纔魯大夫馳迎周都督即到，主公命文武都要出郭相迎。（唱）

【中吕宫正曲・越恁好】主公鈞諭，主公鈞諭，文武盡前驅，指揮旌纛，齊簇簇擺鑾車。（衆白）如此，我等告別也。（唱）疾忙奉命往前驅，匆匆別去。（合）加鞭急策馬也如騰霧，争迎盡執轡也如風舞。（衆白）請了。（下）（黃蓋白）魯大夫與周都督定議伐曹，衆公分議不一。故魯大夫着小將，（唱）

【中吕宫正曲・紅繡鞋】忙齎一副箋書、箋書，望君就計隨圖、隨圖。（孔明白）乞黃將軍上覆魯公，説我見了周公，一一遵命。（黃蓋白）如此，小將告辭。（唱）望郊外，迓周瑜，排衆議，建嘉謨。（合）江東地，屬東吳。（下）（孔明白）魯子敬，魯子敬，你可知周瑜所爲。（唱）

【尾聲】那三分天下吳魏蜀，機關豫定強支吾。（白）東吳縱然有英才濟濟，今日被俺孔明呵，（唱）一會價舌戰群儒誰敢侮？（下）

校記

［1］你適纔言語："纔"，原作"讒"，據文意改。
［2］巧辯能驚孫仲謀："辯"，原作"辦"，據文意改。
［3］漢家基業："基"，原作"秦"，據文意改。

第十四齣　激周郎詩歌銅雀

（雜扮中軍，引小生扮周瑜上）（唱）

【仙呂宮引·奉時春】腰懸三尺報君恩，怎洩我周郎公憤？智決興吳，運籌拒魏，舳艫晝夜忙征進。（白）年少英雄美丈夫，東吳保障運謀謨。神機料敵憑方寸，笑倚春風仗轆轤。下官姓周名瑜，表字公瑾，廬江舒城人也，官拜水軍都督。只因曹操專權，將劉、關、張逼得棄樊城、敗江陵、走夏口。如今劉備着孔明到此，相約共滅曹操。但衆將與諸謀士議論，欲戰欲降，紛紛不一。我立意伐曹，且待諸葛亮到來，我假言要降，試探一番，看是如何。已着魯子敬前去相請，想必就來也。（生扮孔明，末扮魯肅上）（孔明唱）

【又一體】鄉心縈繞意難伸，嘆天涯杳無梅信。（魯肅白）先生，來此已是公瑾的轅門了。（孔明白）望大夫引見。（魯肅白）先生若見公瑾，只說孫劉結好，殄滅奸曹[1]，只在今宵片言。但日間文武會議不一，公瑾亦在無定。望先生少間立意伐曹爲妙。（孔明白）山人自有道理。（魯肅白）通報。諸葛軍師來拜。（周瑜白）道有請。（魯肅白）先生請。（孔明白）周公請。周公請上，山人有一拜。（周瑜白）先生請上，小弟也有一拜。（孔明白）細柳餘風，邈邁共瞻山斗。（周瑜白）卧龍久仰，追攀得慰懷思。（魯肅白）日間張昭見都督，如何議論？（周瑜白）適會衆謀士所議甚善。（魯肅白）怎見得？（周瑜唱）

【仙呂宮正曲·園林好】衆公卿紛紛亂云。（魯肅白）議甚麼來？（周瑜唱）欲降曹只圖極品。（魯肅白）那黃蓋一班武士如何說？（周瑜白）那些武士不足謀也。（魯肅白）爲何？（周瑜唱）仗血氣勇何足論？（魯肅白）怎見來？（周瑜白）今曹操假天子爲名，師不可拒，兵不可遏，戰則易敗。（魯肅白）如此怎麼樣？（周瑜白）降則易安，況天時不如地利。（魯肅白）今都督意下何如？（周瑜白）爲今之計，（唱）（合）只得從衆議順曹君，從衆議順曹君。（魯肅白）都督何出此言？你乃東吳柱石，一代人傑。今日怎麼也說出垂頭喪氣的話來？使主屈膝於賊，好不羞恥也！（孔明白）大夫不要性急，人要見機。周公論得也是。（魯肅白）怎麼是來？（孔明白）兵者凶事，不得已而用之。況爲將者，須要觀時量敵。今曹操擁兵百萬，用兵仿佛孫、吳。向日所慮者，呂布、袁紹、張繡、劉表等。今曹操呵！（唱）

【仙呂宮正曲·品令】群雄殄滅，威勇自居尊。令行天下，誰個不望風聞？炎炎聲勢，朝野皆歸順。（周瑜白）可又來，孔明與衆謀士皆同。果然識時務者，可呼爲俊傑。（魯肅白）好一個識時務者呼爲俊傑。（孔明白）大夫若執意一戰，以弱禦強，萬一有敗。（唱）這是畫虎無成，瓦解冰消須忖。（魯肅白）如此說，是降曹的是。（孔明白）或者王命當歸，一可保姣妻嫩子，二來曹操極重才敬賢,諸君定不失位,可不是功名富貴可保無憂矣,那顧國運遷移?(唱)(合)這都是聽天委命,怎便扭轉天心別樣論?

(魯肅白)咳,既如此,劉君何不降曹?(孔明白)不是周公之論,正論也。但吾主自恃三百萬雄師,強與爭衡。(周瑜白)住了,孔明何詐也?劉君奔樊城,兵不滿千,室家不保,何詐稱三百萬雄師,不能敵曹。今來詐說麼?(孔明白)山人豈有詐乎?但三百萬雄師,非兵也。有三將,可敵三百萬雄師。非比東吳,將士以身家爲重,不顧主上疆土。(周瑜白)那三將可敵三百萬來?(孔明白)難道公瑾不知麼?關公力敵萬人,志在《春秋》,國士無雙,名驚華夏,刺顏良誅文醜,過五關斬六將,即曹操尚自喪膽。(周瑜白)還有何人?(孔明白)豈不聞常山趙子龍,單騎保主母,百萬軍中救阿斗,連挑賊將五十四員,殺敗曹兵百萬,這不是前朝衛青,晉文先軫麼?(周瑜白)我亦曾聞,還有何人?(孔明白)還有虎將張翼德,英雄莫當,百萬軍中取上將首級,如探囊取物。那日在長坂橋邊,只見曹兵百萬乘勢殺來,他只匹馬單槍,一聲高喝,驚慌了百萬曹軍。(魯肅白)如此說,東吳英雄雲集,反不如劉備三將麼?(孔明白)不是此說。但山人到有一計,並不勞爭鋒納地,管教曹操即刻休兵回去。(周瑜、魯肅白)請教妙策。(孔明白)亮向聞曹操之願。(周瑜白)什麼願?(孔明白)他在漳河邊築一臺,名曰銅雀臺。但曹操雖有奇才,原來是酒色之徒,所好者婦人也。因慕江東喬公二女,長曰大喬,次曰小喬。(周瑜白)住了,深慕二喬什麼來?(孔明白)不過慕二喬者。(唱)

【仙呂宮正曲·月上梅棠】貌可人,沉魚落雁多丰韻。(白)他虎視江東,實爲二女。今吳主何惜千金,(唱)覓嫦娥一對,玉軟香溫。(白)送與曹操呵,(唱)得二女卷甲休兵。(魯肅白)孔明少說。(孔明白)不是倘曹操若一遂願,(唱)頓忘了吳越之恨[2]。(周瑜白)此事可有證據?(孔明白)若沒有,難道是山人說謊?曹操築得銅雀臺,下臨漳水。臺成時,令第三子曹子建作賦,以記其事。(唱)(合)文詞潤,字字珠璣,艷麗清新。(周瑜白)汝可記得否?(孔明白)山人愛其文,至今常誦不忘。(周瑜白)請試誦之。(孔明白)忝從明君而遊嬉兮,登層臺以娛情。見太府之廣闊兮,觀聖德之所營。列雙臺於左右兮,有玉龍與金鳳。挾二喬於東南兮,似樂我之生平。(周瑜白)曹操,你敢覷我江東無人物耶?那知我周郎呵!(唱)

【仙呂宮正曲·江水兒】有百戰奇謀勝,名驚天下人,定梟曹操消公憤。(白)奸賊,奸賊,(唱)和你不共戴天深讎恨,急得我滿腹多煩懣。(孔明白)周公之見何淺?昔越送西子,終能復國;漢出名姬,遠去和番。今何惜民間二女子，如此之怒？（魯肅白）先生有所不知，大喬乃孫伯符主母，小喬乃周公瑾尊閫。（孔明白）嘎，原來如此。山人寔是不知，失口亂言，死罪死罪！（周瑜白）咳，我周瑜受先主囑命，安有辱身降曹？我主帥神威雄才，當橫行天下，何事不可？（孔明白）雖然如此，還要三思。（魯肅白）嘎，什麼三思？（周瑜、孔明作對笑）（周瑜白）小弟方纔試二公耳。我自離鄱陽，便起伐曹之心。（唱）要把奸曹殺盡，（合）仗勇威神，把銅雀臺烟飛灰燼。

（魯肅白）如此，明日早朝，請主公伐曹。（孔明白）倘吳主畏懼，未能見允？（周瑜白）呵，先生，我主決不肯降，皆是一班腐儒迂論。但小弟興師，仗先生助我一臂。孫劉永好，誓共滅曹。（孔明白）將軍屬志，非東吳之幸，寔漢家之幸也。若不見棄，山人願施犬馬。（魯肅白）好，三人同心，其利斷金。大家對天立誓，同滅奸曹，永訂兩國之好。（孔明白）言之有理。（合）（唱）

【仙呂宮正曲・川撥棹】皇天鑒，視孫劉永和順。大丈夫志在凌雲，大丈夫志在凌雲，鋤國賊保護仁君。（合）看燕然勒石文，笑薰蕕其共群[3]。

（周瑜白）先生，小弟呵。（唱）

【尾聲】麈兵赤壁神機震，談笑休兵破浪鯤，一夕奇謀萬古聞。（下）

校記

[1] 殄滅奸曹："殄"，原作"珍"，據文意改。
[2] 頓忘了吳越之恨："忘"，原作"亡"，據文意改。
[3] 笑薰蕕其共群："蕕"，原作"猶"，據文意改。

第十五齣　激將乃收遣將功

（眾扮程普、黃蓋、韓當、蔣欽、周泰、陳武、甘寧、凌統、徐盛、丁奉上）（白）清霜紫電列旌旗，巨艦艨艟作水營。殺向許昌除國賊，東吳方顯有奇英。（分白）某程普是也。某黃蓋是也。某韓當是也。某蔣欽是也。某周泰是也。某陳武是也。某甘寧是也。某凌統是也。某徐盛是也。某丁奉是也。（眾白）只因曹操欺君，殺害忠良，虎視江東，為此吾主拜公瑾為水軍都督，練集水軍，相機而動。恰好劉豫州遣諸葛公前來會合，同破曹操。今日興師，只得在此伺候。你聽，畫角齊鳴，都督升帳也。（眾扮士卒、將官，雜扮二中軍，引小生扮周瑜上）（唱）

【南呂宮引・步蟾宮】欽遵主命提軍馬，即趨赴轅門之下。平生忠義自堪誇，待他日凌烟圖畫。

（衆將白）都督在上，衆將打躬。（周瑜白）江邊水戰駕艨艟，劍戟旌旄耀日紅。鏖兵赤壁施謀略，百萬曹兵一掃空。某周瑜，官拜水軍都督之職。前者劉備着孔明來見主公，相約並力拒曹，共扶漢室。曾約水戰，已點軍兵，並分撥大小船隻，擇定今日興師。中軍，船隻可曾齊備？（中軍白）俱已齊備，請都督祭旗。（周瑜白）衆將聽令。（衆應科）（周瑜白）法令無親，諸軍各守乃職。方今曹操托名漢相，寔為漢賊。主公以神武雄才，兼仗父兄餘業，得據江東數千餘里，兵精糧足，英雄雲集。勤王有志，為國除殘。吾今奉命，弔民伐罪。但大軍到處，不可騷擾百姓。本帥賞功罰罪，不分親疏，如違令者，按軍法從事。就此上船。（衆應科，下）（雜扮水雲上）（周瑜內白）吩咐放炮開船。（衆應科）（衆扮水手、衆將、周瑜乘船，上）（同唱）

【南吕宮集曲·梁州新郎】漢江汹湧，波濤雷吼，戈甲旌旄如繡。碧空鼉鼓，轟轟聲震潮頭。只見蝦鬚鱓翅，黿穴螺窩，水怪驚馳驟。帆墻高百尺，豁雙眸，一鑑平分映柁樓。左與右，前與後，看排開陣勢衝清溜。管此日，膚功奏。（衆扮水手，衆扮軍校，雜扮糜竺乘船，上）（唱）

【又一體】莫猜疑敵國同舟，奉主命來探細柳。料群英江左，破敵何愁？（白）某糜竺是也。奉主公之命，備得羊酒，前到周瑜行營，一則慰勞，二則打探虛實，三則欲見軍師一面。呀，你看前面旗幡招展，想是吳兵來也。（唱）遙望東吳戰艦，隱隱旌旄，水面威風透。布帆高掛也，莫停留，相見周郎詢運籌。（中軍白）江夏小船不須近前。（糜竺白）煩通報一聲，江夏劉皇叔差人要見都督。（中軍白）稟科）（周瑜白）令他上船。（中軍傳科）（糜竺上船科）（白）元帥在上，末將糜竺參見。（周瑜白）不消。將軍何來？（糜竺白）奉主公之命，曾令諸葛孔明投托上邦，尋盟結好，共破曹兵。今備羊酒禮物，前來慰勞。禮單獻上。（周瑜白）多謝豫州費心，本欲親往與玄德面會，怎奈任重，不可片時遠離，多多致意便了。（糜竺白）末將欲見孔明一面。（周瑜白）孔明在後面，另有一船。急切不能到此，待破曹之後再會。（糜竺白）末將告辭。（唱）都督命，當依受，孫劉共把奇功奏。離南岸，奔樊口。（衆同搖船下）

（周瑜白）吩咐水手，疾忙趲行。（衆應科）（同唱）

【南吕宮正曲·節節高】吳劉共設謀，把功收，生擒亂國奸雄寇。休逗遛，移彩船，排兵後，隔江鬥智，把賊人誘。機謀算定休泄漏，（合）談笑功成曹授首，山河定教東吳有。

【尾】分茅列土擎天手,腰間殺氣仗吳鈎,赤壁鏖兵孰比儔。(衆同下)

第十六齣　醒人翻被醉人算

(副扮蔣幹上)(唱)

【小石調引‧憶故鄉】甲帳立儒幃,似有推尊意。(白)某姓蔣名幹,字子翼,隨曹丞相起兵以來,戰必勝,攻必取。今欲下江東,不想周瑜信用諸葛亮之謀,丞相甚怯。是我稟過主公,到江東說周瑜投降,不免駕舟前往。正是:丈夫七尺酬知己[1],意合情投似水魚。(下)

(雜扮小軍、將官、中軍,引生扮周瑜上)(唱)

【商調引‧接雲鶴】昨觀曹操水軍雄,張蔡深知水利功。(白)覷覷江東聲勢雄,軍如蟻擁與屯蜂。安能允瑨遭吾計?管取曹瞞一旦空。昨觀曹操水寨,進退有法,出入有門,皆得奇妙。吾令人打探,乃是蔡瑁、張允教習水戰,我心甚是膽寒。我想此二人深知水利,若使他訓練精銳,我江東何日得安?吾欲先除此二人,後破曹操,不知可能遂我心願否?(生扮張昭上)(白)特將機密事,報與都督知。都督。(周瑜白)子布到此何事?(張昭白)方纔巡江,小校來報,說江北有人至此,是都督故人,名喚蔣幹,特來求見。(周瑜白)蔣幹,好說客至此。吾為張允、蔡瑁無計可施,蔣幹來此,是二人剖刀手到了。子布過來,將此書放在我帳中桌案之上。我與蔣幹相見,請他飲酒,我假妝酒醉,與蔣幹通名,使彼盜此書去見曹操,曹操必斬蔡、張二人,除我心中之患。小心在意。子布轉來,再吩咐軍士,蔣幹盜書逃走,不許攔阻他自去。(張昭應,下)(周瑜白)快請。(中軍應,請科)(蔣幹上,周瑜迎見科)(周瑜白)子翼兄,遠涉江湖,途路辛苦,辱承光顧,不勝榮幸。(蔣幹白)賢弟威震江東,名揚華夏,使吾輩有光,承荷承荷。(周瑜白)賢兄此來,莫非與曹公作說客乎?(蔣幹白)賢弟,愚兄與你間闊久矣,故來敘舊,以觀足下之志,何疑吾作說客也?(周瑜白)吾雖不及師曠,已聞兄之雅意。(蔣幹白)足下視吾為此等人,吾即告退矣。(周瑜白)吾疑兄與曹操作說客耳,既無此心,何速去也?中軍,整備酒席,與吾兄少敘故舊之情。令衆位將軍進見。(中軍白)得令。(傳科)(雜扮衆將上)(白)將相本無種,男兒當自強。衆將打躬。(蔣幹白)請問,衆位將軍上姓。(張昭白)下官張昭。(程普白)末將程普。(呂蒙白)下官呂蒙。(黃蓋白)末將黃蓋。(陸績白)下官陸績。(甘寧白)末將甘寧。(周魴白)下官周魴。(周泰白)末將周泰。(周瑜白)衆位將軍,吾與子翼兄同窗學業,相別已久。他雖從事於曹操,寔非曹操之說客,衆位勿疑。(衆白)是。(周瑜白)子翼兄,吾自出兵以來,點酒不聞,今遇心契之友,不妨痛飲一醉。吩咐軍中奏樂。(內奏樂,定席科)看酒過來。(向程普科)德謀,今日之酒,凡坐席間者,不可言東吳、曹操之事。可佩吾劍,作個明輔,若有言者,即斬。(程普白)得令。(周瑜白)請。(唱)

【排歌】昔日同窗,勝如嫡親,於今各事明君。暮雲春樹兩離分,邂逅今朝又講論。(合)(衆官同唱)鷗盟合,雁得群,交遊從此得歡欣。開懷飲,酒數巡,大家拼醉臉生春。(周瑜白)看大觥來。子翼兄,我和你離多會少,每人各飲一百觥。(蔣幹白)賢弟乃滄海之量,吾乃溝壑之渠,不勝酒力。(周瑜白)子翼兄不飲,拿來我喫。子翼兄,我和你同窗學業,豈知今日之榮乎?(蔣幹白)以賢弟之高才,誠不為過也。(周瑜白)子翼兄,大丈夫處世,遇知己之主,外托君臣之義,內結骨肉之親,言聽計從,禍福與共。假使蘇、張在世,陸賈重生,口若懸河,舌如利劍,安能動吾心哉?(衆唱)

【又一體】都督威名,誰能等論?同窗契友惟君。蘇張舌辯不須論,自比金蘭天下聞。(合)鷗盟合,雁得群,交遊從此得歡欣。開懷飲,酒數巡,大家拼醉臉生春。(周瑜白)德謀,取劍來,待我舞劍作歌,以盡今日之歡。中軍卸袍。丈夫處世兮立功名,功名既立兮王業成。王業成兮四海清,四海清兮天下平。天下平兮吾將醉,吾將醉兮舞可停。天色已晚,衆位將軍各歸營寨。(衆應,下)(周瑜白)中軍,秉了燈燭,引我到帳中去。(中軍應科,到帳中科)(周瑜白)迴避。(中軍應,下)(周瑜白)子翼兄,久不與你同榻,今朝抵足而眠,快活快活。(作睡科)(雜扮更夫上,虛白,發諢,作睡科)(蔣幹白)任你掬盡湘江水,難洗今朝一臉羞。我蔣幹,指望過江說周瑜投降,不想他心如鐵石。你看他衣不解帶,嘔吐滿床。軍中鼓打三更,聽他鼻息如雷。桌上什麼書?殘燈尚明,待我看來。原來是往來書信:蔡瑁、張允謹封。哈,好奇怪,看上面甚麼言詞?待我看來:某等降曹,非圖仕進,皆勢逼之耳。今已賺北軍困於寨中,但得其便,即將曹賊首級獻於麾下,早晚人到,便有關報。謹此奉覆,希冀照察。阿呀,且住,原來是蔡瑁、張允結連東吳造反,不免藏於衣內。(周瑜白)子翼兄,我數日之內,叫你看曹賊之首。(蔣幹作急睡科)(張昭上)(白)都督醒來。(周瑜白)床上睡着何人?(張昭白)都督請子翼同寢,何謂不知?(周瑜白)昨夜醉後,不曾說什麼言語?(張昭白)江北有人至此。(周瑜白)低聲。子翼,子翼!到此何事?(張昭白)蔡、張二位都督道,急切不得下手。(周瑜白)過來,吩咐來人,回去稟知張、蔡二位將軍,我早晚候二位將軍回音便了。(張昭下)(周瑜白)且喜子翼兄睡熟,不免到各寨巡視一番。曹操,曹操,教你:金風未動蟬先覺,暗送無常死不知。(下)(蔣幹白)且喜皆被我竊聽。我想,周瑜是個精細之人,天明尋書不見,必然泄漏。乘他不在,不免潛逃便了。泄漏兵機非小可,此時不走待如何?(下)

校記

[1]丈夫七尺酬知己:"丈",原作"大",據文意改。

第十七齣　江東計獻一雙環

(小生扮龐統上)(唱)

【南呂宮正曲·懶畫眉】鬼神難測我玄機,作客江東嘆數奇。江頭步月故遲遲,曹公信着連環計,百萬雄師無一歸。(白)小生姓龐名統,字士元,別號鳳雛。本貫襄陽人也,寄客東吳。即日江東與魏交兵,公瑾舉火欲燒毀曹船,某恐船散而燒不能盡,欲過江見曹,假獻一策,以成周郎大功,只是無人指引。惟有蔣幹,彼此聞聲。若得遇見,正所謂天緣也。呀,前面來的莫非是他?待我誘他帶某見曹,事必成耳。(副扮蔣幹上)(唱)

【又一體】蔡張賣主暗中欺,私語周郎密約期。此書上達魏公知,拆開看取其中意,先把奸雄九族夷。(白)呀,月明之下[1],恍有人影,莫非周瑜差人拿我?罷,罷,到此地位,躲閃不得,只得拼命向前去。(撞見龐統科)(白)足下因何事獨自閒行?(龐統白)人各有事,公豈知乎?(蔣幹白)原來不是。適見此人容貌不俗,不免上前動問一聲。先生上姓?為何獨自在此嗟嘆?(龐統白)小生姓龐名統,字士元,寄客江東。周瑜自恃才高智廣,欺賢滅能。欲投明主,又無門路,因此對月嗟嘆。(蔣幹白)莫非是鳳雛先生麼?(龐統白)足下何人?(蔣幹白)吾乃蔣幹。(龐統白)原來是參謀大人,失敬了。(蔣幹白)小生因見先生在此對月嗟嘆,特行請問。以公之才,何所不可?若肯降曹,吾當引進。(龐統白)但恐曹公不用。(蔣幹白)願以性命保之。吾有小舟在此,請足下同往。(龐統白)如此甚妙。(雜扮小軍搖船上,同作登舟科)(蔣幹唱)

【仙呂宮正曲·皂羅袍】降水漫漫汹沸,駕扁舟前去,迅速如飛。(龐統唱)片帆風順似雲飛,霎時喜到荊州地。(合)今宵無寐,辛勤自知。蔡張二士,奸心忒欺,料他性命難逃避。(下)

（雜扮小軍、將官、許褚、張遼，引淨扮曹操上）（唱）

【西地錦】天塹長江休畏，鼓鼙聲振如雷。弔民伐罪移兵壘，竚聽奏凱回歸。

（蔣幹引龐統上）（白）先生，此間就是丞相軍營，請少待，待學生先進去禀知丞相，少刻便來相請。（蔣幹見科）（曹操白）子翼，周瑜降意如何？（蔣幹白）周瑜心如鐵石，不肯從順。倒與丞相打探一節事情在此，有書一封，丞相請看。（曹操看科）（白）這賊如此大膽，私通敵國！張遼、許褚，速將蔡瑁、張允二人首級取來！（張遼、許褚應科，下）（蔣幹白）禀丞相，江東有一謀士，姓龐名統字士元，周瑜自恃其才，輕他不用，他心懷不忿，願投麾下，以圖報效。小官帶在營門外，不敢擅入。（曹操白）請進。（蔣幹白）先生，丞相有請。（龐統進見科）（曹操白）莫非是鳳雛先生麼？（龐統白）不敢。（張遼、許褚上）（白）獻首級。（曹操白）挂在營門外，號令示衆。（龐統白）方纔是何人首級？（曹操白）乃是水軍都督蔡瑁、張允首級。（龐統白）丞相何故斬之？（曹操白）怠慢軍心，故此殺之。（龐統白）賞罰要明，正宜如此。（曹操白）請問先生，周瑜平昔爲人如何？（龐統白）聽禀。（唱）

【仙呂宮正曲·皂羅袍】堪笑周郎無義，恃才高智廣，妄自胡爲。隱賢昧德把權持，忠良安得通聲氣？（合）江東傑士，盡皆嘆悲，要投明主，聽從指揮，披雲見月無遮蔽。

（曹操白）請先生憑高處望一望，看吾寨中有甚漏處否[2]，望賜見教。（龐統白）如此，就去。待小生看一看丞相之才能何如？（作上高看科）真將才也！（曹操白）望先生勿隱破綻處，乞賜見教。（龐統白）進退有門，出入有曲，雖子牙復出，孫武重生，不過如此。（曹操白）先生曲爲褒貶，非操師也。再請先生到水寨見教。吩咐水營伺候。（張遼、許褚應科，衆繞場科，下）（雜扮水雲上，雜扮水營將上，衆引曹操上）（張遼、許褚白）吠，水營將軍聽令，丞相閱營，如有不按隊伍，怠惰紊亂，按軍法施行。（衆應科，出船）（龐統作看科）（白）好，好！某聞丞相用兵如神，今觀之，名不虛傳也。周郎，周郎，刻期不活矣。（曹操白）望賜見教，爲我指迷。（龐統白）豈敢妄言？（曹操白）吩咐收兵。（四小船進水門，下）（曹操等下場門下，上場門又上）（龐統白）丞相，某有一言相告。（曹操白）望先生見教，區區洗耳恭聽[3]。（龐統白）丞相，軍中有良醫麼？（曹操白）何用良醫？（龐統白）水軍疾多，須用良醫治之。（曹操白）軍士多生嘔吐之疾，死者無數。望賜教，以活命。（龐統白）兵法陣法，件件皆全了。蓋因大江之中，潮浪生落，北方之士，不慣乘舟，致生嘔吐之疾。(曹操白)望先生提攜，陰功莫大。(龐統白)以某觀之，其戰船或三十或五十作一排，首尾俱用鐵繩連鎖，下載糧食，上鋪門板，休言渡人，馬亦可渡矣。任他風波潮水洶湧，軍士有何疾哉？(曹操白)謝先生指教。若非良謀，安得開吾迷也？(龐統白)愚之淺見，望丞相裁之。(曹操唱)

【仙呂宮正曲·好姐姐】先生謀略果奇，傳此計多承雅意。吾軍活命，謝公恩澤垂。(合)齊沾惠，連環鐵鎖吾須備，佩德何時報答伊？

(龐統白)丞相，但是江左英傑怨周瑜者多，某憑三寸不爛之舌，與丞相說之。先破周瑜，則劉備豈能存之乎？(曹操白)先生果大功得成，奏請三公之職。(龐統白)小生非圖富貴而來，但欲救民於水火之中耳。丞相渡江，慎不可殺害人民。(曹操白)吾替天行道，安肯殺戮人民？但願速報佳音，慰操望耳。小校，你二人就伏侍龐先生在此。(龐統白)丞相，不消。(曹操白)歇宿一宵，明日再與先生細講軍務。水寨連營三百里。(龐統白)雄兵百萬何能比？(蔣幹白)鳳雛若不獻連環。(合)嘔吐暈船身無止[4]。(曹操白)請了。(下)(龐統白)小校，你去打點書房，待我在此略坐片時。(末扮徐庶上)(白)隔墻須有耳，窗外豈無人？呀，龐統，你好大膽，只恐燒不絕種，來獻此計。只好瞞曹操，如何瞞我？(龐統白)呀，原來是徐元直。元直，果是如此，可惜江南一十八州皆被公斷送了。(徐庶白)此間八十三萬性命如何該被火燒？(龐統白)大丈夫幹事不成，乃不忠也。快拿了去見丞相。(徐庶白)吾感劉皇叔之恩，未嘗忘報。況曹操送了吾老母性命，吾已言過，平生不設一謀。公之計，吾安肯破？只是吾隨軍在此，南兵一到，玉石不分，豈能免吾難乎？當教我脫身之計，即掩口避之。(龐統白)元直，原來如此。眼前之計，有何難哉？(徐庶白)望先生見教。(龐統唱)

【又一體】徐公不必致疑，曹丞相心多猜忌。(徐庶白)猜忌那一件？(龐統唱)爲馬超韓遂，英名世所稀。(合)常防備，你謠言廣布軍中起，乞拒提兵莫待遲。(白)那時曹操一聞此言，必然遣將探取虛實。元直，你可向曹操討出此差，他必喜從不疑，豈不脫了此難？(徐庶白)多謝妙計。(龐統白)元直，此計速爲，不可延緩遲滯也。(徐庶白)赤壁鏖兵用火攻，(龐統白)滿江波浪起烟中。(徐庶白)鳳雛不獻連環策，(合)(白)公瑾焉能立大功？(下)

校記

［1］月明之下："月"，原無，據下文"對月嗟嘆"補。

〔2〕看吾寨中有甚漏處否："甚"，原作"滲"，據文意改。
〔3〕區區洗耳恭聽："恭"，原作"拱"，據文意改。
〔4〕嘔吐暈船身無止："暈"，原作"運"，據文意改。

第十八齣　河北自輸十萬矢[1]

（雜扮小軍、中軍，引小生扮周瑜上）（唱）

【南呂宮引・生查子】略施小智謀，曹操安知誘？張蔡命當休，水寨應難守。

（白）吾借蔣幹用計，遍觀諸將無知。惟有孔明之才，比吾尤大。適使子敬問他知與不知，待他回來便知端的。（末扮魯肅上）（唱）

【小石調引・撞破歌】孔明謀略何人授？真個世間稀有。（見科）

（周瑜白）子敬，孔明此事知不知？（魯肅白）下官一到那裏，孔明迎頭便問，吾要到都督帳下賀喜。我言何喜可賀？就言公瑾使足下來探我知不知，這樁事可賀。又說，這樁事只瞞得蔣幹，曹操必然醒悟，只是不肯認錯。聽得用于禁、毛玠掌管水軍，此二人斷送八十三萬人性命必矣。東吳無患，此乃是非常之喜，如何不可賀？（周瑜怒科）（白）嗄，原來如此！孔明真吾心腹之大患也，如何留得此人？吾必殺之。中軍，請孔明到來議事。（魯肅白）都督若殺孔明，被曹操取笑了。（周瑜白）吾有公道，教他死而無怨。（魯肅白）以何公道？（周瑜白）子敬不必多言，即刻便見。

（生扮孔明上）（唱）

【小石調引・撞破歌】周郎致請開疑竇，子敬定將言剖。

（白）公瑾使人相請，料是子敬將情剖露，必要尋計害我。我有全身遠害之術，周瑜你怎麼設計害得我？（見科）山人聞都督呼喚，特趨麾下聽令。（周瑜白）先生，即日要與曹操交兵，大江之上，以何器械為先？請先生商議，有何計可破，望賜見教。（孔明白）水面交兵，無非弓弩為先。（周瑜白）先生之言，正合吾意。昔日子牙破紂，自制許多兵器。先生飽學，必能辦事。吾軍缺箭，乞煩先生監造十萬枝箭，以應一時之用，全兩家之好，望勿推阻。（孔明白）謹宜領命，但不知何時用之？（周瑜白）煩先生十日為限，措置便了。（孔明白）曹兵早晚必到，如過十日，必誤了大事。（周瑜白）憑先生，限幾日。（孔明白）若依山人，只消三日交納。但此事必得子敬相助纔好。（魯肅白）喲，十萬枝箭，就依都督，十日也造不完，三日如何得能交納？下官不敢奉命。（孔明白）不是嗄。山人呢，非東吳官銜，呼應不靈，必得子敬相助。如箭成之功者，我與子敬平分。如箭不成之罪，山人承當。（周瑜白）哦，三日交納，先生莫非是戲言耳？（孔明白）怎敢戲言？我數如不足，定按軍法。（周瑜白）如此，多謝先生。看酒過來。（場上設酒宴桌椅）（周瑜唱）

【仙呂宮正曲·風入松】東吳曹操共交兵，今水戰約在江汀。全憑弓弩爲先逞，俺軍缺箭斷難爭勝。（合）公飽學儲備必能，誅曹操盼成功。（孔明唱）

【又一體】蒙君錯愛不相輕，承委托不必叮嚀。軍中豈敢相違令？若失限甘按軍刑。（合）料此事管教必贏，三朝後定完成。

（周瑜白）先生事成之日，必有酬勞。（孔明白）與國除害，何用酬乎？

（雜扮蔡和、蔡中上）（唱）

【小石調引·撞破歌】曹公智略安排定，命往江東探聽。

（白）自家蔡中、蔡和是也。自棄荊州投魏，蒙丞相官拜偏將軍。此間已是周瑜行營。軍校通報，華州兩員大將求見。（中軍白）禀爺，轅門外有華州二將求見。（周瑜白）吩咐開門。（衆將、小軍上）（開門科）（周瑜白）着他進來。（蔡中、蔡和見）（哭科）（白）我二人乃蔡瑁之弟蔡中、蔡和。吾兄無罪，被曹賊殺之，今欲報讎，特來麾下投降，望賜收錄，乞爲前部。（魯肅白）都督，此二人不帶家小，必是詐降，不可信他。（周瑜白）子敬如此多疑，安能容天下之士乎？曹操殺他兄長，他正欲與兄報讎，何詐之有？就封蔡中爲前部左先鋒，以助甘寧；蔡和隨軍，不可違誤。中軍，領此二位將軍各歸汛地。（蔡中、蔡和應科，下）（孔明白）山人告辭。（周瑜白）奸雄曹操守中原，多少忠良枉受冤。（孔明白）一戰成功誅此賊。（同白）管教四海絕狼烟。（孔明下）（周瑜笑科）（白）吾料孔明三日内造十萬枝箭，就有子敬相幫，也難造成。違限斬之，除了心腹大患，豈非吾心之樂也。（外扮黃蓋上）（白）歷戰疆場甚有名，江東何敢共交兵？立功三世皆稱勇，一點丹心輔盛明。某黃蓋是也，都督升帳，向前獻策，以破曹操。門上有人麼？（中軍白）什麼人？黃先鋒到此何事？（黃蓋白）要求見元帥。（中軍進禀，虛白科）（黃蓋進見科，坐科）（周瑜白）黃先鋒到此何事？（黃蓋白）某想曹兵他衆我寡，難以久持，必須（作目視左右科）（周瑜吩咐衆下）（白）將軍有何妙計？（黃蓋白）某想曹兵他衆我寡，難以久持，必須用火攻之，方能取勝。（周瑜白）誰與將軍獻此計耳？（黃蓋白）某行此計。（周瑜白）不受苦楚，難瞞曹操。待我明日聚衆升帳，將軍以無禮加我，必然按軍法行刑，衆將必定求饒，那是再行楚打，不知將軍肯否？（黃蓋白）某自跟破虜將軍以來，身歷三世，雖身受萬剮而心亦無所悔。（周瑜白）公覆如此忠肝義膽，非周瑜之幸也，乃東吳之大幸也。請上，受我一拜。（黃蓋白）不敢。（周瑜白）將軍明日遲來，就行此計。（黃蓋白）領命。（周瑜白）不施萬丈深潭計，（黃蓋白）怎得驪龍項下珠？（下）

（孔明上）（唱）

【越調引·喬八分】周郎見識我先知，錯使機關柱自癡。曹營借箭片時齊，全身遠患，誰知俺玄機？

（白）可笑周瑜使計害我，我即就他計伏他。待子敬來探聽時，自有道理。（魯肅，雜扮軍校隨上）（唱）

【小石調引·撞破歌】孔明總仗智謀奇，難脫周郎絕妙計。

（白）下官奉公瑾將令，看孔明造箭如何。此間已是他行營，不免逕入。先生，造箭如何？（孔明白）尚未。再三說休對公瑾說之，必要害我。三日內如何造得出十萬枝箭來？子敬必須救我。（魯肅白）先生自取其禍，如何救？（孔明白）望子敬借船三十號，用草一千束，皆用青布為幔，每船要三十人鳴鑼擂鼓，我和你一同去取。（魯肅白）箭造在何處？（孔明白）吾箭江北人已造完了，在彼等候。（魯肅白）軍校，速撥大船三十號，每船要草一千束，每船要三十人鳴鑼擂鼓，皆用青布為幔，到此聽令。（軍校白）得令。（魯肅白）先生，夜來蔡中、蔡和必是詐降，公瑾信之，却是為何？（孔明白）子敬不識公瑾計耳？大江之隔，細作急難往探，令二人詐降，使不疑也。公瑾計上用計，又要他通信。此是兵不厭詐。子敬豈知是計耳？（魯肅白）原來如此。請到後營酒宴。（同下）

（眾扮水雲軍士，四將打一更，上）（四將白）巡營備敵申嚴令，聽警聞風不測機。吾等乃曹丞相麾下水營將軍是也，今夜該我等四將巡警，以備不虞。眾軍校，刁斗更鼓，不可紊亂，小心守汛。（眾應，作打二更）（眾草船上）（孔明、魯肅同上）（唱）

【越調集曲·憶鶯兒】潮汐平[2]，夜氣清，月色將闌日未升，天地迷茫兩不明。風微棹輕，船如馱行，遙聞刁斗人聲靜。（合）到曹營，西頭東尾，一字把船橫。（內打三更）

（魯肅白）先生，這是處了？（孔明白）這是曹營水寨邊。（魯肅白）倘曹兵一出，如之奈何？（孔明白）有我在此，不妨我和你酌酒取樂。軍校，把船一字擺開，逼近水寨受箭。（魯肅唱）

【又一體】天未明，星漸橫，漏下銅壺值五更，重霧垂江似結凝。不分岸

汀,惟聞雁聲,教他戰艦安排定。(合)到曹營,西頭東尾,一字把船橫。(內打四更)

(孔明白)軍校,擂鼓吶喊者。(雜扮衆箭手,同雜扮水營二將上)(白)衆將官,丞相有令,此必是周瑜兵馬。重霧迷江,必有埋伏,不可輕動,着弓弩手取箭來射。(衆白)得令。(箭手唱)

【越調正曲·鬥黑麻】齊挽雕弓,誰敢少留停?雲霧垂江,覷來不明。忙拽取,寶雕翎,羽箭離弦,好似繁星。(白)水寨箭完。(二將白)吩咐軍校,旱寨取箭,再射。(衆應科)(內打五更)(孔明白)軍校,掉過船頭來。(箭手唱)(合)兩國交兵,將士任縱橫。撼海搖天,撼海搖天,金鉦亂鳴。

(孔明白)子敬,你看日色漸升,每船上各有四千餘枝,不費東吳半分之力,箭已得矣。(魯肅白)先生神機妙算,魯肅安知?(孔明白)曹賊箭已乏矣,就此回船。(軍校白)得令。(孔明白)衆軍士,齊叫一聲:謝丞相之箭。(軍校應科)(白)多謝丞相之箭。(二將白)軍校,駕快船追趕。(箭手白)去遠了,追趕不及。(同下)(孔明唱)

【又一體】掉槳回船,遠遠離曹營。霧散雲開,金烏漸升。(魯肅唱)先生計,果奇能,算準陰陽,奧妙元精。(合)兩國交兵,將士任縱橫。撼海搖天,撼海搖天,金鉦亂鳴。(同下)

校記

[1] 河北自輸十萬矢:"矢",原作"失",據下文改。
[2] 潮汐平:"潮",原作"湖",據文意改。

第十九齣　事可圖何妨肉苦

(雜扮衆將官、二中軍[1],小生扮周瑜上)(唱)

【小石調引·粉蛾兒】智伏孔明,賺箭神謀堪敬。(雜扮報子上)(白)急將奇異事,來啓元帥知。啓都督,昨夜孔明先生吩咐,要大船三十只,船上縛草千束,將青布爲幔,與魯爺竟到江北曹營水寨,各船擂鼓吶喊,將近五鼓。曹操知覺,令軍士將弓矢齊發。只待天明,魯爺與孔明得箭十萬有餘,特來報知。(周瑜白)孔明真神人也!道有請。(末扮魯肅,生扮孔明上)(白)兵機不厭詐,預敵在謀深。請公瑾收箭。(周瑜白)先生神機妙算,吾輩安知?冒瀆雄威,幸勿見責。(孔明白)略施小術,何足爲奇?(周瑜白)古之孫、吳,

莫能及也。(孔明白)山野村夫,何勞過獎?(周瑜白)軍士,看酒宴過來。(唱)

【憶多嬌】道甚明,術甚靈,惟望吾師誨小生。(白)我周瑜呵,(唱)似遇陽春物發榮。(合)清酒娛情,清酒娛情,表我誠心奉承。(內擊鼓介)

(周瑜白)何人擊鼓,中軍問來。(中軍白)元帥有令,何人擊鼓?(黃蓋白)黃蓋擊鼓,請都督升帳。(中軍照白科)(周瑜白)傳令,開門。(中軍傳科,內奏樂)(眾扮參謀、武將、軍士、將官、捆綁手從兩場門上)(周瑜、孔明、魯肅升帳)(外扮黃蓋上)(唱)

【粉蛾兒】江東保障,將門三代忠真。

(周瑜白)黃先鋒因何擊鼓?(黃蓋白)因何擊鼓?你日逐飲酒,不理軍務。若此月破曹便破,如破不得,只依張子布等束手倒戈,倒省得出醜。(周瑜白)咦,吾奉主命,破曹妙計已定。我軍令已出,若言降者,必斬。此時兩軍相敵之際。(唱)

【撲燈蛾】尅期應破敵,尅期應破敵,恁來妄爭競。爾既爲先鋒,如何出言不省也?枉受功勳,擅自來輕視行營。(白)左右,(唱)縛綁去轅門號令!常言道,不斬蕭何律不行。(卒應科)(黃蓋唱)

【又一體】周瑜妄自大,周瑜妄自大,何堪掌軍政?終日醉酕醄,竟負吳侯欽敬也。黃蓋忠心,自幼裏便著威名。誰似你不知權勁?小周郎,奶黃未退一孩嬰。

(周瑜白)刀斧手,擒下黃蓋,梟首示眾!(眾應,綁科)(眾將、魯肅白)且慢。啓都督,蓋罪合誅,但於軍不利。望都督寬宥,權且寄罪,待破曹後,問罪未遲。(周瑜白)大夫、眾將請起。既是大夫、眾將苦勸,犯吾令者,難以全免。軍校,與我剝去袍鎧,杖責一百。(卒應介,作打科)(眾將跪科)(白)望都督寬恕,若後怠慢,二罪俱罰。(周瑜白)汝眾人敢小覷吾也!軍校,着寔打。(卒白)得令。(作打科,周瑜作哭科)(白)軍師,本帥不知爲何,若動真怒,必須落淚。軍校,把黃蓋帶上來。黃蓋,你可知罪麼?暫且饒你驢頭在頸,以後如有怠慢處,必斬汝首。吩咐掩門。(眾應科)(周瑜唱)

【尾聲】黃蓋軍前妄舌爭,理該痛責用嚴刑,這纔是賞罰分明軍令行。(下)

(魯肅白)方纔公瑾痛責公覆,我等皆係部下,不敢犯言苦勸。先生是客,一言不發,何也?(孔明白)子敬,何欺我也?(魯肅白)肅與先生渡江,有事未嘗相瞞,此話何來?(孔明白)兵書云,鬼神不測機也。方纔公瑾欲殺黄，又毒打之，此乃苦肉計耳。不用苦肉，難瞞曹操。今必詐降，却令蔡中、蔡和密報其事矣。子敬，我今日之言，切勿以告公瑾。（魯肅白）先生高才絕學，肅豈知之？可羨先生是大才。（孔明白）望君切勿把言開。（魯肅白）神機苦肉應難測。（孔明白）孟德焉逃出火災？（下）

（雜扮闞澤上）（白）小將平生志氣高，黄公將令敢辭勞。詐降苦肉機關妙，管取奸雄勢盡凋。俺闞澤是也，奉黄公覆之命，着俺賫此降書投於曹寨。我想大丈夫處世，從事於人，既遇知己，不能建功立勳，真可恥也。既拼一命以報東吴，何惜此身哉？只得扮個漁翁，駕舟到此。你看，前面已是曹操水寨，須索把船兒搖上去。正是：要尋虎子，先探虎穴；欲報東吴，拼身赴鑊。（下）

（雜扮將校，净扮曹操上）（唱）

【西地錦】吾腹從來空洞，個中百物能容。人生還怯還能勇，纔稱蓋世英雄。

（白）某魏公曹操，自領兵八十三萬，誓平東吴。今日升帳理事，然後進兵。（末扮徐庶上）（白）欲爲遠害全身計，須把西涼謠語傳。丞相拜揖。（曹操白）元直何來？（徐庶白）禀丞相，各寨紛紛傳說，西涼韓遂、馬超謀反，殺奔許昌。不敢隱瞞，特來報知。（曹操白）吾自領兵南征，心中所憂者，韓遂、馬超耳。軍中謠言未知虛寔，誰可代吾一往？（徐庶白）自蒙丞相收用，恨無寸功報效。願請三千人馬，星夜前往三關，把守隘口。如其緊急，再行告報。（曹操白）若得元直去，吾無憂矣。三關之上，亦有軍兵，任伊調領。去罷。（徐庶白）領鈞旨。鳳雛一語教徐庶，勝似遊魚脫釣鉤。（下）（卒白）啓爺，江上拿得一漁翁，口稱吴將闞澤，手奉降書一紙，特來求見。（曹操白）與我搜撿明白，放進參見。（卒白）得令。（闞澤上）（唱）

【粉蛾兒】降劄私通，瞻拜轅門惕悚。

（白）丞相在上，小將闞澤參見。（曹操白）吾聞汝在東吴爲參謀，到此何幹？（闞澤白）人言曹丞相求士，如大旱之望雲霓。今觀此説，甚不相合。哎，黄公覆，汝又尋思差了。（曹操白）汝私行到此，如何不問？（闞澤白）黄公覆在東吴，已歷三世，乃舊日功臣。今被周瑜於衆將之前痛打一頓，氣無所出，特告於我。我與公覆情同骨肉，忍無報讎之路，敬獻密書，歸投丞相，未知肯容納否？（曹操白）公覆特遣先生，書在何處？（闞澤白）書在此。（曹操白）取上來看。（卒取書遞科）（曹操白）吴將大先鋒兼糧科使黄蓋，頓首百拜丞相麾下。（唱）

【一封書】書緘上魏公,念江東一小戎,恨周瑜忒不公,抹功勞是苦衷。(合)欲盜糧儲麾下獻,望乞仁慈納容。願相從,謹加封,草具台端恕不恭。

(白)臣黃蓋沐手再拜。嘎,好!黃蓋用苦肉計,使你來獻詐降書,就中取事,戲侮吾耶?軍校,將這厮推出轅門,斬首報來。(卒白)得令。(綁科,闞澤笑科)(曹操白)推轉來。吾識破汝奸計,何故大笑?(闞澤白)吾笑黃公覆不能識人!要殺就殺,又何問乎?(曹操白)吾自幼熟習兵書,足知奸細,如何瞞我?(闞澤白)你且說書中那一件是奸處?(曹操白)我說你脫空處,教你死而瞑目。既是真降,如何不明寫幾時來歸,有多少糧草,豈不是詐也?(闞澤白)尚敢誇口幼讀兵書,全無見識,無學之輩,必被周瑜活擒!可惜我屈死汝手。(曹操白)何爲無學?(闞澤白)不知機密,不明道理,豈是知學?(曹操白)願聞高論。(闞澤白)豈不聞,背主作盜,安能定期?私竊糧儲,怎較數目?(曹操白)鬆綁。吾見一時不明,冒犯尊嚴,幸勿介意。(闞澤白)我等傾心投降,豈有詐僞之計?(曹操白)軍校,看酒來壓驚。(卒上)(白)暗將機密事,報與主公知。禀爺,密書呈上。(曹操白)曉得了,你自迴避。(闞澤白)此必是公覆受責的消息,蔡中、蔡和使人密報。(卒白)酒在此了。(曹操唱)

【玉胞肚】多多勞重,獻降書誠心果恭。適間來冒瀆英雄,望包含且自寬容。(合)先生飽學足三冬,愧我無能拙見容。

(曹操白)望先生即返江東,與公覆定期。先通消息,吾便起兵接應。(闞澤白)別差人去,小將去時,恐不能速還矣。(曹操白)若差別人,其機泄矣。(闞澤白)正是,丞相高見。就此起行。(唱)

【尾聲】投明棄暗非虛哄,糧儲獻上表丹衷,指日江東盡屬公。(各分下)

校記

[1]二中軍:此前原有"小"字,當係衍文,徑刪。

第二十齣 風不便未免心憂

(雜扮軍校、中軍,引小生扮周瑜上)(唱)

【仙呂宮引·天下樂】曾言昔日起刀兵,想借東風濟我行。天天若得從人願,曹軍當敗我當興。

(白)戰船齊備列江中,只少東風助我功。若得穹蒼憐念我,曹瞞一旦盡成空。某周瑜,前者曾約水戰,吾將軍兵大小船隻,分撥已定。我想決勝,必要用火攻。心中思想,若得東風一二日,則可望全勝矣。老天吓,若東風不至,我計必不能成也。爲此,連日心中納悶,無計可施。中軍,吩咐大小事情不許進報,只說元帥有病便了。(中軍白)得令。(虛下)(雜扮軍卒,引孔明上)(唱)

【小石調引·憶故鄉】設計已攻曹,定策人難料。

(白)山人諸葛亮。我想周元帥欲得東風一二日,看此天道,怎得此東南之風?他心思慮,假妝有病,不免去探望一遭,以療其疾。咳,此非助周,乃是助劉也。此是營門首。軍校,你去通報,說南陽諸葛亮相訪。(軍卒應科,通報介)(中軍上)(白)我元帥有疾在身,不能答禮,免見罷。(孔明白)聞知元帥有疾,故爾特地前來送藥方。(中軍白)稟元帥,孔明聞元帥有疾,特來送藥方。(周瑜白)既有方,拿進來。(中軍白)我元帥說先生有方,教拿進去。(孔明白)再稟元帥,有幾味要緊的藥,必要面議。(中軍白)孔明說有幾味要緊的藥,必要面議。(周瑜白)嗄,他是這等說,必有妙方。道有請。(中軍白)都督有請。(孔明見科)(白)周都督遙觀曹寨,如何陡然抱此貴恙?事有可疑。(周瑜白)人有旦夕禍福,豈能保乎?(孔明作笑科)(白)天有不測風雲,人能料乎?都督,你看曹營如何?(周瑜唱)

【中呂宮正曲·剔銀燈】他水陸寨三百餘里。(孔明白)調兵如何?(周瑜唱)調兵有錯綜條理,看他怎出吾奇計?(孔明白)如此足以快心[1],如何倒有疾病起來?(周瑜唱)疾病豈旦夕可期?(合)軍師,不須致疑。(孔明白)都督之疾,山人頗知一二。(周瑜唱)我疾病伊家怎知?

(孔明白)都督。(唱)

【又一體】要疾瘥先須養氣,按呼吸推之可喜。(白)我這藥呵,(唱)要東南方,取土來精製,極大風皆可醫治。(周瑜白)適聞妙方,拜求一劑。(孔明白)着取紙筆過來。(作寫科)(唱)天機,子知我知,不可與他人亂知。(寫介)

(白)都督,看此方何如?(周瑜白)欲破曹公,宜用火攻。萬事俱備,只欠東風。此言當以寔告。(跪科)(白)先生真神人也!事在危急,軍師有何妙計?(孔明白)都督請起。亮雖不才,曾遇異人傳授八門遁甲天書,上可呼風喚雨,役鬼驅神;中可佈陣排兵,安民定國;下可趨吉避凶,全身遠害。都督,若要東南風時,可於算山築起祭風臺一座,高九丈,闊八丈,作三層。各要潔净人守壇,五五二十五隊,每隊五人,各執五色旂。再着幾個羽流,壇前使令。要都督一枝令箭鎮壇，則易成也。（周瑜白）承教承教，幾時登壇？（孔明白）十一月甲子日可登壇，二十日起，至二十二日，東南風一起，以助都督滅曹，何如？（周瑜白）中軍，取我一枝令箭來。用的人隨即點齊送上。吩咐淩統，連夜選三百名勇士，二十名羽流，送與軍師調用，不得違令，有誤者斬。（中軍白）得令。（孔明白）就此告別。有意栽花花不發，無心插柳柳成蔭。（下）（周瑜白）天既生瑜，何生亮？你看諸葛村夫，發透我心中之事。若留此人在世，怎顯俺周瑜妙計？不免差人暗中害他便了。小校，快喚徐盛、丁奉過來。（雜扮徐盛、丁奉上）（白）虎豹臺前長出入，貔貅帳下聽傳宣[2]。徐盛、丁奉見。（周瑜白）徐盛、丁奉，你到算山，看東南風起後，可斬諸葛亮首級來，重重有賞。（徐盛、丁奉白）得令。（周瑜白）眼望捷旌旂，耳聽好消息。（下）

校記

[1] 如此足以快心："以"，原作"矣"，據文意改。
[2] 貔貅帳下聽傳宣："宣"，原作"喧"，據文意改。

第廿一齣　壇中可望不可攀

（雜扮淩統上）（白）欲把天宮和氣迎，七星臺上按神靈。東風一起掀銀浪，骯髒英雄入火城。某乃東吳大將淩統是也，奉都督將令，築壇於算山，令孔明先生借東風滅曹。我想孔明能操鬼神不測之機，擅奪天公運化之妙，呼風喚雨，掌握乾坤。先籌後占，擺龍虎鳥蛇之陣；智謀奇出，運天地風雲之奇。衆將官，須按軍師所定，按方佈立者。（內應，衆將各執五方旗等物上，擺科）（淩統白）壇臺已成，旂幡已佈，等孔明登壇作法。呀，言之未了，諸葛公早已登壇來也。（雜扮四道官，引生扮孔明上）（唱）

【越角套曲·鬥鵪鶉】暫時間除下了鶴氅綸巾，特地把神通大顯。身披着八卦天衣，爐化着千行龍篆。則見那陰陽攢聚，費了些水火陶甄。要把那凜凜烈烈的朔風來遣，習習融融的吹花來變。雖則是建黃旄颭繡旂，壇場咫尺，却可也揮黑帝迓東皇，道里由延。

（白）祭風臺上建奇功，力免東南震旦風。萬里烟雲皆掃盡，周郎從此振江東。山人奉周都督之命，來借東風。今乃仲冬甲子，數定丙寅日起風。淩將軍。（淩統暗上，應科）（孔明白）着你傳齊衆將，按方佈立，可曾齊備否？

（凌統白）俱已齊備，就請軍師登壇。（孔明白）你且迴避了。（凌統下）（孔明唱）

【越角套曲·紫花兒序】但則見象包太極，虛空闢建。羅列着周天度日月星辰，統領着閻浮界嶽瀆山川。配合了坎離卯酉，佈定着子午坤乾。這真詮，只看俺羽葆鸞旌翠蓋翻，香凝了寶篆，道洽了先天，術奪了人權。

（白）待我踏罡步斗者[1]。（唱）

【越角套曲·天净沙】須索要珮珊珊，恭擎象簡朝元。意澄澄，瞻天法力精虔。向中央雙引鸞旌步斗，趁天風指揮如願。好看着靄騰騰，東風在空際盤旋。（雜扮青帝，天將、風神、十八姨衆上）（唱）

【越角套曲·寨兒令】駕飆輪，躡紫烟，蒼龍扶馭掣雷鞭。只爲着借令司權，因此上符使周旋。總只聽號召莫俄延，須則是憑噫氣廣漠無邊。用不着激怒濤吼日掀天，限三朝能足用，待一舉顯英賢。憐，把那曹兵千百萬喪黃泉。（青帝、天將、風神、十八姨衆轉下）（孔明唱）

【越角套曲·秃厮兒】只見那旂幡影颭，分明是青帝秉權。這的是天助英雄，把逆寇剗。笑奸曹，頃刻裏喪烽烟，方顯得巧計回天。

（白）你看東風將起，不免下壇去者。凌將軍。（凌統暗上，應科）（孔明白）這是都督令箭在此，不可亂動。待等都督令到，方可下壇。（凌統應科）（照前白）（孔明白）迴避。（凌統下）（孔明唱）

【收尾】今日裏借東風助周郎便，只恐他害吾行旋生機變。傳語他把百萬曹兵各保全。（白）周郎，周郎，（唱）空用爾妒賢毒計枉徒然。（下）（雜扮小軍，引雜扮丁奉、徐盛上）（唱）

【中吕宫正曲·縷縷金】奉都督，密令宣，要把諸葛害，莫矜憐。遥望壇臺近，殺伊快便。（丁奉白）孔明力借東南風，擅奪天地之權，今不殺孔明，爲禍不小。爲此奉周都督之命，上臺殺之。來此壇中，怎麽寂寂無聲？凌將軍。（凌統上）（白）這是都督令箭，爲何抛棄在地？二位請了。（丁奉、徐盛白）衆將怎麽，爲何不動？（凌統白）孔明有令，衆將按方播定，不許擅動。（丁奉白）孔明在那裏？（凌統白）方纔下壇去了。（丁奉白）不好了，凌將軍，孔明是逃走了。看東南風大起，你們還不下壇？在此作什麽？（凌統白）衆將官，就此下壇去。（衆白）是。（衆下）（徐盛白）嘎，有了，不免駕舟趕去，擒他便了。（唱）（合）江邊不見費俄延，登舟去如箭，登舟去如箭。（下）

校記

［1］待我踏罡步斗者："踏罡",原作"蹈置",據文意改。

第廿二齣　江上獨來還獨往

　　(雜扮水手,隨小生扮趙雲上)(白)江東雲霧水難平,境界崎嶇放棹行。千里獨來還獨往,貔貅百萬我能征。某趙雲,曾奉軍師將令,於十一月甲子日駕着小舟接取軍師。不覺已渡過江矣,你看東南風果起。呀,前面一人蓬頭赤腳而來,好像軍師模樣,不免上岸迎去。(生扮孔明上)(唱)

　　【黃鐘宮正曲·畫眉序】倉猝伏刀兵,舉動先知彼此情。笑周郎謀智,暗算無成。(趙雲白)果然軍師來也!(孔明唱)見趙雲江岸忙迎,東風起潛逃歸境。(趙雲白)請軍師上船。(孔明白)後面追兵至矣,快些開船。(同唱)(合)打破玉龍飛彩鳳,總是數皆前定。(同下)

　　(雜扮水手隨丁奉、徐盛上)(唱)

　　【黃鐘宮正曲·滴溜子】急忙趕,急忙趕,追他轉程。駕風帆,駕風帆,怎敢留停?却緣都督嚴令。(白)我等奉周都督之令箭,前到算山割取孔明首級。不想東南風纔起,他便竊地藏匿。適間小校來報,有一快船停在灘口,却見先生披髮上船去了,因此急駕舟趕來。軍士們,望前船不遠,就此趕上。(卒應科)(同唱)任他插翅飛,須臾落阱。(合)水陸追擒,怎得幸生。(下)

　　(水手隨孔明、趙雲上)(唱)

　　【黃鐘宮正曲·鮑老催】攻擊曹營,水戰兼之火戰併,赤壁交兵定成功。若不是,借東風,威逾勁,周瑜焉得顯才能?笑他空有防賢令,(合)妙算安能及孔明。(水手、丁奉、徐盛上)(唱)

　　【黃鐘宮正曲·雙聲子】翹首望,翹首望,見一葉小舟行。忙傳令,忙傳令,休走了那孔明。(白)軍師休去,都督有請。(趙雲白)吥,來船休得追趕。吾乃常山趙雲,奉令接取軍師。本待一箭射死爾等,顯得兩家失了和氣。叫你知俺的手段。(唱)(合)忙拽取,放雕翎,射斷輕帆,各奔去程。(放箭,下)

　　(徐盛白)被他一箭射斷篷索,料難追趕,就此回覆都督便了。(丁奉白)言之有理。(同唱)

　　【尾聲】忙回繳令莫留停,到絕處先來接應,可不道枉費機關計不

靈。(下)

第廿三齣　西北計成百道出

(雜扮將校，小生周瑜上)(唱)

【雙調引·賀聖朝】叵耐曹瞞罔上，欺君恣惡猖狂。(末扮魯肅，生扮張昭上)(唱)從教一戰靖畿疆，名傳百世流芳。

(周瑜白)運籌帷幄定輸贏，赤壁攻曹神鬼驚。(魯肅白)今夜東風壇上起，管教一火喪精兵。(周瑜白)子敬，吾思孔明有奪天地造化之功，真乃神人也。剛到申時，東南風果起，吾恐他日扶助劉備，乃東吳一大害，曾差徐盛、丁奉刺殺他，以絕後患。待二人回來便知端的。(雜扮丁奉、徐盛上)(白)夜靜水寒魚不餌，滿船空載月明歸。稟都督，孔明預先着趙雲接去，小將趕去將近，被趙雲一箭射斷篷索，他那裏扯起風帆而去，急難追趕。特來報與都督知道。(周瑜白)怎麼說，孔明去了？咳，此人如此，使我曉夜不安矣。子敬，不如我與曹操連和，共擒劉備，意下如何？(魯肅白)都督，曹操之事，拿在手中，不可棄之。況劉備乃疥癬耳，何足畏哉？(周瑜白)言之有理。軍校，吩咐旗鼓司擂鼓，聚將進營聽令。(卒傳科)(內起鼓)(外扮黃蓋，雜扮甘寧、程普、凌統、韓當、周泰、蔣欽、陳武上)(唱)

【黃鍾宮正曲·出隊子】威風膽壯，畫鼓鼕鼕披挂忙。紛紛將士競趨蹌，特地前來聽審詳。(合)闑外將軍，號令非常。(作參見科)

(周瑜白)眾位將軍，今日之戰非比尋常。黃先鋒聽令：今夜汝船盡插青龍牙旗，裝載引火之物，使人持書詐降。若近曹寨，舉火爲號，乘勢殺去，則曹賊必擒矣。(黃蓋白)得令。(下)(周瑜白)甘將軍聽令：汝可帶蔡中、蔡和降卒，打北軍旗號，沿江殺去。烏林地面，正是曹操屯糧之所，先斬蔡中，乘勢殺來，接應韓、周等將。(甘寧白)得令。(下)(周瑜白)程普聽令：你領三千人馬，直到黃河州界口，截斷曹操合肥接應之兵，就逼曹兵，放火爲號。但見紅旗，便是呂蒙接應之兵，燒毀寨柵，此爲上計。(程普白)得令。(下)(周瑜白)凌將軍聽令：汝引一枝人馬，直抵夷陵，看烏林火起，以兵應之。(凌統白)得令。(下)(周瑜白)徐盛、丁奉，你二人在大江北岸，整備戰馬五百匹，以備我登岸，追趕曹操便了。(徐盛、丁奉白)得令。(下)(魯肅白)都督如此用兵，何愁曹操不破？(周瑜白)眾位將軍，今日奉命討賊，伐惡出征，保國之生民，洗主之愁恨。陣圖已定，各按五方，首尾相連，飛報傳令，

（衆白）是。（周瑜白）將蔡和綁過來。（將官綁蔡和科）（蔡和白）蔡和無罪，爲何綁我？（周瑜白）你還説無罪，你擅入吾軍，與曹操探聽消息。今借汝首祭纛，已壯軍威。綁去砍了。（將官推下，斬科）（白）獻首級。（周瑜白）號令了。衆位將軍，各駕快船，殺上前去。（衆白）得令。（下）（扮水雲從中地井出，分立科。周瑜帶衆將駕艨艟）（内白）衆將軍，就此放炮開船。（衆應，同上）（唱）

【駐雲飛】天助吳邦，借得東風勢莫當。水戰兵齊上，火戰誰能擋？嗏，曹賊是天亡，難逃疏網。滅却奸雄，各把功勞獎，（合）赤壁臨江作戰場。（下）

第廿四齣　東南風動一軍滅

（雜扮水雲，從左右地井上，擺科）（雜扮衆軍卒，雜扮衆將官，引净扮曹操上）（唱）

【仙吕宫雙曲・點絳唇】天步艱危，國家擾攘。提兵將，併弱吞强，一統歸吾掌。

（白）一生行事甚猖狂，意在兼天日月忙。百世流芳渾未得，萬年遺臭又何妨？今早接得公覆密書，書中説周瑜關防甚緊，無計脱身，撥得鄱陽湖新運米糧，盡已裝載停當。今晚三更時分，船上插青龍牙旗，即蓋船也，兵將分撥已定，只等公覆到來，破周瑜如反掌耳。諸公，孤家晝夜呵！（唱）

【南北合套・粉蝶兒】俯視江東，俺這裏俯視江東，似峨峨泰山勢重，滅孫劉掃蕩群雄。俺這裏列艨艟，連舴艋，一任着潮頭浪湧。（白）衆位若非天命助吾，安得鳳雛之妙計？果然渡江如踏平地也。（唱）只見這駕滿帆風，連環鎖揚舲徐動。（外扮黄蓋，雜扮衆將乘船上）（唱）

【南北合套・好事近】鐵甲破連營，吳魏讎深不共。樓船赤壁，盈江戰艦如蜂。（白）某先鋒黄蓋是也。因受吳侯之恩，無可以報，故獻苦肉之計，以破曹兵。托得潤獻詐降書，曹操以爲確實。今早着人去下密書，約定三更接應，俺已自準備火船二十餘隻，船頭密佈大釘，船内裝載蘆葦、乾柴，灌以魚油，上鋪硫磺焰硝引火之物，各用青布油單遮蓋。皆插青龍牙旗，以爲曹兵認號。船上水軍皆識水性，待等火起，一齊跳入水中，而上後面接應之船。軍士們，趁此風順，就此摇上去。（唱）見山高月小，水茫茫，一片波濤湧。（合）拼捐軀以赴沙場，方顯我三世精忠。（下）

（曹操白）孤家今晚在將臺之上，東視柴桑之境，西觀夏口之江，南望樊山，北覷烏林，四顧空闊，心中甚喜。你看明月如畫，照耀江水，如萬道金蛇翻波戲浪，好灑樂也。（唱）

【南北合套‧石榴花】只見那流光閃燦浪花中，翻滾滾水影鏡光同。明晃晃槍刀森列，劍戟重重，軍威真肅整，號令又尊崇。（程昱白）今日東南風起，甚是不祥。望丞相查之。（曹操白）冬至陽生來復之時，安得無東南風，何足爲怪？（唱）一會家氣茫茫，一會家氣茫茫，浪花中風起青雲動。一霎價江流堅凍，猛聽得畫角齊鳴，猛聽得畫角齊鳴，端的是憾海聲喧鬨，見軍士摩拳擦掌要衝鋒。（黃蓋衆將乘船繞場，下）

（水營二將白）啓上丞相，前面來船皆插青龍牙旂，內中大旂，上書先鋒黃蓋名字。請鈞令定奪。（曹操白）公覆來降，此天助孤也！（程昱白）丞相，來船必有詐降，休敎近寨。（曹操白）何以知之？（程昱白）若是糧船，重而且穩。你看來船輕而且浮，更兼東南風甚緊，倘若有詐，何以當之？（曹操白）然，誰去止住。（文聘白）文聘願往。（作乘小船科）（黃蓋衆上）（唱）

【南北合套‧好事近】赤壁對壘顯英雄，舉火焚船建功。吾軍奮力，須臾曹賊驚恐。（文聘白）丞相有令，南船休得近寨，就在江心拋錨而住。（黃蓋白）看箭。（作射文聘，下）（黃蓋唱）雕弓急整，對敵人，火箭飛蝗猛。（白）衆軍士，與我催船，一齊舉火。（衆白）得令。（唱）（合）燒曹兵爛額焦頭，遍江中叫苦何窮。（曹操衆船作被火燒科。曹操衆奔下，藤牌手下，水卒下水）（殺科）（雜扮衆將，周瑜乘大船上）

（周瑜白）衆將官，將放火的水軍搭上船來。（衆應，作救上船科）（周瑜白）衆將官，殺上前去！（衆應，大船下）

（曹操、張遼乘小船上）（唱）

【南北合套‧上小樓】燎騰騰金蛇動，烟靄靄烈焰烘，燒得俺叫苦連聲，燒得俺叫苦連聲。輕舟逃竄，性命將終。（張遼白）不好了，你看三江水溢，火趁風威，風趁火勢，烟焰漲天，逐風而起，一派通紅了。（同唱）又聽得喊殺聲喧，又聽得喊殺聲喧，好敎俺呼天搶地，路斷途窮，如遲慢怕墮牢籠。

（黃蓋乘船上）（白）曹操那裏走？（曹操白）張遼放箭。（張遼放箭科）（白）看箭。（黃蓋作中箭落水，下）（張遼白）黃蓋落水，快些攏岸。（急下）

（將校隨周瑜乘大船上）（唱）

【南北合套‧撲燈蛾】紛紛的曹兵斷送，隊隊的哀號悲痛，洋洋的波浪淹，騰騰的火焰紅。（黃蓋上）（白）黃蓋被張遼射中肩窩，快些救我上船。

（周瑜見黃蓋站立，救科）（周瑜白）黃將軍不妨麼？（黃蓋白）不妨。（周瑜白）幸而公覆深知水性，大寒之時和甲墮江，竟得無恙，真江左英雄也！衆軍校，先令別船送回大寨，好生醫治。（衆應科，黃蓋下）（周瑜白）衆將官，催船速進，休得要放走曹瞞。（衆白）得令。（唱）看他們戰艦，片片似敗葉漂蓬，慌慌的頭腦冬烘，忙忙的緝捕奸雄，孜孜的凌烟圖畫，轟轟的名垂宇宙慶成功。（下）

（曹操、張遼乘小船上）（張遼白）主公，快快攏岸逃走便了。（下）（周瑜乘大船上）（卒白）禀爺，曹操上岸走了。（周瑜白）就此上岸，追趕便了。（衆應科）（同唱）

【尾聲】忙登岸雕鞍控，躍馬加鞭躎去縱，從此後曹將聞風魂也恐。（下）

第六本（上）

第一齣　未可笑時偏發笑

（雜扮小軍，引小生扮趙雲上）（唱）

【仙呂調雙曲・點絳唇】八面威風，當陽神勇，英名重。懷抱蟠龍，勳績誰能共？

（白）奸雄曹操起戈矛，志欲平將天下收。一夜東風壇上起，曹兵百萬等時休。俺趙雲，奉軍師將令，帶領三千軍馬，埋伏烏林，截殺曹操，來此已是。大小三軍，就此埋伏者。（同唱）

【越調正曲・水底魚兒】受計前行，軍兵莫暫停。（合）烏林埋伏，妙策鬼神驚，妙策鬼神驚。

（白）大小三軍，與我滅火掩燈，就此埋伏者。（眾應，下）

（淨扮曹操、許褚、張遼、毛玠、夏侯淵、徐晃、張郃，雜扮眾將、軍卒上）（同唱）

【紅繡鞋】曳兵棄甲爭馳，爭馳。狼奔鼠竄如飛，如飛。看敵勢，正張威，潛踪迹，好逃歸。（合）圖苟免，棄江湄。

（曹操白）孤家水旱二寨，俱被周瑜焚燒。幸得逃脫，又遇呂蒙、甘寧等截殺，大敗至此。此處是甚麼地方，黑夜漫漫不辨去路？（軍卒白）這是烏林地方。（曹操大笑科）（許褚白）主公爲何發笑？（曹操白）我笑周瑜無謀，諸葛少智。若此處埋伏一枝人馬，如之奈何？（趙雲內白）曹操，我趙子龍在此等候多時。（許褚白）不好了，趙雲攔住去路了。（趙雲眾上）（曹操白）徐晃、張郃出戰。（徐晃、張郃與趙雲戰，殺科，曹操眾敗，下）（小軍白）曹操走了。（趙雲白）歸師莫掩，窮寇莫追。就此收兵。（眾應科）（同唱）

【中呂宮正曲・撲燈蛾】烏林路委蛇，烏林路委蛇，子夜雲昏蔽。預伏士三千，這是軍師妙計也，時來擒取，怎能勾插翅高飛？好一似釜魚待斃，頃刻間，曹兵片甲不留遺。（下）

（淨扮張飛，眾小軍隨上）（唱）

【越調正曲·水底魚兒】殺氣漫空，夷陵顯我雄。（合）若逢敵將，殺他沒影踪，殺他沒影踪。

（白）軍校，與我在此夷陵好生埋伏者。（小軍白）得令。（衆下）

（曹操衆上）（唱）

【中呂宮正曲·紅繡鞋】烏林險蹈危機，危機。逋逃怎敢稽遲，稽遲。（衆白）不好了，下雨了。（唱）天黑暗，雨淋漓，身上濕，肚中饑，（合）棄甲走，好孤悽。

（衆白）稟丞相爺，我們肚中饑餓，都走不動了。（曹操白）這是什麼地方？（衆白）這是南夷陵大路葫蘆口。（曹操白）就在前面葫蘆口，埋鍋做飯，喫了再走。（衆作喫飯科）（曹操大笑科）（許褚白）適纔丞相笑周瑜、諸葛，惹出趙子龍來。如今又笑，爲何？（曹操白）我笑他們智上未到。此處埋伏一枝人馬，我們縱然脫得性命，難免重傷了。（張飛衆上）（白）曹操那裏走！（許褚、張遼、徐晃與張飛殺科，曹操衆敗，下）（小軍白）曹操走了。（張飛白）就此收兵。（衆應科）（同唱）

【中呂宮正曲·撲燈蛾】軍師計策奇，軍師計策奇，預料無遺議。此處是夷陵，特地埋兵等你也，將伊擒取，纔顯俺黑臉張飛。不怕恁上天入地，俺軍師，運籌決勝盡前知。（同下）

第二齣　絕無生處却逢生

（雜扮軍校、將官，净扮周倉，引净扮關公，雜扮纛隨上）（關公白）軍師將令守華容，惱得心中怒氣冲。怎肯私情廢公議，擒曹方顯俺丹忠。奉軍師將令，前到華容小道，捉拿曹操，就此前去。（唱）

【仙呂調套曲·點絳唇】他欺俺蓋世英豪，他把兵機顛倒。相奚落，輕視吾曹，惱得俺心焦躁。

【仙呂調套曲·混江龍】記當時雖則年少，習成了虎略與龍韜。飽看着《春秋》《左傳》，常則是秉燭通宵。憑着俺兩手擎天扶漢室，三停偃月助劉朝。俺三人桃園結義，同歃血生死相交。俺也曾破黃巾生擒張角，殺張梁張保齊梟，斬華雄酒溫頭到，擒呂布水滸城壕，刺顔良萬軍營內，誅文醜戰馬咆哮。過五關連誅六將，獨行千里匹馬單刀。昔日在古城邊，立斬了蔡陽頭，今日在華容小道，要捉奸曹操。雖則是軍師將令，也是俺關某英豪。

（白）軍校，來此甚麼所在？（軍校白）華容道了。（關公白）就在此埋伏，

捉拿曹操。（衆應科，下）

（衆扮敗殘兵將，生扮張遼，副扮許褚，擁净扮曹操上）（同唱）

【越調正曲·水底魚兒】身似飛蓬，誰知路已窮。（合）吞吳抱憾，不得到江東，不得到江東。（曹操白）張遼，查看還有多少人馬。（張遼白）只剩得一十八騎殘兵。（曹操白）罷了，罷了。百萬雄兵只剩得一十八騎，天亡我也，天亡我也！來此甚麽地方？（許褚白）華容道了。（曹操白）有幾條路？（許褚白）兩條路。（曹操白）大路通那裏？小路通那裏？（許褚白）大路通南郡，小路通許昌。（曹操白）看看那條路有埋伏？（許褚白）大路寂静，小路微微有些烟火。（曹操白）既然如此，走小路。（許褚白）走大路罷。（曹操白）你不知道，諸葛亮興兵以來，以虛爲實，以實爲虛。走小路。（許褚白）走小路。（衆同唱）

【南吕宫正曲·劉袞】休囉唣，休囉唣，悄悄走過華容道。水兵纔去，旱兵隨到，纔離趙雲來，張飛又找。（合）急奔南陽，殘生可保。（曹操笑科）

（許褚白）主公又爲何發笑？（曹操白）諸葛亮不會行兵，只有近策，没有遠計。此處要安一枝人馬，你我插翅也不能飛了。

（衆引關公衝上）（白）曹操那裏走！（曹操白）甚麽人領兵？（周倉白）關將軍領兵。（曹操白）好了，你我有了救了。一齊下馬。（曹操衆作下馬見科）（曹操白）賢侯請了，別來無恙否？（關公白）呀。（唱）

【仙吕調套曲·油葫蘆】則見他頂禮躬身問故交。（白）曹操。（曹操白）賢侯。（關公唱）俺與你狹路相逢冤家到。（曹操白）賢侯此言差矣。自古道，恩人相見，分外眼明；讎人相見，分外眼睁。怎麽説冤家二字？（關公白）曹操。（唱）你道是恩人相見興偏高。（滚白）到今日用武時，（唱）誰許你喜孜孜，假意兒虛陪笑。（曹操笑科）（白）請問賢侯，領兵何往？（關公白）人言曹操奸詐，果不虛傳。明知某家擒他，故意相問。曹操。（唱）俺奉着軍師令，華容道上捉奸曹。（曹操白）老夫替天行道，有甚麽奸處？（關公白）你道没有甚麽奸處，聽俺道來。（唱）許田射鹿把兵來調，董承屈死馬騰梟，吉平事遭圈套，漢獻帝恨怎消？

【仙吕調套曲·天下樂】董貴妃，逼他受苦惱。這都是你行霸道，使奸狡，那些個秉正存公道。（白）周倉，（唱）自古道養軍千日用在一朝。向前去，一個個生擒活捉，休放走這奸曹。

（白）周倉看看有多少人馬？（周倉白）得令。一五，十，十五，十六，十七，十八。啓爺，連曹操一十八騎。（關公白）一個也不多，一個也不少。好，

軍師你却能算不能料。漫説一十八騎殘兵，就是一十八隻猛虎，俺關某也要擒他。他今日到此，好比甚麼！（唱）

【仙呂調套曲‧滿江紅】好一似傷弓鵾鳥，着鉤金鯉怎遊遨？一憑你騰雲怎走，插翅也是難逃。（許褚白）尊侯自下許昌，我主公待君侯也不薄，上馬提金，下馬提銀，三日一小宴，五日一大宴。這兩樣厚恩，也當報答才是。（關公白）咦。（唱）誰聽巧言口囂囂，亂語胡云，惹人心焦躁。只説你的恩惠，不記俺的功勞。俺也曾刺顏良誅文醜，立功報效。曾封金遺束辭曹，明明別分毫。咱奉着軍師將令，怎肯相饒？

（曹操白）賢侯請息怒。想當初在許昌，蒙君侯許我異日相逢，必當相報。賢侯以信義服天下，豈肯失信于吾曹？曹操今日兵敗勢危，望賢侯以昔日之言爲重。（關公白）關某雖蒙丞相厚恩，曾斬顏良、文醜，答報過了。今日奉命，豈敢爲私乎？（曹操白）大丈夫處世，以信義爲重。賢侯深明《春秋》大義，豈不知庾公之斯追子濯孺子者乎？曹操一言已盡，望將軍三思。（關公白）少説，到是某家忘懷了。是某許他，異日相逢，必當相報。罷，也罷！寧可壞我數十年之身軀，全一個信字罷。曹操，你可曉得某家行事麼？周倉，吩咐衆兵散佈擺開，單擒曹操。（周倉應科）（白）吩咐衆兵散佈擺開，單擒曹操。（軍校應科，出山分。曹操衆急下）（軍校白）曹操走了。（周倉白）待小將趕上，捉他回來。（關公白）住了，窮寇莫追。就此收兵。（唱）

【中呂宮正曲‧駐雲飛】放走奸曹，抗違軍令犯法條。除却簪纓帽，脱却錦征袍。嗏，來朝見諸葛，決難饒。（滾白）少不得負荆請罪，（唱）待彼寬饒。俺大哥決定將情討，（合）也只爲重信輕生誤這遭。（下）

第三齣　據險要定策襲州

（雜扮衆軍卒，引小生扮周瑜上）（唱）

【正宮正曲‧四邊靜】襲取荆州人驚駭，江左聲名大。孔明有奇才，怎出公瑾策？（白）某周瑜是也。破了曹操，今乘勢襲取荆州。衆將官，前面已是荆州了，好生圍住者。（唱）（合）看逃軍棄鎧，鼠竄狼敗，鬼哭與神嚎，四野哀聲在。（下）

（設荆州城）（雜扮小軍、將官，引生扮孔明上）（白）經天緯地吐雲霞，秘略奇謀神鬼誇。萬頃長江流不盡，荆州今日屬劉家。山人諸葛亮，自到東吳，舌戰群儒，激怒周郎，又借東南風，大破曹瞞。今曹操大敗，周郎決取南

郡。故令趙雲暗奪,我自暗襲荊州。若東吳兵來時,殺他一個凑手不及。周郎,周郎,今日方知俺孔明料事如神也。(唱)

【南北合套·新水令】奸雄肆志亂中華,嘆朝秦暮楚更霸。天愁雲慘淡,山慟水嗟呀。(白)周郎,若無我孔明呵,(唱)怎麽彀一火燒他?你也枉做了吳姻婭。(內吶喊)

(孔明白)呀,見一隊人馬飛卷而來,必是周瑜來也。俺這裏已有成算,你若來時,又中俺計也。眾將官,就此埋伏者。

(眾小軍、甘寧、陳武、潘璋、周泰,引周瑜上)(唱)

【南北合套·步步嬌】旌旗飄蕩威風大,赤壁添聲價。看江東旺氣佳,都要飛駕雲梯,護牌城跨。(合)遥望女墻遐,爲甚的掩旗息皷無征殺?

(卒白)啓元帥,城上並無一人,城門大開。(周瑜白)嚇,我曉得了。他知俺到來,望風逃去了。傳令,快進城去。(四將白)得令。啓元帥,聽得一聲炮響,四下喊聲震天,城頭戈戟如麻,必有準備。(周瑜白)那怕準備?城上的曹將聽者,東吳大都督周瑜到此,早早獻城投降,保汝重用。若言不肯,頃刻踏平荊州。(孔明白)都督請了。我非曹將,乃孔明在此。(周瑜白)吓,原來是孔明軍師。那日爲何不別而行?吾主好生挂念。(孔明白)吓,都督。(唱)

【南北合套·折桂令】多拜上孫主賢達,只恐都督奇謀,因此上歸帆一霎。(周瑜白)軍師,今小將奉吾主之令,來此鎮荊州,爲何軍師埋兵暗守?嚇,莫非要謀占東吳的荊州麽?(孔明白)都督,你是何言也?(唱)這土地是劉氏邦家,那一塊是東吳基業?兀自來弄舌磨牙?(周瑜白)住了,我主用兵,費盡百萬錢糧,應該屬吾,豈有不費分毫,擅自謀占之理?(孔明白)都督,你道孔明不費分毫,別人或者不知,難道你也不曉?(唱)成就了怎苦肉計東南風發。(周瑜白)雖是借風,也是俺奇謀得勝。(孔明白)噯。(唱)**休提那霸東吳周郎權詐**[1],無奇計妝病推假。(周瑜白)軍師差矣。汝主劉備敗走無地,虧我主興師救護。汝等不思報恩,反占地土,是何道理?(孔明白)我主漢室子孫,當承祖業,汝等速回。如若言三語四,(唱)把吳兵席卷灰飛,少遲疑,教伊棄戈拋甲。

(周瑜白)多講。好生把荊州讓還吾主罷了,如言不字,今日俺周瑜與孔明決一死戰。(孔明白)就與你決一死戰。傳令關公出馬。(雜扮小軍,引净扮關公上)(白)得令。周瑜,休得無禮,可認某家一認。(周瑜白)不必多言,放馬過來。(殺科,周瑜衆敗下)(孔明白)收兵。(關公白)軍師,某家正欲擒彼,軍師何故收兵?(孔明白)周瑜等雖勇,非公對手,只要殺他一個喪膽,使周瑜一氣便了。(關公白)原來如此。(孔明白)傳令,暫掩城池,候主公來開門。(下)(小軍引周瑜上)(白)孔明!(唱)

【南北合套·江兒水】你一片奸謀計,把荆州暗襲押,東吳雄虎誰招架?(白)誰想孔明暗襲荆州,伏兵盡出,被關某殺敗,兀的不氣殺我也。(唱)把鹿角四圍都列下,待救兵共力齊驅發。(張飛內白)衆將官,與我上前擒賊。(周瑜白)誰敢來?(雜扮軍校,引凈扮張飛上)(白)周瑜,我的兒,你可認得我張翼德麽?(周瑜白)休得胡説,放馬過來。(殺科,周瑜衆敗下)(孔明上)(白)傳令收兵。(雜扮衆將,引生扮劉備上)(白)軍師有令,收兵同進荆州。(張飛白)如此,衆將官進城。(唱)決勝風雷叱咤,(合)暫借荆州,且自休兵牧馬。(衆下)(劉備引衆上)(劉備白)軍師。

(孔明白)主公、三將軍,那周瑜怎麽樣了?(張飛白)軍師聽禀。(唱)

【南北合套·雁兒落帶得勝令】奉鈞令出奇兵,佈似麻,那周瑜,膽落魂消化,唬得他七魄離,怎當俺丈八矛一回殺。(劉備白)軍師,那周瑜雖敗,魯肅必然自來。(孔明白)只管教他自來。(劉備白)軍師何以對答?(孔明白)主公,那周瑜,(唱)呀,恐曹操復來赤壁下,首和尾怎撐達?笑周郎畫餅空羞煞,怎麽戰恐爭差。(劉備白)今得漢上九郡,軍師真妙算如神也。(唱)堪誇,這的是軍師神謀大。忻佳,今日得荆州可立家,得荆州可立家。(孔明白)主公。(唱)

【南北合套·僥僥令】安民早建衙,禮士撫休嘉,指日中原尊王化,(合)掃奸雄扶漢家。(雜扮小軍,引末扮魯肅上)(唱)

【南北合套·收江南】呀,作星使馳驅如飛呵,向荆州眼巴巴,遥望着百雉連雲插。(白)通報,説東吳魯肅要見。(卒禀科)(劉備白)軍師,魯肅來此爲何?(孔明白)不過要荆州。(張飛白)他若來時,待我砍他一個稀爛。(孔明白)主公迎接。(劉備迎科)(魯肅白)皇叔。(劉備唱)自別未久矣喜迎迓,驀忽地降駕,驀忽地降駕。欣聚首,暢樂莫喧嘩。

(魯肅白)我主與周都督,特遣魯肅致意皇叔台下。(劉備白)不知大夫枉駕,吳侯、周公有何台教?(孔明白)大夫莫非要會兵伐中原麽?(魯肅白)非也。(孔明、劉備白)還是何事?(魯肅白)皇叔,那日曹兵百萬,原非下江南,寔是追趕皇叔。彼時孔明煩下官引見主公,再三贊勸。今江東費錢糧與兵馬,殺退曹兵,救皇叔之圍,那荆襄九郡應歸東吳。今皇叔詭計占奪。爲此,下官奉主命前來。(唱)

【南北合套·園林好】問君侯何其使詐，頓忘了當陽棄甲。(孔明白)原來爲此。(魯肅白)正是。(孔明白)大夫高明之士，何出此言？(魯肅白)阿呀，孔明，那日江東文武皆言曹操無讎，以和爲是。(唱)東吳士多言兵罷。(白)下官爲你力挺主見，爲何失信？(唱)(合)把解危難竟忘咱，把解危難爾忘咱。

(孔明白)大夫差矣，荆襄九郡，乃我主族兄劉表之業。(唱)

【南北合套·沽美酒帶太平令】非東吳舊國家，吳侯語没抓拿，難道昆仲家基有甚差？先生請詳察，明言可回答。(魯肅白)孔明差矣，既是皇叔基業，何不自守，反與曹操？(孔明白)原爲劉琮不肖，獻與曹操。大夫深知那曹操向懼孫吳長江之險，今得荆州戰船百艘，順流而下，前日若無孔明助箭、借風，大夫不要説一個周瑜，(唱)怎就是十個周郎難出一馬[1]，笑赤壁怎躲滅法[2]？這功勞仗孔明非假。(魯肅白)孔明之功雖然不小，但只此一風，能退曹兵百萬麽？(關公白)咳，昔高祖仗劍定業，不幸奸雄並起，宇宙瓜分[3]。我主乃中山靖王之後，漢景帝嫡派玄孫，那萬國九州，皆漢江土，何況荆襄九郡？汝主不過錢塘小吏之子，今霸占八十一州，尚不足意。況且赤壁之戰，若無軍師神力，此時二喬被擄於銅雀，汝等性命尚未知存亡。今不知恩，反來絮聒。(唱)俺呵，知我主是皇家帝家，漢高祖根芽。呀，你若再開言，管叫你命歸泉下。

(魯肅白)嚇，二將軍，我魯肅何懼一死？向日我力勸伐曹，解救玄德之圍，今已失信，反占荆州，我亦難覆命，不免撞死階下，乞二公早決。(孔明、劉備白)大夫且請息怒，從容議還便了。(張飛白)誰敢要荆州，叫他來認一認老張的拳頭。(劉備白)不必多言。(魯肅白)既如此，告別了！(孔明、劉備白)大夫，故舊相逢今宵呵。(唱)

【尾聲】一樽洗却風塵話，堪羨相如秦庭咤。(辛白)酒席完備。(孔明、劉備白)大夫請。(魯肅白)請。(同唱)今日歡情奉酒斝。(同下)

校記

[1] 休提那霸東吳周郎權詐："郎"，原作"師"，據下文改。

[2] 笑赤壁怎躲滅法："躲"，原作"猷"，據文意改。

[3] 宇宙瓜分："瓜"，原作"抓"，據文意改。

第四齣　計久長拈鬮取郡

（小生扮趙雲上）（白）勒馬持槍膽過天，搴旗斬將獨爭先。精忠一點扶明主，虎穴龍潭敢向前。某常山趙雲，今日聞得主公要與軍師商議久遠之策，只得在此伺候。道猶未了，主公、軍師來也。（雜扮將校，生扮劉備，雜扮麋竺、麋芳、鞏固、劉封隨上）（劉備唱）

【正宮引·長生導引】天生俊傑，到楚地才安帖。（生扮孔明上）（唱）帷幄運籌能，血誠當竭。（淨扮關公上）（唱）赤壁幸得東風借，破曹歸也。（淨扮張飛上）（唱）一月三捷，教人遙認黑張爺。

（劉備白）且喜已到荊州，皆賴軍師神機妙算，還求永遠之策方好。（孔明白）襄陽受敵之處，恐不可久守，不如南征四郡，積收錢糧，以爲根本。（劉備白）四郡此時何人把守？（孔明白）武陵金旋，長沙韓玄，桂陽趙範，零陵劉度。若取得四郡，乃魚米之鄉，漢土可保久遠矣。（劉備白）那一郡難取？（孔明白）此四郡惟有長沙難收。（衆白）如何難收？（孔明白）韓玄手下有一員大將，南陽人也，姓黃名忠字漢升，係劉表帳下中郎將，與表侄共守長沙。後事韓玄。雖然年過六旬，鬚髮皤然，使一口大刀，有萬夫不當之勇，乃湘南將佐之領袖，故此難收。（關公白）某家取長沙。（趙雲白）趙雲取長沙。（張飛白）俺老張取長沙。（孔明白）住了，有四鬮在此，主公同三位將軍各拈一鬮，以杜爭論。主公先請。（劉備白）零陵劉度。（關公白）長沙韓玄。（張飛白）武陵金旋。（趙雲白）桂陽趙範。（劉備白）請問軍師，先得何郡？（孔明白）湘江之西，零陵最近，我同主公先取，次取武陵，然後湘江之東取桂陽，長沙爲後。奏捷班師，荊州會齊。翼德聽令，與你三千人馬，收取武陵，若有怠慢，定按軍法。（張飛應科）（孔明唱）

【正宮正曲·四邊静】貔貅勇壯須周折，連鑣馬躞躞。兩將各相持，功成片時節。（張飛唱）（合）軍威猛烈，殺聲動徹。一戰決雌雄，凱歌奏重叠。（張飛下）

（孔明白）子龍聽令，與你三千人馬去取桂陽。（趙雲應科）（孔明唱）

【又一體】金湯虛寔難分説，安危莫輕舍。倘有讓婚姻，必當防刺客。（趙雲唱）（合）軍威猛烈，殺聲動徹。一戰決雌雄，凱歌奏重叠。（下）

（孔明白）雲長聽令，將軍此去，必須多帶人馬，方好收伏長沙。（關公白）軍師何故長他人銳氣，滅自己威風？量一老卒，何足道哉？關某也不須

三千人馬，只帶本部下五百名梟刀手，決斬黃忠、韓玄之首，獻與麾下。（孔明白）將軍不知，聽我道來。（唱）

【又一體】韓玄保障推人傑，（白）黃忠呵，（唱）年老性猶烈。兩下若安營，籌算須定決。（關公唱）（合）軍威猛烈，殺聲動徹。一戰決雌雄，凱歌奏重疊。（下）

（孔明白）你等四人，把守荊州，不得有違。（鞏固、劉封、糜竺、糜芳白）得令。（孔明白）軍校，就此起兵，速往零陵，殺上前去。（合唱）

【又一體】統兵殺氣威名赫，踏破虎狼穴。收伏四郡城，闢土共歡悅。（合）軍威猛烈，殺聲動徹。一戰決雌雄，凱歌奏重疊。（同下）

第五齣　勸降不得自投降

（雜扮小軍、將官，雜扮鞏志，隨雜扮金旋上）（唱）

【雙調引・賀聖朝】職掌貔貅百萬，胸中星斗光寒。

（白）撥亂山河已數秋，全憑韜略運機謀。冤家到此難迴避，誓斬奸雄一旦休。下官太守金旋是也，鎮守武陵，各不相犯，叵耐劉備這廝，遣將前來收服我郡。已曾差探子前去打聽，何人領兵，我這裏好準備廝殺。已曾差報子前去探聽，待他回來，便知分曉。（雜扮報子上）（白）報，張飛帶領三千人馬前來搦戰，看看來到城下，特來報知。（金旋白）再去打聽。整備器械，待我親自出馬。（鞏志白）鞏志稟事。（金旋白）有何事說來？（鞏志白）劉玄德乃大漢皇叔，仁義布於天下，加之張翼德乃當世虎將，不可拒敵，納降爲上。（金旋白）咦，你這匹夫，此話大有可疑。是了，你欲與賊通連爲內變麼？左右，將鞏志綁了，推出去斬首。（將官跪科）（白）啓元帥，先斬家人，于軍不利。（金旋白）衆位請起，推轉來。不是衆將討饒，定要梟首，退了。（鞏志下）（金旋白）衆將官就此出城，迎殺前去。（同唱）

【越調正曲・水底魚兒】將勇兵強，威風殺氣揚。（合）若遇張飛，教他一命亡，教他一命亡。（雜扮小軍、將官，淨扮張飛，上）（同唱）

【又一體】鐵馬金槍，英雄誰敢當？（合）拿取金旋，管教拱手降，管教拱手降。

（白）來將何名？（金旋白）我乃太守金旋。張飛，你侵我邊界，是何道理？（張飛白）咱奉劉皇叔鈞旨，軍師將令，特來捉拿金旋，收伏武陵。你就是太守金旋？來來來，好好的受縛，免得你張爺爺動手。（金旋白）胡講，放

馬過來。（殺科，金旋敗下）（張飛白）就此追上。（眾應科，唱合前，下）（金旋上）（唱）

【仙呂宮正曲・不是路】敗走慌忙，飛將英雄勢莫當。魂飄蕩，逃入城中免喪亡。（白）快開城門，追兵到來了。（鞏志上城科）（唱）是誰行？敢是郡侯奏凱軍威壯？待徐上城頭問細詳。（金旋白）從事官，後面張飛趕來了，快開城門，放我進去。（鞏志白）汝不順天時，自取敗亡，吾與百姓已自降劉矣。（金旋白）好賊子，你敢反我麼？（鞏志白）還不回去？眾軍士，快放擂木砲石打下去。（金旋白）你看後面追兵已近，怎生是好？（唱）無門向，只得青鋒劍下將身喪，百世流芳，百世流芳。（刎科，下）

（張飛眾上）（鞏志作開城門迎接科）（白）鞏志迎接將軍。（張飛白）就此進城。（應科，作進城）（鞏志白）從事官鞏志，賫得印綬與將軍。（張飛白）將軍請起，隨我去見主公、軍師，自有升賞。（鞏志白）多謝將軍。（張飛白）吩咐出榜安民。（眾應科）（同唱）

【黃鐘宮正曲・出隊子】金鳴鼓響，勇士三千委實強。憑咱猛烈奮鷹揚，誰敢當先抗吾行？（合）若是交鋒，將他命亡。（同下）

第六齣　計計却爲人算計

（雜扮小軍、將官，小生扮趙雲上）（同唱）

【中呂宮正曲・紅繡鞋】馳驅奮勇爭先，爭先，三軍所向無前，桂陽智取莫俄延。（白）自家趙雲，奉軍師將令，帶領三千人馬收取桂陽。因思桂陽可以智取，不消力戰。如今且統兵挑戰，待他們出戰，相機行事便了。軍士們，就此殺上前去。（唱）森劍戟，整戈鋋，齊拍馬，猛加鞭。（雜扮小軍，雜扮陳應上，作對敵科）

（趙雲白）來將何名？（陳應白）吾乃管軍校尉陳應是也。爾叫何名，何人所差？（趙雲白）我主劉玄德乃荊王之弟，今輔公子劉琦，同來撫民。我乃常山趙子龍，汝反國之賊，何敢迎敵？（陳應白）休得胡說，放馬過來。（殺科，趙雲打陳應下馬科）（陳應白）將軍饒命。（趙雲白）我且不殺你。你且回去對趙範說，若肯投降便罷，不然，明日叫你們俱爲齏粉。（陳應急下）（軍士白）將軍，陳應此去，未必就肯投降。（趙雲白）你們那裏知道，我今日殺了他這一陣呵。（唱）

【仙呂宮正曲・風入松】桂陽兵馬力俱慫，復臨期放恁生還？他每畏威感德恩非淺,又何慮中多更變?(合)管降表須更貢獻,不血刃盡歡然。

(雜扮眾將官,引副扮趙範上)(白)立刻修降表,須臾到帳前。趙範情願投降,將桂陽一郡奉獻將軍。(趙雲白)請起。(趙範白)告稟將軍,小將有一敝莊,聊備洗塵之敬,請將軍到彼,末將有言奉告。(趙雲白)如此,就到貴莊。請!(將官應科,作繞場科)(趙范白)將軍請上,末將有一拜。(趙雲白)末將也有一拜。(趙範白)皇叔仁慈,萬民仰慕,將軍神威,遐邇咸稱,今日一郡人民安堵,皆將軍所賜之恩也。(趙雲白)主公劉玄德,今輔公子劉琦同鎮荊州,特令小將安民。驚動將軍,寔出主命。(趙範白)將軍姓趙,吾亦姓趙,將軍真定人,吾亦真定人,五百年前未必不是同宗。倘然不棄,欲一盟以結金蘭之契,不知尊意如何?(趙雲白)既蒙見愛,敢不依從?請問貴庚。(趙範白)三十有五,八月十五日子時生。(趙雲白)小將癡長三個月。(趙範白)取香燭來,同拜天地。(小軍應,擺香案,拜科)(趙範白)撤過香案。(眾應科)(趙範白)仁兄請上,小弟有一拜。(趙雲白)愚兄也有一拜。同鄉同姓又同年。(趙範白)似漆投膠兩意堅。(趙雲白)人情若此初相識。(趙範白)到老終無怨恨言。看酒來。(小軍應,擺酒席,各坐科)(趙雲唱)

【南呂宮正曲·柰子花】論同宗天水相連,更同鄉桑梓堪憐。(趙範唱)偶逆顏行,望克歡忭,蒙赦宥銜恩非淺。(合)愜願,借樽酒心懷同展。(趙範白)小弟有一言奉告,不知兄長尊意允否?(趙雲白)請道。(趙範白)家有寡嫂,先兄棄世之後,小弟常勸寡嫂改嫁,他願三事兼全,方許嫁之。(趙雲白)那三事?(趙範白)第一要名重當今,第二要與兄同姓,第三要文武雙全。小弟看來,再沒有如兄的了。因此今日面言,寔欲與兄結永世之親耳。(趙雲白)噯,吾既與汝同宗,汝嫂即吾嫂也,豈可亂倫?(趙範白)尊兄,這是小弟一片美情,何故推辭?(趙雲白)呸,胡說!(唱)

【又一體】我英雄氣壓山川,誰容你戲謔當筵?讒言誘我,伊心不善,我心如白日青天。(合)胡言,美人計須防生變。(白)就此回軍。(下)(趙範白)這等可惡,好意送個嫂嫂與他,他倒把我如此?如今不難,明日叫些人去假意投降,賺他到來,伏兵四起,拿他送與曹丞相那裏去,方消我今日之氣。正是:恨小非君子,無毒不丈夫。(下)

(雜扮眾父老引陳應上)(白)計就月中擒玉兔,謀成日裏捉金烏。我乃陳應是也,我家太守要報昨日之讎,叫我帶領眾百姓假意投降,待他進城,伏兵四起,拿他去送與曹操。迤邐行來,早已到他帳前。有人麼?(軍卒上)(白)甚麼人?(陳應白)陳應帶領軍民人等,齊來投降。(軍卒白)將軍未曾

升帳。升帳之時,與你通報。(請科)(衆卒引趙雲上)(唱)

【黄鐘宮正曲‧出隊子】心中惱恨,趙範無知太不仁,施謀設計害吾身,暗使機關來結親。(合)事到如今,辨個假真[1]。

(軍卒白)禀爺,陳應帶領衆民人等齊來投降。(趙雲白)這一定是趙範的詭計,我正好將計就計,去取桂陽。左右,喚他們進來。(軍卒應科)(喚科)(陳應白)小將率領軍民人等,齊來投降。請將軍入城,管取城内軍民開門迎接。(趙雲白)將軍,你今帶了軍民齊來投降,還是與趙範不睦,還是畏我的威風?(陳應白)小將畏將軍的威風,故此來投降的。(趙雲白)與我綁了。你既畏我的威風,怎麽敢來詐降?(陳應白)將軍,自古道投降者不武。(趙雲白)咦!(唱)

【中呂宮正曲‧駐馬聽】鼠輩癡迷,隻手如何笑入圍?(白)你若真來投降的,(唱)必竟孤身獨自,貪夜私奔,不敢名提,那裏有牽連父老共驅馳,肆行白晝無疑忌?(陳應白)這等説起來,趙範的計較不是了。(趙雲唱)(合)你詭計相欺,自投陷阱誰周庇?(白)左右,將陳應砍了。(殺陳應,下)(卒白)獻首級。(趙雲白)號令轅門。你這些父老,我今日饒了你們,要依我的計策行事。如今隨着我同行,只説我被你賺來的,待趙範開了城門,我自有處。(衆父老白)願依將軍計行事。(趙雲白)叫將士們,你們先在桂陽城邊四下埋伏,待我賺開城門,一齊殺進去。(衆小軍應科,下)(趙雲白)父老們,我與你就此同行。(同唱)

【又一體】相率而回,就計中間設計奇。(衆父老白)城内的,快開城門。(趙範、小軍上)(白)果然是這些父老回來了,快開城門。(小軍應科,開城科)(趙雲白)趙範。(唱)似你這彈丸黑子,蕞爾遊魂[2],直憑無知,思量設陷阱伏虞機,誰知就裏還生計。(合)你到此何依?看吴鈎閃爍難逃避。

(趙範白)小官實無他意。(趙雲白)左右一邊出榜安民,將趙範帶回,任憑主公、軍師定奪。(衆應科)(同唱)

【越調正曲‧水底魚兒】不憚迢遥,馳驅走一遭。(合)佇看諸郡,指日伏劉朝,指日伏劉朝。(同下)

校記

[1] 辨個假真:"假真",原作"真假",失韻,徑乙正。

[2] 蕞爾遊魂:"蕞",原作"最",據文意改。

第七齣　老將甘爲明聖用

（雜扮梟刀手，引净扮關公上）（白）虎將雲長扶漢家，幾回夢想到長沙。弟兄相約收州郡，指日功成談笑賒。某領了軍師將令，前去收服長沙。軍校就此起兵前去。（同唱）

【仙吕調雙曲·哪吒令】征塵滿目迷，只見西風吹繡旗，三軍馳駿騎。青山路轉移，遥天雁影低，猛聽得雲外聲嘹嚦。想黄忠年紀高，那韓玄庸愚輩，怎當俺漢雲長殺入重圍。

（梟刀手白）禀爺，已到長沙。（關公白）呀，果然一派興隆之地。（同唱）

【仙吕調雙曲·寄生草】一見了長沙地，喜孜孜意悦美。（白）城上的，（唱）韓玄早把降書遞，免教身死在沙場内。男兒素有凌雲氣，披星戴月豈辭勞，撞着咱也是冤家對。

（雜扮小軍、韓玄立城上）（白）來將何名？（關公白）吾乃漢將關雲長，奉軍師將令，特來恢復此郡。可速大開城門，接我進城，交納符印。（韓玄白）你好不知天時。若不早早回去，遣老將黄忠殺你死無葬身之地。（關公白）這厮出言不遜，傳令攻城。（韓玄白）軍校，檑木打下。（梟刀手作攻城科）（白）城上關防甚緊，難以攻打。（關公白）起在一邊。（韓玄白）傳令，着老將黄忠出馬，勝負速報，不得有違。（雜扮小軍，引净扮黄忠上）（同唱）

【越調正曲·水底魚兒】不二忠貞，驅兵進敵營，（合）佇看戰勝，紫塞海波澄，紫塞海波澄。（戰科）

（關公白）來者莫非黄漢升麽？（黄忠白）來者莫非關雲長麽？（關公白）然也，老將軍，早早下馬投降，免作刀頭之鬼。（黄忠白）胡説，放馬過來。（殺科）（衆唱）

【仙吕調雙曲·寄生草】兩馬相交處，雙刀並舉齊。這壁厢巨靈神施展開山勢，那壁厢似哪吒賣弄降魔技。（戰科）（同唱）兩下裏逞雄威，各自誇武藝，疆場馳驟數百回，殺得個雲屯霧擁軍聲沸。（戰科）

（軍校白）天晚了。（關公、黄忠同白）今日天晚，明日再戰，傳令收兵。（衆應科）（同唱）

【尾聲】看看紅日沉西墜，收了刀槍卷繡旗，兩部鳴金各自歸。（同下）

（衆引韓玄上）（白）事不關心，關心者亂。自家長沙太守韓玄是也，奉曹丞相之命鎮守長沙。頗耐關公領兵前來搦戰。昨日差老將黄忠與他交鋒，不分勝敗。我想黃忠雖然年老，乃長沙名將，如何一關公戰他不下？我想其中必然有詐。嚇，也罷，我今日上城略陣，看其動靜。左右與我打道上城。正是：要知其中詭詐事，須窺二將再交鋒。（同下）（眾卒隨黃忠上）（同唱）

【中呂宮正曲·駐雲飛】昨遇關公，百戰難追返日功。二虎相持縱，恐把殘生送。嗏，舉眼看青鋒，教人驚悚。若勝雲長，老將聲名重，（合）誓掃攙槍頃刻中。（梟刀手隨關公上）（同唱）

【又一體】一見黃忠，鬚髮皤然體勢雄，矍鑠誇驍勇，名不虛傳誦。嗏，此刻再交鋒，圍如鐵桶。收伏長沙，應變隨機用。（合）昨夜收兵今又逢。（韓玄、小軍暗上城科）（對刀科）（黃忠馬倒科）

（關公白）饒你回去，換馬再戰。（黃忠下，換馬科）（眾殺科）（黃忠上，戰科）（白）看箭。（作射關公盔纓[1]，進城，下）（梟刀手白）箭斷紅纓。（關公白）漢升箭斷某家紅纓，不傷性命，真仁義之士。軍校，就在城下安營。（眾應科，下）（黃忠上城）（韓玄白）軍校，把黃忠綁了。（小軍應，綁科）（淨扮魏延上，殺韓玄，下）（黃忠白）魏延反主。（魏延白）老將軍且請息怒，小將有爲……（黃忠白）爲誰？（魏延白）爲你。（黃忠白）怎麼爲我？（魏延白）主公道你百步穿楊妙箭，與關雲長交戰，止中紅纓，分明是你私通之意，要將你斬首。小將不伏，故此誅之。（黃忠白）雖然如此，不該以下犯上，留作百年之恥。（魏延白）無義之人，殺之何害？曾聞良禽擇木而棲，良臣擇主而事。劉備世之豪雄，事此不如事彼。請將軍三思。（黃忠白）罷，只要他先依俺三事。（魏延白）那三事。（黃忠白）祭吾主，葬吾主，沉香刻體供奉吾主，依此三件。再者，降漢不降關。（魏延白）待我説去。關將軍依此三事，就請進城，與老將軍答話，同扶漢室，如何？（黃忠白）説得有理，請。（魏延作下城）（黃忠白）方纔魏文長講得有理，賢臣擇主而事。劉玄德乃漢室之後，聞關公乃仁義之將，某今日歸順與他，同扶漢室，有何不可？軍校，少刻關公到時，整齊隊伍，迎接進城。（軍校應科，同下）（魏延出城科）（白）水將杖探知深淺，人聽言辭辨假真。（作到科）有人麼？（周倉上）（白）什麼人？（魏延白）韓玄身死，魏延特來獻首級。（周倉白）住者。將軍有請。（眾引關公上）（白）強中更有強中手，料此黃忠半個無。（周倉白）稟上將軍，魏延特來獻韓玄首級。（關公白）請進來。（周倉應科）（白）魏將軍有請。（見科）（魏延白）魏延獻韓玄首級。（關公白）號令轅門。（周倉應科）（關公白）韓玄身死，魏文長何不勸你老將軍歸順某家？（魏延白）方纔説過，只要將軍先依三事。

（關公白）那三事？（魏延白）他説祭吾主，葬吾主，沉香刻體供奉吾主，依此三事。再者，降漢不降關。（關公白）只要他降漢，誰要他降關？（魏延白）將軍既已允從，就請關將軍入城相見。（關公白）擺齊隊伍，就此進城。（作繞場科）（魏延白）關將軍到此，請黃將軍開城迎接。（黃忠出城迎接科）（同作進城科）（黃忠白）末將不才，有犯虎威，多有得罪。（關公白）今得將軍與文長，同扶漢室，蒼生有幸。軍校，城頭換了漢家旗號，出榜安民。（應科）（同唱）

【窣地錦】羨伊全得忠和義，濟會猶如龍得水。二虎威風真罕稀，開拓江山頃刻裏。（同下）

校記

［1］作射關公盔纓：“作”，原作“昨”，據文意改。

第八齣　軍師勸結晉秦歡

（雜扮衆卒，隨生扮孔明、生扮劉備上[1]）（唱）

【正宮正曲·普天樂】振師還聲喧哄，金鐙敲凱歌動。三軍盛齊聽元戎，展封疆唾手成功。（净扮關公，净扮張飛，小生扮趙雲，衆軍校同上）（唱）（合）取荆州奮勇，人人盡向風，已露布飛馳，報捷從容。

（白）衆將得勝而回，特來繳令。（劉備白）有勞衆位兄弟了。（衆白）不敢。（劉備白）前面是荆州，進城相見。（衆作進城科）（劉備、孔明各坐科）（趙雲白）趙雲報功。奉軍師將令，收伏桂陽，太守趙範用美人計賺小將，是小將識破。又遣人行刺，是某詐開城門，將趙範拿下。今特帶回，請主公、軍師定奪。（孔明白）將趙範帶過來。（卒應，帶副扮趙範進見科）（孔明白）吾主乃景升之弟，輔公子劉琦同領荆州，遣將前去撫民，爲何反自拒敵，是何道理？（趙範白）趙將軍一到城下，範即投降，又將寡嫂與他結親，本是好意。不想反生嗔怒，以致如此。（孔明白）趙將軍，美色，天下人愛之，何獨如此？（趙雲白）趙範之兄曾在鄉中有一面之交，今若娶之，惹人唾駡。其嫂再嫁，使失其節，一也；趙範初降，心不可測，二也；主公未定江漢，枕席未安，雲何敢以婦人而廢主公之政，三也。（劉備白）今日大事已定，與汝娶之，何如？（趙雲白）天下女子不少，但恐名譽不立，何患無妻室乎？（劉備白）子龍真丈夫也！趙範仍令爲桂陽太守。（趙範白）謝主公。（張飛白）張飛報功。奉軍師之命，收伏武陵，金旋出馬敗回，自刎城下，有鞏志賫印綬出降，帶他來見主公、軍師。（孔明白）令鞏志進來。（卒應，帶雜扮鞏志進科）（孔明白）就令你代金旋之職。趙範，你二人就此前去。（趙範白）惟有感恩並積恨。（鞏志白）萬年千載不生塵。（下）（關公白）雲長報功。奏軍師將令，收伏長沙，果有老將出馬，與彼不分勝敗。次日用托刀將黃忠打下馬來，不忍加害。黃忠復跳上馬，挽弓一箭射斷某家紅纓，進城而去。不想韓玄要斬黃忠，虧得魏延殺了韓玄，救下黃忠性命。二將歸伏，帶來請軍師發落。（孔明白）令黃忠、魏延進來。（卒應，帶净扮黃忠、净扮魏延進見科）（同白）末將等傾心歸伏，願效犬馬之勞。（劉備白）孤得二公，如龍得水一般。（孔明白）刀斧手，將魏延斬訖報來。（卒應，綁魏延科）（劉備白）刀下留人。軍師誅降殺順，大不義也。魏延乃有功無罪之人，何故殺之？（孔明白）爲其佐而殺其師，是不忠也；居其位而獻其地，是不義也。吾觀魏延腦後有反骨，久後必反，故先斬之，以絕後患。（劉備白）若斬此人，非安漢上計也。（孔明白）將魏延推轉來。（卒帶魏延科）（孔明白）且饒汝性命[2]，你可盡忠報主，勿生異心。若起異心，早則早，晚則晚，必取汝頭。（魏延白）謝軍師不斬之恩。（同唱）

【大石調正曲·催拍】謝軍師神機蘊胸，決勝負鬼神驚恐。賴衆將威風，賴衆將威風，抖擻精神，建立奇功。他日凌烟，圖畫形容。（合）從今後掃蕩西東，安社稷佐炎宗。

（孔明白）二位將軍請歸後營。（黃忠、魏延同下）（雜扮報子上）（白）啓軍師，東吳呂範求見。（孔明白）快請相見。（劉備白）且慢。軍師，呂範來此何意？（孔明白）有事主公只管依從便了。（劉備白）倘依從不得的，怎麼依從？（孔明白）主公不必遲疑，我自有道理。快請。（將校請科，副扮呂範上）（白）且將一片殷勤意，哄却癡呆朦朣人。久違呂範，無任馳私。今睹尊顏，不勝欣幸。（劉備白）草茅寒舍[3]，何幸寵臨？（孔明白）失於遠迎，望乞恕罪。（呂範白）二位將軍見禮。（張飛揪呂範科）（白）哦。（劉備、關公勸科）（張飛白）大哥、二哥放手，東吳人極會作拐子，頭一次把我軍師拐去，不放回來。今番没得拐，必然連我老張也拐一拐，待我賞他一拳。（呂範白）下官爲喜事而來。（張飛白）爲喜事而來？講得好便罷，講得不好，從頭上再打起。（作放呂範科）（劉備白）子衡久别，今蒙枉顧，必有美意下及。（呂範白）吾主吳侯，聞知皇叔鼓盆已久，吳侯有一妹新月公主，尚未適人，故令下官行聘，求皇叔居吳國賓館，共拒曹操，輔漢天下，勿拒幸甚。（孔明白）既是吳侯有此盛情，主公可速備厚禮前去。（劉備作難科）（孔明背白）料此去一毫一髮不敢動,主公放心前去,我自有處。(關公白)子衡過江與大哥做媒。(張飛白)險些替大哥打壞個媒人。下來作揖。(呂範白)不敢。(張飛白)再作揖。老張是個直人,休怪。(呂範白)不敢。(張飛白)上去講話。(劉備白)子衡,雖然如此,只是劉備名微德淺,不敢仰攀,實為惶愧。(呂範白)皇叔說那裏話?(唱)

【仙呂宮正曲·桂枝香】天鈞地軸,盡歸皇叔。底須言鳳卜宜諧,論絲斷鸞膠宜續。況吳侯重賢,吳侯重賢,恩情尤篤,婚姻宜速。(劉備白)煩子衡回復吳侯再議。(呂範唱)(合)不煩覆,洞天已檢雙星譜,月老先批秦晉圖。(劉備唱)

【又一體】譾才菲福,仰煩上覆。甘終身比作樗材,恐頑石難成藍玉。望善為我辭,善為我辭,此婚難續,輾轉局促。(合)探仙妹,本是瑤臺女,肯事區區賤丈夫?(孔明白)主公。(唱)

【南呂宮正曲·大迓鼓】你休嫌禮貌疏,敬修六禮,速赴吳都。(劉備白)軍師誠恐未便。(孔明唱)既然吳主聯姻契,理應遵命莫踟躕,(合)失信人間,豈成丈夫?

(呂範白)孔明先生。(唱)

【又一體】神功贊禹謨,才輕管樂,智壓孫吳。(白)此親呵,(唱)既蒙賜允無推阻,吳侯聞說必歡娛。(合)忙喚舟師,速回舊都。

(白)多蒙允從,下官就此告別。姻緣本是前生定,(眾白)曾向蟠桃會裏來。(呂範從上場門下)(劉備眾同下場門下)

校記

[1]生扮劉備上:"扮",原無,據文意補。
[2]且饒汝性命:"且",原作"你",據文意改。
[3]草茅寒舍:"茅",原作"芽",據文意改。

第九齣　破浪來申繡榻盟

(小生扮趙雲上)(唱)

【商調引·繞地遊】兵戈紛競,鼎足膺天命。看群雄人人思逞,齒切紛爭。心存忠正,仗微軀扈從隨行。

(白)一身許明主,萬里總元戎。自是幽并客,非論愛立功。某趙雲,英雄蓋世，膽略過人，汗馬時經，何曾量適而進，慮勝而會？鼓鼙纔動，便覺無生之氣，有死之心。這也不在話下。只因東吳設下美人計，來賺主公過江。軍師著我保駕入吳，今日過江，備下船隻，專候主公到來。道言未了，主公來也。

（生扮劉備，生扮孔明，净扮關公，净扮張飛，雜扮小軍、衆將隨上）（劉備唱）

【小石調引·撧破歌】江東此去姻親定，（孔明唱）須教保護前程。

（趙雲白）船隻已備，請主公上船。（劉備白）且慢。軍師，想周瑜詭計多端，劉備豈肯身入危險之地？（孔明白）雖是周瑜之計，豈能出諸葛亮之謀？主公此去，不過費些金帛，使周郎半籌不展，吳侯之妹又屬主公，荆州萬無一失。請主公放心前去。（劉備白）如此，全賴軍師固守城池。（孔明白）不須主公吩咐，山人曉得。趙雲聽令。（趙雲白）軍師有何吩咐？（孔明白）子龍，我知你平昔謹慎，你今保駕過江，付你錦囊三個，内藏神出鬼沒之計。一到那裏，開第一個錦囊；成親之後，開第二個錦囊，急催主公轉程。半路倘有緊急之際，開第三個錦囊。小心在意，不得有違吾令。（趙雲白）得令。（劉備白）吩咐上船。（雜扮水雲上）（衆乘船科）（關公、張飛白）大哥身入江東，凡事小心。（劉備白）曉得。兄弟請回。（合白）情到不堪回首處，一齊吩咐與東風。（下）（劉備、趙雲白）吩咐開船。（衆應，開船科）（劉備、趙雲唱）

【仙吕宫集曲·甘州歌】長江浪湧，見滔滔滾滾，晝夜流東，盈科後已，放乎海内溶溶。一帆風順輕舠穩，萬頃琉璃玉影融。今不改，昔更同，金烏玉兔不停蹤。光陰去，難再逢，人生興廢總成空。

（卒白）已到江邊。（趙雲白）住着。軍師有令，過江須看錦囊，待我看來。推測過江東，金銀送喬公。得他心肯日，是我運兒通。主公，喬公是誰？（劉備白）喬公即喬玄也，昔爲漢朝司馬，今受東吳太師。（趙雲白）他爲人如何？（劉備白）忠厚寬仁，未免好利。虎牢關有舊。（趙雲白）軍師有令，叫去拜他。（劉備白）如此，將船傍岸。（趙雲白）打扶手，帶馬來。（衆應科，作下船，小軍接上，乘馬科）（衆水雲、船下）（衆唱）

【又一體】波光瀲灩濃，見四圍山色，景物無窮。雲迷霧鎖，儼然圖畫相同。王維總有丹青筆，怎得全收入手中[1]？今不改，昔更同，金烏玉兔不停蹤。光陰去，難再逢，人生興廢總成空。（同下）

校記

［１］怎得全收入手中："全"，原作"金"，據文意改。

第十齣　過江初試錦囊計

（雜扮院子，副扮喬玄上）（唱）

【越調引·喬八分】蒙頭白髮已蕭蕭，承恩猶自領群僚。紅英滿眼皆無意，只愛林泉，隱迹任逍遙。

（白）西蜀名儒裔，東吳貴戚家。一生無子嗣，二女實堪誇。老夫姓喬名玄，字仲達。昔爲漢朝司馬，今受東吳太師。所生二女，大喬、二喬。大喬適配主公孫伯符，小喬適配周公瑾，內結骨肉之親，外聯股肱之助，足可餘年矣。方纔老夫晝寐，夢見一龍一虎直入中堂，不知是何緣故？（末扮喬興上，虛白，作祥夢發諢科）報，劉備到。（作請科）（雜扮衆卒隨上，生扮劉備，小生扮趙雲上）（劉備唱）

【小石調引·撻破歌】不憚迢遙渡江淮，姻親事未審和諧。（進見科）

（白）老太師請上，容劉備拜見。（喬玄白）老夫也有一拜。（劉備白）幾年闊別東西，今日何緣識範儀。（喬玄白）玉樹遠從雲外降，致令蓬蓽生光輝。（劉備白）虎牢一別，失候起居，重睹台顏，曷勝欣躍。（喬玄白）老夫林下老儒，不諳時務，不知貴人遠臨，有失迎迓，多有得罪。（趙雲白）老太師在上，末將打躬。（喬玄白）此位何人？（劉備白）舍弟趙雲。（喬玄白）這就是常山趙將軍麽？（趙雲白）不敢。（喬玄白）聞得當陽救主，殺曹兵二萬五千，斬上將五十四員，就是這位將軍麽？（趙雲白）末將。（喬玄白）借手一觀。好古怪也，這樣一雙手，也是這樣一個人，你一人如何就會殺這許多人？（趙雲白）一時之忿。（喬玄白）是嘎，好將軍，千聞不如一見，幸會幸會。（劉備白）看禮物過來。不覷微儀，望乞笑納。這是托太師送與國太娘娘的禮，這是送與國丈的。（喬玄白）此禮爲何？（劉備白）軍師有事相煩。（喬玄白）如此，把禮物放在一邊，請教明白了，然後拜領。（趙雲白）末將告退。（喬玄白）我與皇叔一恭一飯，要與將軍叙談叙談，怎麼將軍就要去了。（趙雲白）還有從人不曾安頓。（喬玄白）尊從不曾安頓？老夫陪了皇叔，又背了將軍，怎麼好？也罷，少頃就來奉陪。（送科，趙雲衆卒下）（喬玄白）皇叔，虎牢一別，丰采倍常。（劉備白）老太師鶴髮童顏，誠然天相。（喬玄白）豫州遠來，必有見諭。（劉備唱）

【黃鐘宮正曲·啄木兒】分江界，隔樹雲，嘆逝水流光真一瞬。問寒暄特渡江淮，（喬玄白）有勞了。（劉備唱）獻芻蕘略表殷勤。（喬玄白）有何見諭？（劉備白）一者久失問候，二者有一件事干冒太師。吳侯有一妹新月公主，未曾許聘。蒙呂子衡大夫賫送庚帖，意者孫劉結親，以爲唇齒。不揣鄙陋，奉求玉成其事。（唱）蒹葭玉樹相延引，望君委曲成秦晉。（白）若成此事呵，（唱）（合）總海竭江枯敢忘恩。（喬玄唱）

【又一體】沉吟久，嗟訝頻。（白）院子，呂爺送庚帖過江，你們曉得麼？（院子白）不曉得。（喬玄白）怎麼都不得知？（唱）方寸機微悄未聞。（白）皇叔，你道這親事是真是假？（劉備白）吳侯之妹焉能有假？（喬玄白）依老夫看起來，還是假的。大女婿孫伯符臨終有言，內事不決問張昭，外事不決問周瑜，家門之事要問老夫。國中既有這椿喜事，難道不宣老夫進宮商議？況且有人送庚帖過江，我這裏全然不知。（劉備白）怎麼，太師不知？（喬玄白）是周郎暗裏機關，非吳侯出自情真。（劉備白）令婿所因何事？（喬玄白）因你收了荆襄四郡，其心不忿，故設此計賺你過江，還他四郡，放你回去。如若不然，必行謀害，這叫做美人之計嘎。（唱）紅顏隊陰設屠龍刃，美人關、暗擺着迷魂障，（合）豈是良緣要訂婚？（劉備唱）

【黃鐘宮正曲・三段子】君言乍聞，似飛蛾投光滅身。恨咱見昏，猛然間妄結姻親。（喬玄白）軍師怎麼說？（劉備白）說親事成得，只要太師做主。（喬玄白）怎麼親事成得，只要老夫做主？好個諸葛軍師，方纔那些禮物，如今趁國太不知，明日把來送進宮去，恭賀國太娘娘，那時必定弄假成真。（唱）這是孔明妙計先籌準，區區自有懸河論。（合）管教孔雀屏開喜氣新。（劉備唱）

【黃鐘宮正曲・歸朝歡】太師的，言言的，言言忠悃，念孤窮身如野燐。蒙恩愛，蒙恩愛，提携合卺，效銜環無能報君[1]。（喬玄唱）冰人自達藍橋信，其間與我何勞頓？（合）管教鸞鳳和鳴百歲姻。

（劉備白）告辭。此事全憑月下翁。（喬玄白）詩題紅葉果奇逢。（劉備白）正是門闌多喜氣。（喬玄白）果然佳婿近乘龍。（同下）

校記

[1] 效銜環無能報君："環"，原作"杯"，據文意改。

第十一齣　巧冰人牽就婚姻

（旦扮宮女，雜扮內侍，引老旦扮國太上）（唱）

【南吕宫引·臨江仙】春色鮮妍桃共柳，等閒又見葵榴。瑣窗人靜晝如秋，呢喃飛燕子，好語向龍樓。

（白）母臨吴地贊天工，子孝臣忠繼迷隆。宫殿日長無一事，沉檀香氣撲簾櫳。老身吴后，長子孫策不幸早亡，次子孫權承父兄之餘烈，威震江東。幼女新月，二八年華，文兼武備，尚未適人。正是：子孝親心樂，人和萬事成。

（雜扮院子，引副扮喬玄上）（白）王宫深處五雲新，一派風光總是春。欲結絲蘿憑月老，調和琴瑟仗冰人。老夫爲玄德姻親一事，來見國太，早到官門。老中貴，敢煩啓上國太，喬玄問安。（内侍白）啓娘娘，國丈問安。（國太白）請進來。（内侍應科）（請介）（喬玄白）娘娘千歲！（國太白）國丈少禮。（喬玄白）看禮單過來。娘娘，宫中大喜，老臣賀遲，多罪，多罪！（國太白）宫中並無喜事，何勞國丈這些厚禮？（喬玄白）洞房花燭，四喜之一。娘娘把新月公主許配劉備，孫劉結親，已爲唇齒，怎麼說没有喜事？（國太白）此說何來？（喬玄白）劉備過江三日了，街坊上孩子們沸沸揚揚，都說孫劉結親，娘娘怎麼說不知？（國太白）敢是吴侯與周瑜之計？將禮物放在一邊，國丈平身且退。（喬玄應下）（國太白）内侍，請你主公來。（内侍應）請。（净扮孫權上）（唱）

【小石調引·憶故鄉】袖裏暗藏機，預定紅顔計。

（白）孩兒孫權，願母后千歲。（國太白）咳，你幹得好事！（孫權白）孩兒不曾幹什麽事。（國太白）你把妹子許配劉備，道是孫劉結親，已爲唇齒，瞞着老娘，自敢專主麽？（孫權白）母親請息怒，容兒細稟。（唱）

【仙吕宫引·解三酲】息雷霆容兒宣奏，服軒冕爵晉吴侯。乾坤鼎足三分秀，恨劉備已先收。（白）劉備用孔明之計，收取荆襄四郡。兒心不忿，故與周瑜共設此計，賺劉備過江，名爲議親，實取其地。如若相抗，必定殺之。（國太白）你要害他麽？（孫權唱）名爲議結孫劉好，暗裏謀成吴越讎。（合）垂恩宥，趁天時人事，失此何求？（國太唱）

【又一體】笑吾兒機關淺陋，那裏有遠策深猷？（白）東吴呵，（唱）龍蟠虎踞封疆守，難道是少良謀？你把親枝弱妹名先賺，只怕松陛君王難洗羞。（喬玄暗上，聽科）（孫權唱）（合）垂恩宥，趁天時人事，失此何求？

（白）敢問母親，此事誰來說的？（國太白）國丈來說的。（孫權白）國丈來說的？孩兒告退。（喬玄白）主公千歲。（孫權白）劉備過江幾日了？（喬玄白）三日了。（孫權白）在那裏下？（喬玄白）在甘露寺下。（孫權白）知道了。（下）（國太白）果然是吳侯與周瑜之計，老身那裏知道？（喬玄白）娘娘，如今作何區處？（國太白）勞他遠來，備些禮物，送他過江去。（喬玄白）就是這樣送他過江去，不妙，欠通，欠通。依老臣之見，宣劉備進宮來，娘娘看一看，若是個英雄呢，這親事不可錯過了，如相不中的時節，再打發他過江，也未爲遲。（國太白）相見怎麼行禮？（喬玄白）娘娘是一國主母，就受他大禮何妨？（國太白）受他大禮不妨？既如此，勞國丈請他進來。（喬玄白）皇叔有請。（生扮劉備上）（白）欲成秦晉事，撮合仗冰人。（見科）（喬玄白）昨日之言，一句不差，娘娘全然不知。（劉備白）果然不知。（喬玄白）吳侯與周瑜之計，方纔啟過了。國太請皇叔進見。只是一件，必須下個大禮纔是。（劉備白）孤乃漢室宗親，焉肯下禮與藩臣？（喬玄白）諺語道：要妻子，拜丈母。你只管拜，我自有處。（劉備進見科）（國太白）皇叔請起，請你主公來。（喬玄請科，孫權上，拜見科）（白）皇叔請轉，樽酒且相留，情濃義氣優。（劉備白）二人今會合，膠漆似相投。（孫權白）皇叔惠臨，有失迎迓。（劉備白）蒙娘娘宣召，拜見丹墀。又接光儀，深慰闊想。（孫權白）特設杯酒洗塵，兼聆台教。（劉備白）生受了。（孫權白）請。（同下）（喬玄白）娘娘，恐主公加害。（國太白）請你主公來。（喬玄請科，孫權上）（國太白）玄德公好生款待，我還有話說。（孫權白）是。（下）（國太白）此人一表不凡。（喬玄白）如何，娘娘不曾見，老臣也不敢誇獎。適纔見過了，老臣纔敢說。娘娘，如今親事成與不成？（國太白）婚姻乃人間大事，如何容易成就？（喬玄白）既不成親，就不該受他大禮了。（國太白）國丈教我受的。（喬玄白）說那裏話？丈母都拜了，還不成親？（國太白）那有此理？（喬玄白）娘娘執意不從，他若去了，只是他國中還有人？（國太白）他國中還有甚麼人？（喬玄白）有一個諸葛軍師，有先天不測之機，漫說人間事，就是天上的風要用，也借來使用。還有桃園結義的兩個兄弟，一個紅臉，一個黑臉，那時惱了他性子，拿刀的拿刀，拿槍的拿槍，統領了傾國之兵，往東吳一鼓而下，我這裏拿甚麼人敵擋他？老臣不得不說，娘娘自作主意，老臣告退。（虛下）（國太白）快請國丈轉來。老人家這樣火性！（內侍應，請科，喬玄上）（白）老臣有罪。（國太白）依國丈怎麼樣好？（喬玄白）成了親事就好。金枝玉葉，鳳子龍孫，孫劉結親，兩國和諧，有甚麼不好呢？（國太白）就是成親，也無嫁妝。（喬玄白）這是小事。成親之後，再令人送過去。（國太白）也要揀個吉日。（喬玄白）今日就是上好吉日。（國太白）也無媒妁。（喬玄白）娘娘命下，老臣爲媒。（國太白）怎麼就是國丈爲媒？（喬玄白）千歲。（國太白）請你主公來。（喬玄請科，孫權上)(國太白)我兒,玄德公既來在此,就將你妹子配了他罷。(孫權白)這是孩兒用的計,怎麼使得?(國太白)豈不聞:一言既出,駟馬難追?寸絲既定,千金不易。江東許多文武,竟無一計,却將你親妹爲餌作鈎釣人,是何道理?(喬玄白)娘娘講的極是。(國太白)縱借此擒劉備,汝妹終身何所于歸?《禮》云:"無別無義,禽獸之道。"《詩》首《關雎》,《書》先"釐降",皆所以正人倫之始。汝爲八十一郡之主,不能身任綱常,將何取笑於天下?豈不有愧於心乎?(喬玄白)一篇大道理,好嚇。(孫權白)母親請息怒。(國太白)此計是何人設的?(孫權白)是周瑜叫孩兒設的。(國太白)若不看赤壁之功,與他決不干休。這畜生,若無孔明祭風,他妻子已爲曹瞞所奪矣。不以人之女子爲意,這樣放肆!(孫權白)便是成親,也無嫁妝。(國太白)成親之後,令人送過去。(孫權白)也要揀個吉日。(國太白)今日上好日子。(孫權白)也無媒妁。(國太白)國丈爲媒。(孫權白)怎麼就是國丈爲媒?孩兒告退。國丈,就是你爲媒。(喬玄白)娘娘命老臣爲媒。(孫權白)你幹得好事,幹得好事!(孫權下)(喬玄白)娘娘,宮中大喜,老臣告退。(國太白)即令魯子敬速整筵宴。國丈請回。姻緣本是前生定,曾向蟠桃會裡來。(衆下)(喬玄白)皇叔有請,恭喜恭喜。(劉備上)(白)喜從何來?(喬玄白)親事成了。(劉備白)怎就成了?(喬玄白)有老夫做媒,怕他不成?凡事要勤慎些。(劉備白)還仗太師周全。待劉備歸國之後,急當差人送厚禮相謝。(喬玄虛白)(同下)

第十二齣　老新郎順諧伉儷

　　(末扮魯肅上)(白)鵲橋纔駕寶廷中,織女仙郎下九重。宿世姻緣今已合,佇看佳婿近乘龍。下官魯肅是也。蒙國太娘娘懿旨,命俺掌設筵席,未知完備不曾。掌饌官等何在?(雜扮掌饌官上)(白)玉女乍離蓬島,仙姬下嫁瑤宮。鸞簫鳳管奏春風,繡幕珠簾香擁。老爺有何吩咐?(魯肅白)筵席可曾完備否?(掌饌官白)俱已完備了。(魯肅白)既然完備,掌禮官那裏?(雜扮掌禮官上)(白)鳳起高崗栖竹,龍騰層雲離淵[1]。良時吉日配姻緣,同掌山河永遠。掌禮官叩頭。(魯肅白)起來,一邊鼓樂,一邊贊禮,小心伺候。(掌禮官、掌饌官應,同下)

　　(雜扮內侍、宮女,引旦扮國太上)(唱)

　　【仙呂宮引·洞房春】花照春紅,仙女仙郎逢仙洞。笙歌簇擁,今朝喜

氣濃。(副扮喬玄上)(唱)喜鵲橋填,高駕畫堂中,神歡悚,風雲護從,成就良緣共。(各叙禮畢)

(贊禮官白)贊禮官叩頭。(國太白)良辰已到,贊禮成親。(贊禮官白)領旨。伏以剛柔之義,萬物必本於陰陽;龍鳳之儀,二姓先通與合巹。(生扮劉備上)(贊禮官白)一拜天長地久,二拜日就月將,三拜福延壽永,四拜鞏固遐昌。(禮贊科)(小旦扮新月上)(同拜科)(衆同唱)

【仙吕宮正曲·惜奴嬌】玉洞春濃,正猊爐香爇,玉杯端捧。今夕何夕,喜王孫着意乘龍。匆匆,花燭交輝遥相送。看前後人呼擁,(合)兩意同,好一似梧岡竹徑,彩鸞丹鳳。

【仙吕宮正曲·錦衣香】夫秀鍾,乾綱永。婦秀鍾,坤維重。天然一對良姻,龍孫鳳種,天潢自是邁華宗。金枝玉葉,馥鬱花叢。似瑶琴韻美,永《關雎》琴瑟和同。(合)願把《桃夭》誦,歌聲沸湧,百年偕老,玉璋早弄。

(國太白)內侍,送入洞房。(衆應科)(國太下)(衆同唱)

【仙吕宮正曲·漿水令】備殷勤能使卧龍,着勤勞得成大功。喜吾家累代據江東,南面稱孤,中外同風。真鸞鳳,豈雁鴻,雲龍風虎喜相從。(合)銀臺上,銀臺上,燭影摇紅,紅筵下,笑口歡容。(內侍下)

(劉備白)洞房中刀劍森列,此事何意?(宮女白)貴人休得驚疑。公主自幼好觀武事,居常令侍婢擊劍爲樂。(劉備白)此非婦人所觀之事,暫且去之。(宮女白)稟上公主,房中擺列兵器,新貴人不安。(公主白)相持半世,尚懼兵器?侍女們,可盡撤去。(衆應)(同唱)

【尾聲】珠圍翠繞繽紛從,美酒佳餚沸鼎中,這的是鸞鳳和鳴喜氣濃。(衆下)

校記

[1] 龍騰層雲離淵:"層",原無。按,此上掌饌官和掌禮官的上場詩皆是《西江月》詞。按《西江月》詞牌,此句少一字,疑"雲"前缺一"層"字,據文意補。

第六本(下)

第十三齣　化鶴爲人開覺路

（雜扮左慈，眇一目，跛一足，上）（唱）
【越調・浪淘沙】身在有無中，眼更空空，瑩然虛白現心胸。世上繁華如夢也，笑殺癡蒙。
　　（白）貧道左慈，字元放，道號烏角先生。巖穴寄身，雲霞爲侶。發石壁千年之秘，變化從心；泄天書三卷之藏，靈奇在手。銀臺瑤館不禁遨遊，滄海桑田幾經變換。冬不裘，夏不葛，何燠而何寒？朝於水，夕於山，每自來而自去。洞府時抛青玉杖，聊以陶情；塵寰暫寄白籐冠，原非無意。只因炎劉失勢，奸操作威，自托忠誠，擅專征伐，屠龍之志已萌，騎虎之勢難下。貧道欲假神術，消彼亂機。倘若回心，尚可轉禍。不免前去走一遭也。正是：回首仙都何處也，笑騎黃鶴馭長風。（下）
　　（雜扮小軍、將官、文臣武將，引淨扮曹操上）（唱）
【中呂宮引・菊花新】新加九錫晉榮封，苴白纛黃邸第紅。殿宇告成功，饗僚佐特開春甕[1]。
　　（白）新築宮墻峻羽儀，鴛鴦瓦甃碧琉璃。區區不算酬庸典，自頌周文燕鎬詩。我曹操，自起義師，所向無敵。適當宮殿落成，與群臣宴飲爲樂。設宴過來。（衆應科，作送酒）（衆官同唱）
【中呂宮正曲・好事近】殊典報殊庸，碧瓦紅墻高聳。麒麟殿下，百官拜舞歡頌。（曹操唱）君臣交泰，草杯盤，聊與諸卿共。（合）一行行綺席長排，一個個兕觥頻奉。
　　（左慈上）（白）舌劍斬奸雄，元神運化工。不須傳刺入，足下有清風。（見科）（白）丞相請了，貧道左慈忝在同鄉，聞得今日開筵，特來獻技。（曹操白）你有何技？（左慈白）貧道在西川嘉陵峨眉山學道三十餘年，今日大宴群臣，所需何物，貧道即當如命獻上。（曹操白）今嚴冬天冷，草木皆枯，我欲得牡丹一兩朵，未知能否？（左慈白）易耳，取大花盆來。（置盆臺上，左慈向噀

水科)(唱)

【又一體】從來,仙術奪天工,只聽我臨時使用。(白)敕,(唱)東皇司令,好將牡丹供奉。(衆官白)妙嘎。(同唱)看芽萌甲坼,一霎時,枝上雙花捧。問何如魏紫姚黃,一般兒葉綠花紅。

(曹操白)妙哉技也!賜他酒。(將官付酒,左慈飲科,舉杯示曹操)(白)請問此是何物?(曹操白)這是一隻玉杯。(左慈白)那裏是玉杯?明明是一隻白鶴。(曹操顧衆官白)明明是玉杯。(衆官白)是玉杯。(左慈白)不信麼?(擲杯化白鶴飛去科)請看。(曹操白)果是神技!再將大斗賜與酒者。(將官付酒,左慈作疾飲科)(曹操白)尚能飲乎?(左慈白)貧道一飲一石,日食千羊,亦能千日不飲不食。(曹操笑)(白)妄也。(左慈白)你說我言妄,我說你心妄。(曹操白)我那有妄心?(左慈白)既無妄心,何不跟貧道峨眉山去修行?當以三卷天書相授。(唱)

【中呂宮正曲·千秋歲】大英雄,忠義如山重。把富貴看作虛花兒一弄,鶴去難留,似鶴去難留,識時務、流急須當退勇。勸休把,貪心縱。願早把,良心動。若不回頭猛,可自家擔誤,道骨仙風。

(曹操白)我亦欲急流勇退,但朝廷未得可輔之人耳。(左慈白)荆州劉玄德乃帝室子孫,且仁厚忠誠,足膺重寄,何不以此位讓之?(曹操白)賣履賤夫,豈能定國?(左慈白)你執迷不悟,意欲何爲?若生妄心,必遭天譴,貧道將飛劍取汝頭矣。(曹操大怒)(白)這妖道必是劉備差來的奸細。武士們,與我拿下。(左慈拂袖暗下)(武士白)啓丞相,左慈化作一道清風去了。(曹操白)正欲開懷暢飲,忽來妖道亂我酒筵,可惱,可惱!(衆官白)左道妖言,何關輕重?請再飲數巡。(又進酒科)(唱)

【中呂宮正曲·越恁好】芳筵重整,芳筵重整,仙醖啓黃封。瓊巵跪進,銀海漾酒鱗紅,須教一飲甘杯空,相將傳送。一堂,聯喜起也歡聲動;千官,歌既醉也恩光重。

(曹操白)我想起一事來。史者,國之紀也。自蔡中郎亡後,没人纂修國史[2],這是朝廷一大缺典。董祀。(董祀白)臣有。(曹操白)汝與蔡中郎宜屬師生,必知備細。他書籍現在何處?家中還有何人?(董祀白)先老師只有一女,名喚蔡琰。先老師臨終以血書付祀,囑令負骨歸葬,許將蔡琰配祀爲妻。不想右賢王入寇,竟將蔡琰擄去。這些年並無音耗,未審存亡。(曹操白)原來如此。(想科[3])這也不難。我黃鬚兒曹彰鎮守玉關,威行外域,右賢王十分賓服。如今差人持節北庭,賫送金帛,宣取回朝,補修國史,與汝續了前姻,意

下如何？（董祀白）多謝成全。（衆官白）蔡伯喈罹禍多年，乃蒙不忘故舊，拯救其女，古之管鮑，不足過也。臣等敬服。（唱）

【中呂宮·紅繡鞋】交情全始全終，全終。拯他弱息孤窮，孤窮。離北塞，返南中，申舊約，叙親悰。（合）這高誼，薄穹窿。

【尚如縷煞】持玉節到西戎，贖取文姬歸董，須不是虛慕雷陳將天下哄。

（分下）

校記

［１］饗僚佐特開春甕："饗"，原作"嚮"，據文意改。

［２］沒人纂修國史："纂"，原作"篡"，據文意改。

［３］想科："想"，原作"相"，據文意改。

第十四齣　鳴笳送馬入天關

（旦扮文姬，雜扮四婢隨上）（唱）

【高宮套曲·端正好】塞垣長，家鄉遠，卧龍沙十有餘年。風霜憔悴梨花面，眼淚和愁嚥。

（白）【浣溪沙】草白沙黃雪障天，誰言此地漢相連，怪奴身在夢魂間。楊柳不逢春怨別，杏花何處想朱顏，早知模樣不堪憐。奴家蔡琰，小字文姬，中郎之女也。父死董卓之變，嗣悲伯道之兒，止生奴一人，慘遭戎馬中原，被擄遠來北地，又被可汗納入中宫，不覺忍恥包羞，已捱過一十二年了。咳，雖生二子，難死一心，不知今生今世，還有歸國之日否？今當塞北高秋澗殘時候，好不悽慘人也！（內吹觱篥介）（文姬白）侍兒，你聽這是什麽響？（四婢白）啓娘娘，這是牧人驚馬，在那裏吹笳管。（文姬白）呀，這笳聲好不作美也，教我這千愁萬恨，觸耳銷魂，如何排遣？哦，有了。侍兒，可取我的焦尾琴來，待我采此笳聲，譜入琴拍，以消悶懷則個。（四婢白）曉得。娘娘，焦尾琴在此。（文姬白）安放桌上，再取筆硯花箋過來，待我拍譜宮商，即事寫懷則個。（四婢白）曉得。（安放琴箋筆硯介）（文姬寫譜彈琴歌）【琴曲】雲慘澹兮天晶，風蕭瑟兮沙平。遠迢遥兮帝京，雁嗷嗷兮哀鳴，哀鳴。（四婢白）娘娘爲何這等愁悶？（文姬白）咳，侍兒，你那裏曉得我的心事來喲。（唱）

【高宮套曲·滾繡球】俺只爲命迍邅，遭兵燹，撲騰騰天摧炎漢，一望的萬里烽烟。鼙鼓動,劉宗剪,俺逐黃塵身輕於燕,顧不得毳帳披氈。則今錯撿風流牒,爲問誰司造化權,埋怨蒼天。

（老旦扮達婆送茶上）（白）龍團雀舌江南茗,馬乳牛酥塞北茶。奴婢見娘娘靜坐彈琴,必然口渴,特獻奶茶與娘娘潤喉。（文姬白）正好,送上茶來。（喫茶介）（達婆白）娘娘來此十有餘年,況又生了兩個台吉,也算熟慣的了。奴婢常見娘娘雙眉不展,面帶愁容,却是爲何?難道還有什麼不足處麼?（文姬白）咳,非爾所知,且自迴避。（達婆白）是。魂礧結成澆不散,風生兩腋不須誇。（四婢送烟,文姬喫介）

（丑扮阿狗上）（白）阿狗阿狗糊塗煞,鄉談也似蒙古話。滿口籃青談不官,咿哩嗚嚕又瓦拉,咿哩嗚嚕又瓦拉。區區黃阿狗的便是,原是蘇州人,被擄到此。大王道我是蠻子地方的人[1],又識得幾個扁擔大的一字,就派掌管娘娘的琴書筆硯。娘娘念是漢人也,十分看顧我。今聞得南朝曹丞相差人來贖取娘娘歸國,大王已經依允,乃娘娘大喜之事,不免前去報知。再看風色,哀求娘娘也帶我南還,豈不是衣錦榮歸了?有理,有理。（進見文姬介）（白）娘娘,阿狗磕頭報喜。（文姬白）有何喜報?快些講來。（阿狗白）娘娘,今早小的在大王帳前,打聽得漢朝有個曹鬍子。（文姬白）什麼樣人?（阿狗白）説是個丞相。（文姬白）唔,原來是曹丞相。他便怎麼?（阿狗白）他念先中郎老爺無子,止生娘娘一位,不忍流落外邦,今特差官到此,備辦了許多金璧彩緞[2],與大王講和通好,要贖取娘娘歸國。大王因兩國和好,不好違拗,已經允了。那曹丞相又諄諄切切,寄一封書信與小的,上寫着愚兄曹鬍子,多多拜上阿狗兄弟,你年紀不小了,也該回家來百相百相,不可在外只管遊蕩,貪戀着那塞外好喫果兒了。（文姬喜介）（白）贖取我歸國的話果然麼?（阿狗白）果然。（文姬作喜介）（白）呀,謝天謝地,也有今日,我好差也。（阿狗白）大王爺説,與娘娘多年恩愛,不忍見面分離。少刻差二位台吉前來,與娘娘分別餞行哩。（文姬哭介）（四婢白）娘娘,數載以來放不下家鄉,又撇不下兒子。似這等去住兩難,豈不是啞子喫黃連,自尋苦惱麼?（文姬作嘆氣科）（白）侍兒們。（唱）

【高宮套曲·快活三】眼迷離心繾綣,似啞子喫黃連。鄉情天性兩難全,説不得悲喜各參半。（雜扮番兵,引二台吉騎駱駝上）（唱）【胡歌】天上的蟠桃什麼人栽?地下的黃河什麼人開?什麼人擔山把太陽趕[3]?什麼人彈着琵琶和番來?【前腔】天上的蟠桃王母栽,地下的黃河神禹開,二郎擔山把太陽趕,昭君娘娘和番來。

（一白）兄弟，今日阿波糊裏糊塗也不明白說出，只說教你我送額其，也不知送到那裏去。今已來到帳殿之外，不免同進去見額其，問個明白。（一白）正是。（進見文姬跽跪請安介）（白）阿姆呼朗唁哩拿。（文姬見大哭介）（二台吉白）阿波着我兄弟二人來送額其，又這樣悲啼，不知送到那裏去？（文姬大哭介）（白）阿呀，我的親兒吓！做娘的今日要永別你們，往南朝去也。（二台吉白）你往南朝去，不知可帶我們同去麼？（文姬哭白）兒呀，你二人是北人，如何去得？（二台吉哭）（白）既不帶我們去，獨自如何去得？（雜扮漢差官執符節，領四卒、車夫上）（白）二子拋離歸半子，一人別去痛三人。阿狗哥，啓知娘娘，車輦俱已齊備，請娘娘收拾起程。（阿狗白）住着。啓娘娘，帳外車輦俱已齊備，請娘娘起駕。（文姬白）且略消停。（二台吉哭倒介）（文姬作哭）（二台吉大哭，文姬抱哭）（白）親兒吓！（唱）

【高宮套曲·耍孩兒】別離滋味原經慣，偏此際相對悽然。一團血肉盡牽連，教人無計兩全。（二台吉白）額其，你今南朝去，幾時還得回來麼？（哭介）（文姬唱）兒吓，只好天關五夜飛蝴蝶，毳幕三更聽杜鵑。魂兒現在大青山北，夢水河邊。（哭介）

（雜扮胡官巴朗同賒楞上）（白）末路紅顏歸故國，千年青冢剩明妃。阿狗傳去，說大王差官二員來見娘娘。（阿狗白）住着。啓娘娘，大王差官二員要見娘娘。（文姬白）着他們進來。（阿狗白）吓，差官，着你們進見。（見科）（白）娘娘在上，巴朗、賒楞摩嘞咕。（文姬白）你二人來怎麼？（巴朗、賒楞白）俺二人奉大王之命，說娘娘久住穹廬，誕生兒子。今既南歸，情寔眷戀，大王不忍面送分離，特遣二位台吉前來，一則盡子母之情，二則代大王申祖餞之意。所有掌管琴書的黃阿狗原是南方人，令其伺候歸國。還有一班番樂，賜與娘娘帶回南朝，若思念大王，教他們唱起來，以解悶懷。（阿狗白）快活，快活！俺阿狗做了這幾年蒙古大叔，今日回到蘇州，也好欺壓那些蠻子鄉鄰了。（巴朗、賒楞白）娘娘，自古道送人千里，終須一別。勸娘娘與兩個台吉不必過於悲傷，就此發駕去罷。（文姬白）如此，奴家就在此遙謝大王深恩，善視兩個孩兒，無以妾爲念也。（文姬拜）（二台吉同拜科）（文姬唱）

【高宮套曲·三煞】難蠲子母恩，難拋夫婦緣，怎忍說歸心如箭？怕只怕隴頭秋老花如雪，冢上春深草可憐。今日承恩眷，生歸故土，重到家園。

（巴朗、賒楞合白）大王有令，娘娘今既南歸，須是仍改漢家妝束。侍兒，服飾娘娘後帳更衣者。（吹打，文姬、二台吉同下）（巴朗、賒楞白）黃阿狗，你如今跟娘娘南去，忙忙的不得與你餞行。（巴朗白）我有一肚子孀酥油，送你在路上對茶喝。(賒楞白)我有一瓶阿拉跕,送你在路上喝一鍾,解解寒冷。(阿狗作謝科)(白)多謝二位宰桑。二位都有東西送我,我沒個回敬的,怎麼好?也罷,我從小兒串過戲,如今也還記得些,待我唱一兩隻昆弋兩腔的戲曲,別別你們如何?(巴朗、賒楞作喜科)(白)塞罕度拉,塞罕度拉!(阿狗白)我不唱舊戲,唱的就是娘娘本家《琵琶記》戲文。當日先中郎老爺中了狀元,金殿辭朝一出,唱與你們聽聽。(巴朗、賒楞白)狠好狠好,快些唱來。(阿狗白)我來哉。(唱《金殿辭朝》份戲一段完。文姬、二台吉上)(白)膝前帳底難言別,鄉思離愁判舊新。始信婦人身莫作,百年苦樂任他人。(巴朗、賒楞白)衆巴都兒們,大王有令,一路小心伺候娘娘回國者。(衆應科)(白)得令。(巴朗、賒楞白)把車輦抬上來。(雜整頓車輦,場中心立科)(巴朗、賒楞白)請娘娘上輦。(二台吉拜別,文姬對衆科)(白)帶摸哩來。(文姬上輦,二台吉騎駱駝,衆繞場科)(唱)

【高宮套曲・二煞】蕭森邊樹風,蒼茫塞草烟。眼中景是心中怨,聽他觱篥都無韻,撥盡琵琶總斷弦。驅車輦,來時馬上,一樣悲煎。

(巴朗、賒楞白)來此已是榆關了,二位台吉,可拜別了娘娘罷,我們好回復大王者。(文姬下輦,二台吉哭拜科)(白)額其請上,待我兄弟二人拜別。(拜,大哭拜)(文姬白)阿呀,兒呀。(唱)

【高宮套曲・一煞】行行一處來,淒淒各自還,伯勞飛燕東西遠。莫因萱草思南國,好奉椿枝在北邊。乘風便,因他雁足,寄我魚箋。(哭科,二台吉抱文姬大哭。巴朗、賒楞作扯下)(文姬上輦科)

(阿狗白)衆軍士,吩咐作速起程。(衆應科)(唱)

【尾聲】征途迢遞長於綫,盼不到舊家庭院,且喜得道路鄉音在耳底喧。(下)

校記

[1]大王道我是蠻子地方的人:"蠻",原作"變",據文意改。
[2]備辦了許多金璧彩緞:"辦",原作"辨",據文意改。
[3]什麼人擔山把太陽趕:"擔",原作"丹",據文意改。本劇下同。

第十五齣　第二錦囊謀去吳

(雜扮小軍、將校、衆將,小生扮周瑜上)(唱)

【小石調引·憶故鄉】設計已成空,反被他愚弄。(白)不如意事常八九,可與人言無二三。今早主公差人傳諭與我,書云:國太娘娘親自主婚,已將公主聘嫁劉備。不想弄假成真,使我心中忿氣。尋思一計,想劉備出身微末,奔走天涯,未嘗受此富貴。今若以華堂大廈、子女金帛,令彼享用[1],疏遠孔明,關張各生怨望,自然散去,荆襄不戰而自得矣。此計大妙,待我修密書呈獻主公,按計而行。(唱)

【仙呂宮正曲·一封書】周瑜百拜書,謹呈獻英明主。思將劉備除,弄虛情須殷篤。軟困奸雄休説破,縱心聲色任歡娛。(合)使關張,兄弟疏,穩把荆襄暗裏圖。(白)書已寫完。徐盛,將此書付來人,呈上吴侯。(應,接書科)(周瑜白)慷慨知音律,風流有紀綱。氣能吞漢國,力可展吴邦。(下)

(生扮劉備上)(唱)

【中呂宮引·繞紅樓】金屋相憐貯阿嬌,刀頭未卜暗魂消。(旦扮待女,隨小旦扮新月公主上)(唱)燕爾情鍾,鳳幃婉好,相對自逍遥。

(劉備白)夫人,我與你成親不多幾時,不覺又是歲暮了。(新月公主白)正是人生行樂耳,富貴待何時?我與你且到堂前閒步一回。(劉備白)夫人請。(合唱)

【中呂宮正曲·瓦盆兒】相携素手,雙雙緩步帶飄摇,這光景儘歡饒,説甚麼天涯涕淚故鄉遥。(劉備白)夫人,我想昔日你哥哥呵,(唱)爲荆州設牢籠,特暗伏兵刀。誰料道宜家室,風流樂事饒。(新月公主白)便是這等説。(唱)這相逢天緣湊巧,便兩人卧香閨,宴華堂同歡笑,真個是仙管鳳凰調。

(新月公主白)侍女們,看茶來。(小生扮趙雲上)(白)事不關心,關心者亂。前日軍師授我錦囊三個,教我到南徐開第一個,到年終開第二個。如今正當歲暮,開錦囊看時,着我催主公歸去。如今主公與夫人同在堂上,不免進見。通報,趙雲要見。(侍女出見,進稟科)(劉備白)夫人請少坐,待我與子龍講話。(趙雲白)主公身居畫堂,竟不想那荆州了?今早軍師使人來報,曹操起兵報赤壁之恨,快些回去才好。(劉備白)待我與夫人説知。(趙雲白)主公與夫人説知,就回去不成了。(新月公主作暗聽科)(趙雲唱)

【中呂宮集曲·榴花泣】荆州一路,危困不終朝。千里滯似蓬漂,片帆窄地挂今朝,怕牽衣阻滯歸橈。(新月公主白)皇叔,你們説些什麽?(劉備白)子龍與我談些故鄉風景,我因念及霜露既濡,不遑祭掃,故感傷不已。(拭淚科)(唱)松楸早凋,浥沾濡霜露,添悲悼。(合)待還鄉鴛閣難拋,待羈栖孤墳誰掃[2]?

（新月公主白）侍女們迴避。你休瞞我，我都聽見了。子龍報你荊州危急，催你還鄉。（劉備白）夫人既已知道，我怎敢瞞你？我若不去，荊州有失，人都歸怨於我。只是怎麼捨得夫人？（新月公主白）奴家既嫁了你，自然隨你去便了。（劉備白）岳母怎肯叫夫人遠去？（新月公主白）這也不難。明日乃是元旦，待我稟知國太娘娘，只說江邊祭祖，我與你逃歸便了。（劉備白）若得如此，備生死難忘。但求夫人切不可泄漏。（新月公主白）這個自然，聽我道：（唱）

【中呂宮集曲·喜漁燈】臨期暗設機關巧，疾馳歸棹，管鼓枻共泛江潮。乘機遁逃，潛行早向三江道，周郎枉自費心勞。（劉備唱）（合）嬌嬈，此恩難報，喜孜孜歸心析大刀。

（劉備白）子龍，你明日先引眾出城，在官道上等候。（唱）

【尾聲】明朝遠別臨東道，你着意引兵相保。（趙雲唱）只怕漏泄春光有柳條。（下）

校記

［1］令彼享用："彼"，原作"被"，據文意改。
［2］待羈栖孤墳誰掃："栖"，原作"樓"，據文意改。

第十六齣　一雙美璧還歸趙

（雜扮眾船兵、水手，引淨扮張飛上）（唱）

【正宮正曲·十棒鼓】咱家漁父真可妙，弓刀作魚釣。東吳誤入漢劉郎，周郎枉設計謀巧。俺奉軍師將令，埋兵蘆草。（合）脫却蓑笠罩，翼德咱名號。

（白）俺張飛仗軍師神謀，得荊襄九郡，又得黃忠、魏延等。今日兵多將廣，曹操聞風喪膽。虎踞龍蟠，孫權弄假成真。只因周郎用美人計，賺俺大哥到吳，那知又中軍師妙計，反納為婿。今日大哥還荊州，為此奉令同魏延、黃忠扮作漁人，帶領弓弩手，暗藏船內，埋伏接應。你看今夜月明如晝，正好前行。且待二將到來，一同前去便了。（淨扮黃忠上）（唱）

【仙呂宮正曲·三囑咐】漢升本事荊南老，逞雄才勇略昭。（淨扮魏延上）（唱）長沙昔日，英雄悲枉道，今日扶漢精忠抱。奉軍師令約，接主江皋，那怕周郎多計較。

（白）張將軍。（張飛白）二位將軍，某等奉令去接主公，扮作漁人，蘆葦中埋伏。喜得月明風細,各駕船隻,發兵前去。(魏延白)張將軍之言有理。(張飛白)弓弩手。(衆應科)爾等在船內埋伏[1],待周瑜到來,聽金聲爲號,弓弩齊發。如違吾令,梟首示衆。(衆應下)(張飛白)看船。(衆水手、兵卒上,應科。各作上船科)(張飛白)漁人們,看月朗風清,取魚竿來,待俺們釣幾尾魚兒下酒。(同作釣魚科,大笑)(同唱)

【雙角隻曲·雙令江兒水】披蓑垂釣,俺這裏披蓑垂釣,漁郎妝扮巧。聽江聲滾滾,銀浪滔滔,嘆浮生空自勞。任你弄虛囂,怎把天心拗?紅粉謀高,只哄兒曹,那能够把軍師來賺了?船兒緊搖,一霎時船兒緊搖。齊聽令約,須索是齊聽令約。笑周郎,費機關空没下稍。

(白)漁人們,嘲個吴歌等待周瑜到來便了。(衆應,唱吴歌科,下)

(小生扮趙雲上)(唱)

【仙吕宫引·紫蘇丸】東吴便計釣鰲鯨,幸喜得鳳凰成聘。差吾行保駕意怦怦,狼窝脱脚心方定。

(白)昨日主公與夫人商議,感夫人禀知國太娘娘,只説明日元旦,要望江邊祭祖。主公吩咐我連夜收拾車仗,打早路上回去。如今車仗俱已完備,不免催促起程。正是:直入內宫傳信息,珠簾底下一聲輕。主公有請。(生扮劉備上)(唱)

【又一體】喜看金屋新盟訂,如魚水關雎同並。(旦扮侍女,隨小旦扮新月公主上)(唱)一心從□事返家庭[2],調和琴瑟多歡慶。

(劉備白)幾年漂泊又逢春,本要回家怎脱身?(新月白)辭親已許還歸路,豈憚迢遥關與津。(趙雲白)夫人可辭過國太否?(新月白)母后已辭,容我同去。(趙雲白)主公可同夫人快行,不可久住。(劉備白)車馬可曾完備?(趙雲白)俱已完備了。(劉備白)如此,請夫人上車。(雜扮車夫衆卒上,新月上車)(劉備、趙雲乘馬科)(同唱)

【仙吕宫集曲·甘州歌】急離吴境,盼路途迢遞,切莫停留。風餐水宿,短亭又是長亭。人生在世渾如夢,休管閑花滿地生。驅車馬,趕路程,何時不起故鄉情?心疑忌,鴉亂鳴,吉凶好歹事難憑。(下)

(雜扮守城將上)(虛白,譁科)(衆引劉備等上)(守城將白)你們那裏走?(衆白)公主娘娘在此。(守城將白)娘娘千歲。(新月白)奉國太娘娘懿旨,與皇叔到江邊祭祖[3],爾等好好開門。(守城將白)是。(作開門科)(一將白)哥,如今擋箭牌在此,怎麼樣呢?(一將白)我有一計,把娘娘放出去,將劉備扯回來。(一將白)就是這個主意。(劉備衆作出門科,下)(一將白)好,

都出去了,如今怎麼樣?(一將白)只得回都督話去。(下)

(劉備衆上)(趙雲唱)

【又一體】軍師神策靈,授錦囊奇計,脫離陷阱。驅車前去,吾君不必憂驚。非吾自把英雄逞,萬騎當前一掃平。(合)驅車馬,趕路程,何時不起故鄉情?心疑忌,鴉亂鳴,吉凶好歹事難憑。(下)

(副扮陳武,丑扮潘璋,雜扮徐盛、丁奉,引衆上)(唱)

【越調正曲・水底魚兒】躍馬飛行,加鞭不暫停。(合)追擒劉備,管教一命傾。(衆白)我等因公主與皇叔同往江邊祭祖,揚然而去,奉周都督將令,領兵追趕前來。衆將官快些趕上。(衆應科)(唱)(合前[4])(下)(劉備衆上)(唱)

【仙呂宮正曲・甘州歌】川原一望平,奈東風料峭,遍體寒生。笳鳴角轉,聞之不覺心驚。征人未得離吳境,難免傷懷淚暗傾。(合)驅車馬,趕路程,何時不起故鄉情?心疑忌,鴉亂鳴,吉凶好歹事難憑。

(內喊科)(劉備驚科)(白)你看柴桑界口塵土蔽日,想是追兵來了,如之奈何?(趙雲白)主公無憂,臨行之際,軍師密囑趙雲,付與三個錦囊,已拆二個,皆有應驗,第三個錦囊,道前無去路,後無退步,急難之時,方可拆看,自有變憂作喜之妙計。請主公當面開看。(劉備白)如此,拿來我看。(趙雲遞劉備拆看科)(白)孫權必命周瑜江邊關防,先斷長江水路,必差大將于要道截住隘口,後有追兵,必須哀告夫人出車擋住,以言詈衆,其禍自解。原來如此。夫人,備有一言,至此宜以實情告訴。今日之禍,望夫人解之。(新月白)皇叔有言,請勿隱諱。(劉備白)昔日令兄與周瑜用謀將夫人贅備,實非為夫人,乃欲困備而取荊州也,將夫人作香餌以釣備。備不懼死而來。又設計欲囚劉備,故托荊州有難而求歸計,又蒙夫人憐憫同回。令兄又遣兵後追,周瑜又使人前截。今日非夫人難解此禍。夫人若不允,我劉備當死車前,以報夫人之德。(新月白)皇叔,吾兄既不以我為骨肉,有何面目見之?今日之危,吾當自解。(趙雲白)主公,夫人既肯自解其禍,小將在傍,就是東吳之兵,俺趙雲何足懼哉?(唱)

【又一體】還將戈戟橫,縱然有、百萬鐵騎追兵,教他性命,個個難保殘生。只見旌旗日晃雄威壯,你看刀劍霜寒膽氣增。(合)驅車馬,趕路程,何時不起故鄉情?心疑忌,鴉亂鳴,吉凶好歹事難憑。(潘璋、陳武、徐盛、丁奉引衆上)(唱)

【黃鐘宮正曲・滴溜子】元帥令,元帥令,追他轉程。急忙去,急忙去,怎敢暫停？此舉軍中嚴令，似飛雲足下生，急急前行。（合）**兩國爲婚，又起戰爭。**

（白）咄，那裏走？（趙雲白）休得無禮，看這羅幔中是誰？（新月白）汝等何人，擅敢無禮？（衆白）公主出車來了，上前叩頭。（新月白）陳武、潘璋，你二人待要怎麼？（陳武白）奉主公之命，請公主回駕。（新月白）徐盛、丁奉，你二人在此怎麼？（徐盛、丁奉白）奉都督將令迎皇叔回去。（新月白）我曉得，周瑜這鄙夫造反。我乃吳侯親妹妹，與皇叔昨奉國太娘娘懿旨，同歸荆州。汝等在此造反，劫掠我夫妻財物麼？（陳武衆白）非干小將之事，乃主公鈞旨，周都督將令。（新月白）周瑜殺得你，我殺不得你麼？侍女們，與我拿劍過來[5]。（陳武衆白）殺得，殺得。（趙雲白）如有攔阻者，問俺手中槍可依也不依？（潘璋白）三位將軍，你我乃是臣下，他乃兄妹，況有國太娘娘做主。你看趙雲在那邊，不要討死。不如做個人情，放他去罷。（陳武、丁奉白）有理，有理。（陳武衆白）我等焉敢阻駕？請公主、皇叔穩便。（新月白）這便纔是，你們去罷。（衆白）**饒伊脱得去，扯破紫羅袍。**（同下）（劉備白）賴夫人之力，脱得虎口。（新月白）這都是皇叔之福，只是便宜了他每。（趙雲白）主公，且喜離柴桑已遠，恐後面又有追兵，快行幾步。（合唱）

【越調正曲·水底魚兒】脱的追兵，寬懷慢慢行。（合）柴桑漸遠，指望到家庭，指望到家庭。

（趙雲白）主公，你看後面塵土冲天，軍馬蓋地而來，如之奈何？（劉備白）連日奔走，人馬俱乏，追兵又來，死無地矣。（趙雲白）主公，沿江有一帶大船，不如雇一隻渡過江去，使他急切追趕不上。（劉備白）快雇船來。（趙雲白）稍子，摇船來。（内白）來了。

（生扮孔明，雜扮衆將，乘船上）（同唱）

【又一體】舉棹前行，一江風浪平。周郎使計，今日總無成，今日總無成。

（劉備白）原來是軍師。（孔明白）主公别來無恙？搭扶手。（劉備白）軍師，追兵至矣。（孔明白）主公無憂，關將軍在旱路等周瑜，翼德、黄、魏三將在水路埋伏，料周瑜插翅也難飛過也。況船上都是荆州水軍，追兵來時，料無妨礙。軍校，開船。（同唱）

【又一體】萬頃波平，舟行一葉輕。（合）夫人返國，歡喜笑歌聲，歡喜笑歌聲。（下）

校記

［１］爾等在船内埋伏："爾",原作"而",據文意改。
［２］一心從□事返家庭："一心從",此三字後,原本有一字不清,待考。
［３］與皇叔到江邊祭祖："邊",此字原無,據前後文"江邊祭祖"補。
［４］合前："前",原無,依例補。
［５］與我拿劍過來："劍",原無,依文意試補。

第十七齣　兩挫屠龍射虎威

（雜扮衆將官,引小生扮周瑜上）（同唱）

【仙吕宫正曲・勝葫蘆】驀地雙雙便脱逃,龍與鳳駕星軺,好似雞聲唤出函關道。（合）霎時追到,管教一命喪蓬蒿。

（白）我周瑜,前用奇謀而得赤壁之勝,不想孔明暗襲荆州,魯子敬屢索不還,故定美人計賺劉備來吴,原欲殺劉備以取荆州,不想國太反納爲婿,思之可恨。後又定計軟縛劉備,欲隔斷諸葛,離間關張,使他蛇無頭、鳥無翅,不能施計。不想劉備乘元旦君臣朝賀之時,竊公主私逃。爲此親領水陸二兵,務要擒劉備殺之,方消吾恨。衆將官,用心殺上前去。（衆應科）（唱）

【越調正曲・水底魚】船發流星,蒲帆風送輕。（合）若擒劉備,吾國定然興,吾國定然興。

（雜扮潘璋、陳武、徐盛、丁奉上）（白）禀都督,劉備被孔明接過江去了。（周瑜白）胡説,命爾等追趕劉備,如何放走了？合當斬首,權記頭在項,爾等隨我前去,若擒得劉備、孔明者,將功贖罪,就此殺上前去。（衆應）（唱）（合前）（扮衆軍校,净扮周倉,引净扮關公上）（白）周都督到此何事？（周瑜白）一來送親,二來要見皇叔。（關公白）軍師有令,着關某前來,有兩句話多多拜上。（周瑜白）那兩句？（關公白）軍師説道,周郎妙計安天下,賠了夫人又折兵。（衆軍重白）（對戰科）周瑜敗下。（衆軍校白）周瑜大敗。（關公白）就此收兵。（衆應科,下）（衆引周瑜上）（白）氣殺我也！不想旱路有雲長擋住。快些駕船趕上。（衆上船科）（同唱）

【中吕宫正曲・紅繡鞋】星飛追趕逋逃,逋逃。水師陸路雄驍,雄驍。他設計,縱然高,怎擋俺,關隘牢？（合）急過江,不憚勞。

（衆白）啓元帥,前面蘆葦深處恐有埋伏。（周瑜白）那怕埋伏？快些趕上。(眾扮船兵、水手,淨扮張飛、黃忠、魏延駕船上)(船兵作唱吳歌)(張飛白)呔,誰敢來?周瑜,我的親兒,你認得老張麼?(周瑜白)張飛,你這莽夫,敢入我龍潭虎穴,來討死麼?(張飛白)周瑜,你敢誇龍潭虎穴麼?我老張覷東吳,似狐巢鼠洞,少不得一窩兒都是死。(周瑜白)俺今率領精騎,務要掃蕩荊襄。你這莽匹夫,擅敢拒戰,來討死麼?(張飛白)周瑜,你今日遇俺三將軍,還不回兵?弓弩手放箭。(眾應,作射科)(周瑜等作敗下)(張飛、黃忠、魏延白)就此回兵。吳兵聽者,我等要殺周瑜,有何難事?恐傷兩家和氣,暫寄狗頭在項。爾等呵!(唱)

【煞尾】好生傳與吳侯話,謝得你赤壁添兵,今又成姻婭。空用着小兒周郎的謀,今日個賠了夫人又損兵馬。(眾同下)

第十八齣　重翻卷葉吹蘆調

(旦扮文姬,旦扮梅香隨上)(文姬唱)

【仙呂宮引‧謁金門】心上怨,花謝水流春賤,沙塞當初難自遣。既歸還靦腆,懶與鶯花繾綣,羞對笙歌庭院。舊事新情何處見,都來眉上傳。

(白)【相見歡】無言悄倚房櫳,恨溶溶,底是花開花落任西東。眉兒皺,心兒想,靨兒紅,收拾許多,無奈付春風。妾身蔡琰,情深月露,志凜冰霜,猥以時命不辰,寄身氈帳。荷蒙曹丞相贖取,得以生入玉門。自守寡居,別無他志。乃董郎曾收葬先公骸骨,奉有許配血書。遺命既嚴,詔書又迫。三星再賦,實非得已爲之。唉,回想生平,好沒意致也。(唱)

【仙呂宮正曲‧忒忒令】有何心臨風整鳳鈿,只嫌得粉消翠淺。一副惱人腸肚,與那羞人顏面,不由不顧影自生憐。(合)釵香誌,鴛鴦譜,填到奴怎舛。(雜扮院子,引生扮董祀上)(唱)

【又一體】蔡家姬腹笥甚便便,班家女今忻重見。三生何幸,得與諧姻眷。(相見科)

(白)下官江都布衣,仰承先老師青目,狂狌之內,許以愛女爲妻。今日得把芝蘭,誠爲萬幸。(文姬白)妾身遭時不偶,失身塞北。相公不棄瑕疵,收侍巾櫛,乃妾之幸也。(董祀白)説那裏話?事不由己,其咎在天。況今日裏呵。(唱)破鏡已重圓,(合)當年事,如雲散,何必您抱怨?

(文姬白)想當年被遭亂塞,馬上淒涼。羞慚北地,再入玉關。尤此深怨,寫得傷心之意,名曰《吹笳十八拍》。今日閒暇,待我喚阿狗出來,吹此笳聲而和,請相公改削。(董祀白)當得請教。(文姬白)梅香,喚阿狗們出來。(丑扮阿狗上)(白)蘇州阿狗老白相,無腔曲子偏倔強。板眼不齊全,聲音欠洪亮。自從擄出關,奉爲二户長。學得弌邦歌一兩聲,歸來偏要逢人唱。夫人喚阿狗有何吩咐?(文姬白)老爺要聽《吹笳十八拍》,可按北地之音伺候者。(阿狗諢科)(白)者。(下)(董祀白)院子,看酒來。(雜扮家童,持戥囉同上)(阿狗吹戥囉科)(文姬吟科)

【第一拍】我生之初尚無爲,我生之後漢祚衰。天不仁兮降亂離,地不仁兮使我逢此時。干戈日尋兮道路危[1],民卒流亡兮共哀悲。烟塵蔽野兮戎馬盛[2],志意乖兮節義虧。對殊俗兮非我宜,遭惡辱兮當告誰?笳一會兮琴一拍,心憤怨兮無人知。

(董祀白)當初右賢犯闕,兵戈載路,閨中粉黛,馬上琵琶,好不慘傷人也。(唱)

【仙吕宫正曲・沉醉東風】一聲聲鼙鼓喧天,一處處把蛾眉妙選[3]。金閨秀閫苑仙,足天山霜霰,橐駝上紅冰淚濺。(合)心懸意懸,愁牽夢牽。不堪回望,朝雲暮烟。(作樂和科)(文姬吟科)

【第五拍】雁南征兮欲寄邊聲,雁北歸兮爲得漢音。雁飛高兮邈難尋,空斷腸兮思愔愔[4]。攢眉向月兮撫雅琴,五拍泠泠兮意彌深。

(阿狗白)這個滋味是阿狗親嘗過了,但夫人在彼呵。(唱)

【仙吕宫正曲・臘梅花】右賢恩意多眷戀,雙雛膝下更嬌倩,朝歌還暮弦。(合)胭脂山下,風霜雖苦色依然。(文姬吟科)

【第十拍】城南烽火不曾滅,疆場征戰何時歇?殺氣朝朝衝塞門,悲風夜夜吹邊月。故鄉隔兮音塵絶,哭無聲兮氣將咽[5]。一生辛苦兮緣別離[6],十拍悲深兮淚成血。

(董祀白)摩寫朔漠風景,北地人情,一一如畫,誠寫生妙手也。(唱)

【仙吕宫正曲・園林好】有春光不度塞邊,具官骸不通語言。喜大筆別開生面,(合)兼寫出恨綿綿,兼寫出恨綿綿。(文姬吟科)

【第十二拍】東風應律兮暖氣多,知是漢家天子兮佈陽和。羌人蹈舞兮共謳歌,兩國交歡兮罷兵戈。忽遇漢使兮稱近詔,貴千金兮贖妾身。喜得生還兮逢聖君,嗟別稚子兮會無因。十有二拍兮哀樂均。

(董祀白)夫人,我們散一散罷。(作出席坐科)(阿狗發諢,唱背弓曲)(文姬唱)

【第十八拍】笳聲本出龍沙中,緣琴翻出音律同。十八拍兮曲雖終,響有餘兮思無窮。是知絲竹微妙兮均造化之功,哀樂各隨人心兮有變則通。塞與漢兮異域殊風,天與地隔兮子西母東。苦我怨氣兮浩于長空,六合雖廣兮受之應不容!

（阿狗白）曲畢。（董祀白）俱各有賞。（阿狗、衆家童下）（董祀白）塞垣之事,羈旅之情,盡在十八拍中矣。（文姬白）妾身不才,豈敢妄翻新譜?不過借此笳聲,自寫失身之恨耳。（淚介）（董祀白）啊呀,夫人嗄!（唱）

【仙吕宮正曲·川撥棹】休悲怨,是前生積下愆。（文姬唱）可憐我宛馬狁韂,可憐我宛馬狁韂,出長城一十二年。（董祀唱）（合）幸今朝返故國。（文姬唱）到今朝羞故園。（同唱）

【尾聲】同心重縮雙飛燕,恰便是並頭蓮風搖露顫,再没有五夜悲笳到枕邊。（同下）

校記

[1] 干戈日尋兮道路危:"日",原作"曰",據文意改。
[2] 烟塵蔽野兮戎馬盛:"戎馬盛",朱熹《楚辭集注》、馮惟訥《古詩紀》作"胡虜盛",梅鼎祚《古樂苑》、陸時雍《古詩鏡》同。
[3] 一處處把蛾眉妙選:"蛾",原作"哦",據文意改。
[4] 空斷腸兮思愔愔:"空斷",此二字原無,據朱熹《楚辭集注》補。
[5] 哭無聲兮氣將咽:"兮",原作"公",據朱熹《楚辭集注》改。
[6] 一生辛苦兮緣別離:"緣",原作"緑",據朱熹《楚辭集注》改。

第十九齣　請伐虢舊計新施

（雜扮將官、衆將,小生扮周瑜上）（唱）

【小石調引·撼破歌】憑咱威武鎮江城,取曹劉遂吾平生。

（白）俺周瑜前曾上疏與我主,令魯肅去取荆州。我想劉備乃梟雄之輩,諸葛乃狡獪之徒[1],子敬誠實篤厚之人,焉能取得荆州回來?此去恐成畫餅了。（末扮魯肅上）（白）

【小石調引·粉蛾兒】船返江東,來音傳示周公。

（周瑜白）子敬回來了,取荆州一事如何?（魯肅白）下官一到荆州,言奉吳侯鈞旨,專爲荆州一事而來。那玄德呵。（唱）

【南吕宮正曲·紅衲襖】未聞言先淚傾,哭啼啼多悲哽。（白）彼時問起緣故，玄德搥胸頓足，哭聲不絕。孔明説，當初我主借荊州時，許下取了西川便還。想益州劉璋呵！（唱）他本是漢朝中骨肉皆同姓，何忍的弟兄間一旦便爭城。（白）若不取西川，還了荊州呵，（唱）那裏有容膝地得安生？（白）若不還時，（唱）又恐怕背前言慚往行。（白）實是兩難，教我多多懇告主公與都督，再容幾日。下官呵，（唱）因此上輾轉心中，難爲催逼，也望都督鑒此情。

（周瑜白）子敬又中諸葛之計了。（魯肅白）都督怎見得？（周瑜白）當初劉備依劉表，常有吞併之意，何況西川劉璋乎？以此推調，未免累及老兄。（魯肅白）這等，如何是好？（周瑜白）吾有一計，使諸葛不出吾手。（魯肅白）願聞妙策。（周瑜白）子敬不必去見吳侯，再往荊州去説。既然孫劉結爲親眷，便是一家。玄德若不忍去取西川，我東吳起兵伐取，取得西川以爲嫁資，却把荊州還交東吳，你道如何？（魯肅白）西川迢遞，取之非易，都督此計不可。（周瑜白）子敬真長者也。你道真個去取西川與他麽？非也，以此爲名，實取荊州，且教他不作準備。東吳兵馬收川，路過荊州，劉備必然出來勞軍，兵馬到城下一鼓平收，雪吾之恨，解足下之禍。此計如何？（魯肅白）都督真奇謀也！下官就此告別。收拾窩弓擒猛虎。（周瑜白）安排香餌釣鰲魚。（下）

校記

［１］諸葛乃狡猾之徒："狡猾"，原作"姣滑"，據文意改。

第二十齣　告伐川假言真聽

（雜扮軍卒，小生扮趙雲，净扮關公、張飛、黃忠、魏延，引生扮劉備上）（唱）

【黄鐘宮引・玩仙燈】堪笑兒曹，羞見江東父老。（生扮孔明上）（唱）草廬三顧出衡茅，羽扇綸巾侍聖朝。

（劉備白）子敬回見吳侯，不知如何？（孔明白）必是不曾見吳侯，只到柴桑，和周瑜商量甚麼詭計，只恐又來。（雜扮手下，引末扮魯肅上）（唱）

【又一體】公瑾英豪，威名寔振劉曹。

（白）通報，江東魯肅謁見皇叔。（卒報科）（孔明白）主公，魯肅來時，只看我點頭，滿口應承，事必諧矣。（劉備白）軍師之言，敢不依從？道有請。（卒應，請科）（魯肅進科）（劉備白）請坐。（魯肅白）告坐。吳侯甚是稱讚皇叔盛德,遂同諸將商議,起兵替皇叔收川,取了西川却換荆州。想念愛親之故,以此爲妝奩。但軍馬經過,却望應些錢糧。(孔明白)非親不解其禍,難得吳侯好心也。(唱)

【中呂宮正曲·駐馬聽】親串情叨,足仞恩光天樣高。(劉備白)此皆子敬之贈,一言稱謝不盡。(唱)全仗帡幪,多承披拂,不愧深交。(孔明白)如雄師到日,即遠遠犒勞。(唱)西川前去路途遙,椎牛宰馬將師犒。(同唱)(合)信義堪褒,從此相依唇齒,兩國顯英豪。(魯肅唱)

【又一體】不往今朝,上達明公大德昭。一則皇叔應承,二則軍師允諾,報逾瓊瑤。荆州換取信非遙,親情永佩朱陳好。(白)下官告辭,兩國合秦晉,讒言不用提。(同唱)(合)信義堪褒,從此相依唇齒,兩國顯英豪。(下)

(劉備白)請問軍師,此來何意?(孔明白)周郎死日近矣!這等計策,小兒也瞞不過。(劉備白)又設何計?(孔明白)此乃假途滅虢之計,虛名收川,寔取荆州。(劉備白)如之奈何?(孔明白)主公放心,待周瑜來時,他便不死,也九分無氣。趙雲聽令,與汝柬帖一個,按上面行事。(趙雲應科)(孔明白)關公、黃忠、魏延聽令,你三人各帶精兵一千,分三路荆州城外埋伏。(三將應科)(孔明白)張飛聽令,你領三千人馬掩在蘆花深處,將周瑜活擒下馬,不要傷他性命。(張飛應科)(劉備白)周瑜決策取荆州;(孔明白)諸葛先知第一籌。(劉備白)指望長江香餌穩,(合白)豈知暗裏釣魚鈎。(下)

第廿一齣　荆州城諸葛謀長

(雜扮小軍、衆將官、四將、健將,引小生扮周瑜上)(唱)

【小石調引·撻破歌】終朝使我悶憂憂,今日裏機謀成就。

(白)某周瑜,設下假途滅虢之計,着子敬去賺劉備、孔明。我想此計必然瞞過他們。待子敬回來,便知分曉。(末扮魯肅上)(白)擎天碧玉柱,架海紫金梁。三分誇俊傑,四海識周郎。(進見科)(周瑜白)子敬回來了。劉備、孔明如何說來?(魯肅白)去到那邊,將都督那篇話道出,玄德、孔明甚是歡喜,候都督兵到,準備出城勞軍。(周瑜白)原來今番也中吾的牢籠。子敬速稟吳侯,差人交割城池,並遣程普引軍接應。(魯肅白)領命。(下)(周瑜白)衆將官,與我駕船速過江去。(衆應科,下)

(衆扮水雲,中地井上,擺科)(衆將乘船科,上)(同唱)

【越調正曲·豹子令】令出軍情不可違,不可違;荆州掠取凱歌回,凱歌回。揚帆飛渡分前隊，管教此去收劉備，衆將齊心協力追。

（周瑜白）來此甚麼所在？（小軍白）公安了。（周瑜白）可有遠接之人？（小軍白）並無軍船，又無人接。（周瑜白）此去到荆州多遠？（小軍白）十里。（周瑜白）將船傍岸。（船下，水雲隨下）（衆小軍、將官、周瑜同上）（徐盛、丁奉等上，迎接科）（周瑜白）衆將上馬，隨我往荆州進發。（衆應科）（同唱）

【越調正曲·水底魚兒】鼙鼓前催，戰馬似雲飛。（合）今朝一戰，刻日定邊陲，刻日定邊陲。

（健將白）已到荆州城下，並不見動靜。（周瑜白）軍士上前叫門。（健將白）城上的，快開城門。（小生扮趙雲上城，立科）（白）是誰？（健將白）東吳周都督兵到，快開城門。（趙雲白）都督請了。此行端的爲何？（周瑜白）吾替汝主取西川，何故相問？（趙雲白）軍師已知都督假途滅虢之計，故留趙雲在此等候。吾主公有言，劉某乃漢朝皇叔，忍背義而取西川乎？汝若果取西川時，吾當披髮入山，決不失信天下。請了。（下）（周瑜白）罷了，罷了，又被孔明參破。城内必有埋伏，傳令回兵。（同唱）

【仙呂宮正曲·縷縷金】撤軍馬，急奔馳，牢籠空自設，被他知。遥望巴邱路[1]，軍聲動地。（雜扮報子上）（唱）（合）能行快騎似星飛，前來報消息，前來報消息。

（白）禀都督，四路軍馬一齊殺到。（周瑜白）誰人領兵？從何處殺來？快快的講。（報子白）關公、張飛、黄忠、魏延四路殺來，不知有多少人馬，皆言要捉都督。特來報知。（内呐喊，軍士引關公、黄忠、魏延上。繞場，下）（周瑜白）罷了，罷了，來此甚麼所在？（卒白）巴邱。（周瑜白）取紙筆來。（唱）

【又一體】瑜頓首，血書賫，致於明公下。細詳推，魯肅忠烈輩，將瑜可替。吾今一死不朽矣，臨風痛烏邑，臨風痛烏邑。（白）二將過來，殺出重圍，將這書飛報主公，快去。二將應，下。（周瑜白）衆將官，就此殺向前去。衆應。（唱）（合）吾今一死不朽矣，臨風痛烏邑，臨風通烏邑。（同下）

校記

[1] 遥望巴邱路："路"，原作"略"，據文意改。

第廿二齣　蘆花蕩周郎命短

（雜扮衆小軍，引净扮張飛上）（白）草笠芒鞋漁父裝，豹頭環眼氣軒昂。

坐下烏騅千里馬，蛇矛丈八世無雙。俺張飛奉軍師將令，着我帶領三千人馬，掩在蘆花深處，擒捉周瑜。只教俺活活的擒他下馬，不教傷他性命。哎，你道爲何？只因他在那三江夏口赤壁之間，也有這麼些須的功勞，所以不忍傷他性命。小校，須索走遭也。（衆應，繞場科）（唱）

【越調雙曲·鬥鵪鶉】俺將這環眼圓睜，虎鬚兒乍開，騎一匹豹劣烏越嶺個爬山，只我這丈八矛翻江也那攪海。覷着那下邳城似紙罩兒般囂虛，那虎牢關粉牆兒似這般樣矮。憑着俺斬黃巾，威風抖擻，戰呂布其實個軒昂，殺袁將膽量冲懷，覷周瑜如癬疥。

【越調雙曲·雪裏梅】那魯肅他一似蝦蟆，若還逢咱向垓心將那厮輕輕的摔下了馬，只教他夢魂中見張飛也怕。當日個火燒了華容，今日裏水淹了長沙。

（白）抬槍。（衆應科）（雜扮衆小軍，引小生扮周瑜上）（白）呔，張飛！擅自提兵在此，是何道理？（張飛白）呔，周瑜，我的兒，你道俺張爺爺非奉軍師將令？你且聽着。（唱）

【越調雙曲·調笑令】奉軍師令咱，奉軍師令咱，把人馬掩在蘆花。呀，只聽得吶喊搖旗大戰伐，向垓心，掩映偷睛罵，支支的咬碎剛牙。你在那黃鶴樓上，將俺大哥謀害殺。今日可便在此活拿，揪住你青銅鎧甲，揉碎你玉帶鈴花。呀，只見他盔纓歪斜力困乏。（白）周瑜，我的兒，（唱）你武藝又不精，槍法也不交加，也不用刀去砍鞭來打，只我這丈八矛，鑽得你滿身麻。（周瑜白）張飛，你還是當真還是當假[1]？（張飛白）呔，周瑜，（唱）怎道俺休當真？（白）呔，（笑科）（唱）俺可也不是個假，不比你黃鶴樓上，痛飲醉喧嘩。休休休，休道是沉醉染黃沙。（戰科，擒周瑜下馬科。衆小軍扶周瑜下）

（衆小軍白）啓爺，既然擒他下馬，爲何不殺？（張飛白）爾等不知，起過一邊。（唱）

【煞尾】只因他三江夏口的功勞大，赤壁鏖兵是俺軍師的戰法。若不是黃蓋有深恩，休想俺張爺爺把那周瑜輕輕的放下了馬。（下）

（衆小軍將官抬周瑜急上）（白）元帥甦醒。（周瑜作甦醒科）（白）哎，我周瑜有負國恩，縱死何益于國？（衆小軍引關公、張飛、黃忠、魏延上）（白）不要放走周瑜。（衆應，圍繞，下）（衆小軍白）啓元帥，無數軍馬圍困營寨。（周瑜白）罷了！三國英雄我獨超，風流運略佐皇朝。老天老天，既生瑜而何生亮？罷，就死沙場氣不消。（作氣死倒科）（四路蜀兵上，作闖進營分科）（關公白）周瑜已死，看親眷分上，令東吳官兒領屍回去。（張飛白）有理。（關公白）吴軍過來，你把周瑜抬回。説與子敬，若見吴侯，善言伸意，休生妄想。若再攪擾，俺這裏反了面皮，連八十一州都要奪了。去罷。（衆將抬周瑜下）（關公白）衆將官，就此收兵。（衆應科）（同唱）

【中吕宫正曲·四邊静】周瑜枉自勞心力，反落吾手裏。一命喪須臾，何苦成釁隙。（合）軍師神智，兒曹怎識，三計總無成，氣死巴邱地。（同下）

校記

［１］你還是當真還是當假："真"，原作"直"，據文意改。

第廿三齣　哀動吴員皆服罪

（雜扮徐盛、丁奉、凌統、韓當、吕蒙、陸績、虞翻、周魴上）（白）世間好物不堅牢[1]，年少英雄没下梢。可恨孔明無道理，今來作弔把人嘲。我等東吴文臣武將是也，周都督赤壁鏖兵，功勞不小，却被孔明設計，得了荆襄九郡，都督一氣而亡。奉主公之命，着魯子敬主喪設祭。（武將白）誰想孔明又差人來説，今日親來祭奠，我等心中不忿，待他來時，將他剁爲肉泥，與都督報讎。（衆白）説得有理。饒你神仙變化，難脱今日災殃。

（雜扮水手，孔明乘船上）（白）争雄角智幾經春，赤壁鏖兵迹已陳。惟有大江東去浪，滔滔淘盡古今人。山人諸葛亮，今日過江與周都督弔喪，須索走遭也。（唱）

【高宫套曲·端正好】一帆風，扁舟蕩，過烟波萬頃長江。可憐那英英俊俊周郎喪，却不道爲國事遭骯髒。

（船夫白）到了。（孔明白）通報，搭扶手。（船夫作報科）（魯肅上，接科）（白）先生一别經年，使人常縈夢寐。（孔明白）久别賢公，時深渴想。（魯肅白）今蒙遠涉致祭，足感舊誼。（孔明白）大夫，山人聊獻生芻一束，以表交情。（魯肅白）多謝。（孔明白）看香來。公瑾先生，南陽諸葛亮，今日泣拜靈前。（唱）

【高宫套曲·滾繡球】望音容一炷香，獻生芻表寸腸。嘆人生，滴溜溜兔疾烏忙，天不佑先去伊行。雖是雞黍信音申，范邀張，空説道嗚呼尚饗，早失了東吴玉柱金梁。可傷伊七澤鍾人傑，竟作了三閭弔國殤，哭得俺淚湧湘江。

（白）周郎，周郎！俺諸葛亮想起你英雄蓋世，一代風流，貫精忠於日月，

竭赤膽於孫吳,不想一旦夭亡,未遂胸中素志也。(唱)

【高宮套曲·叨叨令】恁是個鎮江東,是少雙。恁是個輔孫吳,推良將。恁是個開創的張子房,恁是個霸秦君的百里由余壯。兀的不是痛傷心腸也麼哥,兀的不是痛傷心腸也麼哥。望英魂鑒諸葛亮,今日裏泣一點孤忠喪。

(魯肅白)先生,那日若無周公破曹,只恐奸雄竊起,掠地爭城,屢弱劉君料無立身之處也。(孔明白)大夫,俺想那時周郎呵!(唱)

【高宮套曲·脫布衫】惶惶的英雄氣昂,誓奮師滅賊興邦。暗神謀使奸曹殺蔡瑁身亡,血淋淋行苦肉計遣先鋒上將。

(魯肅白)俺想周公英武,真神人也!爭奈天不與壽,好苦痛哀哉也!(孔明白)大夫,那日周郎計好狠也。(唱)

【高宮套曲·小梁州】疾忙使龐統假獻連環樣,把百萬兵牢鎖長江,却瞞過了曹丞相。功難量,怎敵得東吳將?

(白)那時節周公諸計已定,只少東風。(唱)

【高宮套曲·快活三】難擺劃苦腸,瘦損了周郎。若不是臥龍巧借東風降,怎能够殺曹瞞百萬兵和將?

(衆白)列位,你看孔明哭得傷情,說來的一句不差。算來原是都督量窄,致使兩下相爭。我等上前備揖。孔明先生,聽你一番說話,使我等欽心敬服,适纔甚有加害之心。我等武夫,那識先生高見,多多有罪。(孔明白)咳,此皆周公自取滅亡耳。(魯肅白)多蒙先生賜祭,存亡深領。(孔明白)大夫,公瑾雖亡,孫劉永好。今難得魯公執掌,孔明決不肯負。望公善致吳主,共滅奸曹。(魯肅白)下官一一領諾。但周公之死,實爲荆州,望先生回去當爲留心。(孔明白)領教。山人意欲與公握手談心,少伸離緒,奈王命在身,不敢久羈。(魯肅白)荷蒙降臨,本欲屈叙,奈先生歸心甚急,不敢滯阻。草草小席,已送寶舟,望勿見棄。(孔明白)多謝厚儀,就此告別,他日再相會。請了。(作別科)(魯肅下)(孔明白)咳,周郎嘎,周郎!可惜你一世英雄,皆成畫餅,深爲可嘆。吩咐開船。(唱)

【高宮套曲·朝天子】痛青年夭亡,嘆黃粱夢忙。看一派汹湧長江浪,浮生七尺總無常。俺只爲三顧恩難忘,致令得鬥智爭强,斷送周郎,端只爲扶漢安劉繼子房。(小生扮趙雲,雜扮水手隨上)(白)來船可是軍師?趙雲奉主公之命,在此迎接。(孔明白)將軍請了。(趙雲白)軍師,主公與衆將不放心,故遣小將飛艇來迎。(孔明白)昔周郎在日,尚爾不懼,今何憂哉?快些趲行。(唱)今日呵弔喪,怎識我行藏?只教他錯機關空自勞思想。(下)

校記

［１］世間好物不堅牢："堅",原作"監",據文意改。

第廿四齣　思圖蜀地大興妖

（净扮張衛、楊昂、楊任,正生扮閻圃、楊松,副扮昌奇、楊柏、孫綱,衆扮二治頭祭酒、二奸令祭酒、二左祭酒、二右祭酒上）（分白）胸藏驅鬼術,治病顯神通。米賊名休笑,能成唾手功。某將軍張衛是也。某大將楊昂是也。某大將楊任是也。某參謀閻圃是也。某謀士楊松是也。某首將昌奇是也。某鬼將楊柏是也。某鬼將孫綱是也。某治頭祭酒陸雄是也。某治頭祭酒沈豹是也。某奸令祭酒許唐是也。某奸令祭酒陳英是也。某左祭酒王勇是也。某右祭酒李彪是也。今日主公升帳,恭謹伺候。

（雜扮衆軍卒,引净扮張魯上）（唱）

【中吕宫正曲・點絳唇】法力高強,東川開創。胸襟曠,神鬼包藏,定把山河掌。

（白）全憑邪術惑愚民,三世相傳事鬼神。學道登門隨祭酒,求方治病告師君。某張魯,乃沛國豐城人也。祖張陵,在西川鵠鳴山中造作道書,人皆敬信。父張衡,廣行左道,百姓多歸,凡有學道者,助五斗以代束脩,人皆歸服。某尊守祖父之業,得據漢中之地,設立教門,另行法令,自號師君。來學道者皆稱鬼卒,為首者稱為祭酒,治病者稱為奸令祭酒,總領衆人者稱為治頭大祭酒。不設官長,一應事體都屬大祭酒所管。境内有犯法者,必恕三次,然後加刑。因此人人向化,個個傾心。近來,將那些鬼卒俱已訓練精熟,又兼助米者甚多,真個是兵精糧足,人強馬壯。這也不在話下。我看益州劉璋昏庸暗弱,我今先取西川以為根本,然後大舉以圖中原,有何不可？我如今自稱漢寧王,然後興兵取川便了。（衆將參見科）（白）師君在上,某等參見,（張魯白）孤家方纔擬定,自稱漢寧。今後莫稱師君了。（衆白）是,大王在上,臣等參見。（張魯白）衆卿平身。（衆白）千歲。（張魯笑科）（白）孤欲親領大兵十萬去取西川,衆卿意下如何？（衆白）大王之言甚妙。（張魯唱）

【中吕宫正曲・好事近】士馬盡康強,要把西川開創。諸卿神智,况兵行速如影響。料能全勝,論吾軍,莫道神靈爽。（衆唱）（合）把幾個鬼卒端詳,煞強似魑魅魍魎。

（眾白）大王高見極是。俺等奉令訓練人馬，陣圖俱已精熟，專聽鈞旨。（張魯白）傳令操演一番。（二鬼將白）大王有令，操演一番。（內應科）（眾扮八黃髮鬼兵持金錘，八紅髮鬼兵持銀錘，八綠髮鬼兵持杵，八黑髮鬼兵持雙刀上，作合舞科）（同唱）

【又一體】吾王道法甚高強，端的是役鬼驅神伎倆。呼風喚雨，起死回生不爽。今朝聽講，仗神機妙算，無虛往。（眾唱）（合）一任他萬馬千軍，怎當俺策神兵橫衝直撞？

（張魯白）妙嘎，果然好猛勇鬼兵也。眾卿，今乃黃道吉日，與孤點齊人馬，就此起兵。（眾應科）（張魯白）大小鬼卒，聽吾號令。（眾應科）（張魯白）爾等既歸吾教，應尊吾法。今取西川，須要齊心共力，以立功勳。聞鼓則進，聞金則退。有功則賞，有罪則罰。須向前走，勿貽後悔。（眾應科）（張魯白）治頭祭酒聽令。命爾等為前部先鋒，聽吾號令。（祭酒治頭應科）（張魯唱）

【中呂宮正曲‧千秋歲】整戎行，奮勇須前往。一事事都要循環相向，法術高強，法術高強。須知道，生死陰陽升降。（眾唱）（合）貔貅擁，旌旗颺，鬼兵眾，靈符壯，個個天神樣。號令初申，殺伐相當。

（張魯白）左右祭酒聽令。（左右應科）（張魯白）命爾等領左右隊，須要護衛中營。（左右應科）（張魯唱）

【又一體】仗相幫，拱護中軍帳。一件件鬼欽神仰，那敵人怎當，那敵人怎當？好看俺，鬼卒奇兵千狀。（眾唱）（合）刀槍隊，邪魔樣，兵家策，仙書上，那怕英雄將。看平吞川隴，法術精強。

（張魯白）奸令祭酒，爾可保駕前行，隨軍聽用。（奸令白）得令。（張魯唱）

【中呂宮正曲‧越恁好】安排兵馬，安排兵馬，拓土共開疆。說甚邪魔伎倆，全仗着鬼和神逞強梁。把五行生尅細端詳，陰陽不爽。（眾唱）（合）他那裏見了些猙獰狀，我這裏受了些神靈貺。

（白）眾將官，就此起兵前去。（眾應科，行）（唱）

【尾聲】驅神練鬼奇形狀，料敵兵斷難抵擋，看一戰功成就蜀邦。

（同下）

第七本（上）

第一齣　遣張松許都說曹

（雜扮小軍，小生扮劉璋，雜扮衆官上）（劉璋唱）

【雙調引・海棠嬌】兵甲洗天河，要把中原安妥。有意伐群雄，且待天時助。

（白）一聲長嘯劍門關，欲展鴻圖剪暴殘。米賊不除終有害，枕戈只恐夢難安。某劉璋，字季玉，乃漢魯恭王之後，章帝元和中徙封竟陵，因居於此，官拜益州牧。曾殺張魯母弟，因此有雠，使龐羲爲巴西太守，以拒張魯之兵。今日天氣融和，與衆官痛飲一番，消遣則個。看酒來。（合唱）

【黃鐘宮正曲・畫眉序】花蕊釀茶酥，醉倒金樽捧玉壺。見山珍海錯，美酒佳蔬。舞春風一曲鷓鴣，看夜月成回鸚鵡。（合）留人看取玉山頹，今日裏翠袖相扶。

（雜扮報子上，白）報，張魯無故領十萬雄兵，前來討戰。（劉璋白）再去打聽。（報子白）嗄。（下）（劉璋唱）

【仙呂宮正曲・不是路】聽說端詳，不由人心中，怒發揚。如何向，無端橫禍起蕭墻。（張松唱）莫慌忙，無知小輩來欺誑，我暗設牢籠他怎防。

（劉璋白）別駕有何高見？（張松白）主公放心，某雖不才，憑三寸不爛之舌，使張魯不敢正視。（劉璋白）別駕有何妙策？乞賜見教。（張松白）某聞曹操掃蕩中原，呂布、二袁皆被滅之，南抵江漢，北至幽燕，天下無敵。主公可備進獻之物，松親往許都，說曹興兵取漢中，以圖張魯，則張魯豈敢望蜀中耶？（劉璋白）如此，就煩別駕前去走一遭。（張松唱[1]）行程望，川圖緊緊暗收藏。（劉璋白）必須還得一人作伴。（張松白）不消。（唱）只好我一人便往，一人便往。（劉璋白）別駕之計甚妙！收拾進獻之物，明日啓程。若到許昌，相機行事便了。（張松白）領命。不憚迢遙千里程。（劉璋白）急需歸國莫停留。（張松白）曹兵管使來相助。（劉璋白）休負區區一

片情。(同下)

校記

[1]張松唱:"唱",原作"白",其後二句係張松唱詞,因改。

第二齣　屈龐統耒陽蒞任

(雜扮小軍、糜竺、糜芳、鞏固、劉封,引生扮劉備上)(唱)

【小石調引·粉蛾兒】井底潛藏,那識乾坤浩蕩。

(白)紛紛四海亂如麻,多少英雄未有家。何日三分歸一統,垂裳政治樂重華。我劉備飄零四海,征伐多年,仗軍師謀略之神,關張扶助之力,得據荆州。然此小小城池,豈能久安?日來軍師安插四郡未回。左右,若有緊急軍情,速來回報。(小軍應科)

(小生扮龐統上)(唱)

【小石調引·憶故鄉】遠步涉風塵,辛苦寧勞頓。

(白)我龐統自別了子敬,今日得到荆州,果然好興隆地面也!此間已是,門上有人麼?(小軍白)甚麼人?(龐統白)江南名士龐統特來投見。(小軍白)住着。啟爺,江南名士龐統特來投見。(劉備白)龐統此人,聞之久矣。道有請。(小軍請,進見科)(龐統白)皇叔在上,容某一拜。(劉備白)常禮。(龐統白)久聞皇叔仁德,名播海宇。今日得遇,三生有幸。(劉備白)先生請坐。(龐統白)告坐了。(劉備白)足下從東吳遠來,欲爲何也?(龐統白)聞皇叔招賢納士,特來相投。(唱)

【仙呂宮正曲·桂枝香】嘆萍踪流落,倚空長嘯。胸藏着緯地經天,學貫了六韜三略。笑東吳怎識,東吳怎識?將人輕渺,把英雄顛倒。(合)因此上棄伊曹,不遠迢遙路,來供幕府招。(劉備背唱)

【又一體】聽他相告,教人輕笑。試看他古怪形容,那裏是危邦懷寶。(向龐統科)(唱)你今朝到此,今朝到此,牛刀須效,膚功宜早。(合)休得要費推敲,且向那縣治膺民社,不負你居恒志願高。

(白)先生,荆楚稍定,苦無閒職可任。此去東北一百三十里,有一耒陽縣,缺少一縣宰,公且任之。待日後有缺,自然重用。(龐統白)領命。(劉備白)人來,着隸役人等,送先生到耒陽上任。(一將應科)(劉備白)休戀故鄉生處好,(龐統白)受恩深處便爲家。(劉備下)(龐統轉白)我聞劉玄德仁義寬厚,今待吾何薄也！我本當以才動之,況且孔明不在,只得權往,待日後自然知曉。(一將帶隸役等上)(一將白)隨從們,請先生赴任。(龐統白)帶馬。(將下)(龐統白)爲人總有冲天志,不遇時來也是難。(下)

第三齣　嫉賢能曹操焚書

(雜扮將校,雜扮楊修,引净扮曹操上)(唱)

【雙調引‧賀聖朝】威名久壓群僚,四海紛紛相擾。孫劉鼎足逞雄梟,要把欃槍掃。

(白)獨立當朝掌殺生,聲名赫赫萬人驚。貔貅濟濟歸吾下,一統山河指日平。(坐科)(楊修白)西川劉璋差官進獻。(曹操白)着他進來。(楊修應科)(丑扮張松上)(唱)

【小石調引‧粉蛾兒】戴月披星,晝夜奔馳不定。

(楊修白)丞相喚。(張松白)曉得。(進見科)(張松白)丞相在上,張松見。(曹操白)汝主劉璋,數年不來進貢,何也?(張松白)爲途路艱難,盜賊竊發,不能通達。(曹操白)吾掃清中原,有何盜賊?(張松白)南有孫權,北有張魯,中有劉備,帶甲數十萬,縱橫無敵,豈得爲太平耶?(曹操白)這厮巧言舌辨,趕出去。(曹操衆下)(楊修白)汝爲使命,不會趨奉丞相之意,一味衝撞。幸得丞相看汝遠來之面,不加罪責。汝可急急回去罷。(張松白)吾川中無諂佞之人。(楊修白)住了,你川中無諂佞之人,吾中原豈有諂佞之輩乎?(張松白)呀,原來是楊先生。(楊修白)張先生,此處不是講話之所,請到館舍少坐。(張松白)使得。(楊修白)共君一席話,勝讀十年書。蜀道崎嶇,遠來勞苦。(張松白)松承劉益州之命,不辭千里,特來進獻。雖然是以小事大,只恐有失懷遠之意。(唱)

【中呂宮正曲‧駐馬聽】容訴根芽,奉命前來進款納。因此上不辭勞頓,渡水登山,遠涉天涯。今朝相遇又虛花,殷勤反被人欺壓。(合)堪笑奸猾,那識我經綸滿腹,貨與王家。

(楊修白)先生,方今劉季玉手下,如公者幾人?(張松白)文武全才、智勇足備之士,何止百數?如松不才之輩,車載斗量。(楊修白)公居何職?(張松白)別駕之任。敢問公居何官?(楊修白)現爲丞相府主簿。(張松白)松聞公世代簪纓,祖宗相傳,應立於廟堂輔佐天子,何戀區區相府之一吏乎?(楊修白)雖居下僚,丞相委以錢糧,早晚得親承指教,故就此職。(張松白)

吾聞曹相文不明孔孟之道，武不達孫吳之機，專以強霸而居大位，豈能教誨足下？（楊修白）公居邊隅，安知丞相大才？吾今欲汝觀之。（遞書科）（白）請看。（張松接看科）（白）《孟德新書》。（細看科）（白）公以爲此何等書耶？（楊修白）此係丞相酌古準今，體《孫子》十三篇所作，名曰《孟德新書》。汝敢欺丞相無才，此書堪以傳世否？（張松白）此書吾蜀中三尺小童亦能背誦，何爲新書？此是戰國無名氏所作，曹相竊爲己能，只好瞞足下耳。（楊修白）丞相秘藏之書，未傳於世。汝言蜀中小兒背誦，何相欺乎？（張松白）公若不信，聽吾誦之。（楊修白）願聞。（張松唱）

【中呂宮正曲·駐雲飛】親授其法，練將分兵實可誇。韓信背水詐，管樂奇兵訝。嗏，吕望六韜法，黃公不下，進退功成，難辨其中詫。（合）神鬼難明將帥家。

（楊修白）先生一覽無遺，世之罕有。公且暫居館舍，容某再去稟丞相，令公面君便了。（張松白）多謝。（下）（楊修白）原來張松乃天下名士，不免稟知丞相便了。丞相有請。

（衆隨曹操上）（白）清談逢客至，小飲報花開。甚麼事？（楊修白）蜀中張松，丞相何慢耶？（曹操白）容貌不堪，出言不遜，吾故慢之。（楊修白）若以貌取人，恐失天下之士。丞相尚容一禰衡，何不容一張松乎？（曹操白）禰衡文華播於當時，吾不忍殺之。張松有何能處？（楊修白）且休言張松有倒海翻江之辨，迴天轉日之才，適將丞相《新書》示彼，彼觀一遍，即背誦如流，世之罕有。松言此書乃戰國無名氏所作，他蜀中小兒皆能背誦。（曹操白）莫非古人與吾暗合乎？如此不用。（作扯科）（白）將此書焚之。（楊修白）此人可使面君，叫他觀大國氣象。（曹操白）此人不知吾用兵，來日教場演武，汝可帶他來，看吾用兵之雄，使他到蜀中去説，震動其心。待吾下了江南，然後取川未遲。（曹操白）堪笑狂生志不如，（楊修白）心中強記背《新書》。（曹操白）不施萬丈深潭計，（楊修白）怎得驪龍頷下珠？（下）

第四齣　示威武張松肆謗

（衆扮曹仁、于禁、徐晃、曹洪、夏侯淵、夏侯惇、樂進、張郃上）（白）凜凜威風起斗南，昂昂志氣出雲端。戰馬飲乾三峽水，鋼刀磨損太行山。（各通名科）今有西川劉璋，遣使張松進貢許都。丞相要顯軍威，與張松觀看，命我等在教場中操演，只得在此間伺候。（衆白）道猶未了，丞相來也。正是：軍

容坐振山川動,殺氣橫衝草木號。(下)

（雜扮小軍、將官,副扮許褚,生扮張遼,引净扮曹操上）（唱）

【南吕宫集曲·梁州新郎】（【梁州序】首至合）中原天塹,皇畿形勝,地利天時相應。金湯百二,崇墉雄堞如星。乃是一方保障,四路咽喉,入障風雲盛。雄圖堪據也,盡心傾,航海梯山達帝京。（合）（【賀新郎】合至末）刁斗列,旌旗整,功成談笑須臾傾。威遠近,賀升平。

（雜扮楊修,丑扮張松上）（衆將上,作迎接科,曹操下輔）（衆將白）衆將打恭。（曹操白）侍立兩旁。（衆應科）（張松、楊修白）丞相在上,張松、楊修參見。（曹操白）一旁侍立。吩咐將隊伍排開。（衆應下）（領衆軍上,擺陣科）（同唱）

【又一體】看軍容步伐嚴明,申號令後先馳騁。兩分開隊伍,鼓擂金鳴,真個是六花奇出,八卦營屯。羅列標全勝,三軍間進退,協師貞,果是胸中有甲兵。（合前）（衆下）

（曹操白）張松,你川中曾見此英雄人物麼?（張松白）我川中不曾見此兵革,但以仁義治民。（曹操白）許褚,吩咐射箭。（應傳科,衆上）（唱）

【南吕宫正曲·節節高】弓彎月滿形,激雕翎,麟膠霜重還添硬,多雄猛。后羿能,休思並,穿楊妙技全難勝,發無不中金鈚勁。（合）果是英風貫百王,烟塵那怕不寧靖。

（曹操白）張松,吾視天下鼠輩,猶如草芥耳。大軍到處,戰無不勝,攻無不克,順吾者生,逆吾者死。非只能令人榮達,亦能令人滅族。汝可知否?（張松白）丞相神威,戰無不勝,攻無不克,松已素知。（曹操白）汝既知之,如何不早來歸服?（張松白）丞相昔日濮陽攻吕布,宛城戰張綉,赤壁遇周郎,華容逢關公,割鬚棄袍于潼關,此皆丞相無敵于天下也!（曹操白）竪儒怎敢謗吾!衆將官,與我趕出去。（衆應,趕科）（張松白）好個無謀奸賊。（下）（曹操白）吩咐撤隊回營。（合唱）

【尾聲】無端竪子多強橫,頓令人心中怒增,指日興師把西蜀平。（同下）

（張松上）（白）可笑無謀奸賊,反將吾趕出來。且住,來時在劉璋前誇了大口,今日空回,須被川中人恥笑。有了,吾聞荆州劉玄德仁義遠播久矣,不免竟由荆州回去,試看此人如何,自有主見。曹操,曹操,縱伊空有重瞳目,眼内何曾識好人?（下）

第五齣　片言折獄服張飛

（雜扮書吏上）（白）簿書勞鞅掌，刀筆苦匆忙。相逢這縣主，日日醉顛狂。我乃耒陽縣書吏是也，我家這位老爺自到任以來，飲酒爲樂，終日醺醺不醒。民間狀子，已有百十餘張。我再三催逼，只説些少之事，有何難處？只是一件，倘主公軍師聞之，差官到來查看，連我也有些不便，這却怎麼處？（想科）也罷，今日只得再將他苦勸一番便了。你看悄無動靜，想是又在後堂喫酒了，待我進去。老爺有請。（連叫科）（小生扮龐統上，丑扮童兒，扶科）（龐統唱）

【南北套曲‧醉花陰】今日裏寄興村醪自瀟灑[1]，一任俺悠游自在。用不着喧頭踏挂門牌，巍峨峨着意鋪排，喬作那官衙派。（書吏白）老爺在上，書吏參見。（龐統白）哎，你這蠢才，大驚小怪。（書吏白）請老爺升堂理事。（龐統白）嗳。（唱）俺安用坐琴臺，可知道，醉鄉比天更大。

（書吏白）酒固然要喫的，公事也是該辦的。（龐統白）這樣些小事，也放在你老爺心上？（書吏白）自老爺到任以來，接得民間狀詞有百十餘張，還不發落，那民人怨望。倘然主公知道，老爺免不了要坐罪，連書吏也要責罰了。（龐統白）滿口胡説，不許多講。（書吏跪，叩頭科）（白）求老爺把這些狀詞批判批判，以慰民心，幸甚幸甚。（龐統白）你這狗才，絮絮叨叨，敢來小覷我麼？童兒，看酒來。（童兒遞酒。龐統飲科）（書吏連叩頭，哭科）（白）只求老爺判斷事情要緊。（龐統白）狗才，諒此小縣，有甚要緊？（書吏白）豈不聞聖人有云：曾爲委吏矣，曰會計當而已矣；曾爲乘田矣，曰牛羊茁壯長而已矣。今老爺荒廢縣事，豈不有玷官箴乎？老爺執意如此，則我書吏敢請告退，不便在此伺候。（龐統怒科）（白）這等放肆，還不快去？（欲打科）（書吏白）老爺，老爺，我一片熱心腸，反遭你千般冷面孔。（下）（龐統白）童兒，我醉也，待我盹睡片時。（睡科）

（雜扮軍校，引净扮張飛上）（唱）

【南北合套‧畫眉序】特地向前來，只爲酕醄劣縣宰。（白）俺張飛奉大哥命令，來查看龐統這廝。不免竟入。（童兒作驚叫科）（白）老爺醒來，老爺醒來！（龐統白）斟酒來。（童兒白）哎，老爺，三將軍到了，還不快些迎接。（龐統白）好，正要他來。（相見科）（張飛怒科）（白）哎，你這廝好生可惡。（唱）你看他醉朦朧雙眼，有甚奇才？不過是食肉嘗糟，空負了吾兄恩賚。

（龐統白）三將軍，你且不必着惱。我龐士元不曾遠迎，多有得罪。（張飛唱）（合）誰爲你不曾倒履相迎候，只問你官箴安在？

（龐統白）量這百里小縣，有甚大事？（張飛白）你到任以來[2]，接得狀詞百十餘張，不與民間分判，終日飲酒。今朝三將軍到此，還不叩頭請罪，口出大言，說有甚大事。（龐統白）原來爲此。三將軍，你且少坐，待我把這民間狀詞判斷明白，你看。吏典，吩咐傳鼓開門。（吏典白）吩咐傳鼓開門。（眾扮隸役兩場門上）（龐統白）取狀詞上來。（吏典作送狀科）（龐統看科）（白）一起人命事。告狀婦人賈氏，親夫周五，黑夜被人殺死，鄰居柳青親見。（龐統白）好淫婦，分明是謀殺親夫，還要抵賴。吏典，將這一起人犯帶上來。（吏典應，喚科。二役帶旦扮賈氏，丑扮柳青上）（賈氏白）爺爺嚘，我丈夫黑夜被人殺死，現有鄰人可證。（柳青白）是小人親眼見的。（龐統喝科）（白）唗，他與你鄰居。你黑夜之間在他家，必與賈氏通姦，分明是你與他謀殺周五，你還要強辯。左右，看夾棍伺候。（眾應）（龐統唱）

【南北合套·喜遷鶯】你休得要巧言令色，嘴喳喳鬼弄喬才。（柳青白）小人怎敢？只是人命大事，小人怎生屈招？還請老爺詳察。（龐統白）由你說得天花亂墜，我也不信。左右，將這厮夾起來。（眾應，拿柳青）（龐統唱）唉也波唉，可不道冤家路窄。（白）夾起來。（眾應）（柳青白）老爺不必動刑，待小人招上來。（龐統白）左右，放他招上來。（柳青白）周五原是小人所殺，着賈氏前來控告。與賈氏通姦，有是有的，只不多幾遭。（龐統白）我曉得。你（唱）端只爲迷戀那裙釵，因此上起禍胎。到今朝誰容抵賴，頃刻裏皂白分開。

（白）賈氏，你還有甚麼強辯麼？（賈氏叩頭科）（白）只求爺爺饒個初犯罷。（龐統白）唗，左右，將他二人重責四十。（眾應，打科）（龐統白）帶去收監，依律立斬。（左右帶賈氏、柳青下）（張飛點頭科）（白）好，判得好，判得好！（吏典送狀科）（龐統白）一起盜賊事，正犯一名胡徒。帶上來。（左右應科，帶雜扮胡徒上）（白）老爺，小人乃本分良民，被人屈陷，望老爺昭雪。（龐統白）豈有良民爲盜之理？（胡徒白）實是冤陷的。（龐統白）當場現獲，贓證分明，尚敢強辯麼？左右，將他重打三十。（眾應，打科）（胡徒白）老爺，願招。（龐統白）着他畫供上來。（胡徒畫供科）（唱）

【南北合套·畫眉序】只爲嗇於財，穿壁窬垣趁無賴。況真贓現獲，有口難開。更當前鏡朗秦臺，悉照出么麖情態[3]。（合）實曾黑夜將人盜，死生一聽鈞裁。

（龐統白）贓還失主。將這廝按律治罪，帶去收監。（左右應，帶胡徒下）（吏典送狀科）（龐統白）一起抵賴婚姻事，帶上來。（左右帶雜扮錢廣，小生扮吳文上）（白）老父母，學生拜揖。（龐統白）你告錢廣抵賴你親事，可是真情麽？（吳文白）學生口誦周孔之書，身履夷齊之行，豈有捏告之理[4]？錢廣與家父指腹爲婚，今見學生一貧如洗，頓起賴婚之心。幸伊女守志不移，毀容可證。望老父母鑒查。（龐統唱）

【南北合套·出隊子】他說是家貧落魄，要把他錦鴛鴦兩拆開。（白）他那聘妻呵，（唱）碎花容桃片點妝臺，可知道原有婚姻期約來。（白）錢廣。（錢廣應科）（龐統唱）只罵你個無恥貪錢老殺才。（白）你這廝把賴婚情節，從實招來。（錢廣白）青天爺爺，念小人呵。（唱）

【南北合套·滴溜子】只爲着交情上，交情上，了無干礙。何曾有，何曾有，通媒納來。（白）那裏曾見他家什麼聘禮來？（龐統白）一言爲定，豈在聘禮？（錢廣唱）平空，把人厮賴。窮酸窮酸，（唱）（合）你無端進謊詞，思量貽害。你可想詩禮人家，不顧罪責？

（龐統白）哇，這廝還要抵賴！你與吳文之父指腹爲婚，還要什麽媒妁？還要什麽聘禮？況你女兒堅貞不移，你又何必作此等傷風敗俗之事？吏典，着錢廣招贅那生，即日完婚。姑念伊女貞節可嘉，免其處究。（下）（張飛白）好嗄，好嗄！（吏典送狀科）（龐統白）一件淫僧被獲事。僧人一名靜空，尼姑一名定虛。左右，帶上來。（左右應，帶副扮靜空，小旦扮定虛上）（白）老爺，我等清净焚修，並無過犯，被公差無端拿來。望老爺不看僧面看佛面，昭雪冤情[5]。（龐統白）你不遵戒行，淫欲存心，敗壞法門，還敢強飾？左右，重打二十。（左右應，打科）（龐統唱）

【南北合套·刮地風】憑着你滿口蓮花胡亂開，用不着這謎語教猜。則問這兩人比翼風流債，可怎生般魚水和諧？卸却毗盧，恣意開懷，把絲縧，權做了同心鸞帶。一心心，是塵凡，把清净地陡作了陽臺。（靜空、定虛白）老爺，怨女曠夫，王政所先。和尚無妻，尼姑無夫，求老爺方便。（龐統白）你這廝罪在不赦，還敢胡言亂語麽？（唱）你只思並蒂花、連理枝，雙情堪愛。戀歡娛，無端惹禍胎，怎瞞得我湛青天風憲官階。

（白）將這奸僧淫尼，枷號示衆。（衆應，取枷號科，帶下）（吏典送呈科）（龐統白）一起拐帶逃走事。左右，帶上來。（左右應科，帶王恩，小生扮成兒上）（王恩白）老爺，小人在途路之間，遇見這小孩子，憐他孤苦，有心收養，何曾拐帶？他父親反告小人，天理昭彰嗄，老爺。（龐統白）成兒訴上來。（成

兒白）爺爺，我父親着我買菜到街市上，不知被這厮用什麼法兒迷惑小人，小人不知不覺隨他走去，到他家中百苦備嘗。（唱）

【南北合套·滴滴金】是他悄地將人拐，我信步隨行不自解。（白）一進他門呵，（唱）百般淩侮深堪駭，要作羹，還作醢，盡情布擺。可憐我有淚惟偷灑。（龐統白）王恩還有何說？（王恩唱）（合）只望青天，貴手高抬。（龐統白）左右，將他重打四十。（衆打科）（龐統白）成兒釋放還家，將王恩這厮監候處決。（左右應，帶下）（吏典呈送科）（龐統白）一起爲賭博事，帶上來。（左右應科，帶扮一秀士、一村老，一財主，一俊公子上）（龐統白）你等士農工商，各共乃事，敢於賭博，大干法紀，從寔供來。（四人白）老爺聽禀，小人們都是至親好友，原做了一個千金義會。正當搖會之時，却被官差打進門來，拿做賭博。求老爺詳情超豁。（龐統白）謊也。你們說是做會，這一副齊全賭具是那裏用的？況搖會也是常事，又何必關門閉戶？（唱）

【南北合套·四門子】呀，分明是伊行聚衆將盧賽，這賭場兒是久慣開，生生硬把公差賴，道將伊錯鎖來。你只好騙癡駿和小孩，怎敢在醉爺爺跟前使惡才？（四人白）小人們知罪了，只求寬典罷。（龐統唱）你貪圖非義財，惹下災，却叫俺如何輕貸？

（白）左右，將這四名犯人重打二十，枷號縣前兩月，釋放回家便了。（左右應）（犯四名白）多謝爺爺。（下）（龐統白）吏典，還有何事？（吏典白）不過有往返公文數角，呈老爺批發。（龐統白）這是什麼？（吏典唱）

【南北合套·鮑老催】是遇荒避災，嗷嗷中澤鴻雁哀。（龐統白）這是什麼？（吏典唱）是遵奉明文行保甲牌。（龐統白）這兩件交該地方去。（吏典白）是。（龐統白）這又是什麼？（吏典唱）是治道路，通商賈，開樵采，是僧尼度牒當查汰。（龐統白）還有麽？（吏典白）一百日的事情都判完了。（跪唱）並無有鼠牙雀角相拖帶，（合）今朝始信君大才。（龐統唱）

【南北合套·古水仙子】呀呀呀，您好歹，說說說，說甚麼始信耒陽有大才。有有有，有一個潘河陽，但把花栽。又又又，又有個陶潛瀟灑，在在在，在籬邊待酒來。俺俺俺，俺一行兒來作宰，賺賺賺，賺得個百日青天核内埋。那那那，那裏有手批口斷無停待。學學學，學不得范史雲當日冷治萊。

（張飛白）好才調也！俺老張是個粗鹵漢子，不知先生大才，適纔冒犯。（揖科）望乞先生恕罪。（龐統白）三將軍，某一介庸愚，叨蒙謬譽，惶恐，惶恐。（張飛白）左右，快備馬，待我與先生同去見大哥便了。（龐統與書科）[6]）（白）這是魯子敬薦書。（張飛白）既有薦書，初見吾兄，何不將出？

（龐統白）吾意當自識耳。（張飛白）只是老張今日冒犯，這却怎麽處？也罷，到荆州時，俺擺這麽大大的一席酒，請你老人家罷。（龐統白）不敢。（張飛唱）

【南北合套·雙聲子】才情大，才情大，在牝牡驪黃外。糟邱愛，糟邱愛，欠不下琴堂債。（吏典跪唱）（合）是我乖，應痛責，渺視了英雄俊彥，滿口胡柴。（龐統白）你也是良言相勸，不計較你。（吏典叩頭科）（白）多謝老爺。（張飛白）衆軍校，就此起程。（衆應，行科）（同唱）

【煞尾】看取今朝多歡快，遇扶搖鵬奮天街，好看取，煥龍章騰鳳彩。（同下）

校記

［1］今日裏寄興村醪自瀟灑："村"，原作"材"，據文意改。
［2］你到任以來："以"，原作"一"，據文意改。
［3］悉照出幺麽情態："態"，原作"熊"，據文意改。
［4］豈有捏告之理："理"，原作"禮"，據文意改。
［5］昭雪冤情："昭"，原作"超"，據文意改。
［6］龐統與書科："與"，原作"白"，據文意改。

第六齣　屈己下賢尊龐統

（雜扮衆軍、糜竺、糜芳、鞏固、劉封，引生扮劉備上）（唱）

【仙侶宮引·夜行船】軍師撫視荆南道，未歸來念切連朝。王事勤勞，豐功初造，四郡想應安好。

（白）四郡初收稍奠安，英雄各自想登壇。耒陽劣政真堪惡，終日醺醺夢未闌。某劉備，自軍師巡察四郡去後，龐統自江東而來，授以耒陽縣令，誰知終日醉臥，荒廢縣事。昨日着三弟前往驗視，怎的不見回報？左右，三將軍到時，即忙通報。（軍卒應科）（雜扮衆軍卒，引净扮張飛，小生扮龐統上）（白）但得賢豪來輔佐，何愁事業不興隆？（張飛白）先生少待，某稟大哥，即來相請。（龐統暗下）（卒白）啓上主公，三爺到。（衆下）（劉備白）三弟，去到那裏怎麽樣？（張飛白）大哥聽禀。小弟到那裏呵！（唱）

【仙吕宮正曲·園林好】只見醉昏昏酣眠正豪，文移案堆來不少。（劉備白）如此，果廢縣務了。（張飛白）大哥，小弟只見他，（唱）頃刻裏把奇冤盡掃,端的是大英豪,端的是大英豪。

（白）大哥,有魯子敬薦書一封呈上。（劉備白）子敬有書？（張飛白）是望大哥早加重用,恐失賢豪。（劉備白）如此,倒是劉備不識大才。若非三弟巨眼,幾誤大事。（雜扮卒上）（白）啓上主公,軍師到。（劉備白）快請。（生扮孔明上）（白）撫綏都盡職[1],富庶讓荆南。（見科）（劉備白）軍師鞍馬勞頓。（孔明白）不敢。（劉備白）軍師巡視四郡,吏民何如？（孔明白）主公聽稟。（唱）

【仙呂宫正曲・江兒水】四郡巡察遍,人民盡富饒。野多滯穟農祥兆,兵皆諳練功能效,城垣修葺皆堪保。（劉備白）軍師一去許久,正在疑望之際。（孔明白）亮呵,（唱）只爲干戈載道,（合）敢憚勤勞,因此束裝歸早。

（劉備白）四郡富饒,這也可喜。（孔明白）龐士元到此,怎生不見？（劉備白）軍師,那龐統呵！（唱）

【又一體】特地來干謁,誰知是草茅。（白）他一到荆州,即着他治耒陽縣事,他却是終日醉卧,不理民情。（唱）終朝醉卧多顛倒,把百日民情荒廢了,素餐尸位愆非小,教我如何不惱？（合）簡看伊曹,三弟親臨分曉。

（孔明笑科）（白）鳳雛非百里才也。三將軍去到那裏怎麽樣？（張飛白）軍師,俺到那裏呵！（唱）

【仙呂宫正曲・五供養】見他醉倒,急得俺,轟轟怒氣難消。（白）把他搶白一場。他説三將軍,你且少待。只見他把狀詞批判。（唱）才高還智廣,理裕更文饒。教人看了,不由的欽遵師表。説甚麽平反張京兆,空許吏才高,（合）端的是大器瑚璉掩草茅。

（孔明白）三將軍,你能識此人,足見英雄俊眼。（張飛白）不敢。（孔明白）主公,此人素居襄陽,别號鳳雛。胸中所學,勝亮十倍。亮已有薦書在士元處,主公見否？（劉備白）不曾。今日三弟回來,初得子敬薦書。（孔明白）大才小就,將酒陶情。（張飛白）這先生的酒,却飲的比别個不同。（孔明白）現在何處？（張飛白）現在外厢。（孔明白）快請。（張飛請科）（龐統上）（白）壯志起凡品,高懷倚太虛。（見科）（劉備白）劉備不識大賢,望乞恕罪。（龐統白）統乃山野庸愚,得遇明公,自當涓埃圖取。（劉備白）不敢。（孔明白）士元兄請了。（龐統白）軍師,東吴一别,又是數月矣。（孔明白）亮因王事在身,不能專候。致屈先生,有罪,有罪。（龐統白）不敢。（劉備笑科）（張飛白）大哥所笑何來？（劉備白）昔日水鏡先生道,卧龍、鳳雛,得一人可安天下。今吾二人皆得,漢室可興矣。龐先生借重參贊軍務,爲副軍師,與孔明

軍師協力訓練軍士,以圖進取。(龐統白)多謝主公。(劉備白)不敢。看酒來,以爲先生接風。(衆應,擺酒席科,各坐)(同唱)

【仙吕宫正曲·川撥棹】明良好,樂人和天定保。指日間扶漢除曹,指日間扶漢除曹,羨先生功高志高。(合)喜今朝際泰交,這英風萬里昭。(同唱[2])

【尾聲】天緣奇會相逢巧,卧龍鳳雛多才抱,指日裏談笑功成麟閣標。(同下)

校記

[１]撫綏都盡職:"綏",原作"綾",據文意改。
[２]同唱:"唱",原缺,據文意補。

第七齣　禮別駕誠心獻圖

(雜扮衆卒,小生扮趙雲上)(白)欲求入蜀收川計,且候張松指引成。某趙雲,奉軍師將令,令我前來迎接張永年同到荆州。左右帶馬來。(下)(丑扮張松上)(唱)

【南吕宫正曲·一江風】意慌忙,躍馬趨前向,竟取荆州往。到他行,試看行藏,果是英雄將。我心中自忖量,我心中自忖量,川圖緊收藏,(合)隨機應變相親傍。

(衆卒隨趙雲上)(白)來者莫非別駕張先生?(張松白)然也。(趙雲白)末將趙雲,等候多時了。(張松白)莫非常山趙將軍麽?(趙雲白)然也。(張松白)久聞大名,如雷貫耳。今日一會,三生有幸了。(趙雲白)好説。某奉主公之命,爲大夫遠涉路途,鞍馬勞頓,特命小將迎接大夫。(張松白)某有何德,能承玄德公美意?又勞將軍遠來,何以克當?(趙雲白)不敢,就請同行。(唱)

【又一體】候迎將,並轡情歡暢,幸辱高軒降。(張松唱)喜悠揚,萍水相逢,深感相親傍。(趙雲唱)今朝沐寵光,今朝沐寵光,轉盼到荆襄,(合)管使君把眉兒放。(下)

(雜扮將校,生扮劉備,生扮孔明上)(唱)

【又一體】住荆襄,暫借他方向,心下多惆悵。還凝望,地闊民豐,險峻堪屏障。(衆卒引張松、趙雲上)(唱)奔馳一騎忙,奔馳一騎忙。(同唱)遠客賁江鄉，倒屣相迎趨塵上。

（趙雲白）請少待。主公，張永年到了。（劉備白）道有請。（趙雲應，請科）（趙雲、衆卒下）（張松作見劉備科）（白）皇叔在上，容張松參拜。（劉備白）先生常禮。（張松白）軍師有禮。（孔明白）有失遠迎，多有得罪。（張松白）皇叔名聞四海，聲重如山。賴衆位將軍輔佐，軍師神算，又得荆州，可喜可賀。（劉備白）孤家飄零四海無依，今在荆州，不過暫借，何以爲寒？今會先生尊顔，幸甚幸甚！（孔明白）聞得先生進貢許都，爲何歸來太早？（張松白）一言難盡。（唱）

【又一體】浪分張，枉把丹心向，傲慢難言講。空標榜，豈是英雄？不足相依仗。徒然到許昌，徒然到許昌。特地赴三湘，威德咸孚胥欽仰。

（白）可笑曹操不知天時，目若無人，若不早除，必爲後患。（劉備白）正是。（張松白）請問皇叔，今守荆州，還有幾郡？（孔明白）荆州乃暫借東吳的，每每使人來討。今吾主因是東吳女婿，故權且安身。（張松白）東吳據六郡八十一州，民强國富，猶不足耶？（孔明白）吾主漢朝皇叔，反不能占據州郡，他乃漢朝之臣，以霸道居之，惟智者不平焉。（劉備白）二公休言，吾有何德能，豈敢望居高位而守城池乎？（張松白）不然。天下者，非一人之天下，乃天下人之天下也，惟有德者居之。何况明公乃漢室宗親[1]，仁義冲塞乎四海！休道占據州郡，便代正統而居大位，亦非分外。（劉備白）惶恐，惶恐！（張松背科）（白）且住，我觀劉玄德真有堯、舜之風，不免直説[2]。（轉科）（白）我張松亦思朝暮趨侍，恨未有便。今觀荆州，東有孫權，北有曹操，每欲鯨吞，亦非久戀之地也。（劉備白）固知如此，但未有容身之所耳。（張松白）益州險固，沃野千里，民殷國富，地靈人傑，帶甲十萬，智能之士，久慕皇叔之德。若起荆州之衆，長驅而進，霸業可成，漢室可興矣！（劉備白）備安敢當此？劉益州亦帝室宗親，恩澤佈于蜀中久矣，他人豈可得而摇動乎？（張松白）某非賣主求榮，今遇明公，安敢不披肝瀝膽？劉季玉雖有益州之地，秉性暗弱，不能用賢任能，加之張魯在北，時思侵犯，人心離散，思得明主。松此一行，原欲納款于曹，何期逆賊恣逞奸威，欺君罔上，傲賢慢士，終爲漢朝大禍。明公先取西川爲基，然後北圖漢中，次取中原，匡正天下，名垂青史。明公果有收川之意，松願施犬馬之勞，以爲内應。未知明公尊意如何？（劉備白）深感君恩。但劉季玉與備同宗，若相争奪，恐天下唾駡。（張松白）明公知天下人事乎？若以人事而背天時，恐日月逝矣。大丈夫處世，當努力建功立業，着鞭在先。今若不取，後爲他人所有，則悔之晚矣。（劉備白）吾聞蜀道崎嶇,千山萬水,取之用何良策?(張松出圖科)(白)松感明公仁德,故獻此圖,上報明公知遇之恩[3]。但將此圖觀看,便知川中之路。(遞科,劉備看科)(白)果然甚妙。(張松白)明公可速圖之。我有心腹契友二人:法正、孟達,得此二人到荊州,可以同心共議,大事可成矣。(劉備白)青山不老,綠水長存。他日相逢,必當重報。看酒來。(合唱)

【仙呂宮正曲·皂羅袍】也是前緣非狂,將川圖一副,持贈吾行。神出鬼没難思想,吉人皆自有天相。(合)感君厚德,難於報償。請君審視,藏之莫忘。歡娛又恐雞聲唱。

(張松白)啓皇叔,張松明日就告辭歸國。(劉備白)再請寬住幾日,怎麼去之太速?(張松白)事急在邇,不可羈遲。(劉備白)明日長亭送別便了。(張松白)多謝。(唱)

【尾聲】恩深德厚如天樣,各把衷情訴一場,來日登程返蜀邦。(下)

校記

[1]何況明公乃漢室宗親:"漢",原作"汗",據文意改。本齣下同。
[2]不免直説:"直",原作"真",據文意改。
[3]上報明公知遇之恩:"知",原作"之",據文意改。

第八齣　見同僚私意謀主

(末扮法正上)(唱)

【商調引·接雲鶴】五馬新爲淮海郡,三台舊署度支郎[1]。

(白)蜀中暫寄一官輕,擇木依栖志未行。暗弱終難圖大計,只教搔首嘆無成。下官姓法名正,字孝直,祖貫右扶風人也。與同窗故友孟達,同扶劉璋。這益州地面城闊民富,劉璋暗弱,大業難成。前日張別駕到許昌探聽虛實,未知事體如何。等他回國,再作道理。(丑扮張松上)(白)賦就自堪生顧盼,才高豈合老風塵。我張松,自別劉皇叔,今已得到本國,不免先見法正,看他言語如何。(見科)(法正白)張兄返國了。路途風霜,多有勞苦。(張松白)不敢。(法正白)兄到許昌,大事若何?(張松白)可恨曹賊輕賢傲士,因此竟投荊州,已將益州獻與劉皇叔,不知賢弟意下如何?(法正白)兄長高見,正順天心。且待孟賢弟到來,共同商議。(雜扮孟達上)(唱)

【又一體】搖落高樓此對君,天涯不復有離群。

（張松、法正白）孟賢弟來了，請坐。（孟達白）別駕兄長，路途勞苦。（張松白）好說。（孟達白）吾觀二兄將欲獻益州耶？（張松白）果欲如此。賢弟猜之，可獻與誰？（孟達白）非劉玄德不可也。（各笑科）（張松白）正是。（法正白）汝明日見劉璋如何？（張松白）自有說話。吾只薦二公爲使，先往荆州，于中取事。（法正、孟達白）領命。（合唱）

【仙呂宮正曲·玉胞肚】同心獻策，這機關須要周折。休使的外人聞知，若洩露合衆盡絕。今朝畫定獻川策，看他來日怎安迭？

（張松白）三人同意獻西川，（法正白）此事休將作等閒。（孟達白）雖有人謀賴天定，（合白）好教漢室復中原。（下）

校記

［1］三台舊署度支郎："署"，原作"暑"，據文意改。

第九齣　入西川情同雁序

（雜扮軍卒，引净扮黄忠、魏延上）（黄忠白）明星當户動征鞍，（魏延白）統領雄兵入漢川。（黄忠白）三秋戰伐論才志，（魏延白）一陣成功定不難。（黄忠白）某黄忠是也。（魏延白）某魏延是也。（黄忠白）前者張松獻圖之後，隨即入川，慫動劉璋。劉璋即差法正前來，相約主公拒魯破曹，以爲外應。（魏延白）因此軍師傳下令來，命你我挑選精兵五萬，壯士三千，護從而行，隨機應變，以便取川。前面涪城將近，只得在此伺候。道言未了，主公來也。（雜扮將校，生扮劉備上）（唱）

【商調引·接雲鶴】同宗有義勝芝蘭，江山錦繡可求安。

（白）前者宗弟劉季玉差法正來下書，道張魯侵犯西川，曹操意欲興兵，特來邀我前去，以爲外助相扶。爲此把荆州托與孔明軍師，我同龐軍師分作兩隊，前後而行，在路行程數日，相近涪城。吩咐衆將官，趲行一程。（衆應科）（合唱）

【黄鐘宮正曲·出隊子】提兵前近，躍馬揚鞭不暫停。登山越水過郵亭，行過一程又一程。（合）策騎奔馳，將到涪城。（雜扮小軍，小生扮劉璋，雜扮張任、冷苞上）（唱）

【又一體】忙忙趲趁，榮戟遥臨合遠迎。相逢痛苦訴衷情，遥望旌旗耀日明。（合）定霸圖王，自此興兵。

（小軍白）來者甚麼人？（將校白）皇叔爺。（小軍白）啓主公，皇叔爺到了。（劉璋白）仁兄。（劉備白）賢弟。（見科）（劉璋白）請仁兄一同進城。（劉備白）請。（作進城科，各坐科）（劉璋白）久慕尊顔，如渴思飲。今日相會，萬幸萬幸！（劉備白）不敢。半世飄零，四海爲家。久慕賢宗弟之德，奈因道路崎嶇，一時難至，今日得逢，三生有幸。請問賢弟，近來蜀中光景何如？（劉璋白）此地國富民安，光景固好。只是張魯無故發兵十萬，來伐西川，曹操亦有寇蜀之意。爲此，特請恩兄到此相助。（劉備白）賢宗弟只管放心，那曹操目無天下之人，其意自大，不過是奸雄之道，何足爲介？漢中張魯，乃是井底之蛙，一發不在話下。（劉璋白）兄長之言見得甚是。今日有宗兄來此相伴，吾何懼哉？看酒來。（合唱）

【中呂宮正曲·山花子】今朝天賜相逢巧，喜前來協力誅曹。設華筵共飲香醪，凈聽處一派笙簫，看笙前坐上英豪。漳河雪泡卷飛濤，跋涉風塵莫憚勞。（合）此日相親，寔勝同胞。（劉備白）愚兄不勝酒力，告辭了。（同唱）

【尾聲】今日裏齊歡笑[1]，回首西山日已遥，試看取海底冰輪漸漸高。（衆引劉備下）（劉璋白）可笑黃權、王累等，他不知我宗兄之心，胡亂猜疑。吾今日見之，真仁義之兄也。吾得外助，又何慮曹操、張魯耶？吩咐將錦緞五端，白銀三百兩，送往成都與張松去[2]。（張任、冷苞白）主公，且休爲喜。劉備之心難測，倘一時有變，不可料也。（劉璋白）汝等心術之人，不可亂道。來日大排筵宴，與吾兄洗塵，不得有誤。正是：渾濁不分鰱共鯉，水清方見兩般魚。（下）

校記

[1] 今日裏齊歡笑："歡"，原作"觀"，據文意改。
[2] 送往成都與張松去："成都"，原作"城都"，據文意改。本劇下同。

第十齣　開東閣宴比鴻門

（小生扮龐統上）（唱）

【商調引·接雲鶴】便酌貪泉知不變，期君更有濟川才。

（白）我龐統，相隨主公來到川中涪城。今此一舉，定要立成王業。怎不見張松消息？若有信來，成事就在明日了。（末扮法正上）（白）搖筆江南開雨露，揮鞭海外卷虹霓。來此已是涪城，不免先見龐士元。（見科）（白）先生在此。（龐統白）孝直到了。（法正白）張別駕秘書到了。今日酒席筵前，即便圖之。機會且不可錯過。（龐統白）此意且不可言，待二人相見了，方盡言之。若是走漏，于中有變矣。（法正白）謹領指教。（淨扮黃忠、魏延上）（黃忠白）今朝筵會展機謀，莫效鴻門讓一籌。（魏延白）人主幾番存厚道，英雄各自建才猷。（見科）（龐統白）列位，今日主公與劉璋宴會[1]，就筵上圖之，大事可定。少停酒酣之際，黃、魏二位將軍登堂舞劍，乘勢殺却劉璋便了。（法正白）如此甚妙。（龐統白）二位將軍。（黃忠、魏延白）軍師。（龐統白）須要相機下手，不可當面錯過。（黃忠、魏延白）得令。（下）（龐統白）孝直，你我且在外厢，只待舞劍時，帶領衆軍士接應便了。（法正白）軍師言之有理，請。計就月中擒玉兔，謀成日裏捉金烏。（下）

（衆卒引生扮劉備，小生扮劉璋，黃忠、魏延、張任、冷苞隨上）（劉備唱）

【中呂宮引・好事近】兄弟奠諸方。（劉璋唱）方顯英雄氣象。

（劉備白）賢弟，備以菲才，過蒙厚遇，何以爲報？（劉璋白）仁兄辱臨敝邑，無以爲敬，聊設小酌，盡醉爲幸。（劉備白）不敢，連朝飽德，敢不盡醉？（定席科）（劉璋唱）

【中呂宮正曲・粉孩兒】凛凛的、起雄師來扶助。喜吾兄英名，能振東吳。（白）取大杯來，恩兄先飲一大杯。（唱）今將金谷酬大福，進瓊漿香泛醁酥。（劉備唱）（合）念孤窮一介寒微，何幸受三台相輔？

（劉璋白）過來，換大金斗上來。（劉備唱）

【中呂宮正曲・紅芍藥】身臨了、瑤島蓬壺，錦簇簇珠淵玉谷。喜得今朝相共扶，深愧我何德相助？吾儕今朝樂自娛，頓令人心滿意足。（合）看兩旁海錯山珍，伴群英常住金屋。

（白）待我回敬一杯。（劉備飲科）（衆合唱）

【正宮正曲・福馬郎】月照高樓響漏壺，猶恐花欲睡，醉沉沉燒紅燭。歌聲促，斜陽暮[2]，春衫演舞新妝助，真個是人如玉。（黃忠、魏延白）筵前無樂不成歡，末將二人舞劍奉酒。（劉璋白）如此甚好。（黃忠、魏延舞劍）（唱）

【中呂宮正曲・會河陽】試看吾曹，且將劍舞，逢場作樂休拘束。粗疏，侑酒當筵，今日欲圖，按不住心中怒。（張任、冷苞白）住了。舞劍必須有對，某當伴之。（唱合）今番，且待俺相扶。今朝，却似向鴻門赴。

（劉備白）住了。我弟兄乃漢室宗親，今日相逢痛飲，並無疑忌。又非鴻門會上，何用舞劍？不棄劍者立斬。（唱）

【中吕宫正曲·縷縷金】吾軍令,須拱扶。此非鴻門宴,莫行粗。今日同相飲,千年莫負。(合)那時伐曹破東吳,勝彼標銅柱,勝彼標銅柱。

(白)諸將一齊上堂,立飲三杯。(衆將飲酒科)(同唱)

【中吕宫正曲·越恁好】君恩莫負,君恩莫負,群雄志不孤。同心協力,除奸党把國扶。那時一統立華夷,重整西蜀。(合)男兒志,休把前程誤。若遲捱,江心裏愁難渡。

(雜扮報子上)(白)兩脚流星不踏地,猶如弩箭乍離弦。報子進啓上主公,張魯領十萬雄兵,今犯葭萌關,事在緊急。(劉璋、劉備白)汝可細細說來。(報子白)是。(唱)

【中吕宫正曲·紅繡鞋】那雄兵擾諸道途、道途,州城府縣皆服、皆服。成血海,鬼嚎哭,男和女,盡皆無。(合)發雄兵,及早圖。

(劉璋白)賞他銀牌一面,再去打聽。(報子應,下)(劉璋白)張魯兵來,如何抵擋?(劉備白)賢弟只管放心,有愚兄在此,料張魯幹得甚事?待劣兄親往葭萌關走一遭也。(向黄忠、魏延白)二位將軍,來早點本部人馬,隨我到葭萌關抵擋張魯去也。(劉璋白)若得兄長同二位將軍前往,小弟之幸也。(劉備白)賢弟,你眼望旌捷旗,(劉璋白)耳聽好消息。(劉備衆將下)(張任、冷苞白)主公,今日可見席上光景乎?不如早回成都,免生後患。(劉璋白)吾兄非比他人。(衆白)雖然劉備無此心,那手下的將士一個個皆有吞併之意。(劉璋白)既如此,就命白水都督楊懷、高沛二人把守涪水關,明早吾當回川。(衆應)(同唱)

【尾聲】來朝準備行程路,看破行藏不負吾,掃盡群雄定帝圖。(同下)

校記

[1] 今日主公與劉璋宴會:"主",原作"意",據文意改。
[2] 斜陽暮:"斜",原作"叙",據文意改。

第十一齣　趙子龍奮身救主

(雜扮衆官女、内侍、奶娘,領阿斗,隨小旦扮新月上)(唱)

【小石調引·撞破歌】君侯返旆驄同跨,久離迢遥白下。

(白)奴家新月公主是也。自從與玄德賺了母兄,來到荆州,不覺光陰迅速,歲月蹉跎,一向不知母親安否如何,好生放心不下。(唱)

【仙呂宮正曲・醉扶歸】憶當年,膝下多瀟灑。到今朝,閨中獨自嗟呀。未知他,懷女淚如麻。未知我、也難撇下。還只怕西山日落暗萱花,好叫我瞻烏情切時牽挂。

（雜扮周虛善上）（白）家信忙傳報,青鸞天外來。俺周虛善,奉主公之令[1],前來迎接公主。此間已是,有人麼？（内侍白）那個？（周虛善白）周虛善求見公主。（内侍稟科）（新月白）着他進來。（周虛善白）國太娘娘病勢危篤,只要見公主一面,特差小人前來迎接。又說,將小主阿斗帶了同去。（新月白）怎麼,國太娘娘病重了？娘嘎。（周虛善白）公主免愁煩,作速起身要緊。（新月白）只是主公不在,如何去得？（内侍白）奴婢啓知娘娘,周虛善到此,未知虛實,娘娘不可輕動。倘有差池,奴婢們多有不便。（新月白）事已至此,只得要走一遭,你們快去報與軍師知道。（内侍白）既如此,待奴婢啓知軍師,再請娘娘啓程未遲。（新月白）知道了。（内侍下）（周虛善白）公主若與軍師知道,必待主公之命,方許下船,那時如之奈何[2]？（新月白）不辭而去,恐有阻擋。（周虛善白）江中已備下船隻,快請公主起身。（新月白）這等,便與阿斗同去。（雜扮糜竺、糜芳上）（白）請問娘娘往何處去？（新月白）我母病重,故此要回去。（二將白）主公不在,如何去得？必須稟過軍師,方可去得。（新月白）我已差人報知軍師去了。孔明做得主,難道我做不得主麼？（糜芳白）就是夫人要去,待小將等撥兵護從。（新月白）東吳與吾主原是一家,何用撥兵護從？不用。（周虛善白）我已帶隨從人役在此,不用什麼護從兵將,請夫人起程。（糜竺、糜芳白）我等速速報與軍師、三將軍知道便了。（下）（二太監虛白,隨去科）（雜扮内侍推車上）（新月同宮女上車,行科）（唱）

【仙呂宮正曲・小措大】北堂晚景,瞻屺每自嗟呀。誰料一朝,雨打萱花。怎禁得,痛傷心淚似麻？（周虛善白）請公主下船。（新月衆作下車）（衆水雲上,大船上）（新月衆作上船科）（唱）一片風帆早挂,猛回首,愁懷難撇下。未別他,只想孤身直到家。（合）也只為病伶仃高堂白髮,須臾共載嬌娃。

（小生扮趙雲,雜扮船家隨上）（唱）

【仙呂宮正曲・不是路】棹過平沙,特地追還上漢家。（白）夫人慢行,趙雲有話,特來稟知。（周虛善白）不要睬他,快搖船前去。（趙雲唱）停鸞駕,臨流餞別賦蒹葭。（白）任主母自去,只有句話拜禀。（唱）任征遐,只待我登舟聊訴家常話。（白）你看大船乘風,我這小船如何趕得上？（唱）恨不得插翅飛騰挽浪華,但得天緣假,輕舟一葉隨流下。（作跳上新月船）（周虛善唱)你敢來驚駕？敢來驚駕？

（新月白）趙雲，怎敢無禮！（趙雲白）夫人，何故不與軍師説知，私自歸家？（新月白）我母病危，無暇報知。（趙雲白）夫人差矣。主公一生只有這點骨血，小將在當陽長坂，百萬軍中抱出，今日帶去，是何道理？（新月白）你不過是帳前一武士，敢管我家事麽？（趙雲白）夫人，説那裏話來？（唱）

【仙吕宫正曲·掉角兒序】你既相隨荆州依，俺念岐嶷豈能割捨？仗他年箕裘可嘉，忍今朝流離草野。（新月白）你擅入舟中，必有歹意。（趙雲白）夫人，趙雲總然萬死，也不敢放小主去。（唱）一任伊，言相罵，怒相加，聲相咤，死而無那。（淨扮張飛乘船上）（唱）（合）放還龍種，行留玉華。那時節，扁舟常往，亦無牽挂。

（趙雲白）三將軍來了。（新月白）叔叔何太無禮？（張飛白）嫂嫂不以哥哥爲重[3]，私自逃歸，是何道理？（新月白）叔叔，你兀自不知。（唱）

【仙吕宫正曲·掉角兒序】只爲母臨危聞言痛嗟，因此艇橫江遣人迎迓。忍撇下嫩娃娃急忙離家，直恁怪嚷嚷共來攔駕。雖是我，心難忍，氣難遮，情難話，拼將身捨。（張飛白）嫂嫂，我哥哥是大漢皇叔，也不辱没了嫂嫂，若念我哥哥，必須早早回來。（新月白）待母親病愈，即便回來。阿斗你們好好抱去。（張飛白）這也不勞囑咐，駕舡回去。（趙雲唱）（合）放還龍種，行留玉華。那時節，扁舟常往，亦無牽挂。（下）（周虛善虛白，發科諢，舡家答白）

（新月白）快些開舡！（周虛善白）舡家，快些趲行。（衆應科）（新月唱）

【尾聲】歸心似箭思親切，且挂風帆一片霞，惟願取母病安然再返家。（同下）

校記

[1] 奉主公之令："令"，原無，據文意補。
[2] 那時如之奈何："之"，原作"知"，據文意改。
[3] 嫂嫂不以哥哥爲重："以"，原作"亦"，據文意改。

第十二齣　龐士元定計圖川

（雜扮小軍，引生扮劉備上）（唱）

【商調引·接雲鶴】一夕孤城落葉紛，（小生扮龐統上）（唱）經年明月悵離群。

（劉備白）匹馬蕭蕭向益州，北風吹雪滿貂裘[1]。（龐統白）棄繻自許終逢主，抱璧何須晚拜侯[2]。（劉備白）我劉備自領兵到此，兩月有餘，且喜民心歸順。前日已曾着人去成都宗弟處，借發錢糧，一去許久，怎還不見到來？（龐統白）想目下就到了。（雜扮將官上）（白）特將奇異事，回報主人知。小將回來了。（劉備白）差你到成都催促兵餉，如何？（將官白）小將奉主公之命，去到西川劉使君處催餉。劉爺意欲發來，旁有楊懷、高沛上言，說主公假行仁慈，待人多奸多佞，若留在川，却是養虎一般，不如早除，免生後患。那劉爺說道，事已至此，只將老弱軍錢糧一半前去。各處隘口，都着人馬把守，以防不測。（劉備白）吾爲汝破敵，費力勞心，汝今惜財吝賞，何以使將士死戰乎？吾意欲回兵，不知軍師意下何如？（龐統白）某有三計，主公請擇而行。（劉備白）那三條妙計？（龐統白）選精兵今日起程，竟襲成都，一舉而下，此爲上計；楊懷、高沛與蜀中名將，仗强兵，拒隘口，主公假言回荆州，高、楊二將聞知，必來與主公送行，那時擒而殺之，得關先取涪城，然後却向成都，此爲中計；退還白帝，連夜回荆州，徐圖進取，此爲下計。（劉備白）上計太急，下計太緩，中計可行。（龐統白）主公可作書辭劉璋，虛言曹操領兵在青泥鎮，關張抵敵不住，吾當親去相助，不及面辭。（劉備白）待我作書。（唱）

【黃鐘宮正曲·畫眉序】備劄達台端，遵命出川守葭關。因師迎張魯，伐暴除殘[3]。青泥鎮大戰交兵，眼見得禍延江漢。（合）爲此回兵親相助，奉書瞻依無限。

（白）書已寫完，你可將此書到西川劉爺處，不可有誤。（將官應，下）

（劉備白）吩咐來日回兵。孤鴻不到海門烟，（龐統白）別後音書動隔年。（劉備白）江上暮雲空復好，（龐統白）湖南新月爲誰圓。（同下）

校記

[1] 北風吹雪滿貂裘："貂"，原作"貈"，據文意改。
[2] 抱璧何須晚拜侯："璧"，原作"壁"，據文意改。
[3] 伐暴除殘："伐"，原作"代"，據文意改。

第七本（下）

第十三齣　葭萌關蜀將遭誅

（雜扮衆軍卒，雜扮楊懷[1]、高沛上）（楊懷唱）

【商調引·接雲鶴】昨聞劉備轉回程。（高沛唱）不殺强良枉自生。

（楊懷白）兄弟，可恨劉備，要占奪西川。奉主之命，防守涪城關口，以拒劉備。聞他要還荆州，我二人前去，只說與他送行，酒席筵前將劉備殺了，以絕後患。（高沛白）兄長言之有理。（楊懷白）左右，待劉皇叔到來，將我帖兒去請，說高、楊二位將軍送行。（卒應科，下）（楊懷白）不施萬丈深潭計。（高沛白）怎得驪龍頷下珠[2]？（同下）（雜扮小軍，小生扮龐統，净扮黄忠、魏延，生扮劉備上）（同唱）

【黄鐘宫正曲·出隊子】催軍趲趁，日夜奔馳不暫停。加鞭躍馬疾如星，不憚風塵苦戰争。（合）若到涪城[3]，大事大成。

（雜扮二軍卒上）（白）高、楊二位將軍聞得皇叔回兵，特備筵席，出城送行。（劉備白）知道了。（卒下）（劉備白）吩咐此處扎營。（雜扮報子上）（白）啓爺，大風刮倒帥字旗。（劉備白）大風刮倒帥字旗，主何吉凶？（龐統白）此風主刺客。少刻高沛、楊懷到來，必要行刺主公，可備兵防之。（劉備白）就命黄忠、魏延二人，將他的來軍把住，不許放入。（黄忠、魏延白）得令。（衆軍卒引高沛、楊懷上）（唱）

【又一體】爲承恩命，來與皇叔餞行程。忙忙促促出涪城，携酒擔羊至行營。（合）天賜奇緣，大事可成。

（卒白）二位將軍到了。（黄忠、魏延白）主公相請，衆人不得進營。（同衆軍卒下）（劉備白）孤家有何德能，敢勞二位將軍厚誼？（高沛、楊懷白）我等聞皇叔欲回荆州，奉主之命，特來一餞。（劉備白）好說。（高沛、楊懷白）看酒來。（唱）

【黄鐘宫正曲·畫眉序】杯酒餞行程，聊表主公一點情。少山珍海錯，異味佳馨。今日個共席高談，明日裏分鑣異境。（合）大家接飲休辭晚，不負氣求聲應。

（劉備白）我有一宗大事，要與二位將軍商議。（高沛、楊懷白）皇叔有何事與小將商議？（劉備白）衆將官，將楊懷、高沛拿下。（高沛、楊懷白）我二人好意餞行，爲何反拿我二人？（劉備白）衆將軍搜來。（卒白）啓爺，利刃兩口。（劉備白）我把你這賊子，吾與你並無讎恨，爲何前來害我？（高沛、楊懷白）皇叔爺，待我二人實說。這都是劉益州恐怕皇叔占了他西川，故此叫我二人前來行刺。（龐統白）主公，不要聽他二人之言，即便斬之，不可饒他。（劉備白）推出斬了。（卒應，綁科，下。即上）（白）獻首級。（劉備白）號令營門。（黄忠、魏延上）（白）啓上主公，隨來二百軍卒並皆拿下。（劉備白）喚進來。（帶衆卒進科）（衆白）不與小人等相干，都是他二人之罪，望皇叔爺饒命。（劉備白）楊懷、高沛離間我兄弟二人，又前來行刺，理合當誅，却與爾等無干[4]。（卒白）多謝爺爺。（龐統白）今夜用汝等，引我前去叫關，自有重賞。（卒白）我等情願效力。（劉備白）就此前去。（衆同唱）

【越調正曲・水底魚兒】可恨奸人，前來害使君。（合）今朝事露，快去叫關門，快去叫關門。

（卒白）來此已是涪城。（龐統白）叫關。（卒白）開門。（雜扮守關兵將上）（白）甚麼人？（卒白）我們是高、楊二位將軍的軍兵回來了。（守關兵將白）果是自家兵馬回來了，吩咐開關。（衆進關科，趕殺守關兵將，作降科）（龐統白）衆將官，且喜已進涪城。吩咐前後把守，明日進兵，不得有違。（劉備白）軍師，西去崎嶇蜀道難。（龐統白）此行一戰定天山。（劉備白）若逢險路須迴避。（龐統白）那怕雄兵擋住關。（同下）

校記

［1］雜扮楊懷："楊懷"，原作"懷光"，據下文改。
［2］怎得驪龍頷下珠："頷"，原作"領"，據文意改。
［3］若到涪城："涪"，原作"浩"，據上下文改。
［4］却與爾等無干："與"，原作"無"，據上下文改。

第十四齣　落鳳坡軍師着箭

（雜扮衆軍，引小生扮劉璋，雜扮張任、冷苞上）（劉璋唱）

【小石調引・撼破歌】宗兄一去音信稀，風塵滿目淒其。（白）遥望涪城殺氣殘，逢君落日且留歡。荊臺徒倚黃雲過，楚客悲歌白雲寒。只因張魯無故興兵，侵犯西川，承我宗兄玄德前去葭萌關守禦。已去許久，不見音信，使我放心不下。（雜扮報子上）（唱）

【仙吕宫正曲·不是路】急走如飛，特地前來報信息。（白）主公，不好了。（劉璋白）甚麼事情，這等慌張？（報子唱）那劉備，高楊二將禍難提。（劉璋白）爲何？（報子白[1]）劉備打從葭萌關來，高、楊二將前去送行，不知何故將二人殺在營中，破了涪城，就要取成都來了。（唱）破城池，防他旦晚掠邦畿，須準備分兵截殺伊。（張任、冷苞白）再去打聽。報子應，下。（劉璋唱[2]）聽因伊，唬的我魂飛不着體。（張任、冷苞接唱）從長商議，從長商議。

（白）主公不必推遲，可命諸將緊守要路，再着一將拒住雒城。劉備縱有精兵猛將，不能過去。（劉璋白）如此，就着你二人點兵五萬到雒城，守住劉備便了。當初實想勝同胞，誰料今朝没下稍。不結子花休要種，急須斬伐莫辭勞。（下）（張任白）冷賢弟，雒城山北有一條大路，你可領兵二萬，拒住劉備。山南有一條小路[3]，車馬難行，若劉備從這條路來，不用交戰，只埋伏二千弓弩手，亂箭射死劉備，有何不可？（冷苞白）亂軍之中，如何認得劉備？（張任白）劉備騎的乃是的盧馬，若遇騎的盧馬的，不可放過。（冷苞白）有理。（張任白）準備窩弓擒猛虎。（冷苞白）安排香餌釣鰲魚。（下）

（雜扮軍卒、八偏將、關平、劉封、黃忠、魏延，引生扮劉備上）（唱）

【商調引·接雲鶴】攬轡江湖萬里情。（小生扮龐統上）（唱）使君三顧舊知名。

（白）主公且喜破了涪城，成都已在掌中[4]，明日分兵進去便了。（雜扮馬良上，接科）（白[5]）南北相看萬里程，中原多事盛談兵。來此已是涪城，守營的那個在？（卒白）甚麼人？（馬良白）荊州馬良下書。（卒白）少待。啓爺，荊州馬良下書。（劉備白）令他進來。（卒應，傳介）（馬良進見科）（白）主公在上，馬良參見。（劉備白）將軍到此何故？（馬良白）軍師有書。（遞書科，劉備看科）（白）亮夜算太乙數，今年歲次癸巳，罡星在西方。又觀乾象，太白臨于雒城之分，主於將帥身上，多凶少吉，宜加謹慎。知道了。汝先回，我隨後就回荊州便了。（馬良應科，下）（龐統背科）（白）孔明怕我取了西川，故意將此書來阻我。命在天，豈在人乎？（轉科）（白）主公，我亦算太乙數，已知罡星在西，應主公合得西川，並不主何凶事。主公可進兵，不可疑心。（劉備白）取圖本看之。（作看科）好，並無差錯。山北有大路，正取雒城東門；山南有小路，却取雒城西門。兩條路皆可進兵。（龐統白）我令魏延作先鋒[6]，取山南小路。主公可令黃忠作先鋒，取山北大路，並到雒城東門取齊。（劉備白）我自幼熟于弓馬，可走小路。軍師可從大路取東門，我與黃忠取西門。（龐統白）大路必有人馬阻擋，主公引兵擋之。我走小路。（劉備白）我夜夢一神人，手執鐵棒，擊我右臂，覺來猶自臂痛。此行莫非不佳？（龐統白）壯士臨陣，不死帶傷，理之自然，何以夢中之事爲念？（劉備白）吾所疑者，孔明之書。軍師還守涪城，如何？（龐統笑科）（白）主公被孔明相惑，不令統立功名，故有此言。我龐統就此以報主公，再勿多言，就此前去。（劉備白）如此，衆將官殺上前去。（衆應科）（合唱）

【正宮正曲・普天樂】立功名從天命，夢中機無憑證。何須論少吉多凶，跨高鬟奮勇前行。（龐統馬倒介）（劉備白）軍師爲何跌下馬來？（龐統白）此馬乘人從不曾如此，今日不知何故？（劉備白）臨陣眼生，誤人性命。待我與軍師換了。此馬名爲的盧馬，當日曾跳檀溪。（龐統白）多謝主公厚恩，我龐統便效死疆場[7]，亦所甘心。（劉備作皺眉科）（龐統白）主公不必疑心，就此分兵前去便了。（劉備白）衆將官，就此分兵前去。（衆應科）（同唱）（合）呀，看吾兵勇猛，森森戈戟明。任他耀武揚威，萬騎連營。（分下）

（雜扮弓弩手，引雜扮張任上）（同唱）

【中呂宮雙曲・朝天子】挽雕弓不鳴，伏勁弩雕翎[8]，管教伊到此難逃命。（張任白）衆將官，那劉備正打這小路上來了。汝等只看騎的盧馬的，就是劉備。待他來時，弓弩齊發，休要放走了。（衆應科，下）（雜扮小軍，净扮魏延上）（同唱）紛紛兵馬，耀旌旗行，魏先鋒軍威盛。管教他魂驚，休違了軍令。猛聽，靜悄悄無個人影，無個人影。冥子裏穿山徑，冥子裏穿山徑。（下）

（張任領小軍、弓箭手上）（張任白）在此埋伏，等候便了。（衆應，作埋伏科）

（小軍、偏將引龐統上）（同唱）

【正宮正曲・普天樂】古道路羊腸徑，山偪仄車難並，頓令人心下疑驚，又聽得樹吼風聲。（龐統白）且住。行到此處，只見兩山逼窄，樹木叢雜，風聲亂吼。左右，是甚麼所在？（卒白）落鳳坡。（龐統白）此地名落鳳坡，犯吾之名，不祥之兆。吩咐回兵。（張任上）（白）劉備已到，還不下手？（衆作射箭科）（龐統死科，下）（衆白）啓將軍，劉備的盧馬，都被亂箭射死于落鳳坡下了。（張任白）回兵殺奔大路，接應便了。（同唱）（合）呀，看吾軍簇擁，森森飛伙盈。不道劉備今日，此地捐生。（下）

（小軍引魏延上）（同唱）

【中呂宮雙曲·朝天子】兵與將兩路行，州和郡一鼓平，指日裏要把西川定。（雜扮報子上）（白）啓將軍，龐軍師被亂箭射死落鳳坡下了。（魏延白）再去打聽。（報子下）（魏延白）唬死吾也！軍師已死，這怎麼處？少不得回兵殺上大路去也。（同唱）聽伊說罷，魂飛待怎生。痛軍師遭坑阱，好教吾頓驚。恨殺他梟獍，回兵，盡誅除無剩，只教他望風引領、引領。（衆引張任上）（魏延、張任殺科，張任敗下，魏延追下）

（小軍、偏將、關平、劉封、黃忠、劉備上）（同唱）

【正宮正曲·普天樂】統三軍臨敵境，奮雄威誅強橫。笑兒曹皆未知兵，忙追逐敗北潛行。（合）呀，策驊騮馳騁，蕭蕭金鼓鳴。接應軍師，一路併力前程。（冷苞上，同黃忠殺科）（白）匹夫休得無禮，有殺人的爺爺在此。（冷苞敗下，黃忠追下）（魏延追張任上，黃忠復上，三人殺科，張任敗下）（劉備白）不要追趕，且由他去，將人馬權且回城，再作道理。（衆應科）（唱）（合前）呀，策驊騮馳騁，蕭蕭金鼓鳴。接應軍師，一路併力前程。（作進城科）（劉備白）今番好一場惡戰也。軍師那裏去了？（魏延白）啓主公，龐軍師行至落鳳坡，被張任亂箭連人帶馬射死了。（劉備白）怎麼說，射死了？苦殺我也。（哭倒科，衆扶科）（劉備白）我那苦命的軍師，不聽吾言，以到如此。汝今一死，失了劉備一臂了。（雜扮報子上）（白）啓爺，張魯與孫權結構來攻打葭萌關。（下）（劉備白）張魯攻此關，使我進退兩難，如何是好？（黃忠白）現有孟達[9]、法正、霍峻，可以計拒。（劉備白）就命霍峻、孟達前去據守便了。（偏將應，下）（黃忠白）龐軍師已死，張任必定來攻城池。主公何不差人速到荆州，請諸葛軍師商議破賊之策？（劉備白）言之有理。就命關平到荆州報知便了。（關平應，下）（劉備白）魏延，你到落鳳坡，尋覓骸骨收殮，不得有違。（魏延應，下）（劉備白）阿呀，軍師嚛！（同下）

校記

[1] 報子白："白"，原作"唱"，徑改。

[2] 劉璋唱："唱"，原作"白"，徑改。

[3] 山南有一條小路："南"，原作"路"。參考下文，此條小路當爲山南小路，據改。

[4] 成都已在掌中："已在"，原作"在已"，據文意乙改。

[5] 白：原缺，徑補。按：馬良兩句上場詩"南北相看萬里程，中原多事盛談

兵"後原有"白"字,係衍文,徑删。
[6] 我令魏延作先鋒:"令",原作"今",據文意改。
[7] 我龐統便效死疆場:"统",原無,今補。
[8] 伏勁弩雕翎:"弩",原作"努";翎,原作"領",據文意改。
[9] 現有孟達:"孟",原作"猛",據文意改。

第十五齣　一夜觀星哭鳳雛

（雜扮小軍、中軍,生扮孔明上）（唱）

【仙呂宮引・天下樂】十載悠然卧草廬,忽從天上見徵書。歸如圓月終難憶,出似浮雲偶自舒。

（白）誰想平陽第一勳,五陵裘馬盡輪君。但願早把雕弓挂,一統山河日月親。自從主公與龐士元去取西川,未見成功。前者着馬良到涪城,囑主公緊防不測,不知近日如何。且喜荆州各鎮隘口,俱已稍安。曾着人去請衆位將軍。中軍,可曾請到?（中軍白）俱已請到。（净扮關公、張飛,小生扮趙雲,雜扮簡雍、蔣琬上）[1]（白）春酒別同胞,風塵解佩刀。（關公白）軍師着人相請,不知有何事故?（張飛白）二哥,一定是大哥得了西川,軍師與我等賀喜。（趙雲白）也未見得。（關公白）大家前去。（到科）（中軍白）衆位將軍到。（孔明白）有請。（見科）（衆白）不知軍師有何事情?（孔明白）衆位將軍,且喜東吳不侵,中原無事。今日中秋佳節,欲與衆位將軍同賞佳月,故此相邀。（衆白）當得奉陪。（孔明白）看酒。（同唱）

【南呂宮集曲・梁州新郎】中秋佳節,清光堪賞,素娥點綴新妝。霓裳飛舞,桂子月裏飄香。遙望碧天皎潔,萬里無雲,明鏡懸天上。人間此日也,展歡暢[2],換盞傳杯樂徜徉。（作星墜科）（孔明唱）見罡星、墜西向,唬得我一時失措魂飄蕩,正應着、賢人喪。（作落杯科）

（衆白）軍師爲何將杯擲地?（孔明哭科）（白）我前者算,今年見罡星在西方,不利於軍師。天狗犯於吾軍,太白臨於雒城。吾曾有書去,教主公緊防。誰想今夕西方星墜,龐士元命必休矣。今吾主失一臂矣!（張飛白）軍師取笑了,那龐軍師與大哥在西川,好好的一個人,就來咒他死。（孔明白）張將軍,你若不信,目下就有人來。（雜扮關平上）（唱）

【南呂宮正曲・節節高】奔馳似箭忙,冒風霜,持書早把荆州上。凝眸望,近湘江,開言講。（白）來此已是,不免徑入。（作進科）軍師在上,關平打恭。(孔明白)小將軍,你打涪城而來,龐軍師可好?(關平白)軍師不好了。(唱)那鳳雛此日將身喪,特請急赴涪城傍。(合)須待軍師這奇功,神謀一展妖氛蕩。

(孔明白)怎麽講?(關平白)龐軍師過落鳳坡,被張任亂箭射死。奉主公之命,來請軍師。(孔明白)我那士元先生,何死得好苦也!(張飛白)軍師真神人也。(孔明白)小將軍後營安歇。(關平應,下)(孔明白)既是主公進退兩難,亮只得前去。三將軍,領精兵一萬,取大路殺奔巴州雒城之西。子龍爲先鋒,領兵一萬,沿江而上,會于雒城。先到者爲頭功。(張飛、趙雲下)簡雍、蔣琬引兵一萬五千,同行便了。(關公白)軍師何獨不用關某[3]?(孔明白)這荆州要地,非將軍不能鎮守。待明日交付印信便了。(關公白)關某無才,恐不能當此重任。(孔明白)休得過遜。(同唱)

【尾聲】奇謀神算人難量,試看英雄鬧戰場,定霸圖王興帝邦。(同下)

校記

[1] 蔣琬上:"琬",原作"完",據上下文改。
[2] 展歡暢:"暢",原作"場",據文意改。
[3] 軍師何獨不用關某:"某",原作"謀",據文意改。本齣下同。

第十六齣　詰朝解印辭荆州

(雜扮關平上)(白)奔走天涯道路窮,鳳雛鎩羽召人龍。某關平是也,因主公困守涪城,特請軍師往救,是以軍師星夜前去。軍師即刻啓程,只得在此伺候。(衆小軍引净扮關公上)(唱)

【中呂宮引·菊花新】轅門鼓角不須雄,眼底何曾有落虹?麟閣豈圖功?只討個此心不恐。

(白)大哥兵到雒城,被張任那厮埋伏勁弩於落鳳坡前,竟把龐軍師亂箭射死。現今因守涪城,特請軍師前往。某奉軍師將今,鎮守荆州。今日軍師起程交印,只得在此伺候。(内吹打開門科)(雜扮將校,生扮孔明上)(唱)

【又一體】南陽高卧老于農,可事頻來迫我從。三顧感劉公,盡吾誠血心陪奉。

(關公白)關某參見。(孔明白)二將軍少禮。二將軍,我往涪城料理軍務,這荆州裏地全在將軍,須索小心留意。速取印綬、旗牌過來,即刻交待。

（衆應科）（孔明白）雲長公呵！（唱）

【中吕宫正曲·好事近】只這天將下三宫，長江萬里空濛。柔懷撫恤，須當戒慎温恭。你莫矜有勇，看機宜算定，休匆冗。（合）計安閒不動如山，變非常正奇迭用。（吹打交印科）

（關公白）還望軍師指授方略。（孔明白）我有八個字兒，將軍須要牢記。（關公白）是那八個字呢？（孔明白）東和孫吴，北拒曹操。（關公白）軍師金石之言，自當銘勒肺腑。（孔明白）雲長公。（各拜科）（孔明唱）

【又一體】江東義氣可能通，唇齒相依休閒。親賢下士，莫教悔慢群雄。阿瞞勢勇，挾天王，妄自虚脾弄。（合）跨荆襄要關黔滇，霸中原不忘川隴。

（關公白）多謝軍師指教。（唱）

【中吕宫正曲·千秋歲】措靡躬，拜别心兒悚，看叠浪層波汹湧。南北衝邊，南北衝邊，當不過勁敵，兩相交橫[1]。（合）濟軍糈，資屯種。集哀鴻，群聲頌。還望多珍重，願風恬浪静，放馬安農。

（孔明白）山人告別。（關公白）衆將，擺齊隊伍，遠送一程。（孔明白）不勞遠送，就此請回。（關公應科，衆下）（孔明衆同唱）

【又一體】驟花驄，鞭策雕鞍韂，高聳旌旆飃擁。一派簫韶，一派簫韶[2]，聽遐邇百姓，歡聲雷動。（合）欲攀留，軍機重。嘆分離，難輕縱。遥望川途迥，望九天雨露，遍灑蒼穹。

【尾聲】從教此去皇圖鞏，輔佐炎劉國祚隆，早看取一統山河四海通。
（同下）

校記

[1] 兩相交橫："交"，原作"文"，據文意改。
[2] 一派簫韶："韶"，原無，據上句補。

第十七齣　釋嚴顏大得其力

（雜扮衆將，隨净扮嚴顏上）（唱）

【仙吕宫引·探春令】叵耐强鄰擅弄戈，無計驅强虜。（白）老夫巴西太守嚴顏是也。叵耐劉備拜孔明爲軍師，分兵五路下川，各處關隘告急。今張飛連戰難退，只得緊守，以候救兵。適來投降小卒道，張飛連日酗酒，鞭打士卒，個個怨恨。今日親自爲頭，前來偷營。爲此埋伏，待其過半，截殺張飛，

一鼓可擒矣。衆將官，就此起兵前去。（衆應科）（同唱）

【越調正曲·水底魚兒】暗裏藏科，伏兵似網羅。（合）用心擒獲，英雄奈我何，英雄奈我何？

（白）軍士們，你看爲頭的正是張飛，他不識路徑。兵卒向前，此時不拿，等待何時？（丑扮假張飛，領雜扮小軍）（虛白，發諢科，上）（同唱）

【又一體】劫寨偷窩，揚鈴急似梭[1]。（合）嚴顔中計，管教命難活，管教命難活。（嚴顔白）張飛輕入重地，擅來偷營，今首尾截殺，正中吾計。你若不早降，盡皆屠滅。（假張飛白）老賊，你死在頭上，反說中計。（净扮張飛上）（白）休動手，用妙計的張爺爺在此。（殺科，作擒住科）（白）綁了，帶到帳中來。（轉場）（唱）（合）嚴顔中計，管教命難活，管教命難活。（到科）

（張飛白）嚴顔，你也有今日麼？見我怎麼不跪？（嚴顔白）哦，我乃蜀中大將，怎肯跪你這匹夫？（張飛白）老賊不知天時，還不投降？（嚴顔白）你劉備用孔明詭計，無故侵界。我嚴顔豈肯屈膝於鼠輩[2]？（張飛白）你命在頃刻，尚兀自大言傷人。（唱）

【仙吕宫正曲·八聲甘州】擅敢觸我，藐神威巧語，冒虎強羅。列兩行金刀銀斧，叱咤處，教你老命消磨。（嚴顔白）匹夫，更不知我嚴顔呵，（唱）我平生忠義鬢雖皤，視死如歸志不他。（張飛白）老賊你真不降麼？（嚴顔白）匹夫你擅敢諢講？（張飛白）唉，老賊。（嚴顔白）匹夫。（張飛白）老賊，你還不知張爺爺的性兒。（嚴顔白）你可知我嚴將軍的氣概？（張飛白）哦，氣死我也！（唱）（合）摩挲，按龍泉怒氣偏多。

（嚴顔白）哎，大丈夫失勢，惟有一死而已[3]。（唱）

【又一體】思索，英雄是我，俺焉肯背主，屈膝求和？（張飛白）你不降我就砍。（嚴顔白）匹夫，要砍就砍，何必怒焉？（張飛白）你再不降我就剮。（嚴顔白）誰叫你不剮？我嚴顔豈怕死乎？（張飛白）好一個嚴將軍！軍校，快些放了綁。（軍校作放科）（張飛白）將軍，（唱）你忠誠不挫，怒張飛魯莽譏呵。（白）阿呀，軍師之言，信非謬矣[4]。我張飛敬服也。將軍請上，容張飛拜見，適纔言語冒犯虎威。（嚴顔白）囚擄之輩，何敢當此？（張飛白）將軍何出此言？將軍乃當世虎將，忠義包天，何幸張飛今日得會將軍。（唱）正是渴時思飲臨泉坐。（白）惟望將軍息怒。我主寬洪，今得將軍，（唱）管教開拓江山直甚麼。（嚴顔白）老夫被縛，荷蒙不殺，又承將軍如此之待，敢不欽遵？（張飛白）久慕將軍威名，恨相會之晚。衆軍士傳令，排宴與嚴將軍暢飲。（嚴顔白）我聞玄德仁義，況又承將軍如此之恩，請上。（唱）（合）多謝爾恩多,當銜結仰報如何?

（張飛白）豈敢！老將軍肯效一力,我主自當重用。今某欲煩將軍作一嚮導,未知可否?（嚴顏白）既承相愛,敢不盡心?那巴邱,西至成都關隘寨柵,共有四十五處,皆重兵把守,俱是老夫提調。既蒙將軍款待之恩,老夫一一喚來投降,指日便抵成都。（張飛白）妙哉,真天賜我主也。（軍卒白）酒筵齊備。（張飛白）請老將軍上席。嚴將軍請！（嚴顏白）不敢。（張飛白）明日興兵向蜀都,（嚴顏白）願當犬馬報恩殊。（張飛白）今朝得遂平生願,天賜將軍來助吾。（同下[5]）

校記

[1] 揚鈴急似梭:"梭",原作"稜",據文意改。
[2] 我嚴顏豈肯屈膝於鼠輩:"豈",原無,據文意試補。
[3] 惟有一死而已:"惟",原作"未",據文意改。
[4] 信非謬矣:"謬",原字漫漶,兹據文意定。
[5] 同下:"同",原作"請",徑改。

第十八齣　殺張任聿成厥名

（雜扮軍校,净扮黃忠、魏延,引生扮劉備上）（唱）

【仙呂宫引・卜算子】浩氣卷長江,西蜀多名將。（白）一自龐士元身故,使我日夜不安。已曾着關平去荆州請孔明,已去數日,還不見回來。張任每日來攻,不曾交戰,只等軍師到來,方可用計擒之。（小軍引净扮張飛上）（唱）大戰疆場數十霜,一味多鹵莽。

（軍校白）三將軍到。（見科）（劉備白）三弟路途勞苦。（張飛白）大哥受驚了！前在荆州,與軍師賞玩中秋,忽然落下斗大一星,軍師就說,龐士元命必休矣,今果應其言。（劉備白）軍師真神人也。三弟,一路伏兵甚多,怎得先到? 軍師却在那裏?（張飛白）軍師與我人馬一萬,殺入巴州。誰知巴州名將却是嚴顏,被我設計拿下了,不忍殺害,一路關隘四十五處,皆是老將軍之功。軍師泝江而來[1],尚然未到,反被我占了頭功。（劉備白）如今老將軍現在何處?（張飛白）現在外廂。（劉備白）快請。（净扮嚴顏上,見科）（劉備白）若非老將軍相助之力,則吾弟安能到此? 看我的黃金甲來,贈與老將軍[2],權爲酬謝。（嚴顏白）多謝主公恩賜。（小軍引生扮孔明,小生扮趙雲

上)(孔明唱)

【小石調引·憶故鄉】一戰定功成,四海妖氛靖。

(趙雲白)軍師到。(見科)(劉備白)軍師途路風霜,多有勞苦。(孔明白)主公受驚,張將軍如何先到?(劉備白)老將軍,見了軍師。(嚴顏白)軍師在上,容末將嚴顏參拜。(孔明白)吾主得了老將軍,如龍得水,如虎登山。(嚴顏白)不敢。(坐科)(劉備白)三弟一路而來,險阻關隘四十五處,不費分毫之力,皆賴老將軍之功也。(孔明白)老將軍真乃漢家柱石。(嚴顏白)軍師過獎。(孔明白)亮前有書來,着主公緊防,説不利于軍師。(劉備白)可恨張任這賊詭計,以致失吾柱石。(孔明白)我來日定然捉此賊以消主恨。(劉備白)看酒來,與軍師洗塵[3],再與老將軍、三弟慶功。(軍校白)俱已齊備。(衆合唱)

【中吕宫正曲·駐雲飛】此計難猜,定下牢籠數合該。張任如蜂蠆,鳳雛遭他害[4]。嗏,將伊碎屍骸,此讎難解。布下天羅,收捕誰能代?(合)相報冤冤方稱懷。

(雜扮報子上)(白)報,張任討戰。(孔明白)知道了。(報子下)(孔明白)城東這座橋叫甚名字?(嚴顏白)金雁橋。(孔明白)要拿張任,就在明日了。衆將聽令,離金雁橋南五里之地,兩岸都是蘆花叢雜,可以埋伏。魏延領一千長槍手在左邊,單劫馬上人。黄忠領一千大刀手在右邊,單砍坐下馬。殺開士卒,張任必投東山小路而去。趙雲領一千兵就在那裏埋伏,張任必被擒矣。三將軍領一千兵伏于金雁橋北,待張任過橋,可將橋梁拆斷,立於橋北,以爲犄角之勢,使張任不敢北走,必投南去,正好擒他。老將軍引陣,看拆橋爲號,就立於橋北,不可有誤。(衆白)得令。(分白)今朝衆將早安排,神鬼奇謀不可猜。張任縱有騰雲翅,難脱天羅地網災。(下)

(雜扮衆軍將,引雜扮張任上)(同唱)

【越調正曲·水底魚兒】鐵騎金槍,英雄不可當。(合)天兵到此,叫他一命亡,叫他一命亡。(白)某張任是也。可恨劉備,來奪吾主疆土,被俺連敗數陣。昨日挑戰不出,説今日決一死戰。軍士們,殺上前去。(衆應科)(唱)(合)天兵到此,叫他一命亡,叫他一命亡。(下)

(衆小軍引孔明、嚴顏上)(孔明唱)

【中吕調套曲·粉蝶兒】設立疆場,擺列着旗幡如陣。試看那隊裏兒郎,一個個按軍令,東投西撞。勝韓侯十面埋藏,今日個立功名在凌烟閣上。

(白)氣吐虹霓萬丈雄,精兵百萬敢争鋒。饒他縱有千般計,難脱吾曹一掌中。叵耐張任,不知天時。今日佈下奇兵,捉他便了。(張任內白)軍士們,殺上前去。(衆應科,上)(張任白)何人擋我去路?(孔明白)我乃臥龍先生。張任,你豈不知曹操百萬之衆,聞吾名望風而走?你今到此爲何不降?(張任白)諸葛亮,你難道不知,龐統落鳳坡死在我手?何況爾等!看槍取你。(孔明白)老將軍出馬。(嚴顔、張任對殺科)(黃忠上)(白)呔,張任,俺黃忠在此等候多時。(殺科,敗下,張任追下)(孔明白)你看今番好一場厮殺也!(唱)

【中呂調套曲·鬥鵪鶉】嚴顏呵筋力昂藏,張任呵狰獰模樣。一個是英勇誇張,一個是老當益壯。則見他戰馬身騎來往忙,兵和將各逞强,一心要宇宙清寧,定把那邊疆掃蕩。(黃忠、張任上,戰科。黃忠敗)(魏延上,接戰科,敗下,兩軍對殺)(場上設橋科)

(張飛上)(白)軍士們,將橋梁拆斷。(張任上)(白)你看這厮,拆斷橋梁,使我歸無去路。有了,我如今竟投南山小路而走。(魏延上,殺科,追。張任敗下)(孔明白)你看這厮果投南山小路而去,吾計成矣。衆將官,就此回營,候待便了。(衆應科)(同唱)

【中呂調套曲·上小樓】俺可也籌運精詳,全憑俺精兵良將。因此上離却荆襄,意圖西蜀,日夜奔忙。今日裏立奇功,定西川,齊聲歡暢,待破孫曹乾坤清朗。(下)

(張任上)(白)且喜南山四面靜悄,不免投小路而去。(衆小軍引趙雲上)(白)賊子那走?爺爺在此等候多時了。(殺科,擒住科)(趙雲白)帶回營中見主公去。(同下)

(衆小軍引劉備上)(白)當年白水起英雄,今日西川備建功。(張飛、嚴顏、黃忠、魏延、孔明上)(白)三顧恩深無可報,要扶漢室再興隆。(劉備白)恭喜軍師,旗開得勝,馬到成功。(孔明白)皆賴主公洪福。(張飛白)到底還是這個軍師。(孔明白)想張任此時必擒獲矣。(小軍綁張任,引趙雲上)(白)張任拿到。(劉備白)張任,汝川中名將望風而逃,汝何不早降?(張任白)忠臣豈侍二主乎[5]?(劉備白)汝不識天時,降即免死。(張任白)今日便降,久後也不降,願早賜一刀。(孔明白)既然不降,推出斬首,以全其名。(殺張任,下)(卒白)獻首級。(劉備白)將他屍首葬于金雁橋邊,以表其忠。(孔明白)衆將官,就此收兵。(同唱)

【煞尾】風塵千里受驅馳,海門烽色空中望。柳營列戟繞秋霜,幕擁雙戈赤日朗[6]。(同下)

校記

[1] 軍師泝江而來:"泝",原作"沂",據文意改。
[2] 贈與老將軍:"贈",原作"從",據文意改。
[3] 與軍師洗塵:"師",原無,據文意補。
[4] 鳳雛遭他害:"遭",原作"曹",據文意改。
[5] 忠臣豈侍二主乎:"侍",原作"是",據文意改。
[6] 幕擁雙戈赤日朗:"朗",原作"郎",據文意改。

第十九齣　錦馬超失水暗投

(雜扮小軍,引小生扮馬超上)(唱)

【中呂宫引・定風波】白袍素鎧逞英豪,堂堂的五陵年少。胸藏豹略與龍韜,不讓當日,前漢霍嫖姚。

(白)白馬神槍膽氣粗,昂藏志氣展鴻圖。一聲長嘯山川動,果是人間大丈夫。俺馬超是也,表字孟起,世守西凉,威揚寧夏。只因吾父遇害,是我與兄弟起兵報讎,渭橋一戰,殺得曹瞞割鬚棄袍而逃。前日與楊阜交戰,偶失軍機,以致敗績。今日只得逕往漢中去投張魯,借他兵威,攻打隴西,以圖西凉,再報前讎[1]。且待兄弟到來,商議便了。(小生扮馬岱上)(唱)

【雙調引・玉井蓮】浩氣冲霄,真個是桓桓相貌。(見科)

(白)哥哥。(馬超白)兄弟少禮。賢弟,如今你我進無破敵之兵,退無可守之地。吾欲往投張魯,以爲後舉,賢弟意下何如?(馬岱白)哥哥在上。張魯世居漢中,土沃兵精,民殷國富,與吾鄰近,今不往投之,更待何時?(馬超白)所言正合吾意。衆將官,就此起程。(衆應科)(合唱)

【仙吕宫集曲・玉環清江引】(【對玉環】首至合)浩氣天高,曾經百戰勞,埋没英豪。淒慘似蓬飄,遭逢時不造[2],失機敗北逃。難按雄心,雄心惟怎消?(【清江引】全)何年鵬化接扶摇,再把前讎報。泥蟠北海蛟,霧隱南山豹,終有日,把曹瞞擒住了。(下)

(雜扮衆軍校,副扮楊柏,引浄扮張魯上)(唱)

【中吕宫引・天下樂】漢宣寝衰各逞強,紛紛圖霸與稱王。男兒俱有安邦志,四海常瞻日月光。

(白)自家漢寧王張魯是也。方今漢君軟弱,曹操欺孤,以致四方英雄蜂起，各有圖霸興王之志。吾今據有漢中，兵糧足備，意欲圖謀大業。不想天從人願，西涼馬超與弟馬岱，投吾麾下。久聞馬超當世之英雄，今得他歸順，西可以併吞益州，東可以虎踞曹操，保守漢中，以取興王，是如反掌也。今日馬超來參見，左右的，伺候了。（生扮馬超上）（唱）

【商調引・接雲鶴】今朝事急且相隨，暫安身相時而動。

（白）明公在上，馬超參見。（張魯白）將軍遠來，只行常禮。（馬超白）末將乃敗北之徒，無容身之地，賴明公容納，願效犬馬微勞。（張魯白）俺慕將軍之名，如大旱之望雲霓也。不嫌涼德，于心足矣。請問將軍，為何狼狽如此[3]？（馬超白）容稟。（唱）

【中呂宮正曲・駐雲飛】提起心慵，怎不叫人怨氣冲？俺本圖大用，反被人欺弄。嗏，力戰想成功，恨匆匆，楊阜忘恩，姜叙加兵重。（合）伏望明公似海容。（張魯唱）

【又一體】堪嘆英雄，國破家亡一旦中。在此聊相共，以後終須用。嗏，隱忍且從容，待時通，龍潛大海，枳棘栖鸞鳳。（合）有日飛騰上九重。

（白）請歸館馹安歇。（馬超白）多謝明公。休戀故鄉生處好，受恩深處便為家[4]。（下）（張魯白）西涼馬超，世之虎將。今歸吾帳下，是天賜一良將也。他已新喪其偶，意欲招他為婿，聯成骨肉之親，西可以吞併益州，東可以虎踞曹操，漢中基業可以常保矣。（楊柏白）馬超為人，性如鷹鸇，饑則依人，飽則飛去。明公不可留他。（張魯白）為今之計，何以處之？（楊柏唱）

【中呂宮正曲・駐馬聽】上告明公，他性似鷗鷯蜇似蜂。可同患難，難同歡樂，切莫相容。（白）明公招他為婿，他父母前妻尚不顧戀，肯愛他人乎？（唱）拋棄骨肉影隨風，縱有恩愛如春夢。（合）辭去孤蹤，莫教後患，蕭墻禍動。

（張魯白）他今既來，怎生遣去？（楊柏白）末將有一計，目今劉備兵下西川，劉璋遣黃權求救於我，願以二十州相謝。何不遣他取葭萌關去？（張魯白）吾與劉璋有不世之讎，怎肯救他？（楊柏白）明公差矣！他與我為唇齒之邦，西川一失，東川更難保了，為何因小忿而失大義也？（唱）

【又一體】餓虎饑熊，舞爪張牙果是凶，今遣他去，鏖戰張飛，二虎爭雄。（白）他若擒了劉備，穩得西川二十州之利。若殺了馬超，除了心腹之患，一舉而兩得矣。（唱）莫因小忿喪豐功，無常暗算神通用。（合）遠去交鋒，使離此地，免主蠢動。

（張魯白）依計而行，來日便遣他去便了。迨天未雨早綢繆，莫使臨期嘆

不周。(楊柏白)鷸蚌相爭漁得利,運籌妙計把功收。(同下)

校記

［1］再報前讎:"報",原作"執",據文意改。
［2］遭逢時不造:"遭",原作"曹",據文意改。
［3］爲何狠狠如此:"狠",原作"狼",據文意改。
［4］受恩深處便爲家:"恩",原作"息",據文意改。

第二十齣　莽張飛燃火夜戰

(雜扮小軍,生扮劉備上)(唱)
【高大石調・窣地錦襠】千里風塵攬轡來,海門烽色望中開。(生扮孔明,净扮張飛、黄忠、魏延,生扮趙雲上)(唱)營門列戟秋虹繞,幕擁雙戈赤日排。

(雜扮報子上)(白)報!啟爺,孟達、霍峻守葭萌關,今張魯遣馬超領兵攻打甚急,救遲則關隘失矣。(劉備白)知道了。(報子下)(劉備白)這却如何是好?(孔明白)不妨,自有定奪。(張飛白)妙哉!辭了哥哥,去戰馬超也。(孔明白)今馬超侵犯關隘,無人可敵,除非往荆州取關將軍方好。(張飛白)軍師好小覷吾也!俺也曾獨拒曹兵百萬,豈懼馬超一匹夫乎?(孔明白)張將軍拒水斷橋,那曹操不知虛實,若知虛實,將軍豈獨無事乎?況馬超有呂布之勇,天下皆知。渭橋大戰,殺得曹操割鬚棄袍,幾乎喪命,非等閒之之輩[1]。就是關公,尚恐未能取勝,何況于將軍乎?(張飛白)今番要去,若不能勝馬超,願立軍令狀。(孔明白)既然如此,汝便爲先鋒,請主公親去走一遭,亮在此守寨。(魏延白)某亦願往。(孔明白)就令魏延帶領精兵二千,哨馬先行。(合)但願應時還得見,果然勝似岳陽金。(同下)

(雜扮中軍校,小生扮馬岱,生扮馬超上)(同唱)
【中呂宮正曲・粉孩兒】紛紛的,列旌旗龍蛇隱,擺戈矛烟爍,鳴金前進。全憑勇略冠三軍,那怕他萬騎雲屯。(白)俺馬超奉漢寧王命令,領兵來取葭萌關。此地離關不遠,兄弟,我到關前索戰,先擒張飛便了。眾將官,就此殺上前去。(唱)(合)取葭萌關勢先鋒,方顯俺馬超英俊。(同下)

(張飛衆上)(白)衆將官,就此殺上前去。(唱)
【正宮正曲・福馬郎】一派鑼聲催又緊,耳邊厢喊聲如雷震。心懷憤,急離葭萌關口，前途上奔。（白）我張飛同大哥、軍師來取西川，已占了葭萌關隘，不想張魯遣馬超來救。軍師言馬超有呂布之勇，是俺不伏。奉軍師將令，出關來戰馬超。大小三軍，殺上前去。（唱）（合）殺他亂紛紛，身難保命難存。（馬超衆上，圍科）

（張飛白）那來者莫非是馬超麼？（馬超白）張飛聽者。（唱）

【中呂宮正曲·紅芍藥】簪纓冑，累代高門，守西涼遠近皆聞，今日裏特地除奸佞。（戰科）（張飛白）馬超，無父無君賊子，還有面目立天地間麼？（唱）笑你個有家難奔，一身，喫盡若共辛，似喪家犬胡廝亂混[2]。（合）一任丈八矛眼下捐生[3]，只叫你把咱廝認。（戰科，下）

（先設布城，劉備、孔明上）（白）鳴金收兵。（唱）

【中呂宮正曲·會河陽】卷旗息鼓，各自收軍，羨化英雄果出群。（張飛上）（白）正要擒拿馬超，軍師為何收兵？（劉備白）馬超勇不可當，人言錦馬超，信不誣也。（張飛白）大哥好沒志氣，我張飛不殺了他，也不顯手段。（唱）斯人逢着弔客，又遇着喪門。（劉備白）今日天色已晚，不可戰矣。（張飛白）多點火把，安排夜戰。（衆小軍引馬超上）（唱）把軍馬兩下分，（合）除非，殺却伊心無恨，管教，把片甲無餘剩。

（白）張飛，敢與我夜戰麼？（張飛白）俺老張正要夜戰哩。吩咐點起火把，殺個痛快。今日不殺馬超，誓不入關。（馬超白）今夜不斬張飛，誓不回營。傳令，點起火把。（張飛、馬超下。衆軍分下）（背燈執火把上，分走）（衆唱）

【中呂宮正曲·縷縷金】點火把，照黃昏。照耀如白晝，逞精神。各自顯手段，五花八陣。殺來只見卷埃塵，要把威風振，要把威風振。（兩軍作對科）

（張飛、馬超分上）（白）衆將官站過一邊[4]，待俺單擒馬超。（衆分殺科）（唱）

【中呂宮正曲·越恁好】精神抖擻[5]，精神抖擻，地黑與天昏。搖旗吶喊，槍到處，叫你命難存。讎人相對眼倍瞋，心頭難忍。（合）手中槍，片片梨花滾。坐下馬，聲聲如雷緊。（戰科）

（劉備白）馬孟起你聽者，我劉備仁義待天下之士，不行詭詐，你且收兵歇息，我不來乘勢追趕，來日再見勝負。（馬超白）張飛怯戰了。（張飛白）馬超，便宜你了。（合唱）

【中呂宮正曲·紅繡鞋】兩家各自收軍、收軍，卷旗息鼓營門、營門。養

鋭氣,待明晨,再接戰,勝敗分。今月下,散征雲。(馬超引衆下)(張飛衆進城科)

(張飛白)軍師,老張正殺得高興[6],爲何收兵?(孔明白)馬超英勇非常,二虎相争,必有一損。待山人略施小計,令馬超歸于帳下。(劉備白)馬超,吾心甚愛,怎肯輕易降我?(孔明白)東川張魯,意欲自立爲漢寧王。手下謀士楊柏,其人貪酷好利,先差一人,用金帛以買其心。再致書張魯,言吾與劉璋争者,爲爾報讎也,不可聽信離間之言,事定之後,保你爲漢寧王,有何難哉?張魯乃無謀小輩,自然令馬超罷兵矣。(劉備白)他縱罷兵,怎肯來降?(孔明白)我自着楊柏難他,待他進退兩難之際,着人去説,再無不降之理。(劉備白)全仗軍師妙用。(同唱)

【尾聲】一條妙計將他窘,管教拱手投順,方顯南陽有異人。(下)

校記

[1] 非等閒之之輩:"輩",原作"北",據文意改。
[2] 似喪家犬胡斯亂混:"斯",原作"厮",徑改。本齣下同。
[3] 一任丈八矛眼下捐生:"捐",原作"損",據文意改。
[4] 衆將官站過一邊:"站",原作"跕",據文意改。
[5] 精神抖擻:"擻",原作"搜",據文意改。本齣下同。
[6] 老張正殺得高興:"高",原作"萬",據文意改。

第廿一齣　馬氏一心歸漢室

(雜扮手下,引李恢上)(唱)

【南吕宫引·生查子】胸富五車書,義氣同高厚。珠肯暗中投,待價逢人售。

(白)自家李恢,乃建寧俞元人也。向日苦諫,劉璋不納吾言。今見劉皇叔仁德佈于四海,必成帝業,因此歸命相投,待以上賓之禮。昔在隴西,與馬超有一面之交。孔明托我前去説他,須索走一遭也[1]。正是:口中三寸劍,勝彼百千兵。(下)

(雜扮小軍,隨生扮馬超上)(唱)

【南吕宫正曲·紅衲襖】俺本學秦孟明火焚舟,俺本學會孟津滅殷紂,誰承望越勾踐反貽下醜,又如那魯曹沫有三敗羞。(白)我馬超指望取了葭萌關，依傍漢中，以洗舊恨。不料張魯有眼無珠，聽信楊柏讒言，連發三道令諭[2]，着我罷兵回去。我仔細想來，欲待罷兵，前功盡棄，欲待回去，又恐楊柏加害于我，如今勢出兩難了。（唱）這恨兒教我怎休？這事兒越猜不透，似這等進退無門，定有個奸究人兒也，一心心做敵頭。（雜扮手下，引差官上）（唱）

【高大石調・窣地錦襠】驅馳跋涉到邊州，召取將軍兵且收。（白）令諭到。諭白：窮兵黷武，古來有忌。連取三次，竟不回兵，勢屬違抗。爾既要立功，當限以一月之內，要成三功：一要取西川，二要劉璋首級，三要退荊州人馬。三事俱成有賞，缺一有罰。爾其思之，無貽後悔。（唱）（合）如何三次恁淹留，禍到臨頭滿面羞。（同下）

（馬超白）這場禍事怎了。（唱）

【南呂宮正曲・紅衲襖】俺好似大江中失舵舟，俺好似獻孤忠違了昏殷紂，俺好似被讒言作了一楚囚，俺好似馬臨崖，叫我韁怎收？（白）楊柏奸賊，我馬超與你有何冤讎，如此加害于我？（唱）這事兒教人暗愁，這竟兒教人怎救？致令得進退無門，好教我有家難奔也，恨悠悠無盡休。

（手下引李恢上）（白）此來全仗三寸舌，打動將軍一片心。通報，隴西故人李恢要見。（卒白）啓將軍，有隴西故人李恢要見將軍。（馬超白）李恢爲人善于辭令，此來必作說客。吩咐帳後，埋伏刀斧手二十名，聽吾號令，即刻將他砍爲肉泥。軍校，令他進來見我。（進科。馬超不起，不理）（李恢白）孟起，自古故友相見，分外眼明。你我闊別多年，今得一晤，何倨傲之甚也？（馬超白）我且問你，此來爲何？（李恢白）做說客。（馬超白）好個說客！你且講來我聽，倘不合理，我有新磨寶劍，當試汝之頭。（李恢笑）（白）孟起，你的禍不遠了。（馬超白）我禍從何來？（李恢白）越之西子，雖有善毀者，不能掩其美；齊之無鹽，雖有善繪者，不能蔽其醜。日中必昃，月滿必虧。此天下之定理也。曹操與足下有殺父之讎，屍骸未冷；隴西有屠妻之恨，血污猶腥，焉得爲大丈夫乎？今日一旦歸與東川，進不能救劉璋而退荊州之兵，退不能制楊柏而見張魯之面，一朝復有渭橋之敗，有何面目以見天下之人哉？我恐新磨寶劍，不能試我之頭，只恐目下將以自試耳。（馬超驚）（白）今聞足下高談，我馬超如醉方醒，似睡方覺，不知何以教我？（唱）

【仙呂宮正曲・皂羅袍】愧我，胸中昏謬，想從前冤恨，切齒難休。今朝又是禍臨頭，睜睜兩眼無方救。（李恢白）當今劉皇叔，仁德佈于天下，恩惠洽于臣民，將來必成帝業。何不竟往投之，建功立業，以圖報怨，豈不是美麼？

（同唱）良禽擇木，魚水相投。伊尹受聘，姜公相周。（合）失身匪類堪貽臭。

（馬超白）德昂之言，甚是有理。且請先行，我同舍弟馬岱隨後便去。（李恢白）告別了。良言喚醒夢中身，免使他年禍患侵。（馬超白）自古良禽須擇木，從今去暗往投明。（下）

（雜扮軍校、張飛、趙雲、黃忠、魏延、劉封引劉備上）（唱）

【黃鐘宮引‧玩仙燈】欲下西川，待想救寧周甸。（生扮孔明上）（唱）深愧着帷幄運籌，決勝千里，行軍事須遜前賢，飄然也綸巾羽扇。

（劉備白）軍師，李恢去說馬超，怎麼不見回來？（孔明白）李恢善于辭令，料馬超不能出其範圍，目下定有好音來也。（手下引李恢上）（唱）

【又一體】投明棄暗，全憑舌辨回天。（見科）（孔明白）德昂此來，事必諧矣。（李恢白）我奉軍師命令，主公洪福，去說馬超，陳說利害，他便欣然允諾，現在轅門外。（劉備白）道有請[3]。（馬超、馬岱上，衆小軍隨上）（唱）單槍匹夫愁雲亂，怎肯讓着先鞭？

（白）皇叔、軍師在上，末將馬超、馬岱參見。（劉備白）備得孟起賢昆玉，如虎生翼，如魚得水，興王定霸，可拭目而待也。（馬超、馬岱白）喪家亡命之輩，幸蒙不棄，當效犬馬。（張飛白）昨日關外好一場厮殺。（馬超白）那時是各爲其主，不得不然耳。（劉備白）看酒來，與賢昆玉洗塵。（合唱）

【黃鐘宮正曲‧畫眉序】殄滅靖烽烟，賀喜稱功大開筵。羨二難並美，雙鳳聯翩。齊列着珍羞娛賓，滿斟着葡萄相歡。（馬超、馬岱唱）（合）今朝末弁初投主，全仗福庇成全。

（雜扮報子上）（白）報子叩頭。（劉備白）喘息定了，慢慢報上來。（報子唱）

【黃鐘宮正曲‧滴溜子】西川的，西川的，劉璋差遣，引軍馬，引軍馬，關中列剪。（孔明白）何人領兵？（報子白）劉晙[4]、馬漢二員勇將，領兵殺來了。（劉備白）誰可迎敵？（馬超、馬岱同白）末將等願往，擒此二賊。（劉備白）若得孟起前去，吾無憂矣。（唱）將軍，如能一戰，斬將與搴旗，膚功立建。（合）速把捷音，報到席前。（衆引馬超、馬岱下）（劉備衆合唱）

【鮑老催】英雄才彥，天教會合在筵前，笑談頃刻掃狼烟。人似龍，刀比霜，旗如電，管教指掌定西川，虎將名兒從今顯。（合）酒沉醉，燭徐剪。（衆引馬超、馬岱提首級上）（唱）

【雙聲子】忙回轉，忙回轉，把二將頭顱獻。旌旗展，旌旗展，這功勞人爭羨。席未散，增歡忭。（合）諒幺麼小輩，怎當屠剪？

（白）皇叔、軍師在上，小將等斬將回來，獻上首級二顆侑酒。（劉備、孔明白）孟起賢昆玉真英雄也！（孔明白）主公，劉晙、馬漢已死，成都可一鼓而得。一面差將，分兵五路竟取成都，一面差法正前去作說，不怕劉璋不親捧版圖降與麾下也。（劉備白）軍師言之有理。張飛、趙雲、黃忠、馬超、魏延聽令。（眾應科）爾等各引兵五萬而行，在成都城外取齊，不得有誤。（眾應科）得令。（下）（劉備白）軍師，作速差法正到成都便了。（應科）（合唱）

【尾聲】葭萌關內排筵宴，馬戰還須舌戰，行看指日定西川。（下）

校記

[1] 須索走一遭也："一"，原無，據文意補。
[2] 連發三道令諭："令"，原作"今"，據下文"令諭到"改。
[3] 道有請："道"，原作"到"，據文意改。
[4] 劉晙："晙"，原作"晙"，徑改。

第廿二齣　劉家五虎下西川

（雜扮眾小軍，引淨扮張飛上）（唱）

【南北合套・粉蝶兒】試展經綸，俺可也試展經綸，似穰苴晉燕威信。（淨扮黃忠上）（唱）報君恩席卷妖氛。（生扮馬超上）（唱）展雄謀，平川漢，龍驤虎賁。（小生扮趙雲上）（唱）全仗着智勇包身。（淨扮魏延上）（唱）奮雄威揮兵前進。

（張飛白）群虎收川日，劉璋自喪魂。（黃忠白）英雄誇老健，入蜀建奇勳。（馬超白）赤心昭白雪。（趙雲白）浩氣壯青雲。（魏延白）竹帛垂名遠[1]，千秋說漢君。（張飛白）某等奉軍師將令，分兵五路，直取成都。今乃吉期，眾將官，就此發兵前去。（同唱）

【南北合套・好事近】奉令帥三軍，八陣擺列風雲。龍吟虎嘯，角聲吹撥霧除氛。甲兵令閫，展旌旗，萬丈金光引，（合）壯男兒弄武持戈，建威名齊舒忠藎。

（張飛白）眾將官，來此是那裏了？（軍卒白）漢津了。（張飛白）來此已是漢津，某等各自分兵。（眾白）說得有理。眾將官，與我各自分兵。（趙雲、黃忠、魏延、馬超各分下）（張飛眾同唱）

【南北合套・石榴花】俺則見山川帶礪勢嶙岣，端的是形勝藉鴻鈞。那漢津隘口,錦繡營屯。旗旄分近遠,封堠列紛紜。須索要急忙忙,須索要急忙忙,猛驅兵,直向前途進。齊奮力行行陣陣,廝對着左右三軍,廝對着左右三軍,如風偃草雷霆迅,一個個志氣可凌雲。(下)

(魏延領衆上)(白)衆將官,就此殺上前去。(衆應)(同唱)

【南北合套·好事近】分兵,隊隊把威申,須索要揚鞭前進。衝鋒對壘,任他驀地天神。弓刀矢石,伏白旄黃鉞,精神奮。(合)把軍師妙計施行,五虎將人人英俊。(下)

(趙雲領衆軍上)(白)衆將官。(同唱)

【南北合套·鬥鵪鶉】統一隊烈烈猙獰,統一隊烈烈猙獰,望前途成都將近。一心要扶漢興劉,一心要扶漢興劉,似當年定齊韓信。只看俺五虎分兵過漢津,路路的軍威振。那其間裂土分茅,那其間裂土分茅,方顯得常山趙雲。(下)

(黃忠領衆軍上)(白)衆將官。(合唱)

【南北合套·撲燈蛾】整軍威,飛臨白帝城,誇迅速,飲馬錦江濱。行過了,萬里連雲棧,早則向,錦關忙前進。明晃晃刀寒秋水,須認某,老將立功勳,多矍鑠威風難近,(合)今日裏江山開拓護劉君。(下)

(馬超領衆軍上)(同唱)

【南北合套·上小樓】俺本是關西將,休覷等倫,伏波裔漢室勳臣,伏波裔漢室勳臣。得會風雲,齊舒忠藎。疾駕着逐電追雲,疾駕着逐電追雲,成都將近,軍聲大震,纔顯得馬超雄奮。

(白)衆將官就此前去,前去。(衆應下)(雜扮小軍,生扮劉備,生扮孔明上)(同唱)

【南北合套·撲燈蛾】爍爍明明戈劍,白白青青旗振。隊隊的高下分,簇簇的馬步巡,糾糾雄雄軍威雷震。聳矗矗成都隱隱,巍巍的雉堞連雲。可知俺孫吳妙略,智術通神,(合)今日裏西川鼎足說三分。

(衆軍、五虎將同上)(白)啓軍師[2],前面已是成都。(孔明白)衆將官,與我把成都圍住,架起雲梯者。(五虎將白)得令。衆將官,就此圍城者。(衆應科)(同唱)

【煞尾】今朝蜀地遭顛運,把這炎劉志少伸,教他及早投降免害民。(下)

校記

［1］竹帛垂名遠："帛"，原作"白"，據文意改。
［2］啓軍師："軍師"，原作"將軍"，與全劇對孔明的稱呼不合，逕改。

第廿三齣　知時歸命求安逸

（生扮譙周上）（唱）

【黃鐘宮引・點絳唇】四海分囂，群雄並起，兵和將，較勝爭強，若個能安壤。

（白）天心歸有德，臣誼肯無君。世亂推英烈，雲成五色雯。自家譙周是也。故主暗弱，難與天下爭衡。玄德仁威，豈僅西南半壁？更文武齊心，英雄效命。今日兵臨城下，命法孝直入城招降。恐主公遲疑不決，須索引孝直去見主公，一力勸降便了。（下）

（雜扮小軍，引小生扮劉璋上）（唱）

【又一體】百結愁腸，血淚添悲愴。空惆悵，正正堂堂，大義平如掌。

（譙周上）（白）啓上主公，法正求見。（劉璋白）法正已降劉備，却來則甚？（譙周白）玄德公特差法正招降。（劉璋白）吾之不明，悔亦何足？吾父子居蜀地二十餘年，無恩德以加百姓，攻戰三年，血肉捐於草野，皆我之罪也，不如投降以安百姓。（譙周白）主公所見，應天順人，敢不景從？（劉璋白）且看法正進來。（譙周應科）（白）孝直那裏？（末扮法正上）（白）欲得西川成大業，來探彼意是何如。（譙周白）主公有請。（法正進見科）（白）皇叔特遣小臣致意，望主公以百姓爲念，早早出降。（劉璋白）我意已決，一同出降便了。譙周可將印綬籍隨行。（唱）

【黃鐘宮正曲・出隊子】傾心向前，印册隨移到彼行。未知皇叔甚行藏，會面其間慢酌量。（合）事在人謀，由天主張。（下）

（雜扮衆小軍、將官，引净扮張飛、黃忠、魏延，生扮馬超，小生扮趙雲，生扮孔明，生扮劉備上）（唱）

【又一體】兵談虎帳，進退乘機有智囊。昨朝遣使說他降，願得來歸天意將。（合）大業垂成，易如反掌。

（劉璋、法正、譙周上）（白）明知不是伴，事急且相隨。（法正白）已到營門。請少待，待我通報。（進見科）（白）啓主公，季玉親捧版圖册籍，已到營門。(劉備白)快請相見。(法正白)主公,皇叔出迎。(劉璋跪科)(白)恩兄在上,罪弟劉璋捧印綬版圖册籍獻上。(劉備答跪科)(白)不敢,賢弟請起。哎,賢弟,非吾不行仁義,奈不得已也。(譙周白)罪臣參見。(劉備白)譙允南請起。(孔明白)今西川平定,難容二主,可將季玉送到巴西。(劉備白)軍師,吾方得蜀郡,未可令季玉遠去。(孔明白)劉璋失基業,皆因太弱。主公若以婦人之仁,臨事不決,恐此土難以長久。(劉璋白)恩兄使小弟豐衣足食足矣,不必爲弟過慮[1]。今日且請恩兄進城,安堵百姓。小弟即日起身,往巴西去也。(孔明白[2])季玉所言極是,主公不必多疑。(劉備白)既季玉堅辭請行,即當奉餞便了。(劉璋白)就請進城。(劉備白)請。(衆行科)(同唱)

【黃鐘宮正曲‧降黃龍】喜氣非常,掃却陰霾,陡現祥光。(白)今日呵,(唱)我的矢心肯忘,端只要暢洽輿情,暫時裏借此維繮。心傷,覩此周官禮樂,難教我肆然安享。(合)要思量,臥薪嘗膽,暑炎冬凉。(雜扮文武官上,迎接科。劉備等進城科,下)(雜扮父老、士農工商、童男女,各持香花上)(唱)

【又一體】危疆,此日安康。大旱雲霓,風從景仰。看師雄勢勇,願把那吳魏全平,皇圖開創。蜀邦,白叟黃童,簞食壺漿相望,(合)爇名香,四民遮道,拜首朝王。

(劉備衆上)(白)軍師,好富饒氣象也。(孔明衆白)正是。(衆百姓跪接)(白)成都父老百姓,簞食壺漿,以迎王師[3]。願吾主平吳滅魏,永享太平!(劉備白)多謝爾等美意。人來。(衆應科)(白)有。(劉備白)父老百姓等,各給花紅羊酒寧家。(衆白)多謝主公。(衆父老百姓白)好主公,我川中大家好造化也。(行科)(劉備衆同唱)

【黃鐘宮正曲‧歸朝歡】今日裏,今日裏,漢中興旺,看祥雲九霄飄颺。吳與魏,吳與魏,逆天逞狂。怎奈我動雷霆,要剪除掃蕩。只看這人歸天與神明諒,辭嚴義正群情向。(合)也只是曹賊深讎,不能想讓。

【尾聲】元良此日堪希望,顧不得權宜誹謗,直待得漢賊平時定短長。
(同下)

校記

[1]不必爲弟過慮:"慮",原作"盧",據文意改。

[2]孔明白:"孔",原作"唱",據文意改。

[3]以迎王師:"迎",原作"連",據文意改。

第廿四齣　溯舊盟關公訓子

（衆扮馬良、伊籍、趙累、王甫、潘濬、糜芳、糜竺、傅士仁上）（白）開疆施妙略，拓土運良謀。功盡蕭曹上，英雄敵萬夫。某馬良，某伊籍，某趙累，某王甫，某潘濬，某糜芳，某糜竺，某傅士仁。將軍升帳，在此伺候。（净扮關公，净扮周倉，雜扮關興，雜扮廖化上隨）（關公白）忠勇聲聞宇宙間，英雄武略震江山。絶代貞仁誰能及？華夏威名萬古傳。（衆作參見科）（白）將軍在上，我等參見。（關公白）某蕩寇將軍、漢壽亭侯關某是也，奉敕保守荆州，威震華夏。且喜民安物阜，歲稔時和。關興，某授汝《孫子兵法》，可曾諳練？（關興白）謹遵父訓，日夜熟習。聞得漢有三傑，何以遂平天下，孩兒不知，求爹爹說與孩兒知道。（關公白）吾兒聽者。高祖仁義用三傑，霸王英雄憑一勇。三傑者，蕭何、韓信、張良；一勇者霸王，喑嗚叱咤之聲，舉鼎拔山之力，被韓信大小七十二陣，追至烏江，自刎而死。想漢高祖登基，非同容易也。（唱）

【中呂宮套曲‧粉蝶兒】那時節楚漢爭强，嘆周秦早屬劉項，公君臣先到咸陽[1]。一個兒力拔山，一個兒量吞海，他兩人一時開創。（關興白）既是同時開創，各有何人輔佐？（關公唱）想當日鴻溝烏江，一個兒用了三傑，一個兒力誅了八將。

【中呂宮套曲‧醉春風】一個兒短劍一身亡，一個兒净鞭三下響。這的是祖宗傳下與兒孫，到如今享，享。漢獻帝軟弱無剛，恨董卓不仁不義，呂溫侯一衝一撞。

（關興白）當日桃園結義情由，孩兒不知，請試說一遍。（關公白）當日桃園結義之時，宰白馬祭天，殺烏牛祭地，不願同日生，只願同日死，一在三在，一亡三亡。（唱）

【中呂宮套曲‧十二月】俺三弟家住在涿州范陽，俺大哥家住在大樹樓桑，俺關某家住在蒲州解梁。更有那諸葛軍師，住在南陽。一霎時英雄起四方，（滚白）這的是壯士投壯士，豪傑遇豪强。（唱）結拜了皇叔與關張。

（關興白）方今天下，鼎足三分。孩兒不知，再求試說一遍。（關公白）方今天下，鼎足三分：曹操占了中原，孫權霸住江東，俺大哥守尊西蜀。這都是漢家天下。（唱）

【中呂宮套曲‧堯民歌】其年三謁卧龍崗，已料定鼎足三分漢家邦。俺大哥稱孤道寡,俺三弟世無雙,俺關某匹馬單刀鎮荊襄。長也麼江,經過幾戰場,恰更是後浪催前浪。

(衆小軍引雜扮關平上)(白)纔離夏口地,咫尺是荊襄。(作進見科)(白)爹爹在上,孩兒關平參見。(關公白)沒有某家的將令,爲何擅離汛地?(關平白)東吳差人下書。(關公白)將下書人搜撿明白,帶他進來。(關平應科)(關公白)吩咐大開轅門。(雜扮衆將校上,作擺門科)(關平白)下書人進。(丑扮黃文上,作進見叩頭科)(白)下書人叩頭。(關公白)下書人叫甚麼名字?(黃文白)大膽黃文。(關公白)周倉,將刀剖開看者。(周倉欲剖勢科)(黃文作怕喊科)(白)小人的膽只有芥菜子兒大。(關公白)爲何能大能小。(黃文白)能強能弱。(關公白)取書上來。(看科)(白)某家知道了,來日五月十三日説某家親來赴會。不及回書,放他去罷。(黃文白)唬死我也!教他明槍容易躲,暗箭最難防。(下)(關公白)吩咐掩門。(衆將校應科,下)(關平白)請問爹爹,他書上如何道?(關公白)吾兒聽者。(唱)

【中吕調套曲·石榴花】上寫着兩朝相隔漢陽江,又寫着魯肅請雲長,安排着筵宴不尋常。畫堂中別是風光,休想要鳳凰杯,滿泛着瓊花釀。笑談間安排着巴豆砒霜,玳瑁筵前排列着先鋒將,休想道開宴出紅妝。

(關興、關平白)魯肅相邀,必有惡意,筵前恐有埋伏,爹爹何故許之?(關公唱)

【中呂宮套曲·鬥鵪鶉】他那裏安排着打鳳牢籠,俺這裏準備下天羅地網。那裏是待客筵席,分明是殺人的戰場,則着他宴意真心便休想。(白)我若是不去呵(唱)却被後人來講。(關興白)既然筵無好筵,會無好會,俺這裏不去,其奈我何!(關公唱)既然他緊緊相邀,(白)周倉,(唱)恁隨俺身便往。

(關平白)爹爹不可以萬金之軀,蹈虎狼之穴,非所有重伯父之寄托也。(關興白)孩兒聞魯肅用兵有法[2],施謀有智,望塵知勝敗,嗅土辨輸贏。爹爹不可輕視于他[3]。(關公唱)

【中吕調套曲·上小樓】你道他兵多將廣,人強馬壯。大丈夫敢勇當先,一人拼命,教那廝萬夫難當。(關興、關平白)事隔大江,孩兒等怎生接應?(關公唱)你道是隔着大江,起戰場,患難之間父子不得相親傍,叫那廝鞠躬身送俺到船頭上。

(馬良白)魯肅雖有長者之風,於中事急,不容不生狼心耳。將軍不可輕往,恐悔之無及。(關平白)依孩兒愚見,臨期相機行事,還是先下手的是。(關公唱)

【又一體】你道是先下手暉爲強,後下手暉遭殃。一隻手揪住寶帶,臂轉猿猴[4],俺這裏劍掣秋霜[5]。他那裏緊緊藏,俺這裏暗暗防,怕什麽狐朋狗黨。小可的千里獨行,五關斬將。

(關興白)想當初爹爹出許昌,曹操尚且不懼,何況魯肅乎?(關公唱)

【中呂調套曲·快活三】得書信離許昌,護鸞輿覓劉皇。灞陵橋上氣昂昂,側坐在雕鞍上[6]。

(關興白)古城下又與蔡陽鏖戰,好英雄也。(關公唱)

【中呂宮套曲·鮑老兒】撾鼓三通斬蔡陽,血濺在沙場。刀挑征袍出許昌,險唬殺曹丞相。明日在單刀會上,對兩班文武,小可的三闖襄陽。

(馬良、伊籍白)縱將軍過江,亦可準備。(關公白)關平聽令。(關平應科)(關公白)可選快船十隻[7],藏善水軍五百,在江上等候。有號旗起處,近某船來。(關平白)得令。(下)(吹打下座科)(關公唱[8])

【中呂調套曲·剔銀燈】折末他雄糾糾排成戰場,威凜凜兵屯虎帳。大將軍志在孫吳上,那怕他馬如龍人似金剛。(關興白)爹爹還須着意。(關公唱)不是俺十分強,硬主張。(白)但提起厮殺呵,(唱)俺也是摩拳擦掌。

【中呂調套曲·蔓菁菜[9]】排戈甲,列旗槍,各分一個戰場。俺本是三國英雄漢雲長,端的有豪氣貫三千丈。

(衆參謀軍白)那魯肅無公孫弘東閣之筵,只怕有秦穆公臨潼之會。(關公唱)

【中呂調套曲·煞尾】雖不比臨潼會秦穆公,那裏有宴鴻門楚霸王。滿筵前、折抹了英雄將,百萬軍中刺顏良那一場賞。(下)

校記

[1] 公君臣先到咸陽:"咸",原作"先",據文意改。
[2] 孩兒聞魯肅用兵有法:"用",原作"周",據文意改。
[3] 爹爹不可輕視于他:"爹爹",原作"爺爺",據文意改。
[4] 臂轉猿猴:"猴",原作"候",據文意改。
[5] 俺這裏劍掣秋霜:"掣",原作"制",據文意改。
[6] 側坐在雕鞍上:"雕",原空缺,據文意補。
[7] 可選快船十隻:此句原作"可船快選十隻",據文意改。
[8] 關公唱:"唱",原作"白",徑改。
[9] 蔓菁菜:"菜",原作"蔡",據《太和正音譜》改。

第廿五齣　仗勢加封肆舞歌

（衆扮華歆、王郎、楊修、毛玠、程昱、荀彧、郭嘉、鍾繇、郗慮上）（唱）

【仙呂宮引·天下樂】青犢黃巾啓禍氛，旋天轉地策殊勳。九重新運開閶闔，待築郊壇讀禪文。

（華歆白）我乃華歆。（王郎白）我乃王郎。（楊修白）我乃楊修。（毛玠白）我乃毛玠。（程昱白）我乃程昱。（荀攸白）我乃荀攸。（荀彧白）我乃荀彧。（郭嘉白）我乃郭嘉。（郗慮白）我乃郗慮。（鍾繇白）我乃鍾繇。（王粲白）魏公功德巍巍，天人胥格受終。總師之事，正當復見於今。乃漢帝不聽，猶然尸位。我等三次伌勒，始晉魏公爲王。這也是在釜之魚，入阱之虎，不在話下。今當王府落成，主公升殿受賀，須索在此伺候者。（衆分侍科）（衆扮曹仁、曹洪、曹休、夏侯惇、許褚、張遼、于禁、樂進、張郃、徐晃上[1]）（分白）匹馬單戈八萬軍，男兒志氣矯如雲。生來自且封侯骨，要進與朝定策勳。（曹仁白）吾乃曹仁。（曹洪白）吾乃曹洪。（曹休白）吾乃曹休。（夏侯惇白）吾乃夏侯惇。（許褚白）吾乃許褚。（張遼白）吾乃張遼。（于禁白）吾乃于禁。（樂進白）吾乃樂進。（張郃白）吾乃張郃。（徐晃白）吾乃徐晃。（與王粲等相見科）請了。（衆白）請了。（王粲衆官白）今日主公升殿，我等一同朝賀。（曹仁衆將白）遙聽仙樂悠揚，主公早已升殿也。（分侍科）

（雜扮內監、宮官，引淨扮曹操上）（唱）

【南北合套·粉蝶兒】碧甃雲標，俺只見碧甃雲標，鬱紛紛曉烟籠罩，更一派樂奏咸韶。舊規模，新改換，鴻基丕紹。今日的袞冕臨期，也顧不得《春秋》譏誚。

（坐科）（白）袖中天位掌中君，禪詔區區安足云。不必踐他新莽迹，我知終不失周文。孤家自起義師，功高權重，玩君王於股掌，視僚寀若弁髦。后妃並受誅夷，將相悉爲臣僕，威炎勢赫，天與人歸。既能絕地通天，何難化家爲國。（笑科）孤非貪天位而不敢，亦薄天子而不爲耳。昨漢帝以華歆、王粲等執奏，進孤魏王，只得勉從所請，升殿受朝。（衆進科）（白）主公在上，我等朝賀。（跪科）（唱）

【南北合套·好事近】紫殿聳岩嶢，五色卿雲旋繞。蘢蔥佳氣，與瓊樓玉闕輝照。臣工歡忭，向丹墀，齊跪瞻天表。喜今日麟璽崇封，是他年龍飛先兆。

（曹操白）孤家遭時不偶，國故頻仍，爰舉義旂，以清妖孽。巨魁授首，大難削平，便膺茅土之封，也非過分之事。（唱）

【南北合套·石榴花】當日個妖弧直射九重霄，血玄黃幾染繡龍袍。不是俺補天片石，斷足神鰲，銅駝鞠茂草，金闕沒青蒿。今日裏問官家，今日裏問官家，是誰重把乾坤造？不是俺言辭倨傲，當得起裂土分茅，當得起裂土分茅。錫殊典加王號，蚤難道即此算酬勞。

（衆白）吾王文德懋昭，武功伊濯，軼賢追聖，邁古超今[2]，即此九錫封王，何足仰酬萬一[3]。（唱）

【南北合套·好事近】當初，帝位異于姚，況建安涼德不比神堯。（白）吾主呵，（唱）身平國難，將狂氛萬里都掃。豐功偉烈，可古來僅見今希少。暫時且拜命南宮，少不得受禪南郊[4]。

（曹操大笑科）（白）内侍，看酒過來，且做個慶賀筵宴。（内侍白）領旨。（華歆執爵，衆卒進酒科。賀畢，依次入席科）（曹操衆同唱）

【南北合套·鬥鵪鶉】整齊齊春殿筵開，整齊齊春殿筵開，一行行冠紳環繞。香馥馥酒泛梨花，香馥馥酒泛梨花，一個個杯擎瑪瑙。此際相看飲興豪，又何妨歡處暫諠哤。喜孜孜在藻依蒲，喜孜孜在藻依蒲[5]，這明明是周王燕鎬。（白）孤家制得新聲，已令女樂們演習，非謂象功昭德，不過悦我耳目而已。今日喚他們出來，歌的歌，舞的舞，與諸君侑酒。内侍，着女樂出來承應。（内侍白）領旨。千歲有旨，着女樂們上殿。（旦扮衆女樂上）（白）領旨。掌上曾傳飛燕舞，城中猶記莫愁歌。女樂叩頭。（曹操白）爾等將吾所製《龜雖壽》歌來。（女樂白）領旨。（歌舞唱）神龜雖壽，猶有竟時。騰蛇乘霧，終爲土灰。老驥伏櫪，志在千里。烈士暮年，壯心不已。盈縮之期，不但在天。養怡之福，可得永年。幸甚至哉，歌以詠志。（舞畢）

（衆贊白）妙哉，歌舞也。迅如飛燕，飄若驚鴻。紅袖翩翻，亂篩千解桃花雨；翠裙飄颺，斜掠千絲楊柳風。集羽縈塵，不足方其妙也。（唱）

【南北合套·撲燈蛾】明晃晃金釵翠翹，光閃閃錦裙繡襖。滴溜溜鶯舌圓，顫巍巍楊枝裊。似碧天鸞唳，空山猿嘯。悠悠聲叶雲璈，致翩翩影弄花梢。今日在萬花深處，千鍾嫌少，正是九重春色醉仙桃。

（曹操白）女樂們。（女樂白）有。（曹操白）代孤家敬酒者。（衆站科）（白）臣等不敢。（曹操白）位有崇卑，情無厚薄。亦既同心合意扶我爲王，還祈殫智竭忠，匡予不逮。杯酒之敬，又何辭焉？（衆白）千歲。（内作樂）（女樂分送酒科，衆飲畢）（曹操白）自來明良遇合，喜起一堂。今日之會差堪仿

佛，但願自今以後。(向曹仁、曹洪、曹休、夏侯惇唱)

【中呂調·上小樓】君臣要忠敬，父子常慈孝。(向文臣科)文臣要參贊機謀，不憚心勞。(向武臣科)武臣要號令明，步伐齊，威揚武耀。(合)(向衆科)這便是王家萬年吉兆。

(衆白)臣等荷蒙訓示，敢不書紳，以祈大勳克建。(唱)

【中呂宮·撲燈蛾】微臣的將異數叨，吾王的把神機詔。恰便似坐春臺，飲醇醪，優渥親承，高深難報。願從今弓矢載橐，文治光昭，綿綿翼翼，河山不老。那時節載賡湛露慶王朝。(女樂下)(曹操同衆出席科)(同唱)

【尾聲】奏新聲諧同調，欲借群龍翼袞袍。(曹操唱)早難道移漢開基不姓曹。(分下)

校記

[1] 衆扮曹仁、曹洪、曹休、夏侯惇、許褚、張遼、于禁、樂進、張郃、徐晃上："衆"，原缺，據上文"衆扮"補。
[2] 邁古超今："邁"，原作"萬"，據文意改。
[3] 何足仰酬萬一："酬"，原作"州"，據文意改。
[4] 少不得受禪南郊："禪"，原作"嬗"，據文意改。
[5] 喜孜孜在藻依蒲："蒲"，原作"浦"，據前文改。

第八本(上)

第一齣　赴單刀魯肅消魂

（雜扮小軍、將官、呂蒙、甘寧，引魯肅上）（白）江列魚麗鵝鸛兵，艨艟巨艦一毛輕。桓桓捉虎擒龍將，糾糾拿將掉尾鯨。某水軍都督魯肅是也，只因主公差諸葛瑾去索荊州，已蒙玄德公將長沙、零陵、桂陽三郡交還。吾主差官赴任，誰知被雲長不容，俱各逐回，遲後者必戮。吾主大怒，命我屯兵陸口，寨外臨江亭設宴，請關公與諸將單刀而會。如肯來，以善言說之。倘若不從，伏下單刀手殺之。如不肯來，隨即進兵奪取荊州。二位將軍，可曾準備否？（呂蒙、甘寧白）俱已齊備。（魯肅白）爾等小心埋伏。（應科）（魯肅白）準備窩弓擒猛虎，安排香餌釣鰲魚。（同下）

（淨扮周倉上）（白）志氣凌雲貫九霄，周倉今日顯英豪。今日主公往東吳赴宴，只得在此伺候。（雜扮八將、廖化，引淨扮關公上）（白）波濤滾滾過江東，獨赴單刀孰與同。片帆瞬息西風力，魯肅今日認關公。周倉。（周倉白）有。（關公白）看船。（周倉應科）（白）船隻伺候着。（雜扮水雲擁大船上，關公、周倉上船科。衆將下）（關公白）周倉，船行至那裏了？（周倉白）大江了。（關公白）吩咐稍水，風帆不要扯滿，把船緩緩而行。（應科）（周倉白）吩咐過了。（關公作觀江科）（白）好一派江景也。（唱）

【雙角套曲·新水令】大江東去浪千叠，趁西風，駕着這小舟一葉。纔離了，九重龍鳳闕，早來探千丈虎狼穴。大丈夫心烈，大丈夫心烈，覷着那單刀會，賽村社。

（白）你看這壁厢山連着水，那壁厢水連着山，俺想二十年前隔江鬥智，曹兵八十三萬人馬屯至赤壁之間，也是這般樣的山水。到今日，（唱）

【雙角套曲·駐馬聽】依舊的水湧山叠，依舊的水湧山叠，好一個年少周郎，恁在何處也？不覺的灰飛烟滅，可憐黃蓋暗傷嗟。破曹檣櫓，恰又早一時絕。則這鏖兵江水猶然熱，好教俺情慘切。（周倉白）好一派江水嗄。（關公白）周倉，這不是水。（唱）這是二十年，流不盡英雄血。（作到科，關

公、周倉下船。水雲、大船從上場門下)

(雜扮將官、中軍、魯肅上)(白)君侯請。君侯駕臨,有失迎接,多多有罪。(關公白)大夫,想某家有何德能,敢勞大夫置酒張筵?(魯肅白)酒非洞裏之長春,餚乃人間之匪儀。魯肅有何德能,敢勞君侯屈高就下、降尊臨卑?寔乃魯肅之幸也。(關公白)賤腳踹貴地。(魯肅白)貴腳踹賤地。(關公白)不敢。(魯肅白)江露寒冷,先飲三杯禦寒。(關公白)使得。(魯肅白)看酒。(關公白)大夫可知,主不飲,(魯肅白)客不寧。(周倉白)獻杯。(關公白)酒不飲單。(魯肅白)色不侵二。(周倉白)獻杯。(關公白)大夫可知,某家的刀也會飲酒?(魯肅白)名將必有寶刀。(關公白)周倉看刀。(周倉應科)(關公白)刀哎刀,想你在百萬軍中取上將首級,如探囊取物。今日多承魯大夫請某家飲酒,席上倘有不平之事呢,敢勞你一勞也。請一杯。(魯肅作定席科)(中軍白)請周將軍用飯。(周倉喝,將官、中軍慌下)(關公白)想當陽一別,又經數年矣。(魯肅白)光陰似駿馬加鞭,人世如落花流水,去得好急也。(關公白)果然去得急也。(唱)

【雙角套曲·胡十八】想古今立勳業。(魯肅白)舜有五人,漢有三傑。(關公唱)那裏有舜五人漢三傑,兩朝相隔只這數年別,不復能勾會也,恰又早這般老也。(魯肅白)君侯尚未老,小官老也。(關公白)皆然。(魯肅白)請君侯開懷暢飲幾杯。(關公唱)開懷來飲數杯。(魯肅唱)開懷來飲數杯。(關公唱)某只得盡心兒可便醉也。

(魯肅白)君侯當日辭曹歸漢,棄印封金,五關斬將,千里獨行,這段情由小官不知,望君侯試說一遍,小官洗耳恭聽。(關公白)想某家這幾場事呢,只可耳聞,不可目睹。聞則呢倒也尋常,見則可也驚人。大夫若不嫌絮煩,待某家出席卸袍,手舞足蹈,試說與大夫聽者。(魯肅白)願聞。(關公白)周倉卸袍。(作出席卸袍科)(白)那日某家辭曹歸漢,棄印封金,那日天色也只剛剛午午。(唱)

【雙角套曲·沽美酒帶太平令】則聽得悠悠畫角絕,悠悠畫角絕,昏慘慘日西斜。曹丞相滿捧香醪,他自將來,俺只在那馬上接。(魯肅白)贈君侯甚麼?(關公白)贈某家錦征袍,要賺某家下馬。(魯肅白)君侯可曾下馬?(關公白)那時某家在馬上,叉手躬身說,丞相嗄,恕關某不下馬來者。(唱)我卒律律刀挑錦征袍,某只待去也。我就坐雕鞍緊馳驟,人似飛蜨,沒早晚不分一個明夜。(魯肅白)不分明夜,又行到那裏?(關公白)到了古城。(魯肅白)可曾會見令兄令弟麼?(關公白)俺大哥、三弟俱在城樓之上。(魯肅白)令兄可說甚麼？（關公白)俺大哥乃仁德之君，一言不發。（魯肅白)令弟呢？（關公白)俺三弟他就開言道，阿喲喲，你那紅臉的，你既降了曹，又來則甚呢？（魯肅白)君侯如何道？（關公白)俺百般樣分說，他只是個不信。大夫。（唱)好教俺渾身似口怎樣分說，腦背後將軍猛烈，那素白旗他明明標寫。（魯肅白)標寫甚麼來？（關公白)蔡陽索戰。（魯肅白)他與君侯無讎嘎。（關公白)咳，只因在黃河渡口斬了他外甥秦琪，因此提兵前來報讎嘎。（魯肅白)原來如此。（關公白)俺三弟他可不知，你那紅臉的，你既不降曹，為何曹兵即至呢？（魯肅白)君侯怎麼說？（關公白)我說，三弟，你既疑我降曹，可開了城門，送了二位皇嫂車輛進城，助俺一支人馬，待俺立斬蔡陽。（魯肅白)令弟怎麼說？（關公白)俺三弟他粗中有細，咳，這話哄誰？開了城門助你人馬，可不作了裏應外合麼？（魯肅白)這也疑得是。（關公白)大夫，他只這一句說得俺抵口無言。我說，三弟，那城門呢，也不要你開，人馬也不要你助，可念桃園結義分上，助俺三通戰鼓，待俺立斬蔡陽。（魯肅白)令弟怎麼樣？（關公白)俺三弟他就拍手，呵呵大笑，說好嘎，這個使得。（作笑科)這個使得。（魯肅白)那時君侯怎麼樣？（關公白)那時惱了某家的性兒，把二位皇嫂的車輒輾過一旁。三弟與俺擂鼓者。（唱)只聽得撲通通鼓聲未絕，不喇喇征鞍上驟也，卒律律刀過處似雪，人頭落也。（魯肅白)妙嘎。（關公白)那時開了城門，送了二位皇嫂車輒進城，大哥、三弟挽手而行。大夫。（唱)纔能勾兄弟哥哥便歡悅。

（魯肅白)君侯適纔講的叫做什麼？（關公白)這叫做以德報德，以直報怨。（魯肅白)這就是以德報德，以直報怨？我想借物不還，謂之怨也。君侯習《春秋左傳》，通練兵書，匡扶社稷，救急顛危，可不謂之仁乎？待玄德公如骨肉，視曹操如寇讎，可不謂之義乎？辭曹歸漢，棄印封金，可不謂之禮乎？水淹下邳，手縛呂布，可不謂之智乎？想君侯仁義禮智俱全，唉，惜乎，惜乎，只少一個信字。若得信字完全，五常之將，無出君侯之右也。（關公白)大夫，想某家未曾失信與人。（魯肅白)君侯焉能失信？令兄玄德公曾失信來。（關公白)俺大哥乃仁德之君，焉肯失信與汝？（魯肅白)當日賢昆仲敗於當陽，身無所歸。那時，小官同孔明親見吾主，暫借荊州為養軍之資，今經數載不還。今日魯肅低情屈意，暫取荊州，待等倉廩豐盈，再讓與君侯掌管。魯肅不敢自專，諒君侯台鑒不錯。（關公白)大夫，你今日還是請某家飲酒，還是索取荊州？（魯肅白)酒也要飲，荊州也要取。（關公白)禁聲。（唱)

【雙角套曲‧錦上花】我把你誠心兒待，你將那筵宴來設。攀古攬今，分甚麽枝葉？俺跟前使不得恁之乎者也,詩云子曰。但開言只教恁挖口截舌。(魯肅白)孫劉結親,兩國正當和好。(關公白)可又來,(唱)有義孫劉自下翻成吳越。

(魯肅白)什麽響？(關公白)劍響。(魯肅白)劍爲何響[1]？(關公白)主人頭落地。(魯肅白)幾次了？(關公白)三次了。(魯肅白)第一？(關公白)斬熊虎。(魯肅白)第二？(關公白)誅卞喜。(魯肅白)第三？(關公白)第三,莫非論着大夫？(魯肅白)言重。(關公白)大夫,某家出劍你休驚,廟堂之上顯英名。筵前索取荆州事,一劍須教你命傾。(唱)

【雁兒落】憑着你三寸不爛舌,休惱俺三尺無情鐵。你饑餐了上將頭,渴飲的讎人血。

【得勝令】這的是龍在鞘中蟄,虎向坐間掘。今日個故友每重相見,咳,休教俺弟兄每相見別。魯子敬聽者,你心下休驚怯,見紅日西斜。(白)周倉,(唱)吾當酒醉也。

(魯肅白)軍士們依計而行。(内應科,將官、單刀手上)(關公作擒魯肅科)(吕蒙、甘寧白)關公,有話好講,休得傷俺都督。(周倉白)有埋伏。(魯肅白)没有埋伏。(關公白)既没有埋伏。(唱)

【煞尾】恰怎生鬧炒炒？那三軍列,有誰把俺擋攔者。擋着俺呵,則叫他一劍身亡,目前見血。你便有張儀口,蒯通舌,那裏躲攔藏遮？恁且來來來,好好的送我到船上,與你慢慢别。(大船上,關平、關興小船上,水雲隨上)(關公白)周倉,請大夫過船謝宴。(周倉白)嘎,請大夫過船謝宴。(魯肅白)不過船了。(周倉白)諒你也不敢過船。不過船了。(關公白)大夫受驚了。(唱)承款待,多多承謝,則我這兩句話,恁可牢牢記者,百忙裏稱不得老兄心,急切裏分不得漢家業。

(白)吩咐開船。(各分下)

校記

[1]劍爲何響:"爲",原作"未",據文意改。

第二齣　定蜀都群工勸進

(雜扮堂候上)(白)桓桓群虎下成都,萬姓歡迎遮道途。盡説太平逢聖主,先須立業樹鴻圖。我等諸葛軍師府中堂候官是也。我軍師爲三顧之深恩，領六軍之衆任，説吳伐魏而暗襲荊襄，破魯收超而明克川蜀。自起兵以來，處處望風瓦解。劉璋親自捧版圖，營門納降，百姓簞食壺漿，道途迎接。到得川中，規模煥然一新。若不早正大位，難服衆心。諸葛軍師幾次進諫，主公只是不允。爲此軍師托病不出，主公必自來親視，因而先着我每請各位老爺到來，於中勸諫，以允其請。正是：欲立後漢偏安業，全仗鞠躬盡瘁賢。（下）

（雜扮家將隨生扮孔明上）（唱）

【仙呂宮引·望遠行】功成自喜，庶務已分綱紀。大業垂成，何事尚虛天位。只恐衆志難違，怕是英雄氣餒，輾轉頓叫人憔悴。

（白）山人諸葛亮，自出茅廬以來，維持漢統，志在勤王。主上厚遇隆恩，奚啻推心而置腹；開誠布衽，果真下士以尊賢。委身于患難之中，受命于敗軍之際。山人身入江東，兵塵赤壁，取荊襄而駕禍于東吳。次收漢王，智定成都，取川隴而開基於西蜀。今者版圖日闊、四方輻輳之時，稼穡齊登、萬姓歡娛之日，若不及早定鼎，控制四方，只恐不足以收拾豪傑之心，迴挽英雄之志。故率領文武諸臣，連章勸進，奈主上堅執不允。昨日只得托病不朝，爭奈計無所出。今早差人請各位將軍到此商議，正是：要扶炎漢千秋業，始遂平生一片心。（下）

（淨扮張飛，小生扮趙雲，生扮馬超，淨扮黃忠，淨扮魏延，末扮法正上）（白）玉帳牙旗得上游，安危須共主分憂。年少功高人最美，不媿生封萬戶侯。（張飛白）今早軍師相招，不知有何計議。（法正白）列位將軍，軍師只因主公不准勸進表章，托病不朝。相邀我等，必有成算。（張飛白）某等與軍師大家計議便了。（衆白）請。（到科）（堂候上）（白）衆位老爺到了麽？請少待，軍師有請。（孔明上）（白）各位老爺到齊了，快請。（相見科）（孔明白）諸君賜顧，有失遠迎，得罪得罪。（衆白）適聞采薪，未暇問安，有罪有罪。（孔明白）不敢，偶爾違和，不足介意。唉，但心腹之疾，無藥可醫。（張飛白）軍師，這有何難？（孔明白）三將軍有何妙藥，乞賜刀圭。（張飛白）軍師，依俺老張呵。（唱）

【仙呂宮正曲·桂枝香】不須精細，何勞疑忌？（白）想俺大哥呵，（唱）不肯遠慮深圖，只學那書生長例。這隨機應變，這隨機應變，全然不會。爲今之計，（合）則除是犯天威，拼着個冒死來相强，經權並濟爲。

（白）軍師，今日待我勸進，管教大哥不得不從。（衆白）不從待怎麽？（張飛白）我便以黃袍加體，背着大哥升殿，軍師率領諸臣山呼，則大事定矣。

（孔明白）將軍休要造次。（堂候上）（白）稟上軍師，主上親來問候。（孔明笑科）（白）妙哉，妙哉，大事濟矣。（衆白）敢問軍師，計將安出？（孔明白）且請衆位在屏風後暫躱片時，聞彈屏風之聲，便齊出山呼便了。（張飛白）這是甚麼意思？（孔明白）少停便知。（衆應科，下）（孔明臥科）

（雜扮手下，引生扮劉備上）（唱）

【又一體】通宵無寐，意驚心悸。端只爲軍國事務躊躕，又遇着軍師災疾。（白）方纔聞說軍師疾篤，不及乘馬，徒步而來，兀的不唬殺我也。（唱）中心暗想，中心暗想，難禁珠淚，教人悲涕。（合）他繫安危。（白）倘有差池呵，（唱）心膂誰堪托，使江山何所依？（見科，孔明作病不語科）

（劉備白）軍師，偶爾違和乃至此，乞道其詳。（孔明白）主公，臣憂心如疚，不久人世了！（劉備白）吉人天相，不須過慮。（孔明白）願主公早正大統，掃平逆亂，以愜輿情。臣死之日，猶生之年也。（劉備白）軍師何出此言？（孔明白）主公如此，臣死必矣。願主公無復以臣爲念也。（劉備白）軍師差矣。備辛苦流離，死生存歿，以成此事者，蓋爲國家起見，所以奉此大義耳。今欲陷以不義之地，是何見也？（孔明唱）

【又一體】當今時勢，鼎分雄峙。怎道得恪謹尊王，做一個靖供臣職？（白）主公，若守小經，不行大權，則中興無日，不但事業堪悲，亦有負獻帝所托。（唱）時乎不再，時乎不再，堂堂名義，何須拘泥？（合）怕衆難違，都道是四海紛無主，齊作了良禽擇木棲。

（白）主公若不早從衆勸[1]，不但諸葛亮死於此時，即諸葛亮亦當引去矣。望主公詳察。（劉備白）軍師且調攝貴體。（孔明白）臣有何病，蒙殿下恩准，不但臣病立痊，亦蒼生之幸也。諸君何在？主公已准所請。（衆應科，上，作叩拜山呼科）（劉備白）列位，依吾之意，但當建國稱王。若必稱帝，備當效魯仲連赴東海而死耳。（孔明衆白）千歲千歲千千歲。（劉備笑科）（白）軍師與列位，備素有匡扶之志，竟成如此之名。（孔明衆白）主公，雖然疑謗且自由人，須知此心不可少懈。逆賊授首之日，明志何難？（劉備白）諸君執意如此，劉備將來作人之口實矣。（孔明白）法孝直，可速建受命臺。明日吉辰，請主公即位。（法正應，下）（衆白）擺齊鑾駕，請主公還宮。（衆扮侍衛、傘夫、推輦人上，劉備乘輦）（衆同唱）

【雙調集曲·雙令江兒水】看三分地利，論英雄能有幾？人和業廣，把恩猛均齊。政文修武備期，至德可安黎，平成必肇基。天保如茨，景兆維祺。這鴻圖定命，有誰可擬？笑只笑奸曹可嗤，怎知俺聖人御世，看指日膚功于

羽移。(同下)

校記

[1]主公若不早從衆勸:"勸",原作"權",據文意改。

第三齣　允請郊天

(雜扮四堂候,末扮法正上)(唱)

【仙呂調·點絳唇】帝載重光,皇猷辰放。郊壇上,喬喬皇皇,看火德衰還王。

(白)壇墠崔巍拂彩虹,虞韶迭奏五雲中。車書一統從今始,疑璜垂旒治化隆。下官法正是也。我主公既得荆襄,又定川隴。軍師率領群臣,請主公應天順人,早登王位,主公堅執不准。章十餘上,方纔俯從。軍師着我在城南築起高臺,預備郊天即位。道言未了,百官來也。(虛下)(生扮孔明,净扮張飛、黃忠,小生扮趙雲,生扮馬超上)(合唱)

【又一體】際會明良,太平有象。河山壯,國祚雲長,今日裏邀天貺。

(孔明白)某諸葛亮。(張飛白)某張飛。(趙雲白)某趙雲。(黃忠白)某黃忠。(馬超白)某馬超。(孔明白)今日主公郊天即位,我等須索伺候。(衆白)軍師言之有理。(孔明白)疆宇即今成鼎足。(衆白)風雷此際看龍飛。(下)

第四齣　西蜀正位

(雜扮魏延、譙周、費詩、嚴顔、諸葛瞻、張苞、黃源、馬峻、趙統,引生扮劉備上)(唱)

【南北合套·醉花陰】非是俺換日移天把帝圖攘,嘆中原都歸人掌。奸曹操執國政抗王章,更孫權雄據長江。漢天子擁虛器,在朝廷上。

(白)帝室凌夷神器懸,奸權竊柄欲偷天。支分玉牒同休戚,敢續劉宗四百年。我劉備自涿郡起兵以來,本欲與朝廷掃蕩群雄,維持社稷。不料巨奸竊命,我只得奔走四方,希圖尺寸之功,以清君側。乃曹操奸惡日甚,幽囚天子,戕害后妃,逆迹已彰,不久魏王便爲魏帝矣。我欲奉行天討,伐罪救民。軍師率領群臣,屢屢勸進,我待要不從,又恐失了衆心,反致渙散,只得勉從

所請，再圖大舉。（衆白）請主公駕臨南郊。（劉備白）吩咐起駕。（傳科，雜扮侍衛上）（衆合唱）

【南北合套·畫眉序】法駕擁笙簧，黃屋鸞驂自天降。有皇鏊前導，岐羽分行，款款的雉扇雲移，裊裊地龍旗風颺。（合）沿途花鳥迎仙仗，萬姓同瞻新象。（到科）

（孔明、張飛、趙雲、黃忠、馬超、法正、衆文武官上）（跪接科）（孔明白）就請郊天。（內作樂，雜扮禮生上，贊禮科[1]）（劉備行禮科）（唱）

【南北合套·喜遷鶯】國步艱炎劉淪喪，國步艱炎劉淪喪，俺雖是旁枝兒系出天潢，因此上告蒼蒼，俺今日叨居人上，却不是自大稱尊那夜郎。心兒想，要恢復劉家故壤，敢黃琮蒼璧薦這馨香[2]，敢黃琮蒼璧薦這馨香。

（孔明白）吉時已屆，就請即位。（內作樂）（劉備上臺科）（孔明白）臣諸葛亮，率領大小文武諸臣朝參，願主公千歲千歲千千歲！（劉備白）孤薄德菲躬，謬承推戴，只恐輿情未愜，有虛其位耳。（衆白）主公聖子神孫，文謨武烈，上合天命，下愜人情，殷之湯、周之武不能過也。（衆合唱）

【南北合套·畫眉序】神武類高皇，翦棘披荊奠輿壤，是祖功宗德，源遠流長。承景運御六乘乾，綿世澤開來繼往。（合）當年光武誅新莽，今日大勳一樣。

（劉備白）孤之得有斯土，皆諸卿之功也。軍師諸葛亮，其晉位丞相，封武鄉侯，贊拜不名，劍履上殿。（孔明白）千歲！（劉備白）關雲長晉封荊襄王，義虎大將軍，總督諸路兵馬，即差費詩到荊州賫敕寶宣諭。（費詩白）領旨。（劉備白）張飛晉封東川王，猛虎大將軍，行前將軍事。（張飛白）千歲！（劉備白）趙雲晉封正定侯，威虎大將軍。（趙雲白）千歲！（劉備白）黃忠晉封長沙侯，飛虎大將軍。（黃忠白）千歲！（劉備白）馬超晉封西涼侯，彪虎大將軍。（馬超白）千歲！（劉備白）法正授蜀郡太守。（法正白）千歲！（劉備白）嚴顏授鎮蜀將軍。（嚴顏白）千歲！（劉備白）魏延授征西大將軍。（魏延白）千歲！（劉備白）譙周授太史令。（譙周白）千歲！（劉備白）費詩授前部司馬。（費詩白）千歲！（劉備白）簡雍、孫乾等及出守將佐，另行封賞。諸葛丞相之子諸葛瞻等聽封，念卿等之父功勞蓋世，輔助皇圖，今封爾等爲郎，以傳世澤，諸葛瞻封爲安漢郎，關興封爲蜀寧郎，張苞封爲忠勇郎，趙統封爲世澤郎，黃源封爲建威郎，馬峻封爲著節郎。（諸葛瞻、張苞、趙統、黃源、馬峻白）千歲！（劉備唱）

【南北合套·出隊子】俺不是私心偏向，沒由來把封號將。也只是卿家功績炳旗常。可知道賜履分圭非濫觴,怎的不鐵券盟言天府藏。

（孔明白）大典告成,請主上還宮。（衆排駕,劉備上輦,衆隨行,繞場科）（衆同唱）

【南北合套·神仗兒】燔柴初享,燔柴初享,碩德豐功,承天爵賞。此際、此際慶流寰壤,翠華回也,風恬日朗。咸引領覯休光,咸拜手頌龍光。（到科,劉備下輦）（雜扮內侍、宮女、太監上,劉備升殿）

（衆跪拜科）（白）臣等朝賀,願主公千歲千歲。（內侍白）平身。（劉備白）擺宴過來。（衆白）臣等謝坐。（衆依次坐科,內侍傳送酒,衆飲科）（劉備唱）

【南北合套·刮地風】喜呀則這玉碗盛來琥珀光,却不是玉液天漿,是太和元氣氤氳釀,美酣酣周決彷徨。今日個喜氣一堂,恰便是九醞流香。那王母樽,麻姑甕,總成虛謊。俺元首康,股肱良,便醉也又何妨?

（白）內侍,宣世子上殿。（內侍白）領旨。（宣科）（小旦扮世子上）（白）青宮方侍膳,內殿忽聞宣。（衆旁站科）（劉備白）今日與丞相及五虎大將軍等飲宴,世子代孤行酒。（世子白）領旨。（衆白）臣等荷蒙厚恩,宣入內殿飲宴,已叨異數,世子行酒,臣等不敢。（劉備白）諸卿與孤,情同骨肉,何必過遜?（世子送酒,衆跪飲科）（合唱）

【南北合套·鬥雙雞】聖恩如天,大施德廣。既承恩難自強,設官定職分符掌。自慚無狀,鵷鷺序列朝堂上。

（劉備白）擺駕還宮。（衆應科）（劉備唱）

【南北合套·古水仙子】呀呀呀、喜氣揚,呀呀呀、喜氣揚。好好好,好看他玉殿千官,列鵷鷺行。聽聽聽,聽簫韶奏響。一一一,一個個飲瓊漿。看看看,看儀庭雙鳳凰。獻獻獻,獻乘時啓泰嘉祥。那那那,那敢謂奉天承運,天子正當陽。是是是,是拒吳伐魏不相讓。俺俺俺,俺可也勉從人願暫稱王。（衆內侍引劉備等下）（各起科）（衆同唱）

【煞尾】但願得戢干戈,萬里乾坤朗。衍劉宗誅魏僭前平吳壤,一統山河歸漢掌。（分下）

校記

[1] 贊禮科:"贊",原作"輦",據文意改。

[2] 敢黃琮蒼璧薦這馨香:"璧",原作"壁",據文意改。下句同。

第五齣　聖武式昭華夏震

（衆扮軍校、軍士，雜扮糜芳、傅士仁、廖化、關平、馬良、伊籍、周倉、關興，引淨扮關公上）（唱）

【雙角套曲·五供養】心向日，氣冲天，俺弟兄隻手空拳，爲國家，竭蹶定乾坤，寒盡了奸臣觊觎膽。要接續這漢家貽燕，天若隨人願，可早把河山一統，也博個帶礪千年。

（白）某鎮守荆州，這荆州東接孫權，北連曹操，乃諸路之津要，爲西蜀之咽喉，非有將才，未易坐鎮。（衆將白）君侯自鎮守以來，控馭有方，張弛合度，東吳不敢攖鋒，北魏不敢仰視。千秋良將，無出君侯之右矣。（關公白）不是這等説。（唱）

【新水令】休將虛譽浪喧傳，那些兒功成業建。有心扶北闕，無計擴西川。今日個株守年年，怎能够掃氛埃歌清宴[1]？

（白）爲治之道，安不忘危，治不忘亂。今雖無事，豈可偷閒？關平。（關平應科）（關公白）我教你七曜陣法，可曾諳練？（關平白）謹遵軍令，帶領軍兵，已操練精熟。（關公白）你可帶領軍兵到教場，將七曜陣用心操演一番。（關平白）衆軍兵，到教場操演七曜陣者。（内應，内作樂，衆引關公到教場）（關公白）吩咐開操。（關興、周倉、傅士仁應科。雜扮四鼓角士持鼓角上，分侍，作鼓角聲。衆將引衆軍校上，擺七曜陣科）（同唱）

【又一體】雕戈淬鍔陣花圓，散光華天文晴絢。雙丸隨隱燿，五緯總鈎連。進退周旋，都合着璇璣轉。（演陣畢）

（關公白）果然好陣法也。（衆唱）

【雙角套曲·攪箏琶】開生面，地上渾天圓。震若轟雷，疾如飛電，欲斷却還連。伐鼓淵淵，操演，風雲變態有萬千，名不虛傳。（白）吩咐收陣。（衆應，分下）

校記

[1] 怎能够掃氛埃歌清宴："氛"，原作"氣"，據文意改。

第六齣　王猷久塞九襄開

（軍士引費詩上）（同唱）

【雙角套曲·慶宣和】鳳嘴銜書下九天，快着先鞭，好向荊門去傳宣，封典，封典。

（白）下官前部司馬費詩是也。奉漢中王令旨，賚捧誥命，前赴荊州通報。（軍士白）旨意到。（衆軍校、衆將引關公上）（軍校白）旨意到。（關公迎科）（費詩白）主上有旨，加公荊襄王，爲五虎大將軍之首，領前將軍，假節鉞，都督荊襄九郡事。關興爲蜀寧郎，領兵進取樊城。功成之日，另頒爵賞，回朝謝恩。（關公唱）

【雙角套曲·雁兒落帶得勝令】君德大如天，臣力綿如綫。那裏有九州方伯才，枉擔承五虎將軍眷。呀，雖則與老卒號齊肩，却不道五位我居先。不能把漢室從新建，免不了心旌一片懸。年也波年，問何日清郊甸。天也波天，怎生的把忠義全，怎生的把忠義全。

（費詩白）大將軍懋建奇功，聲靈赫濯，吴魏不足平也。（關公白）謬贊了。看酒來，與大人洗塵。（費詩白）王命在身，不敢久留，就此告別。（關公白）恕不遠送了。（衆軍士引費詩下）（關公白）麋芳、傅士仁過來。（麋芳、傅士仁白）在。（關公白）你二人飲酒失火，有干軍令。今麋芳去守江陵，傅士仁去守公安，倘有差池，二罪並罰。（二人應，下）（關公白）周倉，傳衆將聽令。（衆兵上）（關公白）衆將官聽令，某家奉旨進取樊城，着廖化爲先鋒，關平爲副將，馬良、伊籍爲參謀，某家自總中軍。（唱）

【雙角套曲·甜水令】少什麽蔽日蜺旌，震天鼉鼓，追風雕箭，點雪豹文韉。怎當俺大節凌雲，雄心逐日，威風掣電，怕的不折鋭摧堅。

（白）周倉，就此放炮起營。（周倉傳科，衆吶喊科）（同唱）

【折桂令】一軍中百倍歡閧，荷戟提戈，躍馬揮鞭。正正堂堂，整整齊齊，翼翼綿綿。白茫茫漢水連天，望迷離澤雨湘烟。莫慢遲延，過了江皋，便是樊川。

（關平白）啓父王，前面已近樊城了。（關公白）就此安營。（衆應科）（同唱）

【離亭宴煞】連營迤邐如龍偃，長旌飄颺隨風轉，圖着這中軍繡幰。那月色兒孤，風聲兒急，江濤兒卷，越覺得軍容顯。待掃樊城兵燹，功勞兒共峴山高，聲名兒同漢江遠。（同下）

第七齣　攻襄郡大隊奪門

（衆扮軍士、將官，衆扮滿寵、翟元、夏侯存，净扮曹仁上）（唱）

【仙吕調·點絳唇】北接關中，南連雲夢，河山鞏，扼要居衝，會把荆師控。

（白）嘗飽食牛志，還餘射虎威。劍門無計入，魂傍杜鵑飛。俺曹仁，奉魏王之命，同參謀滿寵、將軍翟元、夏侯存等鎮守襄陽，一面檄孫權領兵，水路接應，共取荆州。昨差能行探子前去打聽荆州消息，待他回來便知分曉。（雜扮報子上）（進見科）（白）報將軍得知，關公令廖化為先鋒，關平為副將，馬良、伊籍為參謀，自總中軍，殺奔襄陽來了！（曹仁白）知道了，再去打聽。（探子白）得令。（下）（曹仁白）衆將官，就此起兵迎敵。（滿寵白）且住。關公勇而有謀，未可輕敵，不如堅守乃為上策。（夏侯存白）此書生之言也！豈不聞水來土掩，將至兵迎？我軍以逸待勞，必獲全勝。關公雖智勇，何足懼哉？（曹仁白）夏侯將軍之言是也。參謀可守樊城，我自領兵迎敵。（滿寵應，暗下）（曹仁白）就此殺上前去。（應科，上馬）（同唱）

【正宫正曲·普天樂】繡旗開軍威重，畫角鳴軍聲閧。人都佩寶劍雕弓，裊絲鞭玉勒花驄。（合）呀，前呼後擁，威風似我儂，更怕誰行，來犯英鋒。（同下）

（雜扮衆將、軍卒，引關公上）（唱）

【中吕宫雙曲·朝天子】過山重水重，見花濃柳濃，忙中且把閑心用。雖饒雅致，曾無惰容，大將軍偏尊重。（白）某奉漢中王令旨，起兵去取襄樊。關平、廖化聽令！汝二人前去截戰曹仁，須先挫其銳氣，然後詐敗佯輸，引他深入，看某家相機先取襄陽也。（唱）你纔將敵攻，還將敵縱，放鬆，相機宜憑咱智勇，憑咱智勇。管教他把襄陽送，把襄陽送。

（衆白）得令。（衆分下）

（衆引曹仁、翟元上）（唱）

【正宫正曲·普天樂】峴山前旌旗擁，鳳林便刀槍聳。一個個抖擻英風，要思量對敵衝鋒。（合）呀，前軍摧動，後軍迤邐從，準備鐃歌，先奏膚功。

（關平、廖化引衆圍繞）（曹仁白）汝等無故犯我襄陽，是送死也。快快投降，免受誅戮。（關平、廖化白）休得胡說，放馬過來。（與曹仁殺科，翟元接戰，斬翟元，下）（關平戰夏侯存科，曹兵敗下）（關平白）衆將官，與我追上前

去。（唱）

【中呂宮雙曲・朝天子】望塵沙蔽空，隔雲山幾重，一心要趕上曹家眾。金鞭提起，絲繮放鬆，騁驊騮如風送。前途已窮，後追難縱。急攻，休疑休恐，休疑休恐，放不得些兒空，放不得些兒空。（下）

（眾軍士、將官引曹仁上）（同唱）

【正宮正曲・普天樂】急煎煎追兵猛，吠淫淫逃兵哄，止不住心上忡忡，由不得腳下匆匆。（白）荊州兵甚是驍勇，不可輕敵，只好暫守襄陽，且待救兵到來，再作道理。軍士們，與我退守襄陽者。（眾應）（同唱）（合）呀，名門將種，韜鈐到此窮，突陣將軍，倒作了落後先鋒。（眾軍校引關公、周倉從下場門衝上，截住科）

（關公白）曹仁那裏走？俺關某等你多時了。（曹仁驚科）（白）關公兵氣倍常，敵他不過，不如且奔樊城。（周倉白）來將又不出馬對敵，只是遲疑。若要投降，速速下馬。（曹仁白）無名小卒多講。（與周倉戰科，曹仁眾敗，下）（周倉白）啟將軍，曹仁敗奔樊城。（關公白）不必追趕，進兵且破襄陽。（唱）

【中呂宮雙曲・朝天子】他往樊城避鋒，俺向襄城緊攻，教他彼此難兼控。襄城既拔，樊城自從，有後先非輕縱。（關公白）吩咐豎起雲梯，打破襄陽城者。（八軍士豎雲梯，作爬城科。開門，眾將進城）（關公唱）教他無天可通，入地還無縫。一重、一重重圍如鐵桶，圍如鐵桶，撼得他城垣動，撼得他城垣動。（趕滿寵同眾軍作出城，敗下，從下場門下）（夏侯存殺上）（唱）

【正宮正曲・普天樂】美髯公稱神勇，俺夏侯存先惶悚。待和他去決箇雌雄，怕殺人偃月青龍。（合）呀，況軍如潮湧，曾無路可通。怕不今番，失了金埔。

（關平衝上）（白）來將快將襄城獻上，饒你一死。（夏侯存白）休出大言，看槍。（周倉接戰，夏侯存敗下，關平追曹兵下）（夏侯存白）守城軍士，快快與我開門。（城上揚關公旗號，夏侯存見科）（白）不好了，襄城已失，吾命休矣。（關平追上）（白）夏侯存，往那裏走？（與夏侯存戰科，關平斬夏侯存，下）（眾軍引關平、廖化、周倉、關公進城科）（同唱）

【中呂調雙曲・朝天子】想當初寄蹤，在景升故宮。夫人構禍把江山送，巍巍百雉，都歸曹籍中，笑豚兒全無用。（關公白）襄陽已克，明日進取樊城便了。吩咐眾軍，就在襄陽城安營。（眾同唱）堂堂的總戎，被曹瞞作弄，擒縱。笑而今都成幻夢，笑而今都成幻夢，還歸我炎劉貢，還歸我炎劉貢。

(同下)

第八齣　救樊城小軍舁櫬[1]

（眾扮軍士、將官，眾扮八將、于禁、龐德、程昱、華歆，淨扮曹操上）（唱）

【南呂調套曲‧一枝花】秋高庭院涼，曉起精神爽。思歸紅葉渡，擬返白雲鄉。爭奈有事疆場，空少伯三秋舫，負西施六月妝。幾時把西蜀東吳，盡情兒一朝掃蕩。

（白）生子當如孫仲謀，曹仁意欲瞰荊州，果收滅蜀吞吳烈，我又何難世外遊。孤因關公雄據荊州，不無窺伺，曾命曹仁往襄樊鎮守，就近隄防。恰好孫權約孤同取荊州，平分疆土。孤已遣滿寵往參曹仁軍事去了[2]，這時候敢待有好音來也。（外扮差官上）（白）道長頻計日，心急盡加鞭。（見科）差官叩頭。（曹操白）到此何事？（差官白）關公攻打襄陽，我軍屢敗，翟元、夏侯存並爲所殺，士卒大半死在襄江。襄陽失守，曹將軍退守樊城。關公渡江攻擊，我軍又敗，馬步兵折了一半，現在被圍，事在危急。望速撥大將前去救援，若少遲滯，樊城又不保矣！（曹操白）知道了，且去歇息。（差官應科，下）（曹操白）襄樊唇齒也，襄陽既失，樊城自不可支。（視諸將科）誰堪解圍可敵？嗄，于將軍、龐將軍過來。（于禁、龐德應科）（曹操白）樊城之行，非你二人不可。今加于將軍爲征南將軍，龐將軍爲征西都先鋒。孤有七軍，皆強壯精練之士，汝等領取調用。各整行李，即刻啓程。（于禁、龐德應科，下）（程昱白）啓主公，龐德乃馬超之將，今其故主在蜀，職居五虎將軍，況其弟龐柔亦在蜀爲官，若使德爲先鋒，是潑油救火也，盍三思之。（曹操白）是嗄，我到忘了！快喚龐德轉來。（軍士白）龐將軍請轉。（龐德上，見科）（白）主公喚德轉來，有何吩咐？（曹操白）孤思另選先鋒耳。（龐德白）主公爲何臨敵疑將？非用兵所宜。（曹操白）汝弟現爲敵用，孤縱不疑，奈眾口何？（龐德白）德感主公知遇，豈有異心？今既見疑，請舁櫬而去，勝則舁敵首，敗則舁吾屍，必不空回，致負恩遇。（曹操笑科）（白）孤素知卿忠義，前言特以安眾人之心耳。卿可黽勉建功，卿不負孤，孤亦必不負卿也。須信西南事可圖，疾馳鐵馬出天都。（龐德白）殺身報國生平志，才是人間大丈夫。（分下）

（眾扮七偏將，領七杖兵，淨扮董衡，副扮董超，上）（分白）馬挂征鞍將挂袍，柳梢枝上月兒高。男兒要挂封侯印，腰下常懸帶血刀。某都將董衡是也。某偏將軍董超是也。你我奉魏王令旨，隨于、龐二位將軍去救樊城，須索參見。你看二位將軍早已來也。(于禁上)(白)將軍若個甘爲虜。(龐德上)(白)勇士何曾怯喪元。(董衡、董超白)末將董衡、董超,帶領頭目人等參見。(于禁、龐德白)二位將軍少禮。兵馬器械可曾齊備?(董衡、董超白)齊備了。(于禁、龐德白)就此起兵前去。(衆應科,各持兵器械上馬,纛隨上)(同唱)

【南呂調套曲‧梁州第七】束軍裝寶鞘花函,壯軍容棘矢檀槍,日光射甲犀文晃。一鞭驕馬,飽唼風霜。一聲刁斗,冷沁肝腸。過了些野渡橫塘,見了些衰草斜陽,聽了些雁叫蠻吟,賞了些風清月朗。(衆白)啓將軍,離樊城不遠了。(于禁白)龐將軍,我與你分兵而進,就此安營。(衆應科)(同唱)喜前途將達南漳,心狂、技癢。雄圖將欲從今昉,安排擊鼓揚幢,豹質熊姿列雁行,我武維揚。(于禁帶四軍一將纛下)

(龐德白)董將軍,可急造一木櫬,旱至軍前聽令。(董超應科,下)(龐德唱)

【南呂調套曲‧賀新郎】此心直可對蒼蒼,捨不得這顆頭顱,怎號忠良?來朝舁櫬沙場上,和破釜沉舟一樣。游魂付刀劍鋒芒,但知全節義,何暇計存亡?果能得嗣雲蛇響,身如山嶽重,名共地天長。

(董超上)(白)啓將軍,木櫬造成了。(龐德白)衆將官聽吾吩咐,吾去與關公決戰,吾若被他所殺,汝等即取吾屍,置此櫬中。我若得勝,置敵首於此櫬,回獻魏王,不得有誤。(衆將白)將軍如此忠勇,某等敢不奮勇相助?倘有蹉跌,某等必與將軍復讎。(龐德白)就此殺上前去。(同唱)

【南呂調套曲‧梧桐樹】詰朝臨敵壤,拼起血玄黃,俺這裏抬將凶器不嫌喪,越顯得心兒壯。(下)

校記

[1] 救樊城小軍舁櫬:"櫬",原作"襯",據文意改。
[2] 孤已遣滿寵往參曹仁軍事去了:"事",原作"士",據文意改。

第九齣　守樊士卒無生氣

(衆扮七曜陣兵將,周倉、關平、廖化,引净扮關公上)(同唱)

【南呂調套曲‧牧羊關】俺只見颯颯黃嘶樹,潾潾白皺江,冷颼颼暗送清涼。似這般氣爽天高,俺可又馬壯人強。金飆凝殺氣,銳志在興王,擬向秋風裏，揮刀戰幾場。

（雜扮報子上）（白）報，曹操差于禁、龐德，帶領七杖重兵前來。先鋒龐德抬一木櫬，誓與將軍決一死戰。（關公白）再去打聽。（報子白）得令。（下）（關公白）關平、廖化聽令，你二人帶七曜陣兵將擺開陣勢，待某家親擒龐德者。（眾應科，內鳴鼓角，關平、廖化帶兵將擺七曜陣科）（同唱）

【南呂宮套曲·紅芍藥】只俺七曜陣無雙，天地包藏，五星五位各相當，日月輝煌。休傷驚死何常，敢笑他演奇門遁甲荒唐。只教他提戈躍馬到中央，便白晝也昏黃。

（龐德眾上）（關平出陣）（白）背主賊敢是前來納命麼？（龐德白）汝乃疥癩小兒，吾不殺汝，快喚汝父出來。（關平白）休得胡說，看刀。（戰科）（關平進陣，關公出陣，與龐德戰科）（唱）

【南呂宮套曲·菩薩梁州】則我這雪片也似刀槍，雲屯也的旗幛[1]，天平的戰場，只要的兩敵相當。猛聽得一聲吶喊習池傍，三通鼓角樊江上，使精神、示威壯，東撞西衝各自忙，定不得成敗興亡。（戰科）（于禁帶七軍，同龐德共入七曜陣圖戰科，于禁、龐德帶七杖兵敗下）

（七曜軍白）曹兵大敗。（關公白）收軍回營。（眾應科）（同唱）

【南呂宮套曲·元鶴鳴】秋水凈寒江，秋花帶夕陽，只覺歸途爽。驅馬踏康莊，更耳畔鐃歌清亮。此際相看士氣揚，管叫平靜，漢江風浪。

（雜扮報子上）（白）報，于禁將七杖兵移在樊城北十里下寨。（關公白）知道了，再去打聽。（報子應科，下）（關公白）關平、廖化，你二人隨我上山一望。（關平、廖化應科）（關公白）吩咐眾軍，就在此安營。（眾應，下）（同唱）

【南呂宮套曲·烏夜啼】停驂翠巘丹崖上，豈無端陟彼高岡？眼前形勢一一勞吾想，這簇簇荒莊，森森長江，重重烟樹更微茫，層層雉堞偏雄壯。俺心兒裏繪一幅樊城像，不須絢染，別具弛張。

（關公白）廖化。（廖化白）有。（關公白）樊城北十里山谷是何地名？（廖化作望科）（白）是罾口川。（關公喜笑科）（白）于禁被吾擒也。（關平白）請問，父王何以知之？（關公白）魚入罾口，豈能走乎？傳令，預備船筏，收什水具聽用。就此回營。（同唱）

【煞尾】看看月照長空朗，顧不得山路崎嶇歸路長[2]。俺一邊走一邊想，入罾魚將安往？俺只待秋雨兒霖秋水兒長，準備下船收拾下槳，順西風，去決了堤防，不怕他赬尾的魚兒掙破了網。（同下）

校記

［1］雲屯也的旗幛："幛",原作"障",據文意改。
［2］顧不得山路崎嶇歸路長："顧",原作"僱",據文意改。

第十齣　昇櫬先鋒有死心

（眾扮七軍等,引于禁、龐德、成何上）（唱）
【仙呂宮引·劍器令】戰罷擁戈矛,據險要驅兵嘗口。（龐德唱）叵耐他偃旗息鼓,幾時克敵宣猷。

（于禁白）千里提戈勇絕倫,豈期更遇絕倫人？（龐德白）甘將寶劍酬知遇,誰是黃金鑄就身？（于禁白）小將于禁是也。（龐德白）小將龐德是也。（于禁白）龐將軍,關公智勇雙全,未可輕敵,不如謹守,相度機宜。若孟浪進兵,正恐有失。（龐德白）于將軍何重視關公也？如今若統七軍一擁殺入寨中,則關公可擒,樊城之圍可解。（于禁白）主公有令,不可造次進兵。相機緩圖,乃為上策。（龐德白）兵貴神速。彼不出戰,怎得成功？（于禁白）主公之令,不可不遵。況關公呵！（唱）

【仙呂宮正曲·風入松】英風千古罕人儔,震華夏名高北斗。看他青龍赤兔衝鋒候,眼底下更將誰有？須迴避漢壽亭侯,今日裏且休休。

（關公內白）大小三軍,與我決堤放水者。（內吶喊科）（眾扮水雲持水切末上,圍繞眾曹兵科）（于禁、龐德白）不好了。（眾曹兵作淹入水內喊科）（白）救人哪,救人哪！（于禁、龐德白）眾將官,可速上小山避水。（眾應科,各作上山科）（眾曹軍作漂沒科,從地井下）（扮眾軍校大將乘船,關公作船頭上圍科）（眾兵將放箭,眾曹兵著箭,叫苦投降）（關公白）既願投降,不可放箭。（眾兵船分）（于禁白）小將于禁情願投降。（關公白）可卸了甲胄者。（周倉上山,于禁等應,卸甲胄科,周倉拿于禁上船）（關公白）軍士們,將于禁等拘入船中,載回發落。龐德為何不來？（龐德白）呔,吾受魏王厚恩,豈肯偷生,作鼠輩形徑？成何,過來,汝可奮勇當先,決一死戰。（成何白）得令。來將休小覷人,俺成何來也！（關公箭射成何落水死,下）（龐德白）阿喲,成何又被射死,如何是？（唱）

【仙呂宮正曲·風入松】弓弦響處矢其搜,冷趷蹬成何仰後。七軍盡入馮夷袖,好叫我不堪回首。（白）罷罷,（唱）拼得個身葬東流,且奪取敵人舟。

（龐德跳入小船，周倉踢龐德落水）

（關公白）周倉深知水性，下水擒之。（周倉下水，卸甲活擒龐德科）（周倉白）龐德已擒。（關公白）回船安營。（衆應）（同唱）

【仙吕宫正曲·風入松】襄江風浪片帆收，暢好是得心應手。餘波浸得樊城透，尚兀自登埤孤守。若不信吾家智謀，怎陸地會行舟？（關公衆下）

（内奏樂，衆兵將引關公上，升帳科）（白）帶于禁。（衆應，帶于禁上，見科）（關公白）何物于禁，擅敢抗違？今日被擒，更有何説？（于禁白）上命差遣，身不由己。望君侯憐憫，誓死以報。（關公笑科）（白）吾殺汝猶如殺狗彘耳，空污刀斧。關平，將于禁解赴荆州監候。（衆應科，帶于禁下）（關公白）帶龐德。（龐德上，見，不跪科）（關公白）龐德，汝弟現仕漢中，汝故主亦在蜀爲大將，何不早降，免受誅戮？（龐德白）吾寧死於刀下，豈降也？（關公白）將龐德拿去斬首。（衆應科，周倉擁龐德下，急上）（白）獻首級。（關公白）將屍首好好盛殮，就埋於此處。（衆應科）（關公白）就此回襄陽去。（衆應科）（同唱）

【仙吕宫正曲·風入松】鞭敲金鐙韻悠悠，一個個齊開笑口。魚罾魚入如何漏？這機縠阿瞞知否？今日個談笑功收，謨與烈有誰侔？（同下）

第十一齣　暗傷毒矢迎頭發

（衆扮軍士、將士，引滿寵、曹仁上）（唱）

【中吕宫引·繞紅樓】死地如何得再生，山水漲波浪皆兵。百雉崇庸，儼同萍梗，陽候何事不容情？

（白）不合屯軍罾口川，洪濤百丈拍長天。眼前誰是射潮手？累卵孤城怎瓦全？本帥曹仁，奉命鎮守襄樊。昨差征南將軍于禁、征西都先鋒龐德與劉軍接戰，詎關公智勇兼備，趁着秋霖江漲，乘船直搗罾川，于禁投降，龐德就戮。本帥保守樊城，三面皆水，城垣漸漸浸塌，眼見得闔郡生靈盡爲鱗介矣[1]。（諸將白）今日之危，非力可救。趁敵軍未至，乘船夜走，雖然失地，尚可全身。（滿寵白）諸將之言，不可從也。山水驟至，豈能久存？不過數日之間，便可退去。關公雖未攻城，已遣别將在郟下屯紮[2]。其所以不敢輕進者，慮吾軍襲其後也。今若棄城而去，黄河以南非吾有矣。願將軍耐心堅守，以爲國家保障。（曹仁白）非伯寧之教，幾誤大事矣。衆將官聽令，爾等即於城上遍設强弓硬弩，率軍士晝夜防護。如有懈怠者，即刻斬首。（衆應，作城上設弓弩科，虚白，下）（雜扮水雲中地井上，擺科）

（衆扮梟刀手、關平、廖化、關興、周倉，引淨扮關公乘船上）（同唱）

【中吕宮正曲·好事近】急湍蕩孤城，似海中一葉浮萍。好乘風便，密匝匝艫櫓縱横。三軍氣盈，那一個，不守中軍令。只看他宛轉千檣，直衝破汪洋萬頃。（衆船下）

（關公内白）衆將官，隨某家上岸攻打北門者。（衆應，上，攻城科）（唱）

【又一體】分明，魚在釜中行，能有幾時光景？螳螂怒臂，却還待將車挺。我乘風破浪，把彈丸小邑做魚蝦穿。（關公白）汝等鼠輩還不早降？某家攻破城垣，叫你盡爲魚鱉。（唱）九重泉請去閑遊，一杯水聊申薄敬。

（曹仁白）軍士們，與我放箭。（衆應，放箭科，關公右臂中箭，回陣科）（曹仁白）關公中箭，可隨本帥出城破敵者。（衆應。出城科）（廖化、關興扶關公下，關平、周倉接戰科）（唱）

【中吕宮正曲·千秋歲】是奇英，不合圖徯倖，只索要槍對刀迎。暗箭傷人，暗箭傷人，總不離，鼠竊狗偷行徑。你不過、弓稍硬，俺可也、軍威盛，與你相廝併，是甕中捉鱉，水到渠成。（曹兵敗進城科）

（關平、周倉白）曹兵已敗，就此回營。（同唱）

【慶餘】樊江風浪將平定，滅操安劉在此行，争奈他一矢相投着右肱。（下）

校記

［1］眼見得闔郡生靈盡爲鱗介矣："見"，原作"前"，據文意改。
［2］已遣別將在郊下屯紮："紮"，原作"劄"，據文意改。

第十二齣　分痛楸枰對手談

（衆扮軍校、周倉、關平、廖化、馬良，引淨扮關公上）（唱）

【越調套曲·鬥鵪鶉】昨日個匹馬當先，待和那孤軍鏖戰。還未及驅動三軍，早暗地飛來一箭。不隄防臂受金傷，止不住血將袍濺。只得把右袂揎，尺帛纏，雖則生死無關，可也轉舒不便。

（白）暗中投毒矢，倉卒難迴避。隻手可擎天，何妨去一臂？昨日攻打樊城，看看將破，曹軍暗放冷箭，某家右臂着傷，只得回營，暫時將養。正是明槍容易躲，暗箭最難防。（衆扮四將上）（分白）江浦濤如雪，營門劍有霜。若非人暗算，早已破樊陽。請了。（一將白）將軍右臂爲流矢所中，動彈不得，如何是好?(衆將白)只好暫且班師,待金瘡平復,再作道理。(一將白)如此,我等一同進見。(衆將白)請。(進參見科)(白)諸將打躬。(關公白)爾等進見,有何事議?(衆將白)某等因將軍臂爲箭傷,恐衝突不便,又恐臨敵致怒,有傷金體。衆議請暫回荆州,延醫調治,望君侯裁奪。(關公白)説那裏話?吾取樊城,只在目下。前驅大進,逕達許昌,剿滅奸曹,奠安漢室,全在此日。(唱)

【越調正曲·紫花兒序】却不道時光休錯,機會難逢,志節須堅。豈因小挫,便理歸鞭?況連天,水侵城墻騰數磚,用不着身親征戰,但遣馮夷,便將斬旗搴。

(白)某聞,行軍之道有進無退,豈可因小創而誤大事?汝等敢慢吾軍心麽?(衆將白)不敢。(關公唱)

【越調套曲·小桃紅】漢家天子勢孤懸,日受人輕賤,臣子如何敢辭倦?恨當前,不能仗策清畿甸,豈因箭穿,便從人勸,托病去安眠?

(衆將白)將軍忠義,千古罕有。小將等失言了,伏乞恕罪。(關公白)各歸營汛。(衆將應科,分下)

(生扮華佗上)(白)玉版久精研,青囊常繫肘。且將醫國心,去作醫人手。來此已是營門,有人麽?(關平上)(白)什麽人?(華佗白)山人華佗,字元化,沛國譙郡人也。聞關將軍乃天下英雄,今中箭毒。山人頗明醫術,特來療治。(關平白)莫非昔日醫東吳周泰的華先生麽?(華佗白)然。(關平白)如此,請少待。父王有請!(衆引關公上)(白)俞跗既難逢,巫彭今更鮮。急圖救國屯,終日思盧扁。有何事?(關平白)有一華佗先生,在外求見。(關公白)可曾問他來意?(關平白)特爲父王醫臂而來。(關公白)快請相見。(關平應科,出)(白)先生,父王有請。(同進見科)(華佗白)山人聞將軍傷臂,不辭跋涉而來,乞恕唐突。(關公白)多承美意了。請坐。(華佗白)請出臂一視。(看科)(白)啊喲,瘡口平陷,皮肉青黑,此乃弩箭,中有毒藥,直透入骨。若不早治,此臂無用矣。(唱)

【越角套曲·金蕉葉】您偃月刀威風八面,也靠雙臂盤旋施展。早難道隻手單拳,便能觳撐持漢天。

(關公白)滅曹興漢,乃某家素心。恨不此臂速痊,親臨行陣。不識先生何以治之?(華佗白)請于静處立一標杆,上釘大環,將軍將臂穿入環中,軟絲捆住,另用一被蒙頭。吾以尖利之器,割開皮肉,直至于骨,用藥敷之,可保無恙。但恐將軍懼耳。(關公笑科)(白)如此易耳,何必柱環爲也?看酒

來。(場上設酒席、桌椅科。各作入座飲酒科)(關公唱)

【越角套曲·調笑令】開筵把杯傳,醉裏須知別有天。非關寄痛將杯戀,莽身軀視同流電。頭蒙臂環真愧靦,任先生斧鑿刀鐫。(白)看棋枰,吾與馬參謀弈棋。(前場設棋枰桌椅,各坐科。關公作出假臂)(白)就請先生醫治。(華佗白)領命。(關公與馬良對弈科)(關公唱)

【越調套曲·禿廝兒】羅星宿黑白對面,象天地局勢方圓。俺乘虛一着敵萬千,排心陣,要爭先。(馬良白)將軍贏了。(關公笑科)(唱)誠然。

(白)再下一枰。(馬良白)是。(弈科。華佗作割開皮肉,出血,一卒以盆接血科)(華佗唱)

【越角套曲·聖藥王】俺將妙技宣,下針砭,療毒敷藥與保元。他神氣全,痛苦鐫,文楸對處子爭填,風致更便便。(作敷藥以綫縫科)

(白)毒已去净,此臂可保無虞矣。(關公將臂屈伸,大笑科)(白)神哉技也!頃刻之間,屈伸如故,並不疼痛矣。(唱)

【越角套曲·麻郎兒】你真是醫中盧扁,一霎兒斷臂重連,却依舊曲局伸拳,好還俺匡扶心願。

(白)滅曹興劉,全仗此臂,今幸無恙。將來建功立業,皆先生所賜也。(華佗白)不敢。山人行醫一世,閱人多矣,從來未見如將軍者。將軍真天神也!(關公白)取白金百兩過來。(送銀科)先生,不腆之儀,聊申謝敬。(華佗白)山人雖則知醫,却以醫諱。因將軍忠心翊漢,不可失此一肱,爲此叩謁軍營,略施小計,蓋欲成將軍之志耳,非求利也。可將此藥留下,調敷瘡口,就此告別。(唱[1])

【煞尾】忠肝義膽人爭羨,(關公唱)多謝你刀圭靈顯。(合唱)從今去揚武嗣周謨,誅凶追舜典。(分下)

校記

[1]唱:此字原無,據文意補。

第八本（下）

第十三齣　勝局全收一席談

（雜扮衆軍士引陸遜上）（唱）

【仙吕宫集曲・甘州歌】銜命騁驊騮，盡珊鞭娿裹，絲繮抖擻。銀蹄篤速，敢因山水勾留。披星戴月不暫休，去探病人真病否？（白）下官陸遜是也。主公聞吕子明患病，心甚怏怏。下官逆知其病是詐，因禀明主公，前來探其真假。軍士們，趲行前去。（唱）你看殘陽墮，暮烟浮，林風簌起一天秋。心急急，路悠悠，經過水滺又山岰。（下）

（雜扮衆院子，引吕蒙上）（唱）

【仙吕宫引・劍器令】所病在荆州，非二竪將人僝僽。悔當初大言輕出，今朝假病難瘳。

（白）有計收雄鎮，無謀塞敵旗。真方無處賣，假病怎生醫[1]？我吕蒙因關公遠出，欲乘虛去襲荆州，乘舟往見主公。主公正接着曹操書信，相約連兵侵蜀，因即命我速圖。誰想關公用兵有法，沿江上下各處，俱置烽火臺。又探知荆州軍伍森嚴，預爲防備。我一時大意，在主公面前進言，如今却無從措手。尋思無計，只好托病不出。（作嘆科）這却如何是了也？（軍士引陸遜上）（白）雖非醫國手，能療病人心。通報。（軍士通報，院子禀科。請進科。軍士下）（吕蒙白）有病不能遠接，得罪了。（陸遜白）豈敢？下官奉主公之命，來探子明貴恙，不知日來平復否？（吕蒙白）賤軀偶爾抱疴，何勞探問？（陸遜白）敢問子明患何病症？因何而起？（吕蒙不語科）（陸遜白）主公以重任付公，公不乘時而進，何爲空懷鬱結也？（唱）

【仙吕宫集曲・桂花襲袍香】你機緣輻輳，當風雲馳驟，奈何抱悶懨懨，望日裏惟將眉皺？吴侯，要將荆土一旦休，將軍又因疾逗留，閉轅門只静守。（白）子明，（唱）門庭多寇，軍國堪憂，手不可袖，安不可偷。（白）便是有病呵，（唱）你何不明把尫羸症，忙將補劑投？

（白）愚有小方，能治將軍之病。屏退了左右，纔好説得。（吕蒙白）迴避

了。（院子應科，下）（呂蒙白）有何良方，乞賜見教。（陸遜笑科）（白）將軍之病，不過爲荊州呵。（唱）

【又一體】他思深力厚，隄前防後，遍江邊並置烽臺，更城内長鳴刁斗。（白）我有一計，能使沿江守吏不能舉火，荊州之衆束手歸降。（唱）荊州，未堪力拔須計求，聊施計時功即收，慢焦心非誇口。（呂蒙白）伯言所説，如見我肺腑。願聞良策。（陸遜白）關公自恃英雄[2]，料無敵手。所以嚴加防範者，慮將軍耳。將軍即當乘此機會，謝病辭職，以陸口之地讓之他人，使新任者卑辭贊美以驕其心，彼必盡撤荊州兵備以向樊城。那時呵。（唱）我陳兵相鬥，定奪前矛，他便還兵相救，已失前籌。管教虎兒來歸匣，不怕他魚兒不上鈎。

（呂蒙白）好妙計也！我即托病不出，上書辭職，依計而行。（陸遜白）我回去，見了主公，速詔將軍回建業養病便了。（呂蒙白）使得。（陸遜白）告辭了。（呂蒙白）伯言假説三分病，真將九郡收。（同白）請了。（下）

校記

［1］假病怎生醫："醫"，原作"翳"，據文意改。
［2］關公自恃英雄："恃"，原作"持"，據文意改。

第十四齣　禍機先入三更夢

（雜扮太監，引生扮劉備上）（唱）

【南呂宮引・臨江梅】魂夢悠悠誰喚醒，蓮花宮漏三聲。起來無緒倚銀屏，眼自睁睁，心自平平。

（白）情深愁莫解，心切夢偏隨。幻出幻中幻，疑生疑上疑。孤家適纔就寢，忽得一夢，心甚驚疑。爲此連夜去請軍師，怎麼還不見到？

（生扮孔明上）（白）連宵驛路傳烽火，一夜旄頭落將星。適聞外間傳説，東吳呂蒙已襲荊州，關公遇害。吾夜觀天象，見將星落於荊楚之地，可知應在關公矣。正在遲疑，忽有内官來召，爲此急急入宫。（見科）臣諸葛亮見駕，願主公千歲。（劉備白）軍師少禮，坐下了。（孔明謝坐科）（白）主公賞夜相召，有何緊急軍情？（劉備白）孤夢見二弟雲長，面目悽愴，向孤泣曰，願兄起兵，早雪吾恨。言訖不見，醒來正是三更。（唱）

【南呂宮正曲・香遍滿】臘梅篩影，喜縑帳前月正明，無奈心神渾不定。

夜深才睡去,覺來還自驚。(合)其間休咎徵,願爲我親折證。

(孔明白)主上不必疑慮。語云:日之所思,夜之所夢。況主上與關公有手足之愛乎?(唱)

【南吕宫正曲·懶畫眉】從來手足最關情,勢則相睽情自榮。江天一望暮雲横,遥遥不見征鴻影,(合)思到深時夢也驚。

(雜扮太監上[1])(白)紛紛傳羽檄,急急報龍廷。啓千歲爺,馬良、伊籍來了。(劉備白)快宣進來。(太監宣科)(雜扮馬良、伊籍上)(白)臣馬良、伊籍見駕。(劉備白)不必行禮,只問你荆州事體如何?(馬良、伊籍白)荆州已爲東吴所襲了。那晚呵。(同唱)

【南吕宫正曲·本宫賺】星月微明,人在潯陽江上行。乘舴艋,白衣摇櫓盡吴兵。賺開城,長驅直入兵難應,東吴兵勝,東吴兵勝。

(又一太監急上)(白)既有三江驚,何能一息停?啓千歲爺,荆州廖化在宫門奏事。(劉備白)快宣。(太監急宣科)(雜扮廖化上,見哭科)(白)主上,不好了,荆州失守,二將軍夜走麥城,孫權兵制於前,曹操兵攝於後,事在危急,命臣向劉封、孟達徵兵,不料他二人呵。(唱)

【又一體】背反朝廷,重在身家君國輕。由臣請,並無一點故人情。屯山城,居然抗拒將軍令,意在降吴不發兵。痛孤營,正當危急存亡頃,疾忙策應,疾忙策應。

(劉備白)阿呀,若如此,吾弟休矣。(唱)

【南吕宫正曲·浣溪沙】時勢窮,資妝罄,空厮守蕞爾孤城。從教二弟能拼命,未必三軍肯捨生。(白)那劉封、孟達呵。(唱)上庸兵,又不同讎並力爭,(合)怎當他精鋭侵凌?

(孔明白)劉封、孟達如此無禮,待臣親提一旅之師,以救荆裏之急。(唱)

【南吕宫正曲·秋夜月】我算多勝,且又戎行勁,天兵直壓臨江境,吴兒慢自圖僥倖,(合)手到功成,手到功成。

(劉備白)雲長有失,孤斷不獨生。軍師保守西川,孤來日自帥往救。(唱)

【南吕宫正曲·東甌令】心切切,意營營,恨不兩步移來一步行。明朝便把旗槍整,要與他決輸赢。(合)提將吾弟離機穽,纔壓夢中驚。

(白)内侍傳旨出去,着該司即差人赴閬中,報與三將軍知道。(太監應科)(白)領旨。(下)(劉備白)再傳旨,着五營四哨各路官兵,齊集糧草器械,

伺候徵兵。（唱）

【南呂宮正曲·金蓮子】離蜀城，去把吳狗一旦烹。我安排定，即便揚旌，（合）看雕弓揮北斗，鐵騎逐南星。

（一太監白）領旨。（下）（劉備唱）

【慶餘】夢闌幻境成真境，索和那孫郎爭競[2]，直待是救出我的雲長纔夢醒。（下）

校記

[1] 雜扮太監急上："雜"，原缺，據文意補。
[2] 索和那孫郎爭競："競"，原作"兢"，據文意改。

第十五齣　老比邱玉泉點化

（場上設玉泉山科）（生扮普淨上）（唱）

【黃鐘調套曲[1]·醉花陰】一錫飛來玉泉駐，結茆庵水瀠風聚。長只在蒲團上自跏趺，鎮日價理會真如，總未得真如故。猛抬頭皓月一輪孤，早可也印禪心聞覺悟。

（白）釋教通儒教，儒宗即釋宗。自來忠義士，儒釋盡膺胸。老僧普淨，蒲東人氏，與關公比鄰。前在汜水關鎮國寺中，曾救關公免卞喜之危。匆匆別去，訂以後會有期。彈指之間，早已二十餘年矣。老僧四海雲遊，見此玉泉山巖深水媚，築土誅茆，闡萬法之宗，演三乘之教。今夜風清月白，萬籟無聲，正好參禪悟道也。（雜扮衆雲使，淨扮周倉、關平引淨扮關公騎馬，馬童隨上）（唱）

【黃鐘調套曲·喜遷鶯】俺只把天威來御，俺只把天威來御，虛颮颮越國過都。當也波初，只承望滅奸匡主，四百載河山藉手扶。一朝的兵勢孤，麥城山中人暗蹙，好端端送了頭顱，好端端送了頭顱。（同下）

（普淨白）老僧入定時，見馬上將軍，正似關公模樣。哦，我有道理。關公，這裏來！（衆雲使、周倉、關平、馬童、關公上）（普淨白）一切有爲法，如夢幻泡影，如露亦如電，應作如是觀[2]。（關公白）何故相呼？吾師是誰？願示法號。（普淨白）老僧普淨，昔日君侯過汜水關，曾在鎮國寺相遇，難道就不記得了？（關公白）原來就是普師。（下馬科。衆雲使、馬童下）（關公白）向蒙相救，銘感不忘。（普淨白）君侯前身，乃是佛門紅護也。降生塵世，不

昧初心。然昔非今是,一切休論[3],後果前因,彼此不爽。(唱)

【黃鐘調套曲·出隊子】看人生渾如朝暮,滴溜溜是荷葉上一顆珠,只待動微風,吹處有還無。若能勾解得泡影燈光是此軀,那時節人我雖殊總一途。

(關公作笑科)(白)關某蒙師指點,覺性頓開。只是漢室凌夷,奸臣覬覦,某欲伸大義于天下,奠乂邦家。不料中道被戕,此心未免耿耿。(唱)

【黃鐘調套曲·刮地風】哎呀,只這萬里河山遍莽蕪,若有個矢忠藎勠力誅鋤。雖則是吾兄仗鉞把忠誠布,奈曹瞞鼠竊皇都,更孫權虎踞東吳。亂紛紛弄刀兵爭疆奪土,一個個作威福稱寡道孤。俺待要平僭竊,正朝廷,追蹤先武。恨浩氣崇朝還太虛,問蒼蒼意欲何如?

(普净白)事由天定,必非人力能回。君侯無煩悲惋,且善惡報應,將來自見分明,更不必以目前曹憤輩矣。君侯精忠炳日,大義燭天,即不滿意于紅塵,却已策名于紫府。這便是善有善報了。今當正位之期,玉旨少刻便到,可準備接旨者。且喜彼此已成善果,老僧亦往西天去也。(同下)

校記

[1]黃鐘調套曲:此五字原無。此處【醉花陰】爲【黃鐘調套曲】之一支,據以補。
[2]應作如是觀:"應作",原作"作應",據《金剛經》乙正。
[3]一切休論:"論",原作"倫",據文意改。

第十六齣　紅護法貝闕朝天

(雜扮揭諦上)(白)欲渡迷津資寶筏,頓開覺路有金繩。(關公、普净等上科)(揭諦白)我佛有旨,道關公前身原是佛門紅護法,今降生塵世,忠義無雙,上帝新加封號,俟受封後便往西天見佛。(唱)

【黃鐘宮套曲·四門子】今日個且雲中躍馬朝天去,今日個且雲中躍馬朝天去,便便便便回鑣聽衍三軍。則爲俺金仙一向欽丰度,殁相傳一字書。(關公白)謹遵佛旨。受封之後,即當趨拜蓮臺也。(普净白)老僧同去回復佛旨,不得奉陪了。拂袖醉禪榻,浮杯到梵天。(揭諦白)但登三保地,便得六根蠲。(同下)(關公白)我們速上天門者。(唱)不必問甚吳,也休提甚蜀,並不清念官家,幽囚在許都。看將來百姓屠,九廟墟,那些兒不由天數。

（雜扮衆天官從大雲板下，作接見關公科）（衆白）關將軍請了。久欽明德，幸接英風。（唱）

【黃鐘調套曲·古水仙子】呀呀呀，烈丈夫，呀呀呀，烈丈夫。您您您，您百折千迴可義不疏。甚甚甚，甚黃金和美女，看看看，看得來如糞土。教教教，教孫曹賊膽虛，漢漢漢、漢壽亭侯正氣抒。（關公白）謬贊了。（衆天官白）就請關將軍朝參玉帝去者。（關公白）請。（同上雲板科）（唱）問問問、問興王功業竟何如？到到到、到今朝水流花謝歸何處？說說說、說甚萬里風雲起壯圖。（同下）（内作設朝科）（雜扮金星等上）（唱）

【黃鐘調套曲·古寨兒令】元樞，元樞，氣絪縕籠罩扶輿，祥光捧出九重居。只看驅日馭，駕飆車，一例披雲睹。

（衆天官引關公上，朝參科）（關公白）臣關某朝參，願聖壽無疆。（金星白）玉旨下。玉旨已到，跪聽宣讀。誥曰：彰善癉惡，上帝之權衡；往古來今，明神之赫濯。既彰不世之勛，宜錫非常之典。資爾關某，河東毓秀，涿郡呈材。秉素志于春秋，煥彝倫于海嶽。合天地人以立極，兼智仁勇而用中。旗常既彰其勳伐，雲漢應耀其精靈。茲封爾爲三界伏魔大帝。嗚呼！鼎足三分，空抱餘忠于運數；馨香萬襈，常昭未有于生民。裕汝乃心，欽于時命。謝恩。（關公白）聖壽無疆。（官官白）退班。（分下）（天官白）就請大帝復任歸位者。（關公作更衣，雜扮衆侍從上，繞場科）（同唱）

【黃鐘調套曲·古神仗兒】煌煌帝語，赫赫天書，襃德惟馨，鴻庥是予[1]。俺命拜元庭，名標下土。看從今萬載千秋，誰不識，漢關某？

【隨尾】隨遊三十三天去，是重元旌揚異數，可知道人事天心總不殊。（同下）

校記

[1] 鴻庥是予："庥"，原作"麻"，據文意改。

第十七齣　勢當全盛儺將復

（雜扮衆軍士、將官、關興、張苞、馮習、張南、傅彤、張翼、趙融、廖淳，引生扮劉備上）（唱）

【中呂宮套曲·粉蝶兒】誰是英雄，小可的服曹瞞使君名重。想不到紫髯兒割據江東，他那裏借長江，爲天塹，可也將兵弄。俺今日舉國興戎，要把那孫郎掇送。

（白）可恨孫權用計暗襲荆州，傷吾二弟雲長，禍及三弟翼德，又損吾老將黃忠。五虎上將，已失其三，深爲痛心切齒。今日整旅復讎，留軍師孔明守川，領了傾國之兵，務要掃蕩東吳，方消吾恨。前面什麽地方？（衆白）前離猇亭，只有五十里了。（劉備白）衆將官，與我殺上前去。（衆應科）（同唱）

【中吕調套曲·醉春風】霹靂半天轟，波濤平地湧，白旄黃鉞翠華旗，密匝匝將俺來擁，密匝匝將俺來擁。十萬貔貅，一群彪虎，真個是風行雷動。（同下）

（衆扮凌統、丁奉、徐盛、夏恂、周平、馬忠、朱然、蔣欽，引韓當、周泰上，衆吴兵隨上）（同唱）

【中吕宫套曲·紅繡鞋】兵勢遠連秦隴，軍聲已震蜀中。嗤他螳臂擋車攻，回頭殲巨寇，反掌定元功，這做做在謀不在勇。

（分白）吾乃韓當是也。吾乃周泰是也。劉備分兵八路，與關公報讎。我二人奉吴主之命，帥領强兵猛將，前來迎敵。塵頭起處，想蜀兵來也。大小三軍，上前迎敵。（同唱）

【中吕宫套曲·石榴花】載將垂矢與和弓，策馬去匆匆。一聲鼓角冷晴空，畫旗舞鳳，繡旆流虹。將軍神武軍容重，笑吟吟與決雌雄。況敗軍之將難言勇，那怕他御駕自臨戎？（同下）

（劉備領衆上）（同唱）

【中吕宫套曲·鬥鵪鶉】意切切想報深讎，急煎煎親將衆統。他那裏智大謀深，俺可也兵强將勇。今日個一徑投戈向楚中，轉殺入大江東。順風兒揚我明威，那時節教他震恐。（周泰等衝上，作分陣科）

（韓當見劉備科）（白）蜀主，你今已得西川，爲何親蒞戎行？倘有疏虞，悔將勿及[1]。（劉備白）汝等吴狗，傷吾手足，誓不與立於天地之間。（唱）

【中吕宫套曲·滿庭芳】怒氣填胸，冤家相見，兩眼通紅，轉教人抱連枝痛。今日相逢，說甚麽故人情重，更何勞軟語尊崇？軍麾動，橫將陣衝，管叫你軀命喪青鋒。

（韓當白）休出大言，誰與我擒他？（夏恂白）待末將夏恂擒來。（劉備白）張苞出馬。（張苞白）得令。（張苞與夏恂戰，張苞作喊科，夏恂作驚科）（白）張苞聲若巨雷，與乃父一般猛勇，恐不是他的對手。（作害怕欲避科）（周平白）夏將軍休要膽怯，俺周平來助戰也。（劉備白）關興出陣。（關興白）得令。（關興迎周平，對戰，張苞刺夏恂，下。關興斬周平，下）（關興、張苞衝韓當

陣,韓當衆敗,下)(劉備白)兩侄如此英勇,真虎將無犬子也。(唱[2])

【中呂調套曲·快活三】槍穿他犀甲重,刀落處敵袍紅。摧枯拉朽在萬軍中,鐵錚錚承得先人重。

(白)衆將官,隨吾追殺前去。(衆應,繞場科)(同唱)

【中呂調套曲·朝天子】花驄,御風,儘把青絲控,車如流水馬如龍,緊接蠻兒踵。不怕山崇,不避水重,不愁前路迥,則橫衝,直攻,那肯放些兒空。(下)

(韓當、周泰上)(白)你看關興、張苞,好生厲害也。(唱)

【中呂調套曲·上小樓】他兩個都饒父風,一樣的臉黑臉紅,恰恰的一般身材,一般武藝,一般樣威風。他躧着蹤,儘力攻,首尾相控,却像似落花風送。(關興、張苞追上,戰科。韓當、周泰敗,關興、張苞追下)(馮習、張南、傅彤、張翼,同馬忠、朱然、蔣欽、凌統分上,戰科。馬忠衆敗下)(馮習衆唱)

【又一體】黃登登陣起塵,逐律律馬逐風。殺得個不分陰陽,不分上下,不分個西東[3]。你智已窮,路不通,請將軍入甕,誰叫你鄒和魯鬨?(追下)

(甘寧上)(白)我甘寧正在舟中養病,聞蜀兵大勝,爲此急急趕來。(唱)

【又一體】羽書兒絡繹來,敢濡滯在舟中。何物蜀師,敢來楚地,屢挫俺吳鋒?俺只得强衰憊,住折衝,前迎敵衆,敢推辭病軀勞動。

(關興上)(白)賊將那裏走?(與甘寧戰科)(甘寧白)呀,好一員猛將也。(作敗下)(關興白)你看賊將敗走,待我放箭擒他。(追下)(甘寧急上)(白)我甘寧若不抱病,還可與他大戰幾合,今身體恇怯,膂力不加,如何是好?(內喊科)(關興追上,隨一軍士扛刀,關興用箭射中甘寧,下)(丁奉、徐盛上,作殺科)(軍士諢科)(關興唱)

【中呂調套曲·十二月】俺本是將門將種,怎忘了華夏宗風[4]?這抵是風雲際會,俺受的雨露恩濃。怎不疆場奮勇,得這效力宣忠?(對戰科,丁奉衆敗下,關興追下)(趙融、廖淳與潘璋對戰[5],上)(關興衝上,潘璋敗,關興追下)

(趙融、廖淳白)你看小將軍好勇猛也。(唱)

【中呂調套曲·堯民歌】只見一鞭驕馬去如風,他少年的心性可也少從容。況當讎敵正相逢,慢想輕輕放他鬆。凶也波凶,霜刀剚賊胸,斷不肯將天共。

(白)關將軍追讎人下去,恐怕有失。你我即速遣兵接應便了。(廖淳白)有理。(下)(衆吳兵作各樣敗走,上)(白)殺壞了,殺壞了,大家快些逃走

要緊。(蜀兵追上,亂殺科)(吳兵跑下,蜀兵追下)(關興追潘璋上,殺科,擒住,下)(吳將繞場作敗走科)(唱)

【中呂調套曲·耍孩兒】西川兵勢潮般湧,密層層更如鐵桶。人慌語亂腳難移,急殺人水盡山窮。有心入地偏無縫,若欲飛天翅不豐。穩把殘生送,好一似獸落坑阱,鳥入樊籠。

(白)列位,前面已是猇亭,且逃往躲避躲避,再作區處。(衆白)走嗄。(衆蜀將追上,吳衆逃下)

(劉備上)(衆同白)啓上主公,已得猇亭。(劉備白)窮寇莫追,就在猇亭駐蹕。(衆白)得令。(唱)

【一煞】他往猇亭避鋒銳,俺據猇亭占上風。鼻尖兒要把蠻邦嗅,一朝搗穴平吳地,指日回師向上庸。冤讎重,可憐我雲長翼德,怎饒他孟達劉封?(衆將擒潘璋上)

(關興白)啓主公,射死甘寧,又擒得潘璋在此。(劉備白)帶回營,剖心祭二弟之靈便了。(關興應,下)(劉備白)只此一陣,可也殺破吳狗之膽矣。俟破吳復讎之後,論功議敘。就此安營。(衆白)得令。(劉備衆唱)

【中呂調套曲·煞尾】讎人已喪師,將軍克奏功。說甚麼聖天子百靈護從,還則是足智多謀,神威大勇。(下)

校記

[1]悔將勿及:"勿",原作"吾",據文意改。
[2]唱:此字原缺,據文意補。
[3]不分個西東:"西東",原作"東西",與該唱段韻脚不合,徑乙正。
[4]怎忘了華夏宗風:"夏",原作"下",據文意改。
[5]趙融、廖淳與潘璋對戰:"與",原作"于",據文意改。

第十八齣　探得連營火可攻

(衆扮軍士、韓當、周泰、凌統、朱然、徐盛、丁奉,引小生扮陸遜上)(唱)

【黄鐘宫引·瑞雲濃】神機自領,管取功收俄頃,說與旁人更誰省?今朝謀略,與赤壁周郎,一般機警,並不用鐵繩繫艇。

(衆白)衆將打躬。(陸遜白)衆位將軍少禮,請坐。(衆坐科)(陸遜白)寳頂蓮花幕府開,心機一點卷氛埃。蠶叢蜀道從兹闢,始信江南有異才。本帥陸遜是也。因呂子明用計謀害關公,劉備起傾國之兵,八路並進,屢次交戰,大敗我軍。進據猇亭,幾有破竹之勢。我主公聞警,驚懼弗勝,急求禦敵之才,諸將把我舉薦,主公遂拜我爲大都督、右護軍鎮西將軍,晉封婁侯,掌六郡八十一州兼荆楚諸路兵馬。賜白旄黃鉞,先斬後奏[1]。任事之初,諸將不服,咸欲出戰,與決雌雄。我因未得敵情,令其堅守弗出。諸將不知就裏,目我爲懦夫,我但笑受而已。昨韓當、周泰來報,説蜀兵移營于山林茂密之處,我自引兵率當、泰等往觀動静。周泰見其兵皆老弱,請兩路夾攻。我見其殺氣暗藏,堅勿許出。諸將紛紛私語,罪我坐失事機,後見劉備領了伏兵從山谷而出,方服吾智。今彼移營已定,我這裏已握勝機,不過旬日之間,便可破敵也。(唱)

【黃鐘宮正曲·降黃龍】勝局全收,不是誇張,是得情形。笑兵連勢重,密箸深林,詎可安營?論行兵,在出其不意,怕什麼軍威嚴整?(合)我轉關兒因人成事,轉敗爲贏。

(衆白)破蜀當在初時,今連營五六百里,相守經七八月,所有要害之處,俱用嚴兵固守,安得破乎?(唱)

【又一體】他連營,局陣排成,首尾相連,呼吸相應。且山圍水繞,綠樹高低,陰濃千頃。彝陵,將良兵勇,這回已操全勝。(合)止不住風聲鶴唳,觸處心驚。

(陸遜白)諸公所見,未嘗不是,特未知兵法耳。興兵之道,要審時度地,知己知人。劉備乃當世梟雄[2],更多謀略,其兵始集,法度精專,今守之久矣,不得其便,兵疲意沮,取之正在此時。況包原隰險阻而結營者,又兵家所大忌也。(唱[3])

【黃鐘宮正曲·黃龍滚】能通兩下情,能通兩下情,才制敵人命。況地利天時,更是贏輸柄。備雖多智,危機不省,(合)只教他,報讎心,成畫餅。

(白)我昨日令淳于丹取江南第四營者,乃探其虛實也。今虛實又得,破蜀之計定矣。(徐盛、丁奉、周泰白)蜀兵勢大,破之實難,空自折將損兵,被敵人恥笑。(陸遜白)不必鰓鰓過慮,吾自有計。(衆白)計出萬全纔好。(陸遜白)我這條計但瞞不過諸葛亮耳,幸此人不在軍前,是天助我成功也。(衆白)請問有何妙計?(陸遜白)劉備連營七百里,勢合而猝不可解。吾以火攻之,彼豈能插翅飛去?(唱)

【又一體】滕滕烈焰升,滕滕烈焰升,劉備難僥倖。七百里軍屯,須不留餘賸。我劍南直入,把三蜀歸併。(合)看蜀王宫,杜鵑啼,山月冷。

（衆白）都督真神算也，吾等敬服。（陸遜白）站立兩旁，聽吾號令。（衆白）願聽指揮。（陸遜白）朱然聽令。（朱然應科）（陸遜白）爾領水軍，裝載引火之物，迅速進發。來日午後，東北風大作，爾即順風放火，不得有違。（朱然白）得令。（陸遜白）韓當聽令。（韓當應科）（陸遜白）爾引本部人馬攻江北岸。（韓當白）得令。（陸遜白）周泰聽令。（周泰應科）（陸遜白）爾引本部人馬攻江南岸。（周泰白）得令。（陸遜白）徐盛、丁奉、凌統聽令。（徐盛、丁奉、凌統應科）（陸遜白）爾等率領兵弁各執茅草一把，内藏硫磺焰硝，携帶火種，一齊殺到蜀營，順風舉火，蜀兵四十屯只燒二十屯，每間一屯燒一屯，並要多帶乾糧，晝夜追趕，只擒住了劉備方止。違者軍法從事。（徐盛、丁奉、凌統白）得令。（陸遜白）劉備嘎劉備。（唱）

【三句兒煞】你連營軍伍從教整，那抵防我出奇制勝？只把你那百萬貔貅付丙丁。（下）

校記

［1］先斬後奏：“斬”，原作“暫”，據文意改。
［2］劉備乃當世梟雄：“世”，原無，據文意補。
［3］唱：此字原缺，據文意補。

第十九齣　偵羽書屯營一炬

（雜扮中軍，引生扮孔明上）（唱）

【仙呂宮引·望遠行】平生樂隱，自分廬中安穩。三顧殷勤，知遇厚恩難泯。可奈漢室衰微，早被奸雄叠奮，何日得重恢炎運。

（白）【鷓鴣天】姓字須教萬古留[1]，綸巾羽扇自風流。軍中號令風雲變，腹内玄機神鬼愁。　鄙管晏，效伊周，漢廷誰復任安劉。最憐無限浩然氣，時化長虹貫斗牛。前因吳人敗盟，關張二將遭遇變故，是以主上志切報讎，不納群臣之諫，怒起傾國之衆，東發孫吳，勝負之機，吾亦預料，百萬生靈莫非命也。早晚必有凶信到來，吾且升堂料理國事一番。（雜扮軍校、將官上，作開門科）

（小生扮馬謖，末扮費禕上）（馬謖白）趨隨蓮幕談三略。（費禕白）偃仰龍庭獻九疇。（馬謖白）下官參謀馬謖是也。（費禕白）下官長史費禕是也。丞相升坐，吾等上前參見。（馬謖、費禕告進參科）（白）丞相在上，某等參見。

（孔明起科）（白）諸公免禮。（費禕白）主上近日消息未卜何如？（孔明白）昨馬孟常賫送營圖前來，開戰連營七百餘里，大犯兵忌，必爲陸遜所算，是以遣回奏，請小心防備，唯恐不及，吾又遣子龍前去接應，不知何如？真好懸念也。（唱）

【中呂宮正曲・好事近】時勢嘆紛紜，成和敗總休評論。仰天難問，傍觀已審三分。安營有訓，怎教那，七百里相連陣？（合）最可憐百萬貔貅，一個個膏燃荒燼。（馬謖、費禕唱）

【又一體】憂焚，生聚枉辛勤，把十年教訓一朝推損。懸懸臣悃，遠虞車駕蒙塵。祈蒼穹見憫，願吾君，早早傳佳音。（合）到于今慢說喬吳，但只願自全安穩。（雜扮報子上）（唱）

【中呂宮正曲・太平令】策馬飛奔，緊急軍情探得真。（傳報見科）（孔明驚科）（白）來報何事？（報子白）小人探得，一路烟塵，咱兵全覆。（孔明白）主公安在？（報子白）寔不知主公所在。（唱）（合）那吳人一炬東風便，咱軍將盡遭迍。（下）（孔明唱）

【中呂宮正曲・撲燈蛾】聞言身戰驚，聞言身戰驚，兩耳如雷震。今果受災危，那些兒久經行陣。也想漢家不振，天教咱覆敗全軍，痛三軍從行陷淪。（合）還不知，吾主何處得安身？（雜扮報子上）（唱）

【中呂宮正曲・太平令】叵耐吳人，一火燒殘百萬軍。（下馬進見科）（白）丞相爺，東征兵馬全軍俱没，主上正被吳軍追趕。可憐，（唱）（合）恰逢接應常山將。（孔明白）原來趙雲接應了。現今主公何在？（報子唱）走白帝暫安屯。

（白）現今聞得陸遜領兵殺入川來，望丞相爺速速發兵救應。（馬謖、費禕唱）

【中呂宮正曲・撲燈蛾】可憐百萬軍，可憐百萬軍，一旦俱灰燼[2]。興復付東流，現今鑾輿危困也，那吳兒可恨，怎思量乘勢併吞？且慢說報讎雪忿。（合）眼見得，山川城郭染風塵。（孔明唱）

【南呂宮正曲・節節高】吳寇螳臂擯，已歡欣，料伊詎敢來相近。何須論，吾已存，石圖陣，雄兵十萬屯邊汛，管叫陸遜遭困危。（合）驚殺吳儂自還軍，魏人覬覦伊邊郡。

（馬謖、費禕驚問科）（白）從未聞防吳有十萬兵馬遠屯。（孔明白）事後自知。但主上新敗，不回成都，必然羞見諸臣。軍國事重，吾又不能分身，親迎車駕，爲之奈何？也罷。（向馬謖科）（白）幼常代吾一行，迎請車駕可也。

（馬謖白）領命。（孔明白）吩咐掩門。（下）

校記

［1］姓字須教萬古留："姓"，原作"性"，據文意改。
［2］一旦俱灰燼："旦"，原作"但"，據文意改。

第二十齣　托遺詔輔取兩言

（雜扮衆太監，扶生扮劉備上）（唱）

【小石調引·宴蟠桃】蓋世英雄，千秋事業，一齊付與東風。

（白）孤只爲二弟被吳奴暗算，因此起傾國之兵報讎。前在猇亭大戰，殺得吳人喪膽。不料被小兒陸遜暗用火攻，將孤連營七百餘里皆成灰燼，以致大敗。幸喜軍師差趙雲前來接應，暫歸白帝，頓兵養銳。豈知一病不起，爲此去請軍師前來，付託大事，早晚想必就到也。唉，正是：魏吳未滅身先棄，長使英雄淚滿襟。（雜扮小軍，引小生扮劉永、劉理上）（唱）

【黄鐘宫引·西地錦】乍見鶯兒囀綠，愁聞望帝啼紅。（生扮孔明上）（唱）出師未捷君勞瘁。（外扮李嚴上）（唱）微臣當奮愚衷。

（劉永白）孤魯王劉永是也。（劉理白）孤梁王劉理是也。（孔明白）下官丞相諸葛亮是也。（李嚴白）下官尚書令李嚴是也。（劉永、劉理白）孤等聞知父王病危，故同丞相前來省視。（孔明白）已到永安宫前。（小生扮趙雲、馬謖上）（趙雲白）離宫久駐君王輦。（馬謖白）山徑初來丞相車。（見二王科）（白）二位殿下，某等參見。（二王白）將軍、先生少禮。（趙雲、馬謖見孔明科）（白）丞相風塵不易。（孔明白）公等侍衛勤勞。二位殿下同此進宫候安。（馬謖白）請少待。（趙雲進内科）（白）啓主公，丞相到。（劉備白）宣進來。（内侍宣科，衆俱進見科）（二王白）臣男魯王永、梁王理恭候父王萬安。（孔明白）臣丞相諸葛亮。（李嚴白）臣尚書令李嚴。（同白）願吾王千歲。（劉備白）俱賜平身。（衆白）千歲。（起科）（孔明白）臣國務在身，不知聖體違和，省安來遲，臣該萬死。（劉備白）孤得丞相，方成此業。何期智術淺陋，不納丞相等良言，自取其敗，因此羞見諸公。今當病勢垂危，不得不請丞相前來託付大事也。（作哭科）（唱）

【商調正曲·集賢賓】悔當初，妄動忒懵懂，逆忠言執意興戎。也則爲結義桃園情誼重，矢盟言生死相從。（白）吾好恨也，（唱）半世逞雄，垂老矣等閒拋送。（哭科）（唱）（合）淚龍鍾，方信道此生如夢。

（孔明哭科）（白）主公善保龍體，以副天下之望。（劉備白）內侍，取紙筆伺候。（內侍送上科）（劉備嘆科）（白）孤不讀詩書，粗知大略。聖人云：鳥之將死，其鳴也哀；人之將死，其言也善。孤本待與卿等同滅曹賊，共扶漢室，不幸與卿等中道而別也。（作哭科）（白）取紙筆過來。（唱）

【商調正曲·二郎神】空憐我，壯志昂藏氣似虹。奈中道蹉跎命不永，國讎未報，仍教逆賊稱雄。（白）孤年六旬有餘，死亦何恨？但曹賊未滅，無顏見列主于泉臺。吳寇仍存，有愧會同盟于地下耳。（唱）列祖何顏泉下逢？想關張英魂羞從。（白）待孤留一遺詔。（執筆科）（唱）（合）恨匆匆，勉將這兔毫，寫我餘衷。

（寫科）（白）諭付嗣子劉禪：孤今年過六旬，死復何恨？但以卿兄弟為念，勉之，勉之！勿以惡小而為之，勿以善小而不為。惟賢惟德，可以服人。汝父德薄，不足效也。卿與丞相，侍之如父，勿怠勿忘，至付至付。（付孔明科）（白）丞相，煩付劉禪，諸事教之。（哭科）（孔明收科）（白）願主公將息龍體，臣不敢不盡犬馬之勞，以報主公之恩也。（劉備白）丞相坐了，有一心腹之言相告。（孔明白）臣當拱聽。（劉備哭科）（白）君才十倍曹丕，必能興復漢室而成大事。若吾嗣子可輔則輔之，如其不才，君可為成都之主，以安百姓，以繼吾之素志也。（孔明作驚科，哭拜伏科）主公莫非教亮學那曹操麼？臣惟有鞠躬盡瘁，死而後已。（跪地伏泣科）（劉備白）吾屬本心，自知嗣子不肖，不能濟我興復之事，卿何過傷？（作嘆科）（白）吾身後之事，亦不敢強。二兒過來，謹記吾言，我亡後，爾兄弟三人事丞相如父，稍有怠慢，天人共誅爾等不孝之罪。（俱作哭科）（劉備白）即此拜了丞相為父。（孔明白）微臣安敢當此？（劉備白）不須多遜。內侍，扶丞相坐。（二王哭科）（唱）

【又一體】聞命苦匆匆，語煌煌敢不從，怎能勾倩良醫病逐膏肓，不由人感傷情心懷悲痛。（劉備白）不必哭泣，拜了丞相。（二王拜科）（唱）拜君家作翁，親孤兒懦慵，從今仰望兵山重。（合）意無窮，不堪回首，血淚杜鵑紅。

（孔明白）臣以肝腦塗地，安能報知遇之恩也。（劉備向趙雲科）（白）子龍，聽吾一言。我與卿久共患難，相從到今，分雖君臣，情同兄弟，不想今日與卿永訣矣。卿可念孤故交，輔覷幼子，勿負孤相遇之情。（唱）

【越調集曲·憶鶯兒】久相從，患難中，分屬君臣兄弟同。怎奈何今朝染病凶，半途裏命窮。願卿家始終，看承嗣子勞珍重。（趙雲白）臣願效犬馬，以扶社稷。（劉備白）爾等諸卿，聽吾囑咐。吾已托孤丞相，諸臣協力相助,共勖公忠,莫負吾望。(眾白)臣等敢不竭盡丹誠,以報主公深恩。(劉備唱)(合)恨匆匆,落紅萬點,愁殺五更風。

(孔明白)內侍,看吉服過來。(內侍應科)(劉備換冠帶科,眾臣拜)(同唱)

【又一體】幸遭逢,天地隆,願效區區犬馬忠,便粉骨難酬一寸衷。聆天言意忡,痛臣心淚溶,平生知遇殊恩重。(合)恨匆匆,落紅萬點,愁殺五更風。

(白)願主公善保龍體。(劉備白)諸卿平身。(雜扮神兵,淨扮關公、張飛魂,引金童玉女執幢上)(內作樂)(眾臣驚科)(白)天上樂聲嘹亮,異香滿庭。(劉備作見科)(關公、張飛白)大數已到,請陛下升天。(劉備點頭)(向眾臣白)朕從此永別諸卿了。(作閉目死科)(扮劉備假身上)(關公、張飛、金童玉女、神兵引劉備下)(內侍白)不好了,主公氣絕了。(二王、眾臣哭科)(孔明白)快走,進寢宮去。(二王、眾作哭科,扶下)(眾臣哭白)我那主公嚘。(馬謖白)丞相且節哀傷,急忙安置大事要緊。(孔明白)言之有理。(同唱)

【尾聲】人生碌碌皆虛鬧,到頭來終成一夢,一任那定霸圖王也是空。(下)

第廿一齣　嶽帝奏申彰癉權

(雜扮儀從、金童玉女,旦扮宮官,引淨扮東嶽大帝上)(唱)

【仙呂調·點絳唇】泰岱巖巖,碧霞明湛,昭幽暗,天地同參,誰出俺這神明鑒?

(白)淼沈三宮空洞天,秦松風雨半空懸。三千餘里鬼神府,總握生民化育權。吾乃東嶽天齊大帝是也,正趾坤元,坐鎮東夏,齊二儀以永固,崇至德以配天。既資元氣而大厥生成,亦協陰陽而神其變化。並包萬象,雷霆風雨蘊於吾心;調劑百靈,修短榮枯歸於吾掌。善其善,惡其惡,刑賞自有殊施;是則是,非則非,斟酌不差毫末。今有陽間曹操,惡貫滿盈,當受冥誅,以伸天憲。不免奏知上帝,前去捉拿便了。眾侍從,隨我上靈霄去者。(眾應科,宮官下科)(東嶽白)正是:峨峨泰嶽崇,赫赫神威大。為問世間人,誰出乘除外。(眾侍從引東嶽大帝從升天門下,上祿臺科)(雜扮眾神上祿臺,作設朝科)(東嶽大帝從祿臺上)(白)五雲高捧朝元殿,百辟欽承北極尊。已到三天門了,就此伏俯。(金星白)階下俯伏者何神?有何事奏?就此披宣。(東獄大帝白)臣東嶽泰山之神，有事奏聞。（金星白）奏來。（東嶽大帝白）今陽間曹操，並逆党華歆、郗慮等，窮凶極惡，罪不容誅，合該拿赴陰司，大加懲治。（唱）

【中呂宮·駐馬聽】他奸宄貪婪，挾制諸臣，將天憲銜。却存心窺竊，排成局陣，設下機緘。忠臣義士盡夷芟，欺君弒后把皇圖瞰。（合）逐逐眈眈，不吞漢鼎，不解他饞。

（金星作宣旨科）（白）玉旨下，聽宣讀。詔曰：稂莠不去，則害良苗；邪慝不懲，必回經德。所奏曹操等，性秉豺狼，迹同鬼蜮。肆爪牙之毒，輒敢奴隸其君；因羽翼之成，甚至荼毒其后。置鴆而皇嗣畢命，張網而貞士罹刑。命爾陰曹，褫其奸魄，備予非常之罰，以昭無上之誅。欽哉！（東嶽大帝白）聖壽無疆！臣更有請者，東漢之季死事諸臣，俱志在滅曹，心存翊漢，但期有利於國，不敢自愛其身，忠義昭昭，宜加褒錫。（唱）

【又一體】他不把生貪，荼苦看來似薺甘。要剪除荊棘，手將日托，肩把天擔。孤忠大義信無慚，殺身報國夫何憾？（合）臣節巍嚴，宜加錫典，特予新銜。

（金星白）玉旨下，聽宣讀。詔曰：兩間正氣，聿鍾特出之英；一代偉人，懋著非常之績。在秀靈所毓，自古爲然；而忠義所垂，於今爲烈。所奏愍獻之世死事諸臣，金石盟心，冰霜勵志。國家板蕩，猶以事尚可爲；天步艱難，敢云臣力已竭。或清君側，或舉義旗。或合謀以扶宗社之危，或並力以討奸雄之罪。是其拗銅撅鐵，投炎火而不煬；至于腰玉懸金，視浮雲之無有。雖則委身抒難，無補朝廷，然而大義精忠，式昭雲日。准加寵錫，用闡幽光。爾其欽哉！（眾神白）退班。（東嶽大帝白）聖壽。（眾神作退朝科，東嶽大帝從祿台下）（眾扮鬼卒、判官，引十殿閻君從酆都門上）（唱）

【又一體】世上奸貪，冥府持公法律嚴。任你胸藏狡詐，意似鴟梟，心若狼饞。一朝身死尚不知慚，披毛戴角猶無憾。笑殺貪婪，漫漫長夜，何時得湛？

（分白）賢聖已凋枯，奸邪再也無。古今同一盡，誰不到酆都。我等十殿閻君是也，奉東嶽大帝敕旨，道曹操欺君滅后，罪惡滔天。大帝已往靈霄奏事，將次回宮，必有玉旨降下酆都，捉拿惡犯等。爲此，齊集各位殿下，在此伺候。你聽，天樂悠揚，大帝朝罷回馭也。（儀從引東嶽大帝從升天門上）（同唱）

【又一體】玉軸琅函[1]，欽捧宸章下蔚藍。要口傳天語，且停牙葆，暫息鷥鵔。(東嶽大帝白)五殿閻羅王，上前聽旨。(五殿閻羅白)領旨。(東嶽大帝白)玉帝有旨。(五殿閻羅跪科)(白)聖壽。(東嶽大帝白)今有陽間曹操，及其黨華歆、郗慮等，(唱)心中直自把天貪，指尖意自將天撼。(合)命爾鋤芟，函昭憲典，用警頑讒。

(五殿閻羅白)領旨。(東嶽大帝白)五殿閻羅，既奉玉旨，即刻施行便了。吾即回官去也。(五殿閻羅白)領旨。(東嶽大帝、儀從下)(五殿閻羅白)列位閻君，各歸本殿。吾即差鬼捉拿便了。(眾閻君白)請。(同唱)

【意不盡】大羅天上懸冰鑒，是是非非一覽。陰舒陽慘，這的是禍福無門人自探。(從酆都門同下)

校記

[1]玉軸琅函："琅"，原作"烺"，據文意改。

第廿二齣　閻君牌攝奸讒魄

(雜扮眾判官，引眾司官上)(唱)

【南呂調套曲·一枝花】陰陽一紙糊，善惡千官紀。書來森衮鉞，筆下析幾微。是是非非，並不留餘地，何嘗敢少遺。把一個人原始要終，這一本帳從頭至尾。

(白)執簡侍庭除，分曹領簿書。人間功與過，載筆總無虛。吾乃五殿閻君台下紀事司官是也。今日間閻君着差鬼捉拿曹操，僉押發牌，只得在此伺候。正是：禍福維人召，恩威任我施。(雜扮牛頭、馬面、鬼卒、金童玉女引五殿閻君上)(唱)

【南呂調套曲·梁州第七】不是俺黑陰司妝威弄勢，也只因陽世上亂作胡為，人倫滅裂綱常墜。曰明曰旦，不怕天窺；為鬼為蜮，敢把人欺。全不思天尊地卑，也不思勘亂扶危。一人人思仗劍揮天，一處處思開弓射日，一個個思遷鼎開基，忒希，忒奇！如今偏有希奇事，賊曹瞞窺神器，炎漢江山他將唾手移，却逃不了俺鬼董狐直筆標題。

(司官參科)(司官白)司官稟參。(閻君白)少禮。今有曹操，貪天蔑主，弑后戮妃，忠良靡有孑遺，社稷憑為己有，天怒人怨，可也罪不容誅矣。奉有玉旨，將曹操冥誅，活捉到酆都定罪。(司官白)是。(閻君唱)

【南呂宮套曲·牧羊關】海嶽如湯沸，輿圖似雪飛。可憐那四百年錦繡封圻，都入在老奸，雙袍袖裏。（司官白）劉繇、王郎、孫策等，並皆割據一方，何獨曹操？（閻君唱）豺狼當帝坐，安用問狐狸？正是君弱臣強日，天翻地覆時。

（白）酆都鬼王何在？（雜扮鬼王上，見科）（白）酆都鬼王參見。（閻君白）今有陽世曹操，圖謀篡逆，郗慮、華歆等，同惡相濟，不可一日姑容。着爾召齊都鬼，將一干罪犯拿赴冥司，按罪正法。（鬼王應科）（唱）

【南呂調套曲·元鶴鳴】怕甚皇親國戚，怯甚麼銅牆鐵壁，但得通風處，便使攝魂旗。（鬼王出酆都門，作按八方招八鬼上，又招取中央鬼上，共九鬼）（唱）俺這一雙一雙急腿，走到那裏，拿在這裏。只覺得天愁地慘，雨苦風淒。一任他潑無徒，潑無徒，生得來多計智，只問他怎生迴避，如何擋抵？

（進酆都門，見閻君科）（白）九鬼打躬。（閻君白）爾等聽者，曹操等重犯共十一名。（付牌科）爾等按牌上姓名，勾取生魂，速來交割，不得有違。（衆鬼應科）（閻君唱）

【南呂調套曲·烏夜啼】從來未見欺君例，老奸臣忒把君欺。更城孤社鼠張聲勢，絕滅倫彝，圖傾社稷。俺冥中執法最無私，怎生饒恕彌天罪？疾忙去，休遲滯，不分首從，一概勾提。（九鬼應科，衆引閻君下）

（鬼王白）牌限緊嚴，爾等就此速去。正是：閻王註定三更死，並不留人到五更。（鬼王下）（九鬼繞場，出酆都門）（同唱）

【收尾】通天絕地難逃匿，詭計奸謀無處施。只銀鐺響處已三魂悸，他也怎樣支持，俺也怎敢稽遲？只教他抬起頭來，認一認俺這九都鬼。（同下）

第廿三齣　補行陽世三章法

（衆扮太監，隨丑扮二老太監上）（白）欺心盜國謀長久，不想閻王不放鬆。咱家乃漢朝兩個掌官太監是也。當初曹操把勢利哄騙我二人，棄了漢帝，做了他家的總管。我這兩個不學好的畜生就上了當，跟着他做出無數傷天害理的事來。若是久長受用，倒也罷了，誰道天官不容，把他少皮沒毛，口中只說看見伏完、董承等帶領無數惡鬼，要劈他腦袋，剜他黑心。好怕人也！如今且扶他出來。咹，宮女們，你們把主公扶出來。（內應科）（衆扮宮女作扶曹操上，發諢科）（白）主公，咱們扶你去外面坐坐。（曹操作抱病科）（唱）

【仙呂宮引·卜算子】我待把天移，天不做人美，病入膏肓未即瘳，那更心生鬼。

（白）我曹操指望學周文王，開八百載鴻基，所以欺世盜名，無惡不作。誰料雄圖未竟，劇病相侵。從前被殺冤魂，一個個都來索命。既欲劈我腦袋，又要剜我心肝，弄得我無路可逃，有智難使。咳，這也是從前作過事，沒興一齊來了。（二太監白）主公病勢沉重，何不差人祈禱神天，或有救星，也未見得。（曹操白）咳，獲罪於天，無所禱也。（唱）

【仙呂宮正曲·風入松】蒼蒼曾幾受人欺，須比不得閒神邪鬼。我業經身犯彌天罪，到今日罪將誰委？便禱告上下神祇，曾何補又何爲？（衆扮九都鬼，持叉帶鎖杻，外扮伏完，末扮董承，外扮馬騰同上）（唱）

【仙呂宮正曲·急三槍】奉血詔，殄國賊，定國計，我肝膽露，腹心披。誰想機不密，功不成，志不遂[1]，反貽禍，在宮闈。

（分白）小聖伏完是也。小聖董承是也。小聖馬騰是也。請了。（伏完白）曹操大逆不道，我等奉衣帶血詔，密討元凶，不料泄漏機關，反被殺害。上帝憐我等忠正，並敕爲神。今曹賊數絕命終，上帝即命我三人，率領都鬼擒拿，以正弒逆之罪。衆差鬼，隨我一同進去。（九都鬼應科，同伏完等進見曹操）（伏完白）奸賊，你黑心凶性，如今那裏去了？差鬼，可將曹操腦髓劈出，以警人臣圖謀篡逆者。（九都鬼應科，捉曹操，出桌劈腦科，曹操伏地）（衆太監白）好好的不床上坐，倒在地下頑兒來了。（曹操作發昏狀科[2]）（伏完等附曹操白）大家看者，曹操欺世欺君，劈他腦袋，警戒世人，不可懷奸罔上。（唱）

【仙呂宮正曲·風入松】奸臣禍國又何奇，似曹操算來無幾。縈縈獻帝君位虛，妻若子並遭屠洗，是忠正一概誅夷，將神器手中攜。

（曹操作昏倒桌上科）（衆扮文武衆臣上）（白）著筴卦爻占得六。（衆扮諸男上）（白）寢門問視目仍三。（見科）（白）臣等請安。（衆宮女、內監白）好主公，在那裏說因果勸世人哩。可憐主公的腦袋兩瓣子了，說是伏完、董承、馬騰劈開的。（郗慮、華歆白）那有此事？（伏完白）衆差鬼，將郗慮、華歆並曹操，都與我活捉到鄴都去。（九都鬼應科，地井內上三生鬼[3]、地方鬼、大頭鬼、摸壁鬼、無常鬼，九都鬼鎖科。三屍放地上，伏完等下）（衆宮女、太監白）這等，看起來果然是天理昭彰，報應不爽。（丑文武官虛白，發諢科）（衆文武白）且休閒說，先將主公盛殮，等世子到來，早正大位要緊。（衆應科，抬曹操屍下。衆校尉抬郗慮、華歆二屍下）（衆文武舉哀科）（唱）

【仙呂宮正曲·風入松】神謀大略古來稀，便當代何人堪比？方將受禪登天位，抱沉疴憊不起。看龍去攀髯有誰，空翹首白雲飛。（下）

校記

［1］志不遂："遂",原作"逐",據文意及韻改。
［2］曹操作發昏狀科："狀",原作"壯",據文意改。
［3］地井內上三生鬼："鬼",原作"魂",據上下文改。

第廿四齣　試取陰司九股叉[1]

（九都鬼、地方鬼、大頭鬼、摸壁鬼、無常鬼、土地,帶曹操等三魂上,四判官上）（白）欺君誤國一名曹操,從奸爲惡佞臣一名郗慮、一名華歆、一名張遼、一名許褚。（曹操白）你們好大膽,竟把孤家鎖起來了。孤家可是鎖得的?（眾鬼白）你這奸賊,還像在世上欺主弄權、作威趁勢麼?我這陰司中只論善惡,不重威權。（唱）

【仙呂宮・急三槍】黃泉路,無情面,無勢利,只善惡,判高低。一任你,多詐術,多奸計,逃不過,半些兒。

（曹操眾白）這等説,我是死了。（眾鬼白）誰要你活?（眾白）哦,如今纔曉得你陰司規矩。（曹操白）列位,我隨身有貓兒眼寶石九顆,乃漢朝傳代之物,竊取護身。我如今死了,要他何用?分送與列位罷。（九都鬼白）我們做了一世的鬼,却不曾見過這貓兒眼。取出來,我們大家看一看。（曹操衣內取出,給九都鬼看科。曹操等三魂跑下）（九都鬼白）這奸賊,死了還忘不了鬼詐,使黑心欺鬼哩。（土地白）嗄,列位,你等好不小心,這廝罪大惡極[2],如何放走了?況奸心回獲不定,難以捉拿。可疾忙趕上,將鋼叉叉住,解赴冥府便了。（九都鬼應科）（白）既如此,我等就此趕上前去。（作趕上,曹操、眾三魂上,對叉,捉住科）（同唱）

【仙呂宮・風入松】奸魂既受鐵繩縻,尚兀自弄唇調嘴。鬼頭鬼腦惟吾輩,他也要藉財哄鬼。急急的將他緊隨,不怕你上天飛。（同下）

校記

［1］試取陰司九股叉："叉",原作"乂",據下文改。
［2］這廝罪大惡極："廝",原作"斯",據文意改。

第九本（上）

第一齣　魚腹威吳八陣圖

（雜扮小軍、將官、中軍，引小生扮陸遜上）（唱）

【仙呂調隻曲·點絳唇】蓋世英姿，良平奇智。乘軍勢，破竹長驅，方顯男兒志。

（白）三十登壇志已酬，當年談笑取荊州。蜀兵百萬今何在？一炬沿江大地愁。小將陸遜，官拜吳國都督。昨使小計，大破蜀軍，八十三萬貔貅盡遭水火之劫，蜀主僅以身免，退保白帝城中。俺今領此長勝之兵，乘破竹之勢，西取全蜀，易如唾手。眾將官，前到何處？（小軍白）前離夔關不遠。（陸遜白）就此殺上前去。（眾唱）

【雙調正曲·四邊靜】炎劉遇火難相濟，一陣兵皆逝。獨自領殘軍，白帝來潛避。我今乘勢，如望諸下齊，要把川隴收，方顯吾奇計。（眾同下）（外扮黃承彥上）（唱）石陣縱橫神鬼欽，重重門戶氣蕭森。今朝困服東吳將，諸葛宏名冠古今。

（白）老夫黃承彥，本爲漢代逸民，諛列襄陽耆舊。小婿孔明，先年入川之時，曾作八陣石圖于魚腹灘平沙之上，靈駆鬼神，妙參天地。預算定後有吳將陸遜誤陷陣中，托老夫指教。今聞陸郎大破蜀兵，必然乘勢窺川，不免到八陣圖邊一望。（作望科）（白）你看渺渺江流，驚濤拍岸，叢叢亂石，殺氣迷空。八陣圖，八陣圖，今番用着你也。（唱）

【雙角套曲·夜行船】則這石堆兒賢如十萬敵，誰人識奧妙玄機？門上加奇，九星移位。（內作金鼓聲科）（白）呀，（唱）一派兒騰騰殺氣。

（白）待我躲過一邊，待陸遜到來，指引他便了。（下）（雜扮天蓬、天芮、天冲、天輔、天禽、天心、天柱、天任、天英，善惡服色，隨方持器上，作繞場科）（分白）在天成象，在地成形，運行五位，號爲九星。俺乃天蓬星是也。俺乃天芮星是也。俺乃天冲星是也。俺乃天輔星是也。俺乃天禽星是也。俺乃天心星是也。俺乃天柱星是也。俺乃天任星是也。俺乃天英星是也。我等

分隸九宮之位，輪值八門之間。久奉諸葛法，今守此陣圖，時時變化無窮，候陷東吳之將。時已將屆，各宜恪遵。（九星唱）

【雙角套曲·喬牌兒】昏慘慘神鬼泣，愁靄靄乾坤閉。一個個神符分列司門位，眼見得弄機關在那裏。（黃承彥上）（唱）

【雙角套曲·風入松】連天金鼓陣雲低，紅日失光輝。（白）呀，遠遠望見征塵匝地，金鼓連天，料是吳國人馬來也。（內吶喊科）（黃承彥唱）征塵滾滾人如蟻，赤力力怒馬奔馳。一隊隊南山虎羆，一個個北海鯨鯢。

（白）我且躲過一邊，看他怎生進陣？（下）（眾小軍引陸遜繞場，上）（唱）

【雙角套曲·慶東原】俺軍聲正雄壯，趁餘威奔似飛，兒郎奮勇如潮沸。馬蹀躞金累，兵閃爍劍戟，將俺映旌旗。急煎煎直抵漢江湄，恃破竹長驅勢。

（內作金鼓聲科）（陸遜白）眾將官，前邊殺氣連天，必有埋伏，不可前進。速去探來。（小軍作探回科）（白）啓上都督，並無埋伏。（內金鼓聲科）（陸遜白）胡說，明明一派殺氣上浮，豈無埋伏？再去打探。（小軍下，引黃承彥上。小軍回科）（白）此去正北，江邊有許多亂石，並無埋伏。尋得一個土人在此，都督問他便知。（陸遜白）帶來見俺。（黃承彥見科）（陸遜白）前邊亂石作堆者，何也？（黃承彥白）此石乃諸葛丞相入川，特所排之圖，在這魚腹灘上，名曰八陣圖，常有雲氣從內而起，不知何故。（陸遜白）你且迴避。（黃承彥下）（陸遜白）眾將官，就此安營歇馬，待俺親去探看一遭。（眾下）（陸遜引四將、四小軍行科）（陸遜白）秣馬暫休兵[1]，行行探石陣。補天誠亦奇，況復言于晉。視此蠢蠢頑石，縱橫成陣。此惑軍之術，有何益哉？待俺進內看來，更有何說？眾軍校，隨俺進去看者。（應科，進陣，虛下）（黃承彥白）你看陸郎，竟自闖入陣圖，正由死門而去，這番必陷陣中也。（唱）

【雙角套曲·新水令】他逞威風，闖入八陣圖堆，正逢那死門之位。他那裏九天早布網，玉女守門扇，任你個智廣才奇，也跳不出，鎖子連環內。

（白）我且躲在一邊，看他如何出陣？（下）

（陸遜引眾上）（白）來到此間，只見門户重重，四通八達，亦無他異。你看時已夕陽，就此回營。（內作金鼓喊聲科，九星引神兵上，繞場）（陸遜白）嚇殺吾也！一霎時狂風大作，亂石橫飛，天昏地暗，鬼哭神嚎。今番卻中了孔明計也。（眾哭科）（白）都督，似此昏黑，不辨東西，我等性命休矣。（陸遜白）爾等休慌，可仍尋舊路而回。（小軍白）出手不見掌，怎生尋路？（陸遜白）爾等俱隨吾馬來。（陸遜眾唱）

【雙角套曲·沉醉東風】則見惡騰騰漫天殺氣，慘昏昏不辨東西[2]。休提俺大將軍，空饒八面風，倒做了楚重瞳，誤陷垓心内。雖則是幾堆兒頑石，勝似那銅墻與鐵壁，不由人不心兒驚碎。（天蓬領神阻衆伏神下）

（陸遜白）好厲害也，你看那怪石嵯峨，槎枒似劍，横沙立石，重叠如山，又似江深浪湧，一派濤鼓之聲。前無去路，可再别方尋覓。爾等緊隨吾來。（又遇天輔星神兵阻）（衆伏神唱）

【雙角套曲・折桂令】恁肉眼兒怎識玄機？這便是地網天羅，也插翅難飛，縱有勇何施？枉了恁才高魯肅，智過周瑜，怎敵俺天蓬阻路，難逃躲惡煞當衢。一任你東撞西馳，北往南回，縱有那百萬雄兵，殺不出這八陣靈石。（陸遜引衆慌上，又遇天禽星阻衆伏神下）

（陸遜衆白）果然好利害也！這廂又去不得，隨我這裏來。（陸遜衆唱）

【雙角套曲・殿前歡】急煎煎似驚獐兒意慌迷，忙促促似爛羊群一任觸藩籬[3]。（叫苦科）哭哀哀，叫苦三軍士，密匝匝怎出重圍？眼見得没頭鵝牢閉住，落在這樊籠裏，怕做了縛雞連足都捉去。這其間欲求相救，更有伊誰？

（陸遜白）四面八方都無出路。（衆哭科）（白）可憐我們俱死於此處了。（陸遜嘆科）（白）蒼天，蒼天！蓋世奇功，反成一夢，難道此間即吾死地也？（按劍欲刎科，衆攔科）（黄承彦上）（白）不須傷感。將軍要出此陣，可隨吾來。（衆白）救苦救難太白金星下界了。（陸遜白）你不是方纔土人老者，爲何也進此陣來？（黄承彦作笑科）（白）老夫也進得來，也出得去。（陸遜白）末將誤陷此中，長者如能救出，决不敢忘大德，必當重謝。（黄承彦白）老朽亦非圖報而來，何須言謝？隨吾出陣可也。（引行科）（唱）

【挂玉鉤】這抵是憐君陷困危，豈冀兼金饋？現放着，休開生吉祥途，早把天羅地網披。跳出了離恨天，依然雲静風清地。這抵是强者更逢强，奇計又增奇。

（作同出陣科）（陸遜白）呀，唬死吾也！誤掠虎頭，險遭虎口。今日方知諸葛先生非等閒人也！多承長者救命之恩，雖不希報，敢求姓名，以誌肺腑。（黄承彦白）老朽非别，即孔明外父黄承彦是也。（陸遜揖科）（白）末將久仰，今幸識荆。（黄承彦白）小婿進川之時排此陣圖，算定將軍今當陷此，故囑老朽久候指救。將軍可收兵回吳，各守封疆，同心伐魏，還爲大漢纔是。（陸遜謝科）（白）令婿誠神人也。（雜扮徐盛、丁奉、韓當、周泰上）（白）都督久不回營，我等前來迎接。（陸遜白）本帥誤入八陣圖中，幸此長者相救。（向黄承彦科）（白）長者良言，敢不領教？衆將官，即此回營，明早回吳。（衆白）都督見此石陣,何即回吳?(陸遜白)爾等何知,吾亦不爲見此石陣而回,那魏王曹丕多懷譎詐,聞吾入蜀,必來犯界,因此便欲回吳。(衆白)都督高見。(陸遜向黃承彥白)就此告別。(揖別,引衆行科)(陸遜白)孔明王佐才,變化如龍妙。知己更知彼,吾亦窺其奧。(引衆下)(黃承彥白)你看他退兵回去了。陸郎,陸郎。(唱)

【煞尾】從今後,夢魂中驚石壘,再休誇能鬥智,端的讓臥龍才果無此。(下)(衆神將繞場科,分下)

校記

[1] 秣馬暫休兵:"秣",原作"抹",據文意改。
[2] 慘昏昏不辨東西:"辨",原作"便",據文意改。
[3] 忙促促似爛羊群一任觸藩籬:"藩",原作"潘",據文意改。

第二齣　龍興嗣蜀三分國

(衆扮董允、杜瓊、譙周、秦宓上[1])(唱)

【仙呂宮[2]·點絳唇】北極搖光,天香飄蕩。重新象,聖主當陽,看旭日扶桑上。

(董允白)衣冠身惹御爐香,(杜瓊白)繞仗偏隨鸞鷟行。(譙周白)秦地立春傳太史,(秦宓白)漢宮題柱憶仙郎。(分白)下官黃門侍郎董允是也。下官諫議大夫杜瓊是也。下官太史令譙周是也。下官學士秦宓是也。(同白)請了。(董允白)昨日丞相奉先帝遺詔,扶儲君登基,今日受百官朝賀。候丞相、衆官到來,一同朝禮。(衆應科)(生扮孔明,末扮李嚴,生扮趙雲,净扮魏延、關興、張苞,生扮馬岱、王平上)(同唱)

【又一體】曙色蒼茫,晨雞初唱。移天仗,劍珮鏗鏘,佇聽鳴稍響。

(衆官見科)(白)丞相。(孔明白)列位,國家不可一日無君。況曹丕已受禪稱帝。已曾上言,請儲君嗣帝位,以成漢統。今新主御殿,百官朝賀。(衆官白)試聽天樂悠揚,御香縹緲,新主升殿也。(衆扮鎮殿將軍、太監、宮女,引小旦扮後主上)(唱)

【又一體】先帝雲鄉,仰天悲愴。群臣強,心意彷徨,勉將金鑾上。(坐科,衆臣朝參)

(後主白)先帝升遐正可哀,師臣催趲上瑤階。萬幾未諳閭閻事,慚愧難稱馭世才。朕乃劉禪是也。先帝升遐,群臣勸進,只得勉稱大位。內侍,宣相父近前,賜龍墩坐了。(孔明謝坐科)(後主白)朕才德菲薄,初坐大寶,諸凡皆倚相父教之。(孔明白)臣蒙先帝知遇之隆,托孤之重,敢不竭盡股肱,以報陛下?(唱)

【黃鐘宮過曲·滴溜子】蒙先帝,蒙先帝,皇恩浩蕩。況託臣,況託臣,寵加過望。但愧臣才愚戇,(合)微軀敢憚勞,誓情櫬槍。倩后土皇天,鑒臨臣亮。(後主白)相父忠誠,朕所知也。爾等文武諸卿,朕躬初立,全賴卿等協力輔佐,文臣勿忘忠告之道,武臣勿辭疆場之勞。朕寡涼德,幸卿等追念先帝知遇。(唱)

【黃鐘宮過曲·畫眉序】治國與安邦,惟賴侯臣共良將。愧朕躬涼德,才識茫茫。臨軍壘務著奇功,處朝堂願聞忠讜[3]。(合)君臣勠力圖開創,矢同心勿負先皇。

(眾文武跪科)(白)臣等荷蒙先帝豢養,雖肝腦塗地,莫報萬一。願陛下勿忘先帝之艱難,臣等何敢不效犬馬之心力[4]?(同唱)

【黃鐘宮過曲·滴溜子】蒙先帝,蒙先帝,將臣豢養。知遇恩,知遇恩,死生難忘。陛下萬幾初掌,(合)當思先帝勞,艱難營創。臣等犬馬微軀,竭誠非爽。

(後主白)諸卿協力輔翼,社稷有幸矣。傳旨,退班。(大太監白)退班。(內奏樂,眾下座)(後主唱)

【尾聲】諸卿輔翊感忠諒,皇家社稷倚仗。(向孔明科)(唱)那要緊的國政軍機全勞相父掌。(下)

校記

[1] 秦宓上:"秦",原無,據下文補。
[2] 仙呂宮:原無。據王奕清《御定曲譜》,【點絳唇】屬【仙呂宮】,據補。按:本齣僅有曲牌,皆無宮調。以下宮調皆據《御定曲譜》補。
[3] 處朝堂願聞忠讜:"讜",原作"黨",據文意改。
[4] 臣等何敢不效犬馬之心力:"何",原作"荷",據文意改。

第三齣　初入冥途須挂號

(雜扮皂隸小鬼、判官、大鬼上,作跳舞畢,引城隍上)(唱)

【商調套曲[1]·集賢賓】黑漫漫，鬼風尖陰氣冷，蕭瑟夜臺冥。俺職與陽官分領，資保障明德惟馨。人世上是是非非，到這裏偪偪清清。算盤珠，撥來偏井井，那些兒不鄭重分明。可是九章存鐵案，一鑒朗空庭。

（白）吾乃前漢紀信是也。秉乾坤之浩氣，懸日月之丹心，結髮事君，矢忠殉國。欣九天之可托，延漢祚于千秋。雖萬死以何辭，甘楚人之一炬。上天矜恤，封爲城隍之神，協理幽明，彰癉善惡，但有一切亡鬼，俱當至此挂號。鬼卒，有投文挂號的，引他進。（皂隸鬼應科）（雜扮金童玉女，衆扮王允、孔融、盧植、禰衡、丁原、种輯、吉平、楊奉上）（同唱）

【商調套曲·逍遙樂】榮枯天定，理欲關頭，先須認清。豈無端樂死輕生，也皆因義重身輕。但把倫常一掌擎，榮華富貴總浮萍。何着意，非設成心，不爲邀名。

（金童玉女白）諸位善人請少待。（向內科）善人挂號。（皂隸鬼作稟科）（城隍白）請進來。（皂隸鬼出，請科，引衆善人進門。城隍起科）（白）諸位善人，各通姓名。（衆分白）吾乃司徒王允。吾乃北海孔融。吾乃禰衡。吾乃尚書盧植。吾乃邠州刺史丁原。吾乃吉平。吾乃太尉楊奉。吾乃長水校尉种輯。（城隍白）原來都是忠臣孝子，可敬可敬。（唱）

【商調套曲·金菊香】五倫一力獨支撐，正氣昭昭炳日星。靈霄玉管記生平，豈但史册流青，千古播芳名。

（白[2]）就此挂號前去。（衆忠魂白）節義忠貞，乃人生當盡之事，何勞尊神過獎？況吾等呵。（唱）

【商調套曲·梧葉兒】爲妖氛結，厲氣凝，漢國亂縱橫。身雖死，心未平，目未瞑，敢承當尊神頌聲。（下）

（衆扮九方鬼，帶曹操、華歆、郗慮、荀彧、荀攸、毛玠、郭嘉、程昱[3]、王粲、許褚、張遼上）（九方鬼白）你們聽了，拿到亡魂，例應城隍司挂號，可趲動些。（曹操白）怎麽，孤家也要去見城隍？（鬼白）自然要去的。（曹操白）我不去。（鬼白）曹操，你敢不去麽？（打科）（曹操白）我去，我去！咳，往日威風，如今都到那裏去了？（唱）

【商調套曲·醋葫蘆】我威武揚，殺氣橫，喑嗚叱咤鬼神驚。怎而今，鬼神翻作梗，呼名道姓，不由人怒目一雙瞪。

（九方鬼白）來此已是城隍司了，不免挂號。（虛白，通報科，一皂隸鬼出問科）（九方鬼白）拘到惡犯曹操等十一名，特來挂號。（皂隸鬼作進稟科）（白）有長解鬼解到惡犯曹操等十一名，求挂號施行。（城隍白）帶進來。（皂隸鬼傳科,九方鬼帶進科)(判官白)聽點。謀篡首犯曹操,從犯華歆、郗慮、荀彧、荀攸、毛玠、郭嘉、程昱、王粲、許褚、張遼。(各分應科)(城隍白)爾等俱係漢臣,豈不聞君臣之義,無所逃於天地之間。已經束髮相從,怎忍唾手以取,處心積慮,極惡窮凶?華歆等但顧私恩,罔知公議,既欲謀傾宗社,復敢手弒后妃,逆理亂常,莫此爲甚,俺便罄南山之竹,可也書罪無窮也。(曹操白)漢家天下,桓、靈已經敗壞,厥後董卓繼之,傕、汜又繼之。鬼犯內平國難,外靖邦朋,壘卵之漢得以不墜者,鬼犯之力也。至於椒宮行弒,乃歆、慮所爲,實不知情,似可免議。(城隍白)你推得好乾净也。(唱)

【又一體】嘴頭伊可乘,心中我自明,把逆天重罪卸來輕。果是不思遷漢鼎,未聞有命,如何四海竟專征?

(白)鬼卒,着實打。(皂隸鬼作打科)(曹操白)鬼犯受打不起,愿吐實情。(城隍白)着他畫供上來。(曹操畫供科)(唱)

【又一體】曾將天子欺,曾將妃后凌,今朝一筆畫招承。若是罪咱遷九鼎,請君試聽,人盡魏王稱。

(九方鬼白)曹操奸雄亂世,天地不容。五殿閻君差我等擒拿,以彰惡報。今已鎖解臺前,我等當先去銷牌覆命,尊神簽差轉解便了。求領回批。(城隍寫)(白)速發回文便了。(九方鬼白)罪名輕重,原非一律法,陰陽總不差。(下)(城隍白)聽差長解鬼何在?(雜扮五長解鬼上)(白)來也。差鬼叩頭,有何差遣?(城隍白)鬼犯一名曹操,罪大惡極,當受重重惡報。命爾解往鄴都。須要小心在意。(五長解鬼應科,帶曹操下)(城隍白)把華歆等一齊帶上來。(帶科)(城隍白)長君逢君,陷曹操于大逆者,皆汝輩之罪也。(唱)

【商調套曲・後庭花】你黑心怎的生,黑途竟自在行。身受皇家祿,心爲權佞營。你忒無情,只問你元勳開國,到底誰將新命膺?

(華歆等白)鬼犯等黑心,尊神洞照,何敢多辯?只望開恩。(城隍白)畫供。(華歆等傳筆劃供科)(唱)

【商調套曲・柳葉兒】只錯得不知安命,向奸臣吐露忠誠。逆天大罪丹書定,神責過,史書名,求不得筆下超生。

(城隍白)長解鬼何在?(衆扮五長解鬼上,虛白,見科)(城隍白)將華歆等十名,小心解到鄴都。(長解鬼應科,帶華歆等下。城隍下座)(唱)

【浪裡來煞】明明照膽臺,高高挂業鏡,奸囚何處可藏形?俺陰宮與人無世情,休圖徼倖,只教你漫漫黑獄逐層經。(下)

校記

［1］商調套曲：此四字原無。【集賢賓】屬【商調套曲】，茲據下文及王奕清《御定曲譜》補。
［2］白：此字原缺，據文意補。
［3］程昱："昱"，原作"旻"，據下文改。

第四齣　自沉江浦欲全名

（丑扮地方上）（唱）

【越調正曲・水底魚】下役波查，官差日似麻，（合）堂牌未了，衙裏又傳咱，衙裏又傳咱。

（白）自家螟蟻江邊一個地方便是。自從應了此役，居鄉也能作福作威，人人敬怕。怎奈地近都城，官差煩冗，不論那衙門走出個人來，便受他三分惡氣，不但賠茶賠酒，一些兒不到當官，就受用那藤鞭竹片，這也不在話下。昨日衙裏出票，說郡主娘娘今日江邊行祭，各地方俱要伺候答應，其所用之物，已經預備停當。趁官未來查點，且去少飲三杯，再伺候便了。（下）

（丑扮典史，雜扮皂隸上）（典史唱）

【又一體】一樣烏紗，官居縣四衙，（合）出身三考，拜帖寫年家，拜帖寫年家。

（白）小官乃秣陵縣一個典史官兒是也。郡主娘娘江邊祭奠蜀主，奉主公令旨，着在江邊伺候。蒙堂翁委我，催着地方預備一切應用什物，不免前去查點查點。已到江邊，地方怎麼不來接我？可惡，可惡！（皂隸白）叫地方。（地方白）是誰浪叫？（皂隸白）哇，老爺來到，什麼浪叫浪叫？（地方白）來到，來到，唬得我七顛八倒。（典史白）顛倒，顛倒，打得你屁股亂跳。（地方見科）（白）老爺來了。諸事齊備，請老爺查點。（典史白）住了，你是螟蟻的地方？前次失了卯，我老爺施恩，寬恕於你，說你有甚孝敬，如何竟騙了我老爺！當此皇差緊急，你却饞的這等爛碎。皂隸，與我打這厮。（皂隸扯地方，發諢科）（白）老爺的恩典，小的心上牢記着哩。目下差使喫緊，過這兩日，自然有個薄意孝順老爺的。（典史白）如此，暫且饒你。（皂隸白）使不得，一定要打。（典史白）那個道理？（地方白）什麼意思？（皂隸白）老爺的講了，我的規矩也要明。（地方白）一總也是有的。（雜扮太監上）（白）紫禁傳魚鑰，皇宮使鳳車。咱家吳宮太監便是。郡主娘娘已發車駕，咱家先來查點祭祀之物。地方官兒那裏？（典史白）小官伺候。（太監白）一切祭物人等，俱各齊備了麼？（典史白）俱已齊備。（太監白）小心伺候。（虛下）

（旦扮新月公主，雜扮眾太監、一大太監、轎夫抬轎上）（新月公主唱）

【高宮套曲·端正好】楚天遙，金風乍，淚湘江竹暈斑花。望九嶷烟黛渾如畫，料難返重瞳駕。

（白）惆悵金泥簇蝶裙，洞庭西望楚天分。江流不盡千秋恨，落日西風空白雲。我乃新月公主是也。昨聞宮監傳說，蜀主白帝歸天。奴家一聞此言，好不痛殺我也！故此啓知哥哥，到江邊一祭，以盡夫婦之情。嗄，夫嗄，你撇得我好不苦也。（唱）

【高宮套曲·滾繡球】恨悠悠暗自加，淚紛紛落似麻。望江山宛如圖畫，對西風露冷蒹葭。銷減了鏡裏容，飛盡了陌上花。想當年誤信了周郎初嫁，憶同奔曾隨着杜宇還家。寔指望鴛鴦比目同偕老，反做了飛燕伯勞各一涯，只落得懊恨嗟呀。（到科）

（太監白）啓娘娘，已到江邊了，請公主下轎。（新月下轎科）（白）我那夫君嗄。（太監白）香案齊備了。（新月白）看香。（太監白）左右，將祭供擺設停當者。（雜扮禮生上）（白）請娘娘就位，拈香行初獻禮。（內作樂，新月拈香科）（白）未爇名香玉筯垂，魂兮何處不勝悲。天荒地咽凄風緊，此恨綿綿無絕期。（哭科）（唱）

【高宮套曲·倘秀才】爭甚麼富貴榮華，每日假金戈鐵馬，須不比蜀帝公孫井底蛙。只聞說一朝拋繡甲，誰承望半載染黃沙，枉從前圖王定霸。

（禮生白）請娘娘行亞獻禮。（新月又拜科）（白）我那夫君嗄。（唱）

【高宮套曲·叨叨令】只見鶴橫江，疑似遼魂化。楚些哀，恐把三閭禡。女螺江，誰弔湘娥寡。望夫磯，肯把彭郎嫁。兀的不是痛殺人也麼哥，兀的不是恨殺人也麼哥，哭哀哀，好似巫峽猿腸，斷在西風下。

（禮生白）請娘娘行三獻禮。（新月拜科）（禮生讀祭文科）（白）維蜀漢章武三年秋八月朔，臣妾孫氏，謹于江畔招魂致祭于夫君之靈曰：維帝赫赫，大漢宗枝。崛起草莽，維略英姿。爰至赤壁，共破曹瞞。孫劉和好，犄角交歡[1]。迫帝西歸，妾與同駕。帝復兩川，妾歸江夏。惟婦之道，從一而已。帝既歸天，妾復何企？招魂一奠，宇宙茫茫。帝格有靈，來享蒸嘗。嗚呼哀哉，伏惟尚饗。（禮生奠爵）禮畢，撤奠。（禮生下）（新月白）寞寞魂何處，巫陽不可招。風前三奠酒，血淚灑江濤。（唱）

【高宮套曲・脱布衫】魂來兮何處天涯？不由人傷情也淚染衣紗。不甫能身依錦水，漫思量雲歸巫峽。

（太監白）娘娘暫節傷悲。你看雁陣橫空，夕陽漸下，一派好景也。（新月唱）

【高宮套曲・小梁州】抵多少汾水秋風雁影斜，留不住迅速韶華。淒涼晚景映殘霞，漸覺夕陽下，疏林裏黃葉亂棲鴉。

（太監白）祭祀已完，請娘娘早早回宮。（內作風濤聲，衆水卒持水雲從地井上，龍母隨上）（太監白）狂風陡作，江濤駭人，請娘娘作速回宮。（新月白）噯。（唱）

【煞尾】怎休提江濤湧，速把鑾輿駕，則奈咱猛回首茫茫何處家？咱待向渺渺波心把閒鷗狎，再不去花草吳宮將幽徑踏。雖與他好姻緣今世假，拚紅顏隨伊在黃泉下。（白）新氏，你有何面目立于人世？罷罷，（唱）從前業債今朝罷，一任那萬古千秋議論咱。縱然他漢家負恩，決不使吳儂情義寡。（作投江，水卒、龍母送，從地井下）（太監等驚慌科）（白）這事怎了？須索飛報主公知道。（典史、地方、皁隸慌上科）（白）郡主娘娘爲着何事投江？可惜，可惜。（太監白）哇，狗官，還不快備船隻搭救。（典史白）這等大風大浪，江流又急，怎生搭救？（太監白）放屁，如再遲延，啓知主公，砍你這驢頭。（衆下，典史走科）（白）那裏說起？你們不知怎麼弄，他投江還要砍我的頭？皇帝是你做着哩？（衆虛白，發諢，下）

校記

［1］犄角交歡："犄"，原作"特"，據文意改。

第五齣　二殿會三忠勘罪

（雜扮衆儀從，引外扮董承、馬騰，生扮吉平從祿臺上）（同唱）

【仙呂調・賞花時】自古陰陽一紙糊，善惡分明彰癉殊，不爭差墨字與朱書。（分白）小聖董承。小聖馬騰。小聖吉平。我三人奉詔討賊，因機事不密，反爲曹賊所害。上帝旌吾等忠義，敕簡爲神。今早玉旨到來，道董卓、曹操俱已拿赴冥司，命我等與二殿閻君會審，須索同去走遭。正是：善惡到頭終有報，只爭來早與來遲。（儀從引行科）（同唱）只俺這雲霄翔步，抵多少十賚出清都。（祿臺下）（雜扮衆鬼卒、牛頭馬面、判官、金童玉女，引二殿閻

君上)(唱)

【南北合套·醉花陰】碧波晴開乍亭午,驀淒淒烏雲密布。不由他心兒怯氣兒虛,便道他鐵漢何如,也見不得幽冥府。只要伊罪過一些無,便是見閻羅有何懼?

(白)劍戟森森地府開,坐衙專待惡人來。世間若是都行善,十殿閻羅盡可裁。俺乃二殿閻君是也。今日會同上帝欽差,勘問董、曹二賊。這時節敢待來也。(儀從引董承、馬騰、吉平從禄臺下仙樓)(同唱)

【南北合套·畫眉序】承命疾馳驅,羽葆牙幢導鸞馭。向長空一道,徑繞酆都。耳跟前風送風迎,眼底下雲來雲去。到時莫慢聽他訴,且付與斧斤刀鋸。

(作進酆都門、二殿閻君出迎科)(白)不知三位尊神到來,有失遠迎,得罪了。(董承衆白)豈敢。(二殿閻君白)今日奉旨推勘董卓、曹操。各犯俱已帶到,單候尊神升殿。(董承衆白)請。(二殿閻君白)請。(各作升坐科)(二殿閻君白)衆鬼卒,先帶董卓聽審。(鬼卒應科,帶董卓上)(二殿閻君白)董卓,你本藩鎮外臣,統兵入衛,不思掃清君側,乃借勤王之目,爲篡位之謀,少帝飲鴆而崩,何后擥樓亦絞。又劫遷天子,焚掠皇都,三公並被株連,百姓並遭荼毒。你的罪惡,可也罄竹難書也!從寔招來,免受刑楚。(董卓白)鴆君弑后乃李儒所爲,焚闕劫遷爲黃巾所逼。至于大臣戮辱,小民流離,亦時勢不得不然,非鬼犯之罪也。(二殿閻君怒科)(白)咦。(唱)

【南北合套·喜遷鶯】您休把奸心迴護,您休把奸心迴護,不由伊掉謊支吾。當也波初,都是你設謀圖主,怎生的重擔輕卸李儒?

(董卓白)劫帝遷都,意在奠安社稷。如今以我爲罪,這也罷了。那鴆殺少帝,絞死何后,鬼犯實不知情,豈甘誣服?(二殿閻君大怒科)(白)明明是你主使,李儒加功。假如持刀殺人,難道都是刀的罪麼?衆鬼卒,將董賊着實的打者。(鬼卒應,作打科)(二殿閻君唱)非刑苦,這的是俺陰曹制度,不怕你不骨碎皮枯,不怕你不骨碎皮枯。(董卓白)鬼犯受刑不起,願招。(二殿閻君白)快招上來。(董卓唱)

【南北合套·畫眉序】着意在皇圖,非僅藏嬌戀郿塢,敢賫將鴆毒,去把龍屠。避凶鋒播徙流離,怎能縠室家保聚?(合)貪天一念由人誤,罪還在李儒吕布。

(董承衆白)既已供招,便請定罪。(二殿閻君白)鬼卒們,將董卓用銅錘擊打一百。(鬼卒應,打科)(二殿閻君唱)

【南北合套·出隊子】則俺這閻羅陰府,用不着三章法五等誅。只轉關兒,隨意把囚屠,且慢說意想從來屬子虛,(白)今日呵,(唱)只教你且試蕭何法外書。

(白)發往前殿受罪。(衆鬼卒應,抬董卓科,下)(二殿閻君白)帶曹操上來。(衆鬼卒應,作帶曹操上科)(董承衆白)曹操蔑君叛國,趁勢作威,以白練絞殺董妃,用亂棒打死伏后,目無君上。仗三尺劍于宮闈,斬絕宗支;鴆二皇子于繦褓,神人共憤,天地不容。今到冥途,更有何辯?(曹操白)尊神所說,雖則有因,鬼犯此心不能無屈,想生前呵。(唱)

【南北合套·滴溜子】可也是,朝中巋然一柱,怎宮廷,上下,共相讒妒。我雖然,勢如騎虎,(合)何曾命華歆,何曾托郗慮?后死妃亡,于我何與?

(董承衆白)此賊奸詭性成,至死不變,須得嚴刑峻法,才肯吐真情。(二殿閻君白)衆鬼卒,把曹操大秤鈎起來。(衆扛刑鬼卒應科,向下場去扛刑架大秤安中場,捉曹操下中地井,取假身,以大秤鈎起曹操假身切末科)(二殿閻君白)衆鬼卒,取鐵鞭重打一百。(衆動刑鬼應,各持鐵鞭打假身切末上,出血科)(二殿閻君白)奸賊嘎奸賊,你道陽間做事,俺陰司裏不知道麽?(唱)

【南北合套·刮地風】哎呀,只為御世無權宮禁疏,任奸宄排闥高呼,手將他椒宮鬒髮來揪住,便官家無可何如,更憐他鳳種龍雛。顧不得是君王相親相護,逼得他弟兄每飲鴆身殂。又有那董貴妃懷孕身,你何嘗饒恕?到今日公庭推鞫餘,難道說不知情就不定爰書?

(曹操白)鬼犯願招。(二殿閻君白)放下來,着他畫供。(動刑鬼卒應,放假身切末入地井科,曹操中地井上)(唱)

【南北合套·滴滴金】生平從未嘗刑楚,今日如何喫這苦?只得把真情實話從頭訴。我本無心移漢祚,改玉改步,都是一班文共武,(合)你那裏若定刑章,我不過失察家奴。

(董承衆白)這奸賊推得好乾净也。(二殿閻君怒白)咦,許世子不嘗藥,趙盾不討賊,尚律以弑父弑君之罪。今郗慮、華歆實你所使,乃藉口失察,希圖末減麽?(唱)

【南北合套·四門子】恨殺您恨心兒暗把山河覷,恨殺您恨心兒暗把山河覷,看看看,看官家似一匹雛,開口道王封九錫皆天數,把周文妄自居。你立意初,已罪有餘,又何待禍椒庭纔成背叛書?(白)鬼卒們,與我把這奸心曹操照舊的鈎起來。(衆動刑鬼卒應,仍前鈎科)(曹操地井內白)鬼犯實不知情。(二殿閻君唱)你莫弄虛。(曹操地井內大呼科)(白)受刑不起啊!(二殿閻君唱)也不用呼,只要你一樁樁還俺憑據。(內作細樂,扮伏后、董妃從中天井各乘小雲兜下,董承衆見科)

(白)呀,二位后妃到了。(伏后、董妃唱)

【南北合套·雙聲子】嗚簫鼓,嗚簫鼓,天半垂雲馭。到閻浮,到閻浮,親對奸臣簿。

(白)曹賊聽者,爾遣郗慮、華歆入宮行弒,又逼弒二子。到此地位,還敢茹刑抵賴麼?(曹操白)不敢抵賴了,情甘坐罪。(伏后、董妃白)賊既伏辜,應受何刑,速定擬,我等即歸閻苑以候天封也。(唱)把元惡誅,黨與除,(合)只倩你閻羅老子早正刑書。(內作細樂,起雲兜科上)(二殿閻君白)放下曹操來。(動刑鬼放假切末入地井,衆杠刑鬼送杠架秤下)(二殿閻君白)曹操更有何說?(曹操地井上)(白)罪該萬劫,只求寬典罷。(二殿閻君白)奸賊,你還敢求寬免麼?(唱)

【南北合套·古水仙子】呀呀呀,忒罪辜,呀呀呀,忒罪辜。俺俺俺,俺把那一綫魂靈百樣刳。這這這,這奸賊詭詐如狐,那那那,那官家畏葸如鼠。更更更,更把那后與妃並屠戮。慘慘慘,慘忠良血肉模糊。您您您,您仗威權,待將天位覬。可可可,可知道,早已干天怒。怎怎怎,怎脱得你個篡弒罪魁辜。

(白)老奸既已伏辜,自當盡法處治。鬼卒,將曹操發往前殿。(鬼卒應科,帶曹操下)(董承衆白)我等上天復旨去也。(衆侍從引董承作出鄴都門上仙樓下)(二殿閻君唱)

【煞尾】還愁法有盡,合當罪餘,卓和操,百折何足數?只可惜攪壞了,漢室的江山竟何補。(同下)

第六齣　千軍擁一相征蠻

(雜扮小軍[1],引趙雲、魏延、王平、張翼上)(同唱)

【仙呂調集曲·點絳唇】玉帳雲開,金輿紫蓋,威風大,名振八垓,(合)指日裏平蠻寨。

(趙雲白)相國南征靖不毛,(魏延白)旌旗十萬陣雲高。(王平白)男兒欲挂黃金印,(張翼白)腰下須懸帶血刀。(分白)某趙雲。某魏延。某王平。某張翼是也。(趙雲白)丞相南征,命吾等爲將,從行大兵已屯城外,候丞相

辭闕即行。道言未了，丞相車騎已到。（雜扮小軍、將官、家將、中軍、關興、張苞，引生扮孔明乘車上）（唱）

【中呂調套曲·粉蝶兒】纔離了鳳闕金階，駕輕車早來到錦城郊外。高捧着玉劍金牌，則見那掣旌旗，掩日月，征雲靉靆，一行行將士分排，更兼簇擁着笙歌一派。

（眾將上）（白）眾將打躬。（孔明白）侍立兩傍。昆明池水漢時功，驅石何時到海東。天子預開麟閣待，西來將相位兼雄。逆蠻作亂，請命南征，今以辭朝，大軍郊外屯候，不免發遣眾軍起行便了。吩咐香案伺候，請大纛來，待我祭奠，諸將隨班。（扮持纛人上，贊禮官上科，孔明祭科）（唱）

【中呂調套曲·醉春風】我將這一杯酒灑風前，皂纛旗深深拜。但只願旗開處靖塵霾，那逆蠻心改改。一憑着聖主威靈，二憑着將軍協力，三憑着三軍休憩。

（眾扮儀從、內侍，引小生扮後主上）（白）元老興戎日，佇聽報捷音。長亭一杯酒，聊以盡吾心。（報孔明科）（白）聖駕到！（孔明接見科）（後主白）相父遠行，特來一餞。（孔明白）又勞車駕，微臣何當此？（唱）

【中呂調套曲·石榴花】論微臣奔役分當該，怎敢勞車駕出天街？感恩難報這位三台，端底要恢漢業少盡涓埃。（後主白）內侍看酒來，朕親把盞。（孔明白）萬歲。（唱）又何須賜金莖一滴，可也真恩賚，矢丹心力竭駑駘。（飲科）（白）臣當叩謝。（後主白）相父免禮。（孔明白）萬歲。（唱）這的是天顏咫尺，敢不誠惶拜？請君王，御輦轉堯階。

（後主白）朕即回宮，相父保重。正是：長亭已盡三杯酒，玉帳還須萬里勞。（同下）（孔明白）大小三軍，就此起行。（眾同唱）

【中呂調套曲·鬭鵪鶉】俺這裏統三軍隊伍齊排，鼓聲催何人敢懈？演就的陣按奇門，左右把風雲布擺。須索要款款前行莫喧埃，號與令記心懷。説甚麼雲擁風來，恰便是星馳電邁。（同下）

（小生扮關索上）（白）行人莫謾説荆州，淚灑青萍思報讎。還把赤心扶漢鼎，男兒志豈在封侯！某關索，乃關公三子。自從荆州失陷，逃難在外，一病久淹。今幸痊可，故此赴都，投奔哥哥關興。路上聞得人說，諸葛丞相征蠻。俺想人生在世，立功異域，乃男兒之志，故此星夜投奔軍前，為國效力，以繼先人之志。正是：不辭辛苦投軍去，為際風雲報國來。（下）（眾引孔明上）（同唱）

【中呂調套曲·滿庭芳】好乘那和風煥彩，可喜是萋萋芳草似踏春來，打動我躬耕逸興舊情懷。都只爲三顧恩來,俺也顧不得勞瘁筋骸,定乾坤掃盡陰霾。幾時得返南陽,長吟瀟灑,俺可也對春風嘯傲儕[2]。

(關索上,報科)(白)借重傳稟丞相,說有關公三子關索投軍求見。(小軍白)住着。稟丞相,有關公三子關索求見。(孔明白)傳令暫停車騎,傳來相見。(小軍白)着你上前相見。(關索白)丞相在上,關索參拜。(孔明白)小將軍請起,一向在于何處?(關索白)荆州失陷,逃難在外。(孔明白)何不回都?(關索白)因久病淹留,聞知丞相南征,故此投奔效力。(孔明白)呀。(唱)

【中呂調·上小樓】見了他英雄氣概,飄然丰采,猛可也暗想雲長,義勇無雙,痛惜傷懷。小將軍遠相投,軍前叩拜,有何能訴說明白。

(關索白)不肖幼學兵書,十八般武藝,件件皆通。(孔明白)小小年紀便出此大言,現有魏將軍大刀在此,你可使之。(關索白)使得。(孔明白)與他一試。(關索白)遵命了。(舞刀科)(孔明唱)

【中呂調套曲·又一體】俺心中自揣,他是個將種英材,却緣何漂泊他鄉,久淹異域,奔走天涯?您如今仗英雄,立奇功,掃清疆界,方顯得父風猶在。

(白)果然武藝出衆!吾今暫委爾爲先鋒之職,待立功日再行升擢。(關索白)多謝丞相。(孔明白)天色已晚,傳令安營歇息,明日早行。(衆傳令,應科)(唱)

【煞尾】喜今朝途路裏得麟獅,恰一似英雄入彀來。好同南去靖邊塞,方把這能物色、善鑒別齊喝采。(下)

校記

[1] 雜扮小軍:"雜",原作"親",據文意改。
[2] 俺可也對春風嘯傲儕:"儕",原作"齊",徑改。

第七齣　永昌郡郡曹獻圖

(生扮呂凱上)(唱)

【南呂宮引·薄倖】鄴水珠光,豐城劍氣。嘆鸞栖荆棘,一官初寄。棄繻少年,請纓何地,豈辜負,我經濟雄才滿腹?喜今日風雲可際。

(白)下官呂凱字季平,永昌不韋人也。幼讀兵書,深究六韜三略;博覽諸史,不遺八索九丘。才技優長,武勇兼備。蒙王使君聘爲功曹,協同守城,數以奇謀勝賊。今諸葛丞相親自統師南來,昨承王使君將下官守城破賊微勞陳薦丞相。今蒙傳喚謁見,只得前來,伺候升帳稟見便了。(下)

(雜扮小軍、家將、中軍,引生扮孔明上)(唱)

【南呂宮引‧臨江仙】荒僻何人明地理,尚須博訪諏諮。雖然元吉丈人師,奇功豈易著?必賴偉男兒。

(白)腹內元吉神鬼驚,須知勝算有奇兵。天文地理人能曉,虎穴龍潭掉臂行。三軍指日南行,但逞荒地理不明。聞得不韋呂凱,南方奇士,或其熟諳,亦未可知。差人傳來相見,不知到否?(呂凱上)(白)男兒欲遂鵬搏願,破浪從教萬里遊。呂凱告進。(進見科)(白)永昌郡功曹呂凱稟參。(跪科。孔明起,出座科)(白)先生乃南方高士,有功社稷,不得以咨相格拘,請起相見。(呂凱白)功曹小吏,敢勞丞相格外垂青?(揖科)久仰洪庥,敢不一拜?(孔明白)喜睹英姿,更求偉教。看坐。(呂凱白)功曹侍立猶榮,何敢僭坐?(孔明白)請坐,不妨。(呂凱白)告坐了。(坐科)(孔明白)前日王使君盛稱功曹偉勳,吾今南征蠻洞,必有教我。(呂凱白)丞相聽稟。(唱)

【南呂宮正曲‧宜春令】念卑職愚陋姿,似巴人惟歌俚詞。荷蒙清問,班門弄斧君休鄙。

(白)從來兵家之道,知彼知己。又道是:天時不如地利。地利不明,何以進退?(唱)論攻取地理須明,必然要知人知己。(合)想如斯,(作深恭科)疏狂井見,幸恕無忌。(孔明唱)

【又一體】聽伊論,實中機,理精明誠吾意兒。現爾躊躇,只愁不識南荒地,我總然天上神龍,怎壓他地頭蛇虺?(合)漫沉思,無車指南,破敵何恃?

(呂凱立科)(白)丞相不必勞神,功曹有平蠻指示圖一冊,恭呈台覽,可佐丞相立功異域。(送科)(唱)

【南呂宮正曲‧繡衣郎】偵逞荒使盡心機,形勢山川遍繪之。何方屯駐,並那交鋒埋伏地,俱搜求一閱堪知,土鄉風亦開明示。管平蠻,長驅萬里,管平蠻,長驅萬里。(孔明看科)(白)披閱此圖,南荒之山川形勢,如在目前。今得先生指示,誠天助吾成功也。(唱)

【又一體】因地理晝夜勞思,惆悵無人爲指迷。今朝天賜,踏破鐵鞋無處覓,得奇人相會何遲,得奇書吾懷方慰。管今番成功萬里,管今番成功萬里。

(呂凱白)功曹告退。(孔明白)先生休辭,今暫授爾爲參贊軍諮行營教授,兼鄉導使之職。待吾奏請,另行顯擢。明日大軍南行,爾即收拾行裝,一同起程。(呂凱白)丞相提攜,敢不效命?遙想風流第一人,(孔明白)與君相見倍相親。(呂凱白)褐衣抵掌談兵術,(孔明白)方信儒爲席上珍。(分下)

第八齣　銀坑洞洞主定策

(衆扮蠻丁,引净扮孟獲上)(唱)

【仙呂調隻曲·點絳唇】荒外稱雄,威名素重。銀坑洞,祥瑞匆匆,喜值儀來鳳。

(白)常聞盛世鳳來儀,荒外何緣創帝基。天下從來人有分,須知懷志是男兒。咱乃銀坑洞洞主蠻王孟獲,前犯中華,因無鄉導,敗興而歸。今春咱這銀坑洞鳳凰二鳥來儀,禱卜乃爲大吉之兆。又值那建寧太守雍闓等納款于咱,願爲前導,中華大有想望。日前雍闓求救,説那諸葛丞相統領大兵親征。咱禱卜不利,不敢相救[1]。昨日小蠻報道,那雍闓大敗兩陣,自相內變,被高定殺了雍闓、朱褒,投降于漢,三郡已平。那諸葛丞相不日起兵,前來征討。你道咱不去侵犯,也就勾了,他倒來上門尋趁。這也説不得了,只得與他併個雌雄。已着小蠻邀那三洞元帥,各領健丁前來商議迎敵。怎麼還不見到哩。(蠻丁白)想必就到。(雜扮衆蠻丁引金環三結、董荼奴、阿會喃上)(同唱)

【南呂宮正曲·風檢才】洞洞蠻酋不同,紅紅的鼻兒攏統,凶凶的洞主忒冬烘,興興的稱也麼雄,(合)是咱們運不通,是咱們運不通。

(金環白)咱乃第一洞金環三結元帥是也。(董荼奴白)咱乃第二洞董荼奴元帥是也。(阿會喃白)咱乃第三洞阿會喃元帥是也。(同白)蠻王相召,咱等同見。(見科)咱等攉姑的。(孟獲白)三位元帥請坐了,有事相商。(坐科)現今漢朝丞相諸葛亮領兵前來,無故犯咱地界。趁他遠來,那一位元帥先去與他見一陣哩?(金環白)咱願去。(董荼奴、阿會喃爭科)(白)咱願去呢。(孟獲白)三位元帥不用爭先,各帶蠻丁多少?(金環白)各帶五萬。(孟獲白)如此可分三路,頭洞中路,二洞左路,三洞右路,咱領大兵隨後接應。蠻丁們,就此起兵前去。(衆應科)(合唱)

【南呂宮正曲·生薑芽】獠丁個個雄,走如風,長標勁弩真強橫[2]。聲相閧,元帥凶,逞驍勇,笑他輕覷咱蠻洞,管教一戰把殘生送。(合)長驅風卷到中華,漢家穩把江山送。

【又一體】離方蠻最凶,俗相同,歌歡野戰蠻廝弄。南風頌,將帥雄,獠兒橫,無端算入仙人洞,管教一入把殘生送。(合)南風倒卷抵中華,漢家準把金錢奉。(同下)

校記

［1］不敢相救:"相",原作"想",據文意改。
［2］長標勁弩真強橫:"弩",原作"努",據文意改。

第九齣　偏用少年激老將

(眾扮軍士、將官、趙雲、魏延、王平、張翼、關興、張苞、關索、張嶷、馬忠、呂凱,引生扮孔明,二車夫、纛隨上)(眾同唱)

【仙呂宮正曲・步步嬌】反復蠻兒真無狀,怒臂如螳抗。邊疆數跳梁,只恐惹下天兵,頃刻摧喪。(合)蠢爾又堪傷,還須恩與威同降。

(雜扮報子上)(白)報,大軍不可前進,前有敵兵。(孔明白)何處敵兵?共有多少?(報子白)探得兵有三路。那中路乃第一洞主金環三結元帥,左路乃第二洞主董荼奴元帥,右路乃第三洞主阿會喃元帥。各領獠兵五萬,俱已安營擋路。請丞相爺定奪。(孔明白)知道了。傳令就此安營下寨。(升帳科)(白)傳眾將上前聽令。(傳科)(眾白)嘠。(孔明白)王平聽令。(王平白)有。(孔明白)你可帶領人馬一萬,左路迎敵。(王平應科)(孔明白)張翼,你可帶領人馬一萬,右路迎敵。(張翼應科)(孔明白)關索,你可帶領人馬一萬,中路迎敵。(關索應科)(孔明白)張嶷,你可帶領人馬五千,左路接應。(張嶷應科)(孔明白)馬忠,你可帶領人馬五千,右路接應。(馬忠應科)(孔明白)呂凱,你可帶領人馬五千,中路接應。眾將聽令,今日勞倦,暫且歇息。明日五鼓,約會起兵,平明交戰,勿得有違。(眾白)得令。(趙雲、魏延白)丞相,某等身爲先鋒,未蒙調用,不解丞相何意?(孔明白)非吾不用二位,他中路營寨必甚堅固,吾欲乘夜進取,恐二位不能耳。(趙雲、魏延白)丞相。(同唱)

【仙呂宮正曲・風入松】今朝慚愧好難當,却把咱英雄欺罔。不由人怒氣三千丈,怎不自三思再想。(合)想昔日廉頗自強,吾相比勝伊行。

(孔明白)二位將軍執意要去?如此,各領五千,一路上可擒土人,着他引道,小心在意。(同下)(趙雲、魏延同白)領命,就此同行。(軍校應科)

（同唱）

【又一體】尋消問息意彷徨，悄悄的前行諮訪。若能地理知來往，料想着成功非謊。（合）方顯咱英雄頡頏，端不愧少年郎。（雜扮蠻丁上，見，驚回科）

（趙雲白）那前面有個蠻子，軍校，拿過來。（擒科）（魏延白）那蠻子，你可放心，吾不害你。軍校，可放了那蠻子的綁。（蠻丁白）謝將軍大恩。（趙雲白）你是何人手下蠻丁，可細細說來。（蠻丁唱）

【仙呂宮正曲·急三槍】咱原是，頭一洞，金元帥，中營裏，一個小蠻郎。（趙雲白）我如今進兵，可從哪條路去呢？（蠻丁唱）這三路，都通達，軍營帳，無敵擋任徜徉。

（趙雲白）你那中路可通左右兩路麼？（蠻丁白）俺中營之後有條小路，可通左右二營之後。（趙雲白）你那中路幾時與俺對敵？（蠻丁白）聞得今日歇息，明早要交鋒呢。（趙雲白）俺今日要去取你中路營寨，你可肯引路麼？（蠻丁白）蒙將軍不殺之恩，情願領路前去。（趙雲白）好，我若得勝，重重賞你。我等夜半可抵中營，那時劫了營寨，再分兵二路抄出二營之後。及到天明，吾將三處，大功皆可成矣，豈不奪他年少的先籌麼？（魏延白）將軍妙算，吾當相助成功也。（趙雲白）衆三軍，可傳吾令，馬去鑾鈴，人皆銜枚，悄悄趲行前去，不得有違。（衆白）得令。（行科）（衆同唱）

【仙呂宮正曲·風入松】銜枚疾走陣如牆，顧不得崎嶇高壤。星搖斗轉銀河向，怎說那宵征擾攘？笑蠻兒狂同夜郎，眼前的受災殃。（下）

第十齣　只消一夕縶三蠻

（淨扮金環三結領蠻丁上）（唱）

【仙呂宮正曲·劉袞】咱每是，咱每是，南蠻洞元帥，論酒量寬洪，杯中是愛。叵耐漢軍兵，前來犯界。（合）把豪興都消，將咱禁壞。

（白）咱金環三結元帥便是，統兵中路迎敵漢軍。已經約會那二路元帥，明早交鋒。酋長們，吩咐蠻丁，明早五鼓造飯，平明進兵。咱且快活飲三杯，養養精神去。（內殺聲科）（蠻丁上）（白）殺來了，殺來了。（小生扮趙雲、魏延領衆殺上，金環三結奪蠻丁槍迎戰，被殺科）（趙雲白）中營已破，文長，我與你分兵去取那左右二寨。（魏延白）將軍向左，某家向右，就此分兵前去。（唱）

【南呂宮正曲・金錢花】山徑月暗雲埋、雲埋。正好劫寨前來、前來。乘他天早沒安排，（合）分兵去，大會垓。急忙走，莫遲捱，急忙走，莫遲捱。（分下）

（王平內白）眾軍校殺上前去。（引眾殺上）（董荼奴上，迎戰，董荼奴敗下，王平追下，眾殺下）（董荼奴上，趙雲上，戰科）（王平上，董荼奴敗下）（眾蠻丁引董荼奴上）（白）漢兵好利害，我們越嶺而逃便了。（下）（趙雲、王平上）（軍校白）蠻帥越嶺而逃。（趙雲白）賊首已逃，左營已破，回軍可也。（同王平下）（阿會喃引蠻丁上）（白）漢兵殺來，咱去迎敵哩。（卒引張翼上，戰科，阿會喃敗下，張翼追下，眾殺下）（阿會喃上，張翼追上[1]，魏延上，迎戰科，阿會喃敗下，眾追下）（蠻兵引阿會喃上）（白）殺壞了，殺壞了，好利害漢將。蠻丁們，快些渡水而走罷。（下）（小軍引張翼、魏延上）（白）賊首渡水而逃。（魏延、張翼白）既然逃走，右營已破，就此收兵回營可也。（同下）

（雜扮小軍、家將、關興、張苞引孔明上）（唱）

【南呂正引・大勝樂】遣將不如激將快，好聽那凱歌還寨。

（白）吾昨日用激將之計，果然那子龍同魏延勃然，乘夜而去，必然成功，與那接應的不久就回也。（眾小軍引趙雲、王平、魏延、張翼上）（同唱）

【南呂宮集曲・五更香】奏凱歌，還營寨，將軍得勝回，兒郎踴躍生光彩。看我一夜成功，三營瓦解。想昨朝藐視，想昨朝藐視，吾儕老衰，威風仍在。

（白）末將打恭。（孔明白）三洞元帥走了兩洞之主，金環三結首級安在？（趙雲白）末將斬得在此。左營董荼奴越嶺而逃，追趕不及。（魏延白）右營阿會喃渡水而逃，未曾捉得。（孔明笑科）（白）那二人已被吾擒下了。（趙雲、魏延白）丞相如何捉得？吾等不信。（孔明白）你聽那轅門外一片捷音，敢是解將來也。（眾小軍引馬忠、關索、張嶷、呂凱，解董荼奴、阿會喃、眾蠻丁上）（白）小將等擒得蠻帥董荼奴、阿會喃，聽候發落。（趙雲眾驚科）（白）果然擒得在此。（孔明唱）

【南呂宮正曲・五更轉】吾覽地圖，知其概，蠻營三路排，須教大將摧伊寨，一怒長驅，功成無賽，怎禁得，前後攻，必然敗。（白）吾看此圖，便知他情急必越嶺渡水而逃，那小路上。（唱）（合）潛差二將牢牢待，今得成功，斯圖端賴。

（白）吾之籌畫成功者，寔緣得呂功曹指示此圖之力也。軍校，可將蠻帥帶上來。（董荼奴、阿會喃跪科）（孔明白）孟獲作亂，與爾等無干。軍校，將他二人放了。今放爾等回去，勿得再助惡爲虐。(董荼奴、阿會喃白)謝丞相天恩，再不敢了。(孔明白)引到後帳賞酒飯。(軍校引下)(孔明白)將蠻丁與我盡皆放了。(蠻丁白)謝丞相爺天恩。(孔明白)爾等皆有父母妻子兄弟在家懸望，今知爾等遭擒，一家啼哭，吾心不忍，都放爾等回去，今後不可從賊了。(蠻丁白)再不敢了。(孔明白)都引到後營酒飯去。(衆下)(孔明白)今破了他三寨之衆，那蠻王必領兵親來交戰。衆將聽令，王平，你可引兵五千，俱要旗幟錯亂，隊伍不整，前去迎敵，許敗不許勝，不得有違。(王平白)得令。(下)(孔明白)關索、張嶷聽令。爾等各領兵五千，埋伏左右，待王平兵敗，齊出迎敵蠻王，與王平三路齊追，追殺蠻兵，不得有違。子龍、文長聽令，你各引五千兵埋伏錦帶山左右，待蠻王兵敗南奔，齊出截殺，不可放伊過去，不得有違。呂凱聽令，你可領步軍五百名埋伏錦帶山小路，候蠻王棄馬扒山，突出一並拿下。(呂凱白)得令。(孔明同唱)

【尾聲】今朝喜已平三寨，還將金餌安排，把你個作怪的蠻王怎教把頭兒擺。(下)

校記

[1] 張翼追上："上"，原作"下"，與文意改。

第十一齣　丞相擒蠻錦帶山

(雜扮衆蠻丁、忙牙長，引净扮孟獲上)(唱)

【越調正曲·水底魚】塞北天驕，南蠻驕更驕。(合)中華兵士，敢來犯不毛，敢來犯不毛！

(白)咱蠻王孟獲是也。聽得三路兵敗，各帥被擒，咱故親統兵衆，決一雌雄。(忙牙長白)不勞大王出馬，待我殺他一陣。(孟獲白)如此甚妙，牙長須要小心。衆蠻丁，就此殺上前去。(衆應)(唱)(合)中華兵士，敢來犯不毛，敢來犯不毛！(下)

(雜扮衆小軍引王平上)(唱)

【又一體】鼓響旗搖，軍聲似沸濤。(合)蠻兵若遇，魂驚何處逃，魂驚何處逃？(白)某王平是也，奉令前來迎敵蠻王。衆軍校，就此殺上前去。(衆軍校應科)(唱)(合)蠻兵若遇，魂驚何處逃，魂驚何處逃？(忙牙長引衆蠻丁迎戰)

（白）來將通名。（王平白）吾乃神將軍王平是也。蠻將何來？（忙牙長白）咱乃蠻將忙牙長，放馬過來。（戰科，王平敗下）

（衆蠻丁、孟獲上）（白）人言諸葛用兵如神，你看他旗鼓不整，隊伍紛亂，安能勝咱？始信人言之謬，早知如此，咱反多時矣。就此殺上前去。（衆小軍引關索迎上，戰，孟獲敗科）（又遇張嶷，戰科，孟獲敗，追下）（衆蠻丁、孟獲慌上）（白）罷了，誤中了他埋伏之計了，險被所算。（蠻丁白）大王，前面是錦帶山了，快逃命罷。（衆小軍引趙雲、魏延上）（白）蠻奴那裏走？待吾擒你。（戰科，孟獲衆敗下，追科）（衆蠻丁引孟獲上）（白）咱命休矣！這裏騎馬不得，不免棄了馬，扒山逃去便了。（衆小軍引呂凱上）（白）吾在此等候多時。（作戰擒住科）（白）軍校，與我俱各拿下，俱各綁縛了，就此回營報功。（唱）

【又一體】戰馬咆哮，將軍銳氣豪。（合）一朝擒住，牢縛怎逭逃？牢縛怎逭逃？

（衆小軍、家將、衆將，引李嚴、杜瓊、譙周、秦宓、孔明上）（唱）

【仙呂宫引·點絳唇】戰鼓頻敲，轅門喧噪。旌旗繞，戰馬咆哮，競爭擒蠻王到。

（衆小軍引呂凱帶孟獲上）（白）一朝失勢做囚俘，便死猶然是丈夫。（呂凱白）刀到頸邊方自省，早知今日悔當初。啓丞相，孟獲已擒，請令定奪。（孔明白）可將蠻王推上帳來。（應科，帶進科）（孔明白）孟獲，如何背反？（孟獲白）兩川之地，皆他人所占，你主奪之。今爾無禮侵犯咱界，何爲反也？（孔明白）爾自恃英雄，現被吾擒，汝心可服否？（孟獲白）錦帶山路狹，誤被爾擒，如何服你？（孔明笑科）（白）爾既不服，吾今放爾回去，可敢與我戰麼？（孟獲白）汝若放吾回去，再整軍馬，共決雌雄。果然再擒，咱心方服哩。（孔明白）軍校，放了他的綁，可取衣服、馬匹，放他回去。（孟獲白）咱此去，正是：劈破玉籠飛彩鳳，頓開金鎖走蛟龍。（下）（衆白）丞相何故放了蠻王？（孔明白）爾等不知。（唱）

【雙調集曲·雙令江兒水】胸藏玄妙，饒人着更巧。（衆白）那蠻王心性雄梟，也是個硬敵哩。（孔明唱）他是囊中之物，掌上兒曹，縱教他心性梟，有餌制金鰲，寶弓堪射雕。（衆白）縱丞相神機，也要勞心費力。（孔明唱）易舉鴻毛，何用心勞？這機關預安排吾已早。（白）吾自有計伏他，爾等暫且安息。（唱科）想着蠻王怎逃？囑咐你將軍休躁，還不知，縱擒他第幾遭？（下）

第十二齣　逋囚拒漢瀘江水

（淨扮孟獲上）（唱）

【中呂宮正曲·駐雲飛】惶恐歸來，匹馬熒熒真可哀。行處揚鞭快，舉目將誰賴。嗏，進退兩疑猜，心中自揣，酋長蠻丁，大衆今何在？（合）似醉如癡呆打孩。

（白）咱孟獲霸南荒，目空天下。今中諸葛之計被擒，自分必死，不料他放咱回來，却教咱怎見江東父老？咱這手下之衆，不知散落何處？遠遠望見一夥蠻丁來了，且待他來，再行招呼便了。（雜扮衆蠻丁上）（唱）

【雙調正曲·燕兒舞】兵敗逃生，幸然脚快，笑咱個蠻王，自稱無賽。（合）今朝遇見漢軍來，一倏裏變成，没脚蟹。

（一蠻丁白）怎麽是没脚蟹？（一蠻丁白）咱每大王自稱英雄，今日也要搶中華，明日也要搶中華，如今遇了中華的兵，一戰就被活擒而去，捆得定定的，豈不是捆没脚蟹麽？（一蠻丁白）你見來？（一蠻丁白）咱們也被擒去，蒙那丞相大恩，都放回來，如何不見哩？（孟獲白）爾等在此說些什麽？（衆蠻丁白）呀，大王如何得回來？（孟獲白）咱被他擒去，監在帳中，被咱殺了十餘人，乘夜走出，又遇他的馬軍，咱也殺了，奪的此馬而來，找尋爾等，同回舊寨去來。（衆蠻丁白）咱等願隨大王前去。（行科）（孟獲唱）

【中呂宮正曲·駐雲飛】忿恨難排，收集殘兵舊寨來。志氣休教怠，一敗何妨礙？嗏，重整舊生涯，不須驚駭，別有商量，穩坐將伊敗。（合）報恨消讐遂我懷。

（白）你等可分請諸洞尊長前來商議大事，一廂招集殘兵，仍集寨中，聽候調遣。（衆扮董荼奴、阿會喃、忙牙長等上）（白）昨日蒙恩主返，今朝聞命愁來，不須打算恁胡猜，且聽蠻王裁派。（見科）（白）大王，可喜回來了。（孟獲白）咱被擒去，乘機走回，今日請來，共議大事。（合白）大王吩咐是哩。（孟獲白）咱想那諸葛提兵遠來，利在速戰，又加詭計多端，咱今不與他交戰。咱昨渡瀘水，見那瀘水大發，目今天氣已暖，毒氣必盛，咱令人把船隻木筏盡拘南岸，使他不能得渡。險隘之處遣人把守，料他不能飛渡。則將瀘水阻斷，不亞長江天塹。（唱）

【仙呂宮正曲·大迓鼓】喜見滔滔瀘水來，似長江天塹，南北分開，況暑氣如蜂蠆。（合）笑伊難作濟川才，除是飛渡方能免禍災。

（董荼奴白）雖將船隻斷絕，他若涉水而來，奈何？（孟獲白）咱正要他涉水而來，怕他不一個個斷送了去哩。（阿會喃白）倘他打聽了渡水的法兒，怎處？（孟獲白）附近之人皆咱黨衆，誰肯向他說哩？（衆白）大王所見的是。（孟獲白）咱再將險要之處，使兵把守便了，餘衆俱屯大寨。只是糧草要緊，爾等須連綿運送，莫至有誤哩。（唱）

　　【又一體】軍需要趲來，綢繆未雨，早早安排。如山堆集人仰賴，綿綿不斷慢遲捱，枵腹從來事不諧。（分下）

第九本(下)

第十三齣　漢軍五月渡瀘江

（雜扮衆小軍、衆家將，引孔明上）（唱）

【黃鐘宮引·玉女步瑞雲】暑氣蒸人，謾道薰風解慍，猶自把王師前進。

（孔明白）夢繞邊城月，心飛故國樓。何時息戰伐，一曲解民憂。目今瀘水泛濫，又無橋梁舟楫可渡，那蠻王據守要害，無非欲勞我師之意，況今天氣炎熱，已遣呂凱踏勘清涼所在，搭蓋敞棚，暫歇人馬，相機而動。（雜扮軍士捧藥引馬岱上）（白）旨意下。風廷號令南荒遠，雨露恩波北闕深。（軍校傳科）（孔明白）大開轅門，迎接聖旨。（馬岱進科）（白）聖旨已到，詔曰：深念相父勤勞，聞知大捷，肅平遠境，又復南征。恐天氣炎熱，御苑所合解暑藥餌，賞賜軍前，以憑給散軍士。外有糧米酒物。少備需用。欽哉。謝恩。（孔明白）萬歲。（唱）

【黃鐘宮正曲·啄木兒】頒藥餌，賜遠人，深感皇恩相念憫。好憑着一匕刀圭[1]，消滅了五內煎焚。投醪挾纊人心奮，試看指日軍聲振，（合）水火何辭報國恩。（馬岱參見科）

（孔明白）遠勞前來。（馬岱白）不敢。某聞丞相征蠻，此來願效微力。（孔明白）甚好。將軍帶領幾多軍士前來。（馬岱白）帶領三千軍士。（孔明白）吾軍屢戰疲弊，將軍所帶之衆，可能渡瀘以斷蠻王糧道否？（馬岱白）丞相軍令，敢不遵行？（唱）

【又一體】蒙差遣，敢不遵？勠力還須思奮亹。況從來將鑿凶門，却不道仰報君恩。梯山航海何處遜，蹈湯赴火甘相殉，（合）裹革沙場壯士身。

（孔明白）吾久知將軍忠義，不辭辛苦。此去西南，抵瀘水下流沙口，水勢稍慢，編筏可渡。蠻王大寨之後，地名夾山谷，乃其糧道總路。爾領兵占據，則蠻王糧道阻斷，蠻兵不戰自亂矣。（馬岱白）遵令而行，既此前去。（引軍士下）（孔明白）馬岱此去，必然成功也。（雜扮軍士引呂凱上）（唱）

【黃鐘宮正曲·三段子】炎炎火雲，奉軍差安營暫屯。青青茂林，可遷

移還連水濱。相宜形勢圖成本,今朝交令軍前進,(合)可否須教君自掄。(見科)

(白)某蒙差遣,踏勘屯軍所在,今已選擇佈設已畢。此乃形勢圖樣一本,呈奉台覽,再候定奪。(孔明作看科,喜科)(白)看此圖形,已知甚妥,傳語諸將若何。(諸將看科)(孔明唱)

【又一體】縱橫佈分,依長林濃陰似雲。連綿列屯,傍流泉潺湲可欣。(眾將白)此圖與先帝伐吳之圖相似,前車可鑒,丞相三思。(孔明笑科)(唱)古今勢異何相引,因人而視豈虛論?(合)成敗從來多在人。(眾軍卒引馬岱上)(唱)

【黃鐘宮正曲·歸朝歡】希奇事,希奇事,真堪駭人。驚軍士,無端喪損。忙回去,忙回去,軍前細陳,另商量怎渡河濱。(合)又非遇敵冲營陣,可憐無故徒身殞,一渡神思自愴神。(見科)

(孔明白)將軍因何復返?(馬岱白)某奉令引眾前至瀘水流沙口,果然水勢少慢,亦不甚深。軍士待編筏涉水而過,不意方行數步,輒死水中,共傷五百餘人。(孔明白)想是水深淹沒而死麼?(馬岱白)並非水深淹死,大似中毒一般,七孔流血,渾身青黑。(孔明白)呀,有這等事?(唱)

【又一體】聞伊訴,聞伊訴,傷殘眾軍。却緣何,臨流命殞?莫不是,莫不是,天殃漢人?誤膠舟蠻荊計狠?

(呂凱白)丞相不必多疑,今炎天暑日,毒聚瀘水,日間盛熱,毒氣正發,有人渡水,必中其毒。或飲其水,其人必死。若要渡時,須待夜靜水冷,毒氣下沉,飽食渡之,自然無事。(孔明白)爾圖中何未注明?(呂凱白)今日問土人方知如此。(孔明白)馬將軍莫辭危險,大軍中另選五百健卒,仍補前數,還依吾令前去,可依暮夜渡法,自然無事,功成交令,吾自遣人接應。(馬岱白)遵令。(下)(孔明白)三軍誤陷,實爲可傷。(唱)(合)三軍誤陷實堪憫,只因未將迷津問。不由我翹首狂瀾揾淚痕。(同下)

校記

[1] 好憑着一匕刀圭:"匕",原作"叱",據文意改。

第十四齣　蠻師三更縛孟獲

(雜扮眾蠻丁,引忙牙長、董荼奴、阿會喃,净扮孟獲上)(唱)

【中呂宮正曲·駐馬聽】險要堪誇，南甸金湯水一涯。任他良平才智，頗牧雄豪，背囊水沙，長風漫送漢家槎，鵲橋怎把星河跨？（合）料想伊家，汪洋苦海心驚怕。

（白）咱孟獲感蒙天助，不戰成功。昨聞小番報說，漢兵從流沙口來渡瀘江，大半中毒而死，餘俱逃回。（笑科）這瀘水賽得過長江深塹呢，任他兵多，怎能得勝？（雜扮報子上）（白）忙將軍情事，報與大王知。（孟獲白）有何事報來？（報子唱）

【又一體】漢眾如麻，夾谷山中鳴鼓笳。（孟獲白）那漢將如何到得夾谷山[1]？（報子唱）他神謀不測，暗渡瀘江，把咱糧道邀遮。（孟獲白）他有多少人馬？何人領兵？（報子白）不知有多少人馬，旗號是平北將軍馬。（唱）他旗標平北燦紅霞，將軍舊是伏波馬。（合）意莫糊拿，咽喉要隘攸關大。

（孟獲白）再去打聽。報子應，（下）

（孟獲白）料此小輩，何足懼哉？何人前去見陣？（忙牙長白）小將願往。（引蠻丁繞場科）（眾引馬岱上，殺忙牙長，下）（報子上）（白）忙牙長陣亡了。（孟獲白）知道了。忙牙長陣亡，誰再前去？（董荼奴白）咱願往。（孟獲白）元帥願去，待咱掠陣。（上高望科）（馬岱引小軍上）（小軍白）啓爺，此即丞相所放第二洞主董荼奴元帥。（馬岱白）咦，你雖蠻類，豈無人性？丞相饒你之命，今又迎敵，真乃無義背恩之徒，全無羞恥。看槍。（殺科）（董荼奴愧白）丞相天恩，豈不知感。蠻王威逼，不敢不來。今與將軍假戰三合，咱便退去。（戰科）（董荼奴白）蠻丁退。（董荼奴引蠻丁退科）（馬岱下）（孟獲怒科）（白）將董荼奴綁了，與我斬訖報來。（眾白）大王何故殺自家人？（孟獲白）他不戰而退，明明感他放免之恩，故爾賣陣。（唱）

【中呂宮集曲·駐馬泣】叵耐伊家，詐敗佯輸欺弄咱。不過是感恩思報，賣國求榮，納款中華。（眾白）恐無此事，大王寬怒哩。（孟獲唱）定須斬草去根芽，今朝怎肯甘休罷。（白）蠻丁們。（眾應）（孟獲唱）將奸徒推出轅門，早些而一劍分花。

（眾白）大王，自殘羽翼，於軍不利[2]。（跪科）（孟獲白）看眾人之面，且饒也罷。饒了死罪，不饒活罪。左右，與我揣到後營，捆打一百。（作下打科）待咱明日自取漢將。未了不平氣，難容無義人。（下）（眾出科）（董荼奴上）（白）罷了，罷了，多承列位相救，不然咱已作刀頭之鬼。（眾白）大王盛怒，咱等不能挽回，仍使元帥受責，何救之有？（董荼奴白）列位同到敝寨，咱有事相商。（眾白）就此同行。行行去去，去去行行。來此已是。（董荼奴

白）列位請進。（進坐科）（衆白）元帥有何吩咐？（董茶奴白）列位聽咱道來。（唱）

【又一體】咱與中華，各守封疆天一涯。一自蠻王糾合，妄起刀兵，惹恁波查。神機諸葛世爭誇，那魏吴猶自心驚怕，（合）量吾儕蠢爾蠻荊，况蒙他恩德頻加。

（衆白）元帥議論極是。（董茶奴白）咱等料相難敵天朝，又受丞相之恩，咱拼一死，除了孟獲，以救各洞塗炭之苦。（衆白）人非草木，豈不知恩？情願同元帥擒捉蠻王，投獻天朝哩。（董茶奴白）如此甚好！事不宜遲[3]，今晚即取可也。蠻丁們。（衆應）（同唱）

【中吕宫正曲・添字紅繡鞋】悄行莫要聲嘩、聲嘩，大家努力擒拿、擒拿。一索捆獻中華，早除去、禍根芽。強梁休誇、休誇，真是井中蛙，真是井中蛙。

（蠻丁白）元帥黌夜到此何事？（衆白）大王何在？（蠻丁白）已喫大醉，睡倒帳中哩。（董茶奴白）爾等也受過天朝活命之恩，今蠻王不仁，咱等特來擒捉，報獻天朝。爾等敢來阻擋，先斬爾等。（蠻丁白）任憑元帥哩。（衆內擒孟獲，上）（孟獲白）罷了，罷了，咱不殺你，反遭爾手。（唱）

【尾聲】養虎傷身言非假。（董茶奴唱）你惡貫滿盈莫怨咱。（孟獲唱）自恨當初一着差。（下）

校記

［1］那漢將如何到得夾谷山："夾谷山"，原作"夾山谷"，據上文改。
［2］於軍不利："於"，原作"與"，據文意改。
［3］事不宜遲："宜"，原作"疑"，據文意改。

第十五齣　好相父再縱蠻王

（雜扮衆小軍、家將，衆將引生扮孔明上）（唱）

【越調引・霜天曉角】蠻兒狡猾，自有玄機妙，不學降王素縞，繫長纓難逃這遭。

（白）今早細作報稱，洞主董茶奴等自擒蠻王前來投獻。吩咐大開轅門，待伊來時，先來通報。（軍士應科）（董茶奴、阿會喃、蠻將帶孟獲上）（唱）

【又一體】英雄怎料，禍起蕭墙盜。（董茶奴唱）大抵爲人自招，豈因你累吾曹。

（白）來此漢營，就煩通報。（報科）二洞洞主擒得蠻王孟獲，投獻丞相爺。（孔明白）帶進來。（應科，帶進見科）（孔明白）將蠻王押過一邊。（應科，帶孟獲下）（董荼奴白）前蒙丞相活命之恩，今孟獲又遣某等抗拒天兵，咱等不平，故此擒捉叛王，前來投獻，少盡向化之心，以免塗炭之苦。（孔明白）難得而等之心。聽吾道來。（唱）

【越調正曲·祝英臺】論朝廷嘉效順，叛逆豈相饒？怪他勾結叛臣，羨伊遷善輸誠，喜得個回頭能早。（白）人來，取錦帛錦衣花帽過來。（遞科）（白）些須之物，暫爲犒賞。爾等可回洞去，待我奉上朝廷，另有賞賜，封爾永爲洞主。（衆白）多謝丞相爺賞賜。既拔眼中釘，更膺金帶賞。好丞相哩。（下）（孔明白）軍校，將蠻王帶上來。今番服也不服？（孟獲白）此乃咱手下人自相殘害，非爾之能，咱怎肯服你哩？（唱）休藐，倘伊敢放咱回，決雌雄比較。（合）若再擒咱，中心伏罪人豪。

（孔明笑白）既然如此說，吾再放你。軍校，放了。酒筵伺候。（孔明上座，孟獲衆將同座）（孔明唱）

【又一體】難道，我將恩德頻施，化不轉夜郎驕？笑你似甕裏醯雞，井底鳴蛙，輒敢罪犯天條？（孟獲唱）聽告，羨中原逐鹿爭豪，肯荒外守株蒙誚。（合）總英雄成敗，何人能料？

（白）已領丞相盛情，就此告辭。（孔明白）軍校，給伊馬匹回去，吾不相送了。（衆將、孔明下）（孟獲笑科）（白）孔明嘎孔明，憑你足智多謀，今番又被俺哄了。我如今回去，會齊各洞蠻王，領兵前來報讎便了。饒伊經濟通天地，難脫吾儂鬼詐中。（下）

第十六齣　親弟兄同誅叛帥

（雜扮蠻丁，引丑扮孟攸上）（唱）

【越調正曲·梨花兒】我做洞蠻沒奈何，豪強志氣何曾隨。盡說天兵擒我哥，嗟，（合）前來探聽悽惶殺我。

（白）咱蠻王孟獲之弟孟攸是也。聞知俺哥與甚天朝丞相對敵，被擒而回，故來相探。誰知又被二洞洞主擒捉投獻去了。咱想這洞主好生可惡，同類相殘，是何道理？咱今親去哥哥寨中，打聽消息再處。（淨扮孟獲上）（唱）

【又一體】二次被擒肯倒戈，非常志氣咱豈懦？只愁消散，嘍也麽囉。嗟，

（合）游魂單剩區區我。

（白）咱孟獲今番已拼一死，誰知又幸生還。今已轉回大寨。呀，是何人占我的寨也？（進見科，哭科）（孟攸白）哥哥，那得回來也？（孟獲白）兄弟嘎，你怎生到此，險與你不得厮見哩。（孟攸白）愚弟聞知哥哥和漢軍對敵，故此前來相助哩。（孟獲白）兄弟，一言難盡。咱做哥哥的呵。（唱）

【越調正曲·下山虎】從來壯志，撫劍橫戈，獨霸南荒地，誰行奈何？到如今蜀漢兵臨，平巢倒窠，直恁的欺人待怎麽？教咱無地躱。因此拼集兒郎來拒他。（合）懊恨潑蠻輩，暗施網羅，險把殘生斷送呵。

（孟攸白）哥哥今番做甚商議？（孟獲白）兄弟，你帶領多少蠻兵前來？（孟攸白）約有三萬。（孟獲白）既有此衆，再集殘兵[1]，亦可濟事，只是先除內患爲要。（孟攸白）何計除之？（孟獲白）咱有道理。小番，過來，爾可依咱言語，到那二洞見那洞主，只說今有漢朝丞相遣人在大寨邀請，有話相商。（蠻丁應，下）（孟獲白）兄弟，待他們一進寨中，一聲炮響，你可領衆一齊拿下殺了，以泄咱恨。（孟攸白）此計甚妙。蠻丁們，四下埋伏。（衆應，下）（阿會喃、董荼奴上）（白）聞知恩相召，故向寨中來。請了，聞知諸葛丞相遣人相召，不免進見。（進科，炮響，伏起，殺阿會喃、董荼奴，下）（孟攸白）哥哥果然妙計。（孟獲白）兄弟，內患雖除，咱昨日在漢營，諸葛那厮設筵款待，再三勸咱歸降。如今將計就計，就煩賢弟帶領蠻丁百人，各執金珠、犀角、珊瑚、象牙、寶物，暗藏利刃前去投降，穩住伊心。只說咱暫到銀坑洞，收拾金寶，隨後投降，以做犒軍之費。他若信了，必不隄防，咱悄悄帶領蠻兵劫他營寨[2]，兄弟你同蠻丁以做內應，必然全勝無疑。（唱）

【越調正曲·蠻牌令】他說我似隨何，此計料瞞過，將伊輕疑住，內外氣通和。你那裏頻睃慢睃，咱這裏打整干戈，（合）何用三聲鼓、一捧鑼？管屍橫遍地，血濺成河。

（孟攸白）此計更妙。明日劣弟打點前去可也。（分白）兄弟連枝氣本同，曩時分手各西東。今宵博得銀釭照，猶恐相逢是夢中。（下）

校記

[1] 再集殘兵："再"，原作"在"，據文意改。
[2] 咱悄悄帶領蠻兵劫他營寨：劫：原作"却"，據文意改。

第十七齣　孟攸甲帳一銜杯

（眾小軍、中軍引趙雲、魏延、關索、馬岱、呂凱、王平、關興、張苞、孔明上）（唱）

【中呂宮引・菊花新】個中擒縱少人知，劣騎全憑控馭奇。九伐是王師，永把南荒定砥。

（眾白）眾將打恭。（孔明白）諸位免禮。（眾白）丞相勞心設謀擒獲，如何連縱二次？吾等不明，望求指教。（孔明白）爾等見吾昨日又放蠻王回去，必然不服，那知吾之心事也。（唱）

【中呂宮正曲・粉孩兒】迢迢的，離皇朝因甚事？到南荒萬里，不毛親履，肯教縱敵和玩師？只因他性點難麼，（合）布天威心意輸誠，端教彼懷德無二。（眾白）丞相深心，非某等所及也。（孟攸引眾蠻丁捧金寶上）（唱）

【中呂宮正曲・福馬郎】寶貝珍珠獻戰壘，假輸誠只要伊心喜。無準備，便是咱成功處、運通時。（合）急去莫遲遲，轅門外待傳詞。

（孟攸白）來此已是轅門，眾蠻丁跪門便了。（應科）（小軍白）甚麼人？（孟攸白）蠻王孟獲遣弟孟攸前來投降，賫有金珠寶物，望乞收納。（報科）（孔明點頭笑科）（白）中軍傳令，著投降蠻王部眾俱在營外暫候，待升帳開門，再行相見。（中軍應，傳科）（蠻王眾等應，下）（眾將白）丞相，那蠻王反來供獻，是何道理？（孔明白）爾等不知。（唱）

【中呂宮正曲・紅芍藥】他那裏幣重詞飴，俺可也假做呆癡。笑你這機關欠精細，向吾行公然無忌。而今準備擒虎計，看蠻王怎生迴避？好憑咱腹內靈機，寄錦囊須要牢記。（寫科）

（白）呂凱聽令。付爾密計一紙，依計而行，即刻預備，不得有誤。（呂凱白）得令。（下）（孔明白）眾將聽令。各付爾密計一紙，依令而行，不得有誤，聽我吩咐。（唱）

【中呂宮正曲・耍孩兒】一一分排須在意，各自急行去。依言詞莫要差池，休疑，計就計，那懼諠人智，（合）料想彼、怎脫牢籠計，豈讓你蠻伶俐？

（眾將白）得令。（俱下）（孔明白）中軍，吩咐大開轅門，著那孟攸進見。（中軍應，傳科）（小軍上，作開門科）（帶孟攸上，進見科）（孟攸白）丞相在上，咱兄孟獲深感大恩，特遣咱先賫珠寶等物，進奉大寨投降，望乞笑納。（孔明白）爾兄何在？（孟攸白）現回銀坑洞收拾金寶，以作進貢，隨後來降。（孔明

白）既承你兄美意，軍校，俱各收了。（衆應科）（孔明唱）

【中呂宫正曲·會河陽】試看這金碧輝煌，寶珠火齊，珊瑚七尺間文犀，果然價值連城。見伊意兒，真降順吾心喜。（合）得奇珍，真個是非容易，降其人，真個是非容易。

（白）吩咐大排筵宴。（吕凱、孔明上座，孟攸傍坐，蠻丁坐地。吕凱奉酒科）（孔明白）爾今來降，便是一家人了，上下須要盡醉方休。（孟攸白）多謝丞相盛意。（唱）

【中呂宫正曲·縷縷金】笙歌沸，珉筵齊，海錯山餚列，進酥醾。空説伊神算，怎知就裏。（合）管教歡喜變成悲，果中咱兄計，果中咱兄計。

（孔明白）爾能從兄皈正，亦是豪傑。吕將軍，可擎吾金巨羅[1]，代吾奉敬。（孟攸白）乍當丞相恩賜。（吕凱送酒科）（孔明唱）

【中呂宫正曲·越恁好】盛筵難際，盛筵難際，莫負掌中杯。定須盡興，拼沉醉，作個玉山頽。（孟攸唱）别藏心事伊怎知，肯貪綠蟻？（吕凱白）丞相奉敬的。（唱）（合）他意兒美，特敬無他意。你量兒海，遮莫休推醉。

（孔明白）帶來蠻丁各賞一金杯。（吕凱送酒科，孟攸、衆蠻丁醉倒科）（孔明白）群蠻俱已中計，時已黄昏，孟獲不久即到，吾等各自預備便了。（下）

（孟獲引蠻丁上，悄行科）（同唱）

【中呂宫正曲·紅繡鞋】詐降一計真神奇、神奇，料想穩住伊師、伊師，潛軍暗襲有誰知？（合）齊奮勇，踏重圍，笑諸葛，欲何爲？

（白）适纔蠻丁報説，咱弟投降，那諸葛大喜，全無疑忌，在那裏大排筵宴，慶賞三軍。咱故悄悄領衆前來劫寨。你看離大寨不遠，果然不作準備，不見一人，轅門大開，内裏燈燭輝煌，就此殺將進去。（進内科）（白）如何静悄悄的？（蠻丁白）咱們的人俱在這裏，這是二大王哩。（扶不語科）（孟獲白）爾等爲何如此模樣？（蠻丁白）想是醉了。（摇科）（白）是不醒哩。（又問蠻丁，指口科）（孟獲白）罷了罷了，想是又中他們之計了。蠻丁，駝了他們快些退走。（背科）（内放炮，金鼓喊，王平、關索、魏延、趙雲引軍校上）（白）那裏走？（戰科）（白）蠻王快快投降，免爾一死。（孟獲白）罷了罷了，今番死也。（戰，孟獲敗下，衆追下）（衆小軍引馬岱上）（白）衆軍校就此埋伏者。（衆應，埋伏科）（孟獲上）（白）手下人盡被擒殺，兄弟不知死活，單咱一身逃出，已到瀘水了。（馬岱白）蠻王那裏走？（殺科，擒住科）（白[2]）軍校，綁了。（孟獲白）中他計也。（馬岱唱）

【尾聲】點蠻枉作千般計,敢赴吾營自送死,你無語低頭悔後遲。(下)

校記

[1] 可擎吾金叵羅:"叵",原作"巨",據文意改。
[2] 白:此字原本缺,據上下文意補。

第十八齣　諸葛軍門三解縛

(雜扮衆小軍、關興、張苞、中軍,引生扮孔明上)(唱)

【南北合套·新水令】蠢蠻兒,妄想撼天關,假殷勤將人真嫚。干折他多寶物,只費我一盂餐。好笑癡頑,看今朝有何分辨。

(升帳科)(孔明白)將蠻王一干人俱各推上來。(衆刀斧手、軍校綁孟獲、孟攸、衆蠻丁上)(白)孟獲綁到。(跪科)(孔明白)孟獲,爾前番看吾虛實,故使爾弟投降,你却自來劫營,如何瞞得過我?今被吾擒,爾可心服麽?(孟獲白)咱弟貪酒誤事,中爾之計。若咱自來,可未定也。此天敗,非爾之能,咱不服你。(孔明笑科)(白)你既不服我,再放你回去,如何?(孟獲白)丞相如今再放咱,待整兵再戰一場。如能勝咱,咱方死心服降你。(孔明白)軍校,放了他們的綁。(孟攸白)多謝丞相。(孔明白)軍校,可送他們過瀘水,照會我軍,勿得攔阻他們。(中軍白)得令。(孔明白)任伊真強項,終使服其心。吩咐掩門。(衆應,同下)

(中軍引孟獲等上科)(孟攸白)哥哥,也難得丞相放了咱們。(孟獲白)咦,兄弟怎說這話?彼丈夫也,我丈夫也!(唱)

【南北合套·步步嬌】則我雄心思吞漢,暗地施機限,要將他社稷翻。怎當三次蒙羞,只落得一聲長嘆,我有淚幾曾乾,思量要把前程辦。(同下)

(雜扮小軍引馬岱上)(白)日落轅門鼓角鳴,千群面縛出蕃城。洗兵魚海雲連陣,秣馬龍堆月照營。某平北將軍馬岱,奉丞相軍令,列營瀘水南岸,以待大將軍渡瀘,只得伺候。(中軍、軍校領蠻丁、孟獲、孟攸上)(白)已渡瀘水,你看軍營當路,怎生過去?(中軍白)有我送你,不妨。(馬岱白)咦,蠻王那裏走?(中軍白)丞相有令,放回。(馬岱白)蠻王聽者,雖俺丞相寬恩,爾須要自愧。(衆唱)

【南北合套·折桂令】雖是俺丞相恩頒,您却也帶髮含牙,直恁懷奸,設牢籠兩次三番。縱然你心同獸畜,也識愚賢。憑着俺元老登壇,又何難破虜平蕃？陣若常山，士沒遮攔。且許你苟活偷生，只待要卵破巢翻。

（白）眾三軍，既有軍令，放他過去。（下）（孟獲白）受他一場惡氣，咱好惱也！（唱）

【南北合套‧江兒水】袍掩淒惶眼，偷將珠淚彈，不禁怒氣沖霄漢。漢人無狀將咱慢，英雄當面遭譏訕。（白）兄弟，（唱）（合）此去糾將強悍，破釜沉舟，拚却背城一戰。（同下）

（雜扮小軍引趙雲上）（白）豪氣悠悠易水寒，故鄉無夢到邯鄲。聲名久著渾身膽，拔幟曾登大將壇。某虎威大將軍趙雲是也。奉丞相令，奪取蠻王大寨，伺候丞相渡瀘。眾將官一同前進。（中軍、軍校、孟攸、孟獲上）（中軍白）丞相有令，放他們進去。（趙雲白）咦，蠻王，你巢穴已破，不降何待？（孟獲白）丞相放咱來的。（趙雲白）聽吾道來。（眾唱）

【南北合套‧雁兒落帶得勝令】爾不過賽蛆蟲一土蠻，却緣何背主恩相侵犯？笑你個井底蛙見識偏，您待學夜郎主心輕漢。呀，到如今天命討樓蘭，您還敢負固閉函關。則俺這感先皇恩賚重，不甫能斬樓蘭誓不還。你凶頑，是釜中魚還汕汕，今也麼番，再擒來饒命難。

（白）既然丞相開恩，饒你一命，去罷。（下）（孟獲白）呀，將咱大寨占奪，又被他數落一場，咱好氣也。（唱）

【南北合套‧僥僥令】江東無面返，有寨亦難還，况是鵲巢鳩已篡？進不能退又難，進不能退又難。

（孟攸白）哥哥不必傷感，且出界口山，暫回兄弟洞中，多將金寶向那八蕃九十三甸蠻夷借兵交鋒，以報哥哥三擒之辱。（孟獲白）兄弟言之有理，咱等趲行前去。（內作喊科）（孟獲白）呀，界口山又有漢家兵馬哩。（眾小軍引魏延上）（白）蠻王那裏走？（中軍白）丞相有令，放回。（眾唱）

【南北合套‧收江南】呀，則你這潑蠻王，欲逃何處呵，撞着咱合摧殘。（孟獲、孟攸白）將軍，咱等是諸葛丞相放回來的。（魏延唱）呀，却原來吾家丞相放生還。（白）我看你潑蠻囚背叛朝廷，抗拒天兵，數次被擒，尚爾執迷。今番放去，再被擒時，碎屍萬段！放你去罷。（孟獲等下）（魏延唱）笑無知潑蠻，笑無知潑蠻，恰一似開籠放鳥出天關。（下）（孟獲眾上）（唱）

【南北合套‧園林好】急煎煎蘿攀葛攀，戰兢兢心寒膽寒，只儘把前軍催趲。（內吶喊科）（孟獲白）前面恐又有埋伏，且逃回本寨，再作區處。（唱）且歸去莫闌珊，且歸去莫闌珊。（下）

（孔明眾上）（白）蠻甸數丁九，軍門縱已三。（趙雲、馬岱、魏延、中軍上）

（白）但愁脫網兔，不似吐絲蠶。丞相在上，我等打躬。（孔明白）諸位將軍少禮。（趙雲等白）末將等遵令，將孟獲大寨奪占，一干人都放過瀘水去了，特來繳令。（孔明白）論功升賞。（趙雲等白）孟獲此去，必向各洞借兵，丞相不可不慮。（孔明白）何足慮哉？（唱）

【南北合套·沽美酒帶太平令】一任他調兵符向八蠻，一任他調兵符向八蠻，俺只作等閒看。便九十三家的生熟蕃，儘牌刀使慣[1]，儘唐猊甲攢。天橋外欻雨漫山，龍江上狂濤拍岸。俺呵，神安，致閒。但羽扇巾綸，呀，敵得過蠻兵百萬。（下）

（孟獲領眾上）（唱）

【南北合套·清江引】第三遭，逃將性命還，顧不得人羞訕。（孟攸白）已到洞前，哥哥請進。（作進科）哥哥請坐，大家商議。（孟獲白）罷了罷了，咱平素用兵，算無不勝，今日倒運了，着着落人之後，被擒三次，僇辱甚矣。就依賢弟之言，差人各處借兵，待會集大眾，以報前讎便了。（唱）借他百洞兵，再與三把戰。咱若贏不得他時也決不返。（同下）

校記

[1] 儘牌刀使慣："刀"，原作"力"，據文意改。

第十九齣　棄三營八蕃入阱

（雜扮軍校引呂凱上）（同唱）

【越調正曲·水底魚】弱水橋成，三軍任意行。（合）指揮合妙，據險可安營，據險可安營。

（呂凱白）某呂凱是也。只因西洱河弱流相阻，奉令伐洱山之竹，編筏為橋。幸已橋成。吾看這浮橋北岸，堪做大營，以橋為門戶，以河做塹濠，過河南岸可立三營，以拒蠻眾。伺候丞相到時，再稟明便了。（下）

（雜扮小軍、中軍引孔明上）（同唱）

【仙呂宮引·甘州歌】旌旗掩映，看如林逐隊，款款前行。蠻山瘴水，何處驕人形勝。蹇蹇王臣勞九伐，赫赫天威有七征。（呂凱迎上）（白）呂凱參見。（孔明白）河橋成否？（呂凱白）已成了。此地可安大寨，河南岸上一帶寬闊，亦立三營。（孔明白）如此甚好。傳令，就此安下營寨，河南一帶令趙雲、魏延、馬岱各帶人馬分占三營。（作下馬傳令科，內應）（雜扮報子上）

（白[1]）探聽蠻王事，火速報軍前。丞相爺在上，報子叩頭。（孔明白）有甚軍情報來？（報子白）丞相爺，蠻王糾合八蠻九十三甸番夷部落刀牌、健卒共有數十萬衆，前離不遠，好生厲害，特來報知。（孔明白）知道了[2]，後營領賞。（報子下）（孔明白）蠻王借兵前來，吾當親去一看，呂參軍守寨，吾去即回也。（呂凱白）遵令。（下）（孔明白）衆軍校，隨我前去者。（同唱）黃雲浦，里水汀，扶搖奮翼圖南溟。玉關夢，銅柱銘，佇看逐日返神京。（同下）

（雜扮蠻丁持刀牌，引孟攸、孟獲衆上）（唱）

【又一體】今朝氣可爭，看刀牌滾滾，技勇兵精。八蠻諸甸，幸喜同心一逞。試看獠丁眞壯健，那怕中華有勝兵？（蠻丁白）前面已離漢營不遠。（孟獲白）就此安營，待咱親領刀牌手，前去見他一陣，有何不可？（孟攸引衆下）（孟獲引刀牌手殺上）（白）唗，叫爾丞相得知，說蠻王親來討戰哩。（孔明內白）傳令三營不許出戰，違令者斬。（孟獲白）每每誇爾足智多謀，今日爲何不敢出戰？（蠻丁白）攻他的營寨。（孟獲白）不可，明日來攻可也。（衆唱）（合）齊歡勇，各躍騰，長標利刃漫消停。分成敗，定死生，眼前直取漢家營。（下）

（衆小軍、中軍引孔明上）（同唱）

【又一體】遙觀蠻洞兵，他洶洶銳氣，未可相爭。藏鋒暫避，且自由他驕橫。從來一聲朝氣勝，彼竭安能當我盈？（升帳科）（白）中軍傳令，傳集諸將聽令。（中軍傳科）（衆將上）（白）衆將打恭。（孔明白）子龍聽令。爾可營中多設燈火旗幟，輜重盡棄，速速退兵北岸下流，待蠻王屯兵南岸時，爾從下流過河，直取蠻王之寨，阻伊南岸去路，不得有違。（趙雲應科，引衆下）（孔明白）魏延聽令。爾可營中多設旗幟燈火，盡棄輜重，退兵北岸下流口，候蠻王兵屯南岸之時，爾可渡河埋伏伊後，不可使伊南走。（魏延應科，衆下）（孔明白）馬岱聽令，爾可盡棄營中輜重，退兵北岸下流口，候蠻王兵屯南岸，爾可渡河埋伏，以攻其左。（馬岱應科，引衆下）（孔明白）呂凱，爾待三營退兵河北，即將大寨前浮橋拆毀，悄悄移向下流口，休誤大兵過渡，不得有違。（呂凱應科，引衆下）（孔明白）王平，你可帶領人馬一萬盡持白梃，可破刀牌。待等蠻王兵屯南岸，爾可渡河劫寨。（王平應科，引衆下）（孔明白）關索，與汝柬帖一個，按上面行事，不得有違。（關索應科，引衆下）（孔明白）就此殺上前去。（衆應科）（同唱）（合）兵家典，吾自明，潛形九地且回營。機謀定，埋伏成，管教一戰盡相傾。（下）

（衆蠻丁引孟獲、孟攸上）（唱[3]）

【仙吕宫正曲·六幺令】英雄讓我,糾合蠻徒,費盡張羅,今朝漢衆奈咱何?牌斜跨,劍橫磨。(合)管教一戰難逃躱,管教一戰難逃躱。

(白)咱邀集大衆,以決雌雄。不意連日討戰,不見人迎敵,未知是何主意?今日再向漢營罵陣去哩。(蠻丁白)禀大王,漢營旗幟依舊,不見一人行動,莫非人馬退去,只是空營?(孟獲白)咱們闖進去看來。呀,奇怪,這糧草輜重都在,人馬往那裏去了?蠻丁,再向那二營探看來報。(孟攸白)莫非又是詭計麽?(蠻丁白)那二營俱是如此。(孟獲白)咱想道,盡棄輜重而退,必然國有急事,若非吳侵,必是魏伐。諸葛恐咱追襲,故留營寨、輜重、旗幟,多張燈火,故作疑軍之計,他方退兵而去,如何瞞得過我?衆蠻丁,就此追殺前去。(唱)

【又一體】漢兵散夥,多料鄰邦,有甚風波,虛張旗號惹疑多。悄悄的,退干戈。大家追去休辭惰,大家追去休辭惰。

(吕凱上)(白)大小三軍,將橋拆斷。(衆卒拆橋,下)(蠻丁白)禀大王,已抵西洱河兩岸,漢軍已拆斷了浮橋,不能前進。那對河北岸屯大營,旌旗肅整着哩。(孟獲白)待我親自看來。呀,他營寨雖然嚴整,拆斷浮橋,必走無疑。恐咱追襲,故此暫立空營,他將大衆俱各退去哩。衆蠻丁,就此安營,一邊上流取竹搭起浮橋,以便進兵,不得有違。(蠻丁應科,下)(又上)(白)啓大王,浮橋已成。(孟獲白)就此過橋安營。(衆應科,下)(衆小軍持棍引王平上)(同唱)

【又一體】事非小可,白梃悠悠,直達蠻窩,更兼晝夜夢南柯。刀牌手,怎騰那。(合)這番定把蠻鋒挫,這番定把蠻鋒挫。

(白)衆三軍,已到蠻營,就此踹營。(衆繞場,下)(孟攸上,虛白)(二蠻丁上,殺科)(二卒上,追下)(孟獲、孟攸上,對牌棍,敗下)(迎馬岱、魏延,戰,孟獲敗)(趙雲迎上)(白)蠻王那裏走?吾取你寨多時了。(戰科,擒孟攸科。孟獲敗下)(衆引關索上)(白)我關索奉丞相將令,掘下陷阱,待孟獲到來,以便擒之。小校,就在陷坑左右埋伏者。(孟獲上)(唱)

【又一體】蒼天喪我,空集雄兵,怎奈他何?而今羞恨實難過。(孔明衆上)(立高叫科)(白)蠻王逃往何處?我亦等多時矣。(孟獲白)咱被他多次相辱,今既相遇,不免趕上前去,連車剁爲粉碎。(蠻丁唱)同奮力,到前坡,(合)好將車子連人剁,好將車子連人剁。(孟獲落陷阱科)(關索上)(白)小校,俱各綁起來。(孔明衆唱[4])

【尾聲】冤家狹路難相躱,八蠻部落枉稱多,却教他九十三甸的刀牌,奈

我何?(同下)

校記

[1]白:原作"唱",徑改。
[2]知道了:"道",原作"到",據文意改。
[3]唱:原作"白",徑改。
[4]孔明衆唱:"唱",原作"白",徑改。

第二十齣　饒一死四次歸巢

　　(吕凱上)(白)五月驅兵入不毛,月明瀘水瘴烟高。誓將雄略酬三顧,豈憚征蠻擒縱勞?某吕凱是也。今日營中大排筵宴,伺候丞相回軍,必有一番宴樂。道猶未了,丞相來也。(雜扮小軍、中軍引生扮孔明上)(唱)

　　【南吕宫引·折腰一枝花】前軍纔罷戰,鼙鼓紅旗卷。轅門俘馘到,怎生獻,今朝且自開筵。

　　(白)吾曾吩咐預設酒宴,可曾完備否?(吕凱白)齊備多時。(孔明白)傳令,今朝天氣炎熱,俱各解甲寬袍,齊赴筵宴,以盡一日之歡。(吕凱白)得令。(向內傳科)衆將聽者,丞相有令,今朝天氣炎熱,俱各解甲寬袍,齊赴筵宴,以盡一日之歡。(衆將上)(白)得令。夜披金甲探龍窟,日着綈衣赴玳筵。丞相開宴相召,只得前來伺候。(見科)(白)丞相在上,我等參見。(孔明白)諸位免禮。(衆白)丞相勞神,何當盛召?(孔明白)諸君協力破賊,少用一杯,暫酬辛苦。看酒伺候。(衆飲科)(同唱)

　　【南吕宫集曲·梁州新郎】回軍開宴[1],金杯酬勸,奏動凱歌一片。綈衣寬帶,難禁暑氣飛施。非是我興師勞衆,不念辛勞,端爲邊疆亂。蠻塵寧靜也,整歸鞭,勘定中原高枕眠。(合)今日裏且歡讌,須大家痛飲休辭倦。蠻世界,幾人見?

　　(孔明白)軍校,將那蠻俘帶上筵前。(衆應科,綁蠻丁上)(白)丞相爺,饒命哩。(孔明白)咦,你等屢被吾擒,俱寬放回去。今又從逆,是何道理?(衆白)吾等被蠻王所逼,不得不從的。(孔明白)也罷,俱各放了罷。孟攸帶上來。(衆應,綁孟攸上)(孔明白)你這廝,爾兄爲惡,也該勸他纔是。今又被擒,却難恕你。(孟攸白)丞相開恩,今後改過了,可憐饒咱一命。(孔明白)把孟攸放了,同衆蠻丁後營酒飯。(衆白)多謝丞相天恩。(下)(孔明白)

可帶蠻王上來。（孟獲上，見科）（孔明怒白）蠻王，爾今又被吾擒，有何話説？（孟獲白）誤中爾計，吾終不服哩。（孔明白）咦，你還不服吾麼？（唱）

【又一體】被吾擒兩次三番，仍倔强將咱傲慢。敢嘵嘵聲唤，怨着蒼天。（白）軍校，與我推出去，斬首報來。（孟獲白）諸葛丞相，你敢再放我麼？（孔明白）住者。放爾再欲何爲？（孟獲白）丞相如再放咱，待咱重整蠻兵，與丞相大戰一場，那時擒咱，方死心塌地降服哩。（孔明唱）尚想生還糾衆，奮臂如螳，再決雌雄戰。料伊蠢伎倆，力如綿，拳石安能敵泰山？（合）開網縱非疏慢，淵淵漫漫休悲惋，再赦爾，須如願。

（白）軍校，可將蠻王放了，留他後營酒飯，還他馬匹回去。（孟獲白）罷了罷了，四回遭没辱，一戰洗前羞。（下）（衆白）丞相，如何不行斬戮，又放蠻王回去？（孔明白）爾等不知，我覷蠻王乃囊中之物，如掌上嬰兒，我自有神算，趁此良時，諸君盡興。再看酒來。（同唱）

【南吕宫正曲・節節高】金樽且盡歡，晚風前，長鯨一飲玉山軟。何須勸，擲寶刀，彈長劍，凱歌一曲清荒甸，料同兒戲鴻門宴。（合）壯士酣歌髮衝冠，任教墜幘參軍忾。

【尾聲】嘆光陰石火如飛電，且向遐荒一破顔，待明朝重整軍機大將權。（下）

校記

[１]回軍開宴："軍"，原作"君"，據文意改。

第廿一齣　禿龍洞窮寇借兵

（丑扮孟攸上）（唱）

【高大石調正曲・窣地錦襠】時乖運蹇遇天兵，幾次遭擒幸放生。咱兄性命必然傾，報讎孤掌苦難鳴。

（白）生長蠻荒性頑劣，同兄驕橫稱豪傑。于今蹇遇漢家兵，遭擒亦似甕中鱉。阿兄倔强不歸降，兩次三番身顛撅。這回不見放將來，嗚呼一命悲秋葉。尋思無計報兄讎，且向荒原灑紅血。（哭科）（唱）

【正宫正曲・十棒鼓】可憐枉自稱雄勁，枉自爲頭領。今朝送了美前程，因你逞强慣較能。（白）罷了罷了，（唱）思量報復，殘兵再整。（合）只恐潑殘生，斷送漢家兵。（雜扮蠻丁，引净扮孟獲上）（唱）

【高大石調正曲·歸仙洞】急歸去催馬行，空山裏一人剩。豪氣總難平，跳不出牢籠窘。他恃着智高狂逞，幾回的將咱勝。(合)到何時報恨，任我縱橫。

(孟攸白)大王回來了？呀，哥哥果然回來了。(孟獲白)兄弟緣何在此？(孟攸白)小弟被放回來，招得些敗殘兵。因不見哥哥回來，恐哥哥被害，待要報讎，又懼兵微將寡。(孟獲白)兄弟，咱數次遭擒被辱，此恨難平。欲要與他爭雄，怎奈兵微將少，料想難以取勝，少不得別處求借些兵馬，再做商量。(孟攸白)何不到禿龍洞朵思大王處？他有獠兵數萬，居處峻險，可往投之，到那廂再做道理。(孟獲白)如此甚好。(孟攸白)就此前行。蠻丁，看馬來。正是：好債同心復舊業，還須齊力報新讎。(下)

(雜扮衆蠻丁，引朵思洞主上)(同唱)

【雙調正曲·普賢歌】境居荒外自耘耕，不受天朝號令行。恃衆勢縱橫，禿龍洞有名，好義輕生性不平。

(朵思白)穴處巢居地不毛，瘴烟毒霧與雲高。從來不受天朝制，獨霸南荒自古豪。咱禿龍洞主朵思大王是也。身處南荒，境居化外，自耕自織，依然太古遺風；無慮無憂，不愧天民盛世。只是野性好殺，競利尚讎。近聞天朝南征，蠻王孟獲他兄弟孟攸與咱交厚，但不知兩家勝負若何，也不見他前來借兵借糧。蠻丁，洞外打聽，倘有別處人來，便中可問孟家的消息。(蠻丁應科)

(衆蠻丁引孟獲、孟攸上)(同唱)

【又一體】英雄義氣爲南征，兄弟連枝枉逞雄。幾次與交兵，叵耐他長勝。哭秦廷，賢鄰肯借兵。

(白)來此已是禿龍洞了。有人麽？(蠻丁白)什麽人？(孟攸白)煩你通報，說蠻王兄弟孟獲、孟攸求見洞主。(蠻丁報科)(朵思白)道有請。不知大王昆玉駕臨，有失迎迓，多有得罪哩。(孟獲白)久仰洞主威名，時聞舍弟道及。今日輕造，實登龍門。(朵思白)近聞漢兵南來，不知何故？(孟獲白)洞主聽稟。(唱)

【仙呂宮正曲·風入松】漢家無故逞强能，陡起雄兵壓境，要將咱蠻洞來平靖，責包茅失遵恭敬[1]。(朵思白)我輩從不服他鉗制，風馬不及，不去犯他邊界，也就罷了，爲何反及上門來欺咱哩？(孟獲唱)(合)我因此胸中怒生，拼性命與交征。

(朵思白)大王與漢家交兵，勝負如何？(孟獲唱)

【又一體】可憐屢戰盡遭傾，百萬兒郎蹭蹬。（朵思白）他有名的大本領。（孟獲唱）那臥龍諸葛多強橫，把詭計時排陷阱，（合）被擒儍已甘鼎烹，他故縱放顯伊能。（朵思白）大王今欲何爲？（孟獲白）小弟欲再與他決一雌雄，怎奈兵微將寡，難以取勝，故此來求大王相助。（朵思白）于今天氣炎暑，大王暫避咱洞中，他耐不起暑氣，自然退去。那時咱等領兵暗暗追去，可報前讎。（孟獲白）洞主有所不知，那諸葛丞相偏不怕暑，豈肯回去？必尋趲到此哩。（朵思白）如此甚妙。大王呵。（唱）

【又一體】放懷等待莫憂驚，那怕天兵雄橫。不須對壘咱能勝，管教他人人納命。（合）好將你深讎自平。（孟獲白）那諸葛丞相好不豪傑哩。（朵思唱[2]）總豪傑也遭傾。

（孟獲白）洞主有何妙計，能敗漢兵？（朵思白）大王不知，漢兵若到此間，只有兩條路徑，東北上就是大王所來之路，地勢平坦，土厚水甜，人馬可以行動。若以木石壘斷洞口，百萬之衆不能前進。西北上有一條路，山險嶺惡，道路窄狹，多有毒蟲烟瘴，晝夜不絕，惟未、申、酉三個時辰可行。水不可飲，有毒泉四種，名曰啞泉、滅泉、黑泉、柔泉，誤飲其水，中毒必死。今大王寬心住咱洞中，咱遣蠻丁壘斷東北洞口，那漢兵必從西北而來，管教他一人一騎莫想生還。（孟獲、孟攸白）妙嘎。（唱）

【又一體】果然天險助吾成，是咱遐荒僥倖。憑他神機妙算稱豪橫，也落在咱家陷阱。（合）謝哀憐高情厚盟，願銜結報來生。

（朵思白）請大王寬心住在小洞，待我分遣蠻丁行事便了。（孟獲白）多謝大王。（朵思白）良將雖然有勝兵。（孟獲白）天時地利也須明。（朵思白）請君高坐憑天險，（合白）縱使神兵亦喫驚。（同下）

校記

［1］責包茅失遵恭敬："責"，原作"青"，據文意改。
［2］朵思唱："唱"，原作"白"，徑改。

第廿二齣　伏波祠山神指路

（雜扮小軍引王平上）（同唱）

【仙吕宮正曲·六幺令】憑誰鄉導，山徑崎嶇，暑氣煎熬，蒸蒸汗雨濕征袍。心似火，渴難消，求漿覓水須教早，求漿覓水須教早。

（白）某裨將王平是也。奉丞相軍令，帶領五百軍士前取禿龍洞路徑，追討蠻王。奈大路阻塞，只得別尋小路山徑。天氣暑熱，心頭如火，口渴難挨。軍校，須尋山洞取水解渴方好。（小軍白）大家俱口渴，若不得水，定然渴死了。呀，此處有清泉，大家都有生了，不免報知掌金瓢的來取水。稟將軍，路傍有一清泉。（王平白）妙嘎，取來解渴，傳與衆軍，速飲解渴，以便前行。（小軍白）將軍命你們大家解解渴，以便趲路。（衆飲，遞王平飲科）（唱）

　　【又一體】渴懷欲槁，幸得清泉，灌漑心苗，瓊漿甘露漫相邀。覺兩腋，冷風飄。（作肚痛科）呀，無端一陣心兒攪。（衆作呆啞科，下）

　　（雜扮軍士、中軍引生扮孔明上）（唱）

　　【小石調引·粉蛾兒】堪笑兒曹，焰摩天何處奔逃？

　　（白）打聽得蠻王已往禿龍洞去了，只得統兵進剿。那廝壘斷了洞口去路，聞得別有小路可通，已遣王平引導探路，待他回來，以便進兵。（王平衆軍上）（軍士白）王將軍探路而回，衆軍俱不言語，惟指口內，不知何故。（孔明白）令他進來。（軍士應，作引王平衆軍進見科）（孔明唱）

　　【仙呂宮正曲·醉扶歸】莫非是貪杯誤落人圈套？莫不是中風急症遇山魈？（衆搖頭指口科）（孔明唱）似此形容費推敲，個中情事誰能料？（王平又指科）（孔明白）有了，取筆硯過來與他。（唱）好將紙筆寫供招，因甚的可把原由告。

　　（王平寫，孔明念科）（白）行路渴甚，道傍有一清泉，大家飲水，俱不能言，不知何故，求丞相速爲解救。哦，原來誤飲毒泉之水，如何解救。軍士，可請呂參謀。（呂凱上）（白）品泉莫漫尋泉譜，分派當須問水經。（見科）（孔明白）王將軍探路，與軍士們誤飲毒水，俱不能言，參謀可知其故，何以解之？（呂凱白）向聞禿龍洞僻路多毒泉之水，俱不能言，某亦不知何法可解。（孔明白）以此奈何？也罷，待吾親去探看，尋覓土人問之，或有解法，亦未可定。就與爾等同行，大軍仍行占住。（孔明上車）（唱）

　　【仙呂宮正曲·步步嬌】只爲王事驅馳，南荒到，叵耐蠻王狡，潛蹤何處逃？不避勤勞，潺暑天道，中毒衆兒曹，不語銜枚妙。（下車）

　　（孔明白）視此清泉澄澄無底，不信就有毒。軍校，可覓個土人來訪問。（軍校尋科）（白）遠近並無人迹，尋不見有甚人家居住，連飛鳥兒也是少的，那討土人訪問？（孔明白）難道遠近沒有一個人家？（軍士白）實實沒有。（孔明白）待我登高一望。呀，山頭之上，兀的不是房舍也？（呂凱望科）像似房舍一般，只是怎生上去？（孔明白）既無路徑，衆軍士可扶我攀援而上。

（眾應，作上科，下）

（雜扮鬼卒、判官引馬援上）（白）英雄不得會雲臺，苡薏銜冤千古哀。功著遐荒猶祠廟，丹心應亦信蒿萊。小神東漢伏波將軍馬援是也，南征交趾，恩著蠻方，爲我建立祠廟，蠻夷信伏。上帝憐我忠直，敕命爲神。今有漢相諸葛孔明前來禱告，他之忠誠與我一樣，何不顯靈指示？山神何在？（雜扮山神上）（白）來也，大聖有何使令？（馬援白）今有蜀相諸葛到此，你可化作土人，指引他到萬安溪求取解毒之藥便了。（山神白）謹領鈞旨。（下）（馬援白）鬼判，速整威儀者。（衆引孔明上）（唱）

【仙呂宮正曲·園林好】似飛猱攀援葛條，猛回頭雲烟下繞，却是座山神祠廟。（合）須虔禱顯靈昭，須虔禱顯靈昭。

（白）是何神道？有石碑在此，看有字迹否？（看科）原來有字：大漢伏波將軍馬援神祠碑記。原來是伏波將軍之廟。（拜科）尊神在上，將軍乃漢朝名臣[1]，功德著于異域。念亮不過受先帝托孤之重，亦爲征蠻到此，軍士誤飲毒泉之水，不能出聲，萬望尊神憐漢朝一派，大賜靈顯，護之佑之。（山神扮老人扶杖上）（白）道高龍虎伏，德重鬼神欽。（見科）（孔明白）長者何來？（山神白）老夫久居此處，聞大國丞相隆名，特來一見。（孔明白）長者何以知吾？（山神白）蠻洞卒徒[2]，多蒙丞相活命，俱各感恩稱頌，是以知之。（孔明白）請問長者，吾軍士誤飲毒泉之水，不能出聲，是何緣故？（山神白）眾軍所飲之水，必然是啞泉之水，若飲此水，必死矣。（孔明驚白）如此，吾等皆休矣。皇天嘎！（唱）

【仙呂宮正曲·江兒水】異域功難立，何顏返漢朝？中原慢想施天討，先皇寄托何由報？軍資無算空虛耗，忍見無辜軍校。（合）既然性命難逃，不如將骨抛山嶠。（孔明作撞科）

（山神白）丞相不可如此，老夫指你一處，可以解救成功。（孔明白）長者有何高見，望乞教之。（山神白）此去正南，有一山谷，入行二十里，有一萬安溪，溪邊有一高士居住，號爲萬安隱者。其草庵後有一泉，名安樂泉。人若中毒，飲其水即能解之，人生疥癩或感瘴毒，溪中浴之，即無事。庵前有一等異草，名曰薤葉芸香，人若口含一葉，則瘴氣不能侵染。丞相可速往求之，不惟解救軍士，亦可建功此地矣。（孔明白）果然如此，我等俱有生矣。（唱）

【仙呂宮正曲·五供養】聞伊訴剖，頓把愁顏、喜色偏饒。高人如可見，仙境果非遙。何辭路勞，領軍校虔誠親造。只恐桃園户，不許俗人敲。（向山神科）感沐高情，還勞相導。

（山神白）老夫之言，決無有誤。此去向西十里，便是谷口了。你看伏波將軍來也。（下）（孔明白）莫不是伏波將軍顯靈指引？衆軍士，可向廟前拜謝。（唱）

【仙呂宮正曲·玉交枝】蒙恩臨照，命山神指迷厚高。幽冥相感憐同調，俟成功回奏皇朝。雖然原是舊臣僚，顯靈輔國堪祠廟。（合）待他年皇封敕褒，待他年皇封敕褒。

（呂凱白）雖然神道有靈，實惟丞相忠誠召感。（孔明白）吾有何能？還是朝廷福力耳。分付衆軍士，小心下山，就此趲行。（衆應科）（孔明唱）

【仙呂宮正曲·川撥棹】歸途杳，看崎嶇惟蔓草，步難行人在雲杪，步難行人在雲杪，羨神明宣靈一朝。（合）慶吾軍生可超，喜平蠻功可邀。（衆扶下山科，下）

（馬援白）鬼判收拾威儀者。大抵乾坤都一照，免教人在暗中行。（同下）

校記

［1］將軍乃漢朝名臣："名"，原作"明"，據文意改。
［2］蠻洞卒徒："徒"，原作"徙"，據文意改。

第廿三齣　求萬安芸香薤葉

（丑扮童兒上）（白）山靜似太古，日長如小年。人生最樂處，服役活神仙。我乃萬安溪山人守庵童兒是也。俺主人修道多年，已得道中三昧，隱此窮谷，不與世人相通。今早忽然命我預備茶湯，說有大漢諸葛丞相來訪，只得在此伺候。道言未了，師父出來也。（外扮金環上）（唱）

【雙調正曲·鎖南枝】青山秀，綠水幽，隱身逃名世外遊。雖不比夷齊儔，庶免凶危遘。今日裏覆巢陁，跰應愁，嘆天兵，罹災疚。

（白）棄國全身因跰憂，非干三讓遜成周，而今已悟南華妙，蝶夢翩翩世外遊。山人萬安隱者是也，避禍窮山，逃名世外，甘與鶴鹿同居，不愧林泉高蹈。今早偶占一課，應有大漢丞相諸葛孔明到庵乞藥，已曾吩咐童兒預備茶湯。童兒，可曾拾得松枝安排茶點否？（童兒白）俱已預備了。（金環白）有客到時，即爲通報。（下）

（雜扮軍士、中軍、王平、呂凱，引孔明坐車上）（唱）

【又一體】誠心禱，着意求，問津尋源西向投。入谷口豁雙眸，絕紅塵點襟袖。（合）漸前行，境更幽。羨山明，景如綉。

（白）此間有一草廬籬院，敢是隱者之居。待我下車，親自到門。（孔明下車，王平、呂凱衆下）（童兒白）公可是天朝丞相麽？（孔明白）小童何得知吾？（童兒白）待我報師父知道。師父，諸葛丞相到了。（金環白）道有請。（接見科）（白）久仰丞相大名，何緣光降，蓬蓽生輝。（孔明白）不敢，神人指示，特來拜訪。（金環白）丞相遠涉南荒，却爲何故？（孔明白）只因蠻王作亂，奉命南征。（唱）

【又一體】鄙人呵，承君命，赴遠陬，爲因南荒起逆謀，邊境繞戈矛，特把蒼生救。

（金環白）可能殄滅那蠻王麽？（孔明白）不能。（金環白）以丞相妙算神威，何難滅此？（孔明唱）（合）在鄙人呵，服遠人，在得柔，因此屢擒伊，還相宥。（金環白）這是丞相格外施仁了，不知更有何事見教？（孔明白）軍校，看禮物來。（送科）（白）不腆薄儀，望乞笑納。（金環白）咱乃世外之人，要此何用？乞請收回。（孔明白）幸勿推辭，還有拜懇。（金環白）暫領盛意，有何吩咐，請教無妨。（孔明唱）

【雙調集曲·孝南枝】只因禿龍洞，路阻修，將軍領兵僻徑求。道傍有清流，消渴成災疚。我向神祠拜求，感得神明，顯身指授，故此相投，望乞開恩援救。這功德，重山邱。鄙人呵，感雲誼，地天厚。

（金環白）原來軍士誤飲啞泉。這個無妨，敝庵之後安樂泉中之水即可解之。是那些軍士中了毒？（孔明白）可傳王將軍與那些啞軍前來叩見隱君。（王平引小軍上）（見科）（金環白）不必多禮。童兒，可引將軍與軍士到庵後取泉水以解其毒。（童兒引王平衆下）（金環白）丞相遠來，無甚爲敬，清茶一杯，山果數枚，聊爲點心。（孔明白）何以克當？（金環唱）

【又一體】荒山徑，禮不週，愧無珍物相款留。清茶香氣浮，柏子松花剖。（孔明白）多謝。（王平衆軍上）（唱）清泉入口，惡水毒涎，人嘔一斗，頃刻能言，精神如舊。（孔明白）爾等俱各痊癒了？（王平白）吐出惡涎許多，俱各能言了。（孔明白）可拜謝隱君。（王平等拜科）（同唱）多謝施甘露，爲解憂，衆殘生，荷君救。

（金環白）不費之惠，何須拜謝？咱這萬安溪之水，亦可解毒。你等大家浴一浴，百病俱却。（孔明白）鄙人更聞[1]，寶境産得薤葉芸香，能避瘴氣，可能見惠一二否？（金環白）此草産於敝庵前後，童兒，可引丞相軍士到萬安溪沐浴,再領衆人采取薤葉芸香,着他們任意采取。(童兒引王平衆下)(金環白)更有一言奉告,此間蠻洞最多毒蟲,柳花飄落溪中,其水即不可飲,必須掘地爲泉,方可飲食無恙。(孔明白)多承指教了,敢求高姓大名,以便朝夕佩頌。(金環白)山人非別,即蠻王孟獲之兄孟節是也。丞相休疑,聽咱道來。(唱)

【又一體】節居長,次獲攸,同胞兄弟性不投。他凶殘好戈矛,數相規成讎寇。恐惡盈禍構,只得隱姓埋名,向荒山趨走。於今辱弟倡狂,勞軍僝僽。叛逆罪,何便休,得相寬,蒙恩厚。(童兒引王平、軍士上)

(白)一浴精神爽,溫泉那得知。(孔明白)爾等俱各沐浴了麼?(王平白)俱各浴過。(金環白)薤葉芸香采得如意否?(王平白)多謝,俱各采訖。(金環取禮還科)(白)山人留此無用,可請收回。(孔明白)既然不收,就此告辭。(金環白)恕不遠送了。(孔明白)請了。

(金環白)漫老車馬顧茅庵。(孔明白)碌碌驅馳我自慚。(金環白)自愛首陽薇蕨好。(孔明白)何時歸去卸朝簪。(孔明上車,同下)

校記

[1] 鄙人更聞:"聞",原作"開",據文意改。

第廿四齣　上四殿劍樹刀山

(雜扮鬼判引曹官上)(白)崒嵂刀山平地出,槎枒劍樹倚天開。得他一滴菩提水,便化青蓮九品臺。今日閻君升殿,審訊董卓、曹操,我們各有執事,須索在此伺候。(雜扮鬼卒、牛頭馬面、金童玉女引四殿閻君上)(唱)

【南北合套·新水令】昔賢何故鑄刑書,要蒸民懷刑滋懼。況好生天地德,原不事誅屠。只願你無罪無辜,甚刀劍催人赴。

(白)析圭分爵爲天吏,十殿閻羅居第四。下下高高鋒刃攢,待他世人奸頑至。吾乃四殿閻君是也,仁以居心,義以制事。淬鋒如雪,我非借武以示威;霜鍔橫秋,人或畏威而改行。是故辟以止辟,訓厥君臣[1];刑期無刑,載在虞典。只是世人失德,恣意橫行,罹惡劫以堪憐,從寬典而不得。正是:欲將殺氣留生氣,無奈人心非我心。(曹官白)解到鬼犯董卓、賈詡、李傕、郭汜四名,請審訊發落。(四殿閻羅白)帶上來。(鬼卒應科,帶董卓、賈詡、李

催、郭汜上，見科)(四殿閻君白)董卓，你將生前罪惡據實的一一説來，休得支吾，俺這裏刑法利害。(董卓白)爺爺聽禀。(唱)

【南北合套·步步嬌】四海紛争刀兵舉，常侍搖宸御。我揚旌到帝都，去暴除凶，安邦翼主，篡弑事全無，是後來陳壽將人污。(四殿閻君怒科)

(白)這話哄誰？(唱)

【南北合套·折桂令】您道是靖烽烟舉義匡扶，爲什麽劫主焚宮，九廟荆蕪？何后呵是誰人擂死，少帝呵是若個鳩殂？你打算定受禪稱孤，若不是巧計司徒，賺了肥軀，這漢國山陵，人早樵蘇。

(董卓白)鬼犯的隱情都被爺爺看破了，情願畫供。(畫供科)(唱)

【南北合套·園林好】罪名兒從頭自書，用不着唇摇舌鼓。(四殿閻君白)賈詡、李催、郭汜，你們怎麼説？(賈詡、李催、郭汜白)不敢强辯也，情願畫招。(畫供科)(唱)悔輔翼逆臣跋扈，一不合劫乘輿，一不合却公孤。

(四殿閻君白)董卓等四賊，蔑主弄兵，殺人無數，該上刀山受報，暫且帶在一邊。(鬼卒趕下)(雜扮長解鬼帶曹操上)(曹官禀科)(白)啓大王，曹操帶到了。(四殿閻君白)抓進來。(長解鬼帶曹操進科)(白)奸犯一名曹操當面。(四殿閻君怒科)(白)你就是曹操麽？鬼卒，與我着實的打。(鬼卒應，打科)(四殿閻君唱)

【南北合套·雁兒落】爲甚麽君王幽許都？爲甚麽妃后遭屠戮？爲甚麽輕輕攬帝權？爲甚麽暗暗移天步？

(曹官白)吕伯奢告曹操無故殺他一家，現在臺下聽審。(四殿閻君白)曹操，你怎生把吕伯奢一家無故殺死？從實招來。(曹操白)當日呵。(唱)

【南北合套·江兒水】避難逃亡去，潛蹤故舊居。空庭夜月誰爲侣？側聞别院膠膠語。磨刀霍霍心驚怖，聽得要將頭取，去請賞公庭，(白)那時鬼犯情急，奪刀殺他一家，原是有的。(唱)可算不得我將人負。

(四殿閻君白)帶吕伯奢。(鬼卒應，帶吕伯奢上)(四殿閻君白)吕伯奢，據曹操口供，直認殺你一家，但非無故。(吕伯奢白)實係無故。(四殿閻君白)他説你要殺他請功，故下毒手。(吕伯奢白)不要聽他狡辯，磨刀殺牲，曹操疑爲殺己，也還在情理之中。鬼犯買辦果品而歸，與他中途相值，歡笑之中亦遭毒刃，難道也是要殺他請功麽？(曹操白)信口胡言，有何證據？(四殿閻君白)可有證據？(吕伯奢白)怎麽無證據？當初曹操與陳宫同行，陳宫亦曾諫阻。操云：寧可我負人，不可人負我。這不是證據麽？(四殿閻君白)速提陳宫質證。(曹操白)不消提得，鬼犯願招。(四殿閻君白)語云：奸必殘,殘必忍。若曹操者,可謂奸殘而忍矣。凶惡之徒,當受重重地獄。呂伯奢死于非命,應交十殿轉生。(呂伯奢白)多謝大王。(鬼卒帶下)(四殿閻君白)曹操應上刀山,帶過一邊。(應科)(曹官白)從犯華歆、郗慮、荀攸、荀彧、毛玠、郭嘉、程昱、王粲、許褚、張遼也解到了。(四殿閻君白)一齊帶上來。(長解鬼帶華歆等進,跪科)(四殿閻君白)我把你這一班逆賊,只圖富貴榮華,滅盡綱常名教,曹操之惡,實汝輩成之也。(唱)

【南北合套·得勝令】呀,您待想開國啓新圖,凌烟閣上趨。全不去周全那真君父,却去維持那小丈夫,只俺這酆都,一例兒難饒恕。(華歆等白)好苦嗄。(四殿閻君唱)你休得號也波呼,也是你生平自速辜。(華歆等唱)

【南北合套·玉嬌枝】曹瞞殘妒,挾天子凌遲九區。諒吾儕智力何如,敢和他巨奸相忤?低心下首聊自謀,何嘗敢與天王拒?到今朝深悔當初,只哀求鬆開罪罟。

(四殿閻君白)曹官,這一干人助操行奸,當受何刑?(曹官白)華歆、郗慮乃曹操鷹犬,弒后弒妃,皆出二人之手,實爲罪首禍魁,律應割舌屠腸,以彰惡報。餘眾應上刀山。(四殿閻君白)既如此,鬼卒,與我按律施行。(場上設割舌、屠腸切末,鬼卒捉華歆、郗慮作剖腹割舌科)(眾鬼犯作怕科)(四殿閻君唱)

【南北合套·沽美酒帶太平令】既割舌還剖腹,既割舌還剖腹,刀過處血模糊,似一樹桃花灑紅雨,淅零零三花吐,舌根兒歸何處。誰教你花言巧語?誰教你懷奸事主?你都是城狐社鼠,一個個妝龍做虎。俺呵,惱殺你這奸徒賊奴,叫一聲鬼卒。(鬼卒應科)(四殿閻君唱)呀,都與我攆他上刀山劍樹。(鬼卒作趕打眾鬼犯下)(四殿閻君升旁座)

(閻君白)速現刀山者。(內現刀山切末)(九方鬼白)九鬼打恭。(四殿閻君白)快趕眾犯齊上刀山者。(九鬼應科,趕眾鬼犯上刀山科畢)(四殿閻君白)收拾威儀者。(唱)

【尾聲】罪惡深天人怒,不遭人禍定天誅,只問他身上刀山苦不苦?(下)

校記

[1] 訓厥君臣:"臣",原作"陳",據文意改。

第十本(上)

第一齣　仙眷重圓兜率天

（雜扮衆神將、仙童、萼綠華、趙雲容、謝自然、吳彩鸞、王子登、董雙成、石公子、許飛瓊、婉凌華、范成君、段安香、秦弄玉，引金母上）（唱）

【商角套曲·集賢賓】纔離了這九天上，紫霄宮和清虛殿，甫能彀離了天闕，又早駕雲駢。說甚歸程九萬，更隔着弱水三千。但消他一陣仙風，蚤催歸舊家庭院。記得夜闌，纔去朝元，這時節晨光初現。團團的凉月隱高樹，淡淡的明河没曉天。

（金母白）綠鬢縈雲裾曳霧，雙節飄飄下仙步。日月分明到世間，碧雲何處來時路。俺九靈太廟龜山金母是也。今有伏、董二后妃，原隸仙籍，偶謫人寰，並以爲國鋤奸，捐軀抱恨，精靈不昧，暫息瑤池。昨者獻帝升遐，我欲引他到來，及二后妃相會，道明因果，重締仙緣。説話之間，恰好裴航、張碩、雲英、杜蘭香來也。（雜扮裴航、張碩、雲英、杜蘭香上）（白）金鼎銷紅日，丹田老紫芝。金母在上，弟子等稽首。（金母白）今有漢獻帝，現在天台山，即着你四人接取，前來與伏后、董妃相會。聽吾吩咐。（唱）

【商角套曲·逍遥樂】急乘風便，蚤整蜺旌，疾驅鳳輦，莫慢俄延。可知他夫婦情牽，要與劉郎續斷弦。賤天台桃花桃片，甚碧沙洞外，綠篠溪旁，紅樹枝邊。

（白）你們就此前去。（裴航衆作應科，金母分下）（上雲帳，設山科）（衆扮劉晨、阮肇、瑞鶴仙、嘉慶子同獻帝上）（唱）

【商角套曲·挂金索】事若雲流，轉瞬乾坤變。歲逐飆飛，彈指星霜禪。爲問塵寰，那是長生券？且在天台，飽啖這桃花片。

（劉晨衆白）陛下生遭多難，今却成仙，散誕無憂，差堪自慰。況聞金母欲迎陛下前往瑤池，與二位后妃完聚，可不是萬千之喜？（獻帝白）若得如此，固所願也。（唱）

【商角套曲·金菊香】非是俺，因妻妾起了情緣，只因他爲國捐軀，早添我十分悲怨。果然的,和他重燕婉,一晌安然,煞强似小遊仙。

（裴航等上）（白）爲迎炎帝胄,特到赤城來。（見科）（白）小仙等奉金母之命,請陛下前赴瑶池,與二位后妃相見。（上雲帳,撤山子）（唱）

【商角套曲·醋葫蘆】你這裏心中無限愁,他那裏心中無限寃。都只恨天人路隔,一般兒有口不能言。望遥空,袖梢兒將淚搵。今日個待將伊舊盟重踐,不用覓鸞膠,早續上斷弦。

（獻帝白）金母垂慈,寡人銘刻肺腑。但不知與后妃相見,端在幾時？（劉晨衆白）即此便行,請。（獻帝白）請。（唱）

【又一體】俺只道連枝徹抵鐬,誰知道菱花依樣圓。再不想碧燐燐鬼火兒證了金仙,急得我眼睜睜,心慌脚步軟。瑶池何在,天路雲霞遠。恨不得九重天併做了一重天。

（裴航衆白）已到瑶池,請少待。金母有請。（前神將、仙童、八仙引金母上,伏后、董妃隨上）（金母白）清風來處遠,白日静中長。（獻帝入見科）（白）臣劉協朝參,願金母聖壽。（金母白）帝爾聽者,太上無爲,何有悲歡離合；但仙凡雖異,情理則同。念爾荼蓼集身,彼后與妃又松筠矢節,況本闆風降種,小駐人間,允宜仍返大羅,重諧仙偶。伏后、董妃過來,可與帝相見者。（伏后、董妃見,哭科）（白）啊呦,我那陛下呀。（唱）

【商角套曲·梧葉兒】一腔恨天來大,兩下情如石樣堅。恨天不從人願,誰承望重續良緣。回憶宮庭遭變,頭蓬也足跣,慘慘的可有人憐,但埋寃緣慳分淺。

（金母白）既訂仙因,毋庸悲悼。且喜蟠桃已熟,正宜開筵慶賀團圓。衆仙子,可將歲寒三友之舞,並要小心承應者。（衆白）領法旨。（八仙執樂器奏樂科）（扮十六仙女各執松、竹、梅上,舞科）（同唱）

【商角套曲·後庭花】則俺看滄桑幾變遷,更有甚興衰勞盼盻。分明是紅雨在筵前落,紅雲在席上卷。好認取舞場圓,踏纖纖影兒斜顫。趁回風細腰肢別樣軟,霞生羽帔鮮。頭挽烏雲可鬆髻偏,臉暈春潮可力氣綿。這清歌妙舞延,也無能一再演。

（内白）玉旨下。（雜扮衆儀從仙樓引金星捧玉旨上）（衆接進科）（金星白）玉帝有旨,聽宣讀。詔曰：人天異路,真靈之位業常昭；覺性同歸,平頗之權衡斯準。諮爾劉協,緒分赤帝,身際國屯,高拱而釋重負,輕蜕以返清都。皇后伏氏,雞鳴合德。貴妃董氏,魚貫承恩。於戲,金泥玉簡,揚徽號于無窮；椒寝蓬宫,奉宸居而罔替。謝恩。（獻帝、伏后、董妃等白）聖壽無疆。

（金星白）請過玉旨。（獻帝白）香案供奉。（金星白）吾上天門覆命去也。（儀從仙樓引金星下）（獻帝、伏后、董妃同謝金母科）（獻帝白）劉協遭時不偶，一世遭瘖，妻妾不保，其終身亦並爲所辱。荷蒙慈惠，保有室家，繫起死人而内白骨也。我夫婦合當拜謝。（拜科）（同唱）

【商角套曲·醋葫蘆】美夫妻路隔九泉，今日相逢證果圓，仙臺上重結了再生緣。只恨此身菲薄酬報淺，我只好向阿母把虔心拜獻。一年年，一歲歲，永載金天。

（金母白）本屬仙靈，仍歸蓬閬，乃其分也，何感謝之有？衆仙子，就此送帝后歸天台山去者。（衆應科，金母衆下）（衆仙同唱）

【浪裏來煞】打脱了死生圈，契合了婚姻券。向天台做美，酣酣的並頭蓮，去伴他山中劉共阮。日月長懸，好聽他碧桃花下講真詮。（同下）

第二齣　陰曹復演漁陽操[1]

（雜扮鬼卒侍從、鬼卒引淨扮判官上）（白）嗏這裏算子忒明白，善惡到頭來撒不得賴。就如那少債的，會躲也躲不得幾多時，呀，却從來沒有不還的債。嗏家姓察名幽字能平，別號火珠道人，平生以善斷持公，在第五殿閻君天子殿下做一個明白灑落的好判官。當日禰正平先生與曹操老瞞對許，那一宗公案是嗏家所掌。俺殿主向來以禰先生氣概超群，才華出衆，凡一應文字，皆屬他起草，待以上賓。昨日晚銜，殿主對嗏家說，上帝舊用一夥修文郎，並皆遷次別用，今擬召劫後應補之人，禰生亦在其數中。鬼使，汝可預備裝送之資，萬一來召，不得有誤時刻。（鬼卒應科）（判官白）俺想起來，當時曹瞞召客，令禰生奏鼓爲歡，却被橫睛裸體掉板掀槌，翻古調唇作《漁陽三弄》，借狂發憤，推啞妝聾，數落他一個有地皮沒躲閃。此乃是踢弄乾坤、提大傀儡的一場大觀也。他如今不久要上天去也，俺待要請將他來，一併放出曹操，把舊日罵座的情狀，兩下裏演述一番，留在陰司衆做個千古的話靶，又見得善惡到頭，就是少債的還債一般，有何不可？手下。（鬼卒應科）（判官白）與我請禰先生，就一面放出曹操，並那舊日一干人犯出來，聽候指揮。（鬼卒白）領台旨，禰先生有請。

（小生扮禰衡上）（白）操鼓掀槌罵未休，無端枉害恨悠悠。不平正氣奸回策，留與今人作話頭。（鬼卒白）稟上判爺，禰先生請到了。（判官白）先生請了。（禰衡白）判翁大人請了。（判官白）先生請坐。當日借打鼓罵曹，此乃快暢之事。小判雖然審理此段原由，終以未曾親睹爲歉。如今，恭喜先生爲上帝所知，有請召修文的消息，不久當行，此事歉然，終覺心中耿耿。俺陰司僚屬並那些鬼衆傳流激勸，更是少此一椿不可。下官斗膽，敢請先生權做舊日行徑，把曹操也扮做舊日模樣，演述那一節罵座的光景，了此夙願。先生意下何如？（禰衡白）這個有何不可？只是一件，小生罵座之時，那曹操罪惡尚未如此之多，罵將來恐冷淡寂寥，不甚好聽。今日要罵呵，須眞搗倒那銅雀臺分香賣履，方痛快人心。（判官白）更妙，更妙！（禰衡白）判翁大人，你一向謙拏，不肯坐觀。若不坐，哎，就不成一場戲耍。當日罵座，原有賓客在席，今日就權大人爲曹瞞之客，坐而觀之，方成局面。（判官白）這也見教得是。如此說，先生有罪，先生斗膽，請便。（禰衡下）（判官白）手下，帶曹操一起人犯過來。（鬼卒應科）（白）曹操一起人犯走動。（雜扮鬼卒，帶副扮曹操、雜扮家將上）（白）曹操一起人犯當面。（曹操白）咳呀，判爺嘎。（判官白）曹操。（曹操白）有。（判官白）今日要你仍舊扮丞相，與禰衡先生演述舊日打鼓罵座的一椿情狀。（曹操白）咳呀，那裏做得來？（判官白）嗨，你若喬做那等小心畏懼，藏過了那狠惡的模樣，要打一百鐵鞭，從頭做起。（曹操白）我做，我做。（下）（曹操扮上，家將也扮上）（鬼卒喝科）（白）客到了。（家將白）稟爺，客到了。（曹操白）道有請。（判官白）請。（曹操作大模大樣，判官笑科）（家將白）稟上相爺，酒完了。（曹操白）看酒來。（判官定席科）（禰衡上）（曹操白）野生，你既爲鼓吏，自有本等服色，怎麼不換？（家將白）呔，快換。（禰衡換科）（唱）

【仙呂宮套曲・點絳脣】俺本是避亂辭家，遨遊許下。登樓罷，回首天涯，不想道屈身軀，扒出他每胯。

（曹操白）請。（判官白）請。（禰衡唱）

【仙呂調套曲・混江龍】他那裏開筵下榻，教俺操槌按板把鼓來撾。正好俺借槌來打落，又合着鳴鼓攻他。（白）俺這罵，（唱）一句句鋒芒飛劍戟。（白）俺這鼓，（打一下鼓科）（唱）一聲聲霹靂卷風沙。（白）曹操。（家將白）丞相爺。（禰衡白）這皮（唱）是你身兒上軀殼。（白）這槌（唱）您肘兒下肋巴。（白）這釘（唱）是你心窩裏的毛竅。（白）這板仗兒（唱）是你嘴兒上獠牙。兩頭蒙總打得恁潑皮穿。哎呦，我一時間酹不盡你虧心大。且從頭數起，恁洗耳聽咱。（打鼓科）

（曹操白）狂生，我叫你打鼓，怎麼指東話西，將人比畜？我這裏銅錘鐵刃，好不厲害，仔細你那舌頭和那牙齒。（判官白）這生果然無禮。（禰衡白）

曹操。(判官唬科)(曹操白)呀。(禰衡唱)

【仙呂調套曲‧油葫蘆】第一來逼獻帝遷都，又將伏后來殺，使郗慮去拿。咳，可憐那九重天子救不得一渾家。帝道后少不得您先行，咱也只在目下。更有那兩個兒，又不是別樹上花，都是姓劉的親骨血在宮中長大，却怎生把龍雛鳳種做一甕酢魚蝦。

(曹操白)狂生，你說着俺那一樁事纔了。(禰衡白)曹操。(家將白)吠，丞相爺。(禰衡白)有個董貴人呵。(唱)

【仙呂調套曲‧天下樂】是漢天子第二位美嬌娃，他該甚麼刑罰，你差也不差？他肚子裏又懷着兩三月小娃娃，你既殺了他娘，又連着胞一搭，把娘兒每兩口砍作血蝦蟆。

(曹操白)狂生，自古道風來樹動，人害虎虎也要傷人。伏后與董承等陰謀害俺，故有此舉，終不然是俺先懷歹意害他麼？(判官白)哎哎哎，這是丞相說的是。(禰衡白)曹操。(判官白)嘎嘎嘎。(禰衡白)你想他們害你爲着甚麼來？你把漢天子逼遷來許昌，禁得他就像這裏的鬼一般，要穿的沒有，要喫的沒有，要使的沒有，要傳三指大的一塊紙兒，鬼也沒有個理他。你又先殺了董貴人，他每極了，不謀害你，待等幾時？你且說，就是主上要殺一個臣下，那臣下可好就去當面一把手揣將過他媽媽過來，一刀就砍做兩段，世上可有這樣事麼？(判官白)這又是狂生說得有理。老瞞，請一杯解嘲。(禰衡唱)

【仙呂調套曲‧哪吒令】他若討喫麼，恁與他幾塊歪剌。他若討穿麼，恁與他一匹縈麻。他有時傳旨麼，教鬼來與拿。是石人也動心，是石人也動心，總癡人也害怕，羊也咬人家。

(判官白)丞相，你這却說他不過。(曹操白)呵，我說得過他，也不到這個田地了。(判官白)嗨。(曹操又作大模大樣)(禰衡唱)

【仙呂調套曲‧鵲踏枝】袁公那兩家，也不留片甲。劉琮個那一答，又逼他來獻納。(白)那孫權呵，(唱)他幾遍價乎兩遍價搶他媽媽，是處兒城空戰馬，遞年來屍滿啼鴉。

(曹操白)呀，大人，那時節亂紛紛的，也非止是俺曹操一人如此。(判官白)這個俺陰司衙門也多有案卷。(禰衡白)曹操。(唱)

【仙呂調套曲‧寄生草】你仗威風只自假，進官爵不由他。一個女孩兒竟坐在中宮駕，騎中郎直做到侯王霸。銅雀臺直把那雲烟架，車旗直按倒朝廷跨，在當時險奪了玉皇尊，到如今還使得閻羅怕。(打鼓一段)

（判官白）丞相，女兒嫁了主上，造房子大了些，這還較不妨。（禰衡打鼓科）（白）打鼓的，你且停了鼓。俺聞丞相府中有上好的女樂，何不請出來勞一勞？（曹操白）這是已往之事，如今那裏還有？（判官白）不要管，你叫沒就有，只要你好生縱放着使用也。（曹操白）領召旨，叫手下喚一班女樂們出來。（家將白）嘎，女樂們走動。（旦扮女樂持樂器上）（白）女樂們叩頭。（曹操白）你們今日却要自造一個小令兒，好生彈唱，勸俺們三杯酒。（女樂拿杯敬酒科）（唱）

【采茶歌】那裏一個大鷉鶘，呀一個低都，呀一個低都。變一個花猪，低打都，唱鷉鶘，呀一個低都，呀一個低都。唱得好時猶自可，呀一個低都，呀一個低都。不好之時低打都，打低都，喚王屠[2]，呀一個低都呀，呀一個低都。

（曹操白）怎麼説是喚王屠[3]？（四女樂白）王屠殺猪嘎。（敬判官酒科）（曹操白）這兩句都是舊話，却也貼題。（女樂白）雖是舊話，却也貼題。（曹操白）咍，這妮子朝外叫。（女樂白）也是道其實，我先首免罪。（又敬酒科）（判官大笑科）（白）好，這幾曲甚妙，正合我的天機。（曹操作軟科）（白）女樂們且退，咳喲，我倦了。（禰衡白）住了，你倦了，我的罵兒鼓兒還未了哩。（唱）

【仙吕調套曲·六幺序】怎怎哄他人口似蜜，害賢良只當耍，把一個楊德祖立斷在轅門下，磣可可血糊零刺。孔先生是丹鼎靈砂，月邸金蟆，仙觀瓊花，《易》奇而法，《詩》正而葩。他兩人嫌隙，於您只有針尖大，不過是口嘮叨有甚争差？一個爲忒聰明參透了雞肋話，一個是一言不洽，都雙雙命掩黄沙。

（曹操白）哎喲，停鼓，俺醉了，要睡也。（判官出席大怒科）（白）叫手下將他揝將下去，快與他一百鐵鞭，再從頭做起。（曹操慌，又作大模大樣科）（白）哎喲，我醒也，我醒也。（判官笑科）嗨嗨，你纔醒得麽？（禰衡唱）

【又一體】噯，我的根芽，没大兜搭，都則爲文字兒奇拔，氣概兒豪達，拜帖長拿，也没處投納。繡斧金抓，東閣西華，世不曾挂齒沾牙。（白）噯，那孔北海好没來由也。（唱）説有些緣法，送在他家，井底蝦蟆，一言不洽，怒氣相加，早難道投機少話，因此上暗藏刀，把我送在黄江夏。又逢着鸚鵡撩咱，彩毫端滿紙高聲價。競躬身持觴勸酒，俺擲筆還未了個杯茶。

（判官白）嘎，這禍端從這上頭起。唔，仔細，鸚鵡害事哩。（禰衡唱）

【仙吕調套曲·青歌兒】日影移窗櫺窗櫺一罅，賦草擲金聲金聲一下[4]。嗳,黃祖的心腸忒狠辣,陡起鱗甲,放出槎枒。昨日菩提,頃刻羅刹。(白)可憐俺禰衡的頭呵,(唱)似秋盡壺瓜,斷藤無計再生發,霜檐挂下。

　　(判官白)這賊原來這如此巧弄這生[5]。(曹操白)大人這也聽他不得,我前日又是屈招的。(判官白)這等説,難道這生的頭也是自家掉下來的?(曹操跪科)(白)哎喲,我的禰爺爺呀,你饒了我罷。(判官怒科)(白)吥,又是這等虛小心。手下,快打他一百鐵鞭,再從頭做起,不算不算。(曹操白)哎喲,我又醒了。(判官大笑)(曹操作大模大樣)(白)狂生,俺也有好處來,我下令求賢,讓還三州縣,難道也埋没了俺麼?(禰衡白)曹操。(唱)

　　【仙吕調套曲·寄生草】你狠求賢爲自家,讓三州值甚麼?大缸中,去幾粒芝麻罷。饞猫哭,一會兒價慈悲詐;饑鷹饒,半截肝腸挂;凶屠放,片刻猪羊假。您如今還要哄誰人?就還魂,改不過精油滑。

　　(判官白)好爽快,好爽快,看大杯來斟酒。先生你盡講盡講。(禰衡白)曹操你害生靈呵!

　　【仙吕調套曲·葫蘆草混】有百萬來的還添上七八。(白)殺公卿呵,(唱)那裏查,借厫倉大斗來儲芝麻,惡心肝生就在刀槍上挂,狠規模描不出丹青畫,狡機關我也拈不盡倉猝裏罵。曹操,你怎生不再來牽犬上東門,聞聽唳鶴華亭壩,却出乖露醜,帶鎖披枷?(判官白)嗄,老瞞,就叫自家處分此事,饒也自家不過。嗄,先生有話再講。(禰衡白)曹操。(唱)

　　【賺煞】你造銅雀要鎖二喬,誰想道夢巫峽,羞殺您靠赤壁火燒一把。你臨死時和那些歪刺們活離别,又賣履分香待怎麼?虧你不害羞耻,一十五教望着西陵月月的哭他。(白)不想這些歪刺呵(唱)又帶衣蔴摟着别家。且休提一世賢達,也該幾管筆題跋[6],怎奈我漁陽三弄鼓槌兒乏。

　　(判官白)手下,把曹操一干人等收監。(曹操、家將下)(丑扮小鬼上)(白)禀上判爺,玉帝差人召禰先生,殿主爺説時刻甚急,叫判爺竟自這裏厚贐遠餞,記在殿主爺支應簿上。殿主勘問事忙,不得親送,叫判爺上覆禰先生,他日朝天,自當面謝。(判官白)知道了。(鬼應,下)(判官白)掌簿的,快備豐盛的金帛與餞送的酒盒伺候。(内應科)(下)

校記

[1] 陰曹復演漁陽操:"復",原作"複",據下文改。

[2] 唤王屠:"王屠",原作"王屬",據徐渭《狂鼓吏》改。

[3] 怎麽説是唤王屠:"王",原無,據上文補。

［４］賦草擲金聲金聲一下："賦"，原作"賊"，據文意改。

［５］這賊原來這如此巧弄這生："賊"，原作"賦"，據文意改。

［６］也該幾管筆題跋："跋"，原作"拔"，據文意改。

第三齣　授黃封修文天上

（旦扮金童玉女捧符節上）（白）漢陽江草搖春日，天地親傳鸚鵡筆。可知昨日玉樓成，不用隴西李長吉。吾等奉玉帝符命，到此召請禰先生。那是第五殿判官。（雜扮鬼卒、侍從鬼引淨扮判官，生扮禰衡上，跪接科）（判官白）小判迎接天使。（金童玉女白）玉帝有旨召禰衡，你可請他過來，待俺好宣旨。（判官白）禰先生在此。（禰衡跪科）（白）禰先生，玉帝有旨，召你可受此冊。欽限緊急，莫誤時刻。（禰衡白）聖壽無疆。（同唱）

【黃鐘調雙曲·耍孩兒】你挾鴻名懶去投，鸚鵡哥點不加[1]，文光直透俺三台下。奇禽瑞獸雖佳兆，待騎馬雕龍却禍芽，這好花樣誰能達？待棗兒甜口，恁橄欖酸牙。

（白）就此起行罷。（禰衡唱）

【黃鐘宮雙曲·二煞】向天門漸不遙，辭地主痛愈加，幾時再得陪清話。嘆風波滿獄君爲主，已後呵倘裘馬朝天我既家。（白）卑末呵有言奉懇。（判官白）願聞。（禰衡唱）大包容，饒了曹瞞罷。（判官白）這個却憑下官不得嘅。（禰衡唱）咳，我想眼前業景，盡雨後春花。

（判官白）這裏已到天府交界，下官不敢越境再送，只得告辭。（禰衡白）就此請回。（判官白）俺殿主有簿賕，令下官奉上，伏望俯納。下官時備酒菓也，要奉屈三杯，聊表薄意。（禰衡白）小生叨向天庭，要賕物何用？仰煩帶回，多多拜上殿主，攜盒該領，却不敢稽留天使，就此告別。（唱）

【煞尾】自古道勝讀十年書，與君一席話。如今人多指鹿作馬，方信道曼倩詼諧不是耍。（禰衡別下）

（判官大笑科）（白）哎喲，看了這禰文正漁陽三弄，笑得俺判官眼睛一縫。若不是狠閻羅刑法千條，都則道曹丞相神仙八洞。（下）

校記

［１］鸚鵡哥點不加："鸚鵡哥"，文意不通。徐渭《狂鼓吏》原作"賦鸚哥"，當從。

第四齣　換白袷進說南荒

　　（生扮呂凱上）（白）義膽忠肝佐幕參，龍潭虎穴隻身探。今朝暫卸黃金甲，故學蠻兒白袷衫。某呂凱是也，大軍已抵禿龍洞，吾聞之銀冶洞主楊鋒十分義勇，感俺丞相放他子弟之恩，常欲報德。吾今改裝前去，說他內應，不免走一遭也。（內上雲幕，設布山科）（唱）

　　【南呂宮正曲·一江風】改蠻裝，乘夜把雕鞍控，早越過禿龍洞。那楊鋒他慕義懷恩，必為吾家用。加鞭行色匆，加鞭行色匆，須教成此功，三寸舌便將伊動。（撤雲帳）（雜扮眾蠻丁引末扮楊鋒上）（唱）

　　【又一體】眾蠻中，銀冶威名重，義氣傾諸洞。嘆兒童，助惡逞凶，險把殘生送。天朝恩義隆，天朝恩義隆，私心那得通，何時少展包茅供[1]。

　　（白）咱銀冶洞主楊鋒是也，威雄諸洞，義貫南荒。咱生五子，驍勇過人。前因蠻王借兵，兒輩助戰被陷，多蒙天朝丞相大恩赦還。咱想天朝乃仁義之師，若與抗拒，便是逆天而行了。今聞得蠻王屢屢被擒，一味倔強。咱意欲遣人打聽漢兵所在，備分禮物，親到軍前叩謝，也顯得咱南蠻自有慕義向化之人，有何不可？

　　（呂凱上）（白）不憚崎嶇遠，已來別洞天。一路問來，已是銀冶洞了。（見科）（蠻丁白）何處來的？（呂凱白）吾乃漢家將軍，來見楊洞主，借重傳報。（蠻丁報科）（楊鋒白）漢營有甚將軍來見咱，待咱出去一見，是何等樣人。（出見科）將軍何來？並未識得。（呂凱白）某乃天朝參軍呂凱，素聞洞主大名，故爾前來一會。（楊鋒白）將軍到此有何見教？（呂凱白）洞主聽吾道來。念鄙人呵。（唱）

　　【南呂宮正曲·宜春令】從軍幕，賦性雄，仰英名傾心未逢。你是南方豪俠，因何卻被蠻王聳？奈何為荒冢鴟梟，反儔那崑崗鸞鳳。豈不聞，楚國亡猿，林焚堪悚。

　　（楊鋒背白）聽他言語含糊，令人可疑。知他可是漢營之人，莫非是甚奸細？何不喚出前日被陷孩兒們出來一認，再作道理。孩兒們那裏？（雜扮楊鋒五子、蠻丁上）（白）喚咱有何話說？（楊鋒白）外邊有一來歷不明之人，出去厮認厮認。（應，見科）（五子白）呀，果是漢營中將軍哩。丞相賜咱們酒飯，是這位將官管待，難得今日到來。（拜科）（呂凱白）不必行禮，爾等還認得麼？（五子白）怎生不認得？（作進洞）（白）果是天朝丞相處來的將軍。

（楊鋒白）果是麼？適纔得罪，咱因心疑，故喚你們出來認認。早知是天朝丞相處來的，焉敢輕慢？望乞恕罪。（呂凱白）突造貴洞，難免疑心耳。（楊鋒白）請歹雞。（呂凱白）有坐。（楊鋒白）適間將軍之言咱不明白，請細言之。（呂凱白）聞得蠻王現在禿龍洞，那朵思洞主又與蠻王結連洞主，一同抗拒天兵。諸將皆欲分兵二路，一取銀冶，一取禿龍。我素聞知洞主英雄，必識時務，豈肯結連蠻王？某故告假丞相，改裝前來一探。若洞主果與蠻王連合，即擒呂某送解蠻王。若未共謀，也須解釋，免得天兵下討，那就遲了。（楊鋒白）呀，那有此話？自說兒輩前番丞相放還，至今感激不盡，欲報無門，怎肯又與那蠻王連結？明明是他們嫁禍與咱了。（唱）

【又一體】聽君語，怒滿胸，感天朝無門可通。蠻王嫁禍，教咱無故把干戈動。咱豈肯助惡違天，甘教他嬰兒播弄？（合）與他一決雌雄，死生相迸。

（白）孩兒們，速速點集蠻丁，去打禿龍洞走一遭也。（呂凱白）洞主不可性急。兵貴有謀，若從相爭，難保全勝。（楊鋒白）咱乃魯夫，願將軍教之。（呂凱白）取之何難？兵家云，出其不意，攻其不備。洞主領兵前去，只說聞得漢兵臨境，前來助戰，蠻王聞聽，必然歡喜，自請洞主進洞設席款待，乘他不防，即於席上擒其首領，其衆自退。那時洞主解送吾營，不惟剖明洞主無連結之情，俺丞相必然厚待洞主，賞賜無算也。（楊鋒白）此計大妙，咱即行之。（呂凱白）就此告辭。（楊鋒白）豈有此理，難得將軍光降，薄酒一杯，少盡地主之誼。明日將軍回營，咱去行事，未爲晚也。（呂凱白）如此，多謝了。（楊鋒白）將軍請。（唱）

【尾聲】龍門初躋堪題鳳，薄款將軍恕不恭。（呂凱唱）可羨你時務精通果是雄。（同下）

校記

［1］何時少展包茅供："茅"，原作"芽"，據文意改。

第五齣　一宵蠻洞翻紅袖

（上雲帳，場上右側設山崖，中場設禿龍洞。雜扮二蠻丁山崖洞中上）（白）咱們乃禿龍洞主蠻丁，奉洞主之令把守西北小路，我們且在洞內窺探便了。（撤雲帳）（衆扮漢兵，王平、關索上）（白）衆將官，隨我等從西北路到禿龍洞者。（衆上，各作爬崖）（二蠻丁洞中窺視，拿一漢兵，打科，用繩綁科）

（眾漢兵各作過崖，拿蠻丁捆打科）（王平、關索白）着伊引路到禿龍洞去。（眾繞場，下）

（雜扮蠻丁，引净扮孟獲，丑扮孟攸上）（唱）

【南吕宮引·挂真兒】日醉禿龍不出洞，醒來時懊恨無窮。（孟攸唱）故國傷心，天朝勢惡，怎得盡傾伊衆？

（孟獲白）咱們在此，終非結局，如何是好？只因路途阻斷，無個信息，不知那漢兵可曾回去哩？（孟攸白）正是。殊覺悶人，怎得人兒探聽才好哩。（净扮朵思上）（唱）

【南吕宮引·女冠子】盡傳漢衆臨咱洞，這風信果然凶。（見科）

（白）呀，大王，方纔蠻丁報説，漢兵已到，離洞不遠了。（孟獲、孟攸白）大路壘斷，他從那裏來哩？（朵思白）説從西北路來的。（孟獲、孟攸白）那路上無水，又有毒瘴，怎生來得？（朵思白）正是，連咱也不信，大家上山望望。（孟獲白）使得。（望科）（同唱）

【南吕宮正曲·鎖窗寒】看旌旗蔽日横空，人似貔貅馬似龍。他安然無恙，軍佐從容，敢從天降下，神靈護擁？烟瘴毒不侵伊衆，（合）蒼穹，莫非暗助彼成功，果然困我英雄？

（孟獲白）罷了，罷了！天既助伊，兄弟咱二人前去，與他決一死戰，就死陣前，安肯束手就縛哩？（朵思白）你弟兄雖死，咱一家性命也難保全。不如大賞蠻丁，明日決一死戰罷了。（孟獲白）多謝洞主高誼。（朵思白）且到後洞酒宴。（下）

（雜扮蠻丁、蠻姑，引末扮楊鋒上）（唱）

【又一體】洞蠻中惟我稱雄，鐵甲横行如御風。感天朝大德，活命兒童。書生密約，牢籠暗用，管把那蠻王賺送。（白）衆蠻姑，待蠻王酒酣，看杯落地，即拿蠻王。（唱）（合）相逢，怎知相助彼成功？那時識我楊鋒。（衆蠻丁報科）

（白）銀冶洞楊洞主前來助戰。（孟獲引衆上）（白）怎麽説？（蠻丁白）銀冶洞主領兵助戰。（孟獲白）道有請。（楊鋒白）聞知漢兵臨境，特來助戰。（孟獲衆白）多承大德，足感鄰誼，請問多少人馬？（楊鋒白）親丁三萬。（朵思白）明日合兵，可以拒漢。吩咐酒筵伺候。（楊鋒白）怎好叨擾？（朵思白）少伸敬意。（坐飲科）（同唱）

【南吕宮正曲·大勝樂】玳筵開且進金鍾，喜光臨意外逢，鄰封唇齒須爲重，恤災患助威風。（楊鋒唱）咱不平拔劍從前慣，兔死狐悲人所同。（合）

明朝奮勇,今日裏且開懷痛飲,何須怖恐?

（孟獲白）洞主言之有理,明日拼一大戰,今且開懷痛飲幾杯哩。（楊鋒白）此中無以爲樂,咱有隨來的蠻姑,善舞蠻刀,可助一笑。（孟獲白）如此甚妙。（楊鋒白）蠻姑伺候。（蠻姑應科）（楊鋒白）爾等對舞,以助筵前之樂。（同唱）

【又一體】既開懷莫惜紅顏,羨蠻姑花比容,蠻刀對舞把金樽奉,怎防暗興戎?乘其不意伊難測,報德除凶談笑中,看伊行懵懂。（白）蠻姑再舞一回者。（唱）早傳號令,待擲金鍾。（擲杯科）

（白）孩兒們,何不動手?（衆擒孟獲等科）（楊鋒白）咱自擒蠻王,爾等妄動,盡行殺戮。（衆降科）（孟獲白）咱與爾無讎,爲何擒咱?（楊鋒白）妄動兵戈,嫁禍鄰里,爲此擒捉。就此押送漢營去哩。（上雲帳,撤山子,下雲帳）（同唱）

【南呂宮正曲·香柳娘】感天朝德隆,感天朝德隆,從相稱頌,今朝擒爾聊爲奉。笑伊行恁凶,笑伊行恁凶,強梁每自雄,天兵爲誰動?嫁鄰邦禍凶,嫁鄰邦禍凶,莫被株連,因伊斷送。（下）

第六齣　五度轅門繫白纓

（雜扮衆小軍、將官,引趙雲、魏延、馬岱、王平、張翼、張苞、關索、張嶷、關興、呂凱、孔明上）（唱）

【黃鐘宮引·西地錦】到處清泉可汲,滿山烟瘴何妨?謾驚吾衆從天降,這回膽落蠻王。（白）人生豈易說封侯,路入南荒四望愁。山口白烟從地起,馬前黑水向人流。幸賴神天保佑,已抵禿龍洞口。昨者呂參謀親見銀冶洞主楊鋒,說他暗助,聞化欣然願往,料想成功。（呂凱白）早晚必有內變消息來也。（末扮楊鋒同衆上）（唱）

【黃鐘宮引·玉女步瑞雲】恁爾倡狂,眼前分屍虎帳,慕恩德營門投向。

（守營將白）什麽人?（楊鋒白）銀冶洞主楊鋒,擒得蠻王兄弟在此,還有禿龍洞主,前來投獻。（守營將作進稟科）（白）啓丞相,楊鋒投獻。（孔明白）請楊洞主進見。（守營將傳科,帶楊鋒進見拜科）（白）久仰丞相大名,今幸拜識尊顏。（孔明白）洞主乃南荒豪傑,吾已聞名久矣。怎生擒得蠻王,請道其詳。（楊鋒白）念楊鋒呵。（唱）

【黃鐘宮正曲·獅子序】生蠻洞居遠方,守窩巢,也是天朝一氓。因蠻王凶暴,威脅鄰疆,没奈何兒郎遺向。一旦被擒擄,拼亡命,蒙寬恩,遭逢仁相。(合)衆等隆恩未報,特繫奸王。

(孔明白)多承洞主高見。參謀,暫陪洞主後帳中坐,待吾發落了蠻王,再請來一叙。(吕凱同楊鋒下)(孔明白)軍校,將蠻王等帶上來。(衆帶孟獲衆上)(孔明白)蠻王,你今番服也不服?(孟獲白)此咱同類自相殘害,非爾之能,咱怎肯服哩?(孔明白)這厮好生强項也。(唱)

【黄鐘宫正曲·太平歌】真堪笑,幾自口如簧,數省伊五次遭擒仍倔强。你安排毒計多伎倆,恃毒泉無水多山瘴。(合)思量不戰看咱亡,那識有天殃。

(白)俱各斬訖。(孟獲白)就便殺我,終不服哩。(孟伙等白)還求丞相饒命。(孔明白)蠻王,還是服也不服?(孟獲白)丞相要咱服,除非再放咱回去哩。(孔明白)放你去,再待何爲?(孟獲白)咱祖居銀坑洞,有三江之險,重關之固,咱尚有親丁數萬,放咱回去重整兵馬,共決一戰。如再被擒,咱當子子孫孫傾心事之。(孔明笑科[1])(白)既如此説,軍校,放了他們。(孟伙笑)(白)多謝丞相。(孔明白)軍校,可領後營酒飯。(孟獲白)咱也無顏再擾酒飯,求賜馬匹,放咱回去。(孔明白)軍校,可撥馬匹送伊出營。(孟獲白)縱擒由爾意,順逆在吾心。(同下)(孔明白[2])軍校,即備錦袍、金幣,並設酒筵伺候,就請楊洞主到來。(衆下)

(扮串戲人上,虛白諢科)(小軍、衆將引孔明上,請楊鋒上)(白)不睹軍容壯,安知上國尊。(吕凱白)佳賓留上座,送賊獻轅門。(見科)(孔明白)軍校,可將金幣、錦袍等物送來。些須之物,未足言酬,待吾奏過朝廷,還有褒賞。(楊鋒白)怎敢當此厚賜?(孔明白)不須太謙,蠻丁俱各有賞。看酒筵來。(楊鋒白)已蒙厚賞,何敢又勞賜宴?(孔明白)聊以少叙。(上席科,雜耍畢)(同唱)

【中吕宫正曲·駝環着】羨英雄伎倆,羨英雄伎倆,慕義勤王。身産南荒,不隨凶黨,功著合膺上賞。待奏明朝廷,看頒賜褒榮,九重天降。論效順堪充蠻長,知大義何慚卿相。(合)皇恩廣,化日長,今喜來庭,且同歡暢[3]。(楊鋒唱)

【中吕宫正曲·越恁好】大名欽仰,大名欽仰,仁義播遐荒。雖生異域,還知那德難忘。只因逆賊貽禍殃,擒伊釋謗,怎當得丞相施重賞?怎償得丞相的勞佳貺?

(孔明白)衆將送楊洞主出營。(内奏樂,衆送楊鋒出門,下)(孔明下座

（同唱）

【尾聲】人生幾遇多歡暢，莫負金樽錦繡場。且放着那倔強的蠻王，到明朝慢慢講。（同下）

校記

［1］孔明笑科："孔明"後原有"白"字，係衍文，徑删。
［2］孔明白："白"，原作"上"，據下文改。
［3］且同歡暢："歡"，原作"勸"，據文意改。

第七齣　七殿嚴刑誅國賊

（雜扮牛頭馬面、判官、鬼卒、金童玉女，引净扮七殿閻君上）（唱）

【仙吕調套曲·點絳唇】十地分圭，殿居第七。論功罪，是是非非，一點兒無私庇。

（白）富貴猶如草上露，世人總不思其故。貪天竊位禍蒼生，到此纔知當日誤。吾乃第七殿閻君是也，掌地府之形名，核生人之情罪。接上行下，在六殿八殿之間；理陰贊陽，制億人兆人之命。亦止因人以敕法，非敢殺人以成功。無如漢室凌夷，宦官恣肆，何進愚而自用，董卓貪而不仁，只知驅虎逐羊，誰想引狼入室，少帝既遭其毒，后妃並爲所屠，致使盜賊巾黄，公庭草碧。言念及此，真令人慟恨也。如今諸奸俱赴陰曹。昨與東嶽大帝會審，惡極罪重，發在本殿。行刑鬼卒，與我把董卓、李傕、郭汜、賈詡一齊帶上來。（鬼卒應科，同差鬼帶衆鬼魂上）（白）鬼犯董卓等當面。（七殿閻君白）想你們這班奸賊，生前做事好不凶狠也。（唱）

【仙吕調套曲·混江龍】翻天攪地，一群虓虎亂邦畿。郊關烽舉，宮殿灰飛。屠戮后妃緣底事，劫遷天子欲何爲？教人罄竹也難書罪。允堪駢首，當得然臍。

（衆鬼魂白）鬼犯等只道大事可圖，神器可奪，所以不顧名義，造下彌天重罪。既受顯戮，又伏冥誅。事到如今，追悔無及，只求大王爺爺格外施恩。（七殿閻君白）咦，你們還求饒恕麽？（唱）

【仙吕調套曲·油葫蘆】俺把你往事今朝約略提，不由人不髮衝冠，眼决眥。只問你漢家宗廟究竟是誰移？（衆鬼魂白）移漢社的是曹操。（七殿閻君唱）早難道曹瞞無故，他便能稱魏？都你干戈輾轉争天位，他纔得這上天梯。(衆鬼魂科)(白)鬼犯們知罪了。(七殿閻君唱)又何須更下恓惶淚？俺這裏今日更饒誰？

(白)差鬼過來領我批文。將賈詡一犯解往八殿，與曹操一同治罪。(差鬼應科，帶賈詡下)(七殿閻君白)董卓包藏禍心，窺竊神器，今問鐵床之罪；李傕、郭汜脅制君父，殺戮官民，合受鋸解之罪。衆鬼卒，與俺把三犯正法者。(鬼卒應科，衆鬼卒作慌科[1]。四内鬼卒將董卓上鐵床，將李傕、郭汜作鋸解科)(七殿閻君唱)

【仙吕調套曲·寄生草】這兩個分軀殼，這一個烙毛皮。恨伊行，心把乘輿覷；恨伊行，身把城池洗；恨伊行，手把山河廢。便算伊，刀鋸備嘗時，也難消，天下蒼生氣。(作用刑畢，場上撤鐵床、鋸解切末)(七殿閻君下臺科)(唱)

【煞尾】惡心腸，終何濟？只落得腥紅滿地。(白)明日解往前殿呵，(唱)管教伊更受新鮮罪。(同下)

校記

[1]衆鬼卒作慌科：作慌科，此三字後原有"七殿閻君唱"五字，當係衍文，徑删。

第八齣　八蠻邪法敗天兵

(雜扮衆蠻丁，引净扮孟獲，丑扮孟攸上)(分白)事急還求救，詞哀始動人。神兵來相助，方顯睦鄰真[1]。(孟獲白)兄弟，我等受孔明屢次相辱，今向木鹿大王處借得神兵三萬，復咱舊讎，今日迎敵，咱等挑戰去哩。(孟攸白)哥哥，今日必要殺退漢兵，方消吾恨。(孟獲白)你看那邊木鹿大王領神兵來也。(下)

(净扮木鹿引神兵上)(唱)

【仙吕調集曲·點絳唇】象陣逞雄，神兵護擁[2]，蒂鍾動，虎豹狼蟲，風石隨吾用。

(白)木鹿雄名振八蠻，神兵三萬下天關。橫行天下真無敵，驅象當前陣似山。咱乃八納洞主木鹿大王是也。蠻王請咱報讎，今日出陣，必須殺退漢兵，方遂吾願。(孟獲等上)(白)借兵消舊恨，神法滅強梁。大王。(木鹿作見孟獲科)(白)孟大王前往挑戰，待咱和漢兵見一高低。(孟獲白)得令。衆

蠻丁,就此殺上前去。(唱)

【越調正曲・水底魚】較勝爭雄,神兵猛又凶。(合)今看象陣,一戰定成功,一戰定成功。

(木鹿白)眾神兵,就此迎殺前去。(眾繞場,下)

(雜扮眾小軍,引趙雲、魏延上)(眾同唱)

【又一體】陷陣衝鋒,兒郎個個雄。今朝一戰,滅却洞中凶,滅却洞中凶。(趙雲、魏延白)我等奉丞相之令,領兵三千迎敵木鹿、蠻王,就此殺上前去。(唱)(合)今朝一戰,滅却洞中凶,滅却洞中凶。(作遇孟獲、孟攸戰科)(孟獲、孟攸作敗下科)(木鹿上,接戰,作招神兵虎狼象,趙雲、魏延見驚,敗下)

(孟獲白)大王神威,漢兵不足平也。(木鹿白)眾神兵,就此迎上前去。(眾引木鹿追下)

(眾引孔明上)(唱)

【中呂宮正曲・縷縷金】淹師久,未成功,得他心服日,是吾衷。料想伊窮迫,救兵別洞。(合)思量報恨復征雄,笑伊成何用,笑伊成何用。(趙雲、魏延敗上)

(趙雲白)丞相升帳,吾等進見。(進見科)(同白)末將等不才,敗陣而回。(孔明驚科)(白)怎生見陣來。(趙雲、魏延唱)

【又一體】領軍命,去交鋒,他求八納洞,助威風,驅象來列陣,神兵洶湧,(合)狼蟲虎豹十分凶,風沙還相送,風沙還相送。

(白)末將等從來未曾經過,故此敗陣。(孔明白)非爾等之過。吾未出師之前,已知南蠻有驅虎豹之法。(唱)

【又一體】驅虎豹,驅狼蟲,飛沙能走石,雨和風,久矣知其故,果然強橫。(合)管教一旦今成空,須看吾作用,須看吾作用。

(白)馬岱。(馬岱白)有。(孔明白)你到後營中,有隨營紅油櫃車子十輛,取來應用。(馬岱白)得令。(下)(趙雲、魏延白)丞相要車輛何用?(馬岱作引卒推車上)(白)稟丞相,車輛有了。(孔明白)吾破蠻兵,只在這幾輛車也。(孔明唱)

【中呂宮正曲・剔銀燈】早訪着興妖蠻種,預備下車兒隨從,明朝對壘分強猛,管教伊妖蠻斷送。(趙雲、魏延作不信科)

(白)那洞蠻非同小可,恐難輕敵。(孔明白)我在成都,預知苗蠻善用象陣衝敵,吾已預備獅猊之像,可選精壯軍士假裝破敵,管取成功。(唱)(合)

勸伊，不須懼恐，吾親自馬到成功。（白）馬岱聽吾號令。（馬岱白）有。（孔明白）你可選精壯軍一千，將這車子密領到營，照吾法則裝扮，明日絕早同到陣前，如有錯誤，軍法施行。（馬岱白）得令。（下）（孔明唱）

【尾聲】明朝列陣驅蠻洞，一戰須教覆逆凶，試看那象陣神兵一掃空。（下）

校記

［１］方顯睦鄰真："睦"，原作"陸"，據文意改。
［２］神兵護擁："護"，原作"獲"，據文意改。

第九齣　妝獅子假且敗真

（小生扮馬岱上）（白）自識將軍禮數寬，伏波橫海舊登壇。甘將七尺酬恩遇，每把吳鈎帶笑看。我馬岱領丞相軍令，已將車中之物裝點停當，專候丞相出師。道猶未了，丞相早到也。（雜扮衆小軍，引孔明乘車上）（唱）

【越調正曲·鬥鵪鶉】安排下裝點獅王，那怕他南方猛象；一任那走石飛沙，俺自有風清月朗[1]。看俺那虎豹豺狼，毒蛇大蟒，怎生的弄倡狂？從教你法力高強，管教伊今朝滌蕩。

（孔明下車，上山）（白）趙、魏二將軍前去挑戰。（趙雲、魏延白）得令。（領衆將下）（追孟獲、孟攸上，戰科，敗。趙雲、魏延追下）（孔明唱）

【越角套曲·紫花兒序】漫道是蠻王莽戇，怎當俺五虎將軍，蓋世無雙？只殺得征塵滾滾，紅日無光。逞也麼強，拚殘生死較量，則見他難架長槍。若不是急走如飛，怕他不命喪疆場。（孟獲、孟攸上。趙雲、魏延衆作追科。木鹿執劍蒂鐘，神兵狼虎鬼怪隨上。趙雲、魏延衆敗，木鹿追下）（孔明唱）

【越角套曲·調笑令】則見那惡風狂，呀，引出些魑魅魍與虎狼，一霎時飛沙走石勢難當。況兼這天昏地暗誰能抗？惡狠狠恁強梁嚇殺兒郎，只看他奔走倉惶。（趙雲、魏延衆上，作對科。衆鬼虎豹追上。孔明揮羽扇招引雷部驅鬼怪神兵敗下。木鹿裹獸驅象上。雜扮假獅上，作跳舞。象見，驚科，下）（假獅發諢科，下）（趙雲、魏延衆殺科，趙雲射木鹿死科，孟獲、孟攸敗科，下）（孔明唱）

【又一體】笑妖魔魍魎，呀，一旦兒盡消亡，愁恃着南方象騎猛難當。還須把無賽狻猊讓,驚得他魂飄蕩,堪也麼傷,蠢蠻徒反遭殃。(趙雲等殺孟獲、孟攸進洞,復追孟獲、孟攸)(雜扮孟獲妻、孟獲子、蠻丁、蠻姑作亂慌逃走,下)(孔明唱)

【越角套曲·禿廝兒】他他他奔逃擾攘,俺俺俺軍將雄強。這的是天威遠布遐方,定收服這倔強蠻王。

(眾將上)(白)稟丞相,已經大敗蠻兵,打破銀坑洞,蠻王俱各逃走,請令定奪。(孔明白)就此回營。(眾應科,孔明上車)(同唱)

【煞尾】蠢蠻兒枉自逞伎倆,空有那狼虎神兵也命亡。進銀坑從頭一一敘功勞,備筵席好把俺三軍個個賞。(下)

校記

[1] 俺自有風清月朗:"朗",原作"郎",據文意改。

第十齣　款降王擒而又縱

(雜扮帶來洞主上)(唱)

【越調正曲·梨花兒】可嘆蠻王無了救,巢穴占去難搜購。就計詐降思報讎,嗏,事成國舊還依舊。

(白)咱帶來洞主是也。天朝兵馬占據銀坑洞府,聞得搜緝蠻王,咱們議定假意擒獻投降,就中取事,不免前去。已到此間,待等傳報。(雜扮中軍上)(唱)

【又一體】我做中軍人仰求,軍情傳報由吾口。夜晚尋更與遞籌,嗏,從無人敬一杯酒。

(白)咱中軍是也。丞相爺尚未升帳,在此伺候。(帶來洞主見科)(白)借重傳報。(中軍白)傳報何事?(帶來洞主白)咱帶來洞主便是。蠻王孟獲是咱姐夫,咱勸蠻王歸降天朝,奈他不從,咱故此將蠻王一家並宗黨數百人一齊擒捉,獻與丞相,求丞相賞咱這個王爵哩。(中軍白)蠻王與家屬今在何處?(帶來洞主白)俱各綁縛在此伺候哩。(中軍白)如此,伺候着,等丞相爺升帳時,我替你傳報便了。(帶來洞主下)

(雜扮小軍、將官,引生扮孔明上)(唱)

【南呂宮引·臨江仙】失勢蠻王何處走,銀坑讓我優遊。

(白)昨破銀坑,蠻王逃去,料想去路非遙,不免遣將緝擒便了。(中軍照前禀科)(孔明白)蠻王與家屬何在?(中軍白)現在外邊。(孔明點頭科,笑科)(白)馬岱、王平。(馬、王應科)(孔明白)爾可速選壯士千人帳前埋伏,聽我一呼即出,將群蠻一齊捉下。(馬岱、王平白)得令。(孔明白)中軍,可先叫帶來洞主進見。(中軍喚帶來洞主見科)(孔明白)你因何將蠻王擒來投獻?(帶來洞主白)咱勸他歸降丞相不從,故此將他家黨一併擒拿,獻與丞相。(孔明白)那蠻王與家屬何在?(帶來洞主白)現在外邊。(孔明白)可全帶進來。(帶來洞主出,招衆蠻丁、蠻姑、孟獲、孟攸、孟獲妻、孟獲子進見科)(孔明白)軍士們何在?都與我拿下。(馬岱、王平引衆小軍上,捉科)(帶來洞主驚科)(孟獲白)罷了,罷了,又被他識破了,此乃天亡咱也。(孔明白)蠻王,爾曾言,在汝家擒住方始心服,今日服也不服?(孟獲白)此是咱自來送死的,非爾之能,咱依舊不服哩。(孔明怒科)(唱)

【又一體】潑蠻徒一任胡謅,兀曉曉不識羞。已遭擒六次,爾命當休。只因我心憐不忍,寬恩赦宥。爾今倔強還依舊,到何日,方投首?

(白)刀斧手,都與我推出轅門,斬訖報來。(孟攸、帶來洞主哀科)(白)丞相天恩,饒咱草命哩。(孟獲白)丞相,你若放咱到這第七次,若再擒住,咱方可傾心歸服,誓再不反矣。(孔明白)今放爾等前去,再擒住時,若再不服,必不輕恕。去罷。(孟獲白)罷了罷了,六次遭擒心未死,再來吾始服天威。(衆下)(孔明唱)

【尾聲】擒蠻六次俱寬宥,心服方能要久,那怕他魚兒脫釣鉤?(同下)

第十一齣　乞救授激怒烏戈

(淨扮烏戈國王,雜扮藤甲軍上)(同唱)

【南調正曲·吳小四】兀突骨,蠻丈夫,人烏國也烏,鱗甲渾身力伏虎,任他英雄誰似吾?(合)兀突骨,真丈夫。

(白)貌似魔王兵似鬼,渾身鱗甲能游水。萬國馳名藤甲軍,天下橫行無對壘。咱烏戈國王兀突骨是也,身長丈二,鱗甲一身,力大無窮,生性凶猛。咱有藤甲軍三萬,個個猙獰,人人鬼怪。今日閒暇,衆蠻丁,隨咱郊外嬉樂一番。(應科。同又合前,下)

(淨扮孟獲、孟攸、帶來洞主引衆蠻丁上)(唱)

【仙呂宮引·糖多令】國破勢煢孤,南飛遠樹烏。

(白)咱等行了數日,已到烏戈國地面了。(內金鼓)(孟獲望科)(白)呀,那邊一隊大漢飛擁來哩。(帶來洞主望科)(白)像是烏戈國王出來游耍,咱等一傍伺候相見。(下馬科)(烏戈國王引衆藤甲軍上)(見問科)(白)爾是何處來的?(孟獲等拜科)(白)咱乃銀坑洞主蠻王孟獲。久聞大王雄名,特具薄禮,敬來拜見。(烏戈國王喜扶科)(白)你就是蠻王孟獲麼?(笑科)(白)咱也聞爾之名久矣,就此席地而坐。(坐科,孟獲送禮科)(白)不堪之物,望乞大王笑納。(烏戈國王白)何勞重禮?多謝了。(藤甲軍收科)(烏戈國王白)請問,大王因何到此哩?(孟獲白)大王呵。(唱)

【仙吕宮正曲·桂枝香】你雄名遐布,咱平生欽慕。只因天各一方,空望暮雲春樹。(哭傷科)(烏戈國王驚科)(白)呀,你爲何悲傷起來呢?(孟獲唱)恨天朝無故,恨天朝無故,將咱欺侮。(烏戈國王白)怎樣欺你來?(孟獲唱)兵臨如虎,(合)(唱)要吾徒,年年進貢金和寶,如敢違伊盡掃除。

(烏戈國王白)咱南方從未叛化,如何要咱降貢?(孟獲白)此乃蜀漢丞相諸葛亮,自恃天下無敵,依恃英雄,欺咱遠方。(烏戈國王白)你可曾與他交戰過麼?(孟獲白)他詭計多端,咱數次輸敗於他,將咱巢穴占去,妻子流離,實實可憐。咱久聞大王意氣深重,特來拜求借兵報讎。(烏戈國王白)你敵他不過,不如躲在咱這厢,料他不敢來追尋至此。(孟獲白)那諸葛亮好不利害,他還要來侵大王地面呢。(烏戈國王怒科)(白)他欺爾等罷了,焉敢侵犯咱境?(帶來洞主白)他那裏也知大王的國名,咱等説起大王英雄厲害,他說若是大王遇着他時,管教大王這厢一人不活呢。(烏戈國王大怒科)(白)可惱可惱!(唱)

【又一體】聞言生怒,雄心馳騖,中原人忒恁倡狂,敢藐咱遠荒人物。(白)蠻丁們,(唱)速傳隊伍,你速傳隊伍,大家前去,比誰雄武[1]。(合)料伊徒,管教不使隻輪返,始信咱南荒有丈夫。

(白)蠻丁們,明日全集桃葉渡口,以待漢兵,不得有誤。(蠻丁白)知道哩。(烏戈國王向孟獲白)請大王到咱洞裏一叙。(孟獲白)多謝大王。(烏戈國王白)就此同行。明日集軍待漢兵,今朝且去叙交情[2]。(孟獲白)知君義氣丘山重,不覺傾心百感生。(仝下)

校記

[1] 比誰雄武:"比",原作"此",據文意改。
[2] 今朝且去叙交情:"且",原作"具",據文意改。

第十二齣　追捕逃險逢藤甲

（雜扮小軍引魏延上）（唱）

【中呂宮正曲·駐馬聽】地角天涯，兵極南荒未駐馬。只爲儌蠻倔強，未肯皈降，因此上縱了還拿。須知人物讓中華，肯教蠢爾稱孤寡。（魏延白）吾奉丞相軍令，前行追討蠻王，已離那桃葉渡口不遠，大軍後邊下寨。聞得蠻王向烏戈國王借得藤甲軍三萬，已屯在前面。管他什麽藤甲鐵甲，且去與他厮殺一陣。衆三軍，就此殺上前去。（衆應科）（唱）（合）料想伊家，人同心異，難歸王化。（下）

（雜扮衆藤甲軍引孟獲、烏戈國王上）（衆同唱）

【又一體】陣似烏鴉，人似熊羆真可誇。全憑藤甲，刀箭無妨，怎奈何咱。恁伊謀略説中華，今朝不落伊風下。（孟獲白）呀，那邊漢兵來也。（烏戈國王白）衆蠻丁殺上前去。（唱）（合）説甚漢衆如麻[1]，管教一戰難禁架。

（魏延引衆上，望科）（白）呀，那蠻兵絶不似人，莫非又是鬼兵麽？（魏延退下科）（烏戈國王白）衆蠻丁追殺前去哩。（孟獲白）大王不可，中華人最多詭計，慣使詐敗誘陷人哩。（烏戈國王白）他怎生引陷哩？（孟獲白）他或在崎嶇山路，或有林木地方，暗設埋伏。（烏戈國王白）大王説的是，咱也聞知中國人詭計多，今後該合他殺，你就説和他殺，該止你就説止，悉聽你説就是了。衆蠻丁不必追趕他，咱每回營去哩。（衆應科）（同唱）

【正宮正曲·四邊靜】中華詭計多奸詐，佯輸意多假。埋伏要提防，須聽蠻王話。（合）英雄是咱，肯教懼他？明日再交鋒，教他知聲價。（全下）

（魏延引敗兵上）（白）好生利害！這蠻丁人又高大，力又勇猛，更兼他藤甲，果然刀箭不能傷損，因此大敗。（雜扮報子上）（白）方纔遠遠望見蠻丁，脱下藤甲，坐在甲上，如飛渡水而去。（魏延白）再去打聽。（報子應，下）（魏延白）似此，這桃葉渡口營寨也難保守了，不免且回大寨，稟明丞相定奪。三軍就此回兵。（衆同唱）

【又一體】蠻兵似鬼身高大，堪誇那藤甲，刀箭不能傷，渡江如船駕。（合）今朝遇他，險些害咱。不是咱無能，兒郎難禁架。（下）

校記

[1]説甚漢衆如麻："説"，原作"甚"，據文意改。

第十本(下)

第十三齣　相地宜得盤蛇谷

（雜扮衆小軍，引生扮孔明上）（唱）

【南吕宫引・意難忘】可奈烏蠻，恃身長力大，藤甲堅完。遠人心未服，何日返中原？（吕凱上）（唱）人似獸性凶殘，總勝亦維艱。算不如班師歸去，名宸宫全。

（孔明白）吕參謀，你説那裏話？吾非容易到此。功虧一簣，棄而去之，却做那有始無終不志之人乎？（雜扮小軍，引雜扮土人上）（白）稟丞相爺，尋得一個土人在此。（孔明白）叫他進來。（進見科）（孔明白）起來。那烏戈國共有幾何之衆，怎生厲害？（土人白）那國王叫做兀突骨，身長丈二，脅生鱗甲，果然力大無窮。本處不生五穀，皆以生蛇惡獸爲飯。手下三萬蠻丁，亦皆身長力大。（孔明白）如何叫做藤甲軍？（土人白）他洞中所出之藤，做成甲片，用油浸透多遭，每人一身五片，渡水不沉，刀箭俱不能入，故謂之藤甲軍。（孔明白）他這山川有甚險峻？（土人白）這裏山無甚險峻，但只草木稀少。則這桃花溪水，此時正值桃葉落水，溪水大毒，外鄉人飲之輒死。他本國人飲之反添氣力，倍加精神。（孔明白）那烏戈國王現屯兵何處？（土人白）現在桃葉渡口南岸駐紮。（孔明白）聽他之言，與參謀無異。吾與你着土人引路，前去探看一遭，再作道理。（吕凱白）用許多人馬隨去？（孔明白）不用多人，輕車數騎可也。（土人白）先往何處去？（孔明白）先到桃葉渡一看。（行科[1]）（唱[2]）

【羽調正曲・勝如花】尋桃葉，問水源，豈是閑遊眺遠？只因他國事縈懷，却教咱親身歷按，怎辭得驅馳勞倦？（到科，土人指科）（白）此江便叫桃花水，那厢就是桃葉渡口了。（孔明唱）（合）愁只愁長流惡湍，不信他還同毒泉。（白）就此回車，向東北一帶山路而行。（衆應科）（唱）到此回轅，向山巒探看。休辭那崎嶇溪澗，論登臨我最欣然。

（小軍白）稟丞相爺，山徑崎嶇，車馬難行。（孔明白）待吾下車，扶掖過

岡,自有平路。軍校在山口看守馬匹車輛。四將隨行,土人引路。(下車科)(唱)

【又一體】車難進,馬不前,且自扶行步欵。(行科)走過了叠叠重崗,又到了層層峻阪,論從容徒行吾慣。(作望科)(唱)(合)見谷中壁聯插天,似長蛇委蛇踞盤,這抵是天生方便,助成功豈是虛言？

(白)前面這個山谷勢若長蛇,兩壁峭立,中間一條大路,不知南北相通何處？(土人白)北盤蛇谷,谷南即搭郎甸,南達桃葉渡口,出谷北口,即通三江城的大路了。(孔明喜科)如此甚妙,不必再行,就此回營便了。(行科)(唱)

【黃鐘宮正曲·三段子】長蛇盤谷,送烏蠻端須此間。驅車速還,好分排將軍令傳。(合)欣逢勝地經吾眼,強梁天使遭塗炭,堅甲凶徒盡枉然。(作回營)(眾將上,迎科)

(孔明白)軍校,領土人後營酒飯,給賞回去。(軍校應,領土人下)(孔明白)馬岱聽令。(馬岱應科)(孔明白)爾可領本部兵,將前存黑油櫃車子十輛,取到盤蛇谷中,令軍士把守兩頭谷口。可照柬帖,將車中之物依法安置而行。限爾十日,一切完備,不得有誤。(馬岱白)得令。(孔明白)大將軍趙雲聽令。(趙雲白)有。(孔明白)爾可領本部之衆,去盤蛇谷後三江城大路口,照柬帖守把。(趙雲白)得令。(孔明白)征西大將軍魏延聽令。(魏延白)有。(孔明白)爾可領本部兵去桃葉口下寨,以今日爲始,限半個月要連輸十五陣,棄七個營寨,只望白旂處便是脫身之所。若輸十四陣,也休來見我。(魏延白)得令。(孔明白)呂凱聽令。(呂凱白)有。(孔明白)爾可引本部之衆,須照吾柬帖上去處,設立營寨,不得有違。(呂凱白)得令。(孔明各發柬帖科)(白)爾等聽吾吩咐。(唱)

【黃鐘宮引·滴溜子】軍中令,軍中令,吾今已宣。敢違誤,聽違誤,軍刑必按。各去小心分辨,功成非等閒,名揚蠻甸。那時呵,軍唱歌聲,鐙響金鞭。(眾將應,下)(孔明小軍同唱)

【尾聲】謀成擒虎君休羡,佇看那凶橫的烏蠻,(嘆科)但則見三萬生靈亦可憐。(同下)

校記

［1］行科:"科",原作"看",據文意改。

［2］唱:此字原無,據文意補。

第十四齣　遭譴墮陰冰山

（雜扮長解鬼，從左旁門帶淨扮曹操、華歆、郗慮魂上）（唱）

【越調正曲‧水底魚兒】鳳斾龍旌，鑾輿警蹕行。（合）如何今日，跋涉夜魔城，跋涉夜魔城。

（白）敢問列位長官，不知把我這三個人還要解到何處去？（長解鬼白）你們在陽世三間奸回禍國，今解你們望八殿去受罪。有一個助逆鬼犯賈詡，尚在七殿勘問，等他來時，一同起解。（一解鬼白）那邊過來的想必就是。（雜扮解鬼帶賈詡魂上）（唱）

【又一體】峻法嚴刑，陰官沒面情。（合）長沙華膏，不放一些輕，不放一些輕。

（作見曹操哭科）（白）原主公也在此。（曹操白）只為生前謀篡逆，銀鐺索索加殘魄。（賈詡白）今朝相對兩無言。（華歆、郗慮白）空嘆消災無計策。（又哭科）（內淨扮左慈從雲兜下科）（白）爾等不必悲哀，我來也。明月清風自在身，欲將舊事詰奸臣。不知孽海屠龍手，可識華筵化鶴人。曹操，你還認得我麼？（曹操背科）（白）這是左慈呀。（轉科）認得，認得，當初仙師擲杯化鶴，勸我出家。若聽了仙師之言，可也不到這個地位了。如今還望度我一度，免受地獄之苦。（左慈白）曹操，你好癡也！事已至此，還想我度你麼？（唱道情科[1]）

【黃鐘宮‧耍孩兒】你歹心兒算得深，我冷眼兒看得清，繁華直是花臨鏡。史陳實下無情筆，魏武空存遙受名。我和你親折證，為甚麼炎炎赫赫，似這般戰戰兢兢？

（雜扮金童玉女，引董承、馬騰、吉平、王允眾忠魂從仙樓上）（唱）

【仙呂宮正曲‧黑麻序】義重身輕，要指將日轉，掌把天擎。恨蒼穹，與人不做人情，熒熒欃槍徹夜明，忠良一旦傾。（合）望神京，離離禾黍，幾回悲哽。（下）

（左慈白）曹操看者，這都是漢室忠臣，新受上帝褒封，同登天府，好不榮耀。你羞也不羞，悔也不悔？（曹操白）追想生前作事，原過當些，如今悔也遲了。只求上仙垂慈，超度我也。不想登天堂享福，只要脫離了這地獄，也就夠得緊了。（左慈白）要我超度麼，你且聽者：汝作孽與人何涉，永墮泥犁百千萬劫。（急下）（曹操白）你看仙師竟化作一道清風去了，他若在此，我苦

苦央他，或者還有搭救，如今却怎麼處？（長解鬼白）不必多言，閻君升殿也。我們就此前去。（帶衆魂下）

（雜扮牛頭馬面、判官及衆鬼卒，引金童玉女，净扮八殿閻君上）（白）**瞞地瞞天是阿瞞，森羅殿上不曾寬。報他炙手炎炎勢，當得冰山瑟瑟寒。**吾乃八殿閻君是也。七殿行牌道，曹操等一干奸賊解送本殿發落，爲此升殿。錄囚鬼卒們，曹操、華歆、郗慮、賈詡解到，即速禀報。（鬼卒應科）（長解鬼帶曹操、華歆、郗慮、賈詡上）（白）門上那位長官在？（鬼卒出，問科）（白）什麼人？（長解鬼白）曹操、華歆、郗慮、賈詡四名鬼犯解到，望乞通報。（鬼卒白）住着。（進跪禀科）曹操、華歆、郗慮、賈詡解到。（八殿閻君白）都帶進來。（鬼卒應，出科）（白）將曹操等都帶進來。（帶曹操等魂進科。八殿閻君見，怒科）（白）曹操，自古以來，權奸不少，像你這樣欺君謀逆，禍世殃民，可也有一無二了，可惱嘎，可惱！（曹操白）大王不必着惱，我想篡弒之事，何代無之？論弒君，則陳乞、趙穿、夏徵舒等輩，不其一人；論篡位，則后羿、州吁、閻閻等，又不可僕數。就是漢朝，也有王莽。其罰之輕者，不過史筆書罪而已，即止于肆諸市朝，那有像曹操這般死後受罰，罰一個不了的。語云，得饒人處且饒人。又何必妝出這副惡面孔？（八殿閻君白）呔，你說得來好鬆爽也。（唱）

【仙呂宮正曲·好姐姐】你生平奸邪機警，鬼魂兒牙關猶硬。便陽間漏網，陰報却分明。（合）休扎挣窮凶，若是能饒倖，更向何人問典刑？

（鬼卒應科，帶華歆、郗慮、賈詡魂進科。長解鬼下）（八殿閻君白）爾等俱是漢臣，理當忠於所事，怎麼希圖富貴，依從權奸，以致帝后銜冤，山河委棄？爾等助紂爲虐之罪不容誅矣。（三鬼魂白）鬼犯等只顧生前，那知身後？到了此地，纔曉得報應是有的。從今改過自新了，求大王爺爺免加刑戮罷。（八殿閻君白）你們還有改過的分兒麼？（唱）

【仙呂宮正曲·錦衣香】你賊劉朝，真鴟獍，諂曹家，如妾媵。禍福興亡，雖由天命，何勞汝輩作鸇鷹？人生飛電，世事浮萍，不是銅釘釘。笑世俗蠅利蝸名，合喪盡終身行。（合）黃泉相等，有阿鼻地獄，酬伊讒佞。

（白）掌案的，衆犯該擬何罪？（判官白）諸奸威勢煊赫，合受寒冰地獄之罪。（八殿閻君白）依律施行。（衆鬼應科。場上設寒冰地獄切末。衆鬼犯作怕科）（華歆、郗慮、賈詡唱）

【仙呂宮正曲·漿水令】不趨炎倚附逢迎，怎卧此百尺堅冰？（曹操唱）重陰凝結峭寒生，玉壺般朗徹，鐵山似峻嶒。（同唱）（合）分明在，雪山行，雙

肩緊抱身都硬。皮和肉,皮和肉,連這心疼。星兒火,星兒火,無處經營。(用刑完)

(閻君白)眾長解鬼可解往九殿去。(場上撤冰山地獄切末科)(八殿閻君下座)(唱)

【情未斷煞】冱寒中將他骿,沁心徹骨可能勝,誰叫你在君父跟前冷似冰?(同下)

校記

[1]唱道情科:"情",原作"清",據文意改。

第十五齣　誘烏蠻敗十五陣

(雜扮小軍,引淨扮魏延上)(同唱)

【黃鐘宮正曲·滴溜子】遵軍令,遵軍令,營盤棄了。逢交戰,逢交戰,前戈便倒。一任蠻酋嘲笑。咱心空自豪,敢相違拗。(合)連棄三營,敗了六遭。

(白)咱魏延奉軍令,教咱迎敵那藤甲軍,只許敗不許勝,量來也難勝他。雖是誘軍之計,別人亦可差遣,單單遣咱,定要連輸十五陣,真真可厭。如今敗過六次了,只得再去。眾三軍,那蠻兵又追來也,且迎上前去者。(眾應,唱合前,下)

(雜扮藤甲軍,引淨扮孟獲、烏戈國王上)(同唱)

【又一體】藤甲軍,藤甲軍,風馳迅掃。漢家兵,漢家兵,山崩勢倒。把蠻王冤讎已報。只愁多計較,心兒要小。(合)茂草深林,準備爾曹。(魏延眾上,戰科,敗下)

(烏戈國王向孟獲白)大王,那漢兵方遇即敗,莫非有詐麼?(孟獲白)大王多疑了,你這藤甲軍甲堅人強,那漢兵如何敢擋得?這自是真敗。他的謀計全在埋伏,你只看沒有草木深林所在,自無埋伏的。(烏戈國王白)大王說的是。從今後,咱見林木所在,且不追趕,令人探看明白,再作道理。(孟獲白)妙哩,眾蠻兵,就此追殺前去。(眾應科)(同唱)

【黃鐘宮正曲·神仗兒】奸謀枉狡,難逃預料。若驚心自保,怎落伊家圈套?而今乘勢,前去速剿,只辦得急奔逃,只辦得急奔逃。(引眾下)(魏延眾敗上)(唱)

【又一體】烏蠻輕剽，烏蠻輕剽，乘風呼哨。他那知計巧，且自憑他踴躍。（內喊科）（魏延望科）（唱）看伊追趕，堪堪又到，再讓爾一營巢，再讓爾一營巢。（烏戈國王、孟獲引藤甲軍上，戰科。魏延敗下）

（烏戈國王白）大王，你看漢兵棄甲曳兵而走，這營中輜重俱顧不得了[1]，可不是真敗麼？（孟獲白）這魏延料是斷後之人。他知大王兵勢難敵，大軍一定在前退走。今大王連破他十陣，漢兵銳氣喪盡，明日竭力追去，那諸葛亮亦可成擒矣。（烏戈國王白）大王說得是，咱明日即向前殺去哩。（孟獲白）咱暫別大王。咱尚有些兵衆，前遣兄弟與帶來國洞主一同回去，還未見來，咱自去招呼一番，一同前來協助大王破漢，復咱舊業，不知大王意下如何？（烏戈國王白）如此甚好，大家收拾就去哩。（孟獲別科）（唱）

【黃鐘宮正曲·雙聲子】將兵調，將兵調，今去得無消耗。咱親召，咱親召，好協把蜀兵掃。（烏戈國王唱）來務早，明即到，看明朝一戰，銀坑返趙。（分下）

校記

[1]這營中輜重俱顧不得了："重"，原作"衆"，據文意改。

第十六齣　破藤甲燒三萬軍

（雜扮小軍，引小生扮馬岱上）（唱）

【仙呂調雙曲·點絳唇】計就盤蛇，網羅鋪設。恁時節，雷轟電掣，慘似那桃花烈。

（白）某平北將軍馬岱，奉丞相軍令，盤蛇谷中安置已妥。已請丞相到山頭，佇看成功。車馬尚未到來，且去等候便了。準備窩弓擒猛虎，安排香餌釣鰲魚。（虛下）（上雲帳，設山科）

（雜扮衆軍將官，引生扮孔明上）（唱）

【越調正曲·小桃紅】驅車往赴那盤蛇，不覺的愁眉結。也只爲他猛惡烏蠻，毒北桃葉，賣弄恁嚯嘯，沒奈何把計而設。火車載，網兒結，將伊攝也，一任恁豪與傑，恁豪傑管叫滅。（撤雲帳科）

（孔明白）昨日魏延連輸十五陣，已棄七營，烏蠻乘勢長驅。又聞蠻王孟獲自去招接蠻衆，不在其軍。今馬岱請吾去盤蛇谷山頂上，佇看成功。只得前去。（唱）

【越調正曲・下山虎】非吾造孽，伊數當絕。漂杵看流血，成周故轍。只因他助惡猖狂，蛾燈自惹，既要救人須救徹[1]。捐生無恨也，可奈禍到臨頭誰見嗟。自古兵猶火，不戢自熱，（合）不見杜宇枝頭空泣舌。（孔明引衆虛下）（生扮趙雲，引雜扮衆小軍上）（唱）

【越調正曲・蠻牌令】奉令候招接，還把烏蠻截。烏蠻傾覆了，南境自寧貼。莫恃恁身長力奢，眼見伊斷送豪傑。

（白）某趙雲，奉軍令屯守盤蛇谷北口，照軍貼準備，待文長到來，便截斷谷口。衆三軍。（應科）有。（趙雲白）好，待咱兵過後一齊動手，不得有違。（衆軍白）得令。（唱）（合）鷓鴣怨，杜宇血，行來空阻，歸去徒嗟。（同下）

（净扮魏延，引雜扮衆小軍上）（唱）

【越調正曲・山麻稭】佯與戰忙不迭，讓爾英雄，假作癡呆。（作望科）看者，那壁廂又竪着，白旗飄曳。（白）咱連朝詐敗，已輸十五陣了，看咱丞相有何妙計敗那蠻兵。那廂又有白旗引路，且候蠻兵到來，再殺一陣，退走谷中便了。（衆應科）（同唱）（合）又只見四圍山繞，一片平川，兩壁陡絕。（虛下）（雜扮藤甲軍，引净扮烏戈國王上）（同唱）

【越調正曲・五韻美】笑漢兵恁嬌怯，連朝勢敗筋力竭，管教一戰將伊滅。任你機謀巧設，咱懼爾怎稱豪傑？（白）那漢兵相離遠近哩？（蠻丁白）只在前面，就此殺上前去哩。（同唱）大小兒郎奪鏌鋣，須一擁前行，急忙追者。

（魏延上）（白）那蠻奴休趕俺，今番與你見個雌雄。（戰科，魏延敗下）（烏戈國王白）衆蠻丁，那漢兵盡退進谷去了，咱每歇息一回，再與他厮殺。（各坐科，隨意歇科）（孔明衆上山）（同唱）

【越調正曲・五般宜】恁恃着，甲兒堅勝如鐵，追趕那，軍士每似風吹葉。稱豪猛，那時休怨嗟。妄出頭隨邪助桀，你的心兒空熱，命兒犯劫。眼見骨化灰飛，你的魂隨烟滅，這英雄何處也？

（烏戈國王白）衆蠻丁，咱們就此殺進谷口去便了。（衆蠻丁應科，殺進谷口，下）（馬岱引衆軍推車上）（馬岱白）衆將官，就此埋伏者。（衆應，下）（烏戈國王引衆上）（白）衆蠻丁，怎麼漢兵一個也不見？（蠻丁白）想是敗出谷口去了。（蠻王白）就此追殺前去。（衆上，圍內作炮響、地雷）（烏戈國王、蠻衆跌跳科）（蠻衆唱）

【越調正曲・江頭送別】猛聽得，猛聽得，雷轟電掣；火光舞，火光舞，骨飛血喋。合當命絕今日也，狠諸葛計毒堪嗟。

（蠻衆燒死科，下）（趙雲、魏延、馬岱、王平白）禀丞相，烏戈國王與那三萬藤甲軍俱已燒死。（孔明白）真可憐也。（唱）

　　【尾聲】傷心此計真毒絕，應把我壽算減些，也只是爲國除凶這一折。

　　（孔明白）衆將官，就此收兵回營。（孔明下）（衆應，繞場）（上雲帳，撤山，下）

校記

[１]既要救人須救徹："徹"，原作"撤"，據文意改。

第十七齣　自此南人不復反

　　（雜扮衆蠻丁，引净扮孟獲，丑扮孟攸，雜扮帶來洞主上）（同唱）

　　【南吕宫正曲·孤雁飛】幸然借得藤軍到，連殺的漢兵奔擾，威風正好將讎報。特招取咱牙爪，奔何軍衆，星散寥寥。只因屢敗折傷甚，國破巢傾人盡逃，今朝，勢孤單怎助雄豪？

　　（孟獲白）咱辭烏戈國王，前來招接黨衆，協同破漢，以洗前讎，不意他們只聚集得蠻丁數千，濟得甚事？（帶來洞主白）咱同大王借兵去了，咱洞中蠻丁多半逃散，一時那裏聚集得起？（孟獲白）如此寥寥之衆，豈不被那烏戈國王笑話？（衆蠻丁上）（唱）

　　【仙吕宫正曲·大迓鼓】咱們笑裏刀，來充投靠，假意相邀，須知定落咱圈套。功若成時千古標，賺取蠻王在此遭。

　　（作到叩見科）（孟獲白）爾等何處來的？（衆蠻丁白）咱每皆是各洞蠻子也，有大王手下的，前爲漢兵所搶，不得已而降之。今知大王招集大衆，故此逃回，情願助戰，又來報大王喜信哩。（孟獲白）有何喜可報？（衆蠻丁白）那烏戈國王率領藤甲軍與漢兵大戰，現今把那諸葛亮困在盤蛇谷哩。大王速去接應，必然大報前讎。（孟獲白）果然真麽？（衆蠻丁白）千真萬真，咱每親見哩。（孟獲喜科）（白）謝天地，也有今日哩。衆蠻兵就此前去。（同唱）

　　【又一體】愁顔一旦消，盤蛇谷裏，喜因伊曹。從前讎恨今番報，井落銀瓶有這遭。策馬加鞭，威風更豪。

　　（孟獲白）前面盤蛇谷口不遠，怎生不見藤甲軍？（衆蠻丁白）莫非在谷内哩？（帶來洞主白）待咱前去探看。（虛下，奔上，慌科）（白）不好了，那谷内火焰未熄，穢氣難聞，殘屍污路，大似藤甲軍模樣。莫非又中了諸葛之計了?(孟獲白)怎了,怎了?(内叫科)蠻王休走,吾等久候多時也。(王平、張嶷引衆上,戰科,捉孟攸、帶來洞主等。孟獲逃,虛下)(王平、張嶷追下。孟獲又上,馬岱引衆上)(白)蠻王何處逃走,有吾在此。(戰科)(王平、張嶷上。馬岱擒孟獲科)(馬岱白)軍校,綁了,就此收兵回營報功。(馬岱、王平、張嶷引衆擁孟獲等行科)(同唱)

【南吕宫正曲·金錢花】今日相遇難逃,難逃;笑你枉費勤勞,勤勞。請來藤甲變烏焦。兀突骨,枉稱豪,長平塹,盡魂消。(同下)

第十八齣　即今荒徼盡來王

(雜扮衆小軍,引生扮孔明上)(唱)

【南吕宫引·步蟾宮】提師荒外光陰載,暑漸退金風早届。天威何日遂心懷,永定南方邊界。

(白)昨因凶蠻莫敵,無可奈何,行此毒計,可憐舉國之人一朝盡斃。幸那蠻王孟獲不在伊軍,未遇其難,吾已伏將擒之。料他勢窮膽落,雖然強項,看他今番又作何說?吩咐肅整軍儀,大開轅門者。(應科,傳科)(小軍上,開門)(雜扮馬岱、王平等擁净扮孟獲、丑扮孟攸、帶來洞主、蠻丁上)(孟獲唱)

【南吕宫引·生查子】力竭勢堪哀,七次遭擒逮,心志已如灰,敢不低頭拜。

(馬岱等見孔明科)(白)某等擒得蠻王孟獲並伊黨衆,俱在轅門外,伺候發落。(孔明白)帶進來。(孟獲等俯伏見科)(孔明白)那蠻王,今番又被吾擒,還有何説?爾心可服麽?(孟獲白)丞相真天威也,南人永不復反矣。從前狂妄,求丞相宥之。(孔明大笑)(白)呀,蠻王,爾這番真心服了麽?(孟獲白)真真死心塌地降服矣。(孟攸對孟獲虛白)(孔明唱)

【南吕宫集曲·奈子宜春】您矜誇無敵雄才,却緣何俯首哀哀?須知宇宙,天涯寬大,高強的更多無賽。休猜,伊心既服,何須長拜?(白)軍校,去了綁,取衣冠過來。(孟獲更衣科)(孔明白)將那衆人俱各放了更衣。(放科)(孟獲白)丞相,容孟獲展拜。一謝擒縱活命之恩,二謝宥狂叛逆之罪。(孔明白)你能改過遷善,便是朝廷遠臣。(孟獲衆拜)(唱)

【又一體】謝從前擒縱恩開,恕倡狂情性愚乖。天威難犯,果然無賽,從今後銜恩代代。衷懷,你仁慈愷悌,何人不戴?(孔明白)吩咐即備筵宴,大

家慶賀升平。(同唱)

【南吕宫正曲‧大勝樂】促行廚筵席排開,肉如山酒似海。大家拼醉何妨礙,上和下共開懷。從今不用防南界,永逸安然無禍災。

(孔明白)吾今漢越一家,真乃千古奇逢。(向孟獲白)孟獲聽令,明日即將洞中一切事務,仍歸於爾照舊掌管。(孟獲白)多謝丞相。願納版圖,付列州郡。(孔明笑科)(白)古云:仍舊貫,何必改作。已知汝心,而勿推辭。(孟獲白)多謝丞相,就此告別。(衆唱)看軍聲和藹,且自束兵解甲[1],再莫疑猜。(分下)

校記

[1]且自束兵解甲:"束",原作"柬",據文意改。

第十九齣　一軍振旅唱鐃歌

(雜扮老少蠻丁上)(唱)

【越調正曲‧水底魚】丞相班師,遠人珠淚垂。(合)今朝歸去,何日睹威儀,何日睹威儀?

(白)咱每各洞蠻子,俱蒙天朝丞相累累活命之恩,無可報答,故爲建立生祠,以作千秋遺愛。今聞丞相班師還朝,咱每執香遠送一程,以見咱每感戴私情。大家前去。(同唱)

【又一體】爲報恩私,鳩工建廟祠。(合)甘棠遺愛,先豎峴山碑,先豎峴山碑。(虛下)(雜扮小軍、衆將引孔明上,行科)(衆將同唱)

【越調正曲‧朝元令】朝廷久離,政事皆相委。三軍久羈,奏凱真堪喜。日月催人,光陰流水,幸喜南方平矣,不枉驅馳。雖然少得吾兒意,漢業幾時恢,偏安非所宜。(淨扮孟獲,丑扮孟攸、帶來洞主等上)(白)孟獲帶領妻兒男女,聞得丞相班師,我等特來遠送。(孔明白)昨承厚貺[1],何必遠勞?(孟獲白)遠人無以爲報,擁彗前驅,必要送到漢境。(孔明白)吩咐三軍起行。(唱)(合)前行莫滯歸去好,何辭迢遞,何辭迢遞?(衆蠻丁上,頂香跪接科)(白)咱等各洞蠻獠父老叩見丞相爺。(孔明白)何勞爾等前來?(衆蠻丁白)咱這各洞征徒子弟,多蒙丞相活命之恩,家家感激。今聞丞相班師,男女大小無不悲慟,咱等扶策前來叩謝送哩。(孔明白)人來,取些金錢布帛,賞賜他們。(衆蠻丁白)咱每本心叩送而來,如何要丞相賞哩?(孔明白)吾有

甚好處,到反叫爾等多費工利,又勞遠送。爾等俱各回去,不必送了。吩咐三軍起行。(行科)(唱,合前)(下)

校記

[1] 昨承厚貺:"厚",原作"原",據文意改。

第二十齣　九陛酬庸頒御酒

(雜扮小太監、大太監、宮女,引小生扮後主上)(唱)

【黃鐘引·西地錦】相國初回車騎,將軍乍卷旌旄,六街歡暢人聲沸,安排酒泛醽醁。

(白)三千犀甲擁朱輪,簇簇爭看社稷臣。今日筵間親解甲,明朝傳敕繪麒麟。朕蜀漢後主是也。丞相南征,班師凱旋,適自都亭郊勞方回。已曾傳旨設宴。內侍。(應科)筵宴已畢,即傳旨請丞相與諸臣赴宴。(內侍傳科)(雜扮眾將朝臣,引生扮孔明上)(唱)

【黃鐘宮引·玉女步瑞雲】邊境寧謐,喜唱凱歌還國,眾陪高宴戎衣盡釋。

(白)主公賜宴,吾等進見。(見科)願吾皇萬萬歲。(後主白)平身。(孔明眾白)萬歲。(孔明白)纔蒙車駕郊勞,怎敢又當賜宴?(後主白)欲與相父少敘闊別之情。內侍,酒宴伺候。(作樂科)(孔明送後主酒,後主回賜。孔明引眾謝坐入席,內侍送酒)(後主唱)

【黃鐘宮正曲·畫眉序】相父多勞役,異域遐荒賴重闢。(孔明唱)幸烽烟頓息,邊塞安戢,一來是諸將同心,二則是三軍效力[1]。(合)須知九伐王師赫,喜今日成功蠻貊。

(後主白)雖是諸將同心,三軍用命,實皆相父運籌之力也。(唱)

【黃鐘宮正曲·雙生子】心歡懌,心歡懌,感相父成功績。定蠻貊,定蠻貊,更得這諸卿力。(眾唱)仰帝德,賴相國,(合)君恩高厚,臣力何惜?

(孔明出座科)(白)臣等深叨恩宴,時已過度,就此告停杯酌,明日叩謝天恩。(俱起科)(後主唱)

【尾聲】遐荒效順因良弼,(孔明唱)群下咸稱仰帝力[2]。(眾唱)則這七縱七擒威名標史冊。(各分下)

校記

［1］二則是三軍效力："效",原作"効",據文意改。
［2］群下咸稱仰帝力："群",原作"郡",據文意改。

第廿一齣　分善惡十殿輪回

（衆扮十殿侍從、鬼判、金童玉女,引衆扮十殿閻君上）（唱）

【南北合套·鬥鵪鶉】善惡無門,惟人自取。惡鋼陰山,善登天府。絜短論長,秤錙較黍。無賢愚,無今古,問有何人,不來此處?

（白）莫道幽冥事不真,冰霜雨露豈無因?從來彰癉歸吾輩,看取今朝善惡人。（白）我等乃十殿閻君是也。（頭殿、五殿白）欽奉上帝敕旨,今日將抱忠竭志、爲國捐軀、大義昭然、堪爲世法者,超升天府。（衆同白）其大逆不道、欺君篡國、屈害忠良者,貶入輪迴。大昭黜陟之權[1],以示權奸之報。鬼判,衆善人到時急忙通報。（鬼判應科）（衆扮金童玉女,引忠臣義士丁原、盧植、王允、种輯、何進、華佗、楊奉上）（同唱）

【南北合套·繡停針】霞葆雲車,鸞鳳雙駿上紫都,相將一例遊仙去,笙歌的沸徹天衢。也是我忠於所事,因此上,玉詔得親除。（合）笑人枉把前程誤,蒼蒼決不負吾徒,試看今朝華臚。

（金童玉女白）衆善人到。（鬼卒稟科）（十殿閻君起見衆忠臣義士科）（十殿閻君同白）衆善臺束髮從君,委身事主,雖則有志而未逮,却能殺身以成仁,名震一時,忠昭萬古,真足維持世教,砥柱中流也,吾等敬服。（唱）

【南北合套·紫花兒序】如皎皎雲中白鶴,似霏霏天半朱霞,是亭亭水面紅渠,平生浩氣,盡節捐軀。嗟乎,纔是人間大丈夫。今日個赤誠名署,請上仙樓,好拜天書。

（揖科）（白）請登天府。（內奏樂,衆扮祥雲使者持雲上）（衆忠臣義士同唱）

【南北合套·四般宜】蔚藍天際畫樓孤,繽紛雲彩五花敷。丹梯拾級從翔步,非同蜃氣駕虛無。似這般自來自去,煞強似稱魏稱吳。（合）試問帝王圖,歸何處?都付與落花流水,宿烟殘霧。（同從仙樓下）

（十殿閻君白）妙嗄,衆善人一個個升天去了。玉簫金管,雜仙佩以俱鳴;霞蓋霓旌,引雲車而直上。可見爲善之人必獲善報,堪笑世人不醒悟也。

（唱）

【南北合套・金蕉葉】只見他一個個如熊似虎，一個個揚威耀武。你只看仙樓上拜玉迎書，問何如分茅列土。（衆扮輪回惡鬼，帶奸臣董卓、曹操、李儒、郗慮、華歆、李傕、郭汜、賈詡、張濟、樊稠、張遼、許褚、郭嘉、程昱、荀彧、荀攸上）（同唱）

【南北合套・鬥黑麻】悔恨生前，忒煞癡愚。怎太阿授柄，便起他圖？窺大寶，脅乘輿，烈烈威風今在無。（合）身到閻浮，只賺得形銷骨枯。早識今朝，早識今朝，悔不當初。（帶見十殿閻君科）

（十殿閻君大怒科）（白）衆鬼卒。（鬼卒應科）（十殿閻君白）先將這班奸賊與我亂打一頓。（鬼卒應，亂打科）（十殿閻君白）我把你這些奸賊無法無天、爲鬼爲蜮，攪壞了四百載江山，斷送了億萬人性命，正所謂[2]：罄南山之竹書罪無窮，決東海之波流惡難盡也。（同唱）

【南北合套・調笑令】夫夫，妄稱孤，呀，那知道人世蜉蝣屬子虛。全不想榮華富貴無憑據，到頭來有誰拯汝？只共這一隊趨炎附勢徒，眼睜睜同往酆都。

（白）衆鬼卒，把這一干奸惡重犯，帶到轉輪藏施行。（衆鬼卒應，趕打衆鬼犯至前場）（十殿閻君下座）（場上遮烏雲帳，中地井，上設轉輪藏一座，衆鬼卒打衆鬼犯）（十殿閻君繞場科）（衆鬼犯唱）

【南北合套・憶多嬌】名也輪[3]，利也輪，贏得一身都是苦，有限官骸無盡誅。（合）不曉前途，不曉前途，將我怎生發付。（後場撤烏雲帳，十殿閻君升座）

（白）轉輪鬼王，將諸奸按罪施行。（淨扮轉輪鬼王上）（白）衆鬼何在？（衆扮九鬼上）（白）轉輪鬼王有何吩咐？（轉輪鬼王白）將衆惡犯叉入輪回。（衆鬼應）（曹官分白）董卓、曹操大逆大惡，董卓變龜，曹操變鱉，着伊孽性無倫，仍遭殛凶惡犯之劫；李傕變鼠，郭汜變羊，李儒變狼，賈詡變狼，張濟變猪，樊稠變熊，郭嘉變猿，程昱變狼，許褚變猿，張遼變蚯蚓，荀彧變豹，荀攸變虎，華歆變兔，郗慮變兔。（衆閻君白）就此施行。（作叉鬼犯科）（衆閻君同唱）

【南北合套・綿搭絮帶拙魯速[4]】您休怨罪也何辜，再休説命也何如。俺這裏但單將陰慘，補那陽舒。陽間法網已多疏[5]，陰司法律豈容逋？胎卵殊途，一切如人子，況諸奸罪犯天誅。休因他名載丹書，要想俺半星兒模糊，一分兒舒徐。但輕輕施轉轆轤，推動轉輿，只教你類分群區，質異形殊。人身何處，只落得身體髮膚都做了鳥獸蟲魚，亂紛紛從此出。（輪下轉出各

種扁毛畜生蟲豸,罪人戴各色獸畜形皮,從中地井入,輪轉出,至中場,作哭泣科。眾鬼趕下)

(頭殿、五殿白)眾善共登天府,諸奸盡淪惡道,報應已照,我等各回殿宇便了。(眾白)請。(同唱)

【有餘情煞】早知惡道輪迴苦,恨生前枉使奸謀,空羨他雙節崆峒到玉虛。(同下)

校記

[1] 大昭黜陟之權:"黜",原作"點",據文意改。
[2] 正所謂:"謂",原作"爲",據文意改。
[3] 名也輪:"輪",原作"輪",據下文改。
[4] 綿搭絮帶拙魯速:"拙魯速",原作"拙曾速",據曲牌原名改。
[5] 陽間法網已多疏:"網",原作"綱",據文意改。

第廿二齣 大褒崇九天翔步

(雜扮眾雲使持雲,四天將、眾儀從、周倉、關平引伏魔大帝上)(同唱)

【中呂宮集曲・榴花好】今朝翔步上天宮,碧落外駕長風。幾曾冠上插芙蓉,仙霞早是綴袍紅。著祥光布空,將這身、三十三天送。渡銀河一綫斜懸,過玉山一卷高聳。

(白)玉詔天門新拜除,紫皇親授上真書。乘雲遊向峻嶒去,不用班麟五色輿。俺關某,誠惟不貳,義秉在三,仰蒙上帝褒嘉,敕封三界伏魔大帝。謝恩之下,復詔遍遊三十三天,以昭寵異。你看果然好天宮也。(同唱)

【中呂宮集曲・好銀燈】相從天將下三宮。(天將白)那是黃金闕。(伏魔大帝唱)雙闕高紫磨蟠鳳。(天將白)那是白玉京。(伏魔大帝唱)瓊樓玉宇,似雪浪空中汹湧。(天將白)那是兜率宮。(伏魔大帝唱)只見他藥爐丹竈火初紅,靜煉金砂永。(天將白)那是清虛府。(伏魔大帝唱)散華香,恰人寂庭空。(天將白)那邊是瑤池了。(伏魔大帝唱)周圍弱水九重,須索覓羽輪還尋閬風。(下)

(眾扮儀從,眾扮忠臣義士伏完、董承、丁原、馬騰、王允、种輯、吳子蘭、楊奉上)(同唱)

【中呂宮集曲・銀燈紅】當初的從王抗忠,今日個榮叨仙俸。由來富貴如春夢，爭似我燕衍珠宮。（分白）吾乃伏完是也。吾乃董承是也。吾乃丁原是也。吾乃馬騰是也。吾乃王允是也。吾乃种輯是也。吾乃楊奉是也。吾乃吳子蘭是也。（伏完白）我等蒙上帝褒封，各授天職。今關公敕封伏魔大帝，班秩尊崇，理宜接見。（眾白）就此同往。（唱）【紅娘子】合至末）誰相送，是天衣御風，須不用騎白鳳。（下）

（雜扮眾雲使引伏魔大帝眾上）（同唱）

【中呂宮集曲‧六花幺】去匆匆，只見得霓旌動。一路路通，説甚麼水盡山窮。山離了蓬萊，城別了芙蓉，又到了明霞殿、桂陽宮。（合）自來自去無迎送，自來自去無迎送。（伏完等上）（接見科）

（伏魔大帝白）原來諸公都超升天界了。（眾白）是。（伏魔大帝白）公輩天府榮登，逍遙自在，何等灑樂也，只是忠義二字有以致之耳。（唱）

【中呂宮集曲‧剔銀燈集】喜得你山川秀鍾，（【永團圓】二至三）喜得你氣如虹，喜得你不念身家重。【朱奴兒】第四句）喜得你山河恨鎖定眉峰，喜得你不與老奸將天共，喜得你竭志盡忠，喜得你甘心磨折犯凶鋒。雖然是淪亡抱痛，今可也天闕尊榮。相將紫宮日供奉，雲冠翠霞帔生紅，可知天心至公。（眾白）多承大帝褒榮，我等告辭。（伏魔大帝白）請。（眾下）（伏魔大帝白）眾神將，就此前去。（唱）【雁過聲】末二句）看來權勢全無用，不過夾道虬松蔭地宮。

（天將白）來此已是修文院、天醫院了。（眾扮禰衡、華佗、吉平上）（禰衡白）詞關君國方爲重。（吉平、華佗白）病入膏肓不耐攻。（禰衡白）誰道修文歸地下。（吉平、華佗白）敢云宰相在山中。（作參見各通名科）（大帝白）元來諸君都在此。（對吉平白）當初奉衣帶詔討賊，事機敗露，先生五毒備嘗，迄無回惑，可謂冰其心而鐵其骨矣。（吉平白）不敢。（伏魔大帝對華佗白）某家臂中毒矢，承先生刮骨療之。高誼薄雲天，至今尚銘心脾[1]。（華佗白）好説。（伏魔大帝對禰衡白）禰先生，你逸才高致，絕類離倫。漁陽三撾，足褫奸魄也。（禰衡白）多贊了。（吉平等同白）我等雖俱遭害，却邀上帝恩榮，絀於生前者，伸於歿後，倖倖倖倖。君侯天眷優隆，加封帝號，可喜可賀。（伏魔大帝白）諸君過獎了。（吉平眾唱）

【中呂宮集曲‧銀燈照芙蓉】頒紫誥崇加帝封，也只是大經綸超凡軼眾。十方三界咸尊奉，直待與尼山伯仲。（吉平等下）（伏魔大帝白）就此前去。（眾唱）人欽頌，天公賜封。願世人，忠誠行述似我同。（同下）

校記

［1］至今尚銘心脾："脾"，原作"牌"，據文意改。

第廿三齣　群魔斂蹟清華甸

（衆扮混世魔、酒魔、色魔、財魔、氣魔、文魔、愁魔、睡魔、病魔、名利魔、花月魔、菩薩魔[1]、法術魔跳舞上）（分白）吾乃混世魔君是也。混沌本自無事，倏忽二子差訛。鑿開七竅費張羅，七日翻成喪我。福善禍淫不管，今來古往剎那。我在魔宮混世作都魔，你若要無我不可。吾乃酒魔是也。酒乃天之美祿，人生不飲如何？邀他歡伯掃愁哥，贏得醉鄉高臥。斷送一生惟有，破除萬事無過。我在魔宮酩酊作酒魔，你若要無我不可。吾乃色魔是也。色本空中幻色，妍媸二字虛訛，傾城傾國古來多，宋玉東家窺破。桃臉柳眉惑爾，紅裙綠袖迷他。我在魔宮婀娜作色魔，你若要無我不可。吾乃財魔是也。自古生財有道，葉生葉落歸柯。石崇不省祇貪多，落得因思遭禍。王衍持籌打算，安豐鑽李遮羅。我在魔宮牟利作財魔，你若要無我不可。吾乃氣魔是也。拔山扛鼎有力，十步百里無他。一星火起便操戈，膚撓目逃弗挫。賠了夫人折陣，惱他公瑾非訛。我在魔宮烈性作氣魔，你若要無我不可。吾乃文魔是也。文是天工妙理，忘餐廢寢因何？花朝月夜每吟哦，一字推敲要妥。琢句錦心繡口，揮毫玉手金梭。我在魔宮搜索作文魔，你若要無我不可。吾乃愁魔是也。喜是愁因幻也，愁爲喜果然阿。便他玉食坐鑾坡，也要先憂無那。八字雙眉不展，六時五內如磨。我在魔宮悶悶作愁魔，你若要無我可不。吾乃睡魔是也。睡去空諸萬慮，管甚世事翻波。黑甜鄉里樂如何，豈獨陳摶善臥？一枕華胥遊彼，片時莊蝶由他。我在魔宮薈騰作睡魔，你若要無我不可。吾乃病魔是也。地水火風湊體，暑寒燥濕翻波。慢言沈約一生多，人世誰能免那？禁虛徒聞老社，回生誰是醫和？我在魔宮虛怯作病魔，你若要無我不可。吾乃名利魔是也。利鎖名韁何似，蠅頭蝸角非訛。寒窗鐵硯十年磨，圖得官高祿大。駟秦致敗不久，漫污招禍偏多。我在魔宮貪愛利名魔，你若要無我不可。吾乃花月魔是也。一種花心月性，幾行豔舞新歌。金釵十二不嫌多，繡帳錦衾共臥。休論春蠶蠟炬，常沉欲海愛河。我在魔宮稱個花月魔，你若要無我不可。我乃菩薩魔是也。天上天下無二，獨尊惟有佛陀。色空空色色空何，八兩半觔一個。波旬宮中遊戲，夜魔天裏諠訛。我在魔宮作個菩薩魔，那菩薩無我不可。吾乃法術魔是也。禹步宮登大赤，扣齒台謁鬱羅。縛妖捉怪直甚麼，瞬息流鈴擲火。遼陽却笑化鶴，山陰還鄙換鵝。我在魔宮作個法術魔，那法術無我不可。（混世魔君白）列位嘎，今有新封伏魔大帝奉敕步遊天宮，將次到我魔王宮了。我等俱是聽他約束的，須索上前參謁。（同唱）

【麻婆穿繡鞋】着魔着魔人不懂，魔神誰願逢降魔，降魔降不動，魔城未許攻。【紅繡鞋】七至末）須盡敬要致恭。（合）若是逢他怒，決不放咱鬆。（下）（雜扮衆雲使引伏魔大帝上）（同唱）

【芍藥挂銀燈】重霄裏高步從容，一霎過雲山萬重。吉雲神馬何須鞚，六合都掃一望中。

（魔君領衆魔上，謁見科）（魔君白）魔王宮魔君率領衆魔迎接帝君。（伏魔大帝白）站立兩傍，聽我吩咐。如今聖主當陽，邪魔斂迹，爾等各宜安分，不得擅離本宮，如敢故違，按律懲治。（唱）

【千秋舞霓裳】日瞳曨，天地都清瑩，一處處鬼魅潛蹤。世際雍熙，世際雍熙，誰許你幻態將人驚恐。我欽承敕命將群魔統，魔君只合守魔宮。你若是將言遵奉，我朝元去好進天清地寧頌。

（魔君衆白）謹依法旨。（叩謝，下）（雜扮四功曹祿臺上）（白）上帝有旨，爾伏魔大帝遊遍天宮，即往西天見佛者。（伏魔大帝白）聖壽。（四功曹從祿臺下）（伏魔大帝衆同唱）

【意不盡】既游天府神仙洞，才大生平眼孔，把雲頭輕縱，還上西天靈鷲峰。（同上仙樓，下）

校記

[1] 菩薩魔："魔"，此字原缺，據下文"菩薩魔"補。

第廿四齣　三教同聲頌太平

（壽臺，衆扮二十八宿上，跳舞一回，下）（壽臺，雜扮十八魁星；祿臺，雜扮十八羅漢；福臺，雜扮十八仙真上）（同唱）

【雙角隻曲·三轉雁兒落】蜀吳魏鼎足支，蜀吳魏鼎足支。漢江山似雲飛，三分割據曾幾日[1]，早歸併司馬家兒。宋齊梁陳隋接轉，更開了唐家基業。梁唐晉同他漢周滅，趙大郎又披上赭袍也。元社屋明廟墟，誰肇造這寰區？是列聖開建萬年圖,大清朝無量福,大清朝無量福。

（分白）我等老君座下衆仙官是也。我等如來座下衆羅漢是也。我等文昌座下衆魁星是也。（仙真白）當今聖皇御宇,明德維馨。天清地寧,開太平之景象;奎連壁合,昭盛治之光華。（羅漢白）正是:一人有慶,萬方率土以咸賓;六合皆春,三教異途而同軌。（魁星白）今日文昌司命,會同如來佛、太上老君,共趨丹陛,慶賀升平,須索在此祇候。（仙真白）道言未了,早是法駕來也。（仙樓上,二十八宿仙樓）（雜扮朱衣文昌、仙官天聾地啞,引生扮文昌帝君仙樓上）（雜扮侍者、菩薩、阿南、迦葉,引淨扮如來佛祿臺上）（雜扮仙童、壽仙、尹喜、徐甲,引外扮老君福臺上）（衆同唱）

【雙角隻曲·雁落梅花】聳祥光萬丈高,景星明更卿雲繞。好似錦團中千花簇,翠盤上五色交,放眼處蔚迢迢。又聽得空中空中仙樂,遠遠地奏簫韶,遍清虛鸞鶴招邀。呀,這不是荒唐荒唐的十洲也那三島,更不是虛無虛無的天書也那瑞草。是元功灝氣,鬱蘢蔥把乾坤來罩,因此上獻一回,哩哩天花樂。（各上高臺坐科）（分白）萬國衣冠集,三霄雨露香。太平無以報,歌舞慶明良。

（如來佛白）吾乃如來佛是也。（太上老君白）吾乃太上老君是也。（文昌帝君白）吾乃文昌梓童是也。（太上老君白）如今山海敉寧,乾坤清泰。億萬年無疆之祚,即此丕基;千百國各轍之心,于焉畢萃。（如來佛白）佑文崇佛重道,合三教爲一家;正德利用厚生,叙九功於四極。（文昌白）萬民樂業,百物維熙。（淨扮伏魔大帝祿臺上）（白）心超法界行無蹤,足到金天住有期。頓覺佛光身上出,不須衣內綴摩泥。某欽承玉旨,拜佛西天,爲此敬謁蓮臺,皈依法寶。（見科）弟子稽首。（如來佛白）善哉善哉！忠義燭天,勳猷蓋世。三明既具,六趣同遊。五十八年功德深,百千萬劫菩提滿。帝本佛門紅護法,降生塵世,今功成行滿,當此大法會,可仍復位,永遠鎮壇護法者。（伏魔大帝白）阿彌陀佛。（作乘雲兜科）（文昌帝君白）玉堂仙子走動。（衆扮二十四玉堂仙子各執長春花上）（白）領法旨。（舞）（唱）

【雙角隻曲·天花樂】一年價纔過,不覺又是一年價春。哩哩天花,哩哩天花樂。俺只見園林內無邊光景一時新。也麽嗘,嘻嘻天花樂。也麽嗘,嘻嘻天花樂。有多少青郊仕女踏遍了香塵,哩哩天花,哩哩天花樂。只看那燕兒啾啾啾,鶯兒支支支,蜂兒轟轟轟,蝶兒飛飛飛,忒楞忒楞騰,忒楞忒楞騰,穿來穿去的鬧芳辰。也麽嗘,嘻嘻天花樂。也麽嗘,嘻嘻天花樂。又只見水村山廓,桃翻紅浪,柳鎖綠烟,嬌嬌媚媚,下下高高,畫出清明上河圖。

哩哩天花,哩哩天花樂。一群群一隊隊香車寶馬,攜樽執榼,尋花覓草,可知都是太平人。也麽嘻,嘻嘻天花樂。也麽嘻,嘻嘻天花樂。(下)(雜扮麒麟、鳳凰上,一面下)

(文昌帝君白)聖天子德配天地,化洽黎庶。是以文治光昌,太和翔洽,麟遊鳳舞,非無自而來也。(唱)

【雙角隻曲・醉太平】清平的世宙,朗蕩的神州,慶堯天,雨露遍遐陬。聲教直通天盡頭,秉彝好,懿德人人有。風琴雅瑟家家奏,熙熙皥皥樂春秋,怎的不鳳儀庭,麒麟在藪。

(如來佛白)青蓮侍者走動。(雜扮二十四青蓮侍者執蓮花上)(白)領佛旨。(舞)(唱)

【雙角隻曲・天花樂】一年價春盡,不覺又是一年價夏。哩哩天花,哩哩天花樂。只見那七寶池中紅衣翠蓋,亭亭靜直,不蔓不枝,周遭開遍了芰荷花。也麽嘻,嘻嘻天花樂。也麽嘻,嘻嘻天花樂。正當這赤日行天,向祇樹林中,娑羅樹下,坐着綠苔,卧着青茵,三三兩兩袒袈裟。哩哩天花,哩哩天花樂。又何須到永嶺登雪山,這便是清涼國,清淨場,冷冰冰地,不知溽暑落誰家。也麽嘻,嘻嘻天花樂。也麽嘻,嘻嘻天花樂。到此際用不着玉碗晶盤,雪藕冰桃,水閣涼亭,輕羅小扇,可也肺腑清涼。哩哩天花,哩哩天花樂。遍三千,遍大千,慧日圓,法輪轉,指頭上霏霏郁郁,慈雲法雨散天涯。也麽嘻,嘻嘻天花樂。也麽嘻,嘻嘻天花樂。(下)(雜扮獅象上,舞一回,下)

(如來佛白)聖天子道原不二,治本無爲。是以紺宇珠宮,並蒙覆幬,靈臺獅象,亦來翿㦨太平也。(唱)

【雙角雙曲・醉太平】獅王與象王,舞落金花布地黃,跳躍在毹氍上,好似善風法雨送慈航。這的是兜率宮呈獻的升恒樣,這的是紫金白銀,妙高色相,這的是率舞咸登歡喜場,這的是秘密禪中無字唱,這的是中華功德遍四方,感格了這吼獅馴象。(太上老君白)黃花童子走動。(衆扮二十四黃花童子,各執菊花上)(白)領法旨。(舞)(唱)

【雙角隻曲・天花樂】一年價夏盡,不覺又是一年價秋。哩哩天花,哩哩天花樂。菊苞綻桐葉飄,玉露泠泠,金風颯颯火西流。也麽嘻,嘻嘻天花樂。也麽嘻,嘻嘻天花樂。俺只見遍清虛,白雲紅樹自悠悠。哩哩天花,哩哩天花樂。道心閒,無事做,坐蒲團,看他織女會牽牛。也麽嘻,嘻嘻天花樂。也麽嘻,嘻嘻天花樂。風也清,月也清,心也清。敞着襟兒,對着景兒,拍着手兒，唱着曲兒，和那天籟一齊鳴。哩哩天花，哩哩天花樂。俺待要遊碧城，到清都，采了雲芝，收了仙葚，取了瑤筍，將了羊珠，縹縹緲緲，輕輕鬆鬆，御風迤邐上神州。也麼嘻，嘻嘻天花樂。也麼嘻，嘻嘻天花樂。（下）（雜扮龍虎上，跳舞一回，下）

（太上老君白）聖天子川嶽蘊心，雷霆在掌，是以海宇長清，輿圖式廓。（唱）

【雙角隻曲·醉太平】舞干羽兩階，敷文命四海。用不着靈符秘訣五雷牌，早除了絕域氛霾，早平了幾千處黃花寨，早開了二萬里恒沙界。說甚麼耆婆接踵來，這纔是降龍伏虎的主宰。（前玉堂仙子、青蓮侍者、黃花童子同上，舞科）（唱）

【雙角隻曲·天花樂】一年價秋盡，不覺又是一年價冬。哩哩天花，哩哩天花樂。只見風吹落葉卷大紅。也麼嘻，嘻嘻天花樂。也麼嘻，嘻嘻天花樂。人都說到歲寒木落天空景色窮。哩哩天花，哩哩天花樂。那知道太平人家家戶戶含哺鼓腹坐春風。也麼嘻，嘻嘻天花樂。也麼嘻，嘻嘻天花樂。普天下方內的，方外的，讀着書兒，念着經兒，修着道兒，人人都享着升平的福。哩哩天花，哩哩天花樂。悉聽他天寒也地冷也，仁壽域中沒事體，夕而眠，朝而起，冷便衣，饑便食，一團和氣暖融融。也麼嘻，嘻嘻天花樂。也麼嘻，嘻嘻天花樂。（如來佛唱）

【雙角隻曲·醉太平】風淳兼化翔，無術可揄揚，漢家神武至高光，也無能比方。俺這裏身承雨露如天貺，却沒有明珠寶玉希奇餉。且喜得四時花却隨時放，怎的不借名花去晉壽觴？（眾魁星、玉堂仙子、青蓮侍者、黃花童子合舞科）（同唱）

【雙角隻曲·天花樂】則俺這拈花拈花還自笑，九如詩此際借花描。花色花香花態嬌，散天花，花肥花瘦儘推敲。護花的幡樹花坳，鈴挂花稍。五尺花笆闌着，五彩花屏圍着，五絲花障遮着，司花仙女守着，惜花仙子護着，愛花身為花勞。摘花花冠簪着，折花花瓶供着，挼花花囊嗅着，花奴今作花饕。更百花洲上花舠，載花花夕朝。興是花邀，酒以花豪，情被花挑，愁賴花消，神逐花搖。今日裏紅杏花兒放了，青蓮花兒香了，黃菊花兒綻了，萬歲花宮開了，八寶花臺搭了，五福花柵蓋了，十錦花氈鋪了，繡花襖子穿了，聚花帽子戴了，百花帶子束了。花臺人唱花謠，花天花月遊遨，升平世界舜僛堯僛。（用花擺"卍年春"三字科）俺只願鞏固鞏固也那皇圖，遐昌遐昌也那帝道，大清國萬年長歌天保，神佛仙歲歲今朝，齊拍手共唱一回哩哩天花樂。

（下）

校記

［1］三分割據曾幾日："據"，原作"劇"，據文意改。

附錄：嘉慶本《鼎峙春秋》目錄

第　一　齣	宣揚德化		第　二　齣	備議投軍
第　三　齣	黃巾作亂		第　四　齣	夜看春秋
第　五　齣	三英相會		第　六　齣	桃園結義
第　七　齣	劉焉招軍		第　八　齣	大破黃巾
第　九　齣	董府元宵		第　十　齣	劉備授職
第十一齣	丁原起兵		第十二齣	董卓會議
第十三齣	卓賂呂布		第十四齣	背義斬原
第十五齣	布投董卓		第十六齣	議劍獻劍
第十七齣	棄職從難		第十八齣	伯奢被害
第十九齣	鞭打督郵		第二十齣	曹操集兵
第二十一齣	會兵勤王		第二十二齣	王允賜環
第二十三齣	孫堅出師		第二十四齣	怒斬華雄
第二十五齣	三戰呂布		第二十六齣	貂蟬拜月
第二十七齣	允送金冠		第二十八齣	西閣開樽
第二十九齣	允府大宴		第三十齣	董卓納妾
第三十一齣	梳粧擲戟		第三十二齣	計盟假詔
第三十三齣	董卓伏誅		第三十四齣	李郭入寇
第三十五齣	陷京殺允		第三十六齣	西涼起兵
第三十七齣	絕糧返境		第三十八齣	典韋耀武
第三十九齣	路謀劫殺		第四十齣	濮陽破曹
第四十一齣	承奉救駕		第四十二齣	曹許迎鑾
第四十三齣	起兵征繡		第四十四齣	賈詡勸降
第四十五齣	遊城慕艷		第四十六齣	典韋死難
第四十七齣	質璽借兵		第四十八齣	祝廟遇慈
第四十九齣	攻城中箭		第五十齣	誘敵收慈
第五十一齣	致書劉備		第五十二齣	三讓徐州
第五十三齣	賑糧至沛		第五十四齣	轅門射戟

第五十五齣	論陳十勝	第五十六齣	陳宮執使
第五十七齣	夏侯噉睛	第五十八齣	水淹下邳
第五十九齣	白門就戮	第六十齣	口詔宣備
第六十一齣	許田射獵	第六十二齣	青梅煮酒
第六十三齣	追備敗回	第六十四齣	賺城斬胄
第六十五齣	馬騰朝覲	第六十六齣	刺血寫詔
第六十七齣	麟閣賜帶	第六十八齣	定計下藥
第六十九齣	董承得信	第七十齣	勘問吉平
第七十一齣	苗澤偸情	第七十二齣	馬騰盡忠
第七十三齣	歸家訴因	第七十四齣	韓遂起兵
第七十五齣	棄袍割鬚	第七十六齣	遺遼復恨
第七十七齣	婆媳全節	第七十八齣	曹操興師
第七十九齣	會合迎敵	第八十齣	偷營失敗
第八十一齣	計説權允	第八十二齣	秉燭待旦
第八十三齣	張飛落草	第八十四齣	小宴却物
第八十五齣	投紹借兵	第八十六齣	銅雀大宴
第八十七齣	赤兔歸關	第八十八齣	怒斬顏良
第八十九齣	祛貪得城	第九十齣	劉張相會
第九十一齣	挂印封金	第九十二齣	餞別雲長
第九十三齣	胡莊投宿	第九十四齣	殺秀誅福
第九十五齣	普净會關	第九十六齣	胡班洩機
第九十七齣	周倉歸正	第九十八齣	閉關不納
第九十九齣	蔡陽封刀	第一百齣	古城相會
第一百零一齣	議兵會戰	第一百零二齣	失陷汝南
第一百零三齣	子龍大戰	第一百零四齣	荊州見表
第一百零五齣	馬跳檀溪	第一百零六齣	新野遇庶
第一百零七齣	曹仁起兵	第一百零八齣	計取樊城
第一百零九齣	行圍中箭	第一百十齣	怒斬于吉
第一百十一齣	設醮禳災	第一百十二齣	權據江東
第一百十三齣	徐母擊曹	第一百十四齣	程昱賺書
第一百十五齣	徐庶薦賢	第一百十六齣	德操訪庶
第一百十七齣	一訪諸葛	第一百十八齣	再謁隆中

第一百十九齣	三顧茅廬	第一百二十齣	徐庶見母
第一百二十一齣	曹操遣將	第一百二十二齣	孔明派將
第一百二十三齣	火燒博望	第一百二十四齣	夏侯敗回
第一百二十五齣	諸葛伏兵	第一百二十六齣	曹仁中計
第一百二十七齣	報信分兵	第一百二十八齣	遷避失散
第一百二十九齣	救主大戰	第一百三十齣	計退曹兵
第一百三十一齣	伏兵截曹	第一百三十二齣	劉備擲子
第一百三十三齣	江東大宴	第一百三十四齣	魯肅見備
第一百三十五齣	智激孫權	第一百三十六齣	舌戰群儒
第一百三十七齣	激怒周瑜	第一百三十八齣	周瑜興師
第一百三十九齣	蔣幹盜書	第一百四十齣	計獻連環
第一百四十一齣	徐庶破謀	第一百四十二齣	謀亮造矢
第一百四十三齣	伏瑜借箭	第一百四十四齣	設苦肉計
第一百四十五齣	闞澤下書	第一百四十六齣	詐病求風
第一百四十七齣	算山祭風	第一百四十八齣	奉令接師
第一百四十九齣	回程派將	第一百五十齣	點將破曹
第一百五十一齣	赤壁鏖兵	第一百五十二齣	埋伏截曹
第一百五十三齣	華容釋曹	第一百五十四齣	議取荊州
第一百五十五齣	智取三郡	第一百五十六齣	一氣周瑜
第一百五十七齣	賞功聘良	第一百五十八齣	拈鬮取郡
第一百五十九齣	飛收武陵	第一百六十齣	獻嫂詐降
第一百六十一齣	三戰歸漢	第一百六十二齣	報功議親
第一百六十三齣	保駕過江	第一百六十四齣	謁見喬公
第一百六十五齣	通信允婚	第一百六十六齣	孫劉結親
第一百六十七齣	暗困催歸	第一百六十八齣	潛逃歸境
第一百六十九齣	二氣周瑜	第一百七十齣	周瑜定計
第一百七十一齣	借計賺瑜	第一百七十二齣	致書決別
第一百七十三齣	三氣周瑜	第一百七十四齣	入吳弔喪
第一百七十五齣	張魯起兵	第一百七十六齣	遣松進獻
第一百七十七齣	龐統歸劉	第一百七十八齣	耒陽判事
第一百七十九齣	謁見曹公	第一百八十齣	演武示松
第一百八十一齣	統受軍師	第一百八十二齣	獻圖回川

第一百八十三齣	劉備入川	第一百八十四齣	筵前舞劍
第一百八十五齣	截江救主	第一百八十六齣	回程謀刺
第一百八十七齣	鳳雛傷箭	第一百八十八齣	觀星交印
第一百八十九齣	義釋嚴顏	第一百九十齣	成功見主
第一百九十一齣	投魯收超	第一百九十二齣	雙雄夜戰
第一百九十三齣	李恢説降	第一百九十四齣	孟起歸漢
第一百九十五齣	五虎下川	第一百九十六齣	劉璋歸漢
第一百九十七齣	智激黃忠	第一百九十八齣	計奪天蕩
第一百九十九齣	兩陣換將	第二百齣	黃忠斬淵
第二百零一齣	群臣勸進	第二百零二齣	西蜀正位
第二百零三齣	魏庭私宴	第二百零四齣	威震華夏
第二百零五齣	奉令起兵	第二百零六齣	計取襄陽
第二百零七齣	曹遣七軍	第二百零八齣	樊城會戰
第二百零九齣	智淹于禁	第二百十齣	怒斬龐德
第二百十一齣	單刀赴會	第二百十二齣	加吳九錫
第二百十三齣	顯術驚曹	第二百十四齣	東嶽奏事
第二百十五齣	伐樹患風	第二百十六齣	五殿發牌
第二百十七齣	冥誅奸逆	第二百十八齣	衆鬼對義
第二百十九齣	逆黨挂號	第二百二十齣	禰衡罵曹
第二百二十一齣	敕受修文	第二百二十二齣	諸忠勘奸
第二百二十三齣	位登仙班	第二百二十四齣	轉輪運世

圖書在版編目(CIP)數據

三國戲曲集成·清代雜劇傳奇卷：全2冊/胡世厚主編；胡世厚，衛紹生校理. —上海：復旦大學出版社，2018.6
ISBN 978-7-309-13345-5

Ⅰ.三… Ⅱ.①胡…②衛… Ⅲ.雜劇-劇本-作品集-中國-清代 Ⅳ.I230

中國版本圖書館 CIP 數據核字(2017)第 262763 號

三國戲曲集成·清代雜劇傳奇卷：全 2 冊
胡世厚　主編　胡世厚　衛紹生　校理
總　策　劃/張蕊青
責任編輯/王汝娟　杜怡順
裝幀設計/馬曉霞

復旦大學出版社有限公司出版發行
上海市國權路 579 號　郵編：200433
網址：fupnet@fudanpress.com　http://www.fudanpress.com
門市零售：86-21-65642857　團體訂購：86-21-65118853
外埠郵購：86-21-65109143　出版部電話：86-21-65642845
浙江新華數碼印務有限公司

開本 787×1092　1/16　印張 81.75　字數 1505 千
2018 年 6 月第 1 版第 1 次印刷

ISBN 978-7-309-13345-5/I·1077
定價：360.00 元

如有印裝質量問題，請向復旦大學出版社有限公司出版部調換。
版權所有　侵權必究